日本東京大學東洋文化研究所藏

朝鮮活字本六臣注文選

上

〔梁〕蕭統　選編
〔唐〕李善　呂延濟　劉良　張銑　呂向　李周翰　注

鳳凰出版社

圖書在版編目（CIP）數據

日本東京大學東洋文化研究所藏朝鮮活字本六臣注文選 /（梁）蕭統選編 ;（唐）李善等注. -- 南京 : 鳳凰出版社, 2018.10
ISBN 978-7-5506-2835-9

Ⅰ. ①日… Ⅱ. ①蕭… ②李… Ⅲ. ①《文選》—注釋 Ⅳ. ①I206.2

中國版本圖書館CIP數據核字(2018)第225487號

書　　名	日本東京大學東洋文化研究所藏朝鮮活字本六臣注文選
著　　者	(梁)蕭統　選編　(唐)李善等　注
責任編輯	王清溪
裝幀設計	徐　慧
出版發行	鳳凰出版社(原江蘇古籍出版社) 發行部電話025-83223462
出版社地址	南京市中央路165號,郵編:210009
出版社網址	http://www.fhcbs.com
印　　刷	金壇古籍印刷廠有限公司 江蘇省金壇市晨風路186號,郵編:213200
開　　本	889×1194毫米　1/16
印　　張	95.75
版　　次	2018年10月第1版　2018年10月第1次印刷
標準書號	ISBN 978-7-5506-2835-9
定　　價	600.00圓(全三册)

(本書凡印裝錯誤可向承印廠調換,電話:0519-82338389)

目録

前言

徐華

《文選》三十卷，南朝梁昭明太子蕭統（五〇一—五三一）主持編纂，是對戰國、秦、漢、魏、晋、宋、齊、梁八代經典詩賦文章的總結性彙集，也是現存最早的詩文總集。

《文選》一書的編纂體例，如《文選序》所言：「凡次文之體，各以彙聚。詩賦體既不一，又以類分。類分之中，各以時代相次。」即按文體分類收録文章。雖然不同版本的體類小有差异，然總不外賦、詩、騷、七、詔、册、令、教、策秀才文、表、上書、啓、彈事、箋、奏記、書、移、檄、難、對問、設論、辭、序、頌、贊、符命、史論、史述贊、論、連珠、箴、銘、誄、哀策文、碑、墓誌、行狀、弔文、祭文這三十九種文體。文體下再「類分」，如賦體下列：「京都」「郊祀」「耕籍」「畋獵」「紀行」「遊覽」「宮殿」「江海」「物色」「鳥獸」「志」「哀傷」「論文」「音樂」「情」十五類。每一體類之下，再選擇數篇。總之，《文選》作爲總集性質的選本，其編寫的出發點，就是做成一部有益於後昆，垂範於來學的經典文章讀本，即李善《上文選注表》中所説的「後進英髦，咸資凖的」。

所以，成書之後，至隋唐逐漸爲世所重，成爲「集部第一」之書。據新、舊《唐書》記載，唐高宗特别喜愛《文選》，令裴行儉用草書鈔寫一部。唐玄宗將《文選》與五經、《史記》《漢書》一起，頒賜吐蕃、日本、朝鮮等地。文人學者層面，從蕭該、曹憲開始釋讀、教授《文選》，培養了大批的「《文選》學」人才，此後李善、許淹、公孫羅、裴行儉、常寶鼎、馮光震、陸善經、五臣等注家，紛紛注讀或教授。就連普通的鄉學、日常的家庭、西域的遊子、方外的僧人，也以《文選》爲學習文章寫作的必讀書。

《文選》一書能够流傳久遠，與其具有完備的注釋密切相關。唐高宗顯慶三年（六五八），李善完成《文選》注，書成上表，自稱「弋釣書部，願言注緝，合成六十卷」。他將原三十卷本《文選》一卷分爲兩卷，擴大了容量，對《文選》作品進行了引經據典的注釋。但也存在「迂繁」和「釋事而忘義」的不足。唐玄宗開元六年（七一八），工部侍郎吕延祚上《文選集注》三十卷，其書由吕延濟、劉良、張銑、吕向、李周翰五位年輕人共同完成。吕延祚在上表中叙述屬作之由説：「往有李善，時謂宿儒，推而傳之，成六十卷。忽發章句，是徵載籍，述作之由，何嘗措翰。使復精核注引，則陷於末學。質訪指趣，則巋然舊文。祇謂攬心，胡爲析理？臣懲其若是，志爲訓釋。……相與三復乃詞，周知秘旨，一貫於理。杳測澄懷，目無全文，心無留義，作者爲志，森乎可觀。記其所善，名曰《集注》。並具字音，復三十卷。」表明其書是在李善注釋不足的基礎上，以疏通文意、探求作者意志爲特色，並盡量避免繁瑣的學術性引據。李善注、五臣注兩大注本各有特色，在唐代也影響最大。

《文選》在宋代以後，依然得到了廣泛的傳播，最主要的原因當在於發生了兩個方面的決定性改變，一是由鈔本到刻本的變化，大大推進了《文選》一書普及的深度和廣度。二是由五臣單本、李善單本流傳到六家合刻本的流傳，進一步增加了《文選》一書的可讀性與學術含量。

鈔本到刻本的變化發生於唐末五代。《文選》在唐代以鈔本的形式流傳，近代出土的敦煌寫本、海外流傳的日鈔本，仍可見其踪迹。當然，鈔本《文選》的流傳範圍還是非常有限的。陶岳《五代史補》記載：「毋昭裔貧賤時，嘗借《文選》於交遊間，其人有難色。發憤异日若貴，當版以鏤之遺學者。後仕蜀爲宰相，遂踐其言刊之。」這是説首次刊刻《文選》，是因平常很難借到《文選》來讀。此後，作爲北宋學術中心的國子監，也於天聖三年（一〇二五）到天聖九年（一〇三一），刊刻李善注《文選》，即北宋監刻本。隨着印刷術的進一步普及，官刻、州學刻本、坊刻、私家刻的《文選》也紛紛出現，這就極大地推動了《文選》的進一步普及和傳播。

由李善、五臣單本流傳，到六家合注本流傳，則發生在北宋後期至南宋之間，出於學習《文選》的需要，州學編校者將李善注與五臣注合於一編，更容易博采衆長，相繼出現了不少六家合刻本《文選》。主要包括兩個不同的版本系統：一是六家注刻本，一是六臣注刻本。六家本即指五臣注在前，李善注在後。如秀州州學本、明州州學本、廣都裴氏本；六臣本則指李善注在前，五臣注在後，如贛州本、建州本。

那麼，《文選》六家注合刻最早發生在什麼時候？哪個版本爲最初的合並之本？刊刻的過程如何？清代朱彝尊在《曝書亭集》卷五十二記載：「六家注《文選》六十卷，宋崇寧五年（一一〇六）鏤版，至政和元年（一一一一）畢工。墨光如漆，紙質堅緻，全書完好。序尾識云：見在廣都縣北門裴宅印賣。蓋宋時蜀箋若是也。」這大概是當時所知最早的合刻本了，而具體如何合並亦未知。隨着近代以來域外文獻的回流，我們今天所見到的朝鮮古活字本六家《文選》，據書後四個附録，可知其底本爲秀州（今浙江嘉興）州學本，而秀州州學本《文選》刊刻於北宋元祐九年（一〇九四），早於廣都裴氏本十來年的時間，當爲現存最早的以五臣、李善合並的《文選》版本。朝鮮古活字本《文選》，多藏於韓國奎章閣，通常稱爲奎章閣本，其書過去在中國本土並未見著録。

奎章閣本《文選》，堪稱《文選》學史上一部十分重要的文獻。之所以重要，大概表現在以下兩個方面：

一是版本價值。

奎章閣本基本上完整保存了秀州州學刻六家本、北宋國子監刻李善本和平昌孟氏刻五臣本這三種已經失傳或殘缺的本子。

第一種秀州州學本，是今所知最早的《文選》五臣和李善合注本。而後來的六家本，包括崇寧五年的北宋刊刻廣都裴氏刊本、明州本，以及再後來的六臣本，包括贛州本（一一六二）、建州本等，都是從秀州州學本脱胎而出的。

第二種是北宋國子監刻本，是今所知最早的李善單注刻本。李善本從未定本到定本，再到唐代的廣爲流傳的寫鈔本，版本形態十分複雜。而最早刊刻的李善單注本，就是北宋國子監本，今分别保存在臺北「故宫博物院」十一卷和中國國家圖書館二十四卷，但皆爲遞修本，且爲殘卷。秀州州學本以監本爲合並底本之一，完整保存了監本李善注的部分。同時，正文部分雖出自五臣本，但异文下所標注的「善本作某」，也代表了監本的正文情况。

第三種是平昌孟氏刻五臣單注本。五臣單注本傳世的完整本主要有兩種，一是南宋紹興三十一年（一一六一）建陽陳八郎宅刻本，其中有部分鈔配之卷。而且其文本出於建陽坊刻，故多舛脱衍誤之處。另一種是朝鮮正德四年（一五〇九）刻五臣單注本。相對來説，這一版本刊刻時間較晚，但能够忠實底本，刊刻質量較高。而且與奎章閣本所合並的五臣本非常相似，很可能出自同一系統。但畢竟朝鮮正德本流傳於域外，是近年才爲國内所見的一個本子，學術界更多利用的是陳八郎本五臣注《文選》。奎章閣本所保留的平昌孟氏刻五臣注《文選》，不但早於陳八郎本，而且質量上乘。據沈嚴《五臣本後序》説：「二川、兩浙先有印本，模字大而部帙重，校本粗而舛脱夥。舛脱夥則轉迷豕亥，誤後生之記誦。部帙重則難置巾箱，勞遊學之負挈。斯爲用也，得盡善乎？今平昌孟氏，好事者也，訪精當之本，命博洽之士，極加考核，彌用刊正。小字楷書，深鏤濃印，俾其扶輕可以經久，字明可以致遠，其爲利也，良可多矣。」由沈嚴後序可知，平昌孟氏本刻於北宋天聖四年（一〇二六），是在二川、兩浙印本的基礎上，加以精細校勘而成，比陳八郎本早了一百三十六年。

二是校勘價值

通過奎章閣本所保留的北宋國子監刻李善本，可以校勘今傳世的李善單注本。今通行的李善本都是在南宋尤袤刻李善本基礎上的遞修和整理，比如元張伯顔本、明毛晋汲古閣本、清胡克家刻本等。然而，關於尤袤本究竟是六臣本基礎上析出的李善單注本，還是根據其他的李善單注本來刊刻的，學界存在較大的争議。在這種情况下，較爲接近李善注原本的面貌究竟如何？依靠《文選集注》李善本殘卷和北宋國子監刻本殘卷顯然都無法全面地觀照，而奎章閣本所保留的國子監刻李善本就可以作爲一個完整的最爲重要的參照文獻。舉例説明，《文選》卷十九宋玉《高唐賦》首句「昔者楚襄王與宋玉遊於雲夢之臺」，北宋本李善注曰：「《漢書音義》張揖曰：雲夢，楚藪也。在南郡華容縣，其中有臺館。」而尤袤本李善注則爲：「《史記》曰：楚懷王薨，太子横立，爲頃襄王。《漢書音義》

張揖曰：雲夢，楚藪也。在南郡華容縣，其中有臺館。」奎章閣本李善注正與北宋本同，可見尤袤本李善注有增注的現象。而增注現象在整個尤袤本《文選》中是較爲普遍的。在北宋本殘缺的部分，則可以通過奎章閣本校訂尤袤本李善注。如卷二十二謝惠連《泛湖歸出樓中翫月》末句「晤言不知疲，從夕至清朝」，尤袤本李善注作：「《毛詩》曰：彼美淑姬，可與晤言。鄭玄曰：晤，對也。」奎章閣本李善注則在「對也」下，有「悟與晤同，古字通」七字，日抄九條本旁記亦有之。當爲尤袤本脱文。

奎章閣本亦可以作爲校勘五臣單注本的重要參照。比如，現所知最早最完整的五臣單注本是南宋陳八郎本，但其書刊刻過程中，却羼雜了李善本，而且多衍、增、誤、倒等現象。以卷第九潘岳《射雉賦》爲例，其中有「若夫多疑少決，膽劣心狷」句，朝鮮正德刊五臣本没有這兩句話，尤袤《李善與五臣同异附見於後》也同樣注記：「五臣無此二句。」可以説明五臣原本應是没有這兩句的。陳八郎本不但補上了這兩句正文，而且補上了李周翰注曰：「狷，怯也。復有此雉也。」狷，本義爲「急」，並没有「怯」的意思。李周翰的注語確實顯得荒陋，但其實是後人刊刻時附會上去的，不能怪五臣。奎章閣本的處理方法是依據李善本補上這兩句正文，同時句下注曰：「五臣本無此二句。」而且也没有補五臣的注。由此，正可以看出其本校勘的嚴謹和做了相應增補的工作。藉助奎章閣本所保留的平昌孟氏五臣本，再配合以朝鮮正德五臣本，正可以校出比較符合原本的五臣注面貌。例如《文選序》「至於記事之史，繫年之書」句下，陳八郎本五臣張銑注曰：「《春秋序》云：『紀事者，以事繫時，以時繫年』」。顯然有脱漏。而奎章閣本、朝鮮正德本五臣張銑注曰：「《春秋序》云：紀事者，以事繫日，以日繫月，以月繫時，以時繫年。」則引録完整。

奎章閣本刻印並流傳於韓國，其特色在於能够忠實於原本，很少改動，這也就最大限度地保存了秀州州學本的原貌。這也就使得奎章閣本具有更爲可靠的版本價值和校勘價值。正如傅剛先生在其《論韓國奎章閣本〈文選〉的文獻價值》一文中指出：「奎章閣藏六家本《文選》的文獻價值，從這一個版本可以得到三個在中國早已失傳的《文選》版本，并且依據它能够解决許多《文選》版本研究中懸而未决的問題，這些都是古籍版本研究中所罕見的現象，所以説奎章閣本彌足珍貴，我認爲當前中國《文選》學界最迫切的任務，便是趕緊將奎章閣本影印行世，這對於中國《文選》版本的整理研究，對於漢魏六朝文學古籍的整理研究，都是十分必要的。」〔一〕

但我們也應注意兩個方面的問題，一是秀州州學本在合並李善、五臣二本的時候，亦做了相應的調整、修訂的工作，正

〔一〕傅剛《論韓國奎章閣本〈文選〉的文獻價值》，《文獻》二〇〇〇年七月第三期。

如奎章閣本附録載元祐九年秀州州學的編纂説明所説：「秀州州學今將監本《文選》逐段詮次，編入李善並五臣注，其引用經史及五家之書，並檢元本出處對勘寫入。凡改正舛錯脱剩約二萬餘處。二家注無詳略，文意稍不同者，皆備録無遺。其間文意重迭相同者，輒省去留一家。」由這段話可以確定知道的是，秀州州學改正了原五臣注本、李善注本的舛錯脱剩二萬餘處。秀州州學「將監本《文選》逐段詮次，編入李善並五臣注」這句話，大概的意思是按照國子監刻李善本的正文逐段逐句詮次，之後將五臣注、李善注分別繫於句下。

從奎章閣本的正文看，似乎正是這樣編纂成書的。秀州州學本的總目、卷目部分，用的是李善本的目録。比如其卷四十八「符命」單獨列一類，卷五十「史述贊」單獨列一類。這與李善本的目録分類是一致的。五臣本這兩類其實是分別合於「贊」體和「史論」體之下的。再如五臣本在「書」體下列「移」體，「檄」體下列「難」體，在奎章閣本則没有單列「移」「難」二體，諸如此類。

秀州州學正文部分的斷句，也是按照李善本來斷句的，句下則相應按照這種斷句整合五臣注和李善注。以卷五十一賈誼《過秦論》爲例，奎章閣本：「諸侯恐懼會盟而謀弱秦，不愛珍器重寶肥饒之地。以致天下之士合縱締交，相與爲一。」斷爲一句，注文曰：「良曰：盟，誓約也。銑曰：締，結也。文穎曰：關東爲縱。張晏曰：締，連結也。徒帝切。」顯然是把原來五臣本劉良和張銑兩個人分在兩句下的注合並在一句下，并且把原爲李善注中引的文穎、張晏舊注也放在了五臣注之後。這樣做看似合理，都是注釋這句話的內容，但由於這種調整，使得原本屬於李善的注被强拉到了五臣注的後面，從而與五臣混淆在一起。在奎章閣本中，這種由於斷句列注調整所造成的注釋混淆現象是十分普遍的。由此可以看出，當時的秀州州學在合並六家本的時候，因爲篇幅同樣是六十卷，所以選用同樣是六十卷的李善注本的斷句下注。

但秀州州學本正文文本還是用五臣的文本，這可以通過其句下多標注「善本作某某字」，只有極少數地方標注「五臣無此句」，顯然是拿李善本來校五臣本而標注其下的。至於當時的秀州州學爲何依據五臣本正文，却依據李善本的斷句，究竟是如何完成這樣一種正文方面的轉换的，似乎還有不少未解之處。

不僅如此，秀州州學本也參照李善本或者《史記》《漢書》酌補了正文。如卷十三賈誼《鵩鳥賦》「不以生故自寶兮，養空而浮」，陳八郎、朝鮮正德兩種五臣本都没有這二句，奎章閣本則依據李善本以及《史記》《漢書》加以增補，但在其後注記曰：「五臣本無此二句。」日抄九條本亦注記曰：「五臣本無此二句。」因此，我們也不能完全地認爲奎章閣本保留了北宋國子監刻李善本和平昌孟氏刻五臣本，而應該加以客觀地辨析甄別。

二是奎章閣本《文選》所存在的版本問題。由於現存朝鮮刻古活字本六家《文選》有三十多部，主要藏於韓國國立圖書館、漢城大學奎章閣、高麗大學圖書館及啓明大學圖書館。除了奎章閣所藏，大部分均爲殘本。[一]而據《奎章閣圖書韓國綜合目録》（修正版）記載，所藏古本《六家文選》有十二部之多[二]，大多爲完整本。今由韓國正文社一九八三年影印出版的奎章閣本《文選》，前有金學注（金學主）所撰《文選解題》，後附四篇跋文，分别是天聖四年沈嚴《五臣本後序》、天聖三年到天聖九年國子監校勘《文選》的名録、元祐九年秀州州學的編纂後記、宣德三年（一四二八）卞季良的手跋。除了已經影印的正文社本，我們今天目力所及的尚有日本東京大學東洋文化研究所藏本，簡稱東大本；日本京都大學附屬圖書館藏本，簡稱京大本。書後也同樣附有此四則跋文。版式、魚尾、字體大致相同，稱爲同一系統的本子，是没有問題的。但是仔細比較這三個活字本，我們會發現，其實在内容上還有着比較值得重視的异文，直接關係到文本的意義，如果籠統地稱之爲「古活字本」或者「奎章閣本」，就會造成很多無法對應的問題。

具體而言，東大本與京大本全書字體比較一致，而韓國正文社影印本第二十卷、第三十六卷、第三十八卷、第五十一卷、第五十二卷、第五十三卷這六卷，字形不同，字體較其他篇卷更小，摹印更爲工整、清晰，但筆畫板滞，疑爲後來重刻補版。而補刻的這部分出現不少异文，簡要列舉如下（見下頁表）。

出現异文的原因，大多是正文社本的誤刻。

東大本《文選》也存在一些值得注意的問題，比如在底本基礎上，經過與他本校勘之後，對誤字的挖改。經過比對，我們發現，挖改的内容分成以下幾種情况：

一是他本皆同，唯東大本挖改後與衆不同，且無版本依據。如卷十九曹子建《洛神賦》「恨人神之道殊，怨盛年之莫當，抗羅袂以掩涕兮，淚流襟之浪浪」句下五臣劉良注曰「言幽明道深，怨此盛年不得與君相當」，「道深」，東大本挖改作「道殊」，正文社本、京大本、陳八郎本、朝鮮正德本皆作「道深」。從正文來看，做「道殊」當是。但東大本據何而改？並没有版本依據。

二是京大本字誤，東大本挖改後與正文社本、今傳諸本一致。如卷六左思《魏都賦》「蠻陬夷落，譯導而通者，鳥獸之氓也」句中「譯」字京都大學本作「澤」，東大本挖改作「譯」。正文社本、傳世本皆作「譯」。

三是京大本、日鈔本字誤，東大本挖改後與正文社本、今傳諸本一致。如《文選》卷第二《西京賦》有：「戴翠帽，倚金較」句，「戴」，京大本作「載」，日鈔上野本亦作「載」。東大本作「戴」，字上有挖改痕迹，正文社本、今傳諸本皆作「戴」。

四是京大本、陳八郎本、朝鮮正德本同，而東大本挖改後

［一］（韓國）鄭玉順《現存韓國刊行〈文選〉版本考》，《古籍整理研究學刊》一九九八年第四、五期合刊。

［二］漢城大學圖書館編，漢城：保景文化社，一九八一年初版，一九九四年修正版。

出處 \ 版本	正文社本	東大本	京大本	致誤原由
曹子建《上責躬應詔詩表》	(善注)丕相	(善注)丞相	(善注)丞相	正文社本誤刻
曹子建《責躬詩》	(善注)班固《漢書》曰曰	(善注)班固《漢書述》曰	(善注)班固《漢書述》曰	正文社本誤刻
曹子建《應詔詩》	憂心如醒	憂心如酲	憂心如酲	正文社本誤刻
潘安仁《關中詩》	肝食晏寢	旰食晏寢	旰食晏寢	正文社本誤刻
應德璉《侍五官中郎將建章臺集詩》	良遇不可植	良遇不可值	良遇不可值	正文社本誤刻
陸士龍《大將軍宴會被命作詩》	玄暉峻朝	玄暉峻朗	玄暉峻朗	正文社本誤刻
范尉宗《樂游應詔詩》	(向注)堯爲天下，但爲萬人，而心不在黄屋	(向注)堯爲天下，但憂萬人，而心不在黄屋。	(向注)堯爲天下，但憂萬人，而心不在黄屋。	正文社本誤刻
謝玄暉《新亭渚别范零陵詩》	洞庭長樂地	洞庭張樂地	洞庭張樂地	正文社本誤刻
王元長《永明九年策秀才文》	又問昔周宣隋千畝之禮	又問昔周宣惰千畝之禮	又問昔周宣惰千畝之禮	正文社本誤刻
任彦升《天監三年策秀才文》	彫斲(善本作劉彫)刓方，經綸草昧	彫斲(善本作斲彫)刓方，經綸草昧	彫斲(善本作斲彫)刓方，經綸草昧	正文社本誤刻
張士然《爲吴令謝詢求爲諸孫置守冢人表》	(卷目)張士然《爲吴令謝詢求爲諸孫置守冢人表》	(卷目)張士然《爲吴令謝詢求爲諸孫置守家人表》	(卷目)張士然《爲吴令謝詢求爲諸孫置守家人表》	京大本誤刻 東大本『家』字爲挖改
任彦升《爲齊明皇帝作相讓宣城郡公第一表》	泣血待朝	泣血待旦	泣血待旦	正文社本誤刻
王子淵《四子講德論》	相與結儷	相與結侶	相與結侶	正文社本誤刻

與正文社本一致。如《文選》卷第二《西京賦》有「盤庚作誥，帥人以苦」句，「帥」，京大本、陳八郎本、朝鮮正德本並作「師」字。正文社本、東大本作「帥」，但東大本「帥」字上有挖改痕迹。

五是《文選》諸本皆誤，東大本據其他關聯文獻挖改底本誤字。如卷第六十顔延年《祭屈原文》，「謀折儀尚，貞蔑椒蘭」句下，李善注引《楚辭》曰：「椒專佞以慢慆兮，樧又欲充夫佩幃。」其中「慆」字，正文社本、京大本作「謟」；「幃」字，正文社本、京大本作「緯」。東大本分别作「慆」「幃」，且字上有挖改痕迹。據今宋刊尤袤本此句李善注引作「椒專佞以慢謟兮，樧又欲充夫佩緯」，不僅「謟」「緯」二字與正文社本、京大本同誤，而且「樧」字又誤作「極」。對照宋端平本《楚辭·離騷》原句正作：「椒專佞以慢慆兮，樧又欲充夫佩幃。」可以看出東大本的挖改是由誤而修改正確。但這種誤可能在宋刻李善本中就已經形成了。

也有一些挖改的情况是屬於東大本自己誤刻，經過校勘後加以挖改，如「或」字誤刻作「國」字，校勘者將口字框挖改掉，修正爲「或」字，諸如此類。綜觀全書，這種情形也不在少數。

以上可見，東大本的挖改是一個比較明顯的特徵，説明這是一個刊刻後又經人仔細校勘的本子。同時，值得注意的是，雖然挖改之後大多數都是改成正確的字，但也會造成一定程度上的失真，這是研究者們在引録此本時需要注意的。幸好其挖改之處，皆留有痕迹，可以據之進行仔細甄别。

比較來説，京大本字形古樸，部分字模糊不清，且多訛誤，卷中亦有殘損數頁，以手寫補之；東大本字形與京大本的基本字形完全一樣，除了挖改修正部分。其餘部分首尾完整，字迹清晰厚重；正文社本則包含三種情况，一是完整補刻的有六卷，二是部分補刻的有五卷，三是沿用舊版的部分，沿用舊版的部分與東大本、京大本的字形完全一致，其餘的則已大不相同。據《世宗實録》記載：《六臣注文選》（即我們所説的六家本）本是韓國最早刊行的《文選》版本，此本是在世宗十二年（明宣德四年，一四二九）用庚子字刊行的，以後曾依據此本多次覆刻。〔一〕也就是説初刻的《六臣注文選》是作爲後世覆刻的底本，今所見的這三種活字本，當以京大本、東大本最爲接近這個初刻本，正文社本則似爲後來補刻之本。

目前中國大陸尚未有奎章閣本系統的《文選》影印出版，此次鳳凰出版社選擇東京大學藏朝鮮活字本六臣注《文選》，一則有助於使不同版本的文本個性引起重視，一則有助於學界研究之用，必將嘉惠學林，推動選學的進一步發展。

二〇一八年七月於泉州清源山麓

〔一〕（韓國）鄭玉順《現存韓國刊行〈文選〉版本考》，《古籍整理研究學刊》一九九八年第四、五期合刊。

錄

卷六十

文選序

梁昭明太子撰銑曰梁姓蕭氏梁典云武帝子名統字德施謚昭明

唐文林郎守太子右內率府錄事參軍事崇賢館直學士李善

衢州常山縣尉呂延濟

都水使者劉承祖　男劉良

處士張銑　呂向　李周翰　注

式觀元始眇覿玄風銑曰式用也眇遠也覿見也言用視太初遠見玄風冬穴夏巢之時茹毛飲血之世世質民淳斯文未作濟曰茹蘊也言上古巢居穴處飲食血肉蘊藉毛羽時人質樸文章未作逮乎伏羲氏之王去天下也始畫八卦造

書契以代結繩之政由是文籍生焉濟曰太古結繩以理逮及也由從也及伏羲畫八卦代結繩由是書籍生焉易曰觀乎天文以察時變觀乎人文以化成天下翰曰天文日月星辰時變失常也人文禮樂典籍化成謂化下使成理文之時義遠矣哉翰曰義文功也若夫推直追輪為大輅路之始大輅寧有椎輪之質增冰為積水所成積水曾作能微增冰之凜力錦何哉向曰推輪古棧車大輅玉輅寧安質樸增厚積深曾則微無凜吟也言玉輅因椎輪生增冰因積水成然玉輅無質積水無寒何哉言何故知斯哉蓋自設疑問以發後詞蓋踵腫其事而增華變其本而加厲物既有之文亦宜然隨時變改難

可詳悉（向曰踵繼也厲嚴也物謂輅水也言因時變改增加華麗不可備知）嘗
試論之曰詩序云詩有六義焉一曰風二曰
賦三曰比四曰興（去）五曰雅六曰頌（銑曰嘗蹔蹔試
論之六義者謂歌事曰風布義曰賦取類曰比感物曰興政事曰雅成功曰頌各隨作者
之志名也）至於今之作者異乎古昔古詩之體今
則全取賦名（良曰言今之述作者詩賦殊體不同古詩隨志立名者也謂班
固云賦者古詩之流）荀宋表之於前（濟曰荀卿宋玉爲文章之首也）賈
馬繼之於末（翰曰賈誼司馬相如）自茲以降源流寔繁
（向曰降下也言荀宋已下文章源流實繁）述邑居則有憑虛亡（無）
是之作戒畋遊則有長楊羽獵之制（濟曰張衡西京

賦相如上林賦並託憑虛亡是以述邑居揚雄作羽獵長楊賦以戒畋獵）若其紀
一事詠一物風雲草木之興（去）魚蟲禽獸之
流推而廣之不可勝載矣（銑曰言紀事詠物其流既廣不可盡
載於此也）又楚人屈原含忠履絜君匪從流臣進
逆耳深思遠慮遂放湘南（銑曰言屈原秉節忠諒思慮深遠屢
進逆耳時君不能從諫如流遂遭放湘水之南）耿介之意既傷壹鬱
之懷靡愬（音素　向曰耿介忠烈也壹鬱憂思也靡無也言無所申愬）臨
淵有懷沙之志吟澤有憔悴之容（良曰原既放逐懷石
將自沉於水故作懷沙賦以見志初原行吟澤畔顏色憔悴也）騷人之文自
茲而作（銑曰原於是著離騷離別也騷愁也）詩者蓋志之所之

也情動於中而形於言（向曰形見也凡作詩者言其志也情發於
內必見於言）關雎麟趾（止）正始之道著桑間濮
（卜）上亡國之音表故風雅之道粲然可觀（濟曰
表出也關雎麟趾詩之篇名也明正理也桑間濮上之音謠樂出於亡國風雅謂歌政事
粲然明白也）自炎漢中葉厥塗漸異退傅有在鄒
之作降（下江）將著河梁之篇四言五言區以別
矣（翰曰漢火德故稱炎武帝居十二帝之中故稱中葉言文章漸殊於古退傅謂韋孟
傅楚元王孫代作四言詩諷王自此始也降將謂李陵降匈奴蘇武別河梁上作五言詩
自此始也是區分也）又少則三字多則九言各體互興
分鑣（彼嬌）並驅（丘遇反驅聲也向曰文始三字起夏侯湛九言出高貴鄉公

言此已上各執一體互有興作亦猶鑣轡雖異馳騖乃同鑣轡排並也）頌者所
以游揚德業褒讚成功（向曰游揚揄揚也謂揚其德業讚其功成
也）吉甫有穆（目一）若之談季子有至矣之歎（銑曰
尹吉甫作頌曰穆若清風吳公子季札聘魯觀周樂歎曰至矣盡矣此亦作頌之體）
舒布為詩既言如彼總成為頌又亦若此（良曰舒布
猶張設也如彼謂吉甫也總成謂總括而成也若此謂今之詞頌也）次則箴興
於補闕戒出於弼匡（翰曰箴所以攻疾防患亦猶針石之以針療疾
也戒警弼輔匡正也言可以補闕輔正）論（去）則析理精微銘
則序事清潤（良曰析分也謂論之體也論則分別精覈銘則述其功美使可
稱名也）美終則誄發圖像則讚興（濟曰誄累也有功業而終

者累其功而記之若有德者後世圖畫其形爲文以讚美也又詔誥教令之流表奏牋記之列向曰詔者照也照人之闇使見事宜誥者告也告諭令曉教者効也言上爲下効令領也領之使不相干犯表者思於內以表於外奏進也牋表飾也記之言志也書誓符檄之品弔祭悲哀之作銑曰書者如也序言如意曰書諸侯約信曰誓符孚也徵召防僞事質中孚檄者激也喻彼令激然明白弔問也祭祀也悲蓋傷痛之文也哀者亦愛念之辭答客指事之制三言八字之文濟曰答客東方朔答客難指事解嘲之類三言謂漢武秋風辭八字謂魏文帝樂府詩篇辭引以進序碑碣誌狀濟曰篇猶偏也偏述一章之事辭猶思也寄辭以遣思序舒也舒其物理碑披也披載其功美也碣傑也亦碑類誌記其年代狀摹其德行衆制鋒起源流間去出良曰鋒起間出皆衆多也譬陶匏蒲包異器並爲入耳之娛黼甫黻弗不同俱爲悅目之翫向曰譬喻也陶塤匏笙也白黑曰黼黑青曰黻言音聲彩色雖異耳目之翫不殊作者之致蓋云備矣余監緘撫餘閑居多暇日銑曰余昭明自謂監監國撫撫軍也歷觀文囿泛覽詞林未嘗不心遊目想移晷軌忘倦向曰歷觀泛覽言徧涉文章之林囿也心遊目想謂慕之深也晷日影言日側不知其倦自姬漢以來眇焉悠邈時更平七代數去逾千祀翰曰姬周姓也眇焉悠邈言遠也七代謂自周至梁也逾越也祀年也言數千年也詞人才子則名溢於縹匹沼囊飛文染翰則卷盈乎緗相帙向曰縹青白色

囊有底袋也用以盛書緗淺黃色也帙書衣盈溢言多也自非略其蕪穢集其清英蓋欲兼功太半難矣濟曰略除也集取也蕪穢喻惡也清英喻善也兼倍也言文章之多若不去惡留善雖欲倍加其功太半亦不能徧覽安能盡乎若夫姬公之籍孔父之書與日月俱懸鬼神爭奧向曰奧深也言周孔之書明並日月深如鬼神也孝敬之准式人倫之師友銑曰倫理也言可爲孝敬之法式人理之師友豈可重去以芟衫夷加之剪截良曰芟刈夷平剪刻截裁也豈可者言不可老莊之作管孟之流濟曰老老子莊莊周管管仲孟孟軻蓋以立意爲宗不以能文爲本今之所撰又亦略諸翰曰謂上老莊管孟之書以其無文並略而不取若賢人之美辭忠臣之抗直濟曰忠正之抗直謂進直言謀夫之話下快辨士之端銑曰謀夫謀策之人也話善言也辨士辨捷之士也言辨者辨士有舌端氷釋泉涌金相玉振濟曰相質也振發聲也言金質玉聲所謂坐狙七余丘議稷下翰曰狙丘稷下皆齊地之丘山也田巴置館於稷下以延遊說之士仲連之却秦軍向曰秦將圍趙聞魯仲連在趙秦爲之退舍食異其饑之下齊國良曰酈食其掉三寸舌下齊七十餘城留侯之發八難去銑曰張良封於留侯時高祖用食其之計將封六國後良以八難理之高祖乃止曲逆之吐六奇銑曰陳平封曲逆侯從高祖平天下凡六出奇計蓋乃事美一時語流千載概古害見墳籍旁出子史銑曰概謂梗概謂大略也子謂

諸子史謂史書若斯之流又亦繁博雖傳之簡牘而事異篇章今之所集亦所不取至於記事之史繫年之書所以褒貶是非紀別異同銑曰春秋序云紀事者以事繫日以日繫月以月繫時以時繫年褒貶謂有德者褒之無德者貶之所別同異方之篇翰亦已不同若其讚論夫之綜作宋緝此立辭采序述之錯比避逸文華翰曰讚以美事論言得失也綜緝猶合綴也序序事述史錯雜比次也事出於沉思義歸乎翰藻故與夫篇什雜而集之濟曰什拾也言讚論用思深遠故與篇章同拾而集之遠自周室迄于聖代良曰迄至也聖代謂梁也都為三十卷名曰文選云爾

文選序　六

凡次文之體各以彙于貴聚詩賦體既不一又以類分類分之中各以時代相次銑曰彙類也

國子監准

敕節文五臣注文選傳行已久竊見李善文選援引該贍典故分明若許雕印必大段流布欲乞差國子監說書官負校定淨本後抄寫板本更切對讀後上板就三館雕造候

敕旨奉　敕宜依所奏施行

上文選注表

臣善言竊以道光九野縟景緯以照臨德載八埏麗山川以錯峙垂象之文斯著含章之義聿宣協人靈以取則基化成而自遠故羲繩之前飛葛天之浩唱娲簧之後挨叢雲之奥詞步驟分途星躔殊建球鍾愈暢舞詠方滋楚國詞人御蘭芬於絕代漢朝才子綜鞶帨於遥年處玄流正始之音氣質馳建安之體長離北度騰雅詠於圭陰化龍東騖煽風流於江左爰逮有梁宏材彌劭昭明太子業膺守器譽貞問寢居肅成而講藝開博望以招賢寨中葉之詞林酌前修之筆海周巡緜

文選序　七

嶠品盈尺之珎楚望長瀾搜逕寸之寶故撰斯一集名曰文選後進英髦咸資凖的伏惟陛下經緯成德文思垂風則大居尊耀三辰之珠璧希聲應物宣六代之雲英孰可撮壤崇山導涓宗海臣蓬衡蕞品樗散陋姿汾河委筴夙非成誦崇山墜簡未議澄心握玩斯文載移涼燠有欣永日實昧通津故勉十舍之勞寄三餘之暇弋鉤書部願言注緝合成六十卷殺青甫就輕用上聞享帚自珎緘石知謬敢有塵於廣內庶無遺於小說謹詣闕

奉進伏願　鴻慈曲垂照覽謹言
顯慶三年九月十七日文林郎守太子右
內率府錄事參軍崇賢館直學士　臣李善
上表

進集注文選表

臣延祚言臣受之於師曰同文底績是將大
理刊書啓中有用廣化實昭聖代輒極鄙懷
臣延祚誠惶誠恐頓首頓首臣甞覽古集至
梁昭明太子所撰文選三十卷閱翫未已吟
讀無斁風雅其來不之能尚則有遣詞激切
揆度其事宅心隱微晦滅其兆飾物反諷假
時維情非夫幽識莫能洞究往有李善時謂
宿儒推而傳之成六十卷忽發章句是徵載
籍述作之由何甞措翰使復精覈注引則陷

於末學質訪指趣則巋然舊文祇謂攪心胡
為析理臣懲其若是志爲訓釋乃求得衢州
常山縣尉臣呂延濟都水使者劉承祖男臣
良處士臣張銑臣呂向臣李周翰等或藝術
精遠塵遊不雜或詞論頴曜巖居自修相與
三復乃詞周知秘旨一貫於理杳測澄懷目
無全文心無留義作者爲志森乎可觀記其
所善名曰集注并具字音復三十卷其言約
其利愽後事元龜爲學之師豁若撤蒙爛然
見景載謂激俗誠惟便人伏惟

陛下濬悊乃文嘉言必史特發英藻克光洪
猷有彰天心是效臣等敢有所隱斯與同進
謹於　朝堂拜表以聞輕瀆冕旒精爽震越
臣誠惶誠恐頓首死罪謹言
開元六年九月十日工部侍郎臣呂延祚
上表
上遣將軍高力士宣口勑曰朕近留心此書
比見注本唯只引事不説意義略看數卷卿
此書甚好賜絹及綵一百段即宜領取

文選目録
梁昭明太子撰　五臣并李善注

鵩鳥賦　賈誼
鸚鵡賦　禰正平
鷦鷯賦 幷序　張茂先
第十四卷
鳥獸下
赭白馬賦 幷序　顔延年
舞鶴賦　鮑明遠
志上
幽通賦　班孟堅
第十五卷

志中
思玄賦　張平子
歸田賦
第十六卷
志下
閑居賦 幷序　潘安仁
哀傷
長門賦 幷序　司馬長卿
思舊賦 幷序　向子期
歎逝賦 幷序　陸士衡

懷舊賦 幷序　潘安仁
寡婦賦 幷序
恨賦　江文通
別賦
第十七卷
論文
文賦 幷序　陸士衡
音樂上
洞簫賦　王子淵
舞賦 幷序　傅武仲

第十八卷
音樂下
長笛賦 幷序　馬季長
琴賦 幷序　嵇叔夜
笙賦　潘安仁
嘯賦　成公子安
第十九卷
賦癸
情
高唐賦　宋玉

第二十卷

第二十三卷

詠懷

哀傷

贈答一

第二十四卷

贈答二

第二十五卷

贈荅三

第二十六卷

贈荅四

第三十卷

文選目録　二十

文選目録　二十一

第四十二卷

書中

第四十三卷

書下

第四十四卷

檄

第四十五卷

對問

設論

辭

文選目録終

文選一

賦
京都一

共六十

文選卷第一

梁昭明太子撰　五臣并李善注

賦甲善曰賦甲者舊題甲乙所以紀卷先後今卷既改故甲乙並除存其首題以明舊式

京都上

班孟堅兩都賦二首善曰自光武至和帝都洛陽西京父老有怨班固恐帝去洛陽故上此詞以諫和帝大悅也

兩都賦序

班孟堅銑曰漢書云班固字孟堅扶風安陵人九歲能屬文至明帝時為蘭臺令史遷為郎後竇憲出征匈奴以固為中護軍憲敗坐免官死獄中明帝修洛陽西土父老怨帝不都長安固作兩都賦以諷善曰范曄後漢書曰班固字孟堅北地人也年九歲能屬文長遂博貫載籍顯宗時除蘭臺令史遷為郎乃上兩都賦大將軍竇憲出征匈奴以固為中護軍憲敗固坐免官遂死獄中

或曰賦者古詩之流也向曰或者不定之辭善曰毛詩序曰詩有六義焉二曰賦故賦為古詩之流也諸引文證皆舉先以明後以示作者必有所祖述也他皆類此昔成康沒而頌聲寢王澤竭而詩不作翰曰言成王康王既沒德澤不流詩頌都寢息也　善曰周道既微雅頌並廢也史記曰周武王太子誦立是為成王成王太子劒立是為康王毛詩序曰頌者以其成功告於神明者也樂稽耀加曰仁義所生為王毛詩序曰止乎禮義先王之澤也然則作詩稟乎先王之澤故王澤竭而詩不作興也孟子曰王者之跡息而詩亡大漢初定

日不暇給翰曰高祖自漢王升為天子故稱
大漢日不暇給言不暇崇文化
善曰漢書曰高祖姓劉氏立為漢王滅項羽
即皇帝位荀悅曰諱邦字季史記曰雖受命
而日有不
暇給也至於武宣之世乃崇禮官考文章
濟曰武帝宣帝始立禮官考校文章善曰
漢書曰孝武皇帝景帝中子荀悅曰諱徹漢
書曰孝宣帝武帝曾孫戾太
子孫荀悅曰諱詢字次卿內設金馬石渠
之署外興樂府協律之事銑曰金馬門宦者
署漢時有賢良丞
待詔於此石渠閣名主校秘書蕭何所造署
司也樂府聚樂之所協律都尉武帝置之以
考校律呂善曰史記曰金馬門宦者署
門傍有銅馬故謂之曰金馬門三輔故事曰
石渠閣在大秘殿北以閣秘書漢書曰武帝
定郊祀之禮乃立樂府以李延年為協律都
尉以興廢繼絶潤色鴻業是以衆庶說豫福

應尤盛向曰鴻大也言福祥徵應甚盛善
曰言能發起遺文以光讚大業也論
語子曰興廢國繼絶世然文雖出彼而意微
殊不可以文害意他皆類此論語子曰東里
子產潤色之劉秦美新
曰制成六經洪業也白麟赤鴈芝房寶鼎
之歌薦於郊廟良曰薦進也所獲祥瑞並令
樂府作歌以進郊廟善曰
漢書武紀曰行幸雍獲白麟作白麟之歌又
曰行幸東海獲赤鴈作朱鴈之歌又曰甘泉
宮內產芝九莖連葉作芝房歌又
曰得寶鼎后土祠傍作寶鼎之歌神雀五鳳
甘露黃龍之瑞以為年紀濟曰並因瑞以為
年號之紀紀記也
善曰漢書宣紀曰神雀元年應劭曰前年神
雀集長樂宮故改年也又曰五鳳元年應劭
曰先者鳳皇五至因以改元又甘露元年詔
曰乃者鳳皇至甘露降故以名元年又曰黃
龍元年應劭曰先是黃
龍見新豐因以改元焉故言語侍從之臣若

司馬相如虞丘壽王東方朔枚皐王褒劉向
之屬向曰並以言語才
華進為侍從之臣朝夕論思日月獻納
向曰論思正道獻納於上善曰漢書司馬
相如字長卿為武騎常侍又曰虞丘壽王字
子貢以善格五召待詔遷為侍中中書又曰
東方朔字曼倩上書自稱擧上偉之令待詔
公車後拜為太中大夫給事中又曰枚皐字
少孺上書北闕自稱枚乘之子上得大喜召
入見待詔拜為郎又曰王褒字子淵上令褒
待詔褒等數從獵擢為諫大夫又曰劉向字
子政為郎中
遷中壘校尉而公卿大臣御史大夫倪寬太
常孔臧太中大夫董仲舒宗正劉德太子
太傅蕭望之等時時間作翰曰謂間作文章
善曰漢書倪寬修
尚書以郡選詣博士孔安國射策為掌故遷
侍御史孔臧集曰臧仲尼之後少以才博知

名稍遷御史大夫辭曰臣代以經學為家乞
為太常專修家業武帝遂用之漢書曰董仲
舒以修春秋為博士後為中大夫又曰劉德
祖字路叔少修黃老術武帝謂之千里駒蕭
宗正又曰蕭望之字長倩以
射策甲科為郎遷太子太傅或以抒下情
而通諷諭或以宣上德而盡忠孝銑曰抒舒
也舒散情
性成其文章通諷諫之道宣君上之德盡忠
孝之心善曰廣雅曰抒漾也食輿切諷方
鳳切毛詩序曰吟詠情性以諷其上楚辭曰
抒中情而屬詩國語泠州鳩曰夫律所以宣
布哲人
之令德雍容揄揚著張
慮於後嗣抑國家之遺
美亦雅頌之亞也向曰雍和容緩揄引揚舉
亞次嗣代也言諷諭之事
著於後代亦為雅頌之次善曰說文揄引
也以珠切孔安國尚書傳曰揚舉也毛詩序
曰言天下之事形
四方之風謂之雅故孝成之世論而錄之蓋

奏御者千有餘篇良曰成帝使謁者陳農求天下遺失之書千有餘篇
善曰漢書曰孝成皇帝元帝太子也荀悅曰諱驁字太孫而後大漢之文
章炳焉與三代同風向曰言與夏殷周同風炳明也善曰蒼
頡篇炳著明也彼四切論語子曰三代之所以直道而行馬融曰三代夏殷周且夫
道有夷隆學有麤密濟曰夷平隆盛也言代有平盛學者隨時精麤
不可齊也因時而建德者不以遠近易則濟曰建立也言
因時立德不以古今易其法則故皐陶歌虞奚斯頌魯同見
采於孔氏列於詩書其義一也翰曰皐陶舜臣也奚斯魯
公子咸作歌頌以美國風及孔子修詩書並采而列之善曰尚書皐陶歌曰元首明哉
股肱良哉庶事康哉毛詩魯頌曰新廟奕奕奚斯所作薛君曰奚斯魯公子也言其新廟奕

文選一　四

奕然盛是詩公子奚斯所作也稽之上古則如彼考之漢
室又如此銑曰稽考也如彼謂皐陶如此謂相如之輩斯事雖細
然先臣之舊式國家之遺美不可闕也濟曰班固
自言作賦之事雖細微然先臣皐陶舊法國家歌頌遺美不可闕之臣竊見海
內清平朝廷無事京師修宮室浚峻城隍而
起苑囿以備制度向曰海內國內也京師洛陽也浚深也隍城池也樹
果曰苑畜獸曰囿言備制度不可奢也善曰蔡邕獨斷或曰朝廷亦皆依違尊者所都
連舉朝廷以言之諸釋義或引後以明前示臣之任不敢專他皆類此公羊傳曰京師者
天子之居也京者何大也師者何衆也天子之居必以衆大之辭言也說文曰城池无水
曰隍周禮曰囿遊之獸鄭玄曰囿今之苑西土耆老咸懷怨思冀

上之睠顧而盛稱長安舊制有陋洛邑之議
向曰西土長安也長安人怨天子之居洛咸懷怨思冀天子西顧濟曰長安人欲天子
社故盛稱西京之美言洛邑之陋善曰長安在西故曰西尚書曰西土有衆故
臣作兩都賦以極衆人之所眩懸曜銑曰極猶止也
眩曜猶惑亂也折以今之法度良曰言先作西都賦極陳奢麗後作東都
賦盛稱法度以折之辭曰

西都賦

有西都賓問於東都主人曰濟曰假爲賓主以拒問荅時漢
都洛陽故東稱主西稱賓蓋聞皇漢之初經營也嘗有意
乎都河洛矣輟而弗康寔用西遷作我上都

文選一　五

主人聞其故而覩其制乎銑曰皇大也經營猶構立也言漢初
立有意都洛陽銑曰輟止康安也我天子也言天子止於河洛以爲不安是以西遷上
都上都西京長安之制乎向曰問主人聞遷都之故見善曰孝經鉤命決曰道機合
者稱皇尚書曰啟既得吉卜乃經營東都有河南洛陽故曰河洛也鄭玄論語注曰輟止
也張衞切孔安國尚書傳曰康安也褎梁傳曰褎我君桓公我君接上下也主人
曰未也願賓攄懷舊之蓄念發思古之幽情
博我以皇道弘我以漢京翰曰攄舒也懷舊都也蓄積也幽情
深情也皇道皇王之道弘大也漢京長安也善曰廣雅曰攄舒也孔安國尚書傳曰蓄積
也論語顏淵曰夫子博我以文賓曰唯唯上聲漢之西都在於
雍州寔曰長安良曰唯應敬之辭濟曰秦地於禹時跨梁雍二州漢稱

長安言可長安子孫也善曰禮記曰父召
子諾唯而起漢書曰秦地於禹貢時跨雍梁
二州漢興立都長安左據函谷二崤之阻表以太華終
南之山良曰函谷谷名其谷似函故曰函谷二崤兩山名在秦東故曰左濟曰
表儀表也太華山在秦東終南山在前磻塈以為標表善曰戰國策蘇秦曰秦東有殽
函之固鹽鐵論曰秦左殽函漢書音義韋昭曰崤谷關左氏傳曰崤有二陵其南陵夏后
皐之墓其北陵文王所避風雨也標表也山海經曰華首之山西六十里曰太華之山毛
詩曰終南何有有條有枚毛萇曰終南周之名山終南也右界褒斜隴首
之險帶以洪河涇渭之川衆流之隈汧涌其
西向曰褒斜谷名隴首山名良曰洪河大河也涇渭二水名善曰長揚賦曰命右
扶風郿入西自褒斜梁州記曰萬石城泝漢上七里有褒谷南口曰褒北口曰斜長四百

七十里鹽鐵論曰秦右隴阺漢書辛雍右麟歌曰朝隴首覽西垠尚書曰導河自積石南
至于華陰山海經曰涇水出長城北尚書曰導渭自鳥鼠同穴華實之毛則
九州之上腴焉防禦之阻則天地之隩烏号區
焉銑曰華實果木之實毛謂草木蕃滋如毛之生於皮也腴肥沃田居九州之上言第
一也濟曰言四塞之險易為備禦隩猶深險善曰春秋文耀鉤曰春致其時華實乃
榮左氏傳君子曰澗谿沼沚之毛漢書曰秦
地九州膏腴楊雄衛尉箴曰設置山險盡為
防禦說文曰隩四方之上可定居者也於報切是故橫被六合三成
帝畿周以龍興秦以虎視濟曰橫被廣被也六合四方上下也
三成周秦漢天子居之千里曰畿龍興喻德虎視喻暴善曰漢書音義文穎曰關西為
橫孔安國尚書傳曰被及也呂氏春秋曰神通乎六合高誘曰四方上下為六三成帝畿

謂周秦漢也樂稽嘉耀曰德象天地為帝周禮曰方千里曰王畿史記曰周后稷名棄堯
舜時為農師號后稷繼稷氏至孫公劉周之道興至文王徙都豐武王滅紂孔安國尚書
序曰漢室龍興史記曰秦之先帝顓頊之苗裔至孝公作咸陽政并六國稱皇帝周易曰
虎視眈眈其欲逐逐及至大漢受命而都之也仰悟東
井之精俯協河圖之靈濟曰受命天命也悟見也精五星也東井
星秦分也高祖入秦五星聚於東井協合也河圖河出圖也帝王符應故曰靈善曰漢
書漢元年十月五星聚于東井沛公至霸上又曰以曆推之從歲星也此高祖受命之符
尚書雒書曰河圖命紀也然五經緯皆河圖也春秋漢含孳曰劉季握卯金刀在軫北字
季天下服卯在東方陽所立仁且明金在西方陰所立義成功刀居右字成章刀擊秦枉
矢東流水神哭祖龍然則成功在西故都長安奉春建策留侯演成

天人合應以發皇明乃眷西顧寔惟作京翰曰
高祖將都洛陽戍卒婁敬說令都關中上以問留侯良曰敬言是也即日駕幸西都既至
拜敬為奉春君皇大也此則天意人事合應以發我皇大明之德濟曰高祖眷下民西
顧是以作京都善曰漢書高祖西都洛陽戍卒婁敬求見說上曰陛下都洛不更不如
入關據秦之固上問張良良因勸上是日車駕西都長安拜婁敬為奉春君賜姓劉氏又
曰封張良為留侯也蒼頡篇曰演引也天謂五星也人謂婁敬也皇謂高祖也四子講德
論曰天人並應毛詩曰乃眷西顧此惟與宅於是睎希秦嶺睋俄
北阜挾胡牒灃灞據龍首圖皇基於億載度宏
規而大起向曰睎望睋視也秦嶺北阜皆山名銑曰挾帶也灃灞二水名據
依也龍首山名圖謀也億載久遠也宏大也言謀久遠之道度大規矩而起都邑善曰

說文睎望也呼衣切秦嶺南山也漢書曰秦地有南山䁾視也五哥切北阜山也漢書文帝曰以北山石為槨張揖上林賦注曰豐水出鄠南山灃谷漢書曰灞水出藍田谷山海經曰華山之西龍首之山也長楊賦曰覩億載孔安國尚書傳曰十萬曰億爾雅曰載年也小雅曰羌發聲也度與羌古字通度或爲慶也肇自高而終平世增飾以崇麗歷十二之延祚故窮泰而極侈銑曰肇始也始自高祖終於平帝爲十二世世增修飾故云窮極奢侈　善曰漢書高祖張晏曰以爲功最高而爲漢帝之祖故特起名焉漢書孝平皇帝元帝庶孫荀悅曰諱衎漢高自祖至于孝平凡十二帝也國語曰天地之所祚賈逵曰祚祿也建金城之萬雉呀呼遐周池而成淵向曰言立此城基固如金雉長三丈高一丈呀大也言城下池周繞而大乃成深淵善曰鹽鐵論秦四塞以爲固金城千里字林曰呀大空皃火家切說文曰城有水曰池披三條之廣路立十二之通門銑曰披開也三條三達之路面三門四面十二門　善曰周禮匠人營國方九里旁三門鄭玄曰天子十二門通十二子也內則街衢洞達閭閻且千九市開場貨別隧分人不得顧車不得旋闐音田城溢郭旁流百廛紅塵四合煙雲相連濟曰閭里門也閻里中門且千言多也長安立九市貨市物也隧市中道闤闠也溢城郭流出百廛五畝曰廛良曰言人衆廛合火煙與雲相連　善曰說文街四通也音佳爾雅曰四達謂之衢字林曰閭里門也閻里中門也漢宮闕疏曰長安立九市其六市在道西三市在道東鄭玄周禮注曰金玉曰貨薛綜西京賦注曰隧列肆道也音遂鄭玄禮記注曰塡滿也塡與闐同徒堅切又曰廛市物邸舍也除連切李陵詩曰

紅塵塞天地白日何冥冥於是既庶且富娛樂無疆都人士女殊異乎五方遊士擬於公侯列肆侈於姬姜銑曰庶衆也既衆又富競爲娛樂无有疆畔言此都士女麗美過於五方向曰遊士遊人也皆僭於公侯車服肆市也中婦人服飾奢侈過於姬姜　善曰論語子適衛冉有僕子曰庶矣哉冉有曰既庶矣又何加焉曰富之毛詩曰惠我無疆又曰彼都人士又曰彼君子女漢書曰秦地五方雜錯富人則商賈爲利列侯貴人車服僭上衆庶放效羞不相及鄭玄周禮注曰肆市中陳物處也左氏傳君子曰詩云雖有姬姜无棄憔悴鄉曲豪舉遊俠之雄節慕原嘗名亞春陵連交合衆騁騖乎其中濟曰豪舉謂豪俠之人自相稱舉以誇矜遊俠謂輕死重義之人原平原君嘗孟嘗君春春申君陵信陵君並招致賓客競爲奢侈言鄉曲之人名節與之相次　翰曰騁騖猶馳逐　善曰莊子曰治州閭鄉曲史記魏公子无忌曰平原之遊徒豪舉耳文子曰智過十人謂之豪漢書曰秦地豪傑則游俠通姦史記曰平原君趙勝者趙之諸公子也諸中勝最賢賓客蓋至者數千人又曰孟嘗君名文姓田氏孟嘗君在薛招致諸侯賓客食客數千人又曰春申君者楚人也名歇姓黃氏考烈王以歇爲相封春申君客三千餘人又曰魏公子无忌者魏安釐王弟也安釐王封公子爲信陵君致食客三千楚辭曰朝騁騖乎江皐說文曰騁直馳也又曰騖亂馳也音務若乃觀其四郊浮遊近縣則南望杜霸北眺五陵名都對郭邑居相承英俊之域紱冕所興冠蓋如雲七相五公與乎州郡之豪傑五都之貨殖三選七遷充奉陵邑蓋以彊幹

弱枝隆上都而觀萬國良曰浮行也宣帝杜
陵文帝霸陵在南高
惠景武昭帝此五陵皆在北銑曰名都謂
近都之縣對郭與京都相對故云邑居相承
士人多宅於此故稱英俊之域紱冕士人服
飾興起也向曰如雲言多也七相謂車千
秋黃霸王商王嘉韋賢平當魏相五公張湯
蕭望之馮奉世史丹張安世公侯御史大夫
將軍通稱為公馮與豪傑之士貨殖之人同
遷於陵五都臨淄邯鄲南陽宛洛蜀也貨殖
為貴富之家三選一曰七相五公二曰豪傑
三曰貨殖七遷謂徧徙居七陵充供奉也七
陵則上所謂杜霸二陵及五陵銑曰彊幹
彊帝室弱枝謂諸侯壯其上都以臨萬國
善曰鄭玄周禮注曰王國百里為郊漢書曰宣
帝葬杜陵文帝葬霸陵高帝葬長陵惠帝葬
安陵景帝葬陽陵武帝葬茂陵昭帝葬平陵
文子曰智過萬人謂之英千人謂之俊蒼頡
篇曰紱綬也說文曰冕大夫以上冠也毛詩
曰有女如雲相丞相也漢書韋賢為丞相徙

平陵車千秋為丞相徙長陵黃霸為丞相徙
平陵平當為丞相徙平陵魏相為丞相徙平
陵公御史大夫將軍通稱也漢書曰張湯為
御史大夫徙杜陵杜周為御史大夫徙茂陵
蕭望之為左將軍徙杜陵馮奉世為右將軍
徙杜陵史丹為大將軍徙杜陵然其餘不在
七相之數者並以罪國除故也善曰文子
曰智過百人謂之傑十人謂之豪漢書曰王
莽於五都立均官更名雒陽邯鄲臨淄宛城
都市長安皆為五均司市師三選謂選三等
之人七遷謂遷於七陵也漢書曰徙吏二千
石高訾富人及豪傑并兼之家於諸陵蓋亦
以強幹弱枝非獨為奉山園也又元帝詔曰
往者有司緣臣子之義奏徙郡國人以奉園
陵自今所為陵者勿置縣邑然則元帝始不
遷人陪陵自元以上正有七帝也春秋漢含
孳曰強幹弱流天之道宋均曰流猶枝也左
傳曰魯諸大夫曰禹會諸侯於塗山執玉帛
者萬國封畿之內厥土千里卓犖力角諸夏兼其

所有翰曰卓犖超絕也言諸夏超絕兼郡國
而有之善曰漢書雒邑與宗周通封
畿為千里又曰秦地沃野千里人以富饒逴
躒猶超絕也逴音卓躒呂角切論語子曰夷
狄之有君不如諸夏之亡也其陽則崇山隱天幽林穹谷
陸海珍藏藍田美玉向曰崇高窮深也濟
曰海者富有如海故言
陸海珍藏謂美玉出藍田善曰上林賦崇
山嵸巃崔嵬揚雄蜀都賦曰蒼山隱天毛詩
曰皎皎白駒在彼空谷薛君曰穹谷深谷也
漢書東方朔曰漢興去三河之地止霸滻以
西都涇渭之南此謂天下陸海
之地范子計然曰玉英出藍田商洛緣其隈
鄠戶杜濱其足源泉灌注陂池交屬濟曰商
洛山名
鄠杜二縣名隈水曲濱水涯也善曰漢書
弘農郡有商縣上雒縣扶風有鄠縣杜陽縣
說文曰隈水曲也於回切孔安國尚書
傳曰濱涯也又曰澤鄣曰陂停水曰池竹林

果園芳草甘木郊野之富號為近蜀翰曰言
水物雜
出與蜀相類故云近蜀善曰言秦境富饒
與蜀相類故號近蜀焉漢書曰秦地南有巴
蜀廣漢山林竹木蔬食果實之
饒爾雅曰邑外曰郊郊外曰野其陰則冠古亂
以九嵕子紅倍以甘泉乃有靈宮起乎其中秦
漢之昕極觀古亂淵雲之所頌歎於是乎存焉
銑曰九嵕山名上有九峯冠猶戴也甘泉山
名漢置宮於上以祈祀故言靈宮良曰秦
漢之君皆於此遊觀淵謂王子淵雲謂揚子
雲二賢並作賦頌以美之善曰漢書谷口
縣九嵕山在西戰國策范睢說秦王曰大王
之國北有甘泉谷口漢書公孫卿曰仙人好
樓居於是上令甘泉作延壽館通天臺漢宮
闕疏曰甘泉林光宮秦二代造漢書曰王子
淵為甘泉頌又曰
揚子雲奏甘泉賦下有鄭白之沃衣食之源

隄封五萬疆場亦綺紛溝塍乘刻鏤原隰龍
鱗決渠降雨荷插楚甲成雲五穀垂穎桑麻敷
紛銑曰原本也鄭國韓之水工為秦決涇水溉田名曰鄭渠趙大夫白公穿渠引涇水
溉田名曰白渠人賴此以為衣食濟曰隄積土也封畔也疆場畔也溝小渠塍畦界隴
也高平曰原下濕曰隰綺紛刻鏤龍鱗皆地之畦疆相交錯成文章　銑曰渠以灌苗故
比兩插可致水故比雲插鍬也翰曰潁穗也數紛盛貌　善曰史記曰韓聞秦之好興
事欲罷之令東伐迺使水工鄭國間說秦令鑿涇水自中山西抵瓠口為渠並北山東注
洛溉鳥鹵之地四萬餘頃皆收畝一鍾命曰鄭國渠又曰趙中大夫白公復奏穿渠引
涇水首起谷口尾入櫟陽注渭溉田四千餘頃因曰白渠人得其饒歌之曰田於何所池
陽谷口鄭國在前白渠起後舉插為雲決渠為雨涇水一石其泥數斗且溉且糞長我禾

文選一　十二

黍衣食京師億萬之口天子畿方千里提封百萬井臣瓚案舊說云提撮凡也言大舉頃
畝也韋昭曰積土為封限也毛詩曰疆場有瓜周禮曰十夫有溝鄭玄曰遂廣深各二尺
溝倍之說文曰塍稻田之畦也音繩周禮曰以五穀養病漢書音義韋昭曰黍稷菽麥稻
也毛詩曰實穎實栗毛萇曰穎垂穎也小雅曰禾穗謂之穎爾雅曰敷布也普胡切王逸
楚辭注曰紛盛貌也蔡與紛古字通東郊則有通溝大漕在到潰
渭洞河泛舟山東控引淮湖與海通波翰曰潰洞
皆通也漕水運也言東郊有溝通於河渭泛舟可以通東山之運亦與淮湖海通波瀾
善曰言通溝大漕既達河渭又可以泛舟山東控引淮湖之流而與海通其波瀾漢書武
紀曰穿漕渠通渭如淳曰水轉曰漕蒼頡篇曰潰旁決也胡對切說文曰洞疾流也國語
曰泛舟於河歸糴於晉史記曰滎陽下引河東南為鴻溝以與淮泗會也西郊

則有上囿禁苑林麓藪澤陂池連乎蜀漢繚
以周牆四百餘里離宮別館三十六所神池
靈沼往往而在良曰麓山足也有水曰澤無水曰藪陂池旁頹貌蜀漢秦
川二郡名言林苑旁連此二郡　濟曰繚繞也周牆謂苑牆周迴四百餘里言廣也離
宮別館謂天子行處別署所至之處皆有池沼故言往往稱神靈美之　善曰上囿禁苑
即林苑也羽獵賦曰開禁苑穀梁傳曰林屬於山為麓鄭玄周禮注曰澤無水曰藪漢書
有蜀郡漢中郡繚猶繞也三輔故事曰上林連綿四百餘里繚力鳥切離別非一所也上
林賦曰離宮別館彌山跨谷三秦記曰昆明池中有神池通白鹿原毛詩曰王在靈沼
其中乃有九真之麟大宛於袁之馬黃支之犀
條枝之鳥踰崑崙越巨海殊方異類至于三

文選一　十三

萬里銑曰九真國獻奇獸似麟大宛國獻汗血馬黃支國貢生犀條枝國貢大鳥
向曰崐崙山名巨海大海踰越過也三萬里言所從來遠也　善曰漢書宣帝詔曰九真
獻奇獸晉灼漢書注曰駮形麟色牛角又曰貳師將軍廣利斬大宛王首獲汗血馬
又曰黃支自三萬里貢生犀又曰條枝國臨西海有大鳥卵如甕山海經曰帝之下都崐
崙之墟高萬仞河圖括地象曰崐崙在西北其高一萬一千里子虛賦曰東注巨海也其
宮室也體象乎天地經緯乎陰陽據坤靈之
正位放甫罔太紫之圓方向曰言建宮室方圓取象天地經南北也
緯東西也言東西南北合陰陽之法　良曰坤地也言得地靈中正之位放學也謂學太
微紫微星宮以為規矩明　善曰七略曰王者師天地體天而行是以明堂之制內有太室
象紫微宮南出明堂象太微春秋元命苞曰紫之言此也宮之言中也言天神圖法陰陽

開闔皆在此中也周易曰坤地道也楊雄司
命箴曰普彼坤靈侔天作制春秋合誠圖曰
太微其星十二四方又曰紫宮大帝室也樹中天之華闕豐冠山
之朱堂因瓌材而究奇抗應龍之虹梁列棼
汾橑老以布翼荷棟桴數而高驤音相翰曰中天言
高及大半華麗也豐廣也冠山言未央殿在龍首山上如戴大冠濟曰瓌美究盡抗舉
也因美材盡奇巧舉應龍之象梁曲如虹故言虹梁向曰棼桴皆棟也橑椽也言棟上
榱橑如翼也驤舉也謂虹梁荷負而舉善曰列子周穆王築臺號曰中天之臺漢書曰
蕭何立東闕北闕周易曰豐其屋漢書曰蕭何作未央宮潘岳關中記曰未央宮殿皆號
龍首山土作之然殿居山上故曰冠云埤蒼曰瓌瑋珎琦也應龍虹梁梁形似龍而曲如
虹也廣雅曰有翼曰應龍爾雅曰蝃蝀虹也蝃音帝蝀音董虹音紅說文曰棼複屋棟也

扶云切又曰橑椽也梁道切又曰翼屋榮也爾雅曰棟謂之桴音浮雕玉瑱土見
以居楹裁金璧以飾璫當發五色之渥彩光
爓艷朗以景彰良曰雕刻楹柱也瑱柱下石也璫椽頭飾也渥潤也言刻
玉為柱石以金璧飾椽端閏以五色光焰朗然景影彰明也善曰言雕刻玉瑱以居楹
柱也爾雅曰玉謂之雕郭璞曰治玉名也廣雅曰磌礩也瑱與磌古字通並莊年切說文
曰楹柱也上林賦曰華榱璧璫韋昭曰裁金為璧以當榱頭善曰毛詩曰顏如渥丹鄭
玄曰渥厚漬也渥烏學切字林曰焰火皃也於是左墄倉則右平重
軒三階閨房周通門闥洞開列鍾虡巨於中
庭立金人於端闈濟曰墄階級也右乘車上故使平左人上故為級重
軒謂重欄干三階言南面之階有三閨房小室也周通猶徧通也門大門闥中門洞開言

相當也向曰鍾虡鍾格也秦始皇銷兵器鑄金人十二置於門右闈門也善曰七略
曰王者宮中必左墄而右平摯虞決疑要注曰凡太極乃有陛堂則有階無陛也左墄右
平平者以文塼相亞次也墄者為陛級也言陛級勤墄然七則切王逸楚辭注曰軒樓板
也周禮夏后氏世室九階鄭玄曰南面三三面各二也爾雅曰宮中門謂之闈小者謂之
闈毛萇詩傳曰闈門內也史記曰始皇太收天下兵器聚之咸陽銷以為鍾鐻鑄金人十
二重各千斤置宮中徐廣曰鐻音巨毛詩曰設業設虡毛萇曰植曰虡虡與鐻古字通也三
輔黃圖曰秦營宮殿端門四達以則紫宮闥他曷切仍增崖而衡閾臨
峻路而啓扉銑曰仍因也衡閾門限也言端門因龍首增崖以為限峻大路
也啓開也扉門扉善曰爾雅曰仍因也仍或為芨非也孔安國論語注曰閾門限也胡
洫切又曰峻高大也爾雅曰闈謂之扉徇以離宮別寢承以崇

臺閑閑館煥若列宿紫宮是環向曰寢寢室崇臺高臺閒
館閑居之館濟曰言太極殿旁諸臺館煥然似鉤陳諸星環遶紫微宮善曰孔安國
尚書傳曰徇循也爾雅曰室無東西廂有室曰寢又曰四方而高曰臺春秋合城圖曰紫
宮大帝室太一之精也漢書曰中宮天極星環之匡衛十一星藩臣皆曰紫宮也清
涼宣溫神仙長年金華玉堂白虎麒麟區宇
若茲不可殫丹論向曰宣者宣明殿溫者溫室銑曰金華以下並殿
名殫盡也善曰三輔黃圖曰未央宮有清涼殿宣室殿中溫室殿金華殿太玉堂殿中
白虎殿麒麟殿長樂宮有神仙殿孔安國尚書傳曰殫盡也長年亦殿名增盤崔
旋回嵬五回登降照爛殊形詭軌制每各異觀乘
茵因步輦惟所息宴濟曰增盤閣名崔嵬高大皃登降照爛謂上下

僎光明詭制言形制詭譎典於常見良曰茵褥也輦大車言後宮或行于茵或載于輦
所至之處皆可宴息善曰毛萇詩傳曰崔高大也茲瑰切王逸楚辭注曰嵬高也才迴
切廣雅曰炤明也音照爛亦明也力旦切應劭漢官儀曰皇后婕妤乘輦餘皆以茵四人
輿以行鄭玄禮記注曰茵蓐也於申切周易曰君子以嚮晦入宴息也後宮則
有掖庭椒房后妃之室合歡增城安處常寧
茝若椒風披香發越蘭林蕙草鴛鸞飛翔之
列向曰掖庭宮名在天子左右如肘腋椒房以椒塗壁后妃居之濟曰合歡以下並
殿名善曰漢書詔掖庭養視應劭曰掖庭宮人之官漢官儀曰婕妤以下皆居掖庭三
輔黃圖曰長樂宮有椒房殿漢書曰班婕妤居增城舍桓子新論曰董賢女弟為昭儀居
舍號曰椒風漢宮閣名長安有合歡殿披香殿鴛鸞殿飛翔殿餘亦皆殿名昭陽

文選一　十六

特盛隆於孝成屋不呈材牆不露形裛於業以
藻繡絡以綸善本作編連隨侯明月錯落其間金
釭銜璧是為列錢翡翠火齊慈計流耀含英懸
黎垂棘夜光在焉向曰昭陽殿名成帝作也特獨也呈亦露也裛纏絡也
繞也言皆以藻繡綸緩纏繞不露其土大濟曰隨侯得大珠色如明月錯落分布珠皃
金釭錢盞也鈿壁於中故言銜行列於室有似列燈向曰翡翠鳥羽也火齊珠也懸黎
垂棘皆璧也夜光亦珠也英明也言流光含肦也善曰漢書曰孝成趙皇后弟絕幸為
昭儀居昭陽舍其壁帶往往為黃金釭函藍田璧明珠翠羽飾之音義曰謂壁中之橫帶
也引漢書注云音義者皆失其姓名故云音義而已說文曰釭轂鐵也列錢言金釭銜璧
行列似錢也釭古雙切說文曰裛纏也於劫切又曰綸糾青絲綬也淮南子曰隨侯之珠

和氏之璧得之而富失之而貧高誘曰隨侯漢中國姬姓諸侯也隨侯見大蛇傷斷以藥
傅而塗之後蛇於夜中銜大珠以報之因曰隨侯之珠蓋明月珠也李斯上書曰有隨和
之寶隨明月之珠張揖上林賦注曰翡翠大小如爵雄赤曰翡雌青曰翠韻集曰玫瑰火
齊珠也戰國策應侯謂秦王曰梁有懸黎楚有和璞而為天下名器左氏傳曰晉荀息請
以垂棘之璧假道於虞以伐虢許慎淮南子注曰夜光之珠有似明月故曰明月也高誘
以隨侯為明月許慎以明月為夜光班固云隨侯明月下云懸黎垂棘夜光在焉上班
以夜光非隨珠明月矣以二者合為一寶經典不載夜光本末故說者參差矣西京賦曰
流懸黎之夜光吳都賦曰隨侯於是鄙其夜光鄒陽云夜光之璧劉琨云夜光之珠尹文
子曰田父得寶玉經尺置於廡上其夜明照一室然則夜光為通稱不繫之於珠璧也
於是玄墀釦叩砌玉階彤庭碝而兗磩戚綵緻

文選一　十七

直利琳珉旻青熒珊瑚碧樹周阿而生銑曰玄墀以漆
飾墀墀階也釦砌鏤砌也玉階以玉飾階彤赤色也以彤漆飾庭碝磩珉石之次玉也綵
緻言色密也琳玉名青熒光也良曰珊瑚碧樹寶樹也阿曲也言生於庭曲善曰漢
書昭陽舍中庭彤朱而殿上髹漆砌皆銅沓黃金塗白玉階然墀以髹漆故曰玄也釦砌
以玉飾砌也說文曰釦金飾器祜後切廣雅曰砌戺也且計切說文曰碝石之次玉也如
兗切磩碝類也鄭玄禮記注曰綴密也郭璞上林碱注珉玉名也張揖上林賦注曰珉石
次玉也爾雅曰珊瑚珠也淮南子曰崐崙山木皇樹在其北高誘曰碧青石也韓詩曰曲
景曰阿然此阿庭之曲也紅羅颯蘇合纚所綺綺組繽紛精曜
華燭俯仰如神向曰言宮中美人也颯纚長袖貌繽紛盛貌言精光可燭
舉俯仰之態其猶神人善曰薛綜西京賦注曰颯纚長袖皃也颯思合切纚山綺切說

文曰綺文繒也孔安國尚書傳曰組綬也楚
辭曰佩繽紛其繁飾王逸曰繽紛盛貌也繽
匹人切戰國策張儀謂楚王曰彼鄭國之女
粉白黛黑立於衢閭非知而見之者以為神
後宮之號十有四位窈窕繁華更盛迭貴
乎斯列者蓋以百數濟曰言後宮有十四等
謂昭儀婕妤娙娥容華
美人八子充衣七子良人長使少使五官順
常无涓也窈窕美貌迭遞也蒙寵貴者蓋百
數善曰漢書大星正妃餘三星後宮又賛
曰漢興因秦之稱號帝正適稱皇后妾皆稱
夫人號凡十四等云昭儀位視丞相婕妤視
上卿娙娥視中二千石容華視真二千石美
人視二千石八子視千石充衣視千石七子
視八百石良人視七百石長使視六百石少
使視四百石五官視三百石順常視二百石
无涓共和娛靈保林良夜皆視百石毛詩曰
窈窕淑女君子好逑史記華陽夫人姊說夫
人曰不以繁華時樹本方言曰迭代也徒結
切娙
音刑

左右庭中朝堂百寮之位蕭曹魏邴謀
謨乎其上向曰寮官也言朝廷百寮之位即
有丞相蕭何曹參魏相邴吉等為
謀於上善曰尚書曰百寮師師漢書曰蕭
何沛人漢王即皇帝位拜何為相國又曰曹
參沛人也代蕭何為相國又曰魏相字翁
濟陰人也宣帝即位代韋賢為丞相又曰邴
吉字少卿魯國人也宣帝即位代魏
相為丞相孔安國尚書傳曰謀謨也佐命則
垂統輔翼則成化流大漢之愷悌蕩亡秦之
毒螫舒亦反濟曰統理也言佐命輔翼以
成理化流布也蕩滌也謂布大漢愷悌
之德滌亡秦毒螫之風善曰李陵報蘇武
書曰其餘佐命立功之士易乾鑿度曰代者
赤光黃佐命宋衷曰此赤光者謂漢高帝也
興者火之子故佐命張良是也孟子曰君子
創業垂統為可繼也禮記曰保者慎其身以
輔翼之長楊賦曰今朝廷出愷悌行簡易四

子講德論曰秦之時處任政
者並施螫毒說文曰螫行毒也故令斯人揚
樂和之聲作畫一之歌功德著乎祖宗膏澤
洽乎黎庶翰曰斯人謂此二人也揚舉也樂
樂和之聲祖宗先君也黎庶衆庶
也善曰孔叢子曰孔子曰古之帝王功成
作樂其功善者其樂和樂和則天下且應
之況百獸乎漢書曰蕭何曹參代之百姓
歌之曰蕭何為法較若畫一曹參代之守而
勿失載其清淨人以寧一又景帝詔曰歌者
所以發德舞者所以立功申屠嘉奏曰高祖
皇帝宜為太祖孝文帝宜為太宗史記太史
公曰成王作頌沐浴膏澤而歌詠勤苦孟子
曰膏澤下於民孔安
國尚書傳曰黎衆也又有天祿石渠典籍之
府命夫惇敦誨故老名儒師傳講論乎六藝
稽合乎同異濟曰天祿石渠閣名藏典籍之
處銑曰惇勉也誨教也言勉

教故老名儒師傅並先生稱也稽考也考校
典籍之同異善曰三輔故事天祿閣在大
殿北以閣秘書石渠已見上文然同卷再見
者並云已見上文務從省也他皆類此爾雅
曰惇勉也孔安國尚書傳曰誨教也周禮曰
六藝禮樂射御書數孔安國尚書傳曰稽考
也又有承明金馬著作之庭大雅宏達於茲
為羣元元本本殫見洽聞啓發篇章校理秘
文銑曰承明廬名宏大也著作著述之所大
雅大達君子於此為羣元元本本謂之典籍
根本華盡也洽徧也濟曰啓開也校理幽
秘之文也善曰漢書曰嚴助為會稽太守
帝賜書曰君厭承明之廬張晏曰承明廬在
石渠門外金馬已見上文大雅謂有大雅之
才者詩有大雅故以立稱馬漢書武帝曰司
馬相如之倫皆辯智閎達元元本本謂得其
元本也孔叢子曰萇弘曰仲尼治
闡強記孝經鉤命決曰丘掇紀文周以鈞陳

之位衛以嚴更平之署總禮官之甲科羣百
郡之廉孝翰曰鉤陳星名衛紫微宮令離宮別衛以取象焉嚴更言嚴肅理更
也向曰總羣皆聚也言聚甲科廉孝之人列於禁衛善曰樂汁圖曰鉤陳後宮也服
虔甘泉賦注曰紫宮外營句陳星也然王者亦法之薛綜西京賦注曰嚴更督行夜鼓也
漢書曰奉常掌禮儀屬官有五經博士又曰匡衡射策甲科除太常掌故又曰秦分天下
為郡縣又曰興廉舉孝也虎賁奔贅章衛衣閹淹尹閽寺陛
戟百重各有典司銑曰虎賁武士贅衣猶綴衣閹寺皆刑餘人掌宮禁
門戶言此等人於階陛之下使執戟陳列百重也司主也言各有所主善曰尚書周公
曰綴衣虎賁公羊傳曰贅猶綴也贅之銳切周禮曰內小臣閽上士又有閽人寺人漢書
曰太后盛服坐武帳武士陛戟陳列殿下也周廬千列徼叫道綺

文選一　二十

錯輦路經營脩塗飛閣自未央而連桂宮北
彌明光而亘長樂陵墱都鄧道而超西墉混建
章而連外屬設璧門之鳳闕上觚孤稜而棲
金爵翰曰周廬設卒周衛以直宿也徼道循禁道也輦路樓陛也脩長也桂宮宮名
明光殿名長樂宮名彌終也亘竟也言長塗飛閣從未央長樂以相連接銑曰登閣道
也超出墉城混通也閣道出城通達建章宮宮與外相連屬向曰閣道闕名也南有壁
門觚稜闕角也觚角上棲金爵金爵鳳也善曰史記衛令曰周廬設卒甚謹漢書音義張
晏曰直宿曰廬漢書曰中尉掌徼循京師如淳曰所謂遊徼循禁備盜賊也輦路輦道也
上林賦曰輦道纚屬如淳曰輦道閣道也司馬彪上林賦注曰除樓陛也漢書曰高祖至
長安蕭何作未央宮三輔舊事曰桂宮內有明光殿毛萇詩傳曰彌終也方言曰亘竟也

亘與絙古字通漢書曰高祖修長樂宮薛綜西京賦注曰墱閣道也丁鄧切毛萇詩傳曰
墉城也方言曰梶同也音義與混同胡本切漢書曰建章宮其東則鳳闕高二十餘丈其
南有壁門之屬漢書音義應劭曰觚八觚有隅者也音孤說文曰稜抓也抓與觚同稜落
登切三輔故事曰建章宮闕上有銅鳳皇然金爵則銅鳳也內則別風嶕
慈遙嶢牛條眇麗巧而竦擢張千門而立萬戶順
陰陽以開闔爾乃正殿崔嵬層構厥高臨乎
未央經駘台盪而出馺蘇合娑蘇可洞枍烏詣詣以
與天梁上反宇以蓋戴激日景而納光向曰別風
闕名嶕嶢高也言高竦而擢出良曰閶闔也言宮殿千門萬戶皆夕閉朝開夕為陰朝
為陽正殿路寢也崔嵬高也言其高峻俯臨未央宮濟曰駘盪馺娑枍詣殿名天梁宮

文選一　二十一

名蓋覆也激日景而納光言宮殿光色煥日景相激射而入宮室善曰三輔故事曰
建章宮東有折風闕中記曰折風一名別風廣雅曰嶕嶢高也嶕慈堯切漢書曰建章
宮度為千門萬戶前殿度高未央然前殿則正殿也長門賦曰正殿嵬以造天厥高臨乎
未央高之甚也崔嵬高貌也關中記曰建章宮有馺娑駘盪枍詣承光四殿馺素合切娑
蘇可切駘音殆枍烏詣切天梁亦宮名也爾雅曰蓋戴覆也激日景而納光言宮殿光輝
外激於日日景下也照而反納其光也神明鬱其特起遂偃蹇而
上躋軼逸雲雨於太半虹霓迴帶於棼汾楣
音眉雖輕迅與僄匹照狡猶愕五各胎勑吏而不能階
銑曰神明臺名特獨也偃蹇高貌躋升也軼過也太半三分有二雄曰虹雌曰霓楣檻也
言此臺高而上升二分過雲雨之上虹霓迴帶於棼楣言縈曲若佩帶於椽檻愕胎驚貌

階外也輕迅僄狡謂捷疾也言雖捷疾之人亦驚懼不能升　善曰漢書曰孝武立神明臺王逸楚辭注曰偃蹇高貌也公羊傳曰躋者何躋升也王蒼曰軼從後出前也餘質切漢書音義韋昭曰凡數三分有二為大半子曰虹蜺為析翳芬已見上文爾雅曰搖詞之梁靡飢切方言曰僄輕也芳妙切鄭玄禮記注曰狡疾也古飽切字書曰愕驚也五各切字林曰鶩貌勅吏切攀井幹寒而未半目眩胡編轉而意迷捨櫺靈而却倚若顛墜而復稽魂怳況往以失度巡迴途而下低翰曰井幹樓名稽留也言此樓高升之未半目眩意迷櫺攬欄也捨欄倚立若已墜矣而復留止魂神失度下就低處　善曰漢書曰武帝作井幹樓高五十丈輦道相屬焉幹音寒司馬彪莊子注曰井幹井欄也然積木有若欄也蒼頡篇云眩視不明也侯遍切說文櫺楯間子也力丁切王逸楚辭

曰攬楯也胡黯切說文曰稽留止也長門賦曰神怳怳而外淫王逸楚辭注曰怳失意也怳況往切既懲懼於登望降周流以彷徨步甬道以縈紆又杳烏鳥窱他鳥而不見陽翰曰懲恐也言恐懼不敢登望下而彷徨若不忍去也縈紆迴曲也杳窱深也陽明也言步此甬道迴曲深邃不見明也　善曰楚辭曰寤從容以周流聊逍遙而自恃毛詩序曰彷徨不忍去淮南子曰甬道相連高誘曰甬道飛閣複道也說文曰杳杳窱也廣雅曰窈窕深也窈與杳同烏鳥切窱他吊切毛萇詩傳曰陽明也排飛闥而上出若遊目於天表似無依而洋洋良曰排推也闥門也飛闥言臨空如飛也表外也言自蜀道排門出望若目見天外洋洋然不知所歸　善曰廣雅曰排推也薄皆切闥門也楚辭曰忽反顧而遊目王逸楚辭注曰洋洋無所歸皃前唐中而後太

液覽滄海之湯湯傷揚波濤於碣石激神岳之嶈嶈七羊濫瀛洲與方壺蓬萊起乎中央濟曰碣石海畔山唐中太液皆池名以象滄海湯湯然若揚波濤於碣石之下神岳即碣石也嶈嶈水激山之聲又於池為三山象瀛洲方壺蓬萊蓬萊在二山之中央　善曰漢書曰建章宮其西則有唐中數十里其北沼太液池漸臺高二十餘丈名曰太液池中有蓬萊方丈瀛洲臺梁象海中仙山如淳曰唐庭也尚書曰湯湯洪水方割蒼頡篇曰濤大波尚書曰夾右碣石入于河孔安國曰海畔山也毛詩曰應門將將說文曰濫泛也力暫切列子渤海之中有大壑其中有山一曰岱輿二曰員嶠三曰方壺四曰瀛洲五曰蓬萊於是靈草冬榮神木叢生巖峻崷自由崪故律金石崢仕耕嶸音宏　濟曰靈草神木言美也冬榮言不凋落崷崪崢嶸高峻貌　善曰

神木靈草謂不死藥也史記曰三神山仙人不死藥皆在焉杜預左氏傳注曰巖險也說文曰峻峭高也峻思俊切崷高皃也慈由切爾雅曰崪者厜㕒也慈恤切郭璞方言注曰崢嶸高峻也崢力耕切嶸胡萌切抗仙掌以承露擢雙立之金莖軼埃壒於害之混濁鮮顥胡暠氣之清英銑曰抗舉也金莖銅柱也作仙人掌以舉盤於其上軼過也鮮潔也顥白也言過埃塵之上以承潔白清英之露　善曰言承露之高也漢書曰孝武又作柏梁銅柱承露仙人掌之屬矣方言曰擢抽也達卓切金莖銅柱也王逸楚辭注曰埃塵也許慎淮南子注曰堨埃也堨與壒同於害切鮮潔也楚辭曰天白顥顥說文曰顥白皃胡暠切鮮或為鱻非也騁文成之丕誕徒旱馳五利之所刑庶松喬之羣類時遊從乎斯庭實列仙之攸館非吾人之

所寧銑曰武帝以方士李少君為文成將軍欒大為五利將軍丕大也誕猶術也刑
法也言馳騁二人之大術法廣為宮觀庶使赤松子王喬遊焉依所寧安也言此實列仙
所館之處非我常人之所安善曰漢書曰齊人李少翁以方術見上拜少翁為文成將
軍言上即欲與神通宮室被服非象神物不至乃作甘泉宮中為臺畫天地泰一諸鬼神
而置祭具以致天神又曰欒成侯登上書言欒大天子見大悅曰臣之師有不死之藥可
得仙人可致乃拜大為五利將軍毛萇詩傳曰刑法也列仙傳曰赤松子者神農時雨師
也服水玉以教神農又曰王子喬者周靈王太子晉也道人浮丘公接以上嵩高山爾
乃盛娛遊之壯觀奮太武乎上囿因茲以威
戎夸苦華狄耀威靈而講武事濟曰言其娛樂以壯觀望也囿
育獸處言講武於此以威戎狄善曰史記相如封禪書曰斯事天下之壯觀禮記曰西

文選一　二十四

方曰戎北方曰狄又曰孟冬之月天子乃命將帥講武習射御毛詩序曰有常德以立武
事命荊州使起鳥詔梁野而驅獸毛群內闐
田飛羽上覆接翼側足集禁林而屯聚向曰言南
多鳥西多獸荊人知鳥梁人知獸故命使之毛群獸類飛羽鳥類接翼側足言多也禁林
苑也屯聚也善曰尚書曰荊及衡陽惟荊州又曰華陽黑水惟梁州然則西南方多鳥
獸故命使之枚乘兔園賦曰翾翔群熙交頸接翼水衡虞人理善本作修
其營表種別群分部曲有署銑曰水衡虞人掌山澤之官營
表謂正行列也種別群分言部曲各有所主善曰周禮川衡鄭玄曰川流水也衡平其大
小也周禮曰虞人萊所田之野為表鄭司農曰表所以識正行列也司馬彪續漢書曰將
軍皆有部大將軍營五部部有校尉一人部下有曲曲有軍侯一人罘浮網連

紘籠山絡野列卒周匝星羅雲布濟曰罘獸網也紘網
網也籠絡猶圍繞列卒周匝謂徧列士卒星羅雲布言眾也善曰鄭玄禮記注曰獸罟
曰罘扶流切紘罘之網也胡萌切方言曰絡繞也來各切羽獵賦曰渙若天星之羅韓子
曰雲布風動於是乘鑾輿備法駕帥群臣披飛廉
入苑門濟曰乘輿天子之法駕六馬駕也群臣百官也飛廉館名言帥百官自飛
廉館而入苑善曰蔡邕獨斷曰天子至尊不可渫瀆言之故託於乘輿也又曰天子出
車駕次第謂之鹵簿有法駕司馬彪曰法駕六馬也漢書武紀曰長安作飛廉館遂
繞酆豐鄗浩歷上蘭六師發逐百獸駭殫震
震爚爚藥雷奔電激草木塗地山淵反覆蹂
汝九躪力振其十二三乃拗於六怒而少息銑曰酆鄗地名

文選一　二十五

上蘭觀名六師六軍也言天子縱六軍逐百獸駭驚也震爚光明皃蹂躪猶踐蹋也拗抑
也踐蹋禽獸十分殺其二三抑士卒怒以少息馬善曰世本曰武王在酆鄗杜預左氏
傳注曰酆在始平鄠縣東乎宮切說文曰鎬在上林苑中鎬與鄗同胡道切三輔黃圖曰
上林有上蘭觀尚書曰司馬掌邦政統六師又曰百獸率舞震之人切字林曰爚爚電光
也弋灼切說文曰電陰陽激耀也漢書曰一敗塗地廣雅曰塗汙也反覆猶傾動也字林
曰蹂踐也汝九切說文曰蹸轢也躪與蹸同力振切拗猶抑也於六反爾乃期
門佽且利飛列羽攢鏃侯要腰趹決追蹤鳥驚
觸絲獸駭值鋒機不虛掎己弦不再控矢不
單殺中必疊雙良曰武帝置期門佽飛官掌弋射鏃猶類趹奔也言期
門佽飛之徒列羽攢鏃要奔禽獸絲網也鋒兵刃也觸值皆著也謂鳥獸驚而自著鋒網

機弩牙也掎發也不虛發言必中也控引也弦不再引言射者不再引弓一發中雙善
曰漢書武帝與北地良家子期諸殿門故有期門之號又曰佽飛掌弋射佽音次蒼頡篇
曰攢聚也鑽與攢同作官切爾雅曰金鏃翦羽謂之鍭胡溝切廣雅曰趹奔也古穴切孔
安國尚書傳機弩牙也說文曰掎偏引也居蟻切又曰匈奴名引弓曰控控引也颮
颮檏紛紛矰曾繳酌相纏風毛雨血灑野蔽
天銑曰颮颮紛紛中物皃矰繳箭上加縷而射相纏謂多也風毛雨血言毛血雜下如
雨善曰颮颮紛紛衆多之皃也說文曰颮古颮字也俾姚切周禮曰矰矢也鄭玄曰
結繳於矢謂之矰矰高也說文曰繳生絲縷也之若切又曰灑所買切平原赤
勇士厲猿狖夷秀失木豺狼懾章攝竄向曰平原赤言血染
勇士猛士也厲嚴整也失木懾竄驚懼也善曰郭璞山海經注曰猨似獼猴而大臂長

文選一　二十六

便捷色黑蒼頡篇曰狖似狸與救切爾雅曰貁狗足郭璞曰腳似狗也說文曰狼似犬銳
頭白頰淮南子曰猨狖顛蹷而失木鄭玄毛詩箋曰懾懼也章涉切爾乃移師
赴險並蹈潛穢窮虎奔突狂兕似觸蹶居衛反
濟曰謂移師旅以就深穢言虎兕窮迫自相觸突而顛蹶善曰爾雅曰潛深也愼子曰
獸伏就穢字書曰穢蕪也爾雅曰兕似牛廣雅曰蹶踶跳也蹷居衛切踶徒帝切跳達彫
切許少施巧秦成力折制掎几僄匹妙狡扼猛
噬脫角挫脰豆徒搏博獨殺翰曰許少古捷人秦成壯士也
掎執也僄狡捷獸猛而噬人挫折脰頸也徒搏空手搏之言使捷壯士搏之或脫其角或
折其頸而殺之善曰許少秦成未詳說文曰扼搤也搤與扼古字通於責切王弼周易
注曰噬齧也音誓鄭玄禮記注曰挫折也祖過切何休公羊傳曰脰頸也徒鏤切爾雅曰

暴虎徒搏也郭璞曰空手執曰搏補洛切挾師豹拖徒可熊螭勑离曳
犀犛貍頓象羆超洞壑越峻崖宜蹶嶄作監巖
巨石隤松柏仆叢林摧草木無餘禽獸殄夷
翰曰師豹熊螭犀犛象羆皆猛大獸也挾拖曳頓皆持撮皃洞壑深壑峻高也言越深壑
高崖巨大頹落仆倒摧折也言蹶嶄巖令大石下落擊其松柏草木摧倒無餘也殄盡也
夷殺也謂盡殺禽獸善曰爾雅曰狻猊如虦貓食虎豹郭璞曰即師子也狻先九切猊
五奚切虦音棧貓音苗說文曰拖曳也徒可切熊獸似豕山居冬蟄歐陽尚書說曰螭猛
獸也勑離切郭璞山海經注曰犀似水牛而猪頭黑色有三蹄三角一在頂上一在額上
一在鼻上又曰犛黑色出西南徼外力之切又曰象獸之最大者也長鼻大者牙長一丈
爾雅曰羆似熊而黃色毛詩傳曰嶄巖石高峻之皃也士咸切說文曰仆頓也爾雅曰

文選一　二十七

殄盡也杜預左氏傳注曰夷殺也於是天子乃登屬玉之館
歷長楊之榭覽山川之體勢觀三軍之殺獲
于卦原野蕭條目極四裔禽相鎮壓獸相枕藉
慈夜反銑曰屬玉館名長楊宮名榭謂臺上有木天子登此臺榭觀山川之形體士卒
殺獲原野蕭條盡望四裔無草木但有禽獸相枕而死善曰漢書宣紀曰行幸長楊宮
蜀玉觀服虔曰以玉飾因名焉三輔黃圖曰上林有長楊宮爾雅曰闍謂之臺有木者謂之
榭辭夜切羽獵賦曰三軍芒然楚辭曰山蕭條而無獸左氏傳曰投諸四裔以禦魑魅
然後收禽會衆論功賜胙祚陳輕騎以行炰
白茅騰酒車以斟酌割鮮野食舉烽命爵銑曰言收
所獲之禽會師衆以論功賜胙賜其餘炰炙肉言以騎行炙以車載酒兼割鮮以饗士卒

烽燧火也言舉火以促飲 善曰左氏傳曰
歸胙于公毛詩曰炰之燔之毛萇曰以毛曰
炰薄交切子虛賦曰割鮮染輪孔安國尚書
傳曰鳥獸新殺曰鮮方言曰烽寘望也郭璞
曰今烽火是也說文
曰釂飲酒盡子曜切饗賜畢勞逸齊大輅鳴
鑾容與俳佪濟曰饗賜謂士卒也勞者厚之
逸者薄之故言齊大輅天子車
鑾車上鈴也容與俳佪順動皃 善曰禮記
大輅者天子之車也白虎通曰天子大輅周
禮曰巾車掌玉輅凡取輅儀以鑾和爲
節鄭玄曰鑾在衡和在軾皆以金鈴也集乎
豫章之宇臨乎昆明之池左牽牛而右織女
似雲漢之無涯音宜茂樹蔭蔚芳草被隄蘭茝
發色曄曄于獵猗猗若摛勑离錦與布繡爓燿乎
其陂濟曰豫章館名也言集此館武帝鑿昆
明池作牽牛織女於左右以象天河言

文選一　二十八

廣大猶雲漢無涯際 向曰蘭茝香草也曄
曄花色皃猗猗美皃摛 舒也言草樹花色美
盛如舒布錦繡爓燿於塘陂皮即昆明池
善曰三輔黃圖曰上林有豫章觀漢書曰武
帝發謫吏穿昆明池漢宮闕疏曰昆明池有
二石人牽牛織女象毛詩曰倬彼雲漢蒼頡
篇曰蔚草木盛皃說文曰隄塘也都奚切爾
雅曰芊茝蘼蕪郭璞曰香草也茝齒改切漢
書曰華曄曄固靈根說文曰曄草木白華皃
毛詩曰瞻彼淇澳綠竹猗猗毛萇曰猗猗美
皃說文曰摛舒也勑离切揚雄蜀
都賦曰麗靡摛爓若揮錦布繡鳥則玄鶴
白鷺黃鵠胡谷鵁交鸛貫鶬倉鴰括鴇保鶂五激
鳧鷖烏兮鴻鴈朝發河海夕宿江漢沉浮往來
雲集霧散翰曰皆水鳥名也雲集霧散衆多
往來皃 善曰上林賦鶄玄鶴
雅曰鷺春鋤郭璞曰白鷺也說文曰鵠黃鵠
也爾雅曰鵁頭鵁郭璞曰以鳧鵁烏絞切鵁

呼交切毛萇詩傳曰鸛水鳥也爾雅曰鶬麋
鶬也鴰音括郭璞曰即鶬鴰也郭璞上林賦
注曰鴇似鴈无後趾音保杜預左氏傳注曰
鶂水鳥也五激切爾雅曰舒鳧鶩毛萇詩傳
曰鳧水鳥鄭玄詩箋曰鷖鳧屬也毛萇詩傳
曰大曰鴻小曰鴈孝經鉤命决曰雲委霧散
於是後宮乘輚士眼輅登龍舟張鳳蓋建華旗
袪黼帷鏡清流靡微風澹達濫淡徒敢浮向曰後
宮后妃
之屬乘輚輅卧車龍舟畫龍於舟鳳蓋蓋名華
旗綵旗也袪舉也黼帷繡帷也鏡照也靡隨
也微風輕風也澹淡浮皃 善曰埤蒼曰輚
卧車也士眼切淮南子曰龍舟鷁首浮吹以
虞桓子新論曰乘車玉爪華芝及鳳皇三
之屬上林賦曰乘法駕建華旗劉歆甘泉賦
曰章黼黻之文帷淡澹蓋隨風櫂直教女謳鼓
之皃也澹達濫切淡徒敢切
吹震聲激越謍呼宏厲天鳥羣翔魚窺淵良曰
震動

文選一　二十九

越揚謍大厲附也櫂女謳舟人歌也言舟女
歌與鼓吹齊動其聲大若附於天也鳥聞驚
起而飛魚聞窺淵而沉也 善曰方言曰楫
謂之櫂說文曰謳齊歌也於侯切漢武帝秋
風辭曰簫鼓鳴兮發櫂歌聲類曰謍音大也
呼宏切毛詩曰翰飛戾天說文曰翔回飛也
方言曰窺視也五規切招白鷳閑下雙鵠投文竿出比
目良曰招取也下落也白鷳雙鵠皆鳥也投
引也文竿翠羽飾竿也比目魚也 善曰
西京雜記曰閩越王獻高帝白鷳黑鷳各一
雙爾雅曰下落也戰國策更羸曰臣能虛發
而下鳥投與揄同說文曰揄引也音頭毛詩
曰籗籗竹竿爾雅曰東方有比目魚焉不比
不行其名謂
之鰈他合切撫鴻罿衝御矰曾繳酌方舟並
鶩務俛仰極樂濟曰撫持鴻大罿網方並也
言持網繳射並舟而鶩俯仰
以盡其樂 善曰爾雅曰繴謂之罿罿罬也
竹劣切郭璞曰繴音壁爾雅曰大夫方舟郭

櫂三并兩船莊子曰俛仰之間
杜預左氏傳注曰俛俯也音免遂乃風舉雲
搖浮遊溥普覽前乘秦嶺後越九嵕東薄河
華西涉岐雍宮館所歷百有餘區行所朝夕
儲不改供翰曰言如風雲之搖舉也溥覽徧
覽也岐岐山雍雍縣言此中宮館
百有餘所朝夕行止不改易其儲蓄供具也
善曰孔安國尚書傳曰薄迫也河黃河也華
華山也漢書右扶風美陽縣
有岐山又右扶風有雍縣也禮上下而接山
川究休祐之所用采遊童之讙謠第從臣之
嘉頌銑曰上下謂天地也究盡也休美也祐
福也言禮天下山川之神以盡美福之
用采童讙謠即采之從臣獻嘉頌者以高下
序之第次也　善曰尚書曰並告無辜于上
下神祇又曰望于山川劉子曰昔堯理天下
五十年不知天下治歟亂歟堯乃微服遊於

康衢聞兒童謠曰立我蒸民莫匪爾極不識
不知順帝之則漢書曰宣帝頗好儒術王褒
與張子僑等並待詔所幸宮館輒
為歌頌第其高下以差賜帛也於斯之時
都都相望亡邑邑相屬國籍十世之基家承
百年之業士食舊德之名氏農服先疇之畎
諺畝商修族世之所鬻以六工用高曾之規矩
粲乎隱隱各得其所濟曰言此時都邑繁多
以相連屬也國諸侯國
也言籍十世餘址也大夫稱家亦承百年職
業士但食先人舊德族蔭而已農謂農人先
疇先人畎畝修理也鬻賣也言商人理代族
所賣之物工巧人亦用曾祖高祖之法則粲
乎隱隱明盛皃得其所言不失業　善曰周
易曰食舊德貞厲終吉漢書音義如淳曰今
隴西俗麻田歲歲糞種為宿疇也尚書曰濬
畎澮孔安國曰廣尺深尺曰畎古犬切淮南

子曰古者至德之時賈便其肆農安其業大
夫安其職而處士循其道穀梁傳曰古者有
士人有商人有
農人有工人若臣者翰曰男子之賤稱古
人謙退皆稱之此實
之自
謂也徒觀迹於舊墟聞之乎故老十分未得
其一端故不能徧舉也濟曰徒但也舊墟故
居也言我但觀故居
之迹聞古老之言十分之中未
能知其一端故不能周徧舉之

東都賦

東都主人喟然而嘆曰痛乎風俗之移人也
子實秦人矜夸宮館保界河山信識昭襄而
知始皇矣烏覩大漢之云為乎銑曰喟然嘆
聲主將荅賓
故先嘆也痛乎傷痛之辭言賓生於漢代當
有淳和之性長居秦地故為秦奢侈風俗所

移易　翰曰昭襄始皇二主也言賓實秦人
習秦之風但夸宮館保河山識始皇虐害天
下崇其奢侈安知我大漢云為之意乎　善
曰論語曰夫子喟然嘆曰吾與點也漢書曰
人有剛柔緩急音聲不同繫水土之風氣故
謂之風好惡取舍動靜嗜欲故謂之俗鄭玄
禮記注曰矜謂自尊大也漢書婁敬曰秦帶
河阻山史記曰秦武王卒無子立異母弟是
為昭襄王又曰莊襄王卒
子政立是為始皇帝也夫大漢之開元也
奮布衣以登皇位由數朞而創萬代蓋六籍
所不能談前聖靡得而言焉濟曰元始也奮
起也布衣庶人
之服皇大也言漢始起庶人之服以登大位
朞年也創建也六籍六經也靡無也言數
年間建萬代之業雖六經前聖無能紀述
善曰漢書高祖曰吾以布衣提三尺劍取天
下高祖五年誅項羽故曰數朞也孔安國尚
書傳曰匝四時曰朞封禪書曰六經載籍之

傳左氏傳曰籍談司晉之典籍當此之時功有橫而當天討
有逆而順民故婁敬度入勢而獻其說蕭公
權宜而托其制時豈泰而安之哉計不得以
已也銑曰橫逆不順也言當時功討雖橫逆而順天人也天下初定故婁敬說帝都
西以就險蕭何權立宮殿以重威時豈太平而安之計予得已而居之　善曰婁敬已見
上文凡人姓名皆不重見餘皆類此漢書曰蕭何修未央宮上見其壯麗甚怒何曰天下
方未定故可因遂就宮室且夫天子以四海為家非壯麗無以重威且毋令後代有以加
也上說之吾子曾不是覩顧曜後嗣之末造不亦
暗乎良曰吾子謂賓也顧反末無造成也言賓曾不足覩權宜之理而反眩曜後嗣
無成之事以為羙是暗也　善曰言吾子不覩變勢權宜之由反以後嗣末造而自眩曜

不亦暗乎言暗之甚也儀禮曰顧吾子敎之鄭玄曰吾子相親之辭也吾我也子男子羙稱
令將語子以建武之治永平之事監于太清
以變子之惑志翰曰子謂賓也建武光武年號永平明帝年號監示也太
清謂無為化也將述二帝之理示無為之化以變賓惑亂之志　善曰淮南子曰太清之
化也和順以寂漠質直以素樸高誘曰太清無為之化往者王莽作逆
漢祚中缺天人致誅六合相滅向曰言莽作逆以絕漢祚
言天意人事同亂六合之內以相殘滅　善曰漢書曰王莽字巨君王皇后之弟子也　初
居攝後即天子位賈逵國語注曰祚位也　于尚書曰我則致天之罰六合已見上文
時之亂生民幾亡鬼神泯絕壑無完桓柩郛
孚罔遺室原野厭人之肉川谷流人之血秦

項之災猶不克半書契以來未之或紀翰曰幾近
泯盡亡無也言王莽亂時生人近無鬼神盡絕完全郛郭罔無也無全柩者皆遇害死也
無遺室謂被焚燒崩摧也厭猶積也言人肉積原野人血流川谷比於秦末項羽之災猶
未及此之半言自書契已來不同紀錄　善曰尚書曰生人保厥居杜預左氏傳注曰幾
近也渠機切周禮大宗伯掌天神人鬼之祀禮記曰在牀曰尸在棺曰柩杜預左氏傳注
曰郛郭也芳俱切楊子法言秦將白起長平之戰四十萬人死原野厭人之肉川谷流人
之血史記曰周孝王分非子土為附庸邑秦至始皇初并天下又曰項籍下相人自立為
西楚伯王周易曰上古結繩後代聖人易之以書契故下人號而上訴
上帝懷而降監平乃致命乎聖皇向曰聖皇光武也言
下人苦莽之亂號泣上訴於天天亦懷而下視故致天子之命於光武也監示也　善曰

尚書曰並告無辜于上下神祇孔安國曰言百姓兆人訴天地也毛詩曰皇矣上帝又曰
天命降監下人有嚴命于下國封建厥福於是聖皇乃握乾符闡
坤珍披皇圖稽帝文赫然發憤應若興雲霆
擊昆陽憑怒雷震音真　濟曰握持也乾符赤伏符也闡開也坤珍洛
書也皇圖謂河圖也稽考也帝文天文也憤怒也赫然怒莽之亂起義兵誅之天下應之
如雷擊破莽兵於昆陽城也憑盛也言怒盛如雷霆震　善曰謂光武也東觀漢記曰光
武皇帝諱秀王莽末荊州下江平林兵起于匡王鳳為之渠率上遂率春陵子弟隨之王
莽遣大司徒王尋大司空王邑將兵來征上入昆陽城中兵下昆陽穀火留王鳳令守
城夜出城南門二公兵到遂還昆陽城上尋遂選精兵三千人奔陳二公大奔北殺王尋
昆陽城中兵亦出中外並擊二公大衆遂潰亂奔走赴水溺死以萬數滍水為之不流爾

雅曰疾雷為霆左氏傳吳子之弟蹶
由謂楚子曰今君奮焉震電馮怒
遂超大
河跨北嶽立號高邑建都河洛
銑曰大河黃
河北嶽常山
跨據也光武渡河據趙嶽諸將請上尊號乃
設壇于鄗即皇帝位因改鄗為高邑建都河
洛言都洛陽善曰東觀漢記曰聖公為天
子以上為大司馬遣之河北安集百姓尚書
曰至于北嶽東觀漢記曰諸將請上尊號皇
帝於是乃命有司設壇場于鄗之陽千秋亭
五成陌皇帝即位改鄗為高邑又曰建武元
年十月車駕入洛陽遂定都焉春秋漢含孳
曰天子受符以
辛日立號也
紹百王之荒屯因造化之盪
滌
音狄向曰紹繼也言百王屯難之後而
光武繼之盪滌猶除也言造化始除其惡
法善曰禮記曰百王之所同古今之所一
也淮南子大丈夫恬然無為與造化逍遙高
誘曰造化天地也樂緯曰
殷湯改制易正蕩滌故俗
體元立制繼天而

作
濟曰元善也善曰左氏傳元年春正月
公即位春秋元命苞曰元年者何元宜為
一謂之元何曰君之始年也杜預左氏傳注
曰凡人君即位欲其體元以居正穀梁傳曰
為天下主者天也繼天者
君也周易曰神農氏作
系唐統接漢緒茂
育羣生恢復疆宇勳兼乎在昔事勤乎三五
良曰系繼也唐堯漢之先言光武繼唐堯之
統接前漢之緒茂育猶滋養也恢大也言滋
養羣生大復前後之疆宇勳功也在昔謂先
人也三五三皇五帝也善曰爾雅曰系繼
也奚計切漢書劉向高祖頌曰漢帝本系出
自唐帝孔安國尚書傳曰堯以唐侯升為天
子東觀漢記曰光武皇帝高祖九葉孫漢書
王太后詔曰奉天地而成施化羣生而茂育
漢書曰羣生諶諶音湛國語曰古曰在昔
曰先人史記楚子西曰孔丘述三五之法明
周召之業春秋元命苞曰伏羲女媧神農為
三皇史記五帝本紀曰黃帝顓頊帝嚳帝堯

帝舜
也
豈特方軌並跡紛綸后辟治近古之所
務蹈一聖之險易云爾而已哉
良曰方軌並
跡猶齊駕也
紛綸眾也后辟皆君也險易喻理亂也言光
武勝三皇五帝之功豈與衆君齊迹而取近
古一聖治亂之法善曰險易
喻治亂也周易曰辭有險易也
且夫建武之
元天地革命四海之內更造夫婦肇有父子
君臣初建人倫寔始斯乃伏羲氏之所以基
皇德也
銑曰建武年號也革改肇始也言建
武元年天地改命夫婦父子君臣人
倫之徒皆以更始亦猶伏羲畫八卦之後以
成父子君臣之道以立大德善曰周易曰
天地革而四時成又曰湯武革命爾雅曰九
夷八蠻六戎五狄謂之四海周易曰有天地
然後有萬物有萬物然後有男女有男女然
後有夫婦有夫婦然後有父子有父子然後

有君臣毛詩序曰厚人倫禮含文
嘉曰伏羲德洽上下始畫八卦
分州土立
市朝作舟輿造器械斯乃軒轅氏之所以開
帝功也
濟曰輿車也器樂器也械兵戈也言
今創作此物即與黃帝同功軒轅黃
帝之姓善曰漢書曰昔在黃帝畫野分州
周易曰神農氏日中為市致天下之人聚天
下之貨黃帝堯舜氏刳木為舟剡木為楫禮
記曰聖人殊徽號異器械鄭玄曰器械禮樂
之器及兵甲也史
記曰黃帝名軒轅
龔行天罰應天順人斯乃
湯武之所以昭王業也
濟曰言我龔行天罰
以誅王莽乃與湯武
伐桀紂同事明其功業善曰尚書武王曰
今予惟龔行天之罰周易曰湯武革命應乎
天而順乎人禮含文嘉曰湯武順人心應於
天史記曰天乙立是為成湯湯伐夏桀桀奔
于鳴條湯踐天子位又曰文王太子發立是
為武王伐殷紂紂走自焚死武王革殷受天

明命毛詩序曰七月陳王業也遷都改邑有殷宗中興之則
焉濟曰盤庚居河北後渡河南居成湯故都殷道復興言今居河洛亦中興之則善
曰尚書曰盤庚遷于殷史記盤庚之時殷已都河北盤庚渡河南復居成湯之故都行湯
之政然後殷復興也謂盤庚為宗班之誤歟即土之中有周成隆平
之制焉向曰即就也土中洛陽也言我今就洛陽而都有成王太平之制度　善
曰尚書召誥曰王来紹上帝自服于土中孔安國曰今来居洛邑地勢之中也春秋命曆
序曰成康之隆醴泉涌出孝經鉤命决曰俱在隆平優劣殊跡不階尺土一
人之柄同符乎高祖向曰階因也光武不因尺土之封不執一人之
柄升天子之位與高祖同　善曰孟子曰紂之去武丁未久也尺地莫非其有也一民莫
非其臣也又曰舜文王相去千有餘歲若合符節也剋已復禮以奉終

文選一　三十六

始允恭乎孝文銑曰剋節允信也言節已復禮奉承終始行恭信之道與
文帝同　善曰論語顏回問仁子曰克已復禮為仁孫卿子曰生人之始也死人之終也
終始俱善人道必矣尚書曰允恭克讓漢書曰孝文皇帝高帝中子也荀悅曰諱恒憲
章稽古封岱勒成儀炳乎世宗向曰憲法也言法其舊章
考其古事封岱山也勒成謂功成而勒石也儀儀禮也封禪之儀炳然與武帝同也　世宗
武帝廟號　善曰司馬彪續漢書曰建武三十二年上齋讀河圖會昌符言九葉封禪禮
記曰仲尼憲章文武尚書云粵若稽古帝堯漢書武記曰上登封泰山又宣紀曰尊孝武
皇帝廟為世宗廟按六經而校德眇古昔而論功仁
聖之事既該而帝王之道備矣至于永平之
際重熙而累洽盛三雍平之上儀脩袞龍之

法服鋪平鴻藻申景鑠傷酌揚世廟正雅樂神
人之和允洽羣臣之序既肅翰曰眇遠也該備也言按六經
校古人之德今光武遠過之言仁聖之德帝王之道咸備於光武　銑曰熙光明也洽合
也言光武既明而明帝繼之故曰重光累洽也三雍講禮之處袞龍朝服畫龍於上鴻大
也藻文章也景大也鑠美也謂申大美於光武廟也雅樂正樂也言明帝脩禮崇樂神人
允洽羣臣有序以相敬肅　善曰東觀漢記曰孝明皇帝光武中子也以東海王為皇太
子光武崩皇太子即位永平二年正月上宗祀光武皇帝於明堂祀畢登靈臺二月上初
臨辟雍行大射禮漢書曰武帝時河間獻王來朝對三雍宮應劭曰辟雍明堂靈臺也東
觀漢記永平二年上及公卿列侯始服冕冠衣裳周禮曰王之吉服享先王即袞冕鄭玄
曰袞卷龍衣也續漢書曰明帝為光武起廟號世祖廟東觀漢記孝明詔曰琁璣鈐曰有

文選一　三十七

帝漢出德洽作樂名雅會昌帝九其名郊廟樂曰太予樂正樂官曰太予樂官以應圖讖
乃動大輅遵皇衢省方巡狩窮覽萬國之有
無考聲教之所被散皇明以燭幽翰曰大輅天子法駕
言動法駕遵天子之衢衢道也省方觀四方也巡狩循行守牧之人謂察四方之土觀諸
侯之政窮盡也覽盡萬國土物之所有無被及也燭照也考聲教所及幽遠之處則以皇
明照之　善曰東觀漢記曰永平二年十月西巡幸長安周易曰風行地上觀先王以省
方觀民設教也禮記逸禮曰王者以巡狩之禮尊天重人也巡狩者何巡者循也狩牧也
謂天子巡行守牧也有無謂風俗善惡也尚書曰東漸于海西被于流沙朔南暨聲教
然後增周舊修洛邑扇巍巍顯翼翼光漢京
于諸夏總八方而為極向曰言增周之舊制以修洛邑巍巍翼翼

中法度也總統也言修飾漢京於諸夏之中以統八方之極也善曰論語子曰巍巍乎舜禹之有天下也毛詩曰商邑翼翼四方之極諸夏已見西都賦其異篇再見者並云已見某篇他皆類此是以皇城之內宮室光明闕庭神麗奢不可踰儉不能侈濟曰此城內宮室闕庭光色美麗正合禮度奢者居之不可踰儉者見之不以為侈善曰言奢儉合禮故奢者不可而踰儉者不能更侈外則因原野以作苑順善本作塡字流泉而為沼發蘋藻以潛魚豐圃草以毓獸制同乎梁鄒誼合乎靈囿濟曰因原順泉不穿築也蘋藻水草潛藏也言可藏魚也圃博也言豐博之草可養獸也梁鄒靈囿詩篇名以義儉也制同義合言與此詩意合也善曰順流泉而為沼不更穿之也昭明諱順故改為塡毛詩曰魚在在藻蘋亦水

文選一　三十八

草故連言之毛詩曰東有圃草薛君曰圃博也有博大茂草也毓與育音義同毛詩傳曰古有梁鄒者天子之田也毛詩曰王在靈囿麀鹿攸伏若乃順時節而蒐搜狩簡車徒以講武則必臨之以王制考之以風雅良曰春蒐夏苗秋獮冬狩皆於農隙以講武事言因蒐狩之時簡兵講武則依王制風雅之節王制禮篇名也風雅詩小雅章善曰左氏傳臧僖伯曰春蒐夏苗秋獮冬狩皆於農隙以講事也又曰大閱簡車馬講武已見上文禮記王制曰天子諸侯無事則歲三田田不以禮曰暴天物風國風騶虞騶鐵是也雅小雅車攻吉日是也歷騶虞覽四驖姪嘉車攻采吉日禮官整儀乘輿乃出銑曰歷覽皆觀也嘉善也騶虞四驖車攻吉日皆小雅章名禮官掌禮之官整儀法也乘輿天子也善曰毛詩序曰騶虞蒐田以時仁如騶虞也又曰

駟驖美襄公也始命有田狩之事又曰車攻宣王復會諸侯於東都因田獵而選車徒焉又曰吉日美宣王也能慎微接下下無不自盡以奉其上焉漢書景帝詔曰禮官具禮儀乘輿已見上文於是發鯨魚鏗坑華鐘向曰天子出則撞華鐘海內有鯨魚海畔有蒲牢獸鯨魚每擊此獸輒大叫故為鐘者鑄蒲牢於鐘上刻撞為鯨魚形而擊之取其相感而鳴發舉鏗擊也善曰尚書大傳曰天子左五鐘天子將出則撞黃鐘右五鐘皆應薛綜西京賦注曰海中有大魚曰鯨海邊又有獸名蒲牢蒲牢素畏鯨鯨魚擊蒲牢輒大鳴凡鐘欲令聲大者故作蒲牢於上所以撞之者為鯨魚鐘有篆刻之文故曰華也登玉輅乘時龍鳳蓋棽林麗離和鑾玲瓏天官景從祲浸威盛容翰曰玉輅玉飾車也時龍隨方色之馬九犄龍者美馬之言也鳳蓋羽蓋也棽麗玲瓏皃和鑾鈴也玲瓏玉聲也天官冢

文選一　三十九

宰百官也景影也言如影隨形又景慕也言慕聖王之道而從之祲盛也謂盛其威容善曰輅已見西都賦周易曰時乘六龍鳳蓋已見上文劉歆七略曰羽蓋棽麗紛繙悠悠說文曰棽大枝條棽儷也和鑾已見上文埤蒼曰玲力經切瓏力東切蔡邕獨斷曰百官小吏曰天官焦貢易林曰龍渴求飲黑雲景從寑威寑其威武也寑或為祲與祲音義通山靈護野屬御方神雨師汎灑風伯清塵良曰山靈山神屬御天子車也方神雨師畢星精風伯箕星精善曰山靈山神也屬御屬車之御也方神四方之神也韓子曰師曠謂晉平公曰黃帝合鬼神於太山之上風伯進掃雨師灑道千乘雷起萬騎紛紜元戎竟野戈鋋蟬彗桑萃雲羽旄掃霓旌旗拂天濟曰千乘萬騎天子法駕也紛紜多也元大也戎兵也竟滿也戈鋋矛矟也彗掃也羽旄可以麾衆也掃霓拂天言高也

善曰蔡邕獨斷曰大駕備千乘萬騎毛詩曰元戎十乘以先啓行說文曰鋋小矛也音澶又曰彗埽竹也蘇類切左氏傳曰晉人假羽旄於鄭**焱焱**念琰**炎炎揚光飛文吐焰生風欱**荒合**野歕**普悶**山日月為之奪明丘陵為之搖震**濟曰焱焱炎炎旌旗貌飛揚光彩成其文章焰光也欱歕猶吹吸也言車騎儀飾之盛可以吹吸山野之氣蔽奪日月之明搖震皆動也善曰說文曰焱火華也弋劒切字林曰炎火光于拑切說文曰欱歠也火合切歕吹氣也數問切公羊傳曰地震者何地動也震協韻音真**遂集乎中囿陳師按屯騈部曲列校隊勒三軍誓將帥**銑曰中囿苑中也騈併也謂陳師衆併部曲列成校隊勒誓皆教令善曰毛詩曰陳師鞠旅漢書音義臣瓚曰律說云勒兵而守曰屯部曲已見上文騈猶併也步田切漢書曰從胡人大校獵如淳

曰合軍聚衆有幡校擊鼓也杜預左氏傳注曰百人為一隊徒對切**然後舉烽伐鼓申令三驅輕車霆激驍騎電騖**向曰伐擊也言舉烽擊鼓以申令三驅逐也三驅之法背已及左右馳者皆逐之向已捨之故曰三驅驍勇也霆激電騖言疾也善曰毛詩曰鉦以人伐鼓鉦之成切孔安國尚書傳曰師出以律三申令之重難之義周易曰王用三驅失前禽也毛詩曰輶車鑾鑣毛萇曰輶輕也說文曰驍良馬也**由基發射范氏施御弦不睼**弟**禽轡不詭遇飛者不及翔走者不及去**銑曰由基善射者范氏善御者睼迎視也詭異也言射者不迎視其禽御者不詭異以隨物言車騎輕捷鳥獸不暇翔去而至殺不必盡殺去也善曰左氏傳曰養由基蹲甲而射之徹七札馬括地圖曰夏德盛二龍降之禹使范氏御之以行經南方孟子曰趙簡子使王良與嬖奚乘終

日不獲一禽反曰天下賤工也王良請復之一朝而獲十反曰良工也簡子曰我使掌汝乘王良曰不可吾為範我馳驅終月不獲一禽為之詭遇一朝而獲十劉熙曰橫而射之曰詭遇說文曰睼視也音遆**指顧倏忽獲車已實樂不極盤殺不盡物馬踠**苑**餘足士怒未泄**薛**先驅復路屬車按節**翰曰指顧指麾迴顧也倏忽言疾也獲車載禽車實滿也言指麾之間所獲已滿車矣然不極其樂不盡殺物踠屈也泄散也先驅天子行以靜道也按節猶抑志也言馬之足力有餘士之憤怒未散以先驅已復其歸路屬車之士皆抑志隨之善曰高唐賦曰舉功先得獲車已實輿玄禮記注曰極盡也爾雅曰盤樂也踠屈也於遠切先驅則前驅也周禮曰王出入則自左馭而前驅漢書音義曰大駕車八十一乘作三行子虛賦曰按節未舒也**於是薦三犧效五牲禮神**

祇懷百靈向曰薦進也三犧三牲也效猶報也五牲麋鹿麕狼兔也天曰神地曰祇懷安也百靈百神也善曰左氏傳鄭子太叔曰為五牲三犧杜預曰五牲麋鹿麕狼兔三犧祭天地宗廟三者之犧也周禮曰太宗伯掌天神地祇之禮然天神曰神地神曰祇也毛詩曰懷柔百神**覲明堂臨辟雍揚緝熙宣皇風登靈臺考休徵**良曰覲見也緝熙光明也宣布也言見羣臣於明堂以揚光明之德布天子之風靈臺觀祲之臺氣也休美也徵應也言天子升此臺觀氣以考美應善曰東觀漢記曰永平三年正月上宗祀武皇帝於明堂禮畢升靈臺三月初臨辟雍行大射禮周書曰明堂者明諸侯之尊卑也故周公建焉而朝諸侯於明堂之位制禮樂頒度量禮記曰天子辟雍毛詩曰維清緝熙文王之典鄭玄毛詩箋曰天子有靈臺所以觀祲象察氣之妖祥也尚書曰休徵孔安國曰叙美行之驗也**俯仰乎**

乾坤參象乎聖躬銑曰參比也言俯仰觀天地之象以比其身思與合
德善曰周易曰庖犧氏仰則觀象於天俯則觀法於地近取諸身遠取諸物目中
夏而布德瞰四裔而抗稜西盪河源東澹徒敢
海滑純北動幽崖宜南曜朱垠音銀向曰目視瞰望也
中夏中國四裔四邊荒也言舉德以威之稜威也河源河所出也海滑海畔也崖垠背畔岸
也盪澹動曜皆威德振燿之皃善曰禮記曰布德和令字書曰瞰望也苦暫切漢書詔
曰投諸四裔又曰威稜憺乎鄰國李奇曰神靈之威曰稜漢書曰漢使張騫窮河源按古
圖書名河所出曰崐崘毛詩曰寘之河之滑兮毛萇曰滑崖也尚書曰宅朔方曰幽都
朱垠南方也甘泉賦曰南暘丹崖殊方別區界絕而不鄰自
孝武之所不征孝宣之所未臣莫不陸讋章涉

水慄奔走而來賓濟曰鄰近也界絕謂絕遠不相近自孝武孝宣帝以
來不能征討臣服者皆恐懼而來賓服善曰孝武耀威匈奴遠懾孝宣脩德呼韓入臣
舉前代之盛猶不如今說文曰讋失氣也章涉切遂綏哀牢開永昌
銑曰綏安也哀牢國名其國人來慕漢化帝置永昌郡安之善曰東觀漢記曰以益州
徼外哀牢王率衆慕化地曠遠置永昌郡也春王三朝陟嬌會同漢
京是日也天子受四海之圖籍膺萬國之貢
珍內撫諸夏外綏百蠻翰曰三朝歲月日之朝歲謂元日會同皆
諸侯朝聘之名也言元日諸侯外藩各以圖籍珍寶而貢焉天子受之乃設禮樂以安撫
諸夏百蠻善曰漢書董仲舒策曰春秋之文正次王王次春春者天之所為也正者王
之所為也三朝歲首朔日也漢書谷永上書曰今年正月朔日有蝕之於三朝之會周禮

曰時見曰會殷覜曰同賈逵國語注曰暫猶受也諸夏已見上文其事煩已重見及易知
者直云已見上文而他皆類此毛詩曰因時百蠻也爾乃盛禮興樂供
帳置乎雲龍之庭陳百寮而贊羣后究皇儀
而展帝容濟曰雲龍門名贊助也盛崇禮樂無供帳具陳於門庭列百官以助
諸國君也究盡也言盡帝皇之容儀善曰漢書成紀曰三輔長無供帳徭役之勞張晏
曰帳帷帳也洛陽宮舍記有雲龍門百寮已見上文尚書曰班瑞于羣后於是庭
實千品旨酒萬鍾列金罍班玉觴嘉珍御太
牢饗音香向曰庭實器物千品言多也旨美也鍾罍觴皆酒器也珍味也御食也
大牢牛也謂饗羣臣也善曰左氏傳孟獻子言於公曰臣聞聘而獻物於是有庭實旅
百毛詩曰我有旨酒說文曰鍾酒器也孔叢子曰堯飲千鍾毛詩曰我姑酌彼金罍漢書

音義曰觴爵也珎八珎也大戴禮曰牛曰大牢爾乃食舉雍徹太師
奏樂陳金石布絲竹鍾鼓鏗苦耕鍧呼萌管絃燁
于獵煜音育翰曰食舉雍徹皆樂名太師官也鏗鍧聲也燁煜樂器之光善曰蔡
邕禮樂志曰漢樂有四品一天子樂郊祀陵廟殿中諸會食舉也禮記曰客出以雍徹周
禮曰太師下大夫又曰播之以八音金石土革絲木匏竹鄭玄曰金鍾鎛也石磬也土塤
也革鼓鼗也絲琴瑟也木柷敔也匏笙也竹管簫也禮記曰子夏曰鍾聲鏗鏗亦聲也燁
煜聲之盛煜由鞠切抗五聲極六律歌九功舞八佾韶
舞備太古畢翰曰八佾韶舞皆樂名太古謂上古樂也畢盡也言古今之樂
盡奏之善曰左氏傳曰子曰五聲六律杜預曰五聲宮商角徵羽也六律黃鍾太簇姑
洗蕤賓夷則無射陽為律陰為呂此十二月之氣也尚書禹貢曰水火金木土穀惟修正

德利用厚生惟和九功惟序九序惟歌穀梁傳曰舞夏天子八佾馬融論語注曰佾列也
八人爲列八八六十四人也論語曰子謂韶盡美矣又盡善也謂武盡美矣未盡善也太
古泰古之樂也四夷間奏德廣所及僸禁侏賣兜丁侯
離罔不俱集良曰間迭也襟侏兜離四夷樂名言四夷迭奏此樂無不具集
於庭是德廣所及善曰孔安國尚書傳曰閒迭也古莧切毛萇詩傳曰偉四夷之樂大
德廣所及也孝經鉤命決曰東夷之樂曰休南夷之樂曰任西夷之樂曰林離北夷之樂
曰僸毛萇詩傳曰東夷之樂曰韎南夷之樂曰任西夷之樂曰朱離北夷之樂曰禁然說
樂是一而字並不同蓋古音有輕重也侏莫芥切萬樂備百禮暨皇
歡浹羣臣醉降煙因煴於羣調元氣銑曰萬樂百禮廣言
之也皇天子也浹霑也言天子之歡霑及羣臣皆醉和樂之氣感天而降煙煴即元

氣也善曰毛詩曰烝畀祖妣以洽百禮周易曰天地絪縕萬物化醇春秋命歷序曰元
氣正則天地八卦肇也然後撞鐘告罷百寮遂退向曰言擊
鐘告罷百官退居本位也善曰撞猶擊也尚書大傳曰天子將入則撞蕤賓之鐘左五
鐘皆應之於是聖上覩萬方之歡娛又沐浴於膏
澤懼其侈心之將萌而怠於東作也濟曰怠惰東作務
農也言天子觀萬國之歡樂或沐浴膏澤自懼生奢侈之心而惰於農務善曰孝經
曰故得萬國之歡心沐浴膏澤已見西都賦尚書曰分命羲叔平秩東作乃申舊
章下明詔命有司班憲度昭節儉示太素去
後宮之麗飾損乘輿之服御抑工商之淫業
興農桑之盛務遂令海內棄末而反本背偽

而歸真女修織紝任男務耕耘器用陶匏服
尚素玄恥纖美而不服賤奇麗而不珍捐金
於山沉珠於淵良曰舊章謂勸農之詔下之者言下於人太素質樸也命
有司布其法度明節儉質樸之風後宮之美麗減乘輿之服御止工商濟曰除淫巧之
務農桑之事耕耘除草也陶瓦匏瓠也皆以為器珍貴捐棄也捐金於山沉珠於淵言
各歸本也善曰左氏傳季桓子曰舊章不可忘也漢書曰文帝躬節儉素也漢書詔曰
農天下之大本也而人或不務本而事末故生不遂李奇曰本農也末賈也淮南子曰守
道順理者不免于飢寒之患而欲民之去末反本是猶發其源而壅其流也禮記曰女織
紝組紃杜預左氏傳注曰織紝織繒帛也毛萇詩傳曰耘除草也禮記曰器用陶匏尚禮
殺也莊子曰捐金於山藏珠於淵不利貨財不尚富貴也於是百姓滌瑕

盪穢而鏡至清形神寂寞耳目不營嗜常利欲
之源滅廉恥之心生莫不優遊而自得玉潤
而金聲銑曰瑕穢惡也鏡清淨也寂寞無外慮也言百姓承天子淳樸之化滌盪
穢惡恬然無慝優遊自得如金玉之溫潤善曰楊雄集曰滌瑕蕩穢而猶若然毛萇詩
傳曰瑕猶過也字書曰穢不潔清也淮南子曰鏡大清者視大明又曰形者生之舍也神
者生之制也又曰和順以寂寞尚書曰弗役耳目百度惟貞淮南子曰至人之治也除其
嗜欲優遊委縱又曰吾所謂有天下者自得而已禮記孔子曰君子比德於玉焉溫潤而
澤仁也尚書傳曰天下諸侯受命於周莫不磬折玉音金聲是以四海之
內學校如林庠序盈門獻酬交錯俎豆莘莘
詵下舞上歌蹈德詠仁銑曰學校庠序皆學名也如林盈門言多

也獻酬之義相酬也
多美也言四海既多學校皆手舞足蹈歌詠
俎豆禮器也交錯莘莘
仁德　善曰漢書曰平帝立學官郡國曰學
縣道侯國曰校鄉曰庠聚曰序韋昭曰小於
鄉曰聚尚書曰受率其旅若林毛詩曰韓侯
顧之爛其盈門又曰獻酬交錯論語孔子曰
俎豆之事則嘗聞之矣毛萇詩傳曰莘莘衆
多也莘所巾切禮記曰歌者在上匏竹在下
貴人聲也毛詩序曰嗟嘆之不足之故詠歌
之詠歌之不足不知手之舞之足之蹈之　登
降餕宴之禮既畢因相與嗟歎玄德讜言弘
説咸含和而吐氣頌曰盛哉乎斯世　向曰登
降猶揖
讓也食飽而飲酒曰餕宴也玄遠也讜美也
言宴既畢因嗟美玄遠之德皆和合樂頌之
聲以稱時代之盛　善曰毛詩曰儐爾籩豆
飲酒之飫毛萇曰不脫屨升堂謂之飫薛君
韓詩章句曰飲酒之禮下跣而上坐者謂之
宴尚書曰玄德升聞乃命以位字林曰讜美

文選一　四十六

言也音讜淮南子曰故聖人執
中含和不下廟堂而行于四海　今論者但知
誦虞夏之書詠殷周之詩講羲文之易論孔
氏之春秋罕能精古今之清濁究漢德之所
由　濟曰清濁善惡也言西都賓徒知論説古
書不能精辨善惡畫我大漢之所由　善
曰尚書有虞書夏書毛詩有周詩商頌周易
曰古者庖犧氏始作八卦以通神明之德以
類萬物之情又曰易之興也其當殷之末世
周之盛德邪當文王與紂之事邪史記孔子
曰吾道不行矣乃
因史記作春秋　唯子頗識舊典又徒馳騁
乎末流溫故知新已難而知德者鮮矣　濟曰
末流
謂奢侈也言子但識舊典徒馳騁奢侈而已
凡溫習故事而知其新者已爲難能知德者
鮮矣鮮少也　善曰班固漢書游俠傳論曰
不入於道德苟放縱於末流論語曰溫故而

知新可以爲師矣又
曰由知德者鮮矣　且夫僻界西戎險阻四
塞修其防禦孰與處乎土中平夷洞達萬方
輻湊　濟曰西戎西京也言西京偏僻以險爲
防禦豈知我處天地之中平坦通達使
萬國歸之如輻湊轂言此所以折實　善曰
史記曰秦僻在雍州毛詩序秦風曰襄公能
備其兵甲以討西戎戰國策蘇秦説孟嘗君
曰秦四塞之國也高誘曰四面有山關之固
故曰四塞之國防禦已見上文文子曰羣臣
輻湊張湛曰如衆輻之集於轂漢書上曰智
略輻
湊　秦嶺九嵕　則工　涇渭之川曷若四瀆五嶽
帶河泝洛圖書之淵　銑曰曷何也言彼秦嶺
九嵕涇渭之徒何如我
洛都有四瀆五嶽控帶河洛圖書之淵洛出
書河出圖故言圖書之淵　善曰爾雅曰江
河淮濟爲四瀆又曰泰山爲東嶽霍山爲南
嶽華山爲西嶽恒山爲北嶽嵩山爲中嶽周

文選一　四十七

易曰河出圖洛
出書聖人則之　建章甘泉館御列仙孰與靈
臺明堂統和天人　向曰言彼作建章甘泉之
宮以御列仙豈如我靈臺
明堂統和天人哉　善曰建章甘泉已見上
文禮含文嘉曰天子靈臺以考觀天人之際
法陰陽
之會也　太液昆明鳥獸之囿曷若辟雍海流
道德之富　翰曰辟雍宣德化之所壅水環之
以象德教流行也言西京有太液
昆明鳥獸之囿何如我辟雍宣布德化之富
善曰白虎通曰天子立辟雍者何所以宣德
化也壅以水象教化流行也三輔黃
圖曰辟雍木四周於外象四海也　游俠踰
侈犯義侵禮孰與同履法度翼翼濟濟　濟曰
盛稱
西賓游俠踰侈是犯義侵禮之事豈與我臬
都同履法度翼翼濟濟威儀也　善曰游俠
已見上文漢帝年紀曰禁踰侈爾雅曰翼翼
恭也毛詩曰濟濟多士毛萇曰多威儀也

子徒習秦阿房之造天而不知京洛之有制識函谷之可關而不知王者之無外良曰子謂賓也造至也言徒稱阿房造天不知我京洛有制度知函谷之可關不知我王者之無外言有德化之遠善曰史記曰秦皇上林苑中作阿房宮未成欲更擇令名作宮阿房故天下謂之阿房宮公羊傳曰天王出居于鄭王者無外此其言出何不能于母弟也主人之辭未終西都賓矍許縛然失容逡巡降階揲徒頰然意下捧手欲辭主人曰復位今將授子五篇之詩濟曰矍驚視貌逡巡卻行揲然猶恐懼主人述東都制度未畢賓乃驚視卻行恐懼捧手告辭主人卻令復位以授其詩善曰說文曰矍驚視皃也公羊傳趙盾逡巡北面再拜郭璞爾雅注曰逡巡卻去也周書曰臨懾以威而氣慄慄猶恐懼

也孔子三朝記曰孔子受業而有疑捧手問之不當避席賓既卒業乃稱曰美哉乎斯詩義正乎揚雄事實乎相如匪惟主人之好學蓋乃遭遇乎斯時小子狂簡不知所裁既聞正道請終身而誦之其辭曰向曰卒終也謂賓授詩終業乃美之也言此詩事義實揚雄相如之高也匪非也非但主人自好學抑亦遇太平之時禮文可述小子賓自卑稱也狂簡猶妄作也言當時妄作今不知所裁制也正道謂所授詩也言既聞此詩請終身而誦之善曰揚雄相如詞賦之高者故假以言焉非惟主人好學而富乎詞藻抑亦遭遇太平之時禮文可述也論語子曰吾黨之小子狂簡斐然成章不知所以裁之又曰不忮不求何用不臧子路終身誦之

明堂詩

於烏昭明堂明堂孔陽向曰於歎美之辭孔甚也陽明也明堂天子布政之宮善曰毛詩曰於昭于天又曰我朱孔陽聖皇宗祀穆穆煌煌銑曰聖皇謂明帝也宗祀謂尊其祀典於明堂之上穆穆煌煌和盛皃善曰孝經曰宗祀文王於明堂以配上帝毛詩曰穆穆皇皇宜君宜王上帝宴饗五位時序濟曰上帝天神宴饗宴其饗祀也五位五方神也時序謂各得次序善曰漢書曰天神之貴者太一其佐曰五帝河圖曰蒼帝神名靈威仰赤帝神名赤熛怒黃帝神名含樞紐白帝神名白招拒黑帝神名汁光紀揚雄河東賦曰靈祇既饗五位時序誰其配之世祖光武向曰誰可配上帝於明堂即光武可善曰東觀漢記曰明帝宗祀五帝於明堂光武皇帝配之左氏傳輿人誦子產若死其誰嗣之普天率土各以其職濟曰普天率土之濱各以其職助祭於此

善曰毛詩曰普天之下莫非王土率土之濱莫非王臣孝經子曰四海之內各以其職來祭猗歟緝熙允懷多福濟曰猗歟歎美也允信懷來也謂有此光明之德信來其多福善曰毛詩曰猗歟那歟緝熙已見上文尚書曰兆民允懷又曰永膺多福

辟雍詩

乃流辟雍辟雍湯湯商聖皇莅止造舟為梁翰曰辟雍璧水環之故言湯湯莅臨止至也言天子臨至乃編舟為橋梁而渡善曰孔安國尚書傳曰湯湯流皃毛詩曰方叔莅止又曰造舟為梁皤皤婆國老乃父乃兄翰曰皤皤老貌國老謂三老五更言天子以父事三老以兄事五更善曰說文曰皤老人貌也蒲河切禮記曰養國老於上庠孝經援神契曰天子尊事三老

兒事五更應劭漢官儀曰天子父事三老抑抑皇善本作威儀孝友光明於烏赫太上示我漢行翰曰抑抑衆也皇儀天子威儀也善父毋為孝善兄弟為友天子無父兄能善事三老五更亦為孝友矣於赫赫美盛太上天也言天示我漢家所行之事善曰毛詩曰威儀抑抑爾雅曰善事父毋為孝善事兄弟為友毛詩曰於赫湯孫漢書上令薄昭與淮南厲王書曰王欲以親戚之意望於太上如淳曰太上天子也毛詩曰示我顯德行洪化唯神永觀厥成銑曰洪大永長厥其也言我大化乃唯神長觀其成功善曰文子曰執玄德於心化馳如神毛詩曰我客戾止永觀厥成

靈臺詩

乃經靈臺靈臺既崇帝勤時登爰考休徵三

光宣精五行布序銑曰經營也靈臺天子觀氣候之臺崇高也帝明帝也爰於也言此靈臺既高天子勤力而升於此臺以考校歲時政理善惡三光日月星五行金木水火土言三光通其精曜五行布其次序善曰毛詩曰經始靈臺經之營之東觀漢記曰永平二年詔曰登靈臺正儀度休徵已見上文淮南子曰夫道紘宇宙而章三光高誘曰三光日月星也尚書曰五行一曰水二曰火三曰木四曰金五曰土也習習祥風祁祁甘雨百穀蓁蓁庶草蕃繁廡武屢惟豐年於皇樂胥志與反良曰習習祁祁風雨和貌百穀庶草謂非一種也蓁蓁蕃廡皆盛貌屢數也言能使風雨以時百穀草木皆盛故數致豐年於美也美我皇家之樂胥助語善曰毛詩曰習習谷風禮斗威儀曰君乘火而王其政頌平則祥風至宋均曰即景風也其來長養萬物毛詩曰興雨祁祁尚書考靈耀曰熒惑順行甘雨時也毛詩曰飭時農夫播厥百穀薛君曰穀類非一故言百也又曰蓁蓁者莪薛君曰蓁蓁盛貌也尚書曰庶草蕃廡毛詩曰綏萬國屢豐年又曰於皇時周又曰君子樂胥

寶鼎詩

嶽修貢兮川效珍吐金景兮歊許妖浮雲寶鼎見兮色紛縕煥其炳兮被龍文濟曰廬江熊山破得寶鼎漢湖出黃金鼎故言嶽修貢川效珍也景光也言鼎之光色歊然出雲而紛縕煥炳明也龍文謂鼎上鏤為龍文善曰說文曰歊氣上出貌呼朝切東觀漢記曰永平六年廬江太守獻寶鼎出上雒山漢書曰武帝為人祠后土營旁得鼎有黃雲馬公卿大夫議尊寶鼎有司曰今鼎至甘泉光潤龍變承休無疆也登祖廟兮享聖神

昭靈德兮彌億年濟曰祖廟光武廟也聖神天地神也言以此鼎升宗廟享天地以明神靈之德彌過億萬年也善曰東觀漢記明帝曰太常其以初祭之日陳鼎於廟以備器用尚書曰公其以予萬億年敬天之休

白雉詩

啓靈篇兮披瑞圖獲白雉兮效素烏嘉祥阜兮集皇都發皓羽兮奮翹英容潔朗兮於淳精濟曰啓開也靈篇即瑞圖也光武時日南獻白雉明帝時獲素烏皓白也奮振也翹英羽也言此白雉素烏振發其白羽容色絜白明朗也於美也淳精言不雜善曰范曄後漢書曰永平十年白雉所在出焉東觀漢記章帝詔曰乃者白烏神雀屢臻降自京師也楚辭曰砥室翠翹維曲瓊王逸曰翹羽名彰皇德兮侔周成永

延長兮膺天慶向曰皇德漢皇之德侔等也周成王時越裳獻白雉言今獲白雉明我皇等成王之德膺當也言代祚延長而當上天之福慶　善曰韓詩外傳曰成王之時越裳氏獻白雉於周公河圖曰謀道吉謀德吉能行此大吉受天之慶也

文選卷第一

文選一　五十三

宿

賦

京都　二

文選　二

文選卷第二

梁昭明太子撰　五臣并李善注

京都上

西京賦一首

張平子濟曰范曄後漢書云張衡字平子南陽人善屬文時天下承平日久自王侯已下莫不踰侈衡乃擬班固兩都賦作二京賦以諷諫之善曰范曄後漢書曰張衡字平子南陽西鄂人也少善屬文時天下承平日久自王侯以下莫不踰侈衡乃擬班固兩都作二京賦因以諷諫十年乃成安帝雅聞衡善術學公車徵拜郎中出為河間相乞骸骨徵拜尚書卒楊泉物理論曰平子二京文章卓然

文選二　一

薛綜注善曰舊注是者因而留之並於篇首題其姓名其有乖繆臣乃具釋並稱臣善以別之他皆類此

有憑彼兵虛公子者心侈體忲太雅好博古學乎舊史氏向曰憑託也虛無也實無此公子假言發問荅也言公子心多侈溢體安驕泰好知古事舊史氏謂太史掌國典者綜曰憑依託也虛無也言無有此公子也善曰博物志曰王孫公子皆古人相推敬之辭綜曰忲忲言公子生於貴戚心志奓溢體安驕泰也泰或謂忲習之忲言習於麗好也善曰聲類曰奓侈字也昌氏切小雅曰忸忲也綜曰言公子雅好博知古事故學於舊事太史掌國典者也是以多識前世之載言於安處先生曰濟曰載事也安何也言何處有此先生亦假言也善曰劉向七言曰博學多識與凡殊小雅曰載事也綜

曰公子為先生言也安處猶此處若言何處亦謂無此先生也鄭玄禮記注曰先生老人教學者夫人在陽時則舒在陰時則慘此牽乎天者也銑曰陽春夏也陰秋冬也舒逸也慘慼也言此氣牽屬於天　綜曰陽謂春夏陰謂秋冬牽猶繫也　善曰春秋繁露曰春之言猶偆也偆者喜樂之貌也秋之言猶湫也湫者憂悲之狀也偆充尹切湫子由切處沃土則逸處瘠土則勞此繫乎地者也向曰沃肥也瘠瘦也言處肥土則逸樂處瘦土則勞苦此地之所繫　善曰國語公甫文伯之母曰沃土之人不材淫也瘠土之人莫不向義勞也韋昭曰磽墝為瘦沃肥善也惏則鮮於歡勞則褊於惠能違之者寡矣小必有之大亦宜然翰曰褊小也言慘慼於為歡勞苦少於為惠能違易其理者寡矣小謂常人大謂王者言常人因

勞逸沃瘠以殊言王者因險易強弱固當易也　綜曰違猶易也言人慘慼則不能以驕逸勞苦則不能以施惠必有能易此者　善曰尠少也與鮮通也廣雅曰褊狹也卑面切故帝者因天地以致化兆民承上教以成俗化俗善本作化俗之本有與推移何以覈華呼諸翰曰為帝者當順陽時處沃土使人歡逸以成奢秦之俗俗化之本用此推移也覈驗也何以驗之自發問也　綜曰言帝王必欲順時居沃土歡逸其人使下承而化之以成奢秦之俗　善曰管子曰君據法而出令百姓順上而成俗　善曰言化之本還與沃瘠相隨遂推移也　善曰維南子曰法其所以為法與化推移也秦據雍而彊周即豫而弱高祖都西而泰光武處東而約政之興衰常由此作濟曰即就也言平王東遷宣王就豫州而都後遂王

室微弱則知政之興衰無不由土地而作作起也　善曰過秦論曰秦孝公據雍州之地呂氏春秋曰河漢之間為豫州也按雍州厥土惟黃壤厥田惟上上是沃土也故云秦據雍而強高祖都西而秦荊河惟豫州厥土惟墳壚厥田惟中上是瘠土也故云周即豫而弱光武處東而約左傳晉叔向曰存亡之道恒由此興周禮曰夫筋恒由此作先生獨不見西京之事歟請為吾子陳之向曰言先生豈不見西京之事將為吾子陳之吾子亦先生也　善曰鄭玄禮記注曰吾子相親之辭也漢氏初都在渭之涘秦里其朔寔為咸陽銑曰涘涯里居也朔北名也言漢都渭涯號曰長安秦居渭北是為咸陽　綜曰涘涯也　善曰漢書東方朔曰漢都涇渭之南毛詩曰在渭之涘　善曰里居也朔北也寔是也秦地居其北是曰咸陽　善曰史記曰秦孝公作咸陽徙都之左有崤户交函重

險桃林之塞綴以二華巨靈贔備屓許備高掌遠蹠章適以流河曲厥跡猶存翰曰崤山及函谷關桃林皆在長安東故曰左二華大華少華也言此二山如綴之於長安巨大也靈神也贔屓作力貌蹠跡也言大神作力開山手足之迹猶存綜曰崤及函谷關桃林皆在長安東故言左善曰崤函已見西都賦左氏傳曰必守桃林之塞按桃林弘農在閿鄉南谷中　綜曰華山名也巨靈河神也巨大也古語云此本一山當河水過之而曲行河之神以手擘開其上足蹋離其下中分為二以通河流手足之跡于今尚在贔屓作力之貌也　善曰賈逵國語注曰綴連也山海經曰大華之山小華之山遁甲開山圖曰有巨靈胡者徧得神元之道能造山川出江河楊雄河東賦曰河靈矍踢掌華蹈襄贔屓扶祕切蹠之石切矍居縛切踢丑略切右有隴坻丁禮之隘烏介隔閡礙華戎岐

梁汧牽雍陳寶鳴雞在焉濟曰隴坻坂名言此坂為華夏戎狄
之限閡也岐梁皆山名也汧水名也雍地名也陳寶鳴雞神也寶雞祠在陳倉郡其神來
發然有聲野雞皆鳴故以名焉 善曰漢書音義應劭曰天水有大阪曰隴坻 廣雅曰隘
狹也說文曰隴塞也小雅曰閡限也五代切綜曰說文曰岐山在長安西美陽縣界山有
兩岐因以名焉 善曰漢書右扶風好畤縣有梁山又汧山在扶風汧縣西 善曰漢書
曰秦文公獲若石于陳倉坂城祠之其神光輝若流星從東方來集于祠城則若雄雉其
聲殷殷野雞夜鳴以一太牢祠之名曰陳寶應劭曰時以寶瑞作陳寶祠在陳倉故曰陳
寶 於前則終南太一隆崛魚屈崔摧崒情律隱轔
呂軫鬱律連岡乎嶓波冢濟曰終南太一皆山名隆崛猶特起崔崒
隱轔鬱律皆險曲皃嶓冢山名言二山與之相連也 綜曰終南太一二名也 善曰尚

文選二　四

書曰終南惇物 漢書曰太一山古文以為終南 五經要義曰太一一名終南山在扶風武
功縣此云終南太一山明矣蓋終南南山之揔名太一一山之别號耳 綜曰隆崛之類
皆山形容也 善曰埤蒼曰崛特起也魚勿切崔徂回切轔嶙軫切爾雅曰山脊曰岡尚
書曰導嶓冢至于荊山 抱杜含鄠戶欱呼合灃豐吐鎬善本
從金 爰有藍田珍玉是之自出向曰杜杜陵鄠鄠縣言山勢含
抱也鄠水流入故言欱鎬水流出故言吐珍玉玉英也生於藍田故云自出 善曰灃鎬
二水名也已見西都賦說文曰欱歠也呂悅切 綜曰藍田弘農縣也 善曰爾雅曰爰
有寒泉范子計然曰玉英出藍田是之自出謂玉出自藍田之中 於後則高
陵平原據渭踞據涇澶憚漫莫半靡迤作鎮於
近良曰踞倚也大阜曰陵廣平曰原涇謂二水名澶漫靡迤寬長貌言此原陵為國之

近鎮 善曰爾雅曰大阜曰陵又曰高平曰原毛萇詩傳曰據依也大戴禮曰獨坐不踞
然踞却倚也 綜曰澶漫靡迤陵原之形為作近鎮也 善曰子虛賦曰登降迤靡案衍
澶漫 其遠則有九嵕甘泉涸固陰沍呼故寒日北
至而含凍此焉清暑良曰涸堅沍閉也日北夏至時也九嵕甘泉之
地寒氣堅閉至此時猶含凍焉可以清肅其暑氣 綜曰九嵕甘泉其處常陰寒日北至
謂夏至時猶沍寒而有凍帝或避暑於甘泉宮故云清暑 善曰左氏傳申豐曰涸陰沍
寒沍胡故切漢書曰夏至于東井北近極故晷短為溫暑上林賦曰盛夏含凍裂地 爾
乃廣衍沃野厥田上上寔為地之奧區神皐
銑曰地下平曰衍沃肥也厥其也上上第一也寔實奧美也神者美言之澤畔曰皐 善
曰鄭玄周禮注下平曰衍漢書曰秦地沃野千里尚書雍州曰厥田惟上上 綜曰神皐

文選二　五

接神之皐 善曰漢書曰自古以雍州積高神明之隩故立畤郊上帝諸神祠皆聚之廣
雅曰皐局也謂神明之界局也 昔者大帝悅秦繆目公而覲
之饗以鈞天廣樂帝有醉焉乃為金策錫用
此土而翦者諸鶉首濟曰大帝天也翦盡也覲見也言天悅繆公而見之
饗以鈞天之樂帝醉乃以金策賜繆公雍州之地而盡鶉首之分鶉首秦分 綜曰大帝
天也翦盡也 善曰山海經曰浪風之山或上倍之是謂玄圃或上倍之是謂大帝之居
史記曰趙簡子疾扁鵲視之曰昔繆公常如此七日而寤寤之日告公孫支曰我之帝所
甚樂帝告我晉國且大亂今主君之疾與之同二日簡子寤曰我之帝所甚樂與百神遊
于鈞天廣樂九奏萬舞不類三代之樂其聲動心虞志志林曰嘐曰天帝醉秦暴金誤隕
石墜謂秦穆公夢天帝奏鈞天樂巳有此嘐列仙傳讚曰秦穆公受金策祚世之業漢書

曰自井至柳謂之鶉首之次秦之分也畫取鶉首之分為秦之境也是時也並
為彊國者有六濟曰韓魏燕趙齊楚綜注同此然而四海同
宅西秦豈不詭哉濟曰言六國皆為秦并而居之豈不異哉綜曰宅
居也詭異也初穆公夢然後六國竟滅秦果并而居之豈不異哉自我高祖
之始入也五緯相叶以旅于東井向曰五緯五星也叶
合旅列也言高祖入關五星合列于東井東井星屬秦分善曰五緯五星也漢書曰漢
元年十月五星聚于東井沛公至霸上又曰此高祖受命之符已見西都賦方言曰汁叶
也之十切郭璞曰叶和也婁敬委輅胡格幹干非其議天啓
其心人惎忌之謀及帝圖時意亦有慮乎神
祇宜其可定以為天邑銑曰委脫也輅鹿車也幹正也言婁敬之

脫棄鹿車以議都洛陽為非而正之天啓謂五星之聚惎謀也人謀謂婁敬也帝高祖也
言高祖圖此之時亦有慮神祇之徵宜定以為天邑天邑帝都也善曰漢書婁敬脫輓
委輅曰臣願見上言便宜又說上曰陛下都洛陽不如入關中言婁敬貧之人不合于上
安議其說允合帝心漢書音義應劭曰輅謂以木當胷以輓輦也薛君韓詩章句曰幹正
也謂其議非而正之綜曰謂五星聚也惎褻也謂婁敬之謀言高帝圖此居之時意亦
以慮於天地陰陽而思可宜定以為天邑善曰爾雅曰圖謀也尚書王曰敢求爾于天
邑商豈伊不虔思于天衢豈伊不懷歸於枌汾
揄天命不謟土刀疇敢以渝良曰伊惟也虔敬也天衢洛陽也枌
榆豐社也謟善也渝易也言我豈惟不思洛陽不懷歸豐社天命不善故不都也誰敢易
之綜曰伊惟也虔敬也言此時豈惟不敬思居天氣四交之處邪謂東京也懷思也枌
揄豐社高祖所起也豈惟不思歸處枌榆杜之域都於洛邑也善曰漢書曰高祖禱豐
枌榆杜張晏曰枌白榆也社在豐東北一十五里是也綜曰渝易也天使都長安謂五
星聚于東井也善曰左氏傳高曰天命不湑湑與謟音義同子於是量經
綸考廣袤茂經城洫呼域營郭郛芳俱取殊裁去
於八都豈稽善本作啓度於往舊濟曰量度也經綸廣袤謂東西
南北也言經營城洫郭郛皆殊異八方之都邑豈考於往故舊制綜曰南北為經東西
為廣善曰周禮大司徒掌九州之地廣輪之數鄭玄曰輪縱也說文曰南北曰袤莫又
切綜曰洫域池也善曰周禮曰廣八尺深八尺謂之洫公羊傳曰郛者何域外大郭
也綜曰裁制也八都猶八方也啓開也言采取八方異制以為宮室之巧非復遵往日
之故法也爾乃覽秦制跨周法狹百堵之側陋增

九筵之迫脅濟曰跨越也迫脅迫窄也周宣王築室百堵五板曰堵周制明
堂中廣九筵九尺曰筵言欲觀秦之制越周之法度以百堵為側陋九筵為迫窄故增廣
之綜曰跨越也因秦制故曰覽比周勝故曰跨之也詩曰築室百堵今以為陋周禮明
堂九筵今又增之也善曰以九筵為迫脅故增廣之周禮曰明堂度九筵東西九筵各
九尺正紫宮於未央表嶢闕於閶闔向曰嶢高也閶闔天
門也言法紫微以造未央立高闕以象天門綜曰天有紫微宮王者象之紫微宮門名曰
閶闔宮門立闕以為表嶢者言高遠也善曰辛氏三秦記曰未央宮一名紫微宮然未
央為揔稱紫宮其中別名跡龍首以抗殿狀巍峩以岌魚立
嶪五合亘古鄧雄虹之長梁結棼汾橑以相接銑曰
龍首山名跳之構殿於上故言抗抗舉也巍峩岌嶪高壯貌虹梁勢如虹棼屋棟橑椽也

綜曰抗舉也善曰三輔黃圖曰營未央因龍首以制前殿上林賦曰嵯峩嶕業比之
謂也綜曰亘徑度也虹蝃蝀也謂殿梁皆徑度朱畫五色如蝃蝀有雌雄雄者已
鮮好也善曰楚辭曰建雄虹之采旄棼橑已見西京賦蔕帝倒茄茄於
藻井披紅葩普華之狎獵飾華榱衰與璧璫當
流景曜之韡偉曄于劫切銑曰蔕根也茄藕莖也藻井當棟中交木
如井畫以藻文飾蓮莖綴其根於井中其花下垂故云倒也狎獵花葉參差貌華榱謂彩
椽也以璧瑠飾椽頭也光色曜日而明綜曰茄藕莖也以其莖倒殖於藻井其華盛下
向反披狎獵重接貌藻井當棟中交木方為之如井幹也善曰聲類曰蔕果鼻也孔安
國尚書傳曰藻水草之有文者也風俗通曰今殿作天井井者東井之像也菱水中之物
皆所以厭火也說文曰葩華也綜曰華榱畫其榱也善曰璧瑠已見西都賦也綜

曰曜光也煒曄言明盛也善曰景光景也彫楹玉碣昔繡栭而
雲楣三階重軒鏤檻文梍音毗濟曰楹柱也栭節也楣梁也
彫刻也繡畫為繡文雲畫雲飾之殿有三階軒檻欄也梍連簷也言皆飾為文彩善曰
西都賦曰彫玉瑱以居楹說文曰楹柱也廣雅曰碣礩也碣與碣古字通綜曰栭斗也
楣梁也皆雲氣畫如繡也善曰王褒甘泉頌曰采雲氣以為楣綜曰檻欄也皆刻畫
又以大板廣四五尺加漆澤焉重置中間欄上名曰軒善曰西都賦曰重軒三階王褒
甘泉頌曰編瑇瑁之文梍聲類曰梍屋連綿也婢砥切右平左墄則倉青
王瑣丹墀向曰言階右平坦左致墄階級也青瑣窻也以青飾之丹墀階也以丹
漆塗之綜曰墄限也謂階齒也天子殿高九尺階九齒各為九級其側階各中分左右
左有齒右則傍沲平之令輦車得上善曰西都賦曰左墄右平也漢書曰赤壁青瑣音

義曰以青畫戶邊鏤中王逸楚辭注曰文如連瑣漢官典職曰丹漆地故云丹墀刋
層平堂設砌厓隒宜檢反向曰刋削也層累堂高也厓隒邊限也謂
削累其階令平高設砌以為邊限綜曰刋削也善曰郭璞山海經注曰層重也宋衷
太玄經注曰堂高也切與砌古字通說文曰隒厓也和檢切坻墀崿鱗眴
詢棧仕眼齴眼巉助奄嶮宜檢反向曰皆殿階高峻之貌綜曰殿基
之形勢也善曰廣雅曰坻除也文字集略曰崿崖也埤蒼曰眴音荀嶮魚儉切鱗眴皃
涯也棧嶮皆高峻貌襄岸夷塗脩路峻嶮向曰襄高也岸殿階也峻
外也嶮危也言殿階之上途路甚平而長然外者謂之危綜曰襄謂高也夷平也峻斗
也嶮危也重門襲固姦宄是防仰福帝居陽曜陰
藏翰曰襲亦重也謂設重門以防寇賊福同也謂宮殿皆同天帝所居陽曜陰藏陽日

也言光色可以曜日深邃可以藏陰綜曰姦邪也竊寶曰宄善曰周易曰重門擊柝
以待暴客淮南子曰閨門重襲以避姦賊郭璞爾雅注曰襲重也孔安國尚書傳曰寇賊
在外曰姦在內曰宄綜曰帝居謂太微宮五帝所居福猶同也太微宮陽時則見陰時
則藏言今長安宮上與之同法矣洪鍾萬鈞猛虡巨趪趪黃
負筍業而餘怒乃奮翅而騰驤良曰洪大也三十斤曰鈞
猛謂獸也趪趪作力貌虡傍立木直曰筍橫木曰業驤馳也言刻猛獸為虡置筍業懸大
鍾於上作力若有餘怒將舉翅有超馳之象虡鍾架趺也綜曰洪大也猛怒也三十斤
曰鈞縣鍾格曰筍植曰虡趪趪張設貌言大鍾乃重三十萬斤虡力猛怒故能勝之馬
善曰周禮曰梟氏寫獸之形大聲有力者以為鍾虡綜曰當筍下為兩飛獸以背負又
以板置上名為業騰超也驤馳也言獸負此筍業已重乃有餘力奮其兩翼如將超馳者

矣朝堂承東温調延壯西有玉臺聯以昆德
良曰温調玉臺昆德皆臺殿之名綜曰皆殿與臺名也善曰爾雅曰延陳也說文注
曰聯連也嵯峩嶕嶪罔識吓則翰曰言形狀高峻不能識其法則
綜曰形勢也不能名其所法也若夫長年神仙宣室玉堂良曰
四殿名綜曰四殿之名善曰並見西都賦麒麟朱鳥龍興含章
良曰皆館名善曰龍興含章皆殿名也漢宮閣名有麒麟殿朱鳥殿譬衆星
之環北極叛判赫盛戲羲以煇渾煌音皇銑曰言
宮館環繞正殿亦猶衆星環繞北極叛煥也煥然光輝之盛綜曰極北極也環猶繞也
言宮觀臺榭樓閣之周於正殿如衆星之繞北極也善曰中宮天極星環之匡衛十二
星藩臣西都賦曰煥若列宿紫宮是環綜曰叛猶煥也赫戲炎盛也煇煌光燿也善

曰淮南子曰焜昱錯眩照耀煇煌正殿路寢用朝羣辟大廈
耽耽都藍九戶開闢銑曰周曰路寢漢曰正殿皆朝見諸侯也大廈殿名
以象明堂置九室室有一戶故曰九戶耽耽深邃貌綜曰周曰路寢漢曰正殿羣辟謂
王侯公卿大夫士也屋之四下者為廈耽耽深邃之貌也都南切善曰三輔三代故事
曰大廈殿始皇造銅人十枚在殿前大戴禮曰明堂者古有之凡九室鄭玄禮記注曰天
子路寢制如明堂然則九室室有一戶也說文曰闢開也嘉木樹庭芳草
如積高門有閌抗列坐金狄翰曰言嘉木芳草積之於庭如
積言多也閌門限也金狄金人也謂列金人於門之左右善曰韓詩曰綠䓯如蔶蔶積
也薛君曰蔶綠䓯盛如積也䓯音竹毛詩曰皋門有伉與閌同鄭玄禮記注曰皋之言高
也金狄金人也史記曰始皇收天下兵銷以為金人十二各重千斤置於宮中內有

常侍謁者奉命當御外有蘭臺金馬遞宿迭
居音據叶韻翰曰常侍謁者皆內官也奉命奉詔命以當進御蘭臺臺名校書處也
金馬宦者署門迭亦遞也言遞居此宿綜曰常侍閹官謁者寺人也善曰奉傳詔命
而遞當進也左氏傳曰朱也當御蔡邕獨斷曰御進也凡進皆曰御也綜曰蘭臺臺名
善曰金馬已見西都賦序爾雅曰遞迭也小雅曰迭更也徒結切次有天祿
石渠校文之處濟曰天祿石渠皆閣名以校書焉善曰天祿石渠已見
上文重直龍以虎威章溝嚴更之署徼叫道外周
千廬內附衛尉八屯警夜巡晝濟曰武威章溝皆更署名
徼道循更之道廬衛兵舖屋也言千者舉大數也屯營也八營謂長水中壘屯騎武賁越
騎步兵射聲胡騎言此八營皆衛尉掌之晝夜巡警綜曰虎威章溝未聞其意嚴更督

行夜鼓者位也衛尉帥吏士周宮外於四方四角立八屯士士則傳宮外向為廬舍晝則
巡行非常夜則警備不虞也善曰西都賦曰徼道綺錯漢書曰衛尉掌門衛屯兵孔安
國尚書傳曰警戒也植鏺所拜懸瞂伐用戒不虞濟曰植立也鏺
兵仗也虞度也瞂打更木也言立兵擊木以戒不虞之事也綜曰植柱也善曰說文曰
鏺鈹有鐔也一曰鍦以兩刃刀方言曰盾或謂之瞂周易曰君子以治戎器戒不虞鈹芳
皮以鏺山例切後宮則昭陽飛翔增成合驩蘭林披
香鳳皇鴛鸞向曰皆後宮殿名綜曰皆後宮別名善曰皆殿名已見西
都賦漢宮闕名有鳳皇殿羣窈窕之華麗嗟內顧之所觀
良曰言羣女窈窕華麗也嗟歎聲也言歎而內顧所見者皆美綜曰覯觀也謂內顧所
覯皆盛好也善曰窈窕已見西都賦小雅曰嗟發聲也三略曰將內顧則士卒慕之也

故其館室次舍采飾纖縟 辱 裛以藻繡文以
朱綠 銑曰言為館室室次為舍息之處纖細縟繁也謂館室之上纏飾藻繡朱綠之
文 善曰周禮曰宮正掌宮中次舍鄭玄禮記注曰次自脩止之處綜曰采五色也纖
細也 善曰說文曰縟繁采飾也西都賦曰裛以藻繡傅毅七激曰楹桷彫藻文以朱綠
也 翡翠火齊 才計 絡以美玉流懸黎之夜光綴
隨珠以為燭 翰曰翡翠鳥羽也火齊珠也懸黎璧也言以衆寶飾之綴明珠
於內以當夜燭 善曰翡翠鳥名也火齊玫瑰珠也六韜曰紂作瓊室鹿臺飾以美玉列
子曰穆王為中天之臺絡以珠玉 綜曰明月大珠夜則有光如燭也 善曰懸黎夜光
隨珠已見西都賦 金戺 俟 玉階彤庭煇煇 音運 向曰戺砌也
煇煇赤色貌 綜曰彤赤也煇煇赤色貌善曰廣雅曰戺砌也西都賦曰玉階彤庭 珊

蘇千 瑚 胡 琳碧瓀 而兗 珉 旻 璘 鄰 彬 悲旻 珍物羅生
煥若崐崙雖厥裁 去 之不廣侈靡踰乎至尊
銑曰珊瑚珠樹也琳碧瓀珉皆玉石璘彬雜色崐崙山天帝居也言以此珍寶之物羅布
煥然如崐崙之上雖館宇不至廣大其彫飾華麗越於天子此說後宮 綜曰璘彬玉光
色雜也 善曰珊瑚瓀珉已見西都賦璘力神切彬方珉切 綜曰珍美之物羅列布見
煥焉如崐崙之所生者 善曰山海經云崑崙之墟有珠樹文玉樹 綜曰謂其裁制雖
事事狹小於至尊然其靡麗之好乃過之也 善曰喪服傳曰天子至尊 裁才再切 於
是鉤陳之外閣道穹隆屬長樂與明光徑北
通于桂宮 向曰鉤陳宮署閣道飛陛也言此道穹崇然連長樂明光二殿徑直
也直北通桂宮桂宮宮名 善曰鉤陳已見西都賦穹隆長曲貌長樂桂宮皆宮名明光

殿名也漢書武帝故事上起明光宮桂宮長樂宮皆輦道相屬懸棟飛閣北度從宮中西
上城至神明臺 命般爾之巧匠盡變態乎其中 濟曰
般般輸爾王爾皆古巧人也變態盡其奇能 綜曰般魯般一云公輸之子魯哀公時巧人
爾王爾皆古之巧者也 善曰淮南子曰魯般以木為鳶而飛之又曰王爾無所錯其剞
劂 綜曰變奇也態巧也 於是後宮不移樂不從懸門衛
供帳官以物辦 良曰言帝遊行之處宮人伎樂皆不移也懸樂架也林帳
之物皆以官辦 善曰上林賦曰庖厨不從後宮不移劉向新語曰孟嘗子聘於晉韓宣
子止而觴之飲三爵鐘石之懸不移而具也供帳已見東都賦門衛已見上 恣意
所幸下輦成燕窮年忘歸猶弗能徧瓌異日
新殫所未見 向曰言天子所幸宮伎既多下輦之處即為燕樂雖窮年不歸

亦不能周徧言中間瓌奇盡未常見之 善曰孫卿子曰知物之理沒世窮年不能徧也
瓌奇也殫盡也言奇異之好日日變多皆所未嘗目見之物也 惟帝王之神
麗懼尊卑之不殊雖斯宇之既坦心猶憑而
未攄 向曰坦大也憑滿也言雖宮室神麗猶恐與人臣不殊此宇既大心雖已滿亦
未攄散 綜曰坦大也憑滿也攄舒也 思比象於紫微恨阿房
之不可廬 濟曰思法紫微宮之制作恨阿房之宮不足廬止 綜曰廬居也時
阿房已壞故不得居也 覜 朓 往昔之遺館獲林光於秦
餘 良曰覜視也林光殿名秦始皇作故言秦餘 綜曰覜視也 善曰漢書音義曰
林光秦離宮名也 覜亡狄切 處甘泉而爽塏 愷漢 乃隆崇而
弘敷 翰曰甘泉山名爽明也塏大也隆崇高貌弘敷猶延蔓 綜曰甘泉山名應劭

曰甘泉在馮翊雲陽縣爽明也隆崇高也弘
數猶延蔓也　善曰左氏傳曰齊景公欲更
晏子之宅曰請更諸爽塏者杜預曰塏高燥也既新作於迎風增露
寒與儲胥銑曰武帝先作迎風館於甘泉山後加露寒儲胥二館　善曰漢書
曰武帝因秦林光宮元封二年增通天迎風儲胥露寒託喬基於山岡
直墆徒結霓五結以高居濟曰喬高也言階高而又在山岡之上墆霓然
墆霓高危貌綜曰墆霓高貌也　善曰霓五結切通天眇善本作訬以竦
峙徑百常而莖擢上辦葩華以交紛下刻陗
七笑其若削良曰通天臺名峙立也倍尋曰常徑唯也言竦然而立唯高百常擢
拔也莖擢如木上拔也辦華交紛言文綵交錯也刻削謂刻令險陗如削成也　綜曰通
天臺名武帝元封二年作漢書舊儀云高三十丈望見長安城訬高也竦立也峙住也

善曰訬音眇　綜曰徑度也倍尋曰常莖特也擢獨出貌也辦華數大也刻陗斗高也
善曰辦音班翔鶤昆仰而弗逮況青鳥與黃雀伏
檽零檻而俯聽聞雷霆之相激向曰翔飛也鶤大鳥逮及也
也青鳥黃雀小鳥也言臺高大鳥之飛尚不及況小鳥乎俯下也謂伏於檽檻下聞雷霆
之聲　綜曰鶤大鳥青鳥黃雀皆小鳥翔高飛也　善曰穆天子傳曰鶤鷄飛八百里郭
璞曰鶤即鵾鷄也鵾與鶤同音昆左氏傳曰青鳥氏司啓者也杜預曰青鳥鶬鶊也戰國
策莊辛曰黃雀俯啄百粒　綜曰伏猶憑也檽臺上蘭也頫低頭也蒼頡篇曰霆霹靂也
言臺之高於上低頭聽雷聲乃在下　善曰頫古字音府柏梁既災越巫
陳方建章是經用猒於冉火祥營宇之制事兼
未央翰曰武帝時柏梁宮遭火越巫令帝起建章宮以厭火祥其宮宇制度兼未央

宮之大也　善曰漢書曰柏梁災越俗有火災復起居必以大用勝服之於是作建章宮
漢武故事曰以香柏為之香聞數十里綜曰兼猶倍也所以順巫言也　善曰漢書曰
劉向上疏曰項籍燔其宮室營宇圓闕竦以造去天若雙碣
竭之相望鳳騫軒翥之預於甍萌標咸遡素風
而欲翔翰曰造至也言闕上竦若至天如碣石之山相望矣遡向也謂作金鳳置
於棟上皆猶向風而飛　善曰字書曰圜亦圓字也甘泉賦曰直嶢嶢以造天音操孔安
國尚書傳曰造至也又曰碣石海畔山也又曰三山言相望也綜曰甍棟也標末也遡
向也謂作鐵鳳皇令張兩翼舉頭敷尾以函屋上當棟中央下有轉樞常向風如將飛者
焉　善曰楚辭曰鳳騫翥而飛說文曰騫飛貌也騫許言切翥之庶切閶闔之
內別風嶕譙嶢何工巧之瑰瑋偉交綺豁以

疏寮濟曰寮窗也別風闕在閶闔門內嶕嶢高峻也結綺為文以飾之　善曰閶闔
已見上文別風已見西都賦　綜曰瑰瑋奇好也疏刻穿之也　善曰交結綺文豁然穿
以為寮也說文曰綺文繒也廣雅曰豁空也然此刻鏤為之蒼頡篇曰寮小窗也古詩曰
交疏綺窗結干雲霧而上達狀亭亭以迢迢善本作岧
岧濟曰干觸也言高觸雲霧亭亭迢迢高貌　綜曰亭亭岧岧高貌也干犯也神
明崛元屈其特起井幹寒疊而百增峙游極於
浮柱結重欒以相承累層構而遂隮子兮望北
辰而高興向曰神明臺名井幹樓名疊謂樓形重疊極梁也言置遊梁於浮柱
以欒櫨相承累積重構而上也壯辰北極星也望北極星之高以起此樓也綜曰崛高
貌　善曰廣雅曰增重也神明井幹已見西都賦　綜曰峙猶置也三輔名梁為極作遊

梁置浮柱上欒柱上曲木兩頭受櫨者廣雅曰曲枅曰欒釋名曰欒體上曲拳也隮升也
子奚切北辰北極也善曰山海經曰層重也消雰汾埃於中宸集
重陽之清澄瞰勘宛虹之長鬐岐察雲師之
所憑上飛闥而仰眺正覩瑤光與玉繩銑曰消除
也雰埃塵穢也中宸天地交會之際上爲陽下爲陰清澄亦爲陽故云集重陽也宛謂屈
曲也鬐虹鬣也雲師畢星也言登此樓見宛虹雲師所依處闥門也眺視也上飛門而
視正見瑤光玉繩之星綜曰消散也雰埃塵穢也宸天地之交宇也言神明臺高院除
去下地之埃穢乃上止於天陽之宇清澂之中也上爲陽清又爲陽故重陽善曰楚辭
曰集重陽而入帝宮兮造旬始而觀清都雰音氛宸音辰綜曰鬐脊也雲師畢星也臺
高悉得視之善曰鬐渠祇切廣雅曰瞰視也如淳漢書注曰宛虹也小雅曰憑依也廣
雅曰雲師謂之豐隆綜曰飛闥突出方木也善曰春秋運斗樞曰北斗七星第十日
瑤光春秋元命苞曰玉衡北兩星爲玉繩將作往而未半怵黜悼
慄栗而聳兢非都盧之輕趫去嬌孰能超而究
升良曰將往升樓未至於半已恐懼矣非都盧輕捷誰能超騰究盡而升也都盧山名
其山人善緣高也綜曰怵恐也悼傷也慄憂戚也言恐墮也善曰廣雅曰乍暫也方
言曰聳懼也先拱切漢書曰自合浦南有都盧國太康地志曰都盧國其人善緣高誽文
曰趫善緣木之士也綺驕切馺蘇臘娑蘇可駘殆盪燾徒到奡五告
桔吉桀居列枍翳詣承光睽呼圭罛呼庨呼交豁谷銑曰
馺娑駘盪枍詣承光並臺名餘皆高峻深邃貌綜曰馺娑駘盪枍詣承光皆臺名燾奡
桔桀睽罛庨豁皆形貌善曰罛計孤切增桴孚重棼汾鍔鍔列

列及善本作反宇業業飛檐𪑵𪑵魚禁流景內照引
曜日月向曰鍔鍔列列業業皆高峻貌𪑵𪑵偃起貌流景內照言日月之光含采
飾之曜相引而入宇內也善曰鍔鍔列列皆高貌綜曰凡屋宇皆垂下向而好大屋
飛邊頭瓦皆更徵使反上其形業業然檐枝承落也𪑵𪑵高貌善曰西都賦曰上反宇
以蓋𪑵綜曰言皆朱畫華采流引日月之光曜於宇內天梁之宮寔開
高闈旗不脫扃日熒結駟方蘄祈轢歷輻福輕
騖容於一扉翰曰天梁宮名闈門也扃旗關名蘄馬銜也轢謂轢其車輻爲
聲以急車也言此宮門高大車上載旗亦不脫扃而入四馬齊銜轢輻而走乃一扉之地
而容也綜曰天梁宮名宮中之門謂之闈此言特高大爾雅曰熊虎爲旗扃關也謂建
旗車上有闌制之令不動搖曰扃每門解下之令此門高不復脫扃結駕駟馬方行而入
也蘄馬銜也善曰左氏傳曰楚人惎之脫蘄巨衣切楚辭曰青驪結駟齊千乘馭車欲
馬疾以策擽於輻使有聲也長廊廣廡无宇切連善本作途閣雲
蔓閈汗庭詭異門千戶萬銑曰連閣謂閣道如雲迤蔓相連接
閈閭也言閭一門自有一庭門千戶萬言多也綜曰謂閣道如雲氣相延蔓也善曰
許慎淮南子注曰廊屋也說文曰廡堂下周屋也蒼頡篇曰閈垣也胡旦切說文曰詭違
也西都賦曰張千門而立萬戶重閨幽闥轉相踰延移賤望叫
善本作窅窱徒弔以徑廷他頂眇不知其所返方萬反濟曰閨
闥互相通而深遠入者眇然而迷不知還路綜曰宮中之門小者曰閨言互相周通綜
曰窅窱徑廷過度之意也言入其中皆迷惑不識還道也善曰廷他定切既乃
珍臺蹇產以極壯墱道邐倚其綺以正東向曰珍臺

臺名在城東蹇產高大貌隥道閣道也言此閣道西入宮還倚長遠之貌自宮言之故言正東綜曰蹇產形貌也隥閣道也麗倚一高一下一屈一直也乃從建章館踰西城東入於正宮中也善曰甘泉賦曰珎臺閑館西都賦曰凌隥道而超西墉隥都亘切還力氏切似閬風之遻坂橫西洫而絕金墉城尉不弛詩紙柝他各而內外潛通濟曰閬風崐崙山也金墉城也言珎臺之高閣道之長有似閬風之山也橫越也謂越洫過城也城尉官名也弛廢也柝擊木以守更也言城尉不廢守更而閬道之中潛行以通內外綜曰閬風崐崙山名也洫城池也墉謂城也絕度也言閣道似此山之長遠橫越西池而度金城也西方稱之曰金善曰東方朔十洲記崐崙其北角曰閬風之巔洫已見上文綜曰弛廢也潛默也言城門拔尉不廢擊柝之備內外已自默通也善曰鄭玄周禮注曰欜戒夜者所擊也柝與欜同

文選二　十八

音前開堂善本作唐中彌望廣象顧臨太液滄池漭莫朗沆胡朗反良曰建章宮中有堂中池廣數十里彌望極望也廣象寬大也太液池色蒼故曰滄池漭沆深大貌綜曰彌遠也善曰唐中已見西都賦漢書曰五侯大治第室連屬彌望唐中已見西都賦字林曰潒水潒潒也大朗切綜曰漭沆猶沆潒亦寬大也善曰太液已見西都賦李善象作潒漸臺立於中央赫昈昈戶以弘敞銑曰漸臺臺名在太液池中昈昈赤文也言此臺赤文赫然而又高敞善曰漸臺高二十餘丈已見西都賦埤蒼曰昈赤文也清淵洋洋神山峩峩列瀛洲與方丈夾蓬萊而駢羅上林岑以壘魯罪嶵罪下嶄仕咸巖以嵒巖音齬吾銑曰駢羅謂三山相布貌林岑壘嶵嶄巖嵒齬言上下皆嶮峻不齊綜曰三山形貌也

峩峩高大也善曰三輔三代舊事曰建章宮北作清淵海毛詩曰河水洋洋三山已見西都賦駢猶並也長風激於別島起洪濤而揚波浸石菌渠殞於重涯濯靈芝於朱柯濟曰海曲曰島菌芝類也言風激射於島而水起其濤波浸濯芝菌於重涯之上重涯岸也芝赤色故云朱柯綜曰水中之洲曰隯音島善曰高唐賦曰長風至而波起綜曰石菌靈芝皆海中神山所有神草名仙之所食者浸濯也重涯池邊也朱柯芝草莖赤色也善曰菌芝蜀也抱朴子曰芝有石芝菌求隕切薛綜島為隯海若遊於玄諸鯨魚失流而蹉跎濟曰海若海神玄諸池之深也言神游深渚鯨魚隨波而蹉跎蹉跎失流貌綜曰海若海神鯨大魚善曰楚辭曰令海若舞馮夷又曰臨沅湘之玄淵薛君韓詩章句曰水一溢而為諸三代舊事曰淸淵北有鯨魚刻石為之長三丈楚辭曰驥

文選二　十九

垂兩耳中坂蹉跎廣雅曰蹉跎失足也於是采少君之端信庶欒大之貞固向曰李少君欒大皆方術之士以仙道干武帝帝信之以為貞固之實善曰史記曰李少君亦以祠竈穀道却老方見上上尊之少君者故深澤侯舍人主方欒大見西都賦凡人姓名及事易知而別卷重見者云見某篇亦從省也他皆類此立脩莖之仙掌承雲表之清露屑瓊蘂以朝飧必性命之可度翰曰脩長也屑末也瓊蘂玉英也言承取雲表之露和玉英之末服之則性命可度世而不死善曰漢書曰孝武作栢梁銅柱承露仙人掌之屬三輔故事曰武帝作銅露盤盛天露和玉屑飲之欲以求仙楚辭曰屑瓊蘂以為糧王逸曰糜屑也羨往昔之松喬要平羨門乎天路想升龍於鼎湖豈時俗之足慕翰曰松喬羨門皆仙人也

羲之思與相遇於天路黃帝乘龍於鼎湖之
山以升仙言思想此事不慕時俗之人也
善曰松喬已見西都賦史記曰始皇之碣石
使燕人盧生求羨門韋昭曰羨門古仙人也
故秉樂府詩曰羨人在雲端天路隔無期要
烏堯切史記曰齊人公孫卿曰黃帝采首山
銅鑄鼎於荊山下鼎既成龍垂胡髯下迎黃
帝黃帝騎龍乃上去名其處鼎湖天子曰嗟
乎誠得如黃帝吾視夫妻子如脫屣耳若歷世而長存何遽營
乎陵墓良曰遽急也言長生不死何急營其陵墓善曰言若歷代而不死何急
營於陵墓乎徒觀其城郭之制則旁開三門參三
塗夷庭方軌十二街衢相經濟曰夷平也庭正也西京城面
三門門三道皆平正可齊列十二車其中街衢互相經涉綜曰衢大道也經歷也一面
三門門三道故云參塗塗容四軌故方十二軌軌車轍也夷平也庭猶正也善曰方言
九軌之塗九有十二也周禮曰營國方三門鄭玄禮記注曰方倚也周禮曰國中營塗九
軌西都賦曰立十二之通門廛里端直甍宇齊平濟曰廛里
猶邑里甍棟宇也綜曰都邑之空地曰廛甍棟也善曰周禮曰以廛任國中之地
北闕甲第當道直啓程巧致功期不陁豕陊
豸木衣意綈啼錦土被朱紫武庫禁兵設在
蘭錡魚几反銑曰第館宅也甲第一也程擇陁崩陊落也言第一之宅當道正開
門皆擇巧匠以致其功使無崩落之期士木之上加以綈錦朱紫之色武庫藏兵眾之處
也蘭錡兵架也陳列於甲第之門若今戟門綜曰第館也甲言第一也善曰漢書曰贈
霍光甲第一區音義曰有甲乙次第故曰第也北闕當帝城之北也綜曰言皆程擇好
匠令盡致其功夫既牢又固不傾陊也善曰方言曰陁壞也陁式氏切說文曰陁落也

直氏切綜曰言皆采畫如錦繡之文章也善曰說文云綈厚繒也朱紫二色也綜曰
錡架也武庫天子主兵器之官也善曰劉逵魏都賦注曰受他兵曰蘭受弩曰錡音蟻
匪石匪董疇能宅此向曰宅居也石顯董賢皆漢之倖臣言非此二
人誰能居此善曰漢書曰石顯字君房少坐法腐刑為黃門中尚書元帝被疾不親政
事事無大小因顯口決又曰董賢字聖卿哀帝悅其儀貌拜為黃門郎詔將作監為賢起
大第北闕下土木之功窮極技巧柱檻衣以綈錦武庫禁兵盡在董氏爾乃廓
開九市通闤胡帶闠旗亭五重俯察百隧周
制大胥今也惟尉翰曰廓大也長安有九市關闤市門也旗亭市門樓
也五重累積五重也隧巾道也周禮市致大胥職今但屬三輔都尉綜曰廓大也闤市
營也闤中隔門也雀豹古今注曰市牆曰闤市門曰闠善曰九市已見西都賦蒼頡篇
曰闠市門綜曰旗亭市樓也善曰史記褚先生曰臣為郎與方士會旗亭下隧已見
西都賦周禮曰司市胥師二十人然尊其職故曰大漢書曰京兆尹長安四市皆屬焉與
左馮翊右扶風為三輔然市有長丞而無尉蓋通乎長丞為尉耳瓌貨方至
鳥集鱗萃鬻育者兼贏盈求者不匱翰曰瓌貨謂寶
物也鳥集鱗萃言多也鬻賣也兼倍也賣者倍贏其利求者無所乏少綜曰瓌奇貨也
方四方也奇寶有如鳥之集鱗之萃也鬻賣也兼倍也贏利也匱乏也爾乃商
賈古百族裨必彌販夫婦鬻良雜苦蚩眩縣邊
鄙濟曰行曰商坐曰賈族類也裨益也販謂買賤賣貴以自裨益良善也苦惡也蚩欺
也眩惑也言裨販之人以善物和惡物欺惑邊遠人鄙猶遠也綜曰坐者為商行者為
賈裨販買賤賣貴以自裨益裨必彌切善曰周禮曰大市日仄而市百族為主朝市朝

時而市商賈為主夕市夕時為市販夫販婦為主 綜曰良善也先見良物價定而雜與
惡物以欺惑下土之人 善曰周禮曰辨其苦良而買之鄭玄曰苦讀為盬蒼頡篇曰盬
海也廣雅曰眩亂也杜預左氏傳注曰鄙邊邑也何必昏於作勞邪
贏盈優而足恃向曰昏彊也優饒也言作必強作勤勞之事為欺詐之利
自得豐饒足可恃也 綜曰昏勉也邪偽也優饒也言何必當勉力作勤勞之事乎欺偽
之利自饒足恃也 善曰尚書曰不昏作勞彼肆人之男女麗美
奢乎許史良曰許皇后史良娣宣成二帝時皆恣為奢僭市人男女服飾奢麗
皆過 綜曰言長安市井之人被服皆過此二家 善曰漢書曰孝宣許皇后元帝母
封外祖父廣漢為平恩侯又曰衛太子史良娣宣帝祖母也兄恭宣帝立恭已死封恭長
子高為樂陵侯若夫翁伯濁質張里之家擊鍾鼎食

連騎相過東京公侯壯何能加濟曰翁伯販脂濁氏賣脯
質氏洒削張里馬醫言此輩人皆以是業而富或鐘鼎而食或連騎而遊雖東京公侯之
壯皆不過也 善曰漢書食貨志曰翁伯以販脂而傾縣邑濁氏以胃脯而連騎質氏以
洒削而鼎食張里以馬醫而擊鐘晉灼曰胃脯今大官以十日作沸湯燖羊胃以末椒薑
坋之說曝使燖者也燖在鹽切坋步寸切如淳曰洗削作刀劍晉灼曰張里里名也都
邑遊俠張趙之倫齊志無忌擬跡田文輕死
重氣結黨連羣寔蕃有徒其從去如雲向曰遊俠
謂交結豪彊也又曰遊俠謂輕死重義也張子羅趙君都言此二人並長安名豪養俠客
為人報怨志氣皆擬魏無忌田文也 為負輕生重氣之志故羣黨蕃多如雲也 綜曰寔
實也蕃多也徒衆也 善曰漢書曰長安宿豪大猾箭張回酒市趙放皆通邪結黨一云

張子羅趙君都皆長安大俠具游俠傳尚書曰寔繁有徒毛詩曰齊子歸止其從如雲
茂陵之原陽陵之朱趫去嬌悍汗虓呼交豁如虎
如貙勑愚睚五介眦仕解蠆丑介芥屍僵姜路隅向曰茂陵
陽陵皆漢帝陵也原涉朱安並居此陵趫悍捷也虓豁勇也言其捷勇如虓虎貙之猛也
貙虎類也睚眦蠆芥怒貌言此二人之怒必殺人於路傍也 善曰原原涉也朱朱安世
也史記曰誅獟猂與趫同欺譙切說文曰貙猂勇也戶旦切毛詩曰闞如虓虎爾雅曰貙
獌似貍貙勑珠切 綜曰僵仆也 善曰漢書曰原涉字巨先自陽翟徙茂陵涉外溫仁
內隱忍好殺睚眦於塵中觸死者甚衆廣雅曰睚裂也說文曰眦目眶也淮南子曰瞋目
裂眦睚五懈切眦在賣切張揖子虛賦注曰蔕介刺鯁也蠆與蔕同丞相欲以
贖子罪陽石汙烏遇而公孫誅銑曰丞相公孫賀子敬聲下獄

時帝捕朱安賀請捕安以贖子罪後果得之安於獄上書告敬聲與陽石公主私通賀與
子俱死獄中 善曰漢書曰公孫賀為丞相子敬聲為太僕擅用北軍錢千九百萬下獄
是時詔捕陽陵朱安世賀請逐捕以贖敬聲罪後果得安世安世遂從獄中上書曰敬聲
與陽石公主私通遂父子俱死獄中也陽石北海縣名也若其五縣遊麗
辯論去之士街談巷議彈射臧否剖析毫釐
力之擘百肌分理翰曰五縣五陵之縣辯論謂談說之士臧否善也否惡也毫
氂皆細毛言此人彈剝善惡雖毫氂肌理之間亦能分擘 善曰五縣謂五陵也長陵安
陵陽陵茂陵平陵五陵也已見西都賦 毛詩曰未知臧否聲類曰毫長毛也漢書音義曰
十毫為氂鄭玄周禮注曰擘破裂也補革切說文曰肌肉也所好生毛羽
所惡烏故成瘡痏于鬼反 銑曰言此辯士所好者譽之使生羽毛惡者毀

之令生瘡痏痏亦瘡也綜曰毛羽言飛揚創瘡謂瘢痕也善曰蒼頡曰痏歐傷也胡
軌切郊甸之內鄉邑殷賑隱彰五都貨殖既遷
既引商旅聯槅格隱隱展展丁謹冠帶交錯方
轅接軫翰曰殷賑富饒也槅車扼也貨出還貨入曰引商旅玩多載物之車或曰
出或入隱展相連屬貌冠帶職吏也方並也軫車後橫木也並轅接軫言多也綜曰五
十里為近郊百里為甸師殷賑謂富饒也還易也引致也言賈人多車扼相連屬隱隱展
展重聲也冠帶縉紳謂吏人也善曰尚書曰五百里甸服爾雅曰賑富也之忍切五
都已見西都賦還謂從之於彼引謂納之於此說文曰槅大車扼也居責切楊雄蜀都賦
曰方轅齊轂隱隱軫軫枚乘兔園賦曰車馬接軫相屬方輪錯轂說文曰軫車後橫木也
封畿千里統以京尹郡國宮館百四十五曰良

畿內千里並京兆尹理之中外宮館百四十五所綜曰離宮別館在諸郡國者善曰十
毛詩曰封畿千里惟民所止漢書曰內史周官武帝更名京兆尹張晏曰地絕高平曰京
十億曰兆尹正也三輔故事曰秦時殿觀百四十五所右極盩知留厔知栗
并卷鄠戶左暨其器河華遂至號土向曰嘉屋鄠鄠
皆縣名河黃河也華華山也號地名綜曰盩厔山名因名縣暨言及也華陰縣故屬京
兆善曰漢書曰右扶風有盩厔縣張流切厔張栗切漢書右扶風有號縣上林
禁苑跨谷彌阜東至鼎湖斜界細柳掩長楊
而聯五柞作繞黃山而款牛首向曰跨越彌掩也大陸曰
阜邑湖山名細柳地名長楊五柞皆宮名黃山牛首皆山名款至也綜曰跨越也彌猶
掩也大陵曰阜上林苑名禁禁人妄入也鼎湖細柳皆地名也鼎湖在華陰東細柳在長

安西北長楊宮在盩厔五柞亦館名云有株柞樹繞裹也款至也善曰鄭玄毛詩箋曰
掩覆也漢書右扶風槐里縣有黃山宮三輔黃圖曰甘泉宮中有牛首山繚垣綿
聯四百餘里植物斯生動物斯止銑曰繚猶長也垣牆
也綿聯不絕貌植物草樹也動物禽獸也止居也綜曰繚垣猶繞了也綿聯猶連蔓也
四百餘里苑之周圍也植物草木動物禽獸善曰今並以亘為垣西都賦曰繚以周牆三
輔故事曰北至甘泉九嵕南至長楊五柞連綿四百餘里也周禮曰動物宜毛物植物
宜阜物也衆鳥翩翻羣獸駓否騃俟散似驚波聚
似京峙向曰駓騃行走貌京峙高丘也言鳥獸散若驚波聚如高丘綜曰皆鳥
獸之形貌也京高也水中有土曰峙言禽獸散走之時如水驚風而揚波聚時如水中之
高土也善曰薛君韓詩章句曰趫曰駓行曰騃駓音鄙峙直理切伯益不能

名隸首不能紀銑曰言苑中禽獸多而且奇伯益不能知其名隸首不能
算其數伯益舜掌山林之官隸首黃帝時算人善曰列子曰壯海有魚名鶡有鳥名鶡
大禹行而見之伯益知而名之世本曰隸首作數宋衷曰隸首黃帝史也林麓之
饒于何不有良曰山足曰麓綜曰木叢生曰林善曰穀梁傳曰林屬於
山曰麓木則樅七容栝古活椶子公楠南梓姊棫域楩
鼻綿楓音風良曰竝木名綜曰楩松葉栢身栝栢葉松身梓如要而小棫白桵也
楓香木也善曰郭璞山海經注曰椶一名并閭楠亦作枏爾雅曰梅枏郭璞曰枏木似
水楊又曰棫白楡楠音南郭璞上林賦注曰楩杞也似梓嘉卉灌叢蔚若
鄧林翰曰木叢生曰灌鄧林夸父與日競又於道渴死棄其杖化為林其林高茂故
以為比綜曰嘉猶美也灌叢蔚若皆盛貌也善曰山海經曰夸父與日競走渴飲河

渭不足北飲大澤未至道渴死棄其杖化為鄧林鬱蓊烏董薆烏改蔚徒對
橚蕭爽橚蕭槮森吐葩颺揚榮布葉垂陰良曰
華葉繁蔚貌葩華也綜曰皆草木盛貌也善曰對徒對切橚音肅草則葴
針莎蘇和菅艱蒯古壞薇蕨荔隸芄胡郎王芻莔萌
臺戎葵懷羊皆草名苯本蓴子本蓬蒲蒙茸如腫彌皋
被岡良曰言草茂盛或被滿高岡綜曰彌猶覆也言草木熾盛覆被於高澤及山
岡之上也善曰爾雅曰葴馬藍郭璞曰今大葉冬藍爾雅曰灊侯莎又曰白華野菅郭
璞曰菅茅屬聲類曰蒯草中為索苦怪切毛萇詩傳曰薇菜也爾雅曰蕨虌也說文曰荔
草似蒲爾雅曰芄東蠡郭璞曰未詳爾雅曰菉王芻郭璞曰今菉蓐也爾雅曰莔貝母郭
璞曰似韭武行切爾雅曰臺夫須又曰菺茙葵郭璞曰今蜀葵菺音眉茙音式爾雅曰瑰

懷羊郭璞曰未詳篠星了簜徒浪敷衍編町定成篁山谷
原隰泱烏黨漭馬黨無疆濟曰篠竹箭簜大竹也町畂也篁竹叢也言
竹生敷布蔓延連畂而成叢也山谷原隰之上泱漭然無疆畔綜曰篠竹箭也簜大
竹也敷布也衍蔓也編連也町謂畂畂篁竹墟名也泱漭無限域之貌言其多無境限也
善曰尚書曰瑤琨篠簜既敷町音挺泱烏朗切迺有昆明靈沼黑水
玄沚止周以金堤樹以柳杞濟曰沚小渚也水色黑故云玄
也金堤言堅如金樹植也柳杞木名綜曰小渚曰沚金堤謂以石為邊隒而多種杞柳
之木善曰漢書曰武帝穿昆明池黑水玄沚謂昆明靈沼之水沚也水色黑故曰玄沚
也金隄言堅也子虛賦曰上金隄杞即梗木也山海經曰杞如楊赤理豫章珍
館揭竭焉中峙牽牛立其左織女處其右銑曰

豫章館名在上林揭高也立牽牛織女之象於池之東西以象天河綜曰皆豫章木為
臺館也善曰三輔黃圖曰上林有豫章觀說文曰揭高舉也渠列切女牛已見西都賦
日月於是乎出入象扶桑與濛汜音似向曰扶桑日
出處濛汜日入處言此池廣大如日月自中出入善曰言池廣大日月出入其中也淮
南子曰日出暘谷拂于扶桑楚辭曰出自暘谷入于濛汜其中則有黿鼉
徒多巨鼈鱣陟連鯉鱮翔與鮦童鮪于軌鯢倪鱨常魦
沙脩額短項大口折鼻詭類殊種向曰言鱗介之屬或
長額短項或大口折鼻狀類各異非一族元巨皆大也綜曰自鱨以上皆魚名也脩
額至折鼻皆魚形也詭類殊種多雜物也注善曰郭璞山海經曰鼉似蜥蜴郭璞爾雅
曰鱣似鱏知連切鄭玄詩箋曰鱮似魴爾雅曰鱧鮦也音童毛萇詩傳曰鮪似鮎鮪于軌

切鮎奴謙切又曰鱨揚也魦鮀也鳥則鷫宿鷞霜鴰括鴇保
駕加鵝鴻鶤昆上春候來季秋就溫南翔衡
陽北棲鴈門集隼司尹歸鳧沸卉砰善本作軿普萠切
訇呼萠衆形殊聲不可勝論濟曰隼鷙類餘皆水鳥名沸卉砰訇
鳥奮迅聲言此鳥形狀既多音響亦異不可勝述善本集字作奮綜曰隼小鷙也論說
也善曰高誘淮南子注曰鷫鷞長脛綠色其形似鴈張揖上林賦注曰駕鵝野鵝又曰
鶤雞黃白色長頷赤喙鴰鴇已見西都賦允魚鳥草木皆不重見他皆類此周禮曰上春
生種稑之種禮記曰孟春鴻鴈來鄭玄曰鴈自南方來將北反其居也又曰季秋之月鴻
鴈來賓鄭玄曰來賓止而未去也列子曰禽獸之智違寒就溫尚書曰荊及衡陽惟荊州孔
安國曰衡山之陽漢書有鴈門郡也周易曰射隼高墉之上軿芳耕切訇火宏切廣雅曰

勝舉也於是孟冬作陰寒風肅殺雨雪飄飄氷
霜慘烈百卉具零剛蟲搏摶鷙音至濟曰言陰氣始盛
風霜殺草木之時剛蟲鷹豺也疾殺氣以祭鳥獸搏擊也鷙執也綜曰寒氣急殺於萬
物孟冬十月陰氣始盛萬物彫落飄飄雨雪貌慘烈寒也草木零落陰氣盛殺鷹犬之屬
可鷙擊也善曰禮記曰孟秋天氣始肅仲秋殺氣浸盛李陵書曰邊土慘烈毛詩曰百
卉具腓禮記曰季秋豺祭獸戮禽也爾乃振天維衍地絡蕩川
瀆簸補我林薄翰曰振整也維綱也絡網也衍舒布也謂綱網大紀天地也蕩
簸謂揉動草木叢生曰薄綜曰維綱也絡網也謂其大如天地矣振整理也衍申布也
林薄草木叢生也蕩動也簸揚也謂驅獸也善曰衍以善切鳥畢駭獸咸
作草伏木栖寓居穴託起彼集此霍繹紛泊

文選二　二十八

在於靈囿之中前後無有垠銀鍔銑曰畢盡也駭驚也
咸皆也作起也寓寄也草伏木栖謂禽獸驚走得草則伏遇木則栖失其常處寄託他穴
起彼謂起於本處集此謂集於靈囿霍繹紛泊飛走貌无有垠鍔言多也垠鍔際畔綜
曰謂禽獸驚走得草則伏遇木則棲非其常處苟寄而居值穴而託為人窮迫之意起彼
集此謂為彼人所驚而來集此人之前霍繹紛泊飛走之貌前後无有垠鍔言禽獸之多
前却顧視无復齊限也善曰靈囿已見東都賦淮南子曰出於无垠鄂之門許慎曰垠
鍔咢崖也虞人掌焉為之營域焚萊平場槎仕木
翦棘銑曰虞人掌禽獸之官營域獵場也言焚除草萊斫木翦棘為馳逐之處綜
曰虞人掌禽獸之官善曰周禮曰山虞若大田獵則萊山之野周禮曰牧師贊焚萊毛
萇詩傳曰萊草也賈逵國語曰槎邪斫也柞與槎同仕雅切左氏傳曰翦其荊棘結

罝嗟百里迒岡杜蹊塞麀憂鹿麌麌宇危駢田
偪側良曰罝網也迒蹊皆獸徑也杜塞也麀牝鹿麌麌攢立貌駢謂駢列於田以相
偪側綜曰罝網也迒道也蹊徑也皆以網杜塞之也麀牝曰麀麌麌形貌駢田偪側聚
會之意善曰迒公郎切小雅曰杜塞也毛詩曰麀鹿攸伏麀於牛切麌魚矩切天
子乃駕雕軫六駿駮必邈戴翠帽倚金較角瓊
善本作璿弁玉纓遺光儵叔爚音藥良曰雕畫也軫車也駮白馬
畫為黑文翠帽車蓋也以翠飾之金較以金飾也弁馬纓冠也皆以玉飾之遺餘也言儵
爚有餘光綜曰雕畫也天子駕六馬駮白馬而黑畫為文如虎者翠羽為車蓋黃金以
飾較也古今注曰車耳重較文官青武官赤或曰車蕃上重起如牛角也弁馬冠也又髦
以璿玉作之纓馬鞅也以玉飾之遺餘也儵爚有餘光也善曰毛詩曰猗重較兮說文

文選二　二十九

曰較車輢上曲鉤也較工卓切輢一伎切建玄弋樹招搖栖鳴鳶
曳雲梢所交弧旌枉矢虹旃蜺旄濟曰玄弋招搖皆星名鳴
鳶鳴也言畫於旌旗之上以取象焉雲梢旗也弧旌枉矢皆星名畫以飾幟也旃旄亦雲
旗類畫虹蜺於上因名之綜曰玄弋北斗第八星名為旄頭主胡兵招搖第九星名為
角今鹵簿中畫之於旗建樹之以前驅禮記曰前有塵埃則載鳴鳶棲謂畫其形於旗上
雲梢謂旌旗之流飛如雲也弧星名通帛為旃雄曰虹雌曰蜺善曰禮記曰招搖在上
急繕其怒鄭玄曰繕讀曰勁畫招搖星於其上以起軍堅勁軍之威怒象天師也高唐賦
曰建雲旆周禮曰弧旌枉矢以象牙飾楚辭曰建雄虹之采旄上林賦曰拖蜺旌也華
蓋承辰天畢前驅翰曰辰北辰星也華蓋覆之王者法以作之畢鳥網
取象畢星先驅載之綜曰華蓋星覆北斗王者法而作之畢網也象畢星也前驅載之

善曰劉歆遂初賦曰奉華蓋於帝則毛詩曰伯也執殳為王前驅千乘雷動
萬騎龍趨屬車之簉楚瘦載獫呂驗猲歇獢許喬反
銑曰千乘萬騎言多也雷動龍趨言迅疾也屬車後車也簉副也獫猲獢皆獵狗也載之
以車也綜曰大駕最後一乘懸豹尾以前為省中侍御史載之簉副也善曰東都賦
曰千乘雷起萬騎紛紜古今注曰豹尾車同制也所以象君豹變言尾者謹也屬車已見
西都賦毛詩曰輶車鸞鑣載獫猲獢毛萇曰獫猲獢皆田犬也長喙曰獫短喙曰猲獢簉初遘切
匪惟翫好迺有秘書小說九百本自虞
初從容之求寔俟寔儲翰曰秘書道術書即小說也有九百篇本
洛陽人虞初著從容閑和貌言此非小說兟說好閑和亦以書術自隨俟侍也儲具也謂
備具以待君問綜曰小說醫巫厭祝之術九有九百四十三篇言九百舉大數也持此

秘術儲以自隨待上所求問皆常具也善曰漢書曰虞初者洛陽人明此醫術武帝時
乘馬衣黃衣號黃車使者周說九百四十三篇小說家者蓋出稗官應劭曰其說以周書
為本尚書曰從容以和爾雅曰俟待也說文曰儲具也於是蚩尤秉鉞
奮鬣被般班禁禦不若以知神姦魑魅魍魎
莫能逢旃之曰蚩尤作兵戈也秉執禁止禦捍若順旃之也言使蚩尤秉鉞斧
奮振其鬣被文錦之衣止其不順知神鬼之姦情魑魅山神魍魎水神言此神無能逢遇
之善曰山海經曰蚩尤作兵伐黃帝史記曰黃帝與蚩尤戰於涿鹿之野蒼頡篇曰鉞
斧也毛萇曰鬣般虎皮也上林賦曰被班文般與班古字通左氏傳曰王孫滿謂楚子曰
昔夏鑄鼎象物使人知神姦故人入川澤不逢不若螭魅魍魎莫能逢旃杜預曰若順也
說文曰螭山神獸形罷怪物蝄魎水神毛萇詩傳曰旃之也陳虎旅於飛

廉正壘壁乎上蘭濟曰陳列也虎旅則虎賁之旅也飛廉館名壘壁星
名以為軍名上蘭觀名綜曰陳列也善曰周禮虎賁下大夫旅賁氏中士也飛廉上
蘭已見西都賦結部曲整行伍燎京薪駭雷鼓縱獵
徒赴長斧音畝濟曰部曲行伍皆挍隊之名燎燒也京薪謂積之如京以燒
之駭震擊也雷鼓八面鼓也獵徒士卒也莽長草也綜曰積高為京燎謂燒之莽草長
謂深且遠也方言曰草南楚之間謂之莽善曰司馬彪續漢書曰大將軍營五部有挍
尉一人部下有曲曲有軍候一人左傳曰行出犬鷄杜預云二十五人為行行亦卒之行
列周禮曰五人為伍周禮曰鼓皆駴鄭玄曰雷擊鼓曰駴駴與駭同迾列卒清
候武士赫怒緹啼衣韎賣韐夾睢火佳盱跋善本作拔
扈光焰善本作炎爓天庭囂許朝聲震海浦河渭

為之波盪吳嶽為之陁雉堵銑曰迾遮也清候戒道也武夫
之士赫然發怒緹衣韎韐武士衣服也睢盱張目貌跋扈勇壯貌爓照也囂吁聲也天庭
海浦謂照震高遠也吳嶽雍州之鎮也陁堵崩落也綜曰爓焰也海浦四瀆之口波盪
搖動也陁落也善曰鄭玄禮記註曰迾遮也迾旅結切清候清道候望也鄭玄毛詩箋
曰赫怒意也緹衣韎韐武士之服字林曰緹帛丹黃色他迷切毛詩曰韎韐有奭毛萇曰
韎者茅蒐染也字林曰睢仰目也盱張目也毛詩曰無然畔換鄭玄曰畔換猶拔扈也拔
與跋古字通解朝曰未仰天庭鄭玄周禮注曰囂譁也漢書曰自華西名山七一曰吳山
郭璞云吳岳別名百禽㥄陵遽渠庶騤渠追瞿奔觸昌句喪
精亡魂失歸忘趣投輪關輻不邀自遇銑曰㥄猶
怖也騤瞿奔走貌言百獸怖急奔走不知所趣皆自出觸輪關輻不待邀遮而逢也關輻

謂剌於車輻閒綜曰㥄猶怖也遽促也騃瞿走皃奔觸唐突也言禽獸亡失精魂不知
所當歸趍也反關入輪輻之閒不須邀逐徙自得之趣向也邀遮也善曰羽獵賦曰虎
豹之陵遽白虎通曰禽鳥獸之揔名為人禽制騃音逵瞿巨駒切飛罕潚音蕭
善本作潚箾朔流鏑攉普麥㩧朴矢不虛捨鋋不苟
躍向曰罕鳥網也潚箾著物貌鏑箭鏃攉㩧中物聲鋋小矛也躍投也矛箭不虛投言
發必中矣綜曰潚箾罕形也攉㩧中聲也舍放也躍跳也矢鋋跳躍必有獲矣善曰
說文曰罕罔也㩧芳邈切說文曰鋋小戈也當足見蹍女展值輪被
轢歷僵薑禽斃獸爛若磧七亦礫音歷向曰足蹈曰蹍車
駕曰轢礫磧砂石也僵斃皆死也言禽獸死者如砂石也綜曰足所蹈為蹍車所加為轢
僵仆也石細者曰礫謂所獲禽鳥爛然如聚細石也但觀罝羅之所羂

古犬結竿殳之所揘横畢于筆向曰罝羅網也罥絆結縛也竿殳
矛槊之屬揘畢猶擊刺也綜曰罥縲也結縛也竿竹也殳杖也八稜長丈二而無刃或
以木為之或以竹為之揘畢謂撞挨也綜本畢作畢善曰畢于筆切又音筆叉蔟
楚角之所攙仕銜捔助角徒搏之所撞直江挨蒲結切濟曰叉
蔟攙捔皆貫穿也徒搏擊也撞挨謂撞而挨倒綜曰攙捔貫刺之撞挨猶揘畢也善
曰挨房結切白日未及移晷已獮思衍其十七八銑曰
晷日影也獮殺也言日未移影十分已殺七八分綜曰晷景也獮殺也言日景未移禽
獸什已殺七八矣善曰漢書張竦曰日不移晷霍然四除若夫遊鷮舉喬
高翬暉絕阬岡踰斥音尺毚讒兔聯猭勑緣切善本作
猭陵巒超壑比諸東郭莫之能獲良曰鷮翬皆雉名遊

高飛也毚兔老兔也聯猭走貌絕踰陵超皆越也東郭狡兔也言此兔趫捷比之不可能
獲也綜曰雉之健者為鷮尾長六尺詩云有集維鷮翬翬飛也斥澤崖也毚狡兔也聯
猭走也巒山也壑阬谷也自遊鷮至此皆說禽獸輕狡難得也善曰毛詩曰趯趯毚兔
猭勑緣切戰國策淳于髡曰夫韓國盧天下之駿狗也東郭逡海內之狡兔也環山三騰
岡五韓盧不能及之鄭玄禮記注曰比猶比方也孔安國尚書傳曰諸之也乃使
迅羽輕足尋影追括鳥不暇舉獸不得發青
骹苦交摯於韝溝下韓盧噬於緤薛末良曰迅羽輕足
謂鷹犬括箭也尋影追括言疾也舉發飛奔貌青骹鷹名韓盧犬名摯執也韝臂韝著以
擎鷹緤牽犬繩也言鷹執雉於韝下犬噬兔於繩末也綜曰迅羽鷹也輕足好犬也括
箭括之御弦者舉飛也發駭走也青骹鷹青脛者善曰韓盧犬謂黑色毛也摯擊也噬

齧也緤攣也韝臂衣鷹下韝而擊犬攣末而齧皆謂急搏不遠而獲善曰高唐賦曰飛
鳥未及起走獸未及發說文曰骹脛也戰國策淳于髡曰韓國盧者天下之駿狗也及
其猛毅髬丕髵而隅目高眶威懾之兕似虎
莫之敢亢音岡善本作伉翰曰猛毅猛獸也髬髵鬣貌隅目謂目有角也眶
眼眶也亢當也此獸作怒兕虎亦畏之人無敢當綜曰髬髵作毛鬣也隅目角眼視也
高眶深瞳子也皆謂猛獸作怒可畏者兕水牛類也伉當也謂獸猛兕虎且猶畏之人無
敢當之者善曰髬普悲切鄭玄毛詩箋曰懾恐懼也伉古郎切乃使中黃
之士育獲之疇朱鬕莫亞髻作計髽責瓜植髮隅中
袒但裼先歷戟手奎羌睽踽羌禹盤桓翰曰中黃國名其俗多勇
力育夏育獲烏獲皆古之勇力者朱鬕絳袜額也鬕髽結束也言結其髮植之如竿袒裼

肉袒也戟手手如戟跓蹁盤桓搏物之貌綜曰絆帕頟露頭髻植髮如竿以擊猛獸能
服之也綜本隅中字作如竿奎踽開足也盤袒便旋也善曰尸子曰中黃伯曰余左執
太行之獶而右搏彫虎戰國策范雎說秦王曰烏獲之力焉而死夏育之勇焉而死說文
曰鬌帶髻頭飾也通俗文曰露髻曰鬣以麻雜為髻如今撮也鬐士爪切毛詩曰袒裼暴
虎左傳曰戟其手廣雅曰盤桓不進也奎欺搊切踽去禹切鼻赤象圈其兔
巨𧻓延揸側家狒費猬胃批浡窳庾狻酸揩苦諧
枳止落突棘藩綜曰赤象大象巨𧻓大獸鼻謂執鼻牽之圈闌也狒猬貐
狻皆猛獸名揸批搏撮貌揩摩突觸也言摩觸其藩落皆籬也綜曰象鼻赤者怒巨𧻓
麈也怒走者為𧻓謂能戾象鼻又穿麈以著圈狒獸身人面身有毛被髮迅走食人猬其
毛如刺窫窳也類貙虎亦食人發發貌也一曰獮子揸批皆謂戟撮之善曰說文曰

圈畜閑也揸子加切狒房沸切猬音謂批側倚切猊五奚切字林曰揩摩也口階切說文
曰枳木似橘居紙切杜預左氏傳注曰藩籬也落亦籬也梗古杏林為之靡
拉郎荅㯷補木叢為之摧殘濟曰靡拉摧殘言措突之使摲碎也木有
剌曰梗綜曰靡拉摧殘言措突之皆摲碎毀折也善曰方言曰凡草木剌人為梗毛
裛詩傳曰樸包木也輕銳僄匹眇狡趫捷之徒赴洞穴探
封狐陵重巘魚蹇獵昆駼途杪眇木末擭烏獲獑
讒猢胡超殊榛柴臻摕庭結飛鸓音壘濟曰輕銳謂捷疾之徒
也洞穴深穴也擭攫皆探技也封狐昆駼二獸名獑猢猨類飛鸓飛生綜曰輕銳謂便
利捷疾也言如此者多也洞穴深且通也探取也封大也陵猶升也山之上大下小者曰
巘昆駼如馬跂蹄善登高言能外重巘之嶺而獵取昆駼之獸杪猶表也獑猢猨類而白

腰以前黑在木表擭謂掘取之也殊猶大也榛木也摕捎取之也善曰巘言免切擭於
白切獑在銜切爾雅曰鸓鼠夷由郭璞曰狀如小狐肉翅飛且乳摕大結切是時
後宮嬖閉人昭儀之倫常亞於乘輿慕賈氏
之如皋樂北風之同車盤于遊畋其樂只且
子余反良曰嬖幸也昭儀後宮官名亞次也常次天子車賈氏賈大夫昏如皋射雉妻
見而笑也北風詩云攜手同車言盤遊之樂不可極也只且辭也綜曰嬖幸也昭儀後
宮官也亞次也乘輿天子所乘車樂也善曰左氏傳曰賈大夫惡取妻三年不言不
笑御以如皋射雉獲之其妻始笑而言杜預曰賈國之大夫詩北風曰惠而好我攜手同
車尚書曰不敢盤于遊畋毛詩曰其樂只且且辭也於是鳥獸殫目觀
窮遷延邪睨五計集乎長楊之宮良曰殫窮皆晝也邪睨邪

視也長楊宮名綜曰殫盡也窮極也所觀畢也遷延退旋也善曰國語伍舉曰若周
於目觀高唐賦曰遷延引身也說文曰睨斜視也魚計切息行夫展張輦車
馬收禽舉胔在智數課眾寡銑曰行夫士卒也展息也數謂數其
功課多少綜曰息休也胔死禽獸將腐之名也數計課錄校所得多少善曰左氏傳
曰子反令軍吏繕甲兵展車馬鄭玄禮記注曰展整也胔取肉名不論腐敗也置互
擺披牲頒賜獲鹵割鮮野饗犒苦勞勤賞功銑曰
頒布也生執曰鹵犒勞也互以挂肉擺謂披破牲體以布賜士卒割新殺之獸勞賞勤功
綜曰互所以挂肉擺謂破磔懸之頒謂以所鹵獲之禽獸賜士眾也謂饗食士眾於廣野
中勞勤苦賞有功善曰擺芳皮切漢書音義曰鹵與虜同子虛賦曰割鮮染輪杜預左
氏傳曰犒勞也苦到反五軍六師千列百重酒車酌醴

方駕授饔邕升觴舉燧既釂將曜鳴鐘銑曰千列百重
士卒多也饔熟肉也謂車載酒肉以行也舉燧齊飲鳴鐘告畫也綜曰酒肴皆以車布
之燧火也謂行酒舉烽火以告眾也以釂鳴鐘鼓也善曰漢官儀漢有五營五軍〃即五
營也周禮天子六軍六師即六軍也尚書曰張皇六師千列列千人也鄭玄儀禮注曰方
併也杜預左氏傳注曰熟曰饔外進也說文曰釂飲酒盡也焦曜切膳夫馳騎
察貳廉空炙炰步包錁禍清酤戶䢭支皇恩溥
洪德施徒御悅士忘疲向曰膳夫宰人也貳豊也空無也察廉皆
視也炰炙也清酤美酒錁䢭皆多溥愽洪大也言皇恩溥洽大德廣施徒御皆悅樂而忘
疲勞也綜曰膳夫宰夫也察廉皆視也貳為兼重也空臧無也言宰人騎馬行視肴有
兼重及減無者詩有炰鼈清酤美酒也善曰禮記曰御同於長者雖貳不辭鄭玄曰貳

重也肴膳也史記曰楚人請多為錁毛詩曰既載清酤廣雅曰䢭曰多也毛詩曰徒御不
驚毛萇曰徒輦者也御御馬也罷音皮巾車命駕迴旆右移儴
襄佯善本作相羊乎五柞之館旋憩乎昆明之池
向曰巾車掌王車官旆旌也儴佯未盡志也五柞館名旋廻也憩息也綜曰巾車主車
官也迴車右轉將旋也相羊仿羊也池即所謂靈沼也善曰孔叢子歌巾車命駕將適
唐都鄭玄周禮注曰巾猶衣也楚辭曰聊逍遙以相羊憩息也登豫章簡去
矰曾紅蒲且子余發弋高鴻挂白鶴善本作白鵠聯
飛龍磻波不特絓胡卦往必加雙翰曰豫章館在池中矰紅
繳射也弋射也挂聯皆羅也磻石鏑鏃也絓著也白鶴飛龍皆鳥之名言不著一而已必
加於雙綜曰豫章池中臺也簡省也繳射矢長八寸其絲名矰挂矢絲挂鳥上也飛龍

鳥名也以石膠絲為磻非徒獲一而已必雙得之善曰列子蒲且子之弋弱矢纖繳射
乘風而振之連雙鶬於青雲也說文曰磻似石著繳也絓音卦於是命舟牧
為水嬉許期浮鷁首翳雲芝垂翟狄葆保建羽
旗翰曰舟牧主舟之官嬉戲也鷁鳥名也畫為船頭雲芝翟葆皆蓋也羽旗隼旗也
綜曰舟牧主舟官嬉戲也船頭象鷁鳥厭水神故天子乘之翳覆也為畫芝草及雲氣以
為船覆飾也垂翟謂垂羽翟為葆蓋飾建隼羽為旌旗也善曰禮記曰舟牧覆舟琴道
雍門周曰水嬉則舫龍舟淮南子曰龍舟鷁首甘泉賦曰登夫鳳皇而翳華芝琴道雍門
周曰水嬉則建羽旗齊栧陽制女縱棹歌發引去和去校
鳴葭奏淮南度陽阿感河馮懷湘娥驚蝄蜽
憚蛟蛇銑曰栧棹皆楫也言令妓女鼓棹發其歌聲引以相和也葭管也促曲令

急淮南陽阿皆曲名也河馮湘娥蝄蜽皆水神也蛟蛇龍也憚驚也綜曰發引和言一
人唱餘人和也葭更校急之乃鳴和胡卧切杜摯葭賦曰李伯陽入西戎所造漢書曰有
淮南鼓員四人謂舞人也淮南子曰足蹀陽阿之舞蝄蜽水神蛟龍類驚憚謂皆使駭怖
也善曰栧女鼓栧之女漢書音義韋昭曰栧楫也揚至切櫂歌引櫂而歌也西都賦曰
櫂女謳漢武帝秋風辭曰發櫂歌方言曰楫或謂之櫂郭璞曰今云櫂歌也感動也莊子
曰馮夷得道以潛大川說文曰懷念思也楚辭曰帝子降兮北渚王逸曰言堯二女娥皇
女英隨舜不及墮湘水中因為湘夫人楊雄蜀都賦曰其深則有水豹蛟蛇也然後
釣魴房鱧禮纚所買鰋偃鮋紬摭隻紫貝搏耆
龜鳩搤扼水豹馽中立潛牛澤虞是濫何有春
秋翰曰纚網也摭拾也紫貝耆龜皆水蟲搤捉馽縛也水豹潛牛皆水獸澤虞主水官

久也灩施也何有春秋言不必順四時而取之綜曰纚網如箕形狹後廣前鮪鱧鱣鮋皆魚名搏摭皆拾取之名耆老也龜之老者神水豹潛牛皆謂水處也澤虞主水澤官濫施孫罔也言不順時節常設之也善曰相貝經曰赤雷黑雲謂之紫貝楚辭曰者蔡兮踊躍王逸曰蔡龜也摭之石切說文曰摠捉也揚雄蜀都賦曰水豹蛟蛇說文曰犀絆馬也上林賦曰沉牛麈麋南越誌潛牛牛形角似水牛摠音尼周禮曰澤虞掌國澤之政周語曰魯宣公濫於泗流

摘吐歷漻了澥解搜川瀆布九罭域設罜獨䍡鹿摷責交鯤昆鮞而殄水族蘧藕拔

蜃蛤周苔剝向曰摘探也漻澥小水也九罭罜麗魚網也摷殄皆盡也鯤鮞小魚也蘧藕水草蜃蛤蚌屬拔蕪根取也剝取其肉綜曰漻澥小水別名摘搜謂一一周索也昆魚子鮞細魚鯸類也摷殄言盡取之蘪芙蕖蜃蛤蚌也善曰毛詩曰九罭之魚鱒

魴爾雅曰九罭魚網國語里革曰罝禁罜麗韋昭曰罜麗小網也摷士秋切澥音蟹罭與緎古字通罭音域罜音獨國語里革曰魚禁鯤鮞蜃音腎

逞欲畋魰魚效獲麑迷麌烏老摎古巧蓼老浶牢浪郎乾池滌藪銑曰逞極也畋魰水獵也麑麌麋子摎蓼浶浪謂徧搜索也乾池滌藪言盡也綜曰逞極也麑子曰麑麋子曰麌所求徧也善曰左氏傳季良曰今民餒而君逞欲廣雅曰逞快也孔安國尚書傳曰田獵也田與畋同說文曰魰捕魚也魰音魚國語曰獸長麑麌浶音勞孔安國尚書傳曰滌除也鄭玄禮記注曰藪大澤

上無逸飛下無遺走擭烏獲胎拾卵蚳遲蝝緣盡取蒼苟取樂今日遑恤我後翰曰在腹曰胎卵鳥子也蚳蟻子蝝蝗子謂盡取也遑暇恤憂也但取今日之樂何暇憂後世綜曰遑暇也言且快今日之苟樂焉能復顧後日之長

久也善曰國語曰鳥翼㲉卵虫舍蚳蝝韋昭曰蚳蟻子也可以為醢蝝復陶也可食未乳曰卵蚳直尸切毛詩曰我躬不閱遑恤我後

既定且寧焉知傾陁音雉向曰言今見安焉知後之傾壞陁壞也綜曰天下已定貴在安樂極意恣心何能復顧後日傾壞也

大駕幸乎平樂之館善本無之館張甲乙而襲翠被濟曰大駕天子駕也平樂館名甲乙帳名襲用也謂用翡翠飾被綜曰平樂館大作樂處也襲服也李尤樂觀賦曰該平樂之顯觀處金商之維限善曰班固漢書贊曰孝武造甲乙之帳襲翠被馮玉几音義曰甲乙帳名也左氏傳曰楚子翠被杜預曰翠羽飾被披義切

攢琛寶之玩好紛瓌麗以侈靡臨迥望之廣場程角觝丁禮之妙戲濟曰攢聚紛雜瓌奇麗美也迥望寬坦也程課也謂課其技能以為角觝戲也角觝令人兩兩相當

角力也綜曰攢聚也紛猶雜也瓌奇也麗美也侈靡奢放也程課其技能也善曰漢書曰武帝作角觝戲文穎曰秦名此樂為角觝兩兩相當角力技藝射御故名角觝也

烏獲扛鼎都盧尋橦直江衝狹燕濯胸突銛息廉鋒跳條丸劍之揮霍走索上而相逢銑曰烏獲秦之壯士扛舉也都盧山名其山人善緣橦竿也狹以草為環插刀四邊伎人躍入其中胷突刀上如鷰之飛濯水也跳弄也丸鈴也揮霍鈴劒上下貌索謂以繩繫兩頭二人各從一頭於上交度謂之舞絙也綜曰卷簟席以矛插其中伎兒以身投從中過鷰濯以盤水置前坐其後踊身張手跳前以足偶節踰水復却坐如鷰之浴也揮霍謂丸劍之形也索上長繩繫兩頭於梁舉其中央兩人各從一頭上交相度所謂舞絙者也跳都𢈏切善曰史記曰秦武王有力士烏獲孟說皆大官王與孟說舉鼎說文曰扛橫關對舉也扛與

舡同古尨切漢書曰武帝享四夷之客作巴俞都盧音義曰體輕善緣橦漢書音義曰銛利也息廉切
華嶽峩峩岡巒參差神木靈草朱實
離離總會仙倡戲豹舞羆白虎鼓瑟蒼龍吹
篪音池向曰華山西嶽也假作以為戲即今之山車也上挿草木垂其果實離離分
布貌總會謂集神仙之倡伎戲豹舞羆並假作其形篪篪也綜曰華山為西嶽峩峩高
大貌參差低仰貌神木松栢靈壽之屬靈草芝英朱赤也離離實垂之貌仙倡偽作假形
謂如神也羆豹熊虎皆為假頭也善曰西都賦曰靈草冬榮神木叢生毛詩曰其桐其
椅其實離離毛萇曰離離垂也女娥坐而長歌聲清暢而蜲
於為蛇移洪涯立而指麾被毛羽之襳衫襹音師
翰曰女娥皇女英也暢達也蜲蛇餘聲詰曲也洪涯古樂人指麾謂分拆伎樂也襳襹

毛衣貌綜曰蜲蛇聲餘詰曲也洪涯三皇時伎人倡家託作之衣毛羽之衣襳衣毛形
也善曰女娥娥皇女英也襳所交切襹史宜切
度曲未終雲起雪
飛初若飄飄後遂霏霏翰曰飄飄霏霏雪下貌皆巧偽作之班固
漢書贊曰元帝自度曲臣瓚曰度曲歌終更授其次謂之度次綜曰飄飄霏霏雪下貌
皆巧為作之善曰班固漢書曰元帝自度曲臣瓚曰度曲歌終更授其次謂之度曲也
詩曰雨雪霏霏復陸重閣轉石成雷翰曰復陸複道閣也於上轉石
以象雷聲綜曰復陸複道閣也於上轉石以象雷聲
礔蒲覔礰歷激而
增音善本作響砰甫耕磕康乂象乎天威銑曰度曲謂曲之節度也
雲雷霹靂之屬皆幻化為之砰磕聲也言其聲有似天之威也綜曰增響重聲也磅磕
雷霆之音如天之威怒善曰礔敷赤切磅怖萌切磕古蓋切砰善本作磅巨獸

百尋是為蔓延去神山崔嵬欻許律從背見熊
虎升而挐女加攫钁猨狖羊究超而高援銑曰巨大也挐
攫摶持也言作大獸名為蔓延之戲令負神山於背致熊虎猨狖之屬皆相摶持於山上
綜曰作大獸長八十丈所謂蛇龍蔓延也欻之言忽也偽所作也獸從東來當觀樓前背
上忽然出神山崔巍也皆偽所作也善曰漢書曰武帝作漫衍之戲也挐攫相摶持也
挐奴加切攫居碧切怪獸陸梁大雀踆踆七倫白象行孕
垂鼻轔鄰輑善本作囷屈筠切海鱗變而成龍狀蜿
蜿菀以蝹蝹於雲切良曰陸梁踆踆皆行走貌孕產也謂偽作象令行產
其子轔輑象鼻下垂貌海鱗大魚也初為魚後化為龍蜿蜿蝹蝹龍行之貌綜曰皆偽
所作也陸梁東西倡佯也踆踆大雀容也七輪切偽作大白象從東來當觀前行且乳鼻

正轔囷也海鱗大魚也初作大魚從東方來當觀前而變作龍蜿蜿蝹蝹龍形貌也善
曰尸子曰先王豈無大鳥怪獸之物哉然而不私也轔音鄰囷巨貧切蜿於袁切蝹於君
切含利颬颬呼家化為仙車驪音離駕四鹿芝蓋
九葩蟾蜍與龜水人弄蛇濟曰含利獸名颬颬開口貌言初為
戲後化為仙人車仍以驪馬駕之芝蓋以芝英為蓋葩花也蟾蜍蝦蟆也水人狸人也能
禁固弄蛇綜曰含利獸名性吐金故曰含利颬颬容也驪猶羅列駢駕之也以芝為蓋
蓋有九葩之采也作千歲蟾蜍及千歲龜行舞於前也水人俚兒能禁固弄蛇也善曰
颬呼加切蟾昌詹切蜍市余切奇幻胡辦儵忽易貌分形吞刀
吐火雲霧杳冥畫地成川流渭通涇濟曰奇幻謂幻
人能分一身作數人或吞刀或吐火或起雲霧或畫地成川河杳冥陰昏貌綜曰儵忽

疾也易貌分形變化異也善曰幻下辦切西京雜記曰東海黃公立興雲霧漢官典職
曰正旦作樂漱水成霧楚辭曰杳冥兮晝晦西京雜記曰東海黃公坐成山河又曰淮南
王好方士方士畫地成河東海黃公赤刀粵祝呪冀厭白
虎卒不能救挾邪作蠱於是不售常呪反翰曰有東
海人能以赤刀以越人呪法厭白虎觀前術不能行為白虎所殺蠱惑也售行也謂挾不
正之道者於是不得行也綜曰東海有能赤刀禹步以越人祝法厭虎者號黃公又於
觀前為之蠱惑也售猶行也謂懷挾不正道者於是時不得行也善曰西京雜記曰東
海人黃公少時能幻制蛇御虎常佩赤金刀及衰老飲酒過度有白虎見於東海黃公以
赤刀往厭之術不行遂為虎所食故云不能救也皆僞作之也爾乃建戲車
樹脩旃侲根僮程材上下翩翻突倒投他豆而

跟根絓卦譬隕絕而復聯翰曰樹植也脩長也旃謂橦建於戲
車上侲衆也僮少兒也言衆小兒見其材伎於橦上翩翻上下貌突然投身將落復以足
跟挂橦上若絕而復連綜曰樹植也旃謂橦也建之於戲車上也侲之言善善童幼子
也程猶見也材伎能也翩翻戲橦形也突然倒投身如將墜足跟反絓橦上若已絕而後
連也善曰史記徐福曰海神云若侲女即得之矣侲之刃切說文曰跟足踵也百
馬同轡騁足並馳橦末之伎態不可彌向曰於橦
上作百馬以一轡馳騁其伎態不可窮盡彌畫也綜曰於橦子作其形狀彌猶極也言
變巧之多不可極也善曰陸賈新語曰楚平王增駕百馬同行也彎弓射乎
西羌又顧發乎鮮卑翰曰鮮卑北胡也發射也言假作人形彎弓以
射西羌北胡也綜曰彎挽弓也鮮卑在羌之東皆於橦上作之善曰魏書曰鮮卑者

東胡之餘也別保鮮卑山因號焉於是衆變盡心酲醉盤樂
極悵懷萃濟曰衆變謂伎樂也酲飽也萃至也言伎樂畢心飽於悅樂悵懷悵
然思念所至之處綜曰酲飽也萃猶至也於是游戲畢心飽於悅樂悵然思念所當後
至也善曰孟子曰盤游飲酒馳騁田獵陰戒期門微行要平屈
降尊就卑懷璽藏紱濟曰武帝置期門郎陰為戒勅與之微行出不
法駕謂之要自上雜下謂之屈璽天子印所以世傳者禮服之言既微行懷藏璽紱自降
同賤微綜曰要或為徼天子印曰璽紱綬也懷藏之自同卑者也善曰期門已見西
都賦漢書曰武帝微行所出張晏曰騎出入市里不復警蹕若微賤之所為故曰微行要
屈至尊同乎卑賤也便旋閭閻周觀郊隧若神龍之變
化彰皇后之為貴濟曰便旋猶迴轉也閭閻里門也郊隧近郭之道龍

出能變化言天子或同微入或復尊位變化亦猶神龍焉彰明也以此足明天子之貴矣
綜曰龍出則昇天潛則泥蟠故云變化彰明也天子稱元后皇漢帝稱也善曰閭里門
也閭里中門也郊已見西都賦周禮有六隧也管子曰龍被五色欲小則如蚕蠋欲大函
天地也然後歷掖庭適歡館捐衰色從嬿婉於遠
切良曰歡悅也捐棄衰色老惡嬿婉美貌言適所悅而幸之綜曰掖庭今官主後宮
擇所歡者乃幸之嬿婉美好之貌善曰毛詩序曰花落色衰毛詩曰嬿婉之求嬿婉好
貌婉於萬切捐棄也促中堂之狹坐羽觴行而無筭秘
舞更奏妙材騁伎妖蠱古豔夫夏姬美聲暢
勑亮於虞氏始徐進而羸力為形似不任乎羅綺
嚼牆躍清商而却轉增嬋娟以跐此豸雉紛縱

體而迅赴若驚鶴之羣罷晛美反良曰羽
觚杯上綴羽以速
飲也秘舞謂希見之奇曲也妖蠱豔美也夏
姬夏之美女虞氏謂虞公善歌者蠱形宮女
之形羸弱似不勝羅綺濟曰嚮吟也謂清
商之聲嬋娟跳豸姿媚妖麗也縱體迅赴言
巫容而赴迅若驚鶴羣羅言舞容似之綜
曰中堂中央也秘言希見為奇也更遞也奏
迭清商鄭音嬋娟跳豸態妖蠱也縱體
舞容也迅疾赴節相越也相鶴經曰復七年
學舞又七年舞應節善曰楚辭曰瑤漿蜜
勺實羽觴漢書音義曰羽觴作生爵形儀禮
曰無算爵鄭玄曰算數也左氏傳子產曰在
周易女惑男謂之蠱音古又左氏傳曰楚莊
王欲納夏姬杜預曰夏姬鄭穆公女陳大夫
御叔妻七略曰漢興善歌者魯人虞公發聲
動梁上塵暢條暢也蠱媚也宋玉笛賦振珠
曰吟清商追流徵嬋音蟬娟於緣切
屣善本作朱屣於盤樽奮長袖之颯素合纚史要杳

文選二　四十四

紹脩態麗服颺菁精眳邈善本作昭藐流眄一顧
傾城銑曰言振踏珠履於盤樽之間颯纚舞
袖貌颺明也菁華英也昭邈美視貌言
此之美人一顧可使傾城綜曰振猶掉也
朱屣赤絲履也舞人特作長裒颯纚長貌也
要紹謂嬋娟作姿容也脩為也態嬌媚意也
菁華英也眳眉睫之間藐好視容也流眄轉
眼貌眳亡井切善曰韓子曰長袖善舞纚
所倚切楚辭曰夸容脩態要於妙切漢書李
延年歌曰北方有佳人絕世而
獨立一顧傾人城再顧傾人國展季桑門誰
能不營良曰展季柳下惠桑門西國沙門此
二人至貞潔見此之美亦經營也
善曰國語曰臧文仲聞柳下惠之賢韋昭曰
柳下展禽之邑季字也家語曰昔有婦人召
柳下惠不往曰嫗不逮門之女也國人不稱
其亂焉桑門沙門也東觀漢記制楚王曰以
助伊蒲塞桑門之盛
饌說文曰營惑也列爵十四競媚取榮盛

衰無常惟愛所丁銑曰丁當也後宮自皇后
已下位有十四等皆競於
榮寵盛衰不常惟當意者悅之綜曰後宮
官從皇后已下凡十四等競爭邪媚求榮愛
也善曰列爵十四見西
都賦也爾雅曰丁當也衛后興於鬒軫髮
飛鷰寵於體輕向曰衛皇后以黑髮見寵趙
飛鷰以體輕蒙幸善曰漢
書曰孝武衛皇后字子夫漢武故事曰子夫
得幸頭解上見其美髮悅之毛詩云鬒髮如
雲之忍切荀悅漢紀曰趙氏善舞號曰
飛鷰上悅之事由體輕而封皇后也爾乃
逞至寃欲窮歡善本作身極娛鑑戒唐詩他人是
媮音俞濟曰逞快言快至盡媮也唐詩刺
昭公儉也云子有車馬不馳不驅宛其死
矣他人是媮媮樂也綜曰逞娛也娛樂也
唐詩刺晉僖公不能及時以自娛樂曰子有
衣裳弗曳弗婁宛其死矣他人是媮言今日
之不極意恣嬌亦如此也善曰楚辭曰逞

文選二　四十五

志究欲心意安之也國語曰
鑑戒而謀賈逵曰鑒察也自君作故何禮
之拘增昭儀於婕妤賢既公而又侯濟曰言
自君所
作即為故事何必拘於禮也成帝初立昭儀
增位在婕妤之上賢董賢也為大司馬後封
高安侯世言既為公又為侯善曰國語魯
侯曰君作故事韋昭曰君所作則為故事也
商君書曰賢者更禮不肖者拘焉漢書曰孝
成帝趙皇后有女弟為婕妤絕幸為昭儀又
曰孝元帝傅婕妤有寵乃更號曰婕妤在昭
儀上尊之也又曰封董賢為高安侯後代丁
明為大司馬即
三公之職也許趙氏之無上思致董於有
虞王閎爭於坐側漢載安而不渝翰曰成帝
謂趙昭儀
曰使天下無上趙氏也帝將禪位於董賢以
法虞舜時王閎爭之乃止載則渝變也綜
曰渝易也善曰漢書曰成帝謂趙昭儀曰
趙氏故不立許氏使天下無出趙氏上者漢

書曰上置酒麒麟殿視董賢而笑曰吾欲法堯禪舜何如王閎曰天下乃高帝天下非陛
下有之統業至重天子無戲言高祖創業繼體承基蹔勞永
逸無為而治耽樂是從何慮何思翰曰高祖創業雖蹔
勞令子孫繼體以承其基業足為永逸但耽樂恣意而已何有思慮　善曰劇秦美新曰
漢祖創業蜀漢漢書平當曰今漢繼體承基三百餘年又楊雄曰不一勞者不久佚論語
曰無為而治其舜也與尚書曰惟耽樂之從周易曰天下何思何慮多歷年所
二百餘朞翰曰從高祖至莽二百三十年綜曰朞一匝也從高祖至于王莽
二百餘年　善曰書殷禮陵配天多歷年所徒以地沃野豐百物
殷阜巖險周固襟帶易守得之者彊據之者
久流長則難竭柢蔕深則難朽故奢泰肆情

而馨烈彌茂濟曰但以京師沃野豐厚山川險固足為襟帶易為守備處之
者自彊盛據之者能長久亦猶水木之深遠難為枯竭也　良曰肆放也彌益也烈業也
言險固之地故得放情奢侈而馨香之業益以茂盛　綜曰沃肥也豐饒也殷盛也阜大
也謂左崤函右隴坻前終南後高陵言王地險固故得放心極意而夸泰之馨香烈益以茂
盛　善曰左氏傳曰制巖邑也李尤函谷關銘曰衿帶咽喉管子曰地形險阻易守難攻
鄙生生乎三百之外傳聞於未聞之口善本作者
曾髣髴其若夢未一隅之能覩濟曰鄙生公子自謂謙也
言我生漢後三百年外未聞之事傳人之耳髣髴如夢中矣未能見其一偶　綜曰鄙生
公子自稱謙辭也三百自高祖以下至作賦時也　善曰孔叢子子高謂魏王曰君聞之
於耳邪聞之於傳邪之與切甘泉賦曰猶髣髴其若夢說文曰彷彿相似見不諦也論語

曰子曰舉一隅此何異於殷人屢遷前八而後五居
相圮備耿不常厥土盤庚作誥帥人以苦銑曰
此謂東都也言不歸西京何如殷人數遷乎言似之也殷自契至湯八遷自湯至盤庚五
遷相亶甲居之也耿祖乙居河水所毀曰圮是不常其土地盤庚作告人遷都之意人不
欲從故言苦也　善曰廣雅曰與如也言欲遷都洛陽何如殷之屢遷乎言似之也尚書
曰自契至成湯八遷尚書序曰盤庚五遷又曰河亶甲居相祖乙圮于耿孔安國曰河水
所毀曰圮盤庚遷于殷殷人弗適有居率籲衆慼出矢言圮平鄙切異善本作與方
今聖上同天號於帝皇掩四海而為家富有
之業莫我大也濟曰言聖德同天掩括四海為家也富有之業無大於我
漢也　綜曰天稱皇天帝今漢天子號皇帝兼同之掩覆也三皇以來無大於漢者　善

曰方今猶正今也尚書刑德放曰帝者天號也天有五帝春秋元命苞曰皇者煌煌也禮
記孔子曰大道既隱天下為家又曰聖人能以天下為一家也周易曰富有之謂大業也
徒恨不能以靡麗為國華獨儉嗇以齷齪忘
蟋蟀之謂何翰曰儉嗇猶節愛也齷齪小也但恨不能靡麗華國獨為節愛
以自小也蟋蟀詩也所以刺儉言今忘此詩意不為遊樂謂何疑問之辭　綜曰儉嗇節
愛也蟋蟀唐詩刺儉也言獨為節愛不念唐詩所刺耶漢書注曰齷齪小節也王逸楚辭
注曰謂說也何休公羊傳注曰諸據疑問所不知者曰何也　善曰國語季文子曰吾聞
以德為國華韋昭曰為國光華也豈欲之而不能將能之而
不欲歟蒙竊惑焉願聞所以辯之之說也向曰
豈亦欲得西京奢麗而不能性將能性而不欲去歟　銑曰蒙公子謙也惑焉言我竊惑

此意焉願聞所辯說也 綜曰言我不解何
故反去西都從東京置奢逆即儉嗇也說猶
分別解說 善曰蒙謙稱
也周易曰匪我求童蒙也

文選卷第二

宿

賦　京都　三

文選　三

廿六十

文選卷第三

梁昭明太子撰　五臣并李善注

京都中 京都有三卷此卷居中故曰京都中

東京賦一首 東京謂洛陽其賦意與班固東都賦同

張平子　薛綜注

安處先生於是似不能言者憮武然有閒 向曰大辯若訥 良曰憮然猶默然有閒猶有頃也先生怪公子盛稱西京奢麗無度故默然有頃將陳東京之事綜曰有閒謂有頃之閒也先生聞公子稱西京奢泰之事心怪其所貴者謂違禮失道故愕然有頃乃能言也善曰安猶烏也處處也言何處有此先生蓋虛假之也論語曰孔子似不能言者孟子曰夷子憮然為閒也趙岐曰憮然猶悵然也憮亡禹切

乃莞善本作莧字爾而笑曰若客所謂末學膚受貴耳而賤目者也 銑曰莞爾小笑貌濟曰若客謂公子也為末學近所受膚薄貴於耳聞賤於目見綜曰藐爾眄張面目之貌也末學謂不經根本膚受謂皮膚之不經於心胷貴耳謂東京先生笑公子以西京為貴以東為賤也善曰論語曰莧爾而笑又曰膚受之愬桓子新論曰世咸尊古卑今貴所聞賤所見

苟有胷而無心不能節之以禮 綜曰苟猶誠也言實誠信胷臆之所聞而心不能以禮節度其可否也善曰韓詩曰鄙野之人僻陋無心也論語曰不以禮節之賈逵國語注曰節制也

宜其陋今而榮古矣 向曰古謂西京今謂東京言公子外雖有胷內實無心所以不能識禮經之節制若此之用心誠宜以彼西京奢侈為榮以我東京儉約為陋綜曰言人不能以禮節度其事情者固宜薄

文選三　一

陋今日之事而以此所聞古事為榮貴也善曰夫尊古而卑今學者之流也由余
以西戎孤臣而悝苦回穆公於宮室如之何其
以溫故而知新研覈胡格是非近於此惑也翰曰
悝朝也如之何猶如何也之助句也戎王使由余於秦秦穆公示以宮觀由余曰使鬼為
之則勞神矣使人為之亦苦人矣公大慙言由余西戎孤陋臣也尚能朝穆公之奢泰如
何公子雅好博古有溫故知新研覈是非之資而反近惑於此也　綜曰孤臣謂孤陋之
臣也　善曰史記曰由余本晉人亡入西戎相戎王使來聘秦觀秦之強弱穆公以示宮
室引之登三休之臺由余曰臣國土階三尺茅茨不翦寡君猶謂作之者勞居之者逸此
臺若鬼為之則神勞矣使人為之則人亦勞矣於是穆公大慙鄭玄禮記注曰凡穆或作
繆武六切悝猶朝也枯灰切　綜曰如奈也覈實也研審也先生言由余但西戎孤陋之

臣耳尚知非秦宮室之大如何公子雅好博古溫故知新之德當審實事理之是非而返
惑於此事論語曰溫故而知新可以為師矣王褒責髯奴曰研覈否藏　以周姬之
末不能厥政政用多僻始於宮鄰卒於金虎
良曰姬周姓也言周之末年不能行政政多邪僻宮君也鄰近也始自幽厲二王小人在
位與君子為鄰堅若金惡若虎卒以此亡　綜曰姬周姓也末謂幽厲二主周末世之王
多邪僻之政也　善曰毛詩曰民之多僻　綜曰鄰近也謂幽王近於宮室惑於褒姒卒
有禍敗也金虎西方白虎神王金金白也　善曰應劭漢官曰不制之臣相與比周比周
者宮鄰金虎宮鄰金虎言小人在比周相與君為鄰貪求之德堅若金讒謗之言惡若虎
也　嬴氏搏附翼擇肉西邑翰曰嬴氏秦姓搏猶加也言秦因周
之衰若虎加翼得擇肉而食謂據西邑之險擇諸侯而政之　綜曰嬴秦姓也周書曰無

為虎搏翼將飛入邑擇人而食也搏翼謂著翼也搏與附同　是時也七雄
並爭競相高以奢麗良曰七雄韓魏燕趙齊楚秦　綜曰七雄謂韓
魏燕趙齊楚秦也爭謂各強盛而競相高以奢溢將為國好不復顧於禮法也　臣善曰
荅賓戲曰七雄虓闞史記張釋之曰秦以苛察相高尚書曰弊俗奢麗也　楚築章
華於前趙建叢臺於後銑曰楚靈王為章華宮趙武靈王起叢臺
綜曰左氏傳曰楚子成章華之臺於乾谿朝叛之於前在春秋之時史記曰趙武靈王一
起叢臺太子圍之三月於後在六國之時　善曰鄒陽上書曰全趙之時武力鼎士袪服
叢臺之下臣瓚曰在邯鄲城內也　秦政利觜長距終得擅場
思專其侈以莫已若也向曰秦始皇帝名政擅專也喻天下為大
場七國為鬬雞利觜長距終專擅之言始皇甲兵猛銳竟滅六國專有天下思為奢麗無

如已者　綜曰言秦以天下為大場喻七雄為鬬雞利喙長距者終擅一場也史記曰秦
始皇莊襄王子名政說文曰擅專也　綜曰莫無也若如也言始皇所以思專擅其奢侈
者以天下之君無如於我也　乃構阿房傍起甘泉綜曰三輔故事
秦始皇上林苑中作離宮別觀一百四十六所不足以為大會羣臣二世胡亥起阿房殿
東西三里南北三百步下可建五丈旗在山之阿故號阿房也甘泉山名也戰國策范睢
曰秦北有甘泉宮謂其下有甘泉水以名之　善曰阿房甘泉已見上文　因結雲
閣冠南山濟曰秦起阿房宮作甘泉前殿二世起雲閣欲與南山齊又起觀於
南山巔也　綜曰結連也雲閣閣名也高如雲故言雲三輔故事曰秦二世胡亥起雲閣
欲與山齊冠覆也南山終南在長安南　征稅盡人力殫然後收
以太半之賦威以參三夷之刑也翰曰殫亦盡也太半三分

取二也夷殺也參夷謂夷三族矣言秦國用費盡更重稅人三分取二不能出者殺其三族也綜曰言征稅之賦盡於奢泰之用天下之力盡於長城與宮室也殫盡也臣善曰鄭玄禮記注曰征稅也毛萇詩傳曰稅斂也綜曰漢書伍被曰秦作阿房宮收太半之賦韋昭曰凡數三分有二為太半言秦造宮室奢麗費用不足乃復收其太半之賦百姓賦稅不得者誅其三族漢書曰秦用商鞅之法造參夷之誅參三也謂滅三族也其遇民也若薙土帝氏之芟所衛草既蘊崇之又行火焉向曰薙氏掌除草蘊崇積聚而又燒之秦之虐民有類於此也綜曰遇逢遇也周禮有薙氏掌山澤芟除草菅毛詩曰載芟載柞綜曰左氏傳曰周任有言曰若農夫之務去草芟夷蘊崇之杜預曰芟殺蘊積也崇聚也言秦始皇酷虐百姓如芟草積而放火焉惵惵徒頰黔首豈徒跼局高天蹐籍厚地

而已哉乃救死於其頸銑曰惵惵衆懼貌黔首人也跼傴僂蹐輕足行也言黔首振懼豈但畏天地傴僂輕行而已恐秦法戮之綜曰史記曰秦皇更名民曰黔首謂黑頭無知也跼蹐恐懼之貌也毛詩曰謂天蓋高不敢不跼跼傴僂也謂地蓋厚不敢不蹐累足也謂此時之民非徒跼高天蹐厚地而已乃晝夜畏死其頸善曰豈非也老子曰聖人在天下惵惵焉徒頰切國語單襄公曰兵在其頸不可久也驅以就役惟力是視翰曰言秦驅逼役人但視其力不察其飢寒勞苦也綜曰謂不復知民有緩急與飢寒尤趨毆令作力而已善曰左氏傳曰除君之惡唯力是視言所觀者唯力是求餘無所顧也百姓不能忍是用息肩於大漢而欣戴高祖濟曰百姓不能忍秦之苦若擔重而行晝夜不息及漢乃捨皆歡欣戴荷高祖之德綜曰忍甚也言秦天下之民若擔重物不得休息

今來歸漢得息肩膊善曰左氏傳曰鄭成公子駟曰請息肩於晉杜預曰以負擔喻也國語曰祭公謀父曰商王大惡庶民不忍欣戴武王賈逵曰戴奉也高祖膺籙受圖順天行誅杖朱旗而建大號濟曰膺當也籙五勝之籙圖河圖順天意以誅秦漢以火德旗幟皆赤大號大發號令也綜曰膺籙謂當五勝之籙受圖卯金刀之語順天謂順天命而起又悟神姥之言舉朱旗而大呼天下之英雄與共定事也善曰春秋命曆序曰五德之運徵符合膺籙次相代周易曰順乎天漢書高祖立為沛公旗幟皆赤故曰朱也周易曰渙汗其大號鄭玄曰號令也所推必亡所存必固銑曰諸侯無道者則亡之存道者則固之綜曰言高祖所推擊者使之亡所存者使之堅固善曰尚書曰推亡固存邦乃其昌掃項軍於垓下紲子嬰於軹止塗音度叶韻向曰高祖圍項羽垓下

掃滅之秦王子嬰繫頸以組降於軹道軹道亭名也綜曰掃除也項項羽也垓地名漢王圍項羽於垓下羽聞四面有楚歌乃與數百騎走高祖使灌嬰追之斬羽東城紲猶繫也子嬰秦子嬰也善曰史記曰秦王子嬰乘素車白馬繫頸以組降於軹道旁也蘇林曰軹亭名在長安城東十三里軹音紙因秦宮室據其府庫作洛之制我則未暇銑曰我高祖也言高祖新平天下據秦宮府未暇營作洛宮也綜曰因仍也據就也府庫謂官吏所止為府車馬器械所居曰庫也作洛謂造洛邑也我我高祖也謂天下新造草創不暇改作如制禮也是以西匠營宮目翫阿房傍規摹莫胡踰溢不度入不臧損之又損然尚過於周堂觀者狹而謂之陋帝已譏其泰而不康良曰西匠西人為匠也臧善也康安也高祖既西都

秦中復使西人營理宮室西人嘗亂阿房之
踰溢過度不善雖使抑損尚過周宮觀者謂
之狹陋高祖尚以為奢者秦而不可安綜曰
西匠謂秦之舊匠也自視也覸胥也阿房宮
名也漢書曰梧齊侯陽城人名延為少府作
長樂未央宮也規圖也踰越也溢過也度法
也臧善也謂西匠所圖越過不得禮法皆言
不善也善曰聲類曰摹法摹也綜曰損
賦也言高祖雖數損減其制度猶過於周家
之堂善曰老子曰損之又損之以至於無
為也綜曰觀視也陋小也康安也言觀者
胥見秦之奢麗睹今日之減小皆以為陋然
高祖猶已譏其秦而不安也謂七年冬上自
將擊韓王信蕭相國留長安營起未央宮立
東闕前殿武庫太倉高祖見其壯麗怒曰何修宮室之過也且高既受命
建家造我區夏矣良曰高高祖也綜曰高高祖也區區域也夏華夏
也言高祖受上天之命建立國家制造區夏善曰毛詩曰文王受命作周也鄭玄曰受天

命以王天下尚書盤庚曰永建乃家用肇造我區夏文又躬自菲薄治
致外平之德銑曰文文帝菲薄節儉致太平也綜曰文文帝也躬自菲薄
謂儉約漢書曰文帝欲作露臺召匠計直百金曰吾奉先帝宮室常恐太奢何用臺為故
文景之際號為升平升平謂國土平也善曰禹菲薄飲食孝經鉤命決曰明王用孝升
平致譽武有大啓土宇紀禪肅然之功濟曰武武帝宣
越地為南海七郡北置朔方等五郡是大啓土宇也遂登太山升肅然以紀其功綜曰
武武帝也漢書武紀曰定越地為南海七郡北置朔方等五郡故云大啓土宇啓開也紀
記也肅敬也謂登封太山升禪肅然善曰尚書曰建邦啓土毛詩曰大啓爾宇宣
重直用威以撫和戎狄呼韓來享銑曰宣宣帝享獻也呼韓
單于頓獻國寶也綜曰宣宣帝也漢書宣紀曰呼韓邪單于款五原塞願奉國珍毛詩

曰自彼氐羌莫敢不來享享獻也撫安也戎狄呼韓并國名也左氏傳曰子教寡人和戎
狄言宣帝能和戎狄咸用紀宗存主饗祀不輟翰曰高皇帝為
太祖廟文皇帝為太宗廟武皇帝為代宗廟宣皇帝為中宗廟此四廟代代不遷毀其主
綜曰咸皆也紀錄也宗太宗文帝廟號也主木主言刻木為人主神置廟中而祭之輟止
也九天子五世則廢今廟不遷毀其主各四時祭祀無止絕時善曰漢書景紀曰高皇
帝為太祖之廟文皇帝為太宗廟言天子宜世世獻祖宗之廟也鄭玄論語注曰輟止也
銘勳彝器歷世彌光銑曰彝器鐘鼎祖宗之器以銘紀功勳也綜
曰彝常也宗廟之器稱彝勳功也歷經也彌益也銘勒也勒銘於宗廟之器于鐘鼎萬祀
彌益光明善曰左氏傳臧武仲曰夫以大伐小取所得彝器銘其功烈以示子孫也字
林曰銘題勒也今捨純懿而論爽德以春秋所諱而

為美談宜無嫌於故舊善本作往初蔽善而揚惡
祇章移吾子之不知言也向曰爽差也先生以為公子之意稱西京
之盛宜不嫌故舊理當陳飾美事以成其言且春秋諱國惡今公子捨四帝純懿之德
不述取元成差爽之過以談是蔽善揚惡又似嫌於故舊是不知言也綜曰爾雅曰純
大懿美也爽差也今公子反舍四帝純大懿美之德而專論說爽差之過失者也善曰
國語曰寶有爽德賈逵曰爽貳也綜曰春秋諱國之惡今公子反以為美談也善曰
公羊傳曰大惡諱之小惡書之又云魯人至今以為美談也綜曰宜之言義也無猶不
也祇是也今公子之義不嫌於蔽國之善揚國之惡是公子之不知言也善曰說苑楚
文侯曰邑中豪好蔽善而揚惡可親問之論語子曰不知言無以知人也毛萇詩傳曰祇
適也必以肆奢為賢是則黃帝合宮有虞總期

固不如夏癸之瑤臺殷辛之瓊室也湯武誰革而用師哉銑曰肆放革改也有虞帝舜也合宮總期皆明堂名夏癸桀也作瑤臺殷辛紂也作瓊室皆以瑤瓊飾之故以名焉言公子以奢放為賢則黃帝與帝舜作合宮總章以是不如桀紂作瑤臺瑤室也若此湯武誰復改易此弊而用師伐滅之綜曰肆放也賢善也謂黃帝明堂以草蓋之名曰合宮舜之明堂以草蓋之名曰總章言難公子黃帝等造此是守儉也善曰尸子曰欲觀黃帝之行於合宮觀堯舜之行於總章章期一也汲冢古文曰夏桀作瓊宮瑤臺殫百姓之財殷紂作瓊室立玉門綜曰湯謂殷湯武謂武王革改也言誰遣革改殷紂夏桀而用師哉以其奢侈嬌故所以湯武順天命而行罰之此識西京公子也善曰湯武革命已見東都賦孔叢子曰舜禹揖讓湯武用師非相詭乃時也盍合亦覽東京之事以自悟乎良曰盍何不也何不覽東京儉約悟西京奢泰也綜曰盍猶何不也覽視也自寤自覺寤也言公子何不視東京之行事心自覺寤耶且夫天子有道狩在海外濟曰至德及遠故可巡狩四海之外綜曰淮南子曰若天下無道守在四夷天下有道守在海外言四夷皆為臣僕善曰鄭玄禮記注云道謂仁義也守位以仁不恃隘害濟曰險隘要害之處也恃險不及曰守仁遠矣綜曰仁謂衆庶也隘險也言要須擇任賢臣不以隘害為牢固善曰周易曰何以守位曰仁也苟民志之不諒何云巖險與襟帶翰曰苟且也諒信也公子稱巖險周固襟帶易守先生言且人心不信雖有於此復何補乎綜曰苟誠也諒信也公子稱巖險周固襟帶易守故今荅曰誠使人心不信何用周固反易守乎善曰李尤函谷關銘曰襟帶咽喉也秦負阻於二關卒開項而受

沛向曰負恃也二關函谷武關皆秦之塞沛公攻武關入秦又使兵守函谷關項羽使黥布攻破之若此隘阻不足恃明矣綜曰負恃也卒終也言負二關以為牢固終受二人所入也二人謂高祖從武關入項羽從函谷關入善曰漢書曰沛公使兵守函谷關項羽使黥布攻破之至戲下又云沛公攻武關入秦應劭曰武關秦南關彼偏據而規小豈如宅中而圖大銑曰偏據謂西京宅中謂東京綜曰彼謂秦也據依也言彼秦偏據關西所規近在二關之內故曰小豈如東京居天地之中所圖者四海之外善曰尚書曰自服于土中孔安國曰洛邑地勢之中孔叢子曰子貢謂東郭充曰今子位卑而圖大昔先王之經邑也掩觀九隩爲到靡地不營土圭測影不縮不盈總風雨之所交然後以建王城良曰先王周成王也邑洛邑也掩度觀視也摠隩九州之內也靡無也言成王經始此邑度視九州之內無地不營以土圭之法測正日影而此地不縮不盈正得天地之中四時風雨於此交會故建立王城也綜曰先王謂周成王也邑洛邑也善曰毛萇詩傳曰經度也綜曰掩猶及也九隩謂九州之內也靡地不營謂徧求之卜瀍澗及黎水皆不吉善曰新序曰營度也九隩合道四海也綜曰鄭玄曰土度也縮短也盈長也謂圭長一尺五寸夏至之日豎八寸表日中而度之圭影正等天當中也若影長於圭則太近北圭長於影則太近南近北多寒近南多暑近東多風近西多雨總猶括也王城今河南也周禮曰土圭之法測土深正日景以求地中四時之所交風雨之所會陰陽之所和乃建王國也審曲面勢濟曰審其曲折觀其面勢綜曰審度也謂審察地形曲直之勢而建王都善曰周禮曰或審曲面勢以飾五材以辨民器鄭司農曰察五材曲直方面形勢之宜也泝素洛背

河左伊右瀍向曰泝向也洛河伊瀍皆水名綜曰泝向也洛洛水河黄河伊
伊水瀍瀍水善曰尚書曰予朝至于洛師卜澗水東瀍水西惟洛食孔安國曰洛出上
洛山伊出陸渾山瀍出河南北山西阻九阿東門于旋銑曰洛陽
西十里九坂之道謂之九阿旋旋門阪綜曰謂東有旋門在成臯西南十數里阪形周
屈故曰于旋善曰穆天子西升九阿郭璞曰旋今新安縣十里有九坂阻險也阿曲也
盟津達其後太谷通其前銑曰盟津河名太谷谷名綜曰
津四瀆之長故武王為諸侯約誓於其上尚書曰東至于盟津盟津地名在洛北都道所
湊古今以為津太谷在輔氏北洛陽西也洛陽記曰太谷洛城南五十里舊名通谷
迴行道乎伊闕邪徑捷接乎轘轅翰曰轘轅坂名言大道伊
闕之界迂迴而行轘轅之上雖邪亦捷也綜曰伊闕山名也轘轅阪名也迴曲也捷邪

也謂大道迂曲乃當伊闕之外邪徑趣疾當歷轘轅善曰賈逵國語注曰道由也史記
吳起曰翠之居伊闕王逸楚辭注曰捷疾也左氏傳注曰捷邪出也漢書曰沛公從轘轅
臣瓚曰在緱氏東南也太室作鎮揭竭以熊耳銑曰太室嵩高
別名熊耳山名揭表也鎮國鎮也綜曰太室嵩高別名也揭猶表也言以嵩高之嶽為
國之鎮也復表以熊耳之山善曰郭璞山海經注曰太室在陽城縣西羽獵賦曰攢以
崇山熊耳山名也尚書傳曰熊耳山在宜陽之西也底柱輟流鐔徒南以
大岯音披良曰底柱大岯皆山名底柱山在水中若輒止於流也鐔者劍口大岯
險要亦猶是也綜曰底柱山名也在河東縣東南向猶居河中猶柱然也輟止也善曰
尚書曰導河至於底柱東過大岯韻集曰鐔劍口也言大岯之險同乎劍口也莊子曰天
子之劍以周宋為鐔溫液湯泉黑丹石緇音滓良曰緇黑也言丹

黑土石相雜綜曰言泉水如湯浴之可以除病在河南梁縣界中也黑丹石緇謂黑石
雜色也言溫液即湯泉之流黑丹石緇之所出善曰孝經援神契曰德至山陵則出黑
丹張揖子虛賦注曰玄厲黑石可用磨也王鮪岫居能奴來鼈三趾
翰曰山有穴曰岫王鮪之魚居穴中故云岫居鼈三足曰能皆出此水綜曰山有穴曰
岫王鮪魚名也居山穴中長老言王鮪之魚由南方來出此穴中入河水見日目眩浮水
上流行七八十里釣人見之取以獻天子用祭其穴在河南小平山善曰周禮曰春
獻鮪鄭玄曰王鮪魚之大者山海經曰陽狂水西南流注于伊水中有三足鼈爾雅曰鼈
三足曰能乃來切宓妃攸館神用挺紀濟曰宓妃神女伊洛之精
也當亦館於此中其神挺然可紀綜曰攸所也館舍也傳曰成王遷九鼎於洛邑卜年
七百卜世三十後皆如其言故云神所挺紀謂告年紀之處也善曰楚辭曰迎宓妃於

伊洛王逸曰宓妃神女蓋伊洛之水精龍圖授羲龜書畀必利姒
良曰俾與也羲伏羲也得龍圖於河姒禹姓也得龜書於洛言二水授與之綜曰尚書
傳曰伏羲氏王天下龍馬出河遂則其文以畫八卦謂之河圖又曰天與禹洛出書謂神
龜負文而出列於背善曰爾雅曰畀賜也史記禹姓姒氏召伯相宅卜
惟洛食周公初基其繩則直濟曰召公先相宅云我卜惟洛
食言吉也周公經營繩直而御綜曰相視也宅居也惟有也食謂吉兆善曰尚書曰
召公既相宅卜惟洛食孔安國曰卜必先墨畫龜然後灼之兆順食墨吉也謂初造洛邑
言召公先相宅卜之吉周公繩度之合於制度善曰尚書曰周公初基作新大邑于東
國洛毛詩曰其繩則直毛萇曰言不失繩直之宜也萇直良弘魏舒是廓
是極向曰廓開也極致也言致功開立之萇弘欲城成周為之告晉魏舒合諸侯之

大夫以城成周也綜曰萇弘周大夫也魏舒晉大夫獻子也廓猶規也極致也謂二人率諸侯曰敬以致功規度王城三旬而立之善曰國語曰敬王十年劉文公與萇弘欲城周為之告晉左氏傳曰晉魏舒合諸侯之大夫以城周也經途九軌城隅九雉銑曰軌轍也言途可容九軌雉高三丈隅角也綜曰南北為經途道也軌車轍也善曰周禮國中經途九軌鄭玄曰塗容九軌謂轍廣也又周禮曰王城隅之制九雉鄭玄云雉度也謂高一丈長三丈為雉度堂以筵度室以几濟曰筵席也几俎也室中度以几堂上度以筵皆取几筵為准綜曰堂明堂也筵席也長九尺几俎也長七尺善曰周禮曰室中度以几堂上度以筵京邑翼翼四方所視良曰翼翼美貌綜曰京大也大邑謂洛陽也翼翼禮儀盛貌言常為四方觀翼翼然也善曰毛詩曰商邑翼翼四方之極漢初弗之宅也

文選三 十二

故宗緒中圮平被巨猾間去亹許覲竊弄神器歷載三六偷安天位于時蒸民罔敢或貳其取威也重矣向曰宅居圮毀也神器帝位也三六十八載也言漢初不居我東京所以中有毀絕巨大也大猾王莽間伺亹隙竊盜輕弄帝位歷十八載偷以自安蒸衆也時衆人不敢貳心於莽者懼莽之威深重矣此皆由西都之禍矣綜曰緒統也圮絕也漢家不居於洛故宗廟之統中途廢絕也巨王莽字巨君也猾狡也間伺也亹隙也神器帝位也言王莽因成哀無嗣元后秉政篡漢祚微弱篡處高位載年也三六十八年謂王莽篡位一十八年也天位帝位也于於也蒸衆也罔無也言是時衆民無敢有二心於莽者毛詩曰于時言言尚書曰蒸民乃粒威畏也重猶多也謂為天下所畏已者多矣善曰天下神器不可為也為者敗之韋昭漢書注曰神器天子璽也尚書曰天位艱哉左氏傳

先彰曰報施救患取威定霸我世祖忿之乃龍飛白水鳳翔參所今墟良曰世祖光武皇帝也忿莽之逆乃起於南陽白水後討王郎旋於魏地魏地參分野龍飛鳳翔喻聖人之起也綜曰世祖光武也忿恚疾王莽威重如此也白水謂南陽白水縣也世祖所起之處也初為更始大司馬討王郎於河北北為參墟分野龍飛鳳翔以喻聖人之興也善曰周易曰飛龍在天大人造也授鉞四七共工是除翰曰凡國有難君召將以授斧鉞四七二十八將也共工喻王莽也昔共工作亂帝嚳使祝融攻滅之光武以二十八將誅王莽亦猶是也綜曰授與也鉞斧鉞也四七二十八將也共工霸天下者以喻王莽也六韜曰凡國有難君召將以授斧鉞漢書曰顓頊有共工之陣以定水災攙槍旬始羣凶靡餘銑曰攙槍彗星也旬始妖星也喻羣賊光武討而滅之綜曰攙槍星名也謂王莽之在

文選三 十三

位妖氣之在天世祖除之凶惡無餘爾雅曰彗星為攙槍也旬始妖氣也史記曰旬始狀如雄鷄也靡無也今言世祖除凶賊無有遺餘也區宇乂寧思和求中良曰天下乂安思陰陽和求天地中將都於此綜曰天地之內稱宇言海內既已乂安思陰陽之和天地之中而居之睿哲玄覽都茲洛宮濟曰睿聖哲智玄通茲此也言光武聖智通覽洛宮之義而都之綜曰睿聖也玄通也言通見此洛陽宮也善曰尚書曰睿作聖明作哲老子曰滌除玄覽河上公曰心居玄冥之處覽知萬物故謂之玄覽王弼曰玄物之極也廣雅曰玄遠也曰止曰時昭明有融向曰時是也融長也言光武當止是洛邑必有昭明長久之福綜曰曰辭也時是也融長也言當止居是洛邑必有昭明之德長久之道也善曰毛詩曰曰止曰時昭明有融既光厥武仁洽道豐翰曰言能光大武德又使仁道

滿盛綜曰止戈曰武謚法曰功格天下曰光剋定禍亂曰武洽合也豐盛也世祖既能
止戈故謚光武言仁義之道大豐盛也善曰洽霑也登岱勒封與黃
比崇銑曰光武登岱山封禪勒石紀功成可與黃帝比其崇高綜曰登上也岱泰
山也謂王者功成作樂治定制禮故封泰山勒功於石以紀號也黃黃帝也史記曰崇高
也言世祖與黃帝比其尊號善曰史記曰黃帝封泰山禪云亭司馬彪續漢書曰建武
三十二年乃封禪孔安國尚書傳曰崇尊也逮至顯宗六合殷昌
良曰顯宗孝明皇帝也逮及也及至顯宗之時天下殷富昌盛也綜曰逮及也殷盛也
昌熾也顯宗明帝號也六合天地四方也善曰呂氏春秋曰神通乎六合高誘曰四方
上下為六合也既新崇德遂作德陽良曰崇德德陽皆殿名天下富
盛乃理宮室綜曰崇德德陽皆殿名也崇德在東德陽在西相去五十步啓南

端之特闈立應門之將將七將反向曰南端門名闈門也言
此門特達眾門而起應門亦門名將將高皃綜曰啓開也端門南方正門應門中門也
善曰爾雅曰宮中門謂之闈洛陽宮舍記曰洛陽有端門毛詩曰應門將將毛萇曰將將
嚴正之皃昭仁惠於崇賢抗義聲於金商濟曰木主仁故
立崇賢門於東金主義故立金商門於西以明仁義綜曰崇賢東門名也金商西門名
也謂東方為木主仁如春以生萬物昭天子仁惠之德故立崇賢門於東也西為金主義
音為商若秋氣之殺萬物抗天子德義之聲故立金商門於西善曰漢書曰角為木為
仁商為金為義也飛雲龍於春路屯神虎於秋方翰曰
雲龍神虎皆門名龍為木列在東武為金列在西雲神皆龍虎所用也龍可使飛集武可
使屯也置綜曰德陽殿東門稱雲龍門德陽殿西門稱神虎門神虎金獸也秋方西方也

飛飛龍也易曰雲從龍為水獸春路東方道也善曰漢書曰東宮蒼龍又曰東方於時
為春宮殿簿壯宮有雲龍門王逸楚辭注曰屯陳也漢書曰西宮白虎又曰西方於時為
秋宮殿簿壯宮有神虎門建象魏之兩觀旌六典之舊章
向曰象魏闕也一名觀六典一曰理典二曰教典三曰禮典四曰政典五曰刑典六曰事
典旌明也懸之於闕以明之綜曰象魏闕也一名觀也旌表也言所以立兩觀者欲表
明六典舊章之法謂懸書于象魏浹日而歛之善曰周禮曰大宰掌建邦之六典一曰
治典二曰教典三曰禮典四曰政典五曰刑典六曰事典左傳曰舊章不可忘其內
則含德章臺天祿宣明溫飾勅迎春壽安永
寧濟曰八者皆殿名綜曰八殿皆以休令為名美時君之德在應門之內也飛
閣神行莫我能形銑曰閣道相通不在於地故云飛神者謂不知其行

不見其形綜曰言閣道相通不在於地故曰飛人不見行徑故曰神形謂天子之形容
言我無能說其形狀也濯龍芳林九谷八溪芙蓉覆水
秋蘭被涯宜渚戲躍魚淵游龜蠵音惟良曰濯龍館
名芳林園名蠵龜類綜曰洛陽圖經曰濯龍池名故歌曰濯龍望如海河橋渡似雷芳
林苑名九谷八溪養魚池芙蓉荷華也秋蘭香草生水邊秋時盛也善曰楚辭曰秋蘭
兮青青鄭玄注周易曰蘭香草也被亦覆也綜曰渚水渚也戲游也躍跳也毛詩曰王在
靈沼於物魚躍蠵龜類也凡此物謂取有時非時則恣之游戲不驚動也永安離
宮脩竹冬青陰池幽流玄泉洌清鵯匹鶋居
秋棲鶻骨鵃竹交春鳴雎七余鳩鸝呂知黃關關嚶
嚶濟曰永安離宮宮名幽流洑流也洌泠也鵯鶋鶻鵃雎鳩鸝黃皆鳥名也關關嚶嚶

聲也綜曰永安宮名也脩長也冬青謂不彫落也水稱陰幽流謂伏溝從地下流通於河也水黑色故曰玄泉洌清貌善曰楚辭曰臨沅湘之玄淵毛詩曰洌彼下泉綜曰爾雅曰鸒斯鵯鶋郭璞曰鵯鶋匹鳥腹下白也又曰鵯鴻鶻鵃郭璞曰鶻鵃仙山鵲頭尾青黑色秋棲春鳴謂各得其性也鵯音匹鶻音骨鵃竹交反爾雅曰雎鳩王雎也郭璞曰雎鳩鳩類也又曰鶬鶊鶩黃也郭璞曰鸝黃黑也關關嚶嚶謂音聲和也鸝麗古字通音離於南則前殿雲臺和歡安福銑曰二者皆殿名綜曰前殿露寢也雲臺臺名也和驩安福二殿名並在德陽殿之南謻直移門曲榭翰曰謻門門名宮室相接謂之謻有木曰榭言邪枕城池綜曰謻門冰室門也臺有木曰榭阻依也洫城下池冰室門及榭皆屈曲邪行依城池為道也邪阻城洫奇樹珍果鉤盾垂允所職向曰言珍者美之也鉤盾主小苑也綜

曰奇異也珍貴也鉤盾今官主小苑善曰鉤盾五丞也爾雅曰職主也西登少華亭候修勑良曰西園中有少華山有亭有候勑整也綜曰登升也並有亭有候也修治也勑整也謂西園中有少華之山九龍之內寔曰嘉德西南其户匪雕匪刻我后好約乃宴斯息濟曰宴安也九龍門名嘉德殿名詩曰西南其户不彫不刻言尚質我天子好儉約乃安止於此也綜曰九龍本周時殿名也門上有三銅柱柱有三龍相糾繞故曰九龍嘉德殿名在九龍門內也毛詩曰西南其户不彫不刻尚質也言殿舍之多其户或西或南也我后謂明帝也宴安也息止也善曰周易曰君子以嚮晦入宴息也於東則洪池清籞語淥水澹澹徒敢內阜川禽外豐葭菼土敢獻鼈蜃示忍與龜魚供蝸古花蠯蒲佳與菱芡

巨鹹反翰曰洪池池名籞於池水上作室可用棲鳥阜多也葭菼菱芡皆草名蜃蝸蜱皆水族可獻者也綜曰洪池池名在洛陽東三十里善曰漢書音義應昭曰籞在池水上作室可用棲鳥鳥入則捕之音圄高唐賦曰水澹澹而盤紆說文曰澹澹水搖貌也綜曰阜多也豐饒也內多魚鼈外饒蘆薍也善曰爾雅曰葭葦也菼薍也薍五患切綜曰蝸螺也菱芰也芡雞頭也善曰周禮曰春獻鼈蜃秋獻龜魚祭祀供蜱蠃鄭玄曰蜃大蛤也杜子春曰蜃蜯也蜱與蠯同蒲佳切禮記曰蝸醢而苽食蝸古華切周禮曰加籩豆之實有菱芡也音儉其西則有平樂都場示遠之觀良曰平樂觀名都為大場作樂使遠人觀之綜曰平樂觀名也都謂聚會也為大場於上以作樂使遠人觀之謂之平樂在城西龍雀蟠盤蜿紆元天馬半漢濟曰龍雀飛廉也天馬銅馬並置平樂觀蟠蜿龍雀貌半漢天馬貌綜曰龍雀飛

廉也天馬銅馬也蟠蜿半漢皆形容也善曰華嶠後漢書曰明帝至長安迎取飛廉幷銅馬置上西門平樂觀也瑰異譎詭粲爛炳煥銑曰瑰異譎詭並奇也粲爛炳煥並明也綜曰瑰奇也譎詭變化也粲爛炳煥絜白鮮明之貌也奢未及侈儉而不陋規遵王度動中得趣向曰晝合法則也綜曰言皆合於禮故奢不至侈儉不至陋也規摹也遵循也趣意也度先王之法度擧動合禮之義也家語孔子曰公甫之婦動中得趣於是觀禮禮舉義具濟曰觀其禮具見其義觀王之光明禮義皆備具也綜曰具足也言善曰左氏傳曰諸侯宋魯於是觀禮是以經始勿亟居力成之不日良曰亟急也經始之際不務於急百姓慕義不終日而成綜曰勿猶不也亟急也成之不日言不用一日即成之善曰毛詩曰經始勿亟庶民子來毛萇曰經度也又曰庶民攻之

不日成之亟居力切猶謂為之者勞居之者逸慕唐虞
之茅茨思夏后之卑室銑曰言天子猶以為百姓為之勞苦我居
之逸樂乃思堯舜茅茨不剪大禹卑其宮室將師法之　綜曰勞苦也逸樂也　善曰賈
子曰翟王使使者之楚楚王饗容於章華之臺楚王曰翟亦有臺乎使者曰翟王茅茨不
剪采椽不斲猶以為作者大勞居者大逸也綜曰唐唐堯也虞虞舜也夏后夏禹也　善
曰墨子曰堯舜茅茨不剪采椽不刊說文曰茅茨蓋屋也論語云禹卑宮室而盡力於溝
洫也乃營三宮布政頒班常複福廟重屋八達
九房規天矩地授時順鄉良曰三宮明堂辟雍靈臺也頒布也
所以布常禮之宮複廟重檐飾也明堂九房而八牖授猶賦也順隨也鄉方也言班政賦
教必隨時月而居其方　綜曰三宮明堂辟雍靈臺頒布也常舊典也　所以行教化布典

文選三　十八

禮之宮也複廟重覆也重屋重棟也謂明堂廟屋前後異制　善曰禮記曰複廟重檐達
鄉謂天子廟飾也大戴禮曰明堂九室而有八牖然九室則九房也八牖八達也　綜曰
謂宮室之飾負者象天方者則地也鄉方也言頒政賦教隨時月而居其方月令曰孟春
居蒼龍左介　善曰大戴禮曰明堂者上圓下方范子曰陽者天也規也地者陰也矩也
三輔黃圖曰明堂方象地負象天又曰明堂順四時行令也造舟清池惟
水泱泱音央水流貌　濟曰造舟比舟為橋也泱泱綜曰造舟以舟相比次為
橋也毛詩曰造舟為梁泱泱水流貌善曰毛詩曰瞻彼洛矣惟水泱泱左制辟
雍右立靈臺因進距衰表賢簡能奴來反協韻向曰
謂辟雍也因行禮射有才德者則進用之有衰退者則距絕之此表異其賢簡別所能
綜曰言德陽殿東有辟雍於西有靈臺謂於其上班教令者曰明堂大合樂鄉射者曰辟

雍司歷紀候節氣者曰靈臺也進善也衰老也言因其進則舉而用之衰減者拒而退之
謂擇賢以大射所以表明德行簡錄其能否謂辟雍也　善曰尸子曰治國有四術一忠
愛二無私三用賢四能爾雅曰簡猶擇也簡馮皮冰相息亮觀祲侵祈
褫絲禳災銑曰祲氣也祈求也褫福也禳除也馮相氏主候星宿氛氣之官
求福除災　善曰周禮曰春官宗伯馮相氏掌歲日月星辰之位辨其災祥以為時候鄭
玄曰馮乘也相視也祲謂陰陽氣相浸漸以成災也祈求福也禳除也災禍也謂求祈福
除災害也爾雅曰褫福也鄭玄周禮曰卻變異曰禳於是孟春元日
羣后旁戾翰曰元日歲與也戾至也諸侯四方而至　綜曰尚書曰正月元日
舜格于文祖孟春正月也元日正日也羣后公卿之徒也旁四方也戾至也言諸侯正月
一日從四方而至各來朝享天子也百僚師師于斯胥洎良曰僚官

文選三　十九

胥相洎及也百官互相師法於此相及綜曰尚書曰百僚師師百僚謂百官也師師謂
相師法也胥相也洎及也言元日百官於此相連及而來朝賀也藩國奉聘
要荒來質徵利反藩服藩服銑曰鎮服外五百里曰外五百里曰綏服綏服
外五百里曰要服要服外五百里曰荒服此五服之君皆來聘留子以質之　綜曰謂王
侯藩稱國也言要荒之外所奉聘令者盡來朝見　善曰周禮曰鎮服外五百里曰藩服
覜相上封曰顯明功臣以鎮藩國鄭司農周禮注曰衆來曰覜寡來曰聘尚書曰五百里
要服又五百里荒服漢書曰樓蘭王遣子質漢也具惟帝臣獻琛執
贄音至向曰具俱也琛玉也贄幣也言獻王執贄幣於此　綜曰具之言俱也獻貢
也琛寶也執持也贄禮也言藩國來貢者謂隨土所出寶而貢之也　善曰萬邦黎獻具
惟帝臣毛詩曰來獻其琛封禪書曰百蠻執贄周禮曰以六禽作六贄鄭玄曰贄之言至

也所執自致也以當覲於殿下者蓋數萬以二良曰數萬
言多也以二列為二行也綜曰覲見也言於此之時當入見於殿下者可數萬人見分於
闕下夾道為二部爾乃九賓重平臚人列濟曰九賓公侯
伯子男孤卿大夫士也重言積重多也臚鴻臚也主賓客之官羅列其尊卑以朝也人
綜曰言鴻臚所主羌胡之人皆羅列於朝廷也善曰漢書曰羣臣朝十月儀大行人語
九賓臚句傳韋昭曰九賓則周禮曰九義謂公侯伯子男孤卿大夫士也臚傳也次以傳
上令也蘇林曰上傳語告下臚下傳語告上句臚猶行也二訓雖殊皆以行上語為臚也
崇牙張鏞庸鼓設良曰崇牙猶簨虡以挂鍾鼓綜曰崇牙栒虡上板
作鍛錔者橫曰栒植曰虡張謂樹之以縣鍾鼓也善曰毛詩曰崇牙樹羽又曰鏞鼓有
數毛萇詩傳大曰鏞音庸郎將司階虎戰交鎩殺龍輅充

庭雲旗拂霓五結反一銑曰鎩鋒刃也虎賁中郎將夾階而立矛戟交鎩龍
輅天子車雲旗旗名拂霓言高皆述陳設之狀綜曰言虎賁中郎將主夾階而立虎賁
戟執戟或持鎩而相對也交鎩謂交加而設兵器也善曰漢書曰儀兵郎中夾階說文
曰鎩鈹有鐔綜曰馬八尺曰龍輅天子之車也故曰龍輅充備也庭朝也旗謂熊虎為
旗為高至雲故曰雲旗也楚辭曰載雲旗之逶迤拂至也霓天邊氣也夏正三
朝庭燎晣晣章烈反向曰夏以建寅為正漢用之三朝歲月日之朝庭燎
焚柴也晣晣火明貌綜曰夏家建寅之正漢家所用也三朝歲月日朝晣晣大光明也
善曰三朝已見東都賦毛詩曰夜如何其夜未艾庭燎晣晣撞洪鍾伐靈
鼓旁震八鄙軒普萠磕苦代隱訇大宏若疾霆轉雷
而激迅風也翰曰八鄙八方也軒磕隱訇皆鍾鼓聲其發越迅疾若此綜

曰撞擊也伐擊也靈鼓六面鼓也善曰禮曰靈鼓靈鼓綜曰旁四方也震驚也八鄙
四方與四角也軒磕隱訇鍾鼓之聲也霆霹靂也迅疾也言鍾鼓之聲又若雷霆之相轉
亦如急風之迅疾也是時稱警蹕已下彫輦於東廂銑曰
皇帝輦動左右稱警東西序曰廂天子至於此綜曰警謂清道也輦人挽車彫謂有彫
飾也殿東西次為廂善曰漢書儀注曰皇帝輦動則左右侍帷幄者稱警孔安國尚書
傳曰彫刻鏤也冠通天佩玉璽徙紆皇組要平干將
負斧扆次席紛純之尹左右玉几穆穆而南面
以聽矣良曰通天天子冠名要帶也干將劍名白黑謂之斧扆依也施斧文屏風
於後次席竹席紛純謂以組為緣聽聽朝也綜曰通天冠名也佩帶也玉璽天子印也蔡
邕獨斷曰天子冠通天紆垂也皇大也組綬也干將劍名也越絕書曰楚王令歐冶子干

將為鐵劍三枚一曰龍淵二曰大阿三曰工市也吳越春秋曰干將者吳人造劍二枚一
曰干將二曰莫耶白與黑為之斧扆屏風樹之坐後也次席竹席也紛純謂以組為緣
善曰禮記曰天子負斧扆南向而立鄭玄曰負之言背也周禮曰大朝覲王設黼依設莞
席紛純次席黼純左右玉几次席紛純謂二席俱設五言之綜曰周禮曰天子左右玉
几鄭玄曰左右有几優至尊也善曰周易曰離者明也南方之卦也聖人南面聽天下
嚮明而治取於此也蓋然後百辟乃入司儀辨等尊卑
以班璧羔皮帛之贄既奠向曰辟君也司儀掌九儀辨尊卑等
班也子執穀璧孤執皮帛卿執羔奠定也言班等既定綜曰百辟諸侯也司主也儀法
也辨別也言百官有分別者謂司主之次也善曰百辟其刑之周禮曰司儀主禮掌九儀
之賓容分別五等之諸侯左傳臧僖伯曰明貴賤辨等差綜曰班位次也謂尊卑有等

差也善曰國語曰班爵貴賤以列之周禮曰子執穀璧孤執皮帛卿執羔大夫執鴈言
各有次第尊卑置也天子乃以三揖之禮禮之穆穆焉
皇皇焉濟濟焉將將焉七羊信天下之壯觀也
翰曰三揖者公卿特揖特獨也言三揖之大夫旅揖旅衆也言衆揖之士傍揖言不正也
穆穆皇皇濟濟將將皆盛美之貌·善曰周禮曰王士揖庶姓時揖異姓天揖同姓鄭玄
曰庶姓無親者也士揖推手小下之也異姓昏姻也時揖平推手也天揖推手小舉之又
曰諸侯心平手禮伯男手在心下禮外國君在心上禮綜曰壯觀言天下之人壯大觀
覽也禮記曰天子穆穆諸侯皇皇大夫濟濟士將將鄭玄曰威儀容止之貌史記曰天下
之壯觀也乃羨公侯卿士登自東塗訪萬機詢朝
政勤恤人隱而除其眚所景人或不得其所若

文選三　二十二

已納之於隍也良曰羨延也東塗東階也恤憂隱痛也眚災也言天子憂民
之所痛為除其災若不得其所猶已納於隍池之中綜曰羨延也登進也謂命之上殿
也天子從中階諸侯從東西階言機微之事日有萬種詢謀也謂與謀朝政有所先後者
也善曰東塗階也尚書曰一日二日萬幾綜曰恤憂也隱痛也眚病也言有隱痛不安
者今之民憂恤之也善曰國語祭公謀父曰勤恤民隱而除其害也綜曰隍城下坑無水
者善曰孟子曰伊尹思天下民匹夫匹婦不與被堯舜之澤者若已推而納之於溝中
也鄭玄毛詩箋曰納內也隍已見西都賦荷天下之重任匪怠皇
以寧靜向曰皇暇也匪敢怠慢何暇為安靜自樂綜曰荷負也怠懈也皇暇也
言無有懈怠於寧靜者謂常有所憂也善曰孫卿子曰國者天下之大器也重任也可
不善擇而後錯之毛詩曰不敢怠遑發京倉散禁財賚皇僚逮

輿臺銑曰皇大也賚賜也輿臺賤稱上賜大官下及賤人綜曰發開也京大也禁
藏也善曰尚書散鹿臺之財發巨橋之粟毛詩曰曾孫之庾如坻如京綜曰賚賜也
皇僚百官也逮及也言天子散發禁庫之財有無尊卑貴賤普賜及之善曰左氏傳曰人有
十等王臣公公臣大夫大夫臣士士臣皁皁臣輿輿臣隸隸臣僚僚臣僕僕臣臺漢書公
卿言曰陛下出禁錢以振元元應昭曰少府掌山澤陂池之稅名曰禁錢以給私養命
膳夫以大饗饔餼虛毅浹子頰乎家陪翰曰膳夫主供食
熟曰饔生曰餼浹徧也陪諸侯之臣也言大亨賜官僚生熟之物徧於公卿之家綜曰
周禮曰膳夫上士食之官熟曰饔腥曰餼浹徧也家陪謂公卿大夫之家善曰毛詩曰牡
牢饔餼論語曰陪臣執國命春醴惟醇燔伐元炙芬芬銑曰
醴酒也芬芬香也燒炙飲食之香也綜曰醇厚也燔炙也謂炙肉也芬芬香氣盛也

文選三　二十三

善曰毛詩曰為此春酒又曰燔炙芬芬呂氏春秋曰厚酒肥肉君臣歡康具
醉薰薰千品萬官已事而踆七旬反濟曰君臣歡康盡醉
酒氣薰薰然言百官畢禮事皆踆巡而退綜曰康樂也具俱也薰薰和說貌言君臣皆
歡樂而和說也善曰毛詩云公尸來止薰薰毛萇曰薰薰和悅也綜曰已止也踆退也
謂品秩官僚等並止事而退還也善曰國語曰觀射父曰百姓千品萬官億配管仲曰
有司已事而踆踆與逡同也勤屢省茂乾乾良曰尚書云屢省汝
成功易曰終日乾乾言勤茂此道也綜曰屢數也省察也茂勉也乾乾敬也善曰尚
書曰屢省汝成功周易曰君子終日乾乾也清風協於玄德淳化
通於自然銑曰言合玄遠之德通自然之道綜曰協同也淳厚也玄天也自然
通神明也言帝如此清惠之風同於天德淳厚之化通於神明也善曰孔安國尚書傳

曰風教也老子曰為而不宰是謂玄德王弼
曰玄德者皆有德不知其至出于幽冥者也
老子曰天法道道法自然王弼
曰自然者无義之言窮極之辭憲先靈以齊
軌必三蘇濫思以顧愆翰曰憲法也先靈先聖
也軌跡愆過也先言猶三聖
思懼已有過綜曰憲法也先靈先聖之神
靈即謂堯舜也愆過也齊同也軌迹也言有
事能思信與先聖同軌迹也善
曰論語曰季文子三思而後行招有道於
仄陋開敢諫之直言聘丘園之耿絜旅束帛
之戔戔音殘
直諫者濟曰言求賢於仄陋又舉能
耿絜白貌易曰賁于丘園束
帛戔戔陳列束帛貌綜曰昭明也有道言
使郡國於側陋之中舉有道之士而用之也
直言謂直諫者也善曰尚書曰明明揚側
陋漢書曰舉能直言極諫者綜曰耿清也
旅陳也謂有清絜者也言丘園中有隱士貞
絜清白之人聘而用之束帛謂古招士必以

文選三　二十四

束帛加璧於上周易曰六五賁于丘園束帛
戔戔王肅云失位无應隱處丘園蓋蒙闇之
人道德彌明必有束帛之
聘也戔戔委積之貌也上下通情式宴且
盤向曰式用也宴安也盤樂也綜曰上謂
君下謂臣式用也盤樂也言君情通於下
臣情達於上故能國家安而君臣懽樂也是故
善曰墨子曰古者聖王唯能審以尚同
上下通情毛詩曰
嘉賓式燕以樂也及將祀天郊報地功銑曰
祭南
北郊報天地之功善曰將欲也白虎通曰
祭天必在郊者天體至清故祭必於郊取其
清潔也周禮以正月上辛郊祀告于上帝祭
天而郊以報去年土地之功京房易占曰立
秋報
地功祈福乎上玄思所以為虔翰曰祈求也
玄天也虔敬
也綜曰祈求也玄天也玄黃天地言天子
祭天地之際思念所以盡其忠敬善曰禮
記曰共皇天上帝之神以為人
祈福周易曰天玄而地黃也肅肅之儀盡

穆穆之禮殫然後以獻精誠奉禋祀曰允矣
天子也濟曰殫亦盡言盡獻精誠敬奉禋祀
允信也言信矣天子之德綜曰殫
盡也善曰毛詩曰至止也肅肅穆穆已見
上綜曰獻進也允信也天子言是大帝之
子也善曰國語曰精意以享謂之禋祀周
禮曰以禋祀祀昊天上帝毛詩曰允矣天子
乃整法服正上冕帶向曰法服天子服也整
其冠帶也綜曰整理
也冕所謂平天冠也言天子素帶朱裏謂三
皇已來始冕制有數種鄭玄曰長一尺七寸
廣八寸前圓後方以珠玉飾之也法服謂衣
服並有法度善曰孝經曰非先王之法服
不敢
服珩行紞丁敢紘宏綖延玉笄綦其會火龍
黼黻藻繂律鞶步干厲銑曰皆冠帶各綜曰
笄簪也謂以玉飾之
善曰左氏傳曰衡紞紘綖昭其度也杜預曰
珩維持冠者紘纓從下上者紞冠之垂者也

文選三　二十五

綖冠上覆者周禮曰王之五冕玉笄也又曰
王之皮弁會五采玉琪鄭玄曰會縫中琪如
綦綦謂結皮弁於縫中每貫結五采玉十二
以為綦飾謂之綦會左氏傳曰火龍黼黻昭其
文也藻繂鞞鞶厲斿纓昭其數也杜預曰
火畫火也龍畫龍也白與黑謂之黼黻兩已
相戾也藻繂以韋為之所以藉玉鞞佩刀削
上飾鞛下飾鞶厲紳帶之垂者斿旌旗之斿
纓在馬
膺前結飛雲之袷古洽輅路樹翠羽之高蓋
翰曰袷猶次也言次車樹翠羽為蓋如雲飛
綜曰袷輅次車也次車樹翠羽為蓋如雲飛
也今世謂之羽蓋車也
善曰高唐賦曰翠為蓋建辰旒力求之太常紛
飇必遙悠以容裔向曰辰日月星辰畫之於旒
垂十二旒名太常飇悠容裔
從風轉薄貌綜曰辰謂日月星也畫之於
旌旗垂十二旒也常上畫三辰以象天明也
謂天子十二旒諸侯九旒大夫三旒紛盛也
悠從風皃容裔高低之皃飆火花也言風鼓

動旌旗紛紜盛亂如火花之飛起善曰周禮曰日月為常左氏傳曰三辰旂旗昭其明也六玄虬渠幽之奕奕齊騰驤之沛普外艾良曰玄黑也天子乘六馬馬高七尺曰虬騰驤沛艾馬行貌綜曰六六馬也玄黑也天子駕六馬騰驤趣走也奕奕光明沛艾作姿容貌也善曰甘泉賦曰六玄虬毛詩曰四牡奕奕司馬相如大人賦曰沛艾赳螑龍輈張流華轙蟻金鋄亡犯鏤鍚音陽銑曰輈車轅刻為龍華華彩也載轡謂之轙金鋄鏤鍚皆馬之飾綜曰輈車轅端上刻作龍頭也華采畫也善曰爾雅曰載轡謂之轙郭璞曰在軾上環轡所貫也蔡邕曰金鋄者馬冠也高廣各五寸上如玉華形在馬髦前鋄鏤彫飾也當顱刻金為之毛詩曰鉤膺鏤鍚方釳乞左纛徒到鉤膺玉瓖音襄濟曰纛以旄牛尾為之皆馬上飾綜曰方釳謂轅旁以五寸鐵鏤鍚中央低兩頭高如山形而貫中以翟尾結著之轅兩邊恐馬相突也左纛以旄牛尾大如斗置騑馬頭上以亂馬目不令相見也鉤膺當胷也瓖馬帶玦以玉飾也善曰廣雅曰釳許乞切鑾聲噦噦呼外和鈴鉠鉠於良反銑曰噦噦鉠鉠皆鑾鈴聲綜曰鑾在衡和在軾皆以金為鈴也噦噦和鳴聲鉠鉠小聲善曰毛詩曰鑾聲噦噦和鑾鉠鉠重輪貳轄害疏轂飛軨良曰重為輪以二轄括之疏轂刻其轂為文飛軨畫緹紬繫軸上綜曰蔡邕獨斷曰乘輿重轂外復有一轂副轄其外乃復設轄然重輪即重轂也飛鈴以緹紬廣八尺長住地畫左青龍右白虎繫軸頭取兩邊飾蔡邕月令章句曰疏鏤也軨音零羽蓋葳威蕤葩瑵爪曲莖濟曰葳蕤羽蓋貌瑵與爪同言羽蓋悉以金作華飾之其莖低曲而靡迆綜曰羽蓋以翠羽覆車蓋也葳蕤羽貌葩爪以金作華形莖皆曲蔡邕獨斷曰凡乘輿車皆羽蓋金華爪與瑵同祖校切曰

文選三　二十六

順時服而設副咸龍旂而繁纓向曰五時之服各隨其車之方色以相副皆載龍旂繁多纓絡於其間綜曰五時之服各隨其車車各一色以為副二副車各一乘今謂之五帝車也龍旂者交龍為旂也鞶今之馬大帶也纓馬鞅也善曰毛詩曰龍旂陽陽周禮曰玉路鍚樊纓鄭玄曰樊讀如鞶謂今之馬大帶也繁與鞶古字通立戈迆弋止戞農輿輅木銑曰戞長矛也戈短故立於車上矛長故靡迆邪柱也農輿藉田車也車无飾曰木綜曰戈謂木句子戟也戞長矛也矛置車上邪柱之是謂戎輅農輿三蓋所謂耕根車也言耕籍於藉田乘馬无飾故稱木善曰迆邪也弋氏切屬之欲車九九乘軒並轂良曰屬車後車也九九八十一乘也並轂言車多並行綜曰副車曰屬言相連也屬車有藩者曰軒皆在後為三行故曰並轂善曰漢雜事曰諸侯貳車九乘秦滅六國兼其車服故大駕屬車八十一乘琿伏弩重旃朱旄青屋翰曰琿載弩車餘皆車上飾綜曰通帛曰旃朱旄旄牛尾赤色者也青屋青作蓋裏也善曰說文曰琿車欄間皮篋以安其弩也徐廣車服志曰輕車置弩於軾上載以屬車然置弩於琿曰琿弩音伏奉引既畢先輅乃發銑曰言導引之次已定先車乃行綜曰奉引謂引道者言道引之次已定前車乃發善曰漢官儀曰大駕則公卿奉引尚書曰先路在左塾之前鑾旗皮軒通帛綪千見旆銑曰鑾旗皮軒皆車也鑾旗帛綪旆皆旌旗也綜曰鑾旗謂以象鸞鳥也皮軒以虎皮為之善曰蔡邕車服志曰鸞旗俗人名曰雞翹上林賦曰前皮軒後道游通帛曰旗國語曰分魯公以大帛綪茷韋昭曰綪茷大赤也綪音蒨茷音旆雲罕九斿由鈒所及戟轇交轕音葛向曰雲罕九斿旌旗別名鈒鋋也轇轕雜亂貌綜曰雲罕旌旗之別名也九斿

文選三　二十七

亦旗名也鈒鋋也轇轕雜亂貌善曰上林賦曰載雲罕說文曰斿旌旗旒也史記曰趙良謂衛鞅曰君之出也操闟戟者旁車而趨王逸楚辭注曰轇轕參差縱橫也轇音膠轕音葛髯而利髦毛被繡虎夫戴鶡音曷髦髦頭翰曰髯騎也衣繡衣武賁之士戴鶡冠也綜曰髯髦頭葺騎也善曰漢書羿為髦頭應昭曰繡衣在天子乘輿之前鶡鷙鳥也鬪至死乃止令武士戴之取猛也司馬彪續漢書曰虎賁騎皆鶡冠駙附承華之蒲梢所交飛流蘇之騷殺桑葛反良曰駙副也蒲梢汗血馬也言取承華廐蒲梢馬駙馬副以為副流蘇五采毛為馬飾騷殺飄颻貌綜曰駙馬也承華廐名也言取華廐之蒲梢以為副馬也漢官儀有承華廐善曰後宮蒲梢汗血之馬流蘇五采毛雜之以為馬飾而垂之續漢書曰駙馬赤珥流蘇摯虞決疑要注曰凡下垂為蘇騷殺垂貌總輕武於後陳奏

嚴鼓之嘈曹囐才達反銑曰輕捷武猛者謂以軍兵在後陳列鼓奏嚴毅之聲嘈囐震發也綜曰後陳者謂北軍五營兵在後陳列嘈囐鼓聲也善曰漢書曰隤銅九以撾鼓聲中嚴鼓之節晉灼曰疾擊鼓戎士介而揚揮戴金鉦征而建黃鉞翰曰戎士武士也介甲也言武士帶甲乃揚舉揮發也也鉦鐃類黃鉞金飾斧綜曰戎兵也士士卒也介甲也揮為肩上絳幟如燕尾者也金鉦鐃之屬也黃鉞以黃金飾之善曰左氏傳廚人濮曰揚徽者公徒也徽與揮古字通蔡邕獨斷曰乘輿後有金鉦黃鉞清道按列天行星陳肅肅習習隱隱轔轔隣殿丁見未出乎城闕旆已反乎郊畛音真叶韻濟曰天子清道而行若天之行轉星之陳布肅肅習習隱隱轔轔皆車馬聲言後車未出城前驅已自郊而反言車騎之多畛界也綜曰清道謂蹕

止行者列猶次也言天子行如上天之星行羅列有次善曰司馬相如上疏曰清道而行後行周易曰天行健尚書大傳曰明明上天爛然星陳綜曰肅肅敬貌習習行貌隱隱衆多貌轔轔車聲也殿後軍也旆前軍也郊畛謂郊界也言騎從之多後猶未出城闕前已迴於郊界也善曰論語曰孟之反不伐奔而殿宋衷太玄經注曰畛界也諸鄰切盛夏后之致美爰恭敬於明神向曰言敬神之美盛於夏惪綜曰盛猶嘉也夏后禹也言今嘉欲行禹之事美布恭敬於神明也善曰論語曰惡衣服而致美乎黻冕菲飲食而致孝乎鬼神毛詩曰敬恭明神也爾乃孤竹之管雲和之瑟良曰孤竹雲和皆山名生竹與梓可為管為瑟因以名之綜曰孤竹國名出竹善曰周禮曰孤竹之管雲龢之瑟和與龢古字通鄭玄曰孤竹特生者也雲和山名也出美木用為琴瑟其聲清亮也雷鼓鼝鼝烏玄六變

既畢銑曰雷鼓鼓名鼝鼝鼓聲凡樂六變為一成綜曰雷鼓八面鼓也凡樂六變爲一成則更奏畢盡也善曰周禮曰雷鼓路鼗奏之若樂六變一變川澤之神見二變山林之神見三變丘陵之神見四變墳衍之神見五變地神見六變天神見毛詩曰鼓鼝鼝音淵冠華秉翟列舞八佾良曰言舞人冠華冠秉翟毛也佾列也天子八列也綜曰冠華以鐵作之上闊下狹以翟雉尾飾之舞人頭戴一行羅列八人八八六十四人謂今麥荍花也穀梁傳曰舞夏天子八佾善曰蔡邕獨斷曰大樂郊祀舞者冠建華冠毛詩曰右手秉翟八佾已見東都賦元祀惟稱羣望咸秩翰曰元大也稱舉也秩序也羣望羣山望祭者也言大祀既舉望祭之山皆有次序綜曰元大也祀祭也稱舉也謂大祭天地之禮既舉羣嶽衆神望以祭祀之皆有秩次善曰尚書曰咸秩無文王肅曰秩序也左氏傳曰乃有事于羣望孔安國尚書傳

曰在遠者望而祭之颾槱由燎之炎煬揚致高煙於太
一向曰槱木名周禮用之焚燎之煙上至於太一太一星名天之尊神綜曰颾飛颺
也槱之言聚也謂聚薪焚之揚其光炎使上達於天也太一天之尊神也曜魄寶也善
曰周禮曰以槱燎祀司中司命郭璞方言注曰火熾猛為煬說文曰致送也漢書曰中宮
天極星其一明者太一常居也神歆馨而顧德祚靈主以元
吉濟曰歆享祚報也天神既歆德馨報我聖主元吉之福綜曰歆饗也顧眷也祚報
也靈明也元大也吉福也言天神觀人主之明肅顧享其馨香之祭故報之以大福尚書
曰明德惟馨周易曰黃裳元吉然後宗上帝於明堂推光武
以作配銑曰宗尊也配於上帝綜曰宗尊也上帝太微中五帝也配對也言尊
祭五帝於明堂以光武配之漢書曰帝宗祀五帝於明堂光武皇帝配之明辨方

位而正則五精帥而來摧祖回反向曰摧至也辨五方之位
正其法則五方精靈帥然來至也綜曰辨別也方位謂四方中央之位也則法也五
精五方星也帥猶也摧至也言五帝總集至明堂善曰漢書曰祀五帝於明堂坐位各
慶其方孝經鉤命決曰宗祀文王於明堂以配上帝五精之神爾雅曰摧至也尊赤
氏之朱光四靈懋木候而允懷濟曰漢以火德故稱赤氏言尊
我赤氏之光四方之靈皆羨悅而信安之懋羨也允信也懷安也綜曰赤氏謂漢火德
所統赤帝熛怒也河圖曰四靈蒼帝神名靈威仰赤帝神名赤熛怒黃帝神名含樞紐白
帝神名白招拒黑帝神名協光紀今五云四靈謂除赤餘有四懋悅也懷安也善曰尚
書曰民其允懷孔安國曰民信歸之於是春秋改節四時迭代
蒸蒸之心感物增思良曰不忘祖考綜曰改易也迭更也代謝也
言感四時也謝而欲享祀也善曰易乾鑿度孔子曰天地有春秋冬夏節故生四時又
曰五行迭終四時更廢綜曰廣雅曰蒸蒸孝也感物謂感四時之物即春韭卵夏麥魚
秋黍豚冬稻鴈孝子感此新物則思祭先祖也善曰尚書曰虞舜蒸蒸廣雅曰感傷也
躬追養於宗祧吐堯奉蒸嘗與禴藥祠銑曰祭者所以
追養也祧遠祖廟春曰祠夏曰禴秋曰嘗冬曰蒸綜曰言祭皆追感孝養之道故躬自
為之躬猶身也善曰禮緯曰祭者所以追養繼孝也禮記曰遠廟為祧毛詩曰禴祠蒸
嘗公羊傳曰春曰祠夏曰禴秋曰嘗冬曰蒸物牲辯備省設其福
銜向曰將祭之物必備省視之設福銜持牲物令不得觸也綜曰物牲謂祭祀也物
皆編省視之也橫木於牲角端以備抵觸謂之福衡善曰周禮曰牧六牲而阜蕃其物
以供祭祀凡祭祀飾其牛牲設其楅衡杜子春曰楅衡所以持令不得抵觸人也毛

炰包豚拍博亦有和羹良曰毛炰豚也拍豚脅亦有以和羹善
曰鄭玄曰周禮注曰毛炰者豚胎去其毛而炰之以備八珍毛詩曰毛炰胾羹周禮曰飲
食之豆其實豚拍杜子春曰以胎為膊謂脇也方薄切毛詩曰亦有和羹滌濯靜
嘉禮義孔明濟曰嘉善也靜絜也孔甚也言滌濯絜善於禮儀甚明也綜
曰滌濯謂洗滌也靜絜也嘉善也孔甚也言禮儀甚鮮明也善曰周禮曰大祭祀眡滌
濯鄭玄曰滌濯溉祭器也毛詩曰籩豆靜嘉又曰禮儀既備又曰祀事孔明萬舞奕
奕鐘鼓喤喤音皇濟曰萬舞干舞也奕奕舞貌喤喤鐘鼓聲綜曰萬舞
干舞也奕奕舞形也喤喤鼓聲也善曰毛詩曰萬舞奕奕鐘鼓喤喤靈祖皇考
來顧來饗平神具醉止降福穰穰而羊反向曰神既
來享醉止於此降福穰穰言多也綜曰靈皇神名謂先帝也言先靈之神顧念子孫享

其食也神謂先神也具俱也止巳降下也穰穰衆多也善曰毛詩曰神具醉止降福穰
穰及至農祥晨正土膏脉起銑曰農祥謂天駟房星正月中
晨見南方農之祥候也是時土脉潤起可以耕也膏潤也綜曰農祥天駟即房星也晨
時正中也謂正月初也善曰國語曰號文公曰太史順時視土農祥晨正土乃脉發太
史告稷曰土膏其動弗昭曰農祥房星也晨正謂立春之日晨中於午也脉理也膏土潤
也乘鑾輅而駕蒼龍良曰蒼青色乘此將藉田善曰禮記曰孟春
之月乘鑾輅駕蒼龍鄭玄曰鑾輅有虞氏之車也有鑾和之節而飾之以青輪春東方色
青也馬八天為龍介馭間以剡以冉耜向曰剡利也置利耜於介者左
馭者右故曰間耜田器也綜曰天子車帝在左御在中介處右善曰禮記曰天子祈
穀于上帝親載耒耜措之于保介之御間鄭玄曰保介車右置耒耜於車右與御者之間

文選三　三十三

明以勸農又使勇士衣甲而參乘備非常也保猶衣也毛詩曰以我覃耜毛萇曰覃利也
鄭玄禮記注曰耜耒之金也覃與剡同以冉切躬三推土回於天田修
帝藉於千畝濟曰天田天子之藉田禮曰躬耕帝藉天子三推為藉田千畝
善曰東觀漢記曰永明四年詔書曰朕親耕于藉田以祈農事禮記曰躬耕帝藉天子三
推為藉千畝揚雄上林苑箴曰芒芒天田芃芃作穀供禘亭細郊之粢盛
必致思乎勤已銑曰禘祀於郊以供黍稷勤已戒息惰也綜曰禘郊
謂祭天於南郊也言天子藉田千畝必須親耕者為敬其祖考用充宗廟之粢盛故云勤
已善曰禮記曰王者禘其祖之所自出鄭玄曰禘大祭也又曰天子藉田千畝以事天
地以為粢盛毛萇詩傳曰器實曰粢在器曰盛鄭玄禮記注云致之言至也兆民
勸於疆場亦咸懋力以耘云耔音子翰曰疆場田畔也耘去

草也耔擁本也懋勉也兆民沐化相勸勉理田也綜曰兆民謂百姓也彊田畔也耘夫
草耔壅本也善曰毛詩曰彊場有瓜或耘或耔爾雅曰懋勉也春日載陽
合射辟雍銑曰載陽三月也將行射禮綜曰陽暖也言春三月之時與諸侯
合射辟雍行禮教善曰毛詩曰春日載陽鄭玄曰載之言則也合射辟雍已見東都賦
設業設虡巨宮懸金鏞向曰鏞大鐘也業虡懸鐘之具也宮懸四
面懸也綜曰設施也業栒上板刻為鴈齒捷業然植者為虡橫者為栒以施設懸之宮
中也鏞大鐘也善曰毛詩曰設業設虡周禮曰正樂之位王宮懸鄭司農曰宮懸四面
也鏞已見上文鼖汾鼓路鼗逃樹羽幢幢音童翰曰鼖大鼓
也路鼗小鼓也樹羽毛標飾鼓也幢幢羽貌綜曰鼖大鼓也鼗小鼓也幢幢羽貌善曰
周禮曰以鼖鼓鼓軍事又曰路鼓路鼗鼖扶云切鼗音逃毛詩曰崇牙樹羽毛萇曰置羽

文選三　三十三

於栒上以為飾也於是備物物有其容良曰言此時禮物備有儀
容綜曰言備具也物禮物也射之禮物並有容飾也善曰左氏傳詹翩曰事有其物
物有其容伯夷起而相儀后夔坐而為工翰曰伯夷舜秩
宗者使相視禮儀夔舜典樂者使之為工言后者以其為諸侯也時雖無此二人言我今
使賢皆此類故稱之綜曰伯夷唐虞時明禮儀之官也后夔舜臣掌樂之官言禮以行
施故云起樂以靜陳故云坐善曰左氏傳曰孟僖子不能相儀又曰昔玄妻樂正后夔
取之儀禮曰大射工六人張大侯制五正音征翰曰周禮云王射三侯
五正言王張五采之侯即五正侯也善曰毛詩曰大侯既抗毛萇曰大侯君侯也周禮
曰王射三侯五正鄭司農曰王張五采之侯即五正之侯也謂天子五正諸侯三正大夫
士二正以布畫取五方正色於大侯之上也設三乏厞翡司旌銑曰

罪隱也張三侯故設三乏乏以皮革為之令人隱於內舉旌以指箭中不高下綜曰言
大射張三侯故設三乏乏以華為之護旌者之御矢也司旌謂執旌司射中當舉之周禮
曰服不氏射則以旌居乏而待獲杜子春曰乏音為匱乏之乏爾雅曰罪隱也音翡并
夾既飾善本作設字儲乎廣庭濟曰并鉗箭具箭高手取不及當鉗
取之儲置於射堂之庭綜曰并夾鉗矢者周禮曰射則取矢也言侯高則以并夾取之
也儲待也廣大也謂張設於大庭以待天子也於是皇輿夙駕輦什往
於東階良曰夙早也輦却也却在東階以待天子綜曰輦之言却也謂却於東
階下天子未乘之時也善曰毛詩曰皇輿夙駕輦音柴以須消啓明掃
朝霞登天光於扶桑向曰須待也天光日也言大啓明星消滅不見
朝霞掃除日上於扶桑乃天子出時綜曰須候也消不見也掃滅也言晨時啓明先見

文選三 三十四

尚有餘光日出乃不見霞日邊赤氣也謂天子須啓明光消霞滅日上扶桑乃就乘輿也
禮天子日出乃視朝善曰毛詩曰東有啓明西有長庚淮南子曰登于扶桑爰始將行
是謂朏明也天子乃撫玉輅時乘六龍發鯨魚鏗
華鐘大丙弭節風后陪乘濟曰弭節猶按節也陪乘從車也大
丙太一御也風后皇帝時三公或按節為御或使從車俱行亦類上文使伯夷與蘷綜
曰玉輅謂玉飾之輅鄭玄禮記注曰撫猶據也東都賓曰登玉輅乘時龍善曰周易曰
時乘六龍此謂各隨其時而乘之綜曰發舉也鏗猶擊也華鐘謂有篆刻之故言華也
善曰東都賦曰發鯨魚鏗華鐘淮南子曰昔夫鉗且大丙之御也馬莫使之而自走高誘
曰二人太一之御也楚辭曰吾令羲和弭節兮王逸曰弭按節徐行也史記曰黃帝舉風
后以理人鄭玄曰風后黃帝三公也應劭漢官儀曰常伯任侍中出即陪乘也攝提

運衡徐至於射宮濟曰攝提星名隨斗柄所建十二月也玉衡北斗中
星主廻轉也言天子隨攝提所建玉衡所運至於射宮是與天合德綜曰攝提有六星
玉衡北斗中星主廻轉也並飾於車上徐行至於射宮射宮謂辟雍也善曰漢書曰攝提
失方音義曰攝提隨斗杓所建十二月也杓匹遙切春秋保乾圖曰斗節運衡何休公羊
傳曰運轉也禮事展樂物具王夏闋騶側留虞奏銑曰
王出入則樂奏王夏王射奏騶虞綜曰展謂舒陳器物也物具謂器物皆具備也王夏
樂名也天子初出奏也闋終也善曰周禮曰出入則奏王夏又曰凡射王奏騶虞之樂
決拾既次彫弓斯彀古候反向曰次比也彀張也決以象骨為之
着右手指以鉤弦拾搆捍弦着左臂言二物相比彫弓遂張也彫弓言彫畫也綜曰決
以象骨着右手巨指所以鉤弦也拾搆捍着左臂也彫弓謂有刻畫也彀張也善曰毛

文選三 三十五

詩曰決拾既次鄭玄曰次謂手指相比也達餘萌於暮春昭誠心
以遠喻良曰天子親射者助陽氣達萬物也暮春有草木未生者皆通達使生召
明也明誠心遠喻天下綜曰昭明也誠心謂天子之心也善曰禮記曰季春句者必
出萌者盡達白虎通曰天子所以親射何助陽氣達萬物也名之為侯者何明諸侯不朝
者則當射之然則射者帝誠心遠喻於下也文子曰誠心可以懷也進明德而
崇業滌饕叨餮他結之貪慾音喻叶韻翰曰饕餮貪財食也言
皆以德業滌除之使不生也綜曰射義曰射所以觀德也崇猶興也業射業也滌蕩去
也言有貪婪耆慾者皆滌蕩去之也善曰漢書明帝詔曰親射者參侯蓋選士戟惡助微
達陽也周易曰君子進德修業杜預左氏傳注曰貪財曰饕貪食曰餮也仁風衍
而外流誼方激而遐鶩銑曰衍布也遐亦遠也鶩馳鶩也言仁義

四散及於遠方綜曰衍布也方道也激感也遐遠也騖馳也善曰典引曰仁風翔乎
海表禮記曰射者仁道也又曰古諸侯之日躬所以明君臣之義也廣雅曰方正也
月會於龍狵闘恤人事之勞疚濟曰狵尾也尾星龍尾也
日月會尾謂十月時也疚病也此時撫恤勞苦疚病也綜曰狵尾也日月會於尾謂十
月時也疚病也民勞病於發事到此月乃終也故天子愍恤勞來之善曰國語云日月
會於龍狵國家於是手春祀也賈逵曰狵龍尾也月令孟冬日在尾漢書曰東宮蒼龍狵
丁遣切
因休力以息勤致歡忻於春酒良曰孟冬之月
勞農以休息人力勤勞使飲酒歡忻綜曰謂田事畢休民力息勤勞也善曰禮記曰
孟冬之月勞農以休息春酒謂春時作至冬始熟也毛詩曰春酒惟醇
執鑾刀以袒割奉觴豆於國叟翰曰鑾刀刀上鈴也袒肉袒也觴酒器也
豆籩豆也國叟三老五更也言天子尊事三老兄事五更親執刀肉袒割牲奉酒及籩豆
於三老五更綜曰言天子親執鑾刀袒右膊而割牲以示敬善曰東觀漢記曰永平
二年詔曰十月元日始尊事三老兄事五更朕親袒割牲毛詩曰執其鑾刀孝經援神契
曰天子親臨辟雍袒割禮記曰食三老五更於太學天子袒而割牲執醬而饋執爵而酳
降至尊以訓恭送迎拜於三壽向曰三壽三老也言天子
降至尊之位迎送拜此三老者以教訓天下恭敬也綜曰降下也至尊天子也教三壽三
老也言天子尊而養此三老者以教天下之敬故來拜迎去拜送焉善曰左傳曰享以
訓恭儉蔡邕獨斷曰天子事三老使者安車輭輪送迎而至家天子獨拜毛詩曰三壽作
朋敬慎威儀示民不偷以朱反叶韻濟曰偷踰也綜曰敬宜
也儀禮也毛詩曰敬慎威儀視民不恌毛萇曰恌偷也
我有嘉賓其樂

愉愉銑曰賓三老也愉和悅貌綜曰嘉賓謂三老五更也愉愉和悅之貌也
善曰毛詩曰我有嘉賓
曰聲教布濩護盈溢天區翰曰濩散也言
布散溢出區宇綜曰布濩猶散被也天區謂四方上下也言天子教愛及之聲教已見
東都賦
文德既昭武節是宣濟曰文德謂郊祀尊三老等武節謂
講武綜曰既已也昭明也宣猶發也言文武之教先處不臨善曰尚書曰誕敷文德
漢書武帝詔曰射事武節
三農之隙耀威中原向曰隙暇也三農謂
春夏秋是務農之時冬即農之暇也耀威謂耀兵威綜曰隙閒也耀威謂治兵也善
曰三時務農一時講武韋昭曰三時春夏秋也西都賦曰耀威靈講武事也
歲惟
仲冬大閱西園濟曰大閱簡車馬也西園上林苑也善曰周禮曰仲冬
教大閱公羊傳曰大閱者何簡車馬也後漢書曰先帝左開鴻池右作上林苑
虞
人掌焉先期戒事良曰先期吉日以戒獵事綜曰先期日勑戒羣吏修
獵具也善曰周禮虞人掌山澤之官度知禽獸多少戒猶告也
悉率百禽
鳩諸靈囿向曰悉盡也率斂也鳩聚也綜曰悉盡也率斂也鳩聚也囿苑也
囿謂集禽獸於靈囿之中善曰毛詩曰悉率左右以燕天子毛萇曰驅禽獸於王之左
右鄭玄曰率循也悉率驅禽獸順其左右之宜以安待王之射靈囿已見上文
獸之
所同是謂告備向曰同亦聚乃告備具綜曰同亦聚也備具也言禽獸
皆已合聚田物具備善曰毛詩曰獸之所同禮曰告備于王
乃御小戎撫
輕軒翰曰小戎之車輕可畋獵也綜曰毛詩曰小戎俴收謂小戎之車輕便宜田
鄭玄曰輕儀驅逆之車
中田四牡既佶哥栗且閑銑曰四牡四馬
也佶健也閑習也言四馬至于中田皆驍健貫習也綜曰中畋馬謂調良馬可用獵者

佶健也閑習也毛詩曰四牡既佶既佶且閑戈矛若林牙旗繽紛
迄于上林結徒為營濟曰繽紛風吹貌結車徒為營域綜曰若林
言多也繽紛風吹貌兵書曰牙旗者將軍之旌謂古者天子出建大牙旗竿上以象牙飾
之故云牙旗迄至也結止也徒衆也營域也上林苑名善曰說文曰營布居也叙
和樹表司鐸授鉦濟曰和軍門周禮大閱虞人為表言叙列軍門建樹
標表鉦鐸所以節進退言司主者授人使擊發也綜曰叙次也和軍之正門為和也表
門表也司主也鉦鐸所以為軍節善曰周禮曰大閱虞人為表以旌為左右和門又曰
教振旅辨鼓鐸鐲鐃之用也坐作進退節以軍聲銑曰言鉦鐸坐
作教進退之節是謂軍聲綜曰言聲中進退取鐘鼓之節善曰周禮曰司馬執鐸以
教坐作進退疏數之節三令五申示戮斬牲銑曰牲牛羊豕也斬

文選三　三十八

牲者示人之必戮明不從令者必斬綜曰示教也言三令五申示衆人畢育不用命者
斬之若牲也善曰尹文子曰將戰有司讀誥誓三令五申之既畢然後即敵史記曰孫
子約束既布三令五申之周禮曰大閱斬牲以徇陣曰不用令者斬之陳師鞠
旅教達禁成翰曰鞠告也皆知教令識禁忌綜曰陳師猶列師衆也鞠之言
告也教達謂三令五申禁令已行軍法成也善曰毛詩曰陳師鞠旅火烈具
舉武士星數銑曰使人俱舉火武士布散若星也綜曰具俱也數布也言
武士獵徒如星之布也善曰毛詩曰火烈具舉毛萇曰烈人持火也鵝鸛灌
魚麗离箕張翼舒濟曰鵝與鸛皆陣名魚麗陣勢箕張翼舒亦陣之形
綜曰鵝鸛魚麗並陣名也謂武士發於此而列行如箕之張如翼之舒也善曰左氏傳
曰晉荀吳與華氏戰于赭丘鄭翩願為鸛其御願為鵝左氏傳曰王伐鄭鄭原繁為魚麗

之陣軌九塵掩奄迹周匪疾匪徐向曰掩覆迹迹也言車軌之塵下覆
落其迹是不疾不徐而得中綜曰掩覆也迹迹也謂車軌之塵適自覆跡言得遲疾之
中也善曰穀梁傳曰蒐于紅車軌塵馬候蹄也馭不詭遇射不翦
毛翰曰射背去者不横射翦斷其毛善曰詭遇已見東都賦毛萇詩傳曰面傷不獻
翦毛不獻升獻六禽時膳四膏良曰六禽鳧鴈雉鶉鴽鷃也升上也
上獻宗廟四膏牛膏香犬膏臊雞膏腥羊膏羶時膳供四時之膳也綜曰升進也四膏
者禮記曰牛膏香犬膏臊雞膏腥羊膏羶善曰周禮曰庖人掌供六禽鄭司農曰六禽
鴈鶉鷃雉鳩鴿也馬足未極輿徒不勞成禮三驅解
罘伏佚放麟銑曰既成禮而解網不欲多殺麟獸也獮放則餘獸可知綜曰極
盡也輿衆也勞罷勞也善曰韋昭漢書注曰輿車士也綜曰大麃曰麟解散也罘網

文選三　三十九

也周易曰王用三驅失前禽也驅與驅同善曰穀梁傳曰四時之田用三焉一曰乾豆
二曰賓客三曰充君庖厨不窮樂以訓儉不殫物以昭仁
翰曰殫盡也若此可發於儉明於仁也綜曰窮極也訓教也殫盡也物謂禽獸也言殺
禽獸不盡即昭明人君行仁之道謂崇儉故也善曰列女傳曰周宣王姜后曰好奢必
樂窮樂皆亂之所興訓儉已見上文也慕天乙之弛式氏罟古因
教祝以懷人向曰天乙湯也懷安也湯見網置四面湯去其三面置一面祝
曰欲高者高欲下者下吾取犯命者今慕此以安萬人綜曰天乙殷湯名也弛廢也
善曰呂氏春秋曰湯見罔置四面湯拔其三面置其一面祝曰昔蛛蝥作罔今之人學紓
欲高者高欲下者下吾取其犯命者漢南之國聞之曰湯德至禽獸三十國歸之高誘曰
紓緩也毛萇詩傳曰懷来也儀姬伯之渭陽失熊羆而獲

人濟曰儀法也姬伯文王也文王將獵謂水之陽卜之曰所獲非熊非羆霸王之師果
遇太公載以俱歸言我講武法此而思之也綜曰儀則也姬伯文王為西伯也善曰史
記曰太公望呂尚東海人以漁釣于周西伯西伯將出獵卜曰所獲非龍非熊非虎非羆
所獲霸王之師輔西伯獵果遇太公渭之陽與語大說文王勞之太公曰臣聞君子樂其
志小人樂其事遂載與俱歸澤浸昆虫威振八寓翰曰浸潤也昆
虫小虫也潤及之言惠澤廣威德遠八寓八方也綜曰浸潤也八寓八方區宇也善
曰毛詩序曰文王德及鳥獸昆虫焉鄭玄禮記注曰昆明也明虫者陽而生陰而藏也義
頡篇曰宇邊也說文曰寓籀文宇字好樂無荒允文允武良曰言好
游樂而不荒淫信文武之道綜曰允信也無荒言不好荒淫之樂信與文王武王等其
功德也善曰毛詩曰好樂无荒允文允武昭假烈祖薄狩于敖既瑣

瑣焉岐陽之蒐又何足數濟曰瑣瑣鄙陋也岐陽岐山之陽也
成王所獵敖地名宣王所獵蒐狩皆獵也言天子過之彼皆鄙陋何足比數綜曰敖鄭
地今之河南滎陽也謂周王狩也瑣瑣小也言鄙不足說也毛詩曰建旐設旄薄獸于敖
綜曰岐陽岐山之陽謂成王所狩之地亦以小不足可數也善曰左氏傳曰成王有岐
陽之蒐爾乃卒歲大儺驅除羣癘銑曰儺逐疫也歲終
之日為之以清京室也癘疫癘鬼綜曰卒終謂一歲之終儺逐疫鬼善曰漢舊儀曰
昔顓頊氏之有三子已而為疫鬼一居江水為瘧鬼一居若水為罔兩蜮鬼一居人宮室
區隅善驚人為小鬼於是以歲十二月使方相氏蒙虎皮黃金四目玄衣丹裳執戈持盾
帥百隸及童子而時儺以索室中而毆疫鬼也方相秉鉞巫覡故激操
七音例向曰方相氏蒙熊皮黃金四目刀茢秉持也鉞斧鉞也男曰覡女曰巫茢黍

攘可以壓鬼善曰周禮曰方相氏黃金四目玄衣朱裳執戈揚盾也國語曰在男謂之
覡在女謂之巫也說文曰操把持也左傳曰襄公乃使巫以桃茢先祓殯杜預曰茢乃黍
穰也侲震子萬童丹首玄製銑曰侲子童子朱衣玄冠綜曰侲
子童男童女也朱丹也玄製皁衣也善曰續漢書曰大儺謂逐疫選中黃門弟十歲巳
上十二以下百二十人為侲子皆赤幘皁製以逐惡鬼于禁中桃弧棘矢所
發無臬音刈叶韻飛礫雨散剛癉亶必斃良曰弧弓也臬
限也无限其數向曰礫石也癉鬼也言拔石如雨剛堅之鬼皆死也綜曰桃弧謂弓
也棘矢箭也癉難也言鬼之剛而難者皆畫死也善曰漢舊儀常以正歲十二月命時
儺以桃弧葦矢且射之赤丸五穀播灑之以除疾殃左氏傳曰桃弧棘矢以禦其災說文
曰臬射埻的也臬牛列切埻之尹切煌火馳而星流逐赤疫於

四裔翰曰煌火光也火馳星流言急也赤疫鬼名急逐惡鬼奔於四方綜曰煌火
光也馳競也赤疫疫鬼惡者也四裔謂四海也星流謂羣鬼競走惶惶然如火光之與星
流也善曰續漢書曰儺持火炬送疫出端門外騶騎傳炬出宮五營騎士傳火棄洛水
中星流言疾也左氏傳曰投諸四裔以禦魑魅也然後凌天池絕飛
梁銑曰天池海也凌渡也飛梁浮橋也言逐鬼渡海為浮橋絕過之將至於海外橋殺
也綜曰凌升也善曰莊子曰北溟者天池也如淳漢書注曰直渡曰絕也甘泉賦曰
歷倒景而絕飛梁捎所交蟜魅斮側角獝葵筆狂斬蜲紆危蛇
迤斯腦奴老方良向曰捎斮斬腦皆殺害也餘並惡鬼名綜曰魑魅山澤之神
獝狂惡戾之鬼名捎殺也斮擊也善曰諸鬼之說者各異令隨所釋而載之不改易也
斮側略切獝其出切綜曰方良草澤之神也腦陷其頭也善曰莊子曰蜲蛇之狀其大

若轂其長若輮紫衣而朱冠也蝼於危切蛇音移因耕父於清泠零
溺女魃蒲葛於神潢音黄良曰清泠神潢皆水名也耕父女魃皆鬼也
言因溺二鬼於二水之中綜曰清泠水名在南陽西鄂山上神潢赤水名未知所在
善曰山海經曰有神耕父處豐山常游清泠之淵出入有光又曰大荒之中有山名不句
有人衣青衣名曰黃帝女魃所居不雨魃扶葛切殘夔魖虛與罔象
殪煙計野仲而殲子廉游光翰曰殘殪殲亦殺害也夔魖罔象野仲游
光皆鬼名綜曰殘猶殺也夔木石之怪如龍有角鱗甲光如日月見則其邑大旱說文
曰魖耗鬼也罔象木石之怪殪殺也殲滅也野仲游光惡鬼也兄弟八人常在人間作怪
害八靈為之震慴之涉況魃岐蜮域與畢方濟曰
八靈八方神也震驚也魃蜮小鬼畢方老鬼言擒殺衆鬼於四海之外八方之神尚猶驚

文選三　四十二

慴況老小之鬼乎言怖懼之甚綜曰魃小兒鬼畢方老父神如鳥兩足一翼者常銜火
在人家作怪災也善曰楚辭曰合五嶽與八靈王逸曰八靈八方之神也爾雅曰震慴
懼也漢舊儀曰魃鬼也魃巨宜切魃與蜮古字通音域度朔作梗哽守
以鬱壘神荼徒副焉對操七刀索葦向曰梗病也操執也
上古有神荼與鬱壘昆弟二人能執鬼度朔山鬼所出入處山上有桃樹二人於樹下閱
百鬼无道理者縛以葦索而飼虎言度朔有鬼為人病者使二人對執索葦以縛也綜
曰東海中度朔山有二神一曰神荼二曰鬱壘領衆鬼之惡害者執以葦索而用食虎
善曰風俗通曰黃帝書上古時有神荼鬱壘昆弟二人性能執鬼度朔山上有桃樹下常
簡閱百鬼鬼无道理者神荼與鬱壘持以葦索執以飼虎是故縣官常以臘祭夕飾桃人
垂葦索畫虎於門以禦凶也毛詩傳曰梗病也謂為人作梗病者目察區陬

祖婁司執遺鬼銑曰區陬隅隙也言神荼鬱壘視隅隙之間有遺餘之鬼將執
之夫大儺驅逐豈能見鬼逐殺於海外持索而縛之乎蓋作者飾其事壯其詞綜曰察
觀也區陬隅隙之間也司主也謂於度朔山主執遺餘之鬼也善曰陬子侯切京
室密清罔有不韙音葦翰曰密靜罔無韙美也言掃去衆鬼京室清
淨无有不美綜曰密靜也清絜也罔无也韙善也謂无復疫癘皆得安善也於是
陰陽交和庶物時育濟曰庶衆也育養也若此言德化及之綜曰
庶衆也漢書曰陰陽和風雨時言疫癘既无陰陽乃和衆物育養也卜征考祥
終然允淑向曰卜征卜行將巡狩也考其嘉祥終然吉善而後行綜曰征巡
行也考問也祥吉也允信也淑善也善曰左氏傳石奚曰先王卜征五年而歲卜其祥
祥習則行周易曰視履考祥毛詩曰終然允臧也乘輿巡乎岱嶽勸

文選三　四十三

稼穡於原陸良曰岱嶽太山也巡狩至此勸其稼穡綜曰乘輿天子也岱
泰山也種曰稼收曰穡謂春勅東方諸侯課民以耕種故尚書云二月東巡狩至於岱宗
也同衡律而一軌量齊急舒於寒燠於六反濟曰衡
秤也律管也軌車跡也量斗斛也舒緩也燠暑也使天下衡律軌量皆同為一而寒暑急
緩齊均也綜曰衡秤也軌法也寒燠猶若樂同壹齊皆使中不參差也善曰尚書曰
同律度量衡又曰舒恒寒若豫恒燠若省幽明以黜陟乃反旆
而迴復銑曰省察也幽昧也黜退也陟升也察有暗者退之明者升之既畢而歸
綜曰省察也幽闇也黜退也陟昇也謂有功者進无功者退也故尚書曰三載考績黜陟
幽明也反沛謂迴還也望先帝之舊墟慨長思而懷古
俟閶風而西遐致恭祀於高祖翰曰舊墟西京也俟待也

閭風閭闔之風也言待此風西避遠而至乃祀高祖也綜曰先帝先神也舊墟長安也慨歎息也古往也謂前漢初避也侯待也閭風秋風也祀謂祭祀高祖廟也避逝也善曰東觀漢記曰永明二年十月幸長安祀高廟周書曰恭明祀專明刑易說曰秋閭闔風至

既春游以發生啓諸蟄於潛戶向曰春為發生仲春之月蟄蟲咸動啓地戶而出言春游者為有蟄蟲潛匿未出者故巡游以啓發出之綜曰春游謂仲春巡行岱嶽是時蟄蟲皆開戶帝乃東巡助宣氣也善曰爾雅曰春為發生禮記曰仲春之日蟄蟲咸動啓戶始出度秋豫以收成觀豐年之多稌徒戶反銑曰一游一豫為諸侯度豫亦游也言秋游者觀收成見豐年之多稌稌稻也綜曰秋行曰豫謂秋行禮高祖廟此時萬物始成善曰晏子曰吾王不游吾曷以休吾王不豫吾曷以助一游一豫為諸侯度爾雅曰秋為收成毛詩曰豐年

多稌毛萇曰稌稻也他杜切嘉田畯之匪懈勤致賚于九扈音戶良曰畯主田吏九扈農正也嘉其勤而匪懈皆賜賚之綜曰嘉善也畯主田官也九扈農正知田事扈正也言天子行慶福致賚於九扈使民不淫放善曰毛詩曰田畯至喜又曰夙夜匪懈左氏傳曰郯子曰九扈為九農正杜預曰扈有九種也春扈鳻鶞夏扈竊玄秋扈竊藍冬扈竊黃棘扈竊丹行扈唶唶宵扈嘖嘖桑扈竊脂老扈鷃鷃以九扈為九農之號各隨其宜以教人事也左瞰勘暘谷右睨玄圃眺天末以遠期規萬世而大摹莫補叶韻向曰摹法也瞰視也暘谷日出處睨亦視也玄圃在崐崙山言天子巡狩東視日出之處西視崐崙之上眺然於天末為期規以萬代之業綜曰暘谷日出之處玄圃在崐崙山上瞰望也睨視也善曰淮南子曰日出于暘谷浴于咸池也又曰懸圃在崑崙閶闔之中玄與懸

古字通綜曰眺視也摹法也言帝之巡狩眺然以天末為遠期規欲以為萬代之大法也善曰劇秦美新曰創億兆規萬世且歸來以釋勞膺多福以安悆羊主反銑曰膺當悆寧也言自巡游爾還釋吏士之劬勞受多福以安寧綜曰悆寧也歸謂西征旋乃釋吏士之劬勞祭祀受多福以安寧也善曰多福已見東都賦總集瑞命備致嘉祥良曰總會集聚也瑞命嘉祥皆王者之義應綜曰總會也集聚也祥神也即騶虞澤馬之屬也瑞應也即鸞鳳之屬也善曰墨子曰禹親把天之瑞命也孝經鈎命決曰帝王起緯合宿嘉瑞貞祥圉語林氏之騶鄒虞擾澤馬與騰黃濟曰圉牢也擾馴也林氏有珍獸名騶虞澤馬騰黃皆神馬也言皆得牢養馴擾之綜曰圉牢養也林氏山名也騶虞義獸也善曰山海經曰林氏有珍獸大若虎五采畢具尾長於身名騶虞吾乘之日行

千里劉芳詩義疏曰騶虞或作吾應劭漢書注曰擾音柔擾馴也陰嬉讖曰聖人為政澤出馬山海經曰大封國有文馬縞身朱鬣名曰吉良乘之壽千歲瑞應圖曰騰黃神馬一名吉良然吉良騰黃一馬而異名也鳴女牀之鸞鳥舞丹穴之鳳皇向曰女牀山有鸞鳥丹穴山有鳳皇言皆集於此而鳴舞綜曰女牀山名在華陰西六百里山海經曰女牀之山有鳥焉其狀如鶴五色文名曰鸞鳥見則天下安寧又曰丹穴之山有鳥焉其狀如鶴五采名曰鳳皇是鳥也飲食自歌自舞見則天下安寧植華平之春圃豐朱草於中唐銑曰華平瑞木名朱草瑞草名中唐中庭也言種植於圃豐盛於庭綜曰植猶種也華平瑞木也天下平其華則平有不平處其華則向其方傾中唐堂塗也善曰孝經援神契曰德至於地則華平盛也瑞應圖曰木名也宮閣記有春王圃鶡冠子曰聖王之德下及萬靈則朱草生抱朴子曰

朱草長三尺枝葉皆赤莖似珊瑚也如淳漢書注曰唐庭也毛詩曰中唐有甓惠風
廣被渥洎幽荒向曰惠風仁惠之風洎及也幽荒九州之外言惠澤及遠
綜曰惠恩也洎及也幽荒九州外謂四夷也北燮素頰丁零南諧越
裳銑曰燮和也丁零越裳皆國名言能以德和諧綜曰燮諧皆和也越裳南蠻今九
真是也丁令國名越善曰漢書曰匈奴北服丁令也越裳見下句西包大秦
東過樂浪音郎翰曰樂浪大秦東西遠國名言盛德包過於此善曰司馬
彪續漢書曰大秦國名犂鞬在西海之西漢書有樂浪郡音郎重舌之人
九譯僉稽首而來王翰曰僉皆也稽首拜也重舌謂曉夷狄之語重
為敘其辭舌以譯其意若此譯語度九重之國乃至於此皆來歸于我王而拜首於前也
綜曰重舌謂曉夷狄語者九譯言始至中國者也善曰國語曰夫戎狄坐諸門外而使

文選三　四十六

舌人體委與之韋昭曰舌人能達異方之志象胥之官也韓詩外傳曰成王之時越裳氏
重九譯而至獻白雉於周公晉灼漢書注曰遠國使來因九譯言語乃通也說文曰譯傳
四夷之語者尚書曰禹拜稽首四夷來王是故論其遷邑易京則
同規乎殷盤改奢節儉則合美乎斯干銑曰遷邑
易京謂改都東京也盤殷王盤庚言與之同德斯干刺儉之詩亦與之合義綜曰京京
師也規法也盤庚殷王之名也斯干謂周宣王儉宮室之詩也今漢光武改西京奢華而
就儉約合斯干之義善曰韓詩曰宋襄公去奢即儉登封降禪則齊
德乎黃軒為無為事無事永有民以孔安遵
節儉尚素樸思仲尼之克己履老氏之常足
翰曰孔子云克己復禮老子云知足常足綜曰登謂上泰山封土降禪下禪梁父也言

光武登上泰山下禪梁父則與黃帝軒轅齊其功德善曰皇帝封泰山已見上文綜
曰為作也事業也永長也孔甚也以無為功以無事為業𤀹然不煩瀆也善曰老子
曰為無為事無事我無為而民自化我無事而民自富綜曰遵循也樸質也言遵循節
儉尚其朴素也善曰漢書曰文帝躬節儉莊子曰同乎無欲是謂素樸綜曰孔子曰
克己復禮馬融曰克己約身善曰老子曰知足常足也將使心不亂於
所在目不見其可欲向曰老子云不見可欲使心不亂善曰老子
曰不見可欲使心不亂河上公曰放鄭聲遠美人使心不邪淫也賤犀象
簡珠玉藏金於山抵紙璧於谷濟曰犀象牙角也賤簡藏
抵皆輕棄不用綜曰簡猶略也善曰長揚賦曰賤瑇瑁而踐珠璣綜曰藏抵皆謂
不取之謂儉故也善曰莊子曰藏金於山藏珠於淵說文曰抵側擊也征氏切翡

文選三　四十七

翠不裂瑇瑁不蔟音族良曰不割裂其羽不又蔟其體以為用綜
曰翡翠鳥名也瑇瑁珍名不裂不折其用以為玩飾也不蔟不又蔟取之為己也所
貴惟賢所寶惟穀翰曰賢可理人穀可食人故特寶貴之善曰尚書
曰所寶惟賢則邇人安范子計然曰五穀者萬人之命國之重寶民去末而
反本咸懷忠而抱慤苦谷反良曰慤實也末謂浮華本謂忠實人
皆去彼取此也綜曰詐偽為末忠信為本善曰淮南子云守道順理者不免於飢寒之
患而欲人之去末反本是猶發其原而壅其流也說文曰慤謹也于斯之時
海內同悅曰吁漢帝之德馨侯其禕於離而銑曰
侯惟也禕美也而語助綜曰言於此之時皆同歡樂也于於也悅樂也吁驚也禕美也
蓋蓂莢為難蒔神志也故曠代而不覿惟我后

能植之以至和平方當數所主諸朝階向曰蒔栽也覿
見也后君也植種也蓂莢瑞草生於階下月一日日生一莢十六日日落一莢至晦而盡
若月小則一莢厭不落王者謹以知月大小言此草不可栽我君能植之於朝階方數莢
之數以辨月大小綜曰覿見也蓂莢瑞應之草王者賢聖太平和氣之所生生於階下
始一日生一莢至月半生十五莢十六日落一莢至晦日而盡小月則一莢厭不落王者
以證知月之小大堯時莢階生之謂不世見故云難蒔也善曰田俅子曰堯為天子蓂
莢生於庭為帝成曆范曄後漢書班固議曰漢興以來曠世曆年綜曰后帝也惟我帝
有至和之德故必能殖之方當生於朝階待以數知月之大小也謂上文蓂莢也善曰
鄭玄毛詩箋曰方直也然則道胡不懷化胡不柔良曰胡何
也懷安也柔和也綜曰胡何也懷來也柔安也言皆安之也聲與風翔澤

從雲遊銑曰言仁聲德澤隨風從雲布露天下綜曰翔游皆行也風者天之號
令雲雨者天之膏潤故聲教與風皆翔恩澤與雲俱行也萬物我賴亦又
何求濟曰我賴賴我也皆賴我君之德无所求也綜曰我賴賴我也言萬物皆賴
帝之恩惠以得所無復他求也德寓天覆赴輝烈光燭翰曰寓猶
蓋也言帝德為蓋如天之覆下人輝烈光燭皆明也言德之自上而照猶天垂日月而明
綜曰寓猶蓋也帝之德蓋如天之覆日月之光輝照於遠近也善曰國語敎韙曰君之
德宇何不寬裕也寓與宇同禮記孔子曰天无私覆狹三王之趢禄趗
七木軼五帝之長驅踵二皇之遐武誰謂駕遲
而不能屬向曰狹陋也趢趗小貌軼過也踵繼也武跡也屬及也我既陋小三
王過越五帝追繼二皇之遠迹誰謂車遲而不及言可與爭先也二皇伏羲神農綜曰

狹謂陋也趢趗局小貌也軼過也驅馳也言以三王禮法為局局小狹陋過五帝而遠馳則
繼三皇之跡也善曰戰國策曰樂毅長驅至齊綜曰踵繼也二皇伏羲神農也遐遠
也武迹也屬逮也誰敢謂今所駕者遲而不能逮言必能逮也東京之懿未
罄值余有犬馬之疾不能究其精詳故粗為
賓言其梗槩如此翰曰懿美也罄盡也究亦盡也梗槩猶大綱賓謂公
子也先生稱犬馬謙也綜曰懿美也罄盡也先生言東京之美未盡遇我有疾故不能
究其美事也善曰孔叢子謂魏王曰臣有犬馬之疾不任國事毛萇詩傳曰詳審也
綜曰粗猶略也賓西京也梗槩纖密言粗舉大綱如此之言也不若乃流遁
忘反放心不覺樂而無節後離其慼銑曰遁去也離
罹也慼憂也言隨流而去失其歸心自放不窮樂无節度後必罹其憂患秦莽是也綜

曰言若流情放心不自反窮恣意所為淫樂无禮以无節終後卒當罹其憂禍即秦皇莽
是也善曰淮南子曰凡亂之所由生皆在流遁廣雅曰遁去也孟子曰人有放心不知
求學問之道也一言幾渠衣於喪國我未之學也濟曰幾近
也諸公子之失言綜曰幾近也先生責公子云取樂今日皇恤我後言今非之也善
曰論語[illegible]可以喪弁且夫挈苦結缾之智守不假器
況纂祖管帝業而輕天位良曰挈提缾器也言提器之小人用智守
器尚不肯假借與人而況繼帝之業得輕其位者乎言公子多說奢淫之事輕帝位者何
足尚也綜曰言挈缾之小智而尚不妄以假人也善曰左氏傳曰人有言曰雖有挈
缾之智守不假器禮也綜曰纂繼也今如公子言皆淫心放意之事此乃輕居天王之
尊位而禪於董賢善曰長楊賦曰伏帝業天位已見上文瞻望二祖厥

庸孔肆常翹翹以危懼若乘奔而無轡銑曰二祖高祖光武也庸功也肆勤也翹翹危貌言瞻此二祖其功甚勤勞常猶翹翹然若乘奔馬而无轡勤危懼之甚是以成功綜曰庸功也孔甚也肆勤也言瞻望高祖功庸甚勤苦而得之也言居天子之位常若奔馬而无轡履冰而負重也善曰毛詩曰予室翹翹毛萇曰翹翹危也鄧析曰明君之御民若乘奔而无轡白龍魚服見困豫且子余雖萬乘之無懼猶怵惕於一夫終日不離於輜重獨微行其焉如向曰馬何也如往也伍子胥曰昔白龍下入清泠泉化為魚豫且射中目怵惕驚怖貌老子云聖人終日行不離輜重輜靜也夫白龍化為魚則見傷於豫且始皇高祖雖有萬乘見驚於張良貫高言天子行在於安靜遲重獨自輕微行將何往也此折公子欲西京微行要屈之也綜曰說苑曰吳王欲

從民飲伍子胥曰昔白龍下清泠之淵化為魚豫且射中目白龍不化豫且不射君今棄萬乘之位而從於臣恐有豫且之患此言先生責公子陰戒期門微行要屈萬乘天子也即秦始皇也高祖也昔秦始皇東游為張良所擊中其副車漢高祖於柏谷亭殆為貫高所中善曰尚書曰怵惕惟厲孔安國曰怵惕悚懼也方言曰戒備也過秦論曰一夫作難惕驚也綜曰輜重車也焉言安也如往也公子說微行要屈故先生問之言欲何往也善曰老子曰終日行不離輜重張揖曰輜重有衣車也漢書曰武帝微行始出也夫君人者黈纊塞耳車中不內顧翰曰黈纊塞耳者不欲聞不急之言內顧者不欲外視臣下之私綜曰黈纊言以黄綿大如丸懸冠兩邊當耳不欲妄聞不急之言也內顧謂不外視臣下之私也善曰大戴禮孔子曰黈纊塞耳所以塞聰也魯論語曰車中不內顧崔駰車左銘曰正位授綏車中不顧塵不出軌鑾以節

步珮以制容鑾以節塗音度叶韻銑曰言聽鑾珮之聲以為節制綜曰珮為行容鑾以車節善曰禮記曰君子在車則聞鸞和之聲行則鳴珮玉也行不變玉鸞不亂步良曰行緩急得中則玉聲不變馬步整齊鑾聲乃和綜曰行合容則玉聲應馬步齊則鑾和響並謂君之禮法却走馬於糞車何惜騕烏皎褭寧小與飛兔濟曰騕褭飛兔駿馬名騕日行五千里兔日行三萬里老子云天下有道却走馬以糞糞者田糞車也言禮義大布甲兵却不起却走馬以務農雖有駿馬終无所用誰復愛惜之綜曰却退也老子曰天下无道戎馬生於郊天下有道却走馬以糞河上公曰糞糞田也兵甲不用却走馬以務農田然今言糞車者言馬不用而車不敗故曰糞車也何惜言不愛之也善曰呂氏春秋曰飛兔騕褭古之駿馬方其用財取物常懼生類之殄也

賦政任役常畏人力之盡也取之以道用之以時銑曰殄盡也言儉約而愛人綜曰方將也生類謂天下方物之類也殄盡也任役謂使人常畏人力盡也論語曰敬事而信節用而愛人使民以時此之謂也善曰毛萇詩傳曰太平而微物衆多取之有時用之有道山無槎仕假枿五葛畋不麑烏老胎向曰斫木曰槎斬木而復生曰枿山不為槎枿畋不傷麑胎言仁之至也復折公子獲胎拾卵校獲麑麑綜曰斜斫曰槎斬而復生曰枿不麑胎者言不如公子所道獲胎拾卵校獲麑鹿也漢書曰昔先王山不槎蘖畋不殺胎草木繁蕪武鳥獸阜滋銑曰蕪盛阜大也綜曰繁滋也蕪盛也阜大也滋益也善曰尚書曰庶草蕃蕪班固漢書序曰蕃阜庶物人忘其勞樂輸其財銑曰省役薄斂綜曰人謂民也言民不以力役為勞苦不以財賦為損費故文王

有子來之人武帝時卜式入錢以助官也善曰周易曰悅以使人人忘其勞也百
姓同於饒衍上下共其雍熈良曰衍溢雍和熈盛也綜曰
言富饒是同上下咸悅故能雍和而廣也論語曰百姓足君孰與不足善曰尚書曰黎
民於變時雍又曰庶績咸熈洪恩素蓄人心固結良曰重言高祖
已下積蓄恩惠人心牢固綜曰洪大也蓄積也固牢固也謂高祖已下積恩施惠人心
固結故王莽之時皆謳吟而思漢也善曰四子講德論曰洪恩所潤不可究陳國語甯
莊子曰民無結不可以固孫子曰吾將固其結也執義顧主夫懷貞
節銑曰王莽時人皆顧思漢主雖匹夫猶懷貞正之節綜曰夫猶人人也言執禮義
之心顧思漢德人懷貞正之志分也楚辭曰原生受命于貞節忿姦慝之干
命怨皇統之見替音鐵叶韻玄謀設而陰行合二

九而成譎翰曰姦慝王莽也干逆也玄神也神人之謀陰行十八年而成變也
綜曰慝惡也統嗣也替廢也謂忿王莽之逆命怨漢統之替廢也玄神也譎變也謂王莽
之志陰行十八年而成變計也登聖皇於天階章漢祚之有
秩徒結反濟曰天階天子位也聖皇光武也彰明秩常也綜曰聖皇光武也章明
也秩常也言明漢家之常秩也善曰甘泉賦曰聖皇穆穆東都賦曰漢祚中缺若
此故王業可樂焉今公子苟好勦子小民以媮
逾樂忘人怨之為仇也良曰勤盡也媮佻侼也仇讐也今公子所
好盡人力以佻侼一時之樂而不知人怨為已斃也綜曰若如此也言如此即王業之
可樂也善曰毛詩曰知王業之艱難綜曰勤盡也媮猶佻侼也仇讐也今公子所言
苟好盡人以佻侼須臾之樂不知人所共怨已當成大斃也善曰左氏傳晉桓子曰無
及於鄭而勤民杜預曰勤勞也小切左氏傳師服曰怨耦曰仇子好殫物以
窮寵忽下叛而生憂也向曰殫盡也寵驕也憂患也言盡人財以
恣其驕不悟人叛已而取憂患綜曰殫盡也寵驕也忽忘也生憂謂生已之憂患也言
好盡人之財以寵極驕逸之樂忘人叛已之為大患也漢書谷永曰財竭則下叛下叛則
上亡夫水所以載舟亦所以覆舟濟曰君之臨人猶舟之在
水御之失道必致傾覆綜曰覆敗也善曰孫卿子曰君者舟也人者水也所以載舟
所以覆舟堅冰作於履霜尋木起於蘖魚竭栽音哉銑曰
蘖栽小樹也皆從微至著猶不可不慎也綜曰言事皆從微至著不可不慎之於初所
以尋木起於芽蘖洪波出於涓泉善曰周易曰履霜堅冰至說文曰尋八尺也山海經
曰尋木長千里枚乘尚書曰十圍之木始生而蘖孔安國尚書傳曰用生枿栽韋昭曰株

生曰蘖鄭玄禮記注曰栽植也蘖與枿古字同昧旦丕顯後世猶怠
況初制於甚泰服者焉能改裁去聲叶韻翰曰昧早丕
大也言早起行大明之道後世子孫猶後懈怠而況首為奢泰服行之者豈能改裁之
為儉約綜曰昧早也丕大也顯明也怠也謂起行大明之道後世子孫猶尚懈怠
善曰左氏傳鼎之銘曰昧旦丕顯後世猶怠綜曰譬如為人裁衣始制之洪大服者得而
衣之何能更小之手曰賈逵國語注曰裁制也善故相如壯上林之
觀見揚雄騁羽獵之辭雖係計以頹牆填塹七念
亂以收罝嗟解罘浮卒無補於風規祇以昭
其愆尤銑曰言西京之時司馬相如作上林賦云頹牆填塹揚雄羽獵賦云收罝
解罘以諷諫主終不納使其不得補於風人之規諫適足以明其愆過而已綜曰系繼

也亂理也司馬相如上林賦其卒曰乃命有司隤牆塡壍使山澤之人得至焉揚雄羽獵
賦其末曰放雉兎收罝罘也規猶諫也祇適也愆過也言不能補其愆過也臣
濟奢以淩君忘亡經國之長基故函谷擊柝
託於東西朝廷顛覆而莫持向曰濟濫也柝守夜所擊木也
是時賊臣盜為奢侈以淩其君不為國家長久之計故王莽得為簒逆莽使兵擊木守關
而三輔兵已入長安此則西京朝廷顛覆不可扶持綜曰濟謂度也度於奢侈謂僭也
陵踰君法若季氏八佾舞於庭左氏傳萇弘曰毛得以濟侈於王都夫尊卑所以為國今
反陵之故非所以經國柝守夜所擊木也顛隤也持扶也謂王莽之兵猶擊柝守函谷關
而三輔兵已自入長安宮朝廷顛隕无復扶持也東謂函谷在京之東西朝則京師也
善曰周易曰重門擊柝
凡人心是所學體安所習鮑肆

不知其臭翫其所以先入向曰入染也言凡人以所學為是以
已習為安猶久處鮑魚之市不覺其臭亦猶習染奢侈之事不知其非綜曰所習為心
所好愛者即學善曰書曰夫常人安於俗學溺於所聞綜曰翫習也先入言久處其
俗也善曰家語孔子曰入善人之室如入芳蘭之室久而不知其香入不善之室如入
鮑魚之肆久而不知其臭皆猶體所習故今言公子以長安為好亦然也咸池不
齊於鼃烏瓜咬而眾聽者疑惑能不惑者其唯
子野乎翰曰咸池黃帝樂也蠅咬淫聲其聲豈可齊度而眾人聽者不辨其聲義
惡而疑之子野師曠也善音律若聽此音而不疑惑者獨曠而已言公子昧奢儉之得失
與衆人聽正樂與淫聲而不相辨豈可同於師曠不惑乎綜曰齊同也咸池堯樂也蠅
咬淫聲也言咸池之音本不與蠅咬同而衆聽者乃有疑惑善曰樂動聲儀曰黃帝樂

曰咸池賓戲曰淫蠅而不可聽者非寵宴之樂也李奇曰淫蠅不正也蠅烏佳切傅毅琴
賦曰絶激哇之淫法言曰哇則鄭李執曰哇邪也舞賦曰吐哇咬則發皓齒然哇與蠅同
咬亦不正之聲也咬烏交切或作蛟非也綜曰子野師曠字曉音曲者以喻安處先生
也言西京奢泰肆情不依禮度東京儉約依禮行事衆人觀之謂是其一唯安處先生得
知其指也善曰左氏傳叔向曰子野之言君子哉客既醉於大道飽
其文義銑曰客公子也得道義之味綜曰客斥公子謂聞東京禮義之道若醉
飽焉勸德畏戒喜懼交爭良曰交爭於胷中綜曰勸德謂公子見
先生說東京禮法自勸勉行其道德又畏懼先生之戒也惘然若酲朝疲
夕倦奪氣褫雉魄之為者也濟曰酲酒病也褫驚也惘惝然
若朝病酒與夕疲倦奪移神氣驚散魂魄其為如此綜曰惘然猶惘惘然也酲病酒也

朝罷夕倦夜不卧惘然如神奪其精氣又若䰟魄亡離其身令公子亦如之也善曰
說文曰褫奪也直氏切忘其所以為談失其所以為夸
逡巡乃言曰鄙哉予乎乎習非而遂迷也幸
見指南於吾子翰曰吾子先生也公子自責已迷幸得先生為我指南
綜曰公子本以奢侈為美談今見先生述東京之德所以忘美失夸也良久乃後能言
也自鄙其迷惑所學者非正也善曰論語曰荷蕢曰鄙哉硜硜乎廣雅曰鄙固陋不惠
揚子法言曰習非之勝是況習是之勝非乎綜曰言已之惑不知南北今先生指以示我
我則足以三隅反也善曰桓譚上便宜曰管仲桓公之指南若僕所聞華
而不實先生之言信而有徵鄙夫寡識而今
而後乃知大漢之德馨咸在於此良曰言先生之言信

實有驗我自鄙陋無識而今之後乃知至德
馨香咸在東京　綜曰若如也公子言如僕
所聞西京之事蓋是虛華而无實錄　善曰
左氏傳甯嬴曰晉陽處父文華而不實怨之所
聚言　綜曰先生安處先生也微驗也言先生
之言信有微驗也　善曰左氏傳叔向曰君
子之言信而有徵　綜曰公子重自鄙曰如
今日後日乃知大漢之德在於此耳　善曰
論語曰鄙夫不可與事
君尚書曰明德惟馨
昔常恨三墳五典既
泯仰不覩炎帝帝魁之美
銑曰泯絕也炎帝
神農後也帝魁神
農名　綜曰三墳三皇之書也五典五帝之
書也泯滅也　善曰左氏傳楚子曰左史倚
相能讀三墳五典八索九丘也　綜曰覩見
也炎帝神農後也帝魁神農名並古之君號
也　善曰管子曰管仲對桓公曰神農封泰
山炎帝封泰山孝經鉤命訣曰佳巳感龍生
帝魁鄭玄曰佳巳帝魁之毋也魁神
名宋衷春秋傳曰帝魁黃帝子孫也
得聞先

生之餘論則大庭氏何以尚茲走雖不敏庶
斯達矣
向曰大庭氏往古君也走猶走使之
人公子自謙也　綜曰先生安處先
生也大庭古國名也尚高也　善曰子虛賦
曰願聞先生之餘論莊子曰昔容成氏大庭
氏結繩而用之若此時則至治也　綜曰走
公子自稱走使之人如今言僕矣不敏猶不
達也公子言我雖不敏於大道庶幾先生之
說遜達矣　善曰司馬遷書曰太史公牛馬
走孝經曾子
曰參不敏

文選卷第三

宿

賦　京都　四

文選　四

廿六十

文選卷第四

梁昭明太子撰　五臣并李善注

京都中

張平子南都賦一首

左太冲三都賦序一首

蜀都賦一首

南都賦一首善曰摯虞曰南陽郡治宛在京之南故曰南都

張平子翰曰南都在南陽光武舊里以置都焉桓帝時議欲廢之故衡作是賦盛稱此都是光武所起處又有上代宗廟以諷之

於烏顯樂都既麗且康向曰於嘆美之辭麗美康安也樂都謂南都善曰毛萇詩傳曰於嘆辭於孤切詩曰適彼樂國

陪京之南居漢之陽濟曰京東京漢漢水善曰京謂洛陽也書曰嶓冢導漾東流為漢鄭玄曰漾水至武都為漢割周楚之豐壤跨荊豫而為疆體爽塏以閑敞紛郁郁其難詳爽明也塏高也閑敞清虛貌郁郁美貌難詳難悉也此注元無人名善曰周居豫州已見西京賦漢書地理志注曰南陽蜀荊州又曰荊州楚之故都爽塏已見西京賦楊雄豫州箴曰郁郁荊河伊洛是經也

爾其地勢則武闕關其西桐栢揭竭其東良曰以武闕山為關揭表也以桐栢山為表善曰武闕山為闕在西也漢書音義文穎曰武闕山為闕而在西弘農界也漢書曰南陽之平陽縣有桐栢山流滄浪而為隍廓方城而為墉翰曰滄浪水名隍城池也疏此水以為城池廓猶開

也墉牆也方城山名開以為城牆善曰尚書曰漢水又東為滄浪之水左氏傳屈完曰楚國方城以為城漢水以為池隍已見上文墉已見西京賦湯谷涌其後淯育水盪其胷良曰湯谷淯水皆水名胷謂前也善曰盛弘之荊州記曰南陽郡城北有紫山紫山東有一水無所會通冬夏常溫因名湯谷山海經曰攻離之山淯水出焉南流注于漢郭璞曰今淯水在淯陽縣南推淮引湍專三方是通銑曰淮水自此而去故曰推湍水外来故曰引三方謂南有淯水西有滄浪北有湯谷通水東流善曰淮水自此而去故曰推湍水自彼而來故曰引說文曰推排也山海經曰翼望之山湍水出焉郭璞曰湍庵摶切今湍水逕南陽穰縣而入淯也三方東西及南也其寶利珎怪則金彩玉璞隋珠夜光銅錫鉛鍇苦駭赭者堊惡流黄綠碧紫英青雘

烏郭丹粟太一餘糧中黄瑴角玉向曰怪奇也金彩金之有光彩者玉璞玉之未理者鍇白鐵也赭赤土也堊白土也流黄石流黄也綠碧紫英玉類太一餘糧石藥名中黄謂石中黄石脂也瑴玉玉名雘烏郭反瑴角善曰彩金之彩也璞玉之未理者隋珠夜光已見西都賦鄭玄周禮注曰錫鑞也說文鉛青金也又曰九江謂鐵為鍇苦海切山海經曰陸𨛘之山其下多堊若之山其上多赭郭璞曰赭赤土也堊似土白色也𨛘音跪堊音惡本草經曰石流黄生東海牧陽山谷中本草言其所出此亦兼而有之博物志曰雄黄似石流黄廣志曰碧有縹碧有綠碧本草經曰紫石英生太山之谷山海經曰景山之西曰驕山其下多青雘郭璞曰雘黝屬音黝山海經曰荊山之首曰景山睢水出焉其中多丹粟郭璞曰細沙如粟本草經曰太一禹餘糧一名石腦生山谷博物志曰石中黄子黄石脂又曰欲得好瑴玉用合漿於襄鄉縣舊穴中鑿取大者如

魁斗小者如雞子松子神陂赤靈解角翰曰松子亭名其下有神陂赤靈赤龍也於此解骨角也善曰習鑿齒襄陽耆舊記曰神陂在蔡陽縣界有松子亭下有神陂也赤靈赤龍也解角脫角也事未詳耕父揚光於清泠之泉游女弄珠於漢臯之曲濟曰有神耕父處豊山常游清泠之泉出入有光鄭交甫南適楚過于漢臯臺下遇見二女佩珠而游善曰耕父已見東京賦韓詩外傳曰鄭交甫將南適楚遵彼漢臯臺下乃遇二女佩兩珠大如荊雞之卵其山則崆口江峴五江嶱苦葛嵑五葛嵣太朗㟍莽嶚遼剌力割反向曰皆山石高峻廣大貌善曰崆峴嶱嵑山石高峻之貌字書曰崆山貌也口江切峴五江切嶱音渴五割切嵣㟍山石廣大之貌也嵣音蕩㟍音莽嶚山高而相戾也廣雅曰嶚高也力彫切說文曰剌戾也岝仕白峉額㠑林迴嵬五迴

嶔香金巇許宜屹魚乞嵲五結反向曰不齊不平危險連絕貌善曰埤蒼曰岝峉山不齊也岝仕革切峉音額說文曰㠑嵬山石崔嵬高而不平也㠑眦迴切嵬牛迴切嶔巇山相對而危險之貌也嶔香今切巇許奇切屹嵲斷絕之貌也屹魚乞切嵲五轄切幽谷嶜岑岑吟夏含霜雪翰曰嶜岑峻極貌言山谷峻極深邃雖當夏之月亦含蓄霜雪善曰毛詩曰出自幽谷揚雄蜀都賦曰玉石嶜岑又曰夏含霜雪嶜岑高峻之貌也嶜士林切岑音吟或嵒丘銜嶙鄰而纚力氏聯或豁爾而中絕良曰嵒嶙相連貌纚聯纚迆相屬貌善曰嵒嶙相連之貌嵒丘貧切嶙音鄰纚力是切鞠巍巍其隱天俯而觀乎雲霓五結反叶韻向曰鞠高貌善曰鞠高貌也九六切隱天已見西都賦若夫天封大狐列仙之陬子侯反翰曰天封大狐皆山名聚居為

隩善曰天封未詳或曰山名也南郡圖經曰大狐山故縣縣南十里張衡云天封大狐
也隩已見西京賦上平衍而曠蕩下蒙籠而崎綺宜嶇
良曰曠蕩寛廣也言山上平衍廣大列仙於此聚居善曰孫子兵法曰草樹蒙籠廣雅
曰崎嶇傾側也崎丘宜切嶇丘隅切坂坻遲巀截嶭五結而成巘
魚免谿壑錯繆謬而盤紆銑曰坻岸也巀嶭高峻貌巘山若甑形也
錯繆雜亂也盤紆屈曲也善曰郭璞上林賦注曰坻岸也音遲又曰巀嶭高峻也巀在
結切嶭五結切毛萇詩傳曰巘小山別大山也魚蹇切錯繆雜亂貌也芝房菌
奇殞蠢昌尹生其隈玉膏滲密溢流其隅翰曰芝房芝草
成房也菌蠢芝貌玉膏玉之脂膏滲溢流貌隈隅皆側也善曰芝房芝生成房也菌蠢
之芝貌也其殞切山海經曰峉山丹水出焉其中多白玉是有玉膏滲溢流貌滲音容

文選四　四

崐崙無以侈閬浪風不能踰向曰崐崙閬風皆山名侈大踰
過也言此都諸山峻險雖崐崙閬風無以為大亦不足過善曰崐崙閬風已見西京賦
也其木則檉勑貞松楔更黠㮨即樠萬柏杻女九橿
疆楓柙甲櫨盧櫪歷帝女之桑楈胥枒邪栟
并櫚閭柍於丙柘之夜檍億檀向曰皆木名結根竦本
垂條嬋蟬媛袁布綠葉之萋萋敷華蘂之蓑
蕤素回反叶韻濟曰嬋媛枝相連引也萋萋茂盛貌蓑蕤下垂貌善曰檉似栢
而香勑貞切爾雅曰楔曰荊桃郭璞曰櫻桃也莘黠切郭璞山海經注曰櫻似松栢有刺
子力切櫻荊也音萬又曰杻似桑而細葉杻女九切又曰橿中車材音姜爾雅曰楓欇欇
音風欇之涉切劉逵吳都賦注柙香木也音甲郭璞上林賦注櫨橐櫨力胡切櫪與櫟同

來的切山海經曰宣山有桑焉其枝四衢名帝女之桑郭璞曰婦人主蚕因以名桑也郭
璞上林賦注曰楈枒似栟櫚皮可作索楈音胥枒以奢切張揖注上林賦曰栟櫚椶也皮
可以為索栟音并櫚音驢柍未詳於良切爾雅曰杻檍郭璞曰似桑檍音億蒼頡篇曰檀
木名結猶同也廣雅曰竦上也嬋媛枝相連引也嬋音蟬媛音袁毛萇詩傳曰萋萋茂盛
貌王逸楚辭注曰蘂實貌也劉淵林蜀都賦注曰蘂一曰花頭點也而體切蓑蓑下垂貌
素回切玄雲合而重陰谷風起而增哀良曰言林樹柯
葉滲然猶雲森然生風遇雲合是重其陰值風起是增其哀也善曰淮南子曰玄雲素
朝毛詩曰習習谷風攢在官立叢駢青冥阡瞑音眠叶韻向曰駢並
也言林木攢布衆色幽昧善曰言林木攢羅衆色幽昧也楚辭曰遠望兮芊眠王逸曰
芊眠遙視闇未明也芊眠與阡瞑音義同杳藹蓊鬱於谷底森蓴

文選四　五

蓴祖本而刺天銑曰皆茂盛上指於天善曰皆茂盛貌也司馬相如吊二世曰
曰衆樹之蓊鬱兮虎豹黃熊游其下豰呼穀玃居縛猱奴刀
挺廷戲其巔良曰皆獸名巔山頭也善曰六龍曰散宜生得黃熊而獻之
紂說文曰豰犬腰以上黃以下黑豰呼木切爾雅曰玃父善顧郭璞曰似獼猴而大蒼
黑色居縛切鄭玄禮記注曰猱獼猴也奴刀切張載吳都賦注曰挺猨屬徒丁切鸞
鸑岳鵷於袁鶵仕俱翔其上騰猨飛鸓壘棲其間
銑曰鸞鸑鵷鶵皆鳥名猨鸓鼠名善曰國語曰周之興也鸑鷟鳴於岐山賈逵曰鸑鷟
鳳之別名也山海經曰南禺之山有鵷鶵郭璞曰鵷鳳屬也上林賦曰蜼玃飛鸓張揖曰
鸓飛鼠也鸓與鸓同並音壘其竹則籦鍾籠龍䈽謹篾豁決
篠蘇丁簳幹箛孤箠音追翰曰皆竹名善曰戴凱之竹譜曰籦籠竹

名也伶倫吹以為律竹箽皮白如霜大者宜為篙篠出魯郡山甚為笙孔安國曰蕢挑枝
也簩小竹也宋玉笛賦曰奇簩古罕切筱簩二竹名筱公都切蕃竹隨切其形未詳緣
衍坻遅坂澶徒幹漫陸離向曰緣衍澶漫布散弱貌陸離猶參差也
善曰陸離猶參差也阿烏可那奴可蓊烏孔茸如涌風靡雲披翰曰
阿那垂貌蓊茸竊密貌風靡雲披皆竹動貌善曰阿那柔弱之皃說文曰蓊竹貌也於孔
切埤蒼曰茸竹頭有文也如涌切風靡雲披言隨風而靡如雲之披也爾其川
瀆則滍雉澧禮藥藥濜想胤發源巖穴銑曰滍澧藥濜
皆水名善曰水經曰滍水出南陽縣西堯山音雉山海經曰澧水出雅山郭璞曰今出
南陽音禮字書曰藥水出泚陽藥音藥泚音此酈善長水經注曰濜水出襄鄉縣東泚陽
中山濜自容切潛廬於臚洞出沒滑骨瀎篾潏音決良曰盧

山傍穴也言水洞出此穴沒滑瀎潏疾流之貌善曰盧山傍穴也於朧切沒滑瀎潏流
貌也滑音骨瀎音蔑潏音決布濩護漫汗漭莽沆胡朗洋溢
良曰言廣大也善曰言廣大也濩音護漭沆已見西京賦總括趨趨欱
呼荅箭馳風疾濟曰言江海欲受諸水故揔括而趨之善曰言江海欲受諸
水故揔括而趨之欱已見上文慎子曰西河下龍門其流敵於竹箭孫子曰其疾如風
流湍投戰濈砏普貧汃八輣普耕軋烏黠反翰曰濈水行出
也砏汃輣軋波相激之聲善曰許慎淮南子注曰湍水行疾也他鸞切埤蒼曰濈水行
出也狙立切砏汃輣軋波相激之聲也埤蒼曰砏大聲也普豳切汃普八切輣普耕切軋
烏八切也長輸去遠逝漻流淚力計淢域汩為筆反銑曰漻
淚淢汩疾流皃善曰廣雅曰輸瀉也韓詩外傳曰漻清皃也音流淮南子曰水淚破舟

音戾說文曰淢疾流也音域王逸楚辭注曰汩去貌為筆切其水蟲則有
鸚嬰龜鳴蛇潛龍伏螭丑知反濟曰皆水蟲名善曰抱朴子曰蠳
龜蝦蛇山海經曰鮮水多鳴蛇其狀如蛇而四翼音如磬見則其邑大旱說文曰螭若龍而
黃螭丑知切鱏尋鱣張連鰅隅鱅常容黿鼉鮫交鰢以規
反濟曰鱏鱣鰅鱅皆魚名黿鼉蛟鯦皆水數名善曰鱏鱣已見上文郭璞上林賦注
曰鰅魚有文采音顒鱅似鰱而黑鱅常容切鰱音連又山海經注曰鮫鯌屬也皮有班文
而堅鮫鰢已見東京賦巨蚌函含珠駮剝蝦鯘紆危蛇逸斯
濟曰巨駮皆大也言蚌含珠而游大蝦逶迤而行一善曰揚雄蜀都賦曰蜯函珠而擘裂
蚌與蜯同一步項切函與含同郭璞爾雅注曰蝦大者長一二丈鯘蛇長貌蝦與蝦古字通
胡加切其陂澤則有鉗盧玉池赭陽東陂翰曰鉗盧

王池陂澤名善曰杜預表曰所領部曲皆居南鄉界所近鉗盧大陂下有良田舊說曰
王池在宛也貯水渟亭洿烏亘望無涯音宜銑曰洿濁水
不流水也亘竟也善曰說文曰貯積也知旅切廣雅曰渟止也說文曰洿濁水不流也
方言曰亘竟也上林賦曰察之無涯其草則有蔍平表苧直呂蘋煩
莞桓蔣將蒲孤蒹葭銑曰皆水草名善曰說文曰蔍蒯之屬平表
切又曰苧可以為索直呂切郭璞山海經注曰蘋青蘋似莎而大扶袁切鄭玄毛詩箋曰
莞小蒲也胡官切說文曰蔣菰蔣也蔣子羊切菰音孤爾雅曰蒹薕也葭蘆也藻茆
卯蔆芡渠儼芙蓉含華從風發榮斐披芬葩向曰
藻茆蔆芡芙蓉皆水草名芬葩香氣言芙蓉順風開華斐披然有芳香也善曰藻已見
西京賦爾雅曰茆鳧葵茆亡絞切蔆芡芙蓉並已見東京賦其鳥則有鴛

鶬鴰鷖烏兮鴻鴇保鴐加鵝鶷苦札䳺雅札鸊步覓鷉吐雞鷫肅鷞所良鵾昆鸕盧 良曰皆鳥名 善曰毛詩曰鴛鴦于飛餘已見上注說文曰鶷鳧屬鶷古札切方言曰野鳧甚小而好沒水中者南楚之外謂之鸊鷉鸊步覓切鷉土雞切鵾與鶤同蒼頡篇曰鸕鷀似鶂而黑鸕郎都切鷀音磁嚶嚶烏耕和鳴澹徒濫淡徒敢隨波 良曰嚶嚶鳥聲澹淡自恣貌 善曰言自恣也毛詩曰鳥鳴嚶嚶爾雅曰關關嚶嚶聲之和也上林賦曰隨風澹澹其水則開竇灑流浸彼稻田 銑曰竇水孔也 善曰鄭玄周禮注曰竇孔穴也音豆漢書音義曰灑分也所蟹切毛詩曰浸彼稻田溝澮古會脈連堤塍繩相輑丘均反 翰曰澮溝之類稻畦脈連猶血脈相連輑亦相連也 善曰爾雅曰水注溝曰澮古會切脈理也已見東京賦堤塍已見西都賦輑相連之貌丘筠切

文選四　八

朝雲不興而潢潦老獨臻 濟曰臻至也潢潦雨水也言決渠灌田雖朝雲不起自當雨水 善曰左氏傳曰潢汙行潦之水說文曰潢積水池也潦雨水音老決泄薛則暵罕為溉古愛為陸 銑曰暵乾也水入為溉水出為陸冬稌肚夏穱側角隨時代熟 良曰稌稻穱麥也 善曰說文曰泄去也息列切又曰暵乾也呼但切又曰溉灌也稌已見東京賦楚辭曰稻粢穱麥挐黃粱穱側角切其原野則有桑漆麻紵菽麥稷黍百穀蕃廡武翼翼與與 向曰紵麻也蕃廡盛貌翼翼與與茂盛貌 善曰說文曰紵麻屬直旅切鄭玄毛詩箋曰菽大豆也百穀蕃廡並已見東京賦毛詩曰我黍與與我稷翼翼若其園圃則有蓼了蕺側立蘘而羊荷藷諸柘之夜薑蕃繁蘄先歷蓂音覓芋于遇瓜

翰曰皆瓜菜之屬 善曰說文曰蓼辛菜也力鳥切風土記曰蕺香菜根似茆根蜀人所謂蒩香蕺與蕺同側立切說文曰蘘荷蒪苴也蘘而羊切蒪普卜切苴子余切漢書音義曰藷蔗甘柘也藷之余切字書曰蕃小蒜也音煩爾雅曰蘄蓂大薺蘄音析蓂音覓乃有櫻烏耕梅山柿助滓矦侯桃梨栗梬郢棗若榴穰而羊橙直耕鄧橘 銑曰皆果名穰鄧皆地名出橙橘也 善曰漢書音義櫻桃含桃也郭璞爾雅注曰梅似杏實酸說文曰柿赤實果也曹毗魏都賦注曰侯桃山桃子如麻子說文曰梬棗似柹如究切廣雅曰石留若榴也漢書南陽郡有穰縣鄧縣說文曰橙橘屬也除耕切其香草則有薜蒲計荔力計蕙若薇武非蕪蓀孫萇場晻於感曖愛蓊烏摠蔚含芬吐芳 翰曰晻曖蓊蔚皆茂盛貌 善曰王逸楚辭注曰薜荔香草也郭璞山海經注曰蕙香草也若

文選四　九

杜若也本草經曰蘼蕪一名薇蕪陶隱居曰蕙葉似蛇牀而香王逸楚辭注曰蓀香草也萇萇楚也爾雅曰萇楚銚弋也萇音長銚音遙言草木闇曖而茂盛也說文曰晻不明貌於感切王逸楚辭注曰曖闇昧貌若其廚膳則有華薌鄉重秬渠舉滍秩履皐香秔公行反 向曰華薌鄉名出重秬滍皐澤名出香秔重秬黍名香秔稻名 善曰華薌鄉名也毛詩傳曰秬黑黍一稃二米故曰重也秬音巨稃音敷滍皐滍水之澤也廣雅曰秔秈也公行切秈音仙歸鴈鳴鵽丁滑黃稻鮮魚以為芍張略藥音略 濟曰芍藥五味之主 善曰鴈能候時去來故曰歸史記曰楚人有以弱弓微繳加歸鴈之上爾雅曰鵽鳩寇雉鵽陟滑切郭璞曰鵽大如鴿群飛出北方沙漠聲類曰鱻小魚也鱻息連切子虛賦曰芍藥之和具而後進也文穎曰五味之和酸甜滋味百種千名春卵夏筍

秋韭冬菁翰曰菁蔓菁善曰說文曰甜美也莊無切爾雅曰筍竹萌也廣雅
曰韭其華謂之菁音精蘇蔱殺紫薑拂撤羶腥向曰言蘇蔱紫
薑香辛能拂除羶腥之氣也蘇蔱香菜也善曰爾雅曰蘇桂荏字書曰蔱茱萸也音殺
司馬彪上林賦注曰紫色之薑也杜預左氏傳注曰撤猶去也羶尸然切酒則九
醖醴甘十旬兼清醪㪉徑寸浮蟻若萍良曰九醖
十旬皆酒名數布也酒膏徑寸布於酒上亦有浮蟻如水萍也善曰魏武集上九醖酒
奏曰三日一釀滿九斛米止廣雅曰醖投也於問切韓詩曰醴甜而不泲也十旬蓋清酒
百日而成也鄭玄周禮注曰清酒今之中山冬釀接夏而成也漢書音義晉灼曰百日之
末酒也說文曰醪汁滓酒也徑寸蓋酒膏之徑寸也釋名曰酒有汎齊浮蟻在上汎汎然
如萍之多者其甘不爽醉而不酲銑曰爽傷也酲酒病言甘不傷

其口醉不病其身善曰老子曰五味令人口爽廣雅曰爽傷也毛萇詩傳曰病酒曰酲
及其糾宗綏族禴藥祠蒸嘗向曰糾合宗族綏安也禴祠蒸
嘗四時祭祀之名善曰左氏傳曰召公思周德之不類故糾合宗族于成周爾雅曰綏
安也毛詩曰禴祠蒸嘗祭于先王以速遠朋嘉賓是將揖讓
而升宴於蘭堂濟曰速召也將進也言此時召遠方之朋故嘉賓是進為
揖讓之禮而升堂蘭者取其芬芳也善曰儀禮曰速賓鄭玄曰速召也論語曰有朋自
遠方來毛詩曰我有嘉賓鼓瑟鼓簧承筐是將儀禮曰若四方賓燕則揖讓而升賈逵國
語注曰不脫屨升堂漢書曰拔蘭堂珍羞琅玕充溢圓方翰曰珍美
也羞飲食也琅玕玉名飲食比之所以為美器有圓方皆充溢其中善曰爾雅曰珍美
也方言曰羞熟以羞之美故喻於玉也圓方器也尚書曰厥貢琅玕又曰惟辟玉食彫

瑑狎獵宅甲金銀琳琅向曰狎獵衆飾貌琳琅亦玉名言彫瑑金銀琳
琅以為器善曰爾雅曰玉謂之琱琱與彫古字通也爾雅曰理玉曰瑑都角切狎獵飾
之貌狎胡甲切獵士甲切尚書曰厥貢球琳琅玕侍者蠱冶媚巾韝
溝鮮明良曰蠱媚美容儀也巾韝皆女服善曰蠱已見西京賦毛萇詩傳曰綦
巾女服也字書曰韝上衣被服雜錯履躡華英銑曰雜錯非一也華
英光輝也言履躡生光輝也善曰雜錯非一也華英光耀也被皮義切儇隳緣才
齊敏授善本作受爵傳觴獻酬既交率禮無違銑曰
儇惠也敏疾也言惠才齊敏授爵獻酬無違於禮善曰方言曰儇急疾也呼緣切齊在
雜切毛萇詩傳曰敏疾也毛詩曰獻酬交錯左氏傳晉侯曰魯侯自郊勞至于贈賄禮無
違者東觀漢記曰朱浮上疏曰陛下率禮無違彈琴擫奴牒籥流風徘

徊良曰籥器也言樂聲結風也善曰言樂聲之結風也說文曰擪一指按也擪與擫
同烏牒切鄭玄周禮注曰籥舞者所吹也如遂三孔籥音藥遂音敵清角發徵
聽者增哀翰曰既奏清角又奏清徵故增其哀善曰言既奏清角而又發徵
聲故增哀也韓子師曠曰清徵之聲不如清角許慎淮南子注曰清角絃急其聲清也
客賦醉言歸主稱露未晞濟曰皆詩也所以盡主客之情晞乾
也善曰毛詩曰鼓咽咽醉言歸又曰湛湛露斯匪陽不晞厭厭夜飲不醉無歸接
歡宴於日夜終愷樂之令儀良曰言日夜歡宴終此善儀也
善曰毛詩曰愷樂飲酒又曰莫不令儀於是暮春之禊胡計元巳
之辰方軌齊軫祓拂于陽瀕善本作瀕向曰元巳三日也
言暮春三日並驂齊車禊于水之陽瀕祓除垢疾善曰毛詩曰惟暮之春史記曰武帝

禊霸上續漢書曰三月上巳宮人皆禊於東流水上祓除宿垢疢也周禮女巫掌歲時祓除揚雄蜀都賦曰相與如乎陽瀕朱帷連綱善本作綱字曜野英

雲善本作映雲男女姣古卯服駱驛繽紛銑曰綱連帷之繩姣好也駱驛繽紛衆多貌也綱維網也駱驛繽紛往來衆多貌善曰致飾程蠱

冶僾於卯紹便婢綿娟向曰便紹便娟多容姿也善曰廣雅曰程示也便娟則蟬蜎也蠱及僾紹便娟已見西京賦微眺流睇蛾眉連婘音權

濟曰睇傾視也連婘曲貌注曰睇傾視也徒計切毛詩善曰鄭玄禮記曰螓首蛾眉郭璞爾雅注曰蚕蛾也連卷曲貌善本婘作卷音權於是齊僮唱兮列

趙女坐南歌兮起鄭舞白鶴飛兮繭曳緒翰曰白鶴飛繭曳緒皆舞人之容也猶蚕繭曳絲緒而拖連善曰齊趙二國名也揚惲書曰

趙女也呂氏春秋曰禹行竊見塗山之女禹美之遇而省南土塗山之女乃令其妾往候禹于塗山之陽女乃作歌曰候人猗兮實始爲南音周公召公取風焉高誘曰取南音以爲樂歌也楚辭曰二八齊容起鄭舞王逸曰鄭國舞也白鶴飛兮繭曳緒皆舞人之容

脩袖繚繞而滿庭羅襪躡蘇叶蹀徒頰而容與向曰脩長也繚繞飄颻貌躡蹀少取步而行其容與善曰繚繞袖長貌躡蹀小步貌說文曰躡蹈也許慎淮南子注曰蹀蹈也翩綿綿其若絕眩縣將墜

而復舉翹遙遷延蹩蒲結躠素結蹁步眠躚星田切銑曰皆舞之容狀眩謂顧視善曰毛萇詩傳曰綿綿長而不絕貌國語曰觀美而眩貫逵曰眩惑也翹遙輕舉貌遷延却退貌上林賦曰便跚蹩屑蹁步先切善本蹁作蹁結九

秋之增傷怨西荊之折盤良曰古樂府九秋妾薄相行曰齊謳

楚舞紛紛歌聲上徹青雲西荆即楚也折盤舞曲名善曰古樂府有歷九秋妾薄相行歌辭曰齊謳楚舞紛紛歌聲上徹青雲西荊即楚舞也折盤舞貌張衡有七盤舞賦咸以折盤爲七盤也彈箏吹笙更古衡爲新聲寡婦悲吟鵾

昆雞哀鳴坐者悽欷虛毅蕩魂傷情翰曰寡婦鵾雞皆曲名悽欷猶悽愴也使人魂神蕩越情意感傷善曰毛詩曰吹笙鼓簧史記曰衛靈公見晋平公曰今者未聞新聲請奏之寡婦曲未詳古調和歌有鵾雞之曲楚辭曰愴悽增欷傷精神也神女賦曰精神相依憑善本情作精於是羣士放逐馳于

以場驥騄綠齊鑣波苗黃間機張足逸驚飈鏃祖祿析毫芒俯貫魴房鱮序仰落雙鶬倉魚不

及竄七亂鳥不暇翔濟曰驥騄駿馬名齊鑣齊轡也黃間弩也逸驚飆言

馬足疾也析毫芒言射妙也魴鱮魚名濟射之鶬鳥名仰射之不及竄不暇翔言中速也善曰逐馳逐也驥騄駿馬之名也穆天子傳八駿有赤驥騄耳騄音錄說文曰鑣馬銜也彼驕切漢書曰李廣以大黃射其裨將鄭氏曰黃間弩淵中黃牙尚書曰若虞機張孔安國曰機弩牙逸驚飆析毫芒言馬疾而矢利魴鱮已見西京賦列子曰蒲且子連雙鶬於青雲之上鶬已見西都賦不及竄不暇翔言急遽也高唐賦曰飛鳥未及起走獸未及發

爾乃撫輕舟兮浮青善本作清池亂北渚兮揭丘竭南涯汰太瀺仕咸灂仕角兮舩公容裔陽侯浇古堯兮掩鳧鷖烏奚追水豹兮鞭蛧蜽憚丁達夔龍兮怖

蛟螭勑離反向曰水正絕流曰亂揭猶揭也汰水波也瀺灂波貌容裔船行貌陽侯波神也大波爲流鷖水鳥名水豹蛟蛇也蝄蜽水神也夔龍蛟螭水獸也言乘舟追蛟

蚍鞭撻水神驚怖水戰慄驚也善曰浮已
見上爾雅曰水正絕流曰亂說文曰揭高舉
也丘別切楚辭曰齊吳榜以激汰王逸曰汰
水波也徒蓋切上林賦曰瀺灂隕墜瀺仕咸
切戰國策曰塞漏舟而驚陽侯之波則舟覆
矣淮南子曰武王伐紂渡于孟津陽侯之波
逆流而擊之高誘曰陽侯國侯也溺死於
水其神能為大波王逸楚辭注曰回波為澆
公堯切毛詩曰鳧鷖在潀水豹已見西京賦
蝄蜽蛟螭已見上文國語曰木石之怪夔水
之怪龍韋昭曰木石
為山也夔一足也於是日既逮善本作將昏樂
者未荒濟曰雖遊樂者未至荒淫善曰毛詩曰好樂無荒收歡命駕
分背迴塘車雷震而風厲馬鹿超而龍驤翰曰
塘堤也言背堤而歸雷震風厲驅車之聲鹿
超龍驤比其疾也善曰孔叢子曰巾車命
駕廣雅曰塘堤也雷震言多也風厲言疾也
毛詩曰戎車啍啍如霆如雷毛萇詩傳曰雷

出地奮震驚百里古詩曰涼風率已厲杜預
左氏傳注曰厲猛也韓子曰馬如鹿者千金
鄒陽上書曰蛟龍驤首舞賦曰龍驤橫舉
揚鑣飛沫周禮曰凡馬八尺以上為龍夕
暮而歸善本作言歸其樂難忘斯乃游觀之好耳
目之娛未覩其美者焉足稱歟良曰言未觀南都之美何
足為稱游觀耳目之事將述置南陽之意故
設此辭善曰言此遊觀耳目之樂非極美
也善本歟作舉夫南陽者真所謂漢之舊都也遠代
則劉后甘厥龍醢海覛脈魯縣而來遷翰曰劉累
學擾龍於豢龍氏以事孔甲龍一雌死潛以
為醢以進夏后夏后食之又使求之懼而遷
於魯縣即南陽郡劉累漢之遠祖也覛視也
善曰左氏傳曰劉累學擾龍氏以事孔甲龍
一雌死潛醢以食夏后夏后饗之既又使求
之懼而遷于魯縣漢書曰南陽郡魯陽縣即

御龍氏所遷善本覦作覛奉先帝而追孝立唐祀於堯山
銑曰先帝謂堯也水經云魯縣立堯廟於西
山謂之堯山漢承堯之後故追孝而立善
曰先帝謂堯也堯以唐侯升為天子已見上
文水經曰南陽縣西堯山酈元曰魯縣立堯
祠於西山謂之堯山也固靈根於夏葉終三代而始蕃
音繁翰曰劉累自夏而遷於此故云固靈
根於夏葉終于殷周秦三代然後漢興乃蕃
盛善曰言劉氏植根於夏葉終三代而始
蕃昌也毛萇詩傳曰葉世也三代已見班固
兩都序非純德之宏圖孰能揆而處旃銑曰純至也宏
大也孰誰也揆度也旃之也善曰孔安國
尚書傳曰揆度也求揆切鄭玄毛詩箋曰旃
之也近則孝侯思故匪居匪寧穢長沙之無樂
歷江湘而北征濟曰春陵孝侯長沙定王曾
孫以春陵下濕難處上書願

從南陽守墳墓元帝許之於是北從故云思
故也不安居於長沙卑濕之路自江湘北行
善曰東觀漢記曰春陵節侯長沙定王中子
買節侯生戴侯戴侯生考侯考侯仁以春陵
地勢下濕難以久處上書願徙南陽守墳墓
元帝許之於是北徙考或為孝非也善本孝
作考曜朱光於白水會九世之飛榮翰曰孝侯因家南陽
也漢火德故言曜朱光也光武高祖九代孫
故謂之九世飛榮也榮光榮也善曰朱光
火德也已見東京賦東觀漢記曰考侯仁從
封南陽白水鄉又曰世祖光武皇帝高祖九
世孫承文景之統出自長沙定王榮光榮也封禪書曰發號榮察茲都善本作邦
之神偉啟天心而寤靈向曰言孝侯能察此都之神奇實上天啟
開其心又寤先靈之意使之王也偉奇也
善曰言考侯既察此都之神偉且啓上天之
心又寤先靈之意使之而王也說文曰偉奇也於是宮室則有園廬

舊宅隆崇崔嵬良曰言高大貌善曰高大也御房穆以華
麗連閣煥其相徵聖皇之所逍遙靈祇之所
保綏翰曰御房帝舊房也相徵言俱美也聖皇光武也綏安也善曰御房帝舊房
也相徵言俱美孔安國尚書傳曰徽美也聖皇謂光武也逍遙謂潛龍之日韓詩外傳曰
逍遙也靈祇天地之神也毛詩曰神保是饗又曰綏以多福也章陵鬱以青
葱清廟肅以微微向曰建武中更名舂陵為章陵青葱茂盛貌微微幽
靜貌善曰東觀漢記曰建武中更名舂陵為章陵光武過章陵祠園廟爾雅曰青謂之
葱林木茂盛之貌微微幽靜貌皇祖歆而降福彌萬祀而無
衰帝王臧其擅羨詠南音以顧懷銑曰皇祖高祖也歆
享祭祀使萬代不衰歇也帝王光武也言光武善我此地專擅天下之美猶鍾儀操南音

文選四　十六

不忘於本顧懷謂光武來過章陵善曰毛詩曰歆之皇祖說文曰歆神食氣也毛詩曰
降福孔夷爾雅曰彌終也又曰祀年也帝王光武也顧懷過章陵祠園廟之時也爾雅曰
臧善也說文曰擅專也左氏傳楚鍾儀囚於晉與之琴操南音劇秦美新曰后土顧懷
且其君子弘懿睿哲善本睿哲作明睿允恭溫良容
止可則出言有章進退屈申與時抑揚濟曰弘大
也懿美也睿聖也哲智也允信也良善也言君子有大美聖智信溫恭善之容止言詞我
高祖光武兼之故能隨時屈申抑揚善曰班固說東平王蒼曰體弘懿之姿稟哲也已
見東京賦尚書曰允恭克讓論語子貢曰夫子溫良恭儉讓孝經曰容止可觀進退可度
毛詩曰其容不改出言有章周易曰往者屈也來者伸也屈伸相感而利害生焉班固漢書
叔孫通述曰叔孫奉常與時抑揚方今天地之睢虛惟剌力達帝

亂其政豺狼肆虐真人革命之秋也良曰方向也向
今猶向時也睢剌謂禍難也言向時秦莽天下禍難帝失其政教故豺狼得肆其暴虐正
是高祖光武革命之秋豺狼喻奸臣善曰漢書音義曰方向也謂高祖之時蒼頡篇曰
今時亂也謂光武天地猶天下也睢剌前禍乱也謂秦二葉也淮南子曰萬物盱睢楚辭
曰盭乖剌而無當王逸曰剌邪也睢許規切帝謂高祖也馬融論語注曰亂理也豺狼貪
殘謂王莽也真人光武也文子曰得天地之道故謂之真人革命也見東都賦爾其
則有謀臣武將皆能攫九縛戾執猛破堅摧剛
排揵件陷扃蹴此子六踏綜本踏作蹈咸陽翰曰攫戾執猛壯勇
之人也揵排門也能排之扃門限也能陷之所以蹴踏咸陽也此皆高祖光武之將士
善曰蒼頡篇曰攫搏也說文曰揵距門也又曰扃外閉之關也古熒切高祖階

文選四　十七

其塗光武覽綜本覽作攬其英良曰高祖略南陽郡而入武關故謂
階其塗光武起於此故謂覽其英善曰漢書曰沛公圍宛城南陽守齮降引兵西無不
下者爾雅曰階因也齮音蟻東觀漢記曰鄧禹吳漢並南陽人三略曰主將之體務在攬
英雄之心是以關門反距漢德久長向曰反距謂反覆距關高
祖都西而距東光武居東而距西故能長久善曰言居西而距東居東而距西故言反也
杜篤論都賦曰是時山東翕然狐疑意聖朝之西都懼關門之反距及其去危
乘安視人用遷銑曰去危乘安謂太平也視人所安而設教善曰去危
乘安謂太平也視人用遷謂觀人所安而設教周召之儔據鼎足焉
以庇匹婢王職良曰庇里也言漢家亦有周公召公之儔輔佐可依如鼎足者
以理天子之職善曰史記曰周公旦者周武王弟也輔武王又召公奭姓姬氏成王時

召公爲三公漢書曰夫三公鼎足之輔也賈逵國語注曰庬由理切搢紳之倫
經綸訓典賦納以言濟曰綸理也典法也賦布也搢揷笏於紳紳大
帶也言賢智之臣經理訓法出入布納以善言善曰搢作縉漢書音義臣瓚曰縉赤白
色紳大帶也周奇曰搢揷笏於大帶周易曰君子以經綸國語曰修其訓典尚書曰出納
以言也是以朝無闕政風烈昭宣也翰曰烈業也昭明也
宣通也善曰春秋考異郵曰後雖殊世風烈猶合於持方宋均曰持方受命者名於
是乎兒倪齒眉壽鮐背之叟皤皤焉被黃髮
者銑曰兒齒眉壽鮐背黃髮皆老人也皤皤亦老貌也善曰毛詩曰以介眉壽毛萇
曰眉壽毫眉也善本兒作鯢爾雅曰黃髮唷鯢齒鮐背耇老壽也皤皤已見東京賦
然相與歌曰望翠華之葳蕤建太常兮裶裶

音霏良曰翠華蓋也太常旗也葳蕤裶裶皆旗貌言老人思天子而作是歌善曰上
林賦曰建翠華之旗葳蕤翠華貌太常已見東京賦上林賦曰紛紛裶裶芳非切駟
飛龍兮騤騤逵振和鑾兮京師向曰騤騤壯健貌和鑾振
響發於京師東京也和鑾車上之鈴善曰飛龍言疾也周易曰飛龍在天毛詩曰
四牡騤騤和鑾已見上文總萬乘兮徘徊按平路兮來歸
銑曰徘徊安行狀來歸歸南都也善曰萬乘已見上文毛萇詩傳曰迴遲也然徘徊即
遲遲也毛詩曰行道遲遲南陽舊居故曰來歸毛詩曰來歸自鎬豈不思天
子南巡之辭者哉遂作頌曰濟曰南都老人若此豈曰不思
天子之歌辭哉是以復頌之也善曰毛詩曰豈不爾思尚書曰五月南巡狩
皇祖止焉光武起焉據彼河洛統四海焉翰曰

皇祖高祖也止謂略南陽也光武起南陽據河洛謂東京也善曰皇祖高祖也周易曰
庖犧氏沒神農氏作河洛謂東都也西都賦曰嘗有意乎都河洛本枝百代
善本作世位天子焉永代克孝懷桑梓焉真人南
巡觀舊里焉銑曰本枝俱茂可以百代克能也桑梓謂南都言光武能行孝
思舊因諫桓帝何不往之意言真人南巡者亦冀天子復南巡見舊里邑也善曰毛詩
曰文王孫子本枝百世毛詩曰永世克孝又曰維桑與梓必恭敬止東觀漢記曰光武征
秦豐幸舊宅鄭元水經注曰光武征秦豐張衡以爲真人南巡觀舊里焉

三都賦序

左太沖向曰臧榮緒晉書云左思字太沖齊國人也少博覽史記
作三都賦搆思十稔門庭藩溷皆著紙筆遇得一句即疏之徵爲秘書賦

成張華見而咨嗟都邑豪貴競相傳寫三都者劉備都益州號蜀孫權都
建業號吳曹操都鄴號魏思作賦時吳蜀已平見前賢文之是非故作斯
賦以辨衆惑善曰臧榮緒晉書曰左思字太沖齊國人少博覽文史遂
作三都賦乃詣著作郎張載訪岷卭之事遂搆思十稔門庭藩溷皆著紙
筆遇得一句即便疏之徵爲秘書賦成張華見而咨嗟都邑豪貴競相傳
寫徧于海內

劉淵林注善曰臧榮緒晉書曰三都賦成張載爲注魏都劉逵
爲注吳蜀自是之後漸行於俗也

蓋詩有六義焉其二曰賦揚雄曰詩人之賦
麗以則銑曰美麗有法則善曰子夏詩序文也法言文也班固曰賦

者古詩之流也善曰兩都賦序文先王採焉以觀土風見綠竹猗猗於宜則知衛地淇澳於六之產良曰詩衛風云瞻彼淇澳綠竹猗猗善曰禮記曰命太師陳詩以觀民風鄭玄曰陳詩謂采其詩以觀視之毛詩衛風曰瞻彼淇澳綠竹猗猗見在其版屋則知秦野西戎之宅濟曰詩秦風云西戎版屋亂我心曲善曰毛詩秦風曰在其版屋亂我心曲毛萇曰西戎版屋也故能居然而辨八方然相如賦上林而引盧橘夏熟楊雄賦甘泉而陳玉樹青葱班固賦西都而歎以出比目張衡賦西京而述以游海若假稱珍怪以為潤色銑曰潤其文章使有光色善曰河圖龍文曰鎮星光明八方歸德難蜀父老曰六

合之內八方之外劉曰凡此四者皆非西京之所有也若斯之類匪啻失至于茲向曰匪啻言多也善曰茲此也假稱珍怪也若斯珍之流不啻於此多尚書曰不啻自其口出考之果木則生非其壤校之神物則出非其所於辭則易為藻飾於義則虛而無徵且夫玉卮紙移無當去雖寶非用向曰卮酒器也當底也且有玉器無底雖是寶物終不堪用劉曰蓋韓非所謂畫鬼魅易為好畫狗馬難為工之類卮一名觶酒器也當底也善曰韓子堂谿公謂韓昭侯曰今有白玉之卮無當有瓦卮有當君寧何取曰取瓦卮也侈言無驗雖麗非經濟曰侈大也經常也若大言而無徵驗者雖華麗不可以為常善曰劉廙荅丁儀刑禮書曰崇飾侈言欲其往來而論去者莫不詆丁禮訐斤謁其研

精作者大氏丁禮舉為憲章良曰詆呵許舉也大氏猶大都也言以其有研精之處莫敢呵責舉發之大都仍舉以為法則善曰墨子曰雖有詆訐之人無所依矣說文曰詆訶也訐面相序罪也尚書序曰研精覃思司馬遷書曰詩三百篇大氏賢聖發憤之所謂也禮記曰憲章文武氏音旨積習生常有自來矣翰曰言習常已久劉曰傳曰習實生常善曰左傳叔孫曰叔出季處有自來矣余既思摹莫蒲二京而賦三都其山川城邑則稽之地圖鳥獸草木則驗之方志風謠歌舞各附其俗魁梧長者莫非其舊銑曰摹法稽考志記也魁梧猶大也善曰周禮曰外史掌四方之志鄭玄曰志記也漢書音義應劭曰魁梧丘墟壯大之意也音忤韓子曰重厚自尊謂之長者何則發言為詩者

詠其所志也升高能賦者頌其所見也美物者貴依其本贊事者宜准其實匪本匪實覽者奚信且夫任土作貢虞書所著辨物居方周易所慎翰曰虞書云任土作貢易曰君子以辨物居方令物各當其所故常植之善曰毛詩序曰詩者志之所之在心為志發言為詩毛萇詩傳曰升高能賦可以為大夫釋名曰稱人之美曰讚劉曰虞書曰禹別九州任土作貢定其肥饒之所生也而著九州貢賦之法也周易曰君子以慎辨物居方准善本作本非善本作匪聊舉其一隅攝其體統歸諸詁訓焉銑曰詁訓古言也舉一隅攝取其體裁統理皆歸諸古人之言

蜀都賦

有西蜀公子者言於東吳王孫向曰太沖假立蜀公子吳
王孫相誇以奢麗後以魏先生引法度折之善曰聖主得賢臣頌曰今臣僻在西蜀史記
武王得仲雍曾孫周章封之東吳漢書曰漂母謂韓信曰吾哀王孫而進食蘇林曰如言
公子也博物志曰王孫公子皆相推敬之辭曰蓋聞天以日月為
綱地以四海為紀九土星分萬國錯跱崤胡交
函有帝王善本作皇之宅河洛為王者之里翰曰錯雜
跱立也九土九州也各在星之分野而萬國雜列其中崤函西京也河洛東京宅里皆居之
劉曰非日月無以觀天文非四海無以著地理故聖人仰觀俯察窮神盡微者必須綱紀
也崤東西崤也函函谷關也賈生過秦曰以崤函為宮里居也言周漢皆以河洛為都邑
善曰越絕書范蠡曰天貴持盈不失日月星辰之綱紀毛詩曰滔滔江漢南國之紀周禮

文選四　二十二

曰以星土分辨九州之地所封域萬國已見上張衡靈憲曰星體生於地列居錯峙崔駰
河南尹箴曰唐虞商周河洛是居吾子豈亦曾聞蜀都之事
歟請為左右揚搉古學而陳之銑曰吾子謂王孫也揚搉粗略
也公子不直斥王孫而言左右者敬之一劉曰韓非有揚搉篇班固曰揚搉古今其義
也善曰許慎淮南子注曰揚搉粗略也夫蜀都者蓋兆基於上
世開國於中古廓靈關而為門包玉壘而為
宇帶二江之雙流抗峩眉之重阻濟曰廓開也包括抗
舉阻險也蜀主之先名蠶叢自蚕叢至開明三萬四千歲故云兆基上代秦惠王時滅蜀
王封公子通為蜀侯其後置郡以李冰為守穿兩江為人開田是時蜀人始伏中國言語
頗與華同故曰開國中古靈關玉壘峩眉皆山名宇猶為區宇也江水分為二故云帶二

江也劉曰揚雄蜀王本紀曰蜀王之先名蚕叢柏濩魚鳧蒲澤開明是時人皆椎髻左
言不曉文字未有禮樂從開明上到蚕叢積三萬四千歲故曰兆基於上代也秦惠王討
滅蜀王封公子通為蜀侯惠王二十七年使張若與張儀築成都城其後置蜀郡以李冰
為守地理志曰蜀守李冰鑿離堆穿兩江為人開田百姓饗其利是時蜀人始通中國言
語頗與華同故言開國於中古也靈關山名在成都西南漢壽界在前故曰門也玉壘山
名也湔水出焉在成都西北岷山界在後故曰宇也江水出岷山分為二江經成都南東
流經之故曰帶也揚雄蜀都賦曰兩江珥其前峩眉山名也在成都南犍為界面之故曰
抗也水陸所臻善本作湊兼六合而交會焉豐蔚所
盛茂八區而菴烏覽藹焉良曰臻至也豐蔚山林果實之饒也八區
八方也菴藹茂盛貌劉曰八區四方四隅也地理志曰巴蜀土地肥美有山林果實之

文選四　二十三

饒班固西都賦曰郊野之富號為近蜀義其豈盛善曰六合已見上文長楊賦曰洋溢
八區於前則跨躡犍乾牂臧枕之鴆倚善本作枕輢交
趾經途所亘五千餘里山阜相屬含谿懷谷
岡巒糾紛觸石吐雲向曰跨躡枕倚皆憑據也犍牂交趾皆郡名途
道也亘長也濟曰阜大山也糾紛雜亂也言山藏雲觸石而出劉曰阜大山也巒山
長而狹也一曰山小而銳也水注川曰谿注谿曰谷善曰漢書有犍為郡牂牁郡並屬
益州又有交趾郡屬交州轄寄也於蟣切春秋元命苞曰山有含精藏雲故觸石而出也
鬱於文蒀汾以翠微崛魚勿巍巍以峩峩干青
霄而秀出舒丹氣以為霞銑曰翠微山氣之輕縹者蓊蒀氣貌
崛特起也巍巍峩峩皆高貌霄天也秀猶拔擢也崐崙山有赤水其氣上蒸為霞言此亦

有之劉曰翠微山氣之輕縹也霞赤雲也巖夫子哀時命曰紅霓紛其朝霞山澤氣通
故曰舒丹氣而為霞也善曰甘泉賦曰騰青霄而軼浮景河圖曰崐崙山有五色水赤
水之氣上蒸為霞而赫然也龍池瀥胡角瀑步角濆扶刎其隈漏
江洑流潰胡內其阿汩骨若暘谷之揚濤沛普賴
若濛汜似之涌波翰曰龍池池名漏江洑流皆江名瀥瀑水沸聲潰潰
皆疾流貌汩沛水壯盛貌暘谷水名日所出濛汜水名日所入言此水類之隈阿皆曲汴
劉曰龍池在朱提南十里池周四十七里漏江在建寧有水道洑流數里復出故曰漏江
暘谷日所出也濛汜日所入也善曰瀑水沸之聲也瀥呼角切瀑步角切公羊傳曰
濆泉者何涌泉也濆扶刎切暘谷已見東京賦濛汜見西京賦
緣嶺菌桂臨崖宜旁挺龍目側生荔枝布綠

文選四　二十四

葉之萋萋結朱實之離離迎隆冬而不凋常
曄曄而猗猗向曰邛竹竹名菌桂木藥名龍目荔枝皆果木名萋萋離離茂
盛貌隆盛也言此物無凋落迎盛冬而生曄曄猗猗皆光色貌劉曰邛竹出興古盤江
以南竹中實而高節可以作杖神農本草經曰菌桂出交趾員如竹為眾藥通使一曰菌
薰也葉曰蕙根曰薰南裔志曰龍眼荔枝生朱提南廣縣犍為僰道縣隨江東至巴郡江
州縣往往有荔枝樹高五六丈常以夏生其實味可食龍眼似荔枝其實亦可食邛竹菌
桂龍眼荔枝皆冬生不枯鬱茂於山林善曰王逸荔枝賦曰綠葉蓁蓁又曰朱實叢生
孫卿子曰松柏經隆冬而不凋蒙霜雪而不變曄曄猗猗已見上文孔翠羣翔
犀象競馳白雉朝雊猩猩生夜啼金馬騁光
而絕影碧雞倏忽而曜儀火井沈熒於幽泉

高焰飛煽扇於天垂濟曰孔孔雀翠翡翠白雉皆鳥名犀象猩猩皆
獸名金馬碧雞神物也言此二神曜騁光儀也蜀有火井以家火投之須臾如雷聲焰出
通天言火在井故云沉熒熒光也劉曰孔孔雀也翠鳥也孔雀特出永昌南涪縣翡翠
常以二月九月羣翔興古十餘白雉出永昌猩猩生交趾封谿似猨人面能言語夜聞其
聲如小兒啼春秋傳曰豕人立而啼服子慎曰啼呼也淮南子曰猩猩知往地理志曰金
馬碧雞在越嶲青蛉縣禺同山漢宣帝時方士言益州有金馬碧雞之神可以醮祭而致
也宣帝使諫議大夫王褒持節而求之褒道病卒竟不能致也蜀郡有火井在臨邛縣西
南火井鹽井也欲出其火先以家火投之須臾許隆隆如雷聲爓出通天光輝十里以筩
盛之接其光而無炭也煽熾也善曰廣雅曰熒光也說文曰爓火爓也音艷煽音扇
垂天四垂也其間則有虎魄丹青江珠瑕英金沙

文選四　二十五

銀礫歷符采彪筆左炳丙暉麗灼酌爍舒藥切
青石魚也虎魄江珠瑕英金沙銀礫皆珍寶也彪炳灼爍光彩貌劉曰永昌博南縣出
琥珀牂牁有白曹山出丹青曾青空青也本草經云皆出越嶲郡瑕玉屬也揚雄蜀都賦
云瑕英江珠永昌有水出金如糠在沙中興古盤町山出銀符采玉之橫文也灼爍艷色
也善曰博物志曰琥珀一名江珠於後則却背華容北指崑
崙緣以劍閣阻以石門銑曰華容水名崑崙山名劍閣谷名石門
山名劉曰華容水名在江油之北崐崙山名也揚雄蜀都賦曰北屬崐崙劍閣谷名自
蜀通漢中道一由此背有閣道在梓潼郡東北石門在漢中之西襃中之北此二處蜀之
險隘於是在焉流漢湯湯傷驚浪雷奔望之天迴即
之雲昏水物殊品鱗介異族或藏蛟螭勅知或

隱碧玉嘉魚出於丙穴良木攢於褒谷向曰湯湯流貌雷奔水聲也即就也遠望眩轉若天地之迴洑見水氣如雲霧之昏翰曰鱗魚之屬介甲也龜之屬蛟螭水神也碧玉水石也嘉魚魚名也丙穴穴名也良木大材木也褒谷谷名劉曰有鱗曰蛟螭蛟螭水神也一曰雌龍也一曰龍子也相如上林賦曰蛟龍赤螭若玉謂水玉也尸子曰龍淵生玉英丙穴在漢中沔陽縣北有魚穴二所常以三月取之丙地名也褒中縣南口斜谷水源一在北南流經褒中故北口曰斜南口曰褒同一谷耳長四百七十里褒斜出良材漢書曰斜谷之木不足為我械善曰枚乘七發曰波湧而踴起橫奔似雷行任豫益州記曰嘉魚似鱒魚其樹則有木蘭梫七林桂杞櫹蕭椅於其桐椶宗枒邪楔耕八樅七松楩頻綿柟南幽藹於谷底松柏蓊鬱於山峯向曰皆木

名翰曰梫柟大木幽藹蓊鬱茂盛貌劉曰木蘭大樹也葉似長生冬夏榮常以冬華其實如小柹甘美南人以為梅其皮可食揚雄蜀都賦曰樹似木蘭梫桂木桂也傳曰杞梓之木櫹大木也詩曰其桐其椅椶椰出蜀其皮可作繩履楔似松有刺也樅柏葉松身楩柟二樹名皆大木也善曰梫音寢擢脩幹竦長條扇飛雲拂輕霄羲和假道於峻岐陽烏迴翼乎高標濟曰言山木之高岐樹奇枝也高標高枝也羲和日馭也馭日至此發於高樹故假道而行陽烏日中烏至此亦迴羽翼於高枝而進劉曰言山木之高也善曰楚辭曰吾令羲和弭節兮廣雅曰日御謂之羲和左傳曰假道於虞春秋元命苞曰陽成於三故日中有三足烏烏者陽精巢居栖翔聿兼鄧林穴宅奇獸窠宿異禽熊羆咆步交其陽鵰鶚鴥聿其陰猨狖

弋狩騰希而競捷虎豹長嘯而永吟良曰巢居鳥也聿猶是也言衆鳥之遊止兼倍於鄧林鄧林林名翰曰宅居也窠鳥巢也咆號也鵰鶚鳥名鴥疾貌猨狖獸名希空虛捷疾也劉曰鄧林林名也窠鳥巢也鶚其形如鵰皆鷙鳥也枚乘曰鷙鳥累百不如一鶚鴥疾貌也善曰鄧林已見西京賦楚辭曰虎豹鬭兮熊羆咆說文咆嘷也步包切毛詩曰鴥彼晨風春秋元命苞曰猛虎嘯谷風起杜篤連珠曰長吟永嘯於東則左綿巴中百濮卜所充外負銅梁於宕徒浪渠內函含要害於膏腴音俞向曰綿歷也巴中地名百濮夷名充滿此地銅梁山名宕渠邑名要害險固膏腴肥沃也劉曰濮夷也傳曰麇人率百濮今巴中土姓有濮也銅梁山名宕渠縣在巴西出鐵要害地險隘也膏腴土地肥沃也其中則有巴菽巴戟靈壽桃枝樊以

蒩租圃濱以盬池向曰巴菽巴戟皆藥名靈壽木名桃枝竹屬樊藩也蒩草名根可食故種之於圃以為藩籬盬池利人亦濱其側也劉曰巴菽巴豆也巴戟巴戟天也靈壽木名也出涪陵縣桃枝竹屬也出墊江縣二者可以為杖樊藩也詩曰營營青蠅止于樊蒩草名也亦名土茄葉覆地而生根可食人飢則以繼糧盬池出巴東北新井縣水出池如涌泉可煑以為盬善曰埤蒼曰蒩蕺也蒩咨觀切蕺則及切鷩必滅鵜帝善本作蛾蛦山棲元龜水處潛龍蟠於沮子預澤應鳴鼓而興雨良曰鷩鵜鳥名也元龜大龜也沮猶下濕也巴東有澤人謂有龍焉鳴鼓其傍則雨矣劉曰蛾蛦鳥名也如今之所謂山雞其雄色班雌色黑出巴東元龜大龜譙周異物志曰涪陵多大龜其甲可以卜其腹中又似瑇瑁俗名曰靈又沮有萊蒲也巴東有澤水人謂有神龍不可鳴鼓鳴鼓其傍即便雨矣善曰李尤

七歎曰龍䰍水處方言曰未升天龍謂之蟠龍蒸毋遼孟子注曰澤生草言沮丹沙
赩[許力]熾出其坂蜜房郁毓被其阜山圖采而
得道赤斧服而不朽翰曰丹沙石藥名赩熾赤光丹沙色也蜜房蜜
窠房也郁毓豐盛貌山圖赤斧列仙名由采此服之遂得仙道不朽老也劉曰涪陵丹
興二縣出丹砂丹砂出山中有穴尚書禹貢曰厥土赤埴巴西漢昌縣多野蜂蜜蠟山圖
隴西人也隨道士之名山採藥身輕不食莫知所如赤斧巴人也能鍊丹砂與消石服之
身體毛髮盡赤皆古仙者也見列仙傳善曰毛萇詩傳曰赩赤貌也鄭玄尚書注曰熾
赤也昌志切班固終南頌曰蜜房溜其巔郁毓盛多也若乃剛悍[汗]生
其方風謠尚其武奮之則賨[叢]旅翫之則渝
舞銳氣剽於中葉蹻[綺驕]容世於樂府濟曰巴有賨人

文選四　二十八

剽勇高祖募取以定三秦閬中有渝水左右者銳氣喜舞高祖好其猛銳數觀其舞後令
樂府習之善曰廣雅曰悍勇也應劭風俗通曰巴有賨人剽勇高祖為漢王時閬中人
范目說高祖募取賨人定三秦封目為閬中慈鳧鄉侯并復除目所發賨人盧朴沓鄂度
夕七姓不供租賦閬中有渝水賨人左右居銳氣喜舞高祖樂其猛銳數觀其舞後令
樂府習之揚雄荊州箴曰風飄以悍氣銳以剛賨在宗切毛詩曰昔在中葉漢書曰武帝
樂府於西則右挾[胡蝶]岷山涌瀆發川陪以白狼
夷歌成章良曰岷山江水所出故云涌發川瀆也白狼夷名歌成章韻也劉
曰江水出岷山也白狼夷在漢壽西界漢明帝時作詩三章以頌漢德益州刺史朱輔驛
傳其詩奏之詩在輔傳也坰野草昧林麓黝[於糾]儵[叔]交讓
所植蹲[存]鴟所伏濟曰言野外之草昧然布於地黝儵茂盛貌交讓木

名蹲鴟芋名劉曰交讓木名也兩樹對生一樹枯則一樹生如是歲更終不俱生枯也
出岷山在安都縣蹲鴟大芋也其形類蹲鴟故卓王孫曰吾聞岷山之下沃野下有蹲鴟
至死不飢善曰黝儵茂盛貌百藥灌叢寒卉冬馥異類衆
夥[禍]于何不育其中則有青珠黃環碧砮芒
消或豐綠荑[啼]或蕃[伐元]丹椒蘼蕪布濩[護]於
中阿風連莚[餘戰]蔓[萬]於蘭皋紅葩紫飾柯葉
漸苞敷蘂葳蕤落英飄颻銑曰寒卉冬生草也馥香也夥多也
育養也青珠黃環皆寶也碧砮碧玉可為矢鏃芒消石藥綠荑蘼蕪皆香草也丹椒椒名
風連藥名布濩繁密貌阿曲也莚蔓相連屬貌蘭皋澤中生蘭也葩花也飾自為文飾也
漸進長也包叢生也敷布也蘂花心也葳蕤花鮮好貌英亦花也飄颻飛揚也劉曰青

文選四　二十九

珠出蜀郡平澤黃環出蜀郡碧石生越巂郡無會稽砮可作箭鏃禹貢梁州貢砮石芒
消出蜀郡廣陽山綠荑辛荑蘼蕪皆香草也蘼蕪出岷山替陵山風連出岷山一曰出廣
都山岷山特多藥草其椒尤好異於天下漸苞裹而同長也書曰草木漸苞蘂者或
謂之華或謂之實一曰花鬚頭點也楚辭曰採薜荔之落英神農是嘗盧
附是料[聊]芳追氣邪味蠲癘痟音消良曰言此草藥經
神農嘗之扁鵲盧人故曰盧也附俞附古之善醫者皆料此藥而用之此藥芬芳能退
去氣病與邪病其味可以蠲除癘與痟病也劉曰扁鵲盧人古良醫揚雄法言曰扁鵲盧
人而醫多盧藥氣不和之病也痟亦頭痛也周禮四時皆有癘疾春多痟首之疾相如傳
曰常有痟病善曰淮南子曰神農乃始教人播種五穀嘗百草之滋味史記曰虢中庶
子謂扁鵲曰臣聞上古之時醫有俞跗醫病不以湯液其封域之內則

有原隰墳衍通望彌博演以潛沫末浸以綿
洛翰曰封域土境也博廣也水潛行曰演沫水名也綿洛皆水名浸潤此地劉曰禹
貢梁州云沱潛既道有水從漢中沔陽縣南流至梓潼漢壽縣入穴中通罡山下西南潛
出今名復水舊說云禹貢潛水也又有水出岷山之西東流過漢壽南流有高山上合下
開水經其中曰沫水水潛行曰演此二水洑流故曰演以潛沫綿水在綿竹縣出紫巖山
洛水在上雒縣出桐柏山周禮曰揚州其浸五湖言益州之有綿雒猶揚州之有五湖故
曰浸以綿雒也潛沫綿雒四水所經本皆蜀郡故皆謂之封域之內也善曰沫武蓋切
溝洫脈散疆里綺錯黍稷油油秔古衡稻漠漠
指渠口以為雲門灑滮皮尤池而為陸澤雖星
畢之滂晉郎沲尚未齊其膏液銑曰脈散言溝洫水分散猶血

脈分散也疆里疆場邑里也如錦綺之雜錯油油漠漠茂盛貌言水自渠而灌田故指渠
口為雲門猶雲來則雨至也滮池蓄水池也言自此而灑田實為陸地之潤澤凡月附於
畢星則雨雖其滂沲終不可齊此之膏液劉曰廣深四尺為溝倍溝為洫左氏傳曰先
王疆理天下謂地勢縱橫之宜也漠漠茂也李冰於湔山下造大堋以壅江水分散其流
溉灌平地故曰指渠口以為雲門也滮流貌詩曰滮池北流浸彼稻田蔡邕曰疑雨曰陸
尚書洪範曰星有好雨月失道而入畢則多雨詩曰月離于畢俾滂沲矣善曰鄭玄周
禮注曰黃帝樂曰雲門言黃帝之德如雲之出門也然此唯取雲門之名不取樂也滮扶
彪切陸音六滂普忙切沲度羅切爾乃邑居隱賑之忍夾江傍
山棟宇相望桑梓接連家有鹽泉之井戶有
橘柚之園良曰隱賑富盛貌鹽泉鹽井也橘柚果樹名劉曰隱盛也賑富也

梓木名可以為琴瑟蜀都臨邛縣江陽漢安縣皆有鹽井巴西充國縣有鹽井數十大曰
柚小曰橘犍為南安縣出黃甘橘地理志曰蜀都嚴道巴郡朐忍魚復二縣出橘有橘官
善曰揚雄蜀都賦曰夾江緣山又曰西有鹽泉鐵冶橘林銅陵其園則有林
檎枇杷橙柹梬郢楟亭榹斯桃函含列梅李
羅生良曰皆果木名函懷列行羅布也叢生於此中劉曰皆果名也林檎實似赤
柰而小味如梨枇杷冬華黃實本出蜀蜀有給客橙冬夏華實相繼張揖曰梬山梨善
曰梬音亭爾雅曰榹桃山桃也百果甲宅拆異色同榮朱櫻
春就善本作熟素柰夏成良曰甲拆花開也言同發榮異其光色也櫻柰
皆果木名就成也實善曰周易曰百果草木皆甲宅鄭玄曰木實曰果皆讀如人倦之解
解謂拆呼皮曰甲根曰宅宅居也呼火亞切漢書叔孫通曰古有春嘗果令櫻桃熟可嘗

也素柰白柰也王逸荔枝賦曰酒泉白柰若乃大火流涼風厲列
白露凝微霜結翰曰大火心星也流行於西正秋時也言此時風氣高厲
霜露凝結也劉曰詩曰七月流火禮記月令孟秋涼風至善曰毛萇詩傳曰火大火
也流下也毛詩曰白露為霜楚辭曰微霜結兮眇眇紫梨津潤樼臻栗
罅火亞發蕭桃亂潰胡對石榴善本作柚競裂甘至自
零芬芳酷苦毒烈良曰紫梨樼栗蕭桃石榴皆果木名津潤梨中含水也
發栗皮開折也亂潰蕭桃栗也競裂石榴競開也甘至自零言熟皆自落酷烈香氣也
劉曰詩云樹之榛栗傳曰榛栗棗脩罅發栗皮拆罅而發也甘至言熟也善曰西京雜
記曰上林有紫梨郭璞曰上林賦注曰蒲桃似燕薁可作酒馬融西第頌曰紫房潰漏又
曰胡桃自零若榴已見兩都賦上林賦曰酷烈淑郁榛與樼同側鄰切罅呼亞切其

圃善本作園則有蒟俱宇蒻弱茱萸瓜疇芋于句區甘
蔗之夜辛薑陽蓲吁陰敷向曰蒟蒻茱萸瓜芋甘蔗辛薑皆菜藥之
屬可食者疇界埒也區畦也言物皆陽氣蓲煦而生若薑之類皆生於陰地故云陰敷敷
布也劉曰蒟醬也緣樹而生其子如桑椹熟時正青長二三寸以蜜藏而食之辛香
溫調五藏蒻草其根名蒻頭大者如斗其肌正白可以灰汁煑則凝成可以苦酒淹食
之蜀人珎焉茱萸一名藙也疇者界埒小畔際也楊雄太玄經曰陽蓲萬物言陽氣蓲煦
生萬物也陰敷薑生於陰也善曰蒟俱羽切蓲許于切日往菲微月來
扶踈任土所麗衆獻而儲銑曰菲微扶踈果木茂密貌麗附也
附生於此土任而貢焉所獻衆多而相積劉曰任任其土地所生也尚書所謂任土
作貢也易曰百穀草木麗乎土其沃瀛則有攢任官蔣將叢蒲

綠菱紅蓮雜以蘊藻糅女又以蘋蘩翰曰瀛澤中也蔣蒲
菱蓮蘊藻蘋蘩皆水中草糅亦雜也劉曰楚辭曰倚沼畦瀛王逸云瀛澤中也班固以
為畦蔣菰名也蘊藻蘋蘩皆水草也蘊叢也善曰瀛音盈揔莖泥泥奴禮
裛於葉葉蓁蓁臻蕡墳實時味王公羞焉向曰揔叢
也裛重也泥泥蓁蓁茂盛貌蕡實也言葉與實四時食之味可以羞進於王公也劉曰
泥泥蓁蓁茂盛貌也詩云爾殽既時傳曰苟有明信澗谿沼沚之毛蘋蘩蘊藻之菜可薦
於鬼神可羞於王公善曰毛詩曰敦彼行葦維葉泥泥乃禮切又曰桃之夭夭其葉蓁
蓁又曰桃之夭夭有蕡其實扶云切其中則有鴻儔鵠侶鷔鷺
良曰鴻鵠羣飛故云儔侶鷔鷺鵜鶘
鵜鶘晨鳧旦至候鴈銜蘆
二鳥名晨鳧常晨飛也鴈候時南北故曰候鴈銜蘆以禦繒繳劉曰皆水鳥名鴻鵠多

羣飛故言儔侶也鷔鷺鵜鶘二鳥名也晨鳧常以晨飛也鴈候時南北故曰候鴈銜蘆以
禦繒繳令不得截其翼也淮南子曰鴈銜蘆而翔以備繒繳善曰毛詩曰振鷺于飛爾
雅曰鵜洿澤也郭璞曰即鵜鶘也說苑曰魏文侯嗜晨鳧呂氏春秋曰季秋之月候鴈來
鵜徒兮切鶘音胡木落南翔冰泮北徂雲飛水宿哢
吭胡浪清渠其深則有白黿命鼈玄獺上祭鱣
陟連鮪于鬼鱒在本魴鮷啼鱧禮鯊鱨翰曰言此鳥春秋往來也
飛于雲宿于水哢吭舉首哢其音聲銑曰黿鳴則鼈應故曰命也孟春獺祭魚將食之
先祭也白玄黿獺色也向曰鱣鮪已下皆魚名劉曰木落者葉落也木葉落秋時也
冰泮春時也善曰淮南子曰木葉落而長年悲家語曰冰泮而農桑起爾雅曰吭鳥嚨
胡剛切禮記月令孟春獺祭魚將食之先以祭也鱧鯇鮹也鮷似鮹鯋似鮒鱒魴皆見詩

也楚辭曰乘白黿兮逐文魚張衡應問曰黿鳴而鼈應命呼也差鱗次色錦
質報章躍濤戲瀨中流相忘良曰魚鱗參差其色相次若錦
之容質重報其文章濤波也謂遊戲各得其性而相遺忘劉曰莊周云泉涸魚相與處
陸相呴以口相濡以沫不若相忘於江湖善曰毛詩曰終日七襄不成報章於是
乎金城石郭兼帀中區既麗且崇實號成都
良曰金石言堅也區域也言美麗崇高也成都蜀都劉曰金石言堅也故晁錯曰神
農之教雖有金城湯池也闢二九之通門畫方軌之廣塗
營新宮於爽塏愷擬承明而起廬濟曰闕十八門也方
軌並車迹言塗可以並車行也新宮宮名漢有承明廬此擬而起之爽塏高明也劉曰
漢武帝元鼎二年立成都十八門周禮經塗九軌畫言端直也爽塏高明也善曰爽塏

已見上文承明已見西都賦結陽城之延閣飛觀榭乎雲中開高軒以臨山列綺窻而瞰苦濫江向曰陽城閣名延長也言觀榭若飛于雲中軒檻也綺窻彫畫若綺也瞰示也劉曰陽城蜀門名也善曰淮南子曰延樓棧道高軒堂左右長廊之有窻者張載魯靈光殿賦注曰檻所以開明也古詩曰交疏結綺窻內則議殿爵堂虎善本作武義虎威宣化之闥崇禮之闈華闕雙邈重門洞開金鋪交映玉題相暉銑曰議殿爵堂殿堂名虎義虎威二門名宣化崇禮皆門名邈開洞通也金鋪門上飾以金為之玉題椽上飾以玉為之暉映言光明也劉曰議殿爵堂殿堂名也武義虎威二門名也宣化崇禮皆闈闥之名也金鋪鋪首以金為之玉題以玉為之孟子曰榱題數尺揚雄曰璇題玉英善曰西都賦曰樹中天之華闕長門賦曰擠玉戶而撼金鋪外則軌躅直六八達里閈汗良曰軌車也躅迹也八達八通對出比屋連甍千廡武萬室之道閈里門也對出相對而立甍棟也大屋曰廡皆言閭閻相次也劉曰閈里門也管子曰閭閈不可以無闔盧綰與高祖同里班固曰綰自同閈廡序也蘇秦說魏襄王曰廬廡之數也善曰漢書班嗣與桓生書曰伏孔氏之軌躅音義曰三輔說牛蹄處為躅爾雅曰八達謂之崇期孫炎曰崇多也多道會期於此亦有甲第當衢向術壇宇顯敞高門納駟音悉叶韻庭扣苦后鐘磬堂撫琴瑟匪葛匪姜疇能是恤濟曰甲第第一宅也言第一宅向道謂之當向也衢術皆道也匪非也疇誰也恤居也壇猶堂也敞高也納駟可納駟馬車也葛諸葛亮為丞相姜姜維為大將軍非此二人誰能居劉曰術道也楚辭九章

曰燕雀烏鵲巢堂壇兮王逸曰壇猶堂也漢于公高其門使容駟馬高蓋此言甲第高門可以納駟善曰西京賦曰北闕甲第當道直啓李尤高安館銘曰增臺顯敞禁室靜幽壇徒蘭切劉曰疇誰也善曰蜀志曰諸葛亮為丞相又曰姜維初為亮倉曹掾稍遷為大將軍亞以少城接乎其西市鄽所會萬商之淵列隧百重羅肆巨千賄呼罪貨山積纖麗星繁翰曰亞次也少城小城也言市鄽之衆商賈如淵隧市中道肆鋪也羅列百重巨千言多也賄貨財帛也纖麗細好之物山積星繁衆盛皃劉曰少城小城也在大城西市在其中也都人士女袨縣服靚才姓莊善本作糚莊賈古貿莫搆墆從結鬻舛兗錯縱橫異物詭譎善本作崛詭奇於八方布有橦華麪有桄榔邛竹善本作杖傳節於大夏之邑蒟句醬流味於番潘禺愚之向曰袨服盛服也靚莊謂粉白黛黑也賈鬻賣也貿易也墆貯鬻販舛錯猶交錯也良曰橦木名其華可績為布桄榔木名中有屑如麪可食之張騫云臣在大夏時見邛竹杖南越傳曰使唐蒙諷曉南越南越侯食蒙以蒟醬蒙問所從來荅曰道出番禺城下言二物皆生於蜀而流及遠方也劉曰蘇林曰袨服謂盛服也張揖曰靚謂粉白黛黑也墆貯也橦華者樹名橦其花柔毳可績為布也出永昌桄榔樹名也木中有屑如麪可食出興古張騫傳曰臣在大夏時見邛竹杖蜀布問安得此大夏國人曰吾賈人往市之身毒國身毒國在大夏東南可數千里南越傳曰使唐蒙諷曉南越食蒙以蒟醬蒙問所從來荅曰西北牂牁江廣數里出番禺城下故漢書曰感蒟醬竹杖則開牂牁越巂也邛竹杖以節為奇故曰傳節也善曰都人士女已見上文漢書曰富商大賈或墆財八方已

見上三都序絃音縣端直例切挄音光榔音郎興輦雜沓徒合冠帶混
并累轂疊跡叛衍相傾諠譁鼎沸則哤麥江聒
古活宇宙囂許驕塵漲陟亮天則埃壒烏蓋曜靈韓曰雜沓
衆多貌混并雜亂貌叛衍猶漫衍也相傾言人擁相抵突而傾側也諠譁之聲如鼎之沸
哤聒於天地也車馬之塵昏上蔽日景也埃壒塵昏也曜靈日也　劉曰叛亂也莊周曰
何貴何賤是謂叛衍　善曰蔡邕月令章句曰冠首飾也帶大帶所以束身也司馬彪莊
子注曰叛衍猶漫衍也國語管子曰四人雜處則其言哤莫江切說文曰聒讙語也公逹
切文子曰四方上下曰宇說文曰宙舟輿所極覆也西都賦曰軼埃壒之混濁楚辭曰角
宿未旦曜靈焉藏　廣雅曰耀靈白日也闤闠之裏伎巧之家百
室離房機杼相和貝錦斐成濯色江波黃潤

比毗二筒籯盈金所過濟曰闤闠市門也離猶異也言房室雖異機杼
和鳴貝錦斐然成其文章濯於江水益發其色貝錦織文也斐文貌黃潤細布也盛於筒
中其價過一籯之金籯盛金之器　劉曰闤市巷也闠市外內門也貝錦錦文譙周益州
志云成都織錦既成濯於江水其文分明勝於初成池水濯之不如江水也黃潤謂筒中
細布也司馬相如凡將篇曰黃潤纖美宜制褌揚雄蜀都賦曰筒中黃潤一端數金籯賸
也韋賢傳曰黃金滿籯　善曰毛詩曰百室盈止古詩曰札札弄機杼　毛詩曰萋兮斐兮
成是貝錦也侈侈隆富卓鄭埒名公擅常扇山川
貨殖私庭藏鏹苦兩巨萬鈲普覓摫規兼呈亦以
財雄翕習邊城濟曰侈侈盛貌隆大也巨萬過萬也卓卓王孫也鄭程鄭
也皆蜀之豪富人也埒相校埒其富名也二人皆擅取山川之利遂多財至於過萬梁益

之間裁木為器曰鈲裂帛為衣曰摫兼呈者皆有常課擬於王者翕習盛貌言其雄富
所致盛及於邊城　劉曰漢書貨殖傳曰蜀卓氏之臨邛公擅山川銅鐵上爭王者之
利下錮齊人之業富至僮八百人程鄭亦冶鑄富埒卓氏司馬相如傳云臨邛富人程鄭
僮亦數百人鏹錢貫也殖貨志曰藏鏹千萬揚雄方言云鈲摫裁也梁益之間裁木為器
曰鈲裂帛為衣曰摫兼呈者皆有常課至於王者亦以財雄猶班一以財雄邊城也漢
書班氏叙傳當孝惠高后時以財雄邊出入弋獵旌旗鼓吹以臨邛是蜀郡之邊縣故云
邊城　善曰藏鏹管子之文也鏹九兩切鈲誧覔切三蜀之豪時來時
往養交都邑結儔附黨向曰三蜀蜀都廣漢犍為也本一蜀漢高
祖分置廣漢至武帝分置犍為養其交道結附儔黨　劉曰三蜀蜀郡廣漢犍為也本一
蜀國漢高祖分置廣漢漢武帝分置犍為　善曰孫卿子曰偷合苟容以持祿養劇

談戲論扼腕抵紙掌出則連騎歸從百兩翰曰
抵擊也大車稱兩言從車百乘　劉曰劇甚也鬼谷先生書有抵巇篇桓譚七說曰戲談
以要譽張儀傳曰天下之士莫不扼腕以言戰國策曰蘇秦說趙王華屋之下抵掌而言
皆談說之客也　百兩百乘也詩云之子于歸百兩御之　善曰漢書曰揚雄口吃不能劇
談連騎已見西京賦抵音紙若其舊俗終冬始春吉日良
辰置酒高堂以御嘉賓金罍中坐肴核胡革四
陳觴以清醥匹眇鮮以紫鱗羽爵執競絲竹乃
發巴姬彈絃漢女擊節翰曰肴葅醢也核桃梅之屬醥清酒也鮮
新殺也紫鱗魚也羽爵羽觴作鳥形也巴姬漢女蜀之美女也　劉曰揚雄蜀都賦曰其
俗迎春送冬百金之家千金之公　善曰楚辭曰吉日兮良辰　曹植箜篌引曰置酒高殿

上毛詩曰以御賓客且以酌醴劉曰鮮魚鱠也詩云炰鱉鱠鯉巴姬漢之美人猶衛之
雅質藥之幼女善曰毛詩曰肴核維旅鄭玄曰肴道醢也核桃梅之屬也左氏傳楚共
王有巴姬與核義同攜起西音於促柱歌江上之飉寮
厲紆長袖而屢舞翩僊僊音仙僊作躚劉本以裔裔
向曰西音江上皆曲名促柱急絃也飉厲歌聲也翩輕皃僊僊裔裔皆舞皃劉曰昔周
昭王涉漢中流而隕其右辛遊靡拯王遂卒不復還周乃侯其子于西翟實為長公楚從
宅西河長公思故處始作西音長公繼是音以處西山秦國之風蓋取乎此見呂氏春秋
韓子曰長袖善舞詩曰屢舞躚躚合古合樽促席引滿相罰樂
飲今夕一醉累月銑曰酒將闌故合并其樽以促近其席引持也持滿以
相罰酒厚樂極故醉累月劉曰言頻飲也善曰東方朔六言曰合樽促席相娛漢書曰

文選四　三十八

趙李侍中皆引滿舉白毛詩曰今夕何夕又曰一醉日富若夫王孫之屬
郤去戟公之倫從禽于外巷無居人並乘驥子
俱服魚文玄黃異校結駟繽紛良曰王孫卓王孫也郤公
蜀之豪富人從禽獵也巷無居人言皆觀獵也驥子良馬魚文盛箭器也校隊也繽紛眾
多貌劉曰王孫卓王孫也貨殖傳曰卓王孫田宅射獵之樂擬於人君郤公豪俠也楊
雄長楊賦曰若其滌弋郤公之徒相與如乎巨野羅車百乘觀者萬堤服箭服詩云象弭
魚服善曰周易曰鹿無虞以從禽也毛詩曰叔于田巷無居人桓子新論曰善相馬
者曰聲公得馬騃貌而正走名驥子周禮六廄成校校有左右楚辭曰青驪結駟齊千乘
西踰金隄東越玉津朔別期晦匪日匪旬翰曰
踰過也金隄隄名玉津津名自月朔至月晦還非一日一旬也劉曰金堤在岷山都安

縣西堤有左右口當成都西也璧王津在揵為之東北當成都之東也楊雄羽獵賦前[illegible]
雅累震澗後後曰浮彭蠡張衡羽獵前曰逐息崐崙後曰勞許公于箕隅道里遼迫非一日
所遊金堤玉津東西分行所欲經營亦非一所其間悠遠故曰朔別晦斯也若云一月之
中乃能周徧以旬日者也不蹴秋六蹈蒙籠涉獵寥廓鷹犬
倏叔眒勝胥罻尉羅絡洛幕向曰蹈踏也蒙籠草樹茂盛貌涉獵
經過也寥廓山谷幽遠貌倏眒輕疾也罻羅網也絡幕張設貌劉曰倏眒疾速也罻羅
鳥罟網也絡幕施張之貌也善曰蒙籠已見南都賦桓譚新論曰道路皆蒿草寥廓狼
籍子虛賦曰倏眒清剝毛羣陸離羽族紛泊普各翕響揮
霍中網林薄濟曰毛羣羽族鳥獸也陸離分散也紛泊飛揚也翕響揮霍沸
亂貌皆著網於林薄之間劉曰毛羣獸也羽族鳥也陸離分散也紛泊飛薄也翕響揮

文選四　三十九

霍奄忽之間也善曰泊匹名切屠麖京麋剪旄麈主帶文蛇
跨彫虎翰曰屠殺也麖麋旄麈皆獸名其尾可用故剪之蛇虎雖可畏而能帶跨
之言勇也劉曰皆獵之所得也麖麋大故屠之旄麈有尾故翦之蛇虎可畏而帶跨
之言其勇也尸子曰中黃伯云左執太行之獶而右搏彫虎善曰越人衣文蛇志
未騁時欲晚追輕翼赴絕遠出彭門之闕馳
九折之坂經三峽之崢嶸躡五屼兀之蹇產
善本作離良曰言雖有所獲猶未滿志乃遂鳥於絕遠之處彭門山如闕狀九折坂名
三峽五屼皆山名崢嶸蹇產高深詰曲也劉曰岷山都安縣有兩山相對立如闕號曰
彭門揚雄蜀都賦曰彭門鴻峴九折坂在漢壽嚴道縣卭萊山三峽巴東永安縣有高山
相劉相去可二十丈左右崖甚高人謂之峽江水過其中五屼山名也一山有五重左越

嶲當犍為南安縣之南也揚雄蜀都賦曰五
屼糸差　善曰楚辭曰下崢嶸兮無地子虛
賦曰蹇漼潚讀戟食鐵之獸射噬時制毒之鹿拍貙勅朱
氓於葽伊遥草彈言鳥於森木拔象齒戾歷結犀
角鳥鏺所扎翮獸廢足翰曰食鐵噬毒皆獸名貙氓野人也亦獸類言
鳥鸚鵡也戟刺也拍打也葽盛貌森密貌象牙犀角皆拔戾而取之言壯勇也鏺殘羽也
言飛鳥傷其羽走獸折其足無不中也劉曰貙獸毛黑白臆似熊而小以舌舐鐵須臾
便數十斤出建寧郡也有神鹿兩頭主食毒草名之食毒鹿出雲南郡此二事魏宏南中
志所記也易曰噬腊肉遇毒貙氓謂貙人也言鳥鸚鵡之屬皆出南中又鏺翮不能飛廢
足不能行也善曰方言曰噬食也博物志曰江漢有貙人能化為虎貙當為拍說文曰
拍拊也皛胡了切拍普格切貙丑于切漢書音義曰葽盛貌也於堯切淮南子曰飛鳥鏺

文選四　四十

羽走獸廢足許慎曰鏺殘也
殆而朅綺列來相與第如滇丁田
池集乎江洲試水客漾善本作艭輕舟娉江妃與
神游向曰殆而游獵之極也朅去也第如且往也滇池池名試使也水容舟子也漾
浮行也江妃神女也娉取之相與游也劉曰朅去也第且也相如傳曰第如臨邛譙周
異物志曰滇池在建寧界有大澤水周二百餘里水作深廣下淺狹似如倒池故俗云滇
池江洲在巴郡揚雄蜀都賦曰分川並注合手江洲滇池江洲非一處也今連之者說或
有在滇池時或有在江洲時無有常也應劭曰艭正也一曰南方俗謂正船迴濟處為艭
項羽傳曰烏江亭長艤船待羽江妃二女遊於江濱逢鄭交甫挑之不知其神女也遂解
珮與之交甫悅受珮而去數十步空懷無珮女亦不見語在列仙傳　善曰艤音蟻罨
奄翡翠釣鰋偃鮋流長下高鵠出潛虯音璆銑曰罨

網也鰋鮋魚名鴻鵠飛高故射下之虯龍在水故釣出之劉曰鰋鮋魚名吹洞
簫發櫂宅孝謳感鱏尋魚動陽侯濟曰洞簫樂器也櫂謳鼓
櫂而歌也瓠巴彈琴鱏魚出聽陽侯大波神皆聞簫鼓而感動劉曰洞簫長簫無底也
王褒所頌者也漢元帝能吹洞簫櫂歌也鱏魚出江中頭與身正半口在腹下淮南子曰
瓠巴鼓琴鱏魚出聽善曰櫂謳已見上文陽侯已見南都賦騰波沸涌珠
貝汎善本作氾浮若雲漢含星而光耀洪流向曰言陽
侯騰涌珠貝浮出若天漢之星照於水中劉曰管子曰若江湖之大求珠貝者不舍也
言魚驚波動珠貝浮見也善曰相貝經曰素質紅裏謂之珠貝將饗獠力召
者張帟幙會平原酌醪酤割芳鮮飲御酣賓
旅旋車馬雷駭行戒轟轟呼宏闐闐田若風流雨

文選四　四十一

散漫乎數百里之間良曰獠獵也帟平帳也醪酤酒也芳鮮魚肉也
饗食也轟轟闐闐車馬聲若風吹雨散漫然於數百里間言衆多劉曰獠獵也帟平帳
也周禮田則張大帟月令曰躬耕帝藉反乃執爵命曰勞酒言以宴羣臣也鮮新殺也
一曰生肉也善曰既載清酤毛萇曰酤酒也音户斯盖宅土之所安
樂觀聽之所踊躍也焉獨三川為世朝市
乃卓犖呂角奇譎倜天歷儻罔已一經神怪一緯
人理遠則岷山之精上為井絡天帝運期而
會昌景福肸喜筆蠁而興作碧出萇弘之血鳥
生杜宇之魄妄變化於非常羌見偉於疇昔
濟曰踊躍懽欣也三川謂東京也向曰卓犖高絕貌譎異也倜儻超越貌經緯猶織文

也神怪謂萇弘血杜宇睍之類是也人理相如君平之類是也為下文張本岷山之地上為井絡帝以會昌神以建福言岷山精上為東井星絡之維昌慶也天帝於此會慶建福也於此為都景大也肸蠁濕生蟲蚊類是也其羣望之如氣之布寫也言大福之興有如此虫羣飛而多也興作皆起也銑曰萇弘死於蜀藏其血三年化為碧杜宇王蜀為帝宇死化為子規鳥此皆妄為變化蓋非常理羌數聲偉美也數此見美於昔時劉曰張儀曰爭名者於朝爭利者於市今三川周室天下之朝市也河圖括地象曰岷山之地上為井絡帝以會昌神以建福上為天井言岷山之地上為東井維岷山之精上為天之井星昌慶也言天帝於此會慶建福也莊周曰萇弘死於蜀藏其血三年化為碧蜀記曰昔有人姓杜名宇王蜀號曰望帝宇死俗說云宇化為子規子規鳥名也蜀人聞子規鳴皆曰望帝也善曰降丘宅土劉向雅琴賦曰觀聽之所至乃知其美也漢書音義韋昭

曰有河洛伊故曰三川上林賦曰肸蠁布寫近則江漢炳丙靈世載其英蔚善本作蔚若相如皭爵糟若君平王褒暐曄而秀發揚雄含章而挺生幽思絢呼縣道德摛勑黎藻掞傷艷天庭考四海而為雋俊當中葉而擅名是故游談者以為美善本作譽造作者以為程向曰炳明也載猶生也言江漢明靈故代生英哲司馬相如嚴君平王褒揚雄皆蜀郡人也欝繁富貌皭清淨貌也相如為文繁富故云欝若君平懷道清淨故云皭若暐曄光彩也言王褒詞論生光彩若草木秀盛而發也揚雄含懷文章挺拔而生絢明也摛猶發也掞猶蓋也君平作老子指歸揚雄作太玄經故云幽思明道德也武帝讀相如子虛賦誦而善之元帝善王褒所作甘泉洞簫頌令後宮貴人誦之揚雄作羽獵賦天子

異馬故云發藻蓋天庭四海之內此為俊異漢之中代此得擅名天下以為延譽文章取為程唯劉曰相如司馬長卿也君平嚴遵也王褒字子淵揚雄字子雲皆蜀人君平作老子指歸子雲作大玄法言故曰幽思絢道德也鄭玄曰文章成謂之絢漢武帝讀相如子虛賦而善之曰吾獨不得與此人同時哉元帝善王褒所作甘泉洞簫頌令後宮貴人左右皆誦之揚雄奏羽獵賦天子異焉又云班固述雄傳曰初擬相如獻賦黃門故曰摛藻掞天庭漢書禮樂志曰長麗前掞光耀明善曰史記曰屈原浮游於塵埃之外皭然泥而不滓者也徐廣曰皭疎淨之貌也在爵切周易曰含章可貞馮衍德誥曰沉情幽思引六經之精微毛詩曰其在中葉戰國策蘇秦曰外客游談之士無敢自進於前也至乎臨谷為塞因山為障峻阻塍繩埒劣長城豁險吞若巨防去聲良曰塍埒猶園畦之畔隴也言此峻阻視長城同

畦隴也言此豁險若兩都關山巨防皆可吞納也劉曰蘇秦曰齊南有泰山東有琅邪北有渤海西有河所謂四塞之國也史遷述蒙恬傳曰據河為塞大曰隄小曰塍峻阻之險視長城若塍埒也豁深貌也戰國策齊有長城巨防足以為塞也一人守隘烏懈萬夫莫向良曰言一路隘險也善曰淮南子曰一人守隘千夫莫向公孫躍馬而稱帝劉宗下輦而自王去聲銑曰公孫述王莽時為道江卒正恃其地險自立為天子躍馬肉食於此也先主劉備漢後也自立於蜀為帝故云劉宗下車而自王輦天子車也而所以入負之善曰范曄後漢書曰公孫述字子陽扶風人也王莽時為導江卒正更始立述恃其地險衆附遂自立為天子蜀志曰先主姓劉諱備漢靖王勝後也益州牧劉璋使人迎先主令討張魯先主遂進圍成都璋出降先主郎皇帝位備漢後故曰宗由此言之天下孰尚故

雖兼諸夏之富有猶未若茲都之無量也濟曰孰誰尚壽也無量猶無窮也劉曰論語曰夷狄之有君不如諸夏之亡周易曰富有之謂大業也又論語曰惟酒無量

文選卷之第四

宿　賦　京都五

文選　五

共六十

文選卷第五

梁昭明太子撰　五臣并李善注

京都下

吳都賦一首吳都者蘇州是也後漢末孫權乃都於建業亦號吳

左太冲　劉淵林注

東吳王孫囅謹勅然而咍呼来反翰曰囅大笑也楚人謂笑曰咍相笑弄貌也謂西蜀公子盛稱山川險阻而王孫以爲未足多盛也故笑弄之欲資其後辭劉曰囅大笑貌莊周云齊桓公囅然而笑楚之人謂相笑爲咍楚辭曰衆兆所咍善曰囅勅忍切曰夫上圖景宿辨於天文者也下料音聊物土析星歷於地理者也濟曰謂牛斗星吳分野向曰料計析分也言計其土地上下定其貢賦而分別也劉曰謂天垂其象而分野形地以別土而區域殊料度也善曰文子曰天道爲文地道爲理古先帝世善本作代曾覽八紘之洪緒一六合而光宅翔集遐宇鳥策篆素玉諜音牒石記鳥聞梁岷有陵方之館行宮之基歟良曰帝世謂虞舜之世也學經也九州外有八紘紘綱紀也言爲天地之綱紀洪大也緒業也光亦大也宅居也言先帝經覽此八紘大業一統六合方居天下又飛集於遠方之宇游蒼梧會稽六合謂四方上下也　銑曰鳥謂鳥跡書也策竹簡也篆大篆書也素謂帛也所以書之玉諜石記皆典策類也鳥何謂梁岷蜀之二山名陵方王者巡省之名也館宮舍宅行宮天子行幸所止處也基跡也今觀先代典策何聞蜀之有此跡乎謂舜游吳也劉曰淮南子曰九州外有八澤方千里八澤之外

文選五　一

有八紘亦方千里蓋八索也一六合而光宅者幷有天下而一家也說文曰牒札也石記
刻不書傳記也烏安也梁州也岷岷山皆蜀地也書云舜陟方謂南巡守也光武紀云
濟陽有武帝行過宮善曰六合已見西都賦尚書序曰光宅天下鳥策鳥書於策也春
秋運斗樞曰黃龍負圖出置帝前鳥文漢書音義曰大篆蟲書鳥書是也鄭玄禮記注曰
筴簡也篆素篆書於素也楊雄書曰齎細素匹尺東觀漢記曰封禪其玉牒文祕天子事
也說文曰諜記也牒與諜同孝經鉤命決曰封禪刻石記號也天子所立名曰行宮
而吾子言蜀都之富禺音愚同之有瑋其區域
羨其林藪跨巴漢之阻則以為襲險之右徇
辭俊蹲音存鴟昌夷之沃則以為世濟陽九齷音握齪
而筭固亦曲士之所歎也旁魄蒲博而論都邑

抑非大人之所壯觀也翰曰瑋美也吾子謂西蜀公子也禺同二
山名漢水名言公子特之以為險矜之以為美也右者言其要害猶人有右手蹲鴟芋也
沃饒也言其苗有似鴟之蹲也可世世濟人飢厄陽九數謂重陽用事九陽之時蹲鴟葉
大常陰其根不死故得濟陽九之厄也銑曰齷齪局小貌筭計也曲士小人也言蜀局
小之計且為小人所歎而況於我乎向曰旁魄混同也言若混同而論都邑則蜀都撓
小不足以為大人之壯觀也劉曰越巂郡精蛉縣禺山有金馬碧雞之神巴漢之阻巴
郡之折關也漢中廣漢其路由於劍閣襃斜也易無妄曰災氣有九陽阸陰阸一元之中
四千六百一十七歲有九阸陽阸五陰阸四合為九漢書律歷志具有其事善曰楊雄
城門校尉箴曰盤石唐芒襲險重固漢書酈食其曰其將握齪好苛禮齪楚角切文子曰
曲士不可言至道莊子曰將旁薄萬物以為一世司馬彪曰旁薄猶混同薄與礴同鵬鳥

賦曰大人不曲何則土壤不足以攝生山川不足以
周衛公孫國之而破諸葛家之而滅茲乃喪
亂之丘墟顛覆之軌轍安可以儷音戾王公而
著風烈也向曰發難問之辭故言何如此蜀之土地卑濕故不足以養生周衛
謂防衛也翰曰公孫述為漢光武所滅諸葛亮也卿大夫稱家亮死後蜀國方滅此言
諸葛亮家之而滅者舉大以明之銑曰軌轍車跡也儷偶也言蜀都豈可以偶王公之
德而著其風烈劉曰攝持也老子曰善攝生漢書公孫述王此土而亡諸葛亮相此國
而敗九天下存亡唯繫乎人然強弱有勢利害有常地必有不可守之土不可興之國矣
易曰六五之吉麗王公也善曰漢武柏梁臺詩曰周衛交戟禁不時毛詩曰喪亂弘多
呂氏春秋蠋過曰子胥諫而不聽故吳為丘墟毛詩序曰閔周室之顛覆奢靡也尚書周

公曰敝化奢麗風烈已見南都賦覿其磧七亦礫而不窺玉淵
者未知驪龍之所蟠也習其敝邑而不覿善本
作覿上邦者未知英雄之所躔直連也良曰覿習也磧礫淺
水而有石也玉淵深而有玉也公子所習淺近如此水之淺近也不知我國如玉淵之
深焉驪龍龍名也龍蟠必在深淵今公子不窺則不知龍在淵濟曰蜀但知習其敝小
都邑不見上國則不知英雄之所行歷也邦國也躔行歷之所劉曰積礫淺水見沙石
之貌玉淵水深之處美玉所出也尸子曰龍淵生玉英莊子曰千金之珠在九重之淵驪
龍頷下故曰不窺玉淵者不知驪龍之蟠也善曰上林賦曰下磧礫之坻說文曰磧水渚
有石也且歷切驪音離左氏傳曰衛州吁曰敝邑與陳蔡從上邦猶上國也方言曰躔歷
行也子獨未聞大吳之壯善本作巨麗乎且有吳之

開國也造自太伯宣於延陵盖端委之所彰高節之所興建至德以創洪業世無得而顯稱由克讓以立風俗輕脫屣於千乘若率土而論都則非列國之所觖音決望也翰曰子公子也上責公子離歎小節不見上邦之英雄此將為公子說吳都壯麗自設問云獨未聞大吳之美麗乎銑曰造始也太伯周太王世子太王欲立之讓孚季歷遂居荊蠻號曰句吳故吳國始自於此也延陵季子吳公子以其賢將立之季子讓不受後封延陵也濟曰太伯延陵端其志操委棄其位以存讓體以興高節銑曰言我吳都後建立太伯延陵之至德以創制大業世無得而稱美焉濟曰言吳能建太伯延陵之讓節以成風俗盖讓千乘之重如脫屣棄之屣履也良曰率土謂天下也觖相又觖妬羨之貌若悉天下以比

乎論則非列國之所又觖妬羨而況蜀之小國乎劉曰戰國策曰黑齒彫題大吳之國也昔周太伯三以天下讓延陵季子辭國而不處遂化荊蠻之方與華夏同風二人所興左氏傳曰太伯端委以治端委禮衣委貌謂冠袖長而裳齊委至地也孔子曰太伯三以天下讓人無得而稱焉善曰端委至德太伯也高節克讓延陵也左氏曰吳子諸樊既除喪將立季札札曰聖達節次守節下失節為君非吾節也遂讓不受史記曰壽夢欲立季札讓不可乃立諸樊也漢書曰武帝曰吾去妻子如脫屣耳聲類曰屣或為躧說文曰躧鞮屬也亦所解切諸侯故言千乘之國論語曰道千乘之國漢書曰上欲王盧綰為羣臣觖望臣瓚曰觖謂相觖而怨望也音決故其經略上當星紀拓音託土畫疆卓犖呂角兼并包括于越跨躡蠻荊翰曰經略猶經營也星紀斗牛星名也良曰言拓土境畫封疆卓犖高絕出羣也兼并吞納也言其廣大可以吞納天下也向曰于越越地名而為吳所并故云包括跨躡者足之所及也言蠻荊之地亦吳之所得劉曰左傳曰天子經略土地定城國制諸侯略分界也一曰遠界為經略也爾雅曰星紀斗牽牛吳分野斗者日月五星之所經始故謂之星紀意者斗為星紀則其分域亦所以能為綱維故曰卓犖兼并也越今之蒼梧鬱林合浦交趾九真南海日南皆越地吳之所并也荊蠻吳所得荊州四郡零陵桂陽長沙武陵善曰漢書曰戎狄之與于越不相入也音義曰于南方越名也春秋曰于越入吳杜注曰于越人發語聲詩曰蠢爾蠻荊婺務女寄其曜翼軫寓其精指衡嶽以鎮野目龍川而帶坰向曰婺女星越之分翼軫星楚之分其地並為吳所吞則其星之精曜若客寄寓於吳也濟曰衡山南嶽本不在吳分故指之以為吳野之鎮龍川水名目望也言望此水控帶其郊坰劉曰越楚

地皆割屬吳故言婺女翼軫寄曜寓精也善曰漢書云越地婺女之分野楚地翼軫之分野周禮曰正南曰荊州其鎮衡山漢書南海有龍川縣爾雅曰林外謂之坰爾其山澤則嵬五回嶷魚力嶢五聊屼五骨巊烏郢溟莫郢鬱岪音拂濟曰並山高險之貌也潰渱音洪泮普半汗滇汀見溮音眇淼音耿漫向曰並水流廣大貌或涌川而開瀆翰曰涌川細水言積細以成其瀆瀆大水之通稱也或吞江而納漢向曰九江南入震澤故曰吞江漢水南入於江故曰納漢磈磈胡罪磈磈力罪反銑曰皆山石貌滮滮皮流涆涆古汗反良曰皆水流貌嶔丘金崟魚今乎數州之間灌注乎天下之半翰曰言山水廣遠也劉曰山之大者衡嶽澤之大者彭蠡地理志曰彭蠡澤在豫章彭澤西會稽餘姚縣蕭山潭水所出錢塘縣武陵龍川

出其桐故曰涌川九江經廬山而東故曰開
瀆禹貢曰三江既入震澤底定故曰吞江又
曰漢水東為滄浪南入于江故曰納漢荊楊
交廣故曰數州之間土地闊遠故曰天下之
半善曰崱魚力切字林曰岏禿山也五骨
切嶧蒼曰崩嶭山貌扶勿切巀胡東切嵲通
見切𣸣莫見切淼水貌音眇磈
胡罪切磈力罪切浙古旦切
百川派普拜別
歸海而會控清引濁混濤并瀨音賴濆薄沸騰
寂寥長邁濞音秘焉洶洶呼恭隱焉磕磕翰曰水流
泒江海下故百川歸會之控亦引也言水清
濁雜流混其波濤合其湍瀨同入于海也
翰曰水相激疊曰濆薄波浪涌起為沸騰也
寂寥無聲也邁行也言衆水混合既入廣大
之處無沸騰之聲澹然常行也向曰濞水
暴至聲也洶洶疾流長貌隱焉磕磕遠聞之
聲劉曰字說曰水別為派大波也瀨
急湍也磕苦蓋切　善曰尚書大傳曰百川

文選五　六

趍于海也洶洶
磕磕皆水聲也
出乎大荒之中行乎東極之
外經扶桑之中林包暘谷之滂沛潮波汩于筆
起迴復萬里歊盧妖霧𩅸音蓬浡蒲沒雲蒸昏昧翰曰
大荒國名東極言天地之東言廣遠也扶
桑暘谷皆日出之所言水流遠至於此滂沛
水多貌　良曰汩疾也言江海潮上盛水皆
逆流須臾萬里歊氣也𩅸浡煩鬱之狀水氣
蒸而為雲故昏昧也　劉曰大荒謂海外也
爾雅曰孤竹北戶西王母日下謂之四荒孤
竹在北北戶在南日下在東西王母在西皆
四方荒昏之國也又曰東至大遠西至邠國
南至濮鉛北至祝栗謂之四極謂四方之
極遠也言大荒東極扶桑暘谷者謂海外彌
廣無所不連也　善曰扶桑
暘谷已見上文𩅸蒲工切
泓澄奫於旻潫於權
澒胡貢溶余腫沆户朗瀁余兩莫測其深莫究其廣澶

纏湉恬漠而無涯揔有流而為長瓌異之所
叢育鱗甲之所集往長上聲翰曰此上皆
水深廣貌有流百川言
揔合百川為之長也究盡也瓌異言奇瓌之
物育於此也鱗者龍魚也甲者龜鼈也善
曰說文曰泓下深大也澄湛也奫淪迴復之貌
於旻切潫於權切澒胡孔切溶余腫切澶湉
安流貌澶音
纏湉音恬
於是乎長鯨吞航胡郎脩鯢吐浪
向曰鯨鯢大魚能
吞舟航吐波浪也
躍龍騰蛇鮫鯔緇琵琶王
鮪偉鯸鮐怡鮣印龜鱕翻鯌錯烏賊擁劍句
古侯鼊辟鯖青鰐鄂涵胡南泳乎其中向曰言此
水族皆游
泳於水中　劉曰異物志云鯨魚長者有數
千里雄曰鯨雌曰鯢或死於沙上得之皆無
目俗言其目化為明月珠鄧析子曰鈎鯢者
不於清池一說曰鯨猶言鳳鯢猶言皇也異

文選五　七

物志曰朱厓有水蛇鮫魚出合浦長二三尺
背上有甲珠文堅強可以飾刀口可以為鑢
鯔魚形如鯢長七尺吳會稽臨海皆有之琵
琶魚無鱗其形似琵琶東海有之鯸鮐魚狀
如科斗大者尺餘腹下白背上青黑有黃文
性有毒雖小懶及大魚不敢餧之蒸煑餧之
肥美豫章人珍之鮣魚長三尺許無鱗身中
正四方如印扶南俗云諸大魚欲死鮣魚皆
先封之鱕鯌有橫骨在鼻前如斤形東人謂
斧斤之斤為鱕故謂之鱕鯌魚二十餘種此
其左異者此魚所擊無不中斷也有出入鯌
子朝出求食暮還入母腹中皆出臨海烏賊
魚中藥擁劍蟹屬也從廣二尺許有爪其螯
偏大大者如入大指長二寸餘色不與體同
特正黃而生光明常忌護之如珍寶美利如
劍故曰擁劍其一螯尤細主取食出南海交
趾龜鼊龜屬也其形如笠四足縵胡無指其
甲有黑珠文采如瑇瑁可以飾物肉如龜皮
肥美可食鯖魚出交趾合浦諸郡鰐魚長二
丈餘有四足似鼉喙長二尺甚利齒虎及大

鹿渡水鰐孳之皆中斷生則出在沙上乳卵卵如鴨子亦有黃白可食其頭琢去齒旬日
閒更生廣州有之涵沉也楊雄方言曰南楚謂沉為涵泳潜行也見爾雅善曰莊子曰
呑舟之魚碭而失水周易曰見龍在田或躍于淵楚辭曰騰蛇兮後從文子曰騰蛇無足
而騰鯔音甾鮐音夷鱔甫表切鯖甫亦切鰐五洛切涵音含葺七入鱗鏤甲
詭類舛錯泝素洄順流噞牛撿喁魚恭沉浮銑曰言海
物皆如葺飾其鱗鏤其甲詭怪異類互相舛錯也翰曰泝逆流上也言水物或逆上
或順流噞喁出口於水上也劉曰葺累也甲謂龜甲也楚辭曰魚葺鱗以自別噞喁魚
在水中羣出口貌善曰毛詩曰泝洄從之道阻且長文子曰水濁則魚噞喁噞牛撿切
喁魚凶切鳥則鶤雞鸀燭鳿玉鸘霜鵠鷺鴻鶢爰
鶋居避風候鴈造七報江溪鶒勑鷛庸鸈渠鶄

青鶴鶖秋鶬倉鸛灌鷗鷁五激鸕盧泛濫乎其
上銑曰鶢鶋海鳥避風於魯門造至也言鴈候時而來居於此也餘皆鳥名也泛濫羣
游於水上也劉曰鸀鳿水鳥也鷺如鷺而大長脛赤目其毛辟水毒丹陽鄱陽皆有之
鶢鶋海鳥似鳳左傳曰海鳥爰居止魯東門外三日藏文仲使國人祭之不知其鳥以為
神也鸂鶒水鳥也色黃赤有班文食短孤蟲在水中無毒江東諸郡皆有之鷛鸈似鴨而
鷄足鸕鶿出南海桂陽諸郡善曰候鴈已見南都賦毛詩曰有鶖在梁毛萇詩傳曰禿
鶖也蒼頡篇曰鷗大如鳩郭璞山海經注曰鷗水鳥鷛音庸鸈音渠鶖音秋湛淡
羽儀隨波參差理翮整翰容與去自玩彫琢
蔓藻刷盪漪瀾翰曰言鳥游自得其性也瀾音爛齊曰彫傷蔓藻水草
言鳥羣游傷啄蔓藻以食之刷盪毛羽於湍瀨之上也劉曰湛淡迅疾貌漪瀾水波也

彫琢鳥食貌蔓藻海藻之屬也善曰說文曰刷刮也漪蓋語辭也毛詩曰河水清且漣
漪爾雅曰大波為瀾魚鳥聱魚曹耴魚乙萬物蠢昌允生芒芒
黖黖許意慌呼廣罔奄欻許勿神化翕忽函含幽育
明窮性極形盈虛自然蚌蛤珠胎與月虧全
巨鼇敖贔備屓許器首冠貫靈山大鵬繽翻翼
若垂天振盪汪流雷抃重淵殷上聲動宇宙胡
可勝源向曰聱耴衆聲貌魚無聲此云魚鳥聱耴者文之失也翰曰蠢動也
萬物動生於天地之間皆有氣色芒芒黖黖氣不明貌也良曰慌罔不明貌奄欻翕忽
變化疾速貌銑曰物在水故曰函幽珠玉生焉故曰育明育養也窮性極形各得其所
向曰蚌蛤珠胎自盈虧之物月滿則珠全月虧則珠缺巨鼇大龜也贔屓用力之貌靈山

海中蓬萊山而大鼇以首戴之冠猶戴也大齊曰大鵬鳥也繽翻飛貌翼若垂天言至大
也良曰振盪動也汪流漫水也抃猶擊也重淵言深也大龜戴山動擊於水中其聲如
雷霆翰曰殷聲也宇宙天下也謂聲動振於天下何可勝說其本源之所由也劉曰
蠢動也函幽育明皆謂珠玉光耀之狀也窮性極形物皆極之也呂氏春秋曰月望則蚌
蛤實月晦則蚌蛤虛列仙傳曰鼇負蓬萊山而抃滄海之中莊周曰壯濵有魚名鯤化為
鵬怒而飛翼若垂天之雲鵬之將從於南濵水擊三千里摶扶搖而上九萬里亦振盪之
狀也汪流水深貌其聲勢之不可勝盡也淮南子云虛廓生宇宙宇宙生天地者也善
曰聱耴衆聲也埤蒼云聱不聽也魚曹切耴牛乙切杜篤論都賦曰蠢生萬類黖黖不明
貌許既切春秋保乾圖曰日以圓照月以虧全宋均曰全十五日時也列子夏革曰渤海
之東曰歸墟其中有五山焉帝命禺強使巨鼇十五舉首而戴五山峙而不動玄中記曰

鼇巨龜也西京賦曰巨靈贔屓王逸楚辭注曰擎手曰抃音卞島嶼序綿邈
洲渚馮平隆音崇曠瞻迢遞迥眺冥蒙珍怪麗
奇隙充徑路絕風雲通洪桃盤屈丹桂灌叢
瓊枝抗莖而敷蘂珊瑚幽茂而玲瓏翰曰海中山曰
島洲上有山曰嶼綿邈遠也洲中有草木曰渚馮隆高大貌也銑曰曠瞻迥眺皆遠望
也迢遞長也冥蒙不明貌麗著也隙異也言洲嶼有珍怪奇異之物著處充滿也良曰
絕謂山海險難唯風雲可通翰曰洪大也大桃樹盤屈三千里丹桂者言吳地多桂而
叢生木叢生曰灌濟曰抗舉也敷布也瓊枝玉樹也珊瑚樹生於水下故云幽茂玲瓏
枝葉貌劉曰島海中山也嶼海中洲上有山石魏武滄海賦曰覽島嶼之所有水中可
居曰洲小洲曰諸曠瞻迢遞謂島嶼也迥眺冥蒙謂洲諸也徑路絕者人道斷絕風雲通

文選五　十

者唯風雲能交通也意者謂奇椎之莛因風雲以交通水經曰東海中有山焉名曰度索
上有大桃屈盤三千里桂生蒼梧交趾合浦以南山中所在叢聚無他雜木也其枝葉皆
辛木叢生曰灌瓊樹食其華蘂令人長生楚辭曰精瓊蘂以為糧蓬萊三山神仙所居故
宜有焉漢歌曰上蓬萊咀瓊英珊瑚樹赤無葉扶南傳曰漲海中有盤石珊瑚生其上
善曰後漢黎陽山碑曰山河馮陸有精英兮朱穆鬱金賦曰丹桂植其東莊子曰南方積
石千里名瓊枝高百二十仞增岡重阻列真之宇玉堂對
霤石室相距藹藹翠幄嫋嫋寧鳥素女江妃於
是往來海童於是宴語斯寔神妙之饗象羌
難得而覼魯和縷銑曰增岡重阻高峻貌其中多居神仙故曰列真之宇增
岡高山也重阻險也向曰玉堂石室皆仙人所居其欄霤相接至也距至也銑曰幄

帷帳也嫋嫋素女謂神女言仙人所居也良曰江妃解珮與鄭交甫者海童海神也二
者皆於此往來宴語也翰曰神妙則所述神仙之事仙道至微事或饗象饗象言未審
也羌發辭之端覼縷次序也言難知其次第也羣曰玉堂石室仙人居也海童海神童
也吳歌曲曰仙人齎持何等前謂海童爾雅曰羌楚人發語端也善曰馮衍爵銘曰富
如江海壽配列真楚辭曰紫貝闕兮玉堂鄭玄禮記注曰堂前有承霤列仙傳曰赤松子
常止西王母石室中徐幹齊都賦曰翠幄浮遊埤蒼曰嫋嫋美也奴鳥切史記曰秦帝使
素女鼓五十絃瑟王延壽王孫賦曰羌難得而覼縷覼力戈切爾乃地勢坱
烏郎圠烏黠卉木镺烏老蔓遭藂為圃值林為苑異
夸苦華蓲數蘛育夏曄于輒冬倩方志所辨中州
所羨向曰坱圠地勢高下也卉木镺蔓言草木盛長而蔓延镺長也銑曰遭逢也

文選五　十一

有草曰圃有木曰苑言逢藂草則為圃值林木則為苑言不特故為之者也異夸蓲蘛言
育植草木多也曄榮貌倩盛貌言草木夏榮冬不凋也方志謂四方物土所記錄者若分
辨色類則必有中國之所羨也劉曰坱圠莽沕也高下不平貌也卉百草摠名楚人
語也有木曰苑有草曰圃言林藪非一所在皆為苑圃有國有家者因天地之自然不後
假人功為園圃也爾雅曰荂榮也南土草木通曰冬生故曰蒨善曰鵩鳥賦曰坱圠無
垠坱烏朗切圠烏八切廣雅曰镺長也夸古瓜切爾雅曰蕍榮也郭璞曰蕍猶敷蕍亦草
之貌也蘛與蕍同庾俱切蓲與敷同無俱切草則藿蒳奴荅豆蔻薑
彙謂非一江離之屬海苔之類綸關組紫絳
食葛香茅莫交石帆凡水松東風扶留向曰江離香草
海苔海菜也屬亦類也濟曰綸組紫絳四者皆海中草食葛葛根也香茅亦草石帆而

下四者皆草名也劉曰異物志曰藿香交
趾有之豆蔻生交趾其根似薑而大從根中
生形似益智皮殼小厚核如石榴辛且香蒳
草樹也葉如栟櫚而小三月採其葉細破陰
乾之味近苦而有甘并雞舌香食之益美薑
彙大如累氣猛近於臭南土人擣之以為虀
蔆一名蘪蕪生沙石中薑類也其累大辛而
香削皮以黑梅并鹽汁漬之則成也始安有
之彙易曰拔茅連茹以其彙征吉所謂
薑彙非一類也江蘺香草也楚辭曰扈江蘺
苔生海水中正青狀如亂髮乾之赤鹽藏有
汁名曰海濡苔臨海出之爾雅曰綸似組東
海有之紫菜也生海水中正青附石生取
乾之則紫色臨海常獻之綷綷草也出臨賀
郡可以染紫食葛蔓生與山葛同根特大美於
芋也可豫章閒種之香茅生零陵石帆生海嶼
石上草類也無葉高尺許其華離樓相貫連
雖無所用然異物也死則浮水中人於海邊
得之希有見其生者水松藥草生水中出南
海交趾東風亦草也出九真扶留藤也緣木
而生味辛可食之檳榔者斷破之長寸許以
合石賁灰與檳榔并咀之口中赤如血始興
以南皆有之善曰蒳音納
蔻火豆反彙音謂綸古頑切布護皋澤蟬聯
陵丘夤寅緣山嶽之岊節羃覓歷江海之流
杌五骨白蔕帝銜朱蕤鬱兮茷以貌茂曄兮菲菲
光色炫晃芬馥肸蠁職貢納其包匭離騷詠
其宿莽翰曰布護草衆密貌澤畔曰皋有水
曰澤蟬聯謂不絕於丘陵之上夤緣
言衆草滋長皆緣上山嶽而生山曲曰岊羃
歷草掩覆於岸而江海波流於草下也扤搖
動也蔕花根而綴于枝上朱蕤花也言花生
於草若草銜之鬱鬱多狀也凡草初生
之謂茷曄華盛貌菲菲美貌言花卉叢生鬱
茂之盛而美之良曰光色炫晃謂花卉向
日有光色之貌芬馥香也肸蠁蚊類也言香
氣積來如肸蠁之羣飛也翰曰職貢謂獻

於君也納猶入也包褁也匭匣也謂致於褁
匣而貢之離騷云宿莽宿短草莽長草劉
曰許氏記字曰岊陬隅山之節也杌搖也楊
雄方言曰允草生而初達謂之蔭包裹也匭
猶結也尚書禹貢曰包匭菁茅菁茅生桂陽
可以縮酒給宗廟異物也重之是故既包裹
而又纏結之一曰匭押也爾雅曰卷施草拔
其心不死江淮間謂之宿莽屈原嘉之以
其志故離騷曰夕攬洲之宿莽善曰毛萇
詩傳曰杌動也淮南子曰草木之句萌銜翠
載實說文曰蕤草木華垂貌肸蠁已見蜀都
賦夤緣出也岊音節茷以稅切蕤汝誰切
木則楓柙甲櫲章栟櫚枸古侯榔郎緜杬元杶
椿櫨盧文欀襄楨貞橿薑平仲君遷松梓古
度楠南榴留之木相思之樹向曰皆木名也
劉曰楓柙皆香
木名也櫲章木也異物志曰栟櫚椶也皮可
作索枸榔樹也直而高其用與栟櫚同栟櫚
出武陵山枸榔出廣州木綿樹高大其實如
酒杯皮薄中有如絲綿者色正白破一實得
數斤廣州日南交趾合浦皆有之杬大樹也
其皮厚味苦澀剝乾之正赤煎訖以藏衆
果使不爛敗以增其味豫章有之杶櫨二木
名文木也材密緻無理色黑如水牛角日
南有之欀木樹皮中有如白米屑者乾擣之
以水淋之可作餅似麪交趾盧亭有之楨
二木名劉成曰平仲之木實白如銀君遷
樹子如瓠形松梓二木名古度樹也不華而
實子皆從皮中出大如安石榴正赤初時可
煑食也廣州有之楠榴木之盤結者其盤節
文尤可以作器建安所出最大長也相思大
樹也材理堅邪斫之則文可作器其實如珊
瑚歷年不變東冶有之善曰榔音
郎杬音元杶勅倫切欀音襄楨音貞
宗生高岡族茂幽阜擢本千尋垂蔭萬畝攢柯挐女家
莖重葩掩葉輪菌巨筠虯蟠盤墆楚立㯉除立鱗接

榮色雜糅女又綢繆縟繡宵露霮徒感䨴徒外旭許王
日晻烏感曊蒲對與風飆搖颺揚䬀於酉瀏力九颼搜
飂留鳴條律暢飛音響亮蓋象琴筑竹并奏
笙竽俱唱濟曰言木之宗族茂於岡阜也幽遠也翰曰本根也言根深枝盛
下達千尋傍蔭萬畝之地向曰挐亂也葩
花也言木攢其枝柯亂其莖蔕花葉重疊以
相掩覆輪囷屈曲貌虯龍也墆㙞相重疊貌
言木形屈曲如龍之蟠相重若魚鱗相接也
銑曰雜糅彩色綢繆繁密貌五色曰繡言花
有彩色繁密相錯如繡也向曰宵夜也旭
早也霮䨴露重貌晻曊昏暗貌言木之茂盛
夜含重露朝映日常晻然昏暗也銑曰
與風飆颺謂木搖動於風颼瀏颼飂風聲也
律絲竹音韻也暢通亮高遠也言風之鳴木
條聲通音律其音響高遠也此重言風搖林
木之聲又如此音樂劉曰莊周曰匠石見

樹百圍其高千仞而後有枝此大樹之屬也
善曰許慎淮南子注曰挐亂也女居切晻重
也於感切鄒陽上書曰輪囷離奇墆㙞相重
之貌墆楚立切㙞除立切毛詩曰旭日始旦
時亦闇也房妹切颼瀏風聲也䬀於酉切瀏
力久切颼所求切飀音留律謂籟也敔仕父
所謂幽律是也說文曰筑似箏五絃之樂也
世本曰隨作笙鄭玄周禮注曰三十六簧也
其上則有猨父哀吟貚胡昆子長嘯狖夷又鼯吾
猓然騰趠敕教飛超敕小爭接懸垂競游遠枝驚
透沸亂宰落暈輝散向曰猨父猴也言猴猿哀吟於林木之上貚子
獸名此重言風搖林銑曰狖鼯猓然亦猿猴
之類騰趠飛超言其輕捷也翰曰言猿猴
之類爭接木之懸垂遊遠枝也此言猿狖之
類羣游忽遇人則驚亂如沸宰落稀踈也暈
雉也雉之驚散必不羣偶而去獲狖之類驚
走亦如雉之散也劉曰吳越春秋曰越有

處女出於南林之中越王使使聘問以劍戟
之事處女將北見於越王道逢老翁自稱袁
袁公問處女吾聞子善為劍術願一觀之女
曰妾不敢有所隱唯公試之於是袁公即跳
於林竹橋折墮地處女即接末袁公操本以
刺處女女應節入三入因舉技擊之袁公
飛上樹化為白猨遂引去異物志曰狖猨類
露鼻尾長四五尺樹上居雨則以尾塞鼻
安臨海北有之鼯大如猴肉翼若蝙蝠其飛
善從高集下食火煙聲如人號一名飛生飛
生子故也東吳諸郡皆有之猓然猿狖之類
居樹色青赤有文日南九真有之揚雄方言
曰透驚也善曰山海經曰獄法之山有獸
狀如犬人面見人則笑名貚貚胡奔切枚乘
兔園賦曰騰涌雲亂葉暈散狖
余幼切趠吐教切超土吊切
結堯羊麡齊狼猰烏八貐翼俱貙敕俱象於烏菟徒之
族犀兕似之黨鉤爪鋸牙自成鋒穎精若曜

星聲若雷霆名載於山經形鏤於夏鼎濟曰其下
謂林木之下餘並獸名族種黨類也良曰
言此羣獸爪如鉤戟牙如刀鋸鋒穎言利也
精目精也言其目如星之光其聲如雷霆之
震怒也山經山海經也夏鼎夏之所鑄鼎也
劉曰爾雅曰梟羊一名嶲嶲如人面長脣黑
身有毛反踵見人則笑左手操管海南經所
云也異物志云麡狼大如麋角前向有枝下
出反向上長者四五尺廣州有之常居平地
不得入山林山海經曰南海之外有猰貐狀
如貙龍首食人貙虎屬也或曰能化為人也
象生九真日南山中大者其牙鼻長一丈於
菟虎也江淮間謂虎為於菟犀狀如水牛頭
似猪四足類象蒼黑色一角當額上鼻上角
亦墮也又有小角長五寸不墮性好食棘口
中灑血武陵以南山中有之兕獸也似牛左
傳曰昔夏之方有德也遠方圖物貢金九牧
鑄鼎象物而為之備使人知神姦故人入山
澤林藪不逢不若螭魅魍魎莫能逢之故曰

形鏤於夏鼎善曰麠在西切猰於八切貐以主切淮南子曰句爪鋸牙於是摯矣禮記
曰刀卻刃援頸鄭玄曰頸鋒也摯伯陵荅司馬遷書曰有能見鋒頸之狀其竹則
篔云簹當林箊於桂箭射筒柚由梧有篁篻
匹眇篣勞有叢向曰並竹名也竹叢曰篁劉曰皆竹名也異物志曰篔簹生
水邊長數丈圍一尺五六寸一節相去六七尺或相去一丈廬陵界有之始興以南又多
小時人績以為布林箊袁公所與越女試劒竹也桂竹生於始興小桂縣大者圍二丈
長四五丈箭竹細小而勁實可以為箭通竿無節江東諸郡皆有之射筒竹細小通長長
丈餘亦無節可以為射筒柚梧竹皆出交趾九真篻竹大如戟槿實中勁強交趾人銳
之為矛甚利篣竹有毒夷人以為觚刺獸中之則必死篔于君切篻芳耿切苞筍
思尹抽節徃徃縈結綠葉翠莖冒霜停雪櫹所六
矗蓄森萃蓊烏董茸而勇蕭瑟檀欒嬋娟一緣玉潤
碧鮮梢雲無以踰嶰解谷弗能連鸑音岳鷟仕角
食其實鵷鶵擾其間濟曰苞謂筍皮抽節謂進長也徃徃縈結言多
而攢生也翰曰橚矗深長貌森清蔭之狀萃聚也蓊茸茂盛貌蕭瑟聲也一向曰檀欒
嬋娟皆美貌玉潤碧鮮言竹色如玉碧之鮮潤碧亦玉也良曰言雖梢雲之高亦不能
踰也嶰谷山名生美竹言亦不能連也翰曰鸑鷟鳳凰非竹實不食鵷鶵鳳類擾亂
言亂處竹間也劉曰苞筍冬筍也出合浦其味美於春夏時筍也見馬援傳漢書天文
志曰見梢雲其說梢如樹也嶰谷崐崘北谷也黃帝詔伶倫為音律伶倫乃之崐崘陰取
嶰谷之竹斬其厚均者而吹之以為黃鍾之管鸑鷟鵷鶵皆鳳類也非竹實不食黃帝時
鳳集東園食帝竹實終身不去馴擾善也善曰橚矗茂盛貌冒犯也枚乘兔園賦曰脩

竹檀欒夾水其果則丹橘餘甘荔枝之林檳榔無
柯椰以嗟葉無蔭龍眼橄敢欖覽探市贍榴禦霜
結根比景之陰列挺衡山之陽向曰皆藥木及果名禦霜
謂冬熟也比景國名衡山南岳也言此果結根列梢生於此處劉曰薛瑩荊楊以
異物志曰餘甘如桃李核有刺初食之味苦後口中更甘高涼建安皆有之荔枝樹生山
中葉綠色正赤肉正白味甘檳榔樹高六七丈正直無枝葉從心生大如楯其實作房從
心中出一房數百實實如雞子皆有殼肉滿殼中正白味苦澀得扶留藤與古賁灰合食
之則柔滑而美交趾日南九真皆有之椰樹似檳榔無枝條高十餘尋葉在末如束蒲實
大如瓠繫在樹頭如挂物也實外有皮如胡桃核裏有膚白如雪厚半寸如豬脂味美如
胡桃膚裏有汁升餘清如水美如蜜飲之可以愈渴核作飲器也龍眼如荔枝而小圓如
彈丸味甘勝荔枝蒼梧交趾南海合浦皆獻之山中人家亦種之橄欖生山中實如雞子
正清甘美味成時食之益善始興以南皆有之南海常獻之棎棎子樹也生山中實似梨
冬熟味酸丹陽諸郡皆有之榴榴子樹也出山中實亦如梨核堅味酸美交趾獻之善
曰橄音敢欖音覽棎市贍切漢書音義如淳曰比景日中於頭上景在巳下故名曰比景
比方利切宋玉笛賦曰余嘗觀於衡山之陽素花斐丹秀芳臨青
壁係紫房鷓鴣南翥而中留孔雀綷祖會羽而
翱翔山雞歸飛而來棲翡翠列巢以重行胡剛
反銑曰斐美貌也言果木之花美而且芳香青壁山之石壁色青紫房果之紫者係於
木上向曰五色曰綷鷓鴣鳥常南飛言其經此果木之中翫其茂盛遂留未去也孔雀
以五色羽翰亦常飛集其中良曰山雞翡翠皆鳥名亦棲巢於中重行言多也劉曰

鵰鵠如雞黑色其鳴自呼或言此鳥常南飛不北豫章以南諸郡處處有之孔雀尾長六
七尺綠色有華彩朱崖交趾皆有之在山草中山雞如雞而黑色樹棲晨鳴今所謂山雞
者鸑鷟也合浦有之翡翠巢於樹顛生子夷人稍徙下其巢子大未飛便取之皆出於交
趾鬱林郡其琛賂則琨瑤之阜銅鍇若買之垠音銀火
齊去之寶駭雞之珍頳耻盈丹明璣金華銀樸
紫貝流黃縹匹眇碧素玉隱賑之忍崴烏乖磈懷雜
插楚甲幽屏必井反精曜潛頴古迥硩勑列陊直氏山谷
碕舉宜岸為之不枯林木為之潤黷隋侯於是
鄙其夜光宋王於是陋其結綠良曰琛賂珎寶也琨瑤玉
名鍇白鐵也阜山也垠畔也言此等物所出翰曰火齊寶名駭雞犀角也雞見則驚之頳

丹素玉竝寶玉之類也隱賑言多也崴磈排積貌雜插幽屏謂雜生隱僻之處屏僻也精
曜則寶玉之光雜在幽僻之處常頴然有異光也硩擿也陊落也言寶玉生於山谷為人
之所擿落也碕岸長岸也泉生明珠而岸草不枯玉在於山林木潤黷潤黷色盛也銑
曰言隨侯夜光珠宋王結綠玉名陋鄙不可尚言此所出可謂貴也劉曰琛寶也賂貨
也詩云來獻其琛大賂南金琨瑤皆美石也鍇金屬也禹貢揚州貢金三品謂金銀銅也
異物志曰火齊如雲母重沓而可開色黃赤似金出日南頳赤也丹丹砂也出山中有穴
禹貢荊州貢丹璣珠屬也朱崖出珠金華未也銀樸銀之在石者紫貝以色言之流黃去
精也淮南子曰夏至而流黃澤縹碧素玉者亦以色言也硩者言其有如硩擿而陊落山
谷者淮南子曰積疊琁玉以純脩碕張衡南都賦曰隨珠夜光張祿先生曰宋有結綠隨
侯宋王於此各鄙其寶也　善曰尚書曰瑤琨篠簜孝經援神契曰神靈滋液則犀駭雞

宋衷曰角有光雞見而駭也劉欣期交州記曰金華出朱崖謂金有華彩者埤蒼曰崴嵬
不平也幽屏謂生處也潛頴謂潛深而有光頳說文曰硩擿空青珊瑚墮之孫卿子曰言
無小而不聲無隱而不形玉在山而木潤淵生珠而岸不枯許慎淮南子注曰碕長邊
也巨衣切其荒陬子侯譎決詭毀則有龍穴內蒸雲
雨所儲陵鯉若獸浮石若桴音郛雙則比目片
則王餘窮陸飲木極沉水居泉室潛織而卷
綃淵客忼苦浪慨苦代而泣珠開北戶以向日齊
南冥於幽都向曰言其荒遠陬隅之所也譎詭怪異也近水有龍穴其內蒸
氣為雲雨故云儲積也濟曰陵鯉似鯉魚四足如獺故云若獸浮石石之輕者水中
浮泛猶如桴栰也良曰雙行者為比目隻行者為王餘片隻也皆魚名向曰窮高也

言高陸之地無水斬木取汁飲之極沉水居有甚沉溺之處人居於水中此說人所居處
也泉室則水居者俗傳鮫人從水中出於人間賣綃綃則絹也又云鮫人當寄人家臨去
乃泣珠於盤留遺主人以忼慨泣貌言日南開北戶向日以就明則以旬為幽都亦如中人
國之見北也劉曰陬四隅也湘東新平縣有龍穴穴中黑土天旱人便以其水沾此
土則暴雨應之常以此謂雨也陵鯉有四足狀如獺鱗甲似鯉居土穴中性好食蟻楚辭
曰陵魚曷止王逸曰陵魚陵鯉也浮石體虛輕浮在海中南海有之比目魚東海所出王
餘魚其身半也俗云越王鱠魚未盡因以其半棄之為魚遂無其一面故曰王餘也朱崖
海中有渚東西五百里南北千里無水泉有大木斬之以盆甕承其汁而飲之水居鮫人
水底居也俗傳鮫人從水中出曾寄寓人家積日賣綃綃者竹孚俞也鮫人臨去從主人
索器泣而出珠滿盤以與主人　日南北戶猶日北人南戶也　善曰尚書曰宅朔方曰

幽都謂巳既在北則南冥與幽都同王餘泉客皆見博物志窮陸見後漢書史記曰秦始
皇地南至北向户壯𡑅河為塞其四野則畛之忍畷綴無數膏
腴兼倍原隰殊品窊烏華隆異等都反改象耕鳥
耘云此之自與改穱捉秀菰孤穗詞翠於是乎在
向曰畛陌中也畷兩陌間道也言阡陌道路多不可數膏腴謂良沃地也兼倍言良沃之
地利獲倍於餘都廣平曰原下濕曰隰品類也窊下也隆高也言原隰高下等類殊異
翰曰舜葬蒼梧象為之耕禹葬會稽鳥為之耘穱麥也菰草名其子有米可食故云穗也
善曰鄭玄毛詩箋曰畛舊田有徑路也之引切說文曰畷兩陌間道也知衛切說文曰窊
汙邪下也於瓜切越絕書曰舜死蒼梧象為之耕禹葬會稽鳥為之耘左傳曰生人之道
於是乎在煑海為鹽採山鑄錢國稅再熟之稻鄉

貢八蠶之綿銑曰南人種稻一歲再熟有蠶一歲八育也善曰史記曰吳
有豫章郡銅山吳王濞則招致天下亡命者盜鑄錢煑海為鹽國用富饒異物志交趾稻
夏熟農者一歲再種劉欣期交州記曰一歲八蠶出日南也徒觀其郊隧
之內奧都邑之綱紀霸王之所根柢音帝開國
之所基址郛郭周匝重城結隅通門二八水
道陸衢所以經始用累千祀也憲紫宮以營
室廓廣庭之漫漫寒暑隔閡五蓋於邃宇虹蜺
迴帶於雲館所以跨跱煥炳萬里也向曰徒觀者重
美之詞也郛外曰郊郊外曰隧郊隧之內言深奧也為天下都邑之綱紀向曰言吳都
之土地富有可以為霸王深根固柢開國之基址柢亦根也銑曰結隅謂城角相對水

道言郛郭之內有門十六水道兼通也良曰經營也言今所以經營都邑始於此者將
傳於千年也向曰憲法也廓開也漫漫寬大貌言法天紫微星以營宮室開廣庭之寬
大翰曰言宮室深邃冬則寒氣隔而不入夏則熱氣閡而不來雲館館名言此館至高
虹蜺之氣繞帶於傍也迴繞也跨跱特立也煥炳言其宮室光曜深遠也劉曰爾雅曰
柢本也吳與周並世世稱王自泰伯至闔閭二十五世孟強夫差為盟主故曰霸王之所
根柢也越絕書曰吳郭周匝六十八里六十步大城周四十七里二百一十步水門八陸
門八其二有樓名門者車船並入昌門今見在銅柱石填地大城中有小城周十二里亦
有水陸門皆闔閭宮在高平里寒暑所闓謂冬溫夏涼善曰西都賓曰虹蜺迴帶於棼
楣造姑蘇之高臺臨四遠而特建帶朝夕之
濬池佩長洲之茂苑窺東山之府則瓌寶溢

目觀史海陵之倉則紅粟流衍以戰反濟曰姑蘇臺名
建立也言臺高臨四望遠而孤立濬深也吳有朝夕池謂潮水朝盈夕虛因為名焉長洲
茂苑言因江海洲渚為之佩帶猶近也翰曰觀視也吳之東山多寶玉如府庫也海陵
倉名紅粟謂儲久而色赤流衍溢目謂多而廣也劉曰姑蘇吳臺名也善曰越絕書
曰吳王起姑胥之臺五年乃成高見三百里史記曰越伐吳敗之姑蘇漢書伍被曰子胥
云見麋鹿遊姑蘇之臺然姑胥即姑蘇也漢書枚乘上書曰夫漢諸侯方輸錯出其珍
怪不如東山之府轉粟西向不如海陵之倉修治上林圈守禽獸不如長洲之苑遊曲臺
臨上路不如朝夕之池蔡邕月令章句曰穀藏曰倉蒼頡篇曰觀索視之貌師蟻切漢書
曰大倉之粟紅腐而不可食起寢廟於武昌作離宮於建
業闡闔閭之所營采夫差之遺法抗神龍之

華殿施榮楯時尹而捷獵崇臨海之崔嵬飾赤
烏之韡偉曄于輒反翰曰武昌建業皆郡名闌開也闔閭夫差皆吳王也
言今復得開造采其所營宮殿之法度也施向曰神龍殿名句踐將伐吳作榮楯嬰以白
璧鏤以黃金狀如龍蛇以獻吳王王受之施於姑蘇臺捷獵列次貌言今起神龍殿亦施
此物臨海赤烏二殿名崔嵬高大貌韡曄光盛貌劉曰吳前都武昌後都建業言雖宮
者明非吳舊都也神龍建業正殿名臨海赤烏二殿名也越絕書曰昔越王句踐欲伐吳
大夫種蠡對以九術於是作榮楯嬰以白璧鏤以黃金狀類龍蛇以獻吳王王大悅子胥
諫曰王勿受也王不聽遂受之闔閭造吳城郭宮室夫差增崇侈靡故曰闔閭之所營
采夫差之遺法而施榮楯也春秋左氏傳曰夫差次有臺榭陂池焉玩好必從數樂是務
東西膠葛南北崢嶸房櫳對榥晃連閣相經

閣闥譎決詭異出奇名左稱彎碕巨依右號臨
硎若耕反銑曰膠葛廣遠貌崢嶸峻嶮貌濟曰房櫳室之疏也榥窗也言房皆對窗
牖道而連相經過也翰曰言門戶譎詭而奇異也彎碕臨硎皆險峻也善曰膠葛長
遠之貌魯靈光殿賦曰洞膠葛其無垠說文曰櫳房室之疏也又曰櫳帷屏屬然則門牕
之廡通名櫎櫎音榥音義同彎碕臨硎閣闥名也硎口耕切雕欒鏤楶節
青瑣丹楹圖以雲氣畫以仙靈雖茲宅之夸
麗曾未足以少寧思比屋於傾宮畢結瑤而
構瓊濟曰欒拱也楶斗也皆彫鏤其上青瑣門窗鏤為瑣文染以青色楹柱也圖以
赤色故曰丹楹翰曰言於殿內畫作雲氣彩圖神仙靈奇之物言雖居此壯麗蓋未足
為安謂更欲奢侈也銑曰上言未足少寧今復思比屋於桀之傾宮以瑤為臺以瓊為

室劉曰汲郡地中古文冊書曰桀築傾宮飾瑤臺紂作瓊室立玉門言其夸麗善曰
鄭玄禮記注曰栭謂之楶音節左氏傳曰丹桓宮楹杜預曰楹柱也高闈有閌
抗洞門方軌朱闕雙立馳道如砥樹以青槐
亘以淥水玄蔭耽耽耽清流亹亹音尾向曰闈宮中
之門閌限也洞通也方軌並車也言通門可以並車而行也濟曰馳道天子行出之道
砥平也良曰亘橫也言淥水橫流於其道向曰耽耽青槐蔭深之狀亹亹淥水徐進之
勢善曰李尤德陽殿賦曰朱闕巖巖漢書音義應劭曰馳道天子之道毛詩曰周道如
砥漢書賈山上書曰秦為馳道樹以青松然古之表道或松或槐也韓詩曰亹亹進也
寺七里挾棟陽路屯營櫛比頻必廨署棊布橫
塘查責加下邑屋隆夸口固長干延屬飛甍萌舛

互向曰寺司也言官司羅列廣七里夾棟謂屋多而相夾陽路向南之道翰曰櫛梳
也屯營軍衛相次如梳齒相比廨謂公廨宅署如棊之分布銑曰橫塘查下閭巷名隆
盛也夸奢也言此中之人競作奢盛向曰長干地名延屬言邑宇相連也飛甍舛互言
棟宇相交互也劉曰建業宮前官寺挾道七里也廨猶署也吳有司徒大監諸署非一
也橫塘查下皆百姓所居之區名江東謂山岡間為干建鄴之南有山其間平地吏民居
之故號為干中有大長干小長干皆相屬疑是俱稱干也毛詩曰考槃在干地下而黃曰
干善曰應劭風俗通曰今尚書御史謁者所止皆曰寺挾棟棟相挾也古洽切陽路路
陽也毛詩曰其崇如墉其比如櫛其居則有高門鼎貴魁岸
豪桀虞魏之昆顧陸之裔岐嶷繼體老成奕
世躍馬疊跡朱輪累轍陳兵而歸蘭錡魚几內

設冠蓋雲蔭閭閻闐噎銑曰鼎貴鼎食者魁岸長貌虞魏顧陸皆
吳之貴姓也昆後也裔苗裔也岐嶷少而賢者能繼祖考之德老成者亦少而有長老之
道衣冠赫奕不絕於代翰曰躍馬良馬疾行也朱輪以朱飾車也疊跡累轍言其衆多
也銑曰言躍馬朱輪之人皆出入陳兵也蘭錡兵戈之格而設之於內向曰冠蓋如
雲之蔭而閭巷為其闐噎劉曰應劭曰鼎始也乃祖乃父已來皆貴故曰鼎貴也虞魏
顧陸吳之舊姓也昆裔皆後世也賈指之傳石顯方鼎貴躍馬騰躍之謂也蔡澤傳曰躍
馬肉食西京賦曰武庫禁兵設在蘭錡善曰後漢書云江充為人魁岸毛詩曰克岐克
嶷又曰雖無老成人謝承後漢書曰王公二千石奕世相襲楊惲書曰朱輪者十人位
其鄰則有任俠之靡輕訬眇之客締提細交翩
翩儐卑亂從自用奕奕出躡珠履動以千百里讌

巷飲飛觴舉白翹關扛江鼎拚射壺博鄱婆
陽暴謔中酒而作翰曰以義示人人皆信之曰任輕死重義曰俠靡美
也輕訬之客謂輕捷之人言其鄰近之處相次有之向曰締結也翩翩往來貌言其結
交而往來儐者所以道引於前也從者侍從於後奕奕盛貌濟曰躡蹈也以珠飾其履
者動以千百言多也良曰行觴疾如飛也舉白杯名有犯令者舉而罰之翰曰翹杠
皆舉也關門關也鼎大鼎也手舞曰拚壺投壺也博博弈也向曰鄱陽郡人性多躁急
酒半酣之時好為暴惡之戲中酒為半酣也劉曰靡美也楊子法言曰聶政荊軻刺客之
靡締結也賈誼過秦論曰締交白罰爵名也漢書曰引滿舉白鄱陽人俗性暴急何晏云
鄱陽惡戲難與曹也鄱陽本豫章縣善曰漢書曰季布為任俠如淳曰相與信為任同
是非為俠漢書述曰江都輕訬薄為也締結也翩翩往來貌奕奕輕靡之貌高誘淮南子

注曰訬輕利急疾也訬音眇史記曰平原君使人於春申君趙使欲夸楚為瑇瑁簪刀劍
室皆以珠飾之請春申君春申君客三千餘人其上客皆躡珠履使大慙列子曰孔子勁
能招國門之關而不肯以力聞招與翹同扛舉也扛鼎已見西京賦漢書贊曰元帝時覽
拚射孟康曰手搏為拚壺投壺也禮有投壺論語曰不有博奕者乎於是樂只
衎苦干而歡飫無匱都輦殷而四奧來暨水浮
陸行方舟結駟四馬唱櫂轉轂昧旦永日向曰只辭也衎
樂也飽而飲酒曰飫匱乏也翰曰都輦天子所居之處殷盛奧遠暨至也言帝都殷盛
而四遠之人皆來至也方舟並舟也結駟連騎也向曰唱櫂鼓棹行而歌也轉轂謂言
方舟結駟唱櫂轉轂自早日而至於暮故云永日也劉曰昧旦清晨也左傳曰昧旦丕
顯善曰毛詩曰其樂只且又曰嘉賓式宴以衎飲已見上文輦王者所乘故京邑之地

通曰輦馬漢書曰殺身靡骨死事輦轂下楚辭曰青驪結駟齊千乘漢書曰轉轂百數毛
詩曰且以永日開市朝而普納橫闤闠而流溢混品
物而同廛并都鄙而為一士女佇眙勑吏工賈
古駢坒蒲必紵衣絺服雜沓從先勇萃輕輿按轡
以經隧樓舩舉颿帆而過肆果布輻湊而常
然致遠流離與珂苦何珬音遂翰曰闤闠市門也言早朝開市普
納雜貨如川之流盈溢於市廛也一廛市中空地混同品物於此也并都鄙而為一者言都
中及邊鄙之人皆通貨物而來并在此一所銑曰佇眙立視貌駢坒闐駢相次貌坒次也
良曰從上萃集也雜沓多亂之貌向曰輿車也按轡緩行也隧市中道也言水流通市
故樓船過於肆也舉颿者掛席用風力也翰曰果橘柚也布絺紵也輻湊來者常也流

離珂珬皆寳名自遠至也劉曰混同也佇貽立視也今市聚人謂之立貽南方多絺葛
故曰紵衣絺服也樓船船有樓也颿者船帳也地理志曰越多犀象玳瑁珠璣銅銀果布
之湊黄支國多異物入海市明珠流離果橘柚之屬蜀布筩紵之屬近海多寶物湊會處也
珬老鵰入西海爲珬已裁割若馬勒者謂之珂珬者珂之本璞也日南郡出珂珬：：善曰
楚辭曰攬薜而佇貽許慎淮南子注曰坒相連也扶必切羽獵賦曰萃從沇溶埤蒼曰從
走貌先鞏切漢書有樓船將軍珬音戍䌫捷賄紛紜器用萬端
金鎰磊砢力可珠琲補對闌干桃笙象簟韜於筒
中蕉葛升越弱於羅紈濟曰縰賄貨名紛紜多貌翰曰金二十
四兩曰一溢貫珠曰琲磊砢闌干皆言多也濟曰籠藏也桃笙竹簟與象牙簟皆藏於竹
筒而致貢也銑曰蕉葛升越皆布類弱於羅紈言細薄劉曰縰蠻夷貝名也扶南傳

文選五　二十六

曰縰貨布帛曰賄金二十四兩爲溢史記虞卿傳曰趙孝成王一見賜黄金百溢磊砢衆
多貌琲貫也珠十貫爲一琲桃笙桃枝簟也吳人謂簟爲笙又象牙以爲簟也蕉葛葛之
細者升越越之細者縰音捷儸所立譶除立喿胡巧摎力巧交貿木候
相競諠喧譁花喤呼横呷呼甲芬葩蔭映揮袖風
飄而紅塵晝昏流汗霡麥霂木而中逵泥濘
奴定反向曰儸譶言語不止貌喿摎錯亂貌交爲貿易相與競利也諠譁喤呷皆聲也
芬葩蔭映人衆多而相映也揮袖謂人衆之甚也言各動袖求風而得塵起晝日昏暗汗
流於地道路有泥濘霡霂小雨言汗似之善曰蒼頡篇曰譶不止也佇立切喿摎衆相
交錯之貌方言曰摎誤也如巧切方言曰諻吁横切諻通也說文曰呷吸也史記蘇秦說
齊王舉袂成帷揮汗成雨毛萇詩傳曰小雨謂之霡霂霡音脉杜預左氏傳注曰濘泥也

富中之甿貨殖之選乘時射利財豐巨萬競
其區宇則并疆兼巷矜其宴居則珠服玉饌
銑曰富中之甿謂肥沃田中所居人也言其貨殖之所選擇者唯乘賤而收之及貴而出
之乃得財物多至於巨萬翰曰言富家吞射并兼他人之疆巷盡爲已有珠服以珠爲
飾玉饌言珍羞而比於玉劉曰越絶書曰富中大塘句踐治以爲義田肥饒故謂之富
中珠服珠襦之屬也玉饌者尚書曰玉食言富中之甿貨殖之選者射利所以能豐其財
也并疆踰畛畝也兼巷踰里閭也善曰說文曰甿田人也孔安國尚書傳曰自賢曰矜
趫起喬材悍汗壯此爲比廬捷若慶忌勇若專
諸危冠而出竦劒而趨扈帶鮫函拔投屬鏤
力駒向曰言壯勇之人此中比屋皆是銑曰慶忌吳王僚子也吳王將殺之逐之不

文選五　二十七

及射之不中其捷如此專諸亦吳之勇士也翰曰危冠高冠也竦劒謂帶劒竦立而趨
良曰扈者從君主行也鮫函者以鮫皮飾刀拔投屬鏤劒名也皆帶以從君行也劉曰
秦零陵令上書曰荊軻挾匕首卒刺陛下陛下以神武扶揄長劒以自救也謂此也韓非子
曰解其長劒免其危冠離騷曰扈江離楚人謂被爲扈鮫魚皮可爲鎧淮南子鮫革犀兕
爲甲胄也周禮曰燕無函孟子曰矢人豈不仁於函人哉傳曰賜子胥屬鏤以死凡此皆
其器用之事意亦其土俗所能出有嘉服用也善曰成公綏洛禊賦曰趫才逸態習水
善曰呂氏春秋曰吳王欲殺王子慶忌謂要離曰吾常以馬逐之江上而不能及射之矢
左右滿抱而不能中高誘曰慶忌吳王僚之子也左傳曰吳公子光享王專諸寘劒於魚
中以進抽劒刺王遂弑闔閭藏鍦施於人去戚戉自閭家
有鶴膝戶有犀渠軍容蓄用器械兼儲吳鈎

越棘純鈞，湛盧戎車，盈於石城，戈船掩於江湖。向曰吳謂矛爲鏦戟楯也言其兵仗不循出自武庫人皆有之如藏之於人又將去之時戟楯之器亦自閭里取之鶴膝犀渠皆楯名軍容刺矛戟之類儲積也兼儲蓄積也良曰吳鈞劍類越棘戟也純鈞湛盧二劍名也　濟曰石頭城中置府庫軍儲故云盈於石城戈船掩於江湖言其多遂至掩蔽於水　劉曰鏦矛也揚雄法言曰吳越以矛爲鏦戟楯也鶴膝矛也矛骹如鶴脛者謂之鶴膝犀渠楯也國語曰奉父犀渠軍容軍之容表司馬法曰古者軍容不入國國容不入軍軍容入國則人德廢國容入軍則人德弱越絕書曰闔閭既重莫耶乃後命國中作金鉤有人貪王賞之重殺其兩兒以血釁鉤遂成二鉤獻之闔閭詣官求賞王曰為鉤者衆多而子獨求賞何以異於衆人之鉤乎曰我之作鉤也殺二子成兩鉤王曰舉鉤以示之何者是也於是鉤師向鉤而哭呼其兩子之名吳鴻

扈稽曰我在此王不知汝之神也聲未絕於口兩鉤俱飛著於父之背吳王大驚曰嗟乎寡人誠負子乃賞之百金遂服其鉤爾雅曰棘戟也純鈞湛盧劍名也越絕書曰昔越王句踐有寶劍五聞於天下客有能相劍者名薛燭王召而問之對曰歐冶子因天地之精悉其伎巧一曰純鈞二曰湛盧三曰莫耶四曰豪曹五曰巨闕石城石頭隖也在建業西臨江其中有庫藏軍儲戈船船下有戈也江湖二水名也　善曰禮記曰越棘大弓天子之戎器也鄭玄曰越國名也環濟吳紀曰建安十七年城石頭越絕書伍子胥船有戈

露往霜來，日月其除，草木節解，鳥獸腯突膚。觀鷹隼司尹，誡征夫，坐組甲，建祀姑，命官帥而擁鐸，將校獵乎具區。濟曰露秋也霜冬也除去也言秋往冬來日月將去草木凋落而鳥獸膚體皆肥腯也翰曰此言順時校獵乃勑整戎夫也組甲以黑索連甲也祀姑幡名坐猶積也官官司帥將帥擁鐸執鐸以宣令鐸鈴也具區澤名　劉曰詩曰今我不樂日月其除國語曰本見而草木節解本氐也謂霜降之後生氣既衰草木枝葉皆理解也腯肥也左氏傳曰肥腯謂畜之碩大蕃滋也漢書曰鷹隼未擊矰弋不施於蹊隧於此時也可以戎夫左氏傳曰裹糧坐甲又曰組甲三千馬融曰組甲以組爲甲祀姑幡也麾旗之屬也國語曰吳王夫差出軍與晉爭長昏乃戒夜中令服兵擐甲陳王卒官帥擁鐸建祀姑此吳軍容之舊制也周禮校人中大夫掌王田獵之馬校千二百九十六匹具區澤名也在吳之西善曰爾雅曰吳越之間有具區

烏上滸忽古狼䑋呼光，夫南西屠，儋都含耳黑齒之酋自由，金鄰象郡之渠，驫必由駥許聿䬙香幽矞聿，靸蘇合霅徒合驚捷，先驅前途。向曰六者皆蠻夷名金鄰國名象郡郡名酋渠皆長也

良曰驫駥至驚捷並馳走之貌　向曰言蠻夷酋渠之類爲吳王先驅前道也　劉曰異物志曰烏滸南夷別名也其落在深山之中其種族爲人所殺則居其死所且伺殺主若有過之者是與非則仇而食之狼䑋鵜金知草染良夫南特有才巧不與衆夷同西屠以草染齒染白作黑儋耳人鏤其耳匡夫南之外有金鄰國去夫南可二千餘里土地出銀人衆多好獵大象生得其死則取其牙酋渠皆豪帥也象郡今日南郡也又有象林郡　善曰驫駥䬙衆馬走貌驫必幽切駥手橋切矞以出切靸霅走疾貌靸素合切

俞騎騁路，指南司方芳，出車轞轞攬，被練鏘鏘。吳王乃巾玉輅，軺翢焦驌肅驦音霜，旗魚須，常重光，攝烏頰烏號，佩干將，羽毛揚蕤，雄戟耀鋋，貝冑象弭，織幟文鳥章，六軍袀翊遵服，四騏其龍驤

襄向曰俞騎引路人也指南車名上有木
人常指其南方故曰司方輦輦車聲練甲也
鏘鏘行列貌巾飾輅車也兩馬駕車曰軺軺
輕車也驌驦良馬也良曰旗旌旗也魚須
魚之鬣以為旗竿常幡也畫日月形故曰
重光翰曰烏號弓名攝以手攝而彎之于
將劒名濟曰羽旄旌旗類揚動也蕤毛
好貌鋋戟刃之端明貌有光耀也翰曰胄
兜鍪也飾之以貝寶弭弓弰飾之以象牙織
當作幟字之誤也言旗幟之上畫為鳥文天
子六軍杓謂上下同服騏馬也騤舉也謂四
馬如龍之飛舉也劉曰管子曰桓公北征
孤竹見人長尺而人物具馬冠而右祛衣走
馬管仲曰登山之神有俞兒者長尺人物具
馬霸王之君興登山之神見且走馬前導也
祛衣示前有水也右祛衣從右方涉也至卑
耳之溪有贊水者從左方涉其深及冠從右
方涉其深至膝已涉大濟也指南指南車也
鬼谷子曰鄭人取玉必載司南之車為其不
惑也鏘鏘行步貌也左傳曰被練三千馬融

曰被練為甲者所服也玉輅以玉飾車也驌
驦馬也左氏傳曰唐成公如楚有兩驌驦馬
子常欲之不與三年止之唐人竊馬而獻子
常子常歸唐侯馬融曰驌驦鳥也馬似之旂
旌旗之屬交龍為旂以魚頂為柄也有日月
為常重光謂日月重光也烏號柘名以為弓
淮南子曰烏號之弓無弦而射于將劍名胄
兜鍪以貝飾之弭弓末以象飾之鳥章鳥為
章也左氏傳曰杓服振杓同也善曰毛
詩曰大車檻檻子虛賦曰靡魚須之撓旃史
記趙良曰屈盧之勁矛干將之雄戟詩曰貝
胄朱綅又曰象弭魚服又曰織文鳥章又曰
乘其四騏南都賦
曰馬𩢍超而龍驤峭格周施罿衛罻尉普張
罼罕瑣結罠巾美蹏連綱阹丘魚以九疑禦以沅
元湘輶由軒蓼了擾彀構騎熠于貴煌向曰峭
尚也格
張網之木也周匝施之故曰周施罿罻網也
普徧而張之罼罕皆網名如瑣之連結也綱

紲畔麤縄撼連諸網也銑曰阹闌也九疑
山名言遮闌禽獸以取之禦禁也沅湘二水
名言於水畔為藩落以禁禽獸翰曰輶軒
輕車也蓼擾亂貌彀張弓也言騎之張弓而
行也熠煌疾貌劉曰莊周曰峭格羅絡
罻畢罕皆鳥網也罠麋網周易曰蹄所以在罝
兔得兔而忘蹄阹闌也因山谷以遮獸也禦
禁苑也謂為藩落也楊雄羽獵賦曰禦自涇
謂九疑山名沅湘水名輶輕也詩
云輶車鸞鑣彀騎張弓弩之騎也袒裼徒搏
拔距投石之部猨臂駢脅狂趭子曜獷古猛猤璆季
鷹瞵隣鶚視參七南譚翋力荅䃗徒荅若離若合者
相與騰躍乎莽謀謗罠浪之野翰曰袒裼露肘
騁也徒搏以手
擊毆而殺之拔距投石皆壯士所為者部伍
也言壯士之部伍皆猨臂善射駢脅亦壯士
也狂趭走也獷猤勇也瞵目精也言壯勇之
士如鷹鶚之目以視人向曰參譚翋䃗相

隨衆貌而離合不常莽罠廣大貌言相與騰
躍於廣大之野騰躍猶飛走也劉曰爾雅
曰袒裼肉袒也詩云袒裼暴虎拔距謂兩人
以手相案能拔引之也超踰躍也投石舉石
以投擿也王翦傳曰投石拔距猨臂通肩也
漢書李廣猨臂為武騎常侍史記商君傳趙
良謂鞅曰君之出多力而駢脅者參乘左傳
晉文公駢脅也趭走也善曰司馬相如大
人賦曰騰而狂趭子召切說文曰犬獷不可
附也子猛切猤壯勇之貌其季切說文曰瞵
目精也力辰切參譚翋䃗相隨衆多貌參干
七感切䃗徒合切莽罠廣大貌莽莫浪切
鹵殳殊鋋蟬暘以良夷勃盧之旅衣長殺呼靚短兵
直髮馳騁儇許緣佻他吊坌步寸並銜枚無聲悠悠
旆旌者相與聊浪郎乎昧莫之坰銑曰干鹵
楯也殳鋋
戟類也暘夷甲名勃盧矛也殺亦矛也短兵
刀劍也直髮馳騁疾而髮上直也良曰儇

儱傘竝疾走貌拔以竹爲之大如箸口銜止諠譁也聊浪放蕩也昧莫有林木暗瞑之處
言相與拔蕩逐獸至於此垌也劉曰干鹵皆楯也越絕書云越王身披賜夷之甲拔劒
盧之矛短兵刀劒也尚書曰稱爾干戈過秦論曰流血漂鹵廣雅曰殺矛也呼狄切楚辭
曰車錯轂兮短兵接方言曰儇儱疾也漢書曰相如弔二世曰登入曾宮之嵳峩音義登
並也周禮銜枚氏下士鄭玄曰止言語囂讙也枚大如箸橫銜之毛詩曰有聞無聲又曰
蕭蕭馬鳴悠悠旆旌悠悠流貌也昧莫廣大貌也聊浪放曠貌也鉦征鼓疊
山火烈熛必遙林飛焰善本作爓浮煙載霞載陰拉
魯荅擸力盍雷硠郎崩巒阤直氏岑鳥不擇木獸不
擇音翰曰疊鼓聲振動也縱火於山猛烈熛於林木之間火焰隨風而飛煙氣潒山
而浮火氣時盛時衰如天有霞有陰齊曰巒岑小山也言士卒鼓怒山乃崩阤拉擸木

摧傷之聲雷硠山崩聲也鳥獸遭逼迫鳥不暇擇木而棲獸不暇擇音而出言困甚也
劉曰疊振疊也鳥擇木而棲左傳曰鳥則擇木又曰鹿死不擇音鹿得美草呦呦而鳴至
於困迫將死不暇復擇出音急之至也凡鬭暇而有好聲逼急不擇音獸皆然非唯鹿也
莊周亦曰獸死不擇音以雷硠之至故云鳥不擇木獸不擇音善曰說文曰鉦鐃也菈
擸雷硠崩弛之聲菈郎荅切擸音擸爾雅曰巒山墮山小而高曰岑暴甝胡甘虪
始育緳司禹麖居英驀陌六駮追飛生彈鸞鶁京
射猱乃刀狿庭白雉落黑鴆零陵絕嶛尞嶕茲遙
聿越巉鋤咸嶮跇勑曳踰恥逾竹柏獵連猭恥緣杞柟
而占封豨虛己䝚呼角神螭掩剛鏃祖祿潤霜刃染翰曰
暴空手搏虎也驀騎也須緳也甝虪麋麖六駮飛生皆獸名鸞鶁鳥也猱狿獸也鴆亦鳥

也皆彈射而致零落向曰嶛嶕高貌絕盡也言上陵盡於高處聿疾也疾越於險峻之
所跇踰踐轢也獵猭奔走也言踐轢於竹柏之間奔走於杞柟之下杞柟木名也封豨大
豬也䝚猪聲也神螭猛獸也剛鏃箭鏃也霜刃兵器之刃白如霜也言為獸血所染潤也
劉曰緳絆前兩足也莊周曰連之以羈緳一大麋也桂林有麋山海經曰駮白身黑尾一
角虎爪音如鼓詩云隰有六駮飛生鼯也師曠曰南方有鳥羌鶁黃頭赤目五色備也鴆
鳥一名雲白黑色長頸赤喙食蝮蛇體有毒古人謂之鴆毒江東諸大山中皆有之霜刃
言其殺利也善曰毛詩曰不敢暴虎毛萇曰暴虎空手也以搏也甝與暴同爾雅曰甝白
虎虪黑虎音叔說文曰驀上馬也鶁音京史記曰虪跇萬里如淳曰跇超踰也恥曳切埤蒼
曰獵猭逃也獵丑珍切猭恥傳切淮南子曰申包胥曰吳為封豨脩蛇方言曰南楚人謂
豬為豨虛豈切䝚豨聲呼學切於是弭節頓轡齊鑣彼苗駐蹕

徘徊倘佯寓目幽蔚覽將帥之拳勇與士卒
之抑揚羽旄以𦍩距為刀鈹披毛羣以齒角
為矛鋏古葉皆體著池略而應卒倉忽所以挂扢古紇
而為創瘡痏于美衝踤慈聿而斷筋骨莫不衄女六
銳挫鋩拉捭比買摧藏雖有石林之岞賾崿額
請攘而羊臂而靡之雖有雄虺之九首將抗足
以跐此之翰曰此言止行也徘徊倘佯志不安也寓目於幽蔚未行之處志將
不滿將重為其遊獵之事向曰羽旄鳥也毛羣獸也鈹亦刀也鋏亦劍也抗磨也衝踤
謂岞崿也銳鋒捭擲也摧藏謂折挫也岝崿深險貌攘舉也靡倒也雄虺毒蛇抗舉跐踏
也言駐蹕以覽將帥士卒之抑揚則雖鳥獸觜距如刀戟戈矛劍皆體著卒急挂磨而為

瘡痏抵觸而斷筋骨莫不衄挫鋒鋋拉擲折
挫之也雖石險臨深之處舉臂則倒之雖毒
虵九頭將舉足而踏之劉曰離騷曰抑志
弭節趣止行者也王者出入警蹕羽旗鳥屬
也毛羣獸屬也鈹兩刃小刀也鋏刀身劒鋒
也有長鋏短鋏體著者着體而生也楚辭天
問篇曰鳥有石林此本幽方楚圖畫而屈原
難問之於義則石林當在南也楚辭招䰟曰
南方不可以止雄虺九首往來儵忽雖有石
林雖有雄虺者蓋張誕之云非必臨時所遇
善曰左氏傳曰得臣寓目焉毛詩曰無拳無
勇拳與權同楚辭曰帶長鋏之陸離廣雅曰
抗磨也公紘切蒼頡篇曰痏歐傷也為執切
說文曰捽觸也材律切𠜲折傷也捭兩手擊
也布買切廣雅曰
跐蹋也且爾切
顛覆巢居剖普口破窟宅仰
攀鵕思俊鸃宜俯蹴七六豺助皆獏音陌刲劫剞几熊
羆之室剽匹妙掠虎豹之落猩猩啼而就擒𤜣
𤜣扶沸笑而被格屠巴虵出象骼斬鵬翼掩廣
澤
銑曰傾鳥巢破獸穴鵕鸃鳥也豺獏獸也
翰曰刲剖剽掠發掘傷擊之也室落皆居
也熊羆虎豹獸也向曰猩猩獸性好酒酒
醉則不能去乃啼則為人所擒也𤜣𤜣獸食
人見人則詭手而笑乃食之人因以筒致臂
而與之則執筒而笑笑則脣上掩其目人則
抽臂以鑿綴其脣於額而殺之格殺也翰
曰屠殺也骼骨也巴蛇大蛇也能食象故殺
之出其骨也鵬大鵬鳥其翼垂天今斬之故
掩蔽廣澤劉曰山海經曰猩猩豕身人面
異物志曰出交阯封溪有猩猩夜聞其聲如
小兒啼也𤜣劉蔿萬𤜣𤜣梟羊也已解上章
矣梟羊善食人大口其初得人喜而笑却脣
上覆額移時而後食之人因為筒貫於臂上
待執人人即抽手從筒中出鑿其脣於額而
得擒之張衡玄圖曰梟羊喜獲先笑後愁山
海經曰巴蛇食象三歲而出其骨骼骨也其
為蛇青黃赤黑鵬翼大垂天也善曰許慎

淮南子注曰鵕鸃鷩雉也鸃音儀爾雅曰獏
白豹音陌剞亦刲也居綺切廣雅曰落居也
𤜣扶沸切骼音格輕禽狡獸周章夷猶狼跋步葛乎紭
橫中忘其所以睒失冉睗適失其所以去就魂
褫直氏氣懾之葉而自踢唐跌蒲北者應弦而飲羽
形僨方問景僵者累積而增益雜襲錯緤傾藪
薄倒岬峽岫巖穴無豜牽縱宗翳薈無麛須
鷚力幼思假道於豐隆披重霄而高狩籠烏兔
於日月窮飛走之棲宿音秀良曰狡勇也
周章夷猶恐懼不知
所之也濟曰狼跋狼狽也紭網也睒睗疾
視皃獸皆狼狽於網中忘其者視失其去就
恐懼之甚也向曰褫驚也踢跌顛蹶者則
射之應弓弦而沒羽也飲則沒也僨仆也景
影也言其形影而仆僵累積而增多雜錯緤
亂以相襲銑曰澤無水曰藪草木俱生曰
薄兩山間曰岬山有穴曰岫言此中禽獸索
然以空也豜豵並獸子麛鹿子鷚雉子翳薈
幽山之處雖鷚小之物亦窮盡也翰曰假
借也豐隆雷師也假借行路於雷師霄近天
之薄雲冬獵曰狩言在地獵猶未以為足
乃將借道於雷師披此重雲而上獵故曰高
狩也向曰烏日中烏兔月中兔言將籠網
取之使窮盡天地之間飛走之物也劉曰
楚辭曰君不行兮夷猶王逸曰夷猶猶豫也
紭網綱也踢跌皆頓伏也飲羽謂所射箭沒
漸箭羽也闞子曰宋景公以弓人之弓升虎
圈之臺東向而射箭集彭城之東其餘力逸
勁猶飲羽於石梁言欲假道豐隆非實事也
然殺窮高極遠究變化備幽明故設此云
善曰毛詩云狼跋其胡說文曰睒暫視也式
冉切睗疾視也式亦切褫奪也聲類曰踢跌
也徒郎切漢書音義曰跌崩也爾雅曰僨僵
也許慎淮南子注曰岬山旁古狎切爾雅曰

山有穴曰岫毛萇詩傳曰豰三歲曰豜公妍切爾雅曰豕生三子曰豵子公切說文曰麢嶰也音須又曰鶤鳥大鶤也楚辭曰吾令豐隆乘雲兮王逸曰豐隆雷師也春秋元命苞曰日月兩設以蟾蜍與兔者陰雙居月中有兔已見蜀都賦嶰解澗閒苦鵙

岡岵户童罾曾罘浮滿效獲衆音終迴靶霸乎

行睨魚計觀漁乎三江汎舟航於彭蠡渾故本萬艘蘇刀而既同翰曰嶰山間閒空也岡岵皆山也山無草木曰童罾罘皆羅網也言山澗禽獸以空岡岵草木以盡所施羅網之中禽獸皆滿切獲衆多也靶馬轡也睨視也言游獵窮於天地之間將迴轡乎行視之處也乃觀漁乎三江之中備舟航於彭蠡之澤舟航艘船之揔名萬言多渾雜而同波也劉曰閬空也易曰闃其無人爾雅曰山多草木曰岵岡山脊也童無草木也若童無角靶轡革也彭蠡澤名　善曰爾雅曰小山别大

文選五　三十六

山曰嶰山夾水曰澗毛萇詩傳曰太平山不童澤不竭聖主得賢臣頌曰王良執靶左氏傳曰公觀魚于棠尚書曰三江既入震澤底定彭蠡既豬說文曰艘船揔名弘舸岡我連舳逐巨檻接艫飛雲蓋海制非常模疊

華樓而島峙時髣髴於方壺比鷁首之有裕

邁艅艎於往初銑曰舸大舡舳船兩邊挾木也巨檻亦大船名艫船尾言大船連接也飛雲船上樓名甚高者蓋海言多也皆彫飾奢麗其制度非常之模軌也疊重峙峻也髣髴象似也方壺蓬萊山有神仙宮闕者言船上華樓重疊如島之峻峙象似方壺之宮闕鷁首艅艎皆船之極麗者有裕多也邁過也言此舟船樓閣之盛皆過於往昔也劉曰揚雄方言曰江湖凡大船曰舸舳船前也艫船後也檻大船也飛雲蓋海吳樓船之有名者皆彫鏤采畫有軒檻華飾之船也島峙謂似方壺蓬萊二山有宮闕左氏

傳曰楚敗吳師獲其乘舟餘皇吳子光請於衆曰喪先君之乘舟豈唯光罪衆亦有焉善曰釋名曰上下重牀曰檻江表傳曰孫權乘飛雲大船吳志曰賀齊所乘船彫刻丹鏤望之若山方壺已見上文也張組帷搆流蘇開軒幌鏡水

區篙高工楫子叶師選自閩禺音愚習御長風狎

翫靈胥責千里於寸陰聊先期而須臾向曰組綵色也流蘇五色羽飾帷而垂之軒門也幌帷也言於舟航樓觀之中設此具而居之鏡照也區中也謂此靡麗之色皆照見於水中篙所以刺舟而行也楫橈也工謂所善師謂所長皆使其駕行舟者閩國與番禺國人皆善用舟楫故選擇而用之習御謂便用之也靈胥子胥之神人將濟江海者必將祀之以祈安也言習舟楫之人便用風波近弄子胥之神恃其所善乃皆無懼　銑曰責求也言風水勢急求千里之程在於寸陰之間先於所

文選五　三十七

期須臾而至　劉曰流蘇謂翦繒彩垂於屋文之樓也水區河中也言開文軒光輝如鏡照川也閩越名也秦并天下以其地爲閩中郡班固述兩越傳曰悠悠外宇閩越東甌禺番禺其彼地人便水方言云刺船曰槁擑楫也淮南子曰來溪谷之流以象禺長風遠風也靈胥伍子胥神也江海之間莫不尊畏子胥將濟者皆敬祠其靈以爲性命舟檝之師獨能狎翫之也千里路之長也寸陰晷之短也言水靈輯睦浪濤弭息取長路於短景獨能先期而到故有須臾之暇也　善曰西京賦曰長風激於別島越絕書曰子胥死王使捐於大江口乃蕟憤馳騰氣若奔馬乃歸神大海蓋子胥水仙也櫂棹謳唱

簫籟鳴洪波善本作洪流響諸禽驚弋磻波放稽

鷦䳌明虞機發留鵁鶄向曰謳歌也籟簫類言諸禽聞棹歌簫管洪流之聲是以驚也　翰曰弋取鳥之名磻箭名稽留也虞主獵者機弩牙也鷦䳌鵁鶄

鳥名劉曰鶚鶚鳥也楚辭曰從玄鶴與鶚
鵰禮記曰若虞機張鄭氏注曰虞主田獵之
地者也機弩牙也鵜鶘鳥也似鳧頭上總毛
羽善曰擢罪已見西都賦說文曰罾三孔
罾也磻已見西京賦鉤餌縱橫網罟接緒術兼詹公巧
傾任父筌鮔亘鱛莫贈鱺所買鰽骨鯊沙罩陟教兩
魪介罺側梢鰝鰕音避乘鱟胡豆黿鼉同罛孤共羅
沉虎潛鹿馬繫龓龍僒隕束徽暉鯨背善本作輩
中於羣犗古邁欃槍暴出而相屬雖復臨河而
釣鯉無異射鮒附於井谷銑曰鉤餌鉤上置食者縱橫言多也
緒所以綴網之綱也接謂相接也詹公任父
古之善取魚者向曰筌取魚器也鱺鉤也
罩籠也罺盛魚器也鮔鱛鯊並魚名鰝鰕
大魚名也濟曰乘鱟似蟹罛網也言與黿

文選五　三十八

鼉同其羅網也翰曰沉虎潛鹿並魚頭虎
鹿之身馬龓僒束言俱陷羅網之中徽鯨魚
之至大者莊子云以大鉤十二犗牛為餌言
徽鯨吞此鉤為人所得欃槍妖星也暴疾也
鯨魚死其目精疾出而為此星以相連屬也
向曰鮒小魚也谷水也井水之中其魚小也
臨大河而釣鯉者見射小魚於井谷必小之
今我於江海之中得此大魚比於臨河而釣
鯉者我又輕之無異釣鯉者觀於射鮒之微
也劉曰易曰結繩而為網罟以畋以漁詹
公詹何也任父任公子也莊周曰任公子為
大鉤巨緇五十犗牛以為餌蹲會稽投竿東
海已而大魚食巨鉤鉤沒而下驚揚奮鬐白
波若山海水震蕩任公子得若魚離而腊之
淛河以東蒼梧以西莫不猒此魚者筌所以
得魚也莊子曰得魚而忘筌罩籗也編竹籠
魚者也詩云南有嘉魚烝然罩罩魪左右魪
一目所謂比目魚也云須兩魚並合乃能遊
若單行落䍡著物為人所得故曰兩魪冊陽
吳會有之罺抑魚之器也鱟形如惠文冠青

黑色十二足似蟹足悉在腹下長五六寸雌
常負雄行漁者取之必得其雙故曰乘鱟南
海朱崖合浦諸郡皆有之罛魚網也詩云施
罛濊濊虎魚頭身似虎或云變而成虎鹿頭
魚有角似鹿同罛共羅言皆為網罟所制獲
也縶龓僒束者陷網罟之中見僒束也徽鯨
魚之有力者也魚大者莫若鯨也故曰徽鯨
也淮南子曰鯨魚死而彗星出易井卦曰九
二井谷射鮒鄭玄云九二坎爻也坎為水上
直魚生三艮爻也艮為山山下有井必因谷
水所生魚無大魚但多鮒魚耳夫感動天地
比魚之至大射鮒井谷比魚之至小故以相
況善曰列子曰詹何楚人也以獨繭絲為
綸芒針為鉤荊篠為竿剖粒為餌引盈車之
魚於百仞之淵鮔鱛鮪也鮔古贈切鱛鯊已
見西京賦爾雅曰鰝大魚鱟音候馬已見西
京賦又曰龓兼有也力公切鵰鳥賦曰僒若
囚拘求殞切徽音輝說文曰犗騬牛也騬以
陵切結輕舟而競逐迎潮水而振緡密巾想萍實

文選五　三十九

之復形訪靈夔於鮫人精衛銜石而遇繳酌
文鰩遙夜飛而觸綸北山亡其翔翼西海失
其遊鱗向曰結謂兩舟並繫齊解而進令以為競渡者迎逆也振猶舉也緡網也
逆潮水而上行舉張緡網也言競渡既畢復
舉網而取魚銑曰楚昭王渡江有物如拳
入王舟中王怪之使問於孔子孔子曰此為
萍實割而食之甘如蜜令乘江流乃思此物
之復見也靈夔山精也言訪之於鮫人翰
曰繳射也精衛鳥名也生北山赤帝之女游
東海溺而死化為此鳥常銜西山木石以塡
東海因此遇射也綸小網也文鰩魚名有翼
生西海游東海逐觸網北山西海乃亡失此
物劉曰繳弋綸也緡綸皆釣繳也詩曰其
釣維何維絲伊緡楚昭王渡江得物如斗入
王舟中王怪之問孔子孔子曰此為萍實令
剖而食之其甘如蜜唯王者能獲此吉祥也
云先時童謠曰楚王渡江得萍實大如拳赤

如日剖而食之甘如蜜引此事言今乘江流想復遇斯事也山海經曰東海中有獸如牛
蒼身無角一足入水則風其聲如雷以其皮冒鼓聞五百里名曰夔鮫人居水中故訪之
北山經曰發鳩之山有鳥狀如鳥而文首白喙赤足名精衛其鳴自呼赤帝之女姓姜遊
於東海溺而死不反常取西山木石以填東海山海經曰秦器之山濩水出焉是多鰩魚
狀如鯉魚身而鳥翼蒼文而白首赤喙常行西海而遊於東海夜飛而行言吳之綸繳得
此鳥故西海北失其鱗翼也善曰萍實見家語戰國策曰夏水浮輕舟揚雄蜀都賦
曰行舟競雕題之士鏤身之卒比飾虬龍蛟螭與
對簡其華質則亄意費扶貴錦繢繪料遼其虓
虎交勇則鵰悍狼戾良曰題額也螭龍也言人雕額鏤身為文與虬龍
之色相似故云比飾又可與虬龍偶對也濟曰言上雕題鏤身人也亄費猶依俙也繢

繢也言其依俙如錦繢鵰猶猛也言其猛勇也悍怒目也言如雕鶚之怒目狼豺之惡戾
也善曰水經云彫題國在鬱林水南漢書曰昔少康之庶子封於會稽文身斷髮以避
蛟龍之害亄費錦文貌於旣切詩曰闞如虓虎火交切戰國策曰趙王狼戾無親相
與昧潛險搜瓌奇摸蝳代蝐昧捫觜子規蠵惟
剖巨蚌於回淵濯明月於漣漪良曰昧猶冒也言文身之
徒能冒潛險之處搜求瓌奇寶玉之物銑曰摸捫以手暗取蝳蝐似龜類有文觜蠵大
龜可為器向曰剖開破之也巨大也回淵深淵也言破大蚌於深淵之中乃見明月之
珠光色洗濯於連漪細波文劉曰昧冒也巨蚌育明珠者也列仙傳曰高后時會
朱仲爵三寸四寸珠此非回淵巨蚌不出之珠也風行水成文曰漣漪詩曰河水清且漣
漪明月珠珠之至光者清且漣漪者水極麗也濯光珠於麗水蓋美之善曰回淵水也

畢天下之至異訖無索而不臻谿壑為之一
罄川瀆為之中去貧哂澹臺之見謀聊襲海
而徇珍載漢女於後舟追晉賈而同塵銑曰畢盡
訖竟索求臻至也言盡天下至異之物竟無求之不至者矣言皆得之也向曰言搜索
瓌奇珍異之物而谿壑川瀆為之罄盡貧窮也翰曰襲入也徇求也博物志云澹臺子
子羽賚千金璧渡河河伯欲得之波浪急起兩蛟夾舟子羽怒曰河神欲取吾璧可以義
不可以威乃以劍斬蛟殺之浪乃止子羽投璧於河中三投三歸之子羽毀璧而去今哂
子羽以璧為河神所謀取乃復入海求其珠寶漢女漢水之神女也晉賈賈大夫也與其
妻如皋射雉今言載漢女以入海求寶如賈大夫與妻如皋射雉也故云追晉賈而同塵
也劉曰于寶搜神記曰澹臺子羽賚璧渡河風波起兩龍夾舟子羽奮劍斬龍波乃止

登岸投璧於河河伯三歸之子羽毀璧而去漢女賈大夫已見西京賦老子曰和其光同
其塵汨于筆乘流以砰普萌宕徒浪翼颸側眉風之飂飂
直衝濤而上瀨常沛沛普對以悠悠汔虛乙可休
而凱歸揖一入天吳與陽侯向曰砰宕急也颸疾風也飂飂風聲
也言急疾如鳥之有翼更假颸風之勢也濤瀨皆波也言舟直衝而上沛沛流貌悠悠遠
貌良曰汔已也言已可休息凱樂而歸天吳水伯也陽侯波神將禮揖而別去劉曰
汨疾也砰宕舟擊水貌飂飂風初貌颸疾風瀨水大波沛沛行貌悠悠亦行貌離騷曰溘
颸風兮上征班固曰颸疾也凱樂也左氏傳曰振旅凱入于晉山海經曰朝陽之谷神為
天吳是水伯揖之者辭水靈而歸善曰詩曰汔可小康鄭玄曰汔幾也虛乞切陽侯見
南都賦指包山而為期集洞庭而淹留數軍實

乎桂林之苑饗戎旅乎落星之樓置酒若淮
泗積肴若山丘飛輕軒而酌綠醽靈方雙轡
而賦珍羞向曰包山山名洞庭湖名濟曰數軍實謂計士卒殺獲之實數饗
戎旅謂宴會士卒以勞之桂林苑名落星樓名銑曰言酒食多翰曰緑醽酒名人衆
故以車升漸也方並也雙轡則四馬也賦猶偏與也言四馬載珍羞偏賦與人也劉曰
班固曰洞庭澤名王逸曰太湖也湖水中有包山山中有如石室俗謂洞庭吳有桂林苑
落星樓樓在建鄴東北十里左傳曰以數軍實外傳曰射不過講軍實鄭氏曰軍實所獲
也善曰周處風土記曰陽羨有湖中有包山左傳晉穆子曰有酒如淮有肉如坻史記
云紂為肉山也湘州記曰湘州臨水縣有酃湖取水為酒名曰酃酒車騎行酒肉已見西
京賦歈烽起釂子權鼓震音真士遺倦衆懷忻幸乎

文選五　四十二

館娃烏佳之宮張女樂而娛羣臣羅金石與絲
竹若鈞天之下陳向曰釂盡爵也言擊鼓示盡士卒遺忘倦而忻悅天
子所至之處曰幸館娃宮名張設也言設女樂以娛樂羣臣銑曰羅列也鈞天謂神樂
也言金石絲竹盛如神樂之聲下陳於此劉曰吳俗謂好女為娃揚雄方言曰吳有館
娃宮善曰歈烽釂鼓鈞天並見西京賦左傳曰女樂二八發善本作登東歌
操南音胤陽阿詠韎莫介任荊豔余念楚舞吳歈
音逾善本作愉越吟翕習容裔靡靡愔愔銑曰禁作東歌南音
南國之音良曰胤猶演也陽阿舞也韎任蠻夷樂也荊豔楚歌也亦有舞吳歈越吟越
人吟也翕習盛貌容裔靡靡愔愔閑麗也劉曰晏子春秋曰禁作東歌南音徵引也南
國之音也左氏傳曰操南音商角徵羽各有引鍾儀楚人思在楚故操南音呂氏春秋曰

禹行求見塗山之女未之遇而南省南土塗山之女乃令其妾往候禹于塗山之陽女乃
作歌曰候人猗實始作為南音周公召公取風焉豔楚歌也漢書云四面楚歌也愉吳歌
也楚辭曰吳愉蔡謳善曰韎任已見東都賦曹植妾薄命行曰齊謳楚舞紛紛登樓賦
曰莊舄顯而越吟史記曰紂作靡靡之樂左傳曰楚右尹子革曰祈招之詩曰祈招之愔
愔若此者與夫唱和之隆響動鍾磬之鏗鋐戶橫善本從耳
有殷坻丁禮頹於前曲度難勝皆與謠
俗叶協律呂相應其奏樂盧各也則木石潤色
其吐哀也則淒風暴興或超延露而駕辯或
踰淥水而採菱軍馬弭髦而仰秣末淵魚竦
鱗而上升翰曰隆高殷繁坻山叶猶和也協合也若此者言上所奏之歌舞使

文選五　四十三

其叶唱而和之則致高響復有鍾磬鏗鋐其聲殷而繁若山頹於前曲度變轉不可勝記
皆與俗之歌謠和合律呂之音相應也向曰潤色長興樂之至感有如此也銑曰延
露駕辯緑水採菱皆古曲名言今皆超踰過之翰曰伯牙彈琴四馬仰秣瓠巴彈琴淵
魚出水而聽言今亦然弭髦言其毛皆順合秣食草也言仰秣者謂食草之際聞音樂仰
首而聽餘草在口也竦猶踴出也言魚聞此曲踴鱗而出也劉曰解嘲曰聲若坻頹楚
辭曰伏羲駕辯伏羲作琴始造此曲淮南子曰瓠巴鼓琴潭魚出聽伯牙鼓琴駟馬仰秣
善曰戰國策曰司馬喜曰臣觀人萌謠俗列子曰鄭師文鼓琴當春而叩商弦以召南呂
涼風至草木實及秋叩角絃以激夾鍾溫風徐迴草木發榮衡子曰皆與謠俗協言雖還
方異樂皆上合律呂下應謠俗故能奏和樂之音則木石潤色也淮南子曰夫歌采菱發
陽阿鄙人聽之不若延露以和高誘曰延露曲也淮南子曰牙會綠水之趍高誘曰綠水

古詩也趍節也鏗鈜大聲汁猶叶也酣滑思與半八音并歡情留
良辰征魯陽揮戈而高麾迴曜靈於太清將
轉西日而再中齊既往之精誠翰曰滑樂也謂酣樂纔半
而八音兼并雜奏歡情欲留而良辰數行征行也言惜時景也曜靈日也太清天也魯陽
公與韓戰戰未敗而日暮魯陽公舉戈而揮之日為之迴自西至於中時也既往往古也言
今思齊古入之精誠使日駐其景矣劉曰酣酒洽也滑樂也辰時也爾雅曰不辰不時
也淮南子曰魯陽公與韓遘戰酣日暮援戈而麾之日為之反三舍太清謂天也此言酣
飲與音樂蓋是其中半矛會之際歡情之所以留連良辰之所以覺遠故追述魯陽迴日
之意而將轉西日於中盛之時以適己之盛歡也昔光武合滹沱氷凘有覆霜之應精
誠之感通天地人神以相感魯陽公麾日抑亦此之謂也苟日可麾而迴則精誠可庶而

文選五　四十四

幾故曰齊精誠於既往蓋是酣樂之至逼時之晏者所以慷慨髣髴於是故引而況焉
善曰曜靈已見蜀都賦也鶡冠子曰上及太清下及太寧昔者夏后氏朝
羣臣於茲土而執玉帛者以萬國盖亦先王
之所高會而四方之所軌則春秋之際要盟
之主闔閭申其威夫差窮其武內果五負之
謀外騁孫子之奇勝彊楚於柏舉棲勁越於
會稽闕堀溝乎商魯爭長於黃池向曰夏后氏謂禹也
會諸侯於塗山此山在吳故云茲土玉珪也諸侯執之帛束帛也來會者萬國也高大執
法也言可以為四方之法則也要約也言諸侯約為盟誓伍員吳賢臣孫武以兵法奇計
褻闔閭也銑曰闔閭與楚戰於柏舉楚師大敗柏舉地名夫差伐越越王大敗夫差畫

得越地而越王走保會稽山言棲者如鳥之棲也翰曰夫差掘深溝通於商魯商魯地
名黃池池名與晉爭長於黃池而吳先歃晉惡之也劉曰左傳曰禹會諸侯於塗山執
玉帛者萬國國語曰吳王夫差起軍北征掘地為深溝於商魯之間北屬之濟以會晉定
公於黃池吳晉爭長吳先歃晉惡之善曰左傳曰楚師陳于柏舉闔閭之弟夫槩王先
擊楚子常楚師大敗國語曰越王句踐棲於會稽之上難蜀父老曰南馳使以請勁越
徒以江湖險陂鈌物產殷充繞霤李敔未足言
其固鄭白未足語其豐士有陷堅之銳俗有
節概之風睚五賁眦助賣則挺劍喑詹鳴則彎弓
良曰陂難也濟曰繞霤關內固險以繞京師如屋霤也鄭白二渠名亦在關內入皆利
之言吳有江湖之固物產之充雖關中繞霤鄭白豈足謂其豐言吳之勝也翰曰言士

文選五　四十五

之勇壯者雖遇堅敵必破陷之又俗有志節捷槩之人睚眦瞋目小怒也挺拔也喑嗚含
怒未發言如此小怒則拔劍彎弓言勇俠也劉曰漢書王莽策命前將軍曰繞霤之固南
當荊楚鄭白二渠名意者謂吳江湖之阻洞庭之險土地之沃物產之豐雖關中繞霤之
固鄭白之豐未足以為言也九天下言豐者皆多稱關中故引焉韓信曰項羽喑啞叱咤
善曰太公陰符經曰無堅不陷也揚惲曰西河魏土懍然皆有節槩睚眦已見西京賦家
語云孔子曰公良儒者有勇力挺劍而令衆也孟子曰越人彎弓而射之擁之者
龍騰據之者虎視麾城若振槁考搴騫旗若
顧指雖帶甲一朝而元功遠致雖累葉百疊
而富彊相繼樂滑衎苦旱其方域列仙集其土
地桂父練形而易色赤須蟬蛻稅而附麗銑曰

若擁此驍勇之衆據此險絶之土則必龍騰虎視以為彊霸之鴻業麾指也言攻城一麾若其搉枯槁之木搴取也顧前敵之旗可指而取之　翰曰元大也言雄勇帶甲一朝而立大功以闡萬代故曰遠致疊重也累葉猶如木葉相蔭多也言王霸之業雖疊葉百重而富彊不絶故曰相繼　濟曰滑義也佾出也言樂義之事皆出此方域之中列仙仙人集其土地列仙傳云桂父服桂其人形色時時白黑黃赤不定故云練形易色赤須仙人食柏葉齒落復生如蟬之蛻身此人非吳人麗五臣又作美故云附麗麗美也　劉曰賈誼傳曰權制天下顛指如意也列仙傳曰桂父象林人也常服桂葉以龜腦和之顏色時黑時白時赤南海人尊事之累世赤須子豐人也豐中傳世見之秦穆公之主魚吏也數道豐界災異水旱十不失一食柏實石脂絶穀齒落更生細髮復出後去之吳爾雅曰麗附也莊周曰附麗不以膠漆赤松子本非吳人故言附麗也夫土地險固以致強豐沃以

文選五　四十六

致盛而天下之義皆歸焉霸王之功皆存焉故賦者既舉其富強之業而載其神仙之事　善曰長楊賦曰麾城撕邑商君曰秦師至鄗郢舉若振槁漢書曰吳晉爭長吳為帶甲三萬史記曰維祖元功輔臣股肱新序曰齊侯相管仲國既富強楚辭曰濟江海兮蟬蛻淮南子曰蟬飲而不食三十日而蛻

中夏比焉畢世罕見丹青圖其象珍瑋貴其寶利也舜禹遊焉沒齒而忘歸精靈留其山阿翫其奇麗　翰曰言中夏之國比於吳都之珍異神仙中國則畢世而不見空見丹青圖畫其象類但知珍寶可貴可利也　良曰沒盡齒年也言舜葬蒼梧禹葬會稽則盡年而忘歸也　向曰阿曲也精靈神仙之類在其山曲翫其奇異美麗之事　劉曰中夏貴其珍寶而不能見徒以丹青畫其象類也楚辭九歌曰九疑繽兮並迎謂舜神在九疑山也言聖帝明王存亡而淹留於是者貴其

奇麗也　善曰山海經曰南方蒼梧之丘有九疑山焉舜之所葬吳越春秋禹老歎曰吾年壽將盡止死斯手乃命羣臣葬我於會稽之山論語曰管仲奪伯氏駢邑三百沒齒無怨言

剖判庶士商搉角萬俗國有鬱鞅而顯敞邦有湫子小阨烏介而踡拳跼伊茲都之函含弘傾神州而韞蘊櫝仰南斗以斟酌兼二儀之優渥　翰曰剖判謂分別也庶衆也商度也搉略也俗風俗也言分別衆事商略萬國之風俗也鬱茂也鞅鞅掌也皆盛貌顯敞高廣貌湫下阨小踡跼不舒也言分別庶士商略萬俗則有鬱茂鞅掌高廣者則有下小踡跼不舒展者伊惟弘大也神州中國帝居也韞藏櫝匱也言此都之大也而包含中國若藏之於匱中　向曰南斗星名將何取以用酌酒二儀天地也優渥優游也　劉曰湫下也阨小也函弘寬大也左氏傳齊景公欲更

文選五　四十七

晏子之宅曰子宅湫阨不可以居禹所受地說書曰崐崙東南方五千里名曰神州楚辭曰八柱何以東南傾吳國在地勢所傾寫故曰傾神州而韞櫝也論語曰韞櫝而藏之廣雅曰商度也搉粗略也言商度其粗略天官星占曰南斗主爵祿其宿六星春秋說題辭曰南斗為吳詩曰既優既渥

由此而揆之西蜀之於東吳小大之相絶也亦有棘林螢耀而與夫尋木龍燭也否泰之相背也亦猶帝之懸解而與夫桱桔踈屬也庸可共世而論巨細同年而議豐确苦角乎　翰曰棘林棘剌之木螢耀螢火之光尋木大木龍燭鍾山神也開目以燭天下言吳蜀大小相比則蜀為棘林螢火之光吳為大木龍燭之照從此度之則吳蜀相懸絶之極也　銑曰否天地不交萬物不通泰天地交萬物通故相背也　濟

曰帝天也懸解猶縱遂也跪蜀山名山海經云二負殺其君猰貐帝乃桎梏於跪屬山桎梏謂杻械拘繫也言吳則猶放縱得天之性地之道者而蜀猶杻械拘繫不通之人否泰之相背也銑曰豐沃之地确磽确之地言吳美蜀惡豈可共代而論大小同年而說豐确其劉曰崔寔正論云使賢不肖相去如日月之與螢火雖頑嚚之人猶察山海經曰尋木長千里又曰鍾山之神名曰燭龍視為晝暝為夜莊周曰老子死秦失弔之三號而出弟子曰非夫子之友耶曰然然弔若是可乎曰始也吾以其人也而今非也適來夫子時也適去夫子順也安時而處順憂樂不能入也古者謂是帝之懸解山海經曰二負殺猰貐帝乃梏之跪屬之山桎其右足反縛兩手漢宣帝時擊磻石於上郡陷得石室其中有反縛械人劉向曰此二負之臣也帝曰何以知之以山海經對帝天也人生禀命於天受拘俗之性憂虞終身不解此乃自終執縛為天所繫夫安時處順憂樂不能入此自然

放肆為天所解也天在上者故曰帝之懸解性之永放者也桎梏跪屬形之永拘者也捐背之甚故以相況焉凡物安於所守思不易方處窮塞而不識天下之通塗亦如此也确薄也善曰棘聚而成林郭象莊子注曰生曰懸死曰解過秦論曰則不同年而語矣

暨其幽遐獨邃寥遼廓閑奥耳目之所不該足趾之所不蹈倜天歷儻他逷之極異崛君屈詭之殊事藏理於終古而未寤於前覺也若吾子之所傳孟浪之遺言略舉其梗概而未得其要妙也翰曰寥廓閑奥寬深貌該及趾足蹈履也倜儻殊絶之稱崛詭奇異也理義也言幽遐獨邃寬深之處耳目不及足趾不履之所則有殊絶奇異之物蓋藏義終古人所不知而人皆如寐而未寤必不能先事而覺知向曰孟浪鄙野之語梗概大綱也

而王孫大夸都邑奢麗尚云如我所傳則鄙野遺言而略舉大綱而未得好妙者誇侈之心未已劉曰倜儻崛詭皆謂非常詭異之事終古猶永古也周禮考工記曰輪以崇則人弗能勝以畢則終古登阤離騷曰吾焉能與此終古孟子曰伊尹云天之生斯民也使先知覺後知先覺覺後覺也予天民之先覺者也孟浪猶莫絡也莊子曰夫子以為孟浪之言我以為妙道之行善曰司馬彪莊子注曰孟浪鄙野之語東京賦曰粗謂賓言其梗概

文選卷第五

宿

賦

京都　六

文選

六

其六十

文選卷第六

梁昭明太子撰　五臣并李善注

京都下

魏都賦一首　左太冲

魏國先生有睟遂其容乃盱香于衡而誥曰异

異乎交益之士良曰睟容温潤之貌眉上曰衡盱舉目大視也先生見吳

蜀相夸侈過甚乃張目舉眉怪而告也交趾吳地也益州蜀都也异乎恠辭也士人之通

稱也劉曰孟子曰君子所性仁義禮智根於心其生色睟然於面不言而諭趙岐曰睟

潤澤貌也眉上曰衡盱舉眉大視也异異也尚書堯典曰岳曰异哉　善曰漢書有交州

又改梁曰益有益州又曰公盱衡厲色振揚武怒音義曰眉上曰衡謂舉眉揚目也字林

文選六　一

曰盱張目也爾雅曰誥告蓋音有楚夏者土風之乖也情

有險易者習俗之殊也向曰音人語音也夏中國也土土壤風

俗乖別也言在楚楚音居夏夏音居土壤風俗之別也情有姧險者有通易者皆積習常

俗所殊致也言吳蜀二客之言太過土壤風俗所乖積習其俗殊異也　善曰孫卿子曰

人居楚而楚居夏而夏非天性也積靡使然也史記曰淮北陳汝南南郡此西楚也潁川

南陽夏人之居楚至今謂之夏人　劉曰論語曰性相近習相遠也　善曰周易曰辯有

險易春秋說題辭曰中國之性習俗常操雖則生常固非自得之

謂也濟曰言人雖則積習為之常性固非天生自得蓋染而成也　劉曰傳曰習實

生常　善曰孟子曰使自得之趙岐曰使取得其本善也昔市南宜僚弄

丸而兩家之難解聊為吾子復翫德音以釋

二客競為辯囿也翰曰白公將與楚子西戰白公使召宜僚將用之也宜僚不從弄丸自若白公感之遂止兵是難解也言吳蜀兩都互相是非而結難先生欲為解之銑曰先生言宜僚弄丸而兩家難解今先生復將為吳蜀二客以德音釋競于辯囿言辯者多詞如苑囿之有草木也劉曰莊子曰市南宜僚弄丸而兩家之難解又曰公孫龍辯者之徒飾人之心易人之意能勝人之口不能服人之心辯者之囿也善曰毛詩曰德音孔昭夫太極剖判造化權輿體兼晝夜理包清濁流而為江海結而為山嶽濟曰太極天地始也剖判分也權輿始也太極未分混沌之時而造化之始一晝一夜已作昏明一清一濁是天地元氣融流者為江海結聚者為山嶽善曰周易曰易有太極是生兩儀史記曰鄒衍稱引天地剖判以來淮南子曰大丈夫無為與造化逍遙權輿始也劇秦美新序

曰權輿天地未袪也善曰列子曰昏明之分察故一晝一夜又曰夫有形者生於無形清輕者上為天濁重者下為地也班固終南山賦曰流澤遂而成水停積結而為山列宿分其野荒裔帶其隅巖岡潭淵限蠻隔夷峻危之竅也向曰九州分野各有星紀荒裔謂邊遐之服帶在中國之隅隅角也竅穴也潭淵江湖也言中國以巖岡江河而限隔蠻夷高危之穴也言蠻夷居峻危之處以為空穴也劉曰潭淵也屈平卜居曰横江潭而漁善曰漢書曰秦地於天官東井輿鬼之分野揚雄州箴曰交州荒裔水與天際方言曰竅空也蠻陬子侯夷落譯導而通者鳥獸之氓麥耕也翰曰陬聚也落居也譯易也導引也言蠻夷聚居部落言辭殊別不為中夏所識有來朝者則使人傳易其語引而通之鳥獸之氓則蠻夷也言其穴居水宿不異鳥獸劉曰陬落蠻夷之居處名也一名

聚居為陬善曰廣雅曰落居也杜篤邊論曰覲譯導鏃步論衡曰四夷入諸夏因譯而通說文曰譯傳四夷之語者漢書賈捐之上書曰駱越之人與禽獸無異毛萇詩傳曰氓民也正位居體者以中夏為喉舌不以邊陲為襟帶也翰曰正位謂正於寶位居體謂居君之體言正寶位居君體者以中國為咽喉之要不以邊陲為衿帶之險也劉曰易曰正位居體義在其中而暢於四支善曰喉衿以身及衣為諭也戰國策頓子曰韓天下之喉咽也魏天下之胷腹也李尤函谷關銘曰衿帶咽喉聲類曰衿衣交領也長世字甿者以道德為藩不以襲險為屏也向曰字養甿民也藩屏皆援也言養人以德不以險善曰左氏傳北宮文子曰有其國家令聞長世周書成王曰朕不知字民之道敬問伯父說文曰甿田民也東方朔集曰文帝以道德為藩以仁義為藩毛萇詩傳曰藩屏

也揚雄城門校尉箴曰盤石唐芒襲險重固毛萇詩傳曰屏蔽也而子大夫之賢尚不曾庶翼等威附麗皇極思稟正朔樂率貢職良曰先生謂客為子大夫之賢者主客之義也翼佐也等等差威儀麗著皇大極中也責其不曾庶幾翼佐以等差威儀附著大中之道於魏主也銑曰先生使吳蜀二客歸義於魏從其正朔納其貢賦也善曰言不曾與衆庶翼戴上老等其威儀又不附著大中之道也國語越王句踐曰苟聞子大夫之言賈逵曰親而近之故曰子大夫尚書曰庶明其教而自勉勵翼戴上命左氏傳曰士會曰貴有常尊賤有等威莊子曰附麗不以膠漆王弼周易注曰麗著也尚書曰皇極皇建其有極孔安國曰皇大極中也謂大中之道也又曰稟受也論語比考讖曰正朔所加也莫不歸義又撰考讖曰穿胷儋耳莫不來貢而徒務於詭隨匪人宴安於絕域

榮其文身驕其險棘向曰詭曲也匪非也匪
人謂夷狄人也絕遠也
責其不稟魏之正朔而曲從夷狄之人也宴
安也言宴然而安懷其鴆毒於絕遠之域
銑曰險阻也東吳誇壯鏤身之卒以為榮西
蜀恃不以德而務驕其險阻也　善曰徒務
於詭善隨惡同於匪民又曰自宴安於其絕
域也毛詩曰無縱詭隨以謹無良毛萇曰詭
人之善隨民之惡者也詩曰獨為匪民左傳
管仲曰宴安鴆毒不可懷也李陵書曰出征
絕域漢書曰少康之庶子封於會稽文身斷
髮蔡邕楚陵碑曰進路孔夷人情險棘毛萇
詩傳曰
棘急也繆默語之常倫牽膠言而踰侈飾華
苦
懷離以矜然假偃渠屈彊巨兩而攘臂非醇粹之
方壯謀踳舛駮於王義孰愈尋靡蓱於中逵
造沐猴於棘刺向曰繆猶昧也倫次也不度
義而言曰膠言君子或默或

語責二客昧默語之次牽不義之言而越其
奢侈也翰曰華離地形也言蜀都之地小
狹華離斜角不正徒誇飾以為沃壤也倔彊
夷狄惡性梗戾謂王孫李士卒勇悍也云雖
有石林之岝崿謂攘臂而靡之是也銑曰
粹美方比壯大踳乖駁亂也言吳蜀二客非
能醇美以比於大道是謬乖亂王者之義愈
比也達路也靡流貌言蓱水物者若求於中
路不可得也燕王好巧有衛人詐言能刻沐
猴於棘刺之端後作詠發而逃之言二容之
言差如中路尋蓱棘之刺端造沐猴也
劉曰李彪書曰言語辨聽之說而不度於義
者謂之膠言周官曰形方氏掌制邦國之地
域而正其封疆無華離之地班固云不變曰
醇不離曰粹莊子曰惠施多方其書五車其
道踳駮楚辭天問曰靡蓱九逵枲華安居韓
子曰燕王好微巧衛人曰臣能以棘刺之端
為母猴王悅之養以五乘之俸王曰吾請觀
客為棘刺之母猴衛人曰臣為棘刺之母猴
也人主欲觀之必半歲不入宮不飲酒食肉

雨霽日出視之晏陰之間而棘刺之母猴乃
可見燕王因養衛人而不能觀母猴鄭人有
臺下之治者謂王曰臣為削者諸微巧必以
削之所必大於削今棘刺之端不容削則能
與不能可知也王曰容為棘刺之母猴何以
理之曰以削王曰吾欲觀客之削也客曰臣
請取之因逃治人謂王曰上之無度量言談
之士多棘針刺之說也　善曰周易曰君子
或默或語廣雅曰膠欺也鄭玄禮記注曰矜
謂自尊大也毛萇詩傳曰然是也漢書伍被
曰倔強江淮間孟子曰馮婦善搏虎攘臂下
車眾皆悅之楚辭曰玉色頩以開顏精純粹
而始壯華口哇反司馬彪莊子注曰踳讀曰
舛舛乖也駁色雜不同也頩普丁反王逸楚
辭注曰寧有蓱草蔓衍
於九逵之道靡蔓也劍閣雖嶛憑之者蹶
非所以深根固蔕也濟曰嶛險憑據也言雖
險無德而據之者必見
顛蹶是以非深根固蔕之道也　善曰劍閣
蜀境也酈元水經注曰小劍去大劍飛閣懼

故謂之劍閣廣雅嶛嶭高也力彫反又曰蹶
敗也老子曰有國之母可以長久是謂深根
固蔕長生久視之道
聲類曰蔕果鼻也洞庭雖濬負之者北非
所以愛人治國也濟曰濬深負恃也言雖為
深阻無德而恃之者必見
奔北軍敗曰北是以非愛人治國之理也
善曰洞庭吳境也史記吳起曰三苗氏左洞
庭而右彭蠡恃此險也禹伐之毛萇詩傳曰
濬深也鄭玄曰禮記注曰負性恃也漢書音
義服虔曰師敗曰北北南北之
北老子曰愛人治國能無知乎彼桑榆之末
光踰長庚之初暉況河冀之爽塏苦改與江介
之湫子小湄向曰桑榆末光謂日將西謝也長
庚星名昏見於西方爽明也塏高
也介左也湫湄小水也言桑榆末光尚踰越
長庚之初暉而況魏都居於河冀高明之地
而與江左之小水為齊也　善曰東觀漢記
光武曰失之東隅收之桑榆毛詩曰東有啓

明西有長庚左氏傳齊景公欲更晏子之宅
曰子之宅湫隘囂塵請更諸爽塏楚辭曰長
江介之遺風薛君韓詩章句曰介
界也毛萇詩傳曰水草交曰湄故將語子
以神州之略赤縣之畿魏都之卓犖呂角六合
之樞機濟曰語子者先生語二客也神州赤
縣則中國也近國之地曰畿樞戶所
以轉而開閉也機弩牙也所以發箭皆言其
要也言魏都高絕六合之要若此也劉曰
鄒衍以為儒者所謂中國者於天下八十一
分居一耳中國名赤縣神州內自有九州禹
之所敘九州也是以不得為州數中國外若
赤縣神州者有九州也范雎說秦王曰韓魏
中國之處而天下之樞也善曰河圖括地
象曰崑崙東南地方五千里名曰神州帝王居
之小雅曰畛界也周禮曰方千里曰王畿西
都賦曰逴躒者長卓犖與逴躒音義同呂氏
春秋曰神通
乎六合也于時運距陽九漢網絕維奸回

文選六　六

內贔備兵纏紫微翼翼京室眈眈沉帝宇巢焚
原燎變為煨燼故荊棘旅庭殷殷於謹寰內繩
繩八區鋒鏑縱橫化為戰場故麋鹿寓城也
翰曰距至也陽九災厄也網法網也維網
也言當此之時運至災厄漢之法網絕其網
維也向曰回邪贔奮也紫微帝宮也言漢
網既絕網維奸邪內奮兵革纏繞於宮室也
銑曰翼翼美也眈眈深遠貌向曰董卓焚
洛陽宮殿並盡如焚鳥巢燎原草皆化為灰
燼也旅猶次也宮室既盡故荊棘次生於庭
銑曰殷殷繩繩皆衆也寰內天下也八區八
方也鋒鏑兵器也寓寄也言天下八方華
縱橫人不安宅城邑為之丘墟野多戰場故
麋鹿寄於城邑之間劉曰不飲酒而怒曰
贔詩曰內贔于中國漢室之亂起於閹宮故
曰內贔也紫微宮在南城下于時兵所圍也
光熹元年四月靈帝崩八月大將軍何進入

省見太后黃門張讓郭進等斬進部曲將
兵突入尚書閣閉虎賁中郎將袁術等攻
閣日暮術等起火燒閣初平元年十二月董
卓遷都長安其夜燒洛陽南北宮易曰鳥焚
其巢尚書曰若火之燎于原春秋穀梁傳曰
寰內諸侯非天子之命不得出會尹更始曰
天子以千里為寰伍被謂淮南王曰昔伍子
胥諫吳王吳王不用乃曰臣今見麋鹿遊姑
蘇臺也臣今見宮中生荊棘露沾衣也善
曰春秋保乾圖曰五運七變各以類驚宋衷
曰五運五行用事之運也孔安國尚書傳曰
距至也漢書陽九厄曰初八百六陽九音義
曰易傳所謂陽九之厄漢書曰漢興禁網疎
闊管子曰國有四維四維不張則滅王逸楚
辭注曰維綱也尚書曰崇信姦回毛詩曰商
邑翼翼漢書客謂陳涉曰夥涉之為王沈沈
者應劭曰沈沈宮室深邃之貌沈長含反與眈
音義同謝承漢書曰陽球為司隸校尉虎視
帝宇廣雅曰煨燼也烏壞切廣雅曰煨煙也
杜預左氏傳注曰燼火之餘木也似進反毛

文選六　七

萇詩曰殷衆也毛詩曰子孫繩繩兮長楊賦
曰洋溢八區說文曰鋒兵端也又曰矢鋒也
戰國策曰綴甲厲
兵效勝於戰場也伊洛榛士臻曠崤函荒蕪臨
菑側持牢落鄢郢丘墟濟曰伊洛東京也崤函
西京也臨菑齊地鄢郢
楚地木叢生曰榛牢落閴寂也言此四都亂
也榛曠荒蕪閴寂丘墟皆謂居人少也善
曰服虔漢書注曰榛木叢生也賈逵國語註曰
蕪穢也漢書曰齊郡有臨菑縣東觀漢記曰
第五倫自度仕宦牢落漢書南郡有故鄢縣
呂氏春秋燭過曰子胥諫而不聽故吳為丘
墟
也而是有魏開國之日締構之初萬邑譬焉
亦猶犨昌由麋之與子都培部苟塿路苟之與方壺
也向曰而語助也是此也締結也犨麋古之
醜人子都美人培塿小堆阜也方壺海中
神山言當此時大魏開國結構之初而萬國
周比則吳蜀猶醜人小阜魏猶子都方壺

善曰周易曰開國承家廣雅曰締結也犨麋古之醜人也呂氏春秋曰陳有惡人焉曰敦洽犨麋椎顙廣顩色如漆陳侯悅之毛詩曰不見子都左氏傳曰太叔曰培塿無松柏培步苟反塿路苟反方壺神山名且魏土者畢昴之所應虞夏之餘人先王之桑梓列聖之遺塵考之四隈則八埏延之中測之寒暑則霜露所均卜偃前識而賞其隆吳札聽歌而美其風雖則衰代而盛德形於管絃雖踰千祀而懷舊蘊於遐年濟曰畢昴星冀州分野則魏都舜都平陽禹都安邑皆冀州界故曰虞夏餘人先王列聖則禹舜也翰曰隈猶隅也八埏八方也言考之四隅則為八方之中央也測之寒暑則霜露之所均被言處天地之中也卜偃晉掌卜之官晉獻公封畢萬於魏卜

偃曰畢萬之後必大萬盈數也魏大名也故曰賞其隆隆則大也先知其事故曰前識春秋襄公十九年吳公子季札來聘使工歌魏風扎曰美哉大而婉儉而易行以德居此則為明王故曰美其風也向曰形見也衰代謂春秋風雨時也言雖遇衰微之時而盛德形於管絃則吳季札所美也銑曰蘊積也言魏風雖已沒於千祀而我今後都之是懷古而積於遠年也劉曰詩譜云魏地畢昴之分野虞舜及禹所都之地在禹貢冀州雷首之北析城之西周以封同姓其後晉獻公滅魏以封大夫畢萬在晉之南河曲故其詩云彼汾一曲寘之河之干隈猶隅也鄒衍曰四隈不靜司馬相如封禪文曰下泝八埏國語曰卜偃云魏大名也以是始賞天啓之矣左傳曰吳公子札來聘使工為之歌魏曰美哉大而婉儉而易行以德輔此則明主也善曰毛詩曰維桑與梓必恭敬止王逸楚辭注曰考校也周禮曰以土圭測日影以求地中日南多暑日北多寒禮記曰日月所照霜

露所墜左氏傳史趙曰盛德必百世祀吳越春秋曰樂師曰君主之德可記之於管絃毛詩序曰懷其舊俗方言曰蘊積也爾其疆域則旁極齊秦結湊冀道開胷殷衛跨躡燕趙山林幽峽烏朗川澤迴繚了恒碣碪五感碍五各於青霄河汾浩涆翰而皓溔與小南瞻淇澳於六則綠竹純茂北臨漳滏父則冬夏異沼神鉦迢遰於高巒靈響時驚於四表溫泉毖秘涌而自浪華清蕩邪而難老向曰齊秦國名冀道皆州名殷都朝歌在鄴南衛亦在南故云良曰開胷如人之胷在前也跨躡猶控帶燕趙國名幽峽深邃也迴繚繚繞貌恒碣二山碪碍高貌河汾二水名浩涆皓溔並水大流貌銑曰純美也淇澳二水名旁亦出美竹漳滏二

水名漳水冷滏水熱若出於釜因名焉故云冬夏異沼沼水之通稱也翰曰鄴西北有鼓山上有石鼓之形俗云時時自鳴故稱靈響鼕鼕也表外也鉦金聲所以節鼓者則此石鼓也云鉦者文之失也濟曰毖泌也水急流貌言溫泉流而涌自為波浪言其華美而絜清可以蕩滌疾病而延壽劉曰當魏襄王時蘇秦說魏王曰南有鴻溝東有淮潁西有長城北有河水地理志曰觜觿魏之分野也自高陵以東河東河內南有陳及汝南之邵陵隱強新汲西華長平潁陽郾許鄢陵河南開封中牟陽武酸棗卷皆魏分也魏武皇帝初封魏公南得河內魏郡北得趙國中山常山鉅鹿安平甘陵東得平原西得東平凡十郡以此為魏之本國蓋冀州之地也恒山北岳也碣石山名也詩云瞻彼淇澳綠竹猗猗漢書溝洫志曰下淇園之竹水二水名經鄴西北滏水熱故曰滏其水有寒有溫故曰冬夏異沼也冀州圖鄴西北鼓山山上有石鼓之形俗言時自鳴劉邵趙都賦

曰神鉦發聲俗云石鼓鳴則天下有兵革之
事詩云毖彼泉水溫水在廣平都易縣俗以
洽疾洗曰疾華清井華水也善曰王逸楚
辭注曰湊聚也冀道亦二國名也爾雅曰兩
河間曰冀州左氏傳曰江黃道栢方睦於齊
杜預曰道國在汝南貿猶前也南都賦曰淯
水蕩其貿漢書地理志曰河內本殷舊都周
分為邶鄘衛碁碍高貌鄭玄周禮注曰汾水
出汾陽縣浩古老反㳙古旦反上林賦曰浩
溔潢漾廣雅曰浩溔大也浩故老反溔餘肋
反山海經曰火山清漳水出焉郭璞曰至武
安南入濁漳山海經曰神囷山滏水出焉郭
璞曰經鄴西北入漳說文曰泌水駛流也泌
與毖同音秘魚豢典略曰浪井者弗鑿而成
毛詩曰永錫難老墨井盐池玄滋素液厥田惟中厥
壤惟白原隰畇畇勻墳衍斥斥或嵬烏罪罍力罪
而複陸或黋苦廣朗而拓訖落乾坤交泰而煙

文選六　十

熅嘉祥徵顯而豫作是以兆朕遲澂振古萌柢
帝疇昔蔵氣讖楚禁緯閟象竹帛迨世代善本作時
世而淵默應期運而光赫曁聖武之龍飛肇
受命而光宅翰曰墨井井中有石如墨盐池在河東古冀州之界故此言之
玄素則墨井盐池之色滋液並水名冀州田
第五厥土白壤也向曰畇畇平坦貌墳堤
也下平曰衍斥斥廣大貌也翰曰嵬罍高下
貌複陸重疊也攄朗光明也拓落寬廣貌言
山川或高下重疊也或光明寬廣徵美也言
天地交泰元氣煙熅而豫作嘉祥之美明示
我魏作也謂漢桓之時有黃龍星現於楚宋
之間識者云後五十年當有真人起於梁沛
其鋒不可當至時果太祖應焉故云嘉祥豫
作也向曰朕跡也振古疇昔昔往古也萌
始柢本也言魏都兆跡之本自於往古謂卜
偃吳札之賞美者識讖書預言王者之興亡

也緯星也即上黃星之應矣閟密也竹簡也
帛素也古人所以書言王者氣象皆藏密於
讖緯竹帛之上迨曠也淵默謂沉靜也光大
赫盛也言有曠大沉靜之量乃可應期運建
大盛之業於此都也良曰暨至也今至聖
咸始受命而宅之言當天心有曠代之才
劉曰鄴西高陵西伯陽城西有墨井井深八
丈河東猗氏南有盐池東西六十里南北
七十里尚書禹貢冀州厥土惟白壤厥田惟
中上閟閑也詩云閟宮有侐善曰周禮曰
辨其墳衍原隰之名鄭玄曰水厓曰墳下平
曰衍毛詩曰原隰畇畇以純反斥斥廣大之
貌也周易曰天地交泰又曰天地絪縕西京
賦曰備致嘉祥文帝苔曹植詔曰所獻詩二
篇徽顯成章兆猶幾事之先見者也淮南子
曰欲與物接而未成朕兆者也許慎曰朕兆
也直軫反毛詩曰振古如茲毛萇曰振自也
廣雅曰萌始也爾雅曰柢本也丁計反禮記
曰余疇昔之夜夢鄭玄曰疇發語聲也說文
曰讖驗也河洛所出書曰讖毛萇詩傳曰閟

文選六　十一

閉也墨子曰以其所書於竹帛傳遺後代子
孫春秋說題辭曰尚書者所以推期運明命
撥之際魏志曰大祖武皇帝姓曹諱操為丞
相封魏王文帝受禪追尊曰武皇帝東京賦
曰世祖乃龍飛白水毛詩序曰文王受命作
周也鄭玄曰受天命而王天下也東京賦曰
漢初弗之宅爰初自臻言占其良謀龜謀筮亦既
允臧修其郛郭繕其城隍經始之制牢籠百
王畫雍豫之居寫八都之宇鑒茅茨於陶唐
察卑宮於夏禹古公草創而高門有閌苦浪宣
王中興而築室百堵兼聖哲之軌并文質之
狀商豐約而折中去准當年而為量思重交
摹大壯覽荀卿采蕭相僝子鬱拱木於林衡授

全模善本作令謨於梓匠良曰允信臧善也繕理也城隍池也向曰經銑始謂經營之始也牢籠百王之制法也曰雍西京豫東京都八方之都皆模寫也濟曰堯之所居茅茨不翦禹卑宮室今將視省察以為軌則也古公文王祖也為戎狄侵周遷于岐下草創都邑其人亦隨而至言有德也閑門限也言足以限內外也言儉也宣王中興復修宮室儉約而築室百堵也翰曰聖哲之軌則順舜禹古公宣王也文質者去太去甚也商度豐約取其折中唯當年豐儉而量其人力以使之重爻易也易云上古穴居野處而聖人易之以宮室上棟下宇以禦風雨蓋取諸大壯大壯卦名荀卿子云宮室臺榭以避燥濕非為奢侈也故覽而柔之蕭何漢相作未央宮向曰儀理不之器兩手合拖曰拱林衡主山林之官梓匠攻木之人劉曰尚書曰謀及卜筮猶周公之卜都洛邑也詩云爰契我龜又曰卜云其吉終焉允臧重爻易爻也大壯易卦名也易曰上

文選六　十二

古穴居而野處後世聖人易之以宮室上棟下宇以禦風雨蓋取諸大壯大壯謂壯觀也荀卿曰宮室臺榭以避溫涼養德別輕重也非為奢泰將以明人之大通仁順也春秋左傳曰山林之木衡虞守之治木器曰梓尚書有梓材之篇也善曰尚書曰謀及卜筮淮南子曰太一者牢籠天地雍西京豫東京也西京賦曰取殊裁於八都墨子曰堯舜茅茨不翦論語子曰禹卑宮室毛詩美古公亶父曰高門有閌又美宣王曰築室百堵說文曰僝具也饌免反孟子曰梓匠輪輿能與人規矩不能使人巧趙岐曰梓匠木工[illegible]通悅豫而子來工徒擬議而騁巧闡鉤繩之筌緒承二分之正要揆日晷考星曜建社稷作清廟築曾宮以迴匝比岡隒魚檢而無陂造文昌之廣殿極棟宇之弘規巋若崇山崛起而崔

嵬髧徒感若玄雲舒蜺以高垂銑曰言遠近百姓皆悅豫如子之來成父事者而工匠之徒忖度而騁巧妙濟曰闡述也鉤曲尺也繩所以直木者筌次也言述此鉤繩將次古之良工遺緒承二分之正要者言取春分秋分之日日景正時以正東西之位也銑曰言考度星日以定南北也良曰清廟祖廟也翰曰隒小山而無草木者陂險也言築宮迴匝比之岡隒而無險也良曰文昌殿名銑曰巋山貌髧雲貌言殿之丹青色麗如玄雲之中舒其虹蜺自高而垂下也劉曰二分春秋之中者也詩云定之方中作為楚宮揆之以日作為楚室定營室星營室中可以興土功也陂傾也易曰無平不陂文昌正殿名也蜺龍形而五色善曰難蜀父老曰遐邇一體豫或爲務西都賓序曰衆庶悅豫毛詩曰庶人子來周易曰擬之而後言議之而後動擬議以成其變化甘泉賦曰王爾投其鉤繩杜預左傳注曰銓次也筌同周禮曰匠人建國晝參諸

文選六　十三

日中之景夜考之極星以正朝夕鄭玄曰極星北辰也周禮曰左宗廟右社稷說文曰隒崖也鄭玄禮記注曰陂傾也周易曰上棟下宇以避風雨巋高貌也景福殿賦曰若仰崇山而戴垂雲髧垂貌也淮南子曰玄雲素朝瓌材巨世埇楚立[illegible]除立參差枌扶文橑老複結欒櫨盧疊施丹梁虹申以並亘朱桷森布而支離綺井列疏以懸蔕華蓮重葩而倒披齊龍首而涌霤時梗概於滮被尤池濟曰瓌美巨大也言美材大於當代者也埤[illegible]相接貌參差不齊貌枌棟橑椽也言重複而結聚之欒曲枅櫨斗也累疊而施之翰曰亘攢也丹梁如虹蜺之並橫朱桷謂椽也森多也支離歷歷然分布貌屋上綺井以板為井形飾以丹青如綺也列行疏布也綺井向下行布如花蔕之懸井中皆畫蓮花自下見上故曰倒披濟曰殿屋

上四角皆作龍形於椽頭兩水注入於龍口中寫之於地梗概猶髣髴也瀧池謂停水以
灌稲也言涌霤之水髣髴也劉曰爾雅曰欂謂之榱　善曰廣雅曰曲枅謂之欒說
文曰欂櫨柱枅也然欒櫨一也有曲直之殊耳西都賦曰抗應龍之虹梁　西京賦蔕倒茄
於藻井披紅葩之狎獵齊龍首而涌霤謂爲龍首衆檐四隅而以寫霤也說文曰霤屋水
流也東京賦曰其梗概此毛詩曰滮池北流也如旅楹閑列暉鑑抰
烏浪振章人榱題黮徒感䨴徒對階隨述尹嶙隣峋音詢長
庭砥至履平鍾虡夾陳風無纖埃雨無微津翰曰
旅陳楹柱閒列行也言棟柱每閒而行上有采色窗複見日光故暉色鑒明於抰振抰
振屋内也榱椽也題頭也言椽頭黮䨴而深黑色謂染之然也階隨階道上處嶙峋次級
也向曰虡鍾格架也夾對陳布也言揖對布於長庭也　翰曰津潤也塡以砂土其平

如砥言長庭雖風而無埃雖雨而不潤劉曰詩云旅楹有閑抰中央也振屋宇穩也文
昌殿前有鍾虡其銘曰惟魏四年歲在丙申龍次大火五月丙寅作蕤賓鍾又作無射鍾
建安二十一年七月始設鍾虡於文昌殿前所以朝會四方也　善曰鄭玄毛詩箋曰旅
楹衆也薛君韓詩章句曰閑大也謂然大也暉鑒言楹柱光輝遠照抰振也廣雅曰鑒
照也聲類曰黮黑也直感反䨴亦黑也徒對反應劭上林賦注曰隨闌横也西京賦曰坻
崿嶙峋埤蒼曰嶙峋山崖之貌也毛詩曰風雨攸除墨子曰聖王作爲宮室邊足以御風
寒上足以待雨露巖巖北闕南端逌遵竦峭雙碣方
駕比輪西闢延秋東啓長春用覲羣后觀享
頤賓翰曰巖巖高也南端正南門也逌所遵法也言南端法於北闕也竦峭猶峻高
也碣立也方駕比輪言並車也門廣大可並車而行也　銑曰闢啓皆開也延秋長春二門

名向曰於此門用朝百辟諸侯也頤養也賓客也又於此觀享養賓客也　劉曰文昌
殿前值端門之前南當南上東門東西上東門端門之外東有長春門西有延秋門
文昌殿所以朝會賓客享四方　善曰德陽殿賦曰朱闕巖巖凡南方正門皆謂之端
秋說題辭曰血書魯端門毛萇詩傳曰覲見也尚書曰肆覲羣后周易曰觀頤觀其所養
也頤養亦享也安曰觀享順賓許兩反左則中朝有赩聽政作
寢匪樸匪斲去泰去甚木無彫鏤所留土無綈
題錦玄化所甄經延國風所稟翰曰赩光也言中朝衣冠盛赩
而有光也寢正殿也匪非也言此殿非樸斲去泰去甚言取中法不以奢侈爲務　銑
曰鏤鏤也爲木不彫鏤也土無綈錦言土工不文飾也玄聖甄成也言皆聖化所成國風
所稟謂儉約稟於國風也國風詩以羨儉也劉曰中朝内朝也漢時大司馬侍中散騎諸

吏爲中朝丞相六百石以下爲外朝也文昌殿東有聽政殿内朝存焉墨子書曰堯之爲
君采椽不斲晏子春秋曰明堂之制下之濕潤不能及也上之寒暑不能入也土事不文
木事不鏤示民知節也老子云去甚去泰爾雅曰鏤鍥也　善曰毛萇詩傳曰赩赤貌也
尚書曰既勤樸斲孔安國曰樸治也斲削也西京賦曰木衣綈錦說文曰綈厚繒也玄化自
此陶甄而成國風於是有稟承也蔡邕陳留太守頌曰玄化洽矣黔首用寧如淳漢書注
曰陶人作瓦器謂之甄吉然反毛詩序曰一國之事繫一人之本謂之風於前則
宣明顯陽順德崇禮重闈洞出鏘鏘濟濟珍
樹猗猗奇卉萋萋此禮叶韻蕙風如薰甘露如醴
良曰四者皆門名闈宮門也洞通也言宮重重與諸門相通而出鏘鏘濟濟衣冠盛貌
銑曰猗猗萋萋草樹盛貌蕙香草也焚香曰薰言草樹之香風傳之如火焚香也甘露函

草樹之上漬其香芬如酒醴之香氣劉曰聽政殿前聽政門聽政門前升賢門升賢門
左崇禮門崇禮門左順德門三門並南向升賢門前宣明門宣明門前顯陽門前有司馬
門爾雅曰宮中之門謂之闈洞達也南北外內東西左右掖門皆洞達相通善曰禮記
曰大夫濟濟庶士鏘鏘毛萇詩傳曰猗猗萋萋哉盛貌也邊讓帝臺賦曰惠風如春施家
語舜曰南風之薰兮王肅曰薰風至之貌也論衡曰甘露味如飴蜜王者太平則降鄭玄
周禮注曰醴今甜酒禁臺省中連闥對廊直事所由典
刑所藏藹藹列侍金蜩齊光詰朝陪幄納言
有章亞以柱後執法內侍符節謁者典璽儲
吏膳夫有官藥劑有司肴醳亦順時腠理則
治銑曰禁臺省中丞相諸曹司也闥門也直事謂寓直之類言禁臺省中寓直之所由

出入典籍刑法之所藏蓄也翰曰藹藹多盛貌蜩蟬也漢官儀侍中常侍冠皆飾金蟬
故齊光詰朝納言喉舌之官早朝陪侍天子帷幄出納喉舌皆成其文章為天下儀軌措
式翰曰亞次也柱後御史官執法內侍天子以察人過符節掌符契旌節謁者通事者
典璽儲吏掌天子之印璽向曰膳夫掌食之官藥劑主藥品之職醳醇酒言食與酒各順
時而進之藥劑治腠理之疾腠理者皮膚間也劉曰外賢門內聽政闥外東入有納言
闥尚書臺宣明門內升賢門內升賢門外東入有賢署顯陽門內宣明門外東入最南有
謁者臺閣次中央符節臺閣最北御史臺閣三臺並別西向符節臺東有丞相諸曹善
曰魏武集荀欣掌曰漢制王所居曰省中准南子曰連闥通房人所安也直事若今之當
直也蔡邕獨斷曰直事尚書一人典刑周禮六典八刑也建安十八年始置侍中尚書御
史符節謁者金蜩金蟬蔡邕獨斷曰侍中常侍皆冠惠文加貂附蟬左氏傳曰詰朝將見

杜預曰詰朝平旦也周禮曰幕人掌幄鄭玄曰王所居之帳尚書舜曰龍命汝作納言應
劭漢書注曰納言如今尚書官王之喉舌也毛詩曰出言有章音義曰柱後以鐵為柱令
法冠是如淳曰御史冠也符節掌璽故云典璽漢有尚符璽謁者受事故曰儲吏漢書謂
者掌讚受事周禮膳夫上士又曰醫師掌毒藥共醫事鄭玄周禮注曰劑和也又禮記注
曰舊醳之酒謂昔酒也呂氏春秋伊尹曰用新去陳腠理遂通高誘曰腠理肌脉也於
後則椒鶴文石永巷壼術楸梓木蘭次舍甲
乙西南其戶成之匪日丹青炳煥特有溫室
儀刑宇宙歷象賢聖圖以百瑞綷祖對以藻詠
芒芒終古此焉則鏡有虞作繢茲亦等競濟曰
椒房明鶴皆堂名文石室也后妃所止永巷庭也閫術謂宮門道詰曲也楸梓木蘭皆坊

名宮舍次序有甲乙之次言其有大小也良曰西南其戶者言宮內之門或西向或南
向言不日而成之蓋速而易就溫室殿名丹青炳煥畫文也翰曰言於溫室殿畫天地
之形賢聖之象百瑞之物藻以贊頌使人主見之以知安危之理可以為古之鏡視於身
也言舜作繢畫彝器以為鑒戒今之溫室亦興齊競也劉曰近世王者後宮以椒房為
通稱聽政殿後有鳴鶴堂楸梓坊木蘭坊文石室後宮所止也壼宮中巷也術道也鳴鶴
堂之前次聽政殿之後東西二坊之中安者溫室中有畫像讚尚書咎繇篇舜曰予欲觀
古人之象日月星辰山龍華蟲作繪粉米永巷掖庭之別名善曰列女傳曰姜后待罪
永巷甲乙謂次舍之處以甲乙緣之也毛詩曰築室百堵西南其戶又曰不日成之藻詠
文藻而頌詠之也芒芒遠貌也楚辭曰長無絕兮終古廣雅曰鑒謂之鏡照也鄭玄論語
注曰繪畫也右則疏圃曲池下畹於遠高堂蘭渚莓

莓石瀨湯湯音傷弱葼子公係實輕葉振芳奔龜躍魚有聅千麗呂梁馳道周屈於果下延閣胤宇以經營飛陛方輦而徑西三臺列峙而崢嶸亢陽臺善本作高字於陰基擬華山之削成上累棟而重霤力救下冰室而沍冥良曰蔬圃菜園也畦田也高臺園中亭也曲池植蘭曰蘭渚莓莓盛貌石瀨水石而淺流湯湯急流貌也向曰葼木之細枝枝頭垂實而輕葉搖動其芳香聅下視也呂梁水名其水急流言池中龜魚奔躍如視呂梁之上延閣胤宇言閣道棟宇相連引也飛陛相接如鳥飛也言廣可以並輦經疾而西三臺銅雀臺氷井臺金鳳臺也銑曰亢陽屋也謂在於基上故曰亢陽基下曰陰勢如華山削成也重霤重屋簷也氷室沍寒言清陰而寒也劉曰文昌殿西銅爵

園中有魚池堂班固曰畹三十畝也離騷曰滋蘭九畹石瀨湍也水激石間則怒成湍葼木之細枝者也揚雄方言曰青齊兗豫之間謂之葼故傳曰慈母怒子折葼而笞之其惠存焉莊周曰呂梁懸水三十仞流沫三十里黿鼉之所不能遊也漢庭舊有樂浪所獻果下馬高三尺以駕輦車銅爵園西有三臺中央有銅爵臺南有金鳳臺北則氷井臺銅爵臺有屋一百一間金鳳臺有屋百三十五間氷井臺上有氷室與法殿皆閣道相通置行為營建安十五年作銅雀臺山海經曰文華之山削成四方堅也春秋左傳曰周陰沍寒善曰楚辭曰坐堂伏檻臨池曹植責躬詩曰夕宿蘭臺左氏傳曰原田莓莓杜預曰若原田之草莓莓然莓莫來反楚辭曰石瀨兮戔戔說文曰聅察也千例反漢書曰太子不敢絕馳道應劭曰天子道也若今之中道延相連延也淮南子曰延樓棧道魯靈光殿賦注曰榭而高大謂之陽基在下故曰陰周軒中天丹墀臨猋增

搆峩峩清塵剽剽匹遥反善本作影字雲雀踶音低甍而矯首壯翼摛鏤於青霄雷雨窈冥而未半皦日籠光於綺寮習步頓以升降御春服而逍遥八極可圍於寸眸萬物可齊於一朝翰曰長廊有窻而周迴曰周軒中天高也天子庭曰丹墀猋風也增高也搆亦屋也峩峩高貌屋宇深淨而無濁塵故曰清塵剽剽輕舉也向曰雲雀鳳也踶踐甍簷矯舉也言作鳳於簷踏立而舉首也壯大摛發也言鳳之大翼光發彫鏤於青霄窈冥陰暗也寮窻也言臺高而雷雨陰暗至臺之半日光在上故曰籠光於綺寮翰曰謂臺高行步上下頓足天子服習御言服春服而行逍遥闊樂高臺遠視八極之地可入於寸目知天地之理虛曠故萬物齊一在此時也劉曰丹墀以丹與蔣離合用塗地也爾雅曰扶搖謂之猋猋上

也風從下升也班固西都賦說鳳闕曰上觚稜而棲金雀亢鳥之棲也羽翼戢弭以今揆之言棲非所覩之形也張衡西京賦曰鳳翥騫於甍標咸遡風而欲翔此鳳之有定任尚向風而無一方則不宜言遡風也但鳥時形定翼住飛則斂之絕擾踶則舉羽翻用勢若將飛而尚住故言雲雀踶甍而矯首也王吉傳曰進退步趍以實下言人不行則膝脛以虛弱不實也王襃甘泉賦曰十分未升其一增惶懼而自眩若播岸而臨坑登木末以闚泉楊雄甘泉賦說臺曰鬼魅不能自逮半長途而下顛班固西都賦攀井幹而未半目眩轉而意迷舍靈檻而却倚若顛墜而復稽張衡西京賦說臺曰將乍往而未半怵悼慄而竦矜非都盧之輕趫孰能超而究升亢此四賢所以說臺榭之體皆危峣悚懼雖輕捷鬼神由莫得而目遠也非夫王公大人聊以雍容升高彌望莫之得也異乎老子曰若升臺之為樂焉故引習步頓以實下稱下方之究遠適可以圍於徑寸之眸子言其理曠

而當情也莊子有齊物之論　善曰軒長廊
之有惚也列子曰周穆王築臺號中天臺漢
典職儀曰以丹漆地故稱丹墀西都曰正殿
崔嵬層構七發曰蒙清塵毛萇詩傳曰壯健
也摛鏤摛布其彤鏤也說文曰窈窕深遠也
冥幽昧也毛詩曰有如皦日西京賦曰交綺
豁以疏寮論語曾點曰春服既成毛詩曰於
焉逍遙淮南子曰八紘之外乃有八極越岐
孟子章句曰眸目童子　長塗牟首豪徼古吊亙經晷漏肅
唱明宵有程附以蘭錡魚几宿以禁兵司衛閑
邪鉤陳冋驚向曰牟首閣道有室者豪徼道也言互有經過也肅嚴程節也
言刻漏嚴肅而唱晝夜明候時而有節法衛
侍衛也閑邪防惡也冋無也鉤陳星名以衛
侍帝宮宮侍衛之人防其邪惡故無驚擾也
劉曰牟首閣道有室者也霍光傳說昌邑王
輦道牟首鼓吹歌舞豪徼道也晷漏刻也
西上東門北有漏刻屋也　善曰說文曰晷

景日晷漏漢書房中歌曰肅倡和聲字書
倡亦唱字也充向反程猶限也程與呈通西
京賦曰武庫禁兵設在蘭錡建安二十二年
初置衛尉漢書曰衛尉掌宮門衛屯兵周易
曰閑邪存其誠樂汁圖曰鉤陳後宮
也服虔甘泉注曰紫宮外營鉤陳星　於是崇
墉濬洫嬰堞帶涘四門轗轗魚竭隆廈重起憑
太清以混成越埃𡏖烏害而資始邈邈標危亭
亭峻跱臨焦原而弗況善本作不況誰勁捷而無
猳香理與岡岑而永固非有期乎代祀陽靈停
曜於其表陰祇濛霧於其裏銑曰墉城牆也濬深洫溝嬰繞
也堞城上女牆涘水涯也言宮闕繞崇城之
堞帶深溝之涯也轗轗高也隆廈大屋也言
宮闕四門轗轗而高也大廈重疊而起也
翰曰太清天也埃𡏖塵昏之氣謂樓觀高峻

而憑天若混然而自成也超越塵昏之所資
混然之氣以為造作之始也邈邈亭亭高遠
也標立也焦原山名代知其險言樓高之險
雖臨焦原亦不比況猳懼也言誰有勁捷之
入登此而不懼者言其堅固如山豈可論年
代之近遠乎　良曰陽靈日也陰祇雲雨神
言樓臺高峻入天而日至於此自下望之若
停𥅄在其上雲雨之神濛雲霧於內也　劉
曰墉城也濬深也洫城溝也張衡西京賦曰
經城洫堞城上女牆也賈誼曰翟伐衛寇使
城涘厓也詩云夏屋渠渠又曰既成藐藐尸
子曰莒國有石焦原者廣尋五十步臨百仞
之谿莒國莫敢近也有勇以見莒子者獨却
行齊踵馬所以服莒國也　善曰薛綜西京
賦注曰轗轗高貌也鶡冠子曰上及太清下
及太寧老子曰有物混成先天地生西都賓
曰𡏖埃𡏖之混濁周易曰萬物資始王逸楚
辭注曰藐藐遠也說文曰摽末也鄭玄禮記
注曰危棟上也西京賦曰狀亭亭以苕苕說
文曰阯基也論語慎而無禮則葸猳與葸同

思子反陽靈天神甘泉賦曰齊手苑善本
陽靈之宮周禮曰掌地祇之禮也苑作菀以
玄武陪以幽林繚了垣開囿觀宇相臨碩果
灌叢圍木竦尋篁篠懷風蒲桃結陰回淵漼
積水深蒹葭贙胡犬雚胡官蒻弱森丹藕凌波而
的皪綠芰泛濤而浸七心潭以心羽翮頡頏鱗介
浮沉栖者擇木雊者擇音若咆步交渤蒲沒澥與
姑餘常鳴鶴而在陰表清禦語勒虞箴思國
卹忘從禽樵蘇往而無忌即鹿縱而匪禁音金
濟曰玄武苑名中有幽林繚繞也為牆環繞
以為苑囿囿中觀宇相臨言多也　良曰碩
大也草木雜生曰灌圍木竦尋者大木也竹
叢生曰篁篠竹也言叢竹懷風清肅之氣蒲

棑體蔓延而葉容故多陰也向曰回曲雚澄也積水衆流相合為池贇分別也言回衆草森然分別於內銑曰丹藕蓮也的皪映水貌芰蔆也俍渾浮貌羽翮鳥也頡頏水浮貌鱗魚介龜也言或浮或沉也翰曰雖鳥鳴也言不迫逐不傷其性皆得安理如此濟曰鴝鳴也渤澥姑餘皆海也言魚鳥之類雖近在此若在江海以自得不失其天性鳴鶴在陰言皆自得其類也向曰禦謂池沼草木有屋庇禽獸之表而不禁任人取之賫箴所以戒勸無為田獵即憂也思國之所憂言忘從禽者言不從禽獸之樂也推[illegible]木蘇草也言苑囿之中草木盛人往取之無忌吝也即鹿苑中所養任人縱之亦非所禁咸與人共之也劉曰玄武苑在鄴城西苑中有魚梁釣臺竹園蒲桃諸果詩曰集于灌木春秋左氏傳曰鳥則擇木又曰鹿死不擇音自得之謂也雉者舉雉兔之類不傷其時況其巨者乎揚雄曰渤澥之鳥淮南子曰軼鶤鷄於姑餘易曰鳴鶴在陰其子和之張衡東京

賦曰淵池清籞虞箴虞人之箴也事見春秋其辭曰芒芒禹跡畫為九州經啓九道人有寢廟獸有茂草各有攸處德用不擾在帝夷羿冒于原獸忘其國恤思其麀牡武不可重是用不恢于夏家獸臣司原敢告僕夫易曰即鹿無虞往從禽也孟子曰齊宣王問曰文王之囿方七十里有諸孟子對曰於傳有之曰若是其大乎答曰民猶以為小也曰寡人之囿方四十里耳民猶以為大何也答曰文王之囿方七十里芻蕘者往馬雉兔者往馬與民同之民以為小不亦宜乎臣至於境問國之大禁然後敢入臣聞郊關之內有囿方四十里殺其麋鹿者如殺人之罪則是四十里為阱國中民以為大不亦宜乎言樵蘇往而無忌即鹿縱而匪禁者蓋同乎周文之德異乎齊宣之意　善曰西都賦曰幽林穹谷西京賦曰縣垣綿連周易曰碩果不食莊子曰見巨木其絜百圍孫子曰水深則回說文曰淵回水也毛詩曰有漼者淵文子曰積水成海說文曰贇分別也本草曰藕一名水芝

爾雅曰荷芙蕖其根藕此文云淩波而的皪即藕為偏名非唯根矣的皪光明也上林賦曰的皪江靡浸潭漸漬也洞簫賦曰玉液浸潭而承其根也毛萇詩傳曰飛而上曰頡周禮曰川澤宜鱗物墳衍宜介物鄭玄曰鱗魚龍之屬介龜鼈之屬水居陸生者也漢書音義晉灼曰樵取薪也蘇取草也腜腜莫回切坰野奕奕菑畝甘荼途伊蠢芒種斯阜西門溉其前史起灌其後墱流十二同源異口蓄為屯雲泄為行雨水澍之豎稉古衡稌徒五陸蒔稷黍黝黝一柳桑柘油油麻紵均田畫疇蕃廬錯列薑芋充茂桃李蔭翳音咽叶韻家安其所而服美自悅邑屋相望武方而隔踰奕世翰曰腜腜美也奕奕盛也田一歲曰菑甘薺也荼苦菜也

伊維蠢生也芒種稻麥也阜多也言此地生荼薺多稻麥也西門豹史起並為鄴令俱開漳水灌田鄴人皆富墱級次泄水之處言有十二也同原同漳水異口分渠口各別也銑曰蓄積也言積而不用則如雲之聚若泄之乃閏田是乃行雨也良曰稌稻蒔種也翰曰黝黝黑也桑柘之美色也油油潤色紵似麻可以為布良曰均田畫疇守其分畔蓄屏廬室錯雜也言都人蓄屏廬舍錯雜而布蔭翳繁盛貌　濟曰言人甘其食美其服也隔阻踰絕也言其平安無事雖邑屋相望而阻絕終世不相往來劉曰腜腜美也詩云周原膴膴堇荼如飴爾雅曰田一歲曰菑詩云薄言采芑于此菑畝周官曰澤草所生種之芒種鄭司農曰芒種稻麥也今鄴下有十二墱天井偃在城西南分為十二墱者也微子麥秀之歌曰禾黍油油漢制列侯公主田無過三十頃者其餘各以官次哀帝時董賢賜田猥多王嘉上疏曰均田之制從此墮壞疇者界也埒畔際也詩云中田有廬孟子曰

五畝之宅樹之以桑故曰蕃廬錯列莊子曰甘
其食美其服樂其俗安其居鄰里相望鷄犬
之聲相聞人至老死不相與往来善曰毛
詩曰周原膴膴莫來反又詩曰奕奕梁山維
禹甸之賈逵國語注曰皐長也史記曰西門豹
引漳水漑鄴以富魏之河内又曰史起為鄴
令遂引漳水漑鄴人歌之曰鄴有賢令兮為
史公決漳水兮灌鄴旁終古舃鹵兮生稻梁
水陸謂高下之田也二渠之利下則所漑生稉
稌高則植立稷黍也説文曰漑時雨所以漑
生萬物者也之樹反方言曰蒔植立也時吏
反爾雅曰黑謂之黝郭璞曰黑貌也聲類曰
油油麻肥也莊子曰治邑屋曷嘗不法聖人
哉謝承後漢書曰王翁位二千石奕世相襲
内則街衢輻湊朱闕結隅石杠江飛梁出控
漳渠疏通溝以濱路羅青槐以蔭塗比滄浪
平而可濯方步櫚以占而有踰習習冠蓋莘莘
所巾蒸徒班白不提行旅讓衢設官分職營處
署居夾之以府寺班之以里閭向曰闕樓隅
角杠橋控引
也言街衢輻湊朱樓結角而石橋引在漳水
之上也濱水畔也言流通溝渠於路畔列以
槐木渠清可以比滄浪之濯纓槐樹之蔭可
以踰長櫚廊廡之下銑曰習習盛也莘莘
衆也蒸徒人也班白老者不提挈器物也旅
客也言行客讓路設官司分職務營置居處
夾於府寺分布閭里之間各使得其所也善
本衢作衢劉曰閭言鄴城内諸衛有赤闕黑
闕正當東西南北城門是其通街也石竇
橋在宮東其水流入南北里爾雅曰石杠謂
石橋也疏通也魏武帝時堰漳水在鄴西十
里名曰漳渠堰東入鄴城經宮中東出南北
二溝夾道東行出城所經石竇者也楚辭曰
滄浪之水清可以濯吾纓善曰杜預左氏
傳注曰衢交道也齒容反文子曰羣臣輻湊
李尤德陽殿賦曰朱闕巖巖晉灼漢書注曰

文選六　二十四

飛梁浮道之橋小雅曰控引也步櫚長廊也
楚辭曰曲屋步櫚宜擾畜上林賦曰步櫚周
流長途中宿蔡邕胡廣碑曰祁祁我君習習
冠蓋毛萇詩傳曰莘莘衆多也禮記曰班白
者不提挈鄭玄曰雜色曰班家語曰虞芮二
國爭田入文王境行者讓路周禮曰設官分
職以為民極小
雅曰班次也其府寺則位副三事官踰六
卿太善本作奉常之號大理之名厦屋一揆華屏
齊榮肅肅階闢許亮重門再扃師尹爰止毗世
作楨翰曰三事正德利用厚生也正德以率
下利用以阜財厚生以養人六卿周禮
六官也太常主宗廟大理斷刑獄廈大廈之
屋屏門牆也言府寺之制其同一揆而牆屏
之設亦齊有之肅肅嚴整貌闢兩階之間言
兩階之間作為禎祥肅然嚴整扃闢也言有
重門故其闕亦當再矣師尹主國之政事者
爰於毗佐禎祥也言此居止可以佐主而為
政也劉曰當司馬門南出道西最北東向
相國府第二南行御史大夫府第三少府卿
寺道東最北奉常寺次南大農寺出東掖門
正東道南西頭太僕卿寺次中尉寺出東掖
門宮東北行北城下東入大理寺宮内大社
西郎中令府城南有五營魏武帝為魏王時
太常號奉常廷尉號大理建安十八年始置
大理大農少府中尉二十一年大理鍾繇為
相國始置太常宗正二十二年以軍師華歆
為御史大夫初置衛尉時武帝為魏王置相
國御史大夫故云位副三事置卿近九故曰
官踰六卿善曰毛詩曰三事大夫莫肯夙
夜廈屋已見上注鄭玄禮記注曰華畫也爾
雅曰屏謂之樹鄭玄禮記注曰榮屋翼也爾
雅曰兩階間曰闈周易曰重門擊柝說文曰
扃門之關也毛詩曰赫赫師尹毛萇曰師太
師周之三公也尹氏為太師毛詩曰天子是
毗又曰王國克生維周之楨毛萇曰楨幹也
善本世作代
其閭閻則長壽吉陽永平思忠亦有

文選六　二十五

戚里寘宮之東閈出長者巷包諸公都護之
堂殿居綺窻輿騎朝猥蹀𨂹古毀其中良曰四者皆坊
名濟曰戚里外戚所居之里而置在帝宮之東寘置也閈門也言門出長者而巷亦包
括公侯之宅向曰都護宮名居殿之中飾為綺窻銑曰輿車騎馬猥多也蹀𨂹言累
積也天下朝貢車馬繁多累積而在於都護府内劉曰長壽吉陽永平思忠四里名也
長壽北八皆貴里也都護者將軍曹洪也漢書萬石君傳曰徙其家長安戚里以姊為美
人故善曰古詩云交疏結綺窻廣雅曰猥衆也烏罪反聲類曰蹀躡也蹀徒匧反說文
曰𨂹嶇也丘知反營客館以周坊飾善本作餝賓侶之所
集瑋豐樓之閈閎起建安而首立葺七立牆幕
室房廡雜襲剞居綺劂居衛罔輟匠斲積習廣成

之傳知戀無以儔稾街之邸不能及銑曰營構館舍也飾
賓徒所集之處以備待士瑋美也豐大也閈巷門也閎門中道也首初也起建安之中初
立也翰曰葺覆幕漫廡簷也言旁簷雜錯以相掩習剞劂斤斧也罔無也匠斲工人也
言斤斧工人無輟積習以漸理也廣成傳秦之客館稾街邸蠻夷之館漢時所立言此二
者不能及我所制也劉曰鄴城東有都亭城東亦有都道坮有大邸起樓門臨道建安
中所立也古者重客館故舉年號也春秋左傳曰高其閈閎繕完葺牆以待賓客圬人以
時冪館宮室子產曰僑聞文公之為盟主也宮室卑庳以崇大諸侯之館館如公寢爾雅
曰閎巷門也一曰閎門中所從出入也葺覆也圬人塗人也冪墁也館宮室諸侯傳也史
記藺相如奉璧西入秦秦舍相如廣城傳善曰說文曰廡堂下周屋也許慎淮南子注
曰剞劂曲刀也劂九月反鄭玄論語注曰輟與掇古字通張晏漢書注曰儔等也漢書曰

郅支首懸槀街蠻夷邸間晉灼曰黃圖在長安城內也廓三市而開廛
籍平逵之九達班列肆以兼羅設闤闠以襟
帶濟有無之常偏距日中而畢會抗旗亭之
嶢堯嶭五結侈所眺之博大翰曰廓開也廛市中道也逵道也廛
三市市中開道言開市要籍之所則平道九逵之處所以便利於人向曰班布也言布
貨物於市以羅列之闤闠市中巷繞市如衣之襟帶然有無常偏謂多少二者或至巨萬
或至貧無此為常偏也距至也畢盡也言至日中盡會於市也抗立也旗亭市樓嶢嶭高
貌言此樓至高也侈美眺視也言美所視之貨賄可謂富博廣大也劉曰周禮大市日
昃而市朝市朝時而市夕市日夕而市此三市之謂也逵已解上章傳曰達市在逵之上
易曰日中為市致天下之人聚天下之貨交易而退各得其所善曰有無謂貨物之多

少也二者常偏此能濟之也孟子曰古之為市者以其所有易其所無西京賦注曰旗亭
市樓也嶢嶭高峻之貌也爾雅曰眺視他弔反百隧轂擊連軫萬貫
憑軾捶馬袖幕紛半一八方而混同極風采
之異觀質劑子遺平而交易刀布貿而無筭良曰
隧路也百隧言路多也轂擊者車多相摩擊也軫車後言相連貫至於萬數皆憑軾捶馬
幕覆車軫者言擊馬衣袖與幕紛然相半濟曰使八方混同歸於一所風俗也采事也
言極俗事之異見質劑市吏平物價物價平而復交易也刀錢也言錢布相與交易不
可勝筭劉曰軾車橫覆膝人所憑也周官曰以質劑結信而止訟鄭君曰質劑謂兩書
一札而別之也若今下手書保物要還矣質大賈也劑少賈也刀布錢刀之謂荀鄭書曰
省刀布之劍善曰西京賦曰俯察百隧史記蘇秦曰臨菑之塗車轂擊人肩磨連衽成

惟舉袂成幕左傳曰楚子玉謂晉侯曰君憑軾而觀之說文曰撫擊也河圖龍文曰八方
歸德淮南子曰采俗者所以一羣生之短脩明九夷之風采高誘曰風俗也采事也材
以工化賄以商通難得之貨此則不容器周
用而長務物背窳庾而就攻不鬻邪而預善本
作豫賈古著騶致善本作風之醇醲翰曰言物之材用皆工人之所
化用也賄布帛也則商者通易之難得之貨謂遠方異物寶玉無益之物於市則不得容也
周備窳濫攻堅著明騶順也醇醲樸也器之備用為常用不在珍麗物皆去濫而就堅去
監禁邪人不使乘時射利為賈賣明順置法以勸醇樸之理也劉曰周官曰百工飭貨
八材商賈阜通貨賄漢書貨殖傳曰桓文之後禮義大壞上下相冒於是商通難得之貨
工作無用之器攻者堅也詩云我車既攻通物曰商居賣曰賈禮記王制曰器用不中度

文選六　二十八

不鬻於市布帛精麤不中數幅廣狹不中量不鬻於市姦色亂正色不鬻於市禽獸魚鼈
不中殺不鬻於市此皆不鬻邪之義周官曰平肆展成鄭君曰展整也成平市者使定物
賈防誑豫善曰廣雅曰財貨也財與材古字通爾雅曰賄財廣雅曰長常也言常習之
史記曰陶于河濱器不苦窳晉灼曰窳病也餘乳反淮南子曰黃帝治天下市不豫賈周
易曰騶致其道仲長子昌言醇醲之化既決孔安國尚書傳曰醇粹也說文曰醲厚酒也
女龍反又然以酒之醲喻政之厚也白藏平之藏去富有無隄
同賑太內控引世資賨琮幏嫁積墆徒結琛幣
充牣仞關石之所和鈞財賦之所底慎燕弧
盈庫而委勁冀馬填廄救而駔祖朗駿銑曰白藏庫名
藏即庫也謂富有財物如大水之無隄岸言極多也賑豐也大內內寶庫與白藏同豐控

引天下之資財向曰賨南夷稅名幏布也墆貯也言南蠻之稅積貯多也珠玉曰琛布
帛曰幣物滿也珠玉布帛充滿於庫關石秤也言亦平也財物貢賦之所致者無失常者
亦慎也翰曰燕弧角弓出幽燕地言滿庫委積其勁硬者廄養馬室也駔壯也冀馬謂
冀北所生馬填溢廄中而呈壯駿也劉曰白藏庫在西城下有屋一百七十四間爾雅
曰秋為白藏因以為名也太內京邑都內寶藏也漢書淮南王安上疏曰越人貢財之奉
不輪大內食貨志曰或墆財夏書曰關石和鈞王府則有此夏之逸書禹貢曰庶土交正
底慎財賦咸則三壤鄴城西下有乘黃廄燕幽州也弧弓爾雅曰北方之美者有幽者之
筋角馬春秋左氏傳曰冀之北土馬之所生善曰周易曰富有之謂大業漢書東方朔曰
不足以危無隄之輿蘇林曰隄限也爾雅曰賑富也風俗通曰槃瓠之後輪布一匹二丈
是謂廩君之賨巴氏出幏布八丈賨在宗反幏音稼墆音滯賈逵國語注曰關通也鄭玄

文選六　二十九

儀禮注曰和調也孔安國尚書傳曰金鐵曰石供民器用通之使和平子虛賦曰充仞其
中說文曰駔壯馬也子朗反至乎勍巨京敵紏紛庶土罔寧
聖武興言將曜威靈介冑重襲旌旗躍莖弓
珧以焦解檠巨景矛鋋飄英三屬之甲縵莫韓胡之
纓控弦簡發妙擬更平嬴亦精反向曰勍大也紏紛亂也庶
土天下也罔無寧安也聖武帝也言大敵亂起天下無安武帝興言兵大振曜其威靈
也良曰介甲也冑兜鍪也重襲重而衣之躍舉也莖旗竿也言旌旗舉竿也以蛤骨飾
弓曰珧檠弓匣也解檠開弓匣矛鋋皆兵器為風飄其英英旗飾也銑曰屬連也言甲
三札相重而連之縵胡武士纓名控引簡擇也言引滿弓弦擇處而發物無不中故妙擬
更嬴更嬴古之善射者也劉曰建安十九年五月魏公位諸侯王上赤紱遠遊冠二十

一年進爵為王二十二年得設天子旌旗出警入蹕賜朱冠冕十二旒金根車駕六馬建
太常設五時副車爾雅曰弓以蜃者謂之珧蜃骨也欒弓柙也詩云二矛重英漢書刑法
志曰魏氏武卒衣三屬之甲趙惠文王好劍劍士夾門而客者三十人趙太子悝謂莊周
曰吾王所見劍士皆蓬頭突鬢垂冠縵胡之纓短後之衣瞋目而語難者王乃悅之戰國
策更嬴謂魏王曰然則射可至於此乎更嬴曰可有鴈從南方來更嬴虛發而鴈下善
曰左氏傳曰子魚曰勍敵之人隘而不成列杜預曰勍強也尚書曰庶士交正毛詩曰興
言出宿長楊賦曰以露威靈金匱曰良弓非勍弩不張說文曰鋋小矛史記曰冒頓自立
為單于控弦之士三十萬班固漢書李廣利曰控弦貫石威動北鄰爾雅曰簡擇也謂擇
處而發也齊被練而銛息麾戈襲偏裻都祿以讀會列
畢出征而中律執奇正以四伐碩畫胡麥精通

目無匪制推鋒積紀袣氣彌銳三接三捷既
晝亦月剋翦方命吞滅咆白交咻休雲撤叛換
席卷虔劉禝子嫣威八紘荒阻率由洗兵海島
刷馬江洲振旅輷輷田反旆悠悠凱歸同飲
䟽爵普疇朝無刓五官印國無費留向曰言士卒齊整服
練而執銛利之戈襲著也偏裻戎衣名以出征四遠行其誅伐師多言讀言使士卒敘練
執戈衣偏裻之裳以為行列也軍帥師出行晝中剋勝之法執奇正之計也銑曰碩大
也言大畫奇策精通妙理舉無遺者目見所為皆合其制鋒刃推舉也十二年曰紀謂
武帝自初平年起兵至建安二十五年故曰積紀言雖積紀鋒銳之氣彌加猛銳翰曰
言一日三接戰於敵人一月三捷剋之方於也咆咻猶咆哮也言旅棄王命咆哮不賓者

皆除翦吞滅之撤去也叛反換易也虔劉殺也禝漸也言反易常道之人皆如雲去席卷
盡殺之漸以威德布於八方則荒阻之俗皆有相率來賓莫不由大魏之德向曰謂戰
勝將休兵欲還師乃洗兵馬於海島江洲也兵還曰振旅輷輷衆聲悠悠旆旌飛貌戰
勝則凱樂而歸行飲至之禮饗會將士有功者分其爵邑疇度使當其功刓印角漸銷
項羽欲封其功手執其印惜不與令得刓言今有功即封不吝惜之故朝無刓印功不賞
曰費留謂今賞之故無此也劉曰春秋左傳曰被練三千馬融曰練為甲裘史記蘇武
曰強弩在前銛戈在後司馬法曰師多則孫子曰奇正還相生若環之無端莊子曰庖
丁為文惠君屠牛手之所觸莫不中音合於桑林之舞文君曰善哉技庖丁對曰臣之所好
者道也進乎技矣臣始解牛時所見無非牛者三年之後未嘗見全牛也今臣以神遇而不
以目視也良庖歲更刀割也族庖月更刀折也今臣刀十九年矣所解數千牛也而刀刃

若新發於硎若彼節者有間而刀刃者無厚以無厚入有間恢恢乎其於遊刃必有餘地
文君曰善吾聞丁之言得養生焉一紀十二矣推鋒積紀謂魏武帝從初平元年起兵至
建安二十年軍無不剋抑亦庖丁用刀十九年之義也孫武曰避其銳氣謂銳氣之利甚
於鋒刃也易曰晉康侯用錫馬蕃庶晝日三接詩云一月三捷既晝亦月者晝取其頻繁
之數或日或月也方命放棄王命也尚書曰咈哉方命圮族方命者謂始起兵誅董卓之
首亂漢室也咆咻猶咆哮也自矜健之貌詩云包烋于中國吞滅咆烋者剋翦韓遂楊奉
之不用王命也換猶恣睢也漢書曰項氏叛換雲撤叛換者謂討破袁紹猶勝項羽也虔
劉殺也春秋左傳呂相絕秦曰虔劉我邊垂席卷虔劉者謂擒呂布於徐州剋袁術於揚
州平韓約馬超於雍州降劉表於荊州也禝威八紘荒阻率由者謂北羈單于于白屋東
懷孫權於吳會西攝劉備於巴蜀也劉少骨也司馬相如梨賦曰喇嗽其漿蘇秦曰輷韵

殷殷若三軍之衆春秋穀梁傳曰入曰振旅
無事以嚴衆也春秋左傳曰凡軍行告於宗
廟反飲至漢書曰疏爵而貴之疏爵普疇疇
其爵邑也刓印印刓也韓信傳曰項王有
功當封爵印刓忍不能予孫子兵法曰戰勝
而不修其賞者凶命曰費留善曰國語曰
公使申生伐東山衣之偏裻之衣韋昭曰裻
在中左右異色故曰偏裻音督說文曰讀列
中止也然讀列或止或列周易曰師出以律
漢書曰𣪊盛容淮南子曰八澤之外乃有
八紘尚書曰率由典常以蕃王室魏武兵接
要曰大將將行雨濡衣冠是謂洗兵劉劭七
華曰漱馬河源遊目崑崙蒼頡篇曰輴輴衆
車聲也呼萌反今為輴字音田毛詩曰悠悠
旆旌魏武孫子注曰賞不以時但留費也喪亂既弭而能宴武人
歸獸而去戢蕭斧戢柯以柙胡甲刃虹旌攝麾
以就卷斟洪範酌典憲觀所恒通其變上垂

拱而司契下緣督而自勸道來斯貴利往則
賤囹圄寂寥京庾流衍翰曰弭平也言天下既平而能為宴樂武
王歸馬放牛去其戰士蕭斧越斧也戢斂其
柯藏柙其刃虹旌畫為虹者攝收其麾旌以
卷藏之皆示不服用也洪大範法言理天下
之大法典常也言息兵革當安人故斟酌大
法典常憲不可失也觀人之恒理謂使知其
情通而變之使其不倦上則垂衣拱手執法
契以御天下緣順督中下則順乎中道而自
勸勉而後貴道賤利囹圄獄也寂寥空也京
大庾倉也流衍積多也劉曰尚書曰往伐
歸獸雍門周說孟嘗君曰以強秦之勢伐弱
韓譬猶磨蕭斧以伐朝菌也馬融廣成頌曰
建雄虹之長旍洪範箕子陳政術之篇也易曰
曰觀其所恒而天地萬物之情可見矣又曰
通其變使人不倦老子曰聖人執左契而不
責於人有德司契無德司徹善曰周公攝
政弘化弭亂司馬法曰以戰去戰雖可也尚

書曰垂拱而天下化莊子曰緣督以為經可
以保身可以全生也司馬彪曰緣順也督中
也順守道中以為常禮記曰仲春省囹圄文
子曰法寬刑緩囹圄虛空毛詩曰曾孫之庾
如坻如京鄭玄曰庾露積穀也於是東鯷啼即序西傾順軌
荊南懷憓惠朔北思韙偉緜緜迥塗驟山驟
水襁居兩負賚慈亂贄職二重譯貢篚髽側瓜首之豪
鏤渠耳之傑服其荒服斂衽而審魏闕置酒文
昌高張宿設其夜未遷庭燎晰晰支列有客祁
祁載華載裔入聲叶韻岌岌冠縰所綺纍纍呂追辮髮
清酤戶如濟濁醪如河凍醴流澌息玆溫酎逞有
躍波豐肴衍衍行庖皤皤愔愔醧一據讌酣湑

無譁呼瓜切向曰東鯷西傾國名即就序次也軌車迹也言二國之人就其次序
頏同與迹韙美也綿綿遠貌迥長也襁以繩
繫篚賚贄其土物也言荊南朔北之夷皆懷
惠思美綿綿行於長道驟彼山水負其筐篚
賚其土物重譯言而來貢也銑冂髽首鏤
耳皆夷人也豪傑謂酋長言其各衣本服而
來斂衽袖也魏闕帝闕也言斂袖而拜於帝
闕之下翰曰置酒於文昌殿以宴蕃夷也
高張其樂先夜而設其夜未遷謂未及明也
凡天子會諸侯必設庭燎以待之晰晰光明
也祁祁衆多也載華載裔言此亦有華夏之
臣四裔之人相雜而來朝中國諸侯則冠縰
岌岌然縰亦冠也岌岌高貌蕃夷之人則辮
髮行列纍纍然一良曰清酤濁醪並酒也濟
水清河水濁故比之言多亦如之也向曰
醴酒之味遇寒乃凍澌冰也酎美酒也言多
如河濟故當躍波也此皆甚言之其實不然
也行庖主行食者衍衍皤皤並多貌愔愔和
悅之貌能者飲不能者止謂之醧讌湑樂也

謂酣樂而不喧譁劉曰地理志曰會稽海外有鯷人分為二十餘國以歲時獻見尚書
禹貢曰織皮西傾因桓是來織皮西戎國也懐順也司馬相如封禪書曰義征不憓淮南
子曰三苗髽首責禮贄也周官曰九州之外謂之蕃國世一見各以其所貴寶為贄孟子
曰將有遠行行者必以贐建安二十一年匈奴南單于呼韓廚泉將其名王大人來朝待
以客禮張衡南都賦曰九醞甘醴十旬兼清蘇桊曰齊有清濟濁河楚辭小招曰挫糟凍
飲酎清涼王逸曰凍冷也酎三重釀酒也毛詩云儐爾籩豆飲酒之醧能者飲不能者已
謂之醧許氏曰醧者美酒　善曰尚書曰西戎即序尸子曰荊者非無東西也而謂之南
其南者多也杜預左氏傳注曰踶是也論語云襁負其子博物志曰織縷為之以約小兒
於背上蒼頡篇曰賷財貨尚書曰厥貢漆絲厥篚織皮山海經曰青要之魋武羅司之穿
耳以鐻郭璞曰鐻金銀之器名魋音神鐻音渠漢書曰夜未央鄭玄曰未渠央也毛詩曰

庭燎晳晳楚辭曰高余冠之岌岌鄭玄禮記注曰纚今之幘也纚與縰同漢書曰諸侯纍
纍從楚又終軍曰解辮髮削左衽毛詩曰既載清酤說文曰㴉流冰也周易曰鴻漸于盤
飲食衎衎王肅曰衎衎寬饒之貌也譖嚅豊多之貌也韓詩曰愔愔夜飲薛君曰愔愔和
怭之貌也孔安國尚書傳曰樂酒曰酣毛詩曰迨我暇矣飲此湑矣毛萇曰湑莤也鄭玄
曰湑莤之也一曰湑樂也醧乙據反延廣樂奏九成冠韶夏冒
六英五莖嘈曹響起疑震霆天宇駭地廬驚
億若大帝之所興作二嬴之所曾聆翰曰廣樂天帝
樂九成九奏也韶舜樂大夏禹樂六英帝嚳樂五莖顓頊樂冠首也冒猶籠也言奏數樂
皆首出韶夏籠羅六英嘈聲起如振動雷霆駭驚天地億遠也大帝天帝言遠若天帝之
所興作鈞天廣樂之聲二嬴謂秦穆公趙簡子趙與秦同祖穆公簡子皆曾夢天帝為其

奏鈞天廣樂故云二嬴之所曾聆聽也善曰賈逵國語注曰延陳也尚書曰簫韶九
成鳳皇來儀樂動聲儀曰帝嚳樂曰六英顓頊樂曰五莖舜曰大韶禹曰大夏宋衷曰六
英能為天地四時六合之英也五莖能為五行之道立根本也漢書曰顓頊作六莖夏大承二
帝也韶繼堯也嘈與倩古字通西京賦曰大帝說秦穆公而覲之饗以鈞天廣樂史記曰
趙簡子病扁鵲視之曰昔繆公嘗曰帝告我晉國且大亂今主君之疾與之同二日簡子
寤之曰我之帝所甚樂與百神遊於鈞天廣樂九奏萬舞不類三代之樂又曰趙氏之先
與秦同祖然則秦趙同姓故曰二嬴也博雅曰聆聽也善本無六英二字金石絲
竹之恒韻匏土革木之常調干戚羽旄之飾
好去清謳微吟之要妙世業之所日用耳目
之所開善社樂作陁雜糅汝又紛錯兼該古孩汜敷梵切善

本作泛博鞮都泥鞻居遇所掌之音韎邁昧任而金禁
金之曲以娛四夷之君以睦八荒之俗翰曰干盾
戚斧也羽翟羽旄牛尾皆舞人執之謳歌也謂樂以防謠和元氣故王者為代業不可
一日而廢固當常用可以開發耳目之聰明也糅文糅也紛錯亂雜也該同也汜博也猶廣
大也言禮樂之音文綵亂雜兼同普汜而觀之可謂博大也　向曰鞮鞻樂官掌四夷樂
韎昧任禁皆四夷樂名所以各為其方樂以娛之此蓋和睦八荒之風俗也　劉曰鞮鞻
周掌樂官名也周官鞮鞻氏掌四夷之樂與其聲歌韓詩內傳曰王者舞六代之樂舞四
夷之樂大德廣之所及　善曰周禮曰播之以八音金石土革絲木匏竹禮記注曰干戚
羽旄謂之樂鄭玄曰干盾也戚斧也武舞所執羽翟羽也旄旄牛尾文舞所執魏文帝樂
府曰短歌微吟不能長孔叢子曰世業不替周易曰百姓日用而不知鄭玄周禮注曰鞮

韎四夷舞者靠也韎俱具反毛萇詩傳曰東
夷之樂曰韎孝經鉤命决曰東夷曰昧南夷
曰任西夷之樂曰株離北夷之樂曰禁韎昧
皆東夷之樂而重之疑誤也甘泉賦曰八荒
協兮萬國諧 既苗既狩爰遊爰豫籍田以禮動大
閱以義舉去 備法駕理秋御顯文武之壯觀
邁梁騶之所著 銑曰既已也夏獵曰苗為苗除害冬獵曰狩狩收也言畫
收取之爰於也春出曰遊秋出曰豫天子躬耕籍田以為農者先所以勸民也言動以禮
也大閱講武也言舉以義也法駕大輅車六馬駕也言天子出行必以此也秋御御名使
人調理習之文謂習禮樂也武謂田獵講武也百官禮樂鏘鏘可法壯觀也邁過也梁騶
古者天子田獵地名今則過古書之所著也劉曰夏獵曰苗冬獵曰狩建安二十一年三
月魏武帝親耕藉田于鄴城東建安二十二年十月甲午訓兵上親執金鼓以詔進退大

閱講武也魯詩傳曰古有梁騶梁騶天子田也善曰孟子曰夏諺曰吾王不遊吾何以
休吾王不豫吾何以助一遊一豫為諸侯度禮記曰天子為籍田千畝公羊傳曰大閱者
何簡車馬也蔡邕獨斷曰天子有法駕莊子曰尹需學御三年而所得夜受秋駕於其師
明日往朝其師其師望而謂之曰吾非獨愛道也恐子之未可與也今將教子以秋駕司
馬彪曰秋駕法駕也史記曰此天下之壯觀也 林不槎仕雅櫱五割澤不
伐夭烏老斧斨七羊以時罟網善本作罛以道德連木
理仁挺芝草皓獸為之育藂丹魚為之生沼
裔聿雲翔龍澤馬亍丑錄阜山圖其石川形其
寶莫黑匪烏三趾而來儀莫赤匪狐九尾而
自擾嘉穎離合以蕁蕁子本醴泉涌流而浩

浩顯禎祥以曲成固觸物而無造蓋亦明靈
之所酬酢休徵之所偉兆 良曰槎斬也栫斬去木梢令復出者
也夭獸之子斨斧也言非時不入山林斬栫林木傷伐夭獸禮云斷一樹殺一獸不以其
時非孝也草木落然後斧斤入山林鷹隼擊然後施罟弋故云斧斨以時罟網以道齊
曰有德則木連理懷仁則挺生芝草皓獸丹魚並祥瑞藂澤池沼也翰曰裔雲赤色雲
飛龍出馬澤馬亍於山阜亍小步山川皆為之生圖見寶也向曰其時三足烏九尾狐
見詩云莫黑匪烏莫赤匪狐擾馴擾也銑曰嘉穎為嘉禾合穗蕁蕁花秀貌浩浩泉流
貌此皆明禎祥曲成我魏祚故乃觸類無造化而出偉大兆示也則明神酬酢仁德休徵
大示於天下劉曰草木未成曰夭斯方斧也詩云取彼斧斨以伐遠楊延康元年木連
理芝草生於樂平郡白鹿白麞見於郡國赤魚見於太原郡黃初元年十一月黃龍見高四

五丈出雲中張口正赤裔雲者外赤內青也揚雄太玄曰紫霓裔雲澤馬見於上黨郡瑞
石靈圖出於張掖之柳谷始見於建安形成於黃初二年醴泉出河內郡玉璧一枚延康
元年三足烏九尾狐見於郡國嘉禾生醴泉出易曰顯道而神德行是故可與酬酢可與
祐神矣實主俱飲主人先舉名曰酬客酌主人酒名曰酢酢者報也行道德守神明而祥
瑞皆至此蓋明靈感應人理其與人事交報之義也故曰蓋亦明靈酬酢也 善曰國語
里革曰山不槎蘗澤不伐夭文子曰鷹隼未摯羅罔不得張谷草木未落工不得入山林
孝經援神契曰德至草木則木連理古瑞命記曰王者慈仁則芝草生說文曰亍小步也
丑亦反毛詩曰莫赤匪狐莫黑匪烏尚書曰鳳皇來儀應劭漢書曰擾音擾馴也說文曰
穎德也蕁蕁茂盛貌也蒼頡篇曰禎善也周易曰曲成萬物而不遺尚書有休徵孔安國曰
序義行之驗也說文曰偉大也 畋畋美貧率土遷善罔匱沐浴

福應宅心醰徒南粹遂餘糧栖畝而不收頌聲
載路而洋溢河洛開奧符命用出翩翩黃鳥
銜書來訊信人謀所尊鬼謀所秩劉宗委馭
巽其神器窺玉策於金縢接圖録於石室考
曆數之所在察五德之所莅量寸旬消吉日
陟中壇即帝位改正朔易服色繼絶世脩廢
職徽幟以變器械以革顯仁翌明藏用玄默
菲言厚行陶化染學讎校篆遲轉籀逐又篇章畢
覿優賢著於揚歷匪蘖形於親戚良曰敗敗和樂貌言
率土和暢去惡遷善而無匱乏之沐浴休徵之
應宅居也醰粹猶醇厚也言醇厚之化入於

人心年穀豐多盈於田畝如鳥之栖宿人不
收紀頌聲言歌謡滿路洋洋乎盈耳翰曰
河洛出圖書開秘奧而大魏符命用出也翩
翩飛貌訊告也魏將受禪有黃鳥銜丹書
有文告以祥應秩序也人謀所尊謂歌謡也
鬼謀所序謂祥瑞也濟曰委棄也神器帝
位漢主委棄天下之尊讓於魏也向曰玉
策所以記帝王之跡金縢金匱也所謂玉版
金匱石室藏秘書之所帝王圖籍於此藏也
良曰五德五行也莅臨也言察五行之行所
臨相生也銑曰消擇也言擇吉日就帝位
乃改漢之正朔服色也王侯有絶嗣者命而
繼之士有失職者復之皆王者初受位之體
也翰曰徽幟旌旗器械兵器革改也濟
曰翌明也言文帝有仁明之德藏用於內守
玄默而不言而德化以著良曰文帝寡言
厚行陶染而成其學讎校考經史篆籀之
書篇什文章莫不盡覽答向曰著明也優其
賢才明其搜揚而歷試之匪非蘖私形見也
言文帝非以私情而見於親戚劉曰河洛

開奧河出圖洛出書也黃初元年黃鳥銜丹
書見河上臺易曰人謀鬼謀百姓與能策玉
牒也尚書曰納策于金縢縢緘也揚雄遺劉
歆書曰得觀書於石室莅臨也馬融論語注
曰菲薄也風俗通曰案劉向別録義曰周宣
王太史作大篆也籀音胄漢書晁錯曰今陛
下不孽諸侯應劭曰接之以禮不庶孽畜之也本枝別榦蕃屏皇家
勇若任城才若東阿抗旌則威噞驗秋霜摛
翰則華縱春葩英喆知列雄豪佐命帝室相兼
二八將猛四七赫赫震震開務有謚故令斯
民覩泰階之平可比屋而為一翰曰本根也言諸兄弟侯
王者皆帝之同體如木之同根而別枝幹皆
作社稷之蕃援濟曰任城王彰東阿王植
銑曰抗立驗猛擲發也立旌節則威猛如秋
霜謂任城王彰發文翰則華縱如春之葩花

謂東阿王植良曰二八謂舜之八元八凱
言今之相兼而過也四七謂光武二十八將
言今之將猛於彼者向曰言王侯將相赫
赫而盛震震而壯皆開物成務使天下清謚
者也泰階三星也三階平則天下太平故欲
使此億兆之人覩之則比屋可封而天下一
家也劉曰建安二十三年代郡烏丸反魏
武帝以鄢陵侯彰為北中郎將行驍騎將軍
事八涿郡界叛胡數千騎卒至彰唯有步卒
千人騎數百人身自搏戰追胡大破之斬首
五千餘級二八元八凱也四七者漢光武
二十八將也泰階六符經曰泰階者天之三
階也上階上星為天子下星為女主中階上
星為諸侯三公下星為卿大夫下階上星為
元士下星為庶人三階平則陰陽和風雨時
歲大登民人息天下平是謂太平善曰毛
詩曰本支百世說文曰幹本也左氏傳富辰
曰封建懿親以蕃屏周蔡邕述行賦曰皇家
赫而天居彰後為任城王植為東阿王漢書
終軍曰驃騎抗旌昆邪左衽驗猶猛也魚瞻

反荀悅申鑒曰人主怒如秋霜荅賓戲曰擒
藻如春華易乾鑿度曰代者赤兗黃佐命應
弼漢官儀曰帝室猶古言王室周易曰夫易
開物成務爾雅曰謐靜也音密尚書大傳曰
周人可比屋而封也筭祀有紀天祿有終傳業禪祚高
謝萬邦皇情綽矣帝德冲矣讓其天下臣至
公矣榮操行之獨得超百王之庸庸追亘卷
居免領與結繩睠留重華而比蹤尊盧赫胥羲
農有熊雖自以為道洪化以為隆代篤玄同
奚遷不能與之踵武而齊其風翰曰謂魏氏德衰為晉所
代筭年有數天祿已去遂傳業於晉退位以
謝萬國則我皇情寬綽帝德冲深自退為臣
實至公矣濟曰榮猶美也庸庸瑣瑣也亘
過也睠睠顧也留留心也卷領結繩上古有

道君重華舜也言魏主有讓德可謂美操高
行獨得於此超百王瑣瑣之道追過卷領結
繩之主睠顧留心於舜與之比蹤為讓禹也
尊盧赫胥伏羲神農有熊皆古之有道君也
洪大崇高篤厚也玄同猶大同也奚猶何也
遷急踵繼武迹也言其雖自曰道大化高代
有醇厚宇內大同亦何急與之比競哉言我
亦不能與之繼迹而齊其風言猶小也劉
曰淮南子曰古者有督而卷領以王天下其
為德生而不殺莊周曰昔者軒轅氏赫胥氏
尊盧氏虙羲神農氏當是時人結繩而用之
若此之時則至治也黃帝一號有熊氏運繼
也武迹也楚辭曰及前王之踵武善曰幽
通賦曰旦筭祀于契龜音義曰筭數也尚書
曰天祿永終王逸楚辭注曰謝去也西京賦
曰皇恩溥尚書曰帝德廣運老子曰太盈若
冲字書曰虛也魏志曰陳留王奐即皇帝位
後禪位于晉晉嗣王魏世譜曰魏封帝為陳留
王臣至公謂帝為臣於晉至公之道也仲長
子昌言曰人主臨之以至公司馬相如吊二

世文曰操行之不得班固曰漢承百王之弊
馮衍顯志賦曰非庸庸之所識庸謂凡常無
奇異也史記曰舜字重華高誘淮南子注曰
隆盛也老子曰知者不言言者不知是謂玄
同韓子曰雖厚愛之奚遷不亂是故料聊其建國析先歷其法
度諮其考室議其舉措復之而無斁亦申之
而有裕非疏䊪魯葛之士所能精非鄙俚之言
所能具銑曰料計也析分也諮猶詢謀也言
謀度其宮室之制皆合法則也立都
邑分析法度令得其所詢謀宮室之儉奢議
舉直措枉之事復猶覆也斁厭也申猶用也
裕寬也言都邑制度宮室儉奢舉措枉直之
事反覆申用於代可謂無厭倦而有寬裕言
王化天下無厭用之寬簡此故非疏賤之士
所能精曉鄙俚之言所能委具而知之劉
曰詩云斯干宣王考室也疏䊪韓詩曰
疏䊪之飯藜藿之羹斁猒也漢書司馬遷傳

曰質而不俚俚鄙也善曰說文曰折量也
爾雅曰諮謀也陳琳檄吳將校曰豈輕舉措
也哉毛詩曰無斁於人又曰綽綽有裕至於山川之倎[illegible]物
產之魁殊或名奇而見稱或實異而可書生
生之所常厚詢恂羨之所不渝善本有其中字則有
鴛鴦交谷虎澗龍山掘鯉之淀靚先蓋節之泉
善本狐祈作澗狐精衛銜木償常狋音冤常山平干
鉅鹿河間列真非一往往出焉昌容練色犢
配眉連玄俗無景善本作影木羽偶仙琴高沈水
而不濡時乘赤鯉而周旋師門使火以驗術
故將去而林燔也扶原反向曰詢信也渝變言山川倬絶物產大殊名

奇實異下文所謂稱而書之者乃生人資厚皆信義而談之非變改而妄說也濟曰鴦鴦交谷武澗並水名龍山山名淀泉而淺者摇鯉淀名蓋飾泉名良曰狐狐鳥飛貌精衛鳥名赤帝之女溺死於東海而化為此鳥乃常銜西山木石以填東海欲報其怨向曰自常山至河間四郡名良曰列真言皆仙人也練色言顏色美也讀配仙人名眉連仙女言犢與之匹偶玄俗俗行無形影故日無景不羽仙人之御故曰偶仙也濟曰琴高仙人也水中乘赤鯉魚而遊周旋謂周遊也翰曰師門為火仙行火不燒為孔甲龍師孔甲殺而埋於野外山林皆燔也劉曰老子曰人之輕死以其生生之厚也謂通生生之精以自厚也鴛鴦水在南和縣西交谷水在鄴南虎澗在鄴西南龍山在廣平涉縣摇鯉淀在河間莫縣之西淀者如澗而淺也蓋節淵在平原鄚縣北山海經曰發鳩之山有鳥狀如烏而文首白喙赤足名曰精衛赤帝之女名女娃女娃遊於海溺而不反精衛

文選六　四十二

常取西山之木石以堙東海馬列真謂列仙也列仙傳曰容者常山道人也自稱殷王女食逢累根二百餘年而顏色如年二十人故曰練色犢子者鄴人也時壯時老時好時醜乃知其仙人也陽都女者生而眉連耳細而長衆以為異俗皆言此天人也會犢子来過都女悅之遂留相奉待出門共牽犢耳而走莫能追之玄俗者自言河間人也餌巴豆雲英賣藥於市七丸一錢治百病王病瘕服藥用下蛇十餘頭王家老舍人自言又世見俗俗形無影王呼俗着日中實無影河間故趙也文帝二年以為國木羽者鉅鹿南和人也母貧賤常助產婦兒生自下嬰母大怖暮夢見大冠赤幘守兒言此兒司命君也當報汝恩使子與木羽俱仙母陰信識之後兒生字之為木羽兒至年十五夜有車馬來迎之呼木羽木羽為我御來遂俱去琴高者趙人也涓遊冀州二百餘年後辭入碭水中取龍子與諸弟子期期曰皆潔齊待於祠屋傍果乘赤鯉来出坐祠中留一月復入水去

師門者嘯父弟子亦能使火為孔甲龍師孔甲不能修其心意殺而埋之外野一旦風雨迎之說則山木皆燔孔甲祠而禱之來還而道死嘯父冀州人也在曲州市上曲州屬廣平郡漢武帝征和二年嘗為平干國故曰常山平干也師門者本嘯父弟子故附冀州善曰廣雅曰倬絕也薛綜西京賦注曰詭異也王逸楚辭注曰魁大也鄭玄周禮注曰生猶養也劉瓛周易義曰自無出有曰生毛詩曰洵美且仁鄭玄曰信也毛詩曰舍命不渝毛萇曰渝變也淀音殿說文曰獙亦翅字翼翅也叔戰反今音祇獙飛貌也馮衍爵銘曰壽配列真劉歆移曰天下衆書往往頗出左氏傳太史克曰奉以周旋

易陽壯容衛之稚質邯鄲躧步趙之鳴瑟真定之梨固安之栗醇酎中山流湎千日淇（其）洹（桓）之筍信都之棗雍丘之粱清流之稻錦繡襄邑

文選六　四十三

羅綺朝歌綿纊房子縑總（子弄）清河若此之屬繁富夥（禍）夠（侯苦）非可單究是以抑而未罄也

銑曰壯容少年美麗之容易陽易水之陽中多美女稚質童顏也邯鄲趙地亦多美女皆善行步妙鼓琴真定安固皆郡名梨栗所出焉中山郡出美酒同飲曰流同醉曰湎千日言一醉千日向曰淇洹二水名傍出美竹信都郡名棗出焉雍丘清流二縣名粱米粳稻出處襄邑縣名朝歌清河皆郡名纊細綿縑總綿帛也向曰夥夠皆多也單猶一也罄盡也言如是之屬繁富多多豈可一一尋究抑情而未盡述也劉曰枚乘兔園賦曰易陽之容淮南子曰蔡之幼女衛之稚質史遷記曰趙中山鼓鳴瑟跕躧真定屬中山郡出御梨固安屬范陽出御栗楊雄幽州箴曰蕩蕩幽州惟冀之別禹貢無幽州固安今見屬中山郡中山出好酎酒其俗傳云昔有人曰玄石者從中山酒家酤酒酒家

與之千日之酒語其節度比歸百里可至於
醉如其言飲之至家而醉其家不知其醉以
為死也棺斂而葬之中山酒家計向千日憶
曰玄石前來酤酒其醉向解也逐往問其鄰
人曰玄石死來三年服已闋矣於是與其家
至玄石冢上掘而開其棺玄石於是醉始解
起於棺中其俗語曰玄石飲酒一醉千日信
都屬安平出御棗雍丘屬陳留也地理志曰
參魏之分野南有陳留桓斌曰雍丘之梁清
流鄴西出御稻襄邑蜀陳留舊有錦官中都
賦曰朝歌羅綺又房子出御緜清河出縑總
清河一名甘陵也　善曰漢書音義臣瓚曰
桂為躧跕都牒反躧所解反薛君韓詩章句
曰均衆謂之流閑門不出客謂之洏淇園已
見上文杜預左氏傳注曰水出洹汲郡汲即
衛地也洹或為園洹音垣孔安國尚書傳曰
纚細綿廣雅曰總縮也
廣雅曰夥多也古侯反
蓋比物以錯辭述清都之閑麗雖選言以簡章徒九復而遺旨覽

大易與春秋判殊隱而一致末上林之隤牆本前修以作系
胡計反　翰曰旨義也先生
言以其土地物雜錯文辭述
魏都之閑麗然雖擇選章句徒至九變迴復
而終遺其美逸詩云九變復貫知言之選言
思慮之深也易云本隱以至明春秋云推見
以至隱言雖有遺義至於隱見反殊其致一
也上林賦云頹牆塡塹者為漢氏苑囿之大
方欲頹之使山澤之人得志而我無苑囿之
大山川萬物皆付自然故以頹牆為末事也
守古人賢聖之道而系襲之以為本也　劉
曰逸詩九變復貫知言之選擇來比物謂屬
變而還復舊貫則知言之選擇來比物錯辭
物土之叙也屈原遠遊曰造句始覩清都言
雖選言簡章徒至九復而猶遺其精旨也春
秋推見以至隱易本隱以之顯所言雖殊其
合德一也故曰末上林之隤牆本前修以作
系也前修謂前賢也離騷謇吾法夫前修司
馬相如上林賦曰頹牆塡塹使山澤之人得

至揚雄羽獵賦後曰放雉兔收罝罘與百姓
共之亂者理也傳曰有亂臣十人此皆二賦
以其後居正之義理其前過甚之事也張衡
東京賦曰相如壯上林之觀揚雄騁羽獵之
辭雖系以隤牆塡塹亂以收其罝罘卒無補
於風規蓋易有系辭之義而以其本於前修以
為系亂之意也系者亂也且易之系述而辨
至於相如初壯上林之觀後說隤牆之事首
尾相關非本系辭之流也而張衡云系以隤
牆謂與系辭同音於義有未安焉諸文賦之
後蜀者與本文絕於隤牆收罝罘雖不與本
文絕義張氏同諸系辭之別可知也　善曰
韓子曰連類比物列子曰周穆王暨化人之
宮王以為清都紫微推見至隱班固漢書司
馬相如贊文也言大易春秋隱顯殊而合德
若一故觀覽而法則之上林則頹牆塡塹雖
本前修而作系所謂觀百
而諷一故輕末而鄙賦
其軍容弗犯信身
其果毅糾華綏戎以戴公室元勳配管敬之

績歌鐘析先歷邦君之肆則魏絳之賢有令聞
也
濟曰軍容凜然不可犯乃可申其果毅殺
敵為果致果為毅也糾察華夏使不為非
撫安戎狄使不為亂元大勳功也管仲相齊
桓公九合諸侯魏絳輔晉悼公七合諸侯故
勳功配之析分也邦君晉悼公也鄭伯納歌
鍾二肆於晉肆懸鍾磬之物而分一肆賜魏
絳言此則魏絳之賢有美聞也魏絳本魏人
今論魏德之盛故述絳於此　劉曰國語曰
鄭伯納女樂二八歌鍾二肆公錫魏絳女樂
一八歌鍾一肆曰子教寡人和戎狄而政諸
華於今八年七合諸侯寡人無不得志與子
共之管敬仲相桓公九合諸侯魏絳輔晉悼
公七合諸侯故謂之元勳配管敬之績也悼
公得二肆而賜魏絳一肆故謂之歌鍾析邦
君之肆也　善曰司馬法曰古者國容不入
軍軍容不入國禮記曰介冑有不可犯鄭玄
禮記注曰信讀如屈伸之伸假借字也左氏
傳君子曰殺敵為果致果為毅班固漢書述

曰大祖元勳啓立輔臣毛詩曰令聞令望

閑居隘巷室邇心遐富仁寵義職競弗羅千乘為之軾廬諸侯為之止戈則干木之德自解紛也

銑曰段干木處於窮隘之巷居室雖近而心遠大富有仁義職務人之所競者而其心不羅魏文侯過其廬而軾馬秦欲攻魏文侯禮干木乃止故云諸侯為之止戈此則所謂解紛也　劉曰呂氏春秋曰段干木者魏文侯敬之過其廬而軾之其僕曰干木布衣耳而君軾其廬不亦過乎文侯曰干木不趣俗役懷君子之道隱處窮巷聲馳千里之外未肯以己易寡人也寡人先乎勢干木富於義勢不如德尊財不如義高吾安敢不軾乎秦欲攻魏而司馬康諫曰段干木賢者而魏禮之天下皆聞乃不可加乎兵秦君以為然乃止干木寂然不競於俗故曰職競弗羅也逸詩云兆云詢多職競弗羅善曰漢書曰司馬相如稱疾閑居毛詩曰誕寘之隘巷又曰其室則邇老子曰解其紛也

貴非吾尊重士踰山親御監門謙謙同軒搦女格秦起趙威振八蕃則信陵之名若蘭芬也

向曰魏公子無忌封信陵君不以貴自尊重天下賢士踰於丘山有隱士侯嬴至貧賤為大梁夷門監門者信陵君以車騎迎侯生信陵親為御車過屠人朱亥信陵謙卑為御不怠同軒即為御也秦圍趙信陵遣兵救趙擊破秦軍邯鄲遂存故云搦秦起趙當時魏王之威振動列國故云威振八蕃此信陵之名如蘭之芳香不絕也　劉曰史記曰魏有隱士曰侯嬴年七十家貧為大梁夷門監者公子方置酒大會賓客坐定從車騎虛左自迎侯生秦兵圍邯鄲公子姊為平原君夫人平原使使讓公子公子數請王及賓客辯士說王萬端王畏秦終不聽公子公子用侯生策使朱亥椎殺將軍晉鄙而奪其軍進擊秦軍秦軍解去邯鄲遂存秦兵伐魏公子駕歸救魏王魏王以上將授公子公子使備告諸侯諸侯各進兵救魏公子率五國之兵破秦至函谷關秦兵不敢出當是之時公子威振天下善曰史記曰侯生直上載公以觀公子公子執轡愈恭然親御謂身自為御也監門即侯嬴也周易曰謙謙君子卑以自牧嫌古謙字

英辯榮枯能濟其厄位加將相窒知逸隙之策四海齊鋒一口所敵則張儀張祿亦足云也

翰曰言張儀張祿英雄辯說榮枯在於一朝能濟時厄秦用張祿為相窒塞也隙竅也一言張儀張祿籌策如以一物塞小竅應時而合四海諸侯雖齊鋒攻秦一言以說乃能敵之故此亦足云二人皆魏人也　劉曰史記張儀者魏人也始嘗與蘇秦俱事鬼谷先生學術蘇秦自以不及張儀儀以學而遊說諸侯嘗從楚相飲楚相亡璧楚之相門下意張儀曰儀貧無行此必盜相君璧共執儀掠笞數百不服釋之張儀相秦使於諸侯皆說之散其

合從之謀秦封儀為武信君為秦將取陝築上郡塞范雎者魏人也遊說欲事魏王家貧無以自資乃事魏中大夫須賈賈怨范雎以告魏將魏齊笞擊折脅摧齒雎佯死即盛以簀中范雎謂守者曰公能出我以厚謝公守者乃請棄簀中死人遂伏匿更名張祿先生隨秦謁者王稽入秦謂昭王曰臣居山東時聞齊有田單而不聞其有王也今太后擅行不顧穰侯出使不報華陽涇陽專斷不請四貴備而國不危者未之有也昭王懼乃疑穰侯收其印而相張祿封為應侯應侯之相秦蔡澤說曰今君相秦計不下席謀不出廊坐制諸侯六國不得合從使天下皆畏秦也善曰曹植輔臣論曰英辯博通張升及論曰噓枯則冬榮解嘲曰窒隙蹈瑕而無所屈也

權惟庸蜀與鴝劬鵲同窠苦和句古侯吳與鼃烏華黽猛同穴一自以為禽鳥一自以為魚鼈

良曰權猶實也庸蜀蜀地名句吳吳地名蜀多

山林且地狹如鳩鵲之同巢褊小也吳有江湖卑濕如與黿鼉同穴也善曰許慎淮
南子注曰摧揭摧略也尚書曰及庸蜀人孔安國曰庸在江漢之南左氏傳曰鸜鵒株株
鸜具瑜反株音誅世本曰吳孰姑徙句吳注孰姑壽夢也句吳大伯始所居地名句吳句
音冓說文曰鼃蝦蟆也胡蝸切鄭玄周禮注曰黽蝦蟇屬也黽莫耿反漢賈捐之上書曰
駱越之人譬猶魚鼈何足貪也鍾會論曰吳之玩水若魚鼈蜀之便山若禽獸山阜
猥積而崎嶇泉流迸集而咉烏朗咽隰壤瀸所諸
漏而沮子豫洳如豫林藪石留力又而蕪穢窮岫泄
雲日月恒翳宅土熇許驕暑封疆障癘濟曰言蜀多山
阜猥曲積深崎嶇而險也良曰言吳地多江海泉流迸集言百川水迸集於此咉咽流
也銑曰下濕曰隰隰之上流瀸水多復漏而出沮洳泉泥相和貌林藪礫石地名石閒

有水曰石留地多草而荒穢孤窮山岫恒出陰雲不見日月常掩翳多雨向曰宅居也
熇氣也言吳蜀皆有熱氣暑蒸邊近瘴癘惡疾之氣劉曰山阜猥積蜀也泉流迸集吳
也戰國策段規謂韓王曰分地必取成皐韓王曰成皐石留之地無所用之也石留之地
踰土地多石猶人物之有留結也一曰壤潡而石也或作謟字善曰廣雅曰崎嶇傾側
也字書曰咉咽流不通也公羊傳曰瀸者何漬也作廉反周易曰甕敝漏然漏猶滲也滲
所禁反毛詩曰彼汾沮洳毛萇曰沮洳其漸洳也楊惲書曰蕪穢不治吳蜀皆暑濕其南
皆有瘴氣善曰泄猶出也埤蒼曰熇熱貌許妖反蔡莽螫適刺力割昆
蟲毒噬翰曰刺割噬咬也蔡莽毒草也所以刺割人昆蟲毒蟲皆咬人也劉曰
蔡莽螫刺多毒草也昆蟲毒噬蝮蛇鴆鳥之屬也善曰王逸楚辭注曰蔡草莽也方言
曰莽草也南楚曰莽鄭玄禮記注曰昆明也明蟲者陽而生陰而藏漢罪流禦

秦餘徒冞力制宵貌蕞罪陋稟質遳七和脆將衛巷
無杼直呂首里罕耆耋或鵻直追結計而左言或
鏤膚而鑽在官髮或明發而嬥徒了歌或浮泳而
卒歲良曰秦漢遷流罪人於南方以禦魑魅冞亦罪人也宵小也言其小貌蕞陋醜
惡遳脆急躁輕蹴之貌齊曰杼首長首者罕希也言吳蜀人蕞陋又多不壽故巷無杼
首里希耆老鵻結以髮結於兩耳垂者左言謂不曉文字鏤膚即文身者鑽髮為一掃於
項後銑曰發曉也嬥歌者人憂歎切急之歌言二國政急也居于江湖若魚鼈浮泳以
為終歲之事劉曰楊雄賦秦漢之徙充以山東貨殖傳曰秦破趙遷卓氏於蜀漢時日
南比景合浦九真亦皆有徙者息夫躬孫寵之屬善曰左氏傳舜流四凶族以禦魑魅
廣雅曰冞餘也地理志曰江南卑濕大夫多夭巴蜀輕易淫泆柔弱褊阨漢書曰人肖天

地之貌方言燕記曰豊入杼首杼首長首也燕謂之杼交益之人率皆弱陋故曰無杼首
也善曰左氏傳曰蕞爾小國杜預曰蕞爾小貌也廣雅曰質軀也遳亦脆也七戈反說
文曰脆少耎易斷也左氏傳曰王使宰孔謂齊侯曰伯舅耋老杜預曰七十曰耋揚雄蜀
記曰蜀之先代人椎結左語不曉文字謳歌巴土人歌也何晏曰巴子謳歌相引牽連手
而跳歌也譇行為詠詩曰漢之廣矣不可詠思善曰漢書淮南王曰越鑽髮文身之人
張揖以為古翦字也子踐反文身即鏤膚也毛詩曰明發不寐爾雅曰嬥嬥契契愈遐急也
也郭璞曰賦後予均賢人憂歎遠急切也跳或作嬥音苕毛詩曰何以卒歲風俗
以韰下界惈果為嫿胡麥切善本作嫿人物以殘害為
藝良曰韰狹嫿好藝能也言風俗以狹劣果勇為好人物以殘忍殺害為能也善曰
揚雄反騷曰何文肆而質韰應劭曰韰狹也方言曰惈勇也果與惈古字通說文曰嫿靜

好也音盡左氏傳曰自內害其君曰殺自外曰戕七良反威儀所不攝憲
章所不綴濟曰言其避荒風俗殊也綴猶繫之也劉曰孔子憲章文武善
曰毛詩曰朋友攸攝攝以威儀禮記曰憲章文武賈逵國語注曰綴連著也由重
山之東阨烏介因長川而善本作之裾勢距遠關以
闚苦規闞俞時高櫟巢而陛制向曰重山蜀也阨險也東狹也
長川吳也裾如衣以為要勢翰曰言距守遠關闚闞中國是居鳥巢而設陛之制固
非其宜矣劉曰重山東阨謂蜀也長川裾勢謂吳也漢書形束壤制善曰東阨東其
民由於斂阨也裾勢依裾川之形勢也陛制亦以高櫟之陛而能約制其民地形勢足以
束制其人也裾古據字九御反薄戍綿冪無異蛛蝥莫侯之網
弱卒瑣甲無異螳蜋之衛銑曰綿冪微細也言二國守戍之兵

如蛛蝥之網觸而乃破瑣猶碎也弱兵碎甲何異螳蜋之臂以當車轍何足以為衛善
曰綿冪微貌呂氏春秋湯祝曰蛛蝥作罔罟今之人學之蛛音株莊子蘧伯玉謂顏闔曰
汝不知夫螳蜋乎怒其臂以當車轍不知其不勝任也與先代善本作世而
常然雖信險而勦子了絕揆既往之前跡即將
來之後轍成都迄已傾覆建業則亦顛沛向曰
先代吳王夫差國滅公孫述稱蜀帝而亡雖各恃嶮皆以勦絕揆度也我度二國則為後
轍喪敗無日矣翰曰迄竟也成都蜀都建業吳都言竟將傾覆善曰尚書曰天用勦
絕其命勦子小反左氏傳呂相絕秦曰傾覆我社稷論語曰顛沛必於是馬融曰顛沛僵
仆也顧非累卵於疊棊焉至觀形而懷怛良曰荀息
累十二棊子加九卵於上晉平公曰危哉顧二國之危若不同於此何能觀其形而預懷

惻怛善曰言其危懼易見不俟觀形也說苑曰晉靈公造九層臺孫息聞之求見曰臣
能累十二博棊加九雞子其上公曰作之孫息以棊子致下加九雞子于其上靈公曰危
哉孫息曰是不危復有危於此者九層之臺三年不成鄰國將欲興兵社稷亡滅君欲何
望公即壞臺賈逵國語注曰怛懼也權假日以餘榮比朝華而
菴奄藹濟曰權猶苟且也言二國之君若日在桑榆猶苟且假其餘光如木槿之
朝出菴藹然至暮而落善曰權猶苟且也楚辭曰聊假日以須時說文曰木槿朝花暮
落覽麥秀與黍離可作謠於吳會銑曰微子朝周過殷
墟悲而歌曰麥秀漸漸兮黍稷離離兮言吳之將亾後必有如此歌謠也二國獨言吳會
者舉一足以明蜀矣善曰尚書大傳曰微子將相朝周過殷之墟見麥秀之漸漸曰此
父母之國宗廟社稷所立也志動心悲欲哭則為朝周俯泣則婦人推而廣之作雅聲毛

詩序曰黍離閔宗周大夫行役過故宗廟宮室盡為禾黍而作是詩先生之言
未卒吳蜀二客矍音钁善本作矍然相顧聯天力焉失
所有靦土典懵莫贈切善本作懵字容神蘂如棰形茹音汝弛
氣離坐憮土典墨而謝向曰矍然驚也聯馬失意貌靦面慙貌懵愧也
形屈曰蘂物之自死曰茹言心死也翰曰弛解也言向者形容拘束敬聽先生之言愧
懼跛踖乃解舒其氣離於坐所憮墨面色變墨而慙也劉曰懼懼也春秋傳駟氏懼懼
詩曰有靦面目瞢愧也左傳曰亦無瞢焉楊雄方言曰慙也荊楊之間曰憮善曰張以
懱先攏反今本並為矍矍大視也呼縛反說文曰矘失意視他狄反字書曰蘂垂也謂垂
下也惢與蘂同並而髓反呂氏春秋曰以茹魚驅蠅蠅愈至而不可禁然茹臭敗之義也
如舉反廣雅曰弛釋也施紙反憮勑典反杜預左氏傳注曰墨色下也說文曰謝辭也

曰僕黨清狂怵迫閩濮卜習蓼蟲之忘辛翫
進退之惟谷非常寐而無覺不覩皇輿之軌
躅良曰僕黨二客自稱也無疾而迷曰清狂怵迫猶逼迫也閩謂吳也濮謂蜀也言逼
迫居於此中如蓼草之虫忘其辛味如深谷之中進退無所憑據而翫習不覺濟曰言
是非常寐而不覺悟蓋習俗使然所以不見天子上都之軌跡也劉曰漢書昌邑王賀
傳曰賀清狂不惠色理清徐而心不慧故云清狂賈誼鵩鳥賦曰怵迫之徒或趣西東
善曰閩已見吳都孔安國尚書注曰濮國在江漢之南楚辭曰蓼虫不知從乎葵藿王逸
曰蓼虫處辛剌食若惡不從葵藿食甘美毛詩曰人亦有言進退惟谷又曰尚寐無覺楚
辭曰恐皇輿之敗績漢班嗣書曰伏孔氏之軌躅也過以汎剽匹妙之單
惠歷執古之醇聽無重直龍恎邊迷以眱以繆佪

彌兗辰光而罔定銑曰汎剽輕薄也單惠猶小才也恎用心誤也眱次佪視
也辰光日也罔無也二客自云已過者由輕薄小才得先生說歷古醇厚之義入於我聽
復自思用心之誤次以前者繆言今仰觀先生若目視辰光炫焜不定言敬懼之甚劉
曰揚雄方言曰汎剽輕也善曰鄭玄禮記注曰過猶誤也王逸楚辭注曰歷逢也老子
曰執古之道兼重恎以眱繆言既重其恎而又累其繆也廣雅曰恎用心并誤也方奚反
說文曰眱重次第物也弋豉反漢書音義應劭曰佪背也音面國語曰次序三辰賈逵曰
日月星也先生玄識深頌靡測得聞上德之至盛
匪同憂於有聖向曰二客言先生頌美魏德深沉莫測也翰曰匪同謂
豈非同也有聖聖人也夫聖人以天下為憂今先生見我吳蜀之危險以上皇之盛德使
去危就安豈非同聖人之憂乎劉曰老子曰古之士微妙玄通深不可識夫惟不可識

故強為之頌故曰先生玄識深頌靡測又曰上德無為而無不為易曰顯諸仁藏諸用鼓
萬物而不與聖人同憂盛德大業至矣哉夫聖人親憂其事然後能立易體無為而無不
為自然動物而不與聖人同憂蓋謂深念造化出於形器之表者聖人無所復聞無復恤
也故曰鼓萬物而不與聖人同憂其上賦中云顯仁翌明藏用玄默故下覆報言之也
善曰王肅周易注曰不與聖人之憂憂君子之道不長小人之道不育黍稷之不茂荼蓼
之蓄殖至於乾坤簡易是常無偏於生養無擇於人物不能變曲與彼聖人同此憂之
抑若春霆發響而驚蟄飛競潛龍浮景而幽
泉高鏡良曰言先生之言啓發我心如方春雷霆初震而蟄蟲皆競飛動鏡照也
又似潛龍升天浮於日景我於幽泉之中但涵照於其容暉也善曰二客聞言朗然心
悟猶春霆響驚蟄紛然而競飛龍彩幽泉煥然而照也呂氏春秋曰聞春始雷則蟄蟲動

矣詩推度灾曰震起而驚蟄睹周易曰潛龍勿用也雖星有風雨之好
人有異同之性庶覿蔀部家與剎廬非蘇世
而居政濟曰箕星好風畢星好雨人性亦有偏習者矣蔀家幽闇之處剎廬小人
窮困之居庶近也蘇猶悟也亦二客自言家於幽闇之處居困窮之地不能明悟時事以
居正道自責之深也劉曰尚書洪範曰庶人惟星星有好風星有好雨言人心之不同
如星之所好異易曰豐其屋蔀其家小人剎廬楚辭九章曰蔀也必獨立春秋公羊傳曰
君子大居正善曰言已因此幸見蔀家剎廬之凶非謂悟世而居正道也爾雅曰庶幸
也王弼周易注曰蔀覆暖鄣光明之物也既豐其屋又覆其家屋厚家覆闇之甚也王逸
楚辭注曰蘇寤之也且夫寒谷豐黍吹律以善本無以字暖
之善本有也字昏情爽曙箴覩以善本無以字顯之善本

有也字　銑曰鄒衍居燕地美而谷寒不生五穀鄒子吹律暖氣至遂生黍而豐也向曰爽明曙曉也箴規教戒也二客言昏曙之晴所以明曉者先生戒使然也亦猶寒谷吹律而暖至劉曰劉向別録曰鄒衍在燕有谷地美而寒不生五穀鄒子居之吹律而温至黍生今名黍谷善曰孔安國尚書注爽明也說文曰曙旦明也雖明珠兼寸尺璧有盈曜車二六三傾五城未若申錫典章之為遠也良曰魏王有徑寸珠照車前後十二乘三傾五城地十五城也言秦王願以十五城易趙王和氏之璧二客言雖此珠璧可貴不如先生申錫教戒之為遠大也劉曰太史書曰田敬仲世家傳曰齊威王二十四年與魏惠王會田於郊魏王問曰王亦有寶乎曰無有也魏王曰若寡人小國也尚有徑寸之珠照車前後十二乘者十枚秦何以萬乘之國而無寶乎善曰尹文子曰田父得寶玉徑寸置於廡上其

夜照一室史記曰趙惠文王得楚和璧秦昭王聞之願以十五城請易璧毛詩曰申錫無疆亮曰日不雙麗世無善本作不字兩帝天經地緯理有大歸安得齊給守其小辯也哉濟曰亮信也信知天下不可有二日國不可有二主銑曰天經地緯猶覆育萬物也王者法之而行帝位所立歸於天人心矣向曰齊給辯說也二客自言歸安能守此者自悔之也劉曰荀卿子曰辯說譬諭給便利而不慎義謂之好說善曰禮記曰天無二日土無二主漢書文帝賜尉佗書云兩帝並立新序曰單襄公經之以天緯之以地經緯不爽天之象也家語孔子曰小辯害義小言破道也

文選卷第六

文選　七

賦
郊祀
耕籍
畋獵上

廿六十

文選卷第七

梁昭明太子撰　五臣并李善注

郊祀祭天曰郊郊者言神交接也祭祀曰祀祀者敬祭神明也郊天正於南郊郭外曰郊

甘泉賦一首并序

揚子雲翰曰漢書云揚雄字子雲蜀郡人也家貧好學每制作慕相如之文嘗作綿竹頌成帝時直宿郎楊莊誦此文帝曰此似相如之文莊曰非也此臣邑人楊子雲帝即召見拜為黃門侍郎時帝為趙飛鷰無子往祠甘泉宮雄以為制度壯麗因作此賦以諷之善曰漢書曰揚雄字子雲蜀郡人也雄少好學年四十餘自蜀來游京師大司馬王音召以為門下史薦雄待詔歲餘為郎中給事黃門卒桓譚新論曰雄作甘泉賦一首始成夢腸出收而內之明日遂卒然舊有集注者並篇內具列其姓名亦稱臣善以相別他皆類此

孝成帝時客有薦雄文似相如者良曰客則楊莊也薦
進也雄文則綿竹頌也相如司馬相如也善曰雄荅劉歆書曰雄作成都城四隅銘蜀
人有楊莊者為郎誦之於成帝以為似相如雄遂以此得見上方郊祀甘
泉泰畤止汾陰后土以求繼嗣良曰上謂成帝泰畤壇名
汾水名時祭后土於汾南故曰汾陰嗣謂求子也善曰上謂成帝也漢書曰武帝幸甘
泉令祠官具太一祠壇太一所用如雍畤又立后土祠於汾陰脽上孟康曰時神靈之所止
也脽音雖召雄待詔承明之庭銑曰待詔待天子命也承明殿名
善曰諸以材術見知直於承明待詔即見故曰待詔焉承明已見上文正月從
上甘泉還奏甘泉賦以風善曰漢書曰永始四年正月行幸甘
泉七略曰甘泉賦永始三年正月待詔臣雄上漢書三年無幸甘泉之文疑七略誤也毛

詩序曰下以風刺上音諷不敢正言謂之諷其辭曰
惟漢十世將郊上玄定泰畤擁神休尊明號
翰曰成帝當漢之十世上玄天也言設壇郊天冀神之擁祐以休美之祥故尊祭牲加以
殊號謂牛曰一元大武是也晉灼曰擁祐也休美也言見祐護以休美之禧也明號下同
符三皇也善曰惟有也是也十世成帝也上玄天也言將祭泰畤冀神擁祐之以美祥
因尊已之明號也廣雅曰將欲也雍音擁同符三皇錄功五帝卹
胤錫羨羊箭拓託迹開統銑曰卹憂胤續錫與羨饒拓廣也言成帝
憂無子繼續故脩泰畤祭后土也神明饒與福祥廣跡而開理緒文頡曰符合也應劭曰
卹憂也胤續也錫與也羨饒也拓廣也時成帝憂無繼嗣故修泰畤后土言神明饒與
福祥廣迹而開統也李奇曰統緒也善曰同符契於三皇錄功勤於五帝也於是

迺命羣僚歷吉日協靈辰濟曰僚官也歷選靈善也命羣官選
吉日合善時而行之善曰爾雅曰命告也楚辭曰歷吉日吾將行郭璞上林賦注曰歷
選也又爾雅注曰辰時也星陳而天行良曰星陳謂羣臣陳列如星天行天
子之行也善曰星陳天行已見西京賦詔招搖與太陰兮伏鉤
陳使當兵銑曰招搖北斗端星太陰太歲前二辰也鉤陳星名主營鉤陳言皆
畫於旌旗以取象焉張晏曰禮記曰招搖在上急繕其怒太陰歲後三辰也服虔曰鉤陳
神名也紫微宮外營陳星也善曰鉤陳已見上文鄭玄禮記注曰當主也主謂典領也
屬堪輿以壁壘兮捎夔魖虛而抶丑栗獝其聿狂
向曰堪輿天地之神也使知軍之壁壘捎抶皆擊也夔魖獝狂皆惡神鬼名張晏曰堪輿
天地總名也孟康曰木石之怪曰夔如龍有角人面魖耗鬼也獝狂亦惡鬼也今皆捎而

去之善曰杜預左氏傳注曰屬託也淮南子曰堪輿行雄以知雌許慎曰堪天道也輿
地道也說文曰抶擊也丑乙切八神奔而警蹕兮振殷於謹轔
黎忍而軍裝向曰八神八方之神令具天子警蹕也振衆也殷轔盛貌言八神之
衆皆軍服而從服虔曰自招搖諸神之屬也張晏曰堪輿至獝狂八神也善曰言上諸
神各有職役夔魖之屬又捎去之故令八方之神奔走而警蹕殷轔之盛而以軍裝也轔
栗忍切漢書武帝紀曰用事八神文穎曰八方之神也薛君韓詩章句曰振奮也殷轔言
盛多也軍裝如軍戎之裝也蚩尤之倫帶干將而秉玉戚
兮飛蒙茸而容而走陸梁濟曰蚩尤古善用兵者干將劍也秉執戚
斧也玉戚以玉飾斧也蒙茸陸梁亂走貌言使此人帶劍執斧馳走於左右張晏曰玉戚
以玉為戚柲也晉灼曰飛者蒙茸而亂走者陸梁而跳謂猛士之輩善曰蚩尤已見西

京賦干將已見東京賦禮記曰朱干玉戚鄭玄曰戚斧也又考工記注曰祕猶柄也音祕
茸而栞切齊總總以撙撙兹損其相膠轕葛兮猋駭
雲迅奮以方攘如羊反銑曰總總撙撙攢聚貌膠轕雜亂貌猋駭雲迅
言其速也奮亦速也方攘分散貌晉灼曰方攘半散也善曰王逸楚辭注曰總總撙撙
東聚貌也膠葛已見上文鄭玄禮記注曰奮迅也撙子本切迅音信善本撙作撙騈
羅列布鱗以雜沓兮傑初蟻傂豸參差魚頡而
鳥䀠胡剛反銑曰騈並羅列也傑傂參差不齊整貌頡躍䀠翔也言衆神並列前
後其行迅疾如魚躍鳥翔也善曰騈猶併也張揖上林賦注曰柴虒不齊也頡䀠猶頡
頏也善本傑作柴傂作虒翕許急赫曶忽霍霧集而蒙合兮
半散照善本作昭爛粲以成章濟曰翕赫曶霍盛疾貌霧地氣蒙天

氣言師衆如蒙霧之合半散照爛謂分布而光明文章也善曰翕赫盛貌曶霍疾貌爾
雅曰天氣下地氣不應曰霧霿與蒙同於是乘輿迺登夫鳳皇
兮而翳華芝濟曰乘輿天子也鳳皇車名翳隱也華芝蓋名韋昭曰鳳皇為
車飾也翳隱也服虔曰華芝華蓋也善曰言以華蓋自翳也駟蒼螭兮六
素虬蠼烏郭略蕤爾惟綏灕離乎幓參纚所宜反向曰駟
駕也蒼螭蒼龍也素虬白龍也蠼略蕤綏龍行貌灕乎幓纚龍翰下垂貌凡稱龍者皆馬
也言龍者美之也善曰高唐賦曰乘玉輿兮駟蒼螭上林賦曰乘鏤象六玉虬說文曰
蚪龍有角者春秋命歷序曰皇伯駕六龍蠼略蕤綏龍行之貌也灕乎幓纚龍翰下垂之
貌也蠼於蠼切幓音森帥而陰閉霅蘇合然陽開良曰帥聚霅散
也言聚之則陰閉散之則陽開晉灼曰帥聚也霅散也善曰文子曰與陰俱閉與陽俱

開霅甲切於騰清霄而軼失浮景兮夫何旟余旐兆
郅質偈居竭之旖於綺旎女氏也翰曰清霄天也軼過也浮景倒景也
夫何歎美之辭旗上畫鳥曰旟畫龜曰旐兆偈竿之貌張晏曰軼過雲與倒景也服虔曰
旖旎從風柔弱貌善曰薛君韓詩章句曰騰乘也浮景流景也神女賦曰夫何神女之
妖麗何休公羊傳注曰擾疑問所不知者曰何周禮曰鳥隼為旟龜蛇為旐郅偈竿之貌
也偈音桀旎女氏切流星旄以電燭兮咸翠蓋而鸞旗
銑曰旄以旄牛尾為之飾以星文其光如電懸於竿上以指麾也翠蓋翠羽飾蓋鸞旗畫
鸞於旗上善曰言星旄之流如電之光也周書曰樓煩星旄者羽旄也鄭玄曰何以為
旌旗也高唐賦曰蜺為旌翠為蓋蔡邕獨斷曰天子出前驅有鸞旗者編羽毛列繫幢傍
屯萬騎於中營兮方玉車之千乘濟曰屯陳也中營天

子營也玉車以玉飾車也萬騎千乘言多也善曰敦與屯同王逸楚辭注曰屯陳也鄭玄
儀禮注曰方併也玉車以玉飾車也聲騈普萌隱以陸離兮輕先
疾雷而馺先合遺風向曰馺馳也騈隱車騎聲也陸離奔馳貌言車騎之
速過於疾雷馳及遺風也善曰廣雅曰陸離參差也方言曰馺馳也郭璞曰馺疾也聖
主得賢臣頌曰追奔電逐遺風臨高衍之嵱勇嵷聳兮超紆
譎之清澄登椽欒而羾貢天門兮馳閶闔而
入淩兢巨矜切銑曰羾至也嵱嵷衆多也椽欒山名閶闔天門名淩兢寒涼處
也言衆臨高平之地乃升椽欒而至於天門過閶闔入於寒涼之處也孟康曰衍無崖岸
也紆譎曲折也李奇曰嵱音踊嵷音竦如淳曰嵱嵷上下衆多貌服虔曰椽欒甘泉南山
也淩兢恐懼貌也李奇曰羾音貢蘇林曰羾至也善曰楚辭曰令帝閽開閶闔而望予

王逸曰閶闔天門也皖鉅陵切是時未臻夫甘泉也迺望通
天之繹繹翰曰臻至也繹繹高貌言未至甘泉宮望見通天臺繹繹然高也
善曰臻與槸同臻至也通天臺名已見上文薛君韓詩章句曰繹繹盛貌下陰潛
以慘七敢懍來敢兮上洪紛而相錯良曰慘懍不明貌言臺高
其下潛陰不明其上廣大光彩交錯也善曰慘廩寒貌也善本懍作廩直嶢嶢
堯以造錯告天兮厥高慶羌而不可乎彌度社洛
反濟曰嶢嶢高也造至彌終也言其嶢嶢然至天數其高不可終竟而度量也善曰
七發曰條上造天孔安國尚書傳曰造至也爾雅曰彌終也言高不可終竟而度量也慶
音羌度大各切彌或為彊平原唐其壇徒汗漫兮列新薉善本
作雉於林薄翰曰唐道也壇漫廣大貌新薉香草也言平原廣大之地香草徧列

於林薄之間鄭展曰唐道也服虔曰新雉香草雉夷聲相近善曰子虛賦曰案衍壇曼
新雉辛夷也本草辛夷一名新雉廣雅曰草蘩生曰薄壇徒旦切曼莫旦切欑并
閭與茇步末葀括兮紛被彼義麗其無鄂五各反銑曰欑
植也并閭茇葀皆瑞草名也言此草徧植被麗色於林野無涯際也善曰蒼頡篇曰欑
聚也并閭椶也茇葀草名也被麗分散貌也風賦曰被麗披離鄂垠鄂也被皮義切麗音
隸崇丘陵之駊頗騀我兮深溝嶔苦咸巖而為
谷向曰丘陵山之總名駊騀高也嶔巖旁深貌言山阜之高溝坑之深蓊林曰駊騀音
巨我善曰駊騀高大貌也峨巖深貌也嶔口銜切往往離宮般班以
相爥兮封巒石關迤已爾靡乎連屬之欲反濟曰般布
爥照也言宮館分布有光色以相照封巒石關觀名迤靡相連屬貌應劭曰言參離宮三

百武帝復往往修理之也善曰說文迋迋古文往字也往往言非一也般布也與班同
三輔黃圖曰甘泉有石闕觀封巒觀施靡相連貌也施弋爾切鄭玄喪服傳注曰屬連也
屬之欲切於是大廈雲譎波詭摧子罪嗺子水而成觀
工喚切良曰大廈屋也圖為雲氣水波之文以為詭異摧嗺林木崇積貌言此屋積材
之高以成觀闕孟康曰言廈屋變巧乃為雲氣水波相譎詭也摧嗺材木崇積貌也善
曰言大廈之高成觀闕也仰矯首以高視兮目冥莫見眴
縣而無見良曰矯舉也冥眴昏亂貌言舉首高望令目昏亂善曰楚辭注曰
撟舉也撟與矯同冥眴昏亂之貌正瀏劉濫以弘惝敞兮指
東西之漫漫銑曰瀏濫清淨也弘惝猶高大也言觀其清淨高大指其東西
無涯也孟康曰瀏清也服虔曰惝大貌也音敞善曰瀏濫猶言清淨而流濫也漫漫無

涯際之貌也徒佪佪以徨徨兮魂魄善曰去魂作魄固眇
眇而昏亂翰曰佪徨謂心驚昏亂謂迷惑言驚其壯麗令魂魄眇然迷惑善
曰言迷惑也攄軨零軒而周流兮忽軮烏朗軋烏黠而
無垠音銀向曰攄依也軨軒欄檻也軮軋廣大貌言依其欄檻周徧而行廣大無
垠畔韋昭曰軨欄也軒檻板也善曰軨與櫺同周流流行周徧也軮軋廣大貌也鵩鳥
賦曰坱圠無垠善本軮軋作坱圠翠玉樹之青蔥兮璧馬犀
之璘音鄰作瞵善瑞音斌向曰翠碧也謂武帝植玉樹於此宮以碧玉為葉
青蔥玉樹色也又作璧馬犀牛等為飾璘瑞寶妝文彩也善曰漢武帝故事曰上起神
屋前庭植玉樹珊瑚為枝碧玉為葉璧馬犀言作馬及犀為璧飾也埤蒼曰瞵瑞文貌也
晉灼曰瑞音豳金人仡魚乙切善本作仡仡其承鍾虡巨兮嶔

苦咸巖巖其龍鱗濟曰佖壯勇貌言壯勇之金人飾以龍文令負鍾虡嶔巖
巖皆鱗甲開張貌善曰孔安國尚書傳曰佖佖壯勇之貌也嵌開張之貌也龍鱗似龍
之鱗也佖魚乞切嵌火銜切揚光曜之燎爥兮垂景炎爓
之炘炘音忻濟曰景日也炘炘熱氣貌言宮觀華飾揚其光曜燎爥於上日光
下照之炘炘然與熱氣同盛晉灼曰景大也善曰廣雅曰炘熱也音欣配帝宮
善本作帝居之懸圃兮象太一之威神銑曰懸圃在崐崘山
上天帝所居處也配匹也言此宮觀亦可匹之太一天神也居於紫微宮言此神麗亦取
象焉服虔曰曾城縣圃閬風崐崘之山三重也天帝神在其上洪臺崛其獨
出兮㰍陟里北極之嶟嶟七旬反銑曰洪大㰍至也言大臺崛然
高出上至北極嶟嶟峻秀貌應劭曰崛特貌也㰍至也晉灼曰嶟嶟概㰍也善曰爾雅

曰北極謂之北辰崛其勿切綴竹指切嶟子旬切列宿乃施式支於上
榮兮日月纔經於柍於兩切振音真翰曰榮搏風也柍振屋
宇端也言臺高列宿日月皆經歷於此韋昭曰榮屋翼也服虔曰柍中央也振屋梠也
善曰振音辰雷鬱律於巖窔兮烏叫電儵忽於牆藩
翰曰鬱律小聲巖窔山之深處也言雷聲小聞於深窔之處電光微見於牆藩之上善
曰鬱律小聲也上林賦曰巖窔洞房釋名曰窔幽也倏忽疾貌也藩籬也窔一吊切鬼
魅不能自逮兮半長途而下顛良曰逮及顛墜也言鬼魅
至神亦不及其上半途而顛墜善曰逮及也爾雅曰顛隕也歷倒景而絕
飛梁兮浮蠛滅蠓莫孔而撇匹列天向曰倒景上照也歷浮皆
過也撇拂也蠛蠓遊氣也飛梁閣道也言高反出倒景過於遊氣絕出閣道而拂於天也

張揖曰陵陽子明經曰倒景氣去地四千里如淳郊祀志注曰在日月之上日月返從下
照故其景皆倒在下服虔曰浮高貌也晉灼曰飛梁浮道之橋也善曰孫炎爾雅曰蠛
蠓蟲小於蚊張揖三蒼注曰擊拂也左欃槍而右玄冥兮前熛
必遙闕而後應門翰曰欃槍星名玄冥北方水神名熛赤色造赤闕於南方以
象方色應門正門在闕後晉灼曰大人賦曰攬欃槍以為旗又曰左玄冥而右黔雷雄撰
相如故云爾也熛闕赤色之闕也南方之帝曰赤熛怒應門正門在熛闕之內也善曰
應劭曰大人賦注曰欃槍奔星也張揖曰玄冥北方黑帝佐也蔭西海與幽
都兮涌醴汩于筆以生川銑曰汩疾生成也言闕高蔭於西海幽都
醴泉涌出疾流而成川如淳曰言闕之高乃蔭西海也善曰山海經曰北海之內有山
名曰幽都黑水出焉涌醴醴泉涌出也方言曰汩疾也蛟龍連蜷拳於

東厓兮白虎屯圉乎崐崘濟曰崐崘山天帝所居左青龍右白
虎言此中象而為之連蜷長曲貌屯圉怒盛貌善曰連蜷長曲貌也敦圉盛怒貌也春
秋漢含孳曰天一之帝居左青龍右白虎服虔曰象崐崘山在甘泉宮中也敦徒昆切與
屯同覽樛流於高光兮溶勇彷徨於西清銑曰高光
宮名彷徨觀名溶盛貌樛流長遠貌西清謂西廂清閑處服虔曰高光宮名也晉灼曰樛
流猶繚繞善曰樛流高曲之貌也溶盛貌也彷徨即方皇觀名也漢書曰甘泉有高光
旁皇音傍西清西廂清淨之處也上林賦曰象輿偃蹇於西清前殿崔巍
兮和氏瓏玲善本作玲瓏良曰前殿殿名崔巍高也和氏璧也用以飾殿
瓏玲光明貌晉灼曰以黃金為璧帶含藍田璧玲瓏明見貌也善曰前殿正殿也諸宮
皆有之[illegible]未央宮[illegible]抗浮柱之飛榱兮神莫莫而

扶傾向曰抗舉也浮柱梁上柱也飛榱椽也言檐宇高峻若象神扶持其傾側也莫莫衆多貌善曰炕舉也舉浮柱之飛榱言檐宇高峻若神清淨而扶其傾危也炕與抗古字同毛詩曰君婦莫莫毛萇曰莫莫清淨也閌抗閬閬郎其寥廓兮似紫宮之崢嶸翰曰閌閬閬皆高也寥廓虛靜也言此殿高而虛靜有似紫微宮之高深也崢嶸高深貌善曰閌高也說文曰閬閬高大之貌也廖廓虛靜貌紫宮及崢嶸並已見上文閌音浪寥音僚駢交錯而曼萬衍弋戰兮㟪他賄崔摧巍五罪切善本作㟪隗乎其相嬰良曰駢交錯言檐棟相屬也曼衍分布貌㟪崔巍山高長貌言觀與之相嬰繞善曰駢已見上文曼衍分布也埤蒼曰㟪山長貌㟪隗高貌嬰繞也㟪音皐隗五賄切乘雲閣而上下兮紛分蒙籠以混成良曰雲閣言高連雲也混猶自然也言上下蒙

籠與山同體如自然而成服虔曰蒙籠膠葛貌混成若自然也善曰雲閣言高連雲也老子曰有物混成掍與混同曳虹工善本作紅彩之流離兮颺羊翠氣之宛延銑曰言宮觀之高故虹彩翠氣流離於其側宛延長曲貌善曰言宮觀高故紅采翠氣流離宛延於其側也襲琁室與瓊宮兮若登高眇而遠肅乎臨淵濟曰襲繼也言此繼桀之琁室紂之瓊宮登高遠望當以亡國為戒肅然而懼如臨深淵服虔曰襲繼也桀作琁室紂作瓊宮以此諫也應劭曰登高遠望當以亡國為戒若臨深淵也善曰晏子春秋曰夏之衰也其王桀作為琁室殷之衰也其王紂作為瓊宮善本正文言若登高眇遠亡國迴猋摽肆其盪善本作碭徒浪切駭兮翍披桂椒而鬱栘夷楊向曰迴猋風也肆疾盪過駭起也椒桂香木栘楊木名言迴風疾過而鬱

起則披拂香木鬱茂於栘楊也服虔曰回猋回風也善曰毛萇詩傳曰肆疾也碭過也廣雅曰駭起也翍與披同說文曰鬱木聚生也爾雅曰棠棣栘也楊楊樹也言回風碭駭披散桂椒又鬱衆栘楊也香芬茀房勿以穹隆兮擊欂平碧櫨力都而將榮良曰穹崇盛也謂香氣盛擊於曲枅與搏風也欂櫨曲枅也善曰言香氣芬茀穹隆而盛乃拂擊欂櫨而及屋榮也說文曰欂櫨柱上枅也薛君韓詩章句曰將辭也茀房勿切欂房隔切薌香呹迭肸許乙以掍乎本批薄結兮聲駍普萌隱而歷鍾銑曰薌與香同呹肸疾散貌掍同批擊也言香氣與風同歷於鍾乃駍隱而發聲善曰薌亦香字也禮記曰燔燎羶薌呹疾也說文曰肸蠁布也掍同也批擊也歷經歷至鍾也呹余日切掍下本切駍普耕切排玉戶而颺金鋪兮發蘭蕙與芎藭翰曰排開也玉戶玉飾戶

也鋪門首也言風開玉戶飄颺門首發蘭蕙芎藭之氣也芎藭香草也李奇曰鋪門鋪首也善曰言風颺香氣既排玉戶而颺金鋪又發揚蘭蕙與芎藭也帷首善本無首弸普萌彋其拂汨于密兮稍暗暗烏敢而靚靜深向曰弸彋聲也拂汨動也稍少也言風擊其帷幔發聲而動少間則闇然深靜也善曰弸彋風吹帷帳之聲也拂汨鼓動之貌暗暗深空之貌靚即靜字耳彋音宏暗烏感切陰陽清濁穆羽相和兮若夔牙之調琴濟曰言風擊清濁之音其細如羽聲穆然相和如夔牙彈琴焉夔舜樂官牙伯牙也皆古之善樂者張晏曰聲細不過羽穆然相和也善曰莊子黃帝曰一清一濁陰陽調和尚書曰夔典樂教胄子列子曰伯牙善鼓琴般倕棄其剞居綺劂居衛兮王爾善本作爾投其鉤繩濟曰般倕王爾皆古巧人也剞劂刀鑿也鉤曲尺繩以准直言

見此奇妙皆技棄不敢為也應劭曰剞曲刀也劂曲鑿也善曰尚書曰倕汝作共工般魯般也爾王爾也並已見西京賦般與班同倕音垂雖方征僑與偓佺兮猶髣髴其若夢良曰方且也征僑偓佺皆古仙人名且今人遊焉亦不識其形狀髣髴如夢中矣晉灼曰方常也征行也言宮觀之高峻雖使今人行其上恐遯不識其形觀猶彷彿若夢也善曰鄭玄毛詩箋曰方且也征僑姓征名僑也司馬相如大人賦曰厮征伯僑漢書曰正伯僑並同也餘依晉說列仙傳曰偓佺槐里采藥父也食松實形體生毛數寸能飛行逮走馬說文曰彷彿相似視不諟也楚辭曰時彷彿以遙皃諟即諦字音帝於是事變物化目駭耳迴蓋天子穆然珍臺閒閑館琁題玉英蟺音蟬善本作蜎蜎於緣蠖烏郭反濩胡郭之中銑曰言宮觀之上郎鏤變化皆驚駭人之耳目也穆然靜默貌謂天子於珍臺閑館之中靜默思祭祀之事琁題以玉飾椽英華相照也蟺蜎蠖濩宮觀深邃之貌善曰蒼頡篇曰駭驚也回謂回皇也應劭曰題頭也榱椽之頭皆以玉飾言其英華相燭也張晏曰蜵蜎蠖濩刻鏤之形也善曰范子曰玉英出藍田孝經援神契曰玉英玉有英華之色蜵音淵惟天所以澄心清魂儲精垂思善本作恩濟曰言天子澄心清魂儲蓄精誠冀神垂心也善曰鄭玄毛詩箋曰惟思也文子曰澄心清意言儲蓄精誠冀神垂恩也迺感動天地逆釐三神者良曰逆迎釐福也言感動上下延福於天地人之神也服虔曰釐福也韋昭曰逆迎受福釐也善曰三神天地人也釐音熙迺搜逑索偶皐伊之徒冠倫魁能乃來函甘棠之惠善本作息挾東征之意相與齊齋乎陽靈之宮翰曰搜擇逑匹偶對

也皐皐陶伊伊尹甘棠詩篇名義邵公化周公東征管蔡功成周業冠冠羣也魁魁桀也言擇取賢人皐伊之徒有魁桀之風者與之同齊於陽靈宮陽靈宮名韋昭曰搜擇也逑匹也索求也偶對也應劭曰冠其羣倫魁桀也善曰皐皐繇堯臣也伊伊尹湯臣也毛詩序曰甘棠美邵伯也又曰東山周公東征也韓康伯周易注曰洗心曰齊齊側皆切祭天之所故曰陽靈靡薜荔而為席兮折瓊枝以為芳吸清雲之流霞兮飲若木之露英良曰若木神木也言吸雲表之霞若木之露以取清絜也善曰靡謂偃靡之藉地而為席也楚辭曰折瓊枝以繼佩淮南子曰志厲清雲非夸矜也司馬相如大人賦曰呼吸沆瀣餐朝霞霞與瑕古字通也山海經曰灰野之山有赤樹青葉名曰若木露英英之含露者集乎禮神之囿登乎頌祇之堂向曰神囿祇堂皆祀神之所作歌頌以祭之善曰禮神謂祭天也晉灼曰后土歌祭之處也為歌頌以祭地祇建光耀之長旓所交兮昭華覆之威威翰曰旓旌也華覆華蓋也威威猶威蕤也服虔曰昭明也華覆華蓋也善曰埤蒼曰旓旌旗斿也威威猶威蕤也攀琁璣而下視兮行遊目乎三危銑曰琁璣北斗也三危山名言臺高可攀北斗下視三危山也善曰漢書曰北斗七星所謂琁璣玉衡楚辭曰忽反顧以遊目尚書曰導黑水至于三危陳衆車於東阬苦庚兮肆玉軑太而下馳濟曰東阬東海也肆恣也玉軑玉飾車軒也言陳列衆車於東海恣其車騎下馳也如淳曰東阬東海也晉灼曰軑車轄也韋昭曰軑徒計切善曰賈逵國語注曰肆恣也楚辭曰齊玉軑而並馳音太漂龍淵而還旋九垠銀兮窺地底而上迴向曰漂浮也龍淵淵名垠重也言浮

龍淵旋經九重之高窺見地底而上歸迴歸也應劭曰龍淵在張掖服虔曰九垠九重也
善曰言從東阬下馳遝浮龍淵而繞其九重乃窺地底而上歸也說文曰漂浮也莊子曰
千金之珠在九重之淵驪龍頷下廣雅曰垠厓也九厓亦重之義也風從從從善
本作從而扶轄兮鸞鳳紛其銜蕤濟曰從從疾貌蕤綏也言
便疾風扶車轄鸞鳳銜纓緌也善曰從從疾貌也音竦晉灼曰蕤緌也梁弱水
之濎玉挺濙鳥挺兮躡不周之逶於為迆音移向曰弱水水
名不周山名濎濙不流貌逶迆長曲貌服虔曰崐崘之東有弱水度之若濎濙耳善曰
濎濙小水貌也字林曰濙絕小水也廣雅曰躡履也山海經曰西海之外有山不合名曰
不周逶迆欲平貌也濎吐定切濙音熒想西王母欣然而上壽
兮屏玉女而卻宓妃銑曰西王母仙女也玉女美女宓妃洛水神

也言至西極想王母上壽乃悟好色敗德故屏除美女宓妃也善曰言既臻西極故想
王母而上壽乃悟好色之敗德故屏除玉女而及宓妃亦以此微諫也山海經曰玉山西
王母所居也神異經曰東荒中有大石室東王母居之常與玉女共投壺宓妃已見東京
賦玉女亡無所眺其清矑盧兮宓妃曾不得
施其蛾眉良曰清矑目瞳子也言屏棄不用無所呈其眉目也服虔曰矑目瞳
子也善曰毛詩曰螓首蛾眉方攬覽道德之精剛兮侔神
明與之為資翰曰攬撮也精剛猶微也侔法也言撮取道德精微之理法神
明以為資用也晉灼曰等天地之計量也善曰說文曰攬撮持也精剛精微剛強也
於是欽柴宗祈燎薰皇天銑曰言恭敬燔柴以尊所求燒牲玉
薰天以祭也宗尊也善曰恭敬燔柴尊崇所祈也尚書曰至于岱宗柴應劭曰牲玉之

香也招搖太一舉洪頤樹靈旗向曰招搖太一皆星神名洪頤
旌名如淳曰皋挈皋也積柴於挈皋頭置牲玉於其上舉而燒之欲近天也淳本招作皋
張晏曰招搖太一皆神名也善曰搖與遙同也服虔曰洪頤旗名也應劭曰旌旆布也李
奇曰欲伐南越告禱太一畫旗樹太一壇上名靈旗以指所伐之國也見漢書郊祀志
樵蒸焜上配藜四施向曰樵蒸炬火也配藜猶披離也言炬火之光
焜然披離施之於四邊也張晏曰配藜披離也善曰言燔燎之盛故樵蒸之光同上而
披離四布也周禮曰供祭祀之薪蒸鄭玄曰麤曰薪細曰蒸善本焜作昆說文曰昆同也
昆或為焜字書曰焜煌火貌東燭滄海西燿流沙所宜北熿
晃幽都南煬移尚丹涯良曰燭燿熿煬皆光照也謂東西南北極遠而
照也服虔曰丹水之厓也善曰尚書曰弱水餘波入于流沙幽都已見吳都賦熿與晃

音義同方言曰煬炙也玄瓚觩虬鏐力幽秬鬯泔胡敢淡太敢
切濟曰瓚酒器以玄玉飾之觩鏐器貌秬鬯香酒泔淡滿也服虔曰以玄玉飾之故曰
玄瓚張晏曰瓚受五升口徑八寸以大圭為柄用灌鬯觩鏐曲貌也應劭曰泔淡滿也
善曰孔安國尚書傳曰黑黍曰秬釀以鬯草肸蠁豐融懿懿芬芬
炎感黃龍兮熛摽訛碩麟銑曰肸蠁布寫貌豐融謂饒衍也懿
懿分芬香氣盛也訛動也碩麟遠方地名炎火光也熛火飛也言感黃龍之瑞動遠方之
地也善曰言秬鬯分布芬芬盛美也肸蠁已見上文韋昭曰碩大也善曰言炎熛熾
盛感動神物也字林曰炎火光也說文曰熛火飛也毛萇詩傳曰訛動也熛必遙切
巫咸兮叫帝閽開天庭兮延羣神良曰巫咸古神巫也
名帝閽天門也言擇取巫咸令叫開天門以延百神也服虔曰令巫祝叫呼天門也善

曰山海經曰大荒中有靈山巫咸從此升降王逸楚辭注曰巫咸古神巫也楚辭曰吾令
帝閽開關兮鄭玄禮記注曰延導也儐暗烏感藹兮降清壇瑞穰
穰兮委如山銑曰暗藹衆多貌言神儐從衆多下於清壇致以祥瑞穰穰然
委積如山也張晏曰儐贊也善曰鄭玄周禮注曰接賓曰儐然謂貧禮者也暗藹衆盛
也委積也於是事畢功弘迴車而歸度三巒兮偈
憩棠黎翰曰事畢謂祭畢也言功績既大迴車將歸度三巒山息棠黎館偈息也
晉灼曰黃圖無三巒相如傳有封巒觀善曰三巒即封巒觀也漢書曰甘泉有封巒棠
黎韋昭曰偈息也天閫決兮地垠開八荒協兮萬國
諧向曰閫限也言天地之門開通以出德澤故八荒萬國無不諧和也善曰鄭
玄禮記注曰閫門限也決亦開也言門決以出德澤故八荒萬國俱協諧也登長
平兮雷鼓磕古蓋天聲起兮勇士厲濟曰長平坂名雷鼓
六面鼓也磕大也言天子登此坂擊鼓其聲大如雷故曰天聲也勇士厲謂皆嚴整如淳
曰長平坂名在池陽南善曰字林曰磕大聲也口蓋切天聲如天之聲言其大也杜預
左氏傳注曰厲猛也雲飛揚兮雨霶霈于胥德兮麗萬
世翰曰謂天之恩澤霶霈如雲雨于胥德謂君聖臣賢以德相輔其麗長至於萬代也
善曰言恩澤之多若雲行雨施君臣皆有聖德故華麗至於萬世也毛詩曰于胥樂兮鄭
玄曰于於也胥皆也亂曰翰曰亂理也重理一賦之意善曰王逸楚辭注曰亂理也
所以發理辭指總撮所要也崇崇圜丘隆隱天兮銑曰圜丘祭天
之壇崇崇隱天言高也善曰崇崇高貌也廣雅曰圜丘大壇祭天也登降峛
力爾崺弋爾單蟬埢拳垣兮銑曰登降謂上下也峛崺邪道也單埢垣

文選七　　十六

圜大貌也善曰登降上下也峛崺邪道也單大貌埢垣圜貌增宮參差駢
步千嵯材何峨俄兮良曰參差不齊貌嵯峨高也言宮宇駢列而高也岭
零巆營嶙鄰峋旬洞無涯兮濟曰高深無涯善曰埤蒼曰岭
巆嶙峋深無厓之貌上天之縡載杳旭卉兮銑曰縡事也杳高遠
也旭義卉衆也言上天之事高遠故其義衆多也善曰縡事也杳深遠也旭卉難知也
毛詩曰上天之載無聲無臭聖皇穆穆信厥對兮來祇郊
禋神所依兮良曰聖皇帝也對配祇敬也言能與天相配致敬以奉郊禋故
為神所依附也李奇曰對配也能與天相對配也善曰詩曰帝作邦作對言來郊禋而
甚敬故爲神祇之所依也徘徊招搖靈棲遲兮向曰招搖神名言神
靈徘徊而棲遲於此也善曰招搖猶彷徨也迡遲即棲遲也毛萇詩傳曰棲遲遊息也
招必搖切迡音棲遲大夷切善本棲遲作迡遲輝善本作光輝字光眩燿降
厥福兮子子孫孫長無極兮良曰言神祇降福故得子孫無
極也

耕籍善曰臣瓚漢書注曰景帝詔曰朕親耕本以躬親爲義籍謂蹈籍之也

籍田賦一首

善曰臧榮緒晉書曰泰始四年正月丁亥世祖初籍于千畝司空掾潘岳作籍田頌也

潘安仁翰曰臧榮緒晉書云潘岳字安仁滎陽中牟人也善屬文
仕西晉為黃門郎晉武帝時作賦籍者借也借人力理田以奉宗廟
示爲天下先也善曰臧榮緒晉書曰潘岳字安仁滎陽中牟人總
角辯惠摛藻清豔鄉邑稱爲奇童弱冠辟司空太尉府舉秀才高步

文選七　　十七

一時為衆所疾然藉田西征咸有舊注以其釋文膚淺引證疏略故並不取焉
伊晉之四年正月丁未皇帝親率羣后藉于
千畒之甸禮也銑曰伊維也四年武帝四年也千畒天子藉田數也甸郊
野之稱也　善曰晉書曰丁亥藉田戊子大數今為丁未誤也千畒巳見西京賦
於是乃使甸帥清畿野廬埽路封人壝以類宮掌
舍設枑音互　向曰周禮有甸師掌郊野野廬氏掌道路封人掌聚土為宮壇掌
舍主設枑馬也壝封土為宮也枑行馬也鄭善曰周禮曰甸師掌帥其屬而耕耨王藉
玄曰師猶長也然甸師而為帥者避晉景帝諱也周禮曰野廬氏掌達國道路周禮曰封
人掌設王之社壝為畿封而樹之鄭玄曰聚土曰封壝謂壇及堳埒也周禮曰掌舍掌王

之會同之舍設梐枑再重杜子春讀為梐枑梐枑行馬也壝以季切青壇蔚其
嶽立兮翠幕黕丁敢以雲布濟曰春上青故用青壇翠幕也嶽立
言高也雲布言廣也蔚黕皆色之深也善曰國語虢文公曰古者王命司空除壇于藉
揚脩許昌宮賦曰華殿岈而嶽立鄭玄周禮注曰帷覆上曰幕魏文帝愁霖賦曰玄雲黕
其四塞黕黑貌也封禪書曰雲布霧散黕丁敢切結崇基之靈址兮
啓四塗之廣阼良曰結構也址壇之基也啓開阼階也言壇四面而為階
善曰崇基謂壇也於壇四面而為階也說文曰址基也又曰阼主階也沃野墳
腴膏壤平砥清洛濁渠引流激水遐阡繩直
邇陌如矢銑曰砥石也言千畒之田膏壤而平激引河洛之水以灌田阡陌田
畔道也言如繩矢之端　善曰墳腴平砥已見上文史記曰京師膏壤沃野千里子虛賦

曰激水推移史記曰秦孝公壞井田開阡陌風俗通曰南北曰阡東西曰陌繩直已見上
文詩曰其直如矢葱善本作蔥犗屆服于縹軛於革兮紺轅
綴於黛耜向曰犗牛也軛車軛也耜農器也綴謂置之於車也蔥縹紺黛皆青
色以取東方之象焉　善曰蔥犗帝耕之牛也說文曰蔥帛青色犗牛已見吳都賦又曰
縹帛青白色也轅軛挈轅軛也鄭玄周禮注曰轅端壓牛領曰軛軛於革切說文曰紺染青
而揚赤色也鄭玄禮記注曰耜耒之金儼儲駕於廛左兮俟萬
乘之躬履向曰儼儼然也駕牛也當於廛左以向春郊也俟待也萬乘天子也
儲牛以待天子親履耕事　善曰駕牛儼然在於廛左以待天子躬親履之耕以儲畜故
曰儲駕也說文曰儼好貌也晉灼漢書曰廛一百畒也然古耕以耒而今以牛者蓋晉時
創制不㳂於古也百僚先置位以職分自上下下具

惟命臣向曰僚官也言百官各以位次自一命至九命咸從天子也　善曰百僚
已見上文羽獵賦曰先置手白楊之南漢書曰六卿各有徒屬職分也周易曰自上下下
其道大光西京賦曰具惟帝臣　鄭玄儀禮注曰命者加爵服之名襲春服之
萋萋兮接游車之轔轔翰曰蓋春衣青故言春服也萋萋色盛貌
游車天子從車也言百官皆隨從車而行轔轔車聲　善曰司馬彪上林賦注曰襲服也
禮記曰孟春衣青衣春服已見魏都賦薛君韓詩章句曰萋萋盛也文穎漢書注曰天子
出游車九乘毛詩曰有車轔轔微風生於輕幰許偃兮纖埃起
於朱輪向曰幰車網也埃細塵也　善曰幰車幰也釋名車幰所以御熱也朱輪
已見吳都賦森奉璋以階列兮望皇軒而肅震音真
濟曰森眾盛貌言羣臣皆奉珪璧於階庭位以望天子之車肅然震懼貌　善曰森盛貌

也毛詩曰奉璋峩峩髦士攸宜階爵之次也爾雅曰震懼也若湛露之晞
朝陽兮衆星之拱北辰也向曰言諸侯見於天子肅然如湛露
之見日衆星向於北辰善曰毛詩曰湛湛露斯匪陽不晞毛萇曰晞乾也言露見日而
乾以喻諸侯承命而加敬也論語子曰為政以德譬如北辰居其所而衆星共之於
是前驅魚麗离屬車鱗萃向曰前驅先天子行也魚麗陣名屬
車天子後車也萃聚也言行列如魚鱗之聚也善曰周禮曰王出入則自左駁而前驅
鄭玄曰前驅如今導引也魚麗已見東京賦屬車已見西京賦子虛賦曰珍怪鳥獸萬端
鱗萃閶闔洞啓參塗方駟銑曰閶闔天門也參塗謂駟馬而行善
曰洛陽宮舍記曰洛陽有閶闔門西京賦曰旁開三門參塗夷庭羽獵賦曰方馳千駟
常伯陪乘太僕秉轡翰曰常伯官名行則陪王之乘車太僕執御之

官也故言秉轡善曰尚書曰左右常伯應劭曰漢官儀曰侍中周成王常伯任侍中殿
下稱制出即陪乘鄭玄周禮注曰陪乘參乘也漢舊儀曰漢乘輿大駕儀公卿奉引太僕
御也后妃獻穜直龍稑六之種司農撰播殖之器
挈壺掌升降之節宮正設門閭之蹕良曰穜稑種子
也后妃獻之播殖器謂耒耜之屬也司農撰之挈壺氏掌刻漏軍行即從之舁所以止行
也宮正主之善曰周禮曰上春詔王后帥六宮之人而生穜稑之種而獻于王鄭司農
曰先種後熟謂之穜後種先熟謂之稑漢書曰大農令武帝更名大司農孔安國論語注
曰撰具也史記曰后稷播殖百穀孔安國尚書傳曰播布也蒼頡篇曰殖種也周禮有挈
壺氏周禮曰宮正凡邦之事蹕宮中鄭玄曰正長也宮中之長也鄭司農曰蹕謂止行者
清道若今時儆蹕天子乃御玉輦蔭華蓋衡牙錚苦莖

鎗义行綃悉遙紈丸綷七遂縩七大反良曰玉輦玉飾輦也華蓋車蓋
也衡牙佩玉也錚鎗玉聲也綃紈薄隊練也綷縩衣聲也善曰臧榮緒晉書曰大駕鹵
簿有大輦華蓋中道玉輦大輦也華蓋已見西京賦禮記曰凡帶必有佩佩玉有衡牙居
中央以前後觸也錚鎗玉聲也錚义耕切鄭玄禮記注曰綃綺屬也許慎淮南子注曰紈
素也漢書班倢伃賦曰紛綷縩兮紈素聲綃思樵切綷七悴切金根照耀以
烱古迥晃兮龍驤騰驤而沛普會艾銑曰金根瑞車也龍驥馬
之大者騰驤沛艾皆馬行貌善曰司馬彪續漢書曰漢承秦制御為乘輿金根安車立
乘文畫輈西京賦曰乃奮翅而騰驤龍驥沛艾已見上文表朱玄於离坎
飛青縞胡老於震兌中黃曄以發暉兮方綵紛
其繁會銑曰朱赤色主南方离也玄黑色主北方坎也青主東方震也縞白色主

西方兌也黃主中央也言天子行車服旌旗各以方色而引前繁會言盛也善曰謂鹵
簿之儀車騎旌旗各依方色也表猶標也周易曰离南方之卦也坎者正北方之卦也震
者東方也兌正西秋也周禮曰東方謂之青南方謂之赤西方謂之白北方謂之黑毛萇
詩傳曰縞白色也周禮曰地謂之黃臧榮緒晉書鹵簿曰青立車青安車赤立車赤安車
黃立車黃安車白立車白安車黑立車黑安車合十乘並駕駟建旗十二如車色五
輅鳴鑾九旗揚旆瓊鈒叉入蘂雲罕晻烏感藹
向曰五輅一曰玉輅二曰金輅三曰象輅四曰革輅五曰木輅九旗日月為常也較龍為
旂也通帛為旃也雜帛為物也熊虎為旗也鳥隼為旟也龜蛇為旐也全羽為旞也析羽
為旌也藹繫也鑾鈴也所以節行步瓊鈒以玉飾鈒也入蘂鈒飾也雲罕幡也晻盛貌
善曰周禮曰王之五路一曰玉路二曰金路三曰象路四曰革路五曰木路又曰掌九旗

之物名日月為常蛟龍為旂通帛為旃雜
帛為物熊虎為旗鳥隼為旟龜蛇為旐全
羽為旞析羽為旌臧榮緒晉書曰雲罕車駕
駟闟載闟與𩊚音義同也蒼頡篇曰蘩聚也
楚辭曰揚雲霓之晻藹簫管嘲知交嘒知扎以啾子由嘈曹兮
鼓鞞步迷硡火撲隱以砰普萌磕苦蓋反向曰簫管竹樂也鼓鞞革
樂也嘲嘒竹聲硡隱砰磕華聲也善曰簫管已見上文楚辭曰鵾雞朝嘒而悲鳴蒼頡
篇曰啾衆聲也嘈已見上文周禮曰鍾師掌鞞鄭玄曰鼙鞞以和樂字林曰鼙小鼓也鞞
與鼙同硡與訇音義同火宏切字書曰砰大聲也字林曰磕大聲也砰披萌切筍悉尹
虡巨嶷以軒翥兮洪鍾越乎區外濟曰筍虡以猛獸為
飾也軒翥猛獸貌洪大也言大鍾踰越在區宇之外善曰筍虡軒翥已見西京賦天子
之行擊左右鍾已見西都賦震震真填填塵鶩務連天以

文選七　二十二

幸乎籍田良曰震震車馬聲也填填車馬衆貌鶩上也言塵上連天幸於籍田
之所善曰震震盛也郭璞爾雅注曰填填羣行聲也東觀漢記曰王邑旗幟蔽野埃塵
連天鶩或為霧非也蟬冕熲古迥以灼灼兮碧色肅其芊
芊似夜光之剖荊璞兮若茂松之依山巔也
於是我皇乃降靈壇撫御耦向曰蟬冕侍中服也碧玉也謂
羣臣珥蟬執玉者衆也灼灼芊芊蟬玉之色也言似夜光之璧出於璞繁茂之松依於山
言光彩茂盛也銑曰撫執也謂天子下壇執耦也二耜為耦也善曰降謂臨幸也應
劭漢官儀曰天子東耕之日天子升壇上空無際天子耕於壇舉耒三推而已論語曰長
沮桀溺耦而耕鄭玄曰耜廣五寸二耜為耦王逸楚辭注曰撫持也游善本作坻場
染屨洪縻亡皮在手翰曰場壤也言天子游步於壤屨染於土以執洪縻

也縻牛轡也善曰方言曰坻場也蚍蜉犂鼠之場謂之坻場浮壤之名也音傷說文曰
縻牛轡也三推而舍庶人終畝貴賤以班或五或
九濟曰天子親耕三推而止諸侯五推卿大夫九推庶人終於壟畝是貴賤以班也
善曰三推已見上文國語虢文公曰王耕一墢班三之庶人終于千畝韋昭曰一墢一耜
之墢也班次也三之下各三其上王一公三卿九大夫二十七庶人盡耕也既云以一牛而
又言推者蓋沿古成文不可以文而害實也墢扶發切然國語與禮記不同而潘雜用之
禮記曰帝藉三公五推卿諸侯九推于斯時也居靡都鄙人善本
作民無華裔良曰藉田之時都鄙華裔士女咸至其所善曰左氏傳孔子曰裔
不謀夏夷不亂華王肅家語注曰裔邊裔也長知丈幼雜遝徒荅以交
集士女頒斌而咸戾被褐振裾垂髫大聊總髻

文選七　二十三

善本髫作髮向曰戾至也言少長咸至也雜遝衆多貌頒斌分布也善曰雜遝衆多
貌也頒斌雜之貌也爾雅曰戾至也老子曰被褐而懷玉杜預左氏傳注曰振整也說
文曰褐者粗衣也爾雅曰衱謂之裾郭璞曰衣後裾也衱音劫魏志毛玠曰臣垂髮執簡
埤蒼曰髻髦也毛詩曰總角之宴毛萇曰總角結髮也躡踵側肩掎居蟻
裳連袂黃塵為之四合兮陽光為之潛翳濟曰
踵脚也掎連袂衣袖也言衆多奔競或躡脚連袖以致塵埃翳於光景善曰說文曰躡
追也躡其踵所以為追逐也聲類曰踵足根也史記馮驩曰夫朝趨市者側肩爭門而入
賈逵國語注曰從後牽曰掎方言曰複襦江湖之間或謂之筩褹郭璞方言注曰褹即袂
字也說文曰袂袖也山陽公載記曰賈詡鳴鼓雷震黃塵蔽天西都賦曰紅塵四合動
容發音而觀者莫不抃舞乎康衢謳烏侯吟乎

聖世 向曰言觀者皆動其容儀發音贊美抃舞衢路歌詠聖德也　善曰列子曰一
里老幼喜躍抃儛康衢已見上文虞丘壽王騁騎論功曰遊童牧豎詠德謳吟 情欣
樂乎昏作兮慮盡力乎樹藝 翰曰昏彊也言人皆勸勉而作
思慮盡力於種藝之事　善曰昏作已見西京賦韓詩外傳曰子路治蒲孔子曰我入其
境田疇甚易草萊甚辟故其人盡力也周禮曰正月之吉頒職事二曰樹藝鄭玄毛詩箋
曰藝猶樹也 靡推督而常勤兮莫之課而自勵 向曰
靡無督責也　言無人責罰人自勤勞不為程課人自勉勵　善曰說文曰誰何也謂責問
之也字書曰督察也王逸楚辭注曰課試也善本推作誰勵作厲 躬先勞以
悅使兮豈嚴刑而猛制哉 向曰言天子躬先人勞人自悅使豈
為嚴刑猛制以威之哉言不示也　善曰周易曰說以使人人忘其勞史記曰秦繁法嚴

刑而天下振 有邑老田父或進而稱曰蓋損益隨
時理有常然 向曰言耕則益不耕則損故云隨時　善曰周易曰損益盈虛
與時偕行又曰隨時之義大矣哉晏子春秋曰物有必至事有常然古之道也 高以
下為基民以食為天 銑曰言天子以下人為本人以食為天　善曰
老子曰貴以賤為本高必以下為基漢書酈食其曰王者以人為天而民以食為天
正其末者端其本善其後者慎其先 向曰末謂商賈
本謂農田也言理人之道後其寶貨先其穀食也　善曰言治國之道以商為末而農為
本以貨為後而食為先也陸賈新語曰治末者調其本李奇漢書注曰本農也末賈也
漢書詔曰農天下之本也而人或不務本而事末故生不遂禮記曰善終者如始尚書大
傳曰八政何以先食傳曰食者萬物之始人事之本也故八政先食 夫九土之

宜弗任四人之務不一 善本作壹翰曰九土九州也不任謂不
以地宜貢賦也　四人謂士農工商不一不單脩其一業也　善曰國語展禽曰共工氏之
子曰后土能平九土韋昭曰九土九州之土尚書曰禹別九州任土作貢管子曰士農工
商四民者國之正民也孔安國尚書傳曰一事一也 野有菜蔬之色朝
靡代耕之秩 銑曰菜蔬之色謂年飢也　靡無言年飢則朝無秩祿也　善
曰禮記曰三年耕必有一年食雖有凶旱水溢人無菜色又曰夫祿足以代其耕 無
儲稸 畜 以虞災徒望歲以自畢 向曰儲稸謂倉廩也虞備
也言無倉廩以備凶災徒望歲之豐終者　善曰言無儲稸以度荒災空自必望於歲也
崔寔四民月令曰十月五穀既登家有儲稸禮記曰國無九年之蓄曰不足韋昭曰虞度
也左氏傳王曰余一人閔焉農夫之望歲也　善本畢作必 如三季之衰皆

此物也 良曰三季夏殷周也此物謂農也言三季衰亡皆不脩農之過也　善曰
國語郭偃曰夫三季王之亡宜也韋昭曰季末也三季王桀紂幽王也 今聖上
昧旦丕顯夕惕若懍圖匱於豐防儉於逸欽
哉欽哉惟穀之恤 翰曰聖上君也丕大也言我君昧旦思大明至於夕
惕常懍驚懍以憂於人也圖謀匱乏也謂謀乏防儉於豐逸之時欽敬恤憂也敬哉所憂
者惟穀也　善曰昧旦丕顯已見東京賦周易曰君子夕惕若厲爾雅曰懍懼也言常節
約以戒不虞故圖乏者必於豐殷儉者在於奢逸也廣雅曰儉少也尚書曰欽哉欽哉
惟刑之恤哉 展三時之弘務致倉廩於盈溢固堯
湯之用心而存救之要術也 銑曰言能三時為農以致倉廩
充實謂堯湯遭水旱百姓不飢者為用心於農以存救人之術也　善曰國語虢文公曰

三時務農一時講武韋昭曰三時春夏秋也管子曰倉廩實則知禮節蔡邕月令章句曰穀藏曰倉米藏曰廩漢書董仲舒對策曰陛下親耕籍田以為農先此亦堯舜之用心也若乃廟祧士堯有事祝宗諏作侯日簠甫簋普淖女教則此之自實縮鬯蕭茅又善本有於字是乎出向曰祧遠祖廟也諏謀普大淖和也言謀事於宗廟簠簋豐溢德能大和亦因藉田而致殷實縮縮酒茅鬯蕭茅皆香草也言亦出於藉田之中　善曰廟祧已見西京賦禮記曰宗祝在廟鄭玄曰宗宗人也祝接神者也毛詩箋曰后稷既為郊祀之主則諏謀其日應劭漢書注曰諏謀也周禮曰舍人凡祭祀共簠簋實之陳之儀禮曰孝孫某敢用嘉薦鄭玄曰普淖黍稷也普大也淖和也德能大和乃有黍稷故以為號云淖乃孝切左氏傳管仲曰爾貢苞茅不入王祭不供無以縮酒周禮曰鬯人釀秬以為酒又曰甸師祭祀共蕭茅杜子春曰蕭香蒿也鄭玄曰既薦然後爇蕭合馨香茅以縮酒國語虢文公曰上帝之粢盛於是乎出黍稷馨香旨酒嘉栗宜其民和善本作人和年登而神降之吉也向曰旨美也訪酒告神曰嘉栗言祭禮豐盛必當入和歲豐神降之吉祥也　善曰左氏傳季良奉酒醴以告曰嘉栗旨酒謂其上下皆有嘉德而無違心所謂馨香無讒慝杜預曰栗謹敬也左氏傳季良奉粢盛以告曰絜粢豐盛謂其三時不害而人和年豐也鄭玄周禮注曰登成也左氏傳曰致其禋祀於是乎人和而神降之福古人有言曰聖人之德無以加於孝乎夫孝者天地之性人之所由靈也濟曰靈善也言孝者是天地之性人之所善也　善曰孝經曾子曰敢問聖人之德無以加於孝乎子曰天地之性人為貴人之行莫大於孝夫聖人之德又何以加於孝乎漢書曰人

有生之最靈者也昔者明王以孝理善本作治天下其或繼之者鮮哉希矣逮我皇晉實光斯道良曰鮮少也言明聖之君以孝理天下繼之者少逮及也及我天子實光此孝道也　善曰孝經子曰昔者明王之以孝理天下也論語子曰其或繼周者雖百世可知也鄭玄毛詩箋曰光明也斯道謂孝道也儀形善本作刑字孚于萬國愛敬盡於祖考銑曰形見孚信也言以禮儀見信於萬國盡愛敬之道於祖考　善曰毛詩曰儀刑文王萬邦作孚毛萇曰孚信也孝經子曰愛敬盡於事親而德教加於百姓故躬稼以供粢盛所以致孝也勸穡以足百姓所以固本也向曰祭以致孝農以固本　善曰尚書大傳曰王者躬耕所以共粢盛五經要義曰天子藉田千畝所以先百姓而致孝敬也西京賦曰勸穡於原陸論語孔子曰百姓足君孰與不足尚書曰人惟邦本本固邦寧何晏論語注曰本基也能本而孝盛德大業至矣哉翰曰能崇農祭之道其盛德大業可謂至也　善曰周易曰盛德大業至矣哉此一役也而二義顯善本作具焉向曰一役謂藉田二義謂粢盛豐百姓足也　善曰一役謂藉田也二義謂能本而孝也左氏傳陰飴甥曰此一役也秦可以霸不亦遠乎不亦重乎向曰不亦遠重乎言遠重之至也　善曰論語文也敢作頌曰思樂甸畿薄採其芳善本作茅字良曰思樂甸畿詩頌篇所以美王之親耕　善曰茅即上甸師之所供者毛詩曰思樂泮水薄采其芹毛萇曰薄辭也大君戾止言藉其農向曰大君天子也戾至也謂天子至止以崇藉田也　善曰周易曰大君有命毛詩曰魯侯戾止言觀其旂毛萇曰戾來也止至也其農三推

萬方以祇音脂濟曰言天子崇三推之禮萬方欽而從勸 善曰禮記曰耕
藉然後諸侯知所以敬爾雅曰祇敬也耨奴豆我公田實及我私
濟曰耨除草也公田謂千畝田也我私謂粢盛之實 善曰鄭玄周禮注曰耨耘耔也毛
詩曰雨我公田遂及我私我簠斯盛我簋斯齊良曰在器曰盛器實
曰齊善曰禮記曰天子藉田以事天地山川以為齊盛毛萇詩傳曰器實曰齊在器曰
盛音資我倉如陵我庾如坻濟曰陵坻皆小山也庾亦器也言倉
庾之多如山焉 善曰毛詩曰我倉既盈我庾惟億又曰曾孫之庾如坻如京鄭玄曰庾
路積穀也坻水中高地念茲在茲永言孝思銑曰言念此藉田在
於孝敬永長也謂長言孝思之道也言念此黍稷在此祭祀也尚書禹曰念善曰茲在
茲毛詩曰永言孝思民力普存祝史正辭良曰人力普存謂崇牲體

文選七　二十八

肥腯也祝史正辭謂致信於神祇也 善曰左氏傳季良曰上思利人忠也祝史正辭信
也故奉牲以告曰博碩肥腯謂人力之普存也神祇攸歆逸豫無期
向曰言神祇所歆享降逸豫之福無限也善曰左氏傳楚子曰能歆神人杜預曰歆享
也毛詩曰爾公爾侯逸豫無期一人有慶兆民賴之銑曰慶善也賴
蒙也言天子有德天下之人皆蒙之也善曰尚書王曰一人有慶兆民賴之
畋獵鄭玄禮記注曰田者所以供祭祀庖廚之用王制云天子諸侯無事則歲
三田馬融曰取獸曰畋

子虛賦一首善曰漢書曰相如遊梁乃著子虛賦後蜀人楊得意
為狗監侍上上讀子虛賦曰朕獨不得與此人同時哉得意曰臣邑人司
馬相如自言為此賦上乃召相如相如曰此乃諸侯之事未足觀請為天
子游獵之賦以子虛言也爲楚稱烏有先生烏有此事也為齊難亡是
公者亡是人也欲明天子之義故虛藉此三人為辭以風諫焉

司馬長卿向曰漢書云司馬相如字長卿蜀郡人也少好學景
帝時遊梁乃著子虛賦梁孝王薨歸成都久之後蜀人楊得意侍武
帝帝嘗讀子虛賦而善之曰朕獨不得與此人同時哉得意曰臣邑人
司馬相如自言為此賦上驚乃召問相如相如有是然此諸侯之事
不足觀請為天子遊獵之賦上令尚書給筆札相如以子虛虛言也
為楚相稱烏有先生者何有此事也為齊難亡是公者無是人也欲
明天子之義故假設此三人為辭以諷之後拜為文園令 善曰漢
書曰司馬相如字長卿蜀郡人少好讀書為武騎常侍後拜文園令
病卒

文選七　二十九

楚使子虛使於齊齊王悉發境內之士備車
騎之衆善本無齊境內之士備之衆八字與使者出畋向曰使者
謂子虛也畋謂畋獵司馬彪曰畋獵也善曰家語曰孔子在齊齊侯出畋本或云境內
之士備車騎之衆非也畋罷子虛過詫陟駕善本作姹焉有先
生向曰詫誇也言獵罷之後子虛過為誇誕於齊也張揖曰姹誇也丑亞切字當作詫
而亡是公存焉坐定焉善本作烏有先生問曰今
日畋樂乎子虛曰樂獲多乎曰少然則何樂
對曰僕樂齊王之欲誇僕以車騎之衆而僕
對以雲夢之事也銑曰焉有先生及亡是公具在故相與坐定將有問

馬向曰先生問子虛與齊王畋樂乎然則何樂言獲少不應至樂子虛對先生曰乎謂齊
王誇車騎僕所樂者對楚雲夢之事張揖曰楚藪也在南郡華容縣善曰廣雅曰僕謂
附著於人然自卑之稱也夢莫諷切曰可得聞乎子虛曰可王
駕車善本作車駕千乘選徒萬騎畋於海濱良曰先生
問子虛可得聞雲夢之事乎濟曰王齊王也齊近海故言海濱濱涯也郭璞曰濱涯也
列卒滿澤罘網彌山翰曰謂行列士卒也彌覆也言布罘網覆於山
也郭璞曰彌覆也善曰罘已見上文掩兔轔力刃鹿射麋腳麟騖
於鹽浦割鮮染輪向曰兔鹿麋麟皆獸名掩謂以網掩之轔猶車轢也
腳謂持其腳也騖馳也海出鹽故言鹽浦鮮牲也謂割牲之血染於車輪也司馬彪曰轔
轢也音吝韋昭曰腳謂持其腳也善曰鄭玄毛詩箋曰掩覆也張揖曰海水之厓多出

鹽也李奇曰鮮牲也染擩也切生肉擩車輪鹽而食之也善曰擩揾也擩而緣切揾一
損切射中獲多矜而自功良曰言得獸之多自矜其功伐也郭璞曰
伐其功也善曰鄭玄禮記注曰矜自尊大也顧謂僕曰楚亦有平
原廣澤遊獵之地饒樂若此者乎楚王之獵
孰與寡人乎銑曰顧謂齊王顧子虛而問云楚有遊獵之處如此乎孰誰也
問楚王之獵與寡人誰勝也郭璞曰與猶如也僕下車對曰臣楚國
之鄙人也幸得宿衛十有餘年時從出遊遊
於後園覽於有無然猶未能徧覩也又焉足
以言其外澤者善本無者乎齊王曰雖然略以子
之所聞見而言之僕對曰唯唯臣聞楚有七

澤嘗見其一未覩其餘也臣之所見蓋特其
小小者耳名曰雲夢雲夢者方九百里其中
有山焉其山則盤紆憶俱岪房勿鬱隆崇嵂崒
岑吟參差日月蔽虧濟曰子虛稱臣於齊王也鄙鄙陋也言我楚之
鄙陋人有幸得宿衛時從君遊觀後園之有無且猶未徧安足知山澤之多乎言不知也
良曰唯唯應敬之辭向曰言山之詰屈高峻擁蔽日月也或半見故云虧也郭璞曰下
車謙也廣雅曰鄙小也善曰覽於有無謂或有所見或復無也郭璞曰特獨也隆崇崪
起也善曰岪音佛張揖曰高山擁蔽日月虧缺半見也交錯糾紛上干
青雲罷疲池陂婆陁駞下屬江河翰曰言山勢繆結峻
絕干觸青雲也罷池旁頹貌陂陁寬廣貌言此山旁頹寬廣下連江河也郭璞曰言捐繆

結而峻絕也善曰孔安國尚書傳曰干犯也郭璞曰言旁頹也屬連也文穎曰南方無
河也冀州凡水大小皆謂之河詩賦通方言耳晉灼曰文章假借協陁之韻也其土
則丹青赭堊惡雌黃白坿附錫碧金銀眾色
炫耀照爛龍鱗向曰丹丹砂青青臒赭赤土堊白土雌黃白坿石英也錫
白臒青玉俱生此地故云土也言眾物顏色相照爛然如龍鱗也張揖曰丹丹沙也青
青臒也赭赤土也堊白土也蘇林曰白坿白石英也善曰高誘淮南子注曰碧青石也
郭璞曰如龍之鱗彩也其石則赤玉玫瑰琳瑉旻昆吾
瑊箴玏勒玄厲碝而兗石碔砆銑曰赤玉玉也玫瑰珠也琳玉
名也瑉石次玉也昆吾山名出美金瑊玏石之次玉玄厲黑石也碝石碔砆皆石似玉者
言生於石故云石也張揖曰琳珠也瑉者石之次玉者昆吾山名出美金尸子曰昆吾之

金晉灼曰玫瑰火齊珠也郭璞曰琳玉名張揖曰瑊玏石之次玉者玄厲黑石可用磨也如淳曰瑊音緘張揖曰碝石碔砆皆石之次玉者碝石白者如冰半有赤色碔砆赤地白采葱蘢白黑不分善曰管子曰陰山碝珉戰國策曰白骨疑象碔砆類玉其東則有蕙圃衡蘭茝昌侍切善本作芷若射夜干善本無射于芎藭菖蒲江蘺蘪蕪諸者柘巴苴子餘反良曰圃園屬餘皆香草名張揖曰蕙圃蕙草之圃也衡杜衡也其狀若葵其臭如蘪蕪芷白芷也若杜若也司馬彪曰芎藭似藁本善曰薛綜西京賦注曰蘭香草也芷若下或有射于非張揖曰江蘺香草也蘪蕪蘄芷也似蛇牀而香諸柘甘柘也郭璞曰江蘺似水薺文頴曰巴苴草名一名巴蕉善曰苴子余切其南則有平原廣澤登降陁羊爾靡案衍弋戰壇徒贊曼莫幹緣以大江限以

文選七　三十二

巫山向曰陁靡邪長貌案衍窊下貌壇曼平寬貌言原澤上下邪長或窊下或寬平緣於大江以巫山為限畔也司馬彪曰陁靡邪靡也案衍窊下也壇曼平博也張揖曰巫山在南郡巫縣其高燥蘇報則生葴之林菥斯苞皮表荔隸薛莎蘇和青薠音煩向曰高燥謂高原也餘皆草名張揖曰葴馬藍也菥似燕麥也苞藨也荔馬荔也蘇林曰菥斯歷切善曰苞音包藨皮表切張揖曰薛藾蒿也莎蒿侯也青薠似莎而大生江湖鴈所食其埤卑濕則生藏莨唐浪蒹葭東薔彫胡蓮藕觚音孤善本作觚盧菴淹閭軒干于衆物居之不可勝圖良曰埤濕下濕之地餘皆草名言衆草不可圖畫其象郭璞曰藏莨草名中牛馬芻張揖曰蒹薕葭蘆也善曰埤音婢莨音郎張揖曰東薔實可食彫胡菰米也蓮荷之實也其根藕張晏曰觚盧扈魯也菴閭蒿也子可

醫疾軒于蕕草也生水中揚州有之向曰蕕音猶郭璞曰圖畫也其西則有涌泉清池激水推移外發芙蓉菱華內隱鉅巨石白沙濟曰清池池名激水謂其波激揚也芙蓉菱華水草名鉅大也言水下有砂石也郭璞曰激抑揚也應劭曰芙蓉蓮花也其中則有神龜蛟鼉陁瑇瑁鼈黿銑曰皆水虫也言池中有之張揖曰蛟狀魚身而蛇尾皮有珠也其北則有陰林巨善本作其樹楩柟南豫樟桂椒木蘭檗卜離朱楊樝側加棃梬郢栗橘柚芬芳銑曰陰林山北林也巨大也餘皆果木名芬芳香氣也服虔曰陰林山北之林也善曰尸子曰水積則生吞舟之魚土積則生楩柟豫章本或陰下有巨字樹下有則字非也郭璞曰木蘭皮辛可食張揖曰檗皮可染者離山棃也郭璞曰朱楊赤莖柳也

文選七　三十三

善曰有蓋山之國有樹赤皮幹名曰朱木揚柳也張揖曰樝似棃而甘也梬梬朱也善曰說文曰梬棗似柹而小名曰楔而究一切蘇林曰梬音郢都之郢然諸說雖殊而木一也今依蘇音其上則有赤猿玃猱鵷鶵孔鸞騰遠射夜干向曰上謂林木之上也鵷鶵孔鸞皆鳥名騰遠射干皆猿類善緣木也張揖曰孔孔雀也鸞鸞鳥也射干似狐能緣木服虔曰騰遠獸名也善曰射弋舍切善本無赤猿玃猱四字其下則有白虎玄豹蟃萬蜒以戰貙丑朱豻五安反翰曰下謂林木之下餘皆猛獸名郭璞曰蟃蜒大獸似狸長百尋貙似狸而大豻胡地野犬也似狐而小善曰山海經曰鳥鼠同穴之山其上多白虎又曰幽都之山其上有玄豹郭璞曰黑豹也於是乎乃使專善本作剸諸之倫手格此獸向曰專諸勇士也格擊也手格謂空手擊之善曰剸諸已見

吳都賦
楚王乃駕馴駁補角之駟乘彫玉之輿靡
魚鬚之橈女教旃曳明月之珠旗銑曰馴養駁獸名彫玉之
輿謂刻玉飾車也魚鬚竿也旃亦旗也橈弱也珠旗以明月珠飾旗也言楚王養此獸以
當駟馬也靡曳皆執持之貌張揖曰馴擾也駁如馬白身黑尾一角鋸牙食虎豹擾而駕
之以當駟馬也郭璞曰刻玉以飾車也張揖曰以魚鬚為旃柄驅馳逐獸也橈靡也以明
月珠綴飾旗也善曰孝經援神契曰鮫珠旗宋均曰鮫魚之珠有光耀可以飾旗
建干將之雄戟左烏號之彫弓向曰建立也干將劍師也雄戟
戟有距者烏號弓名彫畫為文彩也左謂佩之於左畔張揖曰干將韓王劍師也雄戟胡
中有鮔者干將所造也善曰雄戟已見吳都賦鮔音巨張揖曰黃帝乘龍上天小臣不
得挽持龍鬚鬚拔墮黃帝弓臣下抱弓而號名烏號也郭璞曰彫畫也
右夏服

之勁箭良曰服盛箭器夏謂夏后氏也其箭利故云勁右謂右邊佩之服虔曰服
盛箭器也夏后氏之良弓名繁弱其矢亦良即繁弱箭服故曰夏服也
陽子驂
乘纖阿為御案節未舒即陵狡獸銑曰陽子則孫陽也
與纖阿皆古之善御者案節謂節馬足也未舒猶未馳也言馬足未馳已凌轢狡健之獸
也張揖曰陽子伯樂字也秦繆公臣姓孫名陽郭璞曰孅阿古之善御者見楚辭孅音纖
善曰楚辭曰孅阿不御焉司馬彪曰案節行得節未舒馬足未舒也狡獸狡健之獸也
善曰天文志曰案節徐行服虔曰謂行遲也
蹴蛩蛩轔力刃距虛軼
野馬轊衛騊音逃善本作陶駼音塗向曰蹴轔轢官蹝踏也餘皆獸名
張揖曰蛩蛩青獸狀如馬距虛似驘而小善曰說苑孔子曰蛩蛩距虛見人將來必負
蟨以走二獸者非性心愛蟨也為得甘草而貴之故也張揖曰軼過也野馬似馬而小海

外經曰北海內有獸狀如馬名陶駼郭璞曰轊車軸頭也善曰軼轊言車之疾能過野
馬及騊駼也軼不言車轊不言過互文也
乘遺風射游騏倏式六眒
式刃倩精綪浰力見雷動熛至星流霆擊濟曰遺風千里馬名
游騏天上獸倏眒倩浰奔逐之貌雷動熛至星流霆擊言車騎擊射迅疾也張揖曰遺風
千里馬也呂氏春秋曰遺風之乘爾雅曰嶲如馬一角不角者騏嶲音攜張揖曰皆疾貌
也善曰倩千見切浰音練郭璞曰霆霹靂
弓不虛發中必決眥
檣細洞胸達腋絕乎心繫系獲若雨于具獸揜草
蔽地良曰眥目也言射者不虛發引必決目洞胸腋絕心系也獲若雨獸言所殺既
多如天之雨獸以蔽掩其地焉李奇曰射之巧妙決於目眥善曰說文曰眥目匡也眦
眥俱同張揖曰左射之貫胸通右髃中心絕系也善曰說文曰髃肩前也五口切一音

五俱切言所在衆多若天之雨獸毛萇詩傳曰揜覆也
於是楚王乃弭
節徘徊翶翔容與覽乎陰林觀壯士之暴怒
與猛獸之恐懼徼古堯谻劇受詘音屈善本作詘銑曰弭
節安志也徘徊翶翔容與謂自得也言王安志自得覽幽深入林觀壯士之奮怒猛獸恐
懼邀遮倦者而取之谻遮也郭璞曰翶翔容與言自得也善曰王逸楚辭注曰弭案也
郭璞曰谻疲極也司馬彪曰徼谻遮其倦者善曰受屈取其力屈也
殫覩衆
物之變態向曰殫盡謂盡觀衆獸驚變之態也郭璞曰殫盡也變態姿貌也
於是鄭女曼姬向曰鄭女鄭國之女曼謂容色曼澤也如淳曰鄭女夏姬
也曼姬楚武王夫人鄧曼也被阿緆錫投善本作揄紵縞銑曰阿緆
細布投空引也紵縞繒也張揖曰阿細繒也緆細布也揄曳也司馬彪曰縞細繒也善

曰列子曰鄭衛之處子衣阿緆戰國策魯連曰君後宮皆衣紵縞雜纖羅垂
霧縠良曰雜謂錯雜纖細也霧縠其細如霧垂以為裳也司馬彪曰纖細也張揖曰
縠細如霧垂以為裳也善曰神女賦曰動霧縠以徐步襞必亦積積褰縐
側救紆徐委曲鬱橈谿谷向曰襞積褰縐縫繳貌紆徐委曲裾下垂
貌鬱橈謂文理岪鬱然有似谿谷之狀張揖曰襞積簡齰也褰縮也縐栽也其縐中文理
岪鬱有似於谿谷也善曰齰詐白切紛紛霏霏音非善本作衯衯裶裶
揚衪以示戌卹削翰曰紛紛霏霏衣長貌揭舉也衪衣袖戌削裁製貌郭璞
曰衯衯裶裶皆衣長貌也張揖曰揚舉也衪衣袖也戌削裁制貌也善曰衪弋爾切
飛善本作蜚襳思兼垂髾色交扶輿倚善本作猗於綺切靡翕
呷呼甲萃翠蔡下摩善本作靡蘭蕙上拂羽蓋銑曰襳袿

飾也髾帶也言美人等被麗服扶楚王之輿猗靡相隨貌翕呷萃蔡衣裳張起之聲也言
衣服飛垂或下摩蕙蘭或上拂羽蓋也司馬彪曰襳袿飾也髾燕尾也善曰襳與燕尾
皆婦人袿衣之飾也蜚古飛字也張揖曰扶持楚王車輿相隨也翕呷衣起張也萃蔡衣
聲也善曰垂髾飛襳飄揚上下也故或摩蘭蕙或拂羽蓋錯翡翠之葳蕤
繆了繞玉綏眇眇忽忽若神仙善本無仙之髣髴
濟曰言以翠羽為首飾葳蕤羽毛長貌玉綏謂以玉裝綏綏者執以登車繆繞綏長貌眇
忽忽猶非人所常見髣髴然若神仙張揖曰錯其羽毛以為首飾也楚王車之綏以玉為
飾之也郭璞曰綏登車所執言手纏絞之郭璞曰言其容飾奇豔非世所見也若神已見
上文於是乃相與獠良照於蕙圃媻盤姍蘇寒勃窣
蘇骨而上乎金隄向曰獠獵也言與美人同獵於蕙圃金隄隄名盤姍勃窣

美人上隄貌善曰說文曰獠獵也韋昭曰盤姍勃窣匍匐上也司馬彪曰金隄隄名也
揜翡翠射鵕俊鸃儀微矰曾出纖繳之藥施弋
白鵠連駕鵝雙鶬下玄鶴加翰曰揜謂網取禽也翡翠鵕鸃
皆鳥名矰弋矢也繳射綸也駕鵝雙鶬玄鶴皆鳥名連加謂以射罥也善曰方言曰
揜取也鵕鸃已見上文矰繳亦見上文言既弋白鵠而因連駕鵝也雙鶬見上注爾雅曰
下落也見西都賦高誘淮南子注曰加制也戰國策莊辛曰黃鵠不知射者修矰繳將加
己也怠而後發游於清池向曰怠倦也言獵士疲倦後發游樂於清
池郭璞曰怠倦也浮文鷁揚旌栧翊祭張翠帷建羽蓋
向曰鷁水鳥也畫於船首故曰文鷁也揚舉也旌析羽為之舉於船上栧楫也帷蓋皆翠
羽飾之取其輕也張揖曰鷁水鳥也畫其象於船首也揚舉也析羽為旌建於船上也郭

璞曰栧船舷樹旌於上善曰栧依郭說翠帷羽蓋謂以翠羽飾帷蓋也郭璞曰施之船
上也罔瑇瑁鉤紫貝銑曰瑇瑁紫貝皆水蟲也言以網鉤取之郭璞曰紫
貝紫質黑文也善曰瑇瑁紫貝已見西京賦摐楚江金鼓吹鳴籟榜
方孟人歌聲流喝於邁反良曰摐擊喝列籟簫也榜人船人也言擊鼓吹
簫與船人歌合故其聲流列也韋昭曰摐擊也郭璞曰金鼓鉦也張揖曰籟簫也榜船也
月令曰命榜人榜人船長也主唱聲而歌者也郭璞曰聲唱言悲嘶也善曰嘶蘇奚切
水蟲駭波鴻沸普蓋涌泉起奔物善本作揚會濟曰水蟲
魚鼈之屬也駭驚也波鴻水鳥也沸猶亂飛也奔物謂急波也言涌泉騰起與波相會合
也郭璞曰魚龜躍濤浪作暴溢激相鼓薄也善曰溢普頓切磊善本作礧力對切
石相擊硠硠礚礚苦蓋反銑曰言轉石相擊而為聲若雷霆

之聲聞乎數百里之外將息獠良照者擊靈鼓起烽燧車案行胡郎騎就隊大內纚所綺乎淫淫般盤乎裔裔向曰謂轉石聲似雷霆也聞數百里之外言聲遠也翰曰言將息獵者必擊鼓起烽火以招士卒也車兵車也言車騎各案次第以為行隊纚行般迴也儔淫裔裔部伍分列之貌文穎曰靈鼓六面鼓應劭曰按按次第也善曰左氏傳注曰隊部也司馬彪曰皆行貌也於是楚王乃登陽雲之臺翰曰陽雲臺則高唐觀言高出雲之陽故以名焉孟康曰雲夢中高唐之臺宋玉所賦者言其高出雲陽之泊蒲各切本作怕乎無為澹徒監切善本作憺乎自持勺知略藥略之和具而後御之銑曰澹泊靜也言以無為之道靜而自持勺藥調和也謂具五味而後食之御食也郭璞曰養神氣也善曰老子

文選七　三十八

曰我獨怕然而未兆說文曰泊無為也廣雅曰憺怕靜也神女賦曰頩薄怒以自持服虔曰具美也或以芍藥調食也文穎曰五味之和也晉灼曰南郡賦曰歸鴈鳴鵝香稻鮮魚以為芍藥酸恬滋味百種千名之說是也今善曰服氏一說以芍藥為藥名或者因說之蕢馬肝猶加芍藥古之遺法晉氏之說以芍藥為調和之意枚乘七發曰勺藥之醬然則和調之於義為得言不若大王終日馳騁曾不下輿脟力轉割輪焠七內自以為娛臣竊觀之齊殆不如翰曰不若不如也言楚王雖獵則以無為自持具五味而食豈如大王終日馳獵曾不下輿以脟割野食而為娛樂臣竊觀齊近不如楚矣殆近也韋昭曰焠謂割鮮焠輪也郭璞曰焠染也善曰毛萇詩傳曰殆近也於是齊王無以應僕也焉善本作烏有先生曰是何言之過也足下不

遠千里來貺齊國濟曰是何言之過也謂責子虛以遊獵之事對齊王也足下者烏有先生稱子虛也貺惠賜也言足下不以千里為遠而來惠貺齊國也郭璞曰言有惠賜也善曰戰國策秦王謂蘇秦曰今先生不遠千里而辱教高誘曰不以千里之道為遠王悉發境內之士備車騎之衆與使者出田乃欲勠力致獲以娛左右何名為夸哉問楚地之有無者願聞大國之風烈先生之餘論善本有也字銑曰勠力并力也左右謂使者左右謙不斥言齊王欲以車騎與使者出田欲并力致獲以娛左右何名為夸哉言非夸也向曰齊王問楚地有無者欲聞大國風烈先生遺餘之論先生子虛也善曰家語曰越悉起境內之士三千人助吳晉灼曰謙不斥言故云左右言使者左右也善曰國語曰勠力一心賈逵曰

文選七　三十九

勠并力也風烈已見上文先生謂子虛也張晏曰頗聞先賢之遺談美論也今足下不稱楚王之德厚而盛推雲夢以為高奢言淫樂而顯侈靡竊為足下不取也必若所言固非楚國之美也有而言之是彰君之惡無而言之是害足下之信彰君之惡而傷私義二者無一可也而先生行之必且輕於齊而累於楚矣向曰言烏有先生責子虛不述楚王之德而陳雲夢田獵侈靡之事良曰若如也必如所言淫樂之事則非楚國之美實有而言之是彰君惡無而虛言是傷足下之信也濟曰二者謂彰君惡害己信言俱無可行者而先生行之不信是輕齊彰惡是累楚也郭璞曰以為高談顯明也奢闊也善曰樂毅與燕王書曰惡傷先

王之明有害足下之義非楚國之美彰君惡也害足下之信傷私義也本或云有而言之
是彰君之惡非也文頴曰必見輕於齊輕易於齊也使者失辭為輕於齊使非其人為累
於楚也善本無有而言之是彰君之惡一句且齊東渚鉅海南有
琅邪銑曰自此已下馬有先生陳齊境界以折子虛也鉅大也言齊以大海為渚琅
邪臺名在勃海間也蘇林曰小洲曰渚司馬彪曰齊東臨大海為渚也張揖曰琅邪臺名
也在勃海間善曰呂氏春秋辛寬曰太公望封於營丘渚海阻山也聲類曰渚或作陼
觀乎成山射乎之罘音浮良曰成山館名可以遊覽罘山名可以
射獵張揖曰觀闕也成山在東萊掖縣於其上築宮闕也晉灼曰之罘山在東萊腄縣
其上也善曰腄直瑞切浮渤澥音蟹游孟諸向曰浮亦遊也勃澥海分
支水名孟諸齊之大澤應劭曰勃澥海別枝也文頴曰宋之大澤也故屬齊邪與

肅慎為鄰右以暘善本作湯谷為界翰曰肅慎國名在海外暘
谷日所出處言齊境界皆鄰接郭璞曰肅慎國名在海外北接之罘司馬彪曰湯谷日所
出以為東界也善曰言為東界則右當為左字之誤也秋田乎青丘彷
徨乎海外吞若雲夢者八九於其胷中曾不
蔕勑戒芥濟曰青丘國在海東言齊之秋田至彼彷徨然遊於海外觀其境土之大
吞如雲夢澤者八九於齊國之胷中亦不為剌鯁也蔕芥髇剌鯁也服虔曰青丘國在海
東三百里善曰山海經曰青丘其狐九尾毛詩曰海外有截蔕芥已見西京賦若
乃俶佗歷儻瑰瑋異方殊類珍怪鳥獸萬端鱗
萃善本作崒充牣其中者善本無者不可勝記禹不能
名卨不能計銑曰言非常瑰美珍怪寶物鳥獸之屬萬端如魚鱗之聚充滿

於山澤之中禹善分別草木卨善算也言其中草木禹不能名之禽獸之多卨不能計也
郭璞曰俶儻猶非常也善曰廣雅曰瑰瑋奇玩也高唐賦曰珍怪奇偉不可稱論張揖
曰禹為堯司空下九州名山別草木卨為堯司徒敷五教率萬士應劭曰契善計也善
曰廣雅曰充牣滿也然在諸侯之位不敢言遊戲之樂
苑囿之大先生又見客向曰以在諸侯之位不敢言此遊戲苑囿
之事先生謂子虛也具以禮先生為賓客也如淳曰見賓客禮待故也善曰言見先生
是客也是以王辭而善本無而不復何為無以應哉
向曰先生言齊王禮客故不又荅何為稱無以應僕哉司馬彪曰復荅也

文選卷第七

宿

賦

畋獵中

文選

八

共六十

文選卷第八

梁昭明太子撰　五臣并李善注

畋獵中

司馬長卿上林賦一首

揚子雲羽獵賦一首

上林賦良曰上林苑名　司馬長卿

亡是公听魚謹然而笑曰楚則失矣而齊亦未為得也夫使諸侯納貢者非為財幣所以述職也向曰听笑貌言亡是公笑楚使失對而齊不得理道銑曰言諸侯納貢獻者豈為財幣而已述所守之職耳善曰說文曰听笑貌也郭璞曰諸侯朝於天子曰述職善曰尚書大傳曰古者諸侯之於天子五年一朝見述其職述者述其所職也封疆畫界者非為守禦所以禁淫也翰曰天子守在四夷言今封列疆界者為欲禁淫放非為禦捍也郭璞曰天下有道守在四夷立境界者欲以杜絕淫放耳善曰小雅曰淫過也今齊列為東藩而外私肅愼向曰言齊為東藩私與肅慎交通是淫放之義郭璞曰私與通也捐國踰限越海而田其於義固未可也且夫善本無夫二君之論不務明君臣善本無臣之義正諸侯之禮徒事爭游戲之樂苑囿之大欲以奢侈相勝荒淫相越此不可以揚名發譽而適足以貶善本作粤君自損也良曰捐棄踰越也言齊棄國越限田於海外是失禮也固語辭

未可言不可也濟曰二君謂子虛烏有先生也論謂辯論也言俱不能明君臣上下之
禮但務夸遊樂苑囿而已銑曰但以荒淫奢侈之事以相夸越非揚名發譽之理是貶
君於惡損己之道善曰鄧析子曰因勢而發譽毛萇詩傳曰秖適也且夫齊
楚之事又焉足道乎君未覩夫巨麗也獨不
聞天子之上林乎左蒼梧右西極丹水更平
其南紫淵徑其北向曰亡是公將陳上林之事故言齊楚不足道也君
謂二客也言二客未覩壯麗之處翰曰蒼梧郡名西極豳國也丹水水名紫淵紫澤也
更亦徑也文穎曰蒼梧郡屬交州在長安東南故言左爾雅曰至于豳國為西極在長安
西故言右也應劭曰丹水出上洛冢領山東南至析縣入均水文穎曰河南穀羅縣有紫
澤在縣北於長安為在北也終始灞滻出入涇渭翰曰灞滻二水

名畫在苑中流不出苑故云終始也涇渭二水名流入苑又出苑故云出入也張揖曰灞
滻二水終始盡於苑中不復出也涇渭二水從苑外來又出苑去也酆豐鎬浩
潦老潏決紆餘逶於為迤經營乎其內良曰酆鎬潦潏
四水名紆餘逶迤屈曲貌經營猶周旋也言旋於苑內也張揖曰酆水出鄠縣南山酆谷
北入渭鎬在昆明池北入善曰潦即澇水也說文曰澇水出鄠縣北入渭潏水出杜陵今
名流水自南山皇子陂西北流至昆明池入渭郭璞曰經營其內言周旋苑中也蕩
蕩乎八川分流相背而異態濟曰蕩蕩流貌八川謂灞滻涇
渭酆鎬潦潏也態形也言分流別趣各有異形郭璞曰變態不同也善曰潘岳關中記
曰涇渭灞滻酆鄗潦潏凡八川東西南北馳騖往来力代出乎
椒丘之闕行乎洲淤應慮之浦經乎桂林之中

過乎泱烏朗漭之野向曰馳騖猶交錯也椒丘丘名上有兩山相對象雙
闕焉淤亦洲類桂林林名在苑中言水之經淺於此中也郭璞曰言更相錯涉也服虔曰
丘名也兩山俱起象雙闕者也郭璞曰椒丘見楚辭曰馳椒丘兮且焉且音昌呂切張揖
曰淤漫也浦水崖也善曰方言曰水中可居者曰洲三輔謂之淤也桂林林名也南海
經曰桂林八樹在番禺東也泱漭之野山海經所謂大荒之野如淳曰泱大貌也汩骨
乎混流順阿而下赴隘於懈峽善本作陿之口濟曰汩疾
混同也阿隈曲也言疾流合順隈曲而下蘇林曰楊雄方言曰汩遲疾也汩于筆切郭璞
曰混并也阿大陵也郭璞曰夾岸間為陿觸穹石激堆丁回埼巨依沸
拂乎暴怒洶虛拱涌滂浦橫切善本作彭字湃蒲拜反銑曰穹石
大石也堆埼岸曲也洶涌滂湃水聲也言觸石激岸暴涌而為聲張揖曰穹石大石也埼

曲岸頭也郭璞曰堆沙堆也郭璞曰沸水聲也音拂司馬彪曰洶涌跳起也彭湃波相戾
也滭畢弗奔孛切善本作弗字滵音密善本作宓汩于筆偪逼側
泌筆瀄阻乞橫流逆折轉騰潎匹列洌音列良曰言水之
疾激波橫流迴涌以相騰射也司馬彪曰滭沸盛貌也宓汩去疾也偪側相迫也泌瀄相
摶也先結切逆折旋回也孟康曰轉騰相過也潎洌相撇也滂浦宏濞普祕沆
胡朗溉害穹隆雲橈女教宛婉潬善膠戾善本作盤踰
波趨浥於合莅莅音利善本作莅下瀨銑曰滂濞沆溉緩流貌穹崇水
石如龍起也雲橈如雲之屈橈也宛潬膠戾縈曲貌踰波謂前波越後波也趨浥趨於下
處也莅莅流貌下於磧瀨也司馬彪曰滂濞水聲也沆溉徐流也郭璞曰溉故溉切韋昭
曰沆胡朗切郭璞曰穹隆龍起回宛也善曰雲橈如雲屈橈也司馬彪曰宛潬展轉也

膠盭邪屈也踰波後波淩前波也超浥輪於淵也蒞蒞水聲也批步結巖衝擁
奔揚滯直制沛普外臨坻遲注壑瀺助咸灂助角霣殞
墜直類切翰曰批擊也擁曲隈也奔揚滯沛皆湧流貌坻坂也瀺灂水聲也言此水
擊巖衝曲隈湧流臨坂隕墜於谿壑也司馬彪曰擁曲隈也善曰說文曰批擊也滯沛
奔揚之貌也沛浦蓋切鄭展曰坻水中山也善曰字林曰瀺灂小水聲也沉沉
隱隱砰普氷磅普萌訇呼宏磕苦蓋潏潏決淈淈骨湁
丑立潗子立鼎沸馳波跳沫汩于筆急于急切本作隐善漂
匹遥疾悠遠長懷寂漻聊無聲肆乎永歸然後
灝浩溔羊小潢晃漾養善本作漾安翔徐回翯學乎
滈滈浩東注太湖衍溢陂池向曰漂疾以上皆水之深盛相

激滂沸奔流之貌懷歸也寂漻清深也言水悠遠長歸則清深而無聲銑曰肆放永長
也太湖震澤也陂池江湖邊小水也翯水光也言水奔放長歸於海廣大運轉滈滈然揚
光注於震澤溢於陂池衍亦溢也善曰沉沉深貌也隱隱盛貌也司馬彪曰砰磅訇磕
皆水聲也說文曰潏水湧出也周成雜字曰湁潗水沸貌也司馬彪曰汩急水聲也郭璞
曰懷亦歸變文耳杜預左氏傳曰肆放也言水奔放而長歸於海郭璞曰灝溔潢漾皆
水無際貌也徐回言運轉滈滈水白光貌也太湖吳縣尚書所謂震澤也衍溢言溢而出
也陂池江旁小水於是乎蛟龍赤螭䱭亘鰽懵漸離
鰅顒鰫時容鰬虔魠託禺禺顒魼揭鰨奴搨下濟曰蛟
龍魚名文穎曰龍子為螭張揖曰赤螭雌龍也李奇曰周洛曰鰅蜀曰䱭鰽出鞏山穴中
司馬彪曰漸離魚名也張揖曰未聞郭璞曰鰅魚有文彩鰫似鰱而黑鰬似鱓魠鱤一名

黃頰鰬音乾鱓音善鱤音感禺禺魚皮有毛黃地黑文魼比目魚狀似牛脾細鱗紫色兩
相得乃行鰨鯢魚也似鮎有四足聲如嬰兒揵巨言鰭耆掉徒釣尾振
鱗奮翼潛處乎深巖銑曰深巖究曲處也言龍魚之徒皆舉掉鬐尾
奮振鱗翼於究曲之處郭璞曰揵舉也鰭背上鬣也善曰高唐賦曰振鱗奮翼郭璞曰
處隱岸底也魚鼈讙聲萬物衆夥禍明月珠子的
皪歷江靡向曰讙鳴也謂魚鼈躍聲也萬物非一類也夥多也明月珠子水
寶也的皪光明貌江靡江邊也善曰小雅曰夥多也應劭曰靡邊也明月珠子生於江
中其光耀乃照於江邊也張揖曰靡厓也善曰說文曰玓瓅明珠光也玓瓅與的皪音
義同蜀石黃碝而兖水玉磊砢洛可反向曰蜀石黃碝皆玉名水
玉水精也磊砢相委積貌張揖曰蜀石石次玉者也郭璞曰碝碝石黃色水玉水精也磊

砢魁礧貌也善曰山海經曰重庭之山其上多水玉磷磷吝爛爛采
色澔浩汗叢積乎其中翰曰言寶玉符彩映曜之貌叢積謂蘊積
於水中也郭璞曰皆玉石符彩映輝也鴻鷫肅鵠鴇保駕加鵝
屬玉交精旋目煩鶩木庸渠箴鍼疵貲鵁交
盧向曰並水鳥名張揖曰鴻大鴈也郭璞曰鷫鷞屬玉似鴨而大長頸赤目紫紺色
者郭璞曰交精似鳧而脚高有毛冠辟火災司馬彪曰旋目鳥名也煩鶩鴨屬也庸渠鳥
灰色而雞脚一名帝渠張揖曰箴疵似魚虎而蒼黑色鵁鶄頭鳥郭璞曰盧盧鷀也群
浮乎其上沈音馮善本作沉淫泛敷劍濫隨風澹徒感淡
與波搖蕩掩薄水渚唼所甲喋直甲菁藻咀才汝嚼
才削菱藕良曰沈淫泛濫皆水鳥浮游貌掩覆薄集也言覆集於水渚之上唼喋咀

爵皆食物貌菁藻菱藕水草名郭璞曰皆鳥
任風波自縱漂貌也張揖曰掩覆也郭璞曰
薄猶集也郭璞曰菁水草也
善曰通俗文曰水鳥食謂之啑於是乎崇山
矗矗巃力孔嵸總崔嵬深林巨木嶄士咸巖嵾楚金
嵯楚宜反濟曰崇山巃嵸皆高貌深林巨木言林木之大也嶄巖嵾嵯險峻不齊貌
郭璞曰巃嵸崔嵬皆高峻貌也嶄巖嵾嵯皆峯嶺之貌也九嵕子公巀截嶭
五結南山峩峩娥巖陁遲甗巘善作錡魚是嶊罪崣
崛牛欝崎音倚向曰九嵕南山名巀嶭峩峩高峻貌巖陁甗錡傾欹貌嶊崣崛崎
嶮貌郭璞曰巀嶭高峻貌也善曰九嵕南山已見西都賦司馬彪曰陁靡也甗甑也錡
欹也上大下小有似欹甑也張揖曰嶊崣高貌也崛崎斗絕也振溪通谷蹇
產溝瀆谽呼含呀呼加豁閜呼下阜陵別隝都果反銑曰振

衆也蹇產詰曲貌谽呀大貌豁閜虛空貌言衆谿谷與詰曲溝瀆皆大而空虛也隔別於
陵隝也隝水中山也張揖曰振收也水注川曰谿注谿曰谷蹇產詰曲也郭璞曰自溪及
瀆皆水相通注也善曰言山石收斂溪水而不分泄司馬彪曰谽呀大貌豁閜空虛也
郭璞曰隝水中山也隝音擣嵗於鬼嵔魚鬼烏罪廆胡罪丘虛乞居
堀窟礨郎罪隱轔力忍欝壘力水登降陁以爾切善本作施式
氏切靡翰曰皆山勢高峻長遠之貌郭璞曰皆其形勢也隱轔欝壘堆壠不平貌陂
彼為池貏被豸直爾沇允溶容淫以舟鬻以六向曰陂池貏
豸傍頹相連貌沇溶淫鬻山川縈轉貌郭璞曰陂池傍頹貌也善曰貏豸漸平貌張揖
曰水流谿谷之間也沇以水切散渙夷陸亭皋千里靡不被
皮義築銑曰散渙寬廣貌夷平也謂廣平地也皋澤中有隄隄上十里置一亭定名亭

皋也千里言廣也築謂築令平也司馬彪曰布平地也服虔曰皋澤也隄上十里一亭郭
璞曰皆築地令平也掩善本作揜以綠蕙被以江蘺糅女又以
蘼善本作蘪蕪雜以畱荑善本作留夷布結縷攢戾莎
良曰皆草名也掩被皆覆也糅亦雜也分布攢植也言衆草覆地雜生分布攢植於其中
也張揖曰掩覆也綠王芻也蕙薰草也郭璞山海經曰蕙香草蘭屬也留夷新夷也善
曰王逸楚辭注曰留夷香草郭璞曰結縷蔓生如縷鉤結司馬彪曰䓕莎莎名也揭
去例車衡蘭稾本射夜干茈紫薑蘘而羊荷葴針
橙竹生切善本作持若蓀鮮支黃礫蔣芧云句切善本作芧
青薠音煩翰曰皆香草名應劭曰揭車一名芑輿香草也揭云竭切芑巨乞切郭
璞曰稾本稾茇也方末切司馬彪曰射干香草也張揖曰茈薑子薑也張揖曰葴持闗若

杜若郭璞曰蘅香草也司馬彪曰鮮支支子也張揖曰皆香草張揖曰蔣菰也芧三稜也
郭璞曰芧音杼布濩護閎宏澤延弋戰蔓萬太原麗善本
作儷力離切靡眉彼廣衍異善應風披上靡吐芳揚烈
郁郁菲菲妃衆香發越肸蠁布寫晻烏感薆愛
咇步必茀音勃向曰閎大也言衆草布徧延蔓於原澤之上麗靡謂邪靡於下平
之地披靡謂從風傾倒之貌齊曰言衆草吐揚芳香也揚動烈華也郁郁菲菲香美皃
肸蠁天中遊氣也言香氣發越積浮而似之布寫謂分布而流也晻薆咇茀言香氣盛也
郭璞曰布濩猶布露也善曰閎大也離靡離而邪靡不絕之貌也孟康甘泉賦注曰衍
無崖岸也烈酷烈香氣盛也披丕蟻切郭璞曰發越香氣射散也司馬彪曰肸過也芬芳
之過若蠁之布寫也郭璞曰香氣盛馝馞也善曰說文曰肸蠁布也馝馞咇茀音義同弥

文曰黤藹杳氣奄藹也黤與晻藹與薆音義同晻音奄於是乎周覽泛觀縝丑鄰紛軋芴勿芒芒莫朗怳忽向曰言望視林苑陂池廣遠蒙密芒芒然目亂而不能辨怳忽目亂貌孟康曰縝紛衆盛也軋芴緻密也郭璞曰言眼亂也視之無端察之無涯日出東沼入乎西陂銑曰視察不見際畔言廣也謂日出於苑東而入於苑西陂亦沼也張揖云日朝出苑之東池暮入於苑西陂中善曰漢宮殿簿曰長安有西陂池東陂池其南則隆冬生長涌水躍波良曰言苑南向陽之地盛冬草木生長水不冰凍也張揖曰其苑南陽煖則盛冬十月草木生長也郭璞曰躍波言不凍也善曰孫卿子曰松柏經隆冬而不彫其獸則㺎庸旄貘陌犛黎沈牛麈麋赤首圜題窮奇象犀良曰皆南方獸名郭璞曰㺎似牛領有肉堆也張揖曰旄牛也其狀如牛而四節毛貘白豹犛牛黑色出西域徼外沈牛水牛也能沈没水中麈似鹿而大善曰南越志曰潛牛形角似水牛一名沈牛張揖曰題額也窮奇狀如牛而蝟毛其音如嗥狗食人者也其北則盛夏含凍裂地涉冰揭去例河良曰苑北背陰之地盛夏含凍地裂也揭猶度也言可涉行冰上而度河也司馬彪曰揭舉衣也善曰尸子曰寒凝冰裂地其獸則麒麟角端騊陶駼途橐土各駞蛩蛩巨恭驒丁賢騱兮駃一決騠啼驢騾善本作蠃翰曰皆北方獸名郭璞曰麒似麟而無角角端似貊角在鼻上中作弓韋昭曰背上有肉似橐故曰橐駞也郭璞曰驒騱駏驢類也駃騠生三日而超其母於是乎離宮別館彌山跨谷高廊四注重坐朋善本作曲閣濟曰彌徧也言宮館徧據山谷也注猶布

也高廊行廊也謂行廊布於四邊也閣有兩重上級下級皆可坐故言重坐也善曰鄭玄周禮注曰彌徧也司馬彪曰廊廡上級下級皆可坐故曰重坐曲閣閣道委曲也華榱璧璫輦道纚連是切善本作纚屬步欄周流長途中宿銑曰華榱彩飾榱也璧璫以璧飾椽首也輦道閣道也邐迤相連屬也步欄謂屋欄下行也周流謂周徧也長途中宿謂臺閣高遠中道而宿方至其上也韋昭曰裁金為璧以當榱頭也如淳曰輦道閣道也司馬彪曰纚屬連屬也張揖曰纚力爾切屬之欲切善曰步欄步廊也周徧流行也楚辭曰曲屋步欄郭璞曰中途樓閣間陛道司馬彪曰中宿至其上乃夷嵕子公築堂累臺增成巖窔一吊洞房翰曰夷平嵕山也謂平其山頂作堂重累而成故云增成窔巖底也洞通也謂於巖底作室潛通臺上如淳曰嵕山也張揖曰平此山以作堂也重累而成之故曰增成郭璞曰言於巖窔底為室潛通臺上也俯善本作古文頫杳眇而無見仰攀橑老而捫門天奔星更平於閨闥宛於遠虹拖徒可於楯時尹軒良曰杳眇深邃貌言臺閣高俯觀深遠不見其地仰攀於橑手可摸及於天也更經也奔星流星也宛屈曲也拖猶越也楯軒欄檻也言流星宛虹經越門窗欄檻之上也說文曰頫低頭也楚辭曰遂儵忽而捫天晉灼曰作古舉字也捫摸也善曰奔星流星行疾故曰奔如淳曰宛虹屈曲之虹也應劭曰楯欄檻也司馬彪曰軒楯下版也更工衡切青龍蚴伊糾蟉岐酉於東廂善本作葙象輿婉於遠蟬音善善本作僤於西清向曰青龍象輿皆車也東廂西清皆屋也蚴蟉婉蟬龍象迴轉之貌郭璞曰蚴蟉龍行貌也善曰孫炎爾雅注曰葙夾室前堂也張揖曰山出象輿瑞應車也西清者葙中清淨處也善曰婉僤動貌也靈圄

善本作圖燕於閒閑館偓於角佺七全之倫暴於南榮
向曰閒館閑居之館也南榮謂屋南檐也靈圄偓佺皆仙人名燕燕寢也暴偃卧也張揖
曰靈圄衆仙之號也楚辭曰生靈圄而來謂閒讀曰閑郭璞曰偓佺仙人也暴謂偃卧日
中也榮屋南檐也醴泉涌於清室通川過於中庭銑曰
醴泉靈泉也涌出於清室通川謂鑿為渠引水於中庭也郭璞曰醴泉瑞水也善曰言
醴泉於室中涌而通流為川而過中庭盤石振之刃崖嵚口嵒巖倚
於綺傾嵯峨嶕捷嶫業刻削崢嶸翰曰振整也以盤石整渠
岸也嵚巖倚傾不齊貌嵯峨嶕嶫高貌崢嶸直峻貌李奇曰振整也以石整頓池水之涯
也郭璞曰嵚巖欹貌也言自然若彫刻也司馬彪曰崢嶸深貌也玫瑰碧琳
珊瑚叢生向曰玫瑰火齊珠也碧琳玉也珊瑚寶樹也皆叢生於庭善曰並

文選八　十

已見上文珉玉旁唐玢紛豳彬文鱗赤瑕遐駁犖
洛角雜插其間朝善本作鼂采琬琰和氏出焉齊曰珉玉
旁唐皆玉名玢豳文鱗玉文理也赤瑕赤玉也駁犖文彩也雜插謂雜在其間也朝采琬
琰皆玉名和氏璧也出焉言出於此郭璞曰旁唐言磐礴也玢豳文理貌也善曰宋玉
笛賦曰其處磅磄千仞張揖曰赤瑕赤玉也郭璞曰言雜廁崖石中駁犖采點也司馬彪
曰鼂采玉名善曰尚書曰弘璧琬琰在西序也於是乎盧橘夏熟
善本作熟黃甘橙直更楱湊枇杷橪而闌柿楟亭柰厚
樸善本作朴步角切梬弋井棗楊梅櫻桃蒲萄隱夫薁
於六棣徒計荅遝沓離力智支銑曰皆果木名夏熟謂當夏而熟也應劭
曰伊尹書曰箕山之東青鳥之所有盧橘夏熟晉灼曰此雖賦上林博引異方珍奇不係

楱於一也盧黑也郭璞曰黃甘橘屬而味精亦橘之類也張揖曰楱小橘也出武陵善
曰說文曰橙橘屬也張揖曰枇杷似斛樹長葉子如杏楟山梨也厚朴藥名也郭璞曰橪
橪支木也音煙張揖曰揚梅其實似穀而有核其味酸出江南也善曰櫻桃蒲萄見南
都賦張揖曰隱夫未詳薁山李也郭璞曰棣實似櫻桃也張揖曰荅遝似李出蜀晉灼曰
離支大如雞子皮麤剝去皮肌如鷄子中黃味甘多酸少羅乎後宮列于
北園貤羊氏丘陵下平原向曰言果木羅列生於宮園也貤連也言
連亘丘陵下及平原也司馬彪曰貤延也揚翠葉抗亢善本作抗音兀紫
莖發紅華垂朱榮煌煌皇扈扈戶照曜鉅野
翰曰抗搖也言果木之衆花葉之盛鉅大也煌煌扈扈鮮明貌言光色照曜於大野張揖
曰抗搖也郭璞曰言其光采之盛沙棠櫟歷櫧諸華胡化楓風

文選八　十一

枰平櫨盧留落胥邪以嗟仁頻并閭欃讒檀木
蘭豫章女貞翰曰皆木名張揖曰沙棠狀如棠黃華赤實其味如李無核呂
氏春秋曰果之美者沙棠之實櫧似柃葉冬不落應劭曰櫟採木也音來張揖曰華皮可
以為香郭璞曰枰平仲也櫨已見南都賦留未詳落攫也中作器胥邪似并閭皮可作索
孟康曰仁頻椶也善曰仙藥錄曰檳榔一名椶然仁頻即檳榔也胥邪并櫚已見南都
賦欃音讒孟康曰欃檀檀別名也張揖曰女貞木葉冬不落長千仞大連
抱夸條直暢實葉葰峻楙木遘反良曰言木長或至千仞大
或至連抱也夸張布也葰大楙盛也謂枝條直暢實葉大盛也司馬彪曰七尺曰仞郭璞
曰夸張布也司馬彪曰葰大也攢之叢倚於綺連卷巨專欐力是佹
古毀崔千賄錯癹步葛骫委坑苦行衡閜烏可砢來可反良曰謂

木之重疊累積盤結傾欹貌司馬彪曰巃嵸支重累也善曰蒼頡篇曰攢聚也郭璞曰
錯相摎也坑衡徑直貌也垂條扶疎善本作疏落英幡纚史是反
良曰扶疎分布貌幡纚飛揚貌善曰說文曰扶疎四布呂氏春秋曰樹肥無使扶疎張
揖曰幡纚飛揚貌也紛溶容萷蕭蔘所今猗於綺柅女綺切善作柅
從風瀏流莅卉歙音吸銑曰紛溶繁大貌萷蔘高長貌猗柅隨風貌
瀏莅卉歙風吹衆木之聲也郭璞曰紛溶萷蔘支踈擢也張揖曰猗柅猶阿那也司馬彪
曰瀏莅卉歙衆聲貌也蓋象金石之聲管籥藥之音向曰
蓋木之音聲有似於此善曰金石管已見上文籥已見南都賦偨差池茈
此虒直是旋還乎後宮雜襲累集善本作絫輯濟曰偨池茈
虒樹木不齊貌言旋繞後宮重積累集而生也張揖曰偨池參差也茈虒不齊也郭璞曰
還繞也相重被也善曰輯與集同被山緣谷循坂下隰視之
無端究之無窮濟曰言樹木之生緣被陵隰視之不見其畔於是
善本有乎字玄猨素雌蜼羊水玃钁飛蠝壘蛭姪蜩
倏蠼钁蝚奴高切獑讒胡豰呼谷蛫音詭翰曰皆獸名似猨
而捷木處也張揖曰蜼似獼猴卬鼻而長尾玃似獼猴而大飛蠝鼠也其狀如兔而鼠首
以其髯飛郭璞曰蠝鼯鼠也毛紫赤色飛且生一名飛生蜼音遺善曰玄猨言猨之雄
者玄色也素雌猨之雌者素色也司馬彪曰山海經曰不咸之山飛蛭四翼蜩蟬也玃猱
獼猴也郭璞曰蛭蜩未聞如淳曰蛭音質張揖曰獑胡似獼猴頭上有髦腰以後黑郭璞
曰豰似鼬而大腰以後黄一名黄腰食獼猴蛫未聞也棲息乎其間長
嘯哀鳴翩幡互經夭蟜矯枝格偃蹇杪亡少顛

銑曰言衆獸或鳴嘯互相經過也格枝長也杪木末也夭蟜偃蹇跡挂之狀郭璞曰互經
互相經過也皆獼猴在樹暴戲姿態也夭蟜頓申也善曰埤蒼曰格木長貌也廣雅曰
顛末也踰絕梁騰殊榛仕人捷垂條踔勑教切善本作掉記
釣切希間牢落陸離爛漫遠遷向曰皆獸騰躍奔散之貌郭璞
曰梁石絕水也張揖曰殊榛異枅也五昌切捷持懸垂之條掉往著𩡘疏無支之間也郭
璞曰掉懸擿也牢落陸離羣奔走也善曰牢落猶寥落也廣雅曰陸離參差也郭璞曰
爛熳遠遷崩騰羣走貌也若此輩善本無輩字者數百千處娛
游往來宮宿館舍向曰如此宮者數百千處言多也天子往來皆於宮
館止宿善曰說文曰娛戲許其切郭璞曰皆離宮別館出入所幸也庖廚不
徙後宮不移百官備具向曰庖廚後宮百官之屬皆當處自具無
所移從郭璞曰言所在有也於是乎背秋涉冬天子校獵
乘鏤象六玉虬翰曰校獵謂出校隊而獵也象輅以象牙鏤錯之六虬六
馬也以玉飾之也李奇曰以五校兵出獵也張揖曰鏤象象路也以象牙疏鏤其重較六
玉虯謂駕六馬以玉飾其鑣勒有似虯龍也有角曰虬也郭璞曰韓子曰黃帝駕象車六
蛟龍僞言之善曰此依古成文而非謂似也今依郭說拖蜺旌靡雲旗
前皮軒後道游向曰畫雲蜺以飾旌旗拖曳靡按也皮軒虎皮車也道游
車名皆天子儀飾也張揖曰析羽毛染以五采綴以鏤爲旗有似虹蜺之氣也畫熊虎於
旒爲旌似雲氣也善曰此亦假言也高唐賦曰蜺爲旌雲旗已見東京賦文穎曰皮軒
以虎皮飾車天子出道車五乘游車九乘在乘輿車前賦頌爲偶辭耳善曰言皮軒最
居前而道游次皮軒之後此爲前後相對偶辭耳非謂道游在乘輿之後孫叔奉

鑾衛公參乘去聲良曰孫叔謂公孫叔子也衛公謂將軍衛青也奉鑾參
乘謂御從也鄭玄曰孫叔者太僕公孫賀也字子叔衛公者大將軍衛青也大駕大僕御
大將軍參乘扈戶從去橫行出乎四校之中濟曰扈大
也謂大衆從君也橫行不依部曲也四校謂四隊也晉灼曰扈大也張揖曰跋扈縱橫不
按鹵簿也文穎曰五校今言四者中一校隨天子乘輿也鼓嚴鑮平碧切善本作
簿字縱獠良照者江河為阹羌魚泰山為櫓音魯翰曰鼓
擊也嚴嚴鼓也鑮大鍾也謂擊之以縱獵者阹櫓謂闌圈也張揖曰鼓嚴嚴鼓也簿鹵簿也
善曰言擊嚴鼓鹵簿之中也郭璞曰因山谷遮禽獸為阹魯望樓車騎雷善本
作靁起殷音隱天動地先後陸離離散別追銑曰謂車
騎之聲如雷殷動天地也陸離分布貌別追謂散逐禽獸也郭璞曰殷猶震也各有所逐

也善曰廣雅曰陸離參差淫淫裔裔緣陵流澤雲布雨
施平聲向曰言士卒之衆流徧山澤如雲雨之布施郭璞曰言徧山野也善曰韓
子曰雲布風動周易曰雲行雨施也生貔毗豹搏博豺狼手熊
羆悲足野羊向曰皆獸名生生執搏擊也手手捉足足踏也韋昭曰生拔之
也郭璞曰貔執夷虎屬張揖曰熊犬身人足黑色羆如熊黃白色野羊麢羊也似羊而青
郭璞曰足謂躡也蒙鶡曷蘇絝苦故白虎被斑文跨野
馬濟曰皆獸名絝絆也被猶駕也跨騎也盂康曰鶡鶡尾也蘇析羽也張揖曰鶡似雉
鬬死不卻善曰蒙謂蒙覆而取之鶡以蘇為奇故特言之以成文耳郭璞曰絝絡也
善曰斑文虎豹之皮也司馬彪漢書曰虎賁騎皆虎文單衣跨謂騎之也凌三嵕
子公之危下磧歷之坻遲徑峻赴險越壑厲水

翰曰三嵕山名磧歷不平也坻坂也厲水渡水也善曰漢書音義曰淩上也郭璞三倉
注曰三嵕山在聞喜張揖曰磧歷不平也坻下阪道也郭璞曰厲以衣渡水椎直追
蜚善本作蜚廉弄獬蟹豸直是反銑曰飛廉獸名推謂擊殺也獬豸獸
名以其觸邪不殺之故云弄也郭璞曰飛廉龍雀也鳥身鹿頭張揖曰獬豸似鹿而一角
人君刑罰得中則生於朝廷主觸不直者今可得而弄也格蝦遐蛤閤鋋
市延猛氏羂古犬要烏了褭奴鳥射封豕翰曰皆獸名格鋋羂射皆
執殺也孟康曰蝦蛤猛氏皆獸名郭璞曰今蜀中有獸狀如熊而小毛淺有光澤名猛獸
善曰說文曰鋋小矛也張揖曰騕褭馬金喙赤色一日行萬里者郭璞曰封豕大豬也
善曰聲類曰羂係取也左氏傳申包胥曰吳為封豕長蛇箭不苟害解脰
豆陷苦念腦弓不虛發應聲而倒且銑曰言不苟而害必中

頭頸懸弓聲倒斃也張揖曰脰項也於是乎乘輿弭節徘徊翱
翔往來睨部曲之進退覽將帥之變態向曰睨視
也乘輿天子也弭案也言案節往來以視將士進退之態郭璞曰言周旋也善曰楚辭
曰颯弭節而高厲部曲已見上文然後侵淫促節儵夐孚併遠
去流離輕禽蹴履狡獸翰曰侵淫猶漸也儵夐謂儵忽也言漸促
行伍儵忽遠去追踏輕捷之禽獸也郭璞曰言疾驅也善曰侵淫漸進之貌郭璞曰儵
忽長逝也善曰曹大家幽通賦注曰夐遠也張揖曰流離放散也輕禽飛鳥也晉灼曰
輕小之禽曰張說是也善轊衛白鹿捷接狡兔軼逸赤
電遺光耀良曰轊車軸頭也言軸轢白鹿追捷狡兔也軼過也謂電之光耀至
速車騎之疾可以過而遺之郭璞曰狡兔健跳故言捷耳張揖曰軼過郭璞曰皆妖氣為

變怪游光之屬也
追怪物出宇宙彎蕃煩弱滿白羽
射游梟古堯櫟歷飛善本作蜚遽音巨向曰怪物謂奇禽也宇宙四
方也天子作軍營亦象之今出宇宙則出於軍營外也蕃弱弓名白羽箭名言彎之使滿
以射游梟也梟惡鳥也櫟擊也飛遽神獸之名張揖曰怪物奇禽也文穎曰彎牽也蕃弱
夏后氏良弓之名引弓畫箭鏑為滿以白羽為箭故言白羽也善曰左氏傳衛子魚曰
分魯公以封父之繁弱蕃與繁古字通國語曰吳素甲白羽之矰望之如荼張揖曰梟惡
鳥也故射之櫟捎也飛遽天上神獸也鹿頭而龍身郭璞曰梟羊也善曰高誘淮南子
注梟羊山精也遽頗高說是也似
擇肉而後發先中而命處
弦矢分藝殪一計仆音赴濟曰擇肉選其可射之所也先中命處謂所
著皆先言其處然後依言而中之弦矢謂放箭也藝准的也殪仆斃也以有准的故能斃

禽獸也郭璞曰言必如所志也善曰廣雅曰命名也文穎曰所射唯的為藝壹發死為
殪善曰說文曰仆頓也然後揚節而上浮凌驚風歷駭
猋乘虛無與神俱向曰揚舉也節旌節也言舉旌節上遊於空凌歷風
猋乘躡虛無之所故云與神俱也郭璞曰言騰游也善曰楚辭曰鳥託乘而上浮張揖
曰郭璞老子經注曰虛無寥廓與元通靈言其所乘氣之高故能出飛鳥之上而與神俱
者也藺善本作躪玄鶴亂昆雞遒才由孔鸞促鵔峻鸃
宜拂翳一兮鳥捎所交鳳皇捷鵷雛掩焦鵬善本作明
良曰皆鳥名也藺亂遒促拂捎捷掩皆執捉蹈藉之稱也張揖曰昆雞似鶴黃白色郭璞
曰躪踐也亂者言亂其行伍也郭璞曰遒促皆迫捕貌張揖曰山海經曰九疑之山有五
采之鳥名曰翳鳥張揖曰焦朋似鳳西方之鳥也善曰方言曰捦取也樂汁圖焦朋狀

似鳳皇宋衷曰水鳥也道盡塗殫迴車而還招善本作消搖
乎儴佯上音襄善本作襄羊降集乎北紘良曰謂遊獵之塗既盡迴
車將還招搖儴佯行遊貌言行遊降集於北紘也謂自空而還故云降也紘海外也司馬
彪曰消搖逍遙也張揖曰淮南子云八澤之外乃有八紘北方之紘曰委羽郭璞曰襄羊
猶彷佯也率乎直指晻奄乎反鄉向曰率猶疾也晻猶速也直指
謂行也言獵罷而速還帝鄉也郭璞曰率然馳去也忽然疾歸貌蹷厥石闕
歷封巒過鳷支鵲望露寒下棠梨息宜春翰曰
皆宮觀名蹷過下息皆遊止之稱也郭璞曰蹶蹋也張揖曰此四觀武帝建元中作在雲
陽甘泉宮外張揖曰棠梨宮名在雲陽東南三十里郭璞曰宜春宮名在渭南杜縣東也
西馳宣曲濯鷁牛首登龍臺掩細柳銑曰宣曲宮名

牛首池名濯鷁船也謂濯於此池龍臺細柳皆觀名登升掩止也張揖曰宣曲宮名也在
昆明池西也牛首池名在上林苑西頭善曰漢書曰鄧通以濯船為黃頭郎音義曰濯
船於池中也一說能持擢行船也韋昭曰濯今棹也並直孝切張揖曰龍臺觀名也在豐
水西北近渭也郭璞曰細柳觀名也在昆明池南善曰方言曰掩息也觀士大
夫之勤略鈞獵者之所得獲善本無觀徒車
之所藺善本作轥轢步騎之所蹂而柳蹃音若善本無足人
臣之所蹈藉良曰謂觀人殺獲勤勞及車騎所踐踏禽獸也藉謂戰禽死布
於地也司馬彪曰略巡行也郭璞曰鈞謂平其多少也徒步也轢輾也善曰輾女展切
廣雅曰若蹈足貌與其窮極踡善本作倦谻劇驚憚丁曷讋
之涉伏不被創刃怖善本無怖而死者他他徒何藉藉

填阬滿谷揜平彌澤向曰蹠勑疲敗貌讋伏怖懼不動貌言禽獸疲
敗怖懼不傷而死者徧滿山澤也他他藉藉言多也郭璞曰窮極倦𠜱疲憊者也驚憚讋
伏怖不動貌也他他藉藉言交橫也善曰廣雅曰大野曰平於是乎游戲
懈怠置酒乎顥天之臺張樂乎膠葛之寓向曰
顥天臺名膠葛廣大貌寓屋也言遊獵疲怠乃置酒設樂於此張揖曰臺高上干顥天也
郭璞曰言遠深貌也撞直江千石之鐘立萬石之虡建
翠華之旗樹靈鼉之鼓向曰撞擊也虡鍾格也懸鍾以擊之千石
之鍾者明萬石虡乃勝也千萬石皆斤兩數也翠旗以翠羽飾旗鼉鼓以鼉皮為鼓張
揖曰千石十二萬斤也虡獸重二十萬斤以挾鍾旁翠華以翠羽為葆也鼉鼓以鼉皮為
鼓也郭璞曰華葆也奏陶唐氏之舞聽葛天氏之歌千

人唱萬人和平山陵為之震動川谷為之蕩
波銑曰陶唐舞謂咸池也葛天氏上古之君其樂以三人操牛尾投足而歌使千萬人
唱和故其聲震蕩山谷如淳曰舞咸池也善曰尚書曰惟彼陶唐孔安國曰陶唐堯氏
也張揖曰葛天氏三皇時君號也其樂三人持牛尾投足以歌八曲一曰載民二曰玄鳥
三曰遂草木四曰奮五穀五曰敬天常六曰徹帝功七曰依地德八曰總禽獸之極韋昭
曰葛天氏古之王者其事見呂氏春秋善曰呂氏春秋云葛天氏之樂以歌八闋一曰
載民三曰遂草木六曰建帝功今注以闋為曲以民為氏以遂為育以建為徹皆誤郭璞
曰波浪起也巴俞善本作渝宋蔡淮南干遮文成顛歌
族居遞奏金鼓迭徒結起翰曰巴俞舞曲名宋蔡二國出善歌者干
遮古曲名文成其人善歌族聚也眾居眾樂與金鼓更迭而起郭璞曰巴西閬中有渝水

猨居其上好舞初高祖募取以平三秦後使樂府習之因名巴渝舞也張揖曰樂記曰宋
音燕女溺志蔡人謳員三人淮南鼓員四人干遮曲名文穎曰文成遼西縣名也其縣人
善歌顛益州顛縣其人能作西南夷歌也顛滇同也張揖曰族聚也郭璞曰遞迭也鏗
鎗闛湯鞈搭洞心駭耳翰曰鏗鎗金聲闛鞈鼓聲洞通也言可通
心驚耳善曰鏗鎗鍾聲也闛鞈鼓音也毛詩曰擊鼓其鏜字書曰鞈鼓聲闛與鏜鞈與
鞈古字通荊吳鄭衛之聲銑曰皆滛聲也郭璞曰皆滛哇也善曰禮記
曰鄭衛之音亂世之音也韶護善本作濩武象之樂良曰韶舜樂名濩湯
樂名武武王樂也象周公樂也文穎曰韶舜樂也濩湯樂也大武武王樂也張揖曰象周
公樂也南人服象為虐於夷成王命周公以兵追之至於海南乃為三象樂
案衍弋戰之音銑曰流沔聲也郭璞曰流沔曲也鄢郢繽紛激

楚結風向曰鄢郢之人善舞繽紛舞袖貌激急也言楚舞之急可縈結迴風也李
奇曰鄢今宜城縣也郢楚都也繽紛舞也張揖曰楚歌曲也文穎曰激衝激急風也結風
亦急風也楚地風氣既自漂疾然歌樂者猶復依激結之急風為節也其樂促迅哀切也
俳排優侏朱儒狄鞮丁兮之唱善本作倡濟曰俳優侏儒皆
樂人狄鞮西戎樂名善曰三蒼曰俳倡也優樂也禮記曰夫新樂及優侏儒郭璞曰狄
鞮西戎樂名也所以娛耳目樂心意者麗靡爛漫於
前靡曼美色於後善本無於後良曰麗靡爛漫美音聲也靡曼美色
多恣態也言娛樂耳目則置於前後郭璞曰言恣所觀也張揖曰靡細也曼澤也善曰
言作樂於前者皆是靡曼也色下或云於後非也若夫青琴宓妃之
徒絕殊離俗妖冶野閑善本作嫺都靚靜妝刻飾

便平嬛許緣綽昌約約柔橈女教嫚嫚於貟嫵武媚纖
善本作孅弱翰曰青琴宓妃皆神女也容色異於人俗言糚飾衣服美麗而纖弱伏儀
曰青琴古神女也如淳曰宓妃伏羲氏女溺死洛遂為洛水之神也郭璞曰離俗無雙也
善曰字書曰妖巧也說文曰嫺雅也或作閑小雅曰都盛也郭璞曰靚糚粉白黛黑也刻
刻畫鬋鬢也便嬛輕利也綽約婉約也善曰莊子曰綽約若處子嬛音翾靚音淨也郭璞
曰柔橈嫚嫚皆體耎弱長豔貌也孅弱弱顏也善曰埤蒼曰嫵媚悅也孅弱謂容體孅
細柔弱也方言曰自關而西凡物小謂之孅曳獨繭古典之褕俞袘
曳眇閻易弋示以戌善本作卹削銑曰獨繭謂一繭絲為衣褕袘輕長
貌眇閻行貌易迴轉貌戌削言伎人如刻畫作張揖曰褕襜褕也袘袖也郭璞曰獨繭一
繭之絲也閻易衣長大貌也卹削言如刻畫作之也便平姍先嫳步結屑

文選八　二十

與世善本作俗殊服良曰皆衣服婆娑貌言與時代殊也郭璞曰衣服婆娑貌
芬芳漚鬱酷烈淑郁皓齒粲爛宜笑的皪歷
長眉連娟一全微睇太計綿藐邈色授魂與心愉
踰於側齊曰淑郁已上言香氣盛也翰曰的皪鮮白貌言笑則見其皓齒鮮白
故云宜笑連娟綿藐眉目之美也言美女以色授與其君而君彌其魂神以與恩寵則其
心愉悅於其側郭璞曰鮮明貌也善曰楚辭曰美人皓齒姱以姱又曰嫮目宜笑娥眉
曼郭璞曰連娟言曲細也綿藐遠視貌張揖曰彼色來授我魂往與接也於是酒
中中仲樂酣天子芒然而思似若有亡銑曰芒然自驚
如有所失郭璞曰中半也司馬彪曰亡喪也曰嗟乎此太奢侈朕
以覽聽餘閒善本作間無事棄日向曰言聽政之暇無事而虛棄

日善曰言聽政既有餘暇無事而虛棄時日也順天道以殺伐時
休息於此良曰言順陰氣殺伐也於此謂息於苑囿中也郭璞曰因秋氣也
善曰家語孔子曰啓蟄不殺則順天道也郭璞曰謂苑囿中也恐後世善本作葉
靡麗遂往而不返非所以為于偽繼嗣創業垂
統也向曰言恐後代以奢侈為常不返純樸也統理也言非繼業垂理之道也郭璞
曰言不可以示將來也善曰孟子曰君子創業垂統為可繼也於是乎乃
解酒罷獵而命有司曰地可墾闢悉為農郊
以贍氓善本作萌隸郎計反良曰解罷也贍給也氓隸百姓也言苑囿之地
有堪耕種者悉給百姓也張揖曰邑外謂之郊郊田也詩曰稅于農郊韋昭曰萌民也司
馬彪曰隸小臣也善曰爾雅曰命告也蒼頡篇曰墾耕也小雅曰贍足也頹善本

文選八　二十一

作隤牆填塹使山澤之人得至焉良曰頹崩也言崩去苑牆
以通山澤之利郭璞曰芻荛者往也雉兔者往也實陂池而勿禁虛
宮館而勿牣善本作仞一翰曰陂池養魚鱉也勿禁謂勿禁人取以充蒲虛
宮館謂不發人以充滿牣也司馬彪曰養魚鱉蒲陂池而不禁民取也郭璞曰虛言不
聚人衆其中也牣蒲也發倉廩以救貧窮補不足恤鰥
寡存孤獨出德號省刑罰銑曰出德號謂出號令也省減省也
善曰蔡邕月令章句曰穀藏曰倉米藏曰廩孟子齊景公興發補不足趙岐曰興惠政發
倉廩以振貧而補不足也郭璞曰號號令也改制度易服色翰曰改宮
室壯大之度易服美麗之色郭璞曰變宮室車服衣尚黑革正朔與天下
為善本有更字始良曰革改也言漢以十二月為正平明為朔也郭璞曰更以十

二月為正平旦為朔新其事也於是歷吉日以齋戒襲朝服
乘法駕良曰歷選襲服也法駕六馬駕也張揖曰歷筭也 善曰周易曰聖人以
此齋戒韓康伯曰洗心曰齋防患曰戒司馬彪曰襲服也法駕六馬也建華旗
鳴玉鸞濟曰玉佩也鑾鈴也皆以為行步之節也郭璞曰鸞鈴也 善曰楚辭曰
鳴玉鸞之啾啾游乎六藝之囿馳騖乎仁義之塗濟曰
六藝禮樂射御書數也囿苑囿也塗道也謂馳騖仁義之道也郭璞曰六藝禮樂射御書
數也 論語曰游於藝塗道也 善曰藝六經也覽觀春秋之林射貍
首兼騶虞向曰春秋義理繁茂故云林也貍首騶虞樂章名以節制度也如淳
曰春秋禮義繁茂故比之於林藪也郭璞曰貍首逸詩篇名諸侯以為射節騶虞召南之
卒章天子以為射節也弋玄鶴舞干戚向曰弋取也玄鶴瑞鳥故取之

也干楯戚斧也可以崇樂故舞之郭璞曰干楯也戚斧也 善曰言古者舞玄鶴以為瑞
令弋取之而舞干戚也尚書大傳舜樂歌曰和伯之樂舞玄鶴公羊傳曰朱干玉戚以舞
大夏載雲罕掩群雅悲伐檀樂去樂胥先呂切良曰罕
畢也載之所以靜道掩捕也雅小雅也言捕取衆雅也伐檀刺賢人不遇故悲之樂胥詩
名義王者得賢材故樂之張揖曰罕畢也前有九流雲罕之車掩捕也詩小雅之材七十
四人大雅之材三十一人故曰羣雅也 善曰先用雲罕以獵戟今載之於車而捕羣雅
之士也張揖曰悲伐檀其詩刺賢者不遇明王也 善曰毛詩曰君子樂胥受天之祜言
王者樂得材智之人使在位故天與之福祿也修容乎禮園翺翔乎
書圃銑曰容禮容也稱園圃者言多也郭璞曰禮所以整威儀自修飾也尚書所以
疏通知遠者故游涉之述易道放怪獸向曰奇怪之獸不復獵故放之

郭璞曰修絜靜精微之術張揖曰苑中奇怪之獸不復獵登明堂坐清廟
恣善本作次羣臣奏得失四海之內靡不受獲良曰
言任羣臣奏得失之事故海內無不受其恩澤也郭璞曰明堂者所以朝諸侯處清廟太
廟 善曰禮記月令曰天子居太廟太室鄭玄曰太廟太室中央室 善曰受獲得恩德
也於斯之時天下大說向風而聽隨流而化
卉許屈然興道而遷義向曰言此時天下悅我王化向我國風如隨流
馬卉猶勃也皆勃然興道義也郭璞曰芔芔猶勃勃也許貴切刑錯七故而不用
德隆於三皇善本作王字而功羨於五帝若此故
獵乃可喜也若夫終日馳騁勞神苦形疲善本
作罷車馬之用抗士卒之精銑曰錯置羨溢也謂德盛於三皇功

溢於五帝言如此乃獵之可喜也翰曰馳騁謂獵也抗損也言損士卒之精銳也善
曰包咸論語注曰錯置也司馬彪曰羨溢也郭璞曰精銳也抗損也音覽費府庫
之財而無德厚之恩翰曰以田獵宮觀而費其府庫之物而施不及
百姓故無德厚之恩 善曰管子曰國雖盛滿無德厚以安之國非其國也務在
獨樂不顧衆庶忘國家之政貪雉兔之獲則
仁者不由善本作繇也銑曰由從也言貪殺獲忘國政仁者不從是也 善
曰鄭玄毛詩曰顧念也郭璞曰繇道也從此觀之齊楚之事豈
不哀哉地方不過千里而囿居九百是草木
不得墾闢善本作辟而民善本作人無所食也良曰齊楚矜夸
田獵之事亦足可哀也 銑曰齊楚之境不過千里而囿廣九百里是人無以耕食也

善曰蒼頡篇曰墾耕也君韓詩章句曰辟除也辟夫以諸侯之細而樂萬乘之所善本無所字僇僕恐百姓被其尤也於是二子愀材誘然改容善本有超若自失一句逡巡避席善本作廗銑曰諸侯小國而愛天子奢修之事僕亡是公自稱也尤怨也向曰二子謂子虛馮有也愀懟懼貌言聞亡是公之言皆作色却退以避其席也郭璞曰愀然變色貌也、善曰禮記曰孔子愀然作色而對也公羊傳曰逡巡北面再拜廣雅曰逡巡却退也孝經曰曾子避席廗古字通曰鄙人固陋不知忌諱乃今日見教謹受命矣向曰鄙人子虛馮有謙言也不知忌諱謂不識諱忌之事善曰廣雅曰鄙小也

羽獵賦并序

楊子雲銑曰此賦有兩序一者史臣序一者雄賦序也

孝成帝時羽獵雄從以為昔在二帝三王向曰羽箭也言使士卒負箭而獵從謂從成帝也二帝堯舜也三王夏殷周也服虔曰士負羽也善曰高唐賦曰傳言羽獵應劭曰堯舜夏殷居也善曰春秋說題辭曰尚書者二帝之迹三王之義所以推期運明命授之際宮館臺榭沼池苑囿林麓藪澤財足以奉郊廟御賓客充庖廚而已銑曰雄以為五帝三王之時池臺林澤財弊亦足可奉郊廟禮賓客充庖廚何必羽獵也善曰財與纔同毛萇詩傳曰御進也禮記曰天子無事歲三田一為乾豆二為賓客三為充君之庖也不奪百姓膏腴穀土桑柘之地女有餘布男有餘粟國家殷富上下充善本作交足故甘露零其庭醴泉流其唐鳳皇巢其樹黃龍遊其沼麒麟臻其囿神爵棲其林翰曰言不奪人地以為苑囿故布粟有餘而家國俱充足向曰言家國足故致祥瑞畢集也唐道也善曰孟子曰以羨補不足則農有餘粟女有餘布也善曰禮記曰天降膏露地出醴泉孝經援神契曰甘露一名膏露應劭曰爾雅曰廟中路謂之唐也善曰禮記曰鳳皇麒麟皆在郊棷龜龍在宮沼漢書注曰神雀大如雞斑文昔者禹任益虞而上下和草木茂良曰夏禹任伯益為山澤之官山澤草木亦得和盛上下謂山下謂澤也善曰尚書帝曰疇若予上下草木鳥獸僉曰益哉帝曰汝作朕虞孔安國曰上謂山下謂地也成湯好田而天下用足文王囿百里民以為尚小齊宣王囿四十里民以為

泰大裕民之與奪人善本作民字也向曰湯不傷害故用足文王囿百里與人同故以為小宣王囿四十里禁於人故以為大裕饒也此則饒人之與奪人也善曰呂氏春秋曰湯見網置四面拔其三面也孟子齊宣王問孟子曰文王之囿方七十里若是其大乎荅曰民猶以為小也寡人之囿方四十里耳民猶以為大何也荅曰文王之囿與人同之民以為小不亦宜乎王之囿四十里殺其麋鹿如殺人之罪人以為大不亦宜乎孫卿子曰足國之道節用裕民而善藏其餘不知節用裕民雖好取侵奪猶將寡獲也武帝廣開上林東南至宜春鼎湖御宿昆吾旁步浪南山西至長楊五柞北繞黃山濵賓渭而東周袤數百里穿昆明池象滇都堅河銑曰御宿苑名昆吾池名袤廣也滇河謂將伐滇池國其國多水故作此池以象彼

國之水以習戰也晉灼曰𩇕湖宮黃圖以為在藍田昆吾地名上有亭善曰宜春已見
上文三秦記曰樊川一名御宿漢書曰盩厔有長楊五柞宮漢書曰槐里有黃山濱厔也
言循謂水之厓而東也公羊傳濤塗曰濱海而東說文曰南北曰袤瓚曰西南夷有昆明
國又有滇池故作昆明池以象之以習水戰

營建章鳳闕神明馺颯娑思可漸臺太善本作泰液象海水周流方丈瀛洲蓬萊遊觀侈靡窮妙極麗雖頗割其三垂以贍齊民翰曰贍給也地有四垂割其三垂以給齊民齊民謂上下齊等無貴賤也亦猶平人也孟康曰馺娑殿名也善曰鄭玄毛詩箋曰營治也建章宮名也神明臺名也漢書曰建章其北治太液池漸臺高二十餘丈名曰泰液中有蓬萊方丈瀛洲象海中仙山服虔曰海中三山名法効象之也三垂謂西方南方東方武帝偃三垂以置郡故謂之割漢書杜鄴上書曰三垂蠻夷又雄上書曰北狄中國之堅敵三垂北之縣矣爾雅曰邊垂也知淳曰齊等無有貴賤故謂之齊人若今言平人矣晉灼曰中國被教人也

然至羽獵甲車戎馬器械儲偫值禁禦善本作禦所營尚泰奢麗誇詡薰宇反良曰禁禦謂禁苑也謂苑囿宮觀尚奢麗誇大也詡大也善曰說文曰儲待也應劭曰禦禁也謂禁止往來營謂造作也即賦云禦自沂謂經營鄷鄗甲為由非也毛萇詩傳曰詡大也或非堯舜成湯文王三驅之意善本有也字銑曰言此非四君三驅去三面網留一面但取背己者餘皆舍之是惡背主之意善曰三驅已見西都賦又恐後葉善本作世復脩前好不折中以泉臺故聊因校獵賦以風音諷善本有之字濟曰後葉後代也前好謂武帝奢侈之事向

曰魯莊公築泉臺非禮也至文公毀之公羊譏云先祖為之而毀之不如勿居而已今楊雄言宮觀之盛非成帝所造勿脩而已當以泉臺為折中也服虔曰魯莊公築臺非禮也至文公毀之公羊譏云先祖為之而毀之勿居而已今楊雄以宮觀之盛非成帝所造勿脩而已當以泉臺為折中也韋昭曰制或為折也善曰七略曰羽獵永始三年十二月上校獵已見上文也

其辭曰

或稱羲農豈或帝王之彌文哉翰曰或謂有人也有人稱伏羲神農而樸素中禮豈或後之帝王彌加文飾而得合禮也善曰假為人也或人之意言古之樸素而合禮者咸稱羲農是則豈或謂後代帝王彌加文飾而不合禮哉故論者荅之於下論者云否善本有各字亦並時而得宜奚必同條而共貫銑曰論者云謂以對或人也否猶不然也言文質各隨代得宜何必同為質素始稱合禮也善曰論者雄自謂也言帝王文質各並隨時而得宜何必同條而共貫手言必不然也尚書大傳曰否不也漢書武帝制曰帝王之道豈不同條共貫也

則泰山之封焉得七十而有二儀向曰古之封泰山禪梁甫者有七十二家文飾質素禮儀各殊道德一致也孟康曰封禪各言異也善曰管子曰古之封大山禪梁父者七十二家而夷吾所記者十有二焉是以創業垂統者俱不見其爽遐邇五三孰知其是非良曰言古來制業垂理之君俱不見其爽差也濟曰言帝王禮儀不同而遠近推於五帝三皇誰能知其是非蓋隨其時宜也張晏曰爽差也不差其優劣誰知其賢愚也善曰言創業垂統者各隨時立制皆不見其差爽故五帝三王誰知其是非乎俱文質不同明無是非也廣雅曰爽差也遂作頌曰翰曰頌亦公賦之流也

麗哉神聖處於玄宮富既與地乎侔貲善本作訾貴正與天乎比崇向曰麗哉壯其事也神聖謂成帝也玄宮北方宮也侔法也地出財寶故云富天之至高故云貴言夫貲法於地尊比於天也善曰玄北方也禮記月令曰季冬天子居玄堂右个蔡邕月令章句曰玄黑也其堂尚玄莊子曰夫道顓頊得之以處玄宮又曰莫神於天莫富於地莫大於帝王故曰帝王之德配天地齊

桓曾不足使扶轂楚嚴未足以為驂乘狹二王之阨僻矯善本作嶠高舉而大興銑曰齊桓楚莊二主五霸之強盛比於成帝不足驂乘扶轂也狹小也言二王以為阨僻仄陋乃矯然高舉而大興作也善曰史記曰齊公子小白立是為桓公又曰楚穆王卒子莊王立呂氏春秋感精記曰黃池之會重吳子滕薛夾轂魯衛驂乘鄭氏曰阨僻陋小也王逸楚辭注曰矯舉也

文選八　二十八

歷五帝之寥廓善本作淡陟三皇之登閎宏建道德以為師友仁義與之為朋於是玄冬季月天地隆烈萬物權輿於內殂善本作徂落於外向曰寥廓高也登閎高大也言陟五帝三皇之高大建立道德仁義之事也以為師法朋友良曰隆烈謂陰氣盛也權輿始也言十二月萬物始萌於地內草木凋落於外殂落死也善曰寥廓高遠也韋昭曰登高也閎大也北方水色黑故曰玄冬隆烈陰氣盛爾雅曰權輿始也大戴禮曰孟春百草權輿

帝將惟田于靈之囿開北垠受不周之制濟曰帝成帝也惟思也言將思田獵之事於靈囿也垠涯也冬尚北故云開北垠不周西北方之風其風殺物故王者取之以為制法也孟康曰西北為不周風謂冬時也以終始顓頊玄冥之統乃善本作迺

詔虞人典澤東延昆鄰西馳閶闔向曰顓頊玄冥皆北方神名主殺戮者統理也理當方之事終始謂起於冬罷於冬也掌山澤之官命典之延及也昆鄰地名閶闔西方門名應劭曰顓頊玄冥皆北方之神主殺戮者也張晏曰東至昆明之邊也善曰閶闔已見上文儲積共偫雉戎善本作戍卒夾

道斬叢棘夷野草禦自汧牽渭經營灃鎬善本作鄷鎬銑曰供具之物及戍卒皆夾於道斬去叢棘夷平野草禦謂禁禦也汧謂灃鎬四水名言此禁禦經營也善曰郭舍人爾雅注曰共具物也偫具事也漢書曰廷中陳車騎戍卒衛官也杜預左氏傳注曰夷殺也孔安國尚書傳曰經營規度也

章皇周流出入日月天與地沓翰曰章皇猶寬繞也周流謂行列周帀也流徧也營域之廣日月出入於內也沓合也遠而望之若天與地相連合善曰章

文選八　二十九

皇猶彷徨也周流周匝流行也出入日月言其廣大日月似在其中出入也張晏曰日出扶桑入湯谷應劭曰沓合也爾迺虎落善本作路三嵕子公以為司馬圍經百里而為殿門良曰虎落以竹為藩落也三嵕山也言圍落此山其經百里也營之外門曰司馬內門曰殿門也晉灼曰路音落服虔曰以竹虎落北山也應劭曰外門為司馬門殿門在內也善曰三嵕已見上文外則正

南極海邪界虞淵向曰虞淵日入處也言營域廣大正南望之以極於南海邪與虞淵為界應劭曰虞泉日所入也善曰爾雅曰極至也淮南子曰至于虞淵是謂黃昏鴻湖孔濛莫孔沆胡朗茫莽碣音竭善本作揭以崇山向曰鴻濛沆茫水草寬長貌碣表也言以崇岡為表碣也韋昭曰鴻濛沆茫水草廣大貌也善曰薛綜東京賦注曰揭猶表也營合圍會然後先置乎

長善本作白揚之南昆明靈沼之東銑曰長楊觀名言營圍既
合先置供具於此則當昆明之東也張晏曰先置供具於前也服虔曰白楊觀名也善
曰三秦記曰昆明池中有靈沼神池賁奔育之倫蒙盾負羽杖
鏌莫鋣邪而羅者以萬計濟曰賁孟賁育夏育皆秦武王壯士
也蒙驂盾牌也鏌鋣大戟也言驂牌負箭杖戟而羅列者萬計也萬萬計謂計人數至萬萬也
善曰說苑曰勇士孟賁水行不避蛟龍陸行不避虎狼育夏育也已見西京賦說文曰鏌
鋣大戟也其餘荷垂天之畢必張竟壄之罘浮靡
日月之朱竿曳彗星之飛旗良曰其餘謂萬計之餘也荷負
也垂天畢言畢之大如垂天之四邊也竟滿靡按也朱竿朱旗也謂畫日月彗星於旗上
也畢罘皆網名善曰言畢之大垂天之邊也朱竿太常之竿也又曰日月為太常王建

太常穆天子傳曰日月之旗七星之文河圖曰彗星者天地之旗也楚辭曰攬彗星以為
旗青雲為紛虹蜺為繯胡犬屬之欲之乎崐崘之
墟善本作虛翰曰紛繯皆旗飾言畫雲蜺於旗上也屬連也謂連於崐崘之墟也韋
昭曰紛旗旒也繯旗上繫也善曰鄭玄喪服傳注曰屬連也爾雅曰河出崐崘虛渙
若天星之羅浩如濤水之波淫淫與與前後
要遮銑曰言儀飾光曜如天星之羅列廣大如濤波之流也淫淫與與行貌要遮謂
要遮會獸善曰天星之羅言光明濤水之波言廣大也淫淫與與皆行貌也欃槍
為闉因明月為候熒惑司命天弧發射向曰欃槍
星名闉營曲門也候亭候也熒惑星名司主也令主天子之命天弧星名主弓矢故使發
射也孟康曰闉戰闉自障蔽如城門外女垣也善曰杜預左氏傳注曰候望敵張晏曰

熒惑法使司命不祥天弧虛上二星善曰樂緯稽耀嘉曰熒惑主命禮記曰凡生於天
地之間者皆曰命漢書曰狼下有四星曰弧也鮮扁篇陸離駢衍佖
頻一路徽揮車輕武鴻胡弄絅徒弄捷善本作婕獵良曰佖滿
徽廣也鮮扁陸離陳列貌駢衍壘壁相連貌佖路言多也鴻絅捷獵相連貌謂疾車輕武
之徒相連次也服虔曰鮮扁戰鬪軍陣貌也駢衍軍壘駢衍也晉灼曰佖滿也微疾貌也
善曰廣雅曰武健也鴻絅相連貌也婕獵相次貌也殷殷上軫軫被陵
緣岅窮冥善本作夐極遠者相與列乎高原之上
向曰言師旅之盛窮於幽遠皆陳於高原上也冥幽也善曰殷軫盛貌也夐或為冥殷
音隱羽騎營營昈戶分殊事繽紛往來轠雷轤
盧不絕若光若滅者布乎青林之下銑曰羽騎羽林

之騎昈明也謂明白分別各殊其事也繽紛多貌轠轤連接貌言儀從之盛其色若光其
疾若滅也煙色青林映之故云青林韋昭曰騎負羽也蘙林曰昈明也善曰毛萇詩傳
曰營營往來貌也昈分謂羽騎分別各殊其事也孟康曰轠轤連屬貌也於是天
子乃以陽朝善本作晁始出乎玄宮撞直江鴻鐘建
九旒六白虎載靈輿蚩尤並步浪轂蒙公先驅
濟曰陽朝早朝也天子早朝出玄宮擊大鐘建九旒之旗駕六駿之馬靈輿華車也蒙公
旄頭也謂乘華車使蚩尤挾車轂旄頭為先驅也善曰陽朝陽明之朝尚書大傳曰天
子將出則撞黃鐘之鐘禮記曰龍旂九旒也杜業奏事曰輬車駕白虎白虎馬名也服虔
曰靈輿天子輿也韓子曰黃帝駕象車畢方並轂蚩尤居前楚辭曰選衆以並轂漢書音
義曰蒙恬也如淳曰蒙公髦頭也晉灼曰此多說天子事如說是也立歷天之

旗善本作旂曳捎色交星之旃向曰言旗旃之高歷拂於天星也捎拂也
韋昭曰歷干也捎拂也霹善普覓靂列善本作烈缺吐火施鞭便翰曰
霹靂雷也列缺閃隙也謂列缺吐電光施鞭以爲御衛也應劭曰霹靂雷也烈缺閃隙也
火電照也善曰言威德之盛役使百神故霹靂烈缺吐火施鞭而爲衛也閃失染切
萃傱音聳善本作縱沇允溶容淋離廓落戲麾八鎮
而開關飛廉雲師吸嚊虛利潚肅率鱗羅布列
善本作烈攢以龍翰銑曰八鎮八方也言師旅之盛可麾開八方之關飛廉風
神也雲師屏翳也謂使風雲之神吸嚊潚率神動作貌言如魚鱗龍翼之攢布也應劭曰
四方四隅爲八鎮如淳曰不言九者一鎮在中天子居之故也善曰埤蒼曰縱走貌也
沇溶盛多之貌也上林賦曰沇溶淫鬻流以水切楚辭曰後飛廉使奔屬王逸曰飛廉風
伯也雲師已見吳都賦說文曰吸內息也埤蒼曰嚊喘息聲也潚率吸嚊之貌鱗羅若鱗
之羅也攢以龍翰若龍翰之聚也鄭玄尚書大傳注曰翰毛之長大者啾啾蹌
蹌七羊入西園切神光向曰啾啾聲也蹌蹌行貌切近也神光宮名
善曰郭璞三蒼解詁曰啾啾衆聲也啾或爲秋蹌蹌行貌楚辭曰鳴玉鸞之啾啾張晏曰
切近也神光宮名也望平樂徑竹林蹂汝久蕙圃踐蘭唐
舉烽烈火轡者施伎善本作技方馳千駟四校善本作狡
騎萬師善本作帥向曰平樂觀名徑蹂踐皆涉歷也轡者謂執轡人也言舉烽
火令衆執轡之人施其伎能伎能以千駟齊列也校騎校捷之騎萬師言多也張揖曰平
樂館名晉灼曰在上林中也善曰蕙圃已見子虛賦服虔曰蘭唐蘭生唐中也善曰
轡者執轡之人也晉灼曰狡健之騎也善曰鄭玄毛詩箋曰方併也虓火交虎

之陣善本作陳從橫膠輵葛猋拉力荅雷厲繽善本作驞
疋人切駍普萌駖力耕磕苦蓋反翰曰虓虎勇健貌言勇健之夫結陣交錯
如風雷之威也繽驞駍駖磕謂衆聲也鄧展曰拉音臘善曰毛詩曰闞如虓虎拉風聲也
洶洶旭勇旭旭天動地岋吳合羨善本作羨漫半散蕭
條數千里之善本無之字外良曰言鼓動之聲震搖天地士卒連接分
散蕭條然列於數千里之外言遠也善曰洶洶旭旭鼓動之聲也韋昭曰岋動貌也羨
弋戰切若夫壯士忼慨殊向善本作鄉別趣東西南
北騁嗜善本作耆奔欲向曰忼慨雄勇貌言壯士雄勇者皆不依行列別爲
趣向以騁奔逐之嗜欲也毛萇詩傳曰趣趍也善曰言各隨其嗜欲而奔騁也拕
善本作扡音他蒼豨喜跋蒲末犀善本無犀字犛梨蹶居月浮
麋斮側略巨狿延搏玄猨銑曰皆獸名拕蹶斮搏執殺之名韋
昭曰蹶蹋也應劭曰蹶頓也善曰廣雅曰拕引也浮麋過麋也韋昭曰斮斬也服虔曰
巨狿獸名也善曰廣雅曰搏擊也狿已見上林賦騰空虛岠巨善本作距
連卷權踔丑孝夭蟜矯娭希善本作娭間去善本作澗間
平聲屈貌向曰岠至踔踰也連卷夭蟜樹木盤屈貌言雄勇之士皆騰空虛至此木上也爲
下文林叢也間謂娭戲於其間也張晏曰連卷木也孔安國尚書傳曰距至也張晏曰踔
夭蟜之枝也善曰三蒼詁訓曰踔踰也莫莫紛紛山谷爲之風
猋林叢爲之生塵濟曰言風塵昏昧於山谷叢林之間善曰莫莫紛
紛風塵之貌也及至獲夷之徒蹶松柏掌蒺藜獵蒙
籠轔吝輕飛翰曰獲夷古之壯士也能脚摧松柏手掌蒺藜蒙籠草樹繁密

處也轔轢也輕飛謂禽之善飛也服虔曰獲夷狄者善曰蹶踊也掌擊之也爾雅曰茇
瘯蔡蒙籠已見上文輕飛輕戲飛禽也獶般班首帶脩蛇鉤赤
豹牽善本作擭象犀銑曰般首猛獸脩蛇長蛇也赤豹象犀皆獸名獶謂以獶
踏之也帶帶之於身也鉤牽皆拖曳也如淳曰班首亮頭也善曰獶謂戲獶之也淮南
子曰吳為封豕長蛇韋昭曰擭抏也跇曳巒阬岡超唐陂良曰跇度
也巒阬山也超越也唐陂澤也如淳曰跇超踰也音義曰巒山小而銳阬大坂也車
騎雲會登降闇烏感藹泰華為旒熊耳為綴向曰
言車騎之盛如雲之闇藹以泰華熊耳筆為旌旗也張晏曰旒幡綴旌也善曰綴亦旒
也司馬相如大人賦曰垂絳幡之素蜺長揖曰以赤氣幡綴以白氣也木仆山
還旋漫若天外儲與平乎大溥善本作浦聊浪平

乎宇內濟曰什倒也謂林木盡倒山為之迴旋漫漫然在天外儲與乘行貌溥水
涯也聊浪放蕩貌如淳曰山還言山爲之迴旋也善曰宋玉大言賦曰長劍耿介倚天
外服虔曰儲與相羊貌也浦水涯也善曰淮南子曰陰陽儲與聊浪放蕩也與音餘浦
音普浪音琅於是天清日晏逢蒙列訾羿五計氏控
弦皇車幽於糾輵一轄光純之允天地望舒弭善本作彌
轡濟曰逢蒙羿氏皆古之善射者言天晴明使此人視物控弦也皇車謂天子車幽輵
車聲也望舒月御也弭轡安行貌善曰許慎淮南子注曰晏無雲之處也吳越春秋曰
黃帝作弓後有楚孤父以其道傳羿羿傳逢蒙說文曰匈奴名引弓曰控弦服虔曰皇車
君車也李奇曰純緣繞也善曰幽輵車聲也方言曰純文也服虔曰望舒月御也如淳
曰楚辭曰前望舒使先驅善曰彌轡按行貌也彌與弭古字通彌莫爾反翼乎

徐至於上蘭移圍徙陣浸七心淫蹵七六部曲隊
徒內堅重各案行胡郎伍善本作五翰曰翼羣盛貌上蘭宮名蹵促也
謂移獵圍促部伍使曲隊重而堅寄各據行伍之次也晉灼曰上蘭觀在上林中也善
曰部軍之部伍也毛萇詩傳曰蹵促也蹵古字通壁壘天旋神抶恥栗
電擊逢之則碎近之則破鳥不及飛獸不得
過軍驚師駭刮古滑野掃先早地良曰壁壘星名今之軍營之壘
亦取象焉天旋謂如天之迴旋也抶擊也言士卒皆如神電之擊禽獸逢近者皆破碎也
故鳥獸不及飛走驚駭起也言軍師齊起殺獲摠盡野地之上如掃刮也善曰言威之
盛也埤蒼曰抶笞擊也六韜太公曰當之者破近之者亡高唐賦曰飛鳥未及起走獸未
及發言殺獲皆盡野地似乎掃刮也宋衷春秋緯注曰驚動也廣雅曰駭起也及至

罕車飛揚武騎聿皇蹈飛豹羂工犬嘄古堯陽向曰
罕車獵車也聿皇輕疾貌蹈踏羂繫也飛豹嘄陽獸也善曰罕罼罕也聿皇輕疾貌嘄
陽即狒狒也已見上文追天寶出一方應駍普萌聲擊流
光野盡山窮囊括其雌雄銑曰天寶陳寶神也其形似雌雄言
今追之出於一方其神來聲如雷有光如流星故云應駍聲擊流光其神有雌雄併而執
之故云囊括其雌雄應劭曰天寶陳寶也晉灼曰天寶雞頭而人身如淳曰陳寶神來下
時駍然有聲又有光精應下時窮極山川天地之間然後得其雌雄也善曰太康記曰
秦文公時陳倉人獵得獸若彘而不知其名道逢二童子曰此名為獖弗述獖弗述亦語
曰彼二童子名為寶雞得雄者王得雌者霸陳倉人舍獖弗逐二童子化為雉雌止陳
倉化為石雄如楚止南陽獖浮謂切沇沇溶溶遥噱渠腳乎紘中

向曰沇沇溶溶禽獸奔走貌喙喘息貌紘網也言禽獸疲弊皆喘息於網中晉灼曰口之上下名爲喙言禽獸奔走倦極皆遙張喙吐舌於紘網之中也三軍芒莫郎然窮宂柔腫切善本作冘閼於曷與去但善本作亶觀夫⿰犭票煩妙切善本作剽禽之紲勅制踰犀兕之抵丁禮觸熊羆之挐女加切本作拏攫音鑊善本作玃虎豹之凌遽濟曰窮宂倦怠貌閼與舒緩貌言芒然倦容態舒緩但觀羣獸超越奔急而已孟康曰宂行也閼止也言三軍之盛窮閼禽獸使不得逃漏也善曰孟康之意言窮其行止皆無逸漏如淳曰宂者懈怠也晉灼曰閼與容貌也如晉之意言三軍芒然懈倦容貌閼與而舒緩也今依如晉之說也宂音淫閼於庶切與音預紲與泄同已見上文子曰兕牛之動以抵觸也韋昭曰挐玃惶遽也善曰說文曰凌越也遽窘也徒角槍七羊題注蹙

文選八　三十六

子陸竦讋章涉怖魂亡魄失善本無失字觸輻關脰音豆銑曰題額也注謂衝也言驚走之甚或角搶地額相衝或自車輻而關其頸脰頸也晉灼曰徒但也服虔曰獸以角觸地也善曰蹙與處同爾雅曰竦懼也讋與慴同觸輻關脰言觸車輻因關其頸也妄發期中去進退履獲創淫輪夷丘累陵聚銑曰言矢雖妄發必期於中進退之際必踐履而獲之淫過夷傷也言獸創過謂輪所傷者累聚如丘陵也善曰言矢雖妄發而期於必中進退之際必踐履而獲之也韓子曰新砥礪殺矢彀弩而射雖冥而妄發其端未嘗不中秋毫者也張晏曰淫過也夷平也言獸被創過與輪平也音義曰創血流平於車輪也善曰丘累陵聚言積獸之多也於是禽殫中去衰相與集於靖冥之館以臨珍池灌以岐梁溢以江河東瞰勘

目盡西暢亡涯善本作崖字隨珠和氏焯灼爍書灼其波善本作陂良曰殫盡殺也靖冥猶清閒也珍山下有池以山爲名言禽獸既盡中殺咸集於清閒之館而臨珍池也灌以岐梁謂池水灌岐梁之地溢入於江河也瞰視也言東視盡目西視平暢無涯際珠玉照曜於其中也晉灼曰靖冥深閑之館也服虔曰珍池山下之池梁梁山善曰尚書曰治梁及岐孔安國曰治山通水故以山名目盡盡目而望也無崖廣遠也玉石嶜岑崟吟炫善本作眩字燿青熒漢女水潛怪物暗冥不可殫形向曰言玉之與石嶜崟高大貌青熒光明貌漢女漢水神也怪謂奇怪之物暗冥潛隱貌形見也言不可盡見善曰玉石王之與石也李彤單行字曰嶜崟高大貌青熒光明貌應劭曰漢女鄭交甫所逢二女也善曰不可殫形不能盡其形也高唐賦曰曾不可殫形也玄鸞

文選八　三十七

孔雀翡翠垂榮王雎關關鴻鴈嚶嚶烏耕群嬉虛眉切善本作娛乎其中噍噍將由昆明善本作鳴鳧鷖振鷺上下砰普萌磕若蓋聲若雷霆向曰皆鳥名垂榮謂垂其光榮嚶嚶噍噍皆鳥聲上下謂飛鳥或上或下砰磕鼓翅之聲若雷霆也善曰榮光榮也毛詩曰關關雎鳩毛萇曰雎鳩王雎也又曰鳥鳴嚶嚶噍與啾同說文曰昆同也言鳥飛上下翅翼之聲若雷霆也乃使文身之伎善本作技水格鱗蟲翰曰文身謂越人也伎謂入水格取鱗蟲鱗蟲水族之類服虔曰文身越人也能入水取物也淩堅冰犯嚴淵探巖排碕巨衣薄索蛟螭蹈獱賓獺據黿鼉祛善本作抾靈蠵以彌入洞穴出蒼梧乘鉅鱗騎鯨善本作京魚良曰嚴淵謂寒淵也巖碕謂旁岸探排薄

索蹈擭扸皆執捉貐洞穴深穴也出於蒼梧郡鉅大也鱗則鯨魚也乘亦騎也餘皆水蟲名也善曰嚴言可畏也巖岸側嶔巖之處也孔安國尚書傳曰薄迫也賈逵國語注曰索求也嶔口銜切郭璞三蒼解詁曰擭似狐青色居水中食魚廣雅曰擭引也韋昭曰扸捧也服虔曰蠵䲭蠵晉灼曰洞穴禹穴也善曰郭璞山海經注曰吳縣南大湖中有包山山下有洞庭道也言潛行水底無所不通也京魚大魚也字或為鯨鯨亦大魚也浮彭蠡目有虞方椎直追夜光之流離剖明月之胎珠善本作珠胎鞭洛水之宓妃餉屈原與彭胥濟曰浮遊也彭蠡澤名有虞謂舜也葬於九疑山故浮彭蠡近於九疑乃目望舜也椎擊也夜光流離皆玉名剖裂也宓妃洛水神也屈原彭咸伍子胥皆賢臣沈於水故餉之宓妃羲神女鞭之也應劭曰彭蠡大澤在豫章善曰有虞謂舜也鄭玄毛詩箋曰方且也明

文選八　三十八

月珠蚌子珠為蜯所懷故曰胎鄭玄曰彭咸也晉灼曰胥子胥皆水沒也善曰楚辭曰願依彭咸之遺則王逸曰殷賢大夫自投水而死宓妃已見上子胥已見吳都賦於兹乎鴻生鉅儒俄軒冕雜衣裳銑曰鴻鉅皆大也生儒謂有德之稱俄傾也雜珠色也羅列軒冕殊其衣裳也韋昭曰俄卬也車有蕃曰軒冕大冠也善曰管子曰先王制軒冕足以章貴賤雜衣裳言衣裳殊色也修唐典匡雅頌揖讓於前昭光振耀響忽善本作耀蠁如神向曰唐典堯典也謂堯政理之事也雅頌詩也亦美理政之道臣正昭明也言揖讓之禮光明振耀其疾如神也響忽疾也善曰蠁肸疾也蠁與響同肸與忽同仁聲惠於北狄武誼動於南鄰是以旃裘之王胡貉之長移珍來享抗手稱臣前入圍口後陳盧山向曰仁聲仁惠之聲也武誼武事言此化及於北狄南鄰也南鄰南方之國也翰曰言胡貉之君長聞仁惠之風皆奉珍來享稱臣於我王也圍口獵營之門也盧山單于庭山也前來入營門後猶陳列於盧山言多也善曰南鄰南方之邑如淳曰以物與人曰移善曰周禮曰職方掌九貉鄭司農曰北方曰貉爾雅注曰獻琛物曰琛獻食物曰享毛詩曰自彼氐羌莫敢不來享爾雅曰享獻也抗手舉手而拜也孟康曰單于庭南山也

羣公常伯楊朱墨翟之徒喟然並稱曰崇哉乎德雖有唐虞大夏成周之隆何以侈兹夫古之觀東岳善本作嶽禪梁基捨善本作舍此世也其誰與哉向曰羣公羣官也常伯侍中也楊朱墨翟取古賢以為喻謂並稱我君崇盛之德也良曰大夏大禹也成成王周周公侈大也言古封岳者若捨此代其誰

文選八　三十九

與也善曰常伯侍中也已見藉田賦楊朱墨翟取古賢以為喻列子曰楊朱南游沛逢老聃善曰周易曰先王以作樂崇德樂錄圖曰成康之隆妖孽滅也東嶽泰山也梁梁父也已見上文上猶謙讓而未俞也方將上獵三靈之流下決醴泉之滋銑曰上天子也俞然也言天子謙讓而未然也三靈天地人之靈也方將修德為獵以取天地人之福祥決醴泉之圓滋湧也張晏曰俞然也如淳曰三靈日月星垂象之應也服虔曰受福流也善曰賈逵國語注曰獵取也發黃龍之穴窺鳳皇之巢臨麒麟之囿幸神雀之林濟曰皆祥瑞也言修德以感也奢雲夢侈孟諸非章華是靈臺良曰以雲夢孟諸為奢侈以楚章華臺為非以文王靈臺合禮故云是也善曰言以雲夢孟諸為奢侈而非之也雲夢楚藪澤名也左氏傳曰楚靈王與鄭

伯田于江南之雲夢盂諸宋藪澤也又曰楚穆王欲伐宋昭公導以田盂諸也言以楚章華為非而以周之靈臺為是左傳曰楚子成章華之臺罕徂離宮而輟觀游土事不飾木功不彫烝民善本作烝人字乎農桑勸之以弗怠銑曰罕希徂往輟止蒸進也言希往離宮止遊觀之事牆宇咸不敢飾惟進人農桑勸使不為怠惰而已善曰罕徂言希往也晏子曰土事不文木事不鏤聲類曰丞亦拯字也說文曰拯上舉也儕仕偕男女使莫違恐貧窮者不徧被洋溢之饒開禁苑散公儲制善本作創道德之囿弘仁惠之虞翰曰儕齊也謂齊男女使無違婚姻之期恐貧者不被饒衍之樂開禁苑公儲以散給也良曰制道德為苑囿廣仁惠以為虞官也善曰杜預左氏傳注曰儕等也莫違謂以時為婚無違於期也毛詩序曰男女多違虞與娛古字通馳弋乎神明之囿覽觀乎羣臣之有亡濟曰馳弋不過神明福祥之囿覽觀不出羣臣有無之事善曰言馳弋神明之囿冀以齊其聖德觀其有無而加恩施放雉兔收罝罘麋鹿芻蕘與百姓共之蓋所以臻茲也濟曰雉兔不獵故云放罝罘不用故云收麋鹿芻蕘皆與百姓共育予為禁禦言至於此也善曰毛萇詩傳曰芻蕘采薪者也於是醇洪暢善本作鬯之德豐茂世之規加勞三皇勗勤五帝不亦至乎良曰醇厚洪大暢通豐廣勗勉也言厚大通之德廣茂世之法勉為勤勞過三皇五帝亦為至矣善曰鬯與暢同暢通也乃祇莊雍穆之徒立君臣之節崇賢聖之業未遑苑囿之麗遊獵之靡也銑曰祇莊敬也雍穆和義也言和義恭敬之徒可以崇立君臣賢聖之業遑暇也未暇為苑囿之麗遊獵侈靡之事善曰祇敬也雍和也因迴軫還衡背阿房反未央向曰軫車也衡車前橫木也謂閒此道因從獵所迴還而歸也

文選卷第八

宿

文選

九

賦

畋獵下

紀行上

共六十

文選卷第九

梁昭明太子撰　五臣并李善注

畋獵下

楊子雲長楊賦一首

潘安仁射雉賦一首

紀行上

班叔皮北征賦一首

曹大家東征賦一首

長楊賦并序　楊子雲

明年上將大誇胡人以多禽獸秋命右扶風發民善本無發民二字入南山濟曰上主上也謂成帝言明年將誇胡令年秋則發人入山捕禽獸助歷時廢農也善曰明年謂作羽獵賦之明年即校獵之年也班欲叙作賦之明年漢書成紀曰元延二年冬幸長楊宮縱胡客大校獵是也七略曰羽獵賦永始三年十二月上然永始三年去校獵之前首尾四載謂之明年疑班固誤也又七略曰長楊賦綏和元年上綏和在校獵後四歲無容元延二年校獵綏和二年賦又疑七略誤蔡邕曰上者尊位所在呂忱曰誇大言也說文曰誇誕也冬將校獵故秋先命之也爾雅曰命告也漢書曰武帝以右內史更名右扶風扶風在涇州界南山終南山也西自褒斜以嗟東至弘農南敺漢中翰曰褒斜谷名弘農漢中皆郡名善曰褒斜谷名已見上漢書有弘農郡武帝置又有漢中郡秦置張羅網罝罘捕熊羆陵居豪豬虎豹狖弋又玃九縛狐

兔麋鹿良曰皆獸名善曰山海經曰竹山有獸其狀如豚白毛毛大如笄而黑端以毛射物名豪彘也廣雅曰狖蜼也尾長四五尺郭璞爾雅注曰貜似獮猴豹形如虎而圓文鄭玄曰鳥罟曰羅載以檻車輸長楊射熊館銑曰檻車載獸車也長楊宮名射熊館名載獸輸納於此也善曰劉熙釋名曰檻車上施欄檻以格猛獸亦因禁罪人之車也漢書音義曰或曰檻車有封檻也三輔黃圖曰長楊宮有射熊館在盩厔以網為周阹祛縱禽獸其中令胡人手搏之自取其獲上親臨觀焉向曰阹圍陣也言以網周圍放縱禽獸於其間銑曰搏執也其執獲者任取而歸之是時主上自臨望之李奇曰阹遮禽獸圍陣也阹音祛服虔曰令胡客自取其得也善曰廣雅曰搏擊也是時農民不得收斂雄從至射熊館還上長楊賦

聊因筆墨之成文章故藉翰林以為主人子墨為客卿以諷濟曰人皆驅獸不得收稼穡也翰曰翰筆也言林比其茂也子者男子之通稱借以為主客而諷焉藉借也韋昭曰翰筆也善曰翰林文翰之多若林也詩大雅曰有壬有林也此云林即文翰林猶儒林之義也胡廣云悖士為儒雅之林是也說文曰毛長者曰翰其辭曰

子墨客卿問於翰林主人曰蓋聞聖主之養民也仁霑而恩洽動不為身今年獵長楊先命右扶風左太華而右褒斜向曰扶風郡名太華山名言命數郡人驅擁禽獸也顏監曰動不為身言憂百姓也山海經曰松果之山西六十里曰太華山今在弘農縣華陰西也長安東故言左高五千仞廣十里善曰太華已見西都賦

椓卓巀截嶭五結而為弋紆南山以為罝良曰巀嶭山名弋繳也紆屈也罝網也言椓巀嶭為繫網椓取南山周屈為網明獵場廣遠也服虔曰巀嶭山名也孟康曰在池陽北顏監曰巀嶭即今謂嵳峩也善曰說文曰弋橜也又曰紆絀也巀音截嶭音齧羅千乘於林莽列萬騎於山隅帥軍踤善本作踤字阹祛錫戎獲胡向曰乘車也騎兵騎也卒聚也阹圍陣也錫賜也戎亦胡也皆羅列於山林之間帥軍士聚為圍陣胡人所獲禽獸皆以賜之漢書音義曰踤聚也顏監曰踤足蹴也善曰錫戎獲胡言以禽獸賜戎令胡自獲之胡戎一也變文耳踤音萃方言曰踤蹴蹋也搤厄熊羆拕他豪豬銑曰熊羆豪豬皆獸名搤捉拕曳也善曰搤拖已見西都賦木擁槍纍壘以為儲胥濟曰槍纍作木槍相纍為栅也儲胥藩籬也擁禽獸使不得出

也顏監曰胥須也高其儲畜以待所須也蘇林曰木擁栅其外又以竹槍纍為外儲胥也韋昭曰儲胥蓄落之類也槍七羊切纍力委切此天下之窮覽極觀也雖然亦頗擾于農人三旬有餘其勤善本作厪字至矣而功不圖向曰勤勞也不圖無益也言擾亂廢農勞苦至甚而以無益之事為功者也善曰古今字詁曰厪今勤字也爾雅曰圖謀也凡人之所為皆有所圖今則百姓甚勞而無圖言勞而無益也慎子曰無法之勞不圖於功恐不識者外之則以為娛樂之遊內之則不以為乾豆之事豈為民乎哉濟曰恐不識事之人但見為娛樂不為乾豆若此豈是天子為人哉禮天子無事則歲三田一為乾豆二為賓客三為充君之庖善曰禮記曰天子無事歲三田一為乾豆也且人君以玄默為神

澹泊為德翰曰玄默無事也澹泊清淨也善曰玄默為幽玄恬默也玄默已見魏都賦澹泊與澹怕同已見子虛賦今樂遠出以露威靈良曰暴露聖德也善曰露暴露也數搖動以疲車甲本非人主之急務蒙竊惑焉濟曰蒙謙稱也客卿設辭惑而問也善曰周易曰蒙者蒙也韓康伯曰朦昧幼少之象也前年獵長楊故言數翰林主人曰吁客何謂玆邪銑曰吁歎也主人答客云客謂此為是邪善曰孔安國尚書傳曰吁疑怪之辭也若客所謂知其一未覩其二見其外不識其內也向曰言客不能周知此事善曰莊子曰識其一不知其二洽其內而不知其外僕嘗倦其談不能一二其詳請略舉其凡而客自覽其切焉濟曰詳審凡都切近也言利害

之事我亦屢談今則倦矣不能審說將為客略舉大都客自覩其近者而明之善曰毛萇詩傳曰詳審也廣雅曰都凡也顏監曰客允大指也張晏曰切近也覽其近於義也曰唯唯聿水反主人曰昔有彊秦封豕其士窫烏黠窳庾其民鑿齒之徒相與摩牙而爭之良曰唯唯猶諾也濟曰封豕窫窳鑿齒皆害人之獸也喻秦之君臣也相與磨礪爪牙爭害于人也應劭淮南子注云堯之時窫窳封豕鑿齒皆為人害窫窳類貙虎爪食人服虔曰鑿齒齒長五尺似鑿亦食人李奇曰以喻秦貪婪殘食其人也晉灼曰鑿齒之徒謂六國豪俊麋沸雲擾羣黎為之不康翰曰豪俊謂秦末陳勝項籍之流也言天下苦秦若此皆起兵若麋之沸雲之亂百姓為此而不安也擾亂也羣黎百姓也康安也善曰如麋之沸若雲之擾言亂之甚也廣雅曰麋饘也毛詩曰羣黎百姓爾雅曰康安也於是上帝眷顧高祖高祖奉命順斗極運天關良曰帝天帝也斗極天關皆星也言上天眷顧而命高祖我高祖奉天命順斗極如天關星之運轉以討暴亂服虔曰隨天斗極運轉也善曰毛詩曰乃睠西顧孔安國尚書傳曰奉天成命春秋元命苞曰命者天之命雒書曰聖人受命必順斗極宋均尚書中候注曰順斗機為政爾雅曰北極謂之北辰天官星占曰北辰一名天關又星經曰牽牛神一名天關也橫巨海漂崐崘濟曰橫至漂疾也言高祖兵威東至自巨海西自崐崘可使卒疾而至善曰橫度大海也漂搖蕩之也提劍而叱之匹昭切所過麾城摲踈監邑下將降旗一日之戰不可殫記當此之勤頭蓬不暇梳飢不及餐鞮低鍪牟生蟣蝨所乙介胄被霑

汗音寒協韻銑曰高祖提三尺劍叱暴秦之軍指麾之間若芟刈城邑下厲將帥降取旗竟日之戰不可盡記者言多也摲芟殫盡也向曰頭蓬髮亂如蓬也鞮鍪首鎧也介甲也胄兜鍪也言不暇梳頭不及餐食生蟣蝨被霑汗者連年戰不得解甲也此為入勤除害也顏監曰摲舉手擬也蒼頡篇曰摲拍取也善曰鄭玄禮記注曰摲之言芟也字林曰摲山檻切善曰頭蓬髮亂如蓬也說文曰鞮鍪首鎧也韓子曰攻戰無已甲胄生蟣蝨鄭玄禮記注曰介被甲也孔安國尚書傳曰胄兜鍪也鞮鍪即兜鍪也鞮丁奚切蟣居綺切以為去萬姓請命乎皇天良曰言人不勝其苦故高祖為請性命於天也善曰淮南子曰高皇帝奮袂執銳以為百姓請命于皇天家語曰孔子曰分於道謂之命王肅曰分於道始得為人也迺展民之所屈振民之所乏濟曰各遂其情也善曰方言曰展申也詘古屈字也賈逵國

語注曰振救也規億載恢帝業翰曰規謀也十萬曰億恢大也謀長久之
道以大帝業善曰杜預左氏傳注曰恢大也七年之間而天下密
如也濟曰密靜也如助句善曰高祖五年誅羽自六年至十二年崩凡七載爾雅
曰密靜也逮至聖文隨風乘流方垂意於至寧躬
服節儉綈衣不弊革鞜音沓不穿濟曰逮及也聖文文帝也
隨風乘流言便易也留心於至安之道躬行節儉皂衣皮履不弊穿盡終不為也寧安服
行也綈衣皂衣革履皮履也善曰隨風乘流言順從高祖之風流也綈衣革鞜言不穿
不弊不更為也漢書東方朔曰孝文皇帝身衣弋綈之衣履革舄六轄曰堯衣履不弊盡
不更為服虔曰鞜舄也大廈不居木器無文於是後宮
賤瑇瑁而踈珠璣音祈却翡翠之飾除雕琢之

巧惡麗靡而不近斥芬芳而不御抑止絲竹
宴衎善本作衎弋戰切之樂憎聞鄭衛幼要眇妙之
聲向曰大廈大屋無文不為文飾珠寶之類麗靡之色芬芳之氣邪淫之聲皆不御聞
也斥去也善曰晏子曰土事不文木事不鏤廣雅曰踈遠也字書曰璣小珠也爾雅曰
玉謂之雕又曰治玉曰琢也廣雅曰斥推也禮記曰絲竹樂之器也宴衎雅聲也禮記曰
鄭衛之音亂世之音也幼一笑切是以玉衡正而太階平也
翰曰玉衡斗星也太階三階星也此三星正平則天下太平韋昭曰玉衡北斗也善曰
春秋元命苞曰常一不易玉衡正太階平出黃帝六符經已見魏都賦其後熏
鬻作虐東夷橫胡孟叛羌戎睚五懈眦助懈閩旻越
相亂濟曰其後謂武帝時也熏鬻匈奴也虐害我邊人也橫叛縱橫反叛也羌與戎

有睚眥之隙閩與越互相攻伐也睚眥相怨之貌服虔曰熏鬻堯時匈奴也東夷東越也
一云呂嘉殺其國王立國人殺嘉也善曰讃縱也晉灼曰睚眥瞋目貌也又猜忌不和
貌善曰漢書曰立無諸為閩越王又曰武帝建元四年尉佗孫胡為南越王閩越王郢
興兵擊南越邊邑避呡為之不安中國蒙被其難良曰
避呡遠人也為此不得安靜中國征役亦遭其患難不安也韋昭曰呡音萌萌人也於
是聖武勃怒爰整其旅銑曰聖武武帝也勃然而怒於此整其軍
旅也爰於也善曰毛詩曰王赫斯怒爰整其旅乃命驃衛濟曰驃驃騎霍
去病也衛衛青也命之使擊匈奴也應劭曰驃驃騎霍去病也衛衛青也善曰漢書曰
霍去病為驃騎將軍凡六出擊匈奴又曰衛青字仲卿為大將軍凡七出擊匈奴汾
沄沸渭雲合電發良曰汾沄沸渭衆盛貌雲合電發皆疾也善曰汾

沄沸渭衆盛貌也汾音紛沄音紜飆騰波流機駭蜂軼音逸濟曰
飆風機弩也言弩發箭若驚駭而出又如蜂飛飛而過也皆取其盛疾貌軼過也善曰
爾雅曰扶搖謂之飆機之駭蠭軼言其疾也猋與飆古字通也疾如奔星擊
如震霆碎轒汾轀於云破穹廬向曰霆霹靂也翰曰轒轀匈奴
車名穹廬所居帳也皆碎破也應劭曰轒轀匈奴車也音義曰穹廬旃帳也服虔曰轒轀
百二十步兵車或可寢處腦沙漠髓余吾良曰沙漠地名余吾水名破其
頭以腦塗其地折其骨使髓入其水服虔曰破其頭腦塗沙漠余吾水名北山經曰北鮮
之山多馬鮮水出焉而北經余吾水應劭曰在朔方北鄭氏曰折其骨使髓膏水通俗文
曰骨中脂曰髓古髓字遂獵善本作躐字乎王庭銑曰遂北至于匈奴
王之庭以獵也孟康曰匈奴王庭善曰王逸楚辭注曰躐戲也驅橐託駞

燒熐覓蠡音騾向曰橐駞大駞也驢之以歸熐蠡聚落也燒之使盡張晏曰
熐蠡乾酪母燒之壞其養生之具也張揖曰熐蠡山名分黎离單于磔
竹厄裂屬國濟曰黎割也單于匈奴號也屬國屬匈奴之國者分割磔裂破也韋
昭曰黎割也顏師古曰凡言屬國者存其國號而屬漢朝善曰單于匈奴王號漢書曰單
于廣大之貌也言其象天單于然也廣雅曰磔張也漢書曰置屬國以處匈奴降者韋昭
曰外國羌胡來屬漢者也夷坑谷跋蒲末鹵莽莫古刋山石良曰
言兵騎平其坑谷跋鹹草之中削其山石以通道路也夷平也鹵鹹地也刋削也善
曰毛詩傳曰夷平也鹵莽鹵中生草莽也說文曰鹵西方鹹地鄭玄禮記注曰刋削也拔
莽削石以通道蹂如手屍輿厮斯係累平老弱翰曰死者蹂踐
其屍廝役之徒以輿輪轢之老弱者盡係之累亦係也服虔曰蹂屍踐屍也顏師古曰死

文選九　八

則蹂踐其尸破傷者輿而行如淳曰輿斷輪踐其斷徒也善曰賈逵國語注曰係繫也
杜預左氏傳注曰累係也吮辭兖鋋蟬瘢者金鏃淫夷者數
十萬人濟曰吮稍也鋋矛也瘢者淫夷皆傷也言稍及矛所中皆成瘡及被金鏃
所傷者蓋數十萬人如淳曰吮括也孟康曰瘢者脊者創瘢處善曰如氏之說以為
箭括及鋋所中皆為創瘢如馬者孟氏以為者被金鏃過傷者甚衆也服虔曰眘鼠傷者
或矛攢刃未出其瘡如含然或箭挿其項未拔蓁若鬣馬孔安國尚書傳曰淫過也杜預
左氏傳注曰夷傷也皆稽顙樹頷蛤匍匐蟻伏銑曰顙頷也稽
顙手至額也叩頭時項向下則頷樹上向也頷耳下骨也匍匐手行也蟻伏如蟻虫之伏
如淳曰叩頭時項下向則頷樹上向也善曰說文曰匍匐手行也扶服與匍匐音義同
善作扶服蟻作蛾古蟻字二十餘年尚不敢惕息濟曰惕息疾喘

息也所以不敢者懼漢威也善曰漢書曰漢不復出兵擊匈奴三年武帝崩前此者漢
兵深入窮邊二十餘年匈奴極苦之單于常欲和親賈逵國語注曰惕疾也說文曰息喘
也夫天兵四臨幽都先加良曰天兵漢之兵也稱天者重其威
也臨於四方先加於匈奴矣幽都北方匈奴所居善曰天兵言兵威之盛如天也尚書
曰宅朔方曰幽都廻戈邪指南越相夷翰曰戈亦兵也南越自相
夷殺以歸于漢善曰漢書曰南越王胡上書曰今東越擅興兵侵臣天子為興師往討
閩越閩越王弟餘善殺郢以降廣雅曰夷滅也靡節西征羌僰蒲北東
馳向曰靡按也僰夷名皆東馳入朝也服虔曰僰夷名也善曰漢書曰或曰節所杖
信節也是以遐方疏俗殊鄰絶黨之域濟曰遐踈皆遠
也域國也善曰絶遠也自上仁所不化茂德所不綏良曰

文選九　九

上仁茂德古之有道君也不能安者顯安於漢也善曰尚書曰有夏先后方懋厥德
莫不蹻足抗手善本作首字請獻厥琛銑曰蹻抗皆舉也言
其舉手足願來獻其琛物也服虔曰蹻舉足也音矯使海內澹然翰曰謂晏
然無事善曰廣雅曰澹安也徒濫切永無邊城之災金革之
患濟曰金兵刃也革甲也善曰史記士蔿曰邊城少寇禮記子夏曰三年之喪卒金
革之事無避也禮與今朝廷純仁遵道顯義并包書林
聖風雲靡英華沉浮洋溢八區普天所覆莫
不沾濡向曰言成帝之德若此兼包書學之林聖人之風如雲靡靡而進英華物
之美者以諭帝之美也沉浮言輕重得中洋溢猶盈溢也八區八方也無不沾及者言德
化廣遠也善曰英華草木之美者故以諭帝德焉沉浮言多也禮斗威儀曰帝者得其

英華王者得其根荄八區八方之區也禮記曰天之所覆難蜀父老曰羣生霑濡矣士有不談王道者則樵夫笑之意者以為事罔隆而不殺所戒物靡盛而不虧翰曰樵夫採樵之賤者笑其不稱帝化崇高而不銑曰言主上之意以為入理無有隆殺者盛滿而不虧損者善曰廣雅曰意疑也鄭玄周禮注曰殺減也文子曰物盛則衰故平不肆險安不忘危良曰肆棄也言戒慎之甚今所以獵長楊非徒然而已服虔曰肆棄也顏監曰肆放也不放心於險也善曰孫子曰平則慮險安則慮危乃時以有年出兵整輿竦戎濟曰乃時猶向時也五穀熟曰有年言我向時以有年出兵者將以整車輿勸戒厲也竦勸也善曰時言不常也穀梁傳曰有年五穀皆熟為有年方言曰西秦之間相勸曰聳竦與聳古字通振師五柞作習馬

長楊良曰振整也五柞宮名善曰杜預左氏傳注曰振整也盩厔有五柞宮也簡力狡獸校武彯几妙禽翰曰彯疾也言考校武力之士比之輕疾之禽狡壯之獸以威夷狄善曰爾雅曰簡擇也賈逵國語注曰簡習也廣雅曰狡健也賈逵國語注曰校考也彯禽輕疾之禽也乃萃然登南山瞰烏弋銑曰萃集也然助句也言天子集於南山之上瞰視烏弋國也烏弋極西遠國名晉灼曰萃集也服虔曰三十六國烏弋最在西西域傳曰去長安萬二千二百里其地暑熱莽平近日所入善曰廣雅曰瞰視也西壓善本作厭月窟善本作蝟東震日域良曰月窟月出穴也在西日域日出處在東言聖德遠及月窟日域皆壓塞震動也服虔曰蝟音窟月所生也善曰何休公羊傳注曰厭服也爾雅曰震懼也日域日出之域也厭一淡切又恐後代迷於一時之事常以此

為國家之大務淫荒畋獵陵夷而不禦也向曰言主上既出獵欲以示兵於外國乃一時之事耳又恐後代子孫迷惑不知反以為國之大務荒淫畋獵遂至陵夷而不能禁禦此雄微諷之詞矣顏監曰禦止也善曰漢書張釋之曰秦陵夷至于二世天下土崩毛詩曰無矣我陵薛君章句曰四平曰陵爾雅曰禦禁也是以車不安軔刃日未靡旃從者髣髴委善本作亂屬而還翰曰猶是不息駕文車也留日不迴靡旃旂言不移時也從者髣髴之間委事屬車而還軔支輪木也韋昭曰不暇之貌駕支車也張晏曰從者髣髴委釋而迴旋善曰王逸楚辭注曰軔支輪木日未靡旃言日未移旌旗之影也委屬而還謂委釋其事連屬而迴還也張以釋為委軔如振切彷彿或作髣髴亂古委字也屬之欲切亦所以奉太尊之烈遵文武之度復三王之

田反五帝之虞濟曰太尊高祖烈業也文文帝武武帝三王謂湯於田解網也五帝謂舜命益作朕虞也今皆反覆之令得其所虞掌山澤之官善曰太尊高祖也爾雅曰烈業也三王之田文王三驅是也已見上文尚書帝曰益汝作朕虞使農不輟耰憂工不下機良曰耰以土覆種言得其業也韋昭曰耰所以覆種顏監曰摩田器也晉灼云以耒推塊曰耰善曰工女功也漢書酈食其曰農夫釋耒工女下機婚姻以時男女莫違向曰嫁娶以時則不違其志善曰毛詩序曰婚姻失時男女多違也出愷悌行簡易銑曰愷大也出大悌之道示於人簡略易行也善曰毛詩曰愷悌君子民之父母周易曰乾以易知坤以簡能易則易知簡則易從易簡而天下之理得也矜劬勞休力役濟曰憂人之苦善曰毛萇詩傳曰矜憐也毛詩曰之子于征劬勞于野孫卿子曰罔興力役

無奪農時見百年存孤弱翰曰耋其耋老憖其惸獨善曰禮記曰百年
者就見之說文曰存恤問也春秋說題辭曰存恤幼孤帥與之同苦樂
然後陳鐘鼓之懸鳴鞀陶磬之和建碣一轄磍
轄之虡良曰帥令均其苦樂濟曰鞀磬樂器名使之相和虡懸鍾架刻猛獸於
其上碣磍獸怒貌盖康曰碣磍之虡刻猛獸為之故其形碣磍而盛怒也善曰鄭玄禮
記注曰鞀如鼓而小有柄賓至搖之以奏樂戛吉黠擊善本作括隔鳴球
掉田曜八列之舞良曰球樂器戛擊猶撫擊也掉動也動八行之舞八列八
行也韋昭曰括擽也鳴球玉磬也韋昭戛擊作括隔古文隔為擊善曰賈逵國語注曰
掉搖也八列八佾也球音求酌允鑠始酌肴樂胥思與反向曰允信
鑠美也酌此信美之道以當於酒詩云君子樂胥言樂得賢人相與理也取此義以當肴

餞張揖曰允信也鑠美也言酌信美以當酒帥禮樂以為肴善曰毛詩曰允矣君子展
也大成又曰於鑠王師又曰君子樂胥聽廟中之雍雝受神人
之福祜翰曰雍雍敬貌以受福祜善曰毛詩曰雍雍在宮肅肅在廟又曰受天
之祜爾雅曰祜福也音怙歌投頌吹合雅銑曰歌聲與頌相投吹聲與雅
樂相合服虔曰聲之相投也其勤若此故真神之所勞也
濟曰勤情如此真受神祇之勞賚張揖曰詩云愷弟君子神所勞矣方將俟元
符良曰元大也俟待大瑞之符也晉灼曰元符大瑞也以禪梁父之
基增泰山之高翰曰皆封禪之禮善曰難蜀父老曰增太山之封加梁
甫之事延光于將來比榮乎徂號向曰言將傳光輝於將来
比榮華於徂古之號張晏曰徂號三五也善曰李軌法言注曰五帝三王延光至今不

銑也豈徒欲遙覽浮觀馳騁秔稉稻之地周流
棃栗之林蹂踐蒭蕘誇詡衆庶盛狖由究玃居縛
之收多麋鹿之獲哉銑曰蒭蕘皆草也詡亦誇也衆庶百姓也狖玃
麋麃皆獸名言本意不在如此也善曰孔安國尚書傳曰浮過也說文曰秔稻屬也聲
類以為秔不黏稻也漢書東方朔曰涇渭之南又有秔稻棃栗之饒蒭馬草也禮記曰蹵
踏馬蒭說文曰蕘草薪也毛萇詩傳曰詡大也且盲者不見咫尺而
離婁燭千里之隅向曰八寸曰咫離婁古之明目者視之遠近豈可與
盲者同哉善曰莊子南榮趎曰盲者不能自見賈逵國語注曰八寸曰咫孟子曰離婁
之明趙岐曰古之明目者也蓋黃帝時人趎音樞客徒愛胡人之獲
我禽獸曾不知我亦將善本無將已獲其王侯良曰

使胡人王侯慕我而常來朝蓋謂我獲之矣善曰說文曰曾辭之舒也言未卒
墨客降席再拜稽首曰大哉體乎允非小人
之所能及也乃今日發蒙廓然已昭矣向曰未卒
未畢也稽首至地體者為國之體也言主人發去蒙暗使我廓然昭明也善曰體猶
法也禮記曰昭然若發蒙矣矇與蒙古字通廓除貌

射雉賦

潘安仁濟曰岳既徙琅邪其俗善射雉因講肄之餘而習媒翳之
事樂而賦之終以自戒也媒者少養雉子長而狎人能招引野雉翳者所
以隱射也善曰射雉賦序曰余徙家于琅邪其俗實善射聊以講肄之
餘暇而習媒翳之事遂樂而賦之也

徐爰注媒者少養雉子至長狎人能招引野雉因名曰媒翳者所隱以射者也晉邦過江斷藝乃廢歷代迄今寡能厥事嘗覽茲賦昧而莫曉聊記所聞以備遺忘

涉清善本作青林以遊覽兮樂羽族之羣飛良曰涉經也清林清淨之林羽族鳥之族類也樂其得性也爰曰樂羽翮之類或羣或飛飲啄恣性也善曰七發曰游涉乎雲林薛君韓詩章句曰青靜也鸜鵒賦曰羽族之可貴者

聿采毛之英麗兮有五色之名翬翰曰聿述也英麗美稱翬雉也言述采毛之美禽獨有五色之名雉也爰曰聿述也述序羽族之中采飭英麗莫過翬也翬雉也伊洛以南素質五采皆備成章曰翬英者雄果之目名者聲聞之稱也一本聿作偉善曰翬見爾雅

厲耿介之專心兮傒雄豔之姱苦瓜姿銑曰厲嚴厲也耿介事一之心也傒豐姱好也氣雉而色豔若此之好容姿也爰曰厲嚴整也耿介專一也麥豐也姱好也義色曰豔言雉嚴整其不羣之性奮揚其雄豔之貌見敵必戰不容他雜此之謂英麗也麥赤氏切善曰薛君韓詩章句曰雉耿介之鳥也

巡丘陵以經略兮畫墳衍而分畿濟曰言雉常巡遊於丘陵以經營略取所食之物仍畫隸墳衍分其畿界不可相侵爰曰巡行也言周行丘陵因其墳衍以為疆界分而護之不相侵越也青幽之間土高且大者通曰墳雉一界之內要以一雄為主餘者雖衆莫敢鳴也此以上言雉之形性也善曰左傳楚無宇曰天子經略廣雅曰巡略行也孔安國尚書傳曰分其圻界圻與畿同

於是青陽告謝朱明肇授良曰春為青陽告謝為春終也夏為朱明肇始也始授謂夏初也爰曰時四月也善曰爾雅曰春為青陽夏為朱明楚辭

曰青春爰謝王逸曰謝去也

靡木不滋無草不茂濟曰靡亦無也爰曰草木具榮

初莖蔚其曜新陳柯槭所華以改舊向曰莖草苗也蔚初生貌光曜而新也陳故也柯樹枝也槭然而落改舊枝為新也爰曰蔚然初生之莖曜其新暉槭然陳宿之柯變其舊色言新舊咸茂也槭彫柯貌也

天泱泱烏朗以垂雲泉涓涓而吐溜翰曰泱泱雲貌涓涓水流聲爰曰涓涓清新之色泱音英涓古玄切善曰毛詩曰英英白雲毛萇曰英英白雲貌泱與英古字通家語金人銘曰涓涓不壅終為江河溜水流貌也

麥漸漸子廉以擢芒雉鷕鷕以小而朝雊古候反良曰漸漸麥芒貌擢拔也鷕鷕雉聲雊鳴也爰曰漸漸含秀之貌也微子曰麥秀漸漸鷕鷕雉聲也又云雉之朝雊尚求其雌雌雉不得言雊顏延年以潘為誤用也案詩有鷕雉鳴則云求牡及其朝雊則云求雌今云鷕鷕朝雊者互文以舉雄雌皆鳴也此以上序節物氣候雉可射之時也

眄箱籠以揭驕睨五計驍古堯媒之變態濟曰箱籠竹器盛媒雉者也揭驕驍健貌眄視也箱籠之中見驍健之雉媒變態之狀也爰曰揭驕志意肆也箱籠竹器盛媒者也凡竹器箱方而密籠圓而疎盛媒器籠形者養鳥宜圓也箱密者不欲令見明也言感辰景之韶淑樂山梁之榮茂悟翬雉之奮逸思騁藝之肆志顧視箱籠詳察驍媒恣睢揭驕意顧得也楚辭揭驕字作拮矯揭居禁切善曰楚辭曰意恣睢以拮矯王逸曰縱心肆志所意頗高也

奮勁骹苦交以角搓倉何瞵瞵悍汗目以旁睞音賴言媒雉銑曰骹足搓邪也奮堅勁之足角邪而立瞵怒目貌言怒悍戾之目以旁顧視睞視也爰曰骹脛也角邪也搓斫也悍戾也瞵視貌睞視也奮其堅勁之脛以利距邪斫瞵其剛戾之目以旁視其敵也善曰曹植

(閻雜詩曰悍目發朱光)鷩綺翼而赬(貞勑)撾(都瓜)灼繡頸而
袞背(濟曰鷩文章也赬赤也撾髀也灼明也言翼如綺之文章髀帶赤色頸如繡采)
(之明背若袞服文爰曰鷩文章貌也詩云有鷩其羽翼如綺文輕則赤也撾髀也灼盛貌)
(也頸毛如繡背如袞章言五采備也善曰朏音陛善本赬作赪)鬱軒翥以
餘怒思長鳴以效能(音耐協韻向曰軒翥將飛貌言鬱然將飛而)
(有餘怒思為長鳴呼其野敵效其才能爰曰鬱暴怒也軒起望也方言云翥舉也鬱然)
(暴怒軒舉長鳴思見野敵效其才能也此以上言媒之形勢)爾乃挲(婆)場
拄翳停僮葱翠綠栢參差文翮鱗次蕭森繁
茂婉轉輕利裹(善本作褭)料戾以徹鑑表厭(伊輒)躡
以密緻(陳二反翰曰挲開除之名也乃除其場拄其翳以待野雉停僮葱翠翳)

(形貌插以栢葉使參差文如鳥翮又似魚鱗之相次望之者若草樹森茂執之則婉弱輕)
(利料戾小窻隙也厭躡重布也其裏則有小隙可以徹鑒於外其表則以重布密緻不見)
(其內也爰曰挲者開除之名也今傖人通有此語射者聞有雉聲便除地為場拄翳於)
(草停僮翳貌也葱翠翳色也拄株庚切善曰廣雅曰挲除也爰曰翳上加木枝衣之)
(以葉上則蕭森下則繁茂而實網繆輕利也婉轉網繆之稱料戾小而徹也厭躡重而密)
(也翳外觀密緻與草木無別內視洞徹多所覩見也此以上序翳之形飾)恐吾游
之晏起慮原禽之罕至(銑曰吾遊謂媒雉也晏晚也原禽謂野雉也)
(罕希也言立其翳恐媒雉晚起而鳴野雉希少而至也爰曰遊雉媒名江淮間謂之遊)
(遊者言可與遊也言既芟場拄翳又恐媒起不早野雉希至原禽雉也雉不處下濕故曰)
(原禽也)甘疲心於企想分倦目以寓視(濟曰由此甘分)

(疲倦心目企想寄視以待之寓寄也爰曰企想雉出專視草際心為之疲目為之倦也)
(此以上言拄翳之後遲獲之意也善曰說文曰企舉踵也左氏傳楚子王曰得臣與寓)
(目焉杜預曰寓寄也)何調翰之喬桀邀儔(善本作疇)類而殊
才候扇舉而清叫野聞聲而應媒(向曰調翰媒雉也喬)
(桀俊逸也扇布巾也故使媒鳴即振巾言媒雉一何俊逸邈然與儔類不同候我振巾而)
(叫野雉聞而果應之也爰曰調翰謂媒也媒性調良故謂調翰喬桀俊逸也言邈絕疇)
(類殊異才氣也善曰何疑問之辭也爰曰扇布也形如手巾叫鳴也將欲媒雉振布)
(令有聲媒便清叫野雉聞即應而出也)褰徵罟以長眺已踉(亮)
蹡(七醬)而徐來(良曰罟翳隙上網也踉蹡雉行貌言褰開窻隙上之網以望之)
(已見野雉蹌行而來也爰曰褰開也罟網也古者當以細網掩翳窻上視外處其制未)

(聞也今則以板矣言聞野雉應媒之聲知其必出開翳戶長視已見踉蹡徐來也踉蹡作)
(行作止不迅疾之貌也善曰踉蹡欲行也廣雅曰蹡走也)摛(勑知)朱冠之
赩(許力)赫敷藻翰之陪鰓(蘇來反向曰摛發也雉幘朱色故曰朱)
(冠赩赫朱色數布藻文也布文章之羽翰陪鰓怒貌爰曰赩赫赤色貌陪鰓奮怒之貌)
(也善曰廣雅曰摛舒也也藻翰翰有華藻也)首葯(握)綠素身拖黼
(輔)繪(翰曰葯猶纏也拖曳也黼繡也繪畫也爰曰方言曰葯纏也猶纏裹也言雉首)
(綠色頸葯素也黼繡也繪畫文也身采如繪也)青鞦(秋)莎靡丹臆(億)
蘭綷(音最銑曰鞦夾尾間也青如莎草之偃靡臆當胷前也丹與秋蘭之色同綷)
(同也爰曰鞦夾尾間也莎草名楚辭曰青莎雜樹則莎色青也言雉尾間青毛如莎草)
(之靡也臆膺也膺色如秋蘭之色也綷同也宋衛之間謂混爲綷也善曰小雅曰雜采)

曰綷或蹶或啄時行時止濟曰野雉之來若此爰曰皆得意之形容
也善曰賈逵曰蹶走也鄭玄曰躔一行遷貌字林曰啄鳥食也莊子曰澤雉十步一啄百
步一飲也蹶居衛切周易曰時止則止時行則行廣雅曰蹶跳斑尾揚翹
雙角特起翰曰翹舉也言揚舉其斑彩之尾首上有兩毛成角特達而起爰
曰雄壯之勢也此以上言野雉之狀貌也善曰說文曰翹尾長毛也良游呃
厄喔握引之規裏向曰良游媒雉也呃喔發聲引野雉於可射之規裏
爰曰良游媒也言媒呃喔其聲誘引令入可射之規內也應叱愕立擢身
竦峙濟曰言野雉望媒雉來迅不止恐失於規度故叱之則愕然而立動身驚竦而
止也擢動峙止也爰曰峙立也既入可射之內來迅不止因便叱之雉聞叱即驚竦身
而立也善曰杜子春周禮注曰愕驚也捧黃間以密彀搆屬

剛挂善本作罫古買切以潛擬良曰黃間弩名彀彎也剛挂矢名言捧弩
屬矢密彎潛以擬之爰曰捧舉也黃間弩名也張衡云黃間機張一名黃肩善曰說
文曰彀張弓弩也屬謂注矢於弦也剛罫弩矢鏃也以鐵為之形如十字各長三寸方似
罔罫故曰罫焉倒禽紛以迸落機聲振而未已濟曰禽雉
也中箭而倒紛然躍起而反落弩機振聲尚猶未止也迸猶反也爰曰射應也禽被箭
躍起而反落弩聲猶未歇言其來疾也山鷩鼈悍汗害颷善本作猋
迅已甚銑曰山鷩雉名其性悍戾而害也聞媒雉之聲其來甚於風颷之迅疾
爰曰鷩雉似山雞而小冠背毛黃腹下赤項綠色其性悍戾飛害飛走如風之猋也爾雅
曰扶搖謂之猋謂暴風從下上也善曰字書曰憨愚也呼甘切越壑凌岑
飛鳴薄廩廪翰曰直飛至翳前廩翳下盛飲食爰曰鷩性悍憋聞媒聲便越

澗凌岑且飛且鳴遙來翳前也廩翳中盛飲食處今俗呼翳名曰倉也善曰薄至也方
言曰憋惡也裨列切摯牙低鏃心平望審向曰雉既近故摯弩牙低
矢鏃以就之用心和平下望審定爰曰摯舉也舉弩牙低矢鏑以射之善曰禮記曰
心平體正持弓矢審固也毛體摧落霍若碎錦銑曰又中也彩毛飛
落霍然若錦之碎爰曰雉尚不止於飛中射之毛體披散如錦之分碎也逸群
之儁擅場挾兩濟曰獲有逸羣儁異之雉非獨專擅一場而已爰曰逸
羣儁異之雉不但欲擅一場而已又挾兩雌也善曰西京賦曰秦政利觜長距終得擅
場說文曰擅專也櫟歷雌妬異倏來忽往良曰櫟搏也聞有雉
之聲則妬之而擊搏其雌偶倏來忽往欲與媒雉鬬也爰曰櫟擊搏也聞他雄鳴擊搏
其雌倏忽往來無時暫止也善曰楚辭曰荷衣兮蕙帶倏而來兮忽而逝六韜曰倏然

而往忽然而來邑上風之餐吐切切畏映日之儻朗濟曰
餐切微動之聲儻朗不明之貌顧此而畏邑之是多疑之雉也爰曰餐切微動之聲儻
朗不明之狀言其邑聲而畏光也屏發布而累息徒心煩而
伎懩音養翰曰恐此多疑之雉覺有人故屏巾布不敢發累息細喘息也無使媒
有聲而心煩悶其射伎復懩不可忍欲射之無便也爰曰屏除其布不敢散氣意者恐
微有所聞便驚而逝既無由使媒鳴欲射則紛紜不定空心煩而伎懩有技藝欲逞曰伎
懩也善曰難蜀父老曰心煩於慮應劭風俗通曰高漸離變姓易名庸保於宋子之家
久作苦聞其家堂客擊筑伎養不能毋出言也伊義鳥之應機善本作歊
啾攫钁地以厲響銑曰伊惟也義鳥媒雉也惟媒雉能應我心機挐攫
於地啾然厲其音響也爰曰義鳥媒也為人致敵故名曰義媒見野雉紛紜難中啾然

攫地而鳴引令來鬪埒蒼曰攫地爪持也三蒼曰啾聲也彼聆音而逕進
忽交距以接壤向曰彼聽媒雉之聲逕進於前忽然已交其爪距接其所
立之地也聆聽壤地也爰曰彼野雉聞媒聲便逕來鬪交距蹶地土壤相接善曰廣
雅曰壤壟也形盈窻以美發紛首頹而臆仰良曰形赤
也雉之色望之滿窻隙美可發射遂射之紛然首遂頹其臆偃仰而倒爰曰形赤也
盈滿也言其光彩滿當於窻美取其意而發矢又曰既與媒戲形當臂窻發彎極美正射
其頸首頹回後臆仰却斃也或乃崇墳夷靡農不易去壟
濟曰夷靡頹弛也易修也農不修其壟言荒廢也爰曰墳大防今呼爲塘也夷靡頹弛
也易修也農不修壟此言田塘荒廢也善曰毛詩曰禾易長畝稊啼菽叢
糅女又翳烏會薈菶蒲動茸如勇反濟曰稊草名菽野豆叢雜糅積於其

間也翳薈菶茸深穊貌言雉隱於此中也爰曰稊稗類也菽豆也謂勞豆之屬野生也
田既荒廢雜草繁茂翳薈菶茸深穊貌善曰孫子兵法曰林木翳薈西京賦曰菶蓴菶
茸鳴雄振羽依于其冢翰曰言雄雉振羽翼依止其山頂也冢山
頂也爰曰冢山巔也爾雅曰山頂曰冢言野之雄雉振其羽翼鳴雊高墳之上善曰
毛詩曰菼雉振羽撊尸豔降丘以馳敵雖形隱而草動
銑曰降下也撊然下高丘馳奔於媒雉雖形體隱蔽覺其草動也爰曰撊疾貌也言雉
雉於高丘之頂撊然降下向敵不見其形而見草動也撊一本或作撊字而專切善曰
尚書曰是降丘宅土瞻挺廷穟遂之傾掉廷了意諗朱冉躍
失灼以振踊翰曰挺穟草莖也掉動言瞻草莖傾動知雉將至意諗躍不定而振
踊也爰曰挺穟草莖也掉動也覩草莖傾動冀雉將出意踊諗躍逸也璬上温岀

苗以入場愈情駭而神悚向曰璬漸出貌言漸出草苗以入射
場我情彌驚駭神彌悚動恐射之不中也爰曰璬漸出貌也楚辭曰璬將出兮東方向
覩草動冀雉當至暾然而出果其所願情神愈驚動望黶烏減合而翳皛
胡了雉胠許劫肩而旋踵良曰胠肩斂身也踵足也言雉既入場望草木
皆黶猾而合其翳皛然獨異其心疑之乃斂身却還其足也爰曰言雉出苗望諸處黶
然闇合唯翳皛然獨顧仍斂翼旋反也人斂身謂之胠肩善曰說文曰皛顯也漢書公
孫攫曰脅有低首呂氏春秋管仲曰車不結軌士不旋踵倣余志之精銳
擬青顱盧而點項濟曰青顱頭也點中也自欲我志專精銛銳擬射其
頭而中於項也爰曰雉既反歸乃從後射正中項也顱頭也倣音欲也亦有目
不步體邪眺旁剔士歷反濟曰視與體相違目邪望足旁剔也爰

曰目不步體視與體違也邪眺旁剔視瞻不正常驚惕也善曰國語單襄公曰晉侯目
不在體而足不步目說文曰惕驚也剔與惕古字通靡聞而驚無見自
鷩音脉翰曰鷩猶疑也靡無也此多驚疑之雉也爰曰鷩亦從脉方言云脉俗謂
黠舄鬼脉言雉性驚鬼黠周環迴復繚繞盤辟音闢向曰周迴不
止貌爰曰皆回從往復不正之貌也善曰漢書曰何武所舉者盤辟雅拜戾零結
翳旋把縈隨所歷向曰把柄也戾翳之柄縈曲隨雉之行使不見已
爰曰戾轉也把翳內所執處也轉翳旋回隨雉所趣取其便也言彳丑石亍恥錄
中輟馥披逼焉中鏑銑曰彳亍行貌中少留也輟止也馥中聲也鏑箭也
爰曰彳亍止貌也輟止也鏑矢鏃也馥中鏃聲也善曰今本並云彳亍中輟張衡舞賦
曰蹇兮宕往彳亍中輒以文勢言之徐氏誤之前剡力結重膺傍截疊

翢濟曰剫割也膺胷也前剫貫于胷傍截斷于翢重疊言毛厚也爰曰正横射也剫
割也前割重膺傍斷兩翢也若夫多疑少決膽劣心狷王臣
本無此二句爰曰雜性怯而多疑膽劣而心狷者善曰說文曰狷急也古縣切內
無固守出不交戰濟曰欲鬬而懼爰曰內心也周堅也心無堅守外
無鬬意也善曰管子曰民無扎外不可以應敵內不可以固守賈逵國語注曰交共也
來若處子去如激電向曰處子處女也畏人者也言來遲而去速
爰曰處子處女也莊周云藐姑射之山有神人居綽約若處子來若處女之畏人去若激
電之迅疾也善曰司馬兵法曰始如處女荅實藏曰風颷電激閱閭勑廳藹
古玄葉幘覓歷乍見相練反翰曰藹麥也閱閭於葉下幘歷然作隱乍
見爰曰藹麥稍也謂在麥田中藹葉間閱問於外乍見乍隱不敢出場也善曰藹與

文選九　二十二

稍並同於是筭分銖商遠邇濟曰為其遠故筭其分銖商量遠近
邇近也爰曰分銖弩牙後刻書定矢所至遠近之處也雉既不出將就草射之故計其
分銖商其遠近也揆懸刀騁絕伎良曰懸刀弩牙後刀也揆度唯擬之
騁懸絕之妙伎爰曰懸刀弩牙後刀也一名機揆度也籌量可發而發故言騁絕伎也
善曰釋名曰弩牙外曰郭下曰懸刀其形然也西京賦曰妙材騁伎薛君韓詩章句曰騁
施也如韃竹二如軒不高不埤貧姜反翰曰如韃如軒輕重得所
也不髙不埤正可發也爰曰言至平也善曰毛詩曰如輊如軒輊與韃同鄭玄周禮
注曰埤短也埤與庳古字通當咮竹秀值胷裂膆素破觜良日
咮觜也膆胷也箭發與此相當故破裂也至此九射六雉也爰曰射面也膆喉受食處
也觜喙也裂喉破喙也字書曰咮鳥口也夷險殊地駉麤異變濟曰

夷平也言所射之地有平險不同雖有駉擾麤跡變態亦異也爰曰地有平險之殊雉
有駉麤之異隨變而應不可為一准也昃不暇食夕不告倦銑曰
所以日昃不暇食及夜不告倦由用心取中也爰曰言樂之者忘飢倦也昔賈
氏之如臯始解顏之一笑善本作蕭醜夫為之改
貌憾胡暗妻為之釋怨翰曰昔賈大夫醜取妻三年不言不笑後與妻
同車如臯射一雉中之妻為之一解顏而笑是其夫改其醜貌妻之怨恨自此釋也憾恨
也言此亦美事不可不解也善曰左氏傳曰昔賈大夫惡取妻三年不言不笑御以如
臯射雉獲之其妻始笑始言列子曰列子師老商氏五年之後夫子始一解顏而笑也
爰曰妻所以愁恨者怨其夫之醜也今見獲雉而言笑則是斯藝能使醜夫變貌恨妻釋
忿者也彼遊田之致獲或乘危以馳騖何斯藝

文選九　二十三

之安逸羌禽從其已豫向曰允遊獵所獲者皆乘危險以馳騖車
馬獨我此射之藝既安且逸雉自隨我取豫樂羌歎也爰曰騖疾也田獵也言遊獵馳
車騁馬飛鶩走天陵山越澗常乘危險也善曰言斯藝極安從禽最逸豫言禽來就已
故豫不豫清道而行擇地而住良曰選清閑之道而行擇可止之地
而住爰曰入多則雉驚故僻除入從清道而行擇善地而住為場也善曰司馬相如
上疏曰清道而後行班固漢書贊曰雋參鞠射履方擇地而行尾飾鑣悲苗而
在服肉登俎而永御豈唯皀隸此焉君舉音擾
協韻銑曰得其尾可以飾馬鑣為服得其肉可以登俎器而食此事安閑豈獨皀隸賤
人所為亦可使君王舉而為之也善曰說文曰鑣馬御也董巴輿服志曰馬並以黃金
為又髦插以翟尾先多用雉尾周禮王后六服有褕翟闕翟儀禮上大夫庶羞有雉兔鶉

鷃左氏傳臧僖伯曰鳥獸之皮不登於俎則公不射若夫山林川澤之實皂隸之事非君所及又曹劉曰君舉必書若乃耽盤流遁放心不移忘其身恤司其雄雌樂而無節端操或虧此則老氏之所誡而君子之所不為向曰岳於是自戒也盤樂恤憂司主也言若耽樂自放忘其身憂但主心於禽獸之雄雌而求獲之既無節度端直之操或便虧損此老氏垂誡且君子之所不為也老子云馳騁畋獵令人心發狂也　爰曰盤樂也　善曰東京賦曰若乃流遁忘返於心不覺也　爰曰恤憂也司主也　善曰左氏傳虞人箴曰忘其國恤而思其麀牡也　東京賦曰樂而無節楚辭曰內惟省以端操　爰曰老子曰馳騁畋獵令人心發狂　善曰歸田賦曰感老氏之遺誡孫卿子曰此小人之所務而君子之所以不為也

文選九　二十四

紀行

北征賦善曰流別論曰更始時班彪避難涼州發長安至安定作北征賦也

班叔皮翰曰後漢書云班彪字叔皮扶風人性沈重好古年二十遭王莽敗後舉茂才為徐令更始班彪避地涼州發長安至安定作北征賦征行也言北行而賦之彪子固及女曹大家並有文學名高當代父才子賢自古莫及　善曰漢書曰班彪字叔皮扶風安陵人也性好莊老祖況成帝時為越騎校尉父稚哀帝時為廣平大守彪年二十遭王莽敗劉聖公立未定乃去京師往天水郡歸隗囂囂時據隴擁衆囂不禮彪彪後知囂必敗乃避地於河西就大將軍竇融勸融歸光武光武問融曰比來

文章所奏誰作荅云班彪也融知彪有才舉茂才為徐令卒亦為望都長

余遭世之顛覆兮罹离填塞之阨烏戒災向曰余彪自稱也遭莽亂天下顛墜傾覆罹羅也正羅王道不通塡塞阨險之災時也　善曰毛詩序曰閔周室之顛覆孔安國尚書傳曰罹被也王道不通故曰填塞廣雅曰填塞也王逸楚辭注曰險阨傾危也舊室滅以丘墟兮曾不得乎少留濟曰天下既亂舊居之室毀滅為丘墟不可留也　善曰呂氏春秋燭過曰子胥諫而不聽故吳為丘墟　楚辭曰不欲少留此靈瑣遂奮袂以北征兮超絕迹而遠遊良曰奮袂舉袖也絕此迹遠遊安定也　善曰淮南子曰奮袂軌銑莊子曰絕迹易廣雅曰絕滅也楚辭曰願輕舉而遠遊朝發軔刃於長都兮夕宿瓠谷之玄宮銑曰長都長安也瓠谷谷名玄宮謂

文選九　二十五

甘泉宮也夕宿於其下　善曰楚辭曰朝發朝於天津兮夕余至乎西極　長都長安也晉灼漢書注曰有宮觀故稱都楚辭曰夕宿兮帝郊爾雅曰周有焦穫郭璞曰音護今扶風池陽縣瓠中是也按瓠谷玄宮皆地名在長安西羽獵賦曰靡於玄宮歷雲門而反顧望通天之崇崇翰曰雲門雲陽縣門也歷此門反顧見通天臺在甘泉宮中高出也崇高也　善曰雲陽古縣在池陽西北屬右扶風雲門即雲陽縣門也漢書左馮翊有雲陽縣楚辭曰忽反顧而遊目通天臺名已見上文乘陵岡以登降息郇詢邠斌之邑鄉向曰陵岡皆山丘也其行或上或下郇邠國名至此邑鄉而止息也　善曰漢書右扶風有栒縣豳國公劉所治邑也栒與郇同豳與邠同應劭曰左傳云畢原豐郇文之昭也郇侯賈伯伐晉是也臣瓚曰按汲郡古文晉武公滅郇以賜大夫原黯是為郇叔又云公城郇然則當在晉之境內不

得在右扶風之界也今河東有郇城即古郇國也廣雅曰乘陵也爾雅曰大阜曰陵慕
公劉之遺德及行葦之不傷濟曰邠公劉所居邑公劉周之
遠祖德及草木故詩云敦彼行葦牛羊勿踐履　善曰尚書曰公劉克篤前烈孔安國曰
公爵劉名也莊子盜跖曰此父母之遺德也毛詩序曰行葦忠厚也詩曰敦彼行葦牛
羊勿踐履彼何生之優渥我獨罹善本作離此百殃向曰
優渥樂厚也言公劉之時草木不傷人樂何厚我今日何故獨罹此禍亂也罹羅殃禍也
稱百言多也　善曰毛詩曰既優既渥鄭玄禮記注曰殃禍　惡也毛詩曰我生之後逢此
百罹故時會之變化兮非天命之靡常翰曰言我會人
事變化之亂非天命之無常也靡無也　善曰故時會者言此乃時君不能修德致之故
使傾覆非天命無常也時世也言人吉凶乃時會之變化豈天之命無常乎爾雅曰時會

文選九　二十六

也毛詩曰侯服于周天命靡常天命上天之命也登赤須之長坂入
義渠之舊城濟曰赤須坂名義渠城名戎王之所居也　善曰赤須坂在北
地郡義渠城在北地王莽改為義溝郡善長水經注曰赤須水出赤須谷西南流注羅
水然坂因水以得名也漢書北地郡有義渠道忿戎王之淫狡穢宣
后之失貞嘉秦昭之討賊赫斯怒以北征良曰
秦昭王母宣太后與戎王通昭王殺之起兵伐滅其國言忿其淫亂嘉其北伐也淫猶
狡亂也穢汚宣后使不貞也　善曰史記秦本紀曰昭襄王母楚人姓芊氏號宣太后秦
昭王時義渠戎王與宣太后亂有二子宣太后詐而殺義渠戎王於甘泉遂起兵伐滅義
渠而得其地杜預左氏傳注曰狡猾也赫怒已見上注紛吾去此舊都
兮騑非遲遲以歷茲銑曰紛吾彪自謂也言我既去長安舊都車之

驂馬何蹇遲遲不進歷于戎王之邑　善曰杜預左氏傳注曰紛亂也謂心緒亂也楚辭
曰紛吾乘兮玄雲舊都北地郡也說文曰驂傍馬也毛詩曰行道遲遲楚辭曰喟憑心而
歷茲遂舒節以遠逝兮指安定以為期向曰舒節舒其
志節也逝往也　善曰舒節將行舒其志節也淮南子曰縱志舒節以馳大區漢書安定
郡武帝元鼎三年置在涇渭之間去長安三百五十里涉長路之綿綿
兮遠紆迴以樛流居幽翰曰長路曲迴以繚繞也紆曲也樛流猶繚繞
也　善曰毛萇詩傳曰綿綿長不絕貌也劉歆遂初賦曰路脩遠而綿綿說文曰紆屈也
樛流曲折貌也過泥陽而太息悲祖廟之不修濟曰泥陽
縣名彪之祖伯為安襄守廟在其中遇亂荒廢故歎息其不修　善曰漢書北地郡有泥
陽縣漢書曰班壹始皇之末避地於樓煩故泥陽有班氏之廟也泥奴雞切釋余

文選九　二十七

馬於彭陽兮且弭節而自思良曰彭陽地名遂釋馬於此低
弭其節而憂思也　善曰孝武帝傷李夫人賦曰釋余馬於椒丘楚辭曰步余馬於蘭皐
漢書安定郡有彭陽即今彭原是也楚辭曰吾令羲和弭節兮司馬彪上林賦注曰弭節
安志者也日晻晻烏感其將暮兮覩牛羊之下來力而
反翰曰晻晻不明貌詩云日之夕矣牛羊下來君子行役如之何勿思言王道未明使
有役也　善曰楚辭曰日晻晻而下頹說文曰晻不明也毛詩云日之夕矣牛羊下來君
子行役如之何勿思寤怨曠之傷情兮哀詩人之歎時
銑曰言思君子為怨曠嗟行役為歎時皆詩人之情也　善曰思君子為怨曠嗟行役為
歎時毛詩序曰大夫久役男女怨曠廣雅曰歎傷也越安定以容與兮
遵長城之漫漫莫半反良曰越過也既過安定而行容與容與行貌遵

猶循也漫漫廣遠貌　善曰楚辭曰遵赤水而容與又曰路曼曼其修遠漫與曼古字通

劇蒙公之疲民兮為彊秦乎築怨向曰劇甚也蒙恬為秦將築長城於此民疲而怨故云築怨言我忠此人亦太甚也一善曰說文曰劇甚也史記曰蒙恬齊人也為秦將拜為內史秦使蒙恬築長城劉歆遂初賦曰劇彊秦之暴虐兮

捨高亥之切憂兮事蠻狄之遼患不耀德以綏遠兮顧厚固而繕藩翰曰捨棄也棄趙高反逆胡亥篡立之切憂讒事外藩遠患而備之高則趙高亥則胡亥二世名向曰不能以道德耀遠方而安之顧以厚固修其藩落以為固也　善曰言不先耀道德以綏遠方反為厚固繕藩而已廣雅曰切近也史記曰周穆王將征犬戎祭公謀父諫曰不可昔我先王耀德不觀兵杜預左氏傳注曰繕修也

首身分而不寤兮猶數功而辭

譽何夫子之妄託善本作說兮孰云地脈而生殘濟曰始皇崩公子胡亥矯殺太子扶蘇自立為二世皇帝遣使賜蒙恬死恬數曰我何罪於天而死良久曰余固當死矣起於臨洮至遼東城塹萬餘里此中能不絕地脈此恬之罪也　乃飲藥而死彪言恬至死不知其過譽過也　善曰史記曰趙高者諸疏遠屬也為中車府令事公子胡亥始皇崩高得幸胡亥欲立為太子太子已立遣使以罪賜蒙恬死蒙恬喟然太息我何罪於天無過而死良久徐曰恬罪固當死矣起臨洮屬之遼東城塹萬餘里此其中不能毋絕地脈哉乃恬之罪也吞藥自殺

登障隧遂而遙望兮聊須臾以婆娑良曰障隧城牆也婆娑容與貌　善曰蒼頡篇曰障小城也漢書武帝謂狄山曰使居一障間說文曰隧塞上亭守烽火者也篆文從火者字通班固漢書贊曰不修障隧其義並同隧或為墜說文曰隧古文地字也須臾少時也楚辭曰何須臾而忘反婆娑容與之貌也毛詩曰市也婆娑

閔獯鬻之猾夏兮吊尉卬昂於朝那翰曰獯鬻匈奴名猾亂也朝那塞名匈奴入邊殺北地尉卬故至塞而吊之卬名尉官也　善曰史記文紀曰匈奴謀入邊為寇攻朝那塞殺北地都尉卬徐廣曰姓孫尚書曰蠻夷猾夏漢書曰安定郡有朝那縣姚察曰卬姓段

從聖文之克讓兮不勞師而幣加惠父兄於南越兮黜帝號於尉佗字音駝降几杖於藩國兮折吳濞匹備之逆邪濟曰聖文文帝也行克讓之德不勞師徒但以幣帛加於天下而民自服吳王濞高祖兄仲子文帝時將謀逆稱病不朝因賜几杖其謀遂解以吳為父兄之國又南越王尉佗自立為帝上召佗兄弟以德報之佗遂去帝稱臣　善曰聖文文帝也尚書曰允恭克讓幣加加之幣帛也史記文紀曰南越王

尉佗自立為武帝上召佗兄弟以德報之佗遂去帝稱臣又曰南越王尉佗者真定人姓趙氏為南海尉然為尉故曰尉佗又云佗為秦時為龍川令使南越值秦亂遂不歸自立為越王史記曰吳王濞高帝兄劉仲之子也高祖立為吳王孝文時稍失藩臣之禮稱病不朝天子賜吳王几杖老不朝其謀亦益不解也

惟太宗之蕩蕩兮豈曩秦之所圖向曰文帝廟號太宗彪云太宗者互其文也言聖文加幣以懷入強秦修邊以禦遠帝德蕩蕩然不與同其謀也圖猶謀也　善曰言文帝知加幣以懷邊豈如強秦繕藩而禦遠也史記丞相申屠嘉議曰孝文皇帝廟宜為帝者太宗之廟尚書曰王道蕩蕩曩猶向時也

隮子兮高平而周覽兮望山谷之嵯峨濟曰隮升也高平地名嵯峨高峻貌　善曰漢書安定有高平縣高唐賦曰周覽九土

野蕭條以莽蕩迥千里而無家銑曰蕭條莽蕩

曠遠之貌善曰楚辭曰山蕭條而無獸爾雅曰迥遠也劉歆遂初賦曰逈百里而無家
風飋䬕以飄颻善本作瀏遥兮谷水漼千碎切善本作灌
以揚波良曰飄颻風馳貌漼水流貌善曰言水漼注且以揚波也管子曰山水
之溝命曰谷水列女傳津吏女歌曰水揚波兮杳冥冥飛雲霧之杳杳
涉積雪之皚皚五哀反翰曰杳杳深沉貌皚皚白雪貌言涉行於此
善曰楚辭曰眴兮杳杳王逸曰杳杳深冥貌也說文曰皚皚霜雪白之貌也劉歆遂初賦
曰漂積雪之皚皚涉凝露之隆霜鴈雝雝以羣翔兮鵾雞鳴
以嚌嚌音齊向曰雝雝鴈聲鵾雞鳥名嚌嚌聲也善曰毛詩曰雝雝鳴鴈楚
辭曰鵾雞啁哳而悲鳴嚌嚌衆聲也音喈遊子悲其故鄉兮心愴
悢善本作悢以傷懷翰曰遊子彪自謂也至此思其故鄉所以悲懷悽愴恨憂

文選九　三十

悲貌善曰漢書高祖曰遊子悲故鄉廣雅曰愴悢悲也悢力上切毛詩曰嘯歌傷懷蒼
頡篇曰懷抱也撫長劒以慨息兮泣連落以沾裳
善本作衣字濟曰撫拍也慨息猶歎息也連落淚流貌善曰左氏傳曰晉子朱怒撫
劒從之說文曰慨太息也周易曰泣血連如古詩曰淚下沾裳衣攬余涕以
於悒善本作邑兮哀生人之多故良曰涕淚也於悒心不平也多
故多事故也善曰楚辭曰思美人兮攬涕而訏貽又曰氣於邑而不可止又曰哀生人
之長勤國語桓公問於史伯曰王室多故夫何陰曀因計之不陽兮
嗟久失其平度向曰言陰曀不見陽景喻天下昬亂無明君之道使失和
平之法度善曰陰曀喻昬亂也楚辭曰欲俟時而須臾日陰曀其將暮毛萇詩傳曰陰
而風曰曀諒時運之所為兮永伊鬱其誰訴善本作愬

銑曰諒信也伊鬱憂怨也言徒憂怨無所告訴也善曰爾雅曰諒信也宋衷春秋緯注
曰五運五行用事之運也楚辭曰獨鬱結其誰語說文曰愬亦訴字亂曰夫子
固窮遊藝文兮樂以忘憂惟聖賢兮翰曰亂理也重
理一賦之意濟曰夫子孔子也孔子云君子固窮又云遊於藝又云樂以忘憂惟聖賢
能之藝六藝文章也善曰論語子曰君子固窮又曰遊於藝又曰樂以忘憂達
人從事有儀則兮行止屈申與時息兮良曰言達
人所從之事皆有儀則以能與時消息也善曰毛詩曰我從事獨賢莊子曰形體保神
各有儀則周易曰時止則止時行則動靜不失其道光明家語孔子曰君子之行己也
可以屈則屈可以伸則伸周易曰天地盈虛與時消息是也君子履信無
不居兮雖之蠻貊何憂懼兮向曰彪所以自解也言若能常

文選九　三十一

履信而行則無處不居雖蠻貊之鄉何所懼也蠻夷之種類也善曰周易曰履信思
乎順論語曰子張問行子曰言忠信行篤敬雖蠻貊之邦行矣
東征賦善曰大家集曰子穀為陳留長大家隨至官作東征賦流別論
曰發洛至陳留述所經歷也
曹大家翰曰後漢書云扶風曹世叔妻者同郡班彪之女名昭字
惠姬和帝數召入宮令皇后貴人師事焉號曰大家子穀為陳留長垣
長大家隨至官作東征賦以叙行歷而見志焉善曰范曄後漢書曰扶
風曹叔妻者同郡班彪之女也名昭字惠班一名姬年十四嫁叔和帝數
召入宮令皇后貴人師事焉號曰大家兄固修漢書不終而死大家續之
時馬融受業於太家

惟永初之有七兮余隨子兮東征銑曰永初後漢年號
七七年也余大家自稱也善曰惟是也東觀漢記曰和帝年號永初時孟春
之吉日兮撰良辰而將行翰曰撰擇辰時也既以吉日又擇良
時而行也善曰禮記曰孟春之月日在營室鄭玄禮記注曰撰猶擇也楚辭曰吉日兮
良辰毛萇詩傳曰辰時也乃舉趾而升輿兮夕余宿乎偃
師良曰趾足也舉足升所乘之輿也偃師縣名善曰左氏傳曰鬬伯比曰莫敖舉趾
高杜預注曰趾足也漢書河南郡有偃師縣在洛陽東三十里洛陽故事云帝嚳所都後
為西亳即古之易亭周衰之世為偃師盤庚所遷處也遂去故而就新
兮志愴悢亮而懷悲向曰去故居就新居所以悽愴也善曰楚辭
曰愴怳懭悢兮去故而就新兮明發曙而不寐兮心遲遲而

文選九　三十二

有違良曰至明發天曙猶不能寐心中遲留為有違別也善曰毛詩曰明發不寐
又曰行道遲遲中心有違酌樽酒以弛念兮喟抑情而自
非諒不登巢而椓蠡力戈兮得不陳力而相追
翰曰弛廢也酌酒而飲廢其思念喟然而歎使抑止其情自以悲愴為非且上古之人登
巢而居椓蠡蚌之肉而食言我既不能如此焉得不使其子陳力從仕而相追隨者也
善曰漢書東方朔曰銷憂者莫若酒廣雅曰弛絕也爾雅曰念思也登樔椓蠡謂上古未
有君臣又無宮室不知火化之時也言信不能同於上古登樔而椓蠡得不陳力就列而
猶追乎韓子曰上古之世人民少而禽獸衆人不勝禽獸蟲蛇聖人作搆木為巢以羣居
天下號曰有巢氏民食果蓏蚌蛤腥臊惡臭聖人作鑽燧取火以化腥臊天下號曰燧人
氏鄭玄周禮注曰椓擊也淮南子曰古者人茹草飲水食蠃蚌之肉陳思王遷都賦曰覽

乾元之兆域兮本人物乎上世紛混沌而未分與禽獸乎無別椓蠡蟄而食蘸擴皮毛以
自蔽然陳思之言蓋出於此也尸子曰卵生曰琢胎生曰乳琢與椓與蠃古字通蟄力
兮切蚌蒲講切論語子謂冉有曰周任有言陳力就列不能者止也且從衆而
就列兮聽天命之所歸銑曰陳力就列皆進仕也此亦從衆之事
但聽其天命也善曰論語曰吾從衆不就列已見上注墨子曰貧富治亂固有天命不可
損益也遵通衢之大道兮求捷徑欲從誰良曰惟
行正直於通衢大道而使我求邪徑捷徑將誰乎言不能也善曰楚辭曰夫唯捷徑以
窘步王逸曰徑邪道也乃遂往而徂逝兮聊遊目而遨
魂歷七邑而觀覽兮遭鞏縣之多艱濟曰徂往逝行
也聊且遨遊魂神心目也歷七邑謂鞏縣成皐滎陽武卷陽武原武封丘也並於此行過

文選九　三十三

而觀覽焉惟鞏縣多艱險之地也善曰楚辭曰忽反顧而游目韓詩曰聊樂我魂薛君
曰魂神也史記曰秦莊襄王滅東西周徐廣曰周比亡之時九七縣河南洛陽登城平陸
偃師鞏緱氏漢書河南郡有鞏縣楚辭曰路脩遠以多艱鞏居勇切望河洛
之交流兮看成皐之旋門翰曰河洛二水交流合流也成皐有
旋門坂故看之善曰郭璞山海經注曰洛水東至河南鞏縣入河廣雅曰交合也漢
書河南郡有成皐縣旋門已見東京賦成皐縣今虎牢是也既免脫於峻
嶮兮歷滎陽而過武卷丘表向曰峻嶮則旋門坂也滎陽武卷
皆縣名善曰漢書河南郡有滎陽縣應劭曰卷故號國今號亭是也食原武
之息足宿陽武之桑間銑曰於原武縣食而息與馬之足暮宿於
桑間武陽縣名桑林之間善曰漢書河南郡有原武縣陽武縣涉封丘而

踐路兮慕京師而竊歎向曰涉經封丘縣界故履踐其路蓋入陳
留界乃思慕京邑而竊自歎息善曰漢書陳留郡有封丘縣應劭曰即春秋所謂敗狄
於長丘史記曰紂醢九侯西伯聞之竊歎也小人性之懷土兮自
書傳而有焉良曰言小人大家謙也論語云小人懷土故云書傳有焉善
曰論語子曰君子懷德小人懷土孔安國曰懷安也遂進道而少前兮
得平丘之北邊翰曰平丘地名善曰家語曰孔子適齊驅而出前漢書
陳留郡有平丘縣入匡郭而追遠兮念夫子之厄勤
彼衰亂之無道兮乃困畏乎聖人向曰匡邑名夫子孔
子也論語云子畏於匡言遭匡人圍之也念衰亂之代使聖人困厄勤苦也善曰論語
子畏於匡又曰慎終追遠史記曰孔子將適陳過匡匡人聞之以為魯之陽虎虎嘗暴於

匡人遂止孔子悵容與而久駐兮念善本作忘日夕而將
昏濟曰感念此事駐立及夜善曰神女賦曰時容與以微動漢書門卒謂韓延壽曰
明府久駐未出蒼頡篇曰駐主也到長垣之境界察農野之
居民良曰長垣即子穀所理之縣居民邑中之人也善曰漢書陳留郡有長垣縣
也睹蒲城之丘墟兮生荊棘之榛榛仕巾惕覺
寤而顧問兮想子路之威神衛人嘉其勇義
兮訖于今而稱云翰曰蒲城子路所理邑也在此縣界久荒廢生荊棘
榛榛然子路仲由也向曰惕然驚寤顧問左右想子路威神若在於目言衛太子蒯聵
作亂子路攻之不勝而死衛人義其勇義至今稱其嘉美訖至也善曰長門賦曰惕寤
覺而無見韓詩外傳曰周公無所顧問史記徐廣注曰長垣縣有匡城蒲鄉史記曰子路

為蒲邑大夫論語子曰君子有勇而無義為亂又曰民到于今稱之稱或為祠蘧氏
在城之東南兮民亦尚其丘墳銑曰蘧瑗衛賢大夫也丘
墳猶在人猶慕尚其德焉善曰蘧氏蘧瑗也陳留風俗傳曰長垣縣有蘧鄉有蘧伯玉
冢廣雅曰墳高也春秋說題辭曰丘者墓也唯令德為不朽兮身
既歿而名存惟經典之所美兮貴道德與仁
賢向曰謂仲由蘧瑗善曰毛詩曰顯顯令德左氏傳穆叔曰太上有立德此之謂不
朽論語曰文王既沒老子曰莫不尊道而貴德文子曰親疏係乎勢利不係乎不肖與仁
賢也吳札稱多君子兮其言信而有徵良曰吳公子季
札適衛曰衛多君子未有患也可謂其言有徵善曰左氏傳曰吳季札適衛說蘧瑗史
狗史鰌公子荊公叔發公子朝曰衛多君子未有患也又叔向曰君子之言信而有徵

是也後衰微而遭患兮遂陵遲而不興翰曰言自
後衰亂其人陵遲不復起也善曰史記衛世家曰成侯貶號曰平侯更貶號曰君朝魏
魏殺懷君至君角秦二世廢為庶人衛絕祀孫卿子曰百仞之山而豎子憑而游焉陵遲
故也今夫世之陵遲亦久矣而能使勿踰乎漢書劉向上書曰周室多禍遂陵夷不能復
興王肅家語注曰陵遲猶陂陀也知性命之在天兮由力行
而近仁向曰人之性命富貴在於天但為行近於仁道乃可也此大家戒其子
善曰論語子夏曰死生有命富貴在天家語孔子曰形於一謂之性王肅曰人之受陰陽
剛柔之性故曰形於一也命已見上文禮記子曰好學近乎知力行近乎仁是也勉
仰高而蹈景兮盡忠恕而與人銑曰詩云高山仰止景行
行止言勉力仰止也蹈履前賢之德而行盡忠恕之道惠與下人善曰毛詩曰高山仰

止景行行止論語子貢曰有一言而終身行之者乎子曰其恕乎己所不欲勿施於人老
子曰天道無親常與善人是也好正直而不回兮精誠通於
神明善本作明神濟曰能若此必通於神明善曰毛詩曰靖恭爾位好是正直
神之聽之介爾景福又曰求福不回鄭玄曰不違先祖之道也文子曰精誠於形動氣於
天庶靈祇之鑑貽善本作照兮祐貞良而輔信音申
翰曰然後近使靈祇福祐貞良之士輔助行信之人使之昌熾也善曰楚辭曰招貞良
與明智亂曰君子之思必成文兮盍各言志慕
古人兮向曰君子言則成文章孔子云盍各言爾志盍何不也言我為此賦而言
志者慕古人也善曰楊子法言曰君子言[illegible]或文動則成德論語曰顏淵季路侍子曰
盍各言爾志先君行止則有作兮雖其不敏敢不

法兮銑曰先君父彪也行止有作則北征賦也不敏大家謙也安敢不法則先君也
善曰先君謂彪也有作謂北征賦也論語顏回曰回雖不敏請事斯語矣貴賤貧
富不可求兮正身履道以俟時兮濟曰言貴賤貧富不
由人求但正其身待時而已善曰論語子曰富而可求雖執鞭之士吾亦為之如不可
求從吾所好周易曰履道坦坦孫卿子曰君子博學深謀修身端行以俟其時脩短
之運愚智同兮靖恭委命唯吉凶兮良曰言人命之
長短共同爾靖思恭敬委任吉凶而後可也善曰靖恭已見上注鶡冠子曰纔軀委命
敬慎無怠思謙善本作兼約兮清靜少欲師公綽
兮翰曰當敬行謙約無得怠慢師於孟公綽清靜寡欲之道孟公綽魯大夫也善曰
毛詩曰敬慎威儀尚書曰無怠無荒周易曰人道惡盈而好謙兼與謙音義同苦兼切

禪書曰上猶嫌讓而未俞也老子曰清淨為天下正論語曰子路問成人子曰若公綽之
不欲馬融曰孟公綽也

文選卷第九

宿

文選 十

賦

紀行下

共六十

文選卷第十

梁昭明太子撰　五臣并李善注

紀行下

西征賦善曰臧榮緒晉書曰岳為長安令作西征賦述行歷論所經人物山水也

潘安仁向曰岳為長安令作此賦述所歷古跡美惡勸戒焉 善曰岳滎陽中牟人晉惠元康二年岳為長安令因行役之感而作此賦岳家在鞏縣東故言西征

歲次玄枵許喬月旅蕤賓丙丁統日乙未御辰銑曰歲在子為玄枵旅亦次也蕤賓五月律也丙丁統一夏之日乙未則岳行之辰 善曰岳傷弱子序曰元康二年五月余之長安以歷推之元康二年歲在壬子乙未五月十八日也爾雅曰太歲在子曰困敦左氏傳梓慎曰歲在星紀而淫於玄枵杜預曰歲歲星也玄枵在子虛危之次也然玄枵歲星所歷困敦太歲所次今論之太歲而曰玄枵疑誤也鄭玄周禮注曰旅猶處也禮記曰仲夏之月律中蕤賓鄭玄曰中猶應也仲夏氣至則蕤賓律應也呂氏春秋曰仲夏其日丙丁高誘曰丙丁火日也然夏為火德故以丙丁統夏也左氏傳云日月之會是謂辰故以配日杜預曰一歲日月十二會所會謂之辰配曰謂子丑配甲乙然其日值乙未也鄭玄禮記注曰御猶主也潘子憑軾西征自京徂秦濟曰潘子岳自稱也軾車上橫木京東京也徂往也秦長安也 善曰潘子岳自謂也馮衍揚節賦曰馮子耕於鄭山之阿憑軾已見魏都賦爾雅曰徂往也

乃喟然而善本無而字歎曰古往今來邈矣悠哉

寥廓忽怳虛往化一氣而甄吉延三才良曰言久遠也喟歎
聲翰曰甄成也寥廓忽怳謂天地未開為一氣其後化此一氣分成三才也善曰論
語夫子喟然歎曰吾與點也寥廓忽怳未分之貌也鵩鳥賦曰寥廓忽荒列子曰太易者
未見氣也易變而為一又曰一者形變之始也輕清者上為天重濁者下為地沖和氣
者為人張湛曰所謂易者窈冥惚怳不可變也一氣恃之而作化故寄名變耳甄已見魏
都賦周易曰有天道焉有人道焉有地道焉兼三才而兩之此三才者天
地人道唯生與位謂之大寶向曰易曰天地之大德曰生聖
人之大寶曰位言人之生獨貴在位善曰周易曰天地之大德曰生聖人之大寶曰位
生有脩短之命位有通塞之遇鬼神莫之善本
作能字要聖智弗能豫良曰鬼神聖智尚不能要豫此事不可究知也

文選十　二

善曰東征賦曰脩短之運愚智同通塞猶窮達也班固覽海賦曰運之脩短不豫期也
當休明之盛世兮託菲薄之陋質濟曰休明盛代謂晉
也菲薄陋質岳自謙也善曰左氏傳王孫滿曰德之休明楚辭曰質菲薄而無由馬融
論語注曰菲薄也納旌弓於鉉台讚庶績於帝室銑曰
納招也左傳云陳敬仲曰招我以弓孟子曰招大夫以旌鉉台謂三公也時賈充為太尉
辟岳為府掾故讚眾官之功於帝之室庶眾績功也善曰臧榮緒晉書曰岳弱冠辟太
尉府掾孟子曰夫招士以旂大夫以旌左氏傳陳敬仲曰詩云翹翹車乘招我以弓周易
曰鼎金鉉鄭玄曰金鉉喻明道能舉君之官職也鄭玄尚書注曰鼎三公象也春秋漢含
孳曰三公在天法三台也尚書曰庶績其凝應劭漢官儀曰帝室猶言王室者也嗟
鄙夫之常累兮固既得而患失無柳季之直

道佐士師而一黜翰曰岳稱鄙夫謙也懷常人之心是以有累且復見
用又患失之向曰柳下惠為士師三黜曰以直道而事人焉往而不三黜季惠字也岳
遷廷尉平為公事免官故云無此直道而有此一黜也善曰臧榮緒晉書曰岳遷廷尉
平為公事免官論語子曰鄙夫不可與事君其未得之患得之既得之患失之又曰柳下
惠為士師三黜人曰子未可以去乎曰直道而事人焉往而不三黜武皇忽其
升遐八音遏於四海良曰武皇晉武帝也升遐謂崩也八音金石絲
竹匏土革木之音遏絕也天子崩故絕此樂也善曰臧榮緒晉書武紀曰帝諱炎字世
安崩謚曰武禮記曰天王崩告喪曰天王登遐尚書曰帝乃徂落三載四海遏密八音孔
安國尚書傳曰遏絕密靜也天子寢於諒闇兮百官聽於
冢宰濟曰冢宰三公也天子惠帝也天子居喪曰諒闇故百官聽事於三公時楊駿

文選十　三

為太傅當此任也善曰臧榮緒晉書惠紀曰帝諱衷字正度武帝崩太子即皇帝位禮
記曰高宗諒闇三年不言于寶晉紀曰楊駿為太傅百官揔己以聽於駿尚書曰百官揔
己以聽於冢宰彼負荷之殊重兮雖伊周其猶殆向曰
謂楊駿以人臣位而負荷帝王之重任雖伊尹居公尚猶危殆況駿不任事者乎夫伊尹
相太甲致桐宮之師周公輔成王有流言謗此二人尚爾於駿可知也善曰伊尹之
相太甲致桐宮之師周旦之輔成王有流言之謗左氏傳曰子產曰其父析薪其子弗克
負荷爾雅曰殆危也窺七貴於漢庭譸善本作譸一姓之或
在翰曰漢庭七貴呂霍上官丁趙傅王並后族也皆權重受誅無一姓在者今駿居此
重任是恥戮之地善曰七姓謂呂霍上官趙丁傅王也庾亮表曰向使西京七族皆非
姻黨從而悉全決不盡敗聲類曰譸亦疇字也爾雅曰疇誰也無危明以安

位秖居逼以示專陷亂逆以受戮匪降禍之
自天銑曰危高也言駿既無高明之道以安重位但以勢逼於上示其專權也濟
曰駿既專已是自陷於亂逆之地以受戮非天降禍及之也善曰言無見危之明以安
其位秖為逼主以示已專也干寶晉紀曰駿被誅禮記曰明於順然後能守危鄭玄曰能
守自危之道周易曰危者安其位者也毛詩曰亂匪降自天生自婦人孔隨時
以行藏遘與國而舒卷苟蔽微以謬善本作繆字
彰患過辟匹亦之未遠良曰孔子云用之則行捨之則藏蘧伯玉邦有
道則仕邦無道則可卷而懷之易曰君子知微知彰岳為駿主簿故自歎不學孔丘行藏
蘧伯玉舒卷乃蔽於深微謬於彰明咎過患難及於我躬固不遠也辟猶及也善曰言
孔蘧有知微知彰之鑒故隨否泰而行藏與治亂而舒卷中庸之流苟蔽繆於斯術故患

文選十 四

此過常之辟未遠其身也周易曰隨時之義大矣哉論語子謂顏回曰用之則行舍之則
藏唯我與爾有是夫又曰君子哉蘧伯玉邦有道則仕邦無道可卷而懷之周易注曰君
子知微謂幽昧知彰謂明顯也爾雅曰辟罪未遠不離其身也悟山潛之逸
士卓長往而不反向曰既罹患難方悟山中潛遁之士卓然長往之道
為義也善曰班固漢書贊曰山林之士往而不能反陋吾人之拘攣
力全飄萍浮而蓬轉銑曰吾人岳自謂岳自陋薄其身拘攣於名位竟如
浮萍轉蓬無所止託也善曰言已闕行藏之明而有蔽繆之繫故悟山潛之為是陋拘
攣之寔非謝承後漢書鄭玄戒子書曰黃巾為害萍浮南北東觀漢記太史官曰栗駿蓬
轉因遇際會寮位儡郎罪其隆替名節漼此會以隳落
危素卵之繫殼甚玄鷰之巢幕心戰懼以兢

悚如臨深而履薄翰曰寮官儡壞漼毀隳廢也謂誅駿之時岳免主簿
濟曰殼亦卵也荀息累九卵於棊上晉平公曰危哉吳季扎謂孫文子曰夫子在此猶鷰
之巢於幕上岳言已之危甚此也詩云戰戰兢兢如臨深淵如履薄冰懼之甚也善曰
說文曰儡衰敗之貌漼亦壞貌七罪切累卵已見魏都賦左氏傳吳公子扎曰夫子在此
猶鷰巢幕上也杜預曰夫子孫文子也毛詩曰戰戰兢兢如臨深淵如履薄冰殼苦角切
夕獲歸於都外宵未中而難作良曰楚王瑋夜誅駿夷三
族此夕岳歸家而免於難善曰王隱晉書曰潘岳為楊駿府主簿駿被誅日岳取急對
人朱振代東三族匪擇木以棲集鮮林焚而鳥存向曰
自喻為駿主簿猶鳥不擇木而棲其林見焚則存者鮮矣駿且被誅如我之獲全萬無一
也善曰擇木已見魏都賦爾雅曰鮮寡也遭千載之嘉會皇合

文選十 五

德於乾坤濟曰千年一聖我今遭遇之謂我皇德合天地此為嘉會善曰聖
主得賢臣頌曰上下懽然欣千載一會周易亨者嘉之會也乾坤大地張超宣尼頌曰
合量乾坤周易曰大人者與天地合其德弛秋霜之嚴威流春澤
之渥恩銑曰弛廢渥厚也言不誅我也善曰韋昭漢書注曰弛廢也荀悅申鑒
曰人主怒如秋霜漢書孫寶勑侯文曰今鷹隼始擊當從天氣取姦惡以成嚴霜之威古
今長歌行曰陽春布德澤萬物生光輝洞簫賦曰蒙聖主之渥恩甄大義於
明責反初服於私門濟曰甄表也使我免官歸家復布衣表大義示
責而已君恩之深也善曰宋均尚書緯注曰甄表也楚辭曰進不入以離尤兮退將復
脩吾初服戰國策蘇子說魏王曰破公家而成私門皇鑒揆余之忠誠
俄命余以末班良曰言我皇揆度我忠誠俄命我從末班也善曰末班

長安令也楚辭曰皇覽揆余於初度何休公羊注曰俄者須臾之間
杖善本作牧疲
人於西夏攜老幼而入關向曰西夏長安也使我牧養疲弊之
人於此我亦扶攜尊卑俱入關善曰周禮曰以嘉石平疲民陳思王述征賦曰恨西夏
之不綱戰國策曰薛人攜老幼迎孟嘗君道中
丘去魯而顧歎季過
沛而涕零伊故鄉之可懷疚聖達之幽情翰曰
丘孔丘也孔子去魯之衛數曰歸歟歸歟季漢高祖高祖過沛置酒泣下信惟故鄉可戀
所以能傷聖賢之情也疚猶傷也善曰孟子曰孔子去魯遲遲吾行也漢書曰上過沛
留置酒沛宮乃起舞忼慨傷懷泣下數行謂沛父老曰遊子悲故鄉爾雅曰疚病也舞賦
曰幽情形而外傷
矧匹夫之安土邈投身於鎬京銑曰
況我匹夫安於舊土之人適於長安能不側傷況矧況也鎬京長安也善曰爾雅曰矧況

也漢元帝詔曰安土重遷黎人之性毛詩序曰王居鎬京猶犬馬之戀主
竊託慕於闕庭良曰闕庭天子之庭善曰曹植責躬表曰不勝犬馬戀
主之情東都主人曰闕庭神麗眷鞏洛而掩涕思纏綿於墳
塋翰曰鞏洛二縣名岳家墳塋在此善曰河南郡圖經曰潘岳父冢鞏縣西南三十
五里楚辭曰長太息以掩涕張升與任彥堅書纏綿恩好庶蹈高蹤漢書音義如淳曰塋
冢田也
余善本作爾乃越平樂過街郵左秣馬皐門
濟曰平樂觀名街郵亭名皐門周故門名西周河南縣秣粟稅息也
稅駕西周
善曰平樂館名鄴善長水經注曰梓澤西有一原古舊亭處即街郵也石卷瀆口高三丈
謂之皐門橋左氏傳曰秣馬利兵毛萇詩曰秣粟也韓子曰衛靈公至濮水之上稅馬而
牧法言曰仲尼之駕稅矣李軌曰稅舍也失銳反西周見上注解
遠矣姬德

興自高辛思文后稷厥初生民寧西水滸忽古
化流岐豳祚隆昌發舊邦惟新向曰數周德其來遠矣帝
嚳高辛氏也其後生稷為周祖為生人之始也后稷之子不窋居於豳豳人慕德至古公
亶父自豳遷于岐岐人亦慕德詩云古公亶父來朝走馬率西水滸至于岐下昌文王名
發武王名言周之祚崇盛自此二王也言稷以來其國是舊及文王受命更惟新也后
善曰左氏傳劉子曰美哉禹功明德遠矣史記曰帝俈高辛者黃帝曾孫也姜嫄為帝嚳
元妃生弃號曰后稷別姓姬氏毛詩曰思文后稷克配于天又曰厥初生民時維姜嫄又
曰古公亶父來朝走馬率西水滸至於岐下史記曰后稷之孫慶節立國於邠後古公為
戎狄攻之遂去邠止於岐下公季卒子昌立曰文王文王崩太子發立是為武王毛詩曰
周雖舊邦其命惟新俈與嚳同邠與豳同
旋牧野而歷茲愈守柔

以執競良曰武王剋殷於牧野而歸洛邑猶守柔道以保競彊執猶保也善曰
尚書曰武王與受戰于牧野茲此也謂此周也北征賦曰騑遲遲兮歷茲老子曰守柔曰
強毛詩曰執競武王無競維列鄭玄曰競強也能道者唯有武王爾夜申旦而
不寐憂天保之未定銑曰武王望商邑于周自夜不寐言未定天保
何暇寐乎保位也善曰楚辭曰獨申旦而不寐史記曰武王望商邑至于周自夜不寐
周公旦曰曷為不寐王曰我未定天保何暇寐也惟泰山其猶危祀
八百而餘慶濟曰武王既剋殷安如太山猶以為危戒懼無已故使子孫相
繼八百餘年享其福也善曰言武王基雖有泰山之固尚以為危故能載祀八百猶有
餘慶也郭璞爾雅注曰惟發語辭也戰國策呂不韋曰周凡三十七王八百六十七年然
今言八百舉全數也周易曰積善之家必有餘慶
覽善本作鑒亡王之驕

謡竄南巢以投命坐積薪以待然方指日而
比盛向曰亾王桀也驕淫無道湯伐敗之而竄于南巢之地其無道驕淫以取滅亾
亦猶坐積薪之上縱火於下其然可立待也而猶自比於日云日豈可亡乎日亡吾乃亾
矣善曰言武王居安而慮危而桀處險而逾泰也尚書曰成湯放桀於南巢范曄後漢
書趙壹曰奚異涉海之失柂坐積薪而待然尚書大傳曰伊尹入告於王曰大命之去有
日矣王曰天之有日猶吾之有人日有亾哉日亾吾亦亡鄭玄曰自比於天言常在也比
於日言去復來也人度量之乖舛何相越之遼迴翰曰
武王戒懼而獲安夏桀驕淫而取亾度量不同相去遼遠善曰諭巴蜀檄曰人之度量
相越豈不遠哉乖舛不齊也爾雅曰迴遠也今協韻爲呼瞑切考土中於斯
邑成建都而營築既定鼎于郟鄏遂鑽龜而

文選十 八

啓繇音冑銑曰土中定地之中斯邑河南繇也言我至此考其地中及建都營築
之始蓋成王定鼎於郟鄏即此王城也鑽龜啓卜謂周公卜代於此繇卜辭也善曰尚
書曰成王欲宅洛邑周公曰王來紹上帝自復于土中毛詩曰考卜惟王鄭玄曰考稽也
東都主人曰建都河洛左氏傳曰王孫滿曰成王定鼎於郟鄏卜世三十卜年七百杜預
左氏傳注曰繇卜兆辭也平失道而東遷繄二國而是祐
良曰平平王也繄助語也二國晉鄭也平王遭犬戎難而東遷依于晉鄭善曰史記曰
平王東遷于雒邑二國晉鄭也左氏傳桓公曰曰我周之東遷晉鄭焉依杜預左氏傳注曰
繄語助也豈時王之無僻賴先哲以長懋翰曰是晴之王
能無過僻賴先聖祖德所以定長盛也懋盛也善曰言周末之王豈無邪僻之行但賴
前聖之德所以長茂也左傳韓厥曰三代之令王皆數百年保天之祿夫豈無僻王賴前

哲以免也漢書詔曰大禹能亾失德夏以長懋說文曰茂盛貌望圍壯之
兩門感號鄭之納惠討子頹之樂禍尤闕西
之效戾濟曰姚姬孽于周莊王生子頹有寵及惠王即位衛師燕師伐周立子頹
頹享五大夫樂及徧舞鄭伯聞之見虢叔曰今王子頹歌舞不倦樂禍也盍納王乎虢公曰
曰寡人之願也同伐王城鄭伯將王自圉門入虢叔自北門入殺子頹鄭伯享王於闕西
辟樂備原伯曰鄭伯效尤其亦有咎尤過罪也善曰言鄭伯以子頹樂及徧舞爲樂
禍而討之既尤之矣及享王闕西備樂是乃效其爲戾也包咸論語注曰尤過也爾雅
曰戾罪也重戮帶以定襄弘大順以霸世良曰重晉文公
重耳王子帶周襄王庶弟因寵篡位文公討之而襄王定位弘順殺逆以霸其代善曰
左氏傳曰大叔帶以狄師伐周襄王出適鄭晉侯逆王王入于城取大叔於溫殺之鄭玄

文選十 九

毛詩箋曰弘廣也靈擁善本作壅川以止鬬晉演義以獻
說濟曰靈王時穀洛二水鬬將毀王宮王欲擁之太子晉諫曰不可晉聞長人者不隳
山防川今吾執政實有所辟而禍夫三川之神賈逵曰鬬者兩水會以相鬬演廣也故云
演義獻說也善曰國語曰靈王二十二年穀洛二水鬬將毀王宮王欲壅之太子晉諫
曰不可晉聞古之長人不隳山不防川今吾執政實有所辟而禍夫三川之神賈逵曰鬬
者兩會似於鬬雅曰演廣遠也咨景悼以迄丏古大政凌遲
而彌季俾庶朝之遘善本作構逆歷兩王而干
位銑曰景王靈王子悼王景王子敬王悼王弟子朝景王庶子悼王弟景王寵之欲立
子朝王乃崩悼王自立及敬王立子朝篡作亂丏敬王名言周德之衰自此彌甚子朝庶
子故云庶朝與悼王敬王爭位故云歷兩王而干位也善曰孔安國尚書傳曰咨嗟也

左氏傳曰王子朝有寵於景王王崩子朝因
舊官之喪職秩者以作亂單子逆悼王於莊
宮以歸子朝奔京子子猛卒敬王即位王子
朝入于尹劉子以王如劉王子朝入於王城
單子如晉告急晉智躒帥師納王子朝奔楚
王入殺子朝于楚社預曰悼王子猛也敬王
子猛母弟子丐也賈逵國語注子朝景王之
長庶子也爾雅曰迄至也呼乞反毛詩序曰
禮義凌遲左氏傳晏子曰此季世也毛詩曰
我日搆禍毛萇曰搆成也左氏傳衛彪傒曰
魏子干位以令大事踰十葉以逮赧女板邦分崩而為二
竟橫𥰡於虎口輸文武之神器濟曰葉代也自敬王元王
定王哀王思王考王威王烈王安王而及赧王十代周分為二赧王都王城号西周立考
王後惠公少子於鞏為東周二周竟為秦所滅虎口喻秦也文王武王神器之位皆輸之
於秦也善曰史記曰景王崩子悼王立崩弟敬王立崩子元王立崩子定王立崩子哀

王立弟殺哀王立為思王弟殺思王自立為考王崩子威烈王立崩子安王立崩子烈王
立崩弟立為顯王崩子慎靚王立崩子赧王立東西周分治王赧徙都西周初考王封其
弟于河南桓公卒威公立卒子惠公立乃封其少子于鞏以奉王號東周惠公秦莊襄王
滅東西周爾雅曰逮及也論語子曰邦分崩離析虎口喻秦也漢書曰秦二世拜叔孫通
為博士通出曰我幾不免虎口老子曰天下神器不可為也為者敗之潦孝水
而濯纓嘉善名而善本善作美而作之在茲翰曰孝水名岳嘉
美其名潦其身濯其纓纓冠纓也善曰字林曰孝水在河南郡鄩元曰在河南城西十
餘里楚辭曰滄浪之水清可以濯吾纓毛萇詩傳曰濯滌也天赤子於新
安坎路側而瘞之亭有千秋之号子無七旬
之期雖勉勵於延吳實憯善本作潛一慟乎余慈

濟曰岳子死於新安縣千秋亭瘞之於路側岳子生六十日而死故云無七旬之期延陵
季子適齊子死葬嬴博之間深不及泉魏有東門吳子死不憂人怪問之曰吾無子時不
憂今子死乃與無子時同吾何憂也岳言雖勉勵於此人為父之慈不能無哀慟乎善
曰傷弱子序曰三月壬寅弱子生五月之長安壬寅次于新安之千秋亭甲辰而弱子夭
乙巳瘞于亭東廣雅曰夭折也書曰若保赤子書曰瘞埋也符例反禮記曰延陵季子適
齊於其反也其長子死葬於嬴博之間其坎深不至於泉列子曰魏有東門吳者子死而
不憂其相室曰公之愛子也天下無有子死而不憂何也東門吳曰吾常無子無子之時
不憂今子死乃與向無子時同吾奚憂也戰國策以吳為吾聘山川以懷
古悵攬轡於中塗虐項氏之肆暴坑降卒之
無辜激秦人以歸德成劉后之来蘇事洄回

泬穴而好還卒宗滅而身屠良曰項羽坑秦降卒二十餘萬
人於新安城南言卒無辜而坑是激勵秦人使歸德於高祖洄泬邪僻也好還猶不定言
羽邪僻其情不定卒敗於烏江宗族皆滅身見屠戮也善曰東都賦曰慨長思而懷古
楚辭曰攬騑轡而下節杜預左氏傳注曰肆極也史記曰章邯降項王秦吏卒多竊言曰
今能入關破秦大善即不能秦必盡誅吾父母妻子諸將聞其計以告項羽於是楚軍夜
擊坑秦卒二十餘萬新安城南後羽敗垓下至烏江自剄尚書曰后来其蘇韓詩曰謀猷
洄泬薛君曰回邪僻也老子曰其事好還經澠池而長想停余車
而不進翰曰想藺相如之風也善曰漢書弘農郡有澠池縣舞賦曰遠思長想
秦虎狼之彊國趙侵弱之餘燼超入險而高
會杖命世之英藺耻東瑟之偏鼓提西缶而

接刃厚十城之虛壽奄咸陽以取儁向曰秦彊暴猶
虎狼也趙被侵弱猶火之燼勢既不敵又相
會於澠池是入險也秦趙既會秦王曰寡人
聞趙王好音請奏瑟趙王乃鼓瑟秦御史記
曰某年某月日秦王與趙王會爲之鼓瑟相
如前曰趙王竊聞秦王善爲秦聲請奏缶
瓦器可擊以爲曲秦王怒不許相如曰五步
之內請以頸血濺大王矣左右欲刃相如
叱之皆靡秦王不懌爲擊缶秦之羣臣請
以趙十五城爲秦王壽相如亦曰請以秦咸
陽爲趙王壽秦王遂不能加勝於趙趙亦盛
設兵以待秦秦亦不敢動既罷歸趙王以相
如大功拜爲上卿取儁謂自取雄儁也善
曰戰國策楚王曰秦虎狼之國也左氏傳齊
賓媚人曰請收合餘燼背城借一杜預曰燼
火餘之木也高會已見吳都賦孟子曰五百
年必有王者興其間必有命世者廣雅曰命
名也李陵書曰命世之才爾雅曰盎謂之缶
呂氏春秋曰兵不接刃而人服化說文曰缶

奄覆也取儁自取雄儁也出申威於河外何猛氣之咆蒲包
勃入屈節於廉公若四體之無骨濟曰河外謂澠池會
也咆勃怒貌廉頗曰我爲趙將有攻城野戰
之功而藺相如徒以口舌爲勞而位居我上
我見必辱之相如望見頗則引車而避匿其
舍人曰臣以委質事公者以慕高義也今廉
將軍宣惡言而君避之恐懼何甚庸人尚羞
之况將軍乎相如止之曰夫秦不敢加兵於
趙者以我兩人故也兩虎共鬭其勢不俱生
吾所以先國家之急後私讎也此爲屈節也
無骨言柔弱之甚也　善曰河外謂澠池
史記曰秦王使使告趙王爲好會於西河外
澠池咆勃怒貌也荀悅申鑒曰高祖申威於
秦項宋玉笛賦曰悲猛氣兮飄疾家語子夏
曰今夫子欲屈節以救父母之國論語丈人
曰四體不勤尸子曰徐偃王有筋而無骨
處智勇之淵偉方鄙吝之忿悁涓雖改日而

易歲無等級以寄言良曰智勇淵偉藺相也鄙吝忿悁廉也廉藺相比
雖改一日爲一歲其間等級故亦無數矣淵
偉深大也忿悁躁怒也　善曰智勇相如也
忿悁一也言以相如之比廉頗雖以一日之
促方頗歲之永猶未足以寄言相去遠也
史記繆賢曰臣舍人藺相如勇士有智謀太
史公曰其處智勇可謂兼之矣范曄後漢書
陳蕃曰鄙吝之萌復存乎心戰國
策張儀曰秦忿悁含怒之日久當光武之
蒙塵致王誅於善本作于一赤眉異奉辭以伐罪
初垂翅於迴溪善本作谿一不尤眚以掩德終奮
翼而高揮建佐命之元勳振皇綱而更維翰曰
光武使馮異伐赤眉於迴溪坂異初敗故云
垂翅光武不責之後月餘遂大破赤眉於澠
池故云奮翼高揮凢天子暴露於外曰蒙塵
赤眉賊以朱塗其眉故以爲名　善曰東觀

漢記曰馮異字公孫拜爲征西將軍與赤眉
相距上命諸將士屯澠池爲赤眉所乘反走
上迴谿阪異復合兵追擊大破之殽底璽書
勞異曰垂翅迴谿奮翼澠池左氏傳臧文仲
曰天子蒙塵于外東都賦曰天人致誅東觀
漢記樊崇欲與王莽戰恐其衆與莽兵亂乃
皆朱其眉以相識別由是號曰赤眉尚書曰
奉辭伐罪左傳曰吾不以一眚掩大德西京
賦曰遊鷂高翬薛綜曰翬飛也揮與翬古字
通佐命已見西都賦荅賓戲曰廓帝紘恢皇
綱鄭玄周禮注曰維猶連結之登崤坂之威夷仰崇嶺之嵯
峩濟曰崤山名威夷長遠貌崇高也嵯峩高貌　善曰毛詩曰周道威夷薛君曰威夷
險也嵯峩已見上文皐託善本作記一墳於高陵文違風於
北阿蹇哭孟以審敗襄墨縗崔而善本作以字授
戈晉隻輪之不反緤薛三帥以濟河向曰秦穆公使

孟明視西乞術白乙丙出師襲鄭蹇叔哭送之曰晉人禦師必於崤崤有二陵焉其南陵夏后皐之墓北陵文王避風雨處秦師還晉襄公墨縗敗秦師于崤隻輪匹馬不返於秦三帥見獲於晉縲紲也濟河晉軍歸也墨縗若今起復也 善曰左氏傳曰秦穆公召孟明西乞白乙使出師襲鄭蹇叔之子與師哭而送之曰晉人禦師必於殽殽有二陵焉其南陵夏后皐之墓也其北陵文王之所避風雨也必死是間余收爾骨焉秦師還晉文公子墨縗絰敗秦師于殽獲百里孟明視西乞術白乙丙以歸文嬴請三帥公許之杜預曰公未葬故襄公稱子公羊傳曰晉人敗秦師于殽匹馬隻輪而無反者

值庸王之矜愎皮逼殆肆叔於朝市任好綽其餘裕獨引過以歸已明三敗而不黜卒陵晉以雪恥豈虛名之可立良致霸其有以翰曰愎狠肆捨也任好穆

公名言蹇叔之哭師若值庸主自矜狠戾豈能捨蹇叔朝市之刑哉殆必殺之也穆公綽然有寬裕之德但引過於己而三帥凡三敗秦師公不黜責後竟敗晉以雪恥也穆公為霸王固非虛名有此所以 善曰言若值庸主矜而愎諫殆戮三帥陳之市朝而賴任好綽然寬裕故直引過而歸諸己爾雅曰庸常也鄭玄禮注曰矜自尊大也左氏傳曰慶鄭曰愎諫違卜杜預曰愎戾也論語子服景伯曰吾力猶能肆諸市朝鄭玄曰陳其尸曰肆史記秦繆公曰任好孟子曰吾進退豈不綽然有餘裕哉左氏傳曰秦伯不廢孟明曰孤之罪也又曰孟明視伐晉晉侯禦之秦師敗績又曰秦伯伐晉取王官及郊晉人不出然止二敗言三未詳史記秦穆公謂三將曰子其悉雪恥又曰穆公遂霸西戎古詩曰虛名復何益楚辭曰名不可以偽立毛詩曰何其久也必有以也鄭玄曰必以有功德也卒成為雜非也

降曲崤而憐虢託與國於亡虞貪誘賂以賣憐善本並作鄰不及臘而就拘垂棘反於故府屈產服于晉輿德不逮善本作建一而民無援仲雍之祀忽諸良曰曲崤地名屬於虢也虢虞相託為與國虞乃背虢尋而取亡虞也晉獻公以垂棘之璧屈產之乘假道於虞以滅虢還師而滅虞曾不得至臘月璧馬皆歸故曰反故府服晉輿也傷憐其貪賂取亡矣仲雍之後忽然絕祀由道德不逮人不援也 善曰劉澄之地理書曰肴有純石或謂石肴如淳漢書注曰相與支善為與國與黨與也左氏傳曰晉荀息請以屈產之乘垂棘之璧假道於虞以伐虢虞公許之宮之奇曰虞不臘矣晉滅虢虢公醜奔京師還館於虞遂襲虞滅之穀梁傳曰後晉舉虞荀息牽馬操璧而前曰璧猶是馬齒加長矣燕丹子夏扶曰馬無服輿之伎則未可與決良左氏傳曰臧文仲聞六與蓼滅曰皐陶庭堅不祀忽諸德之不建人之無援哀哉杜預

曰忽然而亡也史記曰武王求仲雍之後得虞仲封於周之北故夏墟之地

我祖安陽言涉陜郛行乎漫瀆之口憩乎曹陽之墟濟曰安陽溪名陜地名郛郭也漫瀆澗水名曹陽亭名 善曰漢書弘農郡有陜縣酈善長水經注曰槖水出槖山北流出谷謂之漫澗與安陽溪水合又西經陜縣故城南又合一水謂之瀆谷水漫澗水北有逆旅亭謂之漫谷客舍弘農郡圖經曰曹陽桃林縣東十二里也

美哉邈乎茲土之舊也固乃周邵之所分二南之所交麟趾信於關雎騶虞應乎鵲巢銑曰邈遠也餘同善注 善曰公羊傳曰自陜以東周公主之自陜以西召公主之毛詩序曰關雎麟趾之化王者之風也故繫之周公鵲巢騶虞之德諸侯之風也故繫之邵公周南邵南正始之道王化之基

愍漢水之剝亂朝流亡

以離析卓滔天以夭滌劫宮廟而還跡偋萬
乘之盛尊降遥思於征役顧請旋於傕苦角切善
本作傕汜數鈎既獲許而中惕追皇駕而驟戰望
玉輅而縱鏑向曰鏑箭也玉輅天子車也善曰魏志曰董卓字仲頴隴西
人爲相國卓以山東豪傑並起乃徙天子都長安燔燒洛陽宮室卓至西京呂布誅卓卓
將李傕郭汜擅朝政傕質天子於營傕將楊奉叛傕傕衆稍衰天子乃得出至新豐楊奉
董承以天子還洛陽傕汜悔遣天子後相與追及天子於弘農之曹陽大戰奉兵敗左氏
傳子朝曰單旗劉狄剥亂天下毛詩曰民卒流亡離析已見上注孔安國尚書傳曰滌除
也左氏傳晉趙括謂楚曰寡君使羣臣遷大國之迹於鄭淮南子曰雖有盛尊之親萬乘
已見上文痛百寮之勤王咸畢力以致死分身首

於鋒刃洞胷腋以流矢有褰裳以投岸或攘
袂以赴水傷桴楫之褊小撮倉括舟中之善本作而
字掬指翰曰桴舟楫棹也言百官勤王事盡命死戰竟以力屈而敗攘袖褰裳投
岸赴水死已殆盡天子纔得濟河舟棹褊少攀附者衆恐其沉没皆斬其手舟中之指可
掬而撮也洞通也善曰華嶠後漢書曰李傕等大戰弘農百官士卒死者不可勝數董
承率衆擊傕大破之乘輿乃得進条先具舟船帝以絹挽而下餘人匍匐岸側或自投死
范曄後漢書獻帝下登船諸不得渡者皆争攀船船上人刃櫟其指舟中之指可掬左氏
傳狐偃曰求諸侯莫如勤王東觀漢記太史曰忠臣畢力尉繚子曰未有不能得其力而
致其死北征賦曰首身分而不寤子虛賦曰洞胷達掖禮記曰流矢在白肉毛詩曰褰裳
涉洧又曰攘袂而興左氏傳曰晉中軍下軍爭舟舟中之指可掬升曲沃而

惆悵惜兆亂而兄替音鐵叶韻枝末大而本折善本
無折披善彼都偶國而禍結良曰曲沃地名晉穆侯命太子曰仇弟曰
成師服曰名子若是始兆亂矣兄其替乎後封成師于曲沃師服曰始本大而末小是以
冏今本弱也其能久乎後曲沃莊伯伐翼殺孝侯曲沃武公伐翼莊伯武公成師後也
孝侯仇之後也此若樹末大其本必折封邑大其國必危善曰左氏傳曰晉穆侯之夫
人姜氏以條之役生太子命之曰仇其弟以千畝之戰生命之曰成師師服曰今君命太
子曰仇弟曰成師始兆亂矣兄其替乎復封桓叔于曲沃師服曰吾聞國家之立也本大
而末小是以能固天子建國諸侯立家今晉甸侯也本既弱矣其能久乎後曲沃莊伯伐
翼殺孝侯曲沃武公伐翼獲翼侯然孝侯仇之後也莊伯武公桓叔成師之後也翼晉都
也曲沃在河東聞喜縣酈善長水經注曰春秋晉使詹嘉守桃林之塞處此以備秦時以

曲星之官守之故有曲沃之名然此曲沃在西因彼曲沃而得名今因名而說彼楚辭曰
惆悵而私自憐爾雅曰替廢也左氏傳申無宇曰末大必折漢書曰田蚡曰枝大於幹脛
大於股不折必披或云枝本大而末栽左氏傳辛伯曰大都偶國亂之本也臧札
飄其高厲委曹吴而成節何莊武之無恥徒善本
作徙一利關而義閉并減反良曰吳將立季札札曰昔曹人將立子
臧子臧去之以成曹君君子以爲能守節札雖不才願附子臧之義臧札委棄曹吴若此
高厲莊伯武公伐其兄弟而無愧恥此開利閉義者耳相去何其懸絶善曰左氏傳曰
吴子諸樊將立季札季札辭曰曹宣公之卒也諸侯與曹人不義曹君將立子臧子臧去
之遂不爲也以成曹君君子曰能守節矣君義嗣也誰敢奸君有國非吾節也札雖不才
願附於子臧以無失節王逸楚辭注曰委棄也范曄後漢書李固奏記梁商曰夫義路閑

則利門開利門開則義路閉躡函谷之重阻看天險之衿
帶跡諸侯之勇怯筭嬴氏之利害翰曰函谷關也實天
與之高險衿帶之地也覽六國諸侯勇怯之跡筭秦嬴攻守之利害善曰廣雅曰躡履
也函谷已見西都賦鸚鵡賦曰崎嶇重阻周易曰天險不可升地險山川丘陵衿帶已見
上文孫卿子曰勇怯之勢也或開關以延敵競遁逃以奔
竄向曰諸侯數為秦所敗乃開關以待諸侯諸侯奔竄而不敢進此秦利之時諸侯怯
也善曰言其利也過秦論曰諸侯以百萬之衆叩關而攻秦秦人開關延敵九國之師
遯逃而不敢進也有噤渠蔭門而莫啓不窺兵於山外
良曰噤閉也蘇秦既約諸侯為從秦閉關而拒諸侯不敢窺於山外此秦害之時諸侯勇
也善曰言其害也戰國策范睢謂秦王曰秦今反閉關而不敢窺兵於山東者穰侯為

國謀不忠大王計有所失也楚辭曰噤閉而不言然噤亦閉也巨陰切連雞互
而不栖小國合而成大濟曰言諸侯心力不齊若連雞不能俱止
栖也心力或齊雖小弱之國亦能相合成其彊大此皆一時之事也善曰言小國異乎
連雞也戰國策秦惠王謂寒泉子曰蘇秦約于諸侯諸侯之不可一猶連鷄之不能俱止
棲亦明矣豈地勢之安危信人事之否泰良曰若此則否
泰皆由乎人安危不在於地善曰言崤函之險未嘗暫改或開關延敵或噤門莫啓耶
此不徒在地勢亦由在人也湯曰吾欲因其地勢所有而敵之否泰周易二卦名也周易
曰泰上下交而其志同也否上下不交而天下無邦漢六世善本作葉而拓
土洛畿縣弘農而遠關翰曰六代武帝也開拓王畿從函谷關於新安
以故關為弘農縣善曰六葉武帝也難蜀父老曰德茂存乎六世應劭漢書注曰拓廣

也漢書元鼎三年從函谷關於新安以故關為弘農縣也厭紫極之閑敞
甘微行以遊盤長傲賓於柏谷妻覩貌而獻
飡疇匹婦其已泰胡厥夫之謬善本作繆官向曰武帝
為微行嘗至柏谷夜至亭亭長不納乃宿逆旅翁有惡少年持刀執劍令主人嫗出安遇
客婦謂翁曰吾觀此丈夫非常人且亦有備不可圖也嫗醉其夫而縛之殺鷄食客諸少
年皆走平明上去召嫗夫妻賜金千斤擢其夫為羽林郎故云謬官既甘微行是厭紫極
也善曰曹植上表曰情注于皇居心在乎紫極南都賦曰體爽塏以閑敞蒼頡篇曰敞
高顯也漢武帝故事曰帝即位為微行常至柏谷夜投亭長宿亭長不納乃宿逆旅翁惡
少年十餘人皆持弓矢刀劍令主人嫗出過客嫗謂其翁曰吾觀此丈夫非常人也且有
備不可圖也天寒嫗酌酒多與其夫夫醉嫗自縛其夫諸少年皆走嫗出謝客殺鷄作食

平旦上去還宮乃召逆旅夫妻見之賜嫗金千斤擢其夫為羽林郎疇猶酬也昔明
王之巡幸固清道而後往懼銜橛巨月之或變
峻徒御以誅賞銑曰明王之行使先清道猶懼銜勒之間而有危變故峻
法厚惠以誅賞徒御之人橛勒也善曰東觀漢記曰西巡幸長安司馬相如上疏曰夫
清道而後行猶時有銜橛之變漢書音義張揖曰銜勒也司馬彪莊子注曰馳馬口中長
銜也毛詩曰徒御不驚彼白龍之魚服挂豫且之密
網輕帝重於天下奚斯漸之可長翰曰昔白龍化為魚
豫且網得之魚服魚形也濟曰言帝位之重乃微行自輕其漸不可長也善曰白龍
已見東京賦帝重帝位之重也言輕帝位之重於天下此乃凌上之漸何可長乎吊
戾園於湖邑諒遭世之巫蠱古探隱伏於難

明委讒賊之趙虜加顯戮於儲貳絶肌膚而
不顧作歸來之悲臺徒望子善本無子字思其何
補良曰戾武帝太子也無罪而死園陵在湖邑故弔之初太子與江充有隙會巫蠱事
起充於太子宮掘得桐木人太子無以自明罵充曰趙虜乃亂吾父子也遂斬之與丞相
戰兵敗亡至湖自縊田千秋訟太子冤上憐其無辜乃作思子宮為歸來望思之臺於湖
皆責武帝之詞岳言既加顯戮絶其肌膚為此亦何補也儲貳太子也　善曰漢書曰戾
太子據與江充有隙會巫蠱事起充遂至太子宮掘得桐木人太子無以自明乃斬江充
與丞相劉屈氂戰兵敗東至湖邑自縊而死田千秋訟太子冤上憐太子無辜乃作思子
宮為歸來望思之臺於湖宣帝即位謚曰戾以湖邑閿鄉為戾園又太子罵充曰趙虜乃
亂吾父子也蒼頡篇曰委任也尚書王曰弗迪有顯戮漢書疏廣曰太子國儲副君宋均

文選十　二十

元命苞注曰儲君副主言設以待之王命論曰高四皓之名刻肌膚之愛幽通賦曰雖覆
醢其何補紛吾既邁此全節兮善本無兮字又繼之以
盤桓問休牛之故林感徵名於桃園銑曰全節地名
盤桓不進貌武王放牛於桃林之野桃園則桃林也　善曰言吾紛然行此全節之野又
繼之以盤桓而不前楚辭曰紛吾乘兮玄雲北征賦曰紛吾去此舊都騑遲遲而歷玆爾
雅曰邅行也全節即漢書全鳩里戾太子死處圖經曰全節閿鄉縣東十里鳩澗西廣雅
曰盤桓不進也周易曰初九盤桓尚書武成曰放牛於桃林之野示天下弗服東征記曰
全節地名其西名桃原古之桃林也發閿文鄉而警策遡黃巷
以濟潼眺華岳之陰崖覿高掌之遺蹤翰曰閿鄉
地名黃巷坂名潼水名遡向也言向坂行故警策也華岳北面有巨靈神掌跡故云陰崖

眺視也　善曰漢書湖有閿鄉曹子建應詔詩曰漢夫警策鄭玄周禮注曰警勑戒之也
薛綜西京賦注曰愬向也愬與遡古字同帝春秋曰興平三年十一月丙寅車駕東行
到黃巷亭庚午到弘農述征記曰河自關北東流水巷側有長坂謂之黃巷坂雍州圖經曰
潼水在華陰縣界水經曰北流注河西京賦曰綴以二華巨靈贔屓高掌遠蹠以流河曲
憶江使之反璧告亡期於祖龍向曰至此地而記憶其事
始皇末年鄭使者從關東至華陰有人持璧與使者曰明年祖龍死忽不見始皇使人視
之乃二十八年至渡江所沈璧故曰江使反璧也　善曰史記曰秦始皇帝三十六年鄭
使者從關東來至華陰之野有持與使者璧曰為我遺鎬池君因言曰明年祖龍死置璧
而去忽不見始皇使人視璧乃二十八年渡江所沈璧也蘇林曰祖始也龍人君之象謂
始皇也不語怪以徵異吾善本作我聞之於孔公良曰

文選十　二十一

孔子不語怪力亂神岳自止其詞　善曰論語曰子不語怪力亂神愠韓馬之
大憝徒對阻關谷以稱亂濟曰愠怒憝惡也言馬超韓遂作亂也於
潼關也　善曰何晏論語注曰愠怒也魏志曰建安十六年關中諸將馬超韓遂等反超
等屯潼關尚書曰元惡大憝孔安國曰憝惡也杜預左氏傳注曰阻恃也關谷潼關函谷
也尚書曰敢行稱亂孔安國曰稱舉也魏武赫以霆震奉義辭
以伐叛彼雖衆其焉用故制勝於廟算銑曰曹公
興超遂夾關戰大破之言彼雖衆曹公奉君命廟堂之算已勝之　善曰魏志曰曹公西
征與超等夾關為戰大破之尚書曰奉辭伐罪左氏傳隨武子曰伐叛刑也柔服德也又
屈完曰雖君之衆無所用之孫子曰水因地而制行兵因敵而制勝又曰夫未戰而廟勝
得算之多者也砰普耕揚桴以振塵繣呼麥尾解而冰泮

超遂遁而奔狄甲卒化為京觀向曰砰鼓聲也揚桴而鼓
鼙振天地纝然若瓦裂冰泮矣超遂走涼州故云奔狄其衆盡殺故為京觀也纝破聲也
善曰字書曰砰大聲也魏志曰韓遂馬超走涼州楚辭曰揚桴兮拊鼓左氏傳曰援枹而
鼓說文曰枹鼓推也東觀漢記馮衍說吳漢曰得道之兵鼓不振塵鄭玄禮註曰振動也
纝破聲也春秋運斗樞曰不能宣德天下瓦解漢書曰徐樂上書曰何謂瓦解吳楚齊趙
之兵是也當此之時安土樂俗之人衆故諸侯無境外之助此之謂瓦解淮南子曰氷泮
而農桑起左氏傳潘黨曰君盍收晉尸以為京觀杜預曰積尸封土其上謂之京觀
狹路之迫隘烏界軌崎嶇善本作踦嶇以低仰翰曰言狹
路崎嶇登頓故使車軌高低善曰倦極也司馬相如大人賦曰區中之隘陝廣雅曰踦
傾側也
蹈秦郊而始闢豁爽塏以宏壯黃壤千
里沃野彌望華實紛敷桑麻條暢濟曰蹈履也言自於
山川迫隘之路至秦郊始開豁然高明壯大彌望千里雍州厥土惟黃壤紛敷條暢茂成
之說善曰班固高紀述曰粵蹈秦郊尚書曰雍州厥土惟黃壤杜篤論都賦曰沃野千
里原隰彌望保殖五穀桑麻條暢春秋文耀鉤曰春致其時華實乃榮洞簫賦曰標紛敷
以扶疎廣雅曰暢長也邪界襃斜右濵汧牽隴良曰襃斜谷名
汧水名隴山名善曰襃邪汧隴並已見上文寶雞前鳴甘泉後涌
面終南而背雲陽跨平原而連嶓波冢九嵕
宗嶻嶭太一巃洛孔嵸子孔反良曰陳倉有寶雞祠故云前鳴甘泉終
南二山名雲陽縣名平原原名嶓冢九嵕太一皆山名嶻嶭巃嵸山高大貌善曰寶雞
甘泉並已見上文漢書武功山有太一古文以為終南也賦下云太一明與終南別山西

京賦曰於前則終南太一二山明矣漢書左馮翊有雲陽縣西京賦曰後則高陵平原又
曰連崗乎嶓冢嶻嶭巃嵸並已見上文吐清風之飂聊戾納歸
雲之鬱蓊烏孔反向曰言此山能吐風納雲也飂戾風聲鬱蓊雲皃善曰
孔叢子孔子曰夫山者興吐風雲以通乎天地之間四子講德論曰虎嘯而風寥戾思玄
賦曰馮歸雲而遐逝楚辭曰望谿谷兮翳鬱南有玄灞素滻湯井
溫谷北有清渭濁涇蘭池周曲銑曰灞滻涇渭皆水名湯
井溫谷謂湯井也蘭池宮名周曲陂名善曰玄素水色也灞滻二水名也楚辭曰臨沅
湘之玄淵又曰含素水而蒙深湯井溫湯也雍州圖曰溫湯在新豐縣界溫谷即溫泉也
雍州圖曰溫泉在藍田縣界又毛萇詩傳曰涇渭相入而清濁異三輔黃圖曰蘭池觀在
城外長安圖曰周氏曲咸陽縣東南三十里今名周氏陂陂南一里漢有蘭池宮浸
決鄭白之渠漕引淮海之粟翰曰鄭國白公為秦開渠也漕
水連也善曰鄭白已見上文西都賦曰通溝大漕控引淮湖與海通波也林茂
有鄠戶之竹山挺藍田之玉濟曰鄠地名出竹藍田山名出
玉也善曰並已見上文班述陸海珍藏張叙神皐隩烏到
區此西賓所以言於東主安處所以聽於憑
虛也可不謂然乎良曰皆謂西都西京賦善曰西都賦曰陸海珍藏
西京賦曰寔惟勁地之奧區神皐松彰於歲寒貞臣見於危
國善本作國危入鄭都而抵紙掌義桓友之忠規
竭股肱於昏王赴塗炭而不移世善職於司
徒緇衣弊而改為向曰歲寒而知松栢之堅勁國亂而見臣之忠貞故

入鄭都而撫其掌嘉鄭桓之義也鄭桓公友者周宣王弟也為周司徒犬戎之難以身死
之塗炭如布炭火於地而不避也其子武公亦為司徒皆善其職國人為詩曰緇衣之宜
兮弊予又改為兮鄭都今鄭縣也撫循也老善曰論語子曰歲寒然後知松柏之後凋也
子曰國家昏亂有忠臣史記曰鄭桓公友者周厲王少子也犬戎殺幽王於酈山下并殺
桓公鄭人共立其子為武公掘突掌見蜀都賦左氏傳荀息曰竭其股肱之力尚書帝曰
臣作股肱又曰民墜塗炭毛詩序曰緇衣美武公也父子並為周司徒善於其職詩曰緇
衣之宜兮弊予又改為兮履犬戎之侵地疾幽后之詭惑
舉偽烽以沮慈與切眾謠變褒以縱慝土得軍敗
戲水之上身死驪山之北赫赫宗周威手滅為
亡國翰曰詭詐沮驚也善曰史記宣王崩子幽王宮涅立幽王嬖愛褒姒竟廢申

文選十　二十四

后及太子而以褒姒為后褒姒不好笑幽王為烽燧大鼓有寇至舉烽火諸侯悉至至而
無寇褒姒乃大笑幽王悅之為數舉烽火其後不信諸侯益亦不至廢后之父申侯乃與
西夷犬戎共攻幽王幽王舉烽火徵兵兵莫至遂殺幽王驪山下毛萇詩傳曰沮止也又
曰慝邪也國語里革曰厲流于彘幽滅于戲毛詩曰赫赫宗周褒姒威之又有
繼於此者異哉秦始皇之為君也傾天下以
厚葬自開闢而未聞匠人勞而弗圖俾生埋
以報勤外離西楚之禍內受牧豎之焚銑曰始皇
葬驪山學以珠玉工匠皆閉於中不圖其功勞而以此報其勤也善曰漢書劉向上跡
曰秦始皇葬驪山之阿石槨為游館生埋工匠後項籍燔其宮室營宇其後牧兒亡羊
入其鑿中牧者持火照求羊失火燒其藏槨自古至今葬未有盛始皇也數年之間外被

項籍之災內離牧豎之禍豈不哀哉尚書考鈞耀曰天地開闢勞而不圖言匠人勞苦而
不圖謀其賞生理報勤謂反以生理之事以報其功勤也語曰行無禮必
自及此非其効歟濟曰語曰謂或有此語始皇無禮以此自反固是也
其効也善曰左氏傳君子曰志有之所謂行無禮必自反者也歟善本作與乾坤
以有親可久君子以厚德載物良曰天地之心惟親有德
使其長久君子以純厚之德載育萬物言高祖法此用心固能長久也善曰周易曰乾
以易知坤以簡能易知則有親易從則有功有親則可久有功則可大可久則賢人之德
可大則賢人之業又曰君子以厚德載物方論高祖之德故以乾坤為喻焉觀夫
漢高之興也非徒聰明神武豁呼達切達大度
而已也向曰非獨有此而已復有他美者也善曰漢書班固高紀述曰寔天生德

文選十　二十五

聰明神武漢書曰高祖仁愛意豁如也常有大度乃實慎終追舊篤
誠款愛澤靡不漸恩無不逮率土且猶弗遺
而況於鄰里乎而況於鄉士乎矣善本無而況於鄉士
乎矣七字于斯時也乃摹胡莫寫舊豐制造新邑故
社易置枌榆遷立街衢如一庭宇相襲渾雜
犬以善本作而一亂放各識家而競入翰曰追舊謂造新豐
也篤厚誠信靡無漸潤逮及也率土且如此而況鄉士乎言皆徧也善曰論語曰慎終
追遠左氏傳季孫行父曰明允篤誠廣雅曰款誠也說苑晏子謂景公曰今君愛老而恩
無不逮也三輔舊事曰太上皇不樂關中思慕鄉里高祖徙豐沛屠兒酤酒煮餅商人立
為新豐西京雜記曰高祖既作新豐并徙舊社放犬羊雞鴨於通途亦競識其家孟子曰

變置社稷趙岐曰更置立之漢書曰高祖禱
豐枌榆社張晏曰枌白榆社在豐東北十五
里尚書曰欲遷其社孔安國尚書傳
曰襲因也渾胡本切向同善注籍含怒
於鴻門沛局善本作跼踏而來王范謀害而不善本
作弗許陰授劍以約莊擣力刀白刃以萬舞危冬
葉之待霜履虎尾而不噬寔要伯於子房樊
抗憤以危酒咀慈與彘肩以激揚翰曰擣挻萬大也其危若
首冬之葉待霜而隕猶履虎尾而不被噬者
是張子房要項伯之力也善曰漢書曰項
羽欲西入關聞沛公已定關中大怒遂至戲
於是饗士旦日合戰羽季父項伯素善張良
夜馳見良具告事實良與項伯俱見沛公曰
吾豈敢反願伯明言不敢背德也沛公早自
來謝沛公旦見羽鴻門因留沛公飲范增數
目羽擊沛公羽不應范增起出謂項莊曰汝

入以劍舞因擊沛公殺之不者女屬且為所
虜莊拔劍起舞項伯亦起舞常翼蔽沛公周
書武王曰吾含怒深矣毛詩曰謂天蓋高不
敢不跼謂地蓋厚不敢不蹐尚書曰四夷來
王毛詩曰莫敢不來王擣挻也周易曰履虎
尾不咥人亨鄭玄注本為噬噬齧也音誓漢
書曰樊噲聞事急乃持楯撞入項羽目之問
之為誰張良曰沛公參乘樊噲項羽曰能復
歟手曰臣死且不辭豈特巵酒乎又忽蛇變
谷永上疏曰贊命之臣靡不激揚也
而龍攄雄霸上而高驤曾遷怒而橫撞碎玉
斗其何傷銑曰言沛公忽蛇變為龍而舒申
其體脫至霸上軍而心高舉也
善曰史記褚先生曰丈夫龍變傳曰蛇化為
龍不變其文家化為國不變其姓漢書曰元
年十月沛公至霸上鄒陽上書曰蛟龍驤首
奮翼漢書曰沛公獻璧羽受之又獻玉斗於
范增增怒撞其斗曰吾屬將為沛公嬰胥古
虜矣論語曰不遷怒又曰何傷乎犬

組於軹止塗投素車而肉袒濟曰沛公入關
秦王子嬰素車
白馬繫頸以組降軹道傍軹亭名胥繫也
善曰軹塗已見東京賦左氏傳曰鄭伯肉袒
牽羊以逆杜預曰肉
袒示服為臣僕也踈飲餞於東門善本作都畏
極位之盛滿良曰漢踈廣為太子太傅兄子
受為少傅廣謂受曰今日官成
名立不去懼有後悔遂上跪乞骸骨上皆許
之故入邑子為祖道於東門謂長安東都門
善曰蘇林曰長安東門也毛詩曰飲餞于禰
毛萇曰祖而舍軷飲酒於其側曰餞漢書曰
劉德妻死霍光欲以女妻
之德不敢取畏盛滿也金墉鬱其萬雉峻
嵃魚餞峭以繩直銑曰金墉長安城也嵃峭高
險皃如繩之直也善曰西
京賦曰黃西洫而絕金墉又曰建金城而
萬雉嵃謂棧嵃嶮貌也繩直已見東京賦戾
飲馬之陽橋踐宣平之清閾音域向曰戾
至也飲馬橋名

在其陽也宣平城門名閾門限善曰爾雅
曰戾至也長安圖曰漢時七里渠有飲馬橋
夏侯嬰冢在橋南三里陽橋之陽也三輔黃
圖曰長安東出北頭第一城門名宣平門清
謂華而
且清也都中雜沓善本作遝戶千人億華夷士女
駢闐善本作田一逼側展名京之初儀即新館而
莅職勵疲鈍以臨朝勗自彊而不息翰曰岳
既入長
安城見士女衆盛所以備其禮儀就公館臨
其職也勵疲鈍岳自謙也欲以暴君子自彊
不息耳即就莅臨勗勉也善曰長安舊都
故曰名京潘子初臨故曰新館莅職謂蒞政
也毛萇詩傳曰莅臨也孔安國尚書傳曰勵
勉也又曰勗勉也周易曰君子以自強不息
於是孟春受謝善本作孟秋爰謝聽覽餘日巡省農
功周行廬室街里蕭條邑居散逸營宇寺署

肆鄽管庫蕞藏外芮汭於城隅者百不一處善本
作處一濟曰蕭條空曠貌散逸無人也蕞芮陋小貌時府寺市井之類皆毁廢有陋小
者或在城之偏隅若舊有百處今纔存一處善曰楚辭曰青春爰謝王逸曰謝去也上林
賦曰聽覽餘閑舞賦曰餘日怡蕩言今之寺署蕞芮在於城隅方之昔時雖復百分不能
處一也漢書曰劉向上疏曰頃籍蟠其宮室營宇風俗通曰今尚書御史謂者所止皆曰
寺漢書百官表少府有諸僕射者鄭玄周禮注曰肆市中陳物處鄭司農周禮注曰廛市
中空地禮記曰管庫之士鄭玄曰管管鍵也庫物所藏也字林曰蕞聚貌也說文曰芮小
貌處一或為一處非也所謂尚冠脩成黃棘宣明建陽
昌陰北煥南平皆夷漫滌蕩無其處而有其
名翰曰皆里名也向曰夷漫滌蕩平滅貌不知其處但有名而已善曰皆里名也

漢書曰宣帝舍長安尚冠里又曰武帝同母姊金王孫女號脩成君餘未詳爾乃
階長樂登未央汎太液凌建章縈駁蘇合娑索可
而款駘徒改盪轞音藺善本作轞枍計詣而轢歷承光
徘徊桂宮惆悵柏梁翰曰長樂未央皆漢宮之名階升也銑曰太
液建章宮名濟曰縈繞款至也駁娑駘盪枍詣承光皆臺名良曰桂宮宮名柏梁臺
名畫已毁壞故徘徊惆悵也善曰已上並見西京賦鷩必滅雉矢雊善豆於
臺陂狐兔窟於殿傍何黍苗之離離而余思
之芒芒翰曰鷩雉雉名言臺殿陂池荒敗故鷩雉狐兔得居也向曰皆謂耕田
生黍苗離離然岳因自歎見此而心思亦芒芒也善曰鷩雉已見射雉賦黍苗已見魏
都賦洪鍾頓於毁廟乘風廢而不懸善本作弗縣二字

濟曰洪鍾大鐘也頓落也乘風懸鍾格皆毁也善曰史游急就草曰乘風懸鍾華獨樂
禁省鞠為茂草金狄遷於霸川良曰鞠草茂貌秦鑄銅人
十二以象長狄董卓壞以為錢餘二枚魏明帝欲徙詣雒陽到霸城重不可致便留之故
云遷霸川善曰如淳漢書注曰本名禁中漢儀注孝元皇后父名禁避之故曰省毛詩
曰踧踧周道鞠為茂草毛萇曰鞠窮也今在霸城大道南銅人即金狄也懷夫蕭
曹魏邴之相銑曰懷想也夫者語之端蕭何曹參魏相邴吉皆漢名相也
善曰並已見西都賦辛李衛霍之將善曰漢書曰辛慶忌字子真為左將
軍匈奴西域親附敬其威信本狄道人又曰李廣隴西人也為右北平太守匈奴號曰漢
飛將軍避之數歲不入界衛霍已見長楊賦翰同善注衛使則蘇屬國
震遠則張博望善曰漢書孫寶銜命奉使職在刺舉又曰蘇武字子卿杜

陵人也武以中郎將使持節送匈奴使留在漢者匈奴乃徙武北海上武杖漢節牧羊武
留匈奴凡十九歲乃還拜為典屬國又曰張騫漢中人也以郎應募使月氏十三年得
還騫以校尉從大將軍擊匈奴知水草處軍得以不乏封騫為博望侯向同善注教
敷而彝倫序兵舉而皇威暢濟曰敷布彝常也此以疊於前
文言蕭曹之流為相布政教則常倫有次序辛李之屬為將兵舉於四夷而皇威宣暢也
善曰教蕭曹也舉兵衛霍也尚書曰彝倫攸序臨危而致善本作智勇
奮投命而高節亮善曰吳子曰一人投命足懼千人杜預左氏傳注曰
投棄命也史記曰魯連好持高節暨乎秺丁故侯之忠孝淳深
銑曰秺侯金日磾本匈奴休屠王太子以篤敬悟主每往甘泉宮見母形像未曾不涕泣
何羅作逆日磾誅之故云忠孝也善曰小雅曰暨及也漢書曰金日磾字翁叔本匈奴

休屠王太子也武帝拜為侍中駙馬都尉莽
何羅矯制發兵明旦上卧未起何羅從外入
日磾奏廁心動立入坐內戶下何羅袖白刃
從東廂上日磾抱何羅呼曰何羅反得擒縛
之繇是著忠孝節封為秺侯音妬陸賈之優遊宴喜善曰漢書曰陸
賈楚人也高祖拜賈為太中大夫有五男分其子子二百金令為生產賈常乘安車駟馬
從歌鼓瑟侍者十人謂其子曰與女約過女女給人馬酒食後陳平乃以奴婢百人車馬
五十乘錢五百萬遺賈為食飲費賈以此游漢庭公卿間名聲籍甚荅賓戲曰陸子優游
新語以興毛詩曰吉甫燕喜既多受祉翰同善注長卿淵雲之文子
長政駿之史向曰司馬相如字長卿王褒字子淵揚雄字子雲皆工為文司
馬遷字子長劉向字子政向子歆字子駿竝有良史之才善曰史記曰司馬遷字子長
為太史令脩史記歷黃帝以來至太初凡百三十篇漢書曰劉向字子政元帝擢為宗正

著疾讒摘要救危及世頌凡八篇又著五行傳列女傳新序說苑又曰劉歆字子駿為中
壘校尉為七略趙張三王之尹京定國釋之之聽理
善曰漢書曰趙廣漢字子都涿郡人守京兆大尹發姦擿伏如神又曰張敞字子高河東
人也守京兆尹枹鼓稀鳴市無偷盜又曰王遵字子貢涿郡人也為諫大夫守京輔都尉
行京兆尹事旬月間盜賊清又曰王章字仲卿泰山人也章以選為京兆尹又曰王駿琅
邪人也為京兆尹趙廣漢張敞王章至駿皆有能名故京師稱曰前有趙張後有三王又
曰于定國字曼倩東海人也為廷尉其決疑平法務在哀鰥寡罪疑惟輕朝廷稱之又曰
張釋之字季南陽人也為廷尉周亞夫見釋之持議平乃結為親友繇此天下稱之
濟向善注汲長孺之正直鄭當時之推士善曰漢書汲黯
字長孺濮陽人為主爵都尉數直諫鄭當時字莊陳人為大司農每朝候上間說未嘗不

言天下長者聞人之善進之上唯恐後班固贊曰汲黯之正直鄭當時之推賢終童
山東之英妙賈生洛陽之才子善曰漢書終軍字子雲濟
南人年十八選為弟子上書言事武帝異其文拜為謁者死年二十餘故世謂之終童賈
誼洛陽人年十八以能誦詩書屬文稱於郡中文帝召為博士時年二十餘曹植自試表
曰終軍以妙年使越飛翠緌而惟拖鳴玉以出入禁門者
衆矣向曰緌玉皆朝臣所服出入禁門者非一人善曰鄭玄禮記注曰緌纓飾也
禮記曰君子行則鳴珮玉東觀漢記杜預上書曰伏湛宜出入禁門補缺拾遺或被
髮左衽善本作衽奮迅泥滓翰曰又疊上文謂日磾自夷狄被髮左衽
而貴於此若奮迅起於泥滓也善曰謂日磾也論語曰吾其被髮左衽矣凡人沉於畢
賤故曰泥滓東觀漢記曰趙喜奮迅行伍李陵與蘇武書曰言為戮觸動增泥滓說文曰

滓澱也或從容傅附會望表知裏濟曰謂陸賈從容於平勃
之間附會將相之勢平諸呂有功故云望表知裏善曰謂陸賈也班固贊曰陸賈從容
平勃之間附會將相尚書大傳孔子謂子夏曰子見表未見其裏或著顯績
而嬰時戮良曰皆謂廣漢之屬或有大才而無貴仕翰曰
謂賈誼之類也皆揚清風於上列善本作烈垂令聞而不
已想珮聲之遺響若鏗鏘之在耳向曰上列上代也鏗
鏘珮聲善曰胡廣曰建鴻德流清風毛詩曰令問令望左氏傳穆叔曰令君雖終言猶
在耳當音鳳恭顯之任勢也乃熏灼四方震燿
都鄙翰曰王音王鳳弘恭石顯之徒邪佞用勢熏灼震燿於天下也善曰漢書曰
王鳳與元后同母為大司馬大將軍用事上遂謙讓無所事鳳薨從弟音代鳳為司馬車

騎將軍又曰弘恭沛人坐法腐刑為中尚書明習法令故事石顯已見西京賦前漢書谷
永曰許班之貴熏灼四方茫竦後漢書曰鄧騭寵靈顯赫光震都鄙而死之日
曾不得與夫十餘公之徒隸齒名善本作才難不
其然乎濟曰音鳳之流其死之日曾不得與蕭曹等十餘公之僕隸齒列名器之
難其如此矣善曰論語曰齊景公死之日民無德而稱焉十餘公之徒謂蕭曹之屬也
張湛列子注曰隸猶羣輩也一云徒隸賤人也漢書賈誼曰握重權大官而有徒隸無恥
之心乎高誘呂氏春秋注曰齒列也論語子曰才難不其然乎望漸臺而扼
腕梟澆巨猾而餘怒良曰巨猾王莽也莽為大逆誅於漸臺而梟首
故岳望之扼腕而怒善曰漢書曰更始兵從宣平城門入王莽之漸臺卜商人杜吳殺
莽取其綬史記曰天下之士莫不扼腕而言西京賦曰巨猾間釁漢書音義曰懸首於本

文選十　三十二

上曰梟揖不疑於北闕軾樗里於武庫銑曰雋不疑為
京兆尹有一人詐稱衛太子詣北闕不疑執送付獄由是重名故揖之樗里者秦惠王弟
而賢墓近武庫故軾也善曰漢書曰雋不疑字曼倩勃海人也為京兆尹有一男子乘
黃犢車詣北闕自謂衛太子公車以聞丞相二千石至者莫敢發言不疑後到叱從吏收
縛曰昔蒯聵違命出奔輒距而不納春秋是之衛太子得罪先帝亡不即死今來自詣此
罪人也遂送詔獄史記曰樗里子者名疾秦惠王之弟也卒葬于渭南章臺之東曰後百
歲當有天子之宮夾我墓至漢興長樂宮在其東未央宮在其西武庫正直其墓也酒
池鑑於商辛追覆車而不寤翰曰商辛紂也為酒池以亡國
漢武帝後為之履覆車之跡而不改寤善曰漢書贊曰武帝設酒池肉林賈誼國語注
曰鑒察也六韜太公曰桀紂王天下之時積糟為阜以酒為池脯肉為山林晏子春秋曰

諒曰前車覆後車戒賈誼過秦曰三主惑而終身不寤也曲陽僭於白虎
化奢淫而無度向曰白虎殿名曲陽侯王根僭淫造第以象之是無法度
善曰漢書曰王根為曲陽侯五侯大脩第室起土山漸臺洞門高廊百姓歌之曰五侯初
起曲陽最怒壞決高都連竟外社土山漸臺象西白虎毛詩序曰遊蕩無度命有
始而必終孰長生而久視濟曰有生必死誰能長生久視善
曰家語孔子曰命者性之始也死者生之終也有始必有終矣老子曰長生久視之道
武雄略其焉在近惑文成而溺五利良曰文成將軍
李少君五利將軍欒大皆方術士說武帝作宮觀以延神仙帝耽溺之其雄才大略亦何
在也善曰班固漢書贊曰如武帝有雄才大略文成已見上文侔造化以
制作窮山海之奧祕善曰淮南子曰大丈夫無為與造化逍遙也

文選十　三十三

靈若翔於神島犇鯨浪而失水曝鱗骼於漫
沙隕明月以雙墜擢仙掌以承露干雲漢而
上至翰曰靈若海神也池島高深翔集此神於此又刻石象鯨魚失水曝於沙上鯨
魚死其目化為明月珠故云雙墜一銑曰又作仙人捧承露盤把雲表之露善曰並已
見上文致邛蒟矩其奚難惟余欲而是恣從善本
一作縱逸遊於角觝邸絡甲乙以珠翠忽生人
善本作民之減半勤東岳以虛羡良曰武帝遣人開牂牁致邛竹
扶輿蒟醬而恣其欲又作角觝之戲令人兩兩相角力也又作甲乙之帳絡以珠翠海內
虛耗戶口減半忍使天下如此而封太山勤其虛功也善曰班固漢書西域贊曰孝武
之時感蒟醬邛竹杖則開牂牁越嶲漢書贊曰孝武奢侈海內虛耗戶口減半續漢書曰

羣臣上言宜封泰山詔曰遠遣吏上壽盛稱虛美餘並已見上文超長懷以
遐念若循環之無賜銑曰賜盡也言思念此事若循環無盡時也
善曰尚書大傳曰三王之統若循連環周則復始窮則反本方言曰賜盡也較角
面朝之煥炳次後庭之猗靡向曰言見較量面朝之事煥炳
明白可觀也次及後庭之事亦猗靡可述也煥炳明貌猗靡美貌　善曰言先明面朝次
至後庭也廣雅曰較明也周禮曰面朝後市子虛賦曰飛纖垂髾扶輿猗靡較音校壯
當熊之忠勇深辭輦之明智翰曰元帝幸虎圈奔熊逸出馮
婕妤恐及御坐乃直前當之成帝欲與班婕妤同輦婕妤辭曰妾聞六尺之輿與賢者同
載不聞嬖妾同車帝乃止　善曰漢書曰孝元傿昭儀上幸虎圈闘獸熊佚圈攀檻欲上
殿左右貴人傳昭儀皆走馮婕妤直前當熊而立左右格殺上問何故當熊婕妤曰猛獸

文選十　三十四

得人而止妾恐至御坐故身當之元帝嗟嘆以此倍敬重焉又曰成帝遊於後庭嘗欲與
班婕妤同輦載婕妤辭曰觀古圖畫賢聖之君皆有名臣在側三代末主乃有嬖女今欲
同輦得無近似之楚辭曰招貞良與明智衛鬒髮以光鑒趙輕體
之纖麗力智反濟曰武帝衛皇后其髮鬒黑光可以鑒人成帝趙皇后善舞體
輕而纖細麗美也　善曰衛趙已見西京賦左氏傳叔向之母曰昔有仍氏生女黰黑而
甚美光可以鑒人咸善立而聲流亦寵極而禍侈銑曰
聲流謂馮班二婕妤之盛德禍侈謂衛趙二后之疾惡　善曰以奇見幸故曰聲流因廢
自裁故曰禍侈津便門以右轉究吾境之所暨銑曰便門
便橋也至此盡長安界究盡暨至也　善曰漢書武帝紀曰三年作便門橋杜預左氏傳
注曰暨至也掩細柳而撫劒快孝文之命帥周受

命而善本作以忘身明戎政之果毅距華蓋於壘
和案乘輿之尊轡肅天威之臨顏率軍禮以
長揖一利輊棘霸之兒戲重條侯之倨貴良曰匈奴
大入邊遣劉禮軍霸上徐厲軍棘門周亞夫軍細柳文帝勞軍至霸上棘門皆馳入至細
柳軍士被甲持滿上不得入使詔將軍曰吾欲勞軍亞夫乃傳言開壁軍士謂車騎曰將
軍約軍中不得驅馳天子乃案轡徐至中營亞夫持兵揖曰介冑之士不拜帝曰霸上棘
門兒戲耳至於亞夫可得犯邪亞夫後封條侯軍法既受命而忘其身戎政兵之政也果
毅謂能制敵也華蓋天子之蓋壘和軍門揖揖也　善曰方言曰掩止也掩與揜同漢書
曰孝文後六年匈奴大入邊遣宗正劉禮軍霸上祝茲侯徐厲軍棘門河內守周亞夫軍
細柳帝勞軍至霸上棘門直馳入而之細柳軍軍士吏被甲持滿上至門不得入於是上使

文選十　三十五

使詔將軍曰吾欲勞軍亞夫乃傳言開壁壁門士謂軍騎曰將軍約軍中不得驅馳天子
乃按轡徐行至中營亞夫持兵揖曰介冑之士不拜請以軍禮見文帝曰曩者霸上棘門
軍如兒戲耳至於亞夫可得而犯邪左氏傳曰子朱怒撫劍從之六韜曰為將者受命忘
家當敵忘身左氏傳君子曰殺敵為果致果為毅劉韶遂初賦曰奉華蓋於帝側壘營也
和軍營之正門也力委切左氏傳齊侯曰天威不違顏咫尺說文曰揖拜舉手下也因利
切漢書曰丞相條侯至貴倨也杜預左傳注曰倨傲也索杜郵其焉在
云孝里之前號惘輟駕而容與哀武安以興
悼爭伐趙以徇國定廟算之勝負扞汗矢言
而弗善本作不納反推怨以歸咎未十里於遷路
尋賜劒以刎首嗟主闇而臣疾禍于善本疾作嫉于

作於何而不有翰曰杜郵白起所死之地名岳求索此地已改名孝里故云前讒惘失意之貌矣直也言昭王非扞直言不紛反推怨以殺之闇主即昭王也疾妬之臣謂范雎善曰杜郵亭名在咸陽西今謂之孝里辛氏三秦記曰畢陌西北有孝里畢陌西有白起墓惘猶罔罔失志之貌也楚辭曰遵赤水而容與史記曰白起者郿人也善用兵事秦昭王為武安君秦使王陵攻趙戰少利秦王欲使武安君代陵將武安君曰邯鄲未易攻也王自命不行乃使應侯請之終不可行秦圍邯鄲弗能拔武安君曰不聽臣計今何如矣秦王聞之怒遣白起不得留咸陽中既行出咸陽西門十里至杜郵秦王乃使使者賜之劍自殺闇主昭王也朝葬已見上文尚書曰率籲衆慼出矢言何休公羊注曰劍割也孫卿子曰主闇於上臣詐於下俱害之道西京賦曰林麓之饒于何不有也窺秦墟於渭城冀闕緬而善本作其字一堙一人盡覓陛

文選十　三十六

殿之餘基裁岥波岮大河以隱嶙力忍切良曰渭城古咸陽也冀闕秦闕名緬微堙城也岥岮隱嶙持平之貌陛殿階也善曰聲類曰墟故所居也史記曰秦孝公作為咸陽築冀闕緬畫貌也亡術切岥岮頹貌也司馬相如哀二世曰登岥岮之長坂隱嶙絶起貌想趙使之抱璧瀏力幽睨楹以抗憤銑曰秦欲以十五城易趙和氏之璧趙使藺相如奉璧於秦秦得璧無意與趙城相如曰璧有瑕請指示王授璧與相如相如持璧倚柱怒髮上衝冠瀏怒目貌抗憤猶發憤也楹柱也善曰史記曰秦王得趙璧無意償趙城相如曰璧有瑕請指示王王授璧相如因持璧却立倚柱曰臣觀大王無償趙王城色故臣復取璧大王必欲急臣臣頭今與璧俱碎於柱矣相如以其璧睨柱欲以擊秦王乃辭謝瀏睨目清貌也燕圖窮而荊發紛絶袖而自引濟曰燕太子丹使荊軻刺秦王軻奉

燕地圖置匕首於中秦王觀之圖窮匕首見軻持秦王袖王絶袖而走軻事不成也善曰史記曰荊軻獻燕督亢之地圖圖窮匕首見因左手把秦王之袖而右手持匕首揕之未至身秦王驚自引而起袖絶以其匕首揕秦王不中揕丁鴆切筑聲厲而高奮狙七預潛鉛以脫臏頻忍反向曰荊軻之客高漸離善擊筑秦王矐其目使擊筑後稍近之漸離以鉛置筑中舉筑扑秦王中臏臏膝上骨也狙伺候也善曰史記曰荊軻之客高漸離變名姓為人庸保以擊筑聞於秦始皇始皇召見人有識者乃高漸離秦帝矐其目使擊筑稍益近之高漸離乃以鉛置筑中舉筑扑秦皇帝不中遂誅論衡曰高漸離舉筑擊秦王中臏秦王病瘡死蒼頡篇曰狙伺候也尚書刑德放曰臏者脫去人之臏也郭璞三蒼蒼解詁曰臏膝蓋矐音各一音格據天位其若茲示狼狽而可愍翰曰言始皇據有天位乃狼狽若此可愍也

文選十　三十七

善曰尚書伊尹曰天位艱哉文字集略曰狼狽猶狼跋也孔叢子曰吾於狼狽見聖人之志荀悅漢紀論曰周勃狼狽失據塊然囚執俱音貝簡良人以自輔謂斯忠而鞅賢寄苛刑於捐灰矯扶蘇於朔邊銑曰秦簡忠賢自輔云得李斯商鞅鞅作苛法棄灰於道者刑也斯乃矯殺太子扶蘇於朔邊也捐棄也善曰史記曰商君者衛之諸庶孼子也名鞅姓公孫氏商君之法刑棄灰於道者又曰李斯者上蔡人也始皇以斯為丞相始皇長子扶蘇監兵上郡始皇崩與趙高謀詐為受始皇詔立子胡亥為太子為書賜長子扶蘇曰扶蘇不孝其賜劍以自裁扶蘇為人仁即自殺賈逵國語注曰苛煩也鄭玄周禮注曰矯稱詐以為是儒林塡於坑穽慈性詩書煬而為煙濟曰李斯勸始皇坑儒士焚詩書善曰史記曰盧生為始皇求仙藥以去始皇大怒使御史案用諸生諸生犯禁者四

百六十四人皆坑之咸陽又曰李斯曰臣請非博士官所職天下敢有藏詩書百家語詣
守尉雜燒之郭璞方言注曰今江東呼火熾猛為煬國滅亡以斷後身
刑轘患以啓前善本作先商法焉得以宿黃犬何
可復牽良曰國滅亡謂秦也商鞅竟為車裂李斯腰斬鞅初得罪亡至關欲止客
舍客舍曰商君之法不敢舍也故云安得以宿李斯臨刑謂其子曰吾欲復與汝牽黃犬
出上蔡東門其可得乎轘車裂也善曰史記曰秦孝公卒太子立公子虔之徒告商君
反商君亡至關下欲舍客舍人不知其是商君曰商君之法舍人無驗者坐之商君喟然
嘆曰嗟乎為法之弊一至於此秦惠王車裂商君鄭玄周禮注曰車裂曰轘史記曰李
斯具五刑出獄與其中子俱執顧謂其子曰吾欲與若復牽黃犬俱出上蔡東門逐狡兔
可得乎遂夷三族商鞅李斯各有食邑故曰國也刑轘之辟二人為首故曰啓前野

蒲變而成脯苑鹿化以為馬銑曰趙高欲為亂羣臣不聽乃
先設驗以蒲為脯以鹿為馬獻於二世羣臣言蒲言鹿者皆陰誅之也善曰風俗通曰
秦相趙高指鹿為馬東蒲為脯二世不覺史記曰趙高欲為亂恐羣臣不聽乃先驗持鹿
於二世曰馬也二世笑曰丞相誤耶謂鹿為馬也假讒賊善本作逆以天
權鉗衆口而寄坐向曰二世假借天權與趙高讒賊使賢臣鉗口而自
寄坐善曰春秋元命苞曰赤受命持天權莊子曰鉗墨翟之口兵在頸而
顧問何為不早而告我頗黔黎其誰聽惟請
死而獲可翰曰趙高既為亂使女婿閻樂殺二世兵至幄坐二世謂宦者曰何
不早告我對曰臣早言已誅矣安得至今樂詰二世曰足下為計二世曰吾願為一郡王
不許又曰願為萬戶侯不許又曰願與妻子為黔首閻樂麾其兵進二世自殺善曰史

記曰趙高恐二世怒誅及其身與其女婿閻樂謀易置上樂遂斬衛令二世怒召左右皆
惶擾不鬭旁有宦者一人侍不敢去二世入內謂曰公何不蚤告我宦者曰臣不敢言故
得全使臣蚤言皆已誅安得至今閻樂前即告二世曰足下其自為計二世曰吾願得一
郡為王弗許又曰願為萬戶侯弗許願與妻子為黔首弗許閻樂麾其兵陵二世乃自殺
兵在頸已見東京賦逮善本作建子嬰之果決敢討賊以舒
善本作紓禍勢土崩而莫振作降王於路左濟曰子嬰
始皇孫趙高既殺二世而立子嬰子嬰立乃手殺高以舒國禍言秦積惡久人心離散勢
如土崩雖討一賊不可振舉故降沛公於軹道傍善曰史記曰趙高立公子嬰為秦王
子嬰與其子二人謀曰今使我齋見廟此欲因廟中殺我我稱病不行丞相必自來來則
殺之高果自往子嬰遂刺殺高於齋宮廣雅曰殺果能也杜預左氏傳注曰紓除也漢書徐

樂上書曰臣聞天下之患在於土崩秦之末葉是也人困而主不恤下怨而上不知此之
謂土崩賈逵國語注曰振救也子嬰降已見上文蕭收圖以相劉料
聊險易以善本作與衆寡良曰沛公入咸陽蕭何收秦相府圖書藏之高
祖所以知天下戶口多少地形險易何由是為漢相一善曰史記沛公至咸陽蕭何獨先
入收秦丞相御史圖書藏之漢所以具知天下阨塞戶口多少者以何具得秦圖書也說
文曰料量也孫卿子曰地有近遠險易又曰識衆寡之用者勝也羽天與而
不善本作弗取冠沐猴而縱火銑曰項羽既燒秦宮室或說羽都關
中羽思東歸說者曰人言楚人如沐猴而冠耳果然沐猴獼猴也謂天與不取也善曰
史記曰客有說張耳曰天與不取反受其咎又曰或說項王關中可都項王見秦皆以燒
殘破又心懷思欲東歸說者曰人言楚人沐猴而冠耳果然張晏曰沐猴獼猴也漢書曰

羽因屠咸陽燒其宮室楚辭曰若縱火於秋蓬貫三光而洞九泉曾未足以喻其高下善本有也字向曰上貫三光謂高祖下及九泉謂項羽豈可相喻也善曰鄧析子曰賢愚之相覺若九地之下下重天之顛淮南子曰大道含吐陰陽而章三光許慎曰三光日月星也燕丹太子死懷恨入於九泉感市閭之菆阻留井歎尸韓之舊處蒸屬號而守闕人百身以納贖時喻協韻反豈生命之易投誠惠愛之洽著訐居謁望之以求直亦余心之所惡溫故思夫人之政術實幹時之良具苟明法以釋憾不愛才以成務弘大體以高貴非所望於蕭傅翰曰韓延壽為東郡太守為天下最代蕭望之為左馮翊望之遷御史大

夫延壽在東郡時放官錢千餘萬會御史問事東郡望之因令并問之延壽知即案劾望之在馮翊時廩犧官錢放散百餘萬上令窮竟所考望之卒無事實延壽竟坐棄市吏人數千送至渭城黃井即謂城東賣麻蒸之市岳言延壽惠愛在人能使丞屬號泣於闕下人願以百身贖其罪初望之將案驗延壽邪吾止之後聞延壽誣舉事遂復案驗且延壽雖有專擅之罪然有幹時之才而望之宜存公忘私安可許舉小恨用明法以快其心哉乃不愛人之才成國家之務耳望之左遷太傳是不弘大體非天下之望也善曰說文曰黃麻蒸也然黃井即謂城賣蒸之市也延壽被誅丞屬無守闕者而趙廣漢就戮則有之恐審誤毛詩曰如可贖兮人百其身論語子貢曰賜也亦有惡乎惡訐以為直者說文曰訐面相斥罪左氏傳穆叔曰齊人釋憾於弊邑之地又魏犨公欲殺之而愛其材周易曰開物成務莊子曰襄公之應司馬曰夷知大體者也漢書曰蕭望之左遷太子太傅

造千到長山而慷慨愇善本作偉龍顏之英主胄中豁其洞開羣善湊而必舉濟曰造至也長山漢高陵也高祖龍顏豁達大度天下之士至者必舉用之善曰漢書曰高祖隆準而龍顏又曰高祖葬長陵三秦記曰秦名天子冢曰長山漢曰陵故通名山陵漢書曰高祖意豁如也王命論曰英雄陳力羣策畢舉此高祖之大略也潘元茂九錫文曰羣善必舉也存威格乎天區亡墳掘其勿而莫禦臨掩坎而累抃步毀垣以延佇良曰言高祖生則存威德至于天地崩亡則墳壠被發掘不能禦也王莽之亂諸陵皆見發掘岳見壞墳毀精意傷之故撫膺而延佇也善曰尚書周公曰時則有若伊尹格于皇天范曄後漢書曰赤眉焚西京宮室發掘園陵又光武詔曰脩復西京園陵爾雅曰揜蓋也郭璞曰謂覆蓋王逸楚辭注曰擊手曰抃楚辭曰結幽蘭

而延佇越安陵而無譏諒惠聲之寂寞翰曰越於也安陵惠帝陵也其聲寂寞無以褒貶也善曰漢書曰惠帝葬安陵穀梁傳曰公會齊侯于讙無譏乎楚辭曰欲寂寞而絕端薛君韓詩章句曰寂無聲之貌也寞靜也弔爰絲之正議善本作義伏梁劍於東郭善曰漢書曰袁盎字絲楚人也為楚相病免家居梁孝王欲求為嗣盎進說王以此怨盎使人刺殺盎安陵郭門外盎烏浪切向同善注訊景皇於陽丘爰善本作奚信讒善本作譖而矜謔殞善本作隕吳嗣於局下蓋發怒於一搏成七國之稱亂翻助逆以誅錯恨過聽之善本作而無討茲沮善而勸惡銑曰訊問也陽丘景帝陵也景帝為皇太子時吳太子侍飲博爭道不恭皇太子引博局提殺之景帝即位晁錯說上令削吳吳王

起七國兵及爰盎與錯有隙乃說上謂上曰
七國之反以誅錯爲名今斬錯使赦七國可
兵不血刃上遂斬錯信讒謂聽爰盎之計也
矜諱謂因博而殺吳太子也誅晁錯是助七
國之逆景帝過聽盎之讒計而不討究其事
使即殺錯此事敗天下爲善者勸天下爲惡
者誠可恨之善曰廣雅曰訊問也何休公
羊傳注曰如其事曰訊加誣曰譖爾雅曰臧
諱也漢書曰景帝葬陽陵又景帝爲太子吳
太子侍飲博奕爭道不恭皇太子引博局提
吳太子殺之景帝即位晁錯說上令削吳地
及書至吳王起兵誅漢吏二千石以下膠西
膠東淄川濟南楚趙亦皆反七國反書聞爰
盎曰吳楚相遺書言賊臣晁錯擅迫諸侯削
奪之地故以反爲名而共誅錯方今計獨斬
錯發使赦七國則兵可無血刃上從其議遂
斬錯又鄧公謂上曰錯患諸侯強大請削之
地計晝始行卒受大戮內杜忠臣之口外爲
諸侯報仇帝曰公言善吾亦恨之又曰晁錯
潁川人爲御史大夫錯七故切今協韻七各

切漢書成帝曰過聽將作大匠萬年言昌陵
三年可成無討謂不誅盜也左氏傳子鮮曰
賞罰無章何以沮勸沮才與切漢書谷
永曰虧德沮善毛萇詩傳曰沮止也訾茲此
孝元於渭塋執奄尹以明貶濟曰訾病也謂塋元帝陵也奄
尹弘恭石顯也執此以用之明元帝可貶也
善曰漢書曰元帝葬渭陵奄尹謂弘恭石顯
也班固漢書述曰閹尹之訾穢我明德韋昭
曰訾病也疾多切鄭玄禮記注曰訾毀也何
休公羊傳注曰貶損也褒夫君之善行廢園邑以崇儉
良曰元帝以祖宗之廟園不合禮典者皆廢
之獨此可褒耳夫君即元帝善曰褒猶贊
美也夫君元帝也漢書曰元帝罷衛
思園及戾園又詔曰初陵勿置縣邑過延門
而責成忠何辜而爲戮陷社稷之王章俾幽
翰曰延門成帝陵京兆尹王章忠
直社稷之臣爲王鳳所譖陷大逆死而莫鞠

死獄中鞫問也言成帝可責之善曰漢書
曰成帝葬延陵爾雅曰辜罪也漢書曰成帝
時日有蝕之王章奏封事召見言王鳳不可
任用帝謂章曰微京兆直言吾不聞社稷計
後上不忍退鳳章遂爲鳳所陷章罪至大逆
死獄中爾雅曰俾使也漢書曰趙王幽死張
晏漢書曰鞫窮也謂窮問因情也
一曰鞫毛萇詩傳注曰鞫告也忕音大善本作忲
謠孌之凶忍勦子小皇統之孕育張舅氏之奸
漸貽漢宗以傾覆向曰忕縱也謠孌趙飛鷰
也飛鷰甚妬害帝二子後
宮有孕而使傷墜又飲藥傷墜無數此謂凶
忍使絕皇統也舅氏篡弒之漸自此開張漢
宗所以傾覆也勦絕也舅氏王莽族也善
曰小雅曰毋忕也謠孌謂趙飛鷰也漢書曰
司隸解光奏言許美人及宮史曹宮皆御幸
孝成皇帝產子隱不見又掖庭中御幸生子
者輒死又飲藥傷墮者無數左氏楚令尹子
上曰蜂目而豺聲忍人也杜預曰忍行不義

也尚書曰天用勦絕其命孔安國曰勦截也
截絕其命是也廣雅曰張開也舅氏諸王也
爾雅曰貽遺也左氏傳
呂相曰傾覆我國家刺哀主於義域僭天
爵於高安欲法堯而承禪善本作蓋一永終古而
不刊銑曰刺譏也義域哀帝陵也董賢有美
色帝幸之封爲高安侯故云僭天爵也
帝欲法堯舜之事禪位與賢羣臣莫敢言王
閎切諫乃止此終古不可刊削也善曰漢
書曰哀帝葬義陵又曰封董賢爲高安侯已
見西京賦論語曰不恒其德或承之羞楚辭
曰長無絕兮終古鄭
玄禮記注曰刊削也瞰康園之孤墳悲平后
之專絜殃厥父之篡逆蒙漢恥而不雪激義
誠而引決赴丹焰善本作爛以明節投宮火而焦
糜從灰煙而俱滅濟曰瞰視也康園平帝陵
也帝獨葬故云孤墳平帝

王皇后王莽女及漢兵誅莽后曰何面目以見漢家自投火而死故云激義誠以明節
善曰漢書曰平帝葬義陵又曰孝平王皇后莽女也及漢兵誅莽燔燒未央宮后曰何面
目以見漢家自投火中而死后不合葬故曰孤墳驚橫橋而旋軫歷
弊善本作敝邑之南垂良曰橫橋橋名旋軫還車也弊邑岳自謂長安也南
垂南界也善曰潘岳關中記曰秦作渭水橫橋橫音光雍州圖曰在長安北二里撗門
外也門磁石而梁木蘭兮構阿房步郎之屈求勿奇
疏南山以表闕倬卓樊川以激池役鬼傭其
猶否劑人力之所為工徒斲卓而未息義兵
紛以交馳宗祧吐彫汙烏而為沼豈斯宇之獨
隳銑曰阿房宮前殿以木蘭為梁以磁石為門懷刃者止之以南山為闕以樊川為池

文選十　四十四

知此壯麗役鬼神營之且猶不可況人力所為而不勞乎為此宮彫斲未畢沛公義兵已
交馳於中矣九臣弒君汙其宮而豬焉言叅宗廟尚汙為沼況是宮能不隳壞乎善曰
三輔黃圖曰阿房前殿以木蘭為梁磁石為門懷刃者止之史記曰始皇南山之巔以為
闕毛萇詩傳曰倬大也三秦記曰長安正南秦嶺嶺根水流為秦川一名樊川漢武上林
唯此為盛史記由余曰役鬼為之則神勞矣使人為之則人亦苦矣鄭玄周禮注曰傭與
庸通漢書高祖曰吾以義兵誅殘賊禮記曰遠廟為祧又邾婁定公曰臣弒君殺其人壞
其室洿其宮而瀦焉汙與洿古字通方言曰隳壞也由偽新之九廟誇
善本作夸宗虞而祖黃驅吁嗟而妖臨去搜佞哀
以拜郎翰曰王莽號大新九天子立七廟莽立九廟自云黃帝虞舜後周禮國有
大災則哭以厭之莽乃率群臣到南郊撫心大哭諸生哭甚悲哀皆除以為郎故曰妖臨

佞哀也善曰漢書王莽下書曰定有天下號曰新又王莽九廟一曰黃帝二曰虞帝三
曰陳王四曰齊敬王五曰濟北愍王六曰濟南伯王七曰元城孺王八曰陽平頃王九曰
新都顯王又曰鄧曄王匡起兵南鄉莽愈憂不知所出崔發曰周禮國有大災則哭以厭
之莽乃率群臣至南郊搏心大哭諸生甚悲哀及能誦策文除以為郎也誦六藝
以飾姦焚詩書而面牆心不則於德義雖異
術而同亡向曰莽誦六藝以飾姦詐秦焚詩書而取面牆為惡不同同歸於亡
善曰漢書曰王莽立樂經徵天下通一藝皆詣公車焚詩書已見上文尚書曰不學牆面
左氏傳富辰曰心不則德義之經為頑班固漢書王莽贊曰昔秦焚詩書以立私義莽誦
六藝以文姦言同歸殊塗俱用滅亡宗孝宣於樂遊紹衰緒以
中興良曰宣帝廟曰樂遊宣帝承昌邑淫亂之後故曰中興善曰漢書音義應劭

文選十　四十五

曰宣帝廟曰樂遊又宣紀贊曰可謂中興侔德殷宗周宣矣不獲事于敬
養盡加隆於園陵兆惟奉明邑號千人訊諸
故老造自帝詢隱王母之非命縱聲樂以娛
神雖靡率於舊典亦覩過而知仁濟曰宣帝戾太子孫
生數月而孤幽之囹圄其色養之心不饜故於叙園陵之禮有加于舊典宣帝父曰悼皇
考母曰悼夫人墓曰奉明園以倡優千人樂千人邑名起於此矣王母即宣帝母戾太子
事時并遇害言宣帝所行之事不必合於禮典然隱而行之適千人情亦以足知其仁也
詢宣帝名善曰漢書孝武衛皇后生戾太子太子納史良娣產子男進號曰史皇孫太
子敗皆遇害太子遺孫一人史皇孫子王夫人男是為孝宣帝即位乃葬衛左右追謚曰
思后故太子謚曰戾史良娣曰戾夫人史皇孫曰悼母曰悼后悼園稱奉明園潘岳關中

記曰宣帝父曰悼皇考母曰悼夫人墓曰奉
明園后曰思后以倡優雜伎千人樂思后園
令所謂千人鄉者是也兆塋也詢宣帝名也
毛詩曰召彼故老訊之占夢毛萇詩傳曰隱
痛也王母思后也爾雅曰父之妣為王母又
曰率循也尚書曰舊典時式論語子曰人之
過也各於其黨觀過斯知仁矣憑高望之陽隈體川陸之汙
隆良曰高望堆名陽隈堆之南也體水陸高下形勢也　善曰廣雅曰憑登也長安圖
曰高望堆延興門南八里隈厓也鄭玄周禮注曰體分也漢書音義或曰汙下也開
襟乎清暑之館遊目乎五柞之宮翰曰清暑五柞皆漢
宮觀名　善曰曹植閑居賦曰愬寒風而開襟清暑謂甘泉也西都賦曰九峻甘泉涸陰
沍寒日北至而含凍此焉清暑楚辭曰忽反顧而遊目五柞已見上文交渠引
漕激湍生風銑曰交渠溝渠之名生風言水之急也　善曰漕渠已見上文

文選十　四十六

也乃有昆明池乎其中其池則湯湯傷汗汗
滉瀁彌漫浩如河漢向曰言廣大也善曰並已見上文日月
麗天出入乎東西音先叶韻旦似暘谷夕類虞淵
銑曰麗著也暘谷日出處虞淵日入處　善曰並已見上文昔豫章之名
宇披立流而特起儀景星以善本作於天漢對善本
作列牛女以雙峙濟曰景星瑞星也言於池中起豫章觀儀法瑞星以石刻
為牛女之宿列於池邊　善曰儀謂法象之也餘並已見上西京賦圖善本作啚萬
載而不傾奄摧落於十紀擢百尋之曾善本作層
觀今數仞之餘址濟曰其謀欲使萬代不毀而幾經百餘年而便摧落
豫章觀其高百尋至今傾壞只有數仞餘址也　善曰孔安國尚書傳曰十二年曰紀武

帝元狩三年穿昆明池至王莽之敗凡一百一十三年今云十紀言其大數耳振鷺
于飛鳧躍鴻漸乘雲頡頏胡岡隨流澹徒濫淡徒感
瀺仕湛反　善本作瀺灂仕捉驚波唼所甲喋直甲菱善本作蔆芡
渠儼反　良曰振鷺鳧鴻皆鳥名漸進也銑曰乘雲言飛高也頡頏鳥聲澹淡浮貌
翰曰瀺灂出沒貌唼喋鳥食貌菱芡草名　善曰並已見上文華蓮爛於綠
善本作淥沼青蕃煩蔚乎翠瀲濟曰蓮蕃皆草名瀲水際　善曰說
文曰蕃草茂也瀲波際也力奄切伊茲池之肇穿肆水戰於
荒服志勤善本作懃遠以極武良無邀善本作要於後
福向曰言武帝初穿此池方習水戰以伐昆明國志在勤於邊遠極用威武不為後人
流福矣　善曰釋穿池之意也言志在勤於遠略以極武功良無要於已後之福也福謂

文選十　四十七

水物之利漢書曰越欲與漢用船戰遂乃脩昆明池也賈逵國語注曰肄習也左氏傳周宰
孔曰齊侯不務德而勤遠略鍾會檄曰窮武極戰杜預左氏傳注曰要邀也而菜
蔬芼毛實水物惟錯乃有贍乎原陸在皇代
而物土故毀之而今復翰曰此中物產豐乎原陸先時毀之今更
復也皇代謂晉也芼草也　善曰西都賓曰華實之毛尚書曰海物惟錯　字書曰贍足也
皇代謂晉也言在皇代物其土宜故前毀之而今又復左氏傳賓媚人曰先王疆理天下
物土之宜杜預曰播殖之物各從土宜凡厥寮司既富而教咸
帥貧情同整楫接棹善本作櫂字收罟課獲引繳
灼舉效鰥夫有室愁民以樂五孝反　銑曰百寮主司能使
人富而又教之人皆相帥同整舟楫漁於此池有所效獲而利之婚姻以時愁人亦為樂

也善曰論語冉有曰既富矣又何加焉曰敎之廣雅曰課第也謂品第也謂品第其所
獲也杜預左氏傳曰曰效致也謂其舉所致多少也徒觀其鼓枻徒可切善
本作枻迴輪灑鈎善本作釣投網善本作罔垂餌出入挺
扠初加切善本作叉来往濟曰枻船尾輪鈎釣鈎餌魚餌扠可以刺魚善曰
言欲迴輪必先鼓枻也郭璞方言曰今江東人呼枻為軸舊說曰輪鈎輪也謂為車以收
釣緡也輪或為綸毛萇詩傳曰緡綸也灑亦投也挺拔也叉取魚叉也西京賦曰叉簇之
所捕撈纖經連白鳴榔郎厲響貫鰓罥丁歷尾掣
昌折三牽兩良曰以白羽綴網經上兩人對引之鳴榔叩木為聲以驅魚也罥繫
也言三度掣鈎兩度得魚善曰纖經連白網也連白以白連羽連綴經其上於水中二
人對引之說文曰榔高木也以長木叩船為聲言曳纖經於前鳴長榔於後所以驚魚令
入網也淮南子曰魚者扣舟罥猶擊也書曰掣牽也於是弛青鯤於網
善本作網鉅解赬鯉於黏徽向曰弛亦解也鯤鯉皆魚名網鉅釣鈎也
徽網也有在鈎及著網者皆解取也善曰杜預左氏注曰弛解也鯉鯤二魚名也孔安
國論語注曰網者為大網以徽繫鈎羅屬著網鉅鈎也說文曰黏相著也女廉切又曰徽
大索也言魚黏於網故曰黏徽也華魴躍鱗素鱮揚鬐濟曰魴鱮
皆魚名華謂鮮華也躍鱗揚鬐言魚尚生者善曰鬐巳見子虛賦饔善本作雍人
纏切鑾刀若飛應刃落俎靃靃私壘霏霏良曰饔人
造食之入纏切言切魚細如線纏也鑾刀上鈴刀若飛謂疾也應刃而落於俎器中靃
靃霏霏細淨貌善曰周禮曰內饔中士鄭玄曰饔者割烹煎和之稱也鑾刀巳見東京
賦紅鮮紛其初載賓旅竦而遲去御既餐服

而屬厭泊恬靜以無欲音喻協韻迴小人之腹為
君子之慮翰曰紅鮮鱠之色載成遲待也言膾初成賓旅竦踴以待御食既餐
服之而屬其美翻然思治淡無欲迴小人之腹為君子之慮也善曰傳毅七激曰膽其
鯉鮒精如禿紅張衡七辯曰鞏沿之鱒割以為鮮薛君韓詩章句曰載設也毛萇詩傳曰
南方有魚遲之也然遲思待之也毛詩曰以御賓客左氏傳曰梗陽有獄其大宗賂以女
樂魏子將受閻沒女寬將諫饋八三歎曰始至恐其不足是以數中置自咎曰豈將軍食
之而有不足是以再歎及饋之畢願以小人之腹為君子之心屬厭而已獻子辭梗陽人
廣雅曰恬泊靜也老子曰我好靜而民自正我無欲而民自朴爾乃端策拂
茵彈冠振衣銑曰策馬杖也茵車中席整衣冠將還也善曰言將還也策
馬檛也茵車中蓐也毛詩曰文茵暢轂楚辭曰新沐者必彈冠新浴者必振衣徘徊
豐鄗善本作鎬如渴如飢心翹勤善本作懃以仰止不
加敬而自祗良曰豐鄗水名如渴如飢者思賢人而仰止之雖無所加敬常
自祗懼也善曰豐鄗周所居也孔叢子子思曰君若飢渴待賢企佇也毛詩曰高山仰
止禮記曰宗廟之中未施敬而人敬豈三聖之敢夢竊十亂之
或希向曰三聖文王武王周公也十亂謂周公邵公畢公毛公太公太顛閎夭散宜
生南宮适文母也言思賢之心豈敢望夢三聖如十亂或欲希冀之善曰琴操曰崇侯
譖文侯於紂曰西伯昌聖人也長子發中子旦皆聖三聖合謀將不利於君論語孔子曰
吾不復夢見周公尚書曰予有亂臣十人馬融論語注曰周公旦召公奭太公望畢公榮
公太顛閎夭散宜生南宮适其一人謂文母也廣雅曰希庶也經始靈臺成
之不日惟鄗及酆善本作惟酆及鄗仍京其室庶人

子來神降之吉積德延祚莫貳其一濟曰靈臺文王所作人願為之不日而成酆鄗之都周大其屋室庶人如子之來故神降吉祥也此由積道德以延祚嗣天下無有二心之人惟其一也　善曰靈臺已見上文毛詩曰作邑於酆又曰宅其鎬京左氏傳季梁曰人和而神降之福史記曰古公積德行義國人皆戴之漢書翼奉上書曰永世延祚不亦優乎莫二其一謂周祚延之長唯自其一莫能為二蔡邕胡黃公頌曰參其二也永惟此邦云誰之識越可略聞而難臻其極子嬴鋤以借子夜父訓秦法而著色耕讓畔以閒閑田治善本作沾姬化而生棘蘇張喜而詐騁虞芮而銳愧而訟息銑曰此邦之風雖以略聞不至其極言秦法父子異居子有嬴餘之鋤以借於父仍誶秦法不許自以有息而形於

色也蘇秦張儀喜秦政多僻得縱騁譎詐也虞芮二國爭田見周人皆讓其畔訟者遂息退為閑田荊棘已生言其地不改經周秦之化而人情有異耳　善曰言誰之識言難識也馬融廣成頌曰三五以來越可略聞周禮嘉量銘曰允臻其極漢書賈誼曰商君遺禮義秦俗日敗借父耰鋤慮有德色音義曰假與父鋤而德之尚書傳曰虞人與芮人質其成於文王入文王之境則見其人民讓為士大夫入其國則見士大夫讓為公卿二國相謂曰此其君亦讓以天下而不居也讓其所爭以為閑田毛萇詩傳曰耕者讓畔行者讓路蘇秦張儀已見上文由此觀之土無常俗而教有定式上之遷下猶善本無猶字鈞善本作均之埏失然埴音埴良曰埏和埴土也上之化下如為器者用泥隨手而成器也　善曰漢書董仲舒曰上之化下下之從上猶泥之在鈞唯甄者之所為如淳曰陶家作器於鈞上杜預左氏傳注

曰埏平也老子曰埏埴以為器河上公曰埏和也埴土也謂和土以為器也雖善本無此字五方雜會風流溷混淆胡交惰農好利不昏作勞密邇獫險狁允戎馬生郊向曰五方所湊溷亂之地農人怠惰不彊作勞溷亂昏彊也濟曰密邇近也獫狁匈奴也故戎馬生於郊　善曰漢書曰秦地五方雜錯風俗不純富人則商賈為利說文曰溷亂也溷或為渾尚書曰惰農自安不昏作勞左氏傳曰以魯國之密邇仇讎毛詩曰獫狁孔熾老子曰天下無道戎馬生郊而制者必割實存操平刀良曰為政臨人亦由操刀制割惟意所擬而成言雖溷淆戎馬之地而化猶上也　善曰漢書賈誼曰黃帝云操刀必割左氏傳子產曰大官大邑而使學者制焉猶未能操刀而使之割人之升降隨善本作與政隆替鐵仗善本作杖信則莫不用

情無欲則賞之不竊銑曰言為政猶人但使信義雖不盡其情自絕營欲雖賞之使竊終不為也　善曰左氏傳子展曰扶德莫如信扶信以待晉不亦可乎論語子曰上好信則人莫敢不用情又曰康子患盜孔子曰苟子之不欲雖賞之不竊也雖智不能理明不善本不並作弗能察信此心也庶免夫戾力結反翰曰言我雖不能明察任信無欲之心庶幾免于罪戾也善曰言已雖無才能然任其才信無欲之心庶足以理左氏傳太史克曰庶幾免於戾乎戾下或有劣字非也如其禮樂以俟來哲向曰至如禮樂化人非我能力以待將來之智者矣　善曰論語冉求曰如其禮樂以俟君子幽通賦曰訊來哲以通情

文選卷第十

箱

文選 十一

賦
遊覽
宮殿

共六十

文選卷第十一

梁昭明太子撰　五臣并李善注

遊覽

王仲宣登樓賦一首

孫興公遊天台山賦一首并序

鮑明遠蕪城賦一首

宮殿

王文考魯靈光殿賦一首并序

何平叔景福殿賦一首

遊覽

登樓賦 盛弘之荊州記曰富陽縣城樓王仲宣登之而作賦

王仲宣 良曰魏志云王粲字仲宣山陽高平人也少而聰敏有大才仕為侍中時董卓作亂仲宣避難荊州依劉表遂登江陵城樓因懷歸而有此作述其進退危懼之情也　善曰魏志曰王粲字仲宣山陽人獻帝西遷粲從至長安以西京擾亂乃之荊州依劉表後太祖辟為右丞相掾魏國建為侍中卒

登茲樓以四望兮聊假日以銷憂 翰曰時天下喪亂逼迫無暇故假借此日登樓而四望也　善曰馮衍顯志賦曰伏朱樓而四望採三秀之華英孫卿子曰多暇日者其出入不遠也賈逵國語注曰暇閑也暇或為假楚辭曰遷逡次而勿驅聊假日以消時邊讓章華臺賦曰冀彌日以銷憂漢書東方朔曰銷憂者莫若酒

暇古雅切覽斯宇之所處兮實顯敞而寡仇挾清漳之通浦兮倚曲沮之長洲七余濟曰斯宇則此樓也敞高仇匹也謂明高少匹也漳沮水名言樓在其傍若挾而倚也　善曰西京賦曰雖斯宇之既坦李尤高安館銘曰增臺顯敞禁室靜幽蒼頡篇曰敞高顯也爾雅曰仇匹也挾猶帶也山海經曰荊山漳水出焉而東南注于雎漢書地理志曰漢中房陵東山沮水所出至郢入江雎與沮同背墳衍之廣陸兮臨皋隰之沃流北彌陶牧西接昭丘銑曰沃美彌連也陶鄉名郊外曰牧昭丘楚昭王墓也　善曰杜預左氏傳注曰陸道也孟康漢書注曰沃灌溉也爾雅曰彌終也謂終極也盛弘之荊州記曰江陵縣西有陶朱公冢其碑云是越之范蠡而終於陶爾雅曰郊外曰牧荊州圖記曰當陽東南七十里有楚昭王墓登樓則見所謂昭丘華實蔽

野黍稷盈疇雖信美而非吾土兮曾何足以少留向曰言此雖高明寡匹川原可賞然非吾鄉何足停留也　善曰春秋文耀鉤曰春致其時華實乃榮說文曰疇耕治之田也賈逵國語注曰一井為疇楚辭曰雖信美而無禮北征賦曰曾不得乎少留說文曰曾謂辭之舒也遭紛濁而遷逝兮漫踰紀而迄今情眷眷而懷歸兮孰憂思之可任翰曰踰過也十二年曰紀迄至孰誰也自遇世亂遷逝居此已過一紀至今也眷眷懷歸之情誰堪此憂思也　善曰紛濁喻代亂也楚辭曰叉精粹而吐紛濁孔安國尚書傳曰十二年曰紀毛詩曰以迄于今毛萇曰迄至也韓詩曰眷眷懷顧毛詩曰豈不懷歸毛萇曰懷思也杜預左氏傳注曰任當也憑軒檻以遥望兮向北風而開襟平原遠而極目兮蔽荊山之

高岑濟曰軒檻樓之欄也荊州在帝鄉南故向北開襟思故國之風而極目遠望為荊山所蔽終不復見　善曰言感北風踰增鄉思也小雅曰憑依也漢書曰天子自軒檻上隤銅丸韋昭曰軒檻殿上欄軒上板也風賦曰有風颯然而至王乃披襟而當之楚辭曰目極千里傷春心漢書臨沮縣荊山在東北也爾雅曰山小而高曰岑路逶迤而脩迥兮川既漾而濟深翰曰逶迤長貌脩長迥遠也漾大水也言歸路長遠川大濟深以踰時之險難莫能遂濟　善曰逶迤長貌也爾雅曰迥遠也毛詩曰江之漾矣不可方思薛君曰漾長也毛詩曰濟有深涉爾雅曰濟渡也漾以上切悲舊鄉之擁隔兮涕橫墜而弗禁平昔尼父之在陳兮有歸歟之歎音向曰謂喪亂擁隔也悲涕流下而不禁也孔子在陳絕糧歎曰歸歟歸歟　善曰楚辭曰忽臨睨夫舊鄉漢中山王勝曰不

知涕泣之橫集左氏傳曰孔丘卒公誄之曰尼父無自律論語子在陳曰歸歟歸歟鍾儀幽而楚奏兮莊舄昔顯而越吟人情同於懷土兮豈窮達而異心翰曰楚人鍾儀為晉所縶晉侯與之琴遂操楚音侯曰樂操土風不忘本也遂釋之莊舄越人仕楚在病楚王曰舄越之鄙人今日入楚富貴矣必思於越使人往聽之乃為越吟言思歸者人情所同豈窮達之際而有殊也　善曰左氏傳曰晉侯觀于軍府見鍾儀問曰南冠而縶者誰也有司對曰鄭人所獻楚囚也使稅之問其族對曰伶人也使與之琴操南音公曰樂操土風不忘舊也史記曰陳軫適楚秦惠王曰子去寡人之楚亦思寡人不陳軫對曰昔越人莊舄仕楚執珪有頃而病楚王曰舄故越之鄙細人也今仕楚執珪富貴矣亦思越不對曰凡人之思故在其病也彼思越則越聲不思越且楚聲人往聽之猶尚越聲也今臣雖棄逐之楚豈能無秦

聲者哉窮謂鍾儀達謂莊舄論語子曰小人懷土孔安國曰懷思也呂氏春秋曰道德於此窮達一也

惟日月之逾邁兮俟河清乎其未極

冀王道之一平兮假高衢而騁力 銑曰黄河清則聖人出棨若天下反亂故云日月逾邁河清未極期也冀宇內清平假借帝王之高道馳騁才力以為輔弼 善曰尚書云日月逾邁若弗云來左氏傳曰鄭子駟曰周詩有之俟河之清人壽幾何杜預曰逸詩也爾雅曰極至也賈逵國語注曰覬望也冀與覬同尚書曰王道正直孔安國曰王道平直也高衢謂大道也薛君韓詩章句曰騁馳也

懼匏瓜之徒懸兮畏井渫之莫食 翰曰匏瓜為物繫而不食者也而仲宣自喻懼無寸祿之給井渫者井不停汚不為人食蓋喻修身全潔畏時君之不用也 善曰論語子曰吾豈匏瓜也哉焉能繫而不食鄭玄曰我非匏瓜焉能繫而不食者冀往仕而得祿周易曰井渫不食為我心惻鄭玄曰謂已浚井也猶臣修正畏不事君也張璠曰可為惻然傷道未行也然不食以被任用也

步棲遲以徒倚兮白日忽其將匿風蕭瑟而並興兮天慘慘而無色獸狂顧以求群兮鳥相鳴而舉翼 向曰棲遲猶優遊也言於樓上行步優遊還徙倚立白日將没風聲並起慘慘無色言鳥獸之類尚求羣舉翼將歸故所以我獨此羈寓 善曰毛詩曰衡門之下可以棲遲楚辭曰步徙倚而遙思杜預左氏傳注曰匿藏也楚辭曰蕭瑟兮草木搖落而變衰通俗文曰暗色曰黲慘與黲古字通楚辭曰狂顧南行王逸曰狂猶遽也大戴禮夏小正曰鳴也者相命也

原野闃其無人兮征夫行而未息心悽愴以感發兮意忉怛而憯七感惻 翰曰日暮休農故原野無人時既離亂故

文選十一　四

征夫未息仲宣感發故多憯惻忉怛猶悽愴也 善曰原野闃無農人但有征夫而已周易曰闃其戶闃其無人埤蒼曰闃靜也毛詩曰駪駪征夫廣雅曰感傷也毛詩曰勞心忉忉毛萇詩曰憂勞也音刀又曰勞心怛怛毛萇曰怛怛猶忉怛也丁達切

循階除而下降兮氣交憤於胷臆夜參半而不寐兮悵盤桓以反側 濟曰循履也階除棲飛道也降下也言日既夕將履飛道而下彌增憤氣滿於胷臆也參及也盤桓反側皆不安貌謂夜及半不寐情思不安也 善曰司馬彪上林賦注曰除樓陛也杜預左氏傳注曰交夾也王逸楚辭注曰憤懣也說文曰臆胷也於力切方言曰參分也韓子曰衛靈公至濮水夜分而聞有鼓琴者毛詩曰耿耿不寐易曰初九盤桓利居貞廣雅曰盤桓不進也毛詩曰展轉反側

文選十一　五

遊天台山賦并序

善曰支遁天台山銘序曰余覽內經山記云剡縣東南有天台山

孫興公 翰曰晉書云孫綽字興公太原人也為永嘉太守意將解印以尚幽寂聞此山神秀可以長往因使圖其狀遙為之賦賦成示友人范榮期榮期曰此賦擲地必為金聲也此山在會稽東南也 善曰何法盛晉中興書曰孫綽字興公太原人也為章安令稍遷散騎常侍領著作郎尋轉廷尉卿卒于時才筆之士綽為其冠

天台山者蓋山嶽之神秀也涉海則有方丈蓬萊登陸則有四明天台皆玄聖之所遊化靈仙之所窟宅 向曰方丈蓬萊四明並山名玄遠也言此山皆遠聖神仙之所遊居變化也 善曰廣雅曰秀異也方丈蓬萊皆海中名山也爾雅曰高平曰陸謝

靈運山居賦注曰天台四明相接連四明方石四面自然開窻名山略記曰天台山即是
定光寺諸佛所降葛仙公山也夫其峻極之狀嘉祥之美窮
山海之瓌富盡人神之壯麗矣所以不列於
五嶽闕載於常典者豈不以所立冥奧其路
幽迥良曰環富謂珍美之寶靈異之物多也所以不次五嶽之數不載祭祀之常典
者蓋以深奧幽遠道路所不致矣　善曰毛詩曰嵩高維岳峻極于天東京賦曰備致嘉
祥埤蒼曰瑰瑋珍奇也爾雅曰太山為東嶽華山為西嶽霍山為南嶽常山為北岳嵩山
為中岳常典五經之流也冥奧者冥冥深奧也幽迥遼遠也或倒景於重
溟或匿峯於千嶺翰曰景影重深溟海匿藏也直上孤立曰峯平高而
長曰嶺言此山俯以臨深海山影倒在水中其峻峯遠在嶺後故為千嶺所蔽　善曰重

溟謂海也山臨水而影倒故曰倒景也始經魑魅之塗卒踐無
人之境銑曰始初卒終塗道也魑魅山鬼謂初經鬼魅之道終至無人之處言深
遠也　善曰杜預左氏傳注曰魑山神魅怪物莊子曰其道幽遠而無人舉世罕
能登陟王者莫由禋祀故事絕於常篇名標
於奇紀向曰禹定高山大川而此山不載故云事絕常篇也內經山記所說剡東
南有天台山故云名標奇紀也　善曰劉兆穀梁注曰舉盡也楚辭曰舉世皆然將誰告
孔安國尚書傳曰精意以享謂之禋廣雅曰絕滅也篇即常典也廣雅曰標書也奇紀即
內經山記然圖像之興豈虛也哉非夫遺世翫道
絕粒茹芝者焉能輕舉而宅之非夫遠寄冥
搜篤信通神者何肯遙想而存之濟曰粒穀茹食也芝之

草食之可仙者綽使圖畫此山觀而慕之故云豈虛也哉言實美也冥幽搜求篤厚也言
非脫遺世事耽翫高道絕穀食芝者何能居之非遠託幽求篤信通神者安肯遠思之也
善曰列仙傳曰赤須子好食松實絕穀孔安國尚書傳曰米食曰粒音立列仙傳讚曰吞
水須茹芝斷食休糧以除穀氣廣雅曰茹食也讓慮切楚辭曰願輕舉而遠遊言非寄
情遐遠搜訪幽冥篤信　善曰道通神感化者何肯存之也余所以馳神運
思晝詠宵興俛仰之間若已再升者也翰曰宵夜
興起也綽志好此山晝夜不捨故云晝詠夜起低首仰首之間忽如再登於此山也俛低
首也　善曰莊子老聃謂崔瞿曰其疾俛仰之間再撫四海之外也王弼周易注曰若
辭也瞿音劬方解纓絡永託茲嶺不任吟想之至
聊奮藻以散懷良曰解脫也纓絡縈纏也奮發藻文也言將脫去俗理之

縈纏長居於此山不任吟想之極也故聊復發於文詞以散長想之懷　善曰方猶將也
纓絡以喻世網也說文曰嬰繞也纓與嬰通郭璞山海經注曰絡繞也歸田賦曰揮翰墨
以奮藻

太虛遼廓而無閡魚代運自然之妙有融而為
川瀆結而為山阜翰曰太虛混氣也遼廓廣遠也妙謂妙理有謂有形
言混氣廣遠無所限閡運動自然之妙理是乃萬物有形混氣融者為水結者為山瀆亦
水也阜亦山也　善曰太虛謂天也自然謂道也無形無名妙有謂一也言大道運彼自
然之妙一而生萬物也管子曰虛而無形謂之道鵩鳥賦曰寥廓忽恍老子曰道生一王
弼曰一數之始而物之極也謂之為妙有者欲言其有不見其形則非有故謂之妙欲言
其無物由之以生則非無故謂之有也斯乃無中之有謂之妙有也阮籍通老子論曰道

自然易謂之太極春秋謂之元老子謂之道
也老子曰三生萬物鍾會曰散而爲萬物也
融猶銷也班固終南山賦曰流
澤遂而成水停積結而成山
嗟台嶽之善本
有所
字
奇挺寔神明之所扶持蔭牛宿秀以曜
峯託靈越以正基結根彌於華岱直指高於
九疑應配天於唐典齊峻極於周詩向曰挺
拔也言
奇挺者秀異不羣也寔實也實如神明之所
扶持也牛星越分野言此星蔭覆以曜其峯
託根於此地謂靈越者言山海靈異所出也
彌過也言峻極過於華岱二山直指而上復
高於九疑九疑山名堯祭五嶽以配天此山
神秀亦可應也周詩云嵩高維岳峻極于天
今此山齊也善曰廣雅曰挺出也魯靈光
殿賦序曰豈非神明依憑支持者也天台越
境故云牛宿也漢書曰越地斗牛之分野結
猶固也南都賦曰結根竦本華岱九疑皆山

名也劉瓛周易義曰彌廣也配猶對也左氏
傳周由謂陳侯曰姜太嶽之後也山岳則配
天杜預曰姜姓之先爲
堯四岳故曰唐典也
邈彼絶域幽邃窈窕
近智者以守見不之之者以路絶而莫曉翰
曰
邈遠也窈窕深極貌近小之智也遠彼者言
此山遠也絶域者謂其遠絶人跡幽邃深極
則小智之人但以守其俗見而不往也往者
以路徑險絶莫能通曉之善曰王逸楚辭
注曰邈遠也絶遠也魯靈光殿賦曰旋室㛹
娟以窈窕洞房叫窱而幽邃王逸曰邃深也
近智猶小智也爾雅曰之往也言近智者守
所見而不之假有之以其路斷絶莫之能曉
也方言曰
曉知也
哂夏蟲之疑冰整輕翮而思矯銑
曰
矯舉哂笑也夏蟲不知冬有寒冰亦猶小智
不識高遠故笑之乃思欲整輕翮而高舉以
遊其中也翮鳥羽也神仙皆乘駕鳥行故曰
輕翮也善曰言淺近小智同乎夏蟲今既

哂之故整翮思矯也馬融論語注曰哂笑也
莊子北海若謂河伯曰夏蟲不可以語於冰
者篤於時也司馬彪曰厚信其
所見之時也方言曰矯飛也
理無隱而不
彰啓二奇以示兆赤城霞起以建標瀑布飛
流以界道翰曰志所事至無隱不明無謂不
成此山上有城赤色如霞起而立
標望瀑布泉懸流千仞如垂布而下過於石
梁之上故云界道二奇則赤城瀑布也兆跡
也善曰劉向列女傳曰名無細而不聞行
無隱而不彰二奇赤城瀑布也賈逵國語注
曰兆形也支道天台山銘序曰往天台當由
赤城山爲道徑孔靈符會稽記曰赤城山名
色皆赤狀似雲霞懸霤千仞謂之瀑布飛流
灑散冬夏不竭天台山圖曰赤城山天台之
南門也瀑布山天台之西南峯水從南巖懸
注望之如曳布建標立物以爲之表識也戰
國策曰舉標標卑遥切界道謂爲道疆
界也法華經曰黃金爲繩以界八道
覩靈

驗而遂徂忽乎吾將行仍羽人於丹丘尋不
死之福庭濟曰見此山靈驗神思遂往而忽
行也仍因也羽人仙人也言因仙
人於丹丘尋求不死之庭謂求仙之處也
善曰楚辭曰仍羽人於丹丘兮留不死之舊
鄉王逸曰因就衆仙於明光也丹丘晝
夜常明山海經有羽人之國不死之民
苟台
嶺之可攀亦何羨於曾城釋域中之常戀暢
超然之高情良曰曾城在崑崙山上天帝之
居也言此山既可攀陟亦何羨
於崐崙山將釋捨俗中常情所戀通暢我超
縱自然之道善曰薛君韓詩章句曰羨願
也淮南子曰掘崐崙墟以下地中有層城九
重是也老子曰域中有四大漢書音義曰暢
通也老子曰雖有
榮觀宴處超然
被毛褐之森森振金策之
鈴鈴披荒榛之蒙籠陟峭崿之崢嶸濟楢由

溪而直進落五界而迅征向曰被服也毛褐
羽衣也金策錫杖
竝仙人所服用也森森衣貌鈴鈴策聲也落
經也荒榛深林也峭崿高峯也蒙籠林密貌
崢嶸峯高貌迅疾也楢溪溪名至深險阻也
五界峻道名言濟此險阻經峻道而疾行也
善曰七啓曰余好毛褐未暇此服也金策錫
杖也鈴鈴策聲高誘淮南子注曰叢木曰榛
孫子曰草樹蒙籠文字集略曰崿崖也字林
曰崢嶸山高貌顧愷之啓蒙記注曰之天台
山次經油溪謝靈運山居賦曰凌石橋之莓
苔越楢溪之縈紆注曰所居往來要經石橋
過溪人迹不復過此楢字雖殊並酉留切
落耶行也五界五縣之界也孔靈符會稽記
曰此山舊名五縣之餘地五縣餘姚鄞
句章鄞始寧服虔漢書注曰鄞音銀跨穹
隆之懸磴臨萬丈之絕冥踐莓苔之滑石搏
壁立之翠屏攬樛木之長蘿援葛藟之飛莖

文選十一　十

雖一冒於垂堂乃永存乎長生翰曰懸磴石
橋也絕冥深
澗也此山有石橋廣不盈尺下臨萬丈深澗
又有莓苔生於石上甚滑也有石屏風如壁
立橫絕橋上傍有小徑人以手搏而行又把
攬樛木之蘿攀援葛藟之莖然後得進度雖
一冒垂堂之險乃可永保神仙之道樛木長
木也蘿附木而生有蔓者葛藟葛蔓也善
曰穹隆長曲貌西京賦曰閣道穹隆懸磴石
橋也顧愷之啓蒙記注曰天台山石橋路逕
不盈尺長數十步步至滑下臨絕冥之澗磴
丁鄧切冥幽深也莓苔即石橋之苔也翠屏
石橋之上石壁之名也異苑曰天台山石有
莓苔之險孔靈符會稽記曰赤城山上有石
橋懸度有石屏風橫絕橋上邊有過逕纔容
數人仲長子昌言曰斧帳翠屏之不坐莓音
梅顧愷之啓蒙記注曰濟石橋者搏巖壁援
女蘿葛藟之莖毛詩曰南有樛木葛藟纍之
毛萇曰木下曲曰樛居虯切藟力鬼切爾雅
曰女蘿兔絲賈逵國語注曰援引也漢爰盎

諫上曰臣聞千金之子坐不垂堂老子曰長
生久視之道東方朔十洲記曰桂英流丹服
之長生必契誠於幽昧履重險而逾平向曰契
結逾甚
也言結誠信不欺於幽昧神明之道則雖足
履此險而甚於平道之易善曰幽昧謂道
也鍾會老子注曰幽
冥晦昧故稱為玄既克濟善本作隮於九折路
威夷而脩通恣心目之寥朗任緩步之從容
濟曰威夷長貌脩長也寥朗從容寬曠閑樂
貌言山道曲折有九既能濟之則長路威夷
而通恣心目任緩步自覺寬曠閑樂也善
曰言其道嶮曲折有九也杜篤首陽山賦曰
九折萋菲而多艱韓詩曰道威夷者也列子
曰晏平仲問養生於管夷吾曰恣目之所欲
視恣意之所欲行寥朗謂心虛目明也說文
曰寥虛空毛萇詩傳曰朗明也列子曰子華
之容緩步闊視尚
書曰從容以和藉慈夜萋萋之纖草蔭落落

文選十一　十一

之長松覿翔鸞之裔裔聽鳴鳳之嗈嗈過靈
溪而一濯踈善本作疏煩想於心胷蕩遺塵於旋
流發五蓋之遊蒙追羲農之絕軌躡二老之
玄蹤濟曰藉鋪纖細蕩洗軌迹玄大也萋萋
草美貌落落松高貌裔裔鸞飛貌嗈嗈
和鳴也此山有靈溪之水踈滌煩俗之想旋
流深洞也遊蒙天中清氣也塵六塵也色聲
香味觸法五蓋貪慾瞋恚睡眠調戲疑悔也
洗蕩於深淵啓發於天中盡已除矣羲農伏
羲神農也二老老子老萊子皆有高道故追
之善曰以草薦地而坐曰藉楚辭曰春草
生兮萋萋杜篤首陽山賦曰長松落落卉木
蒙蒙裔裔飛貌也爾雅曰嗈嗈和也謂聲之
和也靈溪溪名也廣雅曰濯洗也賈逵國語
注曰踈除也因一濯而彼言也六塵虛假而
能不住故曰蕩雖遺而未能盡故曰遺中論
曰六塵色聲香味觸法高誘淮南子注曰旋

流深淵也身意皆淨而能不離故曰發五蓋非真而蔽己善行故曰遊大智度論曰五蓋貪欲瞋恚睡眠調戲疑悔禮記曰昭然發蒙五蓋或為神表羲農伏羲神農也廣雅曰執跡也又曰躡履也二老老子老萊子也史記曰老子者楚苦縣人名耳字聃姓李氏見周之衰乃遂去西至關關令曰子將隱矣強為我著書乃著上下二篇言道德之意又曰老萊子亦楚人也著書十五篇言道家之用修道而養壽也劉向別錄曰老萊子古之壽者

陟降信宿迄于仙都

翰曰迄至也再宿為信言上下兩宿至于仙都也都猶聚也善曰毛詩曰陟降庭止毛萇曰陟降上下左氏傳曰凡師一宿為舍再宿為信爾雅曰迄至也十洲記曰滄浪海島雙中有石室九老仙都治處仙官數萬人

雙闕雲竦以夾路瓊臺中天而懸居珠閣

善本作朱闕

玲瓏於林間玉堂陰映於高隅

翰曰闕樓也竦立也雙樓如雲之立夾於路傍高臺在於天半若懸之在空而居也玉堂深邃故云陰映高謂在山之高處東南曰隅善曰顧愷之啓蒙記注曰天台山列雙闕於青霄中上有瓊樓瑤林醴泉仙物畢具十洲記曰崑淵山金臺玉樓流精之闕瓊華之室西王母之所治真官仙靈之所宗也晉灼漢書注曰玲瓏明見貌

彤雲斐亹以翼櫺皦日炯晃於綺疏

向曰彤雲彩雲也斐亹文色貌翼扶也櫺鉤欄也炯晃光明貌綺疏窻也彩雲若扶於鉤欄皦日光明於綺窻善曰斐亹文貌亹亡匪切翼猶承也櫺窻間子也毛詩曰有如皦日皦公鳥切炯晃光明也李尤東觀銘曰房闥內布綺疏外陳薛綜西京賦注曰疏刻穿之也然刻為綺文謂之綺疏也

八桂森挺以凌霜五芝含秀而晨敷惠風佇芳於陽林醴泉涌溜於陰渠

銑曰八桂八樹桂叢生也森然挺生凌霜不凋芝草藥也五者青黃赤白黑皆含秀吐榮而布於晨朝惠和佇起芳春也陽謂南陰謂北也扶有花故香也善曰山海經曰桂林八樹在賁隅東郭璞曰八樹成林言其大也賁隅音番禺神農本草經曰桂一葉冬夏常青不枯又曰赤芝一名丹芝黃芝一名金芝白芝一名玉芝黑芝一名玄芝紫芝一名木芝馮衍顯志賦曰食五芝之茂英違讓章華臺賦曰惠風春施宁猶積也佇與宁同毛萇詩傳曰山南曰陽鄭玄周禮注曰陽林生於山南史記曰崑崙山上有醴泉白虎通曰醴泉者美泉狀如醴陰渠山北之渠

建木滅景於千尋琪樹璀璨而垂珠

濟曰景影也建木木名天帝所從上下處此木日中無影故云滅景也千尋言木高也八尺曰尋琪樹玉樹璀璨光色也善曰淮南子曰建木在廣都衆帝所自上下日中無景呼而無響蓋天地之中也山海經曰神人之丘有建木百仞無枝又曰崑崙之墟北有珠樹文玉樹玗琪樹璀璨珠垂貌玗羽俱切璀七罪切

王喬控鶴以沖天應真飛錫以躡虛

翰曰王喬仙人應真得真道之人執錫杖而行於虛空故云飛也善曰列仙傳曰王子喬者周靈王太子晉也道人浮丘公接以上嵩高山三十餘年後人於山上見之乃曰告我家七月七日待我於緱氏山頭果乘白鶴駐山頭毛萇詩傳曰控引也史記楚莊王曰有鳥不蜚蜚乃沖天百法論曰并及八輩應真僧然應真謂羅漢也大智度論曰菩薩常應二時頭陁常用錫杖經事佛儀

騁神變

善本作變

之揮霍忽出有而入無

向曰揮霍變易貌言馳騁神思有若執轡而遊言疾也變易不常出有為之地或入無為之境言自然也善曰言衆仙既登正道故能騁其神變出於無有而入無為也淮南子曰出於無有入於無為

於是遊覽既周體靜心閑害馬已去世事都捐

翰曰黃帝於襄城下見牧馬童子而問塗

天下童子曰為天下何異乎牧馬去其害馬
今嗜欲已除亦猶害馬去羣矣捐棄也　善
曰王逸楚辭注曰閑靜也莊子曰黃帝將見
大隗于具茨之山適遇牧馬童子黃帝曰請
問為天下小童曰夫為天下者亦奚以異乎
牧馬者哉亦但去其害馬者而已矣郭璞曰
馬以過分為害歸田
賦曰與世事乎長辭
投刃皆虛目牛無全凝
思幽巖朗詠長川
翰曰庖丁解牛三年之後
所見皆非全牛已見其骨
節但以神為不以目視而投刃皆虛言今得
道之至妙無所疑礙亦如此也朗高也凝思
坐於幽巖高詠臨於長川　善曰莊子曰庖
丁為文惠君解牛文惠君曰善哉技庖丁對
曰臣所好者道進乎技矣臣始解牛時所見
無非牛者三年之後未嘗見全牛也今臣以
神遇而不以目視也廣雅
曰凝止也朗猶清徹也
爾乃羲和亭午遊
氣高褰
良曰羲和日御也亭至也遊氣海氛
也褰收也言海氣蔽日至午而氣乃
高收而見日也　善曰楚辭曰吾令羲和弭
節兮王逸曰羲和日御也午日中徐爰射雉
賦注曰
褰開也
法鼓琅以振響衆香馥以揚煙
翰曰
法鼓
鐘也琅聲也馥香氣積也法華經
云擊大法鼓燒衆名香李善注同
肆覲天宗
爰集通仙
翰曰肆將覲見宗尊爰乃也言將
見天尊乃遊集諸神仙人也　善
曰天尊謂老君也通仙謂衆仙也其通猶通
侯也尚書曰肆覲群后孔安國曰肆遂也
挹以玄玉之膏漱以華池之泉
向曰玄玉華
池皆神仙之
所食也挹酌漱飲也　善曰毛萇詩傳曰挹
斟也揖與挹同山海經曰密山是生玄玉
膏之所出郭璞曰言玉膏中又出
黑玉史記曰崑崙其上有華池
散以象外
之說暢以無生之篇
銑曰道經云大象無形
此則象外之說也維摩
經云得無生法忍此則無生之篇也　善曰
象外謂道也周易曰象者像也荀粲列傳粲

荅兄俁云立象以盡意此非通乎象外者也
象外之意故蘊而不出矣無生謂釋典也維
摩詰曰是天女所願具
足得無生忍俁牛年切
悟遺有之不盡覺涉
無之有間
翰曰我言常時以為遺於有涉於
無足以為道矣及此乃悟用智遺
有終無盡理有心涉無終有間隙何者以其
不能使物無不可所以有無並列此謂昔之
非今乃是也　善曰言道釋二典皆以無為
宗今悟有為非而遺之遺之而不盡覺無為
是而涉之而有間言皆滯於有
也說文曰悟覺也小雅曰間隙也
泯色空
以合跡忽即有而得玄
向曰玄道也色五色
空虛空今言視此二
者泯然如一忽自遺有之情而得於道也
善曰言有既滯有故釋典泯色空以合其跡
道教忽於有而得於玄郭象莊子注曰泯平
泯也又曰本末內外暢然俱得泯然無跡維
摩經喜見菩薩曰色色空為二色即是空非
色滅空色性自空如是受想行識識空為二
識即是空非識性自空於其中通而達者為
入不二法門有謂有形也王弼老子注曰凡
有皆始於無又曰有之所始以無為本然王以
凡有皆以無為本無以有為功將欲寤無必
資於有故曰即有而得玄也
王弼又曰玄冥默無有也
釋二名之同出
消一無於三幡
翰曰二名謂有無也此兩者
同出於心而異其名今若釋
去其有以從其無固有理矣夫道者視之不
見名曰希無色也聽之不聞名曰夷無聲也
搏之不得名曰微無形也　幡則成三無則歸
一并消其一道何遠也　善曰釋謂解說令
散也二名即有名物始無名物母也言二
雖異釋之令同出於道也老子曰無名天地
之始有名萬物之母故常無欲以觀其妙常
有欲以觀其徼此兩者同出而異名同謂之
玄王弼曰兩者謂始與母也同出於玄也異
名所施不同也在首則謂之始終則謂之母
也訓暢令盡也三幡色一也色空二也觀三
也言三幡雖殊消令為一同歸於無也欲歎

與與謝慶緒書論二幡義曰近論三幡諸人猶多欲既觀色空別更觀識同在一有而重假二觀於理為長然敬輿之意以色空及觀為三幡識空及觀亦為三幡恣語樂以終日等寂默於不言銑曰既得其道語默自齊善曰夫言從道生道因言暢道之因言理歸空一故終日語樂莘乎不言莊子曰言而足則終日言而盡道也又曰言無言終身未嘗言終身不言未嘗不言渾萬象以冥觀兀同體於自然翰曰冥猶大也此緯纂道之深所以此賦多述玄妙之理以詫焉兀無營貌言無營於心同乎自然之道也善曰妙悟玄宗則蕩然都遣不知已之是已不見物之為物故渾齊萬像以冥觀兀然同體於自然孝經鉤命決曰地以舒形萬象咸載冥昧也言不顯親也兀無知之貌也自然已見上文

蕪城賦善曰集云登廣陵故城漢書曰廣陵國高帝十一年屬吳景帝

文選十一　十六

更名江都武帝更名廣陵江都易王非廣陵厲王胥皆都焉

鮑明遠翰曰沈約宋書曰鮑昭字明遠東海人也文辭贍逸至宋孝武帝時臨海王子頊鎮荊州明遠為其下參軍隨至廣陵子頊敗逆昭見廣陵故城蕪乃漢吳王濞所都濞亦叛逆為漢所滅昭以子頊事同於濞遂感為此賦以諷之善曰沈約宋書曰鮑昭字明遠文辭贍逸世祖時昭為中書舍人上好為文章自謂物莫能及昭悟其旨為文多鄙言累句當時咸謂昭才盡實不然也臨海王子頊為荊州昭為前軍掌書記之任子頊敗為亂兵所殺

瀰彌迤以爾平原南馳蒼梧漲張海北走去紫塞鴈門翰曰瀰迤相連貌蒼梧地名漲海海名紫塞鴈門皆塞名善曰瀰相連

漸平之貌也廣雅曰迆斜也平原即廣陵也南馳北走言所通者遠也漢書有蒼梧郡謝承後漢書曰陳茂常渡漲海如淳漢書注曰走趍也崔豹古今注曰秦所築長城土色皆紫漢塞亦然故稱紫塞漢書有鴈門郡柂徒可切善本作柂字以漕渠軸以崐岡重江複關之隩四會五達之莊濟曰柂舟具也引水轉轂曰漕軸車也崑原岡也言舟浮於漕渠車行於原岡隩要也南有二江以為關要故曰重江複關道路通於遠近故曰四會五達也莊道也善曰廣雅曰拖引也漕渠邗溝也左氏傳曰吳城邗溝通江淮杜預曰通糧道說文曰漕水轉轂也又曰軸持輪也崑崗廣陵之鎮平也類車軸之持輪河圖括地象曰崐崗之山橫為地軸拖或為陸軸或為袖南臨江曰重帶江南曰複蒼頡篇曰隩藏也洛陽記曰銅駝二枚在四會道頭爾雅曰五達謂之康六達謂之莊當昔全盛之時車挂轊衛

文選十一　十七

人駕肩廛閈撲卜地歌吹沸天銑曰全盛之時謂吳王濞時轊車軸也駕猶倚也言車軸相挂人肩相倚廛里也閈里門言閭里之門徧地歌吹之喧沸天也善曰全盛謂漢時也史記蘇秦說齊王曰臨菑之塗車轂擊人肩摩說文曰轊車軸端杜預左氏傳注曰駕陵也謂相迫切也鄭玄周禮注曰廛民居區域之稱說文曰閈閭也方言曰撲盡也郭璞曰今種物皆生云撲地出也孳茲貨鹽田鏟利銅山才力雄富士馬精妍向曰孳滋鏟削也此邑人滋貨在於煑海鹽削銅鑄錢勇才壯力以競雄富士人也言人馬皆尚精華妍麗以為常也善曰聲類曰孳蕃也孳滋古字通也海賦曰陸海鹽田蒼頡篇曰鏟削平也初產切史記曰吳有豫章郡銅山吳王濞盜鑄錢煑海水為鹽班固傳贊曰材力有餘士馬強盛范曄後漢書曰王元說隗囂曰今天水完富士馬最強故能侈秦法佚

周令劃崇墉刳濬洫圖脩世以休命良曰佚過劃開墉城刳鑿圖謀脩長休美也言奢侈過於周秦之法令乃開崇城鑿深溝以謀長世之羡命也善曰聲類曰奓侈字也軼過也佚與軼通西都賦曰覽秦制跨周法字林曰推刃曰劃刳謂除削其土也周易曰刳木為舟薛綜西京賦注曰墉謂城洫池也左氏傳北宮文子曰其有國家令問長世尚書曰俟天休命春秋元命苞曰命者天之命也是以板築雉堞之殷井幹寒烽櫓之勤格高五嶽袤茂廣三墳崒慈聿若斷岸矗丑六似長雲製磁石以禦衝糊赬壤以飛文觀基扃之固護将萬祀而一君出入三代五百餘載竟瓜割善本作剖而豆分翰曰版築築城也一雉長三丈堞城上短牆也井幹樓也櫓却敵也格度也袤周迴也言格度高於五嶽諸侯之城周迴之廣雖讀三墳之書見列國之制亦無此者崪高貌矗直也磁石曾鐵故以為門有懷刃者則脅之使不得過故云禦衝糊粘也赬壤赤土也以粘和之飾壁故云飛文固護牢固也三代漢魏晉今則五百餘年雖曰固牢固竟以亡滅荒蕪若此其土地如瓜之割肌各為吞食如豆之出莢忽以分散善曰郭璞曰三蒼解詁曰板築牆上下板築杵頭鐵沓也鄭玄周禮注曰雉長三丈高一丈杜預左氏傳注曰堞女牆也殷盛也淮南子曰大構架興宮室雜樓井幹許慎曰皆屋構飾也郭璞上林賦注曰櫓望樓也蒼頡篇曰格量度也五嶽已見上文南北曰袤三墳未詳或曰毛詩曰遵彼汝墳又曰鋪敦淮墳爾雅曰墳莫大於河墳此蓋三墳崒高峻也矗齊平也三輔黃圖曰阿房宮以磁石為門懷刃者止之廣雅曰衝突也字書曰糊黏也戶徒切毛萇詩傳曰赬赤也七啓曰耀飛文說文曰扃外閉之關也凡文士之言基扃況論城

闕輚車稱彰舟謂之艫耳非獨指扃也固護言牢固也王逸廣陵郡圖經曰郡城吳王濞所築然自漢迄于晉末故云出入三代五百餘載也漢書賈誼上疏曰高帝瓜分天下王功臣也澤葵依井荒葛罥塗壇羅虺呼鬼蜮羽逼階鬬麏居筠善本作麏鼯木魅山鬼野鼠城狐風嗥胡高雨嘯昏見晨趨濟曰澤葵莓苔也罥繞壇堂羅列虺蛇也昔日堂構階庭之盛今並為荒草所蕪蟲獸鬼魅遊焉以為窟宅嗥嘯風雨昏曉為常也善曰王逸楚辭注曰風萍水葵生於池中罥猶結也王逸楚辭注曰壇堂也毛詩曰為鬼為蜮毛萇曰蜮短狐也公羊傳曰有麏而角劉兆曰麏麞也麏與麇音義同鼯鼠也說文曰魅老物精也莫愧切楚辭九歌有祭山鬼漢書曰蘇武掘野鼠草實而食之魏明帝長歌行曰久城育狐兔高墉多鳥聲左氏傳曰豺狼所嗥也飢鷹厲吻寒鴟嚇呼亞雛伏暴善本作虣藏虎乳血飧膚翰曰厲猛鷹也吻觜也雛鴟雛也暴虎虎狼也言飢鷹猛厲開張其觜志為貪勇將有所擊鴟雛非梧桐不栖非竹實不食非醴泉不飲而鳴得腐鼠鴟過其上鳴仰而嚇之此喻臨海王為逆自恃其威亦猶鷹貪而鴟食也又若虎狼暴猛害人血肉也善曰鷹摩也鄭玄周禮注曰吻口邊也亡粉切鄭玄毛詩箋曰口拒人曰嚇郭璞爾雅注曰雛生而能自食者謂鳥子也字書曰虣古文暴字蒲到切虣或為虦爾雅曰虦白虎虦戶甘切崩榛塞路崢嶸古馗白楊早落塞草前衰翰曰崢嶸深暗貌馗道也榛叢木也言叢木崩摧塞絕人行路古道深暗塞猶荒也崢善曰服虔漢書注曰榛木叢生也廣雅曰榮深冥也毛詩曰肅肅兔罝施于中逵薛君曰中逵道中九交之道也仇悲切雀豹古今注曰白楊葉圓李陵書曰涼秋九月塞外草衰塞或為寒稜稜霜氣蔌蔌

魯葛善本作蔌風威孤蓬自振驚砂坐飛灌莽杳而
無際叢薄紛其相依向曰孤蓬草也無根而隨風飄轉者明遠自喻
客遊也坐飛謂忽然而飛喻戎馬起也水草雜生曰灌莽也杳杳遠貌叢薄草木相雜也
紛亂也善曰稜稜霜氣嚴冬之貌蔌蔌風聲勁疾之貌蔌素鹿切無故而飛曰坐飛廣
雅曰灌叢也王逸楚辭注曰草木交曰薄通池既已夷峻隅又以
頹直視千里外唯見起黃埃凝思寂聽心傷
已摧銑曰通深夷平也峻隅高城也埃塵也善曰通池城壕也峻隅城隅也王逸楚
辭注曰埃塵也天台山賦曰嶷思高巖若夫藻扃黼帳歌堂舞
閣之基琁淵碧樹弋林釣渚之館吳蔡齊秦
之聲魚龍爵馬之玩皆薰歇燼滅光沈響絕

文選十一　二十

濟曰藻黼謂彫畫也琁淵玉池也碧樹玉樹也弋林射鳥之處釣渚之館觀魚之所也吳
蔡之女善歌吟齊秦之女善箏瑟魚龍爵馬皆假之為飾以為玩樂而今皆芳香已歇化為
灰燼華光已沈歌樂絕矣善曰藻扃施藻畫也司馬相如美人賦曰芳香芬烈黼帳
高張琁淵玉池也碧樹玉樹也楚辭曰吳歈蔡謳漢書藝文志有齊歌秦歌西京賦曰海
鱗變而成龍又曰大雀踆踆又曰爵馬同轡杜預左氏傳注曰薰香也又曰燼火之餘木
東都妙姬南國佳善本作麗人蕙心紈質玉貌絳
脣莫不埋魂幽石委骨窮塵豈憶同輦善本作輦
之愉樂離宮之苦辛哉銑曰蕙香草喻美也紈輕細綺也玉貌白
如玉也絳赤也言妙姬佳人蕙心之輕細之質色貌赤脣皆已化矣豈知同車而遊以
為樂一閉在深宮以為苦辛哉　善曰陸機擬東城一何高曰京洛多妖麗玉顏侔瓊蕤然

京洛即東都也曹子建詩曰南國有佳人華容若挑李武帝納皇后頌曰如蘭之茂好色
賦曰腰如束素蘭蕙同類紈素纖之文士愛奇故變文耳宋玉笛賦曰頳顏臻玉貌起楊
雒蜀都賦曰眺朱顏離絳脣委猜積也魏志曰明帝悼毛皇后有寵出入與帝同輿輦哀
門賦曰期城南之離宮天道如何吞恨者多抽琴命操
為蕪城之歌翰曰人皆樂生而哀死故吞恨者多命操猶述志也言述其所
志而為是歌也善曰韓詩外傳曰孔子抽琴去彰以授子貢廣雅曰命名也琴操曰琴
有伯夷之操夫遭遇異時窮則獨善其身故謂之操歌曰邊風起善本作急
字兮城上寒井徑滅兮丘隴殘千齡兮萬代
共盡兮何言翰曰屋三為井徑道也言人居室遷毀行道荒蕪而丘隴亦已
摧殘歲已久矣千年之間變改萬代皆已共盡今復何言也　善曰周禮曰九夫為井

文選十一　二十一

又曰夫間有遂遂上有徑莊子曰化窮數盡謂之死

宮殿

魯靈光殿賦 并序

王文考銑曰范曄後漢書云王延壽字文考南郡宜城人父
逸欲作此賦命文考往錄其狀文考因韻之以簡其父父曰吾
無以加也時蔡邕亦有此作十年不成邕見文考此賦遂隱而
不出文考時年二十至二十四過漢江溺而死也　善曰范曄
後漢書曰王逸字叔師南郡宜城人也子延壽字文考有儁才
遊魯作靈光殿賦後蔡邕亦造此賦未成及見延壽所為甚奇
之遂輟翰而止後溺水死時年二十餘

張載注

魯靈光殿者蓋景帝程姬之子恭王餘之所
立也良曰靈光殿名餘恭王名善曰漢書景帝十三王傳曰程姬生魯恭王餘
初恭王始都下國好治宮室遂因魯僖基兆
而營焉向曰九諸侯歸國曰下國兆始也僖僖公言因僖公之始跡而營此殿焉
善曰漢書曰恭王徙魯好治宮室毛詩曰命于下國韋昭國語注曰曲沃在絳下故曰下
國然以天子為上國故諸侯為下國載曰昔魯僖公使大夫公子奚斯上新姜嫄之廟
下治文公之宮故曰遂因魯僖基兆而營焉善曰史記曰季友奉公子申立是為釐公釐
與僖同爾雅曰兆域也遭漢中微盜賊奔突自西京未
央建章之殿皆見隳壞而靈光巋然獨存意

者豈非神明依憑支持以保漢室者也銑曰遭漢
中微盜賊奔突謂王莽篡也未央建章皆殿名隳廢也巋然高大堅固貌言靈光高大堅
固而獨存者將為神明支持以保漢室令其復興也載曰突唐突也詩云昆弗突矣未
央建章西京二殿之名杜預左氏傳注曰隳毀也巋然高大堅固貌也善曰孔叢子孔
子曰夫山者巋然高巋丘軌切廣雅曰隳毀也巋然其規矩制度上應
星宿秀亦所以永安也濟曰規矩方圓也上應觜陬之星也善
曰上應星宿謂觜陬也曰規矩應天上憲觜陬賦予客自南鄙觀藝
於魯覩斯而眙丑吏曰嗟乎詩人之興感物而
作翰曰文考客於荊州故云南鄙言魯有周孔遺風思禮樂之義故云觀藝眙驚視也
言見靈光神異而驚視將欲慕詩人感物之義載曰南鄙荊州也廣雅曰鄙國也蘇六

經也魯有周公孔子在焉愕視曰眙本為蘇而來見此驚也見可嗟之物為作詩作賦
故奚斯頌僖歌其路寢而功績存乎辭德音
昭乎聲翰曰奚斯魯公子也頌僖公立路寢清廟奕奕功績存乎辭辭則頌也
德音昭乎聲傳之不已也善曰毛詩曰新廟奕奕奚斯所作辭君曰奚斯魯公子也言
其新廟奕奕然盛是詩公子奚斯所作也左氏傳司馬侯曰先王務修德音以享神人也
毛詩曰我有嘉賓德音孔昭物以賦顯事以頌宣匪賦匪
頌將何述焉向曰言事物必以賦頌宣而明之遂作賦曰
粵若稽古帝漢祖宗濬哲欽明殷五代之純
熙紹伊唐之炎精翰曰粵語辭也若順稽考濬深哲智欽敬殷盛也五
代唐虞夏殷周也熙廣紹繼伊惟也唐堯也言漢能順考古道深智明盛五代大廣之德

繼惟堯之炎精劉堯後故云紹唐漢火德故云炎精也載曰若順也稽考也言能順天
地考行古之道者帝也濬深也哲智也又有深智欽明詩云濬哲商書云放勳欽明
善曰書曰粵若稽古帝堯又曰濬哲文明善曰殷盛也五代唐虞夏殷周也言漢盛於
五代純熙之道而紹帝堯火德之運也毛詩曰時純熙矣爾雅曰純大也孔安國尚書傳
曰熙廣也爾雅曰紹繼也詩含神務曰慶都生伊堯孔安國尚書傳曰堯以唐侯升為天
子李尤德陽殿賦曰若炎唐稽古作先東觀漢記序曰漢以炎精布耀或幽而光又馮衍
說鮑永曰社稷復存炎精更輝荷天衢以元亨廓宇宙而作
京敷皇極以創業協神道而太寧銑曰荷賴衢道元大
亨通廓開敷布皇大極中協合寧安也言漢氏賴天道大通開宇宙而作為京室布大中
之道以創制鴻業合於神道而大安也載曰衢道也易曰荷天之衢道大行也元善之

長也亨嘉之會也天所覆為宇中所由為宙也善曰方言曰張小使大謂之廓鄭玄周易注曰人君在上位負荷天之大道載曰皇極皇建其有極謂得中也協和神明之道而天下大寧皆謂初漢之盛時也善曰孟子曰君子創業垂統為可繼也周易曰聖人以神道設教於是百姓昭明九族敦序乃命孝孫俾侯于魯向曰敦厚俾使也孝孫則恭王也善曰尚書曰百姓昭明又曰敦序九族孔安國曰九族高祖至玄孫之親也爾雅曰命告也毛詩曰孝孫有慶又曰建爾元子俾侯于魯錫玠珪以作瑞宅附庸而開宇良曰錫賜也玠珪諸侯所執瑞寶宅居也附庸言其寵祗貢賦附於大國言賜之玠珪使敬保其位居於附庸之國開我皇家之土宇以作藩援載曰介大圭也圭長尺二寸謂之介瑞信也諸侯錫大圭以為瑞信又以為寶申伯之封云錫爾介圭以作爾寶古者附庸百里魯五百

里之封也成王以周公有大功錫二十四等附庸方七百里以是開居也善曰毛詩曰錫之山川土田附庸又曰大啓爾宇為周室輔乃立靈光之秘殿配紫微而為輔濟曰秘深也紫微帝宮也言靈光深殿可配帝宮以為蕃輔也載曰詩云祕宮有洫紫微至尊宮斥京師也善曰毛萇詩傳曰祕神也西京賦曰思比象於紫微春秋合誠圖曰北辰其星七在紫微中承明堂於少陽昭列顯於奎之分野濟曰心星為明堂也東方曰少陽魯在東故言之也奎婁魯之分野昭列謂星明而行列於天也善曰言承漢明堂而在少陽之位其先昭列顯於奎之分野也爾雅曰分次也漢書曰泰山郡奉高縣有明堂武帝造又曰少陽東方也又曰魯地奎婁之分野也又曰春秋說題辭曰心為天明堂以布政教言靈光承天之明堂在少陽之地瞻彼靈光之為狀也則嵯峩嶵罪嵬

隗峞羌軌巍五嵬𡸣枯罪㠥盧罪吁可畏乎其駭人也翰曰言其高大之狀可畏而驚人也載曰皆言其形也善曰皆高峻之貌載曰駭驚也故覩斯而眙善曰孔安國尚書傳曰吁疑怪之辭迢嶢倜儻豐麗博敞洞轇轕兮其無垠也濟曰迢嶢高貌倜儻卓異也豐大也博廣博也敞寬也轇轕廣大貌垠畔也言高峻卓異大麗寬敞其無畔也載曰又言其形也博廣也敞高平也善曰迢嶢高貌也倜儻非常也上林賦曰張樂乎膠葛之寓郭璞曰言曠遠深邈貌邈希世而特出羌瓌譎而鴻紛屹魚乙山峙以紆鬱隆崛魚屈岉勿乎青雲良曰邈遠也希世特出言世希有也瓌奇譎異鴻大紛多也言奇異之狀大而多也屹直上也峙立也紆鬱曲深貌隆崛岉極高貌言直上而立曲深而高入乎青雲之中也載曰羌辭也羌亦

乃也善曰瑰異譎詭也甘泉賦曰上洪紛而相錯載曰屹猶嶭也高大貌詩云臨衝弗弗崇墉屹屹隆屈也西京賦曰終南太一隆崛崔崒崛岉乎青雲言此物上遠青雲善曰廣雅曰峙止也鬱坱鞅圠鳥黠以嶒士耕峵宏崱助力繒綾而龍鱗良曰鬱坱圠棟罙繁而不平貌嶒峵上闊而險也崱繒綾謂參差不齊如龍鱗貌載曰崱崱嶷然皆其形也善曰坱圠無齊限之貌嶒峵深空貌繒綾不平貌甘泉賦曰嶔巖巖其龍鱗繒如字綾音陵汩手筆磑磑五哀以璀璨赫燡燡亦而燭坤狀若積石之鏘鏘又似乎帝室之威神翰曰汩高也磑磑峻貌璀璨雜彩色也赫燡燡光貌燭照坤地也積石謂崑崙山天帝所居宮名鏘鏘華盛貌帝室天上紫微宮威神言驚人也言雜彩之色高峻燡燡照地狀如天帝之居華盛又似紫微之宮神麗而驚人也載曰皆其形

貌光輝也　善曰泪淨貌礭礭高貌璀璨衆材飾貌燁光明貌爓坤光照下土　戴曰威神言尊嚴也　善曰積石山名西都賦曰激神岳之將將帝室天帝之室春秋合誠圖曰紫宮太帝室也崇墉岡連以嶺屬朱闕巖巖而雙立高門擬于閶闔方二軌而並入銑曰崇高墉墻也言如高墻與平岡相連長嶺相屬朱闕雙立於前殿擬比也閶闔天門也軌車也言高門比於天門方謂二車相並而入言大也　戴曰墉墻也　善曰李尤德陽殿賦曰朱闕巖巖　戴曰閶闔天門也王者因以為門　善曰二軌謂容兩車也鄭玄儀禮注曰方併也周禮曰應門二徹鄭玄周禮注曰二軌謂徹廣於是乎乃歷夫太階以造其堂俯仰顧眄東西周章翰曰歷過也太階高階也造至也自此已上皆文考遠見其狀此則過其高階以至於殿堂顧眄周章言驚視也　戴曰

文選十一　二十六

造其堂觀其狀而賦之　善曰孔安國尚書傳曰造至也彤彩之飾徒何為乎澔澔浩涆涆汗流離爛漫皓壁暠杲曜以月照丹柱歙翕赩許力而電烻代戰霞駮雲蔚若陰若陽瀖霍濩鑊燐吝亂煒煒煌煌濟曰彤朱漆也彩光也言此光彩之飾且何為乎自疑問也澔澔涆涆流離爛漫皆光色貌皓白貌暠曜白光也歙赩赤色也電烻赤光也言壁之白如月之照柱之赤如電之光霞駮雲蔚言光明則如霞之斑駮深邃則如雲之繁蔚故若陰陽也瀖濩燐亂煒煒煌煌皆光色亂動目眩曜而不定也　善曰澔澔涆涆光明盛貌流離爛漫分散遠貌　戴曰皓壁暠曜至若陰若陽言其色狀也　善曰皓白也崔駰七依曰丹柱彤墻烻光盛起　善曰瀖濩至煌煌言采色衆多眩曜不定也隱陰夏以中處霐烏宏寥亡交

窲立巢以崢嶸鴻爌呼往炾吁往以爣土浪閬浪飋善本作颾字蕭條而清泠向曰陰夏謂向北屋也言將隱處於中則或深邃或寬明其清涼之氣如秋霐寥窲以崢嶸深邃貌鴻爌炾以爣閬寬明貌飋蕭條而清泠秋氣貌　善曰陰夏向北之殿也韋仲將景福殿賦曰陰夏則有望舒涼室亦與此同霐寥窲崢嶸皆幽深之貌　戴曰鴻大也爌炾爣閬皆寬明也　善曰飋蕭條清涼之貌動滴瀝以成響音雷應其若驚耳嘈嘈以失聽目矎矎呼玄而喪精駢密石與琅玕齊玉璫與璧瑛善本作英字　翰曰凡深閉之室則必多響故簷霤滴瀝之聲已若雷應之驚嘈嘈聲亂貌故失聽矎矎視不明貌故喪目精也駢次也琅玕玉也言次密石以為砌也玉璫璧瑛皆玉也亦齊列於中　善曰言簷垂滴瀝繞成小響室內應之其聲似雷之驚

文選十一　二十七

也說文曰滴瀝水下滴瀝之也　戴曰矎矎言炫燿而目不正也　善曰埤蒼曰嘈嘈聲衆也廣雅曰矎視也洞簫賦曰愍眸子之喪精　戴曰琅玕珠也似玉書曰球琳琅玕　善曰李軌法言注曰駢並也國語曰天子之室加密石焉韋昭曰密密理謂砥也然彼以密石磨琢此亦為飾也西都賦曰裁金璧以飾璫璧英璧玉之英也孝經援神契曰玉英玉有英華之色遂排金扉而北入宵藹藹而晻曖旋室㛹娟以窈窕洞房叫窱他吊而幽邃銑曰扉門扉也宵謂日將暮也言排金門而北入景將暮也藹藹晻曖暝色旋曲也㛹娟美貌窈窕深也洞通也叫窱遠也言此殿內更有曲室美麗且深又有通房長遠而邃也　戴曰言深邃也宵冥也　善曰淮南子曰傾宮旋室在崐崙閶闔之中徐翰七喻曰連觀飛榭旋室迴房旋室曲屋也㛹娟迴曲貌楚辭曰姱容脩態亘洞房西京賦曰望叫窱以經廷西

廂踟蹰以閑宴東序重深而奥秘銑曰踟蹰緩步不進
也宴安也言於西廂緩步清閑以自安息復見東序重深而隱密也載曰西廂西序也
踟蹰連閣傍小室也閑清閑也可以宴會踟或移字善曰踟蹰相連之貌毛萇詩傳曰
宴安也言安靜載曰東序東廂也互言之文相避耳爾雅曰東西廂謂之序善曰廣
雅曰奧藏也字書曰秘密也屹魚乙𥊍苦耕切善本作鏗矖麥耕切善本作
瞑以勿罔屑黶翳以懿濞魂悚悚其若驚善本
作鷩斯心葸葸息以而發悸其季反濟曰屹特出貌𥊍矖視不分明
也勿罔不審貌屑微也黶翳暗蔽貌懿濞深邃貌悚悚葸葸皆恐懼也悸心動也言東序
奧秘特出而高故視之不明望之不審微暗蔽隱深邃不測神驚心動也鏗瞑罔屑黶翳
寂寞之形也善曰瞑莫耕切載曰驚斯於此驚也善曰蘇林漢書注曰葸葸懼貌

文選十一　二十八

葸與葸同說文曰悸心動也悸或為歘於是詳察其棟宇觀其
結構規矩應天上憲觜子移陬子史反濟曰詳審也詳察棟
宇觀其結構則規矩乎天文也憲法也觜陬星主架屋故此結構之始法之是應天也
載曰詳察欲安心定意審其事也善曰高誘呂氏春秋注曰結交也構架也載曰應
天文星宿也憲法也善曰爾雅曰觜陬之星營室東壁也毛詩曰定之方中作為楚宮
毛萇曰定營室也偓九勿佹古毀雲起嶔岑離樓力朱三間
四表八維九隅銑曰偓佹雲起巋峞貌嶔岑離樓衆木相倚貌東序西廂
屋各為三間也四表謂屋覆上四面也表外也八維四方四角也中央兼八維是為九隅
隅亦角也善曰甘泉賦曰大夏雲譎波詭離樓衆木交架之貌長門賦曰羅丰茸之遊
樹離樓梧而相撐載曰室每三間則有四表四角四方為八維并中為九萬楹

叢倚磊砢盧可相扶浮柱岹迢嵽遞以星懸漂
嶢峴五結而枝柱音駐翰曰楹柱也磊砢參差不齊貌言萬柱叢倚參差
以相扶持浮柱梁上柱也岧嵽遠也星懸言多也漂浮也嶢峴危貌浮柱高遠而多其勢
皆危以相枝柱也載曰楹柱也善曰磊砢壯大之貌載曰枝柱言無根而倚立也
善曰甘泉賦曰抗浮柱之飛榱漂輕貌嶢峴不安之貌蒼頡篇曰柱枝也飛梁偃
蹇以虹指揭蘧蘧而騰湊層櫨磥累佹古毀以
岌五合峩五可曲枅要上紹而環句構芝栭而攢
羅以戢側立孴女立枝摚耻孟扠枒牙而斜據翰曰偃蹇
曲貌揭皐貌蘧蘧衆攢貌騰合也言飛梁曲如虹指皐而衆攢更相合湊層櫨重斗也曲
枅栱也磥佹岌峩重危貌要紹而環句曲而枅連貌栭梁上短柱畫以芝草之文相攢布

文選十一　二十九

戢也孴聚貌枝摚梁上交木也扠枒相柱而斜據其間也善曰甘泉賦曰歷倒景而飛
梁西都賦曰抗應龍之虹梁崔駰七依曰廈屋蘧蘧高也音渠王逸楚辭注曰湊聚也說
文曰欂櫨柱上枅枅蒼頡篇曰枅柱上方木然枅櫨為一此重言之蓋有曲直之殊爾要紹
曲貌也載曰芝栭山節方小木為之掌梁之上也各長三尺掌或作振字善曰說
文曰栭枅上梁蒼頡篇曰攢聚也戢孴衆貌說文曰摚柱也扠枒參差之貌毛萇詩傳曰
據依也傍夭蟜居表以横出互黝糾而負㯻分務切善
本作㯻負下岪蔚以璀錯上崎綺嶬蟻而重注捷
獵鱗集支離分赴縱横駱驛各有所趣向曰夭蟜
黝糾林木相連繞貌横出於傍而負㯻也負荷也㯻猶相附也下岪蔚以璀錯謂壯麗而
文飾繁雜也上崎嶬而重注謂高峻而重沓兩水注溜也捷獵次比貌言凡次比如鱗集

也支離謂櫨一一而分布駱驛相連不絕貌言衆材木所施縱横相連各有趣向言不虛設也善曰夭蟜黝糾特出之貌黝於糾切搏負負荷而攢搏也岪鬱特起貌璀錯衆盛貌岪扶岪切崎嶬危嶮貌注猶屬也捷獵相接貌支離分散也縱横四散也駱驛不絕也

爾乃懸棟結阿天窻綺踈圓淵方井反植荷蕖發秀吐榮菡萏披敷綠房紫的善本作菂字窋張滑咤丁嫁垂珠銑曰阿曲也懸棟謂屋下更為重梁相結屈曲以為天窻畫以文彩故云綺踈又為井圖以圓淵及芙蓉花葉花葉向下故云反植發秀吐榮披敷菡萏紫的皆說其花色披散敷布也綠房蓮子也窋咤物在穴中貌言井穴中綴之似珠下垂如在於穴也載曰天窻高窻也綺文也踈刻鏤也善曰周書曰明堂咸有四阿屋四垂也綺踈已見上文載曰反植者根在上而葉在下爾雅曰荷芙蕖種之於圓淵方井

文選十一　三十

之中以為光耀善曰鄭玄周禮注曰植根生之屬載曰綠房芙蕖之房刻繒為綠色紫菂菂尹芍也爾雅曰其中菂的珠之實窋窋也善曰爾雅曰荷其華菡萏胡感切菂徒感切菂的與芍同音的說文曰窋物在穴中貌窋亦窋也

雲楶節藻梲之悅龍桷彫鏤向曰楶梁上柱畫以雲文梲又手亦畫以文藻龍桷椽也亦刻鏤為龍文也載曰雲節畫雲氣為山節也梲梁上楹又畫水草之文龍桷畫椽為龍善曰爾雅曰桷謂之節郭璞曰節櫨也楶與節同論語曰山節藻梲包咸曰梲者梁上楹畫為藻文鄭玄禮記注曰桷謂之梁楚辭曰仰觀刻桷畫龍蛇

飛禽走獸因木生姿良曰皆於材木之上彫畫禽獸之姿狀也載曰為之形也善曰高唐賦曰狀似走獸或象飛禽奔虎攫攫善本作玃字拏以梁倚仡魚乙奮亹而軒鬐耆虯龍騰驤以蜿蟺善頷五感若

動而躨夔跜音尼濟曰畫虎於梁也攫舉爪也拏以手持也若舉爪持梁以相倚仡奮亹而軒鬐謂勇而舉頭也騰飛驤舉也蜿蟺盤屈貌頷動也躨跜動貌言虬龍飛舉盤屈頷然若動也善曰攫拏相持也羽獵賦曰熊羆之拏攫張揖漢書注曰梁倚相著也仡舉頭也郭璞曰鬐背上鬣也杜預左氏傳注曰亹動也杜預左氏傳注曰頷搖頭也李尤辟雍賦曰萬騎躨跜以攫拏躨跜動貌

朱鳥舒翼以峙衡騰虵蟉於酉虬歧糾切本作蚪善而遶榱音衰曰峙立也翰朱鳥朱雀南方神也畫之於南舒翼而立於衡上衡門上木騰蛇有好文者蟉虬屈盤貌攘榱也畫騰蛇於上屈盤而遶也載曰攘亦榱也有三名一榱曰上榱二曰桷三曰榛善曰春秋漢含孳曰太一之常居前朱鳥衡四阿之長衡也淮南子曰桁題不扸有文曰騰蛇無足而騰蟉蚪曲貌蟉力鳥切蚪巨糺切

白鹿子蜺五結於欂步碧

文選十一　三十一

櫨蟠螭宛轉而承楣翰曰欂柱頭也櫨斗也子蜺延首也言柱頭斗及斗上皆畫為白鹿而延首也蟠曲螭龍也宛轉盤貌楣門額木一上一下畫為盤螭龍宛轉以承之也善曰古王子喬辭曰王子喬參駕白鹿雲中遨子蜺延首之貌子蜺熱切方言曰未升天龍謂之蟠龍

狡兔跧側負伏於柎側猨狖攀椽而相追翰曰跧縮足而柎斗上横木刻狡兔形致木於背也椽頭刻猨狖以手攀而相追狖亦猴類善曰說文曰跧蹴也壯攣切柎音父

玄熊蚺念天談土甘以齗齗銀却負載而蹲存跠音夷翰曰木上刻作黑熊蚺談吐舌也齗齗齒出貌跠踞也言玄熊吐舌出齒却負載棟梁而蹲踞也載曰跠踞也善曰蚺談吐舌貌蒼頡篇曰齗齒根也廣雅曰蹲跠踞也

齊首目以瞪直證眄徒脉脉而獮獮音彌善本作狋翰曰瞪直視也脉脉獮獮亦視貌

言所刻畫雜類齊擧首曰皆為眄視載曰齊首目以瞪眄駢頭而相觀視脈脈獮獮視
貌善曰爾雅曰脈相視也莫華切說文曰獮犬怒貌
胡人遥集於上
楹儼雅跽渠己而相對仡欺猥息眉以鵰䀣呼決䫜
烏交顤呼交顟遼而睽巨季睢許季狀若非愁於危處
憯七感嚬蹙子六而含悴慈醉反翰曰以木刻胡人形在於高處故云
遥集上楹儼雅不動也跽長跪而相對仡醜也欺猥面俠也鵰鳥觜曲而目深者䫜顤顟
而睽睢鼻高目深之狀悴憂也胡人醜形狹面目如鵰視又如悲愁處於危苦更若憯怛
嚬眉蹙鼻而含憂也載曰皆胡夷之畫形也人尊於鳥獸故著在上楹儼雅而相對言
敬恭也善曰儼雅跽貌說文曰跽長跪也欺猥犬首也鵰䀣如鵰之視也聲類曰䀣驚
視也眈與嶠同䫜顤顟大首深目之貌睽睢張目貌孟子曰嚬蹙而言嚬蹙憂貌
神

仙諤諤善本作岳岳於棟間玉女闚窗而下視銑曰
諤諤行列美貌言刻神仙致於棟間行列而致之刻玉女形於窗上皆闚窗下視於人也
載曰神女之人又彌高也善曰岳岳立貌李尤函谷關銘曰玉女流眄而下視
忽
瞟眇以響象若鬼神之髣髴向曰瞟眇猶依佛也言此形象
依佛髣髴若有其形聲善曰瞟眇視不明之貌說文曰瞟睽也廣雅曰眇莫也響象猶
依佛非正形聲也說文曰彷佛相似視不諟也諟與諦同
圖畫天地品類
群生雜物奇怪山神海靈寫載其狀託之丹
青千變萬化事各繆形隨色象類曲得其情
向曰言此圖畫神怪之物其形各殊故曰繆形也皆委曲得其物情也載曰言委曲得
情也善曰列子曰千變萬化不可窮極繆形形不同也淮南子曰以鏡視形曲得其情

上紀開闢遂古之初向曰紀記也遂古上古也載曰更畫太古開
闢之時帝王之君也善曰尚書考靈耀曰天地開闢耀滿舒光楚辭曰遂古之初誰傳
道也
五龍比翼人皇九頭向曰上古有五龍兄弟五人也黃伯黃仲
黃叔黃季黃少並有羽翼分理九州也人皇九頭理天下有聖德也善曰春秋命曆序
曰皇伯皇仲皇叔皇季皇少五姓同期俱駕龍周密與神通號曰五龍又曰人皇九頭提
羽蓋乘雲車出暘谷分九河宋均曰九頭九人也提羽蓋鳥之羽
伏羲鱗身
女媧蛇軀向曰伏羲太昊氏鱗身人首女媧蛇身人首並有聖德載曰女媧
亦三皇也善曰列子曰伏羲女媧蛇身而人面有大聖之德玄中記曰伏羲龍身女媧
蛇軀
鴻荒樸略厥狀睢許規盱呼咯皆向曰鴻荒樸純厚之道其
形睢盱不可復見故畫之睢盱質樸之形載曰鴻大也朴質也略野略也上古之世為

鴻荒之世也畫其形亦質而野略睢盱質朴之形善曰法言曰鴻荒之世聖人惡之尚
書璇璣鈐曰帝嚳以上朴略有象難傳西京賦曰睢盱跋扈字林曰睢仰目也盱張目也
煥炳可觀黃帝唐虞軒冕以庸衣裳有殊銑曰
煥炳明也言黃帝帝堯帝舜有明德可觀也庸用也言軒車冠冕用授賢才而此三代衣
裳變易亦有殊也載曰至於煥炳可觀唯黃帝堯舜以來易曰黃帝堯舜垂衣裳而天
下治善曰尚書璇璣鈐曰帝堯煥炳隆興可觀載曰車曰軒冠曰冕庸用也作此車
服以賜有功章有德書曰車服以庸上曰衣下曰裳有功者賞無功者否故曰殊也
下
及三后謠妃亂主良曰后君也三后桀紂幽王謠妃則夏有妹嬉殷有
妲己周有褒姒也亂主則三君也載曰皆畫其形也三后夏殷周也善曰國語史蘇
曰昔夏桀妹嬉有寵而亡夏殷辛妲己有寵而亡殷周幽褒姒有寵周於是亡
忠臣

孝子烈士貞女賢愚成敗靡不載叙惡以誡世善以示後翰曰言畫此聖賢愚暗忠孝良烈莫不載而叙之於此殿中以誡時君以示後嗣也載曰忠臣屈原子胥之等孝子中生伯奇之等烈士預讓聶政之等貞女梁寡昭姜之等善曰列子曰但伏羲以來賢愚好醜成敗是非無不消滅也家語曰孔子觀於明堂覩四墉有堯舜桀紂之象而各有善惡之狀興廢之誡焉孔叢子思曰古者則有國史書之以示後也善以為示惡以為誡也於是乎連閣承宮馳道周環陽榭外望高樓飛觀向曰承接也言此靈光殿有連閣接宮馳馬之道周而環之高臺曰陽榭言近於日也登榭外望復見高樓飛觀也言飛者謂高也載曰馳道馳馬之道旋宮而帀毛萇詩傳曰年不順成馳道不修善曰馳道人君所行之道也君以乘車馬故以馳為名也善本無陽榭外望高樓

飛觀二句長途外降軒檻曼延濟曰軒檻鈎欄也曼延長而不絕也載曰長途外降閣道上下也軒檻所以開明也善曰上林賦曰長途中宿郭璞曰途樓閣間陛道漸臺臨池層曲九成屹然特立的爾殊形高經善本作徑字華蓋仰看天庭飛陛揭孽緣雲上征中坐乘景俯善本作頫視流星向曰漸臺星名法星而為臺名層高也九成九重也高大屈曲九重而成屹然高貌的爾分明貌華蓋星名謂經過此星仰視天庭陛道也飛者高如鳥飛揭孽極高貌征行也言飛道極高緣雲上行中坐俯視下見星日善曰言重高九層也呂氏春秋曰有娀氏有二佚女為九成之臺也載曰高經所經高上至華蓋善曰楚辭曰登華蓋兮乘陽谷荅賓戲曰未仰天庭而覩白日揭孽高貌言臺之高自中坐而乘日景也楚辭曰流星墜兮成雨千

門相似萬户如一巖穴善本作突洞出逶迤詰屈周行數里仰不見日銑曰巖穴洞出言屈深如巖穴之中通路而出逶迤長貌詰屈曲貌周行數里仰不見日謂屋宇之多此總嘆其美也載曰千門萬户言衆多也相似如一言皆好也善曰漢書曰建章宮度為千門萬户子虛賦曰巖突洞房載曰或二或三為數非正之辭也論語孔子曰加我數年可以學易何宏麗之靡靡咨用力之妙勤銑曰宏大也靡靡細好貌咨嗟也此歎其美何大麗細好也嗟用人力之妙可謂勤勞也善曰小雅曰靡靡細也郭璞方言注曰靡靡細好也妙勤精妙功勤也非夫通神之俊才誰能剋成乎此勳據坤靈之寶勢承蒼昊之純殷銑曰勳功也謂非鬼神之俊才誰能剋成此功言費人力寶奇也蒼昊天也純大殷中也言據地靈

之奇勢承上天之大中也地在下故云據天在上故云承善曰移太常博士曰聖上德通神明漢書曰益州刺史王襄聞王褒有俊才爾雅曰勳功也載曰易曰地勢坤蒼昊皆天之稱也春為蒼天夏為昊天純大殷中也言魯承天之大中也包陰陽之變化含元氣之烟熅玄醴騰涌於陰溝甘露被宇而下臻銑曰言此殿包含陰陽元氣以成之烟熅元氣之貌玄醴醴泉騰涌流貌溝渠也在殿北故稱陰甘露瑞露也被霑臻至也言醴泉涌溝渠而出甘露霑宇而至者並美言之皆非其實也載曰烟熅天地之蒸氣也善曰孫卿子曰陰陽大化周易曰四時變化春秋命曆序曰元氣正則天地八卦攣周易曰天地絪縕萬物化醇載曰醴泉出地故曰陰溝也善曰春秋元命包曰天樞得則醴泉出孝經援神契曰德至天則甘露降朱桂黝伊糾儵叔於南北蘭芝婀娜於

東西祥風翕習以颯灑激芳香而常芬向曰朱桂
香木名蘭芝香草名黝儵榮盛貌婀娜柔弱貌祥風和風也翕習風來貌颯灑吹草木聲
激觸此桂蘭之氣常芬然而馨香也載曰黝儵婀娜皆茂盛之貌　善曰尚書大傳曰
德光地序則朱草生禮斗威儀曰君乘金而王其政平則蘭芝常生鄭玄曰主調和也伏
儼子虛賦注曰芍藥以蘭桂調食也然蘭既爲瑞桂亦宜同春秋運斗樞曰搖光得陵出
黑芝朱穋鬱金賦曰丹桂植其東載曰風之散物如灑如颯然及激瀲草木出其芳滋
故云翕習以颯灑　善曰禮斗威儀曰君乘火而王其政平則祥風至翕習盛貌颯素合
切神靈扶其棟宇歷千載而彌堅永安寧以
祉福長與大漢而久存實至尊之所御保延
壽而宜子孫苟可貴其若斯孰亦有云而不

文選十一　三十六

珍濟曰謂西京未央建章皆隳壞而此殿獨存若神靈扶持以保漢祚也祉善也至尊
天子也凡君之服用居處皆曰御此刺諸侯之居踰於制度過崇奢侈故云實至尊之所
御也孰誰也言且榮貴如此誰言不珍美也善曰甘泉賦曰神莫莫而扶傾爾雅曰彌益
也　善曰喪服傳曰天子至尊高唐賦曰延年益壽千萬歲毛詩曰宜爾子孫振振兮
載曰毛詩傳曰云言也爾雅曰珍美也
亂曰良曰亂治也總洽一篇之美彤彤靈宮巋丘軌嶵助軌穹
崇紛厖莫孔鴻上兮崱助力屴力嵫茲釐利岑崟
吟菑淄嶷疑駢巃力孔嵸子孔兮翰曰此上並高大參差不齊貌
善曰皆高大崚嶒之貌連拳偃蹇崙倫菌踡巨免嵼産傍
欹傾兮濟曰皆居曲高大傾側峻險貌　善曰皆特起之貌歇欻幽藹

雲覆霮徒感䨴徒會洞杳冥兮濟曰洞深也歇欻高敞也餘皆幽邃
深遠如雲覆也霮䨴繁雲貌　善曰皆幽邃之貌歇許乞切欻許勿切蔥翠紫
蔚尉礧力罪硌音洛善本作碨字瑰善本作瓌瑋含光晷兮
良曰蔥翠紫蔚雜彩色也晷日也瑰瑋珍奇金玉之物也礧硌綴著貌言綵色金玉皆含
日光　善曰蔚文貌埤蒼曰礧碨於賄切郭璞山海經注曰礧硌大石也埤蒼曰瓌瑋
珍奇也窮奇極妙棟宇已來未之有兮翰曰言初制棟
宇已來上古穴居故聖人制上棟下宇足以避風雨而後積習成俗遂爲奢侈陳列珍怪
窮人力極人財故云棟宇已來未之有也善曰周易曰上棟下宇以庇風雨也神
之營之瑞我漢室永不朽兮向曰言其奇異壯麗遂假云神
營之瑞美也永長也

文選十一　三十七

景福殿賦善曰洛陽宮殿簿曰許昌宮景福殿七間
何平叔銑曰典畧云何晏字平叔南陽人也有奇才美容貌魏明
帝將東巡恐夏熱故許昌作殿名曰景福既成命人賦之平叔遂有
此作平叔仕為尚書主選後為司馬宣王斬於東市　善曰典畧曰
何晏字平叔南陽人也尚金鄉公主頗有材能為散騎常侍遷尚書
主選及曹爽反誅晏并收斬東市
大哉惟魏世有哲聖武創元基文集大命向曰
大哉歎美之言也武帝創文帝授漢之禪命　善曰武武帝文文帝並見魏都賦毛
詩曰世有哲王尚書伊尹曰天監厥德用集大命孔安國曰集王命於其身皆體
天作制順時立政至于帝皇遂重熙而累盛

銑曰謂立化如天有四時寒暑是體天也順時謂順於人心不妨奪農務也帝皇明帝也
熙明也言至于明帝遂繼文帝之明明故曰重明累盛一善曰東都賦曰體元立制順時立
政謂依月令而行也禮記曰允舉事必順其時尚書有立政篇魏志曰明皇帝諱叡字元
仲文帝太子也文帝崩即皇帝位東都賦曰至乎永平之際重熙而累洽也遠則
襲陰陽之自然近則本人物之至情上則崇
稽古之弘道下則闡長世之善經翰曰言如陰陽之生
萬物覆之育之皆自然而然本人物之至情謂各使得其所也弘大闡開經常也崇考古
之賢君大道開長世之善理以爲常道也善曰周易曰一陰一陽之謂道道法自然已
見上文漢書董仲舒對策曰計安天下莫不本於人情也稽古已見上文尚書序曰謂之
三墳言大道也左氏傳曰北宮文子曰有其國家令問長世又隨武子曰兼弱攻昧武之

文選十一　三十八

善經庶事既康天秩孔明故載祀二三國富刑
清銑曰庶衆康安秩祿孔甚也載祀皆年也唐虞曰載夏曰祀二三謂明帝六年也言
衆事既安天祿甚明爲君六年人富而刑獄無失也善曰尚書咎繇曰庶事康哉又曰
天秩有禮毛詩曰祀事孔明魏志明紀曰大和六年三月行幸東巡四月行幸許昌宮春
秋說題辭曰國富民康周易曰聖人以順動則刑罰清班固漢書述曰國富刑清歲
二善本作三月東巡善本有狩至于許昌望祀善本作祠字
山川考時度方存問高年率民耕桑向曰許昌地名
天子五年一巡狩望祀山川考時謂校長吏之政道有慶於時者度方謂度其方物無使
不中用存問高年行孝道也率勸也善曰尚書曰歲二月東巡狩至于岱宗柴禮記王
制曰歲二月東巡狩望祀山川問百年者就見之考時月定禮樂制度衣服正之史記曰

撫萬民度四方王齊曰隋定四方而撫安之司馬彪續漢書曰凡郡國掌治民常以春行
所至縣勸民農桑越六月既望林鍾紀律大火昏正
桑梓繁蕪大雨時行向曰越於也既望十五日季夏之月律應林鍾
大火星名昏見南方故云正也桑梓木名繁蕪多也此月當大雨時行之時也善曰尚
書曰惟五月既望孔安國曰十五日日月相望也又越於也禮記曰季夏之月昏火中又
曰律中林鍾是月也大雨時行尚書曰庶草蕃廡三事九司宏儒碩
生相與善本無相與字感乎溽暑之伊鬱而慮性命
之所平向曰三事三公九司九卿宏碩皆大也溽濕伊鬱氣不通也平成也言三
公九卿大儒皆相與感乎濕暑之氣伊鬱不通而憂乎性命之所不能生成也善曰三
事三公也毛詩曰三事大夫莫肯夙夜九司九卿也春秋漢含孳曰九卿象河海劉秦羨

文選十一　三十九

新曰耆儒碩老爾雅曰宏碩大也禮記曰季夏是月也土潤溽暑伊鬱熱貌周易曰乾道
變化各正性命家語孔子對魯哀公曰分於道謂之命形於一謂之性王肅曰分於道始
得爲人也各受陰陽剛柔之性故曰形於一惟岷越之不靜寤征
行之未寧翰曰岷越蜀吳也不靜猶未平也寤覺也征行謂戎馬也寧息也言
三公九卿大儒皆知蜀吳未平戎馬未息也善曰岷越吳蜀二境也尚書曰西土人亦弗
靜也乃昌言曰昔在蕭公暨于孫卿皆先識博
覽明允篤誠莫不以爲不壯不麗不足以一
民而重威靈不飾不美不足以訓後而示厥
成故當時享其功利後世賴其英聲濟曰言三公九
卿大儒雖知戎馬未息而皆昌言將造宮殿蕭何造未央宮孫卿子云宮室所以避燥濕

別尊卑也則先識博覽明允篤誠者也所以
壯麗飾美蓋天子示天下以威靈且令後世
子孫無以加之此謂訓後亦所以示其功成
也君者人之所利故當時享其功利後世賴
其英美之聲善曰尚書曰禹拜昌言蕭公
何也荀卿子曰宮室臺榭以避燥濕養德別
輕重也長笛賦序曰博覽典雅左氏傳曰高
陽氏有才子明允篤誠漢書曰蕭何治未央
宮上見其壯麗甚怒何曰天子以四海爲家
非令壯麗亡以重威且亡令後世有以加也
賈逵連珠曰夫君人者不飾不美不足以一
民國語屈建曰不可以訓後嗣不可以私欲
干國毛詩曰我客戾止永觀厥成杜預左氏
傳注曰享受也史記司馬季曰助上養下多
其功利封禪書曰飛英聲且其善本無其許昌者乃大運之攸
戾圖讖之所旌苟德義其如斯夫何宮室之
勿營翰曰且者重美之言也攸所戾止也大運天運也旌標苟且也言許昌乃天運

所止圖讖所標也漢時許昌有氣見於當塗
高識者以爲昌於許也當塗高魏也且圖讖
德義如此夫何宮室之勿營言可營也善
曰獻帝紀曰太史丞許芝奏故白馬令李雲
上書曰許昌氣見於當塗高當塗高者昌於許
高者魏也今魏基昌於許漢微絕於許春秋
元命苞曰許昌爲周當塗春秋說題辭曰大
運在五緯書摘亡辭曰五德之運杜預左氏
傳注曰戾定也賈逵國語注曰旌表也廣雅曰何問也帝曰俞哉玄輅
既駕輕裘斯御乃命有司禮儀是具審量日
力詳度費務鳩經始之黎人善本作民輯農功之
暇豫因東師之獻捷就海孽之賄賂立景福
之秘殿備皇居之制度濟曰俞然也謂明帝聽三公九卿大儒立
宮室之言乃曰然哉玄輅車名輕裘暑服命
主司具禮儀計其日功恐多廢人力詳其費

務恐多用人財鳩集也經始黎人謂梓匠之
人也輯因也言集梓匠之衆人因農功之暇
豫東師獻捷謂破吳將獲其賄賂就用也孽
猶僻也言用海僻之賄賂立此殿備帝居之
法度也善曰尚書帝曰俞孔安國曰俞然
也禮記曰孟冬之月天子乘玄輅又曰是月
也天子始裘論語子曰衣輕裘蔡邕月令章
句曰凡衣服加於身曰御禮記曰乃命有司
漢書景帝詔曰禮官具禮儀漢書曰王延世
功費約省用日力寡孫子曰必先算其費務
左氏傳鄭子曰以鳩其民爾雅曰鳩聚也毛
詩曰經始靈臺孔安國尚書傳曰黎衆也又
輯集也左氏傳呂相絕秦曰芟夷我農功國
語曰優施曰我教暇豫之事君韋昭曰暇閒也
豫樂也魏志明帝六年九月修許昌宮十月
田豫討吳將周賀於成山殺賀東師獻捷蓋
謂此也左氏傳曰齊侯來獻戎捷漢書曰蟲
豸之妖謂之孽以吳僻居海曲而稱亂故曰
海孽魚列切爾雅曰賄財也魏志明紀曰修
許昌宮起景福殿魯靈光殿賦曰立靈光之

秘殿爾乃豐層覆之耽耽建高基之堂堂羅疏
柱之汩于筆越肅坻直夷鄂五各之鏘鏘銑曰豐厚層高也覆
屋蓋也言厚而且高耽耽深邃貌堂堂高敞
貌疏謂一一布之汩越羅列貌肅嚴威貌坻
鄂猶畔際也鏘鏘高貌善曰西京賦曰大
廈耽耽史記曰楚國堂堂之大也羅列也疏
柱畫柱也汩越光明貌坻殿基也
鄂垠鄂也西京賦曰坻鄂鱗眴飛櫩翼以
軒翥反宇巘魚櫱以高驤流羽毛之葳蕤垂環
玭蒲眠之琳琅銑曰軒猶高也言飛櫩如鳥翼
高翥翥亦飛也反宇謂屋蓋
向上偃者巘謂屋上闊也言屋櫩向上偃闊
而勢舉也室內飾羽毛翡翠之類葳蕤毛羽
美貌環玭琳琅皆珠玉雜垂於中也善曰
西京賦曰反宇業業飛櫩巘巘又曰鳳騫翥
於甍標西都賦曰荷棟桴而高驤言宮室以
羽毛爲飾又垂環玭及琳琅也西都賦曰翡

翠火齊葳蕤羽毛之貌爾雅曰肉好若一謂之環說文曰玭珠也參二旗九
旒從風飄揚皓皓旰旰丹彩煌煌翰曰參三也旗上畫
日月星九旒九旗也皓皓旰旰丹彩煌煌皆旌旗之光明善曰周禮曰熊旗六斿以象
伐毛萇詩傳曰參伐也然伐一星以旗象參故曰參旗周禮曰龍旗九旒今云參旗九旒
蓋一指旗名一言旒數可以相明也旰旰煌煌皆盛貌故其華表則鎬
鎬杲鑠鑠舒灼赫奕章灼若日月之麗天也良曰
華表謂華飾屋之四外而鎬鎬鑠鑠赫奕章灼皆光色善曰華表華飾屋之外表也鎬
鎬鑠鑠赫奕章灼皆謂光顯昭明也周易曰日月麗乎天其奧秘則翳薆
曖昧髣髴退概若幽星之纚力氏連也銑曰言殿內深
奧翳薆曖昧髣髴退概皆幽遠不分明貌幽夜也言深邃之中見珠玉光飾之物若夜星

文選十一　四十二

之相連纚綴也善曰魯靈光殿賦曰西序重深而奧祕薆翳曖昧髣髴退概皆謂幽深
不明也幽猶夜也曖音愛概古愛切纚相連之貌既櫛比毗逸而櫕集
又宏璉以豐敞兼苞博落不常一象翰曰攄梳宏大
璉義敞高也博落廣踈也言殿宇相連接如梳齒相比而櫕集大義敞廣而且踈丹青奇
異故不常一象也善曰毛詩曰其比如櫛璉未詳一曰宏連大連殘木也王逸楚辭注
曰櫕木闕柱為連璉與連古字通博落謂所繞者廣也郭璞山海經注曰絡繞也落與絡
古字通遠而望之若摛朱霞而耀天文迫而察
之若仰崇山而戴垂雲嗟瓌瑋以壯麗紛彧
彧郁其難分此其大較角也濟曰摛發也朱霞言殿形赤有
似霞也近見如高山之上戴覆繁雲而垂下嗟難羨之辭瓌奇瑋美也紛彧彧文章多貌

較略也言奇美壯麗文章之多難以分別且述其大略如此善曰廣雅曰攡舒也宋衷
易緯注曰天文者謂三光王褒甘泉賦曰却而望之鬱乎似積雲就而察之霨乎若太山
南都賦曰紛郁郁其難詳大較猶大略也孔安國尚書傳曰大較三品也若乃高
甍萌崔嵬飛宇承霓綿蠻黮徒感䨴徒會隨雲融
泄曳鳥企山峙若翔若滯向曰上言大較此復重述甍屋欄也
崔嵬高貌飛宇承霓言其高承於雲霓綿蠻文貌黮䨴黑貌融泄雲動貌言屋高入雲若
隨雲而動企鳥立也峙山峻也言高峻之勢如鳥立而欲翔山峙而且止滯止也善曰
薛綜西京賦注曰甍棟也毛詩曰綿蠻黃鳥薛君曰綿蠻文貌黮䨴黑貌融泄動貌言屋
形高竦如鳥之企如山之竦若翔若滯山鳥之貌毛詩曰如鳥斯企說文曰企舉踵也去
豉切魯靈光殿賦曰屹山峙以紆鬱峩峩嶪嶪業罔識所屆雖

文選十一　四十三

離朱之至精猶眩曜而不能昭晰善本有也向曰峩峩
嶪嶪高貌罔無屆至也離朱古之明目者則離婁也言此殿高峻人皆無能識其所至者
雖離婁明睛尚猶眩曜不能昭晰也眩曜不分明貌昭晰明也善曰西京賦曰嗟義捷
嶪罔識所則趙岐孟子章句曰離朱即離婁也淮南子曰離朱之明察箴末於百步之外
箴古針字王逸楚辭注曰眩曜惑亂貌說文曰昭晰明也晰之逝切爾乃開南
端之豁達張筍虡之輪囷華鍾杌兀其高懸
悍汗獸仡以儷陳體洪剛之猛毅聲訇普宏磤
隱其若震音真銑曰南端南門筍虡鍾架也輪囷多貌華鍾鍾有文飾也杌
高懸舉也悍獸熊虎也鍾架之足刻為其形仡壯勇貌儷雙也訇磤聲也言華鍾已懸悍
獸勇形雙布陳其形體猛毅也鍾聲訇磤如雷震善曰凡正門皆謂之端門春秋說題

辭曰血書魯端門銘達門通之貌輪囷其形也言端門之內爲筍以懸華鐘又植悍戰爲
虡以負之佗佗然相對而陳列之東都賦曰鏗華鐘戰負鐘已見西京賦何休公羊傳注曰
佗然勇貌賈逵國語注曰儷偶也儷力計切毛詩傳曰礮雷聲也爰有避狄
鐐善本郭璞音遼質輪菌坐高門之側堂彰聖主之
威神翰曰避狄長狄也古之長人以銀鑄之其形質輪菌然而高皆坐於門側堂上
以明帝王威神能臣伏異類鐐銀也善曰避狄即長狄也以鐐爲質輪菌然也爾雅曰
白金謂之銀美者謂之鐐廣雅曰質軀也輪音倫菌其旻切言爲金狄坐於高門側堂之
中以明聖主之有威神晏子曰景公坐於堂側芸若充庭槐楓被宸
依綴以萬年綷以紫榛或以嘉名取寵或以
義材見珍結實商秋敷華青春藹藹萋萋馥

文選十一　四十四

馥芬芬濟曰芸若香草槐楓木名設滿也帝居曰宸言植此草木滿於宸中萬年
紫榛木名綴綷皆錯雜也言此草木或以條榦奇花異葉則見珍貴皆結子秋時布花者
節藹藹萋萋盛貌馥馥芬芬香氣也善曰禮記曰仲冬之月芸始生鄭玄曰芸香草也
若杜若何休公羊傳注曰充滿也槐楓二木名說文曰宸屋宇也賈逵國語注曰綴連也
晉宮閣銘曰華林園萬年樹十四株綷猶雜也毛詩曰山有紫榛毛萇曰榛木名萬年嘉
名之屬紫榛美材之屬禮記曰孟秋之月其音商楚辭曰青春受謝王逸曰青東方爲春
芒其色青爾其結構則脩梁彩制下褰上奇桁梧
複疊勢合形離赩如蜿虹赫如奔螭南距陽
榮北極幽崖宜任重道遠厥用善本作庸孔多良曰
脩長褰舉也高險曰奇言長梁光彩之制自下舉而上險桁梧枓栱也皆重疊而施其勢

或合或離赩然如蜿虹赫然如奔螭螭龍也距至也陽榮南簷也幽崖北邊也言長梁南
至陽榮北極幽崖此則任重道遠其用甚多亦如君得良臣任而用之善曰脩梁跨迴
故曰褰衆彩殊制故曰奇徐爰射雉賦注曰褰開也說文曰奇異也桁梁上所施也桁與
衡同梧柱也音悟蜿虹奔螭梁上之飾也如淳漢書注曰蜿虹屈虹也言椽栱交結南自
陽榮而北至幽崖故云任重道遠其功甚多多當爲趍廣雅曰趍多也紙移切郭璞上林
賦注曰榮屋南檐也在南曰陽論語曰任重而道遠於是列髹休彤之
繡桷垂琬琰之文璫蝹於云若神龍之登降灼
若明月之流光翰曰髹彤丹漆也畫文繡之色於椽上塗以丹漆琬琰玉
也璫椽頭也以玉爲文於上蝹龍貌灼光明也善曰言桷以髹漆飾之而爲藻繡以琬
琰之玉而爲文璫漢書曰殿上髹周禮曰王之喪車髹飾鄭玄曰赤多黑少謂之髹韋昭

文選十一　四十五

曰刷漆爲髹尚書曰弘璧琬琰在西序上林賦曰華榱璧璫神龍繡桷也明月文璫也薛
綜西京賦曰蝹龍貌注爰有禁楄補沔勒分翼張承以陽
馬接以圓方斑間賦白踈密有章向曰禁楄短椽也勒
分翼張分布之貌陽馬屋四角引出以承短椽者相連接或圓或方斑白相間踈密各有
文章也善曰楄陽馬之短桷也說文曰楄署也扁從戶冊者署門戶也桷署雖殊爲文
之義則一也扁與楄同一音必綿切冊楚責切勒分翼張言如戟勒之分鳥翼之張釋名
曰勒輿肋古字通陽馬四阿長桁也禁楄列布承以陽馬象材相接或負或方也馬融梁
將軍西第賦曰騰極受檐陽馬承阿廣雅曰班分也毛萇詩傳曰賦布也考工記曰畫繢
之事赤與白謂之章飛昂善本作抑鳥踊雙轅是荷赴隘善本
作險凌虛獵捷相和善本作邋銑曰飛昂陽馬也言如鳥之飛踊下有

雙轅頁之故云是荷雙轅承材木也衆材交横或赴險而凌虛獵捷相接貌善曰飛抑
之形類鳥之飛又有雙轅在承檐以荷衆材今人名屋四阿栱曰欂抑也劉梁七舉曰雙枅
還井菱荷垂英抑吾郎切其衆材相加或菱虛赴險獵捷相接之貌皎皎白間
離離列錢晨光內照流景外延列若鉤星在
漢渙若雲梁承天銑曰皎皎白貌白間窻也以白塗之畫為錢文離離
分別貌爍光動也日光照之於中綵色流出於外動其暉光鉤星星名在河漢中言此中
光色烈然似之也雲梁承天言梁高如雲虹之狀以承於天　善曰白間青瑣之側以白
塗之今猶謂之白間列錢金釭也西京賦曰金釭銜壁是為列錢晨光日影也日光照於
室中而流景外發而爍起也西都賦曰激日景而納光爍起貌式延切言宮殿烈然光明
若鉤星之在河漢渙然高廣又似雲梁之承於天也廣雅曰辰星或謂之鉤星雲梁以雲

為梁也騧瓜徒善本作徙增錯轉縣成郭茄加蔤密
倒植吐被芙蕖繚了以藻井編以綷子會疏紅
葩鞹胡甲切韡直甲丹綺離婁力俱菡胡感萏徒感豔
翕纖縟紛敷繁飾累巧不可勝書翰曰林木衆合參差
文章如騶虫之徒相重雜也廻旋相連如郭郭之居相接也茄蔤芙蕖皆水草名並仰畫
於屋中如倒生吐被其苗鞹韡花相次比貌離婁顏色相分布貌菡萏豔翕芙蕖色也纖
縟紛數彩色亂布貌言巧妙不可畫書善乚騶或為蝸言合衆板上為井欄而形文錯
若蝸之徙遶轉縣之各成郭爾雅曰荷芙蕖其莖茄其本蔤郭璞曰莖下曰藕在泥中
者蒼頡篇曰植種也廣雅曰繚繞纏也西京賦曰蔕倒茄於藻井披紅葩之狎獵又曰何
工巧之瑰瑋交綺豁以疏寮綷疏謂繪五彩於刻鏤之中離婁刻鏤之貌劉向熏爐銘曰

雕鏤萬戳離婁相加菡萏已見上文藹與萏同說文曰縟采飾也廣雅曰勝舉也言不可
勝而書於是蘭栭積重寠其矩數矩設櫼子廉櫨盧
各落以相承欒栱夭蟜善本從虫而交結翰曰蘭香木栭
梁上短柱皆重積之寠數衆木攢貌矩規矩也言衆木相攢皆中規矩而安設之櫼櫨曲
短梁也各落危咀貌欒以承栱栱以承枓夭蟜高貌言皆相承而交結　善曰蘭木蘭也
以木蘭為栭言蘭栭重疊交互以相承有似寠數故借其名焉蘇林漢書注曰寠數四股
鉤數所柱切櫼即抑也說文曰櫨柱上枅也薛綜西京賦注曰欒柱上曲木兩頭受櫨者
栱欒頸而曲也夭蟜欒栱長壯之貌蟜其夭切金楹齊列玉舄承跋
青瑣銀鋪是為閨閣良曰金楹金飾柱玉舄玉為砌以承柱下跋柱
根也青瑣窻也以青畫為瑣文鋪門飾飾以銀閨閣門類　善曰金楹金柱也而以玉礩

承柱之跋也西京賦曰雕楹玉舄廣雅曰碣礩也禮記曰燭不見跋鄭玄曰跋本也方末
切言以青瑣銀鋪是為閨閣之飾漢書曰赤墀青瑣鋪以銀為鋪首也長門賦曰擠玉戶
而撼金鋪雙枚既脩重桴乃飾槐毗梠緣邊周流
四極侯衛之班藩服之職濟曰雙枚屋內兩重作梁也重桴在
外作兩重牽也槐梠謂連簷木以承瓦也言緣邊周繞四極而編之如諸侯之班秩五服
以守王職也　善曰雙枚屋內重檐也重桴重棟也在內謂之雙枚在外謂之重桴言重
簷既長因達于外而重棟以施彩飾也枚莫回切言以槐梠緣屋邊隅周币流彩至於四
極說文曰槐梠秦名屋綿聯楚謂之梠也言槐梠之居四極若五服之鎮外藩也周書有
侯衛藩服小雅曰班次也溫房承其東序涼室處其西偏
良曰溫房涼室二殿名　善曰溫房涼室二殿名卞蘭許昌宮賦曰則有望舒涼室羲和

溫房然卞向同時今引之者轉以相明也他皆類此開建陽則朱炎豔
啓金光則清風臻良曰建陽東門朱炎日也豔日光言開東門則日光
至金光西門也開之則清風至善曰建陽門在東金光在西白虎通曰炎者太陽韋仲
將景福殿賦曰昭剛義於金光崇柔惠於建陽爾雅曰臻至也故冬不淒寒
夏無炎燀昌延善本作燀鈞調中適可以永年銑曰燀熱
氣言冬則居溫房故不淒寒夏則處凉室故無炎氣此則鈞調適志故可以保長年也
善曰言寒暑猶門故無寒燀之患毛萇詩傳曰斐寒風也國語太子晉曰永無沉氣火無
炎燀韋昭曰燀炎起貌呂氏春秋曰衰也者適也高誘曰適中也舞賦曰永年之術墉
垣碭徒浪基其光照照善本作昭之紹切周制白盛今
也維縹匹妙反銑曰墉垣墻也碭文石以爲墉根其光照照然縹戔碧言周家

以白墻爲盛今以戔碧爲華善曰爾雅曰墻謂之墉說文曰碭文石也墉之色也周禮
曰掌蜃共白盛之蜃鄭玄注曰盛猶成也謂飾墻使白之蜃也今東萊用蛤謂之义灰劉
梁七舉曰冊墀縹壁紫柱紅梁落帶金釭此焉二等明珠翠
羽往往而在銑曰金釭金盞也致寶玉於中自上懸下猶如落帶而重懸之
故云二等蕪以明月珠翡翠飾焉往往而在言多也善曰落帶壁帶也而交落之上施
金釭而爲二等漢書曰昭陽舍其壁帶往往爲黃金釭函藍田壁漢書曰昭陽舍往往明
珠翠羽飾之欽先王之允塞悅重華之無爲銑曰欽敬
允信也言敬先王之信塞於天下悅帝舜無爲之理也善曰尚書曰重華濬哲文明溫
恭允塞孔安國曰舜有深智文明溫恭之德信充塞四表上下也論語曰無爲而治者其
舜也歟命共工使作繢明五彩之章善本作彰施銑曰

文選

共工舜掌工人之官故將命此官使作繪畫明五采之服各有文章所施用也善曰尚
書帝曰垂命汝作共工又曰予欲觀古人之象作會宗彝以五采彰施于五色作服汝明
鄭玄曰繢讀曰繪九畫者爲繪胡對切圖象古昔以當箴規椒
房之列是準是儀翰曰言畫古者明君暗主賢愚之象以爲君王之誡
椒房后妃之室以椒爲之是標准儀範善曰韋昭國語注曰箴箴刺王闕鄭玄毛詩箋
曰規正圓之器以觀正君曰規也漢書儀曰皇后稱椒房詩曰椒聊之實蕃衍盈升美
其繁興也觀善本作覯虞姬之容止知治國之侯善本作侯
臣翰曰虞姬齊威王妃也威王即位九年國不治姬乃勸王誅讒臣用賢臣國大治從
待也言見虞姬之狀則知國待賢臣也善曰列女傳曰齊虞姬者名損之齊威王之姬
也威王即位諸侯並侵之其佞臣周破胡專權擅勢嫉賢妒能即墨大夫賢而日毀之阿

大夫不肖反日譽之虞姬謂王曰破胡讒諛之佞臣也不可不退齊有北郭先生者賢明
於道可置左右王乃封即墨大夫以萬戶烹阿大夫與周破胡遂收故侵地齊國大治
見姜后之解珮寤前世之所導向曰姜后周宣王后也王
嘗晏起廢朝后乃脫簪佩待罪也言見此事以寤前代之所遵法也善曰列女傳曰周
宣姜后者齊侯之女宣王之后也宣王嘗夜卧而晏起后夫人不出於房姜后既出乃脫
簪珥待罪於永巷使其傅母通言於王曰妾不才妾之淫心見矣致君王失禮而晏朝注
云永巷堂塗是也賢鍾離之讜言懿楚樊之退身翰曰
讜直也鍾離春齊醜女有賢德自詣王願一見王王召入而謂王曰今西有横秦之患南
有彊楚之讐作漸臺五層萬人疲極賢者伏匿山林諂諛彊於左右女樂俳優縱横大笑
此王不濟矣王歎曰寡人幾不全拜爲無鹽君納以爲后故賢此直言而畫之楚樊者楚

莊王姬也王罷朝晚乃問於王曰何晚王曰
與賢人語故晚姬曰賢人為誰王曰虞丘子
也姬曰賢則賢矣然未忠也妾在後宮未嘗
不私捐衣食以遺人使之鄭衛求美人而進
於王所進者九人今賢於妾者二人虞丘子
為相于今十年其進用者並其子孫宗族未
聞進賢而退不肖此妨賢人之路豈可謂忠
乎王不悅曰寡人聞命矣王以姬之言告虞
丘子丘子避位而進孫叔敖叔敖相楚三年而
理故此美楚姬之言而虞丘退身也　善曰
列女傳曰鍾離春者齊無鹽邑之女也為人
極醜自詣宣王願乞一見宣王召見之乃舉
手拊膝曰殆哉殆哉宣王曰願聞命對曰今
西有橫秦之患南有強楚之讎春秋四十壯
勇不立一殆也漸臺五層萬民疲困此二殆
也賢者伏匿山林諂諛強於左右此三殆也
酒漿流湎以夜繼日女樂俳優縱橫大笑此
四殆也宣王喟然而歎寡人之殆幾不全拜
無鹽君以為王后　漢書成帝曰久不見班生
今日復聞讜言　聲類曰讜善言也　列女傳曰

文選十一　五十

楚莊王樊姬者楚莊王之夫人也王嘗聽朝
而罷晏樊姬曰何罷之晏也王曰今日與賢
者語樊姬曰王之所謂賢者諸侯之客與
國中士也王曰虞丘子也樊姬掩口而笑曰
妾幸得充後宮妾所進者九人今賢於妾者
二人與妾同列者七人今夫虞丘子之相楚
十餘年矣其所薦者非其子孫則族昆弟未
嘗聞其進賢而退不肖夫知賢而不進是不
忠也若不知賢是無
知也豈可謂賢哉
嘉班妾之辭輦偉孟母
之擇鄰
翰曰漢成帝欲與班婕妤同輦婕妤
辭曰妾聞古之帝王與賢臣同乘未
聞與婦人同輦帝感乃止故嘉之孟母軻母
也軻少與母偏孤居近墓軻乃常戲為墓母
曰此非所居去居市傍軻復戲為商賈母又
曰不可居又居學館之傍乃為揖讓進退有
禮母曰此真可以居軻遂為大儒故此偉之
善曰漢書曰成帝遊於後庭嘗與班婕妤同
輦婕妤辭曰三代末主乃有嬖女今欲同輦
得無近似之　列女傳曰孟軻母者即孟子母

也號曰孟母其舍近墓孟子之少也嬉戲為
墓間之事踊躍築埋孟母曰此非所以居處
子也乃去舍市傍其子嬉戲為賈又曰此非
所以居處子也乃舍學宮之傍其子遊戲乃
設俎豆揖讓進退曰此可以居子
遂居及孟子長學六藝卒成大儒
故將廣智
必先多聞
向曰將廣益其智必先多聞古今
之道也　善曰文子曰聰明廣智
守以愚多聞博辨守以儉國語曰晉公
使趙衰為卿辭曰胥臣多聞臣不若也
多聞
多雜多雜眩真
向曰人之多聞必有混雜而
眩惑其真性　善曰楊子曰
雜乎雜人病多知為雜惟聖人
為不雜貫達國語注曰眩惑也
不眩焉在在
乎擇人
翰曰使無眩惑之性何在也在乎擇
人故人君擇賢臣而後用士則擇賢
而後交乃無眩也　善曰左氏傳士文伯謂
晉侯曰務三而已一曰擇人　杜預曰擇賢人
也
故將立德必先近仁
銑曰仁道柔故先近
之　善曰言將欲立

文選十一　五十一

德必先近於仁賢也　左氏傳穆叔曰
太上立德　禮記曰力行近乎仁也
欲此禮
之不僭
去
乾
是以盡乎行道之先民
翰曰僭違
也言欲上
下之禮不違則為上盡行其道以先憂人為
務也下人和則附於上故上下之禮長不違
也　善曰大戴禮引詩曰禮義之不僭何恤人
言　禮記孔子行道之人　國語曰古曰在昔昔
曰先
民也
朝觀夕覽何與書紳
濟曰與用也言此
上事皆朝夕觀覽
之足為明鏡亦何用書之於紳乃可為誡也
紳帶也　善曰言朝夕觀覽圖畫何如書紳
之事乎　論語曰
子張書諸紳
若乃階除連延蕭曼雲征
濟
曰
此後說宮殿之外除亦階也連延長貌蕭曼
高遠也征行也言其高峻若行於雲中　善
曰蕭曼蕭條曼延言高遠也西京賦曰連閣
雲曼魯靈光殿賦曰飛陛揭孽緣雲上征
櫺檻披
善本
作邳
張鉤錯矩成
向曰櫺檻欄也言
大張設之鉤錯矩

成言鈎欄中錯為斜方之文也善曰西京賦曰伏櫺檻而類聽薛綜曰櫺檻臺上欄也
邪或為丕孔安國尚書傳曰丕大也鈎以正曲矩以正方也莊子曰曲者不以鈎方者不以矩錯猶治也
楯類騰蛇槢習似瓊英向曰楯欄上橫木長似騰蛇槢椽也言椽以文飾光明似瓊英玉之美者椽善曰榮楯彤鏤形蘖騰虬衆槢文采
又似瓊英越絶書曰越王句踐欲伐吳大夫文種於是作榮楯鏤以白璧鏤以黃金狀類
龍蛇以獻吳王一曰應劭漢書注曰楯欄橫也司馬彪莊子注曰槢械楔也瓊英玉英也
此既施之於櫺檻然九楔皆謂之槢楔先結切
如螭之蟠如虬之停良曰螭虬龍也蟠屈停止也善曰廣雅曰龍無角曰螭有角曰蚪龍蟠已見上文
玄
軒交登光藻眙明騶虞承獻素質仁形彰天
瑞之休顯昭善本作照遠戎之来庭良曰彰明也軒上下道也

道中深邃故云玄也交登謂道多交手而上藻文也騶虞白虎黑文也天子有至仁之德
則遠方承命而獻之故曰有仁形也魏有此瑞今作其形於殿以彰天瑞之休明遠方之
来王庭也善曰司馬彪上林賦注曰軒楯下板也上加漆故曰玄軒猶階除之欄故曰
交登鄭玄周禮注曰登升也言於騶虞以乘軒板兆軒軒然毛萇詩傳曰騶虞白虎黑文
毛詩序曰仁如騶虞則王道成矣劉熙孟子注曰獻猶軒軒在物上之稱也廣雅曰質地
也司馬相如封禪書騶虞頌曰厭塗靡從天瑞之徵王褒四子講德論曰南郡獲白虎是
以北狄賓也
陰堂承北方軒九戶右个古賀清宴西
東其宇濟曰堂在北故得陰方並也軒門上故言陰堂有九門門上並板而作右
个西廂也清宴殿名此側室也故東西為之善曰在北故曰陰堂也方軒牖窻也西京賦
曰九戶開闔杜預左氏傳注曰个東西廂也清宴殿名韋誕景福殿賦曰離殿別館棊如

列星安昌延休清宴永寧
連以永寧安昌臨圃遂及百子
後宮攸處向曰永寧安昌臨圃並殿名與大殿相連百子亦殿名宮女所處
善曰洛陽宮殿簿曰許昌宮永寧殿七間安昌殿十間臨圃殿名韋誕景福殿賦曰羨百
子之特居嘉休祥之令名鄭玄毛詩箋曰大姒十子衆妾則宜百子其殿之名蓋取於此
處之斯何窈窕淑女思齊徽音聿求其善本作多
字祜向曰言處百子殿者何人乃窈窕淑女窈窕美貌淑善也詩云思齊大任文王
之母此善其美音也徽美聿循祜福也言循順以求其多福善曰毛詩曰窈窕淑女君
子好仇又曰思齊大任文王之母又曰大姒嗣徽音則百斯男又曰靡有不克自求伊祜
其祜伊何宜爾孫子善本作子孫克明克哲克聰
克敏音美叶韻永錫難老兆民頼止銑曰伊惟克能哲智敏達

永長錫賜也言能明能智能聰能達則上天長賜其福而難老保壽子孫有德以御天下
故兆民慶頼矣止語詞也善曰宜爾子孫已見上文蔡邕橋玄碑曰克明克哲實叡實
聰毛詩曰農夫克敏錫之以難老令其壽考毛詩曰既飲旨酒永錫難老尚書曰一人有
慶兆民頼之
於南則有承光前殿賦政之宮納賢
用能詢道求中疆理宇宙甄陶國風雲行雨
施品物咸融翰曰承光殿名賦政宮名納用賢能詢謨臣下求大中之道宅
封疆以理天下甄陶謂燒土為器言欲政化純厚亦如甄陶乃成咸皆融通也言天子惠
化於人如雲雨露萬物皆以通及之也善曰洛陽宮殿簿曰許昌宮承光殿七間西京
賦曰表賢簡能毛萇詩傳曰親咸之謀為詢也左氏傳齊賓媚人謂晉人曰先王疆理天
下揚子法言曰甄陶天下其在和平李聃曰埏埴為器曰甄陶王者亦甄陶其民也埏失

然切周易曰雲行雨施品物流形融猶通也其西則有左城七得右
平講肆善本作肄之場二六對陳殿翼相當濟曰左城
右平甍鞠屋名肆猶戲也言此為講戲之場二六對陳十二人也殿翼相當謂屋勢如鳥
翼善曰七略曰甍鞠者傳曰黃帝所作王者宮中必左城而右平城猶國也言有國當
治之也甍鞠亦有治國之象左城而右平侠稚景福殿賦曰乃造彼甍鞠室講肄謂習武也
賈逵國語注曰肄習也二六蓋鞠室之數而室有一人也李尤鞠室銘曰圓鞠方牆放象
陰陽法月衡對二六相當卞蘭許昌宮賦曰設御坐於鞠域觀奇材之曜暉二六對而講
功體便捷而若飛僻眦亦脫承便蓋象戎兵察解言歸
譬諸政刑將以行令豈惟娛情濟曰言甍鞠之徒便僻輕
脫承敵人之便以求其勝此乃如戎兵之事考察勝否相解而歸也甍鞠以行征法律多

文選十一　五十四

也皆因戲以教法故譬諸政刑亦將以行令也非所以娛樂其情矣善曰言相僻脫似
象敵人之便以象戎兵習戰之術也七略曰蹋鞠兵勢也漢書音義曰梓胡若今相僻卧
輪之類僻匹赤切言察之既解而各言歸斯實譬之政刑非為戲樂而已七略曰蹋鞠其
法律多微意皆因嬉戲以講練士至今軍士羽林無事使得蹋鞠歸田賦曰聊以娛情
鎮以崇臺寔曰永始複閣重闈猖狂是俟良曰
寔是也永始臺名鎮在宮南闈門也倡狂賦也俟備也此臺下有倉廩使人守備也善
曰永始臺名倉廩所居也韋仲將景福殿賦曰時襄羊以劉覽步華輦於永始知稼穡之
艱難壯農夫之克敏莊子曰倡狂妄行也京庾之儲無所善本作物不
有不虞之戒於焉是善本作是焉取千口反向曰京大庾倉
也言倉中儲積無物不有以戒慎戎馬不測度之事此則取給也虞度也善曰毛詩曰

曾孫之庾如坻如京鄭玄曰庾露積穀也西京賦曰于何不有言有不虞之戒取京庾以
給之周易曰君子以治戎器戒不虞爾乃建凌雲之層盤浚虡
淵之靈沼清露瀼瀼而羊淥水浩浩銑曰凌雲臺名層高
也上有盤以承甘露也虡澗沼名靈者美言之瀼瀼露貌浩浩泉貌善曰凌雲層盤名
也為之以承甘露也虡澗靈沼名也韋仲將景福殿賦曰虡澗靈沼淥水決決毛詩曰王
在靈沼清露層盤之露也毛詩曰零露瀼瀼尚書曰浩浩滔天樹以嘉木植
以芳草翰曰樹植於虡澗之側善曰西京賦曰嘉木樹庭芳草如積悠悠
玄魚䱇䱇鶴白鳥沉浮翱翔樂我皇道翰曰皇大
也悠悠魚浮貌在深泉故云玄也䱇䱇白貌言魚鳥沉浮翱翔自得天性樂我大道善
曰孔叢子孔子歌曰黃河洋洋悠悠之魚毛詩曰白鳥翯翯毛萇曰翯翯肥澤也翯與䱇

文選十一　五十五

音義同沉浮翱翔樂我皇道言魚鳥得所若乃虯龍灌注溝洫交
流陸設殿館水方輕舟向曰方並也言刻虯龍形使吐水注以成
溝洫交流於宮中故陸地則有殿館之舍水則並輕舟而遊善曰言為虯龍之形吐水
灌注以成溝洫交橫而流東征賦曰望河雒之交流爾雅曰大夫方舟郭璞曰併兩船
篁棲鶤鷺瀨戲鰋鮋紬豐侔淮海富賑山丘
叢集委積焉可殫籌雖咸池之壯觀夫何足
以此善本作比讐向曰篁叢竹鶤鷺鳥名瀨波也鰋鮋魚名侔齊賑盈殫盡籌筭
讐匹也言萬物之豐富齊於淮海盈於山丘集積不可盡筭也咸池日出處今雖咸池之
廣何足匹此也善曰服虔漢書注曰篁叢竹也鶤鷺二鳥名鰋鮋二魚名字林曰侔
齊等也馮衍爵銘曰富如江海孫卿子曰節用裕民且有富厚丘山之積矣爾雅曰賑富

鄭玄周禮注曰少曰委多曰積儀禮注曰等筭也春秋漢含孳曰咸池主五穀宋均曰咸
池取池水灌注生物以為名也元命包曰其星五者各有職以蓄積為天持五穀爾雅曰
讎匹也視周切於是揭禁善本作碣以高昌崇觀表以建
城峻廬向曰揭特高貌表出羣而見也高昌建城二觀名觀樓也崇峻皆高也廬
觀舍之通稱善曰薛綜東京賦注曰高昌建城二觀名也韋仲將景福殿賦曰壯看高
昌邪睨建城岹徒聊嶢岑立崔嵬巒居飛閣干雲浮
階乘虛良曰岑巒並山名岧嶢崔嵬危高貌飛閣浮階言高如鳥飛干雲入於雲
乘其虛空也善曰爾雅曰山小而高曰岑又曰巒墮山郭璞曰山形長狹者荊州謂之
巒西都賦曰修塗飛閣西京賦曰干雲霧而上達浮階飛陛也遙目九野遠
覽長圖俯眷善本作頫眺三市孰有誰無翰曰遙遠也九

文選十一　五十六

野九州也言登高樓遠視九州之野覽為國之長圖俯看三市之貨有何物無何物此憂
人之至善曰謂建城也淮南子曰上通九天下貫九野高誘曰九天八方中九野亦如
之周禮曰遂人掌邦之野以土地之圖經田野三市謂高昌也韋仲將景福殿賦曰踐高
昌以比眺臨列隧之京市周禮曰大市日仄而市朝市朝時而市夕市夕時為市孟子曰
古之為市以其所有易其所無觀農人之耘耔亮稼穡之艱
難惟饗年之豐寡思無逸之所歎平聲銑曰耘除草
耔養苗也亮信也種曰稼收曰穡言復見農夫之作勞信知種收之艱難豐多寡小也尚
書無逸篇周公曰嗚呼君子所無逸先知稼穡之艱難昔在殷王中宗饗國七十有五年
高宗饗國五十有九年自是厥後立王生則逸故或饗國五六年或三四年故此饗年多
少乃思無逸之所歎此戒懼之詞善曰謂九野也毛詩曰或耘或耔黍稷薿薿尚書無

逸周公曰嗚呼君子所其亡逸先知稼穡之艱難乃逸又曰我聞昔在殷王中宗享國七
十有五年高宗之享國五十有九年自是厥後王生則逸或五六年或四三年感物
衆而思深因居高而慮危惟天德之不易懼
世俗之難知翰曰天德謂君也言登高樓見天下至廣萬物至衆須安而治
之憫然思深慮見危亂則知為君不易亦懼知人之難也善曰謂三市也感猶思也周
易曰日中為市聚天下之貨又曰君子安而不忘危周易曰用九天德不可為首也尚書
曰爾亦弗知天命弗易也觀器械之良窳以主察俗化之誠
偽瞻貴賤之所在悟政刑之夷陂彼義反銑曰器械
器用之物窳濫也誠信夷平也陂險而不平也言觀人器用之物濫者去之審察風俗有
誠信有偽薄者勸之瞻時物之貴與賤者令其均等省悟政刑平否而正之善曰文子

文選十一　五十七

曰器械不惡而職事不慢也鄭玄禮記注器械禮樂之器及兵甲也史記曰舜陶河濱器
不苦窳晉灼曰窳病班固漢書贊曰孝宣之治至於器械自元成間鮮能及之亦足以知
吏稱其職民安其業晏子春秋景公謂晏子曰子之宅近市則識貴賤乎對曰既竊利之
敢不識乎公曰何貴何賤是時也景公繁於刑晏子對曰踊貴而屨賤公是以省刑孔安
國尚書傳曰夷平也陂險也亦所以省風助教豈惟盤樂
而崇侈靡向曰言此高樓殿觀亦以省是非以助風教豈徒遊樂而以觀尚其奢
侈乎善曰省風觀器械也國語伶周鳩曰天子省風以作樂助教察政刑也班固漢書
述曰威實輔德刑亦助教子虛賦曰奢言淫樂而顯侈靡也屯方列署三
十有二星居宿陳綺錯鱗比毗志反濟曰屯方也營也列
署百官諸曹有三十二星居言如星宿之陳布室宇錯雜若鱗之相比次善曰聲類曰

坊別屋也方與坊古字通釋名曰坊別屋名㞕散也列位布散也宿星宿也比相次也比
扶切至辛壬癸甲為之名秩房室齊均堂庭如
一出此入彼欲反忘術濟曰秩次也言以甲乙爲名次也術道也
言房室皆門牖相類出入欲反舊所乃迷忘以其道也一善曰辛壬癸甲十干之名今取以
題坊署以別先後也廣雅曰術道也惟工匠之多端固萬變之
不窮物無難而不知乃與造化乎比隆銑曰言匠
人奇巧萬變不窮而物難為者亦以成之實可與造化比成功也善曰楚辭曰亦多端
而膠加又曰萬變之情豈其可盡列子曰穆王見偃師歎曰人之巧乃與造化同功造化
已見東都賦注雙天地以開基並列宿而作制制無
細而不協於規景作無微而不違於水臬五結

文選十一　五十八

反銑曰譬比協合也言比天地上圓下方並列宿紫微星也無細不協言合也無微不
違言不違也水臬水平也言堊南北上下之正以木度日影以水平觀之言無細微之差
皆合於規景不違於水平善曰無細不合皆言合也無微不違言不違也周禮匠人建
國水地以縣置槷以縣眡其景為規識日出之景與日入之景鄭玄曰於四角立植而縣
以水望其高下高下既定乃為位而平地槷古文臬假借字也於所平之地中樹八尺
之臬以縣正之眡之其景將以正四方也故其增構如積植木如
林區連域絕葉比枝分離背別趣騈填善本作田
胥附向曰騈填多貌胥相也植木以材木相捕如林之多區院域牆也言院皆相連
牆為隔絕如葉相比如枝相分堂室正背雖殊各有異趣騈填以相附著善曰離背別
趣各有所施也騈田胥附羅列相著也縱橫踰延各有攸注公

輸荒其規矩匠石不知其所斲濟曰縱橫踰延言多也攸
所注合也言材木雖多各有所合而不虛設公輸匠石之工巧者言其皆廢方圓之制不
知其斤斲之道言不及此之工匠也善曰墨子曰公輸般為雲梯鄭玄禮記注曰公輸
若匠師也般若之族多技巧也孔安國尚書傳曰荒廢也莊子曰匠石之齊見櫟社樹觀
者如市匠伯不顧司馬彪曰匠石字伯說文曰斲斫也竹句切既窮巧於規摹
何彩章之未殫爾乃文以朱綠飾以碧丹濟曰
何數詞也彩章文飾也殫盡也數文飾之未盡將更為也善曰言既極規摹之巧而未
盡采章之盛故文之以朱綠飾之以碧丹也傳毅七激曰文以朱綠殫下或有駮字非
也點以銀黃爍以琅玕光明熠以入爚藥文彩
璘瑞音試善本作班一濟曰黃黃金也爍亦飾也琅玕美玉熠爚璘瑞光明文彩貌

文選十一　五十九

善曰黃謂黃金漢書楊僕懷銀黃也說文曰熠光也爚火光也埤蒼曰璘瑞文貌清
風萃而成響朝日曜而增鮮雖崐崙之靈宮
將何以乎侈旃向曰萃集侈美旃之也言朱綠碧丹銀黃琅玕之屬也風集
則有聲日照則增光雖崐崙山天帝之居何以美之天帝神居故云靈宮善曰穆天子
傳曰天子升於崐崙之丘觀黃帝之宮規矩既應乎天地舉措
又順乎四時是以六合元亨九有雍熙家懷
克讓之風人詠康哉之詩翰曰措置也謂宮殿方圓應天地之
所舉置又順於四時所謂溫室在東涼室在西陰堂在北承光在南也元大亨通雍和熙
廣也六合九有言天下也言天下大通和平德化廣被家懷能讓之風人誦康哉之詩書
云庶事康哉此其詩也善曰太玄經曰天道成規地道成矩文子曰舉措廢置不可不

審順乎四時即順時立政也呂氏春秋曰神通乎六合高誘曰四方上下為六合元亨已
見上文毛詩曰方命厥后奄有九有毛萇曰九有九州也東京賦曰上下共其雍熙尚書
曰黎民於變時雍又曰庶績咸熙尚書曰允恭克讓又咎繇乃歌曰元首明哉股肱良哉
庶事康哉莫不優遊以自得故淡泊而無所思銑曰
謂和平無憂善曰毛詩曰優哉游哉鄭玄曰優游自安止也東都主人曰莫不優游而
自得王潤而金聲淮南子曰所謂有天下者自得而已老子曰道之出口淡乎其無味說
文曰泊無為也莊子曰知反於帝宮見黃帝而問焉曰何思何慮則知道黃帝曰無思無
慮罔知道也歷列辟而論功無今日之所善本作至治
直之反銑曰辟君也言歷觀書記列古之賢君而論功德亦無如魏之所治也善曰
封禪書曰歷選列辟李尤平樂觀賦曰披典籍以論功蓋罔及乎大漢莊子曰容成氏大

庭氏若此時至治也彼吳蜀之湮滅固可翹足而待之
銑曰湮沒也翹一足立言不久也以魏之德如此而吳蜀沒滅固不久也善曰封禪書
曰湮滅而不稱新序趙良謂商君曰君亡可翹足而待廣雅曰翹舉也然而望
善本作聖上猶孜孜靡或求天下之所以自悟招
忠正之士開公直之路濟曰靡不或差也言明帝尚孜孜勤苦見
差失求天下忠正公直之人以自開悟于心也善曰孟子曰雞鳴而起孳孳為善者舜
之徒也孳與孜同鄭玄毛詩箋曰或變也家語魯君曰微夫子寡人無由自悟也漢書谷
永上書曰崇諫爭之官廣開忠直之路想周公之昔戒慕咎繇
之典謨向曰周公昔戒即上所述無逸篇也今復想之戒懼之至咎繇謨謂水火
金木土穀今將循而行之善曰周公昔戒謂無逸也咎繇典謨謂康哉之歌也除

無用之官省所耿生事之故絕流遁之繁禮反
人情於太素濟曰生事之故謂國家創立法令者省而減之太素質樸之始
也流遁繁禮謂積習以相流傳者如奢葬之類是將絕去之反之於質樸善曰史記曰
吳起如楚捐不急之官漢書蕭望之曰生事於外夷漸不可長公羊傳曰遂者何生事也
何休曰生猶造也賈逵國語注曰故謀也淮南子曰凡亂之所由生者皆在流遁流遁之
所生者五或遁於木或遁於水或遁於土或遁於金或遁於火此五者一足以亡天下也
說文曰遁遷也尚書曰禮煩則亂太素樸素也東都賦曰昭節儉示太素故能翔
岐陽之鳴鳳納虞氏之白環翰曰周室將興有鸑鷟鳴於岐
山之陽鸑鷟鳳也西王母獻白環於舜今無之過美之言也善曰國語周內史過曰
周之興也鸑鷟鳴於岐山世本曰舜時西王母獻白環及珮蒼龍覿於流

善本作陂唐龜書出於河源醴泉涌於池圃靈芝
生於丘園向曰時有蒼龍見蒼則青也陂唐水也龜書出於河源者河圖也當
實不出美而言之時有醴泉芝草生苑中故云池圃丘園善曰魏志文紀曰青龍見於
摩陂魏略文紀曰神龜出於靈池東京賦曰龜書畀姒班固漢書贊曰漢使窮河源也魏
志曰延康元年醴泉出芝草生於樂平郡揔神明善本作靈之既祐集
中善本作華夏之至歡善本有方四三皇而六五帝曾
何周夏之足言良曰既惠祐福也言揔集神明之惠福在於中夏以為至
歡也曾別也時方明帝齊於三皇是為四皇齊於五帝是為六帝周文王夏禹何足言於
今也善曰王逸楚辭注曰揔合也春秋元命包曰通三靈之貺長楊賦曰受神人之福
祐爾雅曰貺賜也祐福也尚書曰華夏蠻貊鄭玄毛詩箋曰方且也燕丹子夏扶謂荊軻

曰何以教太子軻曰高欲令四三王下欲令六五霸於君何如也

文選卷第十一

宿

賦　江海

文選

十二

共六十

文選卷第十二

梁昭明太子撰　五臣并李善注

江海

木玄虛海賦一首

郭景純江賦一首

海賦

木玄虛（銑曰今書七志云木華字玄虛廣川人也文章儁麗爲楊駿府主簿善曰今書七志曰木華字玄虛華集曰爲楊駿府主簿傅亮文章志曰廣川木玄虛爲海賦文甚儁麗足繼前良）

昔在帝媯（古爲）臣（善本作巨）唐之世（善本作代）天綱浡（蒲沒）

潏（聿）爲凋爲瘵（側界）洪濤瀾（去）汗萬里無際長波涾（徒合）㴸（徒我）迆（弋爾善本作羊氏切）延（善本作涎）八裔（翰曰帝媯舜也爲堯臣擧禹以理水也水之廣大上善可爲天下之綱紀浡潏急流貌凋傷也瘵病也言堯遭洪水人傷而病之洪大濤波也瀾汗大貌涾㴸迆延長貌言大則萬里無際畔長終於八裔裔乃八方也善曰帝媯謂舜也尚書序曰昔在帝堯尚書曰釐降二女于媯汭孔安國曰舜所居媯水之汭也左氏傳季文子使太史克對宣公曰舜臣堯擧八愷使主后土杜預曰爲堯臣也言水之廣大爲天綱紀浡潏沸涌貌桓子新論曰夏禹之時洪水浡潏說文曰潏水涌出也又說文曰凋半傷也爾雅曰瘵病也尚書曰湯湯洪水方割孔安國曰割害也瀾汗長貌西京賦曰起洪濤而揚波涾㴸相重之貌迆涎還迆相連也八裔猶八方也迆音迤）於是乎禹也乃鏟（楚産）臨崖之阜

陸決陂潢而相浚善本作沃良曰鏟鑿也臨崖謂崖水不通處陂蓄
水也潢兩潦也舜既舉禹禹乃鑿水崖阜陸
使通流決其蓄水之潢潦使浚蕩而通達
善曰孟子曰當堯之時洪水橫流氾濫天下
堯獨憂之舉舜舜使禹疏九河瀹濟漯蒼頡
篇曰鏟削平也淮南子曰禹有鴻水之患陂
塘之事高誘曰陂畜也塘隄也說文曰潢積
水池也沃灌也啓龍門之岝士格嶺五格墾陵巒而嶄士咸
鑿羣山既略百川潛渫息列泱恩朗漭莫廣澹徒敢泞
騰傾善本作波赴勢銑曰啓開也龍門山名岝嶺高貌墾斷也陵巒亦山也嶄
鑿攻掘之稱既盡也言水潛流漸已渫理也泱漭澹泞通流貌群山盡為川路疏畎百川
皆安理而通流騰湧傾注以赴下勢善曰尚書璇璣鈐曰禹開龍門導積石鄭玄注曰
龍門山名也岝嶺高貌廣雅曰墾治也嶄與墾音義同廣雅曰鑱謂之鑿與嶄古字通孔

文選十二　二

安國尚書傳曰治山通水故以山名尚書曰
嵎夷既略孔安國曰用功少曰略周書曰禹
渫七十川大利天下尚書大傳曰百川趍於
海爾雅曰潛深也說文曰渫除去也泱漭廣
大也澹泞澄深也泞音紆江河既導萬穴俱流掎居蟻拔五
嶽竭涸九州瀝滴滲七林淫薈烏外蔚雲霧涓流
泱瀼乃朗莫不來注翰曰導理也萬穴水道也掎亦拔也言江河既理水
道俱流五嶽如拔出九州皆竭涸乾也瀝滴滲淫小水也薈蔚雲霧津潤氣也涓流亦
小水泱瀼流貌言此諸水莫不皆來注入于海善曰尚書曰岷山導江又曰導河積石
淮南子曰漕有萬穴掎拔竭涸言水既除掎拔而出竭涸而乾也掎引也廣雅曰拔出也
五嶽泰華霍恒嵩賈逵國語注曰涸竭也尚書序曰禹別九州說文曰瀝滴水下滴瀝也
滲淫小水津液也薈蔚雲霧雲潤也毛詩曰薈兮蔚兮南山朝隮涓流小流也泱瀼渟淤

也漢書杜欽曰屯民河羨溢有填淤反壤之害泱烏黨切說文曰注灌也於廓靈
海長為委輸去聲良曰於廓美大也靈者言其神靈多怪異也長為委輸
言衆水皆委輸送而入于海善曰毛萇詩傳曰於歎辭也爾雅曰廓大也孟子曰舜使
禹疏九河瀹濟漯而注諸海禮記曰三王之祭川也或源或委鄭玄曰委流所聚淮南子
曰河水九折注海而流不絶者崐崘之輸也其為廣也其為怪也
宜其為大也爾其為狀也銑曰此豫說其貌則乃浟
由湙亦瀲力冉灩以冉浮天無岸銑曰皆漫波狀貌廣大無岸若
天浮於上善曰浟湙流行之貌瀲灩相連之貌玄中記曰天下之多者水焉浮天載地
說文曰浮汎也沖冲瀜沆胡廣切善本作沆瀁余兩渺眇瀰彌
湠炭漫翰曰平速貌波如連山乍合乍散翰曰風起波高

文選十二　三

如山之連合散不定善曰沖瀜沆瀁深廣之貌渺瀰湠漫曠遠之貌瀜音融莊子曰白
波如連山噓噏許急百川洗滌淮漢襄陵廣斥昌亦切善
本作烏漻交澫葛浩汗翰曰噓吹噏歛也言潮起則百川逆流若吹之
也潮落則如歛之而入也洗滌謂潮來於中也襄上陵越也廣斥海畔地言潮水上起
於畔也漻澫浩汗廣大貌善曰噓噏猶吐納也百川已見上文淮漢之流小而且纖故
洗滌之尚書曰懷山襄陵又曰海濱廣斥史記曰斥舄古舄字也漻澫廣深貌若
乃大明鑣善本作摭轡於金樞之穴翔陽逸駭於
扶桑之津濟曰大明月也月有御故云鑣總鑣轡排沫也金樞西方月沒之處
月有窟故云穴也翔陽日也日中有烏故云翔陽逸駭日出疾也扶桑之津日出之處
善曰言日將夕也大明月也周易曰懸象著明莫大乎日月摭猶攬也月有御故言轡金

西方也河圖帝覽嬉曰月者金之精月有窟
故言穴也伏韜望清賦曰金樞理鑾素月告望
義出於朏攄彼苗切言月初出也翔陽日也
淮南子曰日陽之主也日中有烏故言翔日逸
駿言出疾也廣雅曰駿起也山海經曰湯谷上有扶木者扶桑也十日所浴彯匹遥
沙礐苦角石蕩颸聿島濱良曰言月將沒時日初出時風急激動海
水水波疾涌乃蕩汝礐石相擊聲蕩颸盛浪急疾海中山曰島濱涯也善曰言此二時
風大疾也易通卦驗曰巽風不至則大風發屋揚沙說文曰礐石聲也春秋命曆序曰大
風颻石颺風疾貌說文曰島海中往往有山可居曰島於是鼓怒溢浪
揚浮更相觸搏飛沫起濤狀如天輪膠戾而
激轉又似地軸挺拔而爭迴向曰言風急鼓擊怒溢浪飛揚
湧涌於空相觸搏為沫起其波濤也膠戾環旋貌波濤相連如輪環旋而不絕也又似地

軸拔出於地而波浪爭為迴復也呂氏春秋云天如車輪終而復始以運萬物春秋括地
象云地有三千六百之軸善曰言風既疾而波鼓怒也上林賦曰沸乎暴怒蒼頡篇曰
濤大波也呂氏春秋曰天地如車輪終則復始高誘曰輪轉也上林賦曰宛潬膠盭河圖
括地象曰地下有四柱廣十萬里有三千六百軸廣雅曰挺出也岑嶺飛騰
而反覆五岳鼓舞而相磓都迴反銑曰岑嶺山也言波浪如
山飛騰上下反覆其高大搖動似五岳鼓舞而相磓瀑也善曰岑嶺五岳言波濤之形
遠相觸激故或反還或相磓也爾雅曰山小而高曰岑五岳已見上文磓猶激也丁迴切
汾渭善本作渭濆淪而滀丑六漯他荅鬱沏切迭而
隆頹向曰皆起伏磓瀑急疾貌善曰渭亂貌濆淪相糾貌滀漯攢聚貌鬱盛貌沏
迭疾貌隆頹不平貌渭音謂漯音累迭徒結切盤盓乙于激而成窟消

七笑⿰氵冉去含濈緝而為魁翰曰言波浪盤盓曲折相激怒成深窟消⿰氵冉濈
皆浪卒起貌魁大峻貌言浪卒起則大峻善曰磐盓旋流也消⿰氵冉峻波也毛萇詩傳曰
傑特立也濈與傑同賈逵國語注曰川阜曰魁盓音湾㴔失冉泊普白洦陌善
本作栢而迆以爾颺余諒磊洛罪匒荅匌苦合而相豗呼迴
反翰曰㴔疾也泊洦小波也迆颺小波邪起貌磊大石匒匌重疊貌豗擊也言小波疾
而邪起猶大波而重疊相擊善曰㴔疾貌泊栢小波也迆颺邪起也磊大貌匒匌重疊
也匒直合切相豗相擊也驚浪雷奔駭水迸集開合解會
瀼瀼傷濕濕葩華踧子六沑女六頊項濘奴頂潗子立
女立反銑曰驚聲如雷奔也駭亦驚也迸并也言驚浪如雷而并集如開而復合
或散而復會瀼瀼濕濕開合貌葩華分散貌踧沑頊濘潗㵫並蹙聚沸騰之貌善曰七

發曰波湧而濤起橫奔似雷字書曰迸散也瀼瀼濕濕開合之貌葩華分散也踧沑蹙聚
也頊濘沸貌濘如令切潗㵫沸聲也若乃霾莫排曀一計潛銷莫振
莫竦輕塵不飛纖羅善本作蘿字不動猶尚呀呼加
呷餘波獨湧澎匹宏濞灪於勿磈烏埋碨烏罪磊山壟
向曰霾曀昏氣也潛消昏氣盡也呀呷餘波相吞吐貌澎濞灪磈碨磊皆高峻不平貌言
昏氣盡消風不振竦塵羅不動尚見吞吐餘波而為騰湧高峻不平如山壟之形也壟小
塠也善曰爾雅曰風而雨土為霾陰而風為曀說文曰潛藏也廣雅曰振動也竦亦動
也爾雅曰唐蒙女蘿言風雖靜而餘波猶壯呀呷波相吞吐之貌呷呼甲切澎濞水聲洞
簫賦曰澎濞慷慨灪磈高峻貌碨磊不平貌爾其枝岐潭以審瀹藥
渤湧善本作蕩成汜似乖蠻隔夷迴互萬里翰曰枝岐

（小浦也潭淪動貌渤湧鼓潮也汜曲諸也洄亙迴轉也言小浦曲諸所以乖隔蠻夷之國也迴轉即見之萬里言遠也善曰管子管神對桓公曰水別於他水入於大水及海者命曰技穆天子傳曰飲于岐涬之中郭璞曰水岐成涬涬小渚也音止潭淪動搖之貌毛詩曰江有汜毛萇曰水決復入為汜也）若乃邅（善本作偏字）荒速告王命急宣飛迅（善本作駿）鼓楫汎海淩山於是候勁風揭（桀）百尺維長綃（交切）挂帆席望濤遠決冏（九永）然鳥逝鷸（聿）如驚鳧之失侶倏如六龍之所掣一越三千不終朝而濟所屆（銑曰鼓動楫棹揭舉維連也綃連帆繩也遠方之國有急来告將宣君命則飛迅流動輕棹浮汎於海凌歷於山則伺候長風舉百尺之檣連綃繩挂帆席乘長風望波濤決列而去如鳥飛之疾

如驚鳧失侶而相求逐也同鳥飛貌鷸倏疾也六龍駕日車言舟得風勢疾又如六龍之所掣日車也故一日三千里則不終夜而及於所至之處　善曰列子曰殊方偏國張湛曰偏邅也毛詩曰肅肅王命爾雅曰駿速也郭璞曰駿猶迅速亦疾也方言曰楫謂之橈東方朔對詔曰夌山越海窮天乃止廣雅曰揭舉也百尺帆檣也綃今之帆綱也以長木為之所以掛帆也劉熙釋名曰隨風張幔曰帆或以席為之故曰帆席也蒼頡篇曰冏光也鷸疾貌蘇武荅李陵書曰雖乘雲附景不足以比速晨鳧失羣不足以喻疾春秋命曆序曰皇伯登出扶桑日之陽駕六龍以上下說文曰掣引而縱也充制切左氏傳曰子文訓兵於睽終朝而畢爾雅曰濟度也孔安國尚書傳曰屆至也）若乃（善本作其）負穢臨深虛誓愆祈則有海童邀路馬銜當蹊（向曰負穢者謂言不忠信虛為誓約祈神不荅者則為海童馬銜邀其路將必害之　蹊亦

道也馬銜海童並海中神怪　善曰負穢言身有罪若負然尚書曰負罪引慝杜預左氏傳注曰愆失也鄭玄周禮注曰祈禱也吳歌曰仙人齎持何等前謁海童爾雅曰邀遮也陸緩海賦圖云馬銜其狀馬首一角而龍形杜預左氏傳注曰蹊徑也）天吳乍見而髣髴蝄像暫曉而閃屍群妖遘迕眇䁱（余招）冶夷（向曰天吳蝄像並海神也髣髴不分明貌暫曉謂暫見即沒也閃屍疾見貌群妖言多也眇䁱冶夷皆妖媚貌　善曰山海經曰朝陽之谷神曰天吳為水伯說文曰彷彿見不諟也楚辭曰時彷彿以遙見國語仲尼曰丘聞之水之怪龍罔象木之怪夔魍韋昭曰罔象食人閃屍暫見之貌閃式染切爾雅曰遘遇也小雅曰迕犯也眇䁱視貌冶夷妖媚之貌）決帆摧撞（直江）戕（檣）風起惡（去）廓然（善本作如）靈變慌怳幽暮氣似天霄靉（愛）靆（費）雲

布（翰曰言有風起也乃決破帆摧折橦木也橦檣也戕風暴風也言風忽起舟人惡之廓然急疾靈物變化慌怳不明以作幽晴其氣如天雲也靉靆雲氣貌霄天也　善曰橦百尺也杜預左氏傳注曰戕卒暴之名也起惡起為暴惡也廓猶開也言廓然暫開如神之變慌怳之頃而幽暮也鄭玄禮記注曰幽暗者不明也言海神吐氣類於天霄靉靆昏闇貌韓子曰雲布風動）儵（叔）昱絕電百色妖露呵歘（許勿）掩忽（善本作瞢）矆（居縛）睒（失冉）無度（良曰霳昱絕雷言赤光疾出又設有如雷電光絕百色見矣呵歘掩忽謂吞吐光色疾也矆睒無度眩惑於人亦無節度　善曰靋昱疾貌妖露為妖而呈露也呵歘掩虩不明貌說文曰矆大視也又曰睒暫視也）飛澇相磢（楚爽）激勢相沏（楚櫛）崩雲屑雨浤浤（火宏）汩汩（于筆切　良曰澇大波也磢錯也沏浪相拂也言大波之飛相磨激勢相拂如

雲之崩如雨之屑屑猶分散也㳌㳌汩汩騰涌急激貌　善曰言戕風迅疾而波浪相衝
也滂大波也音勞郭璞方言注曰漢錯也漢與磢同磢摩也屑雨飛灑之貌言波浪飛灑
似雲之崩如雨之屑也李尤辟雍賦曰興雲動雷飛屑風雨㳌㳌汩汩波浪之聲也㳌音
宏跑勅甚踔丑角湛以甚濼藥沸渭善本作潰渝溢齊曰波前
却騰躍貌瀖呼郭泋濩渭蕩雲沃日濟曰瀖泋濩謂衆波聲水
畔生雲故蕩之日光浮於中故沃之善曰跪踔湛濼波前却之貌潰亂流也渝亦溢也
瀖泋濩渭衆波之聲濩音鑊　於是舟人漁子徂南極東或
屑沒於黿鼉之穴或挂罥於巖嶅敖之峯或
掣掣充制洩洩余制於裸人之國或汎汎悠悠於
黑齒之邦翰曰漁子取魚人言風波之勢壯舟人不制故東南不定屑碎也言

文選十二　八

舟碎人設於黿鼉之穴也潮水起則漂凌上山舟人亦隨而上故掛於山峯也巖嶅山也
掣掣洩洩汎汎悠悠任風波貌裸人黑齒並海外國名　善曰言風起而浪驚故漂浮而
無定毛萇詩傳曰極至也言被漂弱死非一所也屑猶碎也禮記曰屑桂與薑聲類曰罥
系也爾雅曰山多小石曰嶅掣掣洩洩任風之貌汎汎悠悠隨流之貌淮南子曰自西南
至東南有裸人國黑齒民許慎曰其民不衣也其人齒黑也　或乃萍流而
逢善本作浮轉或因歸風以自反徒識觀怪之多
駭乃不悟所歷之近遠翰曰言不生還者多故云或乃也言人或
不死者如水萍之流或因迴風以自歸也其行人徒見神怪之多驚駭魂氣散失亦不知
所行歷之近遠　善曰謝承後漢書鄭玄戒子書曰黃巾為害萍浮南北蒼頡篇曰駭驚
也說文曰悟覺也　爾其大量也則南瀲歛朱崖北洗

天墟東演去析木西薄青徐經綸善本作灑善本作途
灪烏泠溟萬萬有餘良曰此言其大也渝侵也朱崖交洲也天墟北陸也
演及也析木天津也青徐二州在海西薄泊也經闊也灪溟亦闊貌　善曰廣雅曰渝漬
也東都主人曰南燿朱垠垠亦崖也爾雅曰北陸墟音區說文曰演長流也言流至析木
之境爾雅曰析木謂之天津海在青徐之東故云西薄小雅曰薄迫也尚書曰海岱惟青
州又曰海岱及淮惟徐州鄭玄周禮注曰經謂里數也灪溟猶絕遠杳冥也溟莫泠切
吐雲霓含龍魚隱鯤鱗潛靈居良曰霓紫雲也鯤大魚名
大數千里也靈居謂方丈三山神仙之居善曰淮南子曰四海之雲湊鯤鱗或爲昆山
昆山方壺之屬也靈居衆仙所處也　豈徒積大善本作太顛之寶貝
與隨侯之明珠良曰太顛得海中寶貝獻紂以出文王　善曰琴操曰紂

文選十二　九

因文王於羑里擇日欲殺之於是太顛散宜生南宮适之屬得水中大貝以獻紂立出西
伯墨子曰和氏之璧隋侯之珠　將世之所收者常聞其善本有所
字　未名者若無向曰言海中豈徒多積寶貝與明珠而已則世所收用者
雖常聞之其有不知名目者若無不無矣善曰言世之所收者常聞其名其或未名者
若本無也　且希世之所聞焉善本作惡審其名故可仿
像其色靉於愷靆虛豈其形銑曰焉何也且希世所聞之寶何能審詳
其名故可仿像其色靉靆其形仿像靉靆不明貌　善曰言希世乃一聞之故不能審其
名魯靈光殿賦曰邈希世而特出惡音烏仿像靉靆不審之貌　爾其水府之
內極深之庭則有崇島巨鼇峌庭結峴五結孤亭
擘洪波指太清竭磐石栖百靈颺平颽風而

南逝廣莫至而北征翰曰崇島蓬萊方丈瀛州三山在海中大鼇負
之而浮嵯峨孤亭高貌太清天也山在海中若鏆擘洪波而出高峻指天也竭立也言山
下磐石如立也樓百靈謂神仚在中凱風南風颸則南往也廣莫北風也風至則北行
大鼇力壯勇常負此山逆風而行也鼇水蟲名　善曰劉劭趙都賦曰其東則有天浪水
府百川是理崇島五岳也巨鼇大鼇也列仚傳曰巨鼇負蓬萊山而抃滄海之中列子曰
渤海之東名曰歸墟其中有五山帝命禺強使巨鼇十五舉首戴五山峙而不動說文曰
海中往往有山可依止曰島嵳峴高貌山居海中故云擘峻極際天故云指鄭玄周禮注
曰擘破裂也東方朔十洲記曰宜海洪波百丈鶡冠子曰上及泰清下及太寧鄭玄禮記
注曰竭猶戴也聲類曰磐大石也百靈衆仚言巨鼇多力迥風而行也呂氏春秋曰南方
曰凱風北方曰廣莫風其垠銀則有天琛水怪鮫人之

室瑕石詭暉鱗甲異質銑曰天琛水怪琛寶也鮫人龍屬人狀居
於水底瑕石怪石也詭異而有光暉鱗甲皆有奇狀也　善曰天琛自然之寶也尚書曰
天球在東序水怪奇石生乎水濱也尚書曰鈆松怪石曹子建七啓曰戲鮫人劉淵林吳
都賦注曰鮫人水底居說文曰瑕玉之小赤色者也詭暉別色說文曰詭變也異質殊形
也廣雅曰負軀也若乃雲錦散文於沙汭之際綾羅
被光於螺蚌之節銑曰雲錦朝霞也沙汭之際散其文章如此色也水
曲曰汭螺蚌曲節之文若綾羅之光采　善曰言沙汭之際文若雲錦螺蚌之節光若綾
羅也毛萇詩傳曰芮崖也芮與汭通曹植齊瑟行曰蚌蛤被濱崖光采如錦紅繁采
揚華萬色隱鮮陽氷不冶陰火潛然銑曰揚華甲蟲
名采色繁麗也萬物皆有鮮明之色而急在於中也冶銷也言陽處雖有氷而不銷陰處

或有火而潛然皆變化使寒暑不均也　善曰說文曰隱蔽也言其陽則有不冶之氷其
陰則有潛然之火也晏子春秋曰陰氷凝陽氷厚五寸說文曰冶銷也熺許眉炭
重燔煩吹烱古永九泉朱爓熖綠煙腰一眇眇蟬
蜎一緣反翰曰熺炭謂炭之有光者重燔滅而重然也吹其光色烱然曜於九泉幽
暗之處腰眇蟬蜎遠視貌　善曰熺炭之有光也廣雅曰熺熾也重燔猶重然也吹猶
然也漢書趙氏無火焉說文曰烱光也言火之光下照九泉地有九重故曰九泉腰眇
蟬蜎煙爓飛騰之貌爓焰爓同其善本無其字魚則橫海之鯨突
扤孤遊戞巖嶅偃高濤茹鱗甲吞龍舟噏虛及
波則洪漣踧子六蹜所六吹澇去則百川倒流翰曰
鯨魚大魚橫於海中突扤高貌戞歷刮也言行則戞刮巖山波濤雖高爲之偃伏茹食也

龍舟大船也言其食魚鼇之類吞其大船洪大漣浪也踧蹜流不進也澇高浪也言噏波
則洪浪不進吹浪則百川逆流　善曰吊屈原曰橫江湖之鱣鯨郭璞山海經注曰揕塞
也突扤高貌戞猶櫟也廣雅曰茹食也莊子曰吞舟之魚碭而失水高誘淮南子注曰龍
舟大舟劉劭趙都賦曰巨鼇冠山陵魚吞舟吸潦吐波氣成雲霧緇塵聚貌或乃
蹭蹬窮波陸死鹽田巨鱗插雲鬐鬣刺天顱
骨成嶽流膏爲淵濟曰此說大鯨失浪也蹭蹬失勢貌窮波殘波也陸
死鹽田謂死於岸上海畔故云鹽田巨大也顱骨頭骨也膏脂也言大鱗插雲鬐鬣上刺
天頭骨成山流脂爲淵並言極大也　善曰蹭蹬失勢之貌蹭七鄧切蹬音鄧鹽田海邊
也張揖上林賦注曰海水之崖多出鹽也郭璞上林賦注曰鰭魚背鬣也南都賦曰森蕁
蕁而刺天廣雅曰顙謂之顱顙音盧魏武四時食制曰東海有魚如山長五六里謂之鯨

時死岸上胥流九頭春秋元命包曰積骨成山流血成淵若乃巖坻直夷之
隈沙石之嶔嶔毛翼產鷇苦假剖卵成禽鳧雛
離褷所宜鶴子淋滲所今反銑曰巖坻小山也隈曲也嶔沙岸之下傍
頹者也毛翼鳥族也產生也鷇鳥子剖破其卵子乃出也鳧鳥名雛鳥兒也離褷淋滲毛
羽初生貌言海畔山曲之中有此羣物善曰郭璞上林賦注曰坻岸也說文曰隈水曲
也嶔沙石嶔岑也爾雅曰生哺鷇郭璞曰鳥子須母食也剖猶破也西京雜記曰太液池
其間鳧雛鶴子布滿充積離褷淋滲毛羽始生貌羣飛侶浴戲廣浮
深翔鶩善本作霧連軒洩洩余世滛滛銑曰侶亦羣也言此羣鳥
或戲廣處或浮深處鶩飛也言鳧翔自得天性連軒飛貌洩洩滛滛沉浮貌善曰軒舉
也洩洩滛滛飛翔之貌翻動成雷擾翰為霖善本作林更相

文選十二　十二

叫嘯詭色殊音銑曰翻飛擾亂也言飛動之聲如雷羽翰擾亂積多如霖
兩詭異也善曰翻動貌漢書趙王曰聚蚊成雷孔安國尚書傳曰擾亂也王弼周易注
曰翰高飛貌若乃三光既清天地融朗不汎陽侯
乘蹻去喬絕往覿安期於蓬萊見喬山之帝像
良曰三光日月星融通朗明也言海氣浮三光清見天地之通明也陽侯波神蹻龍氣也
安期仙人也黃帝陵在喬山言不汎風波乘龍氣橫絕往見仙人於蓬萊復見喬山以思
黃帝之像也善曰淮南子曰夫道紘宇宙而章三光杜預左氏傳注曰融朗也淮南子
曰武王渡于孟津陽侯之波逆流而擊曹植苦寒行曰乘蹻追術士遠在蓬萊山抱朴子
曰乘蹻可以周流天下蹻道有三法一曰龍蹻二曰氣蹻三曰鹿盧蹻列仙傳曰安期先
生謂始皇曰後千歲求我蓬萊山下史記曰武帝祭黃帝冢喬山上曰吾聞黃帝不死今

有冢何也或對曰黃帝已仙上天羣臣葬其衣冠也神善本作羣仙縹匹妙眇
餐玉清涯宜履阜鄉之留舄被羽翮之襂所今
反纚所宜反向曰縹眇高遠貌言食玉漿於清水之畔秦始皇宴安期先生於阜
鄉亭安期留赤玉舄而去舄履被服也言仙人以毛羽為衣襂纚羽翮貌善曰縹眇遠
視之貌魯靈光殿賦曰忽縹眇以響像列仙傳曰赤松子服水玉又曰安期先生琅邪阜
鄉人自言千歲秦始皇與語賜金數千萬於阜鄉亭皆置去留書以赤玉舄一量為報羽
翮以羽翮為衣漢書曰天道將軍衣羽衣襂纚羽垂之貌翔大善本作天沼戲
窮溟甄古然有形於無欲永悠悠以長生翰曰沼池
也窮髮之北有溟海天池也羣仙飛戲於此中也甄明也明水有形而無欲故能長生
善曰莊子曰窮髮之北有溟海者天池也言衆仙雖表有形而無情欲故能久視長生也

文選十二　十三

鄭玄尚書緯注曰甄表也淮南子曰有形之類莫尊於水莊子曰同乎無欲老子曰常無
欲以觀其妙又曰長生久視之道且其為器也包乾之奧括
坤之區濟曰言其廣大包括天地之深要善曰周易曰乾為天坤為地孔安國
尚書傳曰奧內也又曰區區域也惟神是宅亦祇是廬何奇不
有何怪不儲良曰宅居也言神祇之所居處奇怪之所儲積善曰神祇衆
靈之通稱非惟天地而已禮記曰有天下者祭百神也說文曰儲積也茫茫積
流含形內虛曠哉坎德卑以自居銑曰茫茫多貌積衆
也言海衆川所入含養羣形也內虛言水平則受不遺巨細也曠大也北方坎為水言大
哉美之也居處也言海居卑故為百川長守卑故為人之主善曰班彪覽海賦曰余有
事於淮浦觀滄海於茫茫孫卿子曰不積小流無以成河海含形內虛言水能含衆形內

虛似乎謙也孫卿子曰水清則見物之形周
易曰君子以虛受人周易曰坎為水家語金
人銘曰江海雖左長百川以其卑也周易曰
謙謙君子卑以自牧管子曰夫人皆赴高水
獨赴下卑也而所以為都居也弘往納來以宗以都品物類
生何有何無翰曰弘大宗尊也都謂聚也大往者潮起而出納來者來則納
之不逆細流所以為百川之尊而所聚萬物集類百生亦何所不有亦何所復無之善
曰自海而往弘之而令大自外而來納之而不逆尚書曰江漢朝宗于海山海經曰和山
實惟河之九都郭璞曰九水所潛故曰九都品物言諸品物以類相生何所不有何者而
無言其多也韓詩外傳曰夫水羣物以生品物以正李充翰林論曰宋氏海賦壯則壯矣
然首尾負揭狀若文章亦將由末成而然也

江賦善曰釋名曰江者公也出物不私故曰公也風俗通曰江者貢也為
其出物可貢晉中興書曰璞以中興王宅江外乃著江賦述川瀆之美

文選十二　十四

郭景純向曰臧榮緒晉書云郭璞字景純河東人也性放散嗜酒
好色不修威儀有奇才璞以中興王居江外為著江賦後為大將軍
王敦記室參軍敦謀逆為敦所害善曰臧榮緒晉書曰郭璞字景純
河東人璞性放散不修威儀為佐著作後轉王敦記室參軍敦謀逆
為敦所害又云有人見其睡形變鼉云是鼉精也

咨五才之並用寔水德之靈長向曰咨歎美之也五才水
火金木土寔實也靈長言上善德廣大利物也善曰左氏傳宋子罕曰天生五材人
並用之廣一不可杜預曰金木水火土也淮南子曰夫水者大不可極深不可測無公無
私水之德也惟岷山之導江初發源乎濫觴翰曰惟辭

也岷山山名導引也濫謂泛濫小流貌觴酒盞謂初發源小如一盞善曰惟發語之辭
也岷山導江已見上文南都賦曰發源巖穴家語孔子謂子路曰夫江始於岷山其源可
以濫觴及其至於江津不舫舟不避風則不可以涉王肅曰觴所以盛酒者言其微也
聿經始於洛沫昧攡萬川乎巴梁良曰聿疾也洛沫二
水名江初出必經此二水而過巴梁二山名言江水與萬川相攡合於此二山之下善
曰薛君韓詩章句曰聿辭也漢書廣漢郡雒縣有漳山雒水所出入湔雒與洛通湔音煎
說文曰涐水出蜀西塞外東南入江攡猶括束也巴郡名也梁州名也衝巫峽
以迅激躋江津而起漲濟曰巫峽山名迅疾躋上津岸漲浪也言
江水至此山為山所夾疾激上岸而起波浪善曰盛弘之荊州記曰信陵縣西二十里有
巫峽方言曰躋登也酈元水經注曰馬頭岸北對大岸謂之江津漲水大之貌極泓

文選十二　十五

烏宏量而海運狀滔天以淼茫銑曰泓深滔漫也言以深廣之
器量朝宗於海運轉其波瀾狀如漫天也淼茫闊流貌善曰鄭玄禮記注曰極窮也莊
子曰大鵬海運則將徙南溟司馬彪曰運轉也尚書曰浩浩滔天揔括漢泗
兼包淮湘并吞沅澧禮汲引沮七余漳翰曰漢泗淮湘
沅澧沮漳並水名揔括兼包并吞皆相合為流也沮漳二水横流入江故云汲引善曰
南都賦曰總括趨歙郭璞山海經注曰泗水出魯國卞縣至臨淮下湘縣入淮孟子曰禹
決汝漢排淮泗而注之江景福殿賦曰兼包博落郭璞山海經注曰湘水出零陵營道縣
陽朔山過秦論曰并吞八荒之心山海經曰沅水出象郡而東注江合洞庭中應劭漢書
地理志曰武陵郡充縣歷山澧水所出入沅水經云入江說文曰汲引水也山海經曰景
山雎水出焉南注于沔江又曰荊山漳水出焉而東南流注于雎沮與雎同源二

分於崌居峽來流九派乎潯陽鼓洪濤於赤
岸淪餘波乎柴桑向曰崌峽二山名江水之源至此分為二也水分流
曰汭江水自廬江至潯陽分為九道潯陽郡名鼓激洪大也濤潮水也淪息也言大潮水
激浪於赤岸赤岸山名也餘波息於柴桑為緩流也柴桑縣名善曰山海經曰岷山東
北百四十里峽山江水出又東百五十里崌山江水出焉而東流注于大江郭璞曰峽山
中江所出也崌山北江所出也水別流為汭尚書曰荊州九江孔殷應劭漢書注曰江自
廬江潯陽分為九也漢書廬江郡有潯陽縣洪濤已見上文七發曰凌赤岸或曰赤岸在
廣陵興縣廣雅曰淪沒也餘波濤之餘波也言濤之餘波至柴桑而盡也尚書曰餘波入
于流沙漢書豫章郡有柴桑縣網善本作綱絡羣流商攉苦角涓古玄
澮古外表神委於江都混流宗而東會良曰綱絡羣流

猶籠羅衆水也商攉猶都盧也涓澮小流也言都盧攉而納之表見也委者流所聚也言
深廣故曰神也江都縣名言見深廣之貌水聚於江都合羣流而為尊乃將東會于海也
善曰廣雅曰商度也許慎淮南子注曰揚攉粗畧也涓已見上文爾雅曰注溝曰澮也委
及宗並見上文漢書曰廣陵國有江都縣東會于海尚書曰東會于四沂注五湖
以漫漭灌三江而漰普萌沛普會滈胡道汗六州之
域經營炎景之外所以作限於華裔壯天地
之嶮介翰曰江水注入五湖灌于三江太湖水分為五道故曰五湖三江謂浙江
吴松江浦陽江也漫漭寬貌漰沛流聲六州益梁荊江揚徐也域界也滈汗長流貌經營猶
積歷也炎景南方也華中國也裔蠻夷也介大也言江所以限中國與蠻夷為別天地險
大以孟壯也善曰墨子曰禹治天下南為江漢淮汝東流之注五湖之處以利荊楚于

越之民史記太史公曰余登姑蘇望五湖張勃吴録曰五湖者太湖之別名也周行五百
餘里尚書曰三江既入震澤底定孔安國曰自彭蠡江分為三入震澤又曰震澤吴南太
湖名也六州者梁荊江揚徐域縈緒晉書曰華陽黑水惟梁州部巴東郡益州梁州之南
地部蜀郡江州本荊州之東界揚州之南境也海岱及淮惟徐州部廣陵郡上林賦曰經
營于其内南方火故曰炎景言江波之濤既作限於華夷天地嶮介因之盈壯也吴録曰
魏文帝臨江嘆曰天所以隔南北也周易曰天嶮不可升地嶮山川丘陵郭璞爾雅注曰
介閡也呼吸萬里吐納靈潮自然往復或夕或
朝向曰呼吸吐納謂作潮波而納群流須臾萬里自然往復或夕或朝皆潮水進退在
朝夕而自然也善曰呼吸萬里言其疾也抱朴子曰麋氏云朝者據朝來也言夕者據
夕至也激逸勢以前驅乃鼓怒而作濤峩嵋為

泉陽之揭玉壘作東別之標銑曰逸疾也言潮水激疾之勢
先於平水而前走則相鼓擊怒而作波濤也義嵋玉壘二山名江水自然下流過泉陽東
別並江之別名揭亦標也言江水既經二水而流皆可作為標記知江水之本源也善
曰峩嵋玉壘二山名也泉陽即陽泉也顧野王輿地志云益州陽泉縣蜀分縣竹立揭標
皆表也水經曰江水又東別為沲開明之所鑿尚書曰岷山導江東別為沱戰國策曰舉
標甚高衡霍磊落以連鎮巫廬嵬魚鬼崛危勿而比
嶠音喬翰曰衡霍巫廬四山名連鎮謂連而作鎮也嶠高也磊落嵬崛皆山高大貌
善曰周禮曰荊州之鎮山曰衡山鄭玄注在湘水南鎮山名安地德者也爾雅曰霍山為
南嶽郭璞曰今在廬江西漢書曰南郡巫縣巫山在西南釋慧遠廬山記曰山在江州尋
陽之南爾雅曰山銳而高曰嶠嶠其廟切協韻協靈通氣濆忿薄相

陶流風蒸雷騰虹揚霄良曰協合也言合神靈之變化通山川之
氣潰薄氣亂貌相陶猶陶冶所作也流風激鬱蒸之氣如雷聲也騰起虹蜺復飄揚而爲
薄雲霄也　善曰莊子曰川谷通氣故飄風老子曰陰陽　陶冶萬物韋昭國語注曰蒸升
也出信陽而長邁淙悰大壑與沃焦良曰信陽縣名
江水出此而長行淙集也渤海東有大壑而江水集焉沃焦山名　善曰信陽即信陵之
陽也藏榮緒晉書曰建平郡有信陵縣吴都賦曰寂寥長邁說文曰淙水聲也列子曰渤
海之東不知其幾萬億里有大壑無底之谷其下無底名歸墟玄中記曰天下之大者東
海之沃焦焉水灌之而不已沃焦山名也在東海南方三萬里若乃巴東之
峽夏后疏鑿絕岸萬丈壁立霞善本作赮駮翰曰巴東
地名有三峽山禹鑿之通江水絕岸高萬丈石壁如立而雲霞班駮　善曰盛弘之荊州

文選十二　十八

記古歌曰巴東三峽巫峽長猨鳴三聲淚沾裳禹跡三江已見上文赮駮如赮之駮也赮
古霞字虎牙嶸榮豎樹以屹魚乙崒慈聿荊門闕善本
作闕竦而盤善本從石礴銑曰虎牙荊門二山名兩山夾岸相對而江流於中
也嶸立也屹崒高貌闕竦言如樓闕之立竦亦立也盤礴壯貌　善曰盛弘之荊州記曰
郡西泝江六十里南岸有山名曰荊門北岸有山名曰虎牙二山相對楚之西塞也虎牙
石壁紅色間有白文如牙齒狀荊門上合下開達山南有門形故因以爲名嶸特立貌
屹崪高峻貌闕竦如闕之竦也西京賦曰圜闕竦以造天磐礴廣大貌圓淵九
迴以懸騰溢善寸流雷呴呼后而電激銑曰峽間江水淙急
激岸石而成圓流故云圓淵也九迴者言深而至九泉或懸浪而下或騰波而上溢突擊
蹙如雷呴之聲疾如電光之激　善曰淮南子曰藏志九旋之淵許慎曰九旋之淵至深

說文曰騰水涌也蒼頡篇曰溢水聲也聲類曰呴嗥也荅賓戲曰遊說之徒風颺電激
駭浪暴灑驚波飛薄迅復扶福增澆湧湍疊躍
翰曰駭驚暴疾薄止也言波浪疾灑或飛或止也迅急復迴增高也澆謂急波疾湧也疊
重也言波急重起也　善曰灑散也飛薄飛騰蕩薄也復復流也王逸楚辭注曰洄波爲
澆古尭切砯普冰巖鼓作㶁普萌瀖呼陌礐胡角㵿仕角反向曰砯
巖江岸坎穴也餘皆水激射聲　善曰砯水激巖之聲也㶁瀖礐㵿皆大波相激之聲也
爾雅曰夏有水冬無水曰礐漰薄萌切善本作蒲冰切澤蒲拜瀧七宏敵
乎拜潰濩獲泧呼活漷呼郭反不流貌向曰皆水擊湧善曰皆水勢相
激洶涌之貌潏胡決湟皇淴烏骨泱烏朗潐叔潣失冉瀾音審
善本作舒感切瀹始灼反銑曰並遲流貌善曰皆水流漂疾之貌漩旋澴

文選十二　十九

許玄滎於營瀯營渨紆罪善本有漼音誄潰忿濩步角反翰曰波浪
迴旋洑湧貌　善曰皆波浪回旋濆涌而起之貌也溭助側淢域濜助謹隕
于窘龍鱗結絡翰曰溭淢濜隕波參差相次如龍鱗連絡而交結　善曰溭淢
濜隕參差相次也龍鱗結絡如龍之鱗連結交絡也潘岳金谷詩曰濫泉龍鱗瀾溭碧
沙潰胡罪善本作遺杜罪反沲徒可善本作沲而往來巨石硉
力骨矹五骨以前却向曰江水色碧故映沙亦爲碧也往來言隨潮水遺沲進
退貌硉矹石轉動貌潮水急雖大石而得前却　善曰遺沲硉矹沙石隨水之貌潛
演胤之所汩淈胡骨奔溜之所磢楚爽錯銑曰潛演岸汝
下流而沸出者汩淈沸出貌磢磨也言奔溜急而磨錯岸石　善曰說文曰潛藏也又曰
演水脈行地中弋刃切蒼頡篇曰淈水通貌磢已見上文廣雅曰錯摩也厓隒魚檢

為之泐勒嶬魚兒碕嶺為之嵒崿濟曰崖隒岸也碕嶺小山
也泐嵒崿皆坎穴言水急激之所為也善曰說文曰隒厓也周禮曰石有時以泐鄭
司農曰泐謂石解散也嶬猶嶮也楚辭曰觸石碕而横逝許慎淮南子注曰碕長邊也
幽澗積阻善本作岨礐力隔硌客善本作硞礐盧角確苦角反
良曰言山島之中幽僻之澗巨石積阻成險為江浪急故石相叩為聲礐硌礐確石聲也
善曰爾雅曰山夾水曰澗磵與澗同礐硞礐確皆水激石嶮峻不平之貌若乃曾
潭之府靈湖之淵澄瀅汪洸烏宏瀇烏廣滉胡廣囦
烏玄泫音玄翰曰曾潭重潭也府猶如人之藏府深不可見也湖水深處多神靈故
云靈湖也澄瀅汪洸瀇滉囦泫平漫不流廣深之貌善曰鄭玄毛詩箋曰曾重也王逸
楚辭注曰楚人名淵曰潭府已見上文皆水深廣之貌說文曰汪廣也烏黃切泓汯

泂烏猛潒胡猛潪紆窮瀏音鄰善本作鄰圝彎潾力銀反濟曰水勢
漫流曲折貌善曰皆水勢回旋之貌汯音宏混瀚扞善本音翰灦呼見渙
流映揚焆音涓翰曰焆光明也混澣灦渙水動清深澄澈映日而有光明也
善曰水勢清深而澄澈光映也蒼頡篇曰焆明也溟莫冷漭渺沔莫翦汗
汗沺沺音田良曰廣大無際貌善曰皆廣大無際之貌察之無象
尋之無邊翰曰水長廣與天一色故察之無象氣滃烏孔浡蒲沒以
霧杳時鬱律其如煙翰曰滃浡霧繁多貌鬱律黑盛貌杳深也言江
氣忽如霧深時似煙黑善曰滃渤霧出貌鬱律煙上貌成公綏天河賦曰氣蓬渤以霧
蒸說文曰杳冥也類胚普杯渾之未凝象太極之構天
翰曰胚渾渾沌也太極生天地者也言江氣類渾沌渾沌氣未凝結象太極欲構立二儀

也善曰言雲氣杳冥似胚渾沌尚未凝結又象太極之氣欲構天也淮南子曰孕婦
三月而胚春秋命曆序曰冥莖無形濛鴻萌兆渾渾沌沌宋均曰渾渾沌沌鷄卵未分也
周易曰是故易有太極是生兩儀韓康伯曰太極者無稱之稱不可得名也長波
浹子叶反渫牒峻湍崔嵬盤渦烏和谷轉凌濤山
頹銑曰浹渫連波貌崔嵬湍高貌盤渦言水深風壯流急相衝盤旋作深渦如谷之轉
凌濤起而上凌空者却下如山之頹善曰埤蒼曰浹渫水滂溏也小雅曰峻高也渦水
旋流也廣雅曰凌馳也王粲遊海賦曰洪濤奮蕩大浪踊躍山隆谷窳窊亶相搏陽
侯砐五合硪我以岸起洪瀾蜿於遠演而雲迴峾
銀淪溛烏華瀤烏懷乍浥烏甲乍堆銑曰陽侯波神砐硪高大貌言
波高大如岸起也蜿演迴曲貌言洪瀾旋曲為文如雲之迴也浥下也峾淪溛瀤迴旋不

平貌乍平作高如堆阜之高善曰陽侯已見上文砐硪搖動貌涴演迴曲之貌峾淪迴
旋之貌溛瀤不平之貌豃呼減如地裂豁若天開向曰豃深穴言
水為烈風所吹四面浪起中為深穴則豃然如地裂風波既息煙霧晝銷則豁然若天開
善曰豃豁開貌易緯曰天下愁地裂山崩漢書曰孝惠二年天開東北廣十餘丈觸
曲涯善本作厓以縈澆叫善本作繞駭崩浪而相礧力迴
反濟曰縈澆環旋也礧擊也浪觸曲岸則環旋浪驚崩則相擊善曰相礧相擊也
鼓㟏苦合窟以漰普萌渤乃溢普寸湧而駕隈良曰㟏穴
也漰渤水聲也波浪分散曰溢湧言波浪鼓穴窟而有聲或分湧凌駕於山隈隈曲也
善曰㟏亦窟之類也漰渤水聲也渤蒲沒切小雅曰駕陵也魚則江豚徒昆
海狶喜叔鮪于軌王鱣邅鰅骨鰊練鰧特登鮋直流

鯪陵鰩遥鯩鰱音連良曰並魚名善曰南越志曰江豚似豬木土記
曰海豨豕頭身長九尺郭璞山海經注曰今海中有海豨體如魚頭似豬爾雅曰鮥鮛鮪
郭璞曰鮪屬大者王鮪小者叔鮪王鱣之大者猶曰王鮪鮥音洛山海經曰鰩魚其狀如
魚而鳥翼出入有光其音如鸞鷄郭璞曰音滑舊說曰鰊以鼈音練鼈音繩山海經曰鰊
其狀如鱖居逵切蒼文赤尾郭璞曰鯑音蹊舊說曰鮋似鱓楚辭曰鯪魚何所出王逸曰
鯥魚鯥鯉也山海經曰鱃魚狀如鯉又曰鯩魚黑文狀如鮒食之不腫郭璞曰音倫廣雅
曰鰱鱮也或鹿觡格象鼻或虎狀龍顏翰曰觡角也言魚或
似此虎龍形也善曰臨海異物志曰鹿魚長二尺餘有角腹下有脚如人足郭璞山海
經注曰麋鹿角曰觡又曰今海中有虎鹿魚體皆如魚而頭似虎鹿龍顏似龍也
鱗甲鑵七罪錯煥爛錦斑揚鬐掉尾噴普問浪飛唌

似延反良曰謂魚鱗鑵錯文彩如錦之煥爛揚擧其鬐鬣搖掉其尾也唌口沫或噴而
飛善曰鑵錯間雜之貌上林賦曰捷鬐掉尾說文曰噴吒也唌沫也排流呼
哈呼合隨波遊延或曝采以晃淵或嚇呼厄鰓乎
巖間向曰排流逆上也遊延隨長波貌曝露出向日也嚇開也言魚或出采色以晃
中淵或開鰓於巖穴之下善曰說文曰曝的也今以為曝曬也曝蒲角切曝步木切廣
雅曰晃暉也嚇獲開也介鯨乘濤以出入鯼祖洪鮆薺順
時而往還銑曰介孤也鯨魚孤乘波濤或出或入鯼鮆二魚皆三月八月出故
云順時善曰爾雅曰介大也字林曰鯼魚出南海頭中有石一名石首郭璞山海經注
曰鮆狹薄而長頭大者長尺餘一名刀魚常以三月八月出故曰順時爾其水
物怪錯則有潛鵠魚牛虎蛟鉤蛇翰曰錯雜也餘皆水

物名善曰怪錯奇怪雜錯也舊說曰潛鵠似鵠而大山海經曰魚牛其狀如牛陵居蛇
尾有翼又曰虎蛟其狀魚身而蛇尾有翼其音如鴛鴦郭璞山海經注曰今永昌郡有鉤
蛇其蛇長數丈尾岐在水中鉤取斷岸人及牛馬啖之蜦倫蟳團鱟候
蝞媚鱝墳善本扶粉切鼇烏郎鼉迷鼊音麻濟曰並蟲魚名善曰
說文曰蜦蛇屬也黑色潛於神泉之中能興雲致雨山海經曰蟳魚其狀如鮒而彘尾郭
璞曰音團如扇之團廣志曰鱟魚似便面雌常負雄而行失雄則不能獨活出交趾南海
中臨海水土物志曰蝞似蝦中食盃人顏色有變媚又曰鱝魚如圓盤口在腹下尾端有
毒又曰初寧縣多鼊龜形薄頭喙似鵝指爪又曰鼊鼊與龜辟相似形大如蘞生乳海邊
攺中肉極好中啖王珧姚海月土肉石華王蝬子工蚽
流江鸚螺力戈蜁旋蝸古花璅蛣詰腹蟹水母目

蝦音遐濟曰並水蟲蚌蛤之類善曰郭璞山海經注曰珧亦蚌屬也臨海水土物
志曰海月大如鏡白色正圓常死海邊其柱如搔頭大中食又曰土肉正黑如小兒臂大
長五寸中有腹無口目有三十足炙食又曰石華附石生肉中啖臨海水土物志曰三蝬
似蚌蛤舊說曰蚽江似蟹而小十二脚南州異物志曰鸚鵡螺狀如覆杯頭如鳥頭向其
腹視似鸚鵡故以為名也舊說曰蜁蝸小螺也南越志曰璅蛣長寸餘大者長二三寸腹
中有蟹子如榆莢合體共生俱為蛣取食又曰海岸間頗有水母東海謂之蛇正白濛濛
如沫生物有智識無耳目故不知避人常有蝦依隨之蝦見人則驚此物亦隨之而沒蛇
音蜡二字並除蝝切紫蚢胡岡如渠洪蚶專車向曰蚢大貝也如車
渠之寶蚶似蛤大者四五丈獨充一車故云專車洪善曰爾雅曰大貝曰蚢漢書曰尉
佗獻紫貝五百尚書大傳曰文王囚於羑里散宜生之江淮之滸而得大貝如車渠以獻

紂鄭玄曰渠周也臨海水土物志曰蚶則經四尺背似瓦壟有文呼甘切國語孔子曰防
風氏其骨節專賈逵曰專滿也車璸蚌睎曜以瑩珠石蛣居葉
應節而揚葩銑曰璸蚌中出玉常有光曜於水中若瑩明珠也石蛣龜形春
則生花冬則死故云應節以揚葩善曰異物志曰蚌似車螯䗯白如玉睎曜向日也揚
雄蜀都賦曰蚌含珠而擘裂南越志曰石蛣形如龜腳得春雨則生花花似草華廣雅曰
葩花也蜛居蠩諸森衰以垂翹玄蠣力滯磈苦罪磥
力罪而碨烏懷⿰石亞烏避反向曰蜛蠩蟲名其腳如蠶也翹足也森衰足多貌玄
蠣蟲似馬蹄其形高下不平磈磥碨⿰石亞不平貌善曰南越志曰蜛蠩一頭尾有數條長
二三尺左右有腳狀如蠶可食森衰垂貌翹尾也臨海水土物志曰蠣長七尺南越志曰
蠣形如馬蹄磈磥碨⿰石亞不平之貌或泛瀲豔善本作瀲辭豔切於潮波

或混淪力本乎泥沙翰曰泛瀲水上遊浮返覆貌言此蟲魚之類或遊浮
波瀾混沒於泥沙善曰字書曰瀲泛也水波上又也混淪輪轉之貌廣雅曰混轉也混
胡本切若乃龍鯉一角奇鶬倉九頭濟曰鯉魚名鶬鳥名
有九頭善曰山海經曰龍鯉陵居其狀如鯉或曰龍魚一角也劉騊駼玄根賦曰一足
之夔九頭之鶬有鼈三足有龜六眸莫侯切眸眼也良曰善曰
山海經曰三足鼈岐尾爾雅曰鼈三足曰能郭璞曰今吳興郡陽羨縣山上有池池中出
三足鼈又有六眼龜頳蟞必滅胏扶廢躍而吐璣文魮毗磬
鳴以孕璆良曰頳赤也璣珠璆玉也赤蟞如胏口中吐珠文魮魚身鳥首鳴如
磬聲中有玉也善曰山海經曰珠蟞之魚其狀如胏而有目六足有珠郭璞曰蟞音鼈
南越志曰珠蟞吐珠山海經曰文魮之魚其狀如覆銚鳥首而翼魚尾音如磬之聲是生

珠玉郭璞曰音魮鯈條鱅庸拂翼而掣充制耀神蜧麗
鰛於粉蜦力殞以沈遊翰曰鯈鱅狀如虵有翼出入有光故云掣耀神蜧虵
也沈潛於水鰛蜦般屈貌善曰山海經曰鯈鱅狀如黃蛇魚翼出入有光郭璞曰音條
容說文曰蛟蛇屬也許慎淮南子注曰黑蛟神蛇也潛於神泉蝹蜦行貌䮎蒲沒馬
騰波以噓虛蹀牒水兕似雷咆蒲交乎陽侯濟曰
䮎馬水獸言騰出於波噓噴水也蹀行也水兕亦獸咆聲也出而有聲如雷則波浪起也
陽侯波神善曰山海經曰䮎馬牛尾白身一角其音如虎郭璞曰音勃黃伯仁龍馬賦
曰噓天慷慨南越志曰西羣縣東暨于海其中多水兕形似牛說文曰咆嘷也淵客
築室於巖底鮫人構館于懸流向曰淵客鮫人皆水中居
故築室構舍於巖流之下善曰吳都賦曰淵客慷慨而泣珠鮫人已見上文黿布

餘糧星離沙鏡向曰餘糧禹餘糧藥名也沙鏡雲母也離羅也言如雨黿
之布星之羅列言多也善曰黿布星離言衆多也本草經曰禹餘糧生東海池澤傳玄
擬楚篇曰光滅星離也舊說曰沙鏡似雲母也青綸競糾縟組爭映
良曰青綸縟組二草名皆有彩色也糾亂爭交也言多而交亂爲暉映也善曰爾雅曰
綸似綸組似組東海有之糾繚也縟繁采也紫䓴而轉善本作采熒曄以
叢被緑苔鬖所咸髿乎研上向曰紫䓴緑苔皆草可食熒曄
色也鬖髿多貌研石也謂生於石上善曰紫菜色紫狀似鹿角菜而細生海中熒曄光
明貌南越志曰海藻一名海苔生研石上風土記曰石髮水苔也青緑色皆生於石通俗
文曰髮亂曰鬖髿說文曰硯滑石也研與硯同五見切菜或爲䓴石帆平蒙
蘢以蓋嶼序萍實時出而漂泳音詠翰曰石帆草名蒙

蘢多容貌洲中山曰嶼萍實者楚王渡江得之又言時出者不常有也 善曰劉逵吳都賦注曰石帆生海嶼石上草類也又曰嶼海中洲上有山石家語曰楚昭王渡江中流有物大如斗員而赤直觸王舟舟人取之王大怪使聘魯問孔子孔子曰此所謂萍實也可剖而食之吉祥也唯霸者爲能得焉王肅曰萍水草也說文曰漂浮也爾雅曰泳游也

其下則金礦丹礫 歷 雲精燭銀璐 麗 珋 留 璿瑰 古回 水碧潛琘 美巾反 銑曰並寶物也古 善曰說文曰礦銅鐵璞也 猛切丹礫丹砂也異物志曰雲母一曰雲精入地萬歲不朽穆天子傳曰乃披圖視典曰天子之寶璿珠燭銀郭璞曰銀有精光如燭也說文曰璐璐屬也又曰珋石之有光者山海經曰大荒之中有西王母之山爰有璿瑰郭璞曰璿瑰亦玉名也旋回兩音山海經曰耿山爰水碧郭璞曰亦水玉類也潛琘亦水玉也水 鳴石列於陽渚浮

磬肆乎隂濱 銑曰鳴石似玉撞之聲聞數千里生皆向陽故云列於陽渚浮磬石也可爲磬者生北岸故云陰濱水南曰陽肆亦列也 善曰山海經曰共水多鳴石郭璞曰晉永康元年襄陽郡上鳴石似玉色青撞之聲聞七八里尚書曰泗濱浮磬孔安國尚書傳曰肆陳也 或頽 古迴 彩輕漣或焆 消 曜涯鄰 向曰頽光色也焆明也涯鄰皆畔也言珍寶之物或光色輕而相連或明曜於水畔 善曰焆已見上文說文曰瀶水崖間瀶瀶然也力因切 林無不溽岸無不津 良曰溽津皆潤也言珠玉之所出林岸皆潤 善曰孫卿子曰玉在山而木潤淵生珠而岸不枯廣雅曰溽濕也 鄭玄周禮注曰津潤也 其羽族也則有晨鵠天鷄鴢 於交 鷔 敖 鷗鵔 步末反 齊曰羽族鳥也晨鵠天鷄鴢鷔鷗鵔皆鳥名 善曰山海經曰大鶚音如晨鵠郭璞曰晨鵠鶚猶晨鳧也爾雅曰鶾天鷄孫炎曰

黑身一名䴊雞山海經曰鴢其狀如鳧青身而朱目赤尾郭璞曰音窈窕之窈山海經曰鷔青黃其所集者其國亡郭璞曰音敖山海經曰鵔其狀如鳧郭璞曰音鉗鈇之鈇徒計切 陽鳥爰翔于以玄月 翰曰陽鳥鴈之屬爰於也玄月九月也鴻以此月南翔也 善曰尚書曰彭蠡既豬陽鳥攸居爾雅曰九月爲玄郭璞曰國語云至于玄月也 千類萬聲自相喧聒濯翮疏風鼓翅䎘 許聿 翍 許月反 向曰濯洗翮毛鼓動也言毛羽洗濯於水疏理於風翻翍動翅貌 善曰說文曰聒讙語也疏理也禮記曰鳳以爲畜故鳥不獝麟以爲畜故獸不狘鄭玄曰獝狘飛走之貌翻翍與獝狘同 揮弄灑珠拊拂瀑 蒲末 善本作蒲到切 沫 翰曰言羣鳥揮動於水弄灑成珠拊拂於波瀑而爲沫也瀑水飛也 善曰洞簫賦曰揚素波而揮連珠說文曰瀑賁也 集若霞布散如雲豁產

毻 他臥 積羽往來勃碣 其列反 有文彩而多 銑曰言羣鳥集則如霞光之布散又如雲氣之豁開也毻落毛也積羽地名方千里羣鳥產乳解毻毛之處勃碣地名亦鳥之所遊也 善曰字書曰毻落毛也毻與毻同音唾竹書曰穆王北征行流沙千里積羽千里漢書曰燕地勃碣之間一都會也伏琛齊地記曰勃海郡東有碣石謂之勃碣也 橉 力刃 杞稹 之忍 薄於潯涘栛 力計 槤 連 森嶺而羅峯 良曰橉杞栛槤四木名稹稠緻也薄叢也潯涘皆岸也森森高聳貌此木叢最生羅列於岸 善曰橉杞二木名也字林曰稹稠緻也薄叢生也淮南子曰南遊江潯許慎曰潯水涯也音潯栛槤亦二木名也 桃枝篔 筠 簹 當 實繁有叢葭蒲雲蔓纓 諍 以蘭紅 良曰桃枝篔簹竹名實繁有叢言緣江皆生也葭蒲草名纓謂綠色相映也雲蔓言如雲相連蘭紅澤蘭也 善曰劉淵林蜀

都賦注曰桃枝竹屬也可爲杖吳都賦注曰篔簹竹生水邊長數丈雲蔓言多而無際也
欑糸色相映也蘭澤蘭也爾雅曰紅蘢舌揚鶡呆毦二擢紫茸善本
作而容切蔭潭隩於六被長江翰曰鶡白毦花擢出也茸亦花也潭深水
也隩曲也言衆草花葉蔭於深水之曲被長江之岸善曰鶡白也毦茸皆草花也爾雅
曰隩隈也郭璞曰今江東呼爲浦隩繁蔚尉芳蘺隱藹水松涯
灌芊千見萰力見切潛薈烏外蔥蘢郎公反翰曰繁蔚隱藹多貌
芳蘺水松香草名涯岸也水木雜生曰灌薈深闇也芊萰蔥蘢青盛貌言藹於涯灌之中
善曰蘺江蘺香草也似水脊水松藥草名也匪灌匪側叢生也潛薈水中茂盛也芊萰蔥
蘢皆青盛貌也鯪陵鯥六䟡巨眉跼具俱於垠銀隒魚撿獱
頻獺睒失冉瞲呼穴乎厱去嚴空向曰鯪鯥二魚名有足䟡跼行貌根

文選十二　二十八

隒岸也言二魚行於岸上獱獺水獸捕魚者睒瞲驚視貌厱空坎也言其驚視於坎穴之
中善曰鯪魚已見上文山海經曰有魚狀如牛陵居蛇尾其名曰鯥埤蒼曰跻蹷蹝也
求非切聲類曰偏舉一足曰跼蹄也渠俱切郭璞三蒼解詁曰獱似青狐居水中食魚山
海經曰鳖山濻濻之水出焉有獸名曰獺其狀如鱅其毛如彘鬣郭璞曰音倉頡之頡與
獺同鱬如珠切睒已見上文聲類曰瞲驚視也厱岸側空處也迅蜼聿季臨虛
以騁巧孤玃居縛登危而雍容夔𤛎呼口翹踛六
於夕陽鴛雛弄翮乎山東翰曰蜼玃獸名迅行疾也言其疾速
臨空跳騁玃登危險雍容自得夔𤛎獸名翹踛一足行也山西曰夕陽鴛雛鳳也翮翹也
善曰蜼狖也玃似獼猴也山海經曰岷山多夔牛郭璞曰今蜀山中有大牛重數千斤名
爲夔牛又爾雅注曰今青州呼犢爲𤛎然此𤛎夔牛之子也𤛎與物同莊子曰齕草飲水

翹尾而踛此馬之真性也司馬彪曰踛跳也廣雅曰翹舉也山海經曰南禺之山有鵷雛
郭璞曰鵷雛鳳屬也爾雅曰山西曰夕陽山東曰朝陽因岐成渚觸澗
開渠銑曰岐山岸曲處也停水曰渚言江潮因曲成渚山夾水爲澗波濤觸之又爲
溝渠也善曰岐已見上文漱所遘壑生浦區別作湖向曰漱蕩
也壑亦山曲水蕩之則生浦也水小而不流者區分也廣停水曰湖江水分流而爲也
善曰周禮曰善爲溝者水漱之鄭玄曰漱齧也論語曰區以別矣磴之以瀿
煩瀷翼渫息列之以尾閭翰曰磴溢也瀿瀷暴溢滿之水也言此水
溢於諸浦湖中之水也渫出水也水從海出曰尾閭矣善曰磴猶盈也去登切淮南子
曰莫鑒於流瀿而鑒於澄水許慎曰楚人謂水暴溢爲瀿淮南子曰潦水旬月不雨則涸
而枯澤受瀷而無源者也許慎曰瀷湊漏之流也莊子海若曰天下之水莫大於海萬川

文選十二　二十九

歸之而不盈尾閭渫之而不虛司馬彪曰尾閭水之從海出也標之以翠翳
泛之以遊菰良曰翠翳草木盛貌菰草名生於水故曰泛木蕩之動故云遊
善曰標猶表識也翳草之翳薈也菰蔣也浮於水上故曰遊也播匪藝之
芒種挺自然之嘉蔬翰曰播布匪非藝樹也芒種稻也挺出蔬菜也
言稻非人種而樹之自生布於諸浦又生自然嘉菜可食也善曰孔安國尚書傳曰播
布也鄭玄毛詩箋曰藝猶樹也鄭司農周禮注曰芒種稻麥也禮記曰凡祭廟之禮稻曰
嘉蔬鄭玄曰嘉善也稻粱蔬之屬鱗被菱荷攢布水蓏力果翹
莖瀵芳問蘂濯潁散裹濟曰菱荷木蓏並草名其多如魚鱗之被攢而
布之翹舉瀵散蘂花也濯洗潁穗散開其包裹之子善曰鱗被如鱗之被言多也蒼頡
篇曰攢聚也應劭漢書注曰木實曰果草實曰蓏說文曰瀵水浸也廣雅曰蘂華也潁穗

也裏謂草實也高唐賦曰綠葉紫裏隨風猗於宜萎於危與波潭淹
徒我流光潛映景炎羊朶霞火銑曰皆言草也猗萎隨風貌潭淹逐
波動貌流光光色潛映於水光明若炎盛於霞火之色　善曰猗萎隨風之貌潭淹隨波
之貌潭音覃流光言草之華藥流耀潛映波瀾景色外發炎於溉火溉與霞同其旁
則有雲夢雷池彭蠡青草具區洮姚滆鬲朱
善本作朱滻丹漅子了反　翰曰並湖澤名與江水旁通也　善曰雲夢澤名也
吳錄曰雷池在璞尚書曰彭蠡既豬孔安國曰澤名也吳錄曰巴陵縣有青草湖具區亦
澤名也風土記曰陽羨縣西有洮湖水經注曰中江東南左合滆湖音核又曰朱湖在溧
陽又曰汚水又東得滻湖水周三四百里丹湖在丹陽漅湖在居巢極望數百
沆胡朗瀁余兩皛胡了漾余少反　翰曰謂大數百里沆瀁皛漾深廣貌　善

文選十二　三十

曰七發曰極望成林鄭玄禮記注曰極盡也沆瀁廣大之貌皛漾深白之貌爰有
包山洞庭巴陵地道潛達善本作逹傍通幽岫窮
窕向曰包山山名洞庭湖名巴陵郡名達道也窈窕深邃也巴陵地道從巴陵山洞庭湖
水底潛通諸神仚無所不至而幽岫深邃有奇狀也　善曰郭璞山海經注曰洞庭地穴
在長沙巴陵吳縣南太湖中有包山山下有洞庭穴道潛行水底云無所不通號爲地脉
逹水中穴道交通者也金精玉英瑱他見其裏瑤珠怪石
琗子會善本作琗其表驪虯渠幽樛居由其址止梢雲冠
其嶚必眇反　良曰瑱飾也綷五彩也表外也地道幽岫之間金精玉英生其內故
云飾其裏也瑤珠之寶怪石之珍生其外故云綷其表驪虯龍也樛盤址底也梢雲瑞雲
也冠戴也嶚山頂言龍盤於深泉之底瑞雲戴於山頂　善曰穆天子傳河伯曰示汝黃

金之膏郭璞曰金膏其精汋也汋音綽存經援神契曰玉英玉有英華之色也孫卿子曰
璇玉瑤珠不知佩山海經曰荀林之山多怪石郭璞曰怪石似玉也瑱琗謂文采相雜也
小雅曰雜采曰綷琗與綷同驪虯驪龍也在於九重之泉故云樛其址也莊子曰千金之
珠在九重之淵而驪龍頷下宋衷太玄經注曰摻猶斜也孫氏瑞應圖曰梢雲瑞雲人君
德至則出若樹木梢梢然也嶚山巔也海童之所巡遊琴高之
所靈矯翰曰海童海神琴高仙人也矯舉也言於此中飛舉而遊也　善曰海童
已見上文列仙傳曰琴高浮游冀州二百餘年後入碭水中乘赤鯉魚來出泊一月復入
水去方言曰矯飛也言飛而去來其中冰善本作冰夷倚浪以傲睨
五計江妃含嚬而矊彌延眇撫淩波而鳧躍吸翠
霞而夭矯向曰水夷水仙人也傲睨瞻望也含嚬蹙眉也矊眇遠視也言仙人

文選十二　三十一

倚波浪以瞻望江妃蹙眉而遠視翠霞江上青氣也夭矯飛騰貌言仙人撫淩波浪又似
鳧鳥之遊躍又食江上之氣而恣爲飛騰也　善曰山海經曰從極之川唯冰夷恒都焉冰
夷人面而乘龍郭璞曰冰夷馮夷也莊子曰獨與天地精神往而不傲睨於萬物傲睨自
寬縱不止之貌列仙傳曰江斐二女出遊江濱鄭交甫所挑者孟子頻蹙而言嚬蹙憂貌
矊眇遠視貌法言曰眇綿作眄綿鄭玄禮記注曰撫以手按之也廣雅曰凌馳也上林賦
曰馳波跳沫廣雅曰吸飲也陵陽子明經曰春食朝霞朝霞者日始出之赤氣夭矯自得
之貌若乃宇宙澄寂八風不翔翰曰言風波不動　善曰文子
曰四方上下謂之宇說文曰宙舟車所極覆淮南子曰天有八風條風明庶風清明風景
風涼風閶闔風不周風廣莫風洞簫賦曰翔風蕭蕭而逕其末舟子於是搦
女角棹涉人於是檥魚綺榜補郎反　翰曰舟子謂行舟者搦執也涉

人濟水者檥榜整船具而行者也善曰毛詩曰招招舟子人涉卬否搦捉也應劭漢
書注曰檥止也王逸楚辭注曰榜船櫂也補孟切一曰榜併舡也補浪切漂飛雲
運艅艎軸艫相屬萬里連檣銑曰漂流運動也飛雲艅艎皆
舟名軸船傍艫船尾屬連也檣掛帆木也有善曰劉淵林吳都賦注曰飛雲吳樓船之
名者左氏傳曰楚敗吳師獲其乘舟艅艎杜預曰艅艎舟名也說文曰舳舟尾也艫船頭
也埤蒼曰檣颿柱也才羊切泝洄沿流或漁或商越善本作赴
交益投幽浪平竭南極窮東荒翰曰逆水為泝順流曰沿
漁謂捕魚人也商謂販易人也交益二郡名幽州名浪樂浪郡也竭盡也言流行盡天地之
南窮東荒之外東荒海東也一善曰毛詩曰泝洄從之毛萇曰逆流而上曰遡洄孔安國
尚書傳曰順流而下曰沿列子曰中國之人或農或商或佃或漁交益二州名也周禮曰

東北曰幽州漢書有樂浪郡也淮南子曰章亥自北極步至南極山海經有東荒經爾
乃隸善本作肆雺紛祲子蔭於清旭許玉覘勅詹五兩之
動靜長風颺于鬼以增扇廣莫颸麗而氣整翰曰
覘視也雺江氣祲浮也旭日也五兩烏毛為之置檣竿之上以候風也言視江氣浮於日
光者五兩之動靜則長風增扇北風之氣整而赴也颺大風貌扇動也廣莫北風也颸急
也善曰方言曰謫視也音隷杜預左氏傳曰氛氣也說文曰雺亦氣字也鄭玄禮記注
曰祲陰陽氣相浸漸以成災也毛萇詩傳曰旭日始出也鄭玄禮記注曰覘闚視也兵書
曰凡候風法以雞羽重八兩建五丈旗取羽繫其巔立軍營中許慎淮南子注曰綄候風
也楚人謂之五兩也綄音桓高唐賦曰長風至而波起颺大風貌廣莫風已見上文郭璞
山海經注曰颸急風貌徐而不颰鳥田疾而不猛良曰徐緩駛遲

也言雖緩不遲雖疾不猛和而得所善曰埤蒼曰颸風遲也鼓帆平迅越
趠陌漲張截泂古迥凌波縱柂徒我電往杳溟覔冷
反叶韻良曰迅疾越渡趠過漲闊也截有渡也泂遠也柂船尾所以正船也杳溟絕遠
之處電謂疾也善曰帆已見上文趠猶越也截直度也漲泂皆深廣之貌揚雄方言曰
船後曰舳郭璞曰今江東呼柂為舳也王逸荔枝賦曰飛匡上下電往景還匡勤往切
霽徒對如晨霞孤征眇若雲翼絕嶺翰曰霽雲急渡貌孤
者言相連為一言船行如朝霞急渡而連行若大鵬垂雲之翼掩然絕嶺也善曰霽征
貌晨霞朝霞也莊子曰大鵬翼若乘天之雲故曰雲翼言廣大也倏忽數百
千里俄頃飛廉無以睎其蹤渠黃不能企其
影善本作景向曰倏忽俄頃並謂須臾之間行數百里以及千里也睎見企及也飛

廉風師也渠黃古之善馬日行萬里言此二物雖疾亦不見船之蹤影也善曰楚辭曰
往來儵忽何休公羊傳注俄者須臾之間司馬彪莊子注曰頃久也王肅家語注曰俄有
頃也史記曰飛廉善走廣雅曰睎視也穆天子傳曰天子之八駿曰渠黃毛詩曰跂予望
之鄭玄曰舉足則望見之企與跂通於是蘆人漁子濱善本作擯落
江山衣則羽褐食惟蔬鱻思延反銑曰蘆人採江畔蘆草者
漁子捕魚者落菴屋之類言其作屋於江濱山側為菴也衣裳則毛羽所為短褐衣也蔬
菜鱻魚也善曰謂採蘆捕魚之子也擯落謂被擯斥而漂落也司馬彪莊子注曰擯棄
也鄭玄毛詩箋曰褐毛布也聲類曰鱻小魚也㳺寂見瀲廷見為涔夾漈
在公羅筌筒灑連鋒罾子僧罶雷比船翰曰游瀲淺水處也
小水入大水曰漈言夾此水羅列取魚之物也涔筒灑取魚器物及鉤名鋒鈎鈎罾罶網

比舡下綢之舡而相比行也善曰說文曰栫以柴木壅水也劉淵林吳都賦注曰淀如淵而淺澱與淀古字通爾雅曰槮謂之涔郭璞曰今作槮藂木於水中魚得寒入其裏因以薄捕取之也槮蘇感切涔字廉切說文曰罛小水入大水也筌捕魚之器以竹為之蓋魚笱之屬舊說曰筒灑皆鉤一名也罾罾皆網名也灑所蟹切或揮輪於懸碕寺或中瀨而橫旋忽忘夕而宵歸詠採菱以叩舷良曰輪則鉤輪也碕岸瀨波也言鉤魚者或坐於懸岸之上或行於中波而舡橫旋也貪利忘夕尋夜方歸歌以叩擊其舷也採菱歌名舷舡脣也善曰輪鉤輪也埤蒼曰碕曲岸頭也淮南子曰夫歌採菱發陽阿楚辭曰漁父鼓枻而去王逸曰叩船舷也傲自足於一軀尋風波以窮年向曰傲嘯傲也軀身也言嘯傲自足樂一身常尋風波以終百年矣善曰字書曰傲倨也嘔與謳同楚辭曰

傾風波以南北兮霧宵晦以紛紛西京賦曰窮年忘歸猶不能徧也爾乃域之以盤巖豁之以洞壑疏之以沲河度汜似鼓之以朝夕良曰域界也盤巖大山言江以大山為限界也洞深壑海也言江流壑入于海沲汜謂江水分流故也鼓之以朝夕謂潮水往來也善曰尚書曰沲潛既導孔安國曰沲江別名也汜已見上文漢書枚乘上書曰游曲臺臨上路不如朝夕之池也川流之所歸湊雲霧之所蒸液珍怪之所化產瑰善本作傀奇之所窟宅銑曰湊聚也江海下故川流皆歸聚之江氣潤液蒸為雲霧珍怪瑰奇謂珠玉龜魚之類也化變化也產生也窟穴宅居也善曰王逸楚辭注曰湊聚也琴賦曰蒸靈液以播雲淮南子曰山雲蒸而柱礎潤高唐賦曰珍怪奇偉子虛賦曰珍怪鳥獸說文曰傀偉也又曰奇異也納隱淪之列真挺

異人乎精魄播靈潤於千里越岱宗之觸石翰曰挺生也隱淪謂賢人隱跡漁釣者列真仙人也挺異人乎精魄者言異人生於時皆得江漢之英靈也布潤千里言水德廣遠也岱山雲觸石而起不崇朝而徧天下言江中起雲霧疾速乃超越也善曰桓子新論曰天下神人五一曰神仙二曰隱淪三曰使鬼物四曰先知五曰鑄凝馮衍爵銘曰富如江海壽配列真說文曰真仙人變形也班固公孫弘贊曰異人並出孝經援神契曰五岳之精雄四瀆之精仁左氏傳樂祁曰心之精爽是謂魂魄公羊傳曰曷為祭太山河海山川有能潤乎百里者天子秩而祭之觸石而出膚寸而合不崇朝而徧雨天下者唯太山雲爾海潤于千里何休曰雲氣觸石理而出為雨無膚寸之地而不徧也河海與雲雨及千里及其譎決變儵叔怳符祥非一重應無方感事而出向曰儵怳疾速也方常也

言譎詭變化離合疾速有如符契而為祥蓋非一狀也感事謂致感風雲也善曰孔安國尚書傳曰神妙無方鄭玄論語注曰方常也經紀天地錯綜人術妙不可盡之於言事不可窮之於筆銑曰經紀天地謂廣大刑育萬物也人術謂樂道法水而為政言其妙理不可窮盡也善曰言以織為喻也符祥上則經紀天地下則錯綜人術漢書五行志曰厥風絕經紀如淳曰壞絕匹帛之屬周易曰錯綜羣數王肅曰錯交也綜理事也仲長子昌言錯綜人情若乃岷精垂曜於東井陽侯遯徒寸形乎大波翰曰岷山之精上為東井星遯走陽侯波神善曰河圖括地象曰岷山之精上為井絡史記曰五星聚為東井陽后陽侯也高誘淮南子注曰陽國侯溺死於水其神能為大波莊子曰其死登遐三年而形遯也奇相去得道而宅神乃協靈爽

於湘娥良曰宅居協合也奇相者人也得道於江故居江為神乃合其精爽與湘娥俱為神也善曰廣雅曰江神謂之奇相西京賦曰懷湘娥王逸楚辭注曰堯二女墜湘水之中因為湘夫人也**駭黃龍之負舟識伯禹之仰嗟**翰曰駭驚也禹濟江有黃龍負舟舟人大驚禹乃仰天而嗟曰余受命於天竭才養人生死命也何憂焉龍乃亞去之　善曰呂氏春秋曰禹南省方濟乎江黃龍負舟舟中之人五色無主禹仰視天而嘆曰吾受命於天竭力以養民死命也余何憂於龍焉龍俛耳曳尾而逃**壯荊飛之擒蛟終成氣乎太阿**良曰荊佽飛得太阿寶劍從楚王渡江江神將奪之風波大起兩蛟挾舟佽飛以劍斬蛟風乃止故思而壯之終能成劍之神氣　善曰呂氏春秋曰荊有佽飛者得寶劍於干遂反涉江至于中流有兩蛟夾繞其船次飛拔寶劍曰此江中腐肉朽骨也赴江刺蛟殺之荊王聞之仕以

執珪高誘曰干遂吳邑越絕書曰歐冶子作鐵劍二曰太阿**悍要離之圖慶在中流而推戈**翰曰悍勇也要離吳之勇人也吳王欲殺慶忌慶忌走捷王以六馬逐之不及要離乃與慶忌俱渡江江中拔劍殺慶忌故云在中流而推戈戈與劍皆刃器故叶韻而言戈　善曰廣雅曰悍勇也呂氏春秋曰要離走往見王子慶忌於衛慶忌喜要離曰請與王子往奪之國王子慶忌與要離俱涉於江拔劍以刺王子慶忌捽而投之於江浮出又取而投之於江如此者三其卒曰汝天下之國士也幸汝以成名要離不死歸吳矣**悲靈均之任石歎漁父之擢歌**銑曰靈均屈原字也任懷也漁父常隱於江見屈原笑而歌曰滄浪之水清可以濯吾纓悲屈原至忠遭遇放逐而懷石自投於江漢漁父賢人不為時所用　善曰楚辭曰名余曰正則字余曰靈均又曰望大河之洲渚悲申徒之抗直驟諫君而不聽重任石之何益

又曰懷沙礫而自沉兮不忍見君之蔽壅史記曰屈原作懷沙賦懷石自投汨羅懷沙即任石也義與王逸不同　楚辭曰漁父鼓枻而歌曰滄浪之水清可以濯吾纓**想周穆之濟師驅八駿於黿鼉**向曰周穆王起師東至九江乘八駿焉以黿鼉為橋梁以其勞人費財不補於國故復想而歎之　善曰紀年曰周穆王三十七年征伐大起九師東至于九江叱黿鼉以為梁列子曰周穆王遠遊命駕八駿之乘騁驊綠耳赤驥白儀渠黃踰輪盜驪山子張湛曰儀古蟻字**感交甫之喪**善本作怨**珮愍神使之嬰羅**翰曰鄭交甫遇二女於江與言曰願請子之珮二女解珮與之交甫受而去十步回顧二女失矣所珮亦亡故此感其神也嬰羅挂網也昔宋元君夢人被髮而窺門曰臣為江神所使至西海為豫且所網以王有德故來訴耳王使占之曰此神龜也元君問豫且果得龜元君刳之以卜七十鑽無遺策故懲真雖神

終挂網以隕身　善曰廣雅曰感傷也韓詩內傳曰鄭交甫遵彼漢皐臺下遇二女與言曰願請子之珮二女與交甫交甫受而懷之超然而去十步循探之即亡矣迴顧二女亦即亡矣莊子曰宋元君夜半夢人被髮而窺阿門曰予自宰露之泉為清江使河伯之所漁者預且得予元君覺召占夢者占之曰此神龜也元君乃刳龜以卜七十鑽而無遺策司馬彪曰鑽命卜以所卜事而灼之**煥大塊之流形混萬盡於一科**向曰煥美也大塊元氣也言美元氣之流形使萬物至於窮盡同歸一科　善曰莊子曰夫大塊載我以形勞我以生司馬彪曰大塊自然也周易曰品物流形混萬盡於一科萬物盡歸於一科也孟子曰源泉混混不舍晝夜盈科而後進放乎四海趙岐曰科坎也**保不虧而永固稟元氣於靈和**良曰水柔弱淡然無欲利育於物故保道不虧而長堅固也乃靈和之氣所以為也靈和和之氣也

善曰春秋元命包曰水者五行始焉元氣之湊液也考川瀆而妙觀實莫著於江河翰曰四瀆江為長河次之故考其妙觀不過此也、善曰班固漢書贊曰中國川原以百數莫著於四瀆而河為宗也

文選卷第十二

庚

賦　物色　鳥獸上

文選　十三

其六十

文選卷第十三

梁昭明太子撰　五臣并李善注

物色

鳥獸上

物色善曰四時所觀之物色而為之賦又云有物有文曰色風雖無正色然亦有聲詩注云風行水上曰漪易曰風行水上渙渙然即有文章也

風賦善曰劉熙釋名云風者氾也為能氾博萬物又云風者放也動氣放散曾子書曰陰陽偏則風物理志曰陰陽擊發氣也

宋玉向曰史記云宋玉郢人也為楚大夫時襄王驕奢故宋玉作此賦以諷之善曰史記曰楚有宋玉景差之徒皆好辭而以賦見之王逸楚詞序曰宋玉屈原弟子

楚襄王遊於蘭臺之宮翰曰蘭臺臺名善曰史記曰楚懷王薨太子横立為頃襄王又曰楚有謂頃襄王曰王綪繳蘭臺徐廣曰綪縈也七見切宋

玉景差侍有風颯然而至者善本無者字　翰曰宋玉景差皆楚大夫侍者侍於王也颯然風聲也至於王之宮也　善曰景差亦楚大夫說文曰颯風聲楚辭曰風颯颯兮木蕭蕭王乃披襟而當之曰快哉此風寡人所與庶人共者邪銑曰披衣當風快風之凉因言此風我與衆人共有之邪宋玉對曰此獨大王之風耳庶人安得而共之王曰夫風者天地之氣溥暢而至不擇貴賤高下而加焉濟曰溥徧暢通也言風乃天地普暢之氣徧通而至貴賤皆及也以宋玉獨為王風故以此言而折之　善曰河圖帝通紀曰風者天地之使也五經通義曰陰陽散為風風氣無根也管子曰風漂物者也風之所漂不避貴賤美惡今子獨以為寡人之風豈有說乎宋玉對曰臣聞於師枳只句鉤来巢空穴来風翰曰枳木名句謂多句曲空穴謂門戶之穴言木之句曲者其多巢鳥門戶之穴風多從也　善曰枳木名也枳句言枳樹多句也說文曰句曲也似橘屈曲也考工記曰橘踰淮為枳莊子曰騰猿得柘棘枳句之間振動悼慄又曰空穴來風桐乳致巢此以其能苦其性者司馬彪曰門戶孔空風善從之桐子似乳著其葉而生其葉似箕鳥喜巢其中也其所託者因也善本無因也字然則氣與風善本作風氣字殊焉向曰雖同託戶穴其於清濁亦殊矣　善曰者下或有因字非也王曰夫風始安生哉銑曰問風所由生也宋玉對曰夫風生於地起於青蘋之末良曰蘋水草也　善曰莊子曰大塊噫氣其名曰風爾雅曰萍其大者曰蘋郭璞曰水萍也侵淫谿谷盛怒於

土囊之口良曰侵淫風流散貌土囊谷口也言風自地生起於蘋末流衍谿壑盛於谷之口也　善曰春秋元命包曰陰陽怒而為風侵淫漸進也土囊大穴也盛弘之荊州記曰宜都佷山縣有山山有穴口大數尺為風井土囊當此之類也緣於善本無於太山之阿舞於松柏之下音戶　善曰阿曲也飄忽淜普氷滂普茫激颺熛標怒銑曰言於山木之間激物為聲　善曰淜滂風擊物聲熛怒如熛之聲說文曰熛火飛也俾堯切耾耾呼宏雷聲迴穴錯迕濟曰耾耾聲也迴穴猶急也錯迕交錯也　善曰耾侯萌切埤蒼曰耾風聲廣雅曰耾聲也十洲記曰玄洲在北海上有風聲響如雷上對天之西北門也凡事不能定者迴穴此即風不定貌錯迕雜錯交迕也蹷石伐木梢殺林莽濟曰蹷頓捎擊也言風聲如雷急而交錯頓擊木石林莽　善曰蹷動也伐擊也漢書音義應劭曰蹷頓也韋昭曰捎擊也至其將衰也善本無至其將衰也被麗披離衝孔動楗音件　翰曰衰微也被麗披離輕擧貌楗門也言風之將微輕擧衝穴動門而已　善曰被麗披離四散之貌也字林曰楗拒門也眴絢渙粲爛離散轉移翰曰眴渙粲爛鮮明貌謂無塵昏四散轉微也移猶微也　善曰眴渙粲爛鮮明貌故其清涼雄風則飄忽善本作擧字升降乘凌高城入于深宮邸蕚善本作華字葉而振氣徘徊於桂椒之間翺翔於激水之上將擊芙蓉之精獵蕙草離秦蘅槩新夷被稊徒奚切　善本作荑字楊向曰桂椒新夷稊楊皆木名蕙草芙蓉秦蘅皆草名邸觸激急也離獵槩皆經歷也言雄風之起凌越翺翔於城水之上而邸觸香木芳草也　善

曰說文曰邸觸也邸與抵古字通廣雅曰菁華也精與菁古字通獵歷也秦香草也蘅杜
蘅也又云秦木名范子計然曰秦蘅出於隴西天水芳香也楚詞曰露甲新夷飛林薄顏
師古曰新夷一名留夷即上林賦雜以留夷也易曰枯楊生稊王弼曰稊者楊之秀也稊
荑同迴穴衝陵蕭條衆芳然後徜常佯羊中庭
北上玉堂躋于羅帷經于洞房乃善本作迺得為
大王之風善本有也字良曰歷諸芳草忽上衝衡陵蕭條然散衆芳之氣也
翰曰倘佯猶盤旋不定也躋升也言能上升於此者即大王之風也善曰倘佯猶徘徊
也說苑雍門周說孟嘗君曰下羅帷來清風楚辭曰姱容脩態亘洞房故其風
中人狀直憯錯感悽淋善本作惏慄音栗善本作慄清涼曾
善本作增欷依既切銑曰憯悽淋慄寒貌言風之吹人凉甚有以至於歔欷善曰

文選十三　四

素問曰若汗出逢虛風其中人也楚辭曰憯悽增欷鄭玄曰憯憂也說文曰憯痛也惏寒
貌毛萇詩傳曰慄冽寒氣也清清泠泠愈病析先歷酲濟曰愈差
也析解也言風之清涼可以差病而解酒酲善曰清清泠泠清涼之貌也愈猶差也漢書
曰秦尊柘漿析朝酲應劭曰酲酒病析解也發明耳目寧體便人
此所謂大王之雄風善本有也字濟曰發開寧安便利也言能開
耳目之明安利人之身體者乃大王之雄風謂雄駿之風也王曰善哉論
事夫庶人之風豈可聞乎宋玉對曰夫庶人
之風塕一孔然起於窮巷之間堀窋堁課揚塵
銑曰塕忽起貌堀堁昏闇貌言庶人之風忽然起於窮巷昏闇而揚塵也善曰塕風起
之貌堀堁風動塵也廣雅曰堀突也淮南子曰揚堁而弭塵許慎曰堁塵塺也塺莫迴切

勃鬱煩冤衝孔襲門良曰襲入也言亂起衝孔入門善曰勃鬱煩
冤風迴旋之貌司馬彪莊子注曰襲入也動沙塸音謳善本作堁字吹死
灰駭溷胡困濁揚腐扶甫餘翰曰塸坎堆也言振動沙堆吹其死灰驚
亂濁薄之氣揚腐臭也善曰堁烏臥切廣雅曰駭起也言風之來既起溷濁之處又舉
揚腐臭之餘家語孔子曰偕其腐餘而務施仁人之偶也邪薄入甕牖至
於室廬向曰言所入者甕牖室廬而已善曰禮記孔子曰儒有蓬戶甕牖故
其風中人狀直憞徒寸溷胡困鬱邑毆驅溫致濕
良曰憞溷惡亂也鬱邑憂也言惡風吹人令人惡亂而憂毆溫氣來令人致濕病善曰
憞徒對切孔安國尚書傳曰憞惡也言此風入於人身體令惡也憞溷煩濁之貌字林曰
溷亂也王逸楚辭注曰鬱邑憂也毆古驅字素問曰冬傷於寒春必病溫又曰中央生濕

文選十三　五

濕生土也言此風毆溫濕氣來令致濕病也心中善本作中心慘錯感怛
丁達生病造熱濟曰令人悲慘而生熱病善曰慘怛憂勞也方言曰怛痛也
素問黃帝問歧伯曰人傷於寒而轉為熱何也曰夫寒盛則生於熱也中脣為
胗音軫善本作胗字得目為矆音蔑矆目疾銑曰胗脣瘡也言能為脣
目之疾善曰說文曰胗脣瘍也呂氏春秋曰氣鬱處目則為蔑為盲高誘曰蔑眵也蔑
與矆古字通眵充支切啗歠齰床革嗽所角獲死生不卒七忽
切濟曰啗齰嗽獲中風人口動貌差與死皆不可卒然而致也善曰啗齰嗽獲中風
口動之貌風疾既甚言死而未即死言生而又有疾也故云不卒說文曰啗食也齰齧也
嗽吮也聲類曰矆大嘆也宏麥切獲與矆古字通此所謂庶人之雌
風也良曰雌風卑惡之風

秋興賦 并序

潘安仁 善曰劉熙釋名曰秋就也言萬物就成也興者感秋而興此賦故因名之

晉十有四年余春秋三十有二始見二毛 翰曰二毛謂髮始有二白毛善曰十四年晉武帝太始十四年也左氏傳宋襄公曰不擒二毛杜預曰二毛頭白有二色也 以太尉掾兼虎賁中郎將寓直于散騎之省 向曰寓寄也時岳任中郎將省官故云寓直善曰臧榮緒晉書云賈充為太尉又曰岳為賈充掾漢書曰期門僕射秩比千石平帝更名虎賁郎置中郎將寓寄也世說曰桓玄既篡將改置直館問左右虎賁中郎將省合在何處有人荅云無省當時殊迕旨問何以知無荅曰潘岳秋興賦叙云兼虎賁中郎將寓直於散騎之省玄咨嗟稱善劉謙之晉紀云玄欲復虎賁中郎將疑訪之僚屬咸莫能定參軍劉簡之對昔潘岳秋興賦叙云兼虎賁中郎將寓直於散騎之省以言之是也玄從之 高閣連雲陽景罕曜珥蟬冕而襲紈綺之士此焉遊處 銑曰閣高故稱連雲深故日罕曜珥插也蟬以金為之象蟬也皆侍中散騎之冠冕也紈綺貴戚子弟之服也言此並貴人之遊處也善曰戚言閤之高而且深故曰罕曜其中珥猶插也蔡邕獨斷曰侍中中常侍加貂附蟬鄭玄禮記注曰襲重衣也漢書曰班伯與王許子弟為羣在綺襦紈袴之間鸚鵡賦曰感平生之遊處 僕野人也偃息不過茅屋茂林之下 善曰禮記曰唯饗野人皆酒呂氏春秋田替曰若夫偃息之義則未聞也范曄後漢書曰王霸隱居止茅屋蓬戶論衡曰山種棗栗名曰茂林 談話 胡快 不過農夫田父之客攝官

承乏猥廁朝列 翰曰攝官謂承其闕乏也猥曲也廁次也言承乏闕得曲次朝士之列善曰說文曰話會合善言也毛詩曰帥時農夫播厥百穀禮記曰上農夫食九人尹文子曰魏田父有耕於野者左氏傳韓厥謂齊侯曰敢告不敏攝官承乏蒼頡篇曰廁次也雜也禮記曰爵祿有列於朝 夙興晏寢匪遑底寧 翰曰夙早興起晏晚寢臥匪非遑暇底致寧安善曰毛詩曰夙興夜寐又曰不遑寧處 譬猶池魚籠鳥而 善本無而 有江湖山藪之思於是染翰操紙慨 許既 然而賦于時秋也故以秋興命篇 翰曰翰筆操執也慨然不得志貌命名也善曰翰筆毫也說文曰慨太息也字林曰慨壯士不得志也鄭玄周禮注曰興者記事於物 其辭曰

四運忽其代序兮萬物紛以迴薄 音博向曰薄迫也言四時代為節序萬物遞相遷迫也善曰莊子黃帝曰陰陽四時運行各得其序楚辭曰日月忽其不淹兮春與秋其代序鵩鳥賦曰萬物迴薄 覽花蒔 寔吏 之時育兮察盛衰之所託 濟曰觀花蒔可明盛衰之理也善曰字林曰蒔更別種易曰時育萬物 感冬索而春敷 善本有兮字 嗟夏茂而秋落雖末事之榮悴兮伊人情之美惡 濟曰草木榮悴誠為末事且猶有感況惟人情善悲乎善曰孔安國尚書傳曰索盡也又曰敷布也又曰已布而生也呂氏春秋曰春氣至則草木產秋氣至則草木落舞賦曰慢末士之凱曲文子曰有榮悴者必末愁悴善本事作士 善乎宋生之言曰悲哉秋之為氣 善本有也字善曰王逸注曰寒氣聊戾歲將暮也 蕭瑟兮 濟曰蕭瑟秋聲陰氣促急風暴疾也善曰 草木搖落 善曰花桒

隕落肥潤去也而變衰濟曰衰謂草木變而枯槁也善曰形體易色枝枯槁也
憀聊慄栗兮濟曰憀慄傷念之貌息念春秋心自傷憀音了善曰若
在遠行善曰遠出之他方登山臨水善曰升高遠視江河也送
將歸善曰族親別還故鄉濟曰皆宋玉九辯辭也夫送歸懷慕徒
之戀兮遠行有羇旅之憤銑曰慕徒侶也憤怨悼傷也善曰
言懷思慕戀徒侶也左氏傳陳敬仲曰羇旅之臣杜預曰羇寄旅客臨川感流
以歎逝兮登山懷遠以善本作而字悼近善曰論語曰子
在川上曰逝者如斯夫不舍晝夜包曰逝往也言凡往者如川之流也晏子春秋曰景公
遊於牛山臨齊國乃流涕而歎曰奈何去此堂堂之國而死乎使古而無死不亦樂乎左
右皆泣晏子獨笑曰夫盛之有衰生之有死天之數也物有必至事有當然曷有悲老而
哀死古無死古之樂也君有焉懷遠悼近齊景之謂也何彼四感之疢善本
作疢心兮遭一塗其善本作而難忍嗟秋日之可哀
兮良善本作諒無愁而不盡翰曰四感謂遠行登山臨水送將歸感憂
疢病也言四憂可以為心病也一塗難忍謂愁也言秋時既哀故云無愁不盡善曰毛
詩曰既来既往使我心疢鄭玄曰疢病也野有歸鷰善本作燕隰有翔
隼游氛朝興槁葉夕殞良曰隼鷹也秋則搏擊氣秋氣也興起殞
落也善曰楚辭曰燕翩翩其辭歸鷙擊之鳥通呼曰隼一曰鶻春化為布穀文子曰鷹
隼未擊羅網不得張杜預左氏傳注曰氛氣也鄭玄毛詩箋曰本葉槁得風乃落於
時善本作是乃屛輕箑所甲釋纖絺藉莞桓蒻若御
裌衣向曰箑扇也絺葛也秋氣既寒棄而不用藉鋪也莞蒻蒲席也言將鋪而處之

御服之也善曰呂氏春秋曰冬不用箑非愛箑也清有餘也高誘曰箑扇也孔安國尚
書傳曰纖細也絺細葛也鄭玄毛詩箋曰莞小蒲席也說文曰蒻蒲子以為華蓆也又曰
裌衣無絮也庭樹槭所革以灑落兮善本有兮字勁風戾而
吹帷濟曰槭葉落貌戾至也謂葉以灑落勁急之風至而吹帷慢也善曰槭枝空
之貌戾勁疾之貌蟬嘒嘒呼惠以寒吟兮善本有兮字鴈飄飄
而南飛濟曰嘒嘒蟬聲也飄飄飛貌善曰毛詩曰菀彼柳斯鳴蜩嘒嘒毛萇詩
曰嘒嘒小聲也飄飄飛貌楚辭曰鴈廱廱而南遊天晃朗以彌高善本
有兮字日悠陽而浸微銑曰晃朗天高貌悠陽謂日寒而微也善曰
言秋日天氣高朗晃朗明貌悠陽日入貌楚辭曰天高而氣清禮記曰仲秋殺氣浸盛陽
氣日衰何微陽之短晷覺涼夜之方永銑曰短晷謂日
景巳短覺其夜長善曰尚書曰日短星昴以正仲冬毛詩曰夏之日冬之夜毛萇曰言
長也月曈徒東曨力東以含光兮露淒清以凝冷良曰
曈曨月初出貌淒清寒露貌善曰埤蒼曰曈曨欲明也熠燿粲於階闥
兮蟋蟀鳴乎軒屛良曰熠燿螢也粲明也蟋蟀秋蟲至秋寒故就軒屛
言鳴軒階壁也善曰毛詩曰熠燿宵行毛萇曰熠燿燐也燐螢火也毛詩曰蟋蟀在堂
毛萇曰蟋蟀蛬也崔豹古今注曰熠燿燐也一曰燿夜腐草為之食蚊蚋又曰蟋蟀名蛬
初秋生得寒則鳴噪濟南謂之嬾婦也聽離鴻之晨吟善本有兮字
望流火之餘景翰曰流火心星也秋心星西下將沒故云餘景也善曰
毛詩曰七月流火毛萇曰大火也流下也宵耿介而不寐兮獨展
轉於華省翰曰宵夜也耿介執節守度也展轉反側也善曰王逸楚辭注曰

耿介執節守度毛詩曰耿耿不寐如有隱憂又曰悠哉悠哉展轉反側悟時歲
之遒盡兮慨俛首而自省濟曰遒終也善曰楚辭曰歲忽忽
而遒盡毛萇詩傳曰遒終也廣雅曰遒急也列子曰師曠俛首而聽之曾子曰君子旦就
業夕而自省也斑鬢彪善本作彪方料切以承弁兮素髮颯
以垂領濟曰斑謂黑白雜言悟歲之終慨然自省乃見斑白之髮或承弁或垂領
也彪髮下垂貌素白也善曰眡虎通俗文曰髮垂而影說文曰白黑髮雜而影字林亦
同周禮曰士弁服虎通曰皮弁冠名的仰群儁之逸軌兮攀雲
漢以遊騁登春臺之熙熙兮善本有兮字珥金貂之
頍頍古蘂反善本作炏燗翰曰羣儁謂蟬冕綺繞之人也仰其逸迹自謂攀於雲
漢也老子云衆人熙熙如登春臺志有欲也如此皆謂珥金貂之徒頍頍光明貌善曰

文選十三　十

高閣連雲升之以攀雲漢也言羣儁自致高遠老子曰衆人熙熙如享大牢如登春臺漢
書谷永對詔曰戴金貂之飾執常伯之職也董巴輿服志曰侍中冠金璫附蟬為文貂尾
為飾廣雅曰熤爓光也苟趣捨善本作舍字之殊途兮庸詎
識其躁靜銑曰苟且也趣謂求榮利之人也捨謂不取者也言此二者殊途也
庸詎猶何能識其動靜哉善曰六韜太公曰夫人皆有性趣舍不同司馬遷書曰趣舍
異路莊子王倪曰吾庸詎知吾所謂知非不知邪司馬彪曰庸猶何用也老子曰重為輕
根靜為躁君聞至人之休風兮齊天地於一指銑曰
至人謂至德之人常有休美之風齊猶等也一指謂以我指喻彼人指以彼人指喻我指
其理固齊矣以天喻地其理亦同故云一指善曰莊子曰不離於真謂之至人又曰以一指
喻指之非指不若以非指喻指之非指也以馬喻馬之非馬不若以非馬喻馬之非馬也

天地一指也萬物一馬也郭象曰夫自是而非彼我之常情也故以我指喻彼指則彼指
於我指獨為非指矣此以指喻指之非指也若覆以彼指還喻我指則我指於彼指復為非
指矣此以非指喻指之非指也將明無是無非莫若反覆相喻反覆相喻則彼之與我既
同於自是又均於相非均於相非則天下無是同於自是則天下無非何以明其然邪是
若果是則天下不得復有非之者也非若果非亦不得復有是之者也今是非無主紛然
殽亂明此區區各信其偏見而同於一致耳仰觀俯察莫不皆然是以至人知天地一指
也萬物一馬也故浩然大寧而天下萬物各當其分同於自得而無是無非也彼知
安而忘危兮固出生而入死良曰彼謂榮利人也言以榮利
為安而忘危也生謂精魄也言貪欲出精魄是入死也貪欲之人固執而入死也善曰
周易曰安不忘危存不忘亡老子曰出生入死韓子曰人始於生而卒於死始之謂出卒

文選十三　十一

之謂入故曰出生入死也行投趾於容跡兮殆不踐而獲
底閼掘側足以及泉兮雖猴猨而不覆濟曰富貴
之人如投足於一跡之地為危殆也且不踐其位是得安全之致也言留側足之地掘而
及泉雖猴猨之捷豈能覆哉言其危也善曰言人之行投趾在手容跡之地近不踐而
獲安若以足外為無用欲闕之及泉則雖捷若猴猨亦不能履也莊子惠子謂莊子曰子
言無用莊子曰知無用而可與言用矣夫地非不廣且大也人之所用容足耳然則側足
而墊之致黃泉人尚有用乎惠子曰無用莊子曰然則無用之為用也亦明矣郭璞爾雅
注曰底止也龜祀骨於宗祧兮思反身於綠水向曰
神龜見殺致骨宗廟而祀之貴則貴矣思反綠水不可得也喻貴者遇患思反於貧賤亦
難矣善曰莊子曰莊子釣於濮水楚王使二大夫往聘莊子曰願以境內累子莊子持

竿不顧曰吾聞楚有神龜死已三千歲矣王巾笥而藏之廟堂之上此龜者寧其死為留骨而貴乎寧其生而曳尾塗中乎二大夫曰寧生而曳尾塗中莊子曰往矣吾將曳尾於塗中矣

且斂衽如甚以歸來兮忽投紱以高厲向曰衽衣襟也紱綬也言斂衣綬棄榮利以自激厲也善曰衽襟也字林曰紱綬也楚辭曰颯弭節而高厲

耕東皐之沃壤兮輸黍稷之餘稅向曰皐澤也言耕於沃壤之地得輸稅餘自供也善曰水田曰皐東者取其春意漢書鄭明曰將歸延陵之皐修農圃之疇張晏曰隱耕皐澤之中阮籍奏記曰將耕東皐之陽輸黍稷之稅說文曰稅租也

泉涌湍於石間兮菊揚芳乎崖澨翰曰湍流菊草也揚芳謂揚香氣也澨亦水崖也善曰禮記曰仲秋菊有黃華

澡秋水之涓涓兮玩游鯈長流切善本作儵字之潎潎匹蔽反良曰澡浴也涓涓水流貌游鯈小魚也潎潎游行貌善曰莊子曰秋水時至百川灌河金人銘曰涓涓不壅將成江河莊子曰莊子與惠子遊於濠梁上莊子曰鯈魚出遊從容是魚樂也惠子曰子非魚安知魚樂莊子曰子非我安知我不知魚之樂也潎潎遊貌也

逍遙乎山川之阿放曠乎人間之世濟曰逍遙散逸貌阿山曲也放曠謂無拘束也人間代謂在人間而無代事善曰莊子有逍遙篇司馬彪曰言逍遙無為者能游大道也又有人間世篇司馬彪曰言處人間之宜居亂世之理與人群者不得離人然人間之事故世世異宜唯無心而不自用者為能唯變所適而無其累

優哉游哉聊以卒歲銑曰優游自樂可以終其天年而已善曰家語孔子歌曰優哉游哉聊以卒歲王肅曰言優游以終歲也

雪賦

善曰說文曰雪凝雨也釋名曰雪綏也水下遇寒而凝綏綏然下也曾子曰陰氣凝而為雪五經通訓曰春洩氣為雨寒凝為雪

謝惠連銑曰沈約宋書云謝惠連陳郡陽夏人也幼而聰敏年十歲能屬文族兄靈運加賞之為司徒彭城王法曹作此賦以高麗見奇之善曰沈約宋書曰謝惠連陳郡人也幼而聰敏年十歲能屬文族兄靈運深加知賞本州辟主簿不就後為司徒彭城王法曹為雪賦以高麗見奇年二十七卒

歲將暮時既昏寒風積愁雲繁向曰暮盡昏冥積厚也愁雲陰雲也善曰毛詩曰歲亦暮止劉向七言曰時將昏暮白日午昏宜也莊子曰風積不厚則其負大翼也無力傅玄詩曰浮雲含愁色悲風坐自嘆班婕妤擣素賦曰佇風軒而結睇對愁雲之浮沈然疑此賦非婕妤之文行來已久故兼引之

梁王不悅遊於兔園向曰假設主客以為辭兔園則梁孝王苑名善曰此假主客以為辭也漢書曰梁孝王文帝子也西京雜記曰梁孝王好宮室苑囿之樂築兔園也

乃置旨酒命賓友召鄒生延枚叟翰曰言置酒命賓朋也鄒鄒陽枚皐召延皆招屈之稱善曰漢書梁孝王待士鄒陽從孝王游又曰枚乘為弘農都尉去官游梁

相如末至居客之右良曰司馬相如也末至謂後至也言文章之高故居賓客之右善曰漢書曰相如客游梁又曰田叔等十人漢廷臣無能出其右者

俄而微霰零密雪下良曰俄而猶少間也霰微雪也善曰莊子曰俄而死王肅家語注曰俄有頃也

王乃歌北風於衛詩詠南山於周雅銑曰北風衛詩皆歌雨雪也王乃感事以歌也善曰毛詩衛風曰北風其涼雨雪其雱又小雅詩南山曰上天同雲雨雪雰雰

授簡

於司馬大夫銑曰簡牘也所以書之者授謂與相如稱大夫者美之善曰
言大夫尊之也國語越王句踐曰苟聞子大夫之言爾雅曰簡謂之札也郭璞曰今簡札
也曰抽子秘思騁子妍辭侔莫侯切色揣初委稱
為寡人賦之銑曰曰梁王語辭也言抽子深秘之思妍美之辭齊其容色量
其所稱為寡人賦之侔齊揣量也、善曰鄭玄周禮注曰侔等也說文曰揣量也爾雅曰
稱好也老子曰王公自謂孤寡不穀相如於是避席而起逡巡
而揖翰曰逡巡而揖敬王命也善曰孝經曰曾子避席公羊曰逡巡北面再拜也
廣雅曰逡巡却退也曰臣聞雪宮建於東國雪山峙於
西域濟曰雪宮在齊故云建東國雪山在西域冬夏有雪峙峻也善曰孟子曰齊
宣王見孟子於雪宮劉熙曰雪宮離宮之名也漢書西域傳曰天山冬夏有雪岐昌

文選十三　十四

發詠於來思姬滿申歌於黃竹良曰岐周所居也文王名
昌發詠謂詩云今我來思兩雪霏霏姬周姓滿穆王名時國中大雪人凍作黃竹歌三章
以哀之善曰岐周所居昌文王名也毛詩曰昔我徃矣揚柳依依今我來思雨雪霏霏
姬周姓也滿穆王名昭王子也孔安國尚書傳曰申重也穆天子傳曰天子乃休㽬中大
寒北風雨雪天子作詩三章以哀人去我徂黃竹負閟寒乃宿於黃竹曹風以
麻衣比色楚謠以幽蘭儷曲銑曰詩曹風云麻衣如雪儷偶
也郢人能歌白雪之曲郢楚邑名善曰毛詩曹風曰蜉蝣掘閱麻衣如雪宋玉諷賦曰
臣嘗行至主人獨有一女置臣蘭房之中臣援琴而鼓之為幽蘭白雪之曲賈逵曰儷偶
也盈尺則呈瑞於豐年袤丈則表沴麗於陰
德向曰隱公之時大雪平地一尺是歲大熟為豐年也桓公之時平地廣一丈以為陽

傷陰盛之徵沴不和之氣善曰左氏傳曰凡平地尺為大雪毛萇詩傳曰豐年之冬必
有積雪金匱曰武王伐紂都洛邑未成雨雪十餘日深丈餘漢書曰氣相傷謂之沴沴臨
沴不和意也春秋潛譚巴曰大雪甚厚後必有女主大雪連月陰作威宋均曰雪為陰臣
道也雪之時義遠矣哉請言其始若乃玄律窮
嚴氣升濟曰美雪之德請言其初也玄律窮十二月也嚴氣寒氣也升上也善
曰禮記曰季冬之月日窮於次月窮于紀又曰孟冬之月天地始肅鄭玄曰肅嚴急之氣
也孟冬之月天氣上騰夏侯孝若寒雪賦曰嚴氣枯殺玄澤閉凝焦溪涸護
暘善本作湯谷谷凝也銑曰焦溪溪名暘谷日所出也涸凝皆水凍也善曰酈
元水經注曰焦泉發于天門之左南流成溪謂之焦泉盛弘之荊州記曰南陽郡城北有溪
紫山東有一水冬夏常溫因名湯谷也火井滅溫泉氷銑曰蜀郡有火

文選十三　十五

井中常自出火溫泉溫水也滅謂寒而火滅也善曰博物志曰臨邛火井諸葛亮往視
後火轉盛以盆貯水煑之得鹽後人以火投井火即滅至今不燃又曰西河郡鴻門縣亦
有火井祠火從地出張衡溫泉賦曰遂適驪山觀溫泉沸潭無涌炎風
不興翰曰季子廟前有沸潭善曰酈元水經注曰以生物投之須臾即熟又曰曲
阿季子廟前井及潭常沸故名井曰沸井潭曰沸潭炎風在南海外常有火風夏日則蒸
殺其過鳥也呂氏春秋曰何謂八風東北曰炎風高誘曰一曰融風北戶墐覲
扉裸胡卦壤垂繒翰曰北戶向北之戶也墐泥也裸壤不衣國也至是寒切
沸不能為涌北戶加泥以避寒不衣之俗亦垂繒帛也善曰毛詩曰穹窒熏鼠塞向
墐戶毛萇曰向北出牖也墐塗也東夷傳曰倭國東四千餘里裸人國也字林曰繒帛總
名也於是河海生雲朔漠飛沙連氛累靄善本作靄

掩日韜吐刀霞向曰朔漠北方流沙也言風起飛沙連積氣霧霾掩霞日也
善曰淮南子曰四海之雲湊又曰大澤之雲以雨九州公羊傳曰河海潤千里何休曰河
海興雲雨又千里說文曰壯方流沙漢書李陵歌曰徑萬里兮度沙漠范曄後漢書袁安
讓曰今朔漠既定揚泉物理論曰風怒則飛沙揚礫文字集略曰霾雲狀又曰霧亦霾也
毛萇詩傳曰掩覆也於儼切杜預左氏傳曰韜藏也霰蘇見淅先歷瀝而先
集雪紛糅女又而遂多良曰霰微雪也淅瀝細下貌糅雜貌細者先下
後遂紛雜而多善曰毛詩曰先集維霰薛君曰霰霙也音英夏侯孝若寒雪賦曰集洪
霰之淅瀝煥摧以纏索楚辭曰雪為糅其增加鄭玄禮記注曰糅雜也
也散漫交錯氛氳蕭索藹藹浮浮瀌瀌筆苗奕
奕濟曰皆飄流往來繁密之貌善曰王逸楚辭注曰氛氳盛貌毛詩曰雨雪浮浮又

曰雨雪瀌瀌廣雅曰藹藹奕奕盛貌聯翩飛灑徘徊委積始緣
甍而冒棟終開簾而入隙翰曰開猶變也隙壁穴也言雪之飛
散委積於甍棟而經過於壁穴善曰杜預曰甍屋棟也毛詩曰下土是冒傳曰冒覆也
字林云隙壁際孔從阜旁二小夾日也初便娟於墀廡末縈盈
於帷席銑曰便娟縈盈雪輕迴之貌廡屋帷幔也善曰便娟縈盈雪迴委之貌
楚辭曰嬛娟脩竹王逸曰嬛娟好貌說文曰廡堂下周屋也釋名曰大屋曰廡既因
方而為珪亦遇圓而成璧銑曰珪方玉璧圓玉眄隰則
萬頃同縞杲瞻山則千巖俱白於是臺如重
璧逵似連璐音路向曰縞白也璐美玉也逵道也言雪冒臺道如累壁逵
玉善曰廣雅曰縞練也穆天子傳曰為盛姬築臺是曰重璧之臺劉公幹清廬賦曰踏

琳珉之塗然即逵也許慎淮南子注曰璐美玉也庭列瑤階林挺瓊
樹良曰階樹盡如瓊瑤矣瓊瑤玉名善曰瑤階玉階也瓊亦玉也瓊樹恐誤也莊子
曰南方積石千里樹名瓊枝皓鶴奪鮮白鷴失素紈袖慙
治玉顏掩嫮戶故反濟曰白鷴鳥名紈素練也玉顏謂美人顏如玉也嫮
美也言此等雖白對雪故皆慙失其鮮美也善曰相鶴經云鶴千六百年形定而色白復
二千年大毛落茸毛生色雪白白鷴鳥名也西都賦曰招白鷴說文曰紈素也佁妖也古
詩曰燕趙多佳人美者顏如玉楚辭曰美人皓齒嫭與姱同姱好貌若乃積雪
善本作素未虧白日朝鮮爛兮若燭龍銜曜善本作燿
宇照崑山翰曰崑山玉山也燭龍神也常銜燭以照其中言積雪未銷白
日鮮明光色爛然燭耀崐山之玉也善曰山海經曰赤水之北有章尾山有神人面蛇

身其瞑乃晦其視乃明是燭九陰是謂燭龍楚辭曰日安不飛燭龍何照王逸曰言天西
北有幽冥無日之國有龍銜燭而照之山海經曰鍾山之神名曰燭陰郭璞曰即燭龍也
詩含神務曰天不足西北無有陰陽故有龍銜火精以照天門中也崑山已見上文爾
其流滴垂冰緣霤承隅粲兮若馮夷剖蚌列
明珠向曰馮夷河伯也蚌水蟲也內含明珠河伯剖而列之光明粲然流滴垂冰有
如此美善曰王逸楚辭注曰霤屋宇也莊子曰夫道馮夷得之以遊大川抱朴子釋鬼
篇曰馮夷華陰人以八月上庚日渡河溺死天帝署為河伯說文曰蚌蜃也司馬彪以為
明月珠蚌始也蜀志秦宓奏記曰剖蚌求珠至夫繽紛繁鶩之貌
皓汗皎善本作皦潔之儀迴散縈積之勢飛聚凝
曜之奇固展轉而無窮羌難得而備知銑曰勢狀

既多數其不能具述若乃申娛玩之無已夜幽靜而多
懷風觸楹而轉響月承幌而通暉良曰觸擊楹柱也幌
窗簾也　善曰包氏論語注曰梲者梁上楹也說文曰楹柱也承上也文字集略曰幌以
帛明幌也酌湘吳之醇酎御狐貉之兼衣濟曰湘吳出酎
酒也御著也狐貉皮裘也謂兼衣著之酎三釀酒也　善曰吳錄曰湘川酃陵縣水以作
酒有名吳興烏程縣若下酒有名醇酎已見魏都賦論語曰狐貉之厚以居晏子春秋曰
景公時雨雪三日公被狐白之裘晏子入公曰怪哉雨雪三日不寒晏子曰古之賢者飽
而知飢溫而知寒公曰善出裘發粟以與飢人夏侯孝若寒雪賦曰既增覆而累鎮又加
裘而兼衣對庭鵾之雙舞瞻雲鴈之孤飛翰曰鵾鵾鷄也
雙舞謂時鸞見也雲鴈孤飛謂惠連仕彭城王離其家親以喻也　善曰西京雜記曰公

文選十三　十八

孫乘月賦曰鵾鷄舞於蘭渚蟋蟀鳴於西堂折園中之萱草摘階
上之芳薇善本無上二句踐霜雪之交積憐枝葉之
相違馳遙思於千里願接手而同歸向曰枝葉喻兄
弟也惠連累踐霜雪與兄弟相違馳念千里願與之同歸　善曰杜篤衆瑞頌曰千里遙
思展轉反側毛詩曰攜手同歸鄒陽聞之藹草本然心服有懷
妍唱敬接末曲於是乃作而賦積雪之歌銑曰
藹閑也鄒陽聞其辭閑然心服之思其妍美以為唱和接賦之末而起歌積雪焉　善曰
莊子曰子貢藹然慙又曰使人以心服而不敢忤說文曰藹煩也蒼頡曰閑也歌曰
攜佳人兮披重幄援綺衾兮坐房縟燎薰鑪
兮炳明燭酌桂酒兮揚清曲翰曰披開幄帳援引燎燒薰香

也桂酒以桂投酒中取香也清曲妙音也善曰漢武帝秋風辭曰攜佳人兮不能忘劉
向有薰鑪銘楚辭曰奠桂酒兮椒漿薰火煙上出也字從黑又續而為白
雪之歌歌曰曲既揚兮酒既陳朱顏酡兮思
自親濟曰酡著也謂佳人醉而著赤色也善曰楚辭曰美人既醉朱顏酡王逸曰
酡著也面著赤色徒何切願低帷以昵枕念褫直絲切　善本作解字
珮而解善本作褫字紳善曰昵近也褫奪衣也孔安國論語注曰紳大帶也
怨年歲之易暮傷後會之無因君寧見階上
之白雪豈鮮輝善本作耀字於陽春銑曰鮮寡也言雪之光輝
豈寡於陽春　善曰楚辭曰無衣裘以御冬恐死不得見乎陽春歌卒王乃
尋繹吟翫撫覽扼腕顧謂枚叔起而為亂銑曰

文選十三　十九

繹理扼把也言王尋繹吟翫把腕以美其詞使枚叔為亂以繼之善曰毛萇詩傳曰繹
悅也方言曰繹理也說文曰扼把也鄭玄曰腕掌後節也史記曰天下之士莫不扼腕以
言亂者理也總理一賦之終也亂曰白羽雖白質以輕兮白
玉雖白空守貞兮未若茲雪因時興滅向曰羽玉
雖白或輕或貞不如此雪能與時盛衰　善曰孟子曰白羽之白也猶白雪之白也歟　白
雪之白也猶白玉之白也歟劉熙曰孟子以為白羽之白輕白雪之性消白玉之性堅雖
俱白其性不同問告子告子以為三白之性同因時興滅言隨時行藏也玄陰凝
不昧其潔太陽耀善本作曜字不固其節翰曰不隨玄陰
而昧者貞正也日既耀不守節者知退也善曰蔡邕述行賦曰玄雲黯以凝結零雨集
之溱溱正潛曰日太陽也節豈我名潔豈我貞憑雲升降

從風飄零良曰此言貞節之道亦因時行息也憑依也謂上下飄落皆依從風雲而巳値物賦像任地班形素因遇立汚隨染成縱心皓然何慮何營銑曰任物像形因事成立皓然與天地合德何思慮營爲之有焉善曰任猶因也汚猶相染污也歸田賦曰苟縱心於域外孟子曰我善養吾浩然之氣敢問何謂浩然之氣曰難言也其爲氣也至大至剛以直養而無害則塞於天地之間鵰安立巖平頌曰無營無欲澹爾淵清

月賦善曰周易曰坎爲月陰精也鄭玄曰臣衆也廣雅云夜光謂之月月御謂之望舒說文曰月者太陰之精釋名曰月闕也言有時盈有時闕也

謝希逸向曰沈約宋書云謝莊字希逸陳郡陽夏人年七歲能屬文仕至光祿大夫所著文章四百餘首行於代也善曰沈約宋書曰謝莊字希逸陳郡陽夏人也太常弘徽子也年七歲能屬文仕至光祿大夫泰初二年卒時年三十六謚曰憲子所著文章四百餘首行於代

陳王初喪應劉端憂多暇翰曰陳王曹植也應瑒劉楨並魏才子言二子初喪之植惜其才端然憂愁以多閑暇此皆假設以爲辭善曰假設陳王應劉以起賦端也陳王曹植也應劉應瑒劉楨也魏文帝書曰徐陳應劉一時俱逝孫卿子曰其爲人也多暇日者其出人不遠綠苔生閣芳塵凝榭良曰不遊從故苔生於閣塵凝於榭善曰言無復娛遊故綠苔生而芳塵凝也高誘注淮南子曰蒼苔水衣庾闡揚都賦曰結芳塵於綺疏郭璞爾雅注曰榭臺上起屋也悄七小焉疚懷弗善本作不字怡中夜銑曰悄憂也言心病其懷不悅至於半

夜善曰毛詩曰憂心悄悄悄憂貌爾雅曰疚病也怡樂也家語孔子云日出聽政至于中夜乃清蘭路肅桂苑騰吹寒山弭蓋秋坂向曰路有蘭苑有桂者也清肅皆靜也寒山秋坂並苑中山坂也謂車騰風吹弭蓋而上也善曰蘭路有蘭之路桂苑有桂之苑楚辭曰皐蘭被經王逸曰經路也劉淵林呉都賦注曰呉有桂林苑王逸楚辭注曰騰馳也禮記曰季秋入學習吹王逸楚辭注曰弭按也臨濬壑而怨遙登崇岫而傷遠于時斜漢左界北陸南躔翰曰濬深崇高也秋時天漢西南斜遶於左界陸道也謂日在北道接虛危之次躔次也善曰大戴禮曰七月漢案戶漢天漢也案戶直戶之李陵詩曰天漢東南馳左傳申豐曰日在北陸而藏冰杜預曰陸道也漢書曰冬則南夏則北漢書音義韋昭曰躔處也亦次也方言曰日運爲躔躔歷行也白露曖空素月流天沈吟齊章殷勤陳篇良曰曖猶滿也沈吟殷勤習思之深也齊章陳篇謂將作文章也善曰長歌行曰昭昭素明月輝光燭我牀楚辭曰意欲兮沈吟毛詩齊風曰東方之月兮彼姝者子在我闥兮又陳風曰月出皎兮佼人憭兮抽毫進牘以命仲宣濟曰毫筆牘書版假言仲宣以序情善曰此假王仲宣也毫筆也文賦或含毫而藐然說文曰牘書版也曰仲宣跪渠委而稱曰臣東鄙幽介長自丘樊良曰跪拜鄙邊也自言東邊幽賤孤介之人長自丘園藩籬之中樊藩也善曰聲類曰跪跽也跽奇几切仲宣山陽人故云東鄙戰國策范雎謂秦王曰臣東鄙賤人爾雅曰樊藩也郭璞曰藩籬也昧道懵莫贈學孤奉明恩銑曰昧闇也言闇於道不明於學虛奉明王之恩善曰說文曰懵目不明也臣聞沈潛既義高明既經

濟曰沈潛地故稱義高明天故稱經善曰尚書曰沈潛剛克高明柔克孔安國曰沈潛謂地高明謂天左氏傳子大叔曰子產云禮天之經地之義日以陽德月以陰靈翰曰日月陰陽之精也善曰春秋說題辭曰陽精為日易辯終備曰日之既陽德消鄭玄曰日既蝕明盡也春秋感精符云月者陰之精擅扶桑善本作光字於東沼嗣若英於西冥翰曰扶桑日出處若木日沒處月盛於東可代於日之明故云擅也月生於西可繼於日之耀故云嗣也英木花冥闇也善曰扶光扶桑之光也東沼湯谷也若英若木之英也西冥昧谷也月盛於東故曰擅始生於西故曰嗣山海經曰湯谷有扶木九日居下枝一日居上枝又曰灰野之山有赤樹青葉名曰若木日之所入處郭璞曰扶木扶桑也尚書曰宅西曰昧谷孔安國曰昧冥也淮南子曰日出於湯谷拂於扶桑又曰若木末有十日其華照下地高誘曰若木端有十

日狀如蓮華引玄兔於帝臺集素娥於后庭翰曰玄兔月也中有兔象故以名焉娥羿妻常娥也竊藥奔月因以為名月色白故云素娥言照耀帝王之臺后妃之庭善曰張衡靈憲曰月者陰精之宗積成為獸象兔形春秋元命苞曰月之為言闕也兩說蟾蜍與兔者陰陽雙居明陽之制陰陰之倚陽張泉觀象賦曰漸臺可升自注曰漸臺天臺之名四星在織女東淮南子曰羿請不死之藥於西王母常娥竊而奔月注曰常娥羿妻也歸藏曰昔常娥以不死之藥犇月論語曰皇皇后帝張泉觀象賦曰寥寥帝庭自注云帝庭謂太微宮也春秋元命苞曰太微為天庭朒尼竹朓他了警闕朏斐魄示沖向曰月朔見東方曰朒晦見西方曰朓言視此警策君王之闕德也朏盛明也魄初出地明生得宜以示人君謙沖也善曰說文曰朒朔而月見東方縮朒然朓晦而月見西方也朏月未成光也魄月始生魄然也尚書五行

傳曰晦而月見西方謂之朓朓則王侯奢也朔而月見東方謂之側匿側匿則王侯肅鄭玄曰朓條達行疾貌也警闕謂朒朓失度則警人君有所闕德示沖言朏魄得所則表示人君有謙沖不自盈大也禮記注曰月三日而成魄是以禮有三讓也順辰通燭從星澤風銑曰月順十二辰而行以通照天下星謂箕畢也澤雨也月行失道行從箕則風從畢則雨善曰辰十二辰言月順之以照天下也淮南子曰正月建寅月從左行十二辰許慎曰歷十二辰而行尚書曰月之從星則以風雨孔安國尚書傳曰月經于箕則多風離于畢則多雨然澤則雨也增華台室揚彩軒宮銑曰台三台星軒宮軒轅之宮也言增華彩於此善曰台室三公位軒宮軒轅之宮史記曰中宮文昌魁下六星兩兩相比名曰三能能古台字也齊色則君臣和也淮南子曰軒轅者帝妃之舍高誘曰軒轅星名委照而吳業昌淪精而

漢道融翰曰吳謂孫堅夫人夢月入懷而生策漢李夫人亦夢月入懷而生元帝謂論委其精以昌吳漢融亦昌也善曰吳錄曰長沙桓王名策武烈長子母吳氏有身夢月入懷漢書元后母李親夢月入懷而生后遂為天下母昌盛也融明也若夫氣霽才計地表雲斂天末濟曰霽止也氣止雲斂言晴也善曰說文曰霽雨止也西京賦曰眇天末以遠期洞庭始波木葉微脫菊散芳於山椒鴈流哀於江瀨升清質之悠悠降澄暉之藹藹良曰楚詞云洞庭波兮木葉下山頂曰椒瀨水石之急也言秋天清迥月光盈明也善曰楚詞曰洞庭波兮木葉下禮記曰仲秋菊有黃花漢書武帝傷李夫人賦曰釋予馬於山椒山椒山頂也說文曰瀨水流沙上也楚辭曰白日出兮悠悠長門賦曰望中庭之藹藹若季秋之降霜列宿掩縟長河韜

映向曰縟繁彩也月盛明時列星天河皆韜掩光彩也　善曰楚辭曰若列宿之錯置
說文曰縟繁采飾也毛詩曰倬彼雲漢毛萇曰雲漢天河也柔祇雪凝圓
靈水鏡連觀霜縞周除氷凈銑曰柔祇地也圓靈天也言月
之光彩照地如凝雪照天如水鏡觀宇庭除皆如霜氷之潔也縞白也　善曰柔祇地也
圓靈天也觀宮觀也徐幹七諭曰連觀飛榭說文曰除殿陛也君王乃厭晨
歡樂宵宴收妙舞弛清縣濟曰弛廢也縣軒懸也厭晝日之賞
樂其夜宴去妙舞廢軒懸之樂　善曰邊讓章華臺賦曰妙舞麗於陽阿長笛賦曰磬襄
弛縣周禮曰大憂弛縣鄭玄曰弛釋也字林曰弛解也韋昭曰弛廢也去燭房
即月殿芳酒登鳴琴薦若乃涼夜自凄風篁
成韻良曰去燈燭之所就於月殿并進琴酒翰曰秋涼之夜心自凄傷風吹叢篁自

成音韻　善曰篁竹叢生也風篁風吹篁也親懿莫從羈孤遞進
聆皐禽之夕聞聽朔管之秋引向曰聆聽也皐禽鶴也朔
管謂北胡之笛也言親近懿戚皆不相從羈客孤子迭為進見而聽皐鶴胡笛之聲　善
曰親懿親也左氏傳富辰曰兄弟雖有小忿不廢懿親杜預曰懿美也羈孤羈客孤子
也言親懿不從遊而羈旅之孤更進也詩曰鶴鳴九皐皐禽鶴也拘朴子曰峻騃獨立而
皐禽之響振也朔管羌笛也說文曰管十二月之位在北方故云朔秋引商聲也於是
絲桐練響音容選和翰曰絲桐琴也練擇也言擇妙響選音和也
善曰絲桐琴也埤蒼曰練擇也練與揀音義同桓譚新論曰神農始削桐為琴練絲為絃
侯瑛箏賦曰察其風采揀其聲音鄭玄禮記注曰選可選擇也徘徊房露惆
悵陽阿翰曰房露陽阿皆曲名徘徊反側貌惆悵悲哀貌恨此曲不與知音同聞

也　善曰防露蓋古曲也文賦曰寤防露與桑間又雖悲而不雅房與防古字通淮南子
曰夫歌采菱發陽阿聲林虛籟淪池滅波濟曰謂風止林籟虛而不
鳴淪文也池水波文皆滅也　善曰此言風息也聲林而籟管虛淪池而大波滅牽秀
相風賦曰幽林絕響巨海息波莊子曰子綦謂子游曰夫大塊噫氣其名曰風是以無作
作則萬竅怒號泠風則小和飄風則大和厲風濟則衆竅為虛子游曰地籟則衆竅是郭
象曰烈風作則衆竅實及其止則衆竅虛薛君韓詩章句曰從流而風曰淪論文貌說文
曰波水涌也情紆軫其何託愬素皓月而長歌良曰
愬向也言情紆曲軫痛無所依託但向皓月而長歌也　善曰楚辭曰鬱結紆軫兮離慜而
長鞠王逸曰紆曲軫痛也毛詩曰如彼愬風毛萇曰愬鄉之也歌曰美人邁
兮音塵闕隔千里兮共明月銑曰美人以喩君子也邁行也

君子行去音信復闊隔絕千里共此明月而已千里蓋言君子遠也　善曰楚辭曰望美
人兮未來陸機思歸賦曰絕音塵於江介託影響乎洛湄淮南子曰道德之論譬如日月
馳鶩千里不能改其處也臨風歎兮將焉善本作烏字歇川路
長兮不可越向曰臨風歎息不止以思見君子但川路長遠不可踰越　善
曰楚辭曰臨風怳兮浩歌歌響未終餘景就畢滿堂變容
迴遑如失善曰說文曰滿堂飲酒莊子子貢曰夫子見之變容失色范曄後漢
書曰戴良見黃憲反歸罔然若有失也又稱歌曰月既沒兮露
欲晞歲方晏兮無與歸佳期可以還微霜露
善本作霑人衣翰曰晞乾也言明月既役露澤漸乾歲晚未知所從歸也佳期喻君
子微霜喻讒人謂君子可還退不仕恐讒言將及人也　善曰楚辭曰歲既晏兮孰與歸

楚辭曰與佳人期兮夕張又曰微霜兮夜降
魏文帝善哉行曰谿谷多悲風霜露霑人衣
陳王曰善乃命執事獻壽薦善本作羞字璧敬佩
王音復之無斁濟曰言王善其詞賦故命執事令獻壽進璧於仲宣也恭
敬佩帶反覆無厭斁厭也善曰左氏傳原成叔曰敢私於執事史記曰平原君以千金
為魯連壽韓詩外傳曰楚襄王遣使持白璧百雙聘莊子毛詩曰無金玉爾音尚書曰我
有周無斁爾雅曰斁厭也

鳥獸爾雅曰兩足而羽謂之禽四足而毛謂之獸禽即鳥也

鵩鳥賦并序

賈誼向曰漢書云賈誼洛陽人也年十八以誦詩屬文漢文帝
召為博士為絳灌之屬害之天子疎誼為長沙王傅時有鵩鳥

文選十三　二十六

入室巢其承塵而鳴俗云此鳥入人家主人當死作此賦齊死
生以自寛也善曰漢書曰賈誼洛陽人也年十八屬文稱於
郡中河南太守吳公聞其秀才召置門下甚幸愛後文帝召為
博士為絳灌馮敬之屬害之於是天子疎之以為長沙王傅然
賈生英特弱齡秀發縱橫海之巨鱗矯沖天之逸翰而不參謀
棘署贊道槐庭虛離謗缺爰寄卑士發憤嗟命不亦宜乎而班
固謂之未為不達斯言之過矣

誼為長沙王傅善曰漢書云誼為長沙王太傅三年鵩入誼舍又云後歲
餘文帝思誼徵之拜為梁王傅然文帝之世王長沙者唯有吳芮之子孫耳經史不載其
謚號故難得而詳也又景帝十三王傳曰長沙定王發母唐姬無寵故王卑濕國　三

年有鵩鳥飛入誼舍止於坐隅鵩似鴞于妖不
祥鳥也濟曰祥善也鵩鴞皆不善之鳥晉灼曰巴蜀異物志曰有鳥小如鷄體有
文色土俗因形名之曰鵩不能遠飛行不出域誼既以謫居長沙善本
又有長沙字卑濕誼自傷悼以為壽不得長乃為
賦以自廣良曰謫責也天子責之使居長沙卑濕之地廣猶寛也韋昭曰謫譴
也善曰自廣自寛也其辭曰
單閼之歲善本有兮字四月孟夏翰曰太歲在卯為單閼
善曰爾雅曰太歲在卯曰單閼徐廣曰文帝六年歲在丁卯庚子日斜善本
有兮字鵩集余舍向曰斜謂日晚李奇曰日西斜時也止于坐隅
善本有兮字貌甚閑暇異物來萃兮私怪其故銑曰

文選十三　二十七

隅坐角也貌鵩鳥容貌閑暇不驚也異物則鵩也萃集也私心怪其何故也李奇曰閑暇
不驚恐也萃集也發書占之善本有兮字讖言其度曰野
鳥入室主人將去請問于鵩余去何之向曰發徵
驗之書言怪異之度于鵩謂問鵩鳥讖文曰讖驗也有徵驗之書河洛所出書善曰
識問于鵩鳥也吉乎告我凶言其災淹速之度兮語
余其期濟曰問鵩鳥有吉事當告我有凶事當言其災咎也淹遲速疾也言遲速
之度語我長短之期遲也速疾也謂死生之善曰淹遲疾也鵩迺歎息舉
首奮翼口不能言請對以臆良曰鵩歎息請對以臆中之事
善曰請以臆中之事而對也曰善本無曰字萬物變化兮固無
休息斡烏活流而遷兮或推而還翰曰言萬物變化遷轉反

覆無定善曰莊子曰已化而生又化而死鶡冠子曰固無休息如淳曰斡轉也善曰
鶡冠子曰斡流遷徙固無休息形氣轉續兮變化而嬗音蟬銑曰
轉授也言形氣相授與如蟬之蛻皮韋昭曰而轉如也蘇林曰轉續相傳與也如蜩蟬之蛻
化也或曰蟺相連也沕勿穆無窮兮胡可勝言向曰沕穆深微
也勝舉也言深微之理不可盡能備舉其言也善曰沕穆不可分別也顏監曰沕穆微
深也鶡冠子曰變化無窮何可勝言沕亡筆切禍兮福所倚福兮禍
所伏銑曰倚因也禍因福生是禍伏匿於福中善曰鶡冠子曰禍乎福之所倚福
乎禍之所伏老子注曰倚因也人遭禍而能悔過責己修善則禍去福來也中人得福而
為驕恣則福去而禍來也憂喜聚門兮吉凶同域濟曰有喜明必
有憂喜吉凶如身影之相隨故公聚門同憂善曰鶡冠子曰憂喜聚門吉凶同域聚
域

或作聚亦聚也董仲舒云弔者在門慶者在廬今言皆在門者有好惡故言同域也彼
吳彊大兮夫差以敗越棲會稽兮句古侯踐霸
世良曰吳王夫差破越越王句踐棲於會稽山吳自謂彊盛後卒為越王句踐所敗而
滅之以成霸業善曰鶡冠子曰失反為得成反為敗吳大兵強夫差以困越棲會稽句
踐霸世史記曰越王句踐其先允常與吳王闔閭戰而相怨允常卒子句踐立是為越王
闔閭聞允常死乃興師伐越越王句踐使士挑戰射傷吳王闔閭且死告其子夫差曰必
無忘越三年句踐聞吳王夫差日夜勤兵且以報越欲先吳未發往伐之范蠡諫曰不可
王曰已吳王聞之悉精兵以伐越敗之夫椒越王乃以甲兵五千人棲於會稽吳師追而
圍之越王謂范蠡曰以不聽子故至於此為之奈何蠡對曰卑辭厚禮而以身事之句踐
曰諾乃令大夫種行成於吳膝行頓首曰君王亡臣句踐敢告執事句踐請為臣妻為妾

吳王將許之子胥言於吳王曰天以越賜吳勿許也吳王不聽卒許越平句踐自會稽歸
拊循其士民伐吳大破吳因留圍之三年越遂棲吳王於姑蘇山吳王乃自蔽面曰吾無
以見子胥也高誘淮南子注云山處曰棲越滅吳稱霸斯遊遂成兮卒
被五刑翰曰李斯西遊秦取相位是成功後為趙高所讒卒被五刑而死應劭曰
李斯西遊於秦身登相位二世時為趙高所讒身被五刑傳說胥靡兮乃
相武丁濟曰胥靡刑名傳說代人為刑也武丁殷王名求之以為相善曰尚書
曰高宗夢得說使百工營求諸野得諸傳巖爰立作相孔安國曰傳氏之巖通道所經有
澗水壞道使胥靡刑人築護此道說賢而隱代胥靡築之莊子曰夫道傳說得之以相武
丁夫禍之與福兮何以糾纆向曰糾纆繩索也兩股相纆言
禍福相糾纆亦如之字林曰糾兩合繩纆三合繩應劭曰禍福相與為表裏如糾纆索相

附會也臣瓚曰糾絞也纆索也善曰鶡冠子曰禍與福如糾纆也命不可說
兮孰知其極銑曰人之命終則有始誰能知其極善曰鶡冠子曰有終則有
始孰知其極老子道德經曰孰知其極河上公注曰禍福更相生死孰知其窮極時也顏
監曰極止也水激則悍戶但切善本作旱兮矢激則遠萬
物回薄兮震善本作振字盪相轉翰曰水矢以飛流不閡為通利
若觸物激怒勁速更增悍遠言人曰禍之激而至於福曰福之激而至於禍迴薄震盪相
轉無常善曰言矢飛水流各有常度為物所激或旱或遠斯則萬物變化焉有常則乎
鶡冠子曰水激則悍矢激則遠精神迴薄振盪相轉呂氏春秋曰激矢則遠激水則旱雲
蒸雨降兮糾錯相紛良曰禍福相生如雲起雨降紛錯不止善曰
黃帝素問曰地氣上為雲天氣下為雨韋昭國語注曰蒸升也大鈞播物兮

坱烏朗圠烏八無垠良曰鈞輪也言天地輪轉萬物生死之理坱圠無涯際也如淳曰陶者作器於鈞上此以造化爲大鈞應劭曰陰陽造化如鈞之造器也其氣坱圠非有限齊也天不可預慮兮道不可預謀濟曰言天之與道其理深妙不可預爲思慮謀度也善曰鶡冠子曰天不可預謀道不可預慮遲速有命兮焉識其時翰曰言命有遲速何能知其時哉善曰鶡冠子曰遲速止息必中參伍焉識其時見下文也且夫天地爲鑪兮造化爲工陰陽爲炭兮萬物爲銅合散消息善本有字兮安有常則向曰以鑄冶爲喻鑪冶也工巧人也言以天地造化陶鑄萬物合而成形散而歸無形自無生無自形出消息之理安有常哉善曰莊子子黎曰今一以天地爲大鑪以造化爲大冶惡乎往而不可哉莊子曰人之生也氣之聚也聚爲生散爲死鶡冠子曰同合消散孰識其時千變萬化兮未始有極銑曰變化反覆無始無終善曰列子曰千變萬化不可窮極莊子曰若人之形者萬化而未始有極司馬彪曰當復化而爲無忽然爲人兮何足控摶音團濟曰變化遷轉偶而爲人何足引持以自矜惜控引摶持也善曰控摶愛生之意也孟康曰控引也摶持也言人生忽然何足引持自貴惜也如淳曰摶音團或作揣晉灼曰許慎云揣量也度高曰揣言何足度量已之年命長短而惜之乎按史記英布傳云果如薛公揣之陳平云生揣我何念皆詁爲量與晉灼說同音初毀切又丁果切但字詁者滋也不可膠柱在此賦詁揣爲量義似未是至於合韻全複參差且史記揣作摶字如淳孟康義爲是也善曰鶡冠子曰彼時之至安可復還安可控摶也化爲異物兮又何足患良曰言人死化爲異物此造化之常何足以爲患善曰患音

文選十三　三十

還言人皆死變化我何足患之莊子曰假於異物託於同體郭璞曰假因也今死生聚散變化無方皆異物也小智自私兮賤彼貴我良曰小智惠之人自私愛其巳賤夫萬物貴我之爲人也善曰孟子曰小智自私怨之府莊子北海若曰以道觀之無貴賤以物觀之自貴而相賤鶡冠子曰小智立趣好惡自懼達人大觀兮物無不可翰曰通達之人以理觀之萬物不殊於巳故云物無不可善曰鶡冠子曰達人大觀乃見其符莊子曰物故有所然物故有所可無物不然無物不可貪夫徇財兮善本有兮字列士徇名向曰屈身從物曰徇善曰莊子云胥士之徇名貪夫之徇財天下皆然不獨一人司馬彪曰徇營也瓚曰曲身從物曰徇夸者死權兮品庶每生銑曰自矜夸其名者死於權利也每貪也衆品皆貪生惡死善曰鶡冠子曰夸者死權自貴矜容殉名司馬彪莊子注曰夸虛名也孟康曰每貪也莊子曰貪生失理怵戌迫之徒兮或趨娶西東濟曰俗人怵惕而迫利或趨西東而不自安也孟康曰怵爲利所誘怵然迫迫貪賤也東西趨利也大人不曲兮意變齊同愚士繫俗兮窘求殞若囚拘良曰言至人不曲私於身意與變化齊同窘困也愚者繫縛俗累如囚人之拘束也善曰文子曰大人者與天地合其德莊子曰不肖繫俗窘因拘之貌至人遺物兮獨與道俱翰曰至人能遺去物累與道俱善曰莊子曰不離於真謂之至人又孔子謂老聃曰形體若枯木似遺物而立於獨也鶡冠子曰聖人捐物又曰至人不遺動與道俱衆人或或善本作惑惑字兮好惡積億向曰或猶東西也衆人趨利東西而好惡積億言多也李奇曰惑惑東西也所好所惡積之萬億也善曰鶡冠子曰衆人惑惑迫於嗜慾真

文選十三　三十一

人恬漠兮猶善本作獨與道息釋智遺形兮超然
自喪平聲叶韻銑曰至真之人其性靜漠絶去人事與道遊息離智慮遺形體超
然如喪忘其形體耳善曰文子曰得天地之道故謂之真人也莊子曰虛靜恬淡寂漠
無為者道德之至也莊子云仲尼問於顏回曰何謂坐忘回曰隳支體黜聰明離形去智
同於大道此謂坐忘司馬彪曰坐而自忘其身老子曰忘處超然莊子曰南伯子綦曰嗟
乎我悲人之自喪寥廓忽荒上兮與道翱翔乘流則
逝兮得坻遲則止良曰寥廓忽荒言空無著也言真人無著與道同翱
翔而已亦猶木之浮水行止隨流也坻小洲也善曰寥廓忽荒元氣未分之貌廣雅曰
寥深也廓空也鶡冠子曰與道翱翔孟康曰易坎為險遇險難而止也張晏曰坻水中小
洲也坻或為坎又曰易明盛則仕險難則隱善曰鶡冠子曰乘流以逝縱軀委

文選十三　三十二

命善本有兮不私與己翰曰委身命與萬物同不私愛也善曰鶡冠子曰
縱軀委命與時往來其生兮若浮其死兮若休向曰生為浮寄
死乃休息善曰莊子曰其生若浮其死若休澹乎若深淵善本作泉字
之靜泛乎若不繫之舟銑曰深淵無波散舟任運真人用心不操
動無趣向亦似之也居也淵而靜其唯人心善曰莊子老聃曰其乎鶡冠子曰泛泛乎
若不繫之舟不以生故自寶兮養空而浮鄧展曰自寶自
貴也鄭氏曰道家養空虛若浮舟也莊子曰汎若不繫之舟虛遨遊五臣無此二句
德人無累兮知命不憂良曰有德之人無災累又知天命何憂患
哉善曰莊子苑風曰願聞德人諄芒曰德人者居無思行無慮也又曰聖人循天之理
故無天災故無物累周易曰樂天知命故不憂細故蔕丑介芥兮何足

以疑良曰細故小狹之人也蔕芥怵惕也言小狹之人怵惕於災變何足與言疑滯
之事乎善曰鶡冠子曰細故袃蒯奚足以疑袃蒯與蔕芥古字通張揖子虛賦注曰蔕
芥刺鯁也

鸚鵡賦并序善曰山海經曰黃山有鳥其狀如鴞青羽赤喙人舌能
言名鸚鵡也注曰舌似小兒舌脚指前後各兩鵡一作鴞莫口切

禰正平銑曰范曄後漢書曰禰衡字正平平原人也少有才辯曹
操欲見之衡初不肯往操忿以才名不忍殺送與劉表後侮慢表不
能容以江夏太守黃祖性急故送衡與之祖長子射充善之後竟為
祖所殺時年二十有六善曰范曄後漢書曰禰衡字正平平原人
也少有才辯而尚氣傲物曹操欲見之不肯往操懷忿以才名不欲

文選十三　三十三

殺之送劉表後侮慢於表表不能容以江夏太守黃祖性急故送
衡與之祖長子射為章陵太守尤善於衡射大會賓客人有獻鸚
鵡者射舉札於衡前曰願先生賦之衡攬筆而作辭彩甚麗後黃祖殺
之時年二十六

時黃祖太子射亦賓客大會有獻鸚鵡者舉
酒於衡前曰禰處士銑曰舉酒勸酒也處士隱者之稱善曰應劭
風俗通曰處士者隱居放言也今日無用娛賓良曰無諸戲弄以用娛樂
賓客竊以此鳥自遠而至明惠聰善羽族之可
貴願先生為之賦使四坐咸共榮觀不亦可
乎向曰使四坐之人觀衡之文詞以為榮也善曰老子曰雖有榮觀燕處超然衡

因為賦筆不停綴文不加點其辭曰
惟西域之靈鳥挺自然之奇姿體金精之妙
質含火德之明暉善本作煇字翰曰鸚鵡出西域黃山也靈異也挺
特也出自然靈異之姿容西方金也質寄於西故云體金精也朱鳥南方火也鳥皆稟之
故云含火德也善曰西域謂隴坻出此鳥也老子曰以輔萬物之自然河上公曰輔萬
物自然之性也西方為金羽有白者故曰金精南方為火嘴有赤者故曰火德歸藏殷筮
曰水金之子其名曰羽蒙是生百鳥蔡邕月令章句曰天官五獸前有朱雀鶉火之體
性辯慧而能言兮才聰明以識機善曰禮記曰鸚鵡能
言不離飛鳥王弼周易注曰機者事之微也
故其嬉許其遊高峻栖
峙幽深飛不妄集翔必擇林紺趾丹嘴綠衣

翠衿采采麗容咬咬交好音良曰嬉戲峙立也紺青色趾足
也綠衣謂毛綠色曾前翠色故云翠衿咬咬鳥聲善曰說文曰嬉樂也峙立也說文曰
紺深青而揚赤也毛詩曰采采衣服薛君曰采采盛貌也韻略曰咬咬鳥鳴也毛詩曰睍
睆黃鳥載好其音雖同族於羽毛故善本作固字殊智而
異心配鸞皇之善本作而字等美焉比翼善本作德字
於眾禽於是美芳聲之遠暢偉靈表之可嘉
命虞人於隴坻丁禮詔伯益於流沙向曰心智異於眾鳥
也可以匹鸞鳳皇之美銑曰偉美也謂美其聲音儀表可以嘉善乃命山澤之官求
之於隴坻流沙也虞人伯益山澤之官隴坂名流沙地名善曰漢書音義應劭曰天水
有大阪曰隴坻尚書帝曰益汝作朕虞孔安國曰伯益也掌山澤官也尚書曰導弱水餘

波入于流沙跨崑崙而播弋冠雲霓而張羅雖綱
維之備設終一目之所加翰曰跨度也言擬崑崙雲霓之高
以張羅弋也綱維雖廣所中者不過網之一目善曰文子曰有鳥將來張羅而待之得一
鳥者羅之一目也今為一目之羅即無以得鳥也且其容止閑暇守
植安停迫善本作逼字之不懼撫之不驚能善本作寧
字順從以遠害不違忤以喪生向曰植生也言能守生故
安停於守順從遠害不違逆於人以喪其生善曰鵬鳥賦曰貌甚閑暇王逸楚辭注曰植
志也鵰冠子曰迫之不懼足以知勇毛詩序曰君子全身遠害故獻全者受
賞善本有而字傷肌者被刑爾乃歸窮委命離羣
喪侶閉以彫籠翦其翅羽良曰傷肌謂傷鳥肌肉者則被刑戮

歸窮言此鳥迫委性命於人也籠閉鳥器也彫彫飾也善曰委命已見上文禮記曰離
羣索君淮南子曰天下以為之籠又何失鳥之有乎然籠所以盛鳥說文曰翅翼也流
飄萬里崎去奇嶇驅重阻踰岷越障載罹寒暑
濟曰崎嶇傾側貌言飄流遠來涉越岷山邊障載經冬夏善曰埤蒼曰崎嶇不平也岷
嶂二山名續漢書曰岷山在蜀郡五道西嶂縣屬隴西蓋因山立名也毛詩曰二月初吉
載離寒暑一曰障亭障也女辭家而適人臣出身而事主
彼賢哲之逢患猶棲遲以羈旅翰曰比衛為曹操所迫故
寄詞遣情女適人臣事主若逢禍患亦棲遲羈旅也善曰有以託意也時為曹操所迫
故寄意以申情家語曰女十五許嫁有適人之道漢書鄧都曰己背親而出身固當奉職
也毛詩曰衡門之下可以棲遲女適人臣事君逢禍患尚棲遲羈旅也羈旅已見上文

矧禽鳥之微物能馴擾以安處眷西路而長懷望故鄉而延佇忖七本陋體之腥臊亦何勞於鼎俎銑曰矧況擾柔也況鳥微賤能順柔安處也自度體陋而又腥臊不堪鼎俎之器應不至被害善曰薛君韓詩章句曰鳥微物也說文曰馴順也漢書音義應劭曰擾馴也楚辭曰情慨慨而長懷又曰結幽蘭而延佇毛詩曰予忖度之國語舅犯對晉侯曰偃之肉腥臊將焉用之孔安國尚書傳曰腥臭也嗟祿命之衰薄奚遭時之險戲善本作巇字平聲良曰祿命天命也其天命衰薄奚何也何期如此遭時險難善曰禮斗威儀曰天其祿命不得其數楚辭曰何周道之平易然蕪穢而險巇王逸曰險巇顛危也豈言語以階亂將不密以致危濟曰豈自發問也豈為言語以階禍亂耶將復為事不密以致危耶善

曰周易孔子曰亂之所生則言語以為階也君不密則失臣臣不密則失身痛母子之永隔哀伉儷之生離翰曰伉儷夫婦也善曰左氏傳曰施氏之婦怨施氏曰已不能庇其伉儷杜預曰儷偶也伉敵也楚辭曰悲莫悲兮生別離匪餘年之足惜愍眾雛之無知向曰言此餘命不足惜憐愍其眾雛未有所識也善曰爾雅曰生噣雛謂鳥子初生能自啄食捴名曰雛也背蠻夷之下國侍君子之光儀懼名實之不副恥才能之無奇向曰名聲名也實所能也恥其才能無異不副聲名善曰毛詩曰命于下國非天子之國故曰下也莊子許由曰名者實之賓羨西都之沃壤識苦樂之異宜懷代越之悠思故每言而稱斯銑曰西都西京也今於此愛西京沃壤是知苦樂異宜也代馬依北風越鳥巢南枝言感彼鳥馬之懷代越而鸚鵡思西歸故每言長安樂是也善曰西都長安也鸚鵡言長安樂自古有之未詳所見斯此也此長安也言類彼鳥馬而懷代越之思故亦每言而稱此古詩曰代馬依北風越鳥巢南枝若乃少昊司辰蓐收整轡良曰少昊西方帝也蓐收典秋之神整轡御秋也善曰禮記曰孟秋之月其帝少昊其神蓐收嚴霜初降涼風蕭瑟長吟遠慕哀鳴感類音聲悽以激揚容貌慘以顦顇濟曰言秋風動長吟哀鳴思彼羣遊其聲激切容貌顦顇善曰楚辭曰冬又申之以嚴霜毛詩曰哀鳴嗷嗷漢書谷永上疏曰貧命之臣靡不激揚荅賓戲曰夕而顦顇也聞之者悲傷見之者隕淚放臣為之屢歎棄妻為之歔欷翰曰放臣謂得罪見逐遠國者棄妻謂夫放之歔欷悲也善曰毛

詩曰涕既隕之毛萇曰隕墜也放臣棄妻屈原哀姜之徒王逸楚辭注曰歔欷啼聲感平生之遊處若壎喧篪持之相須何今日之兩絕若胡越之異區向曰感平生雌雄遊處如壎篪相須何今日兩相隔絕各在一方若胡越異域也壎篪並樂器相和者也胡在北越在南言遠也善曰論語曰君子久要不忘平生之言毛詩曰伯氏吹壎仲氏吹篪毛萇曰土曰壎竹曰篪淮南子曰自異者視之肝膽胡越也高誘曰胡越喻遠順籠檻以俯仰闚戶牖以踟腸知蹰腸誅切銑曰順從於籠檻之中窺覘人之戶牖思見其形也踟蹰將飛貌善曰說文曰櫳房室之踈也楯欄檻也王逸楚辭注曰從曰檻橫曰楯說文曰牖穿壁以為窗也毛詩曰搔首踟蹰薛君曰踟蹰躑躅也想崐山之高峻善本作岳字思鄧林之扶踈善本作疏字顧六

翮之殘毁雖奮迅其焉如心懷歸而弗果徒
怨善本作宛字毒於一隅翰曰思遊山林顧其羽翼殘毁而所懷不遂徒
怨痛一隅而已隅方也善曰班固漢書贊禹本紀云崑崙山高二千五百餘里山海經
曰夸父與日競走渴死棄其杖化爲鄧林上林賦曰垂條扶疏韓詩外傳蓋乘曰夫鴻鵠
一舉千里所恃者六翮耳毛詩曰豈不懷歸廣雅曰毒痛也苟竭心於所
事敢背惠而忘初良曰且盡心所事豈敢背惠忘其初始也善曰左
氏傳子犯曰背惠食言楚辭曰不敢忘初之厚德託輕鄙之微命委
陋賤之薄軀期守死以報德甘盡辭以效愚
恃隆恩於既往庶彌久而不渝良曰託命委身當守死報
德盡辭效愚恃其盛恩既過庶其遠久而不變也渝變也善曰楚辭曰蜂蛾微命力何

固論語子曰守死善道毛詩曰欲報之德司馬遷書曰效其癡愚渝變也感恩久不變也

鷦鷯賦并序

善曰毛詩曰允彼桃蟲詩義疏曰桃蟲今鷦鷯微小黃
雀也鷦音焦鷯音遼又方言曰桑飛郭璞注曰即鷦鷯也自關而東謂之
工雀又云女工一云巧婦又云女匠

張茂先

銑曰晉書云張華字茂先太原范陽人也好文義博覽墳
典爲太常博士兼中書郎雖棲雲閣慨然有感作鷦鷯賦以此鳥小
而能安也後遷司空爲趙王倫所害善曰臧榮緒晉書曰張華字
茂先范陽人也小好文義博覽墳典爲太常博士轉兼中書郎雖栖
處雲閣慨然有感作鷦鷯賦後詔加右光祿大夫封壯武郡公遷司
空爲趙王倫所害

鷦鷯小鳥善本有也字生於蒿萊之間長於藩籬
之下翔集尋常之內而生生之理足矣良曰八尺
曰尋倍尋曰常生養也言翔集於此養生之理足也善曰漢書音義應劭曰八尺曰尋
倍尋曰常老子曰人輕死以其生生之厚易繫辭曰生生之謂易韓康伯曰陰陽轉易以
化成生也色淺體陋不爲人用形微處卑物莫之
害濟曰言毛色淺惡形體醜陋既居處卑下故物無害也善曰呂氏春秋曰高節厲
行物莫之害繁滋族類乘去居匹遊向曰四馬曰乘言族類滋
繁故居必乘遊乃匹也善曰列女傳姜嫄后曰雎鳩之鳥猶未嘗見其乘居而匹遊翩
翩然有以自樂善本作自得也彼鷲就鶚鶤昆鴻孔
雀翡翠善曰翩翩自得之貌毛詩曰翩翩者鵻說文曰鷲黃頭赤目五色皆備鶚
鶚也山海經曰景山多鷲鶚狀如鶡而文漢書音義應劭曰雄曰翡雌曰翠異
物志曰翡赤色大於翠顏監曰鳥各別異非雄雌異名也或陵赤霄之際
或託絕垠之外翰舉足以沖天觜距足以自
衛翰曰赤霄至高也絕垠至遠也言大鳥等或生絕遠或能沖天觜距之利足以自衛
護也善曰絕垠天邊之地也楚辭曰載赤霄而淩太清又曰踔絕垠于寒門王弼周易
注曰翰高飛也史記楚莊王曰有鳥三年不蜚蜚乃沖天蜚與飛同字書曰沖中也呂氏
春秋曰凡人之性爪牙不足以自守衛西京賦曰觜距爲刃鈹然皆負矰纓
繳羽毛入貢何者用於人也銑曰鷲鶚可以贄而鴟鴻可以
食孔雀翡翠可以飾皆以有用於人而負矰繳以爲鷦鷯無患也善曰繳繫箭線也
尚書曰厥貢齒革羽毛夫言有淺而可以託深類有微

而可以喻大銑曰喻大謂以人可以退身守愚以保其生故賦之
云爾
何造化之多端兮播羣形於萬類濟曰播布類種也
善曰易曰天地造生萬物咸成又曰造化道也淮南子曰大丈夫無為與造化道遙之辭
曰多端膠加老子曰道生萬物河圖曰地有九州以包萬類惟鷦鷯之微
禽兮亦攝生而受氣翰曰攝養也善曰老子曰善攝生者不然莊
子北海若曰吾受氣於陰陽育翩翾許緣之陋體兮無玄黃
以自貴良曰育養也翩翾小飛貌陋小也言毛羽無玄黃之色可貴善曰守林
曰翩疾飛也說文曰翾小飛也毛弗施於器用兮肉不登乎
俎味向曰毛不可飾器肉不為俎豆之實善曰左氏傳臧僖伯曰皮革齒牙骨角

毛羽不登於器鳥獸之肉不登於俎則公不射古之制也鷹鸇之然過猶俄
翼兮善本無兮字尚何懼於罿衝罻音尉銑曰俄頃也鷹鸇
鷙鳥以其小傾翼而過罿罻小網善曰左氏傳然明曰見不仁者誅之如鷹鸇之逐鳥
雀也爾雅曰晨風鸇也廣雅曰俄邪也毛詩曰側弁之俄箋云俄傾貌罿罻皆網也翳
薈烏會蒙籠是焉遊集飛不飄颺翔不翕習翰曰
翳薈蒙籠蒿草密貌飄颺高飛貌翕習急疾貌言遊集不過蒿草飛翔不高不疾也善
曰孫子兵法曰林木翳薈草樹蒙蘢翕習盛貌其居易容其求易給
巢林不過一枝每食不過數粒濟曰粒米也言小而易容
給也善曰莊子曰鷦鷯巢林不過一枝孔安國尚書傳曰米食曰粒栖無所
滯遊無所盤匪陋荊棘匪榮茝蘭良曰爾雅曰盤樂也

是處可栖故無滯閡是處可樂故無常所不以荊棘惡而陋之不以蘭茝香而榮之也
動翼而逸投足而安委命順理與物無患向曰
不擇處故易安逸任命順道故不為物患也善曰委命已見上文淮南子曰守道順理
伊茲禽之無知兮何處身之似智不懷寶以
賈古害兮不飾表以招累向曰懷寶者人必害而取之如以寶
賈人之害也言此鳥不懷寶賈害不以毛彩自飾故不招其累也善曰莊子曰鳥高飛
以避矰弋之害鼷鼠深穴乎神丘之下以避熏鑿之患而曾二蟲之無知也左氏傳曰虞
叔有玉虞公求之弗獻既悔之曰周任有言匹夫無罪懷璧其罪吾焉用此以賈其害杜
預曰賈賣也靜守性善本作約字而不矜動因循以簡
易任自然以為資無誘慕於世偽濟曰言能守性不自

矜持動不煩處任自然資用不為人誘偽所誘善曰文字曰約其所守即察尚書曰汝
惟不矜孔安國曰自賢而矜淮南子曰因循而任下周易曰簡易而天下之理得矣自然
已見上文文子曰去其誘慕除其者欲張湛曰遺其衒尚為害真性傅毅七激曰排抴禮
學譏讇世偽鵰鶡何葛介其觜距鵠鷺逸善本作軼字於
雲際良曰鵰鶡二鳥以觜距之大肌肉之充皆為人所取善曰穆天子傳曰青鵰
執犬羊食豕鹿郭璞曰今鵰亦能食麕鹿山海經曰煇諸之山多鶡郭璞曰似雉而大青
色有角鬪死乃止出上黨言因觜距而為人用也鶡雞竄於幽險孔
翠生乎遐裔彼晨梟與歸鴈又矯翼而增逝
翰曰孔雀翡翠晨梟皆鳥名言其藏竄幽險遠裔之處善曰說苑曰魏文侯嗜晨梟史
記曰楚人有好以弱弓微繳加歸鴈之上解朝曰矯翼厲翮淮南子曰鳳皇曾逝萬仞之

上咸羨羽而豐肌故無罪而皆斃徒銜蘆以
辟避繳終為戮於此世銑曰咸以肌肉羽毛可用無罪為人所斃斃死
也鴈自南向北以體充不能高飛常銜蘆以避繳然終為時人所繳　善曰文子曰羽翼
美者傷其骨骸司馬相如美人賦曰弱骨豐肌淮南子曰鴈銜蘆而翔以備矰繳抱朴子
曰智禽銜蘆以避網水牛結陣以却虎史記太史公曰英布不克於身為世大戮蒼
鷹鶩而受紲音薛善作緤字李鸚鵡惠而入籠濟曰鶩猛
也紲係也　善曰李陵詩曰有鳥西南飛熠燿似蒼鷹王逸楚辭注曰緤繫也鸚鵡賦曰
性辯惠而能言又巳閑以雕籠屈猛志以服養塊苦對幽縶於
九重濟曰猛志謂鷹性也言屈志從服養也塊獨也言獨幽縶九重謂君門也　善
曰淮南子曰塊然獨處楚辭曰君之門兮九重變音聲以順旨思摧

翮而為庸戀鍾岱之林野慕隴坻丁禮之高松
向曰鸚鵡變音聲以順人之旨趣推羽翮以為人用也鍾岱二山名出鷹隴坻山鸚鵡言
戀慕所遊之林松也　善曰鍾岱二山鷹之所產漢書曰趙地鍾岱迫近胡寇如淳曰鍾
所在未聞漢有代郡故代國也東方朔十洲記曰北海外有鍾山鸚鵡賦曰命虞人於隴
坻雖蒙華於今日未若疇昔之從容善曰左氏傳曰
羊斟云疇昔之羊子為政杜預曰疇昔猶前日也尚書曰從容以和海鳥鶢袁
鶋居避風而至翰曰鶢鶋避風於魯門臧文仲祭以鍾鼓　善曰國語曰
海鳥曰爰居止於魯東門外展禽曰今茲海其有災乎夫廣川之鳥獸常知而避其災是
歲海多大風也條支善本作枝字巨雀喻嶺自致良曰條支國名
漢時貢大雀　善曰漢書曰條枝國臨西海有大鳥提挈萬里飄颻逼

畏銑曰提挈萬里謂大雀也飄颻逼畏謂鶢鶋畏鍾鼓聲也　善曰漢書曰左提右挈
夫唯體大妨物而形瓌足瑋善本有也字陰陽陶
烝萬品一區濟曰體大鵾鵬也形瓌謂巨雀也　善曰文子老子曰陰陽陶
冶萬物蒸氣出貌巨細舛錯種繁類殊鷦螟巢於蚊
睫接大鵬彌乎天隅向曰舛錯不齊也言大小不齊種類雖繁其類
各殊也鷦螟微蟲也巢於蚊子之睫鵬大鵬其翼滿於天之一隅也　善曰晏子春秋景
公曰天下有極細者乎對曰有東海有蟲巢於蚊睫再飛而蚊不為驚臣不知其名而東
海有道者命曰鷦螟莊子曰北溟有魚其名曰鵾化而為鵬怒而飛翼若垂天之雲將
以上方不足善本有而字下比有餘普天壤以遐
觀吾又安知其小大之所如銑曰上方鵬鳥下比鷦螟也徧

天壤而遠觀之大小好惡竟不知其所從也　善曰莊子曰長者不為有餘短者不為不足
莊子北海若曰以差觀之因其所大而大之則萬物莫不大因其所小而小之則萬物莫
不小則差數覩矣歸田賦曰安知榮辱之所如

文選卷第十三

文選 十四

賦　鳥獸　志上

文選卷第十四

梁昭明太子撰　五臣并李善注

鳥獸下

顔延年赭白馬賦一首并序

鮑明遠舞鶴賦一首

志上

班孟堅幽通賦一首

鳥獸

赭白馬賦并序　善曰劉芳毛詩義證曰彤白雜毛曰駿彤赤也即赭白也

顔延年　向曰沈約宋書云顔延之字延年琅琊人少好讀書無所不覽文章之美冠絶當時後為秘書監宋文帝為中郎將受武帝赭白馬之錫及文帝受禪其馬乃死帝命羣臣賦之而延之同有此作　善曰沈約宋書曰顔延之字延年琅邪人也好讀書無所不覽文章之美冠絶當時吳國內史劉柳以為行軍參軍後為秘書監卒官

驥不稱力馬以龍名　翰曰驥良馬不稱力而稱德馬之大者名之為龍　善曰論語曰驥不稱其力而稱其德周禮曰凡馬八尺已上為龍　豈不以國上威容軍駿俊趫去妖迅而已　濟曰駿馬名趫壯迅疾也言國之所尚威儀容止軍之所重壯疾而已　善曰傅玄乘輿馬賦曰用之軍國則文武之

功縣又曰文榮其德武耀其威庚中丞昭君辭曰聯雪隱天山崩風盪河澳朔障裂寒笳
氷原斷代駛以韻言之蓋馬名也顏庚同時未詳所見毛詩曰四牡有驕毛萇曰驕壯貌
趫與蹻同實有騰光吐圖疇德瑞聖之符焉良曰堯時
河洛出榮光神馬銜赤文甲圖臨堯祭壇而吐之疇昔也言昔帝之德有此瑞聖之符馬
善曰尚書中侯曰帝堯即政七十載修壇河洛仲月辛日禮備至于日稷榮光出河龍馬
銜甲赤文綠色臨壇吐甲圖宋均曰稷側也黄伯仁龍馬賦曰或有奇貌絶足蓋為聖德
而生疇昔也是以語崇其靈世榮其至銑曰語謂人之語端
也堯有此神馬故人之所語崇羨其聖靈代代崇其至德我高祖之造宋
也五方率職四隩入貢向曰五方中國蠻夷戎狄隩遠也言五方
四裔並來貢獻善曰沈約宋書高祖武皇帝諱裕字德輿彭城縣人後封宋王受晉禪

也禮記曰中國蠻夷戎狄五方之人魏都賦曰樂率職貢尚書曰四隩既宅孔安國曰四
方之宅可居四隩四方之隱處也漢書曰古者諸侯以時入貢秘寶盈於玉
府文駟列乎華廏翰曰秘寶異寶文駟良馬華廏馬舍善曰周禮曰
玉府掌王之金玉玩好尚書曰王府則有周書曰犬戎文馬赤鬛白身左氏傳曰宋人以
馬百駟贖華元漢舊儀有承華廏乃有乘輿赭白特稟逸異
之姿妙簡帝心用錫聖皁濟曰乘輿天子也逸駿簡當錫賜也
皁馬櫪也言自天子櫪而賜馬善曰潘安仁夏侯湛詩曰妙簡邦良論語曰簡在帝心
崔駰武賦曰假皇天兮簡帝心用錫見下文司馬彪莊子注曰皁櫪也服御順
志馳驟合度良曰服御乘駕也言乘駕順心志也合度合節度也善曰韓
子曰造父御駟馬馳驟周旋而合於度者鑾策制之齒歷雖衰而藝羨

不忒襲養兼年恩隱周渥銑曰齒歷年也襲受隱私也言年雖
衰老而藝能不差忒受養兼於暮年是帝之恩私周厚也善曰穀梁傳曰馬齒加長矣
爾雅曰歷數也毛詩曰其儀不忒賈逵國語注曰襲受也周書曰小人無兼年之食國語
注曰隱私也毛萇詩傳曰渥厚也歲老氣殫斃于內棧向曰殫盡
斃死也棧以板禦濕而承馬足也善曰說文曰殫盡也棧櫪也呂氏春秋曰取之內皁
而著之外皁莊子伯樂曰我善養馬編之以皁棧司馬彪曰棧若櫋狀施之濕地也少
盡其力有惻上仁翰曰少壯盡力惻怛天子之仁心善曰韓詩外傳
曰昔者田子方出見老馬於道問其御者此何馬也曰公家畜也罷而不用故出之子方
喟然歎曰少盡其力老棄其身仁者不為也束帛而贖之長揚賦曰自上仁所不化乃
詔陪侍奉述中旨末臣庸蔽敢同獻賦濟曰命陪

侍之臣述天子之意末臣延之自謙也同獻謂同諸侍臣善曰崔瑗胡公碑曰惟我末
臣頑蔽無聞其辭曰
維宋十有四載善本作二十有二載盛烈光乎重葉良曰
烈業也武帝文帝相承故曰重葉言盛大之業光明於此善曰宋文帝十七年也沈約
宋書曰文帝諱義隆武帝第三子也烈業也自武至文故曰重葉毛萇詩傳曰葉世也
武義粤其肅陳文教迄已優洽銑曰言宋帝武義文教被
於遠方粤於迄盡也武事肅然陳列文化言已優洽善曰羽獵賦曰武義動於南郊尚
書曰偃武修文孔安國曰修文教也泰階之平可升興王之軌
既善本作可字接向曰泰階三台星也上下皆平謂太平軌迹也言太平可升興
周之迹可接於古也善曰秦階已見上國語曰興王賞諫臣訪國美於舊

史考方載於往牒翰曰訪古先帝王為國之義者於書史之中考興王之則於往昔圖牒之上良馬之瑞者以比今也方常載則也牒亦書史之流　善曰兩都賦序曰國家之遺美西京賦曰學乎舊史氏方載四方之事漢書柱下方書音義曰四方之文書說文禮牒也昔帝軒陟位飛黃服皁良曰黃帝登位有神馬見也飛黃神馬也皁櫪也言服養於廄櫪之中　善曰春秋命曆序曰帝軒受圖雒授曆尚書曰汝陟帝位淮南子曰黃帝治天下於是飛黃服皁高誘曰飛黃如狐背上有角乘之壽三千歲也后唐膺籙赤文候日濟曰龍馬銜赤文綠字圖候日以應堯也　善曰后唐謂堯也膺籙巳見東京賦赤文候日即至于日稷也巳見上注漢道亨而天驥呈才濟曰亨通也言漢德通遠方天馬見　善曰杜預左氏傳注曰亨通也天馬歌曰天馬來從西極漢書曰武帝元鼎四年馬生渥洼

水中李斐曰南陽新野有暴利長武帝時遭刑屯田燉煌界數於水旁見群野馬中有奇異者與凡馬異來飲此水利長作土人持勒絆於水旁後馬翫習久之代土人持勒絆收得其馬獻之欲神異此馬云從水中出作天馬歌魏德楙而澤馬效質銑曰楙盛也魏有澤馬見　善曰說文曰楙盛也魏志曰文帝黃初中於上黨得澤馬魏都賦曰澤馬于皁伊逸倫之妙足自前代而間出並榮光於瑞典登郊歌乎司律向曰伊惟也漢魏並有故言間出以光榮應瑞圖也漢得天馬作歌云天馬來龍之媒此皆入於律呂登於郊廟善曰公孫弘贊曰異人間出瑞典吐圖也作天馬歌歌之以郊祀合于司律也所以崇衛威神扶護警蹕翰曰威神謂天子也得神馬可以扶衛天子警蹕也警蹕出入清道也　善曰魯靈光殿賦曰又似帝室之威神漢儀曰皇帝輦動則左

右侍帷幄者稱警出則傳蹕止行人清道也是用善本無是用字精曜叶從靈物咸秩濟曰精曜天駟星也謂星叶從而為神馬靈物謂天馬也言皆有次序　善曰協合也論語撰考讖曰下學上達知我者其天乎通精曜也尚書曰龜筮協從又曰咸秩無文秩序也曁明命之初基罄九區而率順良曰曁至罄盡也九區九州也至明命之初基九州皆率而順從　善曰爾雅曰曁及也明命謂高祖也九區九服也尚書伊尹曰先王顧諟天之明命劉騊駼郡大守箴曰大漢遵周化洽九區有肆險以稟朔或踰遠而納貢銑曰肆棄也言九區之人皆棄險踰遠稟正朔納貢貨也　善曰肆險人慕化也長楊賦曰故平不肆險魏都賦曰思稟正朔孟子曰有遠行行者必以貢蒼頡篇曰貢財貨也說文曰貢會禮也闡王會之阜昌知函含夏之充牣音仞翰曰

王會謂會諸侯四夷也阜大昌盛也函夏中夏也言聞王此會大盛乃知中夏納萬國之獻充滿於王庭　善曰阜盛也周書王會曰成周之會鄭玄曰王城既成大會諸侯及四夷也漢書郊祀歌曰數華就實既阜既昌楊雄河東賦曰函夏之大服虞曰函諸夏也漢書音義蘇林曰充物喻多也如淳曰牣滿也揔六服以收賢掩七戎而得駿向曰六服謂侯甸采男蠻衛也七戎六蠻謂之四海駿良馬言揔諸國而收得之　善曰收賢取賢善之馬也周禮曰王畿外侯服甸服男服采服衛服蠻服斯為六服爾雅曰九夷八狄七戎六蠻謂之四海郭璞曰七戎在西蓋乘風之淑類實先景之洪胤濟曰乘風先景言迅疾也淑美洪大也種類美大而迅疾也　善曰崔駰七依曰服飛兔之中乘騁華騠之騕輪躡虛騰雲乘風變津漢書揚雄河東賦曰六先景之乘劉劭魏明帝誄曰先皇嘉其誕授洪胤故能

代驂象輿歷配鉤陳去聲叶韻良曰象輿象車也鉤陳天子衛也
此馬武帝賜文帝故云代驂歷配也善曰鄭玄毛詩箋曰在旁曰驂韓子曰黃帝合鬼
神於泰山駕象車張揖曰德流則山出象車山之精瑞也上林賦曰象輿婉嬋於西清鉤
陳已見上文齒筭延長聲價隆振信聖祖之蕃賜
善本作錫字留皇情而驟進銑曰言長命而聲價盛振此馬帝為蕃王
高祖賜之故云留皇情而驟進善曰鄭玄儀禮注曰筭數也風俗通曰張伯坐養聲價
祖高祖也皇文帝也蕃錫已見魏都賦徒觀其附筋樹骨垂梢
所交植髮雙瞳夾鏡兩權協月翰曰瞳月權頰也蘭筋勁骨毛
髮長植也善曰相馬經曰良馬可以筋骨相也梢尾之垂者髮額上毛也尾欲梢而長
張敞集曰蒼蠅訖驥之髮也傅玄乘輿馬賦曰頭似削成尾如植髮相馬經曰目成人者

行千里注云成人者視童子中人頭足皆見言目中清明如鏡或云兩目中央旋毛為鏡
權頰權也相馬經曰頰欲圓如懸璧因謂之雙璧其盈滿如月異相之表也黃伯仁龍馬
頌曰雙璧似月異體峰生殊相逸發超攄絕夫塵轍
驅騖迅於滅沒濟曰峯生言多異體與他馬不同也超攄驅騖行走邈絕
夫塵轍謂塵不及馬輪不踐轍滅沒皆言疾也善曰峯生若山而生峯也劉歆遂初賦
曰馬龍騰以超攄列子秦穆公謂伯樂曰子之年長矣子之姓有可使求馬者乎伯樂對
曰良馬可以形容筋骨相也天下之馬者若滅若沒若亡若失若此者絕塵弭轍臣之子
皆下才也可告以良馬不可告天下之馬也李尤馬鞭銘曰驅騖馳逐騰踊覆踐簡
偉塞去門獻狀絳闕旦刷幽燕晝秣荊越良曰
偉美也塞門在北出馬處也絳闕天子門也言簡於塞門獻於絳闕刷刮也秣飼也幽燕

北地名荊越南地名朝日未出時晝日出後言馬疾也善曰塞紫塞也已見蕪城賦有
闕故曰門塞或為寒非也傅玄北都賦曰巍巍絳闕也說文曰刷刮也魏都賦曰刷馬江
州毛詩曰言秣其馬杜預曰以粟飯馬曰秣幽燕荊越四地名也教敬不易
之典訓人必書之舉去聲叶韻銑曰教習此馬敬依不易之法也
君之舉動必書以訓人言此恐君遊逸無度故發此端也善曰孝經曰聖人因嚴以教
敬國語號文公曰王其監農不易左氏傳曰訓人事君又曹劌諫曰君舉必書惟帝
惟祖爰游爰豫翰曰文帝高祖皆經乘此馬而游豫也游豫謂天子巡幸
善曰孟子曰一游一豫為諸侯度飛輶軒以戒道環轂騎而
清路勤五營使按部聲八鑾以節步向曰輶軒輕車
也鑾鈴也轂騎弓騎也五營天子鹵簿也言戒道清路按部伍則裝八鈴以節行步善

曰輶輕也吳都賦曰輶軒蓼擾轂騎煒煌杜篤迎鍾文曰必令河伯戒道道先也清路已
見射雉賦漢書曰王尋勅諸營皆按部薛綜東京賦注曰馬步齊則鸞聲和應劭漢官儀
曰大駕鹵簿五營校尉在前名曰填衛毛詩曰四牡彭彭八鸞鏘鏘具服金組
兼飾丹雘音汙叶韻寶鉸星纏鏤章霞布濟曰言以金組
丹青飾其裝具如星霞之文善曰金組二甲也蔡邕女琰詩曰卓衆來東下金甲耀日
先左氏傳曰組甲三千馬融曰組甲以組為甲也丹雘二色也郭璞山海經曰雘黝屬音
郭鉸裝飾也章采文也袁宏酌宴賦曰朱帷赫以霞布進迫遮列善本作迾
字却屬輂輅良曰迫速也遮猶衛也列行也言馬進速於前行者則遮列衛天
子以為行列也却後者則充屬從之車也輂輅車也善曰服虔通俗文曰天子出虎賁
伺非常謂之遮迾漢書音義晉灼曰迾古列字也歘聳擢以鴻驚時

漢略而龍翥翰曰皆奔驚之貌善曰薛綜西京賦注曰欻忽也說文曰欻
有所吹起也傅玄乘輿馬賦曰形便飛燕勢越驚鴻甘泉賦曰洒潗略綷蔡張景陽七命
曰虯踊蟠騰驥超龍翥弭雄姿以奉引婉柔心而待御
銑曰弭雄猛之姿奉引塗路婉順其心待天子之駕御也善曰東京賦曰奉引既畢先
輅乃發至于善本作於字露滋月肅霜戾秋登王于
興言闌肆善本作肄字威稜濟曰戾至肆緣也言天子候秋時發氣以
纖威稜也善曰禮記曰孟秋之月天地始肅爾雅曰戾至也又曰登成也毛詩曰王于
興師漢書武帝報李廣曰威稜憺乎隣國又曰興言出宿聲類曰闌大開也賈逵國語注
曰肄習也臨廣望坐百層料平武藝品驍古堯騰良曰
廣望百層皆臺名料擇也言簡擇武藝之士品類驍騰之馬也善曰地理書洛陽故宮

曰廣望觀𩯭金市劉梁七擧曰鴻臺百層干雲參差字林曰料量也夏侯淳馳射賦曰祭
武藝以遊遨說文曰驍良馬也廣雅曰騰奔也流藻周施和鈴重設
向曰藻畫文言周帀畫文重設和鈴於上善曰流藻周流藻畫也應瑒馳射賦曰藻飾
齊明和鈴已見上睨影高鳴將超中折翰曰睨視也馬有視影高
鳴者良馬也超走折往也善曰相馬經曰馬有眄影而鳴者分馳迴場角
壯永埒銑曰分走競壯於迥地長埒也角䚗也善曰南都賦曰羣士放逐馳手
以場曹毗馬射賦曰脩埒亘其平舒別輩越群絢火縣練夐絕捷
趫夫之敏手促華鼓之繁節
濟曰絢練疾貌夐迥絕遠也言
越於羣輩疾而迥遠也射必擊鼓以節馬步今馬疾故使趫捷之夫促手而擊之善曰
絢練疾貌也夐絕迥絕也廣雅曰趫健也孔安國尚書傳曰敏疾也言射有常儀鼓有常

節今以馬馳之疾故加捷促也應瑒馳射賦曰檜動鼓震讚聲雷潰魏略司馬景王與許
允書曰震華鼓建朱節經玄蹄而雹散歷素支而冰裂
良曰此謂騎射也玄蹄素支皆射帖名經歷著也雹散冰裂皆中帖之聲善曰玄蹄馬
蹄也素支月支也皆射帖名也言馬既良射者亦中故云玄蹄雹散素支冰裂邯鄲淳藝
經曰馬射左邊為月支二枚馬蹄三枚也膺門沬赭汗溝走血向曰
膺胷也相馬胷門欲闊汗溝欲深赭血皆馬汗也善曰相馬經曰膺門欲開汗溝欲深
漢書天馬歌曰霑赤汗沬流赭應劭曰大宛馬汗血霑濡也流沬如赭也如淳曰沬或作
類音悔踠迹迴唐畜怒未渫善本作洩字乾心降而
微怡都人仰而朋善本作明字悅翰曰唐道也渫散也踠跡畜怒
謂馳驟之勢未散也乾天也言天子微悅都人羣聚而歡也朋猶羣聚也善曰方言曰

渫歇也南都賦曰收歡命駕分背迴唐東都主人曰馬踠餘足士怒未渫乾喻文帝也周
易曰乾為天都人已見西都賦也姸變之態既畢凌遽之氣
方屬善本作屬字蹻巂玉鑣轡之牽掣善本作制字隘通
都之圈求免東眷西極而驤首望朔雲而蹀足
銑曰言變態既畢勇急之氣增以連屬而牽掣銜轡國都之隘窄故眷望西極朔雲與
中奔逸也凌遽勇貌驤舉也西極天馬所出也朔雲朔方雲中二郡也蹀足謂疾行也
善曰凌遽已見西京賦鄭玄喪服注曰屬連也字林曰踼踡行不申也得通都馳騁猶為
圈東司馬遷書曰通邑大都說文曰圈養畜閑也漢書天馬歌曰天馬來從西極又曰武
帝得烏孫馬名天馬後更名西極馬鄒陽上書曰交龍驤首曹顏遠感舊賦曰胡馬仰朔
雲越鳥巢南樹又圍碁賦曰良馬蹀足輕車結輪將使紫燕騈衡綠

虵衛軨纖驪接趾秀騏善本作騏字齊亍丑錄反向曰紫
驁彔虵纖驪秀騏皆駿馬名也騈並也衛車衛也亍行貌　善曰尸子曰我得而民治則
馬有紫燕蘭池劉劭趙都賦曰良馬則飛兔奚斯常驪紫燕衡車衛也尚書中候曰龍馬
赤文綠色鄭玄曰赤文而綠色也李斯上書曰乘纖離之馬尸子曰馬有秀騏逢驪毛裹
詩傳曰騏綦文也音其騩京媚切覲王母於崐墟要帝臺於
宣嶽濟曰覲見也帝臺神名宣山名嶽山之通稱言駕此馬經過王母帝臺所居
善曰史記曰造父取驥之乘匹與桃林盜驪驊騮騄駬獻之繆王繆王使造父為御西巡
狩見王母樂之忘歸列仙傳曰西王母在崑崙山山海經曰經鼓鍾之山帝臺之所以觴
百神也郭璞曰帝臺神人名山海經有宣山跨中州之轍迹窮神
行之軌躅良曰跨徧也言車轍徧中州盡人神所行之迹軌躅皆迹也　善曰

司馬相如大人賦曰世有大人在乎中州列子曰黃帝夢游華胥氏之國其國乘空如履
實山谷不躓其步神行而已轍迹穆王事也見下文軌躅已見魏都賦然而盤
于遊畋作鏡前王肆於人上取悔義方向曰前王
太康也盤遊喪國思太康之事可以作鏡於今日豈縱於人上取悔責於道義之方　善
曰尚書曰文王弗敢般于遊畋孟子曰詩云殷鑑不遠在夏后之世趙岐曰以前代善惡
為明鏡肆敢縱也左氏傳師曠諫晉悼公曰天之愛人甚矣豈使一人肆於人上杜預曰
肆放也庚元規表曰為國取悔左氏傳石碏曰臣聞愛子教之義方天子乃輟
駕迴慮息徒解裝覽穆武善本作鑑武穆字憲文光
翰曰輟止也天子止遊迴慮解息徒御裝具以周穆王漢武帝為鑒戒文帝光武為憲法
也　善曰孔叢子曰孔子歌曰喟然迴慮題彼泰山嵇康贈秀才詩曰息徒蘭圃王逸荔

支賦曰裝不及解許慎淮南子注曰裝束也左氏傳右尹子革曰周穆王欲肆其心周行
天下將皆有車轍馬跡焉漢書武帝好大宛馬使者相望於道又賈捐之曰孝文皇帝時
有獻千里馬者詔曰鸞旗在前屬車在後吉行日五十里凶行日三十朕乘千里之馬獨先
安之於是乃還其馬東觀漢記光武紀曰是時名都王國有獻名馬駕鼓車振民
隱修國章戒出豕之敗御惕飛鳥之跱衡濟曰
人有隱痛不濟者發倉廩以濟之國章謂國之禮儀也王子期為趙簡子主御車有豕突
出溝中馬驚敗駕也後漢朱勃上書云飛鳥跱衡而驚馬也跱立也衡車軛也言今戒懼
此豕突鳥立恐驚馬也　善曰小雅曰振救也國語蔡公謀父曰勤恤民隱而除其害韋
昭曰隱痛也韓子曰王子期為趙簡子御取道爭千里之表其始發也彘伏溝中王子期
齊轡策而進之彘突出於溝中馬驚敗駕古文周書曰穆王田有黑鳥若鳩翩飛而跱於

衡御者斃之以策馬佚不克止之蹟於乘陽帝左股按漢明帝起居注云帝向太山至滎
陽有鳥鳴軛中郎將王吉引弓射殺之將以示帝曰鳥鳴軛彎弓射洞胸腋陛下壽萬歲
臣受二千石乃賜帛二百匹東觀漢記朱勃上書理馬援曰飛鳥跱衡馬驚觸虎物類相
生亦無不有故祗慎乎所常忽警善本作敬字備乎所
未防良曰祗敬忽輕也言敬慎常日所輕之事謂省出入也備其所未防以為警戒
善曰尚書芮良夫曰惟禍發於人之慢忽王弼周易注曰敬慎防備可以不敗輿有
重輪之安馬無泛方奉駕之佚音逸翰曰天子車輪取其安
也泛覆佚過也　善曰重輪已見東京賦漢書曰夫泛駕之馬亦在御之而已應劭曰泛
覆也如淳曰方腫切處以濯龍之奧委以紅粟之秩銑曰
濯龍內廐名奧深委與也紅粟多年色紅秩祿秩也　善曰盧植集曰詔給濯龍廐馬三

百匹鄭玄尚書注曰奧内也廣雅曰委累也言累加之也鄭玄周禮注曰秩祿廩也紅粟
已見吳都賦服養知仁從老得卒加弊帷收仆質
濟曰知有仁恩也弊帷破帷也孔子云弊帷不棄用以埋馬仆倒也善曰鸚鵡賦曰屈
猛志以服養嵇康養生論曰從白得老從老得終禮記孔子曰弊帷不棄為埋馬也天
情周皇恩畢善曰魏都賦曰皇恩畢
亂曰惟德動天神物儀兮良曰言德動天故神馬呈其容儀
善曰尚書益贊于禹曰惟德動天春秋合成圖曰黃帝先致白狐白虎諸神物乃下於
時駔子朗駿充階街佳兮向曰駔駿神馬也充滿也階庭也街衢也
善曰說文曰駔壯也言駿之馬充於階街也魏都賦曰冀馬填廄而駔駿王逸楚辭注
曰駔駿馬名也稟靈月駟四祖雲螭兮翰曰馬稟月精及天駟星也馬

有龍種故言祖雲螭言以龍為祖也善曰春秋考異記云地生月精為馬漢書曰漢中
星為天駟黃伯仁龍馬賦曰資玄螭之表似靈蚪之舉則郭璞游仙詩曰雲螭非我駕
雄志倜惕儻精權奇兮銑曰言雄壯之志倜儻絕羣也權奇善行
貌善曰漢書天馬歌曰志俶儻精權奇廣雅曰倜儻卓異也既剛且淑服
鞿機羈兮濟曰剛壯淑善也鞿羈轡控也言壯而善服於轡控也善曰周禮
曰師曠見太子太子曰詩云馬之剛矣轡之柔矣楚辭曰余雖好修姱以鞿羈兮王逸曰
轡在口曰鞿絡在頭曰羈効足中黃徇驅馳兮良曰中黃中營也以
身從物曰徇言効天子之營以從驅馳善曰曹植與陳琳書曰驥騄不常步應良御而
効足漢書舊儀曰中黃門騶馬又大宛馬汗血馬乾河馬天馬曹植令曰今皇帝損乘輿
之副竭中黃之府願終惠養蔭本枝兮良曰願終惠養以及後世

薆也善曰漢書疏廣曰此金者聖主所以惠養老臣毛詩曰本枝百世竟先
朝露長委離兮翰曰竟終也言終先朝露而死委棄恩惠離別服御善
曰朝露至危而又先之言甚速也漢書李陵謂蘇武曰人生如朝露曹子建自試表曰常
恐先朝露楚辭曰遂萎絕而離異禮記曰哲人其萎乎家語為委委與萎古字通

舞鶴賦

鮑明遠

散幽經以驗物偉胎化之仙禽銑曰幽經相鶴經也偉美
也鶴一千六百年即胎產善曰相鶴經者出自浮丘公公以自授王子晉崔文子者學
仙於子晉得其文藏嵩高山石室及淮南八公採藥得之遂傳於世鶴經曰鶴陽鳥也因
金氣依火精火數七金數九故十六年小變六十年大變千六百年形定而色白又云二

年落子毛易黑點三年頭赤七年飛薄雲漢又七年學舞復七年應節晝夜十二鳴六十
年大毛落茸毛生色雪白泥水不能污百六十年雄雌相見目精不轉孕千六百年飲而
不食食於水故喙長軒於前故後短栖於陸故足高而尾凋翔於雲故毛豐而肉踈行必
依洲嶼止不集林木蓋羽族之宗長仙人之騏驥也隆鼻短口則小眠露眼赤精則視遠
頭銳身短則喜鳴四翎亞膺則體輕鳳翼雀毛則善飛龜背鼈腹則能產軒前垂後則善
舞洪髀纖趾則能行鍾浮曠之藻質抱清迥之明心翰曰
鍾美也義其輕浮放曠文藻之質清遠之心也善曰曹植九詠章句曰鍾當也指
蓬壺而翻翰望崐閬而揚音向曰蓬壺崐閬皆仙山名善
曰蓬壺崐閬已見上也帀日善本作目字域以迴騖窮天步
而高尋良曰日域天步言至遠也言能窮徧天下而為遊焉善曰相鶴經曰一

舉千里不崇朝而徧四海者也長楊賦曰東震日域毛詩曰天步艱難陸機擬古詩曰粲
粲光天步然文雖出彼而意並殊不以文害意也踐神區其既遠積
靈祀而方多精含丹而星曜頂凝紫而煙華
濟曰神區神明之區域祀年也踐歷既遠年壽又多目赤如星頂色如紫煙之華善曰
一舉千里故云既遠壽踰千歲故云方多相鶴經曰露目赤精則視遠引圓善本
作貟字吭何朗之纖婉頓脩趾之洪婷苦華銑曰吭頸也
婷美也引頸細而曲足趾高跡大多婷美也善曰吭已見吳都賦相鶴經曰高脚踈節則
多力王逸楚辭注曰婷好也吭胡浪切疊霜毛而弄影振玉羽
而臨霞翰曰霜毛玉羽言其色白而臨於霞也善曰閔鴻羽扇賦曰同皦素於
凝霜江逌扇賦曰澤氷鮮瓊赤玉也瓊朝戲於芝田夕飲乎瑶

文選十四　十四

池向曰鍾山之北有芝田瑤池而鶴朝夕遊戲飲啄於中也善曰十洲記曰鍾山在
北海之子地仙家數千萬耕田種芝草課計頃畝也穆天子傳曰天子觴王母于瑤池之
上厭江海而遊澤掩雲羅而見羈濟曰厭棄江海而遊
山澤掩遭羅網故爲人所羈束雲羅言羅高及雲善曰新序曰晉文公出田漁者曰鴻
鵠保河海之中厭而徙之小澤必有矰弋之憂鸚鵡賦曰冠雲霓而張羅去帝鄉
之岑寂歸人寰之喧卑良曰帝鄉天帝之鄉也岑高寂静也人寰
人之寰宇喧卑之處也善曰莊子曰乗彼白雲至于帝鄉岑寂猶高静也已見魏都賦
歲崢嶸而催善本作愁字暮心惆惕善本作悵字而哀
銑曰崢嶸零悴貌惆惕悲傷貌善曰廣雅曰崢嶸高貌歲之将盡猶物之槁楚辭
曰惆悵兮私自憐於是窮陰殺節急景凋年涼沙振

野箕風動天銑曰箕星名主風故云箕風于善曰禮記曰季冬之月日窮
次神農本草經曰秋冬爲陰禮記曰仲秋之月殺氣浸盛易卦通驗曰巽氣至則大風揚
沙春秋緯曰月失其行離於箕者風易緯曰箕風飄石折樹嚴嚴苦霧皎
皎悲泉氷塞長河雪滿羣山翰曰嚴嚴慘烈貌寒霧殺物故
云苦也善曰海賦曰群山既略既而氣昏夜歇景物澄廓
星翻漢迴曉月將落感寒雞之早晨憐霜鴈
之違漠向曰氣昏陰氣也歇止也違漠鴈背泝漠以就温也善曰廣雅曰廓空
也魏文帝雜詩曰天漢迴西流漢已見雪賦臨清善本作驚字風之蕭
條對流光之照灼唳力計清響於丹墀舞飛容
於金閣向曰蕭條風聲流光謂月光流下也以唳鶴鳴也丹墀天子階庭也金閣

文選十四　十五

金飾閣也善曰傅休奕雜詩曰一紀如流光唳鶴聲也八王故事陸機歎曰欲聞華亭
鶴唳不可復得丹墀已見魏都賦相鶴經云七年飛薄雲漢復七年學舞又七年舞應節
始連軒以鳳蹌七良終宛轉而龍躍濟曰鶴舞之貌善
曰海賦曰翔霧連軒相鶴經曰鳳翼則善飛尚書曰鳥獸蹌蹌龍躍已見吳都賦躑
躅徘徊振迅騰摧驚身蓬集矯翅雲善本作雪字
飛良曰躑躅騰舉如飄蓬飛雲也善曰或飛騰或摧抑如蓬之集如雪之飛相鶴經
曰大毛落茸白毛生色雪白離綱別赴合緒相依銑曰舞之行列離合
貌善曰綱謂舞之行列也言或離而別赴或合而相依將興中止若
往而歸颯沓矜顧遷延遲暮翰曰將起復止如去復還颯沓
矜顧謂自憐顧眄也遷延遲暮謂徐緩善曰颯沓羣飛貌矜顧矜莊相顧也遷延徐退

也高唐賦曰遷延引身楚辭曰恐美人之遲暮王逸曰暮晚也逸翮後塵翱
翥先路翰曰逸翮之急塵在鶴後翱翥飛也先路高路也善曰言飛之疾塵起
在鶴之後鶴飛在路之先楚辭曰來吾導夫先路指會規翔臨岐矩
步向曰指會臨岐皆舞之節臨指其節翔步皆中規矩善曰會四會之道岐岐路也
四會已見蕪城賦爾雅曰二達謂之岐郭璞曰岐道傍出態有遺妍貌無
停趣濟曰姿態饒言多也貌之移轉亦不停其趣向奔機逗節角
睞力代分形良曰機會逗止也睞斜視也言奔會止節以眼角斜視各分退邊
也善曰機節舞之機節奔獨赴也說文曰逗止也角猶競也廣雅曰睞視也長揚
緩驚並翼連聲輕迹凌亂浮影交橫銑曰言長舉頸
緩行相並連聲而鳴也善曰相夌而交讚衆變繁姿參差洊寂見

文選十四　十六

密翰曰洊重也言鶴態羽翼參差相重而密也善曰傅玄乘輿馬賦曰繁姿屢發
字書曰洊仍也煙交霧凝若無毛質風去雨還不可
談悉向曰悉盡也言煙霧相交與鶴同色如不見毛質如風雨之去來非說可盡其
美善曰毛羽與煙霧同色故云若無風雨既除而色愈淨故難悉也既散魂
而盪目迷不知其所之銑曰言觀者魂散盪迷不知所從善曰
曰韓詩曰聊樂我神魂薛君注曰魂神忽星離而雲羅善本作罷整神
容而自持仰天居之崇絕更惆惕善本作悵以驚
思銑曰星離雲羅謂鶴散立貌整神容鶴將飛貌天居鶴之舊居崇絕高遠言仰望舊
居高遠惆惕然驚其所思善曰星離分散也雲罷止也韓子曰雲罷霧霽而龍興螾蟻
同矣自持自整持也神女賦曰頩薄怒而自持蔡邕述行賦曰皇家赫赫而天居崇絕高

而懸絕當是時也燕姬色沮巴童心恥巾拂兩
停丸劍雙止良曰巴童燕姬並善歌舞者沮敗恥慙也巾拂舞人所執者丸
弄鈴者劍弄刀者言對此鶴舞皆色敗心慙而停止也善曰左氏傳曰齊侯伐北燕燕
人歸燕姬巴童巴渝之童也毛萇詩傳曰沮猶壞也沈約宋書曰晉初有公莫舞今之巾
舞也相傳云項莊劍舞項伯以袖隔之今之用巾蓋像項伯衣袖之遺式又江左初有拂
舞舊云拂舞吳舞西京賦曰跳丸劍之揮霍雖邯鄲其敢倫豈陽
阿之能擬銑曰邯鄲善為歌曲陽阿雅曲對此亦不敢倫擬也善曰漢書有
邯鄲鼓貟古樂府曰黃金為君門白璧為君堂上有雙樽酒使作邯鄲倡陽阿已見上也
入衛國而乘軒出吳都而傾市翰曰衛懿公好鶴鶴有乘
軒者吳王闔閭女死葬於西昌門積土為墳有雙白鶴舞於吳市乃令萬人隨觀與鶴俱

文選十四　十七

入墓門因塞之以送死也善曰左氏傳曰衛懿公好鶴鶴有乘軒者注云軒大夫車也
吳越春秋曰吳王闔閭有小女王與夫人女會食蒸魚王嘗半女怨曰王食魚辱我不忍
久生乃自殺闔閭痛之葬於郛西昌門外鑿地積土為山石為槨金鼎玉杯銀樽珠襦之
寶以送女乃舞白鶴於吳市中萬人隨觀遂使男女與鶴俱入墓門因塞之以送死守
馴養於千齡結長悲於萬里向曰馴順齡年也善曰養生
要曰鶴壽有千百之數阮籍詠懷詩曰鴻鵠相隨飛隨飛適荒裔雙翮凌長風須臾萬里
逝

志上

幽通賦

善曰漢書曰班固作幽通賦以致命遂志賦云覿幽人之髣髴然幽通謂與神遇也

班孟堅銑曰是時多用不肖而賢良路塞故固賦幽通述古者得
失神明之理以為精讖信惠是所為政也
系高頊之玄胄兮濟曰系連胄緒也高頊謂帝顓頊高陽氏班氏顓頊
之後故云系也玄北方水色也高陽氏水德故云曹大家曰系連胄緒也高高陽氏也頊
帝顓頊也言己與楚同祖俱帝顓頊之子孫也水北方黑行故稱玄也善曰家語孔子
曰顓頊者黃帝之孫昌意之子也又曰高陽配水也氏中葉之炳靈良曰
班本與楚同姓至令尹子文生而棄於雲夢虎乳之楚人以虎班因為氏焉故云中葉炳
靈炳明也靈胄謂虎乳也應劭曰中葉謂令尹子文也虎乳故曰炳靈善曰漢書班氏
之先與楚同姓令尹子文之後子文初生棄於夢澤中虎乳之楚人謂虎班其子以為號
秦滅楚遷晉代之間因氏焉毛詩曰昔在中葉飄凱善本作飄字風而蟬

文選十四　十八

蛻稅兮雄朔野以颺聲銑曰飄飄也凱風南風也秦末班氏凌遷
懿自楚避難移地如沛如隨風飄去故云飄也至惠帝時以財雄聞於北邊如蟬蛻其殼
後為雄傑故云朔野颺聲颺振也曹大家曰飄飄飄也南風曰凱風朔北方也言已先人
自楚徙北至朔方也如蟬蛻之剖後為雄傑揚其聲善曰淮南子曰蟬飲而不食三十
日而蛻漢書曰始皇之末班懿避地於樓煩當孝惠高后時以財雄北邊也皇十
紀而鴻漸兮有羽儀於上京翰曰皇漢皇也紀代也鴻水鳥
漸進也言先人至漢十代始如鴻鳥之進有冠冕羽儀於上京晉灼曰皇漢皇也應劭曰
紀世也鴻鳥也漸進也言先人至漢十世始進仕有羽翼於京師也善曰成帝之初班
況女為婕妤父子丞在長安周易曰鴻漸于陸其羽可用為儀巨滔天而泯
夏兮考遘愍以行謠向曰王莽字巨君為滔天之虐泯滅中夏也遘

遇也言父遇王莽亂愍於生人行為歌謠者救亂之志應劭曰王莽字巨君曹大家曰滔
漫也泯滅也夏諸夏也考父也言父遭亂猶行歌謠意欲撥亂也詩云我歌且謠善曰
象恭滔天行謠言憂思也終保己而貽則兮里上仁之所
廬濟曰貽遺則法也言終保愛我父之所遺法則為我擇仁者之里為廬舍善曰終
猶竟也言考能自保己又遺我法則也莊子曰聖人其於人也樂物之通而保己焉曹大
家曰貽遺也廬里皆居處名也言我父早終遺我善法則也何謂善法則乎言為我擇居
處也孔子曰里仁為美懿前烈之純淑兮窮與達其必
濟音躋叶韻良曰懿美也前烈先祖也美我先祖有純淑文德身處窮厄亦有濟時
之志身得榮達必有經國之義曹大家曰懿美也前烈先祖也言己先祖窮遭王莽達則
必富貴濟渡民人惠利之風有令名於後世也善曰孟子曰窮則獨善其身達則兼善

文選十四　十九

天下呂氏春秋曰古之得道者窮亦樂達亦樂非窮達而異也道德於此窮達一也咨
孤蒙之眇眇兮將圮平鄙絕而罔階銑曰咨嗟蒙闇眇微
圮毀也嗟我闇微將毀絕先人之迹無階路以自成也曹大家曰蒙童蒙也眇微也圮毀
也言己孤生童微陋鄙薄將毀絕先祖之迹無階路以自成也善曰圮皮義切豈
余身之足殉兮違世業之可懷翰曰殉營違恨也言我身
不足營先人之事恨此代業毀絕誠可懷也項岱曰殉營也曹大家曰違恨也懷思也違
或作愇愇亦恨也善曰孔叢子曰仲尼大聖自茲以降世業不替也靖潛處
以永思兮經日月而彌遠向曰言安靖潛處長思先人之業欲
以經纏之日月不居忽復大遠曹大家曰言己安靜長思不欲毀絕先人之功跡日月不
居忽復大遠匪黨人之敢拾渠業兮庶斯言之不玷

濟曰黨鄉拾更也言先人敎我謙恭之道令我不敢與鄉人更進自矜已善庶奉先人謙
道而無瑕玷應劭曰拾更也自謙不敢與鄉人更進也曹大家曰庶此異行不玷先人之
道也善曰毛詩曰斯言之玷不可為也魂求營煢煢與神交兮精
誠發於宵寐善本作寐良曰煢煢孤貌言魂魄孤飛若與神靈交遊發我
精誠於夜夢之中曹大家曰言人之晝所思想夜為之發夢乃與神靈接也夢登
山而迥眺兮覿幽人之髣髴銑曰眺望覿見也幽人神人也言
登山遠望見神人髣髴而求也髣髴不分明貌項岱曰覿見也張晏曰幽人神人也曹大
家曰登山遠望見深谷之中有人髣髴欲来也攬葛藟而授余兮眷
峻谷曰勿墜翰曰葛藟蔓草也言夢臨深峻之谷見神人授我蔓草而謂我
曰勿墜落也曰語辭曹大家曰言夢臨深谷欲墜見神持葛来授我也善曰曰音越

昒昧昕欣寤而仰思兮心矇矇猶未察向曰昒昕
初明時也至初明仰思所夢心矇矇然未察其善惡曹大家曰昒昕晨旦明也言已旦仰
思此夢心中矇矇未知其吉凶鄧展曰昒音昧一音忽黃神邈而靡質
兮依遺識以臆對濟曰黃神黃帝也作占夢書質猶見也言邈遠無見
依其遺識以胷臆自對應劭曰黃黃帝也作占夢書邈遠也言黃神邈遠無所質問依其
遺識文以胷臆為對也善曰淮南子曰黃神嘯吟遺識謂夢書也曰乘高而
遻音迕善本作遌字神兮道遐通而不迷良曰遻遇也言乘高
遇神微道遠通漸不迷惑曹大家曰遻遇也言已緣高而遇神道術將通不迷惑之象也
葛綿綿於樛木兮詠南風以為綏銑曰樛木高木也綿
綿葛緣木之貌南國風之詩綏安也言詠比所以安於下也曹大家曰詩周南國風曰

南有樛木葛藟纍之樂只君子福履綏之此是安樂之象也
臨深兮乃二雅之所祗翰曰惴惴小心貌臨深踰戒懼也二雅大
雅小雅皆詩篇名所以美敬慎也祗敬也曹大家曰祗敬也大雅曰人亦有言進退惟谷
小雅曰惴惴小心如臨于谷此皆敬慎之戒也既訊爾以吉象兮又
申之以炯戒向曰訊告也炯明也謂前日夢登山為吉象深谷為明戒也
善曰爾雅曰訊告也曹大家曰炯明也登高為吉象深谷為明戒也盍孟晉以
迨徒改羣兮辰儵忽其不再濟曰盍何不也孟勉晉進迨及辰時
也何不勉進以及其羣輩所仕儵忽將過時不再來應劭曰盍何不也曹大家曰孟勉也
晉進也迨及也儵過也言何不勉進而及羣時早得進用日月儵忽將復過去善曰楚
辭曰時不可兮再得承靈訓其虛徐兮佇盤桓而且俟

良曰靈神靈也虛徐狐疑也俟待也言承神靈訓戒故狐疑佇立盤桓且待而不進之也
曹大家曰靈神靈也虛徐狐疑也佇立也盤桓不進也俟待也詩曰其虛其徐善曰周
易曰初九盤桓利居貞惟天地之無窮兮鮮生民之晦
武柸在銑曰鮮少也晦無幾也言天地之運無極也人生之時少無幾何在於代也曹
大家曰鮮少也晦亡幾也言天地無窮極民在其間上壽一百二十年少者亡幾耳善
曰莊子曰天與地無窮人死有晦時紛屯邅張連與蹇連兮何歎
善本作艱字多而知寡翰曰紛亂屯邅與蹇連皆艱難之多而識知者寡
善曰漢書音義曰世艱多知少故遇禍也曹大家曰屯蹇皆難也周易曰屯如邅如又曰
往蹇來連上聖寤善本作迕字而後拔兮豈羣黎之所
御向曰上聖謂湯文王也寤觸御止也湯因夏臺文王拘羑里皆觸艱難而後自拔豈

羣衆之人而預防止也曹大家曰迮窮也禦止也言上聖之人舜有葵廩填井湯囚夏臺文王拘羑里孔子畏匡在陳絕糧皆觸艱難然後自拔張晏曰豈衆人之所能預自防止耶善曰曹大家以寤爲迮也毛詩曰羣黎百姓昔衛叔之御許昆兮昆爲寇而喪予濟曰衛成公會盟於楚成公弟衛叔守國有人譖叔於公云將欲自立成公倍道而歸國衛叔方沐握髮迎之成公疑之令前驅射而殺之御迎也善曰公羊傳曰叔武讓國奈何文公逐衛侯而立叔武叔武立治反衛侯衛侯得反曰叔武墓我終殺叔武何休曰叔武訟治於晉文公令白王者反衛侯使還國也韋昭曰衛音訝迎也管彎弧欲斃讐兮讐作后而成已良曰管仲嘗讐齊桓射之中鉤桓公後立爲君以管仲爲相是成已也善曰讎謂桓公也左氏傳曰呂郤將殺晉侯寺人披請見公使讓之對曰齊桓公置射鉤而使管仲相之變化故而相詭兮孰云預其終始銑曰詭反也言變化之相反如此誰能預知終始吉凶也曹大家曰詭反也事變如此誰能預知其始終吉凶也雍造怨而先賞兮丁因善本作繇字惠而被戮翰曰雍雍齒也與高祖有怨天下既定先封之爲什方侯丁丁公也嘗爲項王逐高祖高祖謂曰兩賢豈相阨哉丁公捨之是謂惠也天下既定丁公謁高祖以丁公爲不忠遂斬之善曰漢書曰六年春正月上已封功臣二十餘人上居南宮從複道上見諸將往往偶語以問張良良曰陛下與此屬共取天下今已爲天子所封皆故人所愛所誅皆平生仇怨今軍吏計功以天下爲不足徧封而恐以過失誅故相聚謀反上曰爲之柰何良曰取上素所不快羣臣共知最甚者一人先封以示羣臣上曰雍齒與我有怨數窘我張良曰今急先封雍齒羣臣見雍齒先封則人人自堅矣於是封雍齒爲什方侯什音十又丁公

爲項羽將逐窘漢王漢王謂丁公曰兩賢豈相阨哉丁公引兵而還及項王滅丁公謁見漢王漢王曰丁公爲臣不忠遂斬之栗取弔于由善本作逌字吉兮王膺善本作膺字慶於所慼向曰栗謂漢景帝栗皇后也弔傷也言初寵見愛驕譖無禮後遂怨恚而死是由吉而致傷怨也王謂宣帝王皇后也初爲婕妤屬許皇后薨上以太子早失母乃選後宮無子者養之因立爲皇后慶善盛憂也王后初憂無子竟以無子之善而尊貴也應劭曰孝景栗姬也善曰孝景立栗姬男爲太子栗姬妬而廢太子爲臨江王栗姬愈恚以憂死又曰孝宣王皇后初爲婕妤許后薨上憐太子蚤失母乃選後宮素謹慎而無子者立王婕妤爲皇后令母養太子孔安國尚書傳曰逌所也叛迴穴其若茲兮北叟頗識其倚伏濟曰叛亂也迴穴邪僻也言禍福紛亂反側如此北叟塞上翁也馬無故亾入胡人弔之翁曰安知非福乎後其馬將駿馬而歸人賀之翁曰安知非禍乎後其子騎墮而折髀人弔之翁曰安知非福乎後胡兵大出丁壯者戰而死唯子以跛故得父子相保故謂北叟知禍福相因倚而生也曹大家曰叛亂也迴邪也穴僻也禍福相反也善曰毛詩曰謀猶迴穴淮南子曰塞上之人有善馬者其馬無故亾而入胡人皆弔之其父曰此何遽不爲福居數月其馬將胡駿馬而歸人皆賀之其父曰何遽不爲禍乎家富馬其子好騎墮而折髀人皆弔之其父曰此何遽不爲福乎居一年胡人大出丁壯者控弦而戰塞上之人死者十九此獨以跛足故父子相保故福之爲禍禍之爲福變化不可測鶡冠子曰禍乎福所倚福乎禍所伏單善治裏而外凋兮張修襮博而內逼良曰單豹導氣於內巖居飲水與人無患而爲餓虎所食故云外凋也襮表也張毅富而高門懸薄修表也後以內熱而死故云內逼也曹大家曰治裏謂導氣也襮表也善曰

莊子曰田開謂周威公曰魯有單豹者巖居而水飲行年七十猶有嬰兒之色不幸遇餓
虎殺而食之有張毅者高門懸薄無不趣走也行年四十而有內熱之病以死豹養其內
而虎食其外毅養其外而病攻其內聿中和善本作穌字為庶幾兮
顏與冉又不得銑曰聿惟也惟以履中和為庶幾則顏回早夭冉伯牛被
疾俱不壽終凡死不壽終而死曰不得也曹大家曰聿惟也顏顏淵也冉冉伯牛也二子
居中履和庶幾聖賢然淵早夭伯牛被疾俱不得其死也　善曰論語孔子曰有顏回者
好學不幸短命死矣又曰伯牛有疾也溺招路以從己兮謂孔
氏猶未可翰曰溺桀溺也路子路也言桀溺招子路令從己隱謂孔子不可隨
從也曹大家曰溺桀溺也謂孔子為避人之士未可與安身自謂避世者招子路從己隱
也　善曰論語曰長沮桀溺耦而耕孔子過之使子路問津焉桀溺曰孔丘之徒歟對曰

然曰滔滔者天下皆是也而誰以易之且與其從避人之士豈若從避世之士哉安
慆慆滔不萉肥兮卒隕身乎世禍向曰慆慆亂貌萉避
也言子路仕於衛不能避衛亂終見殺而為監也曹大家曰慆慆亂貌萉避也言子路不
避慆慆之亂終隕身於世之禍也遊聖門而靡救兮雖覆醢
其何補濟曰聖門孔子也言子路遊孔子之門不能以聖道救禍身猶被醢雖夫
子令覆醢不食何所補益也謂孔子聞子路為衛人所醢而當食之醢皆命覆棄之不忍
食也曹大家曰子路遊學聖師之門無救禍防患之動既身死於衛覆醢不食何補益乎
善曰禮記曰孔子哭子路於中庭引使者而問其故使者曰醢之矣遂命覆醢固行
行胡朗其必凶兮免盜亂為賴道良曰行行剛強貌言子路
用剛毅之德竟至凶殘依義而免為盜亂者賴聞仲尼之道也應劭曰子路得免盜與亂

聞道於仲尼也　善曰論語曰子路行行如也子曰若由也不得其死然又子曰君子有
勇而無義為亂小人有勇而無義為盜形氣發于善本作於字根柢
帝兮柯葉彙謂而靈善本作零字茂銑曰言物之生氣皆發根
柢也柯葉之類零落茂盛皆由本根言人吉凶衰盛亦在於先祖韋昭曰柢本也應劭曰
彙類也曹大家曰零落也張晏曰言人稟氣於父母吉凶夭壽非獨在人譬諸草木華葉
盛與零落由本根也恐魍魎之責影善本作景字兮羌未得
其云已翰曰責問也魍魎影外微陰也魍魎問於影曰曩子行今子止曩子坐今
子起何其無持操歟影曰吾有待而然也言顏冉季路逢災蹈害或疑其身或非其師亦
由魍魎問影未得其已應劭曰諸子以顏冉季路逢災蹈害或疑其身或非其師是由魍
魎責景乃未得云已也　善曰言罔兩責景之無操不知景之行止由形也或非三子之

行殃不知吉凶之由命也故云恐罔兩之責景羌未得其實言也莊子曰罔兩問景曰曩
子行今子止曩子坐今子起何其無持操與景曰吾有待而然者也郭象為罔兩司馬彪
為罔浪罔浪景外重陰也黎淳耀于高辛兮芊弭彊大於
南汜音似向曰黎高辛氏火正也本居楚地芊楚姓也言黎有淳和耀明之德以
事于高辛故楚得彊大於江淮之涯也汜涯也　善曰重黎有太明之德於高辛之世而
德流子孫故楚彊大於南汜也國語曰史伯對鄭桓公曰夫黎為高辛氏火正以淳耀敦
大光照四海夫成天地之大功者其子孫未嘗不章韋昭曰淳大也耀明也章顯也史記
曰楚之先祖出自重黎毛詩曰江有汜曹大家曰芈楚姓汜涯也嬴取威於
百儀兮姜本支乎三趾濟曰嬴秦姓伯益之後其先伯益為虞官
典鳥獸盡得其儀秦由是興姜姓伯夷之後其先伯夷典天地人之三禮齊由是興趾禮

也應劭曰嬴秦姓伯益之後伯益在唐虞為有儀鳥獸百物之功秦所由取威於六國也姜齊姓也趾禮也齊伯夷之後伯夷為虞舜典天地人鬼之禮既仁得其信然兮仰天路而同軌良曰人道既然仰視天道固亦同法劉德曰人道既然仰視天道又同法也善曰仁謂求仁而得仁也馮衍顯志賦曰惟天路之同軌東隣虐而殲子廉仁兮王合位乎三五翰曰東隣紂也殲殺也言暴虐殺仁賢之士也武王合得天心地義人事五行之正運故曰三五曹大家曰東隣謂紂也殲盡也仁謂三仁也善曰周易曰東隣殺牛國語曰伶周鳩對景王曰昔武王伐殷歲在鶉火月在天駟日在析木之津辰在斗柄星在天黿星與日辰之位在北維顓頊之所建也帝嚳受之我姬氏出自天黿及析木者有建星及牽牛焉則我皇妣大姜之姓伯陵之後逢公之所馮神也歲之所在則我有周之分野月之所在辰馬農祥也五位歲日月星辰也三年逢公所馮周分野所在后稷所經緯也所戎女列善本作烈字而喪孝兮伯祖歸於龍虎銑曰戎女驪姬也列酷也孝子謂太子申生言驪姬為酷列之行以喪申生也伯文公也祖姓也將歸於晉問於董因曰吾其濟乎對曰公以辰出以參入皆晉祥也必伯諸侯也辰星龍也姓必應之參星虎也歸則應之曹大家曰戎女驪姬也烈酷也孝子申生也善曰左氏傳曰晉獻公娶驪姬為夫人生奚齊姬謂太子曰君夢齊姜速祭之太子祭歸胙于公姬寘毒公祭之地地墳與犬犬斃姬泣曰賊由太子太子縊于新城姬譖諸公子曰皆知之重耳奔蒲應劭曰伯文公也孟康曰歲在卯出歷十九年過一周歲在酉入卯東方為龍酉西方為虎也善曰國語晉侯問簡子曰吾其濟乎對曰公以辰出而以參入皆晉祥也必伯諸侯也發還師以成命兮重醉行而自耦向曰發武王名也武

王觀兵盟津乃還終成天命也重耳晉文公名時在齊齊姜與子犯醉而遣歸卒為天時會而立為文公耦會也曹大家曰發武王名也晉灼曰重晉文公重耳也應劭曰與天時耦會也善曰成命以成天命也周書武王觀兵于孟津諸侯皆曰帝紂可伐也武王曰汝未知天命未可也乃還師左氏傳曰晉公子及齊桓公妻之公子安之姜與子犯醉而遣之震鱗漦助繼于夏庭兮匝三正而滅姬良曰震為龍龍鱗蟲之長也漦沫也姬周姓也三正夏殷周也夏之衰有二龍止於庭以策告之龍去而漦在因櫝而藏之三代莫敢發至厲王發之漦流於庭化為黿以觸童女既笄生一女棄之有人收之奔褒褒人有罪入所收子以贖罪幽王愛之而廢申后后父怒攻幽王遂殺之自此宗周滅也應劭曰震為龍鱗蟲之長漦沫也曹大家曰三正謂夏殷周也善曰史記曰夏后氏之衰也有二龍止於夏庭而言曰余褒之二君也於是幣而冊告之龍已而漦在櫝而藏之比三代莫敢發之至厲王發而觀之漦流于庭化為玄黿童女遭之既笄而孕生子懼而棄之有人收之奔褒褒人有罪入棄子以贖罪謂之褒姒幽王廢申后立褒姒為后廢后父申侯怒攻幽王遂殺幽王驪山下巽羽化乎宣宮兮彌五辟而成災濟曰巽為鷄鷄為羽蟲故云巽羽宣帝時雌雞化為雄至平帝時歷五君而王莽篡焉曹大家曰易巽卦為雞雞羽蟲之屬故言羽也應劭曰宣帝時未央宮路軨中雌雞化為雄元后時始為太子妃至平帝歷五葉而莽篡也五辟謂宣帝也元帝也成帝也哀帝也平帝也辟君也故云終五辟而成災也道脩長而世短兮敻冥默而不周銑曰敻遠周至也言天道長遠人代短促當時冥默不能周備知其微應也曹大家曰敻遠貌周至也言天道長遠人世促短當時冥默不能見微應之所至也劉德曰冥默玄深不可通至胥仍物而

鬼諏子侯兮乃窮宙而達幽向曰胥相仍因諏謀也往古來今曰
宙言相因之物使鬼神爲謀乃可窮古今通幽微也應劭曰胥須也仍因也諏謀也易曰
人謀鬼謀百姓與能往古來今曰宙聖人須因卜筮然後謀鬼神極古今通幽微也嬀
巢姜於孺筮兮旦筭祀于契龜翰曰嬀陳姓巢居也姜齊
姓孺少筮卜也陳敬仲少時周史有以易見陳侯使卜之遇觀之否曰是謂觀國之光利
用賓于王此其代陳有國乎杞年也謂公卜年七百契合於其龜也應劭曰嬀陳姓也巢居
也姜齊姓也旦周公名也孺少也音義曰筭數也祀年也　善曰左氏傳曰陳公子完奔
齊又曰敬仲其少也周史有以周易見陳侯筮之遇觀之否曰是謂觀國之光利用賓于
王此其代陳有國乎不在此其在異國非此其身在其子孫若異國必姜姓也又曰懿氏卜妻
敬仲其妻占之曰有嬀之後將育于姜杜預曰敬仲陳公子完也左氏傳王孫滿曰周卜

世三十卜年七百天所命也毛詩曰爰契我龜宣曹興敗於下夢兮
魯衛名謚於銘謠向曰周宣王時牧人夢衆維魚矣大人占之曰豐年
曹人或夢衆君子立於社而謀亡曹後宋人執曹伯而殺之同狀下夢而興敗殊也魯昭
公時有謠曰禍父喪勞宋父以驕後昭公於野井定公即位而驕也衛靈公死卜葬沙
丘掘之得石槨其銘曰靈公遂以爲謚曹大家曰宣周宣王也　善曰毛詩曰牧人乃夢
衆維魚矣大人占之衆維魚矣實維豐年宣王竟中興左氏傳曰初曹人或夢衆君子立
於社宮而謀亡曹曹叔振鐸請待公孫強許之及曹伯陽即位公孫強爲政背晉而奸宋
宋人伐之執曹伯陽以歸殺之又曰師己曰吾聞文成之世童謠有之禍父喪勞宋父以
驕杜預曰禍父昭公宋父定公也應劭曰公死于野井定公即位而驕也莊子曰衛靈
公卜葬沙丘而吉掘之數仞得石槨焉有銘曰不馮其子靈公奪而埋之靈之爲靈久矣

夫姒聆呱孤而刻何代石兮許相理而鞫條濟曰
姒母聆聽刻刻也呱啼聲也叔向生子石伯其母聞石伯啼聲曰豺狼聲也刻之曰滅羊
舌氏者必此子也鞫告也亞夫封條侯許負告云縱理入口當餓死後果下獄不食而死
應劭曰姒叔向母石叔向子字林曰呱子啼聲也　善曰左氏傳曰叔向娶申公巫臣氏
生伯石姑視之及堂聞其聲而還曰是豺狼之聲非是莫喪羊舌氏杜預曰姑叔向母也
應劭曰刻其必滅羊舌氏本或爲刻項岱曰舉罪曰刻漢書曰周亞夫爲河內守許負相
之曰縱理入口此餓死法也後亞夫封條侯爲丞相人上變告子事連亞夫亞夫詣廷尉
不食五日嘔血而死毛萇詩傳曰鞫告也道混成而自然兮術同
原而分流良曰言人骨肉四支聲音五藏相爲表裏合成一體此自然之道也
至于術學論其得失考其貴賤顛同一原至于聽察聲色規度骨體占視威儀考覈言行

其流各異曹大家曰大道神明混沌而成言人生而心志在內聲音在外骨體有形事變
有會更相爲表裏合成一體此自然之道至於術學論其成敗考其貧賤其富貴各取
一概故或聽音聲或見骨體或占色理或視威儀或察心志或省言行或考卜筮或本先
祖如水同源而分流也　善曰老子曰有物混成先天地生又曰道自然也神先
心以定命兮命隨行以消息翰曰言神之微可見先心定命
然命亦在人隨事消息而行也曹大家曰言人之行各隨其命命者神先定之故爲徵兆
在於前也雖然亦在人消息而行之斡流遷其不濟兮故遭罹
而贏縮銑曰斡轉遭遇罹憂贏過也縮不及也言人受先祖善惡之迹轉徙流行
故有遭遇禍福相及也項岱曰斡轉也遷徙也贏過也縮不及也遭遇也罹憂也言人受
先祖善惡之迹轉徙流行故有遭遇福禍相及也三欒同于一體兮

雖移易而不忒良曰欒書生黶黶生盈書賢覆黶黶惡害盈也秦伯問士
鞅晉大夫誰先亡乎對曰欒氏乎何知之曰盈之善未能及人書之施已滅矣而黶之惡
實彰後果晉滅欒氏父子雖爲一體相揜然滅亡之道竟不差忒應劭曰晉大夫欒書書
子黶黶子盈書賢而覆黶黶惡而害盈曹大家曰天命祐善災惡非有差也然其道廣大
雖父子百葉猶若一體也善曰左氏傳秦伯問士鞅曰晉大夫誰先亡對曰其欒氏乎
黶汰虐已甚猶可以免其身禍在盈也欒黶死盈之善未能及人武子之施沒矣而黶之
怨實彰將於是乎在後晉果滅欒氏洞參差其紛錯兮斯衆兆
之所惑銑曰洞幽也言天道幽微不齊紛錯紛亂斯衆人所惑曹大家曰衆庶也
兆人也報應參差不齊紛亂錯繆故迷不信天道也善曰楚辭曰衆兆之所咍周
賈盪而貢憤兮齊死生與禍福向曰莊周賈誼也貢潰憒

亂也言莊周賈誼皆潰亂不知所守故齊生死禍福以爲放盪之辭曹大家曰周莊周賈
賈誼也貢潰也憒亂也盪盪不知所守也莊周賈誼有好智之才而不以聖人爲法潰亂
於善惡遂爲放盪之辭莊周曰生爲徭役死爲休息賈誼曰忽然爲人何足控揣化爲異
物又何足患抗爽言以矯情兮信畏犧而忌鵩許宜
濟曰抗極爽差也言莊周賈誼極爽差之言以矯其情者信畏爲犧牲而忌鵩鳥之患或
聘莊子云子見犧牛乎衣以文繡食以芻菽牽入廟門願爲孤犢不可得也項岱曰抗極
過差之言以矯狂其情耳善曰莊子曰或聘莊子莊子應其使曰子見犧牛乎衣以文
繡食以芻菽及其牽入於太廟雖欲爲孤犢其可得乎鵩鳥已見上文所貴聖
人之善本無之字至論兮順天性而斷誼良曰至論謂五
經六藝所以貴之者順天性也亦斷以義不可貪生而失名也曹大家曰至論謂五經六

藝所以貴之者順天之性也亦當以義斷之不可苟貪生而失名物有欲而
不居兮善本作乎字亦有惡而不避銑曰富貴人所欲不以道
而得仁者不居貧賤人所惡不以道得仁者不避善曰論語子曰富與貴是人之所欲
不以其道得之不處也貧與賤是人之所惡不以其道得之不去也守孔約而
不貳兮乃輶德而無累翰曰孔甚輶輕也言聖人所守甚約而無
二端乃輕用思慮之德而無累害也曹大家曰孔甚也輶輕也言聖人所守甚約而無二
端則平心立而思慮輕矣善曰輶德輕而易行也毛詩曰德輶如毛民鮮克舉曹大
家曰以乃爲內晋灼曰與萬物無害累也三仁殊於一致兮夷惠
異善本作舛字而齊聲向曰三仁微子箕子比干也言所趣各異俱至於仁
也夷伯夷以高逝爲賢惠柳下惠以降志辱身爲賢去留各殊爲賢齊等也項岱曰三人

所行各異俱至於仁也曹大家曰柳下惠以不去辱身爲善伯夷以高逝爲賢言去留適
等也善曰論語曰微子去之箕子爲之奴比干諫而死孔子曰殷有三仁焉又子曰不
降其志不辱其身伯夷叔齊與謂柳下惠降志辱身也木偃息以蕃魏
兮申重繭以存荆古典濟曰木段干木也偃息以安魏國也申申包胥
也荆楚也吳伐楚申包胥七日七夜重繭而行告急於秦王發兵擊吳大破之以存楚也
善曰木段干木也蕃魏已見魏都賦呂氏春秋曰田贊說荆王曰若夫偃息之義則未之
識也高誘曰段干木偃息以安魏也淮南子曰申包胥重繭七日七夜至於秦庭以見秦
王曰使下臣告急秦王乃發軍擊吳果大破之以存楚國高誘戰國策注曰重繭累胝也
竹遲切紀焚身善本作躬字以衛上兮皓頤志而弗
傾良曰紀紀信也項羽圍漢王於滎陽紀信乘王車詐爲漢王以降羽羽怒焚之漢王

因此得道四皓謂綺里季夏黃公袁留公角里先生當秦之代避亂而入商洛山養志不
見傾喪順養也善曰漢書曰項羽圍漢滎陽將軍紀信曰事急矣臣請誑楚可以閒出
信乃乘王車曰食盡漢王降楚皆之城東觀紀信王得與數十騎出遁羽見信問漢王安
在曰已去矣羽燒殺信項岱曰皓四皓也順養也善曰漢書曰袁公綺里季夏黃公角
里先生當秦之世避而入商洛深山侯草木之區別兮苟能實
其必榮銑曰侯惟也惟此草木而猶區分人豈能一貫哉誠能實行仁義之道必
有榮名曹大家曰侯候也項岱曰苟誠也張晏曰苟能有仁義之道必有榮名也善曰
論語子夏曰君子之道譬諸草木區以別矣要沒世而不朽兮乃
先民之所程翰曰程法也要此沒世不朽之名乃為來世人所法式也善
曰論語子曰君子疾沒世而名不稱焉左氏傳穆叔曰魯有先大夫臧文仲既沒言其立

文選十四　三十二

此之謂不朽毛詩曰匪先人是程毛萇曰程法也觀天網之紘覆兮
實棐善本作棐字諶而相訓向曰紘大匪輔諶誠也言天綱大覆人之
上非不信也能有誠實於世者亦當相輔而訓教曹大家曰棐輔也忱誠也相助也訓教
也項岱曰天網大覆人上非不信也誠欲有諴實於世間亦當相輔助教也善曰尚書
曰天威棐忱諶與忱古字通也訓或為順謨先聖之大猷兮亦鄰
德而助信濟曰鄰近謨謀也言謨先聖之大道使人皆近我德而助信也曹大
家曰謨謀也猷道也言人常當謨先聖之道亦當為鄰人所助也孔子曰天所助順也人
所助信也孔子曰德不孤必有鄰善曰毛詩曰匪大猷是經或作繇字誤也虞韶
美而儀鳳兮孔忘味於千載良曰虞舜也部舜樂名言樂之
聲美感鳳凰來儀後孔子過齊聞部樂之聲音忘其肉味思之深也千載言相去遠也

善曰尚書曰簫韶九成鳳皇來儀論語曰子在齊聞韶三月不知肉味素文信
而底麟兮漢賓祚于異代翰曰底致也孔子作春秋素王之文
以明示禮度之信故能致麟見也至漢封孔子後紹嘉公也賓祚謂禮其後祚也異代謂
漢也應劭曰底致也孔子作春秋素王之文有視明禮修之信而致麟封其後為紹嘉公
係殷為二代之客也善曰春秋緯曰麟出周亡故立春秋制素王授當興也精通
靈而感物兮神動氣而入微良曰言人能致精神則通於神
靈而感於物神之運動氣志入於幽微也曹大家曰言人忽於天地有生之最神靈也誠
能致其精誠則通於神靈感物動氣而入微矣養流睇而猿號兮李
虎發而石開濟曰養由基善射通神王命射猿流睇視之其猿則號李廣獵
於草中見石以為虎而射之中石沒羽視之石也他日射之終不能入也曹大家曰睇眄

文選十四　三十三

也善曰淮南子曰楚有白猨王自射之則搏矢而顧使養由基射之始調弓矯矢未發
而猨抱樹號矣流或為由非也漢書曰李廣居右北平獵見草中石以為虎而射之中石
沒矢視之石也他日射之終不能入非精誠其焉通兮苟無實
其孰信良曰非精誠所感焉能通達後石且無實誰肯信也曹大家曰非精誠所
感誰能若斯操末伎猶必然兮矧耽躬於道真銑曰
矧況也言由廣執此射之末伎猶感猿號石開況能以至誠耽身於道真哉項岱曰矧況
耽樂也言由基李廣奮精誠於末技感獸而開石而況乃能推至精耽身於大道之中乎
善曰莊子曰道之真以持身也登孔昊而上下兮緯羣龍之
所經翰曰孔子太昊以來羣聖上下經緯天道備矣羣龍羣聖也應劭曰昊太昊也
孔孔子也羣龍喻群聖也自伏羲下訖孔子經緯天道備矣孟康曰聖人作經賢者緯之

朝貞觀而夕化兮猶諠已而遺形向曰貞正諠忘也言朝聞正觀之道夕則死矣猶忘已而遺形骸也應劭曰貞正也諠忘也易曰天地之道貞觀者也張晏曰言朝聞大道而夕死可也善曰論語曰朝聞道夕死可矣鵩鳥賦曰釋智遺形

若𩯭彭而偕老兮訴來哲而通情濟曰𩯭續訴告也若得續彭祖之年俱老聃之壽當告之來智與之通精善曰言人若欲𩯭彭祖之年偕老聃之壽當訴之來哲與之通情非已所慕也列仙傳曰彭祖殷賢大夫歷夏至商末號年七百老已見遊天台山賦

亂曰天造草昧立性命兮良曰言天始造萬物草創於宜昧之中以立性命也曹大家曰亂理也天道始造萬物草創於冥昧之中皆立其性命也善曰周易曰天造草昧

復心弘道惟賢聖兮善本作聖賢銑曰復心弘道者惟賢聖能也曹大家曰明道在人身誠能復心而弘之達於天地之性也周易曰復其見天地之心乎孔子曰人能弘道非道弘人

渾元運物流不處兮翰曰渾元天地也言天地運物流轉無常也曹大家曰渾大也元氣運轉也物萬物也言元氣周行終始無已如水之流不得獨處也

保身遺名民之表兮向曰言能保其身遺令名於後亦為人之師表曹大家曰言人生能保其身死有遺名民之表也善曰莊子曰可以保身可以全生家語孔子曰凡上者民之表

舍生取誼亦道用兮濟曰孟子曰生我所欲義亦我所欲二者不可得兼寧舍生而取義也應劭曰孟子曰生我所欲也義亦我所欲也二者不可得兼舍生而取義也舍置也

憂傷夭物忝莫痛兮銑曰忝辱也言生為憂傷身為物夭者辱莫痛於是曹大家曰忝辱也橫夭於物憂辱傷生恥辱不過於是

皓爾太素曷渝色兮銑曰皓白也太素天也曷何渝變也言天之白者何有變色人能原於信義不染邪流是與天同也曹大家曰皓白也素質也渝變也言人能篤信好學守死善道不漸染於流俗是為白爾天質何有渝變之色也

尚越其幾淪神域兮翰曰尚庶幾也越於也言人能同太素不變易者乃庶幾遊於神明之域也曹大家曰尚庶幾也越於也太素不染神色不變則庶幾於神道之微而入於神明之域矣子曰知幾其神乎

文選卷第十四

崔

賦

志中

文選

十五

文選卷第十五

梁昭明太子撰　五臣并李善注

志中

張平子思玄賦一首

歸田賦一首

思玄賦 衡曰玄道也德也其作此賦以修道德志意不可遂願輕舉遠遊六合之外勢既不能義又不可故退而思自反其系曰回志朅來從玄謀獲我所求夫何思思玄而已老子曰玄之又玄衆妙之門平子時為侍中諸常侍惡直醜正危衡故作思玄非時俗

張平子舊注 翰曰衡時為侍中諸常侍皆惡直醜正危衡故

作是賦以非時俗思玄者思玄遠之德而已　善曰未詳注者姓名摯虞流別題云衡注詳其義訓甚多疎略而注又稱愚以為疑辭非衡明矣但行來既久故不去焉

仰先哲之玄訓兮雖彌高而不違 銑曰哲智玄遠訓教違避也言志求遠教故無所違　衡曰訓教也彌終也違避也　善曰論語顏回曰仰之彌高

匪仁里其焉宅兮匪義跡其焉追 濟曰宅居也言非仁里義跡不可追而居之　衡曰里宅皆居也焉猶安也　善曰論語曰里仁為美

潛服膺以永靖兮綿日月而不衰 善本作靚　良曰靖思綿連衰歇也　衡曰綿連也　善曰禮記曰服膺拳拳方言曰靖思也靖與靚同字林曰靖審也

伊中情之信修兮慕古人之貞節 向曰伊維

脩善也　衡曰脩善也貞誠也　善曰楚辭曰苟中情其好脩又曰原生受命于貞節
竦余身而順止兮遵繩墨而不跌徒結翰曰竦立止
禮也言順禮義之繩墨不差跌也　衡曰竦立也止禮也　善曰楚辭曰遵繩墨而不頗
廣雅曰跌差也志摶摶徒端以應去懸兮誠心固其如
結銑曰言我慕古人之志摶摶然如懸旌究轉不已此心堅固其若結縛　衡曰摶
摶番貌　善曰戰國策楚王曰寡人心搖搖然如懸旌　毛詩曰勞心摶摶憂勞也又曰心
之憂矣如或結之旌性行以製佩兮佩夜光與瓊枝
纗户圭幽蘭之秋華兮又綴之以江離向曰旌明纗繫
也夜光珠也瓊枝玉也幽蘭香草也言明我性行而製佩用珠寶為之又繫香草喻己修
仁義美行以立身　衡曰旌明也製裁也　善曰白虎通曰所以必有珮者表德見所能

也楚辭曰折瓊枝以繼珮　衡曰纗系也幽深也　善曰楚辭曰結深蘭之亭亭又曰邑
江離與薜芷兮紉秋蘭以為珮　說文曰繫幃曰纗幃一名纗爾雅曰婦人之幃謂之縭今
之香囊在男曰幃在女曰縭然則纗者即繫囊之繩也　說文曰纗綱中繩　纗音攜
襞必積積以酷烈兮允塵邈而難虧良曰襞積重疊也酷
烈香氣也允信塵久邈遠虧歇也言我仁義美行重疊芬芳信久遠難歇也　衡曰襞積
衣縫也允信也塵久也邈遠也虧歇也　善曰子虛賦曰襞積褰縐上林賦曰酷烈淑郁
楚辭曰芳菲菲兮難虧既姱苦瓜麗而鮮上雙兮非是時
之攸珍齊曰姱大麗美鮮少攸所也雖大美少雙非時所重　衡曰姱大也麗好
也鮮寡也攸所也奮余榮而莫見兮播余香而莫聞
銑曰播布奮振也布振節行無人見聞也　衡曰奮動播散也幽獨守此側

善本作仄陋兮敢怠遑而舍勤翰曰言抱此道居僻側之處終不敢
怠暇捨此勤勞之事怠惶遑暇也　衡曰怠懈也遑暇也勤勞也　善曰楚辭曰幽獨處
乎山中　尚書曰明明揚仄陋　毛詩曰不敢怠遑　左氏傳曰人生在勤幸二八之
遌悟虞兮喜善本作嘉傳說之生殷向曰遌遇也二八八元八
凱也幸慶此人得遇虞舜喜傳說生殷高宗之代而相之　衡曰二八八元八凱也遌遇
也傳姓說名也武丁相也　善曰左氏傳季孫行父曰昔高辛氏有才子八人伯奮仲堪
叔獻季仲伯虎仲熊叔豹季貍言此八人忠肅恭懿宣慈惠和天下之民謂之八元元善
也長也八凱者高陽氏有才子八人倉舒隤敳檮戭大臨尨降庭堅仲容叔達言此八人
齊聖廣淵明允篤誠天下之民謂之八凱　尚書曰高宗夢得說使百工營求諸野得傅巖
也尚前良之遺風兮恫通後辰而無及濟曰恫痛

也言尚二八傳說之餘風痛我後其時將無及也　衡曰尚庶幾也良善也恫痛也言我
後時將無及也恫他公切　善曰楚辭曰竊慕詩人之遺風何孤行之煢
煢瓊兮子不羣而介立良曰煢煢獨也介亦獨也　衡曰煢煢獨
也介特也　善曰毛詩曰獨行煢煢　楚辭曰既惸獨而不羣感鸞鷖之特
棲兮悲淑人之希合銑曰鸞鷖皆鳥名以喻君子特獨淑善也善人
亦希與人合　衡曰鸞鷖皆鳥名淑善也　善曰鸞鷖喻君子也　毛詩曰淑人君子其儀
不忒　山海經曰蚑山有鳥五色飛蔽日名鷖鳥　廣雅曰鷖鳳屬也彼無合其
善本作而何傷兮患衆偽之冒真向曰既不與人合者何傷也患
爲衆偽所冒罔也　衡曰無合猶不遇也冒覆也旦獲讟讀于羣弟
兮啓金縢而後信音中協韻　翰曰讟謗也　周公尚為羣弟流言成王

啓金縢之書知周公之德而後信 善曰尚書曰武王既喪管叔乃流言於國曰公將弗
利於孺子秋大熟未獲天大雷電以風王啓金縢之書乃得周公代武王之說王執書以
泣曰其勿穆卜乃信周公
覽蒸民之多僻兮畏立辟以危
身濟曰蒸衆辟法也覽衆人多行邪僻若獨立則被濫法以危其身 衡曰覽觀也蒸
衆也辟法也毛詩曰民之多僻無自立辟 善曰尚書曰蒸民乃粒楚辭曰寧正
言不諱以危身
曾煩毒以迷惑兮羌孰可以善本無以為
言已私沈憂而深懷兮思繽紛而不理良曰曾則
毒憂也羌歎詞孰誰也已助句也繽紛亂也衡曰沈深也懷思也繽紛亂貌 善曰楚辭
曰獨便悁而煩毒焉發憤而舒情又曰中瞀亂兮迷惑宋玉笛賦曰武毅發沈憂結頋
竭力以守義善本作誼兮雖貧窮而不改執雕虎

文選十五　四

而試象兮阽鹽焦原而跟古恩止翰曰雕虎象皆猛大之獸
名阽臨跟踵也中黃伯曰余左執太行之獿而右搏雕虎唯象未試焉夫貧窮太行之獲
也蹶賤義之雕虎而吾日遇之亦足以試矣莒國有焦原臨百仞之谿有以勇見莒子却
行齊踵焉所以服莒國也夫義之為焦原亦高矣賢者之於義豈獨莒國所以服一時言
執義不改亦猶此也 衡曰竭盡也雕虎象獸名也尸子中黃伯曰余左執太行之獲而
右搏雕虎唯象之未與吾心試焉有力者則又願為牛欲與象鬬以自試今二三子以為
義矣將惡乎試之夫貧窮太行之獲也蹶賤義之雕虎也而吾日遇之亦足以試矣阽臨
也焦石名也跟踵也尸子又曰莒國有石焦原者廣五十步臨百仞之谿莒國莫敢近也
有以勇見莒子者却行齊踵焉所以稱於世夫義之為焦原也亦高矣賢者之於義也且
齊踵此所以服一時也 善曰雕虎以喻貧試象以喻竭力焦原以喻義言已以執雕虎

之貧窮願竭試象之力而守焦原之義上句為此張本庶斯奉信善本無信
以周旋兮要善本作惡既死而後已向曰言我奉此信義以自
周旋至死而後止也 衡曰左氏傳太史克曰奉以周旋不敢失墜論語子曰死而後已
不亦遠乎俗遷渝而事化兮泯規矩之圓方銑曰規圓
而矩方言俗遷變滅規矩之法 衡曰遷移也渝變也泯滅也規圓也矩方也 善曰楚
辭曰固時俗之工巧兮滅規矩而改錯寶蕭艾於重笥息吏兮謂
蕙芷之不香濟曰蕭艾臭草也寶之於重笥蕙芷香草也以謂不香言國以
邪佞為實忠賢受棄 衡曰蕭艾草名也蕙芷香草也員曰簞方曰笥並盛食器也斥
西施而弗御兮縶中立騕烏皎褭奴了以服箱良曰箱大
車也縶羈也西施美女斥而不御騕褭善馬羈縶以駕大車負才之人斥逐不用或在下

文選十五　五

位也 衡曰斥却也西施越之美女也御幸也縶羈也服服轅也箱大車也 善曰楚辭
曰西施斥於北宮兮漢書音義應劭曰騕褭古之駿馬也赤喙玄身日行五千里毛詩曰
睆彼牽牛不可以服箱行頗僻而獲志兮循法度而離
殃翰曰頗僻邪佞也離羅也衡曰頗傾也離遭也殃咎也惟天地之無
窮兮何遭遇之無常銑曰言我何遭逢此無常道之代也 衡曰鄭
玄曰惟思也 善曰楚辭曰惟天地之無窮哀人生之長勤不抑操而苟
容兮譬臨河而無航向曰不抑操而且容於代如臨河而無舟可
渡也 衡曰航船也 善曰抑止也孫卿子曰偷合苟容以持祿周書陰符曰四輔不存
若濟河無舟矣楚辭曰昔余夢登天兮魂中道而無航欲巧笑而干媚
兮非余心之所嘗濟曰嘗行也欲巧笑求媚於時非我心所行之事

衡曰于求也昔行也曰處濁世而顯榮非余心之所樂善曰楚辭襲溫恭之
黻衣兮被禮義之繡裳辮典貞亮以為鞶兮
離善本作雜伎藝以為珩音行也言用良曰襲因辮結温恭禮義貞亮
伎藝之美德執其德以飾冠帶衡曰襲衣也黻黼也五色備曰繡辮交織也鞶所以帶
珮也手伎曰伎禮才曰藝珩珮也善曰毛詩曰君子至止黻衣繡裳禮記曰男鞶革
玄曰鞶小囊盛帨巾者大戴禮曰下車以珮玉為度上有雙衡下有雙璜珩與衡音義同
昭綵藻以彫善本作琱琢兮璜聲遠而彌長銑曰
言冠帶之上綵藻彫琢既明珮玉之聲甚長遠也衡曰綵文綵也藻華藻也字林曰半
璧曰璜善曰董巴輿服志曰古者君珮玉尊卑有序及秦以采組連結於璲謂之綬漢
承秦制用而弗改淹栖善本作棲遲以恣欲兮曜靈忽其

文選十五　六

西藏翰曰淹遲遊息也曜靈日也言我服此美服遊息自恣欲以匡時而年忽以過
故比日之西藏衡曰燿靈日也善曰毛詩曰衡門之下可以棲遲楚辭曰燿靈曄而
西征廣雅曰朱明曜靈東君日也恃己知而華予兮鶗啼鴂
決鳴而不芳向曰將恃己之華盛冀時知我而鶗鴂之鳴使衆草不芳茂猶
讒邪所蔽不得進也鶗鴂陰鳥鳴則草木凋傷也衡曰鶗鴂鳥名也以秋分鳴善曰
楚辭曰歲既晏兮孰華予又曰恐鶗鴂之先鳴使夫百草為之不芳臨海異物志曰鶗鴂
一名杜鵑至三月鳴晝夜不止服虔曰鶗鴂一名鵙伯勞順陰陽氣而生冀一年
之三秀兮遒白露之為霜濟曰三秀芝草也言以才藝之美而
不見用為邪佞所奪如靈芝一年三度秀茂而乃迫於霜露不得茂盛也衡曰說文曰
遒迫也善曰楚辭曰采三秀於山間王逸曰三秀芝草也毛詩曰蒹葭蒼蒼白露為霜

時亹亹而代序兮疇可與乎比伉音康叶嵌容姡
善本作姡嫮回故之難並兮想依韓以流亡良曰亹亹進貌
疇誰伉偶姡惡嫮好也言歲漸進四時代謝正道不行誰可與我為偶嗟好惡之勢而得
並居韓終獲仚道輕舉故思依之相與流亾遠遊也衡曰亹亹進貌疇誰也伉儷也咨
嗟也嫮猶好也韓衆獲道輕舉故思依之以流亾善曰楚辭曰時亹亹而過中又曰恐
天時之代序又曰羨韓衆之流一又曰寧溘死以流亡姡惡也得恐漸冉而
無成兮留則蔽而不彰銑曰恐學仚道漸冉不成留於此又被讒
邪所蔽而不彰明衡曰漸進也善曰楚辭曰漸冉而不自知兮又曰蹇淹留而無成
心猶豫而狐疑兮即岐阯而臚閭情翰曰阯足臚陳
也岐山之足文王所居也言心疑不決故就文王陳情文王善易因以決疑也衡實不行

文選十五　七

蓋以神徃其下遊適遷方皆假言之與比類也衡曰即就也岐山名也臚陳也善曰
楚辭曰欲從靈氛之吉占兮心猶豫而狐疑孟子曰昔文王之治岐也仕者世祿臚力於
切文君為我端著兮欲善本作利肥遯以保名向曰
文君文王也文王為我端蓍而遇遯卦上九飛遯無不利謂去代而遯逃也故云欲使
我用飛遯以保其名也衡曰文君文王也遯卦名也上九曰肥遯無不利謂去而還也
九師道訓曰遯而能肥吉孰大焉此筮得之咸其遯卦艮下乾上上九爻辭云肥遯最
在卦上居無位之地不為物所累繒繳所不及遯之最美故名肥遯處陰長之時而獨如
此故曰利肥遯而保名史記曰蓍百莖一根劉向曰蓍百年而一本生百莖也
山以周流兮翼迅風以揚聲濟曰遯卦從初至三為艮艮為歷衆
山故云歷衆山從二至四為巽巽為風故云翼迅風以揚聲衡曰從初至三為艮艮為

山故曰歷衆山從二至四為巽巽為風故曰翼迅風　善曰謂遯卦名楚辭曰歷衆山而
日遠又曰步周流於江畔幽通賦曰雖翔野以揚聲二女感於崇嶽善本
作岳兮或冰折而不營濟曰崇高嶽山也上九變為咸咸感也巽為長
女兊為少女故云二女第四爻至第六爻變為兊兊為少女故云感高山從三至五為乾
乾為冰故云冰折不營一衡曰崇高也岳五岳也遯上九變為咸咸感也巽長女兊少女
故曰二女從三至五為乾乾為冰故曰冰折而不營天蓋高而為澤兮
誰云路之不平銑曰天體乾變而為兊兊為澤言天高尚為澤誰言其路
不平者乎言欲行也衡曰互體四至乾變為兊兊為澤故曰天為澤言天高尚為澤誰
言其路不通者乎欲其行也善曰周易曰乾為天兊為澤勔緬自彊善本作強
而不息兮蹈玉階之嶢堯崢仕耕切翰曰勔勉也乾為玉

故云蹈玉階嶢崢高貌衡曰勔勉也乾為玉故曰蹈玉階勔亡衍切善曰周易曰天
行健君子以自彊不息方言曰嶢崢高貌也懼筮氏之長短兮鑽
東龜以觀禎向曰言得此吉卦猶懼筮有長短不定更鑽龜以卜之觀其祥
周禮有東屬之龜禎祥也衡曰長短謂卜筮也左氏傳曰筮短龜長周禮曰東龜甲屬
善曰鄭玄周禮注曰東龜青說文曰禎祥也遇九皐之介鳥兮怨
素意之不呈善本作逞濟曰介大也言卜兆遇九皐大鳥謂鶴也亦怨其
意不得申呈衡曰介大也逞快也善曰言卜而遇大鳥之卦也素意不逞謂繇辭也
毛詩曰鶴鳴于九皐遊塵外而瞥匹列天兮據冥翳而哀
鳴良曰言鶴遊塵埃之外哀鳴於冥翳之中喻孤絜也瞥暫見也衡曰瞥裁見也
善曰莊子曰彷徨塵垢之外雕鶚競於貪婪兮我脩絜以

益榮銑曰雕鶚皆鳥名喻在位小人我鶴也衡以自喻衡曰競逐也善曰雕鶚
喻小人也楚辭曰皆競進以貪婪兮婪力含切子有故於玄鳥兮歸
母氏而後寧也向曰此假卜者辭也玄鳥謂鶴也母氏喻道也言已之事有類
此鳥唯歸於道而後獲安善曰此假卜者之辭也玄鳥謂鶴也母氏喻道也言子有故
於玄鳥唯歸於道而後獲寧也老子曰天下有始以為天下母既得其母又知其子河上
公曰道為天下物之母也韓子解老曰母者道也占既吉而無悔兮簡
元辰而俶裝翰曰元善辰時俶始也始裝而行衡曰俶始也裝束也周易
曰同人于郊無悔旦余沐於清源兮晞余髮於朝陽
濟曰既沐髮於清源而乾髮於山東矣朝陽山東也衡曰晞乾也山東曰朝陽善曰
楚辭曰朝濯髮於暘谷夕晞余身乎九陽漱飛泉之瀝液兮咀慈與

石菌之流英良曰瀝液津潤也咀嚼也石菌芝草也英華也善曰楚辭曰
吸飛泉之微液兮懷琬琰之華英瀝流也菌芝也說文曰漱盪口也石菌石芝也蒼頡篇
曰咀噍也翾虛緣鳥舉而魚躍兮將往走去乎八荒
銑曰翾輕飛也八荒八方之外也衡曰廣雅曰翾飛也淮南子曰四海之外有八澤八
澤之外曰八埏八埏之外曰八荒善曰走音奏過少昊善本作皞之窮
野兮問三丘乎善本作于句芒向曰少昊金天氏都於窮野三丘蓬
萊方丈瀛洲羣仙所居也句芒東方神言遊東方故問也衡曰少皞金天氏居窮桑在
魯此三丘謂蓬萊方丈瀛洲句芒木正也左氏傳曰少皞氏有四子曰重曰該曰修曰熙
實能金木及水使重為句芒木正該為蓐收金正修及熙為玄冥二子相代為水正也世
不失職遂濟窮桑此其三祀也杜預曰窮桑小皞氏之號也四子能治其官使不失職濟

成火𤋮之功死皆爲民所祀也史記云蓬萊方丈瀛洲此皆神山傳在海中去人不遠及到三山反在水下何道真之淳粹兮去穢累而票匹遥輕翰曰謂三山上仙者衡曰不澆曰淳不雜曰粹穢德之累也善曰幽通賦曰矧耽躬於道真楚辭曰昔三后之淳粹又曰除穢累而反真登蓬萊而容與兮鼇雖抃而不傾濟曰巨鼇負蓬萊山雖抃擊而不傾側也衡曰抃手搏也善曰列仙傳曰巨鼇負蓬萊山而抃於滄海之中留瀛洲而採善本作采芝兮聊且以乎長生良曰留此採芝草服之以取長生衡曰瀛洲海中神山也善曰楚辭曰含沆瀣以長生憑歸雲而遐逝兮夕余宿乎扶桑銑曰憑依遐遠也扶桑日出處衡曰憑依也避遠也逝往也善曰傳毅七激曰仰歸雲忽遊風淮南子曰日出暘谷拂於扶桑十洲記曰

扶桑葉似桑樹長數千丈大二千圍兩兩同根根更相依倚是以名之扶桑飲青岑之玉醴兮餐沆胡朗瀣胡介以為粻音張向曰岑山峯也玉醴玉泉也沆瀣露氣也粻糧也衡曰青岑山名上高者曰岑沆瀣夕霞也粻粮也廣雅曰沆瀣露氣也善曰揚雄太玄經曰茹芝英以禦飢兮飲玉醴以解渴楚辭曰飡六氣而飲沆瀣兮漱正陽而食朝霞陵陽子經曰夏飡沆瀣北方夜半氣發昔夢於木禾兮穀崐崘之高崗濟曰崐崘山上有木禾我今至此見穀是發昔夢衡曰昔日夢至木禾今親往是發昔日之夢也穀生也善曰淮南子曰崐崘之上有木禾焉其穗長五尋山海經曰帝之下都崐崘之墟高萬仞上有木禾長五尋大五圍郭璞曰木禾穀類也說文曰嘉穀也二月生八月熟得中和故曰禾木生而生木衰而死曰木禾也故朝吾行於暘谷兮從伯禹乎稽

山良曰暘谷日出處伯禹夏禹也稽山會稽山言自東而南行也衡曰暘谷日所出嘉群臣之執玉兮疾防風之食言銑曰禹會諸侯於塗山執玉帛者萬國又會於會稽之山防風後至禹戮之也衡曰食僞也善曰國語曰吳伐越墮會稽獲骨節專車吳之使來問之仲尼曰丘聞之昔禹致羣臣於會稽之山防風後至禹乃殺而戮之其骨節專車此為大矣韋昭曰羣神謂主山川之君為羣神之主故謂之神防風汪芒氏君之名也違命後至故禹殺之陳尸為戮左氏傳曰禹合諸侯於塗山執玉帛者萬國尚書曰朕不食言指長沙以邪徑兮存重華乎南鄰向曰長沙地名重華舜名舜葬於蒼梧故訪於南方也南鄰南方也衡曰重華舜也善曰尚書曰重華協于帝山海經曰南方有蒼梧之川其中九疑山舜之所葬在長沙界中說文曰存恤也哀二妃之未從兮翩繽處

彼湘濱翰曰二妃堯二女也舜之妃也舜死蒼梧二妃奔之死於江湘之間其神處於此故哀之翩繽美貌衡曰二妃堯之女娥皇女英舜妻也善曰禮記曰舜葬蒼梧之野蓋二妃未之從也鄭玄曰離騷所謂湘夫人也舜南巡狩死於蒼梧二妃留江湘之間濱水湄也流目眺夫阿衡善本作衡阿兮覩有黎之圮平鄙墳痛火正之無懷兮託山坡善本作陂以孤魂翰曰眺視圮毀懷歸也有黎高辛氏之火正謂祝融也楚靈王時衡山崩祝融之墓壞其魂託於山坡衡曰眺視也衡山名也阿山下也黎高辛氏之火正謂祝融也圮壞也楚靈王之世衡山崩而祝融之墓壞中有營丘九頭圖矣託寄也善曰馮衍顯志賦序曰遊情宇宙流月八紘懷歸也愁鬱鬱之茂善本作以慕遠兮越卬五岡州而遊遨銑曰卬州南州名也衡曰卬州正南州名也四海圖

曰交廣南有卭州其處極熱楚辭曰愁鬱鬱之無快卭五高切善曰踦日中
于昆吾兮憩炎火之所陶揚芒熛必遥而絳天
兮水泫縣沄云而涌濤濟曰躋渡憩息也日出暘谷至于昆吾是
謂正中渡昆吾息炎火所陶之地芒熛火之芒角絳赤也言南方火氣盛芒角天為赤色
也水沸而涌波濤也衡曰鄭玄曰躋升也熛風熾也泫沄沸貌濤水波也善曰踦進南
予曰日出于暘谷至于昆吾是謂正中高誘曰昆吾南方爾雅曰憩息也山海經曰西海
之南其外有炎火之山爾雅曰再成曰陶丘芒光芒也熛火飛也揚雄冀州箴曰冀土糜
沸泫沄如湯温風翕其增熱兮惄奴歷鬱悒其難聊
良曰翕熱貌惄憂思也鬱悒煩冤也衡曰說文曰翕熾也善曰淮南子曰南方之極
自北户孫之外南至委火炎風之野萬二千里高誘曰北户孫國名也爾雅曰惄思也楚

文選十五　十二

辭曰心鬱悒余侘傺賈苦逵曰聊賴也協韻為勞䫗骨羈旅而無友兮
余安能乎留茲銑曰顫獨也衡曰顫獨也羈寄也旅客也善曰左氏
傳陳敬仲曰羈旅之臣楚辭曰廓落兮羈旅而無友顧金天而歎息兮
吾欲往乎西嬉向曰金天西方少昊所主也將西嬉遊故顧而歎息衡
曰金天少昊位也善曰家語孔子曰生為明王死配五行少皞配金說文曰嬉樂也
前祝融而善本無而使舉麾兮纚力氏朱鳥以承旗
翰曰顓頊以重黎為火正有功命曰祝融纚聯也朱鳥南方星聯之於旗欲往西方故使
前方舉麾引道衡曰尚書曰右秉白旄以麾案執旄以指撝也秦漢以來即以所執之
旄名曰麾謂麾幢曲蓋者也善曰楚辭曰飛朱鳥使先驅又曰鳳皇翼其承旂纚
建木於廣都兮摭之石若華而躊儔躇音除良曰躔

息摭拾也廣都地名建木木名言至廣都息建木之下也若華樹名拾其枝而不進衡曰
躔息也摭拾也若華樹名也善曰淮南子曰建木在廣都若木在建木西末有十日其
華照下地毛詩曰愛而不見搔首躊躇薛君曰躊躇躑躅也方言曰摭取也躊直由切躇
直於切超軒轅於西海兮跨汪氏之龍魚聞此
國之千歲兮曾焉足以娛余銑曰軒轅汪氏龍魚皆國名人
皆壽千歲然不足以娛我也善曰海外西山經曰軒轅之國在窮山之際不壽者八百
歲龍魚陵居在北狀如鯉在汪野北其爲魚也如鯉汪氏國在西海外此國足龍魚也
思九土之殊風兮從蓐收而遂徂銑曰九土九州之土
也蓐收西方神名徂往也言從西方而往中野衡曰九土九州也蓐收金正神也徂往
也善曰好色賦曰周覽九土山海經曰濛山神西望日之所入其氣員神光之所司郭

文選十五　十三

璞曰蓐收金神也人面虎身右手執鉞欻神化而蟬蛻兮朋精
粹而為徒向曰自西方而來欻然若神之化也蟬之蛻以精粹為朋友徒侶也
衡曰欻輕舉貌善曰楚辭曰濟江海兮蟬蛻又曰吸精粹而吐氛濁漢書音義韋昭曰
蟬蛻出於皮殼也躨厥白門而東馳兮云台怡行乎
西墅善本作中野之門也台我也翰曰躨履也白門西方衡曰漢書音義韋昭
曰躨蹋也爾雅曰台我也善曰淮南子曰八極西南方曰偏駒之山曰白門高誘曰金
氣白故曰白門楚辭曰行中野而歲之台音夷亂弱水之潺士連湲爰
兮逗華陰之湍渚濟曰正絕流曰亂弱水水名逗止也華陰太華之陰
衡曰爾雅曰絕流曰亂郭璞注曰直橫渡也書曰亂于河逗止也華太華也山北曰陰
善曰山海經曰崑崙之丘其下有弱水之川環之郭璞曰其水不勝鴻毛漢書京兆有華

陰縣號馮夷俾清津兮棹善本作櫂龍舟以濟予音與
協韻良曰號呼也馮夷河伯也言使河伯清津持棹理舟以濟渡我歸中土也衡曰
號呼也青令傳曰河伯華陰潼鄉人也姓馮氏名夷浴於河中而溺死是為河伯淮南子
曰馮夷服夷石而水仙俾使也又曰龍舟鷁首會帝軒之未歸兮悵
倘常佯而延佇銑曰帝軒黃帝也葬於西海橋山神未東歸故悵然思之
而延佇也倘佯思貌衡曰黃帝葬於西海橋山神未東歸也應劭曰在上郡周陽縣有
黃帝冢也悵倘佯思貌春秋命曆序曰帝軒受圖雒授曆楚辭曰且倘佯而汜觀延佇見
上注泗許利河林之蓁蓁側巾兮偉關雎之戒女向曰
泗息也蓁蓁茂盛貌偉美也詩云關關雎鳩在河之洲窈窕淑女君子好逑黃帝之神既
未至乃息於河林之中美關雎之詩以戒女也衡曰泗息也偉異也詩曰關關雎鳩在

文選十五　十四

河之洲窈窕淑女君子好逑善曰中山經曰北望河林其狀如蒨郭璞曰說者云蒨木
名也毛萇詩傳曰蓁蓁至盛也黃靈詹而訪命兮摎居幽天道
其焉如翰曰黃靈黃帝也詹至訪謀摎求如之也言黃帝既至為我訪謀吉凶之
命求天道何之也衡曰黃靈黃帝也詹至也訪謀也摎求也如之也曰近信
而遠疑兮六籍闕而不書濟曰曰黃帝詞也黃帝言天道不可
知若近而信之與遠而疑之此兩者六經所不書也六籍六經也衡曰六籍六經神
逵昧其難覆兮疇克謨善本作謀而從諸良曰逵道昧闇
覆審謨察也言神道昧暗難審誰能察而從也衡曰九交道曰逵覆審也疇誰也克能
也謀諸之也察也牛哀病而成虎兮雖逢昆其必噬
音逝銑曰魯哀公時有牛哀者病七日化為虎其兄啓戶而入哀搏而殺之噬齧也

衡曰魯人牛哀也昆兄也噬食也淮南子曰牛哀病七日而化為虎其兄啓戶而入
哀搏殺之不自知為虎也廣雅曰噬嚙也鼈令零殪壹計而尸亡兮
取蜀禪而引世向曰荊人鼈令死棄其尸於江逆流而上至成都而生見
蜀帝杜宇宇以為相宇自以德不及令乃委國授之而去殪死也衡曰鼈令蜀王名也委
殪死也禪傳也引長也善曰蜀王本紀曰望帝治汶山下邑曰郫積百餘歲荊地有一
死人名鼈令其尸亡隨江水上至郫與望帝相見望帝以鼈令為相以德薄不及鼈令乃
委國授之而去死生錯而善本作其不齊兮雖司命其不
晰音制協韻善本作晰翰曰晰明也言死生若此外錯不齊雖司命不能明之衡
曰晰昭晰也善曰禮記曰王立七祀曰司命鄭玄曰司命主督察三命史記扁鵲曰疾
在骨髓雖司命無奈之何晰之曳切東方朔曰司命之神總鬼錄者實號行於

文選十五　十五

代路兮後膺祚而繁廡音武良曰漢文帝竇皇后景帝母也呂
太后出宮人以賜諸王竇姬與在行中家在清河如趙近家請其主宦者必置籍趙之伍
中宦者忘之誤置代籍伍中當行竇姬怨其宦者不欲往相彊乃行至代代王獨幸竇姬
生景帝後立為皇后故云膺祚繁廡茂盛也善曰漢書曰孝文竇皇后景帝母也呂太后
出宮人以賜諸王竇姬與在行中家在清河願如趙近家請其主遣宦者吏必置趙籍之
伍中宦者忘之誤置代籍伍中當行竇姬涕泣怨其宦者不欲往相強乃肯行至代代王
獨幸竇姬生景帝後立為皇后王肆侈於漢庭兮卒銜卹善本
作恤而絕緒濟曰漢平帝王皇后王莽女也初以法駕迎於莽第後其父纂位后
常銜憂稱疾不朝莽誅自投火而死卹憂也故云絕緒善曰漢書曰孝平王皇后莽女
也莽秉政以女配帝遣劉歆奉乘輿法駕迎后于莽第及莽即真后常稱疾不朝會莽誅

自投火中死國語曰肆侈不違韋昭曰肆恣也毛詩曰出則銜恤尉尨眉而
郎潛兮逮三葉而遘武良曰尨蒼也郎尉皆官名也顏駟漢文帝
時為郎至武帝輦過郎署見駟尨眉皓髮問曰叟何時為郎何其老也荅曰臣文帝時為
郎文帝好文而臣好武景帝好美而臣貌醜陛下好壯臣已老矣是以三不遇故老於郎
署帝感其言擢拜會稽都尉故云逮三葉也衡曰尉官名也尨蒼也　善曰漢武故事曰
顏駟不知何許人漢文帝時為郎至武帝輦過郎署見駟尨眉皓髮上問曰叟何時為郎
何其老也荅曰臣文帝時為郎文帝好文而臣好武至景帝好美而臣貌醜陛下即位好
少而臣已老是以三世不遇故老於郎署上感其言擢拜會稽都尉董弱冠
而司袞兮設王隧而弗處銑曰董賢年二十二為漢三公故云
弱冠司袞哀帝崩賢自殺家惶恐夜葬其詐死有司奏賢造冢墓不異王制賢見發掘

文選十五　十六

埋獄中故云設王隧而不處隧墓中道也善曰漢書曰董賢年二十二為三公哀帝崩
賢自殺家惶恐夜葬之莽疑其詐死有司奏賢造冢墓不異王制賢既見發贏診其尸因
埋獄中禮記曰人生二十曰弱冠周禮曰三公自袞冕而下左氏傳曰晉侯請隧杜預曰
掘地通路曰隧隧王之葬禮夫吉凶之相仍兮恒反側善本作仄
而靡所向曰此數者是吉凶相因反側無所定也　衡曰仍因也恒常也穆
屆天以悅牛兮豎亂叔而幽主翰曰穆子去叔孫氏及庚
宗遇婦人適齊夢天壓己不勝顧而見人黑而上僂深目猳喙號之曰牛助余乃勝之魯
人召之及所宿庚宗婦人曰余子長召而見之則所夢也未問其名號之曰牛曰唯至魯
使為內豎豎官名牛欲亂其室叔孫有疾牛不進食而餓死屆至也謂天至穆子之上而
壓也　悅牛謂以牛為豎也幽主謂不進叔孫之食　善曰孔安國尚書傳曰屆至也左氏

傳曰初穆子去叔孫氏及庚宗遇婦人適齊夢天壓己不勝顧而見人黑而上僂深目而
猳喙號之曰牛助余乃勝之魯人召之所宿庚宗之婦人獻以雉曰余子長而見之則所
夢也未問其名號之曰牛曰唯使為豎牛欲亂其室而有之叔孫疾豎牛曰夫子疾病不
欲見人使寘饋于介而退牛不進叔孫不食而卒文斷袪而忌伯兮
閹奄謁賊而寧后濟曰初晉獻公使寺人勃鞮伐文公於蒲城文公踰
垣勃鞮斬其袪及文公入勃鞮求見公恨之欲不見鞮以呂郤之謀告公也伯楚勃鞮字
也忌畏也閹則勃鞮也謁告寧安后君也善曰國語曰初獻公使寺人勃鞮伐文公於
蒲城文公踰垣勃鞮斬其袪及入勃鞮求見於是呂甥冀芮畏逼悔納公謀作亂伯楚知
之故求見公公遽見之伯楚以呂郤之謀告公韋昭曰寺人掌內人之禁也勃鞮字伯楚
也通人闇於好惡兮豈昏惑而能剖良曰通人穆子

文選十五　十二

文公也剖明也衡曰剖分明也嬴擿他壁讖楚禁而戒胡兮備諸
外而發內銑曰嬴秦姓也盧生奏圖書曰亡秦者胡也乃使北築長城以備之
而胡亥之禍正發於內讖即圖書也擿指也善曰史記曰盧生使人奏錄圖曰亡秦者胡
也使將軍蒙恬北擊胡略取河南地又曰始皇崩李斯與趙高謀詐受始皇詔立胡亥為
太子也或輦賄而違車兮孕在善本作行產而為對
向曰違避也周犨家貧夫妻夜作因遇天帝矜之問司命曰可使富乎曰不可然有張車
子財可借之三十年後車子生當還之犨此後大富及其欲年滿夫妻輦其財物以逃避
之路逢夫妻寄在車下宿其夜產子問名於夫曰生車間可名車子犨從是後貧故云孕
行而為對衡曰車人名也孕懷子也昔有周犨者家貧夫婦夜田天帝見而矜之問司
命曰此可富乎司命曰命當貧有張車子財可以假之乃借而與之期曰車子生急還之

田者稍富利及期夫婦輦其賄以逃同宿路逢夫妻寄車下宿夜生子問名於夫夫曰生
車間名車子也從是所向失利遂貧困 善曰見鬼神志及搜神記慎竈顯以
言天兮占水火而妄訐音信濟曰魯昭公二十二年夏五月日
有蝕之梓慎曰將水八月大雩旱也昭十八年夏五月火始昏見丙子風裨竈曰不用吾
言鄭將又火鄭人請用之子產曰天道遠人道邇非所及也何以知之竈焉知天道遂不
用亦不復火訐猶說也占水火皆不中故云妄說衡曰訊告也 善曰左氏傳曰昭公
二十四年五月乙未朔日有食之梓慎曰將水昭子曰旱也日過分而陽獨不剋剋必甚
能無旱乎秋八月大雩旱也又曰昭公十八年夏五月火始昏見丙子風裨竈曰不用吾
言鄭又將火鄭人請用之子產曰天道遠人道邇非爾及也何以知之竈焉知天道是亦
多言矣豈不或信遂不與亦不復火占謂自隱度而言也良善本作梁叟患夫

文選十五　十八

黎丘兮丁厥子而剚側吏善本作刃濟曰良北黎丘部有奇鬼
善效人之子姪昆弟黎丘丈人有市醉而歸者黎丘之鬼效其子之狀扶而道苦之丈人
醒而讓其子其子泣觸地曰孽無告也其父信之曰必是奇鬼也我固聞之明早復飲於
市欲遇而刺殺之其真子恐其父不能返遂往迎丈人拔劍刺殺之丁當也剚揷也衡
曰丁當也 善曰呂氏春秋曰梁國之北地名黎丘有奇鬼焉善效人之子姪昆弟好扶
邑丈人而道苦之黎丘丈人有市醉而歸者黎丘之鬼效其子之狀扶而道苦之丈人歸
酒醒而誚其子其子泣而觸地曰孽無告也其父信之曰譆是必夫奇鬼也我固聞之明
日復飲於市欲遇而刺之明旦而醉其真子恐其父之不能反也遂迎之丈人望其真子
拔劍而刺之丈人知惑於似其子者而殺其真子高誘曰譙讓也漢書蒯通曰不敢剚刃
公之腹者畏秦法也韋昭曰北方人呼揷物地中為剚親所視善本作睼而

弗識兮矧幽冥之可信良曰良叟視其子尚不識而殺之況此數
者幽冥之事豈可定信衡曰睼視也矧況也無綿攣力全以淬胡對善本
作倅已兮思百憂而自疹銑曰攣綿繫著也淬引疹病也言不可繫
著於世事引已多憂使為病也衡曰毋勿也綿攣係戀偉引也疹疾也 善曰毛詩曰
我生之後逢此百憂彼天監之孔明兮用棐匪忱市林而
祐仁向曰孔甚棐輔忱誠也言天監視甚明用輔祐誠信仁德矣衡曰監視也孔
甚也棐輔也忱誠也祐助也 善曰尚書曰天監厥德又曰天威棐忱湯蠲涓
體以禱祈兮蒙庬胥江褫斯以拯民翰曰蠲絜庬大褫福
拯濟也湯既克夏大旱乃以身為犧牲祈福於天而雨大至此由絜體而蒙大福以濟於
人衡曰湯帝乙也蠲絜也拯濟也 善曰呂氏春秋曰湯剋夏大早七年乃以身禱於

文選十五　十九

桑林自以為犧用祈於上帝民乃甚悅雨乃大至爾雅曰庬大也褫福也祈或為祊非也
景三慮以營國兮熒惑次於他辰濟曰宋景公有疾司
馬子韋曰熒惑守心心宋分野君當可移於相公曰相股肱也除心腹之疾置之股肱無
乃不可乎曰可移於人公曰人可為國無人何以為君曰可移於歲公曰歲所以養人歲
不登何以畜人子韋曰君善言三熒惑必退三舍延命二十一年視之果已次止他辰也
衡曰景謚也慮謀也熒惑火星也次舍也 善曰呂氏春秋曰宋景公有疾司馬子韋曰
熒惑守心心宋之分野君當之若祭之可移於相公曰相寡人之股肱除心腹之疾移於
股肱可乎曰可移於民公曰民所以為國無民何以為國曰可移於歲公曰歲所以養民
歲不登何以畜民子韋曰君善言三熒惑必退三舍延命二十一年視之信一舍七度三
七二十一當更壽二十一年
魏顆亮以從治兮鬼亢回以

弊善本作斃秦良曰魏武子有嬖妾武子疾命顆曰必嫁是妾疾甚則曰必為殉及
卒顆嫁之顆與秦戰於輔氏顆見老人結草以亢杜回杜回躓而顛因獲之夜夢曰余所
嫁婦人之父也杜回秦之力士故云亢回弊秦亮信也此由顆信而從治命也　善曰左
氏傳曰初魏武子有嬖妾武子有疾命顆曰必嫁是妾疾病則曰必以殉及卒顆嫁之及
輔氏之役顆見老人結草以抗杜回杜回躓而顛故獲之夜夢曰余乃所嫁婦人之父也爾
用先人之治命余是以報也咎繇邁而種德兮樹德懋于
英六銑曰邁行種布其德禹封咎繇之後於英六之國其德懋於此地楚末乃滅
衡曰邁行也英六國也楚之末乃滅　善曰尚書禹曰咎繇邁種德史記曰帝禹封皐陶之
後於英六桑末寄夫根生兮卉既凋而已育有無
言而不酬兮又何往而不復向曰桑樹之末而有寄生也衆

草皆凋此獨育茂猶衆國既滅咎繇之後尚存無言不酬何往不復此所以咎咎繇之德
也衡曰桑末木名也根生寄生也卉草木凡名也育生也凋落也復返也　善曰舊注
之意以卉即桑末也言桑末寄夫根生桑末既凋而寄生已茂以喻皐繇之後封於英六
衆國已滅而英六獨存言積德之後必有餘慶也邁已德行仁必貽後慶如有言必酬有往
必復也毛詩曰無言不酬無德不報禮記曰往而不來非禮也周易曰無平不陂無往不
復盍遠迹以飛聲兮孰謂時之可蓄翰曰此皆假黃
帝之辭也言吉凶不定惟在道德而已何不遠遊以飛英聲時之易逝不可蓄而止也
善曰言何不遠迹以遐聲蹬六合而訪道誰謂時之可蓄而不可行乎言時易逝也鄭玄
論語注曰盍何不也孔安國尚書傳曰蓄積也仰矯首以遙望兮魂
惘罔憿善本作憿惘而無儔濟曰矯舉也惘憿不平貌無儔言無儔匹

衡曰疇匹也　善曰甘泉賦曰仰矯首以高視楚辭曰悵憿惘兮永思偪善本作逼
區中之隘陋兮將北度而宣遊良曰宣徧也謂中國隘陋也
將北度徧遊域中　衡曰逼迫也宣徧也善曰司馬相如大人賦曰悲世俗之逼隘楚
辭曰宣遊兮列宿順極兮彷徨行積冰之皚皚善本作磑磑兮清
泉沍而不流銑曰皚皚冰厚貌沍凍也言北地寒也　衡曰沍凍也　善曰
淮南子曰八紘北方曰積冰高誘曰北方寒冰所積故名積冰磑磑高貌牛哀切方言磑
堅也左氏傳曰固陰沍寒杜預曰沍閉也寒風淒其永至兮拂穹
岫之騷騷向曰穹岫山峯也騷騷風聲衡曰淒寒貌　善曰騷騷風勁貌音
脩玄武縮于殼中兮騰蛇究善本作蜿而自糾平聲
協韻　翰曰龜與蛇交曰玄武北方神獸也殼甲也騰蛇似龍亦北方獸也或縮於甲中

殼自宛而糾繞皆苦寒也　衡曰龜與蛇交曰玄武殼甲也春秋漢含孳曰天一常居後
玄武蔡邕月令章句曰北方玄武介蟲之長文子曰騰蛇無足而騰也蜿曲也魚矜
鱗而并凌去兮鳥登木而失條濟曰矜竦其鱗也并凌凍
貌鳥登木失柯條寒也　衡曰夌冰也　善曰矜寒貌凌力證切坐太陰之
屏室兮慨含欷虛義而增愁良曰太陰北方屏蔽也坐於此令我
歔欷增憂也　善曰楚辭曰選鬼神於太陰兮漢書曰以陰陽言之太陰者北方也說文
曰屏蔽也慨太息也屏與屛古字通曰不泣曰欷何休曰欷悲也火既切又怨高
陽之相寓兮伷乞衆顓頊而宅幽銑曰高陽顓頊號相視寓
居也伷小貌愁顓頊居此小陋之地北稱幽也　衡曰高陽帝顓頊也相視也寓居也伷
小貌也　善曰家語孔子曰高陽配水山海經曰北海之內有山名幽都之山黑水出焉

佃夫鳳切庸織路於四垠銀善本作嚚兮斯與彼其何
瘳音抽向曰庸用也織往來於道如織也垠際瘳愈也言我往來道路於四遠之際
皆不足留言與此無相愈也衡曰瘳愈也南至炎火鬱邑無聊北至積氷含歙增愁此
與彼何以相愈乎庸勞也織曰緯善曰言涉路東西有似於織也望寒門之
絕垠兮縱余緤薛乎不周翰曰寒門北極門也緤馬轡也言縱
轡於不周山也善曰楚辭曰辟絕垠乎寒門又曰登閬風而緤馬王逸曰緤繫也楚辭
曰路不周以左轉兮王逸曰不周山名也在崑崙西北漢書司馬相如大人賦曰軼先驅
於寒門注寒門天北門也左氏傳曰臣負羈緤緤馬絆也大荒經西北海之外大荒隅有
山而不合名曰不周淮南子曰昔共工與顓頊爭為帝共工怒而觸不周山天維絕地柱
折故令此山缺埒不周而已迅飈善本作猋潚肅其腠弋誥我兮

文選十五　二十二

鷩䎀飄而不禁越谽欱含㘎呼加之洞穴兮漂通
淵善本作川之硎硎力金經重陰善本作唇乎寂寞兮愍
墳羊之潛深善本作深潛濟曰迅潚疾貌腠送也䎀飄輕貌不禁言輕疾
也谽㘎空大貌漂浮也硎硎深廣貌重陰地下也寂寞幽靜貌墳羊土精也言風送我其
行輕疾越空大之穴浮廣深之洞經地下幽靜之界念土精於此潛處衡曰潚疾貌腠
送也䎀飄疾也谽㘎大貌漂浮也硎硎深貌重陰地下也寂寞靜貌墳羊土精怪也善
曰爾雅曰風飄謂之猋上林賦曰通川過於中庭國語季桓子穿井獲如土缶中有羊焉
使問之仲尼曰土之怪曰墳羊唐云墳羊雌雄不成者也㘎火加切硎音林唐古字追
荒上忽於地底兮軼逸無形而上浮良曰追馳也荒
忽無形貌出此而上浮行也善曰荒忽幽昧貌甘泉賦曰窺地底而上回楚辭曰覽方

物之荒忽春秋說題辭曰元氣以為天混沌無形出石密之闇野兮
不識蹊之所由銑曰路出石冥密之野不知路徑所從衡曰蹊路也由
自也善曰山海經曰密山是生玄玉黃帝取密山之玉策而投之鍾山之陰然下既有
鍾山此石密疑是密山速燭龍令執九炬兮過鍾山而中
休向曰速徵也燭龍鍾山神也炬火炬也休息也至鍾山而神息也衡曰速徵也
善曰楚辭曰日安不到燭龍何照山海經曰鍾山之神曰燭陰郭璞曰即燭龍也瞰
瑤谿善本作谿之赤岸兮弔祖江之見劉翰曰瞰瞻也瑤
谿赤岸鍾山東欽䲹殺祖江于崑崙之陽帝乃戮於鍾山之東故於此弔也衡曰瞰瞻
也瑤谿赤岸謂鍾山東瑤岸也祖江人名也劉殺也善曰山海經曰欽䲹殺祖江于崑
崙之陽帝乃戮於鍾山之東曰瑤岸欽䲹化為大鶚郭璞曰䲹音丕聘王母於

文選十五　二十三

銀臺兮羞玉芝以療饑濟曰既至崑崙山聘西王母於銀臺之中
羞進也玉芝白芝草也進白芝以療其饑也衡曰王母西王母也銀臺王母所居羞進也
療愈也善曰史記曰三神山仙人在焉黃金白銀為宮闕王母仙者故假言之本草經
曰白芝一名玉芝戴勝慭魚華其既歡兮又誚才笑余之
行遲良曰戴勝西王母冠也誚笑也衡曰戴勝謂西王母也慭笑貌誚讓也善
曰山海經曰西王母其狀如人戴勝是司天之厲郭璞曰勝玉勝戴太華之
玉女兮召洛浦之宓妃良曰玉女太華神女乘車而來也宓妃洛
神也使召取之衡曰浦涯也善曰列仙傳曰毛女字玉女在華陰山中體生毛所止
巖中有鼓琴聲楚辭曰迎宓妃于伊浦咸姣狡麗以蠱媚兮增
嫮回故服善本作眼而蛾眉舒眇善本作訬婧才姓又音精之

纖要善本作腰兮裼陽善本作揚雜錯之袿珪徽銑曰姣麗
蠱媚皆美貌嫮好也眇婧纖腰貌袿徽皆婦人服也衡曰嫮好也訬婧細腰貌善曰
楚辭曰嫮目宜笑眉曼劉熙釋名曰婦人上服謂之袿青絳為之緣袿古攜切爾雅曰婦
人之徽謂之縭郭璞曰即今香纓也訬音眇說文曰婧妍婧也離朱脣而微
笑兮顏的礫曆善本作礫以遺光向曰離猶開也的皪明貌衡
曰離開也的皪明也善曰神女賦曰朱脣的其若丹上林賦曰宜笑的皪獻環
琨與璪縭离兮申厥好之玄黃良曰環琨皆玉珮璪玉也
縭帶以玉飾又以玄黃之繒申其好也善曰白虎通曰所以必有珮者表德見所能也
故脩道無窮則佩環能本道德則佩琨薛君韓詩章句曰縭帶也尚書曰厥篚玄黃琨音
昆雖色豔而賂美兮志浩蕩而不嘉濟曰雖二女色

豔環琨玄黃之賂甚美而我志浩蕩不以為嘉善衡曰豔美色也善曰賂美謂環琨
玄黃也楚辭曰怨靈脩之浩蕩雙材悲於不納兮並詠詩而
清歌銑曰雙材即二神女也悲我不納而詠歌詩也善曰雙材謂玉女宓妃也劉
歆列女傳頌曰材女修身廣觀善惡歌曰天地烟熅百卉含葩
向曰烟熅美氣也卉草葩華也衡曰烟熅和貌葩華也善曰周易曰天地烟熅萬物
化醇鳴鶴交頸雎善本作鳴鳩相和處子懷春精魂
回移翰曰雎鳩鳥名處子處女也懷春有所思善曰周易曰鳴鶴在陰詩曰關關
鳴鳩莊子曰藐姑射之山有神人居焉婥約若處子毛詩曰有女懷春如何淑
明忘我實多濟曰淑明謂衡也忘我實多二女恨詞衡曰淑善也淑明謂
衡也善曰論語摘輔像曰仲弓淑明清理毛詩曰如何如何忘我實多將答賦

而不暇兮爰整駕而亟紀力行良曰將答二女所賦之詩而不
暇於是整駕疾行亟疾也衡曰爰於是也亟疾也善曰毛詩曰爾之亟行皇脂爾車
瞻崐崙之巍巍兮臨縈河之洋洋銑曰巍巍高貌縈河
河之曲也洋洋流貌衡曰巍巍高貌縈紆也言河之曲也善曰史記太史公曰禹本
紀言河出崐崙毛詩曰河水洋洋毛萇曰洋洋盛大也伏靈龜以具善本
作負坻直夷兮亘螭勑知龍之飛梁向曰坻洲也可以止舟亘橫也
飛梁浮橋也皆使神物為也衡曰坻所以止船也善曰楚辭曰麾蛟龍以梁津兮詔
西皇使涉予登閬風之層城兮構不死而為牀翰曰
閬風層城皆山名崐崙山有不死樹構之以為牀衡曰閬風崐崙山名也善曰十洲
記曰崐崙北角曰閬風之巔山海經曰崐崙開明北有不死樹郭璞曰言常生也屑

瓊善本作瑤蘂以為糧善本作糇兮斞俱白水以為漿
濟曰瓊蘂玉英也屑以為糧斞酌也白水水名衡曰屑碎也糇糒也斞酌也善曰瑤
蘂也楚辭曰精瓊靡以為粻王逸曰靡屑也毛萇詩傳曰糇食也又曰斞挹也楚辭曰朝
吾將濟於白水兮王逸曰淮南子曰白水在崐崙之源也蘂而髓切斞居于切抨普萌
巫咸使占夢兮乃貞吉之元符銑曰抨使也巫咸古神巫
我昔夢木禾今使巫咸占之乃得貞吉之善符衡曰抨使也善曰言我昔夢木禾令
令巫咸占之也楚辭曰巫咸將夕降兮懷椒糈而要之王逸曰巫咸古神巫也當殷中宗
之時也抨甫耕切滋令德於正中兮含嘉秀以為敷
濟曰滋盛嘉善秀美敷布也言木禾之夢當宜盛發令德為正中之道含善美以布於人
衡曰滋繁也不華而實謂之秀善曰言已有令德類禾之有嘉秀也尚書曰推爾令德

孝恭既垂頡而顧本兮亦要思乎故居良曰頡穗也既垂而顧本要思於故鄉衡曰頡穗也善曰言禾垂穎以顧本猶人之思故居也准南子曰孔子見禾三變始於粟生於苗成於穗乃歎曰我其禾乎高誘曰禾穗向根故君子不忘本也安和靜而隨時兮姑純懿之所廬銑曰宜以和靜自安隨時順俗且是純美之所居也懿美廬居也衡曰姑且也懿美也廬居也善曰周易曰隨時之義大矣哉戒庶僚以夙會兮僉供職而來善本作並迓向曰僚官迓迎僉諧也占憂宜還故戒衆神之官早集皆供其職迎我而歸也衡曰庶僚即下豐隆列缺等也迓迎也善曰孔安國尚書傳曰僉皆也豐隆軒善輷其震霆兮列缺爆善本作曄其照夜翰曰豐隆雷公軒聲也霆霹靂列缺雷師曄光貌衡曰豐隆雷公也軒聲貌震霆霹靂也列缺

電也曄光貌善曰楚辭曰吾令豐隆乘雲兮羽獵賦曰霹靂列缺吐火施鞭軒普耕切雲師䨴徒感以交集兮凍雨沛普賴其灑途音度協韻濟曰䨴陰貌凍雨暴雨也沛雨貌言將歸雷電雲雨之神並以從行也衡曰雲師雨師也䨴陰貌凍雨暴雨也巴郡謂暴雨為凍雨沛雨貌塗路也善曰諸家之說豐隆皆曰雲師此賦別言雲師明豐隆為雷也故留舊說以廣異聞楚辭曰使凍雨兮灑塵轙魚綺琱凋輿而樹葩兮擾應平龍以服輅良曰轙正車也琱輿車也葩蓋擾馴也應龍龍有翼者輅車也善曰爾雅曰載轡謂之轙郭璞曰轙車軛上環轡所貫也琱輿琱玉之輿爾雅曰玉謂之琱葩蓋之金華也獨斷曰乘輿車皆羽蓋金華爪擾馴也廣雅曰有翼曰應龍輅車也百神森其備從兮屯騎羅而星布銑曰森衆貌也聚也衡曰森聚貌也聚也善曰楚辭曰百

神驂備降其振余袂而就車兮脩劒揭以低昂向曰揭劒動貌衡曰揭卭貌冠咢咢其映蓋兮佩綝林纚离善本作纚以煇混煌翰曰咢咢高貌綝纚盛飾貌煇煌光貌衡曰綝纚盛貌咢咢冠貌煇煌玭光貌二善曰咢五咸切僕夫儼其正策兮八乘去騰而超驤濟曰儼敬也八乘以八馬駕車驤舉也衡曰儼敬也善曰楚辭曰僕夫懷余心悲又曰撰余轡而正策又曰駕八龍之蜿蜿又曰超驤而氛旋溶上以天旋兮蜺旌飄以飛揚善本作飌良曰旌麾以氛氣為之溶宼貌如天之回旋以蜺為旌而飛揚也善曰氛氣旋氛氣為旌也楚辭曰旌連五宿兮建旌揚氣氳以為旌溶盛貌宋玉笛賦曰天旋少陰白日西靡高唐賦曰蜺為旌溶音勇撫軨零軹紙而還睨兮心灼爍善本作勺藥

其若湯銑曰軨軹車檽間橫木也睨視也灼爍熱貌衡曰勺藻熱貌善曰說文曰無輊曰軨軹車輪小穿也又曰睨邪視也楚辭曰忽臨睨夫舊鄉又曰心沇沸其若湯軹之氏切市灼切涫音換羨上都之赫戲平天兮何迷故而不忘向曰羨慕也上都天帝居也赫戲光盛貌言從崑崙而歸猶思慕天上之遊何迷棄故鄉不忘遊從也衡曰羨欲也赫戲盛貌迷惑也何惑舊故而不忘新愚以為當去已之迷故之心也善曰言已顧上都之赫戲是何迷已之故而不能忘謂不忘上都也楚辭曰陟陛皇之赫戲兮左青琱以善本作之揵巨偃芝兮右素威以司鉦征翰曰青琱青文龍素威白虎言左使青龍竪芝蓋右使白虎主鉦鼓衡曰青琱青文龍也素威白虎威也善曰芝小蓋也禮記曰君行左青龍而右白虎也說文曰揵竪也鉦鐃也前長離使拂羽兮善本有從

字委水衡乎玄冥濟曰長離南方朱鳥鳳也使拂羽毛水衡掌山澤之
官玄冥北方之神委以此職善曰衡曰長離朱鳥也委屬也水衡官名也司馬相如
大人賦曰前長離後矞皇如淳曰長離朱鳥也禮記曰前行朱鳥而後玄武又曰鳴鳩拂
其羽家語季康子曰吾聞玄冥為水正此即五行之主也司馬相如大人賦曰左玄冥而
右黔雷屬箕伯以函含風兮澄淟他典涊奴典而為
清良曰箕伯謂箕星主風也淟涊混濁也言函懷其風以澄混濁之氣使清泠也衡
曰函含也澄騰清靜也善曰風俗通曰風師者箕星也主簸揚能致風氣易曰巽為長
女長者伯之故曰風伯也楚辭曰切淟涊之流俗兮王逸曰淟涊垢濁也曳雲旗
之離離兮鳴玉鑾善本作鸞之譻譻烏庚反銑曰離離飛貌
鑾鑣也譻譻聲也衡曰鸞鸞鑣也譻譻聲也善曰楚辭曰載雲旗之委蛇又曰鳴玉
鸞之啾啾譻古嚶字涉清霄而升遐兮浮蔑蔑矇莫孔善本
作蠛蠓而上征向曰清霄天邊微雲也避遠也蔑矇遊氣也征行也衡曰霄
微雲也善曰楚辭曰涉清雲而氾濫兮甘泉賦曰騰清霄而軼浮景又曰浮蠛蠓而撇
天楚辭曰溘埃風而上征紛翼翼以徐戾兮猋必遙善本作猋回
回其揚靈翰曰紛盛貌翼翼行貌戾至猋光也回回光貌靈神靈也衡曰戾
至也回回光貌善曰說文曰猋火華也言光之盛如火之華楚辭曰皇剡剡其揚靈王
逸曰揚其光靈也叫帝閽使闢扉兮覿天皇于善本作於
瓊宮濟曰叫呼帝天也閽守門人闢開扉門也覿見也天皇天帝也瓊宮天帝之宮
也衡曰叫呼也閽主門也闢開也扉宮門閽也覿見也天皇天帝也善曰楚辭曰吾
令帝閽開關兮揚雄甘泉賦曰選巫咸兮叫帝閽聆廣樂之九奏兮

展洩洩曳以彤彤音融良曰聆聽也廣樂大樂也樂成九故九奏洩
洩彤彤和樂貌也衡曰聆聽也廣樂樂名也展信也洩洩彤彤皆樂貌善曰史記曰
趙簡子病二日而寤曰我之帝所甚樂與百神遊于鈞天廣樂九奏萬舞左氏傳曰鄭莊
公入而賦大隧之中其樂也融融出而賦大隧之外其樂也洩洩杜預云融融和也洩
洩舒散也融與彤古字通也考治亂於律均兮意逮善本作建
始而思終銑曰律十二律均五均也言考治亂之聲於此自始及終意而思之
衡曰律十二律均所均聲也建立也善曰琴道曰琴七絃足以通萬物而考治亂也樂
汁圖徵曰聖人往承天助以立五均均者亦律調五聲之均也宋均曰均長八尺施絃以
調六律五聲惟盤善本作般逸之無斁亦兮懼樂往而
哀來向曰惟亦思也盤樂斁厭也言思樂逸無厭懼樂盡而哀至也衡曰斁厭也
善曰莊子曰樂未畢也哀又繼之素女撫絃而餘音兮大容
吟曰念哉銑曰素女神女也絃琴瑟也太容黃帝樂師吟歎也樂師歎曰念哉
使我戒慎逸樂也衡曰建始念終也素女也太容黃帝樂師也淮南子曰素女黃帝
時方術之女也善曰史記曰秦帝使素女鼓五十絃瑟舊注本素下無女字今本並有
之尚書曰帝念哉既防溢而靖志兮迨我暇以翱翔
向曰既將防其逸樂以安其志及我閑暇以翱翔也衡曰靖靜也迨及也廣雅曰翱翔
浮游也善曰毛詩曰迨我暇矣又曰將翱將翔出紫宮之肅肅兮
集太微之閬閬音郎翰曰紫微宮太微宮皆星名肅肅閬閬二宮室宇
貌天帝居紫微宮我出於此入于太微衡曰天文志曰中宮太極星其一明者泰一常
居也旁三星三公後句曲四星一星正妃餘三星後宮之屬也環衛十二星藩臣也皆曰

紫宮善曰紫宮太微二星名也春秋合誠
圖曰紫宮帝太宮也又曰太微其星十二字
林曰閶高貌甘泉
賦曰閶閬其寥廓命王良掌策駟兮踰高閣
之將將七將反濟曰王良古善御者上為星主天馬也駟天駟星也踰越也高
閣星名將將高貌善曰春秋元命苞曰漢中四星天騎一曰天駟旁一星王良主天馬
也漢書曰營室為清廟又曰離宮閣道建罔車之幕幕兮獵青
林之芒芒良曰罔車畢星也幕幕盛也青林天苑星也芒芒廣大也言馳獵於
此善曰罔車畢星也青林天苑也河圖曰掆拓山上為掩畢三危山上為天苑彎
威弧之拔蒲割剌力割切善本有兮射嶓波冢善本作嶓之
封狼銑曰威弧弧星也主弓拔剌彎弓貌嶓冢山上為封狼星封大也衡曰彎引
也威弧星名也拔剌彎弓貌善曰揚雄河東賦曰攫天狼之威弧漢書曰狼下有四星

文選十五　三十

曰弧淮南子曰琴戒攫剌高誘曰攫剌不正也河圖曰嶓冢上為狼星拔方割切剌力達
切觀壁壘於北落兮伐河鼓之磅泊郎硠音郎向曰
壁壘北落皆星名伐擊也河鼓星名磅硠鼓聲衡曰壁營壁也壘中壘也北落星名也
伐擊也河鼓星名也磅硠聲也善曰漢書曰羽林天軍西為壘或曰鉞傍一大星曰北
落爾雅曰河鼓謂之牽牛今荊人呼牽牛星為擔鼓擔者荷也乘天漢之泛
泛善本作汎汎兮浮雲漢之湯湯式羊切翰曰天漢天津也泛
泛浮貌雲漢天河也湯湯流貌衡曰天漢天津也汎汎流貌也雲漢天河也湯湯水流
也善曰樂緯曰商為五潢宋均曰五潢天津之別名也毛詩曰倬彼雲漢倚招
搖攝提以低徊劉渠幽流兮察二紀五緯之綢
繆適聿皇濟曰招搖攝提皆星名低徊劉流環繞也二紀日月也五緯五星也

綢繆遑續也遹皇行貌衡曰二紀日月也五緯五星也攝提星名形似車善曰漢書
曰杓端有兩星一內為矛為招搖孟康曰近北斗者招搖劉流繚繞也漢書曰攝提直斗
杓所指以建時節故曰攝提越絕書范蠡曰天貴持盈不失日月星辰紀綱易乾鑿度曰
五緯順軌四時和栗宋均曰和栗氣和而嚴正綢繆連綿也遹皇往來貌偃蹇夭
矯嫐芳萬善本作嬈連卷權兮良曰皆二紀五緯運行也衛曰纂要曰
齊人謂生子曰嬈善曰偃蹇驕傲之貌也夫嬌自恣之貌也嬈跳也連卷長曲貌嬈匹
萬切雜沓叢顇颯以方驤銑曰乍合乍離貌善曰衆多之貌顇音
悴戫域汩于筆飂聊戾沛普賴以罔象兮向曰或疾或遲
貌善曰背疾貌罔象即仿像也楚辭曰罔象而自浮戫一六切飂力凋切淚音戾沛
爛漫麗靡藐以迭逷音唐善本作逷翰曰光彩相過越也善曰

文選十五　三十一

爛漫分散貌藐遠貌迭遝也逷突也逷音唐凌驚雷之砊苦郎磕苦蓋
兮弄狂電之淫裔濟曰言我既遊涉星辰更淩雷弄電驚狂砊磕淫裔
皆雷電貌衡曰淩乘也淫裔電貌善曰楚辭曰淩驚雷軼駭電兮砊磕雷聲也上林
賦曰淫淫裔裔裔砊音康踰濛上善本作庬鴻上於宕蕩冥兮
貫倒景而高厲良曰濛鴻元氣也宕冥猶窈冥也倒景日在下其光上照
踰越貫度於北矣高舉也衡曰庬鴻宕冥皆天之高氣也善曰孝經援神契曰天度
庬鴻孳萌宋均曰庬鴻未分之象也楚辭曰貫濛鴻以東竭兮說文曰宕過也冥窈也凌
陽明經曰倒景氣去地四千里其景皆倒在下楚辭曰颯弭節而高厲庬莫孔切鴻胡孔
切宕徒浪切廓盪盪其無涯兮乃今窺乎天外擄
開陽而俯視善本作頫眡兮臨舊鄉之諸上善本作諸

藹烏蓋反銑曰開陽北斗中一星名也既至天外乃下據此星俯視舊鄉晻藹然繞似見也衡曰宋玉大言賦曰長劍耿耿倚天外善曰春秋運斗樞曰北斗七星第六開陽也楚辭曰忽臨睨夫舊鄉兮悲離居之勞心兮情悁悁於玄而思歸向曰悁悁憂心衡曰楚辭曰將以遺夫離居字林曰悁忿恨也善曰毛詩曰勞心悁悁烏玄切魂眷眷而屢顧兮馬倚輈張流而徘徊雖遊遨善本作娛以媮俞樂兮豈愁慕之可懷出閶闔兮降天途乘焱必遙善本作猋忽兮馳虛無翰曰輈車轅也媮歡也閶闔天門言雖遨遊愉樂豈可使我長懷愁慕舊居而已遂出天門從空而下焱忽虛無皆空也衡曰輈車轅也閶闔天門也降下也善曰韓詩曰眷眷懷顧毛詩曰屢顧爾僕楚辭曰聊假日而媮樂兮又曰倚閶闔而望予兮又

曰乘迴風而遠遊服虔甘泉賦注曰焱風也上林賦曰猋驚風歷駭焱乘虛無與神俱雲霏霏善本作菲菲兮繞余輪風眑眑兮震余旟余繽匹鄰連翩兮紛晻上曖愛倏眩縣眃云兮反常閭濟曰霏霏雲貌輪車輪眑眑風貌旟旗類也繽連翩盛下來貌紛晻曖猶怳忽間也倏眩眃疾貌反常閭歸舊居也衡曰楚辭曰雲菲菲而承宇眑眑遠貌周禮曰鳥隼為旟眩眃目視不明貌善曰眩音縣收疇昔之逸豫兮卷淫放之遐心修初服之娑娑兮長余佩之參參向曰衡既緣心遠遊念代不可棄去故復歸之於此修其道德乃收卷放逸之心修我初之服佩娑娑參參皆盛貌善曰左氏傳羊斟曰疇昔之羊子為政毛詩曰逸豫無期楚辭曰神要眇以淫放毛詩曰無金玉爾音而有遐心楚辭曰退將修吾初服又曰長

余佩之陸離文章煥善本作奐以粲爛兮美紛紜以從風翰曰煥光粲爛明貌言衣服光明從風也御六藝之珍駕兮遊道德之平林濟曰六藝禮樂射御書數也以駕而御之道德為林而於此遊也衡曰周禮曰六藝禮樂射御書數毛詩曰依彼平林結典籍而為罟古兮驅善本作敺儒墨而為禽良曰結典籍之義為網驅儒墨之道為禽而獵取之衡曰儒家者述聖道之書也以仁義為本以禮樂為用墨家者強本節用之書也以貴儉尚賢為用善曰敺音驅墨家流也玩陰陽之變化兮詠雅頌之徽音嘉曾氏之歸耕兮慕歷阪之欽善本作嶔崟音吟銑曰玩習徽美也曾參耕于太山虞舜耕于歷山嘉慕此道而將為之欽嶔高貌善曰孫卿子曰四時代御陰陽交化周易曰四時變化毛詩

曰太姒嗣徽音琴操曰歸耕者曾子之所作也曾子事孔子十有餘年晨覺眷然念二親年衰養之不備於是援琴鼓之曰歔欷歸耕來兮安所耕歷山盤兮恭夙昔善本作夜而不貳兮固終始之所服向曰服行恭承也夙夜無二心固終始之所行也衡曰不貳不差貳也服所服事也善曰毛詩曰夙夜在公楚辭曰事君而無貳夕惕若厲以省諐兮懼余身之未勑翰曰惕警厲危諐過也言我夕警若有危事以自戒慎將寡省其過懼余身之未整衡曰勑整也善曰周易曰君子夕惕若厲無咎苟中情之端直兮莫吾知而不恧女六反濟曰且中情正直人雖不知吾吾亦不愧也恧愧也善曰楚辭曰苟余情之端直又曰國無人兮莫我知小雅曰小愧為恧默無為以凝志兮與仁義乎逍遙不出戶而知天下

兮何必善本無必歷遠以劬勞向曰衡言行道義詭篇籍不出於戶
天下可知何必劬勞以遠遊善曰老子曰上德無為楚辭曰超無為以志清上林賦曰
馳騖手仁義之塗老子曰不出戶而知天下河上公曰聖人以己身知人身以己家知人
家所以見天下矣毛詩曰之子于征劬勞于野系曰翰曰系繫也重繫一賦之意
衡曰系繫也繫一賦之意也天長地遠善本作久歲不留俟河
之清秖支懷憂良曰黃河千年一清以喻明時也言天地長久而人易老
明時如河清難待秖令我懷愁也衡曰秖適也善曰老子曰天長地久左氏傳子駟
曰周諺有之曰俟河之清人壽幾何杜預曰周逸詩也言人壽促而河清遲也願得
遠度善本作渡以自娛上下無常窮六區銑曰願遊遨徧
於六合善曰楚辭曰遠渡世以忘歸六區上下四方也周易曰上下無常非為邪也

文選十五　三十四

超逾騰躍絕世俗飄颻善本作遙神舉逞所欲向曰
既與世絕而神遊逞我所欲也天不可階仙夫稀翰曰階升稀少也言
天不可階升仙者復少何能去也善曰周髀曰天不可階而升柏舟悄悄
吝不飛濟曰柏舟詩篇名其詩云憂心悄悄慍于羣小靜言思之不能奮飛悄悄
憂貌吝恨也言怨小人在朝恨不如鳥奮翼而去衡曰柏舟詩之篇名也悄悄憂貌也
吝恨也其詩曰憂心悄悄慍于羣小又曰靜言思之不能奮飛松喬高跱孰
能離良曰時立離附也言仙人赤松子王子喬高立物外誰能往而附之衡曰松
赤松子喬王喬離附也結精遠遊使心攜善本作攜銑曰攜離也
言結束精神遠從仙遊徒使我心攜離衡曰攜離也善曰楚辭曰願輕舉而遠遊
迴志朅來從玄謀獲我所求夫何思向曰迴其志情

以從玄聖之道而復行之亦可謂獲我所求之事夫復何思慮也衡曰朅去也夫復也
善曰劉向七言曰朅來歸耕永自疎

歸田賦

張平子翰曰衡遊京師四十不仕順帝時閹宦用事欲歸田里故
作是賦

遊都邑以永久無明略以佐時徒臨川以羨
魚俟河清乎未期濟曰無明略衡謙詞也河清喻明時臨川羨魚不如
退而結網衡言徒羨榮祿不如退修其德矣將待明時固未期也善曰淮南子曰臨河
而羨魚不如歸家織網高誘曰羨願也河清已見上文感蔡子之慷慨
從唐生以決疑良曰蔡澤聞唐舉善相往問之曰富貴吾自有吾所不知

文選十五　三十五

者壽也願聞之舉曰先生從今壽四十三歲澤曰躍馬肉食四十三年亦足矣果如其言
故感之善曰史記曰蔡澤燕人遊學于諸侯不遇從唐舉相舉熟視而笑曰先生曷鼻
戴肩雖顏蹙頞吾聞聖人不相殆先生乎澤知舉戲之乃曰富貴吾所自取吾不知者壽
也願聞之舉曰先生之壽從今以往者四十三歲澤笑而謝之說文曰慷慨壯士不得志
於心也諒天道之微昧追漁父以同嬉銑曰諒信嬉樂
也天道微昧不可知且與漁釣之父同樂於川澤善曰司馬遷悲士不遇賦曰天道悠
昧王逸楚辭序曰漁父避世隱身釣魚江濱欣然而樂漁父歌曰滄浪之水清可以濯吾
纓滄浪之水濁可以濯吾足嬉樂也超埃塵以遐逝與世事乎
長辭於是仲春令月時和氣清原隰習鬱茂
百草滋榮王雎鼓翼倉庚哀鳴向曰王雎倉庚皆鳥也

善曰世務紛濁以喻塵埃莊子曰遊乎塵埃之外儀禮曰令月吉日鄭玄曰令善也雎鳩
王鴡也郭璞曰鵰類也爾雅曰倉庚黃鸝也鸝音利交頸頡頏平關關
嚶嚶鳥耕反翰曰相與交其頸而為聲自得其性也善曰毛萇詩傳曰飛而上
曰頡飛而下曰頏爾雅曰關關嚶嚶音聲和也於焉逍遙聊以娛情
濟曰與鳥同樂善曰毛詩曰於焉逍遙爾乃龍吟方澤虎嘯山
丘良曰方澤大澤也雲從龍風從虎故龍虎吟嘯以召風雲善曰言巳從容吟嘯類
乎龍虎春秋元命苞曰杓星高則羣龍吟淮南子曰虎嘯而谷風至仰飛纖繳
酌俯釣長流解善本作觸矢而斃貪餌吞鉤落雲
間之逸禽懸淵沈之魦沙鰡音留銑曰纖繳弋射也鳥飛
高所以仰射魚沈深所以俯釣鳥致斃由綱夫魚吞鉤由貪餌逸禽鴻鴈也魦鰡魚也鳥

在上故云落魚在下故云懸善曰楚辭曰知貪餌而近斃列子曰詹何以獨繭為綸芒
針為鉤引盈車之魚於百仞之淵楚王問其故詹何曰蒲且子之弋弱弓纖繳連雙鶬於
青雲之際臣因學釣五年始盡其道毛萇詩傳曰魦鮀也字指曰鰡魦屬于時曜
靈俄景繼善本作係以望舒向曰曜靈日也俄邪也望舒月也善曰
曜靈日也王逸楚辭注曰望舒月御也俄斜也極盤善本作般遊之至樂
雖日夕而忘劬感老氏之遺誡且善本作將迴駕
乎蓬廬翰曰劬勞也老子曰馳騁田獵令人心發狂感此誡而歸於蓬廬善曰
尚書曰般遊無度老子曰馳騁田獵令人心發狂注曰精神安靜馳騁呼吸精散氣亡故
發狂劉向雅琴賦曰潛坐蓬廬之中巖石之下彈五絃之妙指詠周
孔之圖書濟曰五絃琴舜所作也圖書周公孔子所修之書言慕古人之道故

彈此琴而詠此書也善曰五絃琴也樂記曰舜作五絃之琴以歌南風蔡邕琴操曰伏
羲氏作琴絃有五者象五行也周周公孔孔子也揮翰墨以奮藻陳
三皇之軌模良曰翰筆也奮藻謂著文章陳述伏羲神農黃帝之道德善
曰賈逵國語注曰軌法也鄭玄毛詩箋曰模法也莫好切苟縱心於域善本
作物外焉知榮辱之所如向曰衡苦於時政故以此辭自解苟且如
性也善曰班固漢書賈鄒述曰榮如辱如有機有樞

文選卷第十五

賦　志下　哀傷

文選 十六

文選卷第十六

梁昭明太子撰　五臣并李善注

志下

志

閑居賦并序善曰閑居賦者此蓋取於禮篇不知世事閑靜居坐之意也潘安仁者晉武帝時人也

潘安仁翰曰禮記有閑居篇岳取以為賦名言將不涉世事

自序閑逸

岳嘗讀汲黯傳至司馬安四至九卿而良史題善本作書之以巧宦之目未曽善本作嘗不慨然廢書而歎銑曰漢書汲黯姊子司馬安巧善宦四至九卿良史則班固也慨然歎息

也善曰漢書汲黯傳曰黯姊子司馬安巧善宦四至九卿以河南太守卒班固司馬遷
贊曰遷有良史之才李陵書曰能不慨然史記太史公曰始齊之蒯通讀樂毅報燕王書
未嘗不廢書而泣黯於減切慨許既切曰嗟乎巧誠有之拙亦
宜然向曰宜然有之也善曰西京賦曰小必有之大亦宜然顧常以
為士之生也非至聖無軌微妙玄通者則必
立功立事效當年之用向曰軌迹也非至聖及微妙之人必效當
時之用也善曰鄭玄毛詩箋曰顧念也周易曰用無常道事無軌度廣雅曰軌迹也老
子曰善行無轍跡又曰古之善為士者微妙玄通深不可識河上公曰玄天也言其節志
精微與天通也漢書平當書曰建功立事可以永年延篤與張奐書曰烈士殉名立功立
事也杜預左氏傳注曰效致也是以資忠履信以進德修辭

文選十六　二

立誠以居業翰曰資用也修令詞立誠節以為常業善曰周易曰履信思
乎順又曰君子進德修業忠信所以進德也修辭立誠所以居業也僕少竊鄉
曲之譽濟曰譽美稱也言竊岳譽詞也善曰燕丹子夏扶曰士無鄉曲之譽則
未可與論行也忝司空太尉之命所奉之主即太尉
善本作宰魯武公其人也舉秀才為郎良曰賈充為司空轉
太尉薨謚曰武公岳弱冠太尉舉秀才也善曰臧榮緒晉書曰賈充字公閭封魯公為
司空轉太尉薨贈太宰謚武公又曰岳弱冠太尉舉秀才爾雅曰忝辱也命謂舉命之爾
雅曰命告也九尊者之言曰命孝經曰則周公其人也逮事世祖武皇
帝為河陽懷令向曰逮及也河陽懷二縣也善曰臧榮緒晉書武紀曰帝
崩上號世祖禮記曰逮事父母臧榮緒晉書曰岳出為河陽令轉懷令漢書河內郡有懷

縣河陽縣也尚書郎廷尉平音病翰曰岳既宰二邑補尚書郎廷尉
平為公事免也善曰臧榮緒晉書曰岳頻宰二邑勤於政績調補尚書郎遷廷尉平為
公事免官漢書曰宣帝初置廷尉左右平秩皆六百石平皮命切今天子諒
闇之際濟曰晉武帝崩惠皇居喪故曰今天子諒闇也善曰天子惠帝也諒闇
義已見西京賦也領太傅主簿府主誅除名為民良曰
楊駿為太傅岳為駿府主簿駿誅岳除名為民善曰臧榮緒晉書曰楊駿為太傅輔政
高選吏佐引岳為太傅主簿駿誅除名俄而復官除長安令良曰
俄頃也除者除故官就新官也善曰何休公羊傳注曰俄者須臾之間也漢書音義如
淳曰凡言除者除故官就新官也遷博士未召拜親疾輒去
官免向曰召拜謂謝而上也免解也自弱冠涉于善本作乎知命

文選十六　三

之年翰曰弱冠年二十也孔子云五十而知天命善曰禮記曰二十曰弱冠論語
子曰五十而知天命八徙官而一進階再免一除名一
不拜職遷者三而已矣雖通塞有遇抑亦拙
者之效也濟曰岳以司馬安為巧自以為拙效力也善曰一進階謂從懷令
為尚書郎也再免謂任廷尉平以公事免遷博士以去官免也三遷謂廷尉平領太傅主
簿及遷博士也周易曰不出戶庭知通塞也漢書楊雄曰以為遇不遇命也廣雅曰效驗
也昔通人和長輿之論余曰善本作也固謂拙於
用多良曰和嶠字長輿嘗為岳論此也謂岳拙於用多者言岳長於用少短於用多
善曰論衡曰博覽古今者為通人臧榮緒晉書曰和嶠字長輿莊子謂惠子曰夫子固拙
於用大稱多則吾豈敢言拙信而有徵濟曰岳言稱用

多誠不敢當言拙則嬌詭有驗也　善曰論語孔子曰若聖與仁則吾豈敢左氏傳叔向
曰君子之言信而有徵方今俊乂在官百工惟時向曰方當
乂理工官時是也言皆在於是　善曰尚書曰俊乂在官又曰百工惟時拙者可
以絕意乎寵榮之事矣翰曰岳自為拙者將絕意榮祿焉太
夫人在堂有羸老之疾濟曰太夫人謂岳母善曰漢書曰列侯太
夫人如淳曰列侯之妻稱夫人列侯死子復為列侯乃得稱太夫人左氏傳荀罃曰余羸
老也尚何能違膝下色養而屑屑從斗筲所交之
役乎良曰尚猶復也屑屑猶區區也筲竹器容二升言我復何能違所親膝下顏色
敬養而反區區從斗升之祿自為役乎言不能也　善曰孝經曰故親生之膝下以養父
母日嚴論語子夏問孝子曰色難左氏傳晉侯謂汝叔齊曰魯侯善禮叔齊曰而屑屑焉

習儀以亟方言曰屑屑不靜也論語子曰噫斗筲之人何足筭也袁宏後漢紀郭林宗曰
大丈夫焉能久處斗筲之役乎於是覽止足之分庶浮雲之
志銑曰老子云知足不辱知止不殆孔子曰不義而富且貴於我如浮雲言非己所務
庶近也　善曰老子曰知足不辱知止不殆論語孔子曰不義而富且貴於我如浮雲荅
賓戲曰仲尼抗浮雲之志築室種樹逍遙自得池沼足以
漁釣舂稅足以代耕灌園鬻蔬以供朝夕之
膳向曰稅謂舂粟為米稅其利以代耕也鬻賣蔬菜膳食也　善曰毛詩曰築室百堵
漢書景帝詔曰藝種樹可衣食物莊子善卷曰余日出而作日入而息逍遙於天地之間
而心意自得家語曰原憲衣弊衣而裕然有自得之志說文曰稅租也禮記曰夫祿足以代
其耕列女傳曰於陵子曰終為人灌園字書曰粥賣也粥與鬻同音義也說文曰膳具食

也牧羊酤酪以俟伏臘之費翰曰牧養也酪乳酪伏臘謂夏
有伏冬有臘費用也　善曰鄭玄周易注曰牧養也廣雅曰酤賣也古護切釋名曰酪乳
汁所作也漢書秦德公作伏祠孟康曰六月伏日曆忌釋曰伏者何也金氣伏藏之日也
四時代謝皆以相生立春木代水水生木立夏火代木木生火立冬水代金金生水至於
立秋以金代火金畏火故至庚日必伏庚者金故也臘者風俗通禮傳曰夏曰嘉平殷曰
清祀周曰大蜡漢改為臘臘獵也言田獵取獸以祭其先祖孝乎惟孝友
于兄弟此亦拙者之為政也濟曰既為此事而孝父母友兄
弟是亦我之為政於家何必在於國也拙者岳復謙也　善曰論語或謂孔子曰子奚不
為政子曰書云孝乎惟孝友于兄弟施于有政是亦為政乃作閑居之賦
以歌事遂情焉向曰岳以閑居為遂情故歌詠其事　善曰韓詩序曰勞

者歌其事聲類曰遂從意也其辭曰
傲墳素之長圃步先哲之高衢銑曰三墳之書素王之法
以為長圃嘯傲於中矣哲智衢道也將步遊先古聖智之道以為業也　善曰左氏傳楚
靈王曰左史倚相能讀三墳五典八索九丘賈逵曰三墳三皇之書五典五帝之典八索
素王之法九丘亡國之戒也上林賦曰翺翔乎書圃登樓賦曰假高衢而騁力雖吾
顏之云厚猶內愧於甯蘧向曰甯武子邦有道則智邦無道則
愚蘧伯玉邦有道則仕邦無道則卷而懷之言我見先哲之迹雖以厚顏懷甯蘧之事豈
復內愧有道吾不仕無道吾不愚何巧智之不
足而拙艱之有餘也翰曰艱難也天下有道吾不能進仕無道吾不
能佯愚是巧智之不足拙艱之有餘也此岳疾時而自責　善曰尚書曰顏厚有忸怩楚

漢春秋韓信曰臣內愧於心論語子曰甯武子邦有道則智邦無道則愚又曰君子哉蘧
伯玉邦有道則仕邦無道則卷而懷之管子曰巧者有餘而拙者不足於是退
而閑居于洛之涘濟曰涘岸也善曰揚佺期洛陽記曰城南七里名
曰洛水蔡邕袚禊文曰自求多福在洛之涘毛萇詩傳曰涘猶涯也身齊逸人
善本作民名綴下士良曰逸人散逸之人下士卿士之下者岳將退居故云齊
逸人岳嘗從官故云綴下士也善曰論語子曰逸民伯夷叔齊禮記曰諸侯之上大夫
卿下大夫上士中士下士凡五等倍京泝伊面郊後市銑曰泝向
也面前也郭外曰郊善曰南都賦曰陪京之陽薛綜東京賦注曰泝向也揚佺期洛陽
記曰洛水之南名曰伊水周禮曰面朝後市鄭玄儀禮注曰面前也陸機洛陽記曰洛陽
凡三市大市名曰金市公觀之西城中馬市在大城之東洛陽縣市在大城南然此市洛

陽縣也浮梁黝於糾以徑度靈臺傑其高跱善本作峙
向曰浮梁橋也黝橋貌徑直也靈臺臺名天子占假之所傑猶壯拔也跱立也岳家近此
善曰河南郡縣境界簿曰城南五里洛水浮橋方言曰造舟謂之浮梁郭璞曰即今浮橋
也黝長貌楚辭曰不能凌波以徑度陸機洛陽記曰靈臺在洛陽南去城三里毛萇詩傳
曰傑特立也思玄賦曰松喬高跱孰能離徐爰射雉賦注曰峙立也窺天文之
秘奧究掬人事之終始濟曰窺覩也天文日月星也祕奧其精微
也觀其運行遲速于犯得其精微人事興亡畫以知之善曰日月五星天之文也陸賈
新語曰楚王作乾谿之臺闚天文謝承後漢書曰姚俊九明圖緯祕奧字書曰祕密也廣
雅曰奧藏也禮含文嘉曰禮天子靈臺以考觀天人之際法陰陽之會周易曰歸妹人之
終始其西則有元戎禁營玄幙綠徼翰曰岳宅西也元戎

大兵也禁營掌禁兵也徼旌旗名玄綠皆色也善曰其西宅之西也元戎兵車也詩曰
元戎十乘以先啓行禁營謂五營也陸機洛陽記曰五營校尉前後左右將軍府皆在城
中陸機既不言所處難得而詳也鄭玄禮記注曰徼旌旗之名也溪善本作谿子
巨黍異絭卷同機良曰溪子巨黍皆弩名言弩臂雖異而同一機也絭
發箭處也善曰史記蘇秦說韓王曰谿子巨黍者皆射六百步之外許慎曰南方谿子
蠻夷柘弩皆善材也孫卿子曰繁弱巨黍古之良弓異絭同機言弩絭雖異而同一機也
漢書音義張晏曰連弩三十絭共一臂然絭弩弓也李奇曰絭弓也字林曰絭音卷孔安
國尚書傳曰機弩牙也本或為異卷同歸誤也駮普貌反善作礮石雷駭激
矢蝱盲飛銑曰激石以石激物也其聲如雷之駭箭去如蝱蟲之飛善曰礮
石今之拋石也皆匹孝切廣雅曰駭起也呂氏春秋曰激矢遠法言曰羿激矢范蠡兵法

飛石重二十斤為機發行三百步東觀漢記光武作飛蝱箭以攻赤眉廣雅曰蝱飛箭名
也方言曰凡箭三鐮謂之羊頭三鐮長六尺謂之飛蝱郭璞曰此謂今之射箭也鐮稜也
以先啓行曜我皇威向曰此在陣之先以曜我天子兵威善曰詩
曰元戎十乘以先啓行西都賦曰耀威而講武事其東則善本有有字明
堂辟雍清穆敞閑翰曰岳宅東也明堂天子布政之宮辟雍養國老之
所清穆敞閑言清美高大也善曰陸機洛陽記曰辟雍在靈臺東相去一里俱魏武所
徙三輔黃圖曰大司徒宮奏曰明堂辟雍其實一也毛詩曰於穆清廟洞簫賦曰又足樂
乎其敞閑也環林縈映圓海迴淵濟曰環林圓海明堂辟雍水亦
周繞善曰三輔黃圖曰明堂辟廱水四周於外象四海也聿追孝以嚴
父宗文考以配天良曰聿述也文考晉惠帝之祖也言述追文考之道

尊嚴其父武帝故以文王配於上天　善曰毛萇詩傳曰聿述也南都賦曰奉先祖而追孝孝經曰孝莫大於嚴父嚴父莫大於配天又曰宗祀文王於明堂以配上帝文考謂晉文王也尚書曰惟予文考祗聖敬以明順養更老以崇年銑曰祗亦敬也聖敬言聖人之道也祭先祖所以明敬順養三老五更所以崇年也　善曰言尊祖父以配天所以明順也養三老五更所以崇年也毛詩曰湯降不遲聖敬日躋言湯聖敬之道上聞於天白虎通曰禮三老於明堂所以教諸侯孝也禮五更於太學所以教諸侯弟也若乃背冬涉春陰謝陽施去天子有事于柴燎以郊祖而展義向曰言春時陰氣退陽氣外也有事祭事也柴也柴燎焚柴也郊祀也展其禮義之事善曰七發曰於是背秋涉冬神農本草曰春夏為陽秋冬為陰楚辭曰青春受謝王逸曰謝去也莊子曰隨四時之施漢書曰陰陽之

施化萬物之終始施猶布也左氏傳宰孔曰天子有事於文武杜預曰有祭事也爾雅曰祭天曰燔柴郭璞曰既祭積薪燒之周禮曰以禋祀祀昊天上帝以實柴祀日月星辰以槱燎祀司中司命鄭司農曰三祀皆積柴實生體焉燎而生煙以報陽也禮記曰周人禘嚳而郊稷鄭玄曰禘郊祖宗謂祀祭以食也左氏傳曰天子非展義不巡狩張鈞天之廣樂備千乘之萬騎翰曰鈞天廣樂天樂也千乘萬騎言多也　善曰史記趙簡子曰我之帝所與百神遊於鈞天廣樂九奏萬舞蔡邕獨斷曰大法駕備千乘萬騎服振振以齊玄管啾啾流子而並吹去聲　濟曰振振絜貌啾啾吹聲玄黑也善曰左氏傳卜偃曰童謠云袀服振振音真服虔曰袀服黑服也杜預曰振振威貌也說文曰袀玄服也音均風俗通曰竹曰管王逸楚辭注曰啾啾鳴聲也煌煌乎隱隱乎茲禮容之壯觀

而王制之巨麗也良曰煌煌隱隱皆盛貌巨大也　善曰蒼頡篇曰煌煌光明也上林賦曰煌煌扈扈隱隱盛也又曰沇沇隱隱春秋考異郵曰飾禮容成文法史記曰孔子陳俎豆設禮容漢書龔遂曰坐則誦詩書立則習禮容史記曰天下之壯觀上林賦曰君未覩夫巨麗兩學齊列雙宇如一右延國胄左納良逸銑曰兩學國學教胄子太學招賢良雙宇如一言整齊也良逸則賢良也　善曰郭緣生述征記曰國學在辟廱東北五里太學在國學東二百步魯靈光殿賦曰萬戶如一爾雅曰迆進也國學教胄子太學招賢良太學在國學東尚書曰夔教胄子李尤明堂銘曰夏進賢良祁祁生徒濟濟儒術向曰祁祁濟濟禮義得中貌生徒儒術則胄子賢良　善曰安華猛詩曰祁祁我徒毛詩曰濟濟多士班固公孫弘贊曰蕭望之以儒術進或升之堂或入之室翰曰孔子

門徒三千升堂入室者七十餘人故以比之善曰家語衛將軍文子問於子貢曰吾聞孔子之施教也成之以文德蓋入室升堂七十餘人教無常師道在則是濟曰道在者則以為師故無常　善曰尚書曰德無常師主善為師蔡邕勸學篇曰人無貴賤道在則尊論語叔孫武叔曰吾亦何常師之有道在則是故髦士投紱名王懷璽銑曰髦俊卿士投棄紱綬名譽之王懷藏璽紱而來學也　善曰言棄紱藏璽咸來學也毛詩曰髦士攸宜爾雅曰髦俊也漢書曰匈奴單于遣名王奉獻西京賦曰懷璽藏紱訓若風行應如草靡向曰應此教訓如風靡草　善曰論語孔子曰君子之德風小人之德草草上之風必偃此里仁所以為美孟母所以三徙也翰曰孔子云仁里為美此則里仁也孟軻母與軻少居近墓軻乃戲為墓軻母曰此非所居也去居市傍軻復戲為商賈又曰

不可居也又居學館之傍遂為大儒此言近仁里與近學之美也善曰論語曰里仁為美鄭玄曰里者人之所居也居於仁者之里是為善也列女傳曰孟母舍近墓孟子嬉戲為墓間之事孟母曰此非所以居子處也乃去舍市傍其子嬉戲為賈衒孟母又曰此非所以居子處也乃舍學宮之傍其子嬉戲乃設俎豆進退揖讓孟母曰此真可以居子處遂居之及孟子長學六藝卒成大儒**爰定我居築室穿池**濟曰於此**長楊映**定居善曰築室已見上注莊子孔子曰魚相造乎水者穿池而養給**沼芳枳**支爾**樹籬**良曰楊柳樹也沼亦池也枳果樹也以為藩籬善曰馮衍顯志賦曰揵六枳而為籬**遊鱗瀺**仕咸**灂**仕角**菡萏敷披**銑曰鱗魚瀺灂出沒貌菡萏荷華也敷披開也善曰瀺灂出沒貌高唐賦曰巨石溺之瀺灂毛萇詩傳曰菡萏荷華**竹木蓊**烏孔**藹**於害**靈果參差張公**

文選十六　十

大谷之棃梁侯烏椑之柹助理反良曰蓊藹參差欝茂貌洛陽有張公居大谷有夏棃海內唯此一樹梁國侯有烏椑柹故代傳之善曰廣志曰洛陽北芒山有張公夏棃海內唯有一樹西京雜記曰上林苑有烏椑木大谷棃未詳也椑方彌切**周文弱枝之棗房陵朱仲之李靡不畢植**翰曰靡無植種也周文王時有弱枝棗樹味甚美房陵有朱仲者家有縹李代所希有若此果木無不種之也善曰西京雜記曰上林苑有弱枝棗王逸荔枝賦曰房陵縹李周文朱仲未詳蒼頡篇曰植種也**三桃表櫻胡之別二柰曜丹白之色**翰曰三桃侯桃櫻桃胡桃也二柰則丹白二色也善曰漢書音義曰櫻桃含桃也西京雜記曰上林苑有胡桃出西域廣志曰張掖有白柰酒泉有赤柰**石榴蒲桃之珍磊落蔓衍**弋戰**乎其側梅李**善本作杏**郁棣之屬繁榮藻麗**善作麗藻**之飾**濟曰石榴蒲桃梅李郁棣皆果木名言珍羨之也磊落蔓衍眾多貌繁榮藻麗果花光色可以飾林園也善曰石榴即若榴也蒲桃似燕薁磊落實貌蔓衍長也博物志曰張騫使大夏得石榴李廣利為貳師將軍伐大宛得蒲桃郁今之郁李棣山櫻桃也張揖上林賦注曰薁山李也郁與薁音義同郭璞上林賦注曰棣實似櫻桃**華實照爛言所不能極也**良曰照爛光明也善曰春秋文耀鉤曰春致其時華實乃榮**菜則蔥韭蒜**筭**芋**違句**青筍**昔尹**紫薑堇**謹**薺甘旨蓼**了**荾**綏**芬芳**銑曰皆菜名味甘而氣香也善曰毛詩曰堇荼如飴毛萇曰堇菜也居隱切韻略曰荾香菜也相惟切**蘘**而羊**荷依陰時藿向陽**向曰蘘荷菜生於陰地藿菜側葉而向陽善曰崔豹古今注曰蘘荷宜陰翳地依陰而生也

文選十六　十一

鄭玄儀禮注曰藿豆葉也曹子建求親表曰葵藿之傾太陽**綠葵含露白薤負霜**翰曰當秋節也**於是凜秋暑退熙春寒往**濟曰重言春秋暑退寒往之時善曰楚辭曰竊獨悲此凜秋字書曰凜寒也左氏傳張趯曰火中寒暑乃退老子曰衆人熙熙如登春臺廣雅曰熙熾也周易曰暑往則寒來**微雨新晴六合清朗太夫人乃御板輿升輕軒遠覽王畿近周家園體以行和藥以勞宣常膳載加舊痾有痊**十全反良曰板輿以板為輿輕軒輕車王畿近都城之地言岳母乘車覽矚郊野遊行家園以和其體以宣其藥是時稍加膳食舊疾有瘳岳所以為樂也善曰呂氏春秋曰神通乎六合禮記曰諸侯曰夫人注夫之言扶也言能以禮自扶版輿車名傅暢晉諸公贊曰傅祗以足疾版輿上殿版輿一名步輿周遷輿

服雜事記曰歩輿方四尺素木為之以皮為襻捫之自天子至庶人通得乘之周禮曰方
千里曰王畿杜預左氏傳注曰宣散也說文曰痌病也莊子曰今余病火痤司馬彪曰痤
除也席長筵列孫子柳垂陰車結軌濟曰孫子子孫也結
軌並迹也善曰曹子建名都篇曰列坐竟長筵結猶屈也言屈軌不行也司馬相如難
蜀父老曰結軌還轅陸摘紫房水挂頳鯉向曰紫房謂果木房實有
紫色頳鯉鯉魚赤也善曰馬融高第須曰黃果揚芳紫房潰漏張載安石榴賦曰紫房
獨熟毛萇詩傳曰頳赤也或宴于林或禊胡計于汜音似翰曰禊
祓除垢疾也汜水岸也善曰史記曰武帝禊灞上續漢書曰三月上巳官人皆禊於東
流水上自洗濯拂除宿疾垢也風俗通曰禊者潔也仲春之時於水祓除故事取於清潔
也爾雅曰窮瀆曰汜郭璞注曰水無所通也爾雅曰水決復入曰汜昆弟斑白

文選十六　十二

兒童稚齒濟曰髮斑白者老也稚幼齒小也善曰禮記曰斑白不提挈爾雅曰
幼稚也方言曰稚小也稱萬壽以獻觴咸一懼而一喜
良曰萬壽萬歲也獻觴酒也見親衰老而懼見親壽考而喜善曰毛詩曰萬壽無疆史
記曰武安君起為壽如淳曰上酒為稱壽黃香天子須曰獻萬年之玉觴論語子曰父母
之年不可不知一則以喜一則以懼壽觴舉慈顏和向曰慈顏謂母之顏
色善曰舞賦曰嚴顏和而怡懌浮杯樂飲絲竹駢羅向曰浮杯
流杯也絲竹管也駢並羅列也善曰說苑曰杯公承不仁舉大白浮君廣雅曰浮罰也
漢書曰陳平厚具樂飲太尉風俗通曰絲曰絃西京賦曰夾蓬萊而駢羅頓足起
舞抗音高歌人生安樂孰知其他翰曰抗舉孰誰也他
他事也善曰楊惲報孫會宗書曰奮袖低抑頓足起舞傅武仲舞賦曰抗音高歌為樂

無佗謂榮貴也國語曰晉文公適齊齊侯妻之女甚善馬文公曰人生安樂孰知其佗
退求已而自省信用薄而才劣奉周任之格
言敢陳力而就列濟曰省察也用薄才劣岳謙辭也周任有言曰陳力
就列格至也善曰論語孔子曰君子求諸已曾子曰旦就業夕而自省論語孔子曰周
任有言曰陳力就列不能者止論語考比讖賜問曰格言成法亦可以次序也幾陋
身之不保而善本作尚奚擬於明哲良曰陋身岳自謂也言身
幾將不保何敢比於明哲明哲謂周任也言遭楊駿之事殆不全也善曰爾雅曰幾近
也孟子曰士庶人不仁不保四體毛詩曰既明且哲以保其身仰眾妙而絕
思終優遊以養拙銑曰眾妙則老子云眾妙之門也絕思者盡心於此
以養其拙岳復謙辭也善曰老子曰玄之又玄眾妙之門毛詩曰優哉游哉亦是戾矣

文選十六　十三

鄭玄曰戾止也優游自安止言思不出其位

哀傷

長門賦并序

司馬長卿

孝武皇帝陳皇后時得幸頗妬別在長門宮
愁悶悲思聞蜀郡成都司馬相如天下工為
文奉善本有黃字金百斤為相如文君取酒向曰工善
也卓氏女文君奔相如相如與俱之臨卭貰酒舍也事不宜斥言與相如金故託為相如
文君取酒善曰外戚傳曰陳皇后者長公主嫖女也曾祖嬰為唐邑侯傳子至孫午午
尚長公主生女初武帝得立為太子長公主有力取女為妃及即位為皇后擅寵驕貴十

餘年而無子聞衛子夫得幸幾死者數焉元光五年坐女子楚服等為皇后巫蠱祠祭呪詛罷退歸長門宮嫖匹妙切漢書曰卓氏女文君既奔相如相如與俱之臨邛賣酒舍文君當壚相如身自滌器於市中因于解悲愁之辭翰曰欲因此辭解悲愁善曰鄭玄儀禮注曰于為也而相如為文以悟主上皇后復得親善本有親字幸濟曰陳皇后復得親幸案諸史傳並無此文恐叙書之誤善曰說文曰悟覺也其辭曰

夫何一佳人兮步逍遙以自虞良曰佳人謂陳皇后也逍遙行貌虞度也自虞度量己事善曰神女賦曰夫何神女之妖麗何休公羊傳注曰擄疑問不知者曰何佳人謂陳皇后也楚辭曰聞佳人兮召予廣雅曰佳好也爾雅曰虞度也郭璞曰謂測度也䰟踰佚逸而不返善本有兮字形枯槁

考而獨居銑曰言憂思顦顇之甚也善曰言精䰟踰佚形體枯槁悲悴之甚也蒼頡篇曰佚揚也楚辭曰神𢢽忽而不反兮形枯槁而獨留槁古老切言我朝往而暮來兮飲食樂而忘人向曰我謂武帝也言武帝嘗許朝往暮來臨幸於此矣而樂其飲食與寵衛子夫而忘人人后自稱也善曰我武帝也言帝昔許朝往暮來幸臨於已今以歡食懽樂而忘於人人后自謂也心慊廉移而不省故兮交得意而相親翰曰慊絕也言君心絕移不省察我故舊新交得意者而與相親也不善曰鄭玄周禮注曰慊絕也言帝心絕移不省故舊交在得意相親而已移字或從火非也爾雅曰省察也慊理兼切伊予志之慢愚兮懷貞慤苦角之歡善本作懽心濟曰伊惟也慢愚后自謙也望帝之來故常懷貞慤以自歡也善曰蒼頡篇曰懷抱也鄭玄禮記注曰慤愿

也空角切願賜問而自進兮得尚君之玉音良曰願得聞君問己之音而重之因復自進也言王者貴之也善曰願君問己而因自進也尚猶奉也毛詩曰無金玉爾音奉虛言而望誠兮期城南之離宮銑曰離宮長門宮也在城南言奉君虛言期幸長門我望此以為誠信善曰言奉君虛言望為誠實離宮即長門宮也在於城南也修薄具而自設兮君善本有曾字不肯兮幸臨向曰薄具清絜之饌善曰具肴饌也史記曰臨親也廓獨潛而專精兮天飄飄而疾風翰曰廓然潛處專一其精神也善曰楚辭曰悲愁窮感兮獨處禮記曰祥而廓然鄭玄曰憂悼在心之貌登蘭臺而遙望兮神怳怳兄往而外淫濟曰蘭臺臺名登以望君怳怳思君也淫遊也善曰王逸楚辭注曰怳失意也韓子曰神不

淫放則身全廣雅曰淫游也蘭臺臺名浮雲鬱而四塞兮天窈窈而晝陰雷隱隱而響起兮聲象君之車音良曰聞此謂君之來也窈窈暗也隱隱聲也善曰毛萇詩傳曰鬱積也楚辭曰日窈冥兮羌晝晦說文曰窈深遠也毛詩曰殷其雷殷音隱飄風迴而赴善本作起閨兮舉帷幄之襜襜昌廉反襜襜動貌銑曰赴至也善曰楚辭曰襜以含風王逸曰襜襜搖貌桂樹交而相紛兮芳酷烈之闇闇魚巾反向曰相紛盤也酷烈闇闇香氣盛也善曰酷烈闇闇香氣盛也闇魚介切孔雀集而相存兮玄猿嘯而長吟翡翠脅翼而來萃兮鸞鳳飛而北南尼心心憑噫依而不舒兮邪氣壯而攻中翰曰存猶並也萃聚脅斂也憑

噫懷歎邪氣恨氣也言烏獸飛翔吟嘯與偶
相集故心懷歎不得舒泄憂恨之氣壯盛攻
於中情也 善曰說文曰存恤問也憑
噫氣滿貌管子曰邪氣襲內正色乃衰 下蘭
臺而周覽兮步從容於深宮正殿塊以造 操
天兮鬱並起而穹 弓丘 崇閒徙倚於東廂兮觀
夫靡靡而無窮也 向曰正殿前殿也塊大造至
穹崇高貌徙倚立也廂廊
也靡靡室宇美好也 善曰好色賦曰周覽
九土尚書曰從容以和 孔安國尚書傳曰造
至也郭璞方言注曰鬱壯大也穹崇高貌高
誘呂氏春秋注曰間須也謂下臺少頃也郭
璞方言注曰靡靡細好也 擠 濟 玉戶以撼 胡感 金鋪 平 兮聲
噌 測耕 吰 胡耕 而似鐘音 濟曰擠排撼搖也金鋪
扉上有金花花中作鈕
鐶以貫鎖故撼搖有聲似鐘音也 善曰字
書曰擠排也子計切說文曰撼搖也胡感切

金鋪以金為鋪首也噌
吰聲也噌音曾吰音宏 刻木蘭以為榱 衰 兮
飾文杏以為梁羅丰 峯 茸 如恭 之游樹兮離樓
梧 五故 而相撐 丑耕反 良曰木蘭文杏木名
榱椽也游樹邪柱也丰茸衆柱
貌離樓攢衆木貌梧邪柱也撐倚也 善曰丰
茸衆飾貌遊樹浮柱也離樓攢聚衆木之貌
漢書音義曰瓚曰邪柱為
梧字林曰撐柱也直庚切 施瑰 玉 木之欂 貧碧 櫨
櫨 兮委參差以槺 康 梁 銑曰瑰大槺虛也欂
櫨斗栱之屬參差以
承虛梁 善曰言以瑰奇之木以為欂櫨委
積參差以承虛梁說文曰欂櫨柱上枅也方
言曰㝩虛也㝩
與槺同音康 時髣髴以物類兮象積石之
將將 向曰積石山名也髣髴象類於此 善
曰楚辭曰時仿佛而遙見說文曰髣髴
見不諟也尚書曰導
河積石將七羊切 五色炫 縣 以相曜兮煥

爛燿而成光致 善本作緻 錯石之瓴 零 甓 蒲覓 兮象
瑇瑁之文章 翰曰錯石衆石也瓴甓甎也言
累甎石似瑇瑁之文 善曰埤
蒼曰炫光貌廣雅曰曜照也賈逵國語注曰
燿明也鄭玄禮記注曰緻密也錯石雜衆石
也言累衆石令之密緻以為瓴甓采色間雜
象瑇瑁之文章也爾雅曰瓴甎謂之甓郭璞
曰瓴
甎也 張羅綺之幔帷兮垂楚組之連綱 濟曰
組綬
類楚人善為之故用以連繫帷幔也 善曰
尚書曰荊州厥篚玄纁璣組孔安國曰組綬
類也周禮曰幕人掌帷綬之事
鄭司農注曰組綬所以繫帷也 撫柱楣以從
容 七容 兮覽曲臺之央央白鶴噭 叫 以哀號兮
孤雌跱於枯楊 銑曰白鶴孤雌哀鳴跱立於
枯楊無滋潤之樹自喻獨悲
於深宮 善曰爾雅曰楣謂之梁三輔黃圖
曰未央東有曲臺殿央央廣貌廣雅曰噭鳴

也 日黃昏而望絕兮悵獨託於空堂懸明月
以自照兮徂清夜於洞房 向曰黃昏不來望
君之心絕矣月在
空如懸也徂盡洞深也 善
曰楚辭曰姱容脩態亘洞房 援雅琴以變調
兮奏愁思之不可長 翰曰援持也調謂變常
調以奏愁思之曲不可
長者言愁思常難堪 善曰宋玉風賦曰援
琴而鼓之七略曰雅琴琴之言禁也雅之言
正也君子守正以自禁也
賈逵國語注曰援引也 案流徵 張里 以却轉
兮聲幼 要 妙而復揚 良曰案徵絃而却轉之
使其聲抑而復揚也幼
妙細聲故曰抑也 善曰宋玉
笛賦曰吟清商追流徵幼音要 貫歷覽其中
操兮意慷慨而自卬 音昂 濟曰貫猶次第
也操曲也慷慨歎息自
卬自激厲也言次第歷其聲至於中曲歎息
自激厲也 善曰言依曲次第貫穿而歷覽

之至其中操也論語曰吾道一以貫之琴道曰琴有伯夷之操窮則獨善其身不失其操故謂之操漢書王章妻謂章曰不自激卬如淳注曰激厲抗揚之意也卬五郎切左右悲而垂淚兮涕流離而從橫良曰流離涕淚貌善曰流離涕垂之貌舒息悒而增欷虛義兮蹝所綺履起而彷步郎徨音黃銑曰舒息長舒氣也欷歔哀也蹝躧也彷徨猶俳佪也善曰息歎息也悒於悒也楚辭曰悒悽增欷蒼頡篇曰欷泣餘聲也蹝履足指挂履也蹝與躧音義同投善本作揄長袂以自翳兮數昔日之㥪殃良曰袂袖翳蔽也自數已之過咎善曰說文曰揄引也爾雅曰㥪過也無面目之可顯兮遂頹思而就牀良曰懷其思慮就牀而寢善曰廣雅曰頹懷也言懷其思慮而就牀摶徒丸芬若以為枕兮席荃銓蘭

而茝昌待香齊曰摶持也芬若荃蘭茝皆香草持以為枕席以喻修潔其行善曰芬若荃蘭皆香草也言為枕席冀君來而幸臨也摶著也段丸切忽寢寐而夢想兮魄若君之在傍惕寤覺而無見兮魂迋迋區往若有亡銑曰惕驚也迋迋驚貌覺而不見於君若有所失也善曰琴操聶政之妻曰聶政出遊七年不歸吾常夢想思見之也迋迋恐懼之貌狂往切莊子曰君惝然若有亡眾雞鳴而愁予兮起視月之精光觀眾星之行列兮畢昴出於東方向曰予陳后自稱也畢昴之星晨見東方正秋時也善曰楚辭曰目眇眇兮愁予言將曉也淮南子曰西方其星昴畢今出東方謂五月六月也望中庭之藹藹於害兮若季秋之降霜翰曰藹藹月色如季秋之霜白也善曰藹藹月光微闇之貌禮記曰

季秋之月霜始降夜漫漫莫半善本作曼曼其若歲善本有兮懷鬱鬱其不可再更濟曰漫漫若歲言夜長也更易也言懷愁鬱鬱不可重易歡樂之時而為之也善曰楚辭曰終長夜之曼曼又曰望孟夏之短夜何明晦之若歲又曰心鬱鬱之憂思兮獨永歎而增傷鄭玄周禮注曰鬱鬱不舒散也越絕書曰計倪曰會稽之不可再更飢澹去偃蹇而待曙兮荒上亭亭而復明良曰偃蹇佇立也曙曉也亭亭漸明也澹然佇立待曉荒然漸及明也善曰說文曰澹搖也李奇曰澹猶動也偃蹇佇立貌也楚辭曰思不眠而極曙王逸曰曙明也莊子廣成子謂黃帝曰自汝治天下日月之光益以荒矣然荒欲明貌亭亭遠貌妾人竊自悲傷善本無傷兮究年歲而不敢忘銑曰妾人陳后自謂也究盡也雖盡年歲終不忘君也善曰管子婦人對桓公曰妾人聞之非

有內憂必有外患不敢忘不敢忘君也

思舊賦并序

向子期向曰臧榮緒晉書云向秀字子期河內懷人也始有不羈之志與嵇康為竹林之遊預其流者向秀劉伶之徒也康既被誅秀應本州計入洛太祖謂之曰聞子有萁山之志何以在此秀曰以為巢許未達堯心是以來見反役作思舊賦後為黃門郎思舊者思其故舊也善曰臧榮緒晉書曰向秀字子期河內懷人也始有不羈之志康既被誅秀應本州計入洛太祖問曰聞有萁山之志何以在此秀曰以為巢許未達堯心是以來見反自役作思舊賦後為黃門郎卒

余少善本無少與嵇康呂安居止接近其人並有不羈之才翰曰不羈言不可羈束也善曰臧榮緒晉書曰嵇康爲竹林之遊預其流者向秀劉伶之徒呂安字仲悌東平人也鄒陽上梁孝王書曰使不羈之士與牛驥同皁也然嵇意善本作志遠而踈呂心曠而放其後各以事見法翰曰康意高遠於人事踈略安心曠大於俗表放逸安妻甚美兄巽使婦人醉而報之巽內慙誣安不孝啓太祖徙安遠郡即路與康書太祖見而惡之收付廷尉與康俱刑故云以事見法善曰臧榮緒晉書曰安妻甚美兄巽報之巽內慙誣安不孝啓太祖徙安遠郡即路與康書惡之收安付廷尉與康俱死見法謂被法也說文曰法刑也嵇博綜技藝於絲竹特妙臨當就命顧視日影索琴而彈之濟曰綜集也就命就戮也康臨刑顏色不

變取琴鼓之曰廣陵散於今絕也善曰王肅周易注曰綜理事也國語曰先人就世言曰就終也文士傳曰嵇康臨死顏色不變謂兄曰向以琴來不兄曰已來康取調之爲太平引曲成歎息曰太平引絕於今日邪于寶晉紀云廣陵散於今絕矣余逝將西邁經其舊廬于時日薄虞淵寒冰淒然良曰逝往也西邁者謂秀西行之京也言往日西行今還而過其舊居舊居即山陽竹林也虞淵日入處也善曰言昔逝將西邁今返經其舊廬毛詩曰逝將去汝淮南子曰日入于虞淵之氾鄰人有吹笛者發聲寥亮追想善本作思曩昔遊讌善本作宴之好感音而歎故作賦云

將命適於遠京兮遂旋反而北徂銑曰秀爲郡計掾吏故云將命北徂言北歸也善曰論語曰將命者出鄭玄曰將命傳辭者鄭玄毛詩箋曰將奉也徂行也毛詩曰不能旋反爾雅曰適往也濟黃河以汎舟兮經山陽之舊居瞻曠野之蕭條兮息余駕乎城隅踐二子之遺跡兮歷窮巷之空廬向曰二子嵇康呂安善曰國語曰秦汎舟於河漢書河內郡有山陽縣西都賦曰原野蕭條列子曰孔子自衛反魯息駕乎河梁毛詩曰俟我乎城隅二子謂呂安嵇康也風賦曰起於窮巷之閒歎黍離之愍周兮悲麥秀於殷墟翰曰詩云彼黍離離傷周宗廟廢壞也箕子從周過殷故宗廟作詩云麥秀漸漸兮謂過舊居故引此詩善曰毛詩序曰黍離閔宗周也尚書大傳曰微子將朝周過殷之墟見麥秀之蘄蘄此父母之國志動心悲也惟古昔以懷人兮心徘善本作今徊以躊傳躇音除濟曰惟思也徘徊心不安躊躇行不進也善曰方言

曰惟思也說文曰懷念也毛詩曰搔首躊躇棟宇存而弗毀兮形神遊善本作逝其焉如良曰謂嵇呂二子之形神也焉何如之也善曰家語孔子謂魯哀公曰君俯視榱桷其器皆存而不覩其人也孔安國尚書傳曰如往也昔李斯之受戮善本作罪兮歎黃犬而長吟銑曰李斯將刑謂其子曰吾與爾牽黃犬出上蔡東門不可得也吟歎聲也善曰史記曰李斯出獄顧謂其子曰吾欲與若復牽黃犬俱出上蔡東門逐狡兔可得乎悼嵇生之永辭兮顧日影而彈琴向曰悼傷也託運命善本作遇於領會兮寄餘命於寸陰翰曰領理會合也言康之刑是運遇會合當終之秋索琴而彈是寄命於分寸之陰耳此向生思舊之深故冊言也善曰運遇五行運轉遇吉凶也領會冥理相會也鄭玄禮記注曰領理也淮南子曰聖人不貴尺

之壁而重寸之陰時難得而易失聽鳴笛之慷慨兮妙聲絕
而復尋停駕言其將邁兮遂援翰而寫心良曰
尋續邁行援持也寫心寫思舊之心也善曰洞簫賦曰其妙聲則清靜猒應長門賦曰
聲幼妙而復揚言駕將邁遂停不行毛詩曰駕言出遊廣雅曰將欲也胡廣弔夷齊文曰
援翰錄弔以舒懷兮毛詩曰我心寫兮

歎逝賦并序

陸士衡濟曰臧榮緒晉書云陸機字士衡吳人也年二十閉門勤
學流譽京邑聲溢四表為吳牙門將軍吳平楊駿辟機為太子洗馬
為司空張華所重後為江都王穎司馬遂為穎所害逝往也言日月
流邁入世易往傷歎是事因而賦焉善曰王隱晉書曰陸機字士

文選十六　二十二

衡吳郡人也太為牙門將軍吳平太傅楊駿辟機轉太子洗馬後江
都王穎以機為司馬遂為穎所害

昔每聞長老追計平生同時親故或凋落已
盡或僅有存者銑曰皆長老之所談者也平生少時也凋落死亡也僅纔
也善曰論語曰久要不忘平生之言孔安國曰平生少時也賈逵國語注曰僅猶言纔
能也余年方四十而懿親戚屬亡多存寡暱交
密友亦不半在或所曾共遊一塗同宴一室
十年之內索然已盡以是思哀哀可知矣向曰
言哀之甚也懿美暱近也善曰左氏傳富辰曰兄弟雖有小忿不廢懿親爾雅曰暱近
也孫林曰親之近也長笛賦曰寄友近賓索盡貌也家語孔子謂哀公曰君以此思哀則

哀可知矣乃善本有為字賦曰
伊天地之運流紛升降而相襲翰曰伊惟也運流行也升
上降下襲因也四時上下相因代謝紛然無極善曰禮記曰地氣上齊天氣下降而百
化興焉鄭玄曰齊讀曰躋躋升也孔安國尚書傳曰襲因也日望空以駿
驅節循虛而警立濟曰日行于空虛如駿馬之驅馳四節為日所迫曾
不得少息常自警策而立其節矣此謂歲月之速善曰警猶驚也嗟人生之
短期孰長年之能執良曰執守也善曰素問雷公曰請問短期黃
帝曰在經論中管子曰導血氣而求長年時飄忽其不再老晼於遠
晚而善本作其將及良曰飄忽疾貌不再不可再來也晼晚日暮也比人年老
也善曰楚辭曰時不可兮再得思玄賦曰辰倏忽其不再楚辭曰白日晼晚其將入

文選十六　二十三

懟直遂瓊蘂之無徵恨朝霞之難挹一入反銑曰懟怨
也瓊蘂朝霞皆仙者服之以取長年今我將老是瓊蘂無驗朝霞不可挹酌也善曰字
林曰懟怨也西京賦曰屑瓊蘂以朝飡必性命之可度楚辭曰漱正陽而含朝霞毛萇詩
傳曰挹㪺也挹音揖㪺音俱
望暘善本作湯谷之善本作以企遺智予
惜此景之屢戢向曰暘谷日所出也景亦日也戢藏也企予言我企立而
望之數惜此日屢爲藏沒使人一代謝不居也善曰山海經曰湯谷上於扶桑一日方出郭
璞曰上於扶桑扶桑在上也一日至一日出言交會相代也毛詩曰企予望之鄭玄曰跂
足則可望見之企與跂同賈逵國語注曰惜痛也戢藏也悲夫川閱水以人
成川水滔滔而日度濟曰閱揔也滔滔水流貌揔衆水而成其川終
日流去而後水相續善曰高誘淮南子注曰閱揔也毛詩曰滔滔江漢世閱人

而為世人冉冉而行暮濟曰冉冉人老貌言揔衆人而成于世終
日老謝而後人相繼善曰夫世之得名緣於君上人之父子相繼繼亦取其名故以一代
之人通呼為世人楚辭曰老冉冉而逾施廣雅曰冉冉進也人何世而弗
新世何人之能故銑曰以新代故是以不能故也善曰言皆滅亡而
不能故野每春其必華草無朝而遺露良曰無朝遺露
無一朝而不有露也善曰野每春其必華喩人何世而弗新草無朝而遺露喩世何人
之能故夫露之在草無一朝有餘以喩人之居世無一時而能故也王逸楚辭注曰遺餘
也經終古而常然率品物其如素向曰素舊也言人世
亙新雖及終古而常若此至於物類亦如舊日也善曰楚辭曰長無絕兮終古周易曰
品物咸亨鄭玄禮記注曰素故也譬日及之在條恒雖盡而

不善本作弗悟翰曰悟覺也日及未槿華也朝榮夕落漸至於盡不即覺也善曰
言命之行逝譬乎日及雖至於盡而不能寤潘尼朝菌賦曰朝菌者世謂之本槿或謂之
曰及雖不寤善本作悟其可悲心惆焉而自傷亮造
化之若茲吾安取夫久長濟曰惆悵也亮信安何也善曰廣
雅曰惆痛也爾雅曰亮信也淮南子曰大丈夫無為與造化逍遙痛靈根之
夙殞怨具爾之多喪平聲協韻良曰靈根靈木之根喩祖考也夙
早殞沒也具爾謂兄弟也詩云戚戚兄弟莫遠具爾也善曰靈根祖禰也具爾兄弟也南
都賦曰固靈根於夏葉毛詩曰戚戚兄弟莫遠具爾悼堂構之頹善本作隤
瘁萃愍城闕之丘荒銑曰堂構祖考所構之堂皆崩頹毀瘁城闕亦
丘墟荒蕪此機情多傷吳亡矣善曰尚書曰厥子乃弗肯堂矧肯構瘁猶毀也毛詩曰

在城闕兮親彌懿其已逝交何戚而不亡善本作忘咨
余命善本作今之方殆何視天之芒芒善本作芒芒向曰
懿美戚近咨嗟殆困也芒芒不明也善曰芒芒猶夢夢也毛詩曰民今方殆視天夢夢
鄭玄曰夢夢亂也爾雅曰殆危也傷懷悽其多念戚善本作感貌
瘁而鮮善本作尠歡翰曰戚憂瘁病鮮少也善曰蒼頡篇曰瘁憂也瘁與悴
古字通爾雅曰尠少也幽情發而成緒滯思叩而興端
良曰言我懷傷叩發自多端緒善曰舞賦曰幽情形而外揚慘此世之無
樂詠在昔而為言居充堂而衍宇行連駕而
比軒銑曰言昔時賓族衆盛若此也充滿衍溢也善曰毛詩曰自古在昔彌
年時其詎幾夫何往而不殘向曰彌終也詎幾無多也言思

昔雖已終年時亦無多日也而親戚舊人無不殘滅善曰充滿於堂盈衍於宇皆殘滅
也爾雅曰彌終也或冥邈而既盡或寥廓而僅半平聲
協韻善曰說文曰冥窈也廣雅曰寥深也廓空也信松茂而柏悅嗟
芝焚而蕙歎平聲協韻翰曰同類相感也冥邈久遠也僅纔也芝蕙香草
也言親友既逝其情無聊善曰毛詩曰如松之茂淮南子曰巫山之上順風縱火紫芝
與蕭艾俱死柏悅蕙歎蓋以自喩苟性命之不善本作弗殊豈同
波而異瀾濟曰性命波瀾既同賓族盡殞自思將復同此善曰言人之性命
脆促不殊譬水同波而無異瀾也瞻前軌之既覆知此路之
良難良曰軌車也言觀前車之覆重蹈其路固以難也善曰此路死路也晏子春
秋曰前車覆後車戒啓四體而深悼懼茲形之將然銑曰

懼已將後化也有疾召門弟子曰啓予足啓予手善曰論語曰曾子毒娛情
之善本作而寡方怨感目之多顏向曰毒病寡少也言觸目皆感
多在顏面聊以娛情方術也多顏謂亡者既多而非一善曰廣雅曰毒痛也歸田賦曰
狀也亮善本作諒多顏之感目神何適而獲怡翰曰亮信
怡悅也顏之憂猶多感於目其神何往而獲其怡悅言不可得也善曰爾雅曰怡樂也
尋平生於響像覽前物而懷之步寒林以悽
惻翫春翹而有思觸萬類以生悲歎同節而
異時濟曰尋思親故音響形像見昔時器物而為增懷也翹英也言節序雖同而時
人各異也善曰夫響以應聲像以寫形今形聲既亡故尋其響像魯靈光殿賦曰忽瞟
眇以響像翹茂盛貌毛詩曰翹翹錯薪河圖曰地有九州以苞萬類魏文帝與吳質書曰

文選十六　二十六

節同時異年彌往而念廣塗薄暮而意迮音責良曰如
行者塗路尚遠而日已暮以喻天甚長而人已老是以意迫迮也善曰楚辭曰年洋洋
而日往史記伍子胥曰日暮塗遠故倒行而逆施之聲類曰迮迫也阻格切親落
落而日稀友靡靡而愈索顧舊要於遺存得
十一於千百銑曰落落稀貌靡靡少貌索盡要妙遺餘也舊十今得其一舊
千今得其百盡失其九分矣善曰落落稀貌靡靡盡貌索協韻所格切舊要猶久要也
遺餘也言顧久要於遺存之中得十一於千百之內十一者謂通千百而計之十分而得
其一言亡多而存寡也久要已見上注樂隕善本作隤心其如亡哀
緣情而來宅向曰隕落亡失宅居也言樂易失而哀易居也善曰樂易失
而哀易居也薛君韓詩章句曰隤猶遺也託末契於後生余將老

而為客翰曰言後生見我老不與我交以客禮相待後增其憂耳末契下交也
善曰說文曰契約也論語子曰後生可畏古詩曰人生天地間忽如遠行客然後
弭節安懷妙思天造濟曰弭低也以為理不可強故低志節安懷抱
妙思天之造物善曰楚辭曰夕弭節于北渚王逸曰弭安也論衡曰孔子作春秋妙思
自出胷中周易曰天造草昧精浮神淪忽在世表善曰表外也
寤大暮之同寐何矜晚以怨早銑曰大暮長夜也乃寤古
今為長夜天下同寢寐後何有早晚而矜悲於其間邪此攬自鮮之詞善曰大暮猶長
夜也言覺斯理則晚死者何足矜早夭者何足傷繆熙伯挽歌曰大暮安可晨寐猶死也
古詩曰潛寐黃泉下指彼日之方除豈茲情之足攬音狡
向曰除去也言彼日之去乃常事耳何足攬亂我情而使憂也善曰毛詩曰日月其除

文選十六　二十七

又曰祇攪予心毛萇曰攪亂也感秋華於衰木瘁零露於豐
草在殷憂而弗違夫何云乎識道翰曰至如感病於秋
華衰木零露茂草之節是不避深憂之人豈得云識道士也瘁病豐茂殷深違避也善
曰言達人之志混齊死生今反感木之秋華悲豐草之零露是乃在殷憂而不去何云
於識道乎毛詩曰零露漙兮又曰在彼豐草毛詩曰耿耿不寐如有殷憂毛萇曰違去也
法言曰委大聖而好乎諸子者惡覩其識道也殷深也將頤天地之大
德遺聖人之洪寶濟曰洪大也孔子曰天地之大德曰生德人之大寶
曰位言將養生而遺榮也善曰言將養生而遺榮也爾雅曰頤養也周易曰天地之大
德曰生聖人之大寶曰位解心累於末迹聊優游以娛老
良曰言游道德以解中心憂累下末之迹優游自娛以終老也善曰莊子曰解心之繆

去德之累容動色理氣意六者繆心者也惡欲喜怒哀樂六者累德者也累猶負也優遊
已見上文班固漢書述曰疏克有終散金娛老

懷舊賦并序善曰懷舊賦者懷思也謂思於親舊而賦也

潘安仁

余十二而獲見於父友東武戴侯楊君始見知名遂申之以昏善本作婚姻向曰岳父芘與東武伯楊肇嘗同為官故曰友戴謚也肇以女妻岳余自謂也申重也　善曰臧榮緒晉書曰岳父芘琅邪內史潘岳楊肇碑曰肇字季初滎陽人封東武伯薨謚曰戴芘音毗言岳有名譽為肇所知漢書曰官皇帝知名者賈誼之山公表注曰楊肇女適潘岳左氏傳晉呂相絕秦曰相好戮力同心申之以婚姻而道元公嗣亦隆世親之愛銑曰肇子道元公嗣二子名也東武侯亦與岳崇代親而相愛也謂子父各相友代代相親愛　善曰賈誼之山公表注曰肇生譚字道元太中大夫次韶字公嗣射聲司馬不幸短命父子凋殞翰曰言肇與道元公嗣皆短命逝沒也　善曰論語孔子曰有顏回者不幸短命余既有私艱且尋役于外濟曰岳自遭父憂後從官外郡　善曰私艱謂家難也毛詩曰未堪家多難余又集于蓼尋役謂之任也王充論衡曰充罷州役不歷嵩丘之山者九年于茲矣今而經焉慨然懷舊而賦之曰良曰揚肇塋葬嵩山岳塋之而念舊也　善曰陸機洛陽記曰嵩高在洛陽東南五十里

啓開陽而朝邁濟清洛以徑度銑曰開陽洛陽門名邁行徑直啓開也　善曰應劭漢官儀曰開陽始成未有名夜有一柱來樓上琅邪開陽縣上言南門一柱飛去光武使視之因刻記某年月日以名門焉徑度已見上文晨風淒以激冷夕雪暠胡老以掩路向曰晨風朝風也暠白色也　善曰埤蒼曰暠白也轍含冰以滅軌水漸子兼軔刃以凝沍胡故反翰曰車轍冰合而滅軌迹水入車輪凝凍也軌迹漸入軔輪沍凍也　善曰顏延年纂要解曰車跡曰軌並輪謂之朝王逸楚辭注曰軔支輪木也廣雅曰漸漬也字林曰凝冰也杜預曰沍閉也塗艱屯其難進日晼紆遠晚而將暮翰曰艱屯險阻也晼晚日落貌　善曰周易曰屯難也晼晚已見上文仰睎歸雲俯鏡泉流濟曰睎視鏡鑑也　善曰傳毅七激曰仰歸雲遡遊風西都賦曰鏡清流前瞻太室傍眺嵩丘良曰太室嵩丘皆中岳名今云前瞻傍眺似是他山恐傳寫之誤太室山名在南多以為此前瞻矣　善曰山海經曰太室之山郭璞曰即中嶽嵩高山也今在陽城縣西漢書曰太室嵩高也戴延之西征記曰嵩高中嶽也東謂太室西謂少室捴名嵩也小說曰昔傅亮北征在河中流或人問之曰潘安仁作懷舊賦曰前瞻太室傍眺嵩丘嵩丘太室一山何云前瞻傍眺哉亮對曰有嵩丘山去太室七十里此是傳寫誤耳東武託焉建塋啓疇銑曰即楊肇塋葬疇壟也　善曰如淳漢書注曰塋冢田也賈逵國語注曰一井為疇巖巖雙表列列行胡郎楸音秋向曰表華表也巖巖高貌楸木名列列行貌　善曰崔豹古今注曰堯設誹謗之木今之華表也以橫木交柱頭古人亦施之於墓爾雅曰槓大而楸散郭璞曰老乃皮散皆為楸也望彼楸矣感于予思去既興慕於戴侯亦悼元而哀嗣翰曰戴侯即楊肇元即道元嗣即公嗣也　善曰尚書曰予思日孜孜墳壘壘力追以

文選十六　二十八

文選十六　二十九

接壠善本作壘壘而接壟栢森森以攢植直利反協韻良曰壘壘墳
壠接連貌森森茂盛貌植生也善曰古樂
府詩曰還望故鄉鬱何壘壘廣雅曰壘重也說
文曰壟丘也仲長子昌言曰古之葬植松栢
梧桐以識其墳鄭玄周禮注曰植根生之屬
何逝沒之相尋曾舊草之未異銑曰言肇與道元相尋而
逝舊草未及變異也善曰禮記曰朋友
之墓有宿草而不哭焉鄭玄曰宿草陳根余
總角而獲見承戴侯之清塵名余以國士眷
余以嘉姻向曰總角童子髻也岳是時見揚肇肇以岳爲國士故與婚姻也清
塵猶清風皆美言也善曰毛詩曰總角丱
兮孔安國尚書傳曰承奉也楚辭曰聞赤松
之清塵史記豫讓曰智伯國士遇我我故國士報之自祖考而隆好逮
二子而世親歡攜手以偕老庶報德之有鄰

翰曰偕俱也逮及也二子謂道元與公嗣也恨不得與二子俱老相與爲鄰而我得報國
士之德善曰毛詩曰君子偕老家語孔子曰詩云皇皇上帝其命不忒天之與人必報
有德論語孔子曰德不孤必有鄰今九載而來歸善本作一來空
館闃其無人濟曰館宅也闃空也善曰周易曰闚其戶闃其無人埤蒼曰
闃靜也陳荄被于堂除舊圃化而為薪良曰陳荄宿草
也除階道也圃園也薪樵也室宇無人故生
草木也善曰鄭玄禮記注曰宿草陳根也
方言曰荄根也音階說文曰除殿階也步庭廡以徘徊涕泫流
而霑巾翰曰廡長廊也泫流涕下貌巾衣襟善曰說文曰廡堂下周屋禮記曰孔
子泫然流涕張平子四愁詩曰側身北望涕霑巾泫胡犬切宵展轉而不
寐驟長歎以達晨銑曰宵夜也展轉反側也驟數也晨明也善曰毛

詩曰展轉伏枕漢書曰劉向或夜觀星宿不寐達旦獨鬱結其誰語聊
援善本作綴思於斯文濟曰鬱結意不申貌言我將興誰語但援採餘思於
此文矣善曰楚辭曰遭沈濁而汙穢兮獨鬱結其誰語

寡婦賦并序善曰寡婦者任子咸之妻也子咸死安仁序其寡孤之
意故有賦焉少無夫曰寡

潘安仁

樂安任子咸者善本無者字有韜世之量向曰任子咸樂
安郡人也韜藏也言度量之廣包藏一代也
善曰賈弼之山公表注曰護字子咸奉車都
尉廣雅曰韜藏也言度之大苞藏一世也與余少而歡焉雖兄弟
之愛無以加也良曰歡愛加過也善曰范曄後漢書曰姜肱與二弟仲

海季江友愛天至不幸弱冠而終良曰禮二十而冠故云弱冠善曰
不幸弱冠並已見上良友既沒何痛如之其妻又吾姨
也善本無也字翰曰妻之姊妹曰姨咸妻則岳妻之姊妹吾岳自稱善曰孫卿子
曰夫人必將擇良友而友之賈弼之山公表
注曰楊肇次子適任護毛詩曰邢侯之姨左
氏傳曰蔡哀侯娶於陳息侯亦娶焉息嬀將
歸過蔡蔡侯曰吾姨也杜預注曰妻之姊
妹曰姨少喪父母適人而所天又殞向曰父者子之天夫
者妻之天也言咸妻少喪其父母以之適咸
而咸又逝也善曰家語曰女年十五有適
人之道適謂往嫁也喪服傳曰父者子之天
夫者婦之天蔡伯喈女賦曰當三春之嘉月
將言歸於所天孤女藐邈焉始孩向曰藐孤貌孩嬰兒善曰左氏傳
晉獻公曰以是藐諸孤孟子曰孩提之童無
不知愛其親者趙岐曰孩提謂二三歲之閒

知孩笑可提抱者斯亦生人善本作民之至艱而荼徒毒
之極哀也翰曰艱難也荼毒苦也善曰尚書曰不忍荼毒孔安國曰荼毒苦
也昔阮瑀既歿魏文悼之並命知舊作寡婦
之賦濟曰魏文帝也悼傷也善曰魏文帝寡婦賦序曰陳留阮元瑜與余有舊薄
命早亡故作斯賦以叙其妻子悲苦之情命王粲等並作之余遂擬之以
作善本無作字叙其孤寡之心焉其辭曰
嗟余生之不造兮哀天難去之匪忱市林反良曰余
為咸妻稱也造成忱誠也言我生遭家不成而喪父是天降禍難雖有誠信不能攘却
善曰毛詩曰閔予小子遭家不造天難匪忱言天行禍難不由誠信也爾雅曰忱信也
少伶零俜匹成善本作俜而偏孤兮痛切刀怛丁達以

切善本作推心銑曰伶俜單孑貌母在故云偏孤切怛悲傷也如切割其心也善
曰伶俜單孑貌孤謂喪父也古猛虎行曰少年惶且怖伶俜到他鄉伶力丁切俜匹成
切毛詩曰勞心忉忉又曰勞心怛怛毛萇曰忉忉憂勞也又怛怛猶忉忉也
泉之遺歎兮詠蓼六莪俄之餘音向曰詩云爰有寒泉覽寒
在浚之下有子七人母氏勞苦又蓼蓼者莪匪莪伊蒿哀哀父母生我劬勞此皆孝子思
養其親故覽詠是篇而有遺歎餘音也善曰寒泉謂母存也蓼莪謂父母俱亡也毛詩
曰爰有寒泉在浚之下有子七人母氏勞苦又曰蓼蓼者莪匪莪伊蒿哀哀父母生我劬
勞蓼音陸莪音俄情長感以永慕兮思彌遠而逾深
翰曰言思親之深也慼憂永長逾過也善曰長笛賦曰長慼慼不能閑居兮曹子建應
詔詩曰長懷永慕伊女子之有行去兮爰奉嬪於高

族濟曰伊惟也女子謂咸妻稱也有行謂作修德行也高族謂咸族望高也奉嬪謂奉
行婦道於咸家善曰毛詩曰女子有行遠父母兄弟尚書曰嬪于虞孔安國曰奉行婦
道於虞氏承慶雲之光覆善本有兮荷君子之惠渥良曰
慶雲喻父母言承父母餘蔭光覆君子謂夫也渥厚也又荷咸恩惠之厚善曰慶雲喻
父母也史記曰若煙非煙若雲非雲郁郁紛紛蕭索輪囷是謂慶雲楚辭注曰慶雲喻尊
顯君子謂夫也毛詩曰既見君子不我遐棄詩傳曰渥厚也顧葛藟力水之
蔓延去兮託微莖於樛居幽木銑曰葛藟之莖付於樛木而上
喻婦人依於其夫而居蔓延柔弱貌善曰葛藟二草名也言二草之託樛木喻婦人之
託夫家也毛詩曰南有樛木葛藟纍之毛萇曰木下曲曰樛纍猶蔓也藟力求切樛居虬
切纍力追切懼身輕而施去重兮若履冰而臨谷

向曰施恩也履冰臨谷戒慎憚陷善曰曹植鷂鵲賦曰怨身輕而施重恐徃患之中虧
丁儀妻寡婦賦曰恐施厚而德薄若履冰而臨淵毛詩曰惴惴小心如臨于谷又曰戰戰
兢兢如履薄冰遵義方之明訓兮憲女史之典戒翰曰
石碏云教子以義方言尊奉我家德義之方以為明訓古者后妃皆有女史我取以為法
則典戒也善曰蔡邕袁公夫人碑曰義方之訓如川之流毛萇詩傳曰古者后夫人必
有女史奉蒸嘗以效順兮供灑善本作洒掃以彌載
濟曰蒸嘗祭祀也言供奉祭祀灑掃之禮效柔順之道以彌年載善曰禮記曰天子諸
侯宗廟之祭春礿夏禘秋嘗冬蒸又曰女於大夫曰備掃灑毛萇詩傳曰灑掃也又曰教
成之祭牲用魚芼之以蘋藻所以成婦順也毛萇詩傳曰洒灑同班婕妤自傷賦曰供灑
掃於帷幄永終死以為期爾雅曰彌終也彼詩人之攸歎兮從善本

作徒顧言而心痗音妹銑曰詩願言思伯使我心痗痗病收所也願言偕
老而不遂使我心痛為下文張本善曰毛詩曰願言思伯使我心痗毛萇曰痗病也音
妹何遺命之奇薄兮遘天禍之未悔向曰言自薄命
天不悔禍而遘此凶變善曰魏文帝善哉行曰自惜奇薄少離凶殃爾雅曰遘遇也天
禍未悔言天降禍于已未有悛悔之心也左氏傳曰天其悔禍于我榮華曄其
始茂兮良人忽以捐背翰曰言已容色始茂而良人忽然棄捐我
而逝矣婦人稱夫曰良人捐棄也善曰丁儀妻寡婦賦曰榮華曄其始茂所將奄其俱
泯楚辭曰及榮華之未落王逸曰榮華喻顏色也孟子曰齊人有一妻一妾而處室者其
良人出必饜酒肉而後反劉熙曰婦人稱夫曰良人孔安國曰捐棄也靜闈門
以窮居兮塊煢求營獨而靡依濟曰闈閉也塊獨居貌靡無也

善曰丁儀妻寡婦賦曰靜閉門以却埽塊孤惸以窮居易錦茵以苫尸沾
席兮代羅幬直留以素帷良曰茵褥也居喪者寢苫張素帷言居夫
喪故以苫席易錦褥以素帷代羅幬帳也善曰丁儀妻寡婦賦曰刷朱闕以白堊易玄
帳以素幬桓子新論曰吾謂揚子曰君數見乘輿錦繡茵席禮記曰父母之喪寢苫枕塊
楚辭曰蒻阿拂壁羅幬張爾雅曰幬謂之帳幬丈尤切命阿保而就列
銑曰阿保傅姆也就列就哭泣之行列箑扇也兮覽巾箑所甲以舒悲
巾箑感平生服翫者故覽之以舒洩悲哀之情也善曰烈女傳曰齊孝孟姬曰后妃下
堂必從傅母保阿箑扇也口嗚噎因結以失聲兮淚橫迸而
霑衣向曰嗚噎哭泣貌迸散也善曰韓詩外傳曰嗚數聲也毛萇詩傳曰咽憂不
能息也家語曰公父文伯卒其妻妾行哭失聲丁儀妻寡婦賦曰涕流迸以淋浪字書曰

迸散走也彼諍切愁煩冤其誰告兮提孤孩於坐側
翰曰誰告告誰善曰誰告言告誰也丁儀妻寡婦賦曰含慘悴其何訴抱弱子以自慰
王粲寡婦賦曰提孤孩兮出戶與之步兮東廂坐側靈坐之側也時曖曖愛
而向昏兮日杳杳而西匿濟曰曖曖不明貌昏黃昏也杳杳遠
貌匿藏也善曰楚辭曰時曖曖其將罷王逸曰曖曖昏昧貌楚辭曰日杳杳而西頹丁
儀妻寡婦賦曰時翳翳而稍陰日亹亹以西墜曹植贈白馬王詩曰白日忽西匿雀
羣飛而赴楹兮雞登栖善本作棲而斂翼良曰楹柱登上
也雀夜宿於柱善曰秦嘉贈婦詩曰啾啾雞雀羣飛赴楹丁儀妻寡婦賦曰雞斂翼以
登棲雀分散以赴羣歸空館而自憐兮撫衾幬以歎息
銑曰館宅也自憐失其偶也衾被幬帳也善曰楚辭曰私自憐兮何極毛詩曰抱衾與

裯毛萇詩傳曰衾被也裯單被也思纏緜以瞀莫侯亂兮心摧
傷以愴惻向曰瞀亂迷惑也愴惻悲傷也善曰張昇與任彥堅書曰纏緜思
好庶蹈高躍楚辭曰中瞀亂兮迷惑瞀莫遘切曜靈驛善本作曄字而遄
邁兮四節運而推移翰曰曜靈日也驛馳遄疾邁行也四節四時也
運流也推移不停也善曰楚辭曰曜靈曄而西征易乾鑿度孔子曰天有春秋冬夏之
節故云四時古曆九秋篇曰寒暑推移天凝露而善本作以字降霜
善本有兮字木落葉而殞枝濟曰言秋時露凝而為降霜殞落也木葉
落於枝善曰毛萇詩傳曰殞墜也仰神宇之寥寥善本有兮字瞻
靈衣之披披退幽悲於堂隅兮進獨拜於牀
垂良曰神宇靈室也寥寥空也靈衣夫平生衣披披動貌幽深也隅角也牀靈座也垂

邉也善曰曹植九詠曰葛蔓滋兮冒神宇廣雅曰寥深也空廓寥寥也楚辭曰靈衣兮
披拔楚辭曰日暮黃昏嗟幽悲王褩神女賦曰登蒞對兮倚牀垂耳傾想於
疇昔兮目髣髴乎平素銑曰髣髴存念平生之形儀善曰左氏
傳羊斟曰疇昔之羊子為政杜預曰疇昔猶前日也楚辭曰時髣髴以遥見曹植任城王
誄曰目想宮城心存平素雖冥冥而罔覿善本有兮猶依依以
憑附向曰罔無覿見也猶以為可憑附也善曰冥冥幽昧也蘇武詩曰胡馬失其
羣思心常依依依依思戀之貌小雅曰憑依也痛存亡之殊制兮將
遷神而安措翰曰遷神安措謂遷柩歸葬也與生者異故云殊制也善曰
丁儀妻寡婦賦曰痛存亡之異路將遷靈以大行厝置也孝經曰卜其宅兆而安厝之
龍轜而儼以善本作其星駕兮飛旐兆翩以啓路

濟曰轜喪車也飾以龍形儼端貌星駕早駕也旐引柩幡也翩飛貌啓路謂先路而行
善曰丁儀妻寡婦賦曰駕龍轜於門側旐繽紛以飛揚禮記有龍輴鄭玄注曰龍輴畫轅
為龍也說文曰轜喪車也音而毛詩曰星言夙駕禮記曰孔子之喪公西為志焉設旐夏
也然旐喪柩之旌也楚辭曰前飛廉以啓路輪按軌以徐進善本有兮
馬悲鳴而跼顧良曰軌迹也跼踡跼顧眄不前也善曰李陵詩曰轅
馬顧悲鳴楚辭曰僕夫悲余馬懷兮踡局顧而不行局與跼古字並通渠足切
遡其不反兮殷憂結而靡訴銑曰潛靈幽潛不復還也殷深
也靡訴無所告訴善曰殷憂見上文毛詩曰心之憂矣如或結之靡訴言無所告訴也
睎形影於几筵兮馳精爽於丘墓向曰睎視也自視形
影雖在几筵之前而䰟魄精爽已馳入於丘墓也善曰家語曰俯察机筵其器存而不

覩其人說文曰睎望也廣雅曰睎視也左氏傳樂祁曰心之精爽是謂䰟魄自仲
秋而在疚兮踰履霜以踐冰翰曰在疚居喪也履霜踐冰經
秋冬之節善曰丁儀妻寡婦賦曰自銜恤而在疚履春冬之四節毛詩曰惸惸在疚鄭
玄毛詩箋曰在憂病之中周易曰履霜堅冰至雪霏霏而驟落兮風
瀏瀏留而夙興濟曰驟數也瀏瀏風聲夙早興起也善曰丁儀妻寡婦
賦曰風蕭蕭而日勁雪翩翩以反零毛詩曰雨雪霏霏楚辭曰秋風瀏以蕭蕭王逸曰瀏
風疾貌霤力救泠泠而善本作以夜下兮冰善本作水瀌瀌
斂以微凝良曰雪夜消而霤于簷也泠泠霤聲瀌瀌薄冰貌言霤下及地復凝
爲氷善曰丁儀妻寡婦賦曰霜悽悽而夜降水瀌瀌而晨結說文曰霤屋水流也又曰
瀌瀌薄冰也力撿切意忽怳兄徃以遷越兮神一夕而九

升銑曰言意迷亂遷越不定其神一夕九變飛揚善曰老子曰惚兮怳兮其中有象
楚辭曰惟郢路之遼遠䰟一夕而九逝庶浸遠而哀降兮情
惻而彌甚向曰浸漸也以為時序漸遠哀情降歇而酸惻之懷日以甚也善
日東觀漢記曰上賜東平王蒼書曰歲月騖過山陵浸遠願假夢以通靈
善本有兮字目炯炯古迥而不寢翰曰假借也通靈通夫之神靈也炯
炯目不閉而光也寢寐也憂思多故無寐也善曰陳琳神女賦曰寢儀營䰟於髣髴託嘉夢
以通精楚辭曰夜炯炯而不寐炯公泠切夜漫漫以悠悠兮寒淒
淒以凜凜氣憤懣善本作薄而乘胷兮涕交橫而
流枕濟曰漫漫悠悠長貌淒淒凜凜冷貌憤懣鬱結也乘胷上胷也善曰夜漫漫
已見上文楚辭曰去白日之昭昭襲長夜之悠悠毛詩曰秋日淒淒說文曰凜凜寒也丁

儀妻寡婦賦曰氣憤薄而交縈撫素枕而歔欷長笛賦曰泣血泫然交横而下亡魂
逝而永遠兮時歲忽其遒盡良曰永長遒終也善曰丁儀
妻寡婦賦曰神爽緬其日永歲功忽其已成楚辭曰歲忽忽而遒盡毛萇詩傳曰遒終也
廣雅曰遒忽也容貌儡洛罪以頓顇兮左右悽其相慼
銑曰儡毀也頓顇憔悴也左右見我如此悽然相慼也善曰鸜鵒賦曰容貌慘以顦顇
丁儀妻寡婦賦曰顧頫貌之甁甁對左右而掩涕洞簫賦曰桀跖鬻博儡頓顇說文曰儡
敗也洛罪切甁普榼切
感三良之殉秦兮甘捐生而自
引向曰秦穆公死奄息仲行鍼虎皆自殺而殉焉言我感此三賢且欲捐棄生命自死
以從於咸善曰毛詩秦風曰黃鳥哀三良也國人刺穆公以人從死而作是詩左氏傳
曰秦穆公卒以子車氏之三子奄息仲行鍼虎為殉皆秦之良也杜預曰以人從葬為殉

自引自殺也漢書主簿謂王嘉曰君侯宜引決鞠稚子於懷抱兮羌
低徊而不忍翰曰鞠養也稚子則謂孤女也顧此低徊復不忍棄此而死也
羌歎也善曰王粲寡婦賦曰欲引刃以自裁顧弱子兮復停史記曰楚懷王稚子蘭毛
詩曰母兮鞠我出入腹我毛萇曰鞠養也鄭玄曰腹懷抱也獨指景而心
誓兮雖形存而志殞濟曰指日心誓數以自明也其形雖存志已與
咸曰俱亡善曰毛詩曰謂余不信有如曒日楚辭曰辭靈脩而隕志重曰仰皇
穹兮歎息私自憐兮何極省微身兮孤弱顧
稚子兮未識良曰穹天也女子幼稚未能識咸也善曰皇穹天也
如涉川兮無梁若凌虛兮失翼銑曰涉川無梁不可濟也
凌虛失翼不可飛也自喻喪耦難以爲生善曰周易曰利涉大川楚辭曰江河廣而無

梁丁儀妻寡婦賦曰鳥凌虛以徘徊上瞻兮遺象下臨兮泉壤
向曰遺象咸之形象善曰象謂形像也以其已化故謂之遺也窈冥兮潛
翳心存兮目想翰曰窈冥幽深也翳滅也善曰魏太祖祭橋玄文曰幽
靈潛翳心存目想奉靈坐兮肅清愬空宇兮曠朗濟曰
靈坐靈座也愬向宇室也曠朗虛寂貌善曰愬亦訴字廓孤立兮顧影
塊獨言而聽響良曰廓空也塊孤貌顧聽者欲一覩聞咸之影響善曰
楚辭曰廓抱影而獨倚丁儀妻寡婦賦曰賤妾煢煢顧影爲儔顧影兮傷摧
聽響兮增哀遥逝兮逾遠緬邈兮長乖濟曰緬邈
長遠貌乖離也善曰國語聲子曰椒舉奔鄭緬然引領南望賈逵曰緬思貌也四
節流兮忽代序歲云暮兮日西頹霜被庭兮

風入室夜既分兮星漢迴向曰四節四時也被覆也夜分夜半也
也善曰楚辭曰日月忽其不淹春與秋兮代序古詩曰凜凜歲云暮說文曰頹墜也韓
子曰衛靈至濮水夜分而聞有鼓琴者魏文帝雜詩曰天漢迴西流夢良人兮
來遊若閶闔兮洞開翰曰良人謂夫閶闔天門今以為室門蓋亦通
言矣善曰楚辭曰倚閶闔而望予王逸曰閶闔天門怛驚悟兮無聞
超惝昌兩怳況往兮慟懷良曰怛驚貌悟覺也慟者哀之極也善曰方
言曰怛痛也悟覺也莊子曰君憮然若有怳巳見上文慟懷兮奈何言
陟兮山阿濟曰陟山阿望咸之墓善曰爾雅曰大陵曰阿墓門兮肅
肅脩隴兮峩峩銑曰肅肅靜貌脩長隴墳也峩峩高貌善曰毛詩曰墓
門有棘方言曰無墳謂之塋秦晉之間或謂冢為壟孤鳥嚶嚶善本無一嚶字

兮悲鳴長松萋萋善本無一萋字兮振柯向曰嬰鳥聲萋茂貌風來振其柯條哀鬱結兮交集淚橫流兮滂沱翰曰鬱結積聚也滂沱淚多貌善曰楚辭曰鬱結紆軫兮又曰涕流交集班婕妤自傷賦曰雙淚下兮橫流毛詩跐曰涕泗滂沱恭姜兮明誓詠柏舟兮清歌終歸骨兮山足存憑託兮餘華要吾君兮同穴之死矢兮靡他良曰蹈履也詩序曰柏舟恭姜自誓也衛太子恭伯早死其妻守義父母欲奪而嫁之誓而不許詩曰之死矢靡他之至矢誓靡無也言至死誓無他心自言守志而詠是詩餘華餘年也吾君謂夫也言終當歸骨同於墓穴善曰毛詩序曰柏舟恭姜自誓也衛世子早死其妻守義父母欲奪而嫁之誓而不許班婕妤自傷賦曰願歸骨於山足依松柏之餘休毛詩曰穀則異室死則同穴又曰髧彼兩髦實維我儀之死矢靡他毛萇曰矢誓也之至也言至已之死誓無他心

恨賦一首

江文通翰曰劉璠梁典曰江淹字文通濟陽人六歲能屬文及長愛奇尚異宋桂陽王舉秀才齊典為豫章王記室後為金紫光祿大夫嘗謂古人遭時否塞有志不申而作是賦也善曰劉璠梁典曰江淹字文通濟陽人也六歲能屬詩及長愛奇尚異宋桂陽王舉秀才齊興為豫章王記室天監中為金紫光祿大夫卒

試望平原蔓草縈骨拱木斂魂向曰淹望見平原陵墓蔓延之草合拱之木縈繞人骸骨有如聚斂魂魄於是中也善曰毛詩曰野有蔓草左氏傳秦伯謂蹇叔曰中壽爾墓之木拱矣古蒿里歌曰蒿里誰家地聚斂魂魄無賢愚人生到此天道寧論翰曰人生至於此誰復論其天道於是僕本恨人心驚不已直念古者伏恨而死濟曰僕淹自稱也恨人恨志不就也復念古人有如我恨而至死者將述之善曰列女傳曰趙津吏女歌曰誅將加兮妾心驚至如秦帝按劍諸侯西馳良曰秦帝始皇也按劍而怒則六國諸侯西馳朝秦此言始皇靈盛若此善曰秦帝始皇也說苑曰秦始皇太后不謹幸郎嫪毐始皇按劍而坐戰國策蘇代曰伏軾而西馳削平天下同文共規銑曰規法也既平六國天下同文共法也善曰禮記曰書同文車同軌華山為城紫淵為池向曰紫淵水名在西河遠取山水以為城池明壯大也善曰過秦論曰踐華為城因河為池上林賦曰紫淵經其北雄圖既溢武力未畢方駕善本作架黿鼉以為

梁巡海右以送日翰曰吞一宇內心猶未已方將駕黿鼉以為橋梁度西海而送日入善曰鄭玄毛詩箋曰方且也紀年曰周武王伐紂東至于九江叱黿鼉以為梁列子曰穆王駕八駿之乘乃西觀日所入一旦魂斷宮車晚出濟曰一朝逝往魂神斷絕天子崩謂宮車晏駕晚出晏駕也志未滿而身遽終不其恨邪善曰史記王稽謂范雎曰宮車一日晏駕是事不可知也韋昭曰凡初崩為晏駕者臣子之心猶謂宮車當駕而晚出若乃趙王既虜遷於房陵良曰秦滅趙虜其王遷之漢中房陵房陵地名善曰淮南子曰趙王遷流房陵思故鄉則為山木之謳聞者莫不隕涕高誘曰秦滅趙虜王遷徙漢中房陵山木之謳歌曲也薄暮心動昧旦神興別豔姬與美女喪金輿及玉乘銑曰憂恚相積故心動神興豔姬美女金輿玉乘皆王者翫服於此喪別

矣 善曰楚辭曰薄暮雷電高唐賦曰使人心動左氏傳曰昧旦丕顯杜預左氏傳注曰美色曰豔史記曰為之金輿總銜以繁其飾王乘玉輅也置酒欲飲悲來填膺千秋萬歲為怨難勝向曰膺胷也嘗為君王還逐若此其恨固不可勝矣 善曰漢書曰上置酒沛宮鄭玄禮記注曰塡滿也戰國策楚王謂安陵君曰寡人萬歲千秋之後子誰與為樂也至如李君降北名辱身寃翰曰漢將李陵與匈奴戰力窮不勝降匈奴是名之辱身之寃也 善曰漢書曰李陵至浚稽山與匈奴相值戰敗遂降孫卿子曰功廢而名辱社稷必危拔劒擊柱吊影慙魂濟曰其心不平故拔劒擊柱朝行吊其影夜寐慙其魂以思已敗 善曰漢書曰羣臣爭功或妄呼拔劒擊柱曹子建表曰形影相吊晏子春秋曰君子獨寢不慙於魂情往上郡心留鴈門良曰上郡鴈門皆漢之塞也陵

常思歸漢故心情存於此 善曰漢書有上郡鴈門郡並秦置裂帛繫書誓還漢恩銑曰裂帛為書繫以歸鴈誓將報舊恩 善曰漢書曰常惠教漢使者謂單于言天子射上林中得鴈足有係帛書蘇武等在某澤中李陵書曰欲如前書之言報恩於國主耳朝露遽至握手何言向曰遽奄也人如朝露豈可久也奄然至此握手何言陵圖報漢德終而不成為恨固已多也然此皆隨淹賦意而言事不如此且陵自降匈奴漢誅其族便怨於漢沒身匈奴中非有報恩之意按此乃淹文之誤矣 善曰漢書李陵謂蘇武曰人生如朝露何久自苦如此楚辭曰寧遽死以流亡王逸曰遽奄也史記繆賢曰燕王私握臣手曰願結交潘岳邢夫人誄曰臨命相決交腕握手若夫明妃去時仰天太息翰曰王昭君齊國王襄女也年十七獻漢元帝會匈奴遣使請一女子帝謂後宮欲至單于者起昭君喟然而歎越席而

起乃賜單于後為觸晉文帝諱改為明妃君者貴人通稱 善曰戰國策曰樊於期仰天太息流涕紫臺稍遠關山無極濟曰紫臺宮也天子所居處明妃適單于故云稍遠極窮也 善曰紫臺猶紫宮也古樂府相和歌有度關山曲搖風忽起白日西匿良曰搖風飄風也匿藏也 善曰爾雅曰飄颻謂之飈音扶颻與搖同登樓賦曰白日忽其西匿潘岳寡婦賦曰日杳杳而西匿隴鴈少飛岱雲寡色銑曰鴈南飛將盡明妃見而懷鄉仰視雲氣皆無色隴岱並山名 善曰漢書曰凡望雲氣勃碣海代之間氣皆黑望君子善本作王兮何期終蕪絕兮異域向曰域國也蕪猶廢也明妃既適異域望漢無期有以斯恨也 善曰鬻子曰君王欲緣五常之道而不失則可以長矣李陵書曰生為異域之人至如善本作乃敬通見抵丁禮罷歸田里翰曰馮衍字敬

通漢明帝以敬通才過其實抑而不用故歸田里抵拒也 善曰漢書曰高后怨趙堯乃抵堯罪馮衍說陰就書曰衍冀先事自歸上書報歸田里漢書曰時多上書言便宜輒下蕭望之問狀下者或罷歸田里閉關却掃塞門不仕濟曰閉關塞門却掃家庭不出求仕 善曰司馬彪續漢書曰趙壹閉門却掃非德不交吳志曰張昭稱疾不朝孫權恨之去塞其門左對孺人右善本無右顧善本有弄稚子良曰大夫之妻曰孺人稚子嬰兒也 善曰禮記曰天子之妃曰后大夫妻曰孺人潘安仁寡婦賦曰顧稚子兮未識脫略公卿跌徒結宕徒浪文史銑曰脫略輕易跌宕放逸也 善曰杜預左氏傳注曰脫易也賈逵國語注曰略簡也揚雄自敘曰雄為人跌宕齎子兮志沒地長懷無已向曰齎持也受抑之志死沒於地恨情無已 善曰馮衍說陰就書曰懷拖不報齎恨入冥鸚鵡賦曰春

西路而長懷毛萇詩傳曰懷思也及夫中散下獄神氣激揚翰曰嵇康為中散大夫為呂安事收下獄而戮之康神氣自若　善曰臧榮緒晉書曰嵇康拜中散大夫東平呂安以家事繫獄亹閔之始安嘗以語康康辭相證引遂復收康淮南子曰古之人神氣不蕩乎外漢書谷永上疏曰贊命之臣靡不激揚濁醪夕引素琴晨張秋日蕭索浮雲無光鬱青霞之奇意入脩夜之不暘濟曰濁醪濁酒青霞奇意志高也脩長暘明也琴酒康平生所服御者言康臨刑雲日為之蕭索無晶光負高奇之志入長夜而不明豈不恨歟已上恨者九六人已下雜論其狀以為今古之情皆類於此　善曰嵇康與山巨源書曰濁醪一盃彈琴一曲又贈秀才詩曰習習谷風吹我素琴鄭玄禮記注曰索散也　青霞奇意言志高也　曹毗臨園賦曰青霞曳於前阿素鑛流於森管　漢書武帝李夫人賦曰

釋輿馬於山椒奄脩夜之不暘孔安國尚書傳曰暘明也音陽或有孤臣危涕孽子墜心遷客海上流戍隴陰此人但聞悲風汨于筆起血下霑襟良曰此皆易為恨者也孽子庶子也海上隴陰皆邊鄙也汨起風疾貌血下泣血也　善曰孟子曰孤臣孽子其操心也危其慮患也深登樓賦曰涕橫墜而弗禁然心當云危涕當云墜江氏愛奇故互文以見義　漢書匈奴乃徙蘇武北海上無人處使牧羝羊　史記曰妻敬齊人也戍隴西琴道雍門周說孟嘗君曰幼無父母壯無妻子若此人者但聞秋風鳴條則傷心矣　毛詩曰癯思泣血　尸子曰曾子每讀喪禮泣下霑衿亦復含酸茹歎銷落湮沈銑曰茹食也酸鼻酸也銷落湮沈滅亡也言抱此酸歎至滅亡而不已故有餘恨　善曰廣雅曰茹食也又曰湮沒也銷猶散也若乃騎疊跡車屯軌黃塵帀

地歌吹四起向曰屯聚軌跡也四起四面走也善曰此言榮貴之子車騎之多也吳都賦曰躍馬疊跡楚辭曰屯余車其千乘王逸曰屯陳也山陽公載記曰賈詡鳴鼓雷震黃塵蔽天李陵書曰邊聲四起無不煙斷火絕閉骨泉裏濟曰去車騎歌吹之歡如煙火斷絕而葬骨於泉裏由是恨也　善曰煙斷火絕喻人之死也王充論衡曰人之死也猶火之滅火滅而耀不照人死而智不惠也已矣哉春草暮兮秋風驚秋風罷兮春草生翰曰榮枯相待也　善曰孔安國尚書傳曰已發端辭綺羅畢兮池館盡琴瑟滅兮丘隴平銑曰綺羅琴瑟既已歇絕而池館丘隴亦復何有　善曰琴道雍門周曰高臺既已傾曲池又已平墳墓生荊棘狐兔穴其中自古皆有死莫不飲恨而吞聲善曰論語子曰自古皆有死張奐與崔元始書

曰凶奴若非其罪何肯吞聲

別賦

江文通

黯然銷魂者唯別而已矣向曰黯然失色貌善曰黯失色貌言黯然魂將離散者唯別而然也夫人魂以守形魂散則形斃今別而散明恨深也楚辭曰魂魄離散家語孔子曰黯然而黑況秦吳兮絕國復燕宋兮千里良曰絕遠也言秦吳燕宋四國相去遼遠人多遊焉而有別離也　善曰言秦吳燕宋四國川塗既遠別恨必深故舉以為況也文子曰為絕國殊俗立諸侯以教誨之或春苔兮始生乍秋風兮蹔起是以行子腸斷百感悽惻濟曰行者多以此時感物悽傷矣揔百言多也　善曰言此二

瑒別恨愈切駹昭東門行曰野風吹秋木行子心腸斷風蕭蕭而異響
雲漫漫而奇色銑曰恨為離別覺風雲改於常善曰荊軻歌曰風蕭蕭
兮易水寒尚書大傳帝唱曰卿雲爛兮禮漫漫兮舟凝滯於水濱車
逶遲於山側向曰凝滯逶遲火留貌將為水陸之別善曰楚辭曰船容與
而不進淹迴水以凝滯廣雅曰凝止也毛詩曰周道逶遲毛萇曰逶遲歷遠貌棹善本
作櫂容與而未善本作詎前馬寒鳴而不息翰曰棹楫也容
與不進貌皆惜別之意善曰楚辭曰撒齊揚以容與掩金觴而誰御
橫玉柱而霑軾濟曰掩覆也觴酒杯也以金為之琴有柱以玉為之言行
子覆杯捨琴登車而去涕淚霑軾也善曰韋誕詩曰旨酒盈金觴清顏發朱華毛萇詩
傳曰御進也袁叔正情賦曰解蘊麝之芳余陳玉柱之鳴箏楚辭曰涕潺湲兮霑軾居

人愁臥怳兄往若有亡銑曰初別親友怳然若有所失善曰鮑昭東
門行曰居人掩閨臥若有亡巳見上文日下壁而沉善本作沈彩月
上軒而飛光向曰落日下隱於壁升月上照於軒月之十五日夜善曰軒
檻版也見紅蘭之受露望青楸之離霜翰曰蘭至秋色
紅也楸木名離罹也巡層善本作曾楹而空掩撫錦幙而虛
涼濟曰巡歷層高楹柱也歷高柱掩泣也錦幙錦帳也虛涼悲涼也善曰掩掩涕也
涼悲涼也典略曰衛夫人南子在錦帷中廣雅曰帷幙帳也知離夢之躑
躅意別䰟之飛揚良曰居人既涕泣相思則意知行子離夢躑躅不進
別䰟飛揚不安善曰說文曰蹢躅住足也蹢與躑同馳戟切躅馳錄切曹植悲命賦曰
哀䰟靈之飛揚故別雖一緒事有善本作乃字萬族銑曰言多

也善曰孔安國尚書傳曰族類也至若龍馬金善本作銀鞍朱軒
繡軸帳飲東都送客金谷向曰東都長安門名踈廣老歸朝廷
設供帳送之於東都門王詡還長安石崇送之於金谷澗然東都金谷送客處也善曰
周禮曰馬八尺已上為龍後漢書明德馬皇后云前過濯龍門上見外家問起居車如流
水馬如游龍辛延年羽林郎詩曰銀鞍何煒爚翠蓋空踟蹰尚書大傳曰未命為士不得
朱軒鄭玄曰軒輿也士以朱飾之軒車通稱也魯連子門客謂陳無宇曰君車衣文繡漢
書曰高祖過沛帳飲三日漢書曰疏廣字仲翁東海蘭陵人也廣兄子受字公子廣為太
傳公子為少傅廣謂受曰吾聞知足不辱知止不殆上疏乞骸骨上以其年老皆許之加
賜黃金二十斤皇太子賜五十斤公卿大夫故人邑子為設祖道供帳東都門外石崇金
谷詩序曰余元康六年從太僕卿出為使持節青徐諸軍事征虜將軍有別廬在河內縣

金谷澗中時征西將軍祭酒王詡當還長安余與眾賢共送澗中琴羽張兮
簫鼓陳燕趙歌兮傷美人翰曰琴而奏羽聲與簫鼓雜陳燕趙
美人清歌以和之靚別離之事亦為悲傷也善曰琴羽琴之羽聲說苑曰雍門周以琴見
孟嘗君徵揮角羽張晏甘泉賦注曰聲細不過羽漢武帝秋風辭曰簫鼓鳴兮發櫂歌古
詩曰燕趙多佳人美者顏如玉珠與玉兮豔暮秋羅與綺兮
嬌上春濟曰盛飾伎樂暮秋之月珠玉照之生光色也上春之時綺羅對之增容
姿也驚駟馬之仰秣善本作抹聳淵魚之赤鱗良曰伯牙
彈琴魚出聽瓠巴鼓琴駟馬仰秣皆聽樂之所致也鱗亦魚也善曰言樂之盛也韓
詩外傳曰昔伯牙鼓琴而淵魚出聽瓠巴鼓琴而六馬仰秣成公綏琴賦曰伯牙彈而駟
馬仰子野揮而玄鶴鳴造分手而銜涕戚善本作感寂寞而

傷神銑曰造至也雖樂聲之妙宴緒之樂至於分手為別皆銜涕傷神善曰謝宣
遠送王撫軍詩曰分手東城闉呂氏春秋曰聖人不以感私傷神乃有劒客
慙恩少年報士向曰感恩報仇之志善曰漢書李陵曰臣所將屯邊者
奇材劒客也又曰郭解以軀藉友報仇少年慕其行亦輒為報讎
吳宮燕市向曰聶政為嚴仲子杖劒至韓直入上階刺殺韓相俠累豫讓為智
伯變姓名為宮塗廁欲刺趙襄子專諸為公子光以匕首刺殺吳王僚荊軻與高漸離飲
於燕市後為太子刺秦王善曰史記曰聶政者軹深井里人也濮陽嚴仲子事韓哀侯
與韓相俠累有郤嚴仲子告聶政而言臣有仇聞足下高義故進百金以交足下之驩聶
政拔劒至韓直入上階刺殺俠累又曰豫讓者晉人也事智伯智伯甚尊寵之趙襄子滅
智伯讓乃變姓名為刑人入宮塗廁欲刺襄子故言趙廁又曰專諸者棠邑人也吳公子

光具酒請王僚酒既酣使專諸置匕首魚炙之腹中而進既至王前專諸以匕首刺王僚
王僚立死又曰荊軻者衛人也至燕與高漸離飲於燕市後荊軻為燕太子丹獻燕地圖
圖窮匕首見因以匕首摽秦王割慈忍愛離邦去里濟曰謂別父母
去鄉里也瀝泣共訣音問善本作抆血相視良曰抆拭也言泣血
為別善曰史記曰今太子請辭訣矣鄭玄毛詩箋曰往矣決別之辭訣與決音義同廣
雅曰抆拭也泣血已見恨賦抆武粉切驅征馬而不顧見行塵
之時起銑曰志士專一去不顧但見馬行塵起善曰史記曰荊軻遂發就車
不顧方銜感於一劒非買價於泉裏向曰以劒刺人而自
死者此感國士之義豈求價於黃泉哉善曰言銜感恩遇故効命於一劒非買價於泉
裏之中也尉僚子吳起曰一劒之任非將軍也金石震而色變骨肉

悲而心死翰曰荊軻與武陽入秦將刺秦王鐘鼓並發武陽色變聶政既殺俠
累韓取政尸暴於市政姊榮聞之曰是吾弟也伏其尸盡哀而哭哀莫大於心死謂政姊
之心死矣善曰燕丹太子曰荊軻與武陽入秦秦王陛戟而見燕使既鼓鐘並發武陽
大恐面如死灰色戰國策曰武陽色變史記曰聶政刺韓相俠累死因自破面決眼屠腸
而死莫知其誰韓取政尸暴於市能知者與千金久之莫知政姊曰何愛妾之身而不揚
吾弟之名於天下哉乃之韓市抱尸而哭曰此妾弟軹深井里聶政自殺於尸旁晉楚齊
聞之曰非獨政之賢乃其姊亦烈女莊子仲尼謂顏回曰夫哀莫大於心死或乃
邊郡未和負羽從軍濟曰箭有羽從軍負之於背而行善曰司馬
相如檄蜀文曰邊郡之士聞烽舉燧燔漢書曰有障徼曰邊郡羽獵賦曰蒙楯負羽扶鏌
邪而羅者以萬計遼水無極鴈山參雲良曰遼水水名鴈山山名

無極言廣深也參雲言高也善曰水經曰遼山在玄菟高句驪縣遼水所出海內西經
曰大澤方百里鳥所生在鴈山出其間孟子曰大山之高參天入雲謝承後漢書劉詡
曰程夫人富貴參雲閨中風暖陌上草薰銑曰謂春時也閨房陌路
薰香也善曰薰香氣也日出天而曜景露下地而騰文
向曰曜光景也騰文依於草樹其文章鏡朱塵之照爛襲青
氣之煙因熅翰曰朱塵朱莚塵也青氣薰爐中香青煙也言日景鏡照閨中
華莚草薰襲香代爐中香氣也照爛明貌煙熅香氣也善曰楚辭曰經堂入奧朱塵莚
王逸曰朱畫承塵也楚辭曰芳菲菲兮襲人易通卦驗曰震東方也主春分日出青氣出
震此氣也正攀桃李兮不忍別送愛子兮霑羅裙
濟曰挽李喻夫妻也霑裙涕淚霑於裙也善曰言當盛春之時而分別不忍也左氏傳

趙盾曰括君姬氏之愛子杜預曰括趙盾異母弟趙姬文公女也至如一去

善本作赴絶國詎相見期良曰絶遠詎無也善曰琴道雍門周曰遠赴絶國無相見期臣爲一揮琴而太息未有不悽愴而流涕者絶國絶遠之國視喬木兮故里訣北梁兮永辭銑曰故里有喬木故視而識之北梁分別之地訣別永長也善曰王充論衡曰睹喬木知舊都孟子曰故國者非爲喬木有世臣也楚辭曰濟江海兮蟬蛻央北梁兮永辭左右兮魂動親賓兮淚滋向曰滋多也善曰蘇武詩曰淚爲生別滋可班荆兮贈恨惟樽酒兮叙悲翰曰班布也贈猶展也於路側折荆布地坐而置酒以展叙別離之恨善曰左氏傳曰楚伍舉將奔晉聲子將如晉遇之於鄭郊班荆相與食蘇武詩曰我有一罇酒欲以贈遠人願子留斟酌叙此平生親值秋鴈兮飛

日當白露兮下時怨復怨兮遠山曲去復去兮長河湄濟曰湄際也善曰毛詩曰居河之湄爾雅曰水草交曰湄又若君居淄右妾家河陽良曰淄右河陽二地名婦人自稱曰妾謂夫曰君善曰漢書有淄川國又河內郡有河陽縣淄或爲塞同瓊珮之晨照共金爐之夕香銑曰言新香興珮光照耀也晨照謂晨善曰毛詩曰有女同車顔如舜華將翱將翔佩玉瓊琚司馬相如美人賦曰金爐香薰黼帳周垂若結綬兮千里惜瑤草之徒芳向曰結綬從官也瑤草香草以自喻也言君去千里徒爲芬芳善曰結綬將仕也漢書曰蕭育與朱博爲友長安語曰蕭朱結綬宋玉高唐賦曰我帝之季女名曰瑤姬未行而亡封于巫山之臺精神爲草寔曰靈芝山海經曰姑射之山帝女死焉名曰女尸化爲瑤草其葉滑盛其花黃其實

如兔絲服者媚於人郭璞曰瑤與䔄丕音遥然䔄與搖同歎幽宮善本作閨之琴瑟晦高臺之流黃翰曰幽深宮室也琴瑟不張故歎焉流黃素名言愁多視之不識善曰張載擬四愁詩曰佳人贈我筒中布何以報之流黃素環濟要略曰間色有五紺紅縹紫流黃也春閨善本作宮閟此青苔色秋帳含兹明月光夏簟青兮晝不暮冬釭凝兮夜何長濟曰言四時相思也閟閉也不暮言其日長也釭凝謂燈明也善曰毛萇詩傳曰閟閉也班婕好自傷賦曰應門閉兮玉階苔劉休玄擬古詩曰羅帳延秋月張纚席賦曰席爲冬設簟爲夏施夏侯湛釭燈賦曰秋日既逝冬夜悠長織錦曲兮泣已盡迴文詩兮影獨傷良曰織錦爲迴文詩使成章句以寄於夫思念別離故泣盡影傷也善曰織錦迴文詩序曰竇韜秦州被徙沙漠其妻

蘇氏秦州臨去別蘇誓不更娶至沙漠便娶婦蘇氏織錦端中作此迴文詩以贈之符國時人也儻有華陰上士服食還仙善本無此二句術既妙而猶學道已寂而未傳守丹竈而不顧鍊金鼎而方堅銑曰丹竈鍊丹竈也不顧不歸也黃帝採首山銅鑄鼎鼎成龍下迎黃帝方堅力爲之無退歸之意善曰方言曰寂安靜也南越志曰長沙郡劉陽縣東有王喬山山有合丹處不顯於世也鍊金鼎鍊金爲丹之鼎也抱朴子曰鄭君唯見授金丹之經又曰九轉丹內神鼎中史記曰黃帝采首山銅鑄鼎鼎成龍下迎黃帝也方堅其志方堅也駕鶴上漢驂鸞騰天向曰御鸞鶴而外天漢善曰張僧鑑豫章記曰洪井有鸞岡舊說云洪崖先生乘鸞所憩處也鸞岡西有鶴嶺王子喬控鶴所經過處也蹔遊萬里少別千年惟世間兮重

別謝主人兮依然翰曰主人之平生游處謝別也依然不能無情善曰神仙傳曰若士者仙人也燕人盧敖者秦時遊北海而見若士若士曰一舉而千里吾猶未之能今子始至於此乃語窮豈不陋哉馬明先生隨神女還岱見安期生語神女曰昔與女郎遊於安息西海之際憶此未久已二千年矣謝說文曰謝辭也下有芍藥之詩佳人之歌濟曰詩曰維士與女伊其相謔贈之以芍藥李延年歌曰北方有佳人絕世而獨立善曰毛詩曰維士與女伊其相謔贈之以芍藥漢書李延年歌曰北方有佳人絕世而獨立桑中衛豔善本作女上宮陳娥良曰桑中上宮二地名衛陳二國名義貌曰娥美色曰豔善曰衛陳二國名也毛詩曰期我乎桑中要我乎上宮方言曰秦晉之間美貌謂之娥春草碧色春水淥波送君南浦傷如之何銑曰送君送夫也南浦送別之處

文選十六　五十二

善曰楚辭曰子交手兮東行送美人兮南浦至乃秋露如珠秋月如珪向曰露垂於草其狀如珠夏禹得玉珪碧色圓如日月言秋月類之善曰陸雲芙蓉詩曰盈盈荷上露灼灼如明珠遯甲開山圖曰禹遊於東海得玉珪碧色圓如日月以自照目達幽冥明月白露光陰往來與子之別思心徘徊是以別方不定別理千名有別必怨有怨必盈翰曰盈多也善曰千名言多也南都賦曰百種千名蔡琰詩曰心吐思兮曾憤盈使人意奪神駭心折骨驚濟曰言別離之所致善曰亦互文也左氏傳衛太子禱曰無折骨雖淵雲之墨妙善本無皆嚴樂之筆精良曰王褒字子淵揚雄字子雲嚴安徐樂皆文章之士故云墨妙筆精善曰淵王褒也雲揚雄也漢書曰嚴安臨淄人也徐樂燕無終人也上疏言時務上召見乃拜樂安皆為郎中金閨善本作門字之諸彥蘭臺之羣英銑曰金閨金馬門羣賢待詔處漢明帝好文人並徵於蘭臺英彥皆美士善曰史記曰金門官者署承明金馬著作之庭東方朔云公孫弘等待詔金馬門是也蘭臺臺名傅毅班固等為蘭臺令是也論衡曰孝明好文人並徵蘭臺之官文雄會聚賦有凌雲之稱辯有雕龍之聲向曰司馬相如奏大人賦天子大悅飄飄有凌雲之氣鄒奭子修鄒衍之術文飾之若雕鏤而成龍文二人皆有此聲稱也善曰漢書曰司馬相如既奏大人賦天子大悅飄飄有凌雲之氣七略曰鄒赫子齊人也齊人為諺曰彫龍赫言赫修鄒衍之術文飾之若彫鏤龍文故曰彫龍赫詎善本作誰能摹蹔善本作暫離之狀寫永訣之情者乎翰曰雖此數賢之才不能摹寫別離情狀者言若危之志不可述也

文選十六　五十三

文選卷第十六

宿

賦　論文　音樂上

文選　十七

共二十

文選卷第十七

梁昭明太子撰　五臣并李善注

賦壬

論文

陸士衡文賦一首

音樂上

王子淵洞簫賦一首

傅武仲舞賦一首

論文

文賦并序

陸士衡善曰臧榮緒晉書曰陸機妙解情理心識文體作文賦

余每觀才士之善本有所字作竊有以得其善本有用字心善曰莊子堯曰此吾用心夫其放言遣辭良多變矣濟曰遣發良實也妍五賢蚩好惡可得而言良曰妍美蚩惡也善曰范曄後漢書趙壹刺世疾邪曰孰知辯其妍蚩廣雅曰妍好也說文曰妍慧也釋名曰蚩癡也聲類曰蚩騃也然妍蚩亦好惡也每自屬文尤見其情銑曰尤甚也善曰論衡曰幽思屬文著記美言屬綴也杜預左氏傳注曰尤甚也恒患意不稱物文不逮意蓋非知之難能之難也翰曰逮及也體屬於物患意不似物文出於意患詞不及意蓋非知之為難能為者

實難也　善曰爾雅曰逮及也尚書曰非知之艱行之惟艱故作文賦以述先士之盛藻因論作文之利害所由他日殆可謂曲盡其妙向曰謂賦成之後異日觀之乃委曲盡其妙道矣殆近也　善曰孔安國尚書傳曰藻水草之有文者故以喻文焉言知之易也論語曰他日又獨立趙岐孟子章句曰他日異日也至於操斧伐柯雖取則不遠若夫隨手之變良難以辭逐善本作逮蓋所能言者具於此云爾翰曰操持也持斧伐柯雖得柯不遠而文章隨手變易則難以辭究逐蓋述之者其以後文也　善曰毛詩曰執柯伐柯其則不遠言作之難也莊子輪扁謂桓公曰斲輪徐則甘而不固疾則苦而不入不疾不徐得於手而應於心口不能言有數存焉

佇中區以玄覽頤怡情志於典墳銑曰佇立也中區中都也玄遠頤養也立志中都遠覽文章養情於典墳也　善曰老子曰滌除玄覽河上公曰心居玄冥之處覽知萬物故謂之玄覽幽通賦曰皓頤志而不傾左氏傳楚子曰左史倚相能讀三墳五典遵四時以歎逝瞻萬物而思紛濟曰逝往紛多也　善曰淮南子曰四時者春生夏長秋收冬藏悲落葉於勁秋喜善本作嘉柔條於芳春良曰秋氣殺萬物故云勁秋也　善曰淮南子曰木葉落長年悲心懍懍善本作懔懔以懷霜志眇眇而臨雲詠世德之俊善本作駿烈誦先人之清芬銑曰眇眇長貌謂雲勢長遠故臨之志亦長也烈美也詠當時俊美之迹作誦先賢詞賦之芬芳也　善曰懷霜臨雲言高絜也說文曰懍懍寒也孔融薦禰衡表曰志懷霜雪舞

賦曰氣若浮雲志若秋霜眇眇遠貌毛詩曰王配于京世德作求又曰在昔先民有作游文章之林府嘉藻麗善作麗藻之彬彬翰曰林府謂多如林木富如府庫也彬彬文質相雜　善曰包咸論語注曰彬彬文質相半之貌慨投篇而援筆聊宣之乎斯文向曰慨歎詞援引也　善曰韓詩外傳曰孫叔敖治楚三年而國霸楚史援筆而書之於策其始也皆收視反聽耽思傍訊精騖八極心游萬仞濟曰謂思文之始也訊求也收視不視反聽不聽也謂專思傍求遷轉攢緝所以精馳八極心游萬仞也　善曰收視反聽言不視聽也耽思傍訊靜思而求之也毛萇詩傳曰耽樂之久廣雅曰訊問也精神爽也八極萬仞言高遠也淮南子曰八紘之外乃有八極包咸論語注曰七尺曰仞其致也情曈曨而彌鮮物昭晰之熱而

互進傾群言之瀝液漱所溜六藝之芳潤翰曰曈曨不明昭晰明貌文情出自不明而至鮮明也情既鮮明物亦明而互進其文乃成也羣言羣書也瀝液消滴也且羣書浩汗如海之波瀾不極入為文章但傾寫其消滴而已六藝禮樂射御書數也文章亦經漱蕩其芳香潤澤以成之也　善曰埤蒼曰曈曨欲明也說文曰昭晰明也揚子法言曰或問羣言之長曰羣言之長德言也宋衷曰羣非一也周禮曰六藝禮樂射御書數也浮天淵以安流濯下泉而潛侵浸音淫　向曰謂浮心思於天泉及濯下泉者務入深遠以求文意耳潛浸流貌　善曰劇秦美新曰盈塞天淵之間楚辭曰使江水兮安流毛詩曰冽彼下泉浸彼苞稂於是沈辭怫扶勿悅若游魚銜鉤而出重淵之深銑曰沈辭謂沈於深邃也怫謂思未出也悅謂思微來也則若游魚銜鉤而出於重

泉之深也佛恍難出之貌善曰浮藻聯翩若翰鳥纓繳諸畧
而墜曾雲之峻翰曰藻文也聯翩鳥飛貌謂文思將來聯翩然若翰鳥纓
繳而墜自高雲之峻言速也纓纆也繳射也曾高也善曰聯翩將墜貌王弼周易注曰
翰高飛也說文曰繳生絲縷也謂纓繫繒矢而以弋射收百代善本作世之
闕文採千載之遺韻銑曰遺韻謂古人闕而未述遺而未用者收而
採之善曰論語子曰吾猶及史之闕文謝朝華於已披啓夕秀
於未振銑曰朝華已披謂古人已用人意謝而去之夕秀未振謂古人未述之旨
開而用之啓開也秀皆踰文也已披言善曰華已用也觀古今於善本作之
須臾撫四海於一瞬音舜向曰馳思速也瞬謂閉目之間善曰
高唐賦曰須臾之間莊子老聃曰俛仰之間再撫四海之外呂氏春秋曰萬世猶一瞬說

文選十七　四

文曰開闔目數操也尺閏切然後選義按部考辭就班濟曰
選擇義理皆按而用之以為部次考擿清濁之詞以就班類而綴之善曰小雅曰班次
也抱景善本作暑者咸叩懷響者必善本作畢彈濟曰謂物
有抱景者必以思叩而求文理物有懷音響者必以思彈擊之以發文意或
因枝以振葉或沿波而討源或本隱以末善本
作之顯或求易而得難翰曰或賦詠於枝而思發於葉或流情於波而
求討其源也或本採於隱而末至於明也或求思於易得詞於難物理相推有此迴轉也
振發沿流也善曰孔安國尚書傳曰順流而下曰沿沿源水本也言或本之於隱而遂之
顯或求之於易而便得之難或為未易非也或虎變而獸擾或龍見
而鳥瀾良曰擾亂也思壯如虎之變其文彩炳然或猶未發知獸之驚亂不知所

之或得其妙則龍見而有光如水鳥游於波瀾也善曰周易曰大人虎變其文炳也擾
馴也莊子曰君子尸居而龍見大波曰瀾或妥土果帖而易施或岨
仕舉峿語而不安罄澄心以凝思眇衆慮而為
言向曰罄盡眇深也深源其衆慮而為言也善曰妥帖易施貌王逸楚辭序曰義多乖
異事不妥帖岨峿不安貌楚辭曰圜鑿而方枘兮吾固知其鉏鋙而難入妥他果切帖吐
協切岨助舉切峿魚呂切周易曰神也者妙萬物而為言者也籠天地於形
內挫作過萬物於筆端銑曰形文章之形也折挫折謂天地雖大可挫
籠於文章形內萬物雖衆可折挫取其形以書之於筆端筆鋒也善曰淮南子曰太
一者牢籠天地也說文曰挫折也韓詩外傳曰辟文士之筆端辟武士之鋒端辟辯士之
舌端始躑躅遲緑於燥吻亡粉終流離於濡翰音寒翰曰

文選十七　五

躑躅不進貌亦如文詞難出於口也燥乾也吻脣也謂神思馳逐皆得乾脣也則雖初難
出於乾脣終流離於濡翰謂書於紙也流離水墨染於紙貌濡染也翰筆也善曰廣雅
曰躑躅跢跦也鄭玄毛詩箋云志往謂踟躕也躑躅與躑同跢跦與踟躕同蒼頡篇曰吻脣
兩邊也莫粉切流離津液流貌劉公幹詩曰敘意於濡翰毛萇詩傳曰濡漬也濡如娛切
漢書音義韋昭曰翰筆也音協韻音寒理扶質以立幹善本作幹文垂
條而結繁濟曰質猶本根也為文之理必先扶持本根乃立其幹謂先樹理次
擇詞也故如垂條而結葉繁茂也善曰廣雅曰幹本也鄭玄禮記注曰繁盛也信
情貌之不差故每變而在顏思涉樂其必笑
方言哀而以歎平聲向曰差失也文之情深必見人貌故此理不失變
之在顏故思樂必笑言哀則歎矣善曰楚辭曰情與貌其不變或操觚孤

以率爾或含毫而邈然銑曰觚木也古人用之以為筆毫筆也率爾謂文速成邈然謂文遲成也善曰觚木之方者古人用之以書猶今之簡也急就章曰急就奇觚論語曰子路率爾而對毫謂筆毫也王逸楚辭注曰銳毛為毫也毛詩曰聽我藐藐毛萇曰藐藐然不入貌伊茲事之可樂固聖賢之所欽翰曰伊維也茲事謂文章也欽敬也課虛無以責有叩寂寞而求音翰曰課率也責求也文章率自虛無之中以求其象叩擊無聲之外而求音韻寂寞無聲也善曰春秋說題辭曰虛生有形淮南子曰寂寞音之主也函含緜邈於尺素吐滂浦皇沛乎寸心良曰綿邈遠也滂沛大也雖遠者含文於尺素之上雖大者吐辭於寸心之間也素帛也古人用以書也善曰毛萇詩傳曰函含也古詩曰中有尺素書列子文摯謂叔龍曰吾見子之心矣方寸之地虛矣

言恢苦回之而彌廣思按之而愈善本作逾深銑曰恢大按下也以言大之則彌增其廣以思下之則愈益其深也善曰杜預左氏傳注曰恢大也播芳蕤之馥馥發清善本作青條之森森粲風飛而飈善本作猋豎鬱雲起乎翰林向曰文義如芳蕤之馥馥似清條之森森粲然如風飛飆立鬱然如雲起翰林芳蕤香飈疾風豎立也翰筆也言林者華盛貌善曰說文曰蕤草木華垂貌爾雅曰颫颻謂之猋長楊賦藉翰林以為主人體有萬殊物無一量紛紜揮霍形難為狀翰曰文體有變故曰萬殊物類既衆故曰紛紜揮霍也氣色運動難說其形狀也善曰淮南子曰斟酌萬殊紛紜亂貌揮霍疾貌西京賦曰跳丸劍之揮霍辭程才以效伎忌意司契而為匠在有無而僶泯俛當

淺深而不讓良曰程見效致伎巧司理契要匠宗也僶仰首也俛俯首也文辭見才以致巧立意以理要為宗思在有無之中或俯或仰或深或淺意務得於妙來必不讓善曰衆辭俱湊若程才效伎取捨由意類司契為匠老子曰有德司契論衡曰能雕琢文書謂之史匠也毛詩曰何有何無僶俛求之論語子曰當仁不讓於師雖離方而遯圓善本作員期窮形而盡相向曰文之末見在於無故雖不見方圓之形終期盡物之象也相象也善曰方圓謂規矩也故夫誇苦華目者尚奢愜苦頰心者貴當去聲良曰誇目謂相誇眩也尚奢謂浮豔之詞貴當者在於合理故愜心也善曰其事既殊為文亦異故欲誇目者為文尚奢欲快心者為文貴當愜猶快也起頰切言窮者無隘烏介論達者唯曠銑曰言窮事者無隘狹論通達者唯尚放曠此作者之用思也善曰言

其窮賤者立說無非湫隘也其論通達者發言唯存放曠也詩緣情而綺靡賦體物而瀏溜亮翰曰詩言志故緣情賦象事故體物綺靡精好也瀏亮清明也善曰詩以言志故曰緣情賦以陳事故曰體物綺靡精妙之言瀏亮清明之稱也碑披文以相質誄纏綿而悽愴濟曰碑以敘德故文質相半誄敘哀情故纏綿意密而悽愴悲心也善曰碑以敘德故文質相半誄以陳哀故纏綿悽愴銘博約而溫潤箴頓挫而清壯銑曰博謂意深約謂文省箴所以刺前事之失者故須抑折前人之心使文清理壯也頓挫猶抑折也善曰博約謂事博文約也銘以題勒示後故博約溫潤箴以譏刺得失故頓挫清壯頌優游以彬蔚鬱論精微而朗暢向曰頌以歌頌功德故須優游縱逸而華盛也彬蔚華盛貌論者論事得失必須精審微密明朗而通暢

次情善曰頌以褒述功美以辭爲主故優游彬蔚論以評議臧否以當爲宗故精微朗
暢彬蔚已見上文漢書音義曰暢通也奏平徹以閑雅說施汭煒
于鬼曄于刼切善本作曄而譎古穴誑矩況反翰曰奏事帝庭所以陳敘
情理故和平其詞通徹其意雍容閑雅此焉可觀說者辯詞也辯口之詞明曉前事詭譎
虛誑務感人心煒曄明曉也善曰奏以陳情敘事故平徹閑雅說以感物爲先故煒曄
譎誑雖區分之在茲亦禁邪似嗟而制放要辭達
而理舉故無取乎冗如勇善本作冗長佇亮反良曰詩賦碑誄
銘箴頌論奏說其體各殊故區分在茲禁邪謂禁浮豔制放謂制抑蹤遺必須詞達其意
理以舉事不在煩多冗長謂煩多也善曰論語子曰辭達而已矣文穎漢書注曰冗散
也其爲物也多姿其爲體也屢遷向曰文體非一故云

多姿姿質也未妥帖故屢遷也善曰萬物萬形故曰多姿文非一則故曰屢遷琴賦曰
既豐贍以多姿周易曰爲道也屢遷其會意也尚巧其遣言也
貴妍銑曰出言崇美也妍美也暨其器音聲之迭代若五色
之相宣翰曰暨至也音聲謂宮商合韻也至於宮商合韻遞相間錯猶如五色文
彩以相宣明也善曰言音聲迭代而成文章若五色相宣而爲繡也爾雅曰暨及也又
曰迭更也論衡曰學上文章其猶絲帛之有五色之功杜預左氏傳注曰宣明也雖
逝止之無常固崎綺錡擬之善本作而字難便讀曰
逝往也崎錡不安貌謂思雖往止上下無常周知安之難爲便也便宜也善曰言雖逝
止無常唯情所適以其體多變固崎錡鄭便也崎錡不安貌楚辭曰嶔岑崎錡音蟻
苟達變而相善本作識次猶開流以納泉銑曰思之通變

相次而至如泉入水汩然相合也善曰言其易也如失機而後會恒
操末以續巔謬玄黃之秩序善本作秩敘故淟他見
涊奴見而不鮮良曰如思慮失機而後會合則常持尾續首莫能見成錯謬玄
黃之次序也淟涊不鮮明也操持也末尾巔首也秩次也淟涊垢濁也善曰言失次也
言音韻失宜類繡之玄黃謬敘故淟涊垢濁而不鮮明也禮記曰朱綠之玄黃之以爲黼
黻文章楚辭曰切淟涊之流俗王逸曰淟涊垢濁也或仰偪善本作逼於先
條或俯侵於後章向曰謂思之俯仰前後不定故或偪換先成之條列
或侵改後次之章句謂未安也善曰廣雅曰條科條也或辭害而理比
毗蜜或言順而義妨翰曰辭害謂音韻不便也然於理次比亦合於宜言
雖順義於義理復有妨也善曰周易曰比輔也說文曰妨害也離之則雙

美合之則兩傷銑曰謂語各有所宜考殿當練最於錙銖
殊定去留於毫芒音亡濟曰下功曰殿上功曰最錙銖稱兩也毫細
毛也芒稻芒也皆至微小者也謂作文之時考練辭句之上下稱兩捨之取之在於細小
之間然後著之於文善曰漢書音義曰下功曰殿上功曰最鄭玄禮記注曰入兩爲錙
漢書曰黃鍾之一龠容千二百黍重十二銖然百黍重一銖也賓戲曰銳思毫芒之內音
義曰芒稻芒毫兔毫苟銓衡之所裁固應繩其必當翰曰
銓所以稱物者衡平也若稱平辭句而裁制文章則應繩墨而相當也善曰言銓衡所
裁苟有輕重雖應繩墨須必除之聲類曰銓所以稱物也七全切漢書曰衡平也平輕重
也尚書曰惟木從繩則正莊子曰匠石治木直者應繩或文繁理富而
意不指適極無兩致盡不可益立片言以善本

作而居要乃一篇之警策雖衆辭之有條必待
玆而效勣善本作績亮功多而累寡故取足而不
易良曰適中也謂文意不中於所指之事但繁文富理而已至於窮極之際竟不能便
於指適矣文之終篇又不可增益其辭但立片善之言以居要節乃能為警策而雖衆辭
已有條序也必待此警策而效功勣也信功多而累句亦少故可自取足於一篇亦不可
改易也警驅動貌策可以擊馬者謂片善之言光益一篇亦猶以策擊馬得其警動也
善曰言其理既極而無兩致其言又盡而不可益以文諭馬也言馬因警策而彌駿以喻
文資片言而益明也論語子曰片言可以折獄曹子建應詔詩曰僕夫警策鄭玄周禮注
曰警勅戒也必待警策之言以效其功也家語公父文伯之母曰男女效績愆則有辟也
言其功既多為累蓋寡故以取足而不改也或藻思綺合清麗芊

善本作千眠炳若縟辱繡悽若繁絃必所擬之不
殊乃闇合乎曩篇雖杼除思軸於予懷怵他人
之我先苟傷廉而愆義亦雖愛而必捐濟曰綺合
如綺綵之合文章也芊眠盛貌五色備曰縟音韻合和故若繁絃之聲所作篇目或不殊
古人之則辭句闇合於古篇者雖經杼軸懼他人先我而為此乃苟且之道有傷廉恥後
違於義心故雖愛之必須捐棄也善曰千眠光色盛貌說文曰縟繁彩色也又繡五色
毛備也蔡邕琴賦曰繁絃既抑雅音復揚爾雅曰曩久也謂久舊也杼軸以織喻也雖出
自已情懼佗人先已也毛詩曰杼軸其空言必去之也王逸楚辭注曰不受曰廉說文曰
捐棄也或苕發穎豎離衆絕致形不可逐響難
為係塊孤立而特峙非常音之所緯心牢落

而無偶意徘徊而不能褫音雉善本作揥向曰謂思得妙音
辭若苕草華發穎禾秀豎與衆辭離絕致於精理形響難為追係塊孤貌特峙峻也緯經
也言非平常之言所能經緯然有此一句之妙而心失次旁求偶對未稱其心意之徘徊
不能褫捨其妙苕草華也穎禾秀也牢落心失次貌　善曰苕草之華也言作文利害理
難俱美或有一句同乎苕發穎豎離於衆辭絕於致思也孫卿子曰蒙鳩為巢繫之葦苕
小雅曰禾穗謂之穎言方之於影而形不可逐響之於聲而響難係也鶡冠子曰影之隨
形響之應聲文之綺麗若經緯相成言斯句既佳塊然立而特峙非常音之所能緯也牢
落猶遼落也言思之心牢落而無偶揥之意徘徊而未能也蔡邕瞽師賦曰時牢落以失
次咢紲蹇而陽絕說文曰揥取也他狄切協韻他帝切或爲禘禘猶去也石韞玉
而山暉水懷珠而川媚彼榛仕巾楛戶之勿翦

亦蒙榮於集翠綴下俚善本作里於白雪吾亦以
善本無以濟夫所偉于貴反協韻銑曰謂上佳句雖無耦對在衆辭之中如
石藏美玉山必有光水含明珠川則有媚榛楛不翦亦有榮色攢集成欝然之青也猶如
下里之詞綴白雪之曲知其美惡雖殊亦足濟其所美也榛楛皆木名翠青也下里鄙辭
也白雪高曲也偉美也善曰雖無佳偶因而留之譬若木石之藏珠玉山川為之輝媚
也孫卿子曰玉在山而木潤淵生珠而岸不枯榛楛喻庸音也以珠玉之句既存故榛楛
之辭亦美毛詩曰榛楛濟濟郭璞山海經注曰榛小栗楛木可以爲箭言以此庸音而偶
彼嘉句譬以下里鄙曲綴於白雪之高唱吾雖知美惡不倫然且以益夫所偉也宋玉對
楚王問曰客有歌於郢中者其始曰下里宋玉笛賦曰師曠為白雪之曲說文曰偉猶奇
也協韻禹貴切或託言於短韻對窮迹而孤興俯寂

寞而無友仰寥廓而莫承譬偏絃之獨張含
清唱而靡應翰曰窮迹謂幽窮之處思慮特起俯入於寂寞仰遊於寥廓尋
求之辭無遂志無所承如偏絃獨張清曲無應也友志也唱曲之通稱也靡無也
善曰短韻小文也言文小而事寡故曰窮迹迹窮而無偶故曰孤興言事寡而無偶衛求
之則寂寞而無友仰而應之則寥廓而無所承言累句以成文猶衆絃之成曲今短韻孤
起譬偏絃之獨張絃之獨張含清唱而無應韻之孤起藴麗則而莫承也毛萇詩傳曰靡
無也應於興切或寄辭於瘁音言徒靡而弗華混妍
蚩而成體累去良質而為瑕象下管之偏疾
故雖應而不和向曰瘁音謂訖詠於鄙物也言徒修靡而不華麗混同美
惡實累風雅之道如玉之有瑕也堂上歌鹿鳴堂下吹下管管聲疾與鹿鳴雅聲不相和

文選十七　十二

叶故此文象之良質謂風雅也瑕謂玉病也善曰班固漢書贊曰纖微憔悴之音作而民
思憂薛君韓詩章句曰靡好也妍謂言靡蚩謂瘁音既混妍蚩共為一體翻累良質而為
瑕也鄭玄禮記注曰瑕玉之病也胡加切言其音既瘁其言徒靡類手下管其聲偏疾升
歌與之間奏雖復相應而不和諧杜預左氏傳注曰象類也禮記曰升歌清廟下管象王
肅家語注曰下、管堂下吹管象武舞也或遺理以存異徒尋虛
而善本作以逐微言寡情而鮮上愛辭浮漂而不
顺善本作歸猶絃么於遙而微急故雖和而不悲翰曰
訖思於物必有至情愛好之者然後形之於言也若遺其理要存於小異務為虛飾以逐
微細言而寡情情後少愛則浮辭漂蕩不歸於事實矣亦猶絃小而調急雖聲和諧則躁
烈而不悲也豈如緩調静雅而悲聲可聞乎公者少也微調也善曰漂猶流也不歸謂

不歸於實說文曰么小也於條切許愼淮南子注曰鼓琴循絃謂之徽或奔放
以諧合務嘈囋才曷而妖冶徒悅目而偶俗
固聲高善本作高聲而曲下寤防露與桑間又雖
悲而不雅濟曰嘈囋浮豔聲也或有奔馳放縱其思以求和合務成嘈囋之聲
以為美麗悅目偶俗而已此聲之雖高而曲下者乃覺防露之雅樂桑間濮上亡國之音
雖悲而不雅也謂為文不可苟徒悅目偶俗而已須窮妙理可也諧和也妖冶美麗也寤
覺也善曰埤蒼曰嘈啐聲貌啐與囋及獻同才曷切張衡舞賦曰既娛心以悅目廣雅
曰耦諧也耦與偶古字通防露未詳一曰謝靈運山居賦曰楚客放而防露作注曰楚人
放逐東方朔感江潭而作七諫然靈運有七諫有防露之言遂以七諫為防露也禮記曰
桑間濮上之音亡國之音也鄭玄曰濮水之上地有桑間見亡國之音於此水上或

文選十七　十三

清虛以婉約每除煩以善本作而字去濫闕大羮
之遺味同朱絃之清氾汎雖一唱而三歎固
既雅而不豔良曰文有專尚清約而質樸者則如大羮不和五味同朱絃之
清音也大羮肉汁清廟之瑟朱絃而聲淡雅奏於清廟一人唱之三人從而歎之此雅而
不豔也善曰左氏傳君子曰臣除煩而去惑言作文之體必須文質相半雅豔相資今
文少而質多故既雅而不豔比之大羮而闕其餘味方之古樂而同清氾言質之甚也餘
味謂樂羮皆古不能備其五聲五味故曰有餘也禮記曰清廟之琴朱絃而疏越一唱而
三歎有遺音者矣大饗之禮大羮不和有遺味者矣鄭玄曰朱絃練朱絃也練則聲濁越
瑟底孔畫疏之使聲遲唱發歌句者三歎三人從而歎之大羮肉湆不調以鹽菜也遺猶
餘也然大羮之有餘味以為古矣而又闕之甚之之辭也若夫豐約之裁

去俯仰之形因宜適變曲有微情銑曰豊約文質也裁制也俯仰謂上下也因其所宜逐便而變則委曲而有微情謂文質相兼也善曰廣雅曰約儉也毛萇詩傳曰適之也楚辭曰結微情以陳辭說文曰微妙也或言拙而喻巧或理樸善本作朴而辭輕或襲故而彌新或沿濁而更清向曰皆謂文質今古相半也樸質也沿洄也有襲故事而意乃新者有因言之濁而更清也善曰孔安國尚書傳曰襲因也禮記曰明王以相沿鄭玄曰沿因述也或覽之而必察或研之而後精翰曰謂或初覽拙察見其妙有研味久而後知精義譬猶舞者赴善本作赴節以投袂歌者應絃而遺聲銑曰文入妙理譬如善舞者趍節舉袖善歌者與絃相應遺合其聲如一也投舉袂袖也善曰王粲七釋曰邪睨鼓下亢音

赴節左氏傳曰投袂而起杜預曰投振也是蓋輪扁所不得言故善本作亦非華說之所能精良曰輪扁古之善斲輪者齊桓公堂上讀書扁曰讀此何為唯得古人之糟粕耳且臣斲輪經今七十載矣徐則甘而不固疾則苦而不入各得之於心應之於手而口不能傳之於子於今取古人之言而云達者未之有也允發言不能成功者謂之華說也文章之妙故非此輩所能精察而言也善曰輪扁已見上注王充論衡曰盧談竟於華葉之言無根之深安危之際文人不與徒能華說之效普辭條與文律良予善本作余膺之所服濟曰普見文章之條流及與音律實我心之所服疏也膺當也善曰尚書帝曰律和聲孔安國曰律六律也禮記子曰回得一善則拳拳服膺不失之矣練世情之常尤識前脩之所淑翰曰尤過也前脩者前賢也淑美也練簡時人之常

過乃識前賢之所美也善曰纏子董無心曰罕得事君子不識世情尤非也楚辭曰蹇吾法夫前脩非時俗之所服淑善也雖濬發於巧心或受嗤善本作欰於拙目向曰濬深嗤笑也謂作文者雖深發巧思或與拙者見而笑之言其不知音也善曰言文之難不能無累雖復巧心濬發或於拙目受蚩欰笑也欰與蚩同彼瓊敷與玉藻若中原之有菽叔同橐籥之罔窮與天地乎並育銑曰瓊敷玉藻謂文章妙句其為無限若中原有菽采之則有同天地之氣無窮並育於中也菽豆葉也橐籥天地間氣也罔猶無也善曰瓊敷玉藻以喻文也毛詩曰中原有菽庶人采之毛萇曰菽藿也老子曰天地之間其猶橐籥乎河上公曰橐籥中空虛故能育聲氣也王弼曰橐排橐籥樂器橐音託籥音藥雖紛藹於此世嗟不盈於手善本作予掬翰曰紛藹

謂繁多也文華之詞雖繁多於人世嗟攬之不滿於手掬也善曰毛詩曰終朝采綠不盈一掬毛萇曰綠王芻兩手曰掬患挈苦結缾之屢空病昌言之難屬之欲故踸勑錦踔勑角於短韻放庸音以足子喻曲濟曰挈缾小器也謂小智之人才思屢空也昌當屬綴也踸踔遲滯也短韻小篇也庸常也言遲滯於小篇於情常音務添足曲聲也文有音韻故通稱曲也善曰左氏傳曰雖有挈缾之智守不假器論語曰回也屢空尚書帝曰禹亦昌言王逸楚辭注曰屬續也廣雅曰踸踔無常也今人以不定為踸踔不定亦無常也莊子曰夔謂蚿曰吾以一足踸踔而行爾無如矣踸勑甚切踔勑角切爾雅曰庸常也恒遺恨以終篇豈懷盈而自足向曰謂不工文者終篇常有遺恨恨未盡徃竟豈有知盈滿之分而以為自足也善曰荅賓戲曰孔終篇於西狩懼蒙塵於叩

缶方負顧取笑乎鳴玉良曰缶謂瓦器玉謂玉磬謂不工文者若蒙昏塵之中以叩擊瓦器必取笑於鳴玉之人耳善曰缶瓦器而不鳴更蒙之以塵故取笑乎玉之鳴聲也文子曰蒙塵而欲無眯不可得也李斯上書曰擊甕叩缶若夫應感之會通塞之紀來不可遏去不可止藏若景滅行猶響起方天機之駿利夫何紛而不理翰曰用情有應感於會合之地者通塞於綱紀之所者則思來不可遏而拒之思去不可止而留之非人力所致也思之將藏若形影之滅沒也將行如音響之動也比之天機駿利何亂不理也天機自然之性也紛亂也　善曰周易曰不出户庭知通塞也莊子曰其來不可却其去不可止枚乘上書曰景滅迹絶王命論曰趣時如響起莊子蚿曰今予動吾天機司馬彪曰天機自然也思風發於胷臆言泉流於脣齒紛葳威蕤而惟以馺素合遝徒合唯毫素之所擬文徽徽而善本作以溢目音泠泠而盈耳向曰思之發也如風之起激於胷臆言之出也如泉之涌動於脣齒矣紛葳蕤盛美貌馺遝壯貌皆著於毫素之上徽徽溢目文章盛也泠泠盈耳音韻清也毫筆也素帛也　善曰論衡曰吾言潏淈而泉出封禪書曰紛綸葳蕤毫筆也纂文曰書纖曰素揚雄書曰齎細素四尺延篤仁孝論曰煥乎爛兮其溢目也論語曰洋洋乎盈耳哉及其六情底滯志往神留兀若枯木豁若涸流覽善本作攬營魂以探賾頓精爽而善本作於自求理翳翳而逾善本作愈伏思軋軋烏入切善本作乙乙其若抽濟曰六情謂好惡喜怒哀樂也志往神留謂志思往而神留也兀若枯木思不動也豁若涸流思之竭也謂豁

然空虛涸而無水營謂心府中也觀覽心腑與魂魄探賾文理頓蓄精爽而求之思逾伏而不發情若抽而不出翳翳暗貌軋軋難進也　善曰春秋演孔圖曰詩含五際六情絶於中宋均曰申申公也仲長子昌言曰喜怒哀樂好惡謂之六情國語曰夫人氣縱則底底則滯韋昭曰底著也滯廢也莊子曰形固可使如枯木心固可使如死灰涸水盡也楚辭曰營魂而升遐周易曰探賾索隱鉤深致遠左氏傳樂祁曰心之精爽是謂魂魄孟子曰使自求之方言曰翳奄也乙抽也乙難出之貌說文曰陰氣尚強其出乙乙然乙言軋新論曰桓譚嘗欲從子雲學賦子雲曰能讀千賦則善為之矣譚慕子雲之文嘗精思於小賦立發病彌日瘳子雲說成帝祠甘泉詔雄作賦思精苦困倦小卧夢五藏出外以手收而內之又覺病喘悸少氣士衡與弟書曰思苦生疾是故善本作以或竭情而多悔或率意而寡尤雖茲物之在我非余力之所勠音留協韻故時撫空懷而自惋腕吾未識夫開塞之所由也善本無也字翰曰或聲竭情思而猶不佳故多悔或率意而理亦通故少過雖文在我心實難勠力所致惋怨也故時撫懷自怨我亦未識文章開塞之所由言至難也善曰左氏傳趙武曰范會言於晉國竭情無私淮南子曰人輕小害至於多悔論語子曰言寡尤行寡悔包曰尤過也國語曰勠力一心賈逵曰勠力併力也力周切　開謂天機駿利塞謂六情底滯伊茲文之為用固衆理之所因恢苦回萬里使無閡通億載而為津俯貽則於來葉仰觀象于善本作乎古人濟文武於將墜宣風聲於不泯彌隣反　良曰伊惟也惟此文之為用固乃考衆妙之理所因而成使廣大萬里以為一也通文章之津梁使得達

也遺法則於來世是見古人之象也濟文武之道使不墜於地宣暢風俗申於頌聲至於
不泯滅也妖大億遠貽遺也善曰法言曰著古昔之昏昏傳千里之志志者莫如書李
執曰昏昏目所不見志志心所不了小雅曰閡限也幽通賦曰終保己而貽則尚書曰予
恐來世又曰予欲觀古人之象論語子貢曰文武之道未墜於地在人尚書曰彰善癉惡
摛之風聲毛詩曰靡國不泯毛萇曰泯滅也塗無遠而不彌理無
微而不綸配靈潤於雲雨象變化乎鬼神被
金石而德廣流管絃而日新翰曰文經天地故無遠不彌無
微不綸文德可以養人故配靈潤於雲雨出幽入微故象變化乎鬼神辭韻流於金石管
絃之聲君王德廣而不衰故曰日新善曰法言曰彌綸天地之事記久明遠者莫如書
周易曰易與天地準故能彌綸天地之道王肅曰彌綸纏裹也論衡曰山大者雲多太山

不崇朝辨雨天下然則賢聖有雲雨之智彼其吐文萬牒以上賈子曰神者變化而無所
不為也金鍾鼎也石碑碣也言文之善者可被之金石施之樂章吳越春秋樂師謂越王
曰君王德可刻之於金石聲可託之於管絃毛詩序曰漢廣德廣所及也周易曰日新之
謂盛德

音樂善曰樂記曰凡音之起由人心生也人心之動物使之然也感於物而動故
形於聲聲相應故生變變成方謂之音比音而樂之及干戚羽旄謂之樂注曰
方猶文章也又曰聲成文謂之音

洞簫賦一首善曰如淳漢書注曰洞簫簫之無底者釋名曰簫肅
也言其聲肅肅然大者二十二管長三尺四寸小者十六管一名籟漢書
曰元帝為太子嘉褒所為洞簫頌令後宮貴人皆誦讀之

王子淵濟曰漢書云王褒字子淵蜀人也益州刺史王襄薦於宣
帝仕為諫議大夫褒以簫音響清肅故為此賦洞者通也言其無底
上下相通故曰洞簫善曰漢書曰王褒字子淵蜀人也為諫議大
夫益州有金馬碧雞之寶使褒祀焉於道病卒

原夫簫幹善本作榦之所生兮于江南之丘墟洞
條暢而罕節兮標敷紛以扶踈善本作疏向曰洞通條
長暢達罕希標立也敷紛茂多貌扶疏葉密貌謂作簫之竹幹生於江南之山而通長暢
達而希節立莖敷紛而葉密扶疏也善曰廣雅曰原本也江圖曰慈母山此山竹作簫
笛有妙聲丹陽記曰江寧縣慈母山生簫管竹王褒賦云于江南之丘墟即此處也自伶
倫採竹嶰谷後見此奇致歷代常給樂府而呼鼓吹山幹小竹也條暢條直通暢也宋玉

笛賦曰奇篠異幹罕節簡支敷紛茂盛扶疏四布也徒觀其傍去善本作旁
山側兮則嶇區嶔欽巋丘軌崎倚巇丘蟻陁以善本作
迤嶵音靡向曰言竹傍山側而生也餘皆山勢險峻長連貌誠可悲乎
其不安也良曰悲其生於危地常不安也善曰皆山險峻之貌迤嶵邪平之
貌彌望儻莽聯延曠蕩善本作盪字皆竹相連廣大貌銑曰
又足樂乎其敞閑也翰曰樂其枝葉相蔭其山高敞其地幽閑善
曰儻莽曠盪寬廣之貌儻佗朗切敞大貌託身軀於厚善本作后土兮
經萬載而不遷銑曰謂其自然生故久不遷滅善曰左氏傳晉大夫謂
秦伯曰君履后土而戴皇天吸至精之滋熙兮稟蒼色之
潤堅濟曰謂竹吸含天地至精之氣滋熙有光色也稟青光有鮮潤貞堅之色善

曰周易曰精氣爲物滋熙潤悅也孔安國尚書傳曰稟受也周易曰震爲蒼莨竹也感
陰陽之變化兮附性命乎皇天翔風蕭蕭而
逕其末兮迴江流川而溉其山翰曰蕭蕭竹聲貌風之逕
路翔於竹梢上迴流之水溉灌其山下也末梢頭也善曰孫卿子曰陰陽大化周易曰
四時變化風賦翱翔乎激水之上荊軻歌曰風蕭蕭兮易水寒說文曰溉猶灌也揚
素波而揮連珠兮聲礚礚苦蓋而注善本作澍淵向曰
素白揮動也礚礚水激石聲淵深也江水流於山下飛揚白波而動浪沫如連珠聲激石
而注處也善曰漢武帝秋風辭曰橫中流兮揚素波杜預左氏傳注曰揮灑也音賛
說文曰注灌也澍與注古字通也朝露清泠而隕其側兮玉液
浸侵潭淤善本作潤而承其根濟曰清泠露貌隕墜也玉液清泉也
浸潭流貌善曰說文曰液津也夷石切孤雌寡鵠善本作鶴娛優乎
其下兮春禽群嬉翱善本作翶翔乎其巔銑曰其下謂水
中嬉游也其巔謂竹上也善曰說文曰嬉樂也秋蜩條不食抱樸
而長吟兮玄猨悲嘯搜索乎其間良曰蜩蟬也善曰
爾雅曰蜩蜋蜩方言曰楚謂蟬爲蜩家語子夏曰蟬飲而不食蜩徒凋切抱音附蒼頡篇
曰樸木皮也上林賦曰玄猨素雌搜索往來貌搜所求切索所白切處幽隱而
奧屏善本作庰兮密嵈浦百泊陌善本作漠泊以獭勑鱗善本作獭
猭勑緣反向曰奧深屏僻也謂竹處於幽深隱僻之處嵈泊獭猭密而相連貌善
曰廣雅曰奧藏也說文曰屏蔽也庰與屏同嵈泊密貌獭猭相連延之貌漠與嵈同泊與
洦同惟詳察其素體兮宜清靜而弗諠幸得謚

爲洞簫兮蒙聖主之渥恩可謂惠而不費兮
因天性之自然翰曰詳審也素謂幽素之體處清靜之地而宜其不喧也
謚號也聖主君也渥澤也請君王採而用之因天性之質而爲聲韻則惠而不費也善
曰方言曰素本也謚號也實二切論語子曰因人之所利而利之斯亦惠而不費乎家
語孔子曰器用陶匏以天地之性也萬物無可以稱之者故其自然之體於是般
班匠施巧夔襄善本作妃字准法銑曰般匠古之巧匠令施巧而
作簫也夔樂官也襄師襄也善音律謂唯度簫之法則也善曰墨子曰公輸爲雲梯鄭
玄曰般伎巧者莊子曰匠石之齊見櫟社樹匠伯不顧司馬彪曰匠石字伯尚書帝曰夔
命汝典樂教冑子妃未詳也帶以象牙掍胡本切其會合濟曰
帶飾掍同也飾之象牙同於會合之處善曰帶猶飾也方言曰掍同也言以象牙飾其
會合之際言巧密也鎪色鄒切鏤離灑所宜切絳脣錯雜向曰
鎪鏤彫之爲文離灑文貌絳朱也脣口也以朱飾其吹口而錯雜其文彩善曰離灑鎪
鏤之貌絳脣謂簫孔以朱飾之鄰箘去筠切繚糾鱗羅善本作羅鱗
捷獵良曰並竹管相連繞貌如魚鱗羅列捷獵參差貌善曰言簫之形也鄰箘繚
糾相著貌如羅鱗布列也捷獵參差也膠緻直吏切理比鼻挹邑
拗女立切擫於頰切捻奴叶反翰曰膠緻理比謂竹細密相次貌挹拗擫
捻手執之貌善曰膠緻理比言細密也挹拗擫捻言中制也比扶至切挹於泣切捻奴
協切於是乃使夫性昧之宕徒浪切冥生不覩天
地之體勢闇於白黑之貌形憤伊欝而酷䣼
奴谷善本作愬字愍眸子之喪精寡所舒其思慮兮

専發憤乎音聲銑曰性昧之宕冥謂盲人也昧冥暗也宕大也目不見天地白黑之體色憤怨憂積惜瞳子之無精光而舒展其思慮乃專心音聲乃至妙理也伊鬱憤怒貌黠愍憂積貌愍惜也眸子眼瞳子也善曰性昧宕冥謂天性闇昧過於幽冥也說文曰宕過也生初生也淮南子曰夫盲者不能別晝夜分白黑矣鄭玄禮記注曰憤怒氣充實也伊鬱不通酷猶甚也蒼頡篇曰愍憂貌趙岐孟子注曰眸子目瞳子也論語子曰發憤忘食故吻無粉吮辭兖值夫宮商兮和紛離其匹溢形猗倚抳女綺善本作旖旎以順吹去兮瞋勑真切㖤含嘲胡以紆鬱銑曰吻口吮吸也盲者專心故以口吸皆值合聲韻而有和樂紛離匹溢聲散貌猗抳曲身貌㖤嘲紆鬱怨貌盲者屈曲其形隨順吹勢聲而其貌如含嗔怒焉也善曰言口吻所吮皆遇宮商紛離匹溢聲四散也說文曰

文選十七　二十二

吮歎也似兖切言簫聲既發形旖旎以隨之漢書音義張揖曰旖旎猶阿那也說文曰顚頂也釋名曰嘲咽下垂也言氣盛而㖤嘲類瞋也楚辭曰鬱結紆軫王逸曰紆曲也㖤顚頭同並音含氣旁迕以飛射兮馳散渙以邅知律切律向曰迕觸也吹者之氣音聲觸飛射而聞於遠也散渙聲分布貌邅律和貌也善曰旁迕言氣競旁出遞相逆迕也飛射迅疾也散渙分布也邅律遲貌邅張律切趨縱善本作趨從容其勿述兮騖合遝徒合以詭譎翰曰述迸驚走也謂聲趨走縱容而和無所乖遌合遝繁被而多奇異也詭譎奇異善曰勿述無所迸誤之貌合遝盛多貌封禪書曰奇物譎詭詭譎猶奇怪也或渾沌而潺湲兮擸力合善本作獵字若枚折或漫衍而駱驛兮沛浦貝焉競軼音逸善本作溢良曰聲或有渾沌繁雜而不分而潺湲

如清流之聲者又擸然如木枝摧折或漫衍駱驛而下絶沛然競軼而度也擸木折聲皆木枝也沛多貌軼度也善曰渾沌不分之貌雜字曰潺湲水流貌獵聲也枝折似枚也折也毛萇詩傳曰枚幹也漫衍流溢貌駱驛相連延貌沛多貌憷禀慄密率掩以絶滅㗫吸霵助立曄于輒捷善本作曄踕跳徒彫然復出翰曰憷慄聲清爽貌密率安靜貌清爽安靜聲掩然如將絶滅而衆聲復起跳躍而復出也㗫霵衆聲也曄捷聲後起也善曰憷慄寒貌風賦曰憯悽憷慄密率安靜也掩止息貌㗫霵曄踕衆聲疾貌說文曰跳躍也㗫胡急切霵或與驟同助急切若乃徐聽其曲度兮廉察其賦歌啾咇必嚌子逸而將吟兮行鍖勑錦銋眤凛以和囉向曰緩聽節度謹察曲之名目則繁多而將吟目舒緩以相應也和囉相雜貌徐緩廉謹也賦歌作曲之通稱也啾

文選十七　二十三

咇嚌聲繁多貌行且也鍖銋舒緩也善曰廉亦察也啾衆聲也咇嚌聲出貌行猶且也胡庚切鍖銋不進貌穌羅相雜貌咇音筆嚌音擠鍖湯錦切銋奴錦切風洪胡貢善本作鴻字洞而不絶兮優嬈嬈繞以婆娑素何反翰曰風吹其聲相連不絶而優遊柔雅分散也洪洞相連貌嬈嬈柔雅貌婆娑分散也善曰鴻洞相連貌嬈嬈柔弱也婆娑分散貌翩綿聯善本作連以牢落兮漂乍棄而為他良曰聲飛揚而相連或牢落希踈也漂然盡散了棄舊曲將為異聲他異也善曰說文曰漂浮也芳妙切他謂奇聲也言棄其舊調而為奇聲要復遮其蹊徑兮與謳謠乎相和善本作龢銑曰要復猶伺候也謂簫曲伺候謳者發聲如遮其道路而與之相和合其音律也蹊徑道路謳謠也善曰謳謠已發簫聲於其蹊徑要復而遮之蹊之相和也龢古和字故

聽其巨音則周流泛善本作氾濫并包吐含呼暗若
慈父之畜子也向曰聞其大音周流泛濫而廣遠并包衆聲吐含和樂乃
如慈父之於子也包含仁愛以養之吐義方以教之巨大畜養也善曰韓詩曰夫為人
父者必懷慈仁之愛以畜養其子也其妙聲則清靜厭瘱翳善本作
應順敘卑迖他戾若孝子之事父也翰曰其妙聲則清和
安暢節度無違穆然如孝子之事親也迭滑也善曰妙聲聲之微妙也厭安靜貌曹大
家列女傳注曰瘱深邃也字林曰迭滑也科條譬類誠應義理濟曰
科條名目也謂其聲曲所以比類至誠必有感應於義理者謂下文壯士君子之事澎
普彭濞普祕沆胡朗瀣胡界作𢡫善本一何壯士優柔温
潤又似君子銑曰澎濞沆瀣勇烈聲也曰澎濞波浪相激之聲說文曰

文選十七　二十四

慷慨壯士不得志於心也大戴禮曰優之柔之禮記曰温潤而澤仁故其武聲
則若雷霆輘力耕輷呼萌佚豫以沸渭善本作慣良曰輘輷
大聲也佚豫聲疾貌沸渭踊躍聲不定貌善曰輘輷大聲也埤蒼曰怫愲不安貌沸或
為憤扶味切愲音謂其仁聲則若凱善本作颽字風紛披容
與而施惠向曰凱風南風也温和而養萬物故云施惠紛披容與和緩貌善
曰呂氏春秋曰南方曰颽風颽風長物故曰施惠容與寬裕之貌或雜遝以
聚斂兮或拔蒲末撥蘇未以奮棄善本作天翰曰聲或衆多如
相聚或分散奮迅如棄謀也雜遝衆多貌拔撥分散貌善曰雜還衆多貌拔撥分散也
何休公羊傳注曰側手擊曰撥拔扶割切悲愴怳以惻惐域兮時
恬淡以綏肆濟曰悲聲聞則愴怳則惐而傷感也時或恬淡而安縱也綏安

肆縱也善曰楚辭曰愴怳懭悢兮惻惐傷痽也廣雅曰恬靜也說文曰淡安也綏遲也
王肅尚書注曰肆緩也被淋林灑離其靡靡兮時橫潰
以陽遂銑曰忽如水流之緣橫潰亂復有清暢之音以通達也淋灑水流聲靡靡
流貌遂達也善曰孔安國尚書傳曰被及也淋灑不絕貌靡靡細好也橫潰旁決貌陽
遂遺通貌言其聲或盛壯而細密時復橫潰而清通也鄭玄周禮注曰陽清也又禮記注
曰遂達也哀悁悁烏玄之可懷兮良醰醰徒南而有味
良曰哀聲則若煩悒在懷醰醇濃而有味也悁悁煩悒也醰醰醇濃也善曰毛詩曰中心
悁悁說文曰憂煩悁邑憂貌於玄切又曰醰甜同長味也大含切故貪饕土刀
者聽之而廉隅兮善本有兮字狼戾者聞之而不懟
音墜向曰貪財之人聽此和雅之聲則夫貪而知清廉之分惡性之人聞之則去惡遷

文選十七　二十五

善而不怨蓋樂感人情也貪財曰饕隅今也狼戾惡性也懟怨也善曰尚書曰饕慣日
欽孔安國曰貪饕急慣禮記曰儒者有砥礪廉隅戰國策曰張儀云趙王狼戾無親爾雅
曰懟怨也剛毅彊暴善本作虣字反仁恩兮嘽歎唌誕
向曰毅為果致果為毅此人聞和雅之音乃反為仁恩之情
逸豫戒其失
也舒緩之聲戒人之過失嘽唌逸豫舒緩貌善曰字書曰虣古文暴字也嘽唌逸豫舒緩
之貌嘽吐誕切唌音誕鍾期牙曠悵然而愕立善本無立字
兮杞梁之妻不能為其氣濟曰鍾期善聽音律伯牙善鼓琴師
曠樂官也謂其聞簫皆悵然而驚杞梁殖之妻殖死數而鼓琴言此簫聲雖杞妻之感深
亦不能為其氣調也愕驚也善曰列子曰伯牙善鼓琴鍾子期善聽左氏傳曰師曠侍
於晉侯杜預曰師曠晉樂太師字書曰愕驚也琴操曰芑杞梁妻歎者齊邑芑梁殖之妻

所作也殖死妻嘆曰上則無父中則無夫下則無子將何以立吾亦死而已援琴而鼓之
曲終遂自投水而死芑與杞同也
師襄嚴春不敢竄其巧兮
浸侵溪叔子兮善本無兮字遠去其類也銑曰竄措師襄嚴春皆古之善鼓琴者聞簫皆不敢措其巧妙浪溪叔子古之知音人聞簫之妙聲亦去
而遠之莫能比類於古者也善曰家語曰孔子學古琴於師襄七略有莊春言琴宋玉
笛賦曰於是天旋少陰白日西靡命嚴春使叔子浸溪猶漸冉相親附之意也毛萇詩傳
曰昔顏叔子獨處于室鄰之嫠婦又獨處室夜暴風雨至屋壞婦人趨而至叔子納之而
使執燭放於平旦蒸盡搯屋而繼之自爲避嫌不審矣趙岐孟子章句曰放至也方往切
嚚頑朱均惕復慧兮桀跖之石鬻博儡靁罷以善本無以字頓悴善本作顇翰曰嚚舜母也頑舜父也朱堯子丹朱也均舜子商均

文選十七 二十六

也桀帝桀也跖盜跖也鬻鬻拳楚之彊勇人也博朱博漢之俠士也惕驚儡敗壞也謂簫
之妙音感此嚚頑不肖彊俠之類皆驚寤得明慧敗壞惡性頓折而困悴矣善曰左氏
傳富辰曰心不則德義之經爲頑口不道忠信之言爲嚚史記曰堯子丹朱不肖舜子商
均亦不肖桀夏桀也跖盜跖也莊子曰施及三王天下大駭矣下有桀跖上有曾史鬻夏
育也古字同博申博也未詳其始陸機夏育贊曰夏育之猛千載所希申博角勇臨領奮
推儡羸疾貌顇即愁顇也吹參差而入道德兮故永御而
可貴良曰參差簫曲名感化之道廣故云入道德也永長也御猶服用也善曰楚
辭曰吹參差兮誰思王逸曰參差洞簫時奏狡弄則彷徨翱翔
或留而不行或行而不留銑曰奏者作樂之惣號奏勇曲乃迴
旋飛聲去留不常也狡勇也弄曲也善曰言逝止無常狡急也弄小曲也愺草恅

老瀾漫亡偶善本作耦失疇薄索合遝徒合善本作沓罔
象相求銑曰懆恅寂靜貌瀾漫分散貌薄迫索求也合遝聲多也罔象餘聲也謂
聲或寂靜分散亡偶失疇而希疎則迫求而聽之時多餘聲以相集也相求謂相集也
善曰埤蒼曰噂䕀寂靜也噂䕀與愺恅音義同愺䕀老切恅聞草切瀾漫分散也上林賦
曰瀾漫遠遷薄迫也索求也合沓重沓也罔象虛無罔象然也莊子曰黃帝遊赤水之北
遺其玄珠罔象求之而得故知音者樂而悲之不知音者
怪而偉之濟曰知音識悲樂之聲不知者但怪其清美而已偉美也故其
善本無其字爲悲聲則莫不愴然累欷許意撇匹結善本
作擊涕抆無粉淚良曰欷悲也撇揮也抆拭也善曰撇擊也匹結切廣雅曰抆
亦拭也亡粉切其奏歡娛則莫不憚漫衎苦汗善本作衍凱

文選十七 二十七

阿烏可那乃可腲一罪善本作腲腇乃罪善本作腇者已翰曰憚漫衍凱
和樂貌阿那腲腇舒遲貌善曰憚漫衍凱歡樂貌阿那腲腇舒遲貌腲一罪切腇乃罪
切是以蟋蟀尺善本作蚸蠖烏郭蚑祇行喘昌兗息螻
蟻魚几蝘烏典蜒徒典善本作蜓蠅蠅翊翊遷延徙迆
以善本作迤魚瞰雞睨垂喙虛穢宛善本作蜿轉瞪丈證瞢
莫亘忘食況感陰陽之和而化風俗之倫哉翰曰
蟋蟀尺蠖螻蝘蜒皆蟲名也蚑行舉首行貌蟻蠅蠅翊翊衆行貌遷延徙迆進而復退貌
瞰睨皆視也此蟲類聞樂尚由感而動之皆垂口盤旋直視昏然遺忘其食以聽之況乎
感和陰陽之氣遷化風俗之理豈不致也宛轉盤旋也瞪直視瞢昏也善曰言所感深
也周書曰蚑行喘息說文曰蚑徐行凡生類之行皆曰蚑蚑音奇方言曰南楚謂螻蛄爲

栝蔞力侯切爾雅曰蚹蠃大螳螗蝡蟻同爾
雅曰蚚蜴蝘蜓蝘於典切蜓徒典切蝙蝠翊
翊遊行貌皆蟲之形也遷延徙迆却退貌魚
目不瞑雞好邪視故取喻焉瞯視也睍邪視
也韓詩外傳曰蝝賓有聲倮介之蟲無不延
頸以聽說文曰喙口也許穢切或爲咮鳥口
也都遘切蛩轉動貌埤蒼曰瞪直視也直耕
切瞢視不審諦也莫耕切家語曰人也者天
地之德陰陽之交亂曰狀若捷武超騰踰跇余滯本作曳善
迅漂巧兮向曰簫聲狀如捷武之人超騰於踰跇亦踰空也踰跇高擲貌善曰曳
也或爲嫖漂疾也妨妙切又似流波泡薄交溲所交泛芳之善作沉浦
所睥趨巇許宜道兮翰曰又似流波趨走嶮巇之道也泡溲泛捷波急聲善
曰泡溲盛多貌沆漣微小貌方言曰泡盛也溲所求切沉房法切埤蒼曰漣裁有水也所
獵切巇道嶮巇之道哮呼交呷呼甲呟呼縣喚躋祖雞躓致連絶

淈苦骨殄電沌徒本本作沌善兮銑曰哮呷呟喚大聲也躋躓連絶謂或上
或下或連或絶淈殄沌聲雜不分貌躋上躓下也善曰言其聲之大哮呷呟喚或躋或
蹟時連時絶淈然相亂殄沌不分也埤蒼曰哮呷大怒也杜預左氏傳注曰躋升也漢書
音義韋昭曰蹟頓也淈胡忽切攪胡卯捘所卯本作搜善漻學捎所學逍
遙踊躍若壞頹兮濟曰攪捘漻捎風振竹木聲也逍遙聲遠也踊躍聲
高也聲烈又如物之崩壞頹墜也善曰攪搜漻捎水聲也壞頹言如物崩壞頹毀也
優游流離躊躇稽詣亦足耽兮良曰優游流離和緩分散
聲也躊躇稽詣聲或稽留不散貌言亦足耽翫也善曰韓詩曰搔首躊躇稽詣言聲稽
留如有所詣也蒼頡篇曰詣至也隤善本作頹唐遂往長辭遠逝
漂不還兮向曰隤唐聲微也言聲微遂往善曰長辭而遠去漂流而不反也

頹唐隕墜貌本或無此十二字賴蒙聖化從容中道樂不淫
兮翰曰賴君王聖化采於幽山以成此器從容和樂中於大道雖樂而不荒淫也善從
曰中於道德雖樂不荒左氏傳曰吳公子札來聘爲之歌頌曰遷而不淫樂而不荒條
暢洞達中節操兮終詩卒曲尚餘音兮向曰洞通
詩志也終志卒曲尚有餘音言聲清遠也善曰言聲有條貫通暢洞達而中於節操吟
氣遺往善本作響聯緜飄善本作漂撇匹滅生微風兮聯
善本作連延駱驛變無窮兮銑曰聯綿不絶也飄撇聲相擊而隨於微
風也連延駱驛亦不絶貌善曰漂擊餘響少騰貌

舞賦 幷序

傅武仲

良曰范曄後漢書云傅毅字武仲扶風人也少博學中宗

召文學之士以武仲爲蘭臺令史遷竇憲府司馬善曰范曄後漢
書曰傅毅字武仲扶風人也少博學中宗博召文學之士爲蘭臺令
史遷竇憲司馬早卒
楚襄王既游於善本無於字雲夢使宋玉賦高唐
之事翰曰此假設楚襄王宋玉之事以爲賦端也雲夢楚澤名高唐觀名善曰高
唐賦序曰楚襄王與宋玉遊於雲夢之臺望高唐之觀王曰試爲寡人賦之將置
酒宴飲謂宋玉曰寡人欲觴善本作觴羣臣何以
娛之向曰觴酒器也娛樂也觴羣臣謂欲與羣臣飲酒問宋玉曰何以樂也善曰
左氏傳曰樂盈觴曲沃人杜預曰飲酒於曲沃玉曰臣聞歌以詠言
舞以盡意是以論其詩不如聽其聲聽其聲

不如察其形濟曰形謂舞也善曰尚書曰歌詠言孔安國曰歌詠其義以
長其言毛萇詩序曰言之不足故嗟嘆之嗟嘆之不足故詠歌之詠歌之不足不知手之
舞之足之蹈之說苑曰聲樂易良而合於歌情盡舞意謂言之不足故詠歌之謂詠歌之
不足故手舞足蹈也激楚結風陽阿之舞良曰激急也楚謂楚舞也
舞急縈結其風陽阿亦楚人曲也善曰張晏曰激楚歌曲也列女傳曰聽激楚之遺風
結風亦曲名上林賦曰鄢郢繽紛激楚結畧文穎曰激衝激急風也結風迴風亦急風也
楚地風既自漂疾然歌樂者猶復依激結之急風為節楚辭曰宮庭震驚發激楚淮南子
曰夫足蹀陽阿之舞高誘曰陽阿古之名倡也材人之窮觀天下之
至妙噫衣可善本有以字進乎也翰曰窮極也噫歎聲謂上楚曲
材人極觀天下至妙歎其美可進為羣臣之樂善曰孔安國尚書傳曰噫恨辭也王

曰如其鄭何善曰樂記曰鄭衛之音亡國之音也恐其同於鄭舞當如之何
楚辭曰二八齊容起鄭舞王逸曰鄭國舞也玉曰小大殊用鄭雅
異宜弛張之度聖哲所施翰曰小謂小雅大謂大雅鄭謂
淫聲也弛廢張用度法也謂雅鄭之樂廢用之法聖人所施也故用雅廢鄭者昌用鄭去
雅者亡也善曰韓詩曰舞則選兮薛君曰言其舞應雅樂也禮記孔子曰一張一弛文
武之道是以樂記干戚之容雅美蹲蹲七句之舞
禮設三爵之制頌有醉歸之歌銑曰干戚斧也武舞所執
容飾也小雅蹲蹲舞我者雅曲也禮云凡臣宴君禮有三爵一所以示慈惠二所以訓恭
儉三所以行孝敬蓋不取其荒淫也魯頌云鼓咽咽醉言歸爵酒盡善曰禮記曰干戚
羽旄謂之樂鄭玄曰干楯也戚斧也武舞所執也毛詩小雅曰坎坎鼓我蹲蹲舞我一本

或云旋旋之舞禮記曰君子飲酒也禮三爵而油油以退鄭玄曰油油悅敬貌毛詩魯頌
曰鼓咽咽醉言歸于胥樂兮夫咸池六英所以陳清廟叶
善本作恊神人也向曰咸池黃帝樂六英帝嚳樂皆雅音陳於清廟以叶和神人
也清廟天子祖廟也叶和也善曰樂動聲儀曰黃帝樂曰咸池帝嚳樂曰六英宋均曰
能為天地四時六合之英華也毛詩曰清廟祀文王也尚書曰八音克諧神人以和鄭
衛之樂所以娛密坐接驩善本作歡欣也餘日怡
蕩非以風民也其何害哉翰曰密坐相從而坐也接引也餘日
謂常日也鄭衛之音於密坐為時可用之若常為怡悅放蕩心志非為風化下人今日用
之其何害也善曰餘日聽覽之餘日也怡蕩怡悅放蕩也爾雅曰怡樂也毛詩序曰風
教也王曰試為寡人賦之玉曰唯唯

夫何皦皦善本作皎之閑夜兮明月爛以舒光善本
作列施光以朱火爍善本作曄其延寅踐起兮曜善本作燿華
屋而熺虛宜洞房向曰皦皦靜貌朱火燭也燭盛爍光延散曜然熺明也
善曰古詩曰明月何皦皦楚辭曰夜皎皎兮既明古詩曰朱火然其中青煙颺其間廣雅
曰熺熾也虛疑切楚辭曰嫮容脩態絙洞房黼帳祛而結組兮鋪
首炳以焜煌陳茵因席而設坐兮溢金罍雷
而列玉觴銑曰黼繡祛帳裾也組錦也言繡為帳裾結錦為帳帶也鋪首門[illegible]
鎖慶也炳以焜惶謂月色與燭光相合於門首也茵褥也金罍樽也以金飾之玉觴玉盃
也言布陳褥席而設坐位溢滿置酒於金樽而行列玉盃也善曰司馬相如美人賦曰
黼帳周垂祛揩舉也長門賦曰張羅綺之幔帷兮垂楚組之連綱漢書曰鋪首鳴[illegible]文曰

鋪著門㧑首鄭玄禮記注曰茵尊也毛詩曰我姑酌彼金罍玉觴玉爵也騰觚孤
爵之斟酌兮漫既醉其樂康濟曰騰觚行疾也酒爵二升曰
觚斟謂量性多少以酌與之漫多康安也善曰儀禮曰騰觚于賓又曰小臣請媵爵鄭
玄曰今文媵皆作騰禮記注曰凡觴一升曰爵二升曰觴毛詩曰既醉以酒楚辭曰君欣
欣兮樂康毛萇詩傳曰康樂也嚴顏和而怡懌兮幽情形而
外揚良曰嚴顏君王嚴整之顏怡懌和色也幽深之情皆揚於外蓋言醉也善曰
爾雅曰懌樂也文人不能懷其藻兮武毅不能隱其
剛翰曰皆酒酣也懷藏藻辭也文人之醉不能藏其辭藻也武毅之人醉則不能隱
其剛勇謂密坐去君臣之禮也善曰左氏傳曰致果為毅簡惰跳狄聊踃
消盤善本作般紛挐女加兮淵塞沈蕩改恒常兮向曰
此言醉而失度踈簡怠惰也跳踃動足貌盤樂也紛挐相著貌言樂而手足相加著也淵
深塞滿也謂君王樂情深而且滿沈醉放蕩改恒常性也善曰言失度也簡惰踈簡怠
惰也埤蒼曰踃跳也先聊切紛挐相著也毛詩曰其心塞淵毛萇曰塞實也淵深也於
是鄭女出進二八徐侍姣絞服極麗姁許于媮
俞致態銑曰鄭國出女樂也二八者謂十六人也徐謂緩步謂侍君王之側也姣
好也姁媮和悅貌態質也善曰楚辭曰二八齊容起鄭舞姁媮和悅貌姁況于切媮以
朱切貌嬈了妙以妖冶善本作蠱考字紅顏曄善本作曄
其揚華良曰嬈好也妖冶美豔也謂鄭女貌妙好美豔而紅顏曄曄發揚其光華
也善曰毛萇詩傳曰嬈好貌理紹切妖蠱豔也揚華揚其光華眉連連善本作
連娟伊緣以增繞善本有兮字目流睇而橫波翰曰連娟

細長貌睇邪視也言眉細長如繞於額也目邪視如水波之橫流謂明而利疾也善
曰連娟細貌繞謂曲也言眉細而盂曲也上林賦曰長眉連娟橫波言目邪視如水橫流
也神女賦曰望余帷而延視兮若流波之將瀾珠翠的皪歷舞而照曜
善本作焰耀兮華袿珪飛髾所交而雜纖羅銑曰翠謂書翡
翠羽也的皪照曜珠翠之光色也袿袖也髾髾飾也言華麗之袖飛於髾上雜之纖細綺
羅也善曰珠翠珠及翡翠也說文曰的皪珠光也劉熙釋名曰婦人上服謂之袿上林
賦曰飛纖垂髾司馬彪曰髾燕尾也子虛賦曰雜纖羅司馬彪曰纖細也顧形影
自整裝順微風揮若芳動朱脣紆清揚翰曰裝服
也揮動若芳香也動朱脣謂歌也清揚眉目之間也言舞乃紆低也善曰裝服也揮動
也若杜也美人佩以芳香也七發曰揄流波雜杜若動朱脣將歌也神女賦曰朱脣的
其若丹毛詩曰有美一人清揚婉兮毛萇曰清揚眉目之間抗善本作亢字音
高歌為樂之善本無之字方向曰抗舉也方猶常也言舉音高歌為樂
之常道也善曰杜預左氏傳注曰方法也歌曰濟曰此代舞者作歌攄予
意以弘觀兮繹精靈之所束弛緊急之絃張
兮慢末事之委善本作骫字曲翰曰攄散也弘大繹釋弛廢也散意
深觀歌舞之事則欲務其精神心監云此迫束淫弛之音將廢而慢之蓋以為鄭聲末事
而委曲順君之好無益於君也善曰攄散也弘大也言精靈有所窘束今將舒繹之也
方言曰繹理也言將觀舞故緊急之絃先已張者今廢弛之末事之骫曲者今輕慢之周
禮曰弛縣也鄭玄曰弛釋下也說文曰緊纏絲急也蒼頡篇曰骫曲也於詭切言鄭衛之
末事而委曲順君之好無益故廢而慢之舒恢炱徒來之廣度兮闊

紙體之苛何縟嘉關雎之不淫善本有兮字哀蟋
蟀之局促濟曰妖皃廣大貌苛煩縟密也舒廣大之度則細體煩密之事不利
於德者疎而闊之關雎之樂后妃之德樂而不淫也故嘉之蟋蟀詩篇名刺儉不中禮故
哀其局促局促小貌善曰妖皃廣大之貌苛縟煩數之貌言度之妖皃者更令舒緩體
之煩數者使之疎闊楚辭曰收恢台之孟夏兮皃與貌古字通賈逵國語注曰苛煩也賀
多功鄭玄喪服注曰縟數也言舒廣大之度則細體之事不刺於德者疎而闊之毛詩序
曰關雎樂得淑女以配君子憂在進賢不淫其色毛詩曰蟋蟀刺晉僖公也儉不中禮蟋
蟀在堂歲聿云暮今我不樂日月其除古詩曰蟋蟀傷局促小見之貌啓泰真
之否隔兮超遺物而度俗揚激徵騁清角贊
舞操奏均曲良曰開太極之真氣有所否閉隔絶者使通之遺物謂物有失

文選十七　三十四

所者超擢而使濟於俗也故陶唐之時陰多滯伏陽道壅隔乃作舞以宣導之激徵清角
皆雅曲名以此清曲乃可贊揚舞之節操均雅曲之名也善曰太真太極之氣也否隔
不通也言所否閉隔絶使通之呂氏春秋曰陶唐氏之時陰多滯伏陽道壅塞乃作舞宣
導之莊子孔子謂老聃曰先生似遺物離人激徵清角皆雅曲名琴操曰伯牙鼓琴作激
徵之音韓子師曠曰清徵之聲不如清角舞操而奏操也琴道曰琴有伯夷之操樂汁圖
徵曰聖人立五均五均者亦律調五聲之均也宋均曰長八尺施絃形態和神
意叶善本作協從容得志不劫銑曰此皆謂雍容閑雅得其大體也
叶合也不劫謂不迫而安靜也善曰雍容閑雅得其大體不相迫劫也協和也鄭玄禮
記注曰劫脅也於是躡節鼓陳舒意自廣游心無垠
遠思長想其始興也若俯若仰若來若往雍

容惰悵不可為象翰曰躡節鼓陳謂足躡節與鼓合應也舞曲清雅其
志不撓故舒意廣也垠際也俯仰來往雍容皆舞遷轉不定也惆悵謂停節之間形態慎
之故如惆悵失志也然變態不可盡不能述其形象也善曰言舞人躡鼓以為節此鼓
既陳故志意舒廣莊子曰乘物以遊心晉灼曰垠崖也象形象也謂停節之間形態頓之
如惆悵失志也變態不極不可盡述其形象也其少進也若翔善本作翱
若行若竦若傾杌善本作兀動赴度指顧應聲向曰
翔飛竦勇也杌然而動以赴節度手指目顧皆應曲聲也善曰兀然而動赴其節度手
指目顧應聲曲皆羅衣從風長袖交橫駱驛飛散颯
蘇合沓徒合善本作颯擖合并銑曰駱驛相連不絶颯沓盤旋貌合并謂與曲
度相合也善曰孫子曰衛靈公待御數百踰珠照日羅衣從風韓子曰長袖善舞騎

文選十七　三十五

驛不絶貌颯擖屈折貌與曲度相合并也鶣篇飄飄燕居拉力合搭
徒合鵠驚婥齒藥善本作綽約閑靡機迅體輕良曰鶣飄輕貌
拉搭舉翅貌言輕如燕鳥之居又如鵠羽之驚舉婥約美貌閑靡閑緩而柔靡赴曲機疾
體自輕妙善曰鶣飄輕貌拉搭飛貌鵠音篇拉音臈綽約美貌閑美閑緩而柔美赴曲
機疾體自輕上林賦曰便娛綽約莊子曰綽約若處子姿絶倫之妙態
懷慤素之絜情善本作清修儀操以顯志兮獨馳
思乎杳冥翰曰皆舞者姿貌也絶倫妙態謂美色也懷貞素含絜情修整儀容
端理節操以明其志乃馳其思於杳冥寂寞之外以為妙舞也慤貞也善曰神女賦曰
懷貞亮之絜清說文曰慤貞也薛君韓詩章句曰素質也杳冥謂遠而出冥也對問曰翱
翔乎杳冥之上在山峩峩在水湯湯傷與志遷化容

不虛生向曰伯牙鼓琴志在高山子期曰善哉峩峩志在水則曰善哉湯湯言舞
人與志遷化亦如此者故乃容不虛生也善曰列子曰伯牙鼓琴志在登高山鍾子期
曰善哉峩峩乎若太山志在流水鍾子期曰善哉蕩蕩然若江河伯牙所念鍾子期必得
之言舞人與志遷化亦如此者容不虛生也湯音洋明詩表指喟丘謂善本
作嘳息激昂氣若浮雲志如善本作若秋霜觀者增
歎諸工莫善本作共當濟曰明詩表指謂歌中有詩舞人表而明之指而合
節歎息激厲昂藏其異狀氣若浮雲謂其志高也志如秋霜謂其凜然清絜也觀之者以
為諸工妓盡不可當也善曰歌中有詩舞人表而明之指而合節表明也韓詩外傳曰
魯哀公喟然太息說文曰嘳太息也嘳與喟同漢書王章妻謂章曰今在困厄不自激卬
如淳曰激厲抗揚之意也卬我郎切言既高且絜也工樂師也於是合場遞

進案次而俟良曰謂互遞進舞案比次第而相待也俟待也善曰遞迭也
俟待也言待次第而出也埒材角妙夸容乃理銑曰埒校材伎角鬬
巧妙夸美也理謂整辦飾也善曰晉灼漢書注曰埒等言鬬巧妙也夸猶美也理謂裝
飾也軼態橫出瑰姿譎起翰曰瑰美譎異也善曰瑰美也譎異也
眄盤善本作般字鼓則騰清眸牟吐哇烏佳咬烏交則
發皓齒翰曰盤鼓謂聲急而將終曲者眄看也騰舉也眸眼中瞳子也哇咬謡豔
聲也皓白也善曰般鼓之舞載籍無文以諸賦言之似舞人更遞蹈之而為舞節古新
成安樂宮辭曰般鼓鍾聲盡為鏗鏘張衡七般舞賦曰歷七般而縱躡又曰般鼓煥以駢
羅王粲七釋曰七盤陳於廣庭疇人儼其齊俟揄皓袖以振策竦并足而軒跱邪睨鼓下
伉音赴節安翹足以徐擊馺頓身而傾折下藺許昌宮賦曰振華足以却蹈若將絕而復

連鼓震動而不亂足相續而不并婉轉鼓側蝼蛇丹庭與七盤其遞奏觀輕捷之翻翩義
並同也說文曰哇謡聲也於佳切咬淫聲也烏交切楚辭曰美人皓齒嫮以姱兮淫擿
善本作擿齊行列經營切儗魚紀反向曰指擿排次齊其行列經營
往來也有相磨切而為比擬也善曰指擿行列使之齊整經營往來之貌擿佗歷切
切相摩切也鄭玄禮記注曰擬猶比也魚里切彷徨善本作彿神動迴翔
竦峙向曰彷徨心不安也迴迴顧也翔謂身輕如飛也竦勇峙立也善曰子虛賦
曰若神仙之彷彿說文曰彷彿見不審也擊不致策善本作筴蹈不頓
趾翼爾悠往闇復輟已濟曰謂相連擊動以相夸鬬不待驅策也
身輕便捷足蹈於地不聞頓足聲也趾足也輕然遠往疲倦於樂闇而輟已已止也翼輕
悠遠也善曰蹈鼓而足趾不頓言輕且疾也闇猶奄也古人呼闇殆與奄同方言曰奄

遽也及至迴身還入迫於急節浮騰累跪渠毀跗
方無蹋徒臘摩跌徒結反翰曰闇復輟止復迴身還入舞場逼迫於曲之急節
也浮騰輕舉也累跪以膝至地累多也跗足蹋地也摩跌謂並足而舉後也皆舞之勢
也善曰已輟止復迴身旋入舞場逼迫於曲之急節也言舞者之容也浮騰跳躍也累
跪進跪貌跗蹋摩跌或反足跗以象蹈或以足摩地而揚跌也鄭玄禮記注曰跗足趾也
方于切字書曰跌失蹠也紆形赴遠漼七罪以善本作似摧折向曰
紆曲其形以勇其身也赴遠謂勇身也漼迴也謂迴身摧折其體以為舞態善曰紆曲
其形以蹻其身也漼折貌纖縠蛾飛紛猋必遥若絕銑曰纖縠細綺
羅之類也如蛾蟲之輕飛也善曰纖縠細縠也蛾飛如蛾之飛也紛猋飛揚貌上林賦
曰垂霧縠大戴禮曰食桑者有絲而蛾郭璞爾雅注曰蠶蛾也超踰俞鳥集

縱弛武氏殟烏骨殁沒蜲紆爲蛇移姌冉嫋若雲轉飄忽善本作曶良曰舞勢超踰疾速如鳥之飛集縱捨舒緩邪步行長如雲轉之疾也弛捨也殟殁舒緩貌蜲蛇邪步貌姌嫋長什貌飄忽輕疾貌也善曰殟殁舒緩之貌言舞勢超踰如鳥疾速飛集也縱弛之際又且舒緩弛捨也說文曰委蛇邪行去也姌嫋長貌蜲與逶同如雲轉之疾也飄忽如風之疾也毛萇詩傳曰迴風爲飄曶與忽同呼沒切體如游龍袖如素蜺五結反叶韻、黎力帝收收善本作黎收而拜曲度究畢翰曰游龍輕也素蜺明也斂容態而拜曲度盡畢也素白也蜺謂虹蜺也黎收斂容也善曰游龍素蜺喻麗美也神女賦曰蜿若游龍從風翺翔司馬相如大人賦曰垂絳幡之素蜺言舞將罷徐收斂容態而拜曲度於是究畢蒼頡篇曰邌徐也邌與黎同力奚切遷延微笑退復次列觀者

稱麗莫不怡悅向曰舞畢遷延退而微笑復次行列也怡悅愛樂也善曰舞畢退次行列也好色賦曰遷延引身於是歡洽讌善本作宴夜命遣諸客翰曰夜久樂疲命去諸客也遣去也善曰言懽情已洽而宴迫於夜故命遣諸客也擾而沼攘就駕僕夫正策銑曰擾攘爭貌僕夫執駕者策鞭也善曰擾攘爭貌僕夫執駕者策轡也大戴禮曰驪駒在門僕夫具存車騎竝狎巃力孔蓯則孔逼迫向曰狎謂多而相排也巃蓯衆多貌善曰狎謂多而相排也巃蓯聚貌良駿逸足搶七良悍汗善本作捍凌越翰曰駿馬逸疾也搶悍勇躍也凌越急如飛也比以盛述馬者謂良馬亦此人材也善曰駿馬也逸疾也搶悍馬走疾之貌言馬駿逸奔突而走相淩越也龍驤橫舉揚鑣飛沫翰曰龍驤橫舉謂舉首而橫走也鑣謂轡御之拼沫也揚動之則飛

馬口之沫也善曰鄒陽上書曰蛟龍驤首鑣馬勒旁鐵也馬舉首而橫走動鑣則飛馬口之沫也馬材不同各相傾奪良曰傾奪謂馳競也善曰傾奪謂馳競逐或有踰埃赴轍霆駭雷善本作電滅跖之石善本作蹠地遠群闇條善本作跳獨絕濟曰此馬踰越於塵埃之前以赴車轍如雷霆之聲忽驚忽滅也而權奇蹋地遠出於羣言速之甚也駭驚也跖蹋也闇條獨絕謂行急無比方也善曰列子伯樂曰天下之馬絕塵弭轍言馬踰越於塵埃之前以赴車轍如雷霆之聲忽驚忽滅也蹠踏也遠出於羣言疾速之甚也鄭玄尚書五行傳曰跳行疾貌闇跳獨絕言行急無比也或有踶於遠善本作究足蹵怒盤善本作般桓不發後往先至遂爲逐末翰曰按足頓步蹵如怒氣遲留未發在於衆後而先至前所逐衆之後故云逐末此馬之逸材也踶足謂緩步

盤桓遲留也善曰言馬按足緩步蹵如怒氣遲留不發也周易曰初九盤桓利居貞言逸材之馬雖後往而能先至遂爲馳逐者之末也逐者以發足爲本或有矜容愛儀洋洋羊習習遲速承意控御緩急車音若雷驚善本作驚驟相及駱驛善本作漠而歸雲散城邑銑曰此長者之車也矜遲儀容遲速任意車聲殷殷然調緩如遠雷之音行驟皆相連及不先不後也駱驛不絕貌中夜車馬皆歸城邑之中寂然而空有如雲散也善曰鄭玄毛詩注曰洋洋莊敬貌又詩箋云習習和調之貌言遲速任意也毛詩曰又良御忌抑罄控忌毛萇曰止馬曰控忌辭也音冀家語孔子曰御者同是車馬其所爲進退緩急異也長門賦曰雷隱隱而響起聲象君之車音言車聲隱隱如遠雷之音相連屬也駱漠駱驛紛漠奔馳之貌中夜車皆歸城邑之中寂然而空有同雲散也天王燕宴

滑思與善本作胥樂而不溢善本作泆娛神遺老永年之術優哉柔善本作游哉聊以永日向曰胥樂也遺猶不知也永長術道也謂天王宴樂而不溢娛其神性不知老之道將至此長年之道優游柔和且以為長久之日善曰毛詩曰籩豆有且侯氏燕胥胥皆也皆來相與燕也孝經曰滿而不溢家語孔子歌曰優哉游哉聊以卒歲毛詩曰且以喜樂且以永日

文選卷第十七

賦

音樂下

文選十八

共六十

文選卷第十八

梁昭明太子撰　五臣并李善注

音樂下

馬季長長笛賦一首

嵆叔夜琴賦一首

潘安仁笙賦一首

成公子安嘯賦一首

長笛賦一首并序　善曰說文云笛七孔長一尺四寸風俗通曰笛滌也蕩滌邪穢納之雅正

馬季長　翰曰范曄後漢書云馬融字季長扶風人有俊才好吹笛為校書郎累遷南郡太守免官復拜朝議郎　善曰范曄後漢書曰馬融字季長扶風茂陵人也有俊才好吹笛為校書郎遷南郡太守免後拜議郎卒

融既博覽典雅精覈胡隔切善本作核數術又性好音律善本無律字能鼓琴吹笛　向曰博廣也典謂墳典雅謂雅頌精考陰陽度數律歷之道覈考術道也　善曰仲長子昌言曰精核是非義之嘉也說文曰覈考實事也核與覈古字通漢書曰術數者皆義和卜史之職韋昭曰歷數占術也而為督郵善本作郵字無留事獨卧郿縣善本無縣字平陽鄔温古中　銑曰督郵漢官號時季長為此官事無留滯而多暇故卧郿縣平陽里中也鄔里也　善曰韋昭釋名曰督郵主諸縣罰負殿糾攝之也史記齊威王語即墨

大夫曰自子之居即墨無留事漢書右扶風有郿縣平陽郿聚邑之名也服虔通俗文曰
營居曰郿有洛善本作雒字客舍逆旅吹笛為氣出精
列相和濟曰有洛客謂時有洛陽客止於客舍也逆旅客舍也氣出精列二古曲
名相和謂更遞吹也善曰左氏傳荀息曰今號為不道保於逆旅歌録曰古相和歌十
八曲氣出一精列二魏武帝集有氣出精列二古曲融去京師踰年曁
聞甚悲而樂之良曰踰過也曁聞謂笛聲也追慕王子淵
枚乘劉伯康傅武仲等簫琴笙頌唯笛獨無
故聊復備數作長笛頌翰曰唯笛獨無謂未有賦頌備數謂備古
人之數也賦之言頌者頌亦賦之通稱也善曰王子淵作洞簫賦枚乘未詳所作以序
言之當為笙賦文章志曰劉玄字伯康明帝時官至中大夫作黃賦傅毅字武仲作琴賦

文選十八 二

其辭曰
惟籦鐘籠龍之奇生兮于終南之陰崖音宜向曰
籦籠竹名終南山名奇生謂生奇質也山北曰陰崖畔也善曰戴凱之竹譜曰籦籠竹
名毛詩曰終南何有毛萇曰周之山名尚書大傳曰觀乎南山之陰謂山北託九
成之孤岑善本有兮字臨萬仞之石谿善本作磎字去夷反
劭韻銑曰託附成重也謂山有九重孤高也竹附之而生下臨萬仞深谿也善曰山
海經曰桓山四成郭璞曰成亦重也言九者數之多也尸子曰焦原者臨萬仞之谿特
箭豪而莖立善本有兮字獨聆零風於極危良曰箭竹
也幹謂之稾立猶生也謂特美竹幹攢莖而生謂竹生於高險之山清風搖之故聞風聲
於極危也聆聞也善曰言此二竹或生而莖立或生於極危爾雅曰東南之美者會稽

之竹箭焉郭璞方言注曰箭者竹名也鄭玄周禮注曰箭幹謂之稾尚書曰惟箘簵楛鄭
玄曰箘簵聆風也秋潦老漱瘦其下趾兮冬雪揣音團
善本作揣封乎其枝翰曰秋水漱流於其根冬雪擁附其上潦雨水也趾根也
揣封猶擁附也善曰說文曰潦雨水也鄭玄周禮注曰漱齧也爾雅曰趾足也鄭玄毛
詩箋曰團聚貌揣與團古字通巔根跱之槷五結刖五割切善本有兮字
感迴飈而將頹濟曰巔山上也跱立也槷刖危也迴飈疾風也感激觸也
謂竹生山上其根立危激觸疾風將欲頹墜而下也善曰巔根根生於巔巔也槷刖危貌
感觸也爾雅曰飈謂之猋猋與飈同飆夫其面旁則重巘魚偃增
石簡積頵丘隕砡牛六切側傍也翰曰面正面也旁此竹之面旁則有重
巘高石大積於中巘者山之下小上闊也簡大也頵砡石齊頭貌也善曰面前也爾雅

文選十八 三

曰重巘隒又曰簡大也說文曰頵頭頵也字林曰砡齊頭也兀嶁力于狋助滋
巋魚飢傾昃側倚伏向曰嶮峻傾側倚伏也善曰兀嶁狋巋嶮峻之貌
庨苦交窌良交巧老港胡貢洞坑谷銑曰深空相通於坑谷之貌
善曰庨窌巧老深空之貌港洞相通也嶰古買壑呼各嶒古外切善本作澮
峞徒外峪坎窞徒感巖苦咸竇善本作竇字良曰嶰壑澮峞寬大而相
連貌峪巖覆山下深闇窟穴也善曰爾雅曰小山別大山曰嶰澮峞嶰壑深平之貌
峪即坎也周易曰入於坎窞說文曰窞坎中小坎也巖深巖也說文曰巖岸也廣雅曰竇
窟也字從穴從復扶福切運裛於葉穿安都浚遏岡連嶺屬向曰
謂竹為陰陽運氣裛之有潤濕之色岡嶺之上皆相連屬穿浚潤濕貌也善曰運裛迴
旋相纏也穿浚卑下也屬連也穿於孤切浚音按林簫蔓荊森槮所銜

柞作樸音卜竹也翰曰謂竹與諸物雜生也林箭小也蔓荊森槮柞樸皆木名
善曰說文曰篠小竹也簫與篠通本草經曰蔓荊實味苦森槮長貌鄭玄毛詩箋曰柞櫟
也樸包木也補木切於是山水猥至渟亭涔岑漳善本作障
字潰音會濟曰猥衆也渟涔池也漳隄也潰壞也謂山水衆至池水隄岸潰壞也
善曰廣雅曰猥衆也埤蒼曰渟水止也薛君韓詩章句曰涔池也賈逵國語注曰障防也
字林曰潰旁波也頣胡感淡徒感滂普郎流碓丁迴投瀺仕感穴
翰曰頣淡滂流水搖蕩廣大貌碓謂水碓擊瀺注山成穴也投擊也善曰頣淡水搖蕩貌
碓投似碓之所投也說文曰碓舂也都海切瀺水注也瀺穴注隙穴也士咸切爭
湍士官萃普萌縈汩古沒活澎普萌濞普祕波瀾鱗淪音倫
善本作論窊烏瓜隆詭戾盧結反銑曰爭湍急浪也萃縈水迴旋貌汩活澎

文選十八　四

濞水飛騰廣大貌鱗淪相次不絕貌窊隆詭戾謂水流下上奔勢迴戾不常之貌善曰
許慎淮南子注曰湍水疾也萃縈迴旋之貌汩活疾貌澎濞波聲也活古活反鱗淪相次
貌窊隆高下貌詭戾乖違貌渴手角瀑蒲角噴普悶沫奔遁善本作遯
字碭徒郎突向曰渴瀑噴沫水之勇急噴蹙生沫奔走碭突於山石之間遁走也
善曰渴瀑沸湧貌噴沫跳沫也搖演以緬其山動杌兀其根者
歲五六而至焉翰曰謂風水搖引動杌竹根歲五六度如此而至也演
引也善曰賈逵國語注曰演引也是以間介無蹊人迹罕到
良曰竹間介然幽深無蹊徑人迹希至也善曰孟子曰山徑之蹊間介然用之而成路
趙岐曰介然人用之不止則蹊成為路漢書曰舟車所不至人迹所不及猨蜼弋季
晝吟鼯吾鼠夜叫銑曰猨蜼鼯鼠並輕捷之獸皆晝夜栖游於竹上吟

叫皆聲也善曰張揖上林賦注曰蜼似獼猴郭璞爾雅注曰鼯鼠一名夷鴟狀如小狐
似蝙蝠肉翅亦謂之飛生聲如人呼寒熊振頷胡敢特麚加昏昌夷
髟必妙反一讀曰熊麚獸名振頷動口也昏髟謂迴顧而起鬐鬣寒謂山寒特壯也昏
視也髟鬐鬣也善曰振動也方言曰頷顧也昏視髟長鬐也言或顧視或振鬐山
雞晨羣野雉朝雊求偶鳴命子悲號長嘯由
衍識道噍噍子由讙呼桓切善本作嚾譟蘇告經涉其左
右哤武江聒其前後者無晝夜而息焉向曰由衍行貌
鳥獸行識其道羣聲噍噍讙譟皆行歷竹之左右亂聲聒於前後無朝夕而休息也經涉
猶行歷也哤亂聲善曰毛詩曰雉之朝雊尚求其雌由衍行貌羽獵賦曰噍噍昆鳴鄭
玄周禮注曰譟讙也國語管子曰四民雜處則其言哤說文曰聒讙語也夫固危

文選十八　五

殆險巇之所迫也翰曰謂在山也曰險巇猶傾側也善衆哀
集悲之所積也故其應清風也纖末奮蕱所交
錚七耕鐄侯萌謍呼宏嗃呼交反翰曰謂鳥獸之聲也銑曰纖末竹上也
謂清風來則纖末竹之上奮迅而動錚鐄謍嗃聲也蕱頭也善曰方言曰蕱動也蕱與
蕱同鐄皆大聲也鐄與鍠同字林曰謍山聲也埤蒼曰嗃大呼也若絙古登琴
善本作瑟字促柱號鍾高調良曰絙急絃也號鍾琴名言竹聲如急瑟
促柱鳴琴高調也善曰楚辭曰絙瑟兮交鼓又曰破伯牙之號鍾王逸曰絙急張絃也
號鍾琴名於是放臣逐子棄妻離友彭胥伯奇哀
姜孝已翰曰放臣謂遷於遐荒者逐子謂逐出之者棄妻謂夫之棄者離友友朋
離別者彭咸殷賢臣諫紂紂不從而出奔也伍子胥吳賢臣諫吳王不從而賜劍死今此

爲放臣文之失也伯奇尹吉甫子吉甫用後妻言而奇見逐投水而死也哀姜謂魯文公
夫人也文公死其子不得立而被殺夫人悲而還齊還市而哭故號哀姜也孝已殷王中
宗之子事親一夜五起中宗用後妻言逐之善曰羽獵賦曰鈎屈原與彭胥鄭氏曰彭彭
咸也晉灼曰胥子胥也琴操曰伯奇者尹吉甫之子也吉甫聽後妻之言殺其孝子伯奇
逐放逐之伯奇自傷無罪投河而死左氏傳曰夫人姜氏歸于齊將行哭而過市魯人謂
之哀姜家語曰曾子遣妻告其子曰高宗之後妻殺孝已尹吉甫以後妻放伯奇吾上不
及高宗中不及吉甫庸知得免於非乎
攢乎下風收精注耳雷
善本作靁歎頹息掐苦洽膺擗避亦摽避沼泣血泫胡犬流
交横而下通旦忘寐不能自禦翰曰此放逐棄離之流聞
此竹聲皆攢集於竹風之下收其精思傾注其耳同爲歎息魂神摧墜叩膺撫心泣血泫

文選十八　六

然而流交瀕而下達最不衰不能自止也掐叩膺膺胷也擗摽撫心也泫言流多也通達也
禦止也善曰收精不視注耳專聽楚辭曰吒增歎兮如雷靁與雷古今字也國語曰無
掐膺韋昭曰掐叩也毛詩曰寤擗有摽毛萇曰擗摽拊心貌毛詩曰鼠思泣血楚辭曰橫
壺涕兮泫流淮南子曰病疵瘕者通旦不寐鄭玄周禮注曰禦禁也於是乃使
魯班善本作般字宋翟構雲梯抗浮柱銑曰魯班魯公班魯
人宋翟墨翟宋人也皆古之巧智人也構交雲之梯立浮空之柱將取竹以爲笛抗立也
善曰魯宋二國名也淮南子曰魯般爲木鳶而飛之論衡曰魯班爲母作木人爲御機關
一發遂去不還人謂班毋亡翟墨子之名也墨子曰公輸般爲雲梯必取宋於是墨子見
公輸般而止之張湛列子注曰雲梯可以凌虛甘泉賦曰抗浮柱之飛欜蹉七何纖
根跋蒲末蔑覓結縷力矩切善本作篾縷二字膺陗陁音雉善本作陁

字腹陘形阻向曰蹉躡其根拔其細縷也縷竹根茹也跋拔茂細也又以胷
腹磨約於陗峻險阻之所也陁連山也陘斷山也善曰蹉言以足蹉躡纖根又跋蹋細
縷也方言曰篾小也縷言細似縷也上林賦曰布結縷彼雖草名抑亦義無似縷也膺言
以膺服於陗陁而腹突於陘阻也淮南子曰岸陗者必陁許慎曰陗峻也七笑切陁落也
爾雅曰山絕陘郭璞曰連山中斷也逮乎其上匍匐伐取挑他堯
截本末規摹彠於縛矩翰曰逮及也匍匐以手足行也本根也末莖也
規摹謂之量度也彠飾也歷于險阻及於山上猶峻阻乃以手足行而伐取之挑掘截
其根莖以量度之乃飾其規矩也善曰鄭玄毛詩箋曰挑文落之說文曰摹規也莫奴
切彠亦矱字王逸楚辭注曰矱度也矩法也夔襄比律子野協呂
向曰協合也夔舜樂官也襄妙鼓琴子野師曠字善鼓琴今將爲笛與之比合律呂之音

文選十八　七

聲善曰尚書帝曰夔命汝典樂教胄子家語孔子學琴於師襄鄭玄周禮注曰比次也
左氏傳曰師曠侍於晉侯杜預曰曠晉樂太師子野也孟子曰師曠之聰不以六律不能
正五音十二畢具黃鍾爲主翰曰六律六呂爲十二黃鍾律宮聲
也宮爲君故爲主也善曰呂氏春秋曰黃帝命伶倫爲律伶倫制十二簫聽鳳鳥之鳴
以別十二律以比黃鍾之宮故黃鍾宮律之本也高誘曰六律六呂各有管也故曰十二
簫撟矯揉而酉斤械故介剸團剡余冉切善本作揉字度擬
銑曰撟揉者以火端之斤械者以斧理之裁割量度以比擬之剸裁剡割也善曰蒼頡
篇曰撟正也鄭玄周禮注曰揉謂以火橋也說文曰斤斫木也又曰械治也字林曰剸裁
也又曰剡銳也周易曰揆木爲矢揆與剡音義同度擬量度比擬也鏓蘇董硐徒董
頹善本作隤字墜程表朱裏翰曰鏓硐謂以刀通節中也墜落也言竹

節之屑類落也程表謂外不加飾但見其竹也朱裏以朱漆染塗其內程當為呈字之誤
也善曰說文曰鏓大鑿中木也然則以木通其中皆曰鏓也廣雅曰硐磨也說文曰隤墜
也徒雷切爾雅曰墜落也說文曰程示也張晏漢書注曰表猶外也寔名曰笛
以觀賢士良曰採竹於山制之於匠人然後定名曰笛也謂有清雅之音故可
觀賢士之志善曰以其滌纖故可觀士陳於東階八音俱起食
舉雍徹勸侑于救君子向曰陳列也八音俱起謂笛聲清美如八音雜
奏食舉雍徹謂歌雍詩以徹食謂畢而去食也言笛中亦有此詩曲故也此以勸君子周
禮王者以樂侑食侑勸也善曰儀禮大射禮曰樂人宿縣于堦東周禮曰播之以八音
蔡邕禮樂志曰天子中樂殿中食舉樂也周禮曰及徹而歌徹鄭玄曰歌之者歌雍也周
禮曰王以樂侑食鄭玄曰侑勸也然後退理乎黃門之高廊

文選十八　八

銑曰黃門署名習樂處也高廊署中之廊也善曰漢書音義如淳曰今樂家五日一習樂
為理樂恒譚新論曰漢之三王內置黃門工倡重丘宋灌名師郭張
濟曰重丘縣名宋灌郭張四姓漢朝善樂人重丘縣之出也善曰漢書曰平原郡有重
丘縣名師有名師也宋灌郭張皆其姓也工人巧士肄異業修聲
濟曰工人巧士並妙樂者習肄於業修理於音樂也肄習也善曰工樂人也巧伎巧也
賈逵國語注曰肄習也於是游閑善本作閒字公子暇豫王
孫善曰史記曰究孔氏有遊間公子之名國語優施曰我教暇豫之事君韋昭曰暇閒
豫樂也心樂五聲之和耳比避八音之調徒吊反乃相與
良曰比猶便也善曰左氏傳曰五聲六律杜預曰五聲宮商角徵羽
集于善本作乎字其庭翰曰奏笛之庭詳觀夫曲胤之繁

會叢雜何其善本作以富也濟曰詩審也曲長曰亂也繁會叢雜聲喧
也富多也善曰胤亦曲也字或為引蔡邕琴操有思歸引衛女之所作紛葩爛
漫誠可喜也向曰紛葩爛漫聲亂而多也善曰紛葩盛多貌波散
廣衍實可異也銑曰波散廣衍聲散而遠也善曰毛萇詩傳曰衍溢也
嶨吐耕切善本作掌字距劫遻音迮善本作遻又足怪也良曰掌距
劫遻聲烈而繁若相陵距以相擊觸可謂奇怪者也掌陵劫擊遻觸也善曰言聲之相
逆遻也說文曰掌柱也鄭玄禮記注曰劫脅也郭璞穆天子傳注曰遻觸也啾咋
助自嘈啐慈役似華羽兮絞灼激以轉切翰曰啾咋聲之
大也鶡冠子云南方萬物華羽焉故樂有南方之音則聲烈謂南方大也絞灼激聲大貌
切急也善曰蒼頡篇曰啾衆聲也鄭玄周禮注曰咋咋然聲大也埤蒼曰嘈啐聲貌嘈

文選十八　九

音嘈啐才曷切鶡冠子曰南方萬物華羽焉故調以羽絞灼激聲相繞激也切揩磨切也
震鬱怫扶勿以憑怒兮耾呼宏碭徒浪駭以奮肆銑曰
繁壯之聲善曰楚辭曰怫鬱兮弗陳王逸曰蘊積也左氏傳瘀由曰今君震電憑怒杜
預曰憑大也埤蒼曰耾聲貌碭突也杜預左氏傳注曰肆放也氣噴普悶勃以
布覆兮佇時跳之石以狼戾向曰氣噴勃謂氣結於笛中而聲不
散也或通則分布而四覆入於聽也時跳謂聲作起於地也狼戾壯勇也善曰蒼頡篇
曰噴吒也或作憤防粉切勃盛貌布覆周布四覆也時跳言其聲時立如有所跳履也狼
戾乖背也戰國策張儀曰趙王狼戾無親靁雷叩鍛都亂之岌岦叶峇
苦合兮五臣本無兮字正瀏流漂以風冽翰曰靁聲也叩鍛推鐵也
岌峇推鐵聲言笛聲如之也瀏漂風冽謂聲隨風而清也瀏漂隨風貌冽清也善曰言

音如靁之叩鍛岌沓為聲也蒼頡五臣本篇曰鍛推也劉瀍請涼貌冽寒貌寒無寒字
薄湊會而凌節善本有兮字馳趣促期而赴躓之日
反濟曰謂聲相集湊而會合雖以擊節而聲猶溢出故曰凌節馳疾也期亦節也躓下
也節言疾而趣節聲勢乃散而赴於下也善曰凌乘也節曲節也趣向也期會也躓謂
顛仆也爾乃聽聲類形狀似流水又象飛鴻善曰
列子曰伯牙鼓琴志在流水鍾子期曰洋洋乎若江河琴道曰伯夷操似鴻鴈之音氾
善本作氾濫溥普各漠莫浩浩洋洋音祥向曰溥漠拂水飛聲餘
皆水貌善曰氾濫任波搖蕩之貌上林賦曰汎淫氾濫溥漠以翺撫水之貌謂飛鴻之
狀也長矕莫干遠引旋復迴皇翰曰矕被也言水聲鴻聲相被遠引
不絕旋復迴皇皆聲去住不定之高下不常貌善曰孟康漢書注曰矕視也廣雅曰引伸也

李尤七疑曰迴皇競集充屈鬱律瞋勅隣菌去倫碨烏回柍烏郎
反濟曰皆聲欝結不散貌善曰皆衆聲欝積競出之貌屈音掘酆普萌琅力耕
磊落駢田磅傍唐翰曰聲四布多貌善曰衆聲宏大四布之貌磅唐
廣大盤礴也宋玉笛賦曰磅唐千仞取予預時適去就有方良曰
取謂取聲予謂設曲也時適謂哀樂有時也去就謂節度也善曰莊子曰去就取予能
知六者塞道者也高誘呂氏春秋注曰適中適也毛萇詩傳曰方則也洪殺所戒
衰楚危序希數所角切必當向曰洪猶增也殺減衰次也謂增減次序
曲度希數必當其理也善曰鄭玄周禮注曰殺減也左氏傳魏獻子曰遲速衰序杜預
曰衰差序次也微風纖妙若存若亡銑曰聲隨微風而輕妙則若存
若亡纖輕也善曰老子曰若存若亡蓋辭濫滯抗絕中息更裝

奄忽滅沒爗善本作曄字然復揚翰曰蓋餘也抗極也謂餘聲沉
滯極絕則中道息曲而復調緩氣而吹則奄忽而微如滅沒然也厲氣而激則爗然復起
爗繁盛貌揚舉也此笛聲也而言更裝者謂中道息聲更調理而吹之亦如人之將裝結
而出也善曰方言曰燼餘也蓋與燼同喪服子夏傳曰抗極也許慎淮南子注曰裝束
也謂更裝而奏之方言曰奄遽也曄盛貌或乃聊慮固護專美擅
工濟曰聊慮精心也固護堅志也言精心堅志專美此器擅此一工也善曰聊慮固
護精心專一之貌說文曰擅專也漂凌絲簧覆冒鼓鐘向曰絲琴
瑟也簧笙也漂漂凌謂過之覆冒猶掩蔽也善曰漂凌謂漂蕩凌駕也覆冒謂掩覆冠冒
也風俗通曰簧笙中簧也大笙謂之簧或乃植雉持縱徐戀纆音墨
善本作纆佁勅吏儗毅寬容良曰植立也縱緩纆繩也佁儗閑緩貌謂聲或乃

立而相持如繩結之不散又閑緩而寬容也善曰言聲或植立而相引持似於縱纆也說
文曰縱以長繩繫牛也佁儗寬容之貌簫管備舉金石並隆無
相奪倫以宣八風銑曰簫管金石不可與笛爭為等倫也笛將宣通八
方之風奪猶爭也善曰毛詩曰既備乃奏簫管備舉漢書曰石曰磬金曰鍾鄭玄禮記
注曰隆盛也尚書曰八音克諧無相奪倫呂氏春秋曰舜以夔為樂正於是正六律和均
五聲以通八風社預左氏傳注曰八風八方之風也律呂既和哀聲五
降夏江反向曰降疲退也左傳曰先王之樂中聲以降五降之後不容彈矣言將止
也善曰左氏傳醫和曰先王之樂中聲以降五降之後不容彈矣杜預曰聲成五降而
息也降罷退也曲終闋盡餘絃更興繁手累發密櫛
疊重濟曰闋亦終也餘絃謂笛聲漸微後起亦如擊絃之餘響將更起聲也手指繁

捦而累舉如梳齒也善曰鄭玄禮記注曰闋終也苦穴切左氏傳醫和曰於是有煩手
淫聲密櫛密如櫛毛詩曰其比如櫛也踾方伏踧子六攢仄側蜂聚
蟻同眾音猥積以送厥終翰曰謂笛將終聲急而繁多激烈以
送其終曲也踾踧攢仄蜂聚蟻同並聲相擊多貌猥多也善曰踾踧迫蹙之貌攢仄攢聚
貌踾音複然後少息暫善本作蹔字怠雜弄間諫奏易
聽駭耳有所搖演向曰少息而更為也怠懈怠也弄曲也銑曰換易
驚聽驚策其耳有聞雜曲之奏搖演心神清貌安翔駘徒改蕩從容闡
昌善緩惆悵怨懟墜窊烏瓜切善本作窳圔於洽寘取輦赧
女展切濟曰安翔駘蕩從容闡緩皆聲初發或起或伏寬容閒緩貌惆悵怨懟窊圔寘
赧皆繁怨淡然下聲貌善曰毛萇詩傳曰閒代也莊子曰惠施之材駘蕩而不得漢書

曰闡諧慢易之音作字林曰懟怨也窊圔聲下貌寘赧聲緩也
聿皇求索乍
近乍遠臨危自放若頹復反蚡扶文緼於文蟠音盤
善作繙字紆緸因宛蜿宛蟺音善向曰聿皇疾貌索求相合擊也危
高也言聲如臨高自放繼頹下而復反上蚡緼蟠紆緸宛蜿蟺聲相糺亂之貌善曰聿
皇疾貌蚡緼繙紆聲相糺紛貌緼於文切緸宛蜿蟺盤屈搖動貌笢泯笏亡粉
抑隱行入諸變絞槩汩于筆隍音皇善本作湟五音代
轉翰曰笢笏抑隱手指循孔貌行疾也言疾入諸聲以變調絞槩汩隍聲相切摩貌五
音捐代易而運轉也善曰笢笏抑隱手循孔之貌毛萇詩傳曰行往也鄭玄周禮注曰
變猶更也樂成則更奏絞槩汩湟音相切磨貌絞古巧切槩古愛切挼奴回拏女家
捘子回搣𢖳相乘遭女展反商下徵每各異善向曰

挼挐搣𢖳相乘邅謂聲相擊連會合貌反商下徵謂變調也每各異善聲無不妙也
善曰說文曰挼推也又曰挐索持也又曰挼推也子會切搣猶抑也邅邅迴也張連切一
云邅當為蹍司馬彪莊子注曰蹍蹈也女展切反商猶變商也淮南子變宮生徵變徵生
商變商生羽琴道曰下徵七絃總會樞極沈約宋書曰下徵調法林鍾為宮南呂為商注
云第三孔也本正聲黃鍾之羽今為下徵之商也故聆曲引上者觀
法於節奏察度於句投徒闘以知禮制之不可
踰越焉銑曰引亦曲也句投猶章句也謂曲中之章句有禮制聲韻不相踰越也
善曰廣雅曰聆聽也引亦曲也蔡邕琴操曰琴引者秦時倡屠門高之所作也禮記曰文
采節奏聲之飾也說文曰逗止也投與逗古字通投句之所止也聽簉楚救弄
者遙思於古昔虞志於怛丁達惕天歷以知長感

善本作戚字之不能間閑居焉翰曰簉雜弄曲遙遠也虞度也怛惕
惻愴之聲感憂也言間雜曲則遠思古人也度志於惻愴之聲則長憂而不能閒居獨處
善曰簉弄蓋小曲也毛萇詩傳曰怛怛惕惕憂勞也故論記其義協比
脾至其象彷徨縱肆曠苦廣瀁余兩敞罔老莊之槩
也良曰協合也言論記笛之義理合比其象以則其聲寬大閑幽老聃莊周之節槩也
彷徨縱肆曠瀁敞罔寬大閑幽貌也善曰老子已見遊天台賦史記曰莊子者蒙人也
名周其要本歸於老子之言其言汪洋自恣以適己也敞罔大貌槩猶節也溫直
優毅孔孟之方也濟曰方比也溫柔正直優游弘毅之聲則孔丘孟軻
之德比也善曰溫和正直柔而能毅也史記曰孔子名丘字仲尼姓孔氏魯昌平鄉郰
邑人又曰孟軻鄒人也序詩書述仲尼之意激朗清厲隨光之介

也也銑曰湯伐桀因卞隨而謀之隨曰非吾事也湯又因務光又曰非吾事也湯伐桀
既克之湯以責卞隨曰再來以辱我行也乃投桐水而死又責務光光曰無道之代不踐
其士乃負石自投於廬水故笛之激朗清厲之音則卞隨務光耿介之道也善曰激切
明朗清而能厲厲烈也莊子曰湯將伐桀因卞隨而謀之卞隨曰非吾事也湯又因瞀光
而謀之瞀光曰非吾事也湯伐桀克之以讓卞隨卞隨曰再來浸我以其辱行乃自投桐水
而死湯又讓瞀光曰無道之世不踐其土況尊我乎乃負石而自沉廬水劉熙孟子註曰
介操也牢刺力達拂戾諸賁奔之氣也翰曰諸專諸也賁孟
賁也二人皆勇士故牢刺拂戾之聲則專諸孟賁之勇氣也善曰牢刺牢落乖刺也說
文曰刺突也左氏傳曰吳公子光享王專諸抽劍刺王說苑曰勇士孟賁水行不避蛟龍
陸行不避虎狼節解句九具斷管商之制也向曰管仲商鞅二人

皆有斷決之材笛聲節曲相解句度斷決則管仲商鞅之制度也善曰史記曰管仲夷
吾者穎上人也任政於齊又曰商君者衛之諸庶孼子也名鞅姓公孫氏好刑名之學秦
封之於商號商君條決繽匹鄰理善本作紛字申韓之察也
翰曰申申不害也學黃老術主刑獄韓非善刑名法術之學也繽亂也言笛聲有條貫而
疏決斷而能理則如申不害韓非之學察明也善曰言科條能分決繽紛能整理也史
記曰申不害者燕人也學本於黃老而主刑名又曰韓非者韓之諸公子也喜刑名法術
之學繁縟駱驛范蔡之說也銑曰范范雎也說秦而為秦相也蔡
蔡澤也說范雎而代其相位皆辯士也笛聲繁多相連不絕如范雎蔡澤之說辭也善
曰辭旨繁縟又相連續也說文曰縟彩飾也范雎已見西京賦蔡澤見歸田賦犛音棃
善本作犛櫟歷銚他堯切憘火麥切析先歷切善本作晳字龍之

惠也良曰析鄧析龍公孫龍皆辯士惠明也笛聲分別節制如鄧析公孫龍之惠明
犛櫟分別銚憘節制也善曰犛櫟銚憘皆分別節制之貌憘胡麥切左氏傳曰鄭駟歂
殺鄧析而用其竹刑杜預曰鄧析鄭大夫也史記曰公孫龍為堅白同異之辯上擬
法於韶箾簫南籥音藥向曰韶箾南籥竝雅樂名笛擬而法之善
曰左氏傳曰延陵季子見舞韶箾者曰德至哉杜預曰舜樂也又曰見舞象箾南籥者曰
美哉杜預曰象箾舞者所執南籥以籥舞也皆文王樂也箾音朔中取度於
白雪淥水翰曰白雪淥水雅曲名笛取其法度也善曰宋玉諷賦曰臣援琴下采制
而鼓之作幽蘭白雪之曲淮南子曰手會淥水之趣高誘曰淥水古詩
於延露巴人銑曰延露巴人小曲名采其節度也善曰淮南子曰歌采菱
發陽阿鄙人聽之不若延露以和宋玉對問曰客有歌於郢中者其始曰下里巴人是

以尊卑都鄙賢愚勇懼翰曰尊卑都鄙謂定尊卑於都鄙也夫樂
者在於閨門之內父子兄弟同聽之則莫不和親故所以合和父子君臣也故賢者聞之
勇愚者聞之懼都謂天子所都鄙邊邑也善曰毛萇詩傳曰子都世之美好者鄙陋也
呂氏春秋曰愚智勇懼可得而知魚鼈禽獸聞之者莫不張
耳鹿駭熊經鳥伸鴟視狼顧附善本作拊字譟先到
踊躍濟曰魚鼈禽獸聞笛之聲皆張耳驚舉伸視聽之樂感之故也鹿性多驚熊經
謂以前足憑木而立鳥伸謂引頸也鴟視謂舉首而視狼顧反顧也附譟踊躍言鳴而舞
之善曰鹽鐵論曰邊境無鹿駭狼顧之憂淮南子曰鴟視而狼顧熊經而鳥伸此養形
之人也莊子音義曰熊經若熊之攀樹而引氣也各得其齊前細人盈
所欲皆反中和以美風俗良曰聞笛者皆遷善故各得分齊而

不相踰也人之情欲於此盈滿不復更欲皆反於中和之道美天子之風俗也善曰禮記曰樂者樂也君子樂得其道小人樂得其欲齊分限也禮記曰喜怒哀樂之未發謂之中發而皆中節謂之和漢書王尊曰廣教化美風俗

屈平適樂國介推還受祿向曰屈平楚大夫逃竄於外言其聞此笛音而改節復之於楚介子推晉臣也高尚不仕亡於山林聞笛聲乃還受晉文公之祿適之也樂國楚國也善曰言各反其常性也屈平屈原也必適樂國而求仕不沉湘流以殞身也毛詩曰適彼樂國左氏傳曰晉侯賞從亡者介子推不言祿祿亦不及遂隱而死

澹臺載尸歸皋魚節其哭銑曰澹臺滅明孔子弟子也滅明子溺死弟子欲收之滅明止之曰螻蟻何親魚鼈何踈終不收葬言其聞此笛聲乃易舊性載尸而歸也皋魚賢人也孔子行聞其哭聲甚悲孔子曰此必賢人也使人視之果皋魚也令遂節不哭也善曰

博物志曰澹臺滅明之子溺死於江弟子欲收而葬之明止之曰螻蟻何親魚鼈何仇弟子曰何夫子之不慈乎對曰生為吾子死非吾鬼遂不收葬韓詩外傳曰孔子出行聞有哭聲甚悲至則皋魚也披褐擁劒哭於路左孔子下車而問其故對曰吾少好學周流天下吾親死一失也高尚其志不事庸君而晚仕無成二失也少擇交遊寡親友而老無所託三失也夫樹欲靜而風不止子欲養而親不待往而不可反者年也逝而不可追者親也吾於是辭矣立哭而死孔子謂弟子曰識矣於是門人辭歸養親者一十三人

長萬綴善本作輟字**逆謀渠彌不復惡**翰曰南宮長萬宋人也弒其君閔公聞此笛聲乃輟逆謀之心也鄭高渠彌亦弒其君昭公今亦不復有惡性也善曰左氏傳曰南宮長萬弒閔公於蒙澤杜預曰宋大夫也又曰鄭伯將以高渠彌為卿昭公惡之固諫不聽昭公立懼其殺己殺昭公而立公子亹亹音尾君子謂昭公知所惡矣

蒯聵五怪**能退敵不占成節鄂**向曰蒯聵衛太子也靈公逐之而立蒯聵子輒後靈公薨蒯聵帥師將伐其子以取其位今聞笛聲有讓德而退敵也不占陳不占也聞崔杼弒君將往救君餐則失哺上車失軾聞鬬戰之聲遂驚而死今聞笛音亦能成節而增勇矣鄂節也善曰蒯聵衛太子也左氏傳曰衛太子登鐵丘望見鄭師衆懼自投於車下韓詩外傳曰陳不占齊人也崔杼弒莊公不占聞君有難將往赴之食則失哺上車失軾其僕曰敵在數百里外而懼怖如是雖往其益乎不占曰死君之難義也無勇私也乃驅車而奔之至公門之外聞鍾鼓之聲遂駭而死君子謂不占無勇而能行義也可謂志士矣字書曰鄂直言也謂節操蹇鄂而不怯懦也

王孫善本作公字**保其位**翰曰守忠貞也**隱處安林薄**翰曰堅志也隱處隱居之人林薄草木雜生也善曰楚辭曰露新夷死林薄王逸曰草木交曰薄

宦夫

樂其業士子世其宅良曰業職也謂人和易理也向曰世安宅居也善曰淮南子曰古者至德之時農安其業大夫安其職而處士修其道

鱏似深**魚喁**魚恭**於水裔仰駟馬而舞玄鶴**銑曰鱏魚名喁出口於水裔外也魚聞笛聲出口於水外馬聞之仰首玄鶴聞之而舞也善曰韓詩外傳曰昔伯牙鼓琴而游魚出聽瓠巴鼓琴而六馬仰秣喁魚口上見也尚書大傳曰虞舜歌樂曰和伯之樂舞玄鶴

于斯也綿駒吞聲伯牙毀絃瓠戶**巴聑**丁挾**柱磬襄弛懸**翰曰綿駒善歌人也伯牙瓠巴並善鼓琴磬襄樂師謂聞笛音皆吞聲毀絃去柱廢架也明去弛廢也懸鍾架也善曰孟子淳于髡曰昔綿駒處高唐而齊右善歌伯牙已見上列子曰瓠巴鼓琴而鳥舞魚躍說文曰聑安也論語曰擊磬襄入于海周禮曰大憂令弛懸鄭玄曰弛釋下也

留視瞭丑耕切善

本作脈睞二字胎勑吏累稱屬讚失容墜席捕捕莫切善本作
持字拊撫雷抃濟曰綿駒之徒皆失據直視稱讃笛羨失其容儀坐不安席也
搏拊舉手也雷抃同拊手也留視矇直視貌墜席猶不安也善曰蒼頡篇曰矇直覞
猨字林曰胎驚貌雷抃抃聲如雷也僬子小眇睢許維維涕他禮洟他計
流漫向曰僬眇睢維目開合貌涕洟也言綿駒之徒聞笛音目之開合涕洟交下流
漫漫言多也善曰僬眇睢維目開合之貌眇小也亾小切聲類曰睢大視也周易曰齎
諮涕洟王弼曰齎諮嗟歎也之聲也說文曰洟鼻液也是故可以通靈感
物寫神喻意致誠効志率作興事良曰寫謂舒也諭比
効立也率作興事謂率勸下人以起風俗之美事也善曰諭曉也禮記曰樂和故萬物
皆化致極也効驗也尚書咎繇曰率作興事孔安國曰天子率臣下為治事溉盥

汙穢善本作濊字澡雪垢滓矣翰曰溉盥澡雪皆洗滌也善曰毛
萇詩傳曰溉滌也古載切本或為槩音義同禮記曰食於質者盥亦滌也公緩切莊子曰
澡雪而精神高誘淮南子注曰雪拭也說文滓澱也滓壯里切澱音殿昔庖犧
善本作羲字作琴神農造瑟女媧製善本作制字簧暴
辛為塤音暄向曰庖犧伏犧也簧笙也暴辛公作塤塤土樂也善曰庖犧即
伏羲也琴操曰昔伏羲氏之作琴所以修身理性反天真也淮南子曰神農之初作瑟以
歸神反望及其天心也禮記曰女媧之笙簧世本曰女媧作簧暴辛為塤宋均曰女媧黃
帝臣也暴辛周平王時諸侯作塤有三孔郭璞爾雅注曰塤燒土為之大如鷄卵倕
之和鐘叔之離磬或鑠金礱力東石華睆患切
錯銑曰倕造鐘者叔理磬者離理也鑠銷也金謂銅鐵之類礱磨劉也華睆切錯皆理

器之名也善曰禮記曰倕之和鐘叔之離磬鄭玄曰倕堯之共工也叔未聞和離謂次
序其聲縣也皆理器之名也樂汁圖徵曰鑠金為鐘四時九乳鑠金雒出樂緯此金謂黃
金揔飾衆器非止鐘也說文曰金有五色黃為長鑠與爍同國語張老曰天子之室斲其
椽而礱之加密石焉韋昭曰礱磨也禮記曰華而睆大夫之簧與鄭玄曰華畫也說者以
睆為刮飾目也睆胡綰切毛萇詩傳曰治骨曰切尚書曰錫貢磬錯孔安國曰治玉曰錯
丸挻舒延切善本作梴字彫琢刻鏤鑽笮音鑿翰曰丸折挻擊也
皆謂理器也善曰毛詩曰松柏丸丸薛君曰取松與栢然則丸取也漢書音義如淳曰
挻擊也舒連切爾雅曰離謂之琢郭璞曰治玉石也爾雅曰金謂之鏤木謂之刻郭璞曰
治器之名也說文曰鑽所以穿也又曰鑿穿木也國語臧文仲曰中刑用刀鋸其次用鑽
笮韋昭注為笮而賈逵注為鑿然笮與鑿音義同也鑽子丸切窮妙極巧曠

以日月濟曰曠希也謂日月間希有也善曰解嘲曰曠以日月然後成
器其音如彼銑曰言皆經磨鑠彫理然後成琴簧鐘磬之器其音各如彼常
聞也唯笛因其善本無其字天姿不變其材伐而吹
之其聲如此翰曰謂不加彫錯也善曰天姿天然之姿也蓋亦簡
易之義賢人之業也翰曰為國之體尚其簡易故賢人不為繁華以
儉素為業志將為國愛人濟物善曰周易曰乾以易知坤以簡能易則易知簡則易從
易知則有親易從則有功有親則可久有功則可大可久則賢人之德可大則賢人之業
若然六器者猶以二皇聖哲黈他斗益銑曰六器謂上
琴瑟簧塤鐘磬二皇伏犧神農也聖哲謂女媧倕叔也黈猶增益也善曰六器琴瑟簧
塤鐘磬淮南子曰二皇鳳至於庭高誘曰二皇伏羲神農也聖哲謂女媧黈猶讓也況

笛生乎大漢而學者不識其可以裨助盛美忽而不讚悲夫向曰大漢漢朝也笛生乎大漢之朝而當時學士不識其可孟助天子之盛美輕忽而不為讚頌之亦可悲也裨益也夫助辭也　善曰說文曰裨益也婢移切有庶士丘仲言其所由出而不知其弘妙也濟曰丘仲漢武時笛人庶士謂無祿位弘大也言學者忽而不讚有丘仲言其所由出處尚亦不知其大妙也　善曰尚書曰庶邦庶士風俗通曰笛武帝時丘仲所作其辭曰翰曰此丘仲所言之辭也近世雙笛從羌起羌人伐竹未及已龍鳴水中不見胡練已截善本作截竹吹之聲相似銑曰羌西戎也起謂首作也其人伐竹未畢之間有龍鳴水中不見其身羌人旋即截竹吹之聲與龍相似也　善曰風俗通曰又有羌笛然羌笛

與笛二器不同已謂龍也剡其上孔通洞之裁以當去簻竹瓜使善本作便字易持良曰剡削也上孔吹處也羌人裁截之以當馬簻使其易執持而復吹之也簻鞭也　善曰裁笛以當簻故便而易持也簻馬策也裁或為材易京君明識音律故本四孔加以一君明所加孔後出是謂商聲五音畢翰曰京房字君明修易尤好音律故曰易京君明也笛本四孔以商聲君明復加一孔於下為商音故云後出兼舊則五音畢備也　善曰漢書曰京房字君明漢武帝時人也修易尤好鐘律知五聲然京房修易故曰易京笛本四孔房加一孔於下為商沈約宋書曰笛京房備其五音

琴賦并序

嵇叔夜濟曰臧榮緒晉書云嵇康字叔夜譙國人也少有奇才博覽經籍拜中散大夫與呂安友善後與安俱斬東市也　善曰臧榮緒晉書曰嵇康字叔夜譙國人幼有奇才博覽無所不見拜中散大夫以呂安事誅

余少好音聲長而翫之善曰杜預左氏傳注曰翫習也以為物有盛衰而此無變善曰文子曰夫物盛則衰滋味有厭而此不勸可以導養神氣宣和情志翰曰導引宣通也　善曰莊子曰聲色滋味之於人心不待學而樂之左氏傳閻沒女寬曰及饋之畢願以小人之腹為君子之心屬厭而已管子曰導血氣而求長年淮南子曰古之人神氣不蕩乎外處窮獨而不悶者莫近於音聲也翰曰近猶過也謂解窮獨之悶莫過於音聲也　善曰孟子曰柳下惠遺佚而不怨阨窮而不憫也

是故復之而不足則吟詠以肆志吟詠之不足則寄言以廣意銑曰復謂反復而為之也肆縱也　向曰謂作賦頌善曰毛詩序曰言之不足故詠歌之詠歌之不足故不知手之舞之杜預左氏傳注曰肆申也尚書曰詩言志然八音之氣善本作器歌舞之象歷代善本作世字才士並為之賦頌其體制風流莫不相襲良曰才士謂才人也襲近也　善曰仲長子昌言曰秉此風順此流而下走誰復能為此限者哉孔安國尚書傳曰襲因也稱其材幹則以危苦為上濟曰危苦謂生於高峻也賦其聲音則以悲哀為主美其感化則以垂涕為貴麗則麗矣然未盡其理也翰曰麗好也言歷代才人好則好矣皆未盡理也　善曰高誘戰國策注

曰麗麗也羨推其所由似元不解聲音覽善本作音聲者
其旨趣亦未達禮樂之情也衆器之中琴
德最優故綴敘所懷以為之賦翰曰康謂歷代才人似元
不解聲音禮樂之情又以琴德為最優故為之賦焉 善曰趣意也禮記曰故知禮樂之
情者能作馬融琴賦曰曠三奏而神物下降何琴德之深哉其辭曰
惟椅梧之所生兮託峻嶽之崇岡向曰椅梧桐也峻嶽
高山也岡山上也 善曰毛詩曰椅梧梓漆爰伐琴瑟毛萇曰椅梓屬也披重壤
以誕善本作誕字載兮參辰極而高驤向曰披出也重壤厚
地也誕生參近也辰極北斗也驤舉也言出厚地而生以載於地近北斗而高舉謂高也
善曰披開也重壤謂地也泉壤稱九故曰重也毛萇詩傳曰誕大也載生也爾雅曰北極

北辰也孔安國尚書傳曰襄上也驤與襄同合善本作含字作天地之醇
和兮吸日月之休光良曰醇和陰陽精氣吸合含也休美也 善曰
周易曰天地絪縕萬物化醇鬱紛紜以獨茂兮飛英蕤於
昊蒼濟曰鬱紛紜枝葉茂盛也英蕤花也昊蒼天也 善曰說文曰蕤草木花貌汝
誰切夕納景于虞淵兮旦晞幹善本作幹於九陽
翰曰虞淵日入處言桐樹至高夕納其光景九陽數也陽日也言夜沐天露早朝則乾其
枝幹於日中也 善曰納藏也淮南子曰日入于虞淵之汜晞乾也幹本也楚辭曰夕晞
余身乎九陽王逸曰九陽謂九天之崖也經千載以待價兮寂神
時而永康銑曰價求也待價謂待人來采也寂幽閑也時立永長康安也寂然
生於幽閑若神靈所樹立而長安本枝於此 善曰論語子曰我待價者也康安也且

其山川形勢則盤紆隱深確祖回嵬五回岑巖向曰
盤紆曲也桐生其中也 善曰盤紆詰屈也崔嵬岑巖高峻貌也玄嶺巉助咸
巖岞助格崿音額善本作咢字嶇丘愚崟音欽良曰並山峻而不齊貌
善曰皆山石嶮峻之貌丹崖嶮巇許宜青壁萬尋良曰丹青並山
色壁石壁也嶮巇傾側貌也若乃重巘魚偃增起偃蹇雲覆
翰曰山上隆下小曰巘偃蹇上闊貌雲覆謂上闊如雲之覆 善曰言高在上偃蹇然如
雲覆下也邈隆崇以極壯崛虞屈切嵬嵬善本作巍巍而
特秀銑曰邈遠也隆崇高大貌崛巍直上貌孤起曰特秀 善曰廣雅曰秀出也
蒸靈液以播雲據神淵善本作淵字而吐溜濟曰靈液
天地潤氣上蒸以布雲氣下據泉水而吐溜也 善曰蒸氣上貌播布也孔子曰夫山者

興吐風雲以通乎天地之間溜亦流也爾乃顛波奔突狂赴爭
流觸巖觝丁禮隈鬱怒彪筆尤休翰曰並水急也向曰隈崖曲也
水相蹙鬱然如怒彪休波前却貌 善曰彪休怒貌也洶許拱湧騰薄奮
沫揚濤瀄側乙汩于筆澎蒲萌湃普拜蜿於遠蟺善相糾
放肆大川濟乎中州銑曰洶涌躍貌騰上薄下奮起也濤亦波也瀄
汩澎湃水聲也蜿蟺盤旋貌相糾亂而合也放縱於大川江河之中濟渡乎中州中州帝
都也 善曰瀄汩疾貌澎湃相戾也蜿蟺展轉也糾繚也糾己蚪切肆猶縱也中猶中國
也安迴徐邁寂爾長浮澹乎洋洋縈抱山丘
翰曰謂入大川之中安而迴旋緩流而進寂然長流也澹乎洋洋平漫流貌縈抱山丘謂
水繞山丘也徐緩邁進縈繞也 善曰上林賦曰安翔徐回又曰寂漻無聲說文曰澹水

揞也詳觀其區土之所產毓育奧宇之所寶殖
珍怪琅玕瑶瑾翕赩許力反向曰區宇之中深奥產毓萬寶琅玕
瑶瑾皆玉名翕赩光色也謂山有玉則草木滋潤此可以益於桐故述之　善曰廣雅曰
奥藏也毛萇詩傳曰宇居也高唐賦曰珍怪奇偉尚書曰球琳琅玕翕赩盛貌叢集
累積渙善本作奐衍於其側良曰言寶玉委累積生於桐木之側渙衍
多貌善曰奐散貌衍溢也若乃春蘭被其東沙棠植善本
作殖字其西音先叶韻翰曰春蘭香草沙棠仙果木名　善曰楚辭曰春蘭兮
秋菊山海經曰崐崘之丘有木焉其狀如棠而黃華赤實其味如李而無核名曰沙棠御
水人食之使不溺消子宅其陽玉醴涌其前濟曰消子隱逸
人居於木南南曰陽也玉醴玉漿味如酒涌流於桐前也　善曰列仙傳曰涓子者齊人

文選十八　二十四

也好餌术隱於宕山能致風雨其琴心三篇有條理焉揚雄太玄賦曰飲玉醴以解渴宋
玉笛賦曰丹水涌其左醴泉流其右玄雲蔭其上翔鸞集其巔
清露善本作霧字潤其膚惠風流其間銑曰巔謂木梢上也
膚謂木皮也惠風南風也溫和所以養物也　善曰邊讓章華臺賦曰惠風春施竦
肅肅以靜謐密微微其清閑翰曰竦高也肅肅深也謐安也
密枝葉密也微微幽邃也善曰爾雅曰謐靜也微微幽靜也夫所以經營
其左右者固以自然神麗而足思願愛樂矣
向曰經營猶優游也言人能優游其左右皆以自然之神以此為美足幽遠之思願愛此
事　善曰東都主人曰闕庭神麗於是遯俗善本作出字之士榮
期綺季之疇乃相與登飛梁越幽壑援瓊枝

陵峻崿以游乎其下翰曰遯逃也謂逃去其俗事歸於山丘也榮其
榮啓期也綺季綺里季也並隱逸人也乃相與者言隱者相與俱行也飛梁危峯也幽壑
深谷也援攀也瓊玉也言玉枝者美言之非玉樹也陵上峻高也崿山頂也經此登越攀
上乃得游於椅桐之下　善曰周易曰遯世无悶新序曰孔子遊於泰山見榮啓期鹿裘
帶索鼓琴而歌班固漢書讚曰漢興有東園公綺季夏黃公角里先生當秦之時避世而
入商洛深山以待天下之定飛梁橋也甘泉賦曰歷倒景而絕飛梁莊子曰南方生樹名
瓊枝周旋永望邈若淩飛銑曰邈遠也　善曰左氏傳史克曰奉君
以周旋邪睨崐崘俯闞海湄指蒼梧之迢遞遰
迥江之威夷向曰睨視也闞下見也崐崘山名海湄海畔也指以手指之臨
謂下臨之也蒼梧謂蒼梧之野迥遠也言山高邪視下見山海手指大野目睹遠江也迢

文選十八　二十五

遞威夷長貌　善曰說文曰睨邪視也崐崘山名也闞視也毛萇詩傳曰水草交曰湄漢
書有蒼梧郡山海經曰蒼梧之丘其中有九疑山舜之所葬在長沙零陵界洞簫賦曰迴
江流川而溉其山毛詩曰周道威夷寤時俗之多累仰箕山之
餘輝羨斯嶽之弘敞心慷慨以忘歸翰曰寤覺也許
由隱於箕山叔夜慕仰其餘光羨慕也弘大敞高也其慕此山高大心乃忘歸慷慨歎聲
也　善曰呂氏春秋曰昔堯朝許由於沛澤之中曰請屬天下於夫子許由遂之箕山之
下西京賦曰赫昈昈以弘敞爾雅曰愷慷樂也史記曰穆天子見西王母樂之忘歸情
舒放而遠覽接軒轅之遺音濟曰舒展也軒轅黃帝姓也昔
黃帝使伶倫入嶰谷取竹調律今遠覽思接其遺音欲取椅桐為琴也　善曰軒轅黃帝
遺音謂琴也慕老童於騩五罪切　善本作騩字隅欽泰容之

高吟良曰老童顓頊子也隱居騩山之隅泰容黃帝樂師故慕而欽之以為高吟而
引清志也善曰山海經曰騩山神耆童居之其音常如鐘磬音郭璞曰耆童老童也顓
頊之子山海經曰顓頊生老童思玄賦曰太容吟曰念哉騩山在三危西九十里顧
茲桐善本作梧而興慮思假物以託心翰曰康見此梧桐而
起慮也託心於桐以自喻有良材大器不為時用善曰莊子曰不以身假物乃斲
孫枝准量所任銑曰孫枝則生枝也准度其材也長短隨而用之任用也
善曰說文曰斲斫也張衡應問曰可剖其孫枝鄭玄周禮注曰孫竹枝根之末生者也蓋
桐孫亦然至人攄思制為雅琴向曰至人謂君子也攄舒也善曰
莊子曰不離於真謂之至人劉向有雅琴賦乃使離子督墨匠石
奮斤夔襄薦法班善本作般字倕騁神良曰離子離婁目明

者督正也墨繩也所以正木者匠石巧人也奮起斤斧也夔樂官襄師襄善鼓琴薦進法
則也班倕亦工人也善曰離子離朱也淮南子曰離朱之明察鍼末於百步之外字書
曰督察也莊子曰匠石之齊見櫟社樹觀者如市匠石不顧司馬彪曰匠石字伯夔及師
襄班倕並已見上文鎪所流會裛廁朗密調均華繪彫瑑
善本作琢字布藻垂文銑曰鎪謂斤去木之中也會合縫也裛廁謂相比密
綴也朗密謂大小也華繪彫瑑布藻垂文皆謂文采飾也善曰鎪會謂鎪鏤其縫會也
裛廁謂裛纏其填廁之處也說文曰裛纏也孔安國尚書傳曰繪會五彩也胡憒切錯
以犀象藉以翠綠絃以園客之絲徽以鍾山
之玉翰曰錯雜也言雜以象牙犀角布以翠綠之色園客濟陰人也養蚕百頭蚕皆
大如甕繅蚕之絲六十日乃盡言取此絲為絃以玉為徽鍾山出玉處善曰犀象二獸

名翠綠二色也列仙傳曰園客者濟陰人也常種五色香草積數十年食其實一旦有五
色神蛾止香樹末客收而薦之以布生桑蚕馬時有好女夜至自稱客妻道蚕狀客與俱蚕
得百頭繭皆如甕繅六十日乃盡訖則俱去莫知所如淮南子曰譬若鍾山之玉許慎
曰鍾山北陸無日之地出美玉爰有龍鳳之象古人之形伯
牙揮手鍾期聽聲向曰琴有龍脣鳳足古人有伯牙善琴鍾期妙聽
善曰西京雜記曰趙后有寶琴曰鳳皇皆以金玉隱起為龍螭鸞鳳古賢列女之像列子
曰伯牙善鼓琴鍾子期聽伯牙鼓琴每奏鍾期輒窮其趣伯牙捨琴而嘆曰善哉子之聽
夫志想象猶吾心也吾於何逃聲哉華容灼爍善本作爚發采揚明
何其麗也良曰謂上飾以文采灼爍光色貌何其麗也者歎美之也善曰史
記曰灼明也又曰爚火光也伶倫比律田連操平張去進

御君子新聲憀聊亮何其偉也濟曰伶倫吹律者琴聲與
之比如田連善鼓琴將操而長之御用也言進用於君子則新聲憀亮也清新之聲何其
偉也者歎美之也偉美也善曰漢書曰黃帝使伶倫取竹嶰谷斷兩節間而吹之以為黃
黃鍾之宮制十二筩以聽鳳皇之音以比黃鍾之宮皆可以生之是為律本韓子曰田連
成竅天下善鼓琴者也然而田連鼓上成竅擫下而不成曲憀亮聲清徹貌及其
初調則角羽俱起宮徵相證參發並趣上下
累應踸勑懍踔勑角磥盧罪硌洛美聲將興固以和
昶而足耽矣翰曰角羽俱起宮徵相證謂調擬取聲韻中適也參發並趣以
指俱歷七絃參而審之也上下累應謂聲調合韻也踸踔初聲布散貌磥硌大聲貌調絃
既畢將奏雅曲故美聲是興乃和通情性此足耽樂也善曰王逸楚辭注曰證驗也廣

雅曰蹝跡無常也磥硌壯大貌磥與磊同廣雅曰袒通也勑兩切爾乃理正
聲奏妙曲揚白雪發清角向曰正聲雅聲也白雪清角並弄名也
善曰宋玉對問曰其爲陽春白雪韓子師曠曰清徵之聲不如清角紛淋林浪
以流離渙善本作奐滛衍而優渥粲奕奕而高逝
馳岌岌以相屬銑曰聲長貌也良曰聲高急而相連貌善曰廣雅曰
奕奕盛貌王逸楚辭注曰岌岌高貌沛騰遌諤而競趣翕韡爗
善本作韡韡二字而繁縟濟曰聲飛騰繁盛貌善曰郭璞爾雅注曰遌相觸
遌也狀若崇山又象流波浩兮湯湯傷鬱兮峩
峩翰曰伯牙鼓琴志在山鍾期聽之則曰義哉峩乎志在水則曰義哉湯湯故此亦狀
而象之善曰列子曰伯牙鼓琴志在登高山鍾子期曰善哉峩峩兮若泰山志在流水

巳見上文怫扶未愲胃煩寃向曰聲多而不散貌善曰怫愲煩寃聲蘊積
不安貌風賦曰勃鬱煩寃紆餘婆娑向曰曲旋而亂或繁或散之聲也善曰
上林賦曰紆餘委蛇淩善本作陵縱播逸霍濩胡郭紛葩銑曰淩縱
播逸聲高而分布也霍濩波浪聲紛葩繁亂之音善曰霍濩盛貌魯靈光殿賦曰霍濩
爛亂檢容授節應變合度競名擅業安軌徐步
洋洋習習聲烈遐布合善本作含字顯媚以送終
飄餘響於善本作乎字泰素翰曰授付也競懼擅專動法徐緩烈美也
謂曲節將至則當緩而分布故須端檢其容以定其聲乃付手指以成其節則應於變合
於度懼其善名失於擅其功業安其法則緩用其指猶行而緩步者也洋洋習習聲美遠
布含其明美之音以送其終曲餘響飄然已盡歸於自然也太素曰自然也洋洋習習清

雅貌善曰含顯媚之聲以送曲終列子曰太素者質之始也若乃高軒飛
觀廣廈閑房冬夜肅清朗月垂光新衣翠粲
纓徽流芳翰曰高軒高堂也飛觀高樓也廣廈重屋也肅寒也翠粲鮮色也纓
衣領也徽美芳香也善曰軒長廊之有牕子虛賦曰翕呷翠粲張揖曰翠粲衣聲也班
婕妤自傷賦曰紛翠粲兮紈素聲洛神賦曰披羅衣之璀粲字雖不同其義一也爾雅曰
婦人之徽謂之縭也郭璞曰今之香纓也於是器冷善本作泠字絃調
心閑手敏觸攙如志惟意所擬濟曰器琴也敏疾也攙動
也言觸動皆隨志意所爲也善曰毛萇詩傳曰閑習也說文曰批手擊也與攙同蒲結
切初涉淥善本作渌水中奏清徵雅昶唐堯終詠
微子向曰淥水清徵曲名唐堯微子操名也渉謂志在撰曲若渉於水中也昶通也

詠歌詠也琴中所奏皆是歌詠之曲也善曰淥水已見上文韓子曰師曠奏清徵有玄
鶴二八集郎門七略雅暢第十七曰琴道曰堯暢逸又曰堯則善天下無不通故謂
之暢和與暢同也又曰微子傷殷之將亡終不可奈何見鴻鵠高飛援琴作操
寬明弘潤優游躇峙善本作跱字向曰雅曲弘明也躇峙言曲如
躇立閑緩不散也善曰躇跱躊躇竦跱拊善本作拊字絃安歌新聲
代起良曰代更代也善曰楚辭曰翔江州而安歌王逸曰安意歌吟也漢書曰李
延年善歌爲新變之聲歌曰陵善本作夌扶搖兮憩瀛洲要
列子兮爲好仇向曰陵上也扶搖風也憩息也瀛洲海中仚山也列子乘
風得道者要之以爲仇友也善曰莊子曰扶搖而上者九萬里列子曰勃海之中有山
曰瀛洲劉向上列子表曰列子者鄭人與鄭繆公同時漢書曰列子名禦寇先莊子莊子

稱之毛詩曰君子好仇餐沆胡朗瀣胡界兮帶朝霞眇翩翩

兮薄天游銑曰沆瀣清露也將餐而飲之朝霞赤雲將帶而佩之翩翩飛貌薄

迫也善曰楚辭曰餐六氣而飲沆瀣兮漱正陽而食朝霞陵陽子明經曰夏食沆瀣沆

瀣北方夜半氣也廣雅曰薄至也齊萬物兮超自得委性命

兮任去留良曰齊萬物謂心無是非也超然自得天性委付性命任時去留也

善曰莊子有齊物篇楚辭曰漠靈靜以恬愉澹無為而自得鵩鳥賦曰縱軀委命不私與

已激清響以赴會何絃歌之綢繆濟曰以此歌奏於琴

曲而相赴會絃與歌音混合而綢繆綢繆密合貌善曰論語曰子之武城聞絃歌之聲

毛詩傳曰綢繆猶纏綿也於是曲引向闌衆音將歇善曰引亦

曲也闌亦歇也改韻易調奇弄乃發揚和顏攘皓腕

向曰攘褰袖而出腕善曰舞賦曰顏和而怡懌洛神賦曰攘皓腕於神滸[illegible]飛纖

指以馳騖紛纚蘇合譶徒合以流漫翰曰纖細也馳騖走也紛

亂也纚譶言流漫亂急長遠聲也善曰纚譶疾貌或徘徊顧慕擁鬱

抑按盤桓毓養從容秘翫向曰徘徊聲旋繞也顧慕擗鬱抑按

聲駐而下不散貌盤桓謂以指轉歷於絃上也毓養從容謂安息其聲也秘翫謂閑緩而

弄也善曰毓與育同闟爾奮逸風駭雲亂牢落凌厲

布濩互半散豐融披離斐暐渙善本作韡奐二字爛

銑曰闟爾猶豁然也奮逸騰起也駭驚也牢落凌厲希踈貌布濩長多貌半散欲散而還

聚也豐融披離聲通暢而清也斐暐渙爛聲繁盛貌善曰闟疾貌七發曰波湧而雲亂

牢落猶遼落也洞簫賦曰翩綿連以牢落劉歆遂初賦曰過句注而凌厲上林賦曰布濩

宏澤甘泉賦曰半散照爛粲以成章豐融盛貌風賦曰被麗披離斐韡明貌斐敷尾切韡

于鬼切風賦曰眴奐粲爛英聲發越采采粲粲向曰采采粲粲英聲

貌善曰廣雅曰英美也或間聲錯糅女又反狀若詭赴雙

美並進駢馳翼驅丘遇切濟曰糅雜詭疾駢並也言間聲錯雜狀如

疾而相赴並走如鳥翼之相驅逐也善曰鄭玄禮記注曰糅雜也駢併也翼疾貌初

若將乖後卒同趣或曲而不屈或善本無或字直

而不倨音據翰曰凡彈琴初緩其聲作似相乖曲變相調後終同為趣會也其

聲雖曲而志不屈其聲雖直而志不倨傲也善曰左氏傳吳公子季札聞歌頌曰直而不

倨曲而不屈杜預曰倨傲也或相凌而不亂或相離而不

殊時劫掎几以慷慨或怨沮慈預切李作壚善而躊

躇銑曰其聲雖相凌而志不亂其聲雖相離而志不殊皆謂不易其志也劫掎慷慨如

高志氣之聲怨沮躊躇怨而不散聲也善曰左氏傳曰武城人斷其後之木而不殊漢

書音義曰殊猶絕也說文曰掎偏引也壚嬌也子廢切或作姐古字通假借也姐子也切

忽飄飆以輕邁乍留聯而扶踈濟曰邁風輕行之聲也留

聯相連聲也扶踈四散聲或參譚繁促複疊攢仄從橫駱

驛奔遁相逼良曰皆聲繁急重疊從橫相連貌善曰參譚相隨貌參七感

切譚徒感切一音並依字長笛賦曰蹈思攢仄魯靈光殿賦曰從橫駱驛拊嗟累

讚間不容息向曰拊迫自嗟累讚其美雖鼓丗之間亦無容息也善曰淮

南子曰時之反側間不容息高誘曰不容氣息促之甚也瓌豔奇偉殫不

可識翰曰偉美殫盡也言琴聲之義不可盡識善曰高唐賦曰譎詭奇偉不可究

隙若乃閑舒都雅洪纖有宜濟曰舒緩也都美也洪大纖小也言聲閑緩都雅大小有宜也善曰說文曰閑雅也毛萇詩傳曰都閑也清和條昶案衍陸離銑曰昶通也案平衍長也陸離相連貌言琴聲清和有條序而通平長而相連矣善曰案衍不平貌上林賦曰陰淫案衍之音衍弋戰切廣雅曰陸離參差也穆溫柔以怡懌婉順叙而委蛇音移向曰穆和也此皆和樂順序之聲也委蛇長遠之貌善曰鄭玄毛詩箋曰委蛇委曲自得之貌或乘險投會邀隟善本作隙趣危良曰險空也邀入也隙穴趣向也言聲或乘空以相投會或入穴而向危也嚶若離鵾鳴清池翼若游鴻翔增善本作曾崖音宜翰曰嚶聲翼疾也增長崖岸也琴有鵾雞鴻鴈之曲善曰張衡舞賦曰含清哇而吟詠若離鵾鳴姑耶似鴈之音已

見上文紛文斐尾綝林縿所今切離纚師微風餘音靡靡猗猗音衣良曰紛文斐尾鵾鴻文彩貌綝縿離纚游鴻羽毛貌微風餘音鳥音靡靡猗猗鳥衆貌皆琴中聲似此鳥鳴而游也善曰紛文斐尾文彩貌綝縿離纚羽毛貌靡靡順風貌猗猗衆盛貌或摟捭蒲結櫟歷捋力活縹匹妙繚了潎瞥冽輕行浮彈明嫿獲聣砌惠疾而不速留而不滯翰曰摟捭櫟捋皆手撫拂絃貌縹繚潎冽相糾亂貌輕行謂輕歷之浮彈謂絃上而彈之嫿好聣視惠美也言手指分明相傳雅曲好視而美之疾而不速留而不滯謂聲調緩也善曰摟捭櫟捋皆手撫絃之貌劉熙孟子注曰摟牽也力頭切縹繚潎冽聲相糾激之貌上林賦曰轉騰潎冽說文曰嫿靜好也聣察也左氏傳吳公子札觀樂頌曰處而不底行而不流淮南子曰流而不滯不翩綿飄

邈微音迅逝向曰翩綿飄邈聲飛而遠也迅疾逝往也遠而聽之若鸞鳳和鳴戲雲中向曰聲清和而高也迫而察之若衆葩敷榮曜春風向曰聲柔順婉媚也葩花敷布也既豐贍以多姿又善始而令終銑曰豐贍謂聲繁也姿貌也善始令終謂終始皆美也善曰字書曰贍足也封禪書曰豈不善始善終哉毛詩曰高朗令終嗟姣古卯妙以弘麗何變態之無窮濟曰姣好弘大麗美也變態謂變聲也善曰西京賦曰盡變態乎其中若夫三春之初麗服以時乃攜友生以邀以嬉翰曰友生朋友也遨遊嬉樂也善曰班固終南山賦曰三春之季孟夏之初西京賦曰麗服揚菁毛詩曰雖有兄弟不如友生又曰以遨以遊說文曰嬉樂也涉蘭圃登重基背長林翳

華芝臨清流賦新詩翰曰涉行也蘭香草重基高山也翳蔭也華芝蓋也言長林之蔭如蓋也善曰春秋運斗樞曰山者地之基甘泉賦曰登夫鳳皇而翳華芝楚辭曰竊賦詩之所明王逸曰賦鋪也嘉魚龍之逸豫樂百卉之榮滋銑曰謂臨清流見魚龍之游得性而樂也卉草也善曰樂動聲儀孔子曰風雨動魚龍仁義動君子歸田賦曰百卉滋榮理重華之遺操慨遠慕而長思良曰重華舜也遺操舜操言理其遺操思其聖德也善曰重華謂舜也琴道曰舜操者昔虞舜聖德玄遠遂升天子喟然念親巍巍上帝之位不足保援琴作操若乃華堂曲宴密友近賓蘭肴兼御旨酒清醇濟曰賓親蘭香肴饍御食旨美醇醲也善曰邊讓章華臺賦曰蘭肴山埒椒酒淵流毛詩曰旨酒思柔進南荊發西秦紹陵陽度

巴人向曰南荆西秦陵陽巴人並曲名發鼓紹繼度法也 善曰南荆即荆艶楚舞
也古妾薄命行歌曰齊謳楚舞紛紛漢書有秦倡員也宋玉對問曰既而曰陵陽白雪國
中唱而和之者彌寡然集所載與文選不同各隨所用而引之巴人已見上文變用
雜而並起竦衆聽而駭神翰曰變用謂變曲用聲相雜而起竦
勇也駭驚也料聊殊功而比操豈笙籥之能倫銑曰
料計也殊功謂殊好之曲也以之比其節操則笙籥之氣不可與其相次也若次
其曲引所宜良曰引亦曲也則廣陵止息東武太山
飛龍鹿鳴鵾鷄游絃濟曰入者並曲名曰廣陵等曲今並猶存善
未詳所起應璩與孔才書曰聽廣陵之清散傳玄琴賦曰馬融譚思於止息魏武帝樂府
有東武吟曹植有太山梁甫吟左思齊都賦注曰東武太山皆齊之土風謠歌謳吟之曲

名也然引應及傅者明古有此曲轉以相證耳非嵇康之言出於此也他皆類此漢書曰
房中樂有飛龍章毛詩序曰鹿鳴宴羣臣也蔡邕琴操曰鹿鳴者周大臣之所作也王道
衰大臣知賢者幽隱故彈絃風諫古相和歌者有鵾鷄曲遊絃未詳更唱迭奏
聲若自然流楚窈窕懲躁雪煩翰曰唱和迭遞也謂上諸
曲更和而遞奏其聲至妙若自然而流楚悲聲也窈窕意深貌懲戒也躁喧也雪洗也此
聲可以戒人心之喧洗人心之煩也 善曰高唐賦曰更唱迭和言流行清楚窈窕之聲
足以懲止躁競雪蕩煩懣也懲直陵切下逮謠俗蔡氏五曲王
昭楚妃千里別鶴猶有一切此結承間簉初求乏
亦有可觀者焉翰曰逮及也謠俗歌風俗之聲也蔡氏五曲謂遊春綠水
坐愁秋思幽居也王昭楚妃千里別鶴三者曲名也一切謂權時也簉雜也言此諸曲權

時以承古雅之間以雜於頓乏之際亦有可觀也 善曰歌錄曰空侯謠俗行蓋亦古曲
未詳本末俗傳蔡氏五曲遊春淥水坐愁秋思幽居琴操曰王襄女漢元帝時獻入後宮
以妻單于昭君心念鄉土乃作怨曠之歌錄曰石崇楚妃歎歌辭曰楚妃歎莫知其所
由楚之賢妃能立德著勳垂名於後唯樊姬焉故令歎詠聲永世不絶疑必爾也相鶴經
曰鶴一舉千里蔡邕琴操曰商陵牧子娶妻五年無子父兄欲爲改妻牧子援琴鼓之歎
別鶴以舒其憤懣故曰別鶴操鶴一舉千里故名千里別鶴也漢書音義曰一切權時也
簉已見上文然非夫曠遠者不能與之嬉遊向曰言人
非曠遠之志者不能與琴爲樂游也嬉樂也非夫淵靜者不能與
之間閑止向曰淵深也非深靜之志不能與琴閑居也止居也 善曰莊子老
聃曰其居也淵而靜非放達者不能與之無吝良曰吝惜也非

放達之志不能與琴無惜矣謂說之無已也 善曰說文曰吝貪惜也非至精
者不能與之析昔理也良曰非至精之人不能與琴分析條理也
善曰周易曰非天下之至精其孰能與於此莊子曰判天下之美析萬物之理若論
其體勢詳其風聲濟曰審也詳器和故響逸張去
急故聲清濟曰琴之爲器和雅故聲多閑逸也張急謂絃急也 善曰蔡邕月
令章句曰凡絃之緩急爲清濁琴緊其絃則清縵則濁間閑遼故音庳
婢絃長故徽鳴良曰遼遠庳下也言聲閑緩而相去遠故音下也絃長其
應響清高故沈放徽聲乃鳴於常也善曰間遼謂絃間遼遠也絃張謂徽闊而絃長也
阮籍樂論曰琵琶箏笛間促而聲高琴瑟之體間遼而音埤義與此同鄭玄周禮注曰庳
短也傅毅雅琴賦曰時促均而增徽接角徵而控商性絜靜以端理含

至德之和平向曰端理猶正直也謂感於人物之情故云含至德也和謂聲
柔也平謂調中也善曰禮記曰絜靜精微易教也孝經曰昔者先王有至德要道禮記
曰樂行血氣和平誠可以感盪心志而發渫善本作洩字
幽情矣翰曰渫除也幽情憂情也善曰說文曰洩除去也舞賦曰幽情形而外
揚也是故懷慼善本作戚字者聞之莫不憯七琰懍力審
慘悽愀七小愴傷心含哀懊郁咿伊不能自禁
音今翰曰感憂也憯懍慘悽愀愴皆悲傷之心也含哀懊咿內悲也言憂者聞琴則若
此不自禁矣善曰憯七感切慘七敢切字林曰懊咿內悲也列子曰喜懼抃舞不能自
禁其康樂者聞之則欨況于愉歡釋抃舞踊溢
留連瀾漫嗢烏骨噱巨略終日翰曰康安也欨愉喜悅貌釋解也兩

文選十八　三十六

手相撫曰抃踊溢言跳躍也留連瀾漫歡情多也噱笑也善曰說文曰欨笑貌也通俗
篇曰樂不勝謂之嗢噱若和平者聽之則怡養悅悆淑
穆玄真恬虛樂古棄事遺身向曰平和者謂平常人也怡通
淑美穆和玄大恬閑也遺身猶忘懷也言其聽琴可以通養悅悆之志美和太真無為之
道閑虛自守樂古人之義棄其俗事而忘懷於一時也善曰廣雅曰養樂也莊子曰虛
靜恬悅者道德之至也又曰棄事則形不勞是以伯夷以之廉顏
回以之仁比干以之忠尾生以之信銑曰伯夷殷人
不食周粟至餓也顏回孔子弟子有仁行也比干諫紂而死至忠也尾生與女子期死於
梁下至信也言此廉仁忠信之士聞琴復加其道也善曰論語子曰伯夷叔齊餓於首
陽之下又曰顏回問仁子曰克己復禮為仁列子子夏問孔子曰顏回之為仁奚若子曰
回之仁賢於丘論語曰比干諫而死莊子盜跖曰尾生與女子期於梁下女子不來水至
不去抱柱而死惠施以之辯給萬石以之訥慎濟曰惠施
古之辯士萬石謂石奮父子五人各位至二千石故號萬石父子皆謹慎自達故聞琴則
辯給者盡其辯給訥慎者盡其訥慎謂琴以養志而進德也善曰莊子曰惠施多方其
書五車高誘曰惠施宋人仕魏為惠王相漢書曰萬石君奮恭謹舉朝無比景帝曰石君
及四子皆二千石乃集其門故號奮為萬石君其餘觸類而長之善本
無之字所致非一同歸殊塗或文或質翰曰其餘不述
者觸類皆是聞琴雖同感事則別憂樂之類是也文質之道交無定文聲婉轉而豔媚
質聲淡薄而疏散也善曰周易曰引而伸之觸類而長之又曰天下同歸而殊途一致
而百慮禮記曰虞夏之質殷周之文至矣總善本作揔字中和以統物

文選十八　三十七

咸日用而不失其感人動物蓋亦弘矣良曰總合
中和謂大道也統理也言琴合於大道以理萬物皆可以終日用之感人動物蓋亦大矣
善曰禮記曰樂者天地之中中和之紀周易曰百姓日用而不知禮記曰樂其感人深
于時也金石寢聲匏庖竹屏氣王豹輟謳狄
牙喪味銑曰金石匏竹皆樂也今聞琴皆寢聲屏氣王豹古之善謳歌人狄牙古
之知味者今聞琴聲皆輟止其謳喪失其味也善曰孟子曰淳于髡曰昔王豹處淇而河
西善謳淮南子曰淄澠之水合狄牙嘗而知之天吳踊躍於重淵王
喬披雲而下墜向曰天吳水神王喬仙人皆聞琴踊躍出於深淵披雲而
下來聽之也墜落也善曰山海經曰朝陽之谷神為天吳為水伯楚辭曰譬若王喬之
乘雲兮載赤霄而凌大清舞鸑嶽鷟仕角於庭階游女飄焉

而來萃翰曰鸑鷟鳳凰也游女仙女飄焉乘虛貌萃集也　善曰說文曰鸑鷟鳳蜀神鳥也毛詩曰漢有游女不可求思薛君曰游女漢神也言漢神時見不可求而得之感天地以致和況蚑巨支行之衆類濟曰蚑行蟲獸也言琴能感天地以致和平況蟲獸之類乎善曰禮記曰聖人作樂以應天制禮以應地此則樂者天之和也洞簫賦曰蟋蟀蚸蠖蚑行喘息垂喙蜎轉瞪瞢忘食說文曰蚑行也凡生之類行皆曰蚑也嘉斯器之懿茂詠茲文以自慰永服御而不厭信古今之所貴銑曰懿美也茂盛也詠茲文謂作賦也向曰御用也　善曰懿美也傳毅雅琴賦曰明仁義以厲己故永御而密親亂曰愔愔琴德不可測兮翰曰愔愔深靜也善曰劉向雅琴賦曰遊予心以廣觀且德樂之愔愔體清心遠邈難極兮翰曰邈遠也言體清心遠難說其美良質美手遇今世兮濟曰良質琴之善質也美手人之妙手也紛綸翕響冠衆藝兮向曰紛綸翕響聲繁美貌冠首也衆藝謂衆樂也言首出諸樂也識音者希誰善本作孰字能珍兮能盡雅琴唯至人兮翰曰康自許於琴言識音者希謂知我者少誰復重我也能盡知者君子也至人君子也　善曰古詩曰不惜歌者苦但傷知音希

笙賦善曰爾雅曰大笙謂之簧郭璞曰列管匏中施簧管端

潘安仁

河汾之寶有曲沃之懸匏步交焉濟曰河汾二水名曲沃地名匏瓜之類可以為器者曲沃之地在河汾晉其中所寶者懸匏可為笙底匏者蔓生皆附木故其實懸垂而下　善曰河汾二水名也漢書曰汾水出汾陽北山又曰河東郡聞喜縣故曲沃也崔豹古今注曰匏也有柄曰懸匏可為笙也曲沃者尤善鄒魯之珍有汶陽之孤篠小焉翰曰魯國有鄒縣故云鄒魯汶水名言魯國鄒縣汶水之陽所珍者有美竹堪為笙管孤者言於衆竹之間獨美也篠小竹也善曰漢書魯國有鄒縣有汶陽縣戴凱之竹譜曰篠出魯郡堪為笙也若乃綿蔓萬紛敷之麗浸潤靈液之滋隅隈夷險之勢禽鳥翔集之嬉固衆作者之所詳余可得而略之也向曰此以上皆說匏竹生苗貌露雨露謂之浸潤靈液滋亦潤也隅山角隈山曲夷平嬉游也衆作謂王褒洞簫馬融長笛嵇康琴賦皆述山川之勢禽獸所游於竹木之上故此略而不云也畧輕也善曰鄭玄毛詩箋曰隈角也說文曰隈曲賈逵國語注曰畧猶簡也徒觀其制器也則審洪纖面短長剋力結生幹幹栽熟簧銑曰洪大纖小也剋揉也剋使直也幹竹莖新竹故云生也簧以熟銅為之故云熟簧善曰周禮曰審曲面勢以飾五材鄭司農曰察五材曲直方面形勢之宜剋割也設宮分羽經徵列商渫善本作泄字之反謐密厭頰焉乃揚良曰宮羽徵商皆聲也渫舉其指也謐靜也厭指擫之也言舉其指聲反至靜厭其孔而聲乃發也　善曰鄭玄毛詩箋曰泄出也厭猶揜也於頰切管攢羅而表列音要妙而含清各守一以司應統大魁以為笙翰曰管竹也攢羅謂以竹叢比於外而行列之也司主也統都合也大魁謂匏中也言竹管各守一聲以主相應都合於匏中乃各為笙焉　善曰長門賦曰聲幼妙而復揚言其管各守一以主相應

統揔也鄭玄禮記注曰魁猶首也大魁艴首揔定所也基黃鍾以舉韻
望儀鳳善本作鳳儀以擢形銑曰基本也擢起也謂本黃鍾之律以舉
其韻望來儀之鳳以起其形也善曰毛萇詩傳曰基本也漢書曰黃帝使伶倫取竹斷
兩節間而吹之以為黃鍾之宮說文曰笙十三簧象鳳之身寫皇翼以揷
羽摹鸞音以厲聲濟曰笙之次比竹管學鳳皇羽翼參差揷之其音亦
如鳳皇之激聲也鸞鳳類故通言之厲激也善曰列管以象鳳翼也列仙傳曰王子喬好
吹笙作鳳鳴鸞鳳類故通言之如鳥斯企翾翾許緣岐岐良曰企立
也翾翾岐岐飛行貌言笙之形似如此善曰景福殿賦曰鳥企山跱翾翾岐岐飛行貌
明珠在咮晝若銜若垂翰曰咮笙觜也飾以明珠如口銜之又如
垂之也善曰咮亦喙也音晝脩擖都瓜内辟闢餘簫外逶音委

文選十八　四十

向曰脩長也擖大辟開也餘簫衆竹也言竹之最長大者則内開之為孔也衆竹皆外逶
迤漸邪布也善曰脩擖長管也辟開也餘簫衆管也逶逶迤漸邪之貌駢田獵
攦歷鉀押鰈霅參差銑曰駢田竹密貌餘管衆多不齊貌善曰獵
攦不齊也鉀鰈裝飾衆貌於是乃有始泰終約前榮後悴
激憤於今賤永懷乎故貴衆滿堂而飲酒獨
向隅而掩淚濟曰謂人有初遇申泰之時終逢否約之理或前為榮官後則
困悴乃憤怨今之貧賤想舊之富貴雖衆滿堂而樂獨向一隅掩淚而已隅角也善曰
杜預左氏傳注曰泰奢也約儉也家語孔子曰激憤厲之志始桓子新論雍門周曰臣之
所能令悲者先貴而後賤故富而今貧說苑曰古人於天下譬一堂之上今有滿堂飲酒
有一人獨索然向隅泣則一堂之人皆不樂也援鳴笙而將吹先嗢

烏沒切噦紆月以理氣翰曰援引也嗢噦吐欲之貌善曰言將欲吹笙咽
中先噦而理氣也說文曰嗢咽也又曰噦氣悟也嗢噦或為温穢初雍容以
安暇中拂鬱以怫扶味愲位終嵬五罪峩我以蹇
愕五各切善本作諤又颯素合遝徒合而繁沸良曰拂鬱怫愲聲鬱
貌嵬峩蹇愕聲高直貌颯遝繁沸聲勇起貌善曰字林曰拂鬱不安貌蹇愕正直之貌
啚浪孟以惆悵若欲絕而復肆劉留㩮音激善本作撽
糴以奔邀似將放而中匱銑曰啚無也良孟大聲也惆悵
聲慢而怨也肆縱劉烈也㩮糴奔邀言疾也放逸匱盡也言聲似將放逸而中道復盡也
善曰啚及浪孟皆失志之貌㩮糴疾貌愀七小愴惻淢洫虺毀韡
偉煜育熠以入以汎途滛汜泛豔霅索合爗善本作曄岌

文選十八　四十一

岌魚立反翰曰愀愴惻淢悲傷貌虺韡煜熠多盛貌汎滛汜豔放縱貌霅爗岌岌急
疾貌善曰愀愴惻淢悲傷貌虺韡煜熠盛多貌淢與㥍同汎滛汜豔自放縱貌霅曄急
疾貌瞟匹妙切善予怯切本作彯字或案衍夷靡或竦勇剽急
濟曰案下衍長也夷靡平也言聲或下而長平也或竦立勇起剽猛而急也善曰夷靡
平而漸靡也或既往不返或已出復入良曰皆謂聲不定貌
徘徊布護善本作濩字渙衍葺子入襲舞既蹈而中
輟節將撫而不善本作弗字及良曰徘徊布護聲迴旋不散貌渙衍
葺襲聲慢緩也言笙聲緩慢故舞蹈中輟急則撫節者不及也善曰葺襲重貌言以
笙聲為主發舞者足蹈中止而待之歌者將撫節而恐不及已樂聲發而盡
室歡悲音奏而列坐泣銑曰笙聲之感善曰列子秦青曰昔韓

娥嫠曼聲哀哭一里老幼悲愁垂涕相對復
為曼聲長歌一里老幼喜躍抃舞不能自禁
也攡於纖翮以震幽簧越上筩同而通下管
向曰笙翮謂笙之管也言其象鳳翮也震動
也簧在內故云幽簧謂簧聲逾越上筩之孔
而通下管之觜善曰攡指捻也翮管也其
形類羽故曰翮也周易曰震動也說文筩斷
竹也應吹噏虛立以往來隨抑揚以虛滿翰曰噏欲也隨
聲抑揚而氣
或盈或滿也勃慷慨以憀留亮顧躊躇以舒
緩濟曰勃慷慨怨聲也憀亮清也顧
躊躇以舒緩聲憀慢而不散也輟張女
之哀彈去流廣陵之名散詠園桃之夭夭歌
棗下之纂纂祖管反銑曰張女彈曲名也
其聲哀言且輟之廣陵散曲名
將流行其音園桃棗下古曲名夭夭桃色纂
纂棗花也善曰閔洪琴賦曰汝南鹿鳴張

文選十八　四十二

女羣彈然蓋古曲未詳所起魏文帝園桃行
曰夭夭園桃無子空長虛美難假偏輪不行
古咄唶歌曰棗下何攢攢榮華各有時棗欲
初赤時人從四邊來棗適今日賜誰當仰視
文選攢聚貌也
攢古字通纂歌曰棗下纂纂朱實離離離菀
善本作
宛字其落善本作
死字矣化為枯枝翰曰棗之
纂纂盛貌
實之離離將衰也菀萎也善曰毛詩曰其
實離離毛萇曰離離垂也毛詩曰宛其死矣
毛萇曰
宛死貌人生不能行樂死何以虛謚為翰曰
言人
生如此棗之華茂以至枯枝若生不能為
樂死雖垂名不朽何以為也謚名也善曰
楊惲與孫會宗書曰人生行
樂耳謚法曰謚者行之迹也爾乃引去飛龍
鳴鵾雞雙鴻翔白鶴飛向曰並古曲名也引
鳴皆作曲之稱也翔
飛皆言吹聲所似之善曰飛龍鵾雞
已見上文古樂府有飛來雙白鶴篇子喬

輕舉明君懷歸荊王喟其長吟楚妃歎而增
悲濟曰子喬仙人也言其飛故云輕舉明君
曲名本懷歸作也荊王長吟曲名也喟吟
聲也楚妃歎亦曲名笙中吹之則增悲也
善曰歌錄曰吟歎四曲王昭君楚妃歎楚王
吟王子喬皆古辭荊
王子喬其辭猶存失其悽唳麗辛酸嚶嚶
關關若離鴻之鳴命子也銑曰悽唳辛酸聲
也嚶嚶關關並鴻
聲言辛酸之聲如離鴻鳴呼其子也
善曰爾雅曰關關嚶嚶音和也含胡胡
嘽昌諧雍雍喈喈皆若羣雛之從母也翰曰
皆和
樂之聲如鳥雛隨其母也善曰洞簫賦曰
瞋啾以紓鬱禮記曰嘽諧慢易繁文簡節
之音作而民康樂爾雅曰雍雍和也毛萇詩
傳曰喈喈和聲遠聞也歌錄曰步出夏門古辭
歌曰鳳皇鳴啾
啾一母從九雛郁捋力活劫悟泓烏宏宏融裔哇

文選十八　四十三

烏佳咬烏交嘲竹交哳竹戛切善
本作喈壹何察惠向曰郁
捋聲屈
申貌劫悟聲分明貌泓宏融裔聲寬長貌哇
咬嘲哳聲繁細貌察明惠義也善曰郁捋
口循孔貌劫悟氣相衝激泓宏融裔聲大且
長貌舞賦曰吐哇咬則發皓齒說文曰哇諂
聲也咬淫聲也楚辭曰鵾雞嘲
哳而悲鳴哇咬嘲哳聲繁細貌訣厲悄七小切
又何磬折銑曰訣厲悄切聲高貌磬折盡曲
也善曰訣厲謂訣斷清冽也悄
切憂貌磬折言其聲
若磬形之曲折也若夫時陽初暖臨川送
離良曰時陽春時也送離謂送別也善曰
神農本草曰春夏為陽莊子曰暖然似春
楚辭曰登山
臨水送將歸酒酣徒擾樂闋日移濟曰徒
侶也擾亂徒
闋終也日移謂將夕
善曰擾謂擾攘裝飾也踈客始闌主人微疲
弛始絃韜籥撤善本作
徹字塤暄屏篪音池翰曰弛廢韜

藏撤去屛捨也篇亦管類墳箎樂器也善
曰韓子曰穰歲之秋踈客畢食文穎漢書注
曰闌言希也謂飲酒者半罷半在謂之闌杜
預左氏傳注曰鞱藏也孔安國論語注徹去
也屛除也爾乃促中筵攜友生向曰促近膝坐也筵席也解嚴
顔擢幽情披黃苞以授甘傾縹匹妙瓷以酌醽
音零善本作酃字　銑曰解去擢起也言各
去其嚴整之顔起其幽寂之情以爲歡悅甘
橘也縹瓷碧色醽酒也甘皮黃故云披黃苞
言剝之也授取也傾碧瓷之器以酌酒也
善曰舞賦曰嚴顔和而怡懌幽情形而外揚
尚書曰厥苞橘柚縹綠色也瓷瓶也鄒陽酒
賦曰醪醴既成綠瓷既啓又曰其品類則沙洛淥酃鄒鄉若下齊公之情光妓儼
其階善本作偕列雙鳳嘈曹以和鳴良曰光妓謂舞人也階列
言列於階也儼行貌以笙感雙鳳而至嘈鳴
也　善曰光華飾也歧衆管也以其分別故

文選十八　四十四

謂之歧或作伎謂光華之伎也西京雜記曰成帝侍郎善鼓琴能爲雙鳳之曲晉野
悚而投琴況齊瑟與秦箏翰曰師曠晉人故云晉野言見吹笙
悚懼而投棄其琴也齊國出善鼓瑟人秦多
善箏者言師曠尚棄其琴況其餘手善曰
子野師曠字晉人故曰晉野杜預左氏傳注
曰悚懼也蘇秦說齊王曰臨菑其民無不吹
竽鼓瑟歌錄曰美人篇齊瑟行風俗通曰箏蒙恬所造楚辭曰扶秦箏而彈徽新聲
變曲奇韻橫逸縈纏歌鼓網羅鍾律銑曰縈纏網羅
謂包括含容也言笙極妙故能包括歌鼓含容音律之聲爛熠以入爚藥以
放豔鬱蓬勃以氣出向曰爛熠爚以放豔聲如光明而豔者鬱蓬勃
氣出貌　善曰熠爚光明貌蓬勃氣出貌秋風詠於燕路天光重·
於朝日濟曰魏文帝作燕歌行詞云秋風蕭瑟天氣涼故曰秋風詠於燕路吹之

於笙故此言之天光朝日並篇名二曲俱吹
故云重也　善曰魏文帝燕歌行曰秋風蕭
瑟天氣涼傅玄長簫歌有天光篇魏文帝善
哉行有朝日篇言既奏天光又奏朝日故曰
重也重逐龍切大不踰宮細不過羽翰曰宮於五音爲君故大不踰
也羽於五音爲物故細不過也　善曰國語
令州鳩對景王曰臣聞琴尚宮鍾尚羽大不
踰宮細不過羽也唱發章夏導揚韶武協和陳宋混
一齊楚向曰大章堯樂名大夏禹樂名韶舜樂名武武王樂名導引揚起也陳宋
齊楚皆有國風今皆含和混同之　善曰樂動聲儀曰堯樂曰大章禮記曰大章章之也
鄭玄曰言堯德章明也樂動聲儀曰舜樂曰簫韶禹曰大夏武曰大武樂動聲儀曰樂者
移風易俗所謂聲俗者若楚聲高齊聲下所謂事俗者若齊俗奢陳俗利巫也又曰先魯
後殷新周故宋然宋商俗也張衡舞賦曰移風易俗混一齊楚通不逼而遠

文選十八　四十五

無攜聲成文而節有敘良曰言聲雖相近者不至逼迫聲雖相遠
者不至攜離而音聲成其文章而節度各有
次序　善曰左氏傳曰吳公子札來聘爲之
歌頌曰至矣哉邇而不偪遠而不攜節
有度守有敘毛詩序曰聲成文謂之音彼政
有失得而化以醇薄銑曰謂政有失得而風化有醇厚有澆薄也
善曰呂氏春秋曰其治厚者其樂厚其治薄者其樂薄樂所以移風於
善亦所以易俗於惡故絲竹之氣善本作器字未
改而桑濮之流已作翰曰所以移風於善者謂爲雅正之聲以防其
淫也所以易俗於惡者謂謡雅之聲同出於
絲竹之器終不改易而桑間濮上之流忽已
作也、善曰孝經曰移風易俗莫善於樂禮
記曰絲竹樂之器也又曰桑間濮上之音亡
國之音鄭玄注曰濮水之上地有桑間者亡國之音於此水出也惟簧也能

研羣聲之清惟笙也能總善本作揔字衆清之林
衞無所措其邪鄭無所容其淫向曰黃笙中銅也研擊總
合措置也言笙簧能擊衆聲而有清雅則笙竹又合衆清之林美林之言多也故鄭衛邪
淫之聲無所容置於此也　善曰禮記曰唱和清濁遞相爲經鄭玄曰清謂蕤賓至應鍾
濁謂黃鍾至仲呂禮記曰鄭衛之音亂世之音非天下之和樂不易
之德音其孰能與於此乎良曰言笙非天下至和之樂百王不
易之德音者其孰能如此不容邪淫之聲也孰誰也　善曰禮記曰順氣成象而和樂興
焉又曰德音之謂樂周易曰非天下至精其孰能與於此
嘯賦善曰鄭玄毛詩箋曰嘯蹙口而出聲也
成公子安翰曰臧榮緒晉書曰成公綏字子安東郡白馬人也

少有俊才而口吃張華一見甚善之時人以其貧賤不重其文仕爲
中臺郎作嘯賦義見於文也　善曰臧榮緒晉書曰成公綏字子安
東郡人也少有俊才辭賦壯麗徵爲博士歷中書郎
逸羣公子體奇好異傲世忘榮絕棄人事向曰
假言逸羣公子以爲賦端其實無之　善曰文子曰傲世賤物不汙於俗漢書曰張良願
棄人間事欲從赤松子遊希善本作睎字高慕古長想遠思將
登箕山以抗節浮滄海以游志向曰希望也箕山山名滄
海海名也　善曰謝承後漢書曰陳讓睎高覘遠清舉矯俗馮衍顯志賦曰獨耿介而慕
古舞賦曰遠思長想箕山已見上文論語子曰道不行乘桴浮于海於是延友
生集同好良曰同志爲友故言同好好善也　善曰尚書序曰虞我同好精

性命之至幾善本作機研道德之玄奧愍流俗之
未悟獨超然而先覺音教　翰曰至幾猶幾微也玄大奧遠愍念也
言精審其幾微研味其大遠念流俗之人未悟於道故將超然先知妙理　善曰周易曰
乾道變化各正性命管子曰虛無無形謂之道化育萬物謂之德應德璩馳射賦曰窮白
氏之玄奧禮記曰不從流俗老子曰雖有榮觀宴處超然孟子伊尹曰天生斯民使先知
覺後知使先覺覺後覺也狹世路之阨於界僻仰天衢而高
蹈銑曰見人世之間物理阨僻心以爲狹小之事將仰視天路而高蹈也衢路也蹈以
足履之也　善曰羽獵賦曰狹三王之阨僻孔融薦禰衡表曰龍躍天衢左氏傳齊人歌
曰魯人之皐使我高蹈邈跨善本作姱字俗而遺身乃慷慨
而長嘯濟曰邈遠跨越也言遠越時俗遺忘其身不爲拘束慷慨猶激揚也言激

揚其氣而長嘯也　善曰琴賦曰棄事遺身楚辭曰臨深水而長嘯于時曜靈
俄景流光濛氾音似　良曰曜靈日也俄景言疾而將夕濛氾日入處也
善曰歸田賦曰於時曜靈俄景楚辭曰出自暘谷次于濛氾逍遙攜手踟
躕善本作跦字步趾發妙聲於丹脣激哀音於皓
齒翰曰踟躕緩行貌趾足也妙聲哀音謂嘯聲也　善曰廣雅曰躑躅踟躕也蹢躅與
踟躕古字通左氏傳蔿啓彊謂魯侯曰今君若步玉趾神女賦曰朱脣的其若丹楚辭曰
美人皓齒嫮以姱響抑揚而潛轉氣衝鬱而熛必遙起
向曰潛轉於脣齒之間激氣衝口而出其聲鬱然如熖起熛火焰也　善曰熛起言疾也
協黃宮於清角雜商羽於流徵銑曰協合也謂五音合雜
而起黃鍾　善曰清角已見上文宋玉笛賦曰吟清商追流徵飄游雲於泰

清集長風乎萬里（濟曰太清天也言聲之清遠飄於游雲而上於天集於長風而通萬里善曰言所感幽深有同龍虎聖主得賢臣頌曰虎嘯而風冽龍興而致雲泰清天也鶡冠子曰上及泰清下及泰寧）曲既終而響絕遺餘玩而未已（良曰謂欲更為也）良自然之至音非絲竹之所擬（翰曰非管絃之所能比擬也良實也）是故聲不假器用不借物近取諸身役心御氣（翰曰此自然之音不假借於器物自取於身役使御用也善曰周易曰近取諸身）動脣有曲發口成音觸類感物因歌隨吟大而不洿（烏）細而不沈（向曰觸類感物謂逐目所見則嘯而詠之因歌隨吟謂因歌於物隨則吟之大聲則不諠細聲又不沈而清亮自可樂也洿諠也善曰洿漫也琴道曰大聲不震譁而流漫細聲不湮滅而不聞）清激切於竽笙優潤和於琴瑟玄妙足以通神悟靈精微足以窮幽測深（銑曰切要也竽笙之類也和柔和也瑟與琴通言之神謂人之神思靈謂人之精靈此足以通而悟之也善曰老子曰玄之又玄衆妙之門禮記曰夫禮樂通乎鬼神窮高遠而測深厚精微已見上文）收激楚之哀荒節北里之奢淫（濟曰激楚楚聲哀而荒也北里紂之淫聲也此收而去之節而制之善曰楚辭曰宮庭震驚發激楚王逸曰激楚清聲也史記曰紂使師涓作新淫聲北里之舞靡靡之樂）濟洪災於炎旱反亢陽於重陰（翰曰洪大也雲雨謂之重陰也言嘯之生風風生則雲起雲起則降雨故濟大災於炎旱反亢陽而為雲雨也亢陽亦旱也善曰言有洪水之災濟之以炎旱有亢陽之災反之於重陰）唱引（去）萬變曲

文選十八　四十八

用無方和樂怡懌悲傷摧藏（良曰引曲也用猶度也方比也怡懌喜悅也摧藏謂悲傷之聲聞之可摧折於府藏也善曰鄭玄論語注曰方常也摧藏自抑挫之貌琴操王昭君歌曰離宮絕曠身體摧藏）時幽散而將絕中矯厲而慨慷（向曰矯舉厲高也謂聲幽遠似欲絕也中道又舉高而慨慷焉慨慷抑揚意氣也善曰矯舉也）徐婉約而優游紛繁鶩而激揚（銑曰徐緩也婉約轉也紛亂鶩走揚起也言聲緩婉轉而優游亂繁疾无而激起也）情既思而能反心雖哀而不傷（翰曰言將嘯之初情必思然後為之則曲終而復不思故曰能反也心哀於物而為之嘯則曲終而復不哀故云不傷也善曰毛詩序曰哀而不傷）總（善本作摠）八音之至和故（善本作固字）極樂而無荒（濟曰總合也言其至和之音雖樂而無荒淫之道毛詩曰好樂無荒善曰）若乃登高臺以臨遠披文軒而騁望（良曰披謂出戶也文軒鉤闌言出戶臨軒而馳騁其遠望善曰新語曰高臺百仞文軒彫窻楚辭曰白薠兮騁望）喟仰抃而抗首嘈長引而憀（留）亮（向曰喟歎也兩手相撫曰抃抗舉也言臨軒遠望喟然發歎仰抃而舉首嘈嘈然長引聲也憀亮聲清也善曰憀亮已見上文）或舒肆而自反或徘徊而復放（翰曰舒申肆逸也言聲或申逸而復息故曰自反也徘徊聲不散也言不散而復放縱之善曰孔安國尚書傳曰肆緩也）或冉弱而柔擾（善本作撓字）或澎（烹）濞（普必）而奔壯（濟曰冉弱和聲繞也柔擾柔順聲澎濞奔壯勇厲聲善曰說文曰冉弱長貌上林賦曰柔撓嫚嫚）橫鬱鳴（善本作鳴字）而滔涸洌繚（了）眺（了上）而清

文選十八　四十九

昶銑曰橫鬱鳴謂聲直度而繁盛滔涸謂大聲出則如長流滔滔吸聲則如涸水也洌
盛也縹眺清暢聲長而清也善曰滔涸如水之滔漫或竭涸也縹眺聲清長眺他鳥切
逸氣奮湧繽紛交錯列列飈必遙揚啾啾響作
翰曰奮起也繽紛交錯繁亂交雜也隨風而揚啾啾響也列列風貌飈疾風也走善本
作奏字胡馬之長嘶迴善本作思向字寒風乎北朔又
似鴻鴈之將雛羣鳴號乎沙漠良曰言嘯聲似此聲也北
朔沙漠皆北塞地名善曰古詩曰胡馬思北風似鴈之音已見上文琴賦說文曰漠北
方流沙故能因形創聲隨事造曲應物無窮機
發響速佛佛鬱衝流參譚雲屬濟曰因物形以創制其聲
故應於萬物無窮盡也機變也佛鬱衝流參譚雲屬皆謂聲多而相連貌善曰淮南子

曰龍舉而景雲屬若離若合將絕復續翰曰謂聲緩則如離聲急
又如合聲小則如絕聲大又如續也飛廉鼓於幽隧猛虎應於
中谷向曰飛廉風師鼓動隧風所出也虎嘯則風生中谷謂谷中也故人嘯亦有風
感得此二物相動應也善曰楚辭曰後飛廉使奔屬王逸曰飛廉風伯也毛詩曰大風
有隧春秋元命苞曰猛虎嘯谷風起類相動也南箕動於穹蒼清飈
必遙振乎喬木向曰南方箕星好風故感嘯生風則星動於上天風振乎喬木
穹蒼上天也飈風喬高也善曰毛詩曰維南有箕春秋緯曰日月失其行離于箕者風
爾雅曰穹蒼蒼天也毛詩曰南有喬木散滯積而播揚流埃靄之
溷混濁良曰風能散滯積之氣播揚而通之飄流埃靄溷濁之物言風無所不振
也善曰國語泠州鳩曰太簇所以金奏贊揚出滯也鄭玄儀禮注曰撻散也風賦曰駭

溷濁揚腐餘變陰陽之至和移淫風之穢俗濟曰謂聲
因自然而氣調清雅必感天地故變陰陽之和氣移其淫風易其穢俗也善曰禮記曰
夫禮樂行乎陰陽又曰移風易俗鄭玄曰樂用則正人和陰陽若乃游崇岡
陵景山臨巖側望流川坐盤石漱清泉藉皐
蘭之猗靡蔭脩竹之蟬蜎善本作蟬蜎二字翰曰景大也盤石
大石也藉坐也皐蘭香草也言采皐澤之蘭藉而坐之猗靡美貌脩長也蟬蜎竹美貌
此言將復為嘯如下文是也善曰聲類曰盤大石也說文曰漱蕩口也楚辭曰皐蘭被
徑斯路漸猗靡隨風之貌楚辭曰嬋娟之脩竹乃吟詠而發散聲驛
驛善本作駱驛字而響連舒蓄思之悱憤奮久結之
纏緜向曰發散謂發散其志驛驛聲連貌舒申蓄積也悱憤心憂也奮起也久結纏

綿謂久憂相纏綿也善曰駱驛不絕貌論語子曰不憤不啓不悱不發纏綿已見上注
心滌蕩而無累志離俗而飄然良曰以嘯之清音滌蕩而
無煩累飄然高遠貌善曰莊子曰聖人若無天災無物累淮南子曰單豹背世離俗
夫假象金革擬則陶匏音庖濟曰假借象法也借象比於嘯也
金革陶匏並樂器也善曰孔安國尚書傳曰象法也禮記曰器用陶匏尚滄然也衆
聲繁奏若笳加若簫磞烹硠郎震隱訇轟磕
苦代[illegible]勞善本作[illegible]字嘈銑曰謂嘯之衆聲繁奏也笳簫皆管器向曰皆聲也
善曰皆大聲也嘈音曹發徵則隆冬熙蒸騁羽則嚴霜
夏凋動商則秋霖春降奏角則谷風鳴條翰曰
熙美也徵夏音也故冬發此聲感炎蒸至羽冬音也夏騁此聲感嚴霜至商秋音也春動

此聲則秋霖降角春音也秋奏此聲感溫風鳴條也谷風則春風也皆音律至妙感應有如此者善曰列子曰鄭師文學琴於師襄師襄曰子之琴何如師文曰請嘗試之於是當春而叩商絃以召南呂涼風忽至草木成實及秋而叩角絃以激夾鍾溫風徐迴草木發榮當夏而叩羽絃以召黃鍾霜雪交下川池暴沍及冬而叩徵絃以激蕤賓陽光熾烈堅冰立散師襄曰雖師曠之清角鄒衍之吹律無以加之張湛曰商金音屬秋南呂八月律角木音屬春夾鍾二月律羽水音屬冬黃鍾十一月律徵火音屬夏蕤賓五月律鄭玄禮記注曰喜蒸也聲類曰喜熙字音韻善本作均不恒曲善本無恒字有二曲字無定制良曰隨心而改善曰均古韻字也鶡冠子曰五聲不同均然其可喜一也晉灼子虛賦注曰文章假借可以協韻均與韻同行而不流止而不滯向曰遲速有度善曰已見上文隨口吻而發揚假芳

文選十八　五十二

氣而遠逝濟曰吻脣也假借芳美逝往也言嘯聲借人美氣而飄然遠往也音要妙而流響聲激嚁狄而清厲銑曰激嚁聲速也善曰激嚁疾貌信自然之極麗羌去良殊尤而純善本作絕守世越韶夏與咸池何徒取異乎鄭衛翰曰麗美也不假於物故曰自然羌數辭也尤勝純厚也數其殊勝以取衆樂可令純厚之風韶舜樂也夏禹樂也咸池堯樂也言清嘯超越舜禹堯之妙樂何但取異於鄭衛之音聲而已善曰杜預左氏傳注曰尤異也樂動聲儀曰黃帝樂曰咸池韶夏鄭衛已見上文于時綿駒結舌而喪精王豹杜口而失色虞公輟聲而止歌甯子斂善本作撿字手而歎息良曰綿駒王豹虞公並古之善歌人比之於嘯此皆結舌而不言喪其精神閉口止聲甯子甯戚飯

牛擊角而歌聞嘯之妙亦斂手歎息不復歌也杜閉輟止也善曰綿駒王豹已見上文鄧析子曰左右結舌西京賦曰喪精亡魄漢書鄧公曰內杜忠臣之口莊子曰見夫子之失色七略曰漢興善歌者魯人虞公發聲動梁上塵呂氏春秋曰甯戚至齊暮宿於郭門之外桓公郊迎客夜至闢門甯戚飯牛望桓公而悲擊牛角疾歌桓公聞之歌者非常人也命後車載之史記春申君曰秦楚臨韓韓必檢手鍾期棄琴而改聽尼父忘味而不食向曰鍾期聽琴至妙令乃棄琴而改聽於嘯也尼父孔子也孔子在齊聞韶樂三月不知肉味美其雅聲比之清嘯孔子聞之則亦當忘味而不食也善曰論語曰子在齊聞韶三月不知肉味百獸率舞而抃足鳳皇來儀而拊撫翼乃知長嘯之奇妙蓋亦音聲之至極翰曰音律至妙遂感百獸相率而舞鳳皇羨其光儀而拊弄羽

文選十八　五十三

翼拊足以足相拊也至極謂極妙也善曰尚書夔曰於予擊石拊石百獸率舞簫韶九成鳳皇來儀

文選卷第十八

文選
十九

賦　情
詩
補亡
述德
勸勵

共六十

文選卷第十九
梁昭明太子撰　五臣并李善注
賦癸
情
宋玉高唐賦一首
神女賦一首
登徒子好色賦一首
曹子建洛神賦一首
詩甲
補亡
束廣微補亡詩六首

述德
謝靈運述祖德詩二首
勸勵
韋孟諷諫詩一首
張茂先勵志詩一首
賦癸
情善曰易曰利貞者性情也性者本質也情者外染也於是最末故居於癸也
高唐賦一首 并序

宋玉

昔者楚襄王與宋玉遊善本有於字雲夢之臺望高唐之觀其上獨有雲氣崒慈非兮直上忽兮改容須臾之間變化無窮濟曰高唐觀名懷王時遊雲夢夢見神女自稱巫山神女乃於山下置此觀焉崒高崒貌言雲之高崒變轉容色善曰漢書音義張揖曰雲夢楚藪也在南郡華容縣其中有臺館爾雅曰崒者厜㕒注謂山峯頭巉喦然言雲氣形似於山王問玉曰此何氣也玉對曰所謂朝雲者也王曰何謂朝雲玉曰昔者先王嘗游高唐怠而晝寢夢見一婦人曰妾巫山之女也善曰襄陽耆舊傳曰赤帝女姚姬未行而卒葬於巫山之陽故曰巫山之

女楚懷王遊於高唐晝寢夢見與神遇自稱是巫山之女王因幸之遂為置觀於巫山之南號為朝雲後至襄王時後遊於高唐為高唐之客善曰自言為高唐之客聞君游高唐願薦枕席善曰薦進也欲親於枕席求親暱之意也王因幸之去而辭曰妾在巫山之陽高丘之岨阻善曰山南曰陽土高曰丘漢書注曰巫山南郡巫縣阻險也旦為朝雲暮為行雨朝朝暮暮陽臺之下音戶良曰朝行雲暮行雨皆神女自稱陽臺神自言之實無有也善曰朝雲行雨神女之美也旦朝視之如言故為立廟號曰朝雲向曰至朝視之如見雲雨之象故為立廟號朝雲之廟王曰朝雲始出狀若何也玉對曰其始出也曃隊兮若松榯音時翰曰曃茂盛

貌言朝雲茂盛如松栽也善曰曃茂貌榯直豎貌其少進也晣折兮若姣絞姬揚袂鄣日而望所思忽兮改容偈桀兮若駕駟四馬建羽旗銑曰晣白也姣美袂袖也偈揭舉也言雲之勢色變化如此善曰晣昭晣謂有光明美色揚袂舉袖也如美人之舉袖望所思也毛詩曰偈桀揵也居竭切疾驅貌周禮云析羽為旌謂破五色鳥羽為之也言氣變改或如駕馬建旗也建立也湫子小兮如風淒兮如雨風止雨霽才細雲無處所濟曰湫淒皆涼也言雲氣如風兩之涼也霽晴也善曰湫兮涼貌詩曰風雨淒淒郭璞爾雅注曰今南陽人呼雨止為霽爾雅曰濟謂之霽王曰寡人方今可以遊乎王曰可也善本無也字王曰其何如矣玉曰高矣顯矣臨望遠矣廣矣普

矣萬物祖矣上屬於天下見於淵泉珍怪奇偉不可稱論王曰試為寡人賦之玉曰唯唯良曰言神之所居高敞廣遠可為萬物之祖至於怪異奇美不可具論說也善曰方今猶正也廣雅曰方正也廣闊也普徧也祖始也言萬物皆祖宗生此土惟高唐之大體兮殊無物類之可儀比巫山赫其無疇兮道互折而曾累翰曰疇匹也言不可比匹也互曲也其道曲折然善曰言殊異於常無物可儀比比類也赫赫然盛貌道路交互曲折曾重也謂橫斜而上登巉巖而下望兮臨大阺音池善本作丁兮切之稸畜水翰曰登高下望臨大陵稸水之上阺陵也善曰巉巖石勢不生草木說文曰秦謂陵阪曰阺周禮曰以豬畜水也字書曰稸積也與畜同今遇天雨

之新霽兮觀百谷之俱集瀑普祕洶洶許拱其無
聲兮潰胡隈淡淡而並入向曰天雨初晴百谷之水皆騰涌淡淡並
入蓄水之所善曰百谷者衆谷雜水集至山之下字林曰瀑水暴至聲也說文曰洶洶
涌也謂水波騰貌潰水相交過也淡以冉切平滿貌滂洋洋而四施兮
蓊鄔孔湛湛而不善本作弗字止長風至而波起兮
若麗山之孤畝銑曰麗著畝壠也言風起吹波如孤壠之勢似著於山
善曰蓊然聚貌湛湛深貌弗止謂不常或靜或行郭象莊子曰麗著也郭璞爾雅注曰有
隴界如畝素問岐伯對黃帝曰卒風暴雨風吹水勢波落而隴起言風吹水勢浪文如孤
龍之附山勢薄岸而相擊兮隘交引而却會濬曰會合
也言水觸岸相擊波濤自相迫隘交引而却會善曰言水之勢既薄岸而相激至迫隘

文選十九　四

之處其流交引而却相會崪慈聿中怒而特高兮若浮海而
望碣石良曰碣石海畔山半在水中言此水波濤崪然而起亦如望碣石以浮海
也善曰崪聚也謂兩浪相合聚而中高也言水怒浪如海邊之望碣石碣石山名已見
上注礫歷碨烏罪切善本作磥字磥盧罪而相摩兮巆轟震
天之磕磕康蓋翰曰巆磕皆礫石相摩之聲震天言聲大也善曰相摩言
水急石流自相摩礪聲動徹天說文曰礫小石也礫磥磥衆石貌巆聲也字林曰磕大聲
也巨石溺溺之瀺仕咸灂仕角兮沫末潼潼同而
高厲向曰水觸大石溺溺而止瀺灂而下處沫潼潼然聚於危厲之處善曰巨石
大石也溺溺沒也瀺灂石在水中出沒之貌沫水高低貌潼潼高貌厲起也水澹
澹徒濫而般步干切善本作盤字紆兮洪波淫淫之溶潏

音或銑曰水之迴屈繞流之貌善曰說文曰澹澹水搖也紆回也淫淫去遠貌溶潏
猶蕩動也奔揚踊而相擊兮雲興聲之霈霈普蓋反
濟曰水相擊踊波如雲起也霈霈水聲也善曰言水之奔揚踊起而相擊其狀若雲也
又興聲霈霈然上林賦曰穹隆雲撓義出於此纂文曰雲若大波猛獸驚而
跳條駭兮妄奔走而馳邁虎豹豺兕失氣恐
喙許穢鵰鶚鷹鷂飛揚伏竄良曰禽獸聞水聲皆驚駭奔竄善
曰妄謂不覺東西漫走竄伏也說文曰鷂鷙鳥也與照切股戰脅息安敢
妄摯翰曰摯執也言獸股戰鳥翕氣皆不敢攫執善曰股戰猶股慄也脅息猶翕
息也於是水蟲盡暴乘渚之陽銑曰水族驚出陸處皆為日暴
於渚之陽善曰水蟲魚鼈之屬驚而陸處方言曰曬暴也蒲卜切巫山所臨之渚陽水

文選十九　五

壯暇言魚鼈游焉黿鼉鱣張連鮪于美交積縱橫皇振鱗
奮翼蜲蜲於危蜿蜿於袁中阪遙望銑曰皆失勢去水相望於
中阪之上善曰謂張其鱗甲翼魚腮邊兩鬣也蜲蜲蜿龍蛇之貌上言水中蟲盡暴
揔色說之中阪之中猶未至山頂玄木冬榮煌煌熒熒奪人
目精爛兮若列星曾不可殫形榛仕巾林鬱盛
葩葉善本作華覆蓋雙椅於奇垂房糾渠幽切善本作糾枝
還會濟曰雙椅合枝也房實也糾枝交枝也善曰煌煌熒熒草木花光也榛林栗林
也葩花粟花長與葉間生自相覆蓋也雙椅相屬也垂房花作房生也房椅實也還會
交相糾也糾枝枝曲下垂也徙靡澹徒濫淡隨波闇上藹愛東
西施翼椅音倚柅女倚切善本作猗旎豐霈普蓋切善本作沛字良

曰言林木繁茂隨風波而動如羽翼之布猗
柅柔弱貌豐霈言多也　善曰從靡言枝荏
来靡靡然澹淡水波小文也闇藹者言木蕃
水波闇藹然也東西施翼者謂枝四向施布
如鳥翼然言東西南北可知其林木多綠葉
也猗狔柔弱貌猗於宜切狔於危切
紫裹去朱莖白蔕音帝翰曰裹實皮也蔕
花根之善曰裹猶房也
纖條悲鳴聲似竽籟音賴清濁相和五變四會
向曰纖細也風吹細條似竽籟之聲竽笙屬
籟簫也銑曰清濁大小也五變五音之變
轉也四會謂四方之聲與之相會合也　善
曰左氏傳晏子曰先王和五聲也清濁小大
以相濟也吹小枝則聲清吹大枝則聲濁五
變五音皆變也禮記曰聲相應故生變變成
方謂之音四會四懸俱會也
又云與四夷之樂聲相會也感心動耳迴腸
傷氣孤子寡婦寒心酸鼻翰曰音聲感傷人
之心使孤子寡婦

增其悲怨酸鼻辛泣貌　善曰言上諸聲能
迴轉人腸傷斷人氣禮記王制曰小而無父
謂之孤寒心謂戰慄也長吏墮許規切善
酸鼻鼻辛酸淚欲出也本作隳字官
賢人善本作士字失志向曰長吏賢士聞此聲皆
廢官而失其本志　善曰
尚書曰股肱墮哉孔安國曰
隳廢也失其本志不知所為愁思無已歎息
垂淚登高遠望使人心瘁秦醉反良曰瘁
病也善曰登高
心瘁此下謂至山上高
處未至觀也瘁病也盤岸巑在官岏五官裖陳
磑磑五哀反銑曰盤盤繞其岸也巑岏磑
磑皆山之峻大貌裖陳謂陳列於其傍
善曰王逸楚辭注曰巑岏銳山也裖已見
上林賦音振裖整也陳列也磑磑高貌磐
石險峻傾崎欺崖隤徒回巖嶇驅參差縱橫相
追濟曰皆山勢騰秀之貌　善曰廣雅
曰隤壞也說文曰墜下也勢如相追陬子溝

牙善本作互字橫梧去善本作梧字背穴偃蹠音隻良
曰陬山角
也梧逆穴深蹠徑也言山角橫逆臨危背深
偃蹇人徑也　善曰廣雅曰陬角也偃蹠言
山石之形背穴偃蹇如有所蹈也許慎淮南
子注曰蹠蹈也梧逆也路有攢石逆當其前
背卻也穴孔也
卻當山之孔穴又交加累積重疊增益狀似
砥止柱在巫山之下仰視山巔肅何芊芊善本
作千字炫縣燿羊照虹蜺翰曰言山峻如砥柱
也砥柱山名芊芊山色
也言山色可以照燿虹蜺也　善曰交加者
言石相交加累其上別有交加石之勢在巑
岏崔上重孟其高砥柱山名在水中如柱然
此崖岸在巫山下者似砥柱山然說文曰俗
望山谷千千青也千俗古字　善本作
通言山高如虹蜺炫燿其上俯視崢崝字
嶸窐呼交寥力交窈冥善曰廣雅曰崝嶸深直貌
窐寥空深貌崝士耕切嶸

音宏窐苦交不見其底虛聞松聲向曰言谷
切寥音勞之深邃不
見底但聞松聲　善曰言山
下杳遠不見但空聞松聲傾岸洋洋立而
熊經銑曰洋洋流聲岸傾水急觀者恐懼皃
如熊經也熊經如熊攀樹而立其身傴
佝　善曰言岸既將傾水流
久逸故立者恐懼而似熊經久而不去足盡
汗出濟曰久立其傍恐懼皆流汗至足　善
曰謂阻險之處人所懼見心自戰懼足
下流汗
而出也悠悠忽忽怊超悵自失善曰悠悠遠
貌忽忽迷貌
言人神悠悠然遠而迷惑不知
所斷王逸楚辭注曰怊悵恨貌使人心動無
故自恐賁奔育之斷不能為勇良曰賁謂孟
賁育謂夏育
皆秦武士對此皆懼不能為其勇斷　善曰
動驚也言無有故對此而驚恐孟賁夏育決
斷之士今見此嶮阻亦
不能為勇也斷丁亂切卒骨措愕異鶩不知所

出縰縰史倚萃萃所巾若生於鬼若生於神翰曰愕驚
也言其異物卒然而出令人驚怪不知從來
縰縰萃萃然如鬼神出入矣善曰卒七忽
切爾雅曰選見也乍故切愕與選同言卒然
復有驚愕之異物從旁而出不知所從來也
縰縰萃萃衆多之貌言不可測知狀似走獸或象飛禽譎詭
奇偉不可究陳上至觀側地蓋底止平箕踵
漫莫半衍以戰芳草羅生向曰言異物之狀不可盡陳說也銑曰山之
形如箕之掌而寬大其上芳草羅列而生善曰自此已前並述山勢也杜預左氏傳注
曰底平也箕踵前闊後狹似箕衍平貌言山勢如箕之踵也秋蘭芷善本作茝
字蕙江離善本作離字載菁音精青荃七全射夜干揭
起竭車居苞并濟曰皆香草名善曰廣雅曰菁華也載則也皆草名已見上

文選十九 八

射干鳥蓮草也苞并叢生也薄草靡靡聯延夭夭越香掩
掩良曰薄草叢也夭夭美貌越香謂香氣遷越掩掩香氣貌善曰靡靡相依倚貌夭
夭火長也越香言氣發越掩掩言同時發也掩同也衆雀嗷嗷敖雌雄
相失哀鳴相號良曰雀鳥之通稱下欲論鳥故先言其聲也善曰雀鳥
之通稱毛詩曰鴻鴈于飛哀鳴嗷嗷王雎鸝离黃正冥楚鳩姊
歸思婦垂鷄高巢其鳴喈喈皆當年遨遊翰曰
皆鳥名也喈喈聲也遨遊戲也善曰王雎鸝黃已見上方言曰或謂鶩黃為楚雀廣雅
曰楚鳩一名嗶喝爾雅曰嶲周郭璞曰子嶲也出蜀中或曰即子規一名姊歸嶲胡圭切
思婦亦鳥名也地理志云夷道鄉北過仁里有觀山故老相傳云昔有思婦登此山絕望
愁思而死因以為名垂鷄未詳高巢巢高也一本云子當千年萬世遨遊未詳更唱

迭和赴曲隨流向曰言鳥之唱和與流水合度善曰赴曲者鳥之哀鳴
有同歌曲故言赴曲隨流者隨鳥翔而成曲也有方之士羨門高谿
善曰史記曰方士皆掩口杜預左氏傳注曰方法術也史記曰始皇使燕人盧生求羨門
高誓谿疑是誓字上成鬱林公樂聚穀銑曰皆古之名術士善
曰蓋亦方士也未詳所見又鬱然仙人盛多如林木公共也人共在山上作巢穀食也聚
食於山阿進純犧禱璇室濟曰純犧謂純色犧牲也禱所神也璇室以玉
飾室也善曰進謂祭也禱祈也尚書曰神祇之犧牷牲孔安國曰色純曰犧淮南子曰
崐崙之山有瓊宮璇室高誘曰璇宮以玉飾宮也醮諸神禮太一良曰
醮祭也諸神百神也太一天神也天神尊敬稱禮也善曰醮祭也子肖切史記曰宜立
太一而上親郊之傳祝已具言辭已畢王乃乘玉輿

文選十九 九

四駟蒼螭垂旒旌旆合諧紬抽大弦而雅聲流
洌風過而增悲哀翰曰祝告祭辭也駟蒼螭謂以螭龍為駟也合諧旌
旆相和之貌向曰紬抽也言抽大樂之弦雅聲合清洌洌風增其悲哀也善曰傳祝
已具神之語已具言辭即祝所傳辭也畢竟也旒旌謂建太常十二旒雅聲正不淫邪洌
寒風也紬引也於是調謳令人惏凜悷隸憯七敢悽脅
息增欷銑曰謳謌也餘皆哀慘貌並悲傷貌脅息縮氣也增益也善曰於
是乃縱獵者基趾如星傳言羽獵銜枚撫無
聲濟曰言布士卒如星之羅列也枚削竹箸銜止之語也善曰相傳言語編告衆士
羽獵已見上銜枚見吳都賦弓弩不發罘伏伕罕不傾涉漭
漭莫朗馳苹苹音平良曰罘罕網也傾猶施也苹苹草聚生貌善曰漭漭

水廣遠貌說文曰莘莘草貌飛鳥未及起走獸未及發弭
善本作何字節奄忽蹄足灑血翰曰弭節猶少時也言鳥獸未及遠
飛走少時之間蹄足之上皆已灑血善曰何問辭也言節奄忽之間而獸之蹄足已皆
灑血節所執之節也舉功先得獲車已實王將欲往見
之必先齋戒差時擇日向曰獲車載獸車也舉其先得者其車已
滿矣銑曰言王將往觀必齋戒擇其時日而後往也差亦擇也善曰毛萇詩傳曰差
擇也簡輿玄服建雲旆蜺為旌翠為蓋濟曰玄服法服
也簡擇輿車循法服以雲蜺為旌旆翠羽為蓋善曰冬主水水色黑故衣黑服簡略也
省也翠翡翠也風起雨止千里而逝蓋發蒙往自會
良曰言如風雨之疾王至廟如發其蒙自曉與神會善曰素問黃帝曰發蒙解惑未足

以論也會與神女相會思萬方憂國害開賢聖輔不逮
翰曰思萬方之事憂國之利害開賢聖之路以輔思慮之不及善曰開導賢聖令其進
仕用其謀策輔已不逮此又陳諫於王也九竅通鬱精神察善本有滯
字延年益壽千萬歲向曰九竅精神戶牖也鬱滯也言今與神會九
竅通暢精神得以伺察故延年益壽善曰文子曰九竅者精神之戶牖呂代春秋曰九
人九竅五藏惡之精氣鬱高誘曰鬱滯不通
神女賦并序濟曰神女即巫山神女也
宋玉
楚襄王與宋玉游於雲夢之浦使玉賦高唐
之事其夜王寢夢與神女遇其狀甚麗王異

之明日以白玉玉曰其夢若何王對曰晡夕
之後精神怳忽若有所喜紛紛擾擾未知何
意銑曰晡夕晚也紛紛擾擾神志陵亂貌善曰晡日跌時也怳忽不自覺知之意所
喜忽然喜悅目色髣髴乍若有記見一婦人狀甚
奇異寐而夢之寤不自識罔兮不樂悵爾失
志於是撫心定氣復見所夢玉曰狀如何也
善曰如有可記識也罔憂也撫覽也見神女也王善本作玉字曰茂矣美
矣諸好備矣盛矣麗矣難測究矣上古既無
世所未見瑰姿瑋態不可勝讚善本作贊字濟曰瑰美之
態不可盡舉而讚也其始來也耀乎若白日初出照屋

梁善曰韓詩曰東方之日薛昌詩人言所說者顏色美盛若東方之日其少進
也皎若明月舒其光善曰毛詩曰月出皎兮毛萇曰喻婦人有美白
皙也須臾之間美貌橫生曄乎如花溫乎如瑩
榮良曰瑩玉也言神女之貌光色如華溫潤如玉善曰毛詩曰有女同車顏如舜華
逸論語曰如玉之瑩說文曰瑩玉色也為明切曄盛貌五色並馳不可
殫丹形詳而視之奪人目精其盛飾也則羅
紈綺繢盛文章翰曰綺繢羅繡也言衣服盛多文彩也善曰馳施也綺
五色也蒼頡篇曰繢似纂色赤胡憒切極服妙綵照萬方振繡
衣被袿圭裳穠不短纖不長向曰袿婦人上服穠肥纖細也
言長短合度善曰劉熙釋名曰婦人上服謂之袿說文曰穠衣厚貌如恭切步裔

裔兮曜殿堂忽兮改容婉若游龍乘雲翔嫷
唾被服侻他外薄裝銑曰裔裔行貌宛若游龍乘雲翔謂輕妙婉弱也嫷
美侻宜也善曰裔衣裔升貌婉美貌方言曰嫷美也說文曰侻好也與婉同又侻可也言
薄裝正相堪可沐蘭澤含善本作含字若芳性和適宜侍
旁順序卑調心腸濟曰言性靈和適心腸調順宜侍君旁善曰宜侍
王旁沐浴也以蘭浸油澤以塗頭旁宜侍王旁卑柔弱也王曰若此盛矣
試為寡人賦之玉曰唯唯
夫何神女之妖善本作姣字麗兮含陰陽之渥飾
良曰渥飾謂含天地渥厚之美飾也善曰言神女得陰陽厚美之飾被華藻
之可好若翡翠之奮翼其象無雙其美無極

文選十九 十二

毛嬙牆鄣袂不足程式西施掩面比之無色
良曰毛嬙西施皆古之美妓也若對此神女則必鄣袖掩面不敢程比姿式善曰慎子
曰毛嬙先施天下之美姣也衣之以皮倛則見者皆走易之以玄錫則行者皆止先施
西施一也近之既妖遠之有望骨法多奇應君之
相視之盈目孰者克尚翰曰既妖美又有姿望骨法殊異正合侍
君也孰誰也言誰能尚也善曰近者既美復宜遠望也孰誰也克能也誰者能尚言無
有也私心獨悅樂之無量交希恩疏不可盡暢
他人莫覩王覽其狀其狀峩峩何可極言貌
豐盈以莊姝兮苞溫潤之玉顏向曰莊敬姝美也言豐盈
敬美顏色溫潤如玉善曰暢申也未可申暢己志也豐盈肥滿也莊嚴也毛萇詩傳曰

姝美色也禮記曰玉溫潤而澤仁也眸子炯古迥其精朗兮瞭了
銑曰眸子瞳子也炯朗也瞭目明貌善曰鄭玄周禮注曰瞭
明目也眉聯娟以蛾揚兮朱脣的其若丹濟曰聯娟
微曲貌素質幹之醲女龍實兮志解泰而體閑既
姽居委嫿獲於幽靜兮又婆娑乎人間良曰姽閑嫿靜
也言習閑靜於幽隱之處婆娑放逸貌善曰言志操解散奢泰多閑不急躁也謂在人
中最好無比也婆娑猶盤姍也說文曰姽閑體行也五果切嫿靜好也宜高殿
以廣意兮翼放縱而綽寬動霧縠以徐步兮
拂墀聲之珊珊翰曰宜置高殿之上翼然使放縱自寬也姍姍玉聲也
善曰珊珊聲也翼翼望縱貌如鳥之翼隨意放縱縠今之輕紗薄如霧也望余帷

文選十九 十三

而延視兮若流波之將瀾向曰流波目視貌言如流水欲為波
瀾善曰流波目視貌言舉目延視精若水波將成瀾也奮長袖以正衽
而審兮立躑躅而不安銑曰言奮去長袖以正衣衿也衽衣衿躑躅反
側貌善曰說文曰衽衣衿也自矜嚴也澹清靜其愔一淫嫕一計切善
本作嫕字兮性沈詳而不煩濟曰嫕閑雅也言澹然閑雅沈默詳審不
煩亂也善曰澹靜貌愔和也嫕淑善也言志度靜而和淑也不煩不躁也愔已見魏都
賦嫕已見洞簫賦時容與以微動兮志未可乎得原
音元善作作原字意似近而既遠兮若將來而復旋
善曰原本也其意欲似近而心靜不測是復為遠也將來可親之意更遠也謂復更旋也
褰余幬儔而請御兮願盡盡善本作心字之惓惓

音權良曰幬帷也惓惓盡心貌善曰鄭玄毛詩箋曰幬牀帳也懷貞亮之
絜清兮卒與我乎相難翰曰卒終也終與我相難而不相近陳
嘉辭而云對兮吐芬芳其若蘭精交接以來
往兮心凱康以樂歡神獨亨而未結兮魂煢
煢善本作煢字以無端含然諾其不分兮喟揚音
而哀歎平頩普幷薄怒以自持兮曾不可乎犯
干向曰頩通也言神雖許通竟未結愛也銑曰頩色干求也言顏色薄怒自守持不
可犯觸而求之善曰精神也未結猶未相著煢煢然無有端次不知何計分當也言神
女之意雖含諾猶不當其心廣雅曰頩色也韻匹過切歛容也蒼頡篇曰薄微也持顏色
自矜持也於是搖珮飾鳴玉鸞整衣服歛容顏

文選十九　十四

女師命太傅翰曰言神女搖鸞珮整容顏命女師女傅將歸也善曰古者
宮有女師教以婦德令神女亦有教也毛詩序曰尊敬師傅可以歸寧父母漢書音義曰
婦人年五十無子者為傅歡情未接將辭而去遷延引身
不可親附似逝未行中若相首音狩向曰首向也言將
去未行之間又迴顧相向善曰還延却行去也廣雅曰首向也目略微眄
精采相授志態橫出不可勝記意離未絕神
心怖覆副禮不遑訖辭不及究願假須臾神
女稱遽銑曰訖究皆盡也遽急也善曰目略輕看精神光采相授與也猶未即
絕怖覆謂恐怖而反覆也左氏傳豎頭須曰沐則心覆心覆則圖反遽急也言去不住也
徊腸傷氣顛倒失據闇上然而冥忽不知處

情獨私懷誰者可語惆悵垂涕求之至曙濟曰
徊腸傷氣惜離別也闇然冥忽失所夢形象也言此懷抱誰人可言惆悵至明而求之也
善曰毛萇詩傳曰據依也

登徒子好色賦一首　幷序

宋玉翰曰宋玉假設登徒子之辭以為諫也
大夫登徒子侍於楚襄善本無襄字王短宋玉曰
良曰登徒姓也子美稱也短謂言其罪闕善曰大夫官也登徒姓也子者男子之稱戰
國策曰孟嘗君至楚楚獻象牀登徒送之高誘淮南子注曰短說其罪闕也玉為
人體貌閑麗口多微詞善本作辭字又性好色翰曰
言玉容貌美麗能為幾微之詞善曰閑靜也麗美也微妙也公羊傳曰定哀多微辭論
語子曰吾未見好德如好色者也願王勿與出入後宮王以
登徒子之言問於宋玉玉曰體貌閑麗所受
於天也口多微詞所學於師也至於好色臣
無有也王曰子不好色亦有說乎善曰遣自解說也
有說則止無說則退玉曰天下之佳人莫若
楚國楚國之麗者莫若臣里臣里之美者莫
若臣東家之子臣善本無臣字東家之子增之一
分則太長減之一分則太短著粉則太白施
朱則太赤眉如翠羽肌如白雪向曰眉色如翡翠之羽肌
膚之白如雪也善曰莊子曰藐姑射之山有神人居焉肌膚若冰雪腰如束

文選十九　十五

素齒如含貝銑曰素白貝玉也善曰莊子孔子謂盜跖曰將軍齒如齊貝
貝海螺其色白嫣然一笑惑陽城迷下蔡濟曰嫣笑貌陽城下
蔡楚之二郡名蓋貴人所居中多美人故以為諭善曰王逸楚辭注曰嫣笑貌陽城下
蔡二縣名蓋楚之貴介公子所封故取以諭焉然此女登牆闚臣三
年至今未許也善曰字林曰闚傾頭門內視也又小視也登徒子
則不然其妻蓬頭攣力全耳齞牛善脣歷齒良曰齞脣
謂語而露齒也歷齒謂齒稀疎善曰莊子曰蓬頭突鬢爾雅曰攣病也說文曰齞張口
見齒也歷猶踈也旁行蝺央矩僂縷又疥且痔雉翰曰旁行
行不正也蝺僂身曲也疥瘡也痔後病也善曰踽僂傴僂也廣雅曰傴僂曲貌說文曰
疥瘙也痔後病也登徒子悅之使有五子王熟善本作孰

字察之誰為好色者矣是時秦章華大夫在
側因進而稱曰今夫宋玉盛稱鄰之女以為
美色愚亂之邪臣自以為守德謂不如彼矣
向曰章華大夫亦假言之也大夫言玉稱此自謂守德不如此善曰章華楚地名大夫
楚人入仕於秦時使襄王愚鈍也亂惛也邪僻也言昏鈍邪僻之臣章華大夫自謙不如
彼之登徒所說也言宋玉之所說鄰女美色愚臣守德猶不如登徒之說況宋玉乎臣章
華大夫自謂且夫南楚窮巷之妾焉足為大王言
乎若臣之陋目所曾覩者未敢云也王曰試
為寡人說之大夫曰唯唯
臣少曾遠游周覽九土足歷五都銑曰九土九州也五

都五方之都善曰九土九州之土五都五方之都也出咸陽熙邯寒
鄲丹從容鄭衛溱臻洧于美之間濟曰熙猶嬉游也溱洧二
水名其中鄭人游觀之地善曰熙戲也毛詩曰溱與洧方渙渙兮毛萇曰溱洧鄭兩水
也是時向春之末迎夏之陽鶬倉鶊庚喈喈
皆羣女出桑良曰鶬鶊鳥名喈喈鳥聲言群女出游於桑也善曰毛詩曰
倉庚喈喈又曰十畝之間兮桑者閑閑兮此郊之姝華色含光體
美容冶不待飾粧翰曰姝美女也臣觀其麗者因稱
詩曰遵大路兮攬子祛音墟向曰大夫自稱觀麗者稱詩以贈
大路詩篇名也言遵義者攬衣袖欲與同歸也祛袖也善曰毛詩曰遵大路兮摻執子
之祛兮稱此詩者此本鄭詩故稱以感動贈以芳花辭甚妙銑曰芳花

芳草也折芳誦詩以贈游女善曰折芳草之華以贈之為辭甚妙於是處子
怳況往若有望而不來忽若有來而不見意密
體踈俯仰異觀含喜微笑竊視流眄濟曰處子女子
也言若有相望而又守禮不來情意已密而形體踈也善曰謂折芳草之花以贈之欲
贈芳華恐不受故先與妙辭以進之處女未嫁者怳失意之貌體踈相離殊遠謂異於未
贈花所覩前復稱詩曰寤春風兮發鮮榮絜齋俟
兮惠音聲贈我如此兮不如無生良曰處子稱詩以荅
大夫也寤見也言見春發萬物之榮乃絜齋戒以待惠和之音而今贈我大路之詩我則
不如無贈善曰復報也寤覺也鮮榮華也諭少年之盛齋莊也言自絜貌矜莊而待惠
音聲如此謂贈以芍藥花欲結恩情而女不受毛詩曰知我如此不如無生鄭玄曰則已

之生不如不生無生恨之辭
因遷延而辭避蓋徙以微詞
相感動精神相依憑目欲其顏心顧其義揚
詩守禮終不過差楚佳故足稱也於是楚王稱
善宋玉遂不退翰曰雖以微詞精神相感而己執義守禮終不差失如此
故足稱於王也善曰微辭謂向所陳辭甚妙者若即折登徒言多微詞宋玉雖不違大
夫之義而不同登徒之好色故不退也

洛神賦一首并序善曰漢書音義如淳曰宓妃伏羲氏之女溺
洛水為神

曹子建魏志云曹植字子建魏武帝第三子也初封東阿王後改
封雍丘王死謚曰陳思王洛神謂伏羲氏之女溺於洛水為神也植

文選十九　十八

有所感託而賦焉
黃初三年余朝京師還濟洛川古人有言斯
水之神名曰宓妃翰曰黃初文帝年號京師洛陽也還雍丘也斯水
洛水也宓妃伏羲氏女謂洛水而死遂為河神感宋玉對楚王說善本
無說字神女之事遂作斯賦其詞曰
余從京師善本作域言歸東藩銑曰京師洛陽也東藩雍丘也藩者
播為國之藩籬善曰魏志曰黃初三年立植為鄄城王四年徙封雍丘其年朝京師又
文紀曰黃初三年行幸許又曰四年三月還洛陽宮然京域謂洛陽東藩即鄄城魏志及
諸詩序並云四年朝此云三年誤背伊闕越轘還轅袁經通
谷陵景山濟曰背違也伊闕龍門山越踰也轘轅坂名通谷谷名景山山名經

謂涉歷也善曰伊闕轘轅已見東都賦華延洛陽記曰城南五十里有大谷舊名通谷
河南郡圖經曰景山緱氏縣南七里日既西傾車殆馬煩爾乃
善本作迺字稅駕乎蘅胡庚皋秣駟乎芝田良曰殆危煩疲
也馬疲故車殆也稅舍也蘅皋香草之澤也秣駟飼馬也芝田地名也善曰蘅杜蘅也
皋澤也嵩高山記曰山上有神芝十洲記曰鍾山仙家耕田種芝草容與乎陽
善本作揚字林流眄乎洛川於是精移神駭忽焉
思散翰曰言精神思緒忽然移散善曰揚林地名多生楊因名之移變也情思消
散如有所悅俯則未察仰以殊觀覩一麗人于巖
之畔爾迺援御者而告之曰爾有覿於彼者
乎彼何人斯若之此善本作此之豔也向曰覿見豔美也

文選十九　十九

善曰未察猶未的審所觀殊異毛詩曰彼何人斯御者對曰臣聞河
洛之神名曰宓妃則君王之所見也無迺是
乎其狀若何臣願聞之余告之曰其形也翩
若驚鴻婉若游龍向曰神女之體翩輕如驚鴻婉媚如游龍也善曰
邊讓章華臺賦曰體迅輕鴻榮曜春華神女賦曰婉若游龍乘雲翱翔翩翩然若鴻鴈之驚
婉婉然如游龍之昇榮曜秋菊華茂春松銑曰秋菊春松甚盛而神
女榮茂過之善曰朱穆鬱金賦曰比光榮於秋菊齊英茂於春松髣髴兮若
輕雲之蔽月飄颻兮若流風之迴雪遠而望
之皎若太陽升朝霞濟曰言輕妙光彩似之太陽日也善曰正歷
曰太陽日也迫而察之灼若芙蕖出淥波穠纖得

中（善本作衷字）脩短合度（良曰迫近視之灼然如蓮花出淥波也翰曰穠肥纖細也言肥細長短正合體度善曰神女賦曰穠不短纖不長）肩若削成腰如約（善本作束字）素延頸秀項皓質呈露（向曰言肩膊如刻削而成也約束素白也延秀皆長也頸亦項也皓白也言長項質白皆露之也善曰削成已見魏都賦登徒子好色賦曰腰如束素束素約素謂圓也楚辭曰小腰秀項若鮮卑說文曰項頸也司馬相如美人賦曰皓質呈露呈見也延秀皆長也）芳澤無加鉛華不御（銑曰芳澤香油鉛華粉也言不施於首面也善曰楚辭曰粉白黛黑施芳澤鉛華粉也博物志曰燒鉛成胡粉張平子定情賦曰思在面為鉛華兮患離塵而無光）雲髻峩峩脩眉聯娟（濟曰雲髻美髮如雲也詩云鬒髮如雲脩長也聯娟微曲貌善曰毛詩曰鬒髮如雲神女賦曰眉聯娟以蛾揚峩峩高如雲也脩長曲而細也）

丹脣外朗皓齒內鮮明眸善睞（頰）靨（於叶）輔承權（良曰眸目也善睞謂美瞻視也權頰也言靨文之生輔承其頰善曰神女賦曰眸子炯其精朗離騷曰靨輔奇牙宜笑嘕王逸曰美人頰有靨輔也權兩頰睞旁視也）瓌姿豔逸儀靜體閑（翰曰言姿態美逸威儀體德皆閑雅也善曰神女賦曰瓌姿瑋態又曰志解泰而體閑儀靜安靜也體閑謂膚體閑暇也）柔情綽態媚於語言奇服曠世（善本作代字）骨像應圖（向曰言情志寬和妙於言辭骨法人像皆應圖相善曰柔弱也綽寬也神女賦曰骨法多奇應君之相應畫圖也）披羅衣之璀粲兮珥（二）瑤碧之華琚（音居銑曰璀粲明淨貌珥猶服也瑤碧皆玉也琚珮也善曰璀粲衣聲山海經曰和山其上多瑤碧毛詩曰報之以瓊瑤毛萇曰琚珮玉名）

戴金翠之首飾綴明珠以耀軀（翰曰首飾謂釵冠之屬言黃金翠羽裝其釵冠綴明珠於上以光耀其首也善曰司馬彪續漢書曰太皇后花勝上為金鳳以翡翠為毛羽步搖貫白珠八劉騊駼玄根賦曰戴金翠珥珠璣劉熙釋名曰皇后首飾曰副）踐遠游之文履曳霧綃之輕裾（向曰遠游履名文謂文飾也霧綃薄縑也裾裾也善曰繁欽定情詩曰何以消滯憂足下雙遠游然此言未詳其本神女賦曰動霧縠以徐步綃已見上文）微幽蘭之芳藹兮（善曰芳藹芳香晻藹也）步踟躕於山隅於是忽焉縱體以遨以嬉左倚采旄右蔭桂旗（銑曰微猶映也踟躕徘徊貌言映幽蘭徐步徘徊於山之隅角濟曰縱體輕舉之貌嬉游也旄旌屬犛以號令桂旗謂以桂為旗竿也善曰楚辭曰建雄虹之采旄又曰辛夷車兮

結桂旗）攘皓腕於神滸（荒古）兮采湍瀨之玄芝（良曰滸水涯也洛神游之故云神滸玄芝黑芝靈草也善曰毛詩曰在河之滸毛萇曰滸水涯也本草曰黑芝一名玄芝）余情悅其淑美兮心振蕩而不怡無良媒以接歡兮託微波而通辭（翰曰悅其美恐不見眷故心振動不樂既無良媒通接歡情故假託風波以達言辭善曰毛詩曰子無良媒）願誠素之先達解玉珮而要（平）之嗟佳人之信修羌習禮而明詩抗瓊珶（徒帝）以和予兮指潛川而為期（向曰願達心素故解所珮玉乃將要而與之數神女修信習禮抗舉瓊玉以應和我指所居之川為期會珶玉也水居曰潛善曰要屈也佳人信修聲習禮謂立德明詩謂善言辭古人為信指水為信如有如白水之類也珶玉也）

潛淵謂所居也執眷眷之款實兮懼斯靈之我欺感
交甫之棄言兮悵猶豫而狐疑銑曰靈神也言我持款誠
於神恐此神誑我也鄭交甫遊於江邊見神女贈交甫玉珮行數步珮亦失女亦不見感
此事恐後如之故悵然狐疑　善曰交甫已見江賦爾雅曰猶如麂善登木　此獸情多疑
慮常居山中忽聞有聲則恐人來害之每預上樹久久無聲後下須臾又上如此非一故
不决者稱猶馬一曰隴西俗謂犬子隨人行每預前待人不得又來迎候故言猶豫也狐
之為獸其性多疑每渡氷行且聽且渡故疑者稱狐疑收和顏而靜志
兮申禮防以自持於是洛靈感焉徙倚彷善本
作旁字徨濟曰言收靜容志以禮自持約也良曰洛靈洛神也感謂其申禮自持
善曰申展也子建自防持也謝靈運山居賦注曰河靈河伯也東阿所謂洛靈神光

離合乍陰乍陽竦輕軀以鶴立若將飛而未
翔翰曰言神之光彩或明或闇如鶴之立似將飛矣而未翔擧　善曰陰去陽来也邊
讓章華臺賦曰纖輕軀以迅赴若離鵠之失羣言如鶴鳥之立望踐椒塗之
郁烈步蘅衡薄而流芳向曰椒塗以椒泥飾道也郁烈香氣盛也
蘅香草也薄藂生也言神步踐以流芳也善曰椒塗蘅薄言芳香也郁烈香氣之甚超
長吟以永慕兮聲哀厲而彌長爾迺衆靈雜
遝徒合命儔嘯侶或戲清流或翔神渚或采明
珠或拾翠羽從南湘之二妃攜漢濱之游女
歎匏瓜之無匹善本有兮字詠牽牛之獨處銑曰衆靈
衆神也雜遝言多也南湘二妃湘水神也謂舜妻娥皇女英游女漢水神也皆相攜游戲

匏瓜星名獨在河鼓東故云無匹牽牛星名在河之傍與織女相隔故云獨處此揔無伉
儷之耦故歎詠之以感陳王　善曰厲急也雜遝衆貌二妃游女已見上文　史記曰四星
在危南匏瓜牽牛為犧牲其北織女織女天女孫也天官星占曰匏瓜一名天雞在河鼓
東牽牛一名天鼓不與織女值者陰陽不和曹植九詠注曰牽牛為夫織女為婦織女牽
牛之星各處河之傍七月七日乃得一會阮瑀止欲賦曰傷匏瓜之無偶悲織女之獨勤
俟有此言然無匹之義未詳其始揚輕袿圭之綺靡翳脩袖
以延佇體迅飛鳧飄忽若神陵波微步羅韈
武月生塵向曰袿婦人之上服也迅疾也言疾如鳧鳥之飛也微步輕步也步於水
波之上如塵生也　善曰陵波而韈生塵言神人異也洛靈即神　而言若者夫神萬靈之
揔稱言若所以類彼非謂此為非神也淮南子曰聖人行於水無跡也衆生行於霜有跡

也說文曰韈足衣也動無常則若危若安進止難期若
往若還轉眄流精光潤玉顏良曰歎其顧眄精光顏色如玉
之盈潤也　善曰神女賦曰苞溫潤之玉顏含辭未吐氣若幽蘭
翰曰謂含言辭未吐芳香之氣如幽蘭也　善曰神女賦曰吐芬芳其若蘭華容
婀烏可娜奴可令我忘餐良曰思此之美遂忘其餐　善曰張衡七辯曰
蝤蠐之領婀娜宜顧杜篤禊祝曰懷季女使不餐於是屏併翳收風
川后靜波向曰屏翳風師也川后河伯也言使收靜其風波也　善曰王逸楚
辭注曰屏翳雨師名虞喜志林曰韋昭云屏翳雷師喜云雨師然說屏翳者雖多并無明
據曹植詰洛文曰河伯典澤屏翳司風植既指為風師不可引他說以非之川后河伯也
已見上文馮夷鳴鼓女媧清歌銑曰馮夷水神女媧造笙簧者使之

擊鼓唱歌善曰馮夷女媧並已見上文騰文魚以警乘鳴玉鸞
以偕逝濟曰既是水神故文魚為之警乘也偕俱逝往也善曰騰外也文魚有
翅能飛故使警乘警戒也楚辭曰文魚兮失瀨又曰將騰駕兮偕逝玉鸞已見上文六
龍儼其齊首載雲車之容裔良曰神以雲為車而駕龍也容
裔行貌善曰春秋命歷序曰有神人右耳蒼色大肩駕六龍出輔號曰神農儀矜莊貌
春秋命歷序曰人皇乘雲車出谷口傅物志曰漢武帝好道西王母七月七日漏七刻王
母乘紫雲車而來鯨鯢踊而夾轂水禽翔而為衛於
是越北沚止過南岡紆素領迴清揚翰曰以鯨鯢水
禽為侍衛也沚小水也領頸也清揚眉目之間也紆迴也言迴首相視也善曰北海魚
非洛川所有然神仙之川亦有毛詩曰頸如蝤蠐又曰有美一人清揚婉兮動朱

文選十九　二十四

脣以徐言陳交接之大綱恨人神之道殊善本
有兮字怨盛年之莫當抗羅袂以掩涕兮淚流
襟之浪浪音郎良曰神動脣陳交會之意言幽明道殊怨此盛年不得與君
相當因舉袖掩涕淚浪浪然流於衣襟善曰盛年謂少壯之時不能得當君王之意此
言微感甄后之情楚辭曰擥茹蕙以掩涕兮沾予襟之浪浪悼良會之永
絕兮哀一逝而異鄉無微情以效愛善本有兮字
獻江南之明璫銑曰悼傷也傷此會永絕各往異鄉空此微情不足效愛
故睨明璫獻之璫耳珠也善曰良會夫婦之道鄉猶方也淮南子曰禮豐不足以效愛
服虔通俗文曰耳珠曰璫雖潛處於太陰長寄心於君王
忽不悟其所舍悵神宵而蔽光濟曰太陰鬼神道悟見也

宵闇冥也言忽不見其所舍止悵然暗冥隱其光彩善曰太陰衆神之所居漢書音義
孟康曰宵化也於是背下陵高足往心留遺情想象
顧望懷愁善本作怨字良曰足雖往矣心留在神所想其形狀顧望生愁焉
善曰楚辭曰思舊故而想像傅毅七激曰無物可樂顧望懷愁冀靈體之復
形御輕舟而上泝素善本作愬字浮長川而忘反思
綿綿而增慕夜耿耿而不寐霑繁霜而至曙
翰曰靈體神也形見也言冀望此神復見浮舟上水以候之既不能見思慕耿耿霑霜不
寐而至明也善曰愬逆流向上也綿綿密意也毛詩曰耿耿不寐又曰正月繁霜命
僕夫而就駕吾將歸乎東路攬騑轡以抗策
悵盤桓而不能去向曰僕夫馭人東路東蕃路銑曰抗舉也盤桓不
進也

文選十九　二十五

詩甲

補亡詩六首

善曰四言并序補亡詩序曰晳與司業疇人肄修鄉
飲之禮然所詠之詩或有義無辭音樂取節闕而不備於是遙想既往存
思在昔補著其文以綴舊制

束廣微翰曰王隱晉書曰束晳字廣微陽平人也賈謐請為著作
嘗覽周成王詩有其義亡其辭惜其不備故作辭以補之善曰王
隱晉書曰束晳字廣微陽平人也賈謐請為著作郎

南陔古來孝子相戒以養也向曰陔隴也言南者南方養萬物方
此以戒養故取之為名也善曰毛詩序曰有其義而亡其辭子夏序曰南陔則孝子

扶矣陔
龍也
循彼南陔言採其蘭銑曰循順也蘭以香孝子採之以養也善曰
言蘭芬芳以之比己循陔以采之管己當自身盡心以養也
眷戀庭闈心
不遑安彼居之子罔或遊盤濟曰庭闈父母所居也眷戀之
甚心不暇安也彼居之子謂未仕之兄弟也罔或遊盤言相戒無為遊樂也善曰庭闈
親之所居眷戀思慕也言我思歸供養心不遑安居謂未仕者無有遊盤相戒之辭也尚
書曰乃盤遊無度
馨爾夕膳絜爾晨餐良曰相戒馨絜其朝夕之
食也善曰言相戒盡心以養也
循彼南陔厥草油油翰曰厥其
也油油喻柔順也善曰草油油而從風喻己亦當柔色以承親史記微子之歌曰麥秀
之漸漸禾黍之油油鄭玄禮記注曰油然物始生好貌
彼居之子色思

文選十九　二十六

其柔眷戀庭闈心不遑留馨爾夕膳絜爾晨
羞向曰色言顏色柔順也羞食也善曰言承父母顏色須其柔順也論語子夏問孝
子曰色難謂承順父母顏色乃為難也羞有滋味者
有獺有獺在河之
涘侯凌波赴汨于筆噬誓魴防捕鯉銑曰獺水獸捕魚以
祭先也喻孝子求珍異以養也涘水涯也汨急流也噬嚙捕執魴鯉美魚名善曰禮記
曰獺祭魚然後虞人入澤梁字林曰汨深水也
嗷嗷五高林烏受哺于
子濟曰嗷嗷聲也言烏烏之微亦聲鳴受哺於子善曰小雅曰純黑而反哺者烏也
毛詩曰相彼反哺尚在翔禽
養隆敬薄惟禽之似濟曰養厚敬薄
甚則與烏相似也禽者烏獸總名善曰孟子曰食而不愛豕畜之愛而不敬獸畜之劉
熙曰愛而不敬若人畜禽獸但愛而不能敬也言烏亦能報恩但不知禮敬耳今人雖有
供養而無禮敬禽獸何異乎
勗增爾虔以介丕祉翰曰勗勉虔敬
介助丕大祉福也言勉增爾敬以助大福善曰鄭玄毛詩箋云介助也毛萇詩傳曰祉
福也
白華孝子之絜白也銑曰白華美廉恥也言孝子事父母亦復絜已
如白華也善曰言孝子養父母常自絜如白華無點汙也子夏序曰白華廢則廉恥缺
矣
白華朱萼被於幽薄濟曰萼承花也喻孝子事父母絜白如朱萼承
白花於幽薄之中而鮮絜也善曰毛詩曰萼不韡韡鄭玄曰承華者萼纂要曰草叢生
曰薄此喻兄弟比於華萼在林薄之中若孝子之在眾雖方於華萼自然鮮絜
粲粲
門子如磨如錯良曰粲粲爽悟貌門子謂嫡子代父當門者如磨如錯自

文選十九　二十七

警勵也善曰毛詩曰粲粲衣服周禮曰正室謂之門子鄭玄曰正室適子將代父當門
者也毛詩曰如切如磋如琢如磨
終晨三省匪惰其恪翰曰盡一
日三度省察己之所行事非敢惰其勤恪也匪非也善曰論語曾子曰吾日三省吾身
為人謀而不忠乎與朋友交而不信乎傳不習乎陳思王魏德論曰位冠萬國不惰厥恪
白華絳趺在陵之陬子溝反向曰絳赤色也趺花足也陬陵角也
善曰鄭玄毛詩箋曰趺萼足也跗與趺同陬山足也
蒨蒨千練士子涅而
不渝之銑曰蒨蒨鮮明貌涅染渝變也言孝子鮮明雖染不變也善曰蒨蒨鮮明
之貌論語子曰不曰白乎涅而不緇渝變也
竭誠盡敬亹亹忘劬
濟曰竭盡亹亹勉勉也言盡其誠敬勉勉忘其劬勞善曰毛萇詩傳曰亹亹勉勉也亡
匪切
白華玄足在丘之曲堂堂處子無營無欲

良曰堂堂出衆貌處子處士也言孝子不得有所營欲　善曰論語曾子曰堂堂乎張也
處子處士也已見鸚鵡賦梁鴻安丘嚴平頌曰無營無欲澹爾淵清
鮮侔晨葩莫之點辱良曰侔法點汙也言鮮絜法於晨葩無所汙辱　善曰孝經鉤命決
曰名毀行廢玷辱先人王逸楚辭注曰點汙也點與玷同古字通
華黍時和歲豐宜黍稷也向曰華黍義時和歲豐也　善曰子
夏序曰華黍廢則畜積缺矣
黮黮徒感重雲習習善本作揖揖字和風銑曰黮黮黑貌習習風和
貌言風雨以時　善曰黮黮黑貌毛詩曰習習谷風毛萇曰習習和舒之貌揖與習同
黍華陵巔麥秀丘中濟曰陵巔丘中各以地所宜也華秀皆茂盛也
善曰毛詩曰黍稷方華微子有麥秀之歌　鄭玄曰高田宜黍稷下田宜稻麥
靡田

文選十九　二十八

不播九穀斯豐良曰靡無也言無地不播種九穀從此豐稔也九穀黍稷
稻秫麻大豆小豆大麥小麥　善曰尚書曰播厥百穀周禮曰三農生九穀稷麥秫稻麻
大小豆大小麥也
奕奕玄霄濛濛甘霤黍發稠華禾善本作亦字
挺其秀翰曰玄霄和氣也甘霤雨也稠穊也挺出也　善曰鄭玄
毛詩箋曰奕奕光也玄黑也霄雲也毛萇詩傳曰濛濛雨貌九水下流曰霤廣雅曰稠穊
也直留切穊居致切毛詩曰實發實秀
靡田不殖九穀斯茂無高不播無下不植芒芒其稼參參所今其穡向曰
芒芒寬廣貌參參長盛貌　善曰芒芒多貌參參長貌種曰稼斂曰穡
稸許六我王委充我民食銑曰委積也言稸王之稸積以充人食　善曰公羊傳曰
君子之為國也必有三年之委　尚書八政一曰食也
玉燭陽明顯猷翼

翼濟曰四時和謂之玉燭猷道也言王道明盛　善曰爾雅曰四氣和謂之玉燭廣雅
曰翼翼明貌猷道也
由庚萬物得由其道也良曰庚道也言萬物由道而不失　善曰
由從也庚道也言物並得從陰陽之道理而生也子夏序曰由庚廢則陰陽失其道理矣
蕩蕩夷庚物則由之翰曰夷平也蕩蕩平道萬物從之而生　善曰
尚書曰王道蕩蕩毛萇詩傳曰夷常也萬物由之以生也　翰王者之德羣生仰之以安也
蠢蠢庶類王亦柔之向曰蠢蠢衆多也言庶物之類王者以道安之
善曰毛萇詩傳曰蠢動也國語曰夏禹能平水土以品處庶類者也孔安國尚書傳曰柔
安也
道之既由化之既柔木以秋零草以春抽
獸在于善本作在字草魚躍順流四時遞謝八風

文選十九　二十九

代扇銑曰言王從道而化萬物各得其所故時和八風不失節八風八方之風也
善曰萬物既由於道羣黎又安於化故草木遂性而零茂隨四時也獸在在草魚躍順流
言皆得其時也四時入風並見上
纖阿案晷星躔直連切　善本作變字
其變善本作躔字　翰曰纖阿月御也躔星次也言星月各案其晷次不失常也
善曰淮南子曰纖阿月御也顏延年纂要曰景曰晷呂氏春秋曰月躔二十八宿漢書曰
日月初躔星之紀音義曰躔舍也
五緯善本作是字不忒善本作逆字
六氣無易良曰五緯曰雨曰暘曰燠曰寒曰風曰時六氣謂陰陽風雨晦明也
言無錯逆變易　善曰尚書云曰雨曰暘曰燠曰風曰時五者來備各以其序庶草蕃廡
左氏傳醫和謂晉侯曰天有六氣陰陽風雨晦明易改也謂不改其常行也
愔愔
我王紹文之跡翰曰愔愔安和貌我王成王也言成王作此詩以繼文王

之迹也善曰左氏傳右尹革曰祈招之愔愔杜預曰愔愔安和貌我王成王也此詩成王時也文周文王也言能繼文王之迹也

崇丘萬物得極其高大也向曰美萬物生於高丘皆得極其高大善曰萬物生長於高丘者皆遂其性得極其高大也子夏序曰崇丘廢則萬物不遂其性矣

瞻彼崇丘其林藹藹愛植物斯高動類斯大銑曰藹藹茂盛貌植物草木也動類禽獸也言各得所宜而高大善曰藹藹茂盛貌

周風既洽王猷允泰濟曰泰通也言周室風化既洽王道信通上下善曰周周室也毛詩曰王猷允塞

漫漫莫于方輿迴迴洪覆翰曰方輿地也洪覆天也漫漫迴迴大貌善曰淮南子曰以天為蓋以地為輿曾子曰天道曰員地道曰方

何類不煩善本作繁字何生不茂物極其性民善本作人字永其壽翰曰言生類茂盛各盡性命之壽善曰易乾鑿度曰統者在上方物常在五位應時羣物遂性漢書公孫弘對策曰故形和則無疾無疾則不夭也

恢恢大圓茫茫九壤向曰恢恢茫茫皆大也大圓天也九壤九州之地善曰老子曰天網恢恢也九壤九州也左氏傳曰芒芒九土

資生仰化于何不養人無道夭物極則長銑曰言天地養萬物皆極其性而無夭傷善曰資取也言取生者皆仰德而化也易曰至哉坤元萬物資生言物盡其性咸生長也老子曰終天年而不中道夭者是智之盛也年未三十而死曰夭言無夭折之道也

由儀萬物之生各得其儀也濟曰言萬物各得其理儀善曰言萬物之生各由其道得其所儀也毛萇詩傳曰儀宜也蒼頡篇曰宜得所也子夏序曰由儀廢則萬物失其道理矣

肅肅君子由儀率性良曰君子敬其容儀以從道禮云率性之謂道善曰爾雅曰肅肅敬也郭璞曰容儀謹敬也禮記曰率性之謂道

明明后辟仁以為政魚游清沼鳥萃于善本作平字林翰曰后辟皆君也言明君以仁愛為政則魚鳥各得其性善曰爾雅曰明明察也郭璞曰聰明鑒察也爾雅曰后辟君也毛詩曰依彼平林有集維鷮

濯鱗鼓翼振振其音賓寫爾誠主竭其心時之和矣何思何脩向曰遠賓皆寫其誠信明主盡心撫之時既和矣何所思慮何所修理也善曰賓謂羣臣也時既和平矣何所思慮何所修治易曰天下何思何慮王弼曰一以貫之不慮而盡也莊子老聃曰至人之於德也若天之自高地之自厚夫何修之為

文化內輯武功外悠向曰言文化和內武功及外而遠也輯和悠遠也善曰輯和也言以文化輯和於內用武德加於外遠也悠遠也

述德

述祖德詩二首

五言善曰陳羣謝錄曰玄字幼度領徐州牧苻堅傾國大出玄為前鋒射傷苻堅臨陣殺苻融封康樂公靈運述祖德詩序曰太元中王父龕定淮南負荷世業尊主隆人逮賢相祖謝君子道滿拂衣蕃嶽考卜東山事同樂生之時志期范蠡之舉

謝靈運銑曰沈約宋書云謝靈運陳郡人也博覽羣書文章之美江左莫及初為琅邪王大司馬行參軍後為臨川郡太守述其祖謝

文選十九　三十　文選十九　三十一

安謝玄之德後為有司所糾從廣州有詔斬於廣州市善曰為有
司所糾從封廣州遂令趙欽等要合鄉里健兒於三江口簒取謝要
不及有司奏依法收罰詔於廣州棄市
達人貴自我高情屬天雲濟曰達人賢達之人謂祖玄也貴我
謂輕物重身也言情之高屬及於天雲善曰呂氏春秋曰楊朱貴己高誘曰輕天下而
重己也天雲言高也曹植七啓曰獨馳思乎天雲之際兼抱濟物性而
不纓垢氛良曰言兼有濟物之心不為塵垢所纓纏　善曰纓繞也垢滓也氛
氣也謂世事皆惡不相纓繞不離塵霧穢康書曰予文三登令尹是君子思濟物之意也
段生藩魏國展季救魯人翰曰段干木不仕為魏國藩屏展季
柳下惠也既死其妻誄之日蒙恥救人德彌大也　善曰段生干木也已見上展季柳下

惠也劉向列女傳曰柳下惠妻誄之曰蒙恥救人德彌大兮遂謚曰惠弦高犒
晉師仲連却秦軍向曰鄭商人弦高驅牛將鬻於周遇秦師襲鄭因矯
鄭伯之命以牛犒諸秦軍秦軍以為有備遂退此文云犒晉師謝生之誤也魏王使將軍
辛垣衍說趙尊秦昭王為帝魯仲連責而歸之秦將聞之而退　善曰呂氏春秋曰秦將
興師伐鄭鄭賈人弦高遇之曰此必襲鄭乃矯鄭伯之命以勞之曰寡君使臣犒勞以璧膳
以十二牛秦三帥對曰寡君使丙也術也視七於邊候晤之道也迷惑陷入大國之地冊
拜受之高誘曰晤國名也音晉今為晉字之誤也漢書音義服虔曰以師枯犒故饋之猶
食勞苦謂之勞也廣雅曰犒勞也史記曰魯仲連齊人也趙孝成王時秦使白起圍趙魏
王使將軍新垣衍說趙尊秦昭王為帝仲連責而歸之新垣衍起再拜請出秦將聞之為
郤十五里臨組乍不緤薛對珪寧肯分銑曰組綬緤繫也言

魯仲連有功趙將封之不肯受其珪綬也善曰史記曰平原君欲封魯連連不肯受左
太沖詠史詩曰臨組不肯緤對珪不肯分說文曰組綬屬也王逸楚辭注曰緤繫也擬仲
連文雖不見分珪之事古者封爵皆隨其爵之輕重而賜之珪璧執以為瑞信今仲連不
受齊趙之封爵明其不肯分珪也惠物辭所賞勵志故絕人
濟曰言惠賜及物而不受賞勵勉也能勉其志故絕人也　善曰恩惠及物而不受賞言
勉其志不與衆同故言絕人也孔安國尚書傳曰勵勉也苕苕條歷千載
遙遙播清塵清塵竟誰嗣明哲時經綸良曰苕苕
遙遠也謂高蹇之德清塵遠播千載也言我祖有明智經綸之才能繼魯仲連　善
曰明哲謂祖玄也清塵已見懷舊賦經綸見南都賦委講綴道論改服
康世屯翰曰康安也屯難也言玄委棄講藝與王羲之隱於會稽之山以綴道詠後

出為將軍破苻堅故云安世難也善曰漢書曰太史公習道論於黃子左氏傳齊侯謂
韓厥曰服改矣杜預曰朝戌異服周易曰屯難也屯難既云康尊主
隆斯民向曰謂毀苻堅以尊晉主能盛於國人也　善曰莊子曰語大功立大名
比朝廷之士尊主強國之人也魏志詔曰翻然改節以隆斯民
中原昔喪亂喪亂豈解已銑曰言中夏喪亂未解散也已止也
善曰晉中興書曰中原亂中宗初鎮江東中原謂洛陽也晉懷愍帝時有石勒劉聰等賊
破洛陽懷帝沒於平陽崩騰永嘉末逼迫太元始濟曰永嘉
太元並西晉年號崩騰破壞貌逼迫言為胡虜寺奔逐也　善曰王隱晉書曰懷帝即位
年號永嘉孝武即位年號太元河外無反正江介有蹙子育圮
平鄙切良曰河外洛陽也言為賊所破不得反洛陽之正介間也遷於江間迫促狹小

僨有毀敗也圮毀也善曰河外已見西征賦公羊傳曰撥亂反正莫近於春秋江介已見魏都賦毛詩曰今也日蹙國百里爾雅曰圮敗覆也

萬邦咸振懾橫

流賴君子翰曰言萬國恐懼得免橫流之禍者蒙君子之力善曰懾懼也謝靈運山居賦自注曰余祖車騎建大功淮淝左右得免橫流之禍孟子曰洪水橫流氾濫於天下

拯溺由道情龕暴資神理向曰拯濟龕勝也言拯橫流之溺由懷道情勝暴亂資神妙之理善曰拯濟也溺沒也孟子曰天下溺則援之以道莊子曰夫道有情有信曹植武帝誄曰人事既闕聰鏡神理

秦趙欣來

蘇讌魏遲去文軌銑曰遲待也秦趙燕魏四國言皆欣其蘇息以待文軌同也善曰尚書曰徯予后后來其蘇文軌已見恨賦

賢相謝世運遠

圖因事止濟曰賢相即太傅謝安也謝世運謂死也遠圖謂謀也深遠之謀因此而止善曰賢相即太傅也山居賦注曰太傅既薨遠圖已輟左氏傳榮成伯曰遠圖者忠也曹大家上疏諸兄曰上損國家累世劬勞遠圖之功

高揖七州外

拂衣五湖裏良曰七州謂東晉之七州揖辭也言辭七州之命隱於五湖湖有五道故云五湖善曰山居賦注曰便求解駕東歸以避君側之亂舜分天下為十二州時晉有其七故云七州也五湖已見江賦

隨山疏濬潭傍巖藝

枌梓翰曰疏鑿濬深藝種也枌榆梓木名善曰山居賦注曰選神麗之所申高栖之意疏開也濬深也楚人謂深水為潭

遺情捨塵物貞觀丘壑

美向曰遺其冠冕之情是捨塵物也貞正觀見也言如此正見丘壑之美善曰貞正也觀視也言正見丘壑之美

勸勵善曰勸者進善之名勵者勗己之稱

諷諫詩善本無詩字一首并序四言

韋孟銑曰漢書曰韋孟彭城人也為楚元王傅也善曰漢書曰韋賢魯國鄒人也其先韋孟本彭城人為楚元王傅

孟為元王傅善本作傳傳

子夷王及孫王戊戊荒

淫不遵道作詩諷諫善本有曰字齊曰元王高祖少弟也薨子郢客嗣是為夷王薨子戊嗣戊與七國同反故無謚號善曰漢書曰楚元王交字遊高祖同父少弟也高祖即位立交為楚王薨子郢客嗣是為夷王薨子戊嗣

肅肅我祖國自豕韋良曰肅肅敬也我祖孟祖也在殷封東郡韋城故曰豕韋氏也應劭曰左氏傳曰在商為豕韋氏杜預曰國名東郡白馬縣南有韋城

黼衣朱紱四牡龍旂翰曰謂封為諸侯故得服黼紱建龍旂善曰

黼衣已見上朱紱上廣一尺下廣二尺長三尺以皮為之古者上公服之毛詩曰朱紱斯皇又曰四牡翼翼又曰龍旂承祀

彤弓斯征撫寧遐荒向曰古者諸侯錫彤弓則得專征伐撫寧遠方善曰毛詩曰彤弓弨兮荒荒服也

揔齊羣

邦以翼大商迭彼大彭勳績惟光銑曰言能揔齊諸侯以翼佐大殷也迭更也大彭亦殷之霸國也言更至於此其功光大應劭曰國語曰大彭豕韋為商伯言豕韋與大彭互為伯於商也迭互也

至于有周歷世會

同濟曰言歷世為諸侯預會同禮善曰會同已見東京賦

王赧聽譖寔

絕我邦良曰赧王周末之王也聽譖言乃絕我豕韋之後應劭曰王赧周末王聽譖受譖潤絕豕韋氏善曰赧王已見西征賦

我邦既絕厥政斯逸

翰曰逸放也言絕我國之後王政放逸遂至從弱應劭曰自絕豕韋之後政教逸漏不由

王者臣瓚曰逸放也管子曰令不行謂之放瓚說是也賞罰之行非由
善本作蹤字王室向曰言賞罰自諸侯出也善曰繇與由古字通庶尹
羣后靡扶靡衛銑曰尹正也言衆正羣后無有扶衛之者善曰尚書曰
庶尹允諧又曰肆覲羣后尹正也羣后天下諸侯也五服崩離宗周以
墜濟曰五服甸侯綏要荒等服言崩壞離散周之宗社從此而墜應劭曰五服謂甸服
侯服綏服要服荒服論語子曰邦分崩離析宗周已見西征賦我祖斯微遷
于彭城良曰從此微弱始遷居彭城善曰漢書曰楚國有彭城縣在予小
子勤唉呼來厥生翰曰予小子孟自稱也唉歎也勤歎其生之微也善曰
方言曰唉歎辭也許其切阸善本作阨字此嫚慢秦耒盧會耜似
斯耕向曰困阸於秦家嫚毒之法而耕於野悠悠嫚秦上天不

文選十九　三十六

寧乃眷南顧授漢于京銑曰天不安秦於而授之於漢也於烏
赫有漢四方是征靡適不懷萬國攸平濟曰漢征
四方所往必來萬國所以平也善曰言漢之所往無不歸懷故萬國所以皆平乃
命厥弟建侯于楚良曰厥弟元王也建立也謂立爲侯伯於楚俾
我小臣惟傳是輔矜矜元王恭儉靜一翰曰俾使
也小臣韋孟也矜矜戒慎也言元王戒慎恭儉有沈靜守一之德善曰孔安國尚書傳
曰矜矜戒慎恭敬靜守一道也惠此黎人善本作民字納彼輔弼
享國漸世垂烈於善本作于字後向曰言能惠愛衆庶納用輔佐
之言漸代沒也烈業也言己沒上代乃垂業於夷王應劭曰即位且三十年漸世沒世也
善曰漸沒也乃及夷王尅奉厥緒善本作次字咨命不

永惟王統祀左右陪臣斯惟皇士銑曰惟王謂王戊也
言夷王亦能奉其緒然命不長而至王統祀也左右陪從之臣皆義士也善曰夷王立
四年薨纂統宗祀也毛詩曰思皇多士皇士美士也如何我王不思守
保不惟履冰以繼祖考濟曰言王不思守保統緒不爲履冰之戒
以繼祖考善曰守其富貴保其社稷履氷已見寡婦賦邦事是廢逸游
是娛犬馬悠悠田獵善本作是放字是驅務此鳥獸
忽此稼苗烝民以匱我王以媮俞所弘匪德
所親匪俊唯囿是恢唯諛是信良曰言王廢政事以田獵
輕忽苗稼匱乏生人以自媮樂所大所親者皆非賢德義俊但恢大苑囿而信讒諛焉
善曰馳騁犬馬悠悠然遠也媮與愉同樂也人失稼穡以困之而王反以爲樂也睮

文選十九　三十七

睮諂夫諤諤黃髮如何我王曾不是察既藐貌
邈下臣追欲縱樂善本作縱字逸翰曰睮睮目媚貌諤諤中正貌黃髮
老人也言王不察諂媚之夫中正之老也藐遠也君之大夫曰下臣也謂疏遠君之大夫
追情欲縱逸樂也如淳曰睮睮目媚貌史記曰不如周舍之咢咢咢與諤同睮以朱切諤
諤正直貌黃髮老人髮落更生黃也應劭曰藐遠也言疏遠忠賢之輔追情欲縱逸遊也
臣瓚曰藐陵藐也善曰儀禮曰凡自稱於君士大夫則曰下臣嫚慢彼顯
祖輕此削黜向曰謂嫚先王之業無德而被削黜也善曰尚書曰昭乃顯
祖嗟嗟我王漢之睦親曾不夙夜以休令聞
銑曰睦亦親也令善也言王不能早起夜卧以義善聞善曰尚書曰九族既睦尚書曰
舊有令聞穆穆天子臨照下土濟曰穆穆明王也下土猶天下之土

善曰毛詩曰天子穆穆又曰明明上天照臨下土　羣司執憲靡
顧正遐由近殆其怙茲善本作茲怙字良曰言王不顧群司之
法正遠之道必由於近也怙親也言危殆親近於此也▲善曰茲此謂此親也言欲正遠
人先從近始而王怙恃漢戚以致危殆　嗟嗟我王曷不斯思匪
思匪監嗣其罔則彌彌其逸岌岌其國翰曰曷何
也彌彌稍盖也岌岌危也言我王何不思此危殆不自視己之事而嗣位無法則稍益其
放逸國將危亡也善曰王不思之不鑒鏡之是令後嗣無所法則應劭曰彌彌猶稍稍
也罪過滋甚岌岌欲毀之意　致冰匪霜致墜匪慢瞻惟我
王時靡不練向曰謂積霜成冰積慢成敗言我王亦不受教練前事應劭曰
易曰履霜堅冰至言非一日之寒也晉灼曰致冰無不先由微霜致墜無不先由驕慢

善曰時是也練委也言王於上所言之事無不委練也　興國救顛孰違
悔過追思黃髮秦穆善本作繆字　以霸銑曰能興國救顛危
者誰肯違遠悔過之事追思老人之言秦穆公所以成霸業也善曰言欲興其邦國救
其顛墜誰能違於悔過乎尚書秦穆公曰詢于黃髮則罔所諐　歲月其徂年
其逮耇於烏赫君子庶顯于後翰曰逮及耇老也於
赫美也言歲月將邁以及於老何不美君子之道庶光明於後代　善曰徂往也言日月
徂逝年將及老悔過自新理宜在速爾雅曰耇老壽也歎羨昔之君子能庶幾自悔故光
顯于後　我王如何曾不斯覽黃髮不近胡不時
鑒向曰我王不覽此美不近老人何不以此時為鑒戒

勵志詩一首　四言

張茂先銑曰勵勉也謂勉志以修德業
大儀斡烏括運天迴地游濟曰大儀大道也言大道迴運使天左旋
地右旋猶轉也善曰大儀太極也以生天地謂之大成形之始謂之儀鄭玄曰極中
之道淳和未分之氣也斡轉也春秋元命苞曰天左旋地右動河圖曰地有四游冬至地
上行北而西三萬里夏至地中行南而東三萬里春秋二分是其中矣地常動移而人不
知譬如閉舟而行不覺舟之運也　四氣鱗次寒暑環周良曰四時
寒暑如魚鱗之相次循環而無極善曰禮記曰四氣之和以著萬物之理李充辟雍賦
曰攢羅鱗次差池雜遝莊子曰度如環無有端周迴如循環未始有極　星火既
夕忽焉素秋翰曰星火流火也西方色白故曰素秋善曰星火大火星也已
見上爾雅曰秋為白藏故云素秋　涼風振落熠以入燿羊照宵流

其一向曰振落也謂振其落葉熠燿螢也宵流謂夜飛善曰涼風已見上熠燿已見
秋興賦　吉士思秋寔感物化銑曰吉士至秋而哀思是感物遷化
也善曰思悲也謂鴻鴈來賓雀入大水為蛤之類毛詩曰有女懷春吉士誘之淮南子
曰春女悲秋士哀而知物化矣　日歟善本作字下同　與月歟荏苒代
謝濟曰夏盡秋來故曰代秋來夏退故曰謝荏苒猶漸進也言日月相推漸進至此代
謝也善曰毛詩曰日居月諸淮南子曰二者代謝而蹉馳顏延年曰來者為代去者為
謝　逝者如斯曾無日夜向曰逝往也言性命之往日夜不息善
曰逝者已見秋興賦　嗟爾庶士胡寧自舍其二翰曰何寧自舍止
不修德業一善曰言逝川之流不息日夜亦當感之以勵志何得晏然自舍哉　仁道
不遐德輶由如羽求焉斯至衆鮮克舉向曰輶輕

鮮少克能也言仁德之道其求不遠其輕如羽求之則至然衆人少能舉之　善曰論語
子曰仁遠乎哉我欲仁斯仁至矣毛詩曰德輶如毛人鮮克舉大猷玄漠將
抽厥緒銑曰猷道也言大道玄漠猶將抽其端緒　善曰毛詩曰秩秩大猷說文
曰玄幽遠也又曰漠寂也廣雅曰漠泊也說文曰漠無爲也言大道玄遠幽漠知之猶從
小引其端緒而至於可知先人善本作民字有作貽我高矩三其
濟曰言先聖作法度遺我爲高大之規矩　善曰毛詩曰自古在昔先民有作雖有
淑姿放心縱逸出盤善本作般字于遊居多暇日
良曰言有淑美之姿放心盤遊居有閑暇不修道業　善曰孫卿子曰其爲人也多暇日
著其出入不遠如彼梓材弗勤丹漆雖勞朴斲卓終
負素質其四翰曰梓匠理材不勤以丹漆飾之雖勞於理削終不成器也丹漆

喻人學也　善曰尚書曰若作梓材既勤樸斲惟其塗丹雘養由矯矢獸
號平于林蒲盧縈繳神感飛禽向曰楚王遊於林中猨緣
木射之不中命養由射之矯矢猨抱木而號也蒲盧即蒲且也繳矯射也蒲且射雙鳧中
一而一不中者亦隨之下言皆至妙之感善曰養由已見幽通賦蒲蘆舊說云即蒲且
也已見西京賦汲冢書曰蒲且子見雙鳧過之其不被弋者亦下故言感也末伎
之妙動物應心研精耽道安有幽深其五銑曰末
伎謂繳射也言末伎用心尚感如此況窮精樂道豈有幽深而不通焉　善曰物獸與禽
也尚書序曰研精覃思荅賓戲曰浮英華耽道德安心恬蕩棲志浮
雲體之以質彪之以文濟曰言清其思慮棲志於浮雲之上體其
質素以文德飾其身也彪文也　善曰莊子曰恬淡寂漠道德之篤也淮南子曰使神蹈

蕩而不失其充荅賓戲曰仲尼抗浮雲之志說文曰彪文貌如彼南畝力
耒既勤藨彼苗蓘古本致功必有豐殷曰其六良藨耘草
蓘壅苗也言農夫勤耘草壅苗則殷豐喻學者勤於道德亦致光大　善曰以農喻也左
氏傳趙文子謂祁午曰譬如農夫是藨是蓘雖有饑饉必有豐年杜預曰藨耘也壅苗爲
蓘水積成川載潤善本作瀾載清土積成山歊許喬
蒸鬱冥翰曰川山皆水土所成及其大也則生波濤起雲霧人能積德業至於廣
大亦賢智蕟焉歊蒸雲霧氣貌　善曰荀卿子曰土積成山風雨興焉水積成川蛟龍生
焉種善德而神明自得聖心備焉尸子曰土積成岳則楩柟豫章出焉水積成川則吞舟
之魚生焉夫學之積也亦有所出也傅毅顯宗頌曰蕩蕩川瀆既瀾且清張揖字詁曰歊
氣上出貌山不讓塵川不辭盈勉志含弘以隆德

聲其七向曰言山川不辭讓其塵盈故能高深言人亦當含弘光大以崇德聲　善
曰管子曰海不辭水故能成其大山不辭土故能成其高士不厭學故能成其聖周易曰
含弘光大蔡邕袁喬碑曰于茲德聲發聞遐邇高以下基洪由纖起
銑曰言從小至大　善曰老子曰高必以下爲基又曰合抱之木生於毫末川廣
其善本作自源成人在始濟曰川之廣大在於泉源人之成德在於初始
善曰禮記曰王者之祭川也皆先河而後海或源也或委也鄭玄曰始於一勺卒成不測
也論衡曰自源發流安得不廣國語晉趙武冠見韓獻子獻子曰戒之此謂成人在始
累上微以著乃物之理良曰積微以至於著是物之通理也　善
曰孫卿子曰盡小者大積微者著纆音墨牽之長實累去千里
其八翰曰纆索也以御馬也王良弟子駕千里馬京父曰纆牽長爲馬之累不可及千

里也言人體貌雖美無才學亦纆牽之累於善曰凡言物之大必資於小故此言若輕

小亦累於大戰國策段干越謂韓相新城君曰昔王良弟子駕千里之馬過京父之弟子

京父之弟子曰馬千里之馬也服千里之服也而不能取千里何也曰子纆牽長故纆牽

於事萬分之一也而難千里之行今臣雖不肖於秦亦萬分之一也而相國見臣不懌者

是纆牽長也千里之馬繫以長索則為累矣人雖有容貌不修德如千里馬也**復禮**

終朝天下歸仁向曰言能復於禮教以終一日則天下之人皆歸於己

善曰論語子曰一日克己復禮天下歸仁焉**若金受礪若泥在鈞**

銑曰金受磨礪以利泥從鈞以成器人亦因學以就其德鈞作瓦輪者　善曰大戴禮君

子曰學不可以已是故金就礪則利在鈞已見西征賦謂陶家泥輪以能成器也**進**

德修業暉光日新濟曰進德修業則日新之道　善曰進德修業已見

文選十九　四十二

閑居賦周易曰君子之光暉吉又曰日新之謂盛德**隰習朋仰慕予亦**

何人其九　良曰隰朋齊大夫猶慕管仲之德言我何人而不慕賢者乎　善曰莊

子曰管仲有病桓公問之仲父之病病矣寡人惡乎屬國而可對曰則隰朋可其為人

也愧不若黃帝而哀不已若者朋慕管之德華言隰朋猶慕德我是何人而不慕乎

文選卷第十九

日本東京大學東洋文化研究所藏朝鮮活字本六臣注文選

中

〔梁〕蕭統 選編
〔唐〕李善 吕延濟 劉良 張銑 吕向 李周翰 注

鳳凰出版社

[illegible]

詩
獻詩
公讌
祖餞

文選 二十

廿六十

文選卷第二十
梁昭明太子撰　五臣并李善注
獻詩
曹子建上責躬詩一首
應詔詩一首
潘安仁關中詩一首
公讌
曹子建公讌詩一首
王仲宣公讌詩一首
劉公幹公讌詩一首
應德璉侍五官中郎將建章臺集詩
一首
陸士衡皇太子讌玄圃宣猷堂有令
賦詩一首
陸士龍大將軍讌會被命作詩一首
應吉甫晉武帝華林園集詩一首
謝宣遠九日從宋公戲馬臺送孔令
詩一首
范蔚宗樂游應詔詩一首
謝靈運九日從宋公戲馬臺送孔令

詩一首
顔延年應詔曲水讌詩一首
皇太子釋奠會詩一首
丘希範侍讌樂游苑送張徐州應詔
詩一首
沈休文應詔樂游餞呂僧珍詩一首
祖餞
曹子建送應氏詩二首
孫子荊征西官屬送於陟陽候作詩
一首

潘安仁金谷集作詩一首
謝宣遠王撫軍庾西陽集別作詩一
首
謝靈運鄰里相送方山詩一首
謝玄暉新亭渚別范零陵詩一首
沈休文別范安成詩一首
獻詩
上責躬應詔詩表善曰魏志曰黃初四年植朝京都上
疏并獻詩二首
曹子建翰曰植嘗與楊脩應瑒等飲酒醉走馬於司禁門文

帝即位念其舊事徙封鄄城侯後求見帝帝責之置西館未許
朝故子建獻此詩也
臣植言臣自抱釁許覲歸藩刻肌刻骨向曰釁罪也藩
鄄城也刻肌刻骨深自誡也善曰植集曰植抱罪徙居京師後歸本國而魏志不載蓋
魏志略也杜預左氏傳注曰釁瑕隙也賈逵國語注曰釁兆也謂罪蒴兆也孝經鉤命決
曰削肌刻骨挈挈勤思追思罪戾晝分扶問而食夜分而
寢銑曰戾惡也晝分日中時也夜分夜半時也寢臥也善曰爾雅曰戾罪也韓子曰
衛靈公至濮水夜分聞有鼓琴者誠以天網不可重罹离聖
恩難可再恃竊感相鼠之篇無禮遄死之義
濟曰羅罹相視遄速也視鼠之有身體人甚惜之人之無禮亦如鼠矣故不如速死篇詩

篇也言植感此篇之義善曰老子曰天網恢恢洞簫賦曰蒙聖主之渥恩感猶思也毛
詩曰相鼠有體人而無禮人而無禮胡不遄死爾雅曰遄速也市專切形影相
弔五情愧赧女簡反良曰弔問赧愧也五情喜怒哀樂怨也言形影相問
於五情更相愧赧善曰文子曰昔者黃子曰色有五章人有五情說文曰赧面慙也
以罪棄生則違古賢夕改之勸翰曰古君子朝有過而夕
改今欲以罪棄生則違此義善曰曾子曰君子朝有過夕改則與之夕有過朝改則與
之忍垢苟苟全則犯詩人胡顔之譏向曰胡何也言
何顔居代也若忍譏且全其生則犯當時之譏也詩無此句今言詩者誤也善曰即上
胡不遄死之義也孔安國尚書傳曰胡何也毛詩曰何顔而不速死也殷仲文表曰亦胡
顔之厚義出於此伏惟陛下德象天地恩隆父母銑曰

德象天地言廣恩隆父母言深善曰應劭曰陛升堂之階王者必有執兵陳於階陛之
側臣與至尊不敢指斥故呼在陛下者而告之因卑以達尊之意也凡稱殿下閤下侍者執
事皆此類也漢書曰孝文皇帝德辱侔天地尚書曰天子作民父母施暢春風
澤如時雨濟曰春風養物也時雨潤物也言天子施惠潤澤通深如此善曰
漢書音義曰暢通也蘇順陳公誄曰化侔春風澤配甘雨風賦曰不擇貴賤高下而加焉
呂氏春秋曰甘露時雨不私一物是以不别荊棘者慶雲之
惠也良曰慶雲瑞雲也言慶雲蔭物不分荊棘蘭桂而覆之善曰史記曰若煙非
煙若雲非雲郁郁紛紛蕭索輪囷是謂慶雲七子均養者鳲鳩之
仁也翰曰鳲鳩之鳥育七子朝從上向下暮從下向上言均平之道者有同於仁
善曰毛詩曰尸鳩在桑其子七兮毛萇曰尸鳩之養其子旦從上下暮從下上其均平如

文選二十 四

一舍罪責功者明君之舉也矜愚愛能者慈
父之恩也是以愚臣徘徊於恩澤而不敢自
棄者也前奉詔書臣等絕朝心離志絕自分
黃耇苟永無執珪之望向曰先有詔不許蕃王朝故云絕朝耇老
也言至老無執珪朝會之望善曰孔安國尚書傳曰矜憐也論衡曰父母之於子恩等
豈為貴賢加意賤愚不察乎左氏傳曰士貞伯曰鄭伯其死乎自棄也已分謂甘愜也毛
詩序曰尊事黃耇珪者古之諸侯所執周禮曰上公之禮執桓圭諸侯之禮執信圭史記
陳軫曰越人莊舄仕楚執珪不圖聖詔猥垂齒召至止之
日馳心輦轂銑曰不圖不意也猥曲也言不意聖詔曲垂齒召至止往之日
馳心於輦轂之下不敢指斥故託輦轂以言之善曰猥猶曲也尚書曰降霍叔于庶人

三年不齒孔安國曰三年之後乃齒錄之也詩曰至止肅肅胡廣漢官解詁注曰轂下喻
在輦轂之下京城之中僻處西館未奉闕庭善曰東京賦曰闕庭
神麗踊躍之懷瞻望反側善曰毛詩曰踊躍用兵又曰瞻望不及又
曰展轉反側不勝犬馬戀主之情善曰史記丞相翟青曰臣不勝
犬馬之心謹拜表并獻詩二首善本作篇字詞旨淺末
不足采覽貴露下情冒顏以聞臣植誠惶誠
恐頓首頓首死罪死罪濟曰貴呈露其情善曰漢書音義張晏
曰人臣上書當昧犯死罪而言也

責躬詩一首 四言

於烏穆顯考時惟武皇良曰於穆美也明考即武皇也植是子故

文選二十 五

云明考善曰毛詩曰於穆清廟禮記曰王立七廟曰顯考廟毛詩曰時惟鷹揚武皇謂
曹操也受命于天寧濟四方翰曰受命謂受天子之命寧安也
善曰毛詩序曰文王受命作周也鄭玄曰受天命而王天下也傳毅明帝頌表曰體天統
物寧濟蒸民朱旗所拂九土披攘如羊反向曰朱旗漢旗操輔
漢故建之九土九州之土也披攘猶披靡也善曰李陵與蘇武書曰雷鼓動天朱旗蔽日
登徒子好色賦曰周覽九土漢火德操為漢臣故建朱旗時獻帝在故也玄化滂
流荒服來王銑曰言玄遠之化滂沱而流荒遠之服皆來歸化善曰廣雅
曰玄道也謂道德之化也蔡邕陳留太守頌曰玄化洽矣尚書曰四夷來王超商
越周與唐比蹤篤生我皇奕世載聰濟曰超越殷周
與唐堯比蹤也篤生謂稟淳厚之德而生言武皇亮聰而文帝又聰故云載聰善曰商

周用師故云起越唐虞禪讓故云比蹤我皇
文帝也毛詩曰篤生武王國語祭公謀父曰
奕世載德武則肅烈文則時雍受禪于漢君臨萬
邦良曰武定禍亂文經天地肅烈威猛也時雍時和也謂受漢禪位為人君以臨萬國
善曰毛詩曰相土烈烈毛萇曰相土契孫也鄭玄曰威武之盛烈烈然也尚書曰黎民於
變時雍孔安國曰雍和也魏受禪已見魏都賦尚書曰君臨周邦又曰協和萬邦萬
邦既化率由舊則廣命懿親以藩王國翰曰言修
舊法命懿親以為王國藩屏善曰毛詩曰不愆不忘率由舊章鄭玄曰率循也爾雅曰
命告也尊君令謂之命左氏傳富辰諫王曰昔周公封建親戚以藩屏周不廢懿親也毛
詩曰生此王國帝曰爾侯君茲青土奄有海濱方周
于魯向曰植初封臨淄侯舊青州之境奄同也謂同有海濱之地亦猶周公封伯禽

於魯也善曰魏志曰建安十九年植封臨淄侯臨淄屬齊郡舊青州之境尚書帝曰爾
諧漢書封齊王曰受茲青土毛詩曰奄有龜蒙毛萇曰奄大也尚書曰青州海濱廣斥孔
安國曰濵涯也論語注曰方比方也毛詩曰建爾元子俾侯于魯車服有輝
旂章有叙翰曰言車服旂章各有秩叙善曰尚書曰車服以庸國語曰為車
服旂章以旌之毛詩曰庭燎有輝禮記曰以為旗章以別貴賤鄭玄曰章幟也應劭漢官
典職揚雄曰盛儀有序濟濟俊乂我弼我輔伊爾小子
恃寵驕盈舉掛時網動亂國經作藩作屏上
先軌是隳許規傲我皇使犯我朝儀濟曰隳廢也謂廢先
帝之軌則也皇使謂監國使灌均也奏植醉酒劫脅使者謂傲使犯朝儀也善曰毛詩
曰濟濟多士尚書曰儁乂在官尚書大傳曰天子有四鄰左輔右弼毛詩曰閔予小子班

固漢書景十三王述曰膠東不亢常山驕盈家語曰孔子曰治天下國家有九經其所以
行者一也孔安國尚書傳曰驕廢也魏志曰黃初二年植就國使者灌均希旨奏植醉酒
勃逆劫脅使者有司請治罪帝以太后故貶爵安鄉侯國有典刑我削
我黜將寘于理元凶是率良曰削黜謂黜其爵土將寘于理殺
我於大理推罪為元凶之率善曰植集曰博士等議可削爵土免為庶人尚書曰象以
典刑韋孟諷諫詩曰輕此削黜魏志曰有司請罰植罪廣雅曰將欲也周易曰寘于叢棘
毛萇詩傳曰寘致也司馬遷書曰遂下于理鄭玄禮記注曰理治獄之官儀禮曰率導也
明明天子時惟篤類翰曰唯思篤厚也類謂兄弟也言我順天子思
厚兄弟善曰魏志詔云植朕之同母弟骨肉之親舍而不殊其改封植毛詩曰明明天
子令問不已又曰孝子不匱永錫爾類鄭玄曰長以與汝之族類也不忍我刑

暴之朝肆違彼執憲哀予小子善本作臣字向曰言天子
不忍刑我暴尸於朝市故違執法者哀矜我也善曰殺人陳其尸曰肆論語子服景伯
曰吾力猶能肆諸市朝杜預左氏傳注曰肆市列也韋孟諷諫詩曰明明羣司執憲靡顧
揚雄交州箴曰牧臣司交敢告執憲儀禮曰小臣正辭改封兗邑于河
之濵銑曰植改封鄄城侯鄄城舊兗州之境近濟河故云于河之濵善曰魏志曰
帝以太后故貶爵安鄉侯又曰黃初二年改封鄄城屬東郡舊兗州之境尚書曰濟河惟
兗州植表曰行至延津受安鄉印綬股肱弗置有君無臣荒淫
之闕誰弼余身煢煢僕夫于彼冀方濟曰煢煢獨也
僕夫侍御者也于往也冀方冀州也時魏都鄴冀州境也善曰尚書大傳曰股肱惟臣
韋孟諷諫詩序曰王戊荒淫不遵道作諷諫詩植集曰詔云知到延津遂復來求出獵表

曰臣自招罪釁徙居京師待罪南宮然植雖封安鄉侯猶往冀州也時魏都於鄴鄴冀州
之境也一云時魏以雒為京師比堯之冀方也大戴禮曰驪駒在門僕夫具存毛萇詩傳
曰于往也尚書五子之歌曰惟彼陶唐有此冀方嗟予小子乃罹斯
殃赫赫天子恩不遺物冠去我玄冕要平我
朱紱良曰恩不遺物謂蒙恩得還玄冕朱紱諸侯之儀服　善曰謂至京師蒙恩得
還也植求習業表曰雖免大誅得歸本國毛詩曰赫赫在上周易曰曲成萬物而不遺周
禮曰王之五冕皆玄冕朱裏毛詩曰朱芾斯皇芾與紱同禮記曰諸侯佩山玄玉而朱組
綬蒼頡篇曰紱綬也光光大使我榮我華剖符授玉善本
作土王爵是加翰曰謂尋有使封鄄城王也故云剖符授玉　善曰揚雄侍中
箴曰光光常伯儵儵貂璫文子曰有榮華必有愁悴魏志曰黃初三年立為鄄城王四年

封雍丘王脩巴蜀檄曰剖符而封析珪而爵仰齒金璽從俯執聖
策皇恩過隆祗承怵惕向曰怵惕戒懼也　善曰左氏傳羽父曰
寡人若朝于薛不敢與諸任齒杜預曰齒列也漢書曰諸侯王皆金璽史記曰高祖封三
王皆以策書西京賦曰皇恩溥尚書曰祗承于帝又曰怵惕惟厲啓善本作谷字
我小子頑凶是嬰逝慙陵墓存愧闕庭匪敢
傲德寔恩是恃威靈改加足以沒齒向曰逝死也慙
先帝陵墓存愧闕庭傲德言不敢慢也沒盡齒年也　善曰說文曰嬰繞也班固漢書述
曰震我威靈五世來服四子講德論曰聖德隆盛威靈外覆論語子曰管仲奪伯氏駢邑
沒齒無怨言孔安國曰齒年也昊天罔極生命不圖銑曰昊大罔無
極盡也言報德之心如天之大亦無盡況生命何足圖也　善曰言生之夭壽不可預謀

也毛詩曰欲報之德昊天罔極家語孔子曰分於道謂之命毛詩傳曰不慮不圖也常
懼顛沛貝抱罪黃壚音盧銑曰顛沛猶死也常恐不能酬德抱罪
於墳墓中黃壚墳墓也　善曰論語曰顛沛必於是馬融曰顛沛偃仆也淮南子曰上際
九天下契黃壚高誘曰泉下有壚山顏蒙矢石建旗東嶽庶立
毫氂微功自贖濟曰顏蒙矢石建旗東岳以鎮吳立微功自贖往罪
善曰左氏傳曰荀偃親受矢石東岳鎮吳之境子建詩曰我心常怫鬱思欲赴太山與此
義同漢書音義曰十毫為氂班超上疏曰冀立微功以自陳效危軀授命知
足免戾歷結反良曰言危軀授命知足立功以免罪也　善曰論語子曰見危
授命亦可以成人矣左氏傳太史克曰庶幾免於戾乎甘赴江湘奮戈
吳越天啓其衷得會京畿翰曰天子開中心春我故得會於京

畿善曰左氏傳呂相曰大誘其衷杜預曰衷中也遲去奉聖顏如渴
如飢向曰遲待也言待奉聖顏如飢渴也善曰遲猶思也張奐與許季師書曰不
面之闊悠悠曠久飢渴之念豈當有忘毛詩曰憂心烈烈載飢載渴心之云慕
愴矣其悲天高聽卑皇肯照微銑曰言心遲慕於君也天
之高所聽者卑何暇明我微誠也皇暇照明也　善曰史記子韋謂宋景公曰天高聽卑
爾雅曰皇君也又曰肯可也班固說東平王蒼曰願隆照微之明信日昃之聽
也

應詔詩一首四言　翰曰言應詔命而來於道路所見對詔而作
肅承明詔應會皇都星陳夙駕秣馬脂車銑曰
肅敬應命也詩曰星言夙駕秣飼也脂車脂轄也　善曰爾雅曰肅敬也東都賦曰下明

詔又曰春王三朝會同漢京會朝會也毛詩曰星言夙駕又曰言秣其馬又曰既脂爾車
命彼掌徒肅我征旅向曰掌徒掌徒御也善曰鄭玄禮記注曰肅戒也
朝發鸞臺夕宿蘭渚向曰鸞臺蘭渚並路邊地名義言之也
善曰鸞臺蘭渚以義言之漢宮闕名曰長安有鸞鸞殿公孫乘月賦曰鵾鷄舞於蘭渚
芒芒原隰祁祁士女善本作女士善曰毛詩曰宅殷土芒芒又曰采蘩祁祁
經彼公田樂我稷黍良曰芒芒廣也祁祁衆也公田天子之田也樂謂樂其繁盛善曰毛詩曰雨我公田又曰我黍與與我稷翼翼
爰有樛居幽木重陰匪息雖有糇糧飢不遑食濟曰雖有高林重陰不暇息也雖有糇糧飢不暇食謂趣君命善曰毛詩曰爰有寒泉又曰南有樛木又曰南有喬木不可休息毛詩曰乃裹糇糧毛萇曰糇糧食也音侯吳越記采葛婦人詩曰飢不遑食四體疲之
望城不過面邑不游善曰鄭玄周禮注曰面猶向也
僕夫警策平路是由玄駟藹藹愛揚
鑣漂沫昧叶韻銑曰由從也藹藹壯盛貌鑣馬銜也漂沫謂行急馬口中沫出也善曰舞賦曰僕夫正策鄭玄周禮注曰警敕戒之廣雅曰藹藹盛也舞賦曰龍驤橫舉揚鑣飛沫
流風翼衡輕雲承蓋向曰翼扶也衡車軛也善曰甘泉賦曰風從從而扶轄楚辭曰雲霏霏而承宇
涉澗之濱緣山之隈善曰孔安國尚書傳曰濱涯也說文曰隈曲也
遵彼河滸虎黃坂是階向曰滸涯也黃坂坂名善曰毛詩曰在河之滸毛萇曰水涯曰滸爾雅曰階因也
西濟關谷或降或升騑霏驂倦路載寢載興向曰載寢載興言疲也善曰陸機洛陽記曰洛陽有西關南伊闕谷即大谷也毛

詩曰兩驂鴈行薛君曰兩驂左右騑驂毛詩曰言念君子載寢載興
將朝聖皇
匪敢晏寧弭節長騖務指日遄征濟曰騖走遄速也
善曰楚辭曰吾令羲和弭節兮司馬彪上林賦注曰弭節安志也蔡琰詩曰遄征日遐邁
毛萇詩傳曰遄疾也
前驅舉燧復秉抗旌濟曰舉燧謂執火夜行也
善曰毛詩曰伯也執殳為王前驅西京賦曰升觴舉燧薛綜曰燧火也漢書終軍曰驃騎抗旌昆邪右衽周禮曰析羽為旌
帝室稅此西墉濟曰暨至稅舍也西墉西館也善曰毛詩曰鑾聲鏘鏘
輪不輟運鑾無廢聲爰暨
鄭玄周禮注曰鑾在衡以金為鈴也毛詩曰邵伯所稅毛萇曰稅猶舍也又曰墉城也
嘉詔未賜朝覲莫從仰瞻城闕俯惟闕庭長
懷永慕憂心如酲呈良曰嘉詔未賜謂未召時也不得預覲禮也酲酒病也言懷慕君王憂心如病酒也善曰毛萇詩傳曰覲見也說文曰闕門觀也楚辭曰情慨慨而長懷毛詩曰憂心如酲誰秉國成

關中詩一首四言善曰岳上詩表曰詔臣作關中詩輒奉詔竭愚作詩一篇按漢記孝明時護羌校尉竇林上降羌顛岸以為羌豪岸兄顛吾復降問事狀林對前後兩屋坐誣誷下獄死齊萬年編戶隸屬為日久矣而死生異辭必有說謬故引證喻以懲不恪也

潘安仁翰曰晉惠帝元康六年氏賊齊萬年與揚茂放關中反亂人多疲敝既定帝命諸臣作關中詩

於烏皇乃善本作時晉受命既固銑曰言受天命已堅固也善曰毛詩曰於皇時周又曰天立厥配受命既固鄭玄曰受天命以王天下也
三祖

在天聖皇紹祚向曰三祖帝宣號高祖文帝號太祖武帝號世祖在天謂
列宗廟也聖皇惠帝也紹繼祚福也言繼其國福善曰臧榮緒晉書曰宣帝追號曰高
祖文帝號曰太祖武帝號曰世祖聖皇惠帝也毛詩曰三后在天王配于京爾雅曰紹謂
繼之也德博化光刑簡枉錯七故反濟曰錯投也言德化光大
刑法簡要枉曲者必投棄之善曰周易曰善世而不伐德博而化又曰後得主而有常
含萬物而化光尚書曰五辭簡孚正于五刑潛夫論曰簡刑薄威此德之上論語曰舉直
錯諸枉微火不戒延我寶庫其一良曰寶庫武庫也惠帝迨康
五年武庫火戒慎也善曰王隱晉書曰惠帝元康五年十月武庫災焚累代之寶蠢
爾戎狄狡古卯焉思肆翰曰蠢動也戎狄謂北地胡馬蘭羌推氐賊齊
萬年為盟主而作亂也狡亂肆縱也善曰毛詩曰蠢爾蠻荊傅暢諸公讚曰北地盧水

胡馬蘭羌因此為亂推齊萬年為主左氏傳申公巫臣曰夫狡焉思啓其封疆賈逵國語
注曰肆恣也謂思恣凶逆也虔我國眚所幸窺我利器銑曰虔度
也言氐賊度我武庫之災窺我機變也善曰左氏傳莒子曰孰以我為虔杜預曰虔度
也孔安國尚書傳曰眚過也老子曰國之利器不可以示人國語曰利其器用韋昭曰器
兵甲嶽善本作岳字牧慮殊威懷理二向曰嶽牧謂梁王解系也
慮殊謂梁王欲戰以威服解系欲守以懷撫故云理二善曰尚書曰內有百揆四岳外
有州牧侯伯左氏傳魏絳曰戎狄事晉諸侯威懷又曰晉郤缺言於趙宣子曰叛而不討
何以示威服而不柔何以示懷非威非懷何以示德無德何以主盟將無專策
兵不素肄音異其二濟曰將無專策戰守不定肄習也言兵素不練習善
曰賈逵國語注曰素預也又曰肄習也翹翹趙王請徒三萬朝

議惟疑未逞斯願良曰翹翹出羣貌趙王名倫請兵三萬徃平氐羌朝
議疑不遣故此願不逞善曰傅暢晉諸公讚曰司馬倫字子彝咸熙中封趙王進征西
假節都督雍梁晉諸軍事倫誅羌大酋數十人胡遂反朝議召倫還朱鳳晉書曰宣帝柏
夫人生趙王倫位至相國倫請三萬人往平齊萬年朝議不許司馬相如大人賦曰恒翹
翹而西顧賈逵國語注曰逞快也桓桓梁征高牙乃建翰曰桓桓
武貌梁王肜為征西將軍以討氐賊牙大旗也建立也善曰干寶晉紀曰梁王肜為征
西大將軍西討氐尚書曰勗哉夫子尚桓桓牙牙旗也兵書曰牙旗將軍之旗旗蓋
相望偏師作援音院其三銑曰以偏師為梁王援者旗蓋相望於路
善曰漢書曰冠蓋相望左氏傳韓獻子曰以偏師陷罪孰大焉又曰要結大援援助也
虎視眈眈都南威彼好畤音止濟曰眈眈深視貌好畤地名梁王

出兵屯於此地善曰干寶晉紀曰肜為大都督關中諸軍屯好畤易曰虎視眈眈其
欲逐逐素甲日耀玄幕雲起良曰素甲明光甲也玄幕軍幕也
善曰楚漢春秋趙中大夫曰臣聞越王句踐素甲三千曹植辨問曰赫然而日耀之漢書
五行志曰雲起於山中誰其繼之夏侯卿士齊曰夏侯駿從梁王
後領兵西討氐羌善曰王隱晉書曰齊萬年師羌胡圍涇陽遣安西將軍夏侯駿西討
氐羌左氏傳曰子產為政輿人誦之子產若死誰其嗣之又曰楚伐吳子魚先死楚師繼
之惟系兮計惟處別營棊其跱音雉其四向曰系雍州刺史
亦為偏師處周處為建威將軍皆充偏將以討氐羌跱立也言營壘如棊之跱立善
曰王隱晉書曰解系字少連齊南人為雍州刺史又曰周處字子隱吳興人朝廷以處忠
烈欲遣討氐乃拜建威將軍謝承後漢書曰西虜蠢動姦雄棊跱夫豈無謀

戎士承平銑曰言豈無謀策但以士卒承平不經練習故敗也　善曰漢書師
丹曰今世承平累守有完郛乎戰無全兵翰曰完全郛城也守
者且全其城戰兵盡為賊敗無全也　善曰孫子兵法曰凡用師以全兵為上鋒交
卒子忽奔孰免孟明向曰言鋒刃始交士卒奔北軍將誰免孟明之敗者
孟明氏秦將晉所敗以為諭也　善曰杜篤衆瑞頌曰猛將與虜交鋒左氏傳曰
師車馳卒奔又曰子墨衰經敗秦師于殽獲百里孟明視西乞術白乙丙以歸飛檄
刑狄秦郊告敗上京其五濟曰檄軍書插羽於上以徵兵取其象鳥飛
之疾也告敗上京請兵救也　善曰王隱晉書曰周處解系與賊戰于六陌軍敗漢書高
祖曰吾以羽檄徵天下兵應劭曰以雞毛系檄魏武奏事云邊有警輒露插羽以檄急之
意也左氏傳曰王師敗績于茅戎又曰王人來告敗邊讓章華臺賦曰聲肅恭乎上京

周徇師令身膏氏氐斧良曰屈身從物曰徇師令軍令也周處與
賊戰不勝乃曰將有進無退我為大臣以身徇國不亦可乎遂戰死是從軍令也為氐所
殺故云身膏氐斧也膏潤也　善曰周處別傳曰氐賊齊萬年為亂處仰天歎曰古者將
受命鑿凶門以出蓋有進無退戎為大臣以身殉國不亦可乎遂戰死臧榮緒晉書曰氐
西戎別名人之云亡貞節克舉翰曰周處身雖亡貞固之節能揚舉
於代國殄瘁善曰毛詩曰人之云亡邦楚辭曰原生受命于貞節盧播違命
投畀必至朔土向曰盧播偏將伐萬年詠論功免為庶人從北平北平在北故
云朔土畀與也　善曰孫盛晉陽秋曰振威盧播伐萬年王隱晉書曰盧播詠論功免為
庶人從北平廣雅曰違背也毛詩曰投畀有北爾雅曰朔北方也為法受惡
誰謂荼苦其六銑曰言播為矯詐之法以受惡甘心從之不以為苦詩曰誰
謂荼苦其甘如薺　善曰左氏傳孔子曰趙宣子為法受惡荼苦上同五臣注哀此
黎元無罪無辜肝腦塗地白骨交衢濟曰哀憐此衆
人無罪為氐賊所殺白骨交於衢路　善曰孝經鉤命決曰天有顧眄之義受圖于黎元
孔安國尚書傳曰黎衆也高誘戰國策注曰元善也毛詩曰無罪無辜讒口嗷嗷檄蜀
文曰肝腦塗中原漢書曰一敗塗地古出旻北門行曰白骨不覆疫癘淫行魏許昌碑表
曰白骨既交辯於曠野夫行妻寡父出子孤俾我晉人
善本作民字化為狄俘音孚其七良曰俾使也言使我晉人皆為戎狄所
俘虜也　善曰鄭玄孝經注曰五十無夫曰寡禮記曰少而無父謂之孤詩曰覆俾我悖
賈逵國語注曰伐國取人曰俘亂離斯瘼莫日月其稔翰曰瘼病
稔熟也言亂離為病既久日月已經一熟矣　善曰言亂離之道於此將散論其日月為惡

又熟言必亡也韓詩曰亂離斯莫奚其適歸薛君曰莫散也毛詩曰亂離瘼矣毛萇曰瘼
病也今此既引韓詩宜為莫字左氏傳曰周毛得殺毛伯過萇弘曰毛得必亡是昆吾稔
之日也杜預曰稔熟也天子是矜旰食晏寢銑曰矜憐旰晚也天
子憐衆人遭禍故晚寢旰食　善曰孔安國尚書傳曰矜憐也左氏傳伍奢曰楚君大夫
其旰食乎杜預曰旰晏也旰古旦切主憂臣勞孰不祗懍力錦切
善曰史記范雎曰臣聞主憂臣辱主辱臣死周書曰君憂臣勞主辱臣死孔安國尚書傳
曰懍危也愧無獻納尸素以甚其八向曰孰誰也言天子既憂誰
不敢懼愧無謀策獻納於君但尸祿素餐而已尸謂不言善惡如尸也素謂質樸無理人
之材　善曰兩都賦序曰朝夕獻納薛君韓詩章句曰何謂素餐素餐者質人但有質朴
而無治民之材名曰素餐尸祿者頗有所知善惡不言默然不語苟欲得祿而已譬若尸

馬皇赫斯怒爰整精銳濟曰謂天子發怒整精銳之卒將討之也
善曰毛詩曰王赫斯怒爰整其旅戰國策季良謂魏王曰恃兵之精銳而欲攻邯鄲也
命彼上谷指日遄逝良曰孟觀封上谷郡公時天子見諸將敗乃拜
觀為建威將軍令速往擊氐羌也善曰王隱晉書曰孟觀字叔時稍遷至積弩將軍封
上谷郡公及關中氐及諸將敗退乃遣觀也曹植應詔詩曰指日遄征
新善本作親奉成規精善本作稜字威遐厲翰曰成規謂受天子策規也威稜遐
遠厲威也善曰孫資別傳曰成規之畫資皆管之漢書武帝與李廣書曰威稜憺乎鄰
國王逸楚辭注曰厲烈也廣雅曰厲惡也
首陷中亭揚聲萬計其九
兵固詭道先聲後實銑曰中亭地名孟觀首陷氐羌於此地揚聲稱
斬獲萬計此乃兵家譎詭之道故先為聲援後當稱其實也善曰孫盛晉陽秋曰孟觀

為建威將軍擊氐羌于中亭大破之陷猶敗也萬計謂所誅之數羽獵賦曰仗鏌邪而羅
者以萬計言觀揚聲合於詭道也司馬兵法曰兵者詭道故能而示之不能漢書廣武君
謂韓信曰兵固有先聲後實聞之有司以萬為一濟曰孟觀其誅
萬而有司以為一也善曰言有司疑觀之款故觀言誅萬有司以之為一紂之
不善我未之必良曰人稱紂之不善者亦大甚我未必信之善曰以紂
俞觀也言觀雖妄聲而同紂之不善我未以為必然疑有司抑之太甚也論語子貢曰紂
之不善不如是之甚也
虛皛胡皎滿奴感德繆彰甲吉其十翰曰
皛明也湳德甲吉氏羌師也言孟觀虛明此二人有功也善曰說文曰皛顯也蒼頡篇
曰皛明也孔安國尚書傳曰彰明也湳甲二羌號也德吉其名也言觀虛明詩二羌之功
此觀之過也東觀漢記曰金城隴西卑湳勒姐種羌反出塞外說文曰湳水出西河美稷

縣故羌人因水為姓漢中帝時羌湳孤奴歸化是其先也左氏傳曰晉人滅赤狄甲氏杜
預注曰甲氏赤狄別種雍門不啓陳汧牽危偪銑曰雍雍縣陳
陳倉汧城也危偪賊所圍也善曰漢書左扶風有雍縣陳倉縣汧縣左氏傳曰申息
之北門不啓觀遂虎奮感恩輸力濟曰觀孟觀也遂如虎之奮擊
感天子之恩輸力而擊之善曰王隱晉書曰孟觀身當大敵功蓋一時左氏傳欒盈曰
昔陪臣輸力於王室重圍克解蟹危城載邑善本作色字向曰
圍賊圍汧城也孟觀擊散危城得載安也邑安也善曰晉中興書曰觀從中亭北出何
惲領二萬人以繼之雍圍解班固耿恭守疏勒城賊曰日兮月兮陀重圍毛詩曰載色載
笑毛萇曰色溫潤也豈曰無過功亦不測其十一翰曰觀雖有虛
稱之過至解陳汧之功亦為不測善曰過謂虛皛湳德功謂重圍克解毛詩曰豈曰無

衣黃石公記序曰若源泉深不可則慮情固萬端于何不有紛
紜齊萬亦孔之醜銑曰言人情萬端何種不有此齊萬年之徒亦甚為
醜惡之行善曰范曄後漢書鄧禹曰變故萬端西京賦曰林麓之饒于何不有謂爭萬
年也王隱晉書曰初夏侯駿上言斬氏帥齊萬年及孟觀至大戰數十生送萬年紛紜亂
貌長揚賦曰紛紜沸渭毛詩曰日有食之亦孔之醜曰納其降曰梟澆
其首向曰觀稱納賊之降夏侯駿稱梟賊首曰辭也善曰二曰皆語辭也觀曰納
降駿曰梟首漢書音義曰縣首於木上曰梟疇真可掩孰為善本作偽
字可久其十二濟曰疇誰也孟觀功真不可掩夏侯駿功偽亦不可久善曰
言誰為真事而可蔽掩誰行偽事而可久蘊乎言真偽之理立即可明爾雅曰疇孰誰也
楚辭曰孰虛偽之可長既徵爾辭既蔽爾訟音松叶韻翰曰徵驗

蔽斷也言驗辭以斷觀驗之爭訟也善曰請有司考驗之也左氏傳子犯曰盟徵其辭
周禮曰司寇斷獄蔽訟則以五刑之法鄭司農曰蔽斷其獄訟當乃明實否
則證空善曰其言當者明示以事實其理否者顯告之狀空鄭玄毛詩箋曰否不
通也說文曰證告也好爵自善本作既字縻眉顯戮亦從銑曰
縻繫也有功者繫以好爵虛妄者加以明戮善曰言賞罰之法在乎功過當者既縻之以
好爵否者亦從之以顯戮周易曰我有好爵吾與爾縻之尚書王曰不迪有顯戮不
見實林伏尸漢邦其十三濟曰漢校尉實林討氐羌妄賞爵祿漢主
責之遂見殺言以此戒也善曰此諭驗也東觀漢記曰護羌竇林奉使羌顛岸降詐林
林言其弟一豪問事狀林對前後兩屈林以誣罔詰獄上不忍誅免官後梁州刺史奏林
贓罪復收繫羽林監遂死獄中周人之詩寔曰采薇微北難

文選二十　十八

獫險狁允西患昆夷良曰文王之時西有昆夷之患北有獫狁之難
故作采薇之詩以遣征役善曰毛詩序曰采薇遣戍役也文王西有昆夷之患北有獫
狁之難鄭玄曰昆夷西戎也獫狁今匈奴也晉灼曰堯曰葷粥周曰獫狁秦曰匈奴舊說
疏曰黃帝曰葷粥唐虞曰蠻夏殷曰鬼方周曰匈奴秦曰胡以古況今何
足懼威徒慇斯民我心傷悲其十四翰曰言小患不足懼
我國家威武但慇人之若使我心傷悲善曰言古弱而患今強而勝之抑亦常理何足
以曜威乎西都賦曰曜威而講武事不足罷威而為詩者為慇斯民故言之也毛詩曰王
事靡監我心傷悲斯民如何荼毒于秦師旅既加饑
饉是因銑曰荼毒苦也言秦人因師旅也苦而加饑饉善曰毛詩曰生民如何
尚書曰不忍荼毒孔安國曰荼毒苦也論語子曰加之以師旅因之以饑饉疫癘

滛行荊棘成榛仕巾反向曰癘病滛久也言疫病久行人廢喪亡荊棘
荒穢而成榛也善曰元康七年正月周處死七月雍州疫大旱關中飢米斛萬錢詔骨
肉相贖者不禁鄭玄周禮注曰癘疫氣不和之疾也古出夏北門行曰疫癘淫行老子曰
師之所處荊棘生焉絳陽之粟浮于渭濱其十五濟曰絳陽絳縣
也秦人飢運絳縣之粟於渭水以濟秦人善曰謂運絳陽之粟以賑關中也漢書河東
郡有絳縣酈善長水經注曰絳則絳陽也蓋在絳澮之陽左氏傳重耳曰余從狄君以田
渭濱明明天子視人善本作民如傷良曰言天子視人如傷於己
善曰明明已見上文左氏傳逢滑曰國之興也視民如傷申命羣司保爾
封疆靡暴于衆無凌于彊翰曰申命有司命保守封疆無以衆
而行暴無以強而凌人善曰誡羣司言無以衆而暴寡無以強而凌弱韓子曰其理國

文選二十　十九

也使強不凌弱衆不暴寡蒼頡篇曰凌侵也惴惴寡弱如熙春陽
其十六銑曰惴惴懼也熙猶煦也言危懼寡弱之人被天子之惠如草木之煦於春陽
善曰謂關中民也羣司既整寡弱免於凌暴心皆慕義如悅春陽毛詩曰惴惴其慄毛萇
曰惴惴懼也寡弱已見上句爾雅曰熙興也說文曰興悅也神農本草曰春為陽陽溫生
萬物惴惴咸喣嚘也

公讌

公讌詩一首　五言

曹子建濟曰公讌詩者臣下在公家侍讌也此讌在鄴宮與
兄丕讌飲善曰贈荅雜詩子建在仲宣之後而此在前疑誤
公子敬愛客終宴不知疲良曰時武帝在故稱丕為公子善

曰公子謂文帝時武帝在謂五官中郎也清夜游西園飛盖相追隨明月澄清景列宿正參差善曰字書曰澄湛也說文曰景光也楚辭曰宣遊兮列宿秋蘭被長坂朱華冒綠池潛魚躍清波好鳥鳴高枝神飇必遥接丹轂輕輦隨風移翰曰冒覆也魚鳥自喻也清波高枝喻公子也謂鳴躍於公子側也飇疾風也言其疾如神以接丹轂謂朱飾也善曰朱華芙蓉也毛萇詩傳曰冒猶覆也解嘲曰客徒欲朱丹吾轂飄颻放志意千秋長若斯善曰古詩曰蕩滌放情志戰國策曰犀首謂張儀千秋之說

公讌詩一首　五言

王仲宣　銑曰此侍曹操讌時操未爲天子故云公讌

昊天降豐澤百卉挺葳蕤向曰夏曰昊天豐澤時雨也卉草木總名葳蕤初生之貌善曰爾雅曰夏爲昊天毛詩曰百卉具腓字林曰卉草摠名也楚辭曰上葳蕤以防露王逸注曰葳蕤草木初生貌涼風徹蒸暑清雲却炎暉高會君子堂並坐飲華榱衰良曰徹去也蒸熱氣也君子曹操也華榱屋也善曰孔安國論語注曰徹去也蒸熱氣也南方爲火而生夏火性炎上故謂夏日爲炎暉也漢書曰漢王置酒高會毛詩曰既見君子並坐鼓瑟上林賦曰華榱璧璫嘉肴充圓方旨酒盈金罍濟曰嘉美也肉汁骨曰肴充滿也員豆也方匴也旨美也罍罇屬、善曰毛詩曰嘉肴脾臄南都賦曰珍羞琅玕充溢圓方毛詩曰旨酒思柔又曰我姑酌彼金罍管絃發徽音曲度清且悲翰曰徽美怨告也善曰孔安國尚書傳曰徽美也合坐同

所樂但愬音素善本愬與訴同盃行遲嘗聞詩人語不醉且無歸翰曰詩人語謂厭厭夜飲不醉無歸、善曰毛詩曰厭厭夜飲不醉無歸今日不極歡含情欲待誰善曰漢書曰田蚡卒飲極驩而去含情謂含其懽情而不暢之也古樂府歌曰今日尚不樂當復待何時見眷良不翅守分豈能違銑曰不翅猶過多也言眷過多守分不敢違迕善曰言上見思遇不翅過於本望已守常分豈敢違越乎言不敢也家語子曰愛人之謂德教何翅惠哉不翅猶過多也翅升豉切論語摘衰聖承進識曰徐衍守分身亡古人有遺言君子福所綏向曰古人言謂詩云樂只君子福履綏之言君子履福以安人善曰左氏傳正常曰夫子有遺言夫子謂魯季桓子毛詩曰樂只君子福履綏之顧我賢主人與天享巍巍濟曰主人謂曹公也

言與天同享其高善曰主人謂太祖也論語子曰巍巍乎惟天爲大惟堯則之杜預左氏傳注曰享受也克符周公業奕世不可追濟曰克能也言能符周公輔佐之業奕遠也言遠代不可追及善曰史記曰周公旦輔翼武王用事居多奕世已見上文此詩侍曹操讌

公讌詩一首　五言

劉公幹　良曰魏志云劉楨字公幹東平人也魏太子文學著詩賦數十篇此宴與王粲同於鄴宮作也善曰魏志曰東平劉楨字公幹爲司空軍謀祭酒掾屬轉爲平原侯庶子後爲五官將有文學著文賦數十篇卒

永日行遊戲歡樂猶未央遺思在玄夜相與

復翺翔翰曰言晝日歡樂未央餘思在夜復與夜游戲也　善曰永日長日也尚書曰日永星火　毛詩曰且以永日　毛萇曰永引也　古詩曰遊戲宛與洛　蘇武詩曰懽樂殊未央　秦嘉贈婦詩曰遺思致款誠　毛詩曰河上乎翺翔輦居善本作車飛素蓋從者盈路傍善曰古詩曰日出東南行觀者滿道旁月出照園中珍木鬱蒼蒼清川過石渠流波為魚防銑曰珍木謂珍異之木石渠觀名講論之處流水環之防猶堰也言為堰以防魚逸　善曰新語曰楩梓豫章立則為衆木之珍　風俗通曰太山松鬱鬱蒼蒼周禮曰以防止水　鄭玄曰堰豬畜流水之陂防豬旁隄也芙蓉散其華菡胡感萏徒感溢金塘濟曰芙蓉蓮也菡萏花也溢滿也金塘金堤也　善曰毛萇詩傳曰菡萏荷華也　金塘猶金堤也靈鳥宿水裔仁獸游飛梁良曰靈鳥鳳也

文選二十　二十二

水裔水畔也仁獸麟也飛梁橋也　善曰毀義名以言之　楚辭曰鮫何為兮水裔　思玄賦曰亘蟜龍之飛梁華館寄流波豁達來風涼生年善本作平字未始聞歌之安能詳良曰華館寄流波謂在水中豁然猶通達而來風涼也　善曰毛萇詩傳曰詳審也投翰長歎息綺麗不可忘善曰翰筆毫也

侍五官中郎將建章臺集詩一首五言善曰

魏志曰建安十六年正月天子命公世子丕為五官中郎將

應德璉翰曰魏志云應瑒字德璉汝南人也太祖辟為丞相掾屬後文帝為五官中郎將瑒為文學　善曰魏志曰汝南應瑒字德璉太祖辟為丞相掾屬後為五官將文學卒

朝鴈鳴雲中音響一何哀善曰以鴈自喻也　毛詩曰鴻鴈于飛哀鳴嗷嗷問子游何鄉戢側立翼正徘徊言我塞善本作寒字門來將就衡陽棲銑曰戢斂也塞門北極山名衡陽衡山之南也　瑒自喻早微不蒙恩澤　善曰毛詩曰鴛鴦在梁戢其左翼　鄭玄曰戢斂也　淮南子曰北極之山曰寒門　高誘曰積寒所在故曰寒門　西京賦曰南翔衡陽北棲鴈門　尚書曰荊及衡陽惟荊州往春翔北土今冬客南淮遠行蒙霜雪毛羽日摧頹向曰傷命舛也　善曰管子曰夫鴻鵠春北而秋南不失時者也　東觀漢記曰世祖蒙犯霜雪　古臨高臺辭曰我欲負之毛衣摧頹常恐傷肌骨身隕沈黃泥簡珠隨善本作墮字沙石何能中自諧濟曰隕落也　恐身落沈泥不能振羽翼也　簡珠喻羣小也　言不見用

文選二十　二十三

與羣小相隨也　言如此何能中塗自與君子諧和　善曰簡珠喻賢人也　沙石喻羣小也　淮南子曰周之簡珪產於垢土　爾雅曰簡大也　又曰諧和也欲因雲雨會濯翼陵高梯良遇不可值申眉路何階良曰雲雨喻五官也　謂願因之以陵高梯也　言若不值此會無申眉之地　善曰樂動聲儀曰風雨感魚龍　仁義動君子　范曄後漢書鄧騭上疏曰披雲雨之渥澤　高梯喻尊位也　賈逵國語注曰梯猶階也　漢書曰左馮翊薛宣為書曉高陵令楊湛曰　君自圖進退　可復申眉於後公子敬愛客樂飲不知疲善曰漢書曰陳平厚具樂飲太尉也和顏既以暢乃肯顧細微贈詩見存慰小子非所宜翰曰細微瑒自謂也　言見存慰非小子所當收宜　善曰鄭玄禮記注曰暢充也　鬼谷子曰以識細微　孔叢子衛君謂子思曰猶步玉趾而慰存之　鄭玄周禮注曰

存省也毛萇詩傳曰慰猶安存之也為且極歡情不醉其無歸善曰不醉無歸已見上文凡百敬爾位以副飢渴懷銑曰相戒敬職位以副主人渴賢之懷善曰毛詩曰凡百君子各敬爾儀孔叢子子思謂魯穆公曰君若飢渴待賢

皇太子宴玄圃宣猷堂有令賦詩一首

四言善曰王隱晉書曰愍懷太子遹字熙祖惠帝即位立為皇太子楊佺期洛陽記曰東宮之北曰玄圃園

陸士衡子濟曰皇太子晉惠帝愍懷太子也玄圃園名宣猷堂名在園中衡時為太子洗馬應令作此詩

三正迭紹洪聖啓運良曰三正夏殷周也正朔不同故云迭紹洪大運錄也謂大聖受天錄大聖天也善曰三正夏殷周也周建子為正月殷建丑為正月夏建寅為正月尚書大傳曰正色三而復者也春秋合誠圖曰赤受天運宋均曰運錄運也自昔哲王先天而順翰曰自昔哲王謂堯禹遞相禪代言皆先天而行事天不違而順從善曰尚書曰在昔殷先哲王周易曰大人者先天而天弗違又曰湯武革命順乎天而應乎人羣辟崇替降及近古銑曰崇終替廢也言前代衆君有終替廢下及近古亦如之善曰國語藍尹亹曰吾聞君子唯獨居忠念前世崇替韋昭曰崇終也替廢也班固漢書項羽讚曰近古以來未嘗有也黃暉既渝素靈承祜音古向曰魏土德故云黃暉晉金德故云素靈渝變也謂魏變而晉承祜善曰魏為土德曰黃晉為金德曰素于寶搜神記曰魏推五德之運以土承漢又曰程猗說石圖曰金者晉之行也建安五年初桓帝時有黃星見於楚

宋之分野遼東殷馗善天文言後五十歲當有真人起於譙沛之間其鋒不可當至此凢五十年而公破紹天下莫敵矣晉世祖武皇帝姓司馬名炎字安世受魏陳留王禪以金德王都洛陽金於西方為白故曰素靈也爾雅曰渝變也又曰祜福也乃眷斯顧祚之宅土濟曰天顧我晉降之以福所使居此土也善曰毛詩曰乃眷西顧此惟與宅左氏傳衆仲曰胙之以土而命之氏尚書曰降丘宅土三后始基世武丕承良曰三后宣景文也言始崇根世武帝大承其業善曰三后謂宣景文也世武世祖武皇帝也國語太子晉曰自后稷始基靜民尚書伊尹曰肆嗣王丕承基緒協風傍駭天晷仰澄翰曰協和駭散也言和風傍散晷日也仰澄謂無薄蝕也善曰國語曰虞幕能聽協風以成樂生物者也韋昭曰協和也說文曰晷日景也澄謂不薄食淳曜六合皇慶攸興銑曰晉之先有黎者為高辛氏火官有淳美光曜之德於六合故得皇慶所興善曰國語史伯對鄭桓公曰夫黎為高辛氏火正以淳耀敦大光照四海呂氏春秋曰神通乎六合自彼河汾奄齊七政向曰河汾水名晉所封境也言從彼乎河汾奄有天下以齊七政也七政謂日月五星之為政也善曰晉在河汾之陽毛詩曰自彼氐羌尚書曰璿璣玉衡以齊七政孔安國曰七政日月五星各異政也時文惟晉世篤其聖欽翼昊天對揚成命濟曰言晉盛文化代厚其聖能敬輔上天對明以成休命也翼輔揚明也善曰周禮栗氏量銘曰時文思索鄭玄曰言文德之君思求可以為民立法者尚書曰君世篤忠貞毛萇詩傳曰篤厚也尚書曰欽若昊天毛萇詩傳曰翼敬也毛詩曰對揚王休又曰昊天有成命二后受之九區克咸謳善本作謳字歌以詠良曰咸和也言九州能和謳歌以詠我王之德善

曰劉騊駼郡太守箴曰大漢遵周化洽九區尚書夔曰戛擊鳴球以詠祖考来格皇
上纂隆經教弘道翰曰皇上惠帝也繼武皇盛德以經教天之大道也
纂繼弘大也善曰皇上惠帝也爾雅曰纂繼也經猶理也論語曰人能弘道于化
既豐在工載考俯釐庶績仰荒大造銑曰工官載則
考成也言化豐而官成向曰釐理績功造成也荒猶法也言俯理衆功仰法天之大成
善曰毛詩曰在宗載考鄭玄曰考成也尚書曰允釐百工庶績咸熈孔安國曰釐理也毛
萇詩傳曰荒大也左氏傳呂相曰我有大造于西也杜預曰造成也儀刑祖宗
妥綏天保濟曰儀則刑法綏安保位也言法祖宗於是以安天位善曰毛詩
曰儀刑文王又曰天保定爾篤生我后克明克秀良曰我后謂太
子也能有明秀之德機為親臣善曰我后謂太子也機洗馬故稱我后毛詩曰篤生

武王又曰克明克類體輝重光承規景數翰曰言體輝光之德承明
聖之嗣故曰重光景大也數曆數也謂承規法於天曆數善曰尚書曰昔先君文王武
王宣重光爾雅曰景大也尚書周公曰王嗣無疆大歷服又舜曰天之曆數在爾躬茂
德淵沖天姿玉裕銑曰沖深裕容也言茂盛之德如淵之深天然之姿
如玉之義善曰尚書曰有夏先后方懋厥德家語齊大夫子輿見孔子曰今知海淵之
為大字書曰沖虛也桓子新論曰聖人天然之姿所以絶人遠者也應劭漢官曰太子有
玉質廣雅曰裕容也蕞在外爾小臣邈彼荒遐濟曰蕞小小臣機
自謂也邈遠荒遐言從吴来也善曰左氏傳子產曰諺云蕞爾小國小臣已見上文韋
孟諷諫詩曰撫寧遐荒弛始厥負擔平振纓承華良曰弛廢
也承華太子門也言廢負擔之役振纓於太子門也善曰臧榮緒晉書曰楊駿誅徵
機為太子洗馬左氏傳陳公子完曰弛於負擔杜預左氏傳注曰振整也洛陽記曰太子
宮在大宮東中有承華門匪願伊始惟命之嘉翰曰言今日榮寵非
初始所敢願惟君命之善得至於此善曰左氏傳周子曰孤始願不及此爾雅曰嘉善
也

大將軍宴會被命作詩一首四言善曰臧榮緒
晉書曰成都王穎字章度趙王倫篡位穎與齊王冏誅之進位大將軍
陸士龍銑曰王隱晉書曰陸雲字士龍少與兄機齊名為吳王郎
中令出宰浚儀甚有惠政後與機同被誅也大將軍謂成都王穎也
善曰王隱晉書曰陸雲字士龍少與兄機齊名號曰二陸為吳王郎
中令出宰浚儀有惠政機被收并收雲

皇皇帝祜誕隆駿命向曰皇皇美也祜福也誕大隆大也美帝之福
能大盛天命也善曰毛詩曰皇皇后帝又曰既受帝祉又曰受天之祜薛君韓詩章句
曰誕信也毛詩曰宜監于駿命不易毛萇曰駿大也殷四祖正家天祿
安善本作保字定濟曰四祖宣景文武帝也言四祖能正其家天之福祿長安定
也善曰四祖宣景文武也周易曰正家而天下定尚書曰天祿永終保定即天保定爾
已見上文叡善本作睿字哲惟晉世有明聖良曰叡哲智也言晉
代代有聖主善曰尚書曰明作哲睿作聖毛詩曰世有哲王如彼日月萬
景攸正其一翰曰聖德如日月之明則萬景之表正善曰尚書曰惟我文考
若日月之照臨傳玄歌詩曰日中千影正夕中萬景傾義與此同巍巍明聖
道隆自天銑曰言明聖之道德天然也善曰巍巍已見上文禮記子思曰道

隆則從而隆毛詩曰有命自天命此文王則明分爽觀象洞玄淩
善本作陵風協極善本作紀字絕輝照淵向曰則法爽明也象玄象
也洞通也言法天之明以分之觀象之玄以通之風散上升合於宸極光曜絕遠下照深
淵善曰孝經曰則天之明孔安國尚書傳曰爽明也周易曰仰則觀象於天又曰天玄
而地黃言風教上升協於辰極光炎絕遠下照深淵廣雅曰陵乘也然乘亦升也孝經鉤
命決曰皇德協極注曰極北辰也封禪書曰末光絕炎劇秦美新曰炎光飛響盈塞天淵
肅雍往播福祿來臻其二濟曰言和睦之道往布於人故天地福
祿來至善曰毛詩曰肅雍顯相杜預左氏傳注曰播揚也毛詩曰福祿攸降爾雅曰臻
至也在晉善本作昔姦臣稱亂紫微良曰姦謂趙王倫也紫微帝居
也善曰姦臣謂趙王倫也法言曰上失其政姦臣竊國命尚書曰敢行稱亂紫微嚮帝

位也春秋合誠圖曰北辰其星七在紫微中又曰紫宮大帝室也神風潛駭
有赫茲威翰曰神風神兵也謂齊國河間王顒舉兵十萬四面攻倫迎惠帝反
正故言有赫此威善曰毛詩曰皇矣上帝臨下有赫靈旗樹旆如電
斯揮銑曰言旗旆如電之揮霍也善曰甘泉賦曰樹靈旗楚辭曰雲旗兮電騖韓
康伯周易注曰揮者散也致天之屆于河之沂向曰屆極也致天子
之極于河之沂沂岸也善曰藏榮緒晉書曰成都王穎遣趙驤為前鋒倫遣孫會等前
軀未及溫十餘里大戰孫會先退諸軍相次奔潰頻尋過河入于京師毛詩曰致天之屆
毛萇曰屆極也文穎漢書注曰沂水上橋也有命再集皇輿凱歸
其三濟曰言天子之命載集於惠帝凱謂凱樂而歸洛陽善曰趙王倫廢帝於金墉
城既敗倫於溫帝復還故曰再集毛詩曰天監在下有命既集楚辭曰恐皇輿之敗績周

禮曰師有功則凱樂穨綱既振品物咸秩神道見素遺
華反質良曰振整也言穨落綱紀既整品物皆有次序遺其浮華體神道為質素
善曰說文曰振舉也周易曰品物咸亨又曰聖人神道設教素朴素也莊子曰同乎無欲
是謂素朴鄭玄禮記注曰凡物無飾曰素華謂采章質謂淳朴也遺棄也辰晷重
光協風應律翰曰辰晷天子也重猶載也協和也天子之道載光和風應
於律呂善曰漢書倪寬云宣重光張晏曰重光謂日月也協風已見上文應律應律而
至也函夏無塵海外有謐音蜜其四銑曰函夏華夏也謐靜也言
內外清靜善曰揚雄河東賦曰函夏之大漢東觀漢記曰祭形為遼東太守胡夷皆來
內附野無風塵毛詩曰海外有截爾雅曰謐靜也芒芒忙宇宙天地
交泰王在華堂式宴嘉會向曰王謂成都王也言上下通泰王

於華堂用崇宴禮以會賓客善曰左氏傳曰芒芒禹跡淮南子曰虛廓生宇宙宇宙生
天地周易曰天地交泰毛詩曰王在靈囿又曰嘉賓式宴以敖周易曰嘉會足以合禮
玄暉峻朗翠雲崇靄於蓋冕弁善本作弁字振纓藻
服善本作服藻垂帶其五濟曰玄天暉日峻高朗明也冕纓藻服皆卿大夫
法服善曰玄天色也尚書曰藻火粉米鄭玄孝經注曰大夫服藻火毛詩曰彼都人士
垂帶而厲祁祁臣僚有來雍雍良曰祁祁衆貌僚官也雍雍和悅貌
言衆官有來者皆和悅也善曰祁祁已見上文毛詩曰有來雍雍薄言載考
承顏下風翰曰薄言雲謙也載則考成也謂薄德為言則成此詩承王之顏色
於下風也善曰毛詩曰薄言采之載考已見上文漢書儁不疑曰乃今承顏接辭孔叢
子曰俛頤在下風俯覿嘉客仰瞻玉容銑曰嘉客賓客也玉容謂

容如玉也㑆仰隨尊卑之理　善曰毛詩曰我有嘉客亦不夷懌曹植罷朝表曰覲玉容而慶藹奉歡宴而慈潤、施已唯約于禮斯豐天錫難老如岳之崇其六用向曰約薄豐厚也言我施甚薄遇禮且厚是天賜我難老之惠如山岳之崇高　善曰魏文帝典論曰君子謹乎約己弘乎接物　淮南子曰禮豐不足以效愛賜之難老合壽考也毛詩曰永錫難老又曰如南山之壽

晉武帝華林善本有園字集詩一首四言善曰洛陽圖經曰華林園在城內東北隅魏明帝起名芳林園齊王芳改爲華林于寶晉紀曰泰始四年二月上幸芳林園與群臣宴賦詩觀志　孫盛晉陽秋曰散騎常侍應禎詩最美

應吉甫濟曰文章志云應禎字吉甫少以才聞能談論晉武爲撫

軍將軍以禎爲參軍晉室踐祚遷太子中庶子華林園名當晉武帝與群臣射於此園賦詩觀志　善注同

悠悠太上善本作民字之厥初良曰悠悠遠也太上太古也言太上生人之始　善曰毛萇詩傳曰悠悠遠貌太上太古也老子曰太上下知有之淮南子曰太上之道生萬物而不有毛詩曰厥初生民皇極肇建彝倫攸敘翰曰皇大極中彝常倫理也言大中之道始立常理從是所布也　善曰尚書曰建用皇極又曰天乃錫禹洪範九疇彝倫攸敘孔安國曰皇太極中也五德更運膺籙受符濟曰五德謂金木水火土也更遞也言五德之君遞相膺運以受符籙　善曰七略曰鄒子有終始五德言土德不勝木德繼之金德次之火德次之水德次之春秋命曆序曰五德之運同徵合符膺籙次相代春秋漢含孳曰天子受符以辛日立

號

陶唐既謝天歷在虞其一位歷數濟曰言堯去歸舜也謝去也　善曰說文解字云陶丘再成也在濟陰夏書曰東至陶丘陶丘有堯城堯嘗君之故號陶唐氏天歷天之歷數也已見上文虞謂舜也於是善本作時字上帝乃顧惟眷光我先善本作晉字祚應期納禪去聲良曰言上天眷我晉德故應期運而納於魏禪　善曰孔安國尚書傳曰時是也毛詩曰皇矣上帝又曰乃眷西顧此維與宅魏禪晉已見魏都賦茫眸後漢書伏隆檄張步曰皇天祐漢聖哲應期尚書刑德放曰河圖帝王終始存亡之期位以龍飛文以虎變翰曰龍飛喻天子起升位也言天子既即位文章蔚然如虎之變也　善曰周易曰飛龍在天利見大人又曰大人虎變其文炳也玄澤滂流仁風潛扇銑曰玄天也天澤滂沛而流仁惠之風潛動也扇動也　善曰玄澤聖恩也曹子建

責躬詩曰玄化滂流典引曰仁風翔于海表區內宅心方隅回面其二向曰區宇之內方隅之外皆宅心欽化回面向風也方隅夷狄之國也　善曰尚書曰宅心知訓孔安國曰常以居心也劉秦美新曰回面內向喁喁然天垂其象地耀其文鳳鳴朝陽龍翔景雲濟曰天象日月星也地文嶽瀆也山東曰朝陽梧桐生焉景雲瑞雲也言日月岳瀆含垂光潤也龍鳳皆義瑞也　或翔於雲或鳴於梧　善曰周易曰天垂象聖人則之韓詩外傳曰天見其象地見其形聖人則之春秋元命苞曰天質地文毛詩曰鳳皇鳴矣于彼高岡梧桐生矣于彼朝陽注曰山東曰朝陽孝經援神契曰王者德至山陵則景雲出孫柔之曰一名慶雲文子曰景雲光潤嘉禾重穎蓂莢載芬良曰穎禾穗也蓂莢瑞草也載則芬盛也　善曰孝經援神契曰王者德至地則嘉禾生東觀漢記曰濟陽縣嘉禾生一莖九

德由陳子曰堯為天子蓂莢生於庭為帝成曆率土咸序人胥悅欣
其三翰曰咸皆胥相也善曰胥相也毛詩曰率土之濱莫非王臣恢恢苦回
皇度穆穆聖容言思其順貌思其恭在視斯
明在聽斯聰銑曰恢恢大也穆穆美也言天子大量度美容貌而有恭順聽
明之德善曰老子曰天網恢恢疏而不失禮記曰天子穆穆尚書曰言曰從貌曰恭視
曰明聽曰聰注曰是則可從恭嚴恪也明必精審聰必微諦也論語曰君子視思明聽思
聰貌思恭言思忠登庸以德明試以功其四向曰庸用也言以
德登用為天子明試謂先帝明試其功善曰尚書帝曰若時登庸又曰明試以功車服
以庸其恭惟何昧旦丕顯無理不經無義不踐
行捨其華言去其辯游心至虛同規易簡濟曰

文選二十　三十二

丕大也言我君恭勤夙夜未明而思政理之事而行之至虛太素也謂游情太素之道同
法於簡易也善曰左氏傳讒鼎之銘曰昧旦丕顯後世猶怠禮記曰理發乎外而眾莫
不順鄭玄曰理謂言行也辯捷也口捷給則數為人所憎故云去其辯陸賈新語曰義者
德之經履之者聖也老子曰處其實而不處其華尚書曰君罔以辯言亂舊政嵇康書曰
游心於寂寞老子曰致虛極王弼曰言至虛之極也管子曰虛無形謂之道周易曰乾以
易知坤以簡能易則易知簡則易從易簡而天下之理得矣六府孔修九
有斯靖其五良曰孔甚也六府水火金木土穀也九有九州也善曰尚書曰
四海會同六府孔修毛詩曰奄有九有澤靡不被化罔不加聲
教南暨西漸其六流沙翰曰暨至漸入也言惠化聲教無所不至無不
入也流沙遠國名善曰尚書曰東漸于海西被于流沙朔南暨聲教孔安國曰漸入也

幽人肆音異善本作肆字嶮遠國忘遐銑曰肆習遐遠也言幽隱
者習嶮而來遠國皆忘其路遠而至善曰毛萇詩傳曰幽遠也長揚賦曰故平不肆險
服虔曰肆棄也越常善本作裳字重譯充我皇家其六向曰越
常國名重譯謂傳揚其言宣之於天子充滿也言貢聘滿我國家也善曰尚書大傳曰
成王之時越裳重譯而來朝曰道路悠遠山川阻深恐使之不通故重三譯而朝也鄭玄
曰欲其轉相曉也何休公羊傳注曰充滿也典引曰盛哉皇家峩峩列辟赫
赫虎臣濟曰列辟諸侯也虎臣言猛也峩峩赫赫眾盛貌善曰毛詩曰奉璋峩峩
義典引曰德臣列辟毛詩曰進厥虎臣內和五品外威四賓良曰
五品是五等諸侯四賓是四夷之賓諸侯在內故云和夷狄外國故云威善曰尚書帝
曰五品不遜孔安國曰五品之五常也又曰四夷咸賓修時貢職入覲

文選二十　三十三

天人翰曰修因覲見也言各因朝見之時修職貢於天子善曰周禮曰設官分職
以任邦國毛詩曰以其介圭入覲于王莊子曰皆原於一不離於宗謂之天人備言
錫命羽蓋朱輪其七翰曰諸侯來朝天子皆周備與言而賜其命羽蓋
朱輪諸侯之車飾善曰毛詩曰備言燕私又序曰不能錫命以禮尚書大傳曰古諸侯
之於天子有功者天子賜其車服號曰命諸侯鄭玄儀禮注曰命加爵服之名子虛賦曰
建羽蓋楊惲書曰乘朱輪者十人貽宴好會不常厥數神心
所授善本作受不言而喻向曰貽遺喻曉也言天子遺其宴會者不常其
數但聖心所與者不言而自曉善曰史記曰秦王告趙王欲為好會數猶禮也左氏傳
張趯曰吾得聞此數范曄後漢書鄧騭上疏曰聖策定於神心孟子曰君子所性仁義禮
智信根於心施於四體不言而喻也於是肆善本作肆字射食夜弓矢

斯御銑曰肆放也御獵執也善曰呂氏春秋曰天子講武肆射毛詩曰弓矢斯張
毛萇曰御進也發彼五的有酒斯飫其八良曰五的射的也飫飽
宴也善曰毛詩曰發彼有的以求爾爵毛萇曰的射質也鄭玄曰發發矢也周禮曰王
射三侯五正毛詩曰君子有酒酌言嘗之又曰飲酒之飫杜預左氏傳注曰飫厭也文
武之道厥猷未墜翰曰言文武之道未墜落於地善曰論語子貢曰
文武之道未墜於地在人也在昔先王躬善本作射御茲器示
武懼荒過亦為失音試協韻善曰周易曰弓矢者器也用之過亦為
失也凡厥羣后無懈于位銑曰茲器射禮也荒廢也言其先王崇射
以示武崇禮以懼廢過耽之者亦失矣戒懼羣后無為此懈怠於位其九善曰毛詩
曰匪懈于位民之攸塈

九日從宋公戲馬臺善本作集字送孔令詩一
首五言善曰蕭子顯齊書曰宋武帝為宋公在彭城九日出游項羽戲馬
臺至今相承以為舊准沈約宋書曰孔靖字季恭宋臺初建以為尚書令讓不
受辭事東歸高祖餞之戲馬臺百寮咸賦詩以述其美
謝宣遠向曰宋書七志云謝瞻字宣遠陳郡人也幼能為文章豫章太
守劉裕為宋公時九月九日出游項羽戲馬臺送尚書令孔靖辭位歸鄉
宋公與百寮賦詩以述其美善曰宋書七志曰謝瞻字宣遠陳郡人
也幼能屬文宋黃門郎以弟晦權貴求為豫章太守卒高祖遊戲馬臺命
僚佐賦詩瞻之所作冠于一時
風至授寒服霜降休百工濟曰季秋九月涼風至始授衣也霜

降膠漆堅不可為器故義百工之功善曰禮記曰孟秋之月涼風至又曰仲秋之月盲
風至乃命司服衣服有量必循其故鄭玄曰盲風疾風也毛詩曰九月授衣禮記曰季秋
之月霜始降則百工休繁林收揚綵善本作陽彩字密苑解華
叢巢幕無留鷰遵渚有歸善本作來字鴻良曰吳季札謂
孫文子曰君之在晉猶鷰之巢於軍幕也詩云鴻飛遵渚遵依也善曰左氏傳曰吳王
子札聘于上國宿于戚聞孫林父擊鍾曰夫子之在此猶鷰之巢幕上也杜預曰夫子孫
文子也毛詩曰鴻飛遵渚禮記曰九月之節鴻鴈來賓輕霞冠秋日迅
商薄清穹翰曰霞在日上故曰冠也商風疾而高故云薄清穹穹天也善曰
迅商商風之迅疾也楚辭曰商風肅而害之百草育而不長王逸曰商風西風秋氣起則
西風疾又曰薄附也爾雅曰穹蒼蒼天也聖心眷嘉節揚鑾戾行

宮銑曰嘉節謂九月九日戾至也行宮謂戲馬臺善曰孫卿子曰積善德而聖心備
馬左氏傳曰鍚鑾和鈴爾雅曰戾至也東觀漢記曰濟陽有武帝行過宮四筵霑
芳醴中堂起絲桐向曰四筵四坐也絲桐琴也善曰儀禮曰旨酒令
芳西京賦曰促中堂之密坐史記曰鄒忌以鼓琴見齊威王忌曰夫理國家而弭人倫皆
在其中王曰夫理國家何在絲桐之間扶光迫西汜似歡餘宴
有窮濟曰扶光日也迫薄也西汜日入處也言日沒歡宴將極善曰淮南子曰日
出暘谷拂于扶桑楚辭曰出自暘谷次于濛汜逝矣將歸客養素克
有終良曰逝往也歸客孔令也言能養淳素以終事善曰歸客謂靖也嵇康幽憤
詩曰養素全真王隱晉書周顗教曰參軍杜夷優遊養素周易曰謙亨君子有終吉班固
漢書述曰鮮克有終散金娛老臨流怨莫從歡心歎飛蓬翰曰

宣遠自言臨流相送怨不得與之相從迴我
歡樂之心歎君與飛蓬同飄轉也善曰言
已卒於時役未果言歸臨流念鄉已絕莫從
之怨而以侍宴暫歡之志重歎飛蓬之遠也
楚辭曰臨流水而太息王逸曰念舊鄉也曹
植應詔詩曰朝覲莫從列子宋元君曰適值
寡人有歡心商君書曰夫飛蓬
遇飄風而行千里乘風之勢

樂游應詔詩一首 五言 善曰丹陽郡圖經曰樂遊苑宮城北三里晉時藥園也

范蔚宗 銑曰沈約宋書云范曄字蔚宗順陽人也少好學爲高祖相國掾稍遷太子詹事坐謀反誅樂游苑名應宋文帝詔善注同

崇盛歸朝闕虛寂在川岑山陽 善本作梁字 協孔
性黃屋非堯心 向曰崇盛謂崇業之人朝闕朝廷也虛寂謂空靜之士川

文選二十 三十六

岑山澤也山梁雌雉飲啄自得是合孔丘之
性黃屋天子車也堯爲天下但憂萬人而心
不在黃屋 善曰方言曰寂安靜也論語子
曰山梁雌雉時哉時哉何晏曰言山梁雌雉
得時鄭玄毛詩箋曰梁石絕水之梁也漢書
曰紀信乃乘王車黃屋左纛李斐曰天子車
以黃繒爲裏堯以位禪務光許由故非堯心
所悅郭象莊子注曰徒見聖人載黃屋佩玉
璽便謂足以纓紱其心矣 軒駕時來 善本作未字 肅文囿降照
善本作照字 臨 濟曰軒駕言時游此以就清肅之人文囿謂文學之士昭明也言下
明德而臨之也 善曰言未戒軒駕而訪道
且峯文囿而愛物也莊子曰黃帝將見大隗
方明爲御昌寓參乘鄭玄禮記注曰肅戒也
孟子齊宣王問曰文王之囿方七十里毛詩
曰王在靈囿鄭玄曰文王親至靈囿言愛物也毛詩曰明明上天照臨下土 流雲
起行蓋晨風引鑾音原薄信平蔚 紆勿 臺澗備

曾深 良曰草木叢生曰薄蔚繁茂也備盡曾高也言臺澗盡高深也 善曰王逸楚
辭注曰草木交曰薄蔽 蘭池清夏氣脩帳含秋陰遵渚
攀蒙密隨山上嶇 區 嶔 音欽 嶇嶔不平貌 翰曰遵依也 善曰
三輔黃圖曰蘭池觀在城外漢書成紀曰三
輔長無供帳之勞張晏曰帳帷帳也遵諸已
見上文尚書曰隨山濬川洞簫賦曰嶇嶔巋崎 瞻 善本作睇字 目有極覽
游情無近尋聞道雖已積年力互頹侵 銑曰積久
也言目覽既極遊情自遠也聞道謂聞人之
道已久而年力老弱不能行之 善曰廣雅
曰睇視也王弼老子注曰滌除邪飾至于極
覽鄭玄禮記注曰極盡也莊子南郭子綦
問于女偊曰子之年長矣而色若孺子何也
曰吾聞道矣偊音禹陸機應嘉賦曰悲來日
之苦短恨頹年之方促 採已謝丹臒 烏郭切善本作雘字 感事懷

文選二十 三十七

長林 向曰丹臒喻榮祿也言探已年已老歎榮祿之飾感此事思歸於長林 善曰
毛詩曰赤芾在股毛萇曰諸侯赤芾鄭玄曰
芾太古蔽膝之象歎與芾古字通江賦曰感
事而出

九日從宋公戲馬臺集送孔令詩一首

五言

謝靈運

季秋邊朔苦旅鴈違霜雪淒淒陽卉腓 肥 皎
皎寒潭潔 濟曰腓病也風霜慘悽草木色皆病此言以喻已老患也 善曰列
子曰禽獸之智違寒就溫孔安國尚書傳曰
遠也毛詩曰秋日淒淒百卉具腓薛君曰
腓變也俱變而黃也毛萇曰痱病也令本作腓字非也 良辰感聖心雲

旗興暮節良曰良辰謂九月九日感聖心謂感天子之心也雲旗畫雲飾旗也興起也善曰楚辭曰吉日兮良辰東征賦曰撰良辰而將行爾雅曰感動也楚辭曰載雲旗兮逶迤鳴葭戾朱宮蘭卮之獻時哲翰曰葭笛也天子行鳴笛引路也戾至也朱宮謂戲馬臺有宮觀也蘭卮酒盃也時哲謂孔令也善曰魏文帝書曰從者鳴笳以啓路傅玄西都賦曰彤彤朱宮漢書曰百末旨酒布蘭生晉灼曰芬芳布列若蘭之生應劭曰巵鄉飲酒禮器也受四升鄭玄毛詩箋曰主人酌賓爲獻餞宴光有孚和樂信善本作隆字所缺銑曰光明孚信也言餞宴之理明朝廷有信也和樂之義信有所終缺終也善曰薛君韓詩章句曰送行飲酒曰餞周易曰有孚飲酒無咎在宥天下理毛詩序曰鹿鳴廢則和樂缺矣吹萬羣方悅向曰在宥宥寬也言宥寬則天下之理也吹萬謂天氣養萬物

雖形氣不同各得其性而悅也善曰莊子曰聞在宥天下不聞治天下也司馬彪曰在察也宥寬也郭象曰宥使自在則治也莊子南郭子綦曰夫吹萬不同而使其自已也司馬彪曰言天氣吹煦生養萬物形氣不同也已止也使各得其性而止歸客遂海隅善本從山脫冠謝朝列弭棹薄枉渚指景待樂闋音缺濟曰歸客孔令也海隅謂會稽山陰也脫冠謝中書令也薄止枉曲也言指日影以待有司奏徹膳之樂終也闋終也善曰廣雅曰遂往也尚書曰至于海隅蒼生凡仕則冕弁謝職故曰脫冠閑居賦序曰猥側朝列杜預左氏傳注曰弭息也楚辭曰朝發枉渚王逸曰枉曲也指景指日也已見上文禮記曰有司告以樂闋鄭玄曰闋終也河流有急瀾浮驂無緩轍善曰言彼去河有急瀾而不止已旋驂無緩轍而不留言相背之疾也孔安國尚書傳曰浮行也豈伊川途

念宿心愧將別良曰伊惟也言我豈獨惟此別路之念而已言宿心之事自此將隔善曰孔以養素爲榮而已以戀位爲辱故云愧也周禮曰兩山之間必有川焉大川之間必有塗焉趙壹報羊陟書曰惟君明睿平其宿心嵇康幽憤詩曰內負宿心彼美丘園道喟焉傷薄劣翰曰美孔令得歸丘園之道數傷已之薄劣不如也善曰毛詩曰彼美孟姜周易曰六五賁于丘園束帛戔戔王肅曰失位無應隱處丘園閑居賦曰信用薄而才劣

應詔讌曲水作詩一首四言善曰水經注曰舊樂遊苑宋元嘉十一年以其地爲曲水武帝引流轉酌賦詩裴子野宋畧曰文帝元嘉十一年三月丙申禊飲于樂遊苑且祖道江夏王義恭衡陽王義季有詔會者賦詩

顏延年銑曰曲水謂引水行酒盃

道隱未形治彰既亂向曰形見也言大道隱而未見謂宋公未爲天子時也彰明謂延晉之亂以明宋之理善曰老子曰大象無形又曰道隱無名王弼曰有形則亦有分有分者不溫則涼故象著形著非大象也又曰夫道物以之成而不見形故隱而無名也河上公曰道潛隱使人無能名也太玄經曰亂不極則治不形賈逵國語注曰彰著也帝迹懸衡皇流共貫濟曰帝五帝皇三皇言可與齊衡共貫善曰春秋合誠圖曰黃帝有迹必稽功務法宋均曰迹行功績也中子曰君必有明法正義若懸權衡以稱輕重所以一羣臣也長楊賦曰逮至孝文隨風乘流孔安國尚書傳曰萬國共貫惟王創物永錫洪筭良曰王文帝也創物謂創造萬物也洪大也言天賜大筭使長久也善曰周禮曰智者創物毛詩曰永錫難老鄭

玄儀禮注曰筭數也謂年數仁固開周義高登漢其一翰曰言
仁義之道高尚於周漢也善曰毛詩序曰周家忠厚仁及草木漢書曰五星聚于東井
此高祖受命之符當以義取天下也祚融世哲業光列聖銑曰祚福
也言福德豐盛代生哲智德業光於往列之聖也善曰爾雅曰融長也毛詩曰世有哲
王魏都賦曰列聖之遺塵太上正位天臨海鏡向曰太上謂文帝也
言臨人如天鏡之照海也善曰太上謂文帝也漢書薄昭書曰欲以親戚之意望於太
上如淳曰太上天子也周易曰女正位乎內男正位乎外潘岳魯公詩曰如地之載如天
之臨孫綽望海賦曰因湛亮以靜鏡俯遊目於淵庭制以化裁樹之形
性濟曰言法制以風化裁形性以寬和樹也善曰周易曰化而裁之謂之變莊子曰流
動而生物物成生理謂之形形體保神各有儀則謂之性惠浸萌生信及

翔泳其二良曰萌生謂萬物也言恩惠浸養萬物著信及魚鳥也翔泳謂魚鳥也
善曰史記文帝詔曰萬物之萌生翔泳魚鳥也周易曰豚魚吉信及豚魚薛君韓詩章句
曰文王聖德上及飛鳥下及魚鱉崇虛非徵積實莫尚豈伊
人和寔靈所貺翰曰豈惟人和而已實上天神靈所賜其福也貺賜也
善曰言崇尚虛假諒非有徵積累成實則莫能尚也演連珠曰積實雖微必動於物崇虛
雖廣不能移心杜預左氏傳注曰尚亦上也言化之所感豈止人和乎實亦受天貺左氏
傳季良曰於是人和而神降之福春秋元命包曰日通三靈之貺交錯同端也日宗
其朔月不掩望向曰完全也日蝕在朔月蝕在望言今日月朔望皆全也
善曰漢書曰天下太平日不蝕朔月不掩望航琛王越水輦賮慈亂踰
嶂其三濟曰航舟也輦車也言諸方貢獻琛賮或浮水或踰山而來至矣善曰言

遠夷納貢也毛萇詩傳曰琛寶也孟子將有遠行者必以賮爾雅曰上正嶂也郭璞曰
山上平帝體麗明儀辰作貳良曰帝體謂太子也言帝之體胤也
麗耦也儀匹也耦君之明匹辰極以為副也善曰言太子附帝故有明德也帝體謂貳
太子也沈約宋書曰文帝立皇子劭為太子喪服傳曰長子正體於上周易曰黃離元吉
鄭玄曰離南方之卦離為火土託位焉土色黃火之子諭子有明德能附麗於父之道文
王之子發旦是也毛萇詩傳曰儀匹也辰北辰也典引曰辰居其位齊王攸太子箴曰尊
以弘道固以貳已君彼東朝金貽玉粹音邃翰曰東朝太子朝
也言太子德如金玉之明美也昭明粹美也善曰東朝東宮也潘岳贈陸機詩曰纏綿東
朝高誘呂氏春秋注曰東宮太子所居詩曰東宮之妹又曰金玉其相廣雅曰粹純也
德有潤身禮不愆器銑曰言富德業以潤其身制度文章不愆失禮

樂之器善曰禮記曾子曰富潤屋德潤身又曰禮器鄭玄曰禮器言禮使人成器柔
中淵映芳猷蘭祕其四向曰柔和也言中心和明如淵之映也其道
如蘭之芳香而積於身祕積也善曰周易曰其用柔中陸機宣猷堂詩曰茂德淵冲字
書曰祕者謂蘭芳之幽密昔在文韶今惟武穆濟曰言以高祖比文
王文帝比武王詔穆謂繼次也善曰言昔者在高祖之子為王同於文王之昭今帝之
子為王又同武王之穆言其成也左氏傳富辰曰畢原酆郇文之昭也杜預曰皆文王子
也邗晉應韓武之穆也杜預曰皆武王子也漢書韋玄成議曰父為昭子為穆孫後為昭
昭穆父子之迭號千祀而一也晉文王諱昭故為韶於烏赫王宰方旦
居叔良曰於赫美也王宰謂宋彭城王義也言方於周公居伯叔之次也善曰王
宰謂王為宰輔比之周旦而亦居叔也沈約宋書曰彭城王義康為司徒毛詩曰於赫湯

孫韓詩外傳周公誡伯禽曰吾成王叔父也有晬邃叡鋭蕃爰履
奠牧翰曰晬溫潤也言有溫潤明德履於蕃服以定牧守善曰謂諸王者蕃也於孟
子曰仁義禮智根於心其生色也晬然於面二蕃謂江夏衡陽二王也爰履奠牧謂於所
優之地能鎮定其郊牧也爾雅曰爰於也左氏傳管仲曰賜我先君履杜預曰履所履之
界也諸侯得祀名山大川故曰奠牧尚書曰奠高山大川爾雅曰郊外謂之牧寧極
和鈞屏必領京維服其五和鈞謂銑曰寧安極理也斤兩斛斗也謂安
理其斤兩斛斗為京室之蕃屏維持五服之諸侯也善曰和鈞謂王宰也屏京謂蕃封
也尚書曰關石和鈞周禮曰三曰禮典以和邦國四曰政典以均萬民又曰九邦國大小
相維朏匪魄白雙交月氣參七男變向曰朏魄謂日月也雙交謂日月
交會也二十四氣與日月相參而變也善曰朏魄雙交謂三日也凡朏魄之交皆在日

文選二十　四十二

三日之夕今月未夕故以前之文唯止有二故曰雙也孔安國尚書傳曰朏明也月三日
明生之名說文曰魄月始生魄然也月氣參變謂三月也月氣每月一變故曰參也周書
曰凡四時成歲各有孟仲季以名十有二月月有中氣以著時應開榮灑澤
舒虹工爍電濟曰開榮開發萬物之榮麗其渥澤也爍光也言德揔萬化之美如
虹電舒光善曰言時候也禮記曰季春之月桐始華又曰時雨將降又曰虹始見又曰
仲春之月始電化際無間皇情爰眷良曰際至也言風化之微入於
無間也皇情謂天子之情也爰眷謂眷下人也善曰言既太平故眷斯嘉節解朝曰纖
者入無間杜預左氏傳注曰間隙也伊思鎬皓飲每惟洛宴其六
翰曰在鎬飲酒故云伊思鎬飲也周公卜洛邑引流以泛酒故云每惟洛宴亦思
也善曰楚辭曰伊思兮往古毛詩曰王在在鎬飲酒樂凱東陽無疑齊諧記束皙對武

帝曰昔周公卜洛邑因流水以汎酒故逸詩曰羽觴隨流波郊餞有疆善本
作壇字君舉有禮銑曰郊餞謂祭祖也有疆謂作壇以祭也君之舉措必依
於禮善曰餞已見上文左氏傳曹劌曰君舉必書幙帷蘭甸畫流高
陛向曰蘭甸謂野田有蘭者蓋以其香喻德蕃也言張帷幙於蘭甸畫地通水於高陛
之側也陛階也善曰廣雅曰幙帳也蘭甸蘭生于甸猶蘭皐也畫流分流也分庭
薦樂析波浮醴濟曰分庭謂東西廂俱作樂也析波謂分水以流杯也醴
酒也善曰莊子曰分庭抗禮析音錫豫同夏諺彥事兼出濟
子禮其七良曰夏諺去吾王不遊吾何以休出濟詩曰出宿于濟言歡豫之事兼同於
古善曰孟子夏諺曰吾王不豫吾何以助毛詩曰出宿于濟仰閱豐施降
惟微物翰曰閱視也言我仰視天子豐厚之施下思於已誠為微物善曰閱猶

文選二十　四十三

數也微物自謂也薛君韓詩章句曰鳥微物也三妨儲隸五塵朝黻
音弗翰曰三妨儲隸謂三任東宮五塵朝黻謂五任朝官也妨賢人之路塵汙也
善曰沈約宋書曰高祖受命追年補太子舍人從尚書儀曹郎太子中舍人轉正負外郎
徙負外常侍出為始安太守徵中書侍郎轉太子中庶子涂忝命氾恩充
報屈有悔可悛七全滯瑕難拂其八銑曰悛改也謂王道泰
而已命也也王恩充滿而已報猶屈也有過悔之事可自改積滯之瑕難可除拂善曰
泰屯二卦名周易曰泰者通也又曰屯如邅如周易曰豫有悔位不當也孔安國尚書
傳曰悛改也廣雅曰瑕纖也毛萇詩傳曰拂去也拂亦作弗古字同

皇太子釋奠會作一首四言善曰裴子野宋略曰文
帝元嘉二十年三月皇太子劭釋奠于國學禮記曰凡學春官釋奠于先

師秋冬亦如之鄭玄曰官謂禮樂詩書之官周禮曰凡有道者有德者使教焉死則以為樂祖祭於瞽宗此之謂先師也若漢禮有高堂生樂有制氏詩有毛公書有伏生釋奠者設薦饌酌奠而已無迎尸之事

顏延年　向曰宋文帝太子親釋奠於國學

國尚師位家崇儒門濟曰師位謂太子少師位也儒門謂專門教授也善曰漢書元帝詔曰國之將興尊師而重傅鄭玄禮記注曰尊師授道焉不使處臣位也漢書儒林傳曰嚴彭祖顏安樂各專門教授稟道毓育德講藝立言良曰稟授道藝以養德立言也毓養也善曰王粲贈文叔良詩曰溫溫恭人稟道之極周易曰君子以振民毓德西都賦曰講論乎六藝左氏傳范宣子曰其次立言浚明爽曙達義茲昏濟曰浚大爽差也言大明自暗而生且不差其

曙達義從昏情而發明亦猶是焉善曰以日曙喻道也大明之道既以爽曙通達之義於此彌昏也尚書曰夙夜浚明有家馬融曰浚大也魏都賦曰昏情爽曙箴規顯之毛萇詩傳曰爽差也然義與魏都賦微異不以文害意也禮記曰先王修道以達義桓子新論曰學者既多蔽暗而師道復缺然此所以滋昏也又永瞻先覺顧惟後昆其一銑曰永長也言長瞻先覺之人義有乖舛者願思後昆以正之也昆猶生也善曰言大義漸乖永瞻先覺之意願思後昆以正之孟子伊尹曰天生斯人使先覺覺後覺予天民之先覺者也尚書曰垂裕後昆大人長物繼天接聖向曰大人謂太子也長物謂長育萬物也繼天接天子之聖緒也善曰周易曰利見大人君德也尸子曰天地之道莫見其所以長物而物長聖人之道亦然漢書曰庖犧繼天而王為百王先首時屯必亨運蒙則正濟曰言遭時屯蒙必能正也亨

通也善曰周易曰屯元亨利貞王弼曰剛柔始交是以屯也不交則否故屯乃大亨也運録運也周易曰蒙亨利貞王弼曰蒙之所利乃利正也偃閉武術闡揚文令良曰術道也言偃武道開擧文學之政令善曰尚書曰王來自商至于豐乃偃武修文孔安國曰闡修文教賈逵國語注曰偃息也庶士傾風萬流仰鏡其二翰曰言衆士萬人皆傾慕其風仰之以鑒鏡善曰尚書曰庶邦庶事嵇康高士傳孔子問項橐曰居何在曰萬流屋是也注曰言與萬物同流匹也雖書曰秦失金鏡鄭玄曰金鏡喻明道也虞庠飾館睿圖炳音丙睟音遂銑曰虞氏養國老於上庠令飾館以象之睿聖也聖圖畫孔子圖象於其中炳然溫潤睟溫潤貌善曰禮記曰有虞氏養國老於上庠睿圖孔聖之圖畫也炳丹青色也睟已見上文深善本作懷字仁憬九永集抱智麏俱隕切善本作麏字至向曰

憬遠麏羣也言懷仁韜智之士皆自遠而羣至善曰懷抱謂蓄韞也禮記曰君子有禮故物無不懷仁又曰儒有戴仁而行抱義而處毛詩曰憬彼淮夷毛萇曰憬遠行貌九永切左氏傳蔿啓疆謂楚子曰求諸侯而麏至杜預曰麏羣也丘殞切踵門陳書躡屩脚獻器濟曰踵至屩履也言至門陳政理之書躡履獻其禮器善曰莊子曰有孫休者踵門而詫扁子司馬彪曰踵至也陳書謂陳列其書而進之也史記曰虞卿躡蹻擔簦器謂樂也漢書曰河間獻王修學好古或有先祖舊書多奉與獻王来朝獻樂器也澡身玄淵宅心道祕其三良曰玄深淵道祕皆道德深遠之處言沐浴居心於此善曰禮記曰儒有澡身而浴德王逸妍蚩曰窮聖人之祕奧測六義之淵玄宅心已見上文伊昔周儲聿光往記翰曰周儲謂文王為太子時言恭孝事上一日三朝也聿言述也言述先前史善曰禮記曰文王之為

也子朝於王季日三雞初鳴而衣服至寢門外問內豎之御者曰今日安否何如內豎曰
安文王乃喜及日中又至亦如之及暮又至亦如之其有不安則內豎以告文王文王色
憂行不正履王季復膳然後亦復初漢書疏廣曰太子國儲副君孔安國尚書傳曰聿述
也思皇世哲體元作嗣銑曰皇美也世哲謂太子也元大也謂體
居大而為嗣繼善曰毛詩曰思皇多士東都賦曰體元立制繼天而作鄭玄禮記注曰
上嗣君之適長子資此夙知降從繼善本作經字志向曰夙早
降下也言太子資於儒學善知之入下從伏膺以學經典為之志也早曰資猶藉也毛
詩曰誰風知而暮成禮記曰一年視離經辨志逷天歷彼前文矩周規
值其四濟曰逷遠也前文謂古文也值當也言古文經典相去雖遠學其規矩亦與
之相當善曰尚書大傳曰聖人與聖也猶規之相周矩之相襲值當也正殿虛

筵司分簡日良曰正殿太子正殿虛席以待賢也司分主曆之官也簡日謂
擇吉日也筵席也善曰正殿前殿也長門賦曰正殿塊以造天虛筵以待賢也左氏傳
鄭子曰玄鳥氏司分者也爾雅曰簡擇也尚席函含丈承善本作扶丞字
疑奉帙翰曰尚席儒席也函容也席容一丈分地使得指揮也承疑輔弼之官一帙
書帙也善曰漢書音義晉灼曰舊有五尚有尚席禮記曰席間函杖鄭玄曰函容也丞
疑丞也禮記曰虞夏商有師保有疑丞侍言稱辭惇敦史秉筆
銑曰侍言稱辭傳太子言語之官也惇史直辭之官也秉執也善曰馮衍德誥曰惇仲尼
言語不習則子貢侍禮記曰有善記之為惇史國語士茁謂襄子曰臣秉筆事君奴(?)
識幾平音王載布述其五向曰言侍從之官皆妙識幾微之音載
則也言帝王法則有所述作善曰周易曰知幾其神乎尚書曰熙帝之載王肅曰載事

也孔叢子曰使談者有述焉為之奈何肄異善本作肄字議芳訊信大
教克明濟曰肄習訊問也言習議者以芳美之道相問故大道能明善曰演連
珠曰肄議芳訊非庸聽所善孔安國尚書傳曰肄陳也鄭玄毛詩箋曰訊言也敬躬
祀典告奠聖靈禮屬觀盥樂薦歌笙良曰言其恭敬
行祀典奠酌先聖之神靈也觀盥謂禮之盛也盥謂盥水器所以淨洗手也薦進也歌笙
雅樂也善曰禮記曰非此族也不在祀典又曰凡入之始立學者先釋奠于先聖先師
周易曰觀盥而不薦王弼曰可觀者莫盛乎宗廟宗廟之可觀者莫盛於觀盥也儀禮曰
歌南有嘉魚笙崇丘也昭事是肅殂實非馨其六翰曰昭事神
祇肅敬之德也殂謂祭器也實謂祭物也言殂實非足稱馨蓋德為馨也善曰左氏
傳曰以昭事神尚書成王曰黍稷非馨明德惟馨獻終襲吉即宮廣

讌堂設象筵庭宿金縣如字協韵善本作懸字銑曰襲重即就
也言禮既重得其吉祥還就於宮以廣讌樂也象筵以象牙為席也金縣謂鍾鼓之樂
也宿謂夜列於庭善曰獻終畢也尚書曰乃卜三龜一襲吉孔安國曰襲因也禮記
孔悝鼎銘曰即宮于宗周劉楨瓜賦曰更鋪象牙之席吳都賦曰桃笙象簟周禮曰宿懸
於䄂階其南鍾然鍾則金也台保無徵皇戚比彥向曰台謂三公
位也保太保也皇戚皇之親戚也徽美也彥謂比肩皆是俊彥善曰春秋漢含孳曰比
二公在天法三能與台同保太保也皇戚皇家之戚也爾雅曰美士為彥肴乾
酒澄端服整弁其七濟曰肴乾酒澄祭畢也整服謂去祭服就常服也
善曰禮記曰酒清人渴而不敢飲肉乾人飢而不敢食杜預左氏傳曰肴乾而不食雍南
子曰酒澄而不飲六官視命九賓相儀銑曰九賓謂九卿也言視

王命助行禮儀善曰六官六卿也周禮曰典命掌諸侯之五儀其衣服禮儀各眡其命之數漢書曰羣臣朝十月儀夫行設九賓臚傳東京賦曰伯夷起而相儀纓笏帀序巾卷充街翰曰巾盛書也言番纓巾卷者巾於庠序滿於街衢善曰纓笏垂纓秉笏也皆朝臣之服故舉服以明人爾雅曰東西牆謂之序巾亦箱也所以盛書莊都善本作都莊雲動野道逵風馳銑曰莊道皆道也言觀禮之人於道路有如雲動風馳善曰爾雅曰六達謂之莊劇秦美新曰雲動風偃毛詩曰施于中逵韓君曰中逵逵中九交之道也四子講德論曰風馳雨集雜襲並至倫周伍漢超哉邈猗兮宜其入向曰倫比伍參也言比周漢之德超然遠矣善曰鄭玄禮記注曰倫比也說文曰伍相參伍也蔡邕胡黃二公頌曰超哉邈猗莫參其二清暉在天容光必照濟曰清暉日也善曰清暉喻日喻帝也

孟子云日月有明容光必照趙岐曰容光小隙物任善本作性号其情理宣其奧良曰言萬物各任其情明理以宣深奧之義善曰周易曰乾元者始而亨者也利貞者性情也王弼曰不為乾元何能通物之始不性其情何能久行其正是故始而亨者必乾元也利而貞者必性情也此意性情者正也言人君在上以道被物各存其性為情嗜志不入於心老子曰道者萬物之奧廣雅曰奧藏也妄先國胄側聞邦教翰曰胄長也國學以教長子延年時為國子博士故謙云妄居國胄之先而側聞國之教義也善曰沈約宋書曰元嘉中延之遷國子祭酒司徒左長史尚書曰命汝典樂教胄子賈誼弔屈原曰側聞先生尚書曰司徒掌邦教徒愧微冥終謝智效銑曰自愧微賤而暗昧也莊子云智效一官言此無智而效故云謝也善曰微冥微賤而暗冥也家語哀公曰寡人愚冥莊子曰智效一官

侍宴樂遊苑送張徐州應詔詩一首五言

善曰劉璠梁典曰張諼字公喬齊明帝時為北徐州刺史諼蜀六切

丘希範向曰梁典云丘遲字希範吳興人時為中郎武帝弟宏為徐州刺史應詔送王善曰梁史曰丘遲字希範吳興人八歲能屬文及長辟徐州從事高祖踐祚拜中書郎遷司徒從事中郎卒集題曰秉中書侍郎丘遲上

詰丘吉旦閶闔開馳道聞鳳吹去濟曰閶闔天門也鳳吹笙也笙體鳳故也善曰左氏傳曰詰朝將見杜預曰詰朝平旦也西京賦曰表嶢闕於閶闔薛綜曰紫微宮門曰閶闔漢書曰太子不敢絕馳道應劭曰道天子道也呂氏春秋曰伶倫制十二筩聽鳳鳥之鳴以別十二律蔡邕月令章句曰吹者所以通氣也管簫竽笙

塤篪皆以鳴吹也輕荑啼承玉輦細草藉龍騎良曰荑草之初生藉猶鋪也言鋪此荑草輦從上行善曰毛詩曰自牧歸荑毛萇曰荑茅始生也藉田賦曰天子御玉輦服虔漢書注曰藉薦也周禮曰馬八尺以上為龍風遲山尚響雨息雲猶積忩善曰集本作漬巢空初鳥飛荇杏亂新魚戲翰曰言風雖緩山尚有聲也荇水草也善曰毛詩曰參差荇菜荇音杏寔惟北門重匪親孰為寄銑曰徐州梁之北門孰誰也言非親王誰者可寄善曰史記齊威王曰吾吏有黔夫者使守徐州則燕人祭北門裴駰曰齊之北門也史記田肯謂上曰非親子弟莫可使王齊參差別念舉肅穆恩波被向曰別念謂武帝別弟也肅穆謂和穆也言天子恩波和睦而被及善曰荀悅漢紀曰大會羣臣於長樂宮成禮而罷莫不肅穆小臣信多

華投生豈酬義濟曰小臣遲自謂也言雖投捨此命不足荅其義也羙
曰左氏傳羊舌職曰譆曰人之多幸國之不幸西征賦曰豈生命之易投
應詔樂遊苑餞呂僧珍詩一首五言善曰梁
書曰呂僧珍字元瑜為左衛將軍天監四年冬大舉北伐
沈休文良曰梁典云沈約字休文吳興人少為蔡興宗所知引為
安西記室梁興稍遷丹陽尹僧珍為左衛將軍北伐魏故命作詩餞
也善曰劉璠梁典曰沈約字休文吳興人少為蔡興宗所知引為
安西記室梁興稍遷至侍中丹陽尹建昌侯薨謚曰隱
丹浦非樂戰負重切君臨良曰堯時丹水國不服堯征而克之
此非樂戰但切君臨之重懼百姓不安善曰六韜曰堯與有苗戰于丹水之浦高誘呂

氏春秋注曰丹水在南陽浦崖也莊子曰兵革之士樂戰鄧析子曰明君之御人若履冰
而負重孟子曰舜竊負而逃遵海濱而處左氏傳子襄曰赫赫楚國而君臨之我皇
秉至德忘已用堯心翰曰我皇則梁武帝也執至聖之德忘其身用
帝堯之心以安人也善曰穀梁傳曰我若接上下論語曰周之德可謂至德也莊子堯
謂舜曰吾不敖無告不廢窮民此吾用心也愍茲區宇內魚鳥失
飛沉銑曰愍憐也憐此區宇之內萬物失所也言苦魏侵掠善曰言失常也東京
賦曰區宇乂寧大戴禮曰魚遊于水鳥飛于雲推士雷轂二崤一殳道善本
作阻字揚旆九河陰向曰古之遣將天子親推車轂送之二崤山名旆旗
也水南曰陰善曰漢書馮唐曰臣聞上古王者遣將也跪而推轂曰閫以內寡人制之
閫以外將軍制之閫魚列切西都賦曰左據函谷二崤之阻藉田賦曰九旗揚旆尚書曰

九河既道穀梁傳曰水南曰陰超乘盡三屬選士皆百金濟曰
超乘謂跳躍上車也三屬甲也選擇也百金言立百金以招士也善曰左氏傳曰秦師
過周北門超乘者三百乘韋昭國語注曰超乘者跳躍上車也漢書曰魏氏武卒衣三屬
之甲如淳曰上身一髀褌一脛繳一凡三屬也顧野王曰屬猶接也史記曰李牧趙之良
將也匈奴入牧選百金之士五萬擊之漢書音義服虔曰良士直百金言重也戎車
出細柳餞席樽上林良曰細柳漢將周亞夫屯營也言兵車出營作
餞席樽酒於上林也上林即樂游苑也取象於漢家上林苑也善曰尚書曰武王戎車
三百兩漢書曰匈奴大入邊遣內史周亞夫軍細柳餞已見上文命師誅後
服授律綏前禽翰曰言後者誅前降者綏捨也善曰公羊傳曰何喜
于服楚楚王者則後服無王者則先強周易曰王用三驅失前禽也函轘還

方解帶嶢堯武稍披襟銑曰函函谷關也轘轘轅洛東坂名嶢武
二關名盡為水國之襟帶言今披解而出也善曰函函谷也轘轘轅也解帶披襟言將隣
附也漢書音義應劭曰嶢山之關也李奇曰在上洛北文穎曰武關在洛西李尤函谷關
銘曰函谷險要衿帶咽喉伐罪芒山曲弔民伊水潯音尋向曰
洛陽魏所都也芒山伊水名也故王伐罪弔人於此弔問也問人勞苦也善曰尚書曰
奉辭伐罪郭緣生述征記曰北芒洛陽北芒嶺靡迤長阜自滎陽山連嶺修亙暨于東垣
孟子曰湯始征自葛誅其君弔其民伊水名也許慎淮南子注曰潯涯也將陪告
成禮待此未抽簪濟曰言既平四方必將燔柴以告武成約自云將陪
侍此禮故未解簪纓而歸善曰尚書曰柴望大告武成也謂武王誅紂而還燔柴郊天
望祀山川大告以武功成也鍾會遺榮賦曰散髮抽簪永縱一壑通俗文曰幘道曰簪

祖餞 善曰崔寔四民月令曰祖道神也黃帝之子好遠遊死道路故祀以為道神以求道路之福

送應氏詩二首 五言

曹子建 良曰送應璩瑒兄弟也時董卓遷獻帝於西京洛陽被燒故多言荒蕪之事

步登北芒阪遙望洛陽山洛陽何寂寞宮室盡燒焚 音煩叶韻 翰曰洛陽山洛之南山也漢遣董卓燒宮室 善曰北芒已見上文說文曰寂無人聲也獻帝紀曰車駕至洛陽宮室盡燒 垣牆皆頓擗 音闢 荊棘上參天不見舊耆老但觀新少年側足不 善本作無 行徑荒疇不復田 銑曰頓擗崩倒也不見耆老言皆遭亂見殺 善曰漢書曰伍被曰臣今見宮中生荊棘孟子曰太山之高參天入雲東觀漢記馬援曰隗囂側足無所立國語曰田疇荒蕪賈逵曰一井為疇 遊子久不歸不識陌與阡 向曰阡陌皆道也言我久不歸此皆不識其道徑也 善曰漢書高祖曰遊子悲故鄉風俗通曰南北曰阡東西曰陌 中野何蕭條千里無人煙念我平生 善本作常 居氣結不能言 濟曰言思念平生遊居之處所盡成丘墟 善曰劉歆遂初賦曰野蕭條而寥廓東觀漢記曰北夷作寇千里無煙火古詩曰悲與親友別氣結不能言 清時難屢得嘉會不可常 良曰屢數也言清平之時嘉會之賞不可數得而常有 善曰李陵與蘇武書曰策名清時又詩曰嘉會難再遇 天地無終極人命若朝霜 翰曰無終極言長久也朝霜言易消也 善曰

文選二十　五十二

莊子曰天與地無窮人死者有時漢書李陵謂蘇武曰人生如朝露 願得展嬿婉我友之朔方 銑曰嬿婉歡樂也言我願得舒此歡樂也我友謂應璩也朔北也 善曰毛詩曰嬿婉之求又曰我友敬矣又曰城彼朔方 親暱 女乙切 善本作眤字 並集送置酒此河陽中饋豈獨薄賓飲不盡觴愛至望苦深豈不愧中腸 向曰暱近也中饋食也言情愛至極相望苦深今為離別豈不各愧於中腸 善曰爾雅曰暱近也漢書曰上遣沛置酒沛宮周易曰在中饋王弼曰婦人職中饋儀禮有饋食之禮鄭玄周禮注曰進物於尊者曰饋恩愛至情之極所望悲苦愈深也漢書杜鄴說王音曰愛至者其求詳鄭玄注禮記曰病愧謂罪苦 山川阻且遠別促會日長願為比翼鳥施翮起高翔 濟曰北方有比翼鳥今我願為此鳥施翼於身與之高飛 善曰毛詩曰山川悠遠又曰道阻且長古詩曰願為雙鳴鳥奮翼起高飛

征西官屬送於陟陽候作詩一首 五言

孫子荊 向曰臧榮緒晉書云孫楚字子荊大原人也仕為馮翊太守時司馬俊為征西將軍俊下官屬往者送至陟陽候故於此作也陟陽候亭也 善曰臧榮緒晉書曰孫楚字子荊太原人也征西扶風王駿與楚舊好起為參軍累令衛軍司馬為馮翊太守卒

晨風飄岐路零雨被秋草 善曰李陵與蘇武詩曰欲因晨風發送子以賤軀毛詩曰零雨其濛 傾城遠追送餞我千里道 善曰頌猶盡也 三命皆有極咄嗟安可保 翰曰三命謂上壽中壽下壽言皆有終極嗟我此身安可長保 善曰養生經黃帝曰上壽百二十中壽百年下壽

文選二十　五十三

八十鄭玄禮記注曰司命主督察三命蒼頡篇曰咄卒也說文曰卒驚也咄丁忽切卒倉
憒切王弼周易注曰嗟憂嘆之辭莫大於殤子彭聃貪猶為
夭銑曰七歲已下曰殤彭祖老聃皆壽者若達自然之分者殤者亦足為壽達理
而求者雖彭聃猶以為夭善曰莊子南郭子綦曰天下莫大於秋毫之末而太山為小
莫壽於殤子而彭祖為夭郭象曰夫以形相對則太山大於秋毫若各據其性分物冥其
極則形大未為有餘形小未為不足苟各安其性則秋毫不獨小其小太山不獨大其大
矣若以性足為大則天下之足未有過於秋毫也若性不足者非大則雖太山亦可稱小
矣故曰莫大於秋毫之末而太山為小太山為小則天下無大矣秋毫為大則天下無小
矣無大無小無壽無夭是以蟪蛄不羨大椿而欣然自得斥鴳不貴天地而榮願已足列
仙傳曰彭祖殷賢大夫歷夏至商末號年八百也記曰老子字聃列仙傳曰李耳生於殷

時為周守藏吏積八十餘年後之流沙莫知所終蓋百六十餘歲或言二百餘歲吉
凶如糾纆墨憂喜相紛擾善本作統字濟曰糾纆索也吉凶
相繞如索兩股纆也紛擾猶互起也善曰漢書音義應劭曰禍福相為表裏如糾纆索
相附會也按糾纆索也糾兩股索纆三股索言禍福之相糾如此服鳥賦曰禍之與福何
異糾纆又曰憂喜聚門吉凶同域神女賦曰紛紛擾擾末知何意天地為我
鑪萬物一何小濟曰言以天地為鑪陶鑄萬物故宜齊同何有大小善
曰言天地為鑪陶冶萬物居其間一何微小言不足自愛也服鳥賦曰天地為鑪萬物為
銅達人垂大觀誡此苦不早翰曰達人不賤物貴我通為一
觀我覺此道苦其不早善曰此謂愛生也達人大觀死生若一故戒此愛生苦于不早
言能早戒之不以經慮也鶡冠子曰達人大觀乃見其理古詩曰立身苦不早乖離

卽長衢惆悵盈懷抱孰能察其心鑒之以蒼
昊齊契在今朝守之與偕老向曰誰能察我別離之心言當
取鑒於天濟曰偕俱也言齊死生契在於今朝守此與之俱老善曰楚辭曰惆悵兮
私自憐王孫子曰仲叔謙衛靈公曰百姓乖離說文曰契大約也毛詩曰君子偕老

金谷集作詩一首

五言善曰酈元水經注曰金谷水出河
南太白原東南流歷金谷謂之金谷水東南流經石崇故居

潘安仁向曰金谷水名流經石崇之居時崇出為城陽太守潘安
仁送之

王生和鼎實石子鎮海沂翰曰征西將軍祭酒王翊當還長安
祭酒助三公和鼎也崇出守城陽在海畔故云鎮海涯沂水名也善曰石崇金谷詩序

曰余以元康六年從太僕卿出為使持節監青徐諸軍事有別廬在河南縣界金谷澗時
征西大將軍祭酒王翊當還長安余與眾賢共送澗中賦詩以敘中懷應劭漢官儀曰太
尉司空司徒長史號為毗佐三台助鼎和味尚書曰海岱惟青州又曰徐州淮沂其乂蔡
邕陳琳碑曰遠鎮南裔親友各言邁中心悵有違何以
敘離思攜手游郊畿朝發晉京陽夕次金谷
湄音眉向曰國外曰畿晉都洛陽故云晉京湄水岸也善曰毛詩曰還車言邁又
曰行道遲遲中心有違曹子建離詩曰離思故難任晉京洛陽也爾雅曰水草交為湄
迴谿縈曲阻峻阪路威夷濟曰縈繞也曲阻曲山也峻高也威
夷長貌善曰七發曰依絕區兮臨迴谿毛詩曰周道威夷薛君曰威夷險也綠池
泛淡淡青柳何依依濫泉龍鱗瀾激波連珠

揮 良曰金谷之水盛為文如龍鱗激水歎石如珠之揮散　善曰東京賦曰綠水澹澹澹與淡同毛詩曰昔我往矣楊柳依依薛君曰依依盛貌爾雅曰濫泉正出正出湧出也酈元水經注曰允街谷水文成較龍允音沿街音牙洞簫賦曰揚素波而揮連珠 前庭樹沙棠後園植烏椑 卑 靈囿繁石 善本作若字 榴茂林列芳梨 翰曰皆果木名囿園也言靈羨也　善曰上林賦曰沙棠櫟櫧西京雜記曰上林有烏椑沙棠樹毛詩曰王在靈囿廣雅曰石榴若榴也西京雜記曰上林有芳梨 飲至臨華沼遷坐登隆坻 池 玄醴染朱顏但愬杯行遲 銑曰坻岸愬告也玄醴黑黍酒也　善曰毛詩曰舍其坐遷鄭玄詩箋曰坻水中之高地邊讓章華臺賦曰激玄醴於清池楚辭曰美人既醉朱顏酡王仲宣公讌詩曰但愬杯行遲 揚桴撫靈鼓簫管清且

文選二十　五十六

悲 向曰揚舉也桴打鼓枹也言擊鼓吹管之聲清而悲　善曰楚辭曰揚桴兮撫鼓毛詩曰簫管備舉王仲宣公讌詩曰管絃發徽音度曲清且悲 春榮誰不耀 善本作慕字 歲寒良獨希投分寄石友白首同所歸 濟曰春草俱耀歲寒不凋落者亦少也喻平常之時誰不相親至於急難而在者良亦希也言我投分寄義於爾與金石比堅白首與爾同歸於終也　善曰春榮喻少歲寒喻老也周易陰符太公曰春道生萬物榮論語曰歲寒然後知松柏之後凋阮瑀為魏武與劉備書曰披懷解帶投分記意分猶志也史記蘇秦謂齊王曰此棄仇讎而得石交者也漢書曰石建老白首萬石君尚無恙也易曰殊塗而同歸世說曰孫秀既恨石崇不與綠珠又憾潘岳昔遇之不以禮後秀為中書令岳省內見之因喚孫令憶疇昔周旋不秀曰中心藏之何日忘之岳於是始知不免後收石崇同日收岳石先送市亦不相知潘後至石謂潘曰安仁卿亦復爾雅潘曰可謂白首同所歸岳金谷集詩乃成其讖王隱晉書曰岳父文德為琅邪太守孫秀時為小吏給岳岳於秀不以仁遇也

王撫軍庾西陽集別作一首 五言　善曰沈約宋書曰王弘為豫州之西陽新蔡諸軍事撫軍將軍江州刺史又曰庾登之為西陽太守入為太子庶子集序曰謝還豫章庾被徵還都王撫軍送至湓口南樓作

謝宣遠 良曰王弘為撫軍將軍江州刺史庾登之為西陽太守後庾被徵還撫軍送至湓口瞻時為豫章太守亦將赴豫章三人於此序別故賦是詩　善曰瞻時為豫章太守

祗召旋北京守官及 善本作反 南服 翰曰祗敬也謂庾西陽召

文選二十　五十七

北還也守官謂宣遠南赴職也服諸侯之國也　善曰言庾被召而旋帝京已守官而蒞南服也左氏傳仲尼曰守道不如守官南服南方五服也 方舟析舊知對筵曠明牧舉觴務 善本作矜 飲餞指途念出宿 銑曰方舟析別曠遠也明牧謂王庾也出宿此郊也　善曰爾雅曰大夫方舟郭璞注曰方舟並兩船也揚雄武諫曰惟我與爾對筵接机蒼頡篇曰踈曠也舊知庾也明牧指王撫軍也劉琨答盧諶詩序曰舉觴對膝毛詩曰出宿于沛飲餞于禰陸士衡贈弟詩曰指塗悲有餘 來晨無定端別晷有成速 向曰晨時晷影也言來時未期離別日影急速 頹陽照通津夕陰曖平陸榜 逝 人理行艫 盧 輶軒命歸僕 濟曰頹陽落日也言日暮去者理舟還者命駕將辭也艫舟也輶軒輕車也　善曰楚辭曰日晻晻而下頹張揖子虛賦注曰月令曰令

榜人榜人船長也說文曰艫船頭也吳都賦曰輴軒蓼擾毛詩曰輶車鑾鑣揚雄荅劉歆

書曰嘗聞先代輶軒之使**分手東城闉**因**發櫂**直教**西江澳**

善本作隩音郁　良曰闉城曲澳亦曲也善曰說文曰闉城曲重門音因爾雅曰隩隈

也郭璞曰今江東人呼浦為隩**離會雖相離**善本作親字**逝川豈**

往復翰曰庚與王離宣遠與王會故云相新也逝川豈往復翰時不留也一善曰言

離而復會雖有相親之理但逝山川之流豈有往復之義嗟年命之速而會難也呂氏春

秋曰離則復合合則復離親或為雜非也**誰謂情可書盡言非尺**

牘翰曰牘版也言一尺之版不可盡其情也善曰周易曰書不盡言言不盡意杜篤弔

比干文曰敬申弔於比干寄長懷於尺牘說文曰牘書版也

鄰里相送方山詩一首

五言善曰沈約宋書曰少帝

文選二十　五十八

出靈運為永嘉郡守丹陽郡圖經曰方山在江寧縣東五十里下有湖水

舊揚州有四津方山為東石頭為西

謝靈運銑曰方山在江寧縣靈運為永嘉太守故鄰里相送於此作詩

祇役出皇邑善本作相字**期憩甌越**向曰皇邑京都也憩

止也甌越越之別名善曰發所莅之職也王充論衡曰充罷州役曹子建詩曰清晨發

皇邑毛萇詩傳曰憩息也史記曰東越王搖都東甌時俗號東甌王徐廣曰今之永寧也

解纜及流潮懷舊不能發銑曰纜繫船索也潮江潮也言解纜

父潮將去懷其故人不能即發一善曰吳志曰更增舸纜然纜維船索也力甍切西都賦

日攄懷舊之蓄念**析析就衰林皎皎明秋月含情易**

爲盈遇物難可歇積痾謝生慮寡欲罕所闕

良曰折折風吹林聲也含情謂含別離之情言含別離情已多感歎還此風物更益離歇

痾疾也言積病是憊攝生之慮但能寡欲則希有其闕失善曰王仲宣公宴詩曰含情

欲待誰古詩曰所遇無故物說文曰痾疾也老子曰少思寡欲**資此永幽棲**

豈伊年歲別各勉日新志音塵慰寂蔑翰曰伊惟

惟思也資寡欲之理為幽棲之道豈須思年歲之別各勉日新之德時附音塵慰我寂蔑

之懷也蔑無也善曰郭璞山海經曰山居為棲周易曰日新其德陸機思歸賦曰絕音

塵於江介荀組七哀詩曰撤兮報兮何其寂茂蔑一作滅

新亭渚別范零陵詩一首

五言善曰十州記曰丹陽郡

新亭在中興里吳舊亭也梁書曰范雲齊世為零陵郡內史

文選二十　五十九

謝玄暉銑曰蕭子顯齊書曰謝朓字玄暉陳郡人也少有美名稍遷尚

書吏部郎時江祐等謀立始安王遙光朓不肯後遙光收付獄死新亭亭

名范雲代為零陵郡內史善曰蕭子顯齊書曰謝朓字玄暉陳郡人也

少有美名文章清麗解褐豫章王行參軍稍遷至尚書吏部郎兼知衛尉

事江祐等謀立始安王遙光朓不肯祐白遙光遙光收朓下獄死

洞庭張樂地瀟湘帝子游向曰洞庭山名黃帝奏咸池之樂於

其上瀟湘江之別名帝女游即楚辭所謂湘夫人是也善曰莊子北門成問於黃帝曰

帝張咸池之樂於洞庭之野吾始聞之懼復聞之怠山海經曰洞庭之山帝之二女居之

是常游於江淵澧沅風交瀟湘之川郭璞曰言二女游戲江之淵府則能鼓動五江令風

波之氣共相交通言其靈響也楚辭湘君曰帝子降兮北渚王逸曰帝謂堯也娥皇女英

隨舜不反死於湘水因為湘夫人雲去蒼梧野水還江漢流善曰歸藏啓筮曰有白雲出自蒼梧入于大梁尚書曰江漢朝宗于海停驂我悵望輟棹子夷猶濟曰驂馬輟止也夷猶悵望貌謝在陸故云停驂范在舟故云止棹善曰鄭玄毛詩注曰驂兩騑也蔡邕初平詩曰暮宿河南悵望天陰雨善曰楚辭曰君不行兮夷猶王逸曰夷猶猶豫也廣平聽方籍茂陵將見求良曰周處為廣平太守三十年滯訟一朝斷決籍籍甚也司馬相如謝病居茂陵言今求為此善曰言范同廣平而聲聽方向籍已當居茂陵之下將於彼而見求王隱晉書曰鄭袤字林叔為中郎散騎常侍會廣平太守缺宣帝謂袤曰賢叔大匠渾垂稱於平陽魏郡蒙惠化且盧子家王子邕繼踵此郡欲使世不乏賢故復相屈在郡先以德化善為條教百姓愛之鄭玄毛詩箋曰方向也漢書曰司馬相如既病免家居茂陵

心事俱已矣江上徒離憂翰曰上未能及周處之籍甚下未果同相如之謝病故事俱已矣對此江波之上空懷離憂善曰楚辭曰思公子兮徒離憂

別范安成詩一首五言善曰梁書曰范岫字懋賓齊代為安成內史

沈休文五臣同李善注

平生善本作生平少年日分手易前期向曰言少年之時別離以前期易也善曰言春秋既富前期非遠分手之際輕而易之言不難也漢書灌夫傳曰生平慕之論語子曰久要不忘平生之言孔安國曰平生少時也賈充上與李夫人書曰每至當別未嘗以為易及爾同衰暮非復別離時濟曰言今同其衰老非是別離時恐不復相見善曰言年壽衰暮死日將近交臂相失故曰非時也蜀志曰宋預聘吳孫權捉預手曰今君年長孤亦老恐不復相見也勿言一樽酒明日難重持良曰勿以此一樽酒為輕生死無期明日恐不得與之重持也持執也以善曰蘇武詩曰我有一樽酒將以贈遠人夢中不識路何以慰相思翰曰楚王夢與朋友相尋迷不識路約云同此無以慰我相思之心善曰繆襲嘉夢賦曰心灼爍其如湯不識道之焉如韓非子曰六國時張敏與高惠二人為友每相思不能得見敏便於夢中往尋但行至半道即迷不知路遂迴如此者三

文選卷第二十

補

詩

詠史

百一

游仙

文選

二十一

廿六十

文選卷第二十一

梁昭明太子撰　五臣并李善注

詠史

詠史詩一首五言

王仲宣 向曰謂覽史書詠其行事得失或自寄情焉曹公好以己事誅殺賢良故託言秦穆公殺三良自殉以諷之

自古無殉死達人所共知 善本作共所知翰曰從死曰殉古無此事人所知之善曰禮記曰陳乾昔寢疾屬其子曰如我死使吾二婢子夾我乾昔死其子曰殉葬非禮也杜預左氏傳注曰以人從葬為殉鶡冠子曰達人大觀

秦穆殺三良昔 善本作惜字 哉空爾為 濟曰秦穆公卒以子車氏三子奄息仲行鍼虎為殉皆秦之良臣故無益徒彰非禮故云空爾為善曰左氏傳曰秦伯任好卒以子車氏三子奄息仲行鍼虎為殉皆秦之良也毛萇詩傳曰三良三善臣賈逵國語注曰惜痛也鄭玄禮記注曰爾語助也

結髮事明君受恩良不訾 音資量也 良曰凡仕曰結髮訾量也言無善曰漢書曰霍光以結髮內侍又王生謂蓋寬饒曰用不訾之軀良信也賈逵國語注曰訾量也

臨沒要平 之死焉得不相隨妻子當門泣兄弟哭路垂臨穴呼蒼天涕下如綆 古杏 縻 美悲切銑曰穴墓門綆縻皆繩索善曰劉德漢書注曰黃鳥之詩刺秦穆公要之從死垂邊也毛詩曰臨其穴惴惴其慄彼蒼者天殲我良人鄭玄曰穴謂冢壙也說文曰綆汲井綆也縻牛轡也

人生各有志終不為此移同知埋身劇心亦有所施 向曰甘為殉而不退翰曰劇甚也有所施者為人用也善曰說文曰劇甚也包咸論語注曰施行也

生為百夫雄死為壯士規黃鳥作悲詩至今聲不虧 濟曰詩序曰黃鳥哀三良也不虧不虧歇也善曰毛詩曰維此奄息百夫之特鄭玄曰百夫之中最雄俊者也漢書項羽謂樊噲曰壯士也

毛詩序曰黃鳥哀三良也王逸楚辭注曰虧歇也

三良詩一首 五言

曹子建 良曰亦詠史也義與前詩同植被文帝責黜意者是悔不隨武帝死而託是詩

功名不可為忠義我所安 銑曰植自言功名不可強為而致也唯忠義我安可之善曰言功名不由於己故不可為也呂氏春秋曰功名大立天也鄭玄禮記注曰名令問也孝經注曰死君之難為盡忠諡法曰能制命曰義我謂三良也

秦穆先下世三臣皆自殘 向曰殘殺也善列女傳柳下惠妻誄曰愷悌君子永能厲兮吁嗟惜哉乃下世兮賈逵國語注曰沒身為殘

生時等榮樂既沒同憂患 平聲善曰應劭漢書注曰秦穆與羣臣飲酒酒酣公曰生共此樂死共此哀奄息等許諾及公薨皆從死

誰言捐軀易殺身誠獨難攬 善本作攬 涕登君墓臨穴仰天歎長夜何冥冥 平 一往不復還 翰曰墓中不明是謂長夜冥冥暗貌善曰說文曰捐棄也楚辭曰美人兮攬涕而訏臨穴已見上文說文曰歎太息也李陵詩曰嚴父潛長夜慈母去中堂東觀漢記鄧太后報鄧閶曰長歸冥冥往而不反

黃鳥為悲鳴哀哉傷肺肝 濟曰黃鳥哀三良詩也傷肺肝悲之至也善曰禮記曰親始死惻怛之心傷腎乾肝焦肺古歌曰大憂摧人肺肝心

詠史詩八首 五言

左太沖 向曰是詩之意多以喻己

弱冠弄柔翰卓犖觀羣書 良曰蓋思自屬矣弱冠年二十也柔

翰筆也卓犖特違也善曰禮記曰人生二十曰弱冠王粲車渠挑賦曰援柔翰以作賦
孔融薦禰衡表曰英才卓躒躒與犖同班固漢書司馬遷贊曰劉向揚雄博極群書著
論准過秦作賦擬子虛翰曰賈誼作過秦論司馬相如作子虛賦
言准擬此以為法則也邊城苦鳴鏑羽檄飛京都銑曰鳴鏑
矢名羽檄徵兵之書善曰長揚賦曰永無邊城之災漢書曰冒頓乃作為鳴鏑習勒騎
射音義曰箭鏑也如今鳴箭也漢書高祖曰吾以羽檄徵天下兵雖非甲冑
士疇昔覽穰苴子余反向曰齊將田穰苴有兵法言我雖非甲冑之士
疇昔嘗覽穰苴之術善曰尚書曰善敹乃甲冑左氏傳羊斟曰疇昔之羊子為政史記
曰司馬穰苴者田完之苗裔也齊景公以為將軍將兵扞燕晉之師其後田和因自立為
齊威王用兵行威大放穰苴之法而諸侯朝齊威王使大夫追論古者司馬法而附穰苴

其中因號曰司馬穰苴兵法長嘯激清風志若無東吳翰曰
時吳未平臨風長嘯若無東吳者志高而氣勇也善曰楚辭曰臨清水而長嘯王逸楚
辭注曰激感也東吳謂孫氏也鉛刀貴一割夢想騁良圖濟曰
以鉛為刀只可一割不可再用言願當一割之任奮策於敵國也善曰東觀漢記班超
上疏曰臣乘聖漢威神冀傚鉛刀一割之用韓詩章句曰騁施也左眄莫見澄
江湘右眄音覓定羌胡良曰眄盼皆視也左澄江湘謂取吳右定羌胡
謂取蜀蜀在西故云羌胡善曰廣雅曰眄視也方言曰澄清也馬融論語注曰盼動目
貌功成不受爵長揖歸田廬銑曰此思之志也爵五等爵也
善曰漢書曰酈食其長揖不拜毛詩曰中田有廬漢書疏廣曰吾自有舊田廬
鬱鬱澗底松離離山上苗銑曰鬱鬱茂美貌離離輕細貌善

曰古詩曰鬱鬱園中柳毛萇詩傳曰離離垂貌以彼徑寸莖蔭此百
尺條世冑躡高位英俊沈下僚濟曰彼謂山苗諭世冑此
謂澗松諭英俊善曰史記魏王曰寡人有徑寸之珠七發曰高百尺而無枝韓詩內傳
曰所以為世子何言世世不絕孔安國尚書傳曰冑長子也謂卿大夫子弟也廣雅曰躡
復也西都賦曰英俊之域爾雅曰僚官也地勢使之然由來非一
朝金張藉舊業七葉珥漢貂良曰金日磾漢庭七葉為內侍
張湯子孫為侍中常侍十餘人珥插也侍中常侍冠武弁貂尾為飾善曰周書湯曰吾
欲因地勢所有而斂之列子俞氏曰病非一朝一夕之故其所由來漸矣班固漢書金日
磾贊曰夷狄亡國羈虜漢庭七葉內侍何其盛也七葉自武至平也又張湯傳贊曰張氏
之子孫相繼自宣元以來為侍中中常侍者凡十餘人功臣之後唯有金氏張氏親近貴

寵比於外戚珥插也董巴輿服志氏侍中中常侍冠武弁貂尾為飾馮公豈不
偉白首不見招銑曰馮唐白首屈於郎署故云不見招偉奇也思數小人
在位而君子在野善曰漢書馮唐以孝著為郎中署長事文帝帝輦過問唐曰父老何
時為郎說文曰偉奇也荀悅漢紀曰馮唐白首屈於郎署
吾希段干木偃息藩魏君向曰吾思自稱也希羨也段干木偃
息德義文侯過其廬而軾之諸侯聞之而畏魏是謂魏之藩屏也善曰廣雅曰希慕也
干木已見魏都賦幽通賦曰干木偃息以蕃魏吾慕魯仲連談笑却
秦軍翰曰魯仲連適趙秦將白起圍邯鄲魏將辛垣衍往說趙尊秦為帝仲連謂
平原君曰魏客辛垣衍安在為君責而歸之及見垣衍垣衍再拜謝曰吾請出不復敢言
也秦將聞之為却五十里此謂談笑之間也善曰史記曰魯仲連好奇偉倜儻畫策而不

肯仕宦任職趙孝成王使白起圍趙魏王使將軍新垣衍說趙尊秦昭王為帝魯連適游
趙謂平原君曰梁客新垣衍安在吾請為君責而歸之乃見新垣衍衍起再拜謝曰吾請
出不敢復言秦將聞之為却五十里當世貴不羈遭難能解紛
功成恥善本作不字受賞高節卓不羣濟曰秦軍引去平原
君欲封仲連仲連辭謝曰所貴於天下之士者為人排患釋難解紛而不取賞也即有取
者是謂賈人之事矣乃辭而去謂不為貴者所羈而能解紛又不受所賞卓然與天下不
羣也善曰史記曰秦軍引去平原君欲封魯連魯連辭謝終不肯受平原君乃置酒酒
酣起前以千金遺魯連魯連笑曰所貴於天下之士者為人排患釋難解紛而不取也即
有取者是商賈之事而連不忍為也遂辭平原君而去班固說東平王蒼曰充名宣於當
世鄒陽上書曰不羈之士與牛驥同皁史記曰魯仲連好持高節遊於趙論語顏回曰如

有所立卓爾臨組不肯緤薛對珪寧善本作不字肯分
良曰組綬緤繫分受璽印也言仲連
視此猶浮雲之遠已也思以干木仲連絜己利物以剌貪夫也善曰說文曰組綬屬也
王逸楚辭注曰緤繫也禮稽命徵曰諸侯執珪解嘲曰析人之珪將加之官必授之以印
後仲連為書遺燕將燕將自殺田單欲爵之仲連逃海上再封故言連璽鄭玄周禮注曰
璽印也論語子曰不義而富且貴於我如浮雲
濟濟京城內赫赫王侯居冠蓋蔭四術朱輪
竟長衢銑曰濟濟赫赫美盛貌術衢皆道也竟盡也貴人所乘車朱其輪也善
曰毛詩曰濟濟多士毛萇曰濟濟多威儀也吳質書曰陳威蕤憤思入京城毛詩曰赫赫
師尹毛萇曰赫赫顯盛貌西都賦曰冠蓋如雲廣雅曰術道也楊惲書曰乘朱輪者十人

古詩曰長衢夾巷朝集金張館暮宿許史廬向曰金日磾張
湯之家許皇后父廣漢為平恩侯史良娣兄恭為樂陵侯此皆貴盛用事游士皆集宿其
館廬也善曰漢書蓋寬饒曰上無許史之屬下無金張之託金張已見上文漢書孝宣
許皇后元帝母元帝封外祖父廣漢為平恩侯又曰史良娣宣帝祖母也兄恭宣帝立恭
已死封恭長子高為樂陵侯南鄰擊鍾磬北里吹笙竽翰曰
鄰里皆貴族故常聞奏樂善曰左氏傳曰鄭伯有夜飲酒擊鍾焉呂氏春秋曰帝嚳令
人擊磬墨子曰彈琴瑟吹笙竽磬或為鼓寂寂揚子宅門無卿相
輿寥寥空宇內善本作中字所講在玄虛濟曰寂寥虛靜
也揚雄素嗜酒人稀至其門故云無卿相車輿也雄方草太玄經以自守故云所講在玄
虛也善曰說文曰寂寂無人聲也漢書揚雄自叙曰雄家素貧嗜酒人稀至其門廣雅

曰寥深也空廓也楚辭曰閑空宇之孤子漢書曰雄方草創太玄有以自守老子曰玄之
又玄衆妙之門管子曰虛無無形謂之道言論准宣尼辭賦擬相
如良曰有人問雄雄常法應之撰為法言以象論語故云准宣尼宣尼孔子也司馬相
如作賦甚弘麗雄心壯之每作賦常以為式故云擬相如善曰漢書曰時有人問雄者
雄常用法應之撰為十三卷象論語號曰法言又曰先是時蜀有司馬相如作賦甚弘麗
溫雅雄心壯之每作賦常擬以為式悠悠百世後英名擅八區
銑曰雖至百代尚猶擅名於八方也思以旌儉約折以金張奢麗以激於當代也善曰
論語曰其或繼周者雖百世可知也魏志程昱曰劉備有英名說文曰擅專也解嘲曰天
下之士咸營於八區
皓天舒白日靈景耀神州向曰皓大也靈景日景也神州京都

也善曰廣雅曰皓明也傳玄三都賦曰白日舒靈景於天地理書曰崐崙東南地方五千里名曰神州列宅紫宮裏飛宇若雲浮翰曰紫宮天子所居處雲浮高廣也善曰西京賦曰正紫宮於未央拒寬鹽鐵論曰梓匠營宮室上成雲氣下成山林峩峩高門內藹藹皆王侯濟曰峩峩高貌藹藹盛貌善曰廣雅曰峩峩容也峩峩與娥同古字通漢書鮑宣曰豈徒欲使臣重高門之地哉毛詩曰藹藹王多吉士廣雅曰藹藹盛也自非攀龍客何為欻來許勿游良曰言我非攀龍附鳳趍競之人何為忽游於此欻忽也善曰揚子法言曰攀龍鱗附鳳翼巽綷西京賦注曰欻者言忽也被褐出閶闔高步追許由銑曰褐短敝之衣閶闔國門也許由堯時隱居之士思惡世人趍競勢利將被褐出國門追許由之迹而履之也善曰家語子路曰有人於此被褐而懷玉何如子曰國無

文選二十一　八

道隱者可也晉宮闕名曰洛陽城閶闔門西向皇甫謐高士傳曰許由武陽城槐里人也蹈沖虛學于齧缺許由為堯所讓由是退隱遯耕於中嶽下振衣千仞岡濯足萬里流向曰振衣濯足欲去世塵也善曰王粲七釋曰濯身乎滄浪振衣乎高嶽荊軻飲燕市酒酣氣益震平聲叶韻善曰孔安國尚書傳曰樂酒曰酣毛萇詩傳曰震猶威也哀歌和漸離謂若傍無人翰曰荊軻與高漸離及狗屠者飲於燕市酒酣漸離擊筑荊軻和而歌以相樂也已而相泣傍若無人善曰史記曰荊軻之燕與屠狗及高漸離飲於燕市酒酣以往高漸離擊筑荊軻和而歌於市中相樂也已而相泣傍若無人雖無壯士節與世亦殊倫高眄邈四海豪右何足陳良曰荊軻與漸離後

刺擊秦王不成故云無壯士節觀其志氣亦與代殊此人高觀越四海之外豪右之人何足可陳也善曰臣瓚漢書注曰邈縣邈也張衡四愁詩序曰豪右兼并之家貴者雖自貴視之若埃塵賤者雖自賤重之若千鈞濟曰言埃塵輕細也千鈞至重也三十斤曰鈞言君王雖貴輕將刺之狗屠雖賤軻乃與飲事雖屬軻實思自謂也思疾當時貴者盡是小人故輕之賤者雖賤則有君子致重之善曰埃塵言輕千鈞喻重也列子楊朱曰貴非所貴賤非所賤齊貴齊賤漢書曰十六兩為一斤三十斤為一鈞主父宦不達骨肉還相薄良曰主父偃曰臣結髮游學三十餘年身不得遂親不以為孝子昆弟不收七由名宦不達而骨肉之親相薄也善曰史記或說主父偃曰大橫主父偃曰臣結髮游學四十年不得遂親不以為子昆弟不收杜預

文選二十一　九

左氏傳注曰宦仕也呂氏春秋曰父母之於子也子之於父母也此之謂骨肉之親薄輕鄙之也史記曰君薄淮陽邪買臣困樵采善本作采樵字伉儷不安宅銑曰朱買臣家貧常刈薪賣以給食擔束薪行且誦書其妻數止買臣無謳歌道中買臣愈益疾歌妻羞之求去買臣不能留伉儷謂妻也伉敵儷匹宅居也善曰漢書曰朱買臣家貧常刈薪樵賣以給食擔束薪行且誦書妻亦負戴相隨數止買臣無謳歌道中買臣愈益疾歌妻羞之求去買臣笑曰我年五十當富貴今已四十餘矣汝苦日久待我富貴報汝功妻恚怒曰如公等終餓死溝中耳能何富貴買臣不能留即聽去左氏傳曰施氏之婦怒施氏曰已不能庇其伉儷杜預曰伉儷偶也伉敵也陳平無産業歸來翳負郭向曰陳平家貧好讀書其家負郭窮巷以席為門然門外多長者車轍翳依也善曰漢書曰陳平家貧好讀書家貧負郭窮巷以席為門然

門外多長者車轍方言曰翳薆也郭璞曰謂蔽薆也音愛鄭玄禮記注曰負之言背也
長卿還成都壁立何寥廓翰曰卓文君既奔司馬相如相如與
馳歸成都居徒四壁立寥廓空也善曰史記曰卓文君奔司馬相如相與馳歸成都
居徒四壁立郭璞曰貧窮也楚辭曰老寥廓而無處廣雅曰廓空也四賢豈不
偉遺烈光篇籍向曰言此上四賢豈謂不奇偉而遺美業光於篇籍善
曰班固說東平王蒼曰遺烈著於無窮漢書曰吳起商鞅垂著篇籍當其未遇
時憂其善本作在字埴溝壑英雄有迍邅由來自
古昔何世無奇才遺之在草澤良曰自傷說淪於此見志
善曰孟子曰志士不忘填溝壑周易曰屯如邅如國語曰古曰在昔孫子曰何世之無才
何才之無施

習習籠中鳥擧翮觸四隅落落窮巷士抱影
守空廬銑曰士居窮巷猶鳥之在籠皆不得志也習習屢飛貌落落疎寂貌抱影
猶隱身也善曰說文曰習數飛也鶡冠子曰籠中之鳥空籠不出鄭玄毛詩箋云隅
角也落落疎寂貌言士之居窮巷若鳥之在籠中也風賦曰廓抱影而獨倚出門
無通路枳棘塞中塗向曰無通路謂時無道也枳棘有刺之木喻讒
佞也善曰王仲宣七哀詩曰出門無所見孔叢子孔子山陵之歌曰枳棘充路陟之無
緣計策棄不收塊若枯池魚翰曰計策不見用塊然若涸池
之魚善曰東方朔六言曰計策棄捐不收王逸楚辭注曰塊獨處貌外望無
寸祿内顧無斗儲濟曰寸祿斗儲雖至少此皆無之善曰國語叔向
曰絳之富商而無尋尺之祿鄭玄毛詩箋曰迴首曰顧古出東門行曰盎中無斗米儲還

視架上無縣衣說文曰儲蓄也謂蓄積以待用也親戚還相蔑朋友
日夜踈良曰蔑輕也思疾時棄賢賤貧秉以自喻善曰鄭玄毛詩箋曰蔑輕也
莊子曰親友益踈蘇秦北遊說李斯西上書俛仰生
榮華咄當設嗟復凋枯銑曰蘇秦自趙說六國使約從而并相之後為
齊客卿齊大夫與秦爭寵使人刺殺李斯入秦說秦王秦王拜斯為客卿後為丞相趙
高譖殺之此者素皆貧賤之士俯仰之間而取榮寵旋而復見戮殘也言人不可無位及
其有位不欲過分咄嗟歎詞也善曰史記曰蘇秦乃西至秦說惠王惠王方誅商鞅疾
辯士弗用乃東之趙遂說六國蘇秦為從約長并相六國後去趙之燕佯為得罪於燕而
亡自燕之齊齊宣王以為客卿後齊大夫多與蘇秦爭寵者而使人刺蘇秦又曰李斯西
入秦說秦王後秦王以斯為客卿又曰始皇以斯為丞相二世下斯就五刑莊子曰其疾

文選二十一　十一

也俛仰之閒文子曰身有榮華心有愁悴蒼頡篇曰咄啐也說文曰啐驚也王弼周易注
曰嗟憂歎之辭啐蒼憒切飲河期滿腹貴足不願餘巢林
棲一枝可為達士模向曰偃鼠飲河不過滿腹鷦鷯巢林不過一枝
取足而已不顧餘也此則達士之模思言位過其才必為其欲善曰莊子曰鷦鷯巢林
不過一枝偃鼠飲河不過滿腹

詠史詩一首　五言

張景陽翰曰臧榮緒晉書張協字景陽載之弟也兄云並守道
不競以屬詠自娛少辟公府後為黃門侍郎因託疾遂絕人事協見
朝廷貪祿位者衆故詠此詩以刺之善注同

昔在西京時朝野多歡娛藹藹東都門羣公

祖二疏濟曰疏廣為漢太子太傅兄子受為太子少傅廣謂受曰吾聞知足不辱
知止不殆豈如父子相隨出關歸老不亦善乎遂上疏乞骸上以為年篤乃許之加賜黃
金二十斤皇太子贈以五十斤公卿大夫故人邑子設祖道供帳東都門外送者車數百
兩辭訣而去藹藹盛貌東都門長安東門也祖祭也凡送行而飲酒者餞祭道為名善
曰漢書劉向上疏曰衆賢和於朝萬物和於野孟子曰霸者之民歡虞如也王逸楚辭注
曰娛樂也娛與虞古字通用毛詩曰仲山甫出祖鄭玄曰祖者行犯軷之祭也朱軒
曜金城供帳臨長衢良曰朱軒公卿車也金城長安城也衢道也
善曰尚書大傳曰未命為士不得朱軒鹽鐵論曰秦金城千里供帳見下注長衢已見上
文達人知止足遺榮忽如無抽簪解朝衣散
髮歸海隅銑曰簪冠簪也凡束髮為從官散髮為罷官善曰鍾會有遺榮賦

鍾會遺榮賦曰散髮抽簪永絕一丘蒼頡篇曰簪笄也所以持冠也孟子曰如以朝衣朝
冠坐於塗炭也尚書曰至于海隅蒼生行人為隕涕賢哉此丈
夫向曰此丈夫即廣受也善曰漢書楊宣上書曰行道之人為之隕涕毛詩曰心之
憂矣涕既隕之揮金樂當年歲暮不留儲顧謂四座
賓多財為累去愚向曰廣既歸日令家具酒食請族人故舊賓客與相
娛樂居歲餘廣子孫竊謂廣所愛信老人曰子孫欲及君時頗立産業今日飲食費且盡
願丈人勸說買田宅老人以閒為廣言此計廣曰吾豈老耄不念子孫哉使賢而多財則
損其志愚而多財則益其過又此金者聖主所以惠養老臣也宗族共饗其賜盡吾餘日
不亦可乎隕墜揮散儲積也善曰韓康伯周易注曰揮散也歲暮喻年老也詩曰蟋蟀
在堂歲聿其暮薛君曰暮晚也言君之年歲已晚也說文曰顧還視也古詩曰四坐莫不

歎漢書曰疏廣字仲翁東海人也明春秋為太子太傅兄子受字公子亦以賢良為太子
家令廣謂受曰吾聞知足不辱知止不殆今仕至二千石功成名立如此不去懼有後悔
豈如父子相隨出關歸老故鄉以壽命終不亦善乎遂上疏乞骸骨上以其年篤老皆許
之加賜黃金二十斤皇太子贈五十斤公卿大夫故人邑子為設祖道供帳東都門外送
車數百兩辭訣而去道路觀者曰賢哉二大夫或歎息為之下泣廣既歸鄉里日令家共
具設酒食請族人故舊賓客與相娛樂居歲餘廣子孫竊謂其昆弟老人廣所愛信者曰
子孫幾及君時頗立產業基址今日飲食費且盡宜從丈人所勸說君買田宅老人即以
閒暇時為廣言此計廣曰吾豈老悖不念子孫哉賢而多財則損其志愚而多財則益其
過金者聖主所以惠養老臣也故樂與鄉黨宗族共饗其賜以盡吾餘日不亦可乎於是族
人悅服皆以壽終累猶負也累愚為過者之累也清風激萬代名與

天壤俱咄此蟬冕客君紳宜見書翰曰蟬冕客謂貴盛
者紳大帶也宜書二疏之事於此而常佩服矣壤地也咄嘆也善曰胡廣書曰建鴻德
流清風史記魯仲連與燕將書曰業與三王爭流名與天壤俱弊說文曰咄相謂也蔡邕
獨斷曰太尉已下冠惠文侍中貂蟬論語曰子張問行子曰言忠信行篤敬子張書諸紳

覽古詩一首 五言

盧子諒濟曰徐廣晉紀云盧諶字子諒范陽人也有才理善屬文
西晉之末天下喪亂北投劉琨琨以為從事中郎後為段匹磾別駕
嘗覽史籍至藺相如傳覩其志思其人故詠之善曰徐廣晉紀曰
盧諶字子諒范陽人也有才理顯宗徵為散騎常侍段末波愛其才
諶以道險終不還之末波死諶依石季龍冉閔誅石氏諶隨閔軍遇

害

趙氏有和璧天下無不傳秦人來求市厥價
徒空言良曰和氏璧天下所傳寶趙惠文得之秦昭遺趙王書願以十五城易璧
而實不欲與城故云其價是空言也善曰蔡邕琴操曰楚明光者楚王大夫也昭王得
瑠氏璧欲以貢於趙王於是遣明光奉璧之趙瑠古和字史記秦王曰和氏璧天下共傳
寶也史記曰趙惠王得和氏璧秦昭王聞之使人遺趙王書願以十五城易璧史記漢王
曰空言虛語非所守也價或作償與之將見賣不與恐致患
乎簡才備行李圖令國命全銑曰將與秦璧而不與趙城是
見賣也不與秦璧則短在趙是致患也故簡才使秦以全國命善曰史記曰趙王得秦
王書與大將軍廉頗諸大臣謀欲與秦璧城恐不可得而見欺欲勿與即患秦兵之來計

文選二十一　十四

未定求令報秦者未得毛萇詩傳曰將且也見賣謂將賣已也爾雅曰簡擇也左氏傳獨
之武謂秦伯曰行李之往來供其乏困杜預曰行李使人孫卿子曰人之命在天國之命
在禮藺生在下位繆子稱其賢向曰官者令繆賢曰臣舍人藺
相如可使王召而使之善曰史記曰宦者令繆賢曰臣舍人藺相如可使王召見問藺
相如周易曰在下位而不憂家語曰顏回以德行著名孔子稱其賢奉辭馳出
境伏軾經入關翰曰軾車上横木入關入秦也善曰史記曰趙王遂令
相如奉和璧西入秦尚書曰奉辭罰罪鄭玄禮記注曰辭言語也莊子曰宣尼伏軾而歎
曰由之難化也秦王御殿坐趙使擁節前揮袂睨金
柱身玉要俱捐良曰趙使相如也秦王坐章臺見相如相如奉璧秦王大
喜相如視秦王無意償趙城乃曰璧有瑕請指示王王授璧相如持璧却立倚柱曰臣觀

大王無意與趙城故臣復取璧大王必欲急臣臣頭與璧俱碎於柱矣乃持璧睨柱欲以
擊之秦王恐其毀璧乃辭謝請以十五城與趙而使相如就館揮奮睨視也捐毀棄也
善曰史記曰秦王坐章臺見相如相如奉璧奏秦王秦王大喜毛萇詩傳曰御進也鄭玄
禮記注曰節所以明信輔君命也令趙使者擁節也說文曰揮奮也史記曰相如視秦王
無意償趙城乃前曰璧有瑕請指示王王授璧相如相如持璧却立倚柱怒髮上衝冠曰
臣觀大王無償趙城意故臣復取璧大王必欲急臣臣頭今與璧俱碎於柱矣相如持
其璧睨柱欲以擊柱秦王恐其破璧乃辭謝請以十五都與趙燕丹子曰荆軻拔匕首擿
秦王央耳八銅柱火出然銅有金故辯曰金柱連城既偽往荆王亦
真還濟曰相如度秦詐偽與趙城而實不可得乃使從者衣褐裹其璧亡歸于趙連
城謂十五城荆王謂和氏璧也善曰史記曰相如度秦王特以詐偽爲弔趙城實不可

文選二十一　十五

得乃從者衣褐裹其璧從徑道亡歸璧于趙秦乃不以城與趙趙亦終不與璧爰
在澠池會二主克交歡昭襄欲負力相如折
其端向曰秦趙會於澠池秦昭王欲恃其強相如折挫其端善曰爾雅曰爰曰也
史記曰秦王欲爲好會於澠池趙王遂與秦王會澠池又曰嚴仲子謂聶政曰故進百金
者得以交足下懽漢書曰郭解八關賢豪交歡史記曰秦武王死無子立異母弟是爲昭
襄王列子曰不猶愈於負其力乎漢書曰秦王政負力怙威鄭玄周禮注曰負恃也方言
曰端緒也皆在計血下霑襟怒髮上衝冠翰曰相如怒而目皆
血下髮上衝冠善曰說文曰眥目眶也列士傳曰朱亥瞋目視虎眥裂血出濺虎髮上
衝冠已見上注西缶終雙擊東琴不隻彈濟曰酒酣秦王謂趙
王曰寡人聞趙王好音請奏瑟趙王爲之鼓瑟相如前進曰趙王聞秦王善爲秦聲請奏

走秦王怒不許相如前進曰五步之內請以頸血濺大王矣左右欲刃相如相如張目叱之左右皆靡秦王不懌為之擊缶實鼓瑟而言琴者文之失矣 善曰西缶東瑟已見西征賦

捨生豈不易處死誠獨難 良曰捨生而死者蓋易也處死地而能立事難也而相如能矣 善曰幽通賦曰捨生取誼史記太史公曰非死者難處死者難也

稜威章臺顛彊禦亦不干 銑曰謂相如奉璧入秦時也稜猶奮也彊禦謂秦也 善曰漢書武帝報李廣曰威稜憺于鄰國毛詩曰不畏彊禦孔安國尚書傳曰干犯也

屈節邯鄲中俛首忍迴軒 向曰王以相如功大拜為上卿位在廉頗之右頗曰相如素賤人吾羞不忍為之下我見相如必辱之相如聞之不肯與會望見頗引車避匿此為屈節也邯鄲趙都也俛低軒車也 善曰史記曰趙王以相如功大拜為上卿位在廉頗之右廉頗曰相如素賤人吾羞不忍為

文選二十一　十六

之下我見相如必辱之相如聞不肯與會出望見廉頗相如引車避匿家語子貢曰夫子欲屈節以救父毋之國節猶操也

廉公何為者負荊謝厥咎 音愆 翰曰舍人諫相如曰君與廉君同位廉君多置惡言而君畏匿且庸人尚羞之况將相乎對曰吾不畏秦王豈畏廉將軍哉顧獨念彊秦之不敢加兵於趙者以吾兩人在也今兩虎鬬勢不俱生所以為此者以先國家之急而後私讎也廉頗聞之肉袒負荊至相如門謝罪曰鄙人不知將軍之至此厥其咎過也 善曰史記曰於是舍人相與諫相如曰今君與廉君同列廉君宣惡言而君畏匿且庸人尚羞之相如曰相如雖駑獨畏廉將軍哉顧吾念之強秦所以不敢加兵於趙者徒以吾兩人在也今兩虎自鬬其勢必不俱生吾所以為此也以先國家之急而後私讎也廉頗聞之肉袒負荊因賓客至藺相如門謝罪曰鄙賤之人不知將軍寬之至此也卒相與歡為刎頸之交 晉灼漢書注曰以辭相告曰謝尚書曰思免厥愆孔安國尚書傳曰愆過也

智勇冠當世 善本作代字

弛張使我歎 平聲 濟曰相如智勇蓋於當世弛解也下廉頗為解折秦王為張也誠可歎美之我謂自稱也 善曰史記太史公曰相如其處智勇可謂兼之矣禮記孔子曰一張一弛文武之道也鄭玄曰張弛以弓弩喻人也說文曰歎吟也謂情有所悅吟歎而歌詠

張子房詩一首

五言 善曰沈約宋書曰姚泓新立關中亂義熙十三年正月公以舟師進討軍頓留項城經張良廟也

謝宣遠

良曰晉末宋高祖北伐見張良廟毀乃修之并命諸人為詩瞻時為豫章太守遥以和此雖是和詩而實詠史 善曰王儉七志曰高祖遊張良廟並命僚佐賦詩瞻之所造冠于一時

文選二十一　十七

王風哀以思周道蕩無章 銑曰亡國之音哀以思謂周之將亡蕩然無綱紀文章也 善曰毛詩序曰關雎麟趾之化王者之風又曰亡國之音哀以思毛詩曰顧瞻周道又序曰厲王無道天下蕩蕩無綱紀文章

卜洛易去**隆替興亂罔不亡** 向曰隆盛替廢也周公卜洛而都之以為有德易以盛無德易以廢至後興於亂道無不亡之者而周子孫有之是以亡也 善曰尚書曰予朝至于洛師卜惟洛食韋昭國語注曰替廢也漢書婁敬說高祖曰昔成王即位乃營成周都洛以為此天下中有德則易以王無德則易以亡又劉向上疏曰自古及今未有不亡之國也

力政吞九鼎苛慝暴三殤 翰曰力政謂秦以力為政也吞取九鼎而伐周也横死曰殤孔子過太山有婦人哭於墓者使子貢問之曰吾舅死於虎吾夫又死焉今吾子又死焉曰何不去也曰無苛政孔子曰小子志之苛政猛於虎也秦

之苛法天下裁之其甚於此三殤也善曰力政謂秦也墨子曰反天意者力政也如淳漢書注曰王室微弱諸侯以力爲政相攻伐也史記曰秦取周九鼎寶器而遷西周禮記曰孔子過泰山側婦人哭於墓者而哀夫子式而聽之使子貢問之曰子之哭也一似重有憂者而曰然昔者吾舅死於虎吾夫又死焉今吾子又死焉夫子曰何不去也曰無苛政夫子曰小子識之苛政猛於虎也苛猶虐也

息肩纏民思靈鑒集朱光

濟曰天下苦秦猶終日擔重而行思息其肩者也故神靈下鑒漢高之德而集之漢火德故云朱光纏結也善曰東京賦曰百姓不能忍是用息肩於漢毛詩曰天鑒在下有命既集曹植離友詩曰靈鑒無私賈逵國語註曰鑒察也南都賦曰曜朱光於白水

伊人感代工聿來扶興王

良曰伊人謂子房興王謂漢高也言人代天理官子房感此而扶翼興王使成帝業工官聿疾也善曰伊人謂張

良也毛詩曰所謂伊人感猶應也尚書咎繇曰無曠庶官天工人其代之毛詩曰聿來胥宇孔安國尚書傳曰聿遂也陸機遂志賦曰扶興王以成命延衰期乎天祿

婉娩幙中畫暉暉善本作輝字天業昌

銑曰言子房運筴於帷幙之中使漢高帝業昌盛也婉娩美貌暉暉明貌善曰婉娩和順貌也漢書高祖曰運籌於帷幄之中吾不如子方易巛靈圖曰攝天下之業使之理鄭玄曰天業得其理

鴻門銷薄愽蝕垓下隕欃楚咸槍

七將叶韻向曰薄蝕欃槍皆喻項羽至鴻門急擊沛公項伯夜馳告良良與伯見沛公公曰早自來謝沛公早從百餘騎見羽羽因留沛公飲范增數目羽使擊沛公沛公從間道還軍使良留謝後漢王追羽至陽夏漢王謂良曰諸侯不從奈何用良計諸侯皆會圍羽垓下遂滅之皆良之力也凡日蝕於晦朔者名薄彗星爲欃槍皆錯亂不順之事隕猶落也善曰漢書曰亞父范增說項

羽急擊沛公項伯素善張良夜馳見良具事實良乃與項伯見沛公早自來謝沛公翌日從百餘騎見羽鴻門羽因留沛公飲范增數目羽擊沛公羽不應有頃公從間道走車使張良留謝又曰漢王追羽至陽夏不會謂張良曰諸侯不從奈何用良計諸侯皆會圍羽垓下薄蝕欃槍皆喻羽也京房易飛候曰凡日蝕皆於晦朔不於晦朔蝕者名曰薄雅曰彗星爲欃槍

爵仇建蕭宰定都護儲皇

翰曰高祖居洛陽宮諸將爭功不定以問良良曰陛下所與爲仇者爲誰曰雍齒良曰請先封雍齒上從其計諸將聞之皆曰雍齒且侯吾屬無患此謂爵仇也又勸上立蕭相國故云建蕭宰妻敬說曰陛下都洛陽不如入關良因勸上入長安是日車駕西都長安是謂定都又上欲廢太子立戚夫人子趙王如意呂后恐以問良良爲畫計得不易太子故云護儲皇也善曰爵仇謂封雍齒也已見幽通賦漢書曰良從上出奇計及立蕭相國音義曰何時未

爲相國勸高祖立之漢書婁敬說上曰陛下都洛陽不如入關上問良良因勸上是日車駕西都長安又曰欲廢太子立戚夫人子趙王如意呂后恐不知所爲或謂呂后留侯善畫計呂后乃使建成侯呂澤劫良良曰顧上有所不能致四人令太子爲書卑辭安車請以爲客令上見之則一助也於是太子迎四人至上破黥布歸愈欲易太子及置酒太子侍四人從上乃驚曰吾求公公逃避我今公何自從吾兒遊乎煩公幸卒調護太子竟不易不易太子者良本招此四人之力也又疏廣曰太子國儲副君也

肇允契幽叟翻飛指帝鄉

濟曰良嘗游下邳圯上有一老父衣褐謂良曰孺子可教矣後五日與我期是夜半老父至甚喜出一編書曰讀是則爲王者師及明視其書乃太公兵法天下既定良曰願棄人間事從赤松子游耳乃學道欲輕舉肇始允信幽神也老又言良始信契合神交爲王者師及其功成是欲輕舉將乘雲翻飛指于帝鄉帝鄉謂崐

崙山天帝居處善曰言初即合契幽叟晩
乃遊心帝鄉漢書曰良從容步下邳上有一
老父衣褐至良所曰孺子可教後五日與我
可期此良夜半往有頃父亦來喜出一編書
曰讀是則為王者師旦視其書乃太公兵法
又曰願棄人間事欲從赤松子遊耳迺學道
欲輕舉莊子曰華封人謂堯曰千歲厭世而
去乘彼白雲至于帝鄉毛詩曰肇允彼桃蟲
翻飛維鳥鄭玄曰肇始也允信
也薛君韓詩章句曰翻飛貌
惠心奮千祀
清埃播無疆
良曰以明惠之心為漢畫計
奮於千載之上清塵布於後代
有無窮之義埃塵疆窮也善曰周易曰有
孚惠心勿問元吉清埃猶清塵也李尤武功
歌曰清埃飛連日月
毛詩曰惠我無疆
神武睦三正裁成被八荒
銑曰神武謂宋高祖睦親也三正天地人
之政言宋高祖躬親三正之道裁制成理
德被八方善曰神武謂宋高祖也尚書益
曰帝德廣運乃聖乃神乃武乃文孔安國尚

書傳曰睦和也漢書曰三正子為天正丑為
地正寅為人正周易曰后以財成天地之道
輔相天地之宜漢書
曰監八方被八荒
明兩燭河陰慶霄薄汾陽
向曰易云明兩作離大人以繼明照于四
方慶霄慶雲也皆以喻宋高祖舜避丹朱
於南河之南即河陰也堯見四子汾水之陽
窅然喪其天下焉謂高祖之德可以照舜之河
陰覆堯汾陽言皆過之燭照薄覆也善曰
明兩慶霄皆喻宋高祖燭幽明也薄猶輕易
也河陰汾陽堯舜二帝所居也言以高祖譬
舜則高祖光明又以方堯則堯可輕薄也周
易曰明兩作離大人以繼明照于四方鄭玄
曰明兩者取君明上下以明德相承其於天
下之事無不見也孟子曰舜避丹朱於南河
之南然河南則河陰也慶霄即慶雲也王逸
楚辭注曰平海內之政見四子邈姑
射之山汾水之陽杳然喪其天下也
鑾旌善本
作旍
字
歷頽寢飾像薦嘉嘗
翰曰鑾旌車駕旌
旗也言宋高祖歷

良廟見頽毀寢廢更使飾其形像而祭之薦
進也嘗設祭名也善曰宋略曰大軍九月
次彭城鑾旍鑾旗也
公手傳秋祭曰嘗
聖心豈徒甄惟德在無忘
濟曰言宋高祖之意豈徒表節此廟而已
乃思良輔翼漢祖故復為之是不忘祖德
矣宋高漢後也甄表也善曰大戴禮曰禮
明自待聖心備矣鄭玄尚書緯注曰甄表也
陸機高祖頌曰念功惟德
鄭玄毛詩箋曰惟思也
逝者如可作揆子慕周行
良曰逝死作起揆度也子謂子房也
周行謂宋也言死者可起之而令仕
度良之意亦慕我宗廟善曰逝謂死也死
者可起之而令仕度子之志亦慕此周行周
行翰宋也國語曰趙文子與叔譽遊於九原
曰死者若可作也吾誰與歸毛詩曰嗟我懷
人寘彼周行毛萇曰
行列也周之列位
濟濟屬車士粲粲翰墨場
銑曰濟濟美貌粲粲盛貌屬車後車也言
宋祖後車之士皆文章之士是翰墨之場

故能詠良也善曰漢書音義曰大駕屬車
八十乘歸田賦曰揮翰墨以奮藻賓戲曰婆
娑乎術藝之場項岱
曰場圃講經藝之所
暫夫違盛觀竦踊企一方
向曰瞻自謂盲瞽之夫不得覩此盛觀但
竦踊企望而已瞻跱在豫章故云一方
善曰瞽夫宣遠自謂也毛萇詩傳曰違離也
莊子曰叔連曰瞽者無以與乎文章之觀說文
曰企舉踵也毛
詩曰相怨一方
四達雖平直蹇步愧無良
翰曰
四達謂衢也言天下有道衢路平直瞻自愧
蹇跛無良才以游此瞻之謙詞善曰禮記
曰周道四達尚書曰王道正直孔安國曰王
道平直也說文曰蹇跛也左氏傳曰孟縶之
足不良能行毛萇
詩傳曰良善也
餐和忘微遠延首詠太康
濟曰瞻自謂微人而守遠郡由餐和氣遂復
亡此但以舉目延首詠太康之道善曰莊
子曰聖人其於人也故或不言而飲人以和
郭象曰各自得斯飲和矣豈待言哉微遠瞻

自謂也阮瑀止欲賦曰飲迤首以極視魏明帝野田黃雀行曰四夷重譯貢百姓謳吟詠
太康琴操伍子胥歌曰庶此太康皆吾力兮

秋胡詩一首五言

善曰列女傳曰魯秋胡絜婦者魯秋胡子之妻秋胡子既納之五日去而宦於陳五年乃歸未至其家見路傍有美婦人方採桑秋胡子悅之下車謂曰今吾有金願以與夫人婦人曰嘻夫採桑奉二親吾不願人之金秋胡子遂去歸至家奉金遺其母其母使人呼其婦婦至乃向採桑者也秋胡子見之而慙婦曰束髮脩身辭親往仕五年乃得還當見親戚今也乃悅路傍婦人而下子之裝以金與之是忘母不孝也妾不忍見不孝之人遂去而走自投河而死

顏延年

良曰魯秋胡子納妻五日而去宦於陳五年乃歸未至其

家見路傍有美婦人方採桑秋胡子悅之下車謂曰吾有金願以贈夫人婦人曰嘻妾採桑奉二親不願受人之金秋胡子遂去至家奉金遺母婦晚而至乃來采桑者婦曰子辭親往仕五年乃還而悅路旁之婦人解子裝金以與之而忘其母是不孝也妾不忍見不孝之人遂去走投於河而死延年詠此以刺爲君之義不固也

椅宜於梧傾高鳳寒谷待鳴律影響豈不懷自遠每相匹

銑曰椅亦梧類鳳皇常棲之燕有寒谷不生五穀鄒衍吹律而溫氣至遂生黍也言椅梧之樹常傾枝以候鳳寒谷之地待人以吹律亦猶影之與響物而應之雖自遠而至因相匹偶此言夫婦之義相感而合懷猶顧也　善曰毛詩曰其桐其椅其實離離又曰鳳皇鳴矣于彼高岡梧桐生矣于彼朝陽司馬紹統贈山濤詩曰昔也植

朝陽傾枝候鸞鷟劉向別錄曰鄒衍在燕有谷寒不生五穀鄒子吹律而溫至生黍也言椅梧佇鳳鳥之來儀寒谷資吹律而成煦類手影響豈不相思故夫婦之儀自遠相匹尚書曰惠迪吉從逆凶惟影響鶡冠言影則隨形響則應聲毛萇詩傳曰懷思也

婉彼幽閑女作嬪君子室

向曰姚美貌幽閑柔順貌謂秋胡妻也嬪婦也君子謂秋胡也　善曰毛萇詩傳曰婉然美貌又曰窈窕幽閑也爾雅曰嬪婦也

峻節貫秋霜明豔侔朝日

翰曰志節高峻過秋霜之厲明惠豔淑等朝日之義侔等也　善曰貫猶連也傅玄有女篇曰容華既以豔志節擬秋霜鄭玄周禮注曰侔等也詩曰東方之日彼姝者子在我室兮薛君曰詩人言所說者顏色盛美如東方之日

嘉運既我從欣願自此畢

其一　濟曰遇此嘉會故欣願畢矣欣喜也　善曰陸機從梁陳詩曰在昔蒙嘉運

燕居未及歡

善本

作好字

良人顧有違

良曰燕安也秋胡娶五日而行故云安居未及歡婦謂夫曰良人違別也　善曰毛詩曰或燕燕居息又曰妻子好合孟子曰良人出必厭酒肉劉熙曰婦人稱夫曰良人毛詩曰行道遲遲中心有違鄭玄毛詩箋曰顧念也

脫巾千里外結綬登王畿

銑曰巾布衣之服綬職事所服千里之謂陳國王者所起故曰王畿　善曰巾處士所服綬仕者所佩今欲宦於陳故脫巾而結綬也東觀漢記曰江革養母幅巾屐履漢書蕭育與朱博爲友長安諺曰蕭朱結綬言其相薦達也秋胡仕陳而曰王畿詩緯曰陳王者所起也

戒徒在昧旦左右來相依

向曰昧未明也言未明而戒徒者早起使左右相依而行　善曰易歸藏曰君子戒車小人戒徒左氏傳曰讒鼎之銘曰昧旦丕顯

驅車出郊郭行路正威遲

翰曰威遲歷遠之貌　善曰古詩曰驅車策駑馬毛詩曰四牡騑騑

周道逶遲毛萇曰逶遲歷遠貌韓詩曰周道威夷其義同存為久離別沒
為長不歸其二善曰蘇武詩曰生當復來歸死當長相思嗟余怨
行役三陟窮晨暮濟曰余謂秋胡稱也怨數此行役也三陟謂詩云陟
彼崔嵬又云陟彼高岡又云陟彼砠矣言為登山陟險窮盡晨暮善曰毛詩曰嗟予子
行役夙夜無已又曰陟彼崔嵬我馬虺隤又曰陟彼高岡我馬玄黃又曰陟彼砠矣我馬
瘏矣嚴駕越風寒解鞍犯霜露良曰嚴駕整駕也解鞍息駕也
善曰楚辭曰嚴車駕兮戲遊鄭玄禮記注曰越躐也漢書李廣令曰下馬解鞍左氏傳太
叔曰跋涉山川蒙犯霜露原隰多悲涼迴飇卷高樹善曰宋均
春秋緯注曰涼愁也離獸起荒蹊驚鳥從橫去善曰阮籍詠懷
詩曰離獸東南下悲哉游宦子勞此山川路其三善曰漢

文選二十一　二十四

書薄昭與淮南王書曰亡之諸侯游宦事人毛詩曰山川悠遠維其勞矣超遥行
人遠宛轉年運徂良人為此別日月方向除
銑曰徂往除盡也善曰楚辭曰超逍遥兮今焉薄又曰愁脩夜而婉轉莊子老聃曰予
年運而往矣將何以戒我李陵詩曰良時不再至離別在須臾毛詩曰昔我往矣日月
方除毛萇曰除陳生新曰除鄭玄曰四月為除廣雅曰方始也孰知寒暑積
僶俛見榮枯向曰僶俛猶須臾也春榮秋枯也善曰僶俛猶俯俛也程曉
女典曰春榮冬枯自然之理歲暮臨空房涼風起坐隅寢
興日已寒白露生庭蕪其四翰曰蕪草也善曰陸機青青河畔
草詩曰空房來悲風鵩鳥賦曰止于坐隅毛詩曰言念君子載寢載興宋玉諷賦曰主人
女歌曰歲已暮兮日已寒爾雅曰蕪草也勤役從歸願反路遵山

河濟曰役謂入仕歸願謂復還也遵從也昔辭善本作醉字秋未素
今也歲載華良曰未素謂未落載華謂草已榮蠶月觀時暇
桑野多經過善曰毛詩曰蠶月條桑又曰蛸蛸者蠋烝在桑野阮籍詠懷詩
曰趙李相經過佳人從所務窈窕援高柯銑曰佳人即秋胡妻
也窈窕美貌援攀也善曰楚辭曰閒佳人兮召予辭君韓詩章句曰窈窕貞專貌說文
曰援引也傾城誰不顧弭節停中阿其五向曰傾城之貌人
誰不顧故秋胡停駕而觀弭按也中阿路之曲也善曰漢書李延年歌曰北方有佳人
絕世而獨立一顧傾人城再顧傾人國寧知傾城國佳人不再得楚辭曰吾令羲和弭節
兮鄭玄毛詩箋曰中阿阿中也大陵曰阿王逸曰弭安也年往誠思勞路
善本作事字遠闊音形雖為五載別相與昧平生

文選二十一　二十五

翰曰闊猶異也昧平生言不相識也善曰楚辭曰年洋洋而日往曹子建答楊德祖書
曰思子為勞陸機贈顧彥先詩曰形影曠不接所說聲與音音聲日夜闊何以慰吾心廣
雅曰昧闇也五載之別雖久論情無容不識直為先昧平生所以致謬孔安國論語注曰
平生猶少時也捨車遵往路鳧藻馳目成濟曰秋胡望其妻而
前如鳧鳥得水草歡躍而進將以目擊冀成其心捨棄遵從也藻水草也善曰周易曰
舍車而徒義弗乘也往路所來從之路也李陵詩曰行人懷往路班彪冀州賦曰咸鳧藻
以進樂兮楚辭曰滿堂兮美人忽獨與予兮目成王逸曰獨與我睨而相親成為親也
南金豈不重聊自意所輕義心多苦調密此
金玉聲其六濟曰南金雖重執義不受密絕之義也善曰毛詩曰元龜象齒
大賂南金鄭玄毛詩箋曰聊且略之辭也潘岳從姊誄曰義心清尚莫之與鄰調猶辭也

毛詩曰無金玉爾音而有遐心高節難久淹朅綺列來空復辭
良曰婦既志高故難久留朅去也空復辭無所得也善曰列女傳曰齊母乃作詩以砥
厲女之心高其節劉向七言曰朅來歸耕永自踈王逸楚辭注曰朅去也遲遲前
途盡依依造門基上堂拜嘉慶入室問何之
銑曰遲遲行貌造至也至門基謂及家也向曰見母故云拜嘉慶妻未還所以問何之
善曰閑居賦曰太夫人在堂蘇亥織女詩曰時來嘉慶集室妻之所居女史箴曰正位居
室楚辭曰浮雲兮容與導余兮何之日暮行采歸物色桑榆時
翰曰妻自采桑而歸也桑榆時言日暮也善曰物色桑榆言日晚也東觀漢記光武曰
日出之東隅收之桑榆美人望昏至慙歎前相持其七濟曰
美人亦妻也秋胡慙歎已過前持其妻善曰楚辭曰美人皓齒嫮以姱有懷誰

能已聊用申苦難良曰妻既恨之聊述其情善曰毛詩曰有懷于衛靡
日不思鄭玄箋曰已止也離居殊年載一別阻河關春來
無時豫秋至恒早寒銑曰豫悅也善曰楚辭曰折疎麻兮瑤華將
以遺兮離居史記曰魏王豹至國即絕河關爾雅曰豫樂也明發動愁心
閨中起長歎平聲善曰毛詩曰明發不寐曹子建美女篇曰中夜起長歎
慘悽歲方晏日落游子顏其八向曰每及歲暮常悽慘煩憂
恐秋胡顏貌日就銷落奈何來歸失義如此皆秋胡子妻恨辭善曰言情之慘悽在乎
歲之方晏日將落愈思遊子之顏楚辭曰歲既晏兮孰華鄭玄毛詩箋曰方向也漢書曰
高祖曰遊子悲故鄉高張生絕絃聲急由調起翰曰以琴瑟爲
喻也高張必致絕絃立節有以盡命聲急自於調起詞苦由乎恨深善曰高張生於絕

絃以喻立節期於效命聲急由乎調起以喻辭切興於恨深楊雄解嘲曰弦者高張急徽
物理論曰琴欲高張瑟欲下聲演連珠曰繁會之音生乎絕絃說苑曰應侯與賈子坐聞
有琴聲應侯曰今日琴一何悲賈子曰夫張急調下故使悲矣調猶韻也謂音聲之和
自昔枉光塵結言固終始如何久為別百行
愆善本作僁字諸已濟曰愆猶失也善曰繁欽與魏文帝牋曰異事速訖旋
待光塵公羊傳曰結言而退楚辭曰解佩纕以結言周易曰歸妹人之終始也孔臧與從
弟書曰學者所以防百行也杜預左氏傳注曰僁失也論語曰君子求諸已君子
失明義誰與偕沒齒良曰偕俱沒盡齒年也言怨其失義不俱盡年
善曰家語孔子曰淫亂者生於男女男女無別則夫婦失義昏禮聘享者所以別男女明
夫婦之義也論語曰沒齒無怨言愧彼行露詩甘之長川汜

其九銑曰詩序云彊暴之男不能侵陵貞女也詩曰厭浥行露言不可以無禮于有禮
也妻愧於此詩甘赴水而死汜水涯也善曰貞女不犯霜露而違禮而我貪生以棄義
比之爲劣故有愧焉毛詩曰厭浥行露豈不夙夜謂行多露鄭玄曰豈不知當早夜成婚
禮謂道中之露太多故不行耳爾雅曰水決復入爲汜

五君詠五首五言向曰延年領步兵好酒踈誕不能斟酌當時
劉言於彭城王出爲永嘉太守延年甚怨憤乃作五君詠述竹林七賢
以自喻山濤王戎由貴盛也遂黜而不收善曰沈約宋書曰顏延年領
步兵好酒踈誕不能斟酌當時劉言於彭城王義康出爲永嘉太守延
年甚怨憤乃作五君詠以述竹林七賢山濤王戎以貴顯被黜詠嵇康曰
鸞翮有時鎩龍性誰能馴詠阮籍曰物故不可論途窮能無慟詠阮咸曰

纔薦不入官麾乃出守詠劉伶曰韜精日沉飲誰知非荒宴此四句蓋自序也

顔延年

阮步兵翰曰阮籍為步兵校尉善曰袁宏竹林名士傳曰阮籍以步兵校尉缺廚中有數斛酒乃求為校尉大將軍甚奇愛之

阮公雖淪跡識密鑒亦洞銑曰淪沉洞深也善曰廣雅曰淪沒也識心之別名湛然不動謂之心分別是非謂之識廣雅曰鑒照也洞深也沉醉似埋照寓辭類託諷良曰照光也籍沉醉終日率爾屬文初不苦思詞旨諷喻寓寄也善曰臧榮緒晉書曰籍拜東平相不以政事為務沉醉日多善屬文論切不苦思率爾便成作五言詩詠懷八十餘篇為世所重班固漢書述曰寓言淫麗託諷終始

長嘯若懷人越禮自驚衆濟曰籍游蘇門蘇門山有

隱者籍對之長嘯清風寥亮故謂懷人籍嫂常歸相見與別忽以譏之籍曰禮豈為我設邪所以驚衆也善曰魏氏春秋曰籍少時常遊蘇門山有隱者莫知姓名籍從與談太古無為之道及論五帝三王之義蘇門生蕭然曾不經聽籍乃對之長嘯清韵寥亮蘇門生逌爾而笑籍既降蘇門生亦嘯若鸞鳳之音焉毛詩曰嗟我懷人孫盛晉陽秋曰阮籍嫂嘗歸家籍相見與別或有禮譏之籍曰禮豈為我設邪嵇康司馬長卿讚曰長卿慢世越禮自放賈逵國語注曰越踰也

物故不可論塗窮能無慟銑曰籍雖放誕不拘禮教然口不許論臧否人物當率意獨駕不由徑路車跡所窮輒慟哭而反此述年自託以為塗窮者善曰臧榮緒晉書曰阮籍雖放誕不拘禮教發言玄遠口不評論臧否人物魏氏春秋曰籍時率意獨駕不由徑路車跡所窮輒慟哭而返

嵇中散良曰嵇康為中散大夫

中散不偶世本自餐霞人翰曰餐霞仙者之流善曰孫盛晉陽秋曰嵇康性不偶俗呂氏春秋曰沈君筮謂孫叔敖曰偶世接俗子不如我餐霞謂仙也楚辭曰漱正陽而含朝霞司馬相如大人賦曰呼吸沆瀣餐朝霞

形解驗默仙吐論知凝神濟曰南海太守鮑靚通靈之士東海徐寧師之寧夜聞靚室有琴聲而問焉靚曰嵇叔夜寧曰嵇叔夜臨命東市何得在茲靚曰叔夜示有終而實尸解形解驗此則康默然而仚矣又康著養生論則可謂知凝神之道也善曰顧凱之嵇康讚曰南海太守鮑靚通靈士也東海徐寧師之寧夜聞靚室有琴聲怪其妙而問焉靚曰嵇叔夜寧曰嵇叔夜臨命東市何得在茲靚曰叔夜迹示終而實尸解桓子新論曰聖人皆形解去言死示民有終嵇中散傳曰嵇康作養生論入洛京師謂之神人向子期難之不得屍莊子曰藐姑射之山有神人居焉其神凝郭象曰行若曳枯木心若

聚死灰是其神凝也廣雅曰凝定也故五

立俗迕流議尋山洽隱淪良曰康非湯武薄周孔所以犯俗而流議王烈二百三十八歲康甚愛之數共入山遊戲是則隱論也善曰竹林七賢論曰嵇康非湯武薄周孔所以迕世爾雅曰迕逆犯也非有先生論曰欲聞流議神仙傳曰王烈年已二百三十八歲康甚愛之數與共入山游戲採藥桓子新論曰天神人五二曰隱論

鸞翮有時鎩所拜龍性誰能馴銑曰鎩殘馴擾也皆以喻康亦復自謂善曰嵇康別傳曰康美音氣好容色龍章鳳姿天質自然淮南子曰飛鳥鎩羽許慎曰鎩殘羽也左氏傳曰劉累學擾龍于豢龍氏服虔漢書注曰擾馴也鎩所例切

劉參軍向曰劉伶為建威參軍善曰袁宏竹林名士傳曰劉伶為建威參軍

劉伶善閉關懷情滅聞見翰曰言伶懷情不發以滅聞見潛閉關却掃而無事也善曰言道德內充情欲具閉既無外累故聞見皆滅藏榮緒晉書曰伶潛嘿少言老子曰善閉者無關鍵而不可開王弼曰因物自然不設不施故不用關鍵繩約而不可解說文曰懷藏也莊子廣成子曰目無所見耳無所聞汝神遊守形形乃長生鼓鍾不足歡榮色豈能眩户編切濟曰眩惑也謂聲色不入聞見善曰夫鍾鼓以悅耳榮色以悅目今阮滅聲色俱喪故鍾鼓不足以為歡豈榮色之能眩也賈逵國語注曰眩惑也韜精日沉飲誰知非荒宴銑曰韜藏也沉飲耽飲也荒宴謂荒廢之宴言人不知伶非為此宴宴亦有以也善曰廣雅曰韜藏也賈逵國語注曰精明也藏榮緒晉書曰伶常乘鹿車攜一壺酒尚書曰羲和沉湎于酒孔安國曰沉謂醉百冥也毛詩曰好樂無荒鄭玄曰荒廢亂也玄

酒雖短章深衷自此見向曰嘗作酒德頌雖曰短章情自此見謂伶好飲為居亂代欲晦其才延年自解將同此義善曰頌酒即酒德頌也衷謂中心也蒼頡篇曰衷別外之辭也

阮始平翰曰阮咸為始平太守善曰袁宏竹林名士傳曰阮咸字仲容籍之兄子也與籍俱為竹林之遊官止始平太守

仲容青雲器實稟生人善本作民秀翰曰咸字仲容青雲器高大者也秀美也善曰青雲言高遠也史記太史公曰夫閭巷之人欲砥行立名者非附青雲之士惡能施於後代哉禮記曰人者五行之秀廣雅曰秀美也達音何用深識微在金奏濟曰咸唱議荀勗所造樂聲高高則悲亡國之音哀以思金聲不合雅頌非德政中和之善必今古尺有長短所發後掘得古銅尺度之今尺短四分

此謂識微也金奏謂鍾磬也善曰傅暢晉諸公贊曰中護軍長史阮咸唱議荀勗所造樂聲高高則悲亡國之音哀以思金聲不合雅懼非德政中和之善必古今長短之所致後掘地得古銅尺歲久欲腐壞以此尺度於易今尺短四分時人明咸為解班固匈奴傳贊曰遠見識微周官曰鍾師掌金奏九樂事以鍾鼓奏九夏杜預左氏傳注曰擊鍾而奏樂郭奕已心醉山公非虛覯良曰咸哀樂至則遏絕於人太原郡郭奕見之心醉不覺歎服山濤曰咸若官人之職必妙絕於時覯見也善曰名士傳曰阮咸哀樂至到過絕於人太原郭奕之心醉不覺歎服列子曰有神巫自齊而來見處於鄭名曰季咸列子見之而心醉向秀曰迷惑於其道也山濤啓事曰咸若在官之職必妙絕於時鄭玄毛詩箋曰覯見也屢薦不入宦善本作官一麾乃出守銑曰山濤薦咸為吏部郎三上武帝帝不能用荀勗性自矜因事左遷咸為始

平太守麾指麾也此亦延年自喻善曰曹嘉之晉紀曰山濤舉咸為吏部郎三上武帝不能用也尚書曰學古入官麾指麾也言為勗所指麾也傅暢諸公贊曰勗性矜因事左遷咸為始平太守

向常侍向曰秀為散騎常侍

向秀甘淡薄深心託毫素翰曰甘好也淡薄清靜也毫素筆紙也謂秀志於著述延年自喻好文也善曰說文曰淡薄味也文賦曰唯毫素之所擬探道好淵玄觀書鄙章句濟曰好玄謂秀讀書鄙賤人所解說章句善曰謂注莊子也世說曰初注莊子者數十家莫能究其指要向秀於舊注外為解義妙析奇致大暢玄風王逸妍蚩曰窮聖人之祕奧側六義之端玄王逸楚辭注曰跡耽也漢書曰貫直洽易長於卦筮無章句交呂既鴻軒攀嵇亦鳳

擧向曰秀嘗與嵇康偶鍛於洛邑與呂安灌園於山陽鴻鳳鳥之羡者故以諭馬善曰向秀別傳曰秀常與嵇康偶鍛於洛邑與呂子灌園於山陽收其餘利以供酒食之費王仲宣贈蔡子篤詩曰歸鴈載軒軒飛貌張衡髑髏賦曰星廻日運鳳擧龍驤流連

河裏遊惻愴山陽賦良曰秀嘗與嵇康寓居河內山陽後經山陽舊居因聞笛作思舊賦流連淚流貌河裏河內也惻愴悲傷也山陽賦則思舊賦也善曰漢書班伯曰式號式謼大雅所以流連也服虔曰荒樂也魏氏春秋曰康寓居河內之山陽縣與河內向秀相友善遊於竹林思舊賦曰濟黃河以汎舟經山陽之舊居

詠史詩一首五言　鮑明遠

五都矜財雄三川養聲利銑曰五都洛陽邯鄲臨淄宛成都也三川河洛伊也皆邑居豪華善曰漢書王莽於五都立均官更名雒陽邯鄲臨淄宛成

都市長皆為五均司市師鄭玄尚書大傳注曰矜夸也漢書曰班壹當孝惠高后時以財雄邊戰國策云張儀曰爭名於朝爭利於市今三川周室天下之朝市韋昭曰有河洛伊故曰三川

百金不市死明經有高位向曰此有百金之子不死於市者明經術而取高位善曰史記陶朱公曰吾聞千金之子不死於市漢書夏侯勝常謂諸生曰士病不明經術經術苟明其取青紫如俯拾地芥

京城十二衢飛甍各鱗次翰曰甍屋簷也若魚鱗之相次善曰西都賦曰立十二之通門吳都賦曰飛甍舛互李尤辟雍賦曰攢羅鱗次

仕子飄華纓游容竦輕轡明星辰未稀軒蓋已雲至濟曰未稀尚多也雲至如雲之至也善曰七啓曰華組之纓楚辭曰竦余駕乎八冥廣雅曰竦上也毛詩曰明星有爛鄭玄曰明爛然也說文曰希疏也希與稀通說苑曰翟黃乘軒車載華蓋田子方怪而問之對曰吾祿厚得此軒蓋尚書中侯曰青雲浮至

實御紛颯沓鞍馬光照地良曰颯沓衆盛貌善曰孔安國尚書傳曰御侍也吳質荅東阿王書曰情踊躍於鞍馬

寒暑在一時繁華及春媚善曰周易曰日月運行一寒一暑應璩與曹長思書曰春生者繁華也

君平獨寂寞身世兩相棄銑曰嚴君平卜於城都市日閱數人得百錢足以自養則閉肆下簾而授老子是身與世相棄也此詩獨羨嚴公以諸當時奢麗善曰言身棄世而不仕世棄身而不任漢書曰蜀有嚴君平卜於成都市日閱數人得百錢足自養則閉肆下簾而授老子楚辭曰野寂寞其無人莊子曰夫欲勉為形者莫如棄世棄世則無累矣

詠霍將軍北伐詩一首五言

虞子陽向曰虞羲集曰羲字子陽會稽人七歲能屬文始安王引

為侍郎後遷征虜府記室參軍霍去病為漢驃騎將軍以破匈奴羲慕之是以詠矣善曰虞羲集序曰羲字子陽會稽人七歲能屬文後始安王引為侍郎尋兼建安征虜府主簿功曹又兼記室參軍事天監中卒

擁旄為漢將汗馬出長城翰曰旄旌旄汗馬謂馬出汗有功勞也長城秦所築在北地善曰班固涿邪山祝文曰仗節擁旄征人伐鼓漢書公孫弘曰臣愚竊無汗馬之勞史記曰秦使蒙恬築長城

長城地勢險萬里與雲平窮善本作涼字秋八九月虜騎入幽并濟曰虜匈奴也幽并二郡名善曰宋子侯詩曰高秋八九月白露變為霜

飛狐白日晚澣汗海愁雲善本作陰字生良曰飛狐地名澣海北海名善曰

漢書酈食其曰距飛狐之口臣瓚曰飛狐在代郡西南塞名漢書曰霍去病率師登臨瀚
海如淳曰瀚海海名說文曰陰雲覆日羽書時斷絕刀彫斗晝
夜驚銑曰羽書徵兵檄也斷絕謂路有寇不通也刀斗以銅作鐎受一斗晝炊飲食
夜擊持行故謂晝夜驚善曰羽書即羽檄也楚漢春秋曰黥布反羽書至上大怒漢書
曰李廣行無部曲不擊刀斗自衛孟康曰以銅作鐎受一斗晝炊飲食夜擊持行名曰刀
斗今在滎陽庫中鐎音遙乘墉揮寶劍蔽日引高旌善本作旍
字向曰墉城墻也蔽日言高也善曰周易曰乘其墉弗克攻杜預左氏傳注曰乘登
也廣雅曰揮動也越絕書曰楚王使風胡子歐冶子干將作劍曰太阿晉鄭聞而求之不
得圍楚之城三年不解於是楚王引太阿之劍登城而麾之三軍為之破敗史記曰陸賈
寶劍直百金楚辭曰旌蔽日兮敵若雲雲屯七萃士魚麗離六

郡兵翰曰雲屯如雲之屯萃聚也以智力之士七等聚之為爪牙魚麗陣名六郡金
城隴西天水安定北地上郡也善曰陸機從軍行曰胡馬如雲屯穆天子傳曰天子賜
七萃之士郭璞曰萃聚也亦猶傳有七輿大夫皆眾聚集有智力者為王爪牙也左氏傳
曰王伐鄭鄭原繁為魚麗之陣漢書曰趙充國以六郡良家子善騎射補羽林服虔曰金
城隴西天水安定北地上郡也胡笳關下思羌笛隴頭鳴濟曰
笳簫也起於胡笛起於羌思者其聲悲思隴山名善曰李陵書曰胡笳互動沈約宋書
有胡漢舊箏笛錄有曲不記所出長笛賦曰近世雙笛從羌起骨都先自讋
之涉曰逐次亡精良曰骨都日逐皆匈奴侯王名自讋讋伏也亡精失魂貌
善曰漢書匈奴有骨都侯又曰匈奴讋焉文穎曰恐懼也漢書匈奴有日逐王西京賦曰
喪精亡魂玉門罷斥候甲第始脩營銑曰玉門關名匈奴既破

故斥候皆罷也去病有功而賜之甲第甲第謂第一之宅也善曰漢書曰龍勒有玉門
關又曰李廣遠斥候未嘗遇害又曰賜霍光甲第一區又曰上為霍去病治第令視之對
曰匈奴未滅臣無以家為位登萬庾積功立百行成翰曰登升
也十六升曰庾言粟多也善曰論語曰子華使於齊冉子為其母請粟子曰與之庾包
咸曰十六斗為庾百行已見上文天長地自久人道有虧盈
向曰不恒盛也善曰老子曰天長地久莊子曰天與地無窮人死者有時爾雅曰虧毀
也未窮激楚樂已見高臺傾良曰激楚歌舞也人既遷化故
云高臺傾善曰楚辭曰宮庭震驚發激楚王逸曰激楚清聲也言樂眾並會復作激楚
之聲也桓子新論琴道雍門周說孟嘗君曰千秋萬歲後高臺既已傾曲池又已平當
令麒麟閣上千載有雄名銑曰天子思其功德圖形貌於麒麟閣上雖

千載後猶有雄名當今者義將效之善曰漢書甘露三年單于始入朝上思股肱之美
乃圖畫其人於麒麟閣法其形貌敘其姓名

百一詩一首五言善曰張方賢楚國先賢傳曰汝南應休璉作
百一篇詩譏切時事徧以示在事者咸皆怪愕或以為應焚棄之何晏獨
無怪也然方賢之意以有百一篇故曰百一也李充翰林論曰應休璉五言
詩百數十篇以風規治道蓋有詩人之旨焉又孫盛晉陽秋曰應璩作五
言詩百三十篇言時事頗有補益世多傳之據此二文不得以一百一篇
而稱百一也今書七志曰應璩集謂之新詩以百言為一篇或謂之百一
詩然以字名詩義無所取據百一詩序云時謂曹爽曰公今聞周公巍巍
之稱安知百慮有一失乎百一之名蓋興於此也

百一詩

應休璉 向曰文章錄曰應璩字休璉汝陰人博學好屬文明帝時歷官散騎侍郎曹爽多違法度璩為是詩以諷焉以刺在位者莫不怪愕獨何晏無怪也意者以為百分有一補於時政 善曰文章錄曰璩字休璉博學好屬文明帝時歷官散騎侍郎曹爽多違法度璩為詩以譏焉典著作卒文章志曰璩汝南人也詩序曰下流應侯自誨也

下流不可處君子慎厥初 翰曰璩自恨居下流也 善曰論語曰紂之不善不如是甚也是以君子惡居下流天下之惡皆歸焉尚書仲虺曰慎厥終惟其始

名高不宿著易用受侵誣 濟曰宿久也誣猶數也善曰

韓子曰說之以名高史記曰灌夫亦得竇嬰通列侯宗室為名高三略曰侵誣下民國內諠譁

前者隳許規切善本作隳字官去有人適我閭 良曰隳官罷官也閭里門也善曰高堂賦曰長吏隳官賢士失志

田家無所有酌醴焚枯魚 善曰漢書楊惲書曰田家作苦蔡邕與袁公書曰酌麥醴燔乾魚欣然樂在其中矣

問我何功德三入承明廬 銑曰承明謂天子待制處也 善曰璩初為侍郎又為常侍又為侍中故云三入陸機洛陽記曰吾常怪謂帝承明廬問張公張公云魏明帝在建始殿朝會皆由承明門然直廬在承明門側

所以占之鹽此土是謂仁智居 向曰此土謂璩之閭里仁智謂有山水也 善曰言今所占之土是謂仁智之所居乎亦問者之辭也爾雅曰隐占也郭璞曰隱度之也論語曰智者樂水仁者樂山

文章不經國筐篋口頰無尺書 善曰典論論文曰文章經國之大業新序孫叔敖曰府庫之藏金玉筐篋之橐簡書說文曰筐篋笥也漢書曰廣武君曰奉咫尺之書以使燕

用等稱才學往往見歎譽平 翰曰問璩何等用而稱才學往往為人所歎譽也皆有人問詞也 善曰言文章既不經國筐篋又無尺書乃用何等而稱才學往往而見譽問者之辭也

避席跪自陳賤子實空虛 濟曰避席離席也賤子璩謙稱空虛無也 善曰孝經曰曾子避席漢書曰王邑請召賓邑稱賤子

宋人遇周客慙愧靡所知 善本作如字 良曰宋有愚人得燕石於梧臺之東以為大寶而藏之周客聞而觀焉掩口盧胡而笑此燕石也與瓦甓不殊言周客知宋人非寶而觀之有人知我無德而問之其於愧也不亦多矣皆諷朝廷之士有其位無其才餘不愧乎 善曰言己妄竊崇班心常懷恥類宋人之遇周客慙愧而無所如闚子曰宋之愚人得燕石於梧臺之側藏之以為大寶周客聞而觀焉主人齋七日端冕玄服以發寶革匱十重巾十襲客見俛而掩口盧胡而笑曰此特燕石也其與瓦甓不殊主人大怒曰商賈之言醫匠之心藏之愈固守之彌謹杜預左氏傳曰如從也

遊仙

游仙詩一首 五言

何敬祖 銑曰臧榮緒晉書云何劭字敬祖陳國人也博學多聞善屬篇章初為相國掾稍遷尚書左僕射以處亂朝思游仙去世故為是詩 善曰臧榮緒晉書曰何劭字敬祖陳國人也博學多聞善屬篇章初為相國掾稍遷尚書左僕射薨

青青陵上松亭亭高山柏 向曰亭亭高貌 善曰古詩曰青青

陵上栢劉公幹贈從弟詩曰亭亭山上松亭亭高皃
光色冬夏茂根柢
無凋落善曰莊子曰受命於地唯松柏獨在冬夏青青爾雅曰柢本也子貢易林
曰溫山松栢常茂不凋落
吉士懷貞心悟物思遠託揚志
玄雲際流目矚巖石翰曰吉士劭自喻也物謂松栢濟曰玄雲取
其高也巖石取其固矚視也善曰尚書曰庶常吉士七啓曰抗志雲際思玄賦曰流目
眺夫衡阿
羨昔王子喬友道發伊洛迢遞陵峻岳
連翩御飛鶴良曰王子喬者周靈王太子也好吹笙作鳳鳴游伊洛之間道
人浮丘公接以上嵩山後於緱山乘白鶴駐山頭舉手謝時人數日而去善曰列仙傳
曰王喬者周靈王太子晉也好吹笙作鳳鳴遊伊洛之間道人浮丘公接以上嵩高山三
十餘年後求之於山上見桓良曰告我家七月七日待我於緱山頭果乘白鶴駐山頭望

之不得到舉手謝時人數日而去立祠緱氏山下文子曰三皇五帝輕天下細萬物上與
道爲友下與化爲人張湛曰上能友於道友眞爲友呂氏春秋曰君子反以修德思玄賦
曰纘連緜兮紛晻曖說文曰御使馬也
抗跡遺萬里豈戀生人善本作民字
樂長懷慕仙類眇善本作眩字然心緜邈
銑曰抗舉也緜邈遠皃善曰廣雅曰抗舉也楚辭曰悲申屠之抗跡王逸楚辭注曰緜
緜細微之思也又曰邈遠也

游仙詩七首 五言

郭景純向曰璞詩雖游仙意雜傲誕上下道德信遠乎哉善曰
凡游仙之篇皆所以滓穢塵網錙銖纓紱飡霞倒景餌玉玄都而璞
之制文多自叙雖志狹中區而辭無俗累見非前識良有以哉

京華游俠窟山林隱遁棲朱門何足榮未若
託蓬萊濟曰朱門貴門蓬萊仙山名若如也善曰西京賦曰都邑遊俠張趙之倫
莊子曰徐無鬼見魏武侯武侯曰先生居山林久矣郭璞山海經注曰山居爲棲又曰遯
者退也周易曰龍德而隱遯世無悶東方朔十洲記曰臣故韜隱而赴王庭藏養生而待
朱門矣史記曰李少君謂武帝曰臣常遊海上見安期生仙者通蓬萊中也
臨源挹清波陵岡掇都活丹荑音啼良曰陵上掇拾荑草也善曰毛
萇詩傳曰挹斟也又曰掇拾也本草經曰赤芝一名丹芝食之延年凡草之初生通名曰
荑故曰丹荑
靈谿可潛盤安事登雲梯銑曰靈谿谿名盤樂
安何也仙人登天因雲而上故曰雲梯也善曰靈谿谿名也庾仲雍荊州記曰大城西
九里有靈谿水雲梯言仙人昇天因雲而上故曰雲梯墨子曰公輸般爲雲梯必取宋張

湛列子注曰班輸爲梯可以陵虛
漆園有傲吏萊氏有逸妻
向曰莊周爲蒙漆園吏楚威王聞周賢使厚幣迎許之爲相周笑謂使者曰亟去無汙我
故云傲吏老萊子耕於蒙山之陽楚王遂駕至老萊之門曰守國之孤願變先生老萊曰
諾妻曰妾聞之居亂世爲人所制能免於患乎投其畚而去老萊乃隨而去是曰逸妻
善曰史記曰莊子者蒙人也名周嘗爲蒙漆園吏楚威王聞莊周賢使使厚幣迎許以爲
相莊周笑謂楚使者曰亟去無汙我列女傳曰萊子逃世耕於蒙山之陽或言之楚楚王
遂駕至老萊之門楚王曰守國之孤願變先生老萊曰諾妻曰妾聞居亂世爲人所制能
免於患乎妾不能爲人所制者委畚而去老萊乃隨而隱
進則保龍見退
則觸藩羝翰曰易云九二見龍在田龍德正中也又云羝羊觸藩羸其角言退
而受困也將進於道德以保中正之美不可歸於俗務就羸角之困者善曰進謂求仙

也退謂處俗也周易曰九二見龍在田龍德而正中者也又曰羝羊觸藩羸其角不能退
不能遂無攸利高蹈風塵外長揖謝夷齊濟曰夷齊伯夷叔齊
二人恥武王伐君之事不食周粟隱於首陽山璞將蹈於風塵之外不為夷齊守此小節
故長揖謝之而去善曰左氏傳曰魯人之臯使我高蹈莊子曰孔子彷徨塵垢之外說
文曰謝辭別也史記曰伯夷叔齊孤竹君之子也父欲立叔齊及卒叔齊讓伯夷伯夷曰
父命也遂逃去叔齊亦不肯立而逃義不食周粟隱於首陽山
青谿千餘仞中有一道士向曰青谿山名道士有道者善曰
庾仲雍荆州記曰臨沮縣有青溪山山東有泉泉側有道士精舍郭景純嘗作臨沮縣故
遊仙詩嗟青溪之美雲生梁棟間風出窗戶裏借問此
何誰云是鬼谷子銑曰蘇秦學於鬼谷子今所言者璞假稱善曰史

記曰蘇秦東師事於齊而習於鬼谷先生徐廣曰潁川陽城有鬼谷鬼谷子序曰周時有
豪士隱於鬼谷者自號鬼谷子言其自遠也然鬼谷之名隱者通號也翹跡企
潁陽臨河思洗耳銑曰昔堯朝許由於沛澤之中請屬天下許由逃之
潁水之陽由以其言不善乃臨河洗其耳翹高也企舉踵也言思慕此事善曰廣雅曰
翹舉也呂氏春秋曰昔堯朝許由沛澤之中請屬天下於夫子許由遂之潁川之陽琴操
曰堯大許由之志禪為天下由以其言不善乃臨河而洗其耳閶闔西南來
潛波渙鱗起翰曰兊為閶闔風水波渙然如魚鱗之起善曰閶闔風已見
西京賦高誘曰兊為閶闔風周易曰風行水上渙靈妃顧我笑粲然
啓玉齒善曰靈妃宓妃也毛詩曰顧我則笑鄭玄曰粲猶視也穀梁傳曰軍人粲
然皆笑莊子曰女商謂徐無鬼曰吾所以說君者吾未嘗啓齒司馬彪曰啓齒笑也蹇

脩時不存要之將誰使良曰蹇脩古之賢媒也存在也善曰楚
辭曰吾令豐隆乘雲兮求宓妃之所在解佩纕以結言兮吾令蹇脩以為理王逸曰古賢
蹇脩而媒理也廣雅曰將欲也
翡翠戲蘭苕容色更相鮮銑曰翡翠鳥名苕枝鮮明也善曰
言珍禽芳草遞相輝映可悅之甚也蘭苕蘭秀也綠蘿結高林蒙籠
蓋一山向曰綠蘿松蘿也善曰陸璣毛詩草木疏曰松蘿蔓松而生枝正青毛
詩曰蔦與女蘿施于松栢毛萇曰女蘿松蘿也中有冥寂士靜嘯撫
清絃放情凌霄外嚼蘂挹飛泉翰曰冥幽霄天也蘂藥蘂
挹酌也善曰冥玄默也楚辭曰放遊志乎雲中淮南子曰大丈夫乘雲凌霄與造化逍
遥魏文帝典論曰飢飡瓊蘂渴飲飛泉赤松臨上遊駕鴻乘紫

煙濟曰赤松古仙人鴻鳥也善曰列仙傳曰赤松子者神農時雨師也服水玉教神
農能入火不燒至崑崙山上常止西王母石室中隨風雨上下漢武內傳王母侍者歌曰
遂乘萬龍輴馳騁九野猶康苕難問偓佺以柏實方目赤松以水玉乘煙古白鴻須曰
茲亦馭介矯翮紫煙左挹浮丘袖右拍善白洪崖肩良曰浮丘
洪崖並仙人善曰列仙傳曰浮丘公接王子喬以上嵩高山說文曰柏拊也西京賦曰
洪崖立而指麾神仙傳曰衛叔卿與數人博其子度曰向與博者為誰叔卿曰是洪崖先
生借問蜉蝣輩寧知龜鶴年銑曰蜉蝣朝生夕死以比世人
龜鶴之壽皆千歲以比仙人也善曰大戴禮夏小正曰蜉蝣朝生而暮死養生要論曰
龜鶴壽有千百之數性壽之物也道家之言鶴曲頸而息龜潛匿而噎北其所以為壽也
服氣養性者法焉

六龍安可頓運流有代謝向曰六龍日駕也不可頓而止之
善曰楚辭曰貫鴻濛以東朅兮維六龍於扶桑王逸曰結我車轡於扶桑以留日幸得延
年壽也莊子曰黃帝曰陰陽四時運行各得其序淮南子曰二者代謝舛馳髙誘曰代更也
謝叙也時變感人思已秋復願夏淮海變微禽
吾生獨不化翰曰雉入淮為蜃雀入海為蛤言此微禽尚自變化吾獨不能
璞恨詞也善曰爾雅曰感動也國語趙簡子歎曰雀入于海為蛤雉入于淮為蜃黿鼉
魚鼈莫不能化唯人不能哀夫雖欲騰丹谿雲螭非我駕濟曰
丹谿仙者所居騰升也雲螭龍也善曰魏文帝典論曰夫生之必死成之必敗然而惑
者望谿乘風雲與螭龍共駕適不死之國即丹谿其人浮遊列缺翱翔倒景然死者相
襲丘壟相望逝者莫嵤者莫形足以覺也反愧無魯陽德迴日令

文選二十一　四十二

善本作向字三舍良曰魯陽公與韓遘難戰酣日暮援戈而麾之日為之反三舍
二十八宿一宿為一舍璞愧無此德迴日使反得駐其壽也善曰淮南子曰魯陽公與
韓遘難戰酣日暮援戈而麾之日為之反三舍許慎曰二十八宿宿為一舍臨川
哀年邁撫心獨悲吒陟訝切善曰論語子在川上曰
逝者如斯尚書曰日月逾邁孔安國曰知日月之並過儀禮曰婦入拊心不哭吒數聲也
楚辭曰憂不暇兮寢食吒增歎兮如雷
逸翮思拂霄迅足羨遠遊向曰逸輕霄天迅疾也言有仙者之
資必好仙者之道善曰逸翮思拂霄迅足羨遠遊以喻仙者願輕舉而高蹈清源無
增瀾安得運吞舟翰曰清源水源也增高也大波也吞舟大魚也言
小水不能運吞舟之魚俗人不足知仙之事善曰清源不能行運吞舟之魚以喻塵
俗不足容乎仙者劉公幹贈徐幹詩曰方塘含清源楚辭曰谿谷嶄巖水增波韓詩外傳
孟子曰夫吞舟之魚不居潛澤度量之士不居汙世珪璋雖特達明月
難闇投濟曰特達義見珪璋明月雖寶也以謂人必恐懼不受今以仙道示俗
亦猶此也善曰珪璋明月皆喻仙也言珪璋雖有特達之義而明月之珠難闇投以喻
仙者雖有超俗之譽非無捕影之譏禮記孔子曰珪璋特達德也鄒陽上書曰明月之珠
夜光之璧以闇投人於道衆莫不按劍相眄者潛穎怨青陽陵苕哀
素秋翰曰穎苕皆草木也生潛隱之處則怨青陽之不至生陵阜之上則哀素秋之
早及言仙俗異宜與此相類善曰言世俗不娛仙求殊事然天施之偏又數浮生之
促類潛穎之青陽之晚榮陵苕哀素秋之早至也潛隱在幽潛而結穎也鄒潤甫遊仙詩
曰潛穎隱九泉女蘿緣高松義與此同爾雅曰春為青陽又曰苕陵苕也素秋已見上文

文選二十一　四十三

悲來惻丹心零淚緣纓流善曰悲俗遷謝故惻心流涕易曰
謂我心惻諸葛亮與李平教曰詳思斯戒明吾丹心淮南子曰雍門子以哭見孟嘗君流
涕霑纓
雜縣平寓魯門風煖將為災良曰海鳥曰爰居止於魯東門
之外展禽曰今茲海其有災乎夫廣川之鳥獸恒知避其災是歲海多大風雜縣則爰居
是也善曰國語曰海鳥曰爰居止於魯東門外三日臧文仲使國人祭之展禽曰越哉
臧文仲之為政也今海鳥至已不知而祀之以為國典難以言仁且知矣今茲海其有災
乎夫廣川之鳥獸常知風而避其災也是歲也海多大風冬煖文仲曰信吾過也賈逵注
曰爰居雜縣也吞舟浮善本作涌字海底高浪駕蓬萊神
仙排雲出但見金銀臺銑曰此中神仙為之不安而排雲上出但

見其金銀臺闕而已善曰吞舟之魚已見
上文漢書齊威宣燕昭使人入海求蓬萊方
丈瀛洲此三神山者仙人及不死之藥皆
在焉而黃金白銀為宮闕未至望之如雲陵
陽挹丹溜容成揮玉杯濟曰陵陽子明容成公皆仙人也挹酌也
丹溜石脂流出也揮以手揮也善曰列仙
傳曰陵陽子明者銍鄉人也好釣魚於旋溪
釣得白魚腸中有書教子明服食之法子明
遂上黃山採五石脂服之三年龍來迎去抱
朴子曰流丹者石芝赤精蓋石流黃之類也
事見太一玉英列仙傳曰容成公者自稱黃
帝師見於周穆王能善補導之事髮白復黑
齒落復生事老子亦云老子師揮謂以手揮
之神仙傳曰茅君學道於齊不見使人金案玉杯自來人前姮娥揚妙音
洪崖頷五感其頤良曰姮娥仙女也妙音謂善歌也洪崖古仙人也頷動也
聽合律故黙其頤善曰淮南子曰羿請不
死之藥於西王母姮娥竊而奔月許慎曰姮

文選二十一　四十四

娥羿妻也逃月中蓋虛上夫人是也史記蘇
秦曰妙音美人必充後宮洪崖已見上列子
曰頷其頤則歌合律廣雅曰頷動也升降隨長煙飄颻戲九垓
銑曰升降上下也九垓九天也善曰列仙
傳曰寗封子者黃帝時人也積火自燒而隨
煙上下淮南子曰盧敖游乎北海至于蒙轂
之上見一士焉盧敖仰視之乃與語曰唯敖
為背羣離黨窮觀於六合之外者非敖而已
今卒覩夫子於是始可與敖為交手士笑曰
今子遊始於此而語窮六合豈不亦遠哉然
子處矣吾與汗漫期於九垓之上吾不可以
久居士舉臂而竦身遂入雲中盧敖視之弗見乃止奇齡邁五龍千歲
方嬰孩銑曰五龍皇后君兄弟四人皆人面而龍身長曰角龍次曰徵龍次曰商
龍次曰羽龍父曰宮龍父與諸子同仙在五
方言此諸仙奇齡過此矣嬰孩小兒也善
曰鄭玄禮記注曰齡年也遁甲開山圖榮氏
解曰五龍皇后君也昆弟五人皆人面而龍

身長曰角龍木仙也次曰徵龍火仙也次曰
商龍金仙也次曰羽龍水仙也次曰宮龍土
仙也父與諸子同得仙治在五方孔安國論
語注曰方比方也釋文曰入初生曰嬰兒說
文曰孩小兒笑也燕昭無靈氣漢武非仙才良曰燕昭王使
入海往蓬萊山求不死之藥終不能得故云
無靈氣西王母曰劉徹好道然形慢神穢雖
語之以至道殆恐非仙才也善曰燕昭使
人入海蓬萊已見上文漢武內傳西王母曰
劉徹好道然形慢神穢雖當語之以至道殆恐非仙才也
晦朔如循環月盈已復善本作見魄翰曰循環若循連環而無
窮也魄暗也善曰說文曰朔月一日始也晦月盡也尚書大傳曰三王之統若循連環
禮記曰四時和而後月生是以三五而盈三五而闕尚書曰惟三月哉生魄孔安國曰十
六日明消而魄生也蓐收清西陸朱羲將由白濟曰孟秋之月

文選二十一　四十五

其神蓐收西陸秋也朱羲日也立秋日從白
道由從也善曰禮記曰孟秋之月其神蓐
收司馬彪續漢書曰日行北陸謂之冬西陸
謂之秋朱羲日也楚辭曰吾令羲和弭節兮
王逸曰羲和日御也河圖曰立秋秋分月從
白道漢書云月有九行立秋秋分西從白道
左傳曰分同道謂春分秋分日月同道也寒露拂陵苕女蘿辭松
栢良曰陵苕即陵上草女蘿兔絲也緣於松栢栢為寒所拂將以萎死故辭而去善曰
淮南子曰斗指申則寒露陵苕已見上文毛
詩曰蔦與女蘿施于松栢毛萇曰蔦寄生也
女蘿松蘿也蕣榮不終朝蜉蝣豈見夕銑曰蕣槿花也朝榮
暮落蜉蝣小虫名朝生夕死此皆比人生之
短也善曰潘岳朝菌賦序曰朝菌者時人
以為蕣華莊生以為朝菌其物向晨而結
絕日而殞毛萇詩傳曰蜉蝣朝生夕死圓
丘有奇草鍾山出靈液向曰圓丘山名奇草芝草靈液玉膏也

善曰外國圖曰圓丘有不死樹食之乃壽東方朔十洲記曰北海外有鍾山自生千歲芝及神草靈液謂玉膏之屬也曹植苦寒行曰靈液飛波蘭桂參天

王孫列八珍安期鍊五石翰曰王孫王公子孫貴者也安期先生仙者言貴者餌八珍之味仙者服五石之藥五石者丹砂雄黃白礬曾青慈石、善曰王孫列八珍以傷生安期鍊五石以延壽言優劣殊也漢書漂母謂韓信曰吾哀王孫而進食禮記曰食醫掌和王八珍之齊列仙傳曰安期生自言千歲抱朴子曰五石者丹砂雄黃白礬石曾青慈石也

長揖當途人去來山林客濟曰當途人謂執事也揖謝也善曰當途即當仕路也漢書武帝制曰守文法以載翼其世者甚衆山林已見上文孟子曰公孫丑問曰夫子當路於齊管仲晏子之功可復許乎趙岐曰當仕路也、

文選卷第二十一

文選　二十二

詩

招隱

反招隱

游覽

共六十

文選卷第二十二

梁昭明太子撰　五臣并李注善

招隱

左太冲招隱詩二首

陸士衡招隱詩一首

反招隱

王康琚反招隱詩一首

游覽

魏文帝芙蓉池作一首

殷仲文南州桓公九井作一首

謝叔源游西池詩一首

謝惠連泛湖出樓中翫月一首

謝靈運從游京口北固應詔一首

晚出西射堂一首

登池上樓一首

游南亭一首

游赤石進帆海一首

石壁精舍還湖中一首

登石門最高頂一首

於南山往北山經湖中瞻眺一首

從斤竹澗越嶺溪行一首

顔延年應詔觀北湖田收一首

車駕幸京口侍游蒜山作一首

車駕幸京口三月三日侍游曲阿後湖作一首

鮑明遠行藥至城東橋一首

謝玄暉游東田一首

江文通從建平王登廬山香鑪峯一首

沈休文鍾山詩應西陽王教一首

宿東園一首

沈道士館一首

徐敬業古意酬到長史溉登琅邪城詩一首

招隱詩二首 五言 善曰韓子曰閑靜安居謂之隱

左太沖 良曰思若天下溷濁故將招尋隱者欲以退不仕 善曰雜詩左居陸後而此在前誤也

杖策招隱士荒塗横古今 向曰荒廢之道横絶古今以爾時也 善曰魯連子曰連却秦軍平原君欲封之遂杖策而去說文曰杖持也方言曰木細枝曰策董仲舒士不遇賦曰懼荒塗之難踐鄭玄周禮注曰荒蕪也郭璞山海經注曰横塞也

巖穴無結構丘中有鳴琴 善曰結構謂交結構架也魯靈光殿賦曰觀其結構尚書大傳子夏曰弟子受書於夫子者不敢忘雖退而巖居河濟之間深山之中作壤室尚彈琴其中以歌先王之風則可以發憤矣

白雪停陰岡

丹葩曜陽林 善曰尚書大傳曰相與觀手南山之陰高誘戰國策注曰山北曰陰爾雅曰山脊曰岡鄭玄周禮注曰陽木生於山南也

石泉漱瓊瑤纖鱗或 善本作亦 浮沉 向曰瓊瑤皆玉言水有之纖鱗魚也 善曰楚辭曰飲石泉兮蔭松柏漱猶蕩也毛萇詩傳曰瓊瑤美玉也

非必絲與竹山水有清音 善曰禮記曰絲竹樂之器也

何事待肅歌灌木自悲吟 濟曰木叢生曰灌也歌又曰集于灌木 善曰毛詩曰其鳴毛萇詩傳曰灌叢也南都賦曰寡婦悲吟

秋菊兼餱糧幽蘭間重襟 良曰藥可以餐故云兼餱糧蘭可以佩故云間重襟也 善曰楚辭曰朝飲木蘭之墜露夕餐秋菊之落英毛詩曰乃裹餱糧毛萇曰餱食也楚辭曰紉秋蘭以爲佩然蘭可爲佩故以間襟也

躊躇足力煩聊欲投吾簪 翰曰躊躇周行皃煩勞也欲投棄冠簪而隱於此中 善曰言世務勞促故足力煩殆也毛詩曰搔首躊躇阮嗣宗奏記曰負薪疲病足力不強鄭玄毛詩箋曰聊且畧之辭蒼頡篇曰簪笄也所以持冠也

經始東山廬果下自成榛 仕臻切 向曰經始經營之始東山思所居之東山也木叢生曰榛 善曰王隱晉書曰左思徙居洛城東著經始東山廬詩毛詩曰經始靈臺高誘淮南子注曰叢木曰榛小栗小棘曰榛

前有寒泉井聊可瑩心神 銑曰瑩清也 善曰周易曰井冽寒泉廣雅曰瑩磨也

悄 善本作峭字 蒨青葱間竹柏得其真 濟曰悄蒨青葱茂盛美皃

真謂不彫也善曰峭蒨鮮明貌孫卿子曰排芓蒨粲於一時時至而後殺至於松栢經
隆冬而不凋蒙霜雪而不變可謂得其真矣弱葉栖霜雪飛榮流
餘津爵服無常玩好惡有屈伸良曰言竹栢之美翰曰
爵五等之爵服五等之服皆不可以常玩必有好惡屈伸於其間善曰言爵服之榮理
無常玩時有好惡隨之屈伸管子曰將立朝廷者則爵服不可不貴也爵服加於不義則
人賤爵服矣家語孔子曰君子之行己也可以屈則屈可以伸則伸東征賦曰行止屈伸
與時息兮結綬生纏牽彈冠去埃塵銑曰結綬謂入仕也由此
而生纏牽彈冠所以去塵冠既有塵固亦多累善曰言人出仕非一途或結綬以生纏
牽之憂或彈冠而去埃塵之累漢書曰蕭育與陳咸朱博爲友著聞當世往者有王陽貢
禹故長安語曰蕭朱結綬王貢彈冠言其相薦達也說文曰纏繞也淮南子曰王喬赤松

文選二十二　四

去塵埃之間離羣物之紛可謂養生矣惠連非吾屈首陽非吾
仁向曰謂如柳下惠與少連降志辱身吾亦不以爲屈如夷齊不仕周居於首陽山吾
亦不以爲仁當思靜退自得中道善曰論語曰謂柳下惠少連降志辱身矣史記曰伯
夷叔齊隱於首陽山論語子貢問曰伯夷叔齊何人也子曰古之賢人也曰怨乎曰求仁
而得仁又何怨又子曰我則異於是無可無不可相與觀所尚逍遙
極善本作撰字良辰善曰趙岐孟子章句曰各所尚則義不虧矣廣雅曰尚
高也謂中心之所高尚也莊子曰逍遙乎無事之業東征賦曰撰良辰而將行

招隱詩一首　五言　陸士衡

明發心不夷振衣聊躑躅翰曰夷平也躑躅將行貌善曰毛
詩曰明發不寐楚辭曰心蛩蛩而不夷王逸曰夷悅也新序曰古老振衣而起杜預左氏
傳注曰振整也說文曰躊躇住足也躊與躑同躅欲安之幽人在
浚谷濬曰幽人隱者浚深也善曰周易曰履道坦坦幽人貞吉幽通賦曰春浚谷
而勿隆朝采南澗藻夕息西山足良曰藻水草也善曰毛
詩曰于以采蘋南澗之濱于以采藻于彼行潦史記伯夷叔齊詩曰登彼西山兮采其薇
毛萇詩傳曰麓山足也輕條象雲構密葉成翠幄銑曰雲構
大廈也幄帳也善曰劉公幹詩曰大廈雲構又齊都賦曰翠幄浮游杜預左氏傳注曰
幄帳也結風善本作激楚字佇蘭林回芳薄秀木向曰結積
佇留也蘭香草也蘭氣迴轉薄迫於秀茂之木善曰上林賦曰激楚結風楚辭曰游蘭
皐與蕙林王逸楚辭注曰薄附也廣雅曰秀美也山溜何泠泠飛泉
漱鳴玉翰曰言飛泉漱蕩玉石而有聲也善曰枚乘上書曰太山之霤穿石楚

文選二十二　五

辭曰吸飛泉之微液鳴玉亦瓊瑤也具上注哀音附靈波頹響赴
曾曲至樂非有假安事澆淳善本作醇字樸濟曰言靈
者義之也又似崩頹之響赴於幽深之曲曾猶深也良曰此皆自然而成故云非有假
也言貴此則可謂至樂何事趍於榮利而澆樸之風由茲而薄善曰莊子曰天下有至
樂無有哉老聃曰夫得是至美至樂也得至美而遊乎至樂之謂至人又曰唐虞始爲天
下澆淳散樸許慎淮南子注曰澆薄也澆與澆同富貴苟難圖稅駕
從所欲銑曰苟且稅捨也從所欲謂隱居也善曰論語子曰富而可求也雖執鞭
之士吾亦爲之如不可求從吾所好稅駕喻辭榮也史記李斯曰當今人臣之位無居上
者可謂富貴極矣吾未知所脫駕也方言曰舍車曰稅稅脫與稅古字通

反招隱詩一首　五言

王康琚 向曰古今詩英華題云晉王康琚而不述其爵里才行也 康琚以為混俗自處足以免患何必山林然後為道故作反招隱之詩其情與隱者相反 善曰古今詩英華題云晉王康琚然爵里未詳也

小隱隱陵藪大隱隱朝市伯夷竄首陽老聃伏柱史 翰曰伯夷叔齊自竄首陽之山老聃為周柱下史伯夷之德不如老聃則小隱劣於大隱明矣 善曰史記曰老子名耳字聃列仙傳曰李耳字伯陽生於殷時為周柱下史又曰武王平殷伯夷叔齊恥之義不食周粟隱於首陽山

昔在太平時亦有巢居子 濟曰謂堯有隱人常以樹為巢而居其間時人號曰巢父 善曰皇甫謐逸士傳曰巢父堯時隱人常山居不營世利年老以樹為巢而寢其上故時人號曰巢父

今雖盛明世能無中林士 良曰今謂晉也稱盛明美之也云能無言亦有也 善曰解嘲曰遭盛明之世毛萇詩傳曰中林林中也班固漢書序曰山林之士往而不能反

放神青雲外絕跡窮山裏

鵾雞先晨鳴哀風中善本作迎夜起凝霜凋朱顏

寒泉傷玉趾 銑曰言山中鳥音風聲足盍愁思霜降冰結足傷肌膚信不足好也鵾雞鳥名趾足 善曰琴操曰許由云吾志在青雲何乃劣劣為九州伍長乎莊子曰絕迹易無行地難郭象曰不行則易也 王隱晉書李重奏曰陳原絕迹窮山韞櫝道藝楚辭曰鵾雞啁哳而悲鳴崔琦七蠲曰冉奏致哀風楚辭曰嚴霜之雰雰又曰容則秀稚朱顏毛詩曰爰有寒泉左氏傳楚太宰蒍啓彊謂魯侯曰今君若步玉趾辱見寡君

周才信眾人偏智任諸已 良曰從俗為周才索居為偏智 善曰以出仕為周才隱居為偏智傳子曰君子周才難論語子曰君子求諸已

推分得天和矯性失至理 翰曰隨時而行曰推分去人自苦曰矯性 善曰劉向列子目錄曰至於力命篇一推分命莊子曰夫明自於天地之德者此之謂太平大宗與天和者也淮南子曰顏回夭死季由葅於衛皆迫性命之情而不得天和者也列子公孫朝曰矯性命以招名弗若死矣又曰均天下之至理張湛曰物事皆均則理無不至郭象莊子注曰至理盡於自得

歸來安所期與物齊終始 濟曰歸來呼隱者使歸於代也期望安何也 善曰莊子有齊物論又曰萬物一齊孰短孰長又曰遊乎萬物之所始孫卿子曰生人之始也死人之終也

遊覽

芙蓉池作一首 五言

魏文帝 良曰魏姓曹氏魏志云文帝諱丕字子桓太祖之子為五官中郎將太祖薨嗣位為丞相後受漢禪即皇帝位此詩未即位時作謂文帝者後人題之芙蓉池名 善注同

乘輦夜行遊逍遙步西園 銑曰鄴都之西園 善曰呂氏春秋曰乘輦于宮中毛萇詩傳曰乘升也

雙渠相溉灌嘉木繞通川 善曰西京賦曰嘉木樹庭上林賦曰通川過於中庭

卑枝拂羽蓋脩條摩蒼天 向曰卑低脩長也摩天言高也蒼青色 善曰子虛賦曰上拂羽蓋東方朔七言曰折羽翼兮摩蒼天

驚風扶輪轂飛鳥翔我前 善曰張衡羽獵賦曰風翊翊其扶輪

丹霞夾明月華星出雲間 翰曰丹赤華光也善曰法言曰明星皓皓華藻之力也

上天垂光采五色

一何鮮濟曰謂有五色雲鮮明也此皆美貌壽命非松喬誰能
得神仙良曰赤松子王子喬皆古仙人也善曰列仙傳曰赤松子者神農時雨
師也王子喬即周靈王太子晉也道人浮丘公接以上嵩高山遨遊快心意
保己終百年善曰莊子曰聖人其於人也樂物之通而保己焉養生經黃帝
曰中壽百年

南州桓公九井作一首五言　善曰水經注曰淮南郡
之于湖縣南所謂姑熟即南州矣仲雍江圖曰姑熟至直瀆十里東通
丹陽湖南有銅山一名九井山山有九井井與江通何法盛桓玄錄曰桓
玄字敬道出姑孰大築府第

殷仲文銑曰檀道鸞晉陽秋曰殷仲文陳郡人也為驃騎行參軍

以桓玄之姊夫玄僭立為長史帝反正出為東陽太守愈益憤怒後
照鏡不見其面數日而禍及姑熟桓玄所出大築府第於此國南故
曰南州其界九井山仲文從玄於此游故作是詩敘其進退危懼之
情也善注同

四運雖鱗次理化各有準向曰四運四時也準平也言四時其
運行若魚鱗之相次其物理變化亦各均平若一也　善曰莊子黃帝曰陰陽四時運行
各得其序李充雍賦曰攢羅鱗次字書曰準平也獨有清秋日能使
高興盡翰曰清秋感人興情可盡於此善曰潘安仁有秋興賦鄭玄周禮注
曰興者託事於物也景氣多明遠風物自凄緊濟曰凄寒緊急
也善曰緊猶貫也言欲成也爽籟驚善本作警字幽律哀壑叩

虛牝良曰爽清也籟風激物之聲也驚起也清風激於幽深之處起其音律牝亦谿
谷也風入其中成其哀也善曰言風之疾也激爽籟而起其幽律銜哀壑而叩其虛牝
也爾雅曰爽差也簫管非一故言爽焉莊子南郭子綦謂子游曰汝聞地籟子游曰地籟
則衆竅是已郭象曰今籟簫也夫簫管參差宮商異律故有長短高下萬殊之聲鄭玄禮
記注曰警起也孔安國論語注曰叩擊也大戴禮曰丘陵為牡谿谷為牝歲寒無
早秀浮榮甘夙隕銑曰言歲既寒草木無復秀者仲文言我無實乃浮
榮之人自甘早隕墜也　善曰爾雅曰不榮而實謂之秀賈逵國語注曰浮輕也何
以標貞脆薄言寄松菌向曰言己貞正其猶松栢而性危脆同於
朝菌謂桓玄所制憂懼至斯　善曰松貞菌脆也松菌殊質故貞脆異性也毛詩曰薄
言采之毛萇曰薄辭也論語子曰歲寒然後知松栢之後凋莊子曰朝菌不知晦朔哲

匠感蕭辰肅此塵外軫翰曰哲智也匠謂善宰萬物者謂桓玄也
蕭辰謂秋風蕭瑟之辰言玄感此時進駕於高山出於塵外也肅猶清也軫車也善曰
匠謂桓玄也蕭辰言秋辰也言秋辰蕭瑟鄭析子曰聖人逍遥一世之間宰匠萬物之形
廣雅曰感傷也鄭玄禮記注曰肅戒也莊子曰孔子彷徨塵垢之外逍遥無為之業郭象
曰所謂塵垢之外非伏於山林而已鄭玄考工記注曰軫輿後橫木也言軫所以明車也
廣筵散泛愛逸爵紆勝引濟曰泛謂玄大設宴席泛愽愛士逸
爵猶飛杯也邀屈數勝之人相引而飲善曰論語子曰汎愛衆而親仁說文曰紆屈也
勝引勝友也引猶進也良友所以進己故通呼曰勝引伊余樂好仁惑
祛吝亦泯良曰伊惟也余仲文自稱也言樂桓玄好仁之懷使我疑惑鄙吝祛
除泯絕也　善曰左氏傳曰族穆子曰請立起也與田蘇遊而曰好仁扗預曰蘇晉賢人

也蘇言韓起好仁也范曄後漢書黃叔度傳陳蕃周舉常相謂曰時月之間不見黃生則鄙吝之萌復存乎心薛君韓詩章句曰祛去也爾雅曰泯盡也猥首阿衡朝將貽匈奴哂銑曰言我猥以不才之身為冠首於阿衡之朝恐匈奴聞之而笑我矣此仲文自謙而義桓玄也玄為大司馬以比伊尹為阿衡也善曰阿衡諭玄也言已以凡猥妄首朝端也匈奴聞之將見哂也許慎淮南子注猥猶凡也尚書曰惟嗣王不惠于阿衡孔安國曰阿倚也衡平也漢書曰田千秋以一言悟意旬月取宰相後漢使至匈奴單于問曰聞漢新拜丞相何用得之使者曰上書言事故單于曰苟如是漢置丞相非用賢也妄一男子上書即得之矣爾雅曰貽遺也馬融論語注曰哂笑也

游西池一首　五言

謝叔源　向曰臧榮緒晉書云謝混字叔源少有美譽善屬文為尚書左僕射以黨劉毅被誅西池丹陽西也混思與友朋相與為樂也善注同

悟彼蟋蟀唱信此勞者歌翰曰蟋蟀在堂歲聿云暮今我不樂日月其除韓詩曰伐木廢朋友之道缺矣勞者歌其事皆思友之詩也善曰聲類曰悟心解也毛詩曰蟋蟀在堂歲聿其暮今我不樂日月其除韓詩曰伐木廢朋友之道缺勞者歌其事詩人代木自苦其事故以為文有來豈不疾良遊常蹉跎善曰陸雲歲暮賦曰年有來而棄予時無筭而非我劉楨黎陽山賦曰良遊未厭白日潛暉楚辭曰驥垂兩耳中坂蹉跎五臣本無此兩句逍遙越城肆願言屢經過迴阡被陵闕高臺眺飛霞銑曰阡道也陵山陵闕城闕也善曰說文曰越度也鄭玄禮記注曰肆市中陳物處也毛詩曰願言思子阮籍詠懷詩曰趙李相經過廣雅曰被加也言加大阜而通城闕也惠風蕩繁囿白雲屯曾阿向曰惠風謂春風施惠萬物也蕩動也繁囿謂園囿繁茂也屯聚也曾重也阿大陵也善曰邊讓章華臺賦曰惠風春施廣雅曰屯聚也景昃鳴禽集水木湛清華翰曰景昃日斜也湛澄華麗也善曰蒼頡篇曰湛水不流也褰裳順蘭沚徙倚引芳柯濟曰蘭沚水渚有蘭也芳柯蘭枝也徙倚猶行也善曰毛詩曰褰裳涉溱鄭玄曰揭衣度溱水也潘岳河陽詩曰歸鴈映蘭沚與詩同楚辭曰步徙倚而遙思美人愆歲月遲暮獨如何翰曰美人謂友人也愆過也言友人遲晚不至我將如之何、善曰楚辭曰惟草木之零落兮恐美人之遲暮王逸曰遲晚也愆謂過期也無為牽所思南榮誡其多銑曰庚桑子誡南榮趎曰全爾形抱爾生無使汝思營營謂相思不已自誡之詞善曰莊子庚桑楚謂南榮趎曰全汝形抱汝生無使汝思慮營營趎處朱切

泛湖歸出樓中翫月一首　五言靈運山居賦注曰大小巫湖

謝惠連　向曰樓即所居之樓

日落泛澄瀛星羅游輕橈音饒翰曰澤中曰瀛星羅謂夜也橈楫也善曰楚辭曰倚沼畦瀛兮遙望博王逸曰楚人名池澤中曰瀛羽獵賦曰渙若天星之羅楚辭曰荃橈兮蘭旌王逸曰橈小楫也憩榭面曲汜臨流對迴潮濟曰憩息也臺上有木曰榭水決復入曰汜迴潮潮落之名善曰毛萇詩傳曰憩息也爾雅曰水決出復入為汜韓詩外傳阿谷之女曰阿谷之隧隱曲之汜輟

榮共騈筵並坐相招要哀鴻鳴沙渚悲猨響
山椒銑曰山椒山頂也善曰李弘軌法言注曰騈並也漢武帝李夫人賦曰釋予
馬於山椒孟康曰山椒山陵名廣雅曰土高四墮曰椒丘亭亭映江月飂
飂留出谷飇音標向曰亭亭明皃飂飂風聲飇風也善曰亭亭迥皃
王逸楚辭注曰瀏風疾皃寡婦賦曰風瀏瀏而夙興斐斐氣冪岫泫泫
露盈條翰曰斐斐山氣貌冪覆也岫山峯也泫泫露光盈滿也條細枝善曰斐
輕皃泫斐垂貌近矚袪幽蘊遠視盡諠囂銑曰矚望袪除幽靜
蘊積盡洗諠聒囂氣也善曰李奇漢書注曰袪開散也王逸楚辭注曰蘊積也鄭玄禮
記注曰聞諠囂則人意動作晤言不知罷從夕至清朝向曰
晤對也善曰毛詩曰彼美淑姬可與晤言鄭玄曰晤對也悟與晤同古字通

文選二十二　十二

從游京口北固應詔一首五言善曰水經注曰京
口丹徒之西鄉也又曰京城西北有別嶺入江三面臨水高數十丈號曰
北固
謝靈運濟曰京口江口北固山名靈運從宋高祖上此山樓望江
而應制九和天子曰應詔
玉璽戒誠信黃屋示崇高良曰玉璽謂天子傳國璽此者戒人
誠信使敬於上黃屋謂人君以黃繒為蓋此者示人崇高有異於下也善曰言聖人佩
玉璽所以儆戒誠信居黃屋所以顯示崇高鄧析子曰為之符璽以信之蔡邕獨斷曰璽
印也信也古者尊卑共之秦以來天子獨以印稱璽又獨以玉也書漢曰紀信乘王車黃
屋左纛事為名教用道以神理超銑曰此二事蓋為名教而

用之至於大道化人在神理超遠而已善日言上二事乃為名教之所用而其至道實
神理而超然也文子曰聖人所由曰道所為曰事三國名臣頌序曰名教束物也周易曰
聖人以神道設教而天下服曹植武帝誄曰聰竟神理方言曰超遠也昔聞汾
水游今見塵外鑣銑曰堯見四子藐姑射之山汾水之陽窅然喪其天
下故云昔聞也今見者謂宋高祖登北固山若飄然出於塵外正與堯意相合也鑣銜也
善曰莊子曰堯見四子藐姑射之山汾水之陽塵外已見上文說文曰鑣馬銜也言鑣以
馭馬猶軫以表車鳴笳發春渚稅鑾登山椒翰曰笳簫也大
駕行必吹簫笳稅捨鑾駕也山椒山頂也善曰魏文帝書曰從者鳴笳以啓路稅鑾猶稅
駕也山椒已見上文張組眺倒景列筵矚歸潮濟曰組組帷也
山臨水而影倒謂之倒景筵席也善曰吳都賦曰張組帷構流蘇遊天台山賦曰或倒

文選二十二　十三

景於重濵王鹿之遊仙詩曰遠遊絕塵霧輕舉觀滄濵蓬萊陰倒景崑崙罩曾城並以山
臨水而影倒謂之倒景遠巖映蘭薄白日麗江皐良曰薄叢
也麗美也江皐江曲也善曰蘭薄即蘭林也楚辭曰朝騁騖兮蘭薄戶樹瓊木籬些然
此意微與王逸注異不可以王義非之楚辭曰朝騁騖兮江皐王逸曰澤曲曰皐原
隰荑啼綠柳墟囿散紅桃銑曰高平曰原下濕曰隰荑軟枝也
墟丘囿園也善曰大戴禮夏小正曰正月柳稊稊者發孚也桃則華荑與稊音義同黃
雅曰墟居也皇心美陽澤萬象咸光昭向曰皇宋高祖也言
宋高美此陽春而布德澤故萬象皆光昭也善曰莊子舜謂堯曰昔者十日並出萬物皆
照司馬彪曰言陽光麗天則無不鑒孝經鉤命决曰地以舒形萬物咸載顧已枉
維縶撫志慙場苗翰曰詩云皎皎白駒食我場苗縶之維之以永今朝

白駒諭賢人有絜白之德食場苗喻食祿維縶皆繫也喻羈賢人使入仕也靈運自謙顧已非賢在見縶繫而仕徒撫其志實慙食祿而已　善曰鄭玄毛詩箋曰顧念也毛詩曰皎皎白駒食我場苗縶之維之以永今朝

工拙各所宜終以反林巢濟曰工巧也巧拙各有所宜靈運謙以為宜在放逸終將歸於山林而巢居也　善曰呂氏春秋曰至治之世賢不肖各反其質若此則工拙愚智可得而知矣巢已見上文

曾是縈舊想覽物奏長謡良曰曾則謡歌也靈運云素願自退令觀山水樂之則是縈於舊想故覽物色而奏長歌也　善曰毛詩曰曾是在位舊想謂隱居之志也數逝賦曰覽前物而懷之劉琨荅盧諶詩曰引領長謡

晚出西射堂一首五言永嘉西　銑曰射堂在靈運獨處常不得意作是詩也然此以下皆永嘉所作善注同

謝靈運

步出西掖門遙望城西岑連障疊巘魚偃**崿**五各**青翠杳深沈**向曰岑山峯也山横曰障巘崿崖之別名青翠山色杳闇也　善曰劉公幹贈徐幹詩曰步出北寺門遙望西苑園爾雅曰山小而高曰岑爾雅曰山正障巘崿崖之別名爾雅曰重巘隒文字集畧曰崿崖也王逸楚辭注曰杳深冥也

曉霜楓葉丹夕曛嵐氣陰翰曰楓木名曛黃昏時嵐山風也　善曰楚辭曰與曛黃而為期王逸曰黃昏時也夏侯湛山路吟曰道逶迤兮嵐氣清埤蒼曰嵐山風也

節往感不淺感來念已深濟曰節時感憂也

羈雌戀舊侶迷鳥懷故林含情尚勞愛如何離賞心良曰羈雌無耦也萬物含情尚愛儔類如何使我離賞心之人乎　善曰七發曰暮則羈雌迷鳥宿焉毛萇詩傳曰懷思也言鳥含情尚知勞愛況乎人而離於賞心也

撫鏡華緇鬢攬帶緩促衿銑曰華白緇黑也言老瘦帶緩故促其衿也　善曰孫綽子曰撫明鏡則好醜之皃可見陸機東宮詩曰柔顏收紅藻玄鬢吐素華古詩曰衣帶日已緩

安排徒空言幽獨賴鳴琴向曰安排之理空有其言幽獨不悶是賴鳴琴而已靈運以此自解　善曰言安排之事空有斯言幽獨不悶唯賴鳴琴而已莊子曰仲尼謂顏回曰安排而去化乃入於寥天一郭象曰安於推移而與化俱去故乃入於寂寥而與天惟一也楚辭曰幽獨處乎山中琴賦曰處窮獨而不悶者莫近於音聲也

登池上樓一首五言　翰曰靈運被譖出時有疾起而作是　善曰永嘉郡池上樓

謝靈運

潛虬媚幽姿飛鴻響遠音薄霄愧雲浮棲川怍前各**淵沈**濟曰虬龍怍慙也虬以潛處而自保鴻以遠飛而去患靈運既羈世網故有愧慙虬鴻之義　善曰虬以深潛而保真鴻以高飛而遠害今已嬰俗網故有愧虬鴻也說文曰虬龍有角者淮南子曰蛟龍水居又曰鳥飛於雲穀梁傳孔子曰聽遠音者聞其疾而不聞其舒王逸楚辭注曰泊止也薄與泊同古字通馬融論語注曰怍慙也

進德智所拙退耕力不任良曰言進德濟世智則踈拙退耕自給力不堪任　善曰周易子曰君子進德脩業欲及時也尸子曰為令尹而不喜退耕而此憂此孫叔敖之德也

徇祿反窮海臥痾對空林銑曰徇求也永嘉海畔故云窮海痾病也　善曰趙岐孟子注曰徇從也窮海謂永嘉郡也說文曰

痾，病也。衾枕昧節候，褰開暫窺臨。向曰：臥病於衾枕，昧於節候，故云褰開帷簾，窺臨景物也。善本無此兩句。傾耳聆波瀾，舉目眺嶇嶔。嶔音欽。翰曰：聆，聽；眺，望也。嶇嶔，山高貌。善曰：禮記曰：傾耳而聽之。廣雅曰：聆，聽也。李陵書曰：舉目言笑。洞簫賦曰：嶇嶔巋崎。初景革緒風，新陽改故陰。濟曰：初景，初春也。革，改；緒，餘也。春為陽，冬為陰也。善曰：楚辭曰：款秋冬之緒風。王逸曰：緒，餘也。神農本草曰：春夏為陽，秋冬為陰。池塘生春草，園柳變鳴禽。良曰：塘，隄也。鳴禽，鶯也。祁祁傷豳歌，萋萋感楚吟。銑曰：詩豳風曰：春日遲遲，采蘩祁祁。楚辭云：王孫遊兮不歸，春草生兮萋萋。言感傷此歌吟也。善曰：毛詩豳風曰：春日遲遲，采蘩祁祁。楚辭曰：王孫遊兮不歸，春草生兮萋萋。索居易永久，離羣難處心。向曰：離羣索居，歲月多而難處其心也。善曰：禮記子夏曰：吾離羣索居，亦已久矣。詩曰：我行求久。穀梁傳曰：鄭伯之處心積慮，成於殺也。持操豈獨古，無悶徵在今。翰曰：執持雅操，豈獨於古，無悶也，道驗之於我將為之矣。易云：遯世無悶。善曰：莊子罔兩責影曰：曩子坐今子起，何其無持操與。周易曰：遯世無悶。

游南亭一首　五言　銑曰：靈運所居之南亭。善曰：永嘉郡南亭。

謝靈運

時竟夕澄霽，雲歸日西馳。濟曰：時竟謂日暮之時。竟，盡一日也。澄，清也。霽，雨止也。善曰：淮南子曰：季夏之月，大雨時行。高誘曰：是月有時雨也。說文曰：霽，雨止也。曹子建詩曰：朝雲不歸山，霖雨成川澤。然雨則雲出，晴則雲歸。密林含餘清，遠峯隱半規。良曰：含餘清，謂雨後氣尚清涼也。隱半規，謂日落峯外隱半見規圓日之形也。善曰：呂氏春秋曰：冬不用箑，清有餘也。張載歲夕詩曰：白日隨天迴，巘巘圓如規。久痗悔昏墊丁念，苦旅館眺郊歧。銑曰：痗，病也。昏霧墊溺也。言病此霖雨之苦也。旅館，客舍也。眺，視也。郭外曰郊。歧，道也。善曰：毛萇詩傳曰：痗，病也。尚書禹曰：洪水滔天，下民昏墊。孔安國曰：言天下民昏瞀墊溺，皆困水災也。杜預左氏傳注曰：旅，客會也。澤蘭漸被徑，芙蓉始發池。向曰：被，覆也。路漸。善曰：楚辭曰：皋蘭被徑兮斯路漸。廣雅曰：漸，稍也。楚辭曰：芙蓉始發雜芰荷。王逸曰：芙蓉，蓮華也。未厭青春好，已觀朱明移。善本作覩。翰曰：夏為朱明。善曰：楚辭曰：青春受謝，白日昭。爾雅曰：夏為朱明。慼慼感物歎，星星白髮垂。翰曰：慼慼，憂思貌。感此節物也。星星，白髮之貌。善曰：楚辭曰：愁鬱鬱之無快，居戚戚而不解。古長歌行曰：感物懷所思。左思白髮賦曰：星星白髮生於鬢垂。藥餌情所止，衰疾忽在斯。良曰：餌，食也。言不能進藥食，故衰疾忽然在此。善曰：餌藥既止，故有衰病。蒼頡篇曰：餌，食也。逝將候秋水，息景偃舊崖。銑曰：言將往候秋水至，隨流而歸，息形影於舊居之山崖。善曰：毛詩曰：逝將去汝。莊子魍魎問影曰：向也坐而今也起，向也行而今也止，何也？影曰：火與日吾屯也，陰與夜吾代也。彼吾所以有待也，而況乎以有待者乎！彼來則我與之來，彼往則我與之往。司馬彪曰：屯，聚也。火日明而影見，故曰吾聚也。陰闇則影不見，故曰吾代也。夜代謂使得休息也。我志誰與亮，賞心惟良知。向曰：亮，信；良，義知友也。善曰：毛萇詩傳曰：亮，信也。尚書曰：時惟良顯哉。

游赤石進帆海一首　五言　翰曰：赤石山枕海，靈運於此進也。善曰：靈運遊名山志曰：永寧、安固二縣中路東南便是赤石，又枕

海

謝靈運

首夏猶清和芳草亦未歇水宿淹晨暮陰霞

屢興沒濟曰水宿宿於舟中也淹久興起也善曰爾雅曰首始也歸田賦曰仲春令月時和氣清楚辭曰芳以歇而不比杜預左氏傳注曰歇盡也河圖曰崐崙山有五色水赤水之氣上蒸爲霞陰而赫然周覽倦瀛壖而緣況乃陵窮

髮良曰瀛海壖岸也周覽於此尚以勞倦況若昔人陵窮髮之地哉窮髮無毛之地在北海之北也　善曰登徒子好色賦曰周覽九土史記鄒衍曰區中者乃有一州如此者九乃有大瀛海環之漢書曰盡河壖棄地韋昭曰謂緣河邊地鄭玄禮記注曰陵躐也顛啓期妻地記曰浪山海中南極之觀嶺窮髮之人舉帆揚越以爲標的川后時

安流天吳靜不發銑曰川后波神天吳水伯善曰洛神賦曰川后靜波楚辭曰使江水兮安流山海經曰朝陽之谷神曰天吳是水伯也其獸也八首八足八尾背黃青揚帆采石華挂席拾海月向曰石華附石生海月如鏡皆中食故采拾之挂席則揚帆也　善曰臨海志曰石華附石肉可啖又曰海月大如鏡白色揚帆挂席其義一也海賦維長綃挂帆席、溟漲無端倪虛舟

有超越翰曰溟漲皆海也端倪猶涯際也輕舟而進曰虛舟超越輕疾貌　善曰莊子曰北溟有魚其名曰鯤海運則將徙於南溟李弘範曰廣大窕冥故以溟爲名謝丞後漢書曰陳茂常度漲海莊子孔子曰反覆終始不知端倪音義曰倪音崖莊子曰有虛舟來觸舟孔安國尚書傳曰越遠也仲連輕齊組子牟眷魏闕濟曰齊相田單攻聊城不下魯仲連乃爲書遺燕將燕將得乃自殺遂屠聊城歸而言於

王欲爵仲連仲連逃於海上故云輕組組綬也中山公子牟謂詹子曰身在江海之上心居魏闕之下故云春也　善曰言仲連輕齊組而魏闕之海上明海上可悅既悅海上恐有輕朝廷之譏故云子牟春魏闕史記曰田單攻聊城不下魯連乃爲書約之矢以射城中遺燕將燕將得書乃自殺遂屠聊城歸而言魯仲連欲爵之魯連逃隱於海上呂氏春秋曰中山公子牟謂詹子曰身在江海之上心居魏闕之下奈何高誘曰子牟魏公子一說魏象魏也言身在江海之上心乃在王室也矜名道不足適己物可

忽良曰忽忘也矜名則必危身故於道未足適己則不適於代故於物有忘　善曰韓子白圭曰宋君小主也而務矜名郭象莊子注曰德之所以流蕩矜名故也史記曰莊子其言汪洋自恣以適已請附任公言終然謝天伐銑曰孔子困於陳太公任往弔之曰直木先伐甘泉先竭子其意者飾智以驚愚故不免言可用於

物則傷於已靈運將依太公任之言不爲人用謝去天伐以存其生　善曰莊子曰孔子圍於陳太公往弔之曰直木先伐甘泉先竭子其意者飾智以驚愚脩身以明汚昭昭若揭日月而行故不免也孔子曰善乃逃大澤之中入獸不亂羣入鳥不亂行鳥獸不惡而況入乎王逸楚辭注曰謝去也

石壁精舍還湖中作一首五言向曰言靈運遊山寺也　善曰精舍今讀書齋是也謝靈運遊名山志曰湖三面悉高山枕水渚山溪澗九有五處南第一谷今在所謂石壁精舍

謝靈運

昏旦變氣候山水含清暉清暉能娛人游子

澹善本作憺忘歸向曰澹然安意也　善曰楚辭曰羌聲色兮娛人觀者憺兮忘

歸王逸曰娛樂也憺安也出谷日尚早入舟陽已微翰曰陽微日落也善曰左氏傳趙宣子將朝尚早正暦曰日太陽也楚辭曰陽杲杲其朱光鄭玄毛詩箋曰微不明也林壑斂暝色雲霞收夕霏濟曰霏日氣也時既暮故收斂也善曰霏雲飛貌芰荷迭映蔚蒲稗支卦相因依良曰芰荷蒲稗皆水草迭遞也映蔚其色鬱茂隱映也善曰杜預左氏傳注曰稗草之似穀者薄懈切阮籍詠懷詩曰寒鳥相因依披拂趨南徑愉悅偃東扉銑曰南徑東扉即所居也趨疾行偃臥也善曰莊子曰風起北方一西一東孰居無事而披拂是爾雅曰悅愉樂也賈逵國語注曰偃息也慮澹物自輕意愜理無違向曰思慮澹然志意愜當則外物自輕於至理無違也善曰淮南子曰澹然無慮許愼曰澹猶足也孫卿子曰內省則外物輕矣廣雅曰愜可也

文選二十二　　二十

寄言攝生客試用此道推翰曰言養生不出此道也攝養也善曰楚辭曰願寄言於三鳥老子曰善攝生者不然劉淵林吳都賦注曰攝持也左氏傳劉子曰民受天地之中以生所謂命說文曰推排也謂推排以求也

登石門最高頂一首五言濟曰言靈運登石門山也

善曰靈運遊名山志曰石門澗六處石門溯水上入兩山口兩邊石壁右邊石巖下臨澗水

謝靈運

晨策尋絕壁夕息在山棲良曰策策扶也絕懸絕也善曰江賦曰絕岸萬丈壁立霞駁郭璞遊仙詩曰山林隱遯棲疏峰抗高館對嶺臨迴谿銑曰疏鑿也迴谿谿曲迴也善曰廣雅曰疏洛也西京賦曰疏龍首以抗殿廣雅曰抗舉也長林羅戶庭善本作穴字積石擁基階連巖覺路塞密竹使徑迷來人忘新術去子惑故蹊翰曰術蹊皆山路善曰景福殿賦曰欲反忘術魏武帝苦寒行曰迷惑失故路活活夕流駛色吏噭噭叫夜猨啼濟曰活活水聲駛疾也噭噭猨聲善曰毛詩曰河水洋洋北流活活楚辭曰聲噭噭以寂寥廣雅曰噭鳴也沉冥豈別理守道自不攜良曰自言沉深冥默豈復別理但欲守道使不攜離善曰漢書曰蜀嚴湛冥久幽而不改其操孟康注曰蜀郡嚴君平沉深玄默無欲言幽深難測也尸子曰守道固窮則輕王公賈逵國語注曰攜離也心契九秋幹目翫三春荑銑曰九秋幹松之類三春荑草之類言心契堅貞自游於道翫色亦同於俗也善曰古樂府有歷九秋妾薄相行班固終南

文選二十二　　二十一

山賦曰三春之季孟夏之初九秋已見南都賦居常以待終處順故安排向曰居常道以待終天年處順理而安排代謝將使憂樂不能入於我也善曰新序榮啓期曰貧者士之常死者人之終居常待終何憂哉莊子曰老聃死秦失弔之曰適來夫子時也適去夫子順也安時而處順憂樂不能入也安排已見上文惜無同懷客共登青雲梯良曰同懷謂友人也仙者因雲而升故曰雲梯善曰陸機曰感念同懷子郭璞遊仙詩曰安事登雲梯張湛列子注曰雲梯可以陵虛

於南山往北山經湖中瞻眺一首五言銑曰

則靈運所居南山北山善曰靈運山居賦曰若乃南北兩居水通陸阻又曰永歸其路乃界北山注曰兩居謂南北兩處南山是創開卜居之處也又曰大小巫湖中隔一山然往北山經巫湖中過

謝靈運

朝旦發陽崖景落憩陰峯良曰山南曰陽也景日憩息也善曰尚書大傳曰相與觀于南山之陽舍舟眺迴渚停策倚茂松

側徑既窈窕環洲亦玲瓏翰曰迴遠也策杖徑路也窈窕長遠貌玲瓏明暗貌善曰曹攄贈石荊州詩曰轍輷石行難窈窕山道深甘泉賦曰和氏玲瓏晉灼曰明貌

俛視喬木杪仰聆大壑淙善本作叢字在冬切良曰俛下喬高杪末聆聽也淙水聲言登於山半下視高木之末仰聽流水之聲善曰毛詩曰南有喬木楚辭曰聽大壑之波聲薛綜西京賦注曰壑坑谷也毛詩曰鳧鷖在潀毛萇曰潀水會也瀼與潀同

石横水分流林密蹊絕蹤解作竟何感升長皆丰峯容良曰蹊徑蹤跡也銑曰丰草盛也言

雷雨作解竟何感動而令草木升長皆得盛容善曰周易曰天地解而雷雨作雷雨作而百果草木皆甲坼爾雅曰感動也周易曰地中有木升丰容悅茂貌郭璞曰丰容也

初篁苞綠籜士各新蒲含紫茸而容反向曰竹叢生曰篁苞裹也籜竹皮紫茸蒲花也善曰服虔漢書注曰篁叢竹也籜竹皮也蒼頡篇曰茸草貌然此茸謂蒲華也江賦曰擢紫茸茸海鷗戲春岸天雞弄和風翰曰海鷗天雞鳥名和風春風善曰南越志曰江鷗一名海鷗張海中隨潮上下爾雅曰鶾天雞毛詩曰習習谷風毛萇曰習習和舒貌

撫化心無厭覽物眷彌重良曰撫萬物變化雖無厭倦覽春物明媚春視重疊善曰郭象莊子注曰聖人遊於變化之塗萬物萬化亦與之萬化覽物已見上文眷猶戀也不惜去向曰去人謂隱人也但恨不與友人游賞於此也人遠但恨莫與同

善曰言獨在山中無人共遊人謂古人也孤遊非情歎賞廢理誰通濟曰言非我情獨為歎息且賞此廢此是理誰能通乎善曰言已孤遊非情所歎而賞心若廢茲理誰為通乎

從斤竹澗越嶺溪行一首五言銑曰越度也善曰靈運遊名山志曰神子溪南山與七里山分流去斤竹澗數里

謝靈運

猨鳴誠知曙谷幽光未顯向曰曙曉也光日光也善曰元康地記云猨與彌猴不共山宿臨旦相呼說文曰曙旦明也巖下雲方合花上露猶泫胡犬切翰曰泫露垂貌善曰廣雅曰方始也逶迤傍隈隩烏到迢遞陟陘刑峴刑典反良曰隈曲隩崖也山中斷曰陘

山嶺曰峴善曰說文曰隈山曲也爾雅曰隩隈也郭璞曰今江東呼浦為隩於六切爾雅曰山絕曰陘郭璞曰連山中斷曰陘聲類曰峴山嶺小高也峴與垷同過澗既厲急登棧亦凌善本作陵字緬濟曰厲涉也急急流也山行險處以板棧路緬遠也善曰毛詩曰深則厲毛萇曰以衣涉水為厲通俗文曰板閣曰棧漢書曰張良說漢王燒絕棧道廣雅曰陵乘也韋昭國語注曰緬猶邈也川渚屢逕

復乘流翫迴轉銑曰經復往來也乘隨也善曰楚辭曰川谷徑復流潺湲鵰鳥賦曰乘流則逝蘋萍泛沉深菰蒲冒清淺向曰蘋萍菰蒲皆水草泛浮冒覆也善曰毛萇詩傳曰蘋大萍也又曰冒覆也企石挹飛泉攀林摘葉卷翰曰企舉踵也挹酌也葉卷謂初生未展善曰說文曰企舉踵也毛萇詩傳曰挹斟也猶今言酌也飛泉已見上文想見山阿

人辭雖若在眼良曰楚辭曰若有人兮山之阿披薜荔兮帶女蘿靈運想
此其猶眼見也善注同握蘭勤徒結折麻心莫展濟曰蘭麻
皆芳草可以投贈者言事君勤苦空結於懷相知之心無由申展　善曰靈運南樓中望
所知遲客詩曰瑤華未堪折蘭苕已屢擿路阻莫贈問云何慰離析然則握蘭苕咸以
相贈問也楚辭曰被石蘭兮帶杜衡折芳馨兮遺所思王逸曰石蘭香草也束皙逸民賦
曰沐甘露兮餘滋握春蘭兮遺芳楚辭曰折踈麻兮瑤華將以遺兮離居王逸曰踈麻神
麻也司馬彪莊子注曰展申也又漢家侍中握蘭情用賞為美事昧
竟誰辨銑曰言賞樂忠誠自以為美此事深昧誰能辨也　善曰言事無高識而
情之所賞即以為美此理幽昧誰能分別乎觀此遺物慮一悟得
所遣向曰觀此山水使人遺忘物慮一悟乎道由此而遣　善曰淮南子曰吾獨懷

文選二十二　二十四

慷慨遺物而與道同出是故有以自得也郭象莊子注曰將大不類莫若無心既遣是非
又遣其所遣遣之以至於無遣然後無所不遣而是非去也

應詔觀北湖田收一首五言　善曰丹陽郡圖經曰樂
遊苑晉時藥園元嘉中築隄壅水名為北湖集曰元嘉十年也太祖改景
平十二年為元嘉

顏延年翰曰延年從宋文帝游曲阿北湖觀收田勤苦應詔作此詩也

周御窮轍跡夏載歷山川濟曰周穆王周行天下便有車轍馬
跡夏禹曰予乘四載隨山刊木故云窮轍歷山川也　善曰左氏傳右尹子革對楚王
曰昔周穆王欲肆其心周行天下將皆有車轍馬跡焉尚書禹曰予乘四載隨山栞木孔

安國曰所載者四謂水乘舟陸乘車泥乘輴山乘樏樏力追切蓄軫豈明懋
善游皆聖仙良曰軫車懋勉也言蓄車不行豈曰明德勉厲之君善為巡游
者皆是聖智靈仙之主　善曰蓄軫不行豈是欽明懋德之后善遊天下皆是睿聖神仙
之君孔安國尚書傳曰蓄積也范曄後漢書劉安奏曰安皇帝聖德明懋聖謂夏禹仙謂
周穆帝暉膺順動清蹕巡廣壥善本作壥字銑曰帝文帝暉
光膺當也順時而動天子輦動出則傳蹕止人清道也壥田也　善曰周易曰聖人以順
動而人服漢儀注曰皇帝輦動出則傳蹕止人清道漢書曰揚雄有田一壥晉灼曰壥一
百畝也豐樓觀眺豐穎金駕映松山向曰樓觀曲阿城上樓觀
豐茂穎穗也金駕金車也　善曰孔安國尚書傳曰穎穗也金駕金輅也言上樓看穗也
映猶蔽也飛奔互流綴緹轂代迴環翰曰飛奔車也或流散或

文選二十二　二十五

連綴緹轂騎也迴環周行也　善曰飛奔車也陸景典語曰飛車蒙馬橫騰起進越絕書
曰車奔馬騰緹轂騎也續漢書曰緹騎三百人屬執金吾吳都賦曰轂騎焆蝗神行
埒浮景交映善本作爭光溢中天良曰埒等也言天子與神明俱
行等於浮景與日爭光盈溢於中天　善曰列子曰黃帝夢遊華胥國其神行而已　孟康
漢書注曰埒等也張孟陽七哀詩曰浮景忽西沉史記曰與日月爭光可也列子曰穆王
築臺號曰中天之臺開冬眷徂物殘悴盈化先濟曰開冬十月
也此時徂落之物雖復殘悴而盈於始春初化之先言其足觀也　善曰言開冬而視徂
落之物雖已殘悴而尚盈於殘悴之先言可觀也開冬猶開春開秋也楚辭曰開春發歲
羽獵賦曰玄冬季月萬物徂落於外孔安國尚書傳曰眷視也　白虎通曰春萬物始生鄭
玄禮記注曰化猶生也陽陸團精氣陰谷曳寒煙良曰陽陸

天道也精氣謂太陽精也陰谷之氣如寒煙之也善曰吳越春秋越王曰崐崙乃天地之鎮柱也五帝處其陽陸賈達國語注曰精明也山北曰陰

攢素既森藹積

翠亦葱芊

善本作仟字　銑曰木葉既落霜封其枝故云攢素森藹霜盛皃松栢重布故云積翠葱芊欝茂皃　善曰廣雅曰攢聚也

息饗報嘉歲通

急戒無年

向曰嘉歲豊歲也戒備也無年飢年也息人宴饗以報豊歲通人之急以備飢年物　善曰禮記曰蜡者索也歲十二月合聚萬物而索饗之黃衣黃冠息田夫也又曰國無六年之蓄曰急三年耕必有一年之食九年耕必有三年之食以三十年之通雖有凶旱水溢人無菜色周禮曰無年則公旬用一日焉鄭玄曰無歲無贏儲也急要也通百姓之急者預戒於無年之時

溫渥浹輿隸和惠屬後筵

翰曰渥厚也輿隸至賤者言天子溫厚之德下於至賤及從筵延年自謂　善曰說文曰

溫仁也毛萇詩傳曰渥厚也字書曰浹洽也左氏傳曰人有十等阜臣輿輿臣隸孔安國尚書傳曰屬逮也

觀風久有作陳詩愧未妍

濟曰言從帝以觀土風而作陳詩既畢愧不妍美　善曰禮記曰歲二月東巡狩命太師陳詩以觀民風

疲弱謝凌遽取累非纆墨牽

良曰纆牽馬韁也太長則累於馬行迨年自言疲弱不能捷速非纆牽所累凌遽捷速也　善曰言已才疲弱而謝急遽其所取累非由纆牽西京賦曰百禽凌遽戰國策段干越謂新城君曰王良弟子駕千里之馬過京父之弟子曰駕千里之馬而不能取千里何京父弟子曰纆牽長故纆牽於事萬分之一也而難千里之行

車駕幸京口侍遊蒜山作一首

五言　銑曰此題延年侍遊蒜山觀其詩意乃不得從駕恐題之誤　善曰劉禎京口記曰蒜山無峯嶺北臨江集曰元嘉二十六年也蒜山左潤州西二里京口

在潤州

顏延年

元天高北列日觀去臨東溟

向曰元天山名北列北方也日觀太山東南東溟謂東海　善曰莊子曰闕奕之隸與殿翼之孫遏氏之子三士相與謀致人於造物共之元天之上元天者其高四見列星司馬彪曰元天山名也漢書儀曰泰山東南曰觀者雞一鳴時見日始欲出長三丈所言日觀者望見長安其高如視浮雲絫綽荅許詢詩曰倒景淪東溟　元天山最高在東北日出即見

入河起陽峽

踐華因削成

翰曰秦築長城渡河據陽山山峽山側也又踐華山為城華山四面峻如削成　善曰史記曰秦使蒙恬築長城制險塞起臨洮至遼東於是度河據陽山

王逸楚辭注曰陿山側陜與陿通過秦論曰踐華為城山海經曰泰華之山削成四方

巖險去漢宇襟衛徙吳京

濟曰漢水秦之關塞而居之乃漢末有吳開國巖谷之險襟帶之衛皆遷徙江外就吳之京　善曰言巖險之固去彼漢宇襟帶周衛徙此吳京宋都吳地故曰吳京也西京賦曰巖險周固衿帶易守吳都賦曰山川不足以周衛

流池自化造山關固神營

銑曰因流為池據山為城若化造神營非人力能致　善曰鄭玄周禮注曰能生非類曰化靈光殿賦曰神之營之

園縣極方望邑社總地靈

向曰園縣山陵也方望謂祭四方羣神地靈地祇也言極盡總括於此宋都其地故美言也　善曰園縣廟園之縣也邑社陵邑之社也漢書元帝詔曰徙人以奉園陵今所為陵者勿置縣邑然陵傍置園起縣邑也公羊傳曰天子有方望之事無所不通何休曰方望謂郊時所望祭四方羣神

日月星辰及五岳四瀆也廣雅曰摠皆也大
戴禮天地祝曰皇皇上天照臨下土集地之
靈降甘風雨**宅道炳星緯誕曜應辰明**翰曰宅居道界炳光
也言帝所居之界實光星紀之緯辰壯方星
宋以水德故云誕曜應辰明　善曰孔安國
尚書傳曰宅居也道經界也郭璞南郊賦曰
宅是星紀奄有衡霍吳都賦曰固其經略上
當星紀誕曜浮曜也禮記威儀曰君乘水而
工辰星揚光尚書曰洪範五行傳曰辰星者
北方水精也宋為水德故云應也**睿思纏故里巡駕帀舊坰**
濟曰睿聖也聖謂文帝也晉之東遷劉氏來
居晉陵丹徒之京也故云故里舊坰纏猶懷
也帀猶徧也　善曰爾雅曰林外謂之坰**陟峯騰輦路尋雲抗瑤**
甍音萌向曰鑿山峯以通輦路尋雲言高也抗舉也以瑤玉節屋甍屋簷也　善曰
薛君韓詩章句曰騰乘也西都賦曰輦路經
營褒服傳曰抗極也羊祜請伐吳表曰高山

文選二十二　二十八

尋雲霓杜預左氏傳注曰甍屋棟也**春江壯風濤蘭野茂荑**音啼
善本作稊字**英宣游弘下濟窮遠凝聖情**銑曰蘭野美言
之美英初生草也向曰宣徧弘大凝成也
言徧務窮遠大為下濟之道以成聖人之情
善曰楚辭曰宣遊兮列宿順極兮彷徨周易
曰天道下濟而光明晉中興書孝武詔曰躬
儉以弘下濟之惠**岳濱有和會祥習在卜征**濟曰齊桓公時
岳瀆諸侯莫不來服故云有和會先王卜征
五年歲卜其祥祥習則行言我天子亦然
善曰國語曰齊桓公岳瀆諸侯莫不來服尚
書曰新作大邑于東國洛四方人大和會左
氏傳鄭太宰石㚟曰先王卜征五年歲卜其祥祥習則行**周南悲昔老留**
滯感遺氓善本作萠字　向曰漢武封太山司馬談使南陽至周南之地逢子
遷謂曰我不登封者命也昔老則談也遺氓
延年自謂也言我不得從登嵩山感慕之情
亦與談類　善曰昔老謂司馬談也遺氓自
謂也言帝方卜征以登封而已巖耕以謝職
不獲預觀盛禮所以悲同昔人漢書曰天子
始建漢家之封而太史公留滯周南不得與
從事曰今天子接千歲統封泰山而予
不得從行是命也如淳曰周南洛陽也**空食**
疲廊肆反稅事巖耕翰曰言已素餐疲倦於廊廟之列今欲反輸國
稅事耕巖石之下此延年之謙詞也　善曰
空食猶素餐也王逸楚辭注曰不空食祿而
曠官也廊巖廊朝廷所在也文穎漢書注曰
巖廊殿下小屋杜預左氏傳注曰肆列肆也
說文曰稅租也揚子法言曰谷口鄭子真
不詘其志耕於巖石之下名震乎京師

車駕幸京口三月三日侍遊曲阿後湖
作一首五言　善曰水經注曰晉陵郡之曲阿縣下陳敏引水為
湖水周四十里號曰曲阿後湖集曰元嘉二十六年也

文選二十二　二十九

顔延年

虞風載帝狩夏諺頌王游良曰虞書云歲二月東巡狩夏諺曰
吾王不遊吾何以休載記也　善曰尚書虞
書曰歲二月東巡狩載謂載之於策也孟子
夏諺曰吾王不遊吾何以休**春方動宸**善本作辰字**駕望幸傾**
五州濟曰春方東方也宸駕天子駕言天子巡狩自東方起也九州之地宋得其五
州之人傾心望帝臨幸　善曰禮記曰東方
者春論語子曰為政以德譬如北辰故謂天
子為辰也司馬相如封禪文曰太山梁父設
壇望幸尚書有十二州宋得其七故謂北境
云五州**山祇蹕嶠路水若警滄流**銑曰山祇山神水若水神
也言感山水之神稱警蹕於川路　善曰山
祇山神也管子曰登山之神有俞兒者長尺
人物具馬霸王之君興登山之神見且走馬
前導也爾雅曰山銳而高曰嶠楚辭曰使湘

靈鼓發兮令海若舞王逸曰海若海神名神御出瑶軫天儀降藻
舟向曰神天皆謂帝也御幸也儀容儀也瑶軫玉車也藻舟畫船也言自車八船　善
曰瑶軫玉輅也藻舟畫舟也王符羽獵賦曰天子乘碧瑶之彫軫建曜天之華旗東觀漢
記曰東平王蒼上疏曰賜奉朝請咫尺天顏萬軸胤行衛千翼汎
飛浮翰曰翼艘也萬軸言多也胤繼也行衛宿衛也千艘言舟多也汎輕皃飛浮舟
行皃　善曰萬軸謂車也千翼謂一舟也越絕書伍子胥水戰兵法內經曰大翼一艘廣一
丈五尺二寸長十丈中翼一艘廣一丈三尺五寸長五丈六尺小翼一艘廣一丈二尺長
九丈彫雲麗琁蓋祥飇被綵斿濟曰麗附也琁蓋以玉飾蓋也彫
鏤雲氣附於其上被猶吹也綵斿旗名祥飇瑞風吹使飛揚　善曰天台山賦曰彤雲斐
亹以翼檣桓子新論曰乘車玉爪蓋禮緯曰君政頌平則祥風至斿旌旗之旒也

江南進荊豔河激獻趙謳良曰江南地名荊豔楚歌河激中流也昔
女娟者津吏之女趙簡子渡河於中流奏河激之歌簡子悅之趙女所奏故云趙謳言今
天子之行亦復有此　善曰吳都賦曰荊豔楚舞列女傳曰趙津女娟者趙河津吏之女
也初簡子南擊楚將度河用楫者少一人娟攘袂操楫而請簡子遂之遂與渡中流為簡
子發河激之歌其辭曰升彼河兮而觀清水揚波兮杳冥冥禱求福兮醉不醒誅將加兮
妾心驚罰既釋兮瀆乃清妾持楫兮操其維交龍助兮主將歸呼來擢兮行勿疑簡子大
悅以為夫人金練照海浦笳鼓震溟洲銑曰金練金甲也笳
簫溟海也　善曰金練金甲組練也蔡邕女琰詩曰卓衆來東下金甲耀日光左氏傳曰
被練三千西京賦曰嚻聲震海浦列子曰北極之北有溟海藐邈眄善本作盼
字覯青崖衍漾觀綠疇向曰藐眄迴顧貌觀見衍漾廣大也疇田

也善曰藐眄窈藐顧眄也衍遊衍漾漂漾也杜預左氏傳注曰並畔為疇民善本
作人字靈鶱都野鱗翰聳淵丘翰曰民靈人神也鱗翰魚鳥也
都野人神所居淵丘魚鳥所處見天子兵甲鼓吹之盛皆鶱聳驚懼　善曰鶱聳皆驚懼
之意也都野民靈所居淵丘鱗翰所處也曾子曰陰之精氣為靈德禮既普
洽川岳徧懷柔濟曰道德禮儀普徧周洽故川岳之神亦歡欣來居此地
矣懷來柔安也　善曰尚書曰道洽政治澤潤生民孔安國曰道至普洽其德惠施乃浸
潤生民毛詩曰以洽百禮鄭玄曰洽合也毛詩曰懷柔百神及河喬嶽毛萇曰懷來也柔
安也喬高也鄭玄曰王行狩來安羣神也

行藥至城東橋一首五言

鮑明遠良曰昭因疾服藥行而宣導之遂至建康城東橋見游宦

之子而作是詩

雞鳴關吏起伐鼓早通晨良曰伐擊也通晨以表天明　善曰
史記曰關法雞鳴出客嚴車臨迴陌延瞰歷城闉銑曰嚴整
迴遠延長瞰視也闉城曲也　善曰楚辭曰嚴車駕兮戲游神女賦曰望余帷而延視兮
雅曰瞰視也毛萇詩傳曰闉城曲也蔓草綠高隅脩楊夾廣津
向曰隅城角脩長也津橋岸也　善曰隅城隅也迅風首旦發平路
塞飛塵翰曰迅風喻法令暴急也飛塵喻時代昏闇　善曰楚辭曰軼迅風於清
涼又曰為余先乎平路擾擾游宦子營營市井人濟曰言游
宦子同於市井之人擾擾營營皆馳騁貌　善曰枚乘七發曰擾擾若三軍之騰裝漢書
薄昭與淮南王書曰遊宦事人列子林類曰吾又安知營營而求生之非惑乎莊子仲尼

曰商賈旦於市井以求其贏司馬彪曰九夫為井井有市懷金近從利撫
劍遠辭親良曰謂遠仕者金印也利謂利祿善曰范曄後漢書耿弇曰懷金玉
者至不生歸抱朴子曰夫程鄭王孫羅裒之徒乘肥衣輕懷金挾玉者為之倒屣說文曰
懷藏也左氏傳曰子朱怒撫劍從之列女傳秋胡子妻謂秋胡曰子辭親往仕爭先
萬里塗各事百年身善曰王羲之荅許詢詩曰爭先非吾事靜照在
忘求百年已見上文開芳及稚節含彩吝驚春銑曰夫人開布
芳華之德宜在幼稚之年含其光彩驚惜春序恐時過年謝吝惜也　善曰以草喻人也
草之開芳宜及少節既以含彩理惜驚春夫草之驚春花葉必盛盛必有衰固所當惜也
陸機桑賦曰璽雅節以風茂蒙勁風而後凋曹毗冶城賦曰含彩可以寶珍孔安國尚書
傳曰吝惜也尊賢永照灼孤賤長隱淪向曰尊貴賢大也照

文選二十二　三十二

灼盛熱勢也隱蔽淪沒也言人貴大則長居盛熱孤賤則長見蔽沒　善曰說苑曰子賤
至單父請耆老尊賢與之共治范曄後漢書黃香上疏曰江淮孤賤愚蒙小生隱淪謂幽
隱沈淪也容華坐消歇端為誰苦辛翰曰端正也言己道德不
行容華消歇一生苦辛正為誰也歎恨之深也　善曰陸機長歌行曰容華宿夜零無故
自消歇古詩曰轗軻長苦辛

游東田一首　五言

謝玄暉濟曰則朓所居之東田善曰朓有莊在鍾山東游還作
戚戚苦無悰在冬攜手共行樂良曰戚戚憂歎皃悰亦樂也行
樂謂游東田也　善曰戚戚已見上文漢書廣陵王胥歌曰出入無悰為樂亟韋昭曰悰
樂也魏文帝折楊柳行曰端坐若無悰駕遊愽望山楊惲報孫會宗書曰人生行樂耳須

富貴何時尋雲陟累榭隨山望菌閣銑曰陟升累重也臺上有
木曰榭菌香草也言菌閣美也　善曰尋雲已見上文楚辭曰層臺累榭臨高山王逸曰
層累皆重也尚書曰隨山刊木楚辭曰菌閣兮蕙樓遠樹曖阡阡善本作仟
仟字生煙紛漠漠向曰曖不明皃阡阡茂美貌紛亂也漠漠布散也　善曰
廣雅曰芉芉盛也仟與芉同魚戲新荷動鳥散餘花落不
對芳春酒還望青山郭翰曰古詩云夕宿青山郭旦上青山上青
山不可上步步恒惆悵此言不對芳春酒以消憂還如望青山郭之惆悵　善曰言野外
眺矚取樂非一若不對茲春酒還則望彼青山魏武帝短歌行曰對酒當歌陸機悲行曰
遊客芳春林毛詩曰為此春酒

從冠軍建平王登廬山香鑪峯一首　五言

文選二十二　三十三

善曰沈約宋書曰建平王景素為冠軍將軍湘州刺史劉璠梁典曰江淹
年二十以五經授宋建平王景素待以客禮遠法師廬山記曰山東南有
香鑪山孤峯秀起遊氣籠其上即氤藴若煙氣

江文通濟曰宋建平王景素為冠軍廬山東南有香鑪山孤峯秀
起游氣籠其上氣若香煙也觀淹詩意乃和王詩此不云應教誤
矣

廣成愛神鼎淮南好丹經良曰抱朴子服九轉丹內神鼎中廣
成子上古之仙人當亦愛此神鼎也淮南王劉安好道術之士於是八公授以丹經　善
曰神仙傳曰廣成子者古之仙人也居崆峒之山石室中抱朴子曰服九轉丹內神鼎中
夏至之後暴之神仙傳曰淮南王劉安者漢高皇之孫也好道術之士於是八公乃往遂

援以丹經此山具鸞鶴往古畫仙靈銑曰洪井西有鸞岡云洪
崖先生乘鸞所憩之處鸞岡西有鶴嶺王喬控鶴經過之所故云具鸞鶴畫仙靈翰建平
王來也善曰張僧鑒豫州記曰洪井西有鸞岡舊說云洪崖先生乘鸞所憩處也鸞岡
西有鶴嶺云王子喬控鶴所經處也東方朔十洲記曰崑崙山正東曰天墉城其北戶出
承淵山西王母之所治真官仙靈之所宗也瑤草正翕許及赩許力玉
樹信葱青向曰瑤草玉樹皆美言之翕赩葱青盛鬱貌善曰瑤草玉芝也本
草經曰白芝一名玉芝琴賦曰瑤瑾翕赩甘泉賦曰翠玉樹之青葱絳氣下縈
薄白雲上杳冥翰曰絳氣赤霞氣也縈繞也草木叢生曰薄杳冥深暗貌
則謂似香鑪之煙善曰王逸楚辭注曰草木交曰薄楚辭曰杳杳冥冥而薄天中
坐瞰蜿虹俛伏視流星濟曰中坐半山坐也俛下也平視蜿虹下

視流星言山之高善曰西京賦曰瞰蜿虹之長鬐魯靈光殿賦曰中坐垂景頫視流星
不尋遐怪極則知耳目驚良曰言人不遠尋怪異而至此山者
則知驚其耳目極盡也善曰言未盡尋遐怪則知其至此耳目必驚也鄭玄禮記注曰
極盡也日落長沙渚曾陰萬里生銑曰長沙地名曾重也言
山高而陰遠善曰曾重也蔡邕月令章句曰陰者密雲也藉蘭素多意
臨風默含情向曰藉蘭言於山間以蘭藉地而坐此意素多臨風默然含情
善曰多意多佳意也含情情未申也隱顯交慮所以未申用賦曰藉皋蘭之猗靡楚辭曰
臨風怳兮浩歌王仲宣公讌詩曰今日不極歡含情欲待誰臨風已見月賦方學
松栢隱羞逐市井名翰曰隱幽隱也善曰方猶將也言將隱而棄
塵利也楚辭曰山中人兮芳杜若飲石泉兮蔭松栢市井已見上文奉善本作幸字

承光誦末伏思託後旌濟曰後旌後車也光誦謂建平王首篇也
言承此之末伏思託於後車善曰光誦猶華篇也後旌猶後乘也
鍾山詩應西陽王教一首五言徐爰釋問畧曰建康
北十里有鍾山裴子野宋畧曰孝武封皇子子尚爲西陽王
沈休文向曰宋西陽王子尚
靈山紀地德險峭善本作地險字資岳善本作嶽字靈銑曰
紀猶表也資猶因也善曰說苑齊景公曰天不雨寡人欲祠靈山可乎鄭玄周禮注曰
鎮名山安地德者也周易曰地險山川丘陵王隱晉書荀晞曰淮陽之地北阻塗山南枕
靈嶽終南表秦觀少室邇王城向曰終南山爲秦宮觀之儀表
少室山近周王之城善曰毛詩曰終南何有有條有枚史記曰始皇表南山巔以爲闕

南山即終南也爾雅曰觀謂之闕戴延之西征賦曰嵩高中岳也東謂太室西謂少室相去
十七里嵩高總名也漢武帝作登仙臺在少室峯下東京賦曰然後以建王城翠鳳
翔淮海衿帶遶神坰向曰鳳翔喻宋興於淮海之地衿帶之固乃在
建業爲稱神者美言之野外曰坰善曰鳳翔淮海喻宋之興也東京賦曰龍飛白水鳳
翔參墟李斯上書曰今陛下建翠鳳之旗然但引翠鳳之文不取旗義也衿帶神坰並見
上文北阜何其峻林薄杳葱青其一濟曰鍾山在北故云北
阜草木叢生曰薄杳深也葱青茂盛貌善曰北阜鍾山也西都賦曰睋北阜陸機擬古
詩曰西山何其峻又赴洛詩曰林薄杳阡眠發地多奇嶺干雲非
一狀良曰發地言起於地也干雲言高也非一言形狀多也善曰子虛賦曰其
山則交錯糾紛上干青雲合沓共隱天參差分善本作互字相

望銑曰合沓高大皃衆峯高大共隱蔽於天參差分布相望而列於地善曰謝靈運
登廬山詩曰巒龍有合沓揚雄蜀都賦曰蒼山隱天子虛賦曰岑崟參差尚書曰終南惇
物至于鳥鼠孔安國注曰三山名言相望也鬱律構丹巘魚偃崚盧登
嶒在登起青嶂向曰鬱律直上貌山形曰巘言構成此形峻嶒重疊貌山橫
曰嶂善曰西京賦曰隱轔鬱律巘已見上文魯靈光殿賦曰崱繒綾而龍鱗勢隨
九疑高氣與三山壯其二翰曰九疑山名三山即海中蓬萊方丈
瀛洲之山善曰楚辭曰道幽谷于九疑山海經曰南山崑崙其氣魂魂漢書曰蓬萊方
丈瀛洲此三山者僊人在焉九疑山在長沙零陵三山在海中即事既多美
臨眺殊復奇良曰即事山中之事多美矣臨眺四外復有奇迹善曰即
事即此山中之事也列子曰周之尹氏有老役夫晝則呻呼即事南瞻儲胥

文選二十二　三十六

觀西望昆明池濟曰儲胥觀昆明池皆在西京今此擬而作也善曰儲
胥觀昆明池皆在西京此皆假言之山中咸可悅賞逐四時移
春光發隴首秋風生桂枝其三銑曰隴首山頭也桂枝者桂
樹枝也多值息心侶結架山之足向曰大灌頂經云息心達
本源故號為山門侶徒侶也架造廬也善曰大灌頂經曰息心達本源故號為沙門山
足已見上文八解鳴澗流四禪隱巖曲翰曰維摩經云八解
之浴池定水湛然滿言八解之池與澗水俱流而鳴大品經云初禪二禪三禪四禪言此
四禪之人隱此山巖之曲善曰山海經曰和山五曲郭璞曰曲迴也窈冥終
不見蕭條何善本作無字所欲向曰窈冥深遠貌言皆深遠不可見
使人蕭然無所可欲而近於道善曰老子曰窈兮冥兮其中有精王弼曰窈冥深遠貌

深遠不可得而見然而萬物由之不可得見以定其真故曰窈兮冥兮其中有精老子曰
不見可欲使心不亂所願從之游寸心於此足其四善曰家
語孔子曰無聲之樂所願志從莊子曰魯有兀者王駘從之遊者與仲尼相若列子文摯
謂叔龍曰吾見子之心矣方寸之地虛矣君王挺逸趣羽斾臨崇
基濟曰君王即西陽王也羽斾旌類崇基謂鍾山善曰說文曰挺拔也斾旌旗之垂
者旌旗以羽為飾故云羽斾陸機樂府詩曰羽旗棲瓊鸞崇基山也春秋運斗樞曰山者
地基也白雲隨玉趾青霞雜桂旗銑曰玉趾美言王之足也
王登于山故曰雲隨其足桂旗旗名其高與青霞相雜善曰玉趾已見上文曹毗臨園
賦曰青霞曳於前阿楚辭曰辛夷車兮結桂旗淹留訪五藥顧步佇
三芝向曰五藥草木蟲石穀也三芝石芝靈芝肉芝也善曰楚辭曰攀桂枝兮聊

文選二十二　三十七

淹留周禮鄭玄曰五藥草木蟲石穀也日出東南隅行曰顧步咸可憐蒼頡篇曰顧旋也
王逸楚辭注曰安徐行也抱朴子曰參成芝木渠芝建實芝此三芝得而服之白日升天
於焉仰鑣皮苗駕歲暮以終善本作為字期其五翰曰歲
暮爵老也言已於此仰奉王之鑣駕及老終期隱於此也善曰歲暮喻年老也韓詩曰
蟋蟀在堂歲聿其暮薛君曰暮晚也言君之年歲已晚

宿東園一首五言濟曰休文家園

沈休文

陳王鬬雞道安仁采樵路良曰陳思王曹植詩云鬬雞東郊道
潘安仁詩云采樵往東路善曰陳思王名都篇曰鬬雞東郊道走馬長楸間潘岳詩曰
東郊數不得志也出自東郊憂心搖搖遵彼菜田言采其樵東郊豈異昔

聊可閑余步銑曰閑緩也善曰七啓曰雍容閑步野徑既盤
紆荒阡亦交互向曰阡道也盤紆交互屈曲反覆貌善曰子虛賦曰甘
山則盤紆岪鬱榛蘺踈復密荆扉新且故翰曰以榛作蘺以荊
爲門扉善曰謝靈運詩曰揷槿當列墉鄭玄禮記注曰蓽門荊竹織門也殷仲堪誄曰
荊門晝掩樹頂鳴風飇草根積霜露驚麏居雲去不
息征鳥時相顧濟曰飇亦風也麏麞也善曰毛詩曰野有死麏今江東
人呼麞曰麏呂氏春秋曰征鳥厲疾高誘曰征猶飛也鄭玄毛詩箋曰迴首曰顧茅
棟嘯愁鴟平岡走寒兔善曰任預雲詩曰寒鳶鸞雲嘯悲鴻竟夜
噭夕陰帶層阜長煙引輕素良曰層重阜山也飛光
忽我遒豈善本作寧字止歲云暮銑曰飛光月光也遒迫也日月

迫也落豈止歲暮而已老將及我不得遊於斯善曰古董桃行曰年命冉冉我遒毛詩
曰歲聿云暮若蒙西山藥頹齡儻能度向曰魏文詩云西山
一何高高高殊未極上有兩仙童不飲亦不食與我一九藥光曜有五色服之四五日身
體生羽翼言我若蒙此藥而頹毀之年儻或能畢於天地齡年也善注亦引此詩未三
句作先曜有五色服藥四五日胷臆生羽翼又陸機應詔曰悲來日之苦短恨頹年之方
促

游沈道士館一首五言翰曰休文游道士沈恭館

沈休文

秦皇御宇宙漢帝恢武功濟曰秦皇始皇也漢帝武帝也恢大
也善曰過秦論曰始皇振長策而御宇內漢書曰武帝征討四夷銳志武功懽娛

人事盡情性猶未充良曰充滿也善曰何休公羊傳注曰充滿也
銳意三山上託慕九霄中銑曰銳盡也三山蓬萊方丈瀛洲也
九霄九天仙人所居處也善曰銳意已見上注西征賦曰竊託慕於闕庭潘岳書曰長
自絕於埃壒超遊身乎九霄既表祈年觀復立望仙宮向曰
祈年秦所立望仙漢所立善曰廟記曰祈年宮在城外秦穆公所造望仙宮在華陰漢
武帝所造寧為心好道直由意無窮翰曰皆謂秦漢之主善
曰漢武內傳曰帝好長生之道曰余知止足是願不須豐銑曰
余約自稱也須求豐大也善曰老子曰知足不辱知止不殆周易曰豐多也遇可
淹留處便欲息微躬善曰淹留已見上文善本有此二句山嶂
遠重疊竹樹近蒙籠開襟濯寒水解帶臨清

風濟曰山橫曰嶂向曰濯滌也寒水秋水也善曰曹子建閑居賦曰翹寒風而開
衿所累去非外物為念在玄空翰曰玄空道也言我遊此
超然自得不為外物累已所念在於道也善曰慎子曰夫德精微而不見聰明而不發
是故外物不累其內廣雅曰玄道也然道體無形故曰空朋来握石髓賓
至駕輕鴻濟曰石髓石之髓也得而服可長生故朋來握此食之鴻鳥名仙者
以為駕故賓至則相與乘也善曰袁彥伯竹林名士傳曰王烈服食養性嵇康甚敬信
之隨入山烈嘗得石髓柔滑如飴即自服半餘半取以與康皆疑而為石郭璞遊仙詩曰
駕鴻乘紫煙都令人徑絕唯使雲路通一舉凌倒
景無事適華嵩良曰倒景在日月之上日月反從下照故謂倒景言我一
舉而升於此更何事適嵩華之山而求道也善曰吳都賦曰逕路絕風雲通張昶華山堂

闕銘曰必雲霄之路可升而起漢書谷永曰及言世有仙人服食不終之藥遥興輕舉登遐倒景如淳曰在日月之上日月反從下照故其景倒廣雅曰陵乘也列仙傳曰呼子先者漢中關下卜師也壽百餘年夜有仙人持二竹竿來至呼子先騎之乃龍也上華陰山又曰王子喬好笙浮丘公接以上嵩山

寄言賞心客歲暮爾來銑曰賞心客謂與我賞此之友人歲暮謂同年老也言及老與爾同此事善曰歲暮已見上文

古意酬到長史溉古代登琅邪城詩一首

五言善曰何之元梁典曰到溉字茂灌爲司徒長史沈約宋書曰南琅邪郡琅邪國人隨晉元帝過江大興三年立懷德縣隸丹楊無土地成帝咸康元年桓溫領郡鎮江乘縣境立郡鎮輿地圖曰梁武改南琅邪爲琅邪郡在潤州江寧縣西北十八里

文選二十二　四十

徐敬業向曰何元之梁典曰徐悱字敬業少有才學爲晉安内史

古意作古詩之意也酬報也溉爲司徒長史登此城作詩贈悱故悱報也善曰何之元梁典曰徐勉第三息悱字敬業晉安内史卒學業最知名卒於郡府

甘泉警烽候上谷抵善本作扺樓蘭翰曰甘泉山名匈奴犯塞烽火至甘泉宮上谷郡名近樓蘭之國警猶警策也抵猶拒也善曰漢書揚雄上疏曰孝文時匈奴侵暴北邊候騎至雍甘泉通甘泉又曰上谷郡秦置又曰鄯善國本名樓蘭王治扜泥城扜音烏

此江稱豁險茲山復鬱盤濟曰此江即岷江也茲山即鍾山也豁險鬱盤重厚貌言此江山比於甘泉上谷善曰蜀都賦曰豁險吞若巨防子虛賦曰其山則盤紆岪鬱

表裏窮形勝襟帶盡巖巒良曰巖巒山也言矜帶之固盡是此山善曰左氏傳咎犯曰表裏山河必無害也漢書田肯賀上曰秦形勝之國也襟帶已見上文說文曰巒小山而高矜

脩篁壯下屬危樓峻上干銑曰脩長屬及也竹叢曰篁言竹生於山上下及於地言山形之壯矣危高也言城上高樓如山之峻上干於雲也此城依山而作善曰子虛賦曰下屬江河上干已見上注

登陴起遐望迴首見長安向曰陴城上女牆也遐遠也長安謂丹陽城善曰左氏傳曰鄭子產授兵登陴杜預曰陴城上睥睨也王仲宣七哀詩曰南登霸陵岸迴首望長安

金溝朝灞滻產甬涌道入鴛鸞翰曰金溝之水入灞滻如江河朝宗於海甬道起土爲道鴛鸞殿名皆西京之事此擬而作之故望見善曰戴延之西征記曰御溝引金谷水從閶闔門入灞滻二水名也雍州圖經曰金谷水出藍田縣西終南山西入灞水小水入大水曰朝尚書曰江漢朝宗于海甬道閣道也淮南子曰甬道相連潘岳關中記曰未央殿東有鴛鸞殿

文選二十二　四十一

鮮車騖華轂汗馬躍銀鞍良曰鮮新騖奔也華轂郎飾其轂銀鞍用銀以飾鞍言見城中車騎若此善曰范曄後漢書曰蜀地饒富吏民鮮車駕馬以財貨自達漢書劉向上封事曰今王氏一姓乘朱輪華轂者二十三人又公孫弘曰臣愚駑無汗馬之勞辛延年羽林郎詩曰銀鞍何煜爚翠蓋空踟躕

少年負壯氣耿介立衝冠濟曰負恃也耿介猶志操也壯士之怒髮上衝冠悱自言少年時壯氣志操既立怒天下未平而髮上衝冠善曰漢書音義曰負恃也韓子曰耿介之士史記曰藺相如怒髮上衝冠

懷紀燕山石思開函谷丸銑曰漢將竇憲破匈奴於會稽遂登燕然山刻石記其功德悱言我心懷於此隗囂

將王元謂囂曰請以一丸之泥東封函谷關言我思欲開此 善曰范曄後漢書曰竇憲
為車騎將軍與北單于戰于稽落山破之遂登燕然山刻石勒功紀威德又曰隗囂據天
水王元說囂曰東收三輔之地案秦舊迹表裏山河元請以一丸泥為大王東封函谷關
此萬世一時也

豈如霸上戲羞取路傍觀

向曰漢時匈奴入邊遣宗正劉禮軍霸上文帝馳入其軍曰霸上軍兒戲耳悱言我不能如劉禮作兒戲使路傍觀之而取笑 善曰漢書曰匈奴入邊遣宗正劉禮軍霸上帝勞軍直馳入帝曰鄉者霸上軍如兒戲古樂府曰出東南隅行曰兄弟兩三人中子侍中郎黃金絡馬頭觀者滿路傍

寄言封侯者數所具切奇居宜切良可歎

翰曰李廣與衛青伐匈奴青隂受上旨以為李廣數奇無令當單于廣竟失道自殺奇謂無偶也夫將有大功則封為侯當數奇之時良可歎息也此皆悱之心事以報於激 善曰漢書李

廣與望氣王朔語曰自漢擊匈奴廣未嘗不在其中而諸將校尉以軍功取侯者數十人廣不為人後然終無尺寸之功以得封邑者何也豈吾相不當侯邪又曰大將軍衛青陰受上旨以為李廣數奇孟康曰奇隻不耦也如淳曰數為匈奴所敗

文選卷第二十二

宿

詩
詠懷
哀傷
贈荅一

文選

二十三

廿六十

文選卷第二十三

梁昭明太子撰　五臣并李善注

劉公幹贈五官中郎將四首

贈徐幹一首

贈從弟三首

詠懷詩十七首 五言 顏延年曰說者阮籍在晉文代常慮禍患故發此詠耳

阮嗣宗 良曰臧榮緒晉書云阮籍字嗣宗陳留尉氏人容皃瓌傑志氣宏放蔣濟辟爲掾後謝病去爲尚書郎遷步兵校尉籍屬文初不苦思率爾便成作陳留八十餘篇此獨取十七首詠懷者記人情懷籍於魏末晉文之代常慮禍患及已故有此詩多刺時人無故舊之情逐勢利而觀其體趣實謂幽深非夫作者不能探測之善注同

顏延年沈約等注

夜中不能寐起坐彈鳴琴 濟曰夜中踰昏亂不能寐言憂也彈琴欲以自慰其心 薄帷鑒明月清風吹我衿 銑曰帷帳鑒照也善曰廣雅曰鑒照也 孤鴻號外野翔 善本作朔字 鳥鳴北林 向曰孤鴻喻賢臣孤獨在外號痛聲也翔鳥鷙鳥好迴飛以比權臣在近則謂晉文王也善曰廣雅曰號鳴也 徘徊將何見憂思獨傷心 翰曰由此而憂思善曰嗣宗身仕亂朝常恐離謗遇禍因茲發詠故每有憂生之嗟雖志在刺譏而文多隱避百代之下難以情測故粗明大意略其幽旨也

二妃游江濱逍遙順風翔交甫懷環珮婉孌 力轉 有芬芳猗 於綺切 靡情歡愛千載不相忘 濟曰江妃二女游於江濱解珮以贈鄭交甫也翔行也婉孌美貌良曰猗靡相思不相忘者情意深也交甫則未如此籍飾成此文善曰列仙傳曰江妃二女出游江濱交甫遇之餘與韓詩內傳同已見南都賦王逸楚辭注曰在衣曰懷毛萇詩傳曰婉孌少好貌子虛賦曰扶輿猗靡 傾城迷下蔡容好結中腸 銑曰言美皃傾人之城迷惑下蔡之邑由此容貌美好結人心腸皆謂晉文王初有輔政之心為美行佐人主有如此者善曰漢書李延年歌曰一顧傾人城登徒子好色賦曰臣東家之子嫣然一笑惑陽城迷下蔡 感激生憂思萱草樹蘭房膏沐為誰施其雨怨朝陽 銑曰後逐事權而欲篡位使我感激而生憂思萱草忘憂也蘭香草也言我將忘此憂自脩芳香之行膏沐仁義之道念天下若此將誰為施之詩云其雨其雨杲杲出日言本望得雨不謂日出亦猶本期輔弼不謂篡奪也善曰趙岐孟子章指曰千載聞之猶有感激毛詩曰焉得諼草言樹之背又曰豈無膏沐誰適為容又曰其雨其雨杲杲出日鄭玄曰人言其雨其雨杲杲然日復出猶我言伯且來伯且來則復不來也伯且君子字 如何金石交一旦更離傷 翰曰言臣主初為金石固交一朝離傷使如此也旦一朝也沈約曰婉孌則千載不忘金石之交一旦輕絕未見好德如好色善曰漢書曰楚王使武涉說韓信曰足下雖自以為與漢王為金石交然今為漢王所禽矣

嘉樹下成蹊東園桃與李秋風吹飛藿零落從此始 濟曰嘉美也蹊道也藿猶葉也言及秋風而零落也言晉當魏盛時則盡忠及微弱則陵之使魏室零落自此始也顏延年曰左傳季孫氏有嘉樹善曰班固漢書李廣贊曰諺曰桃李不言下自成蹊沈約曰風吹飛藿之時蓋桃李零落之日華

實既盡柯葉又彫無後一毫可悅善曰說文曰藿豆之葉也楚詞曰惟草木之零落
繁華有憔悴堂上生荊杞銑曰荊杞喻奸臣言因魏室陵遲奸
臣是生奸臣則晉文王也善曰言無常也文子曰有榮華者必有愁悴班固荅賓戲曰
朝爲繁華夕爲憔悴山海經曰雩夕之山下爲荊杞郭璞曰杞枸杞驅馬捨善本
作舍字之去去上西山趾銑曰西山伯夷叔齊隱處也趾山足也言
晉無始終不及夷齊故上西山也善曰西山夷齊所居言欲從之以避世禍一身
不自保何況戀妻子向曰言遇此時不可相保沈約曰榮悴去就
此人本無保身之術況復妻子者乎凝霜被野草歲暮亦云已
向曰已盡也言霜凝歲暮野草當盡我值今匕身亦臣然此乃籍憂生之詞也沈約曰
歲暮風霜之時徒然而已耳善曰繁霜已凝歲亦暮止野草殘悴身亦當然楚詞曰漱
凝霜之紛紛字書曰凝冰堅也毛詩曰歲聿云暮蒼頡篇曰已畢也

文選二十三　四

昔日繁華子安陵與龍陽濟曰繁華喻人美盛如春華之繁安
陵君纏得寵於恭王王與獵王曰我萬歲後子誰與爲樂泣曰大王萬歲後臣願得爲殉
王封之三百戶龍陽君得幸於魏王王與共船而釣乃泣曰臣釣得大魚而棄前所得小
魚今四海美人甚多臣亦不異所得魚也王乃布令敢言美人者滅族善曰史記華陽
夫人姊說夫人曰不以繁華時樹本說苑曰安陵纏得寵於楚恭王江乙謂纏曰吾聞以
財事人者財盡則交絕以色事人者華落則愛衰子安得長被幸乎會王出獵江渚有火
若雲霓兕從南方來正觸王驂王善射者之兕死於車下王謂纏曰萬歲後子將誰與樂
纏泣下沾衣曰大王萬歲後臣將殉恭王乃封纏車下三百戶故江乙善謀安陵善知時
龍陽君釣十餘魚而棄泣下王曰有所不安乎對曰無王曰然則何爲涕出對曰臣始得

魚甚喜後得益多而又欲棄前之所得也今以臣兇惡而得拂枕席今爵至人君走人於
庭避人於塗四海之內其美人甚多矣聞臣之得幸於王畢褰裳而趨王臣亦曩之所得
魚也亦將棄矣安得無涕出手王乃布令敢言美人者族夭夭桃李花
灼有輝光良曰夭夭美貌灼灼明貌善曰毛詩曰桃之夭夭灼灼其華悅
懌若九春磬折似秋霜銑曰懌樂也春陽也陽數九故云九春萬
物悅樂之時也磬樂器其形曲折秋霜能摧折萬物言此二人自屈折曲事君有如此者
秋殺也善曰春秋元命苞曰陽數成於三故時三月陽數極於九故三月一時九十日
宋衷曰四時皆象此類不唯春也尚書大傳曰諸侯來受命周公莫不磬折流眄
發姿媚言笑吐芬芳攜手等歡愛宿昔同衣
裳向曰昔夜也善曰神女賦曰陳嘉詞而云對吐芬芳其若蘭廣雅曰宿夜也願

文選二十三　五

爲雙飛鳥比翼共翱翔翰曰此情相得願爲比翼之鳥雙飛而游
善曰建安中無名詩曰中有雙飛鳥自名爲鴛鴦丹青著明誓千載
善本作永世二字不相忘濟曰誓約如丹青之分明雖千載而不相忘也言安
陵龍陽以色事楚魏之主尚猶盡心如此而晉文王蒙厚恩於魏不能竭其股肱而將行
簒奪籍恨之甚故以刺也善曰以財助人者財盡則交絕以色助人者色盡則愛弛是
以嬖女不弊席嬖男不弊輿安陵君所以悲魚也亦豈能丹青著誓永代不忘者哉蓋以
俗衰教薄方直道喪攜手笑言一代之所重者乃足傳之永代非止感會一時故託二子
以見其意不在分桃斷袖愛嬖之歡丹青不喻故以方誓東觀漢記光武詔曰明設丹青
之信廣開東手之路
天馬出西北由來從東道良曰漢代大宛得駿馬乃作天馬歌

曰天馬來兮從西極涉流沙兮九夷服天馬來兮從無草經千里兮循東道言天馬來自
西北從於東道此言萬事不定善曰漢書曰天馬來從西極涉流沙九夷服天馬來歷
無草經千里循東道張晏曰馬從西而來東也沈約云由西北來東道也春秋
非有訖善本作訖字貴富焉常保銑曰春秋相代非有訖竟之時
而富貴者安能長保持也沈約曰春秋相代若環之無端天道常也譬如天馬本出西
北忽由東道況富之與貧貴之與賤易至手善曰鄭玄禮記注曰訖止也清露
被皐蘭凝霜霑野草向曰春露秋霜互以相代善曰迅疾也楚辭
曰皐蘭被徑斯露漸凝霜已見上文古詩曰白露沾野草朝為美善本作媚字
少年夕暮成醜老自非王子晉誰能常美好
翰曰王子晉古仙人以喻貞正之士言世人逐時興衰非有長生者也善曰王子晉已

文選二十三　六

見上文
登高臨四野北望青山阿松柏翳岡岑飛鳥
鳴相過濟曰阿曲翳蔽也但見丘墓柏松飛鳥往來而已善曰應劭風俗通曰
葬於郭北北首來諸幽之道仲長子昌言曰古之葬植松柏梧桐以識其墳感慨
懷辛酸怨毒常苦多良曰由此而怨數也慨數息也辛酸鼻也毒病
也善曰蒼頡篇曰懷抱也史記太史公曰怨毒之於人甚矣哉廣雅曰毒痛也
李公悲東門蘇子狹三河求仁自得仁豈復
歎咨嗟銑曰李公李斯也本楚上蔡人度楚不足仕乃說秦平六國而為丞相臨
刑謂其子曰吾欲與汝牽黃犬出上蔡東門逐狡兔之樂其可得乎故云悲東門蘇子蘇
秦也本洛陽人洛陽三川之地則三河也蘇秦以其地狹小不足逞其志乃游說六國佩

其相印後爭寵於齊為刺客所殺言二子豈不知趨勢利以近禍敗也為而犯之者亦猶
求仁而得仁誰復為之嗟矣籍登高望見丘墳松柏而懷李公蘇子以為世人不知止足
後必悔恨有如此者沈約曰河南河東河北秦之三川郡古人呼水皆為河耳蘇子以
兩周之狹小不足逞其志力故去佩六國印也云二子豈不知進趍之近禍敗哉常以交
利貨賂禍故冒而行之所謂求仁得仁也松柏罔岑丘墓所在也古有皆死之義莫有免
者焉達者安小大之雅各遂分內之樂委天任命以至於俱為一丘之土夫何異哉故因
此望山阿而發此句明組謝之理雖同天逝之途則異也感慨之來誠逝者所不免至於
顛沛道殊怨毒求生蘇子李斯張本也善曰李斯已見西征賦蘇秦已見左太冲詠史
詩漢書東方朔曰漢興去三河之地止霸滻以西論語子貢曰伯夷叔齊何人也子曰古
之賢人也曰怨乎曰求仁而得仁又何怨乎

文選二十三　七

開秋兆涼氣蟋蟀鳴牀帷向曰詩云十月蟋蟀入我牀下今言
初秋始涼已鳴牀帷者傷時政迫促善曰開秋秋初開也楚辭曰開春發歲兮四子講
德論曰蟋蟀俟秋吟毛詩曰十月蟋蟀入我牀下感物懷殷憂悄悄
令心悲翰曰感物感時政也悄悄憂心也善曰古詩曰感物懷所思毛詩曰耿
耿不寐如有隱憂毛詩曰憂心悄悄慍于羣小多言焉所告繁辭將
訴誰良曰言此心無所告訴沈約曰重言之猶云懷哉懷哉善曰論衡曰甘議
繁辭終不見信微風吹羅袂明月耀清輝晨雞鳴高
樹命駕起旋歸濟曰微風喻魏將滅教令微也明月喻晉王為專權臣也
雞知時者言我亦知時如此將命駕歸于山林隱居而避此亂代善曰樂錄曰雞鳴高
樹顛古辭孔叢子孔子歌曰巾車命駕將適唐都毛詩曰薄言旋歸

平生少年時輕薄好絃歌西游咸陽中趙李
相經過良曰漢都咸陽也咸帝趙飛燕武帝李夫人並善歌舞故託以經過也
善曰論語曰久要不忘平生之言范曄後漢書曰光武曰孝孫素謹輕薄兒誤之孝孫劉
嘉字　顔延年曰趙漢成帝趙后飛燕也李武帝李夫人也並以善歌妙舞幸於二帝也
善曰史記曰秦作咸陽從都也娛樂未終極白日忽蹉跎
馬復來歸反顧望三河黃金百鎰善本作溢字盡
資用常苦多北臨大行道失路將如何向曰晉文
王河內人故託稱三河言人輕薄之情平生經過游樂於魏都之中及魏室衰暮皆去而
望晉　翰曰季良謂魏王曰臣見人北面持其駕告臣曰我欲之楚臣曰之楚何為北面
此非楚之道曰吾馬良吾用多吾御善此數者雖具去楚逾遠縱黃金百鎰資用苦多豈

可供其失路之費也喻人素有美行於魏今失路歸晉其於義行盡以衰矣將如之何哉
善曰少年之日志好絃歌及乎歲晚旋歸路失財盡同乎太行之人子當如之何乎戰國
策曰魏王欲攻邯鄲季良聞之中道而反衣焦不信頭塵不浴往見王曰今者臣來見人
於太行乃北面而持其駕告臣曰我欲之楚臣曰之楚將奚為北面曰吾馬良臣曰雖良
此非楚之道也曰吾用多臣曰雖多此非之楚之路也曰吾善御此數者逾善而離楚逾
遠耳今王動欲成霸王舉欲信於天下恃王國之大兵之精銳而欲攻邯鄲以廣地尊名
王之動逾數而離王逾遠耳猶之楚而北行也高誘曰面向也駕馬也之至也用資也費
逵國語注曰一鎰二十四兩
昔聞東陵瓜近在青門外連畛距阡陌子母
相鉤帶五色曜朝日嘉賓四面會濟曰故秦時東陵侯

邵平種瓜於青門外其瓜甚美足供其賓客良曰畛界距至也阡陌皆道也子母瓜之子
母也鉤帶猶連綴也瓜有五色其光曜日嘉賓邵平之客　善曰彰當為畛宋衷太玄經
注曰畛界也說文曰畛井田間陌也孔安國尚書傳曰距至也子母五色俱謂瓜也史記
曰邵平者故秦東陵侯秦破為布衣貧種瓜於長安城東瓜美故時俗謂之東陵瓜從邵
平始也漢書曰霸城門民間所謂青門也毛詩曰我有嘉賓膏火自煎熬
多財為患害布衣可終身寵祿豈足賴銑曰膏以
明而受煎熬人以財而見患害豈如邵平復為布衣終身不仕至於寵祿何足恃賴顔朝
廷若是顧以退居故有此詞沈約曰當東陵侯服之時多財爵貴及種瓜青門匹夫
耳是由善於其事故以味美見稱連畛距陌五色相照非惟周身贍己乃亦坐致嘉賓夫
得固易失榮難久恃膏以明自煎人以財與累布衣可以終身豈寵祿之足賴哉　善曰

莊子曰山木自代也膏火自煎也漢書疏廣曰愚而多財則益其過左氏傳曰石碏曰四
者之來寵祿過也又宋華元曰不能治官敢賴寵乎
步出上東門北望首陽岑向曰上東門洛陽東門首陽山伯夷
叔齊避周之隱處　善曰河南郡圖經曰東有三門最北頭曰上東門河南郡境界簿曰
城東北十里首陽山上有首陽祠一所下有采薇士上有嘉樹
林翰曰薇亦蕨也可食之采薇士則夷齊逾嘉樹謂嘉美之樹　沈約曰夷齊尚不食
周粟況取之以不義者乎　善曰史記曰試王平殷伯夷叔齊恥之義不食周粟隱於首
陽山采薇而食之顔延之曰史記龜策傳曰無蟲曰嘉林
良晨在何許凝
霜露衣衿寒風振山岡玄雲起重陰良曰良辰謂和
平也凝霜露衣衿以喻衰代言和平之時今在何處而使衰代及人　銑曰風振雲陰喻

言王專權而冒上沈約曰良辰何許言世路險薄非良辰也風霜交至凋殞非一玄雲
重陰多所擁蔽是以寄言夷齊望首陽而嘆息善曰東征賦曰撰良辰而將行王仲宣
詩曰白露沾衣鳴鴈飛南征鶗嗁鴂決發哀音向曰鳴鴈
飛征喻賢臣遠去鶗鴂哀音喻邪臣讒安鶗鴂鳥鳴則百草不香沈約曰此鳥鳴則芳
歇也芬芳歇矣所存者臭腐耳善曰楚辭曰鴈嗈嗈而南遊又曰恐鶗鴂之先鳴使夫
百草為之不芳素質游商聲悽愴傷我心翰曰商聲秋之聲也
草木凋素猶商聲用事國家衰弱猶姦臣執政是用傷我心矣沈約曰致此彫素之質
由於商聲用事秋時也遊字應作由古人字類無定也善曰禮記曰孟秋之月其音商
鄭玄曰秋氣和則音聲調
昔年十四五志尚好詩書善本作書詩字善曰論語子曰吾

十有五而志于學杜預左氏傳注曰尚上之耳被褐懷珠玉顏閔相
與期濟曰褐布衣珠玉喻道德顏回閔子騫皆孔子弟子言少時好學道德與此儕
從善曰家語子路問於孔子曰有人於此被褐而懷玉何如子曰國無道可也國有道
則袞冕而執玉也顏回已見幽通賦史記曰閔損字子騫開都臨四野登
高有善本作望所思良曰開都謂出於都外所思謂思古之君子丘墓
蔽山岡萬代同一時銑曰言自古死至於今目故謂同一時也善
曰方言曰冢大者為丘千秋百善本作萬字歲後榮名安所
之乃悟善本作誤字羨門子噭噭叫今自嗤善本作蚩
字向曰羨門子古仙人也乃悟羨門輕舉而我負累所以自嗤安可嗤笑也籍憂於生
理故以此詞自釋沈約曰自我以前徂謝者非一雖或稅駕參差同為今日之一丘夫

豈異哉故云萬代同一時也若夫被褐懷玉託好詩書開軒四野昇高永望志事不同徂
沒理一追悅羨門之輕舉方自笑耳善曰戰國策曰楚王謂安陵君曰寡人萬歲千秋
之後誰與樂此矣淮南子曰死有遺業生有榮名薛綜西京賦注曰安駟也史記曰始皇
使燕人盧生求羨門韋昭曰古仙人也說文云嗤笑也嗤與蚩同
徘徊蓬池上還顧望大梁翰曰蓬池池名大梁古梁城名善
曰漢書地理志曰河南開封縣東北有蓬池或曰即宋蓬澤也又陳留郡有浚儀縣故大
梁也綠水揚洪波曠野莽茫茫濟曰洪大莽草也茫茫廣大貌
善曰毛詩曰率彼曠野楚辭曰莽茫茫之無涯毛萇曰茫茫廣大貌走獸交橫
馳飛鳥自善本作相字隨翔是時鶉火中日月正
相望銑曰喻亂時人怖懼良曰孟冬之月七星中星鶉火次星也日月相望十五

十六日也善曰左氏傳曰晉侯伐虢公問卜偃曰吾其濟乎對曰克之其九月之交乎
鶉火中必是時也杜預曰夏之九月十月也尚書曰二月既望孔安國曰十五日日月相
望也朔風厲嚴寒陰氣下微霜向曰朔北也寒霜喻奸臣之害
人也善曰爾雅曰朔北方也杜預左氏傳注曰厲猛也曾子曰陰氣勝則凝為霜羈
旅無疇匹俛仰懷哀傷翰曰代多邪佞故我無疇匹而俛仰悲傷
善曰左氏傳曰陳敬仲曰羈旅之臣也小人計其功君子道其
常豈惜終憔悴詠言著斯章翰曰小人計邪諂以為功君子
守正直以為常良曰言我守以正道豈惜憔悴及已所以著此詩以自明也沈約曰
豈惜終憔悴蓋由不應憔悴而致憔悴君子失其道也小人計其功而通君子道其常而
塞故致憔悴也因乎眺望多懷兼以羈旅無匹而發此詠善曰孫卿子曰天有常道君

子有常體君子道其常小人計其功

炎暑惟茲夏三句將欲移銑曰三句謂六月之句欲入於秋也喻魏之末權移於晉善曰南方爲火而主夏火性炎上故謂夏月爲炎暑也薛君韓詩章句曰惟辭也鄭玄毛詩箋曰炎熱氣也芳樹垂綠葉清雲自逶迤向曰喻魏尚有餘德逶迤長遠也善曰淮南子曰志厲青雲楚詞曰載雲旗之逶迤四時更代謝日月遞差馳翰曰差馳言相次而奔馳也善曰孫卿子曰日月遞照四時代御徘徊空堂上忉怛莫我知濟曰忉怛憂傷也莫我知莫知我也善曰毛詩曰勞心忉忉又曰勞心怛怛楚詞曰國無人兮莫我知願覩卒歡好不見悲別離良曰卒終也不見言不欲見別離喻晉篡魏而別離也善曰言四時代移日月遞運年壽將盡而人莫已知恐彼讒邪橫遣擯斥故云願卒歡好不見別離

灼灼西頽善本作隤字日餘光照我衣善曰楚詞曰日杳杳以西頽迴風吹四壁寒鳥相因依銑曰頽日喻魏也尚有餘德及人迴風喻晉武四壁喻大臣寒鳥喻小臣也周周尚銜羽蛩蛩亦念饑向曰周周鳥名重頭屈尾飲於河則設其頭常銜鳥羽然後得飲有比肩獸曰蛩蛩能擇美草距虛負之而走以喻君臣相須而濟有晉不如於此善曰韓子曰鳥有周周者重首而屈尾將欲飲於河則必顛乃銜羽而飲今人之所有飢不足者不可以不索其羽矣爾雅曰西方有比肩獸焉與邛邛岠虛比爲邛邛岠虛齧甘草即有難邛邛岠虛負而走其名謂之蟨郭璞曰蟨音厥如何當路子磬折忘所歸豈爲夸苦瓜與善本作譽字名憔悴使心悲翰曰當路子喻大臣也皆磬折曲從以媚晉氏而忘致君之道良曰此人皆夸大與名譽而致身趨附之地使我憔悴而心悲銑曰天寒即飛鳥走獸尚知相依周周銜羽以免顛仆蛩蛩負蟨以美草而當路者知進趍不念暮歸所安爲者惟夸譽名故致憔悴而心悲也善曰孟子公孫丑問曰夫子當路於齊管仲晏子之功可復許乎綦毋邃曰當仕路也磬折已見上文呂氏春秋曰古之人有不肯富貴者由重生故也非夸以名也爲其實也司馬彪曰莊子注曰夸虛名也鄭玄禮記注曰名令聞也寧與鷰雀翔不隨黃鵠飛黃鵠游四海中路將安歸濟曰鷰雀喻姦佞黃鵠喻賢才言世人寧與姦佞相濟其要安於爵祿不能與賢才盡力於君而受其黜退也沈約曰若斯人者不念己之短翮不隨鷰雀爲侶而欲與黃鵠比遊黃鵠一舉冲天翺翔四海短翮追而不逮將安歸乎爲其計者宜與燕雀相隨不宜與黃鵠齊舉

善曰漢書息夫躬絶命辭曰玄雲泱鬱將安歸

獨坐空堂上誰可與歡者山善本作出字門臨永路不見行車馬銑曰言人皆趍權臣無與已同登高望九州悠悠分曠野孤鳥西北飛離獸東南下向曰孤鳥離獸東南西北喻下人値亂代皆分散而去日暮思親友晤言用自寫翰曰言思同志者與寫其心晤明也善曰毛詩曰彼美淑姬可與晤言鄭玄曰晤對也

北里多奇舞濮上有微音濟曰紂使師延作北里之舞靡靡之樂紂亡延投濮水而死衛靈公宿於濮水上聞其音使師涓寫之言時尚其荒謠善曰史記曰紂使師延作新聲北里之舞禮記曰桑間濮上之音亡國之音也輕薄游

閑善本作閑遊字子俯仰作善本作作字浮沈善本作沉字作捷徑從狹路僶俛趣荒淫銑曰代人輕薄逐勢與衰而從之向曰捷徑狹路非正道僶俛亦俯仰也善曰輕薄之輩隨俗浮沉棄彼大道好從狹路不尊恬淡競赴荒淫言可悲甚也漢司馬遷書曰從俗浮沉與時俯仰焉見王子喬乘雲翔鄧林獨有延年術可用善本作以字慰我心翰曰王子喬古之仙人也鄧林林名濟曰籍見時代若此但以全身為上故羨矣善曰子喬離俗以輕舉全性以保真其人已遠故云焉見其法不滅故云可以慰心楚詞云譬若王喬之乘雲兮載赤雲而陵太清山海經曰夸父與日競逐而渴死其杖化為鄧林楚詞曰延年不死兮壽何所止方言曰延長也毛詩曰仲山父永懷以慰其心毛萇曰慰安也

湛湛長江水上有楓樹林良曰湛湛水平皃楓木名善曰楚詞曰湛湛江水兮上有楓樹林皐蘭被徑路青驪逝駸駸銑曰澤畔曰皐青驪馬也逝去也駸駸驟皃以前日去之疾善曰皐蘭已見上文楚辭曰青驪結駟兮齊千乘毛詩曰駕彼四牡載驟駸駸毛萇曰駸駸驟皃駸七林切遠望令人悲春氣感我心向曰望此則知春不留人生非久故感我心緒三楚多秀士朝雲進荒淫翰曰三楚謂楚文王都郢昭王都鄀考烈王都壽春秀士謂秀茂之士宋玉之流也玉為高唐賦云朝為行雲暮為行雨諷荒淫之事進諫於君言朝廷之士隨風從流無能如此善曰孟康漢書注曰舊名江陵為南楚吳為東楚彭城為西楚呂氏春秋曰舜耕於歷山秀士從之高唐賦曰妾旦為朝雲朱華振芬芳高蔡相追尋一為黃雀哀涕下誰能禁良曰朱華喻榮盛莊辛諫楚頃襄王曰黃雀仰棲茂林鼓翅奮翼自以為無慮不知王孫公子飛丸於高林卒為庖鼎之實蔡聖侯與愛妾嬖妾馳騁乎高蔡之中不知子發受命于宣王繫己以朱絲而見之今君王不以國家為事而盤遊雲夢之中豈知穰侯受命於秦王而投我於澠池之外乎於是王愀然變色泣下歎行言魏初禁盛後如高蔡黃雀之危一念至此泣涕不能禁止善曰戰國策曰莊辛諫楚王曰鄢郢必危矣王獨不見黃雀俯啄白粒仰栖茂樹鼓翅奮翼自以為與人無爭不知夫公子王孫左挾彈右踊丸以其頸為的晝遊茂樹夕調酸鹹耳黃雀其小者也蔡聖侯之事因是已南遊北陵巫山飲茹溪之流食湘波之魚左抱幼妾右擁嬖女與之馳騁乎高蔡之中而不以國家為事不知夫子發受命于宣王繫已以朱絲而見之也蔡聖侯之事其小者也君上自因是已左州侯從鄢陵君與壽陵君飯封祿之粟載方府之金與之馳乎雲夢之中而不以天下國家為事不知夫穰侯方受命于秦王填澠池之塞內投己澠池塞之外襄王聞顏色變四體戰慄於是乃執珪中授之封以為陽陵君延叔堅戰國策論曰因是已因事已後有是也裕谿谿流所沃者美好也孔叢子貫子陽謂子思曰吾念周室將滅涕泣不禁禁止也

秋懷詩一首五言

謝惠連銑曰感秋而述其所懷

平生無志意少小嬰憂患如何乘苦心矧復值秋晏向曰嬰羅矧況晏晚也善曰平生已見上文說文曰嬰繞也古詩曰晨風懷苦心淮南子曰秋士哀也皎皎天月明奕奕河宿爛翰曰奕奕長盛皃爛光貌善曰古詩曰明月何皎皎薛君韓詩章句曰奕奕盛貌毛詩曰子

與視夜明星有爛蕭瑟含風蟬寥唳度雲鴈濟曰蕭瑟寥唳
皆聲也善曰楚詞曰秋之為氣也蕭瑟兮草木搖落而變衰寒商動清閨
孤燈曖幽幔良曰寒商秋風也曖不明也善曰寒商秋風也楚辭曰商風
肅而害之百草育而不長王逸楚詞注曰曖曖暗昧皃耿介繁慮積展
轉長宵半銑曰耿介專獨也繁慮多憂也展轉反側也宵夜也善曰楚辭曰
獨耿介而不寐毛詩曰展轉反側夷險難預善本作豫字謀倚伏
昧前筭銑曰夷平倚申伏屈昧闇筭計也善曰夷險謂道以喻時也演連珠曰
才經夷險不為世屈淮南子曰接徑歷遠直道夷險鶡冠子曰禍兮福之所倚福兮禍之
所伏雖好相如達不同長卿慢翰曰司馬相如字長卿嵇康高
士傳讚曰長卿慢世越禮自放言我雖好相如明達天下不欲同其慢世善曰達謂通

文選二十三　十六

達不拘禮也嵇康高士傳司馬長卿讚曰長卿慢世越禮自放犢鼻居市不耻其狀託疾
避患蔑比卿相乃至仕人超然莫尚頗悅鄭生偃無取白衣官
濟曰後漢鄭均為尚書後乞骸謝病歸帝東巡過任城乃幸均舍勑賜尚書祿以終身時
人號為白衣尚書言我頗悅鄭生偃息不欲同其為白衣官也善曰偃謂偃仰不仕也
范曄後漢書曰鄭均字仲虞東平任城人也公車特徵再遷尚書後病乞骸骨拜議郎告
歸因稱病篤帝東巡過任城乃幸均舍勑賜尚書祿以終其身故人號為白衣尚書未
知古人心且從性所翫賔至可命觴朋来當
染翰良曰觴酒也翰筆也染筆於墨而制作文章善曰秋興賦序曰染翰操紙慨
然而賦高臺驟登踐清波善本作淺時陵亂銑曰驟數也陵
亂謂舟馳騖也善曰爾雅曰水正絶流曰亂頹魄不再圓傾羲無

兩旦向曰魄月羲日也言月既缺一月之中無復圓也日既傾一日之中無更朝也
喻人老不可更少善曰魄月魄也羲羲和謂日也金石終銷善本作消字
毀丹青暫彫煥翰曰皆不能長久也彫煥光明貌善曰張綱集曰書功
金石圖形丹青各勉玄髮歡無貽白首歎濟曰勉勵也玄髮少
年也貽遺也白首衰老貌善曰阮籍詠懷詩曰玄髮發朱顏睇眄有光華嵇康有白首
賦因歌遂成賦聊用布親串古患反向曰串狎也言臣歌
詠遂賦此詩聊用布與親狎之人善曰爾雅曰串習也

臨終詩一首五言

歐陽堅石銑曰王隱晉書曰歐陽建字堅石渤海人石崇甥也
為馮翊太守趙王倫之為征西亂關中建每匡正不從欲迎楚王

文選二十三　十七

偉立之由是有隙石崇勸淮南王使誅倫未行事覺倫收崇建及母
妻無少長皆斬建臨刑而作是詩也善曰王隱晉書曰石崇外甥
歐陽建勃海人也為馮翊太守趙王倫之征西擾亂關中建每匡正
不從私欲由是有隙及乎倫篡立勸淮南王允誅倫未行事覺倫收
崇建及母妻無少長皆行斬刑孫盛晉陽秋曰建字堅石臨刑作
伯陽適西戎孔善本無孔字子欲居善本有九字蠻向曰
老子姓李字伯陽見周無道遂入胡即戎也孔子欲居九夷夷蠻通稱也善曰列仙傳
曰老子西遊尹喜見之與老子俱之流沙之西魏武飲馬長城窟行曰四時隱南山子欲
適西戎論語曰子欲居九夷苟懷四方志所在可游盤翰曰
言平常之人且懷四方之志所在皆可以游樂善曰左氏傳姜氏謂晉公子曰子有四

方之志尚書曰乃盤遊無度
況乃遭屯蹇顛沛遇災患平聲
濟曰而況遭亂代屯蹇災患者而不行乎顛沛猶傾覆也善曰周易曰屯如邅如又曰
往蹇來連孔叢子歌曰遠邇不復自嬰屯蹇論語子曰顛沛必於是也古人達
機兆策馬遊近關良曰衛大夫孫林父將作亂蘧伯玉遂行從近關而
出言伯玉識機變也策馳游從也善曰周易曰機者動之微吉凶先見者也左氏傳蘧
伯玉曰瑗不得聞君之出敢聞其入遂行從近關出也咨余沖且暗抱
責守微官銑曰咨嗟沖童也言我猶童稚暗昧之人抱負罪責守此微官不知
去就安居取害也善曰孔安國尚書傳曰沖童也賈逵國語注曰暗不明也孟子曰吾
聞有官守者不得其職則去有言責者不得其言則去潛圖密已構成
此禍福端向曰謂趙王倫謀亂已發彼敗則為禍成則為福故云禍福端搆

就也善曰爾雅曰圖謀也莊子曰而身若槁木之枝而心若死灰若是禍亦不至福
亦不來禍福無有惡有人災枚叔上吳王書曰福生有基禍生有胎傅子曰福生有兆禍
素無端方言曰端緒也恢恢六合間四海一何寬天網
布紘網投足不獲安濟曰恢廣大皃四方上下為六合紘網繫網
索也言趙王倫網捕忠良將以害之使投足無處善曰老子曰天網恢恢踈而不失山
海經曰地之所載六合之間許慎淮南子注曰紘維也解朝曰欲行者擬足而投迹也
松柏隆冬瘁悴然後知歲寒銑曰言歲寒能瘁松栢時亂則
害忠良善曰孫卿子曰松栢經冬而不凋論語子曰歲寒然後知松栢之後凋也不
涉太行險誰知斯路難向曰言世路險過太行之山善曰淮南
子曰何為九山曰太行羊腸高誘曰太行今上黨太行河內野王縣真儒因事

顯人情難豫觀窮達有定分慷慨復何歎平
良曰引大分欲以抑其情善曰孟子曰窮則獨善其身達則兼善天下呂氏春秋曰百
里奚處乎虞而虞亡處秦而秦霸有其本也其本也者定分之謂也上負慈母
恩痛酷摧心肝下顧嬌善本作所字憐女惻惻心
中酸濟曰酷苦酸痛也善曰說文曰負受貸不償然受恩不報亦謂之負也方言
曰傳云慈毋怒子折葼以笞之鄭玄毛詩箋曰顧念也二子棄善本有若字
遺念皆遘其善本無其字凶殘銑曰言毋亦不免故云棄二子若遺
遘遇殘賊也善曰毛詩曰將安將樂棄予如遺不惜一身死惟此
如循環向曰惟思也若循環而無窮善曰薛君韓詩章句曰惟念也尚書大傳
曰三王之統若循連環周則復始也執紙五情塞揮筆涕汍瀾

翰曰揮奮也汍瀾涕流貌善曰文子曰昔者中黃子曰色有五色文章人有五情漢書
息夫躬絕命辭曰涕泣兮雚瀾瓚曰汍瀾涕泣皃雚與汍同

哀傷

幽憤詩一首四言善曰嵇氏春秋曰康及呂安事為詩自

責呂安事已見思舊賦班固史遷述曰幽而發憤乃思乃精

嵇叔夜向曰叔夜為呂安事連罪收繫遂作此詩憤怨也言幽怨

者人莫能見明也

嗟余薄祜善本作祜字少遭不造濟曰祜福迫成也叔夜少失父
善曰蔡邕書曰薄祜早喪二親毛詩曰閔予小子遭家不造鄭玄曰造成也不造言家
道未成也哀煢靡識越在繈褓善本作繈緥字銑曰煢獨靡無越

於也襁褓束襆嬰兒衣也善曰左氏傳后成叔曰聞君越在他境淮南子曰成王幼在
繈緥之中張華博物志曰繈織縷為之廣八寸長尺二以約小兒於背上韋昭漢書注曰
緥若今時小兒腹衣李奇曰緥小兒大藉也母兄鞠育有慈無威
恃愛肆姐子豫不訓不師翰曰肆縱姐嬌也恃母兄之慈縱而成嬌
不垂訓教不立師傅善曰嵇氏譜曰康兄喜字公穆歷徐楊州刺史太僕宗正卿母孫
氏毛萇詩傳曰鞠養也毛詩曰父兮生我母兮鞠我賈逵國語注曰肆恣也說文曰姐嬌
也嬌與姐同耳爰及冠帶憑寵自放善本無此二句良曰爰於也男
年二十則冠冠帶亦冠也憑母兄之寵自放逸其心也依抗心希古任其
所尚善本作上字濟曰抗舉希慕也言舉心慕古人之道任其高尚之志也善
曰廣雅曰希庶也趙岐孟子章句曰各崇所上則義不虧矣說文曰尚庶幾也託好

老莊賤物貴身銑曰老謂老子莊謂莊子賤物賤於寶貴之物貴身謂畢
下於人以自保也善曰嵇喜謂康長好老莊之業恬靜無欲淮南子曰原道者欲一言
之而寤則尊天而保真欲毋言之而通則賤物而貴身也莊子曰真者精誠之至志
在守樸養素全真銑曰守樸守其實樸養素全真謂養其質以全真性
善曰老子曰見素抱樸少私寡欲河上公曰抱守也薛綜東京賦注曰樸質也莊子盜跖
謂孔子曰子之道非可以全真者也又曰真者精誠之至也曰余不敏好
善闇人向曰不敏猶不達也常好善道而闇於人事善曰謂與呂安交也孝經
曰參不敏何足以知之左傳曰吳公子札來聘見叔孫穆子曰子好善而不能擇人也
子玉之敗屢增惟塵翰曰鍾會有憾於叔夜時呂安兄巽姦通安妻
巽為大將軍長史遂搆誣將害安鍾會為大將軍所善會因勸大將軍誅康與呂安同罪

也子玉楚子玉也令尹子文舉之以自代後子玉與晉戰子玉大敗康此意所以憤呂巽
有穢行大將軍用為長史是不知人亦如子文之用子玉不當也惟塵謂詩人刺進舉小
人也謂鍾會有言於大將軍將害康比會為小人也屢增者言當朝此類多矣善曰子
玉楚大夫也傳曰楚子將圍宋使子文治兵於睽終朝而畢不戮一人子玉復治兵於蔿
終日而畢鞭七人貫三人耳國老皆賀子文子文飲之酒蔿賈尚幼後至不賀子文問之
對曰不知所賀子之傳政於子玉子玉之敗子之舉也舉以敗國將何賀焉毛詩曰無將
大車維塵冥冥鄭玄曰喻大夫進舉小人適自作憂患也大人含弘藏垢
懷恥民之多僻政不由己銑曰大人天子也弘大也言天子能
含其大道包藏垢穢納諸恥謂不察臣下之過致使左右多邪臣政不由天子之已而
使無辜獲罪僻邪也善曰周易曰含弘光大品物咸亨左氏傳伯宗謂晉侯曰國君含

垢說文曰懷藏也杜預曰忍垢恥也毛詩曰民之多辟無自立辟鄭玄曰民行多邪辟者
汝君臣之過無自謂得法度論語曰為仁由己惟此褊必緬心顯明臧
否平鄙感悟思愆怛若創痏子軌向曰褊心康自謙也臧善否
惡也愆過怛痛創傷痏割也言褊小之心明此朝廷善惡感而覺悟以思其過痛如割傷
善曰褊心康自謂也郭璞爾雅注曰惟發論辭也毛詩曰惟是褊心是以為刺又曰於乎
小子未知臧否西京賦曰所惡成創痏蒼頡篇曰痏毆傷也方言曰怛痛也說文曰痏瘢
也漢書音義曰以杖毆擊人剝其皮膚起青黑無創者謂疻痏欲寡其過謗
議沸騰良曰康自謂少過而謗議沸起者謂鍾會譖之云嵇康臥龍也騰沸起也
善曰論語曰蘧伯玉使人於孔子孔子問焉曰夫子何為對曰夫子欲寡其過而未能也
漢賈山曰古者庶人謗於道商旅議於市毛詩曰百川沸騰性不傷物頻

致怨憎濟曰此自言其性常不傷害於物何乃頻致怨憎之辭也此自數也善
曰莊子仲尼謂顏回曰聖人處物不傷者物亦不能傷也昔慙柳惠今愧
孫登翰曰柳下惠三黜無怨色康今幽憤故慙也孫登當時人也隱居不與人事康
見之乃謂康曰子才高識寡難免今之代今果罹患故愧之善曰柳下惠已見西征賦
魏氏春秋曰初康采藥於中山北見隱者孫登康欲與之言登默然不對踰年將去康曰
先生竟無言乎登乃曰子才多識寡難乎免於今之世也內負宿心外恧
女六良朋向曰宿心謂宿昔本心也謂慕養生之道今則辜負本心矣恧猶慙也
善曰鄭玄禮記注曰負之言背也趙壹報羊陟書曰惟君明叡平其宿心爾雅曰恧慙也
毛詩曰每有良朋仰慕嚴鄭樂道閑居銑曰嚴君平鄭子真皆樂
道閑居脩身自保也善曰漢書曰谷口有鄭子真蜀有嚴君平皆脩身保性成帝時元

舅王鳳以禮聘子真子真遂不詘而終君平卜筮於成都市以為卜筮賤業而可以惠衆
日閱數人得百錢足以自養則閉肆下簾而授老子年九十餘遂以其業終論語子曰貧
而樂道漢書曰司馬相如稱疾閑居與世無營神氣晏如濟曰晏如
無事也善曰蔡邕釋誨曰安貧樂賤與世無營淮南子曰古之神氣不蕩於外漢書曰
揚雄室比據石之儲猶晏如也咨予不淑嬰累多虞翰曰淑善
嬰繞虞度也言我不善繞此罪累之多不可度也善曰毛萇詩傳曰咨嗟也毛詩曰子
之不淑云如之何左氏傳趙孟曰以晉國之多虞匪降自天寔由頑
疎良曰匪非降下寔實也言此罪累非下自天實由我頑疎之性所致也善曰毛詩
曰下民爲孽匪降自天噂沓背憎職競由人理蔽患結卒致囹圄
善本作圄字濟曰邪臣協用私情擁蔽政理之道遂使患難結成終致無辜繫於獄也

卒終也囹圄獄也善曰杜預左氏傳注曰弊壞也禮記曰仲春省囹圄鄭玄曰所以守
禁繫者秦曰囹圄漢曰獄對荅鄙訊縶此幽阻向曰荅對獄吏恥爲
其所問縶繫也幽阻與親友不通鄙恥訊問也善曰言己對荅之辭鄙於見訊也張晏
漢書曰訊者三日復問知之與前辭同不杜預左氏傳注曰縶拘執也鄙俚也訊問也
實恥訟寃善本作免字時不我與銑曰恥謗訟之寃濫時不我與
謂不遇明時使我然也善曰論語曰陽貨曰日月逝矣歲不我與文雖出此而意殊
亦不以文害意也免或爲寃非也雖曰義直神辱志沮翰曰沮敗
也言雖義理平直而自明無辜而爲獄吏辱其神氣志亦亂也善曰毛萇詩傳曰沮壞
也才與切澡身滄浪平豈云能補良曰澡洗也言神辱志沮雖將
洗身於滄浪清水豈能補之也善曰孟子孺子歌曰滄浪之水清可以濯吾纓滄浪之

水濁可以濯吾足孔子曰小子聽之清斯濯纓濁斯濯足自取之也劉歆荅父書曰誠思
拾遺異以云補雝雝善本作嗈字鳴鴈厲善本作奮字翼北游
順時而動得意忘憂嗟我憤歎曾莫能疇濟曰
雝和聲也鴈春則北游故云順時而動憤怨曾不疇比也康見此鴈鳴得意忘憂乃自
嗟歎則莫能比之矣善曰毛詩曰雝雝鳴鴈管子桓公曰夫鴻鵠有時而南有時而北
又曰鴻鵠秋南而不失時毛詩曰嗟我懷人說文曰曾辭之舒也儔等也事與願
違遘茲淹留窮達有命亦又何求濟曰遘及也知窮達
在命不求苟免善曰淹留謂因縶而留也爾雅曰淹留久也王命論曰窮達有命吉凶
由人毛詩曰謂我何求古人有言善莫近名奉時恭默
咎悔不生向曰古人有言謂莊子云為善無近名也奉時謂隨時恭默也言謹

絜如此則咎責悔禍不生於身也　善曰莊子曰為善莫近名為惡莫近刑司馬彪曰勿
脩名也被褐懷玉纖惡其身以無陋於形也郭象曰忘善惡而居中任萬物之自為也尚
書曰恭默思道周易曰悔吝者憂虞之象也曾子曰懼欣忠信咎故不生可為孝矣
萬石周慎，安親保榮。翰曰石奮父子五人各二千石天子號為萬石君皆
周慎謹密安親孝榮也　善曰漢書曰萬石君奮長子建為郎中令建老白首萬石尚無
恙每五日洗沐歸謁親建為郎中令奏事事下建老自讀之驚恐曰書馬者與尾而五今
迺四不足一獲譴死矣其為謹慎雖他皆如此論語擿輔像識曰曾子未嘗不問安親之
道也孔安國尚書注曰周至也
世務紛紜，祇攪予情。安樂必誠，乃終利貞。濟曰紛紜亂也祇語助也攪動也雖安樂之時必誠危亡之理
乃終其利貞　善曰漢書曰嚴安徐樂上書言世務毛詩曰祇攪我心攪亂也祇適也家
語金人銘曰安樂必戒無行所悔王肅曰雖處安樂必警戒也周易曰乾元亨利貞
煌煌靈芝，一年三秀。予獨何為，有志不就。濟曰煌煌
光也靈芝草藥一年三開花秀服之長生康志尚養生今志不就也　善曰西京賦曰擢
靈芝於朱柯楚詞曰采三秀於山間王逸曰三秀謂芝草也楚詞曰云有志而無謗爾雅
曰就成也
懲難思復心，焉內疚庶勗將來。無馨無臭。良曰見此患難方欲懲誡而反覆心內病之誠勗將來無為患皆害身之本也聲譽
於時無使馨香也　善曰潘元茂九錫文曰懲難念功毛詩曰既往既來我心求疚疚病
也爾雅曰勗勉也毛詩曰上天之載無聲無臭
采薇山阿，散髮巖岫。永嘯長吟，頤性養壽。濟曰使將來之人采薇山曲散髮巖岫之間順
養年壽也采拾也薇草藥也散髮謂不為冠冕所拘束　善曰采薇已見上文琴操許由
曰散髮優游所以安己不懼也范曄後漢書曰袁閎散髮絕世杜篤連珠曰能離光明之
顯長吟永嘯爾雅曰頤養也東方朔非有先生論曰故養性受命之士莫肯進禮記曰百
年曰期頤鄭玄曰頤猶養也

七哀詩一首　五言

曹子建

向曰七哀謂痛而哀義而哀感而哀怨而哀耳目聞見而
哀口歎而哀鼻酸而哀也子建為漢末征役別離婦人哀歎故賦此
詩　善曰贈苔子建在仲宣之後而此在前誤也
明月照高樓，流光正徘徊。向曰謂月行疾其光如流也正謂當
其時也徘徊謂終夜月光迴轉四面遷照故云徘徊也　善曰夫皎月流輝輪無輟照以
其餘光未沒似若徘徊前覺以為文外傍情斯言當矣
上有愁思婦，悲歎有餘哀。善曰古詩曰慷慨有餘哀
借問歎者誰，言是宕善本作客子妻。君行踰十年，孤妾常獨棲。善本作棲字
良曰踰過也君謂夫也
君若清路塵，妾若濁水泥。浮沈善本作沉字各異勢，會合何時諧。濟曰清路塵謂風上塵也妾婦
人之譬也言塵隨風之飄揚比夫從征不息泥在濁水之下以自比幽思不通浮沈既
異會合何時諧和也　善曰漢書民歌曰涇水一石其泥數斗爾雅曰諧和也
願為西南風，長逝入君懷。翰曰西南坤地坤妻道故願為此風飛入
夫懷　善曰古詩曰從風入君懷四坐莫不歎
君懷良不開，賤妾當何依。銑曰言夫行十年復恐志改故云君懷不開我當何所依據也　善曰史記驪
姬曰以賤妾之故廢嫡立庶

七哀詩二首　五言

王仲宣　翰曰此詩哀漢亂也

西京亂無象豺虎方遘患　音還協韻　良曰象道也豺虎謂羣賊貪暴害人也遘及患難也善曰左氏傳嘗侯問於士弱曰吾聞之宋災於是乎知有天道必可乎對曰國亂無象不可知也班固漢書張耳陳餘述曰據國爭權還爲豺虎遘輿構同古字通也道經曰執大象天下往河上公注曰執守也象道也聖人守大道則天下萬民移心歸往也

復弃善本作棄字中國去遠身適荊蠻　翰曰荊蠻荊州仲宣避難在其中也善曰荊蠻已見登樓賦毛詩曰蠢爾蠻荊毛萇曰荊蠻荊州之蠻也

親戚對我悲朋友相追攀　向曰謂初去帝都之時

出門無所見白骨蔽平原　良曰國亂殺戮人多

路

有饑善本作飢字婦人抱子棄草間顧聞號泣聲

揮涕獨不還　濟曰婦人迴顧聞子泣聲但揮涕而去不復還也善曰言迴顧雖聞其子號泣之聲但知揮涕獨去不復還視也家語曰文伯卒敬姜曰二三婦無揮涕王肅曰揮涕不哭揮涕以手揮之也

未知身死處何能兩相完善本作貌字

驅馬棄之去不忍聽此言　銑曰此說婦人爲言時遭亂夫役征役世既無主皆相攻劫故奔走飢荒未知身死之處棄子草中不能相全棄驅馬而去不忍聽之善曰此婦人之辭也說文曰皃全也

南登霸陵岸迴首望長安悟彼下泉人喟然傷心肝　翰曰下泉人謂戰死人喟然數聲也善曰漢書曰文帝葬霸陵毛詩序曰下泉思治也曹人思明王賢伯也

荊蠻非我鄉何爲久滯淫　向曰滯淫猶留也善曰國語曰底著滯淫賈逵曰滯淫久也

方舟泝大江日暮愁我心　濟曰方並也泝流逆流行也善曰爾雅曰大夫方舟郭璞曰併兩船也爾雅曰逆流而上曰泝流

山岡有餘映巖阿增重陰　銑曰謂日將沒山脊之上猶映餘光而巖曲本陰今復日暮是增爲重陰山脊曰岡　善曰通俗文曰日陰曰映

狐貍馳赴穴飛鳥翔故林　良曰狐貍獸名翔歸也善曰皆言不忘本也文子曰鳥飛之鄉依其所主也楚辭曰鳥飛之故鄉狐死必首丘

流波激清響

猨猴臨岸吟迅風拂裳袂白露霑衣襟善本作衿字

獨夜不能寐攝衣起拊善本作撫字琴　翰曰攝衣去寢衣也善曰楚辭曰擊迅風於清涼禮記曰孟秋之月白露降說苑曰孺子不覺露之沾衣漢書曰沛公起攝衣延酈食其也韓子曰師涓靜坐撫琴

絲桐感人情

爲我發悲音　向曰絲絃也琴以桐木爲之善曰史記曰鄒忌以鼓琴見齊威王王曰夫治國可爲絲桐之間也家

羈旅無終極憂思壯難任　濟曰壯盛也此衆自哀之言　善曰羈旅已見上文

七哀詩二首　五言

張孟陽　翰曰臧榮緒晉書云張載字孟陽武邑人也有才華起家拜著作郎後爲中書郎稱疾告歸此詩哀人事遷化後詩哀帝室漸衰　善曰臧榮緒晉書曰張載字孟陽武邑人也起家著作佐郎稍遷領著作遂稱疾抽簪告歸卒於家

北邙善本作芒字何壘壘平高陵有四五　向曰北邙山名

壘壘重也陵即墓也善曰廣雅曰壘重也古樂府詩曰還望古鄉鬱何壘壘北芒山名
也壘壘冢相次之貌也借問誰家墳皆云漢世主恭文
遙相望原陵鬱膴膴音舞銑曰漢世主謂後漢諸帝墳陵恭文原
皆陵號鬱膴膴草木多貌善曰范曄後漢書曰葬孝安皇帝于恭陵又曰葬靈帝于文
陵又曰葬光武皇帝于原陵毛萇曰膴膴肥美也季葉善本作世字喪亂
起賊盜如豺虎良曰葉猶世也善曰在氏傳曰叔向曰齊其何如晏子
曰此季世也韋昭國語注曰季末也豺虎已見上文毀壞過一抔便
平房啓幽户翰曰壞上也漢武帝時有盜高廟玉環者廷尉罪之當棄市帝
怒其輕當族釋之諫曰假令有取長陵一抔土陛下何以罪之遂止抔謂一掬矣言漢家
諸陵既遭季世喪亂毀其陵土已過一掬矣便房冢中室也言其幽暗之户已開之矣

善曰一抔喻少也漢書張釋之曰假令愚人取長陵一抔土何如漢書注曰便房冢壙中
室也珠柙匣離玉體珍寶見剽匹妙虜濟曰珠柙漢家送死
之物珠玉為柙言遭發虜掘已離玉體玉體者貴義之言剽劫虜獲也善曰魏文帝典
論曰喪亂以來漢氏諸陵無不發掘至乃燒取玉柙金鏤體骨并盡西京雜記曰漢及王
侯送死皆珠襦玉匣匣形如鎧甲連以金鏤枚乘七發曰太子玉體不安說文曰剽劫
人也又虜獲也漢書注曰虜與鹵同如淳曰鹵鈔掠也園寢化為墟周
墉無遺堵向曰園寢陵旁廟也墟丘也墉牆也言廟牆皆推無遺一堵者五板
曰堵善曰漢書曰自高祖下至宣帝各自居陵傍立廟又園中各有寢便殿又曰自貢
禹建毀之議遂毀惠景廟及太上寢園廢而為墟爾雅曰牆謂之墉毛萇詩傳曰一丈
為板五板為堵蒙蘢荊棘生蹊徑善本作逕字登童豎狐

兔窟其中蕪穢不復掃先古切良曰樵童牧豎也濟曰蕪穢
蔓草之類皆無人掃除之善曰關中記曰漢諸陵守衛掃除廣雅曰掃除也餘見下注
蘇老切頹隴並墾發萌隸營農圃銑曰頹隴頹墳也萌隸下
人也言頹墳之處並為耕墾開發下人所營農業園圃之事善曰蒼頡篇曰墾耕也毛
詩曰駿發爾私鄭玄曰駿疾也發伐也疾耕發其私田也司馬相如上林賦曰地可墾闢
悉為農郊以贍萌隸昔為萬乘君今為丘山土翰曰萬乘君天
子也善曰漢書曰天子畿方千里兵車萬乘故稱萬乘之主方言曰冢大者為丘淮南
子曰吾死也有一棺之土感彼雍門言悽愴哀往古向曰雍門
周謂孟嘗君曰君百歲之後高臺既傾曲池又平豈不悲乎孟嘗君淚下承睫感思其言
故悽愴也善曰桓子新論曰雍門周以琴見孟嘗君曰臣竊悲千秋萬歲後墳墓生荊

棘狐兔穴其中樵兒牧豎躑躅而歌其上行人見之悽愴孟嘗君之尊貴如何成此乎孟
嘗君喟然嘆息淚下承睫
秋風吐商氣蕭瑟掃前林良曰商為秋氣善曰王逸楚詞注
曰商風西風也秋氣起則西風急疾鸚鵡賦曰涼風蕭瑟陽鳥收善本作鳥字
和響寒蟬無餘音濟曰陽鳥春鳥也收息其和聲而秋已深故蟬亦無
矣喻帝室之衰善曰陽鳥春鳥也禮記曰孟秋寒蟬應陰而鳴即天涼故謂之寒蟬
楚辭曰蟬寂漠而無聲白露朝善本作中字夜結木落柯條
森銑曰露結為霜也森寒風振聲曰呂氏春秋曰秋氣至則草木落善朱光
馳北陸浮景忽西沈善本作沉翰曰朱光日也天道遊北故云馳
北陸道也浮行也忽西沈言其疾沒也善曰朱光日也楚辭曰陽杲杲其朱光續漢

書云日行北陸謂之冬杜預左氏傳注曰陸道也孔安國尚書注曰浮行也說文曰景日
光也顧望無所見唯覩松柏陰向曰松柏墓丘所生善曰松
柏丘墓已見上文肅肅高桐枝翩翩棲孤禽銑曰此喻帝室
政衰雖在名位若孤鳥棲於高桐也肅肅謂寒風著枝聲也翩翩孤鳥皃善曰禮記曰
草木皆肅鄭玄曰肅謂枝葉縮栗也仰聽離鴻鳴俯聞蜻精蛚
列吟良曰蜻蛚蟲名善曰易通卦驗曰立秋蜻蛚鳴蔡邕月令章句曰蟋蟀蟲名
俗謂之蜻蛚蟋蟀吟已見上文注曰蜻音精蛚音列哀人易感傷觸物
增悲心丘隴日已遠纏綿思彌善本作彌思字深銑曰
丘隴謂其先人也霜露既降君子履之必有悽愴之心哀於國故亦思親纏綿謂憂思多
也善曰秦嘉荅婦詩曰哀人易感傷古詩曰相去日已遠張升與任彥堅書曰纏綿思

文選二十三　三十

好庶蹈高蹤憂來令髮白誰云愁可任徘徊向長
風淚下霑衣襟翰曰徘徊心不安貌向長風見時物衰歇復感時風衰薄
故淚下矣善曰古詩曰座中何人誰不懷憂令我白頭登樓賦曰孰憂思之可任楚辭
曰怨長風以徘徊又曰向長風而舒情又曰泣歔欷而沾襟
悼亡詩三首五言善曰風俗通曰愼終悼亡鄭玄詩箋曰悼傷
也
潘安仁銑曰悼痛也安仁痛妻亡故賦詩以自寬
荏而枕苒冬春謝寒暑忽流易良曰荏苒漸盡皃謝去忽疾易
跂也善曰荏苒猶漸也冉冉歲月流皃也王逸楚辭注曰謝去也列子曰寒暑易節
之子歸窮泉重壤永幽隔向曰之子謂亡者也人死曰歸窮深

也壤土也永長也幽隔謂幽冥之道長為阻隔善曰之子謂妻也毛詩曰之子于歸百
兩御之琴賦曰披重壤以誕載私懷誰剋善本作克字從淹留亦
何益僶俛恭朝命迴心反初役濟曰言此哀傷私情欲不
就仕誰復剋從此情淹留無益俯仰之間且恭朝命迴私心反初於公役也僶俛俯仰也
善曰神女賦曰情獨私懷誰者可語說文曰懷念思也楚詞曰倚躊躇以淹留毛詩曰僶
俛從事不敢告勞役謂所任也王充論衡曰充罷州役望廬思其人入
室想所歷翰曰廬宅也想亡者所行歷也善曰家語孔子曰思其人愛其樹
說文曰歷過也幃屏無髣髴翰墨有餘迹善本作跡字銑曰
其妻善屬文髣髴謂不見形象也翰墨餘迹平生所作之文尚有餘迹也善曰廣雅曰
帷帳也聲類作幃說文曰髣髴相似見不諦也歸田賦曰揮翰墨以奮藻流芳未

文選二十三　三十一

及歇遺挂猶在壁濟曰芳謂衣餘香今猶未歇遺挂謂平生玩用之物
尚在於壁善曰洛神賦曰步蘅薄而流芳廣雅曰挂懸也悵怳如或存
周惶忡直中驚惕良曰悵怳失志也周章惶懼憂心驚惕然忡憂惕懼也
善曰王逸楚詞注曰怳失意也如彼翰林鳥雙飛善本作栖字一
朝隻翰曰翰林鳥栖之林潘安仁自比失耦亦如此也善曰曹植善哉行曰如彼
翰鳥或飛戾天王弼周易注曰翰鳥飛也曹植種葛篇曰下有交頸禽即雙棲禽也如
彼游川魚比目中路析先歷向曰比目魚名雙則行隻則不行
又如魚中路分析也善曰爾雅曰東方有比目魚不比不行春風緣隙
來晨霤力救承簷善本作檐字滴濟曰隟門隟也霤雨水注引於屋簷
垂滴而下善曰說文曰霤承水也寢息何時忘沈善本作沉字憂

日盈積銑曰盈積多也善曰宋玉笛賦曰武毅發沉憂結庶幾有時衰莊缶方有猶可擊翰曰莊子妻死惠子吊之莊子擊盆而歌惠子怪之莊子曰其本無生無形今歸無形何哭為也故安仁庶幾於情知有時衰故云莊缶可擊瓦器曰缶善曰郭璞爾雅注曰庶幾徼幸也莊子妻死惠子吊之則方箕踞鼓盆子曰典人居長子老身死不哭亦足矣又鼓盆而歌不已甚乎莊子曰不然是其始死也我獨何能無槩然察其始而本無生非徒無生而本無形非徒無形而本無氣人見偃然寢於巨室而歌噭噭隨而哭之自以為不通乎命故止皎皎窻中月照我室南端良曰月光入窻又發思也南端者室之正南善曰室南端室之南正門清商應秋至溽暑隨節闌向曰清商涼風也溽濕也言濕暑之氣逐節而微也闌猶微也善曰秋風為商已見上

文選二十三　三十二

文禮記曰季夏土潤溽暑文穎漢書注曰闌希也說文曰溽暑濕暑也凜凜涼風升始覺夏衾單銑曰凜凜涼貌升起衾被也涼風起則又思人始覺夏被單也善曰古詩曰涼歲云暮毛萇詩傳曰衾被也豈曰無重纊誰與同歲寒翰曰纊綿也言豈無重綿人已亡矣誰同歲寒善曰毛詩曰豈曰無衣與子同袍孔安國尚書傳曰纊細綿也歲寒無與同朗月何朧朧濟曰言此時無人見與同處也朗明也朧朧月光臨牖也善曰毛詩曰叔兮伯兮無所與同埤蒼曰朧朧欲明也輾善本作展字轉盼枕席長簟竟牀空良曰輾轉志不安也簟亦席也竟盡也善曰展轉已見上文牀空委清塵室虛來悲風向曰委積也清輕也善曰莊子曰空穴來風司馬彪曰門戶孔空風善從之古詩曰白楊多悲風獨無李氏靈髣髴

覩爾容翰曰漢武帝李夫人死帝甚思之乃令方士致神力遂得見其形故安仁嗟其妻無此靈可見其容貌善曰桓子新論曰武帝所幸李夫人死方士李少君言能致其神乃夜設燭張幄令帝居他帳遙見好女似夫人之狀還帳坐也撫衿長歎息不覺涙沾善本作涕霑字胷沾善本作霑字胷安寧已悲懷從中起銑曰已止也中謂衷心善曰漢書公孫玃曰累撫衿魏武帝苦寒行曰延頸長歎息魏武帝歌行曰不覺涙下霑衣裳史記曰文帝意慘悽悲懷魏武帝短歌行曰憂從中來寢興自善本作目字存形遺音猶在耳良曰寢臥也興起也言臥起之間自想亡者如存也遺音謂平生所言聲也善曰毛詩曰言念君子載寢載興禮記曰色不忘乎目楊脩傷夭賦曰悲體兒之潛翳兮目常存乎遺形左氏傳晉穆嬴曰今君雖終言猶在耳上慙東門吳下

文選二十三　三十三

愧蒙莊子濟曰東門吳子死怡然不哭莊子蒙縣人故云蒙莊子妻死不哭此二人妻子死而不哭安仁有哀故上慙下愧不如古人善曰列子曰魏有東門吳者子死而不憂莊子蒙人故云蒙莊子賦詩欲言志此志難具紀向曰悲情不可具紀者言多也善曰尚書曰詩言志賈逵國語注曰紀猶錄也命也可奈何長戚自令鄙翰曰死生命也長憂亦是鄙事戚者憂也善曰魚豢典畧趙岐卒歌曰有志無時命也奈何論語曰小人長戚戚長笛賦曰長戚之士能閑居

曜靈運天機四節代遷逝銑曰曜靈日也天機者言天運動有機關也四節春夏秋冬也逝往也善曰楚辭曰角宿未旦曜靈焉藏廣雅曰曜靈日也陳琳柳賦曰天機之運旋夫何逝之速也莊子天運篇曰天其運乎郭子玄曰不運而

自行也淒淒朝露凝烈烈善本作烈字夕風厲良曰列列
風急貌厲嚴也善曰毛詩曰秋日淒淒又曰冬日烈烈飄風發發奈何悼淑
儷儀容永潛翳向曰淑美儷耦也潛翳不可見也善曰左氏傳施氏之
婦曰已不能庇其伉儷杜預曰儷偶也魏太祖祭橋玄文曰幽靈潛翳邈哉緬矣念
此如昧日誰知已卒歲濟曰念其妻存如昧日之事誰知忽已終
歲善曰蒼頡篇曰昧闇日也毛詩曰無衣無褐何以卒歲改服從朝政
哀心寄私制茵幬籌張故房朔望臨爾祭翰曰
改凶服從朝政之吉服哀心不易私存朞禮也制禮也茵褥幬帳也朔月初望十五日皆
哭絃而祭也善曰鄭玄禮記注曰茵褥也毛詩箋曰幬床帳也爾祭詎幾
時朔望忽復盡衾裳一毀撤千載不復引銑曰

祭不幾時月日已盡矣衾被毀除撤去也引陳設也言靈筵衾裳一已除去不復重陳設
服制終也善曰爾雅曰引陳也亹亹朞月周戚戚彌想善本
作相字愍良曰亹亹漸進也戚戚憂心也愍痛也漸進歲月已復年周憂心相痛矣
善曰楚辭曰時亹亹而過中又曰居戚戚而不解悲懷感物來泣涕
應情隕向曰感物謂見平生衣服涕泣應其悲情而落矣隕猶落也善曰感物
已見上文毛詩曰涕既隕之駕言陟東阜望墳思紆軫翰曰
駕言謂駕馬言出上於東山望其妻墳其思縈紆隱軫而多也善曰毛詩曰駕言出遊
楚辭注曰鬱結紆軫兮離愍而長鞠徘徊墟墓間欲去復不忍
濟曰徘徊心不安定也墟亦墓之通名善曰禮記周豐曰墟墓之間未施哀於民而民
哀徘徊不忍去徙倚步踟躕銑曰遷移而立時步而不進也

徙遷移也倚立也踟躕不進皃善曰毛詩序曰彷徨不忍去楚辭曰步徙倚而遙思
落葉委埏延側枯荄古來帶墳隅翰曰委積也埏墓道荄草
名隅角也善曰聲類曰埏墓隧也方言曰荄根也孤魂獨善本作獨字煢
煢善本作煢字安知靈與無向曰煢煢孤貌安何也亡者孤魂不見其
象何知其有靈與無靈也善曰曹子建贈白馬王彪詩曰孤魂翔故城楚辭曰魂煢煢
兮不遑寐投心遵朝命揮涕強就車誰謂帝宮遠
路極悲有餘良曰投致也導奉也悲哀之情不能自已致心奉於朝命抑其
涕淚勉強就車以歸帝宮也帝宮帝城也帝城雖則不遠然行盡此路之上悲情不止也
善曰揮涕已見上文毛詩曰誰謂宋遠跂予曰知反帝宮禮記子路曰吾聞諸夫子喪禮
與其哀不足而禮有餘也不若禮不足而哀有餘也

廬陵王墓下作一首五言善曰沈約宋書曰武帝男廬
陵獻王義真初封廬陵王之任而高祖崩義真聰明愛文義與陳郡謝靈
運周旋異常而小帝失德徐羨之等密謀廢立則次第應在義真義真輕
訬不任主社稷因與少帝不協乃奏廢義真為庶人從新安近郡羨之等
遣使殺義真於從所時年十八元嘉三年誅徐羨之傳亮是日詔曰故廬
陵王可追崇侍中王如故
謝靈運翰曰宋武帝子義真封廬陵王未之藩而高祖崩廬陵聰
敏好文常與靈運周旋屬帝失德朝廷謀廢立之事次在廬陵言廬
陵輕訬不任社稷與少帝不協徐羨之等奏廢廬陵為庶人徙新安
郡羨之等使使殺廬陵也後有詔靈運欲立廬陵王遂遷出之後知

其無罪追還至曲阿過丹陽文帝問曰自南行來何所制作對曰過
廬陵王墓下作一篇
曉月發雲陽落日次朱方向曰曉月發乘夜行雲陽朱方並地
名善曰越絕書曰曲阿為雲陽縣左氏傳曰吳伐楚以報朱方之役杜預曰朱方吳也
吳地記曰吳改朱方曰丹徒含悽泛廣川灑淚眺連岡善本
作崗字濟曰悽悲也泛舟行也廣大也古者天子葬高山諸侯葬連岡連岡平山也
善曰史記春申君曰廣川大水山林谿谷楚詞曰還顧高丘泣如灑青烏子相冢書曰天
子葬高山諸侯葬連崗眷言懷君子沈善本作沉字痛切善本
作結字中腸良曰君子謂廬陵王沈深切割也善曰毛詩曰眷言顧之阮籍詠懷
詩曰容好結中腸道消結憤懣運開申悲涼翰曰君子道消

文選二十三 三十六

羣佞在朝也憤懣氣結者謂少帝時王見廢也今屬大運已開得申積日悲愁謂文帝即
位追崇王為侍中王如故也悰愁也善曰道消少帝之日運開文帝之初也沈約宋書
曰少帝諱義符武帝長子即位為邢安泰所害周易否卦曰小人道長君子道消白虎通
曰天子崩赴諸侯何緣哀痛憤懣無能不告諸侯者也春秋說題辭曰天子崩黎庶
殞涕海內悲悰宋均曰悰愁也神期恒若存善本作在字德音初
不忘銑曰心於神明期恒如存也思德音之初于今不忘善曰家語曰今之言
五帝三王者威靈若存王肅曰其威與明靈常若存也毛詩曰彼美孟姜德音不忘徂
謝易永久松栢森已行向曰徂往謝去也永久猶陳積也言往去
之事且速易為陳跡而丘陵之間松栢森然已成行善曰尚書曰帝乃殂落毛詩曰我
行永久曹植寡婦詩曰高墳鬱兮巍巍松栢森兮成行
延州協心許楚

老惜蘭芳良曰延州地名延陵季子封於此也季子將過徐徐君欲季子所佩
劍口不言而色欲之季子以有上國之事未獻心已許之季子還而徐君死矣遂挂劍於
墓樹焉協和也龔勝楚人王莽篡之不食而死有老父弔之曰嗟乎薰以香自燒龔生竟
夭天年非吾徒也蘭芳即與薰同也善曰新序曰延陵季子將西聘晉帶寶劍以過徐
君徐君不言而色欲之季子為有上國之事未獻也然心許之矣使於晉顧反則徐君死
於是以劍帶徐君墓樹而去漢書曰龔勝者楚人也字君賓勝卒有一老父來弔其哭甚
哀既而曰嗟乎薰以香自燒膏以明自銷龔先生竟夭天年非吾徒也遂趍而出莫知其
誰徐州先賢傳曰楚老者彭城之隱人也解劍竟何及撫墳徒自
傷翰曰解劍則延陵也謂人已死矣解劍何及於事撫墳則楚老也謂人已死矣哀傷徒
為也善曰解劍已見上注潘岳虞茂春誄曰同嬈撫墳兮告辭皆莫能兮仰視顧愷之拜

文選二十三 三十七

宣武墓詩曰遠念羨昔存撫墳哀今亡平生疑若人通蔽互相
妨向曰疑言若此也此人謂王也通言聰明好古蔽謂鎮羣邪不協自見滅之也此兩
者互有其相妨善曰若人是州來及楚老也令德高遠是通也解劍撫墳是蔽也論語子
謂子賤曰君子哉若人桓子新論曰漢高祖建立鴻基侔功湯武及身病得良醫弗用專
委婦人歸之天命亦以誤矣此必通之蔽者也以理感深情慟定非識
所將濟曰考其物理感慟深情定其是非識其所以將亡之端也善曰言已往日
疑彼三人追乎今辰已亦復爾斯則理感既深信便悲慟定非心識之所能行也王隱晉
書曰荀粲與傅嘏善夏侯玄亦親常調嘏玄曰子等在世業間功名玄必勝我識減我耳
嘏難曰能成功名者識也天下孰有本不足而末有餘者粲曰功名局之所將然則志自
一物耳固非識之所獨齊我以能役子等為貴末能齊子所為也毛萇詩傳曰將行也

脆促良可哀夭枉特兼常一隨往化滅安用
空名揚翰曰特兼言甚於常者為枉見殺戮也今已化滅無形何用追崇爵位空
揚虛名也善曰莊子曰其生也柔脆其死也枯槁趙岐孟子章句曰良甚莊子曰已化
而生又化而死孝經曰揚名於後世舉聲泣已灑善本作灑字長歎
不成章向曰舉聲嗟歎泣已下灑心志錯亂不成文章言悲之深也善曰孟子
曰君子之志於道也不成章不達

拜陵廟一首五言善曰沈約宋書曰漢儀上陵歲以為常魏無
定制江左元帝崩後諸侯始有謁陵辭陵事蓋率情而舉非京洛之舊自
元嘉來每正月輿駕必謁初寧陵復漢儀
顏延年良曰延之從文帝拜高祖陵作此詩於陵置廟故無言矣

周德恭明祀漢道尊光靈濟曰祀祭祀也光靈祖宗之靈光盛
也善曰周書曰勗王恭明祀東觀漢記上賜東平王蒼書曰今送光烈皇后衣一篋遺令
魯國孔氏尚有仲尼車輿冠履明德盛者光靈遠也哀敬隆祖廟崇樹
加園塋銑曰樹立也園塋皆墓間道也善曰漢書房中歌曰乃立祖廟敬明尊
親如淳漢書注曰塋田也逮事休命始投迹階王庭翰曰逮及
休美也謂及高祖即位美命之始延年仕於王庭故云投迹階王庭階者猶進也善曰
休命始高祖之初也禮記曰逮事父母尚書曰陳于商郊俟天休命莊子曰多物將往投
迹者衆周易曰夬揚于王庭陪厠迴天顧朝讌流聖情向曰
延年陪厠朝廷之間為帝顧遇朝讌之時皆流聖情優也善曰毛詩曰不明爾德時無
背無側爾德不明時無陪無卿鄭玄毛詩箋曰迴首曰顧早服身義重晚

達生戒輕良曰服事也言早服事委身於君方知君臣義重生命之戒可謂輕
也善曰服事也早服恩感也故以存身之義為重也達宦達也晚達恩辱故以養生
之戒為輕也王隱晉書曰孔坦上表曰士死知遇恩令命輕否來王澤竭
泰往人悔形翰曰否來泰往謂以帝失德之時小人在位王澤竭盡悔吝形
生上下不同善曰否來泰往少帝之時也否泰易二卦名也言王之德澤既竭人之悔
吝形見班固西都賦序言王澤竭而詩不作周易曰悔吝者憂虞之象也列子曰公孫朝
不知世道之安危入理之悔吝周易曰否之匪人不利君子貞又曰泰君子道長小人道
消也敕躬懃積素復與昌運并銑曰敕誡素故并合也言雖經
帝室多難而戒慎其身懃高祖積故之恩不易志節復與文帝昌運相合為君臣也善
曰孝經鈎命決曰敕躬來齊四子講德論曰非有積素累舊之懽春秋孔演圖曰帝當會

昌成封岱宗宋均曰應會之期耳恩合非漸漬榮會在逢迎
翰曰恩惠將合非由漸漬而進榮華會遇在於君王以禮相逢迎則雲霄可致也善曰
論語斜滑讖曰漸漬以道廢消乃行戰國策曰田光造燕太子跪而逢迎卻行為道夙
御嚴清制朝駕守禁城濟曰夙早也御猶使也守待也言早使宣
嚴備請道之制而羣臣朝駕皆入待曙駐禁城之間以入朝也束紳入西寢
伏軾善本作軫字出東坰向曰紳帶也西寢寢殿也延年自述束帶入於
寢殿伏於帝車之軾出於東坰則陵所也林外曰坰天子乘車車中有侍臣故延年得從
軾於帝車之上伏之言者其敬甚也善曰紳大帶也論語子曰赤也束帶立於朝西寢
廟在西也莊子曰宣尼伏軾而嘆東坰陵所在也衣冠終冥漠陵邑
轉葱青良曰衣冠謂先帝衣冠終虛無不見也冥漠靈無也葱青草木之色其尊

曰漢書曰自高祖已下各自居陵傍立廟月一遊衣冠吊魏武文曰悼繐帳之冥漠漢書
景帝記曰作陽陵張晏曰景帝作壽陵起邑也南都賦曰章陵鬱以青葱松風遵
路急山煙冒壠生銑曰遵繞也路陵中路壠陵也善曰說文曰冒覆
也方言曰秦晉之間塚謂之壠也皇心憑容物民思被歌聲
翰曰文帝憑視陵廟之容見御之物哀發於心而下人思慕被歌頌之聲善曰皇心謂
文帝也司馬彪續漢書曰根車旗載容衣被歌聲班固漢書贊曰元帝自度曲被歌應劭
曰持新曲以為歌聲也然此言人之思慕被在歌謳之聲萬紀載絃吹千
歲善本作載字託旒旌濟曰十二年曰紀載行也絃吹絃管也有功者銘書
於旒旌之上言高祖德音萬紀行於絃管之上千歲託銘於旌旒之中善曰漢書詔曰
制禮作樂各有由歌者所以發德也又曰聖王已沒鍾鼓管絃之聲未衰儀禮士喪禮曰

文選二十三　四十

為銘各以其物鄭玄曰銘明旌也以死者不可別故以其旗識之以別貴賤故云表德也
天子各有建也未殊帝世遠以同倫化萌向曰倫猶大也言先
帝之德歌謳不歇何殊古先帝道年代既遠而芬芳不息矣同大化流行之萌始也善
曰帝威靈若存故未殊其遠而已質雖在其神已謝故同乎倫化之萌也幼壯善本
作壯字困孤介末暮謝幽貞翰曰幼壯謂少年日也末暮謂衰老
時也延年自言少時困於孤介之事不能居少帝亂朝也老時復謝幽靜貞吉之道亦不
能就為戀文帝之明德也善曰漢書音義臣鑽曰介特也周易曰幽人貞吉發軌
喪夷易歸軫慎崎傾良曰軌跡喪失也軫車也言發迹入仕在
於高祖平易之時高祖既沒遭少帝之難是發跡而失平易之道今老矣如車之將歸宜
慎崎傾之險也善曰以車之行前已之仕也發軌弱冠也王武子答何劭詩曰計終收

遷致發軌將先起封禪書曰軌跡夷易易遵也歸軫暮年也楚辭曰都軫丘兮崎傾
同謝諮議銅雀臺詩一首五言善曰集曰謝諮議
璟魏志曰建安十五年冬作銅爵臺魏武遺令曰吾伎人皆著銅爵臺於
臺上施六尺床繐帳朝晡上脯糒之屬月朝十五日輒向帳作伎汝等時
時登銅爵臺望吾西陵墓田
謝玄暉翰曰魏武帝作銅爵臺遺令施繐帳朝晡設脯糒之屬向
帳作妓望吾西陵
繐歲帷飄井幹寒罇酒若平生翰曰繐細布之疎者帷即
帳也風飄動於樓上銅雀臺一名井幹樓言致罇酒於帷帳前若平生存時也善曰鄣
玄禮記注曰凡布細而疎者謂之繐今南陽有鄧繐淮南子曰大構架興宮室有雜樓井

文選二十三　四十一

幹許慎曰皆屋構飾也司馬彪莊子注曰幹井欄然井幹臺之通稱也鬱鬱西
陵樹詎聞歌吹聲向曰詎猶不也善曰不敢指斥故以尌言之也
芳襟染淚迹嬋媛空復情銑曰芳香也妓人悲泣涕淚濕香襟
而多瘦牽引衣襟空有哀情終不見君王也嬋媛者牽引也善曰楚辭云心嬋媛而傷
懷方王逸曰嬋媛牽引也玉座猶寂寞況乃善本作迺字妾身
輕良曰玉座玉床也寂寞虛無也言君王玉座高自虛無若此況羣妾身至輕微何以
為久長也善曰易是謀類曰假威出坐玉床鄭玄曰坐玉床履天之位也寡歸賦曰耀
身輕而施重
出郡傳舍哭范僕射一首五言善曰劉璠梁典曰
天監二年僕射范雲卒任昉自義興貽沈約書曰永念平生忽為疇昔然

此郡謂義興也劉熙釋名曰傳傳舍也使人所止息而去後復來轉相傳
也風俗通曰諸有傳信乃得舍於傳也
任彥昇　濟曰劉璠梁典云任昉字彥昇樂安人也年四歲誦古詩
十篇十六舉秀才甲科文章之義冠絕當時昉出義興傳舍哭范僕
射雲遂作此詩傳舍客舍也　善曰劉璠梁典曰任昉字彥昇樂安
人年四歲誦古詩數十篇十六舉秀才第一詞章之美冠絕當時為
寧朔將軍新安太守卒
平生禮數絕式瞻在國楨　翰曰禮數絕謂交道相得雖品命有
異不為禮數式法也范雲之德天下以為法則而瞻仰之實為國家楨幹　善曰國楨謂
范雲也左氏傳曰名位不同禮亦異數女史曰式瞻清懿毛詩曰思皇多士生此王國王

國克生維周之楨毛萇詩傳曰楨幹也　一朝萬化盡猶我古人
情　向曰一朝死矣萬事人道化盡然我故人之情何時忘也　善曰莊子曰若人之形
者萬化而未始有極也史記范雎謂須賈曰戀戀有故人之情　待時屬興運
王佐俟民英　良曰待時謂不仕於齊也屬興運謂梁也言范雲為人之英士
佐之任故可待而任也　善曰易曰君子藏器於身待時而動班固漢書曰劉向稱董仲
舒有王佐之才也袁子正書曰立德蹈禮謂之英子產季札人之英也　結懽三
十載生死一交情　銑曰結交之情生死如一不復變也　善曰左氏傳
曰楚子使椒舉如晉曰寡君願結懽於二三君史記太史公云下邽翟公曰一死一生乃
知交情　携手遁衰孽接景事休明　濟曰遁避孽災也謂避齊
朝衰災攜手同去之接景事休明謂連事梁武帝也景者義稱前人比於光景也　善曰

哀孽齊東昬侯也休明梁武帝也班固漢書述曰携手遯于秦鄭玄毛詩箋曰孽支庶也
抱朴子曰携手而遊接景而處左氏傳曰王孫滿曰德之休明　運阻衡言革
時泰玉階平　善本無此二句　善曰曾子曰天下有道則君子訢然以交同
天下無道則衡言不革孔安國尚書傳曰衡平也言平常之言也彼言不革此言革言亂
之甚也長楊賦曰玉衡正而泰階平　濬沖得茂彥夫子值狂生
向曰王戎字濬沖為吏部尚書得李茂彥為吏部郎戎以禮待之范雲時為吏部尚書彥
昇亦為吏部郎與濬沖茂彥相類故云夫子值狂生自比謙也夫子謂雲也　善曰傅暢
讚曰王戎字濬沖戎為選官時江夏李重字茂曾汝南李毅字茂彥重以清尚毅淹而通
二人操異　俱處要職戎以識會待之各得其用夫子謂范雲狂生昉自謂也梁典曰范雲
為吏部尚書又曰昉為吏部侍郎淮南子曰臺無所鑒謂之狂生喜誇曰臺持也所鑒者

玄德故為狂生臺古握字也　漢書曰酈食其人皆謂之狂生　伊人有涇渭
非余揚濁清　善曰伊人范雲也涇渭二水名涇濁渭清吏部之職本以激濁
揚清為務言雲自有分別殊其源流非我所能揚也　善曰伊人謂范雲也綜核人物涇
渭殊流非余狂生能揚清激濁也毛詩曰涇以渭濁湜湜其沚孫綽曰涇渭殊流雅鄭異
調曹子建贈丁儀詩曰涇渭揚濁清　將乖不忍別欲以遺離情
濟曰平生暫欲分別不忍速去常少留言笑以遣離情也　善曰言將乖之初不忍便訣
欲留少頃以遣離曠之情也　不忍一晨　善本作晨字　意千齡萬
恨生　其一　翰曰一晨分別之意猶不忍去奈何千年永阻萬恨是生　善曰言昔
日將乖不忍一晨之意況今千齡永隔萬恨俱生渚手毛萇詩傳曰晨時也應璩與許子
儉書曰前別倉卒情意不悉追懷萬恨　已矣平生事詠歌盈篋

笥良曰詩歌謂平生所述文章也盈滿也篋笥盛書器善曰新亭孫叔敖曰筐篋之素簡書說文曰篋笥也無復相嘲謔常與虛舟值向曰方舟濟河有虛舟來觸雖有褊心之人不怒也言平生相謂嘲謔雖有相陵亦如虛舟值觸謂嘲謔之類也善曰蒼頡篇曰啁調也字書曰嘲亦啁也毛詩曰善戲謔兮莊子曰方舟而濟於河有虛舟來觸舟雖有褊心之人不怒也何時見范侯還叙

平生意其二

與子別幾辰經塗不盈旬銑曰范侯則雲也翰曰別後經行塗路不盈一旬善曰左氏傳曰日月之會是謂辰以子丑配甲乙也經猶徑也弗觀朱顏改徒想平生人濟曰不見疾病顏色改易之時但追想平生安樂之事也徒但也善曰楚辭曰美人既醉朱顏酡寧知安歌日非君撤瑟晨良曰君子有疾撤琴瑟寧知安然歌樂之日非

君疾病之晨也善曰楚辭曰猶憤積而哀娛兮翔江州而安歌王逸曰安意歌令自寬慰也儀禮曰有疾病者齊撤琴瑟已矣余何歎輟舂哀國均

其三翰曰已矣哀歎之甚也秦五羖大夫死秦人皆輟舂不食以思之均平也哀國家失平正之道善曰史記趙良謂商鞅曰五羖大夫死秦國男女流涕舂者不相杵毛詩曰尹氏太師維周之氐秉國之均四方是維毛萇曰均平也

贈答上

贈蔡子篤詩二首

四言善曰晉官名曰蔡睦字子篤為尚書

王仲宣向曰蔡子篤為尚書仲宣與之為友同避難荊州子篤還會稽仲宣故贈之

翼翼飛鸞載飛載東良曰翼翼飛皃鸞鳥以喻子篤也載則也東者東行也善曰翼翼飛貌也鸞喻子篤也楚辭曰高翱翔之翼翼毛詩曰載飛載鳴我友云徂言戾舊邦銑曰徂往戾至也舊邦謂子篤本居濟陽也善曰蔡氏譜曰睦濟陽人毛詩曰我友敬矣又曰周雖舊邦舫舟翩翩以泝大江濟曰舫船也翩翩船行皃逆水上行曰泝流也善曰楚辭曰將舫舟而下流舫與方同蔚矣荒塗時行靡通翰曰蔚草荒蕪貌荒塗以喻時亂言時既荒亂時行故無通也靡無也善曰董仲舒士不遇賦曰懼荒塗而難踐慨我懷慕君子所同良曰慨歎也言我歎而思慕與子篤同君子謂子篤也善曰毛詩曰慨我寤歎封禪書曰懷而慕思也悠悠世路亂離多阻向曰時亂人苦別離相阻隔也悠悠遠貌善曰毛詩曰悠悠南行又曰亂離瘼矣濟岱江衡善本作行字邈焉異處銑曰濟水名岱山名子篤所居於此

衡山名謂荊州仲宣客在於中邈遠也言兩鄉相遠而異處也善曰濟岱近兗州子篤所在江行近荊州仲宣所居也風流雲散一別如雨濟曰言此別離各恨時亂如風流雲散無所定止如雨之降不還雲中也善曰鸚鵡賦曰何今日之雨絕陳琳檄吳將校曰雨絕于天然諸人同有此言未詳其始人生實難願其弗與良曰言人事甚難願則不遂弗與不遂也善曰張奐與崔子書曰人生實難所務非此瞻望遐路允企伊佇翰曰遐遠允信企舉踵望也伊猶惟也善曰毛詩曰瞻望弗及佇立以泣又曰跂予望之鄭玄曰跂足可以望見之跂與企同烈烈冬日肅肅淒風向曰烈烈寒甚也肅肅風急貌善曰毛詩曰冬日烈烈左氏傳申豐曰春無凄風潛鱗在淵歸鴈載軒銑曰潛鱗魚也冬寒故潛於泉軒飛貌善曰魚鴈言時候也毛詩曰魚潛在淵鄭玄曰

寒則逃於淵史記曰楚人有好以弱弓微繳加諸歸鴈之上軒飛貌苟非鴻鵰
孰能飛翻善本作翻字濟曰苟且也鵰猛鳥也言且非此鴻鵰誰能飛翻離
此亂時之險善曰因所見而言之毛詩曰匪鶉匪鳶翰飛戾天毛萇注曰鶉鵰也雖
則進善本作追字慕予思罔善本作因字宣良曰雖則心之進慕
願發高飛我思終不見其通宣通也善曰法言曰夫進也者進於道慕於德尚書曰予
思日孜孜瞻望東路慘愴增歎平聲率彼江流爰逝
靡期翰曰東路謂濟陽銑曰率循爰引逝往靡無也言往其波流引往亦無期止
善曰毛詩曰率彼淮浦君子信誓不遷于時翰曰誓約也言君子
當言約宿心無以時險遂有遷移善曰毛詩曰言笑晏晏信誓旦旦及子同寮
生死固之向曰及與也同官為寮當頤堅固生死如一善曰左氏傳曰先蔑

文選二十三　四十六

之使也荀林父止之曰同官為寮吾嘗同寮敢不盡心乎何以贈行言授
斯詩良曰授與也善曰晏子春秋曰曾子將行晏子送曰嬰聞贈人以財不若以
言請以言乎夫蘭本三年成而湛之以酒則君子不近湛之鹿醢貨以匹馬願子剋求所
湛中心孔悼涕淚連洏濟曰孔甚悼痛也涕淚如波連也洏亦淚
流也善曰毛詩曰中心是悼周易曰泣血漣如杜預左氏傳注曰而語助也嗟爾
君子如何勿思銑曰君子謂子篤如何勿思言當思此贈之意善曰毛
詩曰君子行役如之何勿思

贈士孫文始一首四言翰曰士孫文始少有才學年十五
能屬文董卓作亂文始知京師不可居將家屬至荊州後以功封澹津亭
侯與粲友善文始將就國故贈以此詩善曰三輔決錄趙岐注曰士孫

萌字文始少有才學年十五能屬文初董卓之誅也父瑞知王允必敗京
師不可居乃命萌將家屬至荊州依劉表去無幾果為李傕等所殺及天
子都許昌追論誅董卓之功封萌為澹津亭侯與山陽王粲善萌當就國
粲等各作詩以贈萌于今詩猶存

王仲宣

天降喪亂靡國不夷銑曰靡無也夷猶滅也善曰毛詩曰天降喪亂
滅我立王又曰亂生不夷靡國不泯廣雅曰夷滅也我暨其器我友自彼
京師良曰暨與也言從京師來此避難也善曰爾雅曰暨與也毛詩曰自彼氐羌
宗守盪失越用遁違濟曰宗守謂國家宗朝所守今則盪除顛失遠
用避違其難也越遠遁避也善曰杜預左毛傳注曰越遠也鄭玄禮記注曰遁逃也孔

文選二十三　四十七

安國尚書傳注曰違避也遷于荊楚在漳之湄濟曰荊楚荊州漳水
在馬湄岸也善曰山海經曰荊山漳水出焉毛詩曰居河之湄在漳之湄
亦克宴起善本作處字翰曰克能宴安也善曰劉歆七略曰宴處從容觀詩
書和通篪直移塤喧比德車輔銑曰篪竹器塤土器皆樂器粲
之意言與文始和通如吹此樂如御車人為車輔倚矣善曰毛詩曰伯氏吹塤仲氏吹
篪毛萇云土曰塤竹曰篪鄭玄曰其相應和如塤篪左氏傳曰宮之奇曰諺所謂輔車相
依脣亡齒寒其虞虢之謂乎既度禮義卒獲笑語良曰度用卒終
獲得也善曰毛詩曰獻酬交錯禮儀卒度笑語卒獲庶茲永日無僁
厥緒濟曰僁失厥其緒業也善曰毛詩曰且以喜樂且以永日尚書曰嚳墜厥緒
雖曰無僁愆時不我已翰曰已成也言雖無僁時屬喪亂不成我

此志終見別離也鄭玄毛詩箋曰已與也善曰同心離事乃有逝
止銑曰言二人同心離事別也逝往止住也善曰張衡怨詩曰同心離居絕我中
腸橫此大江淹彼南汜良曰言文始將離橫度此大江淹南汜汜
濟也文始所封澹津在荊州南故也善曰楚辭曰橫大江兮揚靈王逸曰橫度大江揚
已精誠也毛詩曰江有汜之子歸不我以我思弗及載坐載起濟曰
我思之既不能及故則坐則起善曰毛詩曰瞻望弗及泣衡怨詩曰我閒其聲載坐載
起惟彼南汜君子居之翰曰君子謂文始也善曰論語曰君子居
之何酉之有悠悠我心薄言慕之向曰悠悠遠貌薄辭也善曰
毛詩曰青青子衿悠悠我心又曰采采芣苡薄言采之人亦有言靡哲
不思銑曰人謂古人靡無哲智也言賢智之人無不思之善曰毛詩曰人亦有言

文選二十三　四十八

靡哲不愚又曰有懷于衛靡日不思矧伊嬿婉胡不悽而良曰矧況
伊惟也嬿婉好貌胡何也言天下賢智而無不思況惟情好也何不悽愴而助辭也善
曰毛詩曰矧伊人矣又曰人無兄弟胡不比焉晨風夕逝託與之期
翰曰離別之後顧因晨風之鳥夕往託附遠情以為期信也晨風鳥名其飛疾善曰毛
萇詩傳注曰晨風鸇也楚辭曰因歸鳥而致詞嗟迅高而難當瞻仰王室慨
其永歎平聲數聲濟曰瞻仰王室數其衰微慨善曰毛詩曰瞻仰昊天尚書
曰以蕃王室毛詩曰慨其歎矣又曰我思肥泉茲之永歎良人在外誰佐
天官向曰良人謂賢人謂文始也言文始在外誰當任天子之官佐任也善曰毛
詩曰維此良人弗求弗迪尚書曰天工人其代之孔安國曰人代天理官不以天官私非
其材四國方阻俾爾歸藩翰曰四國為中國也阻限使爾歸國以為

藩屏謂文始之澹津也俾使也善曰毛詩曰四國于蕃又曰俾爾多益爾之歸
藩作式下國銑曰式法也下國謂文始所封之國也善曰尚書曰世世享
德萬邦作式鄭玄毛詩箋曰式法也毛詩曰令于下國無曰蠻裔不虔
汝德良曰無以為蠻夷荒裔之國不敬汝德虔敬也善曰賈逵國語注曰虔敬也
慎爾所善本作主字之率由嘉則濟曰所之謂之於澹津也率循
由用嘉善也善曰毛詩曰慎爾出話又曰不愆不忘率由舊章又曰仲山甫之德柔嘉
維則龍雖勿用志亦靡忒翰曰潛龍勿用志不可拔也靡無忒差也
善曰周易曰潛龍勿用陽在下也鄭玄毛詩箋云忒差也悠悠澹澧禮鬱
彼唐林向曰悠悠遠也澹澧水名在文始封國唐林地名鬱深遠貌善曰荊州
圖曰漢壽縣城南一百步有澹水出縣西陽山又曰澧陽縣蓋即澧水為名也在郡西南

文選二十三　四十九

接澧水晉書曰天門有零陽縣南平郡有作唐縣盛弘之荊州記曰零陵東接作唐然此
三縣連延相接唐林即唐地之林也雖則同域邈其迴深良曰同域
與荊州同界也邈遠迥獨也善曰爾雅曰迥遠也白駒遠志古人所
箴允矣君子不遐厥心既往既來無密爾音
銑曰白駒詩篇名刺宣王不能留賢者乘白駒而去箴戒也前時亂不能用文始也
翰曰允信遐遠厥其也言信矣君子豈不大其心人之往來無絕爾音耗寄絕也善曰
毛詩曰皎皎白駒在彼空谷生芻一束其人如玉無金玉爾音而有遐心又曰允矣君子
展也大成

贈文叔良一首

四言銑曰叔良為劉表從事使聘益州牧劉
璋贈以此詩戒之善曰干寶搜神記曰文頴字叔良南陽人繁欽集又

云爲荊州從事文叔良作敎零陵文而粲集又有贈叔良詩獻帝初平中
王粲依荊州劉表然叔良之爲從事蓋事劉表也詳其詩意似聘蜀結好
劉璋也
翩翩者鴻率彼江濱良曰翩翩孤飛皃率循也善曰毛詩曰翩翩
者雛說文翩翩飛疾皃君子于征爰聘西鄰向曰君子謂叔良西
隣益州也善曰毛詩曰之子于征西隣謂蜀也臨此洪渚伊思梁
岷翰曰洪渚大江也梁岷蜀二山名善曰楚辭曰伊思兮往古爾行孔邈
如何勿勤向曰孔甚邈遠勤勞也君子敬始慎爾所主
濟曰敬慎其所行善曰老子曰慎終如始則無敗事孟子曰吾聞之觀近臣以其所為
主觀遠臣以其所主趙岐曰近臣當為遠方來賢者為主遠臣而至主於在朝臣之賢者

也謀言必貞善本作賢字錯七路說稅申輔向曰所謀出之
言必正措詞必申匡輔之志說詞貞正也善曰鄭玄禮記注曰賢善也所言說當申相
輔也申或爲車非也延陵有作僑肸是與翰曰延陵謂季子僑謂子
產肸叔向也季子聘鄭見子產如舊識戒之以慎終過晉謂叔向曰吾子志直必思免於
難也故粲以此事戒叔良也善曰公孫僑子產也羊舌肸叔向也左氏傳曰吳公子札
聘于鄭見子產如舊相識與之縞帶子產獻紵衣適晉說叔向將行謂叔向曰吾子勉之
君侈而多良大夫皆富政將在家吾子直必思自勉於難也先民遺跡來
世之矩良曰跡謂延陵之跡可為來世之規矩善曰毛詩曰先民有作溫恭朝
夕尚書曰予恐來世以台為口實既慎爾主亦迪知幾探情
以華觀著知微濟曰爾主謂其所主之事迪蹈也亦須蹈知其幾微也

向曰華皃著明微暗也言探其情理形貌見明須知其暗幾也善曰華喻白越絕書子
胥曰聖人見微知著觀始知已視明聽聰靡事不惟濟曰目視須明
耳聽須聰無事不思而後行也靡無惟思也善曰論語孔子曰君子有九思視思明聽思
聰字林曰惟思也董褐荷名胡寧不師翰曰董褐晉大夫也吳王
夫差會晉定公吳帶甲三萬欲劫晉求盟晉入大駭乃令董褐請事於吳吳乃退就幕而
會董褐之力也荷重胡何寧安也董褐既有此重名以解國難何得安然不為師法也以
此事喻叔良使益州俾解國難也善曰國語曰吳晉爭長未成吳王昏乃戒令秣馬食
士於是晉師大駭乃令董褐請事曰兩君偃兵接好日中為期今乃大國越境而造於弊
邑之軍壘敢請辭故吳王親對之曰天子有令周室既卑約貢獻莫入上帝鬼神而不可
以之告孤用是聽命於藩籬之外董褐既致命乃告趙鞅曰觀吳王之色類有大憂小則

嬖妾嫡子死不則國有大難大則越入吳將毒不可與戰王其許之然而不可徒許也趙
孟許諾晉乃令董褐復命曰曩君之言周室既卑諸侯失禮於天子今君奄王東海以溢
名聞於天下有短垣而自踰之況蠻荊則何有於周室夫諸侯無二君而周無二王君若
無卑天子以干其不祥而曰吳公孤敢不順從君命長弟吳王許諾及退就幕而會吳公先
歃晉侯亞之韋昭曰董褐晉大夫司馬寅也毛詩曰胡寧忍予衆不可蓋無
尚我言良曰天下衆事不可蓋藏無高慢我此言也尚猶高也善曰家語金人
銘曰君子知天下之不可蓋也故下之廣雅曰尚高也梧宮致辯齊楚
構患平聲銑曰楚使聘齊齊王饗之於梧宮而齊王有言將必伐楚使者有辯說
逆齊王自是齊楚舉兵相伐遂構患禍此戒叔良無作辯說以逆前事善曰說苑曰楚
使使者聘於齊齊王饗之於梧宮使者曰大哉梧乎王曰江海之魚必吞舟大國之樹必

巨閭使者何桂馬使者曰然昔者燕攻齊焚雍門飲馬于淄澠定獲於琅邪王與大后奔
莒逃於成陽之山發問當此之時棔之大小何如王命陳先生對之陳子曰臣不如貂勃
貂勃對曰使者為問植梧之始耶昔楚無道殺子胥之父子胥奔吳吳以為祖後將兵伐
楚以復父讎楚王奔隨吳王入郢子胥親射宮門鞭平王之墳當此之時梧始生之年也
齊楚於是構怨遂舉兵相伐也成功有要在衆思歡向曰要正也成
功存正直之節在天下之衆則思懼也善曰尚書帝曰成允成功惟汝賢又曰有倫有
要人之多忌掩之實難濟曰忌諱也言人多忌諱其所短而掩蔽
之若能不逆其意實為難也此深戒叔良逆人意也善曰左氏傳秦伯謂公孫支曰夷
吾其定乎對曰今其言多忌克難哉瞻彼黑水滔滔其流翰曰黑水
梁州分則益州屬焉滔滔流貌善曰尚書曰華陽黑水惟梁州毛詩曰滔滔江漢南國

之紀江漢有卷允來厥休良曰江漢蜀也言彼有席卷天下之志若
彼信服王命而來自是其美善曰言彼二國席卷而來信汝之美也漢書劉敬說高祖
曰今陛下徑往卷蜀漢定三秦二邦若否職汝之由良曰若二國否
塞不通為之患逆則由汝職不達所戒者也善曰言彼二國若懷不順此汝之由毛詩曰
邦國若否仲山甫明之毛萇詩傳曰若順也否猶臧否也謂善惡也左氏傳范宣子數諸
戎曰言語漏洩則職汝之由也緬彼行人鮮克弗留尚哉君
子異于善本作于異他仇向曰緬遠鮮少克能也尚庶幾也于猶當也仇
類也言遠彼行人使於蜀者皆為劉璋所滯少能不見留者言皆被留也庶幾君子當異
於他類善自勉也善曰少能不留言多淹留也賈逵國語注曰緬思貌也左氏傳曰行
人言使人也毛詩曰靡不有初鮮克有終左氏傳楚子木語晉范武子之德王曰尚矣哉

能歆神人杜預曰尚者上也毛萇詩傳注曰仇匹也人誰不勤無忝我
憂翰曰言人誰不為國家勤勞當自勗勵無使我為深憂也厚深也善曰楚詞曰惟
天地之無窮哀生民之長勤我縈自謂也惟詩作贈敢詠在舟銑曰
同舟共濟謂所憂同故以此詩作贈以戒之也善曰言為詩以贈者有在舟之義憂患
同也鄧析子曰同舟渡海中流遇風救患若一言憂患同也

贈五官中郎將四首 五言

劉公幹濟曰魏文帝初為五官中郎將副丞相文帝來視楨疾去
後楨賦詩以贈之謂未即帝位時也

昔我從元后整駕至南鄉良曰元大后君也謂武帝南鄉譙國
帝之舊鄉善曰元后謂曹操也至南鄉謂征劉表也尚書曰衆非元后何戴張衡思玄

賦曰爰整駕而亟行毛詩曰維汝荊楚居國南鄉過彼豐沛都與君
共翺翔向曰從武帝至舊鄉如漢高過故國豐沛之都翺翔遊也言如鳥翼之同
飛善曰豐漢高祖所居以前譙也君謂五官也毛詩曰將翺將翔四節相推
斥季冬風且涼翰曰四節四時之節推斥相推逐也言歲月促而易徂也
善曰四節已見上文周易曰寒暑相推而歲成焉廣雅曰斥推也衆賓會廣
座善本作坐字明燈善本作鐙字熹火其炎光銑曰熹盛貌善曰
史記侯嬴曰公子自駕迎嬴羣衆廣坐之中楚詞曰蘭膏明燭華鐙錯鐙與燈音義同廣
雅曰熺熾也熺大明貌清歌製妙聲萬舞在中堂濟曰製作
萬大也善曰毛詩曰公庭萬舞鄭玄曰萬舞干舞也金罍含甘善本作其
字醴禮羽觴行無方向曰罍罇也甘醴美酒也羽觴酒盃為雀形也

無方猶無葬也善曰毛詩曰我姑酌彼金罍楚辭曰瑤漿蜜勺實羽觴長夜忘
歸来聊且為太康翰曰言醉樂忘歸也手時戎馬稍息故云大康康安
也善曰毛詩曰無巳大康職思其居四牡向路馳歡善本作歎字
悅誠未央良曰四牡四馬也詠志央羅也善曰四牡謂驪駒也漢書王式曰
聞之於師客歌驪駒主人歌舞庸歸音義曰逸詩篇名也
余嬰沈痼疾竄身清漳濱翰曰前篇敘昔日游從此述沈疾在
鄴都也嬰纏也沈痼疾皆病也竄居也清漳水名濱畔也　善曰禮記曰身有痼疾說文
曰痼久也漢書曰魏郡武始縣漳水至邯鄲入漳山海經曰少山清漳水出焉東流于濁
漳之水自夏涉玄冬彌廣善本作曠字十餘旬翰曰冬日
其神玄冥故云玄冬言臥疾從夏至冬相與遠跡已十餘旬也彌遠廣跡也　善曰揚雄

文選二十三　五十四

羽獵賦曰玄冬季月天地隆烈杜預左氏傳注曰彌遠也蒼頡篇曰曠踈曠也常恐
游岱宗不復見故人翰曰岱宗太山也人命屬之臥疾恐死故云恐
游岱宗也故人則文帝也　善曰援神契曰太山天帝孫也主召人䰟尚書曰至于岱宗
太山為四岳宗也所親一何篤步趾慰我身良曰所親謂文
帝也篤厚趾足也言能行步車足來看我疾以慰我身也　善曰左氏傳蔿啓強曰今君
親步玉趾清談同日夕情眄敘憂勤濟曰言來看疾與之談說
同至於夜情相顧眄敘述憂恤勤勞也　善曰毛詩曰朝夕思念至於憂勤也便復
為別辭游車歸西鄰素葉隨風起廣路揚埃
塵濟曰清談至於日夕文帝便歸洛陽故云西鄰游車則帝所乘也素葉木葉落也
善曰西鄰鄴都逝者如流水哀此遂離分銑曰人命將往如水

之流況此臥疾遂哀分離恐不復相見也　善曰論語曰子在川上曰逝者如斯夫不舍
晝夜追問何時會要我以陽春向曰謂別時相問何時為會期
我春時要期也　善曰楚詞曰無衣裘以御冬恐死不得見乎陽春望慕結不
解貽爾新詩文翰曰望慕相思愁結而不解故遺爾此詩也新詩文則此
詩也　善曰蔡邕贊師賦曰詠新詩以悲歌勉哉修令德北面自
寵珍良曰戒文帝自勗勉勤修令德北面事君以保寵貴是時漢帝尚在　善曰左
氏傳曰忠為令德北面臣位也禮記曰君之南鄉荅陽之義也臣之北面荅君之義也
秋日多悲懷感慨以長歎平　良曰慨謂感歎也　善曰毛萇
詩傳曰秋士悲也終夜不遑寐敘意於濡翰向曰遑暇寐臥
濡沾翰筆也敘意沾筆謂作文也　善曰毛詩曰不遑假寐楚詞曰䰟煢煢兮不遑寐韋

文選二十三　五十五

昭漢書注曰翰筆也明燈善本作鐙字曜閨中清風淒已寒
向曰淒急也白露塗前庭應門重其關銑曰應門正南門
善曰楚詞曰白露紛以塗毛詩曰乃立應門爾雅曰正門謂之應門四節相推
斥歲月忽欲殫良曰殫盡也　善曰禮記曰歲既殫矣壯士遠
出征戎事將獨難翰曰謂文帝將出征戎馬之事將為難也征行也
善曰壯士謂五官也漢書高祖曰壯士行可畏出征謂在孟津也魏志曰建安十六年文
帝立為五官中郎將典畧曰建安二十二年魏郡大疫徐幹劉楨等俱逝然其間唯有鎮
孟津及黎陽而無所征伐故疑出征謂在孟津也以在鄴故曰出征以有兵衛故曰戎事
也涕泣灑衣裳能不懷所歡濟曰言別後思懷常日所為歡
會也　善曰涕泣幹自謂也涼風吹沙礫氛霜善本作霜氣字何

皚皚五來向曰豫思文帝在軍之時也礫从石也氣邊氣皚皚白貌善曰易通
卦驗曰巽氣不至則大風揚沙礫小石也說文曰皚皚霜雪貌劉歆遂初賦曰漂積雪之
皚皚牛哀切明月照緹幕華燈散炎煇銑曰緹丹黃色善
曰緹丹色也華燈已見上文賦詩連篇章極夜不知歸良曰
連篇章謂與諸文人連詩不知歸謂不知疲也善曰論衡曰興論立說結連篇章者文
人鴻儒也君侯多壯思文雅縱橫飛翰曰君侯文帝也文雅之
志縱橫如飛善曰漢儀注曰列侯為丞相稱君侯大戴禮曰天子不知文雅之辭少師
之任小臣信頑鹵善本作鹵字僶俛安能追向曰魯鈍也此
自謙才不及文帝也僶俛俯仰也追猶及也善曰儀禮曰小臣正辭李尤東觀賦曰臣雖
頑鹵莽小雅斯干數詠之羨僶俛已見上文論語曰參也魯孔安國曰魯鈍也魯與鹵同

贈徐幹一首五言濟曰是時徐在西掖劉在禁省故有此詩

劉公幹

誰謂相去遠隔此西掖垣銑曰有東西掖兩門徐在西故云掖隔
也垣墻也善曰毛詩曰誰謂宋遠跂余望之洛陽故宮銘曰洛陽宮有東掖門西掖門
拘限清切禁中情無由宣良曰拘拘束限限阻也清切猶嚴切
也天子所居曰禁言各有拘束阻限在於嚴切之所中情無由宣通善曰史記曰景帝
居禁中禁中者門戶有禁非侍御不得入楚詞曰抒中情而為詩思子沈善本作沉字
心曲長歎不能言善曰毛詩曰在其板屋亂我心曲古詩曰
氣結不能言起坐失次第一日三四遷向曰遷移也步
出北寺門遙望西苑園向曰寺司也謂損主司之地善曰風俗

通曰尚書侍御御史謁者所止皆曰寺也細柳夾道生方塘含清
源濟曰塘池源流也善曰思玄賦曰旦余沐於清源輕葉隨風轉飛
鳥何翻翻銑曰葉木葉也翻翻孤飛貌善曰楚詞曰漂翻翻其上下乖人
易感動涙下與衿連善本作涕字仰視白日光皦
皦高且懸良曰乖離也皦皦日光貌日在天垂照於空若懸也善曰毛詩曰
謂余不信有如皦日毛萇曰皦白也楚詞曰睎白日兮皎皎兼燭八紘內翰曰言日
物類無頗偏我獨抱深感不得與比焉
光照燭天下無所偏頗而我獨抱此深感失志不得與比於衆物也善曰韓子曰朱儒
對衛靈公曰夫日兼燭天下一物不能當也揚雄解嘲云日月之經不千里則不能燭六
合耀八紘音義曰八方之綱維也尚書曰無偏無陂遵王之誼

贈從弟三首五言濟曰公幹從弟蓋尋究無名

劉公幹

汎汎東流水磷磷平水中石銑曰磷磷水中見石貌善曰
呂氏春秋曰水泉東流日夜不休毛詩曰揚之水白石磷磷毛萇曰清澈也蘋藻
生其涯華葉紛擾溺善本作華紛何擾弱釆之薦宗廟
可以羞嘉客向曰蘋藻草名涯岸也紛擾溺多貌良曰采此蘋藻可薦於
宗廟可羞於王公羞進也嘉賓王公也善曰蘋藻以喻從弟也左氏傳君子曰苟有明
信澗谿沼沚之毛蘋蘩薀藻之菜可薦於鬼神可羞於王公毛詩曰所謂伊人於焉嘉客
豈無園中葵懿此出深澤翰曰懿美也深澤謂流水中石也此
言豈更無珍美之物以羞進宗廟王公蓋美此出於幽深也善曰古詩曰青青園中葵

朝露待日晞爾雅曰懿美也

亭亭山上松瑟瑟谷中風向曰亭亭高貌瑟瑟風聲風聲一何盛松枝一何勁向曰勁堅也冰霜正慘悽終歲常端正濟曰慘悽寒貌端正謂花色不變善曰楚詞曰霜露慘悽而交下豈不羅凝寒松栢有本性翰曰人心堅貞亦當如此終世不改易善曰凝嚴也莊子曰天寒既至雪霜將降吾是以知松栢之茂也

鳳皇集南嶽徘徊孤竹根良曰鳳皇生丹穴在南故云南嶽徘徊未安食此竹實也根竹莖根通言也善曰鳳生丹穴故曰南岳鄭玄毛詩箋曰鳳皇之性非竹實不食亦喻從弟也於心有不厭奮翅淩紫氣向曰厭足淩上也紫氣天氣也食此竹實心有不足喻非明時而食祿奮翅羽上出於人也豈不常勤苦羞與黃雀羣翰曰勤勞也黃雀喻小人言高飛遠將豈不勞苦羞恥與小人羣於朝廷善曰黃雀喻俗士也何時當來儀將須聖明君翰曰言鳳皇一去何時當見光儀將待聖明君也須待也善曰尚書曰鳳皇來儀孔安國曰聖人受命則鳳皇至

文選二十三　五十八

文選卷第二十三

詩
贈答二

文選 二十四

文選卷第二十四
梁昭明太子撰　五臣并李善注

贈答二

贈馮文羆一首

又贈弟士龍一首

答張士然一首

潘安仁為賈謐作贈陸機詩一首

潘正叔贈陸機出為吳王郎中令詩一首

贈河陽詩一首

贈侍御史王元貺詩一首

贈徐幹一首　五言

曹子建　良曰子建與徐幹俱不見用有怨刺之意故為此詩

驚風飄白日忽然歸西山　銑曰白日喻君也驚風飄之忽歸西山喻時去不可逐也　善曰夫日麗於天風生乎地而言飄者夫浮景駿奔倏焉西邁餘光杳杳似若飄然古步出夏門行曰行行復行行白日薄西山

圓景光未滿眾星粲以繁　銑曰圓景月也喻道不明也眾星喻羣小邪人也繁多也謂文帝不明羣小在位不用賢良　善曰圓景月也論衡曰日月之體狀如正圓鄭玄毛詩箋曰景明也釋名曰望月滿之名也論語曰眾星拱之廣雅曰粲明也

志士營世業小人亦不閑聊且夜行遊遊彼雙闕間　翰曰志士君子也言小人各有所為我亦聊且於此闇代行遊朝闕之間夜行喻君於闇冥也　善曰論語子曰志士仁人無求生以害仁孔叢子曰仲尼大聖自茲以降世業不替

文昌鬱雲興迎風高中天　銑曰文昌殿名迎風樓名言高如雲起過在天中也　善曰劉淵林魏都賦注曰文昌正殿名也廣雅曰鬱出也爾雅曰興起也地理書曰迎風觀在鄴列子曰周穆王築臺號曰中天之臺

春鳩鳴飛棟流猋善本作猋字激櫺軒　濟曰鳩鳴飛棟小人得志處棟梁之地猋風喻王者教令也櫺軒階畔鉤欄也喻教令從下起而犯於上也　善曰爾雅曰扶搖謂之飆郭璞曰暴風從上下者猋與飆同古字通櫺窻間也徐幹齊都賦曰窻櫺參差景納陽軒長廊之有窻也

顧念蓬室士貧賤誠足憐薇藿弗充虛皮褐猶不全　向曰小人得志憂棟梁之地蓬室貧賤之士誠可憐惜謂徐幹也薇藿草菜名褐短衣言草菜之食不充飢虛皮褐短衣不能全其體也　善曰蓬室士謂徐幹也蒼頡篇曰顛旋也列子曰北宮子庇其蓬室若廣廈之蔭墨子曰古之人

其為食也足以增氣充虛而已鄭玄周禮注曰充足也淮南子曰貧人冬則羊裘短褐不掩形也

忼慨有悲心興文自成篇　善曰說文曰忼慨言不得志於心也鄭玄考工記注曰興發也

寶棄怨何人和氏有其愆　翰曰寶棄謂徐幹也昔者和氏獻玉於楚王王以為非玉而罪之非和氏之愆言賢才不見用乃君之過也　善曰寶以喻幹和氏喻知己也韓子曰楚人和氏得璞玉於楚山之中奉而獻之武王武王使玉人相之玉人曰石也刖和氏左足武王薨成王即位和又獻之玉人又曰石也刖其右足成王薨文王即位和乃抱璞而哭於楚山之下文王使玉人理其璞而得寶焉遂名曰和氏之璧跀音刖孔安國尚書傳曰愆過也

彈冠俟知己知己誰不然　銑曰志所望彈冠者待知己入仕也而今知己皆見棄置則與幹同故云誰不然　善曰言欲彈冠以俟知己知己誰不同於棄寶而能相薦乎謹

書曰蕭育與朱博友往者有王陽貢公故長安語曰蕭朱結綬王貢彈冠晏子春秋越石
父曰士者申乎知己良田無晩歲膏澤多豐年良曰良田膏澤
皆比有德言良田雖晩無不獲者膏澤屢降必有豐年言幹有美德必當見用無以晩歲
為意善曰良田膏澤喻有德也無晩歲多豐年喻必榮也漢書曰翟義請陂下良由國
語子餘曰君若膏澤之使能成嘉穀毛詩曰豐年穰穰亮懷璵璠美積
久德愈善本作逾字宣濟曰亮信也璵璠良玉也宣通也信懷良玉之美彌
久之歲道愈通也善曰爾雅曰亮信也蒼頡篇曰懷抱也左氏傳曰季平子行東野還
未至卒于房陽虎將以璵璠斂杜預曰璵璠美玉君所佩也璵音餘璠音煩也親交
義在敦中章復何言翰曰敦重也言榮衰不常有才者必達但保交
親義重餘復何言也善曰莊子曰親交益疏孔安國尚書傳曰敦厚也又曰申重也

文選二十四　四

贈丁儀一首五言向曰魏志云丁儀字敬禮有文才武帝辟以
為掾子建贈以此詩有怨刺之意也善曰集云與都亭侯丁翼令云儀誤
也魏略曰丁儀字正禮太祖辟儀為掾

曹子建

初秋涼氣發庭樹微銷落銑曰喻小人道長從微起也善曰
漢書孝武傷李夫人賦曰桂枝落而銷亡凝霜依玉除清風飄飛
閣翰曰依覆除庭也履霜至於堅冰謂陰謀漸長也清風飄飛閣喻教令自下而上
也善曰楚辭曰漱凝霜之紛紛字書曰凝冰堅也玉除階也說文曰除殿階也西都賦
曰玉除彤庭曰脩塗飛閣又朝雲不歸山霖雨成川澤良曰
謂陰陽不和故雲不歸山而霖雨成川澤也雨三日以往為霖善曰廣雅曰八月浮雲

不歸左氏傳曰凡雨自三日以往為霖黍稷委疇隴農夫安所
獲濟曰霖雨久滯黍稷委死於田中農夫何所得也善曰王逸楚辭注曰委棄也說
文曰疇耕治之田也毛詩曰帥時農夫在貴多忘賤為恩誰能
愽向曰在貴謂文帝也賤自謂也愽廣也言為恩不能廣也善曰言俗之常情也
狐白足御善本作禦字冬焉念無衣客翰曰齊景公時雨雪
三日公衣狐白之裘謂晏子曰天下不寒何也晏子曰賢君飽知人飢溫知人寒公曰善
遂出裘發粟以與飢寒者此意謂文帝衣裘自足而不念下人之無衣也善曰言服狐
白者不念無衣以喻尊貴者多忘貧賤也晏子春秋曰景公之時雨雪三日公被狐白
之裘坐於堂側謂晏子曰雨雪三日天下不寒何也晏子曰賢君飽知人飢溫知人寒楚
辭曰無衣裘以禦冬毛詩曰無衣無褐何以卒歲思慕延陵子寶劒

文選二十四　五

非所惜濟曰言思慕延陵季子心許徐君寶劒我與爾交亦如之非所愛惜善
曰言延陵不欺於死而况其生者乎故思慕之與異於俗也新序曰延陵季子將西聘
晉帶寶劒以過徐君徐君不言而色欲之季為有上國之事未獻也然心許之矣致使於
晉顧反則徐君死於是以劒帶徐君墓樹而去廣雅曰惜愛也子其寧爾心
親交義不薄銑曰寧安也謂儀云子當安其心交親之義不薄也

贈王粲一首五言

曹子建

端坐苦愁思攬善本作攪字衣起西游良曰王粲在西故起
西遊善曰古詩曰攬衣起徘徊樹木發春華清池激長流
中有孤鴛鴦哀鳴求匹儔我願執此鳥惜哉

無輕舟向曰求匹傳謂思王粲無輕舟言與粲阻越如川廣無舟數惜不可濟也
善曰鴛鴦喻粲也毛萇詩傳曰鴛鴦匹鳥也楚詞曰覽可與兮匹儔言願執鳥而無輕舟
以喻己之思粲而無良會也賈逵國語注曰惜痛也戰國策蘇代曰水浮輕舟欲歸
忘故道顧望但懷愁善曰傅毅七激曰無物可樂顧望懷愁鄭玄毛
詩箋曰迴首曰顧悲風鳴我側羲和逝不留翰曰羲和日御
也逝往也　善曰楚詞曰哀江介之悲風又曰吾令羲和弭節兮王逸曰羲和日御也墨
子曰時不可及日不可留重陰潤萬物何懼澤不周濟曰重陰
謂雨露以喻天子也天子潤於萬物何懼恩澤不周　善曰重陰以喻太祖蔡邕月令章
句曰陰者密雲也誰令君多念遂使懷百憂善本作自字
濟曰誰令多有思念自懷百憂也君子謂王粲也　善曰毛詩曰我生之後逢此百憂

又贈丁儀王粲一首五言　善曰集云荅丁敬禮王仲宣翼字敬禮今云儀誤也

曹子建

從軍度函谷驅馬過西京翰曰函谷關名　善曰魏志曰建安
二十年公西征張魯漢書弘農縣故秦函谷關毛詩曰驅馬悠悠山峯高無
極涇渭揚濁清向曰涇水濁渭水清　善曰毛萇詩傳曰涇渭相入而清
濁異壯哉帝王居佳麗殊百城銑曰謂西京壯麗殊異於天下
百郡之城　善曰漢書曰高祖南過曲逆曰壯哉縣高誘戰國策注曰佳大也麗美也謝
承後漢書曰黃瓊拜豫州威邁百城員闕出浮雲承露槩太善曰
作字泰清濟曰員闕闕名出浮雲高也承露盤以承露者槩平也太清天也　善曰

西京賦曰圜闕竦以造天淮南子曰魏闕之高上際清雲西都賓曰抗仙掌與承露廣雅
曰抗摩也槩與抗同古字通鶡冠子曰上及泰清下及太寧皇佐揚天惠
四海無交兵翰曰皇佐太祖也能闡揚天子之惠四海皆服故無兵相交也
善曰皇佐太子也邊讓章華賦曰建皇佐之高勳飛仁聲之顯赫左氏傳蔵尹克黃曰君之
天也家語孔子曰君惠臣忠楚漢春秋吳廣說陳涉曰王引兵西擊則野無交兵權
家雖愛勝全國為令名良曰權家謂兵法言雖愛戰勝而全國為
上也　善曰權家兵家也史記曰呂尚其事多兵權與奇計孫子兵法曰用兵法全國為
上破國次之左氏傳子產曰令名德之輿也鄭玄禮記注曰名令聞也君子在
末位不能歌德聲向曰言人在卑位不能歌其德聲謂丁王二君　善
曰君子謂丁王也琴操曰古者君子在位役不踰時德聲謂太祖令德之聲也丁生

怨在朝王子歡自營歡怨非貞則中和誠可
經銑曰丁儀時為太祖掾王粲為侍中儀常怨職卑故曰怨在朝也後植不得立為太
子粲亦免官在家故曰歡自營也營謂營生也　翰曰貞正則法誠信經常也謂二君各
為歡怨非忠正之法中和自保信可常也　善曰言歡怨雖殊俱非忠貞之則惟有中和
樂職誠可經也漢書王襄使王褒作中和樂職宣布詩如淳曰言王政中和在官者樂其
職鄭玄周禮注曰經法也

贈白馬王彪一首五言　濟曰魏志云白馬王彪字朱虎武
帝子黃初中與任城王及植俱會京師到洛陽任城薨後植與白馬王還
國有司以二王歸藩在道宜異宿止邑意每恨之蓋以大別不在數日乃
作割與白馬王辭植發憤遂賦此詩以贈之　善曰魏志曰楚王彪字朱

虎武帝子也初封白馬王後徙封楚 集曰於圈城作又曰黃初四年五月 白馬王任城王與余俱朝京師會節 氣到洛陽任城王薨至七月與白馬 王還國後有司以二王歸藩道路宜 異宿止意每恨之蓋以大別在數日 是用自剖與王 辭焉憤而成篇

曹子建

謁帝承明廬逝將歸舊疆 翰曰承明門名後 宮出入之門逝往 也疆謂王所封處 善曰陸機洛陽記曰承 明門後宮出入之門 吾常怪謁帝承明廬問 張公云魏明帝作建始殿朝會皆由承明門 毛詩曰逝將去汝舊疆鄄城也時植雖封雍 丘仍居 鄄城

清晨發皇邑日夕過首陽 向曰清晨 日未出時 皇邑帝都也首陽山名 善曰陸機洛 陽記曰首陽山在洛東北去洛二十里 伊洛

廣且深欲濟川無梁 銑曰伊洛水名以國命 見阻於情如欲濟川無 橋梁也 善曰楚詞曰道壅 塞而不達江河廣而無梁

汎舟越洪濤怨彼東路長 濟曰汎舟越洪濤心危懼也東路 所往之東路 善曰國語曰秦汎 舟于河西京賦曰 起洪濤而揚波

顧瞻戀城闕引領情内傷 其一 善曰毛詩曰顧瞻周道又曰在城闕 兮左氏傳穆叔謂晉侯曰引領西望日庶幾 乎楚辭曰永 懷兮内傷

大 善本作 太字 谷何寥廓山樹鬱蒼蒼 霖雨泥我塗流潦浩縱横 翰曰大谷所謂 經行之大谷寥 廓廣遠也霖雨泥我塗亦比事阻難如之也 雨水曰潦浩縱横言其多也鬱茂也 善曰 薛綜東京賦注曰大谷在洛陽西南風俗通 曰秦山松樹鬱鬱蒼蒼魏志曰黃初四年七 月大雨伊洛溢流毛萇 詩傳曰行潦流潦也

中逵絶無軌改轍登

高岡 良曰逵道軌跡也既多泥阻而絶車跡 改此轍跡登高岡而行也 善曰毛詩 曰爾雅曰兔罝施于中 逵廣雅曰軌迹也

脩阪 善本 作土 造雲日我馬玄以黃 其二 向曰脩長造至也言至雲日 者阪高也玄黃馬病也 善曰毛詩 曰陟彼高岡我馬玄黃 毛萇曰玄馬病則黃

玄黃猶能進我思鬱以紆 翰曰鬱紆愁思繁也 善曰楚辭曰顧 假黃以舒憂志紆鬱其難釋王逸曰紆 屈也鬱 愁也

鬱紆將何念 善本作 難進字 親愛在離居 銑 曰 親愛謂兄第 善曰楚 辭曰將以遺兮離居

本圖相與偕中更不克俱 濟曰本圖相與同往而中間不能俱遂 此志偕亦同也 善曰毛萇詩傳曰偕 俱 也

鴟梟鳴衡軛豺狼當路衢 銑曰鴟梟惡鳥 鳴為人妖者豺 狼惡獸志害物者衡軛車轂也鳥獸喻小人 讒佞志在相害若鳴於車上當於路衢也謂

在道不許同其宿止之處 善曰鴟梟豺狼 以喻小人也毛詩曰懿厥哲婦為梟為鴟漢 書杜文謂孫寶曰豺狼當路不宜復問狐狸 公羊傳曰楚莊王伐鄭放乎路衢何休注曰 路衢郭 内衢也

蒼蠅間白黑讒巧令親疎 翰曰蒼蠅 能變白為 黑喻佞人能變善為惡謂文帝信讒遂疎兄 弟如此 善曰毛詩曰營營青蠅止于樊鄭 玄曰蠅之為蟲汙白使黑汙黑使白 喻佞人變亂善惡也廣雅曰間毀也

欲還絶無蹊攬轡止踟躕 其三 向曰言在朝讒人 既多欲還無路且攬轡而 止踟躕未進也 善曰楚辭曰攬 騑轡而下節毛詩曰搔首踟躕

踟躕亦何 善本作 可字 留相思無終極 善曰前漢書息夫躬 絶命辭曰嗟若是欲 何留 也

秋風發微涼寒蟬鳴我側 善曰蔡邕月 令章句曰寒 蟬應陰而鳴鳴則天 涼故謂之寒蟬也

原野何蕭條白日忽西

匿良曰蕭條草木衰落貌匿藏也善曰楚辭曰山蕭條而無獸又曰日杳杳而西頹
歸鳥赴喬林翩翩厲羽翼銑曰喬高也翩翩飛貌厲整也善
曰毛詩曰翩翩者鵻厲疾貌孤獸走索羣銜草不遑食翰曰
索求遑暇也善曰尚書曰不遑暇食感物傷我懷撫心長太
息其四濟曰見此歸鳥孤獸皆求羣侶而我獨與兄弟離隔感此傷懷而為歎息
善曰廣雅曰感傷也古詩曰感物懷所思列子曰師襄乃撫心高蹈楚辭曰長太息以掩
涕太息將何為天命與我違善曰鄭玄周易注曰命所受天
命也楚辭曰屬天命而委之咸池王逸曰咸池天神也古詩曰同袍與我違毛萇詩傳曰
違離也謂不耦也奈何念同生一往形不歸向曰同生謂兄
弟一往形不歸謂任城王死也善曰魏志曰武皇帝卞皇后生任城王彰陳思王植左

文選二十四　十

氏傳曰鄭罕駟豐同生杜預罕子皮駟子皙豐公孫段也三家本同母兄弟也漢書武帝
詔曰梁王親慈同生願以邑分弟孤魂翔故域靈柩寄京師
翰曰翔飛也故域謂任城郡善曰漢書貢禹上書曰骸骨棄捐孤魂不歸存者
忽復過亡沒身自衰良曰存者忽忽且復過於目前亡沒則身衰沒
也人生處一世去若朝露晞向曰晞乾也言人在一世若日
照朝露其乾在須臾善曰漢書李陵謂蘇武曰人生如朝露何久自苦如此薤露歌曰
薤上露何易晞毛萇詩傳曰晞乾也年在桑榆間影響不能
追銑曰言人年衰老若日在桑榆將沒如影響不可追也善曰日在桑榆以喻人之
將老東觀漢記光武曰失之東隅收之桑榆仲長子昌言曰捷疾馳影響人間也自
顧非金石咄丁兀唶子夜令心悲其五濟曰言身非金石之堅

咄唶大驚歎聲善曰鄭玄毛詩箋曰顇念也古詩曰人生非金石豈能長壽考說文曰
咄叱也聲類曰唶大呼也言人命叱呼之間或至夭喪也心悲動我神棄
置莫復陳丈夫志四海萬里猶比鄰翰曰丈夫志在
四海雖別萬里如比隣而居蓋自勉強之辭恩愛苟不虧在遠分
日親善曰鄧析子曰遠而親者志相應也分猶志也何必同衾幬疇
然後展殷勤良曰苟且虧失也言恩愛情長不虧失雖居遠而分義日親何
必共被同帳然後申殷勤衾幬帳也善曰毛詩曰抱衾與裯毛萇曰衾被也鄭玄曰
裯床帳也幬與裯古字同憂思成疾疹趙無乃兒女仁向曰
若憂思成其疾疹乃兒女之仁心非丈夫之節也善曰毛詩曰心之憂矣疹如疾首史
記曰呂公謂呂媪曰非兒女之所知又韓信謂漢祖曰項王所謂婦人之仁也倉卒

文選二十四　十一

骨肉情能不懷苦辛其六銑曰然而倉卒分離復有死者能不懷
苦辛之心善曰李陵書云日前書倉卒骨肉謂兄弟也蘇子卿詩云骨肉緣枝葉古詩
曰轗軻長苦辛苦辛何慮思天命信可疑向曰吉凶壽考不定
使人疑之虛無求列仙松子久吾欺翰曰託志虛無求列仙之
延赤松子久來詭欺之說善曰班固楚辭序曰帝闕宓妃虛無之語論衡曰傳稱赤松
王喬好道為仙度世不死是又虛也魏武帝善哉行曰痛哉世人見欺神仙變故
在須臾百年誰能持濟曰佞臣讒邪變故當在須臾百年之生誰能
復持離別善曰漢書谷永曰三郡所奏皆有變故鄭玄周禮注曰故災也禮記君子曰
禮樂不可斯須去身鄭玄曰斯須猶須臾也古詩曰生年不滿百呂氏春秋曰人之壽久
不過百離別永無會執手將何時良曰吉凶難知執手敘情

復將向時也善曰蔡琰詩曰念別無會期毛詩曰執子之手與子偕老王其愛
玉體俱享黃髮期銑曰王謂白馬王也玉體謂身也美言之故曰玉黃
髮期謂壽考也善曰七發曰太子玉體不安東觀漢記太子執報桓榮書曰君慎疾加
飡重愛玉體杜預左氏傳注曰享受也尚書曰詢茲黃髮收淚即長路援
筆從此辭其七向曰即就援引也善曰韓詩外傳曰孫叔敖治楚三年而
楚國霸楚史援筆而書於策蘇武詩曰去去從此辭

贈丁翼一首五言翰曰丁翼字敬儀少有才姿博學為黃門郎
植贈此詩以勗厲之為大度之意善曰文士傳曰翼字敬禮儀之弟也
為黃門侍郎

曹子建

嘉賓填城闕豐膳出中廚銑曰豐美膳食也善曰鄭玄禮記注
曰填滿也毛詩曰我有嘉賓城闕已見上文吾與二三子曲宴此
城隅良曰隅即角也善曰論語子曰二三子以我為隱乎吾無隱乎爾毛詩曰俟
我於城隅秦箏發西氣齊瑟揚東謳濟曰秦女善秦箏秦在西
故云西氣齊女善鼓瑟齊在東故云東謳謳歌也善曰楚辭曰挾秦箏而彈徵歌錄曰
美女篇齊瑟行史記蘇秦說齊王曰臨菑甚富其民無不吹竽鼓瑟說文曰謳齊歌也
肴來不虛歸觴至反無餘向曰肴膳觴酒也言不虛歸反無餘
者必盡之也我豈狎異人朋友與我俱翰曰言豈獨親狎貴
游之異人而朋友亦與我俱樂矣善曰毛詩曰豈伊異人兄弟匪他爾雅曰狎習也毛
詩序曰伐木燕朋友故舊也大國多良材譬海出明珠銑曰
言多良材如海中之出明珠甚多矣善曰禮斗威儀曰其君乘金而王則江海出大貝
明珠君子義休待小人德無儲良曰言君子有義而美則待用
於時小人纔有小德則不能儲蓄發於辭色以自為大也善曰言君子之義義而且具
小人之德寡而無儲也說文曰偫待也一曰具也儲謂蓄積之以待無也積善有
餘慶榮枯立可須濟曰須待也積善之家必有餘慶而能守之榮則立
可待也不能守之枯亦立可見也善曰周易曰積善之家必有餘慶孔安國尚書傳曰
須待也滔蕩固大節時俗多所拘翰曰滔蕩大皃固堅也而
時俗之人多所拘束小節善曰淮南子曰使神滔蕩而不失其充又曰曲士不可與語
至道拘於俗而束於教君子通大道無願為世儒詢曰君
子當通達大道無為時儒之教以自局促其志善曰論衡曰說經者為世儒

贈秀才入軍五首四言善曰集云兄秀才公穆入軍贈詩
劉義慶集林曰嵇熹字公穆舉秀才
嵇叔夜銑曰康之從弟秀才入軍贈以此詩不知其名
良馬既閑麗服有暉翰曰閑習也麗服軍戎之服有光暉也善曰
毛詩曰良馬四之又曰君子之馬既閑且馳鄭玄曰閑習也廣雅曰麗好也楊雄反騷曰
纍初貯厥麗服兮左攬繁弱右接忘歸翰曰繁弱弓名忘歸矢名
善曰新序曰楚王載繁弱之弓忘歸之矢以射兕於夢風馳電逝躡影
追飛向曰逝往也言士卒如風電之速躡影謂捕影也追飛謂逐飛鳥也此皆言疾
也善曰四子講德論曰風馳雨集襲雜並至孫該琵琶賦曰飄飄電逝舒疾無方七啟
曰忽躡景而輕騖凌厲中原顧盼生姿良曰淩上厲越也善曰

劉歆遂初賦曰登句注以淩厲廣雅曰淩馳也厲上也風俗通曰顏色厚所顧恥若以親
寄也攜我好仇載我輕車濟曰仇匹載乘也好匹則秀才也　善曰
毛詩曰君子好仇南淩長阜北厲清渠銑曰阜山厲越也　善曰
廣雅曰淩乘也王逸楚辭注曰厲度也仰落驚鴻俯引淵魚銑曰
謂行軍田獵也盤于游田其樂只且子余良曰盤猶樂也只且助
辭也　善曰西京賦曰盤于遊畋其樂只且
輕車迅邁息彼長林良曰迅疾邁行也春木載榮布
葉垂陰良曰載則也習習谷風吹我素琴濟曰谷風春風
習習風和貌　善曰毛詩曰習習谷風秦嘉婦徐氏書曰芳香既珍素琴又好咬咬
黃鳥顧疇弄音向曰咬咬鳥聲疇匹也亦如我之思人也　善曰毛詩曰

文選二十四　十四

交交黃鳥古歌曰黃鳥鳴相追咬咬弄好音感悟馳情思我所欽
濟曰欽敬也思我所欽謂秀才也　善曰古詩曰馳情整巾帶心之憂矣永
嘯長吟善曰毛詩曰心之憂矣我歌且謠杜篤連珠曰能離光明之顯長吟永嘯
浩浩洪流帶我邦畿翰曰浩浩水流貌洪大也近國之地曰畿　善
曰毛萇詩傳曰畿疆也萋萋綠林奮榮揚暉向曰萋萋盛皃奮起
也魚龍瀺士咸灂士角山鳥羣飛向曰瀺灂魚龍游水聲　善曰
樂動聲儀曰風雨動魚龍仁義動君子上林賦曰瀺灂霣墜劉向七言曰山鳥羣鳴我心
懷駕言游之日夕忘歸善曰毛詩曰駕言出遊楚辭曰日將暮兮
悵忘歸思我良朋如渴如饑銑曰良朋謂秀才也　善曰毛詩曰
每有良朋曹植責躬詩曰遲奉聖顏如渴如飢願言不獲愴矣其悲

向曰獲得也願言見秀才不得故愴然而悲之　善曰張衡詩曰願言不獲終然永思曹
植責躬詩曰心之云慕愴矣其悲
息徒蘭圃秣馬華山銑曰息師徒於蘭圃圃園秣飼也華山山名
善曰蘭圃蕙圃也毛詩曰之子于歸言秣其馬毛萇詩傳曰秣養也華山山有光華也
流磻波平皐垂綸長川翰曰流磻箭鏃也綸釣絲也流箭平皐之
澤晝釣於長川謂軍息而漁獵也　善曰說文曰磻以石著繳也鄭玄毛詩箋曰釣者以
絲為之綸目送歸鴻手揮五絃翰曰五絃琴也　善曰漢書曰周亞
夫趨出上以目送之歸田感曰彈五絃於妙指俯仰自得游心太玄
良曰太玄大道也　善曰楚辭曰漠虛靜以恬愉兮澹無為而自得泰玄謂道也淮南子
曰自得者全其身者也全其身則與道為一矣嘉彼釣叟得魚忘筌

文選二十四　十五

濟曰叟老也得魚忘筌謂其得道也言與秀才亦相與得意忘言筌引魚者　善曰莊子
曰莊子釣魚濮水之上又曰筌者所以得魚也得魚而忘筌蹄者所以得兔也得兔而忘
蹄言者所以在意也得意而忘言吾焉得夫忘言之人而與之言哉郢人逝矣
誰與盡言向曰郢人善塗有匠石善運斤二人自相知其道至妙而郢人以泥
漫其鼻使匠石以斤斲去其泥而郢人信其妙道斲之泥盡去而鼻不傷比道之至妙今
秀才與我得妙道相信如此今將往矣誰可與盡言也　善曰莊子曰莊子送葬過惠子
之墓顧謂從者曰郢人堊慢其鼻端若蠅翼使匠石斲之匠石運斤成風聲而斲之盡堊
而鼻不傷郢人立不失容宋元君聞之召匠石曰嘗試為寡人為之匠石曰臣則嘗能斲
之雖然臣之質死久矣自夫子之死也吾無以為質矣吾無與言之也
閑夜肅清朗月照軒善曰舞賦曰夫何皦皦之閑夜明月列以施光

軒已見上文微風動袿閨組帳高褰良曰袿衣裾也組所繫帳
者褰舉也善曰方言曰袿謂之裾音圭袿或為幃禮曰幕人掌帷帟綬組所以繫帷也
王逸楚詞注曰以幕組結束玉璜為帷帳也旨酒盈罇莫與交歡
翰曰旨美也莫與交歡謂秀才不在此也善曰毛詩曰旨酒欣欣漢書曰郭解入關賢
豪爭交歡鳴琴在御誰與鼓彈濟曰御用也鼓亦彈也善曰毛詩
曰琴瑟在御莫不靜好仰慕同趣其馨若蘭向曰仰慕秀才同於
此趣則相羨如蘭之馨善曰六翰曰同好相趣薛綜西京賦注曰趣猶意也易曰同心
之言其臭如蘭佳人不存能不永歎平銑曰佳人謂秀才善曰
楚辭曰聞佳人兮召予毛詩曰假寐永歎

贈山濤一首五言

文選二十四　十六

司馬紹統銑曰臧榮緒晉書云司馬彪字紹統少篤學為散騎
侍郎初山濤為吏部侍郎而紹統未仕故贈以此詩欲濤薦也善
曰臧榮緒晉書曰司馬彪字紹統少篤學初拜騎都尉太始中為秘
書郎轉丞後拜散騎侍郎終於家

苕苕椅桐樹寄生於南岳向曰椅桐中為琴瑟此統自託善
曰椅桐彪自謂也毛詩曰其桐其椅其實離離馬融琴賦曰惟椅梧之所生在衡山之峻
陂上凌清雲霓下臨千仞谷良曰樹高極上入於雲中霓亦
雲也善曰蒼頡篇曰陵侵也呂氏春秋曰若決積水於千仞之谿包咸論語注曰七尺
曰仞處身孤且危於何託余足濟曰孤危謂生在幽遠無平居
寄足之地善曰毛詩序曰孤危將亡昔也漢書賈山上書曰不得邪徑而託足焉

植朝陽傾枝俟鸑鷟助角銑曰也語助辭言昔久已來植育於朝
陽之和氣而傾枝以待鳳皇謂鳳皇非梧桐小棲自言育德藏器傾心待時而以事君也
鸑鳳也鸑亦鳳類通言之也善曰毛詩曰鳳凰鳴矣于彼高岡梧桐生矣于彼朝陽鄭
玄曰鳳凰之性非梧桐不栖非竹實不食也說文曰鸑鷟鳳屬神鳥也今者絕
世用倥口貢傯子貢見迫速翰曰今絕於代人所用常在孫危之地故
倥傯迫束常不安也善曰新語曰櫝梓仆則為也用楚辭曰悲余生之無歡兮愁倥傯
於山陸王逸曰倥傯困苦也班匠不我顧牙曠不我錄向曰
匠人不知我材且不相顧牙曠不知我音亦不我錄言堪為琴瑟雅器善曰班及牙曠
皆前執政也墨子曰公輸般為雲梯鄭玄禮記注曰般彼巧者也莊子曰匠石之齊見櫟
杜預匠伯不顧司馬彪曰匠石字伯鄭玄毛詩箋曰顧視也列子曰伯牙善鼓琴左氏傳

文選二十四　十七

曰師曠侍於晉侯杜預曰師曠晉樂太師焉得成琴瑟何由揚妙
曲濟曰木不逢匠入牙曠必不成琴瑟不揚妙曲則比我有材不遇時用安得立功立
事也善曰桓子新論曰黃門工鼓琴者有任真卿虞長倩能傳其度數妙曲遺聲冉
冉三光馳逝者一何速良曰冉冉漸進貌三光日月星也漸進而
馳走時之往者一向速哉數恐不及時也善曰廣雅曰冉冉進也淮南子曰夫道舍之
陰陽而章三光許慎曰三光日月星也逝者見下注中夜不能寐撫劍
起躑躅翰曰劍謂常佩之者夜起撫之而行躑躅不進貌善曰毛詩曰耿耿不
寐左氏傳曰子朱怒撫劍從之說文曰蹢躅住足也躑躅與蹢躅同感彼孔聖
歎哀此年命促銑曰孔子歎逝川云不捨晝夜逝者如斯故感此哀年命
短促志願從仕善曰春秋說題辭曰天嘗有血書魯端門作法孔聖沒周室亡論語曰

子在川上曰逝者如斯司馬遷悲士不遇賦曰天道悠昧人理促卞和潛幽冥誰能證奇璞向曰卞和知玉者若潛隱於幽冥雖有奇玉之璞誰證之也人雖有良才無媒難以進也　善曰卞和已見上文冀顧神龍來揚光以見燭翰曰假託神龍以喻山濤使薦而用之故云顧神龍揚其光暉以相照燭鍾山有燭龍照見萬物　善曰神龍喻濤也　山海經曰赤水之山有神人面蛇身其瞑乃晦其視乃明見燭九陰是謂燭龍

答何劭二首　五言

張茂先良曰何劭字敬祖贈華詩則此詩之下是也贈答之體則贈詩當為先今以答為先者蓋依前賢所編不復追改也

吏道何其迫窘然坐自拘向曰吏道謂理人之道也迫逼迫也

窘急也自謂拘束無暇也　善曰班彪與金昭術書曰遠在東垂吏道迫促鵩鳥賦曰愚士繫俗窘若囚拘纓緌儒誰為徽纆文憲焉可踰翰曰纓冠纓也纓所以繼冠者徽纆並糾繩之類憲法踰越也　善曰纓緌制人同於徽纆國之文憲豈可踰　禮記曰冠緌纓　鄭玄曰緌纓飾也周易曰繫用徽纆　孔安國尚書傳曰憲法也恬曠苦不足煩促每有餘銑曰恬曠閑暇也煩促急迫也　善曰廣雅曰恬靜也蒼頡篇曰曠疏曠也良朋貽新詩示我以遊娛良曰貽遺娛樂也　善曰良朋已見上文徐幹贈五官中郎將詩曰貽爾新詩又思玄賦曰雖遊娛以媮樂穆如灑清風煥若春華敷濟曰穆和敷布也言敬祖之所贈詩恬雅之氣如灑清風煥爛又若春華布色　善曰毛詩曰吉父作誦穆如清風淮南子曰猶條風之時灑答賓戲曰摛藻如春華自昔同寮

寀於今比園廬向曰同寮寀同官也比園廬謂並宅也　善曰臧榮緒晉書曰惠帝即位劭為太子太師又曰武帝崩華為太子少傅然考乎其時事正相接故曰同寮也左氏傳曰先蔑之使也荀林止之曰同官為寮吾嘗同寮敢不盡心乎爾雅曰采寮官也南都賦曰園廬舊宅也衰疾近辱殆庶幾並懸輿翰曰衰暮之年近於危辱之事將欲庶幾以就懸車致仕之道也懸輿車也　善曰王逸楚辭注曰夕以喻衰言日夕將暮已衰老也老子曰知足不辱知止不殆　漢書曰薛廣德乞骸骨賜安車駟馬懸其安車傳子傳孫也散髮重陰下抱杖臨清渠銑曰散髮言不為冕所束也重陰木林之陰策杖相抱於清渠之上　善曰鍾會遺榮賦曰散髮抽簪屬耳聽鶯鳴流目翫儵直由魚向曰屬傾也儵小魚也　善曰毛詩曰耳屬于垣鄭玄曰屬耳於壁聽之又儀禮注曰屬注也毛詩

曰鸎其鳴矣　思玄賦曰流目眺夫衡阿翫猶悅也莊子曰儵魚出遊從容是魚樂也從容養餘日取樂於桑榆良曰餘日謂殘年也桑榆日晚亦比年老之稱　善曰漢書疏廣曰此金皆聖主所以惠養老臣也故樂與鄉黨共饗其賜以盡吾餘日不亦可乎桑榆已見上文洪鈞陶萬類大塊稟羣生翰曰洪鈞造化也陶猶作也萬類萬物也大塊自然也　言萬物皆造化所作羣生稟自然而成　善曰洪鈞大鈞謂天也大塊謂地也　言天地陶化萬類而羣生稟受其形也鵩鳥賦曰大鈞播物　廣雅曰陶化也　河圖曰地有九州以苞萬類莊子曰大塊載我以形勞我以生　孔安國尚書傳曰稟受也　漢書董仲舒對策曰羣生和而萬物殖明闇信異姿靜躁亦殊形濟曰人性明闇有異緩速各殊　靜緩躁速也　善曰劉歆遂初賦曰非積習之生常固明闇

之所以老子曰重為輕根靜為躁君王弼曰凡物輕不能載重小不能鎮大不行者使行不動者制動是以重必為輕根靜必為躁君自予及有識志不在
功名濟曰有識自三十成立之後本謂志不在驅逐功名也　善曰李陵與蘇武書
曰陵自有識以來士之立操未有如子卿者也呂氏春秋曰功名大立天也虛恬
竊所好文學少所經良曰恬虛謂閑暇也以善曰楚辭曰漠虛靜以
恬愉忝荷既過任白日已西傾翰曰忝辱君祿媿荷天子以才
輕位重是以過任又年將衰暮矣故云白日已西傾　善曰白日西傾以諭年老也洛神
賦曰日既西傾道長苦智短責重困才輕向曰道長謂道遠也
言國家以我為任重道遠苦智慮淺短不當其人心雖求成重事困於才輕常不就也責
乖也　善曰論語曾子曰士不可以不弘毅任重而道遠仁以為己任不亦重乎死而後

已不亦遠乎呂氏春秋曰智短則不知化不知化者每舉必危范曄後漢書劉寬曰任重
責大憂心如醉曹植上表曰爵重才輕周任有遺規其言明且
清銑曰周任古之賢人也規戒也言其云陳力就列不能者止謂此言明且清也　善
曰論語孔子云周任有言曰陳力就列不能者止馬融曰周任古之良史子思子詩云昔
吾有先正其言明且清國家以寧都邑以成負乘為我戒夕惕坐
自驚翰曰負擔也小人之事乘車也君子之事使小人為君子之事難以安之
故華自謙比小人居重位為我戒也惕猶懼也　善曰周易曰負且乘致寇至負也者小
人之事也乘也者君子之器也小人乘君子之器盜思奪之矣又曰夕惕若厲孔安國尚
書傳曰惕懼也是用感嘉貺寫心出中誠善曰感荷也魏文
帝書曰嘉貺益腆發篇雖溫麗無乃違其情向曰貺賜誠志

也言華感何劭善賜其詩今使華傾寫心事出於中志作此答篇然何劭所贈是啓發茂
先則雖章句溫麗而今俱在朝廷尚未即隱遁是違其情也　善曰西都賓曰啓發篇章
漢書曰司馬相如作賦甚弘麗溫雅廣雅曰違背也

贈張華一首　五言

何敬祖良曰臧榮緒晉書云何劭字敬祖姿望甚長者博學多聞

善曰篇章為太子師與華相善也

四時更代謝懸象迭卷舒向曰謝去也懸象日月也迭遞也卷
舒猶往來也　善曰孫卿子曰日月遞照四時代御淮南子曰二者代謝舛馳周易曰懸
象著明莫大乎日月淮南子曰陰陽贏縮卷舒淪於不測暮春忽復來和
風與節俱銑曰與節俱至也　善曰論語曰暮春春服既成毛詩曰習習谷風

毛萇詩曰習習和舒之皃楊泉物理論曰春氣勝其風溫和俯臨清泉涌
仰觀嘉木敷濟曰敷布也春冰初泮故泉涌正可臨翫嘉木布其華也　善
曰西都賓曰嘉木樹庭周旋我陋圃西瞻廣武廬翰曰周旋
謂周流也陋圃謂敬祖之園華居在西故云西瞻也華封廣武侯故曰廣武廬廬宅也
善曰臧榮緒晉書曰吳滅封張華廣武侯左氏傳太史克曰奉以周旋既貴不
忘儉處有能存無良曰華好儉雖有貴位不傲於人是存無也　善曰
鎮俗在簡約樹塞焉足摹向曰
毛萇詩傳曰有謂富亡謂貧
理俗在簡約節儉之道馬摹學管氏樹塞門也鎮理也　善曰周易曰簡則易從廣雅曰
約儉也論語曰或問管仲知禮乎孔子曰邦君樹塞門管氏亦樹塞門在昔同
班司今者並園墟銑曰昔曾連官今復並居也墟庭落之通言　善曰

同班司已見張華答詩私願偕黃髮逍遥綜琴書翰曰偕俱也黃髮老壽也逍遥得性也綜猶理也善曰黃髮已見上文王肅周易注曰綜理事也劉歆遂初賦曰玩琴書以條暢舉爵茂陰下攜手共躊躇濟曰爵酒盃舉於林木茂陰之下躊躇緩步也善曰韓詩曰搔首躊躇薛君曰躊躇躑躅也寘用遺形骸忘筌在得魚向曰何用遺忘形骸但自相得意如得魚忘筌也善曰莊子曰申徒兀者謂子產曰吾與夫子遊十有九年矣而未嘗知吾兀者也今子與我遊於形骸之內而子索我於形骸之外不亦過乎得魚忘筌已見上文

贈馮文羆遷斥昌夜丘令一首四言善曰晋百官名曰外兵郎馮文羆集云文羆為太子洗馬遷斥丘令贈以此詩闞駰十三州記曰斥丘縣在魏郡東八十里

陸士衡翰曰文羆為太子洗馬遷斥丘令故贈以此詩

於皇聖代善本作世字時文惟晋銑曰於美也言美皇聖代時有文德以和天下者惟我晋道也善曰毛詩曰於皇時周周禮栗氏量銘曰時文思索鄭玄曰言是文德之君思求可以為人立法也受命自天奄有黎獻良曰奄大黎衆獻賢也善曰謂武帝也毛詩曰有命自天生我文王又曰奄有四方毛萇曰奄大也尚書曰萬邦黎獻共惟帝臣孔安國曰黎衆也獻賢也閶闔既闢承華再建濟曰閶闔天門也闢開也言晋受命自天故天門開也承華太子門名言太子經廢後立故云再建立也善曰謂惠帝也晋宮閣名曰洛陽城閶闔門陸機洛陽記曰太子宮在太宮東薄室門外中有承華門再建謂立愍懷太子國儲以對閶闔故謂之再也明明在上有集惟彥其一向曰明明義彌在上謂

天子能集用俊彥在於左右惟辭也善曰毛詩曰明明在下赫赫在上奕奕馮生哲門善本作問字允迪翰曰奕奕美盛貌馮生則文羆也哲智允信迪道也言智信之道而為太子洗馬善曰方言曰自關而西凡美容謂之奕奕尚書曰允迪厥德謨明弼諧孔安國曰迪蹈也言信蹈行古人之德天保定子靡德不鑠良曰保安靡無鑠盛也言天之安定子之道無德不盛子則馮生也善曰毛詩曰天保定爾亦孔之固劇秦美新曰鑠德懿和之風爾雅曰鑠美也邁心玄曠矯志崇邈銑曰邁行玄美曠大矯舉崇高邈遠也言行所行心事美大舉志高遠善曰爾雅曰邁行也王逸楚辭注曰矯舉也爾雅曰崇高也遵彼承華其容灼灼其二濟曰遵奉也承華太子所居門言文羆奉太子之容光也灼灼光貌善曰毛詩曰桃之夭夭灼灼其華嗟我人斯戢翼江潭

向曰斯謂馮也戢斂也如鳥之斂翼於江潭文羆吳人故云此善曰毛詩曰嗟我懷人又曰彼何人斯又曰鴛鴦在梁戢其左翼楚辭曰遊於江潭有命集止翻善本作飜字飛自南翰曰天子有命集止於帝京飜飛自南而來善曰周易曰大君有命毛詩曰有命既集又曰翩飛維鳥又曰凱風自南出自幽谷及爾同林良曰如鳥出於幽谷之中相與同林謂士衡亦為洗馬善曰謂俱為洗馬也臧榮緒晋書曰楊駿誅徵機為太子洗馬毛詩曰出自幽谷遷于喬木雙情交映遺物識心其三銑曰交映謂相明邑遺物識心謂得意忘言善曰映猶照也人亦有言交道實難有頍丘弭者弁千載一彈濟曰頍冠也弁亦冠也千載一聖人出聖人既出是以彈冠求仕則王陽在位貢禹彈冠言相與交情如此善曰毛詩曰人亦有言靡哲不愚漢書曰蕭育與朱

傳後有隙故世以交為難也毛詩曰有頍者
弁實維伊何毛萇曰頍弁貌也弁皮也彈冠
已見上文杜預左氏傳注曰弁亦冠
也故通言之頍丘蘂切與跬同音今我與
子曠世齊歡利斷金石氣惠秋蘭其四羣黎未
綏帝用勤止翰曰曠遠也言我與文羆遠齊
王貢之歡金石至堅也言交情
之堅利又能割斷金石言向曰甚也惠美也言
相美之氣如秋蘭之香曰羣黎百姓也
自漢興已來曠世歷年廣雅曰曠遠也周易
曰二人同心其利斷金同心之言其臭如蘭
綏安勤勞止辭也善曰言我及子雖與王
貢曠世而實齊其歡也范曄後漢班固議曰
毛詩曰羣黎百姓長揚賦曰羣黎為之我求
不康毛詩曰文王既勤止我應受之
明德肆于百里銑曰我謂帝也肆置也帝求
明德之人置於百里之職謂
縣令也善曰毛詩我求懿德肆于時夏鄭
玄曰肆陳也陳其功烈也漢書曰縣大率百

文選二十四　二十四

里其人稠則
盛稀則曠也僉曰爾諧俾民是紀濟曰僉皆
諧和也爾
謂馮君俾使也言羣臣皆云羆可諧和其政
理使斥丘之人是為紀綱也　善曰尚書僉
曰咨我帝曰汝諧毛詩曰四方是維俾民不
逑鄭玄毛詩箋曰以綱罟喻為政理之為紀
也乃眷北徂對揚帝祉其五向曰徂往也
乃眷北往謂斥丘在
北對答闡揚天子之美祉美也善曰毛詩
曰乃眷西顧又曰對揚王休又曰既受帝祉
施于
孫子疇昔之游好合纒綿良曰纒緜密貌
善曰左氏傳羊斟
曰疇昔之羊子為政毛詩曰妻子好合　張
外與任彥昇書曰纒綿恩好庶蹈高蹤借
日未洽亦既三年翰曰借日假日也洽猶足
也言王事無暇常假日而
游尚未為足亦已三年也善
曰毛詩曰借曰未知亦既抱子居陪華幄出
從朱輪銑曰居謂常在朝之時陪侍太子華
幄坐帳朝羣臣也太子出則乘朱

輪車善曰應璩與趙叔潛書曰入侍華幄
出典禁闈司馬彪續漢書曰皇太子安車朱
班
輪方驥齊鑣比迹同塵其六銑曰方並驥
馬也鑣馬銜言常相
與並轡齊鑣連迹而又同塵也善曰鄭玄
禮記注曰方併也南都賦曰騄驥齊鑣范曄
後漢書孔融薦謝該曰該實卓然之子既命
比迹前列老子曰和其光同其塵
四牡項領良曰之子謂文羆也既命謂奉帝
命出於斥丘四牡四馬駕車也項
領駕木項上也善曰毛
詩曰駕彼四牡四牡項領遵塗遠蹈騰軌高
騁翰曰騰疾行也軌跡騁馳也善曰四子
講德論曰未若遵塗之疾也鄭玄考功記
注曰軌
謂轍也慶雲扶質清風承景良曰景影也言
如慶雲清風蓋
義之也又言疾也
善曰廣雅曰質軀也嗟我懷人其邁惟永其七
良曰邁行永長也善曰毛詩
曰嗟我懷人毛萇曰懷思也否泰有善本作
苟

文選二十四　二十五

字殊窮達有違良曰時陸公免官居家故云
殊違也　善曰否泰周易二
卦名也列子西門子謂北宮子曰汝造事而
窮予造事而達此厚薄之驗與賈逵國語注
曰達
異也及子春華後爾秋暉翰曰與子少壯時
同官故云春華今
已俱老亦有光暉善曰言否泰殊流窮達
異轍今雖及爾春華之義終當後爾秋暉之
盛也春華喻少年秋暉喻老逝將去我陟彼
成也蘇武詩曰努力愛春華
朔陲善本作垂字濟曰逝往陟升朔北陲
邊也言馮公既往將離去我升彼北邊
謂斥丘也　善曰逝將去汝已見上文毛詩
曰陟彼高岡朔垂斥丘也爾雅曰朔北方詘
文曰垂
遠邊也非善本
作悲子之念心孰為悲其八向
曰非子交
親使我思念則
我心誰能悲也

荅賈謐一首四言并序　善曰王隱
晉書曰賈謐字長淵

陸士衡

余昔為太子洗馬（善曰漢書曰太子屬官有先馬如淳曰前驅也先作洗也）魯公（善本無此二字）賈長淵以散騎常侍侍（善本無一侍字）東宮積年（向曰賈謐任散騎常侍侍太子謐食封於魯　善曰高誘呂氏春秋注曰東宮太子所居詩曰東宮之妹）余出補吳王郎中令（銑曰吳王武帝子封於吳郎中令王府官名　善曰臧榮緒晉書曰吳王晏字平度武帝第二十三子封吳又曰吳王出鎮淮南以機為郎中令也）元康六年入為尚書郎（善曰臧榮緒晉書曰機為尚書中兵郎）魯公贈詩一篇作此詩答之（善本有云爾字）

伊昔有皇肇濟黎蒸（翰曰伊惟肇始也有皇謂三皇黎蒸衆庶也　善曰爾雅曰伊惟也郭璞曰發語辭也毛詩曰有皇上帝毛萇曰皇君也封禪書曰覺悟黎蒸）先天創物景命是曆（翰曰先猶尊也創始景大曆當也言尊奉天時始化萬物大命是當乃為人主也　善曰周易曰先天而天弗違周禮曰智者創物毛詩曰君子萬年景命有僕毛萇曰僕附也毛詩曰戎狄是膺毛萇曰膺當也）降及羣后迭毀迭興（翰曰降下羣衆后君迭遞毀亡也三皇之下衆君迭有興亡廢能者用事　善曰史記太史公曰遞興遞小雅曰遞迭更也）邈矣終古崇替有徵（其一）（翰曰邈遠也崇替亦猶興亡也　善曰楚辭曰春蘭兮秋菊長無絕兮終古國語藍尹亹謂子西曰吾聞君子唯獨居思念前世之崇替於是乎有數韋昭曰崇終也替廢也左氏傳曰君子之言信而有徵）在漢之季皇綱幅裂（濟曰季末也皇家綱紀如帛幅分裂謂其羣雄分其土地　善曰韋昭曰國語

注曰季末以綱為喻也答賓戲曰廓帝紘恢皇綱毛萇詩傳曰張之曰綱魏志崔琰曰今天下分崩九州幅裂）大火（善本作大字）辰匿暉金虎曜（善本作習字）質（濟曰匿藏也火辰心星也明則天下和平闇則天下喪亂昴西方白虎宿也太白金精也太白入昴是金虎相薄則有亂兵故火辰藏暉金虎曜質謂漢亂也　善曰漢書曰東方蒼龍房心心為明堂大星天王爾雅曰大辰房心尾也石氏星經曰昴者西方白虎之宿也太白者金之精太白入昴金虎相薄主有兵亂也）雄臣馳騖義夫赴節（濟曰英雄之臣馳走天下義勇之夫赴其忠節將救王室也　善曰解嘲曰世亂則聖哲馳騖而不足也）釋位揮戈言謀王室（其二）（銑曰天子有難則諸侯釋去其守位動用干戈以謀匡救王室也揮動也　善曰左氏傳王子朝告于諸侯曰居王于彘諸侯釋位以間王政說文曰揮奮也左氏傳曰會于洮謀王室也）

王室之亂靡邦不泯（平）（向曰靡無泯平也　善曰毛詩曰亂生不夷靡國不泯毛萇曰泯滅也）如彼墜景曾不可振（平）（向曰墜落曾則也言漢室衰微如落日之景則不可振而起也　善曰丁德禮寡婦賦曰日亹亹以西墜說文曰振舉也）乃眷三哲俾乂斯民（向曰皇天乃眷曹操劉備孫權三哲使理天下之人俾使乂理也　善曰三哲劉備孫權曹操也尚書帝曰下民其咨有能俾乂孔安國曰乂治也）啓土雖難改物承天（其三）（良曰三哲開土宇安患難改漢物制承奉天命　善曰尚書曰建邦啓土國語王謂晉侯曰叔父若能更姓改物以創天下禮記明堂陰陽錄曰王者承天統物也）爰茲有魏即宮天邑（向曰爰於即就宮居也言於此有魏就居於天中之邑都也　善曰禮記孔悝鼎銘曰即宮于宗周尚書曰周公曰肆予敢求爾于天邑）吳實龍飛劉

亦岳立良曰吳孫權也龍飛九五位也劉備也岳立言如四岳諸侯之立也云
吳實龍飛者士衡吳人故有尊吳之意不忘本也　善曰東京賦曰乃龍飛白水干
戈載揚俎豆載戢良曰載則揚舉戢藏也俎豆禮器也言天下盛舉干
戈不戢尚禮也　善曰毛詩曰載戢干戈毛萇曰戢聚也論語孔子曰俎豆之事則嘗聞
之矣民勞師興國玩凱入其四　銑曰言所玩晉但爲凱樂之歌所
入於國謂但尚戰勝也　善曰毛詩曰民亦勞止玩與翫同古字通周禮曰師有功則愷
樂天厭霸德黃祖善本作祚字告釁許覲　銑曰霸謂魏也魏
土德故曰黃祖言天厭魏主無德乃告其凶釁將有華也　善曰左氏傳鄭伯曰天而玩
承周德矣于寶搜神記曰魏惟五德之運以土承漢春秋保乾圖曰漢以魏徵黃精接期
天下歸焉賈逵國語注曰釁兆也言禍有兆獄訟違魏謳歌適晉

文選二十四　二十八

翰曰言決獄定訟謳歌道德皆違去於魏而之於晉也適之也　善曰孟子萬章曰堯以
天下與舜有諸孟子曰否不然天與之堯崩三年之喪畢舜讓避丹朱於南河之南天下
朝覲獄訟者不之堯之子而之舜謳歌者不謳歌堯之子而謳歌舜故曰天也夫然後歸
中國踐天子之位焉陳留歸藩我皇登禪去濟曰魏帝禪位於晉
封魏帝爲陳留王故云歸藩　善曰魏志曰陳留王諱奐字景明武帝孫燕王宇子也奉
皇帝璽綬策禪位于晉嗣王魏世譜曰封帝爲陳留王庸岷稽顙三江
改獻其五　銑曰庸岷蜀也三江吳也稽顙改獻謂歸晉德爲臣　善曰庸岷蜀境
也庸國名也岷山名也禮記孔子曰拜而後稽顙三江吳境也尚書曰三江既入赫
矣隆晉奄宅率土向曰赫隆皆盛美貌奄大宅居也率土天下也　善
曰曹府君陳寔誄曰赫矣陳君毛詩曰宅殷土芒芒又曰率土之賓對揚天人

有秩斯祜向曰言對荅揚舉天人之事有其次於此福矣秩次斯此祜福也
善曰對揚已見上文司馬相如封禪文曰天人之際已交毛詩曰嗟爾烈祖有秩斯祜爾
銑曰祜福也惟公太宰光翼二祖翰曰太宰賈充也謚之父太祖
爲大將軍以充爲右長史及武帝即位復爲太宰故云二祖光翼謂充爲輔弼也　善曰
臧榮緒晉書曰晉太祖爲大將軍以賈充爲司馬右長史及世祖受禪轉太宰左氏傳康
王論晉范會曰宣夫子之光輔五君誕育洪冑纂戎于魯其六良曰
洪冑謂長子即謚也纂繼戎大也武帝封謚爲魯公故云繼大於魯也　善曰臧榮緒晉
書曰謚父韓壽河南尹毋賈充少女也充平生不議立後充後妻郭槐輒以外孫韓謐爲
賈氏子襲封槐自表陳是充意也帝許之以謐爲魯公毛詩曰誕彌厥月毛萇曰誕大
也鄭玄曰大矣后稷之在其母終人道十月而生毛詩曰纘戎祖考鄭玄曰戎汝也毛詩

文選二十四　二十九

日俾侯于魯東朝既建淑問峩峩良曰太子既立美問甚高也東
朝太子也建立淑美問聞也峩峩高貌善曰謂愍懷太子也毛詩曰淑問如皐陶我
求明德濟同以和向曰我謂太子也言太子求明德之人以濟王事同
心而和穆也　善曰謂求懿德已見上文左氏傳齊侯曰唯據與我和晏子曰據亦同也
焉得爲和和如羹焉宰夫和之濟其不及以洩其過君子食之以平其心君臣亦然杜預
曰梁丘據也魯公戾止袞服委平蛇徒何　銑曰言賈謐至止
衣冠安委蛇美貌戾至也袞服謂衣冠也　善曰毛詩曰魯侯戾止爾雅曰戾至也周禮
曰三公自袞冕而下毛詩曰退食自公委蛇委蛇思媚皇儲高步承
華其七　翰曰媚愛也言謐思愛太子高步於承華門也皇儲太子也　善曰王隱晉
書曰謐以賈后之妹子數入宮與愍懷處毛詩曰思媚周姜又曰媚于天子漢書蹶廣曰

太子國儲嗣君承華已見上文昔我逮茲時惟下僚翰曰逮及也機
爲太子洗馬故云下僚善曰下僚謂洗馬也及子棲遲同林異條
銑曰棲遲游息也同林謂同事太子異條謂謐先貴也善曰俱在東宮故曰同林而貴
賤殊隔故曰異條毛詩曰或棲遲偃仰年殊志比服殊善本作舛字
義稠直留濟曰謐少機老故曰年殊相與爲支故曰志比爵秩各異故曰服殊志
相善故曰義稠善曰服章服也尊卑殊制故曰舛也說文曰稠多也游跨三
春情固二秋其八良曰跨越也言同游經越三春情之堅固亦已二秋也
祇承皇命出納無違向曰祇敬也善曰尚書曰祇承于帝論語曰
樊遲問孝子曰無違也往踐蕃朝來步紫微向曰出爲吳王郎中
令故云往踐蕃朝入爲尚書故云來步紫微紫微天子宮也善曰蕃朝吳也紫微至尊

所居謂爲尚書郎升降祕閣我服載暉翰曰祕閣尚書郎所司也
載則也暉猶光也善曰謝承後漢書曰謝承父嬰爲尚書侍郎每讀高祖及光武之後
將相名臣策文通訓條在南宮祕於省閣唯臺郎升複道取急因得開覽序云八爲尚書
郎作此詩然祕閣即尚書省也孰云匪懼仰肅明威其九良曰誰
云非懼者仰敬天子之明威也善曰尚書曰我有周佑命將天明威分索則
易攜手實難銑曰分別則易集會則難善曰鄭玄禮記注曰索散也念
昔良游茲焉永歎平向曰此重述出郎中令在吳時相思也善曰
劉楨黎陽山賦曰良游未厭白日潛輝毛詩曰茲之永歎公之云感貽此
音翰平濟曰魯公感此分別之事遺我此詩音翰謂詩筆也善曰應劭漢書注
曰云有也韋昭曰翰筆也蔚彼高藻如玉如蘭善本作之闌字其十

翰曰蔚歎美也藻文也魯公高文如玉之美如蘭之芳善曰蔚文貌周易曰君子豹變
其文蔚也楚辭曰文彩耀於玉石王逸曰言發文舒詞爛然成章如玉石之有文彩也闌
力旦切協龍力丹切惟漢有木曾不踰境惟南有金萬
邦作詠向曰江漢有木謂橘也言度北則爲枳故云不踰境此言物之有變質人
之有變節也金剛而堅百鍊不銷故萬國作詠也蓋自勗如金之堅剛不可變易也謐贈
詩戒士衡無爲變志故也故詩云在南稱柑度北則橙也故以金荅也善曰木謂橙也
賈謐贈詩云在南稱柑度北則橙故荅以此言木度北而變質故不可以踰境金百鍊而
不銷故萬邦作詠謐戒之以木而陸自勗以金也穀梁傳曰婦人既嫁不踰境毛詩曰大
賂南金民之胥好狷絹狂善本作狂狷字厲聖銑曰胥相也狷
狂之心厲以作聖喻不善人也言謐之相好贈我以言相戒使我狷狂之心厲以作聖人

之道也善曰爾雅曰胥相也謂相戒勗以所好尚也論語子曰不得中行而與之必也
狂狷乎狂者進取狷者有所不爲尚書曰惟聖罔念作狂惟狂克念作聖說文曰厲石也
言人之自勗若金之受厲儀形在昔予聞子命其十一翰曰儀形
在昔謂以古之道相戒喻我聞子之命善曰毛詩曰儀形文王萬邦作孚左氏傳晉克
曰臣聞命矣

於承明作與士龍一首五言良曰承明亭名機從吳
入洛與弟士龍別於長林亭作詩與士龍述相思之意善曰集云與士
龍於承明亭作

陸士衡

牽世嬰時網駕言遠徂征濟曰嬰纏也駕言謂駕車馬出狩也

徂往征行也善曰鄒陽上書曰豈拘於俗牽於世曹子建責躬詩曰擧挂時網毛詩曰
駕言徂東飲餞豈異族親戚弟與兄善曰毛詩曰飲餞于禰又
曰豈伊異人兄弟匪他婉孌力轉居人思紆鬱游子情良曰
婉孌深思貌居人謂士龍也紆鬱失志貌善曰方言曰婉歡也婉與婉同古字通說文
曰孌慕也班固漢書述哀紀曰婉孌董公惟亮天工紆鬱已見上文明發遺安
寐寤言涕交纓銑曰明發初曉時也言將行遺忘其安寐乃覺寤而起涕
下而交於纓也纓衣領也善曰毛詩曰明發不寐又曰獨寐寤言淮南子曰雍門子以
琴見孟嘗君涕流霑纓分塗長林側揮袂萬始亭翰曰長林
萬始並亭名佇眄要遐景傾耳玩餘聲良曰佇立眄看遐遠
景影也言揮袂與士龍為別猶立育其遠影玩想其餘語之聲善曰家語孔子曰傾耳

而聽之不可得而聞杜預左氏傳注曰說貪也南歸憩永安北邁頓
承明銑曰南歸謂弟也北邁自屬也憩息頓止也永安承明皆亭名善曰毛萇詩
傳曰憩息也頓止舍也永安有昨軌承明子棄予與協韻
翰曰言永安亭有兄弟二人昨日之跡至予明則士衡獨止不見其弟故云棄予也軌迹
也善曰毛詩曰棄予如遺也俯仰悲林薄善本外字慷慨含辛
楚向曰俯仰於林薄之間但有悲悽慷慨為數含蓄辛酸痛楚也善曰范曄後漢書
劉瑜上書曰竊為辛楚泣血連如楚猶痛也懷往歡絕端悼來憂
成緒濟曰言懷思往時之歡絕其端也哀來則憂心成其亂緒也善曰言和悅纔
往歡已絕端哀悼暫來憂便成緒毛萇詩傳曰懷和也楚辭曰發寂寞而絕端方言曰悼
哀也感別慘舒翮思歸樂遵渚銑曰言我感別鄉邑慘然不能

進行汝將歸樂循其洲渚也慘舒翮謂如鳥分飛慘然不進飛亦如我不能進行善曰
舒翮謂鵠遵渚謂鴻言感別之情慘於舒翮之飛鵠思歸之志樂於遵渚之征鴻也蘇武
詩曰黃鵠一遠別酈炎詩曰舒吾凌霄羽毛詩曰鴻飛遵渚

贈尚書郎顧彥先二首

五言翰曰顧彥先同為尚書
郎遇雨不相見故贈此詩善曰王隱晉書曰顧榮字彥先吳人也為尚
書郎

陸士衡

大火貞朱光積陽熙自南向曰大火南方星也貞正也朱光日
也此仲夏之月積陽為日氣也熙熾也自南者則南方為夏善曰爾雅曰大火謂之大
辰郭璞曰大火心也在中最明故時候主之也孔安國尚書傳曰貞正也朱光朱明也爾

雅曰夏為朱明尚書曰日永星火以正仲夏淮南子曰積陽之熱氣生火火氣之精者為
日爾雅曰熙興也續漢書曰日行南陸謂之夏也望舒離金虎屏翳
吐重陰良曰望舒月御也畢星西方宿故云金虎也謂月著于畢畢星好雨故雨
師吐重陰而為滯雨著也屏翳雨師也善曰言月離畢天將雨也楚辭曰前望舒使先
驅王逸曰望舒月御也漢書曰西方金也尚書考靈耀曰西方秋虎漢書曰參白虎三星
又曰觜觿為虎首孔安國尚書傳曰昴白虎中星然西方七星畢昴之屬俱曰虎也毛詩
曰月離于畢俾滂沲矣楚辭曰屏翳起雨王逸曰屏屏翳雨師名也曹子建贈王粲詩曰
重陰潤萬物淒風迕時序苦雨遂成霖銑曰淒寒迕逆也為
人所患苦故云苦也三日雨為霖也善曰左氏傳申豐曰春無淒風秋無苦雨杜預曰
苦雨為人所患苦也小雅曰迕犯也莊子曰陰陽四時運行各得其序朝游忘

輕羽夕息憶重衾濟曰輕羽毛扇也衾被也言寒風逆時人寒故也善曰輕羽謂扇也傅毅有羽扇賦衾已見上文感物百憂生纏綿自相尋翰曰感此風雨逆序生百憂也纏綿思亂貌善曰百憂纏綿並已見上文

與子隔蕭墻蕭墻阻善本作隔字且深良曰蕭墻院落之墻善曰論語子曰吾恐季孫之憂在蕭墻之內也形影曠不接所託聲與音向曰託寄也聲音謂信命往來音聲日夜闊何用慰吾心善曰毛詩曰仲山甫永懷以慰其心

朝游游曾善本作層字城夕息旋直廬濟曰曾重也直廬直宿之廬善曰張晏漢書注曰直宿曰廬也迅雷中宵激驚電光夜舒翰曰宵夜激震也電光夜中布於目前也善曰論語曰迅雷風烈必變楚辭

文選二十四　三十四

曰菱驚雷軼駭電兮玄雲拖徒可朱閣振風薄綺疏良曰拖曳也綺疏窓也善曰說文曰拖曳也鄭玄禮記注曰振動也風以動物故謂之振孔安國尚書傳曰薄迫也李尤東觀銘曰房闥內布綺疏外陳是謂東觀豐注溢脩霤黃潦浸階除銑曰豐多也注雨水也脩高也黃潦雨水流於地者除庭也言雨水溢於高簷之霤黃潦又浸於階庭善曰王逸楚辭注曰霤屋宇也說文曰潦雨水也又曰除殿階也停陰結不解通衢化為渠向曰結不解言雲不開也闇道也

沈善本作沉字稼湮梁潁流民泝荊徐翰曰稼謂田苗也湮沒也梁潁二郡名言此郡田稼沈沒人之流散泝水上於荊徐二州善曰廣雅曰湮沒也梁潁二地名也毛萇詩傳曰泝向也荊徐二州名也眷言懷桑梓無乃將為魚濟曰機本吳人其鄉國多水今此尚為沈渠則懼彼已為湮沒矣故懷桑梓之人化為魚也善曰毛詩曰眷言顧之又曰惟桑與梓必恭敬止左氏傳曰天王使劉定公勞趙孟館於雒汭劉子曰美哉禹功明德遠矣微禹吾其魚乎

贈顧交阯公真一首

五言翰曰晉百官名云顧祕字公真為交州刺史士衡思之故贈此詩善曰晉百官名曰交州刺史顧祕字公真

陸士衡

顧侯體明德清風肅已邁向曰肅嚴邁遠也善曰周易曰君子體仁足以長人鄭玄曰體生也尚書曰先王既勤用明德胡廣書曰逮鴻懿流清風發迹翼藩后改授撫南裔銑曰公真初為吳王郎中令故云翼藩后

文選二十四　三十五

南裔郎交阯也善曰藩后吳王也顧氏譜曰祕為吳王郎中令南裔謂交阯也解嘲曰驃騎發迹於祁連蔡邕陳球碑曰遠鎮南裔近撫侯服鄭玄周禮注曰撫安也伐鼓五嶺表揚旌萬里外良曰伐擊也五嶺交阯也旌旗也擊鼓揚旌言彼蠻夷之地有車矣善曰漢書曰秦北為長城之役南有五嶺之戍裴淵廣州記五嶺云大庾始安臨賀桂陽揭陽漢書劉向上疏曰甘延壽懸旌萬里之外遠績不辭小立德不在大濟曰績功也言遠有功績不辭小位立德成理亦不在大國小亦可為之善曰左氏傳劉子謂趙孟曰子盍亦遠績功而大庇焉又穆叔曰太上有立德其次立功高山安足凌巨海猶縈帶翰曰交州夫帝京雖有高山安足凌於上言雖險亦易越也大海如繞帶亦言度不難也善曰古辨異傳遊曰衆星累累如連貝江河四海如衣帶惆悵瞻飛駕引領

望歸旆銑曰言惆悵瞻公真之駕引領望其歸旆冀相見也此士衡思之甚矣旆亦旌屬善曰楚辭曰惆悵兮而私自憐左氏傳穆叔謂晉侯曰引領西望曰庶幾乎

贈從兄車騎一首 五言 善曰集云陸士光

陸士衡

孤獸思故藪離鳥悲舊林向曰孤獸離鳥尚思故林藪而況人乎此士衡思歸之意善曰周禮曰澤無水曰藪牧養蓄鳥獸鄭玄曰澤無水曰藪翩翩游宦子辛苦誰為心銑曰翩翩旅遊之貌善曰漢書薄昭與淮南王書曰游宦事人髣髴谷水陽婉孌崐山陰濟曰髣髴似見不明之貌婉孌好貌谷水崐山並吳地山水思之髣髴若見其在於目前也婉孌存思貌水北曰陽山北曰陰善曰楚辭曰時髣髴以遙見陸道瞻吳地記曰海鹽縣東北二百里有

長谷昔陸遜陸凱居此谷東二十里有崐山父祖葬焉穀梁傳曰水北曰陽婉孌已見上文營魄懷茲土精爽若飛沈善本作沈字銑曰營心府間也言心府魂魄懷於吳土而精爽若飛若沈不定也善曰老子曰載營魄抱一能無離乎鍾會曰載辭也經護為營形氣為魄謂魂魄經護其形氣使之長存也論語子曰小人懷土左氏傳樂祁曰心之精爽是謂魂魄寤寐靡安豫願言思所欽良曰無安豫之志欽敬也所敬謂允也善曰東京賦曰齊多福以安豫毛詩曰願言思子嵇康贈秀才詩曰思我所欽感彼歸塗艱使我怨慕深翰曰言感彼歸塗艱難謂人事阻難不遂所心使我怨深也善曰孟子萬章問曰舜往于田日號泣於旻天何為其號泣也孟子曰怨慕也集本云歸塗艱順也安得忘歸草言樹背與襟善本作衿向曰忘歸草謂忘憂草言以其名忘歸欲樹於前後以忘憂也善曰韓詩曰焉得諠草言樹之背然矜猶前也斯言豈虛作思鳥有悲音翰曰謂此言不虛也思侶之鳥且有悲聲況人豈無之也

答張士然一首 五言 良曰孫盛晉陽秋云張悛字士然少以文章與士衡友善機從駕出游士然贈詩故有此答善曰孫盛晉陽秋曰張悛字士然少以文章與陸機友善悛七全切

陸士衡

絜身躋秘閣秘閣峻且玄向曰躋升峻高玄深也善曰四子講德論曰絜身修思弔魏武曰機出補著作遊乎秘閣然秘書省亦為秘閣說文曰玄幽遠也謂秘閣之幽遠也終朝理文案薄暮不遑眠善本作瞑

字銑曰遑暇也善曰毛詩曰不遑假寐瞑古眠字駕言巡明祀致敬在祈年翰曰此機從駕出巡祭祀致敬鬼神祈年豐也善曰駕言已見上文毛詩曰敬祭明祀禮記曰拜至所以致敬也毛詩曰祈年孔夙鄭玄曰我祈豐年甚早也逍遙春王圃躑躅千畝田濟曰時晉有春王圃天子藉焉逍遙閑樂貌躑躅漸進行貌時天子藉田躬推千畝善曰晉宮閣銘曰洛陽宮有春王圃躑躅與躑躅同禮記曰天子為藉田千畝迴渠繞曲陌通波扶直阡銑曰迴渠曲渠也東西為陌南北為阡扶者言水在阡上若從下扶持而上也善曰風俗通曰南北曰阡東西曰陌嘉穀垂重穎芳樹發華顛銑曰垂穎穀穗顛樹梢也善曰尚書曰農殖嘉穀廣雅曰顛末也余固水鄉士揔轡臨清泉善本作淵向曰水鄉吳地也臨其清泉意慕也善曰

水鄉謂吳也漢書曰武功中水鄉人三舍墊為池家語孔子曰善衛孝正身以捴繕善戚
戚多遠念行行遂成篇良曰戚戚憂也曰楚辭曰居戚戚而
不解

為顧彥先贈婦二首五言善曰集云為令彥先作今云
顧彥先誤也且此上篇贈婦下篇荅而俱云贈婦又誤也

陸士衡

辭家遠行游悠悠三千里翰曰悠悠遠貌善曰鸚鵡賦曰女
辭家而適人蔡琰詩曰悠悠二千里何時復來會京洛多風塵素衣
化為緇上濟曰緇黑色言塵染衣黑也善曰毛萇詩傳曰緇黑色脩身
悼憂苦感念同懷子向曰悼傷也同懷謂同懷抱之子即其婦也

文選二十四　三十八

善曰孟子曰古之人不得志脩身見於世列子曰畢辱則憂苦隆思亂心曲
沉歡滯不起良曰隆繁也心曲謂中心也歡情沉滯而不起善曰薛君韓
詩章句曰時風又且暴使已思益隆毛詩曰亂我心曲歡沉難克興心
亂誰為理願假歸鴻翼翻飛游善本作浙字江汜
銑曰克猶可也興起也翰曰假借也汜水名言歡沈難起心亂難理故願借歸鴻之翼
共飛遊江水之涯以見所思也善曰魏文帝喜霽賦曰思寄身於鴻鸞舉六翮而輕飛
毛詩曰江有汜

東南有思婦長歎充幽闥向曰此詩代荅前詩也東南謂吳也
充滿也幽闥深閨也善曰曹子建七哀詩曰上有愁思婦悲歎有餘哀西京賦曰重閨
幽闥借問歎何為佳人眇天末翰曰婦自借問以發詩情佳人

則彥先也眇絕極望若在天之末畔蓋思遠也善曰西京賦曰眇天末以遠期游
宦久不歸山川脩且闊良曰游宦子仕於中朝脩長也善曰游
宦已見上文形影參商乖音息曠不達銑曰形影相隨之理
夫婦之義今知參辰之相乖音書消息曠絕參商二星常出沒不相見商則辰也善曰
左氏傳子產曰昔高辛氏有子伯季曰閼伯曰實沈居曠林不相能日尋干戈以相征討
后帝不臧遷閼伯于商丘主辰商人是因故辰為商星遷實沈于大夏主參唐人是因以
服事夏商其季世曰唐叔故參為晉星法言曰吾不睹參辰之相比也音息音問消息也
廣雅曰曠久也離合非有常譬彼絃善本作弦字與筈音括
濟曰人生離合不可常如弓絃與筈暫葉絃乃釋遠去也善曰呂氏春秋曰夫萬物
成則毀合則離離則復合合則復離劉熙釋名曰矢末曰括括會也與弦會願保

文選二十四　三十九

金石軀慰妾長饑渴翰曰金石謂堅固也軀身也言相思如飢渴思
飲食也善曰金石已見上文李陵贈蘇武詩曰思得瓊樹枝以解長飢渴

贈馮文羆一首五言翰曰文羆為斥丘令前已贈詩今此重
贈也

陸士衡

昔與二三子游息承華南良曰承華太子所居乃士衡與文羆
同為洗馬善曰二三子及承華已見上文拊翼同枝條翻飛各
異尋銑曰如鳥拊翼同栖於枝條也善曰班固漢書曰燕燕翼俱起苟無凌
風翮徘徊守故林善本無此二句向曰故林太子宮言尚為洗馬
慷慨誰為感願言懷所欽濟曰慷慨歎也欽敬也懷所欽謂思

文羆　善曰所欽已見上文

發軫清洛汭驅馬太河陰軫車也言發車洛陽也水南曰汭驅馬於黃河之南也太河黃河也陰謂河南亦丘所在翰曰也善曰尚書曰東至于洛汭孔安國曰水北曰汭穀梁傳曰水南曰陰

佇立望朔塗悠悠迥且深向曰朔壯也悠悠遠貌迥闕也善曰焉在亦丘故云朔塗毛詩曰佇立以泣王粲贈士孫文始詩曰雖則固城邈其迥深

分索古昕悲志士多苦心善曰古詩曰晨風懷苦心

悲情臨川結苦言隨風吟良曰臨川結謂水聲相感志節之士多勤苦之言隨風則增氣善曰張平子書曰酸者不能不苦於言

愧無雜佩贈良訊代兼金銑曰雜佩寶重之物詩人所以贈行也今愧無此物而以善戒之以代兼金兼金好金也訊猶戒也　善曰毛詩曰知子之來之雜佩以贈之孟子曰齊王餽兼金一百而不

文選二十四　四十

受趙岐曰兼金其價兼倍於惡金也

夫子茂遠猷款誠寄惠音翰曰夫子謂文羆也茂美猷德也言夫子有美遠之德款誠之志寄惠我音信也　善曰尚書曰遠爾猷秦嘉贈婦詩曰何用叙我心遺思致款誠好色賦曰絜齋俟兮惠音聲

贈弟士龍一首　五言

陸士衡

行矣怨路長惄溺焉傷別促向曰惄憂心也　善曰論語曰君命召不俟駕行矣曹子建贈白馬王詩曰怨彼東路長詩曰我心憂傷惄焉如擣方言曰惆憂也自關而西秦晉之間或曰惄並奴的切曹子建送應氏詩曰別促會日長

指途悲有餘臨觴歎不足我若西流水子為東峙善本作峙字

岳翰曰言西入京如西流水行不止弟在家不游如東止之山岳也峙止也　善曰言已逝如西流之不息雲止類東岳之不移也

慷慨逝言感徘徊居情育濟曰慷慨歎息往者言多感衡自謂也徘徊懷戀居入之志情生謂陸士龍育生也　善曰逝機自謂也居謂雲也言慷慨不平逝者之言多感徘徊興戀居者之志彌生

安得攜手俱契闊成騑非服翰曰俱同也騑服之馬常相隨也願與兄弟雖契闊常同也　善曰毛詩曰死生契闊與子成說又曰攜手同行毛萇曰契闊懃苦也　說文曰騑驂傍馬也鄭玄毛詩箋曰兩服中央夾轅也

為賈謐作贈陸機詩一首　四言

潘安仁

向曰大意述晉平吳得陸生與之同官兼言離別勸戒之事

文選二十四　四十一

肇自初創二儀煙煴於云銑曰肇始也初創猶草創也二儀天地也煙煴元氣也　善曰周易曰易有太極是生兩儀王肅曰兩儀天地也易曰天地絪縕萬物化醇

粤有生民伏羲始君結繩闡化八象成文翰曰粤於也伏羲古帝王也八象八卦也謂伏羲始為君結繩闡化後畫八卦以成文字　善曰劇秦美新曰爰初生民周易曰上古結繩而治後世聖人易之以書契又曰古者包犧氏之王天下也始作八卦以通神明之德以類萬物之情包犧即伏犧也聲類曰闡大開也

茫茫九有區域以分其一濟曰茫茫寬廣貌九有九州也區域猶都邑也言都邑自此分也　善曰左氏傳魏絳曰虞人之箴曰芒芒禹跡畫為九州杜預云芒芒遠貌也毛詩曰方命厥后奄有九有毛萇曰九有九州也

神農更王軒轅承紀良曰神農沒而黃帝承其統紀　善曰史記曰軒轅

為天子代神農氏是為黃帝順天帝之紀家語孔子曰古之王者易代改號取法五行五
行更王終始相生也畫野離疆爰封衆子向曰言分別州土疆界以
封衆子也衆子謂黃帝有九子各封一國善曰漢書曰昔在黃帝畫埜分州得百里之
國萬區史記曰黃帝二十五子得其姓者一十四人也夏殷既襲宗周
繼祀向曰襲因也言殷因於夏而周繼之商曰祀也善曰楚辭曰思堯舜兮襲興
毛詩曰赫赫宗周綿緜瓜瓞徒結六國互峙其二翰曰緜綿不
絕貌瓜瓞瓜蔓也言六國如瓜蔓之引交互而立也善曰毛詩曰綿綿瓜瓞民之初生
自土沮漆六國謂韓燕趙魏齊楚也疆善本作強字秦兼并吞滅四
隅濟曰疆暴也秦兼六國四方也善曰史記曰秦始皇初并天下班固漢書述曰孝
武行師吞滅海隅淮南子曰經營四隅還反於樞高誘曰隅猶方也子嬰面櫬

文選二十四　四十二

漢祖應符善本作膺圖良曰子嬰秦王也面縛輿櫬降漢祖乃應符運也櫬
棺也降者輿而自隨以明必死也善曰子嬰漢祖已見上文左氏傳曰楚子圍許許
僖公見楚子於武城面縛銜璧大夫衰絰士輿櫬東京賦曰高祖膺籙受圖曹植大魏篇
曰大魏膺符靈獻微弱在涅則渝向曰靈帝獻帝也言二帝微弱
也獻帝遭董卓遷之西京天下亂也善曰范曄後漢書曰孝靈皇帝諱宏肅宗玄孫也
桓帝崩無子即皇帝位又曰孝獻皇帝諱協靈帝中子也靈帝崩即皇帝位曾子曰沙在
泥與之皆黑趙岐孟子章句曰白沙入泥不染自黑爾雅曰渝變也三雄鼎足
孫啓南吳其三銑曰三雄魏曹操蜀劉備吳孫權啓開也善曰雄即三國
之土班固漢書述曰三雄是敗漢書蒯通說韓信曰方今足下三分天下鼎足而居南
吳伊何僭號稱王翰曰孫權僭稱帝號善曰吳志曰黃龍元年權即

皇帝位春秋命曆序曰吳楚騶勝僭號稱王騶景騶也勝陳勝也字書曰僭假也大
晉統天仁風遐揚濟曰大晉理天下仁惠之風遠揚也善曰謂武帝
也周易曰大哉乾元萬物資始乃統天典引曰仁風翔于海表偽孫銜璧奉
土歸疆良曰偽孫謂皓銜璧而降奉國土歸我晉之封疆也璧者國寶降者親奉
於君面縛無手以執故用口銜也善曰偽孫謂皓也吳志曰孫皓字元宗和子也孫休
薨皓立晉命王濬伐皓皓降於濬受皓之降銜璧已見上向婉婉長離凌
江而翔其四向曰長離鳳也以喻君子婉婉美皃陸機自喻江而來亦猶鳳翔
也善曰長離喻機也楚辭曰駕八龍之婉婉漢書曰長麗前掞光耀明臣瓚曰長離靈
鳥也離與麗古字通也長離云誰容爾陸生善曰毛詩曰云誰之
思又曰容爾散商鶴鳴九皋猶載厥聲銑曰鶴鳴九皋之上其聲

文選二十四　四十三

聞天詩人猶記之載猶記也善曰毛詩曰鶴鳴九皋聲聞于天又曰厥聲載路況
廼海隅播名上京爰應旌招撫翼宰庭其五翰曰
海隅吳也播布旌招賢之飾撫奮也宰庭天子之庭也善曰海隅謂吳也尚書曰至于
海隅范曄後漢書沮授謂袁紹曰將軍播名海內孔安國尚書傳曰播布也臧榮緒晉書
曰太熙末太傅楊駿辟機為祭酒孟子曰招大夫以旌撫翼已見上文宰謂駿也宰或為
紫非也儲皇之選實簡惟良濟曰儲皇副主也言擇任賢良以為
左右善曰漢書疏廣曰太子師友必於天下英俊爾雅曰簡擇也尚書曰時惟良顯哉
孔安國曰是惟良臣則君顯明於世英英朱鸞來自南岡良曰
英英鮮明貌朱鸞瑞鳥也亦喻君子岡山也南岡謂機自南來也善曰鸞亦喻機也毛
萇詩傳曰英鮮明也王逸楚辭序曰虬龍鸞鳳以託君子毛詩曰我來自東曜藻

崇正玄冕丹裳向曰曜藻文華也崇正殿名太子講藝之所機時為太子
洗馬故曜文章於此殿玄冕丹裳大夫之儀服善曰謂為洗馬也崇正太子之宮也臧
榮緒晉書曰世祖以皇太子富於春秋初命講孝經於崇正殿周禮曰大夫玄冕禮記曰
君朱韍環濟要略曰韍以象裳色如彼蘭蕙載采其芳其六翰曰
載則采取也言陸機如蘭蕙太子則取其道德之芳也藩岳作鎮輔我
京室濟曰藩岳謂諸侯也謂惠帝弟吳王晏出為大將軍以鎮吳機為郎中令故云
輔我京室也善曰謂吳王也班固盧綰述曰綰自同閈鎮我北疆毛詩曰大啓爾宇為
周室輔旋反桑梓帝弟作弼良曰機吳人今與吳王同鎮吳故云
旋反桑梓為帝弟之輔弼也善曰桑梓已見上文作弼謂為吳王郎中令也或云
國官善本作宦字清塗攸失向曰或有人云自太子洗馬出為郎中令

是失其清官之塗善曰漢書曰武有淮南衡山之謀作左官之律應劭曰人道尚左今
舍天子而仕諸侯故謂之左官吾子洗然恬淡自逸其七銑曰吾
子謂機也洗然肅敬之貌言雖失清官之塗而適肅敬自安逸也善曰莊子曰庚桑子
之始來也吾洒然異之鄭玄禮記注曰洒如肅敬也文子曰靜漠恬淡說文曰淡安也徒
敢切毛詩曰我不敢傚我友自逸陳大丘碑曰澹然自逸廊廟惟清俊乂
是延向曰乂理延進也廊廟之官惟擇其清俊能理之材是進用也善曰史記曰
賢人深謀於廊廟爾雅曰室有東西廂曰廟雅為舍人曰殿有東西小堂也然廊廟君之
居臣朝覲之所故曰俊乂是延也尚書曰俊乂在官鄭玄周禮注曰延進也擢應
嘉舉自國而遷濟曰機從吳王郎中令徵八為尚書郎擢拔也國吳國也
言拔應此舉從吳國遷為此官善曰方言曰擢拔也齊轡羣龍光讚

納言良曰羣龍喻羣賢也讚明也謂尚書郎與羣賢齊轡以明出納天子之言也
善曰謂為尚書郎也楊雄河東賦曰建乾坤之貞兆兮將悉總之以羣龍韋昭曰比羣賢
也尚書帝曰龍命汝作納言應劭漢書注曰納言如今尚書官陸為郎故曰光讚也鄭玄
周禮注曰贊佐也優游省闥珥筆華軒其八向曰闥門也華軒
殿上曲欄也珥執也言閑豫於省闥執筆殿上以侍天子也善曰毛詩曰優游爾休矣
崔駰奏記竇憲曰珥筆持牘拜謁曹下韋昭漢書注曰檻殿上欄軒上板昔余與
子纏綣東朝濟曰謚昔為散騎常侍侍東宮機亦為太子洗馬纏綣不離散
皃善曰左氏傳臧昭伯曰纏綣從公無通外內也雖禮以賓情同友
僚嬉娛絲竹撫鞞步迷舞韶良曰賓敬也雖以禮相敬於情不殊
友僚常以絲竹鼓樂以自嬉娛也善曰禮記曰絲竹樂之器也字林曰鞞小鼓也尚書

曰簫韶九成孔安國曰韶舜樂名脩日朗月攜手逍遙其九向曰
脩長朗明也逍遙游往也自我善本作成離羣二周于今銑曰謚與
機別經二年也于今贈詩時也善曰禮記曰子夏曰吾離羣索居毛詩曰自我不見于
今三年雖簡其面分著情深翰曰簡別著明也言雖面別分義之
理著于深情善曰孔安國尚書傳曰簡畧也袁紹與公孫瓚書曰分著丹青子其
超矣實慰我心濟曰超謂為尚書郎言子超升實歡慰我心善曰毛詩
曰實獲我心發言為詩俟望好音其十良曰歲言舒志為詩也
俟待也言待好音者謂望機答此詩也善曰毛詩序曰在心為志發言為詩毛詩曰誰
將西歸懷之好音欲崇其高必重其層向曰將崇高大之德必須
重其增益之事言此以誡機也善曰郭璞曰山海經注曰層重也慈登切立德

之柄莫匪安善本作宣字恒銑曰言立德權柄當安守其恒常也善
曰周易曰謙德之柄也恒德之固也在南稱甘度北則橙音澄協韻
翰曰甘果木名生之於江南則芳香種於北地則變橙枳言木以移而變恐人亦同是而
易節故引為戒善曰言甘以移植而易名恐人從居而變節故譏引以誡之淮南子曰
江南橘樹之江北而化為橙博物志曰橘柚類甚多甘橙枳皆是崇子鋒穎
不頹不崩濟曰崇爾道德鋒穎勿使崩頹也善曰鄭玄禮記注曰崇猶尊也摯
伯陵答司馬遷書曰有能者見鋒穎之秋毫毛詩曰如南山之壽不騫不崩

贈陸機出為吳王郎中令一首　四言

潘正叔良曰文章志云潘尼字正叔少有清才初應州辟後以父
老歸養及父終出仕位至太常卿善曰文章志曰潘尼字正叔少有

清才初應州辟後以父老歸供養父終乃出仕位終太常
東南之美曩惟延州濟曰延州謂延陵季子也曩昔也延陵為東南
昔時之美也善曰爾雅曰東南之美者有會稽之竹箭焉左氏傳曰吳子使屈狐庸聘
于晉趙文子問焉曰延州來季子其果立乎杜預曰延州來季札邑也顯允陸
生於今鮮儔銑曰鮮少儔匹也言機有明信之德於今少匹也善曰毛詩
曰顯允君子莫不令德振鱗南海濯翼清流翰曰南海謂吳也清
流謂晉也九言鱗翼者皆龍鳳也君子比之故作者單以鱗翼隨事宜以用之善曰高
唐賦曰振鱗奮翼應德璉建章臺集詩曰濯翼陵高梯婆娑翰林容與
墳丘其一濟曰翰筆也林謂儒林也墳三墳丘九丘皆古書也婆娑容與皆游放
之貌善曰答賓戲曰婆娑乎術藝之場長揚賦曰借翰林以為主人左氏傳楚左史倚

相趍過王曰是史也能讀三墳五典八索九丘玉以瑜潤隨以光融
良曰瑜玉之美者隨隨侯珠也玉以瑜而溫潤珠以光色而明朗言人加學亦如之也
善曰禮記孔子曰君子比德於玉焉溫潤而澤仁也瑜不揜瑕忠也鄭玄曰瑜其中間美
者隨隨珠已見上文杜預左氏傳注曰融朗也迺漸上京羽善本作乃字
儀儲宮善曰玩猶愛也爾衡顏于碑曰秀不實振芳風玩爾清藻味
爾芳風善本無此二句向曰漸進也羽儀儲宮謂機為東宮洗馬為太子羽儀
也玩習味美也清藻芳風言機之文章也泳之彌廣挹之彌冲其二
銑曰泳游廣遠挹酌冲深也言游酌道德之源彌覺深遠善曰毛詩曰漢之廣矣泳之
游之毛萇曰潜行為泳又曰挹斟也老子曰大滿若冲字書曰冲猶虛也崐山何
有有瑤有珉翰曰崐山喻省閣也瑤珉喻君子也言省閣之內所有者皆君

子也善曰新序晉平公歎曰嗟呼安得賢士大夫與共此樂船人固桑對曰夫劍產於
越珠產江漢玉產崑山此三寶皆無足而致今君苟好士則賢士至矣說文曰瑤玉之美
者又曰珉石之美者及爾同僚具惟近臣濟曰僚官也正叔嘗為太
子舍人言與機同官俱為近臣善曰臧榮緒晉書曰正叔元康初拜太子舍人機仕東
宮已見上文毛詩曰我雖異事及爾同僚東京賦曰具惟帝臣國語曰近臣盡規予
涉素秋子登青春良曰素秋喻老也青春喻少年也善曰素秋喻老
青春喻少也劉楨與臨淄侯書曰而以素秋則落楚辭曰青春爰謝愧無老成
廁彼日新其三向曰正叔自云愧無老成之風而廁列日新之德日新者謂
機也善曰毛詩曰雖無老成人尚有典刑周易曰大畜剛建篤實輝光日新其德祁
祁大邦惟桑惟梓良曰祁祁衆多貌大邦則吳矣謂是機之桑梓機出

爲吳王郎中令故云胥　善曰毛詩曰采蘩祁祁毛萇曰祁祁衆多也穆穆伊
人南國之紀銑曰穆穆美也伊是也謂美是人爲吳綱紀也　善曰毛詩曰
穆穆魯侯又曰所謂伊人又曰滔滔江漢南國之紀帝曰爾諧惟王卿
士銑曰諧和也惟王謂帝第吳王也卿士卽僕也　善曰尚書帝曰爾諧俯僂
從命奚恤奚喜其四翰曰俯僂屈身也言屈身從於王命無憂喜於懷
也　善曰左氏傳孟僖子召其大夫曰吾聞將有達者曰孔丘聖人之後也而授厲公及
正考父佐戴武宣三命茲益恭其鼎銘曰一命而僂再命而傴三命而俯循牆而走莫余
敢侮我車旣巾我馬旣秣濟曰巾車衣也秣飼也言將飼車馬而行
也　善曰周禮巾車下大夫二人鄭玄曰巾猶衣也秣馬已見上文星陳夙駕
載脂載轄良曰星陳夙駕言早發也脂膏也以滑車也轄車鍵也　善曰尚書

文選二十四　四十八

大傳八伯歌曰爛然星陳毛詩曰星言夙駕說于桑田又曰載脂載轄還車言邁婉
孌二宮徘徊殿闥醪澄莫饗孰慰饑渴其五向曰
婉孌徘徊皆顧慕貌二宮謂帝及太子宮也機經任之故正叔眷慕二宮之內醪酒之澄
無人饗宴慰我飢渴之情也　善曰淮南子曰酒澄而不飲孔叢子子思謂魯穆公曰君子
若飢渴待賢也昔子忝私貽我蕙蘭銑曰陸先贈潘詩故云忝私情
於我而遺我蕙蘭也蕙蘭香草以喻文章之美　善曰陸集有贈正叔詩今子徂
東何以贈旃翰曰徂往旃之也　善曰徂東謂適吳也毛詩曰駕言徂東又
曰何以贈之寸晷惟寶豈無璵璠濟曰璵璠寶玉也言豈無寶玉
不足貴以寸陰可爲寶也　善曰淮南子曰聖人不貴尺之璧而重寸之陰難得而易失
也說文曰晷景也也璵璠美玉也彼美陸生可與晤言良曰言陸機之

義可與申明晤之言　善曰毛詩曰彼美淑姬可以晤言鄭玄曰晤猶對也
贈河陽一首五言　向曰潘岳爲河陽令是尼從父故不言名
潘正叔
寔善本作宓生化單父子奇涖東阿銑曰宓子賤子奇並古良
宰也單父東阿二邑名二君以風化臨之其邑撫理也　善曰呂氏春秋曰宓子賤治亶
父彈鳴琴身不下堂亶父治巫馬期以戴星出入日夜不居以身親之而亶父亦治巫馬
期以問其故於宓子宓子曰我之任人子之任力任力者固勞任人者固逸說苑曰子奇
年十八齊君使治阿旣行齊君悔之遣使追使者返曰子奇必能矣共載者皆白首也
子奇至阿鑄庫兵以爲耕器魏聞童子爲君庫無兵倉無粟乃起兵擊之阿人父率子兄
率弟以私兵戰遂敗魏師桐鄉建遺烈武城播絃歌翰曰桐鄉

文選二十四　四十九

朱仲鄉爲桐鄉嗇夫主稼穡之邑武城子游所理邑或以賢愛爲業或以絃歌見美以子岳
喻此四賢　善曰漢書曰朱邑字仲卿廬江人以時爲舒桐鄉嗇夫廉平不苟後爲大司
農病且死屬其子曰我故爲桐鄉吏其人愛我必葬我桐鄉後世子孫奉我不如桐鄉人
及死其子葬之桐鄉西郭外人果共立爲邑起冢立祠祭至今不絕班固說東平王蒼曰
遺烈著於無窮論語曰子之武城聞弦歌之聲孔安國曰子游爲武城宰逸驥騰
夷路潛龍躍洪波濟曰驥良馬也夷平也縱良馬於平路躍潛龍於大
波喻得塗也　善曰驥龍喻岳也弱冠步鼎鉉旣立寄善本作宰
字三河良曰年二十曰弱冠也鼎三公象也鉉鼎耳環也岳二十爲賈充府掾故
云步鼎鉉也年三十曰立三河河東河內河陽也宰理也　善曰岳早辟賈充府出爲河
陽令禮記曰人生二十曰弱冠周易曰鼎金鉉鄭玄曰金鉉喻明道能舉居之官職也尚

書注曰昂三公象也論語曰三十而立漢書東方朔曰漢去三河之地止灞滻以西流

聲馥秋蘭摛藻豔春華向曰馥香摛發也流其芳聲香逾秋蘭發其文藻美於春華也善曰家語孔子曰流聲後裔非唯學之所致耶楚辭曰秋蘭兮青青說文曰摛舒也摛藻春華已見上文

徒美天姿茂豈謂人爵多銑曰仁義忠信曰天爵公卿大夫曰人爵所美者聰敏仁義天姿之茂豈言此人爵之多也善曰風俗通曰太尉掾范滂天姿聽敏孟子曰有天爵有人爵仁義忠信樂善不倦此天爵也公卿大夫此人爵也古之人修其天爵而人爵從之今之人修天爵以要人爵既得人爵而棄其天爵終亦必亡矣

贈侍御史王元貺一首

五言向曰周禮太宗伯御史掌書之官至秦以為理獄之官

潘正叔

崐山積瓊玉廣廈搆衆材濟曰廣大搆合也崐山大廈以喻國也瓊玉衆材以喻群賢合成於國也善曰崑山出玉已見上文愼子曰廊廟之材非一木之枝

游鱗萃靈沼撫翼希天階良曰萃聚希望也靈沼天階喻左右省闥也鱗翼謂龍鳳況君子也言君子皆撫仁義之道聚望天子之左右善曰遊鱗龍也毛萇詩傳曰萃集也毛詩曰王在靈沼楚辭曰攀天階而下視

膏蘭孰為銷濟治由賢能奴來切向曰膏蘭為物以明燭暗以香變臭自致銷爍不辭其勞賢能濟理亦猶是也孰誰也善曰漢書曰龔遂卒有父老來弔曰薰以香自燒膏以明自銷

王侯厭崇禮迴迹清憲臺銑曰王侯謂貺也崇禮門名王前為尚書郎朝奏皆在此門言今厭之迴迹清肅憲臺憲臺即御史臺署善曰漢書上謂嚴助曰君厭承明之廬張孟陽魏都賦注曰聽政殿左崇禮門漢官儀曰御史為憲臺也

蠖屈固小往龍翔迺大來翰曰蠖屈喻聖人潜隱也龍翔喻聖人即位也言蠖屈之時喻賢人在外故云小往龍翔之時喻君子入用故云大來善曰周易曰尺蠖之屈以求伸也龍蛇之蟄以存身也又曰泰小往大來吉郭璞方言注曰尺蠖又呼為步屈也於縛切

協心毗聖世畢力讚康哉濟曰協合毗輔畢盡讚佐也合心輔於聖代盡力以佐康哉之風善曰尚書曰三后協心毛詩曰天子是毗鄭玄曰毗輔也呂氏春秋曰百官有司之事畢力竭智矣尚書咎繇乃歌曰元首明哉股肱良哉庶事康哉

文選卷第十四

文選 二十五

詩 贈答三

廿六十

文選卷第二十五

梁昭明太子撰　五臣并李善注

贈答三

傅長虞贈何劭王濟詩一首

郭泰機荅傅咸詩一首

陸士龍為顧彥先贈婦詩二首

荅兄機詩一首

荅張士然詩一首

劉越石荅盧諶詩一首并書

重贈盧諶詩一首

盧子諒贈劉琨詩一首

贈崔溫詩一首

荅魏子悌詩一首

謝宣遠荅靈運詩一首

於安城荅靈運詩一首

謝惠連西陵遇風獻康樂詩一首

謝靈運還舊園作見顏范二中書詩一首

登臨海嶠與從弟惠連詩一首

酬五臣本從言從弟惠連一首

贈何劭王濟一首 五言并序

傅長虞 良曰王隱晉書云傅咸字長虞北地泥陽人也舉孝廉拜太子洗馬後為司隸校尉善本注同

朗陵公何敬祖咸之從內兄 向曰劭襲封朗陵郡公 善曰臧榮緒晉書曰何劭襲封朗陵郡公 國子祭酒王武子咸從姑之外孫也 善曰王隱晉書曰王濟為國子祭酒 並以明德見重於世咸親之重之 善曰尚書曰先王既勤用明德漢書曰霍光以張安世篤行光親重之 情猶同生義則師友 善曰左氏傳曰鄭罕駟豐同生孫子曰人必將求賢師而事之擇良友而友之 何公既登侍中武子俄而亦作侍中 銑曰俄頃也有頃武子亦遷侍中 善曰臧榮緒晉書曰

文選二十五 二

何劭為散騎常侍遷侍中傳暢晉諸公讚曰王濟左遷國子祭酒數年入為侍中 二賢相得甚歡咸亦慶之然自恨闇劣雖願其繾綣而從之末由 翰曰二賢謂何劭王濟也慶善也繾綣猶親密也咸自言恨闇劣願與親密而官爵去遠從之末由禮隔也 善曰漢書曰灌夫竇嬰兩人相得歡甚無厭左氏傳臧昭伯曰繾綣從公無通內外毛詩傳曰迺迺從之 歷試無效且有家艱 濟曰歷試謂歷職言無功效也家艱謂父母憂也 善曰尚書曰歷試諸難毛詩曰未堪家多難余又集于蓼 心存目替 善本無此一句 賦詩申懷以貽之云爾 良曰替廢也心常在於何王而目不相見故申懷以贈二君 善曰蒼頡篇曰懷抱也薛君韓詩章句曰云辭也

日月光太清列宿曜紫微 向曰太清天也列宿二十八宿也紫微天帝宮也謂列宿曜也 善曰鶡冠子曰上及太清下及太寧春秋合誠圖曰北辰其星七在紫微之中也 赫赫大晉朝明明闢皇闈 銑曰赫赫盛貌 謂晉朝之盛闢開闈門也謂開門以待賓也 善曰左氏傳子囊曰赫赫是國而君臨之毛詩曰明明在下赫赫在上張衡陳公誄曰穆穆皇闈公寔省之 吾兄既鳳翔王子亦龍飛 翰曰吾兄謂劭也王子王濟也鳳翔龍飛喻君子得用 善曰吳質答文帝箋曰曹列曹冊加以公室枝庶骨肉舊恩其龍飛鳳翔實其分也 雙鸞游蘭渚二離揚清暉 濟曰離之鸞為鸞鳳喻君子也蘭渚比中書省揚謂揚舉清風以生光暉也 善曰王何也蘭渚喻中書也王逸楚辭序曰鸞鳳以託君子漢書曰長麗前掞光耀明臣瓚曰長離靈鳥也二離日月也 攜手升玉階並坐侍丹帷 良曰玉階丹帷皆天子之殿庭 善曰毛詩曰

文選二十五 三

攜手同行西都賓曰玉階彤庭毛詩曰既見君子並坐鼓瑟曹植娛賓賦曰丹帷曄以四張 金璫綴惠文煌煌發令姿 向曰璫耳珠也惠文冠名煌煌光也言冠文彩增發於令善之姿容也 善曰董巴輿服志曰侍中冠弁大冠加金璫附蟬為文漢書曰昌邑王賀冠惠文冠音義曰令侍中所著也服虔通俗文曰珠曰璫 斯榮非攸慕繾綣情所希豈不企高蹤麟趾邈難追 銑曰此榮非庶幾所能及但親密之情是所希望豈不慕高軌但蹤跡邈遠難可追攀也 善曰賈逵國語注曰庶冀也廣雅曰希庶也司馬彪莊子注曰企望也蔡邕表陽碑曰邈矣高蹤皦皦能尅茲毛詩曰麟之趾振振公子 臨川靡芳餌何為守空坻 善本作空守 翰曰餌釣肉也坻河岸也言釣者無餌守於空岸終非得魚言此以喻於已也 善曰芳餌以喻令德也歸田賦曰徒臨川以羨魚吳越春秋

大夫稽巨深川之魚於餌餌魚食也莊
子曰任公爲大鈎犗以爲餌淮南子曰茫
帝化天下也
漁者不爭坻槁葉待風飄逝將與君違濟曰
咸時
出爲巽州刺史將發如枯槁之葉待風之飄
也逝往違離也　善曰槁葉自喻也毛詩曰
蘀兮蘀兮風其吹女鄭玄曰木葉槁得風乃
落毛詩曰逝將去汝毛萇詩傳曰違離也
違君能無戀尸素當言歸良曰離君豈能無
眷戀但自恨尸祿
素餐當歸也　善曰韓詩曰何謂素餐素者
質人但有質朴無治民之材名曰素餐尸祿
者頗有所知善惡不言默然不語苟欲
得祿而已譬若尸矣毛詩曰言旋言歸
蓬蓽廬樂道以忘飢向曰蓬蓽廬草菴也言
歸此以樂先王之道將
忘其飢也　善曰劉向雅琴賦曰潛坐蓬廬
之中禮記孔子曰儒有華門圭竇毛詩曰泌
之洋洋可以樂飢毛萇
曰言可以樂道忘飢進則無云補退則恤

其私濟曰云補謂以言補闕恤私謂憂其家
私　善曰漢書諸葛豐曰臣誠願之獨
恐未有云補廣雅曰云有
也論語曰退而省其私但願隆弘美王度
日清夷良曰但願二子盛大美之道爲王之
法度日益清平夷平也　善曰東觀
漢記陳元上疏曰扶轂摘糱掩其弘美左氏
傳右尹革曰祈招之詩曰思我王度式如玉
式如金仲長子昌
言曰警蹕清夷

答傅咸一首　五言

郭泰機　向曰傅咸集序云河南郭泰
機寒素後門之士數作詩與
咸咸報詩恒激切戲之後因咸贈
詩故作此答之　善曰傅咸集曰
河南郭泰機寒素後門之士不知
余無能爲益以詩見激切可施用
之才而況淪不能自拔於世余
雖心知之而未如之何此屈非傷

文辭所了故直
戲以荅其詩云
皎皎白素絲織爲寒女衣銑曰皎皎白也
素絲喻才也寒女
衣者謂己賤而負美才　善曰素絲喻德寒
女喻賤也傅咸贈詩曰素絲豈不絜寒女難
爲容崔駰七言曰皦皦練絲退濁
汙曹植閑居賦曰願同衾於寒女寒女雖妙
巧不得秉杼機向曰秉執也言雖巧不得機
杼執之猶有才而不見用也
善曰言不見用也傅咸贈詩曰貧寒猶
手拙操杼安能工古詩曰札札弄機杼天寒
知運速況復鴈南飛濟曰言天寒日月速而
鴈南飛逐暖所以多感
也　善曰言歲之方晏以喻年之將老也莊
子曰天寒既至霜雪既降楚辭曰鴈嗈嗈而
南遊衣工秉刀尺棄我忽若遺良曰衣工謂傅
咸也刀尺謂執
政事也執其刀尺棄人之寒如遺者也　善
曰衣工喻傅咸也張衡髑髏賦曰飛鋒曜景

秉尺持刀毛詩曰將
安將樂棄我如遺人不取諸身世事焉所
希向曰言人不能及身自求當代之事焉所
希冀也　善曰言凡人皆不能恕已及物
取之於身故世間之士安可冀
而相薦乎周易曰近取諸身況復已朝餐
曷由知我飢銑曰朝餐謂咸先食祿也曷何
也何由知我飢者刺咸不恕已
及人也　善曰言已朝餐而
忘我飢猶居貴而遺我賤

爲顧彥先贈婦二首　五言

善曰集亦云爲顧彥先然此
二篇並是婦荅
而云贈婦誤也

陸士龍　向曰集云爲顧彥先贈婦二
首爲婦荅亦二首此是婦荅
而云贈婦
集者誤也

悠悠君行邁煢煢妾獨止善曰毛詩曰悠悠
南行又曰行邁靡靡

翰又曰獨行煢煢山河安可踰永路隔萬里京室多妖冶粲粲都人子濟曰煢煢孤也妖冶美貌粲粲衣服鮮明貌都亦美也人子士女也 善曰上林賦曰妖冶閑都毛詩曰西人之子粲粲衣服又曰彼都人士鄭玄儀禮注曰女子子者女子也別於男也雅步擢纖腰巧笑發皓齒佳麗良可美衰賤焉足紀良曰京室纖麗良可美也衰賤何足紀錄妻自謂也 善曰雅閑雅謂妖麗也許慎淮南子注曰擢引也毛詩曰巧笑倩兮楚辭曰美人皓齒嫮以姱戰國策司馬喜曰趙佳麗之所出高誘曰佳大也麗美也賈逵國語注曰紀猶錄也遠蒙眷顧言銜恩非望始翰曰遠蒙眷顧言謂夫先寄詩也銜恩謂銜此恩德不敢冀望如此者也 善曰毛詩曰眷言顧之鄭玄曰顧念也左氏傳鄭伯曰非所敢望魏文帝哀己賦曰蒙君子之博愛垂過望之恩渥

文選二十五　六

浮海難為水游林難為觀銑曰言夫在京所見既廣難為容態也 善曰林海以前上京也言遊上京難為容色也孟子曰觀於海者難為水容色貴及時朝華忌日晏皎皎彼姝子灼灼懷春粲向曰忌畏晏晚也言容色貴及其時朝華木槿也木槿花暮落故云畏日晚也皎皎明淨貌彼姝謂彼都美人也灼灼盛貌懷春如春華之美 善曰說文曰木槿朝華暮落古詩曰盈盈樓上女皎皎當牕牖毛詩曰彼姝者子又曰有女懷春毛萇曰懷思也毛詩曰今夕何夕見此粲者國語曰女三為粲賈逵曰粲亦美貌西城善雅舞總章饒清彈濟曰西城總章皆出伎樂 善曰陸機洛陽記曰金墉城在宮之西北角魏故宮人皆在中崔豹古今注曰魏文帝宮人高衣能歌舞一時冠絕孫盛晉陽秋傳隆議曰其總章技即古之女樂鳴簧發丹脣朱絃繞素腕良曰簧笙也朱絃謂箏琴也素腕在上彈故云繞也 善曰毛詩曰吹笙鼓簧神女賦曰朱脣的其若丹禮記曰清廟之瑟朱絃而疏越洛神賦曰攘皓腕輕裾猶電揮雙袂如霧散華容溢藻幄哀音善本作響字入雲漢向曰輕裾雙袂運轉纖速猶電霧也藻幄謂飾之以文也入雲漢言哀響之遠也 善曰張衡舞賦曰裾若飛燕袖如迴雪徘徊相佯聲若電代韓康伯周易注曰揮散也封禪書曰雲布霧散洛神賦曰華容阿那杜預左氏傳注曰幄帳也列子曰薛談學謳於秦青辭歸青餞於郊衢撫節悲歌聲震林木響遏行雲張湛曰二人薛秦之善歌者知音世所希非君誰能讚銑曰希少讚美也 善曰古詩曰不惜歌者苦但傷知音稀孔安國論語注曰稀少也希與稀通釋名曰稱人之美曰讚也棄置北辰星問此玄龍煥向曰北辰星不移動喻己也玄龍喻美色言棄不移之心而問美豔之色 善曰北辰言不移也玄龍喻美女也言

文選二十五　七

棄彼北辰之心而問此玄龍之色識好色而不好德陸雲代彥先贈婦詩曰何用結中款仰指北辰星石氏星讚曰軒轅龍體主后妃猶此唯取眾姬郎指西城總章宮人不論於后也龍色多玄故取以喻時暮復何言華落理必賤濟曰時暮謂老也復何言自數也言容華衰落於理當見賤也 善曰毛詩序曰華落色衰復相棄背

答兄機一首

五言 向曰機自吳王郎中寄詩與雲故有此答

陸士龍 善曰士衡前為太子洗馬時贈別士龍今答之

悠遠塗可極別促怨會長良曰悠行極至也言行遠塗路可至別則在近所會之時則長也 善曰機贈詩已行矣怨路長怨焉傷別促鄭玄禮記注曰

极盡也曹子建送應氏詩曰別促會日長銜思善本作恩字戀行邁興
言在臨觴翰曰邁行也興此思戀之言在臨觴也善曰機詩曰指塗悲有餘
臨觴歡不足毛詩曰念彼恭人興言出宿南津有絕濟北渚無河
梁銑曰南津北渚謂當時送別處絕濟無梁皆無橋也善曰言己心有絕濟而可涉
機行無河梁而可涉也韋昭漢書注曰直渡爲絕爾雅曰濟渡也機詩曰我若西流水子
爲東時岳故云南北以報之楚辭曰江河廣而無梁神往同逝感形留
悲參商向曰愧神隨兄往而形留此如參辰之不相見也商辰星也善曰言巳
形雖留而神實往故曰神往同逝言之或形留悲參商之隔左氏傳子產曰高辛氏有二
子伯曰閼伯季曰實沈不相能后帝不臧遷閼伯于商丘主辰商人是因故辰爲商星遷
實沈于大夏主參唐人是因其季世曰唐叔虞故參爲晉星法言曰吾不見參商之相比

也衡軛若殊迹牽牛非服箱濟曰衡軛也動車後木也牽牛
星也箱亦車也兄弟相依當如衡軛而今殊迹牽牛有名不堪服車亦猶有兄弟之名而
不得同聚善曰機詩曰安得同攜手契闊成騑服故答云衡軛若殊其迹則類牽牛不
以服箱也毛詩曰睆彼牽牛不以服箱

答張士然一首五言良曰張士然平吳後入洛有贈雲雲故
答之

陸士龍

行邁越長川飄颻冒風塵通波激枉渚悲風
薄丘榛也翰曰激急也枉渚曲渚也丘墓榛棘善曰新序孔子張曰臣犯霜露
冒塵埃曹植出行曰蒙霧犯風塵鄭玄考工記注曰冒蒙也西都賓曰與海通波楚辭曰

朝發枉渚又曰哀江介之悲風高誘淮南子注曰叢木曰榛脩路無窮迹
井邑自相循銑曰脩長窮極循順也善曰周禮曰九夫爲井四井爲邑廣
雅曰循順也百城各異俗千室非良鄰向曰百城郡也千室
謂千室之邑言風俗各異無親善之鄰謂吳漢之異善曰謝承後漢書曰黃琬拜豫州
刺史感邁百城禮記曰廣谷大川異制民生其間異俗論語子曰千室之邑百乘之家晏
子春秋曰顏有良鄰則見君子也歡舊難假合風土豈虛親
感念桑梓域善本作城字髣髴眼中人濟曰歡舊既殊風土
又異不可假合虛親也感此憶桑梓而思見親識也眼中人謂親識也善曰毛詩曰維
桑與梓必恭敬止楚辭曰時髣髴以遙見魏文帝詩曰迴頭四向望眼中無故人靡
靡日夜遠眷眷懷苦辛良曰靡靡行皃春眷顧之將深也善曰

毛詩曰行邁靡靡毛萇曰靡靡行皃也韓詩曰眷眷懷顧古詩曰轗軻長苦辛

答盧諶詩善本有詩字一首四言并序善本作并書

劉越石良曰晉書云劉琨字越石漢中山靖王之後初爲愽士永
嘉中爲并州刺史與盧志親善志子諶琨先辟之後中郎段匹磾領
幽州牧諶求爲匹磾別駕諶作牋及詩與琨琨故以此答琨竟爲匹磾
所害也善曰王隱晉書曰劉琨字越石中山靖王之後也初辟太
尉隴西秦王府未就尋爲博士未之職永嘉中爲并州刺史與盧志
親善志子諶琨先辟之後爲從事中郎段匹磾領幽州求爲別駕諶
牋詩與琨後琨爲段匹磾所害也

琨頓首頓首善本無頓首二字捐書及詩備辛酸之

苦言暢經通之遠旨執玩反覆不能釋手慨
然以喜善本作悲字向曰思事則悲閱文則喜善曰張平子書曰酸者不能
不若於言漢董仲舒對策曰天地之常經古今之通義玩猶愛弄也歡然以喜
善本無此一句昔在少壯未嘗檢括善曰蒼頡篇曰檢法度也薛君
韓詩章句曰括約束也遠慕老莊之齊物近喜善本作嘉字
阮生之放曠怪厚薄何從而生哀樂所由而
至銑曰老子莊周之書以大小是非為一貫阮生阮籍也執性不以法俗自拘言少小
縱誕慕此齊物放曠之事以為厚薄哀樂不關於心善曰老莊老聃莊周也阮生嗣宗
也莊子有齊物論臧榮緒晉書曰阮籍放誕不拘禮教蒼頡篇曰曠踈曠也列子曰身非
愛之所能厚身亦非輕之所能薄愛之或不厚輕之或不薄此似反也自厚自薄或愛之

文選二十五　十

而厚或輕之而薄此似非順也亦自厚自薄信命者亡壽夭信理者亡是非信心者亡逆
順信性者亡安危則謂都亡所信亡不信真矣慤矣奚去奚就奚哀奚樂之謂也自
頃輈知由張困於逆亂善曰輈張驚懼之貌也揚雄國三老箴曰負乘
覆餗姦冠侏張輈與侏古字通家國破亡善本作國破家亡親友彫
殘善曰崔鴻前趙錄曰劉聰僭即位于平陽又曰聰遣從弟曜攻晉破洛陽又曰遣子
粲攻長安陷之家亡見下文塊然獨坐則哀憤兩集此二句善
本置在負杖行吟下負杖行吟則百憂俱至濟曰塊然獨居貌哀
謂哀其國家殘喪憤謂憤其賊臣寇亂也善曰淮南子曰卓然獨立塊然獨處禮記曰
公叔禺人遇負杖者楚辭曰屈原行吟澤畔毛詩曰逢此百憂時復相與舉
觴對膝破涕為笑排終身之積慘求數刻之

暫歡譬由疾疢彌年而欲一丸銷之其可得
乎良曰排推慘憂也刻謂刻之數也一日一夜一百刻數刻謂少時也銷除也言舉酒
破悲涕以為笑推一世之憂求少時之樂亦猶以一丸之藥而欲銷彌年之疾豈可得也
善曰刻漏也說文曰以銅盛受水分時晝夜百刻也毛萇詩傳曰彌終也夫才生
於世世實須才善曰蘇武荅李陵書曰每念足下才為世生器為時出
和氏之璧焉得獨曜於郢握夜光之珠何得
專玩於隨掌天下之寶固當與天下共之良曰
郢楚也隨隨侯也和璧明珠雖出隨楚其寶玩亦不專在於隨楚此喻諶不得獨留於琨
處也善曰淮南子曰隨侯之珠和氏之璧得之而富失之而貧孫卿子曰和氏之璧為
天下之寶史記秦王曰和氏璧天下所共傳寶也但分析之日不能

文選二十五　十一

不悵恨爾善本作耳字然後知聃周之為虛誕嗣
宗之為安善本作忘字作也銑曰聃老子名周莊子名也我慕齊物縱
誕之事遭此逆亂至於分析始知彼為虛安也善曰孔安國尚書傳曰誕欺也昔
騄驥倚輈於吳阪鳴於良樂知與不知也翰曰
騄驥古之良馬也輈轅也良樂孫陽也昔有人以騄馬駕鹽車馬倚轅而不肯行遇孫陽
以己馬易得竟為天下駿此喻琨不能知諶而匹磾知之也善曰戰國策楚客謂春申
君曰昔驥駕鹽車上吳坂遷延負轅而不能進遭伯樂仰而鳴之知伯樂知已也今僕
厄日久君獨無意使僕為君長鳴乎思玄賦曰馬倚輈而徘徊鄭玄考工記注曰輈轅
也古今地名曰實零坂在吳城之北今謂之吳坂良王良也王良無遇驥之車因伯樂而
連言之孔融薦禰衡表曰飛兔騕褭良樂之所急也百里奚非善本無非字

愚於虞而智於秦遇與不遇也今君遇之矣
勗之而已濟曰百里奚仕虞虞公不用其計而亾後仕秦為大夫而秦國霸豈
在虞時則愚於秦則智用與不用也今君遇之謂諶見用於匹磾也勗勉也戒令勉力無
二心也　善曰漢書韓信謂廣武君曰僕聞百里奚居虞而虞亡之秦而秦伯非愚於虞
而智於秦用與不用聽與不聽耳漢書曰楊雄以為遇命也孔安國尚書傳曰勗勉也
不復屬意於文二十餘年矣久廢則無次良曰
次次序也琨自言文章久廢無次序也　善曰鄭玄儀禮注曰屬綴也想必欲
其一反故稱赤證指送一篇適足以彰來詩之
益美耳琨頓首頓首向曰諶寄詩於琨故亦思琨一反報指意也琨
故稱謙意報此一篇言已詩鹵拙但足益明來詩之美　善曰稱旨稱其意旨也毛萇詩

文選二十五　十二

傳曰適牴適也久羅厄運故述喪亂多感恨之言也
厄運初遘陽爻在六銑曰遘遇也在六謂乾卦第六畫是爻之上九
也辭云亢龍有悔喻天子運極而有窮厄之災　善曰言晉之遇災也毛萇詩傳曰搆成
也陽爻在六謂乾上九也周易曰上九亢龍有悔盈不可久也乾象棟傾坤
儀舟覆翰曰棟屋也天覆如屋地載如舟天地傾覆喻晉之崩亂　善曰乾坤謂
天地左氏傳子産謂子皮曰子於鄭國棟也棟折榱崩僑將厭焉戰國策或謂公叔曰塞
漏舟而輕陽侯之波則舟覆矣橫厲糾紛羣妖競逐濟曰厲危也羣
妖謂劉聰等為亂也　善曰言劉聰之搆逆也橫謂從橫猛厲也糾紛亂貌也楚辭曰擢
舟航以橫厲范曄後漢書岑彭曰四方蜂起羣雄競逐火燎神州洪流
華域濟曰神州華域皆帝鄉也洪流大水也喻羣賊橫亂競相奔逐如大水燎火之

漂焚而為患於中國也　善曰火燎洪流以喻亂也尚書曰若火之燎于原河圖括地象
曰崑崙東地方千里名曰神州孟子曰洪水橫流氾濫天下彼黍離離彼
稷育育哀我皇晉痛在心目善本作痛心在目其一良曰
離離長大貌育育生長貌皇大也哀我大晉宗廟皆生黍稷故痛心在於目前也　善曰
毛詩曰彼黍離離彼稷之苗毛萇詩傳曰育長也左氏傳呂相曰是用痛心疾首也天
地無心萬物同塗禍淫莫驗福善則虛向曰塗道
淫過也天地萬物同歸一道為禍過者亦無驗為福善者亦無徵數今盜賊為禍受福而
晉室為善受殃也　善曰無心謂無心愛育萬物即不仁也同塗謂皆為芻狗也已見下
句　尚書曰天道福善禍淫逆有全邑義無完都英蘂夏落
毒卉冬敷銑曰為逆者全其邑境為義者亾其都郭英蘂喻賢良也毒卉喻亂

文選二十五　十三

賊也夏落謂賢者夭札冬敷謂寇賊橫盛　善曰逆謂劉聰義謂晉室英蘂以喻晉執毒
卉以比胡寇也王逸離騷序曰善馬香草以配忠貞惡禽醜物以比讒佞也如彼
龜玉韞櫝毀諸銑曰龜玉謂國寶也韞藏匵匵也國寶在於天子以賢焉
匣而今毀之者輔佐之過也　善曰論語孔子曰虎兕出於柙龜玉毀於櫝中是誰之
過與又曰有美玉於斯韞櫝而藏之馬融曰韞藏也芻狗之談其最得
乎其二　翰曰芻狗草狗也解者列於地以祈福其始也被文繡齊戒以將之及其已
陳行者踐首樵者取爨亦猶晉盛人所貴及棄人所棄故云此談最得其理　善曰老子
曰天地不仁以萬物為芻狗聖人不仁以百姓為芻狗結芻為狗也言天地不愛萬物類
祭祀之棄芻狗也然此與談老者不同彼美而此怨耳咨余軟奴亂弱弗
克負荷濟曰咨嗟也自歎軟弱不能負荷家國之事使存與也　善曰漢書曰王

尊字子伯為京兆尹乾弱不勝任左氏傳鄭子産曰古人有言其父析薪其子弗克負荷

愆釁仍彰榮寵屢加威之不建禍延凶播音波協韻良曰愆過釁瑕仍重彰明也謂忠不能存國孝不能存家是瑕過重明也榮寵數加謂為太尉并州刺史也威之不立謂被劉聰所敗遭凶禍而還播也善曰孔安國尚書傳曰諐過也杜預左氏傳注曰釁瑕隙也威之不建謂為聰所敗而父母遇害也凶播琨自謂也言遭凶禍而還聲類曰播散也

忠隕于國孝愆于家斯罪之積如彼山河向曰言喪國亡家之罪其積如山河之高深也善曰范曄後漢書世祖誡馮勤曰能盡忠於國又明帝詔曰陰興在家仁孝杜預左氏傳曰愆失也山河言高深也毛詩曰如山如河斯釁善本作亹字之深終莫能磨其三銑曰此戮至深不可能磨滅也善曰毛詩曰白圭之玷尚可磨也

文選二十五　十四

郁穆舊姻嬿烏典婉新婚濟曰郁穆嬿婉和美貌姻親也舊姻謂與諶父舊相親也新婚與諶如兄弟也詩云嬿婉新婚如兄如弟也善曰臧榮緒晉書曰琨妻即諶之從母也新婚未詳毛詩曰不思舊姻又曰嬿婉之求又曰覯爾新婚

不慮其敗唯義是敦善本無此二句裹糧攜弱匍匐星奔良曰慮憂敦勉也謂諶苟不憂敗亂勉力於義提攜父母投於琨星奔匍匐言困而急也善曰左氏傳晉趙穿曰裹糧坐甲固敵是求毛詩曰凡民有喪匍匐救之星奔言疾也

未輟爾駕已墮善本作隳字我門二族偕覆三孽並根向曰輟止墮壞也爾之來駕未止亂賊已壞我家也二族謂琨諶兩家俱被滅亡也三孽謂劉聰劉曜劉粲等作亂同是一宗故云並根也善曰王隱晉書曰劉聰圍晉陽令狐泥以千餘人為鄉導琨求救猗盧未至太原太守高嶠反應聰逐琨琨父

母年老不堪鞍馬步擔不免為泥所害何法盛晉錄曰劉粲悉害諶父母三孽謂琨之兄子也張晏漢書曰孫子為孽一曰謂劉聰劉曜劉粲也班固漢書曰三孽之起本根既朽音義曰孽木斬而復特生喻魏齊韓藏而復更生也何休公羊傳注曰孽猶樹之孽生者也

長慙舊孤永負寃魂其四銑曰舊久也長恥久老為孤未能復父之讎也是負寃魂善曰結上二句也舊孤謂三孽也寃魂謂二族也王隱晉書曰琨遣兄子演領兗州石勒圍演於三臺突圍得免後演治廩丘遂不守兄少子及演妻息盡為所虜也

亭亭孤幹獨生無伴綠葉繁縟柔條脩竿翰曰亭亭孤直貌以喻諶幹謂桐竹也綠葉柔條言才能茂盛也善曰孫幹孤生之竹以喻諶宋玉笛賦曰倚篠異幹王逸楚辭注曰伴侶也說文曰繁縟采飾也宋玉笛賦曰竿節簡枝

朝採爾實夕捋零括爾竿協韻公旦切

文選二十五　十五

竿翠豐尋逸珠盈椀濟曰採捋皆取也豐多尋長逸置也昧桐竹實也言諶道德之多採取盈椀椀小器琨自喻也善曰字林曰竿木梃也豐尋言節長盈尋也說文曰豐滿也應劭漢書注曰八尺曰尋珠即以喻德也逸謂過於衆類盈椀言多也

寔消我憂憂急用緩逝將去矣善本作乎字庭虛憤善本作情字滿其五良曰言我急憂是用爾道消之令緩往將去我矣使憤怨之情滿於虛庭也善曰去謂之匹磾之所也逝將已見上文白虎通曰哀痛憤滿

虛滿伊何蘭桂移植善本無此二句茂彼春林瘁此秋棘向曰蘭桂喻君子也春林喻段匹磾也秋棘自喻也言諶為匹磾左右是茂棄琨而去是病也善曰春林以喻匹磾秋棘琨自喻也

休息匪桐不棲匪竹不食銑曰有鳥喻諶也言昔不暇休息於

此桐竹踰賢明之君也棲食踰食祿也善曰鳥謂鳳以喻諶也毛詩曰肇允彼桃蟲翻
飛維鳥鄭玄毛詩箋曰鳳皇之性非梧桐不棲非竹實不食括地圖曰鳳皇食竹實永
戢東羽翰撫西翼翰曰戢斂也東謂幽州也翰高飛也撫舉也言高舉
去并州也善曰戢斂也翰高飛也我之敬之慶歡輟職其六濟曰
輟止也慶歡止職思之深也善曰毛詩曰我之懷矣又曰敬之敬之音以賞
奏味以殊珍文以明言言以暢神之子之往
四義不臻良曰暢達臻至也音聲爲賞識者所奏滋味以殊異而珍重文章之
作以明其言其言之作以達於神之子謂諶四義音味文言也自諶之往無相知不復至
此四義也善曰呂氏春秋曰鍾期死而伯牙乃破琴絕絃以爲世無復賞音者也淮南
子曰珍其味人之所美也左氏傳仲尼曰志有之言以足志文以足言家語孔子曰言說

文選二十五　十六

者情之導也王肅曰所以導達其情也毛詩曰之子于征四義音味文言也澄醪
覆觴絲竹生塵素卷莫啓幄無談賓既孤我
德又闕我鄰其七光光段生出幽遷喬善本脫此二句
資忠履信武烈文昭向曰醪濁酒也生塵不執玩也啓開也幄帷帳也
談賓辨論之賓自諶之去更不爲酒樂書談之事是孤闕我鄰近之德也銑曰段生段
匹磾也出幽出於幽谷遷于喬木也言能資履忠信明盛文武之道也烈盛也昭明也
善曰澄醪絲竹謂音味也淮南子曰酒澄而不飲禮記曰絲竹樂之器也談賓謂文言也
臧榮緒晉書曰鮮卑段匹磾自號大將軍揚雄侍中箴曰光光常伯毛詩曰出自幽谷遷
于喬木范曄後漢書順帝詔曰揚側出幽升喬寵以蕃傳閑居賦曰資忠履信以進德漢
武帝贈故朱崖太守董廣詔曰伐叛柔服文昭武烈曹植令曰相者文德昭將者武功烈

旌善本作旍字弓騂興馬翩翩翰曰旌旗也騂騂調弓貌輿車
也翩翩遠貌也善曰孟子曰夫招大夫以旌左氏傳陳敬仲曰詩曰翩翩車乘招我以
弓杜預云逸詩也翩翩遠也毛詩曰騂騂角弓毛萇曰騂騂調利也乃奮長縻
是縲是鑣何以贈子竭心公朝何以敘懷引
領長謠其八濟曰奮振也長縻喻厚祿也以厚祿縻諶使控鑣縲而往也贈子
謂贈諶言也竭盡也令盡心公朝也敘懷敘己懷也引領謂延頸望諶而長歌也善曰
廣雅曰縻索也說文曰鑣馬勒傍鐵也毛詩曰何以贈之鸚鵡賦曰苟竭心於所事曹子
建求親親表曰執政不廢於公朝也左氏傳云穆叔謂晉侯曰引領西望日庶幾乎
重贈盧諶一首五言良曰前詩未盡復有此贈勸諶欲共輔
晉室也善曰臧榮緒晉書曰琨詩託意非常想張陳以激諶素無奇略

文選二十五　十七

以常詞酬琨

劉越石

握中有玄璧善本作懸璧本自荊山璆向曰玄璧瑞玉也荊
山出玉之山璆美玉也以喻諶也善曰懸璧懸黎以爲璧以喻諶也琴操卞和歌曰攸
攸沂水經荊山兮穴山采玉玉難爲功兮孔安國尚書傳曰璆玉也惟彼太公
望共在渭濱叟平協韻望太公名也叟老也太公隱釣於渭水之濱濱水
際也善曰史記曰太公望以漁釣奸周西伯將出獵果遇太公于渭之陽六韜曰文王
卜田史扁爲卜田于渭之陽將大得非熊非羆非虎非狼非得公侯天遺汝師文王齋戒
三日田于謂陽卒見呂尚坐茅以漁答賓戲曰周望兆動於渭濱鄧生何感
激千里來相求銑曰鄧生鄧禹也激亦感也光武襲河北禹聞之北渡河

追上至鄴北禹感光武千里來相求善曰東觀漢記曰鄧禹字仲華南陽人也更始時至雒陽以世祖爲大司馬使安集河北禹聞之自南陽發北徑渡河追至鄴謁上見之甚驩謂曰我得拜除長吏生遠來寧欲仕耶禹曰不願也趙岐孟子章指曰千載聞之猶有感激周易曰同氣相求

白登幸曲逆鴻門賴留侯翰曰白登

平城傍高地名漢高祖遭冒頓圍於此用陳平計得出曲逆平所封地名項羽入關與高祖會鴻門羽將圖高祖用張良計謝羽得免留良所封地名善曰漢書曰陳平從高帝擊韓信至平城爲匈奴所圍七日不食用平奇計使單于閼氏解圍以得開高帝既出南過曲逆詔御史封平爲曲逆侯又曰冒頓圍高帝於白登七日如淳曰平城旁高之地若丘陵者也留侯已見謝惠連張子房詩

重耳任五賢小白相射鉤

濟曰重耳晉文公名任用也五賢謂狐偃趙衰顛頡魏武子司空季子小白齊桓公

名也管仲射桓公中鉤即位任管仲爲相善曰左氏傳曰晉公子重耳之及於難也遂奔狄從者狐偃趙衰顛頡魏武子司空季子杜預曰狐偃子犯也魏武子魏犫也司空季子胥臣臼季也此五人賢而有大功也左氏傳寺人披謂晉侯曰齊桓公置射鉤而使管仲相杜預曰乾時之役管仲射桓公中鉤

苟能隆二伯安問黨與讎

良曰伯長也謂文公桓公也黨朋也謂五賢讐仇也謂管仲善曰二伯晉文齊桓公也黨謂五賢讎謂射鉤也

中夜撫枕歎想與數子游吾衰久矣夫何其不夢周

向曰撫持也數子謂上太公以下也比數予皆能陳謀以靖亂故中夜撫枕歎息想得與之同遊言我衰矣不能夢聖人周公之徒爲我陳策以匡晉室善曰數子謂太公以下也言數子皆能陳謀以靖亂故已想之而共遊論語曰甚矣吾衰也久矣吾不復夢見周公

誰云聖達節知命

故不憂宣尼悲獲麟西狩涕孔丘

銑曰誰言聖達之人知命無憂苦則孔丘亦抱麟而泣麟獲歎魯哀公時西狩獲之狩獵也宣孔子謚尼字丘名也善曰毛萇詩傳曰云言也左氏傳曹子臧曰前志有之曰聖達節周易曰樂天知命故不憂公羊傳曰哀公十四年春西狩獲麟何以書記異也孔子曰孰爲來哉孰爲來哉反袂拭面涕泣沾袍

功業未及建夕陽忽西流時哉不我與去乎若雲浮

翰曰琨思復晉室故云功業未立也夕陽謂晚景喻己之老也歎時節易度如雲遲也浮過也善曰家語曰孔子云修事而能建業王曰建功業夕陽西流喻將老之人也嵇康幽憤詩曰時不我與雲浮言疾也

朱實隕勁風繁英落素秋

濟曰隕落也秋西方色也故曰素秋朱實繁花將就而爲勁風素秋摧落也喻己事欲立而遭寇賊破敗傾倒也善曰劉楨與臨淄侯書曰爾以素秋

狹路傾華蓋駭駟摧雙輈

濟曰華蓋車蓋也駭驚摧折也輈車轅也善曰劉歆遂初賦曰奉華蓋於帝側說文曰輈轅也

何意百鍊剛化爲繞指柔

濟曰百鍊之鐵堅剛而今可繞指自喻經破敗而至柔弱也善曰應劭漢書注曰說者以金取堅剛百鍊不耗

贈劉琨一首

四言并序善本作并書

盧子諒

良曰諶在路被劉聰破遂將妻子往并州投琨後在段匹磾處憶琨前恩故贈此詩也

故吏從事中郎盧諶死罪死罪

向曰琨嘗辟諶故稱故吏從事中郎昔嘗作北宮也善曰傅子曰漢武元光初郡國舉孝廉元封五年舉秀才歷世相承皆向郡國稱故吏漢書音義張晏曰人臣上書當昧死罪而言

諶稟性

短弱當世罕任因其自然用安靜退銑曰短弱尪劣
罕希任用也言受性尪劣當世希用故任自然以崇退靜　善曰孔安國尚書傳曰稟受
也鄭玄周禮注曰任用也鬼谷子曰物有自然樂氏曰自然繼本名也曾子曰君子進則
能達退則能靜在木闕不材之資處鴈乏善鳴之分
翰曰山木以不材而壽鴈以能鳴而全方之於木則闕其不材比之於鴈則乏其善鳴退
不如木進不如鴈也　善曰莊子行於山中見大木枝葉盛茂伐木者止其傍而不取也
問其故曰無所可用莊子曰此木以不材得終其年夫子出於山舍故人之家故人喜命
豎殺鴈烹之豎子請曰其一能鳴其一不能鳴請奚殺主人曰殺不能鳴者明日弟子問
於莊子曰昨山中之木以不材得終其天年主人之鴈以不能鳴死先生將何處莊子笑
曰周將處夫材與不材之間矣材與不材之間似之而非也故未免乎累晉灼漢書注曰

文選二十五　二十

資材量也分謂已所當得也卷異蘧子愚殊甯生濟曰蘧伯玉有
道則仕無道則卷而懷之也甯武子邦有道則智邦無道則愚也　善曰論語子曰蘧伯
玉邦無道可卷而懷之又曰甯武子邦無道則愚匠者時所不免餼
仕良曰木既不能全不材故時爲匠者顧眷實所鴈既不能鳴則不免充饎以饗賓翰
已爲匹禪時所恐不免充餼也　善曰言在末闕不材故匠者時所在鴈乏善鳴故不免
賢莊子惠子謂莊子曰吾有大樹人謂之樗匠者不顧廣雅曰餼進食也餼與賢同
嘗自思惟因緣運會得蒙接事向曰得蒙接事謂從事中
郎也　善曰宋衷保乾圖注曰五運五行用事之運自奉清塵于今五
稔向曰奉清塵者言得從後塵也稔熟也五稔五年也　善曰楚辭曰聞赤松之清塵
然行必塵起不敢指斥尊者故假塵以言之言清尊之也左氏傳叔向曰所謂不及五稔

者杜預曰稔年也謨明之效不著佞人之讒已善本作以
彰彰向曰佞人苟戈於道路之人言我謨明之功不能昭著道路讒謗早已彰露也
善曰尚書曰允迪厥德謨明弼諧毛詩序曰佞人剌近小人也詩曰彼佞人兮何戈與役
大雅含弘量苞山藪銑曰大雅君子謂琨也含弘所容大也言量度
廣遠可以苞括山藪　善曰班固漢書贊曰大雅卓爾不羣河間獻王近之矣周易曰含
弘光大品物咸亨左氏傳宋伯謂晉侯曰川澤納污山藪藏疾加以待接彌
優欵眷逾昵與去運籌之謀則讌私之歡翰曰
優厚欵愛昵近也言待接益厚眷逾近參預帷幄之謀得偶私宴之樂　善曰廣雅曰
欵誠也爾雅曰昵近也漢書高祖曰運籌策於帷幄之中吾不如子房毛詩曰諸父兄弟
備言燕私綢繆之旨有同骨肉濟曰綢繆相親也旨意也同骨肉者

文選二十五　二十一

謂琨以諶爲兄弟也　善曰毛詩曰綢繆束薪毛萇曰綢繆纏綿也骨肉謂父子呂氏春
秋曰父母之於子也子之於父毋也此之謂骨肉之親其爲知已古人
罔喻良曰言知已之道古人無有比也善曰晏子春秋越石父曰士者申乎知已
昔聶政殉嚴遂之顧荊軻慕燕丹之義意氣
之間麋善曰作靡字軀不悔雖微達節謂之可度
善本作靡字　良曰聶政者剌客也嚴遂求之以殺韓相俠累荊軻爲燕太子丹報讎於
秦王二人皆以意氣相感麋爛其身亦不悔矣雖無上聖達節可謂不失法度　善曰聶
政已見別賦荊軻已見西征賦謝承後漢書揚喬曰佞生爲意氣刎頸楚辭曰子胥諫而
麋軀比干忠而剖心說文曰靡爛也靡與麋古字通達節已見上文然苟曰有
情熟能不懷故委身之日夷險已之銑曰苟且也言

且曰有情之人誰能不思恩也委身之日謂事琨時也夷平已與也言平險與之同也
善曰毛萇詩傳曰懷思也委身猶委質也左氏傳狐突曰策名委質貳乃辟也夷險喻治
亂也淮南子曰接徑歷遠直道夷險杜預左氏傳注曰已猶決竟也事與願違
當忝外役遂去左右收迹府朝盖本同末異
揚朱興哀始素終玄墨翟垂涕翰曰忝辱也外役謂事
琿去琨之左右也收迹府朝謂琨為司空三公有府朝也揚朱見岐路乃歎曰本同末異
人亦當然故興哀也墨翟見素絲而泣曰入玄則玄豈直絲染人亦有焉悲言不能遂初
始之情而變也善曰役謂駕也對琨故謂之外嵇康幽憤詩曰事與願違遘茲淹留
廣雅曰違背也論衡曰王充以章和二年羅州役淮南子曰楊子見岐路而哭之為其可
以南可以北墨子見練絲而泣之為可以黄可以黑高誘曰閔其別與化也分乖

之際咸可歎慨致感之途或迫于善本作乎字茲濟
亦奚必臨路而後長號觀絲而後歔欷哉曰
歎息也言自古分離事皆然至於感傷之道有逼迫於此者何必視岐路觀素絲而後悲
哭也奚何也歔欷悲也善曰鄭玄周禮注曰致猶會也廣雅曰迫急也楚辭曰泣歔欷
而沾衿王逸曰歔欷啼貌也是以仰惟先情俯覽今遇感
存念亡觸物增眷善本作眷戀良曰先情謂亡者今遇謂見遇者感
念二途逸物則心重增戀也善曰先謂琨父也今謂琨也尸子曰其生也存其死也亡
易曰書不盡言言不盡意然則書非盡言之
器言非盡意之具矣況言有不得至於盡意
書有不得至於盡言邪向曰書本非能盡言言本不能盡意況有

不得至於盡者言有滌心於琨也善曰周易繫辭文不勝猥濊莫本謹
貢詩一篇抑不足以揄揚弘義亦以攄其所
抱而已銑曰猥濊猶煩惌也貢獻揄引揚說攄舒也言不勝煩惌敬獻此詩不足
引說大義之事但舒其所抱蘊結而已弘大也善曰廣雅曰猥衆也王逸楚辭注曰濊
憤也班固兩都賦序曰雍容揄揚著於後嗣弘義已見上文抱或為抱若公肆
大恵遂其厚恩錫以咳唾之音慰其違離之
意翰曰肆展遂行錫賜也咳唾之音謂幸琨荅詩慰此離闊之意善曰左氏傳王使
富辛如晉曰伯父若肆大恵杜預曰肆展也廣雅曰遂竟也漢書劉向曰蒙漢厚恩莊子
孔子謂漁父曰丘竊待於下風幸聞咳唾之音也則所謂咸池酬於
北里夜光報於魚目濟曰咸池堯樂北里紂樂夜光寶珠也言琨能

酬詩是以雅樂寶珠而報其謡聲魚目也善曰樂動聲儀曰皇帝樂曰咸池史記曰紂
使師涓作新淫聲北里之舞靡靡之樂雒書曰秦失金鏡魚目入珠鄭玄曰魚目亂真珠
諶之頋也非所敢望也諶死罪死罪良曰雖有所願
不敢望其盈也善曰左氏傳鄭伯曰孤之願也非所敢望也
濬哲惟皇紹熈有晉振厥弛維光闡遠韻有
来斯雍至止伊順向曰濬深哲智熈興振舉弛解雍和伊是順從也推
皇謂懷帝也言懷帝有深智之德能紹興晉統舉其已解之綱開先帝之遠風有來至者
皆和順而從之善曰皇謂懷帝也毛詩曰濬哲維商爾雅曰紹繼也又曰熈興也韋昭
漢書注曰弛廢也蒼頡篇曰闡開也韻謂德音之和也毛詩曰有來雍雍至止肅肅三
台摛朗四岳增峻其一銑曰三台星名也其色齊明則君臣和四岳

諸侯也峻高也言琨爲刺史得人故云高也善曰漢書北斗魁下六星兩兩而比曰三能也色齊爲和不齊爲乖說文曰摛舒也尚書帝曰咨四岳春秋漢含孳曰三公象五岳在天法三能台與能同也伊陟佐商山甫翼周翰曰伊陟殷賢臣也仲山甫周賢臣也佐翼謂輔弼也善曰尚書曰在太戊時則有若伊陟格于上帝毛詩曰肅肅王命仲山父將之也弘濟艱難對揚王休濟曰對荅休美也賢者能大濟艱難之事荅揚王之美命也善曰尚書王曰用敬保元子釗弘濟于艱難毛詩曰虎拜稽首對揚王休苟非異德曠世同流加其忠貞宣其徽猷其二良曰曠遠徽美猷道也且非異德謂琨與伊陟山甫不也異雖遠代若同一流又加忠正宣揚帝王之美道也善曰言琨之德苟不異於昔賢雖復與之曠世若同一流也班固議曰漢興以來曠世歷年廣雅曰曠遠也左氏傳荀息曰

文選二十五　二十四

公家之利知無不爲忠也送往事居偶俱無猜貞也毛詩曰君子有徽猷伊諶陋宗昔遘嘉惠申以婚姻著以累世向曰陋宗謂卑陋之姓遘遇也婚姻謂妹嫁琨弟也著明也累世從父至子也善曰爾雅曰遘遇也越絕書曰恭承嘉惠述暢往事左氏傳呂相曰相好戮力同心申之以婚姻范曄後漢書孔融謂李膺曰與君累世通家義等休戚好同興廢孰云匪諧如樂之契其三向曰義善戚憂也言相爲好憂美與廢皆同之諧和契合也誰謂不能如樂聲之和合也善曰左氏傳晉侯謂魏絳曰八年之中九合諸侯如樂之和無所不諧爾雅曰諧和也說文曰契大約也王室喪師私門播遷銑曰王室晉室也喪師劉聰破洛陽也播散遷移也謂諶散移奔琨也善曰喪師謂爲劉聰所敗也左氏傳會于洮謀王室也國語曰宣王既喪南之師法官曰亟國喪師戰國

策曰破公家而成私門列子曰岱輿員嶠二山流於大海仙聖播遷者巨億計也聲類曰播散也望公歸之視險忽艱翰曰謂望琨歸之也將輕忽其艱險善曰左氏傳晉趙孟曰望楚而歸之視遠如邇吳季重與曹丕書曰雖云幽深視險若夷茲願不遂中路阻顛仰悲先意俯思身愆其四翰曰中路阻顛謂被賊害父母也仰悲父毋遇害之事乃身之過也善曰阻顛謂諶父爲劉粲所害也大鈞載運良辰遂往瞻彼日月迅過俯仰濟曰大鈞造化也載則運移也言造化則移良時日月之度迅疾如俯仰之間也善曰鵩鳥賦曰大鈞播物孔安國尚書傳曰載行也莊子曰天道運行楚辭曰吉日兮良辰鄭玄儀禮注曰遂猶因也毛詩曰瞻彼日月悠悠我思莊子老聃謂崔瞿曰其疾也俛仰之間杜預左氏傳注曰俛俯也感今惟昔口存心想借

文選二十五　二十五

曰如昨忽為疇曩其五良曰感傷今時思昔在琨處不離心口也借假也疇曩昔遠也言日月倏如昨時忽成昔遂善曰毛詩曰借曰未知蒼頡篇曰昨隔日也爾雅曰曩久也疇曩伊何逝者彌疇良曰伊是逝往也疇曩是何自問也言已往之事理宜益疎也曩昔也善曰呂氏春秋曰死者彌久生者彌疎温温恭人慎終如初銑曰温温寬柔貌恭人謂琨也終始如初不緜易也善曰恭人謂琨也毛詩曰温温恭人維德之基老子曰慎終如始則無敗事覽彼遺音恤彼窮孤譬彼樛木蔓葛以敷其六翰曰遺音謂琨遺諶詩有憂恤之意窮孤謂諶自謂也樛木枝下曲者蔓葛依此敷布也諶自言附琨而起也善曰遺音謂諶父之言也窮孤謂諶自謂也爾雅曰恤憂也禮記曰恤孤獨以逮不足范曄後漢書曰何敞謂宋由曰節省浮費賑卹窮孤樛木喻琨也詩曰南有

摎木葛纍藟之妙哉蔓葛得託摎木葉不雲布華不
星燭承侔卞和質非荆璞齊曰妙哉歎美蔓葛得託摎木之上
不雲布謂疎薄也不星燭謂不光明也侔齊也卞和鬲玉之人因以爲玉名言蒙琨奉承
齊卞和之玉而我之質非荆山之璞也善曰妙猶微也封禪書曰雲布霧散薛君韓詩
章句曰承受也謂受恩鄭玄周禮注曰侔等也韓子曰楚卞和氏得璞玉於楚山之中奉
而獻之武王也眷同尤良用乏騏騄其七良曰尤良王良也衛太
子所親之臣騏驥騄馬也言我受眷顧同王良才用乏於駿馬也善曰左氏傳曰晉趙
鞅納衛太子于戚將戰郵無恤御簡子杜預曰郵無恤王良也尤與郵同古字通承
亦既篤眷亦既親飾獎駑猥方駕駿珍向曰駑猥
惡馬也以喻己也駿珍喻賢良也方齊也言奉眷親厚得方駕賢良同游也善曰方

文選二十五　二十六

曰凡相被飾亦曰獎禮記曰凶年乘駑馬廣雅曰駑駘也許愼淮南子注曰猥總凡也西
京誠曰方駕授饗鄭玄儀禮注曰方併也駑以方駿猥以方珍也賈逵國語注曰珍寶也
弼諧靡成良謨莫陳無覲異狐趙有與五臣
其八銑曰弼輔諧和也輔和之道不成良謀妙策無可陳述覲望也非敢望同狐趙之
立大功有志與彼五臣同履危厄也狐趙晉文公臣也五臣則謂狐偃趙衰等也善曰
尚書曰謨明弼諧五臣之從晉文猶諶之事劉氏無敢望同狐趙之立大功有志與彼五
臣具履危厄賈逵國語注曰覬望也五臣已見上五臣奚與契闊百
羅善本作羅字翰曰奚何也百羅謂百憂也言五臣與文公同契闊憂苦亦同我與
琨身經危難也善曰言五臣何敢與五臣契闊逢於百羅毛詩曰死生契闊又曰我
生之後逢此百離毛萇曰離憂也離一作羅身經險阻足蹈幽遐

善曰言已與五臣同也左氏傳楚子曰晉侯險阻艱難備嘗之矣義由恩深
分隨昵加綢繆委心自同匪他其九齊曰分節昵近也
綢繆纏綿也言蒙親愛委心於琨同於兄弟故云匪他善曰分猶節也綢繆已見上文
漢書韓信謂廣武君曰委心歸計願子勿辭毛詩云豈伊異人兄弟匪他昔在暇
日妙尋通理尤彼意氣狹善本作使字是節士良曰
尤非也昔在閑暇之日尋其通達之理方知以意氣而忘宗立節而險命皆非正道故非
而狹之也理道也善曰孟子曰壯者以暇日修其孝悌忠信也言已昔日以意氣而殞
命皆非正道故尤而狹之薛君韓詩章句曰尤非也意氣已見上文謝承後漢書曰節士
鮑昂有鴻漸浮雲之志愼子曰世高節士情以體生感以情起向曰
體親也情緣親生感激之理自情而起善曰言今乃知意氣節士之流恩情以體信而

文選二十五　二十七

乃生感趣舍同善本作周字要窮達斯已其十向曰趣進舍
止也言進止之理不能激射而取也但任窮通於此而止謂止於匹彈處也善曰言既
感厚恩而吉凶惟令故於趣舍無所要求窮達任其所止也六韜太公謂武王曰夫人皆
有性趍舍不同喜怒不等趍猶向也舍猶置也列子孔子曰修一身任窮達所謂樂天知
命之無憂者也呂氏春秋曰古之得道者窮亦樂達亦樂也道德於此則窮達一也由
余片言秦人是憚銑曰由余戎王臣也使秦怪穆公宮室壯大也憚難
也而穆公難之以修德也善曰史記秦繆公問內史廖曰孤聞鄰國有聖人敵國之憂
也今由余寡人之害將奈何也日磾效忠飛聲有漢翰曰日磾休屠
王子姓金氏效呈也飛忠孝之聲於漢此喻匹磾也善曰金日磾已見西征賦思玄賦
曰盍遠遊以飛聲桓桓撫軍古賢作冠来牧幽都濟

厥塗炭其十一濟曰桓桓武貌撫軍謂匹磾爲撫軍將軍幽州牧冠謂在衆賢
上也塗泥也炭火也百姓遭亂如陷墜於泥火之中而匹磾能濟彼塗炭也善曰劉琨
勸進表曰撫軍幽州刺史臣磾尚書曰勗哉夫子尚桓桓漢書曰陳遵張竦爲後進冠小
雅曰牧臨也尚書曰有夏昏德民墜塗炭塗炭既濟寇挫民阜良曰
挫推也阜盛也善曰周禮曰以阜人民鄭玄曰阜盛也謬其疲隸授之
朝右向曰謬誤也右上也疲隸惡賤謙自比也言誤以我爲別駕授任在衆人之上
善曰朝右謂別駕也張璠漢記曰王堂爲汝南太守教掾吏曰共憲章朝右委功曹陳蕃
也上懼任大下欣施孚實祗高明敢忘所守
其十二銑曰祗敬也高明謂匹磾也言實敬之不敢忘其職守善曰漢書武帝制曰
任大而守重管子曰上施厚則民之報上亦厚也毛詩曰高朗令終鄭玄曰有高明之譽

而以善名終也漢書谷永曰有守者循其質也相彼反哺尚在翔禽
孰是人斯而忍斯心翰曰相視也視烏烏猶能反哺誰是人而能忍
此父母之離而無心者善曰毛詩曰相彼烏矣猶求友聲小雅曰純黑而反哺者謂之
烏也斯心謂諸父母見害之心晉語國人誦共世子曰是人斯而有是鬼也每憑
山海庶覩高深翰曰憑依覩見也高深謂琨也言每依山海庶得相見也
善曰山海以喻琨也李斯上書曰太山不讓土壤故能成其高河海不擇細流故能就其
深邈眺存亡緬成飛沉其十三濟曰眺視也緬遠也言視存亡
之理遠然成其飛沉眺望也善曰韋昭國語注曰緬猶邈也長徽已纓逝
將從舉去收跡西踐銜哀東顧良曰徽索也纓謂爲匹磾
所辟也近往也言往將移舉收彼西踐之跡銜悲哀在東而顧也善曰長徽已纓謂被

匹磾所辟類乎徽墨之繫於己也周易曰繫用徽墨說文曰纆繞也鄭玄毛詩箋曰迴首
曰顧曷云塗遼曾不咫步豈不夙夜謂行多露
其十四向曰曷何遼遠也言何云塗路之遠我心爲咫尺寸步之間也豈不能早夜而
行恐彼多露濡己畏匹磾疑其二心也善曰賈逵國語注曰八寸曰咫毛詩曰豈不夙
夜謂行多露然貞女以露多而不往喻己懼威而不行綿綿女蘿施于
松標必遙切銑曰綿綿長貌女蘿喻己弱而附於匹磾也松標猶匹磾也善曰
女蘿自喻松標謂琨也毛詩曰蔦與女蘿施于松栢廣雅曰標末也稟澤洪榦
晞陽豐條根淺難固莖弱易凋操彼纖質承
此衝飆其十五翰曰稟受也晞乾豐茂操執也纖質謂微能也衝飆謂機要之
事也言持己微能恐不甚衝機要之事也說文曰幹本也楚辭曰夕晞余身乎九陽毛萇

詩傳曰晞乾也飆喻亂也鹽鐵論曰衝風飄鹵沙石凝積也纖質寔微衝
飆斯值誰謂言精致在賞意濟曰寔是值逢致至賞識也言
誰謂我精麤至在識意也善曰莊子曰可以言論者物之粗者也可以意致者物之精
者也鄭玄禮記注曰致之言至也不見得魚亦忘厥餌良曰餌鉤
上食以引魚善曰餌猶筌也莊子曰筌者所以得魚也得魚而忘筌言者所以在意也
得意而忘言遺其形骸寄之深識其十六向曰言我遺喪形骸
投之遠識深識謂琨之意善曰莊子曰申徒嘉兀者也謂子產曰吾與夫子遊十有九
年矣而未曾知吾兀者也今與我遊於形骸之內而子索我於形骸之外不亦過乎王命
論曰淵然深識先人善本作民字一顧意潛山隱几良曰先人謂古
人也顧眷也潛山巢許之徒也隱几謂南郭子綦也善曰毛詩曰先民有作爾雅曰顧

養也莊子曰南郭子綦隱几而坐荅焉似喪其偶也仰熈丹崖俯澡綠
水無求於和自附衆羨良曰熈燥也澡浴也言如此之人不和於
入而人自和不附於羨而羨自附善曰說文曰熈燥也謂暴燥也莊子曰古之洽道者
智與恬交相養而和理出其性又曰無不亡也無不有也澹然無極而衆美從之慊
慨遐蹤有愧高旨其十七良曰慊慨歎也數此遐遠之蹤不能追之
也故有慙高人之意旨意也善曰言心慨慊慕古賢之遠蹤而事與願違故有愧高旨
爰造異論肝膽楚越惟同大觀萬塗善本作殊字
一轍良曰異論謂有讒琨於四彈肝膽喻近楚越兩國名喻遠也言平生親近之心
遂爲阻遠琨常懷大觀之理萬端爲一轍也善曰謂琨被誘也臧榮緒晉書曰衆人謂琨
詩懷帝王大志莊子仲尼謂常季曰自其異者視之肝膽楚越也高誘淮南子注曰肝膽

文選二十五　三十

喻近也楚越喻遠也同大觀謂琨也鶡冠子曰達人大觀乃見其遯文子曰聖人由近知
遠以萬異爲一同也淮南子曰萬殊爲一也死生既齊榮辱奚別
銑曰以大觀之道則榮辱死生齊而無別善曰列子楊朱曰生齊死齊賢齊愚齊貴齊
賤齊王仲宣七釋曰均同死生混齊榮辱也處其玄根廓焉靡結
其十八翰曰玄根無形類自然之根廓空也處此玄根體空無結閡也善曰廣雅曰
玄道也張衡玄圖曰玄者無形之類自然之根作於大始莫與爲先廣雅曰廓空也靡結
謂體道虛通心無怨結也福爲禍始禍作福階濟曰禍福相生遞爲
階始善曰言無常也韓詩曰利爲用本福爲禍先越記曰禍爲福先福爲禍堂天
地盈虛寒暑周迴良曰萬物滋繁爲盈枯槁爲虛寒盡則暑來終而復
始故言周迴也善曰言物必反也周易曰天地盈虛與時消息又曰寒往則暑來暑

往則寒來夫差不祀釁在勝齊勾踐作伯禍自會
稽其十九向曰吳王夫差敗齊於艾陵而驕爲勾踐所滅故云不祀釁兆也亡國之
兆在於破齊勾踐先爲夫差所敗棲于會稽而今之滅吳也昔棲會稽謂滅吳之福也祚
福也言琨亦當興復晉室也善曰以前聰也史記曰吳王夫差北伐齊敗於艾陵越王
勾踐敗吳吳王遂自剄死越王滅吳也以前報也史記曰勾踐已平吳周元王使人賜勾
踐胙九命爲伯又曰夫差以甲兵五千人棲於會稽也邈矣達度唯道
是杖形有未泰神無不暢如川之流如淵之
量銑曰邈遠也遠矣美琨也杖據也言據道而行形體雖謂人所屈神智則無不通矣
川流謂不閡也淵量喻其深也善曰達度亦謂琨也何晏論語注曰泰自縱泰也漢書
音義曰暢通也毛詩曰如山之苞如川之流也家語齊大夫子高適魯見孔子曰而今而

文選二十五　三十一

後知泰山之爲高海淵之爲大也上弘棟隆下塞民望其二十
翰曰琨能興復晉室上大夫國家梁棟下滿萬人之望也塞滿也善曰周易曰棟隆之
吉不橈乎下也鄭玄禮記注曰塞滿也左氏傳師曠謂晉侯曰夫君神之主而民之望也
贈崔溫一首五言善曰集曰與溫太真崔道儒何法盛晉錄曰
溫嶠字太真又曰崔悅字道儒

盧子諒

逍遙步城隅暇日聊遊豫北眺沙漠垂南望
舊京路良曰隅城角也眺遠視也沙漠流沙也垂邊也舊京洛陽也洛陽被焚破
故云舊京善曰毛詩曰俟我於城隅暇日已見上文曹植蟬賦曰始遊豫乎芳林說
文曰漠北方流沙也曹子建白馬篇曰揚聲沙漠垂平陸引長流岡巒

挺茂樹中原厲迅飈山阿起雲霧向曰陸平地岡巒山
也挺拔厲作迅疾也飈風也山阿山曲也　善曰厲疾貌也游子恒悲懷
舉目增永慕良儔不獲偕舒情將爲訴銑曰譏旅
宦幽州故云游子偕俱也恨不得與嶠悅等俱游也　善曰漢書高祖曰遊子悲故鄉李
陵書曰舉目言笑誰與爲懽曹子建應詔詩曰長懷永慕楚辭曰向長風而舒情遠
念賢士風遂存往古務朔鄙多俠氣豈唯訥
所固翰曰賢士風謂古之良將之風也務取也壯彌朔也鄙邊也言朔邊非但有游
俠之氣亦地之堅固　善曰楚辭曰伊思兮性古朔雅曰朔北方也鄭玄周禮注曰都之
所居曰鄙漢書曰趙地北邊燕涿其氣勢也李牧鎮邊城荒夷懷
南懼濟曰李牧趙將嘗也鴈門故云鎮邊城荒夷匈奴也　善曰史記曰李牧者趙

文選二十五　三十二

之北邊良將也嘗居代鴈門備匈奴匈奴小入佯北不勝以數千人委之單于聞之大率
衆來入李牧多爲奇陳張左右翼擊之大破殺匈奴十餘萬騎單于奔走其後十餘歲匈
奴不敢近趙邊城說文曰懷念思也趙奢正疆場亦秦人折北
慮濟曰趙奢亦趙將疆場趙之邊界奢守趙界秦軍自摧無復北之慮也　善曰史記
曰趙奢趙之田部吏也秦伐韓令趙奢將救之大敗秦軍秦軍解而走遂解閼與之圍而
歸左氏傳曰疆場之患一彼一此羈旅及寬政委質與時遇
良曰諶自云寄客於匹磾蒙寬容之政得委身事之是與時遇也　善曰左氏傳齊侯使
敬仲爲卿辭曰羈旅之臣幸若獲宥及於寬政君之惠也又狐突曰策名委質貳乃辟也
恨以駑蹇姿徒煩非善本作飛字子御向曰非子蒙造父之
後善御者諶自言我鈍駑之姿徒勞善御者御之御者以喻其匹磾也　善曰王命論曰

駑蹇之乘不騁千里之塗史記曰大雒生非子非子居犬丘好馬及畜善養息之犬丘人
言之周孝王召使主馬于汧渭之間馬大蕃息非與飛古字通亦既弛負擔
忝位宰黔庶苟云免罪戾何暇收民譽銑曰弛廢
也黔庶人也譽聲美也言廢負擔之役忝職理人且免罪止身而已何有容暇以收人之
美聲也　善曰左氏傳陳公子完曰免於罪戾弛於負擔又曰晉悼公即位公宮之長皆
民譽也倪寬以殿黜終乃最衆賦翰曰倪寬爲左內史愛人
不忍急切租在後當免官人聞恐失之乃勉力相率或載或擔却爲衆賦之先也殿後最
先也　善曰漢書曰倪寬遷左內史時裁闊狹與民相假貸以租多不入後有軍發左內
史以負租課殿當免皆恐失之大家牛車小家擔負輸租繈屬不絕課更以最上何
武不赫赫遺愛常在去濟曰何武字君公爲楚內史仁厚居官無

文選二十五　三十三

赫赫之名去後常有遺愛爲人思之赫赫盛貌　善曰漢書曰何武爲大司空其所居亦
無赫赫名去後常見思古人非所希短弱自有素何以
數斯辭惟以二子故良曰古人謂倪寬何武希望也短弱謙自謂也
有素謂素有仁厚之性數亦二子崔溫也以知我情故有此辭　善曰鄭玄禮記注曰
素猶故也二子謂崔溫也

答魏子悌一首　五言　向曰魏子悌亦爲劉琨從事與諶同官

盧子諒

崇臺非一榦珍裘非一腋銑曰崇高榦枝也爲高臺非一木之
枝而就孤腋下皮白甚爲裘然爲裘非一孤腋之能成喻爲國亦資衆賢之力　善曰愼
子曰廊廟之材蓋非一木之枝孤白之裘非一孤之皮也治亂安危存亡榮辱之施非一

人之力埋蒼曰䐡在肘後多士成大業羣賢濟弘績翰曰成大
業者資衆賢以成大功善曰班固漢書贊曰高祖征伐定天下縉紳之徒騁其智辯並
成大業遇蒙時來會聊齊朝彥跡翰曰朝謂琨府朝也彥謂
悌也言我蒙遇其時得與悌齊跡事琨也善曰言富貴榮寵時之暫來也漢書蒯通曰
時乎時乎不再來顧此腹背羽愧彼排虛翮翰曰舟人孟胥
對晉平公曰夫鴻鵠一舉千里所恃者六翮也腹背之毳增之不能高減之不能下謂自
言我腹背之毳愧對悌六翮之用也善曰韓詩外傳曰晉平公遊於河而歎曰安得賢
士與之樂此也船人盍胥跪而對曰主君亦不好士耳何患無士乎平公曰吾食客門左
千人右千人何為不好士乎對曰夫鴻鵠一舉千里所恃者六翮耳背上之毛腹下之毳
益一把飛不為加高損一把飛不為加下今君之食客門左右各千人亦有六翮在其中

文選二十五　三十四

矣將皆背上之毛腹下之毳耶寄身蔭四岳託好憑三益濟曰
四岳諸侯謂劉琨也西彈也友直友諒友多聞為三益友謂悌也言我寄身於琨待託於悌
也善曰四岳謂劉琨也四岳已見上文論語孔子曰益者三友友直友諒友多聞益矣
傾蓋雖終朝大分邁疇昔良曰昔孔子遇程子於途雖傾蓋而
語終朝至於大論分義我與悌過於昔人善曰鄒陽上書曰白頭如新傾蓋若故左氏
傳曰楚子文訓兵終朝而畢李固與賓卿書曰開廓大分綢繆恩信左氏傳羊斟曰疇昔
之羊子為政在危每同險處安不異易協韻以赤切俱
涉晉昌艱共更飛狐厄向曰晉昌郡名為石勒所攻飛狐塞名耆
為賊所得劉琨與諶悌往伐之為賊所敗奔安次故云同險易厄難也善曰易夷易也
王隱晉書曰惠帝以敦煌上界闊遠分立晉郡又曰晉昌護匈奴中郎將別領戶然時毀

匹磾為此職諶在磾所難所言之故曰晉昌也晉中興書曰石勒攻樂平劉琨自伐飛狐
口奔安次也恩由契闊生義隨周旋積銑曰契闊厄難也周
旋相追逐言恩義之道自此深厚善曰契闊已見上文左氏傳晉公子重耳謂楚子曰
晉楚治兵以與君周旋豈謂鄉曲譽謬充本州役翰曰言我
不因鄉曲之譽而謬充幽州別駕也諶涿郡人涿郡屬幽州故云本州役也善曰
燕丹子曰士無鄉曲之譽則不可以論行匹磾辟諶為幽州別駕故曰本州之役已見上
文乖離令我感悲欣使情暢理以精神通匪
曰形骸隔濟曰悲令別離欣昔同聚令我情之驚懼也然形迹苟通不以形遠
而為隔也善曰毛萇詩傳曰暢暢猶切切也楚辭曰衆人莫可與論道非精神之不通
形骸已見上文妙詩申篤好清義貫幽賾恨無隨侯

文選二十五　三十五

珠以酬荊文璧良曰篤厚賾深也悌之贈詩申其厚好義貫幽賾言我恨
無羨才如隨侯珠以酬悌之妙詩如荊文之璧也卞和獻璞至楚文王始剖得良玉故云
荊文璧荊楚也善曰小雅曰賾深也隨侯珠已見上文荊楚也韓子曰楚人卞和得璞
玉於荊山之中文王即位乃使理其璞得寶焉乃命曰和氏之璧也傳玄豫章行曰琅玕
溢金匱文璧世所無

答靈運一首　五言

謝宣遠向曰靈運先寄愁霖詩於瞻故有此答

夕霽風氣涼閑房有餘清開軒滅華燭月露
浩善本作皓字已盈銑曰霽晴也軒門扇也盈滿也言月露之色太盛盈滿內
外也善曰何敬祖雜詩曰閑房來清氣呂氏春秋曰冬不用箑清有餘也軒牕也蜀都

賦曰開高軒以臨山秦嘉贈婦詩曰飄飄帷帳熒熒華燭 獨夜無物役寢者亦云寧 銑曰無物役謂無事役己也寧安也 善曰孫卿子曰是謂以己爲物役也 忽獲愁霖唱懷勞奏所誠 善本作成字 翰曰愁霖謂靈運所寄也懷勞謂思劬勞書其懇誠也 善曰靈運愁霖詩序云示從兄宣遠 歎彼行旅艱深茲眷言情 濟曰靈運既數行旅復深眷戀於瞻 善曰魏文柳賦曰行旅仰而迴眷毛詩曰眷言顧之 伊余雖寡慰殷憂暫爲輕羣率酬嘉藻長揖愧吾生 良曰慰安也言我情雖少安爲得靈運詩殷憂之情暫爲輕也生有德之稱也言雖羣率酬其所贈然揖靈運德德而自愧也 善曰長門賦曰伊余志之芳慢愚毛詩曰耿耿不寐如有殷憂左氏傳智伯曰辛李老夫以至于此文賦曰嘉藻麗之彬彬漢書曰酈食其長揖不拜陸機贈潘

文選二十五　三十六

岳詩曰僉曰吾生明德惟允

於安城答靈運一首 五言 向曰瞻爲安城守靈運見贈故有此答 善曰謝靈運贈宣遠序曰從兄宣遠義熙十一年正月作守安城其年夏贈以此詩到其年冬有荅

謝宣遠

條繁林彌蔚波清源逾濬華宗誕吾秀之子紹前胤 銑曰蔚盛濬深誕生紹繼胤緒也之子謂靈運也言子孫之賢益宗族深盛也謂靈運能繼其緒 善曰阮德猷荅棗道彥詩曰體直響正源深流清魏志曹植上疏曰華宗貴族必有應斯舉者 毛萇詩傳曰誕大也大矣后稷十月而生也廣雅曰秀美也毛詩曰之子于征尚書曰俾克紹前烈孔安國尚書傳曰胤嗣也 綢繆結風

徽煙煴吐芳訊鴻漸隨事變靈臺與年峻 其一 翰曰綢繆纏綿也徽善也謂風雅相善也煙煴和氣也芳訊芳言也謂贈詩也漸進也隨事變祿秩進變也靈臺喻德也言靈運之德年益高峻也 善曰綢繆已見上文周易曰天地煙煴萬物化醇演連珠曰肆義芳訊鄭玄禮記注曰訊問也鴻漸以喻仕進雲臺以喻爵位也周易曰鴻漸于陸其羽可以爲儀李顒阮彥倫誄曰累土積功以爲雲臺誰南子曰雲臺之高墮者折脊碎腦高誘曰臺高際於雲故曰雲臺也 華萼相光飾嚶鳴悅同響 濟曰華萼喻兄弟也嚶鳴兩鳥之聲也言我與爾文章相和亦猶鳥之嚶鳴而悅其同聲響也光明也華飾也 善曰毛詩曰棠棣之華萼不韡韡鄭玄曰興者喻弟以敬事兄兄以榮覆弟也毛詩曰伐木丁丁鳥鳴嚶嚶鄭玄曰其鳴之志似於求友也 親親子敦予賢賢吾爾賞 良曰子以親而厚我

文選二十五　三十七

賞識也我識爾之賢才也 善曰禮記曰君子賢其賢而親其親又曰親親尊祖尊祖故敬宗論語曰賢賢易色 比景後鮮輝方年一日長 向曰比光景與汝則在後鮮明方年與我則一日長於汝也 善曰言比景後爾鮮輝方年長爾一日也說文曰景光也孔安國論語曰子路曾皙冉有公西華侍坐子曰以吾一日長乎爾 萎葉愛榮條涸流好河廣 其二 銑曰萎葉涸流自喻也榮條河廣喻靈運之德茂深也 善曰萎葉涸流自喻也王逸楚辭注曰枝葉早萎痛絕落潘安仁河陽詩曰峻巖敷榮條文賦曰豁若涸流楚辭曰江河廣而無梁 徇業謝成操復禮愧貧樂 翰曰徇營也言營事業無成遂本志不克己復禮居貧樂道故云愧也 善曰司馬彪莊子注曰徇營也論語子曰一日克己復禮天下歸仁焉子曰不若貧而樂富而好禮 幸會果代耕符守南江曲 濟曰

幸旨待此祿翰符守於安城安城臨江故云江曲也善曰許慎淮南子注曰果成也禮
記曰諸侯之下士視上農夫祿足以代其耕漢書曰初與郡守爲竹使符顧運傷
荏苒遷塗歎緬邈良曰荏苒流易也緬邈長遠也言所履之運流易遷
常之道長遠也善曰莊子曰陰陽四時運行各得其序張茂先勵志詩云日與月與荏
苒代謝陸機贈馮文羆詩曰遵塗遠跡又擬古詩曰緬邈若飛沉布懷存所
欽我勞一何篤其三向曰布懷抱所敬於靈運也言我相思爲勞實於
翰厚也善曰嵇康秀才詩曰思我所欽我勞如何徐幹荅劉楨詩曰我思一何篤其愁
蕪春三肇允雖同規翻飛各異槩銑曰肇始允信槩節也言
我初始信與爾同規摹及騰舉之節各異也善曰毛詩曰肇允彼桃蟲翻飛維鳥異槩謂
異量也九槩以平量故言槩而顯量焉楚辭曰一槩而相量也迢遞封畿外

窈窕承明內翰曰承明殿名宣遠守安城故云封畿外靈運爲秘書監故云
承明內迢遞遠貌窈窕深也善曰宣遠爲安城守故云封畿外靈運爲秘書監故云承
明內也毛詩曰京畿千里承明假京洛而言之也尋塗塗既睽即理
理亦善本作已字對濟曰內外殊職故云塗睽賢者處內不賢者居外亦理之
相對也善曰外內殊職是塗睽也賢愚異任是理對也絲路有恒悲矧
迺在吾愛其四良曰揚朱墨翟感於素絲岐路尚猶有悲況在我愛而乖別
也善曰絲路已見上文又絲或爲蹊也跬傾弭行安步武鎩殺翮
周數仞向曰跬舉足也言我舉足而行安於一迹之內鎩翮而起不過數仞之上
言志之小也善曰漢書公孫玃曰吳失其而無助跬行獨進如淳曰跬以一足行鄭玄
禮記注曰武迹也淮南子曰飛鳥鎩羽許慎曰鎩殘羽也莊子曰有鳥焉其名爲鵬搏扶

搖羊角而上者九萬里斥鴳笑之曰我騰躍而上不過數仞而下此亦飛之至也包咸
論語注曰七尺曰仞豈不識高遠違方往有吝歲寒霜
雪嚴過半路逾峻善本作愈峻銑曰言我豈不知高遠之美材德下
及違常而往恐有悔吝歲寒喻老也半路謂五十已上也逾益峻難也年老至是其情益
難也善曰阮籍詠懷詩曰豈不識宏大羽翼不相儀郭象莊子注曰亦猶鳥之自得於
一方也周易曰君子舍之往吝窮也言位高而愈懼也莊子孔子曰天寒既至霜雪既降
戰國策曰或謂秦王曰行百里者半於九十此言末路之難也量已畏友
朋勇退不敢進銑曰量其已材薄劣畏其友朋故難進而勇於退也善
曰庾元規讓中書表曰量已知弊左氏傳陳敬仲曰詩云豈不欲往畏我友朋晏子春秋
曰上士難進而易退行矣勵令猷寫誠酬來訊其五向曰勵

勉也言勉汝善道寫我誠心以酬其來問也言此以相誡酬對也善曰孔安國尚書傳
曰勵勉也補亡詩曰賓寫爾誠曹植與吳季重書曰得所來訊文采委曲
西陵遇風獻康樂一首五言善曰沈約宋書曰靈運
襲封康樂侯鄭玄禮記注曰獻猶進也又曰古者致物於人尊之曰獻
謝惠連濟曰靈運襲封康樂公惠連是靈運弟尊之故云獻也西
陵蓋所居之西
我行指孟春春仲尚未發趣途遠有期念離
情無歇成裝候良辰漾舟陶嘉月翰曰指擬趣向也成
裝謂裝束成就也候待也良辰安靜無風時也漾舟泛舟也陶樂也嘉月謂其春月也
善曰趣向也許慎淮南子注曰裝飾也良辰已見上文蜀都賦曰漾輕舟楚辭曰陶嘉月

兮總駕搴玉英兮自修爾雅曰陶喜也瞻塗意少悰還顧情多
闕其一良曰悰樂也闕謂闕常情也善曰韋昭漢書注曰悰樂也哲兄感
仳匹婢別相送越坰林銑曰哲兄謂靈運也仳亦別也越度也林外謂
之坰善曰兄謂靈運也漢書谷永謝王鳳曰察父哲兄覆育子弟誠無以加毛詩曰有
女仳離慨其嘆矣毛萇曰仳別也匹視切爾雅曰野外曰林林外曰坰飲餞野
亭館分袂澄湖陰悽悽留子言眷眷浮客心
迴塘隱艫栧曳遠望絕形音其二濟曰袂袖也湖水曲也
水南曰陰留子謂靈運任也浮行也行客惠連自謂也悽悽眷眷悲戀貌迴塘曲岸也艫
舟也栧楫也言舟隱曲岸望聽不見其形音也善曰毛詩曰飲餞于禰范曄後漢書曰
郭伋遂止野亭韓詩曰眷眷懷顧孔安國尚書傳曰浮行也南都賦曰分背迴塘說文曰

文選二十五　四十

艫船頭也韋昭漢書注曰栧櫂也靡靡即長路戚戚抱遙悲
悲遙但自弭路長當問善本作語字誰濟曰靡靡行貌戚戚
憂傷也既就長路憂傷而抱遠悲弭止也言悲久但自止無人可語之也善曰楚辭曰
居戚戚而不解楚辭曰沉容與而遐舉兮聊抑志而自弭杜預左氏傳注曰弭息也古詩
曰愁思當語誰行行道轉遠去去情彌遲翰曰行道雖遠想戀
之情遲遲然不能絕也善曰陸機赴洛詩曰行行遂已遠韓詩外傳曰孔子之去魯曰
遲遲吾行也晞發浦陽汭今宿浙折江湄其三良曰浦
陽浙江皆江名也汭水之交入也湄水岸也善曰酈善長水經注曰浦陽江水導源烏傷
縣而經上虞縣孔安國尚書傳曰水北曰汭晉灼漢書注曰江水至會稽山陰為浙江郭
璞山海經注曰今錢塘有浙江屯雲蔽曾嶺驚風涌飛流零

雨潤墳澤落雪灑林丘銑曰蔽障也曾嶺高山也飛流謂浪起也
落雪言二月半時尚有餘雪灑謂散灑於林木之上也善曰毛詩曰零雨其濛浮
氛晦崖巘積素或原疇曲汜薄停依善本作旅字
通川絕行舟其四向曰巘山之險積素謂雪也或亂也積雪之色亂於原
野曲汜窮瀆也謂窮瀆之中舟皆停之通流之處絕而不行也善曰爾雅曰重巘隒也王
逸楚辭注曰泊止也泊與薄古字通韓詩外傳阿谷之女曰阿谷之隊隱也已見上文上
林賦曰通川過於中庭魏文帝善哉行曰洋洋川流中有行舟臨津不得濟
佇楫阻風波蕭條洲渚際氣色少諧和西矚
善本作聸字興游歎東睇起淒善本作悽字歌翰曰津濟度處
佇久立也蕭條空寂貌也氣色少諧和謂風雲錯逆也西矚思與造遊故起歎息睇視也

文選二十五　四十一

淒歌即此詩也善曰孔叢子孔子歌曰臨津不濟還轅息鄹爾雅曰佇久也家語孔子
曰不觀巨海何以知風波之患也積憤成疢痗晦無萱將如
何良曰言累積憤悲成其疢病也萱草可以忘憂也善曰毛詩曰焉得萱草言樹之
背願言思伯使我心痗薛君曰諠草忘憂也萱與諠通痗音悔
還舊園作見顏范二中書一首五言善曰沈
約宋書曰元嘉三年徐羨之等誅徽顏延之為中書侍郎范中書蓋謂范
泰也
謝靈運銑曰顏延之范泰俱為中書侍郎舊園即會稽始寧之園
也宋太祖遣范泰與靈運書敦獎令仕故有此作也
辭滿豈多秩謝病不待年偶與張邴合久欲

還東山向曰張良貴極辭棄人間事邴曼容免官養志自脩言我辭滿不謂多祿
謝病不待老年偶然與二賢合意輒自免官歸會稽山也 善曰漢書張良曰今以三寸
舌為帝者師封萬戶位列侯此布衣之極於良足矣願棄人間事欲從赤松子學道輕舉
又曰琅邪邴漢亦有清行兄子曼容亦養志自脩為官不肯過六百石輒自免去東山謂
會稽始寧也檀道鸞晉陽秋曰謝安有反東山之志每形於言聖靈昔迴眷
微尚不及宣何意衝飆激烈火縱炎煙焚玉
發崐峰餘燎遂見遷濟曰聖靈謂宋太祖也微迴眷謂眷顧於己也微
小也謂己小為高尚之志不及宣用也衝飆謂徐羨之等為亂殺廬陵王并及賢良故云
焚玉崐峯也靈運時為廬陵王司馬初被遷永嘉守故云餘燎遂見遷也 善曰聖靈
謂高祖也陸機弔魏文帝柳賦曰行旅仰而迴眷沈約宋書曰少帝即位權在大臣靈運

搆扇異同非毀執政司徒徐羨之等患之出為永嘉太守衝飆已見上文尚書曰火炎崐
崗玉石俱焚天吏逸德烈于猛火投沙理既迫如邛願亦愆
翰曰賈誼被出為長沙王傅司馬相如謝病歸臨邛言我被遷既逼迫歸願亦失也愆失
也 善曰漢書曰賈誼以適居長沙長沙卑濕自傷悼以為壽不得長又曰卓文君謂
司馬長卿曰第如臨邛從昆弟假貸猶足以為生何至自苦如此相如與俱之臨邛第但
長與懽愛別永絕平生緣浮舟千仞壑揔
轡萬尋巔銑曰親愛緣為從頭斷絕也千仞壑謂江也萬尋巔謂山也言所歷
危險 善曰緣因緣也戰國策蘇代曰水浮輕舟春秋繁露曰水赴千仞之壑而不旋似
勇者家語孔子曰善御者正身以揔轡琴賦曰青壁萬尋流沫不足險石
林豈為艱銑曰呂梁之水流沫三十里石林之險山名也以比此所經涉之處

此未足為艱難也 善曰列子曰孔子觀於呂梁懸水四十仞流沫三十里見一丈夫游
之以為有苦使弟子並流而承之數百步而出被髮行歌游於堂下孔子從而問焉曰
水有道乎長於水而安於水性也楚辭曰焉有石林閩中安可處日
夜念歸旋向曰閩中東越之名言彼邊不可安處而日夜思歸 善曰漢書曰
故越王無諸世奉越祀身帥閩中兵以佐滅秦韋昭曰閩東越之別名也事蹟睽利
兩如直心愜三避賢濟曰躓頓也兩直謂邦無道如矢邦有道如矢
三避賢謂太祖三徵不就也言我遭困頓亦猶抱二直所以避三賢之路 善曰言史魚
有道無道行俱如矢而已有道則見召無道則左遷故云事蹟兩如矢直而已雖遷終無
悔吝心愜三避之賢 韋昭漢書注曰躓頓也謂顛仆也說文曰蹟跌也論語子曰直哉史
魚邦有道如矢邦無道如矢史記曰孫叔敖相楚三去相而不悔知其非己罪也三避三

黜也託身青雲上栖巖挹飛泉翰曰託寄也青雲上言所居高
也挹酌也飛泉石上泉也 善曰陸機詩曰託身承華側嵇康絕交書曰許由之巖棲
盛明盪氛昏貞休康屯遭殊方咸成貸微物
豫采甄良曰盛明謂太祖也盪氛昏謂平徐羨之也貞正休美也言用正義之道
以安屯難也殊異之方皆成恩施故我微之物豫及采錄也甄錄也 善曰盛明貞休
謂太祖也言以盛明之德而蕩氛昏之徒又以正義之道以康屯遭之俗也解嘲曰遭盛
明之世周易曰乾元亨利貞又曰休否大人吉鄭玄曰休美也王弼曰居尊位能休否也
周易曰迍如遭如沈約宋書曰太祖登祚徐羨之等徵靈運為秘書監再召不起上使光
祿大夫范泰與靈運書敦獎之乃出就徵文子曰殊方偏國老子曰夫惟道善貸且成說
文曰貸施也魏明帝豫章行曰於斯誠微物能不懷傷悴鄭玄尚書緯注曰甄表也感

深操不固質弱易板百鑾纏銑曰言我感慮之深然執操不能堅
固體質柢劣易若板纏也言就微也善曰謂應徵也感深感荷情深也楚辭曰悲靈脩
之浩蕩何執操之不固應與陰中夏書曰體正者則撿於人質弱者則陋於衆板纏循
牽引也曾是反昔園語往實款然曩基即先築
故池不更穿向曰曾則也則是還其故園語往謂昔有此語款然謂數其所
欲曩昔也言昔隱居之處不加其穿築也善曰毛詩曰曾是在位廣雅曰款愛也爾雅
曰曩久也謂久舊也仲長子曰築基起切莊子曰相造于水者穿池而養給也果木
有舊行壤石無遠延濟曰所取土石不勞遠引善曰劉邵甘泉賦
曰桂木雜而成行說苑曰楚莊王築層臺延石千里延壤百里雖非休憩地
聊取永日閑衛生自有經息陰謝所牽翰曰言此

故園雖非休憩之地聊取永日閑暇而揮衛自有其常也亦猶畏影之人昔之而走不知
就陰而止影也所牽謂俗務所牽也善曰毛詩曰且以永日鄭玄曰永引也莊子南榮
趎曰願一聞衛生之經而已矣老子曰衛生之經能抱一乎能勿失乎能與物委蛇而同其
波是衛生之經也司馬彪曰衛生謂衛護其生全性命也息陰即息影也牽謂俗務也已
見遊南亭詩夫子照情素探懷授往篇良曰夫子謂顏范也
言二人明我情之本故探已懷抱寫誠授所往之二篇善心史記蔡澤謂應侯曰公孫鞅
之事孝公也披心腹示情素素猶實也王仲宣詩曰探懷授所歡願醉不顧身

登臨海嶠初發彊中作與從弟惠連可善本無可字見羊何共和之一首五言銑曰臨
海郡名嶠山頂也彊中地名羊羊璿何何長瑜此詩與惠連今見羊何二
人可共和之也善曰謝靈運遊名山志曰桂林頂遠則嵊尖彊中流約
宋書曰靈運既東還與族弟惠連東海何長瑜潁川荀雍太山羊璿以文
章賞會共為山澤之遊時人謂之四友

謝靈運

抄秋尋遠山山遠行不近善曰楚辭曰覩抄秋之遙夜與
子別山阿含酸赴脩畛中流袂就判欲去情
不忍向曰脩長也畛田間陌也袂袖判別也言於中流執袖就別欲去而情不忍也
善曰說文曰畛井田間陌毛萇詩傳曰判分也毛詩曰彷徨不忍去顧望脰豆
未悁於玄汀曲舟已隱濟曰脰頸也悁正也汀水岸也言相望之頸未
正而舟已隱於曲岸也善曰何休公羊傳注曰脰頸也陸彥聲詩曰相思心既勞相望

脰亦悁說文曰痟疲也痟與悁通文字集略曰汀水際平也隱汀絕望舟
鶩棹逐驚流欲抑一生歡并奔千里遊翰曰鶩疾
也抑止也并共也言欲止一生之歡共汝奔千里遊也善曰海賦曰驚浪雷奔言遠別
已爲抑歡千里愈加離思列子公孫朝曰欲盡一生之歡窮當年之樂古詩曰離家千里
客戚戚多思復日落當棲薄繫纜臨江樓良曰纜船索也日暮
栖薄纜船於江樓之上善曰纜維舟索也吳志曰更增何纜謝靈運遊名山志曰從臨
江樓步路南上二里餘左望湖中右傍長江也豈惟夕情斂憶爾共
淹留銑曰言夕色雖斂憶汝之情轉增淹留也善曰楚辭曰攀桂枝兮聊淹留
淹留昔時歡復增今日歎茲情已分慮況乃
協悲端向曰追念昔歡更增悲歎以分思慮況合秋序乎悲端謂秋序也善曰

濡岳哀永逝冂憶舊歡兮增新悲
端謂秋也楚辭曰悲哉秋之為氣也秋泉鳴
北澗哀猿響南巒戚戚新別心悽悽久念攢
銑曰猨鳴泉響感動人使其憂傷久念皆攢
聚於心也　善曰爾雅曰巒山隋郭璞曰山
形長狹者荊州謂之巒
蒼頡篇曰攢聚之也攢念攻別心旦發青
谿陰暝投剡時冉中宿明登天姥莫古岑濟曰聚念能攻
激別離之心也青谿名水南曰陰暝晤也
剡中縣名有天姥山皆行歷處也善曰楚
辭曰夕投宿於石城漢書曰會稽有
剡縣吳錄地理志曰剡縣有天姥岑高高入
雲霓還期那可尋翰曰入雲霓言高也那可尋尋謂迷舊路也善曰孟
子曰太山之高參天入雲羊祜請伐吳表曰
鳥山尋雲霓謂安仁在懷縣詩曰感此還期
淹儻遇浮丘公長絕子徽音良曰浮丘公古仙人徽美也言

文選二十五　四十六

我儻遇此仙公長絕子美音信　善曰列仙
傳曰王子喬好吹笙道人浮丘公接以上嵩
山以　毛詩曰大嗣徽音

酬從弟惠連一首五言報前西　銑曰酬報也陵遇風獻詩也

謝靈運

寢瘵謝人徒滅迹入雲峯向曰瘵病也徒衆也言我臥病謝時
人之衆滅迹入於雲峯也峯山也　善曰爾
雅曰瘵病也太玄經曰老子行則滅迹立則
隱形巖壑寓耳目歡愛隔音容永絕賞心望長
懷莫與同末路值令弟開顏披心胷其一濟曰巖
壑山水也歡愛謂惠連也寄情山水與爾隔
音容也翰曰言無敢望有識我心者長懷

代人無有堪與同事末衰也衰老始得逢令
弟開解我心胷也令弟謂惠連　善曰潘安
仁詩曰歲寒無與同鄒陽上書曰至其晚節
末路應亨古詩曰濟濟令弟史記蔡澤曰披
心腹心胷既云披意得咸在斯陵澗尋我室散
帙問所知夕慮曉月流朝忌曛日馳良曰散帙謂開
書帙也相問古今所知之事欣然相樂朝夕
不疲畏日月之流馳忌畏也曛日晚也　善
曰莊子善卷曰余逍遙於天地之間而心意
自得也說文曰帙書衣也王逸楚辭注曰曛
黃昏時也悟對無厭歇聚散成分離其二以言　銑曰悟相對
無厭息也然人理有聚散遂成分離也　善
曰言事無常故聚而必散成其分離也莊子
曰禍福相生聚散以成也分離別西川迴景歸東山別時
悲已甚別後情更延傾想遲去嘉音果枉濟

文選二十五　四十七

江篇向曰西川即惠連別處也東山靈運所
居也言迴別之先景歸於東山也遲待
也傾心待爾音信果然與我詩也濟江篇則
惠連與靈運詩也　善曰爾雅曰延長也遲
猶思也　果猶遂也辛勤風波事款曲洲渚言其三善曰風
波已見上文秦嘉贈婦詩曰思面敘款曲洲渚既淹時風波子行
遲務協華京想詎存空谷期猶復惠來章祗
足攬余思儻若果歸言共陶暮春時其四濟曰務
趣也言觀詩之趣但合游宦之路不存意山
谷也惠我之詩祇足亂我之志果歸言惠連
別時有歸言也此言如果當共暢樂暮春之
時也　善曰廣雅曰務遠也華京猶京華也
郭璞遊仙詩曰京華遊俠窟毛詩曰皎皎白
駒在彼空谷毛詩曰胡逝我梁祇攪我心陶
喜也已見上文暮春雖未交仲春善游遨善曰未交謂暮春氣

節與仲春未交也孔安國尚書傳曰南交言夏與春交也山桃發紅萼野蕨漸紫苞翰曰蕨山菜也漸進長也苞叢生紫謂紫色也善曰爾雅曰榹山桃也毛詩曰言采其蕨毛詩義疏曰蕨山菜也初生紫色尚書曰草木漸苞孔安國曰漸進長苞叢生也嚶鳴善本作鳴嚶已悅豫幽居猶鬱陶良曰鬱陶哀思也此時山鳥鳴悅我幽居懷汝之情猶哀思也善曰鳴嚶已見上文禮記曰幽居而不淫論衡曰幽居而靜處恬澹自守尚書曰鬱陶乎予心顏厚有忸怩孔安國曰鬱陶哀思也夢寐佇歸舟釋我吝與勞其五向曰佇待也憂寐待之還解我吝恨與憂勞也善曰范曄後漢書曰陳蕃周舉常相謂曰數日之閒不見黃生則鄙吝之萌復存乎心毛詩曰豈不爾思勞心忉忉

文選卷第二十五

詩
贈答四
行旅上

文選 二十六

文選卷第二十六

梁昭明太子撰　五臣并李善注

在懷縣作詩二首
潘正叔迎太駕詩一首
陸士衡赴洛詩二首
赴洛道中作詩二首
為吳王郎中時從梁陳作詩一首
陶淵明始作鎮軍參軍經曲阿作詩一首
辛丑歲七月赴駕善本作假字還江陵夜行塗口作詩一首
謝靈運初發都詩一首

過始寧墅詩一首
富春渚詩一首
七里瀨詩一首
發江中孤嶼詩一首
初去郡詩一首
初發石首城詩一首
道路憶山中詩一首
入彭蠡湖口詩一首
入華子岡是麻源第三谷詩一首

贈答

贈王太常一首五言善曰蕭子顯齊書曰王僧達除太常

顏延年向曰太常王僧達也

玉水記方流，璇源載圓折。濟曰九水方折者有玉圓折者有珠折曲也善曰尸子曰九水其方折者有玉其圓折者有珠也蓄寶每希聲，雖秘猶彰徹。翰曰水之蓄珠常有音聲雖然秘密光明亦通於上喻君子之道闇而彰也善曰老子曰大音希聲左氏傳君子曰以險危大人而有名彰徹也聆龍睽砌九淵，聞鳳窺丹穴。良曰聆聽也睽察也九重之淵龍所居也丹穴山名也鳳鳥所從出也善曰廣雅曰聆聽也莊子曰夫千金之珠必在九重之泉驪龍頷下說文曰睽察也山海經曰丹穴之山有鳥焉其狀如鶴五采其名曰鳳鳥

丹穴已見東京賦歷聽豈多士，善本作工字唯然覯時善本作世字哲，舒文廣國華，敷言遠朝烈。善本作列字銑曰覯見數布烈美也言歷聽豈有多士然獨覯僧達可為時哲舒其文章布其言語可以廣國朝之美也善曰孔安國尚書傳曰工官也王逸楚辭注曰發文舒詞爛然成章國語季文子曰吾聞以德榮為國華尚書曰九厥象人極之敷言秋興賦曰猥厠朝列爾雅曰列業也德輝灼邦懋，芳風被鄉耋。向曰懋盛被加耋老也言德輝可以盛邦國之美芳風可以加鄉老之化善曰禮記曰德輝動乎內而人莫不承聽禰衡顏子碑曰秀不實振芳風曰側同幽人居，郊扉常晝閉。音鷩濟曰側不敢正謙詞也邑外曰郊扉門扉也言我同僧達幽居於邑外門常晝閉言無事也善曰周易曰履道坦坦幽人貞吉殷仲堪諫曰荊門晝掩閑庭晏然林

閭時晏開亟器迴長者轍翰曰林閭里門晏晚亟數也林中之
門雖晚開而數迴長者之車轍善曰爾雅曰野外謂之林鄭玄周禮注云閭里門也漢
書淮南王曰早閉晏開又曰陳平門外多長者車轍庭昏見野陰山明
望松雪靜惟浹羣化徂生入窮節良曰惟思浹及徂往
也靜思及於萬物變化之理傷我既往之年入此窮暮之節喻已年老也善曰鄭玄毛
詩箋曰惟思也蘇林漢書注曰浹周也莊子曰已化而生又化而死爾雅曰徂往也謂往
之死也家語孔子曰化於陰陽象形而發謂之生化窮數盡謂之死豫往誠歡
歇悲來非樂闋銑曰豫逸歇息也逸樂之往信歡之息也凢奏樂而喜樂
闋而悲言今悲來自傷不因樂闋善曰周易曰初六鳴豫凶王弼曰樂過則淫志窮則
凶爾雅曰豫樂也淮南子曰奏樂而喜曲終而悲鄭玄禮記注曰闋終也屬美謝

繁翰遙懷具短札阻黠切向曰愧我無繁辭之翰綴屬君之美事然
遠寫懷抱具短札之中札筆也善曰屬猶綴也謝猶慙也說文曰懷念思也又曰札牒
也

夏夜呈從兄散騎車長沙一首五言濟曰顏
延年從兄顏敬宗也車長沙字仲遠善曰集曰從兄散騎字敬宗車長沙
字仲遠

顏延年

炎天方埃鬱暑晏闋塵紛翰曰言正炎熱時塵氣煩鬱至夜曉
乃息也闋猶息也善曰淮南子曰南方曰炎天高誘曰南方五月建午火之中也火性
炎上故曰炎天廣雅曰方正也毛萇詩傳曰鬱積也禮記曰仲夏小暑至賈逵國語注曰
晏晚也毛萇詩傳曰闋息也杜預左氏傳注曰紛亂也獨靜闕偶坐臨
堂對星分良曰闕偶猶無對也善曰賈逵國語注曰偶對也周禮曰以星分
夜側聽風薄慱木遥睇月開雲夜蟬當夏急
陰蟲先秋聞銑曰薄迫睇視也言聞風聲迫林木視月從雲而開也陰蟲蛩
也先秋謂秋前聞也善曰法言曰風薄于山孔安國尚書傳曰薄迫也亦激之意也楚
辭曰雪紛紛而薄木禮記曰仲夏之月蟬始鳴易通卦曰蟋蟀之蟲隨陰迎陽聖主得
賢臣頌曰蟋蟀俟秋吟歲候初過半荃蕙豈久芬向曰雖在
夏中聞蟋蟀鳴則知時候過半荃蕙香草也豈能久芬者亦自傷也善曰楚辭曰時曀
曀而過中又曰荃蕙化而為茅屏居惻物變慕類抱情殷濟曰
屏退也類朋類也謂敬宗仲遠也退居痛物之變化思慕朋類而情殷憂也善曰漢書

曰賓嬰謝病屏居田南山下鵩鳥賦曰萬物變化楚辭曰思慕類兮以悲魏文帝善哉行
曰喟然以惋歎抱情不得叙桓玄鸚鵡賦曰眷儔侶而情殷殷憂也九逝非空
思七襄無成文翰曰言我魂一夕九往豈空自悲思所思者君也襄反也
但恨七反而不成文章也詩云睆彼牽牛終日七襄雖則七襄不成報章善曰楚辭曰
惟郢路之遼遠兮魂一夕而九逝韓詩曰政彼織女終日七襄雖則七襄不成報章薛君
曰襄反也

直東宮答鄭尚書一首五言良曰鄭鮮之為都官尚
書延年時為太子舍人故有此贈答善曰沈約宋書曰鄭鮮之字道子高
祖踐祚遷都官尚書

顏延年善曰沈約宋書曰高祖受命延年補太子舍人然答詩謝

舍人之日
皇居體環極設險祇天子善本作工字銑曰皇居天子居也
體象也象衆星之環北極設險謂禁衛也祇猶敬也工官也言守衛敬天子官也善曰
孔融薦禰衡表曰帝室皇居西京賦曰若夫長年神仙宣室玉堂譬衆星之環極泮赫義
以輝煌周易曰王公設險以守其國尚書曰天工人其代之兩闈阻通軌
對禁限清風向曰兩闈謂皇宮皇太子宮也俱在禁省故云對禁也限清風
謂不見鄭善曰兩闈謂東宮及中臺也方言曰軌道也各有禁守謂禁中也故曰對也
胡廣書曰建洪德流清風跂予旅東館徒歌屬南墉濟曰跂舉
踵也旅客也東館謂東宮舍入居之徒空也言思鄉空為歌謠墉牆也尚書省在南故云
南墉也善曰毛詩曰誰謂宋遠跂予望之賈逵國語注曰旅客也爾雅曰徒歌曰謠鄭

文選二十六　六

玄儀禮注曰屬注也謂意注之也尚書為中臺在南故曰南墉寢興鬱無已
起觀辰漢中翰曰鬱思也或病或起思君之深也辰大火也漢河也中正南
也善曰毛詩曰言念君子載寢載興鄭玄考工記注曰鬱不舒散辰大辰也爾雅大辰
房心尾也郭璞曰龍星明者以為時候故曰大辰辰毛萇詩傳曰漢天河也流雲藹
青闕皓月鑑丹宮踟躕清防密徙倚恒漏窮
良曰流雲行雲也藹暗也闕門樓也鑑照也踟躕不安貌清防謂屛風也密靜也徙倚猶
徘徊也漏刻漏也漏盡謂至曉不寐善曰廣雅曰鑒照也毛詩曰搔首踟躕夏侯中荅
潘岳詩曰相思限清防企佇誰與言爾雅曰密靜也楚辭曰步徙倚而遙思漏窮言曉也
君子吐芳訊感物惻余衷惜無丘園秀景行
彼高松銑曰君子謂鄭也芳訊謂所贈詩也言感物痛我之中心也惜傷也高松

翰鄭公言我傷無丘園之美故學彼高松貞堅之節善曰演連珠曰肆義芳訊古詩曰
感物懷所思賈逵國語注曰惜痛也周易曰賁于丘園束帛戔戔陸機演連珠曰丘園之
秀因時則揚毛詩曰景行行止高松喻守節而不彫也論語子曰歲寒然後知松柏之後
彫也知言有誠貫義價難克充向曰謂鄭所贈詩有知言誠信
之貫我之才薄不能充所贈詩之義價也善曰知汝之言有誠實舊貫義價難以克充
也漢書武帝詔書曰九變復貫知言之選論語子貢曰有美玉於斯韞櫝而藏諸求善價
而沽諸何以銘嘉貺言樹絲與桐濟曰何以銘記嘉善之場
將樹絲桐為琴瑟播之樂章善曰言樹絲桐發播之琴瑟也魏文帝書曰嘉貺益腆爾
雅曰貺賜也毛詩曰言樹之背史記曰騶忌以鼓琴見齊威王王曰夫治國家何異絲桐
之間哉

文選二十六　七

和謝監靈運一首五言翰曰監秘書監也和前靈運贈顏
范二中書也善曰沈約宋書曰靈運為秘書監也
顏延年善曰沈約宋書曰少帝出顏延之為始安太守元嘉三年
徵為中書侍郎
弱植慕端操窘求隕步懼先迷良曰植立端直窘急也言少小
立身慕端直之操急步追之常恐先迷失其正道也善曰左氏傳鄭子産知陳曰陳亡
國也其君弱植王逸楚辭注曰植志也楚辭曰內惟省以端操又曰夫唯捷徑以窘步周
易曰先迷失道後順得常寡立非擇方刻意藉窮棲銑曰寡於
立身不能擇方正之道以佐時常刻其志意假借幽棲以成其節善曰孫卿子曰寡立
而不勝堅強而不暴周易曰君子以立不易方王弼曰得其所久故不易也孔安國論語

逵曰方道也詐常道也莊子曰刻意尚行離
世異俗此山谷之士非世之人枯槁赴淵者
之所好也韋昭國
語注曰山處曰棲
伊昔遘多幸秉筆侍兩閨
向曰伊惟遘遇秉執也兩閨謂中書侍郎及
太子舍人也　善曰陸機荅賈謐詩曰伊昔
有皇左氏傳羊舌職曰民之多幸國之不幸
國語士茁謂智襄子曰臣秉筆事君兩閨謂
上臺及東宮也事
二宮己見曲水詩
雖慙丹雘施未謂玄素睽
音奎　濟曰丹雘喻榮祿也睽別也言雖蒙
榮祿之施終不同素絲之變而別也　善曰
丹雘喻君恩也玄素喻別也靈詮荅劉琨書
曰始素終玄墨翟垂涕周易曰睽者乖也尚
書曰惟其
塗丹雘
徒遭良時詖彼義王道奄昏霾音埋
翰曰
良時明時也詖傾奄久霾暗也言我但遭良
主之傾覆而王道久已昏暗謂少帝之日
善曰謂少帝之日也潘岳河陽縣詩曰徒恨
良時泰蒼頡篇曰詖諂佞也方言曰奄遽也

昏霾喻前世亂也爾
雅曰風雨土為霾
人神幽明絕朋好雲雨乖
良曰謂謝晦等作亂絕其祭祀朋好各出如
雲雨乖離也　善曰人神幽明絕言時亂不
獲祭享也曾子曰天曰明地曰幽　張
載詠懷詩曰雲乖雨散心乎愴而
弔屈汀洲浦謁帝蒼山蹊
銑曰弔問也屈原忠而
被逐自投水而死我今被
出同之故問於洲渚之間也謁帝帝舜蒼梧
山名舜葬處蹊徑也　善曰謂之始安郡也
賈誼有弔屈原文楚辭曰搴汀洲兮杜若文
字集略曰汀水際也曹子建贈白馬王詩曰
謁帝承明廬禮記
曰舜葬蒼梧之野
倚巖聽緒風攀林結留荑
音啼　向曰緒風相續不斷之風留荑香草
緒結以贈遠人　善曰楚辭曰停石巖以流
涕又曰款秋冬之緒風又曰畦留
荑與揭車王逸曰留荑香草也
跂企予間衡嶠曷月瞻秦稽
濟曰跂舉踵也衡山名嶠
山頂也言我間隣此山謂

出為始安守曷何也瞻秦稽謂秦望會稽山
也言何月望此山也謂謝公隱此山也　善
曰跂予已見上文衡山名也爾雅曰山銳而
高曰嶠毛詩曰曷月予還歸哉孔曄會稽記
曰秦望山在州城正南史記曰始皇登之望
南海越絕書曰禹救水到大越上茅山大會
計更名茅
山曰會稽
皇聖昭天德豐澤振沈泥
翰曰皇
太祖也
昭上天之德而降豐霈之澤振起也起沈泥
謂誅謝而嚴已也　善曰皇聖謂文帝也孫
鄉子曰變化代興謂之天德鼻承後漢書曰
仁風豐澤四海所宗說文曰振舉也葛龔與
張晏書曰
頑闇沈泥
惜無雀善本作爵字雉化何用充海淮
良曰惜傷也雀入海為蛤雉入淮為蜃自傷
不能同此之化將何用以充淮海　善曰國
語曰趙簡子歎曰雀入于海為蛤雉入于
淮為蜃鄭玄禮記注曰充足也子喻切
去國還故里幽門樹蓬藜采茨葺昔宇翦棘闢

舊畦
銑曰去國謂去職仕也幽門幽隱之門
樹種也蓬藜草也茨茅葺修也言采茅
修昔時之壟翦伐荒棘其舊田五十畝曰
畦　善曰去國謂去始安也莊子曰越之流
人去國旬月古詩曰思還故里閭楚辭曰憂
玄舍之幽門陸雲荅兄書曰修庭樹蓬鄭
周禮注曰茨閭苫也廣雅曰葺覆也左氏傳
戎子駒支曰驅其狐貍翦其荊棘孟子曰病
于夏畦劉熙曰今俗
以二十五畝為小畦
物謝時既晏年往志不
向曰萬物退落歲時既晚年已往矣而志
不能俱遂　善曰言年既日往志意已衰
偕
不與子俱也王逸楚辭注曰謝去也楚辭曰
年洋洋而日往毛萇詩傳曰偕俱也俱亦齊
同之
意也
親仁敷情昵興玩善本作賦字究辭悽
濟曰親仁
謂靈運也敷布昵近究盡也言靈運之詩布
情相近而我興玩可謂盡辭之悽切也　善
曰親仁謂靈運也左氏傳陳五父曰親仁善
鄰國之寶也爾雅曰昵近也孫炎曰親之近

也說文曰興悅也玩愛也芬馥歇蘭若清越奪琳珪翰曰蘭若
香草琳珪美玉也言靈運之詩芬芳清越可以奪美玉香草之音氣　善曰吳都賦曰芬
馥肸蠁說文曰歇息也一曰氣越泄也禮記曰昔者君子比德於玉焉叩之其聲清越以
長鄭玄曰越猶揚也盡言非報章聊用布所懷良曰盡我之言
非所以能報其文章聊且布懷抱之所有也　善曰易曰書不盡言報章已見上文莊子曰
有問而應之盡其所懷蒼頡篇曰懷抱也

答顏延年一首　五言

王僧達　銑曰沈約宋書云王僧達琅邪人也少好學善屬文爲始
興王行府參軍稍遷至中書令以屢犯上顏於獄中賜死也　善曰
沈約宋書曰王僧達琅邪人少好學善屬文爲始興王行府參軍稍

遷至中書令以屢犯上於獄賜死
長卿冠華陽仲連擅海陰向曰司馬相如字長卿冠謂在人上
也華陽益州縣名仲連魯仲連也擅專也海陰海西畔　善曰長卿相如字也尚書曰華
陽黑水惟梁州華陽國記曰益州地稱天府原曰華陽史記曰魯仲連齊人也穀梁傳曰
水南曰陰珪璋既文府精理亦道心濟曰珪璋玉也喻長卿文
府謂文章爲府庫之富精理謂精微之理至道之心謂魯仲連也　善曰珪璋之麗既光
於文府精理之妙亦窮於道心文賦曰遊文章之林府尚書曰道心惟微君子聳
高駕塵軌實爲林銑曰君子喻延年言高駕之軌與精塵可亞二賢爲
林　善曰楚辭曰諫余駕兮入冥何劭詩曰亮無風雲會安能襲塵軌司馬遷書曰列於
君子之林也崇情符遠迹清氣溢素襟翰曰崇高符同蓁本

也高情同往賢之遠迹清淑之氣自盈於本心　善曰思玄賦曰盍遠迹以飛聲陸景典
語曰清氣漂於青雲之上聲類曰襟衣領也結游略年義篤顧棄
浮沉寒榮共偃暴春醞時獻斟良曰結游謂結交游略謂
簡略取年德道義之人也篤厚也相顧眄者亦去浮薄取沈深榮屋翼也偃臥也暴向日
以炙背也醞酒也獻斟謂相獻而斟酌　善曰莊子曰忘年忘義振於無境鄭玄毛詩箋
曰顧念也高誘淮南子注曰浮沉猶盛衰也桓子新論曰余與揚子雲奏事坐白虎殿廊
廡下以寒故背日曝焉郭璞上林賦注曰榮屋南簷也曹植酒賦曰或秋藏冬發或春醞
夏開聿來歲序暄輕雲出東岑銑曰聿遂也言遂來及此歲序
之暄暖東岑東山也　善曰毛詩曰聿來胥宇鄭玄曰聿自也麥隴多秀色
揚園流好音向曰秀美也麥初秀而色美揚柳也流好音謂春鳥聲也　善

曰魏文帝登城賦曰嘉麥被壟廣雅曰秀美也毛詩曰楊園之道又曰睍睆黃鳥載好其
音歡此乘日暇忽忘逝景侵濟曰言歡樂乘此暇日之美其
光景忽忘逝日之侵我年也　善曰言人壽不留與景俱逝而壽損故謂之侵莊子牧馬
童子謂黃帝曰有長者教予曰若乘日之車而遊於襄城之野郭象曰日出而遊日入而
息幽衷何用慰翰墨久謠吟翰曰言我之深衷何足可慰但
歌吟君之文章以安我心也　善曰歸田賦曰揮翰墨以奮藻棲鳳難爲條
淑貺非所臨良曰鳳非梧桐不棲言君文章如鳳而我非梧桐難爲待鳳之
條淑善貺賜也言不堪當所賜詩也　善曰鳳非梧桐不棲故曰難爲也誦以詠
善本作求字周旋匣以代兼金銑曰兼金最好金也言誦詠周旋藏
之於匣以當好金也　善曰左氏傳太史克曰舉以周旋不敢失墜孟子曰齊王餽兼金

一百而不受也

郡内高齋閑坐答呂法曹一首 五言 善曰宣城郡

謝玄暉 向曰在宣城郡内高齋謂安坐以靜心也呂僧珍齊王法曹也先有贈故答之

結構何迢遞曠望極高深 濟曰結構作齋屋也迢遞高也何者自問也曠遠也言遠望盡見高深也善曰結構謂結連構架以成屋宇也魯靈光殿賦曰觀其結構廣雅曰曠遠也高深謂江山也魏武帝善哉行曰山不厭高海不厭深吳都賦曰曠瞻迢遞

窻中列遠岫庭際俯喬林日出衆鳥散山暝孤猨吟已有池上酌復此風中琴 翰曰言所居高窻中平對遠山臨庭下視高樹池上酌謂酌酒池上也風中琴謂致琴風中令自鳴聽之以為樂也善曰曹子建詩曰歸鳥赴喬林石崇思歸引曰宴華池酌玉觴嵇康贈秀才詩習習和風吹我素琴

非君美無度孰為勞寸心 良曰無度謂不可量也言非君懷不可量之義誰能勞寸心謂詩以贈我也善曰毛詩曰彼已之子美無度又曰勞心忉忉列子文摯謂叔龍曰吾見子之心矣方寸之地虛矣

惠而能好我問以瑶華音 銑曰問遺也瑶華玉也言能以恩惠好我故遺我玉音玉音謂詩也善曰毛詩曰惠而好我携手同行毛萇曰惠愛也鄭玄曰言愛仁而又好我雜佩以問之毛萇曰問遺也楚辭曰折疎麻兮瑶華將以遺兮離居

若遺金門步見就此 善本作玉字 山岑 向曰金門謂金馬門也言若能遺金門步當見就我此山中也善曰解嘲曰歷金門上玉堂穆天子傳曰癸巳至羣玉之山容氏所守先王所謂冊府郭璞曰即山海經玉山西王母所居者皇甫謐釋勸曰排閶闔步玉岑

在郡卧病呈沈尚書一首 五言 濟曰沈尚書沈約也善注同

謝玄暉

淮陽股肱守高卧猶在兹 翰曰漢淮陽太守汲黯上書云病上曰淮陽吾股肱地卿為我卧理之在兹謂在淮陽也善曰漢書曰季布為河東守上召布曰河東吾股肱郡故特召君耳又曰拜汲黯為淮陽太守黯伏地不受印上曰君薄淮陽耶顧淮陽吏人不相得吾徒得君重卧而治之也

況復南山曲何異幽棲時連陰盛農節薹苔笠聚東菑 良曰南山曲謂

宣城郡在山曲言淮陽猶理況此山曲與幽棲何異乎連陰久雨也盛農則盛夏時臺以禦暑也笠以禦雨也東東皋也菑耕田也善曰謝靈運南山詩曰凝此永幽棲胡安道愁霖賦曰異連陰之時退想雲物之見徵毛詩曰彼都人士臺笠緇撮毛萇曰臺所以禦雨也音臺爾雅曰一歲曰菑

高閣常書掩荒階少諍辭珍簟清夏室輕扇動涼颸楚緇嘉魴聊可薦綠蟻善本作淥蟻字方獨持 銑曰諍訟也簟竹席也颸風也魴魚名綠蟻酒也言郡内無事但獨為飲宴而已善曰畫掩已見上注楚辭曰溢颸風而上征毛詩曰南有嘉魚鄭玄毛詩箋曰聊略也釋名曰酒有沈齊浮蟻在上沈沈然鄭玄毛詩箋曰方且也

夏李沈朱實秋藕折輕絲 向曰朱李果名沈者沈之於水中使其涼也善曰魏文帝與吳質書曰沈朱李於寒水

良辰竟何許夙昔夢

佳期濟曰許處也言我平生良時竟在何處但夙昔思夢好期而已善曰佳謂汝
也言會面良辰竟在何許而令夙昔夢佳
期阮籍詠懷詩曰良辰在何許凝霜沾衣襟
許猶所也尚書曰夙夜浚明有家孔安國曰
夙早也浚深也早夜思之須明行之楚辭曰
與佳期兮夕張王逸曰不敢斥尊者故言佳也坐嘯徒可積為邦歲
已朞翰曰從漢成晉為南陽太守但坐嘯而已為郛謂為郡守也言我坐嘯空久為
已經一年而無德化及人也善曰張璠漢記曰南陽太守弘農成晉任功曹岑晊時人
為之語曰南陽太守岑公孝弘農成晉但坐嘯晉音津晊音質論語子曰善人為邦百年
可以勝殘去殺矣又曰苟有用我者期月而已可也三年有成絃歌終莫取
撫枕善本作机字令自嗤良曰子游為武城宰以絃歌化言我於絃歌之
化亦無所取唯知臥痾持枕令我自輕笑善曰論語曰子游為武城宰聞絃歌之聲陸
機赴洛詩曰撫机不能寐阮籍詠懷詩曰嗷嗷令自嗤

暫使下都夜發新林至京邑贈西府同
僚一首五言帝徵朓銑曰朓為隨王文學還者道中為詩寄西
府同僚即除新安王記室善曰蕭子顯齊書謝朓為隨王子隆文學子
隆在荊州好辭賦數集僚友朓以才文尤被賞愛長史王秀之以朓年少
相動密以啓聞世祖勑朓可還都朓道中為詩以寄西府

謝玄暉

大江流日夜客心悲未央向曰言客悲與江流俱未央息善
曰呂氏春秋曰水泉東流日夜不休毛詩曰夜未央廣雅曰央已也徒念關山
近終知返路長善曰古樂府有度關山曲王粲閑邪賦曰關山介而阻險

秋河曙耿耿寒渚夜蒼蒼顏延年秋胡詩曰反路遵山河濟曰
耿耿明淨也蒼蒼秋色也善曰秋河天漢也耿耿光也毛詩曰蒹葭蒼蒼引領
善本作顧字見京室宮雉正相望平翰曰京室謂齊郡丹陽也
三版曰雉宮雉宮牆也言與己正相望也善曰潘岳河陽縣詩曰引領望京室東京賦
曰京室密清周禮曰王城隅之制九雉古詩曰兩宮遙相望金波麗鳷
鵲玉繩低建章良曰金波月也玉繩星名鳷鵲館名麗猶明也建章宮名
低謂星下於宮也善曰漢書歌云月穆穆以金波王弼周易注曰麗連也張揖漢書注
曰鳷鵲觀在雲陽甘泉宮外春秋元命苞曰玉衡北兩星為玉繩星漢書曰柏梁災於是
作建章宮也驅車鼎門外思見昭丘陽銑曰鼎門丹陽郡門
也荊州有楚昭王冢冢南曰陽言我驅車至東門外乃悲見荊州也善曰古詩曰驅車

策駕帝王世紀曰春秋成王定鼎于郟鄏其南門名定鼎門蓋九鼎所從入也方言曰冢
大者為丘丘南曰陽荊州圖曰楚昭王墓登樓賦所謂昭丘也馳暉不可接
何況隔兩鄉向曰旦至暮日光馳度尚不可保交接何況隔兩鄉也善曰
馳暉日也朓至尋陽詩曰過容無留軫馳暉有奔箭毛萇詩傳曰鄉所也風煙善本
作雲字有鳥路江漢限無梁濟曰風煙之中有飛鳥來往江漢之
水限關無橋梁也善曰南中八志曰交趾郯治龍編縣自興古鳥道四百里楚辭曰江
河廣而無梁常恐鷹隼擊時菊委嚴霜翰曰秋殺氣至鷹隼
擊搏菊秋華也委謂零落也言此恐讒邪之臣致害賢良善曰毛萇詩傳曰古者鷹隼
擊然後罻羅設潘岳河陽詩曰時菊耀秋華委猶悴也楚辭曰冬又申之以嚴霜寄
言罻尉羅者寥廓已高翔良曰罻羅者捕鳥之人寥廓空也高

翔言遠去也此喻讒人將害於已善曰喻蜀父老曰猶鷦鵬之翔乎寥廓之宇而羅者
猶視乎藪澤廣雅曰寥深也廓空也

酬王晉安一首 五言銑曰晉安郡守王德元也酬者言先贈
詩今有答也善曰集曰王晉安德元王隱晉書曰晉安郡太康三年置
即今泉州也

謝玄暉

梢梢枝早勁塗塗露晚晞 向曰梢梢樹枝勁彊無葉之貌塗塗
厚也言露晚乾晞乾也善曰爾雅曰梢梢擢也郭璞曰謂木無枝柯梢擢長而殺也
楚辭曰白露紛以塗塗王逸曰塗塗厚貌也毛萇詩傳曰晞乾也 南中榮橘
柚寧知鴻鴈飛 濟曰言晉安知有橘柚而不知有鴻鴈蓋答所贈詩意也

文選二十六　十六

善曰列子曰吳越之國有木焉其名爲櫾碧樹而冬生櫾則柚字也鴻鴈南棲衡陽不至
晉安之境故曰寧知也 拂霧朝青閣日旰坐彤闈 翰曰拂霧
朝言早也青閣朝堂也旰晚也彤闈宮門謂爲尚書處也善曰左氏傳趙鞅曰日旰矣說
文曰旰日晚也 悵望一途阻參差百慮依 良曰悵望恨也言任
恨此一道阻隔之事而參差因漸百慮來相依也善曰蔡邕詩曰暮宿何悵望周易子
曰一致而百慮神長統詩曰百慮何爲至 春草秋更綠公子未西
歸 銑曰言春草至秋更加綠公子謂德元言歲時已改君猶未歸晉安在國東則西可
知也善曰春草萋萋故王孫樂之而不反今春草秋而更綠公子尚未西歸楚辭曰王
孫遊兮不歸春草生兮萋萋古詩曰秋草萋已綠毛詩曰誰能西歸 誰能久京
洛緇塵染素衣 向曰贈詩蓋有相與幽棲之志故言久滯京洛使緇黑之

塵染污素衣也言此喻讒人將污已之貞絜也善曰陸機爲顧彥先贈婦詩曰京洛多
風塵素衣化爲緇

奉答內兄希叔一首 五言善曰顧氏家譜曰肹字希叔

邵陵王國常侍

陸韓卿 濟曰蕭子顯齊書云陸厥字韓卿吳人也好屬文州舉秀
才後還至太子太傅此詩爲內兄顧肹先贈詩故有此答善曰蕭
子顯齊書曰陸厥字韓卿吳人好屬文州舉秀才王晏少傅主簿後
至行軍參軍厥父叔誅坐繫尚方尋有令赦厥恨父不及感慟而卒
其集云竟陵王舉秀才選太子太傅功曹掾

嘉惠承帝子躧所綺履奉王孫 翰曰帝子太子也詔已承其嘉

文選二十六　十七

惠也躧步也履衣冠之屨奉侍也王孫謂太傅王晏也善曰帝子謂竟陵王也王孫謂
太傅王晏也越絕書曰恭承嘉惠述暢往事管子曰君有嘉惠於其臣漢舊儀曰帝子爲
王長門賦曰躧履起而彷徨魏志蔡邕見王粲曰此王公孫有異才 屬叨金馬
署又點銅龍門 良曰屬會也金馬署名銅龍太子門名言我無才幸會叨
預此中之職誠爲點污也善曰漢書音義曰屬近也叨金馬署謂爲秀才也兩都賦序
曰內設金馬石渠之署點銅龍門謂爲太傅功曹掾也漢書曰上嘗急召太子出龍樓門
張晏曰門樓上有銅龍 出入平津邸一見孟嘗尊 銑曰公孫
弘封平津侯開東閣待士邸國舍也田文封孟嘗君亦好賓客也謂已事太子亦得出入
邸舍爲公侯所尊敬也善曰孟嘗喻太傅也漢書曰封丞相公孫弘爲平津侯於是起
客館開東閣以延賢人與參謀議說苑雍門周說孟嘗君曰以孟嘗之尊乃如是也
歸

來翳桑柘朝夕異涼溫其一向曰歸來謂歸其私家翳桑柘也
涼溫冷熱也言朝去官暮則冷也善曰左太仲詠史詩曰陳平無產業歸來翳負郭涼
溫翰貴賤也徂落固云是寂蔑終如善本作始字斯銑曰
徂落死也寂蔑猶寂寞也言人之死固亦如是寂寞善曰徂落猶凋落也羽獵賦曰萬
物徂落於外荀組七哀詩曰何其寂蔑杜門清三徑坐檻臨曲
池翰曰杜塞清淨也蔣詡門有三徑檻欄楯也言感此涼溫之事塞門絕交善曰漢
書曰王陵杜門竟不朝請三輔決錄曰蔣詡字元卿舍中三徑楚辭曰坐堂伏檻臨曲池
鳧鵠嘯儔侶荷芰始參差雖無田田葉及爾
汎漣漪其二濟曰鳧鵠水鳥名荷芰水草名嘯鳴也參差初生不齊也田田蓮
葉貌風吹水成文曰漣及爾謂與顧府沉之也漪水文也善曰蜀都賦曰鴻儔鵠侶古

文選二十六　十八

樂府詩曰江南可采蓮蓮葉何田田毛詩曰河水清且漣漪春華與秋實
庶子及家臣良曰邢顒為平原侯植家丞防閑以禮與植不合庶子劉楨有
才華而植重之人問之以為采庶子之春華忘家臣之秋實家丞亦家臣也謂盼為邵陵
王常侍故有此言也善曰魏志曰邢顒字子昂為平原侯植家丞顒防閑以禮無所屈
撓由是不合庶子劉楨書諫植曰家丞邢顒北土之彥而禮遇殊特顒反疏簡私懼觀者
將謂君侯習近不肖禮賢不足采庶子之春華忘家丞之秋實王門所以貴
自古多俊人善本作民字良曰王門謂邵陵王門也俊賢俊也善曰鄒
陽上書曰何王之門不可曳長裾乎尚書曰畯民用康畯與俊同離宮收杞
梓華屋當善本作富字徐陳銑曰離宮華屋皆太子宮館也收取也杞
梓良木名喻賢才也徐徐幹陳陳琳魏文帝為五官中郎將時並以才華為友善也善

曰離宮華屋皆謂太子也下臺議曰太子所居宮稱東宮不言太子宮者二宮以東西為
稱明是天子之離宮使太子居之也左氏傳楚聲子曰晉大夫皆卿才也如杞梓皮革自
楚往也吳質答曹子建書曰墳籍激於華屋魏志曰文帝為五官郎將北海徐幹廣陵陳
琳並見友善平明善本作旦字上林苑日入伊水濱其三
翰曰言晨夕侍游不常其所善曰言晨夕侍遊良非一所也楚辭曰平明發兮蒼梧漢
書曰梁孝王入朝侍帝遊獵上林中論衡曰堯時擊壤者曰吾日入而息列仙傳曰王子
喬周靈王太子晉也遊伊雒之間書記既翩翩賦歌能妙絕
濟曰阮瑀善書記翩翩輕舉貌劉公幹善於詩賦歌亦詩之通稱妙絕者謂過人也善
曰魏文帝與吳質書曰公幹五言詩之善者妙絕時人元瑜書記翩翩致足樂之相
如恧溫麗子雲慙筆札銑曰司馬長卿善為文章恧慙也谷子雲

文選二十六　十九

妙於筆札此人皆王侯賓客對我兄則慙恧善曰西京雜記曰枚皐文章捷疾長卿
制作淹遲皆一時之譽長卿首尾溫麗枚皐時有累句故知疾行無善迹矣方言曰恧慙
也漢書曰樓護與谷永俱為五侯上客長安號曰谷子雲之筆札樓君卿之脣舌駿
足思長阪柴車畏危轍向曰駿良馬也良馬思遇長阪以騁其足
柴車弱車也畏懼也危轍險路也駿足喻肸柴車喻巳也善曰駿足喻希叔柴車自喻
也袁道彥答杜育詩曰矯矯駿足繫纓未就韓詩外傳晏子曰臣願君之賜駑馬柴車可
得而乘也愧茲山陽讌空此河陽別其四濟曰嵇康與向秀
居山陽縣常為竹林之讌石崇河陽有別業言我愧無歡讌空有別業善曰魏氏春秋
曰嵇康寓居山陽縣與向秀遊於竹林號曰七賢曹植送應氏詩曰親昵並集送置酒此
河陽平原十日飲中散千里游翰曰秦昭王遺平原君趙勝書

曰幸君過寡人與君十日之飲呂安嵇康相思命駕千里游也中散大夫康官也善曰平原趙勝也史記曰秦昭王聞魏齊在平原君家遣平原君書曰寡人聞君之高義願與為布衣之交君幸過寡人寡人願與君為十日之飲平原君遂入秦見昭王干寶晉紀曰初呂安友嵇康相思則命駕千里從之渤海方淹滯宜城誰獻酬良曰渤海郡文帝與吳質徐幹所遊處宜城出美酒喻兄所事與邵陵王彼為淹滯之樂而此美酒無人相與獻酬也善曰言己之事竟陵猶徐吳之在渤海漢書渤海郡有南皮縣即徐吳遊之所也國語曰底著滯淹賈逵曰淹久也陳思王酒賦曰酒有宜城濃醪蒼梧漂清毛詩曰獻酬交錯屏居南山下臨此歲方秋銑曰屏居猶隱居也臨此歲方秋喻己之將老也善曰屏居南山下已見上文左氏傳卜徒父曰歲云秋矣漢書路博德曰方秋匈奴馬肥未可與戰廣雅曰方始也惜哉時

文選二十六　二十

不與日暮無輕舟其五良曰惜傷也傷歲時不相待日將暮矣無輕舟以濟喻己之老不遇齊時之材言此以傷時也善曰言無輕舟以相從也賈逵國語注曰惜痛也劉越石贈盧子諒詩曰時哉不我與曹子建贈王仲宣詩曰有彼孤鴛鴦哀鳴無匹儔我願執此鳥惜哉無輕舟

贈張徐州謖所六一首　五言

范彥龍濟曰范雲字彥龍武興人也事齊為竟陵王子良文學至梁為散騎侍郎張謖為徐州刺史臨去就雲別不見雲後作詩贈之

田家樵采去薄慱暮方來歸翰曰樵采謂采樵也善曰漢書楊惲曰田家作苦張景陽雜詩曰投耒循岸垂時聞樵采音楚辭曰薄暮雷電廣雅曰薄至也毛詩曰來歸自鎬杜預左氏傳注曰來者自外之文也還聞稚子說

有客款柴扉良曰稚子小子也客謂張謖也扉門也善曰史記曰楚懷王稚子子蘭呂氏春秋曰款門而謁高誘曰款叩也柴扉即荊扉也鄭玄禮記注曰華門荊竹織門也賓從皆珠玳裘馬悉輕肥銑曰賓從謂隨謖行者玳玳瑁也裘衣裘也珠玳言裝飾之盛衣輕馬肥也善曰吳都賦曰賓從奕奕廣雅曰賓導也史記曰趙平原君使人於春申君春申君舍之於上舍趙使欲夸楚為瑇瑁簪刀劍室以珠飾之請春申君客論語子曰赤之適齊也乘肥馬衣輕裘輕蓋照墟落傳瑞生光輝向曰墟居落籬也傳驛馬也瑞節信也謂軒蓋瑞節照方居生光輝也善曰說苑翟璜謂田子方曰吾祿厚得此軒蓋又師曠謂晉平公曰五鼎不當生虛落應劭風俗通曰諸侯及使者有傳信乃得舍於傳耳今刺史行部車號傳車從事督郵周禮曰典瑞鄭玄曰瑞節信也疑是徐方牧既是復疑

文選二十六　二十一

非思舊昔言有此道今已微物情棄疵賤何獨顧衡闈濟曰以小子說所以疑也徐州也方牧謂刺史也言思舊之道於今以微凡人之心棄於卑賤而君獨眷我於衡門之下善曰阮瑀止欲賦曰意謂是而復非穀梁傳曰叔姬歸于紀其不言逆何也逆之微范甯曰逆者非卿也莊子曰人之有所不得與皆物之情也郭象曰憂娛在懷皆物情卑非理也爾雅曰疵痛也衡闈衡門也或以衡闈為絃韋非也恨不具雞黍得與故人揮翰曰揮散也言我恨不得殺雞蒸黍與故人敘離散也善曰謝承後漢書曰山陽范式字巨卿與汝南張元伯為友春別京師以秋為期至九月十五日殺雞作黍二親笑曰山陽去此幾千里何必至元伯曰巨卿信士不失期者言懷未絕而巨卿至韓康伯周易注曰揮散也情徒慍慍音草善本作草字淚下空霏霏良曰慍慍憂貌霏霏

汸下貌　善曰毛萇詩傳曰懷思也毛詩曰驕人好好勞人草草又曰雨雪霏霏寄書雲間鴈為我西北飛銑曰鴈可傳書故言之徐州在西北故云西北飛也　善曰漢書曰帝思蘇武使謂單于天子射上林中得鴈足有繫帛書西北謂徐州也在揚州之西北輿地志曰宋以鍾離置徐州齊以荊州為北徐州也

古意贈王中書一首

五言　向曰古意謂象古詩之意也　此贈中書監王融也　善曰集曰覽古贈王中書融

范彥龍

攝官青瑣闥遙望鳳皇池濟曰青瑣門名雲為通直郎不敢正言故云攝中書監曰鳳皇池　善曰王融荅詩題云雜體報范通直雲梁書曰雲為通直散騎侍郎左氏傳韓厥曰敢告不敏攝官承乏漢舊儀曰黃門郎暮入對青瑣門拜晉中

興書曰荀勗從中書監為尚書令人賀之乃發恚云奪我鳳皇池諸人何賀我耶誰云相去遠脈脈陌阻光儀翰曰脈脈不見貌阻隔光景容儀　善曰劉楨贈徐幹詩曰誰謂相去遠古詩曰盈盈一水間脈脈不得語鸚鵡賦曰侍君子之光儀岱山饒靈異淮善本作沂字水富英奇良曰岱山太山也淮水水名二處並出琅耶王氏也靈英並賢俊　善曰尚書曰海岱及淮惟徐州又曰淮沂其乂漢書有琅邪郡音義曰屬徐州晉書琅邪王氏之先漢紀曰秦遷于琅邪之皐虞後徙于臨沂逸翮陵北海摶飛出南皮銑曰徐幹居北海吳質將南皮二子皆蒙魏文帝深眷故言地以明人言逸翮摶飛陵出於徐幹吳質者謂王氏多才子也　善曰徐幹居北海吳質游南皮二人皆蒙魏文恩幸故言地以明人也郭璞遊仙詩曰逸翮思拂霄杜預左氏傳注曰陵侮也謂輕易之莊子曰鵬摶扶搖而

上司馬彪曰摶圜也圜飛而上若扶搖也遭逢聖明后來栖桐樹枝向曰以鳳喻賢人也言鳳鳥與賢人皆遭聖君而後出桐樹鳳所棲也　善曰孔安國尚書傳曰聖人受命則鳳皇至鄭玄毛詩箋曰鳳皇之性非梧桐不棲竹花何菶莫莫桐葉何離離濟曰莫莫盛貌離離下垂貌喻明君厚祿養賢　善曰鄭玄毛詩箋曰鳳皇非竹實不食毛詩曰葛之覃兮維葉莫莫又曰其桐其椅其實離離可棲復可食此外亦何為翰曰桐樹可棲竹實可食喻中書省官祿可居食也何為言何所為當止足也　善曰古詩曰賤妾擬何為豈知鷦鷯者一粒有餘貲良曰鷦鷯小鳥也一粒一米也言食少而易有餘貲以此喻已也　善曰鷦鷯賦曰巢林不過一枝每食不過數粒蒼頡篇曰貲財也

贈郭桐廬出谿口見候余既未至郭仍進村維舟久之郭生方至一首

五言　善曰顧野王輿地志曰桐廬縣吳分富陽之桐廬溪立劉孝標集曰郭桐廬峙

任彥昇

銑曰昉為新安太守郭峙為桐廬令故何候也

朝發富春渚蓄意忍相思向曰富春縣名渚水曲也蓄意謂蓄其舊意以待作相思則郭君也　善曰漢書曰會稽郡富春縣孔安國尚書傳曰蓄積也涿令行春返冠蓋溢川坻音池濟曰滕撫為涿令風政修明也行視返還也言峙之德有類於撫故視百姓春田而還也坻岸也溢川岸者言冠蓋盛多也　善曰范曄後漢書曰滕撫字叔輔北海人也初仕州郡稍遷為涿令有文武理用太守以其能委任郡職兼領六縣流愛于民行春兩白鹿隨車挾轂而行郭璞上林賦注曰坻岸也坻或為湄望久方來萃悲歡不自持翰曰萃聚會也

望久則悲聚會則歡應事而感不能自執持也善曰毛萇詩傳曰萃集也滄江路窮此湍險方自茲疊嶂易成響重以夜猨悲良曰湍險自此而多疊嶂重山也山深易為音響更增猨啼而益悲也客心幸自弭中道遇心期銑曰言我為客之心幸而暫止者為遇心期也心期謂時也善曰楚辭曰聊抑志而自弭親好自斯絕孤游從此辭向曰親好亦謂時也孤游自謂也言從此告辭善曰謝靈運詩曰孤遊非情歎蘇武詩曰去去從此辭

行旅上

河陽縣作二首　五言

潘安仁翰曰旅舍也言行客多憂故作詩自慰次於贈荅也

善曰哀傷贈荅皆潘居陸後而此在前疑誤也

微身輕蟬翼弱冠忝嘉招濟曰蟬翼輕薄以喻己微細也弱冠謂二十時忝辱被辟為太祖掾也善曰岳弱冠舉秀才曹植表曰身輕蟬翼恩重丘山楚辭曰蟬翼為輕也在疚妨賢路再升上宰朝翰曰疚病也自謙以病敗不才之姿再為上宰府掾是妨賢明之路也再謂揚駿賈充俱辟為掾善曰言已在病以妨賢路也毛詩曰煢煢在疚說苑楚令尹虞丘子謂莊王曰臣為令尹處士不升妨羣賢路上宰朝謂司空太尉府猥荷公叔舉達善本作連陪廁王寮良曰廁列也魯公叔文子升公朝言我猥荷此時升於公府為掾而今遠離陪侍列天子之外寮也善曰言以凡猥之才而荷薦舉也太尉舉為郎已見閑居賦許慎淮南子注曰猥凡也論語曰公叔文子之臣大夫僎與文子同升諸公子曰可以為

文矣又曰陪臣執國命馬融曰陪重也謂家臣也長嘯歸東山擁耒耨奴豆時苗銑曰擁執耒耕也耨除草也言歸東山理農業也善曰岳天陵歎詩序曰岳屛居天陵東山下楚辭曰臨深水而長嘯說文曰耒手耕曲木鄭玄周禮注曰耨耘耔也幽谷茂纖葛峻巖敷榮條落英隕林趾飛莖秀陵喬卑高亦何常升降在一朝銑曰纖細隕落趾根也飛莖直生枝也喬高也纖葛生幽谷中而出於陵榮條敷峻巖上而落於根言高卑升降無常在一朝也善曰杜預左氏傳注曰趾足也爾雅曰大阜曰陵二者升降在於倏忽以喻人之榮辱亦在須臾言不足歎也徒恨良時泰小人道遂消向曰小人自謙也言逢時通泰恨我道之獨消善曰李陵贈蘇武詩曰良時不再至禰衡書曰衡以良時散而復合周易泰卦曰君子道長小人道消譬如

野田蓬斡烏活流隨風飄濟曰皆自謂所似耳斡轉也善曰商若書曰今夫飛蓬遇飄風而行千里乘風之勢也鶡冠子曰斡流遷徙如淳漢書注曰斡轉也昔倦都邑游今掌河朔徭翰曰都邑游謂昔為尚書郎河朔徭謂河陽令也徭役也善曰歸田賦曰游都邑以永久尚書曰王次于河朔登城眷南顧凱風揚微綃音消良曰凱風長養萬物之風綃輕絲也揚微絲謂和而不猛善曰毛詩箋曰顧視也呂氏春秋曰南方凱風禮記曰綃幕也鄭玄曰綃繒也洪流何浩蕩脩芒鬱岧嶢銑曰洪流黃河也浩蕩廣也脩芒芒山也岧嶢高也善曰浩蕩或為濟蕩音唐郭緣生述征記曰北芒城北芒嶺也誰謂晉京遠室邇身實遼向曰京洛陽也邇近也言去京室雖近而身不得往實遼遠也善曰毛詩曰誰謂宋遠又曰其室則邇其人甚遠

誰謂邑宰輕令名患不劭平協韻向曰恐不能劭繼先賢之令名善曰左氏傳子産曰令名德之輿也小雅曰劭美也人生天地間百年孰能要平聲翰曰百年之分誰能要而得之善曰古詩曰人生天地間又曰生年不滿百歘善本作頻字如敲石火瞥匹滅若截道飈良曰敲擊也瞥暫見也言擊石之火截道之風暫見即滅人之在世亦猶是也善曰爾雅曰熒光也毛詩曰子有鍾鼓弗擊弗考毛萇曰考亦擊也敲與考古字通古樂府詩曰鑿石見火能幾時說文曰瞥見也張衡舞賦曰瞥若電滅古詩曰人生寄一世奄忽若飈塵齊都無遺聲桐鄉有餘謠銑曰齊景公有馬千駟死之日人無得而稱焉是無遺聲也朱邑為桐鄉嗇夫廉平不苛吏人愛而歌焉是有餘謠也善曰論語曰齊景公有馬千駟死之日人無德而稱焉漢書曰朱邑為桐鄉嗇夫廉

文選二十六　二十六

平不苛及死子葬之桐鄉邑人為之起冢立祠也福謙在純約害盈由矜驕向曰純專也言天見約而謙者則福之矜驕而盈者則害之善曰周易曰鬼神害盈而福謙左氏傳晉城鱒曰在約思純孔安國尚書傳曰自賛曰矜雖無君人德視民庶不恌音祧濟曰恌偷也猶苟且也言我雖無良宰之德視養人庶幾不為苟且也善曰毛詩曰我有嘉賓德音孔昭視民不恌君子是則是傚毛萇曰恌偷也日夕陰雲起登城望洪河翰曰洪河黃河也善曰潘元茂九錫文曰濟師洪河川氣冒山嶺驚湍激巖阿歸鴈映蘭詩音止善本作時字游魚動圓波良曰冒覆也湍急流也激衝也巖阿山曲也小渚曰詩圓波謂魚動波起而圓也善曰史記曰楚以弱弓微繳加歸鴈之上韓

詩曰宛在水中沚薛君曰大渚曰沚鳴蟬厲寒音時菊耀秋華引領望京室南路在伐柯銑曰厲急也菊草名至秋始花故云秋華南路謂京道也詩云伐柯伐柯其則不遠今言南路在近伐柯亦不遠也善曰禮記曰孟秋寒蟬鳴廣雅曰厲高也謂高而急也禮記曰季秋菊有黃華左氏傳穆叔曰引領西望毛詩曰伐柯伐柯其則不遠大夏緬無覿崇芒鬱嵯峩向曰大夏東京門名緬遠覿視也言大夏門逺而不見也芒山名嵯峩山高貌善曰陸機洛陽記曰大夏門魏明帝所造有三層高百尺韋昭國語注曰緬猶邈也郭緣生述征記曰北芒去大夏門不盈一里秦嘉詩曰巖石鬱嵯峩揔揔都邑人擾擾俗化訛五戈切濟曰揔揔擾擾皆衆也言都邑人衆俗化訛偽也善曰楚辭曰紛揔揔兮九州王逸曰揔聚也七發曰擾擾若三軍之騰裝鄭玄毛詩箋曰訛偽

文選二十六　二十七

也依水類浮萍寄松似懸蘿翰曰萍之依水隨水去留蘿之寄松隨松高下人俗與政化遷變亦猶是也善曰淮南子曰夫萍樹根於水木樹根於土天地性也毛詩曰蔦與女蘿施于松柏曹植雜詩曰寄松為女蘿依水如浮萍朱博糾舒慢楚風被琅邪良曰朱博還琅邪太守齊風舒緩博乃勑公曹掾吏衣皆去地三寸視事數年大改其俗禮節皆如楚趙百姓皆賴之善曰漢書曰朱博字子元杜陵人也遷琅邪太守齊部舒緩勑功曹官屬多褎衣大袑不中節度自今掾吏衣皆去地三寸視事數年大改其俗掾吏禮節皆如楚趙袑音紹袑袴也曲蓬何以直託身依叢麻黔黎竟何常政成在民銑曰蓬之性曲所以直者依叢麻也衆庶和之薄所以厚者在政成也善曰曾子曰蓬生麻中不扶自直漢書婁護曰呂公託身於我史記曰秦更名人曰黔首左氏傳季梁

曰民和而神降之福位同單父邑愧無子賤歌向曰處子賤理
單父常鳴琴而單父理言我位即同之化乃愧其不至也善曰呂氏春秋曰宓子賤治
單父彈鳴琴身不下堂而單父治豈敢陋微官但恐忝所荷
濟曰豈敢以此官為微小但恐辱負荷之任也

在懷縣作二首　五言

潘安仁　翰曰岳自河陽令遷懷令有思京之意

南陸迎脩景朱明送末垂良曰南陸日道也日行南道脩長景
影也謂夏至之後日影長也朱明夏也送末垂謂六月將盡之時也善曰續漢書曰日
行南陸謂之夏淮南子曰仲夏至脩毛詩曰夏之日毛萇曰言時長也爾雅曰夏為朱明
末垂猶末也崔駰臨洛觀賦曰迎夏之首末春之垂初伏啓新節隆暑

方赫曦善本作羲字銑曰初伏謂三伏之初也此時暑盛故稱赫曦赫曦炎盛
貌善曰崔寔四民月令曰六月初伏薦麥瓜于祖禰賈誼旱雲賦曰隆暑盛其無聊繁
欽柳樹賦曰鬱炎夏之白日援隆暑之赫羲思玄賦注曰赫羲盛也朝想慶雲
興夕遲去白日移揮汗辭中宇登城臨清池
向曰慶雲瑞雲也遲待也謂苦熱思待雲起日彩也宇屋也言出中屋登城臨池以候凉
氣也善曰遲猶思也史記蘇秦曰揮汗成雨賈逵國語注曰揮灑也楚辭曰曩土驚于
中宇涼颸自遠集輕襟隨風吹靈圃耀華果通
衢列高椅濟曰颸風圃園也華果諸果實也衢道也列行列也椅桐類也善
曰靈圃猶靈囿也東征賦曰遵通衢之大道椅梓屬瓜瓞蔓長苞薑芋
紛廣畦翰曰瓞小瓜也苞叢生也薑芋菜屬言瓜引蔓於叢草之下薑芋之屬紛

滿於廣大之畦也善曰韓詩曰綿綿瓜瓞薛君曰瓞小瓜也毛萇詩傳曰苞本也劉熙
孟子注曰今俗以五十畝為大畦也稻栽肅芊芊善本作仟仟黍苗
何離離良曰芊芊離離長茂貌善曰禮記曰故栽者培之九薅草謂之栽也廣
雅曰芊芊茂也毛詩曰彼黍離離彼稷之苗虛薄乏時用位微名
日畢驅役宰兩邑政績竟無施自我違京輦
四載迄于斯銑曰施用虛薄謂無才德乏於時用也兩邑則河陽懷縣也政
化績功也京輦謂天子所居輦轂之下也迄至也善曰鼂錯曰工商游食之民少而名
卑胡廣漢官解故注曰轂下謂在輦轂之下京城之中也詩曰以迄于今毛詩曰迄至也
器非廊廟姿屢出固其宜向曰廊廟堂也言無是材器數出
外職固亦宜之善曰慎子曰廊廟之材非一木之枝史記曰賢人深謀於廊廟孫卿子

曰君道行則萬物皆得其宜也徒懷越鳥志眷戀想南枝濟曰
越鳥在北地則巢亦南枝言我亦同是而戀京室也善曰古詩曰越鳥巢南枝
春秋代遷逝四運紛可喜去善曰楚辭曰春與秋其代序莊
子曰黃帝曰陰陽四時運行各得其序楚辭曰綠葉素榮紛其可喜寵辱易不
驚戀本難為思去聲翰曰寵辱之事理當驚我則易之以為不足驚然
戀本鄉之深實難為情思也善曰老子曰寵辱若驚何謂也為下得之若驚是謂寵辱
若驚禮記曰太公封於營丘比及五世皆反葬於周君子樂其所自生禮不忘其本我
來冰未泮時暑忽隆熾良曰泮散熾盛也謂早春已及於夏善
曰毛詩曰我來自東又曰迨冰未泮感此還期淹歎彼年往駛
所吏登城望郊甸游目歷朝寺銑曰淹滯駛急也感還期之遲

傷年運之急乃登城遠望意歷京邑朝寺也善曰楚辭曰年洋洋而日往楚辭曰忽返顧
以遊日風俗通曰今尚書御史所止皆曰寺也小國寡民務終日寂
無事向曰小國謂懷縣也寂閑也善曰老子曰小國寡民陸賈新語曰君子之治
也混然無事寂然無聲白水過庭激緑槐夾門植音值善曰
鄭玄周禮注曰植根生之屬也信美非吾土祇攪懷歸志濟曰
攪猶亂也善曰登樓賦曰雖信美而非吾土毛詩曰祇攪我心孟子曰浩然有歸志
眷善本作卷字然顧鞏洛山川邈離異翰曰鞏洛潘岳墳塋
所在也眷彼與此山川遠而間殊也善曰孔叢子歌曰眷然顧之慘焉心悲鄭玄毛詩
箋曰回首曰顧鞏洛岳父墳塋所在也漢書曰潁川北近鞏洛墳塋已見西征賦楚辭曰
終免獨離異顧言旋舊鄉畏此簡書忌良曰簡書刑書也言

我顧還鄉而畏忌此刑書也善曰毛詩曰顧言思子又曰豈不懷歸畏此簡書毛萇曰
簡書戒命也祇奉社稷守恪居處職司音伺銑曰祇敬恪
勤也言我敬奉社稷勤居所處職司也善曰論語子路使子羔為費宰子路曰有民人
焉有社稷焉左氏傳公鉏曰敬恭朝夕恪居官次
迎大駕一首五言善曰王隱晉書曰東海王越從大駕討鄴軍
敗永康二年越率天下甲士三萬人奉迎大駕還洛
潘正叔向曰東海王越從大駕討鄴軍敗輕騎奔下邳永康二年
越率天下甲士三萬人奉迎大駕還洛尼時領馬故有此詩
南山鬱岑崟洛川迅且急青松蔭脩嶺緑蘩
被廣隰濟曰岑崟峻貌迅疾被滿也蘩蕃蒿也下濕曰隰善曰爾雅曰蘩皤蒿

也朝日順長塗夕暮無所集翰曰順從集止也晝日從長道
而行至夜無所居止此謂時之亂也善曰毛詩曰順彼長道魏武帝短歌行曰暮無所
宿棲歸雲乘幰許偃浮凄風尋帷入良曰幰車網也淒風悲風
也帷車幔也善曰傳毅七激曰仰歸雲想遊風說文曰乗覆也帷車飾也子虛賦曰張
翠帷建羽蓋然此雖桒羽而帷蓋即同也無道逢深識士舉手對
吾揖世故尚未夷崤函方嶮澁銑曰深識士虛設以發下
詞也夷平也世亂未平崤谷函關之路尚嶮澁未通也善曰王命論曰超然遠覽淵然
深識假為深識之言也國語桓公問於史伯曰王室多故鄭玄周禮注曰故災禍也孔安
國尚書傳曰夷平也戰國策蘇武曰秦東有崤函之固孤貍夾兩轅豺
狼當路立向曰孤貍豺狼皆喻貪亂之臣夾轅當路謂親近執權勢也善曰

漢書杜文謂孫保曰豺狼當路不宜復問孤貍翔鳳嬰籠檻騏驥見
維縶濟曰翔鳳騏驥喻賢人也籠檻維縶言被拘縶不得施其用也善曰翔鳳騏
驥皆喻賢也楚辭曰騏驥伏匿而不見鳳皇高飛而不下鸚鵡賦曰順籠檻以俯仰毛詩
曰縶之維之俎豆昔嘗聞軍旅素未習翰曰俎豆禮事也素
本也言我禮儀之事昔則嘗聞也軍旅之事本未閑習善曰論語曰衛靈公問陳於孔子
孔子對曰俎豆之事則嘗聞之矣軍旅之事未之學也鄭玄喪服注曰素猶故也且
少停君駕徐待干戈戢良曰託言深識之士而實尼自謂也言願
少停君之車駕待兵戈戢斂而行此假言之其實屬君也善曰既假為彼人之辭故自
謂為君也毛詩曰戢戢干戈
赴洛詩二首五言善曰集云此篇赴太子洗馬時作下篇云東

宮作而此同云赴洛誤也

陸士衡 銑曰此詩赴太子洗馬時作也後篇意乃在東宮作蓋撰者合也

希世無高符營道無列善本作烈心 向曰高符瑞命也列猛也言望於世俗富貴則無瑞命營道藝之術又無猛心 善曰莊子原憲謂子貢曰夫希世而行比周而友憲不忍爲也漢書音義希世隨世也禮記曰儒有合志同方營道同術

靖端肅有命假楫越江潭 音尋協韻濟曰靖清端正肅敬也有命君命也假借舟楫以渡江潭潭江之深也 善曰國語祁午見范宣子曰若能靖端諸侯使服聽命於晉國周易曰大君有命說文曰越渡也楚辭曰遊於江潭

親友贈予邁揮淚廣川陰 翰曰邁行揮拭也廣川陰江南岸也言親友贈

行拭淚而別於此處 善曰家語公父文伯卒敬姜曰二三婦無揮涕王肅曰揮涕者淚以手揮之

撫膺解攜手永歎結遺音 良曰膺胷也撫膺解手而離別也言別後長歎鬱結悲其所遺之音信 善曰列子曰撫膺而恨毛詩曰攜手同行又曰寤寐永歎曹子建雜詩曰翹思慕遠人願欲託遺音

無迹有所匿寂寞善本作漠字聲必沈 銑曰謂離別後迹無所見聲無所聞匿沈皆不見之貌 善曰言分訣之後形聲俱沒視之無迹而形有所匿聽之寂漠而其聲必沈也呂氏春秋曰作則有所匿其塗也淮南子曰寂寞音之主也迹或爲積非也

肆目眇弗善本作不字及緬然若雙潛 向曰肆縱緬遠也言縱目遠視而不相見故意相思緬然若雙潛也 善曰高誘淮南子注曰肆盡也毛詩曰瞻望不及緬已見上文

南望泝玄渚北邁涉長林 濟曰玄渚江中洲渚也涉歷也言南望洲渚而泝北行已歷長林 善曰西京賦曰海若遊於玄渚

谷風拂脩薄油雲翳高岑亹亹孤獸騁嚶嚶思鳥吟 翰曰草木叢生曰薄翳蔽也亹亹行貌嚶嚶鳥聲 善曰王逸楚辭注曰草木交曰薄孟子曰油然作雲亹亹走貌也曹子建詩曰孤獸走索羣毛詩曰鳥鳴嚶嚶

感物戀堂室離思一何深 良曰堂謂毋室謂妻 善曰感物已見上文曹子建雜詩曰離思一何深

佇立慨善本作愾字我歎寤寐涕盈衿惜無懷歸志辛苦誰爲心 銑曰歎息也言歎息悲涕爲仕晉故歎惜不得有懷歸之志辛苦羈旅誰甚爲此心也 善曰毛詩曰佇立以泣又曰慨我寤歎歸志已見上文

羈旅遠游宦託身承華側 向曰承華東宮門名 善曰謂爲太

子洗馬也左氏傳陳敬仲曰羈旅之臣漢書薄昭書曰遊宦事人范曄後漢書王常曰臣託身陛下陸機洛陽宮銘曰太子宮有承華門

撫劍遵銅輦振纓盡祗肅 濟曰撫持也銅輦太子車也振整也言整冠纓盡祗敬也 善曰左氏傳曰子朱怒撫劍從之銅輦太子車飾未詳所見漢書匡衡曰祗肅舊禮銅或爲郎

歲月一何易寒暑忽已革載離多悲心感物情悽惻 翰曰歲月何易流轉冬夏忽焉已改言離經年歲感物變易而情悽惻 善曰毛詩曰二月初吉載離寒暑

慷慨遺安念善本作愈字永歎廢寢食 善本作餐食良曰遺猶復也安何永長也善曰東京賦曰膺多福以安愈永歎已見上文列子曰杞國有人憂天崩廢寢食蔡琰詩曰飢當食兮不能餐

思樂樂難誘曰歸歸未尅 銑曰誘進尅遂也 善曰國語楚藍尹亹曰飲食思

禮同宴思樂毛詩云曰歸曰歸歲亦暮止憂苦欲何爲纏綿胷與
臆向曰言憂苦之事但纏於胷臆之間善曰列子曰畢辱則憂苦張叔與任彥堅書
曰纏綿思好庶路高蹤登樓賦曰氣交憤於胷臆仰瞻陵霄鳥羨爾
歸飛翼濟曰霄空羨願也言瞻望陵空之鳥願假爾翼而歸飛善曰高誘淮南
子注曰羨願也毛詩曰拚彼鸒斯歸飛提提

赴洛道中作二首五言翰曰此詩意與前二篇同

陸士衡

揔轡登長路嗚咽辭密親良曰揔攬也嗚咽悲哀也密猶近也
善曰家語孔子曰善御者正身以揔轡蔡琰詩曰行路亦嗚咽薛君韓詩章句曰嗚數辭
也毛萇詩傳曰咽憂不能息也借問子何之世網嬰我身銑曰

世網謂官事嬰纏也善曰江偉荅軍司馬詩曰羈縶縶世網進退惟羣纚說文曰嬰繞
也永歎遵北渚遺思結南津向曰遵循也北渚向北之渚南
津別處也善曰永歎已見上文秦嘉贈婦詩曰遺思致款款行行遂已遠
野途曠無人山澤紛紆餘林薄杳阡眠濟曰曠空
也紛紆餘屈曲貌草木叢生曰薄杳遠也阡眠原野之色善曰周禮曰野塗五軌楚辭
曰野寂寞其無人上林賦曰紆餘逶迤楚辭曰遠望兮阡眠虎嘯深谷底
雞鳴高樹巔哀風中夜流孤獸更我前翰曰哀風
謂悲哀之風孤獸失羣獸也更經也善曰淮南子曰虎嘯而谷風至樂錄曰雞鳴高樹
巔悲情觸物感沈思鬱纏綿佇立望故鄉顧
影悽自憐良曰沈深悽悲也善曰纏綿佇立已見上文丁儀寡婦賦曰賤妾

煢煢顧影爲儔楚辭曰私自憐兮何極
遠游越山川山川脩且廣振策陟崇丘安轡
遵平莽銑曰脩長振舉策鞭陟升也崇丘高山也莽草也善曰楚辭曰願輕舉
而遠遊秦嘉妻徐氏荅嘉書曰高山巖巖而君是越秦嘉詩曰過辭二親墓振策陟長衢
漢書曰天子案轡徐行方言曰南楚謂之莽夕息抱影寐朝徂銜
思往向曰徂往也善曰楚辭曰廓抱影而獨倚兮頓轡倚高善本作嵩
字巖側聽悲風響濟曰頓轡駐馬也高巖高山也善曰頓猶舍也爾
雅曰嵩高也清露墜素輝明月一何朗撫枕善本作几
字不能寐振衣獨長想翰曰墜落也輝謂露色也振整也善曰
新序曰老古振衣而起舞賦曰遊心無垠遠思長想

吳王郎中時從梁陳作一首五言良曰梁陳二
國名機爲吳王郎中令行過之故作此詩也

陸士衡

在昔蒙嘉運矯迹入崇賢銑曰矯舉也崇賢太子門名言己昔
蒙嘉善之運得舉迹入此門爲太子洗馬善曰孫放詩曰矯迹步玄闈東京賦曰昭仁
惠於崇賢薛綜曰之崇賢門於東也假翼鳴鳳條濯足升龍淵
向曰鳳鳴於梧龍升於淵然龍鳳皆喻東宮也假翼濯足機之謙詞善曰應璩與劉公
幹書曰鶉鷃棲翔鳳之條黿鼉遊升龍之川識真者所爲憤結也玄冕無醜
士冶服使我妍翰曰大夫玄冕也冶服美服也妍好也言爲大夫者無醜
惡之人冶服鮮美益使我妍好善曰周禮曰大夫玄冕輕劍拂鞶厲長

纓麗且鮮濟曰鞶大帶服帶之垂言輕𨧨拂此垂帶而長纓又鮮明也拂飾也
善曰禮記曰男鞶革也毛詩曰垂帶而厲毛萇曰厲帶之垂者鄭玄曰鞶必垂厲以爲飾
韓子曰鄒君好長纓左右皆服長纓也誰謂伏事淺契闊踰三
年良曰伏事謂伏事太子也契闊勤苦也踰越也　善曰周禮曰大司徒頒職事十
有二曰服事鄭司農曰服事謂爲公家服事也服與伏同古字通毛詩曰死生契闊薄
言肅後命改服就藩臣銑曰薄辭肅敬也敬天子之後命以就藩
臣也言辭天子爲吳王郎中令　善曰毛詩曰薄言旋歸左氏傳曰宰孔謂齊侯曰且有
後命無下拜漢書曰吳王濞稍失藩臣禮夙駕尋清軌遠游越梁
陳向曰夙早也言早駕尋古人軌跡經過於梁陳之國　善曰毛詩曰星言夙駕廣雅
曰軌道也遠遊已見上文感物多遠念慷慨懷古人良曰感我

文選二十六　三十六

事吳王而遠念古人也古人謂梁孝王臣枚皐馬卿之屬　善曰毛詩曰我思古人實獲
我心

始作鎮軍參軍經曲阿作一首五言善曰臧
榮緒晉書曰宋武帝行鎮軍將軍
陶淵明濟曰沈約宋書曰陶潛字淵明或云字元亮潯陽柴桑人
少有高趣爲鎮軍建威參軍後爲彭澤令解綬去職曲阿者縣名
善曰沈約宋書曰陶潛字淵明或云字元亮潯陽人少有高趣爲鎮
軍建威參軍後爲彭澤令解綬去職卒於家
弱齡寄事外委懷在琴書翰曰齡年也委安也言我少年之時
寄心於事物之外以琴書自安而已　善曰晉中興書簡文詔曰會稽王英秀玄虛神棲

事外鄭玄儀禮注曰委安也　劉歆遂初賦曰玩琴書以條暢被褐欣自得
屢空常晏如良曰褐短衣也屢空謂貧無財也言我雖被短衣家貧無資常
晏然欣樂而無憂也　善曰家語曰原憲衣冠弊并日而食蔬行然有自得之志論語子
曰回也其庶乎屢空漢書曰揚雄家產不過十金室無儋石之儲晏如也時來苟
宜會宛轡憩通衢銑曰宛屈蓄也言時命既來且宜與之相會將行徘徊
蓄轡息於通衢　善曰盧子諒答魏子悌詩曰遇蒙時來會宛屈也言屈長往之駕息於
通衢之中通衢謂仕路也毛萇詩傳曰憩息也通衢已見上文投策命晨旅
暫與園田疏眇眇孤舟逝善本作遊字綿綿歸思
紆向曰投捨策杖也謂捨所杖之杖命早行之衆將赴職興田園漸疏也眇眇遠行貌
綿綿不絕貌紆縈也　善曰七命曰夸父爲之投策楚辭曰安眇眇兮無所歸薄又曰縹

文選二十六　三十七

綿綿之不可紆王逸曰綿綿細微之思難斷絕也我行豈不遙登陟
善本作降字千里餘目倦脩塗異心念山澤居望
雲慚高鳥臨水愧游魚銑曰言我之行勞此長路念山澤隱逸之
居故慚於魚鳥之適性　善曰仲長子昌言曰古之隱士或夫負妻戴以入山澤言魚鳥
或得其所而已獨違其性也文子曰高鳥盡而良弓藏大戴禮曰魚遊於水鳥飛于雲
真想初在襟誰謂形跡善本作迹字拘聊且憑化
遷終反班生廬翰曰真想謂無爲之事言此事久在胸襟誰謂形之與跡
更被拘止聊且復依憑運化之遷移終當同班固里上仁所廬也　善曰淮南子曰全性
保真不虧其身老子曰修之於身其德乃真王逸楚辭注曰保守玄默也莊子謂惠子
曰孔子行年六十而六十化郭象曰與時俱化也班固幽通賦曰終保已而貽則里上仁之所廬

漢書曰班彪與從兄嗣共遊學家有賜書揚子雲已下莫不造門

辛丑歲七月赴假還江陵夜行塗口作一首 五言良曰潛詩晉所作者皆題年號入宋所作者但題甲子而已意者耻事二姓故以異之江陵郡名塗口江口名　善曰沈約宋書曰潛自以曾祖晉世宰輔恥復屈身後代自高祖王業漸隆不復肯仕所著文章皆題年月義熙已前則書晉氏年號自永初已來唯云甲子而已江圖曰自沙陽縣下流一百一十里至赤圻赤圻二十里至塗口也

陶淵明

閑居三十載遂與塵事冥詩書敦宿好林園無俗情 銑曰閑居靜居也塵事塵俗之事也冥遠敦厚也宿好謂舊所好有幽隱之事而無俗塵也　善曰漢書曰司馬相如稱疾閑居塵事塵俗之事也郭象莊子注曰凡非真皆塵垢矣說文曰冥窈也又曰窈深遠也左氏傳趙襄曰郤縠悅禮樂而敦詩書纏子董無心曰無心鄙人也不識世情如何舍此去遥遥至南善本作西荊 向曰此謂林園也南荊荊州遥遥行貌　善曰西荊州也時京都在東故謂荊州爲西也叩栧曳親月船善本作新秋月臨流別友生 濟曰叩擊也栧船傍版親愛也友生朋友也　善曰楚辭曰漁父鼓栧而去王逸曰叩船舷也楚辭曰臨流水而太息毛詩曰雖有兄弟不如友生涼風起將夕夜景湛虛明昭昭天宇闊皛皛胡了川上平 翰曰夜景月也湛澄也月有盈虛故曰虛明昭昭清明貌天宇謂天之覆地如屋宇也闊廣也皛皛謂月光照水上平淨貌　善曰淮南子曰甘瞭于大霄之宅覺視于昭昭之字李顒離思

篇曰烈烈寒氣嚴寥寥天宇清說文曰通白曰皛明也懐役不遑寐中宵尚孤征商歌非吾事依依在耦耕 良曰遑暇宵夜孤獨征行也甯戚商歌車下以干桓公言此非我之事長沮桀溺耦而耕自逸我心依依慕之也　善曰毛詩曰不遑假寐淮南子曰甯戚商歌車下而桓公慨然而悟許慎曰甯戚衛人聞齊桓公興霸無因自達將車自往商秋聲也莊子卞隨曰非吾事也論語曰長沮桀溺耦而耕投冠旋舊墟不爲好爵縈 銑曰投此冠冕將歸舊居不以好爵爲榮華也　善曰周易曰我有好爵吾與爾靡之養真衡茅下庶以善自名 向曰衡茅茅屋也言養無爲之道於茅宇之下庶幾以善爲名　善曰曹子建辯問曰君子隱居以養真也衡門茅茨也范曄後漢書馬援曰吾從弟少游曰士生一時鄉里稱善人斯可矣鄭玄禮記注曰名令聞也

永初三年七月十六日之郡初發都一首 五言善曰沈約宋書曰高祖永初三年五月崩少帝即位出靈運爲永嘉郡守少帝猶未改元故云永初

謝靈運 濟曰謂高祖崩少帝立出靈運爲永嘉郡守故有幽棲之志也

述職期闌暑理棹變金素 翰曰述職述其職事闌暑謂夏末暑氣闌也金西方行其色白故云金素言期在闌暑比及理棹已變爲秋時　善曰尚書大傳曰古者諸侯之於天子五年一朝朝見其身述其職述其職者述其所職也漢書王吉曰邵公述職舍於棠下而聽斷焉潘岳悼亡詩曰溽暑隨節闌猶盡也金素秋也秋爲金而色白故曰金素也漢書曰西方金也劉楨書曰肅以素秋則落也秋岸澄

夕陰火昱團朝露良曰夕陰晚景也火心星為秋候昱秋天也團謂露
垂而團善曰火大火也毛詩曰七月流火爾雅曰秋為昱天毛詩曰野有蔓草零露團
兮辛苦誰為情游子值頹暮銑曰辛苦之情已難堪而又屬
頹暮之時善曰陸機赴洛詩曰辛苦誰為心楚辭曰歲曶曶其若頹愛似莊
念昔久敬曾存故向曰莊舄越人事楚執珪有疾為越吟曾子耕太山
下遇雨作憂思之歌言我同此二人懷舊故愛敬之也善曰言游子多悲觸物增戀愛
其似者若莊生之念舊昔久而愈敬曾子之存故交莊子曰夫越之流人去國旬月見
所嘗見於國中喜及期年也見似人者而喜矣論語曰晏平仲善與人交久而敬之韓詩
外傳曰子夏過曾子曰八食子夏曰不為公費乎曾子曰有三費飲食不在其中子夏曰
敢問三費曾子曰少而學長而忘之一費也事君有功輕而負之二費也久交友而中絕

文選二十六　四十

此三費也如何懷土心持此謝遠度濟曰持此懷土之心懃謝
古人之遠度善曰此謂懷土也言如何同彼懷土之心持此彌懃遠度也楚辭曰遠度
世以忘歸思玄賦曰願得遠度以自娛李牧愧長袖郤克慙躧
所綺步翰曰趙將李牧臂短故云愧長袖晉大夫郤克跛故云慙躧步然趙晉不以形
陋而皆用之善曰言手足有疾故或愧慙也戰國策曰武安君李牧至趙王使韓蒼
數之曰將軍戰勝王觴將軍將軍為壽於前捍上首當死武安君曰身大臂短不能及地
起居不敬恐獲死罪於前故使工人為木杖以接手上若弗信請視之說文曰捍兩手擊
也希買切左氏傳曰使郤克徵會于齊頃公帷婦人使觀之郤子登婦人笑於房杜預曰
跛而登階故笑也魏都賦曰邯鄲躧步良時不見遺醜狀不成
惡去聲善曰言雖有疾皆不見棄遺也良時巳見上文左氏傳曰鬷蔑惡杜預曰惡

貌醜也曰余亦支離依方早有慕良曰遇時雖醜亦為時所
用謂李牧郤克也支離毀瘁也方道也言我形亦後毀瘁也今將依常道有慕養形善
曰莊子曰支離疏者頤隱於齊肩高於頂會撮指天五管在上兩髀為脅七賢音義曰形
體離不全正也名疏莊子曰子桑戶孟子反子琴張三人相與友子桑戶死孔子使子貢
往待事或鼓琴相和而歌子貢反以告孔子孔子曰彼遊方之外者也而丘遊方之內者
也子貢曰夫子何方之依曰丘天之戮人也郭象曰以方內為桎梏明所貴在方外夫遊
外者依內司馬彪曰方常也言彼遊心於常教之外也漢書郊祀歌曰天地並況惟予有
慕會音括撮祖括切髀步米切生幸休明世親蒙英達顧銑曰
言我生幸遇明盛之時親蒙賢達所眷顧善曰左氏傳曰王孫滿曰德之休明英達謂
廬陵王也空班趙氏璧徒乖魏王瓠向曰班列也子男執璧也

文選二十六　四十一

趙氏璧天下之寶故此美言之魏王貽惠子瓠大容五碩為大而無用也言我空列子男
之位而無用於時也貽猶遺也善曰言見珍同乎趙璧為用而乖魏瓠言無所施也杜
預左氏傳注曰班次也趙氏璧已見靈運覽古詩莊子惠子謂莊子曰魏王貽我大瓠之
種我樹之成而實五石以盛水漿其堅不能自舉剖之以為瓢則瓠落無所容非不枵然
大也吾為其無用而掊之莊子曰夫子固拙於用大矣何不慮以為大樽而浮乎江湖司馬
彪曰瓠布濩落零落也枵然大貌掊謂擊破之也前莊子之言大也若巨瓠之無施也一
瓠落大貌徐仙民户郭切枵許喬切掊方部切從來漸二紀始得傍
歸路銑曰自從仕來漸進得二十四年傍近也言出為求嘉太守始近歸家路十二
年曰紀善曰孔安國尚書傳曰十二年曰紀言發之郡必塗經始寧故曰歸路將
窮山海迹永絕賞心晤善本作悟字翰曰晤對也言我將尋山

水窮盡其迹與賞心之友長絕不可復得相對而言善曰言遠遊將窮山海之迹賞心之對於此長乖鄭玄毛詩箋曰晤對也

過始寧墅一首五言良曰靈運父祖並葬始寧并有故宅墅墟也此言自永嘉還故墟也善曰沈約宋書曰靈運父祖並葬始寧縣并有故宅及墅遂修營舊業極幽居之美水經注曰始寧縣西本上虞之南鄉也

謝靈運

束髮懷耿介逐物遂推遷銑曰束髮謂入仕耿介謂節操言我入仕之時而懷節操及後為世事所迫因而推遷不成宿心也善曰韓詩外傳曰夫人為父者必全其身[illegible]及其束髮[illegible]授明師以成其材楚辭曰獨耿介而不隨兮願慕先聖之遺教莊子曰惠施之才逐萬物而不反尚書王曰惟人生厚因物有遷違志似

如昨二紀及茲年緇磷謝清曠疲薾奴結慙貞

堅向曰言違我宿志如昨日已經二十四年矣緇黑磷薄也玉之為體染之不黑磨之不薄喻君子處濁亂不易堅白言我隨物遷變故云慙謝清曠貞堅之士也疲薾困極之貌善曰廣雅曰違背也揚雄解嘲曰歷覽者茲年矣論語子曰不曰堅乎磨而不磷不曰白乎涅而不緇蒼頡篇曰曠疎也莊子曰薾然疲役而不知所歸司馬彪曰薾極貌也

拙疾相倚薄還得靜者便善曰拙謂拙宦也閑居賦曰巧誠有之拙亦宜然韓康伯周易注曰薄謂相附也論語曰智者動仁者靜五臣本無此二句

剖普口竹守滄海枉帆過舊山濟曰凡為太守皆剖竹使符也永嘉郡臨海故云守滄海枉帆謂枉曲船帆來過舊居善曰漢書曰初與郡守竹

使符說文曰符信漢制以竹分而相合山行窮登頓水涉盡洄

沿翰曰登頓謂上下也洄沿謂逆順也善曰爾雅曰逆流而上曰遡洄孔安國尚書傳曰順流而下曰沿巖峭嶺稠疊洲縈渚連緜白雲抱

幽石綠篠媚清漣葺宇臨迴江築觀基曾巔良曰峭峻也稠疊重疊也連緜不絕貌篠竹有也漣謂風吹水成文也葺攝曾高也言築觀於高山之巔善曰廣雅曰峭高也又曰稠概也三輔故事曰連綿四百餘里清漣已見上文洞簫賦曰迴江流川而潏其山春秋運斗樞曰山者地基也揮手告鄉

曲三載期歸旋銑曰揮舉告辭也言舉手辭鄉人云三載秩滿當期旋歸也善曰劉越石扶風歌曰揮手長相謝說文曰揮奮也燕丹子夏扶曰士無鄉曲之譽則未與論行三載黜陟幽明故以為限且為樹枌檟無令孤願

言向曰枌檟木名謂鄉人云為我樹此木於墳之上無令孤我所願之言善曰左氏傳曰初季孫為己樹六檟於蒲圃東門之外杜預曰檟欲自為櫬也

富春渚一首五言濟曰富春渚名在錢塘江也

謝靈運

宵濟漁浦潭旦及富春郭翰曰宵夜濟渡也漁浦潭名富春郡名也善曰吳郡記曰富春東三十里有漁浦定山緬雲霧赤亭無

淹薄良曰定山赤亭皆江中山名緬遠也言遠若雲霧之間無淹薄謂此中水急而不可停也善曰吳郡緣海四縣記曰錢唐西南五十里有定山去富春又七十里橫出江中濤迅邁以避山難辰裝錢唐已達富春赤亭定山東十餘里王逸楚辭注曰泊止也薄與泊同

遡流觸驚急臨圻畿阻參錯亮乏伯昏

分險過呂梁壑銑曰遡向折岸也向流則懼驚濤急浪臨岸則阻石參錯亮信也伯昏瞀人古有道者臨履危而不懼也呂梁之險懸水三十仞黿鼉之所不能游言我無伯昏不懼之分而所經之險過於呂梁　善曰遡流已見上文埤蒼曰碕曲岸頭也碕與圻同參錯謂碕岸之險參差交錯也列子曰列禦寇為伯昏無人射引之盈貫措杯水其肘上伯昏無人曰是射之射非不射之射也當與汝登高山履危石臨百仞之泉若能射乎於是無人遂登高山履危石臨百仞之泉背逡巡足二分垂在外揖禦寇而進禦寇伏地汗流至踵伯昏無人曰夫至人者上闚青天下潛黃泉揮斥八極神氣不變今汝怵然有恂目之志爾於中殆矣夫分猶節也列子曰孔子觀於呂梁懸水三十仞流沫三十里黿鼉魚鼈之所不能游洊至宜便平習兼山貴止託向曰洊仍也言水相仍而至兼有山險也言今經險阻宜便習於水貴止託於山言其危

也　善曰周易曰水洊至習坎王弼曰重險懸絕故水洊至也水以坎為隔絕相仍而至習乎坎者也習謂便習之也周易曰兼山艮又曰艮其止止其所也平生協幽期淪躓困微弱久露干祿請翻始果遠諾善本作始果遠遊諾濟曰往時已有幽隱之期但以沈頓困於微弱常不能就猶此久露干祿之請翻始遂於遠心矣　善曰論語曰子張學干祿果獲遂也鄭玄毛詩箋曰諾應辭也然古者請於君詩則盡諾以執之君宿心漸申寫萬事俱零落翰曰零落棄捨也宿昔幽隱之心漸得舒散而人俗之事俱從棄捨　善曰趙一報羊陟書曰惟君明叡平斯宿心莊子曰致命盡情天地樂而萬事銷亡楚辭曰唯草木之零落懷抱既昭曠外物徒龍蠖良曰昭明曠遠也言懷抱明遠混齊萬物雖龍騰蠖屈不為殊觀也　善曰莊子苑風謂諄芒曰願聞神人諄芒曰上神乘光與形滅亡此謂昭曠說文曰曠明也周易曰尺蠖之屈以求伸也龍蛇之蟄以存身也

七里瀨一首

五言　濟曰瀨水流沙上也七里者言長七里也此瀨下數里有嚴子陵隱居　善曰甘州記曰桐廬縣有七里瀨瀨下數里至嚴陵瀨

謝靈運

羈心積秋晨晨積展游眺孤客傷逝湍徒旅苦奔峭向曰羈旅之心積於秋晨秋晨游望展適懷抱湍急流峭峻也言旅客奔往皆多傷苦於此　善曰爾雅曰展適也郭璞曰得自申展皆適意曹植九詠曰何孤客之可悲淮南子曰岸峭者必陀許慎曰陀落也然奔亦落也入彭蠡湖口詩曰圻岸屢崩

奔與此同也石淺水潺湲日落山照曜荒林紛沃若哀禽相叫嘯濟曰潺湲水聲沃若茂盛貌叫嘯衆鳥相命聲也　善曰楚辭曰觀流水兮潺湲雜字曰潺湲水流貌也毛詩曰羔裘如膏日出有曜毛萇曰日出照曜然見其如膏也毛詩曰桑之未落其葉沃若海賦曰更相叫嘯詭色殊音遭物悼遷斥存其善本作期字得要妙翰曰遭遇悼傷也遷斥謂貶出也言遇時物則傷貶出存我幽隱之期則為善要妙也　善曰廣雅曰斥推也老子曰湛兮似或存王弼曰和光而不汙其體同塵而不渝其真不亦湛兮似或存莊子曰此之謂要妙也既秉上皇情善本作心豈屑先結末代誚良曰秉持屑顧誚讓也言我既持上皇道德之心豈顧末代人所責讓也　善曰莊子曰監照下土天下戴之此謂上皇王逸楚辭注曰屑顧也劉向雅琴賦曰末世鎖才兮智孔寡目

覩嚴子瀨想屬任公釣　銑曰瀨名世人傳云嚴子陵釣處任公子有道者以大鉤巨綸鉤於東海而獲大魚離而腊之自淛河以東蒼梧以北皆厭此魚前道也以道養人故衆足言經此釣處屬想其人以道濟衆也　善曰范曄後漢書曰嚴光字子陵光武除為諫大夫不屈莊子曰任公子為大鉤巨綸五十犗以為餌蹲會稽投竿東海旦旦而釣朞年不得魚已而大魚食之牽巨鉤陷没而下騖揚而奮鬐白波若山任公子得若魚離而腊之自淛河以東蒼梧以北莫不厭若魚也誰謂古今殊異代可同調　向曰古今不殊自謂能與嚴陵任公同其隱遁之調　善曰郭象莊子注曰人性有變古今不同樂稽康嘉曰聖人雖生異世其心意同如一也調猶遷也謂音聲之和也

登江中孤嶼一首　五言　濟曰嶼江中之山也　善曰永嘉

江也

謝靈運

江南倦歷覽江北曠周旋懷新　善本作雜字道轉迴尋異景不延亂流趨孤嶼　善本作正絕孤嶼媚中川　良曰懷想新知其道轉遠尋求奇異則光景不長正絕流曰亂趨向媚好也　善曰長門賦曰貫歷覽其中操周旋已見上文爾雅曰迴遠也又曰延長也爾雅曰水正絕流曰亂劉淵林吳都賦注曰嶼海中洲上有山石雲日相輝映空水共澄鮮表靈物莫賞蘊真誰為傳想象崐山姿緬邈區中緣　銑曰言嶼上特表神靈藏蘊仙真而世物莫能賞接誰復得為傳述也想象崐山上靈仙之姿髣髴然有似緣上此孤嶼之中矣緬邈髣髴也　善曰鄭玄禮記注曰表明也謂顯明之也馬融論語注曰蘊藏也說文曰真仙人變形也芝之辭曰思舊故而想像列仙傳曰西王母神人名王母在崐崙山司馬相如大人賦曰迫區中之隘狹始信安期術得盡養生年　向曰安期先生古仙人也言我見此山靈異始信神仙之道得盡養生也　善曰列仙傳曰安期生琅邪阜鄉人自言千歲文子曰靜漠恬淡所以養生也莊子養生篇曰可以盡年郭象曰養生非求過分蓋全理盡年而已

初去郡一首　五言　濟曰靈運在永嘉一年稱疾去職作此詩也　善曰沈約宋書曰靈運在郡一周稱疾去職

謝靈運

彭薛裁知恥貢公未遺榮　翰曰裁少也彭宣薛廣德皆御史大夫上書乞骸骨是少知恥也貢禹與王陽善見陽登用而喜故云未遺榮　善曰漢書曰彭宣字子佩淮陽人也遷御史大夫轉為太司空王莽秉政專權宣上書乞骸骨歸鄉里又曰薛廣德字長卿沛郡人也為御史大夫乞骸骨班固漢書彭薛平當述曰廣德當宣近於知恥漢書貢禹字少翁琅邪人也為光祿大夫上書乞骸骨鍾會有遺榮賦

或可優貪競豈足稱達生　良曰言比貪競之人則為優未足知達生之理　善曰楚辭曰衆皆競進以貪婪莊子曰達生之情者傀達於知者胥司馬彪曰傀讀曰傀大也情在大也故曰大也胥多智也伊予秉微尚拙訥謝浮名　銑曰秉持微小浮過也惟我持此小尚山水之節又加踈拙蹇訥故辭浮過之名　善曰禮記孔子曰恥名之浮於行也廬園當去棲巖卑位代躬耕　向曰廬小屋也　善曰嵇康絕交書曰子房之巖棲列女傳黔婁妻先生妻曰先生安

天下之卑位禮記曰夫祿足以代其耕顧已雖自許心迹猶未并無庸妨周任有疾象長卿濟曰情雖在棲隱身尚居官是迹未與心合也妨害也周任古賢人也言陳力就列不能者止是害周任之言也司馬相如患痟渴之疾言我有疾似之象似也善曰莊子曰夫神者不自許也論語子曰周任有言曰陳力就列不能者止漢書曰司馬長卿有消渴疾常稱疾閑居不慕官爵畢娶類尚子薄游似邴生濟曰尚子平男娶女嫁畢勑斷家事勿復相關邴曼容養志自脩薄為游官而已言我皆似類善曰嵇康高士傳曰尚長字子平河內人隱避不仕為子嫁娶畢勑家事斷之勿復相關當如我死矣嵇康書亦云尚子平范曄後漢書曰向長字子平男娶女嫁既畢乃勑斷家事尚向不同未詳孰是邴生曼容養志自脩為官不肯過六百石輒自免去恭承古人意俶善本作促字

裝返柴荊良曰恭敬承奉俶始也柴荊謂柴門荊扉也言敬奉尚邴之意始為裝束還於荊扉柴門善曰越絕書曰恭承嘉惠思玄賦曰簡元辰而俶裝柴荊已見上文牽絲及元興解龜在景平銑曰牽絲謂牽王如絲之言而仕也元興晉安帝年號解龜謂解去所佩龜印也景平宋少帝年號言授官於元興謝職於景平善曰牽絲初仕解龜去官也臧榮緒晉書曰安帝即位改元曰元興靈運初為琅耶王大司馬行軍參軍沈約宋書曰少帝即位改元曰景平應璩詩曰不悟牽朱絲三署奉揭尋漢書曰薛宣為左馮翊高陽令揚湛解印綬付吏又曰黃金印龜紐文曰章負心二十載於今廢將迎向曰聖人之用心若鏡不將不迎遇物則照為官臨入亦如是焉言我負幽隱之心二十年矣而今始能廢於將迎之道善曰嵇康幽憤詩曰內負宿心文子曰聖人若鏡不將不迎爾雅曰將送也理棹遄

還期遵渚騖脩坰遡谿終水涉登嶺始山行野曠沙岸淨天高秋月明憩石挹飛泉攀林搴居偃落英戰勝臞具者肥止鑑善本作監字流歸停濟曰遄速遵依坰野遡向曠空憩息挹酌搴取也言去官還歸酌泉取花自樂也臞勞也出居之道亦欲之富貴之樂亦欲之二者戰於胷中而幽居之道勝故使瘦者肥也夫水為人鑒照以其不流而歸停止焉今我將體而止之善曰潘岳在懷縣詩曰感此還期淹遄速也陸機赴洛詩曰永歎遵北渚爾雅曰林外曰坰毛萇詩傳曰挹斟也王逸楚辭注曰搴采取也戰明貴不如義心鑒明語不如墨也韓子子夏曰吾入見先王之義則榮之出見富貴又榮之二者戰于胷臆故臞今見先王之義戰勝故肥也爾雅注曰臞肉之瘦也巨俱切文子曰莫監於流潦而監於止水以其保心而不外蕩也蒼頡篇曰亭

定也停與亭同古字通即是羲唐化獲我擊壤情善本作聲宇翰曰言無事之後即是伏羲唐堯之化而我得同擊壤老人之情善曰羲宓羲也唐唐堯也周處風土記曰擊壤者以木作之前廣後銳長四尺三寸其形如履將戲先側一壤於地遙於三四十步以手中壤擊之中者為上部論衡曰堯時百姓無事有五十之民擊壤於塗觀者曰大哉堯之德也擊壤者曰吾日出而作日入而息鑿井而飲耕田而食堯何力於我也

初發石首城一首

五言良曰靈運謝病東歸會稽太守孟顗乃表其異志靈運馳往京都詣闕上表太祖知其誣不罪不欲使東歸以為臨川內史至石頭城故作此詩善曰沈約宋書曰靈運陳疾東歸會稽太守孟顗乃表其異志靈運馳出京都詣闕上表太祖知其見誣不罪

也不欲使東歸以為臨川內史伏鞱北征記曰石頭城建康西界臨江城也是曰京師

謝靈運

白珪尚可磨斯言易為緇銑曰珪玉有玷缺可磨而滅惡言及入易為汚染不可去也緇汚也善曰毛詩曰白珪之玷尚可磨也斯言之玷不可為也毛萇詩傳曰緇黑色也

雖抱中孚爻猶勞貝錦詩向曰易中孚卦九五爻云有孚攣如孚信也詩云萋兮斐兮成是貝錦喻工者錯彩以成錦文讒者搆言以作人過言我雖抱忠信之德猶勞此讒人搆作此罪善曰周易曰中孚以利貞乃應乎天毛詩曰萋兮斐兮成是貝錦鄭玄曰讒人集作己過以成於罪猶女功之集彩色以成錦文也

寸心若不亮微命察如絲濟曰言我寸心若不

為人信明性命如絲之將絕也善曰寸心已見上文亮猶明也楚辭曰蜂蛾微命東觀漢記梁節王暢上疏曰筋骨相連命在絲髮鄭玄毛詩箋曰察省也

日月垂光景成貸遂兼茲翰曰日月喻天子言天子垂照貸借我性命更得兼此內史善曰日月喻太祖也葛龔薦黃鳳文曰君垂日月之光流萬生之恩老子曰夫惟道善貸且善成說文曰貸施也

出宿薄京畿晨裝摶曾善本作字魯颸楚持切良曰薄至也晨裝旦飾行裝也摶持也曾颸高風也謂張帆持高風而行善曰毛詩曰出宿于泲又曰莊子曰摶扶搖而上征颸已見上文

重經平生別再與朋知辭故山日已遠風波豈還時銑曰謂重與始平郡所居處別也故山謂所居舊山也言今隨波而去豈復有還時謂之臨川郡也善曰再謂前之永嘉今適臨川古詩曰相去日已遠家語孔子曰不觀

巨海何以知風波之患

迢迢善本作岧岧萬里帆茫茫終何之向曰迢迢遠也茫茫廣大貌言江水廣大不知所之善曰毛詩曰洪水茫茫莊子曰茫乎何之忽乎何適

游當羅浮行息必廬霍期濟曰羅浮廬霍皆山名言游息期於此也善曰羅浮山記曰山高三千丈長八百里舊說浮山從會稽來傅于羅山故稱傅羅今羅浮山上獨有東方草木廬霍二山名也已見江賦

越海陵三山游湘歷九疑善本作嶷字三山蓬萊方丈瀛州翰曰也九疑山名湘江也言越江海游歷於此也善曰東方朔集朔對詔曰陵山越海窮天乃止三山在海中衆仙所居九嶷山在長沙零陵舜帝所葬也

欽聖若旦暮懷賢亦悽其良曰欽聖謂舜葬於九嶷懷賢謂屈原沉湘江朝暮言近也悽悲也其助辭也善曰范曄後漢書曰朱勃謂馬援曰欽慕聖義莊子曰萬代之後而一

遇大聖知其解者是旦暮遇之也毛萇詩傳曰其辭也

皎皎明發心不為歲寒欺銑曰言我皎然明發之心如松栢不為歲寒所能欺損者喻雖遭讒人也能欺厚於己善曰毛詩曰明發不寐有懷二人說苑曰孔子曰義士不欺心

道路憶山中一首

五言向曰往臨川郡憶始寧山中

謝靈運

采菱調易急江南歌不緩濟曰采菱江南皆楚越歌曲也善曰楚辭曰涉江採菱發陽阿王逸曰楚人歌曲也古樂府江南辭曰江南可採蓮

楚人心昔絕越客腸今斷翰曰楚人謂鍾儀也遭晉幽囚而為楚歌其聲甚哀越客靈運自謂也言聞歌思鄉而心腸斷絕善曰楚人屈原也越客自謂也沈約宋書曰靈運本在陳郡父祖並葬始寧縣并有故宅遂籍會稽故稱越客焉

斷

絕雖殊念俱為歸慮款存鄉爾思積憶山我憤懣良曰絕謂鍾儀也繇自謂也殊念者鍾儀思鄉靈運憶山雖則殊念然而懷歸曲則同矣憤懣煩數也善曰廣雅曰款扣也王逸楚辭注曰言已情憤懣也追尋

栖息時偃卧任縱誕得性非外求自已為誰綦銑曰言本性好靜非外求學此乃從此而出不知綦繼誰人也　善曰崔寔荅陸樑詩曰棲息高丘范曄後漢書曰光武共嚴光偃卧縱恣而傲誕言得性之理非在外求耶足自止為誰之所繼我言不為人之所繼也莊子南郭子綦曰夫吹萬不同而使其自已也咸其自取怒者其誰也司馬彪曰已止也使各得其性而止也爾雅曰綦繼也不

怨秋夕長恒善本作常字苦夏日短濯流激浮湍息陰倚密竿上聲向曰秋夜可樂故不怨其夕長夏時可遊故苦其日短

濯流謂水激洗於湍瀨也竿竹挺也謂倚密竹以蔽陰也　善曰字林曰竿竹挺也古寒切今協韻為古旦切故懷善本作懷故叵普火新歡含悲忘春暖濟曰叵不可也言懷故山不可得為新歡常含其悲忘至春暖　善曰言春暖當喜為含悲而忘之字書曰叵不可也莊子曰暖然似春悽悽明月吹惻惻廣陵散翰曰悽惻皆哀聲也明月吹廣陵散並琴曲名　善曰古樂府有明月皎夜光應璩與劉孔才書曰聽廣陵之清散殷勤訴危柱慷慨命促管良曰訴告也危柱促管使其聲急而哀以敘其心　善曰危柱謂琴也孫氏笙簇賦曰陵危柱以頡頏促管謂笛也阮籍樂論曰琵琶箏笛間促而聲高也

入彭蠡湖口作一首

五言　銑曰彭蠡大湖名向臨川郡從此過也

謝靈運

客遊倦水宿風潮難具論洲島驟迴合圻祈岸屢崩奔向曰驟數也言人隨風潮之急數見洲島迴曲會合水激其岸崩頽奔波也　善曰孔安國尚書傳曰海曲謂之島乘月聽哀狖以秀浥於及露馥芳蓀濟曰狖猨類其聲哀也浥濕馥香也芳蓀草名　善曰乘月猶乘日也廣雅曰言乘月而遊以聽哀狖之響濕露而行為訛芳叢之馥狖蜼也說文曰浥濕也

春晚綠野秀巖高白雲屯千念集日夜萬感盈朝昏攀崖照石鏡牽葉入松門翰曰秀色屯聚也千念萬感言多也石鏡山名松門澗名攀崖照牽葉入各因事而言之　善曰張僧鑒潯陽記曰石鏡山東有一圓石懸崖明淨照人見形顧野王輿地志曰自入湖三百三十里窮

於松門東西四十里青松編於兩岸三江事多往九派理空存良曰我所經三江九派之事已往空有其理因而存想　善曰尚書曰三江既入又曰九江孔殷江賦曰流九派乎潯陽靈物吝珍怪異人祕精魂此中多靈怪神異之人然皆祕其精魄不可見也　善曰孔安國尚書傳曰吝惜也西京賦珍怪奇偉毛萇詩傳曰祕閉也江賦曰納隱論之列真挺異入乎精魄金膏滅明光水碧輟善本作綴字流溫向曰金膏仙藥也水碧水玉也此江中有之然皆藏其明光止其溫潤而不見　善曰穆天子傳曰河伯示汝黃金之膏山海經曰耿山多水碧郭璞曰碧亦玉也流溫言水玉溫潤也徒作千里曲絃絕念彌敦濟曰千里曲謂黃鵠一遠別千里顧徘徊也絃絕謂曲終也言曲終而別念彌厚　善曰言奏曲冀以消憂絃絕而念愈甚故曰徒作也琴賦曰千里別

鶴演連珠曰繁會之音生乎絶絃

入華子岡是麻源第三谷一首五言翰曰華子期角里先生弟子居此山頂故稱焉麻源山名　善曰謝靈運山居圖曰華子岡麻山第三谷故老相傳華子期者祿里弟子翔集此頂故華子爲稱也

謝靈運

南州實炎德桂樹陵寒山良曰謂南中炎暖冬月樹木榮　善曰楚辭曰嘉南州之炎德麗桂樹之冬榮銅陵映碧澗善本作潤字石磴瀉紅泉銑曰銅陵碧澗山澗名石磴阪也紅泉謂水自沙中流出故其色紅也　善曰銅陵銅山也揚雄蜀都賦曰樆林銅陵靈運山居賦曰訊冊沙於紅泉靈運自

注云郎近山所出然銅陵亦近山既枉隱淪客亦棲肥遁賢向曰隱淪肥遁皆幽居者枉曲棲止也客暫過故稱枉賢久住故云棲也　善曰桓子新論曰周易曰肥遯無不利險徑無測度天路非術阡濟曰術阡道也言山徑高險不可測度故云天路非術阡謂不知道路　善曰爾雅曰山絶險家語孔子曰入藏其心不可測度仲長子昌言曰蕩蕩乎若昇天路而不知夫所登也遂登羣峯首邈若升雲煙羽人絶髣髴丹丘徒空筌翰曰登升筌迹也謂升衆山之高邈而入靈煙也羽人仙人也言仙人不見但空有蹤迹而已　善曰論衡曰天審氣氣如雲曹子建述仙詩曰遊將升雲煙楚辭曰仍羽人於丹丘留不死之舊鄉筌捕魚之器莊子以喻言也圖牒復摩滅碑版誰聞傳莫辨百代後安知千載前且申獨往意乘月弄潺湲良曰言仙人圖牒碑版之屬皆已摩滅無人傳說且百代之後千載之前無以驗矣潺湲水聲也　善曰蘇林漢書注曰牒譜也孔安國論語注曰版邦國之圖籍也淮南王莊子略要曰江海之士山谷之人輕天下細萬物而獨往者也司馬彪曰獨往任自然不復顧世也恒充俄頃用豈爲古今然銑曰且充必時爲樂之用不足爲久長之事　善曰言古之獨往必輕天下不顧於世而己之獨往常充俄頃之間豈爲尊古卑今而然哉小雅曰充猶備也江賦曰千里俄頃何休公羊注曰俄者須臾之間也司馬彪莊子注曰常久也莊子曰尊古卑今學者之流也郭象曰古無所尊今無所卑而學者尊古卑今失其原矣

文選卷第二十六

詩
行旅下
軍戎
郊廟
樂府上

文選　二十七

共六十

文選卷第二十七

梁昭明太子撰　　五臣并李善注

行旅下

顏延年北使洛一首

還至梁城作一首

始平(善本作安字)郡還都與張湘州登巴陵城樓作一首

鮑明遠還都道中作一首

謝玄暉之宣城出新林浦向版橋一首

敬亭山一首

休沐重還道中一首

晚登三山還望京邑一首

京洛(善本作路字)夜發一首

江文通望荆山一首

丘希範旦發漁浦潭一首

沈休文早發定山一首

新安江水至清淺深見底貽京邑遊好一首

軍戎

文選二十七　一

王仲宣從軍詩五首
郊廟
顏延年宋郊祀歌二首
樂府上
古樂府四首
班婕妤怨詩行善本作謌行一首
魏武帝樂府二首
魏文帝樂府二首
曹子建樂府四首
石季倫王明君辭一首

文選二十七　二

行旅下
北使洛一首五言
顏延年銑曰宋高祖北伐府遣一使起居延之與府參軍北至洛道中作是詩也善曰沈約宋書曰延之爲豫章世子中軍行參軍義熙十二年高祖北伐有宋公之授府遣一使慶殊命參起居延之至洛陽道中作詩一首文辭藻麗爲謝晦傅亮所賞集曰時年三十二

改服飭勑徒旅首路跼險艱善本作難字向曰改服常服旅行旅也飭整首初跼屐艱難也善曰左氏傳曰齊侯謂韓厥曰服改矣杜預曰戎朝異服也謝承後漢書序曰徐俶戎車首路毛詩曰謂天蓋高不敢不跼毛萇詩傳曰跼曲也鄭玄曰跼曲可畏懼之言也振楫發吳洲秣馬陵楚山翰曰楫棹秣粟也言自水登陸行也吳楚皆國名善曰阮籍詠懷詩曰朱鷺躍飛泉夜飛過吳州毛詩曰言秣其馬杜預曰粟食馬曰秣韓子曰楚和氏得璞玉於楚山之中途出梁宋郊道由周鄭間濟曰梁宋周鄭皆國名善曰漢書曰沛公乃道碭音義曰道由碭也前登陽城路日夕望三川銑曰陽城縣名三川河洛伊也善曰漢書曰汝南郡有陽城縣音義應劭曰三川今河南郡韋昭曰有河洛伊故曰三川也在昔輟期運經始闊聖賢銑曰闊猶無也在昔晉亂期運輟息無聖賢經理善曰毛詩曰自古在昔魏都賦曰應期運而光赫蔡邕陳寔碑曰應期運之數抱朴子曰聞之前志聖人生率閒五百歲伊穀絕津濟臺館無尺椽向曰伊穀皆水名由時亂

文選二十七　三

故津濟斷絕臺館盡毀故無尺椽善曰伊穀二水名也曹植毀故殿令曰秦之滅也則阿房無尺椽鄭玄論語注曰津濟渡處也宮陛多巢穴城闕生雲煙翰曰言其荒蕪如此王猷升八表嗟行方暮年濟曰言宋高祖之德被八方之外嗟我之行值冬時冒寒氣而苦辛善曰言王道被於八荒余行屬於歲暮也摯虞尚書令箴曰補我衮闕我王猷毛詩曰嗟行之人又曰歲聿云暮陰風振涼野飛雲善本作雪瞀茂窮天濟曰瞀亂窮終也謂終歲之天時善曰陸機苦寒行曰涼野多險難爾雅曰霧謂之晦郭璞曰言昏冥也武賦切窮天謂季冬之日月窮盡也呂氏春秋曰季冬日窮于次月窮于紀臨塗未及引置酒慘無言銑曰引發也善曰引猶進也漢書曰上置酒沛宮隱憫眉隱徒御悲威遲良馬煩向曰隱憫憂歎貌威遲馬行貌

煩勞也善曰楚辭曰隱閔而不達韓詩曰周道威遲洛神賦曰車殆馬煩游役
去芳時歸來屢徂諐翰曰游行也芳時春時徂諐失期也言我以氷
雪所苦故歸來屢失期也善曰當歸來而更數有所往而諐本期言蓬心既
已矣飛薄殊亦然濟曰蓬非直達者然成也言已隨俗之心久已除矣
而猶被牽制於時尚勞於行役而當此窮歲之節如蓬之性非自直達復為飄迫殊不特
成我志也飛飄薄迫也善曰言已有蓬心事既已矣而身飛薄亦復同之自傷之辭也
莊子謂惠子曰夫子拙於用大則夫子猶有蓬之心也夫郭象曰蓬非直達者曹植吁嗟
篇曰吁嗟此轉蓬居世亦然之

還至梁城作一首五言良曰自洛還也梁國名

顏延年

眇默軌路長憔悴征戍勤銑曰眇默遠貌軌車跡也征行戍守
勤勞也善曰楚辭曰登石巒兮遠望路眇眇兮默默又曰顏色憔悴左氏傳曰勤戍五
年昔邁先祖師今來後歸軍振策睠東路傾
側不及羣向曰昔邁謂前北使時在北伐之前師也今來蓋至後軍也翰曰
言雖揚鞭視歸路而發疾然道路險阻不能前及其羣善曰陸機赴洛詩曰振策陟崇
丘楚辭曰宥傾側而不容息徒顧將夕極望梁陳分濟曰徒徒
侶也梁陳二國名分界首也善曰嵇康贈秀才詩曰息徒蘭圃陸機從梁陳詩曰遠
遊越梁陳故國多喬木空城凝寒雲良曰故國謂梁城也喬高
也善曰論衡曰覩喬木知舊都丘隴填郛郭銘誌滅無文
木石扃幽闥黍苗延高墳銑曰謂遭晉亂亡墳墓毀壞銘誌遺

失木石交橫塞於泉戶如有關閉延滿也善曰說文曰扃門之關也惟彼雍
門子吁嗟孟嘗君愚賤同堙滅尊貴誰獨聞
良曰雍門周見孟嘗君曰臣竊悲千秋萬歲後墳墓生荊棘行人見之曰孟嘗君尊貴乃
如是乎言貴賤賢愚皆同於死故思此而數息也善曰桓子新論曰雍門周見孟嘗君
曰臣竊悲千秋萬歲後墳墓生荊棘行人見之曰孟嘗君尊貴乃如是乎毛詩曰吁嗟女
兮封禪書曰堙滅而不稱列子曰伏羲以來三十餘萬歲賢愚好醜無不消滅曷為
久游客憂念坐自殷翰曰殷深也善曰毛詩曰憂心殷殷

始安郡還都與張湘州登巴陵城樓作

一首五言濟曰延年為始安太守徵為侍郎與湘州刺史張邵登
巴陵郡城樓而作是詩也都謂建鄴也

顏延年善曰沈約宋書曰延之為員外常侍出為始安太守徵為
中書侍郎集曰張劭

江漢分楚望衡巫奠南服良曰江漢二水名衡巫二山名奠定
也善曰左氏傳曰楚昭王曰江漢雎漳楚之望也衡巫二山名尚書曰奠高山大川孔
安國曰奠定也三湘淪洞庭七澤藹荊牧銑曰淪猶會也江湘
沅水皆會巴陵至洞庭陵號為三江三湘謂三江也子虛賦云楚有七澤常見其一藹蓋
草盛貌荊亦楚也牧則陶牧地名善曰盛弘之荊州記曰湘水北流二千里入于洞庭
子虛賦曰臣聞楚有七澤嘗見其一未見其餘郭璞山海經注曰巴陵縣有洞庭陂江湘
沅水皆共會巴陵故號三江口也爾雅曰郊外曰牧經塗延舊軌登闉
伊人訪川陸向曰延猶追也軌迹闉城也善曰周禮曰國中經塗九軌說文曰

延長也又曰闉城曲重門也舊執謂張劭也蜀都賦曰經途所亘鄭玄周禮注曰延進也
陸機豫章行曰川陸殊塗水國周地險河山信重複翰曰周币
複疊也善曰陸機荅張士然詩曰余固水鄉士呂氏春秋注曰鄉國也地險已見上文
左傳子犯曰表裏山河必無害也却倚雲夢林前瞻京臺囿
于目濟曰雲夢澤名京臺臺名囿園也此二者皆楚遊觀之地善曰尚書曰荊州雲
土夢作乂孔安國曰雲夢之澤在江南西都賦曰舍櫺檻而却倚懷舊賦曰前瞻太室說
苑曰楚昭王遊於荊臺司馬子期諫曰荊臺左洞庭右彭蠡荊或為京清雰芳云
霽岳陽曾暉薄瀾澳於六向曰雰氣也霽雨止也曾暉日光也瀾
水波澳水曲也善曰說文曰氛氣字也杜預左氏傳注曰氛氣也毛萇詩傳曰山南
曰陽爾雅曰澳隈也悽矣自遠風傷哉千里目銑曰遠風謂古

文選二十七　六

跡也楚辭云目極千里傷春心善曰潘安仁在懷縣詩曰涼飈自遠集楚辭曰湛湛江
水兮江上有楓目極千里兮傷春心萬古陳往還百代勞起伏
向曰往還起伏其來遠矣陳說勞倦也善曰起伏即倚伏也存沒竟何人
炯介在明淑翰曰炯明介獨淑善也言理有存沒其道竟施於何人也其明
德獨流於古善之士善曰蒼頡篇曰炯明也劉熙孟子注曰介操也楚辭曰彼堯舜之
耿介王逸曰耿光也介大也耿與炯同古迥切請從上世人歸來藝
桑竹濟曰上世高上之人也藝種也善曰論衡曰上世之人質樸易化毛萇詩傳
注曰藝樹也

還都道中作一首五言善曰集曰上潯陽還都道中作都
謂都揚州也

鮑明遠良曰昭為臨海王參軍從荊州還也都謂揚州也
昨夜宿南陵今旦入蘆洲銑曰南陵地名蘆洲洲名善曰宣
城郡圖經曰南陵縣西南水路一百三十里庾仲雍江圖曰蘆洲至樊口二十里伍子胥
初所渡處也樊口至武昌十里然此蘆洲在下非子胥所渡處也客行惜日
月崩波不可留向曰惜日月務疾還也崩波猶奔波也善曰江賦曰駭
瀨浪而相礧言客行既惜日月兼崩波之上不可少留侵星赴早路畢
景逐前儔鱗鱗夕雲起獵獵曉善本作曉字風遒
疾由翰曰早路早趨路也畢景日也儔侶也濟曰鱗鱗雲貌獵獵風聲遒疾也
善曰廣雅曰遒急也騰沙鬱黃霧翻浪揚白鷗良曰騰飛也言
沙鬱然若黃霧也翻浪有似白鷗鳥也善曰鷗水鳥也登樓眺淮甸

文選二十七　七

掩泣望荊流銑曰艫檣軸也眺視也掩泣憶臨海王也荊流楚之水也善曰
漢書音義李斐曰艫船前頭刺櫂處也楚辭曰長大息而掩涕絕目盡平原
時見遠煙浮向曰絕極也善曰絕猶盡也倏悲坐還合俄
思甚兼秋翰曰倏忽俄頃之際悲思已合於心若經三秋也此皆言憶臨海王
善曰兼猶三也毛詩曰一日不見如三秋兮未嘗違戶庭安能千
里游向曰昭自責已離親遠游之悲善曰周易曰不出戶庭無咎古歌曰離家千
里客戚戚多思憂誰令乏古節貽此越如憂銑曰古節古人
高尚之節越違也皆昭責已之詞善曰思玄賦曰慕古人之貞節左氏傳宋人曰懷璧
不可以越鄉

之宣城出新林浦向版橋一首五言善曰鄭

善長水經注曰江水經三山又湘浦出馬水上南北結浮橋渡水故曰版橋浦江又北經新林浦

謝玄暉 向曰新林浦名眺時為宣城郡太守故出於此

江路西南永歸流東北鶩 善曰宋孝武之江州詩曰山曲蒙幽雨江路結流寒尚書大傳曰大水小水東流歸海也上林賦曰東西南北馳騖往來天

際識歸舟雲中辨江樹 善曰揚雄交州箴曰交州荒裔水與天際 應劭風俗通曰太山巖石松樹鬱鬱蒼蒼如雲中 旅思倦搖搖孤遊

昔已屢 翰曰永長也搖不定之貌屢數也 善曰毛詩曰中心搖搖謝靈運湖中詩曰孤遊非情歎 既懽懷祿情復協滄洲趣 濟曰滄洲洲名 隱者所居言我既懽得祿復合此趣矣善曰楊惲書曰懷祿貪勢不能自退楊雄覈靈

賦曰世有黃公者起於滄洲精神養性與道浮遊謝靈運遊南亭詩曰賞心惟良知 囂

塵自茲隔賞心於此遇 向曰囂喧也至此乃與塵囂隔絕而與心事遇會 善曰左氏傳曰景公謂晏子曰子之宅湫隘囂塵 雖無玄豹姿

終隱南山霧 銑曰陶荅子始不修德家富三倍其妻泣曰南山有玄豹霧雨七日不下食將欲以澤其毛衣而成文章也犬豕不擇食故肥而死無幾被誅也眺言我雖無豹姿且終得隱居養性 善曰列女傳曰陶荅子治陶三年名譽不興家富三倍其妻抱兒而泣姑怒以為不祥妻曰妾聞南山有玄豹隱霧而七日不食欲以澤其毛衣成其文章至於犬豕肥以取之逢禍必矣朞年荅子之家果被盜誅

敬亭山一首 五言 善曰宣城郡圖經曰敬亭山宣城縣北十里

謝玄暉

茲山亘百里合沓與雲齊 向曰亘長也合沓高貌 善曰方言曰亘竟也賈誼旱雲賦曰遂積聚而合沓相紛薄而慷慨應劭漢書注曰沓合也古詩曰西北有高樓上與浮雲齊 隱淪既已託靈異居然 善本作俱字

棲 翰曰隱淪隱逸也靈異靈仙也居安也 善曰桓子新論曰天下神人五二曰隱淪 海賦曰棲百靈 上干蔽白日下屬帶迴谿 濟曰屬及迴曲也 善曰子虛賦曰日月蔽虧交錯糾紛上干青雲罷池陂陁七發曰依絕區兮臨迴谿 交

藤荒且蔓摎 居幽 枝聳復低 向曰摎長聳舉也 善曰毛萇詩傳曰木曲曰摎 獨鶴方朝唳飢鼯此夜啼 銑曰方當也鼯鼠名啼鳴也 善曰八王故事曰陸機歌曰欲聞華亭鶴唳不可得也鼯已見上文 泄雲

已漫漫夕 善本作多字 雨亦淒淒 向曰泄猶舒也漫漫雲布貌淒

淒雨落貌 善曰魏都賦曰窮岫渫雲日月常翳楚辭曰山峻高以蔽日兮下幽冥以多雨

我行雖紆組兼得尋幽蹊 翰曰言我此行雖紆帶郡守之組綬然而兼得尋幽隱之跡 善曰揚子雲解嘲曰紆青拖紫說文曰紆屈也一曰縈也又曰組綬也幽蹊山徑也楚辭曰道幽路兮九疑 緣源殊未極歸徑

窅如迷 良曰緣亦尋也源徑路窅深也 善曰聲類曰窅遠望也於鳥切 要

欲追奇趣即此陵丹梯 濟曰要約也奇趣謂仙奇也丹梯謂山高峯入雲霞處也 善曰丹梯謂山也眺鼓吹登山曲曰暮春春服美游駕陵丹梯升嶠既小魯登巒且悵齊謝靈運登石門最高頂詩曰共登青雲梯 皇恩竟已矣

茲理席 善本作庶字 無睽 銑曰若天子之恩於我終竟止矣此登山之理無乖也 善曰西京賦曰皇恩溥周易曰睽乖也王粲從軍行詩曰茲理不可違

休沐重還道中一首五言良曰休沐謂休假沐浴也還
歸于丹陽善曰休假也沐洗也漢書張安世休沐未嘗出如淳曰五日
得一下沐

謝玄暉

薄遊第從告思閑願罷歸翰曰薄遊薄宦第且也從告休謁之
名閑靜也善曰孫綽子曰或問賈誼不遇漢文將退耕於野乎薄遊於朝乎漢書曰蘇
林曰第且也又曰高祖常告歸之田李斐曰休謂退之名也又韋賢乞骸骨罷歸還
卭歌賦似休汝車騎非濟曰司馬相如歸家貧素與臨卭令王吉
善於是相如往舍臨卭都亭而相如工於文章歌賦以自樂也許卻字子將汝南人
為郡功曹同郡袁紹豪俠休濮陽令車騎甚衆八郡界曰吾輿服豈使許子將見之遂以

單騎歸家朓言我歌賦有似相如而車騎乃非袁紹也善曰漢書曰司馬相如家貧素
與臨卭令相善於是相如往舍臨卭都亭是時卓文君新寡好音相相如以琴心挑之相如
時從車騎雍容閑雅甚都文君心悅而好之恐不得當也范曄後漢書曰許劭汝南人為
郡功曹同郡袁紹為濮陽令車徒甚盛將入界內曰吾輿服豈可使許子將見遂以單車
歸家灞池不可別伊川難重違良曰灞池謂西京伊川謂東京
言此二京不可違別者以喻丹陽亦不可暫去也善曰枚乘集有臨霸池遠訣賦伊川
已見上文潘岳關中記曰霸陵文帝陵也上有池有四出道以寫水汀葭稍靡
靡江菼他敢復依依銑曰汀水際平處也葭菼皆水草名靡靡依依隨風
貌善曰毛詩曰葭菼揭揭毛萇曰葭蘆也菼薍也高唐賦曰薄草靡靡韓詩曰揚柳依
依田鶴遠相叫沙鴇保忽爭飛雲端楚山見

林表吳岫微向曰鴇水鳥翰曰表外也峀亦山也善曰枚乘樂府詩曰
美人在雲端表猶外也試與征徒望鄉淚盡霑衣濟曰征行
徒侶也鄉淚望鄉之淚善曰古詩曰淚下沾衣裳賴此盈罇酌含景
望芳菲良曰賴此盈罇酒含光景而望芳菲之節稍得解其鄉思善曰嵇康秀
才詩曰旨酒盈罇陸機曰日出東南隅清川含藻景問我勞何事霑沐
仰清徽志狹輕軒冕恩甚戀閨善本作重字闈銑曰
徽美也我所以勞心者為天子之澤霑潤我仰清美之道所致向曰闈門也閨門天子
重門也言我志狹不重軒冕蒙主恩甚故戀重門善曰管子曰先王制軒冕以著貴賤
歲華春有酒初服偃郊扉翰曰此心終願歲初春酒熟衣以初
服偃息於故居之門庭也善曰楚辭曰進不入以離尤兮退將復修吾初服顏延之贈

王太常詩曰郊扉常晝閉
晚登三山還望京邑一首五言濟曰三山山名京
邑謂丹陽善曰山謙之丹陽記曰江寧縣北十二里濱江有三山相接
即名為三山舊時津濟道也

謝玄暉

灞涘望長安河陽視京縣良曰朓登山望丹陽也涘岸也京縣
洛陽也善曰王粲七哀詩曰南登灞陵岸迴首望長安潘岳河陽縣詩曰引領望京室
南路在伐柯白日麗飛甍參差皆可見銑曰甍屋蓋也參差
連綿貌善曰吳都賦曰飛甍舛互李尤洪池銘曰漸臺中起列館參差餘霞散
成綺澄江淨如練喧鳥覆春洲雜英滿芳甸

去矣方滯淫懷哉罷歡宴向曰還蓋英華也翰曰言思歸未果
故罷歡宴善曰邯鄲湛贈伍處玄詩曰行矣去言別易會難王粲七哀詩曰何為久滯
淫毛詩曰懷哉懷哉曷月予旋歸哉佳期悵何許涙下如流霰
濟曰佳期謂友朋也悵恨也何許謂不見也霰雨雪相雜也善曰楚辭曰與佳人期兮
夕悵又曰涕淫淫而若霰有情知望鄉誰能鬒善本作縝字不
變向曰言人情有望鄉者誰能髮不變白乎鄉謂丹陽鬒黑也詩云鬒髮如雲縝黑也
縝鬒同義善曰盧諶與劉琨書曰苟曰有情孰能不懷廣雅曰縝黑也古詩曰還顧望
舊鄉張載七哀詩曰憂來令髮白毛萇詩傳曰鬒黑髮也縝與鬒同

京路夜發一首五言　銑曰又自丹陽之宣城郡

謝玄暉

擾擾整夜裝肅肅戒徂兩向曰擾擾卒迫也肅肅嚴敬也徂往
也兩車也善曰枚乘七發曰擾擾若三軍之騰裝尚書曰戎車三百兩廣雅曰擾擾亂
也毛詩曰肅肅宵征許慎淮南子注曰裝束也曉星正寥落晨光復
泱烏朗漭莫蕩反翰曰寥落稀踈貌泱漭不明貌善曰寥落星稀之貌也字書
曰泱漭不明之貌猶霑餘露團稍見朝霞上良曰團露垂貌
善曰毛詩曰野有蔓草零露團兮故鄉邈已夐山川脩且廣
齊曰夐遠脩長也善曰班固燕山銘曰夐其邈兮亘地界陸機赴洛詩曰遠遊越山川
山川脩且廣文奏方盈前懷人去心賞勑躬每跼
局蹐脊瞻恩唯震蕩銑曰文奏謂官簿書也懷人懷友人也向曰
勑誡躬身也跼蹐危懼也瞻恩天子之恩也震蕩不安也善曰曹子建聖皇篇曰侍臣

首文奏陛下體仁慈毛詩曰嗟我懷人鮑昭白頭吟曰心賞猶難特孝經鉤命決曰勑躬
未濟毛詩曰謂天蓋高不敢不跼謂地蓋厚不敢不蹐楚辭曰心怵惕而震蕩行矣
倦路長無由稅歸鞅翰曰稅息鞅駕也善曰陸機贈弟詩曰行矣
悲路長說文曰鞅頸靼也又曰鞅柔革也鞅於兩切靼都達切

望荊山一首五言

江文通良曰淹時校建平王景素五經而作是詩

奉義至江漢始知楚塞長濟曰奉義慕義也善曰沈約宋書曰
建平王景素為右將軍荊州刺史江淹授景素五經奉義猶慕義也江漢荊楚之境也盛
弘之荊州記曰魯陽縣其地重險楚之北塞也南關繞桐栢西岳善本
作嶽字出魯陽銑曰南關謂所居之南有關也桐栢山名西岳謂西有山魯陽

縣名善曰尚書曰導淮自桐柏漢書曰南陽郡魯陽縣有魯陽山寒郊無留
影秋日懸清光悲風繞善本作撓字重林雲霞肅
川漲向曰言秋暮氣寒日短也翰曰肅清明貌漲水也善曰周易曰撓萬物者
莫疾乎風說文曰撓曲木也奴教切肅寒也江賦曰濟江津而起漲漲水大之貌也歲
晏君如何零涙霑衣裳濟曰歲晏喻年老君者淹自謂也淹懼年
老故落涙也善曰古詩曰涙下沾衣裳楚辭曰歲既晏兮玉柱空掩露
金樽坐含霜良曰玉柱琴柱玉徽琴也掩露含霜謂秋夜善曰袁淑正情賦曰
解蘊麝之芳衾陳玉柱之鳴箏曹子建樂府詩曰金樽玉杯不能使薄酒更厚楚辭曰衣
納納而掩露兮一聞苦寒奏載善本作再字使豔歌傷銑曰
言琴酒既無情持當此時若一聞奏苦寒之曲則使美豔之歌亦悲傷也苦寒豔歌皆

古歌曲善曰沈約宋書曰北上苦寒行魏帝辭又曰羅敷豔歌行古辭也

旦發漁浦潭一首五言

丘希範向曰遲為新安郡太守經此潭宿明日早發至中流作此詩也

漁潭霧未開赤亭風已颺翰曰赤亭山名善曰漁潭赤亭已見謝靈運富春渚詩櫂歌發中流鳴鞞響沓嶂善本作障字翰曰櫂歌鼓櫂而歌也鞞小鼓也沓嶂重山也善曰馬融廣成頌曰發櫂歌縱水謳字林曰鞞小鼓也爾雅曰山正曰障村童忽相聚野老時一望詭怪石異象嶄絕峯殊狀良曰詭怪幽奇也嶄絕嶮峻貌善曰張衡七辯曰蹊路詭怪森森荒樹齊析析寒沙漲銑曰森森長密貌荒樹野樹也析析風聲漲起也善曰謝靈運山居賦注曰漲者沙始起將成嶼也藤垂島易陟崖傾嶼難傍去向曰島嶼皆水中山也陟升傍近也善曰說文曰島海中有山劉淵林吳都賦曰嶼海中洲上有山石說文曰傍附也信是永幽棲善本作棲字豈徒暫清曠翰曰信可長生豈徒暫遊而已善曰謝靈運方山詩曰資此永幽栖又田南山詩曰清曠招遠風蒼頡篇曰曠蹟曠也坐嘯昔有委臥治今可尚善本作令字濟曰後漢岑晊字公孝有幹國之器太守成瑨請為功曹時謠曰南陽太守岑公孝弘農成瑨但坐嘯漢武使汲黯臥理淮陽遲言坐嘯之事昔人已委得賢才臥理之事我今自庶幾也善曰坐嘯臥治並見謝玄暉在郡臥病詩

早發定山一首五言善曰梁書曰約為東陽太守然定山東陽道之所經也

沈休文良曰約為東陽太守宿于定山而早發

夙齡愛遠壑晚涖見奇山銑曰夙齡謂少年時也晚涖謂暮年臨職善曰毛萇詩傳曰莅臨也標峯綵虹工外置嶺白雲間善曰楚辭曰建綵虹以招指穆天子傳西王母謠曰白雲在天丘陵自出傾壁忽斜豎絕頂復孤圓善曰江賦曰絕岸萬丈壁立霞剝謝靈運有登廬山絕頂詩毛萇詩傳曰山頂曰冢歸海流漫漫出浦水濺濺音牋善本作淺淺字向曰漫漫平流貌濺濺流急貌善曰歸海已見上文楚辭曰石瀨兮淺淺王逸曰淺淺流疾貌也野棠開未落山櫻發欲然翰曰棠櫻皆果木名而開發其花也花朱色如火欲然也忘歸屬蘭杜懷祿寄芳荃濟曰蘭杜芳荃皆香草也言我至此忘歸屬於此草雖懷祿而去長寄其心善曰楚辭曰遊子憺兮忘歸懷祿已見上文楚辭曰荃不察余之中情王逸曰荃香草以諭君子眷言採三秀徘徊望九仙良曰三秀芝草名九仙仙法言我終當顧此採芝草而服以望九仙之道善曰楚辭曰采三秀於山間王逸曰三秀謂芝草也列仙傳曰脩子者齊人好餌朮至三百年乃見於齊後授伯陽九仙法

新安江水至清淺深見底貽京邑遊好一首五言銑曰新安郡名京邑丹陽善曰十洲記曰桐廬縣新安東陽二水合於此仍東流為折江

沈休文

眷言訪舟客茲川信可珍善曰廣雅曰珍重也洞澈隨
深淺皎鏡無冬春千仞寫停善本作喬字樹百丈
見游鱗向曰皎鏡清明如鏡七尺曰仞千仞言高也喬高鱗魚也善曰淮南子
曰豐水之深千仞投金鐵焉則形見於外抱朴子曰扶南金鋼生於百丈水底滄浪
平有時濁清濟涸無津翰曰滄浪之水清可以濯吾纓滄浪之水
濯可以濯吾足夏禹竭洛涸濟瀝淮於澤言濟水亦有涸時滄浪水有濁時此江水不曾
濁不曾涸善曰楚辭曰漁父歌曰滄浪之水濁可以濯我足戰國策曰蘇秦曰齊有清
濟濁河吳越春秋曰禹周行宇內竭洛涸濟瀝淮於澤賈逵國語注曰涸竭也字書曰津
渡也涸胡落切豈若乘斯去俯映石磷磷濟曰斯謂此水磷磷
水中石貌善曰鶡鳥賦曰乘流則逝毛詩曰揚之水白石磷磷紛吾隔囂

滓寧假濯衣巾善本作布衣字願以潺湲沫善本作水字
霑君纓上塵良曰紛吾約自謂也君即京邑游好也言我至此已隔喧囂濁
穢無假浣濯衣巾請以流沫霑洗京邑游好纓上塵善曰囂滓謂去京師囂塵之地以
往東陽自然隔越亦不須濯衣巾楚辭曰紛吾又曰可以濯我纓潺湲水流貌也楚辭曰
滄浪之水清可以濯吾纓

軍戎

從軍詩五首五言善曰魏志曰建安二十年三月曹公西
征張魯魯及五子降十二月至自南鄭是行也侍中王粲作五言詩
以美其事
王仲宣銑曰漢相曹操出師征張魯及孫權時粲作詩以美
其事
從軍有苦樂但問善本作聞字所從誰所從神且
武焉得久勞師向曰謂曹公神武必不勞師旅也善曰漢書曰李廣程
不識為名將程不識擊刁斗吏治軍簿至明軍不得自便李將軍極簡易其事亦佚樂然
士卒多樂從廣而苦程不識班固漢書高祖紀述曰寔天生德聰明神武左氏傳蹇叔曰
勞師以襲遠非所聞也周易曰古之神武不殺者夫相公征關右赫怒
震天威翰曰關右關西也赫盛也天威天子之威善曰曹操為丞相故曰相公
也毛詩曰王赫斯怒陸賈新論曰聖人承天威承天功與之爭功豈不難哉左氏傳齊侯
對宰孔曰天威不違顏咫尺一舉滅獯虜再舉服羌夷濟曰
獯虜羌皆遠蕃名善曰漢書曰獯鬻虐老獸心服虔曰獯鬻堯時匈奴號也西

收邊地賊忽若俯拾遺良曰邊賊謂張魯拾遺言易也善曰漢
書梅福上書曰高祖舉秦如鴻毛取楚如拾遺陳賞越丘山酒肉踰
川坻銑曰陳布越過也丘山川坻言酒肉多也善曰六韜曰賞如高山罰如深溪
左氏傳晉侯投壺穆子曰有酒如淮有肉如坻寡君中此為諸侯師軍中善本作人
字多飫饒人馬皆溢肥向曰飫厭饒餘也善曰杜預左氏傳注
曰飫猒也說文曰饒飽也徒行兼乘還空出有餘資良曰徒步
乘騎也善曰論語孔子曰以吾從大夫之後不可徒行也拓地三千里
往返速如善本作若字飛翰曰拓開拓也善曰虞丘壽王驃騎論功曰
拓地萬里海內晏然毛詩曰王旅嘽嘽如飛如翰毛萇曰疾如飛也歌舞入鄴
城所願獲無違濟曰鄴魏都也獲盡也善曰漢書曰魏郡有鄴城縣家

語孔子曰無聲之樂所願志從之
晝善本作晝字日處大朝日暮
薄言歸向曰大朝天子朝也善曰毛詩曰薄言旋歸外參時明政
內不廢家私禽獸憚為犧良苗實已揮銑曰賓孟
適郊見雄雞自斷其尾問之侍者曰憚其為犧也曰雞其憚為人用乎人異於是矣晉公
子謂秦伯曰重耳之事君也若黍苗之仰膏雨也若君庇蔭膏澤之使成嘉穀薦在宗廟
君之力也粲言我雖有雄雞懼犧之情亦欲不為人用而沐曹公之德如陰雨之庇黍苗
是以復願仕也禽獸鳥獸之通名良苗五穀之通名實謂沐恩之實也揮布也善曰良
苗穀也國語曰秦伯將饗公子如饗國君之禮使子餘公子賦黍苗子餘曰重耳之仰君
也若黍苗之仰陰雨也若君實庇蔭膏澤之使能成嘉穀薦在宗廟君之力也賈逵曰在
宗廟為祭主也揮當為輝雀駉七依曰霈若膏雨之潤良苗竊慕負鼎翁

文選二十七　十八

願厲朽鈍姿善本無此二句不能效沮溺相隨把鋤
犁向曰伊尹負鼎以干湯長沮桀溺耦而耕言我竊慕伊尹之負鼎不學沮溺之耦耕
厲朽鈍粲自譲也善曰論語曰長沮桀溺耦而耕孰覽夫子詩信知
所言非翰曰趙簡子使聘夫子夫子及河聞鳴犢竇犨之見殺乃迴車而旋為
操曰翱翔于衛復我舊居從吾所好其樂只且此謂夫子詩也粲將厲鈍朽以求仕夫兮
翺翔以退居以粲之情則夫子之言非也善曰孔叢子曰趙簡子使聘夫子夫子將至
及河聞鳴犢與竇犨之見殺也迴輿而趣為操曰翱翔于衛復我舊居從吾所好其樂只
且然夫子欲從所好而隱居仲宣欲厲節而求仕有乖夫子之志故以所言為非也
涼風厲秋節司典告詳刑濟曰孟秋之月涼風至言將順秋氣
而行殺罰故主司告以詳刑之事厲嚴也善曰禮記孟秋之月涼風至用始行戮天子

乃命將帥選士厲兵以征不義尚書王曰有邦有土告爾詳刑魏志曰建安二十一年粲
從征吳作此四篇我君順時發桓桓東南征向曰我君曹公
也桓桓武貌東南征謂征孫權善曰穀梁傳曰癸我君桓公順時應秋以征也禮記曰
舉事必順其時東南謂吳也毛詩曰桓桓于征逖彼東南汎舟蓋長川陳
卒被隰坰銑曰被徧也善曰國語曰秦汎舟于河爾雅曰林外曰坰征
夫懷親戚誰能無此善本作戀字情拊衿倚舟檣
眷眷思鄴城向曰時粲從軍善曰漢書公孫攫曰累足撫襟埤蒼曰帆柱
曰檣韓詩曰眷眷懷歸哀彼東山人喟然感鸛鳴翰曰詩云
我徂東山滔滔不歸我來自東零雨其濛鸛鳴于垤婦歎于室粲自言念室家之意胃歎
歎善曰毛詩曰我徂東山滔滔不歸我來自東零雨其濛鸛鳴于垤婦歎于室毛萇曰

文選二十七　十九

垤蛭冢也鄭玄曰鸛水鳥也將陰雨而鳴行於陰雨尤苦婦人則歎於室垤徒頡切日
月不安處人誰獲恒善本作常字寧濟曰此粲自解之詞獲得
恒常寧安也善曰國語姜氏謂晉公子曰日月不處人誰獲安昔人從公
旦一徂輒三齡銑曰詩云周公東征三年而歸齡年徂往也善曰毛萇
詩序曰周公東征三年而歸今我神武師蹔善本作暫往必速
平棄余親睦恩輸力竭忠貞銑曰神武謂曹公也速平謂平
孫權也親睦親戚也善曰左氏傳欒盈曰陪臣盡能輸力於王室又曰荀息曰公家之
事知無不為忠也送往事居偶俱無猜貞也懼無一夫用報我素
餐誠向曰無能而食祿曰素餐報猶雪也善曰毛詩曰彼君子兮不素餐兮夙
夜自怦普庚性思逝若抽縈翰曰怦性數息也逝往也抽縈如緝

繁也善曰廣雅曰㤄忼慨也將秉先登羽豈敢聽金聲良曰
言我將被羽先登而破敵豈敢聽金聲而止善曰東觀漢記曰賈復擊青犢於射犬被羽
先登所向皆靡仲宣從軍詩曰被羽在先登甘心除國疾秉羽被羽其義同也孫卿子曰
聞鼓聲而進聞金聲而退
從軍征遐路討彼東南夷濟曰謂孫權為夷者務顯毀敵方
舟順廣川薄暮未安坻銑曰方並也安坻謂繫舟於岸善曰史
記曰春申君曰廣川大水山林谿谷白日半西山桑梓有餘暉
善曰古步出夏門行曰行行復行行白日薄西山桑梓二木名也餘暉言將夕也蟋
蟀夾岸鳴孤鳥翩翩飛向曰蟋蟀秋蟲名翩翩飛貌善曰毛詩
曰七月在野鄭玄曰謂蟋蟀也征夫心多五臣作兩懷悽愴令吾

文選二十七　二十

悲善曰禮記曰霜露既降君子履之必有悽愴之心下船登高防草
露霑我衣良曰高防謂戍守之地善曰說文曰防隄也春秋元命苞曰露所
以潤草說苑曰孺子不覺露之沾衣迴身赴牀寢此愁當告誰
善曰楚辭曰居愁期誰告古詩曰愁思當告誰身服干戈事豈得五臣
作能念所私善曰孔安國尚書傳曰戈戟干盾也所私情所親也即戎有
授命茲理不可違翰曰即就戎兵也授命授君命也善曰論語子曰
善人教民七年亦可以即戎矣又曰見危授命亦可以成人矣
朝發鄴都橋暮濟白馬津向曰白馬津河津名善曰漢書鄴
食其曰塞白馬之津逍遙河隄上左右望我軍善曰毛詩曰河
上乎逍遙連舫踰萬艘帶甲千萬人良曰言連舫兵甲之多也

艘舫船名善曰六韜曰武王伐紂出於河呂尚為右將以四十七艘舫踰於河國語曰
吳王帶甲三萬人也說文曰舫併舟也又曰艘船總名也率彼東南路將
定一舉勳銑曰率循勳功也將定一舉平權之功也善曰毛詩曰率彼曠野
戰國策張儀謂秦王曰一舉而伯王之名可成也籌策運帷幄一由
我聖君向曰幄帳也聖君謂曹公善曰漢書高祖曰夫運籌策於帷幄之中吾
不如子房范曄後漢書光武詔曰將軍鄧禹與朕謀謨帷幄之中恨我無時
謀譬諸具官臣濟曰粲自恨無應時之謀猶無才而具官位之臣善曰
論語季子然問仲由冉求可謂大臣與孔子對曰今由與求也可謂具臣矣鞠躬
中堅內微畫無所陳良曰漢光武賜陳俊以絳衣三百領以衣中堅
同心之士然中堅卒伍之名鞠躬敬懼貌言我但敬懼於卒伍之中微少畫策亦無能陳

文選二十七　二十一

設善曰論語曰入公門鞠躬如也東觀漢記曰光武賜陳俊絳衣三百領以衣中堅同
心之士也許歷為完士一言猶善本作獨字敗秦銑曰趙奢
將兵救韓軍士許歷諫曰先據北山上者勝後至敗奢曰諾即使萬人趨上北山秦軍後
至爭山不得趙縱兵擊之大破秦軍完士猶凡士也善曰史記曰秦伐韓趙使趙奢救
之令軍中曰軍中有以軍事諫者死許歷請以軍事諫趙奢曰內之許歷曰秦人不意趙
師至此其來氣盛將軍必厚集其陳以待之不然必敗趙奢曰請受令許歷曰請就鈇鑕
之誅趙奢曰有後令邯鄲許歷請復諫曰先據北山上者勝後至者敗趙奢許諾即發萬
人趨之秦兵後至爭山不得上趙奢縱兵擊之大敗秦軍完謂全具也言非有奇也論衡
曰西門豹董安于誠為完具之人能納韋弦之教也我有素餐責誠愧
伐檀人向曰詩云坎坎伐檀兮寘之河之干兮彼君子兮不素餐兮言我無德受

祿有愧於此也善曰毛詩曰坎坎伐檀兮寘之河之干兮彼君子兮不素餐兮漢書平
當曰吾已負素餐責矣雖無鉛刀用庶幾奮薄身翰曰言我
雖無鉛刀一割之用庶幾奮纖薄之身願以立功事善曰東觀漢記班超曰冀立鉛刀
一割之用班孟堅答賓戲曰搦朽摩鈍鉛刀
悠悠涉荒路靡靡我心愁濟曰悠悠長也靡靡愁貌善曰毛
詩曰悠悠南行又曰行邁靡靡中心搖搖四望無煙火但見林與
丘善曰東觀漢記曰北虜作寇千里無煙火城郭生榛棘蹊徑無
所由良曰榛叢由從也善曰高誘淮南子曰藂木曰榛萑桓蒲竟廣
澤葭葦夾長流日夕涼風發翩翩漂吾舟寒
蟬在樹鳴鸛鵠摩天遊銑曰萑蒲葭葦皆水草名向曰鸛鵠皆

文選二十七　二十二

鳥名摩天言高也善曰禮記曰孟秋寒蟬鳴古烏生八九子歌曰黃鵠摩天極高飛
客子多悲傷淚下不可收朝入譙郡界曠然
消人憂翰曰曹公譙人故褒美之善曰魏志曰武皇帝譙人也雞鳴達
四境黍稷盈原疇濟曰言村落相次雞猶竟野善曰孟子曰雞鳴狗
吠相聞而達乎四境也說文曰疇耕治之田也館宅充鄽里士女善本
作女士字滿莊馗音仇協韻善本作道字良曰充亦滿也郭外曰鄽莊馗皆道
也善曰韓詩曰肅肅兔罝施於中馗爾雅曰六達謂之莊薛君曰馗九交之道也自
非賢聖善本作聖賢字國誰能享斯休銑曰賢聖謂曹公享當也
善曰孔安國尚書傳曰享當也詩人羨樂土雖客猶願留向曰
詩云逝將去汝適彼樂土樂土謂有德之國也客黎自謂也顧留顧留於譙也善曰毛

詩曰逝將去汝適彼樂土鄭玄曰樂土有德之國也

郊廟

宋郊祀歌二首四言

顏延年翰曰宋文帝時郊祀天地使延年作詞

夤威寶命嚴恭帝祖濟曰夤敬威畏也寶命天命言天子敬畏天命
尊敬先祖善曰尚書曰周公曰嚴恭寅畏又曰王無墜天之降寶命帝上帝祖先祖也
炳海表岱系唐冑楚良曰炳明也冑繼承也海岱及淮惟徐州即彭
城東界宋高祖本彭城人故以此明表淮岱之地也宋承唐堯及楚元王後故云系承也
善曰尚書曰海岱及淮惟徐州東京賦曰唐統接漢緒漢書曰楚元王交高祖同母少
弟也為楚王王彭城沈約宋書曰高祖彭城人楚元王之後也彭城徐州之境靈監

文選二十七　二十三

睿文民屬睿武銑曰靈神監察睿聖也善曰曹植離交詩曰靈鑒無私
奄受敷錫宅中拓宇向曰敷大錫賜宅居也言宋高祖奄受天之大
賜故居中開拓疆宇善曰毛詩曰奄大也尚書曰斂是五福用敷錫厥庶民東京賦曰
豈如宅中而圖大范曄後漢書虞詡曰先帝開拓土宇亙地稱皇罄天
作主翰曰亙徧罄盡也善曰燕然山銘曰夐其邈于亙地界曹植玄暢賦曰罄天
壤而作皇孝經鉤命決曰道機合者稱皇張嚴請立太子師傅表曰陛下膺期順乾作主
月窟苦充來賓日際奉土濟曰窟窟也月窟西極日際東極言遠國
皆來賓王庭奉獻上物善曰甘泉賦曰西壓月窟東震日域服虔曰音窟兔窟月所生
也尚書曰明王慎德四夷咸賓杜子春周禮注曰今南陽人名穿地為窟曹植玄暢賦曰
絙日際而來王潘岳為賈謐贈陸機詩曰奉土歸疆開元首正禮交樂

擧良曰元首皆始也正者正月上日言天子布開政教之始起於正月上日也禮交樂擧和之至也善曰張載元康頌曰開元建號班德布化禮記曰禮交動乎上樂交應乎下和之至也六典聯事九官列序銑曰周禮有六典之官以掌萬邦舜命九官以理天下若斯之官皆接聯而事於此羅列皆有次序善曰周禮曰以官府之聯合邦治一曰祭禮之聯事又曰太宰之職掌建邦之六典以佐治邦國一曰治典二曰禮典三曰教典四曰政典五曰刑典六曰事典漢書劉向上疏曰舜命九官濟濟相讓應劭曰尚書曰禹作司空棄后稷契司徒皐繇作士師垂共工益朕虞伯夷秩宗夔典樂龍納言也九官也有牷全在滌有絜在俎向曰犧牲體完曰牷在滌謂在牢中也絜清絜之物也俎祭器也善曰周禮曰充人掌繫祭祀之牲牷禮記曰帝牛必在滌三月鄭玄曰滌牢中所搜除處毛詩曰絜爾牛羊或肆或將鄭玄曰有

肆其骨體於俎者或奉將而進也以薦王衷以荅神祜翰曰薦進衷善祜福也言進我天子之善以荅神靈之福善曰杜預左氏傳注曰薦羸也衷中心也長楊賦曰受神人之福祐維聖饗帝維孝饗親濟曰維維帝天饗祭也善曰禮記曰唯聖人為能饗帝孝子為能饗親皇乎備矣有事上春良曰言天子備聖孝之道有事謂有祭祀之事善曰漢書郊祀歌曰大孝備矣休德昭清左氏傳宰孔曰天子有事于郊杜預曰有祭事也周禮上春生種稑之種禮行宗祀敬達郊禋銑曰禮行敬達謂偏禮也宗祀謂先祭於祖郊禋謂祭祀於郊精意以享謂之禋善曰禮記曰禮行祖廟而孝慈服焉孝經曰宗祀文王於明堂又曰郊祀后稷孔安國尚書傳曰精意以享謂之禋金枝中樹廣樂四陳向曰金枝謂燈

以金飾之廣樂天子樂也善曰漢書曰金枝秀華應劭曰金枝銅鐙百二十枝史記曰趙簡子病寤曰我與百神聽於鈞天廣樂矣陟配在京降德在民翰曰陟升也詩云三后在天王配于京謂大王王季文王既沒精氣在天武王能配行其道於鎬京言天子升祖考以配天下以德及衆庶也善曰毛詩曰三后在天陟配在京禮記曰后王命冢宰降德于兆民奔精照夜高燎煬晨濟曰漢家以正月上辛祠甘泉以昏時及夜祠到明而終也常有流星經於祠壇奔精即流星也燎焚柴煬煙也言焚柴之煙達于晨也善曰奔精星流也史記曰漢家常以正月上辛祠甘泉昏時夜祠到明而終常有流星經於祠壇東京賦曰颮槱燎之炎煬致高煙於太一陰明浮爍沈禜詠深淪銑曰宋水德主北方辰星辰星爲陰明浮爍謂其光上浮也禜水曰沈禜祭名深淪謂致誠信於水也淪深水也善曰言宋爲水

德而主辰故陰明之宿浮爍而揚光沈禜所祭深淪而沈靜也尚書考靈耀曰氣在於冬其紀辰星是謂陰明尚書大傳曰沈四海鄭玄曰祭水曰沈鄭司農周禮注曰禜祭名也告成大報受釐元神良曰告其成功以報於天遂受福於天神矣釐福元大也善曰禮記曰升中于天鄭玄曰中成也燎柴祭天告以諸侯之成功又曰大報天而主日也漢書曰上方受釐坐宣室臣瓚曰釐謂祭祀餘胙也如淳曰釐音僖呂安揚雄賦曰上奏元神下告皇服虔甘泉宮賦注曰釐福也祇月御案節星驅扶輪向曰言天福之降下於國使月御車使星驂乘善曰月御案節並見上文言天神降月御爲之案節星驅爲之扶輪王齊鍾夫人序德頌曰濟蒙天假星驅省疾羽獵賦曰齊桓曾魯不足使扶輪羽獵賦曰風詡詡其扶輪遙興遠駕曜曜振振翰曰興起也天神起自於天故云遙興也下至於地故云遠駕也曜曜振振

振光明盛盛貌善曰漢書房中歌曰雷震震電雖曜杜預左氏傳注曰振振盛貌遠駕神駕也

樂府上 善曰漢書曰武帝定郊祀之禮而立樂府

樂府四首 五言

古辭 齊曰漢武帝定郊祀乃立樂府散採齊楚趙魏之聲以入樂府也名字磨滅不知其作者故稱古辭 善曰言古詩不知作者姓名也皆類此

飲馬長城窟行 銑曰長城秦所築以備胡者其下有泉窟可以飲馬征人路出於此而傷悲矣言天下征役軍戎未止婦人思夫故作是行行曲也 善曰酈善長水經曰余至長城其下往往有泉窟可飲馬古詩飲馬長城窟行信不虛也然長城蒙恬所築也言征戍之客至於長城而飲其馬婦思之故為長城窟行音義曰行曲也

青青河畔善本作邊字草綿綿思遠道銑曰此謂自春而相思也綿綿心不絕貌善曰言良人行役以春為期期至不來所以增思王逸楚辭注曰綿綿細微之思也遠道不可思夙昔夢見之善曰廣雅曰昔夜也夢見在我傍忽覺在他鄉他鄉各異縣輾轉不相見向曰昔夜也展轉反側也善曰字書曰輾亦展字也說文曰展轉也鄭玄毛詩箋曰轉移也枯桑知天風海水知天寒入門各自媚誰肯為相言翰曰知謂豈知也枯桑無枝葉則不知天風海水不凝凍則不知天寒喻婦人在家不知夫之信息雖有親戚之家皆入門而自愛誰肯相為訪問而言者乎亦喻朝廷食祿之士各自保己以為娛游不能薦於賢才 善曰枯桑無枝尚知天風海水廣大尚知天寒君子行役豈不離風寒之患乎但人入門咸各自媚誰肯為言乎皆不能為言也客從遠方來遺我雙鯉魚呼兒烹鯉魚中有尺素書向曰相思之甚精誠感通若夢寐之間似有所使自夫所來者遺我雙鯉魚者深隱之物不令漏洩之意耳命家童殺而開之中遂得夫書也尺素絹也古人為書多書於絹 善曰鄭玄禮記注曰素生帛也長跪讀素書書中竟何如善曰說文曰跪拜也上有加餐食下有長相憶銑曰何如謂何言也夫知婦相思不能下食故言加餐也

君子行 五言 平調 向曰言君子之道宜守謙撝不履見猜之地瑟有三調平調清調側調此曲處於平調

君子防未然不處嫌疑間瓜田不納履李下不正冠翰曰納取也取履疑盜瓜正冠疑盜李也嫂叔不親授長幼不比肩銑曰行合於禮授謂傳物也勞謙得其柄和光甚獨難濟曰易云勞謙君子謙者德之柄老子云和其光同其塵言此理甚難明周公下白屋吐哺不及餐一沐三握髮後世稱聖賢銑曰白屋草屋庶人居也若此之人周公皆謙下見之每一食三吐哺一沐三握髮以待天下士故天下士皆歸心焉故後世乃稱其聖賢

傷歌行 五言 側調 向曰傷日月代謝年命遒盡離絕知友傷而為歌

昭昭素明月暉光燭我牀憂人不能寐耿耿夜何長翰曰燭照也耿耿夜深長貌 善曰毛詩曰耿耿不寐如有隱憂微

風吹閨闥羅帷自飄颺善曰毛萇詩傳曰闥內門也攬衣
曳長帶屣履下高堂善曰長門賦曰屣履起而彷徨東西安
所之徘徊以彷徨濟曰閨門安何也徘徊彷徨皆時行不止貌春
鳥翻南飛翩翩獨翱翔悲聲命儔匹哀鳴傷
我腸感物懷所思泣涕忽霑裳佇立吐高吟
舒憤訴穹蒼銑曰穹蒼天也善曰毛詩佇立以泣答求與王譚書曰抑
於家不得舒憤毛詩曰靡有旅力以念穹蒼李巡爾雅注曰仰視天形穹隆而高其色蒼蒼
蒼故曰穹蒼爾雅曰穹蒼蒼天也

長歌行五言平調良曰長歌短歌言受命長短有定分不可妄求當
早崇樹事業無貽後時之歎善曰崔豹古今注曰長歌言壽命長短定
分不妄求也此上一篇似傷年命而下一首直叙怨情古詩曰長歌正激

烈魏武帝燕歌行曰短歌微吟不能長傳玄豔歌行曰咄來長歌續短歌
然行聲有長短非言壽命也
青青園中葵朝露待善本作行字日晞向曰晞乾也善曰
毛詩曰湛湛露斯匪陽不晞毛萇曰晞乾也陽春布德澤萬物生
光輝翰曰為事當及少年之時善曰楚辭曰恐死不見乎陽春淮南子曰光輝萬
物常恐秋節至焜胡本黃華葉衰濟曰恐至暮年志氣銷歇
焜黃華葉色壞曰焜黃色衰貌也善百川東到海何時復西
歸銑曰言年一過不可再來曰尚書大傳曰百川赴東海善少壯不努
力老大徒善本作乃字傷悲銑曰理固無益

怨歌行一首五言善曰歌錄曰怨歌行古辭然言古者有此曲
而班婕妤擬之婕妤帝初即位選入後宮始為少使俄而大幸為婕妤居
增成舍後趙飛燕寵盛婕妤失寵希復進見成帝崩婕妤充園陵薨

班婕妤向曰漢書云孝成帝班婕妤帝初即位選入後宮始為小
使俄而大幸為婕妤後趙飛鷰寵盛婕妤失寵故有是篇也婕妤后
妃之位名也左曹越騎校尉況之女雁之姑少有才學

新裂齊紈素鮮善本作皎字潔如霜雪翰曰紈素細絹出於
齊國為冬服善曰漢書曰罷齊三服官李斐曰紈素范子曰紈素出齊荀悅曰齊國獻
紈素縑天子為三官服也裁成善本作為字合歡扇團團似明
月良曰皆喻盛美加之刻飾善曰古詩曰文綵雙鴛鴦裁為合歡被出入君

懷袖動搖微風發濟曰君愛幸有如此善曰蒼頡篇曰懷抱也此謂
蒙恩幸之時也常恐秋節至涼飆善本作風字奪炎熱銑曰
懼寵之移恐秋節至焜善曰古長歌行曰常黃華葉衰炎熱氣也棄捐篋笥
中恩情中道絶向曰果見遺擲矣篋笥盛扇之箱

樂府二首

短歌行四言濟曰言人壽命不可得長思與知友及時為樂並
自戒勗之意凡樂府詩古皆有詞此則擬而作之已下盡類此

魏武帝翰曰魏志曰太祖武帝姓曹氏諱操字孟德少機警
有權數而任俠舉孝廉而為郎遷南頓令後封魏王創造大業
文武並施御軍三十餘年手不捨卷晝則講軍策夜則思經傳

登高必賦乃造新詩被之管絃皆成樂章文帝立追謚為武皇帝善曰魏志曰太祖武皇帝沛國譙人姓曹諱操字孟德少機警有權數而任俠舉孝廉為郎遷南頓令封魏王文帝追謚曰武皇帝

對酒當歌人生幾何善曰左氏傳曰俟河之清人壽幾何譬如朝露去日苦多銑曰如朝露言短促也去日逝去之日　善曰漢書李陵謂蘇武曰人生如朝露慨當以慷憂思難忘銑曰慨慷歎也何以解憂唯有杜康向曰杜康古之造酒者在此篇斷以為酒名未知孰是　善曰毛詩曰微我無酒以遨以遊博物志曰杜康作酒王著與杜康絕交書曰康字仲寧或云黃帝時宰人號酒泉太守漢書東方朔曰臣聞消憂者莫若酒也青青

子衿悠悠我心翰曰子衿詩國風也俱在學校之中青衿青領者也其心悠悠謂相思也　善曰古詩曰馳車整巾帶沈吟聊躑躅但為君故沈吟至今良曰君謂知友也沈吟喻深思之意呦呦幽鹿鳴食野之苹平我有嘉賓鼓瑟吹笙濟曰詩小雅也苹萍也鹿得苹草也呦呦而鳴相呼而食喻入有善賓來即舉樂以相樂魏武帝思此事故引是詩以結義於文之意無妨害也　善曰毛詩小雅文也苹萍也鹿得萍草呦呦然而鳴相呼而食以興喜樂賓客相招以盛禮也鄭玄云苹藾蕭也明明如月何時可掇丁括銑曰相思之心如明月之光誰能掇去憂從中來不可斷絕向曰中謂中心之不可絕也　善曰言月之不可掇由憂之不可絕也說文曰掇拾取也豬劣切越陌度阡枉用相存翰曰阡陌皆道也南北曰阡東西曰陌枉曲也存問也

善曰應劭風俗通曰里語云越陌度阡更為客主長門賦曰孔雀集而相存契闊談讌心念舊恩良曰契闊勤苦也言勤苦於談讌者念舊情也　善曰毛詩曰死生契闊漢書曰張賀思念舊恩月明星希烏鵲南飛繞樹三帀何枝可依銑曰以喻大賢出而小人削言忠言之士游行當擇其棲託之便若不得其所依則患害之必至亦如烏鵲帀樹求其可託之枝　善曰月賜已上四句喻客子無所依託也山不厭高海不厭深善曰管子曰海不辭水故能成其大山不辭土故能成其高明主不厭人故能成其衆周公吐哺天下歸心向曰山海所以不辭土不拒水者是不厭高深周公以聖人之資一食三吐哺一沐三握髮以待天下之士使歸其心亦猶此也魏武有慕此因為戒焉　善曰韓詩外傳曰周公踐天子之位七年成王封伯禽於魯周公誡之曰無以魯

國驕士吾文王之子武王之弟成王之叔父也又相天下吾於天下亦不輕矣然一沐三握髮一飯三吐哺猶恐失天下之士也論語素王受命讖曰河授圖天下歸心

苦寒行五言清調　翰曰謂因行遇寒而作也古曲有清調　善曰歌錄曰苦寒行古辭

北上太行山艱哉何巍巍羊腸阪詰屈車輪為之摧濟曰艱難也巍巍高貌山阪屈盤如羊腸之形登陟此山車輪為之摧毀　善曰呂氏春秋曰天地之間上有九山何謂九山曰太行羊腸高誘曰太行山在河內野王縣北也羊腸其山盤紆如羊腸在太原晉陽北高誘注淮南子曰羊腸坂是太行孟門之限然則坂在太行山在晉陽也樹木何蕭索北風聲正悲熊羆對我蹲虎豹夾路啼谿谷少人民雪落

何霏霏善曰毛詩曰雨雪霏霏延頸長歎息遠行多所
懷向曰延頸引領善曰呂氏春秋曰天下莫不延頸舉踵也我心何怫
怫鬱思欲一東歸良曰怫鬱憂恚之貌善曰楚辭曰怫鬱兮不陳東
歸言望舊鄉也水深橋梁絕中路正徘徊迷惑失故
路暮無所宿栖善曰揚雄琴清英曰當道獨居暮無所宿行行日
已遠人馬同時飢檐囊行采薪斧氷持作糜
向曰囊謂袋也薪謂柴也天寒氷凍故斫氷以作糜粥也善曰莊子曰檐囊而趨悲
彼東山詩悠悠使我哀翰曰詩云我徂東山滔滔不歸言行役未
還故感此詩而哀也善曰毛詩曰我徂東山滔滔不歸

樂府二首

文選二十七　三十二

苦哉行善本作善哉行四言銑曰謂山林之人節行危苦欲其
入仕以取逸樂善曰歌錄曰善哉行古詞也古出夏門行曰善哉
殊復善絃歌樂我情然善哉歎美之辭也

魏文帝

上山采薇薄暮苦饑向曰薇草名可以食之善曰毛詩曰陟彼
南山言采其薇楚辭曰薄暮雷電歸何憂古豔歌曰居貧衣單薄腸中常苦飢谿谷
多風霜露霑衣善曰說苑曰孺不覺露之沾衣子野雉羣雊
古豆猴猿相追善曰毛詩曰雉之朝雊還望故鄉鬱何壘
壘翰曰壘壘山重貌善曰廣雅曰壘壘重也高山有崖林木有枝
憂來無方人莫之知濟曰言山崖木枝衆皆知之憂自心來人不能
知善曰言高山之有崖林木之有枝愚智同知之今憂來仍無定方而人皆莫能知之
說苑曰莊辛謂襄成君曰昔越人之歌曰山有木兮木有枝心悅君兮君不知人生
如寄多憂何為良曰人之一生若寄於世同朝菌蜉蝣山林之士自取其
憂以何為也善曰尸子曰老萊子曰人生天地之間寄也寄者固也楚辭曰傷楚國之
多憂今我不樂日善本作歲字月如馳銑曰我文帝自稱也言我
所以不樂者但為其日月之速耳善曰毛詩曰今我不樂日月其除湯湯傷中
善本作川字流中有行舟隨波轉薄善本作迴轉二字有
似客游向曰湯湯流貌策我良馬被我輕裘載馳載
驅聊以忘憂翰曰言山林之士可以如此行樂忘憂也載則也善曰毛詩
曰良馬四之論語子曰赤之適齊也乘肥馬衣輕裘毛詩曰載馳載驅歸唁衛侯楚辭曰

文選二十七　三十三

聊媮娛以忘憂又毛詩曰駕言出遊以寫我憂
燕歌行七言濟曰燕地名此婦人思夫之意善曰歌錄曰燕地名
猶楚宛之類此不言古辭起自此也佗皆類此
秋風蕭瑟天氣涼草木搖落露為霜善曰楚辭曰悲
哉秋之為氣也蕭瑟兮草木搖落而變衰毛詩曰蒹葭蒼蒼白露為霜羣燕善本
作燕字辭歸鴈南翔念君客游多思善本作思斷字腸
良曰憂思結於心腸善曰禮記曰仲秋之月鴻鴈來玄鳥歸鄭玄曰玄鳥燕也楚辭曰
燕翩翩其辭歸又曰鴈嗈嗈而南遊慊慊苦簟思歸戀故鄉何為
淹留寄他方銑曰慊慊心不足貌善曰鄭玄禮記注曰慊恨不滿之貌也
口簟切賤妾煢煢守空房善曰煢單也憂來思君不

敢忘不覺淚下霑衣裳向曰婦人自譏而妾煢煢孤獨貌善曰古詩曰淚下霑衣裳援琴鳴絃發清商短歌微吟不能長翰曰援引也清商秋聲善曰宋玉風賦曰臣援琴而鼓之宋玉笛賦曰吟清商追流徵明月皎皎照我床星漢西流夜未央濟曰星漢天河央極也善曰古詩曰明月何皎皎照我羅牀幃毛詩曰夜如何其夜未央牽牛織女遙相望爾獨何辜限河梁銑曰牽牛織女二星名隔天河相望婦人自恨與夫離絕故問此星何辜復如此矣牽牛星河鼓星是也善曰史記曰牽牛為犧牲其北織女織女天女孫也曹植九詠注曰牽牛為夫織女為婦織女牽牛之星各處一旁七月七日得一會同矣

樂府詩四首　五言

箜篌引濟曰箜篌樂器名引曲也此詞亦欲使知友存交情為善事及時行樂以保其天年善曰漢書曰塞南越禱祠大一后土作坎侯坎坎聲也應劭曰使樂人侯調作之取其坎坎應節也因以其姓號名曰坎侯蘇林曰作箜篌

曹子建

置酒高殿上親友從我游善曰漢書曰過沛置酒沛宮又曰賢大夫有肯從我遊者吾能尊顯也中廚辦豐膳烹羊宰肥牛良曰膳食烹煑也善曰鄭玄周禮注曰膳之言善今時美物曰珍聲類曰宰治也秦箏何慷慨齊瑟和且柔銑曰秦人善彈箏齊人亦善鼓瑟慷慨猶激揚也善曰楚辭曰挾秦箏而彈徵史記蘇秦說齊王曰臨淄其民無不鼓瑟也陽阿奏奇舞京洛出名謳向曰漢成帝趙皇后蜀陽阿公主家學舞者京洛之人皆善謳歌善曰漢書曰孝成趙皇后及壯屬陽阿主家學歌舞樂飲過三爵緩帶傾庶羞翰曰爵酒杯也庶羞衆味也善曰禮記曰君子之飲酒也一爵而色灑如二爵如言言斯三爵而油油以退儀禮曰上大夫庶羞二十品主稱千金壽賓奉萬年酬濟曰古人之宴有奉金為壽者或稱萬歲者賓主故以此相酬善曰史記曰平原君以千金為魯仲連壽毛詩曰君子萬年永錫祚胤久要不可忘薄終義所尤良曰久要久交也薄終薄行於終義所非也尤非也善曰論語曰久要不忘平生之言亦可以為成人矣列子曰或厚之於始或薄之於終謙謙君子德磬折欲何求向曰磬折曲躬也言君子以謙德曲躬於人固無所求善曰周易曰謙謙君子卑以自牧尚書大傳曰諸侯來受命周公莫不磬折驚風飄白日光景馳西流盛時不再来善本作可冉字百年忽我遒生存善本作在字華屋處零落歸山丘良曰言白日之奔流如驚風之飄疾也光景日色也翰曰遒猶疾也濟曰零落謂亡沒也善曰舞賦曰耀華屋而熺洞房古董逃行曰年命冉冉我遒零落下歸山丘毛萇詩傳曰遒終也先民誰不死知命復善本作亦字何憂良曰先民古人也善曰左氏傳曰子產曰人誰不死周易曰樂天知命故不憂

名都篇五言銑曰名都邯鄲臨淄之類也居篇之首故以為名刺時人騎射之妙游騁之樂而忘憂國之心善曰歌錄曰名都篇齊瑟行也

名都多妖女京洛出少年寶劒直千金被服

麗善本作光字且鮮向曰妖美也京洛都也被衣鮮新也善曰王逸荔枝賦
曰宛洛少年史記曰陸賈寶劍直千金論衡曰世稱利劍有千金之價鬬雞東
郊道走馬長楸間翰曰郭外曰郊古人種楸於道故曰長楸善曰漢
書陸弘少特好鬬雞走馬馳騁未能半雙兔過我前濟曰未至
半路也攬弓捷鳴鏑善本有長字驅上彼善本無彼字南
山銑曰捷引也鳴鏑箭名善曰儀禮曰司射搢三挾一鄭玄曰搢捷也楚甲切漢書
曰匈奴冒頓乃作為鳴鏑習勤其騎射音義曰鏑箭也如今鳴箭也左挽因右
發一縱兩禽連良曰縱射也兩禽連謂連中雙兔也禽者鳥獸通稱善
曰鄭玄周禮注曰凡鳥獸未孕曰禽也毛萇詩傳曰發矢曰縱兩禽雙兔也餘巧
未及展仰手接飛鳶向曰接射也鳶鴟也善曰毛詩曰鳶飛戾天

文選二十七　三十六

鄭玄曰鴟之屬也觀者咸稱善衆工歸我妍翰曰咸皆工能
妍美也善曰舞賦曰觀者稱麗歸来善本作我歸字宴平樂美酒
斗十千濟曰平樂觀名言酒美故價貴善曰平樂觀名膾鯉臇子兖
胎鰕炮善本作寒字鱉炙熊蹯音煩良曰鯉魚名也臇臛也鰕魚
名鰕有胎在腹也炮燒也熊蹯熊掌也善曰毛詩曰炮鱉膾鯉蒼頡解詁曰臇少汁
臛也鹽鐵論曰煎魚切肝羊淹雞寒劉熙釋名曰韓羊韓雞本出韓國所為煞寒與韓古
字通也左氏傳曰宰夫胹熊蹯不熟鳴儔嘯匹侶善本作旅字列坐
竟長筵濟曰鳴嘯皆命呼也儔匹侶也皆友明也列引竟盡筵席也連翩擊
鞠壤巧捷惟萬端向曰連翩輕迅貌擊鞠今之打毬捷疾也萬端言多
妙也善曰漢書曰霍去病在塞外尚穿域蹹鞠也如淳曰域鞠室也郭璞三蒼解詁曰

勒毛力可蹋蹴鞠巨六切史記曰魏公子賓客辯士說王萬端白日西南馳
光景不可攀良曰攀留也言此者以喻少壯不可留雲散還城
邑清晨復來還濟曰如雲之散也明晨復來於長楸平樂也終日若此其
奈國之事何善曰舞賦曰駱驛而歸雲散城邑

美女篇五言銑曰以美女喻君子言君子既有美行上願明君而事
之若不得其人雖見徵求終不能屈善曰歌錄曰美女篇齊瑟行也
美女妖且閑采桑歧路西音先協韻善本作閒字向曰妖美
閑麗也善曰說文曰閑雅也上林賦曰妖冶閑都又曰閑幽閑也柔條紛冉
冉葉落何翩翩翰曰柔條嫩枝也冉冉動貌翩翩飛貌攘袖見
素手皓腕約金環銑曰攘宣皓白約結也善曰攘袖卷袂也環釧也

文選二十七　三十七

頭上金爵釵腰佩翠琅玕濟曰釵頭施金爵故以名之琅玕石
而似玉善曰釋名曰爵釵頭上施爵尚書曰厥貢惟球琳琅玕明珠交玉
體珊瑚間木難良曰交絡也珊瑚赤珠也木難碧色珠也善曰南方草
物狀曰珊瑚出大秦國有洲在漲海中廣雅曰珊瑚珠也南越志曰木難金翅鳥沫所成
碧色珠也大秦國珍之羅衣何飄飄善本作飄飄字輕裾隨風
還顧眄遺光彩長嘯氣若蘭向曰還轉也言蘭者取其芳香
善曰神女賦曰吐芬芳其若蘭行徒用息駕休者以忘餐翰曰
休止也善曰慎子曰毛嬙西施衣以玄錫則行者止杜篤禊祝曰懷秀女使不餐借
問女安居乃在城南端青樓臨大路高門結
重關濟曰端隅也重關重門言結閉也善曰爾雅曰安止也薛綜西京賦注曰安

循馬也南端城之正南門也漢書枚叔上書曰遊曲臺臨大路列子曰虞氏梁之富人高樓臨大路

容華耀朝日誰不希令顏 向曰希慕令善也 善曰神女賦曰耀乎若白日初出照屋梁韓詩曰東方之日兮彼姝者子在我室兮薛君曰詩人言所説者顏色盛也言美如東方之日出也

媒氏何所營玉帛不時安 銑曰言媒氏何所營求而不及此時安定此親以玉帛乎 善曰周禮有媒氏之職爾雅曰安定也

佳人慕高義求賢良獨難 濟曰佳人慕義求賢志實難拔以喻君子非禮不苟合 善曰楚辭曰聞佳人兮召予

衆人徒善本作何字嗷嗷安知彼所觀盛年處房室中夜起長歎 翰曰衆人徒嗷嗷喧譁也安知佳人之所觀采 向曰盛年之人既不與偶則中夜起歎息矣言中才之人雖有慕士之心而勞其志則賢者竟不至矣 善曰蘇武荅李陵詩曰低頭還自憐盛年行已衰蔡邕霖雨賦曰中宵夜而歎息

白馬篇 五言

此曲言 良曰見乘白馬者故有人當立功立事盡力為國不可念私 善曰歌録曰白馬篇齊瑟行也

白馬飾金羈連翩西北馳 銑曰羈轡也連翩馬馳貌 善曰古羅敷行曰青絲繫馬尾黃金絡馬頭說文曰羈絡頭也

借問誰家子幽并遊俠兒 向曰幽并二地名 善曰幽并二州名班固漢書贊曰布衣遊俠劇孟之徒也

少小去鄉邑揚聲沙漠垂 翰曰揚其騎射之聲名沙漠西北地名 善曰幽通賦曰雄朔野以揚聲說文曰漠北方流沙也

宿昔秉良弓楛户矢何參差 濟曰秉執也在矢竹箭也參差未射楛手時也 善曰墨子曰良弓難張然可以及高入深家語孔子曰肅慎氏貢楛矢

控弦破左的右發摧月支 良曰控引也左的射的月支射帖也言妙皆能摧破 善曰班固漢書李廣述曰控絃貫石威動北鄰毛詩曰發彼有的的射質也邯鄲淳藝經曰馬射左邊為月支三枚馬蹄二枚

仰手接飛猱俯身散馬蹄 銑曰猱猨類俯低也散馬蹄言馳驁也 善曰丸爲飛迎前射之曰接猱猨屬也

狡捷過猴猨勇剽匹妙若豹螭勑知 向曰狡健捷疾也剽猛也螭猛獸也 善曰螭猛獸也已見西都賦方言曰剽輕也

邊城多警急虜騎善本作胡虜字數遷移 翰曰謂匈奴逼邊也 善曰長揚賦曰求無邊城之災

羽檄從北來厲馬登高隄長驅蹈匈奴左顧陵鮮卑 濟曰羽檄徵兵之書也厲策也登高隄望寇也 銑曰蹈踏陵侵也鮮卑匈奴也 善曰漢書曰匈奴其先夏后氏之苗裔也又曰燕北有東胡山戎或云鮮卑著顧翰曰陵侵也

棄身鋒刃端性命安可懷 向曰端際懷惜也

父母且不顧何言子與妻 善曰鄭玄毛詩箋曰顧念也

名在善本作編字壯士籍不得中顧私捐軀赴國難

視死忽如歸 良曰捐棄也 善曰呂氏春秋管子云平原廣城車不結軌士不旋踵鼓之三軍之士視死若歸臣不若王子城也

王明君辭一首 五言并序

石季倫 銑曰臧榮緒晉書云石崇字季倫渤海南皮人早有智慧稍遷至衛尉卿初崇與賈謐善謐既誅趙王倫專任孫秀崇有妓曰綠珠秀使人求之崇不許於是秀乃勸倫殺崇遂遇害也善注同

王明君者本為善本作是字王昭君以觸文帝諱

改之善本作焉字晉文帝諱昭向曰昭君后妃之位也善曰琴操曰王昭君者
齊國王襄女也年十七獻元帝臧榮緒晉書曰文帝諱昭匈奴盛請婚於
漢元帝以後宮良家子明善本作昭字君配焉善曰
琴操曰單于遣使請一女子帝以昭君賜單于漢書曰詔采良家女也昔公主
嫁烏孫令琵琶馬上作樂以慰其道路之思
翰曰烏孫國名其王使獻馬於漢願尚公主乃遣江都王建女為公主以妻焉琵琶樂名
善曰江書曰烏孫使使獻馬願得尚公主乃遣漢都王建女為公主以妻烏孫焉其
送明君亦善本有必字爾也其造新之善本無之字曲
多哀怨之聲濟曰自是造為新樂曲也故叙之於紙云爾
我本漢家子將適單于庭向曰我為明君稱也單于匈奴之君

文選二十七　四十

號也善曰漢書曰匈奴歲正月諸長少會單于庭祠辭訣未及終前
驅已抗旌銑曰訣別也前驅引路者抗舉也旌旗類舉之引路則發行也善
曰曹子建應詔曰前驅舉燧後乘抗旌僕御涕流離轅馬悲且
鳴良曰流離涕流貌轅車轅善曰魏文帝柳賦曰左右僕御已多亡長門賦曰涕流
離而縱橫李陵詩曰轅馬顧悲鳴哀鬱傷五內泣淚霑善本作滛
字珠纓善曰李陵詩曰行行且自割無令五內傷沾纓已見郭璞遊仙詩行
行日已遠遂造七到匈奴城翰曰造至也善曰魏文帝苦哉行
曰行行日已遠人馬同時飢延我於穹廬加我閼於延氏支
名向曰穹廬氈帳也閼氏單于后名善曰漢書曰烏孫公主作歌曰吾家嫁我兮天
一方遠託異國兮烏孫王穹廬為室兮旃為牆音義曰旃帳也閼氏如漢皇后殊類

非所安雖貴非所榮善曰殊類異類李陵答蘇武書曰但見異類
父子見陵辱對之慙且驚良曰羞以女嫁匈奴故對之慙驚
善曰漢書曰呼韓邪死子雕陶莫皋立為復絫若鞮單于復妻王昭君生二女也殺
身良不易默默以茍生濟曰默默忍貌茍且也善曰曹子建
三良詩曰殺身誠獨難賈誼弔屈原曰吁嗟默默墨子曰哀公迎孔子席不端不坐割不
正不食子路曰何與陳蔡異孔子曰曩與汝為茍生今與汝為茍義也茍生亦
何聊積思常憤盈翰曰盈滿也善曰楚辭曰蓄怨乎積思王逸曰結
願假飛鴻翼乘之以
悢在心懣憤鬱蔡琰詩曰心吐思兮曾憤盈
遐征翰曰假借遐遠征行也善曰魏文帝喜霽賦曰思寄身於鴻鸞舉六翮而輕
飛高誘呂氏春秋曰征飛也飛鴻不我顧佇立以屏營昔

文選二十七　四十一

為匣中玉今為糞上英銑曰不我顧不顧我也屏營迴行貌良
曰玉英皆喻明君匣中喻漢糞上喻匈奴也英花也善曰毛詩曰佇立以泣國語中畀
曰昔楚靈王獨行屏營朝華不足歡甘與秋草并銑曰其憂
思之心見春朝之華不足與歡樂甘以其身與秋草俱凋隕不願生居匈奴之中善曰
古詩曰傷彼蕙蘭花含英揚光輝過時而不采將隨秋草萎說文曰木槿朝華暮落也
傳語後世人遠嫁難為情善曰漢書張禹曰有愛女遠嫁為張
掖太守蕭咸妻

文選卷第二十七

𡨋

文選 二十八

詩

樂府下

挽歌

雜歌

卅六十

文選卷第二十八

梁昭明太子撰　　五臣并李善注

樂府下

陸士衡樂府十七首

謝靈運樂府一首

鮑明遠樂府八首

謝玄暉鼓吹曲一首

挽歌

繆熙伯挽歌一首

陸士衡挽歌三首

陶淵明挽歌一首

雜歌

荊軻歌一首

漢髙帝歌一首

劉越石扶風歌一首

陸韓卿中山王孺子妾歌一首

樂府下

樂府詩十七首

猛虎行雜言古猛虎行云飢不從猛虎食但取發首爲名不必以篇中意義他皆類此觀其大體是勸人抗其志節義不苟

容善曰雜言古猛虎行曰飢不從猛虎食暮不從野雀棲野
雀安無巢遊子為誰驕

陸士衡

渴不飲盜泉水熱不息惡木陰惡木豈無枝
志士多苦心善曰尸子曰孔子至於勝母暮矣而不宿過於盜泉渴矣而不
飲惡其名也江邃文釋云管子曰夫士懷耿介之心不蔭惡木之枝惡木尚能恥之況與
惡人同處今撿管子近亡數篇恐是亡篇之內而邃見之論語曰志士仁人古詩曰晨風
懷苦心
整駕肅時命杖策將遠尋翰曰整其車駕肅敬時君
之命執鞭以將遠適焉善曰思玄賦曰爰整駕而亟行時命時君之命也杜預左氏傳
注曰策馬撾也廣雅曰將欲也飢食猛虎窟寒栖野雀林濟曰

文選二十八 二

言路多彊暴姦邪之人日歸功未建時往歲載陰銑曰由此
使日屢西歸歲時載暮功名不能立歲陰猶歲暮也善曰日而逸切言日以屢歸而功
未立陸賈新語曰以義建功神農本草曰秋冬為陰崇雲臨岸駭鳴條
隨風吟銑曰崇高駭驚也善曰爾雅曰崇高也廣雅曰駭起也桓子新論雍門
周曰秋風鳴條則傷心靜言幽谷底長嘯高山岑向曰經過
山谷之間而靜思長嘯善曰毛詩曰靜言思之又曰出自幽谷楚辭曰臨深水而長嘯
爾雅曰山小而高曰岑急絃無懦響亮節難為音翰曰絃急
則調高故無懦弱之響貞亮之節亦難擬其德音善曰侯瑾箏賦曰急絃促柱變調改
曲賈逵國語注曰懦下也爾雅曰亮信也謂有貞信之節言必慷慨故曰難也人生
誠未易曷云開此襟善本作矜濟曰淡於世路誠為至難何為開

此遠役之心善曰言人生既多難苦誠為未易何為開此行役之矜乎王仲宣贈蔡子
篤詩曰人生實難人眷我耿介懷俯仰愧古今良曰眷此正直
之懷而不得施展故愧於古今之人善曰夫蘊耿介之懷者必高蹈風塵之表而不隨
今乃慕先聖之遺教蒼頡篇曰懷抱也

君子行五言相類翰曰前有此篇其意畧善曰古君子行曰君子
防未然不處嫌疑間

天道夷且簡人道險善本作嶮而難向曰夷平簡易也天道無
私故平易人道多僻故險難善曰莊子曰有天道有人道無為而尊者天道也有為而
累者人道也孔安國尚書傳曰夷平也又曰簡略也休咎相乘躡翻覆
若波瀾向曰休咎福禍也瀾大波也善曰尚書有休徵咎徵杜預左氏傳注曰乘登

文選二十八 三

也廣雅曰躡履也去疾苦不遠疑似實生患平悸聲翰曰疾
惡也言善惡相去不遠事有疑似則生禍患善曰左氏傳伍員曰樹德莫如滋去疾莫如
盡賈逵國語注曰疾惡也呂氏春秋曰使人大迷惑者物之相似者也人主之所患患石
似玉者疑似之道不可不察也近火固宜熱履冰豈惡寒銑曰
近氷火必羅寒熱之患近讒佞亦致禍難善曰言當慎所習也論衡曰夫近水則寒近
火則溫遠之纔微何則氣之所加遠近有差也火位在南水位在北北邊則寒南極則熱
毛詩曰如履薄氷掇蜂滅天道拾塵惑孔顏良曰尹吉甫前
妻子伯奇後妻子伯封後妻欲其子為太子言於吉甫曰伯奇好妾妾若不信王上臺觀之
後母取蜂除其毒而置於衣領之中使伯奇視而掇之吉甫使讓伯奇使者見袖有死蜂
以白吉甫吉甫使追之以投于河矣掇拾也父子之道天性之常由此而滅之孔子窮於

陳蔡之間七日不嘗粒食顏回得米而爨之孔子望見回攫其甑中飯而食之飯熟乃進於孔子孔子起曰今夢見先君食絜欲饋回曰不可向者炱煤入甑中棄食不祥回因攫而食之孔子歎曰所信者目所恃者心今心目不足信而恃矣弟子記之炱煤烟墜也臣拾煙塵孔子顏回於是疑惑善曰說苑曰王國君前母子伯奇後母子伯封兄弟相愛後母欲其子爲太子言王曰伯奇愛妾王上臺視之後母取蜂數十置衣中往過伯奇奇往視袖中殺蜂王見讓伯奇伯奇出使者就袖中有死蜂使者白王王見蜂追之已自投河中呂氏春秋曰孔子窮乎陳蔡之間藜羹不糝七日不嘗粒晝寢顏回索米得而爨之幾熟孔子望見顏回攫其甑中而飯之少選間食熟謁孔子而進食孔子起曰今者夢見先君食絜故饋顏回對曰不可嚮者炱煤入甑中棄食不祥回攫而飯之孔子笑曰所信者目矣目猶不可信所恃者心矣而心猶不足恃弟子記之知人固不易夫孔子所以謂知人難也高誘曰炱煤煙塵也炱讀作臺入猶墮也

逐臣尚何有棄友焉足歎銑曰父子與顏孔猶滅天道生疑惑逐臣棄友比之何有可根固不足數也善曰傅毅七激曰闇君逐臣顛父放子王逸楚辭序曰屈原放逐在沅湘之間毛詩谷風序曰天下俗薄朋友道絕焉鄭玄曰道絕者棄恩舊也

福鍾恒有兆禍集非無端向曰兆家也善曰言禍福之至而皆有漸也枚叔上書曰福生有基禍生有胎傅子銘曰福生有兆禍來有端小雅曰鍾聚也言有端緒也有天損未易辭人益猶可歡善本作懽字翰曰天損之至非已所招故安之而不辭也人益之來非已所召故受之可爲歡也善曰言禍福之有端兆故天損之至非已所招故安之而未辭人益之來非已所求故受之可爲懽也莊子孔子謂顏回曰無受天損易無受人益難郭象曰天損未易辭者唯安之故易也所在皆安不以損爲損斯待天而不受其損也無受人益難者物之儻來不可禁禦至人則玄同天下故天下樂推而不厭相與社而稷之斯無受人益之所以爲難矣然文雖出彼而意微殊彼以榮辱同途故安之甚易此以吉凶異轍故辭之實難

朗鑒豈遠假取之在傾冠濟曰朗明鑒鏡也言鏡之明者豈遠假手但取之見傾冠也今賢者豈外求手但驗之在禍福而已也善曰荀悅申鑒曰側弁垢顏不鑒於明鏡矣抱朴子曰明鏡舉則傾冠見矣以其遠相祖述故引之

近情苦自信君子防未然良曰近之情苦自信任是以遇禍君子之心防慮未然是以受福也善曰言小人近情苦自信而遇禍君子遠慮防未然而蒙福列子蕭叔曰皇子果於自信鄧析子曰慮能防於未然

從軍行五言

濟曰苦天下征伐也

苦哉遠征人飄飄善本作飄字窮四遐南陟五嶺巔北戍長城阿向曰飄飆遠行貌四遐四方也五嶺長城皆地名陟升巔上戍守也善曰漢書曰秦北爲長城之役南有五嶺之戍史記曰始皇以謫遣戍謫罰獄吏不直者築長城也谿善本作深字谷深善本作邃字無底崇山鬱嵯峨翰曰崇高也嵯峨高貌善曰列子曰夏革曰渤海之東有大壑焉實惟無底之谷秦嘉詩曰巖石鬱嵯峨奮臂攀喬木振跡善本作迹字涉流沙濟曰詩曰南有喬木書曰西被流沙振舉也善曰史記曰武臣曰陳王奮臂爲天下唱始毛詩曰南有喬木尚書曰導弱水入于流沙隆暑固已憀涼風嚴且苛夏條焦善本作集字鮮藻寒冰結衝波良曰疊上文也隆暑夏餘南方也涼風寒冰北方也憀毒苛酷藻華也焦鮮藻

木焦為條結衝波水結爲冰也言經寒炎而辛苦 善曰賈誼旱雲賦曰隆暑盛其無聊
說文曰慘毒也宋均春秋緯注曰哥者切也文子曰夏條可結毛詩曰誕寘之寒冰胡
馬如雲屯越旗亦星羅銑曰胡北方越南方如雲之聚如星之布
善曰鄒陽書曰胡馬遂進闚於邯鄲杜篤論都賦曰斬白蛇屯黑雲廣雅曰屯聚也國語
越王曰吳為不道敢問諸大夫戰奚以而可大夫種曰審物則可以戰韋昭曰物旌旗物
色微識之屬也羽獵賦曰渙若天星之羅飛鋒無絕影鳴鏑自相
和口向曰鋒謂兵刃也鳴鏑髇箭名 善曰張衡髑髏賦曰飛鋒曜景秉尺持刀漢書曰
冒頓乃作為鳴鏑義曰如今鳴箭也音朝餐善本一作食字不免胄夕
息常負戈翰曰免脫也胄兜鍪也 善曰戰國策曰衛什人燭過免胄橫戈而
進李陵苔蘇武書曰負戟而長歎孔安國論語注曰戈戟也苦哉遠征人
拊心悲如何善曰列子曰師襄乃撫心高蹈

豫章行玉言濟曰本以豫章郡而爲之以叙人代苦辛之意 善曰
古豫章行曰白楊初生時乃在豫章山
汎舟清川善本作山字渚遙望高山陰善曰國語曰秦汎舟
于河列子曰伯牙遊於泰山之陰川陸殊塗軌懿親將遠尋
向曰懿親謂兄弟遠尋謂遠別也軌迹也 善曰廣雅曰軌道也左氏傳富辰曰昔周公
封建親戚以蕃屏不廢懿親也三荊歡同株四鳥悲異林
良曰三荊三枝共本也昔有田廣田真田慶兄弟三人將別無以分明日欲分庭有荊樹
荊樹經宿萎黃乃相謂曰荊樹尚然況我兄弟乎遂不分荊後悅茂故云歡同株孔子在
衛聞哭者甚哀問顏回曰汝知此何哭回曰此哭非但爲死而已又爲生離者也昔恒山
之鳥生四子羽翼既成將分四海其母悲鳴而送之爲其往而不返竊以音類知之矣
問之果然故云悲異林 善曰古上留田行曰出是上獨西門三荊同一根生一荊斷絕
不長兄弟有兩三人小弟塊摧獨貧家語曰孔子在衛昧旦晨興顏回侍側聞哭者之聲
甚哀子曰回汝知此哭何爲者回曰此哭之聲非但爲死者而已矣又爲生離別者子曰
何以知之對曰回聞完山之鳥生四子羽翼既成將分乎四海其母悲鳴而送之哀聲
有似於此爲其往而不返回竊以音類知之孔子使問哭者果曰夫死家貧賣子葬之與
之長訣子曰回善於識音矣樂會良自古悼別豈獨今向曰
悼傷也 善曰鄭玄毛詩箋曰悼傷也古詩口今日良宴會歡樂難具陳又曰別日何易
會口何難寄世將幾何日昃無停陰翰曰昃日暮也無停陰言
日月之速 善曰尸子老萊子曰人生於天地之間寄也寄者固歸也左氏傳曰人壽幾

何周易曰日昃之離不鼓缶而歌則大耋之嗟凶前路既已多後塗
隨年侵濟曰前路謂日月後塗謂性命 善曰前路後塗謂壽命也言前路已多
而罕至後塗隨年侵而又盡言無幾何也促促薄暮景亹亹鮮克
禁良曰促促短貌亹亹進貌薄暮喻年老也鮮克禁言少能制也 善曰景之薄暮喻
人之將老也流行不息能止之孔安國尚書傳曰薄迫也楚辭曰時亹亹而過中曷
爲後以茲曾是懷苦心銑曰何爲後用離別之事則是懷愁苦之
心 善曰言何爲復以此暮景不留之志而曾是重懷悲苦之心乎毛詩曰曾是在位苦
仁見上文遠節嬰物淺近情能不深向曰遠大之節嬰累
必淺有短近之智能不至於深乎 善曰說文曰嬰繞也行矣保嘉福景
絕繼以音翰曰行去也但當自保 善曰福人之一別有如影滅唯繼以音徽

矣善曰景影也言形影若絕當繼之以惠音

苦寒行五言良曰前有此作意與是同也善曰或曰北上行

北遊幽朔城涼野多嶮艱俯入穹谷底仰陟

高山盤向曰北稱幽也朔北方也穹窮陟升也盤者山首盤道善曰尚書曰宅

朔方曰幽都毛萇詩傳曰北方寒涼也韓詩曰在彼穹谷王弼周易注曰盤山石之安也

凝冰結重礀積雪被長巒良曰被覆巒山也善曰爾雅曰巒山

嶞也郭璞曰山形長狹者荊州謂之巒

陰雲興巖側悲風鳴樹端

不覩白日景但聞寒鳥嚾歡猛虎憑林嘯

玄猿臨岸歎平銑曰憑依也嚾皆歡聲善曰春秋元命苞曰猛虎嘯而

谷風起小雅曰憑依也上林賦曰玄猿素雌

夕宿喬木下慘愴恒

鮮上歡向曰喬高也慘愴寒皃恒常鮮少也渴飲堅冰漿飢待

零露餐翰曰言飢渴而飲冰食露也然冰時無露蓋文之疎也善曰周易曰履

霜堅冰至詩曰零露漙兮離思固已矣善本作久字寤寐莫與

言劇哉行役人慊慊苦簟恒苦寒濟曰莫無劇甚也慊慊憂

不足皃言別離已久過此一苦寒故寤寐增悲善曰曹子建雜詩曰離思一何深毛詩曰獨

寐寤言說文曰劇甚也鄭玄禮記注曰慊恨不滿足之貌也

飲馬長城窟行五言向曰蓋與前意不異

驅馬陟陰山山陰善本作高字馬不前往問陰山

候勁虜在燕然良曰陟升也陰山山名候伺望者勁彊也虜匈奴也燕然

山名善曰漢書侯應上書曰臣聞北邊塞有陰山解嘲曰西北一候范曄後漢書曰竇

憲征北單于登燕然山戎車無停軌旌旆屢徂遷銑曰戎車

兵車也軌迹也旌旆旗類徂往遷徙也善曰鄭玄考工記注曰軌轍跡也仰憑

積雪巖俯涉堅冰川冬來秋未反去家邈以

綿向曰憑猶登也翰曰邈遠綿長也善曰綿遠也獫狁亮未夷征

人豈徒旋良曰獫狁匈奴名亮信夷平也徒猶空也豈徒旋者言賊未平善

曰獫狁匈奴也毛詩曰赫赫南仲獫狁于夷毛萇曰夷平也末德爭先鳴

凶器無兩全翰曰戰者德之末也先鳴先登而大呼也兵者凶器與敵相持

必有一傷善曰吳越春秋范蠡曰夫人君勇者逆德也兵者凶器也爭者國之末也莊

子曰三軍五兵之運德之末也左氏傳州綽謂齊侯曰平陰之役先二子鳴師克

薄賞行軍沒微軀捐銑曰克勝捐棄也善曰李陵書曰薄賞子以

守節將遵甘陳迹收功單于旃良曰遵奉也漢甘延壽為諫議

大夫與副校尉陳湯共斬郅支單于收取也單于匈奴君也旃旗類也善曰漢書曰甘

延壽字君況北地人也為郎中諫大夫使西域與副校尉陳湯共誅斬郅支單于封義成

侯又曰陳湯字子公山陽人也為西域副校尉與甘延壽俱出同斬單于首賜爵關內侯

班固漢書述曰博望杖節收功大夏旃旌旗也振旅勞歸士受爵槀

街傳向曰師入曰振旅槀街蠻夷邸門將士受爵賞傳匈奴之首於槀街善曰穀

梁傳曰入曰振旅毛詩序曰杕杜勞還役也南都賦曰受爵傳觴漢書陳湯上疏曰斬郅

支單于首及名王以下宜懸頭槀街蠻夷邸間晉灼曰黃圖在長安城門內邸謂傳舍也

門有車馬客行五言翰曰言念舊鄉而有是作雖曰擬古機

意自屬

門有車馬客駕言發故鄉濟曰皆假言之善曰毛詩曰駕言
出遊念君久不歸濡跡涉江湘向曰君謂機也濡跡漬足也涉
度也江湘水名善曰毛萇詩傳曰濡漬也投袂赴門塗攬衣不
及裳銑曰謂出見於客也投袂奮袖也不及裳言不暇整衣服也善曰左氏傳曰
楚子投袂而起古詩曰攬衣起徘徊毛萇詩傳曰上曰衣下曰裳拊膺攜客
泣掩淚叙溫涼向曰叙別離之歲月善曰列子曰撫膺而無恨楚辭曰
長太息以掩涕尚書曰以殷仲春鄭玄曰春秋言溫涼也借問邦族間惻
愴論存亡翰曰邦族謂鄉親也善曰毛詩曰言旋言歸復我邦族尸子曰其
生也存其死也亡親友多零落舊齒皆凋喪濟曰舊齒耆老
也善曰曹子建箜篌引曰親友從我遊孔融與曹操書曰海內知識零落殆盡黃石公

記曰王聘舊齒萬事乃理市朝互遷易城闕或丘荒銑曰謂吳
之市朝城闕善曰古出夏門行曰市朝人易千歲墓平毛詩曰在城闕兮墳壟
日月多松柏欝芒芒向曰謂機家墳壟也芒芒盛貌善曰仲長子
昌言曰古之葬樹松柏梧桐以識其墳也天道信崇替人生安得
長翰曰崇興替廢也善曰國語藍尹亹曰君子獨居思前世之崇替賈逵曰崇終也
慷慨惟平生俛仰獨悲傷濟曰慷慨歎息也惟思也善曰說
文曰慷慨壯士不得志於心莊子曰俛仰之間
君子有所思行五言銑曰言登山下見都邑時俗奢泰因思
古之賢哲與前君子行有異也
命駕登北山延佇望城郭良曰謂登北邙望晉都善曰孔叢

子孔子歌曰巾車命駕楚辭曰結幽蘭而延佇廛里一何盛街巷紛
漠漠向曰一廛一家之居也五鄰爲里漠漠布列貌善曰鄭德漢書注曰廛謂城
邑之居也甲第崇高闥洞房結阿閣翰曰甲第第一宅也崇重
闥門洞通結連阿大也善曰漢書音義曰有甲乙次第故曰甲第楚辭曰姱容脩態絚
洞房尚書中候曰昔黃帝軒轅鳳皇巢阿閣鄭玄周禮注曰四阿若今四注也曲池
何湛湛清川帶華薄濟曰湛湛水平貌草木叢生曰薄善曰楚辭
曰坐堂伏檻臨曲池邃宇列綺窻蘭室接羅幕銑曰邃深宇屋
也綺窻窻爲鏤綺之文也蘭室取其香也羅幕羅帳也善曰楚辭曰高堂邃宇檻層軒
古詩曰交疏結綺窻又曰盧家蘭爲室桂爲梁楚辭曰蒻阿拂壁羅幬張淑貌色
斯升哀音承顏作良曰淑美也言以此美色之女升進於君以亡國之

樂承君顏而作刺時以聲色冒於上哀音亡國之音也善曰言淑貌以色斯而見升哀
音亦承顏而作也論語曰色斯舉矣人生誠行過善本作邁字容
華隨年落向曰言人生處世實如行過容色隨年歲而凋落也善曰楚辭曰
生天地之若過古詩曰人生天地間忽如遠行客善哉膏粱士營生
奧且博翰曰善哉歎羨之因以譏膏肉之肥者粱食之精者言富貴食此精肥之
士營生深奧且廣博矣善曰國語欒伯請公族大夫公曰夫膏粱之性難止也賈逵曰
膏肉之肥者粱食之精者言其食肥美者率驕放其性難止也韋昭漢書注曰生業也廣
雅曰奧藏也宴安消靈根酖毒不可恪濟曰黃庭經云玉池
清水灌靈根靈根堅固老不衰然靈根喻身也傳云宴安酖毒不可懷也以宴安比之酖
毒也言懷此二者自取消毁其身今之貴者皆不警懼善曰左氏傳管敬仲言於齊侯

曰宴安酖毒不可懷也杜預曰以宴安比之酖毒也老子黃庭經曰玉池清水灌靈根靈
根堅固老不衰然靈根謂身也左氏傳曰鄉不書綏也以懲不恪爾雅曰恪敬也 無
以肉食資取笑葵與藿 良曰無以肉食而自安是以取笑於食葵
藿貧賤之士 善曰說文曰晉東郭氏上書於獻公公曰肉食者已慮之矣對曰忽使肉
食失計於廟堂藿食寧得不肝腦塗地也

齊謳行 五言 銑曰此爲齊人謳歌國風也其終篇亦欲使人推分直
進不可苟有所營 善曰漢書禮樂志曰齊謳員六人

營丘負海曲沃野爽且平 向曰營丘地名太公所封也負背爽
明也 善曰禮記曰太公封於營丘鄭玄曰齊曰營丘晁錯新書曰齊地僻遠負海地大
入衆鄭玄禮記注曰負之言背也漢書曰沃野千里左氏傳齊景公欲更晏子之宅曰請

文選二十八　十二

更諸爽塏之地 洪川控河濟崇山入高冥 翰曰控引也冥昧極
高之處 善曰毛萇詩傳曰控引也戰國策蘇秦曰齊有清濟濁河傅毅洛都賦曰弋高
冥之獨鵠連軒翥之雙鵾崇或爲嵩非也 東被姑尤側南界聊攝
城 濟曰姑尤二水名聊攝二縣名皆齊境也 善曰左氏傳晏子曰聊攝以東姑尤以西
其爲人也多矣杜預曰姑尤齊東界姑水尤水皆在城陽郡東南入海也聊攝齊西界也
平原聊縣東北有攝城然西南不同者其地既非正方故各舉一隅言之也 海物
錯萬類陸產尚千名 銑曰錯雜也萬類千名言所出非一種 善曰
尚書曰海岱惟青州禹貢曰海物惟錯河圖曰地有九州以苞萬類禮記曰恒豆之菹陸
產之物也加豆陸產也其醢水物也南都賦曰百品千名 孟諸吞楚夢百
二伴秦京 良曰孟諸齊之澤名子虛賦云浮渤澥游孟諸吞若雲夢者八九於

其胷中曾不蔕芥故云吞楚夢雲夢楚澤名田肯賀高祖曰陛下得韓信又理秦中若秦
齊持戟百萬秦得百二齊得十二焉故云百二伴秦京伴等也 善曰子虛賦曰齊浮渤
澥游孟諸吞若雲夢者八九於其胷中曾不蔕芥漢書田肯賀上曰陛下得韓信又治秦
中秦持戟百萬秦得百二焉齊持戟百萬齊得十二焉此所謂東西秦也李斐云持戟百
萬秦得百二焉又曰設有持戟百萬之衆齊得十中之二焉百萬十分之二亦二十萬也
但文相避耳故言東西秦其勢敵也然李斐之意以百二謂百萬中之二也字林曰伴齊
等也 惟師恢東表桓后定周傾 濟曰詩云惟師尚父時惟鷹揚
謂太公也季札觀樂乃爲之歌齊曰美哉泱泱乎大風也哉表東海者其太公乎恢大也
齊桓公九合諸侯一匡天下故云定周傾也后君也言君者尊之也 善曰毛詩曰惟師
尚父時惟鷹揚左氏傳曰季札請觀於周樂爲歌齊曰表東海者其太公乎又曰公及齊

文選二十八　十三

侯會于首止謀寧周也公魯僖公也齊侯桓公也鹽鐵論曰定傾扶危 天道有
迭代人道無久盈 翰曰迭遞盈滿也 善曰孫卿子曰日月遞照四時
代御王符潛夫論曰薦頻翟公再盈再虛 鄙哉牛山歎未及至人
情 向注與李善同 善曰論語荷蕢曰鄙哉硜硜乎晏子春秋曰景公遊牛首山北臨
其國流涕曰若何去此而死乎艾孔梁丘據皆從晏子獨笑公收涕而問之晏子曰使賢
者常守則太公桓公守之使勇者常守則莊公有之吾君安得治而則爲流涕是不仁也
見不仁之君一諂諛之臣二所以獨笑也莊子曰不離於真謂之至人也 爽鳩苟
已徂吾子安得停 良曰齊侯飲酒樂曰古而無死其樂若何晏子對曰
昔爽鳩氏始居此季薊逢伯陵蒲姑氏太公因之若古而無死則爽鳩之樂非君所願也
苟且徂往也吾子謂齊侯也安得停謂不可求長存 善曰左氏傳齊侯飲酒樂公曰古

而無死其樂若何晏子對曰古而無死古之樂也君何得焉爽鳩氏始居此地季萴因之
而逢伯陵因之蒲姑氏因之而太公因之古若無死爽鳩氏之樂非君所願也萴助革切
行行將復去長存非所營銑曰行行漸去貌長存之事非由經
營而得也善曰西京賦曰若歷世而長存羽獵賦序曰禁御所營

日出東南隅行　五言

或曰羅敷豔歌向曰陌上桑出秦氏女也秦氏邯鄲人有
女羅敷為邑人王仁妻仁後為趙王家令羅敷出採桑於陌上趙王
登臺見而悅之因飲酒欲奪焉羅敷巧彈箏作陌上之歌以自明其
言其後轉相擬述也善曰崔豹古今注曰陌上桑者出秦氏女也
秦氏邯鄲人有女名羅敷嫁為邑人千乘王仁為妻王仁後為趙王

家令羅敷出採桑於陌上趙王登臺見而悅之因飲酒欲奪焉羅敷
巧彈箏乃作陌上之歌以自明焉

扶桑升朝暉照此高臺端翰曰扶桑日所出處暉日也端上也
善曰山海經曰暘谷上有扶木扶木者扶桑也十日所浴新語曰高臺百仞臺猶室端也
高臺多妖麗濬房出清顏淑貌耀皎日惠心
清且閑濟曰妖美濬深淑善也清顏清絜之顏惠好也閑謂舒緩善曰呂氏春
秋曰列精子高謂侍者曰我奚若侍者曰公妖且麗王逸楚辭注曰妖好也琴道雍門周
曰廣廈邃房韓詩曰東方之日兮彼姝者子在我室兮薛君曰顏色盛美如東方之日矣
周易曰有孚惠心廣雅曰閑正也
美目揚玉澤蛾眉象翠翰
平也翰曰目若玉之光澤眉象翡翠之羽翰善曰毛詩曰美目盼兮楚辭曰娥眉曼

睩目騰光王逸曰曼澤也睩視貌也言美女之貌娥眉玉貌曼好目曼澤睩音錄登徒子
好色賦曰眉如翠羽鄭玄尚書大傳注曰翰毛也
鮮膚一何潤秀色
若可餐窈窕多容儀婉媚巧笑言良曰窈窕貌媚皆美
貌善曰張衡七辯曰淑性窈窕秀色美豔毛詩曰窈窕淑女又曰巧笑倩兮
暮春
春服成粲粲綺與紈向曰服衣也粲粲鮮明貌綺紈縟類善曰論
語曾點曰暮春者春服既成毛詩曰粲粲衣服
金雀垂藻翹瓊珮結
瑤璠濟曰金雀釵名藻翹謂有文章之羽瓊玉名瑤璠寶名善曰釋名曰爵釵釵
頭及上施爵也楚辭曰砥室翠翹王逸注曰翹羽名也毛詩曰珮玉瓊琚杜預左氏傳注
曰璵璠美玉也
方駕揚清塵濯足洛水瀾銑曰方並駕車也瀾
波也善曰西京賦曰方駕授綏鄭玄儀禮注曰方併也司馬相如諫獵書曰犯屬車之

清塵揚雄太玄賦曰踞弱水而濯足
藹藹風雲會佳人一何繁
良曰藹藹盛貌佳人繁多若風雲之會善曰風雲言多也過秦論曰天下雲會響應
南崖充羅幕北渚盈軿蒲田軒銑曰崖岸也軿軒皆車也善
曰蒼頡篇曰軿衣車也
清川含藻景高岸善本作崖字被華
丹向曰藻草也藻景日光有文也被覆也華丹丹華也善曰藻景華景也
馥馥
芳袖揮泠泠纖指彈翰曰馥馥香氣也揮舉也泠泠謂箏聲善曰
蘇武詩曰馥馥我蘭若又曰誰為遊子吟泠泠一何悲
悲歌吐清響雅
舞播幽蘭良曰播揚雅美也幽蘭曲名善曰悲歌已見上文韓詩曰舞則選
兮薛君曰言其舞則應雅樂也杜預左氏傳注曰播揚也宋玉風賦曰臣援琴而鼓之為
幽蘭白雪之曲
丹脣含九秋妍迹陵七盤銑曰九秋曲名七盤

楚舞妍美陵過也善曰洛神賦曰丹脣外朗廣雅曰陵乘也南都賦曰結九秋之增傷
怨西荊之折盤張衡舞賦曰歷七盤而屣躧
赴曲迅驚鴻蹈節如集鸞
向曰迅急也驚鴻集鸞舞之狀善曰卞蘭七牧曰翩䎀袂而赴節若遊鴻之
翔天邊讓章華臺賦曰忽翩然以輕逝似鸞飛於天漢淮南子曰龍興鸞集
綺態隨顏變沈姿無定
善本作之字
源
向曰綺美之態隨舞容而變沈
深之姿縱橫而出其源不定善曰之或為定
俯仰紛阿那顧步咸可懽
良曰阿那柔弱貌咸皆也善曰張衡七辯曰蝤蠐之頸阿那宜顧蒼頡篇曰
傾視也王逸楚辭注曰步徐行也
遺芳結飛飇浮景映清湍
銑曰結束飇風也舞影映於波瀾善曰爾雅曰扶搖謂之飇說文曰湍水疾也
冶容不足詠春游良可歎
良曰易云冶容誨淫言麗雖不足歌詠然

文選二十八　十六

芳春之游良可歎美善曰周易曰慢藏誨盜冶容誨淫

長安有狹邪行
五言向曰言世路險狹邪僻正直之士無所
措手足矣

伊洛有岐路岐路交朱輪
翰曰貴者朱其車輪交於岐路善
曰爾雅曰三達謂之岐旁郭璞曰岐道旁出也揚惲書曰乘軒輪者十人曹植妾薄相行
曰輜軿飛轂交輪
輕盖承華景騰步躡飛塵
濟曰華景日光
也躡飛塵言輕疾也善曰華景日也漢書云日華曜也
鳴玉豈樸儒憑軾皆俊民
濟曰珮玉之人皆非樸實儒士乘軒憑軾者皆輕俊之子善曰國
語曰趙簡子鳴玉以相禮記曰君子行則鳴佩玉漢書儒林傳武帝曰吾始以尚書為樸
學左氏傳楚子玉曰請與君憑軾而觀之尚書曰俊民用康
烈心厲勁秋

麗服鮮芳春
銑曰烈猛厲嚴也言朝廷輕薄之人其心猛暴嚴毅甚於勁秋
其服鮮麗有如芳春善曰厲嚴貌也西京賦曰麗服颺菁
余本倦游客
豪彥多舊親
向曰自謂亦與朝廷之士有舊親也善曰漢書曰司馬長卿
故倦游
傾盖承芳訊欲鳴當及晨
良曰傾蓋新相逢者芳訊
美言也而有新知之人見我如此以美言勸我須早進仕猶雞之鳴及於朝也善曰家
語曰孔子之郯遭程子於塗傾蓋而語雞及晨而鳴以喻人及時而仕也春秋考異記曰
雞應旦明明與鳴同古字通也
守一不足矜岐路良可遵
翰曰
守貞一之道自取苦節不足矜也當遵世步中之路委曲從人然後可也善曰漢書嚴
安上書曰守一而不變者未睹治之至也淮南子曰揚子見岐路而哭之為其可以南可
以北也老子曰聖人抱一為天下式河上公曰抱守也守一乃知萬事故為天下法式

文選二十八　十七

規行無曠迹矩步豈逮人
銑曰若行步中平規矩不可致曠遠
之迹而逮及前人者蓋行以正直之道將求仕進亦如此言皆難致者之詞善曰揚雄
覈靈賦曰二子規遊矩步蘇子曰行務應規步履投矩廣雅曰曠遠也
投足緒已爾四時不必循
向曰言我試投足於邪路其事果然寒暑具在於斯
不待更循四時而後致耳緒事也善曰言規行矩步既無所及故投足前緒且當止矣
猶如四時異節不必相循解嘲曰欲行者擬足而投迹爾雅曰緒事也孫卿子曰日月遞
照四時代御
將遂殊塗軌要子同歸津
翰曰津者會合之所
答新知者詞如言我自試不能屢於邪徑理終殊塗而同迹竟與子歸乎會合之地善
曰周易曰天下同歸而殊塗

前緩聲歌
五言向曰將前慕仙游其命長緩故流聲於歌曲中也

游仙聚靈族高會曾城阿翰曰曾城九重王母所居處在崐崙山上也仙靈聚族高會於曾城之曲阿曲邑善曰淮南子曰握崐崙墟以下地中有層城九重其高萬一千里百一十四步二尺六寸長風萬里舉慶雲鬱嵯峩良曰慶雲雲也嵯峩雲盛善曰慶雲已見上文宓妃興洛浦王韓起太華銑曰宓妃洛水之神王子晉與衛叔卿歸華山神仙傳劉根於華山見神人謂根曰汝聞韓終乎根曰聞曰我是也與起也太華即華山也善曰楚辭曰迎宓妃於伊洛魏文帝詩曰王韓獨何人翺翔隨天塗神仙傳曰衛叔卿歸華山漢武帝令叔卿子度求之見其父與數人博度曰向與博者為誰叔卿曰是洪崖先生王子晉薛容也又曰劉根初學道到華陰見一人乘白鹿從十餘玉女根頓首乞一言神人乃往曰余聞有韓衆不荅曰實聞有之神曰即我是也尚書曰至于太華北徵瑤臺

女南要湘川娥良曰楚辭云望瑤臺之偃蹇見有娀之佚女故謂瑤臺女也堯之二女娥皇女英隨舜不及墮沒於湘水言衆仙神皆見徵要會于曾城之曲善曰爾雅曰徵召也楚辭曰望瑤臺之偃蹇兮見有娀之佚女西京賦曰懷湘娥王逸楚辭注曰堯二女娥皇女英墮湘水之中為湘夫人也肅肅霄駕動翩翩翠蓋羅翰曰肅肅霄車行貌霄駕謂薄天而行翩翩輕貌似以翡翠羽為蓋而羅列善曰毛詩曰肅肅霄征曹植飛龍篇曰芝蓋翩翩甘泉賦曰咸翠蓋而鸞旗羽旗栖善本作棲字瓊鸞玉衡吐鳴和濟曰鸞和皆鈴也栖倚瓊玉衡軛也皆在於車上善曰琴道雍門周曰水嬉則建羽旗瓊鸞以瓊為鸞以施於旗上鸞鳥故曰棲也鸞旗已見上注楚辭曰鳴玉鸞之啾啾又曰扛玉衡於炎火王逸曰衡車衡也鄭玄周禮注曰鑾和皆以金為鈴也應劭漢書注曰鑾在軾和在衡太容揮

高絃洪崖發清歌向曰太容黃帝樂師也揮發也高絃謂高張琴瑟絃也洪崖三皇時樂人皆登仙故得作樂于曾城善曰思玄賦曰太容吟曰念哉注曰太容黃帝樂師廣雅曰揮動也西京賦曰洪崖立而指麾薛綜曰三皇時伎人也獻酬既已周輕舉乘紫霞良曰衆仙會畢乘霞而去善曰毛詩曰獻酬交錯漢書谷永曰遙興輕舉登霞倒景摠轡扶桑枝善本作技字濯足暘善本作湯字谷波濟曰摠整也扶桑暘谷皆日出處言須臾至此而整轡濯足善曰楚辭曰飲余馬乎咸池摠余轡乎扶桑又曰朝濯髮於湯谷清輝溢天門垂慶惠皇家翰曰羣仙飛舉溢滿天門垂降慶福惠賜我皇家善曰淮南子曰馮夷大禹之御也乘雲車排閶闔淪天門高誘曰天門上帝所居紫宮門也蔡邕述征賦曰皇家赫而天居萬方徂而星集

長歌行五言向曰前有是篇其意相類

逝矣經天日悲哉帶地川良曰逝往也日行經于天川流帶于地善曰上黨大守田邑與馮衍書云日月經天山河帶地寸陰無停晷尺波豈徒旋銑曰日景不留川流不反謂寸尺者以少言之善曰言日無停景川不旋波以喻年命流行曾無止息也淮南子曰聖人不貴尺璧而重寸之陰時難得而易失也說文曰晷景也年往迅勁矢時來亮急弦向曰年往時來其迅疾信如急弦之發勁矢也弦弓弦也矢箭也善曰楚辭曰年洋洋而日往釋名曰矢指也其有所指迅疾也漢書蒯通曰時乎時乎不再來急弦已見上文遠期鮮克及盈數固希全翰曰遠期謂上壽百二十歲及此期者少能有之滿盈此數者固希全矣希少也希全謂無一也善曰管子曰任之重者莫如身

期之遠者莫如年左氏傳卜偃曰萬盈數也
然此之盈數謂百年也列子楊朱曰人得百
年之壽千中無一疾病哀苦居其半矣毛詩
曰君子萬年介爾景福鄭玄曰汝有萬年之
壽矣又勗汝大福也容華夙夜零體澤坐自捐濟曰夙早零落
也體澤身之光潤捐棄也善曰無故自捐曰坐也玆物苟難停吾壽
安得延良曰玆物謂容華體澤也苟且延長也善曰爾雅曰延長也俛仰
逝將過倏忽幾何間銑曰言歲月俯仰則往將過人命倏忽能幾何
時也善曰俛仰已見上文毛詩曰逝將
去汝毛萇曰逝往也楚辭曰往來倏忽慷
慨亦焉訴天道良自然向曰慷慨歎息也焉亦何也但恨
功名薄竹帛無所宣翰曰竹帛謂史籍也古人書於竹簡及素帛也宣
述也善曰四子講德論曰節趍不立則功
名不宣墨子曰以其所行書於竹帛傳遺後

文選二十八　二十

子孫迨大及歲未暮長歌承我閑濟曰迨屬也歲未暮喻將
老也言屬及我未老以承閑暇之日長歌定
分以自慰也善曰毛萇詩傳曰迨及也韓
詩曰歲聿其暮薛君曰暮晚也言君之
年歲已晚也楚辭曰願承閑而自察
吳趍行五言良曰趍步也此曲吳人歌其士風也善曰崔豹古今
注曰吳趍曲吳人以謌其地也
楚妃且勿歎齊娥且莫謳良曰楚妃楚姬也歎歎其德齊娥齊
后也善爲謳歌人皆採以爲曲善曰楚妃歎
樊姬齊娥齊后也歌錄曰石崇楚妃歎曰歌
辭楚妃歎莫知其所由楚之賢妃能立德著
勳垂名於後唯樊姬焉故令歎詠之聲永世
不絕孟子淳于髡曰昔綿駒處高唐而齊右
善謌方言曰秦晉之間美貌謂之娥說文曰
謳齊歌也四坐並清聽聽我歌吳趍吳趍自有始

請從閶門起向曰吳王闔閭立閶門象天閶閶門善曰吳越春秋曰大城
立昌門者象天通閶闔風亦名破楚門也閶門何峩峩飛閣跨通
波翰曰峩峩高貌飛閣高閣也跨猶帶也帶通波謂連江海也善曰吳地記曰昌門
者吳王闔閭所作也名爲昌閶門高樓閣
道西都賦曰脩除飛閣又曰輿海通波重
欒承游極回軒啓曲阿銑曰欒拱游浮極棟也回軒長窻阿角也
言開窻於曲屋之角善曰西京賦曰游
極於浮柱結重欒以相承軒長窻也言長窻
開於屋之曲阿也周書曰明堂咸有四
阿鄭玄周禮注曰四阿若今四注也四藹藹
慶雲被泠泠鮮善本作祥字風過翰曰藹藹雲貌慶雲瑞雲也泠
泠風聲也鮮風清風被覆也過度也善曰
史記曰若煙非煙若雲非雲郁郁紛紛蕭索
輪囷是謂慶雲風
賦曰清清泠泠山澤多藏育土風清且嘉

文選二十八　二十一

良曰藏育謂包容生長也嘉善也善曰左
氏傳曰晉侯曰鍾儀樂操土風不忘本也
泰伯導仁風仲雍揚其波向曰太伯仲雍周太王之子季歷之
兄也季歷有聖子昌太王意欲以季歷爲太
子二人逃於荊蠻以避之季歷果立季故謂導
仁風也荊蠻義而歸之立爲吳太伯太伯早
卒仲雍有後遂啓於吳故云揚其波善曰
史記曰吳太伯弟仲雍皆周太王之子而王
季歷之兄也季歷賢有聖子昌太王欲立季
歷以及昌於是太伯仲雍二人乃奔荊蠻以
避季歷季歷果立是爲王季而昌爲文王太
伯之奔荊蠻自號勾吳太伯卒無子弟仲雍
立典引曰仁風翔於海表楚辭曰汩其泥而
揚其波穆穆延陵子灼灼光諸華翰曰穆穆美也延陵子吳
公子季札也季札聘諸華夏觀樂以知盛衰
灼灼然有暉光於華夏善曰毛萇詩傳曰
穆穆美也左氏傳曰吳公子札來聘其出聘
也通嗣君也廣雅曰灼灼明也左氏傳曰吳

周之胄裔也今而始大比于諸華王迹頹善本作隤字陽九帝功
興四遯濟曰謂後來王道頹壞由於陽九之厄也九者陽數之極重陽無陰萬物
不交理之困極而天下亂矣帝功興於四方謂三國時魏蜀與吳並立也　善曰孟子曰
王者之迹熄而詩亡漢書陽九厄曰初八百六陽九音義曰易傳所謂陽九之厄百六之
會者也東都賦曰軒轅氏之所以開帝功大皇自富春矯手頓世
羅向曰吳王孫權謚曰大皇帝富春人也矯舉頓下也謂舉手下羅天下英賢而用
善曰吳志曰孫權字仲謀吳富春人也謚曰大皇帝說文曰矯舉手也頓猶也世羅猶
皇綱也言大皇生於富春矯手而整天綱也邦彥應運興粲若春
林葩濟曰國之義士應時運而至粲然如春林之發榮　善曰毛詩曰彼其之子邦
之彥兮春秋命歷序曰五德之運應錄次相代也屬城咸有士吳邑

文選二十八　二十二

最為多八族未足侈四姓實名家良曰十縣為屬城武
皆也八族陳桓呂尚公孫司馬譜臺徐傳也四姓朱張顧陸也言此八族猶未足侈大四
姓實有聲名之家言此者譏吳人以重吳也善曰蔡邕陳留太守行縣頌曰府君勸耕桑
于屬城也張勃吳錄曰八族陳桓呂竇公孫司馬徐傳也四姓朱張顧陸也漢書劉敬曰
徙齊諸田豪桀名家文德熙淳懿武公侔山河翰曰熙廣淳厚
懿美侔等也侔比山河者謂長久也　善曰曹植令曰祠者文德昭將者武功烈爾雅曰
熙興也謂盛多也謝承後漢書曰朱皓德行純懿才學優裕漢書曰漢興封爵之誓曰使
黃河如帶泰山若礪國以永存爰及苗裔禮讓何濟濟流化自滂
沱濟曰濟濟衆盛貌滂沱充溢貌　善曰毛萇詩傳曰濟濟多威儀也論語曰泰伯三
以天下讓毛詩曰月離于畢俾滂沱矣淑美難窮紀商搉角為

此歌良曰淑善也商推粗略也　善曰公羊傳宋萬曰魯侯之淑魯侯之美何休曰
淑美也美好也賈逵國語注曰紀猶錄也廣雅曰商度也許慎淮南子注曰商推粗略也
言商度其粗略也

塘上行五言　銑曰言婦人衰老失寵行於塘上為歌也塘堤也　善
曰歌錄曰塘上行古辭或云甄皇后造或云魏文帝或云武帝歌曰蒲生
我池中葉何一離離

江蘺生幽渚微芳不足宣濟曰江蘺香草也宣布也婦人自喻
本在父母家居幽閑之室謙以德微不足以奉君子　善曰張揖漢書注曰江蘺香草也
郭璞曰似水薺也被蒙風雲會移居華池邊翰曰喻自家適
人　善曰周易曰潤之以風雨　楚辭曰黿鼉遊兮華池發藻玉臺下垂

文選二十八　二十三

影滄浪平泉良曰藻花也玉臺以玉飾臺滄浪取其清以喻婦人清貞　善
曰西京賦曰西有玉臺連以昆德孟子曰滄浪之水清滄浪水色也霑潤既已
渥結根奧且堅向曰渥厚奧深也自謂沐君子之德有如此也〃　善曰毛
詩曰既霑既渥毛萇曰渥厚也古詩曰冉冉孤生竹結根太山阿奧猶深也四節
逝不處繁華善本作華繁字難久鮮淑氣與時隕餘
芳隨風捐銑曰淑美隕落捐去也言容顏亦隨歲時而毀天道有遷
易人理無常全善曰司馬遷悲士不遇賦曰天道幽昧人理促兮男
懽智傾愚女愛衰避妍向曰妍美也　善曰莊子曰喜怒相疑愚
智相欺仲長子昌言曰彊者勝弱智者欺愚也不惜微軀退但懼蒼
蠅前翰曰蒼蠅能變易白黑喻讒人也言不惜已身退棄但懼讒人毀我於君前

善曰毛詩曰營營青蠅止于樊鄭玄曰蠅之為蟲汚白使黑汚黑使白喻佞人變亂善惡也

願君廣末光照妾薄暮年翰曰薄暮喻老也欲君子存始終之情也　善曰封禪書曰使獲日月之末光暮年喻老也

悲哉行五言　良曰客遊感物憂思而作焉　善曰歌錄曰悲哉行魏明帝造

遊客芳春林春芳傷客心和風飛清響鮮雲垂薄陰蕙草饒淑氣時鳥多好音銑曰鮮雲輕雲蕙草香草也淑美也時鳥春鳴之鳥　善曰毛詩曰睍睆黃鳥載好其音

翩翩鳴鳩羽喈喈倉庚吟善本作音字　向曰季春之月鳴鳩拂其羽翩翩飛貌倉庚亦鳥名喈喈鳥聲長引聲曰吟　善曰禮記曰季春之月鳴鳩拂其羽毛詩曰倉庚喈喈

幽蘭盈通谷長秀被高岑翰曰蘭生於幽故云幽蘭盈滿也通谷深谷也長秀謂草木長茂者被覆也岑山也　善曰幽蘭生乎通谷而長秀被乎高岑言有託也楚辭曰結幽蘭而延佇漢書伍被曰通谷數行漢武秋風辭曰蘭有秀兮菊有芳

女蘿亦有託蔓葛亦有尋濟曰女蘿託松樹而長蔓葛尋山嶺而生言萬物皆有依附而客遊獨無也　善曰言女蘿蔓葛各有尋託而己獨無所以增思也毛詩曰蔦與女蘿施于松柏毛萇曰女蘿松蘿也詩曰南有樛木葛藟纍之鄭玄曰葛藟纍而蔓之尋猶緣也

傷哉客游善本作游客字士憂思一何深目感隨氣草耳悲詠時禽良曰草色隨氣序而生故目望而懷感也禽聲亦應時月而變故耳聞而悲詠也　善曰言己客游不如蘿葛故幽思愈深也

寤寐多遠念緬然若飛沈銑曰緬邈也其心邈

然若魚鳥之飛沈是傷心也　善曰韋昭國語注曰緬猶邈也飛沈言殊隔也

願託歸風響寄言遺所欽向曰遺與也所欽敬者謂知友也　善曰李陵荅蘇武書曰時因北風復惠德音嵇康贈秀才詩曰思我所欽

短歌行四言　翰曰前有此詞意旨相類耳

置酒高堂悲歌臨觴人壽幾何逝如朝霜向曰觴酒器也　良曰言人壽促也逝往也朝霜見日而消　善曰列子曰秦青撫節悲謌王逸楚辭曰悲歌言愁思也左氏傳曰俟河之清人壽幾何曹植送應氏詩曰人壽若朝霜

時無重至華不再揚濟曰言一歲之內時之一過無有重來者花一落無有再發者以喻一生之中年一衰老無復少年矣　善曰論語摘輔像曰時不再及宋均曰及亦至也

蘋以春暉蘭以秋芳向曰蘋生於春蘭茂於秋榮華有時反覆相代　善曰禮記曰季春萍始生鄭玄曰萍華其大者曰蘋楚辭曰秋蘭兮青青

來日苦短去日苦長翰曰將來之日苦少已去之日苦多謂歎老也　善曰曹植苦短篇曰苦樂有餘魏文帝短歌行曰去日苦多

今我不樂蟋蟀在房良曰詩云蟋蟀在堂歲聿云暮房即堂感此時故不樂也言思深也　善曰毛詩曰蟋蟀在堂歲聿其暮今我不樂日月其除

樂以會興悲以別章向曰歡會則起其樂別離則明其悲豈曰無感憂與善本作為字子忘銑曰言我豈不感年命之促邪但得與子歡會遂忘其憂也子謂知友

我酒既旨我肴既臧向曰旨美肴肉臧善也　善曰毛詩曰爾酒既旨爾肴既嘉

短歌可善本作有字詠長夜無荒翰曰相與詠短歌飲長夜也荒廢也言雖歌詠樂飲無得廢於政事　善曰史記曰紂為長夜之飲

毛詩曰好樂無荒

樂府詩一首

會吟行 五言 銑曰會謂會稽也吟猶詠也意與吳趍行同類

謝靈運

六引緩清唱三調佇繁音 良曰六引古歌曲名九曲有三調惟所奏之緩佇謂稍息 善曰沈約宋書曰箜篌引第一商引第二徵引第三羽引第四古有六引其宮引本第二角引本第四也並無歌有絃笛存聲不足故闕二曲又曰第一平調第二清調第三瑟調第四楚調第五側調然今三調蓋清平側也爾雅曰佇立也郭璞曰稽久也

列筵皆靜寂咸共聆會吟 濟曰列筵謂四坐也咸皆聆聽也 善曰廣雅曰聆聽也

會吟自有初請從文命敷 向曰文命謂禹也敷布也書曰文命敷于四海祇承于帝禹會諸侯於塗山故首稱也 善曰尚書曰若稽古大禹曰文命敷于四海史記曰夏禹名曰文命孔安國尚書傳曰敷陳也

敷績壺冀始刋木至江汜 翰曰禹理水之功壺口冀州爲始刋木謂斬木通道至於江之汜也水復流曰汜此言乘流遊在於吳也 善曰尚書曰禹敷土隨山刋木孔安國曰數布也又曰冀州既載壺口治梁及岐又曰岷山導江毛詩曰江有汜

列宿炳天文負海橫地理 向曰星記吳之分野故云列宿炳天文炳明負背也言後背海水橫鎮於地理 善曰漢書曰地理志曰吳地斗分野論衡曰天晏列宿炳負海已見上文宋衷易緯注曰天文謂三光地理謂五土也

連峯競千仞背流各百里 良曰山峯連接爭爲千仞之高水流背向動有百里之曲 善曰上林賦曰蕩蕩乎八川分流相背而異態

滮波尤池溉

秔稻輕雲曖松杞 銑曰滮池灃水灌田池也曖猶朧也杞亦木名 善曰毛詩曰滮池北流浸彼稻田毛萇曰滮流貌也王逸楚辭曰曖闇昧貌也

兩京愧佳麗三都豈能似 向曰兩京東西京也三都吳蜀魏也言皆不及會稽之美 善曰兩京西二京也曹子建贈丁儀詩曰佳麗殊百城三都蜀吳魏也

層臺指中天高墉積崇雉 翰曰層高也中天半天也墉墻也三丈曰雉積雉言高也 善曰楚辭曰層臺累榭臨高山列子曰周穆王築臺號曰中天之臺周易曰公用射隼于高墉之上爾雅曰崇重也王肅家語注曰高一丈曰堵三堵曰雉也

飛鶩 善本作燕字 躍廣途鷁 善本作鶂字 首戲清沚 銑曰飛鶩良馬名鷁首舟名沚小渚也 善曰西京雜記曰文帝自代還有良馬九匹一名飛鶩淮南子曰龍舟鶂首毛萇詩傳曰沚渚也

肆呈窈窕容 善本作容

路曜㛹 善本作便 娟子 向曰肆布也窈窕㛹娟美好貌 善曰周禮曰立市爲其肆鄭玄曰陳物處也毛詩曰窈窕淑女枚乘兔園賦曰若採桑之女連袖方路磨胣長髻便娟數顧阮籍詠懷詩曰路端便娟子常恐日月頹王逸楚辭注曰便娟好貌也

自来彌世 善本作年字 代賢達不可紀 濟曰自從彌多紀記也言不能具記將略述之 善曰爾雅曰彌終也

句踐善廢興越叟識行止 良曰吳伐越越王句踐棲於會稽後句踐平吳故云善廢興當越棲會稽之時句踐欲往朝吳有老人勸不許往故云識行止叟老人也 善曰史記曰吳伐越越王栖於會稽後句踐平吳周元王賜句踐胙命越叟蓋越公也越絕書曰子胥戰於携李闔閭傷馬軍敗而還欲復其讎師事越公錄其述周易曰時止則止時行則行動靜不失其道光明

范蠡出江湖梅福入城市 翰曰范蠡既佐句踐平吳

乃乘扁舟浮江湖變名姓適齊爲鴟夷子故云出江湖漢梅福九江人也少學長安王莽篡政一朝棄妻子而去後有人見福於會稽變姓名爲吳市門卒故云入城市　善曰史記曰范蠡既雪會稽之恥乃喟然而歎曰計然之策七越用其五而得意既已施於國吾欲用之於家乃乘扁舟浮於江湖變名易姓適齊爲鴟夷子漢書曰梅福字子真九江人也少學長安至元始中王莽顓政福一朝棄妻子去九江至今傳以爲仙其後人有見福於會稽者變姓名爲吳市門卒

東方就旅逸，梁鴻去桑梓。

向曰列仙傳云東方朔楚人漢武帝時爲郎至宣帝時置冠幘官舍中風飄之去後見會稽賣藥五湖旅獨也言獨爲隱逸後漢梁鴻平陵人東出關遂至吳依大家皐伯通居廡下爲人賃舂伯通異之乃舍之鴻著書十餘篇是去其桑梓　善曰列子傳曰東方朔者楚人也久在吳中爲書師武帝時上書拜爲郎至宣帝初棄官去以避亂政置冠幘官舍風飄

文選二十八　二十八

之去後見會稽賣藥旅逸謂爲客而放逸也杜預左氏傳注云旅客也范曄後漢書曰梁鴻字伯鸞扶風人也東出關遂至吳依大家皐伯通居廡下爲人賃舂伯通異之乃舍之家鴻著書十餘篇毛詩曰維桑與梓必恭敬止

牽綴書士風，辭殫意未已。

向曰殫窮已止也　善曰左氏傳晉侯曰鍾儀樂操土風不忘本也

樂府詩八首

東武吟

五言　銑曰人有少壯征伐年老被棄遊於東武者不敢論功但戀君耳故託遠以言之東武太山下小山名　善曰左思齊都賦注曰東武太山皆齊之土風絃歌謳吟之曲名也

鮑明遠

主人且勿諠，賤子歌一言。

向曰賤子人之謙稱　善曰漢書曰王邑請召賓邑自稱賤子

僕本寒鄉士，出身蒙漢恩。始隨張校尉，召善本作占字募到河源。

翰曰寒鄉北土也　銑曰張騫爲校尉從大將軍擊匈奴召募謂投募也　善曰漢書曰張騫漢中人也騫以校尉從大將軍擊匈奴知水草處軍得以不乏占謂自隱度而應募爲占募也吳志曰中郎將周祗乞於鄱陽占募班固漢書曰張騫使大夏之後窮河源也

自後逐李輕車，追虜窮塞垣。

銑曰李廣爲輕車將軍從大將軍擊左賢王塞垣長城也　善曰漢書曰李廣從弟蔡爲郎事武帝元朔中爲輕車將軍擊右賢王有功卒封樂安侯范曄後漢書曰耿夔追虜出塞而還蔡邕上疏曰秦築長城漢起塞垣所以別內外異殊俗

密途亘萬里，寧歲猶七奔。

良曰密近亘長也寧歲無寇賊也言其行近途猶長萬里無寇亦一歲七度奔命　善曰孔安國尚書傳曰密近也方言

文選二十八　二十九

曰亘竟也國語曰姜氏告於公子曰自子之行晉無寧歲左氏傳曰巫臣請使於吳晉侯許之乃通吳於晉吳始伐楚子重奔命吳入州來子重子反於是乎一歲七奔命

力盡擐甲，心思歷涼溫。

向曰言苦辛多年歲也　善曰孟子曰既竭心思焉已見上文

將軍既下世，部曲亦罕存。

翰曰下世謂死也大將軍營五部部有校尉一人部下有曲曲有軍候一人言將軍既死其下部曲鮮焉希有存也　善曰列女傳曰柳下惠妻曰愷悌君子永能厲兮吁嗟惜哉乃下世兮司馬彪續漢書曰大將軍營五部部校尉一人部有曲曲有軍候一人

時事一朝異，孤績誰復論。

濟曰孤績獨有功也時事既異誰復爲論　善曰答客難曰時異事異

少壯辭家去，窮老還入門。

善曰古長歌行曰少壯不努力漢書婁護曰呂公窮老託身於我

腰鐮廉刈葵藿，倚

杖牧善本作收字雞豘善曰說文曰鎌鍥也鍥古頡切昔如韝韝古侯
上鷹今似檻中猿良曰言以時如鷹在韝上擬攻禽獸既老如猿在檻
中無所施巧韝以皮韝手而臂鷹也善曰東觀漢記桓虞謂趙勤曰吾吏如良鷹矣下
韝即中淮南子曰置猿檻中則與豘同非不巧捷也無所肆其能也徒積善本作結
字千載恨空負百年怨向曰念見棄之深善曰言怨在己若何
負之棄席思君幄疲馬戀君軒願垂晉主惠不
愧田子魂濟曰晉文公歸至河上令籩豆捐之席蓐捐之手足胼胝面目黎黑
者後之舅犯哭曰籩豆所以食也席蓐所以卧也而君捐之面目黎黑手足胼胝者有功
勞而君後之文公乃止田子方出見老馬於道而問焉其御曰故公家畜也罷而不用出
而放之子方曰少盡其力老棄其身仁者不為也乃以束帛而贖之窮士聞之知所歸心

矣言願得同晉主不棄席蓐如田子方更收老馬雖復死沒不愧於魂也幄帳也善曰
言已窮老而還同夫棄席疲馬願垂晉主之惠而不見遺則無愛之道斯同故亦無愧於
田子也晉主言惠田子言愧至文也然田子方謂故謂之魂韓子曰文公至河令曰籩豆
捐之席蓐捐之手足胼胝面目黎黑者後之咎犯聞之而夜哭公曰寡人出亡二十年乃
今得反國咎犯聞之不喜而哭意者不欲寡人反國邪咎犯對曰籩豆所以食也而君捐
之席蓐所以卧也而君棄之手足胼胝面目黎黑有勞功者也而君後之今臣與在後中
不勝其哀故哭之文公乃止韓詩外傳曰昔田子方出見老馬於道喟然有志焉以問於
御曰此何馬也御曰故公家畜也罷而不用故出放之田子方曰少盡其力而老棄其身
仁者不為也束帛而贖之窮士聞之知所歸心矣韓詩曰縞衣綦巾聊樂我魂薛君曰魂
神也

出自薊計北門行五言翰曰薊北門名敘征戰苦辛之意
善曰漢書薊故燕國也
羽檄起邊亭烽火入咸陽濟曰羽檄徵兵書也有寇則舉烽火
入咸陽謂及京都善曰漢書高祖曰吾以羽檄徵天下兵史記曰有寇至則舉烽火風
俗通曰文帝時匈奴犯塞候騎至甘泉烽火通長安徵騎屯廣武分兵
救朔方銑曰屯聚也廣武縣名朔方郡名皆在邊也善曰臣瓚漢書注曰律說
勒兵而住曰屯班固漢書贊曰聚天下兵軍於廣武又曰太原郡有廣武郡又酈食其曰
楚人聞則分兵救之又有朔方郡武帝開嚴秋筋竿勁虜陣精且
彊善本作強字良曰嚴秋謂秋氣嚴厲筋謂弓竿謂箭也勁亦堅也厲謂匈奴也
善曰漢書曰匈奴秋馬肥大會蹛林周禮曰弓人為弓筋也者所以為深也竿箭幹也並

公旱切天子按劍怒使者遙相望善曰說苑曰秦帝按劍而
坐漢書曰遣使冠蓋相望於道鴈行緣石徑魚貫度飛梁向曰
鴈行魚貫皆陣勢也石徑山石嶮峻處飛梁絕水為浮橋以度也善曰漢書曰公孫戎
奴以校尉擊匈奴至右賢王庭為鴈行上石山先登周易曰貫魚以宮人寵無不利王弼
曰駢頭相次似貫魚也甘泉賦曰貫倒景而歷飛梁簫鼓流漢思旌甲
被胡霜疾風衝塞起沙礫自飄揚翰曰胡匈奴也礫石
也善曰易通卦驗曰大風揚沙春秋命曆序曰大風飄石馬步善本作毛字
縮如蝟角弓不可張向曰言天寒也蝟蟲名毛如針刺善曰西京
雜記曰元封二年大雪深五尺野鳥獸皆死牛馬踡縮如蝟韋曜集曰秋風揚沙塵寒露
霑衣裳角弓持急絃鳩鳥化為鷹時危見臣節世亂識忠良

向曰猶歲寒然後知松栢之後凋也善曰老子曰國家昏亂有忠臣焉投軀報
明主身死為國殤良曰殤非命也言以死報國矣豈為非命善曰國
殤為國戰亡也楚辭祠國殤曰身既死兮神以靈魂魄毅兮為鬼雄

結客少年場行五言翰曰言少年時結任俠之客為游樂之
場終而無成故有斯作也善曰曹植結客篇曰結客少年場報怨洛北
芒范曄後漢書曰祭遵常為部吏所侵結客報之也

驄馬金絡頭錦帶佩吳鉤失意杯酒間白刃
起相讎翰曰以錦為帶吳鉤劒類頭曲白刃刀劍之屬此皆言豪俠之士善
曰古月出東南行曰黃金絡馬頭觀者滿道傍禮記曰居士錦帶吳都賦曰吳鉤越棘世
桓範世要論曰觴酌遲速使用失意淮南子曰今有美酒嘉肴以相賓饗爭盃爵之間乃

反為鬭而相傷三族結怨追兵一旦至負劍遠行游濟曰追兵
即邊郡徼兵也故感義而行善曰追兵謂捕已也遠行以避之也范曄後漢書曰世祖
會追兵至燕丹太子聽秦王姬入鼓琴琴聲曰鹿盧之劍可負而拔去鄉三十
載復得還舊丘向曰舊丘謂舊里也善曰廣雅曰丘居也升高臨
四關表裏望皇州良曰九帝鄉四面皆有關也善曰陸機洛陽記曰
洛陽有四關東為成皋南伊闕北孟津西函谷表裏猶內外也左氏傳子范曰表裏山河
九塗平若水雙闕似雲浮銑曰大逵可並九軌故云九塗塗道
也浮雲言高也善曰周禮曰匠人營國旁三門國中九經九緯鄭玄曰經緯塗也莊子
曰平者水停之盛也其可以為法也古詩曰雙闕百餘尺史記曰三神山黃金白銀為宮
闕望之如雲雀翾達旨曰冠蓋雲浮扶宮羅將相夾道列王侯

翰曰扶亦夾也羅亦列也皆王侯將相之宅善曰漢書曰宣帝登長平坂王侯迎者夾道
陳也日中市朝滿車馬若川流善曰周易曰日中為市致天下
之人聚天下之貨張協禊飲賦曰車馬膠葛川流波辭擊鍾陳鼎食方
駕自相求翰曰貴者鼎食食必擊鍾亦並車而相尋求也善曰左氏傳曰宋
左師每食擊鍾聞鍾聲公曰夫子將食家語曰子路南遊於楚積粟萬鍾列鼎而食方駕
已見上文古詩曰冠帶自相索今我獨何為埳苦感壈洛感懷百
憂向曰百憂言多也善曰嵆康幽憤詩曰予獨何為楚辭曰貧士失職而志不平又
曰惟鬱鬱之獨憂兮志坎壈而不違王逸曰坎壈不遇貌也毛詩曰我生之後逢此百憂

東門行五言良曰東都門長安城門名別離之地故叙去留之情焉
善曰歌錄曰日出東門行古辭也

傷禽惡弦驚倦客惡離聲翰曰禽傷於弓惡於聞弦客倦於別
惡聞離聲善曰戰國策魏嘉對春申君曰臣少之時好射願以射譬可乎春申君曰可
嘉曰更羸與魏王處廩下更羸謂魏王曰臣能虛而下鳥魏王曰然則射可至此乎更羸
曰可有鴻鴈從東方來更羸以虛引發而下之王曰射之精可至此乎更羸曰此孼也王
曰先生何以知之對曰其飛徐者其創痛也悲鳴者久失羣也故創未息而驚心未忘聞
弦音引而高飛故創恄今臨武君常為秦孼不可為拒秦之將也離聲斷客
情賓御皆涕零銑曰賓謂送別之人御御車者涕零心斷絕
將去復還訣善曰訣與決同一息不相知何況異鄉
別向曰訣亦別也一息言少間也善曰說文曰息喘也遙遙征駕遠
杳杳落日晚翰曰遙遙行貌杳杳暮貌善曰左氏傳童謠曰鸜鵒之巢遠

我遥遥楚辭曰日杳杳以西頹居人掩閨卧行子夜中飯善本
作飲字野風吹秋木行子心腸斷食梅常苦酸
衣葛常苦寒良曰梅不可療飢葛非寒服言羇客衣服不得其所善曰淮
南子曰百梅足以為百人酸毛詩曰絺兮綌兮淒其以風毛萇曰淒寒風也絲竹
徒滿坐憂人不解顏向曰不解顏者無樂情也善曰禮記曰絲竹
樂之器也列子曰列子師老商氏五年之後夫子始一解顏而笑也長歌欲自
慰彌起長恨端善曰鄭玄禮記注曰彌益也

苦熱行五言翰曰謂於南方瘴癘之地盡節征伐而國家賞之太薄
善曰曹植苦熱行曰行遊到日南經歷交阯鄉苦熱但曝霜越夷水中藏
赤阪橫西阻火山赫南威銑曰西域有赤土身熱之阪令人身

熱無色頭痛嘔血南荒外有火山其中生木晝夜火起阻阪也赫盛貌為南方之威色
善曰漢書西域傳杜欽曰又歷大頭痛小頭痛山赤土身熱之阪令人身熱無色頭痛嘔
吐東方朔神異經曰南荒外有火山長四十里廣四五里其中皆生木晝夜火燃雖暴
風雨火不滅身熱頭且痛鳥墮魂來歸向曰飛鳶遇熱陷墮
水中楚辭云魂兮來歸南方不可以止善曰東觀漢記馬援謂官屬曰吾在浪泊仰視
烏鳶跕跕墮水中楚辭曰魂兮來歸南方不可以止雕題黑齒得人以祀其骨為醢湯
泉發雲潭焦煙起石圻翰曰雲潭石圻為湯泉焦煙者蓋熱之甚
也雲潭山泉也石圻石岸也善曰王歆之始興記曰雲水源泉涌溜如沸湯有細赤魚
出游莫有獲之者焦煙蓋熱氣也南越志曰興寧縣有熱水山焉其下有焦石敲蒸之熱
恒數四丈楚辭曰觸石碕而衡遊埤蒼曰碕曲岸音與圻同日月有恒昏

雨露未常晞濟曰歊暑之氣上蔽日月而越嶲地有漏天冬夏常雨露不乾
晞乾也善曰魏都賦曰窮岫泄雲日月恒翳曹植感時賦曰惟淫雨之永降曠三旬而
未晞毛詩曰白露未晞毛萇曰晞乾也東觀漢記馬援曰吾在浪泊之時下潦上霧丹
蛇踰百尺玄蜂盈十圍銑曰皆南方有之丹赤踰過玄黑盈長也
十圍三丈也善曰外國圖曰揚山丹蛇居之去九疑五萬里楚辭曰赤蟻若象玄蜂若
壺百尺十圍言其長大也含沙射流影吹蠱病善本作痛字行
暉良曰江中有物名曰水弩於中流含沙射人之影所中者頭痛發熱劇者至死吹蠱
飛蠱也江南有畜蠱者主人行之以殺行人置之食飲中人不覺其家遂滅者則飛游妄
逐行客中者皆病死此言病行客使無光輝也善曰于寶搜神記曰有物處于江水其
名曰蜮一曰短狐能含沙射入所中者頭痛發熱劇者至死毛詩義疏曰蜮短狐一名射

影吹蠱即飛蠱也顧野王輿地志曰江南數郡有畜蠱者主人行之以殺人行食飲中人
不覺也其家絕滅者則飛遊妄中之則斃行暉行旅之光暉也走瘴善本作鄣字
氣晝重體菵罔露夜霑衣向曰瘴氣毒熱氣也菵草上露人觸
之肉即潰爛善曰吳志華覈表曰蒼梧南海歲有癘風鄣氣宋永初山川記曰寧州鄣
氣菵露四時不絕菵草名有毒其上露觸之肉即潰爛菵音罔飢猨莫下食
晨禽不敢飛翰曰畏毒氣也善曰南越志曰膂石縣有銅凋泉源沸涌謂
之毒水飛禽走獸經之者殞斃音弊列女傳陶荅子妻曰玄豹霧雨七日不下食曹植七
哀詩曰南方有鄣氣晨鳥不得飛毒涇尚多死渡瀘寧具腓
善本作肥濟曰涇瀘二水名晉伐秦秦人毒涇上流師人多死諸葛亮云五月渡瀘深
入不毛具俱腓病也寧上於病也皆至於死言此毒中人甚於彼二處也善曰言秦人

毒涇尚或多死兄今毒癘乎諸葛渡瀘寧有俱病也左氏傳曰諸侯之大夫從晉侯伐秦
濟涇而次秦人毒涇上流師人多死諸葛亮表曰五月渡瀘深入不毛毛詩曰秋日淒淒
百卉具腓毛萇曰腓病也瀘音盧腓音肥生軀蹈死地昌志登禍
機良曰言使生軀與昌盛之志路此死亡之地翻為禍之機兆也登升也 善曰列女
傳曰楚子發之母謂子發曰使人入於死地而康樂於上雖有以得勝非其術也曹大家
曰軍事險危故為死地也莊子曰其發若機括其司是非之謂也司馬彪曰言生以是非
臧否交接則禍敗之來若機括之發班固漢書述曰禍如發機戈船榮既薄
伏波賞亦微銑曰漢侯嚴為戈船將軍出零陵下離水言不得大官後漢馬
援擊交阯還師位纔列卿言皆輕此奕方盡忠効勤而榮薄賞微者是國家報之輕也
善曰漢書曰歸義侯嚴為戈船將軍出零陵下離水范曄後漢書曰交阯女子徵側反拜
馬援為伏波將軍擊交阯斬徵側振旅還京師朝見位次九卿爵善本作財字
輕君尚惜士重安可希向曰小臣計然對越王句踐曰爵祿君之
輕也性命士之重也此言君所輕者尚惜不與士所重者安可望乎希望也 善曰韓詩
外傳曰宋燕相齊還遂罷歸舍召門尉田饒等問曰大夫誰與我赴諸侯乎皆伏不對宋
燕曰何士易得而難用也田饒對曰君紈素錦繡從風而弊士曾不得緑衣夫財者君所
輕死者士所重君不能用所輕欲使士致重乎

白頭吟五言濟曰疾人相知以新間舊不能至於白首故以為名

善曰西京雜記曰司馬相如將聘茂陵一女為妾文君作白頭吟以自絕
相如乃止沈約宋書古辭白頭吟曰悽悽重悽悽嫁娶不須啼願得一心
人白頭不相離

直如朱絲繩清如玉壺冰翰曰朱絲繩瑟之朱絲也玉壺冰取
其潔靜也 善曰朱絲朱絃也禮記清廟之瑟朱絃而疏越桓子新論曰神農始削桐為
琴繩絲為絃秦子曰玉壺必求其以盛于將必求其以斷何慙宿昔意猜
恨坐相仍向曰言我清直不慙昔時之意而君疑恨坐而相仍 善曰馮衍荅
任武達書曰敢不露陳宿昔之意東觀漢記段熲曰張奐事勢相反遂懷猜恨方言曰猜
疑也爾雅曰仍因也猜千才切人情賤恩舊世議逐衰興銑曰
謂人世輕薄 善曰毛詩序云明交道絕鄭玄曰道絕者棄恩舊也毫髮一為
瑕丘山不可勝良曰言人之情移綴見瑕隙如毫髮之小則以為如丘山
之大不可勝載 善曰李尤戟銘曰山陵之禍越于毫芒仲長子昌言曰事求絲髮之釁
孫盛曰劉琨王浚睚眦起於絲髮釁敗成於丘海文子曰禍福之至雖丘山無由識之矣
食苗實碩鼠點善本作玷字白信蒼蠅翰曰詩云碩鼠碩鼠
無食我苗又云營營青蠅止于樊皆諭讒佞也鼠能害田苗蠅能變白黑言君心移易亦
由讒佞也 善曰毛詩曰碩鼠碩鼠無食我苗蒼蠅之為蟲汙白使黑已見上文鳧
鵠遠成羨薪芻前見陵濟曰田饒謂魯哀公曰夫雞有五德君所
以烹而食之者以其所從來近矣夫黃鵠無此五德一舉千里止君園池啄君稻粱而君
貴之者以其所從來遠也今臣將去君高舉矣故謂遠者成羨鳧亦鵠類故連言之以顯
曰陛下用人如積薪後來者居上故謂前者見陵芻亦草也 善曰韓詩外傳曰田饒事
魯哀公而不見察謂哀公曰夫雞頭戴冠文也足有距武也見敵敢鬬勇也有食相呼仁
也夜不失時信也雞有五德君猶日瀹而食之者以其所從來近也夫黃鵠一舉千里止
君園池食君魚鼈啄君稻粱無此五者而貴之以其所從來遠也故臣將去君黃鵠舉矣

公曰吾書子之言文子曰盧無因循常後而不先譬若積薪燎後者處上也蒼頡篇曰陵侵也史記曰汲黯謂武帝曰陛下用羣臣如積薪後來者居上申黜褒女進班去趙姬昇周王日淪惑漢帝益嗟稱銑曰周幽王黜申后而愛褒姒日以淪溺迷惑漢成帝去班婕妤而寵趙飛鷰益用嗟歎稱美此由忘故賞新竟招後譖善曰毛詩序曰幽王取申女以爲后又得褒姒而黜申后孔安國尚書傳曰淪沒也班婕妤失寵已見班婕妤怨詩心賞猶難恃貌恭豈易憑良曰假如深心相賞猶難恃也美貌外恭豈足憑也善曰呂氏春秋曰所恃者心也而心猶不足恃尚書曰貌曰恭古來共如此非君獨撫膺向曰膺胷也善曰列子曰昔人有知不死之道者齊子欲學其道聞言者已死乃撫膺而嘆

文選二十八　三十八

放歌行五言翰曰叙放臣之心也善曰歌録曰孫子生行古辭曰放歌行

蓼來鳥蟲避葵菫習苦不言排善本作非字小人自齷齪初角安知曠士懷濟曰小人不知曠士之心亦猶蓼蟲不知葵菫之美言京都貴人競相趍逐以有德者不與已同陰共排棄耳蓼辛菜葵菫甘菜也蟲有好蓼者不能知他菜也齷齪短狹貌善曰楚辭曰蓼蟲不徙乎葵藿王逸曰言蓼蟲處辛辣食苦惡不徙葵藿食甘美者也漢書酈食其曰其將齷齪好苛禮也雞鳴洛城裏禁門平旦開善曰史記曰雞三號平明東觀漢記杜詩曰伏湛出入禁門補闕拾遺冠蓋縱橫至車騎四方來素帶曳長飆華纓結遠埃良曰素帶紳也飆風也纓冠纓也結聚埃塵也善曰禮記曰大夫帶素爾雅或爲此猋飆與猋同古字通也七啓曰華組之纓日中安能止鐘鳴猶未歸銑曰鐘鳴謂暮也善曰日中爲市已見上文崔元始正論永寧詔曰鐘鳴漏盡洛陽城中不得有行者夷世不可逢賢君言善本作信字愛才明慮自天斷不受外嫌猜向曰夷平天君也善曰郭象注曰世有夷險左氏傳曰魏犨傷於胷公欲殺之而愛其才李尤上林苑銘曰顯宗備禮明慮弘深左氏傳箴尹克黃曰君天也杜預左氏傳注曰猜疑也一言分珪爵片善辭草萊翰曰士有一言合理片善應時則必分珪與之使辭去草萊珪公侯所執者爵則五等爵也善曰漢書張竦奏曰一言之勞皆蒙丘山之賞解嘲曰折人之珪擔人之爵莊子曰農夫無草萊之事則不比豈伊白璧賜將起黃金臺向曰言行合於賢主豈唯賜白璧而已亦將起黃金之臺以待焉虞卿一說趙孝成王賜白璧一雙燕昭王置千金於臺上以延天下之士善曰史記曰虞卿說趙孝成王一見賜黃金百鎰白璧一雙王隱晉書曰段匹磾討石勒進屯始安縣故燕太子丹金臺上谷郡圖經曰黃金臺在易水東南十八里燕昭王置千金於臺上以延天下之士二說既異故具引之今君有何疾臨路獨遲迴銑曰君謂放者疾患也遲迴不行貌若逢明時君則無患當今宜去何不行之有也

文選二十八　三十九

升天行五言銑曰言學仙也

家世宅闕輔勝帶宦善本作宮字王城向曰宅居也闕輔謂關中三輔也勝帶謂勝冠帶時也善曰關中也漢書曰右扶風左馮翊京兆尹是爲三輔東京賦曰然後以建王城備聞十帝事委曲兩都情翰曰

兩漢都兩京各十餘帝其中情事盡已知之善曰十帝兩都俱謂漢也論衡曰漢家三百
歲十帝耀德倦見物興衰驟覩俗化平濟曰驟頻也難也
善曰周易曰也難也翩翻類迴掌怳惚似朝榮濟曰翩翻怳惚
謂須臾間也如迴掌之反覆朝榮之開落也榮華也　善曰迴掌言疾也孟子曰武丁朝
諸侯有天下猶運之掌也潘岳朝菌賦曰奈何兮繁華朝榮兮夕斃窮塗悔短
計晚至善本作志字重長生善曰春秋合誠圖曰黃帝請周太一長生
之道太一曰齋戒六丁道乃可成從師入遠岳結友事仙靈
善曰莊子曰從師不圍郭象曰任其自聚非圍之也楚辭曰與赤松結友兮比王喬而為
偶五圖發金記九籥隱丹經良曰采芝法有五故云五圖出
太清金匱記發開也仙經有九轉金液丹法籥可以盛書故云隱丹經　善曰抱朴子曰

余聞鄭君言道書之重莫尚於三皇文五岳真形圖也又曰鄭君唯見授金丹之經又曰
仙經九轉丹金液經皆在崐崘五城之內藏以玉函尚書曰啓籥見書鄭玄易緯注曰齊
魯之間名門戶及藏器之管曰籥以藏經而丹有九轉故曰九籥也風餐委松
宿雲臥恣天行銑曰風餐風雲臥雲也言委任風雲所之或宿於松
或行於天　善曰莊子曰藐姑射之山有神人居焉不食五穀吸風飲露乘雲氣御飛龍
冠霞登綵閣解玉飲椒庭向曰冠霞冠謂從仙也解玉珮謂去
仕也綵閣椒庭皆仙居也飲玉醴也　善曰郭璞遊仙詩曰振髮戴翠霞解褐禮絳霄
陸機雲賦曰似長城曲婉綵閣捐扶椒庭取其芬杳也洛神賦曰戢椒塗之郁烈蹔
游越萬里近別數千齡翰曰齡年也　善曰神仙傳若士謂盧敖
曰吾一舉千萬里吾猶未之能馬明先生別傳曰先生隨神士還代見安期先生語神女

曰昔與女郎遊于安息憶此未久已二千年矣鳳臺無還駕簫管有
遺聲翰曰有簫史者善吹簫秦穆公有女弄玉好之公遂以妻之教弄玉作鳳鳴鳳
皇來止其屋為作鳳臺夫妻止其上一朝隨鳳皇飛去故秦作鳳女祠其上每有簫管之
聲　善曰列仙傳曰簫史者秦繆公時人也善吹簫繆云有女號弄玉好之公遂以妻焉
遂教弄玉作鳳鳴居數十年吹似鳳聲鳳皇來止其屋為作鳳臺夫婦止其上不下數年
一旦皆隨鳳皇飛去故秦氏作鳳女祠有簫聲阮籍詠懷詩曰簫管有遺音梁王安在哉
何時與爾曹啄腐共吞腥良曰一從仙游永與世隔不可復與
俗輩相會也啄腐吞腥謂酒肉之人　善曰如淳漢書注曰曹輩也孔安國尚書傳曰腥
臭也

鼓吹曲一首五言　善曰集云奉隋王教作古入朝曲蔡邕曰鼓

吹歌軍樂也謂之短簫鐃歌黃帝岐伯所作也
謝玄暉銑曰朓奉隋王教作古人入朝曲鼓吹短簫也所謂歌軍
樂也
江南佳麗地金陵帝王州向曰金陵地名善曰爾雅曰江南
曰揚州佳麗已見上文吳錄曰張紘言於孫權曰秣陵楚武王所置名為金陵秦始皇時
望氣者云金陵有王者氣故斷連崗改名秣陵也曹植贈王粲詩曰壯哉帝王居佳麗殊
百城逶迤帶綠善本作淥字水迢遞起朱樓翰曰逶迤長貌
迢遞高貌　善曰王逸楚辭注曰逶迤長貌也吳都賦曰亘以淥水劉逵注曰迢遞遠望
懸絕也馮衍顯志賦曰伏朱樓而四望操三秀之華英飛甍夾馳道垂
楊蔭御溝向曰飛甍屋欂也馳道天子出行之道御溝長安有之金陵擬而作

也善曰吳都賦曰飛甍舛互漢書曰太子不敢絶馳道應劭曰天子道也洛陽記曰天淵南有石溝御溝水也崔豹古今注曰長安御溝謂之楊溝植楊於其上疑笳翼高蓋疊鼓送華輈獻納雲臺表功名良可收銑曰疑笳其聲凝咽也疊鼓其聲重疊也笳簫也翼扶也華輈謂刻畫車之轅也　向曰羣臣有功則圖畫其形於雲臺之上言獻納忠直於君父則功名可收錄也　善曰徐引聲謂之疑小雅曰翼送也老子曰駟馬高蓋小擊鼓謂之疊西京賦曰龍鞠華轙兩京賦序曰朝夕論思日月獻納茫犇後漢書曰肅宗詔賈逵入講尚書南宮雲臺解嘲曰藺先生收功於章臺

挽歌善曰譙周法訓曰挽歌者高帝召田橫至尸鄉自殺從者不敢哭而不勝哀故為此歌以寄哀音焉

挽歌詩一首　五言

繆亡又熙伯翰曰魏志云繆襲字熙伯東海人有才學多所敘述官至尚書光祿勳漢高祖召田橫至尸鄉自殺從者不敢哭而不勝哀故為悲歌以寄其情後廣之為薤露蒿里歌以送喪也至李延年分為二等薤露送王公貴人蒿里送士大夫庶人使挽柩者歌之因呼為挽歌善曰文章志曰繆襲字熙伯魏志曰襲東海人有才學多所敘述官至尚書光祿勳

生時游國都死沒棄中野善曰歸田賦曰遊都邑以求久周易曰古之葬者厚衣之以薪送之中野朝發高堂上暮宿黃泉下翰曰高堂生所居黃泉死所葬　善曰論衡曰親之生也生之高堂之上其死也葬之黃泉之下服虔左氏傳注曰天玄地黃泉在地中故言黃泉也白日入虞淵懸車息駟馬良曰虞淵日入處言人之死如日沒於虞淵矣懸車息馬不復乘之也　善曰淮南子曰日出湯谷至于悲泉爰息其馬是謂懸車至于虞淵是謂黃昏造化雖神明安能復存我銑曰我為亡者稱也　善曰淮南子曰夫恬然無為與造化逍遙高誘曰造化天地生也存己見上文形容稍歇滅齒髮行當墮自古皆有然誰能離此者善曰穆天子傳七萃之士曰自古有死生

挽歌詩三首　五言

陸士衡

卜擇考休貞嘉命咸在茲翰曰卜擇葬地考其貞吉嘉善之命

云在此中　善曰儀禮曰筮若不從筮擇如初儀又曰卜若不從卜擇如初儀鄭玄曰擇地而筮之也鄭玄毛詩箋云考稽也鄭衆周禮注曰大貞大卦也廣雅曰命名也夙駕警徒御結轡頓重基向曰夙駕早駕也警戒也徒御御車者結連也謂馬轡相連而駕也頓上下也重基山也謂轜車上下於山阜之間　善曰毛詩曰星言夙駕又曰徒御不警春秋運斗樞曰山者地基也前驅矯輕旗龍帗荒被廣柳濟曰禮記云飾棺君龍帷蜃容翿帗帗蒙也在傍曰帷在上曰帗皆所以衣柳也輿棺之車其蓋曰柳前驅轝旗以引路將啓殯也　善曰禮記曰飾棺君龍帷三池振容黼荒鄭玄曰荒蒙也在傍曰帷在上曰荒皆所以衣柳然龍荒畫龍於荒也被猶衣也史記曰周氏置季布於廣柳車中劉熙釋名曰輿棺之車其蓋曰柳晉灼漢書曰柳聚也衆飾之所聚也禮記曰以死者為不可別也故以其旗識之賀循葬禮曰

杠今之旐也古以緇布為之絳縉題姓名而已不為畫飾慌與荒同古字通用殯宮
何嘈嘈哀響沸中闈良曰嘈嘈衆哭聲闈殯宮之門　善曰釋名曰殯
於西壁下塗之曰殯儀禮曰遂適殯宮中闈且勿諠善本作譁聽我
薤露詩銑曰代歌者言薤露蒿里古挽歌詩一曰薤上朝露何易晞明朝更復露
人死一去何時歸其二曰蒿里誰家地聚斂魂魄無賢愚鬼伯一去何催促人命不得少
踟躕　善曰崔豹古今注曰薤露蒿里並喪歌出田橫門人橫自殺門人傷之為之悲歌
言人命如薤上之露易晞滅亦謂人死魂精歸乎蒿里故有二章其一曰薤上朝露何易
晞露晞明朝更復落人死一去何時歸其二章曰蒿里誰家地聚斂魂魄無賢愚鬼伯一
何相催促人命不得少踟躕至李延年乃分二章為二曲薤露送王公貴人蒿里送士大
夫庶人使挽柩者歌之世亦呼為挽歌也死生各異倫祖載當有

文選二十八　四十四

時翰曰倫理祖始也祖載謂移柩車為行之始　善曰范曄後漢書曰唐姬詩曰死生
各異兮從此乖周禮曰喪祝掌大喪祖飾棺乃載鄭玄曰祖為行始也其序載而后飾白
虎通曰祖者始也始載於庭轜車辭祖禰故名曰祖載也白虎通與鄭說不同故俱引之
舍爵兩楹位啟殯進靈轜音而翰曰舍置也爵酒器也楹柱
也位祭位儀禮云遷于祖用輁正柩于兩楹間奠設如初靈轜喪車也　善曰儀禮曰遷
于祖用輴正柩於兩楹間奠設如初又曰請啓期鄭玄曰請啓殯之期也說文曰轜喪車
也禮記孔子曰予疇昔之夜夢坐奠於兩楹之間鄭玄曰是夢坐奠於兩楹之間而見饋
食言奠者以為凶也飲餞觴莫舉出宿歸無期濟曰飲餞出宿
謂相送也言逝者莫能舉酒復無歸期也　善曰毛詩曰出宿于濟飲餞于禰帷衽
善本作帷字曠遺影棟宇與子辭向曰言不復見舊居也衽席也

曠猶無也　善曰鄭玄禮記注曰衽卧席也孔安國尚書傳曰曠空也周親咸
奔湊友朋自遠來良曰皆奔遠至來此相送周至也　善曰尚書王曰
雖有周親不若仁人孔安國曰周至也王逸楚辭注曰湊衆也論語子曰有朋自遠方來
翼翼飛輕軒駸駸楚林策素騏向曰親友之車馬也翼翼車輕
貌飛馳也駸駸馬奔貌策搖也騏良馬名　善曰毛詩曰乘其四駱載驟駸駸又曰有騂
有騏毛萇曰蒼白曰騏也按轡遵長薄送子長夜臺翰曰遵循
也草木叢生曰薄子謂亡者謂墳墓一閉無復見明故云長夜臺　善曰漢書曰天子按
轡徐行阮瑀七哀詩曰冥冥九泉室漫漫長夜臺呼子子不聞泣子
子不知歎息重櫬楚覲側念我疇昔時濟曰送者詞也
言疇昔游從之時矣櫬棺也　善曰杜預左氏傳曰櫬棺也楚鎮切左氏傳羊斟曰疇昔

文選二十八　四十五

之羊子為政三秋猶足收萬世安可思濟曰詩云一日不見
如三秋兮若此之念猶足可收萬世永絕安可思也　善曰毛詩曰一日不見如三秋兮
殉沒身易亡救子非所能女夷良曰欲以身殉子亡沒甚易
獨救子不能致焉　善曰臣瓚漢書注曰亡身從物曰殉殉或為殉含言言哽
咽揮涕涕善本作涕涕字流離向曰含言欲言也哽咽悲哀貌流離涙散
貌　善曰劉表與袁譚書曰聞之哽咽若存若亡長門賦曰涕流離而從橫
流離親友思惆悵神不泰翰曰惆悵痛恨也泰通也　善曰流
離已見上文楚辭曰惆悵兮而私自憐素驂佇轜軒玄駟騖飛
蓋良曰驂駕也玄駟四馬也轜車喪車也佇立騖馳也皆奏之儀注也哀鳴興
殯宮廻遲悲野外向曰興起也迴遲迴轉遲留也　善曰殯宮已見上

文魂輿寂無響但見冠與帶銑曰魂輿魂車也中有平生冠
帶也善曰周遷輿服志曰禮喪有魂車儀
禮曰薦車直東榮鄭玄曰進車者象生時持
行陳駕今時謂之魂車也備物象平生長旌誰為旆向曰明器
備物而不可用而皆象平生所服御者旌
銘旌也誰為旆者言為亡者之旆善曰禮
記曰孔子為明器者備物而不可用周禮曰大喪供銘旌悲風鼓善本作徽字
行軌傾雲結流藹翰曰悲風者聽風有似助悲故云悲風鼓擊也軌車
也哀響震雲有似傾側故曰傾雲結聚流行藹蓋也善曰爾雅曰徽止也或作鼓軌車
也結猶積也文字集畧曰靄雲雨狀也藹與靄古字同振策指靈丘駕
言從此逝濟曰振舉一策鞭也靈丘墓也逝徃也言從此一往無復還期也善
曰秦嘉詩曰振策陟長衢曹植感節賦曰豈吾鄉之足顧戀祖宗之靈丘毛詩曰駕言出

文選二十八　四十六

遊
重阜何崔嵬玄廬竄其間向曰重阜重岡阜也崔嵬高貌玄廬
謂墓也竄藏也善曰曹植曹喈誄曰痛玄廬之虛廓旁薄立四極穹
隆放蒼天銑曰旁薄地之形也穹蒼天之形也於擴中儀象天地也四極四方
也蒼天青天也善曰爾雅曰東至於泰遠西至於邠國南至於濮鈆北至於祝栗謂之
四極太玄經曰天穹隆而周乎下地旁薄而向乎上故天裹地側聽陰溝涌
卧觀天井懸濟曰擴中又作陰溝天井故上者側聽卧觀之涌謂波涌也懸
者在於上如懸也善曰古之葬者於擴中為天象及江河陰溝江河也天井天象也魯
靈光殿賦曰玄醴騰涌於陰溝史記曰始皇治驪山以水銀為江河上具天文天官星古
曰東井一名天井壙善本作廣字宵何寥廓大暮安可晨

翰曰宵暮皆夜謂壙中也寥深廓空也安可晨不可見明也善曰張奐遺令曰地底冥
冥長無曉期人往有返善本作反字歲我行無歸年向曰
生人往者皆返其家死者一去無歸時也善曰呂氏春秋曰管仲有病桓公往問之對
曰今臣將有遠行胡可以問之高誘曰行謂即世也昔居四民宅今託
萬鬼鄰向曰四民士農工商善曰管子曰士農工商四民者國之正民也海水
經曰東海中有山焉名度索上有大桃樹東北有枝名曰鬼門萬鬼所聚昔為七
尺軀今成灰與塵善曰淮南子曰吾生也有七尺之形吾死也有一棺
之土韓子曰死者始而灰已而土李尤九曲歌曰肌骨消滅隨壓去金玉素所
佩鴻毛今不振平良曰素昔振舉也如金玉之珍昔者所佩服如鴻毛
之輕今不能勝舉善曰漢書郊祀歌曰曳珂錫佩珠玉鄭玄喪服注曰素故也鴻毛前

文選二十八　四十七

輕也燕丹子曰死有輕於鴻毛豐肌饗螻蟻妍骸善本作姿字永
夷泯平向曰豐肌妍骸平生之美好也今以此饗食螻蟻長為夷滅也螻蟻土中
蟲名泯盡也善曰司馬相如美人賦曰弱骨豐肌莊子曰莊子將死弟子欲厚葬之莊
子曰吾以天地為棺弟子曰恐烏鳶之食夫子也莊子曰在上為烏鳶食在下為螻蟻食
奪彼與此何其偏也廣雅曰夷滅也爾雅曰泯盡也壽堂延螭魅虛無
自相賓翰曰壽堂祭祀處言祭祀之處獨髑魅與虛無相延為賓主魑魅邪鬼也
善曰楚辭曰蹇將憺兮壽宮與日月兮齊光王逸曰壽宮供神之處也左氏傳曰王孫滿
對楚子曰螭魅魍魎莫能逢旃杜預曰魑山神獸形魅怪物也周禮曰五州為鄉使之相
賓鄭玄曰賓客其賢者也賓螻蟻爾何怨螭魅我何親濟曰
言螻蟻何怨而饗食於我螭魅何須而憑附於我拊心痛荼毒永歎

莫為陳向曰皆假亡者詞也荼毒言也善曰悲心已見上文毛詩曰民之貪亂寧為荼毒又曰假寐永歎

挽歌詩一首 五言

陶淵明

荒草何茫茫白楊亦蕭蕭銑曰茫茫廣大貌蕭蕭風吹聲善曰古詩曰四顧何茫茫東風搖百草又曰白楊何蕭蕭松柏夾廣路楚辭曰風颯颯兮木蕭蕭嚴霜九月中送我出遠郊良曰代亡者稱我也遠郊百里也善曰楚辭曰冬又申之以嚴霜爾雅曰邑外曰郊四面無人居高墳正嶕慈遙嶢音堯翰曰嶕嶢高貌馬為仰天鳴風為自蕭條幽室一已閉千年不復朝濟曰助其悲哀良曰幽室墳墓也不復朝無生期也善曰字林曰嶕嶢高貌也蔡琰詩曰馬為立踟躕漢書息夫躬絕命辭曰秋風為我吟千年不復朝賢達無奈何銑曰皆歸於此故無奈何向來相送人各已歸其家親戚或餘悲他人亦已歌向曰言情有厚薄死去何所道託體同山阿翰曰大陵曰阿

雜歌

歌一首 七言 并序

荊軻濟曰史記云荊軻衛人好讀書擊劍為燕太子刺秦王不剋而誅於秦善曰史記曰荊軻者衛人也好讀書擊劍之燕

燕太子丹使荊軻刺秦王向曰燕丹太子名秦王秦始皇也丹祖送於易水上銑曰祖者將祭道以相送善曰崔寔四民月令曰祖道神祀以求道路之福高漸離擊筑荊軻歌宋如意和之良曰高漸離宋如意皆壯士而軻之友也筑樂器名善曰鄧展漢書注曰筑音竹應劭曰狀似琴而大頭安弦以竹擊之故名曰筑也歌曰風蕭蕭兮易水寒壯士一去兮不復還翰曰蕭蕭風聲也易水水名壯士軻自謂也自言為事成敗俱不還也

歌一首 七言 并序

漢高祖濟曰漢書云高祖姓劉氏諱邦字季沛豐邑中陽里人也項羽封為漢王後平羽立為天子謚曰高皇帝為漢之高祖

高祖還過沛留置沛宮銑曰擊黥布還也沛高祖之里故以置宮

悉召故人父老子弟佐酒發沛中兒得百二十人教之歌酒酣上擊筑自歌善本有曰銑曰佐酒助飲酒也向曰上謂高祖也善曰應劭漢書注曰助行酒也應劭漢書注曰酣洽也大風起兮雲飛揚威加海內兮歸故鄉安得猛士兮守四方翰曰風自喻雲喻亂也言己平亂而歸故鄉故思賢才共守之善曰風起雲飛以喻羣兒競逐而天下亂也威加四海言已靜也夫安不忘危故思猛士以鎮之

扶風歌一首 五言

劉越石良曰扶風地名蓋古曲也琨擬而自喻也集云扶風歌九首以兩韻為一首今合而為一者誤也善曰集云扶風歌九首然

以兩韻為一首今此合之蓋誤

朝發廣莫門暮宿丹水山銑曰廣莫門洛陽城門名謂首發晉都冊水出葛谷故因言山也善曰晉宮閣名曰洛陽城廣莫門北向漢書高都縣莞谷冊水所出也莞音管左手彎繁弱右手揮龍淵良曰繁弱弓名龍淵劍名謂晉被胡虜所逼意欲掃滅之善曰左氏傳衛子魚曰分魯公以封父之繁弱杜預曰封父古諸侯也繁弱大弓名也戰國策蘇秦說韓曰韓之劍戟龍淵大阿皆陸斷馬牛水擊鵠鴈顧瞻望宮闕俯仰御飛軒向曰俯仰猶高下也御猶駕也飛軒廊宇也言顧見晉宮善曰鄭玄毛詩箋曰迴首曰顧據鞍長歎息淚下如流泉繫馬長松下發鞍高岳頭翰曰發去岳山也冽冽悲風起泠泠澗水流向曰冽冽

風聲泠泠水聲揮手長相謝哽咽不能言濟曰謂別晉都也哽咽哀聲未出也善曰晉灼漢書注曰以辭相告曰謝哽咽已見上文浮雲為我結飛善本作歸鳥為我旋銑曰雲結鳥旋言助我戀宮闕也善曰漢書息夫躬絕命辭曰秋風為我吟浮雲為我陰去家日已遠安知存與亡善曰古詩曰相去日已遠韋弘嗣秋風篇曰辭親向長路安知存與亡慷慨窮林中抱膝獨摧藏向曰慷慨歎聲也摧藏憂傷也善曰琴操王昭君歌曰離宮絕曠身摧藏麋鹿游我前猨猴戲我側翰曰羨其游戲得志資粮既乏盡薇蕨安可食濟曰薇蕨藥菜名安何也善曰史記曰伯夷叔齊隱於首陽山采薇而食之攬轡命徒侶吟嘯絕巖中善曰楚辭曰攬轡而下節李陵書曰吟嘯成羣君

子道微矣夫子故有窮良曰當君子道消之時孔子猶有窮厄此自慰之詞善曰周易曰君子道消穀梁傳曰叔姬歸于紀其不言逆何也逆之道微矣論語曰夫子在陳絕糧子路慍見曰君子亦有窮乎子曰君子固窮小人窮斯濫矣惟昔李愆善本作騫字期寄在匈奴庭忠信反獲罪漢武不見明銑曰愆過也愆期謂李陵與匈奴戰失利遂降之而實執忠信之節欲劫匈奴以報於漢而武帝不明其心乃誅其親族也琨誓將立功故引此歎息善曰李陵降匈奴已見恨賦周易曰歸妹愆期遲歸有時王肅曰愆過也騫與愆通也我欲竟善本作競字此曲此曲悲且長棄置勿重陳重陳令心傷良曰此曲則此歌也悲且長言其心不可述也棄置之事不可重陳重陳徒令人心傷也善曰宋子侯歌曰言欲竟此曲此曲愁人腸魏文帝雜

詩曰棄置勿復陳

中山王孺子妾歌一首 五言

陸韓卿翰曰漢書云詔賜中山靖王噲及孺子妾并未央才人歌四篇孺子宮人也厥作是歌以刺人情變移也善曰漢書曰詔賜中山靖王噲及孺子妾并未央才人歌詩四篇如淳曰孺子幼少稱也孺子宮人也

如姬寢臥內班婕坐同車濟曰如姬常出入魏王臥內漢成帝欲與班婕好同輦此皆謂寵盛之時善曰史記侯嬴謂魏公子毋忌曰嬴聞晉鄙之兵符常在魏王臥內而如姬出入王臥內力能竊之漢書曰成帝遊於後庭常欲與班婕好同輦載洪波陪飲帳林光宴秦餘銑曰洪波趙簡子臺也林

光秦之殿名漢因之故曰餘言相與飲宴於
宮觀善曰韓詩外傳曰趙簡子與諸大夫
飲於洪波之臺西都賦曰覩往昔之遺館獲
林光於秦餘然秦餘漢帝所幸洪波非魏王
所幷疑陸誤也歲暮寒飈及秋水落芙蕖向曰歲暮飈及前年
歲作其老也芙蕖芙蓉也喻人之美色秋衰而落善曰爾雅曰荷芙蕖也郭璞曰別名
芙蓉也子瑕矯後駕安陵泣前魚向曰彌子瑕有寵於衛君
衛國之法竊駕君車者罪刖子瑕母病聞之夜矯君車以出君聞之曰孝哉為母而刖也
魏王與龍陽君共船而釣龍陽君泣曰始臣得魚小而甚喜後得益多而大遂棄前所得
者今以臣醜惡得拂枕席爵至人君四海之內美人甚多聞臣得幸必褰裳而趍王臣亦
同曩者所得小魚也將必棄矣王乃布令敢言美人者族滅之今言安陵蓋誤也善曰
韓子曰昔者彌子瑕有寵於衛君衛國之法竊駕君車者罪刖彌子母病人聞夜告彌子

文選二十八　五十二

彌子矯駕君車以出於門君聞賢之曰孝哉為母之故犯刖罪刖古刖字也說文曰矯擅
也戰國策曰魏王與龍陽君共船而釣龍陽君釣得十餘魚而棄之泣下王曰有所不安
乎對曰無王曰然則何為涕出對曰臣始得魚甚喜後得益多而大欲棄前之所得也今
以臣凶惡而得拂枕席今爵至人君夫人於庭避人於塗四海之內其美人甚多矣聞臣
之得幸於王畢褰裳而趍王臣亦同曩者所得魚也亦將棄矣得無涕出乎王乃布令曰
敢言美人者族然泣魚是龍陽非安陵疑陸誤也賤妾恩善本作終字已
畢善本作矣字君子定焉如翰曰言我衰謝將失子寵龍陽君寵不知
君王之意竟如何也善曰楚辭曰已矣哉王逸曰已矣絕望之辭也思玄賦曰嫪天道
其焉
如

文選卷第二十八

宿

詩
雜詩

文選

二十九

廿六十

文選卷第二十九

梁昭明太子撰　五臣并李善注

雜詩

古詩十九首

李少卿與蘇武詩三首

蘇子卿詩四首

張平子四愁詩四首

王仲宣雜詩一首

劉公幹雜詩一首

魏文帝雜詩二首

曹子建朔風詩一首

雜詩六首

情詩一首

嵇叔夜雜詩一首

傅休弈雜詩一首

張茂先雜詩一首

情詩二首

陸士衡園葵詩一首

曹顔遠思友人詩一首

感舊詩一首

何敬祖雜詩一首
王正長雜詩一首
棗道彥雜詩一首
左太冲雜詩一首
張季鷹雜詩一首
張景陽雜詩十首
古詩十九首五言向曰不知時代又失姓氏故但云古詩善
曰並云古詩蓋不知作者或云枚乘疑不能明也詩云驅馬上東門又云
遊戲宛與洛此則辭兼東都非盡是乘明矣昭明以失其姓氏故編在李
陵之上

行行重行行與君生別離銑曰此詩意爲忠臣遭佞人讒譖見
放逐也善曰楚辭曰悲莫悲兮生別離相去萬餘里各在天一
涯善本作一天涯音宜翰曰涯畔也善曰廣雅曰涯方也道路阻且
長會面安可知善曰毛詩曰遡洄從之道阻且長薛綜西京賦注曰安焉
也胡馬依北風越鳥巢南枝翰曰胡馬出於北越鳥來於南
依望北風巢宿南枝皆思舊國也善曰韓詩外傳曰詩云代馬依北風飛鳥棲故巢皆
不忘本之謂也相去日已遠衣帶日已緩浮雲蔽白
日遊子不顧返良曰白日喻君也浮雲謂讒佞之臣也言佞臣蔽君之明
使忠臣去而不返也善曰古樂府歌曰離家日趍遠衣帶日趍緩浮雲之蔽白日以喻
邪佞之毀忠良故遊子之行不顧返也文子曰日月欲明浮雲蓋之陸賈新語曰邪臣之

蔽賢猶浮雲之鄣日月古楊柳行曰讒邪害公正浮雲蔽白日義與此同也鄭玄毛詩箋
曰顧念也思君令人老歲月忽已晚翰曰思君謂戀主也恐歲
月已晚不得効忠於君棄捐勿復道努力加餐飯濟曰勿復
道心不敢望返也努力加餐飯自勉之辭
青青河畔草鬱鬱園中柳銑曰此喻人有盛才事於暗主故以
婦人事夫之事託言之言草柳者當春盛時也善曰鬱鬱茂盛也盈盈樓上
女皎皎當窗牖向曰盈盈不得志貌皎皎明也樓上言居危苦當窗牖言
潛隱伺明時也善曰草生河畔柳茂園中以喻美人當窗牖也廣雅曰嬴容也盈與嬴
同古字通娥娥紅粉粧善本作粧字纖纖出素手翰曰娥娥
美貌纖纖細貌皆喻賢人盛才也善曰方言曰秦晉之間美貌謂之娥韓詩曰纖纖女

手可以縫裳薛君曰纖纖女之貌毛萇曰摻摻猶纖纖也手昔爲倡家女
今爲蕩子婦濟曰昔爲倡家女謂有伎藝未用時也今爲蕩子婦言今事君
好勞人征役也婦人比夫爲蕩子言夫從征役也臣之事君亦如女之事夫故比而言之
善曰史記曰趙王遷母倡也說文曰倡樂也謂作妓者蕩子行不歸空
牀難獨守翰曰言君好爲征役不止雖有忠諫終不見從難以獨守其志善
曰列子曰有人去鄉土遊於四方而不歸者世謂之爲在蕩之人也
青青陵上柏磊磊磵中石銑曰陵山也磊磊石貌此詩歎人生
促迫多憂將追宴樂之理善曰言長存也莊子仲尼曰受命於地唯松柏獨也在冬夏
常青楚詞曰石磊磊兮葛蔓蔓字林曰磊磊衆石也人生天地間忽如
遠行客向曰柏石皆貞堅之物人生之促若客寄於時其死之速反如赴歸之信不

如柏石二物也善曰言異松不也尸子老萊子曰人生於天地之間寄也寄者固歸列
子曰死人為歸人則生人為行人矣韓詩外傳曰枯魚銜索幾何不蠹二親之壽忽如過
客斗酒相娛樂聊厚不為薄良曰人且以相厚為本不為輕
薄者也善曰鄭玄毛詩箋曰聊粗略之辭也驅車策駑馬遊戲宛
平與洛翰曰宛南陽也洛洛陽也時後漢都此南都也善曰廣雅曰駑駘也謂
馬遲鈍者也漢書南陽郡有宛縣洛東都也洛中何鬱鬱冠帶自
相索所格向曰鬱鬱盛貌索求也言冠帶之人自相追求也善曰春秋說題辭
曰齊俗冠帶以禮相提賈逵國語注曰索求也長衢羅夾巷王侯多
第宅銑曰衢四達之道傍羅列小巷巷中多王侯之宅善曰魏王奏事曰出不由
里門面大道者名曰第兩宮遙相望雙闕百餘尺濟曰洛陽

有南北兩宮相望七里雙闕名善曰蔡質漢官典職曰南宮北宮相去七里極
宴娛心意慼慼善本作戚戚字何所迫翰曰言於此宮闕之間樂
其心意則憂思何所相偪迫哉戚戚憂思也善曰楚辭曰居戚戚而不可解
今日良宴會歡樂難具陳向曰此詩賢人宴會樂和平之時而
志欲仕也善曰毛萇詩傳曰良善也陳猶說也彈箏奮逸響新聲
妙入神良曰奮起也善曰劉向雅琴賦曰窮音之至入於神令德唱
高言識曲聽其真濟曰令德謂妙歌者高言高歌也識曲謂知音人聽
其真妙之聲善曰左氏傳宋昭公曰光昭先君之令德莊子曰是以高言不止於眾人
之口廣雅曰高上也謂辭之美者真僞正也齊心同所願含意俱
未申翰曰齊心同志願得知音包含此意俱未見申謂未達也善曰所願謂富貴

也人生寄一世奄忽若飆塵銑曰奄忽疾也風塵之起終歸
於滅善曰人生若寄已見上注方言曰奄盡也爾雅曰飄颻謂之猋爾雅或為此飆
何不策高足先據要路津向曰何不者自勉勸之詞也策進也
要路津謂仕官居要職者亦如進高足據於要津則人出八由之善曰高上也亦謂逸
足也無為守窮賤坎善本作轗字軻可苦賀長苦辛善曰楚辭
曰年既過太半然轗軻不遇也轗與轗同苦闇切
西北有高樓上與浮雲齊翰曰此詩喻君暗而賢臣之言不用
也西北乾地君位也高樓言居高位也浮雲齊言高也善曰此篇明高才之人仕宦未
達知人者稀也西北乾位君之居也交疏結綺窗阿閣三重階
良曰交通而結鏤文綺以為窗也疏通也阿閣重閣也善曰薛綜西京賦注曰疏刻穿

之也說文曰綺文繒也此刻鏤以象之尚書中候曰昔黃帝軒轅鳳皇巢阿閣周書曰明
堂咸有四阿然則閣有四阿謂之阿閣鄭玄周禮注曰四阿若今四注者也薛綜西京賦
注曰殿前三階也上有絃歌聲音響一何悲銑曰言樓上有
絃歌亡國之音一何悲也謂不用賢近不肖而國特危亡故悲之也善曰論語曰子游
為武城宰聞絃歌之聲說苑應侯曰今日之琴一何悲也誰能為此曲無
乃杞梁妻濟曰既不用直臣之諫誰能為此曲賢臣乃如杞梁妻之惋歎矣昔
杞梁妻歎曰上無父中無夫下無子何以更殖援琴鼓之赴水而死也善曰琴操曰杞
梁妻歎者齊邑杞梁殖之妻所作也殖死妻歎曰上則無父中則無夫下則無子將何以
立吾節亦死而已援琴而鼓之曲終遂自投淄水而死清商隨風發中
曲正徘徊翰曰清商秋聲也秋物皆衰以此君德衰隨此風起徘徊志不安也

善曰宋玉長笛賦曰吟清商追流徵一彈再三歎慷慨有餘哀
不惜歌者苦但傷知音稀向曰不惜歌者苦謂臣不惜忠諫之苦仍傷君王不知也善曰說文曰歎太息也又曰慷慨壯士不得志於心也賈逵國語注曰惜痛也孔安國論語注曰稀少也願為雙鴻鵠奮翅起高
飛良曰君既不用計不聽言不忍見此危亡願為此鳥高飛於四海也善曰楚辭曰將奮翼兮高飛廣雅曰高遠也
涉江采芙蓉蘭澤多芳草采之欲遺誰所思
在遠道翰曰此詩懷友之意也芙蓉芳草以為香美比德君子也故將為辭贈遠之美意也善曰楚辭曰折芳馨兮遺所思還顧望舊鄉長路漫
浩浩同心而離居憂傷以終老向曰同心謂友人也憂能

文選二十九　六

傷人故可老矣善曰鄭玄毛詩箋曰迴首曰顧周易曰二人同心楚辭曰將以遺兮離居毛詩曰假寐永歎維憂用老
明月皎夜光促織鳴東壁濟曰此詩刺友朋貴而易情也述時而後發其志促織蟲名言鳴東壁者隨其時所述善曰春秋考異郵曰立秋趣織鳴宋均曰趣織蟋蟀也立秋女功急故趣之禮記曰季夏蟋蟀在壁玉衡指孟冬
衆星何歷歷翰曰玉衡北斗柄也春秋運斗樞曰北斗七星第五曰玉衡善曰淮南子曰孟秋之月招搖指申然上云促織下云秋蟬明是漢之孟冬非夏之孟冬矣漢書曰高祖十月至霸上故以十月為歲首漢之孟冬今之七月矣白露霑野
草時節忽復易秋蟬鳴樹間玄鳥逝安適銑曰上言孟冬此述秋蟬者謂九月已入十月節氣也安何適之也言驚往何之怪歎節氣速

遷之意也善曰禮記曰孟秋之月白露降列子曰寒暑易節禮記曰孟秋寒蟬鳴又曰神秋之月玄鳥歸鄭玄曰玄鳥鷰也謂去蟄也呂氏春秋曰國危甚矣若將安適高誘曰適之也蔡云秋蟬玄鳥者此明實候故以夏正言之昔我同門友高舉
振六翮向曰同志曰友同門曰朋高舉謂登高位六翮鳥羽之飛者言其高舉如鳥也善曰論語曰有朋自遠方來不亦樂手鄭玄曰同門曰朋韓詩外傳蓋桑曰夫鴻鶴一舉千里所恃者六翮耳不念攜手好棄我如遺跡翰曰不念攜手同游之好相棄如遺行足之跡不迴顧也善曰毛詩曰惠而好我攜手同車國語楚子且語其弟曰靈王不顧於民一國棄之如遺迹焉南箕北有斗
牽牛不負軛烏挖良曰南箕星也雖名箕不可得以簸揚也北斗星也雖名斗不可量斥也牽牛星也雖名牛不可以得負車軛亦如友朋雖貴而不施惠於我

文選二十九　七

善曰言有名而無實也毛詩曰維南有箕不可以簸揚維北有斗不可以挹酒漿睆彼牽牛不以服箱良無磐善本作盤字石固虛名復何益濟曰言其心不能固如磐石虛有朋友之名後何益也盤石大石也善曰良信也聲類曰盤大石也
冉冉孤生竹結根泰山阿翰曰冉冉漸生進貌此喻婦人貞絜如竹也結根泰山謂心託於夫如竹生於泰山之深也阿曲也泰山衆山之尊夫者婦之所尊故以喻之善曰竹結根於山阿喻婦人託身於君子也風賦曰緣太山之阿與
君為新婚菟善本作兔字絲附女蘿濟曰菟絲女蘿並草有蔓而寄言結婚情如此善曰毛詩傳曰女蘿松蘿也毛詩草木疏曰今松蘿蔓松而生而枝正青兔絲草蔓聯草上黃赤如金與松蘿殊異此古今方俗名草不同然是異草故

曰附也菟絲生有時夫婦會有宜善曰著頭篇宜得其所
也千里遠結婚悠悠隔山陂向曰此意謂結婚之後夫將遠
行陂水也善曰說文曰陂阪也思君令人老軒車來何遲
銑曰夫之車馬來歸何遲也傷彼蕙蘭花含英揚光輝翰曰
蕙蘭香草也英潤色也此婦人喻已盛顏之時過時而不采將隨秋
草萎良曰萎落也言蕙蘭過時不采乃隨秋草萎落矣喻夫之不來亦恐如此草之衰
也善曰楚辭曰秋草榮其將實微霜下而夜殞君亮執高節賤妾
亦何為濟曰亮信也言君執貞高之節其心不移則賤妾亦何為憂也賤妾婦人
之謙卑言此以傷時善曰爾雅曰亮信也
庭前善本作中字有奇樹綠葉發華滋攀條折其

榮將以遺所思翰曰此詩思友人也義奇樹華滋思友人共賞故將以遺
之也善曰蔡質漢官典職曰宮中種嘉木奇樹遺所思已見上文馨香盈懷
袖路遠莫致之向曰思友人德音如此物馨香滿於懷袖而路遠莫能致
相思之意善曰王逸楚辭注曰在衣曰懷毛詩曰豈不爾思遠莫致之說文曰致送詣
也此物何足貴善本作貢字但感別經時翰曰非貴此物
但感別離而時物有改也善曰賈逵國語注曰貢獻也物或為榮貢或作貴
迢迢牽牛星皎皎河漢女濟曰牽牛織女星夫婦道也常阻河
漢不得相親此以夫喻君婦喻臣言臣有才能不得事君而為讒邪所隔亦如織女阻其
歡情也迢迢遠貌皎皎明貌善曰牽牛已見上文毛詩曰維天有漢監亦有光跂彼織
女終日七襄雖則七襄不成報章毛萇曰河漢天河也纖纖擢素手札

札弄機杼銑曰纖纖擢素手喻有禮儀節度也札札弄機杼喻進德修業也擢
舉也札札機杼聲善曰纖纖已見上文終日不成章泣涕零如
雨向曰終日不成章喻臣能進德修業有文章之學不為君所見知不用於時興不成
章何異泣涕謂悲王室微弱朝多邪臣恐國之亡也善曰不成章已見上句注毛詩曰
瞻望弗及泣涕如雨河漢清且淺相去復幾許盈盈一
水間脈脈莫白切善本作脈字不得語良曰河漢清且淺喻近也能相
去幾何也盈盈端麗貌脈脈自矜持貌喻端麗之女在一水之間而自矜持不得交語亦
猶才明之臣與君阻隔不得啓沃也善曰爾雅曰脈相視也郭璞曰脈脈謂相視貌也
迴車駕言邁悠悠涉長道善曰毛詩曰駕言出遊又曰悠悠南
行順彼長道四顧何茫茫東風搖百草濟曰茫茫廣遠也東

風春風也善曰莊子曰方將四顧王逸楚辭注曰茫茫草木彌遠容貌盛也所遇
無故物焉得不速老向曰言物皆去故而就新人何得不速衰老
盛衰各有時立身苦不早銑曰恐盛時將遷而立身不早立身
謂立功立事也人生非金石豈能長壽考奄忽隨物
化榮名以為寶翰曰奄忽疾也人非金石將疾隨萬物同為化滅矣將求
榮名以為寶貴揚名於後世亦為義也善曰韓子曰雖與金石相弊兼天下未有日也
化謂變化而死也不忍斥言其死故言隨物而化也莊子曰聖人之生也天行其死也物
化
東城高且長逶迤自相屬銑曰此詩刺小人在位擁蔽君明賢
人不得進也東春也所以養生萬物城所以居人比君也高且長喻君尊也相屬德寬遠

也逶迤長遠也善曰城高且長故登之以望也王逸楚辭注曰逶迤長貌也迴風
動地起秋草萋已綠向曰迴風長風也風為號令也地臣位也號令
自臣而出故云迴風動地起秋草既衰而草綠謂政化改易疾也萋盛貌四時更
變化歲暮一何速翰曰此亦寄情於政令數移之速也善曰周易曰
四時變化而能久成毛詩曰歲聿云暮尸子曰人生也亦少矣而歲往之亦速矣晨
風懷苦心蟋蟀傷局促濟曰晨風鷹鸇志逐鳥也而賢人懷苦
心將欲逐小人如鷹之逐鳥也蟋蟀詩篇名刺儉不中禮也言君局促不中禮不能去小
人使其蔽賢而不知之善曰毛詩曰鴥彼晨風鬱彼北林未見君子憂心欽欽蒼頡篇
曰懷抱也毛詩序曰蟋蟀刺晉僖公儉不中禮漢書景帝曰局促效轅下駒蕩滌
放情志何為自結束良曰我當去讒佞行威惠是蕩滌情志也左右

文選二十九　十

置小人佞讒不止是自結束也燕趙多佳人美者顏如玉翰曰
燕趙二國名佳人賢人也如玉謂有美德也所以言燕趙者非獨此二國有賢蓋為其國
出義女故託言之以隱文意善曰燕趙二國名也楚辭曰聞佳人兮召予神女賦曰苞
溫潤之玉顏被服羅裳衣當戶理清曲銑曰羅裳衣有禮
儀也當戶謂志慕明也理清曲謂修學業也善曰如淳漢書注曰今樂家五日一習樂為
理樂也音響一何悲絃急知柱促向曰響悲謂悲君左右小
人也絃急謂政令急也知柱促恐君禍將促也馳情整巾帶善本作巾字
沈吟聊躑躅翰曰整其衣冠將進用復懼邪臣所中故復沈吟也躑躅行不
進貌善曰中帶中衣帶整帶將欲從之毛萇詩傳曰丹朱中衣說文躑躅住足也躑躅
與蹢躅同思為雙飛鷰銜泥巢君屋良曰鷰馴善之鳥故人臣

自比願得親君
驅車上東門遙望郭北墓濟曰上東門東都門名善曰上東
門已見阮籍詠懷詩應劭風俗通曰葬於郭北北首求諸幽之道也白楊何蕭
蕭松柏夾廣路下有陳死人杳杳即長暮向曰
杳杳幽暗也即就也長暮謂墓中長暗也善曰白虎通曰庶人無墳樹以楊柳楚辭曰
風颯颯兮木蕭蕭仲長子昌言曰古之葬者松柏梧桐以識其墳也莊子曰人而無人道
是之謂陳人也郭象曰陳久也楚辭曰去白日之昭昭襲長夜之悠悠寐潛善本
作潛寐字黃泉下千載永不寤銑曰寤覺也善曰服虔左氏傳注
曰天玄地黃泉在地中故言黃泉浩浩陰陽移年命如朝露
翰曰浩浩流貌陰陽流轉人命如朝露之易乾善曰神農本草曰春夏為陽秋冬為陰

文選二十九　十一

莊子曰陰陽四時運行漢書李陵謂蘇武曰人生如朝露人生忽如寄壽
無金石固良曰忽忽不知所終皆如寄住於時固堅也善曰如寄已見上文
萬歲更相送賢聖莫能度濟曰萬歲謂自古也自古于今而生
者送死更遞為之雖賢聖不能度越此分也服食求神仙多為藥
所誤不如飲美酒被服紈與素向曰服藥失性反害生也
紈羅素帛也善曰范子曰白紈素出齊
去者日已善本作以字踈來善本作生字者日已善本作以
字親翰曰去者謂死也來者謂生也不見容貌故踈也歡愛終日故親也善曰呂
氏春秋曰死者彌久生者彌踈出郭門直視但見丘與墳善曰
白虎通曰葬於城郭外何死生異別終始異居古墓犂為田松柏摧

為薪銑曰薪柴樵也謂年代久遠無主矣白楊多悲風蕭蕭愁
殺人思還故里閭欲歸道無因翰曰或曰人事迫窄或遭
亂國故爾也　善曰楚辭曰哀江介之悲風又曰秋風兮蕭蕭
生年不滿百常懷千歲憂向曰人生不滿百年而營千歲之計
常以為憂也　善曰孫卿子曰人生無百歲之壽而有千歲之信士何也曰以夫千歲之
法自持者是乃千歲之信士矣晝短苦夜長何不秉燭遊良曰
秉執也為樂當及時何能待來茲濟曰來茲謂後歲也　善
曰呂氏春秋曰今茲美禾來茲美麥高誘曰茲年愚者愛惜費但為
後世嗤翰曰嗤笑也至愚之人皆愛惜其財不為費用一朝死滅為後世所笑
善曰說文曰嗤笑也仙善本作山字人王子喬難可以善本作與

字等期向曰王子喬仙人名難可與之同為不死也　善曰列仙傳曰王子喬者
太子晉也道人浮丘公接以上嵩高山
凜凜歲云暮螻婁蛄孤多善本作夕鳴悲善曰凜凜寒也
螻蛄寒吟蟲也此喻婦人思夫也　善曰說文曰凜寒也歲暮已見上注方言曰南楚或
謂螻蛄為螻廣雅曰螻螻蛄也涼風率已厲遊子寒無衣良曰
厲嚴也　善曰禮記曰孟秋之月涼風至杜預左氏傳注曰厲猛也毛詩曰無衣無褐何
以卒歲錦衾遺洛浦同袍與我違濟曰遺與也洛浦虙妃喻
美人也同袍謂夫婦也　言錦被贈與美人而同袍之情與我相違也　善曰毛詩曰角枕
粲兮錦衾爛兮又曰豈曰無衣與子同袍獨宿累長夜夢想見容
輝良人惟古歡善本作懽字枉駕惠前綏翰曰婦人呼夫

為良人尊之也惟思古舊惠授也獨宿累夜夢想見夫思我舊歡初合之日也婿為婦駕
車授綏故云惠前綏九初婚之禮婿御婦車而婦授綏與婿揃綏而上同生車中而御車
也綏條繩也　善曰良人念昔之懽愛故枉駕而迎己惠以前綏欲令升車也故下云攜
手同車孟子曰齊人一妻一妾而處室者其良人出必饜酒肉劉熙曰婦人稱夫曰良人
禮記曰婿出御婦車而婿授綏御輪三周願得常巧笑攜手同車
歸向曰同車為御　願得常愛巧笑同車而歸婦人謂嫁曰歸　善曰毛詩曰巧笑倩兮
攜手同歸見上注既來不須臾又不處重闈銑曰既夢中見
與同車不經須臾之間乃去又不處重闈之中也闈閨門也　善曰楚辭曰何須臾而忘
反亮無晨風翼焉能陵善本作凌字風飛良曰亮信也晨
風鳥名飛疾也　信無此鳥疾翼何能陵風而飛以隨夫去　善曰爾雅曰晨風鸇也莊子

曰鵲夌風而起眄睞以適意引領遙相睎善本無此二句　濟
曰眄睞邪視也言邪視以寬適其意引領遠相望也睎望也徙倚懷感傷
垂涕霑雙扉翰曰徙倚於門自懷傷感垂涕以霑雙扉扉門扇也
孟冬寒氣至北風何慘慄力失　良曰慘慄寒極也　此詩婦人
思夫也　善曰毛詩曰二之日栗冽毛萇曰栗冽寒氣也愁多知夜長仰
觀眾星列向曰愁多不眠故知夜長列羅列也三五明月滿四
五蟾善本作詹字兔缺銑曰三五謂十五日也四五謂二十日蟾兔月中精
形至二十日缺　此感時月屢改行人不至喻人盛衰不常　善曰禮記曰地秉陰竅於山
川播五行於四時和而后月生也是以三五而盈四五而缺春秋元命苞曰月之為言闕
也兩說以詹諸與兔然詹與占同古字通客從遠方来遺我一書

札銑曰札筆也謂書也善曰說文曰札牒也上言長相思下言久
離別翰曰上謂書初首下謂書末後置書懷袖中三歲字不
滅向曰言置於懷袖久而不滅敬重之至善曰韓詩外傳曰趙簡子少子名無恤簡
子自為書牘使誦之居三年簡子坐青臺之上問書所在無恤出其書於左袂令誦君焉
一心抱區區懼君不識察銑曰識知也敬重之心常抱區區懼
夫之不知察也善曰李陵與蘇武書曰區區之心竊慕此爾廣雅曰區區愛也
客從遠方來遺我一端綺翰曰綺羅之類善曰綺已見上文
相去萬餘里故人心尚爾良曰相去雖遠故心尚爾然也善
曰鄭玄毛詩箋曰尚猶也字書曰爾詞之終也文綵雙鴛鴦裁為合
歡被濟曰綺上文綵為鴛鴦文合歡被以取同歡著以長相思緣

以結不解翰曰言被中著綿謂長相思綿綿之意緣被四邊綴以絲縷結而不
解之意善曰鄭玄儀禮注曰著謂充之以絮也著張慮切鄭玄禮記注曰緣飾邊也緣
以絹切以膠投漆中誰能別離此向曰以膠和漆堅而不別
也善曰韓詩外傳子夏曰實之與實如膠漆君子不可不留意也
明月何皎皎照我羅牀帷銑曰羅綺為帷故曰羅牀帷善曰
毛詩曰月出皎兮憂愁不能寐攬衣起徘徊濟曰徘徊緩步
於月庭也善曰毛詩曰耿耿不寐客行雖云樂不如早旋歸
翰曰夫之客行雖以自樂不如早歸以觧我愁善曰毛詩曰言旋言歸出戶獨
彷徨愁思當告誰良曰彷徨行迴旋心不安貌善曰毛詩序曰彷徨
不忍去引領還入房下淚善本作淚下霑裳衣善曰引領

已見上文

與蘇武詩三首 五言

李少卿翰曰漢書云李陵字少卿隴西成紀人善射愛人謙讓下
士甚得名譽為騎都尉與蘇武善武將使匈奴故贈此詩五言詩自
陵始也善曰漢書曰李陵字少卿少時為侍中建章監善射愛人
降匈奴為右校王病死

良時不再至離別在須臾善曰論語摘輔像識曰時不再及宋
均曰及亦至也須臾已見上文屏營衢路側執手野踟躕翰曰
屏營志恐懼也善曰周語申胥曰昔楚靈王獨行屏營毛詩曰執子之手又曰搔首踟
蹰仰視浮雲馳奄忽互相踰風波一失所各

在天一隅向曰踰過也言人之離別亦如浮雲飛馳風波失所各在天之一角
相去彌遠也善曰言浮雲之馳奄忽相踰飄颻不定遠乎因風波蕩各在天之一隅以
踰人之客遊飛薄亦爾長當從此別且復立斯須銑曰陵言
此別當久且復立斯須之間以敘言也善曰禮記君子曰禮樂不可斯須去身鄭玄曰
斯須猶須臾也欲因晨風發送子以賤軀良曰陵自言欲以賤
身乘晨風以送子謂武也善曰晨風早風言欲因風發而已乘之以送子也楚辭曰乘
回風兮遠遊
嘉會難再遇三載為千秋濟曰言一日不見如三秋兮此積數
言之善曰琴操曰鄒虞者鄒國之女所作也古者役不踰時不失嘉會臨河濯
長纓念別善本字作悵悠悠向曰纓衣領也濯之者自潔之意悠

悠遠貌善曰夫冠纓仕子之所服濯之以遠遊今因遠遊而感逝川故增別念也遠望悲風至對酒不能酬銑曰酬謂酬酢行人懷往路何以慰我愁獨有盈觴酒與子結綢繆翰曰言行人志急於往路何以相慰乃樽酒相與結綢繆之密情也善曰毛萇詩傳曰懷思也毛詩曰綢繆束薪毛萇曰綢繆纏綿之貌也攜手上河梁游子暮何之良曰河梁橋也假問遊子曰云暮矣將何之也善曰楚辭曰浮雲兮容與導予兮何之也徘徊蹊路側悢悢五臣作恨恨不能辭向曰蹊道也恨恨戀之情不能為別善曰廣雅曰悢悢恨也行人難久留各言長相思銑曰各相戒以相思之意安知非日月弦望自有時翰曰我心相思如日月當有弦望無極時也善曰劉熙釋名曰弦月半之名

文選二十九　十六

也其形一旁曲一旁直若張弓弛弦也望月滿之名也月大十六日月小十五日日在東月在西遙相望也努力崇明德皓首以為期銑曰陵戒武常崇明友朋之情白首為期也善曰周易曰利用安身以崇德也毛萇詩傳曰崇終也尚書曰先王既勤用明德聲類曰顥白首貌也皓與顥古字通

詩四首五言

蘇子卿銑曰漢書云蘇武字子卿京兆人此詩別從昆弟善曰武為移中監使匈奴十九年歸拜為典屬國病卒

骨肉緣枝葉結交亦相因良曰結交為友情亦相親因親也善曰骨肉謂兄弟也漢書帝謂燕王旦曰今王骨肉至親古詩曰結交莫羞貧四海皆兄弟誰為行路人濟曰天下四海道合則親誰為行路之人相疎

者也善曰論語子夏謂司馬牛曰四海之內皆為兄弟君子何患乎無兄弟家語曰子游見行路之人云魯司鐸火也況我連枝樹與子同一身向曰兄弟如木連枝而同本昔為鴛與鴦今為參與辰翰曰鴛鴦匹鳥常不相離故云昔為也參辰二星常出沒不相見故今將別亦如此星善曰毛詩曰鴛鴦于飛畢之羅之鄭玄曰言其止則相偶飛則為雙尚書大傳曰書之論事離離若參辰之錯行法言曰吾不睹參辰之相比也宋衷曰辰龍星也參虎星也我不見龍虎俱見昔者常相近邈若胡與秦銑曰邈遠也胡秦相去遠也善曰淮南子曰肝膽胡越許慎曰胡在北方越居南方然胡秦之義猶胡越也惟念當離別思情日已善本作以字新良曰念離別之後相思之情日日新也鹿鳴思野草可以喻嘉賓向曰鹿鳴詩篇名食野草

文選二十九　十七

以喻會嘉賓鼓瑟吹笙也善曰毛詩曰呦呦鹿鳴食野之苹我有嘉賓鼓瑟吹笙我有一罇酒欲以贈遠人翰曰遠人即此行人願子留斟酌敘此平生親濟曰願行子少留與斟酌以敘離意也黃鵠一遠別千里顧徘徊翰曰以人喻黃鵠言鳥飛高遠也徘徊不進貌言相思未去善曰韓詩外傳曰田饒謂魯哀公曰夫黃鵠一去千里胡馬失其羣思心常依依向曰胡馬失羣恒思北風依依然言人之離別亦如之善曰胡馬已見上文依依思戀之貌也何況雙飛龍羽翼臨當乖銑曰言鳥尚如此何況我之羽翼臨當乖別之情也龍義喻也善曰雙龍喻己及朋友也幸有絃歌曲可以喻中懷請為游子吟泠泠一何悲向曰絃歌可以散憂故以喻釋離懷言請為吟

之泠泠然一何悲也善曰琴操曰楚引者楚游子龍丘高出游三年思歸故鄉望楚而
長歎故曰楚引蒼頡篇曰吟歎也絲竹厲清音善本作聲字慷慨
有餘哀良曰厲作也餘哀言哀多也善曰禮記曰絲竹樂之器也王逸楚辭注
曰厲烈也謂清烈也古詩曰慷慨有餘哀長歌正激烈中心愴以
摧濟曰激烈聲高也欲展清商曲念子不能歸翰曰展申
也清商曲謂秋聲而多悲也故云欲申此曲恐更思念不能歸也善曰清商已見上文
俛仰內傷心淚下不可揮銑曰言淚多揮之不禁也善曰爾
雅曰揮竭也郭璞曰揮振去水亦為竭莊子曰俛仰之間家語曰公文伯卒敬姜曰二三
子無揮涕也願為雙黃鵠送子俱遠飛
結髮為夫妻恩愛兩不疑歡娛在今夕嬿婉

文選二十九　十八

及良時向曰此詩意者武將使匈奴之時留別妻也嬿婉歡好貌善曰結髮始
成人也謂男年二十女年十五時取笄冠為義也漢書李廣曰結髮而與匈奴戰也孟子
曰霸者之民懽娛如也毛詩曰今夕何夕又曰嬿婉之求征夫懷往路起
視夜何其良曰武自云懷往路起視夜之早晚何如也其辭也善曰毛詩曰
駪駪征夫又曰夜如何其夜未央毛萇曰其辭也參辰皆已沒去去
從此辭善曰參辰已沒言將曉也行役在戰場相見未有
期善曰毛詩曰嗟余季行役戰國策曰綴甲勵兵効勝於戰場握手一場
歎淚為生別滋翰曰言以淚為生別之後益相思也滋益也善曰史記
繆賢曰燕王私握臣手生別已見上文努力愛春花莫忘歡樂
時濟曰武勗其妻善愛儀容莫忘平生歡樂之時善曰春華喻少時也生當

復來歸死當長相思銑曰此言入於匈奴死生未知
燭燭晨明月馥馥我蘭芳向曰此詩贈別友入也燭燭月光也
謂平曉之際月猶在馥馥香氣也善曰蒼頡篇曰燭照也韓詩曰馥芬孝祀薛君曰馥
香貌也芳善本作芬字馨良夜發隨風聞我堂濟曰蘭芳
之香隨風而至於堂中善曰秋月既明秋蘭又馥游子感時彌增戀本也征夫
懷遠路游子戀故鄉翰曰見明月與蘭芳征夫游子感於時物善
曰漢書高祖曰游子悲故鄉寒冬十二月晨起踐凝善本作嚴
字霜善曰漢書武帝太初元年改從夏正此或改正之後也楚辭曰冬又申之以嚴
霜俯觀江漢流仰視浮雲翔良友遠離別各
在天一方翰曰江漢流浮雲翔皆喻客游不止善曰江漢流不息浮雲去靡

文選二十九　十九

依以喻良友各在一方播遷而無所託楚辭曰仰浮雲而永歎山隔海善本作海
隅中州相去悠且長銑曰中州帝都也悠遠也善曰楚辭曰蹇誰
留兮中州嘉會難兩遇歡樂殊未央願君崇令德
隨時愛景光良曰兩遇再遇也此戒友人言嘉會難以再遇歡樂之事殊不
可止願君崇令德之美隨其時物貴愛光景勿以我為憂也善曰嘉會令德已見上文
景光即光景也楚辭曰借光景以往來

四愁詩四首七言并序

張平子

張衡不樂久處機密翰曰時為太史令主天文玄象故稱機密陽
嘉中出為河間相向曰陽嘉元年出為河間王相河間王和帝子善

曰范曄後漢書順帝紀曰改元嘉七年爲陽嘉元年改陽嘉五年爲永和元年又曰順帝初衡復爲太史令陽嘉元年造候風地動儀永和初出爲河間相而此云陽嘉中誤也

時國王驕奢不遵法度翰曰謂河間王善曰范曄後漢書曰和帝申貴人生河間孝王開立四十二年順帝永建六年薨子惠王政嗣傲狠不奉法憲然考其年月此是惠王也又多豪右并兼之家濟曰豪謂富家也右謂權勢交者富者取利於貧人曰并兼也善曰漢書曰魏郡豪右李竟文顏曰有權勢豪右大家也漢書曰禁兼并之塗李奇曰謂大家役小民富者兼役貧民也衡下車治威嚴能內察屬縣向曰下車謂始至也時衡政理威嚴內明屬縣也察明也善曰漢書曰班伯爲定襄太守其下車作威吏民竦息奸猾善本作姦滑二字行巧劫皆密知名銑曰猾亂也行巧詐之人皆自知其名下吏收捕盡服擒向曰下命於獄吏使收取之盡服其罪皆爲擒繫諸豪俠游客悉惶懼逃出境銑曰出河間境也郡中大治爭訟息獄無繫因時天下漸弊良曰謂政教衰禮義薄小人在位君子在野鬱鬱不得志善曰楚辭曰心鬱鬱之憂思獨永歎而增傷鄭玄考工記注曰鬱不舒散也爲四愁詩依善本無依字屈原以美人為君子以珍寶為仁義以水深雪雰為小人濟曰雰氣也思以道術相報貽於時君良曰貽遺也而懼讒邪不得以通銑曰懼不得通此意也其辭曰

一思曰翰曰題首為愁而此為思者愁出於思故也我所思兮在

太山欲往從之梁父甫艱良曰太山東岳也君有德則封此山願輔佐君主致於有德而為小人讒邪之所阻難也梁父大山下小山名善曰言王者有德功成則東封泰山故思之太山以喻時君梁父以喻小人也漢書曰有泰山郡又武帝登封太山之梁父音義曰梁父太山下小山也側身東望涕霑翰乎濟曰意愁王室志所不安故側身而望也翰衣襟也言如鳥之有翮翰善曰楚辭曰願側身而無所韋昭漢書注曰翰筆也美人贈我金錯刀何以報之英瓊瑤向曰美人君也古者諸侯王佩刀以金錯鏤其環英瓊瑤美玉也前君蒙我以爵祿願報以仁義之道以成君德也下文類此者以此意推之善曰漢書曰王莽鑄大錢又造錯刀以金錯其文續漢書曰佩刀諸侯王黃金錯鐶謝承後漢書曰詔賜應奉金錯把刀毛詩曰投我以木桃報之以瓊瑤又曰尚之以瓊英乎而路遠莫致倚逍遙何為懷憂心煩勞翰曰小人在位必不容賢者所入讒邪執權忠臣莫致故雖欲報君以仁義讒邪所蔽知路遠不可致也倚立而道遙不得志也煩勞謂憂王室也但以此意下文皆可知也善曰古詩曰路遠莫致之

二思曰我所思兮在桂林欲往從之湘水深銑曰桂林南郡舜所遊也託思明君矣湘水江名深不可涉善曰漢書曰鬱林郡故秦桂林郡海南經曰桂林八樹在番禺東又曰湘水出零陵舜死蒼梧葬九疑故思明君側身南望涕霑襟善曰楚辭曰泣歔欷而沾襟美人贈我琴善本作金字琅玕何以報之雙玉盤良曰琴雅器也以美玉飾之琅玕美玉也玉盤美器可以致食言雙者美其偶也善曰尚書禹貢曰厥貢惟

球琳琅玕古詩曰委身玉盤中歷年冀見食應劭漢官儀曰封禪壇有白玉盤路遠
莫致倚惆悵平何為懷憂心煩傷善曰楚辭曰惆悵兮而私自憐
三思曰我所思兮在漢陽欲往從之隴阪長
濟曰漢陽岐西也謂西伯行化之所故思之岐西有隴阪言長不可行也　善曰漢書曰
天水郡明帝改曰漢陽應劭曰天水有大坂名曰隴阪秦州記曰隴阪九曲不知高幾里
側身西望涕霑裳善曰古長歌行曰泣涕忽沾裳美人贈我
貂襜昌詹褕逾何以報之明月珠向曰襜褕衣服之飾　善
曰蔡邕獨斷曰侍中中常侍加貂蟬說文曰直裾謂之襜褕淮南子曰隋侯之珠高誘曰
明月珠也路遠莫致倚踟躕何為懷憂心煩紆翰曰

文選二十九　二十二

踟躕行而不進也煩紆思亂也　善曰楚辭曰志紆鬱其難釋王逸曰紆屈也
四思曰我所思兮在鴈門欲往從之雪紛紛
翰曰鴈門郡名在北常顓頊之位也北方多雪紛紛雨雪貌　善曰漢書有鴈門郡楚辭
曰雪紛紛而薄木側身北望涕霑巾善曰說文曰佩巾也美人
贈我錦繡段何以報之青玉案良曰玉案美器可以致食
善曰錦繡有五采成文章玉案君所憑倚前大臣亦爲天子所特禮記曰春服青玉楚漢
春秋淮陰侯曰臣去項歸漢漢王賜臣玉案之食路遠莫致倚增歎
何為懷憂心煩惋銑曰惋怨也　善曰楚辭曰吒增歎兮如雷

雜詩一首五言　善曰雜者不拘流例遇物即言故云雜也

王仲宣翰曰興致不一故云雜詩此意思友人也

日暮游西園寫我善本作冀寫二字憂思情向曰西園鄴都之西園
曲池揚素波列樹敷丹榮銑曰列行敷布也丹榮花也　善曰楚辭曰坐堂伏檻臨曲池列女傳津吏女歌曰水揚波兮杳冥冥上有
特棲鳥懷春向我鳴良曰特孤也懷春謂盛春而思儔侶喻人亦然
善曰毛詩曰有女懷春褰衽善本作袵字欲從之路險不得
征濟曰褰舉也衽衣襟也言欲舉衣襟以取此鳥鳥飛高遠路乃懸險不可行之喻思
友人遭亂代故不得行也　善曰說文曰袵衣衿也衿音今徘徊不能去
佇立望爾形風飄善本作飆字揚塵起白日忽已
冥向曰飄舉也風起舉揚塵埃喻兵戈暴起以冥暮也　善曰毛詩曰瞻望弗及佇立以
泣鄭玄毛詩箋曰冥夜也迴身入空房託夢通精誠人欲

文選二十九　二十三

天不違何懼不合并翰曰何懼不逢聖君合并其道以忠事之　善
曰幽通賦曰精誠發於宵寐尚書曰人之所欲天必從之

雜詩一首五言

劉公幹

職事煩善本作相字填委文墨紛消散銑曰言事煩填積於
目前也文墨謂案牘紛亂而多或見消散謂疏理也　善曰漢書功臣皆曰蕭何徒持文
墨顧居臣上馳翰未暇食日昃不知晏向曰馳翰謂走筆晏
息也　善曰翰墨已見上尚書曰自朝至于日中昃不遑暇食沈迷簿領書
回回自昏亂良曰事繁令人沈迷昏亂簿領書謂文書也回回心亂貌　善
曰簿領謂文簿而記錄之史記曰問上林尉諸禽獸簿司馬彪莊子注曰領錄也楚辭曰

騰回回兮盤紆釋此出西城登高且游觀翰曰去此煩亂出為洮望也方塘含白水中有鳧與鴈濟曰塘池也鳧鴈皆水中游鳥而高鶩善曰楚辭曰乘白水毛詩曰弋鳧與鴈安得肅肅羽爾從游善本作從爾浮三字波瀾去協韻銑曰肅肅飛貌言厭煩亂願得羽翼與此鳥同游波瀾中以為樂也善曰毛詩曰鴻鴈于飛肅肅其羽

雜詩二首五言善曰集云枹中作下篇云於黎陽作

魏文帝濟曰此詩帝未即位尚為漢行征伐也

漫漫秋夜長烈烈北風涼善曰楚辭曰終長夜之曼曼毛詩曰冬日烈烈又曰北風其涼展轉不能寐披衣起彷徨良曰展轉卧不安貌嗟時亂有志於天下故也善曰毛詩曰展轉不寐彷徨已見上文彷徨

文選二十九　二十四

忽已久白露霑我裳善曰白露己見上文說苑曰孺子不覺露之霑裳俯視清水波仰看明月光天漢迴西流三五正從橫向曰天漢河也詩曰嘒彼小星小人在朝也從橫言多也善曰河圖括地象曰河精上為天漢毛詩曰嘒彼小星三五在東毛萇曰三心五噣四時更見也草蟲鳴何悲孤鴈獨南翔善曰毛詩曰喓喓草蟲趯趯阜螽毛萇曰草蟲常羊也楚辭曰鴈雝雝而南遊鬱鬱多愁善本作悲字思綿綿思故鄉良曰感時物思故鄉也善曰古詩曰綿綿思遠道願飛安得翼欲濟河無梁濟曰願飛思歸速也欲濟無梁謂志欲濟時而無人共也善曰葛龔與梁相張府君牋曰悠悠夢想顧影飛無翼楚辭曰江河廣而無梁向風長歎息斷絕我中腸翰曰向北而思歸也善曰楚辭曰

向長風而舒情西北有浮雲亭亭如車蓋翰曰此意為漢征吳之時西北浮雲自喻也亭亭高貌車蓋言雲似也善曰亭亭迴遠無依之貌也易通卦驗曰太陽雲出張如車蓋惜哉時不遇適與飄風會向曰不遇平時征伐不止如雲與風相會善曰何休公羊傳注曰適遇也吹我東南行行善本作南字行至吳會銑曰雲隨風去至於吳會謂伐吳也善曰當時實至廣陵未至吳會今言至者據已入其地也吳會非我鄉安能久留滯棄置勿復陳客子常畏人向曰棄置伐吳之役勿復陳說意思歸也畏人謂吳兵彊而退也善曰楚辭曰愁轗軻而留滯

朔風詩一首四言

文選二十九　二十五

曹子建翰曰時為東阿王在藩感北風思歸故有此詩朔北也

仰彼朔風用懷魏都願騁代馬倏忽北徂良曰騁馳也代馬胡馬也倏忽疾也徂往也言馳胡馬疾行而北往也謂胡馬依北風與人同思也善曰代馬已見上文凱風永至思彼蠻方濟曰凱風南風東阿在魏南故自比於蠻方在藩感北風懷魏也在魏見南風思藩也善曰毛萇詩傳曰南風謂之凱風禮記曰南方曰蠻毛詩曰用遏蠻方願隨越鳥翻飛南翔銑曰越鳥思南越故也善曰古詩曰越鳥巢南枝四氣代謝懸景運周翰曰四時代去日行已周謂終一歲也謝去也懸景日也運行也善曰爾雅曰四氣和謂之玉燭淮南子曰二者代謝外馳周易曰懸象著明別如俯仰脫若三秋向曰別兄弟俯仰之間忽如三秋也脫猶忽也善曰毛詩曰

一日不見如三秋兮昔我初還未善本作朱字華未希良曰初還謂遷出藩時也未華未希言未凋落也今我旋止素雪云善本作雲字飛銑曰旋還止至也善曰毛詩曰昔我往矣楊柳依依今我來思雨雪霏霏希與稀同古字通也俯降千仞仰登天阻濟曰並言向東阿路險也天阻謂山高若登天也喻時有讒謗身在危險亦如此也善曰莊子曰千仞之高不足以極其深天阻山也郭林宗論蘇不韋曰城闕天阻宮府幽絕風飄蓬飛載離寒暑翰曰植自云如風飄蓬飛常不定止也善曰商君書曰夫飛蓬遇飄風而行千里乘風之勢也寒暑已見鸜鵒賦毛詩曰載離寒暑千仞易陟天阻可越昔我同袍今永乖別銑曰言險事亦易為也而嗟我兄弟乖別同袍共被之義善曰同袍已見上文子好芳草豈忘爾

文選二十九　二十六

貽繁華將茂秋霜悴之向曰子謂諸兄弟芳草喻道德也言子好道德豈忘遺汝也而道德已茂為讒邪所毀以致離別故云繁華將茂秋霜悴之悴傷也善曰古詩曰蘭澤多芳草方言曰悴傷也君不垂眷豈云其誠良曰謂文帝信讒不垂眷兄弟豈可申其誠信也善曰言君雖不垂眷已則豈得不言其誠蒼頡篇曰豈異也秋蘭可喻桂樹冬榮翰曰秋蘭香草可喻德馨不歇也桂樹冬榮志不移也善曰蘭以秋馥可以喻言桂以冬榮可以喻性楚辭曰秋蘭兮青青又曰麗桂樹之冬榮絃歌蕩思誰與銷愁善本作憂字臨川暮思何為泛舟濟曰兄弟既各分別雖有絃歌可以蕩滌憂思誰與同之日暮臨川而增思何以為能泛舟言不能也善曰言絃歌可以蕩滌悲思誰與共奏以消憂也言臨川日暮而又相思何為泛舟而不濟以相從乎國語曰秦泛舟乎河

豈無和樂游非我鄰銑曰絃歌豈無和樂蓋為游非我鄰也善曰言豈無和樂以蕩思乎為遊非我鄰故不奏也誰忘泛舟愧無榜班孟人翰曰誰忘此泛舟之樂今兄弟別離憂思之情不濟故以榜人託詞榜人行舟人也善曰言豈忘泛舟以相從乎愧無榜人所以不濟也榜人喻良朋也張揖漢書注云榜人船長也

雜詩六首　五言

曹子建善曰此六篇並託喻傷政急朋友道絕賢人為人竊勢別京已後在鄄城思鄉而作

高臺多悲風朝日照北林善曰新語曰高臺喻京師悲風言教令言日喻君之明照北林言狹此喻小人新序曰高堂百仞之子在萬里

文選二十九　二十七

江湖迥且深良曰此意思友人也之子友人也迥遠也善曰江湖喻小人隔蔽毛詩曰之子于征爾雅曰迥遠也方舟安可極離思故難任向曰方猶行也極至也善曰爾雅曰大夫方舟郭璞曰併兩船也毛萇詩傳曰極至也孤鴈飛南遊過庭長哀吟翹思慕遠人願欲託遺音形影忽不見翩翩傷我心銑曰翩舉也見孤鴈南度過其庭而飛舉思慕遠人願託附鴈之遺音傳示友人謂友人在南鴈飛既速形影忽復不見乃傷心也善曰鴈南遊已見上文翹猶懸也轉蓬離本根飄颻隨長風濟曰此詩自喻遭邪譖逐出帝都也善曰說苑曰魯哀公曰秋蓬惡其本根美其枝葉秋風一起根本拔矣何意迴善本作迴字飈舉吹我入雲中向曰迴遠也我即轉蓬也善曰爾

雅曰扶搖謂之猋飇與猋同高高上無極天路安可善本作何
字窮翰曰蓬隨風而上下不可窮極謂輕也善曰呂氏春秋曰風乎其高無極也仲
長子昌言曰蕩蕩乎若昇天路而不知其所登子若昇天路也類此游客子
捐軀遠從戎良曰蓬似客游遠從戎事心之警亂不定也毛褐不
掩形薇藿常不充翰曰毛皮裘也褐短衣也薇藿草菜之食也而此衣
不掩覆我形此食不充飽我腹謂情理迫窄如此也非植真然蓋以刺時善曰淮南子
曰布衣掩形鹿裘禦寒言貧人冬則羊裘短褐不掩形也列女傳曾子謂黔婁妻曰先生
在時食不充虛衣不蓋形文子曰聖人食足以充虛接氣衣足以蓋形禦寒去去
莫復道沈憂令人老向曰去去莫復道言道之不盡但憂令人老而
已善曰宋玉笛賦曰武毅發沈憂古詩曰思君令人老

文選二十九　二十八

西北有織婦綺縞何繽紛銑曰綺縞素帛之類繽紛言亂多
善曰小雅曰縞之精者曰縞古老切明晨秉機杼日昃不成文
向曰言愁思多亂故自晨朝執其機杼至暮竟不成文章善曰言憂甚而志亂太
息終長夜悲嘯入青雲濟曰悲愁聲哀故入青雲妾身守
空閨良人行從軍良曰良人夫也善曰良人謂夫也自期三
年歸今已歷九春善曰一歲三春故以三年為九春言已過期也纂要
曰九十日故九春飛鳥繞樹翔噭噭叫鳴索羣翰曰噭噭
鳴貌索求也鳥且求羣而況於人乎善曰楚辭曰聲噭噭以寂寥願為南流
景馳光見我君銑曰南流景日也日光遠近皆同人無不見故願託馳光
見其夫也

南國有佳人容華若桃李翰曰以佳人喻賢人不見重於時也
善曰楚辭曰受命不遷生南國謂江南也佳人已見上文毛詩曰何彼穠矣華如桃李
朝游江北岸夕宿瀟湘沚善本作日夕宿湘向曰湘亦江
水名沚渚也善曰毛萇詩傳曰沚渚也時俗薄朱顏誰為發皓
齒銑曰朱顏皓齒皆喻賢人美才也時俗既薄之誰為相起發而用也善曰楚辭曰
容則秀雅稚朱顏又曰美人皓齒嫮以姱俯善本作俛字仰歲將暮榮
耀難久恃翰曰國不理多時故云將暮君之榮耀在於用賢今既薄而不用難
久恃其尊也善曰歲暮已見上文邊讓章華臺賦曰體迅輕鴻榮耀春華
僕夫早嚴駕吾將行遠善本作遠行字游遠游欲何
之吳國為我仇銑曰僕夫御車人也早命嚴整其駕將伐吳也善曰楚

文選二十九　二十九

辭曰僕夫懷兮心悲又曰嚴車駕兮出遊又曰願輕舉兮遠遊說苑楚王謂淳于髡曰
吾有仇在吳國子能為吾報之乎將騁萬里塗東路安足由
向曰為國家者當馳騁萬里之外以開土宇言吳亦安足所由於心善曰廣雅曰由行
也江介多悲風淮泗馳急流良曰介間也淮泗二水名善
曰楚辭曰哀江介之悲風泗水名也孟子曰禹排淮泗而注之江也願欲一輕
濟惜哉無方舟閑居非吾志甘心赴國憂濟曰
若濟此水惜無行舟喻心雖願為而不見用所以志不閑居者意常憂國而君不知善
曰漢書曰司馬相如稱疾閑居范曄後漢書梁竦歎曰閑居可以養志毛詩曰甘心首疾
飛觀百餘尺臨牖仰善本作御字櫺軒翰曰觀樓也仰憑倚
也善曰古詩曰雙闕百尺爾雅曰觀謂之闕御猶憑也說文曰櫺楯欄也韋昭漢書注

曰軒檻上板也遠望周千里朝夕見平原烈士多悲
心小人偷善本作媮字自閑良曰勇士見國未安故多悲心小人挾志國讐亮
荀偷朝夕以自閑樂終無所成也善曰風俗通曰烈士者有不易之分
不塞甘心思喪元向曰亮信塞滅元首也言國讎信今未滅甘為喪亡
其首以為國也善曰塞謂杜絶也孟子曰勇士不忘喪其元拊劍西南望
思欲赴泰山銑曰太山東岳也主人魂魄將為國申死力故赴之也而言西
南望者謂從吳望乃在西南也善曰左氏傳曰子朱怒撫劍從之太山東岳接吳之竟
西喻蜀責躬詩曰願蒙矢石建旗東岳意與此同也絃急悲聲發聆我
慷慨言濟曰絃急以喻情切而聲悲發於此人當聽我此數言也聆聽也善曰
古詩曰音響何太悲絃急知柱促

情詩一首 五言

曹子建

微陰翳陽景清風飄我衣翰曰陽景日也微陰翳日者佞臣蔽
君明而教令偏促於下以多征役風為教令也衣者近人之體謂教令偏人也善曰春
秋說題辭曰陽精為日楚辭曰陽杲杲其朱光游魚潛綠水翔鳥薄
天飛向曰此各得其志善曰言得所也大戴禮曰魚遊于水鳥飛于雲眇眇
客行日遙役不得歸良曰言不如魚鳥之得志善曰言不如魚鳥
也楚辭曰安眇眇兮無所歸薄始出嚴霜結今來白露晞銑曰
始出謂初出征時徭役久經歷時也晞乾也善曰嚴霜已見上文毛詩曰蒹葭淒淒白露
未晞游子歎黍離處者歌式微翰曰游子謂征役者黍離詩閔

宗周之衰也式微詩刺不歸也善曰毛詩曰彼黍離離彼稷之苗行邁靡靡中心搖搖
又曰式微式微胡不歸慷慨對嘉賓悽愴內傷悲良曰嘉賓
友人也言與友人慨歎相對悲國政也善曰毛詩曰我有嘉賓又曰我心傷悲

雜詩一首 四言

嵇叔夜

微風清扇雲氣四除向曰扇動除去也善曰漢書張竦為陳崇作
奏曰日不移晷霍然四除皎皎亮月麗于高隅銑曰亮明隅角也
善曰古詩曰明月何皎皎亮明也周禮曰城隅之制九雉興命公子攜手
同車翰曰起命公子將同遊也善曰攜手同車已見上文龍驥翼翼揚
鑣踟躕濟曰龍驥馬也翼翼飛也揚鑣踟躕謂緩行也言疾緩自任也善曰毛

詩曰四牡翼翼舞賦曰揚鑣飛沫肅肅宵征造我友廬良曰肅肅
靜夜獨行貌造至廬宅也善曰毛詩曰肅肅宵征光燈吐曜善本作輝字
華幔長舒翰曰言宿友人之家乃張燈帳也舒張也鸞觴酌醴神
鼎烹魚銑曰鸞觴盃也刻為鸞鳥之文醴美酒也神鼎鼎鉉器不汲自滿不炊自沸
故曰神鼎烹煮也善曰毛詩曰且以酌醴又曰誰能烹魚絃超子野歎
過綿駒翰曰絃琴歌也子野古之善鼓琴者綿駒古之善歌者今並超而過之
善曰杜預左氏傳注曰子野師曠字也孟子淳于髠曰昔綿駒處高唐而齊右善歌流
詠太素俯讚玄虛銑曰太素玄虛皆自然也讚亦詠也善曰列子曰
太初形之始太素質之始老子曰玄之又玄衆妙之門管子曰玄虛無形謂之道史記太
史公曰老子所貴道虛無應用變化無方孰克英賢與爾剖符銑曰

孰誰克能爾汝也剖符謂合契也言詠讚自然誰能騁我英賢與汝俗士合契而爲仕乎 善曰言詠讚妙道遊心恬漠誰能以英賢之德與爾分符而仕乎班固漢書述曰漢興柔遠與爾剖符然文雖出彼而意微殊東觀漢記韋彪上議曰二千石皆以選出京師剖符典千里

雜詩一首 五言

傅休奕

翰曰臧榮緒晉書云傅玄字休奕北地人勤學善屬文州舉奇才選司隸校尉 善曰臧榮緒晉書曰傅玄字休奕北地人勤學善屬文州舉秀才稍遷至司隸校尉卒

志士惜日短，愁人知夜長。良曰進德修業故惜日短夜愁不寐故知夜長 善曰論語子曰志士仁人無求生以害仁古詩曰愁多知夜長仰觀衆星列

攝衣步前庭，仰觀南鴈翔。濟曰夜攝去寢衣步於前庭 善曰漢書沛公攝衣迎酈食其

玄景隨形運，流響歸空房。向曰景影也謂鴈影映於月光而色玄也影又隨其形而動鴈響逐風歸於空房謂下文述清風與纖月故此先言之也

清風何飄颻，微月出西方。善曰禮記曰月生於西

繁星衣去聲善本作依字青天，列宿自成行。翰曰繁星布於天如人身著衣也喻邪佞小人也列宿二十八宿也喻正位備負也

蟬鳴高樹間，野鳥號東廂。銑曰鳥鶴之類皆曰野鳥鷙於月光而號吟也 東廂庭之東也 善曰古詩曰秋蟬鳴樹間王逸楚辭注曰牆序之東爲東廂也

纖雲時髣髴，渥露霑我裳。銑曰纖輕也髣髴似有不分明貌渥濃也 善曰曹植魏德論曰纖雲不形陽光赫戲劉楨詩曰皦月垂素光玄雲爲髣髴露沾裳已見上文

良時無停景，北斗忽低昂。向曰時之不停夜忽已久故北斗迴轉而低昂

常恐寒節至，凝氣結爲霜。翰曰上文所云繁星謂小人在位者多讒邪之道浸潤如渥露初霑人衣也後恐讒積至甚如凝露之結爲霜 善曰曾子曰陰氣勝則凝爲霜

落葉隨風摧，一絕如流光。濟曰讒邪既成則身危也如霜露木葉隨風而摧則身之滅絕如月光流沒矣流光日也此說夜故云月也

雜詩一首 五言

張茂先

晷度隨天運，四時互相承。良曰晷日也度度數也 善曰說文曰晷景也孫卿子曰四時代御

東壁正昏中，涸善本作固字陰寒節升。向曰東壁星名孟冬之月日昏東壁中涸陰謂此時有堅冰也升進也 善曰禮記仲冬之月昏東壁中左氏傳申豐曰深山窮谷固陰沍寒

繁霜降當夕，悲風中夜興。善曰毛詩曰正月繁霜

朱火青無光，蘭膏坐自凝。銑曰朱火燈也青無光謂寒氣迫之也蘭炷也寒氣盛故燈夜凝也 善曰古詩曰朱火然其中青煙颺其間楚辭曰蘭膏明燭華容備王逸注曰以蘭香煉膏也無故自凝曰坐

重衾無暖氣，挾纊如懷冰。濟曰衾被也纊細綿也 善曰左氏傳曰楚子圍蕭申公巫臣曰師人多寒王巡三軍拊而勉之三軍之士皆如挾纊孔安國尚書傳曰纊細綿也

伏枕終遙昔，寤言莫予應。翰曰遙長昔夜也寤言謂臥而語無人應我也 善曰毛詩曰寤寐無爲展轉伏枕廣雅曰昔夜也 毛詩曰獨寐寤言

永思慮崇替，慨然獨撫膺。向曰

長思人事慮興亡之理慨然有數而獨撫膺也崇興替慶膺胷也 善曰楚辭曰永思兮內傷國語藍尹亹曰君子獨居思前世之崇替列子曰撫膺而恨之

情詩二首 五言

張茂先

清風動帷簾晨月燭善本作照字幽房銑曰晨月謂夜將曉時燭照也此二詩閨情也佳人處遐遠蘭室無容光向曰佳人謂夫也蘭香也無容光言寂然也 善曰古詩曰靈家蘭室桂為梁曹植離別詩曰人遠精魂近寤寐夢容光襟懷擁虛善本作靈字景輕衾覆空牀翰曰擁抱也言襟懷之中但抱虛影而輕被覆於空牀也 善曰擁猶抱也居歡惜善本作惕字夜促在戚善本作感字怨宵長濟曰謂夫未行之時居歡愛之情懼其夜促今在憂念悲此夜長惜懼戚憂宵夜也 善曰一云居歡惕夜促爾雅曰惕貪也苦蓋切撫善本作拊字枕獨嘯歎感慨心

內傷

游目四野外逍遙獨延佇句曰逍遙緩步貌佇立也 善曰楚辭曰忽反顧以遊目又曰結幽蘭而延佇蘭蕙緣清渠繁華蔭綠渚銑曰蘭蕙香草緣清渠而繁華葉蔭覆綠渚也佳人不在茲取此欲誰與翰曰夫行不在今取賞蘭蕙誰與同之巢居知風寒穴處識陰雨不曾遠別離安知慕儔侶向曰巢居鳥也穴處蟲也言蟲鳥豫知風雨由其久處巢穴習性所知喻人若不曾為遠別何知慕侶之憂甚邪 善曰春秋漢含孳曰穴藏先知雨陰曀未集魚已噞喁巢居之鳥先知風

樹木搖鳥已翔韓詩曰鸛鳴于垤婦歎于室薛君曰鸛水鳥巢居知風穴處知雨天將雨而蟻出壟土鸛鳥見之長鳴而喜

園葵詩一首 五言

陸士衡翰曰葵之為物傾心向陽如臣事君以心敬也故託之為詩也 善曰晉書趙王倫篡位遷帝於金墉城後諸王共誅倫復帝位齊王冏譏為倫作禪文賴成都王穎救之免死故作此詩以葵為諭謝穎

種葵北園中葵生鬱萋萋向曰鬱盛也萋萋茂貌朝榮東北傾夕穎西南晞銑曰葵性衛足朝日出則東傾葉向東傾夕陽在西則傾心向日穎心晞日也 善曰淮南子曰聖人之於道猶葵之與日也雖不與終始而其鄉之誠也高誘曰鄉仰也誠實也零露垂鮮澤朗月耀其輝良曰零落也言露垂鮮澤以沐之月舒光輝以照之蓋喻君之恩及臣也 善曰毛詩曰零露瀼瀼時逝柔風戢歲暮商飈善本作猋字飛濟曰逝往也柔風春風也戢藏也商飈秋風也 善曰管子曰東方曰春柔風甘雨乃至楚辭曰商風肅而害之曾雲無溫液嚴霜有凝威向曰曾雲無溫液謂重雲無夏雨也此上四句皆喻在吳被破而來也 善曰鄭玄毛詩箋曰曾重也漢書曰搖實曰當從天氣以成嚴霜之威幸蒙高墉德玄景蔭素蘂翰曰至晉蒙天子之德以祿我亦如高牆玄陰之影庇蔭素蘂蘂花墉牆也玄謂墉陰之色玄黑景影也 善曰爾雅曰牆謂之墉說文曰蘂草木華盛貌也豐條並春盛落葉後秋衰慶彼晚彫福忘此孤生悲

向日言葵之豊條並於春盛之時落葉後於秋時而衰也心喜貌彤以為福而且忘孤生之悲也謂從呉來至此孤官故也

思友人詩一首 五言

曹顏遠 良曰臧榮緒晉書云曹攄字顏遠譙國人也篤志好學叅南國中郎將還高密王左司馬流人王逌等侵掠城邑遇戰軍敗死之攄與歐陽建俱以名稱相得故作此詩思之也善注同

密雲翳陽景霖潦浩 善本作淹字 庭除 銑曰翳掩也陽景日也霖潦雨水也除階也善曰周易曰密雲不雨左氏傳曰凡雨自三日以往為霖說文曰潦雨水也又曰除殿階也 嚴霜凋翠草寒風振纖枯 良曰纖細也枯槁木也善曰鄭玄禮記注曰振動也 凜凜天氣清落落

文選二十九　三十六

卉木踈 善曰古詩曰凜凜歲云暮杜篤首陽山賦曰長松落落毛萇詩傳曰卉草也 感時歌蟋蟀思賢詠白駒 翰曰蟋蟀詩篇名感歲暮也白駒詩篇名思賢人也善曰毛詩曰蟋蟀在堂歲聿其暮又曰皎皎白駒食我場苗縶之維之以永今朝毛萇曰賢者有乘白駒而去鄭玄曰絆之繫之欲留也 情隨玄陰滯心與迴飇 善本作飄字 俱 濟曰情隨玄陰閉塞不通為懷人也與迴風俱飛願遠去見友入也 思心何所懷懷我歐陽子 向曰歐陽建也善曰顏遠贈歐陽堅石詩曰嗟我良友惟彥之選然此歐陽即堅石也 精義測神奧清機發妙理 銑曰精奕之義若測度神之深奧文思清機變動發妙理也善曰周易曰精義入神以致用也廣雅曰奧藏也機樞機也 自我別旬朔微言絕于耳 良曰十日為旬月初曰朔微妙之言絕于我耳善曰論語崇爵讖曰子夏共撰仲尼微言以當素王劉子駿書曰夫子沒而微言絕禮記曰聲不絕于耳 褰裳不足難清揚未可俟 翰曰詩云子惠思我褰裳涉溱也故此事不足為難蓋友人眉目不可待而見之清揚人之眉目間也俟待也善曰毛詩曰子惠思我褰裳涉溱又曰有美一人清揚婉兮邂逅相遇適我願兮毛萇曰清揚眉目之間也 延首出階檐佇立增想似 向曰引領出望但益想其形似也階庭階也檐屋檐也善曰阮瑀止欲賦曰佇延首以極視兮意謂是而後非莊子徐無鬼曰夫越之流人去國數日見其所知者而喜去國旬月見所嘗見於國中而喜及期年也見似人者而喜矣不亦去人滋久者思人滋深乎

感舊詩一首 五言

曹顏遠 善曰此篇感故舊相輕人情逐勢

文選二十九　三十七

富貴他人合貧賤親戚離 濟曰富貴者雖不肖人皆附之以有所請求故雖他人下合也貧賤者雖賢人皆恥之以無所窺望故雖親乃離也善曰鶡冠子曰家富疎族聚居貧兄弟離 廉藺門易軌田竇相奪移 銑曰廉頗失權而門下賓客皆移於藺相如門後復位門客復來漢竇太后兄丞相竇嬰勢歸於太尉田蚡蚡雖去職以太后故言事多效人趍勢利者皆去嬰歸蚡也勢利相奪有如者善曰史記曰藺相如出望見廉頗相如引車避匿於是舍人相與諫曰臣去親戚而事君者徒慕君之高義也今君與廉君同列廉君宣惡言而君畏匿之恐懼殊甚且庸人尚羞之況於將軍乎臣等不肖請辭去漢書曰竇太后怒免丞相竇嬰太尉田蚡嬰蚡以侯居家蚡雖不任職以太后故親幸數言事多效士趍勢利者皆去嬰而歸蚡 晨風集茂林栖鳥去枯枝 良曰晨風鸇也其集乃茂林則栖鳥

皆懼而去飛就枯枝也　善曰毛詩曰鴥彼晨風鬱彼北林國語優施歌曰暇豫之吾吾不如鳥烏烏皆集於苑己獨集于枯黃石公兵書曰樹杌者鳥不棲也今我唯困蒙羣善本作郡字士皆善本無皆字背馳翰曰言我困於蒙暗而羣賢士子皆背我而走善曰周易曰困蒙吝鄉人敦懿義濟濟蔭光儀向曰敦重懿美也言鄉人重義濟濟盛多爲我庇蔭假與我光儀也善曰春秋說題辭曰秉懿誠之義思至忠之功鷃鵲賦曰待君子之光儀對賓頌有客舉觴詠露斯向曰詩云有客宿宿則爲頌美客也湛湛露斯匪陽不晞厭厭夜飲不醉無歸今鄉人情重皆頌詠此詩　善曰毛詩曰有客宿宿有客信信言授之縶以縶其馬又曰湛湛露斯匪陽不晞厭厭夜飲不醉無歸臨樂何所歎素絲與路歧濟曰今臨歡樂何所爲歎也蓋恐素絲逐染人心有易也

文選二十九　三十八

路歧與之多失其所以援也　善曰禮記曰執紼不笑臨樂不歎淮南子曰揚子見歧路而哭之爲其可以南可以北墨子見練絲而泣之爲其可以黃可以黑高誘曰閔其別與化也

雜詩一首　五言

何敬祖　善曰贈荅何在陸前而此居後誤也

秋風乘夕起明月照高樹善曰賈逵國語注曰乘陵也陵亦侵也閑房來清氣廣庭發暉素翰曰清氣微風也暉素月色也善曰暉素月光也古長歌行曰昭昭素明月暉光燭我床靜寂愴然歎惆悵忽善本作出字游顧向曰秋物凋落閑夜無友故愴然發歎出戶游望久顧望也　善曰惆悵已見上文仰視垣上草俯察階下露良曰垣牆也俯察下視也　善曰垣草易凋階露易消言可傷也心虛體自輕飄颻若仙步銑曰感此時物見草露之理心達於虛無而覺體輕故若仙步善曰言既悟二物故當全形養生列子曰甯郭子貌充心虛張湛曰心虛則形全劉梁七舉曰霍爾體輕瞻彼陵上栢想與神人遇翰曰栢之耐寒而不凋故想與神仙之人與之遇合求長生也善曰古詩曰青青陵上栢文子曰天地之間有神人眞人道深難可期精微非所慕濟曰大道深遠難可期知精微之理亦非敢所慕也　善曰魏武帝秋胡行曰道深未可得名山歷觀行禮記曰得產之微也精微鄭玄曰微密也勤思終遙夕永言寫情慮向曰勤勞遙長也善曰尚書曰歌永言

雜詩一首　五言

文選二十九　三十九

王正長　翰曰臧榮緒晉書云王讚字正長義陽人也博學有俊才辟司空掾歷散騎侍郎卒　善注同

朔風動秋草邊馬有歸心向曰感離別也朔北也邊馬胡馬也善曰蔡琰詩曰北風厲兮肅泠泠胡笳動兮邊馬鳴胡寧久分析靡靡忽至今濟曰胡何寧安析離也靡靡漸進也言何能安此分離之情漸進時序忽至今日　善曰毛詩曰胡寧忍予又曰行邁靡靡王事離我志殊隔過商參良曰國家之事離別我志方隔絕過於商參之星不可相望商則辰星也　善曰毛詩曰王事靡盬左氏傳子產曰高辛氏有二子伯曰閼伯季曰實沈不相能后帝不臧遷閼伯于商丘主辰商人是因故辰爲商星遷實沈于大夏主參唐人是因其季世曰唐叔虞故參爲晉星參辰更見已見上文昔往鶬鶊鳴今來

蟋蟀吟翰曰昔徃春時拒思忽已秋矣鶬鶊春鳥蟋蟀秋蟲善曰毛詩曰春日遲遲倉庚喈喈聖主得賢臣須曰蟋蟀候秋吟人情舊鄉客鳥思棲故林善本作人情懷舊鄉客鳥思故林銑曰鳥去巢而遊者必還棲故所善曰文子曰鳥飛反鄉依其所生師涓久不奏誰能宣我心向曰師涓古之善鼓琴者以喻不見所思之人誰復能宣通我心志也善曰韓子曰衛靈公將之晉至濮水之上而宿夜分而聞有鼓新聲者而說之召師涓而告之曰有鼓新聲者其狀似鬼神子為我聽而寫之師涓曰諾因端坐撫琴而寫之師涓明日報曰臣得之矣

雜詩一首五言

棗道彥翰曰晉書云棗據字道彥潁川人美容貌善文辭弱冠辟大將軍府遷尚書郎中庶子善曰今書七志曰棗據字道彥潁川

文選二十九　四十

人弱冠辟大將軍府遷尚書郎太尉賈充為伐吳都督請為從事中郎遷中庶子卒

吳寇未殄滅亂象侵邊疆向曰吳寇孫氏也殄絕象道也言亂我家國正道勞吾軍旅善曰左氏傳晉侯問於卜弱曰吾聞之宋災於是乎知有天道可必乎對曰國亂無象不可知也天子命上宰作蕃于漢陽良曰上宰賈充也征吳都督江漢而道彥為之從事善曰上宰賈充也毛詩曰价人惟蕃毛萇曰价善也蕃屏也左氏傳晉欒貞子曰漢陽諸姬楚實盡之穀梁傳曰水北曰陽漢陽漢水之陽也開國建元士玉帛聘賢良濟曰賈充招聘賢士立於軍旅而用之建立元善也玉帛聘賢之重禮善曰周易曰大君有命開國承家小人勿用禮記曰天子八十一元士王逸楚辭注曰天下賢人將持玉帛聘而遺之呂

氏春秋曰聘名士高誘曰聘問之也將與興化致治也予非荊山璞謬登和氏場銑曰道彥自謙才非荊山之玉和氏知玉者謂謬當進用如非玉登於玉場善曰韓子曰楚人和氏得璞玉於楚山之中羊質服虎文鷲善本作燕字翼假鳳翔翰曰人之非材如羊有虎文色也鷲鳥假為鳳皇之飛善曰揚子法言曰或問質曰羊質而虎皮見草而悅見豺而戰也既懼非所任怨彼南路長向曰謂賈充用我懼不當所任怨望不堪任重致遠故云怨彼南路長善曰曹子建贈白馬王詩曰怨彼東路長千里既悠邈路次限關梁向曰悠邈遠也限隔梁橋也善曰楚辭曰關梁閉而不通僕夫疲善本作罷字遠陟善本作涉字車馬困山岡翰曰僕夫駕車馬人也陟升也善曰僕夫已見上文深谷下無底高巖暨穹

文選二十九　四十一

蒼銑曰暨至也穹蒼天也善曰列子夏革曰渤海之東有大壑焉實惟無底之谷預左氏傳注曰暨至也爾雅曰穹蒼蒼天也豐草停滋潤霧露霑衣裳翰曰豐長也言草上停霧露之滋潤行人拂之乃霑衣裳善曰毛詩曰湛湛露斯在彼豐草沾衣裳已見上文玄林結陰氣不風自寒涼銑曰林深而黑故云玄林善曰高唐賦曰玄木冬榮顧瞻情感切惻愴心哀傷善曰廣雅曰感傷也士生則懸弧有事在四方翰曰弧弓也人生男子則懸弓於門左示有志在四方也善曰禮記曰國君太子生三日卜士負之射人以桑弧蓬矢六射天地四方又孔子曰士使之射不能則辭以疾懸弧之義也韓詩內傳曰男子生桑弓蓬矢六射上下四方明當有事天地四方也安得恒逍遙端坐守閨房翰曰人生志在四方何得恒常逍遙閨房之樂

引義割外情內感實難忘翰曰但爲義道相引割情行於外而
內之感別難可忘也善曰非有先生論曰引義以正身

雜詩一首 五言

左太沖善曰沖于時賈充徵爲記室不就因感人年老故作此詩

秋風何烈烈善本作列列白露爲朝霜善曰毛詩曰蒹葭蒼
蒼白露爲霜柔條旦夕勁綠葉日夜黃良曰柔條木之生榮
至秋節而成勁也露於霜露葉復黃也明月出雲崖皦皦流素
光銑曰崖畔也皦皦明貌曰劉楨詩曰皦皦月垂素光善披軒臨前庭
嗷嗷晨鴈翔濟曰披開軒戶也嗷嗷聲也善曰軒長廊之窗也毛詩曰鴻
鴈于飛哀鳴嗷嗷高志局四海塊然守空堂翰曰言高志以

四海爲局小而終不遂志獨守空堂也塊獨也善曰尸子曰八極爲局淮南子曰塊然獨
獨處壯齒不恒居歲暮常慨慷向曰壯齒謂少年也言少年顏
色不常居任忽即衰老故常爲歎歲暮謂衰暮之年也慨慷歎聲也善曰廣雅曰齒年
也

雜詩一首 五言

張季鷹濟曰晉書云張翰字季鷹吳人也有清才而縱任不拘時
人號爲江東步兵齊王冏辟爲東曹掾善曰今書七志曰張翰字
季鷹吳郡人也文藻新麗齊王冏辟爲東曹掾覩天下亂東歸卒於
家

暮春和氣應白日照園林青條若總善本作揔字

翠黃華如散金良曰總集也言木之青條蒙密若集翡翠之鳥也華花也
嘉卉亮有觀顧此難久耽良曰雖嘉卉信有可觀見其榮必有
衰難久耽樂感之於心也善曰西京賦曰嘉卉灌叢爾雅曰耽樂也毛萇詩傳曰耽樂
之久者也延頸無良塗頓足託幽深翰曰引領望榮官之路既
已絕矣乃復頓足下流託幽深之居善曰呂氏春秋曰天下莫不延頸舉踵頓猶止也
吳季重與曹丕書曰雖云幽深視險若夷榮與壯俱去賤與老相
尋向曰壯少也貧賤衰老之至若故來而相尋歡樂不照顏慘愴
發謳吟濟曰既以衰暮貧賤歡樂之色不照於顏故悲而發此歌吟也謳歌也
謳吟何嗟及古人可慰心翰曰貧賤不遇天之常理亦何謳吟
嗟歎所能及也但古人有甘貧賤知天命者可以自慰也善曰毛詩曰啜其泣矣何嗟

及矣又曰我思古人實獲我心又曰仲山父永懷以慰其心

雜詩十首 五言

張景陽

秋夜涼風起清氣蕩暄濁良曰蕩洗也蜻精蛚列
吟階下飛蛾拂明燭銑曰蜻蛚秋蟲也燭燈也善曰易通卦驗曰
立秋蜻蛚鳴崔豹古今注曰飛蛾善拂燈火也君子從遠役佳人守
煢獨濟曰佳人婦人也煢孤也善曰君子謂夫也毛詩曰未見君子佳人已見上
文離居幾何時鑽燧忽改木向曰言夫離別而居幾時也
燧火也忽疾也改木謂改其鑽火之木也謂經久時也善曰離居已見上文論語曰鑽
燧改火禮含文嘉曰燧人始鑽木取火炮生爲熟鄒子曰春取榆柳之火夏取棗杏之火

季夏取桑柘之火秋取柞楢之火冬取槐檀之火房櫳無行跡庭草萋已善本作以字綠翰曰櫳亦房之通稱萋盛貌善曰說文曰櫳房室之疏也古詩曰秋草萋以綠青苔依空牆蜘蛛網四屋善曰淮南子曰窮谷之夸生以蒼苔說文曰鼅鼄鼄蝥也魏文帝詩曰蜘蛛繞户牖野草當階生論衡曰蜘蛛結絲以網飛蟲人之用計安能過之感物多所懷沈憂結心曲良刁感此時物憂氣結之於心也善曰古詩曰感物懷所思沈憂已見上文毛詩曰亂我心曲

大火流坤維白日馳西陸翰曰大火心星名七月即見西南西南坤位故曰坤維秋則日行於西道陸逵也善曰毛詩曰七月流火毛萇曰火大火也誰南子曰坤維在西南又曰斗指西南維為立秋續漢書曰日行西陸謂之大火杜預左氏傳注曰陸道也浮陽映翠林迴飈善本作猋字扇綠竹向曰浮陽日光也飈風扇動也善曰陽日也飛雨灑朝蘭輕露栖叢菊銑曰蘭菊並香草而露霑其上如栖止也龍蟄暄氣疑天高萬物肅良曰七月龍蛇蟄藏而夏暄之氣疑而為霜露秋物凋落天地廓然而高萬物皆被肅殺之氣善曰周易曰龍蛇之蟄以求伸也禮記曰仲秋之月蟄蟲坏户廣雅曰疑止也楚辭曰悲哉秋之為氣天高而氣清毛詩曰九月肅霜毛萇曰肅縮也霜降而收縮萬物也尸子曰西方為秋秋肅也萬物草木肅敬禮之至也弱條不重結芳蕤豈再馥翰曰木之弱條未堅者已為霜殺不復重結其勁芳草之華豈能再香也蕤草木華也馥香也善曰文子曰冬氷可折夏條可結時難得而易失人生瀛海內忽如鳥過目濟曰九州外有瀛海以統人國言人居於此中死生之疾如鳥飛於目前也忽疾也善曰史記鄒衍曰中國名赤縣神州也中國外如赤縣神州者九乃所謂九州也於是有瀛海環之人民禽獸莫能相通者如一區中者乃為一州如此者九乃有大瀛海環之其外天地之外也川上之歎逝前脩以自勗向曰孔子在川上云逝者如斯夫不捨晝夜此前賢所以自勗勉也前脩猶前賢也善曰論語子在川上曰逝者如斯楚辭曰蹇吾法夫前脩号非世俗之所服蔡琰詩曰竭心自勗厲

金風扇素節丹霞啓陰期銑曰金風秋風也秋為白藏故云素節赤雲起則雨能開陰之氣候也啓開期候也善曰西方為秋而主金故秋風曰金風也河圖曰崐崙山有五色水赤水之氣上蒸為霞陰而赫然魏文帝芙蓉池詩曰丹霞夾明月騰雲似涌煙密雨如散絲寒花發黃彩善本

作采字秋草含綠滋翰曰寒花菊也彩色也秋草蘭也滋潤也閑居翫善本作玩字萬物離羣念善曰作戀字所思銑曰此時感物則離羣之情想戀所思之人也善曰閑居已見上文禮記子夏曰吾離羣索居亦已久矣寮無蕭氏牘庭無貢公綦音其良曰蕭育與朱博為友王陽與貢禹為密交述此兩事思友人不相往來也牘書也綦行跡也、、善曰漢書曰蕭育與朱博為友著聞當世時人為之語曰蕭朱結綬貢禹彈冠徃者有王陽貢公說文曰牘書版也班婕妤賦曰俯視兮丹墀思君兮履綦晉灼曰綦履跡也高尚遺王侯道積自成基向曰基本也高尚不仕離去王侯道積於身自成基本也善曰周易曰不事王侯高尚其事文子曰積道德者天與之地助之莊子曰無為無治謂之道基也至人不嬰物餘風足染時翰曰至道之人不嬰亂於

物其餘風足以染學於此時也　善曰莊子曰不離於真謂之至人又南郭子綦曰吾與
之乘天地之誠而不以物與之相嬰
朝霞迎白日丹氣臨暘善本作湯字谷濟曰日出之際東方
有赤氣若迎日也暘谷日出處朝霞赤丹氣也　善曰丹氣謂赤水之氣也淮南子曰日
出暘谷
翳翳結繁雲森森散雨足良曰翳翳雲初出貌森森
雨散貌　善曰毛詩曰曀曀其陰毛萇曰如常陰曀然翳與曀古字通論衡曰初出為雲
繁雲為翳蔡邕霖賦曰瞻玄雲之晻晻曖長雨之森森
輕風推善本作摧字
勁草凝霜竦喬善本作高字木銑曰竦猶驚也　善曰楚辭曰激凝
霜之紛紛
密葉日夜疎叢林森如束翰曰木葉密則枝重葉既
疎落條輕上指森森然如束也
疇昔歎時遲晚節悲年促向曰
疇昔少時歎歲時來遲晚節衰暮悲年華促也　善曰左氏傳羊斟曰疇昔之羊子為政

鄒陽上書曰至其晚節末路
歲暮懷百憂將從季主卜銑曰
百憂言多也將求季主卜之吉凶安在也司馬季主善卜也　善曰史記曰司馬季主者
楚人也卜於長安東市宋忠與賈誼遊於市中謁司馬季主請卜
昔我資章甫聊以適諸越濟曰章甫冠也資貨也言將此冠適
越而貨　善曰章甫以喻明德諸越以喻流俗也莊子曰宋人資章甫而適諸越越人敦
髮文身無所用之司馬彪曰敦斷也資取也章甫冠名也諸於也爾雅曰適往也
行
入幽荒甌善本作歐字駱從祝髮翰曰入行經於幽荒險阻
之路而越人之俗皆斷髮而此冠則無用矣甌越名駱越王姓也祝斷也　善曰史記曰
東海王搖者其先越王句踐之後也姓騶氏搖率越人佐漢漢立搖為東海王都東甌世

遂號為東甌王　徐廣曰騶一作駱穀梁傳曰吳夷狄之國祝髮文身范甯曰祝斷也鄭玄
毛詩曰從隨也
窮年非所用此貨將安設向曰冠不用於越將
何所設之此疾時君不用賢之甚也　善曰冠無所設以喻德無所効也西京賦曰窮年
忘歸
瓴零甋的夸璵璠上余下煩魚目笑明月銑曰瓴甋
甎也璵璠良玉也魚目魚之目精白者也明月寶珠也今越人以斷髮為美時君以小人
為賢亦猶以瓦質夸於良玉疏魚物笑於寶珠　善曰言流俗之失也爾雅曰瓴甋謂之
甓左氏傳曰季平子卒陽虎將以璵璠斂雒書曰秦失金鏡魚目入珠明月珠己見上文
不見郢中歌能否居然別陽春無和者巴人
皆下節翰曰郢中之歌有陽春巴人二曲陽春高曲和者甚少巴人下曲和者數
千人故知能否斯別亦猶章甫與斷髮之異而賢者與小人不同　善曰宋玉對問曰客

有歌於郢中者其始曰下里巴人國中屬而和者數千人其為陽春白雪國中屬而和者
不過數十人是其曲彌高者其和彌寡尹文子曰形之與名居然別矣楚辭曰攬騑轡而
下節
流俗多昏迷此理誰能察翰曰人皆不識賢愚之甚殊也
善曰禮記曰不從流俗鄭玄曰流俗失俗也
朝登魯陽關狹路峭且深流澗萬餘丈圍木
數千尋良曰魯陽關名其山峻阻路狹也峭峻也　善曰庾仲雍荊州記曰其北
有四關魯陽伊闕之屬也酈元水經注曰魯陽關水出魯陽關分頭山說苑齊王曰大國
之樹必巨圍應劭漢書注曰八尺曰尋
咆虎響窮山鳴鶴聒空
林濟曰咆哮鳴也窮山空山也聒聲多也　善曰說文曰咆嗥也杜預左氏傳注曰聒
讙也
淒風為我嘯百籟坐自吟良曰淒寒也嘯風聲也百籟謂

諸孔穴草木風所激而為聲善曰漢書息夫躬絶命辭曰秋風為我吟莊子子游曰地籟則衆竅是已無故自吟曰生也

感物多思情在險易常心

朅来戒不虞挺轡越飛岑翰曰感此山藪之物思情多在此險阻復有所懼故易恒常之心濟曰朅去也見險阻恐有顛墜故戒不虞虞度也險事不可測度恐有非常也挺猶舉也飛岑高山也善曰劉向七言曰朅来歸耕永自跡周易曰君子以治戎器戒不虞

王陽驅九折周文走岑崟音吟向曰王陽為益州刺史至九折阪歎曰奉先人遺體奈何乘此周文土行適險阻則走如避風雨也岑崟險阻貌善曰漢書曰琅琊王陽為益州刺史行部至邛僰九折阪嘆曰奉先人遺體奈何數乘此險以病去及王尊為刺史至其阪問吏曰此非王陽所畏道邪吏對曰是尊叱其馭曰驅之王陽為孝子王尊為忠臣然此言王陽驅九折蓋驅馬而去之也

公羊傳曰百里奚與蹇叔子送其子而戒之爾即死必殽之嶔巖是文王之所避風雨處也何休曰其處阻險故文王過之驅馳常若避風雨也

經阻貴勿遲此理著來今向曰經阻勿遲恐墜也言思往古王陽文王之事故戒之於今日也善曰漢書杜業上書曰深思往事以戒來今

此鄉非吾地此郭非吾城羇旅無定心翩翩如懸旌銑曰旅心不定如懸旌於風翩翩而飛是時從軍行也善曰左氏傳陳敬仲曰羇旅之臣戰國策楚王曰寡人心搖搖然如懸旌無所泊

出觀軍馬陣入聞善本作間字鞞鼓聲良曰鞞大鼓也善曰禮記曰君子聽鼓鞞之聲則思將率之臣鞞或為鼙周禮注曰鞞小鼓也

常懼羽檄飛神武一朝征濟曰羽檄軍書相通者神武天子也善曰漢書高祖曰吾以羽檄徵天下兵班固漢書高紀述曰實天生德聰明神武

長鋏鳴鞘中烽火列邊亭翰曰長鋏神劍名寇敵將至則必鳴於鞘中烽火所以警候遠近也善曰楚辭曰帶長鋏之陸離王逸曰長鋏劍名也曹植結客篇曰利劍鳴手中一擊兩尸僵說文曰烽燧候表邊有警則舉也

捨我衡門衣善本作依字更被縵胡纓向曰衡門衣謂野服今將捨而去之縵胡纓軍旅之服更易而被之善曰毛詩曰衡門之下可以棲遲莊子趙太子悝曰吾王所好劍士皆蓬頭突鬢垂冠縵胡之纓

疇昔懷微志帷幕竊所經銑曰有微妙之志運籌帷幄亦心之所經習也善曰帷謂謀於帷帳也兵書曰將軍於營張幕也

何必操干戈堂上有奇兵翰曰何必操干戈乃為用兵坐於廟堂之上以運籌策勍敵必滅可謂奇兵也善曰呂氏春秋曰士尹陁為荊使於宋司城子罕觴之南面之牆

犨於其前而不直西家潦注於庭下而不止問其故子罕曰南家鞔工也吾徙之其父曰吾恃鞔而食三葉矣今徙求鞔者不知吾處吾將不食故不徙也西家高吾宮卑潦注吾宮也今故不禁也荊適興兵攻宋尹陁歸諫而止孔子聞之曰夫修之廟堂之上折衝千里之外其司城子罕之謂乎高誘曰犨出也鞔履也孫武兵法曰奇正還相生若環之無端也

折衝樽俎間制勝在兩楹良曰折者挫前敵衝者衝突於鋒銳也制勝謂制謀必勝也晉平公欲伐齊使范昭觀齊國之政景公觴之昭曰請君棄酌公令侍者酌樽進之昭以飲晏子令撤樽而更之昭不悅起舞顧太師曰請我奏成周之樂太師曰瞽不習也范昭歸謂平公曰齊不可伐吾欲慙其君晏子知之吾犯其禮太師識之於是不伐齊孔子聞之曰不出樽俎之間折衝千里之外晏子之謂也樽酒樽也俎致肉盤也兩楹謂階間也言為籌策於此乃可制勝也善曰晏子春秋曰晉平公

使范昭觀齊國政景公觴之范昭起曰願得
君之樽為壽公令左右酌樽以獻晏子命撤
去之范昭不悅而起舞顧太師曰為我奏成
周之樂太師曰盲臣不習也范昭歸謂平公
曰齊未可并吾欲試其君晏子知之吾欲犯
其樂太師知之於是輟伐齊謀孔子聞之曰
善不出樽俎之間而折衝千里之外晏子之
謂也高誘呂氏春秋注曰折衝衝車所以
衝突也敵之軍能陷破也欲攻已者折還其
衝車於千里之外不敢來也孫子兵法曰水
因地而制行兵因敵而制勝李奇漢書注曰
制折也漢書杜鄴說王音曰所接雖在樞階
俎豆之間其於為國折衝厭難
豈不遠哉兩楹賓主之位也
巧遲不足稱
拙速乃垂名翰曰兵權不尚巧遲尚拙速也
垂名謂彊也　善曰孫子兵法
曰兵聞拙速不睹工久陸賈新語曰
建大功於天下者必垂名於萬世也
述職投邊城羈束戎旅間濟曰羈束猶拘束
也　善曰尚書大

文選二十九　五十

傳曰古者諸侯之於天子五年一朝見其身
述其職述其職者述其所職也長楊賦曰永
無邊城之患
下車如昨日望舒四五圓向曰下車謂始至也
望舒月也四五圓謂經四五月也　善曰下
車已見上文楚辭曰前望舒使先驅王逸曰
望舒月御也
借問此何時胡蝶飛南園銑曰欲明時候故自
發問此何時也胡蝶飛謂春時南園謂故鄉
宅之南　善曰莊子曰莊周夢為胡蝶栩栩
然司馬彪曰
蝶蛺蝶也
流波戀舊浦行雲思故山閩越
衣文蛇胡馬願度燕土風安所習由來有固
然翰曰閩越國人皆刻鏤其身為蛇文如入
衣服也胡馬本北方故心願度燕也且土
風何所習哉蓋由來有之固然也　善曰漢
書曰漢立無諸為閩越王王閩中蘇武書曰
越人衣文蛇代馬依北風君子於其國也悽
愴傷於心度燕即依北風也左氏傳晉侯曰

結宇窮岡曲耦耕幽藪陰濟曰結構屋宇於
深山之曲耦謂耕
鍾儀樂操土風東京賦曰九入心是所學體
安所習魯連子譚子曰物之必至理固然也
田之器　幽藪謂幽遠之藪澤也澤北曰陰窮
深岡山也　善曰論語曰長沮桀溺耦而耕
鄭玄周禮注
曰藪大澤也
荒庭寂已善本作以字閑幽岫峭且
深淒風起東谷有渰奄興南岑良曰荒庭謂
草木生於庭
也幽遠之處山峯峭峻入之復深也　向曰
渰雲起貌言有雲起於南岑也　善曰毛詩
曰有渰萋萋興雨祁祁毛萇曰渰雲
興貌渰與弇同說文曰山有穴曰岫
雖無箕
畢期膚寸自成霖銑曰箕星主風畢星主雨
期會也月與箕會則風畢
會則雨言雖無此星月之會但起膚寸之雲
以成霖雨也四指曰膚霖三日雨也　善曰
尚書曰月之從星則以風雨孔安國曰月經
于箕則多風離于畢則多雨公羊傳曰觸石

文選二十九　五十一

而出膚寸而合不崇朝而徧天下者
唯太山雲也向休曰膚寸四指為膚
澤雉登
隴善本作壟字雊寒猨擁條吟翰曰雊雉鳴也擁條
謂抱樹也　善曰
莊子曰澤雉十步一啄
百步一飲
磎善本作從水絕無人跡荒楚
鬱蕭森向曰荒草也木叢生曰楚鬱盛多也
蕭森條長貌　善曰長笛賦曰人迹
罕到說文曰
蕭森叢木也
投耒盧會循岸垂時聞樵采音濟曰
投棄也耒耕具也　言棄耕而循其岸邊時聞
樵采之人歌音也　善曰左氏傳曰楚公子
棄疾過鄭芻牧樵采不入田
不樵樹不采蓺杜預曰蓺種也
重基可擬志
迴淵可比心良曰重基山也其高可以擬志
迴淵深淵也其清而深可以比
心也　善曰春秋運斗樞曰山者地基
顧子曰登高使人意遐臨深使人志清
養真
尚無為道勝貴陸沈翰曰養真謂任性縱逸
所尚於無為也道勝謂

道之勝者所貴急身也陸沈謂無水而沈淪於山林也　善曰曹植辯問曰君子隱居以
養真也王逸楚辭注曰守真玄默也莊子曰天無為以之清地無為以之寧故兩無為相
合萬物皆化人孰得無為哉韓子解老曰所以貴無為無思為虛者謂其意無所制也
慎子曰夫道所以使賢無奈不肖何也所以使智無奈愚何也若此則謂之道勝矣又曰
道勝則名不彰莊子曰孔子之楚舍於蟻丘之漿其鄰有夫妻臣妾登極者仲尼曰是陸
沈者也是其市南宜寮邪郭象曰人中隱者譬如無水而沈也游思竹素園
寄辭翰墨林銑曰竹素皆古人所用書之者言游思古人典籍也言園謂廣
也翰筆也謂寄文辭於筆墨之林言林者謂多也　善曰風俗通曰劉向為孝成皇帝典
校書籍皆先書竹為易刊定可善寫者以上素也今東觀書竹素也歸田賦曰揮翰墨以
奮藻長楊賦曰籍翰林以為主人

黑蜧麗躍重淵商羊舞野庭向曰蜧蛇也生於深淵若涌出
則致雲雨商羊烏亦致雨水也皆天將降雨候　善曰淮南子曰犧牛騂毛宜於廟牲其
於致雨不若黑蜧高誘曰黑蜧黑蛇也潛於神泉能致雲雨家語曰齊有一足之鳥飛集
公朝下止於殿前舒翅而跳齊侯大怪之使使聘魯訪諸孔子孔子曰此名曰商羊水祥
也昔童兒有屈其一腳振迅兩臂而跳且謠曰天將大雨商羊鼓舞大齊有之其應至矣
言趣治溝渠修堤防將有大水為災頃史大霖水沈溢諸國傷害民人唯齊備不敗也
飛廉應南箕豐隆迎號屏翰曰飛廉風神應於南箕星謂好風
故也豐隆雷神號屏雨師故雷神迎之風雷雨相成助也　善曰楚辭曰後飛廉兮使奔
屬飛廉風伯也楚辭曰吾令豐隆乘雲兮王逸曰豐隆雲師也楚辭曰屏號起雨何以興
之王逸曰屏屏翳雨師名也號呼也興起也言雨師號呼則雲起而雨下也雲根臨

八極雨足灑四溟良曰八極四方四角也四溟謂四海也謂天下雲徧
起也　善曰淮南子曰八紘之外有八極八極之雲是雨天下高誘曰八極八方之極也
四溟四海也霢灑過二旬散漫亘九齡翰曰言霢雨過二十
日也散漫水大亘次於堯時洪水九年也善曰言今淫雨霢灑已過二旬水流散漫亘
乎九齡也鄭玄詩譜曰堯之末洪水九年萬國不粒階下伏泉涌堂上
水衣生良曰伏潛也　善曰高誘淮南子注曰蒼苔水衣也洪潦浩方
割人懷昏墊情向曰洪大也潦雨水也割害墊溺也言大水浩浩然方為
患害下人懷昏溺之情也　善曰尚書曰湯湯洪水方割孔安國曰割害也木方為害也
尚書禹曰洪水滔天浩浩懷山襄陵下民昏墊孔安國曰昏瞀墊溺皆病水災沈液
漱陳根綠葉腐父秋莖銑曰沈液雨水也言漱蕩草根皆陳萎也

而木葉之莖以水久注亦以腐爛也　善曰漱蕩也鄭玄毛詩箋曰陳根可拔里無
曲突煙路無行輪聲翰曰閭里室宇皆巳頹壞則竈之曲突水所奔
流故無煙也水深塗泥車輪不行故無聲也善曰漢書徐福上書曰曲突徙薪無恩澤
環堵自頹毀垣閭不隱形良曰環堵人之小室也垣牆也閭里
門也皆頹毀故人室家不復隱形也　善曰禮記曰儒有環堵之室廣雅曰墉垣牆也釋
名曰墉容也所以蔽隱形容也尺燼重尋桂紅粒貴瑤瓊良曰
燼薪也紅粒米也謂有水災生者貴故一尺之薪價重於一尋之桂而米亦貴於玉也
善曰說文曰燼薪也戰國策曰蘇秦之楚三月乃得見王談卒辭行楚王曰先生不遠千
里而臨寡人曾弗肯留願聞其說對曰楚國食貴於玉薪貴於桂謁者難見於鬼王難見
於帝今令臣食玉炊桂因鬼見帝其可得乎漢書曰大倉之粟紅腐而不可食也若

子守固窮夫善本作在字約不爽貞銑曰君子雖處約儉之代不爽貞正之志善曰論語曰子路慍見曰君子亦有窮乎予曰君子固窮左氏傳晉成鱄曰居利思義在約思純爾雅曰爽差也周易曰貞正也雖榮田方贈慙為溝壑名向曰子思貧居田子方贈狐白裘不受子方曰吾與人物隨而忘之若棄耳子思曰吾聞忘施猶棄物於溝壑吾雖貧不忍以身為溝壑也君子固窮雖有贈惠之榮慙為此名也善曰說苑曰子思居衛縕袍無裏二旬九食田子方使人遺狐白之裘恐其不受因謂之曰吾假人遂忘之吾與人如棄之子思辭曰伋聞忘與不如遺棄物於溝壑伋雖貧不忍身為溝壑故不敢當卒不肯受取志於烏陵子

比之善本作足字黔婁生翰曰於陵仲子隱於陵地楚王聞其賢使持百金聘之不受黔婁先生亦賢人魯公使致禮粟三十鍾將用為相先生辭而不受故景陽

慕也善曰孟子章句曰陳仲子豈不誠廉士哉居於陵三日不食耳無聞目無見井上有李螬食實者過半矣匍匐往將食之三咽然後耳有聞目有見也仲子織屨妻辟纑以易之劉熙曰陳仲子齊一介士也螬蟲也李實有蟲食之過半言仲子自無見也仲子自織屨妻紡纑以易食也緝績其麻曰辟練麻曰纑也列女傳曰黔婁先生死曾子弔之曰先生何以為謚妻曰以康為謚曾子曰先生在時食不充虛衣不蓋形何樂於此而謚為康乎妻曰先生君嘗欲授之政以為國相而辭不為是其有餘貴也君嘗賜之粟三十鍾先生不受是其有餘富也其謚為康不宜何也皇甫謐高士傳曰黔婁先生者齊人也修清節不求進

文選卷第二十九

詩
雜詩下
雜擬上

文選
三十

文選卷第三十

梁昭明太子撰　五臣并李善注

雜詩下

郡内登望詩一首
和伏武昌登孫權故城詩一首
和王著作八公山詩一首
和徐都曹詩一首
和王主簿怨情詩一首
沈休文和謝宣城詩一首
應王中丞思遠詠月詩一首
冬節後至丞相第詣世子車詩一首 善本世子字下作車中五韻詩一首
直學省愁臥詩一首
詠湖中鴈詩一首

三月三日率爾成詩一首
雜擬上
陸士衡擬古詩十二首
張孟陽擬四愁詩一首
陶淵明擬古詩一首
謝靈運擬鄴中詠八首
雜詩下

時興詩一首 五言

盧子諒 名諶 翰曰時興感時物而興喻情也亦雜詩之類

亹亹 尾 圓象運悠悠方儀廓 向曰亹亹行進也悠悠遠也圓象天也方儀地也運動廓大也善曰楚辭曰歲亹亹而過中曾子曰天道曰圓地道曰方在天成象故曰圓象天地曰兩儀故曰方儀也賈逵國語注曰悠悠長也爾雅曰廓大也

忽忽歲云暮游原采蕭藿 銑曰游於原野也蕭香蒿也藿豆苗也惜時逝之意也善曰楚辭曰歲忽忽而遒盡毛詩曰歲聿云暮采蕭穫菽毛萇曰云言也又曰蕭蒿也菽藿也

北蹄邙 善本作芒字 與河南臨伊與洛 良曰踰度也邙山名伊洛水也善曰芒山名也河及伊洛皆水名 凝霜

霑蔓草悲風振林薄摵摵 所隔 芳葉零蘂 善本作蘂 芬華落 濟曰摵摵葉落聲零落也蘂蘂香落貌善曰楚辭曰激凝霜之紛紛又曰哀江介之悲風摵已見射雉賦字書曰蘂垂也如捶切 下泉激冽

清曠野增遼索 向曰下泉流泉也激急冽寒曠寬增益也言流泉至於秋則急流而清澈也寬野之中益以遼遠蕭索然也善曰毛詩曰冽彼下泉毛萇曰冽寒也司馬彪莊子注曰流急曰激毛詩曰率彼曠野毛萇曰曠空也 登高眺遐

荒極望無崖崿 五各反 翰曰遐遠也荒謂野中多草也崖崿邊畔也善曰文字集略曰崿崖也 形變隨時化神感因物作 銑曰萬物形變隨時而化神思之感因此而作也善曰莊子曰形變而有生又曰一龍一蛇與時俱化爾雅曰感動也老子曰萬物並作吾以觀其復王弼曰作生長也子曰以虛靜觀其反覆也

澹乎至人心恬然存玄漠 濟曰至人真性澹乎恬然無所營為唯在玄寂寞而已善曰言澹乎同彼至人意存玄漠而已莊子曰澹而靜乎漠而清乎王逸楚辭注曰憺安也憺與澹同莊子曰不離於真謂之至人又曰至人

之用心若鏡淮南子曰恬然則縱之廣雅曰恬靜也張華勵志詩曰大猷玄漠廣雅曰去道也又曰漠泊也說文曰泊無也

雜詩二首 五言

陶淵明

結廬在人境而無車馬喧良曰結構廬室也善曰結猶構也問君何能爾心遠地自偏銑曰問君何能如此者自以設問持明下文也遠謂心自幽遠雖處喧境如偏僻也善曰鄭玄禮記注曰爾助語也琴賦曰體清心遠邈難極采菊東籬下悠然望南山向曰菊香草黃華可以泛酒悠然遠貌此得性自縱逸也山氣日夕佳飛鳥相與還此間有真意欲辯已忘言翰曰日暮山氣蒙翠所謂佳也飛鳥晝遊而夕相與歸于山林此得天性自任者也而我欲言此真意吾亦自入真意也故遺忘其言而無言也善曰管子曰夫鳥之飛必還山集谷也楚辭曰孤死必首丘夫人孰能反其真情王逸注曰真本心也莊子曰言者所以在意也得意而忘言也

秋菊有佳色裛於劫露掇其英泛此忘憂物遠我達世情良曰掇采英花也菊有佳色故秉裛露而采之泛之於酒自飲天性故遠達世上之情不若我也忘憂物謂酒也善曰文字集略曰裛坌衣香也然露坌花亦謂之裛也毛萇詩傳曰掇拾也毛詩曰微我無酒以遨以遊毛萇曰非我無酒可以忘憂也潘岳秋菊賦曰汎流英於清醴似浮萍之隨波纓子董無心曰無心鄙人也不識世情一觴雖獨進盃盡壺自傾良曰獨酌獨進杯也又自傾壺而斟也日入羣動息歸鳥趨林鳴銑曰衆物之羣動者日入皆息故歸鳥趍飛於林而喧鳴也此自合其真理故言之善曰莊子善卷曰余日出而作日入而息尸子曰晝動而夜息天之道也杜育詩曰臨下覽羣動曹子建贈白馬王彪詩曰歸鳥赴喬林嘯傲善本作傲字東軒下聊復得此生向曰嘯傲超逸貌軒擔也言自超逸於東擔之下聊復得此達生之樂也善曰郭璞遊仙詩曰嘯傲遺俗網聊復得此生劉瓛易注曰自無出有曰生生得性之始也

詠貧士詩一首 五言

陶淵明

萬族各有託孤雲獨無依翰曰萬類各有所託附而孤雲迴出獨無所依蓋以喻貧士也善曰孤雲喻貧士也陸機鼈賦曰總美惡而兼融播萬族乎一區楚辭曰憐浮雲之相佯王逸注曰佯無依據之貌也曖曖虛中滅何時見餘輝良曰曖曖暗貌言暗昧游於虛中終以消滅何復見有光輝也謂貧士無榮富之望善曰王逸楚辭注曰曖曖昏昧貌陸機擬古詩曰照之有餘輝朝霞開宿霧衆鳥相與飛銑曰早朝夜氣已開衆鳥皆飛喻衆人各有所營為也朝霞謂早時宿霧謂夜氣也善曰喻衆人也遲遲出林翮未夕復來歸向曰此謂困鳥遲遲緩舉其羽未夕來歸謂不及衆鳥之次貧士亦不及衆人也善曰亦喻貧士也量力守故轍豈不寒與飢知音苟不存已矣何所悲濟曰貧士量其微力守其故跡不為營求常苦飢寒知我者且無矣則為數何所悲也轍跡也知音謂知我者也苟且也已矣歎也善曰左氏傳晉荀吳曰量力而行又向秀曰飢寒之不恤誰能恤楚也古詩曰不惜歌者苦但傷知音稀楚辭曰已矣國無人兮莫我知

文選三十　四

文選三十　五

讀山海經一首五言翰曰山海經者所記衆山百川草木禽獸之書潛讀之因而詠

陶淵明

孟夏草木長繞屋樹扶疎銑曰此先述時候扶疎謂枝葉四布貌善曰上林賦曰垂條扶疎衆鳥欣有託吾亦愛吾廬既耕亦已種且還讀我書窮巷隔深轍頗迴故人車良曰衆鳥皆欣此茂林之扶疎而我亦愛我所居蓋各得其所向曰大路車馬行多故轍跡深也頗少也言窮巷之曲隔此大路少能迴故人之車以過我也謂所居幽僻善曰漢書曰張負隨陳平至其家乃負郭窮巷以席爲門門外多長者車轍韓詩外傳楚狂接輿妻曰門外車轍何其深歡言酌春酒摘善本作擿我

文選三十　六

園中蔬濟曰蔬菜也善曰張協歸舊賦曰苦辭既接歡言乃周毛詩曰爲此春酒微雨從東来好風與之俱翰曰夏之暑熱風雨俱來清滌煩氣故曰好風善曰閑居賦曰微雨新晴泛覽周王傳流觀山海圖銑曰泛溥也周王傳謂周穆王傳也穆王車轍馬跡徧於天下故先溥覽之然後流目於山海經也圖象也善曰周王傳穆天子傳也山海圖山海經也俛仰終宇宙不樂復何如向曰讀此書俛仰之間終見天下之事可謂樂也善曰莊子老聃曰其疾也俛仰之間再撫四海之外又善卷曰余立於宇宙之中毛詩曰既見君子云何不樂

七月七日夜詠牛女一首五言善曰齊諧記曰桂陽城武丁有仙道常在人間忽謂其弟曰七月七日織女渡河諸仙悉還宫吾向已被召不得停與爾別矣弟問織女何事渡河兄何當還荅曰織女暫詣牽牛吾去後三千年當還耳明旦失武丁所在世人至今猶云七月七日織女嫁牽牛

謝惠連

落日隱櫚楹升月照簾櫳翰曰楹柱櫳窻也善曰毛詩曰如月之升說文曰櫳房室之疏也團團滿葉露析析先歷振條風良曰團團露貌析析風聲善曰毛詩曰野有蔓草零露團兮楚辭曰秋風兮蕭蕭舒芳兮振條蹀牒足循廣除瞬舜目矖力帝曾穹向曰蹀足謂案步也除庭也瞬目謂動目也矖視也曾穹天也案步循行於庭動目以視高天也善曰呂氏春秋曰惠盎見宋康王康王蹀足謦欬聲類曰蹀躡也登樓賦曰循階除而下

文選三十　七

降說文曰除殿階也又曰瞬開闔目也蒼頡篇曰矖索視之貌也穹天也雲漢有靈匹彌年闕相從銑曰雲漢天河也靈匹謂牛女相匹耦也彌終也謂終年闕於相從會合也善曰毛詩曰倬彼雲漢曹植九詠注曰牽牛爲婦七月七日得一會同也毛萇詩傳曰彌終也遐川阻暱善本作眤字愛脩諸曠清容翰曰遐長暱親脩遠曠隔也謂長川阻其親愛長隔於清容容儀也長川遠諸皆天河也善曰曹植九詠注曰織女牽牛之星各處河之旁爾雅曰暱近也孫炎曰親之近也蒼頡篇曰曠跡曠也弄杼不成藻聳轡鶩前蹤濟曰弄杼謂織也藻文聳踴也言憂此久曠故織不成文聳踴轡馳赴前蹤也善曰古詩曰纖纖擢素手札札弄機杼終日不成章泣涕零如雨王逸楚辭注曰蹤軌也昔離秋已兩今聚夕無雙良曰今夕一聚明晨復離故云今聚夕無雙也

善曰昔離迄今會而秋已兩今聚便别故夕無雙也傾河易迴斡款情
善本作顩字難久悰音琮悰樂也向曰傾邪斡轉㝡愛天河將斜易為迴轉
謂向曉也故愛情難為久樂即見分離善曰傾河天漢也陸機擬古詩曰天漢東南傾
邊讓章華臺賦曰天河既迴徽樂未終如淳漢書注曰斡轉也字林曰款誠也意有所欲
廣雅曰悰樂也沃若靈駕旋寂寥雲幄空翰曰沃若龍行貌靈
駕旋謂牛女龍駕各還歸也寂寥空虛貌雲幄帳也此會合於天而言雲者故其宜也言
別離之後雲幄已空也善曰毛詩曰我馬維駱六轡沃若陸機雲賦曰藻帝高舒長帷
虹繞留情顧華寢遙心逐奔龍翰曰謂牛星留情顧戀華寢之
處遠心逐織女之龍車也善曰龍仙者所駕故遙心以逐之莊子曰神人乘雲氣御飛
龍也沈吟為爾感情深意彌重向曰此惠連沈吟為之感生故

情深而意彌多也重猶多也善曰古詩曰馳情整巾帶沈吟聊躑躅鄭玄毛詩箋曰爾
沒也廣雅曰感傷也鄭玄儀禮注曰彌盡也

擣衣詩一首五言良曰婦人擣帛裁衣將以寄遠也

謝惠連

衡紀無淹度晷運倏如催銑曰衡紀玉衡星也度數還轉無復
淹停日行倏忽之疾有如相催善曰漢書曰用昏建者杓夜半建者衡晉灼曰衡斗之
中央也爾雅曰星紀斗牽牛也漢書音義曰二十八舍列在四方日月行焉起於星紀也
說文曰晷日景也周易曰日月運行白露滋園菊秋風落庭槐
濟曰滋閏也肅肅莎雞羽烈烈寒螿子良啼翰曰肅肅羽動
聲莎雞促織蟲烈烈聲多貌寒螿蟬也善曰毛詩曰六月莎雞振羽一名促織一名絡
緯一名蟋蟀論衡曰夏末寒蜻蛚鳴將感陰氣也許慎淮南子注曰寒螿蟬屬也夕
陰結空幕宵善本作霄字月皓中閨良曰夜陰之氣結集空帷
月照於閨房之中也晚幕帷宵夜皓照也夕美人戒裳服端飾相
招攜向曰戒備端整也謂美人之徒相與備整衣裳服裝飾以相招攜也善曰楚
辭曰美人皓齒嫮以姱左氏傳曰招攜以禮何休公羊傳注曰攜持將也簪玉出
北房鳴金步南階濟曰簪玉首飾也鳴金佩飾也步南庭持擣衣也
善曰魏臺訪議曰以玉為笄也古曰笄今曰簪繁欽定情詩曰何以致拳拳綰臂雙金環
櫩高砧響發楹長杵聲哀銑曰室之高深動聲響切也楹柱也
楹長故櫩高也善曰郭璞曰砧木質也然此砧為擣帛之質也文字集略曰砧杵之質
也豬金切爾雅質曰砧謂之榩微芳起兩袖輕汗染雙題翰曰

芳香也運杵用力故有微汗題額也言雙者兩人對為之善曰說文曰題額也紈
素既已成君子行未歸向曰紈素帛也君子謂夫也善曰君
子謂夫也毛詩曰未見君子裁用笥四中刀縫為萬里衣
良曰笥箱也夫在遠方故云萬里衣善曰古詩曰相去萬餘里盈篋苦頰自
余手幽緘俟善本作候字君開濟曰篋亦箱也盈藏也自猶出也緘
密緘封俟待也善曰說文曰篋笥也又曰緘束篋也古咸切腰帶準疇昔
不知今是非翰曰衣腰與帶尺度長短唯舊所裁不知今是與非也疇昔謂
舊日善曰左氏傳羊斟曰疇昔之羊子為政

南樓中望所遲去客一首五言善曰謝靈運遊名
山志曰始寧又北轉一汀七里直指舍下園南門樓自南樓百許步對橫

山

謝靈運翰曰靈運登樓望所待客未至故作是詩遲待也

杳杳日西頹漫漫長路迫登樓為誰思臨江遲來客銑曰杳杳遠貌漫漫長貌迫近也翰衰老而長逝之路近也故云登樓為誰思但臨江待客以寫憂思善曰楚辭云日杳杳以西頹路長遠而窘迫王逸注曰言道路長遠不得復還憂心迫窮無所訴志也楚辭曰吹參差兮誰思遲猶思也

與我別所期期在三五夕善曰陸機贈馮文羆詩曰問子別所期耀靈緣扶木三五謂十五日也禮記曰月者三五而盈也

圓景早已滿佳人猶未適向曰客與我別時所期十五日也今已至期猶復未至也三五十五日也圓景已滿謂至期也佳人謂君子也適謂所意也善曰曹子建贈徐幹詩曰圓景光

未滿眾星粲已繁魏文帝秋胡行曰朝與佳人期日夕殊不來杜預左氏傳注曰適歸也

即事怨睽苦圭攜感物方悽戚善曰即事即此離別之意也列子周之尹氏有老役夫晝則呻呼即事夜則昏憊而熟寐周易曰睽乖也賈逵國語注曰攜離也古詩曰感物懷所思鄭玄論語注曰方常也

孟夏非長夜晦明如歲隔良曰即事謂此事也睽攜乖離也感物謂上積日長路也悽戚憂也心有所待時必易久故自夜至明若隔於一歲也善曰楚辭曰望孟夏之短夜何晦明其若歲

瑤華未堪折蘭苕已屢摘翰曰瑤華麻花也其色白故比於瑤此花香服食可致長壽故以為羨將以贈遠未堪折謂孟夏時未花也蘭苕亦香草以比君子故屢摘以相思欲贈遠苕英也善曰楚辭曰折疏麻兮瑤華將以遺兮離居又曰被石蘭兮帶杜衡折芳馨兮遺所思

路阻莫贈問云何慰離析先歷反善曰楚辭曰媒絕路阻言不可結而贈也毛萇詩傳曰問遺也又曰慰安也杜育金谷詩曰既而慨爾感此離析

搔首訪行人引領冀良覿濟曰雖蘭苕屢摘而道路遠阻莫能贈而問之何以慰慰分離之情也登樓望遠訪於行路之人引領之間冀良友之可見也善曰毛詩曰愛而不見搔首踟躕爾雅曰覿見也良覿謂見良人也

田南樹園激流植援一首五言銑曰田南靈運所居之南也樹立植種也引流水種木為援如牆院也援衛也

謝靈運

樵隱俱在山由來事不同不同非一事養痾丘善本作亦字園中向曰樵採隱逸之人俱在於山所為不同亦有養病園中

者也痾病也善曰臧榮緒晉書曰何琦曰胡孔明有言隱者在山樵者亦在山在山則同所以在山則異豈不信之乎高彪與馬融書曰公今養痾傲士說文曰痾病也

園中善本作中園屏氛雜清曠招遠風濟曰屏去氛穢喧雜招求幽遠之風善曰范曄後漢書仲長統曰欲卜居清曠以樂其志廣雅曰曠遠也

卜室倚北阜啓扉面南江良曰卜度倚背阜山啓開扉門也善曰西都賦曰臨峻路而啓扉

激澗代汲井插槿當列墉翰曰激澗鑿水上高處用之代汲水於井栽插槿木以為周牆也列周墉牆也

羣木既羅戶眾山亦善本作對字當窗向曰羣木羅列於門眾山當窗而見也

靡迤趨下岫善本作田迢遞瞰高峯銑曰靡迤細走貌迢遞高遠貌趨走瞰視也善曰西京賦曰澶漫靡迤

寡欲不期勞即事罕

人功濟曰思之必欲不期為勞就此山事希用人力也即就罕希功力也善曰老
子曰必思寡欲即事即此營室之事也已見上文唯開蔣生徑永懷
求羊蹤良曰蔣詡隱於杜陵唯開三徑唯故人羊仲求仲從之遊故將開此徑長
懷此蹤也善曰三輔決錄曰蔣詡字元卿隱於杜陵舍中三徑唯羊仲求仲從之遊二
仲皆推廉逃名毛萇詩傳曰懷思也賞心不可忘妙善冀皆善本
作能字同翰曰賞心之樂不可忘者則妙善之道所望同於古人也善曰莊子曰
顏成子游謂東郭子綦曰自吾聞子之言也八年而不知死生九年而大妙郭象曰妙善
同故無往而不冥也

齋中讀書一首

五言銑曰齋靜室也善曰永嘉郡齋也

謝靈運

昔余游京華未嘗廢丘壑向曰京華帝都也言昔游帝都丘壑
之情不忘也丘山壑水也善曰郭璞遊仙詩曰京華游俠窟漢書班嗣書曰夫嚴子者
漁釣於一壑萬物不干其志棲遲於一丘天下不易其樂也矧乃歸山川
心跡雙寂寞良曰矧況跡事也寂寞閑靜也言心及所為事跡皆歸閑靜也
善曰爾雅曰矧況也楚辭曰野寂寞其無人虛館絕諍訟空庭來
鳥雀翰曰無俗理喧諍訟言之事但見鳥雀來遊善曰張衡四愁詩序曰諍訟息
鬻子曰禹治天下朝廷之間可以羅雀也臥疾豐暇豫翰墨時間
作濟曰臥疾養疾也豐多也翰墨文章也善曰國語優施曰我教暇豫之士韋昭曰
暇閑也豫樂也歸田賦曰揮翰墨以奮藻兩都賦序曰時時間作懷抱觀古
今寢食展戲謔良曰觀古今謂讀書也戲謔樂也善曰文賦曰觀古今
於須臾毛詩曰善戲謔兮不為虐兮既笑沮溺苦又哂子雲閣
執戟亦已善本作以字疲耕稼豈云樂向曰讀書見長沮桀
溺之耕笑其苦也見揚子雲校書天祿閣又哂其勞也哂亦笑也向曰執戟即子雲為
郎執戟宿衛耕稼即桀溺也善曰論語曰長沮桀溺耦而耕漢書曰王莽既以符命自
立即位之後欲絕其源以神前事而甄豐子尋劉歆子棻復獻之莽誅豐父子投棻四裔
辭所連及便收不請時揚雄校書天祿閣上理獄使者來欲收雄雄恐不能自免乃從閣
上自投幾死京師為之語曰惟寂寞自投于閣潘安仁夏侯湛誄曰執戟疲揚萬
事難並歡達生幸可託翰曰萬事有分不可並得歡樂且達生理
自守真性乃可託於特也善曰莊子曰達生之情者傀司馬彪曰傀大也情在無故曰
大傀音瑰

石門新營所住四面高山迴磎善本作溪字石瀨茂林脩竹善本作脩竹茂林一首

五言向曰新營所住則前篇激流植援之處也

謝靈運

躋險築幽居披雲臥石門銑曰躋升也築謂築土為室善曰
方言曰躋登也論衡曰幽居靜處恬澹自守莊子曰雲者風起北方一西一東孰居無事
而披拂是苔滑誰能步葛弱豈可捫濟曰苔石上青苔雜以泉
水故滑也誰能步者言不可行於上葛之條蔓細弱上高下深恐有顛墜也捫攀也善
曰遊天台山賦曰踐莓苔之滑石又曰援葛藟之飛莖毛萇詩傳曰捫持也嫋嫋
奴了秋風過萋萋春草繁翰曰嫋嫋風吹貌萋萋草盛貌善曰楚

辭曰嫋嫋兮秋風王逸注曰嫋嫋風搖木貌也楚辭曰春草生兮萋萋美人游
不還佳期何由敦翰曰美人友也敦厚也言人遠游不還而佳期何
時復得敦厚而相敘也覽此故思友人也善曰楚辭曰望美人兮未來又曰與佳期兮
夕張方言曰敦信也芳塵凝瑤席清醑滿金罇善本作罇字
向曰芳塵輕塵謂人不在輕塵凝席如凝瑤美言之也醑酒也善曰庾闡揚都賦曰結
芳塵於綺號楚辭曰瑤席兮玉瑱毛詩曰飲此醑矣埤蒼曰醑美貌也曹子建樂府詩曰
金樽玉杯不能使薄酒更厚洞庭空波瀾桂枝徒攀翻銑曰
洞庭空波瀾謂秋時至也故楚詞云洞庭波兮木葉下洞庭湖名也桂樹貞芳可以託游
今友人不還故徒為攀援誰與共之翻援也善曰楚辭曰洞庭波兮木葉下又曰攀桂枝
兮聊淹留結念屬霄漢孤景莫與諼音喧銑曰結念近於高
遠故云屬霄漢天屬近也我之孤影無友人可與之言也景影莫無諼言也善曰言
所思念邈若霄漢孤影獨處莫與忘憂蔡琰詩曰煢煢對孤影怛咤糜肝肺毛萇詩傳曰
諼忘也張翰詩曰單形依孤影俯濯石下潭音談善本作潭字仰看
條上猨良曰俯則洗心神於石水仰則看猨猨於木條也濯洗也潭水暴至聲
早聞夕飈急晚見朝日暾土論反翰曰山林深暗故雖早風
知夜也雖晚見日如朝時初出也暾日初出貌善曰楚辭曰暾將出兮東方王逸注
曰始出其形暾曚而盛大也崖傾光難留林深響易奔向曰
山崖欹傾日光難久留也林木深遠振動風響易奔急也感往慮有復
理來情無存翰曰感往昔之事而思慮有所反復恐物理之失也至於真理
來合得喪同也故情無所存繫善曰言悲惑已往而夭壽紛錯故慮有迴復妙理若來

而物我俱喪故情無所存往謂適彼可悲之境也庶持善本作特字乘日
用得以慰營魂向曰庶近也日出而游日入息恬澹無為不知所用於
心謂之日用此道可以近持於身乘而行之以慰心府魂神也善曰莊子牧馬童子謂
黃帝曰有長者教予曰若乘日之車而遊襄城之野郭象曰日出而遊日入而息也車或
為居楚辭曰載營魂而升霞鑪會老子注曰經護為營也匪為眾人說冀
與智者論銑曰此道不可與俗人說之當與智者談也善曰司馬遷書曰可
為智者說難為俗人言

雜詩一首　五言

王景玄良曰沈約宋書云王微字景玄少好學無不通覽善屬文
能書十六舉秀才除右軍諮議徵素無宦情徵並不就善曰沈約
宋書曰王微字景玄少好學無不通覽年十六舉秀才除南平王鑠
右軍諮議徵素無宦情並陳疾不就江湛舉為吏部郎卒

思婦臨高臺長想憑華軒濟曰臨高臺憑華軒長想夫也軒樓
上鉤欄言華者有華飾文彩也善曰陸機為顧彥先贈婦詩曰東南有思婦舞賦曰遠
思長想登樓賦曰憑軒檻以遙望潘岳為賈謐贈陸機詩曰理筆華軒韋昭漢書注曰軒
檻上板也弄絃不成曲哀歌送苦言翰曰相思之苦言也善
曰左太沖詠史詩曰歌和漸離張平子書曰酸者不能不苦於言也箕箒留江
介良人處鴈門翰曰箕所以斂揚物者箒掃除地者此婦人所執以事夫
也今言執此物留居庭間夫在北塞相去遠也介間也良人夫也善曰箕箒婦人所執
也國語曰吳王夫差伐越越王句踐乃命諸稽郢行成於吳曰句踐請盟一介適女執箕

篇以備姓於王宮說文曰箕藪也篇糞也芬、辭曰哀江介之悲風孟子曰齊人有一妻一
妾而處室者其良人出必饜酒肉劉渠曰婦人稱夫曰良人漢書有鴈門郡**詎憶**
無衣苦粗善本作但字**知狐白溫**向曰夫不憶無衣之苦但知自
服狐白之裘而為溫也亦爵君之自溫而不知下人之寒苦也狐白謂狐腋之白毛以為
裘也善曰曹植贈丁儀詩曰狐白足禦冬焉念無衣客**日暗牛羊下野**
雀滿空園銑曰日暗收牛羊人皆下而歸野鳥皆滿空園咸有匹偶安其栖
息而我且孤也善曰毛詩曰日之夕矣牛羊下來古猛虎行曰日暮不從野雀棲**猛**
冬寒風起東壁正中昏良曰東壁星名十月則日昏時見於南故
云中昏傷歲暮也善曰禮記曰中冬之月昏東壁中**朱火獨照人抱**
景自愁怨平濟曰朱火燈也景影也言燈獨照人抱影多愁也善曰古詩

曰朱火然其中楚辭曰廓抱景而獨倚**誰知心曲亂所思不可**
論翰曰所思不見復何論也善曰毛詩曰亂我心曲古詩曰所思在遠道

數詩一首　五言

鮑明遠

翰曰數從一為首累至十以為文理述其所情也

一身仕關西家族滿山東善曰家語孔子曰恭敬忠信四者可
以正國豈特一身漢書王衛尉曰蕭何守關中搖足則關西非陛下所有又曰高帝問羣
臣羣臣皆山東人也**二年從車駕齋祭甘泉宮**銑曰漢有甘泉
宮祈祭之所也善曰漢書曰元帝二年行幸甘泉賦曰正月從上甘泉蔡邕獨斷曰不
敢指斥天子故但言車駕漢書曰武帝作甘泉宮中為臺置祭具以致天神也**三朝**
國慶畢休沐還舊邦向曰三朝謂正朝也歲之朝月之朝日之朝是

也國慶謂朝會既畢乃止息還於舊國也休沐止息也善曰漢書谷永上書曰食於三
朝之會周禮曰國有福事則慶賀之漢書曰張安世休浴未嘗出王粲贈蔡子篤詩曰戾
舊邦也**四牡耀長路輕蓋若飛鴻**向曰四牡四馬也富貴榮
華故光耀長路其蓋輕疾如鴻鴈飛善曰毛詩曰駕彼四牡石崇還京詩曰迅風翼華
蓋飄飄若鴻飛**五侯相餞送高會集新豐**良曰漢成帝封舅王
氏五人謂之五侯新豐邑名善曰漢書曰成帝悉封舅王譚王立王根王逢王商丞為
列侯五人同日封故世謂之五侯又曰漢王置酒高會三輔舊事曰太上皇思慕鄉里高
祖徙豐沛商人立為新豐也**六樂陳廣坐組帳揚春風**濟曰
六樂謂六代樂也組縵之屬以繫帳也善曰周禮曰凡六樂者文之以五聲鄭玄曰
此固所以存六代之樂史記侯嬴曰公子自迎侯嬴羣衆廣坐之中嵇康贈秀才詩曰組

帳高褰**七盤起長袖庭下列歌鐘**良曰七盤舞名列行也
善曰張衡舞賦曰歷七盤而縱躡七盤已見陸機羅敷歌韓子曰長袖善舞國語曰鄭伯
納女樂二八歌鍾已見魏都賦**八珍盈彫俎綺肴紛錯重**翰曰
周官食醫掌和八珍之齊盈滿也彫俎器也肴膳也謂其肴色多名如綺文紛飾重言多
也善曰周禮食醫掌和王八珍之齊莊子曰祝宗人說彘曰汝奚惡死吾將加汝肩尻
乎彫俎之上應璩與公琰書曰繁俎綺錯羽爵飛騰**九族共瞻遲**去**賓**
友仰徽容濟曰遲待徽美也敦敘九族孔安國曰善曰尚書曰九族高祖玄
孫之親也張載送鍾參軍詩曰善建理不拔闡道播徽容**十載學無就善**
宦一朝通良曰學十年曰大成言無就者謙也善猶良也十者小數之極故數
詩至此而止善曰漢書曰張釋之事文帝十年不得調又曰司馬安巧善宦四至九卿

翫月城西門廨善本作解字中一首五言翰曰廨公府也時昭爲秣陵令

鮑明遠

始出善本作見西南樓纖纖如玉鉤向曰月初出於西南纖纖然有似玉鉤善曰西京雜記公孫乘月賦曰值圓巖而似鉤蔽脩堞如分鏡王逸楚辭注曰曲瓊玉鉤也末映東北墀娟娟似蛾眉向曰出於西南而宜映東北階也娟娟明媚貌此月初出光微也蛾眉婦人之眉也善曰說文曰墀塗地也禮天子赤墀上林賦曰長眉連娟毛詩曰螓首蛾眉蛾眉蔽珠櫳玉鉤隔瓊窻翰曰蔽隱於欄檻阻於窻牖珠者飾之以珠瓊者畫之以文也善曰珠櫳以珠飾疏也瓊窻窻爲瓊文也范曄後漢書曰梁冀第舍窻牖皆有綺疏青瑣也

三五二八時千里與君同銑曰謂從微至明也三五十五日二八十六日也千里與君同者言思友朋遠與同也善曰二八十六日也釋名曰望滿之名月大十六日小十五日淮南子曰道德之論譬如日月馳騖千里不能改其處夜移衡漢落徘徊入善本作帷字戶中翰曰衡北斗也漢天河也夜々將迴旋入於帷戶之中也善曰衡斗中央也漢天漢也已見上文曹植七哀詩曰明月照高樓流光正徘徊歸華先委露別葉早辭風向曰此言翫月之時見草木華葉皆早委風露而落也歸別皆落也委委者也亦如人從微至著終見衰謝也善曰言歸華先委露所墮別葉早辭爲風所隕華落向本故曰歸華葉下離枝故云別葉王逸楚辭注曰委棄也翼氏風角曰木落歸本水流歸末客遊厭苦辛仕子倦飄塵善曰陸機荅張士然詩曰飄颻冒風塵休澣

自公日宴慰及私辰蜀琴抽白雪郢曲繞善本作發字陽春濟曰休息公務之日宴樂私家之辰奏此琴曲以自娛也澣謂洗濯神思也辰亦日也蜀郡司馬相如善鼓琴故云蜀琴抽奏也白雪陽春並曲名郢國名故繞猶弄也善曰禮記曰晏子澣衣以朝字林曰軀私宴飲也方言曰慰居也相如工琴而憂蜀故曰蜀琴客歌郢中故稱郢曲也宋玉笛賦曰師曠將爲白雪之曲也又對問曰客有歌於郢中者其爲陽春白雪國中屬而和者不過數人看乾酒未闋善本作缺字金壺善本作臺字啓夕淪迴軒駐輕蓋留酌待情人良曰肴膳已乾而酒情未終金壺之水已麗滴漏言夜將盡矣軒車也言迴車將歸復駐輕蓋而留酌以待情人情人友人之別離者缺終也金壺貯以刻漏水者以銅爲之故曰金壺啓開也淪猶盡也善曰看雖乾而酒未止金壺之漏已啓夕波

杜預左氏傳注曰肴乾而不食爾雅曰小波爲淪陸機漏賦曰伏陰蟲以承波吞恒流其如揖

始出尚書省一首五言

謝玄暉翰曰眺爲尚書殿中郎高宗輔政以眺爲諮議領記室故出尚書省善曰蕭子顯齊書曰眺兼尚書殿中郎高宗輔政以眺爲諮議領記室高宗明帝也

惟昔逢休明十載朝雲陛翰曰惟思也休明謂武帝時雲五雲殿也陛階也善曰休明謂齊武皇帝也左氏傳曰王孫滿曰德之休明蕭子顯齊書曰眺解褐豫章王行參軍然王故朝也左思七牧曰開甲第之廣袤建雲陛之嵯峩既通金閨籍復酌瓊筵醴銑曰金閨金門也謂懸名於門乃通出入

所謂禁門也瓆蕤謂天子宴羣臣之席言瓆者珍美言之醴酒也　善曰金閨即金門也
解朝曰歷金門上玉堂應劭漢書注曰籍者為二尺竹牒記其年紀名字物色懸之宮門
案省相應乃得入也衮宏夜酣賦曰開金扉坐瓆蕤漢書曰楚元王敬禮穆生穆生不
嗜酒元王每置酒常為穆生設醴也**宸景厭照臨昏風淪繼體**
向曰宸帝居也景日也天子比於日以照臨天下也言厭者謂武帝崩也武帝既崩鬱林
王昭業即位昏亂淪溺不紹帝體也　善曰宸北辰以喻帝位也厭照臨謂武帝崩也繼
體謂鬱林王昭業也蕭子顯齊書曰鬱林王文惠太子長子武帝崩王即位毛詩曰明明
上天照臨下土尚書曰遠耆德比頑童時謂亂風廣雅曰昏亂也又曰淪沒也公羊傳曰
是子也繼文之體守文王之法度**紛虹亂朝日濁河穢清濟**
濟曰紛紅邪陰之氣亂蔽朝日而濁河之水穢清濟之水皆喻鬱林王之昏濁不紹也

文選三十　二十

善曰漢書息夫躬絕命辭曰虹蜺爗兮日微張晏曰虹蜺邪陰之氣也而有照耀以蔽日
月方讒言流行忠良浸微也戰國策張儀說秦王曰清濟濁河足以為阻孔安國尚書注
曰濟水入河並流十數里清濁異色混為一流亦喻讒邪之穢忠正也**防口猶**
寬政餐荼更如薺良曰厲王暴虐殺國人以止謗者召穆公諫曰防人
之口甚於防川王不聽之國莫敢言道路以目比之於鬱林王則猶為寬政矣人若其政
甚於餐荼方之法則餐荼草如薺焉荼苦草薺甘草　善曰言防衆口實猶寬政雖遇
餐荼之苦更同如薺之甘時明帝輔政故曰寬也國語召公諫厲王曰防人之口甚於防
川左氏傳陳公子完謂齊侯曰臣幸若獲宥及於寬政君之惠也仲長子昌言曰有軍輿
之大役焉有凶荒之殺用焉如此則清脩潔敏之士固當食荼藍瞻枕籍菁棘毛詩曰誰
謂荼苦甘如薺**其英衮暢人謀文明固天啓**向曰衮三公服

也暢通也時明帝為丞相輔國政故云英衮也通於人謀謂國人謳謠歸明帝即位而明
帝文明之德天啓之也謂受太后教廢鬱林而明帝立　善曰英衮謂明帝也初為尚書
令故曰英衮蕭子顯齊書曰明帝以太后令廢鬱林王及海陵王而即帝位周禮曰三公
自衮冕而下漢書音義曰暢通也周易曰人謀鬼謀百姓與能又曰見龍在田天下文明
左氏傳曰晉侯賜畢萬魏卜偃曰以是始賞天啓之矣**青精翼紫軑**大
黃旗映朱邸翰曰青精星也黃旗瑞雲也皆王者將興之符應也翼輔也紫
軑天子車也朱邸明帝所居謂青精輔車黃旗映於帝宅此謂明帝將即位之時瑞也
善曰春秋元命苞曰殷紂之時五星聚房房者蒼神之精周據而興然青即蒼也齊木德
故蒼精翼之孔安國尚書傳曰翼輔也方言曰韓楚之間輪謂之軑徒計切天子之車以
紫為蓋故曰紫軑司馬德操與劉恭嗣書曰黃旗紫蓋恒見東南終成天下者揚州之君

文選三十　二十一

子史記曰諸侯朝天子於天子之所立宅舍曰邸漢書曰代王入代邸請王朱户故曰朱
邸**還覩司隸章復見東都禮**銑曰章儀也更始將軍以光武
為司隸校尉三輔府吏皆東迎光武於洛陽也言明帝自丞相即位下人願之亦如漢光
武也故還復見此儀禮也　善曰東觀漢記更始欲北之雒陽以上為司隸校尉三輔官
府吏東迎雒陽見更始諸將過者數十輩皆冠幘而衣婦人之衣大為長安所笑見司隸
官屬皆相指視之極望老吏或垂涕究然後見官府儀體賢者蟻附也**中區咸**
已泰輕生諒昭洒音洗良曰中區中國也泰大也言明帝即位聖政
流通下人信可昭明洗滌穢濁也輕生謂下人也諒信昭明也　善曰文賦曰佇中區以
玄覽說文曰洒滌也**趨事辭宮闕載筆陪旌棨**音啓濟曰
自尚書殿中郎明帝以為諮議領記室故云載筆陪旌棨旌棨門之列戟也筆謂眺以文

吏職用筆爲務也初趍走王事既見功成將歸邑里故辭宮闕也語合在旌榮之下今在
上者逐文之便也載用也　善曰謂出殿中而爲記室也漢書曰朱博夜寢早起妻希見
面趍事如是慎子曰趍事之有司賤也禮記曰史載筆士載言司馬彪續漢書曰公以下
至二千石騎吏四人皆帶劒棨戟爲前行韋昭漢書注曰棨戟也　邑里向疏
蕪寒流自清泚向曰眺之邑里人物向疏居處荒蕪謂別離久也清泚秋
水流貌也　善曰鶡冠子曰士之居邑里貫遠國語注曰蕪薉也說文曰泚清也且禮切
衰柳尚沈沈凝露方泥泥上喻也　翰曰衰柳自沈沈茂盛也
泥泥濡也謂雖衰老尚爲君王所顧猶爲茂盛恩澤露濡也　善曰沈沈茂盛之貌也毛
詩曰蓼彼蕭斯零露泥泥廣雅曰方正也毛萇曰泥泥沾濡也　零落悲友朋
歡娛宴善本作虞讌字兄弟銑曰久辭邑里朋友零落故悲也　善曰孔融
與曹操書曰海內知識零落殆盡虞與娛通毛詩序曰棠棣燕兄弟也　既秉丹
石心寧流素絲涕良曰秉執丹赤石堅也既執忠赤堅貞之心安能爲
素絲之變而流涙涕也寧安也　善曰丹石言不移也呂氏春秋曰石可破也而不可奪其
堅丹可磨而不可奪其赤韓子曰上下相德守道者皆懷金石之心素絲墮染涕墨子所
悲也淮南子曰墨子見練絲而泣之爲其可以黃可以黑高誘曰閔其化也曹顏遠感時
詩曰素絲與路岐　因此得爾散善本作乘此終蕭散一句　垂竿深
澗底翰曰蕭散逸志也垂竿釣魚也　善曰孫惠龜賦曰汎舟於清泠之澗垂竿於
藂澗之下　如淳漢書注曰乘因也

直中書省一首五言　銑曰直謂宿於禁中以備非常　善曰蕭子顯齊書曰朓轉中書郎

謝玄暉

紫殿肅陰陰彤庭赫弘敞向曰紫殿天子居也彤庭謂禁中多
赤色肅嚴也陰陰沈貌赫盛也弘敞高大貌　善曰紫殿紫宮也漢書成紀曰神光降集紫
殿莊子曰至陰肅肅至陽赫赫西都賓曰玉階彤庭西京賦曰赫盻盻以弘敞　風動
萬年枝日華承露掌良曰萬年木名承露掌謂起高臺爲仙人形以
掌承盤盤承甘露也華謂日光照也　善曰晉宮闕名曰華林園有萬年樹十四株　漢書
曰日華曜宣明又曰武帝作柏梁銅柱承露盤僊人掌也　玲瓏結綺錢深
沉映朱網濟曰綺錢朱網並宮殿之飾也玲瓏光貌沉亦深也　善曰晉灼甘
泉賦注曰玲瓏明見貌也東宮舊事曰窻有四面綫綺連錢楚辭曰網戶朱綴刻方連　王
逸注曰罔綺文縷也綴緣也網與罔同而義異也　紅藥當階翻蒼苔
依砌上銑曰紅藥謂所植草色紅者翻亂蒼青也　善曰淮南子曰窮谷之汙生
以蒼苔　茲言翔鳳池鳴佩善本作珮字　多清響翰曰翔集
也鳳池中書省也鳴佩所佩玉也　善曰晉中興書曰荀勗從中書監爲尚書令人賀之
乃發恚云奪我鳳皇池卿諸人何賀我邪禮記曰君子行則鳴珮玉　信美非吾
室中園思偃仰向曰中書信爲美然非居室也思丘園以自偃仰也　善
曰登樓賦曰雖信美而非吾土兮毛詩曰或棲遲偃仰　朋情以鬱陶春
物方駘徒改蕩良曰不見友朋鬱陶心憂之也駘蕩春光色也　善曰尚書曰
鬱陶乎予心顏厚有忸怩莊子曰惠施之封駘蕩而不得逐物不反司馬彪曰駘蕩猶施
散也　安得陵善本作夌字　風翰聊恣山泉賞翰曰顧如鳥飛
恣平生所尚也　善曰莊子曰鵲巢於高榆之顛巢折凌風而起毛詩曰如飛如翰鄭玄

日如鳥之飛翰也

觀朝雨一首 五言

謝玄暉

朔風吹飛雨蕭條江上來既灑百常觀復集九成臺銑曰朔北也蕭條雨足灑水而隨風貌百常觀高闕也九成臺謂九層臺也言雨灑集於水也　善曰張景陽七命曰表以百常之闕西京賦曰通天眇以竦峙徑百常而莖擢薛綜曰臺名也爾雅曰觀謂之闕呂氏春秋曰有娀氏有二佚女為九成臺飲食必以鼓空濛如薄霧散漫似輕埃濟曰空濛散漫雨微貌埃塵也平明振衣坐重門猶未開向曰振舉也重門帝宮門也　善曰楚辭曰平明發兮蒼梧新序曰故老振衣而起周易曰重門擊柝耳目

文選三十　二十四

蹔善本作暫字無擾懷古信悠哉向曰未理事也擾煩也思古人榮衰之理信遠哉也　善曰東京賦曰慨長思而悽古毛詩曰悠哉悠哉毛萇曰悠思也戢翼希驤首乘流畏曝鰓向曰戢斂希望也龍門之水魚上者則為龍不得上者曝鰓於水次曝露也眺自踰斂翼而退復望舉首以求貴盛又思失勢如乘流曝鰓者也　善曰成公綏慰情賦曰惟潛龍之勿用戢鱗翼以匿影鄒陽上書曰蛟龍驤首奮翼則浮雲出流鵩鳥賦曰乘流則逝三秦記曰河津一名龍門兩傍有山水陸不通龜魚莫能上江海大魚薄集龍門下上則為龍不得上曝鰓水次也動息無兼遂歧路多徘徊銑曰動息出處也出處之道不可兩兼而遂之則歧路甚多不知所從故徘徊中心不安定也　善曰動息猶出處言出處之情有疑譬臨歧路而多惑也淮南子曰楊子見逵路而哭之謂其可以南可以北方同戰

勝者去翦北山萊向曰子夏肥而或有問之者子夏曰吾戰勝人問曰何為戰勝曰吾入見夫子之義則榮之出見富貴又榮之二者戰於胸臆而夫子之義勝故肥也眺欲同之以不仕為勝故將去来北山之草萊草也明雖草之賤物亦不棄也　善曰言隱勝仕也方猶將也韓子子夏曰吾入見先王之義則榮之出見富貴又榮之二者戰於胸臆故瘦也今見先王之義戰勝故肥也毛詩曰南山有臺北山有萊毛萇曰萊草也

郡內登望一首 五言 翰曰朓出為宣城太守郡內登望也

善曰蕭子顯齊書曰朓出為宣城太守

謝玄暉

借問下車日匪直望舒圓良曰自問下車始至之日非直一月

文選三十　二十五

謂已紓時序也望舒月也　善曰張景陽詩曰下車如昨日望舒四五圓寒城一以眺平楚正蒼然濟曰秋氣寒而登城上故云寒城眺望也平楚木叢也蒼然木色也　善曰毛詩曰翹翹錯薪言刈其楚說文曰楚叢木也鄭玄毛詩箋曰蒹葭在衆草之中蒼蒼然也山積陵陽阻谿善本作溪字流春穀泉銑曰陵陽山名阻險也言山之積重者有陵陽之險磎中所流有春穀之泉赤穀水名也　善曰江賦曰幽澗積阻沈約宋書曰宣城郡太康中分丹陽立陵陽子明得仙於廣陽縣山戰國策曰欽茹溪之流漢書曰丹陽郡有春穀縣水經注曰江連春穀縣北又合春穀水威紆距遙甸巉嵓帶遠天向曰威紆長曲貌巉嵓高貌謂山川長曲至於遙甸山高之勢帶於遠天也距至也甸謂去王城五百里也　善曰威紆威夷紆餘流長之貌也孔安國尚書傳曰距至也廣雅曰巉嵓高也切切

陰風暮桑柘起寒煙翰曰桑柘木名望煙生於中也遠悵望
心已極惝善本作惝字怳魂屢遷銑曰惝怳魂神不安貌善曰
悵望已見上文楚辭曰招惝怳而求懷招勑驕切惝丑壤切怳況往切結髮倦
為旅平生早事邊向曰結髮謂弱冠時也旅容也平生早事於邊疆戎
馬之事也善曰漢書曰霍光結髮內侍論語子曰久要不忘平生之言誰知
食盛寧要狐白鮮良曰規猶取也寧無也要猶取也狐白裘也鮮麗也
善曰家語曰子路南遊於楚列鼎而食晏子春秋曰景公被狐白之裘坐於堂側方
棄汝南諾言稅遼東田濟曰後漢宗資為汝南郡守每事委功曹
范滂時謠曰汝南太守范孟博南陽宗資但畫諾謂宗資委事范滂但唯諾而已今方棄
之也管寧至遼東或人有牛暴寧田者寧牽牛為飼之其人大慙於是禮讓大行海表眺

志欲追蹤此事也善曰續漢書曰汝南太守南陽宗資任用范滂時人謠曰汝南太守
范孟博南陽宗資主畫諾魏志曰管寧聞公孫度令行海外遂至于遼東皇甫謐高士傳
曰人或牛暴寧田者寧為牽牛著涼處自飲食之也

和伏武昌登孫權故城一首五言翰曰伏曼容
為大司馬諮議參軍出為武昌太守孫權都在此郡眺聞曼容作此詩遂
遙和之善曰徐勉伏曼容墓誌序曰曼容為大司馬諮議參軍出為武
昌太守

謝玄暉

炎靈遺劍璽當途駿龍戰銑曰炎靈漢也遺劒璽謂失位也當
途魏也駿龍戰謂用干戈圖天下也善曰炎靈謂漢也典引曰蓄炎上之烈精漢儀禮
志曰皇太子即位中黃門以斬蛇寶劍授異苑曰晉惠帝元康三年武庫火燒漢高斬白
蛇劍吳書曰初黃門張讓等作亂劫天子出奔尚璽投井中春秋保乾圖曰漢以魏魏當
塗在世名行四方獻帝紀太史丞許芝奏故白馬令李雲上事曰許昌氣見於當塗高者
魏也象魏者兩觀闕是也當道而高大者魏也當代漢周易曰龍戰于野其血玄黃聖
期缺中壤霸功興寓縣銑曰千年一聖人出也謂漢末聖期失於
中國但有霸功起於區寓郡縣謂吳蜀魏並起也善曰論衡曰孟子云五百年有王者
興五百年者以為天出聖期也桓譚陳便宜曰所謂霸功者法度明正百官修治威令流
行者也蒼頡篇曰宇邊也說文曰寓猶字字也鵲起登吳山鳳翔
陵楚甸翰曰莊子云君子得時則蟻行失時則鵲起鳳翔謂飛高故比於帝王之
興也陵楚甸謂吳并楚地得之也善曰莊子曰鵲上城之垝巢於高榆之顛城壞巢折

陵風而起故君子之居時也得時則蟻行失時則鵲起司馬彪曰垝最高危限之處也起
飛也東都賦曰龍飛白水鳳翔參墟孫氏初基武昌後都建鄴故曰吳山楚甸也垝居毀
切衿帶窮巖險帷帟盡謀選向曰吳國以巖險為衿帶帷幄
謀人盡其妙選帷帟謂帷幄也善曰西京賦曰巖險周固衿帶易守漢書高祖曰運籌
策於帷幄之中左氏傳蔿啟彊曰趙成中行吳皆諸侯之選也鄭玄毛詩箋曰選者謂於
倫等之中最上也北拒溺驂鑣西戡善本作龕字收組練
良曰吳北拒江淮故溺驂鑣而難度此所以隴限中國也驂鑣也吳西伐楚戰勝收
其組練三千組練皆甲也戡勝也善曰北拒謂禦曹操西龕謂敗劉備也春秋感精符
曰強傑並侵戰兵雷合龍門溺驂宋均曰龍門魯地名也時齊與宋鄭戰敗相殺血溺驂
馬尚書序曰西伯戡黎孔安國曰戡勝也龕與戡音義同左傳曰組甲三百被練三千馬

融曰組甲以組爲甲被練爲甲裹也江海既無波俯仰流英眄
善本作盼字濟曰江海無波謂國內清平也將欲圖中原故曰流英眄　善曰禮斗威
儀曰其君乘木而王其政象平則江海不揚波好色賦曰竊視流盼衮冕類禋
郊卜揆崇離殿翰曰衮冕謂衣冠也將肆類羣后禋祭郊廟山川也卜度
其事崇其離宮別館宮殿之屬以爲洪業也揆度也　善曰周禮曰王祀昊天上帝則服
大裘而冕祀五帝亦如之又曰兆五帝於四郊四類亦如之孔安國尚書傳曰類事類也
又曰精意以享曰禋毛詩曰卜云其吉終然允臧毛萇曰允建國必卜之毛詩曰揆之以
日作爲楚室毛萇曰揆度也度日出日入以知西東視定北準極以正南北毛萇詩傳曰
崇立也西都賦曰外則離殿別寢釣臺臨講閱樊山開廣讌
向曰釣臺臺名臨之講武閱兵車也樊山山名於此廣爲宴樂也　善曰吳志曰孫權於

武昌臨釣臺飲酒大歡國語虢文公曰一時講武公羊傳曰大閱者何簡車馬也水經曰
武昌郡治城南有袁山即樊山也北背大江江上有釣臺顏延年釋奠詩曰即宮廣讌
文物共葳蕤聲明且葱蒨銑曰文物聲明謂衣冠禮樂也葳蕤
葱蒨盛貌　善曰左氏傳臧哀伯曰夫德儉而有度文物以紀之聲明以發之三光
厭分景書軌欲同薦翰曰謂三國厭分其土地欲使文書軌迹同爲
一統以進於晉矣薦進也　善曰三國名臣頌曰三光參分宇宙暫隔禮記子曰今天下
車同軌書同文杜預左氏傳注曰薦屢也參差代善本作世字祀忽寂
寞善本作漠字市朝變濟曰參差時不停貌忽疾也寂寞空盡也　善曰魏
都賦曰非有期乎世祀忽謂忽忽然而去也古步出夏門行曰市朝易人千載墓平舞
館識餘基歌梁想遺囀善本作轉字良曰妙歌者發聲聲繞梁

而塵起故見梁則想其餘聲　善曰蕪城賦曰歌堂舞閣之基西征賦曰覔陛殿之餘基
歌有繞梁故曰歌梁淮南子曰秦楚燕趙之歌也異轉而皆樂高誘曰轉音聲也故
林衰木平荒池秋草徧雄圖悵若茲茂宰深
遐睠翰曰吳國英雄之圖謀悵然若此而曼容深思遠有睠想爲之發詠也　善曰
茂宰謂伏武昌也言孫氏雄圖悵然如此伏氏感之而深遠睠幽客滯江皐
從賞乖纓弁良曰幽容眺自謂也纓弁屬曼容言我留滯於江畔而相從賞
樂遂乖於衣冠之列也皐澤畔也纓弁衣冠也　善曰幽客眺自謂也言從賞而乖纓弁
之遊也楚辭曰朝馳騁兮江皐王逸注曰澤曲曰皐清卮阻獻酬良書
限聞見濟曰清卮酒盃也相阻不得爲獻酬之禮而良書不同披讀也良書謂先
王典籍也　善曰良書謂伏詩也鄭玄禮記注曰卮酒器也毛詩曰獻酬交錯墨子曰墨

子獻書惠王王受而讀之曰良書也幸藉芳音多承風采餘絢
良曰芳音謂曼容言也言承其雅風采詠餘義絢義也　善曰楚辭曰聞赤松之清塵願
承風之遺則　馬融論語注曰絢文貌也于役儻有期鄂渚同遊
衍翰曰言行役若期至於武昌則當同爲遊樂也于役行役也鄂渚武昌渚名也衍
也　善曰毛詩曰君子于役不知其期楚辭曰乘鄂渚而反顧兮王逸注曰鄂渚地名也
毛詩曰昊天曰旦及爾遊衍毛萇曰遊行也衍溢也鄭玄曰常與汝入往游溢相從也

和王著作八公山詩一首五言翰曰王著作融也

八公山名也王融登是山有作眺和之述王導謝玄破苻堅事也　善曰
淮南子曰淮南王安養士數千入中有高才八人蘇非李上左吳陳由伍
被雷被毛被晉昌爲八公神仙傳曰雷被誣告安謀反人告公曰安可以

去矣乃與登山即日升天八公與安所踐石上之馬跡存焉

謝玄暉

二別阻漢坻直尼雙崤望河澳於六銑曰二別大別小別二山也為漢水所阻鎮也雙崤二山名為標望於河曲以為固也澳曲也善曰左氏傳曰吳子伐楚子常乃濟漢而陳自小別至于大別殽有二陵已見西征賦爾雅曰小沚曰坻又曰隩隈也

茲嶺復巑岏在丸五丸分區奠淮服良曰茲嶺八公山也上說二別雙崤之阻此述八公之險也巑岏高峻貌分其區域以定此淮服之地也奠定也善曰字林曰巑岏銳山也潘岳贈陸機詩曰區域以分孔安國尚書傳曰奠定也

東限琅邪臺西距孟諸陸向曰渤海間有琅邪臺孟諸澤名距至陸澤也善曰山海經曰琅邪臺在渤海間琅邪之東孔安國尚書傳曰距至也周禮曰正東曰青州其藪曰孟諸爾雅曰宋有孟諸郭璞曰今在梁國睢陽縣東北然孟諸澤在八公山東而云西距者謂澤西距山以避上文耳謂山在澤東是也

仟眠起雜樹檀欒蔭脩竹濟曰仟眠遠望貌檀欒竹美貌登此遙望諸山川而生雜樹復蔭脩竹也起猶生也善曰楚辭曰遠望兮仟眠枚乘兔園賦曰脩竹檀欒夾池水

日隱澗疑空雲聚岫如複翰曰山林幽邃日光隱蔽澗暗如空也雲氣集聚繁鬱峯岫若重複也

出沒眺樓雉遠近送春目銑曰雉城也山之曲直高下不一以行陵出入以見樓城遠近皆送目所望之也善曰王肅家語注曰高丈長丈曰堵三堵曰雉呂氏春秋曰客出田騁送之以目

戎州昔亂華素景淪伊穀良曰戎州謂秦苻堅也亂華謂亂其華夏也言苻堅伐晉時見八公山上草木皆晉兵苻堅乃敗登此山故述堅事也素

景晉也晉金德王故云素景淪沒也晉道淪沒去洛陽而渡江也伊穀洛三水名也善曰亂華謂苻堅也左氏傳曰衛侯登城以望見戎州公曰我姬姓也何戎之有焉又孔子曰裔不謀夏夷不亂華素景謂晉也干寶搜神記曰金者晉之行也漢書曰穀水出穀陽谷東北入洛也伊水已見上文

阽盐危賴宗袞微管寄明牧翰曰阽臨也宗袞謂導為三公也宗謂王融同宗和融詩故云宗也袞三公服也言晉國臨危賴王導而破苻堅也牧謂謝玄為兗州刺史亦同破苻堅微無也謂無王導謝玄猶齊之無管仲則國不理故云微管也善曰宗袞謝安也明牧謝玄也晉中興書曰時盜賊強盛侵寇無已朝議求文武良將可以鎮北方者衛將軍謝安曰唯兄子玄可堪此任於是拜建武將軍兗州刺史領廣陵相監江北諸軍事漢書賈誼上書曰安有天下阽危者若是臣瓚曰臨危曰阽或曰阽屋檐也論語子曰微管仲吾其被髮左衽矣

長蛇固能翦奔鯨自此暴蒲卜向曰長蛇害人固能翦滅之也奔鯨大魚吞食小物喻不義也而此魚亦已殺而暴曬之皆謂已破苻堅也善曰八公山謝玄敗苻堅之處也長蛇喻融奔鯨喻堅也羣謝錄曰玄領徐州苻堅傾國大出玄為前鋒射傷苻堅陣殺苻融左氏傳申包胥如秦乞師曰吳為封豕長蛇以荐食上國又楚子曰古者明王伐不敬取其鯨鯢而封以為大戮杜預曰鯨鯢大魚名也以喻不義之人吞食小國也

道峻芳塵流業遙年運倏翰曰峻高遙遠倏疾也謂王導謝玄道高而芳塵流於後世功業遠大而年運倏疾也善曰陸機大暮賦曰播芳塵之藹藹莊子老聃曰予年運而往矣將何以戒我哉

平生仰令圖于嗟命不淑向曰平生之志仰王謝美謀將為國效功以清海內嗟命不善遇未能致也謂不居要職也令美圖謀淑善也善曰平生謂自謂也左氏傳汝叔齊曰君子

能知其過必有令圖令圖天貸也薛君韓詩章句曰吁嗟歎辭也毛詩曰子之不淑焉泉
五湖賦曰底功定績蓋寓令圖不淑已見嵇康幽憤詩
浩蕩別親知連
翩戒征軸濟曰浩蕩不得志也別親知謂任宣城太守也征軸行車也連翩如
鳥飛貌言已似之　善曰楚辭曰志浩蕩而傷懷思玄賦曰繽連翩兮紛暗曖
再遠
館娃於佳宮兩去河陽谷良曰館娃宮名河陽谷皆謂朓行歷處也
善曰方言曰吳有館娃之宮石崇思歸引序曰肥遯於河陽別業
風煙四時
犯霜雨朝夜沐濟曰朓四出外職而四時皆犯風煙晝夜皆露霜雨也沐
露也　善曰曹植丞出行曰蒙霧犯風塵淮南子曰禹沐淫雨櫛疾風高誘曰以雨為沐
浴也以疾風為梳范也魏書公令曰沐浴霜露二十餘年
春秀良已凋秋
場廣能築翰曰謂年已衰老故云春秀已凋秋場廣能築謂告老將歸田也詩
云九月築場圃故言之也　善曰孫子曰秋霜被不凋其秀毛詩曰九月築場圃

文選三十　三十二

和徐都曹一首五言　銑曰都曹郎徐勉也　善曰集云和徐
都曹勉昧旦出新渚

謝玄暉

宛洛佳遨遊春色滿皇州銑曰宛南陽也洛陽也皇州帝都
也時都在江東而言宛洛者舉名都以言之也　善曰古詩曰驅車策駑馬遊戲宛與洛
昭結客少年場關表裏望皇州
結軫青郊路迴瞰蒼江流
向曰軫車也車馬相從如結迴遠瞰視也　善曰楚辭曰結余軫於西山周禮曰東方謂
之青蜀都賦曰列綺疏以瞰江
日華川上動風光草際浮翰曰
風本無光草上有光色風吹動之如風之有光也　善曰日華已見上文楚辭曰光風轉
蕙氾崇蘭王逸注曰光風謂日出而風草木有光色也
桃李成蹊徑桑
榆蔭道周濟曰人皆好桃李之色游其下故成蹊桑榆茂盛蔭於道路皆市也
周市也　善曰班固漢書贊曰諺曰桃李不言下自成蹊楚辭曰鳴鳩棲於桑榆毛詩曰
有杕之杜生于道周毛萇曰周曲也
東都已俶載言歸望綠疇
良曰俶始載駕也東都門名謂二疏告老歸田所別處也朓將欲襲古人之跡故云已始
駕也將歸田里以望綠疇疇田也　善曰毛詩曰以我覃耜俶載南畝毛萇曰覃利也王
肅曰俶始也載事也言用我之利始事於南畝也毛詩曰言旋言歸賈逵國語注曰一井
為疇

和王主簿怨情一首五言　翰曰王主簿名季哲此詩言婦人怨曠以自託也　善注同

文選三十　三十三

謝玄暉

掖庭聘絕國長門失歡宴向曰掖庭長門二宮名聘絕國謂昭
君嫁於匈奴失歡宴謂陳皇后失寵幽閉長門宮此自喻失位也　善曰漢書元紀曰賜
單于待詔掖庭王嬙為閼氏應劭曰名嬙小字昭君娶女曰聘據單于而言也琴道雍門
周曰一赴絕國掖庭王昭君所居也長門陳皇后所居也南都賦曰接歡宴於日夜
相
逢詠蘼善本作蘪字蕪辭寵悲團善本作班字扇良曰古詩
云上山採蘼蕪下山逢故夫失寵者相逢各詠此詩也班婕妤失寵悲怨作團扇詩言秋
至則扇見棄故也臣之失位亦然也　善曰古樂府詩曰上山採蘼蕪下山逢故夫　班
婕妤怨詩曰新裂齊紈素鮮潔如霜雪裁為合歡扇團團似明月
花叢亂數
蝶風簾入飛鷰善本作雙燕二字　銑曰蝶鷰皆比小人在位也婦人之

意則數蝶雙鶩皆有耦而我獨失儔匹
翁小人尚且在位而我獨見棄置也徒使
春帶賒坐惜紅裝變濟曰徒懷憂憤使衣帶已緩年逝顏衰坐自惜
言何時後用於時也善曰賒緩也平生善本作生平字一顧重宿昔
千金賤翰曰平生謂少年日宿昔衰老時也少年日顧顏色以相重衰老恩移則
千金之軀忽見捐棄亦猶時君不顧舊臣有
功不錄也　善曰鄭玄毛詩箋曰顧迴首也
列女傳曰楚成鄭子瞀者楚成王之夫人也
初成王登臺子瞀不顧王曰顧吾與女千金
子瞀遂行不顧曹植詩曰一顧千金重何
必珠玉賤阮籍詠懷詩曰宿昔同衾裳故
人心尚爾故心人善本作人心字不見向曰故人心尚爾謂君心
不迴也故心人不見謂婦人之心戀於夫也
忠臣之志戀於君也　善曰古樂府曰相去
萬餘里故人心尚爾　鄭玄毛詩
箋曰尚猶也字書曰爾詞也

和謝宣城一首五言　翰曰謝朓爲宣城太守作卧疾詩約今
和之　善注同

沈休文

王喬飛鳧舃東方金馬門從宦非宦侶避世
非善本作不字避喧翰曰王喬爲葉令每月朔望常詣臺朝帝怪其來數而不
見車騎使人窺候之言其臨至乃有雙鳧鳥
東南飛來至則舉網張之但得二隻舃履
也此則從宦非宦侶也東方朔酒酣據地歌
曰陸沈於俗避世金馬門此則避世非避喧
也　善曰范曄後漢書曰王喬者河東人也
顯宗時爲葉令喬有神術每月朔望自縣詣
臺朝帝怪其來數而不見車騎密令太史伺
望之言其臨至輒有雙鳧東南飛來於是候
鳧至舉網張之但得一隻舃焉乃詔尚方診
視則四年中所賜尚書官屬履也史記曰武

帝時齊人有東方生名朔時坐席中酒
酣據地歌曰陸沈於俗避世金馬門揆余
發皇鑒短翮屢飛翮濟曰揆度也皇鑒天子鑒也言天子度我才器
以菽明鑒而短才屢見擯用如鳥之短翮屢
爲飛翮也　善曰楚辭曰皇鑒揆予于初度
丁儀周成王論曰振
短翮與鸞鳳並翔晨趨游善本作朝字建禮晚
沐卧郊園濟曰建禮門名晚節休沐歸卧於郊園也　善曰漢書典職曰尚書
郎晝夜更直於建
禮門內沐休沐也賓至下塵榻憂來命綠罇
銑曰徐稚字孺子豫章人也時陳蕃爲太守
而不接賓客唯稚來特設一榻去則懸之來
則下之言塵者榻上有塵也　善曰謝承後
漢書曰徐稚字孺子豫章人屢辟公府不起
時陳蕃爲太守以禮請署功曹稚不免之既
謁而退蕃在郡不接賓唯稚來特設一榻去
則懸之應休璉與曹長思書曰紅塵蔽於机
榻傅玄雜詩曰机榻委塵埃漢書東方朔曰

臣聞銷憂者莫若酒也昔賢侔時雨今守馥蘭蓀良曰孟子
云君子之化齊時雨侔齊也今守朓也馥香
也蘭蓀香草也　善曰字林曰侔齊等也孟
子曰君子之所以教者五有如時雨化之者
今守即朓也潘正叔贈河陽詩曰流聲馥秋
蘭王逸楚辭注曰蓀香草也神交疲夢寐路遠隔思存向曰
夢有六候皆魂神所交也與謝朓相去既遠
但神交而已故疲於夢寐而思慮所存也
善曰列子曰夢有六候此六者神所交也莊
子曰子綦曰其寐也魂交其覺也形開說文
曰交會也毛詩曰雖則如雲匪我思存牽拙謬東汜浮情及善本作及字西崐
翰曰東汜日初出處比少壯也西崐日入處比衰老也謂少壯之時
牽拙才謬入王事而浮情踈昧歸於衰老也
反歸也　善曰梁書曰隆昌中約出爲東陽
太守明帝即位徵爲五兵尚書以日之早晏
喻年之少老也牽拙牽率庸拙也東汜謂湯

谷日之所出也浮情浮名情懈也西堤謂晻嵫日之所入也顧循良菲薄

何以儷璵璠濟曰菲輕儷偶也約謙言自顧循揣良為輕薄之才何以偶於

良玉之美也璵璠良玉也善曰鄭玄毛詩箋曰顧念也楚辭曰貲菲薄而無由馬融論

語注曰菲薄也廣雅曰儷偶也左氏傳曰季平子卒陽虎將以璵璠斂杜預曰璵璠美玉

也將隨浟瀣去刷羽汎清源向曰顧如鳥游浟瀣之水薄刷

羽毛沉弄清波以自取性善曰解嘲曰若江湖之雀浟瀣之鳥吳都賦曰刷蕩漪瀾說

文曰刷刮也劉公幹詩曰方塘含清源

應王中丞思遠詠月一首五言良曰王思遠為御

史中丞有詠月之作約和之善曰蕭子顯齊書曰王思遠為御史中丞

沈休文

月華臨靜夜夜靜滅氛埃翰曰氛埃塵也善曰魏明帝詩曰

靜夜不能寐楚辭曰辟氣埃而清涼方暉竟戶入圓影隙中來

翰曰光照逐門方故云方暉竟畫也隙穴圓故影亦圓也善曰淮南子曰受光於隙照

一隅受光於戶照室中無遺物況受光於宇宙乎說文曰隙壁際也高樓切思

婦西園游上才向曰高樓思婦見月而思切也西園謂魏氏鄴都之西園

也文帝每以月夜集文人才子共游於西園善曰曹子建七哀詩曰明月照高樓流光正

徘徊上有愁思婦悲歎有餘哀魏文帝芙蓉池詩曰乘輦夜行遊逍遙步西園丹霞夾明

月華星出雲間網軒映珠綴應門照綠苔銑曰軒屋檐也以網

及珠綴而飾之應門門名幽閑之所故多綠苔月光照之增其思也善曰楚辭曰網戶

朱綴刻方連下云綠苔此當為朱綴今並為珠疑傳寫之誤漢書班婕妤自傷賦曰潛玄

宮兮幽以清應門閉兮禁闥扃華殿塵兮玉階苔中庭萋兮綠草生洞房殊未

曉清光信悠哉良曰洞深悠遠也善曰楚辭曰嫮容脩態亘洞房毛萇

詩傳曰悠遠貌也

冬節後至丞相第詣世子車中作一首

五言翰曰冬節冬至日也齊豫章王嶷太祖第二子也薨贈丞相嶷子

廉嗣為世子約往弔之傷其閴寂還於車中作是詩也第宅也善曰蕭

子顯齊書曰豫章王嶷太祖第三子也薨贈丞相揚州牧長子廉字景藹

為世子蔡邕獨斷曰諸侯適子稱世子

沈休文

廉公失權勢門館有虛盈向曰廉頗失權門下客皆去是虛也

及復位賓客復來是盈也善曰史記曰廉頗失勢之時故客盡去及復為將又復至王

符潛夫論曰昔魏其之客流於武安張平之利移於冠軍廉頗翟公再盈再虛貴賤

猶如此況乃曲池平良曰且生者時貴時賤猶復如此而況沒死者

矣曲池已平謂無人游也善曰漢書曰下邽翟公為廷尉賓客填門及廢門外可設雀

羅後為廷尉客欲往翟公大署其門曰一貴一賤交情乃見桓子新論雍門周說孟嘗君

曰千秋萬歲後高臺既已傾曲池又以平高車塵未滅珠履故無

善本作餘字聲濟曰高車車上蓋高也珠履謂門容皆以珠飾履也車行則塵起履

步則有聲塵未滅者思昔日之車行若在目故也餘聲者思昔時之履步若在耳故也

善曰漢書曰于定國父于公閭門壞父老方共治之于公謂之曰少高大閭門令容駟馬

高蓋說文曰高車其蓋高立載之車也史記曰春申君上客皆躡珠履賓階綠

錢滿客位紫苔生銑曰綠錢者青苔也紫苔亦同也無人行故此物皆
生也賓階相揖而上者客位客所居焉善曰家語曰公自阼階孔子由賓階升堂立侍
又曰離於客位加其有成也崔豹古今注曰空室無人行則生苔蘚或青或紫一名綠錢
禮記曰主人就東階客就西階又曰殯於客位祖於庭誰當九原上鬱
鬱望佳城翰曰九原卿大夫葬地也鬱鬱松栢盛貌佳城墓之塋域也善曰
禮記趙文子曰以從先大夫於九原鄭玄曰晉卿大夫之墓地在九原西京雜記曰滕公
駕至東都門馬鳴跼不肯前皆以前蹄跼地久之滕公懼使卒掘馬所跼地入三尺所得
石槨有銘焉銘曰佳城鬱鬱三千年見白日吁嗟滕公居此室滕公曰嗟乎天也吾其即
安此乎遂葬焉漢書曰夏侯嬰號滕公也
直學善本無直字省愁臥一首五言良曰齊帝即位遷

文選三十　三十八

約為國子祭酒故謂國子為學省善曰學省國學也梁書曰齊明帝即
位約遷國子祭酒

沈休文

秋風吹廣陌蕭瑟入南闈向曰陌道也蕭瑟清風貌闈門也
善曰廣雅曰陌道也愁人掩軒卧高窗時動扉濟曰軒門也扉
窗扉也善曰楚辭曰愁人兮奈何掩猶閉也軒長廊也虛館清陰滿神
宇曖微微銑曰室宇深高清陰之氣自藹神宇謂其華飾如神也曖微微不明
貌善曰謝靈運齋中詩曰虛館絕諍訟曹植九詠曰蔓葛藟兮冒神宇王逸楚辭注曰
曖曖暗昧貌南都賦曰清廟肅以微微網蟲垂戶織夕鳥傍檐
善本作櫩字飛善曰張景陽雜詩曰蜘蛛網戶屋魏文帝詩曰蜘蛛繞戶牖纓

佩善本作珮字空為忝江海事多違良曰纓佩官服飾也忝叨
忝也江海事謂隱逸不仕善曰爾雅曰忝辱也莊子曰就藪澤處閒曠此江海之士避
世之人也廣雅曰違異也謂乖異也山中有桂樹歲暮可言歸
銑曰桂樹芳香而貞堅故君子尚之年將衰老可以歸休善曰山中有桂樹即攀桂枝
而聊淹留也韓詩曰蟋蟀在堂歲聿其莫薛君曰莫晚也言君之年歲已晚也

詠湖中鴈詩一首五言

沈休文

白水滿春塘旅鴈每迴翔銑曰塘池翔飛也善曰劉公幹雜詠
詩曰方塘含白水中有鳧與鴈謝靈運戲馬臺集詩曰旅鴈違霜雪楚辭曰孔雀兮迴翔
穀梁傳曰掩禽旅范甯曰衆禽也唼所甲流牽弱藻斂翮帶餘

文選三十　三十九

霜向曰唼水鳥食貌牽以口牽之弱藻草蔓也藻水草也鴈不單而宿故帶霜也
善曰楚辭曰鳧鴈皆唼夫梁藻應瑒建章臺集詩曰遠行蒙霜雪羣浮動輕
浪單汎逐孤光銑曰日照平湖汎汎有光故鴈之單者逐儔侶浮行於遠
光也孤猶遠也善曰上林賦曰鴻鷫鵠鴇浮乎其上懸飛竟不下亂
起未成行向曰懸高也亂起驚起也善曰呂氏春秋曰羣鳥翔而不下白虎
通曰鴈飛則成行刷羽同搖漾一舉還故鄉濟曰刷理也搖
漾飛貌故鄉鴈門山也善曰搖漾飛貌也韓詩外傳曰餽曰黃鵠一舉千里烏孫公主
歌曰願為黃鵠兮歸故鄉

三月三日率爾成篇一首五言良曰率爾率疾也

沈休文

麗日屬元巳年芳具在斯銑曰元巳上巳也具備斯此也善曰南都賦曰暮春之禊元巳之辰開花日善本作巳字而樹流鶯善本作嬰字復蘭枝洛陽繁華子長安輕薄兒翰曰逐勢背義志在矜夸曰輕薄也善曰阮籍詠懷詩曰昔日繁華子安陵與龍陽范曄後漢書曰李寶勸劉嘉且觀成敗光武聞告鄧禹曰孝孫素謹當是長安輕薄兒誤之耳嘉字孝孫嬰於耕切東出千金堰西臨鴈鶩莫卜陂向曰千金堰名在洛陽東鴈鶩陂在長安西善曰楊佺期洛陽記曰千金堰在洛陽城西去城三十五里堰上有穀水堨朱超石與兄書曰千金堤舊堰穀水魏時更修謂之千金焉廣雅曰堰潛堰也謂潛築土以壅水也一作堨音堨塢烏古切堰一建切然三字義同而音則異也漢宮殿疏曰長安有鴈鶩陂承昆明下流也游絲映空轉高揚

拂地垂綠幘責文照耀紫鷰善本作燕字光陸離濟曰綠幘寵臣冠其文照曜於日紫鷰良馬也裝飾有光色也陸離光色貌善曰漢書曰董偃與母以賣珠為事隨母入館陶公主家因留第中偃謂上綰幘傅韝毛萇詩傳曰日出照耀紫燕已見諸白馬賦楚辭曰玉佩兮陸離清晨戲伊水薄暮宿蘭池良曰蘭池宮名在長安善曰曹子建名都篇曰清晨復來還楚辭曰薄暮雷電歸何憂廣雅曰薄至也漢書曰渭城有蘭池宮象筵鳴寶瑟金瓶汎羽巵銑曰象筵簟也金瓶貯酒器也羽巵盃也上飾以鳥羽文也善曰吳都賦曰桃笙象簟韜於筒中漢書曰莽何羅行觴寶瑟瓶酒器也古樂府辭曰金瓶素綆汲寒漿羽巵即羽觴也楚辭曰瑤漿蜜勺實羽觴寧憶春蠶起日暮桑欲萎向曰謂婦人翫游不憶蠶之事蠶食曰起萎死也善曰枚乘兔園賦曰桑萎蚕飢中入望奈何長袂屢以拂彫胡方自炊翰曰楚辭云長袂拂面善留客也言屢以拂者美人留容之義彫胡草名其實疑味美人自為容炊之善曰楚辭曰長袂拂面善留客宋玉諷賦曰主人之女為臣炊彫胡之飯露葵之羹來勸臣食鄭玄毛詩箋曰方且也愛而不可見宿昔減容儀且當忘情至歎息獨何為濟曰事有所阻各攝其分故雖情甚愛之有不可見者而宿昔之憂可損人儀容且遺忘於情曖遠而去之亦何數息也善曰毛詩曰愛而不見公孫尼子曰衆人役物而忘情郭象論曰忘情於無有之域曹子建贈白馬王詩曰太息將何為

雜擬上

擬古詩十二首

陸士衡良曰雜謂非一類擬比也比古志以明今情

擬行行重行行濟曰此明閨婦之思

悠悠行邁遠戚戚憂思深向曰悠悠遠貌邁亦行也戚戚憂也言懷其行人憂之深也此思亦何思思君徽與音銑曰徽美也言思君美德及音信也音徽日夜離緬邈若飛沉翰曰緬邈遠也飛沉喻高下懸隔也王鮪懷河岫晨風思北林良曰王鮪魚名晨風鸇言魚鳥猶思所居而君何不思歸善曰王鮪已見東京賦晨風已見上文遊子眇天末遠善本作還字期不可尋濟曰遊子謂行人也眇遠也言眇在天末久遠之期不堪尋理於心驚飇褰反信歸雲難寄音向曰褰絕也驚風之來絕其反信歸雲之去難以寄音善曰楚辭曰願

寄言於浮雲兮遇豐隆而不將 佇立想萬里沈憂萃我心 銑曰佇久立也想謂思遠方君所居也沈深萃聚也謂深憂聚於我心也 攬衣有餘帶循形不盈衿 良曰帶長衿寬言思君而消瘦 去去遺情累安處撫清琴 齊曰去去遺情累謂棄所思之累安居而撫琴言自寬也

擬今日良宴會 向曰此蓋勸人仕進以趣歡樂

閑夜命懽友置酒迎風館 銑曰迎風館名言閑夜無事置酒命賓友歡宴於此 善曰迎風已見西京賦 齊僮梁甫吟秦娥張女彈 翰曰齊僮秦娥皆古善歌者梁甫吟張女彈皆樂府曲名 善曰南都賦曰齊僮唱兮列趙女蔡邕琴頌曰梁甫悲吟周公越裳琴操曰曾子耕泰山之下天雨雪凍旬月不得歸思其父母作梁山歌應璩神女賦曰夏姬曾不足以供妾御況秦娥與吳娃方言曰

秦俗美貌謂之娥張女彈已見笙賦 哀音繞棟宇遺響入雲漢 良曰棟梁也韓娥之歌餘聲繞梁薛譚之歌聲遏行雲言清遠之妙 善曰列子秦青曰昔韓娥東之齊匱糧假食既去而餘響繞梁三日不絕又曰薛譚學謳於秦青辭歸青餞於郊衢撫節悲歌聲震林木響遏行雲張湛曰三人薛秦韓善歌者也 四坐咸同志羽觴不可筭 齊曰同志謂得意也羽觴置鳥羽於杯以急飲也不可筭言多也 高譚 善本作談 一何綺蔚若朝霞爛 向曰爛明也言豈獨譚話綺美人物繁盛亦如朝霞之明也 善曰霞或為華 人生無幾何為樂常苦晏 銑曰晏晚也言人生在世苦知為樂之道晚 善曰秦嘉荅婦詩曰憂艱常早至為樂常苦晚 譬彼伺晨鳥揚聲當及旦 翰曰譬知雞之伺晨當及早人之為樂須及火也 善曰尸子曰使雞伺晨春秋考異郵

曰鶴知夜半雞應旦明明與鳴同古字通 曷為恒憂苦守此貧與賤 良曰曷何也何須憂苦守道以居貧賤 善曰列子曰卑辱則憂苦

擬迢迢牽牛星 齊曰此述思婦之情託牽牛以明之也

昭昭清漢暉粲粲光天步 良曰昭昭明貌清漢天河也粲粲衣服鮮絜貌行於天上故云光天步 善曰晏子春秋曰星之昭昭不如月之曖曖毛萇詩傳曰粲粲鮮盛也步行也言行止之盛纖步而光耀於天 牽牛西北迴織女東南顧 齊曰牽牛在西北織女自然依東南乃星之常分此喻隔闊 善曰大戴禮夏小正曰七月初昏織女正東而向 華容一何冶揮手如振素 向曰冶媚也素練也華態既多姿媚奮舉其手如練之白 善曰冶或為綺非也 怨彼河無梁悲此年歲暮跂企彼無良緣

睆戶板焉不得度 向曰梁橋睆視也歲暮謂秋也跂舉踵也謂舉踵望彼牽牛無其良緣但相視而不得度河也 善曰跂彼已見上毛詩曰睆彼牽牛 引領望大川雙涕如霑露 翰曰大川天河也霑露零露也

擬涉江采芙蓉 良曰芙蓉水草其花美此言思婦盛年其夫遠遊采此以自傷也

上山采瓊蘂穹谷饒芳蘭 齊曰瓊蘂玉英也芳蘭香草也上山采玉英欲以自高絜下入穹谷見香草處幽而美感而采之 采采不盈掬悠悠懷所歡 向曰掬把也言采之未及盈把悠然懷遠人思與之同歡也 善曰毛詩曰終朝采綠不盈一掬 故鄉一何曠山川阻且難 沈思鍾萬里躑躅獨吟歎 平 銑曰曠遠鍾注也躑躅不安貌

感此阻閡注思萬里情之不安獨爲吟數

擬青青河畔草翰曰此喻情人感時思遠行也

靡靡江蘺草善本作蘺字熠燿生河側良曰靡靡細弱貌江蘺香草也熠燿光色盛也善曰江蘺已見子虛賦皎皎彼姝女阿上那上當軒織向曰皎皎明潔貌姝美也阿那柔順貌當軒當門也織紝也粲粲妖容姿灼灼美顏色良人遊不歸偏棲獨隻翼空房來悲風中夜起歎息銑曰良人夫也偏獨也空房謂獨居無人也風入空房蓋令人悲故曰悲風中夜半夜也

擬明月何皎皎翰曰此謂聞人對月思行人之意

安寢北堂上明月入我牖照之有餘暉攬之

不盈手濟曰寢臥也安臥之時明月入於我牖之中照則光暉有餘攬而取之不盈於手翰曰夫空有名而不能見善曰淮南子曰天地之間巧歷不能舉其數手微惚恍不能攬其光也高誘曰天道廣大手雖能微其惚恍無形者不能攬得日月之光也涼風繞曲房寒蟬鳴高柳踟躕感節物我行永已久良曰涼風寒蟬七月時候也踟躕志感此節物而夫揩行久不歸悲之深矣遊宦會無成離思難常守向曰言遠遊仕官不得成名抱此離別之思常難守之

擬蘭若生朝陽銑曰蘭若香草古詩取興閨中守芳香之氣以待遠人機以松栢堅貞取之爲比

嘉樹生朝陽凝霜封其條翰曰嘉樹松栢也山東曰朝陽封著也執心守時信歲寒終不凋美人何其曠灼灼在雲霄濟曰言我執持其心同松栢經寒而不凋落也美人謂夫也曠遠也灼灼中心明憶之貌在雲霄言所憶遠也善曰枚乘樂府詩曰美人在雲端天路隔無期隆想彌年月長嘯入飛飈引領望天末譬彼向陽翹良曰彌終也天末遠也謂思想之盛終於年月長爲嘯聲入於飛風興達遠情也翹英之秀者曠遠之心亦猶葵藿傾翹以向日也

擬青青陵上栢向曰栢生於高陵而色青蒨言得性而不可攀仰蘋靈草生於高山亦猶是焉故攀取以爲比

冉冉高陵蘋習習隨風翰平銑曰冉冉進長貌習習數飛貌翰羽也善曰山海經曰崐崘之丘有草名曰蕒如葵字書曰蕒亦蘋字也人生

當幾時譬彼濁水瀾戚戚多滯念置酒宴所歡翰曰濁水謂潢潦水也戚戚憂也所歡朋友也言人生如濁水之易竭何多憂滯而不置酒與朋友爲歡善曰言濁水之波易竭也方駕振飛轡遠遊入長安名都一何綺城闕鬱盤桓濟曰方駕並駕也名都即長安也綺美也闕樓觀也鬱積也盤桓廣大貌善曰史記曰公仲謂韓王曰不如和秦賂以一名都飛閣纓虹帶曾臺冒雲冠濟曰飛閣閣道曾臺高臺也纓繞冒覆也言虹雲之依臺閣如冠帶焉善曰虹帶已見吳都賦虹或爲蜺也非高門羅北闕甲第椒與蘭良曰高門王公之宅羅列闕門也第謂第一宅也椒蘭將以塗室取其溫香也善曰西京賦曰北闕甲第當道直啓椒蘭蓋取其嘉名且芬香也俠客控絕景都人驂玉軒向曰

俠客遊人也絕景馬名驂駕也玉軒以玉飾車善曰列子曰晉范氏有子曰子華善養私名使其俠客以鄙相攻魏書曰張繡降而後反上所乘馬名絕景爲流矢所中都人已見上國語叔向曰絳之富商而能金玉其車遨遊放情願慷慨爲誰歎平銑曰感彼遊樂各稱所願慷慨之志誰歎息也

擬東城一何高翰曰言高城常存而人易老不如早爲行樂

西山何其峻曾曲鬱崔嵬零露彌天墜蕙葉憑林衰濟曰峻高曾重也崔嵬高大貌彌徧也蕙香草也憑依也言零露徧天而下香草皆依林而衰悴善曰尚書五行傳曰雲起於山彌於天寒暑相因襲時逝忽如積善本作穨字三閭結飛轡大耋大結嗟落暉良曰襲重也言寒暑相重時節之往忽如穨落也三閭大夫謂屈原也結飛轡言將遠遊以求長生耋老也言大老之人嗟歎日暮而惜其時善曰離騷引曰屈原者爲三閭大夫離騷曰飲余馬於咸池揔余轡於扶桑周易曰日昃之離不鼓缶而歌則大耋之嗟凶曷爲牽世務中心若有違向曰曷何也言何爲牽於時事而違歡賞之心善曰毛詩曰行道遲遲中心有違京洛多妖麗玉顏侔瓊蕤銑曰侔齊也瓊蕤玉花也言妖麗之顏齊於玉花善曰古詩曰燕趙多佳人美者顏如玉閑夜撫鳴琴惠音清且悲長歌赴促節哀響逐高徽翰曰惠順也言琴聲順和也調急曰高言歌之哀響逐琴調而急也一唱萬夫歎再唱梁塵飛濟曰萬夫歎言稱美者衆也再重也重發其聲清韻繞梁動於飛塵也善曰七略曰漢興魯人虞公善雅歌發聲盡動梁上塵思爲河曲鳥雙遊澧善本作豐字

水湄良曰河曲鳥謂鴛鴦此鳥常雙遊澧水名湄水次也言我思與美人同遊如河曲之鳥

擬西北有高樓向曰此明賢才不見用也

高樓一何峻迢迢善本作岧岧峻而安綺窻出塵冥飛陛躡雲端銑曰峻高也迢迢遠貌綺窻結綺爲窻綱也飛陛閣道也出塵冥昏塵外也躡履也雲端雲上也善曰綺窻飛陛已見上佳人撫琴瑟纖手清且閑芳氣隨風結哀響馥若蘭翰曰佳人喻君子撫琴瑟喻有才德也清閑芳氣言德之美也若蘭香草也言雖不見用哀歎之音猶馥於若蘭玉容誰能善本作得字顧傾城在一彈濟曰玉容喻美才也言誰能眷顧我之才爲一彈撫當傾於城國而視也善曰玉容傾城已見上佇立望日昃躑躅再三歎平不怨佇立久但願歌者歡良曰佇立久立也日昃喻年老也言少壯既不被用故再三歎也歌者謂唱和之人言我不怨待時之久但願知己之人歡也思駕歸鴻羽比翼雙飛翰平向曰鴻鳥一舉千里言我將駕之與同其心者俱去

擬庭中有奇樹銑曰此言友朋離索相思之情

歡友蘭時往迢迢善本作苕苕字匿音徽翰曰蘭時春時也匿亡也音徽言文章書信虞淵引絕景四節逝若飛濟曰虞淵日入處也言虞淵引日使四節之往如飛善曰虞淵已見上芳草久已茂佳人竟不歸躑躅遵林渚惠風入我懷良曰言芳草久已茂盛而友人竟未歸也躑躅思念循於林池之上惠和之風入我襟懷感物

戀所歡采此欲貽誰向曰感此春物思戀所歡所歡未至采此芳草知將貽誰貽遺也

擬明月皎夜光濟曰此喻權臣用事時氣迅速人情漸壞在貴忘賤之意

歲暮涼風發昊天肅明明良曰涼風七月時也發起昊大也言大天之氣嚴而至明招搖西北指天漢東南傾向曰招搖斗柄前星天漢天河也東南西北各當時所轉善曰呂氏春秋曰季秋之月招搖指戍大戴禮夏小正曰七月漢案户漢天漢也案户者直户也李陵詩曰招搖西北馳天漢東南流朗月照閑房蟋蟀吟户庭銑曰蟋蟀虫名秋則鳴於户庭翻翻歸鴈集嘒嘒呼桂寒蟬鳴疇昔同宴友翰飛戾高冥翰曰嘒嘒鳴也戾至翰羽也飛至高冥喻交朋名位高也冥天邊也善曰歸鴈已見鶡鶉賦嘒嘒已見秋興賦寒蟬已見上文毛詩曰匪鶉匪鳶翰飛戾天高冥已見齊謳行服羙改聲聽君愉遺舊情織女無機杼大梁不架楹濟曰位高則衣服美改昔時聲聽安於愉樂棄友人故情也織女星名大梁昴星也言皆空有梁織之名不堪操杼架楹喻人空有相知之名不為相知之用善曰言有名無實也織女已見上爾雅曰大梁昴也

擬四愁詩一首七言

張孟陽良曰四愁凡四首今一首入此

我所思兮在營州欲往從之路阻脩向曰分幽州為營州阻隔脩長也登崖遠望涕泗流我之懷矣心傷

憂銑曰崖岸也在目曰涕在鼻曰泗言登高遠懷思望聖君故傷憂之也佳人遺我綠綺琴何以贈之雙南金翰曰佳人喻賢德也綠綺琴名喻要術也南金喻忠義也言賢德之人遺我要術我將忠義贈之善曰傅玄琴賦序曰齊桓公有鳴琴曰號鍾楚莊有鳴琴曰繞梁中世司馬相如有嶕尾蔡邕有綠綺者名器也顧因流波起重深終然莫致增永吟濟曰流波喻信也重深阻險喻讒佞也言我願以忠信超度讒佞之代終不能致故增長歎也

擬古詩一首五言

陶淵明良曰此言榮樂不常

日暮天無雲春風扇微和佳人羙清夜達曙酣且歌向曰佳人謂賢人也羙猶愛也樂酒曰酣言天清風和賢人愛此良夜至明酣歌也善曰尚書曰酣歌于室歌竟長歎息持此感人多銑曰樂極悲來故歌竟歎息言是事多感於入心也明明雲間月灼灼葉中花豈無一時好不久當如何翰曰灼灼明也言月滿則缺花盛則落好惡暫時此安能久當如何言不可奈何

擬魏太子鄴中集詩八首五言并序

謝靈運濟曰魏太子曹丕也鄴魏都也此代當時諸賢之意

建安末余時在鄴宮朝遊夕讌究歡愉之極良曰余代丕自謂也究盡也言朝夕讌樂盡歡娛之極天下良辰羙景賞心樂事四者難并向曰四者謂上良辰等事今昆弟友朋二三諸彥備善本作共字盡之矣古來此娛書

籍未見何者銑曰昆弟謂子建友朋謂王粲陳琳等美士曰彦盡謂盡其娛樂言古來君臣未有相得如此者也楚襄王時有宋玉唐景翰曰宋玉唐勒景差皆楚大夫並以辭賦見義梁孝王時有鄒枚嚴馬遊者美矣而其主不文濟曰梁孝王漢景帝弟封於梁鄒陽枚乘嚴忌司馬相如皆梁王賓客為遊者美之其主不文謂梁王無文學　善曰漢書曰梁孝王來朝從遊說之士齊人鄒陽淮陰枚乘吳莊忌夫子之徒司馬相如見而悅之客遊梁漢武帝時善本無時字徐樂諸才備應對之能良曰徐樂東方朔枚皐皆武帝文章應對之臣　善曰徐樂已見別賦而雄猜多忌豈獲晤言之適向曰武帝剛彊疑忌亦不得明晤之言　善曰晤言已見上文不誣方將庶必賢於今日爾銑曰我所述不作誣詐庶使後代以我今日為賢矣歲月如流零落將盡翰曰零落謂應瑒劉楨等死也撰文懷人感往增愴濟曰言丕撰定其文思其人而悽感　善曰魏文帝與吳質書曰選其遺文都為一集其辭曰

魏太子

百川赴巨海衆星環北辰向曰環繞也北辰北極星也百川以海為尊故赴之衆星以北辰為主故繞之萬民歸君亦猶是焉　善曰百川北辰已見上文照灼爛霄漢遙裔起長津天地中橫潰家皇善本作王字拯生民銑曰爛文貌遙裔遠也天地中橫潰以水喻亂也家皇謂魏武也潰亂生民皆如此焉而武帝拯拔之　善曰橫潰以水喻亂也家王謂魏太祖也陳思行女哀辭曰家王征蜀漢司馬相如難蜀文曰拯生民於沈溺說文曰拯出溺為

拯區宇既滌蕩羣英必來臻翰曰滌蕩謂清淨也羣英則王粲陳琳之類臻至也　善曰東京賦曰區寓乂寧謝承後漢書曰黃香對策為羣英之表忝此欽賢性由來常懷仁濟曰忝辱欽敬也言我辱此敬賢之性常思見仁德之人況值衆君子傾心隆日新良曰衆君子謂王陳等傾心謂傾已之心以盛日新之德論物靡浮說析先曆理實敷陳向曰言著論析理必布陳其實不為浮說也　善曰莊子曰判天地之美析萬物之理羅縷豈闕辭窈窕究天人向曰羅列縷述也謂列述文章無有闕遺皆盡天人之理　善曰王延壽王孫賦曰羌難得而羅縷　羅或為覼天人已見應吉甫華林園詩澄觴滿金罍連榻設華茵銑曰澄觴清酒也金罍樽也榻牀茵褥也急絃動飛聽清歌拂梁塵翰曰急絃謂急調也飛聽謂感飛鳥來聽清歌言清妙歌聲動於梁上塵也　善曰侯瑾箏賦曰急絃促柱變調改曲抱朴子曰數巳操琴翔禽為之下聽梁塵見陸機擬東城一何高詩莫善本作何言相遇易此歡信可珍濟曰言歡賞可珍重也

王粲

家本秦川貴公子孫遭亂流寓自傷情多

幽厲昔崩亂桓靈今板蕩良曰幽厲周二王也桓靈漢二帝也崩亂板蕩皆衰敗貌　善曰幽厲周二王也桓靈後漢二帝也已見上毛詩曰上帝板板鄭玄曰板反也反先王之道也毛詩曰蕩蕩上帝鄭玄曰蕩蕩法度廢壞之貌伊洛

既燎煙函崤沒無象善本作像字向曰燎焚也伊洛二水名謂東
都也言東都宮室遭董卓所燒也崤山名謂秦地象道也言陷沒無政理之道善曰曹
子建送應氏詩曰洛陽何寂寞宮室盡燒焚王粲七哀詩曰西京亂無像整裝辭
秦川秣馬赴楚壤銑曰整齊秣飼也楚壤荊州也謂粲避西京之亂投
荊州也善曰王粲七哀詩曰復棄中國去遠身適荊蠻魏明帝自惜薄祜行曰出身秦
川爰居伊洛沮七余漳自可羨客心非外奬翰曰沮漳二水
名奬勸也言粲中心懷歸非外物所能留勸善曰沮漳已見登樓賦小雅曰奬勸也
常歎詩人言式微何由往濟曰式微式微胡不歸言粲常感此
而無由得歸往善曰式微已見曹子建情詩上宰奉皇靈侯伯咸
宗長良曰上宰謂曹操皇靈謂獻帝咸皆宗尊也言曹公奉獻帝威以征諸侯皆尊

文選三十　五十二

而為長善曰上宰魏太祖也棗道彥雜詩曰天子命上宰雲騎亂漢南
宛善本作紀字郢皆掃盪向曰雲騎言多如雲也漢南謂漢江之南也
郢楚二縣名掃盪猶平定也善曰王肅格虎賦曰羽騎雲布蘭車星陳漢書曰郢楚別
邑紀見下文排霧屬盛明披雲對清朗良曰雲霧喻昏亂盛
明清朗喻曹公也言我披排昏亂得見曹公亦猶青天白日也善曰盛明清朗喻太祖
也王隱晉書曰樂廣為尚書令衛瓘見而奇之命諸子造焉曰每見此人瑩然若開雲霧
而觀青天阮瑀謝太祖牋曰一得披玄雲望白日唯力是視敢有二心慶泰欲
重疊公子特先賞翰曰慶善泰通欲猶欣也重疊謂遇曹公及太子丕
也公子謂曹植也特獨賞識也善曰公子謂曹植也不謂息肩願一
旦值明兩濟曰武帝既明而太子又明故謂太子為明兩也言初遭喪亂但願

息肩不謂今日遇太子思厚也善曰息肩已見東京賦明兩謂文帝也明兩已見謝宣
遠張子房詩並載遊鄴京方舟汎河廣良曰言太子同車舡
而遊樂善曰魏文帝與吳質書曰同乘並載以遊後園綢繆清讌娛寂
寥梁棟響向曰綢繆親重貌寂寥深言清讌娛樂於靜深之宇歌聲響於梁
棟善曰陸機集有皇太子清宴詩梁棟響則歌聲繞也已見陸機擬今日良宴會詩
既作長夜飲豈顧秉日養銑曰顧惟養樂也言常為長夜之賞
豈惟秉日而樂善曰史記曰紂為長夜之飲秉日已見上廣雅曰養樂也

陳琳

袁本初書記之士故叙善本作述字喪亂
事多良曰袁紹字本初陳琳先事之以掌書記

文選三十　五十三

皇漢逢屯邅天下逹善本作遭字氛慝翰曰屯邅難也氛不
祥氣慝惡也皆喻亂賊善曰西都賓曰皇漢之初經營也屯如邅如已見上董氏
淪關西袁家擁河北濟曰長安為董卓所沒袁紹起兵據河北擁持
也善曰董卓袁紹並已見上單人善本作民字易周章窘身就
羈勤向曰單人獨人謂琳也周章惶懼貌窘束迫言我孤獨易為惶懼故束身就紹
羈勤豈意事乖已永懷戀故國向曰豈直所事乖離於已身而
已亦長思戀故鄉相公實勤王信能定蝥音牟賊銑曰相公
謂曹公也勤王謂勤於王事也蝥賊蟲名食苗曰蝥食節曰賊言紹卓之徒毒害百姓亦
猶是焉故以為比言曹公能平定之善曰相公魏太祖也王仲宣從軍詩曰相公征
關右勤王已見西征賦左氏傳王使富辛如晉曰諸侯用寧蝥賊遠屏晉之力也杜預曰

蚕賊喻災害也食根曰蚕食節曰賊復覩東都輝重見漢朝則
翰曰言我今歸曹公得再見洛陽輝光漢朝法則善曰已見謝玄暉始出尚書省詩
餘生幸已多矧迺值明德濟曰言已遭亂當死今蒙遺餘命其
幸已深况值太子明德之遇愛容不告疲飲讌遺景刻良曰
疲倦遺忘也景刻謂刻漏也晝夜一百刻言太子愛容無倦相與飲讌忘其日夜善曰
曹子建公讌詩曰公子愛敬客終讌不知疲刻漏刻也夜聽極星闌朝
遊窮曛黑向曰聽謂聽音樂也極至闌稀窮晝也曛黑黃昏時善曰毛詩曰
子興視夜明星有爛曛已見上哀哇烏佳動梁埃急觴盪幽默
銑曰哇謠聲也埃塵盪滌也言哀謠之聲動於梁塵促觴滌其深默之趣善曰法言曰
哇則鄭李軌曰哇邪也梁塵已見上張敏神女賦曰既澹泊於幽默惕覺寤而中驚且

盡一日娛莫知古來惑翰曰古人以酒色為惑我今以極一日歡
娛安知古人為惑義也善曰范曄後漢書曰楊秉嘗從容言曰我有三不惑酒色財也

徐幹

少無宦情有箕潁之心事故仕世多
素辭向曰箕山名潁水名許由巢父隱處言幹無仕宦情慕古人隱
逸之事故入仕於時多有質素之言也善曰國語桓公問於史伯
曰王室多故余懼及焉
伊昔家臨淄提攜弄秦善本作齊瑟濟曰伊惟也臨淄齊所都
幹舊居也提携謂與朋友携手而弄秦瑟瑟箏類出於秦善曰臨淄已見魏都賦置
酒飲膠東淹留憩高密良曰膠東高密皆齊郡國名憩息也置酒

淹留叙平生之道善曰漢書膠東國故齊高帝別為國又曰高密國故齊宣帝更為高
密國此歡謂可終外物始難畢也向曰外物世事謂此處歡樂
可終年為牽於世事不畢所願也善曰莊子曰外物不可必故龍逢比干僇焉搖
蕩箕濮情窮年迫憂慄銑曰蕩動也箕山名許由隱處濮水名莊
周隱憂言本心將隱至末年逢亂為憂懼所迫善曰箕山名許由所隱也濮水名莊周
所釣也莊子季徹曰搖蕩人心又曰憂慄乎廟堂之上末塗幸休明棲
集逮薄質已免負薪苦乃善本作仍字游椒蘭室
翰曰言臨幸太子休明延及我薄陋之質以同棲集負薪賤役也椒蘭室貴人之居也
善曰禮記曰君使士射不能則辭以疾言曰某有負薪之憂大戴禮曰與君子遊苾乎如
入蘭芷之室久而不聞則與之化矣陸機詩曰甲第椒與蘭清論事究萬

義話信非一濟曰清雅議論究盡萬端義善之譚信非一理善曰曹植四
言詩曰高談虛論問彼道原話已見秋興賦行觴奏悲歌永夜繼
善本作繫字白日良曰觴酒也本無官情故長悲歎悲歎交集於懷長夜繼日而
不歇也善曰魏文帝與吳質書曰白日既匿繼以朗月華屋非蓬居時
髦豈余匹向曰華屋謂餙畫也髦俊也言我當居蓬廬與野人為偶善曰華
屋已見陸韓卿贈顧希叔詩髦士已見上文中飲顧昔心悵焉若
有失銑曰中飲謂半酣也言至半酣顧昔隱逸之心悵望然若有所失善曰說苑
曰晉靈公欲殺趙宣孟而飲之酒宣孟知之中飲而出淮南子曰悵然有喪漢書曰戴良
見黃憲及歸罔然若有失

劉楨

卓犖偏人而文最有氣所得頗經奇翰曰卓犖高絶貌偏人謂文才偏美於人 善曰潘勗玄達賦曰匪偏人之自躄浙諸裒於來哲

貧居晏里閈少小長東平齊曰晏安也里閈鄉曲也東平所居縣 善曰漢書泰山郡有東平縣音義曰泰山郡屬兖州河兖當衝要

論漂善本作飄字薄許京良曰河濟河也衝通至也獻帝遷許州故稱許京言我因通津論漂至於許都 善曰謝承後漢書李燮曰涼州天下要衝廣川

無逆流招納厠羣英向曰廣川喻魏公細流喻已也言曹公不逆我之微細招納厠於羣英之中 善曰管子曰善爲君者宜法江海江海不逆細流故爲百谷長羣英已見擬太子詩

北度善本作渡字黎陽津南登宛

善本作紀字郢城銑曰黎陽津名北度者謂從太祖征袁紹宛郢二縣名南登謂從征劉表 善曰漢書音義臣瓚曰黎陽在魏郡伏滔北征記曰黎陽津名也杜預左氏傳注曰楚國今南郡江陵縣北紀南城也

既覽古今事頗識治亂

情歡友相解達數奏究平生翰曰究盡也言我知古今治亂之體歡愛之情相爲解說進達爲官得充陳奏之事盡平生之才 善曰解達言相談說而進達也方言曰解說也

矧荷明哲顧知深覺命輕濟曰矧况哲智也明哲曹公也 言我蒙曹公顧盼知恩至深覺身命之輕也 善曰王逸晉書孔坦表曰士死知遇恩令命輕

朝遊牛羊下暮坐括揭桀鳴良曰牛羊下來謂日暮時也揭雞棲木 括揭鳴謂雞鳴時也言朝遊至暮暮坐至明 善曰毛詩曰雞棲于桀日之夕矣牛羊下括毛長曰於我爲括括至也桀與揭音義同

終歲

非一日傳卮弄新聲辰事既難諧歡願如今

幷唯羨肅肅翰繽紛戾高冥向曰言歡宴之樂終歲爲之作一日也卮酒盃也新聲妙曲也辰時諧和也言明時難遇而今得幷合也肅肅羽聲也繽紛飛貌戾至冥遠也歡遇既備唯願整其羽翰飛至高遠喻將求貴仕也

應瑒

汝頴之士流離世故頗有飄薄之歎

嗷嗷雲中鴈舉翮自委羽銑曰嗷嗷哀鳴之聲自從也委羽北方山名 善曰毛詩曰鴻鴈于飛哀鳴嗷嗷淮南子曰燭龍在鴈門北蔽于委羽之山不見日高誘曰蔽至也委羽北方山名也

求涼弱水湄違寒長沙

渚翰曰弱水水名在北方湄水次也違避也長沙國名在南方也渚水曲也言鴈春則

向北以求涼冬則向南以就溫喻瑒遭亂遷移也 善曰成公綏鴈賦曰濱弱水之涘岸弱水已見上列子曰禽獸之智違寒就溫漢書曰長沙國屬荊州然則彭蠡之所在也

顧我涼善本作梁字川時緩步集潁許濟曰大梁許潁皆魏分郡國名顧惟也 言我於大梁遇其明時得容於許潁之地 善曰漢書曰汝南潁川許皆魏分也魏徙大梁故魏一號爲梁

一旦逢世難淪薄恒羈旅良曰世難謂漢末遭亂淪漂薄迫也言我逢亂漂迫爲客於荊州也

天下昔未定託身早得所向曰言喪亂未定時而我先託身於曹公故言得所

官渡善本作度字厠一卒爲林預艱阻銑曰官渡爲林皆謂曹公戰爭之所言我亦充士卒參預其艱阻 善曰魏志曰公還軍官渡袁紹進臨官渡公斬淳于瓊等紹衆大潰漢書音義文潁曰於滎陽下引河東爲鴻溝即今官渡水也盛弘之

荊州記曰薄沂縣沿江一百里南岸名赤壁周瑜黃蓋此乘大艦以破魏武兵於烏林烏
林赤壁其東西一百六十里晚節值衆賢會同庇天宇翰曰
晚節猶暮年也衆賢謂應劉等庇蔭也天宇謂武帝之德能蔭于天下列坐蔭
善本作蔭華榱衰金樽盈清醑思與良曰蔭庇也華榱華屋也醑
酒也善曰馬融樗蒲賦曰坐華榱之高台殿臨激水之清流金鐏清醑並已見上文始
奏延露曲繼以闌夕語良曰延露曲名闌閑也謂繼夜而語善
曰延露已見上說文曰闌閑也調笑輒酬答嘲謔非善本作無字
慙沮慈與向曰沮止也言調笑嘲戲輒相酬荅非有慙恥而止之也傾軀
無遺慮在心良已叙銑曰軀身也言我委公無遺思慮在心之事皆
已申叙

文選三十　五十八

阮瑀

管書記之任故有優渥之言

河洲多沙塵風悲黃雲起翰曰洲水灘也風悲謂風急而悲也
黃雲謂兼埃塵之色黃此喻亂也善曰繁欽述行賦曰泛泛河濵實多沙塵古詩曰白
楊多悲風淮南子曰黃泉之埃上為黃雲金羈相馳逐聯翩何窮
已濟曰羈馬絡頭以金裝之馳逐聯翩皆馬奔走之貌善曰說文曰羈馬絡頭也
慶雲惠優渥微薄攀多士良曰慶雲瑞雲也喻太祖也惠恩也
優渥厚也微薄自謂言蒙恩厚得攀衆賢善曰慶雲喻太祖也王逸楚辭注曰慶雲喻
尊顯也念昔渤海時南皮戲清沚向曰渤海郡名南皮縣名
沚猶渚也善曰漢書曰渤海郡南皮縣魏文帝與吳質書曰每念昔日南皮之遊誠不

可忘今復河曲遊鳴葭汎蘭汜似向曰魏近河故云河曲葭
笳也汜濱也植蘭其傍謂之蘭汜善曰魏文帝與吳質書曰時駕而遊北遵河曲從者
鳴葭以啓路文學記乘於後車躧步陵丹梯並坐侍君子銑曰
躧履丹赤梯階也謂階陛赤色並坐謂與諸賢並侍太子善曰躧步並坐並已見上丹
梯丹墀也妍譚善本作談字既愉心哀音善本作弄字信睦
耳翰曰妍美愉樂睦和也言話之美足可樂心哀弄之音信可和耳善曰魏文帝與
吳質書曰高談娛心哀箏順耳傾酤始係芳醑思與酌言豈終
始濟曰酤醑皆酒也係續也酌言豈終始謂宴樂無休息也善曰毛詩曰君子有酒
酌言嘗之自從食蓱來唯見今日美良曰蓱苹也食蓱之詩天
子宴諸侯而歌之言我自預嘉賓以來唯見今日之美善曰毛詩曰呦呦鹿鳴食野之

文選三十　五十九

苹毛萇曰苹萍也

平原侯植

公子不及世事但美遨遊然頗有憂

生之嗟

朝遊登鳳閣日暮集華沼向曰鳳閣內省也華沼謂宴樂之處
沼也傾柯引弱枝攀條摘蕙善本作蕙字草徙
所綺倚窮騁望目極盡所討銑曰弱枝柳也蕙香草也徙倚移行貌騁
平也討尋也言平望盡已所討善曰楚辭曰白蘋兮騁望又曰目極千里西顧
太行山北眺邯鄲道善曰太行已見上漢書曰文帝指慎夫人新豐
道曰此走邯鄲道也平衢脩且直白楊信裊裊奴了反善本作

褭褭字褭弱貌　翰曰鄴郡縣名褭善曰褭褭風搖木貌

副君命飲讌善本作宴字歡娛寫懷抱濟曰副君謂太子也言爲天子之副　善曰副君謂文帝也漢書疏廣曰太子國儲副君也

良遊匪晝夜豈云晚與早衆賓悉精妙清辭蘭蒲善本作儷蘭二字藻良曰遊樂無日夜早晚也衆賓謂徐陳之屬言辭之清雅如藻之麗如蘭之芳蒲水草而有文蘭香草也

哀音下迴鵠餘哇烏佳徹清昊向曰師曠奏清徵之聲而玄鵠下舞哇謠歌也徹通也清昊天也　善曰下迴鵠謂師曠也徵清昊謂泰青也並已見上文

中山不知醉飲德方覺飽銑曰中山出美酒言飲宴不知其醉但覺飽於道德　善曰中山有美酒已見魏都賦毛詩曰既醉以酒既飽以德

願以黃髮期養生念將老翰曰黃髮老人也言我願及此期存養生之理以念將老　善曰左氏傳隱公曰使營菟裘吾將老焉菟音塗

文選卷第三十

石

詩
雜擬下

文選
三十一

共六十

文選卷第三十一
梁昭明太子撰　五臣并李善注
雜擬下

傚曹子建樂府白馬篇一首五言

袁陽源濟曰沈約宋書曰袁淑字陽源陳郡陽夏人也好屬文彭城王起爲祭酒後遷至左衛率及凶劭行篡逆淑諫見害白馬篇述遊俠分義之事倣象也善曰孫嚴宋書曰袁淑字陽源陳郡人也好屬文彭城王起爲祭酒後遷至左衛率凶劭當行篡逆淑諫見害

劒騎何翩翩長安五陵間良曰遊俠之人佩劒結騎遊於五陵之間翩翩輕捷貌五陵漢帝陵豪傑所居善曰史記曰遊閑公子飾冠劒連車騎西京賦曰南望杜灞北眺五陵

秦地天下樞八方湊才賢向曰樞要

湊會也言秦地乃八方賢才之要會善曰
戰國策范子見秦王曰今韓魏天下之樞也
高誘曰樞要也河圖龍文曰鎮星光
明八方歸德賈逵國語注曰湊聚也荆魏多
壯士宛洛富少年銑曰荆魏二國名宛洛二
都名富亦多也壯士少年
皆遊俠之類善曰呂氏春秋客有語周
文君曰魏人張儀壯士也王逸荔支賦曰宛
洛少年邯
鄲遊士意氣深自負肯事郡邑權翰曰負
特也言
各特意氣不肯事郡邑執權之人善曰謝
承後漢書曰楊喬曰侯生爲意氣刎頸漢書
曰郭解姊子負解之勢應劭曰負恃也班固
漢書游俠傳贊曰郡國豪傑處處各有又郭
解曰奈何從他縣奪
人邑賢大夫權也藉藉關外來車徒傾國
鄽濟曰藉藉諠盛貌關外來謂外郡俠客來
也言車徒之衆傾於國鄽善曰藉藉關
外來謂被徒關中也車徒傾國鄽者之多
也漢書武帝曰事藉藉如此鄭玄禮記注曰

文選三十一　二

市物郎舍人也今
云鄽以明市也五侯競書幣羣公亟爲言
良曰古人相問必爲書及幣以送之王氏一
門五侯妻護皆與之通五侯競致書幣以贈
也郭解將從茂陵衛將軍言於帝曰解家貧
不堪從上曰布衣能使將軍爲言此其家不貧
貧也善曰漢書曰婁護字君卿爲京兆史
王氏五侯兄弟爭名護盡入其門咸得懽心
五侯已見鮮明遠數詩古人相遺幣必書之
於刺故曰書幣戰國策秦王謂趙使涼貌曰
吾所使趙國者小大皆聽吾言則受書幣漢
書曰郭解河內軹人自喜爲俠及徙豪茂陵
衛將軍爲言解家貧不中徙上曰布衣權至
使將軍言此其家不貧解徙諸公送出者千
餘義分明於霜信行直如絃善曰義分則分
義也孫卿子曰
禮樂則修分義則明仲長子昌言曰絜若清
氷嚴若秋霜應劭風俗通曰順帝之末京師
謠曰直如弦死道
邊曲如鉤反封侯交歡池陽下留宴汾陰西

音先叶韻銑曰池陽汾陰二縣名遊俠歡
宴之處善曰漢書曰郭解入關中賢豪爭
交歡又曰左馮翊有池陽縣河東郡有汾
陰縣漢書曰酤留飲食也西音先協韻也一
朝許人諾何能坐相捐翰曰遊俠之人一許
諾終不坐相捐棄
也善曰諾相然許之辭也老子
曰輕諾者必寡信廣雅曰諾應也影飄節去
函谷投珮出甘泉濟曰影死節信也投珮謂
去官也言死分義之人或以
死信去國或以憤怒而出甘泉宮名善曰
公羊傳曰曹子摽劍而去之劉兆曰摽辟也
影與摽字
同孚堯切嗟此務遠圖心爲四海懸良曰嗟
歎務趣
也遠圖志也言趣忠義之心懸於四海使人
明知善曰左氏傳榮成伯曰遠圖者忠也
莊子曰心若懸於天地之間
郭象曰所希企者高而闊也但營身意遂豈
校耳目前向曰校見也言但行我身意得成
已志豈見目前榮望善曰列子

文選三十一　三

楊朱曰慎耳目之觀聽惜身意之是非失當
年之至樂不得自肆於一時聲類曰遂從意
也嵇康養生論曰嗜
好常在耳目之前也俠烈良有聞古來共知
然銑曰楚田仲以俠聞言俠道之古今共
知如此善曰漢書曰楚田仲以俠聞傳
暢晉諸公贊曰劉希
彭俠烈有才用也

傚古一首五言翰曰象古
人征行辛苦之意

誶訊又
息醉此倦遊士本家自遼東濟曰誶問也
遼東郡名無
此古人假而爲言也善曰訊猶問也漢
書曰司馬長卿故倦遊又曰有遼東郡也昔
隸李將軍十載事西戎良曰李將軍謂李廣
利隸附也西戎即大
宛國善曰將軍李廣也西戎匈奴
也毛詩序曰備其兵甲以討西戎也結車高
闕下極望見雲中向曰結聚也高闕山名雲
中郡名俱在邊遠善曰

莊子曰車軌結於千里之外高誘呂氏春秋注曰結交也漢書曰將軍衛青至高闕臣瓚
注曰山名也七發曰極望成林漢書有雲中郡秦置也四面各千里從
橫起嚴風寒燠豈如節霜雨多異同銑曰嚴風寒風
也燠煖也言地偏節氣與中夏不同善曰陸機從軍行曰涼風嚴且苛毛詩傳曰燠煖
也夕寐北河陰夢還甘泉宮翰曰北河謂戎地之河陰也言
夕臥彼夢還甘泉宮歸見君也善曰史記曰秦惠王遊至北河徐廣曰戎地之河上穀
梁傳曰水南曰陰勤役未云已壯年徒為空迺知古
時人所以悲轉蓬濟曰言勞役不已空度壯盛之年古人悲轉蓬飄流
我今乃知之也善曰曹植雜詩曰轉蓬離本根飄飄隨長風類此客遊子捐軀遠從戎

擬古二首 五言

劉休玄良曰沈約宋書云南平穆王鑠字休玄文帝第四子少好學有
文才後進侍中司空為藥所毒時年二十三 善曰沈約宋書曰南平穆
王鑠字休玄文帝第四子也少好學有文才元兇弒立以為中軍將軍世
祖入討歸世祖進侍中司空後以藥內食中毒殺之

擬行行重行行銑曰此篇叙閨人思遠之意

眇眇陵長道遙遙行遠之向曰眇眇遠也遙遙心不安貌善
曰楚辭曰路眇眇而蒸默廣雅曰眇眇遠也左氏傳童謠曰遠哉遙遙迴車背
京里揮手從此辭銑曰京里謂都里也揮手舉手辭別也善曰古詩
曰迴車駕言邁劉越石扶風歌曰揮手長相謝說文曰揮奮也蘇武詩曰去去從此辭
堂上流塵生庭中綠草滋翰曰流游滋茂也言堂庭無人而塵
草生善曰曹植曹仲雍誄曰流塵飄蕩魂安歸寒螿將翔水曲秋
兔依山基濟曰寒螿水鳥也言寒螿依水秋兔依山皆得其所而人不歸善
曰淮南子曰兔走歸窟寒螿鄉水各哀其所生高誘曰寒螿水鳥哀猶愛也芳年
有華月佳人無還期日夕涼風起對酒長相
思良曰芳年華月謂盛時也佳人謂夫也涼風起謂肅及秋感時衰暮善曰魏文秋
胡行曰朝與佳人期日夕殊不來李陵贈蘇武詩曰遠望悲風至對酒不能酬悲發
江南調憂委子衿詩向曰江南調采蓮曲也子衿詩歎无音信也言
悲憂之心但委此歌詩而已善曰古樂府江南辭曰江南可採蓮毛詩曰青青子衿悠
悠我心臥覺明燈晦坐見輕紈緇銑曰晦暗也夜久則燈暗
紈緇帛之黑色言晝夜坐臥唯見此而已善曰陸機為顧彥先贈婦詩曰京洛多風塵

素衣化為緇淚容不可飾幽鏡難復治翰曰言泣涕之容不
可修飾幽匣之鏡誰復重理善曰曹植七哀詩曰膏沐誰為容明鏡闇不治願垂
薄暮景照妾桑榆時濟曰薄暮謂微光也桑榆時喻老也言願垂微
光照妾老年善曰陸機塘上行曰願君廣末光照妾薄暮年日在桑榆以喻人之將老
東觀漢記光武曰失之東隅收之桑榆

擬明月何皎皎良曰此篇為遠人未還中閨感月而歎

落宿半遙城浮雲藹曾闕玉宇來清風羅帳
延秋月向曰宿謂星也浮雲薄雲也藹蓋也曾闕高闕玉宇以玉飾屋也延引也
善曰鄭玄詩箋曰曾重也曹植芙蓉賦曰退潤玉宇進文帝庭羅帳羅帷也桓子新論雍
門周說孟嘗君曰今君下羅帳來清風古詩曰明月何皎皎照我羅牀帷結思想

伊人沉憂懷明發銑曰伊人謂夫也沈深也言深憂遠懷至於曙色之發善曰毛詩曰所謂伊人宋玉笛賦曰武毅發沈憂結毛詩曰明發不寐誰謂客行久屢見流芳歇河廣川無梁山高路難越翰曰言誰知行者之久數見芳春消歇也思欲就君河廣山高不可適越而至善曰潘岳悼亡詩曰流芳未及歇楚辭曰江河廣而無梁秦嘉妻徐氏荅嘉書曰高山巖巖而君是越斯亦難矣

和琅邪王依古詩一首五言

王僧達濟曰依亦擬也

少年好馳俠旅宦遊關源既踐終古跡聊辭善本作訊字興亡言良曰宦學歷辭問也關源謂關中河源也言少好遊俠旅學關源歷遠古之跡問興亡之事善曰楚辭曰長無絕兮終古訊與信通易乾鑿度曰興亡殊方谷有其祥隆周為藪澤皇漢成山樊向曰言周漢之居盡成藪澤山樊樊林也善曰漢書揚雄河東賦曰隆周之大寧喩蜀父老曰華者猶視乎藪澤西都賓曰皇漢之初經營也莊子曰彭陽曰公閱休夏則休乎山樊者也毛萇詩傳曰樊藩也久沒離宮地安識壽陵園銑曰離宮宮名壽陵漢園陵名皆言蕪沒不識其處善曰甘泉賦曰遊遙離宮般以相燭張晏漢書注曰景帝作壽陵也又元帝詔曰徙民以奉園陵仲秋邊風起孤逢卷霜根白日無精景黃沙千里昏顯軌莫殊轍幽塗豈異魂翰曰風起蓬斷黃沙亂昏日無精景此俞時也軌法也明則有禮樂幽則有鬼神生死之理不殊善曰郭象莊子注曰時隱謂之死待顯謂之生

廣雅曰軌道也陸機泰山吟曰幽塗延萬鬼神房集百靈聖賢良已矣抱命復何怨濟曰自古聖賢皆止此生死之理況我抱此區區之命能為怨嗟乎善曰桓範世要論曰聖哲之人知有終之命必至之理不可以智力避列子曰終年我逝不知命也

擬古三首五言

鮑明遠良曰此篇刺有德不仕安於幽棲

幽并重騎射少年好馳逐向曰幽并二州名其中少年多好騎射逐獵善曰史記曰趙武靈王胡服以習騎射也七發曰馳騁角逐氈帶佩雙鞬居言象弧插楚洽彫服銑曰氈帶以氈為帽頭帶也鞬盛弓者象弧象牙飾弓也插亦帶也服盛箭器彫畫也善曰搜神記曰太康中以氈為帕頭及帶身袴口魏志曰董卓有武力雙帶兩鞬左右馳射方言曰所以藏箭弩謂之服弓謂之鞬毛詩曰四牡翼翼象弭魚服鄭玄曰弭弓之末彎者以象骨為之服矢服也鞬居言切獸肥春草短飛鞚控越平陸翰曰飛鞚走馬也越度也平陸平道也善曰魏文帝典論曰弓燥手柔草淺獸肥埤蒼曰鞚馬勒也孫子曰平陸處鞚口送切朝遊鴈門上暮還樓煩宿濟曰鴈門郡名樓煩縣名善曰漢書曰鴈門郡有樓煩縣石梁有餘勁驚雀無全目良曰宋景公使弓人造弓弓成公登武圖之臺射之逾於彭城矢有餘勁飲羽於石梁也吳賀與羿北遊有一雀賀使羿射左目而誤中右目終身恨之善曰闕子曰宋景公使工人為弓九年乃成公曰何其遲也工人對曰臣不復見君矣臣之精盡於此弓矣獻弓而歸三日而死景公登虎圈之臺援弓東面而射之矢踰於西霜之山集于彭城之東其餘力

逸勁猶飲羽于石梁帝王世紀曰帝羿有窮氏與吳賀北遊賀使羿射雀羿曰生之乎殺
之乎賀曰射其左目羿則引弓射之誤中右目羿抑首而媿終身不忘故羿之善射至今
稱之漢虜方未和邊城屢翻覆留我一白羽将
以分符善本作虎字竹向曰漢武已前匈奴數背故云翻覆白羽箭也言我
留一隻之箭以定四方銅虎符竹使符並國家發兵遣使之符謂能立功以分取之善
曰白羽矢名國語曰吳素甲白羽之矰望之如荼漢舊儀曰郡國銅虎符三竹使符五也
魯客事楚王懷金襲丹素銑曰魯客謂魯人也金印也衣襌複
具曰襲丹素中衣善曰魯客假言楊子法言或曰使我紆朱懷金其樂可量也李軌曰
金金印也司馬彪上林賦注曰襲衣服也毛詩曰素衣朱襮毛萇曰丹朱中衣也既荷
主人恩又蒙令尹顧翰曰荷負也主人謂君也諸侯之卿唯楚稱令

尹顧眷也善曰主人謂君也王仲宣公讌詩曰顧我賢主人臣瓚漢書注曰諸侯之卿
唯楚稱令尹其餘國稱相也日晏罷朝歸輿善本作轝字馬塞
衢路宗黨生光華賓僕遠傾慕富貴人所欲
道得善本作德字亦何懼濟曰宗族鄉黨皆特其勢而生光榮賓僕遠慕
也言我以道得此富貴何所懼也善曰論語曰富與貴是人之所欲不以其道得之不
處也南國有儒生迷方獨淪誤良曰南國謂鮑昭自謂儒生謂有
道術士迷方謂惑於所向而自沈淪為誤也善曰儒生自謂也漢書叔孫通曰弟子儒生
隨臣久矣莊子曰小惑易方郭象曰東西易方於禮未虧孔安國尚書傳曰謬謬也沈淪
謬誤也伐木清江湄設罝守毚兔仕向曰伐木咸詩謂燕朋
友故舊也湄岸也罝綱也毚兔狡兔也設網守兔喻懷德待祿善曰毛詩曰坎坎伐檀

兮寘之河之干兮河水清且漣猗又曰肅肅兔罝椓之丁丁又曰趯趯毚兔遇犬獲之
十五諷詩書篇翰靡不通銑曰背文曰諷言文章篇翰無不通
曉善曰論語曰吾十有五而志於學韋昭漢書注曰翰筆也弱冠參多士
飛步遊秦宮翰曰弱冠謂年二十也多士朝臣也飛步高步也秦宮西都之
宮也善曰華覈與薛瑩詩曰存者今惟三飛步有四特側覩君子論預
見古人風濟曰見君子古人道德之風善曰魏志太祖謂毛玠曰君有古人
之風兩說窮舌端五車摧筆鋒良曰兩說謂本末之說舌端君
子有三端舌端一也惠子多方其書五車言其博聞舌端能摧折文士之筆端善曰兩
說謂魯連說新垣衍及下聊城史記曰秦東圍邯鄲魏王使新垣衍入邯鄲說平原君尊
秦昭王為帝秦必罷兵去魯連聞之乃責垣衍新垣衍請不敢復言帝秦秦將聞之乃却

五十里又曰田單攻聊城不下魯連乃為書約之矢以射聊城中燕將得書自殺韓詩外
傳曰避文士之筆端避武士之鋒端避辯士之舌端莊子曰惠施其書五車道踳駁也
羞當白璧貺恥受聊城功向曰貺賜也楚襄王以金璧聘莊周
為相莊周不受魯仲連為齊以書與燕將下燕之聊城欲以功爵仲連仲連不受之善
曰韓詩外傳曰楚襄王遣使者持金千斤白璧百雙聘莊子以為相莊子不許史記田單
屠聊城歸而言魯連欲爵之魯連逃隱於海上也晚節從時務善本作世
乘障遠和戎銑曰晚節末年也務事障邊也言末年從時事乘邊遠撫戎狄
善曰鄒陽上書曰至其晚節末路漢書曰嚴安上書言世務又曰帝使傅士狄山乘鄣李
奇曰乘守也左氏傳晉侯謂魏絳曰子教寡人和諸戎狄解佩襲犀渠卷
袠奉盧弓翰曰佩文服也犀渠盾也袠書衣也盧弓征伐之弓謂棄筆從戎也

善曰國語曰秦文羣之渠尚書曰平王錫晉文侯盧弓十始願力不及安知今㪽終濟曰始願為文力已不及今為武士未知其終竟　善曰左氏傳周子曰孤始願不及此莊子曰苟為不知其然也孰知其所終司馬彪曰誰知禍之所終者也

學劉公幹體一首五言　良曰此詩言正直䟦邪佞所損雖行質素而衰盛相陵

鮑明遠

胡風吹朔雪千里度龍山向曰胡在北朔亦北也龍山山名言風雪自北來度於龍山　善曰范曄後漢書蔡琰詩曰處所多霜雪胡風春夏起楚辭曰增氷峩峩雪千里又曰北有寒山逴龍艴然王逸曰逴龍山名集君瑤臺裏

飛舞兩楹前銑曰瑤玉也以玉飾臺也兩楹之間人君聽政之處　善曰楚辭曰望瑤臺之偃蹇兮鄭玄禮記注曰兩楹之間人君聽治正坐之處茲辰自為美當避豔陽年銑曰茲辰謂冬時喻亂代也豔陽春也喻明君也　善曰神農本草曰春夏為陽豔陽桃李節皎潔不成妍銑曰風雪比佞人也桃李比忠直也言未遇至明之時雖忠直之人為佞者所亂不成其美　善曰呂氏春秋曰仲春之月桃李華

代君子有所思一首五言　翰曰此言防漸忌滿之戒

西出登雀臺東下望雲闕濟曰鄴西有銅雀臺望雲闕言闕高至雲　善曰鄴中記曰鄴城西北立臺名銅雀臺劉歆甘泉賦曰雲闕蔚之巖巖眾星接之嶝嶝層閣肅天居馳道直如髮良曰層高也言高閣肅然天帝之居馳走之道端直如髮　善曰王逸楚辭注曰層重也蔡邕述征賦曰皇家赫而天居漢書曰太子不敢絕馳道應劭曰天子之道毛詩曰彼都人女綢直如髮繡甍結飛霞璇題納行月向曰甍棟也以五彩飾之似繡連結於飛霞也璇玉也題頭也言月過簷頭璇題納引其光也　善曰西京賦曰彫楹玉舄繡栭雲楣甘泉賦曰珍臺閒館璇題玉英築山擬蓬壺穿池類溟渤選色遍齊代徵聲帀卭越銑曰蓬壺仙山溟渤海也色美女也齊國多美女故進之卭越二國名其中人善歌故徵之　善曰蓬壺二山名溟渤二海名齊代卭越地名四陳鐘陪夕讌笙歌待明發翰曰言陳鍾樂笙歌陪夜讌至於明發也　善曰楚辭曰陳鐘按鼓造新歌魏文帝東門行曰朝遊高臺觀夕宴華池陰儀禮曰歌魚麗笙由庚明發已見上文年貌不可還身意

會盈歇蟻壤漏山阿善本作河字絲泛毀金骨濟曰貌容也謂年容一謝不可重少身意歡會亦有盈歇蟻螘也壤蟻穴土也漏謂因穴漏水山阿猶大隄也言大隄之敗在蟻穴之漏金骨之銷亦在如絲之泛言積微至著　善曰列子西門子謂東郭先生曰北宮子年貌言行與子並身意已見上文傅玄口銘曰勿謂不然變出無聞蟻孔潰河溜穴傾山絲泛泛之微者金骨之堅者喻親之篤者言讒邪之人但下如絲之泛而金骨為之傷毀也張叔及論曰煩冤俯仰泛如絲兮鄒陽上書曰眾口鑠金積毀消骨器惡含滿欹物忌厚生沒良曰器欹器也滿則覆是以惡滿也忌恐也厚生謂厚於生理也言人養生恐其不厚養既厚矣生理滅焉　善曰家語曰孔子觀於魯桓公之廟有欹器焉孔子問於守廟者曰此為何器對曰此蓋為宥坐之器孔子曰吾聞宥坐之器虛則欹中則正滿則覆明君以為至誠故

常置於坐側顧謂弟子曰試注水實之中而正滿則覆夫子喟然而嘆曰嗚呼夫物惡有滿而不覆者哉老子曰人之生生之厚動皆之死地十有三夫何故以其生生之厚也

智哉衆多士服理辨昭昧 未叶韻向曰智哉數羡之辭多士謂羣官也服習理道也言習道可以辨物情之明暗善曰莊子冉求問於仲尼曰未有天地可知乎夫子曰古猶今也昔日吾昭然今日吾昧然敢問何謂也仲尼曰昔之昭然也神者先受之今之昧然也且又爲不神者求耶郭象曰思求更致不了

儗古一首 五言

范彦龍 銑曰此言從征之義

寒沙四面平飛雪千里驚 翰曰寒沙風吹故四方之面皆平也飛雪千里言自遠而下善曰雪千里已見上文 風斷陰山樹霧失交

河城 濟曰陰山匈奴山名交河塢城名断折也失迷也言風勁霧重折樹迷城 善曰漢書佚應上書曰臣聞陰山草木茂盛又曰車師前國王治交河河水分流繞城下故號交河 朝驅 善本作馳字 左賢陣夜薄休屠營 良曰驅逐薄迫也左賢休屠皆戎狄之王號 善曰漢書李將軍廣出右北平擊匈奴左賢王陣又曰驃騎將軍霍去病將萬騎出隴西得休屠祭天金人 昔事前軍幕今逐嫖姚兵 向曰李廣爲前將軍霍去病爲嫖姚校尉也事逐皆從行也 善曰漢書曰大將軍大擊匈奴李廣數自請行上以爲老不許良久乃許之以爲前軍又曰霍去病善騎射再從大將軍受詔予壯士爲嫖姚校尉也 失道刑既重遲留法未輕 銑曰失道謂失行軍之道遲留謂稽遲不應期會言此刑法皆至死也 善曰漢書曰李廣與右將軍食其合軍出東道或失道大將軍問廣失道狀廣曰校

尉無罪乃我老自失道引刀自剄又曰宣帝命虎牙將軍田順出五原虜去塞八百餘里不進上以虎牙不至期逗留不進下吏自殺音義曰律語也謂軍行頓止稽留不進遲或作逗音豆 所賴今天子漢道日休明 翰曰賴蒙也言蒙我天子同漢王之道日日休明也 善曰太史公自序曰作今上本紀其述事皆云今天子班固漢書文紀述曰登我漢道左氏傳王孫滿曰德之休明也

雜體詩三十首 并序 五言

江文通

夫楚謠漢風既非一骨魏製晉造固亦二體譬猶藍朱成彩雜錯之變無窮宮商爲音靡曼之態不極故蛾眉詎同貌而俱動於魄芳

草寧共氣而皆悅於魂不其然歟至於世之諸賢各滯所迷莫不論甘而忌辛好丹而非素豈謂通方廣恕好遠兼愛者哉及公幹仲宣之論家有曲直安仁士衡之評人立矯抗況復殊於此者乎又貴遠賤近人之常情重耳輕目俗之恒蔽是以邯鄲託曲於李奇士季假論於嗣宗此其效也然五言之興諒非夐古但關西鄴下既已罕同河外江南頗爲異法故玄黃經緯之辨金碧沈浮之殊僕以爲亦合其美並善而已今作三十首詩斅其

文體雖不足品藻淵流庶亦無乖商搉云爾善本序與此同仍簡略更不録

古别離善本作離别

遠與君别者乃至鴈門關濟曰鴈門山名其上置關善曰鴈門郡已見上以其邊塞故曰關黄雲蔽千里遊子何時還良曰黄雲謂埃塵與雲相連而黄也蔽暗也何時還言未還也善曰黄雲已見謝靈運擬鄴中詩古詩曰浮雲蔽白日遊子不顧反江之此製非直學其體而已亦兼用其文故各自引文而為之證其無文者乃他說送君如昨日簷前露已團向曰秋露下垂而團言時節速變善曰張景陽雜詩曰下車如昨日望舒四五圓毛詩曰野有蔓草零露團兮不惜蕙草晚所悲道里寒銑曰蕙香

文選三十一　十四

草晚謂衰落也言不惜此草衰歲暮行人道路寒也善曰古詩曰香風難久居空令蕙草殘君行在天涯善本作君在天一涯妾身長别離願一見顔色不異瓊樹枝翰曰天涯言遠也瓊樹玉樹也在崐崙山故難見言君行之遠思見之難不異瓊樹枝也善曰古詩曰各在天一涯又曰與君生别離李陵贈蘇武詩曰思得瓊樹枝以解長飢渴兎絲及水萍所寄終不移濟曰兎絲草名感茯苓而生萍草依水而長亦猶婦人之附於夫言此心終不移易善曰爾雅曰女蘿兎絲也毛詩曰蔦與女蘿施于松柏淮南子曰夫萍樹根於水木樹根於土天地性也曹植雜詩曰寄松為女蘿依水如浮萍

李都尉從軍陵良曰此擬携手上河梁

罇酒送征人踟蹰在親宴良曰踟蹰徘徊貌善曰蘇武詩曰我有罇酒欲以贈遠人日暮浮雲滋握手淚如霰良曰滋多也霰細雨也悠悠清川水嘉魴得所薦向曰悠悠流水貌魴魚名得所薦謂得其所處也善曰言魚處水而得所我萬里而離鄉數魚之不若也毛詩曰河水悠悠釋名曰薦藉也而我在萬里結友善本作髮字不相見銑曰結友同心之友言相去萬里不得相見善曰古詩曰相去萬餘里蘇武詩曰結髮為夫妻恩愛兩不疑袖中有短書願寄雙飛鷰翰曰短書謂小書也鷰春南飛秋腹巢於人家故願以書寄之善曰桓子新論曰若其小說家合叢殘小語近取譬論以作短書治身理家有可觀之辭陳琳止欲賦曰欲語言於玄鳥玄鳥逝以差池古詩曰願為雙飛鷰或為南淮南子曰鷰雁代飛許慎曰鷰春南而雁北虞義送别詩曰唯有一字書寄之南飛鷰文與此同

文選三十一　十五

班婕妤詠扇良曰此擬新裂齊紈素

紈扇如圓月出自機中素濟曰紈綺類也圓月陰象取興婦人機織作之具以喻父母善曰班婕妤怨詩曰新裂齊紈素鮮潔如霜雪裁為合歡扇團團似明月畫作秦王女乘鸞向煙霧良曰秦穆公女弄玉能吹簫作鳳鳴聲後隨鳳乘仙言畫此於扇上以慕之鸞亦鳳也善曰列仙傳曰蕭史者秦繆公時人善吹簫繆公有女字弄玉好之公遂以妻焉一旦皆隨鳳皇飛去楚辭曰駕鸞鳳而上游彩色世所重雖新不代故竊愁涼風至吹我玉階樹向曰言彩色雖可重不可以新而代故涼風至謂秋也言恐秋至而輕棄不用也善曰班婕妤怨詩曰常恐秋節至涼風奪炎熱又自傷賦曰華殿塵兮玉階苔君子恩未畢零落在中路銑曰言君子所愛未畢而

時已凉故棄落於中路善曰班婕妤怨詩曰棄捐篋笥中恩情中道絕
魏文帝 遊宴 曹丕 濟曰此擬芙蓉池作
置酒坐飛閣逍遙臨華池銑曰飛閣高閣善曰曹子建詩曰
置酒高殿上西都賓曰脩途飛閣魏文帝東門行曰朝游高臺側夕宴華池陰神飈
自遠至左右芙蓉披向曰飈風也言天子所處則起神靈之風披開
芙蓉之花善曰曹子建公讌詩曰神飈接丹轂魏文帝詩曰蘭芷生兮芙蓉披綠
竹夾清水秋蘭被幽崖善本作涯字翰曰幽崖深岸也善曰
枚乘兔園賦曰脩竹檀欒夾池水旋兔園曹植公讌詩曰秋蘭被長坂朱華冒綠池月
出照園中冠珮相追隨翰曰冠珮謂近臣服飾善曰曹植公讌
詩曰清夜遊西園飛蓋相追隨客從南楚來為我吹參差淵

魚猶伏涌善本作浦字聽者未云疲濟曰客帝之所尊也南楚
者說遠言也參差簫也言深淵之魚聞吹簫之聲亦涌而出況聽者能疲殆乎善曰古
詩曰客從遠方來楚辭曰望夫君兮未來吹參差兮誰思淵魚鱏魚也韓詩外傳曰昔伯
牙鼓琴而淵魚出聽高文一何綺小儒安足為良曰高文綺靡
通達之才非一經小儒之所為善曰陸機今日良宴會詩曰高談一何綺孫卿子曰小
儒者謂大夫士肅肅廣殿陰雀聲愁北林向曰肅肅靜也廣殿
陰謂日暮也雀鳥之總名愁北林將捿之時善曰莊子曰至陰肅肅也衆賓還
城邑何以慰吾心銑曰言歡宴之賓既散將何以安慰我心善曰曹
子建名都篇曰雲散還城邑清晨復來還李陵詩曰何以慰我心
陳思王 贈友 曹植 翰曰擬贈丁儀王粲等詩

君王禮英賢不悋千金璧良曰君王謂曹公也英賢謂丁儀王
粲等也悋惜也善曰孔安國尚書傳曰悋惜也史記曰虞卿說趙孝成王一見賜金百
鎰白璧一雙莊子曰林回棄千金之璧負赤子而趨雙闕指馳道朱宮
羅第宅向曰闕門也馳道大道也朱宮謂朱樓也羅列也第宅王侯之宅善曰
古詩曰兩宮遙相望雙闕百餘尺馳道已見上文傅玄西都賦曰彤彤朱宮古詩曰長衢
羅夾巷王侯多第宅從容冰井臺清池映華薄銑曰魏有冰井
臺下有清池言從容於上見華薄於池中華花也草木叢生曰薄善曰鄴中記曰銅雀
臺北則冰井臺陸機君子有所思曰曲池何湛湛清川帶華薄涼風盪芳氣
碧樹先秋落翰曰盪搖也碧樹謂芳樹也先秋初秋也善曰論衡曰物至
秋而死先榮後落朝與佳人期日夕望青閣濟曰朝夕至於

青閣之上思其來也善曰魏文帝秋胡行曰朝與佳人期日夕殊不來曹子建美女篇
曰青樓臨大路褰裳摘明珠徒倚拾蕙若良曰褰舉摘取徒倚
移行貌蕙若香草也善曰毛詩曰褰裳涉溱洛神賦曰或采明珠或拾翠羽謝靈運鄴
中集曰攀條摘蕙草楚辭曰連蕙若以為佩眷我二三子辭義麗
金雘烏郭向曰二三子謂丁儀王粲等金雘彫飾也言此子皆以辭義自相彫飾
而為美麗善曰曹子建贈丁翼詩曰吾與二三子揚雄解嘲曰昔人之辭乃玉乃金王
仲宣誄曰吾與夫子義貫丹青說文曰雘善丹也延陵輕寶劍季布
重然諾銑曰延陵聘上國過徐君心許徐君所佩劍使還徐君已死乃掛劍於墓
樹而去季布多義之士楚人重之皆相謂曰得黃金百兩不如季布一諾言此二人義信
以廣二三子善曰延陵已見上漢書曰季布楚人也楚諺曰得黃金百兩不如得季布

一諾又曰貫高趙國立名義不侵爲然諾者也處富不忘貧有道在
葵藿翰曰言處富貴不忘於貧者有道之士非不在葵藿言以此爲戒　善曰何敬
祖贈張華詩曰既貴不忘儉處有能存無莊子東郭子問於莊子曰所謂道惡乎在莊子
曰無所不在陸機君子有所思曰無以肉食資取笑葵與藿
劉文學感遇楨濟曰感思也思其有幸遭遇
蒼蒼山中桂團團善本作團圓字霜露色良曰蒼蒼桂色團團
霜凝貌　善曰言桂踏霜露而色不渝身經貞險而操不易也劉楨贈徐幹詩曰亭亭山
上松瑟瑟谷中風霜露一何緊桂枝生自直向曰緊急也言
霜露雖急不能損桂枝勁直之性　善曰劉楨贈徐幹詩曰風聲一何盛松枝一何勁廣
雅曰緊急也橘柚在南國因君爲羽翼銑曰大曰橘小曰柚

皆果木名生於南國此自喻君謂曹植也羽翼謂聲譽因植爲己聲譽　善曰謂橘柚在南
雖珍須君羽翼乃貴也楚辭曰后皇嘉橘兮來服受命不遷生南國古詩曰人黨欲我知
因君爲羽翼謬蒙聖主私託身文墨職翰曰謬誤也聖主謂
文帝也言誤蒙聖恩私及於己得爲文墨之職謂爲平原侯庶子　善曰洞簫賦曰蒙聖
主之渥恩鄭玄禮記注曰私猶言恩也劉楨雜詩曰職事相塡委文墨紛消散丹
彩既已過敢不自彫飾濟曰丹彩猶恩遇既過敢不勉勵自彫飾
也　善曰古詩曰橘柚垂華實乃在深山側聞君好我甘竊獨自彫飾華月照
方池列坐金殿側良曰言良辰月夜蒙提攜坐於金殿之側　善曰古
歌辭曰上金殿酌玉樽微臣固受賜鴻恩良未測良曰微小
也言我小臣受君之大恩不可測度　善曰曹植天地篇曰復爲特所拘羈絏作微臣東

京賦曰洪恩素畜人心固結
王侍中懷德粲銑曰懷德謂懷魏武帝之德
伊昔値世亂秣馬辭帝京翰曰値亂謂董卓作亂辭帝京謂避
亂荊州也　善曰王粲七哀詩曰西京亂無象又曰遠身適荊蠻旣傷蔓草
別方知杕第杜情濟曰蔓草杕杜詩篇名傷時敵於行旅也　善曰毛
詩序曰野有蔓草思遇時也君之澤未流民窮於兵革男女失時不期而會焉毛詩曰有
杕之杜其葉萋萋王事靡盬我心傷悲崤函復丘墟冀闕緬縱
横良曰崤山函谷關及秦所造冀闕皆化爲丘墟緬邈也縱横謂亂也　善曰崤函
谷及函谷也呂氏春秋曰過兵爲丘墟西征賦曰冀闕緬其堙盡倚棹汎涇
渭日暮山河清向曰倚棹悵望之意涇渭二水名　善曰方言曰楫謂之

櫂楫與櫂同蟋蟀依桑野嚴風吹枯善本作若字莖向曰
蟋蟀悲秋之蟲也嚴風急風枯莖枯木之莖喻危脆也　善曰毛詩曰七月在野八月在
宇鄭玄曰謂蟋蟀毛詩曰蜎蜎者蠋蒸在桑野賈逵國語注曰若木晚矣鸛音貫鷁益
鵝亦在幽草客子淚已零銑曰鸛鷁水鳥名幽草深草也客子謂粲
也淚已零悲亂也　善曰鸛鷁在幽草謂鳴于垤鸛亦水鳥故連言之王仲宣從軍詩
曰哀彼東山人喟然感鸛鳴毛詩曰有芃者狐率彼幽草去鄉二善本作三字
十載幸遭天下平翰曰載年也遭逢也　善曰楚辭曰去鄉離家兮來遠
客鮑昭結客少年場曰去鄉三十載禮記曰國治而天下平賢主降嘉賞
金貂服玄纓濟曰賢主謂魏武也嘉賞與之遊宴金貂玄纓侍中之服飾也
善曰賢主魏太祖也時粲爲侍中故云金貂漢書谷永對詔曰戴金貂之飾執常伯之職

尉繚子曰天子玄冠玄纓也侍宴出河曲飛蓋遊鄴城良曰飛蓋車蓋也善曰魏文帝與吳質書曰時駕而遊北遵河曲曹子建公讌詩曰飛蓋相追隨朝露竟幾何忽如水上萍向曰朝露日出則乾人命短促亦猶是焉忽疾貌水萍無依託善曰漢書李陵謂蘇武曰人生如朝露楚辭曰竊哀兮浮萍汎濫兮無根王逸注曰自比萍隨水浮流乍東乍西君子篤惠義柯葉終不傾銑曰篤厚惠恩也言君子厚其恩義履其禮度則如松栢之有心不改柯葉傾落善曰新語曰君子篤義於惠禮記曰其在人也如竹箭之有筠如松栢之有心二者雖貫四時而不改柯易葉福履既所綏千載垂令名翰曰言能履福自安故得後世垂令名善曰王粲公宴詩曰古人有遺言君子福所綏左氏傳子產曰令名德之輿也

文選三十一　二十

嵇中散言志康濟曰言志言本有高尚之志而橫遭讒言曰余不師訓潛志去俗善本作世字塵良曰言不受師教訓而深遠於俗事善曰嵇康幽憤詩曰恃愛肆姐不訓不師楚辭屈原曰蒙世俗之塵埃遠想出宏域高步超常倫向曰宏大倫輩善曰左太冲詠史詩曰高步追許由靈鳳振羽儀戢景西海濱朝食琅玕實夕飲玉池津向曰戢匿也琅玕瓊實也言得出大域越常輩同靈鳳匿光景食瓊樹之實飲玉池之水喻高絜也善曰莊子老子歎曰吾聞南方有鳥其名為鳳凰居積石千里河海出下鳳皇居上大為生樹名瓊枝高百二十仞大三十圍以琳琅為實周易曰鴻漸于陸其羽可用為儀阮籍詩曰朝食琅玕實夕宿丹山際衡山記曰空青崗有天津玉池傳玄擬楚篇曰登崐崙漱玉池處順故無累養德

乃入神銑曰有形時也無形順也安時處順憂樂不及故曰無累養德謂以道德自養道德至妙乃通神明善曰莊子曰夫得者時也失者順也安時處順哀樂不能入也此古之所謂懸解也又曰欲勉為形者莫如棄世棄世則無累又曰堯觀乎華華封人曰請祝聖人使壽使富又多男子堯曰多男子則多懼富則多事壽則多辱是三者非所以養德也故辭周易曰精義入神以致用也曠哉宇宙惠雲羅更四陳翰曰言天地之惠如雲之羅列陳布於四方善曰文子曰四方上下謂之宇說文曰宙舟輿所極覆也鸚鵡賦曰冠雲霓而張羅哲人貴識義大雅明庇身濟曰哲智也言智者貴識義理大雅詩篇名言明智可庇蔭其身善曰毛詩大雅曰既明且哲以保其身左氏傳曰子反曰信以守禮禮以庇身也莊生悟無為老氏守其真良曰悟明也莊周老聃皆道者之流無為任物

文選三十一　二十一

自為守真不枉本性善曰莊子曰夫虛靜恬淡寂寞無為者天地之平而道德之至也老子曰見素抱樸河上公曰見素者當抱素守真不文飾也天下皆得一名實久相賓向曰天得一以清地得一以寧故云皆得一名者實之賓言以名實久相為賓主矣善曰老子曰昔之得一者天得一以清地得一以寧王侯得一以天下正莊子曰堯讓許由以天下許由曰而猶代子吾將為名乎名者實之賓也吾將為賓乎咸池饗爰居鐘鼓或愁辛銑曰咸池黃帝樂爰居海鳥也昔臧文仲奏咸池擊鐘鼓具太牢以享海鳥禮樂雖美鳥聞之悲愁辛酸此言榮祿信美而康視之亦猶鳥聞鐘鼓之聲善曰樂動聲儀曰黃帝樂曰咸池莊子曰海鳥止於魯郊魯侯觴之於廟奏九韶以為樂具太牢以為膳鳥眩視憂悲不敢食一臠飲一杯三日而死此以己養養鳥也司馬彪曰海鳥爰居也柳惠善直道孫登庶

知人翰曰柳下惠以直道事人而三黜孫登隱者嵇康謂康曰子才高識寡難免今之世矣言康以直道而被幽繫故以登爲知人也善曰柳下惠已見西征賦孫登已見嵇康幽憤詩寫懷良未遠感贈以書紳濟曰謂康寫幽憤之懷未能遠及眞理故感此以贈當代書紳以爲求也紳大帶也善曰論語曰子張問行子曰言忠信行篤敬子張書諸紳

阮步兵詠懷籍

青鳥海上游鸒音預斯蒿下飛良曰青鳥海鳥也鸒斯小鳥也海上蒿下寬隘不同適性逍遙其致一也善曰阮籍詠懷詩曰誰云不可知青鳥明我心呂氏春秋曰海上有人好青者朝至海上而從青遊青至者前後數百其父曰聞汝從青遊盍取來吾欲觀之其子明旦至海上羣青翔而不下莊子曰北溟有魚化爲鳥其名

曰鵬齊諧曰鵬之徙南溟搏扶搖而上者九萬里蜩與鸒鳩笑之曰我決起而飛搶榆枋而猶不至控於地而已奚以九萬里而圖南爲北溟有鳥焉其名爲鵬摶扶搖羊角而上者行九萬里尺鷃笑之曰彼且奚適我騰躍上不過數仞而翱翔蓬蒿之間此亦飛之至而彼且奚適也司馬彪曰蜩蟬也鸒鳩小鳥毛萇詩傳曰鸒斯鵯居鵯居雅烏也音預沉浮不相宜羽翼各有歸向曰沉謂蒿下浮謂海上各是所游故云不相宜然同得其所故云羽翼各有歸善曰曹子建七哀詩曰沉浮各異世阮籍詠懷詩曰鸒斯飛桑榆海鳥運天池豈不識宏大羽翼不相宜飄颻可終年沆胡朗瀁安是非銑曰飄颻輕飛貌可終年謂鸒斯也沆瀁廣大貌青鳥遊於廣大之處亦安知其是非善曰阮籍詠懷詩曰逍遙可終生又曰蕩瀁焉可能列子曰信理者亡是非莊子曰彼一是非也此一是非也飄颻蒿下沆瀁海上逍遙一也朝

雲乗變化光耀世所希翰曰朝雲高唐神也言高唐神乗雲變化爲其光色當代所希有善曰阮籍詠懷詩曰三楚多秀士朝雲進荒淫高唐賦曰須臾之間變化無窮陸雲詩曰知音世所希精衛銜木石誰能測幽微濟曰炎帝之女游於東海溺而不返因化爲精衛鳥常銜西山木石以填東海言此幽微之事難知也善曰阮籍清思賦曰女娃榮於東海之濱而翻飄於西山之傍山海經曰發鳩之山有鳥名精衛赤帝之女娃女娃游於東海溺而死不反化爲精衛常取西山木石以塡東海也

張司空離情華

秋月映善本作照字簾櫳懸光入丹墀良曰櫳檻墀階也言月映簾櫳垂光入於丹墀善曰張華情詩曰清風動帷簾晨月燭幽房班婕妤自傷賦

曰俯視兮丹墀佳人撫鳴琴清夜守空帷蘭逕少行迹玉臺生網絲向曰帷幔也蘭逕謂夾逕植蘭也網絲謂蜘蛛網也言無人行而致此善曰陸機擬古詩曰佳人撫鳴琴又曰閑夜撫鳴琴曹子建雜詩曰妾身守空閨楚詞曰皐蘭被徑斯路漸張景陽詩曰房櫳無行迹西京賦曰西有玉臺張景陽雜詩曰蜘蛛網四屋論衡曰蜘蛛經絲以網飛虫庭樹發紅彩閨草含碧滋銑曰紅彩花也碧滋謂草色翠而滋繁善曰張景陽雜詩曰寒花發黃采秋草含綠滋延佇整綾綺萬里贈所思翰曰延頸佇立整理綾綺遠寄於夫所思則夫也善曰楚辭曰結幽蘭而延佇古詩曰客從遠方來遺我一端綺相去萬餘里故人心尚爾又曰欲以遺所思願垂湛露惠信我皎日期濟曰湛露能潤澤於物喻夫之恩惠皎日謂言誓也願垂恩惠信我此心

善曰毛詩曰湛湛露斯匪陽不晞又曰謂予不信有如皦日

潘黄門述哀 岳

良曰謂悼婦詩

青春速天機素秋馳白日良曰天機璇璣運特之急速忽及素秋〻善曰楚詞曰青春受謝潘岳悼亡詩曰雖靈運天機四節代遷逝劉楨與臨淄侯書曰肅以素秋則落也美人歸重泉悽愴無終畢銑曰美人謂岳妻重泉深泉也悽愴悲傷也無終畢言不極也善曰潘岳悼亡詩曰之子歸窮泉重壤永幽隔殯宮已肅清松栢轉蕭瑟翰曰肅清猶寂寞也蕭瑟風吹松栢聲　善曰陸機挽歌曰殯宮何嘈嘈寡婦賦曰靈坐兮肅清仲長子昌言曰古之葬者松柏梧桐以識其墳楚辭曰蕭瑟兮草木搖落而變衰俯仰未能弭尋念非但一濟曰弭止也言尋思哀念非但一塗　善曰楚辭曰聊抑志而

自弭賈逵國語注曰弭忘也魏文帝詩曰所憂非但一撫衿悼寂寞怳然若有失良曰悼傷也怳驚視貌言傷此寂寞驚視左右有所失也　善曰潘岳悼亡詩曰撫襟長歎息王逸楚辭注曰怳失意也後漢書曰戴良見黄憲及歸罔然若有失也明月入綺窗髣髴想蕙質向曰髣髴想見貌蕙質言體質芬芳如蘭蕙也　善曰潘岳悼亡詩曰歲寒無異同朗月何朧朧獨無李氏靈髣髴覩爾容古詩曰交疏結綺窗左九嬪武帝納皇后頌曰如蘭之茂蕙蘭類故變文耳銷憂非萱草永懷寄善本作寧字夢寐銑曰萱草草名可忘憂也言岳之此憂非萱草所能消但懷憂寐而已　善曰毛詩曰焉得諼草言樹之背毛萇曰諼草令人忘憂毛詩曰終其永懷寡婦賦曰願假夢以通靈夢寐復冥冥何由覿爾形翰曰冥冥昏暗也言夢寐之中又昏闇何從得見爾之形容　善曰

潘岳哀永逝賦曰旣目遇兮無眺曾寤寐兮不夢冥冥幽昧也文子曰慮患於冥冥之外我慙北海術爾無帝女靈濟曰北海營陵有道人能令與死者相見同郡有人喪婦已經數年乃教見之言語悲喜恩情如生平楚襄王遊高唐夢見婦人自云我帝之季女名瑶姬未嫁而亡閒王遊高唐願薦枕席岳自歎無見死之術婦無見營之靈　善曰列異傳曰北海營陵有道人能使人與死人相見同郡人婦死已數年聞而往見之曰願令我一見死人不恨遂教其人見之於是與婦人相見言語悲喜恩情如生良久乃聞鼓聲悵恨不能出户掩門乃走其裾爲户所閉掣絶而去後歲餘此人死家人葬之開見婦棺蓋下有衣裾　宋玉集云楚襄王與宋玉遊於雲夢之野望朝雲之館有氣焉須臾之閒變化無窮王問此是何氣也玉對曰昔先王遊於高唐怠而晝寢夢見一婦人自云我帝之季女名曰瑶姬未行而亡封於巫山之臺聞王來遊願薦枕席王

因幸之去乃言妾在巫山之陽高丘之阻旦爲朝雲暮爲行雨朝朝暮暮陽臺之下旦而視之果如其言爲之立館名曰朝雲駕言出遠山徘徊泣松銘兩絶無還雲花落豈留英良曰山墳銘碑也兩絶花落喻死而不還　善曰毛詩曰駕言出遊鸚鵡賦曰何今日之兩絶日月方代序寢興何時平向曰言日月雖遠起卧思憶情猶未平　善曰潘岳悼亡詩曰四節代遷逝又曰寢興目存形也

陸平原羈宦 機

儲后降嘉命恩紀被微身銑曰儲后太子也機爲太子洗馬言太子之恩被於己也　善曰漢書疏廣曰太子國儲副君琴操史魚曰思竭忠志以報塞恩紀潘岳河陽詩曰微身輕蟬翼明發眷桑梓永歎懷密親翰曰

明發言夕至曙歎息懷密友近親善曰陸機贈顧彥先曰眷言懷桑梓又赴洛道中作詩曰嗚咽辭密親永歎見下注流念辭南澨音逝銜怨別西津濟曰澨水涯津渡口善曰陸機赴洛道中詩曰永歎遵北渚遺思結南津杜預左氏傳曰澨水涯也驅善本作馳字馬遵淮泗旦夕見梁陳良曰遵依也淮泗二水名梁漢景帝弟所封國陳曹植所封國善曰毛詩曰驅馬悠悠陸機從梁陳詩曰鳳駕尋清軌遠遊越梁陳服義追上列矯迹廁宮臣良曰服義服古人道義上列謂於乘相如劉楨應瑒等言我舉迹廁於數人之間善曰楚辭曰身服義而未沬陸機從梁陳詩曰在昔蒙嘉運矯迹入崇賢朱黻咸髦士長纓皆俊人銑曰朱黻長纓皆侍臣之服髦亦俊也善曰毛詩曰朱芾斯皇室家君王鄭玄曰芾者諸侯黃朱又曰芾太古蔽膝之象韍與芾古字

通毛詩曰蒸我髦士又曰髦士攸宜陸機從梁陳詩曰長纓麗且鮮尚書曰俊民用章契闊承華內綢繆踰歲年翰曰契闊勤苦也承華太子門名綢繆纏綿也踰越也言見顧過越於歲年洛善曰陸機從梁陳詩曰契闊踰三年又赴洛詩曰記身承華側李陵詩曰與子結綢繆日暮聊揔駕逍遙觀洛川濟與揔駕停車也洛川洛水也善曰陸機答張士然詩曰余固水鄉士揔轡臨清川徂役善本作沒多拱木宿草陵寒煙良曰徂往也拱木合手之木宿草陳根也行役在路但見墳墓拱木宿草犯寒煙而已善曰公羊傳曰秦伯謂蹇叔曰爾之年冢上之木拱矣禮記曾子曰朋友之墓有宿草而不哭焉遊子易感慨善本作慷字躑躅還自憐向曰遊客感此拱木宿草易為慨歎躑躅不安貌自憐自哀憐也善曰劉公幹詩曰平人易感慟陸機道中詩曰佇立望故鄉顧影悽自憐願言寄三鳥離思非徒然銑曰三鳥者楚辭本屬當時所見無定名也言我寄言此鳥申其離思豈空然哉善曰楚辭曰三鳥飛以自南覽其志而欲北願寄言於三鳥兮去飄疾而不得陸機赴洛詩曰感物戀堂室離思一何深

左記室思　詠史

韓公論賣藥梅生隱市門翰曰韓伯休少立貞操隱長安市賣藥梅子真為南昌尉後王莽執政乃變姓名為吳市門卒善曰范曄後漢書曰韓康字伯休一名恬休京兆人也常采藥賣於長安市口不二價三十餘年梅生梅福也漢書曰梅福一朝棄妻子去其後人有見於會稽者變名姓為吳市門卒百年信荏苒何為善本作用字苦心魂濟曰荏苒少時也言人百年如少時之間

何苦心愧自為論隱善曰張華勵志詩曰荏苒代謝漢書廣陵王胥歌曰人生惡死何為苦也當學衛霍將建功在河源良曰衛青霍去病皆漢將立功於西域河源即西域也善曰衛青霍霍去病陸賈新語曰以義建功河源匈奴之境山海經曰崑崙之東北隅實惟河源也珪組曜君服青紫明主恩向曰珪玉組綬也青紫綬色賢君明主皆天子也眄顧思惠也善曰漢書夏侯勝曰士病不明經術苟明其取青紫如俛拾地芥終軍才始達賈誼位方尊銑曰終軍武帝拜為謁者賈誼文帝拜為博士尊達謂見任用善曰漢書曰終軍至長安上書武帝異其文拜為謁者給事中又曰賈誼為博士文帝悅之超遷一歲中至太中大夫也金張服貂冕許史乘華軒翰曰金日磾張安世並累代仕漢故云服貂冕許皇后史良娣之家並盛為奢侈故云乘華軒善

曰左思詠史詩曰金張藉舊業七葉珥漢貂
又曰朝集金張館暮宿許史廬漢書劉向曰
王氏乘朱輪華轂王侯貴片議公卿重一言太平多
歡娛飛蓋東都門濟曰片議謂婁敬議都而封奉春君一言謂田千秋
一言而登鄉相歡宴娛樂也飛蓋東都門謂
供帳以送疏廣疏受也善曰張景陽詠史
詩曰昔在西京時朝野多歡
娛藹藹東都門羣公祖二疏顧念張仲蔚蓬
蒿滿中園良曰張仲蔚隱身不仕所居蓬蒿
沒人顧念念其遺才也善曰曹
子建贈徐幹詩曰顧念蓬室士趙岐三輔決
錄注曰張仲蔚扶風人也少與同郡魏景卿
隱身不仕明天官博物好
為詩賦所居蓬蒿沒人也

張黃門 苦雨 協

丹霞蔽陽景綠泉涌陰渚良曰陽景日也丹
霞赤雲也蔽障也

綠水色也陰氣盛故泉涌善曰曹子建情
詩曰緻陰翳陽景張景陽雜詩曰丹霞啓陰
期又詩曰階
下伏泉涌水鸛巢層甍山雲潤柱礎銑曰鸛水
鳥也將陰即鳴層高也甍屋棟木也礎礩石
雲起則石潤亦陰氣相感也善曰鄭玄毛
詩箋曰鸛水鳥將陰雨而鳴巢層甍未詳淮
南子曰山雲蒸而柱礎潤廣雅曰礎礩也音
楚之有渰善本作渰興春節愁霖貫秋序翰曰有渰
雨師也貫
達也言雨起春節而達秋不歇善曰張景
陽雜詩曰有弇興南岑王仲宣有愁霖賦
燮燮涼葉奪戾戾颸風舉高譚善本作談字玩四
時索居慕儔侶濟曰燮燮猶漸也奪落戾急
慕思也言秋葉漸落急風斯
起譚玩四時之事思散居之儔侶也善曰
楚辭曰溘颸風余上征曹子建求親親表曰
高談無所與陳禮記子夏曰吾離羣索
居亦已久矣張華雜詩曰安知慕儔侶青苔

善本作苔字日夜黃芳蕤成宿楚良曰苔草相也
蕤蘗也宿楚之貴
木也言青苔漸黃蘗成叢木歲月將盡
善曰張景陽雜詩曰青苔依空牆又詩曰密
葉日夜疎又詩曰芳蕤豈再馥又詩曰
荒楚鬱蕭森說文曰芳蕤草木華盛貌歲暮
百慮交無以慰延佇向曰慮思也百思言不
交謂交於心也延久
佇待也言友人不來無以慰我久待之情
善曰仲長統詩曰百慮何為至要在我延佇

劉太尉傷亂琨良曰
書曰琨卒後贈太尉善曰臧榮緒晉

此擬贈
盧諶詩

皇晉遘陽九天下橫氛霧銑曰皇大也九陽
數之極有災橫氛
霧喻亂賊也言大晉遇此陽九之災而亂賊
橫叛善曰劉琨荅盧諶詩曰厄運初遘陽
又在六哀我皇晉痛心在目陽九漢書曰陽
九曰初入百六陽九音義曰易傳所謂陽九

之厄會也郭璞小海經注曰橫塞也楚
辭曰望時風之清激愈氛霧其如壁秦趙
值薄蝕幽并逢虎據翰曰秦姚弘所據趙石
勒所據幽州段匹磾所
據并州劉琨所領值亦逢也薄蝕喻亂賊侵
晉虎據喻威武之盛善曰薄蝕虎據喻羣
盜也京房易妖占曰九日蝕皆於晦朔不
於晦朔蝕者名曰薄戰國策蘇秦說楚威王
曰王興師襲秦戰於藍
田此所謂兩虎相據也伊余荷寵靈感激徇
馳騖濟曰言我蒙天子神靈寵愛故感動激
發猶此馳驅於軍戎善曰劉琨勸進
表曰荷寵三世左氏傳曰遠啓彊曰寵靈楚
國劉琨詩曰鄧生何感激解嘲曰世亂則聖
哲馳騖
而不足雖無六奇術冀與張韓遇良曰陳平
有六奇之
策張良韓信言我雖無此六奇之術冀
同三賢遇漢高也善曰漢書曰陳平自初
從至天下定後常以護軍中尉從擊臧荼陳
豨凡六出奇計輒益邑封奇計或頗祕世莫

得聞也張張良韓韓信也甯戚扣角歌桓公遭乃舉向曰甯戚
扣角歌商聲於齊門桓公遇而舉之以爲田官▲善曰淮南子曰甯戚擊牛角而歌桓公
舉以爲大田高誘曰大田官也荀息冒險難實以忠貞故銑曰
晉獻公使荀息傅太子奚齊荀息曰臣請竭其股肱之力加之以忠貞不濟則以死繼之
此是冒觸險難　善曰左氏傳曰初獻公使荀息傅奚齊公疾召之曰其若之何稽首而
對曰臣竭其股肱之力加之以忠貞其濟君之靈也不濟則以死繼之公曰何謂忠貞對
曰公家之利知無不爲忠也送往事居偶俱無猜貞也空令日月逝愧
無古人度翰曰逝往也言我愧無荀甯之度量　善曰論語陽虎曰日月逝矣
盧諶贈崔溫詩曰古人非所希飲馬出城濠北望沙漠路濟曰
濠城池沙漠北方也言傷晉亂意欲平定天下　善曰古有飲馬長城窟行盧諶贈崔溫

文選三十一　三十

詩曰北眺沙漠垂南望舊京路千里何蕭條白日隱寒樹投
袂既憤懣善本作懣字撫枕懷百慮良曰蕭條遠也白日隱寒
樹喻年老也投袂猶奮袂憤懣悲也撫枕百慮言不安臥　善曰左氏傳曰楚子投袂而
起白虎通曰天子崩哀痛憤懣劉琨重贈盧諶詩曰中夜撫枕歎想與數子遊百慮已見
上文功名惜未立玄髮已改素向曰謂未能匡復晉室而髮已
白　善曰劉琨重贈盧諶詩曰功業未及建夕陽忽西流陸機東宮詩曰柔顏收紅蘂玄
髮吐素華時哉苟有會治亂惟冥數銑曰言太平之時且當有
運會治亂之道冥昧亦有定數然非我所知　善曰劉琨車贈盧諶詩曰時哉不我與陶淵
明經曲阿詩曰時來苟冥會冥幽冥也數曆數也孫子兵法曰治亂數也范曄後漢書烏
丸論曰天之冥數必至於是乎

盧郎中感交諶

大廈須異材廊廟非庸器翰曰廈大屋也構此大屋必須瓌異
之材廊廟宰臣也言宰臣不可以任庸常之器　善曰盧諶荅魏子悌詩曰崇臺非一
幹珍裘非一腋潘岳在懷縣詩曰器非廊廟姿爾雅曰庸常也謂非凡常之器也英
俊著世功多士濟斯位濟曰英俊之人著立濟世之功衆多之士
共佐天子之位　善曰左氏傳衆仲曰官有世功則有官族盧諶荅魏子悌詩曰多士成
大業羣賢濟弘績眷顧成綢繆迺與時髦匹良曰諶言蒙琨
眷以成親密得與當時髦俊爲匹偶　善曰毛詩曰眷言顧之盧諶荅魏子悌詩曰愚蒙
時來會哉齊朝彥跡姻媾久不虧善本作虧字契闊豈但一
向曰姻媾謂諶妹嫁琨弟契闊謂同遭亂殺其父母豈但一言非一事也　善曰盧諶贈

文選三十一　三十一

劉琨詩曰申以婚姻又荅魏子悌詩曰恩由契闊生但一已見上文逢厄既已
同處危非所恤銑曰言險厄情同是以不憂　善曰盧諶荅魏子悌詩曰共
更飛孤厄又曰在厄每同險常慕先達節觀古論得失翰曰
槩節槩也言我慕先達節槩之人以觀得失則馬服信陵　善曰槩志節也馮衍顯志序
曰追往古得失之迹馬服爲趙將疆埸亦得清謐濟曰
謐靜也趙奢號曰馬服君爲趙守邊疆界清靜秦兵不敢東闚　善曰史記曰趙奢大破
秦軍秦軍解而走遂解閼與圍而歸趙惠文王賜奢號爲馬服君左氏傳魯公曰疆埸之
事慎守其一而備其不虞爾雅曰謐靜也信陵佩魏印秦兵不敢
出良曰魏公子無忌號信陵君秦聞公子在趙伐魏魏王使使持上將軍印往請公子
公子遂遍告諸侯各遣兵救魏率五國之兵破秦軍乘勝逐之至函谷秦兵不敢出

曰史記曰魏公子無忌爲信陵君秦昭王進兵圍邯鄲公子進兵擊秦軍秦軍解去遂救邯鄲存趙公子留趙十年不歸秦聞公子在趙日夜出軍東伐魏魏王患之使使請公子歸救魏魏王以上將軍印授公子公子遂將破秦軍於阿水乘勝逐秦至函谷關抑秦兵不敢出也

慨無幄中策徒慙素絲質向曰慨歎也幄中謂帷中陳謀策素絲隨染而變人隨善惡而遷言歎無帷幄之謀而能從善遷變故云慙也善曰范曄後漢書詔曰前將軍鄧禹與朕謀謨帷幄決勝千里淮南子曰墨子見練絲而泣之爲其可以黃可以黑高誘曰閔其化也

羇旅去舊京善本作羈旅去舊鄉

感遇踰善本作踰字琴瑟銑曰言諶羈旅并州感琨恩遇過於琴瑟之和善曰盧諶贈崔溫詩曰羈旅及寬政委質信時遇毛詩曰妻子好合如鼓琴瑟

自顧非杞梓勉力在無逸翰曰杞梓美材也自顧非美材勉力之戒在無逸裕而已善曰杞梓已見陸韓卿皆內兄希叔詩無逸已見景福殿賦

更以畏友朋濫吹乖名實濟曰翹翹車乘招我以弓豈不欲往畏我友朋齊王好吹竽善吹則祿之南郭處士因濫食祿此言無能濫在琨下名過其實也善曰左氏傳陳敬仲曰詩云翹翹車乘招我以弓豈不欲往畏我友朋韓子曰齊宣王使人吹竽南郭處士請爲王吹竽粟食與三百人等宣王死文王即位一一聽之處士乃逃或云韓昭侯嚴使一一聽之乃知濫也名實已見上文

郭弘農遊仙　璞善曰臧榮緒晉書曰璞卒後贈弘農太守

崦山多靈草海濱饒奇石良曰崦嵫山名靈草芝草也濱涯也奇石可食而仙謂安期鍊五色石是也善曰郭璞遊仙詩曰圓丘有奇草鍾山出靈液楚辭曰吾令羲和弭節兮望崦嵫而勿迫王逸曰崦嵫山也海濱即海中三山也

偃蹇尋青雲隱淪駐精魄向曰偃蹇高貌隱淪謂絕迹也駐留也精魂魄也不去其身則不死善曰江賦曰納隱淪之列真挺異人之精魄抱朴子曰人無賢愚皆知身之有魂魄魂魄分去則人病盡去則人死

道人讀丹經方士鍊玉液銑曰道人得道人也丹經九轉之法方士術士也玉液謂玉膏也善曰道人方術之士已見擬潘黃門述哀詩神仙傳曰淮南王好道術之士於是八公乃往遂授以丹經漢書曰燕齊之方士傳玄求仙篇曰玉液涌出華泉楚辭曰吮玉液兮止渴

朱霞入窻牖曜靈照空隙翰曰曜靈日也隙穴也言所居之處高也善曰十洲記曰朱霞九光廣雅曰曜靈日也說文曰隙壁縫也

傲睨摘木芝凌波采水碧濟曰傲睨縱誕貌木芝紫芝別名碧玉也水玉仙藥也善曰江賦曰嶲夷倚浪以傲睨本草經曰紫芝一名木芝洛神賦曰凌波

微步江賦曰水碧潛涎山海經曰耿山多水碧郭璞曰碧亦玉也

眇然萬里遊矯掌望煙客求得安期術豈愁濛汜迫濟曰矯掌舉手也煙客仙人也安期古仙人術仙方也濛汜日入之處言得此仙方不愁歲月迫於濛汜善曰神仙傳曰若士謂盧敖曰吾一舉千里說文曰矯舉也郭璞遊仙詩曰駕鶴乘紫煙列仙傳曰安期先生自言千歲楚辭曰出於暘谷次于濛汜

張廷尉述雜　綽

太素既已分吹萬著形兆良曰天地未分曰太素吹萬謂元氣吹煦萬物著形不同使各得其性而正善曰列子曰太素者質之始也莊子南郭子綦曰夫吹萬不同而使其自已也司馬彪曰言天氣吹煦生養萬物形氣不同已止也使各得其性而止潛夫論形太素之時元氣窈冥未有曰兆也

寂動苟有源因

謂殤子夭向曰寂靜也二十以下死者曰殤言物之動靜各稟一源其於壽夭
亦有定分人違其分因謂彭祖為壽殤子為夭　善曰言大道之要動寂無源令誠知有
源一即壽夭異轍故以殤子為夭也呂氏春秋曰一也者至貴也莫知其源莫知其端莫知
其始莫知其終而萬物以為宗高誘曰道無匹敵故曰至貴莊子南郭子綦曰莫壽乎殤
子而彭祖為夭道喪涉千載津梁誰能了銑曰涉歷也津梁喻
道也了明也言淳化之喪已歷千載其於至道誰明達也　善曰莊子曰世喪道矣道喪
世矣世與道交相喪也司馬彪曰世皆異端喪道道不好世故曰喪耳思乘扶
搖翰卓然陵風矯翰曰扶搖風之名也卓高翮舉也思乘此風而高擧
也翰飛也　善曰莊子齊諧之言曰鵬之徙於南溟也水擊三千里搏扶搖而上者九萬
里司馬彪曰齊諧人姓名也搏圜也扶搖上行風也圜飛而上若扶搖也毛詩曰如飛

文選三十一　三十四

如翰鄭玄曰如鳥之飛也翰甚中豪俊也廣雅曰矯飛也靜觀尺棰義理
足未嘗少濟曰棰杖也言一尺之杖分五寸為夜五寸為晝晝陽也主生夜陰
也主死晝復夜死復生雖一尺之杖無有窮時故理足不少　善曰莊子曰一尺之棰日
取其半萬世不竭　辨者以此與惠施相應於身無窮司馬彪曰若其可折則常有兩若其
不可折其一常存故曰萬世不竭冏冏秋月明憑軒詠堯老
良曰冏冏明也憑依軒檻也詠歌也歌唐堯老子之道德　善曰蒼頡篇曰冏大明俱求
切登樓賦曰憑軒檻以遙望堯老堯及老子玄宗之太師故莊生稱之浪跡無
蚩妍然後君子道向曰浪放蚩醜妍好也言故迹混然無醜好乃得為
君子之道　善曰浪猶放也妍蚩猶美惡也戴逵栖林賦曰浪迹頹踧棲景箕岑文賦序
曰妍蚩好惡也領略歸一致南山有綺皓銑曰領理略要也言

理要之道異塗而歸一致也綺綺里季皓老人貌南山商洛山也四皓隱所　善曰王文
度贈許詢詩曰吾生挺奇幹領略抱玄標鄭玄禮記注曰領理也廣雅曰畧要也周易子
曰一致而百慮漢書曰園公綺李夏黃公角里先生當秦之世避而入商雒深山范曄後
漢書孔融曰南山四皓潛光隱曜也交臂久變化傳火乃薪草
翰曰孔子謂顏回曰吾與汝交一臂而失之可不哀歟今人未嘗以此為哀奚獨哀死耶
指窮為薪而火傳焉言變化之理執持不停薪草相繼大傳不滅知人強求不死則不可
得納養之中則命續而不絕　善曰莊子仲尼謂顏回曰吾終身與汝交一臂而失之可
不哀歟郭象曰夫變化不可執而留也故雖交臂相守而不能令停若哀死則此亦可哀
者也今人未嘗以此為哀奚獨哀死耶莊子秦佚曰指窮於為薪火傳也不知其盡郭象
曰窮盡也為薪猶前薪也前薪以指指盡前薪之理故火傳而不滅心得納養之中故命

文選三十一　三十五

續而不絕明盡生也亹亹玄思清胷中去機巧濟曰亹亹勉也
玄遠也言勉力遠思清淨之道去機巧於情府之中則與道相合　善曰許詢農里詩曰
亹亹玄思得濯情累除莊子曰子貢南遊於楚反於晉過漢陰見一丈夫方將為圃畦
鑿隧而入井抱甕而出灌搰搰然力用甚而見功寡子貢曰有械於此一日浸百畦用力
甚寡而見功多夫子不欲乎為圃者仰而視之曰奈何曰鑿木為機後重前輕挈水若抽
數如泆湯名曰桔槹為圃者忿然作色而笑曰吾聞之吾師有機械者必有機事有機事
者必有機心機心存於胷中則純白不備純白不備則神生不定神生不定者道之所不
載子貢俯而不對也物我俱忘懷可以狎鷗鳥良曰昔人有游
於海上與鷗鳥相狎不殊於鷗鳥言彼我忘懷則禽獸不懼於己　善曰莊子曰吾喪我
郭象曰吾喪我我自忘矣我自忘天下何物足識哉又曰海上有人好鷗鳥者旦而之海

上從鷗鳥游鷗鳥至者百數其父曰吾聞鷗
從汝游試取來吾從玩之曰諾明旦之海上
鷗鳥舞而不下

許徵君自序善曰晉中興書曰高陽許詢字玄度寓居會稽司徒蔡謨辟不起詢有才藻善屬文時人士皆欽愛之

詢向曰序謂述隱居之意

張子闇内機單生蔽外象善本作像字向曰象法也張毅行年三十而患内熱病死是闇内治之幾微單豹行年七十而有童兒之色遭餓虎所食是不明外治之法此皆偏而不廣善曰張毅單豹並已見幽通賦一時排冥筌泠然空中賞翰曰冥理筌迹也泠然輕舉貌循於環之四邊則終始無極若憂其環空中則寂然不移言理迹一時排去而輕舉遊於環中以爲樂也善曰筌捕魚

之器言魚之在筌猶人之憂塵俗今既排而去之超在埃塵之外故泠然淡空得中而留也莊子曰列子御風而行泠然善句有五日而反司馬彪曰泠然涼貌也郭象莊子注曰天下莫不自是而相非故一是一非兩行無窮唯淡空得中曠然無懷乘之以遊也遣此弱喪情資神任獨往濟曰弱喪謂少失居而安於他方不知歸故鄉也人之在生惡死亦同弱喪失資操也言遣此弱喪之情無所不安故操持其神任之獨往善曰莊子曰予惡乎知悅生之非惑耶予惡乎知惡死之非弱喪而不知歸者耶郭象曰少失其故居爲弱喪者遂於彼之所在而不知歸於故鄉淮南王莊子略要曰江海之士山谷之人輕天下細萬物而獨往者也司馬彪曰獨往任自然不復顧世采藥白雲隈聊以肆所養丹葩曜芳蕤綠竹蔭閑敞良曰藥仙藥芝草屬也隈曲肆恣葩華也閑敞靜寂貌善曰隈曲也賈逵國語注曰肆恣也廣雅曰葩華也洞簫賦曰又足樂乎其閑敞西征賦曰獸紫極之閑敞苕苕寄意勝不覺陵虛上曲櫺激鮮飇石室有幽響向曰苕苕遠也寄意謂所寄至道之意勝謂勝於俗情也言至道既勝不覺如乘空而上也櫺屋梠也激射也鮮飇鮮絜之風石室石穴也幽響山響也善曰櫺窗間孔也陸機吳趨行曰泠泠鮮風過列仙傳曰赤松子常止西王母石室中也去矣從所欲得失非外獎銑曰言去從所欲之至道得失由心非外物所能獎勸善曰陸機招隱詩曰稅駕從所欲李蕭遠運命論曰得與失孰賢謝靈運擬鄴中詩曰容心非外獎小雅曰獎勸也至哉操斤客重明固已朗翰曰至極也極哉數之也有至人污漫其鼻匠石操斤斲之盡而不傷鼻是二人相明故曰重明固謂固如是朗明也善曰莊子曰莊子送葬過惠子之墓顧謂從

者曰郢人堊漫其鼻端若蠅翼使匠石運斤成風聽而斲之盡堊而鼻不傷郢人立不失容宋元君聞之召匠石曰嘗試爲寡人爲之匠石曰臣則嘗能斲之雖然臣之質死久矣自夫子之死吾無以爲質矣吾無與言也五難既灑落超迹絕塵網濟曰養生有五難一曰喜怒二曰聲色三曰滋味四曰神慮五曰精散塵網俗世事言脫落五難超絕去世事善曰向秀嵇康養生論曰養生有五難名利不滅此一難喜怒不除此二難聲色不去此三難滋味不絕此四難神慮消散此五難

殷東陽興矚仲文

晨遊任所萃悠悠蘊真趣良曰萃聚蘊積也言陵晨觀望萬物並聚於目中悠悠蘊積至道之真趣善曰毛萇詩傳曰萃集也方言曰蘊積也莊子曰道之真以治身謝靈運登江中孤嶼詩曰蘊真誰爲傳雲天亦遼亮時

與賞心遇向曰遼高亮明也言雲天既高明復與適我心者相遇善曰莊子曰黃帝得之以登雲天謝靈運田南樹園詩曰賞心不可忘青松挺秀萼惠色出喬樹銑曰青松喻貞性秀美萼花惠媚喬高也善曰廣雅曰秀美也鄭玄毛詩箋曰承花者曰鄂鄂與萼同極眺淸波深緬映石壁素瑩情無餘滓拂衣釋塵務銑曰眺視緬遠瑩磨滓穢也言遠視山水瑩磨滓穢而解塵俗之事善曰韋昭國語注曰緬邈也廣雅曰瑩磨也說文曰滓澱也謂鄙穢左氏傳曰叔向拂衣從之求仁既自我玄風豈外慕翰曰求為仁道則從我身玄遠之風豈在外慕而得善曰論語曰求仁而得仁又何怨乎漢書灌嬰曰侯自我得之玄風謂道也李充玄宗賦曰慕玄風之遐裔余皇祖曰伯陽謝靈運憶山中詩曰得性非外求直置忘所宰蕭散得

遺慮濟曰宰主也蕭散空遠也言直置專一忘其所主者道之本也能縱心空遠遺其思慮者則近之善曰淮南子曰成化象而并宰高誘曰宰主也謝靈運越嶺溪行詩曰觀此遺物慮一悟得所遣

謝僕射遊覽　混

信矣勞物化憂矜未能整良曰矜心整齊也言信勞天地化生而憂心未能與物齊也善曰左氏傳商臣曰信矣莊子曰天不產而萬物化又曰既化而生又化而死也薄言遵郊衢揔轡出臺省向曰道也以心不能齊物將遵郊外之道而散情慮故持轡出省而往之善曰毛詩曰薄言旋歸家語子曰善御者正身揔轡也淒淒節序高寥寥心悟永時菊曜巖阿雲霞冠秋嶺銑曰淒淒寒風也寥寥高淨貌言時既清

明中心覺悟亦長遠也巖阿山曲也嶺山也言雲霞如冠戴於山善曰毛詩曰秋日淒淒楚詞曰天高而氣清莊子曰寥已吾志郭象曰寥然空虛也聲類曰悟心解也潘安仁河陽詩曰時菊耀秋華眷然惜良辰徘徊踐落景卷舒雖萬緒動復歸有靜翰曰眷然顧戀貌辰時也落景日暮時也卷息舒散也萬緒言多也言息散動復其理雖多然皆同歸於靜善曰孔叢子歌曰眷然顧之東征賦曰撰良辰而將行淮南子曰至道無為盈縮卷舒與時變化莊子曰虛則靜靜則動動者得矣老子曰夫物云云復歸其根歸根曰靜是謂復命王弼曰凡有起於虛動於靜故萬物雖並動作卒復歸於虛靜各反其始歸根則靜也曾是迫桑榆歲暮從所秉濟曰曾則迫近也桑榆日將落喻年老言我雖老明歸靜之理故任時運所執善曰毛詩曰曾是在位桑榆日所以喻人年老已見上文韓詩曰歲

聿其暮辭君曰言年歲已晚也所秉謂心所執也毛詩曰君子秉心鄭玄曰秉執也舟壑不可攀忘懷寄匠郢良曰藏舟於壑人謂之固夜半有力者負之而趍摯止也亦如人生於世自以為固四時遷進不可留止郢人以堊塗鼻使匠石斲之堊盡而鼻不傷此言忘情於相知善曰莊子曰夫藏舟於壑藏山於澤謂之固矣然而夜半有力者負之而走昧者不知司馬彪曰舟水物山陸居者也藏之壑澤非人意所求謂之固有力者或能取之郢人已見上文

陶徵君田居　潛

種苗在東臯苗生滿阡陌向曰苗五穀之苗臯澤也阡陌田之封疆善曰歸去來曰登東臯以舒嘯風俗通曰南北曰阡東西曰陌雖有荷鋤倦濁酒聊自適銑曰言雖有荷鋤之勞以酒自樂亦足適意善曰

陶潛詩曰晨興理荒穢日暮荷鉏歸又曰雖欲揮手歸濁酒聊自持莊子曰智不知論極
妙之言而自適一時之利者非埳井之蛙歟又郭象注曰自適其志者也日暮巾
柴車路闇光已夕翰曰巾飾也柴車鹿車也闇夕皆夜也善曰歸去
來曰或命巾車鄭玄周禮注曰巾猶衣也歸人望煙火稚子候簷
余廉隙濟曰稚子小子也言還眺望火而歸小子候望簷隙之間隙門穴善曰歸去
來曰稚子候門問君亦何為百年會有役良曰問君謂自舉以
問以荅也何為辛苦荅云人生百年皆有勞役善曰莊子盜跖曰人上壽百歲陶潛夜
行塗口詩曰懷役不遑寐但願桑麻成蠶月得紡績善曰陶潛
詩曰相見無雜言但道桑麻長毛詩曰蠶月條桑家語曰公文伯之母紡績不懈素
心正如此開逕望三益向曰言我宿素之心但願幽靜同蔣詡開

三逕望三益之友而已善曰方言曰素本也謝靈運田南山詩曰唯開蔣生逕永懷求
羊蹤論語曰益者三友友直友諒友多聞益矣

謝臨川遊山　靈運

江海經邅迴山嶠備盈缺銑曰邅轉也嶠亦山也盈謂山缺謂
谷也善曰楚辭曰入漵浦兮途邅迴爾雅曰山銳而高曰嶠謝靈運登廬山詩曰山行
非前期邇遠不能輟但欲淹昏旦遂復經盈缺春秋元命包曰月盈而缺者謂鄉尊宋均
曰詣還也尊君也靈境信淹留賞心非徒設平明登
雲峰杳與廬霍絕翰曰靈境即會稽也言我賞心此山謂懷仁者之意
非空設而已廬霍二山名言所登之山杳然高絕於此二山善曰賞心已見上文楚辭
曰平明發兮蒼梧謝靈運酬惠連詩曰戚迹入雲峯又曰初發石首城詩曰息必廬霍期

碧嶂長周流金潭恒澄澈濟曰碧玉也嶂小山也周流長遠貌
潭水之深澄澈清也言金者下有金砂因名馬善曰碧嶂山碧之嶂即玉山也已見上
文思玄賦曰歷衆山以周流上林賦曰步櫩周流臨海記曰白石山下有金潭金光煥然
也桐林帶晨霞石壁映初晰音折良曰言霞與桐林相映
也初晰謂日出之光石壁照之而明善曰說文曰昭晰明也之逝切今協韻以之舌切
乳竇既滴瀝丹井復寥穴音血向曰乳鍾乳也竇穴也滴歷
乳竇貌丹井朱砂井也寥穴深也善曰謝靈運山居賦曰訪銅乳於洞穴訊丹砂於經
泉鮑昭過銅山詩曰乳竇夜涓滴說文曰滴瀝水下滴瀝也抱朴子曰武陵舞陽有丹砂
井王逸楚辭注曰穴寥曠蕩空虛也嵒崿轉奇秀岑崟還相蔽
赤玉隱瑤溪雲錦被沙汭若拙反銑曰嵒崿岑崟並山勢不

齊貌赤玉寶也瑤溪玉溪也汭岸也言砂石之文五色如雲錦被於岸也善曰說文曰
嵒山巖也五咸切文字集略曰嶨崖也郭璞方言注曰岑崟峻貌上林賦曰赤玉玫瑰也
思玄賦曰瞰瑤溪之赤岸海賦曰雲錦散文於沙汭之際夜聞猩猩啼朝
見鼯鼠逝常列翰曰猩猩鳥名鼯鼠飛猩也逝往也善曰蜀都賦曰猩猩
夜啼郭璞爾雅注曰鼯鼠狀如小狐亦謂之飛生聲如人呼南中氣候暖
朱華陵善本作淩字白雪濟曰朱華花也陵犯也言花犯白雪而開善
曰謝靈運八華子崗詩曰南州實炎德桂樹淩寒山王逸楚詞注曰南方冬溫草木常華
幸遊建德鄉觀奇經禹穴良曰建德國名在南越禹穴夏禹藏
圖書之所言遊觀奇異於此善曰莊子市南宜僚謂魯侯曰南越有邑焉名為建德之
國其民愚朴少私寡欲其生可樂死可以葬吾願君去國捐俗與道相輔而行漢書曰司

馬遷南遊江淮會稽探禹穴也上身名竟誰辨善本作辯字圖史終磨滅銑曰辨識也言身名誰人能識遊山所記之圖史終見磨滅　善曰謝靈運入華子崗詩曰莫辯百世後又曰圖諜復磨滅且泛桂水潮映月遊海澨銑曰桂水名海涯曰澨善曰楚之詞曰桂水兮潺湲謝靈運入華子崗詩曰乘月弄潺湲攝生貴處順將為智者說翰曰安時處順憂樂不入是攝生之理言我將為智者陳說此道　善曰謝靈運還湖中詩曰寄言攝生客又登石門詩曰處順故安排又石門詩曰匪為衆人說莫與智者論

顏特進侍宴延之

太微凝帝宇瑤光正神縣濟曰太微星宮名瑤光北斗柄端星也言匠人上法太微宮以成帝宇觀斗柄以安神州赤縣南北之正　善曰淮南子曰太

微者天一之廷孔安國尚書傳曰凝成也魏都賦曰耽耽帝宇周禮曰匠人建國晝參諸日中之景夜考之極星以正朝夕鄭玄曰極星謂北斗也廣雅曰北斗第七星為瑤光地理書曰崑崙東南地方五千里名神州史記鄒衍曰中國名赤縣神州赤縣神州內自有九州禹之所敘九州是也不得為州數中國外若赤縣神州者九所謂九州也揆日粲書史相都麗聞見良曰揆度粲明也度日所指明書於史相視也者謂丹陽也言此都華於所聞所見者　善曰毛詩曰揆之以日作為楚室尚書序曰成王在豐欲宅洛邑使召公先相宅孔安國曰發以為都也列漢構仙宮開天製寶殿桂棟留夏飈蘭橑停冬霰向曰言宮殿高大上至天漢蘭木蘭也橑椽霰雪也　善曰毛萇詩傳曰漢天河楚詞曰桂棟兮蘭橑青林結冥濛丹巘披蔥蒨銑曰青林丹巘謂蒨宮殿山樹也冥

濛蔥蒨山樹之色　善曰吳都賦曰迴眺冥濛毛萇詩傳曰巘小山別於大山也山雲備卿靄池卉具靈變銑曰卿靄瑞雲也卉草也靈變異狀也　善曰尚書大傳曰百工相和而歌卿雲鄭玄曰卿當為慶魏文帝東閣詩曰高山吐慶雲西京賦曰濯靈芝之朱柯陳思王靈芝篇曰靈芝生玉池重陽集清氣善本作氣字下輦降玄宴翰曰上為陽而清亦為陽故云重陽輦車玄幽也言上至天邊就幽處而宴　善曰楚詞曰集重陽入帝宮兮造旬始而觀請都西京賦曰恣意所幸下輦成宴尚書曰玄德升聞玄猶聖也鶩望分寰隧矚目盡都甸濟曰鶩望謂馳目遠望寰域隧鄉隧也矚視也都邑甸郊也　善曰寰猶畿也穀梁傳曰寰內諸侯周禮有六鄉六隧蒼頡篇曰矚瞻視之貌也岳陰煙滅淮海見中坐溢朱組步欄善本作欄字

簪瓊弁濟曰中坐謂坐中也朱組瓊弁衣冠之飾也溢滿簪比也步欄謂長廊也　善曰魯靈光殿賦曰中坐正景禮記曰侯伯佩玄玉而朱組綬上林賦曰步櫚周流長途中宿說文曰簪雜字如此左氏傳曰楚子玉為瓊弁玉纓未之服也禮登佇睿情樂闋延皇眄良曰登成也禮成樂闋賓客將散故延佇天子之情而顧眄　善曰爾雅曰登成也又曰竚久也謂久留也禮記曰有司告以樂闋鄭玄曰闋終也延引也測恩躋愉善本作踰字逸沿牒憯浮賤向曰測深躋登愉樂憯慙也言天子賜深恩得登樂逸自顧為隨牒之任慙其浮賤　善曰爾雅曰測深也愉逸說樂縱逸也漢書長安令揚興說將軍史高曰左衡無階朝廷隨牒在遠方說文曰憯不明也浮賤浮名微賤也禮記曰恥名浮於行也承榮重兼金善本作榮重餽兼金巡華過盈瑱他殿　銑曰瑱璧也言蒙天子賜侍宴其

於楚華重兼百金過於盈尺之璧善曰孟子曰齊王餽兼金一百而不受盈璵盈尺之玉也說文曰田父得寶玉至尺魏都賦曰尺璧有盈淮南子曰崐山之玉瑱天見切敢飾興人詠方懃綠水薦翰曰晉侯聽輿人之頌言我敢飾舊事而獻此詠然後終懃古人綠水之詩綠水古詩也善曰左氏傳曰晉侯聽輿人之誦曰原田每每舍其舊而新是謀淮南子曰手會綠水已見上文

謝法曹贈別惠連

昨發赤亭渚今宿浦陽汭而拙濟曰赤亭亭名浦陽江口名水涯曰汭善曰謝靈運富春渚詩曰赤亭無淹薄齡康樂詩曰昨發浦陽汭今宿浙江湄方作雲峯異豈伊千里別良曰千里別古曲名言與簡雲山異簡豈惟古人有千里之曲手善曰雲峯已見上文芳塵未歇席零

善本作涔字淚猶在袂入停艫望極浦弭棹阻風雪向曰芳塵謂靈運所行處歇止也袂袖也阻風雪言當時也善曰庾闡揚都賦曰結芳壁於綺席楚辭曰泣沾襟而濡袂說文曰艫船頭也楚辭曰望涔陽兮極浦謝惠連獻康樂詩曰停楫阻風波毛萇詩傳曰弭止也風雪既經時夜永豈善本作起字懷思汎濫北湖游岧善本作岧字亭南樓期銑曰北湖游南樓期謂卻敘前事也苕亭樓高貌善曰謝靈運詩序曰游南山往北山經湖中又序曰南樓中望所遲容點翰詠新賞開袠瑩所疑翰曰翰筆也袠書衣也瑩磨也疑謂有所不決善曰謝靈運答惠連詩曰陵澗尋我室散帙問所知摘芳愛氣馥拾藥憐色滋色滋畏沃若人事亦銷鑠濟曰沃若盛也言草木滋繁則反枯槁人事至盛亦

畏銷鑠謂衰散也善曰毛詩曰桑之未落其葉沃若楚詞曰質銷鑠以汋約賈逵國語注曰鑠銷也銷也子衿怨勿往谷風誚輕薄良曰子衿谷風皆詩篇名刺風俗輕薄而朋友道絕不相往來善曰毛詩曰青青子衿悠悠我心縱我不往子寧不嗣音又序曰谷風刺幽王也天下俗薄朋友道絕焉共秉延州信無慙仲路諾向曰秉執也延州謂吳季札也心許徐君劍迴掛於壟上子路無宿諾言執信不慙此二人善曰延州信謂掛劍也已見謝靈運廬陵墓下詩論語子曰子路無宿諾靈芝望三秀孤筠情所託銑曰靈芝神芝也三秀歲三結實也筠竹箭言情志託此芝筠之芳堅善曰楚詞曰采三秀於山間王逸云秀謂芝草也竹箭之有筠已見上注韋昭漢書注曰竹皮筠也于貧切所託已殷勤祗足攬懷人翰曰攬亂也言託殷勤之心只亂所思之志善曰

謝靈運詩曰猶復惠來章祗足攬余思毛詩曰嗟我懷人今行嶀呼嵊剩外銜思至海濱濟曰嶀嵊二山名濱涯也善曰孔曄會稽記曰始寧縣西南有嶀山剡縣有嵊山陸機赴洛道中詩曰朝徂銜思往尚書曰海濱廣斥嶀他乎切嵊食證切覿子杳未僝仕簡款睇在何辰良曰杳遠僝見睇視也言我覿子遠未能相見款視知在何時善曰孔安國尚書曰僝見也字林曰款誠也意有所發也廣雅曰睇見也雜珮雖可贈疏華竟無陳向曰雜結也言結芳草為珮折疏麻之華以贈離居竟無陳謂無所寄善曰毛詩曰知子之來之雜珮以贈之疏華瑤華也已見謝靈運越嶺溪行及南樓望所遲客詩無陳心悁一玄勞旅人豈遊遨幸及風雪霽青春滿江皐銑曰悁憂也羇旅在此非為遨遊但避風雪爾霽晴也皐江曲也善曰毛詩

曰中心悄悄說文曰霽雨止也楚辭曰青春爰謝又曰馳騖乎江臯解纜候前侶還望方鬱陶翰曰纜繫船索鬱陶哀思也言解纜望前行之徒迴顧憶所懷而哀思也善曰謝靈運相送方山詩曰解纜及流潮又酬惠連詩曰幽居復鬱陶煙景若離遠末響寄瓊瑤齊曰言煙景離隔相去既遠後可附音信也投我以木桃報之以瓊瑤謂書也善曰瓊瑤謂玉音也

王徵君養疾微銑曰此詩被徵不應隱於瀟湘之間

窈藹瀟湘空翠磵澹無滋良曰窈藹幽靜貌瀟湘二水名翠磵色言此磵水澹然無滋味善曰窈藹深遠之貌杜育荈賦曰懷豐穰之滋潤寂歷百年晦欻吸鵾雞悲向曰寂歷閑曠貌晦闇也欻吸猶俄頃鵾雞鳥名悲鳴也善曰寂歷凋疎貌說文曰晦晝也謂凋盡也一曰毛萇詩傳曰晦昧也凡草

木華實榮茂謂之明枝葉凋傷謂之晦欻吸疾貌楚詞曰鵾雞啁哳而悲鳴清陰往來遠月華散前墀鍊藥矚虛幌泛瑟臥遙帷銑曰清陰日也墀謂階矚對幌窓也泛瑟謂撫瑟也遙遠也帷謂山中也善曰前墀已見上文說文曰鍊化金也鍊與練古字通又集略曰幌以帛明窓也文賦曰同朱絃之清汎朱絃瑟絃也水碧驗未黷金膏靈詎緇翰曰水碧水玉也與金膏並仙藥其靈驗未可得而緇黷黷染也善曰水碧已見上文蒼頡篇曰黷垢黷也穆天子傳河伯曰示汝黃金之膏毛萇詩傳曰緇黑色也北渚有帝子蕩瀁不可期濟曰北渚謂所居之北也帝子娥皇女英蕩瀁言隨彼上下不可與之結期善曰楚詞曰帝子降兮北渚目眇眇兮愁予阮籍詠懷詩曰蕩瀁焉可能也悵然山中暮懷痾屬此詩良曰悵然失志貌言失志山中抱其痾疾而屬綴此詩善曰淮南子曰悵然若有所亡楚詞曰幽獨處乎山中又曰抒中情而屬詩

袁太尉從駕淑向曰為御史中丞時從宋高祖拜廟祭南郊之作

宮廟禮哀敬枌邑道嚴玄銑曰禮祭之法盡哀致敬漢豐邑有枌社玄遠也宋漢之子孫故祭枌社之道可敬而遠之善曰顏延年拜陵廟詩曰哀敬隆祖廟枌枌榆社也漢書曰高祖禱豐枌榆社說文曰玄幽遠也謂神道幽遠也恭潔由明祀肅駕在祈年翰曰恭絜謂敬而祭絜清也祀祭祈求也言郊天求明年之穀善曰毛詩曰敬恭明祀又曰祈年孔夙詔徒登季月戒鳳藻行川濟曰詔徒謂告衆也季月九月也鳳鳳蓋也藻文彩也言鳳蓋散文

彩於所行之川善曰孔安國尚書傳曰登升也劉瓛賦曰玄冬季月鳳皇車名甘泉賦曰乃登鳳皇兮翳華芝川所行之川也行猶道也雲旆象漢徙宸網擬星懸良曰旆雲旗也言侍從部伍象天漢迴移也宸網謂天子車上珠網如天星之懸善曰高唐賦曰建雲旆宸網天畢也西京賦曰天畢前驅薛綜曰畢網也象畢星魯靈光殿賦曰浮柱岧嵽以星懸朱權麗寒渚金鍐映秋山向曰權幰竿也鍐馬飾也麗映謂照羅也寒渚秋山所遊之處善曰朱權以朱漆飾權也蔡邕獨斷曰金鍐者馬冠也高廣各五寸羽衛藹流景綵吹震沈淵銑曰羽衛謂羽葆護衛天子也藹映也流景日也綵吹綵衣人吹簫管震動深淵也善曰羽衛負羽侍衛也綵發吹也淮南子曰浮吹以虞沈川鱗介也辯詩測京國履籍鑒都壥銑曰辯陳也謂太師陳詩以觀京國之風籍謂

聽斷之書鑑視也視都壥之究屈也善曰禮記曰天子五年一巡狩命大師陳詩以觀
民風孫卿子曰履天亡子之籍聽天下之斷甿善本作萌字謠響玉律邑
頌被丹絃翰曰甿田人言采田人之歌邑老之頌以考玉律朱絃之樂善曰
沈約宋書曰調樂金石有一定之聲故造鐘磬者先律調之然後施之於箱懸司馬彪續
漢書曰候氣之法殿中候用玉律十二唯二至乃候靈臺用竹律六十顏延年曲水詩序
曰途歌邑誦尚書大傳曰大琴朱絃蔡邕琴賦曰丹絃既張八音既平文軫薄
桂海聲教燭氷天濟曰軫車也薄迫燭照也桂海南極氷天北極也言
文軌聲教之盛迫照遠方善曰禮記曰書同文車同軌尚書曰外薄四海孔安國曰薄
迫也言至海也南海有桂故云桂海上林賦曰經乎桂林之中過乎泱漭之野尚書曰朔
南暨聲教蒼頡篇曰燭照也淮南子曰八紘北方曰積氷高誘曰北方寒氷所積因以爲

文選三十一　四十八

名積氷也和惠頌上笏恩渥浹下筵良曰張布也上笏謂大夫
之爵言天子和澤布及大臣而恩渥遍浹於下席也善曰禮記曰笏諸侯以象顏延年
觀北湖田收詩曰溫渥及輿隸和惠屬後筵幸侍觀洛後豈慕巡
河前向曰湯觀洛得黃魚之瑞堯居河濱神龜負圖而至言我有幸得侍從觀洛豈
慕前君巡河之美善曰尚書中候曰天乙在亳東觀乎雒黃魚雙躍出躋于壇化爲黑
玉孝經鉤命決曰舜即位巡省中河錄圖授文服義方無沫展歌殊
未宣銑曰沫已也言我服天子道義無已雖舒展歌詩未能宣其美化也善曰服
義已見上文沫亡貝切廣雅曰沫已也楚詞曰展詩兮會舞王逸曰展舒也言舒展詩曲
作爲雅樂也

謝光祿郊遊　莊

肅舲出郊際徙藥善本作樂字逗江陰翰曰肅舲船也徙
藥行藥也逗止也江陰江北岸善曰楚詞曰乘舲船余上沅兮齊吳榜以擊汰王逸曰
舲船窻牖也徙樂行窗也說文曰逗止也翠山方藹藹青浦正沈
沈濟曰藹藹盛貌沈沈深靜貌善曰上林賦曰沈沈隱隱涼葉照沙嶼
秋榮冒水潯濟曰嶼水中山也秋葉黃故云照冒覆也潯水畔也善曰劉
淵林吳都賦注曰嶼海中洲上不山石也說文曰潯水傍也風散松架險
雲鬱石道深濟曰松橫生曰架風散則松架益危雲鬱則山路增幽也善
曰松枝可以爲架故臣謂之架焉靜然善本作默字鏡綿野四睇
亂甍岑濟曰鏡睇皆視也綿遠曾高也岑峯也言四面視高岑遠野而亂於目
善曰莊子曰靜默可以補病穀梁傳曰綿地千里也氣清知鴈引露華

文選三十一　四十九

識猨音雲裝信解蔽煙駕可辭金良曰氣清露華謂秋
時則鴈度猨音稍哀也雲裝仙人以雲霓爲裳也蔽冕也金印也言見此仙道可解紱辭
祿以從之善曰雲裝雲衣也蒼頡篇曰紱綬也蔽與紱通煙駕煙車也金金印也始
整丹泉術終覿紫芳心向曰整信也丹泉丹竊之泉飲之不死紫
芳紫芝也善曰抱朴子曰黃帝南到貞龍采若乾之華飲丹巒之泉外國圖曰貞丘有
赤泉飲之不老紫芳紫芝也鄒潤甫遊仙詩曰紫芝列紅敷丹泉激陽瀆行光自
容裔無使弱思侵銑曰神不滅曰行光容裔自在貌弱思謂俗事言我
神之不滅而得自在故不使俗事侵害善曰楚辭曰雲旗兮電騖儵忽兮容裔

鮑參軍戎行　昭

豪士枉尺璧宵人重恩光翰曰豪士權勢之人枉盈尺之璧以

聘之亦不顧矣宵小也言小人重禮遇之恩光也 善曰呂氏春秋傳曰文王飾其辭令幣帛以禮豪士以璧禮賢已見上文淮南子曰聖人不貴尺璧春秋孔演圖曰宵人之世多飢寒宋均曰宵猶小也鄭玄毛詩箋曰為龍為光言天子恩澤光曜彼及者也

徇義非為利執羈輕去鄉濟曰屈身從物曰徇節士徇義不求利也執羈謂執羈靮從軍而去鄉也 善曰莊子曰彼所徇仁義則俗謂之君子又曰小人則以身徇利士則以身徇名禮記曰執羈靮而從靮音的去鄉已見上文

孟冬郊祀月殺氣起嚴霜良曰十月郊祀以報農稔也殺氣寒氣也 善曰禮記曰孟冬之月天子迎冬於北郊又曰仲秋之月殺氣浸盛陽氣日衰楚辭曰冬又申之以嚴霜

戎馬粟不煖軍士氷為漿向曰不煖猶不煮軍士皆以氷為漿也 善曰陸機苦寒行曰渴飲堅氷漿

晨上城皐坂碛礫

文選三十一　五十

皆羊腸向曰城皐坂名碛礫小石也羊腸言坂勢屈曲 善曰薛綜東京賦注曰旋門坂在城皐上林賦曰下碛礫之坂高誘呂氏春秋注曰羊腸其山盤紆似羊腸

寒陰籠白日大谷晦蒼蒼銑曰寒陰寒雲也籠蔽也大谷谷名晦暗也蒼蒼晚也 善曰夏侯湛秋賦曰陰籠景而下翳曹植贈白馬王詩曰太谷何寥廓山樹鬱蒼蒼爾雅曰霧謂之晦郭璞曰蓊蒼昏冥也

息徒税征駕倚劍臨八荒翰曰徒衆税舍倚佩也言息衆舍駕佩劍視八荒也 善曰嵇康贈秀才詩曰息徒蘭圃法言曰仲尼之駕税矣宋玉大言賦曰方地為輿員天為蓋長劔耿介倚天之外甘泉賦曰八荒協兮萬國諧

鷦鵬不能飛玄武伏川梁濟曰鷦鵬鳥也玄武龜也言寒不能飛伏於川梁之下 善曰樂緯曰鷦鵬狀似鳳皇身禮戴信嬰仁膺智負義宋均曰身禮質赤色思玄賦曰玄武縮於殻中兮螣蛇蜿而自糾

鑠翮由時至感物聊自傷豎儒守一經未足識行藏良曰鑠殘也殘翮自喻也由時謂雪霜之時也言感此雪霜暫自傷結豎小兒稱言儒者獨守一經所識與小人同安足以達行藏之理 善曰淮南子曰飛鳥鑠羽許慎曰鑠殘羽也古詩曰感物懷所思漢書高祖曰豎儒幾敗乃公事韋昭曰豎猶小也論衡曰能說一經為儒生論語子謂顔淵曰用之則行捨之則藏唯我與爾有是夫

休上人怨別向曰沙門惠休姓湯氏上人則沙門之尊稱 善曰沈約宋書曰沙門惠休善屬文徐湛之與之甚厚世祖命使還俗本姓湯位至揚州從事也

西北秋風至楚客心悠哉日暮碧雲合佳人殊未來銑曰西北曰不周風楚客屈原也悠哉失志貌碧雲青雲也佳人謂所思

文選三十一　五十一

友人 善曰魏文帝秋胡行曰朝與佳人期日夕殊不來

露彩方泛豔月華始徘徊翰曰泛豔浮光貌 善曰曹子建七哀詩曰明月照高樓流光正徘徊

寶書為君掩瑤琴詎能開翰曰寶書真經也為君掩言朋友不至無與披翫也瑤琴玉琴也言無人能開匣而彈 善曰道學傳曰夏禹撰真靈之玄要集天官之寶書以南和丹繒封以金英之函撿以玄都之印瑤琴已見上文

相思巫山渚悵望陽雲臺濟曰巫山陽臺皆楚地名以神女喻朋友也相思悵望皆憂煩貌 善曰高唐賦曰妾在巫山之陽蔡邕詩序曰暮宿河南悵望子虛賦曰楚王乃登雲陽之臺

膏鑪絶沈燎綺席生浮埃良曰膏燈也鑪香鑪言皆沈滅而不薰燎宴樂之席皆生塵埃 善曰鑪熏鑪也耿其芬香故加之膏煙而無熖故謂之沈西京雜記鄒陽酒賦曰綃綺為席犀瑑為鎮

桂水日

千里因之平生懷向曰桂水水名曰千里謂流急言因此急流寄平生懷抱善曰言因桂水以通情也桂水已見上文李陵詩曰浮雲日千里洛神賦曰託微波而通辭鍾會懷士、賦曰託遠念於輿波

文選卷第三十一

文選　三十二

騷上

文選卷第三十二

梁昭明太子撰　五臣并李善注

騷上

屈平離騷經一首

九歌四首

離騷經一首

屈平 銑曰史記云屈原字平仕楚為三閭大夫上官靳尚妬其才能譖毀之王乃流屈原於江南不知所訴乃作離騷經離別騷愁也言已遭放逐離別愁苦猶陳正道以諷諫也上述唐堯下序桀紂以香草善鳥龍鳳以譬忠貞君子以靈脩美人以諭於君以臭草惡禽鴟

風雲霓比小人攙天引聖終不見省遂赴汨淵而死

王逸注 序曰離騷經者屈原之所作也屈與楚同姓仕於懷王為三閭大夫同列大夫上官靳尚妬害其能共譖毀之王乃流屈原原乃作離騷經不忍以清白久居濁世遂赴汨淵自投而死也

帝高陽之苗裔兮 翰曰帝顓頊高陽氏言我與楚俱高陽氏之苗裔逸曰苗胤也裔末也高陽顓頊有天下之號也帝繫曰顓頊娶于騰隍氏女而生老僮是楚先其後熊繹事周成王封為楚子居於丹陽其孫武王求尊爵於周周不與遂僭號稱王始都於郢是時生子瑕受屈為客卿因胤末之子孫恩深而義厚也

朕皇考曰伯庸 濟曰朕我也屈原自稱也古人貴與君同稱朕皇美也父死後稱之曰考

化庸原父名逸曰朕我也皇美也父死稱考詩曰既右烈考伯庸字也屈原言我父伯
庸體有義德以忠輔楚世有令名以及於己攝提貞于孟陬子侯兮
良曰太歲在寅曰攝提孟始貞正也于猶於也正月為陬逸本注同惟庚寅吾
以降向曰庚寅日辰也降下也言我以攝提歲正月庚寅日下毋之體是得陰陽中
正之氣　逸曰惟詞也庚寅日降下也寅為陽正庚為陰正言已以太歲在寅正月始春
庚寅之日下毋之體皇覽揆余逸本有于字初度兮肇錫余
以嘉名銑曰皇考揆度肇始錫賜嘉善也言我父鑒度我初生之法度皆合天地
中正始賜我善名逸曰皇皇考也覽觀也揆度也肇始也錫賜也嘉善也言已美父伯
庸觀我始生年時度其日月皆合天地正中故始錫我以美善之名名余曰正
則兮字余曰靈均翰曰禮始生三月父親名之既冠而字之正平則法

文選三十二　二

靈善也均亦平也言父觀我初生時日法度能正法則善平理故思善應而名之以表其
德逸曰正平也則法也靈神也均調也言平正可法則者莫過於天養物均調者莫神
於地高平曰原故伯庸名我為平以法天字我曰原以法地夫人非名不榮非字不彰故
子生父思善應而名字之以表其德觀其志也紛吾既有此內美兮
又重之以脩能濟曰紛盛也內美謂忠貞也脩遠也言內有忠貞外有材
藝之遠能逸曰紛盛貌脩遠也言已之生內含天地之美氣又重有絕遠之能與衆異
也扈戶江離與辟芷兮良曰扈披也江離芷皆香草辟幽也芷幽
而香逸曰扈披也楚人名披為扈江離芷皆香草也辟為幽也芷幽而香紉逸本
作紐秋蘭以為佩汩于筆余若將不及兮良曰紉結也蘭
草名秋而香佩飾也言已修身清潔披香草以為服飾也汨疾也言歲月行疾若將追之

不及也　逸曰紐索也蘭香草也秋而芳佩飾也所以象德言已脩身清潔乃取江離辟
芷以為衣被紐索秋蘭以為佩飾博采衆善以自約束汨去貌疾若水流也恐年
歲之不吾與銑曰恐年歲不與　我相待而年老不得輔於君也逸曰言我
念年命汨然流去誠欲輔君心汲汲常若不及又恐年忽過不與我相待而身老朝
搴阰毗之木蘭兮夕擥洲之宿莽翰曰搴取也阰山名
擥持也洲水中地也草經冬不死曰宿莽言朝升山取木蘭承陽也夕入洲持莽順陰也
木蘭去皮不死宿莽經冬不凋故屈原取以自喻言讒入困已終不能變易忠直也逸
曰搴取也阰山名攬采也水中可居者曰洲草冬生不死者楚人名曰宿莽言已旦起升
山采木蘭上事太陽承天度也夕入洲澤采取宿莽下奉太陰順地數也動以神祇自勑
誨也木蘭去皮不死宿莽遇冬不枯屈原以喻讒人雖欲困已已受天性終不可變易

文選三十二　三

日月忽其不淹兮春與秋其代序翰曰淹久代改序次
也言日月　漂忽不久時節改其次序數入之年歲易老逸曰淹久也代更也序次也言
日月晝夜常行忽然不久春往秋來以次相代言天時易過人年易老惟草木
之零落兮恐美人之遲暮濟曰草木零落言歲晚喻年老也美
人喻君也言歲暮年老而不早用賢於國無成功也逸曰零落皆墮也草曰零木曰落
遲晚也美人謂懷王也言天時運轉春生秋殺草木零落歲復盡矣而君不建立道度舉
賢用士則年老暮晚而功不成撫壯而棄穢兮何不改乎此
度逸本作不撫壯而棄穢兮何不改此度也良曰撫持也言持盛壯之年廢棄道德用
讒邪之言為穢惡之行何不早改此法度以從忠正之言逸曰年德盛曰壯棄去也穢
行之惡也以喻讒佞百草為稼穡之穢讒佞亦為忠直之害也改更也言願君務及年德

盛壯之時修明政教棄遠讒佞無令害賢改此惑誤之度修先王之法也策逸本作乘
字騏驥以馳騁兮來吾導夫先路向曰騏驥駿馬喻賢
人言君能任賢人我將申展則導引君入先王之道路　逸曰騏驥駿馬也以喻賢智言
乘駿馬一日可致千里以言任賢智即可至於治也言己如得任用將驅先行願來隨我
遂為君導入聖王之道昔三后之純粹兮固衆芳之所
在銑曰三后謂湯禹文王也純美也粹不雜也衆芳喻衆賢也言三王所以有純美之
德以衆賢所在故也　逸曰昔往也后君也謂湯禹文王也至美曰純齊同曰粹衆芳喻
羣賢也言往古夏禹殷湯周王所以能純美其德而有聲明之稱者皆舉用衆賢使在顯
職故道化興而萬國寧也雜申椒與菌桂兮豈維紉逸本作紉
字夫蕙茝呂改　翰曰雜非一也申重也振菌桂皆香木紉結也蕙茝香草也

文選三十二　四

皆喻賢者言禹湯文王雖聖明用賢人豈獨任一人而已　逸曰申重也椒香木其芳
小重之乃香菌薰也葉曰蕙根曰薰也紉索也蕙茝皆香草也以喻賢者言禹湯文王雖
有聖德猶雜用衆賢以致於化非獨索蕙茝任一賢人也彼堯舜之耿古迥
介兮既遵道而得路濟曰耿光介大遵循路正也言堯舜所以有光
大之稱者能循用大道任其忠良故得萬事之正　逸曰耿光也介大也遵循也路正也
言堯舜所以能有光明大德之稱者以循用天地之道舉賢任能使得萬事之正也何
桀紂之昌披兮夫唯捷徑以窘求殞步良曰桀紂夏殷
失道之君昌披謂亂也捷疾也徑邪道也窘急也言桀紂若人使亂用捷疾邪徑急步而
理之故身至滅亡　逸曰昌披衣不帶貌捷疾也徑邪道窘急也言桀紂愚惑違背天道
施行惶遽衣不及帶欲涉邪徑急疾為治故身觸陷阱至於滅亡惟夫逸本無夫

字黨人之偷樂兮路幽昧以險隘向曰偷苟且也險隘
傾危也言小人共為朋黨苟且為樂而不知君道幽闇國將傾危以及其身矣　逸曰黨
朋也論語曰羣而不黨偷苟也幽昧不明也險隘喻傾危也言己念彼讒人相與朋黨嫉
妬忠直苟且偷樂不知君道不明國將傾危以及其身豈余身之憚殃
兮恐皇輿之敗績銑曰憚難皇君也敗績崩壞言我所以不難殃咎而
諫爭者恐君行事之失崩壞先王之功　逸曰憚難也殃咎也皇君也輿君之所乘也以
喻國也績功也言我欲諫爭者非難身之被殃咎也但恐君國傾危以敗先王之功忽
奔走以先後兮及前王之踵武翰曰踵繼武迹也言欲忽
然奔走先後以為輔翼者及先王之德繼續先王之迹　逸曰踵繼也武迹也詩曰履
帝武敏言己急欲奔走先後以輔翼君者冀及先王之德繼續其迹而廣其基也奔走先

文選三十二　五

後四輔之職也詩曰予聿有奔走予聿有先後是之謂也荃不察余之中
情兮反信讒而齊怒濟曰荃香草以喻君齊同也言君不觀察我之
中誠反信讒人與之同怒於我　逸曰荃香草也以喻君也人君被服芬香故以香為喻
惡數指斥尊者故變言荃也齊疾也言懷王不徐察我忠信之情反信讒而疾怒余
固知謇謇之為患兮忍而不能舍也良曰謇謇直言
貌舍止也言我固知直言之為己患恐君之敗故忍此禍患而不能止　逸曰謇謇忠言
貌也易曰王臣謇謇匪躬之故舍止也言己忠言謇謇諫君之過必為身患然中心不能
自止而不言也指九天以為正兮夫唯靈脩之故也
向曰九陽數謂天也靈神脩長也言有神明長久之道者君德也故以喻君言我指天欲
為君行正平之道而君不用我故將欲自盡　逸曰指語也九天謂中央八方也正平也靈

神也脩遠也能神明遠見者君德故以喻君言已將陳忠策內慮之心上指九天告語神
明使平正之唯用懷王之故欲自盡也初既與余成言兮後悔
遯而有他銑曰初始成平悔改遯移也言君始與我平議國政後信讒言因改
發本情而有他志逸曰遁隱也言懷王始信任己與我平議國政後用讒言中道悔恨
隱遁其情而有他志余既不難夫逸本無夫字離別兮傷靈
脩之數化翰曰傷惜也言我不難離別於君但惜君信讒而數變易逸曰近
曰離遠曰別化變也言我竭忠見過非難與君離別也傷念君信用讒言志數變易無常
操也余既滋蘭之九畹於遠兮又樹蕙之百畝濟曰
滋益也三十畝曰畹樹蒔也蘭蕙香草喻行也言我雖放斥逐修行彌多逸曰滋蒔也
十二畝為畹樹種也二百四十步為畝言己雖見放流猶種蒔眾香修行仁義勤身自勉

朝暮不倦畦留夷兔與藒逸本作揭字車兮雜杜衡與
芳芷良曰五十畝曰畦留夷藒車杜衡芳芷皆香草也言積累眾芳自脩飾其德行
逸曰留夷香草也揭車亦芳草一名芞輿五十畝為畦杜衡芳芷皆香草名也言已積累
眾善以自絜飾復植留夷杜衡雜以芳芷芬香益暢德行彌盛也冀枝葉之
葰逸本作峻字茂兮願俟時乎吾將刈向曰葰茂盛貌言我
種植眾芳冀枝葉之盛願待成時收刈藏而饗之喻君養賢以時進用而委其成理逸
曰冀幸也峻長也刈穫也言已種植眾芳幸其枝葉盛長實核成熟願待天時吾將穫取
收藏而成其功也以言君亦宜畜養眾賢以時進用而待仰其治也雖萎絕其
亦何傷兮哀眾芳之蕪穢銑曰萎絕黃落也眾芳喻眾賢也言
我積行為讒邪所害見逐亦猶植芳草為霜露所傷而落雖如是於我亦何能傷但恐眾

賢志士見如是共蕪穢不自修也逸曰萎病也絕落也言已所種芳草當刈未刈蚤有
霜雪枝葉雖蚤萎病絕落何能傷我乎哀惜眾芳摧折枝葉蕪穢而不成也以言已修行
忠信冀君任用而遂斥棄則使眾賢志士失其行也眾皆競進以貪婪
力含兮憑不猒乎求索翰曰憑滿也言眾在朝者皆競為進趣貪婪財
利在身雖滿不知猒足復為求索逸曰競並也愛財曰貪愛食曰婪憑滿也楚人名滿
為憑言在位之人無有清絜之志皆並進取貪婪於財利中心雖滿猶復求索不知猒飽
羌內恕己以量人兮各興善本作與心而嫉妬濟曰
羌乃也言貪婪之人乃內恕於己以量度他人謂與己同貪若否則各生嫉妬之心讒譖
之使不得進用逸曰羌楚人語詞也以心揆為恕量度也害賢為嫉害色為妬言在位
之臣心皆貪婪內以其志恕度他人謂已用不同則各生嫉妬之心推棄清絜使不得用

也忽馳騖以追逐兮非余心之所急良曰忽急也言
眾人急於勢利而奔走非我所急也我所急者仁義也逸曰言眾人所以馳騖惶遽者
追逐權貴求財利也故非我心之所急務眾急於利我獨急於義者也老冉冉
其將至兮恐脩名之不立向曰冉冉漸漸也立成也言我之年
漸漸將至恐修理明德而不能成逸曰冉冉行貌立成也言人年命冉冉而行我之衰
老將以速至恐修身建德而功不成名不立也朝飲木蘭之墜露兮
夕餐秋菊之落英銑曰英花也飲香木之露食秋菊之花者取其香絜
以合己之德逸曰墜墮也言己旦飲香木之墮露吸正陽之津液暮食芳菊之落英言
吞陰陽之精蘂動以香淨自潤澤苟余情其信姱苦瓜以練要
兮長顑呼感頷乎感亦何傷翰曰苟且姱大練擇也且信大擇要道而

行雖長飢苦亦何傷於我顑頷不飽貌逸曰苟誠也練簡也顑頷不飽貌也言己飲食好美中心簡練而合道要雖長顑頷飢而不飽亦無所傷病也擥木根以結茝兮貫薜荔之落蘂濟曰擥持根本貫拾也薜荔香草蘂花心也言我持木之本佩結香草拾其花心以表己之忠信逸曰擥持也貫累也薜荔香草也緣木而生落墮也蘂實貌言己修行常擥木引堅擥持根本又貫累香草之實執持忠信不為華飾之行也矯菌桂以紉蘭兮索胡繩之纚纚所綺良曰矯舉也胡繩香草纚纚索好貌言舉此香木以自比結索其香草以約束於己也逸曰矯直也胡繩香草也纚纚好貌也言己行雖據根本猶復矯直菌桂芬芳之性紉索胡繩令之澤好以善自約束終無懈已蹇逸本作謇字吾法夫前修兮非世逸本作時字俗之所服向曰蹇難也前修謂前代修習道德

文選三十二　八

之人服用也言我所以遭難者吾法前修道德之人故不為代俗所用逸曰言我忠信謇謇者乃上法前代遠賢固非今時俗之人所可服行也雖不周於今之人兮願依彭咸之遺則銑曰周合也彭咸殷之賢臣諫君不從自投水而死遺餘則法也言我忠信雖不合於今世之人願依古賢人之餘法逸曰周合也彭咸殷賢大夫諫其君不聽自投水而死遺餘也則法也言己所行忠信雖不合於今之人欲願依古之賢者彭咸餘法以自率厲也長太息以掩涕兮哀民逸本作人字生之多艱翰曰艱難也言我自傷忠信不合當代故太息掩涕哀此萬姓遭輕薄之俗而多屯難逸曰言己自傷施行不合於俗將效彭咸沈身於淵乃太息長悲哀念萬人受命而生遭遇多艱以隕其身也余雖好脩姱苦瓜以鞿居衣羈兮謇朝誶而夕替濟曰鞿羈銜勒也誶諫替

廢也言我雖習前聖人之大道而為讒人所銜勒不避難而諫朝諫而夕暮廢棄逸曰鞿羈以馬自喻也韁在口曰鞿革絡頭曰羈言為人所係累也誶諫也詩云誶予不顧替廢也言己雖有絕遠之智姱好之姿然為讒人所鞿羈而係累矣故朝諫謇謇於君夕暮而身廢棄也既替余以蕙纕思羊兮又申之以攬茝良曰纕佩也言君所以廢棄我者以我佩忠信之心故也申重擥持也然我猶擥芳草自結束以執貞節逸曰纕佩帶也又復也言君所以廢棄己者以余帶佩眾香行以忠正之故也然猶復引芳茝以自結束執志彌篤也亦余心之所善兮雖九死其猶未悔良曰九數之極也言忠信貞㓗我心所善以此遇害雖九死無一生未足悔恨逸曰悔恨也言己履行忠信執守清白亦我心中之所美善也雖以見過文解九死終不悔恨也怨靈脩之浩蕩兮終不察夫

文選三十二　九

民逸本作人字心銑曰浩蕩法度壞貌言我怨君法度廢壞終不察眾人悲苦逸曰靈脩謂懷王也浩猶浩浩蕩蕩無思慮貌也言己所以怨恨於懷王者以其用心浩蕩驕傲放恣無有思慮終不見省察萬人善惡之心故朱紫相亂國將傾危也眾女嫉余之蛾眉兮謠諑丁角謂余之逸本作以字善淫翰曰眾女喻讒臣也蛾眉美女謠諑謂譖毀也言讒邪之人妬我忠直譖毀之謂我善為淫亂逸曰眾女謂眾臣也蛾眉好貌謠謂毀也諑音豖猶譖也淫邪也言眾女嫉妬蛾眉美好之人譖而毀之謂之善淫不可信也猶眾臣妬嫉忠正言己淫邪不可任也固時俗之工巧兮偭面規矩而改錯倉故濟曰偭背也規矩法則也錯置也言工巧之人背違繩墨妄為法則改古之道安置其妙敗材木而不堅固讒佞之人巧為言語離聖人之法亦必敗國危政逸曰偭背

也圓曰規方曰矩錯置也言今時之工才知強巧背去規矩更造方圓必不堅固敗材木
也以言佞臣巧於言語背違先聖之法以意妄造必亂政化危君國也背繩墨
以追曲兮競周容以為度良曰周合也言背繩墨之直而從其
曲則屋壞苟為邪佞競合當代以取容媚不依法度則國亡矣∴逸曰追隨也繩墨所以
正曲者周合也度法也言百工不隨繩墨之直道隨從曲木屋必傾危而不可居也以言
人臣不修仁義之道背棄忠直隨從枉佞苟合於世以求容媚以為常法身必傾危而被
刑戮忳屯鬱邑余侘丑加傺丑例兮吾獨窮困乎此
時也向曰忳鬱憂思貌悒不安也侘傺失志貌言我憂思而失志者以不能隨代求
容媚固獨窮困於當時逸曰忳憂貌也侘傺失志貌也侘傺猶堂堂立貌也傺住也楚人
名住曰傺言我所以忳忳而憂中心鬱邑悵然住立而失志者以不能隨從時俗屈求容

媚故獨為時人所窮困也寧溘苦合死以流亡兮余不忍為
此態也銑曰溘奄也言我寧奄然流亡其形骸終不忍為邪佞之態以自全逸
曰溘猶奄也言我寧奄然而死形體流亡不忍以忠正之性為邪淫之態也鷙鳥
逸本有之字不羣兮自前世逸本作代字而固然翰曰鷙鳥
鷹鸇之屬此鳥執志剛厲不與衆鳥同羣忠正之士亦守節不隨俗為諂媚於前代固如
是非但於我逸曰鷙執也謂能執服衆鳥鷹鸇之類也以諭忠正言鷙鳥執志剛厲特
處不羣以言忠正之士亦執分守節不隨俗人自前代固然非獨於今∴何方圜
之能周兮夫孰異道而相安濟曰方木圓穴不可相合邪佞
忠正異道而誰肯相安哉逸曰言何所有圜鑿受方枘而能合者誰有異道而相安邪
言忠佞不相為謀也屈心而抑志兮忍尤而攘詬呼侯良曰

抑案尤過攘除詬恥也我所以屈心案志者將欲忍過除其深恥誅讒佞清朝廷也逸
曰抑案也尤過也攘除也詬恥也言己所以能屈案心志含忍罪過而不去者欲以除去
恥辱誅讒佞之人如孔子誅少正卯也伏清白以死直兮固前
聖之所厚向曰伏清白之節盡死為直亦固聖人所厚哀也謂武王伐紂封比
干墓者是也逸曰言士有伏清白之志以死忠直之節者固乃前代聖王所厚哀也故
武王伐紂封比干之∴墓表商容之閭也悔相道之不察兮逸本無兮
字延佇乎吾將反銑曰悔恨相視察審也言我恨視道之不審當若比
干伏節死義故長立而望將還國死節也逸曰悔恨也相視也察審也延長也佇立貌
也詩云佇立以泣言己自恨視事君之道不明察當若比干伏節死義故長立而望將欲
還反終已之志也迴朕車以復路兮及行迷之未遠

翰曰迴車復路將還也言我及已迷誤欲迴路尚未遠明同姓無相去義逸曰迴旋也
迷誤也言及旋我之車以反故道反迷已誤欲去之路尚未甚遠也同姓無相去之義故
欲還也步余馬於蘭皋兮馳椒丘且焉止息濟曰
步徐行也澤曲曰皐椒丘丘上有椒也于息依蘭椒不忘芳香以自潔也言我行蘭澤馳
上椒丘且止息以待君命逸曰步徐行也澤曲曰皐土高曰丘四隨曰椒丘言已欲還
則徐徐行步我之馬於芳澤之中以觀聽懷王遂馳高丘而止息以須君命進不
入以離尤兮退將逸本有復字修吾初服良曰尤過也言
我將進入以相君事恐重離過患故將退去修吾初始潔清之服逸曰退去也言已誠
欲遂進竭其忠誠君不肯納恐重遇禍將復去修吾初始清潔之服製芰荷以
為衣兮集芙蓉以為裳向曰製裁集合也芰荷水草芙蓉蓮華也

言裁合此物而爲衣裳以自修絜也逸曰製裁也芰蔆也荷芙蕖也芙蓉蓮華也上曰衣下曰裳言已進不見納猶復製裁芰荷集合芙蓉以爲衣裳被服愈絜修善益明不吾知其亦已兮苟余情其信芳高余冠之岌岌兮長余佩之陸離銑曰言君不知我我亦將止然我情實美岌岌高貌陸離參差貌既不見用我將高冠長佩整威儀以異衆逸曰岌岌高貌陸離參差衆貌也言已懷德不用復高我之冠長我之佩尊其威儀整其服飾以異於衆也芳與澤其雜糅女又兮唯昭質其猶未虧翰曰芳香澤潤也言我有香潤之德雜會於已不得施用唯獨守其明絜之質猶未爲自虧損也逸曰芳德之貌也澤質之潤也玉堅而有澤糅雜也唯獨也昭明也虧歇也言我外有芬芳之德內有玉澤之質二美雜會兼在於已而不得施用故獨保明吾身無有虧失而已所謂

道行則兼善天下不用則獨善其身也忽反顧以游目兮將往觀乎四荒濟曰忽疾往去也言已不見明故疾反顧遠視去觀四荒之外以求知已者逸曰荒遠也言已欲進忠信以輔事君而不見省故忽然反顧而去將遂游目往觀四遠之外以求賢君也佩繽紛其繁飾兮芳菲菲其彌章良曰繽紛盛貌菲菲香氣也章明也言我雖去四荒亦整其衣服佩忠信芳香之行彌加明絜逸曰繽紛盛貌菲菲猶勃勃也芳香貌也章明也言已雖欲之四荒猶整飾儀容佩玉繽紛而衆盛忠信勃勃而愈明不以遠故改其行人生各有所樂兮余獨好修以爲常向曰言人性所樂各自不同或好財利或愛邪佞而我獨以修正直之道爲常逸曰言萬人稟天命而生各有所樂或樂諂佞或樂貪婬我獨好修正直以爲常行雖體解吾猶未變兮豈

余心之何逸本作可懲銑曰言我執忠貞之心雖遭支解亦不能變於我心更何所懼懲懼也逸曰懲艾也言已好修忠信以爲常行雖獲罪支解志猶不艾也女嬃須之嬋媛兮申申其詈予翰曰女嬃屈原姊也嬋媛牽引也申申重也言我行不合時故牽引古事而罵詈我逸曰女嬃屈原姊也嬋媛猶牽引也申重也言女嬃見已施行不與衆合以見放流故來牽引數怒重詈我也曰鮌古本反逸本作鯀字婞胡頂直以方逸本作亡字身兮終然夭乎羽山逸本無山字之野濟曰此女嬃之言也婞狠也早死曰夭鯀禹父堯臣也堯使治水鯀狠戾不用堯命終被殛於羽山之野而早死焉言原不承君意亦將遇害逸曰女嬃詞也鯀堯臣也帝繫曰顓頊後五葉而生鯀婞音脛狠也蚤死曰夭言堯使鯀治洪水婞狠自用不順堯命乃殛之於羽山死於中野女嬃比屈原於鯀

不承君意亦將遇害汝何博謇逸本作謇字而好修兮紛獨有此姱節向曰嬃數諫原云汝何博采古道於蹇難之世好修直節獨爲姱大之行逸曰女嬃數諫屈原言汝何爲獨博采往古好修謇謇姱異之節不與衆同而見憎惡於世薋茲菉錄葹失移以盈室兮判獨離而不服銑曰薋菉葹皆惡草以喻讒佞判別也嬃言衆人皆體薋菉之行盈滿於朝汝獨佩蘭蕙之德判別不同故見棄斥逸曰薋蒺藜也菉王芻也葹枲耳也詩曰楚楚者薋又曰終朝采菉三者皆惡草也以喻讒佞盈滿也判別貌也女嬃言衆人皆佩薋菉枲耳爲讒佞之行滿於朝廷而獲富貴汝獨服蘭蕙守忠直判然離別不與衆同故斥棄也衆不可戶說兮孰云察余之中情翰曰屈原遭姊之罵困邪妬之惡不可門到戶說於人誰能察我情之是非乎逸曰屈原外困羣妬內被姊罵知

時莫識言已心志所執不可戸說人告誰當察我中情之善否世並舉而好朋兮夫何煢獨而不予聽濟曰煢孤也言世俗之人並相進舉以為朋黨而我忠耿孤獨誰肯聽我而用之逸曰煢孤也詩曰哀此煢獨予我也言時俗之人皆行佞偽相朋黨並相薦舉忠直之士孤煢特獨何肯聽用我言而納之也依前聖之節中兮喟憑心而歷茲良曰中得也喟歎憑滿歷行也言我依前代聖賢節度而不得用故歎息憤懣而行澤畔矣逸曰節度也歷數也言已所言皆依前代聖王之法節其中和喟然舒憤懣之心歷前代成敗之道而作此詞也濟沅湘以南征兮就重華而陳辭向曰沅湘江水名重華舜也葬江南言已行聖人之道不容當代故將濟江南行就舜以陳說之逸曰沅湘水名也重華舜名也帝繫曰瞽叟生重華是為帝舜葬於九疑山在於沅湘之南言

文選三十二　十四

已依聖王法而行不容於俗故欲度沅湘之水南行就舜陳詞自說稽疑聖帝冀聞祕要以自開悟啓九辯與九歌兮夏康娛以自縱銑曰啓開也九辯九歌禹樂名言禹開樹此樂而太康娛樂自縱而喪逸曰啓禹子也九辯九歌禹樂也言禹平治水土以有天下啓能承志續敘其業育養品類故九州之物皆可辯數九功之德皆有次敘而可歌也左傳曰六府三事謂之九功九功之德皆可歌也謂之九歌水火金木土穀謂之六府正德利用厚生謂之三事夏康啓子太康也娛樂縱放也不顧難以圖後兮五子用失乎家巷翰曰圖謀也言太康不思先王之業不顧禍難以謀其後故使五弟失尊位家於閭巷逸曰圖謀也言夏太康不遵禹啓之樂而更作淫聲放縱情欲以自娛樂不顧患難不謀後葉卒以失國兄弟五人家居閭巷失尊位也書序曰太康失國昆弟五人須于洛汭作五子之歌此逸

篇也羿淫遊以佚田兮又好射夫封狐濟曰羿夏之諸侯淫佚田獵又好射大狐犯天之孽以亡其國逸曰羿諸侯也田獵也封狐大狐也言羿為諸侯荒淫遊戲以佚田獵又射殺大狐固亂流其鮮終兮浞仕角又貪夫厥家良曰浞寒浞羿相也厥其也家妻也言羿以夏衰亂代而取其政而又為荒淫之行故為浞殺其身貪取其妻以亂易亂故云鮮終逸曰鮮少也浞寒浞羿相也厥其也婦謂之家言羿因夏衰亂代之為政娛樂田獵不恤人事信任寒浞使為國相浞行媚於內施賂於外樹之詐慝而專其權勢羿田將歸使家臣逢蒙射而殺之貪取其家以為妻也羿以亂得政身即滅亡故言鮮終也澆五吊身被服彊圉兮縱欲而不忍向曰澆寒浞子也強圉多力貌言澆恃多力故肆情縱欲不忍其諫以殺夏后相逸曰澆寒浞子也強圉多力也縱放也言浞取羿妻

文選三十二　十五

而生澆強圉多力縱放其情不忍其欲以殺夏后相也日康娛而自忘兮厥首用夫顛隕銑曰康安隕墜也言澆殺夏后相日安娛樂忘其過惡卒為相子少康所誅死首顛隕而墜地逸曰康安也首頭也自上下曰顛隕墜也言澆既殺夏后相安居無憂日作淫樂忘其過惡卒為相子少康所誅其首顛隕而墮也論語曰羿善射奡盪舟俱不得其死然自此以上羿澆寒浞事皆見於左傳夏桀之常違兮乃遂焉而逢殃翰曰桀夏亡王也言常背天違道乃遂逢殃咎為湯所誅逸曰殃咎也言夏桀上背於天道下逆於人理乃遂以逢殃咎為殷湯所誅滅后辛之菹醢兮殷宗用而不長濟曰辛紂殷之亡王也菹醢肉醬也言紂無道殺比干醢梅伯武王伐之殷宗遂絕不得久長逸曰辛殷之亡王紂名也藏菜曰菹肉醬曰醢言紂為無道殺比干醢梅伯武王杖黃鉞行天罰

殷宗遂不得久長也湯禹儼逸本作嚴字而祗敬兮周論道
而莫差良曰言湯禹周文皆儼肅祗敬論議道德無有差殊故得永年逸曰嚴
畏也祗敬也周周家也差過也言殷湯夏禹周之文王受命之君皆畏天敬賢論議道德
無有過差故能獲神人之助子孫蒙福也舉賢而授能兮循逸本作修
字繩墨而不頗向曰言文王舉賢用能循先聖法度無有頗僻故能安天
下逸曰頗傾也言三王選士不遺幽陋舉賢用能不顛左右循用先聖法度無有傾失
故能綏萬國安天下也易曰無平不頗皇天無私阿兮覽民逸本
作人字德焉錯七故輔良曰輔佐也言皇天無私覩阿附之理但萬民之中
有道德者因置以爲君使賢者佐而成之逸曰竊愛爲私所祐爲阿錯置也輔佐也言
皇天明神無所私阿觀萬人之中有道德者因置以爲君使賢輔佐成其志也故桀爲無

道傳與湯紂爲虐傳與文王夫維聖哲以茂行兮苟得用
此下土翰曰哲智苟誠也下土天下土也言人有聖明之智茂盛之誠得用爲天
下之王逸曰哲智也茂盛也苟誠也下土謂天下也言天下之所立者獨有聖明之知
盛德之行故得用事天下而爲萬人之主瞻前而顧後兮相觀民
逸本作人字之計極濟曰相視計謀極窮也言視禹湯之興桀紂之亡備觀萬
民忠佞之謀足以窮其姦邪逸曰顧視也相視也計謀也極窮也言前觀禹湯之所以
興顧桀紂之所以亡足以觀察萬人忠佞之謀窮其真僞夫孰非義而
可用兮孰非善而可服銑曰孰誰服用也言人臣誰有不義不善
而可任用者乎逸曰服事也言人臣誰有行仁義而不可任用誰有不行信義而可
服事者乎言人非義則德不立非善則行不成阽簷余身而危死兮

覽余初其猶未悔向曰阽危也言危身危行所以將死今觀我之初志
終竟行猶未爲悔逸曰阽猶危也言己正言危行身將危亡上觀初代伏節之士我志
所樂終不悔恨不量鑿而正枘而銳兮固前修以葅醢
銑曰量度也鑿木孔枘入孔之木言工不度鑿之正方而安其枘則物不固而木破壞矣
臣不審君之賢愚而任則罪及其身而見葅醢矣逸曰量度也正方也言工不度其鑿
而方正其枘則物不固而木破矣臣不量君賢愚竭其忠信則被罪過而身殆也自前代
修名之人以獲葅醢龍逄梅伯是也曾歔許居欷許毅余鬱邑兮哀
朕時之不當翰曰言累歔欷而憂思者哀我不值明聖之君屬昏闇之代
逸曰曾累也歔欷懼貌也言我累息而懼鬱悒而憂者自哀生不當舉賢之時而值葅醢
之日擥逸本作攬字茹如呂蕙以掩涕兮霑余襟之浪

浪平濟曰茹臭也蕙香草以喻忠貞之心也言已自傷放在山澤泣下浪浪然霑於
衣襟引忠正之心掩拭之不以悲故而失義也逸曰茹柔耎也沾濡也衣皆謂之襟浪
浪流貌也言自傷放在山澤心悲泣下霑濡我衣浪浪而猶引取柔耎香草以自掩拭不
以悲故失仁義也跪敷衽以陳辭兮耿吾既得此中
正駟玉虬以乘鷖烏計兮溘苦合埃風余上征良曰
敷布耿明也言我上見桀紂行惡以亡中知龍逄比干執忠直以醢乃長跪布衽陳辭
許於天明我得此中正之道精合真人神與化遊故得乘龍鳳掩塵而上征虬龍也鷖鳳
類法奄也逸曰敷布也耿明也言己覩禹湯文王修德以興天中見羿澆桀紂行惡以
亡下知龍逄比干執履忠直身以葅醢乃長跪布衽俛首自省念仰訴於天則中心的明
此中正之道情合真人神與化游故設乘駕龍周歷天下以慰己情緩憂思也有角曰虯

龍無角曰虯鷖鳳皇別名也山海經曰鷖身有五采遙猶奄也埃塵也言我設往行游將乘玉虯駕鳳車掩塵埃而上征去離時俗遠羣小也朝發軔刃於蒼梧兮夕余至乎縣圃向曰軔車輪也蒼梧舜所遊縣圃在崐崘山仙人所居言朝夕遠遊神仙之山也逸曰軔支輪木也蒼梧舜所居縣圃神山也在崑崙之上淮南子言崑崙縣圃維乃通天言已朝發帝舜之居夕至縣圃之山受道聖正而登神明之山欲少留此靈瑣先果兮日忽忽其將暮銑曰靈君也瑣門閣也言我欲少留於君之省閣日又忽然將夜言年已衰老逸曰靈以喻君瑣門鏤也文如連瑣楚王之省閤也言已誠欲少留於君之省閤以須政教日又忽去時將欲暮年歲且盡言已衰老也吾令羲和弭節兮望崦於廉嵫茲而勿迫翰曰羲和日御也弭按也崦嵫日所入山言我使羲和按節徐行望

日不使迫於崦嵫山也逸曰羲和日御也弭按也崦嵫日所入之山也迫附也言我已暮年老道德不施欲令日御按節徐行望日所入之山且勿附近冀及盛時遇賢君也路漫漫其脩遠兮吾將上下而求索濟曰漫漫遠貌言天地廣大其路漫漫然長遠不可遍遊吾方上下求索賢人與己同志逸曰脩長也言天地廣大其路漫漫遠而且長不可卒遍吾方上下左右以求索賢人與己合志者也飲余馬於咸池兮總余轡乎扶桑良曰咸池日所浴也總結也扶桑日所拂也飲馬咸池結轡扶桑言遠遊冀得延年也逸曰咸池日所浴也總結也扶桑日所拂木也淮南子言日出暘谷浴於咸池拂于扶桑爰始將行是謂朏明我乃往至東極之野飲馬於咸池與日俱浴以絜己身結我車轡於扶桑以留日行幸得不老延年益壽折若木以拂日兮聊逍遙逸本作須臾字以

相羊向曰若木在西極拂擊也逍遙相羊皆遊也言我折取若木之枝擊日御使迴且相羊而遊也逸曰若木在崑崙西極其華照下地拂擊也聊且也須臾相羊皆遊也言已總結日轡恐不能制年時卒過故復轉之西極折取若木以拂擊日使之還去且相羊而遊以俟君命也或謂拂蔽也以若木蔽日使不得過前望舒使先驅區兮後飛廉使奔屬銑曰望舒月御飛廉風伯也月喻清白之臣風喻號令言我使清白之人求賢使風伯奉君命以告天下逸曰望舒月御也月體光明以喻臣清白飛廉風伯也風為號令以喻君命言已使清白之臣如望舒先驅求賢使風伯奉君命於後以告百姓鸞皇為余先戒兮雷師告我逸本作余字以未具翰曰鸞皇靈鳥喻仁智之士雷師喻君言我使仁智之士先戒百官以適道而君怠惰告我以裝束未具也逸曰鸞俊鳥也皇雌鳳以喻明知之士也雷為

諸侯以興君言已使仁知之士如鸞皇先戒百官將往適道而君怠惰告我嚴裝未具吾令鳳皇飛騰兮又繼之以日夜濟曰我欲令鳳皇仁智之士飛行天下以求賢者續以日夜冀逢遇之逸曰言使鳳皇明知之士飛行天下以求同志續以日夜冀逢遇之也飄風屯其相離兮帥雲霓而來御音迓良曰飄風雲霓以喻佞人也御迎言我將求志士欲與共事於君反見邪惡之人相師與屯結謀迎我使離舊德變節隨邪佞之徒逸曰回風曰飄飄風無常之風以興邪惡雲霓惡氣以喻佞人也迎也言已使鳳皇往求同志之士欲與俱共御事君反見邪惡之人相與屯聚謀欲離已又遇佞人相帥來迎欲使我變節以隨之紛總總其離合兮班陸離其上下向曰紛亂也總總猶傳傳也陸離分散也言已遊觀天下但見俗人競為讒佞撙撙相聚作離作合上下之義紛然

散亂而不可知逸曰總總猶傳傳聚貌也班亂貌也陸離分散也言已遊觀天下但見
俗入競為讒佞傳傳相聚乍離乍合上下之義班然散亂而不可知之也吾令帝
閽開關兮倚閶闔而望予銑曰帝天帝也閽主門人也言己惡
讒佞將上訴於天帝使閽人開天門閽人又倚天門望而拒我不得入逸曰帝謂天帝
也閽主門者閶闔天門也言己求賢不得嫉惡讒佞將上愬天帝使閽人開關又倚天門
望而距我使我不得入也時曖曖其將罷逸本作罷字兮結幽
蘭而延佇翰曰曖曖昏闇貌疲極也言時代昏闇周行疲極不遇賢明故結香
草自絜長立而無趣向逸曰曖曖昏貌罷極也言時世昏昧無有明君周行罷極不遇
賢士故結芳草而長立有還意也世溷乎本濁而不分兮好蔽
美而嫉妒濟曰溷亂蔽隱也言時代亂濁不能分別好惡好隱人美行嫉妒忠

文選三十二　二十

良逸曰溷亂也濁貪也言時世君亂臣貪不別善惡好蔽美德而嫉妒忠信朝吾
將濟於白水兮登閬力宕風而緤息列馬良曰白水神泉
也閬風仙山也緤係也言世皆濁亂將濟神泉升仙山係馬以遠濁世而自絜清逸曰
濟度也淮南子曰白水出崑崙之源飲之不死閬風山名在崑崙上緤繫也言我見中國
溷濁則欲度白水登神山屯車繫馬而留止白水絜淨閬風清明言己修絜白之行不懈
息也忽反顧以流涕兮哀高丘之無女向曰高丘楚山
名女神女喻忠臣也言我將遠去忽反顧楚國無忠臣心為之悲而流涕逸曰楚有高
丘之山女以喻臣言己雖去意不能已猶復顧念楚國無有賢臣心為之悲而流涕溘
吾遊此春宮兮折瓊枝以繼佩銑曰溘奄也春宮東方青
帝舍也見萬物始生乃折取瓊草之枝以續佩帶重其鮮絜逸曰溘奄也春宮東方青

帝舍繼續也言我遊奄然至于青帝宮觀萬物始生皆出於仁復折瓊枝以續佩守行仁
義志彌固也及榮華之未落兮相下女之可貽翰曰
相視貽遺也言我修行仁義思得同志及年德未衰之時視天下賢人將以玉帛遺之共
為政理也逸曰榮華喻顏色也落墮也相視貽遺也言己既修行仁義思得同志願及
年德盛時顏貌未老視天下賢人將持玉帛聘而遺之與俱事君也吾令豐隆
乘雲兮求宓妃之所在濟曰豐隆雲師宓妃洛水神以喻賢臣言
我使雲師求賢臣所在聘之與同治也逸曰豐隆雲師宓妃神女也以喻隱士言我令
雲師豐隆乘雲周行求隱士清絜若宓妃者欲與并力也解佩纕相以結
言兮吾令蹇脩以為理逸曰纕佩帶蹇脩伏義氏之臣言我既見
宓妃解佩帶取玉結言契令蹇脩為媒以通辭理也逸曰纕佩帶也蹇脩伏義氏之臣

文選三十二　二十一

也理分理述禮意也言既見宓妃則解我佩帶之玉以結言語使古賢蹇脩而為媒理也
伏義時淳朴故使其臣紛總總其離合兮忽緯繣呼陌其
難遷向曰紛亂也總總聚也緯繣乖戾也言將通佩玉神女讒人亂聚毀敗令其意
一合一離忽為乖戾而難移逸曰緯繣乖戾也遷徙也言蹇脩既持其佩帶通言而讒
人復相聚毀敗令其意一合一離遂以乖戾而見距絕言所居深僻難遷徙也夕歸
次於窮石兮朝濯髮乎洧于鬼盤銑曰窮石弱水出處洧盤
水名出崦嵫山夕舍窮石朝沐洧盤言避世之士遠趣清絜逸曰次舍也再宿為信過
信為次淮南言弱水出于窮石入于流沙洧槃水名禹大傳曰洧盤之水出崦嵫之山
言宓妃體好清絜暮歸舍窮石之室朝沐洧槃之水遁世隱居而不肯仕保厥美
以驕傲兮日康娛以淫遊翰曰康安淫久也言隱居之人自保

其美德以驕傲於世日自安樂久遊無意以
匡君逸曰倨簡曰驕侮慢曰傲康安也言
宓妃用志高遠保守美德驕傲侮慢
日自娛樂以遊戲無事君之意也雖信美
而無禮兮來違棄而改求濟曰言慮居之入
信有美德而不崇
禮敬不與事君當違棄此人改求賢者共同
志事君也逸曰違去也改更也言宓妃雖
有美德驕傲無禮不可與共
事君來去捐棄而更求賢者覽相觀於四極
兮周流天乎逸本作乎天余乃下銑曰言觀視四
方之極周遍求
賢不得我乃復下來逸曰言我乃復
往觀視四極周流求賢然後乃來下望瑤
臺之偃蹇兮見有娀嵩之佚逸女良曰瑤臺
玉臺也偃
蹇高貌有娀國名佚美娀女契母簡狄喻良
賢也呂氏春秋云有娀美女為高臺而飲食
之言我望此高臺見美女思得與之事君
逸曰偃蹇高意有娀國名也佚美也謂帝嚳

文選三十二　二十二

之妃契毋簡狄也簡狄配聖帝生賢子以喻
貞賢也詩曰有娀方將帝立子生商呂氏春
秋言有娀氏有美女為之高臺而飲食之言
已望瑤臺高峻睹有娀氏美女思得與共事
君
也吾令鴆為媒兮鴆告余以不好向曰鴆惡
鳥喻讒佞
言我使讒佞之人往聘忠賢讒佞所疾故云
不好逸曰鴆惡鳥也明有毒殺人以喻讒
賊言我使鴆鳥為媒以求簡狄其性
讒賊不可信用還逆詠告我言不好雄鳩之
鳴逝兮余猶惡其佻他凋巧銑曰雄鳩多聲逝
往佻輕也言我使
辯捷之士往聘忠賢我又惡其輕巧而不信
逸曰逝往也言又使雄鳩銜命而往其性輕
佻巧利多語而無
要實復不可信也心猶豫而狐疑兮欲自適
而不可翰曰言鴆鳩皆不可信故猶豫狐疑
而不能決定欲自往以無媒介不可
也逸曰適往也言已令鴆為媒其心讒賊
以善為惡又使雄鳩多言少實故中心狐疑

猶豫意欲自往
禮又不可也鳳皇既受詒異眉兮恐高辛之
先我濟曰詒遺也高辛帝嚳也言我得賢人
如鳳皇者受遺玉帛將行就聘又恐帝
嚳先我而得之帝嚳喻諸國賢君逸曰高
辛嚳有天下號也帝繫曰高辛氏為帝嚳次
妃有娀氏女生契言已既得賢智之人若
鳳皇受禮遺將恐帝嚳以先我得簡狄也欲
遠進逸本作集字而無所止兮聊浮遊以逍遙良曰
言求忠賢不得欲往遠方又兼無所止且遊
觀而逍遙逸曰言已既求簡狄復後高辛
欲遠集他方又無所之故
且遊戲觀望以忘憂也賢及少康之未家兮
留有虞之二姚向曰少康夏后相之子寒浞
殺夏后相少康奔虞虞姚氏
也以二女妻少康有田一成有衆一旅能布
其德以收夏衆遂滅澆復禹舊績此言遠遊
微隱不遂求賢不得美少康留止而成功是
原不欲遠去之意逸曰少康夏后相之子

文選三十二　二十三

也有虞國名也姚姓舜後也昔寒浞使澆
殺夏后相少康逃奔有虞虞因妻以二女而
邑於綸有田一成有衆一旅能布其德以收
夏衆遂誅滅澆復禹舊績屈原放至遠方之
外博求衆賢索處妃則不肯見求簡狄又後
高辛少康留止有虞而得二妃以成顯功也
是不欲
遠去意理弱而媒拙兮恐導言之不固銑曰
言我
欲留聘二姚又恐道理弱於少康而媒無巧
辭導引不能堅固使君回移逸曰言己欲
效少康留而不去又恐媒人弱鈍世逸本作時溷
達言於君不能堅固復使回移
濁而嫉賢兮好蔽美而稱惡翰曰溷亂也言
時代亂濁嫉妬
賢良蔽隱美行稱揚邪佞逸曰稱言時溷
讒者懷襄二葉不明故舉下好蔽中正之士
而舉邪
惡之人閨中既以逸本無以字邃遠兮哲王又不
寤濟曰閨中宮門中也邃深哲智寤覺也言
宮中深遠視聽難通故哲智之王不能覺

察忠佞也逸曰小門謂之闈邃深也哲知也寤覺也言君處宮殿之中其闈邃遠忠言難
通指語不達自明智之王尚不覺善惡之情高宗殺孝己是也何況不智之君而以闇蔽
固其宜也懷朕情而不發兮余焉能忍而逸本無而字
與此終古良曰言我懷忠信之情無所啓發安能忍而與昏主終古居乎將
遠去逸曰言我懷忠信之情不得發用安能久與此闇亂之君終古居乎意欲復去也
索所華藑茅以筳廷篿專兮命靈氛為余占之
向曰索取也藑茅靈草也筳竹筭也楚人結草折竹卜曰篿靈氛古之善占者言取草筭
命靈氛使卜占去住之理逸曰筳小破竹也靈氛古明占吉凶者也言已欲去則無所
集欲止則又不見用憂懣不知所從乃取神草竹筳結而折之以卜去留使明知靈氛占
其吉凶曰兩美其必合兮孰信修而慕之銑曰曰者

靈氛語辭也兩美謂君聖臣忠也言知是則必相合孰誰也楚國誰能信明善惡欲修行
忠正慕已之德者逸曰靈氛言以忠臣而就明君兩美必合楚國誰能信明善惡修行
忠直欲相慕及者乎已宜以時去之也思九州之博大兮豈唯
是其有女翰曰靈氛言天下九州之地甚寬博豈獨是楚國有君臣可止乎
逸曰言我思念天下博大豈獨楚國有君臣可止乎曰勉遠逝而無狐
逸本無狐字疑兮孰求美而釋女何所獨無芳草
兮爾何懷乎故宇濟曰靈氛曰但勤力遠去誰有求忠臣而不擇取汝
者也何處獨無芳草之君汝獨懷故君不去逸曰爾汝也懷思也宇居也言何所獨無賢
芳之君何必思故居而不去也此皆靈氛[illegible]詞世逸本作眩字幽昧以眩
曜兮孰云察余之美惡良曰眩曜惑亂也言當代之君皆闇昧惑

亂誰能察我之善惡而用之乎原以此荅靈氛難去之辭也逸曰眩曜惑亂貌屈原荅
靈氛曰當時之君皆暗昧惑亂不知善惡誰當察我之善情而用己乎是難去之意民
逸本作人字好去惡烏故其不同兮惟此黨人其獨
異向曰好愛惡憎也黨鄉黨也言人皆有愛憎之性不同惟楚鄉之人更甚異也逸
曰黨鄉黨謂楚國也言天下萬人之所好惡其性不同此楚國無獨異也戶服艾
以盈要平兮謂幽蘭其不可佩銑曰言楚國家門此戶皆
服艾草蕭於腰帶謂蘭不甚佩帶言皆好讒佞謂忠正不可行於身也逸曰艾白蒿也
盈滿也言楚人戶服白蒿滿其要帶以為芬芳反以幽蘭為臭惡不可佩也以言君親愛
讒佞憎遠忠直而不近也覽察草木其猶未得兮豈珵池貞
美之能當翰曰覽視珵玉也言楚人視草木猶未知香臭之宜豈能辨玉之臧

否而當之乎玉喻忠貞言忠貞難知也逸曰察視也珵美玉也相玉書言珵大六寸其
曜自照言時人無能識臧否觀視眾草尚不能別其香臭豈當知玉之美惡乎以為草
木易別於禽獸禽獸易別於珠玉珠玉易別於忠佞知人最難蘇糞壤以充
幃暉兮謂申椒其不芳濟曰蘇取充滿也幃香囊言蘇取糞壤滿香
袋而帶之反謂申椒臭而不帶此喻近邪佞遠忠貞逸曰蘇取也充滿也壤土也幃謂
之幐幐香囊也言取糞土以滿香囊佩而帶之反謂申椒臭而不香言近小人而遠君子
也欲從靈氛之吉占兮心猶豫而狐疑良曰言已
欲從靈氛勸去之占則心中狐疑不忍棄忠直逸曰言已欲從靈氛勸去之占則心狐
疑念楚國也巫咸將夕降兮懷椒糈所而要之向曰
巫咸古神巫也糈米也所以享神言巫夕從天下來我則懷椒米要而享之以問吉凶也

逸曰巫咸古神巫也當殷中宗之世降下也椒香物所以降神糈精米所以享神言巫咸將夕從天上下來願懷椒糈要之使筮吉凶懷

百神翳其備降兮九疑繽其並迎銑曰翳蔽也九疑舜所葬之山繽衆多貌言巫咸得已椒糈則百神蔽日而下舜又使九疑之神衆來相迎言賢聖知己之志 逸曰翳蔽也繽盛貌也九疑舜所葬也言巫咸得已椒糈則將百神蔽日來下舜又使九疑之神紛然迎我知已之志

皇剡剡琰其揚靈兮告余以吉故向曰皇天也剡剡光貌言天揚其光靈使神告我去當吉 逸曰皇皇天也剡剡光貌言皇天揚其光靈使百神告我當去也吉善也

曰勉升降以上下兮求矩矱約縛之所同濟曰曰巫咸辭也勉彊也上謂君下謂臣矩法也矱度也言當自勉彊上求明君下求賢臣法度與己同者因共為治此巫咸之言 逸曰勉強也上

文選三十二　二十六

謂君下謂臣也矩法也矱度也言當自勉上求明君下索賢臣與己合法度者因與同志共為化也

湯禹儼而求合兮摯咎逸本作皋字繇而能調良曰儼敬也摯伊尹名調和也言湯禹至聖尚敬承天命求合己之賢臣伊尹咎繇之徒相理陰陽而安天下 逸曰儼敬也合匹也摯伊尹名湯臣也咎繇禹臣也調和也言湯禹至聖猶敬承天道求其匹合得伊尹咎繇乃能調和陰陽而安天下

苟中情其好修兮又逸本無又字何必用夫行媒向曰苟且也媒諭左右也言苟中心好善常自修潔則明君且當舉用何必須左右之達 逸曰行媒諭左右之臣也言誠能中心常好善則精感神明賢君自舉用之不必須左右薦達之

說操築於傅巖兮武丁用而不疑銑曰說賢人代胥靡刑人操築於傅氏之巖武丁殷王名夢得賢相因使刺所夢之形求得說於傅巖委任之不疑

逸曰說傅說也傅巖地名武丁殷之高宗也言傅說抱懷道德而遇刑罰操築作於傅巖武丁思想賢者夢得聖人以其形像使求之因得說登以為公道用大興為殷高宗

呂望之鼓刀兮遭周文而得舉翰曰遭遇也呂望太公也避紂之亂鼓刀為屠文王夢得聖人於是出獵遇而舉之竟立大功 逸曰呂太公之氏姓也鼓鳴也言太公避紂居東海之濱聞文王作興盍往歸之至於朝歌道窮困自鼓刀而屠遂西釣於渭濱文王夢得聖人於是出獵而遇之遂載以歸用為師

甯戚之謳歌兮齊桓聞以該輔濟曰該備也甯戚修德不用退而飯牛於齊門扣牛角而歌桓公聞而舉之用以為卿備輔佐也 逸曰甯戚衛人該備也甯戚修德不用退而商賈宿齊東門外桓公夜出甯戚方飯牛扣角而歌桓公聞之知其賢舉用為卿備輔佐也

及年歲之未晏兮時亦猶而逸本作其字未

文選三十二　二十七

央良曰晏晚央盡也言我所以求輔於君者將及年歲未晚以成德化然時未盡與同三賢之遭遇也 逸曰晏晚也央盡也言已所以汲汲欲輔佐君者冀及年未晏晚以成德化然年時亦未盡者三賢之遭遇也

恐鵜弟鴂桂之先鳴兮使夫逸本無夫字百草逸本有為字之不芳向曰鵜鴂鳥名秋分前鳴則草木凋落言我常恐此鳥之鳴使草木不芳香也諭讒臣為言以害忠良矣 逸曰鵜鴂一名買鵤常以春分鳴也言我恐鵜鴂以先春分鳴使百草華英摧落芬芳不成以諭讒言先使忠直之士被罪過也

何瓊珮之偃蹇兮衆薆愛然而蔽之銑曰瓊玉也偃蹇盛貌以諭德也衆小人也薆亦盛也言我有美德為小人衆盛而蔽之 逸曰偃蹇衆盛貌言我佩瓊玉懷美德偃蹇而衆人薆然而蔽之傷不得施用也

惟此黨人之不亮兮恐嫉妬而折之

翰曰此黨謂楚國也言楚國之人不尚忠信之行恐妬我正直而必挫折之逸曰亮信
也言楚國之人不尚忠信之行恐妬我正直欲必折挫而敗也時繽紛其變
易兮又何可以淹留濟曰繽紛亂也淹久也言世亂變易不可住也
逸曰言時俗溷濁善惡變易不可以久留宜速去也蘭芷變而不芳兮
荃蕙化而為茅良曰茅惡草以諭讒臣也言時代皆亂君子變為小人忠
信化成邪佞逸曰荃蕙皆香草也言蘭芷之草變其體而不復香荃蕙化而為茅失其
本性也以言君子更為小人忠信更為佞偽何昔日之芳草兮今
直為此逸本有蕭字艾逸本有也字向曰昔芳草今為艾者言明知之士
皆佯愚也逸曰言往昔芬芳之草今皆直為蕭艾而已以言往日明智之士今皆佯愚
豈其有他故兮莫好脩之害也銑曰言明智之士佯愚者

文選三十二　二十八

豈有他故為君不好修潔之士而自損害逸曰言士人所以變直為曲者以上不好用
忠正之人害其善士之故余以蘭為可恃兮羌無實而容
長翰曰蘭懷王弟也恃怙羌乃也言我以蘭為可怙恃乃無實材但容貌長大而已
逸曰蘭懷王少弟司馬子蘭也恃怙也實誠也言我以子蘭能進賢達能可怙而進不意
內無誠信之實但有長大之貌浮華而已委厥美以從俗兮苟得
列逸本作引字乎衆芳濟曰言子蘭棄其美質隨俗諂佞苟且列於衆賢之
位也逸曰委棄也言子蘭棄其美質正直之性隨從諂佞苟欲引於衆賢之位而無進
賢之心也椒專佞以慢諂吐刀兮榝殺又欲充其佩
幃音揮良曰椒楚大夫子椒也諂淫也而榝茱萸似椒而非幃香囊也言子椒專佞而
無慢謟似賢而非賢列大夫位在君左右不為忠正之行知茱萸之在香囊妄充佩帶而

無芬芳逸曰椒楚大夫子椒也諂謠也榝茱萸也似椒而非以諭子椒似賢而非賢也
幃盛香之囊也以諭親近言子椒為楚大夫處蘭芷之間而行謠慢諂諛之志又欲援引
面從不賢之類此使居親近無有憂國之心責之也既干進而務入兮
又何芳之能祗向曰干求也言子蘭子椒既自求進而務入君之祿何賢
人之能敬而舉之逸曰干求也祗敬也言子蘭子椒苟欲求進自入於君身得爵祿而
已後何能敬愛賢者而舉之乎固時俗之流從逸本作從流兮又
孰能無變化銑曰固此諂佞之俗流行相從誰能不變節隨時以容身乎
逸曰言持世俗人隨從上化若水之流二子復有諂諛之行衆人誰有不變節而從之者
乎疾之甚也覽椒蘭其若茲兮又況揭車與江離
翰曰子椒子蘭尚變節若此而況衆賢而不從俗以自容身逸曰言觀子椒子蘭變節

文選三十二　二十九

若此豈況朝廷衆臣而不為佞媚以容其身邪惟茲佩之可貴兮委
厥美而歷茲濟曰惟此原自屬也言我內懷忠正外佩衆芳此誠可貴而不
遇明君棄其至美而逢此咎也逸曰歷逢也茲此也言已內行忠正外佩衆芳此誠可
貴重不遭明君棄其至美而逢此咎也芳菲菲而難虧兮芬芬
逸本作芬至今猶未沫至今猶未沫亡貝良曰虧損沫已也言已芳菲
之盛誠難損虧雖遭棄逐至今猶未已也逸曰虧歇也沫已也言已所行芬芳誠難虧
歇至今尚未已也和調度以自娛兮聊浮游而求女
向曰汝同志人也言我和調法度以自娛樂聊且浮游以求同志逸曰言我雖不見用
猶和調已之行度執守忠貞以自娛樂且徐浮游以求同志及余飾之方
壯兮周流觀乎上下銑曰言修飾及盛壯之時周遊遠觀四方有君

臣上下賢明者欲往就之逸曰上謂君下 / 謂臣也言我願及年德方盛壯之時周流四
方觀君臣之 / 賢欲往就之 靈氛既告余以吉占兮歷吉日
乎吾將行 翰曰歷選也言靈氛告我遠去告 / 我令選擇吉辰良日將行訪賢君
也逸曰言靈氛既告我以吉 / 占歷善日吾將去君而遠行也 折瓊枝以為
羞兮精瓊爢靡以為粻 音張濟曰羞脯精 / 搗爢屑粻粮也言我
將遠行折取瓊枝以代脯腊搗玉屑以為粮 / 取其精絜而延壽 逸曰羞脯也精鑿也爢
屑也粻粮也言我將行乃折瓊枝以為脯腊 / 精鑿玉屑以為儲粻飲食香絜冀以延年也
為余駕飛龍兮雜瑤象以為車 良曰飛龍喻 / 道瑤玉名象
象牙以比君子之德言我遠遊但駕此道德 / 以為車 逸曰象象牙也言我駕飛龍乘明
知之獸戴象玉之車文章雜錯 / 以言德似龍玉而世俗莫識也 何離心之可

文選三十二　三十

同兮吾將遠逝以自疏 向曰離別也言忠佞 / 兩心不可同也吾將遠
去自疏遠也 逸曰言賢愚異心何可合同 / 知君與已殊志故將遠去自疏而流遁也
邅吾道夫崐崙兮路脩遠以周流 銑曰邅轉 / 也言去楚
國轉向崑崙山其路長遠周而流行以求所 / 安 逸曰邅轉也楚人名轉為邅言已設去
楚國遠行乃轉至崐崙神明之山 / 其路長遠周流天下以求同志 揚 逸本有 / 志字
雲霓之晻藹兮鳴玉鸞之啾啾 翰曰揚舉也 / 雲霓虹也畫
之於旌旗晻藹旌旗蔽日貌玉馬珮也鸞車 / 鈴也啾啾鈴珮之聲言我去國亦守節度而
行 逸曰揚披也晻藹蓊鬱蔭貌鸞鸞鳥也 / 以玉作之著於衡和著於軾啾啾鳴聲言從
崑崙將遂升天披雲霓之蓊鬱排羣佞 / 之黨羣鳴玉鸞之啾啾而有節度也 朝發
軔於天津兮夕余至乎西極 濟曰軔車輪也 / 東極曰天津西

極日所入也言朝發東方夕至西極順天道 / 也 逸曰天津東極箕斗之間漢津也言已
朝發天之東津萬物所生夕至地之西 / 極萬物所成動順陰陽之道且亟疾也 鳳皇
紛 逸本作 / 翼字 其承旂兮高翱翔之翼翼 良曰言 / 我行順
天道故鳳皇承旂引路飛翔翼翼然扶衛於 / 已 逸曰翼敬也旂旗也畫龍蛇為旂翼翼
和貌也言已動順天道故鳳皇來隨我車敬 / 承旂旗高飛翱翔翼翼而和嘉忠正懷有德
也 忽吾行此流沙兮遵赤水而容與 向曰流 / 沙西極
赤水出崑崙山容與遊戲貌 逸曰流沙沙 / 流如水也尚書曰餘波入於流沙遵循也赤
水出崑崙容與遊戲貌也言吾行忽然過此 / 流沙遂循赤水而游戲雖行遠方動以清絜
自洒 / 飾也 麾蛟龍使梁津兮詔西皇使涉予 銑曰 / 麾招
梁橋詔告也西皇少昊也言我招蛟龍使為 / 橋告少昊齊度言能感神獸聖帝相接 逸

文選三十二　三十一

曰舉手曰麾小曰蛟大曰龍詔告也西皇帝 / 少皞也涉渡也言我乃麾蛟龍以橋西海使
少皞渡我動與神獸聖王 / 相接言能渡萬人之厄 路脩遠以多艱兮
騰衆車使徑待 翰曰言遊崑崙山道路長遠 / 而多險難故令衆車奔騰於
邪徑相待言已遊高遠莫能及也 逸曰艱 / 難也騰過也言崑崙之路險阻多難非人所
能由故令衆車先使從邪徑以揖 / 待也以言已所行車遠莫能及 路不周以
左轉兮指西海以為期 濟曰不周山名言已 / 使語衆車我所行之
道當過不周而左行俱會西海之上過不周 / 者言道不合於世左轉者君子尚左 逸曰
不周山名在崐崙山西北轉行也指語也期 / 會也言已使語衆車我所行之道當過不周
山而左行俱會西海之上也過不周者言道 / 不合於俗也左轉者言君行左乖不與已同
志 / 也 屯余車 逸本有 / 其字 千乘兮齊玉軑 太 而並馳

良曰屯聚乘車也軑車轄也車所以載己言君子以德自載亦如車馬聚千乘者言道德
之多並運於己所在可馳走逸曰屯陳也軑轄也言乃屯陳我車前後千乘齊以玉為
車轄並馳左右從己者眾皆有玉德宜輔千乘之君駕八龍之蜿蜿於阮
兮載雲旗之逶迤逸本作委移字向曰八龍八節之氣也逶迤長貌
言我所往皆與神遊故可御氣為駕載雲為旗也蜿蜿美貌逸曰蜿蜿龍貌言己駕八
龍神智之獸其狀蜿蜿又載雲旗委移而長也駕八龍者言己德如龍可制御八方也載
雲旗者言己德如雲雨能潤施抑志而弭節兮神高馳之邈
邈銑曰言我雖御氣乘雲抑志按節徐行以俟世人其邈遠莫能逮及也逸曰邈邈
遠貌也言己雖乘雲龍猶自抑按弭節徐行高抗志行邈邈而遠莫能逮及奏九
歌而舞韶兮聊假日以媮樂翰曰九歌禹樂名韶舜樂名言

文選三十二　三十二

我之德可輔舜禹以致太平然不遇其時欲假借其日奏此樂以自媮樂而已逸曰九
歌九德之歌禹樂也九韶舜樂也尚書曰簫韶九成是也言己德高智明宜輔舜禹以致
太平奏九德之歌九韶之舞而不遇其時故假日遊戲媮樂而已陟升皇之
赫戲平兮忽臨睨五計夫舊鄉濟曰陟升皇天也赫戲光明貌
言我升天庭對光曜忽復下視楚國而愁思也睨視也舊鄉楚國也逸曰皇皇天也赫
戲光明之貌睨視也舊鄉楚國也言己雖陟崑崙過不周度西海舞九韶升天庭據光曜
不足以解憂猶復顧楚國愁且思也僕夫悲余馬懷兮蜷奇員局
逸本有顧字而不行良曰僕御懷歸也蜷局不進貌言我升天下見楚國御者
悲泣我馬思歸蜷局迴顧而不肯行也此終志不去故辭義自明逸曰僕御也懷思也
蜷局詰屈不行貌也屈原設去時離俗周天匝地意不忘舊鄉望見楚國僕御悲感我馬

思歸蜷局詰屈而不肯行此終志不失以辭自見以義自明也亂曰逸曰亂理也所
以發理詞指總撮行要也屈原舒肆憤懣極意陳詞或去或留文采紛華然後結括一言
以明所趣已矣哉國無人莫我知兮又何懷乎故
都向曰已矣絕望之辭也言時代無知我之忠正者又何須歸於楚國逸曰已矣絕
望之詞也無人謂無賢人也屈原言已矣者我懷德不見用以楚國無有賢人知我忠信
之故也自傷之辭也言衆人無有知己己復何為思故鄉念楚國也既莫足與
為美政兮吾將從彭咸之所居銑曰言時世之君無道不
足共行美政我將自沈於水從彭咸所居之處逸曰言時世人君無道不足與共行美
德善政我將自沈汨淵從彭咸而居處也

九歌四首

文選三十二　三十三

屈平銑曰楚南郡之邑沅湘之間其俗信鬼好祠作鼓舞以樂諸神
原既遭放逐含懷憂悲見俗人祭祀之禮歌舞之樂其辭鄙陋因為
作九歌之曲上言事神之敬下寄見黜之情以諷焉九者陽數之極
自謂否極取為歌名

王逸注序曰九歌者屈原之所作也昔楚南郢之邑其俗信鬼而
好祠其祠必作樂鼓舞因為作九歌之曲託之以諷諫也

吉日兮辰良穆將愉逾兮上皇向曰穆敬愉樂也上皇謂
東皇太一也太一星名天之尊神祠在楚東以配東帝故云東皇逸曰日謂甲乙辰謂
寅卯也穆敬也愉樂也上皇謂東皇太一也言己將修祭祀必擇吉日齊戒恭敬以
宴樂天神撫長劍兮玉珥餌璆鏘鳴兮琳琅翰曰玉珥

劒鐔也璆琳琅皆玉名以之爲佩鏘然而鳴逸曰撫持也珥謂劒鐔也劒者所以威不服衛有德故撫持之也璆琳琅皆美玉名也將佩聲也詩曰佩玉鏘鏘言已供神有道乃使靈巫佩持好劒以辟邪惡垂衆佩周旋而舞動鳴五玉鏘五音而和且有節度瑤席兮玉瑱銑盍將把兮瓊芳濟曰言已修絜以瑤爲席美玉爲瑱靈巫何不持瓊枝以爲芳香皆取美絜也逸曰盍何不也把持也瓊玉枝也言已修飾清絜以瑤玉爲席美玉爲瑱靈巫何不持乎乃把玉枝以爲香蕙肴烝兮蘭藉慈夜奠桂酒兮椒漿良曰以蕙草烝肉以蘭藉飲食以桂置酒中以椒置漿中皆取芬芳也肴肉也蕙蘭皆香草也奠祭也椒皆香美木逸曰蕙肴以蕙草蒸肉也藉所以藉飯食也易曰藉用白茅桂酒切桂以置酒中也椒漿以椒置漿中也言已供待彌敬及以蕙蒸肴芳蘭爲藉進桂酒椒漿以備五味也揚枹浮兮

文選三十二　三十四

拊鼓疏緩節兮安歌陳竽瑟兮浩倡銑曰揚擧也枹鼓枝也拊擊也疏希也浩大也使曲節希緩而安音情歌復陳列竽瑟大倡作樂以極其清逸曰枹擊也疏希也言膳既具不敢寧處親擧枹擊鼓使靈巫緩節而舞徐歌相和以樂神也浩大也言已陳列竽瑟大倡作樂以自竭盡也靈偃蹇兮姣服芳菲菲兮滿堂向曰靈謂巫也偃蹇舞貌姣好也菲菲香氣也逸曰靈謂巫也偃蹇舞貌也姣好也服飾也菲菲芳貌也言乃使姣好之巫被服盛飾擧足奮袂偃蹇而舞芬芳菲菲盈滿堂室也五音紛兮繁會君欣欣兮樂康翰曰五音宮商角徵羽之音紛盛貌繁會錯雜也君謂東皇也欣欣和悅貌康安也言修絜酒食極陳鼓樂神尚歡欣而降之福自傷忠信事上卒不見明而遭放棄以至危苦也逸曰五音宮商角徵羽也紛盛貌也繁衆也欣欣喜貌康安也言已垂作衆樂合

會五音紛然盛美神以歡欣猒飽喜樂則身蒙慶祐家受多福也屈原以爲神無形聲難事易失然人竭心盡禮則歆其祀而惠降以祉自傷履行忠誠以事於君不見信任而身被放逐以危殆也

東皇太一濟曰每篇之後皆楚之神名所以列於篇目者亦猶毛詩題章之趣

浴蘭湯兮沐芳華采衣兮若英靈連蜷巨員兮既留爛昭昭兮未央良曰蘭若皆香草也華采五色也靈巫也連蜷導引神貌爛光也昭昭明也央極也言將祭祀之事先使靈巫沐浴蘭芳衣五色之服務其芳絜又飾若英也導引也雲中君使留心於此神光爛然明明無極雲中君雲師屏翳也逸曰華采五色也若杜若也言已將修饗祭以事靈神乃先使靈巫先浴蘭湯沐香

文選三十二　三十五

芷衣五采華衣飾以杜若之英以自絜飾靈巫也楚人名巫爲靈子連蜷巫迎神道引貌也既已也留止也爛光貌也昭昭明也未央未已也巫執事肅敬奉迎導引神顏貌矜莊形體連蜷神則歡喜安留見止見其光容爛然昭明長無極已蹇將憺徒濫兮壽宮與日月兮齊光銑曰蹇辭也憺安也壽宮祠神所也神既安樂德又光明乃與日月齊也逸曰壽宮供神之處也祠祀皆欲得壽故名爲壽宮也言雲神既至在於壽宮歆饗酒食憺然安樂無有去意也齊同也光明也言雲神豐隆爵位尊高乃與日月同光明也夫雲興而日月闇雲藏而日月明故言齊光也龍駕兮帝服聊翺遊兮周章向曰言神駕雲龍之車爲五方帝服翔游周章往來迅疾貌逸曰龍駕言雲神駕龍帝謂五方之帝也服飾也言天尊雲神使之乘龍兼衣其青黃五采之色與五方帝同服也聊且也周章猶周流也言雲神居無常處

動則翺翔周流往來且游且翺翔也靈皇皇兮既降猋必遙遠舉
兮雲中翰曰靈謂靈神也皇皇美貌雲中神所居也言神既降饗歆食猋然遠舉
復還其居逸曰靈謂雲神也皇皇美貌也降下也言神來下其皇皇而美有光文也猋
去疾貌雲中其所居也言雲神往來急疾飲食既飽猋然遠舉復還其處覽冀州
兮有餘橫四海兮焉窮濟曰窮極也言神所居高絕下覽冀州橫
望四海皆有餘而無極也冀州堯所都也思有道之君故覽之逸曰覽望也兩河間曰
冀州餘猶他方也言雲神所在高邈乃望於冀州尚復見他方也窮極也言雲神出入奄
忽須臾之間橫行四海安有窮極者也思夫君兮太息極勞心
兮忡忡勑忠反逸本作懺懺字良曰夫君謂靈神以喻君也忡忡憂也言夫君
所居高遠不制有國我之思君終不可見故數息而憂心也逸曰君謂雲神懺懺憂心

貌也屈原見雲一舉千里周徧四海想得隨從觀望四方以忘己憂思而念之終不可得
故太息而中心煩勞而懺懺

雲中君

君不行兮夷猶蹇誰留兮中洲銑曰君湘水神也夷猶猶
豫也蹇語辭也言神槃其所居猶豫不降於此誰將留待於中洲乎欲神之速至也逸
曰君謂湘君也夷猶猶豫也言湘君所在土地聊又有嶮阻故其神常安不肯游蕩既
設祭祀使巫請呼之尚復猶豫蹇詞也留待也中洲洲中也水中可居者為洲言湘君蹇
然難行誰留待於水中之洲乎以為堯二女妻舜有苗不服舜往征之二女從而不反道
死於沅湘之中因為湘夫人也所留蓋謂此二女美要眇妙兮宜修
沛普賴吾乘兮桂舟向曰要眇好貌思神容儀美好又宜修飾也沛行貌

我復乘桂舟以迎神也舟用桂者取香潔之異逸曰要眇好貌也修飾也言二女之貌
要眇而好又宜修飾也沛行貌也舟船也吾屈原自謂也言己雖在湖澤之中猶乘桂木
之船沛然而行令沅湘兮無波使江水兮安流翰曰願神
使波安流而我不危殆也沅湘二水名逸曰沅湘水名言己乘舡常恐危殆願君令沅
湘無波涌使江順徑徐流則得安也望夫君兮未逸本作歸字來吹
參差兮誰思良曰夫君神也謂神肯來斯而我作樂吹聲參差當復誰思言
思神之甚逸曰君謂湘君參差洞簫也言己瞻望於君而未肯來則吹簫作樂君當復
誰念思駕飛龍兮北征邅陟連吾道兮洞庭良曰征行
邅轉也原思既畢念反楚國願駕飛龍北行轉道於洞庭湖上而直歸也逸曰屈原思
神思垂意念楚國駕飛龍北行還歸故居也邅轉也洞庭太湖也言己欲乘龍而歸不

敢隨從大道願轉江湖之側安委曲之徑欲急至也薜薄閉荔麗柏兮蕙
綢采逸本作永字荃七全橈而遙兮蘭旗逸本作旌字銑曰薜荔蕙
荃蘭皆香草柏搏壁也橈楫也原言我居家縛香草以搏四壁亦以為楫棹亦以為旗
芬芳潔清有如此也逸曰薜荔香草也拍搏壁也綢縛束也詩曰綢繆束楚荃香草也
撓小楫也屈原言己居家則以薜荔搏飾四壁蕙草縛屋乘舟船則以荃為楫櫂蘭為旌
旆動以香潔自修飾也望涔岑陽兮極浦橫大江兮揚
靈向曰涔陽浦接於楚都極遠也言我遠遊此浦將橫絕大江揚其精誠於君側冀君
感悟復命我也逸曰涔陽江碕名也近附郢極遠也浦水涯也靈精誠也屈原思念
楚國願乘輕舟上望江之遠浦附郢之碕以泄憂念橫度大江揚己精誠冀能感寤懷
王使還已也揚靈兮未極女嬋媛爰兮為余太息

翰曰極已也女謂屈平姊女須也嬋媛牽引極也言我揚精誠未已女須牽引時事以不
變節從俗為終不可而為我數息也逸曰已也女謂女須也屈原姊也嬋媛猶牽引也
言已遠揚精誠雖欲自竭盡終無從達故女須牽引責之數為己太息悲毒欲使屈原改
性易行隨風俗也橫流涕兮潺仕連湲為元隱思君兮陫
符誹側良曰潺湲流貌陫陋也感女須之言泣涕橫流隱伏側陋彌思君子逸曰潺
湲流貌也屈原感女須之言亦欲變節而意不能改內自悲傷涕泣橫流君謂懷王也陫
陋也言己雖見放棄隱伏山野猶從側陋之中思念君也桂櫂兮蘭枻翊例
斲丁角冰兮積雪銑曰櫂楫也枻船傍板也桂蘭取其香也言志不通猶乘
舟值天盛寒舉其楫棹斲斫冰凍紛如積雪徒為勤苦而不得前也逸曰櫂楫也枻船
傍板斲斫也言己乘船遭天盛寒舉其楫斲斫冰凍紛然如積雪言已勤苦采薜

荔兮水中搴芙蓉兮木末向曰薜荔香草也生於陸芙蓉荷華
也生於木言己執忠信之行求合於君亦猶入水池之中而采薜荔登山木之末而取芙
蓉固無遂理搴取也逸曰搴手取也芙蓉荷華也生水中屈原言己執忠信之行以事
於君其志不合猶入池涉水而求薜荔登山緣木而采芙蓉固不可得心不同
兮媒勞恩不甚兮輕絕翰曰為婚姻者其心不同徒使媒人勞苦
恩情不能甚厚者則必輕易離絕事君之道亦類此焉逸曰言婚姻所好心意不同則
媒人疲勞而無功也屈原自喻行與君異終不可合亦疲勞而已言人交接初淺恩不甚
篤則輕相與離絕也言已與君同姓共祖無離絕之義石瀨兮淺淺戔
飛龍兮翩翩濟曰瀨湍水也淺淺流貌原既憂愁下視水石淺淺而流仰觀
飛龍翩翩而舉物皆遂性我獨不然也逸曰瀨湍也淺淺流疾貌屈原憂愁俯視川水

見石瀨淺淺疾流而下將有所至仰見飛龍翩翩而上將有所登自傷棄在草野終無所
登至也交不忠兮怨長期不信兮告我逸本作余字
以不閒音閑良曰言君與臣下為友而臣為不忠則怨而責之已為不信則以
為閑疾其君初欲與已為治後遂相背焉逸曰交友也忠厚也朋友相與不厚則長相
怨恨也言己執履忠貞雖獲罪過不敢怨恨於眾入間暇也言君嘗與已期欲共為治後
以讒言之故更告我以不間暇遂以疏遠朝騁騖兮江皋夕弭節
兮北渚銑曰朝喻盛也夕喻衰也喻已盛少之時願驅馳於君前及衰謝之日反
安意於草野自歎之辭也騁騖疾行也澤畔曰皋弭節安意也逸曰朝以諭已盛也澤
曲曰皋言已願及朝明已年盛時任重馳騁以行道德弭安也渚水涯也夕以諭衰言日
夕將暮已衰老弭情安意終於草野鳥次兮屋上水周兮堂

下向曰次舍也言已在江湖之中鳥止于屋水周繞于堂逸曰次舍也過信為次周
旋也言已所居在湖澤之中眾鳥舍止我之屋上流水周旋已之堂下自傷與鳥獸魚鼈
為伍捐余玦決兮江中遺余珮兮醴禮浦濟曰捐遺
皆置也玦珮皆朝服之飾置於江醴二水之涯者冀君命已猶可以用也逸曰玦玉珮
也先王所以命臣之瑞也故與環即還與玦即去也遺離也珮瓊琚之屬也言己雖見放
逐常思念君設欲遠去猶捐玦珮置於水涯冀君求已示有還意采芳洲兮
杜若將以遺兮下女良曰芳洲多生香草也故於此采杜若焉下女
喻賢臣也欲將已之美投於賢臣者思與同志復為治道逸曰芳洲香草叢生水中之
處遺與也女陰也以喻臣謂已之儔匹也言已願於芳芬絕異之洲采取杜若以與貞正
之人思與同志終不變更時不可兮再得聊逍遙兮容與

銑曰自言憂愁欲以決死死不再生何由復遇逍遙容與待君之命冀得盡其誠心焉逸曰言日不再中年不再盛也逍遙遊戲也言天時不再至人年不再盛已既老矣不遑於時聊且逍遙而游容與而戲以待天命之至也

湘君

帝子降兮北渚，目眇眇兮愁予。向曰帝子謂堯二女娥皇女英隨舜不及墮於湘水之渚因為湘夫人也眇眇好貌其神儀德美好愁我失志焉逸曰帝子謂堯女也降下也言堯二女娥皇女英隨帝不及墮於湘水之渚因為湘夫人眇眇好貌也予屈原自謂也堯二女儀德美好眇然絕異又配帝舜而乃沒命水中屈原自傷不遭值堯而遇暗君亦將沈身湘流故曰愁我也嫋嫋兮秋風，洞庭波兮木葉下。翰曰嫋嫋秋風搖木貌洞庭湖名言秋風疾則草木

文選三十二　四十

搖落江湖生波喻小人用事則君子棄逐逸曰嫋嫋秋風搖木貌言秋風疾則草木搖湘水波而樹葉落矣以言君急則眾人愁而賢者傷矣白薠煩兮逸本作登白薠兮騁望與佳期兮夕張。去聲叶韻良曰薠秋生草騁平也佳期謂湘夫人也言已願以此夕設祭祀張帷帳冀夫人之神來此歆饗以喻張設忠信以待君命逸曰薠草秋生騁平也佳期謂湘夫人也不敢指斥尊者故言佳也張施也言已願以始秋薠草初生平望之時修設祭具夕早洒掃張施帷帳與夫人期歆饗之也鳥萃兮蘋中，罾何為兮木上。濟曰萃集也蘋水草也鳥當集木上今在水中罾宜置水中今在木上以喻已志反覆失所也逸曰萃集也罾魚網也夫鳥當集木巔而言草中罾當在水中而言木上以喻所願不得失其所也沅有芷止兮澧有蘭，思公子兮未敢言。銑曰芷蘭皆香草也

喻己之善也公子謂夫人喻君也未敢言呂欲待賢主逸曰言沅水之中有盛茂之芷澧水之外有芬芳之蘭異於眾草以興湘夫人美好亦異於眾人公子謂湘夫人也重以卑說尊故變言公子也言己想若舜之遇二女二女雖死猶思其神所以不敢達言者士當須介女當須媒也慌荒忽兮遠望，觀流水兮潺湲。向曰慌忽無形貌言遠望不見但覩流水潺湲逸曰言神鬼荒忽往來無形近以視之彷彿若存遠而望之但見水流潺湲也麋何食逸本作為字兮庭中，蛟何為兮水裔。翰曰麋獸名也蛟龍類也麋當在山野今在庭中蛟當在深皋今在水際以喻君子小人翻覆失所也裔際也逸曰麋獸名蛟龍類也言麋當在山林而在庭中蛟當在深淵而在水涯以言小人當處野而升朝廷賢者當居尊官而為僕隸朝馳余馬兮江皋，夕濟兮西澨。時制濟曰澤畔曰皋澨

文選三十二　四十一

水涯也言朝夕往來不出於湖澤之間逸曰濟渡也澨水涯自傷驅馳不出湖澤之域聞佳人兮召予，將騰駕兮偕逝。良曰佳人謂湘夫人也偕俱也逝往也夫人召我將騰馳車馬與使者俱往喻有君命亦將然矣逸曰予屈原自謂也偕俱也逝往也屈原幽居草澤思神念鬼冀湘夫人有命呼己則願騰駕而往不待侶偶也築室兮水中，葺七入之兮以荷蓋。銑曰葺覆也自傷困於世上願築室結茨於水底用荷葉蓋之務以清潔託附於神而居也逸曰屈原困於世上願築室水中託附神明而居處也蓀七全壁兮紫壇，播芳椒兮成堂。向曰蓀香草也紫紫貝椒香木也以此物飾屋壁壇堂也逸曰以蓀草飾室壁累紫貝為壇布香椒於堂上桂棟兮蘭橑老，辛夷楣眉兮葯烏角房。翰曰桂香木蘭辛夷葯香草也橑椽也楣門楣也又以馨

香為房之飾逸曰以桂木為屋棟以木蘭為榱辛夷香草以作戶楣葯白芷也房室也

罔薜荔兮為帷擗普覓蓮逸本作蕙字櫋彌緣兮既張

濟曰櫋屋聯也薜荔蕙皆香草罔結以為帷帳擗折以為屋聯盡張設於中也逸曰罔

結也結薜荔為帷帳擗折也以折蕙覆櫋屋白玉兮為鎮疏石蘭

兮逸本無兮字以為芳良曰以玉鎮坐席也石蘭香草疏布其芳氣櫋逸曰

以玉鎮坐席石蘭香草疏布陳也芷葺之逸本無之字兮荷屋繚

之兮以逸本無以字杜蘅銑曰芷杜蘅皆香草繚縛束也以芷草及

荷葉葺以蓋屋又束縛杜蘅置於水中逸曰葺蓋屋也繚縛束也杜蘅香草也合百

草兮實庭建芳馨兮廡門向曰百草皆香草實滿也建樹馨香

廡屋也言又以為門屋矣所以築室於此者欲與夫人為隣也逸曰合百草之華以實

庭也馨香之遠聞者也積之以為門廡也屈原生遭濁世憂愁困極意欲隨從鬼神築室

水中與湘夫人比隣而處然猶積衆芳以為殿堂修飾彌盛行善彌高也九嶷繽

兮並迎去靈之來兮如雲翰曰舜葬九嶷山使其山之神靈來

迎二女其來之衆繽紛如雲也逸曰九疑山名舜所葬也言舜使九疑之山神繽然來

迎二女則百神侍送衆多如雲捐余袂兮江中遺余褋牒兮

澧浦良曰袂袖也褋襜襦也皆事神所用也今夫人既去君復背己無所用也故棄

遺之逸曰袂衣袖也褋襜襦也屈原設託與湘夫人共隣處舜復迎之而去窮困無所

依故欲捐棄衣物褋身而行將適九夷也搴汀洲兮杜若將以遺

兮遠者濟曰搴取也汀平也杜若以諭誠信遠者神及君也逸曰汀平也遠者

謂高賢隱士也言已雖欲之九夷絕域之外猶求高賢之士采平洲香草以遺之共與修

道德也時不可兮驟得聊逍遙兮容與銑曰驟數也

逸曰驟數也言富貴有命天時難值不可數得聊且遊戲以盡年壽也

湘夫人

文選卷第三十二

宿

騷 下

文選

三十三

廿二十

文選卷第三十三

梁昭明太子撰　　五臣并李善注

騷下

屈平九歌二首

九章一首

卜居一首

漁父一首

宋玉九辯五首

招魂一首

劉安招隱士一首

文選三十三　　一

九歌二首　　屈平　　王逸注

秋蘭兮蘪蕪羅生兮堂下户逸曰言已供神之室閑而清靜衆香之草又環其堂下羅列而生誠司命君所宜幸集也綠葉兮素枝逸本作華字芳菲菲兮襲予上聲向曰菲菲香氣襲及也皆喻懷忠絜也逸曰襲及也予我也言芳草茂吐葉垂華芳香菲菲上及我也盛夫人自有兮美子蓀何為逸本作以字兮愁苦翰曰夫凡也蓀香草謂司命也言九人各自有美愛臣子司命何為愁苦而司主之蓋自傷也司命星名主知生死輔天行化誅惡護善也逸曰夫人謂萬民也蓀謂司命也言天下萬民人人自有子孫司命何為主握其年命而用思愁苦秋蘭兮青青綠葉兮紫莖逸曰言已事神崇敬重種芳草莖葉五色香益暢也滿堂兮美人忽

獨與余兮目成濟曰滿堂喻天下也謂天下亦有善人而司命獨與我相
目結成親親者為我脩道德爾謂初與已善
時逸曰言萬民衆多美人並會盛滿於堂
而司命獨與我睨而相視成為親親也入不言兮出不辭良曰司命
神初與已善後乃往來飄忽出入不言不辭
逸曰言神往來奄忽入不語言出不訣辭其
志難知也乘回風兮載雲旗良曰乘風載雲以離於我喻君之心與我
相背也逸曰言司命之去乘風載雲其形貌不可得見悲莫悲兮生別
離樂莫樂兮新相知銑曰喻已初近君而樂後去君而悲也逸曰
屈原思神略畢憂愁復出乃長歎曰人居世
愁哀莫痛與妻子生別離傷已當之也言天
下之樂莫大於男女始相知之時也屈原言已無新相知之樂而有生離之憂荷衣
兮蕙帶儵而來兮忽而逝向曰言神被服香絜儵忽往來終不

文選三十三　二

可逢以喻君逸曰言司命被服香淨往來奄忽難當值也夕宿兮帝郊
君誰須兮雲之際翰曰須待也謂神宿於天帝之郊青雲之際將誰待
乎冀君猶待已而命之逸曰帝謂天帝言司命之君暮宿於天帝之郊誰待於雲之際
乎幸其有意而顧已與汝游兮九河衝飈起兮水揚波
與汝沐兮咸池晞汝髮兮陽之阿濟曰汝謂司命神也
九河天河也衝飈暴風也咸池星名天池也
晞乾也陽阿日行處也言已願與神俱沐髮
於咸池而乾之於日者共為清素也喻已與
君俱行政教以治於國逸曰咸池星名蓋
天池也晞乾也詩云匪陽不晞阿曲陽阿日
所行也言已願託司命俱沐咸池乾髮陽阿
齊戒絜已冀蒙天祐也望美人兮未來臨風怳兮浩歌
良曰美人神也以喻望君之使未來臨風怳
然而大歌也浩大也逸曰美人謂司命也

怳失意貌也言已思望司命而未肯來臨疾風而大歌冀神聞之而來至也孔蓋
兮翠旌登九天兮撫彗因歲星銑曰又欲以孔雀翡翠毛為車
蓋旌旗飛登于天撫掃彗星也言願將忠正
美行還於君前翦讒賊矣逸曰言司命以
孔雀之翅為車蓋翡翠之羽為旌旗言珠飾
也九天八方中央也言司命乃昇九天之上
撫持彗星欲掃除邪惡輔仁賢也竦長劍兮擁幼艾蓀逸本作荃
字獨宜兮為民正向曰竦執也艾長也蓀香草謂神也言神若能執長
劍誅邪臣擁護國之幼長如此則神實宜為
天下萬人之正矣皆喻其君焉逸曰竦執
也幼少也艾長也言司命持長劍以誅絕邪
惡擁護萬人長少使各得其命言司命執心
公方無所阿私善者佑之惡者誅之故宜為萬民之正

少司命

文選三十三　三

若有人兮山之阿被薜荔兮帶女蘿翰曰言山鬼若
在於山曲被帶美草以為飾逸曰有人謂
山鬼也阿曲隅也女蘿菟絲也言山鬼彷彿
若人見山之阿被薜荔之衣以菟絲為帶也
薜荔菟絲皆無根緣物而生山鬼亦奄忽無
形故衣之以為飾也既含睇兮又宜笑子慕予兮善窈
窕良曰言山鬼貌美既宜含視又宜發笑子即山鬼也亦以慕我美行好姿故宜見其
容也喻君初與已忠誠而用之矣睇視也窈
窕美貌逸曰睇微眄也言山鬼之狀體含
妙容美目盼然又好口齒而宜笑子謂山鬼
也窈窕好貌也詩云窈窕淑女言山鬼之貌
既以姱麗亦復慕我有善行好姿是故來見其容也乘赤豹兮從文貍
辛夷車兮結桂旗濟曰赤豹文貍皆奇獸也將以乘騎侍從者明異於
衆也又以芳香草木為車旗者彌以自飾也
逸曰辛夷香草也言山鬼出入乘赤豹從神

貍結桂與辛夷以為車旗言有香絜也被石蘭兮帶杜蘅折芳
馨兮遺所思銑曰所思謂君也喻己被帶忠信又以嘉言而納於君也逸
曰石蘭杜衡皆香草也所思謂清絜之士若屈原者也言山鬼修飾衆香以崇其神屈原
履行清絜以厲其身神人同好故折香馨相遺以同其志也余處幽篁兮
終不見天路險難兮獨後來力知切向曰幽深也篁竹叢
也言己處江山竹叢之間上不見道路險阻欲與神遊獨在諸神之後喻己不得見君讒
邪蔽塞難以前進所以索居於此逸曰言山鬼所處乃在幽昧之內終不見天地所以
來出歸有德也或曰幽篁竹林言所處既深其路阻險又難故來晚暮後諸神表獨
立兮山之上雲容容兮而在下音尹杳冥冥兮
羌晝晦翰曰表明也雖明然自異立於山上然猶雲鄣蔽其下使不通也容容雲

文選三十三　四

出貌濟曰杳深也晦暗也羌語辭也言雲氣深厚冥冥使晝日昏暗逸曰袁特也言
山鬼後到特立於山之上而自異也言鬼所在至高雲出其下雖白晝猶冥晦東
風飄兮神靈雨濟曰東風至神靈應之沛然而雨也此因言陰陽相感而
有風雨自傷誠信不能感君也逸曰飄風貌也詩云匪風飄兮言東風飄然而起則靈
應之而雨以言陰陽相感風雨相和屈原自傷獨無和也留靈脩兮憺徒濫
忘歸歲既晏兮孰華予上聲良曰靈脩謂君也言君若能除去
讒邪我則可進留止於君所不然則歲晏衰老孰能榮華我乎逸曰靈脩謂懷王也晏
晚也孰誰也言己宿留懷王冀其還己心中憺然安而忘歸年歲晚暮將欲罷老誰當復
使我榮華也采三秀兮於山間石磊磊兮葛蔓蔓
莫盤反叶韻銑曰芝草一歲三秀石磊磊石貌蔓蔓葛貌芝草仙藥采不可得但見葛石

爾亦猶賢哲難逢諂諛者衆也逸曰三秀謂芝草也言己欲服芝草以延年命周旋山
間采而求之終不能得但見山石磊磊葛草蔓蔓或曰三秀秀才之士隱處者也言石葛
者喻所在深也怨公子兮悵忘歸向曰公子謂子椒也子椒知己忠信
而不肯達之於君故悵然失志而忘歸也逸曰公子謂公子椒也言所以怨公子椒者
以其知己忠信而不肯達故我悵然失志而忘歸也君思我兮不得閒
音閑向曰君縱相思為小人在側亦無暇召我也逸曰言懷王時思念我顧不肯以
閒暇之日召己謀議山中人兮芳杜若飲石泉兮蔭松
柏君思我兮然疑作翰曰山中人原自謂也自言居山中以杜若為
美飲清絜之水蔭貞實之木君亦有思我之時而讒邪在傍起其疑惑也作起也逸曰
言己雖在山中無人之處猶取杜若以為芬芳飲石泉之水蔭松柏之木飲食居處動以

文選三十三　五

香絜自修飾君思我兮言懷王有思我時然讒言妄作故令狐疑也雷填填田
兮雨冥冥猨啾啾兮又夜鳴風颯颯素合兮木
蕭蕭濟曰填填雷聲冥冥雨貌啾啾猨聲皆喻讒言也良曰風颯颯喻政令煩也
木蕭蕭喻人驚擾也逸曰言己在深山之中遭雷電暴雨猨猴號呴風木搖動以言恐
懼失其所也或曰雷為諸侯以興於君雲雨冥昧以興佞臣猨狖善鳴以興讒言風以喻
政木以喻人雷填填者君妄怒也雨冥冥者羣佞聚也猨啾啾者讒夫弄口也風颯颯者
政煩擾也木蕭蕭者民驚駭也思公子兮徒離憂良曰思子椒不能用
賢使國若此但使我羅其憂愁也離羅也逸曰言己恐子椒不見達故遂憂愁

山鬼

九章一首

翰曰原既放逐又作九章自述其志九義與九歌同逸曰序

曰九章著屈原之所作也屈原放江南之野故復作九章章著也明也言已所陳忠信之道甚明著也

王逸注

余幼好此奇服兮年既老而不衰銑曰衰退也原言少好奇服異行雖年老而此心不退逸曰奇異也或曰奇服好服也衰懈也已少好奇瑋之服履忠直之行至老不懈帶長鋏頰之陸離兮冠切雲之崔嵬五回反向曰長鋏劍名陸離劍低昂貌切雲冠名崔嵬高大貌逸曰長鋏劍也其所握長劍楚人名曰長鋏也崔嵬高貌也言已內備忠信之志外帶長利之劍戴崔嵬之冠其高切青雲也被明月兮佩寶璐世溷胡困濁而莫余知逸本此有兮字翰曰被猶服也明月珠名璐玉名言我冠帶

佩服莫不盛美加之忠信貞絜而遭世溷濁無相知者逸曰在背曰被寶璐美玉也言已背被明月之珠腰佩美玉德寶兼備行度清白溷亂也濁貪也吾方高馳而不顧濟曰顧世上如此故高馳不顧逸曰特言世貪亂遭君蔽闇無有知我之賢然猶高行抗志終不回曲也駕青虬兮驂白螭濟曰願驂駕虬螭而遠去也虬螭皆龍類逸曰言虬螭神獸宜於駕乘以喻賢人清白宜可信任也吾與重華遊兮瑤之圃登崐崙兮飡玉英良曰重華舜也瑤圃玉英皆美言之言願得及聖君遊於平代升清朝而食其祿也逸曰重華舜名也瑤石次玉也圃園也言己想侍虞舜遊王圃猶言遇聖帝升清朝也猶言坐明堂受爵位與天地兮比壽與日月兮齊光銑曰言若得值於此時而我年德冀如是也逸曰言已年與天地相敝名與日月同耀也哀南

夷之莫吾知兮旦余濟於善本作乎字江湘向曰南夷謂楚也莫吾知謂莫知我也濟渡也言渡水而去之逸曰屈原怨毒楚俗嫉害忠貞乃曰可哀哉南夷之人無知我賢者也旦明也濟渡也言已被放棄以明旦之時始遂渡江湘之水言明旦者紀時明刺君不明也乘鄂五各渚而反顧兮欸哀秋冬之緒風翰曰乘登也鄂渚地名反顧楚都也欸歎也緒餘也秋冬之風搖落萬物比之讒佞是以歎焉逸曰乘登也鄂渚地名也欸歎也緒餘也言已登鄂渚高岸還望楚國嚮秋冬此風愁而長歎之言憂思也步余馬兮山皋低余車兮方林濟曰低捨也方林地名言馬壯車堅棄在山野喻才行方美不被任用也逸曰低捨也方林地名言我馬壯強行山皋無所驅馳我車堅牢捨於方林無所載任也以言已才德方壯誠可任用棄在山野亦無所施也乘舲音零

船余上沅兮齊吳榜普孟切以擊汰音太良曰舲船名也吳榜船棹也汰波也逸曰舲船有窻牖者也吳榜船櫂也汰水也言已始去乘窻舲西上沅湘之水士卒齊舉大櫂而擊水波自傷去朝堂之上而入湖澤之中也或曰齊悲歌言愁思也船容與而不進兮淹回水而疑滯銑曰容與徐動貌淹留也回水回流也疑滯者戀楚國也逸曰疑惑也滯留也言士衆雖同力引櫂船猶不進隨水流使已疑惑有意還之也朝發枉渚兮夕宿辰陽向曰枉渚辰陽皆地名自傷去國日遠逸曰枉渚地名辰陽亦地名言已乃從枉渚宿辰陽自傷去日遠也或曰枉曲也諸壯也辰時也陽明也言已將去枉曲之俗而憂時明之鄉等逸本作苟字余心逸本無心字其端直兮雖僻遠之何傷翰曰原自解之辭苟且也逸曰苟誠也僻左也言我惟行正

直之心雖在遠僻之域猶有善稱無害病也故論語曰子欲居九夷也入漵浦
余邅迴逸本作儃佪字兮迷不知吾之所如濟曰漵亦浦類
也邅轉迴旋也如往也至此迷惑思君之深也逸曰漵水名也迷惑也如之也言已思
念楚國雖循水涯意猶迷惑不知所之深林杳以冥冥兮乃猨
狖余救之所居良曰冥冥暗貌猨狖輕捷之獸喻國之昏亂邪巧生焉非賢智
所能處也逸曰草木茂盛非賢士之道徑山峻高以蔽日兮銑曰
日以喻君山以喻臣逸曰言嶮岨危傾也下幽晦以多雨銑曰言臣巧佞
蔽于君德幽暗多雨喻臣下望施恩惠以自樹也逸曰言暑濕泥濘也霰雪紛
其無垠兮雲霏霏而承宇良曰霰雪無垠喻讒夫害政雲承於
宇喻佞人滿朝垠畔也霏霏雪貌逸曰涉冰凍之盛寒室屋沉淡與天連也或曰日以

文選三十三　八

喻君山喻臣霰雪以喻讒賊雲以象佞人山峻高以蔽日者謂臣掩君明也下幽晦以多
雨者羣下專擅施恩惠也霰雪紛其無垠者讒賊之政害仁賢也雲霏霏而承宇者佞人
並進滿朝廷也哀吾生之無樂兮逸曰遭遇讒佞失官祿也幽獨
處乎山中逸曰遠離親戚而斥逐也吾不能變心而從俗
兮逸曰終不易志隨枉曲也固將愁苦而終窮逸曰愁思無聊身困
極也接輿髡坤首兮桑扈臝力果行良曰接輿楚狂接輿也髡
剃也首頭也自刑其身避俗不仕桑扈隱者也解裳臝行以做夷狄此二人者皆困亂世
故以自喻逸曰髡剔也首頭也自刑體避世不仕也桑扈隱士也去衣臝袒效夷也言
屈原不容於世引此隱者以自慰忠不必用兮賢不必以伍
子逢殃兮濟曰以亦用也伍子胥竭力於吳王夫差而賜劍自殺故云逢殃

逸曰伍子伍子胥也為吳王夫差臣諫令伐越夫差不聽遂賜劍而自殺後越竟滅吳故
云逢殃也比干葅莊居醢呼改反濟曰比干正諫於紂而割其心故云葅醢
逸曰比干紂之諸父也紂淫惑妲己作糟丘酒池長夜之飲斮朝涉剖孕婦比干正諫紂
怒妲己曰聖人之心有七孔於是乃後比干剖其心而觀之故言葅醢也與前世
而皆然兮逸曰謂行忠直而遇患害若比干子胥者吾又逸本此有何字
怨乎今之人銑曰言觀接輿桑扈伍子胥比干則我亦何怨此自抑之辭也
逸曰言自古有迷亂之君若紂夫差不用忠臣滅國亡身常何為復怨今之君乎余
將董道而不豫兮固將重昏而終身向曰董正也豫
猶豫也皆亂也言我但將守正道而不猶豫終思其君使心錯亂以終其年也逸曰董
正也豫猶豫也言已雖見先賢執忠被害猶正身直行志不猶豫而有狐疑也昏亂也言

文選三十三　九

已不逢明君思慮交錯心將重亂以終年命
涉江
卜居一首翰曰原往太卜之家卜已宜何所居因述其辭逸曰序曰卜
居者屈原之所作也原放棄乃往太卜之家卜己居俗何所宜行
屈平　王逸注
屈原既放三年逸曰遠去郢都處山林也不得復見逸曰道路
僻遠所在深也竭智盡忠逸曰建造策謀披胸心也蔽鄣於讒逸曰
遇讒佞也心煩意亂逸曰意憒悶也不知所從逸曰迷瞀眩也往
逸本作乃往見太卜鄭詹尹濟曰鄭詹尹卜者姓名逸曰稽神明也
鄭詹尹工師姓名也曰余有所疑逸曰意惑遑也願因先生決

之逸曰断吉凶也詹尹乃端策拂龜良曰策蓍也立蓍拂龜以展敬也逸曰整儀容也曰君將何以教之銑曰曰者詹尹辭也君謂原也何以教者問其要也逸曰願聞其要屈原曰吾寧悃悃苦本款款向曰悃款勤苦貌曰吐詞請也志純也逸朴以忠乎向曰朴質也逸曰竭誠信也將送往勞大六來斯無窮乎向曰送徃勞来隨俗高下也以此二事問其所宜以下類此逸曰追俗人也不困貧也寧誅鋤草茅以力耕乎逸曰刈蒿菅也耕稼穡也將游大人以成名乎翰曰大人謂君之貴幸者逸曰事貴戚也榮譽立也寧正言不諱以危身乎逸曰諫君惡也被刑戮也將從俗富貴以媮俞生乎濟曰媮樂也逸曰食重祿也身安樂也寧超然高舉以保真

乎逸曰讓官爵也守玄默也將哫足訾貲慄栗斯喔握咿伊嚅儒唲兒以事婦人乎銑曰哫訾慄斯承顏色貌喔咿嚅唲彊言笑也以事婦人謂君之所寵者逸曰承顏色也強笑噱也諂蜷局也寧廉絜正直以自清乎濟曰志如玉也修絜白也將突吐忽梯滑骨稽如脂如韋以絜苦結楹乎向曰突梯滑稽委曲順俗也如脂如韋能滑柔也絜楹謂同諂諛也逸曰轉隨俗也柔弱曲也順滑澤也寧昂昂若千里之駒乎翰曰千里駒展才力也昂昂馬行貌逸曰志行高也才絕殊也將氾氾若水中之鳧乎與波上下偷以全吾軀乎翰曰水中鳧與羣游也與波上下也偷全軀苟自免也氾氾鳧浮貌逸曰普愛衆也羣戲游也隨衆高卑身無憂患寧與騏驥抗軛乎將

隨駑馬之迹乎濟曰騏驥抗軛喻與賢才齊列也駑馬喻不才之臣抗舉也軛車軛也升天驅也安步徐也逸曰寧與黃鵠比翼乎將與雞鶩爭食乎良曰黃鵠喻逸士也雞鶩喻讒夫也比翼猶並肩也爭食爭食祿也鶩鴨也飛雲隅也啄糠糟也逸曰此孰吉孰凶何去何從銑曰問詹尹吉凶之所從也逸曰誰喜憂也安所由也俗逸本作世字溷胡困濁而不清蟬翼為重千鈞為輕向曰隨俗顛倒重小人輕君子也三十斤曰鈞逸曰賤行也近讒佞也遠忠良也貨黃鐘毀棄瓦釜雷鳴翰曰黃鐘樂器喻禮樂之士瓦釜喻庸下之人雷鳴者驚衆也逸曰賢隱藏也愚讒諂也讒人高張去賢士無名濟曰高張居廟堂也逸曰居廟堂也身窮困也于嗟嘿嘿兮誰知吾之廉貞良曰

嘿嘿不言貌世莫論也不別賢也逸曰詹尹乃釋策而謝銑曰釋捨也謝辭也曰愚不能明逸曰夫尺有所短逸曰騏驥不騁中庭寸有所長逸曰雞鶩知時而鳴物有所不足逸曰地闕東南角也智有所不明逸曰孔子厄陳蔡也數有所不逮向曰逮及也逸曰天不可計量也神有所不通逸曰日不能夜照也用君之心逸曰所念慮也行君之意逸曰遂本操也龜策誠不能知逸本有此字事逸曰不能決君之志

漁父一首翰曰漁父避世而隱於漁者也原因之而敘焉逸曰序曰漁父者屈原之所作漁父避俗時遇屈原怪而問之遂相應荅

屈平　王逸注

屈原既放逸曰身斥逐也游於江潭逸曰戲水側也行吟澤畔逸曰履荊棘也顏色憔悴逸曰皯黴黑也皯古旱切黴力遲切形容枯槁考逸曰癯瘦瘠也漁父見而問之逸曰怪屈原也曰子非三閭大夫歟良曰三閭大夫原故官逸曰謂其故官何故至於斯逸曰曷爲遭此患也屈原曰世逸本有人字皆濁逸曰衆貪鄙也我獨清逸曰忠絜已也衆人皆醉逸曰惑財賄也我獨醒逸曰廉自守也是以見放耳逸本無耳字逸曰棄草野也漁父曰逸曰隱士言也聖人不凝滯於逸本有萬字物逸曰不困辱其身也而能與世推移逸曰隨俗方圓世皆濁逸曰人貪婪也何不淈胡骨其泥而揚其波銑曰淈泥揚波稍隨其流也淈濁也逸曰同

其風也與沉浮也衆人皆醉逸曰巧佞曲也何不餔哺不其糟而歠昌悅其釃音離向曰餔糟歠醨微同其事也餔食也歠飲也糟醨皆酒滓也逸曰從其俗也食其祿也何故深思高舉自令放爲翰曰深思謂憂君與民也曰獨行忠直遠在他域逸屈原曰吾聞之逸曰受聖制也新沐者必彈冠新浴者必振衣濟曰彈振去其塵也逸曰拂土芥也去塵穢也安能以身之察察向曰察察絜白也逸曰已清絜也受物之汶汶莫奔者乎向曰汶汶塵垢也逸曰蒙垢塵也寧赴湘流葬於江魚腹中逸曰自沉淵也身消爛也安能以皓皓之白蒙世俗之塵埃乎翰曰皓白喻貞絜塵埃喻點汚也逸曰皓皓猶皎皎也被汙點也漁父莞胡板爾而笑

鼓枻弋例而去濟曰莞爾微笑也鼓枻叩船舷逸曰笑離斷也叩船舷也乃歌曰滄浪之水清兮可以濯我纓良曰清喻明時可以修飾冠纓而仕也滄浪水江水名也逸曰喻世昭明沐浴陞朝滄浪之水逸本無水字濁兮可以濯我足銑曰濁喻亂世可以抗足遠去逸曰喻世昏闇宜隱遁也遂去不復與言逸曰合道真也

九辯五首逸曰序曰九辯者楚大夫宋玉之所作也辯者變也九者陽之數也道之綱紀也謂陳說道德以變說君也宋玉屈原弟子閔惜其師忠而放逐故作九辯以述其志也

宋玉向曰玉屈原弟子惜其師忠信見放故作此辭以辯之皆代原之意九義亦與九歌同

王逸注

悲哉秋之爲氣也逸曰寒氣聊戾歲將暮也蕭瑟兮草木搖落兮逸本無兮字而變衰翰曰蕭瑟秋風貌言屈原在見放逐其情如秋節之悲故託言秋之爲狀而盛述之逸曰陰令促急風疾暴也華葉隕零肥潤去也形體易色枝枯槁也自傷不遇將與草木俱衰老也憭了慄栗兮濟曰憭慄猶悽愴也逸曰思念卷戾心自傷也若在遠行逸曰遠客出去之他方也登山臨水兮逸曰升高遠望視江河也送將歸逸曰族親別逝還故鄉泬血寥兮濟曰泬寥曠蕩貌逸曰泬寥曠蕩而虛靜也或曰蕭蕭條條無雲貌也天高而氣清逸曰秋天高朗體清明也言天高朗照見無形傷君昏亂不聰明也寂寥聊兮良曰寂寥虛靜貌逸曰源瀆順流漠無聲也

收潦老而水清良曰潦雨水逸曰溝無溢潦百川靜也言川水夏濁而
秋清傷君無有清明之時也憯千坎悽增欷虛毅兮銑曰憯悽悲痛貌欷
泣數逸曰愴痛感動數息也薄寒之中人銑曰薄迫也有似迫寒之傷入
逸曰傷我肌膚變顏色也愴怳懭口廣悢朗兮去故而就新
向曰愴怳懭悢皆悲傷也去故就新別離也逸曰中情愴悁意不得也初會鉏鋙志未合
也坎壈力敢兮翰曰坎壈困窮也逸曰數遭患禍身困窮也貧士失
職翰曰失職亡其財物也逸曰亡失財物逢寇賊也而志不平逸曰心常
憤懣意未明也廓落兮濟曰廓落空寂也逸言喪志失耦塊獨立也羇旅
而無友生逸曰遠客寄居孤單特也惆悵兮良曰惆悵悲哀也逸曰
後黨失輩惆愁毒也而私自憐逸曰竊內念己自閔傷也燕翩翩其

文選三十三　十四

辭歸兮蟬寂寞而無聲銑曰言秋深也翩翩飛貌寂寞無聲也
逸曰將入大海飛佪翔也蟪蛄斂翅而伏藏也鴈廱廱邕而南游兮
逸曰雄雌和樂羣戲行也鵾雞啁竹交哳陟轄而悲鳴向曰廱廱啁哳
皆聲也逸曰奮翼乎而低昂也夫燕蟬遇秋寒將穴處而懷懼候鴈鵾鷄喜樂而逸豫
言無有候鴈鵾雞之喜而有蟬燕之憂也獨申旦而不寐兮哀蟋
蟀之宵征翰曰申至宵夜征行也逸曰夜坐視瞻而終明也見蜻蛚之夜行
自傷放棄與昆蟲為雙也或曰宵征謂七月在野八月在宇九月在戶十月蟋蟀入我牀
下是其宵征行也時亹亹尾而過中兮蹇淹留而無
成濟曰亹亹行貌過中謂衰暮也蹇語辭也念己將老淹留草澤無所成也逸曰
年已過半日進往也亹亹進貌也詩曰亹亹文王雖久壽考無成功也

悲憂窮戚子六兮逸曰修德見過愁懼惶也獨處廓良曰廓空也謂
己窮戚處於空澤也曰孤立特止居一方也逸有美一人兮良曰美人
謂君也逸曰位尊服好謂懷王也心不繹良曰繹解也言思君之心常不解也
逸曰常念弗解內結藏也去鄉離家兮逸曰背違邑里之他鄉也來遠
客銑曰遠客謂放江南也逸曰去郢南征濟沅湘也超逍遙兮銑曰超逍
遙無所依也逸曰遠出游遊離州域也今焉薄銑曰焉何也薄止也逸曰欲
止無賢皆讒賊也專思君兮逸曰執心一意在胷臆也不可化向曰
化變也逸曰同姓親黜思義篤也君不知兮逸曰聰明淺短志迷惑可
奈何逸曰頑嚚難啓長歎息也蓄怨兮積思逸曰結恨在心憂憤鬱也
心煩憺徒濫兮忘食事翰曰憺憂也言思君煩憂忘其飲食逸曰思

文選三十三　十五

君念主忘不食也願一見兮道余意良曰願一見君道忠信之意
逸曰舒寫忠誠自陳列也君之心兮與余異良曰君心以是為非故與
余異矣逸曰方國殊性猶白黑也車駕兮朅綺列而歸不得見
兮心悲濟曰朅去也將去歸國而君不見察故心悲也逸曰迴逝言邁欲反國
也自傷流離路隔塞也倚結軨零兮太息銑曰軨車轖木逸曰伏
車重軨而啼泣也涕潺湲兮霑軾銑曰潺湲涕流貌軾車上所憑者
逸曰泣下交流濡茵席慷慨絕兮不得中瞀莫構亂兮迷
惑銑曰數與相絕而不見使中昏亂迷惑也瞀昏也逸曰中心志恨心剝切也思念
煩惑忘南北也私自憐兮何極翰曰自憐失志也極窮也逸曰哀祿命
薄常念咸也心怦怦普萌兮諒直翰曰然而心存諒直終日不足也怦

悖心不足貌逸曰志行忠正無所告也
皇天平分四時兮逸曰何宜春生而秋殺也竊獨悲此凛
秋濟曰言秋氣凛然而萬物搖落翰巳為謬邪所害是以播遷故竊悲此也逸曰般
霜凄愴寒慄冽也百露既下降百草兮奄離被此梧
楸良曰言秋氣傷物之甚也奄同離羅也既凋百草而梧楸同羅此患百草喻百姓材
木喻賢人逸曰萬物群生將被害也病傷茂木人芟刈也去白日之昭
昭兮銑曰白日喻君言放逐去君逸曰違離天明而湮沒也襲長夜之
悠悠銑曰襲長夜謂因受覆蔽也悠悠無窮也逸曰永處冥冥而覆蔽也離
芳藹之方壯兮余委約而悲愁向曰芳藹盛貌言離去芳
盛之德方壯之年使余委棄而悲愁也約棄也逸曰去已盛美之光容也身體疲病而

憂窮秋既先戒以白露兮冬又申之以嚴霜翰曰
喻暴虐相濟爲害也申重也逸曰君不弘德而嚴令也刑罰刻峻而重深也收恢
台之孟夏兮濟曰夏以長物恢台長養也逸曰上無仁恩以養民夫天制
四時春生夏長人君則之以養萬物秋殺冬藏亦順其宜而行刑罰故君賢臣忠政合大
中則品庶安寧萬物豐茂上闇下偽用法殘虐則貞良被害草木枯落故宋玉援引天時
託譬草木以茂美樹與於仁賢早遇霜露懷德君子忠而被害也然坎傺翰曰
而沈藏濟曰坎傺陷止也言收斂長養之氣使陷止沈藏但以秋氣殺物矣皆喻
楚之君臣也逸曰民無住足竄巖藪也楚人謂住曰傺葉菸於邑而
無色兮枝煩挐女居而交横良曰言草木殘瘁也菸邑傷壞也煩
挐擾亂也逸曰顔容變易而蒼黒也柯條糺錯而崩巔也顔淫溢而將
罷兮銑曰顔容也淫溢猶漸也罷毀也逸曰形貌羸瘦無潤澤也柯彷無凋
彿撫貴而萎黄銑曰柯枝也萎黄葉凋逸曰腹內空虛皮乾腊也萷
朔櫹槮森之可哀兮形銷鑠而瘀央傷向曰萷櫹
槮華葉既落疲病也皆喻苦也逸曰華葉已落莖獨立也身體憔枯被病久也
惟其紛糅女又而將落兮翰曰惟思也紛糅衆雜也言思好邪衆雜
將或毀其根蠹朽也逸曰蓬葺顛仆恨其失時而無當翰曰又恨
失其明時不與賢君相當逸本作擘覽字逸曰不值聖主而年老也騑轡而
下節兮濟曰爲此擘轡按節徐行遊於草澤也下節按節也逸曰安步徐馬而
勿驅也聊逍遥以相佯濟曰逍遥相佯遊戲貌逸曰且徐徘徊以遊戲
也歲忽忽而遒盡兮恐余壽之弗將良曰忽忽運行

貌將長也逸曰年歲逝往若流也懼我性命之不長也之悼余生之不
時兮銑曰悼傷也不時不遇明時逸曰傷己幼少後三王也逢此世之
俇丘王攘如手銑曰俇攘憂懼貌逸曰卒遇讒譖而遑惶也澹徒敢容與
而獨倚兮向曰澹容與徐步也倚立也逸曰煢煢獨立無朋黨也蟋蟀
鳴此西堂逸曰自閔傷已與蟲並也心怵惕而震蕩兮翰曰
怵惕震蕩自驚動也曰思慮惕動沸若湯也逸何所憂之多方翰曰
方猶端也逸曰內念君父及兄弟也仰明月而太息兮逸曰上告
昊天逸神靈也步列星而極明濟曰極至也逸曰周覽九天仰觀星宿
不能卧寐乃至明也
竊悲夫蕙華之曾敷兮紛旖倚旎女綺反逸本作旖旎

字乎都房良曰曾重敷布也猗狔盛貌都大房花房也喻君初好善布德有如
此也逸曰蕙草芬芳以興在位之賢臣也被服盛飾於宮殿也猗旎盛貌也詩云猗旎
其華何曾華逸本無華字無之無實兮逸曰外貌若從忠而心佞也
風雨而飛颺銑曰喻其後隨佞人之言逸曰隨君嗜欲而回傾也夫風爲
號令雨爲德惠故風動而草木搖雨降而萬物植故以風雨喻君政言德惠所由出之也
以爲君獨服此蕙兮羌無以異於衆芳向曰我謂
君獨好美行乃無異於人之心而受其佞也羌歎聲也逸曰體受正氣而高明也乃與
佞臣之同情也閔奇思之不通兮向曰閔自傷也奇思謂忠信也逸
曰傷已忠策無由入也將去君而高翔向曰高翔遠去也逸曰適彼
樂土之他域也心閔憐之慘悽兮濟曰心之傷憂願見君而自明慘悽

憂貌逸曰內自哀念心惻息也願一見而有明逸曰分別忠心與僞
感也重無怨而生離兮良曰重念也自念無怨咎於君而生離隔逸
曰身無罪過而放逐也中結軫而增傷良曰心中結悲軫憂而增悲傷
逸曰肝膽破裂心剖腷也普逼切豈不鬱陶而思君兮逸曰憤念
蓄積盈胷臆也君之門以九重銑曰雖思見君而君門深邃不可至也
逸曰門閭扃閉道路塞也猛犬狺狺銀而迎吠扶廢兮向曰猛犬
狺狺開口貌迎吠距賢入使不得進也逸曰讒佞讙呼而在側也關梁閉而
不通向曰閉關喻塞賢路也逸曰關人承指呵問急也皇天淫溢而
秋霖兮向曰霖多雨也逸曰久雨連日澤深厚也后土何時兮
得乾向曰后土地也逸曰山阜濡澤草木茂也塊獨守此無澤

兮仰浮雲而永歎平聲翰曰言衆人皆蒙君澤而我獨不霑安仰望
而長歎也塊獨也逸曰不蒙恩施獨枯槁也愬天語神我何咎也
何時俗之工巧兮背繩墨而改錯七故反濟曰喻信
詐偽棄中正易置禮法也錯置也逸曰推人辯慧造詐偽也違廢聖典背仁義也夫繩
墨者工之法度也仁義者民之正路也繩墨用則曲木截仁義進則讒佞滅二者殊義不
可不察也却騏驥而不乘兮濟曰騏驥良馬喻賢才也逸曰斥逐子
胥與比干也策駑駘徒哀而取路良曰喻賢才而親不肖也駑駘喻
不肖也逸曰言任豎刁與椒蘭也當世豈無騏驥兮誠莫之
能善御銑曰言豈無賢才但君不能用也御謂御馬者逸曰家有稷契與管晏
也世無堯舜及桓文也見執轡者非其人兮故駒跳條

而遠去向曰言見君非好善之主而賢才皆避而遠去駒即騏驥也跳走貌逸
曰遭值桀紂之亂昏也被髮爲奴走橫奔也鳧鴈皆唼所甲反逸本有夫字
梁藻兮鳳愈飄翔而高擧翰曰喻不肖者食祿則賢人高擧而
不留也唼鳥食也梁米藻水草也逸曰羣小在位食重祿也賢者伏匿竄山谷也圜
貟鑿而方枘汭兮吾固知其鉏牀擧鋙語而難
入濟曰若鑿圓穴所方木而內之則必參差不相入喻邪佞在前忠賢何由能進鉏鋙
相距貌逸曰正直邪枉行殊則也所務不同若繩墨也衆鳥皆有所登
棲兮鳳逸本有獨字遑遑而無所集良曰喻羣邪皆有其位賢
才竄逐獨無所託遑遑不得所貌逸曰羣佞並進處官爵也孔子棲棲而困厄也願
銜枚而無言兮嘗被君之渥洽銑曰我亦欲不言而自棄

爲昔者嘗受君之厚澤故復不能已銜救所以止言者也遲厚也洽澤也逸曰意欲括
囊而靜默也翰蒙寵遇錫祉福也太公九十乃顯榮兮誠未
遇其匹合翰曰太公呂尚年九十而窮困遭西伯而用之當未遇之時故無匹
偶而與相合也言已所以棄逐者其行亦不與君意同也逸曰呂尚耆老然後貴也遭
值文王功冠世也謂騏驥兮安歸謂鳳皇兮安棲向曰
騏驥安歸在於良樂鳳皇安棲在於聖明自喻時無知已也逸曰騏驥踏吳坂遇伯樂也
集棲梧桐食竹實也變古易俗兮世衰濟曰言代衰之時則必變古之
法改常之道以賢爲愚時闇惑也逸曰今之相者兮舉肥濟曰將相
之士而用蓋舉肥美者不言其才行此疾時之深焉易改也逸曰不量才能視顏色也
騏驥伏匿而不見兮逸曰仁賢幽處而隱藏也鳳皇高飛

文選三十三　二十

而不下逸曰智者遠逝之四方也鳥獸猶知懷德兮逸曰慕歸
堯舜之明德也何云賢士之不處逸曰上老太公歸文王也驥不
驟進而求服兮逸曰干木闔門而辭相也鳳亦不貪餧於爲
而安食逸曰顏闔鑿墻而逃已也君棄遠而不察兮逸曰介推
割股而自死也雖願忠其焉得良曰皆喻已也服御也餧食也逸曰申
生至孝而被讒也欲寂漠逸本作寞字而絕端兮良曰寂漠止息
貌逸曰甯武佯愚而不言也竊不敢忘初之厚德濟曰言我將心
不思於君不能忘君昔之厚德爵逸曰嘗受祿惠識舊恩也獨悲愁其傷
人兮逸曰思念纏結摧肺肝也憑逸本作馮字鬱鬱其何極向曰
憑鬱鬱愁心滿結也極窮也逸曰憤懣盈胸終年歲也

招魂一首翰曰玉哀屈原憂愁山澤魂魄飛散其命將落故作招魂
欲以復其精神延其年壽外陳四方之惡內崇楚國之美以諷于君冀其
覺悟而還之逸曰序曰招魂者宋玉之所作也宋玉憐哀屈原厥命將
落作招魂欲以復其精神延其年壽也

宋玉　王逸注

朕幼清以廉潔兮身服義而未沫音昧濟曰朕我幼
少昧已也皆代原爲辭逸曰不求曰清不受曰廉不汙曰潔沫已也言我少小修清潔
之行身服仁義未曾有懈已之時也主此盛德兮牽於俗而蕪
穢良曰主守也言已主執仁義忠信之德爲讒佞所牽迫使荒蕪穢汙而不得進逸
曰牽引也不治曰蕪多草曰穢言已施行常以道德爲主以忠事君以信結交爲俗人所

文選三十三　二十一

推引德能蕪穢無所用也上無所考此盛德兮長罹殃而
愁苦銑曰上君也考察罹羅也逸曰考校也殃禍也言已履行忠信而遇闇主上
則無所考校已盛德長遭殃禍愁苦而已帝告巫陽向曰帝天也陽巫名也玉
假立天帝及巫陽以爲辭端逸曰帝謂天也女曰巫陽其名也曰有人在
下我欲輔之翰曰人即原也輔祐也逸曰人謂賢人也則屈原也宋玉上
設天意祐助貞良故曰帝告巫陽有賢人屈原在於下方我欲輔成其志以厲黎民也
魂魄離散汝筮與之翰曰蓍曰筮使筮其所宜而與招其魂使復其
精神逸曰魂者身之精也魄者性之決也所以經緯五藏保守形體也蓍曰筮尚書曰決
之蓍龜言天帝哀閔屈原魂魄離散身將顛沛使巫陽筮問求索得而與之使反其身
巫陽對曰掌夢逸曰巫陽對天帝言招魂者本掌夢之官所主職也上

帝其命難去從逸曰言天帝難從掌夢之官欲使巫陽也若必筮
予之恐後謝之逸本有之字不能復用巫陽焉濟曰陽對
天帝云招䰟者乃掌夢官之主也帝既難從志欲使陽若必筮而招之恐後代懈怠去卜
筮之法但以招䰟為事陽意不欲以筮與招相次而行以為不筮而招亦足可也逸曰
謝去也巫陽言如必欲先筮問求䰟魄所在然後與之恐後世怠懈必去卜筮之法不能
後修用但招之可也乃下招曰逸曰巫陽受天帝之命因下招屈原之䰟也
魂兮來歸逸曰還歸屈原之身去君之恒幹何為兮四
方此蘇賀反良曰君為原也恒常幹體也言原䰟何為去常體游四方此辭也
逸曰易曰貞者事之幹也言䰟靈當扶入養命何為去君之常體而遠之四方乎夫人須
䰟而生䰟待人而榮二者別離命則賓黍也或曰去君之恒閈閈里也楚人名里曰閈也

掊逸本作舍字君之樂處而離彼不祥些銑曰掊去也罹
羅也逸曰舍置也祥善也言何為舍君楚國饒樂之處陸離走不善之鄉以觸衆惡也
魂兮歸來東方不可以託些逸曰託寄也語曰可以託六
尺之孤言東方之俗其人無義不可以託寄身也長人千仞唯䰟是
索些向曰七尺曰仞索求也言求䰟而食矣皆假立其惡而甚言之逸曰言東方
有長人國其高千仞主求人䰟而食之也十日代出流金鑠石些
翰曰鑠融也逸曰代更也鑠銷也言東方有扶桑之木十日並在其上以次更行其勢
酷烈金石堅剛皆為銷釋彼皆習之魂往必釋些翰曰謂熱也彼
方人皆慣習之而得不毀䰟往彼必見消釋逸曰釋解也言彼十日之處自習其熱䰟行
到身必解爛也歸來逸本作歸來歸來不可以託些逸曰言䰟宜急

來歸此識不可託附而居魂兮歸來南方不可以止些逸曰
言南方之俗其人無信不可久留也雕題墨齒得人肉以祀以
其骨為醢些海良曰南方人鏤額墨齒祀祭也醢肉醬也雕鏤也題額也
逸曰雕畫也題額也醢醬也言南極之人雕畫其額齒牙盡黑常食龜蚌得人之肉用祭
先祖後以其骨為醢醬蝮福虵蓁蓁側巾封狐千里些向曰
蝮虵毒虵名蓁蓁聚貌封狐大狐也其長千里逸曰蝮大虵蓁蓁積聚之貌封狐大狐
也言炎火之氣多蝮虵積聚蓁蓁爭欲齧人又有大狐健走千里求食不可逢遇也雄
虺九首往來倏忽吞人以益其心些濟曰虺亦蛇名
也九首九頭也倏忽疾貌盡其心一助其毒也逸曰倏忽疾急貌也言復有雄虺一身九頭
往來奄忽常喜吞人䰟魄以益其賊害之心也魂兮逸本作歸來字歸來不

可以逸本無以字久淫些濟曰淫淹也逸曰淫遊也言其惡如此不可
久遊必被害也魂兮歸來西方之害流沙千里些逸曰
流沙沙流而行也言西方之地厥土不毛流沙滑滑晝夜流行從廣千里又無舟航也
旋入雷泉爢散而不可止些銑曰言墮若淵於流沙必轉入
雷公之泉其體爢碎而尚不得休止逸曰旋轉也泉室也爢碎也言欲涉流沙則回入
雷公之室運轉而升身雖爢碎尚不可得休止也幸而得脫其外曠
宇些翰曰幸得免此憂其外則曠野無人逸曰曠大也宇野也言從雷泉雖得免
脫其外復有曠遠之野無人之土也赤蟻若象玄蜂若壺些翰曰
言蟻與蜂有大如此壺器名逸曰蟻蚍蜉也壺乾瓠也言曠野之中有赤蟻其大如象
又有大飛蜂腹大如壺皆有蠆毒能殺人五穀不生叢菅是食些

濟曰西極之人但食菅草逸曰柴棘爲藂菅茅也言西極之地不生五穀其人但食柴
草若羣牛也其土爛人求水無所得些良曰爛人言熱逸
曰言西方之土溫暑而熱燋爛人身肉渴欲求水無有源泉不可得也仿蒲忙徉
無所倚廣大無所極些銑曰仿佯游行貌倚依極窮也逸曰倚
依也言欲彷徉東西無人可依其野廣大行不可極也歸來歸來恐自
遺賊些向曰賊害也逸曰魂欲往者自予賊害魂兮歸來北
方不可以止些增冰峩峩飛雪千里些翰曰增積
也峩峩高貌逸曰言北方常寒其冰重累峩峩如山涼風急疾雪隨之飛行千里乃至
地也歸来逸本更有歸来二字不可以久止逸本無止字些逸曰
言其寒殺人不可久留也魂兮歸來君無上天些逸曰天不可得

上也虎豹九關啄害下人些向曰天門九重皆使猛虎守其關鑰
執天下欲上之人而啄害之逸曰啄齧也天門九重使神虎豹執其關閉言啄天下欲
上之人而殺之一夫九首拔木九千些良曰又有多力之夫一身
九首從朝至暮拔木九千株逸曰言有夫一身九首强梁多力從朝至暮拔大木九千
投也豺狼從子恭目往來侁侁所臻些銑曰從豎侁侁衆貌也
逸曰侁侁行聲也詩曰侁侁征夫有豺狼之豎其目皆從奔走往來其聲侁侁争欲啗人
懸人以嬉投之深淵些向曰懸人之首以爲嬉樂而又投之於深
淵也逸曰投擿也言豺狼得人不即啗食先懸其頭用之嬉戲疲倦已後乃擿於深淵
之底而棄也命致命於帝然後得眠逸本作瞑字些翰曰致送
也送人之命於天帝然後得眠也逸曰瞑臥也言投人已訖上致命於天帝然後乃得

眠臥也歸來歸來往恐危身些逸本無此二句逸曰往則逢害
身危殆也魂兮歸來君無下此幽都些濟曰幽都謂地
下后土所治處逸曰幽都地下后土所治也地下幽冥故曰幽都土伯九約
其角觺觺疑些良曰約屈也土伯后土之諸侯也其身九屈其角銛利而
觸害人觺觺銛利貌逸曰土伯后土之侯伯也約屈也觺觺角利貌也地有土伯執衛
門戶其身九屈有角觺觺觸害人也敦胅妹血拇母逐人駓駓
丕些銑曰敦厚也胅背也拇指也逸曰駓駓走貌也言土伯之狀廣肩厚背逐人
駓駓其走捷疾手中血漫汙人以參目虎首其身若牛些向曰
參三也逸曰言土伯之頭其貌如虎而有三目身又肥大狀如牛矣此皆甘
人歸來逸本更有歸來二字恐自遺災些翰曰甘人者食人以爲甘

美遺與也逸曰甘美也災害也此物食人以爲甘往必自害不旋踵魂兮歸
來入修門些濟曰脩門郢城門使原之魂歸楚都入郢門欲以感激於君
逸曰脩門郢城門也宋玉設呼屈原之魂歸楚都入郢門欲以感激懷王使還之也工
祝招君背行先些良曰工祝良巫也君謂原言良巫背行在先君宜隨
後逸曰工巧也男巫曰祝背倍也言選擇名工巧辯之巫使招呼君倍道先行在前宜
隨也秦篝古侯齊縷鄭綿絡些銑曰篝落縷綫也綿纏縈也言爲君
魂作衣乃使秦人織其篝落齊人作綵鄭國之工纏縈之使好妙逸曰綿纏也絡縛也
言爲君魂作衣乃使秦人織其篝落齊人作綵縷鄭國之工纏而縛之堅而且好也招
具該備永嘯呼些向曰言撰設招魂之具無不該備故長嘯大呼以招
君逸曰該亦備也言撰設甘美招魂之具靡不畢備故長嘯大呼以招君也夫嘯者陰

也呼者陽也陰主魄陽主魄故必嘯呼以感之也魂兮歸來反故居些逸曰還也故古也言宜急來歸還古昔之處天地四方多賊姦些翰曰言天地四方多賊害姦惡如上文所說者皆傷害人君魂不可往也逸曰賊害姦惡也言天有虎豹地有土伯東有長人西有赤蟻南有雄虺北有增冰皆為姦惡以賊害也像設居逸本作君字室靜閒閑安些翰曰言君於為此造設室宇結像舊居清淨寬閑甚可安居逸曰像法也無聲曰靜空寬曰閒言乃為君造設室法像舊廬所在之處清靜寬閒可安樂之高堂邃宇檻層軒些濟曰邃深宇室檻欄重也軒檻樓上板逸曰宇屋也檻楯也從曰檻橫曰楯軒樓板也言所造之室其堂高顯屋宇深邃下有檻楯上有樓板形容異制且鮮明也層臺累榭臨高山些良曰層累皆重也臺上有木曰榭逸曰有木謂之

臺無木謂之榭言復作層重之臺累石之榭其顛脉脉上乃臨於高山也或曰臨高山而作臺榭也網戶朱綴刻方連些銑曰織網於戶上以朱色綴之又刻鏤橫木為文章連於上使之方好也逸曰網戶綺文鏤也朱丹也綴緣也刻鏤也橫木關柱為連言門戶之楣皆刻鏤綺文朱丹其椽彫鏤綺不使方好也冬有突烏弔夏上胡雅下胡架夏室寒些向曰突夏重屋冬月居之使以溫暖夏則居於深室之中使以寒涼逸曰突複室也夏大屋也詩云於我乎夏屋渠渠也長室寒些言隧冬暖寒則有大屋複突溫室盛暑熱則有洞達陰堂其內寒涼也長谿逸本作川字谷徑復翰曰徑往復反也逸曰流源為川注谿為谷徑過也流潺湲些翰曰潺湲流貌逸曰言所居之舍激導川水經過園庭迴通反覆其流急疾又絜淨也光風轉蕙氾汎崇蘭些濟曰言日光風氣轉流薄於蘭

蕙之叢崇高也逸曰光風謂雨已日出而風草木有光色轉搖也氾猶汎汎搖動貌也言天霽日明微風奮發動搖草木皆令有光充實蘭蕙使之芬芳而益暢經堂入奧烏到朱塵筵些良曰奧室也塵承塵也言自蘭蕙經入於此矣逸曰西南隅謂之奧朱丹也筵席也詩云設筵机言升殿過堂入房至奧處上則有朱畫承塵下則有筵簟好席可以休息也或曰朱塵筵謂承塵薄壁曼延相連接也砥旨室翠翹挂音卦善本作系曲瓊些銑曰以砥石為室取其平也又以翠羽相飾之曲瓊玉鉤也又挂之於中逸曰砥石名翠鳥名也翹羽也挂懸也曲瓊玉鉤也言內外之室以砥石為壁平而滑澤以翠鳥之羽雕飾玉鉤以懸衣物也或曰僻室謂僻個曲房也翡翠珠被爛齊光些向曰言以珠翠飾被光色爛然相齊逸曰雄曰翡雌曰翠被衾也齊同也言牀上之被則飾以翡翠之羽及與珠璣刻

畫衆華其文爛然而同光明蒻弱阿拂壁羅幬儔張些翰曰以蒻席替壁之曲張羅帳於內阿曲也幬帳也逸曰蒻蒻席也阿曲隅也拂薄也羅綺屬也張施也言房內則以蒻席薄牀四壁及與曲隅施羅幬輕且涼也纂組祖綺縞結琦璜些濟曰纂組綬帶也縞練也言帳中用綺練以綬帶結束玉璜為其飾也逸曰纂組綬類也璜玉名也言幃帳之細皆用綺縞又以纂組結束玉璜為帳帷者也室中之觀多珍怪些良曰怪異也逸曰金玉為珍詭異為怪言從觀房室之中四方珍奇玩好怪物無不畢具蘭膏明燭銑曰以蘭練膏取其香也逸曰以蘭香練膏也華容備些銑曰華容謂美人也逸曰容貌也日暮游宴然香蘭之膏張施明燭觀其鐙錠彫鏤百獸華奇好備也錠都定切二八侍宿射亦遞代些向曰又使好女十六人侍君寢宿君或

之則遝代進矣射最也逸曰二八二列也言大夫二列之故晉悼公賜魏絳女樂二八
歌鍾二四也財猷也詩云服之無射遝更也言使好女十六侍君宴宿意有猷倦則使更
相代也或曰遞代夕暮也九侯淑女多迅衆些翰曰九國諸侯淑善
之女其來迅疾衆多於此逸曰淑善也迅疾也言復有九國諸侯好善之女多才長意
用心齊疾勝於衆人也盛鬋咨戩不同制實滿宮些良曰鬋鬢
也制法也盛飾理鬢其制不同實滿於室中宮室也逸曰宮猶室也爾雅曰宮謂之室
言九侯之女工巧妍雅裝飾兩結垂髮下鬋形貌詭異不與衆同皆來實滿充後宮也
容態好比順彌世逸本作代字些濟曰比密也彌猶次也好相親
密和順次以相代也逸曰態姿也比親也彌久也言美女衆多其貌齊同姿態好美自
相親比承順上意久則相代弱顏固植謇其有意些銑曰固堅

文選三十三　二十八

植志也謇正直貌有意禮則之意逸曰固堅植志也謇正言貌也言美女內多廉恥弱
顏易愧心志堅固不可侵犯則謇然言中禮意者也姱苦瓜容脩態絙亘
洞房些良曰姱好脩長絙竟洞深也逸曰姱好貌也脩長也絙竟也房室也言
復有美好之女其貌姱好多意長智羣聚羅列竟於洞逹滿房室也蛾眉曼萬
睩禄目騰光些翰曰曼長睩視貌騰發也逸曰曼澤也睩視貌也騰馳
也言美女之貌娥眉玉貌好目曼澤時睩睩然視精光騰馳驚惑人也靡顏膩
女支理遺視聯綿些濟曰靡好膩滑也聯目中瞳子言目清徹炯然見其
瞳子逸曰靡緻也膩滑也遺竊也聯脉也言美女顏容皓緻身體夷滑中心聯脉時竊
視安詳不可動也志離榭脩幕侍君之閒閑些良曰離別
脩長也又令美人於離宮別館長幕之內侍君而閑靜逸曰離別也脩長也幕大帳也

閑靜也言顧令美女於離宮觀長幕之中侍君間靜而宴游也翡帷翠幬飾
高堂些銑曰以翡翠爲帷帳也逸曰言復以翡翠之羽雕飾幬帳之高堂以樂
君也紅壁沙版玄玉之梁些向曰沙版謂以丹砂畫於軒版又黑
玉飾于屋梁逸曰紅赤貌也沙丹沙也玄黑也言于堂上四壁皆堊色令之紅白又以丹
沙畫飾軒版承以黑玉之梁五采分別也仰觀刻桷角畫龍蛇些
翰曰桷椽也刻畫爲龍蛇之文逸曰言仰視屋之椽橑皆刻畫龍蛇而有文章也坐
堂伏檻臨曲池些濟曰言坐於堂上俯伏欄檻之下臨曲池以觀水物
逸曰檻楯也言坐於堂上前伏檻下臨曲水清池可漁釣也芙蓉始發雜
芰荷些良曰芰水草也荷芙蓉之莖逸曰芙蓉蓮華也芰菱也秦人謂之薢茩
言池中有芙蓉始發其芰蔆雜錯羅列而生俱盛茂也或曰倚荷立生特倚也薢古買切

文選三十三　二十九

茝古后切紫莖屏風文緣波些向曰屏風水草名其莖紫色風起吹
之生文於緣波中也逸曰屏風水葵也言復有水葵生於池中其莖紫色風起水動波
緣其葉而生文也或曰紫莖言荷葉紫色也屏風謂葉鄣風也文異豹飾侍
陂波陁馳些向曰陂陁長階陛也侍從也入皆衣虎豹異文之衣侍君於階
陛之側逸曰豹猶虎豹也陂陁長陛也言侍從之人皆衣虎豹異采之飾侍君堂隅衛
階陛也或曰侍陂池侍從於君遊陂池之中也軒輬涼既低步騎羅
些翰曰軒輬車名低屯也羅列也逸曰軒輬皆輕車名也低屯也徒行爲步乘馬爲
騎羅列也言官屬之車既已屯止步騎士衆羅列而陳竢須君也蘭薄戶樹
瓊木籬些濟曰木叢生曰薄言夾戶種叢蘭又栽木爲藩籬以自蔽翳者美言
也逸曰薄附也樹種也柴落爲籬言所造舍種樹蘭蕙附於門戶外以玉木爲其籬落

守禦堅重又芬香也去魂兮歸來何遠爲些良曰言此足可安居何用
遠去爲也逸曰遠爲四方而不歸也室家遂宗食多方些銑曰
宗衆也言君室家遂衆營造飲食亦多方略矣逸曰方道也言君九族室家以衆盛人
人曉味故飲食之和多方道也稻粢子咨穱側角麥挐尼居黃粱些
向曰粢稷也穱擇也挐糅也黃粱穀名言蒸飯則用粳稻糅稷擇麥以黃粱米和糅使香
滑也逸曰稻稌也粢稷也穱擇也擇麥中先熟者挐糅也言飯則以稻糅稷擇新麥糅
以黃粱和而柔濡且香滑大苦鹹酸辛甘行些翰曰大苦豉也鹹鹽
也酸酢也辛薑也甘蜜也皆和之使其味行也逸曰辛謂椒薑也甘謂飴蜜也言取豉
汁調和以椒薑鹹酢和以飴蜜則辛甘之味皆發而行也肥牛之腱紀言胹
音而逸本作臑若芳些濟曰腱筋肉也胹爛熟也逸曰腱筋頭也臑若熟爛也

言取肥牛之腱熟之則腝美也腝蠢本切臑仁珠切和酸若苦陳吳羹
些良曰吳人善作羹和調適酸苦皆得中逸曰言吳人工作羹和調甘酸其味若苦
而後甘者也濡鼈炮蒲交羔有蔗逸本作柘字漿些銑曰濡煮
炮炙也蔗甘蔗也言用甘蔗之汁以爲漿也逸曰羔羊子也柘謂蔗也言復以飴蜜濡鼈
炮羔令之爛熟取諸蔗之汁以爲漿飲也鵠酸臇子兗鳧煎鴻鶬些
向曰臇臛也以酢漿烹鵠鳧以爲羹臛又用膏煎鴻鶬使肥美也逸曰臇小臛也鴻
鵠也鶬鶬也言復以酢漿烹鵠爲羹小鴈臛鳧煎熬鴻鶬令之肥美也露雞
臛呼各蠵以規厲而不爽些翰曰厲烈爽敗也露雞露棲雞也蠵大龜
也又以爲臛其味辛烈而不過敗也逸曰露雞露栖雞也有菜曰羹無菜曰臛蠵大龜
也楚人名羹曰爽言乃復烹露棲之肥雞臛蠵龜之肉其味清烈不敗也粔奇舉籹

女蜜餌有餦張餭皇些濟曰粔籹以蜜和米煎作之又擣黍作餌
餦餭餳也逸曰以蜜和米麪熬煎作粔籹擣黍作餳又有美餳衆味甘具也瑤漿
蜜勺酌實羽觴些良曰瑤漿玉漿也勺和也實滿也觴酒器也挹羽於
上逸曰瑤玉也勺沾也實滿也羽翠羽也觴觚也言食已復有玉漿以蜜沾之滿羽觴
以漱口挫宗卧糟凍飲酎直宥清涼些銑曰挫捉糟酒滓也可以
凍飲酎醇酒也夏飲之可使清涼也逸曰凍冰也酎醇酒也言盛夏則爲覆蹙乾釀捉
去其糟但取清醇居之冰上然後飲之酒寒清涼又長味也華酌既陳有
瓊漿些向曰華酌謂置華於酒中飲陳此味又有瓊玉之漿逸曰酌酒斗也言
酒尊在前華酌陳列復有玉漿恣意所用者也歸來逸本更有歸來二字反故
室敬而無妨些翰曰君宜歸於此故室使子孫敬養而無妨害也逸曰

妨害也言君魂急來歸還反所居故室子孫承事恭敬長無禍害也肴羞未通
女樂羅些濟曰肴肉羞進也言肴膳既進賓主之情未通則女樂已羅列於前
逸曰魚肉爲肴羞進也言肴膳已具進舉在前賓主之禮慇懃未通則女樂列堂下陳
鍾按鼓造新歌些良曰按猶擊也逸曰按徐也言乃奏樂作音而撞
鍾徐鼓造爲新曲之歌與衆絶異涉江採菱發陽逸本作楊字荷
些銑曰涉江採菱陽阿皆楚之歌曲名荷當爲阿逸曰楚人歌曲也言己涉波大江南
入湖池采取菱芰發楊荷荷葉喻屈原背去朝堂隱伏草澤失其所也喻美人既
醉朱顏酡馱些向曰酡醉色酡著也言美女逸曰朱赤也飲酒醉飽則
面著赤色而鮮好也嬉逸本作娭字光眇視目曾波些翰曰嬉戲
也言美人既爲戲樂光彩横出眇然遠視目若水波逸曰娭戲也眇眺也波華也言美

人醉樂顧望娭戲身有光文眺視曲眄目采䰐然白黑分明精若水波而重華也被
文服纖麗而不奇些濟曰文謂錦繡也纖謂羅縠也麗美也不奇言
奇也逸曰麗美貌也不奇奇也猶詩云不顯顯也言美女被服綺繡曳羅縠其容靡麗
誠獨怪奇也長髮曼萬鬋咨賤豔陸離些良曰曼澤也鬋鬢也
豔陸離義色貌、逸曰豔好貌也左氏傳曰宋華督見孔父之妻目逆而送之曰美而豔
言美人長髮工結鬟鬋滑澤其狀豔美儀貌陸離而難形也二八齊容起
鄭舞些銑曰使美女十六齊為容儀起為鄭國之舞逸曰齊同也鄭舞鄭國舞
也言二八美女其儀容齊一被服同飾奮袂俱起而舞也或曰鄭重折屈而舞也衽
而甚若交竿撫案下些向曰衽衣襟也言舞人迴轉衣襟相交如竿也
以手撫按其節而徐行也逸曰撫抵也言舞者便旋衣衽掉搖回轉相拘狀如交竿

文選三十三　二十二

以抵案而徐行者也竽瑟狂會搷田鳴鼓些翰曰狂並也搷擊也
逸曰言眾樂並會吹竽彈瑟又搷擊鼓以進八音為之節也宮庭震驚發
激楚些濟曰眾樂並奏而庭宇震駭又作激楚之聲逸曰激清聲也言眾樂並
會宮庭之內莫不震動驚駭復作激楚之聲以發其音也吳歈俞蔡謳奏
大呂些銑曰吳蔡皆國名歈謳皆歌大呂律名逸曰吳蔡國名也歈謳皆歌
也大呂律名也周官曰舞雲門奏大呂言乃復使吳人歌謠蔡人謳吟進雅樂奏大呂五
音六律和調也聲士女雜坐亂而不分些放陳組纓
班其相紛些向曰士女相樂放陳其冠纓印綬班然相亂不拘禮節、逸曰
言醉飽酣樂合尊促席男女雜坐比肩齊膝恣意調戲亂而不分別也組綬也紛亂也言
男女共坐除其威嚴放其冠纓陳印綬班然相亂不可整理也舒鄭衛妖玩

來雜陳些翰曰鄭衛國名妖玩美好之女陳列也逸曰鄭衛國名也妖玩好
女也雜廁也陳列也言鄭衛二國復遣妖玩好女來雜廁與坐而陳列之激楚之
結吉諸獨秀先些良曰激感也結頭髻也言鄭衛之妖女工於服飾其髻形
能感楚人之心故秀異而先進於前逸曰秀異也言鄭衛妖女工於服飾其結殊形能
感楚人故其或使前而先進也菎昆蔽象棊有六簙逸本作簙字
些良曰又作六簙之進戲菎蔽玉著也各投六著行立棊故謂之六簙矣逸曰菎玉
蔽簙箸以玉飾之也或言菎蔽今之箭囊也投六箸行六棊故為六簙也言宴樂既畢乃設
六簙菎蔽作著象牙為棊妙且好也分曹並進遒相迫些銑曰曹耦
遒急也言務以求勝逸曰曹偶也遒亦迫也言分曹列偶並進校巧投箸行棊轉相遒
迫使不得擇行也或曰分曹並進者謂並用射禮進之成梟逸本作梟字而

文選三十三　二十三

牟呼五白些向曰倍勝為牟言棊也梟當成於牟又呼五白以助博也五白
博齒也逸曰五白博齒也言已棊已梟當成牟勝射張食棊下逃於窟故呼五白以助
投者也晉制犀比頻二費白日些翰曰制作比集也言使晉國之
人作博棊箸比集犀角以為飾如白日之光費光貌逸曰晉國名也制作也比集箸也
費光貌也言晉國工作博棊箸比集犀角以為雕飾投之皜然如日光鏗苦耕鍾
搖虡奇舉揳古八梓瑟些銑曰鏗擊也虡懸鍾格言擊鍾則搖動其格揳
撫也以梓木為瑟也逸曰鏗撞也搖動也揳鼓以言眾賓既集簙以掘樂堂下復鳴大
鍾左右歌吟鼓琴瑟娛酒不廢沈日夜些向曰言日夜娛樂沈湎而
不廢政事逸曰娛樂也言雖以酒相娛樂不廢政事晝夜沈湎以忘憂也或曰娛酒不
發旦也詩曰明發不寐言歡娛日夜湛樂也又曰和樂且湛言晝夜以酒相樂也蘭

膏明燭華鐙登錯些翰曰言以蘭清膏取其香也華謂有光華又琢
錯鐙使精好逸曰言鐙錠畫彫琢錯鏤飾設以禽獸有英華結撰至思蘭
芳假古頟些濟曰蘭芳喻賢人也假至也言我能撰深心以思賢人賢人當至
逸曰撰猶博也假至也書曰假于上下蘭芳以喻賢人君能結撰博思至心以思賢人賢
人即至也人有所極同心賦些良曰極盡賦聚也賢人盡至則同心
相聚君可還也逸曰賦誦也言衆座之人各欲盡情與已同心者獨誦忠與道德酎
飲逸本此有既字盡歡樂先故些銑曰言飲酒作樂所以歡欣者是用
樂君先祖及故舊也逸曰故舊也言飲酒作樂盡已歡欣者誠欲樂我先祖及與故舊
人魂兮歸來反故居些逸曰言魂神宜急來歸還楚國君舊故之
處安樂無憂亂曰獻歲發春兮汨于筆吾南征些向曰

文選三十三　三十四

獻進也汨疾也言歲進春發萬物遂性疾吾見放而南行也此亦代原為辭逸曰征行
也言歲始來進春氣奮揚萬物皆含氣而生自傷放逐獨南行也菉綠蘋頻
齊葉兮白芷生些翰曰菉蘋草名其葉始齊白芷香草名皆言春時
逸曰菉王芻也言屈原於時菉蘋之草其葉適齊白芷萌牙方始欲生悽所見自傷哀也
猶詩云昔我往矣楊柳依依也路貫廬江兮左長薄濟曰廬江長薄
皆地名貫出也在其左也逸曰貫出也江長薄地名也言屈原行先出廬江過歷長廬
薄在江北時東行故言左也倚沼畦胡圭瀛兮遙望博良曰倚立
也沼池也畦猶區也澤中曰瀛言循江而行入池澤區之間遠望平博逸曰瀛池中也
楚人名澤中曰瀛遙遠也博平也言循江而行遂入池澤其中區瀛遠望平博無人也
青驪呂知結駟兮齊千乘銑曰驪黑也言已嘗與君俱獵於此官竒

駕駟馬或青或黑連千乘也逸曰純黑為驪結連也四馬為駟也齊同也言屈原嘗與
君俱獵於此官屬駕駟馬或青或黑連車千乘皆同服也懸火延起兮玄
煙烝向曰懸火懸燈也言從禽夜獵懸燈林之中其火起燒於野澤黑色之煙上烝
於天逸曰玄天也言已時從君夜獵懸燈林木之中其火延起燒於野澤煙上蒸天使
黑也步及驟處兮誘騁先翰曰言獵時有徒步有走驟者有處
止者已獨驅騁為先道之誘導也逸曰驟走也處止也誘導也騁馳也言獵時有步行
者有乘馬走驟者有處止者分以圍獸已獨馳騁為君先導也抑騖若通兮
引車右還音旋濟曰抑止也若順也言止馳騖者使順通獵事引車右轉以
避禽獸還轉也逸曰騖馳也若順也還轉也言抑止馳騖者順通共獲引車右轉以避
獸也與王趨夢兮課後先良曰楚人名草中為夢言與君王俱獵趨

文選三十三　三十五

於夢草之中課獵者後至先至逸曰夢澤中也楚名澤中為夢中左氏傳曰楚大夫鬭
伯比與䢵公之女淫而生子棄諸夢中言己與懷王俱獵趍於夢澤之中課第羣臣先至
後至也君王親發兮憚丁達青兕徐姊反銑曰發射也憚懼也
青兕獸名時君王親射青兕懼其不能制我佐君殺之言昔時嘗侍從今遭放棄孟自傷
也逸曰憚驚也言懷王是時親自射獸驚青兕牛而不能制也言嘗侍從君田獵今乃
放逐歎而自傷閔也朱明承夜兮時不可淹向曰朱明日也言日
夜相承四時不得淹止逸曰承續也淹久也言歲月逝往晝夜相續年命將老不可
久處當急來歸也皐蘭被徑兮斯路漸子廉反翰曰漸沒也言
澤中香草茂盛覆被徑路無人採用則埋沒凋落也賢人久處山野而君不用亦將殘害
矣逸曰皐澤也被覆也徑路也漸沒也言澤中香草茂盛覆被徑路人無采取者水卒

增溢漸沒其道將棄捐也以言賢人文憂山野君不用事亦捐隕顛也湛湛江
水兮上有楓音風濟曰言江水浸潤楓木使之鬱茂自傷不蒙君惠而見
放逐不如水之得所矣逸曰湛湛水貌楓木名也言湛湛江水浸潤楓木使之茂盛傷
已不蒙君惠而身放棄曾不如樹木得其所也或曰水旁林中鳥獸所聚不可居也目
極千里兮傷春心良曰春時草短目窮千里益傷其心逸曰言湖澤
博平春時草短望見千里令人愁思而傷心也或曰蕩蕩春心蕩滌也言春時平望遠可以
滌蕩愁思之心魂兮歸來哀江南銑曰欲使原復歸于郢故言江南之
地可哀如此皆諷君之辭逸曰言魂魄當急來以歸江南土地僻遠山林嶮岨誠可哀
傷不足憂也

招隱士一首逸曰序曰招隱士者淮南小山之所作也小山之徒

閔傷屈原身雖沉沒名德顯聞與隱處山澤無異故作招隱士之賦以彰
其志也

劉安向曰漢書云淮南王安爲人好書招致賓客數千人後謀反自
殺招隱士者淮南小山之所作也初安好士八公之徒咸慕其德各
竭材智著述篇章分其辭賦以類相次或稱大山小山猶詩有大雅
小雅也小山之徒傷屈原與隱處山澤無異故作招隱之賦以章其
志逸曰漢書曰淮南王安爲人好書招致賓客數千人後伍被自
詣吏具告與淮南謀反上使宗正以符節劾王未至自刑殺也

王逸注

桂樹叢生兮山之幽翰曰桂香木喻屈原忠良而竄在草澤逸曰
桂樹芬香以興屈原之忠良也遠去朝廷而隱藏也偃蹇連卷權兮枝
相繚居休反之義行濟曰皆桂樹之義貌亦喻原逸曰容貌義好德茂盛也信
義枝結條理成也以言才力悳高明宣輔賢君楨幹也山氣巃力孔嵸則孔兮
良曰巃嵸雲氣貌逸曰岑崟嵾嵳雲蓊蓊也蓊烏孔切石嵯峩良曰嵯峨高貌
逸曰嵯峩巀嶭峻巀日也谿谷嶄仕咸巖兮銑曰嶄巖險峻貌逸曰崎嶇
閒窮險阻傴也閒乎雅切窮于軌切傴苦謂切水增波逸曰涌躍澧沛流迅疾也
猨狖余救羣嘯兮虎豹嘷胡高反銑曰嘯嘷皆聲也數原於山中
與此爲偶也逸曰禽獸所居志樂佚也猛獸爭食欲相齕也以言山谷之中幽深嶮阻
非君子之所處猨狖虎豹非賢者之偶也齕下沒切攀援桂枝兮聊淹
留翰曰援持也言原引持義行淹留於此以待明君逸曰登引山木遠望愁也便旋

中野立踟躕也王孫遊兮不歸濟曰原與楚同姓故云王孫逸曰隱士
避世在山隅也違背舊土棄室家也春草生兮萋萋濟曰萋萋草色逸
曰萬物蠢動抽萌芽也垂條吐葉紛榮華也歲暮兮良曰歲暮喻老也逸曰
年齒已老壽命衰也不自聊良曰不自聊心煩憂也逸曰中心煩亂常含憂也
蟪蛄鳴兮良曰蟪蛄夏蟬逸曰蜩蟬得夏喜呼號也啾啾良曰啾啾
聲也逸曰秋節將至悲嗟也以言物盛則衰樂極則憂不宜久隱失盛時也坱
烏朗兮軋翰曰雲霧晻也逸曰霧氣昧也山曲岪佛銑曰盤屈也逸曰
盤詰屈也心淹留兮向曰心淹留者絕望也逸曰志望絕也洞荒上
忽向曰洞荒忽憂思深也逸曰亡妃匹也罔兮沕音勿失志貌濟曰逸
曰精氣失也憭聊兮慄音栗良曰傷切貌逸曰心剝切也虎豹

穴銑曰既危苦又進虎豹之峽逸曰嵺穿峽也嵺音料穴音血叢薄深林
兮逸曰攢刺棘也人上慄向曰慄戰也逸曰恐變色也嶔欽崟吟
碕綺礒蟻兮碅欺氷磳在氷磈於鬼硊魚委反逸本作碅磈磳硊
翰曰山嶮峻貌山阜嶇嵎也崔巍逸曰嵯嵯樹輪相糾兮茷蒲末骫
音委逸本作樹輪相糾兮林木茷骫齊曰交錯扶踈枝葉盤好貌輪横枝也逸曰
枝葉盤紆茇音跋青莎新逸本作雜字樹兮薠煩草靃髓
靡良曰莎薠皆草名靃靡隨風貌逸曰草木列居隨風披敷白鹿麏居筠
麚加兮或騰或倚銑曰白鹿麏麚皆獸名騰倚猗走往逸曰衆禽並
游走往殊異狀貌崟崟吟兮峩峩向曰崟崟峩峩頭角高貌逸
曰頭角甚殊淒淒兮漇漇踈綺反向曰淒漇漇毛衣潤貌逸曰淒

淒漇漇毛衣若濡獮猴兮熊羆逸曰百獸皆具也慕類兮以
悲翰曰言山中之獸猶慕儔類而悲哀放逐獨處實難爲心也上皆陳山林傾危草木
茂盛麋鹿所居非君子所處也欲使原歸於郢逸曰哀已不遇也從此已上皆陳山林
傾危草木茂盛麋鹿所居虎兕所聚不宜育道德養情性欲屈原還歸郢也攀援
桂枝兮逸曰配託香木誓同志也聊淹留逸曰踟蹰俳佪待明時也虎
豹鬭兮逸曰殘賊之獸忽急怒也熊羆咆蒲交反咆聲也濟曰逸曰
貪殺之鬭跳梁吼也禽獸駭兮良曰駭驚也逸曰雉兔之羣驚奔走也亡
其曹良曰曹耦也務迷山中不可居而使原歸也逸曰違離鄉黨失羣偶也王
孫兮歸來逸曰旋反舊邑入故宇也山中兮不可以久留
逸曰誠多患害難隱處也

文選卷第三十三

七上

文選

三十四

共六十

文選卷第三十四

梁昭明太子撰　五臣并李善注

七上

枚叔七發八首

曹子建七啓八首

七發八首 善曰七發者說七事以起發太子也猶楚辭七諫之流

枚叔 銑曰漢書云枚乘字叔淮陰人也善屬辭賦為吳王濞郎中令吳王反乘諫不從乃事梁孝王孝王薨歸於淮陰武帝即位知其賢以蒲輪徵之乘死於路孝王時恐孝王反故作七發以諫之七者少陽之數欲發陽明於君也八首者上一首是序中六是所諫不欲犯其顏末一首始陳正道以干之假主楚太子及吳客以為語端矣 善曰漢書曰枚乘字叔淮陰人也為吳王濞郎中善屬辭武帝以安車徵乘道死也

楚太子有疾 善本疾下有而字 吳客往問之曰伏聞太子玉體不安亦少閒乎 向曰少差曰閒 善曰言玉美之也 史記新垣衍謂魯連曰觀先生之玉貌論語曰子疾病閒孔安國曰少差曰閒也 太子曰憊 敗 謹謝客 翰曰憊極苦也謝辭也 客因稱曰今時天下安寧四方 善本作宇字 和平太子方富於年 齊曰富盛也 善曰九人之切 者將來之歲尚多故曰富也 意者久耽安樂日夜無極邪氣襲逆中若結轖 音色 良曰言

以意察之也極窮襲因也言邪氣因為逆近
於腹中也轄車藉交華也其結有此矣善
曰言邪氣入內而為逆其堅若結也管子曰
邪氣襲內玉色乃衰素問岐伯曰邪氣內著
絕入長命說文曰轄車
藉交革也轄音色也紛沌徒門切善
本作屯字澹淡
噓唏煩酲翰曰紛沌澹淡混亂也噓唏哀歎
貌煩酲言有如病酒者善曰紛
屯澹淡憤懣煩悶之貌也王逸楚辭注曰歔
欷啼貌方言曰哀而不泣曰唏噓與歔古字
通啼許冀切列子曰季梁疾矯氏曰病
由精慮煩散也毛萇詩傳曰病酒曰酲惕惕
怵惕卧不得瞑良曰怵惕驚貌瞑寐也善
曰尚書曰怵惕惟厲中夜以
興素問岐伯曰不得
卧者是陽明之逆虛中重聽惡聞人聲向
曰
虛中精氣竭也重聽事不審也善曰素問
曰何謂虛荅曰精氣奪則虛黃帝八十一問
曰陰病惡
聞人聲精神越渫百病咸生濟曰越散渫
散咸皆也

文選三十四　二

善曰呂氏春秋曰精神勞則越高誘
曰越散也鄭玄毛詩箋曰渫發也聰明眩
曜悅怒不平良曰聰明耳目也眩曜惑迷不
平失常也善曰王逸楚辭注
曰眩曜惑
亂貌也久執不廢大命乃傾太子豈有是
乎銑曰執猶患也廢止傾隕也豈有是乎設
疑問也善曰鄭玄禮記注曰廢止也毛
萇詩傳曰廢猶去也毛詩
曰曾是莫聽大命以傾太子曰謹謝客賴
君之力時時有之然未至善本有於字是也向曰言賴
我君之力使我安樂如客言者而未甚至於
此善曰言賴君之力天下太平故久耽安
樂時有
匕疾也客曰今夫貴人之子必宮居而閨處
內有保母外有傅父欲交無所翰曰傅保謂
傅訓保養者
欲為交游自恣故無所也善曰禮記曰孔
子曰古者男子外有傅父內有慈母又曰其

次為保母鄭玄曰保
母安其居處者也飲食則溫淳甘膬呂芮腥
呈醲濃肥厚濟曰膬羮也腥肉之精醲酒之
上者言利口之病形也善曰
溫淳謂凡味之厚也韓子曰夫香美膬味甘
口病形厚酒肥肉曼理皓齒而損精說文曰
膬耎易破也腥肥肉也池
貞切說文曰醲厚酒也衣善本有
裳字則雜遝
沓曼萬煖爗似麃爍舒灼熱暑良曰皆衣裘厚煖
而成其疾善曰
曼輕細也說文燀
火熱也爍亦熱也雖有金石之堅猶將銷鑠
而挺解也銑曰挺動也善曰韓子曰雖與
金石相弊無天下未有日也高誘
呂氏春秋注曰挺猶動也
賈逵國語注曰鑠銷也況其在筋骨之間
乎哉故曰縱耳目之欲恣支體之安者也善
本
無也
字傷血脈之和且夫出輿入輦命曰蹷厥

文選三十四　三

痿於為之機向曰蹷足不能行痿痺也輦之
安乃為此病之機兆也善曰呂
氏春秋曰出則以車入則以輦務以自佚命
曰佁蹷之機高誘曰佁至也蹷機門內之位
也乘輦于宮中游翔至於蹷機故曰務以自
佚也枚乘引佁蹷而為蹷萎未詳乘之謬為
好奇而改之督
鉅曰佁嗣理切洞房清宮善本作
風字命曰寒熱
之媒善曰呂氏春秋曰室大多陰臺高多陽
多陰則蹷多陽則痿此陰陽不適之患
也高誘曰蹷逆寒疾
也痿蹷不能行也皓齒蛾眉命曰伐性之
斧善曰呂氏春秋曰靡曼皓齒鄭衛之音務
以自樂命曰伐性之斧高誘曰靡曼細理
弱肌羨色也皓齒謂齒如瓠犀也鄭國
淫辟以其淫辟滅亡故曰伐性之斧也甘脆
清
歲肥醲命曰腐輔腸之藥翰曰腐爛也善
曰呂氏春秋曰肥
肉厚酒務以相強命曰爛腸之食高誘注老
子云五味令人口爽故謂之爛腸之食廣雅

曰脆弱也膿厚之味也今太子膚色靡曼萬四支委平
隨筋骨挺解濟曰靡曼美好也委隨不相看也善曰王逸楚辭注曰靡細
曼澤也隨不能屈伸也血脈淫濯手足墮窳音庾濟曰淫濯不
通也惰窳無力也善曰淫濯謂過度而日大也爾雅曰淫過也又曰濯大也郭璞方言
注曰惰懈惰也應劭漢書注曰窳弱也餘乳切越女侍前齊姬奉後
良曰齊越二國美人所出善曰越絕書曰越王飾美女西施鄭旦使大夫種獻之於吳
王曰越王句踐竊有天人之遺西施鄭旦越不敢當使獻之大王吳王大悅齊姬齊女也
毛詩曰豈其取妻必齊之姜如淳漢書注曰姬眾妾之總稱也往來游讌縱
恣乎曲房隱間閑之中此甘餐毒藥戲猛獸
之爪牙也銑曰言害人必矣所從來者至深遠矣善本

文選三十四　四

無矣字淹滯永久而不廢雖令扁鵲治內巫咸
治外尚何及哉向曰巫咸扁鵲皆古之良醫廢止也善曰王逸楚辭注
曰淹久也史記曰扁鵲渤海鄭人也姓秦氏名越人得長桑君禁方視病盡見五藏韓子
曰扁鵲謂晉桓侯曰君有疾在腠理猶可湯熨若在骨髓司命不能𨙨也桓侯不信後
病遣召扁鵲鵲逃之桓侯遂死又曰巫咸雖善祝不能自祓也賈逵國語注曰尚且也
今如太子之病者獨宜世之君子博見強識
善曰禮記曰博聞強識而讓謂之君子也承間閑語事變度去易
意尚善本作常字無離側以為羽翼翰曰語說也常在左右如
羽翼也善曰楚辭曰願承閒而自察也高誘注呂氏春秋曰羽翼佐也淹沈之
樂浩蕩善本作唐字之心遁佚之志其奚由至哉

翰曰淹沈耽好也浩蕩無猒也遁佚過度也奚何也善曰唐猶蕩也太子曰
諾病已請事此言濟曰諾者敬納之辭言既病矣願將事客言已助句
也客曰今太子之病可無藥石針刺灸療而
已哉善本無哉字可以要言妙道說而去也良曰去除
也善曰言可無用藥石唯可用要言也莊子瞿鵲子問長梧子曰夫子以為孟浪之言
也而我以為妙道之行也不欲聞之乎銑曰問辭也太子曰僕
願聞之客曰龍門之桐高百尺而無枝向曰龍門
山名出桐木甚為琴瑟善曰周禮曰龍門之琴瑟孔安國尚書傳曰龍門山在河東之
西魯連子曰東方有松樅高千仞而無枝也中鬱結之輪菌丘貧根
扶疏以分離向曰中木中也鬱結輪菌文理鬱盤委曲貌善曰鬱結隆高

文選三十四　五

之貌也說文曰扶疏四布也張晏漢書注曰輪菌委曲也上有千仞之峯
下臨百丈之谿湍流遡善本作遡字波又澹徒濫淡
徒取之翰曰湍疾流也澹淡洗濯之貌善曰包咸論語注曰七尺曰仞遡逆流之
波也澹淡揺蕩之貌也其根半死半生冬則烈風漂霰
飛雪之所激也夏則雷霆霹靂之所感也善曰
感觸也莊子曰鵲感周之顙也異朝則鸝呂知黃鳱胡葛鴠旦鳴
焉善曰爾雅曰鶬鶊黎黃高唐賦曰王雎鸝黃禮記曰仲冬鶡旦不鳴鄭玄曰鶡旦求
旦鳥也郭璞方言注曰鳥似雞冬無毛晝夜鳴鳱與鶡音渴暮則羇雌迷
鳥宿焉獨鵠晨號乎其上鵾雞哀鳴翔乎其
下濟曰鸝黃鳱鴠皆鳥名羇雌孤鳥也鵾雞亦鳥名也善曰楚辭曰鵾雞啁哳而悲

鳴於是背秋涉冬使班爾善本作琴摯字斫之若斬以
為琴野繭古典之絲以為絃良曰秋冬之間木成實也班公輸班
爾王爾皆古之工人野繭野蠶之繭善曰論語曰師摯之始關雎之亂洋洋乎盈耳哉
鄭玄曰師摯魯大師也以其工琴謂之琴摯揔京房善易謂之易京野繭野蠶之繭也東
觀漢記曰光武二年野蠶成繭被山民收為絮孤子之鉤以為隱九
寡之珥二以為弜丁亦反善本作約字皆曰鉤珥皆寶也躉弜皆琴
上師取孤子寡婦之寶而用之欲其聲多悲聲九寡九度寡也善曰古樂府有孤子生
行貫達國語注曰鉤帶鉤也桓子新論曰琴愍長四十五分隱以前長八分烈女傳曰魯
之毋師九子之寡毋也不幸早失夫獨與九子居蒼頡篇曰珥珠在耳也珥人志切字書
曰約亦的字也的琴徽也使師堂操張善本無張字伯善本伯下有子

文選三十四　六

子牙為之歌向曰師堂子京伯子牙皆古之善鼓琴者操張張琴也善曰
師堂樂師也韓詩外傳曰孔子學鼓琴於師堂子京而不進師堂子京曰夫子可以進矣
子曰丘已得其曲未得其數也琴道曰堯暢達則兼善天下無不通暢故謂之暢列子曰
伯牙善鼓琴也歌曰麥秀苫子兼兮雉朝飛翰曰苫麥芒貌善
曰宋玉笛賦曰麥秀蔪兮鳥華翼埤蒼曰蔪麥芒也慈斂反向虛壑兮背
槁考槐依絕區兮臨迴溪翰曰槁枯也絕區謂危絕之地迴溪
曲澗也善曰說文曰槀與槁古字通飛鳥間善本作聞字之翕許急
翼而不能去野獸聞之垂耳而不能行蚑巨宜
蟜矯螻蟻聞之柱喙陟羽而不能前濟曰皆感琴而然也
翕斂也蚑蟜螻蟻皆小蟲名喙口也言柱口而聽善曰周書曰蚑行喙息說文曰蚑行

也有生類之行皆謂之蚑又曰蟜蟲也居兆切方言曰南楚或謂蛄為螻爾雅曰蠑蚰蜓
也此亦天下之至悲也太子能彊起而聽之
乎太子曰僕病未能也
客曰犓楚俱牛之腴菜以筍息尹蒲良曰犓牛以芻養者腴腹
下肉也筍竹筍蒲心善曰說文曰犓以芻莝養國牛也國語曰犓豢幾何犓或為犓
未詳說文曰腴腹下肥者毛詩曰甘蔌維何維筍及蒲肥狗之和去冒
以山膚銑曰冒覆也山膚雄白楚苗之食安胡之飯向曰
言用楚地之粳稻為之食故云楚苗又用彫胡草實以為飯安胡即彫胡也善曰禮記
曰士無故不殺犬豕和謂和羹也鄭玄禮記注曰芼菜也謂以菜調和之也與冒古字
通山膚未詳楚苗山出禾可以為食淮南子曰苗山之鋌高誘曰苗山楚山也安胡未詳

文選三十四　七

一曰安胡彫胡也宋玉諷賦曰為臣炊彫胡之飯摶徒丸之不解一啜
常劣而散翰曰摶言黏也啜嘗也一嘗而散言滑也善曰禮記曰無摶飯
徒完切說文曰啜嘗也川劣切於是使伊尹煎熬易牙調和
濟曰伊尹負鼎干湯說以至味故使煎熬也易牙嘗知淄澠之水故使調和也善曰呂
氏春秋曰伊尹說湯以至味又白公曰若以水投水奚若孔子曰淄澠之合者易牙嘗而
知之熊蹯煩之臑而芍渋略藥略之醬良曰熊蹯熊掌也臑
爛也芍藥調和也言又以醬調和之善曰左氏傳曰宰夫臑熊蹯不熟方言曰臑熟也
音而韋昭上林賦注曰勺藥和齊鹹酸美味也薄補莫耆之炙去鮮鯉
之鱠銑曰取獸薄耆上著滑肉為炙鯉魚名善曰薄耆未詳一曰薄切獸耆之肉而
以為炙也今人謂之耆頭毛詩曰炰鱉膾鯉秋黃之蘇白露之茹

入擾蘭英之酒酌以滌口良曰秋時蘇黃露下蘂滑甘可食也茹菜
之稱酒中漬蘭葉取其香也蕩滌於口以自適也善曰茹菜之揔名也漢書曰百味旨
酒布蘭生晉灼曰布列芬芳若蘭之生山梁之餐豢患豹之胎
翰曰論語云山梁雌雉子曰時哉故云山梁之餐餋養之豹取其胎也善曰論語子曰
山梁雌雉時哉時哉鄭玄曰孔子山行見一雌雉食其粱粟杜預左氏傳注曰豢養也音
宦六韜曰武王伐紂得二大夫而問之曰殷國將有妖乎對曰有殷君柬玉杯象箸王杯
象箸不盛菽藿之羹必將熊蹯豹胎小飯大歠昌悅如湯沃雪良曰
歠飲也如湯沃雪言食之易也善曰說文曰歠飲也昌悅切沃雪言易也家語孔子曰
人之棄惡如湯之灌雪焉此亦天下之至美也太子能彊
起而善本無而字嘗之乎太子曰僕病未能也

客曰鍾岱之牡莫后齒至之車濟曰牡馬也鍾岱之地在北皆
宜良馬公羊云先軫曰君馬齒至矣言以此等馬駕車矣善曰漢書曰趙地鍾岱石北
迫近胡寇如淳曰鍾所在未聞石山險之限在上黨曲陽呂氏春秋曰代故馬郡宜馬之齒
至之車未詳或說曰公羊傳曰先軫謂晉侯曰君馬齒至也言以齒至馬駕車也戰國策
曰驪之齒至矣服攏車而上太行也前似飛鳥後類駏距虛銑曰
言此馬類鳥獸之飛走駏虛獸名善走善曰黃子曰駿馬有晨風黃鵠皆取鳥名馬言
走疾若飛也范子曰千里馬必有駏虛呂氏春秋曰距虛鼠後而兔前穱角側麥
服處善本作服處字躁祖到中煩外向曰以穱麥食此馬馬既逸則中躁
急而外煩擾服駕也善曰以穱麥分齊而食馬馬肥故中躁而外煩也王逸楚辭注曰
稻粢穱麥黃粱左氏傳慶鄭謂晉侯曰今乘異產將與人易張脉僨興外強中乾也

羈堅轡附易路翰曰羈勒也堅牢易平也於是伯樂相其
前後善本無後字王良造父為之御秦缺樓季善本
作季字為之右濟曰伯樂古之善相馬者王良與造父皆善御者秦缺樓季
皆善走者右車右也善曰呂氏春秋曰古之善相馬者若趙之王良秦之伯樂尤盡其
妙文子曰伯樂相之王良御之史記曰周繆王使造父為御西巡狩秦缺未詳韓子曰夫
獵託車輿之安用六驥之足使王良佐轡則身不勞而易及輕獸今捨車輿則雖樓季之
走無時及獸矣許慎淮南子注曰樓季魏文侯之弟也此兩人者馬佚
逸能止之車覆能起之良曰兩人即王良造父也佚驚也善曰
兩人秦缺樓季也家語顏回曰東野之御善則善矣馬其將必佚也於是使射
千鎰之重爭千里之逐銑曰射猶賭也言賭千鎰之金而爭逐千

里之道善曰史記曰田忌數與齊公子馳逐重射孫子見其馬足不甚相遠有上中下
輩於是謂田忌曰君第重射臣能令君勝忌然之與射千金及臨質孫子曰今以君之下
駟與彼上駟取君之上駟與彼中駟取君中駟與彼下駟既馳三輩而忌一不勝而再勝
辛得千金賈逵國語注曰一鎰二十四兩韓子曰王子期為趙簡子取道爭千里之義也
此亦天下之善本有之字至駿也太子能彊起乘之
乎太子曰僕病未能也
客曰既登景夷之臺南望荊山北望汝海左
江右湖其樂無有向曰景夷臺名汝海水名無有者言無有過之善
曰景夷臺名也孔安國尚書傳曰荊山在荊州郭璞山海經注曰汝水出魯陽山東北入
淮海汝稱海大言之也戰國策魯君曰楚王登京臺南望獵山左江右湖其樂之忘死無

有天下無有於是使博辯之士原本山川極命草
木比物屬事離辭連類翰曰言使博學辯辭之士陳說山川之原
本盡名草木所出比象其物而屬文章離別辭句以類相次善曰趙岐孟子注曰命名
也禮記孔子曰屬辭比事春秋教也韓子曰多言繁稱連類比物也浮游覽觀
乃下置酒於娛善本作虞字懷之宮濟曰浮游猶徘徊娛懷宮
名善曰虞懷宮名也連廊四注臺城層構紛紜玄緑
輂道邪交隍池紆曲良曰注連也層重也紛紜盛貌以玄緑之色以
飾臺城輂道也隍池城紆曲也善曰鄭玄周禮注曰四阿若今四注也隍當爲湟湟城
池也溷胡困章白鷺孔雀善本作鳥字鶤昆鵠鵷鶵助拘
鵁鶄翠鬣獵紫纓銑曰皆鳥名鬣首纓毛也善曰溷章鳥名未詳鬣首

文選三十四　十

毛也纓頸毛也螭龍德牧邕邕群鳴向曰螭雌龍也鳳背上文
曰牧腹下文曰德邕邕聲也善曰螭龍德牧並鳥形未詳爾雅曰邕邕鳴聲和也陽
魚騰躍奮翼振鱗翰曰魚者陰之陽也善曰曾子曰鳥魚皆生於陰
而屬於陽故鳥魚皆卵生魚游於水鳥飛於雲漃寂漻薵儔蓼了蔓
草芳苓音蓮良曰漃漻草在水中貌薵蓼蔓芳苓皆水草名善曰言水清淨
之處生薵蓼二草也上林賦曰悠遠長懷寂漻無聲漃與寂音義同也字書曰薵豬草也
豬音猪毛萇詩傳曰蓼水草也苓古蓮字也女桑河柳素葉紫莖
濟曰女桑河柳皆木名也善曰毛詩曰猗彼女桑毛萇曰女桑荑桑也爾雅曰檉河柳郭
璞曰今河旁赤莖小楊也松柏善本作苗松豫章條上造天銑曰
豫章亦木名造至也善曰苗松未詳一曰苗山之松豫章木名也孔安國尚書傳曰造

至也梧桐并閭極望成林向曰梧桐并閭皆木名極窮也善曰張
揖上林賦注曰并閭椶也衆芳芬鬱亂於五風翰曰衆芳草木之香
也芬鬱香氣也五風宮商角徵羽之風也善曰遁甲開山圖曰女媧後大庭氏之王有
天下五風異色也從容猗靡消息陽陰濟曰從容猶舉動也
猗靡隨風貌消息翻覆也葉有陽面陰面也善曰消滅也息生也枝木茂盛隨風披靡故
或陽或陰也文子曰與陰俱閉與陽迭開消息或爲須臾也列坐縱酒蕩
樂娛心景春佐酒杜連理音良曰景春爲縱横之術者佐酒
助飲也杜連即田連善鼓琴者理音謂理其琴音也善曰孟子景春曰公孫衍張儀豈
不誠大丈夫哉孟子曰是焉得爲大丈夫乎曰景春孟子時人爲縱横之術者史記曰
上召子第佐酒如淳漢書注曰今樂家五日一習樂爲理樂杜連未詳也滋味雜

文選三十四　十一

陳肴糅女又錯該銑曰陳列也肴肉也糅錯皆雜也該備也善曰王逸楚
詞注曰該備也練色娛目流聲悅耳向曰練選也善曰埤蒼曰練
擇也爾雅曰流擇也於是乃發激楚之結風揚鄭衛之
皓樂翰曰激楚結風皆歌曲名鄭衛二國名皓樂善倡也善曰文穎上林賦注曰
激衝激急風也結風迴風亦急風也楚地風氣既漂疾然歌樂者猶復依激結之急風爲
節其樂促迅哀切也淮南子曰揚鄭衛之皓樂此齊民所以淫泆流湎也許慎曰鄭衛之新
聲所出國也皓樂善倡也皓下或有齒字誤使西善本作先字施徵舒
陽文段干吳娃一娃閭娶足具傅予與之徒濟曰皆美
婦人善曰皆美女也施即西施也戰國策魯仲連謂孟嘗君曰君後宮十妃皆衣縞紵
食粱肉豈毛廧先施哉徵舒段干傅予皆未詳一曰左氏傳曰楚莊王欲納夏姬申公巫

臣曰不可今納夏姬貪其色也史記曰夏姬
徵舒母也淮南子曰不待脂粉西施陽文也
許慎曰陽文楚之好人也吳娃已見上文孫
卿子曰閭娵子奢莫之妹韋昭漢書注曰閭
娵梁王魏嬰之美人雜裾垂髾所交目窕徒了反善本作窕字心與
良裾衣也髾髾也美目曰窕心與心相許也曰善曰司馬彪子虛賦注曰髾燕尾也窕
嘗爲挑史記曰目挑心招張晏漢書注曰挑娩也揄俞流波雜杜若
銑曰揄引也謂目之光若引水之波杜若香草也其衣之香與此相雜善曰言引流波
以自絜雜杜若以爲芳若見下注說文曰揄引也蒙清塵被蘭澤銑曰
望其氣如蒙覆清塵覽其髮如被沐蘭澤也蘭澤以蘭漬膏者也善曰列子曰穆王爲
中天之臺鄭衛之處子施芳澤雜芷若以滿之神女賦曰沐蘭澤含若芳也嬿宴
服而御銑曰嬿好御進也善曰尚書大傳曰古者后夫人至于房中釋朝服襲

文選三十四　十二

嬿服入御于君也此亦天下之靡麗而善本無而字皓侈
廣博之樂也太子能彊起而善本無而字游之善本
無之字乎太子曰僕病未能也向謂靡美也皓明侈盛也博亦
廣也
客曰將爲太子馴騏驥之馬駕飛軨零之輿
翰曰馴擾也騏驥馬名飛軨輕輿也乘牡莫后駿之乘右夏服之
勁箭左烏號之雕弓濟曰夏服箭名烏號弓名勁堅也雕鏤也善
曰廣雅曰馴擾也說文曰騏馬驪文如綦也尚書大傳曰未命爲士車不得有飛軨鄭玄
曰如今窻車也夏服已見子虛賦服即今步尺也烏號已見子虛賦又考古史曰柘樹枝
長而勁烏集之將飛柘起彈烏烏乃號呼此枝爲弓快而有力因名也游涉乎

雲林周馳乎蘭澤弭節乎江潯良曰雲林雲夢澤也蘭澤
澤中生蘭也弭節徐行也江潯江畔也善曰雲林雲夢之林楚辭曰羲和弭節兮字
林曰潯水涯也掩青蘋遊善本作游字清風陶陽氣蕩春
心銑曰掩蔽也蘋大萍也遡向也恐鳥獸聞故逆風行也陶暢也蕩動也善曰方言
曰奄息也呂氏春秋曰崑崙之蘋也張揖子虛賦注曰青蘋似莎而大薛君韓詩章句曰
陶暢也陽氣春也神農本草曰春夏爲陽楚辭曰目極千里傷春心王逸曰蕩春心蕩滌
也逐狡獸集輕禽向曰狡輕皆捷疾也善曰言射而矢集於輕禽也
左氏傳曰楚君親集矢於其目闕子曰矢集于彭城之東並以所止爲集也曰
極犬馬之才困野獸善本無獸字之足窮相御之
智巧向曰相謂相馬者御謂御車者曰文子一無相御之勞而致千里也善恐

文選三十四　十三

虎豹慴之涉鷙質二鳥逐馬鳴鑣魚跨麋角翰曰慴驚
也鷙鷹鸇之類鑣馬銜也言行急故銜鳴也善魚跨謂入於水麋角謂投其角而發之
曰爾雅曰慴恐也逐馬馳逐之馬鳴鑣鑾鳴於鑣也魚跨跨度魚也麋角執麋之角也
履游麕居筠蒐蹈踐麖京鹿汗流沫墜冤於袁伏
陵窘寄殞反濟曰麕麋皆獸名履游蹈踐所著者皆汗流沫墜於地冤屈陵侵窘
迫也善曰陵猶促也說文曰窘迫也無創而死者固足充後
乘矣此校獵之至壯也太子能彊起游之善本
無之字乎善曰李奇漢書注曰以五校兵出獵太子曰僕病未能
也然陽氣見於眉宇之間侵淫而上幾平滿
大宅良曰陽氣喜色也眉宇眉額之間也侵淫漸進貌幾近也大宅謂面也善曰周

書曰民有五氣喜氣內畜雖欲隱之陽喜必見大宅未詳
客見太子有悅色也遂推而進之曰冥火薄
天兵車雷運銑曰冥遠也謂燒火四遠而至也雷運取其猛遠善曰鄭玄
詩箋曰冥夜也廣雅曰薄至也王逸楚辭注曰運轉也音旋也旋旗偃蹇羽
旄肅紛向曰偃蹇高貌羽鳥羽也旄旄牛尾執以指麾者肅紛旄旄貌馳騁
角逐慕味爭先翰曰角味義也競徼古堯墨廣博善本下
有字觀望之有圻翰曰徼墨謂燒田之墨廣博寬大貌圻界也善曰墨墨燒
田也言逐獸於燒田廣博之所而觀望之有圻垺也墨或爲壥也說文曰圻地圻垺也魚
斤切純粹荀犛全犧獻之公門濟曰純粹義好不雜也體完曰全色
純曰犧公門諸侯之門善曰尚書父師曰乃攘竊神祇之犧全牲孔安國曰色純曰牲

體完曰全應劭漢書注曰粹淳也毛詩曰獻于公豣太子曰善願復聞
之
客曰未既也善本無也字善曰孔安國曰尚書傳曰既盡也於是
榛仕臻林深澤煙雲闇漠兕徐姊虎並作向曰木叢曰榛
闇漠不明貌兕亦猛獸名作起也善曰漠闇貌也說文曰漠日冥也毅武孔猛
袒但裼先歷身薄翰曰毅嚴孔甚也袒裼肉袒也身薄空手執取善曰左
氏傳曰致果爲毅毛萇詩傳曰孔甚也毛詩曰襢裼暴虎毛萇曰袒裼肉袒也孔安國尚
書傳曰薄迫也白刃磑磑五哀矛戟交錯濟曰刃兵也磑磑白色矛
矟也交錯言多也善曰莊子孔子曰白刃交前視死若生者烈士之勇也六韜書刀銘
曰刀利磑磑牛哀切收獲掌功賞賜金帛良曰多收獲者掌主記其

功而賜金帛善曰鄭玄周禮注曰掌主也掩蘋肆若爲牧人席
銑曰掩藏肆陳也周禮有牧人職言薉陳青蘋杜若之草爲牧人之席善曰張揖上林
賦注曰掩覆也毛萇詩傳曰肆陳也旨酒嘉肴羞炰膾古外炙之亦
以御賓客銑曰旨美也嘉善也肴肉羞食也炰合毛燒者也膾生肉也御食之
也善曰毛詩曰旨酒思柔又曰嘉肴脾臄又曰炰鼈鮮魚鄭玄曰炰火熟也漢書東方
朔曰生肉爲膾毛詩曰以御賓客也涌觴善本作觴字並起動心驚
耳誠必不悔決絕以諾貞信之色形于金石
高歌陳唱萬歲無斁翰曰涌觴言滿於器也並起言多也動心驚耳
言非常所聞見者也誠必不悔言不可惓也決絕以諾重之至也貞信形於金石感之深
也斁厭也善曰言游獵歡宴忠誠爲之必不有悔事之決絕但以一諾不俟再三毛詩

序曰貞信之教興家語孔子曰夫鐘鼓之音憂而擊之則悲喜而擊之則樂故志誠感之
通于金石而况人乎哉此真太子之所嘉善本作喜字也能
彊起善本有而字游之乎太子曰僕甚願從直恐
爲諸大夫之善本無之字累去耳然善本有而字有起
色矣濟曰敬於客故謂之大夫恐已之病爲人之累
客曰將以八月之望良曰望十五日月相望也善曰孔安國尚
書傳曰十五日日月相望與諸侯遠方交游兄弟並往觀
濤乎廣陵之曲江良曰廣陵地名善曰漢書廣陵國屬吳也至
則未見濤之形也徒觀水力之所到則卹思律
然足善本足下有以字駭矣銑曰卹然驚貌駭驚也善曰卹然驚恐貌

觀其所駕軼逸者所擢拔者所揚汨于筆者所
温汾者所滁汔喜乞者向曰駕軼陵過也擢拔延也揚汨疾度也温汾
結聚也滁汔洗蕩也善曰小雅曰駕陵也壯預左氏傳注曰軼突也蒼頡篇曰擢抽也
孔安國尚書傳曰汨亂也古沒切温汾轉之貌也爾雅曰戭汔也郭璞曰謂摩近雖
有心略辭給固未能縷形其所由然也翰曰
心略心計也辭給辨士也如此之人亦不可縷形說其由言濤之多端善曰略智也縷
辭也縷
怳兮忽兮聊兮慄兮混汨汨古沒兮濟曰怳忽
聊慄驚在戰懼貌混汨汨相合疾流貌皆言濤之形而類於此善曰老子曰恍兮忽兮
其中有物聊慄恐懼之貌
忽兮慌呼廣兮倜善本作叔字兮儻兮
浩瀇胡廣瀁余兩兮超善本作慌字曠曠兮翰曰忽慌倜儻浩瀇

文選三十四　十六

瀁超曠曠幽深倬異廣大含虛而平行貌善曰廣雅曰俶儻卓異也秉意乎
南山通望乎東海虹去洞兮蒼天極慮乎崖
涘良曰言濤之秉意將陵於南山而與東海相望也虹洞相連貌言若與天相連也有
極盡思慮者纔思至於山崖海涘而不能入其深矣善曰爾雅曰秉執也虹洞相連貌
也莊子曰出於涯涘毛萇詩傳曰涘涯也虹胡洞切流攬無窮歸神日
母銑曰流攬周流博攬也然後歸至於日出處日者衆陽之母善曰言周流觀覽而
窮然後歸神至日所出也春秋內事云日者陽德之母汨于筆乘流而下
降兮或不知其所止良曰汨疾也善曰方言曰汨疾貌也爲筆切
或紛紜其流折兮忽繆往乎善本無乎字而不來
翰曰紛紜沸貌折曲也繆往猶乍往善曰言衆浪紛紛紜其流曲折或錯繆俱往而不迴

流臨朱汜似而遠逝兮中虛煩而益怠莫離
散而發曙兮內存心而自持良曰朱汜南方水涯也思濤之
形使人中心虛煩益於疲怠不能離散至于天明然後存心自持止其所思善曰朱汜
蓋地名未詳莫離散謂精神不離散也發曙發夕至曙也說文曰曙旦明也於是
澡早溉善本作槩字胷中灑練五藏澹徒濫澉胡敢手
足類悔濯髮齒銑曰澡溉灑練澹澉類濯皆盥滌也善曰毛萇詩傳曰
溉滌也槩與溉同練猶汰也莊子曰愁其五藏也澉澹猶洗滌也說文類洗面也類呼潰
切投善本作揄字棄恬怠輸寫淟聽典濁分決狐疑
發皇耳目銑曰恬安怠慢也淟濁垢穢也皇明也善曰方言曰揄脫也王逸
楚辭注曰淟垢濁也勑顯切楚辭曰心猶豫以狐疑謚法曰明著曰皇也風賦曰發明耳

文選三十四　十七

目也當是之時雖有淹病滯疾猶將伸傴委禹起
躄必亦發瞽披聾而觀望之也向曰傴曲也躄不能行者善
曰淮南子曰遺躄者瘖然躄跛不能升也況直眇小煩懣莫本酲醲
女龍病酒之徒哉翰曰眇亦小也懣悶也酲醲中酒也故曰發蒙
濟曰蒙不明也善曰素問黃帝曰發蒙解惑未足
解惑不足以言也
以諭也太子曰善然則濤何氣哉
客曰不記也然聞於師曰似神而非者三疾
雷聞百里江水逆流海水上潮良曰此一也言如疾雷之
聲聞於百里善曰言聲似疾雷而聞百里一也言能令二水逆流上潮二也山出
內雲日夜不止銑曰此二也其形又不如山之出雲氣爾善曰山內雲

而日衣止三也不衍溢漂匹妙疾波涌而濤起向曰其三也衍
溢平滿貌漂疾急流貌然後涌而濤起善曰小雅曰衍散也說文曰漂浮也其始
起也善本也下有洪字淋淋焉若白鷺之下翔翰曰淋淋
波之聲善曰說文曰淋山下水也淋或為淋聲類曰淋漂也口吟切其少進
也浩浩溰溰五哀如素車白馬帷蓋之張濟曰浩浩
溰溰波白而高貌善曰浩浩深廣之貌也溰溰高白之貌也帷或為幃音韋幃帳也
其波涌而雲亂擾擾焉如三軍之騰裝良曰言如
雲氣之亂又如三軍之裝束也善曰高唐賦曰奔揚踊而相擊雲興聲之霈霈雲亂也
許慎淮南子注曰裝束也其旁作而奔起也飄飄焉如輕
車之勒兵六駕蛟龍附從太白銑曰旁作橫出也勒兵習

兵也六駕六龍也太白河伯善曰以蛟龍若馬而駕之其數六也淮南子曰昔馮遲
太白之御六雲霓游微霧騖忽岸許慎曰馮遲太白河伯也純馳浩蜺前
後駱驛向曰純專浩大也言似專馳大蜺駱驛不絕也善曰賈逵國語注曰純
專也浩蜺即素蜺也波濤之勢若素蜺而馳言其長也顒顒愚恭卬卬昂
椐椐居彊彊莘莘所臻將將七將反翰曰顒顒卬卬高大貌椐
椐彊彊相連貌莘莘將將相激貌善曰顒顒卬卬波高貌也椐椐彊彊相隨之貌也彊
渠章切莘莘多貌也將將高貌也莘或為莘壁壘重平堅雜沓善本
作沓雜似軍行濟曰言似軍營壁壘重而且堅雜沓衆盛貌軍行如軍之行列
善曰太公陰符曰并我勇力重堅壁壘應劭漢書注曰沓合也行戶剛切協韻也訇
呼宏隱匈上磕苦蓋切善本作石軋烏黠盤涌裔原不可

當良曰訇隱匈磕皆大聲也軋盤涌裔皆沸騰也原其形勢盛不可當善曰軋坱無
垠貌也盤礴廣大貌涌裔行貌也觀其兩傍則滂普北渤怫
扶勿鬱闇漢感突上擊下硉盧骨切善本作律字有似壯
勇善本作勇壯之卒突怒而無畏銑曰兩傍謂濤之兩邊也滂渤
怫鬱怒激貌闇漢感突衝起貌似勇卒之無畏也善曰律當為硉蹈壁衝津
窮曲隨隈踰岸出追都回遇者死當者壞向曰壁深
岸也津渡處也隈亦曲也踰過也追高貌也善曰說文曰隈水曲也上林賦曰觸穹石激
堆碕郭璞曰泌堆也追亦堆字今為追古字假借之也初發乎或圍之
津涯荄該軫真忍谷分翰曰或圍津名荄隴也軫隱也言如山隴之相
隱如川谷之區分也善曰或圍蓋地名也言涯如轉而谷似裂也一曰涯如草轉也方言

曰荄根也謂草之根也一本無荄字許慎淮南子注曰軫轉也迴翔青篾冥結
銜枚檀桓翰曰青篾檀桓皆地名迴翔謂旋流也銜枚謂無聲善曰青篾檀
桓蓋地名也迴翔水復流也銜枚水無聲也周禮曰銜枚氏鄭玄曰止言語囂讙也枚
大如著橫銜之也弭節伍子之山通厲骨母之場翰曰
弭節低志徐行也海畔山有子胥祠故名焉通厲上於高也胥母地名善曰弭節已見
上文史記曰吳王殺子胥投之於江吳人立祠於江上因名胥母山王逸楚詞注曰高厲
遠行也越絕書曰闔廬旦食鮑山畫游於胥母疑胥母字之誤也陵赤岸篲
囚衛扶桑橫奔似雷行良曰陵上也赤岸地名篲埽也扶桑日出處其
奔勢如雷之行善曰曹子建表曰弃至赤岸山謙之南徐州記曰京江禹貢北江春秋
分朔輒有大濤至江乘北激赤岸尤更迅猛然並以赤岸在廣陵而此文勢似在遠方非

廣陵也說文曰彗掃竹也山海經曰湯谷上有扶木扶木者扶桑也十日所浴之地　誠
奮厥武如振如怒沌沌徒奔渾渾胡奔狀如奔馬
銑曰誠如奮其武藝也沌沌渾渾盛流貌　善曰毛詩曰王奮厥武如震如怒毛萇曰震猶威
也沌沌渾渾波相隨之貌也孫子兵法曰渾渾沌沌形圓而不可敗也越絕書曰王猶子
胥於大江口勇士執之乃有遺鄙發憤馳騰氣若奔馬沌徒本切渾胡本切　混混
胡本庉庉徒本聲如雷鼓向曰混混庉庉流聲也善曰混混沌沌波浪之聲
也越絕書越王句踐曰浩浩之水聲音若雷霆也　發怒庢底沓清升
踰跇余滯反翰曰發怒激涌也庢礙止也沓合也清升踰上貌踰跇遠跳也　善
曰言初發怒礙止而涌沸少選之頃清者上升遠相踰跇也說文曰庢礙止也庢竹栗切
庢或為底古字也杜預左氏傳曰底平也埤蒼曰沓合沸出也徒荅切如淳漢書注曰跇

文選三十四　二十

超也　踰　侯波奮振合戰於藉藉之口濟曰侯波陽侯之波
也藉藉地名合戰謂波相鬭也　善曰楚辭曰陵陽侯之氾濫兮王逸曰陽侯大波也
鳥不及飛魚不及迴獸不及走良曰言濤之急　善曰高
唐賦曰飛鳥未及起走獸未及發　紛紛翼翼波涌雲亂銑曰紛紛
翼翼交錯貌又如雲之亂飛也　善曰廣雅曰紛紛衆也毛萇詩傳曰翼翼壯健貌也
蕩取南山背擊北岸覆虧丘陵平夷西畔向曰
蕩取散上也背迴也覆虧蔽沒也平夷滿溢也　善曰言水之勢既蕩南山又擊北岸丘
陵為之顛覆然後平夷西畔　險險戲戲許宜崩壞陂池決勝
乃罷翰曰險戲危貌陂池皆為之崩壞所衝擊也無不決勝乃罷而長邁也　善曰
合戰決勝而後乃罷　瀄側筆汩于筆潺湲揚披善本作披揚流灑

橫暴之極魚鼈失勢顛倒偃側沋沋尤湲湲
爰　蒲伏連延也善本無也字　濟曰瀄汩潺湲皆疾流貌或飛或揚紆灑
為暴之極矣沋沋湲湲皆聲也蒲伏連延魚鼈起伏不絕之貌湲　善曰瀄泌瀄波相契也
汩窒汩水流疾也字書曰潺湲流貌也沋沋湲湲魚鼈顛倒之貌也蒲伏即匍匐也連延
相續貌　神物怪疑不可勝言直使人踣蒲北焉洄
回　闇悽愴焉良曰踣前伏也洄闇深不明也由此故悽愴焉　善曰郭璞爾
雅曰踣前覆也薄北切洄與回同也　此天下怪異詭觀也太子
既善本無既字　能強起觀之乎太子曰僕病未能
也
客曰將為太子奏方術之士有資略者銑曰奏進

文選三十四　二十一

也資用也略智也　善曰孔安國論語注曰方道也晉灼漢書注曰資材量也　若
莊周魏牟楊朱墨翟便蜎於緣詹何之倫向曰六者
皆辯士也　善曰呂氏春秋中山公子牟謂詹子身在江海之上心居魏闕之下高誘曰
子牟魏公子也詹子古得道者也淮南子曰雖有鈎鍼芳餌加以詹何蜎蠉之數猶不能
與罔罟爭得也高誘曰蜎蠉白公時人宋玉集曰宋玉與登徒子偕受釣於玄淵七略曰
蜎子名淵楚人也然三文雖殊其一人也　使之論天下之精善本作釋
字　微理萬物之是非善曰家語曰卜商好論精微時人無以尚也孫
卿子曰是是非非謂之智也　孔老覽觀孟子持籌而算之
善本作孟子籌之　萬不失一翰曰孔老孔子老子孟子孟軻也筭謂筭精微
之筭　善曰漢書張良曰臣借前箸以籌之音義曰以籌度之也直留切史記蒯通曰以

此忩之萬不失一老或為左也此亦天下要言妙道也太子豈欲聞之乎於是太子據几而起曰渙乎善本乎下有若字一聽聖人辯士之言涊乃典然汗出霍然病已濟曰渙明也涊汗出疾貌已止也善曰涊汗貌也莊子曰慨然汗出涊乃顯切霍疾貌也

七啓八首 并序

曹子建良曰啓開也欲開發天下令歸正道故託言賢人在山林待明君而後出冀明君崇賢也

昔枚乘作七發傳毅作七激張衡作七辯崔駰因作七依辭各美麗余有慕之焉遂

作七啓并命王粲作焉

玄微子隱居大荒之庭銑曰假立幽玄精微之人以為端大荒日月所入之地寄遠以言之善曰玄微幽玄精微也山海經曰大荒之中有山名曰大荒之山日月所入是謂大荒之野中也飛遯離俗澄神定靈向曰飛遯易卦也取其隱遯之義爾善曰九師道訓曰遯而能飛吉孰大焉淮南子曰單豹背世離俗巖居谷飲也輕祿傲五到貴與物無營善曰莊子曰夫輕爵祿人者之所託材司馬彪曰材身也蔡邕釋誨曰安貧樂賤與世無營也耽虛好靜羨此永生獨馳思乎天雲之際無物象而能傾翰曰求長也雲際言高也萬物之象不可傾動於心言執情定矣善曰列子曰莫如靜莫如虛靜也虛也得其居舞賦曰獨馳思乎杳冥左氏傳韓簡曰物生而後有象於是鏡機子聞而將往說焉濟曰鏡機言能鏡照幾微之事亦假立以應之善曰鏡機鏡照機微也駕超野之駟乘追風之輿良曰超野追風言其疾也善曰超野追風言疾也經迥漠出幽墟入乎泱漭之野遂屆玄微子之所居銑曰迥漠幽墟皆遠方之地泱漭廣大也屆至也善曰子虛賦曰過乎泱漭之野其居也左激水右高岑背洞壑善本作決字對芳林向曰激急洞深也善曰子虛賦曰其西則激水推移爾雅曰山小而高曰岑也冠皮弁被文裘翰曰皮弁皮冠文裘麑裘也善曰儀禮曰皮弁服素積鄭玄曰皮弁者白鹿皮為冠象上古也文裘文豹之裘也出山岫之潛穴倚峻巖而嬉游志飄飄焉嶢嶢堯焉似若狹六合而

隘烏賣九州翰曰岫山穴也潛深也飄飄遠貌嶢嶢高貌善曰爾雅曰山有穴為岫山海經曰地之所載六合之間也若將飛而未游善本作逝字若舉翼而中留於是鏡機子攀葛藟累而登距巖而立濟曰葛藟蔓草名距倚也毛詩曰南有樛木葛藟纍之善曰孔安國尚書傳曰距至也順風而稱曰善曰莊子曰黃帝聞廣成子在崆峒之上故往見之黃帝順風膝行而進予聞君子不遯俗而遺名智士不背世而滅勳善曰周易曰遯世無悶通賦曰保身遺名民之表兮鄭玄毛詩箋曰遺忘也又禮記注曰名令聞也背世已見上注也今吾子棄道藝之華遺仁義之英耗精神乎虛廓廢人事之紀經良曰耗費廓空也紀經常理也善曰韓子曰精神日耗蒼頡篇曰

耗消也史記太史公曰春秋上明三王之道下辯人事之經紀耗呼到切譬若畫
形於無象造響於無聲銑曰譏其為物生情獨字異見善曰言
像因形生響隨聲發今欲無聲而造響圖像而無形豈有得哉孫卿子曰下之和上譬響
之應聲影之像形楊雄解難曰譬畫者放於無形絃者放於無聲也若未之思
乎何所規之不通也善曰論語子曰未之思夫玄微子俯
而應之曰嘻有是言乎向曰嘻歎聲也有是言者重問之善曰
鄭玄禮記注曰譆悲恨之聲也譆與嘻古字通也譆欣基切夫太極之初
渾胡本沌徒本未分萬物紛錯與道俱隆翰曰太極天地
之前也渾沌為一氣也紛錯言相並而生也善曰漢書曰太極元氣分二為一言元氣初
為一後為天地人也春秋說題辭曰元清氣以為天混沌無形體宋均曰言元氣之初如

此也混沌未分也言氣在易為元在人為道義不殊也蓋有形必朽有
跡必窮芒芒元氣誰知其終濟曰芒芒廣大貌元氣則一氣
也言若以一氣獨運周而復始誰知其終乎善曰列子曰形必終也春秋命曆序曰元氣
正則天地八卦孳也名穢我身位累夫我躬善曰莊子曰行名失
己非士也又魏文侯曰夫魏真為我我累耳竊慕古人之所志仰莊
老善本作老莊之遺風假靈龜以託喻寧掉徒吊尾
於塗中良曰古人謂高尚者也莊子釣於濮水楚王使二大夫往召焉曰願以境
內累矣莊子曰楚有神龜三千歲矣王巾笥而藏之於廟堂之上此龜者寧其死留骨而
貴乎寧其生曳尾塗中乎二大夫曰寧生曳尾塗中莊子曰往矣吾將曳尾於塗中矣
善曰思玄賦曰慕古人之貞節毛詩序曰有堯之遺風如淳漢書注曰遺餘也

鏡機子曰夫辯言之豔能使窮澤生流枯木
發榮庶感靈而激神況近在乎人情僕將為
吾子說游觀之至娛演聲色之妖靡論變巧
善本作化字之至妙敷道德之弘麗願聞之乎銑曰
豔美也窮亦枯也妖好靡妙數布弘大也善曰羽獵賦曰游觀侈靡小雅曰演廣也尚
書仲虺曰惟王不邇聲色列子隰朋曰妖靡盈庭忠良滿朝也玄微子曰吾
子整身倦世探隱拯沉不遠遯路行見光臨
將敬滌耳以聽玉音向曰拯救也不遠遯路言不以遯路為遠也蘇
銑也玉音者敬也善曰倦世倦於人間之世也小雅曰探取也難蜀父老曰拯民於沉
溺說文曰出溺為拯尚書大傳曰天下諸侯受命於周莫不玉音金聲

鏡機子曰芳菰孤精粺蒲賣霜蓄露葵銑曰菰粺草名
其實如細米可以為飯蓄此物與葵宜於霜露之時善曰張揖上林賦注曰彫菰
米也宋玉諷賦曰主人之女為臣炊彫胡之飯說文曰粺禾別也粺與粺古字通薄懈切
毛詩曰我行其野言采其遂鄭玄曰遂牛頹蓤與蓄音義同也宋玉諷賦曰為臣煮露葵
之羹也玄熊素膚肥豢患膿女恭肌濟曰素膚熊白鴿養曰豢
膿肌謂肥也善曰鄭玄周禮注曰犬豕曰豢膿肥貌蟬翼之割剖纖
析先歷微累如疊穀胡木離若散雪輕隨風飛刃
不轉切良曰皆割切之細薄也穀縱也刃刀也善曰蟬翼言薄也楚辭曰蟬翼
為重也山鵽丁刮斥赤鴳晏珠翠之珍銑曰山鵽斥鴳皆鳥
名珠翠之珍蜂肉及翠鳥肉以為珍好也珠生於蜂善曰鵽已見南都賦莊子曰鵬搏

扶搖而上斥鷃笑之曰彼奚適也許慎淮南子注曰鷃雀飛不過一尺言劣弱也斥與尺
古字通珠翠珠柱也南方異物記曰珠珠人以珠肉作鮓也搴善本作寒字芳
蓮善本作苓字之巢龜膾西海之飛鱗向曰搴取也有神龜
在江南嘉林中常巢於芳蓮之上文鰩魚每夜從東海飛向西海也鱗即魚也善曰寒
今脈寅也鹽鐵論曰煎魚切肝羊淹雞寒劉熙釋名曰韓雞本出韓國所為寒與韓同史
記曰有神龜在江南嘉林中常巢於芳蓮之上苓與蓮同西海飛鱗即文鰩也山海經曰
泰器之山濩水出焉是多鰩魚常行西海而游於東海夜飛而行臛呼各江東
之潛鼉徒何臇子兗漢南之鳴鶉常倫反翰曰江東漢南鼉鶉
之所出也臇小臛也善曰說文曰臛肉羹也蒼頡解詁曰臇少汁臛也糅女又以
芳酸甘和既醇濟曰糅雜芳馥醇美也善曰鄭玄禮記注曰糅雜也醇

文選三十四　二十六

已見上注玄冥適鹹蓐辱收調辛良曰孟冬之月其神玄冥其味
鹹孟秋之月其神蓐收其味辛故使調適其味也善曰禮記曰北方其神玄冥北方水其
也尚書曰水曰潤下潤下作鹹禮記曰西方其神蓐收西方金也尚書曰金曰從革從革
作辛紫蘭丹椒施和必節滋味既殊遺芳射越
銑曰蘭椒取其香也施張調和必使有節滋美射越言及遠也善曰禮斗威儀曰君乘
金而王其政平則蘭常生鄭玄曰主給調和也張衡七辯曰芳以薑椒拂以木蘭上林賦
曰衆香發越郭璞曰香氣射散也乃有春清縹匹妙酒康狄所
營應化則變感氣而成向曰縹帶白色也杜康儀狄古之善作酒
者淮南子云物類相應東風至酒沇溢東方木也味酸入於酒故酢此則變也春秋說題
辭云為酒據陰乃動麥陰也黍陽也先漬麴而投黍是陽得於陰而沸而乃成感矣故云
感氣也善曰毛詩曰為此春酒鄭玄禮記注曰清酒今之中山冬釀接夏而成也縹綠
色而微白也博物志曰杜康作酒戰國策曰梁王請為魯君舉觴魯君曰昔帝女儀狄作
酒而美進之於禹禹飲而甘之遂疏儀狄乃絕旨酒淮南子曰物類之相應故東風至而
酒沇溢高誘曰東風木風也木味酸入酒故酢而沇者沸盖其類相感也春秋說題辭曰
黍為酒陽據陰乃能動故以麥黍為酒宋衷曰麥陰也先漬麴黍後入故曰陽據陰相得
而沸是其動也彈徵張里則苦發叩宮則甘生翰曰月令云孟
夏之月其音徵其味苦中央土其音宮其味甘故彈此二音而其味隨之而生矣善曰
禮記曰季夏之月其音徵其味苦又曰中央土其音宮其味甘也於是盛以
翠樽酌以彫觴浮蟻鼎沸酷烈馨香濟曰翠樽以翠
飾樽也觴酒器亦彫飾之酒初開其浮蟻如鼎之沸也酷烈香氣盛善曰釋名曰酒有

文選三十四　二十七

沇齊浮蟻在上沇沇然漢書曰田延年謂霍光曰今羣臣鼎沸上林賦曰酷淑烈郁也
可以和神可以娛腸善曰神人之精爽也此肴饌之妙
也子能從我而食之乎玄微子曰予甘藜藿
未暇此食也良曰甘美也藜藿賤菜布衣之所食善曰韓子曰糲粱之飯
藜藿之羹也
鏡機子曰步光之劍華藻繁縟音辱銑曰步光越王之
劍也其光可照數步華藻劍上文也繁縟彩色也善曰越絕書曰孔子從弟子七十人
往奏句踐乃身被賜夷之甲帶步光之劍藻文采也說文曰繁縟采飾也飾以文
犀彫以翠綠綴以驪龍之珠錯以荊山之玉
向曰文犀犀角有文章者也又彫飾翠綠生色於上驪龍頷有千金之珠荊山出美玉皆

取以節劒也理玉曰錯　善曰國語曰奉文犀之渠莊子曰千金之珠在九重之淵而驪龍頷下韓子曰楚人和氏得璞玉於楚山之中也陸斷犀象未足稱雋隨波截鴻水不漸子廉刃翰曰言劒之利也犀象之獸其皮堅漸濕也　善曰聖主得賢臣頌曰巧冶鑄干將之樸陸剸犀革戰國策蘇秦說韓王曰韓卒之劒陸斷牛馬水擊鵠鴈廣雅曰漸漬也九旒之冕散曜垂文濟曰周禮上公之冕九旒　善曰劉梁七舉曰九旒之冕散耀垂文周禮曰弁師掌王之五冕諸侯繅九就鄭玄曰就成也每繅九成則九旒也應劭漢官儀曰冕公侯九旒也華組之纓從風紛紜濟曰組綏類纓冠系也紛紜盛貌　善曰禮記曰玄冠丹組纓諸侯之齊冠說文曰組綬屬也小者以為冠纓又曰纓冠系也佩則結綠懸黎寶之妙微良曰結綠懸黎宋之寶　善曰戰國策應侯謂秦

王曰梁有懸黎宋有結綠而為天下名器也符采照爛流景揚暉良曰符光也照爛明盛也景暉皆彩也　善曰劉淵林蜀都賦注曰符采玉之橫文也說文曰景光也黼黻之服紗縠之裳翰曰黼黻服之文也縠亦紗類　善曰孔安國尚書傳曰諸侯自龍袞而下至黼黻漢書曰江充衣紗縠單衣也金華之舄昔動趾遺光繁飾參差微鮮若霜銑曰舄履也以金為華而飾之趾足遺餘也參差相雜也微妙鮮明如霜之絜白也　善曰言以金華飾舄故動足而有飾光也劉歆期交州記曰金華出珠崖如淳漢書注曰遺餘也緄胡本珮綢繆或彫或錯千故薰以幽若流芳肆布向曰緄織帶也綢繆交連也彫錯謂為文章幽若幽蘭杜若也肆陳也　善曰說文曰緄織成帶也說文曰熏火煙上出也若杜若也若稱幽若猶蘭曰幽蘭也毛萇詩傳曰肆陳

也雍容閑步周旋馳曜翰曰雍容美貌閑綏也馳曜生光也　善曰聖主得賢臣頌曰雍容垂拱左氏傳晉公子謂楚子曰晉楚治兵若不獲命則與君周旋也南威為之解顏西施為之巧笑翰曰南威西施皆美女人　善曰戰國策曰晉文公得南威三日不聽朝遂推而遠之曰後世必有以色亡其國者列子曰列子師老商氏五年之後夫子始一解顏而笑西施已見上文毛詩曰巧笑倩兮此容飾之妙也子能從我而服之乎玄微子曰予好毛褐未暇此服也濟曰毛褐皮布也　善曰鄭玄毛詩箋曰褐毛布也鏡機子曰馳騁足用蕩思去游獵可以娛情良曰蕩散也　善曰子虛賦曰終日馳騁曾不下輿又曰游獵之地饒樂若此者乎歸田

賦曰聊以娛情僕將為吾子駕雲龍之飛駟飾玉輅之繁盤纓良曰雲龍飛駟以龍馬駕也玉輅以玉飾車繁纓馬飾　善曰馬有龍稱而雲從龍故曰雲龍也周禮曰凡馬八尺已上為龍又曰玉輅錫樊纓鄭玄曰樊讀如鞶謂今之馬大帶也纓今馬鞅繁與鞶古字通垂宛於元虹之長綏而惟抗招搖之華旍銑曰綏車上所執者也屈曲如虹之狀也抗舉招搖旍名　善曰楚辭曰建雄虹之綵旄禮記曰天子殺則下大綏鄭玄曰綏當為緌緌有虞氏之旌旗也禮記曰招搖在上急繕其怒鄭玄曰繕讀為勁畫招搖星於其上以起居堅勁軍之威怒也捷楚甲忘歸之矢秉繁弱之弓向曰忘歸箭名繁弱弓名　善曰儀禮曰司射搢三挾一个鄭玄曰搢插也新序曰楚王載繁弱之弓忘歸之矢以射隨兕於夢也忽躡景而輕騖逸奔驥而超遺

風翰曰躡景言步日景也輕疾鶩馳逸李皆過也躡與遺風皆良馬名善曰景日景
也躡之言疾迅呂氏春秋伊尹說湯曰青龍之匹遺風之乘高誘曰皆馬名也疾若比遺
風於是磎填谷塞榛七臻藪平夷緣山置罝彌
野張罘下無漏善本作蕭字跡上無逸飛鳥集獸
屯然後會圍濟曰大叢曰榛澤無水曰藪夷亦平也罝罘皆網也彌遍漏遺
逸過會合也善曰鄭玄周禮注曰彌遍也廣雅曰屯聚也獠徒雲布武
騎霧散丹旗燿野戈殳殊晧旰音皇汗良曰獠獵也徒卒
也雲布霧散言多也曜照也戈殳皆兵器晧旰白色善曰說文曰獠獵也韓子曰雲布
風動羽獵賦曰武騎聿皇封禪書曰雲布霧散南都賦曰曜野映雲曳文狐掩
狡兔捎所交鷫肅鷞霜拂振鷺銑曰文狐狐有文者狡好也曳

文選三十四　三十

掩皆取也鷫鷞振鷺皆鳥名捎拂擊也善曰禮斗威儀曰其君乘土而王南海輸以文
狐史記李斯曰牽黃犬逐狡兔方言曰掩覆也鷫鷞振鷺並鳥名當軌見藉
值足遇踐向曰軌轍也藉轢也善曰西京賦曰當足見蹍值輪被轢也飛
軒電逝獸隨輪轉翰曰飛軒輕車也電逝言疾也隨輪言驅迫之甚
善曰孫該琵琶賦曰飄風電逝舒疾無力翼不暇張足不及騰動
觸飛鋒舉挂卦輕罾濟曰騰運也飛鋒箭也輕罾網也善曰西京
賦曰鳥不暇舉獸不得發也曲都賓曰鳥驚觸絲獸駭值鋒罾亦罔也班固漢書序曰鷹
隼未擊罾弋不施於蹊隧也搜所求林索所革險探薄窮阻騰
山赴壑風厲猋必遙舉機不虛發中必飲羽銑曰
搜索皆求覓也草木叢生曰薄騰上也厲猛也猋火也言如風火之速機弩也飲羽言沒

於箭羽善曰廣雅曰草叢生曰薄古詩曰凉風率已厲楚辭曰猋遠舉兮雲中王逸注
云猋去疾貌說文曰猋火華也孔安國尚書傳曰機弩牙也子虛賦曰弓不虛發中必決
眥呂氏春秋曰養由基射兕中石矢飲羽高誘曰飲羽飲矢至羽也於是人稠
網密地逼勢脅哮呼交闞呼濫之獸張牙奮鬣獵
志在觸突猛氣不慴之涉反向曰脅迫也哮闞怒貌鬣項上毛也
慴懼也善曰毛詩曰進厥虎臣闞如虓虎毛萇曰虓闞虎怒也哮與虓同也慴已見上
文乃使北宮東郭之疇善曰孟子曰北宮黝之養勇也不膚撓不
目逃思以一毫挫於人若撻於市朝趙岐曰北宮姓黝名也呂氏春秋曰齊有好勇者一
人居東郭一人居西郭卒然相遇於塗曰姑相飲乎觴數行曰姑求肉乎一人曰子肉也
我肉也因抽刀而相噉也生抽豹尾分裂貙勑俱肩形不抗

文選三十四　三十一

手骨不隱拳批匹迷熊碎掌拉力合虎摧斑野無
毛類林無羽羣積獸如陵飛翮成雲翰曰北宮東郭
皆勇者疇類也貔亦猛獸名抗當也批擊也掌熊掌也拉摺也斑虎文也手類獸也羽羣
鳥也獸疊如陵翩落如雲言多也善曰爾雅曰貙似狸小雅曰抗禦也服虔漢書注曰
隱築也於瑾切掌熊蹯也孟子曰熊掌亦我所欲也斑虎文也上林賦曰被斑文羽獵
曰劍谿輪夷丘累陵聚於是駭善本作駴鍾鳴鼓收旌弛矢
旆頓網縱網罷善本作羆字獠迴邁濟曰駭鳴弛解也頓縱
夫也網亦網也獠獵行也善曰周禮曰鼓皆駴鄭玄曰雷擊鼓曰駴駴古駭字杜預
左氏傳注曰弛解也頓猶捨也說文曰緣緩也駿騄淥齊驤揚鑾飛
沫濟曰駿騄皆良馬驤駕也鑾車上鈴也行疾而馬口中飛沫也善曰南都賦曰驤

緑齊𦶟舞賦曰龍驤横舉揚𦶟飛沫也俯倚金較角仰撫翠蓋
雍容暇豫娱志方外濟曰較車横木以金飾之翠蓋以翠羽飾之撫
猶也善曰東京賦曰戴翠冒倚金較說文曰較車上曲鉤高唐賦曰蜺為旌翠為蓋國
語優施曰我教汝暇豫之事君韋昭曰暇閑也豫樂也杜預左氏傳注曰方法也此
羽獵之妙也子能從我而觀之乎善曰高唐賦曰傳言
羽獵玄微子曰余性善本無性字樂恬静未暇此觀
也
鏡機子曰閑宫顯敞雲屋晧浩旰汗良曰閑大敞高
也雲屋高如雲也晧旰明貌善曰李充高安館銘曰增臺顯敞雲屋言高若雲也斑婕
好自傷賦曰仰視兮雲屋雙涕下兮横流崇景山之高基迎清風

文選三十四　三十二

而立觀去聲良曰崇重景大也迎風取其處凉也觀樓閣之類善曰基若景
山言高也毛萇詩傳曰崇高也毛詩曰陟彼景山地理書曰迎風觀在鄴也形軒
紫柱文榱衰華梁綺井含葩金墀玉廂銑曰形赤
色軒欄檻也榱椽也皆飾以文華又於屋間為井形中有蓮花下垂也葩花也墀塗地也
廂房也皆以金玉飾之善曰劉梁七舉曰丹墀縹壁紫柱紅梁也金墀猶金𡉏也西京
賦曰金𡉏玉階玉箱猶玉房温房則冬服絺超遲綌隙清室
則中夏含霜向曰絺綌皆葛也言房温故服之含霜言室凛也善曰劉騊
駼玄根頌曰前殿冬絺李尤函谷關賦曰盛夏臨漂而含霜也華閣緣雲飛
陛陵虚俯視善本作頫眺流星仰觀八隅翰曰緣雲陵虚
言高也飛陛閣道也又謂閣高俯視流星矣八隅八方也善曰魯靈光殿賦曰飛陛揭

孽緑雲上征魯靈光殿賦曰中坐垂景頫視流星升龍攀而不逮少眇
天際而高居翰曰升龍飛龍也攀而不逮亦謂高也眇遠貌善曰崔駰七
依曰升龍於天者雲也西京賦曰翔鶤仰而不逮周易曰豊其屋天際翔也繁巧
神怪變容善本作名字異形班輸無所措其斧斤
離婁為之失精濟曰繁衆也怪異也班輸魯國公輸班巧者也離婁明目
者也無所措斧斤失其自精言妙細之甚也善曰鄭玄禮記注曰公輸若匠師也般若之
族多技巧者也孟子曰離婁之明趙岐曰古之明目者也蓋黄帝時人麗草交
植殊品詭類緑葉朱榮熙天曜日良曰麗草芳草也植
種詭異熙照也照曜天日言搊之光明善曰熙光也素水盈沼叢木
成林飛翩陵高鱗甲隱深銑曰沼池也飛翩鳥也鱗甲水族也

文選三十四　三十三

善曰楚辭曰含素水而蒙深於是逍遥暇豫忽若忘歸善曰
楚辭曰觀者憺兮忘歸也乃使任子垂釣魏氏發機向曰任子
任公子善釣者魏氏善射者機弩也善曰莊子曰任子為大鈎巨緇五十犗以為餌蹲
會稽投竿東海旦旦而釣朞年不得魚已而魚大食之牽巨鈎䧟沒而下騖揚而奮鬐白
波若山吴越春秋曰越王欲伐吴范蠡進善射者陳音越王問其射所起馬音曰黄帝作
弓以備四方後有楚孤父以其道傳羿羿傳逄蒙蒙傳楚琴氏琴氏傳大魏大魏傳楚三
佚麋佚候鄒侯也芳餌沈水輕繳酌弋翼飛落翳雲
之翔鳥援九淵之靈龜翰曰餌鉤食也繳弋射也翳雲言高也援
引也淵言深也善曰吴越春秋大夫種曰深川之魚死於芳餌屈原曰襲九淵之神
龍然後采菱華擢水蘋弄珠王蜯戲鮫人濟曰菱蘋

皆水草也擢引也蜯生珠者水蟲也鮫人水居之人也　善曰子虛賦曰外發芙蓉菱華許愼淮南子注曰擢引也毛萇詩傳曰蘋大萍揚雄蜀都賦曰蜯含珠而擘裂劉淵林吳都賦注曰鮫人水底居也諷漢廣之所詠覿游女於水濱良曰詩小序云漢廣德廣所及也詩曰漢有游女不可求思諷誦覿見也　善曰韓詩序云漢廣悅人也詩曰漢有游女不可求思薛君曰游女謂漢神也燿神景於中沚徙善本作彼字輕縠之纖羅遺芳烈而竫步抗皓手而清歌銑曰神景則游女之光也沚小渚也縠紗類纖細也烈香盛也靖安皓素也　善曰毛詩曰宛在水中沚子虛賦曰雜纖羅也廣雅曰抗舉也歌曰望雲際兮有好仇天路長兮往無由佩蘭蕙兮為誰修嬿宴婉絕兮我心愁良曰仇匹也蘭蕙香

文選三十四　三十四

草也修謂修飾嬿婉美貌言遠望靈仙與為匹無由致之佩服香草將為誰修飾也美貌隔絕故使心憂　善曰楚辭曰君誰須兮雲之際毛詩曰君子好仇枚乘樂府曰美人在雲端天路隔無期楚辭曰紉秋蘭兮為佩王逸注曰修飾也毛詩曰燕婉之求毛萇曰燕安也婉順也鄭玄曰本求燕婉之人也此宮館之妙也子能從善本有我字而居之乎玄微子曰予耽巖穴未暇此居也善曰巖穴隱者所居黃石公記曰主聘巖穴事乃得實也鏡機子曰既游觀中原逍遙閒宮情放志蕩淫樂未終亦將有才人妙妓遺世越俗揚北里之流聲紹陽阿之妙曲翰曰才人才能之人妙妓謂女樂也北里紂樂也紹繼也陽阿曲名　善曰漢書曰傅昭儀少為才人韋昭曰才伎人也廣雅

曰遺離也史記曰紂使師涓作新淫之聲北里之舞靡靡之樂淮南子曰夫歌采菱發陽阿鄭人聽之不若延露以和爾乃御文軒臨彤庭琴瑟交彈善本作揮字左篪呈知右笙鍾鼓俱振簫管齊鳴濟曰御憑也文軒飾檻為文彩也彤庭以丹漆飾庭也揮動也篪管也振舉也　善曰文畫飾也軒殿檻也洞庭廣庭也尸子曰文軒無四寸之鍵則車不行莊子曰黃帝張咸池之樂於洞庭也新語曰高臺百仞文軒彤窻也廣雅曰揮動也毛萇詩傳曰竹曰篪廣雅曰振動也毛詩曰簫管備舉然後姣古卯人乃被文縠之華袿圭振輕綺之飄飄戴金搖之熠以入爍善本作燿字揚翠羽之雙翹良曰姣美也文縠文紗類華袿婦人上服綺羅類飄飄飛揚貌金搖釵也熠爍光色也又飾以翡翠之羽於上翹舉也　善曰毛詩曰佼人僚

文選三十四　三十五

兮劉熙釋名曰婦人上服謂之袿宋玉諷賦曰主人之女垂珠步搖來排臣戶西京雜記曰趙飛燕為皇后其弟上遺黃金步搖毛萇詩傳曰熠燿鮮明也司馬彪續漢書曰皇太后入廟先為花勝上為鳳皇以翡翠為毛羽王逸楚辭注曰翹羽名也揮流芳耀飛文歷盤鼓煥繽紛長袖隨風悲歌入雲銑曰揮奮也耀照也飛文謂光相照也盤鼓曲名煥明也繽紛盛貌袖裾也入雲言清徹也　善曰韓康伯周易注曰揮散也張衡舞賦曰般鼓煥以駢羅列子曰薛譚學謳於秦青辭歸青餞於郊撫節悲歌響遏行雲蹻綺喬捷若飛蹈虛遠蹤陵躍超驤蜿於遠蟬時闡揮霍向曰皆舞貌蹻輕也蹤跡也陵躍踊身也驤舉也蜿蟬盤屈也揮霍奮迅也　善曰廣雅曰趫趫行也今為蹻古字無定也廣雅曰蹤履也楚辭曰超驤推阿西京賦曰跳丸劍之揮霍翻善本作翔爾鴻翥

之庶𢦤𢦤然鳧沒翰曰翩爾輕貌翥鶱飛奮迅也𢦤然沉貌善曰爾雅曰翥舉也𢦤疾貌𢦤側立切縱輕體以迅赴景追形而不逮濟曰言迴之疾也景影逮及也善曰西京賦曰紛縱體而迅赴不逮言疾也韓子曰形影相應而生飛聲激塵依違厲響良曰激飄也言善歌飛聲飄起梁塵依違作合乍離也厲盛也善曰七畧曰漢興善歌者魯人虞公發聲動梁上塵依違猶能佪也楚辭曰余思舊鄉心依違才捷若神形難為象良曰捷輕也若神謂妙也象比也善曰舞賦曰彷彿神動又曰不可為象也於是為歡未渫白日西頹散樂善本作散樂變飾微步中閨銑曰渫猶盡也變飾改服也微步緩步也善曰東都賦曰士怒未渫方言曰渫歇也楚辭曰日杳杳以西頹玄眉弛户氏兮鉛華落收亂髮兮

拂蘭澤形媠善本作媠字服兮揚幽若向曰弛廢也鉛華粉也媠好也幽若幽蘭杜若香草也言美人歌聲既畢粉黛微落乃復整理鬢髮拂塗蘭膏衣以好服揚其芳香善曰鉛華已見洛神賦蘭澤已見上文說文曰媠南楚之外謂好也媠湯火切紅顏既善本作宜字笑睇眄流光時與吾子攜手同行翰曰睇眄皆視也流光生光彩也吾子謂玄微子行列也善曰楚辭曰既含睇兮又宜笑王逸曰睇微眄貌毛詩曰惠而好我攜手同行踐飛除即閒房濟曰踐履也飛除高階也即就也善曰司馬彪上林賦注曰除樓陛也華燭爛幄幙張善曰秦嘉贈婦詩曰飄飄帷帳熒熒華燭左氏傳曰子産以幄幙行動朱脣發清商濟曰清商歌聲也善曰舞賦曰動朱脣神女賦曰朱脣的其若丹宋玉笛賦曰吟清商追流徵也揚羅袂振華裳

九秋之夕為歡未央濟曰振舉也華文彩也央窮也善曰九秋之夕言其長也古樂府有歷九秋妾薄行蘇武詩曰懽樂殊未央此聲色之妙也子能從我而游之乎玄微子曰予願清虛未暇此游也

鏡機子曰予聞君子樂奮節以顯義烈士甘危軀以成仁善曰張衡應問曰貫高以端辭顯義論語子曰志士仁人有殺身以成仁是以雄俊之徒交黨結倫重氣輕命感分遺身善曰西京賦曰輕死重氣結黨連羣分分義也鄭玄禮記注曰遺亡也故田光伏劍於北燕公叔畢命於西秦良曰燕太子謂田光曰丹所言國之大事願先生勿泄光曰諾退見荊軻曰吾聞長者為行不使人

疑今太子疑光遂自殺以激軻也公叔書傳所不載或云荊軻字公叔刺秦王不中而死故云畢命善曰史記燕太子丹謂田光曰丹所言者國之大事也願先生勿泄也光曰諾退見荊軻曰吾聞長者為行不使人疑已今太子疑光非節俠也欲自殺以激荊軻遂自剄公叔未詳果毅輕斷虎步谷風威慴萬乘華夏稱雄銑曰果毅謂威勇也其倫黨相應如風虎之相應慴懼也萬乘天子也華夏中國也善曰左氏傳曰殺敵為果致果為毅李陵詩曰幸託不肖軀且當猛虎步春秋元命苞曰猛虎嘯而谷風起類相動也漢書曰天子畿方千里出兵車萬乘故稱萬乘之主尚書曰華夏蠻貊辭未及終而玄微子曰善

鏡機子曰此乃游俠之徒爾善本作耳字未足稱妙也若夫田文無忌之儔乃上古之俊公子

也向曰田文齊公子孟嘗君也無忌魏公子信陵君名也皆好仁義之士門下食客三千餘人善曰田文孟嘗也無忌信陵也皆飛仁揚義騰躍道藝游心無方抗志雲際翰曰神妙無方也抗舉也雲際言高也善曰莊子曰乘物以游心又曰應物無方晉灼漢書注曰方常也楚辭曰放志游乎雲中也陵轢力諸侯驅馳當世揮袂則九野生風慷慨則氣成虹工蜺夫聲叶韻翰曰陵轢干犯也當世謂形要者也生風成蜺言盛也九野謂九州之野也善曰呂氏春秋曰陵轢諸侯說文曰轢車所踐也說文曰揮奮也淮南子曰所謂一者上通九天下貫九野劉邵趙郡賦曰煦氣成虹霓揮袖起風塵文與此同未詳其本也吾子若當此之時豈善本無豈字能從我而友之乎玄微子曰予亮願焉然方

於大道有累去如何良曰亮信也言以勢利相傾於大道有累也如何者復問之辭善曰爾雅曰亮信也鏡機子曰世有聖宰翼帝霸世良曰植謂其父魏太祖也為漢丞相故云聖宰翼佐也善曰謂魏太祖孔安國尚書傳曰翼輔也同量乾坤等曜日月善曰乾坤天地也張超尼父頌曰合量乾坤參曜日月玄化參神與靈合契善曰蔡邕陳留太守頌曰玄化洽矣黔首用寧漢書伍被說淮南王曰今陛下令雖未出化馳如神劇秦美新曰與天剖神符地合靈契惠澤播於黎苗威靈振乎無外向曰黎九黎也少昊九黎亂德苗三苗也舜時三苗不脩道命禹征之如此之國大祖皆布德及之而兵威神靈震懾無外者言盡天下無有外矣善曰國語曰少昊之衰九黎亂德韋昭曰九黎黎民九人尚

書曰禹惟時有苗不率女徂征孔安國曰三苗之民數干王誅崔駰七依曰仁臻於行葦惠及乎黎苗四子講德論曰威靈外覆公羊傳曰王者無外超隆平於殷周踵羲皇而齊泰向曰殷周爲武之朝也踵繼也羲皇伏羲也泰天下泰平也善曰東都賦曰即土之中有周成隆平之制焉東京賦曰踵二皇之遐武薛綜曰踵繼也顯朝惟清王道遐均民望如草我澤如春翰曰王道三王之道也遐遠均齊也下之望上如草之仰雨上之惠下如春之降澤言和之至也善曰班固漢書文紀述曰我德如風民樂如草古長歌行曰陽春布德澤萬物生光輝河濱無洗耳之士喬岳無巢居之民濟曰濱畔也喬岳高山也堯讓天下於許由由以爲其言不善遂臨河洗耳堯時有隱士年老常以樹爲巢故時號巢父此等之士皆被君化盡已入仕矣故河畔高山皆無也

善曰洗耳許由也琴操曰堯大許由之志禪爲天子由以其不善乃臨河而洗耳毛詩曰隮山喬岳也巢居巢父也皇甫謐逸士傳曰巢父者堯時隱人常山居以樹爲巢而寢其上時人號曰巢父也是以俊乂來仕觀國之光良曰尚書云俊乂在官易云觀國之光皆謂時得賢善曰尚書曰俊乂在官國語曰秦后來仕韋昭曰仕於晉也周易曰觀國之光利用賓于王舉不遺才進各異方銑曰異方言非一方善曰左氏傳曰楚子囊曰晉君舉不失選又曰不遺德刑杜預曰遺失也讚典禮於辟雍講文德於明堂向曰辟雍天子學也明堂布政之處善曰左氏傳曰趙武子曰典禮不易尚書曰帝乃誕敷文德毛詩曰矢其文德綏四國以正流俗之華說綜孔氏之舊章翰曰華說謂不實者也綜理也孔子刪定詩書禮樂故云舊章善曰流俗已見上華說已見

文賦舊章已見東都主人王肅周易注曰綜理事也左氏傳曰舊章不可忘也散樂
移風國靜善本作富字民康濟曰康安也善曰解嘲曰散以禮樂風
以詩書禮記曰樂行移風易俗天下皆寧春秋說題辭曰畫精竭思國富民康也神
應休臻屢獲嘉祥良曰休美臻至嘉善祥瑞也善曰尚書曰休徵東
京賦曰總集瑞命備致嘉祥也故甘露善本作靈字紛而晨降景
星宵而舒光銑曰甘露景星皆瑞應也紛盛貌晨朝宵夜舒發也善曰禮
斗威儀曰其君乘土而王其政太平則甘露降鶡冠子曰聖人其德上及泰清下及太
寧景星光潤史記曰天精明時有赤方氣與青方氣相連赤方中有兩黃星青方中有一
黃星凡三星合為景星其狀無常出於有道之國也觀游龍於神淵聆
鳴鳳於高岡向曰游龍鳴鳳亦瑞應也聆聽也岡山脊善曰禮斗威儀曰

文選三十四　四十

其君乘木而王龜龍被文而見神女賦曰婉若游龍周易曰潛龍勿用又曰或躍在淵樂
叶圖徵曰五音克諧各得其倫則鳳皇至廣雅曰聆聽也毛詩曰鳳皇鳴矣此霸
道之至隆而雍熙之盛際翰曰雍和熙廣也善曰漢書宣帝曰
漢家自有制度本以霸王道雜之東京賦曰上下共其雍熙然主上猶尚
善本無尚字以沉恩之未廣懼聲教之未厲濟曰沉深
厲高也善曰難蜀父老曰湛恩汪濊尚書曰朔南暨聲教廣雅曰厲高也采英
奇於仄陋宣皇明於巖穴良曰英奇皆賢才也皇明天子之詔
也仄陋幽僻處善曰邊讓章華臺賦曰舉英奇於仄陋尚書曰明明揚仄陋東都賦曰
散皇明以燭幽巖穴已見上文此寗子商歌之秋而呂望所
以投綸而逝也銑曰寗戚為商歌以干齊桓公呂望釣於渭水之陽周文

王載之車以歸也綸即釣綸也善曰淮南子曰寗戚商歌車下而桓公慨然而悟秋猶
時也史記朱亥謂魏公子曰此是效命之秋也尚書中候曰王至磻溪之水呂尚釣涯下
趨拜尚立變名曰望毛詩曰之子于釣言綸之繩鄭玄曰以繩為之綸吾子為
太和之民不欲仕陶唐之世乎向曰吾子謂玄微子也太
和太平也陶唐堯舜是也不欲仕者問辭也善曰法言曰或問太和曰其在唐虞成周乎
李軌曰天下太和也孔安國尚書傳曰陶唐帝堯氏也於是玄微子攘
袂而興曰偉善本作微字哉言乎翰曰攘袂宣袖也偉美也近
者吾子所述華淫欲以厲我祇攪古卯予心濟曰
攪亂也善曰杜預左氏傳注曰勵勸也毛詩曰胡逝我梁祇攪我心至聞天
下穆清明君莅國良曰穆和也莅臨也善曰史記曰漢興已來受命

文選三十四　四十一

於穆清蔡邕釋誨曰生穆清之世善稟淳和之靈毛萇詩傳曰莅臨也本覽虛盈
作盈虛之正義知頑素之迷惑良曰盈實也頑善素自謙也
曰周易曰損益盈虛與時偕行薛君韓詩章句曰素質也言人但有質朴無治人之材也
令善本作今字予廓爾身輕若飛願反初服從子
而歸銑曰廓爾開悟貌初服未隱居時服善曰劉梁七舉曰先生昭然神悟霍爾
體輕楚詞曰進不入以離尤退將復修吾初服公羊傳楚莊王謂司馬子反曰吾亦從子
而歸

文選卷第三十四

省

七下
詔
冊

文選
三十五

共二十

文選卷第三十五

梁昭明太子撰　五臣并李善注

七下

詔

冊

七命八首

張景陽張協字景陽載之中弟西晉仕至中書郎河間内史

沖漠公子含華隱曜向曰沖漠幽寂也公子蓋假言之以爲問答言其含華美之德隱其光曜也善曰沖漠沖虛恬漠也范曄後漢書孔融曰商山四皓潜光隱耀世嘉其高也嘉遯龍盤越善本作翫字世高蹈良曰嘉善遯避蹈跡也公子善守其德以避人世如龍盤山川之中人莫之知超越時俗以習高跡也善曰周易曰嘉遯貞吉尚書大傳曰蟠龍賁信於其藏鄭玄曰蟠屈也左氏傳齊人歌曰魯人之皋使我高蹈游心於浩然玩志乎衆妙銑曰浩然大道之氣也玩習也衆妙謂大道之門善曰莊子曰乘物以游心孟子曰我善養吾浩然之氣敢問何謂浩然之氣曰難言也其爲氣也至大至剛以直養而無害則塞于天

地之間老子曰玄之又玄衆妙之門絕景乎大荒之遐阻吞響乎幽山之窮奧烏浩反翰曰絕滅景影避遠窮極奧深也謂公子滅跡於大荒遠阻之地吞其聲響於幽山極深之處使人不見不聞也善曰山海經曰大荒之中有山名曰大荒之山日月所入是謂大荒之野毛詩曰幽南山奧隱處也於是徇華大夫聞而造七到焉濟曰徇求造就也假立此求華大夫聞沖漠公子就問焉善曰徇營也華浮華乃整善本作勑雲輅驂七南飛黃良曰輅車也驂駕也飛黃神馬也求華大夫乘此車馬往沖漠之所善曰東京賦曰結飛雲之給輅淮南子曰黃帝治天下於是飛黃服皁也越奔沙輾女輦流霜銑曰越過奔流也流霜西北地寒常多霜飛故車足輾行流霜飛也善曰劉劭七華曰超重淵越流沙也陵扶搖之風蹈堅冰之津向曰

陵扶搖之風謂乘風而行蹈以足蹈行之堅冰之津謂寒處善曰莊子曰搏扶搖而上者九萬里司馬彪曰扶搖上行風也列子曰堅冰立散也旌拂霄堮五各軌出蒼垠翰曰旌旗也乘空而行故旌旗拂於雲霄之匡車跡出於蒼天之畔堮匡也軌迹也垠畔也善曰許慎淮南子注曰垠堮端崖也天清泠而無霞野曠朗而無塵濟曰清泠晴色故無霞也曠遠朗明也無人居故無塵也臨重岫而攬轡顧石室而迴輪良曰重岫石室皆所行歷嶮阻之處攬轡輪皆求華大夫之車馬也善曰仲長子昌言曰聞上古之隱士或伏重岫之內窟窮皐之底列仙傳曰赤松子常止西王母石室中遂適沖漠之所居善本無此一句善曰爾雅曰適之也其居也崢嶸幽藹蕭瑟虛玄向曰崢嶸幽藹並深貌蕭瑟虛玄寂靜貌善曰廣雅曰崢嶸深冥也[illegible]

文曰玄幽遠也溟海渾胡本濩胡郭涌其後嶰胡賣谷嘐勞嶆曹張其前向曰溟海海名渾濩水涌聲嶰谷山名嘐嘈險貌張列也善曰十洲記曰東王所居處山外有員海員海水色正黑謂之溟海說文曰渾流聲也後來切又曰濩霤下貌也漢書曰取竹之嶰谷音義曰嶰谷崑崙北谷名嘐嘈深空之貌也尋竹竦莖蔭其壑百籟群鳴聾其山良曰尋長竦立壑水也謂長竹立莖蔭其水百籟謂林木孔穴激風成聲者及鳥獸之類群鳴皆聾聒於山中也善曰山海經曰大荒之中有岳山尋竹生焉郭璞曰尋竹大竹也莊子曰地籟則衆竅是也聾其山謂衆聲既喧山謂之聾也蒼頡篇曰聾耳不聞也衝飆發而迴日飛礫力起而灑天翰曰衝飆急風也此急風忽發故能迴日光使却行也礫石因此風而起激拂於天善曰鹽鐵論曰衝風飄鹵沙石凝積東

京賦曰飛礫雨散也於是登絕巘遡素長風陳辯惑之辭命公子於巖中銑曰絕巘高山也遡向也求華大夫陳分辯疑惑之辭命沖漠公子於叢穴之下乃與之言善曰毛萇詩傳曰巘小山別大山者也薛綜西京賦注曰遡向也論語子張曰敢問崇德辨惑曰蓋聞聖人不卷道而背時智士不遺身而匿跡向曰不卷藏其道以背於時君不遺棄其身而隱匿名跡善曰應瑒釋賓曰聖人不違時而遯迹賢者不背俗而遺功七啓曰感分遺身楚辭曰聊寬端匿跡也生必輝善本作燿字華名於玉牒殁則勒洪伐於金冊翰曰玉牒金冊並國史也殁死勒記洪大伐功也謂生死必須書名記功於史冊以示天下傳於後代也善曰東觀漢記曰封禪其玉牒文秘說文曰牒禮也陳琳韋端碑曰撰勒洪伐式昭德音金冊已見西京賦

今公子違世陸沈避地獨竄濟曰避代自隱曰陸沈竄藏也
善曰陸沈已見張景陽雜詩孔安國尚書傳曰違避也論語子曰賢者避世其次避地
有生之歡滅資父之義廢良曰平生歡娛之道滅而君臣之義
廢失資於事父以事君也善曰尚書曰夫人有生之最靈者也孝經曰資於事父以事
君而敬同愁洽百年苦溢千歲翰曰愁心多於百年苦思盈溢於千
歲洽猶多也善曰古詩曰人生不滿百常懷千歲憂何異促鱗之游
汀濘寧短羽之棲翳薈烏會反翰曰促鱗小魚也汀濘淺水也
小鳥棲於蒿草善曰張升與任彥堅書曰今將老弱處于窮澤漸漬汀濘何聊賴汀
吐聆切說文曰濘絕小水也奴聆切孫子兵法曰林木翳薈也今將榮子以
天人之大寶悅子以縱性之至娛向曰天人之大寶謂

富貴榮華也縱性之至娛謂聲色滋味也善曰周易曰天地之大德曰生聖人之大寶
曰位列子楊朱曰從性而游不逆萬物所好七啓曰說游觀之至娛窮地而游
中天而居良曰所游處大所居處高也善曰列子曰穆王執化人之袪騰而
上者中天乃止傾四海之歡殫九州之腴翰曰殫盡天下所樂
膏腴之美盡悅之也殫盡也善曰說文曰歡喜樂也又曰腴腹下肥處西都賓曰華實
之毛則九州之上腴焉鑽屈轂之瓠護解疏屬玉市之拘
子欲之乎向曰齊有田仲者屈轂往見之謂仲曰轂有大瓠堅如石厚而無竅
獻之仲曰堅如石不可剖也厚而無竅不可以受漿吾無用此也今大夫喻公子入仕
故如鑽屈轂之瓠使其可用也昔獲竊國人殺君黃帝加以桎梏致於疏屬山中今公子
自苦於窮險之地而大夫欲以榮貴及於公子亦如解此疏屬之拘桎梏也子欲之乎謂

大夫問於公子善曰言屈轂之瓠難鑽疏屬之拘難解今欲以辯而鑽解之也韓子曰
齊有居士田仲者宋人屈轂往見之謂之曰轂有巨瓠堅如石厚而無竅願效之先生田
仲曰堅如石不可剖而斷厚而無竅不可以受水漿吾無用此瓠為也屈轂曰然其棄
乎曰然今先生雖不恃人之食亦無益人之國矣猶可棄之瓠也田仲若有所失懟而不
對山海經曰二負殺猰帝乃梏之疏屬之山桎其右足及縛兩手也公子曰
大夫不遺来萃荒外雖在不敏敬聽嘉話下快
反濟曰大夫不遺棄不材來集此荒外雖不達義敬聽嘉說也萃集敏達話說也善
曰毛萇詩傳曰萃集也孝經曰參不敏說文曰話會合善言也
大夫曰寒山之桐出自太冥翰曰太冥北方善曰楚辭曰北
有寒山卓龍赩然北方極陰故曰太冥也舍黃鍾以吐榦據蒼岑

而孤生銑曰黃鍾音律之長也榦枝也蒼岑青山也善曰禮記曰季夏之月中
央土律中黃鍾之宮尚書曰嶧陽孤桐孔安國曰孤特生桐中琴瑟也既乃瓊巘
嶒層崚稜金岸崥步迷崹音啼向曰瓊巘山也金岸岸之生金玉
者嶒崚崥崹險高貌善曰瓊巘玉山也魯靈光殿賦曰崱繒綾而龍鱗崥崹漸平貌也
右善本作左字當風谷左善本作右字臨雲谿良曰風所生之
谷雲所出之谿上無陵虛之巢下無跖之石實之蹊翰曰
跖躡蹊路也上無飛鳥之巢下無跖石之路謂險極善曰淮南子曰鳥排虛而飛獸蹠
實而走高誘曰實地也廣雅曰蹠履也跖與蹠同善搖刖月峻挺茗莫聆
邈苕條嶢濟曰刖危也峻高也挺出也茗邈苕嶢遠高貌善曰搖刖危貌也
茗邈高貌也晞三春之溢露遡九秋之鳴飆銑曰晞乾

迴向颸風也謂桐木之葉春露既乾向秋鳴風善曰毛萇詩傳曰晞乾也班固終南山
賦曰三春之季孟夏之初𢢔與迴同已見上文古樂府有歷九秋妾薄相行零善本
作雲字雪寫其根霏霜封其條向曰零落也根謂桐根也封皆
也善曰毛萇詩傳曰霏雪貌也霜亦雪類故通言也木既繁而後綠
草未素而先凋向曰謂衆木既繁而桐木猶未綠秋草未衰而枝葉先凋
素謂衰也善曰傅毅七激曰陽春後榮涉秋先凋也於是構雲梯陂
崢嶸翰曰構樹也陂升也崢嶸高貌善曰墨子曰公輸般爲雲梯必取宋長笛賦
曰構雲梯抗浮柱郭璞方言注曰崢嶸高峻也蒯蕤賓之陽柯剖大
呂之陰莖銑曰蒯伐也蕤賓仲夏陽時也大呂仲冬陰氣也陰莖合陽用以爲
琴也善曰禮記曰仲夏之月律中蕤賓又曰季冬之月律中大呂蒼頡篇曰剖析也周

文選三十五　六

禮曰仲冬斬陽木仲夏斬陰木鄭玄曰陽木生於山南陰木生於山北也營匠斲
其樸伶倫均其聲銑曰營匠匠人也伶倫古之善音者善曰營匠未
詳莊子曰匠石之齊見櫟樹觀者如市匠伯不顧司馬彪曰石字伯說文曰斲斫也漢書
曰黃帝使伶倫取嶰谷之竹斷兩節間而吹之以爲黃鍾之宮制十二筩以聽鳳皇之音
以比黃鍾之宮也器舉樂奏促調高張翰曰器舉謂琴成也高張
清調善曰禮記曰金石絲竹樂之器也楊雄解難曰絃者高張急徽也音朗號
鍾韻清繞梁濟曰號鍾繞梁並琴名也朗清者謂勝於此二琴也善曰楚
辭曰操伯牙之號鍾兮挾秦箏而彈徽尸子曰繞梁之鳴許史鼓之非不樂也墨子以爲
傷義故不聽也追逸響於八風采奇律於歸昌良曰八風
八方之風歸昌鳳鳴也善曰風俗通曰聲所以五者繫五行也音所以八者繫八風也

淮南子曰律之初生也寫鳳之音韓詩外傳曰鳳舉曰上翔集鳴曰歸昌也啓中
黃之少宮發蓐收之變商濟曰中黃黃帝也蓐收秋神也黃帝
聲佐之以少宮之音秋神聲佐之以商音如臣佐君也善曰中黃土色禮斗威儀曰少
宮主政宋均曰聲五而已必加少商者以君臣任重爲設副也劉向雅琴賦曰彈少宮之
際天授中徵以及泉禮記曰孟秋之月神蓐收淮南子曰變宮生徵變商生羽其若
乃龍火西頹暄氣初收良曰龍火火星秋則西南見也善曰漢
書曰東宮蒼龍房心心爲火故曰龍火也左氏傳曰仲尼曰火猶西流禮記曰仲秋陽氣
日衰也飛霜迎節高風送秋翰曰節氣還殷若迎秋也善曰柜
辭七說曰飛霜厲其末猋風激其崖李尤七歎曰季秋末際高風猋厲也羈旅懷
士之徒流宕百罹之疇向曰懷士謂思歸也流宕謂遠遊百罹憂

文選三十五　七

也善曰左氏傳陳敬仲曰羈旅之臣論語曰小人懷土謝忱後漢書序曰士庶流宕佗
州異境毛詩曰我生之後逢此百罹撫促柱則酸鼻揮危絃則
涕流善本作流涕銑曰柱彰也撫而促之使急也酸鼻鼻中悲酸也揮彈也危高
也善曰舞賦曰若絙瑟促柱高唐賦曰寒心酸鼻廣雅曰揮動也鄭玄論語注曰危高
也侯瑾箏賦曰急絃促柱變調改曲陸機前緩歌行曰大客揮高絃意與此同也若
乃追清哇赴嚴節銑曰清哇淫聲也疾鼓曰嚴節善曰張衡舞賦曰
含清哇而吟咏蒼頡曰哇謳也嚴節急節也漢書曰隤銅左以擿鼓聲中嚴鼓之節奏
綠水吐白雪激楚迴流風結翰曰綠水白雪琴曲名激楚流
風歌曲名迴謂聲之迴還也結謂聲繫也善曰淮南子曰手會綠水之趨高誘曰綠水
古詩也宋玉風賦曰爲幽蘭白雪之曲上林賦曰激楚結風文穎曰激衝急風也結風迴

風亦急風也楚地風氣既自漂疾然歌樂者猶復依激結之急風為節也悲蓂荚之朝落悼望舒之夕缺翰曰蓂荚草日生一葉至十六日後日落一葉至月終則盡月小餘一葉望舒月也十五日已後則缺皆悲悼歲月之易往也善曰田俅子曰堯為天子蓂荚生於庭為帝成曆鄭玄詩箋曰悼傷也楚辭曰前望舒使先驅王逸曰望舒月御也古詩曰四五占兔缺煢嫠善本作嫠字為之擗避辟摽避躃孀老為之嗚咽向曰煢嫠孤獨人也孀寡婦也此孤獨寡老之人聞此琴則驚心悲咽也擗摽驚心也嗚咽悲也善曰左氏傳初莒有婦人莒子殺其夫已為嫠婦杜預曰寡婦為嫠毛詩曰寤擗有摽毛萇曰擗拊心貌淮南子曰童子不孤婦人不孀高誘曰寡婦曰孀王子拂纓而傾耳六馬嘘天而仰秣銑曰王子仙人也拂其衣纓傾耳來聽伯牙鼓琴六馬仰秣謂嘘者

開口鼻也仰秣者有草而不食仰首而聽曲也善曰列仙傳曰王子喬者靈王太子晉也吹笙則鳳鳴禮記曰傾耳而聽之孫卿子曰昔者瓠巴鼓瑟而鱏魚出聽伯牙鼓琴而六馬仰秣黃伯仁龍馬賦曰或有嘘天嫌慨骨騰肉飛說文曰嘘吹嘘音虛秣或為蹀也此蓋音曲之至妙子豈能從我而聽之乎善曰舞賦曰天下之衆妙公子曰余病未能也向曰病此事未能從大夫而聽之

大夫曰蘭宮秘宇彫堂綺櫳音聾良曰蘭香秘深也櫳跡也上既說琴而公子未能聽之故述此香宮深宇彫綺之飾欲以發其心也善曰楚辭曰彷徨兮蘭宮魯靈光殿賦曰乃立靈光之秘殿說文曰櫳房室之疏也雲屏爛汗瓊壁青蔥翰曰屏牆也畫之為雲爛汗文色貌瓊壁以玉飾壁青蔥玉色

善曰禮記曰疏屏天子廟飾也鄭玄曰屏謂之樹刻之為雲氣王褒甘泉賦曰燿照形之王壁也應門八襲旋臺九重濟曰應門正南門也襲重旋曲也善曰毛詩曰乃立應門郭璞爾雅注曰襲猶重也汲古文曰桀作瓊宮飾瑤臺韓子曰箕子曰紂必為九重高臺也表以白常之闕圜以萬雉之墉向曰表立也百常高也闕樓也圜繞也墉牆也三板曰雉言百常者多也善曰表標也百常高也西京賦曰徑百常而莖擢西都賦曰建金城之萬雉毛萇詩傳曰墉城也爾乃嶢榭迎風秀出中天銑曰嶢高秀特也有木曰榭善曰方言曰嶢高也郭璞爾雅注曰榭臺上起屋也曹子建七啓曰迎清風而立觀國語曰秀出於衆秀出貌也列子曰周穆王築臺號曰中天之臺翠觀岑青彫閣霞連翰曰翠色樓觀如山岑之青彫畫閣道如雲霞相連長翼臨雲飛陛

陵山良曰屋檐如鳥翼之臨雲也飛陛階道也言高如鳥飛而陵上於山善曰鄭玄禮記注曰榮屋翼也魯靈光殿賦曰飛陛揭孽緣雲上征望玉繩而結極承倒景而開軒濟曰玉繩星名言望此星結構棟宇以為極麗也倒景近天而下看日之處門也善曰春秋元命苞曰玉衡北兩星為玉繩說文曰極棟也陵陽子明經曰倒景氣去地四千里其景皆倒在下也軒長廊之牕也赬素炳煥扮汾栱嵯峩銑曰赤白之色雜於室中扮栱屋之木名煥光貌嵯峩高重貌善曰毛萇詩傳曰赬赤也說文曰栱屋棟也棼與扮古字通也陰虹負檐陽馬承阿向曰虹龍陰物馬為陽物謂刻作其象負荷檐梁之勢承接木石之曲阿曲也仰觀刻桷畫龍蚪馬融善曰虹龍也楚辭曰梁將軍西第賦曰騰極受檐陽馬承阿周書曰朏堂咸有四阿也錯以瑤英鏤以金華

翰曰鏤金玉於室宇之中英華皆謂美也善曰廣雅曰錯厠也范子計然曰玉英出藍田劉欣期交州記曰金出珠崖謂金有華彩也華方疏含秀圓井吐葩向曰疏窓也圓井謂屋內向下作井形畫以蓮花若吐於中也葩花也善曰魯靈光殿賦曰懸棟結阿天窓綺疏圓淵方井反植荷蕖張載曰疏刻鏤也秀謂華也重殿疊起交綺對幌銑曰重爲殿堂相疊而起交爲綺綵以對窓幌也善曰西京賦曰交綺豁以疏寮文字集略曰幌以帛明窓也幽堂晝密明室夜朗良曰晝密謂深也夜朗謂高敞焦螟飛而生風善本作風生尺蠖烏郭動而成響翰曰室之深者自生風易響應故雖焦螟微蟲飛亦成風尺蠖小物動乃成響故其宜也善曰晏子春秋晏公問於晏子曰天下有極細乎對曰東海有蟲名曰焦螟巢於蚊睫飛乳去來而蚊不覺周易曰尺蠖之屈以求伸

也若乃目厭常玩體倦帷幄携公子而雙游時娛觀於林麓齊曰玩習也倦勞也山下林曰麓善曰列子曰聲色不可常玩聞曹大家列女傳注曰竹木曰林山足曰麓登翠阜臨丹谷良曰阜山也小華草錦繁飛采星燭銑曰華草雜色如錦文繁又似星之照燭陽葉春青陰條秋綠向曰陰條謂竹柏松桂之流華實代新承意恣觀善本作歡翰曰華實更代而新承仁其意恣爲觀賞仰折神蘤囂俯采朝蘭向曰神蘤香草曰本草經曰白芷一善名蘤許妖切遡素惠風於蘅薄眷椒塗於瑤壇銑曰遡向也蘅香草也薄聚也椒亦香木種之於玉陛之道塗道也壇猶階也善曰邊讓章華臺賦曰蕙風春施洛神賦曰踐椒塗之郁烈步衡薄而流芳漢書曰徧觀此眺瑤堂王

逸楚辭注曰壇猶堂也爾乃浮三翼戲中沚音止良曰三翼船也沚池也善曰越絕書伍子胥水戰兵法內經曰大翼一艘長十丈中翼一艘長九丈六尺小翼一艘長九丈毛詩曰宛在水中沚也潛鰓先才駭驚翰起翰曰池之游魚以船游而驚也翰鳥鰓魚駭驚也善曰蘇林漢書注曰鰓音思今人呼魚謂之鰓猶呼車以爲軫也鄭玄毛詩箋曰翰鳥中豪俊者也沈絲結飛繒理翰曰絲綱也繒弋鳥箭也善曰毛詩曰其釣維何維絲伊緡毛萇曰緡綸也鄭玄曰以絲爲之綸周禮曰繒矢用諸弋射鄭玄曰結繳於矢謂之繒挂歸翮於赤霄之表出華鱗於紫淵之裏向曰用飛繒以弋鳥故挂於赤霄之外施沈網以取魚故出於深淵之下歸翮鳥也華鱗魚也紫淵謂其深色然也善曰歸翮鴻鴈之屬也淮南子曰夫鴻鵠背負蒼天膺摩赤霄上林賦曰紫淵在其北也

然後縱棹隨風弭楫乘波翰曰謂逆水上故須縱棹以接風勢順流下故正楫而從波行也弭止也楫亦棹也善曰杜預左氏傳曰縱放也毛萇詩傳曰弭止也吹孤竹撫雲和銑曰孤竹管也雲和琴瑟也善曰周禮曰孤竹之管雲和之琴瑟鄭玄曰孤竹竹特生者雲和山名淛客唱淮南之曲榜補孟切人奏采菱之歌良曰淛客榜人並行舟人也淮南采菱並曲名善曰淛客習水者也吳都賦淛客懷慨而泣珠漢書曰淮南鼓員四人子虛賦曰榜人歌張揖曰船長也淮南子曰歌采菱發陽阿也歌曰乘鷁善本作鳧字舟兮爲水嬉臨芳洲兮拔靈善本作雲字芝銑曰鷁舟舟名嬉戲也洲水畔芝香草善曰穆天子傳曰天子乘鳧舟郭璞曰舟爲鳧形制今吳之青雀舫此其遺象也琴道雍門周曰水嬉則舫龍舟也楚辭曰采芳洲兮杜若西京賦

曰擢靈芝之朱柯樂以忘戚游以卒時窮夜為日畢歲為期向曰戚憂卒終窮盡也言為樂久也善曰論語子曰樂以忘憂家語孔子歌曰優哉游哉聊以卒歲也此蓋宴居之浩麗子豈能從我而處之乎濟曰宴安浩大麗美也善曰毛詩曰或燕燕居息浩猶大也

公子曰余病未能也

大夫曰若乃白商素節月既授衣翰曰謂秋九月授衣善曰周禮曰西方白禮記曰孟秋之月其音商劉楨與臨淄侯書曰肅以素秋則落毛詩曰九月授衣天凝地閉風厲霜飛翰曰天凝謂霜也地閉謂冰也厲嚴也善曰凝猶結也禮記曰仲冬之月塗城郭築囹圄助天地之閉藏也柔條夕勁密葉晨稀將因氣以效殺臨金郊而講

師銑曰木之柔條至秋則戚勁密葉遇於風霜則見稀也因氣殺言戚殺也金郊西郊也講師謂講武教戰也善曰禮記曰季冬之月天子乃教於田獵劉向尚書五行說曰金西方萬物既成殺氣之始也故立秋出軍行師西方為金故曰金郊也國語號文公曰三時務農一時講武爾乃列輕武整戎剛建雲髦啓雄芒向曰輕武車名戎剛兵之剛猛者建立啓開也雲髦旌旗之屬雄芒劍戟之利刃善曰輕武戎剛四車名也司馬彪續漢書曰輕車古之戰車也不巾不蓋韓子曰管仲之始化也桓公武車元戎已見上文漢書曰衛青令武剛車自環為營張晏曰兵車也雲髦雲旆竿上旆旄也上林賦曰連雲旆髦與旄古字通子虛賦曰建干將之雄戟芒鋒刃也漢書賈誼曰解十二牛而芒刃不頓也駕紅陽之飛鷰驂唐公之驌宿驦音霜銑曰紅陽唐公人也並有良馬名飛鷰驌驦也驂亦駕也

善曰紅陽飛燕未詳或曰駿馬圖有含陽侯驃疑含卬紅聲之誤也左氏傳曰唐成公有兩驌驦馬馬融曰驌驦鴈也馬似之也屯羽隊於外林縱輕翼於中荒濟曰屯聚也羽隊持箭者為隊伍輕翼謂鷹鸇之類善曰羽隊士負羽而為隊也羽獵賦曰蒙盾負羽而羅者以萬計翼左右翅也越絕書曰子胥兵分為兩翼夜火柅望爾乃布飛羅善本作罼字張脩罠陵黃岑挂青巒翰曰羅罠網也將此網陵於黃岑挂青巒巒也黃者謂山居上侵黃道日行處也善曰罨或云飛羅盧端切爾雅曰彘罟謂之罨或作罠音旻夫然兔罠也劉逵吳都賦注曰罠麋網也然張氏之意蓋同劉說罨或為羅也爾雅巒也隋也郭璞曰山隋長者荊州謂之巒畫長壑善本作谿以為限帶流谿以為關翰曰畫謂分長川以為限制控帶流谿以為關守恐失禽也既乃內無疏蹊外

無漏跡良曰網羅既密關守周故獸無蹤漏遺走之路善曰廣雅曰蹤通也七啓曰下無漏迹上無逸飛叩鉦征數校舉麾讚善本作旌字獲向曰叩擊鉦鼓以數立功校之法舉麾號令論其所獲賞罰之制以示衆人然後麾馳騁自讚美也麾謂白旌之旌以指揮軍衆者善曰周禮曰鼓鉦鳴鐲車皆行鄭玄曰鐲鉦也散為陣列而行也漢書曰大校獵如淳曰合軍聚衆有幡校也周禮曰建大麾以田鄭玄曰不在九旗之中周禮曰服不氏射則贊張獲以旌居之而待獲鄭玄曰待獲射者舉旌獲也以彀搆金機馳鳴鏑的翦剛豪落勁翮銑曰彀張弓金機弩牙也鳴鏑箭也剛豪獸也勁翮鳥也翦落傷也善曰說文曰彀張弓弩機弩牙也以金為之漢書曰冒頓乃作為鳴鏑音義曰箭鏑也如今鳴箭是也連善本作車字騎競鶩騈武齊轍濟曰鶩馳騈並武跡也善曰說文

曰鶩亂馳也騈並也毛萇詩傳曰武迹也杜預左氏傳注曰轍車迹也翕忽揮
霍雲迴風列良曰並飛走亂急也聲動響飛形移景發
良曰景影也善曰孫卿子曰下之和上譬猶響之應聲影之隨形舉戈林竦
揮鋒電滅翰曰竦驚也電滅言疾也善曰東京賦曰戈矛若林廣雅曰竦上
也仰傾雲巢俯彈地穴向曰雲巢高巢也彈盡也地穴獸居處謂
傾盡鳥獸善曰周禮有穴氏鄭玄曰穴搏蟄獸所藏者也乃有圓文之
犴岸斑題之豵音宗銑曰犴豵獸名圓文者其文圓也斑題斑額也
善曰毛萇詩傳曰豕一歲曰豜又鄭玄曰豕生三子曰豵然此豜豵指諸獸不專論豕也
鼓鬣獵風生怒目電瞛七容反銑曰鼓動鬐鬣則風生怒目如
電瞛有光也善曰瞛光也七從切口歘霜刃足撥飛鋒濟曰鋒刃

文選三十五　十四

也此皆獸與人爭鬭善曰說文曰歘五齧骨也胡狄切廣雅曰撥除也補達切軏忽
林蹶厥石扣叩跋步末幽叢向曰恐懼馳走之急也軏以鼻揺之
蹶謂以足撥過扣跋擊排也幽叢深林也善曰軏以鼻揺動也郭璞爾雅注曰蹶動揺
之貌也孔安國論語注曰扣擊也毛萇詩傳曰跋躐也扣跋或謂却伏也於是飛
黃奮銳賁奔育善本作石字逞伎蹙子六封豨喜僨
奮馮豕翰曰飛廉黃中黃賁孟賁育夏育並古之捷勇人也皆奮起其勇逞示
伎巧也封豨大也僨僵也豨豕獸也善曰史記曰蜚廉以材力事殷紂尸子中黃伯曰
余左執太行之獶而右搏彫虎說苑曰勇士孟賁水行不避蛟龍陸行不避虎狼吳越春
秋曰夫差使王孫聖占聖曰占之不吉王怒使力士石蕃以鐵椎椎殺聖張華博物志
曰石蕃衛臣也背負千二百斗決也淮南子曰伍子胥曰吳爲封豨脩蛇小雅曰封大也

方言曰南楚人謂猪爲豨爾雅曰僨僵也甫運切僨或爲攢非也王逸楚辭注曰馮大也
拉力荅甝含虪叔挫解貔宅買切善本作廌字勾古侯爪摧
鋸牙捭北買反銑曰甝虪解貔猛獸名既爲勇士拉挫爪牙雖鉤鋸之利並
見摧捭也善曰爾雅曰甝白虎虪黑虎捭漢書注曰獬廌似鹿而一角也淮南子曰張
句爪鋸牙於是擊矣說文曰捭兩手擊也補買切瀾漫狼籍傾榛倒
壑殨觜踢疾挂山僵踣蒲北掩澤濟曰瀾漫狼籍言獸死者多也
傾於榛林倒於溪壑落肉挂於山峯僵斃掩於川澤榛木林觜肉也僵踣斃也善曰說
文曰草編狼籍也鄭玄周禮注曰四足死者曰觜爾雅曰僵仆也郭璞爾雅注曰踣前覆
也張揖上林賦注曰掩覆也藪爲毛林隰爲丹薄翰曰藪澤之中
禽獸之毛爲林原隰之木坌禽獸之血爲薄薄亦林也丹赤也善曰鄭玄周禮注曰澤

文選三十五　十五

無水曰藪也廣雅曰草叢生曰薄於是撤圍頓罔卷旆收鳶
音綜良曰撤去頓下也言獸已盡開去其圍頓下其網卷藏旆旌鳶者剥鳥皮置之竿
上善曰鄭玄禮儀注曰撤除也頓猶捨也禮記曰前有塵埃則載鳴鳶也虞人
數獸林衡計鮮向曰虞人林衡並人掌山澤官命數其所獲之獸計其鮮
者新殺曰鮮善曰周禮有虞人又有林衡孔安國尚書傳曰鳥獸新殺曰鮮也論
最犒苦到勤息馬韜弦向曰最謂功第一者犒勞也勤勞韜藏也謂論
其第一之功以勞其勞息馬而藏其弓弦也善曰張晏漢書曰最功第一也西京賦曰犒
勤賞功杜預左氏傳注曰犒勞也又曰韜藏也肴駟連鑣酒駕方軒
良曰肴膳也鑣銜也並軒車也謂宴軍士其行膳以駟馬連銜並車駕酒而行之善
曰說文曰鑣馬銜也西京賦曰並車酺醴方駕授饔也千鍾電釂子曜萬

燧星繁翰曰鍾酒器電疾麟盡也燧謂擧火以知酒盡星繁言火多也善曰孔
叢子曰堯飲千鍾西京賦曰升觴擧燧既釂鳴鍾說文曰釂飲酒盡也陵阜露
流膏谿谷厭芳煙良曰宰割炮炙多陵阜之間露流脂膏谿谷之內猒
其香煙也芳香也歡極樂殫迴節而旋善本無此兩句善曰鄭
玄周禮注曰節信也行者所執之信也此亦田游之壯觀子豈
能從我而為之乎善曰封禪文曰天下之壯觀也公子曰余
病未能也
大夫曰楚之陽劍歐治所營翰曰陽劍劍名歐治善為劍者
營作也善曰越絕書曰楚王召風胡子而問之曰寡人聞吳有干將越有歐治子寡人
願齎邦之重寶請此二人作為鐵劍可乎於是風胡子之吳見歐治干將使之作鐵劍三

枚一曰龍淵二曰太阿三曰工市陽劍見下文也耶谿之鋌徒鼎赤山
之精濟曰耶谿赤山並山名出銅鐵也鋌鐵名精銅之妙者善曰越絕書曰越王
勾踐有寶劍五聞於天下客有能相劍者名曰薛燭王召而問之對曰當造此劍之時赤
菫之山破而出錫若耶之谿涸而出銅許慎淮南子注曰鋌銅鐵璞也精謂其中尤善者
也銷踰羊頭鍱葉善本作鏷字越鍛丁亂成翰曰鑄鐵不消以羊
頭骨灰置之乃銷鏷鐵鋌也鍛成謂濟南鍛成之劍踰越皆過也善曰淮南子苗山之
鋌羊頭之銷雖水斷龍舟陸剸兕甲莫之服帶許慎曰銷生鐵也高誘曰苗山利金所出
羊頭之銷白羊子刀也鏷或謂為鏷廣雅曰鏷鋌也謝承後漢書曰孝章皇帝賜諸尚書
劍手自署姓名尚書陳寵濟南鍛成蒼頡書曰鍛推也乃鍊乃鑠始畧萬
辟必亦千灌銑曰鍊鑠辟灌並鑄鍛鍊之名萬千言多也善曰說文曰鍊治

金也賈逵國語注曰鑠銷也說文曰銷鑠金也辟謂疊之灌謂鑄之典論曰魏太子丕造
百辟寶劍長四尺王粲刀銘曰灌辟以數質象以呈也豐隆奮推直追飛
廉扇炭向曰豐隆雷師也奮擧也飛廉風師也使雷師擧推風師扇炭以鑄劍也
善曰越絕書薛燭曰當造此劍之時雨師洒掃雷公擊橐蛟龍捧鑪天帝裝炭思玄賦注
曰豐隆雷公也王逸楚辭注曰飛廉風伯也神器化成陽文陰縵
莫半向曰神器劍也成言其若造化而成劍兩面有陰陽有文章塗則平縵之善曰
吳越春秋曰干將者吳人造劍二枚一曰干將二曰莫耶莫耶者干將之妻名也干將曰
吾師之作治也金鐵之類不銷夫妻俱入治鑪之中莫耶曰先師親爍身以成物妾何難
也於是干將夫妻乃斷髮揃爪投之爐中使童女三百鼓橐裝炭金鐵乃濡遂以成劍陽
曰干將而作龜文陰曰莫耶而縵理干將匿其陽出其陰而獻之闔閭闔閭甚重之既

而善本無既而兩字流綺星連浮彩豔發翰曰流綺謂文章也
星連謂精氣衡天與星連也浮彩謂色也豔發謂光起也善曰綺光色也越絕書曰王
取純鈞薛燭觀其釗爛如列星之行典論曰太子丕劍銘曰流采色似采虹釗齒掾切
光如散電質如燿雪善曰莊子曰此劍一用而雷之震電也霍[illegible]文霜鍔水凝冰刃露潔
帝大牆上蒿行曰我帶長寶劍光白如積雪也
濟曰鍔鋒其利如霜其色如水凝亦冰也潔清也氣色凜凜若霜之清潔善曰典論曰
魏太子丕造素質堅而似霜造七首理似堅冰聲類曰鍔刃也字書曰凝冰之絜也越
絕書曰王取純鈞薛燭觀其光如水之溢於塘觀其文煥煥如氷之將釋形冠豪
曹名珍巨闕銑曰豪曹巨闕並劍名也冠謂勝也珍謂重也善曰越絕書
曰越王取豪曹薛燭曰豪曹非寶劍也夫寶劍五色並見莫能相勝曹已擅名矣非寶劍

也王取巨闕曰非寶劍也夫寶劍者金錫和銅而不離今巨闕已離矣非寶劍也指
鄭則三軍白首麾晉則千里流血向曰楚有寶劍鄭晉
二君求之不得乃興兵圍楚三年楚王持劍登城麾之鄭晉之軍皆白首而死者流血千
里　善曰越絕書曰楚王作鐵劍三枚晉鄭聞而求之不得興師圍楚之城三年不解於
是楚王引太阿之劍登城而麾之三軍破敗士卒迷惑流血千里晉鄭之軍頭畢白也
豈徒水截蛟鴻陸灑奔駟向曰蛟龍也鴻鳥也越有寶劍而有
駕駟車奔騰者以劍指之奔駟上飛不知其極灑猶擊也　善曰胡非子曰負長劍赴榛
薄折兕豹赴深淵斷蛟龍戰國策曰蘇秦曰韓卒之劍水擊鴻鴈越絕書曰勾踐示薛燭
巨闕曰五坐露壇之宮有駟駕白鹿而過者車奔馬騰吾引劍而指之四駕上飛揚不知
其絕也斷浮翮以為工絕重甲而稱利云爾而

已哉翰曰浮翮飛鳥也工能也絕亦斷也重甲兵之兩重亦得斷之云爾而已哉丞
助辭也　善曰浮翮鴻鴈也巳見上注史記蘇秦說韓王曰韓卒之劍當敵則斬堅甲也
若其靈寶則舒辟無方奇鋒異模形震薛燭
善本作蜀光駭風湖善本作胡　濟曰薛燭風胡二人知劍者也言此劍神靈
之寶舒卷不常奇模異狀乃能震能動驚駭比人辟卷也神劍者皆柔可卷而懷之復可
舒而用之也　善曰說文曰舒申也晉灼漢書注曰方常也　鄭玄毛詩箋曰模法也越絕
書爲燭一吳越春秋爲蜀蓋一人也價兼三鄉聲貴二都翰曰越王
勾踐持純鈞劍以示薛燭曰有買之以市鄉二又以千戶之都可與之乎薛燭曰雖傾城
量金珠玉滿河猶不得此一物況三鄉二都何足言也言此劍價兼於彼聲貴於此二鄉
而景陽云三鄉取對二都文之失　善曰越絕書勾踐示薛燭純鈞曰客有買之者有市

之鄉二駿馬千匹千戶之都二可乎薛燭曰雖傾城量金珠玉滿河猶不得此一物況有
市之鄉二駿馬千匹千戶之都二何足言馬然實二鄉而云三者避下文也或馳
名傾秦或夜飛去吳良曰吳王有湛盧劍而王無道劍夜飛去入水
楚王得之秦王聞之求而不得興師擊楚卒不與之此乃先去吳而後傾秦者今先云
秦者蓋取韻也　善曰越絕書曰闔廬無道湛盧之劍去之入水行湊楚楚王臥而寤湛
盧之劍也秦王聞而求之不得興師擊楚曰與我湛盧之劍還師云汝楚王不與也是
以功冠萬載威曜無窮揮之者無前擁之者
身雄濟曰此劍之功爲萬載之首威及無窮揮之則敵不敢前執之者爲雄伯也冠
首擁執也　善曰說文曰揮奮也漢書元后詔曰奮無前之威可以從子容服
九國橫制八戎翰曰可以破從約之親服九國之服制御八方之戎九國

謂齊楚燕趙韓魏宋衛中山也橫大也　善曰過秦曰秦人開關延敵九國之師遯逃而
不敢進史記趙良曰五羖大夫相秦施德諸侯而八戎來服也爪牙景附函
夏承風向曰爪牙謂英雄人也景影也言此劍之威天下英雄來附者皆如影之
附形也函夏中國也亦言承風而懼矣　善曰毛詩曰祈父予王之爪牙崔琰大將軍夫
人寇氏誄曰英雄景附揚雄河東賦曰函夏之大家語孔子曰舜之爲君四海承風也
此蓋希代善本作世字之神兵向曰劍能威天下故比之神兵　善
曰魯靈光殿賦曰邈希世而特出子豈能從我而服之乎公
子曰余病未能也
大夫曰天驥之駿逸態超越銑曰驥馬也奇逸之態超越衆
馬　善曰天驥天馬也驥或爲機傳玄乘輿馬賦曰九方不能測其天機列子伯樂曰九

方皐之所觀天機也稟氣靈淵受精皎月向曰靈淵遲注也月精爲馬皎明也善曰孔安國尚書傳曰稟受也遯甲開山圖曰龍西神馬山有淵池龍馬所生春秋考異記曰地生月精爲馬月數十二故馬十二月而生也騂莫侯瞯閑黑照善本作照玄采紺髮翰曰騂眼也瞯白睛也言眼黑白分明玄采黑色也紺青赤色此馬赤黑之色善曰趙岐孟子注曰騂目瞳子也說文曰瞯戴目也說文曰紺深青而赤也沫如揮紅汗如振血銑曰沫口沫也揮散也紅沫色紅也汗流赤色如振血下善曰漢書天馬歌曰霑赤汗沫流赭應劭曰大宛馬汗血霑濡也流沫如赭也韓康伯周易注曰揮散也薛君韓詩章句曰振猶奮也秦青不能識其衆尺方堙不能覩其若滅濟曰秦青方堙二人名皆善相馬知其尺寸遲速衆相也若滅者言良馬行疾若滅也善曰呂氏春秋

文選三十五　二十

曰古者善相馬者管青相脣吻秦牙相前皆天下良士也若趙之王良秦之伯樂九方堙尤盡其妙矣相馬經曰夫法千里馬有三十六尺四寸列子伯樂曰天馬者若滅若沒若亡若失此者絕塵弭轍爾乃巾雲軒踐朝霧翰曰巾飾也謂馬行疾若入雲霧善曰鄭玄周禮注曰巾猶衣也雲軒已見上文越善本作赴字春衢整秋御良曰越春衢者所以游於春時以騁其駿也秋御駕也所以秋乘也善曰秋御秋駕也司馬彪莊子注曰秋駕法駕也蚪踊勇螭騰麟超龍翥銑曰蚪螭赤龍也麟神獸踊騰超翥並疾飛也善曰甘泉賦曰駟蒼螭兮六素蚪劉梁七舉曰天馬之號出自西域纖阿爲右御以術儀攬轡舒節姣雲先螭尸子曰馬有騏驎駰駿南都賦曰馬鹿超而龍驤也望山載奔視林載赴向曰載則赴告也氣盛怒發星飛雷善本作電字駭濟曰駭驚

也善曰李尤七歎曰神奔電驅星流矢驚則莫若益野騰駒也志陵九州勢越四海翰曰神駿之心遠也影不及形塵不暇越善本作起字翰曰行疾影不及隨其形塵雖起行已去塵遠也善曰劉廣世七興曰駿驅之馬影不及形塵不暇與也浮箭未移再踐千里翰曰浮箭謂水漏刻日時節者言刻未移已再及於千里之道善曰浮箭謂漏刻也爾乃踰天垠越地隅向曰垠畔隅界也過汗漫之善本有所字不游蹋章亥之善本有所字末跡銑曰汗漫能游天者也大章豎亥亦捷行步者也言此馬行過此三人行歷之跡善曰淮南子若士曰吾與汗漫期於九垓之上若士舉臂竦身而遂入雲中又曰禹乃使大章步自東極至於西極二億三萬三千五百里七十步使豎亥步自北極至南極二億三萬三千五百里七十步陽烏爲

文選三十五　二十一

之頓羽夸父爲之投策銑曰陽烏日中烏也夸父鄧夸父拔策競走此馬行過之故烏則下羽而夸父投棄其策也頓下也善曰春秋元命苞曰陽成於三故日中有三足烏烏者陽精山海經曰夸父與日競走渴飲河渭河渭不足北飲大澤未至道渴而死棄其杖爲鄧林斯蓋天下之儁乘銑曰此馬天下儁乘也子豈能善本無能字從我而御之乎濟曰御乘也公子曰余病未能也

大夫曰大梁之黍瓊山之禾良曰大梁郡出黍瓊山出禾此將說滋味口腹也此篇所述鳥獸魚蟲之類皆謂食色善曰大梁黍未詳瓊山禾即崐崘之山木禾山海經曰崐崘之上有木禾長五尋大五圍唐稷播其根農帝嘗其華向曰堯有后稷主播種百穀也播布也神農帝嘗百草味將使人食

之華苗也賈誼曰神農嘗百草之實教人食穀也 善曰尚書帝曰汝后稷播時百穀
爾乃六禽殊珍四膳異肴 良曰六禽鳧鴈雉鶉鷃也四膳四
時所食各異其肉也肴肉也 善曰周禮曰庖人掌共六禽鄭司農注曰鴈鶉鷃雉鳩鴿
禮記曰孟春食麥與羊孟夏食菽與雞孟秋食麻與犬孟冬食黍與彘 窮海之
錯極陸之毛 向曰海中滋味者錯雜言多也陸毛獸也 善曰尚書曰海物
惟錯禮記曰加豆陸產也穀梁傳曰九地之所生謂之毛 伊公爨鼎庖子
揮刀 翰曰伊公伊尹也爨然也鼎煮器也庖子庖丁也所以宰割肉也 善曰伊公
伊尹也韋昭漢書注曰爨灼也庖子庖丁也 味重九沸和兼勺 知畧
藥 音畧 翰曰伊尹云五味九沸乃可食之取其熟九陽數之極勺藥五味相和也
善曰呂氏春秋伊尹說湯曰九味之本水最為始五味三和九沸九變火為之紀高誘曰

文選三十五 二十二

紀節也味待火然後成故曰火為之節也文頡上林賦注曰勺藥五味之和 晨鳧
露鵠霜鷄 丁刮 黃雀 向曰鳧鵠鷄黃雀皆鳥名晨晨飛露露宿霜霜飛也
善曰說苑曰魏文侯嗜晨鳧霜露降鵠鷄義南都賦曰歸鴈鳴鵽楚辭曰煎鰿臛雀王逸
曰臛黃貪圈善本作雀也字 案星亂方丈華錯 濟曰負案方丈
食器也星亂華錯言多而義雜也 善曰鹽鐵論曰垂拱持案食者不知蹠耒躬耕者之
勤也墨子曰美食方丈目不能徧視口不能徧味也列女傳曰方丈於前所甘不過一肉
也 封熊之蹯 煩 翰音之跖 之石反 濟曰封大也熊獸名蹯掌
也翰音雞也跖足也 善曰左氏傳曰晉靈公宰夫胹熊蹯不熟禮記曰雞曰翰音呂氏
春秋曰善學者若齊王之食雞也食其跖數千而後足也 鷰髀 薄米 猩脣髦
殘象白 良曰鷰鳥也猩髦象皆獸也殘謂為猛獸所食之殘者亦猶豺殘也白謂

脂也亦猶熊白也 善曰呂氏春秋伊尹說湯曰肉之美者雋燕之髀孫炎爾雅注曰雋
胡圭切說文髀股外也裨爾切呂氏春秋伊尹曰肉之美者猩猩之唇髦象之約高誘曰
髦牛也在西方象獸也在南方約美髦象之肉美貴異味也殘白蓋煮肉之異名也
也崔駰博徒論曰鷰臛羊殘炙鴈煮鳧也 靈淵之龜萊黃之鮐 翰曰
靈淵深淵也萊黃地名出鮐魚 善曰七啓曰寧芳苓之巢龜鹽鐵論曰江湖之魚萊黃
之鮐不可勝也漢書東萊郡有黃縣說文曰鮐海魚也待來切 丹穴之鷚 善本
作鷚字 玄豹之胎 向曰丹山之穴鳳鷚也玄豹獸名胎謂小者 善曰山海
經曰丹穴之山有鳥焉其狀如鶴五采名曰鳳說文曰鷚鳥大雛也列女傳陶荅子妻曰
南山有玄豹六翰曰殷君玉杯象著不盛菽藿之羹必將熊蹯豹胎也 燀 昌善 以
秋橙 直耕 酟 添 以春梅 向曰燀煮也酟和也梅橙果實也其味酸以煮和

文選三十五 二十三

諸味橙秋熟梅春熟 善曰左氏傳晏子曰和如羹焉水火醯醢鹽梅以烹魚肉燀之以
薪杜預曰燀炊之也博物志曰橙似橘而非若柚而有芬香劉梁七舉曰酟以鹽鹽和以
蜜飴廣雅曰沾益之酟與沾同也他兼切尚書曰若作和羹爾惟鹽梅 接以商
王之箸 濾直 承以帝辛之杯 銑曰商王即帝辛紂也紂用象牙為
箸玉為杯也 善曰商王帝辛皆謂紂也史記曰帝乙崩子辛立是為帝辛天下謂之紂
六韜曰殷君陳玉杯象箸韓子曰紂為象箸箕子曰象箸玉杯不盛菽藿也 范公
之鱗出自九溪 濟曰范蠡養魚之池稱九溪謂池中為洲渚數有九也溪
池也 善曰陶朱公養魚經曰威王聘朱公問之曰公家累億金何術乎朱公曰夫為生
之法五水畜第一所謂水畜者魚池也以六畝地為池池中有九洲即求懷子鯉魚以二
月上旬庚日內池中養鯉者鯉不相食易長又貴也 頳尾丹鰓紫翼青

鬐音耆翰曰赬丹赤色此說魚尾鰓翼鬐之顏色也善曰毛詩曰魴魚赬尾丹鰓
已見上文上林賦曰揵鬐掉尾振鱗奮翼爾乃命支離飛霜鍔紅
肌綺散素膚雪落翰曰支離古之屠人也鍔刃也霜者利也肉之紅者
如綺素白者如雪肌膚皆肉散落爲刃所破善曰莊子曰朱泙漫學屠龍於支離益殫千
金之家三年技成而無所用其巧司馬彪曰朱姓也泙漫名也蓋人名也泙普彭切霜鍔
已見上文七啓曰玄熊素膚又曰離若散雪也婁子之毫不能厠其
細秋蟬之翼不足擬其薄翰曰婁子古之明目人也厠比也謂
厨人切割魚細薄之妙雖明目者能割析毫釐之小者亦不能比此細也善曰孟子曰
离婁者古明目者也能視百步之外見秋毫之末楚辭曰蟬翼爲重也繁肴既
闋苦決亦有寒羞向曰肴膳闋終也寒羞謂朝之食也謂繁多之膳食既終

文選三十五　二十四

亦有清朝所進滋味者羞進也善曰蒼頡篇曰闋訖也周禮曰朝事之籩鄭司農曰朝
事謂清朝未食先進寒具口實之籩也商山之果漢皐之楱七豆
反向曰商山名漢皐漢水之畔楱果名善曰漢書曰四人者秦之世避而入商雒深
山已見西都之賓漢皐已見南都賦韓詩外傳曰鄭交甫遵彼漢皐臺下鄭璞上林賦注
曰楱亦橘之類也音湊或曰榛析先歷龍眼之房剖椰以嗟子之
殼口角反向曰龍眼椰子果名剖開破也房殼皆皮也善曰劉淵林吳都賦注曰
龍眼如荔支而小味甘又曰椰樹似檳榔實大如瓠裏有汁美如蜜核可作飲器殼即核
也凡物之內盛者皆謂之殼古角切協韻苦豆切芳旨萬選承意代
奏良曰芳香旨美奏進也謂香美之味萬度選擇各意所欲更代而進之善曰鄭玄
周禮注曰選擇也孔安國尚書傳曰奏進也乃有荊南烏程豫北

竹葉良曰荊南豫北地名烏程竹葉酒名善曰盛弘之荊州記曰淥水出豫章康
樂縣其間烏程鄉有酒官取水爲酒酒極甘美與湘東酃湖酒年常獻之世稱酃淥酒吳
地理志曰吳興烏程縣酒有名張華輕薄篇曰蒼梧竹葉青宜城九醞酒也浮蟻
星沸飛華蓱接銑曰酒上有浮者如蟻星沸言多亂也如花之飛水蓱之
泛相連接者也善曰南都賦曰醪敷徑寸浮蟻如蓱也玄石嘗其味儀
氏進其法向曰玄石古之知酒味者儀氏善造酒者善曰博物志曰玄石從
中山酒家酤酒酒家與之千日之酒戰國策魯君曰昔帝女儀狄作酒而美進於禹也
傾罍一朝可以流湎千日良曰罍樽也流湎醉也言酒遙多而
醉千日一醒也善曰薛君韓詩章句曰齊顏色均衆寡謂之流閉門不出客謂之湎漢
書谷永曰流湎媟嫚千日已見上文簞醪投川可使三軍告捷

文選三十五　二十五

翰曰楚與晉戰或人進王一簞酒王欲與軍士共之則少而不徧乃傾酒於水上源令衆
士飲之士卒皆醉乃感恵盡力而戰晉師大敗之醪酒也簞謂一樽也告捷克勝之名
善曰黃石公記曰昔良將之用兵也人有饋一簞之醪投河令衆迎流而飲之夫一簞之
醪不味一河而三軍思爲致死者以滋味及之也斯人神之所歆羨
觀聽之所煒曄也銑曰歆食羨美也觀見聽聞也煒曄盛貌言此滋味
興酒人神所食羨之見者以爲盛也善曰毛詩曰帝謂文王無然歆羨說文曰歆神食
氣也方言曰煒盛也郭璞曰煒曄盛貌也子豈能彊起而御之乎
濟曰御食也公子曰耽爽口善本作口爽之饌甘腊昔
毒之味濟曰耽樂爽亡饌食也腊乾肉善曰老子曰五味令人口爽廣雅曰爽
傷也國語單襄公謂魯成公曰高位寔疾顛厚味寔腊毒賈逵曰顛隕也腊久也言味厚

者其毒久也服腐腸之藥御亡國之器翰曰人以恬淡寡欲
清心為務以理天下此皆有益於時無味於口若專食肥鮮則必喪亡其正道之味故比
之有毒腐腸之藥可以害人亡國之器謂象箸玉杯紂用而亡也善曰呂氏春秋曰肥
肉厚酒以務相強命曰爛腸之食亡國之器象箸玉杯已見上文雖子大夫
之所榮故亦吾人之所畏余病未能也
大夫曰蓋有晉之融皇風也金華啓運善本作徵
字大人有作良曰融通啓開徵應也上說公子皆不入今說晉朝之德以曉
之言晉通上皇至理之風也晉金德王故曰金華開應也大人天子也善曰杜預左氏
傳注曰獸朗也晉為金德故曰金華周易曰利見大人又曰聖人作而萬物覩繼明
代照配天光宅良曰晉德之明則繼日照於天下比天覆於萬物而大居

文選三十五　二十六

中上也配比光大宅居也善曰周易曰明兩作離大人以繼明照于四方毛詩序曰思
文后稷配天也尚書序曰昔在帝堯光宅天下其基德也隆於姬公
之處岐銑曰基本崇盛也姬公文王也言以德為本則盛於文王之處岐山之陽
善曰姬公文王也文王處岐已見思玄賦其垂仁也富乎有殷之
在亳向曰有殷湯也亳湯所都地名也善曰尚書仲虺曰惟王克寬克仁彰信兆
民孔安國曰言湯有寬仁之德尚書曰湯既黜夏命復歸於亳南箕之風不
能暢其化離畢之雲無以豐其澤翰曰南箕星名主風
風所以養物暢通也畢星主雨離著也月行著畢則雨也雨所以潤物雲所以致雨言晉
德如風之養物雨之潤物故通其政化豐其惠澤善曰尚書曰星有好風星有好雨春
秋緯曰月失其行離於箕者風離於畢者雨也皇道煥炳帝載緝熙

向曰皇大帝天緝安熙廣也言大道照明乃天之法則安人廣惠炳煥謂照明也善曰
景福殿賦曰樂我皇道尚書舜曰敬能奮庸熙帝之載詩曰維清緝熙文王之典也導
氣以樂宣德以詩濟曰導引也言引和氣以樂宣帝德以謳謠也詩謂
謳歌者也善曰呂氏春秋曰陶唐氏之化陰多滯伏陽道壅塞人氣鬱閼筋骨攣縮作
舞宣導之國語曰王將鑄無射問律於泠州鳩對曰律所以立均度所以宣布哲人之令
德示民軌儀也教清於雲官之世治穆乎鳥紀之官
善本作時字穆翰曰雲官黃帝時鳥紀少昊時也教化也穆美也善曰左氏傳曰郯子
來朝公與之宴昭子問焉曰少皞氏鳥名何故也郯子曰昔者黃帝氏以雲紀故為雲師
而雲名我高祖少皞摯之立也鳳鳥適至故以鳥紀為鳥師而鳥名也王猷四
塞入聲函夏謐靜善本作寧字銑曰猷道謐安也函夏謂中國也言王道

文選三十五　二十七

四方充塞中國安靜也善曰毛詩曰王猶允塞猶與猷同已見上文爾雅曰謐寧也
丹冥投烽青徼叫釋警銑曰丹冥南方遠處謂蜀也言蜀已破投
去烽火不設兵守青徼東方謂吳已平釋捨戍候不用卒也南方赤故云丹冥徼遠邊也
善曰丹南方朱冥也楚辭曰歷祝融於朱冥王逸曰朱冥之野也青徼東方也呂氏春秋
曰禹東至青羌之野南至交阯丹粟漆樹後漢書曰遼東徼外貊人寇右北平張揖漢書
注曰徼塞也以木柵水中為蠻狄之界也却走善本無走字馬於糞車
之轅銘德於昆吾善本作吳字之鼎翰曰糞田也兵甲不用却
走馬以理田農也車營田之車鼎鑄金為器有德銘於上昆吾地名作鼎之處善曰老
子曰天下有道却走馬以糞田王弼曰天下有道修於內而已故却走馬以糞田東京賦
曰却走馬以糞車墨子曰昔夏禹使飛廉採金於山以鑄鼎於昆吾蔡邕銘論曰呂尚作

周太師而封齊其功銘於昆吾之治也羣氓善本作萌字反素時文
載郁向曰羣氓民也反素謂反於純素之時文謂禮樂也載則也郁義也善曰素
樸素也東京賦曰遵節儉尚素樸論語子曰周監於二代郁郁乎文哉耕父推
畔漁豎讓陸向曰推亦讓也魚豎謂捕魚人也九釣魚者擾於陸而臨於水
今沐王化皆能有讓不先自安於己也善曰文子曰黃帝之化天下田者讓畔淮南子
曰黃帝化天下漁者不爭坻也樵夫恥危冠之飾輿臺笑短
後之服翰曰樵夫采薪者也輿臺賤人也危冠短後服戎士衣也恥危冠願事君
也笑短服不用兵也善曰長楊賦曰士有不談王道者即樵夫笑之胡非子曰解其長
纓免其危冠左氏傳曰人有十等皁臣僕僕臺莊子謂魏太子謂莊周曰吾王所見唯劍
士短後之服任力說之也六合時邕巍巍蕩蕩良曰六合四方上下

文選三十五　二十八

也邕和也巍巍功高也蕩蕩德廣也善曰呂氏春秋曰神通乎六合尚書曰黎民於變
時邕論語子曰大哉堯之為君蕩蕩乎民無能名焉巍巍乎其有成功也玄髫徒堯
巷歌黃髮擊壤濟曰髫亦髮也謂玄髮童子黃髮壽人並歌謠於衢巷田
壤之中也堯治天下大和有擊壤歌曰日出而作日入而息帝何力於我哉蓋和平之至
也善曰埤蒼曰髫髮也髫與髫古字通也大聊切列子曰堯理天下乃微服游康衢聞
兒童謠曰立我蒸人莫匪爾極不識不知順帝之則毛詩曰黃髮台背爾雅曰黃髮壽也
論衡曰堯時天下大和百姓無事有五十之人擊壤於塗也解羲皇之繩
錯陶唐之象銑曰古者文字未生而伏羲氏畫八卦以代之言晉之和平法
令寬理道出百王亦循伏羲解去結繩之政也陶唐堯也堯為象刑象法也言晉德雖於
文法也善曰周易曰上古結繩而治尚書大傳曰唐虞之象刑赭衣不純中刑雜屨下

邪墨蠓音蒙也蠓若乃華裔之夷流荒之貊莫百反銑曰華
中國也裔遠也流荒窮遠之地貊夷狄總名謂中國之遠窮荒之地夷狄皆來王於晉德
也善曰左氏傳孔子曰裔不謀夏夷不亂華尚書曰五百里荒服又曰二百里流孔安
國曰要服之外五百里也周書曰四夷九貊孔晁曰貊夷之別也語不傳於
輶軒地不被乎正朔向曰輶軒輕車也被及也正朔日月歷象之數
善曰風俗通曰秦周常以八月輶軒使採異代方言藏之秘府春秋說題辭曰蠻服流遠
正朔不及盛德則越裳重譯而至莫不駿奔稽顙委質重譯
翰曰駿疾也稽顙首至地而拜也委質謂屈身也重譯謂易夷狄之言以宣於帝聽也
善曰毛詩曰駿奔走在廟諭巴蜀曰稽顙來享禮記曰拜而後稽顙左氏傳孤突曰策名
委質貳乃辟也重譯見上文也于時昆蚑岐感惠無思不擾

文選三十五　二十九

向曰于時謂當時也昆蚑昆蟲也帝德及於昆蟲故感惠也而天子之心無所不及也擾
猶及也善曰毛詩序曰文王德及鳥獸昆蟲焉說文云蚑行也九生之類行皆蚑也毛
詩曰無思不服應劭漢書注曰擾馴也苑戲九尾之禽囿棲三
足善本作足字之烏善本作烏字向曰苑囿天子育禽獸處九尾禽狐也三
足烏皆天子有至德此物乃見狐游戲於苑禽獸通言善曰春秋元命苞曰天
命文王以九尾狐白虎通曰禽者何鳥獸之總名明為人所禽制也典引曰三足軒翥於
茂林蔡邕曰烏反哺之鳥至孝之應也鳴鳳在林夥禍於黃帝
之園翰曰黃帝齋宮有鳳皇來至於帝園多也善曰禮瑞命記曰黃帝服黃服
戴黃冠齋于宮鳳乃蔽日而來止帝園食竹實棲梧桐終不去漢書曰楚人謂多為夥
有龍游淵盈於孔甲之沼良曰帝孔甲好養龍盈過也沼池也

善曰左氏傳蔡墨曰有夏孔甲擾于有帝帝賜之乘龍河漢各二各有雌雄也杜預曰孔
甲少康之後九世之君也萬物煙因熅於云天地交泰良曰煙熅
和氣也泰通也言天地和氣交通而不亂也善曰周易曰天地絪縕萬物和醇又曰天地
交泰也義懷靡內化感無外濟曰王者之義心懷所感無內外皆
同此無私之意靡亦無也善曰莊子曰吾知道近乎無內遠乎無外林無被
褐山無韋帶翰曰被褐之衣逸人服也章皮帶亦野人之帶山林之中無隱
逸之人皆悅王道而來善曰老子曰聖人被褐懷玉漢書賈山上疏曰夫衣布韋帶之
士修身於內成名於外皆象刻於百工兆發乎靈蔡齊曰
象刻百工傳說也兆發靈蔡太公也高宗夢得說使百工刻其形象而求之文王卜出田
於謂陽得太公以歸靈靈龜也蔡謂龜出蔡地善曰尚書曰高宗夢得說使百工營求

文選三十五 三十

諸野乃審象旁求於天下孔安國曰審所夢之人刻其形象也史記曰呂尚年老矣以漁
釣奸周西伯將畋卜之曰所獲霸王之輔於是西伯獵果遇太公論語子曰臧文仲居蔡
鄭玄曰蔡謂國君之守龜也搢紳濟濟軒冕藹藹良曰搢紳軒冕
衣冠車服也濟濟藹藹美盛貌善曰封禪書曰因雜搢紳先生之略術毛萇詩傳曰濟
濟多威儀也管子曰先王制軒冕所以著貴賤廣雅曰藹藹盛也功與造化
爭流德與二儀比大良曰二儀天地善曰淮南子曰大丈夫無為
與造化逍遙周易曰易有太極是生兩儀嚴君平老子指歸曰功與造化爭流德與天地
齊光也言未終公子蹶然而興濟曰蹶然而興謂跳起也善
曰莊子曰黃帝問廣成子廣成子蹶然而起司馬彪曰蹶疾起貌曰鄙夫固
陋守此狂狷古縣濟曰公子聞晉德之盛驚之而言堅志於狹陋守愚蒙

之性堅固也狂狷愚蒙也善曰鄙夫已見西征賦司馬遷書曰請畧陳固陋論語子曰
不得中行而與之必也狂狷乎狂者進取狷者有所不為也蓋理有毀之
而爭寶之訟解言有怒之而齊王之疾痊翰曰
初大夫喻公子以音樂田游之事而公子怒而不應今聞皇風聖義而怒解疾痊亦如昔
有仙人見二人爭寶仙人自毀千金之璧二人曰彼千金璧尚且不愛而毀之何況此乎
爭訟遂止齊威王有疾文摯云王疾得大怒必痊文摯乃不脫屨登王牀王大怒殺文摯
疾乃痊也痊差也善曰莊子曰庚市子肩之毀玉也淮南子莊子后解曰庚市子聖人
無慾者也人有爭財相鬪者庚市子毀玉於其間而鬪者止也呂氏春秋曰齊閔王病痟
使宋迎文摯文摯視王疾謂太子曰王病得怒當愈愈則殺摯如何太子曰臣當與母共
請於王必不殺子矣摯往不解屨登牀履衣問王之疾王怒叱而起病即瘳將生烹文摯

文選三十五 三十一

太子與后請不得遂烹文摯司馬彪莊子注曰痊除也向子誘我以聾
耳之樂棲我以蔀部家之屋向曰蔀家幽闇也善曰老子
曰五音令人耳聾周易曰豐其屋蔀其家覆曖障光之物也既豐其屋又覆其家屋厚家
覆闇之甚也田游馳蕩利刃駿足既老氏之攸戒
非吾人之所欲故靡得而應子向曰游亂也蕩游也利刃
謂劍也駿足天驥也老氏老子也攸所也老子云五音令人耳聾馳騁田獵令人心發狂
靡無也應從也善曰老子曰馳騁田獵令人心發狂也至聞皇風載韙
于鬼時聖道淳銑曰載則韙是淳厚也善曰杜預左氏傳注曰韙是也于匪
切尚書曰政事惟醇孔安國曰醇粹也舉實為秋摛藻為春銑曰
舉用賢能亦如秋時萬物成實也發禮樂文章如春之萬物榮美也摛發也藻文也善

曰韓詩外傳曰魏文侯之時子質仕而獲罪
謂簡主吾不復樹德簡主曰夫春樹桃李夏
以得蔭其下秋得食其實今子樹其
非人也昔寶戚曰搗藻如春華也
下有可
封之人
善本作
民字
上有大哉之君
銑曰堯治天
下和平比屋
可封爵也謂下人皆遷善也大哉之君則堯
也善曰尚書大傳曰周人可比屋而封論
語子曰大哉堯之爲君惟天
爲大惟堯則之民或爲臣也
余雖不敏請從
善本作
尋字
後塵
向曰不敏猶不達也公子請從
大夫後塵以從仕也善曰論
語顏回曰回雖不敏請事斯語應璩與
桓元則書曰敢不策駑駘尋後塵也

詔一首

詔

漢武帝

向曰漢書云武帝諱徹景帝
中子謚曰武詔照也天子出
言如日之照於天下也
此詔下州郡求賢良焉

詔曰蓋有非常之功必待非常之人故馬或
奔踶
覩
帝
而致千里也
翰曰以馬比賢人也踶蹋
善曰言馬不良或奔
或踶御之以道而致千里之
塗聲類曰踶蹋也杜計切
士或有負俗之
累而立功名
翰曰賢人或以小節犯負時譏
而見棄累者則藏器於內可以
立功名晉灼曰被世譏論也善曰越絕
書曰有高世之材者必有負俗之累也
泛
方奉切善本
泛上有夫字
駕之馬跅
拓
弛
式
氏
之士亦
善本
亦下
有在
字
御之而已
濟曰泛敗也跅逐弛廢御用
也良馬奔而有餘力者必敗
駕車之儀也人有才器卓異必見疾而逐之
黜而廢之也此亦在人善用之而已善曰
應劭曰泛覆也馬有餘氣力乃能敗駕如淳
曰弛廢也士行卓異不入俗撿必見斥逐也

跅音拓或
曰音尺
其令州縣察吏民有茂才異等可
爲將相及使絕國者
銑曰其辭也察求也吏
謂在官者民謂百姓也
茂美盛也令其義才殊異於筆倫堪任將相
及奉使遠國者進之絕遠也應劭曰舊言秀
才避光武諱改稱茂才異等者越等軼羣不
與凡同也善曰察觀也察審知然後薦之
也桓子新論雍門周曰
遠赴絕國無相見期也

賢良詔一首

銑曰前詔郡國求賢良而
賢良畢至此詔問之策也

漢武帝

朕聞昔在唐虞畫象而民不犯
銑曰畫衣冠
之象以殊於
常服將使犯法者服之以當刑罰而入乃無
犯者應劭曰二帝但畫衣冠章服而民不敢
犯也善曰尚書大傳曰唐虞象形而
民不敢犯墨子曰畫衣冠而民不犯
日月

所燭莫不率俾
良曰燭照率循俾使也帝德
廣運日月所照之地皆循順
帝道而求使用善曰大戴禮孔子曰昔舜
出入日月莫不率俾孔安國尚書傳曰無不
循化而
使也
周之成康刑錯
措
不用德及鳥獸
向
曰
成王康王也錯置也善曰紀年曰成康之
際天下安寧刑措四十年不用毛詩序曰文
王受命樂其有靈德以及鳥獸
焉尸子曰湯之德及鳥獸矣
教通四海海
外肅慎北發渠搜氐羌來服
向曰肅慎北發
渠搜氐羌四國
名皆來服帝命晉灼曰東夷傳肅慎今挹婁
地是也在夫餘之東北千餘里大海之濱北
發似國名也應劭曰禹貢析支渠搜屬雍州
在金河關之西挹發甲切善曰大戴禮孔
子曰昔舜時西王母來獻其白玉琯云教通
于四海海外肅慎北發國名也大戴禮曰北
發渠搜氐羌來服鄭玄詩箋
曰氐羌夷狄國別在西方也
星辰不孛
勃
日

月不蝕翰曰孛亂也山陵不崩川谷不塞翰曰和氣流通
善曰大戴禮曰聖人有國日月不蝕星辰不孛川澤不竭山不崩解陵不絶夷麟鳳
在郊藪河洛出圖書濟曰藪澤也天子有道則河出圖洛出書皆應
瑞也 善曰禮記曰聖王所以順故鳳皇麒麟皆在郊藪周易曰河洛出圖書聖人則之
烏虖何施而臻此乎濟曰烏虖數美之辭也臻至也言堯舜成康施
何德惠以至於此哉今朕獲奉宗廟夙興以求夜寐以
思若涉善本無渉字淵水未知所濟良曰獲得夙早興起寐卧
淵深也言早起以求賢良夜卧思安宗廟若渉於深水未知所濟度言危懼也 善曰尚
書曰予惟小子若渉淵水予惟往求朕攸濟猗歟偉歟何行而可
以彰先帝之洪業休德向曰猗歎辭也偉大也數宗廟事大何以

文選三十五　三十四

行道可以明先帝大業美德者也善曰如淳曰猗詩曰猗歟那歟也猗美也偉大也
歟辭也言美而且大上參堯舜下配三王翰曰參及配比也三王禹
湯武王也朕之不敏善本無不敏兩字不能遠德良曰敏達也言
我不能遠比堯舜三王之道此子大夫之所覩聞也向曰
子大夫謂賢良人也此天子之敬辭覩見也善曰國語越王勾踐曰苟聞子大夫之言貫
達曰觀而近故曰子大夫也賢良明於古今王事之體受
策察問咸以書對著之于篇朕親覽焉翰曰察明
也言受我策文明我疑問皆書之以對述于篇章當親覽之咸皆著述也
冊善曰說文曰冊符命也諸侯進受於王象其禮一長一短中有二編也

冊魏公九錫文一首善曰范曄後漢書曰曹操自爲魏公

加九錫韓詩外傳曰諸侯之有德天子錫之一錫車馬再錫衣服三錫虎
賁四錫樂器五錫納陛六錫朱戶七錫弓矢八錫鈇鉞九錫秬鬯謂之九
錫也

潘元茂向曰文章志云潘勗字元茂陳留中牟人也少有逸才爲
尚書右丞也冊符命也諸侯進爵受於王冊書其功績魏公曹操也
錫賜也賜之九物以示功之重善曰文章志曰潘勗字元茂獻帝
時爲尚書郎遷東海相未發拜尚書左丞病卒魏錫勗所作
制詔翰曰此漢獻帝之制也制者王者言爲法制 善曰蔡邕獨斷曰制詔者王
之言必爲法制也詔猶告也三代無其文秦漢有也使持節丞相領冀
州牧武平侯良曰持執也執節出外令得專前事以示天子之信以明重臣

文選三十五　三十五

之忠節也領統也 善曰魏志曰建安元年天子假太祖節鉞封武平侯建安九年領冀
州牧也朕以不德少遭閔凶越在西土遷于唐
衛濟曰不德謂無德也閔病也謂靈帝崩也越遠也西土長安也唐謂安邑堯所居也
衛謂河內也 善曰朕謂獻帝也左氏傳楚子曰不穀不德少主社稷又楚少宰如晉師
曰寡君少遭閔凶又唐成叔吊于衛曰聞君不撫社稷而越在他竟尚書曰遜矣西土之
人 范曄後漢書獻帝紀曰初平元年遷都長安興平二年車駕東歸李傕復追戰王師敗
帝渡河幸安邑建安元年六月幸聞喜七月車駕至洛陽漢書河東郡有安邑縣聞喜縣
然自聞喜入洛必塗經河內河內本衛國河東本唐堯所封故曰唐衛也當此之
時若綴去旒流然銑曰旒冠上垂珠而綴於冠者言帝室之危如旒之
懸然辭也 善曰公羊傳曰君若贅旒然何休曰旒旗旒也贅猶綴也以譬者言爲下所

勑持東西耳宗廟乏祀社稷無位羣凶覬記覦逾
連帶城邑善曰左氏傳師服曰民服事其上而下無覬覦杜預曰下不冀望上
位也說文曰覬幸也覦欲也一人尺土朕無獲焉良曰言天下叛
逆而我無一人之柄尺土之分獲得也善曰孟子曰紂之去武丁未久也尺地莫非其
有也一民莫非其臣也即善本有我字高祖之命將墜于善本
作於字地向曰隧落也朕用夙興假寐震悼于厥心
濟曰夙早興起也假寐不脫衣冠而寢震驚悼痛厥其也　善曰論語子貢曰文武之道
未墜於地毛詩曰夙興夜寐永歎又曰假寐楚辭曰心震悼而不敢也曰惟祖
惟父股肱先正其孰恤朕躬銑曰先正謂先帝之政也言非
曹操祖父為股肱之臣以輔佐先帝之政其誰憂我身者言曹公憂我也　善曰尚書曰

文選三十五　三十六

臣作朕股肱耳目又曰亦惟先正克左右昭事厥辟又曰惟祖惟父其伊恤朕躬鄭玄曰
先正先臣為公卿大夫也乃誘天衷誕育丞相向曰誘進衷心也育
謂生也言曹公祖父憂深於國乃進至忠之心於上天遂生丞相終保漢室丞相即曹公
也　善曰左氏傳甯武與衛人盟曰用昭乞盟于爾大神以誘天衷毛萇詩傳曰誕大也
鄭玄曰大矣后稷之生也保乂我皇家弘濟于艱難朕實
賴之翰曰言曹公安理我國家大濟艱難我實蒙賴其功德保安乂理弘大也　善
曰尚書周公曰天壽平格保乂有殷又曰用敬保元子釗弘濟于艱難左氏傳然明曰鄭
國其實賴之也今將授君典禮其敬聽朕命翰曰將封為魏
公授其古先常行之禮使曹公敬承我命也典常聽承也昔者董卓初興
國難羣后釋善本作失字位以謀王室君則攝進

首啓戎行此君之忠於本朝也向曰董卓為亂之首故云
初也興起也羣后謂諸侯也諸侯見王室遭難皆去其位為王室謀安定之策而曹公則
引進忠誠先開兵戎之行伍以除亂也攝引啓開也　善曰魏志曰董卓廢帝為弘農王
而立獻帝將軍袁紹等同時俱起卓兵強莫敢先進太祖遂引兵西左氏傳王子朝告于
諸侯曰釋位以間王政又曰會于洮謀王室也服虔曰諸侯釋其私政而佐王室後
及黃巾反易天常侵我三州延于平人善本作民
字君又討之翦除其跡以寧東夏此又君之
功也翰曰黃巾賊張角自稱黃帝天兵三十六萬皆著黃巾為首也反易天常謂亂
天之常道也侵我三州謂青州兗州東平郡延于平人謂延及禍難於平居之人也而曹
公討之大破翦除其跡謂盡殺也寧安也東夏洛陽也　善曰魏志曰青州黃巾衆有百

文選三十五　三十七

餘萬入兗州遂轉入東平太祖遂進兵擊黃巾於壽張東破之黃巾至濟北乞降左氏傳
太史克曰顓頊氏有不材子以亂天常尚書曰蚩尤惟始作亂延及平民也韓暹
楊奉專用威命又賴君勳剋黜其難良曰韓暹楊奉
並董卓將也專擅其威於闕中賴曹公之功能退其禍難也勳功剋能黜退也　善曰魏
志曰韓暹楊奉以天子還洛陽奉別屯梁太祖遂至洛陽征楊奉奉南奔袁術遂攻其梁
屯拔之也遂建許都造其京畿設官祧善本作兆字祀
不失舊物天地鬼神於是獲乂此又君之功
也向曰祧壇域祀祭也建立造作獲得乂治也時洛陽宮室並為董卓焚毀還立都於
許作我京兆封畿設置官班始為壇塋祭祀不失漢家舊事禮樂之物也　善曰魏志曰
建安元年洛陽殘破太祖都許至是宗廟社稷制度始立周禮曰設官分職又曰兆五帝

於四郊鄭玄曰兆爲壇之塋域也左氏傳伍員曰少康祀夏配天不失舊物也袁術僭逆肆于淮南懾之涉憚君靈用丕顯謀蘄其陽之役橋蕤授首稜威南厲術以殞潰此又君之功也翰曰肆恣也懾憚畏難也丕大役患稜奮厲嚴殞死潰亂也言袁術僭號爲帝於淮南曹公征之術畏難公之威靈大明之謀術乃棄軍而走曹公斬其將橋蕤於蘄陽蘄陽地名也授首謂斬獲其首公奮其神威而淮南之逆懼公嚴整而袁術死亂善曰魏志曰袁術字公路欲稱帝於淮南術侵陳公東征之術聞公自來棄軍走留其將橋蕤公擊破蕤等斬之左氏傳曰肆於民上杜預曰肆施也蘄縣屬沛在陳之東也魏志曰術爲太祖所敗欲至青州從袁譚發病道死漢書武帝報李廣曰威稜憺乎鄰國鄭玄論語注曰厲嚴整也左氏傳曰民逃於上曰潰也迴戈東指呂布

就戮濟曰征袁術迴兵而東又破呂布而殺之善曰魏志曰呂布字奉先五原人也爲兗州牧建安三年公東征大破之布乃遂固守公遂決泗沂水以灌城禽布殺之長楊賦曰迴戈邪指南越相夷乘轅善本作軒字將返張楊沮慈與斃眭雖固伏罪張繡稽伏此又君之功也向曰破呂布而還也轅車也張楊眭固皆敗而誅死也張繡降曹公沮敗也斃死也伏罪謂誅之也稽拜也善曰魏志曰張楊字稚叔雲中人也董卓以爲建義將軍建安四年公征呂布張楊將醜殺楊以應太祖楊將眭固殺醜將其衆欲北合袁紹太祖遣史渙邀擊之殺固又曰張繡武威人驃騎將軍濟族子也濟死繡領其衆屯宛太祖南征軍淯水繡等皆降左氏傳曰楚王告令尹改乘轅而北之毛萇詩傳曰沮壞也袁紹逆常謀危社稷憑恃其衆稱兵內侮銑曰袁紹逆亂常道恃其兵衆

內懷輕侮天子之心善曰魏志曰袁紹字本初汝南人也天子以紹爲太尉會太祖迎天子都許紹擇精卒十萬騎萬匹將攻許也當此之時王師寡弱天下寒心莫有固志翰曰寡少也寒心謂戰慄所懼漢室不全戰士無堅固之志善曰寒心已見上文周易曰執用黃牛固志也君執大節精貫白日翰曰精誠明信通貫白日者天下所見明也言曹公之心亦如日也善曰論語曾子曰臨大節而不可奪戰國策唐雎謂秦王曰聶政之刺韓傀也白虹貫日奮其武怒運諸神策致屆官渡善本作度字大殲醜類良曰致至也官渡地名殲殺醜惡也言至官渡大殲惡類謂破袁紹也善曰魏志曰建安五年公軍官度袁紹遣車運穀使淳于瓊送之公擊瓊斬之紹衆大潰紹棄軍走毛詩曰致天之罰屆于牧之野鄭玄曰致天所以罰殛紂也爾雅曰殲盡也醜

衆也俾我國家拯於危墜此又君之功也良曰俾使拯拔墜落也言使我拔危於若落之中也善曰說文曰出溺爲拯也濟師洪河拓定四州袁譚高幹咸梟其首濟曰洪大拓定也四州謂青冀幽并也袁譚高幹二人名也咸皆梟縣也言皆斬首而懸之善曰青冀幽并也魏志曰紹出長子譚領青州又曰建安十年公攻袁譚破之斬譚又曰袁紹以甥高幹領并州牧公征幹幹遂走荊州上洛都尉王琰捕斬之漢書音義曰懸首於木上曰梟也海盜奔迸黑山順軌此又君之功也銑曰海盜黑山二賊擾亂也言其奔散或來順善跡而降也迸散軌跡也善曰魏志曰公東征海賊管承至淳于遣樂進擊破之承走入海島又曰黑山賊張燕率其衆降封爲列侯烏丸三種崇亂二世袁尚因之逼據塞北束馬縣

車一征而滅此又君之功也
翰曰烏丸三種北狄也崇大也言其大亂已經二主故云二代袁尚因烏丸大亂近擾塞北之地以爲叛逆而曹公經行險阻束馬懸車以上下也一行羣逆皆滅逼近也善曰魏志曰三郡烏丸承天下亂破幽州略有漢民袁紹皆立其酋豪爲單于遼西單于蹋頓尤強故尚兄弟歸之數入塞爲害尚書周公曰乃大降罰崇亂有夏孔安國云崇重也君北征三郡烏丸袁尚袁熙與蹋頓遼東單于樓班右北平單于巨抵等數萬騎合軍公縱兵擊之虜衆大崩斬蹋頓尚熙奔遼東遼東太守公孫康即斬尚熙等傳其首管子曰桓公征孤竹之君懸車束馬踰太行至卑耳山

劉表背誕不供貢職
濟曰誕欺也言背國家不供貢賦之職善曰魏志曰建安十三年公南征劉表表卒其子琮降左氏傳楚伯州犂謂鄭行人揮曰子姑憂子皙之欲背誕也管仲曰爾貢苞茅不入王祭不供

王師首路威風先逝
濟曰首向逝往也言天子大軍將行向其彌路而威風之聲已先往所止而聞也善曰廣雅曰首向也

百城八郡交臂屈膝此又君之功也
銑曰百城八郡謂劉表所據地也交臂屈膝謂來降自縛拜也善曰戰國策張儀曰交臂而事齊楚檄蜀文曰匈奴屈膝請和也

馬超成宜同惡相濟濵據河潼求逞所
善本作所逞
欲
向曰馬超成宜據關中反同爲惡逆以相濟濵據臨河也河潼二關水名逞縱也所欲謂爲篡逆也善曰魏志曰建安十六年關中諸將馬超韓遂成宜等反超等屯潼關公西征與超等夾關戰公乃分兵結營於渭南賊夜攻營伏兵擊破之斬成宜周書太公曰同惡相助同好相趨思玄賦曰飄飄神舉求逞所欲

殄之渭南獻馘
古麥切
萬計
翰曰殄盡也言盡殺之於渭水之南馘割耳也戰勝則割死人之耳以獻於君蓋計數也

萬計
言多也善曰小雅曰殄盡也毛詩曰在泮獻馘鄭玄曰馘所格者左耳也羽獵賦曰拔鎖鄉而羅者以萬計

遂定邊城撫和戎狄此又君之功也
善曰長楊賦曰永無邊城之災左氏傳晉侯謂魏絳曰子教寡人和諸戎狄也

鮮卑丁令重譯而至單于白屋請吏帥職此又君之功也
向曰鮮卑丁令單于白屋皆夷狄之名重譯謂使人傳易夷人言以宣於君也請吏謂請爲官吏帥職謂帥其職貢善曰鮮卑丁令二國名重譯已見上文毛詩博物志曰北方五狄一曰匈奴二曰穢貊三曰密吉四曰簞于五曰白屋然白屋今之靺鞨也單于今之契丹也本並以簞于爲單于疑字誤也簞音必計切劉淵林魏都賦注曰北虜單于白屋范曄後漢書曰北虜單于謂耿恭曰若降者當封爲白屋王漢書曰卭筰請吏北面齊夷也又曰王降請吏然請吏請漢爲之置吏也又曰鎮

君有定天下之功重之
善本無之字
以明德班叙海内宣義風俗
翰曰以曹公之明德班述天下宣而行之以爲風俗之義善曰左氏傳史趙曰舜重之以明德宣德於遠也

旁施勤教恤慎刑獄
良曰勤惠恤憂也善曰尚書曰旁作穆穆弗迷文武勤教又曰欽哉欽哉惟刑之恤哉又曰文王罔攸兼于庶獄庶慎也

吏無苛政民不回慝
銑曰苛繁回奸慝惡也善曰禮記曰孔子過山側有婦哭作慝者而使子貢問之曰昔者吾舅死於虎夫又死馬吾子又死馬夫子曰何不去也曰無苛政左氏傳季文子曰少皞氏有不材子曰靖譖庸回邪衆蒐慝杜預曰回慝惡也

敦崇帝族援繼絕世舊德前功罔不咸秩
濟曰褒重崇尊援引罔無秩序也百官絕世無嗣者引而繼之有耆舊美德前代立功之人無不皆序其功德也善曰尚書曰敦叙九族鄭

玄詩箋曰崇厚也論語曰繼絶世周易曰食舊德貞厲終吉尚書曰咸秩無文也雖伊尹格于皇天周公光于四海方之蔑如也翰曰格至也伊尹之高德上至皇大周公之明德遠照于四海比之曹公則無如德者若之此蓋禮言之辭過實也方並蔑無也善曰尚書曰時則有若伊尹格于皇天孝經曰孝悌之至通于神明光于四海法言曰俗稱東方生之盛其遺書蔑如也毛萇詩傳曰蔑無也朕聞先王並建明德祚善本作胙字之以土分之以民向曰先王謂周武王明德謂周公太公祚之以土地封疆分之以民使主治之建立福祚也善曰左氏傳曰子魚曰昔武王選建明德以蕃屏周又衆仲曰天子建德因生以賜姓胙之以土而命之氏又子魚曰武王分康叔殷人七族崇其寵章備其禮物銑曰物文色之類善曰鄭玄禮記注曰崇猶尊也禮記曰以

文選三十五　四十二

為旗章以別貴賤鄭玄曰章識也尚書曰統承先王修其禮物所以蕃衛王室左右厥世也良曰蕃衛謂援護也言左右輔佐其時王也厥其也世時也善曰尚書曰率由典常以蕃王室又曰予欲左右有民也其在周成管蔡不靖懲難念功翰曰周成謂成王管蔡管叔蔡叔也靖安也言其不安者謂作亂也懲息也言息管蔡之難太公之功也善曰尚書曰武王既喪管叔及其羣弟乃流言於國又曰西土之人亦不靖乃使邵康公錫齊太公履濟曰錫賜也履足履使得行於四方專征伐之意東至于海西至于善本作於字河南至于穆陵北至于無棣五侯九伯實得征之向曰穆陵無棣地名也五侯公侯伯子男也九伯九州之長伯長有罪者太公實得往征伐也善曰左氏傳管仲對屈完之辭世祚太

師以表東海銑曰祚福也太師則太公也為周王之師言世福於尹太師以明表於東海東海者齊也善曰左氏傳王使劉定公賜齊侯命曰世胙太師以表東海杜預曰表顯也爰及襄王亦有楚人不供王職又命晉文登為侯伯錫以二輅虎賁鈇鉞秬鬯弓矢大啓南陽世作盟主良曰襄王之時楚叛王命晉侯與之戰楚人敗績王乃命晉侯為諸侯之長賜以二輅車虎賁勇士鈇鉞兵器也秬黑黍鬯香草也令祭宗廟用之大開南陽之地以屬於晉於是當代作諸侯會盟之主蓋尊之矣善曰左氏傳曰晉侯及楚人戰于城濮楚人敗績王策命晉侯為侯伯賜之大輅戎輅秬鬯一卣虎賁三百人又曰晉文侯朝王王與之陽樊攢茅之田於是始啓南陽又范宣子曰晉主夏盟杜預曰為諸夏盟主也故周室之不壞繫烏奚二國

文選三十五　四十三

善本有之字是賴翰曰繫聲數也二國謂齊晉也言周室不壞亂是賴齊晉二國以為援護蓋將封錫曹公乃引此古典也善曰二國齊晉也左氏傳王使劉定公賜齊侯命曰王室不壞繫伯舅是賴杜預曰繫發聲也今君稱丕顯德明保朕躬奉荅天命導揚弘烈向曰上引古人此重述曹公也言曹公大明其德明安我身奉當天命引明大業也丕大保安朕我躬身荅當導引揚明弘大烈業也善曰尚書王曰公明保予沖予稱丕顯德以予小子揚文武烈奉荅天命綏爰九域罔不率俾向曰綏安爰於也九域天下也罔無率循俾使也善曰尚書曰綏爰有衆曰亾藏息韓詩曰方命厥后奄有九域薛君曰九域九州也尚書注曰海隅日出罔不率俾功高乎伊周而賞卑乎齊晉朕甚恧女六焉翰曰伊伊尹周周公言曹公之功高於伊尹周公賞尚卑於齊

晉二國我甚慙也慝慙也善曰漢書哀帝詔曰惟念德報未殊朕甚慝焉朕以
眇身託于兆人善本作民字之上良曰眇小也帝自謙也善曰
漢書宣帝詔曰朕以眇身奉承祖宗又曰託于兆民之上也永思厥艱若
涉淵水非君攸濟朕無任焉濟曰言思其艱難若涉深水之
危懼也非曹公所濟我無委任之所焉淵深攸所也善曰尚書曰肆予沖人永思厥艱
攸濟已見上文今以冀州之河東河内魏郡趙國中
山鉅鹿善本有常山字安平甘陵平原凡十郡封君
爲魏公使持節善本作使使持節御史大夫慮授君
印綬册書金虎符第一至第五竹使符第一
至第十銑曰慮謂御史大夫郄慮也向曰金虎竹使符漢家符名第五至第十

符之數善曰魏志曰天子使御史大夫郄慮持節策命公爲魏公司馬彪續漢書曰慮
字鴻豫山陽人應劭漢官儀曰金銅虎符五竹使符十杜詩上書曰舊制發兵皆以虎符
其餘徵求竹使符也右善本無右錫君玄土苴子余切以白茅
爰契余善本作爾龜用建冢社向曰諸侯有功則各以其方土賜之
裹以白茅魏在北故云玄也爰於契灼也言於此灼汝龜以卜用立冢社也冢社立如天
子社稷然也善曰尚書緯曰天子社東方青南方赤西方白北方黑上冒以黃土將封
諸侯各取方土苴以白茅以爲社毛詩曰爰始爰謀爰契我龜毛萇曰契開也鄭玄曰契
灼其龜毛詩曰乃立冢土戎醜攸行毛萇詩傳曰冢土大社也昔在周室畢
公毛公入爲卿佐向曰畢毛二國名皆入爲天子之卿佐善曰尚書
曰乃召畢公毛公充安國曰畢毛皆國名入爲天子公卿也周邵師保出

爲二伯銑曰周公爲太師邵公爲太保出歸於國則爲二長善曰尚書曰邵公
爲保周公爲師鄭玄毛詩箋曰召伯姬姓也作上公爲二伯外内之任君
實宜之翰曰上言畢毛周邵爲内外之職此言曹公實宜居之其以丞
相領冀州牧如故翰曰其語辭也言丞相兼統牧如故今更下
傳璽肅將朕命以允華夏其上故傳武平侯
印綬銑曰曹公先封武平侯言今更下傳魏國之璽敬將我命以信洽華夏之人傳故
武平侯印綬所傳授者宜上還於我此言却入武平侯印於天子也善曰應劭風俗通
曰諸侯有傳信乃得舍於傳故既下新傳命上故傳及印綬也尚書曰肅將天威又曰夙
夜出内朕命惟允爾雅曰允信也今又加君九錫其敬聽朕
命善曰左氏傳宰孔曰且有後命也以君經緯禮律爲民軌

儀善曰家語孔子曰唐叔封於晉以經緯其民王肅曰經緯猶織以成之國語伶州鳩
曰彌民軌儀也使安職業無或遷志銑曰言無得或有遷移其志
是用錫君大輅善本有戎輅二字各一玄牡二駟良曰
輅車也玄牡馬也二駟八匹善曰杜預左氏傳注曰大輅金輅戎輅戎車也君勸
分務本嗇所力人善本作民字昏作良曰嗇愛昏彊也善曰左氏
傳臧文仲曰賢食省用務嗇勸分杜預曰勸分有無相濟也漢書詔曰農天下之本也而
人或不務本而事末尚書曰惰農自安弗昏作勞也粟帛滯積大業惟
興濟曰勸人農桑故粟帛滯積而多也善曰韋昭漢書注曰滯積久也易曰富有之
謂大業是用錫君袞冕之服赤舃性亦副焉翰曰袞三
公服也舃履也善曰韋昭漢書注曰衮卷龍衣玄上纁下冕冠也周禮曰王之服履赤

烏青約也君敦尚謙讓俾民興行濟曰敦重俾使也善曰杜預
左氏傳曰尚上也孝經曰陳之以德義而民興行先之以敬讓而民不爭也少長
有禮上下咸和善曰左氏傳晉侯觀師曰少長有禮其可用也孝經子曰
上下無怨尚書曰用咸和萬人也是用錫君軒懸之樂六佾
之舞向曰軒懸諸侯樂也佾列也謂以舞為行列有六行行六人也善曰周禮曰
小胥掌正樂懸之位諸侯軒懸鄭司農曰軒懸去一面也左氏傳曰公問羽數於衆仲衆
仲對曰諸侯用六杜預曰六六三十六人也君翼宣風化爰發四
方翰曰翼佐爰於也言佐我宣布風化發於四方也善曰尚書曰予欲左右有民汝
翼予欲宣力四方汝為毛詩曰賦政于外四方爰發遠人回面華夏充
實良曰回面謂臣服也華夏充實謂人富也善曰劇秦美新曰海外遐方回面內嚮

文選三十五　四十六

書班固昭紀贊曰匈奴和親百姓充實也是用錫君朱戶以居濟曰
朱戶天子禮貴之善曰服虔漢書注曰朱戶天子之禮也朱戶赤戶也潘勗集曰制詔
魏公朱戶納陛訖所治作也君研其明哲思帝所難向曰研精
明智思天下之所難也哲智也帝天也善曰鄭玄周易注曰研喻思慮哲尚書咎繇曰
在知人禹曰咸若時惟帝其難之知人則哲能官人也官才任賢羣善
必舉銑曰官者必以其才任使者必用其賢有善必舉之於朝善曰尚書伊尹曰
任官惟賢才論語子曰舉善而教不能則勸也是用錫君納陛以登
翰曰納陛者致於殿兩階之間使其上殿以善曰漢書音義如淳注曰刻殿基以為階
有兩旁上下安也孟康曰謂鑿殿基際為階不使露也孟說是也尊者不欲露而升陛故
內之霤也君秉國之均正色處中濟曰秉執也正色謂無私也處

中處大中之道也善曰毛詩曰秉國之均四方是維尚書王曰正色率下也纖毫
之惡靡不抑退良曰百姓百官有纖毫之姧惡者無不抑折而退之靡無
也善曰謝承後漢書曰李咸奏曰春秋之義貶纖介之惡采毫毛之善也是用
錫君虎賁奔之士三百人向曰虎賁壯勇人也善曰虎賁三
百人見上文君糾虔天刑章厥有罪銑曰察天子刑法明其有
罪無罪也糾察虔敬章明厥其也善曰國語敬姜曰太史司載糾虔天刑韋昭曰糾察
也虔敬也刑法也尚書曰降災于夏以章厥罪也犯關干紀莫不誅
殛舉力反翰曰犯國家之關禁干亂綱紀者莫不誅死之善曰左氏傳季孫盟臧
氏曰無或如臧孫紇干國之紀犯門斬關孔安國尚書傳曰殛誅也是用錫君
鈇鉞各一濟曰鈇鉞兵器曰鈇椹也質也又曰鉞斧也善曰蒼頡篇君

文選三十五　四十七

龍驤虎視旁眺八維向曰驤舉也八維天下四方四角也言君如龍
舉謂高也虎視謂威也旁眺天下恐不安也善曰鄒陽上書曰蛟龍驤首周易曰虎視眈
眈楚辭曰引八維以自導也掩討逆節折衝四海良曰掩襲征討
其逆亂天子之節制者折挫姧惡衝突強敵於四海之內者善曰毛萇詩傳曰捍大也
漢書主父偃說上曰今以法割諸侯則逆節萌起晏子春秋孔子曰不出樽俎之間而折
衝千里之外子之謂也是用錫君彤同弓一彤矢百玈
盧弓十玈矢千銑曰皆弓矢也諸侯有功賜之善曰杜預左氏傳注曰
彤赤也玈黑也弓一矢百則矢千弓十矢君以溫恭為基孝友為
德翰曰基本也善曰毛詩曰溫溫恭人惟德之基又曰張仲孝友也明允篤
誠咸善本作感字乎朕思向曰允信篤厚也善曰左氏傳曰高陽氏有

子明允篤誠也是用錫君秬鬯一卣酉珪瓚副焉濟曰秬鬯黑黍香草所以爲酒使供祭祀也卣樽也瓚杓也以珪爲柄珪瓚皆玉名也善曰孔安國尚書傳曰黑黍曰秬釀以鬯草卣中樽也以圭爲杓謂之圭瓚也魏國置丞相以下羣卿百僚皆如漢初諸王之制良曰魏公之國置丞相官及卿大夫百僚如漢諸侯之法君往欽哉敬服朕命銑曰君往欽哉敬用我命欽敬服用也簡恤余善本作爾字衆時亮庶功用終爾顯德翰曰當簡閱憂恤汝衆士是信衆功用終汝明德也爾汝時是亮信庶衆也對揚我高祖之休命向曰對當揚明休美也言當明我高祖之美命以安我漢之社稷　善曰尚書王曰簡恤爾命用成爾顯德又曰惟時亮天功又曰敢對揚天子休命也

文選卷第三十五

宿

令教文

文選

三十六

廿六十

文選卷第三十六

梁昭明太子撰　　五臣并李善注

令

任彥升宣德皇后令一首

教

傅季友為宋公修張良廟教一首

修楚元王墓教一首

文

王元長永明九年策秀才文五首

永明十一年策秀才文五首

任彥升天監三年策秀才文三首

令

宣德皇后令一首

善曰蕭子顯齊書曰文安王皇后諱寶明琅邪臨沂人也父曄之宋世祖為文惠太子納后鬱林即位尊為皇太后稱宣德宮梁王蕭衍定京邑迎后入宮稱制至禪位梁王於荊州立蕭頴胄為帝進梁王為相國封十郡為梁公表讓不受詔斷表宣德皇后勸令受封也

任彥升

良曰蕭子顯齊書云宣德皇后王氏鬱林王昭業之母鬱林即皇帝位尊為皇太后稱宣德梁王蕭衍定京邑太后發禪位於梁王固辭沈約等奏太后勸進令昉為太后令梁

王受禪㓗法皇后太子稱令令命也

宣德皇后敬問具位濟曰具位謂在位百官也善曰言梁王故曰具也

夫功不在賞善本作在不賞故庸勳之典蓋闕銑曰有功存時而不賞者則用功之常典是闕而不行也庸用勳功也善曰言功績既高而在乎不賞故庸勳之典蓋闕而不論周書曰平時之臣功大弗賞諂臣曰貴史記蒯通說韓信曰功蓋天下者不賞左氏傳富辰曰庸勳親親暱近尊賢也

施侔造物則謝德之途已寡善本有也字功等造化之成翰曰梁王施於萬物荅謝之途少者蓋為功至大不可報謝也侔等道也善曰言恩施既隆侔於造物則謝德之途已寡而不著莊子曰夫造物者為人司馬彪曰造物謂道也魏志曰劉廙上疏曰物不吝施於天地而子不謝生於父母也

要不得善本得下有不字彊為之名使荃宰有寄向曰雖不可荅然要不可不強為立名以主天下使君臣有所寄託也荃君也宰臣也善曰言德顯功高雖無酬謝之理要不強為酬謝之名庶使君主之情微有所寄也老子曰吾強為之名曰大楚辭曰荃不察余之中情王逸曰荃香草以喻君也鄧析子曰聖人逍遙一世間宰匠萬物之形晉中興書孝昭曰誠存匪懈谷道有寄也

公實天生德齊聖廣淵向曰公謂梁王也深也善曰班固漢書高祖述曰寔天生德聰明神武尚書曰乃祖成湯齊聖廣淵也

不改參辰而九星仰止不易日月而二儀貞觀良曰不改參辰不易日月謂至天下不經久時也九星謂九州也仰止謂九州之長皆仰望而至止也二儀天地也貞正觀視也懸亂既除則正視於天下也善曰陸賈新語曰堯舜不易日月而興桀紂不易星辰而亡天道不改而人道易也周書王曰余不知

九星之亦周公旦曰九星辰日月四時歲是謂九星九星九光也詩小雅曰高山仰止周易曰易有太極是生兩儀王肅曰兩儀天地也又曰天地之道貞觀者也

在昔晦明隱鱗戢翼濟曰梁王在昔微時暗潛其明如龍鳳隱鱗戢翼也晦暗戢斂也善曰周易曰明入地中明夷君子以蒞衆用晦而明王弼曰藏明於內乃得明也曹植矯志詩曰仁虎匿爪神龍隱鱗成公綏慰志賦曰惟潛龍之勿用戢鱗翼而匿景也

博通羣籍而讓齒乎一卷之師銑曰謂潛隱之時廣通經籍推尊師傅也博廣也讓齒謂推尊之也法言云一卷之書必立之師善曰謝承後漢書曰范丹博通羣蓺范曄後漢書曰馬續博觀羣籍揚子法言曰一卷之市不勝異價一卷之書不勝異意一巷之市必立之平一卷之書必立之師也

劒氣陵雲而屈迹於萬夫之下翰曰劒氣謂勇氣也太公六韜云屈一人之下申於萬夫之上此謙厚之道必發尊也善曰魏志段灼理鄧艾曰艾勇氣凌雲士衆乘勢六韜太公曰屈一人之下伸萬人之上唯聖人能焉

辯析先歷天口而似不能言向曰辯析謂分別事理也七略云齊人田駢好談論時世號為天口似不能言者大辯若訥善曰七略曰齊田駢好談論故齊人為語曰天口駢天口者言田駢子不可窮其口若事天論語曰孔子於鄉黨恂恂然似不能言者也

文擅雕龍而成輒削其善本無其字藁良曰言專擅於文若彫龍之彩飾也成則輒削除其藁草之本善曰說文曰擅專也七略曰鄒奭子齊人齊人為之語曰彫龍奭言鄒衍之術文飾之若彫鏤龍文漢書曰孔光時有所言輒削草藁如淳曰所作起草爲藁

爰在弱冠首應弓旌濟曰弱冠二十時也首初也凡天子招引賢良皆使執弓旌以為天子之信善曰禮記二十曰弱冠漢書制曰褒然為舉

首左氏傳曰陳敬仲曰詩云翹翹車乘招我以弓孟子曰夫招士以旃大夫以旌也客
游梁朝則聲華籍甚銑曰客游梁朝謂比漢朝司馬相如枚乘之徒
游於梁孝王門聲名籍甚於天下謂梁王衍初為巴陵王府法曹故以比也善曰何之
元梁典曰高祖起家齊巴陵王法曹漢書曰梁孝王來朝從游說之士相如見而說之客
游梁朝淮南子曰聲華嘔符之樂其性者仁也嘔紆武切符音撫漢書曰陸賈游漢庭公
卿聞名聲籍甚音義或曰狼籍甚盛也薦名宰府則延譽自高
翰曰薦進也梁王遷為太尉王儉府祭酒宰相也道德深遠為天下所譽而高者也善
曰何之元梁典曰高祖遷儀同王儉東閤祭酒王隱晉書曰周玘累薦名宰府國語曰使
張老延君譽于四方也隆昌季年勤王始著建武惟新
向曰隆昌建武並年號也勤於王室之事於此末年始為著威結合
締構斯在

講策又在此年也季末也惟新謂初也締結構合也善曰蕭子顯齊書曰鬱林王即位
改元曰隆昌韋昭國語注曰季末也左氏傳曰孤偃曰求諸侯莫如勤王蕭子顯齊書曰
明帝即位改元曰建武毛詩曰周雖舊邦其命惟新魏都賦曰有魏開國之日締構之初
也功隆賞薄嘉庸莫疇良曰嘉善庸功莫無疇報也善曰陸機
高祖功臣頌曰帝疇爾庸後嗣是賚也一馬之田介山之志愈
厲濟曰田十井為通通十為城一馬言少也介山介之推也謂介之推不受晉侯祿也
言齊以梁王功多禪之帝位以報功猶如封一馬之田未為多也然執志固辭益高於介
推也愈益厲高也善曰言止有一馬之田以懷讓祿之志纔居六百之秩以秉撝功之
誠管子曰卜者卜吉凶利害也民之能此者皆一馬之田一金之衣左氏傳曰晉侯賞從
亡者介之推不言祿祿亦不及史記曰文公環綿上山中而封子推號曰介山廣雅曰厲

高也六百之秩大樹之號斯存銑曰漢酈曼容位至六百石輒
謝病而去亦比梁王辭爵祿也漢馮異每止還諸將並坐論功而馮異獨屏樹下不舍
共論功軍中號為大樹將軍言梁王不受功讓亦斯存也善曰漢書曰琅邪邴曼容養
志自修為官不肯過六百石輒自免去范曄後漢書曰馮異每止舍諸將並坐論功異常
獨屏樹下軍中號曰大樹將軍及擁旄司部代馬不敢南牧
翰曰擁執也旄旗之屬以麾眾也司部司州也代謂北胡也梁王鎮司州胡馬不敢南
牧牧放也蕭誕被殺善曰何之元梁典曰司州刺史高祖監司州班固琅邪山祝文曰
杖節擁旄鉦人伐鼓沈約宋書曰明帝於南豫州之義陽郡立司州韓詩外傳曰代馬依
北風過秦論曰胡人不敢南下而牧馬也推轂樊鄧胡塵罕嘗夕
起向曰王者遣將跪而推其車轂梁王持兵援樊鄧二城則胡兵之塵希能夕起也

善曰何之元梁典曰厲主拓跋宏既退高祖據樊城漢書馮唐曰臣聞上古王者遣將也
跪而推轂曰閫以內寡人制之閫以外將軍制之鄒陽上書曰今胡數誅河北上覆飛鳥
蘇林曰胡人來入馬之盛揚塵上覆飛鳥也惟彼狡童窮極凶虐
善本作窮凶極虐銑曰狡亂也童謂東昏侯即位行暴虐誅戮良善比之童僕也
曰何之元梁典曰東昏即位嬖近羣小誅高祖兄懿之弟暢尚書大傳微子歌曰彼狡童兮
不我好兮鄭玄曰狡童謂紂也衣冠泯絕禮樂崩喪濟曰泯滅也謂
東昏侯無道善曰袁子曰古者命士已上皆有冠冕謂之冠族之家劇秦美新曰弛禮
崩樂塗民耳目也既而鞠旅誓眾言謀王室良曰鞠告也言
告其軍旅誓戒眾士善曰何之元梁典曰高祖密與呂僧珍謀為內伐毛詩曰陳師鞠
旅毛萇曰鞠告也尚書曰王朗誓眾士左氏傳曰公會齊侯于沸謀王室也白羽

一麾黃鳥底定 翰曰白羽白旄也武王伐紂陳兵起自黃鳥至于赤斧武
王三軍之士失色武王命太公把白旄一麾而紂軍平定言梁王除暴虐亦如之黃鳥一地
名底平也善曰呂氏春秋曰武王至殷係墮武王左釋白羽右釋黃鉞免而自爲係出
師頌曰素旄一揮鬻子曰武王率兵車以伐紂紂虎旅百萬陣于商郊起自黃鳥至于赤
斧三軍之士靡不失色武王乃命太公把旄以麾之紂軍反走尚書曰震𢞁底定甲
既鏻下車亦尾裂 向曰言凶徒既殪其兵甲若推鏻而下之車破如尾
碎裂善曰尚書大傳曰武王伐紂戰于牧野紂之卒輻分紂之車尾裂紂之甲如鏻下
賀于武王也 致天之屆拱揖羣后 銑曰屆誅也言致天之誅但拱
手以揖百官公卿而已羣后謂百官善曰毛詩曰致天之屆于牧之野典引曰欽若上
下拱揖羣后 豐功厚利無得而稱 濟曰豐大之功厚利施人無得

文選三十六　六

而稱言功之多不可盡說善曰王命論曰帝王之祚必有豐功厚利積累之業論語孔
子曰太伯三以天下讓入無德而稱焉 是以祥光揔至休氣四
塞 良曰祥光休氣並和平之瑞氣也塞滿也善曰尚書中候曰帝堯文明榮光出河休
氣四塞鄭玄曰休美也四塞炫燿四方也 五老游河飛星入昴 翰曰
堯見五老入于河一老入曰河圖將來告帝期又一曰河圖推龜告帝謀又一曰山川魚
驚荷聖恩又一曰河圖推龍銜玉繩歌訖五老飛于天入于昴言梁王亦有此瑞蓋美言
之其實無也善曰論語比考讖仲尼曰吾聞帝堯率舜等升首山觀河渚乃有五老游
渚五老曰河圖將浮龍銜玉苞刻版題命可卷金泥玉檢封書成知我者重瞳黃姚視五
老飛爲流星上入昴注曰入昴宿則復爲星 元功茂勳若斯之盛
濟曰元大茂盛勳功也善曰爲衍集曰定國家之大業成天地之元功劉琨勸進表曰

茂勳格乎皇天 而地狹于 善本作乎字 四履勢卑乎九伯
帝有恧焉輶軒萃止 向曰周賜太公履東西南北方行之地狹謂地
狹於太公也九伯九州之長言梁王勢卑於此也恧慙也銑曰輶軒輕車也萃聚也
善曰左氏傳管仲曰昔召康公命我先君太公曰五侯九伯汝實征之賜我先君履東至
于海西至于河南至于穆陵北至于無棣杜預曰履踐履也帝寶融也輶軒萃止謂進封
梁公之使也漢書哀帝詔曰惟念德報未殊朕甚恧焉揚雄荅劉歆書曰常聞先代輶軒
之使毛詩曰有鵠萃止也 今遣某位某甲等率茲百辟人
致其誠 良曰某官某甲者謂百官名不可具載於此故累不言也百辟謂百官也
致其誠信也善曰致誠謂請無讓也毛詩曰百辟其刑之長笛賦曰致誠効志也虔
匪席之旨不遠而復 良曰詩云我心匪席不可卷也言梁王讓位不

文選三十六　七

受有不可卷動之義故率百官以朝之應使此志不爲久遠而反復也謂帝位宜定也
善曰梁王周讓同乎匪席之旨百辟固請庶乎不遠而復之義也毛詩云我心匪席不可
卷也周易曰不遠復無祇悔

教 善曰蔡邕獨斷曰諸侯言曰教

為宋公修張良廟教一首 善曰裴子野宋畧曰

義熙十三年高祖北伐大軍次留城令修張良廟

傅季友 翰曰沈約宋書云傅亮字季友北地人也博涉經史
尤善文辭官至散騎常侍後爲太祖所誅宋公謂宋高祖劉裕
也晉封宋公時北伐過彭城修張良廟乃下此教桊法諸公主
稱教教者教示於人也善曰沈約宋書曰傳亮字季友北地

入也傳涉文史尤善文辭初為建威參軍稍遷至散騎常侍後
太祖收亮付廷尉伏誅也
綱紀齊曰綱紀謂主簿之司也教皆主簿宣之故若先呼之亦猶今出制首言門下
是也善曰綱紀謂主簿也教主簿宣之故曰綱紀猶今詔書稱門下也虞預晉書東平
主簿王豹白事齊王曰豹雖陋故大州之綱紀况夫盛德不泯義存
祀典向曰泯滅也祀典謂祭祀之常典善曰左氏傳晉侯問於史趙曰陳其遂亡
乎對曰未也臣聞盛德必百世祀虞之世數未也禮記曰非此族也不在祀典也毛萇詩
傳曰泯滅也微管之歎撫事彌深銑曰管仲相齊而國理禮樂大
興故孔子歎曰微管仲吾其被髮左衽矣微無也被髮左衽夷狄之服言無管仲為相則
禮樂大壞吾其夷狄也此孔子歎美其功也今宋公撫思此事彌深於情善曰論語子

曰管仲相桓公霸諸侯一匡天下民到于今受其賜微管仲吾其被髮左衽矣張子
房道亞黃中照鄰殆庶良曰易坤卦之六二爻辭云君子黃中通
理正位居體美在其中言子房之道亞次於此易繫辭云顏氏之子其殆庶幾乎子房之
行與顏回照明以為鄰近也善曰周易曰君子黃中通理正位居體又曰顏氏之子其
殆庶幾乎風雲玄感蔚為帝師翰曰易云雲從龍風從虎此深感應
也玄深蔚盛也善曰周易曰雲從龍風從虎聖人作而萬物覩漢書曰張良從容步游
下邳圯上有一老父出一編書曰讀是則為王者師又良曰以三寸舌為王者師河圖曰
黃石公謂張良讀此為劉帝師也夷項定漢大拯橫流向曰夷平
也子房能平項羽定漢祖拯拔也橫流謂亂也黃善曰廣雅曰夷滅也漢書王追羽至陽
夏諸侯不會用良計諸侯皆會圍羽垓下羽敗自剄說文曰出溺為拯孟子曰洪水橫流

祀濫於天下固已參軌伊望冠德如仁良曰固已辭也參近
軌跡也伊伊尹望呂望言子房近跡於此二賢臣也冠首也仁德乃為管仲之首孔子謂
管仲為如其仁善曰廣雅曰軌迹也伊尹呂望也典引曰以冠德卓縱者莫崇乎陶唐
論語子曰桓公九合諸侯不以兵車管仲之力也如其仁如其仁若乃神交
善本作交神圯與之上道契商洛翰曰子房受黃石兵法於圯橋黃石
公神也商洛山名四皓居其中也子房為呂后畫策迎之以得天子位遂定契合也善
曰荅賓戲曰齊甯激聲於康衢漢良受書於邳圯皆俟命而神交匪詞言之所信圯上已
見謝宣遠張子房詩注袁宏三國名臣贊序曰體分冥固道契不墜班固漢書贊曰漢興
園公綺季夏黃公角里先生當秦之世避而入商洛深山以待天下之定也漢書曰上竟
不易太子者良本招此四人之力也顯默之際窅然難究銑曰籌策

明默窅然深遠難以究探也淵流浩瀁莫測其端矣濟曰言子
房之德深廣浩瀁不測其端涯也善曰言其度量深大不可測度也孫綽桓玄城碑曰
俯仰顯默之際優游可否之間莊子老聃曰而知夫道窅然難言哉吳都賦曰澒溶沆瀁
莫測其深莫究其廣黃石公說序曰張良處若源泉深不可測也塗次舊沛
佇駕留城向曰宋公行途次沛國立駕留城留城子房所封留侯之地也善
曰漢書沛郡有留縣又曰張良為留侯爾雅曰佇久也謂佇久也靈廟荒頓
遺像陳昧向曰像形昧暗也善曰范曄後漢書曰薛苞與弟子分田廬取其
荒頓者杜預左氏傳注曰頓壞也夏侯湛東方朔畫贊序曰徘徊露寢見先生之遺像廣
雅曰昧闇也撫跡懷人永歎寔深翰曰寔實也善曰毛詩曰嗟
我懷人又曰寤寐永歎也過大梁者或佇想於夷門游九

原善本作京字者亦流連於隨會銑曰太史公過大梁之墟求問
於其所謂夷門夷門梁城之東門也言太史
公佇思想侯嬴之跡也趙文子與叔譽游於
九原晉大夫葬所也文子曰死而可作吾誰
與歸叔譽曰其陽處父乎文子曰利君不忘
其身謀身不遺其友我則隨武子乎武子則
隨會也文子留連下泛以思於隨會　善曰
史記魏有隱士曰侯嬴年七十家貧為大梁
夷門監者太史公過見梁之墟求問其所謂
夷門者夷門城之東門禮記曰趙文子與叔
譽觀乎九京文子曰死者如可作也吾誰與
歸叔與曰其陽處父乎文子曰我則隨武子
乎鄭玄曰武子士會也食邑於隨京當為原
擬之若人亦足以云向曰擬比也若人言此人謂侯嬴隨會亦足以
言子房也　善曰論語子曰君子哉若人毛萇詩傳曰云言也可改構棟宇
修飾丹青蘋蘩行潦以時致薦濟曰蘋蘩水草也行潦雨

文選三十六　十

水言守以忠信雖物之微可時薦祀也　善
曰左氏傳君子曰蘋蘩蘊藻之菜潢汙行潦
之水可薦於鬼神也抒懷古之情存不刊之烈翰曰抒申刊鈌
烈業也　善曰廣雅曰抒渫也西京賦曰慨
長思而懷古左氏傳序曰經者不刊之書也
主者施行

為宋公修楚元王墓教一首翰曰楚元王名交漢
高祖異母弟也封於楚謚曰元墓在
彭城宋公過見故修之　善曰宋公
楚元王後故修治其墓也

傅季友

綱紀夫褒賢崇德千載彌光向曰彌益也　善曰禮緯曰天
子辟雍所以崇有德褒有
行鄭玄禮記注曰崇尊也尊本敬始義隆自

遠良曰本始謂先祖宋公漢之孫也　善曰魏志明帝詔曰追本敬始所以篤教流化
孫卿子曰先祖者類之本也貴始者得之本也楚元王積仁基德啓
藩斯境銑曰基本啓開也斯境謂彭城彭屬楚故也　善曰漢書曰楚元王交
字游高祖同父異母少弟也漢立交為楚王
王彭城賈子曰君子積於仁而民積於財
罰慶國語太子晉曰基德十五王而始平也素風道業作範後昆
銑曰素風儉約純素之風道業謂博通經學
範法也後昆後嗣也　善曰三國名臣贊曰
素風愈鮮君鑒齒襄陽耆舊記龐統曰方欲
興長道業郤正釋譏曰創制作範匪時不立
尚書曰垂裕後昆也本支之祚實隆鄙宗濟曰支體祚福宗盛也宗
盛我鄙賤之宗鄙者謙也　善曰毛詩曰
本支百世楊脩箴曰述鄙宗之過言也遺
芳餘烈奮乎百世翰曰烈美奮發也　善曰抱朴子曰黜君道云　郭有

文選三十六　十一

道沒則遺芳永播春秋元命苞曰文王積善
所聞之餘烈孟子曰聞伯夷之風者貪夫廉
而懦夫立志奮乎百世之下莫不興起也而丘封翳然墳塋莫翦
向曰封疆界也翳然荒蕪莫翦謂無人翦除
灑掃　善曰晉中興書武陵王令曰丞相墳
塋翳然薄非所飄感遠存往慨然永懷良曰感傷遠化存思往事
慨然為歎而長懷也　善曰李陵書
曰能不慨然毛詩曰維以不永懷夫愛人
懷樹甘棠且猶勿翦銑曰愛其人懷其德者則召伯之植甘棠且猶
不翦甘棠木名　善曰毛詩曰蔽芾甘棠勿
翦勿伐召伯所茇風俗通曰召公出為二伯
止甘棠樹之下聽訟決獄後人思其德美愛其樹而不敢伐也追甄吉然墟墓
信陵尚或不泯濟曰甄榮泯滅也漢詔魏信陵君守冢五家是為不誠
善曰鄭玄尚書緯注曰甄表也禮記周禮曰
墟墓之間未施哀於民而民哀漢書高紀詔

曰秦始皇守冢三十家魏公子無忌五家也況瓜瓞庭結所興開源自本者乎翰曰言召伯信陵尚且如此況我興元王如瓜蔓所起相連開源自彭城為本也瓞蔓也善曰毛詩曰綿綿瓜瓞也可蠲復近墓五家長給灑掃便可施行向曰蠲免復除也謂免除近墓五家謂長給灑掃便可常行也善曰郭璞方言注曰蠲除也

文

永明九年策秀才文五首

王元長蕭子顯齊書云王融字元長琅邪人也少而神明警惠博涉有文才為中書郎帝疾融先欲立竟陵王子良及即位下廷尉於獄中賜死善曰蕭子顯齊書曰王融字元長琅邪

人也少而神明警惠博涉有文才晉安王殿行軍參軍遷中書郎世祖疾融欲立竟陵王子良下廷尉於獄賜死也

問秀才高第明經翰曰秀才者言其人如草木之發華秀見者愛之高第明經謂德行高遠明於經國之道第一者也朕聞神靈文思之君聰明聖德之后良曰后君也此述古之聖君至治者也善曰史記曰黃帝者生而神靈弱而能言尚書序曰昔在帝堯聰明文思孔安國曰言聖德之遠著也體道而不居見善如不及濟曰體象大道功成而不居見其善者如望之不可及也善曰文子曰聖人體道及至動而無為老子曰聖人功成而弗居論語子曰見善如不及見不善如探湯是以崆峒有順風之請向曰廣成子在崆峒山黃帝順下風膝行而進再拜而問治身之道華封致乘雲之拜良曰華封有道之人也堯往見之而請堯曰使聖人壽且富多男子堯曰多男子則多懼富則多事壽則多辱封人曰多男子則授之職則何懼之有富則使人分之則何事之有壽則千歲之後乘彼白雲至于帝鄉何辱之有堯拜之善曰莊子曰黃帝聞廣成子在崆峒之上故往見之廣成南首而卧黃帝順下風膝行而進再拜稽首而問曰治身奈何而可以長久廣成子曰來吾語女至道又曰堯觀乎華華封人曰嘻請祝聖人壽且富且多男子堯皆辭曰多男子則多懼富則多事壽則多辱封人曰天之生人必授之職多男子而授之職則何懼之有富而使人分之則何事之有天下有道則與物皆昌天下無道則修德就閑千歲厭世去而上僊乘彼白雲至于帝鄉三患莫至身常無殃則何辱之有封人去之堯隨之請問封人曰退然崆峒有拜乘雲為請今不同者蓋請者必拜故互文也或揚旌求士或設簴待賢翰曰揚舉也舜

有舉善之旌旂幡也求士謂求賢士簴鍾架也禹治天下以五聲為銘於簴曰有賢者教我以道者擊鼓教以義者擊鐘教以事者振鐸語以憂者擊磬語以獄者揮鞞善曰求士待賢皆謂請其言也管子曰舜有告善之旌應劭漢書注曰旌幡也設之五達之道簴子曰昔大禹治天下也以五聲聽治為銘於筍簴曰教寡人以道者擊鼓教寡人以義者擊鐘教寡人以事者振鐸語寡人以憂者擊磬語寡人以獄者揮鞀也用能敷化一時餘烈千古良曰敷布烈美也善曰謝承後漢書序曰陰修敷化二都威教克平餘烈已見上文朕寅奉天命恭惟永圖銑曰寅敬惟思永長也言敬奉天命恭思經國之長圖善曰爾雅曰寅敬也尚書曰茲率厥典奉若天命又曰慎乃儉德惟懷永圖也審聽高居載懷祇懼向曰審其聽受高居思危則懷敬懼也載則祇敬也善曰六韜曰王者之道如龍之首高居

而遠望徙視而審聽尚書曰予小子夙夜祗懼也雖言事必史而象
闕未箴濟曰雖言事則左史書之而象魏之闕未有直言之戒象魏天子闕也所
以命百官為箴戒之言懸之於上言未箴者未有直言之士　善曰禮記曰動則左史書
之言則右史書之鄭玄周禮注曰象魏闕也范曄後漢書曰靈帝嘉平中有何人書朱雀
闕門言公卿皆尸祿無忠言者也寤寐嘉猷延佇忠實翰曰寤寐之間
思于善道延首佇立以渴待忠實之臣嘉善猷道也　善曰毛詩曰窈窕淑女寤寐求之
尚書曰爾有嘉謀嘉猷楚辭曰結幽蘭而延佇子大夫選名升學利
用賓王良曰言當選名之秀進於大學利於時用賓佐王道升進也　善曰國語
曰越王勾踐曰苟聞子大夫之言賈逵曰親而近之故曰子大夫也禮記曰卿論秀士司
徒論選士之秀者升之於學曰俊士鄭玄曰學太學也周易曰觀國之光利用賓于王也

文選三十六　十四

懋陳三道之要以光四科之首銑曰懋美也三道之要謂
國體人事直言也此三者何者為要四科一曰德行高妙志節清白二曰學通行修經中
博士三曰明曉法令足以決疑才中御史四曰剛毅多略遭事不惑才任三輔劇縣令此
四者何為通也　善曰漢書詔策晁錯曰大夫之行當此三道張晏曰國體人事直言也
崔寔正論曰詔書故事三公辟召以四科取士一曰德行高妙志節清白二曰學通行修
經中博士三曰明曉法令足以決疑能按章覆問四曰剛毅多略遭事不惑才任三輔劇
縣令也鹽梅之和屬有望焉向曰以子大夫如鹽梅和羹實所屬
望　善曰尚書曰若作和羹爾惟鹽梅
又問昔周宣惰千畝之禮虢公納諫濟曰周宣王即
位不修藉田千畝之禮以為農先虢文公諫曰民之大事實在於農宣王遂納其言　善

曰國語曰宣王即位不籍千畝虢文公諫曰夫民之大事在農也漢文缺三
推士田之義賈生置言翰曰漢文帝即位亦不修藉田賈誼諫曰一夫
不耕或受之飢帝乃躬耕以勸百姓也藉田之禮天子三推　善曰禮記曰躬耕帝藉天
子三推漢書曰文帝即位賈誼說上曰一夫不耕或受之飢一女不織或受之寒上感誼
言始開藉田躬耕以養百姓也良以食惟民天農為政本良曰
人以食為天若無人不生也　善曰漢書酈食其說漢王曰臣聞王者以民為天民以食
為天尚書曰八政一曰食孔安國曰勸農業也漢書文帝詔曰農天下大本也民所恃以
生也金湯非粟而不守水旱有待而無遷銑曰假如
以金為城以湯為池雖險固非粟不可守也雖遭水旱之災有粟待之無遷流亡散者也
善曰漢書蒯通說武信君曰皆為金城湯池不可攻也氾勝之書曰神農之教雖有石城

文選三十六　十五

湯池帶甲百萬而無粟者弗能守也禮記曰雖有凶旱水溢民無菜色朕式照
前經寶茲稼穡向曰前經謂藉田也寶重也種曰稼斂曰穡　善曰范子
計然曰五穀者萬民之命國之重寶也祥正而青旗肅事土膏
而朱紘戒典濟曰祥善也擇善之日將行藉田之禮也青旗藉田之旗也肅
敬也膏膏腴也朱紘冠飾也戒勑典法也言勑正其常法　善曰祥正土膏並已見東京
賦禮記曰孟春之月天子駕蒼龍載青旗躬耕帝藉又曰昔天子為藉田千畝冕而朱紘
躬耕秉耒鄭玄周禮注曰朱紘以朱組為紘一條屬兩端也將使杏花菖
葉耕穫不愆翰曰月令云杏花生種百穀呂氏春秋曰菖始生於是耕也穫
收苗也愆失也　善曰氾勝之書曰杏始華榮輒耕輕土弱土望杏華落復耕之輒藺之
此謂一耕而五穫呂氏春秋曰冬至五旬七日菖始生菖者草之先者也於是始耕高誘

曰菖蒲水草也清畎古犬泠風述遵無廢良曰畎田中為壟廣
尺深尺所以停水以潤田故云清畎泠風所以養苗明述其義使人法之農事無廢也遵
法也善曰呂氏春秋后稷曰凡耕之道畝欲廣以平畎欲小以清又曰正其行通其風
夬必中央師為泠風高誘曰泠風和風所以成穀也夬決也必於苗中央師然蕭泠風
以擢長也而釋耒盧對佩牛相沿莫反向曰釋廢也耒耕具也漢
書曰龔遂為渤海太守見人佩刀劍者謂之曰汝何為佩牛春夏不起田畝言刀劍可以
易牛而耕也此云有情業之人廢耕而佩牛者相習而為如水沿流不返也言惰業之人
不復知改也善曰鹽鐵論曰儒者釋耒而學不驗之諸漢書曰龔遂為渤海太守民
有帶持刀劍者使賣劍買牛賣刀買犢曰何為帶牛佩犢杜預左氏傳注曰沿緣也兼
貧擅富浸以為俗銑曰富家兼并貧人常奪其利以自專擅其事為財

文選三十六　十六

俗之常然如水浸物日以毀壞言兼并之家可以壞國如此也善曰漢書曰兼并之塗
李奇曰謂大家兼役小人富者兼役貧民説文曰擅專也風俗通曰子不以從令為孝後
主固宜是革浸為俗豈不謬哉以若爰井開制懼驚擾愚民
翰曰爰易均田也言欲使人爰田開其制度以上中下均易之懼驚煩愚民也擾煩也
善曰漢書曰民受上田夫百畝中田夫二百畝下田夫三百畝歲耕種者為不易上田休
一歲者為一易中田休二歲者為再易下田休三歲更耕之自爰其處賈逵國語注曰爰
易也周禮曰畝百為夫夫三為屋屋三為井也潟音赤善本作舄字鹵魯可
腴濟曰潟鹵薄地也若使此地可致膏腴則恐時無史起白恐時無史白
公為渠引水溉之也史起引漳水溉鄴人田人利之白公引涇水溉秦地人利之善曰
史記曰史起引漳水溉田鄴民歌之曰決漳水兮灌鄴旁終古舄鹵兮生稻梁又曰秦中

大夫白公復為秦穿涇水注渭溉田四千餘頃因曰白渠也興廢之術矣
陳厥謨向曰矢直也言易田引渠之術可廢興者直陳其謀善曰尚書序曰咎
繇矢厥謨孔安國曰矢陳也
又問議獄緩死大易深規良曰大易易也易云君子以議獄緩
死議其輕重之情以緩赦刑人命深重也規則也善曰周易曰君子以議獄緩死敬
法卹刑虞書茂典向曰虞書舜典也舜典曰欽哉欽哉惟刑之卹哉欽
敬卹憂茂盛也敬法憂刑恐其不中此為盛典自呡民俗澆弛式氏法令
滋彰銑曰呡民也弛廢也言民俗澆薄廢本逐末也滋多也善曰莊子曰唐虞始
為天下澆醇散朴許慎淮南子注曰澆薄也澆與淳同老子曰法令滋彰盜賊多有也
胏石少不究之民善本作人字棘林多夜哭之鬼

文選三十六　十七

翰曰周禮大司寇以胏石達窮民之冤胏石赤石也登之於闕有冤訟者立於傍主司收
之春秋元命苞云樹棘槐聽訟於其下鬼哭謂誅無辜也言冤人且多復有無辜者善
曰周禮曰胏石達窮民鄭司農曰胏石赤石也窮民天民之窮而無告者漢書于定國為
廷尉民自以不冤周禮曰外朝之法左九棘孤卿大夫位焉右九棘公侯伯子男位焉楚
辭曰荊棘聚而成林春秋元命苞曰樹棘槐聽訟於其下尚書璇璣鈐曰鬼哭山鳴鄭玄
曰鬼哭誅無辜也山鳴聽不聰之異也王隱晉書司直劉隗奏曰悽情抱恨雖沒不亡故
有殯霸之應夜哭之鬼朕所以明發動容昃食興慮濟曰
明發謂夜待明也昃食晚食也言見此刑法未中早起晚食動容貌興思慮言憂也善
曰毛詩曰明發不寐尚書曰文王自朝至于日中昃弗遑暇食傷秋荼之密
網惻夏日之嚴威銑曰荼草也其葉繁密謂刑法酷暴亦如之又如夏

日赫然威嚴可畏也綱刑也言如張網者也善曰鹽鐵論曰秦法繁於秋荼網密於凝脂
左氏傳酆舒問於賈季曰趙衰趙盾孰賢對曰趙衰冬日之日趙盾夏日之日也杜預曰
夏日可畏冬日可愛永念畫冠緬追刑厝良曰堯畫其衣冠使異於
俗人之飾有犯罪者使服之人皆不犯故求念之周成王康王刑厝不用厝置也故遠追
之緬遠也善曰墨子曰畫衣冠異章服謂之戮上世用戮而民不犯賈逵國語注曰緬
思皃也紀年曰成康之際天下安寧刑錯四十餘年不用徒以百鍰環輕
科反行季葉四支重罰爰創前古向曰先但也百鍰金
刑以金贖罪者周穆王有此刑科季葉則穆王時四支謂墨劓宮割也爰於劓始也前古
謂周也善曰尚書呂刑曰穆王訓夏贖刑墨辟疑赦其罰百鍰孔安國曰六兩曰鍰鍰
黃鐵也張孟陽七哀詩曰季葉喪亂起呂氏春秋曰越王勾踐曰孤雖首足異處四支布

文選三十六 十八

裂周禮曰司刑掌五刑之法以麗萬民之罪墨罪五百劓罪五百宮罪五百刖罪五百殺
罪五百也訪游禽於絕澗作霸秦基翰曰韓子云董安于為趙
上地守行部邑見深澗因謂左右曰有人及狂童禽獸入此乎曰無安于曰此不入者息
由深峻也我若明為峻法天下寧有敢犯者遠作峻法韓非商鞅皆用此治秦乃霸也
善曰韓子曰董閼于為趙上地守行石邑山中深澗峭如牆深百仞因問其左右人曰嘗
有人入此者乎對曰無有嬰兒盲聾狂勃有入此者乎對曰無有牛馬犬彘嘗有入此者
乎對曰無有董閼于喟然太息曰吾能治矣使吾法無赦也猶入澗之必死則民莫敢犯
何為不治鄭玄周禮注曰九鳥獸未孕曰禽史記曰趙氏之先與秦共祖然則以其共祖
故雖趙亦號曰秦歌雞鳴於闕下稱仁漢牘銑曰齊太倉令
淳于公有罪當刑淳于公少女緹縈詣闕歌雞鳴之詩上書曰妾父為吏皆稱清平今坐

法當刑妾傷死者不可復生雖欲改過自新亦無由也妾願入為官婢以贖父罪使得自
新書奏文帝憐悲其意遂赦之令天下除肉刑故稱漢文帝為仁列於史牘善曰班固
歌詩曰三王德彌薄惟後用肉刑太倉令有罪就逮長安城自恨身無子困急獨煢煢小
女痛父言死者不復生上書詣北闕闕下歌雞鳴憂心摧折裂晨風激揚聲聖漢孝文帝
惻然感至誠百男何憒憒不如一緹縈列女傳曰緹縈歌雞鳴晨風之詩然雞鳴齊詩
夫人早起而視朝晨風秦詩言未見君而心憂也二途如爽即用無
通昌言所安朕將親覽濟曰二途謂一用峻法一用寬法如有所
乖爽不能必行則寬猛兼而用之明所安者何也昌明也善曰輕重二途似如差爽就
其用也彼此兼通言俱濟時尚書曰禹拜昌言孔安國曰昌當也漢書問董仲舒曰靡有
所隱朕將親覽焉

文選三十六 十九

又問聚人曰財次政曰貨良曰財者人之所資故利之而聚書
云一曰政二曰貨次於政下故曰次貨者通萬物之名善曰周易曰何以守位曰仁何
以聚人曰財尚書曰八政一曰食二曰貨也泉流表其不匱懋遷
通其有無善本作匕字向曰表比匱乏也財貨比之泉流使其不乏懋勉也
謂遷有貨至於無貨之處以逐其利皆勉力為之善曰漢書曰貨流於泉布於市如淳
曰流行如泉也尚書曰懋遷有無化居也帝既龜貝積寢緡旻纆
矩兩專用翰曰古者貨用貝寶用龜比今之用錢以緡纆貫穿之積寢謂積世寢廢
也緡纆皆繩也善曰漢書曰王莽居攝更作金銀龜貝錢布之品寢猶息也漢書曰武
帝初筭緡錢李斐曰緡絲以貫錢也管子曰凶歲糴釜千繈孟康漢書注曰繈錢貫也
世代茲多銷漏參三倍良曰謂用錢年代多則銷磨缺漏減薄三

倍也善曰言錢之銷磨缺漏或復參分或至一倍也下貧無兼辰之
業中產闕游歲之貲銑曰下貧謂貧人不濟者兼辰謂兩日也中產
謂中平之生者游歲謂再歲也貲猶用也善曰周書夏箴曰小人無兼年之食妻子非
其妻子也班固漢書文帝貧曰上嘗欲作露臺召匠計之直百金曰百金中民十家產也
左氏傳晉游飢字書曰游仍也惟瘼莫卹隱無捨矜歎向曰惟思
瘼病卹憂也言此貧人不濟者思而病之憂隱於心不捨哀矜嗟歎之至也善曰毛萇
詩傳曰瘼病也國語祭公謀父曰勤恤人隱而除其害也上帝溥臨賜朕
休寶善本寶下有命字卬巨恭斜之谷開而出銅濟曰言上
天廣臨下民賜我美寶山中開而出銅也帝天溥廣朕我休美也卬斜蜀中山名善曰
漢書曰上帝溥臨不異下防也齊春秋曰永明八年蜀都太守劉悛啓上曰南廣郡界蒙

山有銅坑掘則得銅其利無極上疑之也且有後命事茲鎔範翰曰
謂此銅後將命工人事此銷法而用之為錢以利於民鎔銷範法也善曰左氏傳曰王
使宰孔賜齊侯胙將拜孔曰且有後命也無下拜漢書曰釋其耒耨治鎔炊炭應劭曰鎔
錢模也禮記孔子曰然后範金合土鄭玄曰範鑄作模器用也充都內之金
紹圜府之職良曰金錢也紹繼也太公為周立九府貟法貟法錢也今將繼
太公之職事善曰桓子新論曰漢宣以來百姓賦錢一歲餘二十萬萬藏於都內漢書曰
太公為周立九府貟法李奇曰貟即錢也將繼太公之職事也但赤仄深巧
學之患揄莢難輕重之權向曰赤仄錢也以赤銅為稜言下有
好巧而私鑄者深以為患揄莢亦錢也漢時以秦錢重難用更為揄莢錢而後甚多而益
輕也言今欲鑄錢赤仄揄莢輕重難為權宜也善曰言今欲為錢若赤仄則姦巧學鑄

深為可患揄莢則輕重兼用難可準平漢書曰民多姦錢而公卿請令京師鑄官赤仄一
當五如淳曰以赤銅為其郭也漢書曰漢興以為秦錢重難用更令民鑄揄莢錢如淳曰
如揄莢也國語曰周景王將鑄大錢單穆公曰不可古者量貲幣權輕重以救民民患輕
則為之作重幣以行之於是有母權子而行民皆得焉若不堪重則多作輕幣而行之亦
不廢重於是乎有子權毋而行韋昭曰重謂毋輕謂子權平也若物直千二而毋當一千
則子二百平之也應劭曰權其輕重也開塞所宜悉心以對銑曰
開用塞除悉盡也錢之輕重用者除者盡心以對之善曰淮南子曰通乎動靜之機明
乎開塞之節開塞猶取捨也尹文子曰書開塞之宜得周通之路詩緯曰君子悉心研慮
推變見事也
又問治歷明時昭還革之運翰曰理其歷數以明其時則知

帝王遷變改易之運善曰周易曰君子以治歷明時毛詩曰去殷之惡就周之德周易
曰湯武革命也改憲勑法審刑德之原濟曰帝王之興改其法度
者當法其刑德之本而行之善曰司馬彪續漢書永平詔曰春秋保乾圖云三百年斗
歷改憲史官用太初鄧公平術有餘分一在三百年之域行度轉差浸以繆錯琁璣不正
文象不稽冬至之日日在斗二十二度而歷以為牽牛中星先立春一日則四分數之立
春也而以折獄斷大刑於氣已迕用望平和隨時之義益以遠矣今改四分以遵於堯以
順孔聖奉天之文宋均保乾圖注曰三陽而易備備則宜改憲憲法也周易曰火雷噬嗑
先王以明罰勑法淮南子曰冬至為德夏至為刑分命顯於唐官文
條炳於鄒說良曰唐官堯之官炳明也鄒說謂鄒衍說天五勝歷數之事
善曰尚書曰分命羲仲宅嵎夷曰暘谷又曰分命和仲宅西曰昧谷鄒說未詳及嵎

愚夷㢀職昧谷虧方良曰堯時乃命羲仲宅嵎夷嵎夷山名日出處也㢀職謂夏羲和湎淫㢀時亂日也昧谷日入處虧方謂失其方位　善曰言司歷之官㢀也嵎夷昧谷已見上文漢秉素祇之徵魏稱黃星之驗向曰漢高祖斬白蛇高祖常執此以自負故云秉素祇也秉執祇神徵應也魏氏將興乃有黃星見於楚宋間驗亦應也　善曰言五德之次序也漢書曰高祖夜徑澤中前有大蛇當路高祖乃前拔劍斬蛇後人來至蛇所有一老嫗夜哭人問嫗何哭嫗曰吾子白帝子也化為蛇當道今者赤帝子斬之魏志曰初桓帝時有黃星見於楚宋之分遼東殷馗善天文言後五十歲當有真人起於梁沛之間其鋒不可當至是凡五十年而太祖破袁紹天下莫敵也紛諍空軫疑論無歸銑曰謂律歷五行日月之理紛諍其事者甚多而疑論竟無所指歸　善曰方言曰軫戾謂相乖戾也朕獲纂

洪基思弘至道翰曰纂繼洪大弘亦大也至道謂妙道也　善曰班固高紀述曰纂堯之緒爾雅曰纂繼也曹植魏德頌曰武創洪基克光厥德尚書序曰恢弘至道也庶令日月休徵風雨玉燭濟曰言令日月光輝美而相應風雨四時和順也四時和曰玉燭　善曰尚書洪範曰日月之行則有冬有夏爾雅曰春為青陽夏為朱明秋為白藏冬為玄英四氣和謂之玉燭也克明之旨弗遠欽若之義復還於子大夫何如哉良曰克能旨義堯命羲和欽若昊天言今欲使如堯能明峻德之美不遠而羲和敬順天時復還於理何哉言可致此道乎子大夫秀才也　善曰尚書曰克明峻德又曰欽若昊天也其驪翰改色寅丑殊建別白書之濟曰夏后氏尚黑戎事乘驪驪黑馬也建寅月為正則今正月也殷人尚白戎事乘翰翰白馬也建丑月為正今二月也言夏殷黑白改色寅丑殊建其何為可分別明白書之　善曰禮記曰夏后氏尚黑戎事乘驪鄭玄曰以建寅之月為正物生色黑黑馬曰驪禮記曰殷人尚白戎事乘翰鄭玄曰以建丑之月為正月牙生色白翰白色馬也漢書董仲舒對策曰臣前所上對辭不別白指不分明

永明十一年策秀才文五首

王元長

問秀才朕秉籙御天握樞臨極翰曰秉執也籙符也天子受命執之以御制天下也樞北斗第一星握此以臨八極者以取萬物所仰而知四時之不失也　善曰尚書璇璣鈐曰河圖命紀也圖天地帝王終始存亡之期錄代之矩籙與錄同也周易曰時乘六龍以御天易通卦驗曰遂皇氏始出握機矩鄭玄曰遂皇遂人也

但持斗機運轉之法春秋運斗樞曰北斗七星第一星天樞論語素王受命讖曰王者受命布政易俗以御八極五辰空撫九序未歌向曰五辰五行之時也九序謂六府三事也六府謂水火金木土穀三事謂正德利用厚生也書云九功惟叙九叙惟歌令未歌者謂其未治　善曰尚書咎繇曰撫于五辰庶績其凝孔安國曰百官皆撫順五行之時衆功皆成也又曰德惟善政政在養民水火金木土穀惟修正德利用厚生惟和九功惟序九序惟歌也至於思政明臺訪道宣室銑曰明臺明堂也天子布政之宮宣室謂漢召賢良之處殿名也　善曰管子曰黃帝立明臺之議上觀於賢也漢書曰文帝思賈誼徵之至入見上方受釐坐宣室上因感鬼神事而問鬼神之本蘇林曰宣室未央前正室也若墜之惻每勤如傷之念恒軫良曰書云若墜塗炭左傳云視民如傷今惻愴哀念每勤勞而

彰痛也善曰尚書曰民墜塗炭孔安國曰若陷泥墜火左氏傳逢滑曰國之興也視人
如傷許慎淮南子注曰彰轉也故恤貧緩賦省徭慎獄向曰憂貧
人寬賦稅省徭役慎刑獄善曰應劭曰徭者役也四境無虞三秋式
稔濟曰四竟無度備之事謂不起甲兵三秋之稼用有豐稔也虞度也善曰尚書曰
四方無虞予一人以寧秋有三月故曰三秋元命苞曰陽氣數成於三故時別三月宋衷
曰四時皆象比類不唯秋也廣雅曰年稔秋穀熟也而多黍多稌杜不
興兩穗之謠無褐無衣必盈七月之歎翰曰稌稻
穀也後漢張堪為漁陽太守人歌之曰桑無附枝麥穗兩岐張君之德樂不可支言今不
興此歌謠也豳七月詩云無衣無褐何以卒歲言今必多此數者盈多也善曰毛詩曰
豐年多黍多稌東觀漢記曰張堪字君游為漁陽太守勸民耕種以致殷富有百姓歌曰

文選三十六　二十四

桑無附枝麥穗兩岐張君為政樂不可支毛詩曰七月流火九月授衣無褐無衣何以卒
歲豈布政未優將疲善本作罷字民艱業銑曰問豈由布
政治之未優洽將為疲弊之民難成產業也善曰毛詩曰敷政優優百祿是遒周禮曰以
圜土教罷民登爾於朝是屬宏議罔弗同心以匡
厥辟良曰爾汝宏大罔無匡正厥其辟君也言登汝於朝是屬望大議以安治天下
無不同心正其君也善曰漢書詔策晁錯曰登大夫于朝親諭朕志難蜀文曰將崇論
宏義也尚書曰罔不同心以匡乃辟也
又問惟王建國惟典命官向曰惟辭也建立也典常也言王者
立國常命賢良居其官秩善曰周禮曰惟王建國辨方正位尚書堯典曰乃命羲和
上叶星象下符川嶽濟曰叶合符同也上合星象者三台星主三公

位也下同川嶽九卿象河海三公又象五岳也善曰春秋漢含孳曰三公象岳九卿法
河海三公在天法三台九卿法北斗必待天爵具修人紀咸事
然後洽才授位善本作職字揆務分司翰曰仁義忠信禮樂
曰天爵人有此六者具修則為人紀綱皆可從於王事然後因才以授其位度事以分其
司司主也善曰孟子曰仁義忠信樂善不倦此天爵也公卿大夫此人爵也古之人修
其天爵而人爵從之漢書詔策公孫弘曰天文地理人事之紀子大夫習焉公孫弘對曰
天地無私親順之和逆之害生此天文地理人事之紀也爾雅曰揆度也是以
五正置於朱宣下民不忒向曰少昊之立有鳳皇至故以鳥名
官以鳳皇為歷正玄鳥司分白鳥司至青鳥司開丹鳥司閉此五正也朱宣則少昊之號
也忒差也言下人皆不差失善曰左氏傳郯子謂昭子曰少皞摯之立鳳鳥適至故紀

文選三十六　二十五

於鳥鳥師而鳥名五雉為五工正河圖曰大星如虹下流華渚女節意感生白帝朱宣宋
均曰朱宣少昊氏鄭玄孝經注曰忒差也九工開於黃序庶績其
凝良曰工官也黃帝將興有瑞雲故以雲為官名有五又有同德者四人以五合四為
九官也黃序則黃帝也庶衆績功凝成也善曰漢書劉向上疏曰舜命九官濟濟相讓
和之至也應劭曰尚書禹作司空棄作后稷契作司徒咎繇作士垂作共工益作虞伯夷作
秩宗夔作典樂龍作納言凡九官皇甫謐帝王世紀曰舜始即真改正朔以土承火色尚
黃尚書中候所謂建黃授正改朔尚書咎繇曰庶績其凝孔安國曰凝成也周官
三百漢位兼倍銑曰周建官號有三百也漢位兼而倍之善曰禮記曰
有虞氏之官五十夏后官百殷官二百周官三百漢書曰秦立百官漢因循不革自佐史
至丞相十三萬三百八十五人今云兼倍略言之耳歷茲以降游情善本

作情字寔繁濟曰歷從茲此降下也謂從漢至齊游散之官怠惰之職者實繁多
也善曰孔叢子趙王曰仲尼大聖自茲以降世業不替禮記曰垂緌五寸游惰之士鄭
玄曰游惰罷入也尚書曰寔繁有徒若開冗畢善本作畢字棄則橫
去聲議無已翰曰冗散之官言若開散之官盡為棄廢則從嗟橫議無已善曰
荀悅申鑒曰正貪祿省閑冗與時消息昭惠恤下文穎漢書注曰冗散也孟子曰聖王不
作諸侯放恣處士橫議也冕笏不澄則坐談彌積向曰冕笏官之
服飾也若官不事澄清之道則坐為談讌者蓋復多積也彌益也善曰魏志郭嘉說大
祖曰劉表坐談客耳何則可修善詳其對銑曰則法也言用捨二途
何法可修而行之善為詳審以對我也善曰家語孔子曰欲善則詳王肅曰欲善其事
當詳慎之毛萇詩傳曰詳審也

文選三十六　二十六

又問昔者賢牧分陝良守共治濟曰賢牧分陝謂邵公也
善曰公羊傳曰自陝以東周公主之自陝以西邵公主之袁崧與曹植書曰邵公與周公
俱受分陝之任漢書曰孝宣躬親萬機勵精為治常稱曰與我共治者其唯良二千石乎
下邑必樹其風一鄉可以為績良曰言雖从邑必樹其風
化也五州為鄉萬二千五百家也績功也善曰論語曰子之武城聞絃歌之聲鄭玄曰
武城魯之下邑尚書曰章善癉惡樹之風聲一鄉謂桐鄉也漢書曰朱邑為桐鄉大夫廉
平不苛及死子葬之桐鄉入為邑起冢立祠至有旦撫鳴琴日置
醇酒翰曰處子賤為單父宰身不下堂彈琴而治曹參為丞相日置酒宴賓客來者
皆欲有言參輒飲以醇酒自醉客終不得言善曰呂氏春秋曰宓子賤治單父彈琴身不
下堂而單父治漢書曰曹參代蕭何為相國日夜飲酒卿大夫以下吏及賓客見參不事

事來者皆欲有言至者參輒飲以醇酒度其欲有言復飲醉而後去終莫得開說文
而無害嚴而不殘故能出人於阽鹽危之域
濟善本作躋俗於仁壽之地良曰賢吏雖守文法不害於人也雖嚴肅
而不殘暴於下故能濟出臨危之人俗為仁義故使人登壽考也阽臨也域亦猶地也
善曰漢書曰蕭何以文毋害為沛主吏掾音義曰文無所枉害也漢書曰雋不疑為吏嚴
而不殘也阽危已見謝朓八公山詩漢書王吉上疏曰陛下毆一世之民躋之仁壽之域
則俗何以不若成康壽何以不若高宗也是以賈誼有言善本有天字
下之有惡吏之罪也銑曰吏之仁賢黎民不犯吏之不肖民有惡則
吏之罪也善曰賈子曰吏能為善則人必能為善也故人之不善也吏之罪也頃
深汰太珪符妙簡銅墨濟曰頃猶向來也汰謂沙汰珪符謂刺史

文選三十六　二十七

銅墨謂縣令善曰范曄後漢書曰詔書沙汰刺史二千石以賈琮為冀州刺史說文曰
汰簡也汰達蓋切周禮曰上公之禮執桓珪諸侯之禮執信珪諸伯執躬珪漢書曰文帝
初與郡守為銅虎符竹使符潘安仁夏侯湛誄曰妙簡邦良爾雅曰簡擇也漢書曰縣令
長皆秦官秩六百石以上皆銅印墨綬也而春雉未馴秋螟不散
良曰魯恭為中牟令是時郡國螟傷稼而獨不入中牟河南尹袁安聞之疑不實使仁
恕掾肥親往觀之親與恭俱坐桑下有雉過止其傍傍有兒童親曰何不捕之兒曰雉方
育子也親乃曰所以來者察君之迹爾蟲不犯境一異化及鳥獸二異童子有仁心三異
也言今雖沙汰刺史妙簡縣令而春雉且未馴秋螟復不散也馴行也螟蟲所以食苗者
善曰東觀漢記曰魯恭為中牟令時郡國螟傷稼犬牙緣界不入中牟河南尹袁安聞之
疑其不實使仁恕掾肥親往廉之恭隨行阡陌俱坐桑下有雉過止其傍傍有童兒親曰

何不捕之兒言雉方將雛翰曰所以來者欲察君之化跡爾今蟲不犯境此一異也化及鳥獸此二異也豎子有仁心此三異也具以狀言安范曄後漢書曰宋均遷九江太守山陽楚沛多蝗其飛至九江東界者輒東西散去入在朕前湊其智略出連城守闕爾無聞銑曰漢虞丘壽王出為東郡守有詔賜壽王書曰子在朕前之時智略輻湊及十餘城之守職事並廢甚不稱在前時何也言今所選刺史騶令亦如此善曰漢書曰吾丘壽王為東郡尉詔賜壽王璽書曰子在朕前之時智略輻湊及至連十餘城之守事並廢甚不稱在前時何也職豈薪槱由之道未弘為網羅之目尚簡翰曰槱積弘大簡略也詩云芃芃棫樸薪之槱之此言如山木茂盛萬民得採之為薪而積用之亦如賢人衆多國家得用也文子云有鳥將來張羅而待之得鳥者羅之一目今為一目之羅無可得鳥言求賢不廣

文選三十六　二十八

何由得賢者也目網孔也言今之求吏未得賢者豈薪積之未久為復網羅之目尚略善曰毛詩曰芃芃棫樸薪之槱之毛萇曰山木茂盛萬人得而薪之賢人衆國家得用蕃興也曹子建書曰仲宣獨步於漢南孔璋鷹揚於河朔吾王設天罔以該之文子曰有鳥將來張羅而得鳥者羅之一目也今為一目之羅即無時得鳥孔安國尚書傳曰簡略也悉意正辭無侵執事向曰悉盡也無侵執事謂無或侵誤執事之臣不盡意正辭以對善曰漢書詔策晁錯曰大夫其正論毋枉執事音義或曰毋為有司枉撓又問朕聞上智利民不述於禮大賢彊國罔圖惟舊銑曰上智之人且利於民而不述於禮大賢之人彊於國無謀於舊法皆取權宜以為制度但利民彊國而已善曰史記商君說秦孝公曰聖人苟可以彊國不法其故苟可以彊民不修其禮也豈非療飢不期於鼎食拯溺無待於規行濟曰權宜應時之理豈非者不擇飧拯濟沈溺者豈待為規矩之行貴救之而已善曰毛詩曰泌之洋洋可以療飢鄭玄曰泌水洋洋然飢者見之可飲以療飢療音義與療同家語曰子路南遊於楚列鼎而食抱朴子曰規行矩步不可以救火拯溺也是以三王異道而共昌五霸殊風而並烈良曰三王謂夏殷周也五霸晉文齊桓秦繆楚莊宋襄異道謂異其政道殊風謂殊其風化霸長烈盛也善曰淮南子曰五帝異道而德覆天下三王殊事而名施後世左氏傳賓媚人曰五伯之霸也勤而撫之以役王命杜預曰夏伯昆吾商伯大彭豕韋周伯齊桓晉文戰國策趙王謂趙文曰三代不同服而王五伯不同俗而政是也今農戰不修文儒是競翰曰修理也今日農及兵戰之事並

文選三十六　二十九

不理文儒之人皆捐馳競善曰商君書曰國待農戰而安君待農戰而尊論衡曰上書白記者文儒也夫文儒之力過儒生況文史也棄本徇末厥弊滋多向曰徇求厥其也善曰漢書詔曰農天下之大本也而人或不務本而事末故生不遂李奇曰本農也末賈也昔宋臣以禮樂為殘賊漢主比文章於鄭衛濟曰宋臣謂墨翟也漢主謂宣帝也鄭衛謂淫樂也善曰宋臣墨翟也孫卿子曰樂也者和之不可變者也禮也者理之不可易者也墨子非之幾過刑也墨子賤禮樂而貴勇力貪則為盜富則為賊治世反是漢書曰宣帝數從王襃等所幸宮觀輒為歌頌議者多以為淫靡不急上曰辭賦大者與詩同義小者辯麗可喜譬如女工有綺縠音樂有鄭衛也豈欲非聖無法將以既道而權銑曰賤禮樂文章豈欲非先聖之道而以為無法乎以窮道而權時之宜既猶窮也

善曰孝經曰非聖人者無法論語子曰可與學未可與適道可與適道未可與立可與立未可與權公羊傳曰權者何權者反於經然後有善者也今欲專士女於耕桑習鄉閭以弓騎良曰今欲專男士為耕女子為桑以資衣食鄉閭之間習於弓騎以備戰也善曰孝經鉤命決曰耕桑得利究年受福史記曰趙武靈王胡服以習騎射也五都復而事庠序四民富而歸文學翰曰五都謂臨淄宛洛邯鄲成都也于時此五都人叛故欲先農戰後庠序待民富歸文學之道庠序亦學也善曰漢書曰王莽於五都立均官更名雒陽邯鄲臨淄宛成都五都市長皆為五均司市師又曰平帝立學官鄉曰庠聚曰序管子曰士農工商四民者國之石民也其道奚若爾無面從向曰奚何若如爾汝也面謂對面順從而退有異言善曰尚書曰予違汝弼女亡面從

文選三十六　三十

又問自晉氏不綱關河蕩析翰曰不綱謂失其紀綱也關河州郡為羣賊分析以僭稱之善曰班固漢書述曰考人不綱綱漏于楚王隱晉書曰石季龍死朝廷欲掃蕩平關河尚書盤庚曰今我民用蕩析離居也宋人失馭淮汴崩離濟曰宋人宋帝也失馭謂亂也淮汴分崩人離散也淮汴二水名善曰蒼實藏曰王塗蕪穢周失其御應劭漢書注曰汴水在滎陽西南論語子曰邦分崩離析而不能守也朕思念善本作命字舊民永言攸濟銑曰舊民謂晉宋經離亂之民永言思其所濟也攸所也善曰毛詩曰永言孝思尚書曰予惟小子若涉淵水予惟往求朕攸濟故選將開邊勞去來去安集良曰選軍將開邊境慰勞百姓之勤苦賜來其復居者使安散者使集善曰漢書嚴尤上疏曰武帝選將練兵深入遠戍又班固曰武帝廣開三邊毛詩序曰萬民離散不

安其居而能勞來還定安集也加以納款通和布德修禮向曰戎狄納言款誠通其和親而我則布德以懷之修禮以制之善曰納其款關之誠而通其和好之禮漢書曰匈奴呼韓邪單于款五原塞遣名王奉獻始和親呂氏春秋曰季春之月天子布德和惠孫卿子曰管仲為政者也未及修禮故修禮者王為政者強也歌皇華而遣使賦膏雨而懷賓翰曰詩云皇者華君遣使臣也皇華美也言奉君命為義也季武子如晉晉侯饗之范宣子賦黍苗武子再拜曰小國之仰大國也如百穀之仰膏雨也言今有外蕃懷德來賓亦仰我如膏雨善曰毛詩序曰皇皇者華君遣使臣也左傳曰季武子如晉晉侯饗之范宣子為政賦黍苗季武子再拜曰小國之仰大國也如百穀之仰膏雨焉若常膏之其天下集睦豈唯弊邑周禮曰二曰裘職以安邦國以懷賓客也所以關洛動南望之懷獯勳

文選三十六　三十一

夷遽北歸之念濟曰關秦也洛洛陽南望謂亂已平齊都江南故云南望獯夷北狄也言其處北有歸化於國家之念善曰王逸楚辭注曰遽競也夫危葉畏風驚禽易落銑曰危葉謂秋木之葉沾霜而畏風鳥之驚擾聞弦乃落此喻北齊後魏也善曰漢書上曰單于待命加慢今欲攻之如何王恢曰草木遭霜者不可以風過通方之士不可以文亂今擊之單于可禽淮南子曰使葉落者風搖之也戰國策魏謂春申君曰日者更羸與魏王曰臣能虛發而下鳥有鴻鴈從東方來更羸以虛弓下之王曰射至此乎更羸曰此孽也其飛徐者創痛也悲鳴者久失羣也故創未息而驚心未去聞弦音而高飛故創怯今臨武君嘗為秦孽不可為秦之將無待干戈聊用辭辯良曰言其易為誅伐蓋用辭辯亦可定之片言而求三輔一說而定五州向曰三輔後魏所都五州北齊所據片言

之辯一說可求而定之京兆左馮翊右扶風曰三輔豫青徐兗冀州曰五州善曰漢書
曰內史武帝更名京兆尹左內史更名左馮翊翊主爵中尉更名右扶風是為三輔五州已
見顏延之侍遊曲阿後湖詩斯路何階人誰或可進謀誦
志以沃朕心翰曰斯路詞辯之路何階言路何以及之誰人或堪為此事
誦述也沃猶洗也善曰爾雅曰階因也言進嘉謀當謂誦汝志以沃帝心也周禮曰撣
人掌誦王志道國之政事鄭玄曰以王之志與政事諭說諸侯撣音探廣雅曰誦言也然
彼言王志與此微殊不以文害意也尚書曰啓乃心沃朕心

天監三年策秀才文三首善曰何之元梁典曰天監

武帝年號也

任彥升銑曰天監梁帝年號

文選三十六　三十二

問秀才朕長驅樊鄧直指商郊濟曰樊鄧地名商郊紂都
也而齊東昏侯無道比之於紂善曰商翰齊也史記樂毅書曰輕卒銳兵長驅至國漢
書朱買臣曰發兵浮海直指泉山尚書曰武王朝至于商郊也因藉時來乘
此歷運向曰謂東昏無道武帝伐之而齊禪位於帝故曰時來而乘此歷數運會
也善曰魏志劉廙上疏曰臣遭乾坤之靈值時來之運也當扆永念猶
懷慚德向曰扆天子屏風也慙德謂無德而為人君也善曰禮記曰天子當
扆而立尚書曰成湯放桀于南巢惟有慙德何者百王之敝齊季
斯甚翰曰百王謂古來之王也善曰班固漢書贊曰漢承百王之弊季謂末年
衣冠禮樂掃地無餘濟曰言如掃地而淨一無餘者善曰言衣冠
制度禮樂軌儀皆見廢棄故無餘也班固漢書贊曰秦滅六國而上古遺烈掃地盡矣

彫斲善本作斲郎刓方經綸草昧銑曰彫斲刓方飾圓方也經營
綸理也草昧謂造物之始如於宜昧也言欲營理造禮樂也善曰漢書曰漢興破觚而
為圜斲瑚而為樸蘇林漢書注曰刓角之刓與刓斲同周易曰雲雷屯君子以經綸又曰
天造草昧宜建侯而不寧鄭玄曰造成也草草創昧昧爽也採三王之禮
冠履粗分因六代之樂宮判始辨向曰三王夏殷周也
粗略也六代黃帝及堯舜三王也宮天子之懸樂判卿大夫也言上下禮樂略有分辨
善曰周禮曰王宮懸諸侯軒懸卿大夫判懸士特懸而百度草創倉廩
未實良曰百度法制也草創造始也言法制造始倉廩無儲善曰尚書曰百度惟
貞論語曰裨諶草創之管子曰倉廩實而知禮節若終畝不稅則國
用靡資翰曰若不稅賦百姓則國家所用無資也靡無也善曰國語曰王耕三

文選三十六　三十三

推之庶人終于畝禮記曰古者公田籍而不稅毛萇詩傳曰資財也百姓不足
則惻隱深慮銑曰惻隱內憂於心善曰論語有若曰百姓足君孰與不足
百姓不足君孰與足孟子曰無惻隱之心非仁也惻隱之心仁之端也每時入
芻藁歲課田租濟曰芻藁草也以供廐馬之食課斂也善曰漢舊儀曰
民田租芻藁以給經用也尚書曰百里納藁愀子小然疚救懷如憐
赤子向曰愀然憂色變也疚病也言憂如病在懷也赤子嬰兒言憐下民如此善
曰禮記曰哀公問人道誰為大孔子愀然作色而對月賦曰情馬疚懷尚書曰若保赤
子惟民其康乂今欲使朕無滿堂之念民有家給之
饒濟曰一人向隅則滿堂不樂言今下民未安殺今其安使我無不樂之念人皆有資
給之足可得乎饒足也善曰說苑曰古人於天下也譬如一堂之上今有滿堂飲酒有

一人獨索然向隅泣則一堂之人皆不樂也
鄧析子曰聖人道遙一世之間而家給人足
天下太平也**漸登九年之蓄稍去關市之賦**銑曰九年
耕有三年之蓄以少至多故云漸登蓄積也
古者稅關市謂出入由關市之門者稅錢今
將去之可手善曰禮記曰國無九年之蓄
曰不足周禮曰以九賦斂財賄七曰關市之
賦鄭玄曰賦謂口出泉
關市謂占會百物也**子大夫當此三道利**
用賓王翰曰三道謂國體人事直言也利用
賓王謂才可以利於時用為帝王之
賓客善曰三道
賓王已見上文**斯理何從佇聞良說**良曰此理
何從謂必賦稅求國家足用百姓不足此理
何從而致佇立待也良善也　善曰顏延之
策秀才文曰嚴興
之要發侯良說
問朕本自諸生弱齡有志向曰諸生謂諸書
生少時有志於學

文選三十六　三十四

也善曰鍾離意別傳曰嚴遵與光武皇帝
俱為諸生禮記孔子曰大道之行也與三代
之英丘未之
逮而有志焉**閉戶自精開卷獨得**濟曰精專
於學開書
卷而獨得其趣善曰楚國先賢傳曰孫敬
入學閉戶牖精力過人太學謂曰閉戶生入
市市人相語閉戶生來不忍欺也陶
潛誡子書曰開卷有得便欣然忘食**九流七**
略頗嘗觀覽六藝百家庭非牆面翰曰九流
一曰儒二
曰道三曰陰陽四曰法五曰名六曰墨七曰
從横八曰雜九曰農六藝禮樂射御書數百
家謂諸子凡有一百八十九家言百舉其大
數庭近也牆面謂面向牆而無所見者言我
好學近非此流也善曰漢書曰九流有儒
家流道家流陰陽家流法家流名家流墨家
流從横家流雜家流農家流又曰劉歆總羣
書而奏其七略故有輯略有六藝略有諸子
略有詩賦略有兵書略有數術略有方技略
廣雅曰頗少也周禮保氏養國子以道乃教

之六藝一曰五禮二曰六樂三曰五射四曰
五御五曰六書六曰九數淮南子曰百家異
說各有所出論語子謂伯魚曰汝為周南召
南矣乎人而不為周南召南其猶正牆面而
立也
與**雖一日萬機早朝晏罷聽覽之暇三餘**
靡失向曰冬者歲之餘夜者日之餘陰雨者
月之餘靡無也　善曰尚書曰兢兢業
業一日二日萬機墨子曰早朝晏罷斷獄治
政也上林賦曰朕以聽覽餘閑無事棄日魏
略曰董遇字季真善左氏傳從學者云若渴
無日遇言當以三餘或問三餘之意遇言冬
者歲之餘夜與陰者
日之餘雨者月之餘**上之化下草偃風從惟**
此虛寡弗能動俗銑曰言上之化下如草之
偃卧必從於風而我好學
虛寡弗能得動於時俗惟此帝自謂也善
曰論語子曰君子之德風小人之德草草上
之風必偃蔡邕姜肱碑曰
至德動俗邑中化之也**昔紫衣賤服猶化**

文選三十六　三十五

齊風良曰齊桓公好服紫國內盡服紫公患
之管仲化之人皆賤紫服也善曰韓
子曰齊桓公好服紫一國盡服紫當時十紫
不得一素公患之告管仲曰君欲止之何不
自誡勿衣也謂左右曰甚惡紫臭公曰諾於
是郎中莫衣紫其明日國中莫有衣紫三日
境內莫
衣紫也**長纓鄒好且變鄒俗**翰曰鄒君好服
長纓國人皆好
長纓君甚患之因自斷之而國中亦皆不服
也上之化下有如此者善曰韓子曰鄒君
好長纓左右皆服長纓甚貴鄒君患之問左
右左右對曰君好服之百姓亦多服是故貴
鄒君因先自斷其纓而
出國中皆不服長纓也**雖德慙往賢業優前**
事向曰言以德薄於往賢而帝業
則優於前事意欲儒學化下也**且夫搢紳**
道行祿利然也濟曰搢紳官服也言此道之
所行者蓋以祿利之使然也
善曰封禪書曰因雜搢紳先生之略術班固
漢書贊曰大師衆至千餘人蓋祿利之路然

也朕仰善本作傾字心駿骨非懼真龍銑曰郭隗說燕王曰古之君有以千金市千里馬三年不得或人請求之三月得馬馬已死乃以五百金市死馬骨而還君大怒人曰馬骨且猶買之天下知君之好馬必有自至者後一年果有千里馬至者二馬今王誠願求賢士從郭隗始莊子云葉公好龍室屋皆畫龍形而天之真龍聞之窺頭於牖拖尾於堂葉公見之棄而走失其魂魄是葉公不好真龍言今傾心好馬而市駿馬之骨好龍而不懼見於真龍善曰新序曰郭隗謂燕王曰古之君有以千金市千里馬者三年不得人請求之三月得馬已死矣買其骨以五百金君大怒之人曰死馬骨且市之況生馬乎天下必以王為好馬矣於是不能朞年千里馬至者二今王誠願致士請從隗始隗且見事況賢者也莊子曰子張見魯哀公哀公不禮去曰君之好士有似葉公子高之好龍也葉公好龍室屋彫文盡以寫龍於是天龍聞而下之窺頭於牖拖

尾於堂葉公見之棄而退走失其魂魄五色無主是葉公非好真龍也好夫似龍而非龍也今君之好士也好夫似士而非士者也輜緇軿薄丁青紫如拾地芥良曰輜軿車也青紫貴位之服也芥草也言好學明於經術以取貴位之服如似車載之多也取之易如拾地草也善曰范曄後漢書曰袁紹賓客所歸輜軿紫轂填接街陌說文曰軿車前衣車後為輜漢書曰夏侯勝每講授常謂諸生曰士病不明經術經術苟明其取青紫如俛拾地芥爾言好學明經術以取貴位之服如似車載之多也取之易也如拾地草而惰游廢業十室而九翰曰言學者懶惰好為游戲以廢道業者十家有九善曰惰游已見上文抱朴子曰秦及季秋天下欲反十室而九也鳴鳥蔑聞子衿不作濟曰周書云收罔勗不及耇造德不降我則鳴鳥不聞此欲收教不自勗勉之人不及道義者化之恐不降意為之則功不成也且

天子聖明而功業成則鳳皇見不然則鳳鳥不至今人不自勗勉為學故鳴鳥無聞鳴鳥鳳也蔑無也詩云青青子衿刺廢學校也言今不作詩欲刺之是不勸也善曰言古者依教不及於道者故天下太平而鳳皇至學校廢則作子衿以刺之而人感思學今則不然言不如古也尚書周公曰收罔勗弗及耇造德弗降我則鳴鳥不聞毛萇詩傳曰蔑如也詩序曰子衿刺學廢也兩都賦序曰王澤竭而詩不作弘獎之路斯既然矣向曰弘大獎勸斯此也既然猶則如此善曰小雅獎勸也猶其寂寞應有良規銑曰秀才猶如寂寞之中必有良善之規摹使致善道而來見於目也道生寂寞故言也善曰魏志明帝報王朗詔曰欽納至言思聞良規問朕立諫鼓設謗木於茲三年矣良曰立鼓於朝有欲諫君擊之設謗木於闕有誹謗使人擊之武帝立之已三年矣善曰鄧析子曰堯置欲

諫之鼓舜立誹謗之木此聖人也比雖輜湊闕下多非政要日伏青規善本作蒲字罕能切直翰曰言諫人多非政要日伏於庭希能切直蒲天子內庭也以青色規之而諫者伏其上善曰文子曰羣臣輜湊張湛曰如衆輻之集於轂也范曄後漢書曰詔問蔡邕宜披露得失指陳政要也漢書曰史丹直入卧內頓首伏青蒲上應劭曰以青規地曰青蒲桓子新論曰切直忠正則汲黯之敢諫爭也將齊季多諱風流遂往向曰將謂齊末法令多所忌諱此風流而遂去乎善曰毛萇詩傳曰將且也老子曰天下多忌諱而民彌貧淮南子曰晚世風流俗敗禮義廢上林賦曰遂往而不反矣將謂朕空然慕古虛受弗弘向曰將謂我空有慕古之志而虛心受物不大乎此疑問之辭善曰漢書曰王莽好空言慕古法多封爵人周易曰君子以虛受人也然自君臨

萬寓介在人善本作民字上翰曰寓國介獨也善曰左氏傳子囊曰
赫赫楚國而君臨之方言曰介特也漢書宣帝詔曰朕承洪業託于士民之上也何
嘗以一言失旨轉徙朔方濟曰後漢蔡邕上疏為左右讒之帝
遂下邕於洛陽獄詔減死一等與家屬徙於朔方也徙還也　善曰范曄後漢書曰蔡邕
上疏帝覽而歎息因起更衣曹節於後竊視之悉宣語左右事遂漏露程璜遂使人飛章
言邕於是下邕洛陽獄詔減死一等與邕家屬髡鉗徙朔方詔不得以赦令除也睚五懈
眦任懈有違論輸左校翰曰李膺為河南尹究陵大姓羊元羣有贓罪
膺將罰之元羣乃行賂於宦豎膺乃坐論輸於左校睚眦不和貌輸役也言從役於左校
之中　善曰漢書曰原涉好眦睚於塵中論輸謂論其罪而輸作也漢書陳萬年傳曰論
輸府下范曄後漢書曰李膺為河南尹時宛陵大姓羊元羣罷北海郡贓罪狼藉膺表欲

文選三十六　三十八

罰其罪元羣行賂宦豎膺反坐輸作左校漢書曰將作少府有左校令丞也而使
直臣杜口忠讜絕路善本作路絕銑曰杜塞讜正也善曰漢書
鄭公謂景帝曰內杜忠臣之口外為諸侯報怨聲類曰讜善言也將恐弘長
之道別有未周向曰言我雖不嘗有讒邪所為而直臣忠正絕路恐大長
之道有所不周　善曰韓詩曰將恐將懼薛君曰將辭也檀道鸞晉陽秋曰謝安為桓溫
司馬不存小察盡弘長之風也悉心善本作意字以陳極言無隱
良曰悉盡也言盡心以陳無有所隱　善曰漢書曰哀帝使傅喜問李尋曰極言無有所
諱周書曰慎問其故無隱乃情也

文選卷第三十六

宿

表上

文選

三十七

共六十

文選卷第三十七

梁昭明太子撰　五臣并李善注

表上　善曰表者明也標也如物之標表言標著事序使之明白以曉主上德盡其忠曰表三王已前謂之敷奏故尚書云敷奏以言是也至秦并天下改爲表總有四品一曰章謝恩曰章二曰表陳事曰表三曰奏劾驗政事曰奏四曰駁推覆平論有異事進之曰駁六國及秦漢兼謂之上書行此五事至漢魏已來都曰表進之天子稱表進諸侯稱上疏魏已前天子亦得上疏

薦禰衡表一首

孔文舉　翰曰范曄後漢書云孔融字文舉魯國人也幼有異才性好學舉高第拜御史後為曹操奏誅之下獄棄市　善曰范曄後漢書曰孔融字文舉魯國人也幼有異才性好學舉高第拜御史歷官

至將作大匠遷少府曹操既積嫌忌奏誅之下獄棄市
臣聞洪水橫流帝思俾乂銑曰洪大俾使乂治也堯遭大水橫
流天下思使治者而衆官舉禹治之而定善曰孟子曰當堯之時天下猶未平洪水橫
流汎濫於天下尚書曰湯湯洪水方割有能俾乂孔安國曰俾使乂治旁求四
方以招賢俊向曰旁非一方也招引也言於四方招引賢能俊異之人 善
曰尚書曰旁求天下孔安國曰旁非一方也昔世宗繼統將弘祖
業疇咨熙載羣士響臻濟曰世宗武帝廟號統理弘大疇誰咨嗟
熙廣臻至也言武帝繼理大業亦咨嗟求賢廣召能事者故其衆士響應而至也 善曰
世宗孝武廟號也李奇漢書注曰統緒也班固漢書述曰世宗曅曅思弘祖業尚書云帝
曰疇咨若時登庸又曰有能熙帝之載班固漢書述曰疇咨熙載髦俊並作如響臻應而

文選三十七 二

至也孫卿子曰下之和上譬響之應聲也陛下睿善本作叡字聖纂承
基緒良曰陛下獻帝也睿亦聖也纂繼緒業也言以聖德承繼大業也 善曰陛下
謂獻帝也班固高紀述曰纂堯之緒爾雅曰纂繼也遭遇厄運勞謙日
昃翰曰厄困也董卓破洛陽遷帝長安也日昃日晚也言勤勞謙恭日晚不食以求賢
也 善曰說文曰遇逢也周易曰勞謙君子有終吉尚書曰文王自朝至于日中昃弗遑
暇食惟岳善本作維嶽二字降神異人間善本作並字出銑曰
詩云惟岳降神生甫及申此言山岳降靈間生異人謂禰衡也 善曰毛詩曰維嶽降神
生甫及申竊見處士平原禰衡年二十四字正平
淑質貞亮英才卓躒力角反 向曰處士不從官者也淑善亮明英
美也卓躒高絕貌言善質正美明才高絕於人 善曰孟子曰得天下英才而教育之西

都賓曰卓躒諸夏卓躒絕異也初涉藝文升堂覩奧濟曰涉歷也藝
文謂道藝文章也奧深也升堂覩奧言初學則見道藝之深 善曰論語云子曰由也升
堂矣未入於室也爾雅曰西南隅謂之奧目所一見輒誦於口耳
所瞥善本作暫字聞不忘於心性與道合思若有
神良曰稟性淳和與天道合思謀深遠有若神明也 善曰淮南子曰所謂真人者性
合于道也弘羊潛計安世默識以衡準之誠不足
怪翰曰桑弘羊能以心計事也張安世嘗從武帝幸河東亡書三篋安世乃闇記後得
所亡書校之一無遺失潛深默闇也言此二人雖聰俊比之於衡彼不足怪 善曰漢書
曰桑弘羊雒陽賈人子以心計年十三拜侍中又曰張安世字少孺爲郎上行幸河東嘗
亡書三篋詔問莫能知唯安世識之具作其事後復購得書以相校無所遺失也上奇其

文選三十七 三

能擢爲尚書令忠果正直志懷霜雪見善若驚疾惡
若讎銑曰果敢斷決也霜雪言潔白而肅物也言執性決斷懷其潔白見善可慕者
驚之若不及聞爲惡不忠者憎之如仇讎也 善曰國語楚藍尹亹謂子西曰夫闔廬聞一
善言若驚得一士若賞 謝承後漢書曰張儉清絜中正疾惡若讎任座抗行
史魚厲節殆無以過也向曰任座魏文侯臣抗舉也舉行執直史
魚衛大夫邦有道邦無道不改高直之節厲高也殆幾也言此二人之直幾不過於衡也
善曰呂氏春秋曰魏文侯飲問諸大夫寡人何如主也任座曰君不肖君也克中山不以
封君之弟而以封君之子是以知不肖君也文侯不悅次及翟黃曰君賢君也臣聞其主
賢者其臣直是以知君之賢也文侯悅文子曰微世賤物士之抗行也廣雅曰抗舉也論
語子曰直哉史魚廣雅曰厲高也鷙鳥累百不如一鶚使衡

立朝必有可觀良曰言立衡於朝忠正廉能有可觀矚　善曰史記趙簡子曰鷙鳥累百不如一鶚論語子曰赤也束帶立於朝可使與賓客言又曰必有可觀者馬漢書成帝詔曰舉博士使卓然可觀飛辯騁辭溢氣坌蒲悶涌解疑釋結臨敵有餘翰曰坌涌也涌起解判結屈也言辯論之辭溢滿之氣如坌起也至於判疑解屈臨於所敵必綽有餘　善曰坌涌貌也七略曰解紛釋結反之於平安昔賈誼求試屬國詭係單于銑曰屬國典夷狄官詭奇也賈誼為屬國之官請設奇計以係單于之頸單于匈奴號　善曰漢書賈誼曰何不試以臣為屬國之官以主匈奴行臣之計必係單于之頸而制其命說文曰詭責也自責必係單于也漢書曰況自詭滅賊終軍欲以長纓牽致勁越向曰漢與南越和親終軍請願受長纓牽羈越王致之闕下勁彊也　善曰漢書曰

南越與漢和親乃遣終軍使南越說其王欲令入朝比內諸侯軍自請願受長纓必羈南越王而致之闕下說文曰組綦小者為冠纓也弱冠慷慨前世善本作代字美之近日路粹嚴象亦用異才擢拜臺郎衡宜與為比濟曰弱冠二十已上也慷慨壯節也美之謂美賈誼終軍之壯氣也路粹嚴象漢末時人皆以高才擢拜尚書郎言衡之才可與此數子為比用者也善曰說文曰慷慨壯士不得志於心賈誼終軍皆年十八故曰弱冠典略曰路粹字文蔚小學於蔡邕高才與京兆嚴象拜尚書郎象以兼有文武出為揚州刺史粹後為軍謀祭酒與陳琳阮瑀等典記室也如得龍躍天衢振翼雲漢良曰天衢雲漢以喻省閣也龍躍振翼喻任用得施其才也　善曰李陵詩曰策名於天衢班固漢書述曰攀龍附鳳並集天衢毛詩曰倬彼雲漢揚聲紫微垂光虹

蜺足以昭近署之多士增四門之穆穆翰曰揚聲垂光言光儀高也昭明增益也四門四方之門也穆穆美也　善曰春秋合誠圖曰北辰其星七在紫微中也尸子曰虹霓為析翳兩都賦序曰內設金馬石渠之署尚書曰賓于四門四門穆穆鈞天廣樂必有奇麗之觀帝室皇居必畜非常之寶若衡等輩不可多得銑曰鈞天廣樂天帝樂也奇麗之觀謂有奇麗異聲可觀也帝室皇居謂天子省閣也畜養也非常之寶謂賢人也言衡才有異觀可謂國寶不可多得言少有也　善曰史記趙簡子曰我之帝所其樂與百神遊於鈞天廣樂九奏萬舞不類三代之樂其聲動心應劭漢官儀曰帝室猶古言王室尚書曰所寶惟賢則邇人安激楚陽阿至妙之容掌技者之所貪向曰激楚陽阿皆曲名言舞此曲妙為容態者主技樂之人所

以貪愛也　善曰楚辭曰宮庭震驚發激楚王逸曰激楚清辭也淮南子曰足蹀陽阿之舞飛兔騕褭絕足奔放良樂之所急也濟曰飛兔騕褭皆駿馬名良王良樂伯樂皆古善御者急謂急於所求　善曰呂氏春秋曰飛兔騕褭古之俊馬也又曰古者善相馬者若趙之王良秦之伯樂尤盡其妙也臣等區區敢不以聞良曰區區猶勤勤也　善曰李陵書曰區區之心廣雅曰區區愛也陛下篤慎取士必須效試乞令衡以褐衣召見良曰篤厚慎重也褐衣短衣也言天子厚重取士則必効試願令衡以短衣引見而問之材行庶可觀采也　善曰漢書劉敬曰臣衣褐衣謁見必善本無必字無可觀采臣等受面欺之罪翰曰欺誑也面欺謂對面誑天子也　善曰漢書曰上以張湯懷詐面欺

先

出師表一首善曰蜀志曰建興五年亮率軍北駐漢中臨發上疏

諸葛亮孔明銑曰蜀志云諸葛亮字孔明琅邪人也時先主屯新野徐庶謂先主曰諸葛孔明乃卧龍也將軍豈欲見之乎先主遂詣見之及即帝位拜為丞相後主立亮率軍北駐漢中臨發上疏也善注同

臣亮言先帝創業未半而中道崩殂今天下三分益州疲敝善本作罷弊二字此誠危急存亡之秋也向曰先帝謂備也創制也崩殂死也分吳魏蜀益州蜀也言蜀小弱敵大國故云疲敝危傾急迮也言傾迫存亡在今時也善曰孟子曰君子創業垂統歲以秋為功畢故以喻時之要也馮衍與田邑書曰忠臣立功之日志士馳馬之秋然侍衛之

臣不懈於內忠志之士忘善本作亡字身於外者蓋追先帝之遇欲報之於陛下也濟曰懈惰也內宮中也志士節士也亡身謂以身許國於邊疆也言此人等皆追先帝顧遇欲申報於陛下善曰遇謂以恩相接也史記豫讓曰以國士遇我誠宜開張聖聽以光先帝遺德恢志士之氣不宜妄自菲薄引喻失義以塞忠諫之路也良曰恢大也菲薄輕賤也誠須開耳目察善道以先帝之德廣大志士之氣不宜妄為輕賤引喻非義以拒忠言之路善曰漢書谷永上書曰王法納乎聖聽情子盜跖曰此父母之遺德方言曰菲薄也郭璞曰微薄也宮中府中俱為一體陟罰臧否不宜異同翰曰宮中禁中也府中大將軍幕府也陟升也臧否善惡也善曰毛詩曰嗚呼小

子未知臧否何休公羊傳注曰否不也若有作姦犯科及為忠善者宜付有司論其刑賞以昭陛下平明之治善本作理字不宜偏私使內外異法也翰曰姦犯謂姦偽犯科條也昭明也偏私謂執情不均侍中侍郎郭攸之費禕於宜董允等銑曰郭攸之費禕皆蜀之侍中董允蜀之黃門郎善曰楚國先賢傳曰郭攸之南陽人以器業知名蜀志曰費禕字文偉江夏人也後主襲位亮上疏曰侍中郭攸之費禕然攸之與禕俱為侍中又曰董允字休昭後主襲位遷黃門侍郎此皆良實志慮忠純是以先帝簡拔以遺陛下向曰良善也實不虛浮也純美遺與也言攸之等先帝選拔以與陛下愚以為宮中之事事無大小悉以咨之然後施行必

能裨補闕漏有所廣益善本有也字濟曰咨謀俾益也漏猶缺落也言宮中之事謀郭費等必能益補缺落也將軍向寵善曰蜀志曰向寵襄陽人也建興元年為中部督典宿衛兵遷中領軍性行淑均曉暢軍事善曰廣雅曰暢達也試用於昔日先帝稱之曰能是以衆議舉寵以善本無以字為督愚善本有以字為營中之事悉以諮之必能使行陣和穆優劣得所也良曰向寵蜀將也淑善均平曉明暢達督率也言寵性善平曉達軍事先帝嘗經試用衆臣舉以為率與謀營中之事必能使士卒和勇強弱得其所宜也親賢臣遠小人此先漢所以興隆也親小人遠賢士此後漢所以傾穨善本作頹字也先帝在時每

與臣論此事未嘗不歎息痛恨於桓靈也翰曰頹壞也桓靈漢二帝用閹豎所敗也善曰桓靈後漢二帝也侍中尚書長史參軍此悉貞亮死節之臣也銑曰侍中尚書言陳震長史參軍謂蔣琬也此二人皆亮所進用出師後恐帝不能用故屬之貞正亮明也善曰蜀志曰建興二年陳震拜尚書又曰諸葛亮出駐漢中張裔領留府長史又曰蔣琬遷叅軍統留府事願陛下親之信之則漢室之隆可計日而待也臣本布衣躬耕於南陽向曰布衣庶人服也南陽郡名善曰說苑唐且謂秦王曰王聞布衣之士怒乎苟全性命於亂世不求聞達於諸侯善曰論語子張曰在邦必聞又孔子曰在邦必達先帝不以臣卑鄙猥自枉屈三顧臣於

草廬之中諮臣以當世之事向曰卑鄙賤稱猥衆也言先帝自局衆人枉屈其身三度顧眄我於廬舍之中也當代事謂陳匡復之義善曰猥猶曲也言已曲蒙先帝自枉屈而來也漢晉春秋曰諸葛亮家于南陽之鄧縣荊州圖曰鄧城舊縣西南一里隔沔有諸葛亮宅是劉備三顧處劉歆七略詩曰結構野草起室廬由是感激遂許先帝以驅馳後值傾覆受任於敗軍之際奉命於危難之間爾來二十有一年矣濟曰感三顧之重內激於心遂許與先帝經營匡復之事值逢傾覆者曹公敗先主也亮時使吳請周瑜等救之敗曹公奉命危難之間也善曰趙岐孟子章指曰千載聞之猶有感激也裴松之蜀志注曰案劉備以建安十三年敗遣亮使吳亮以建興五年抗表北伐自傾覆至此正二十年然則備始與亮相遇在軍敗前一年也先帝

知臣謹慎故臨崩寄臣以大事也良曰寄委託也大事謂社稷也善曰蜀志曰先主於永安病篤召亮成都屬以後事謂亮曰君才十倍曹丕必能安國終定大業若嗣子可輔輔之如其不才君可自取亮涕泣曰臣敢竭股肱之力效忠貞之節繼之以死也受命以來夙夜憂歎恐託付不效以傷先帝之明故五月渡善本作度字瀘深入不毛翰曰受命謂顧託之命夙早也早夜憂歎恐不稱所職損先帝聰明也瀘水名中有瘴氣不毛謂不生草木也時南中諸郡皆叛亮親率衆渡瀘征之諸郡悉平善曰蜀志曰建興元年南中諸郡並皆叛亂三年春亮率衆征之其秋悉平漢書曰瀘水出牂柯郡句町縣史記鄭襄公曰君王錫不毛之地使復得改事君王何休曰墝埆不生五穀曰不毛句求俱切町庭冷切今南方已定甲兵善本作兵甲已

足當帥將善本作獎帥三軍北定中原銑曰諸侯三軍也中原謂魏也善曰小雅曰獎勸也庶竭駑鈍攘除姦凶良曰竭盡也駑鈍馬亮自比也攘却也姦凶謂曹丕也善曰廣雅曰駑駘也謂馬遲鈍者也毛萇詩傳曰攘除也興復漢室還于舊都此臣之所以報先帝而忠陛下之職分也良曰備中山王後故云興復漢室也舊都謂雍洛二州兩漢所都也揖則謀存社稷將則開拓境土而亮兼之故云職分也至於斟酌損善本作規字益進盡忠言則攸之禕允之任也願陛下託臣以討賊興復之效不效則治臣之罪以告先帝之靈責攸之禕允等之善本無之字咎以彰善本作章字其慢向曰言事不得宜及盡

忠節則郭攸之費禕董允堪此任也託悉忠效功也委我興功如無功則理我之罪以告
先帝若攸之等有罪咎則亦責之以彰其慢使衆知之善曰蜀志載亮表云若無興復
之言則戮允等以彰其慢此無上六字於義有闕誤今陛下亦宜自謀
善本作課字以咨諏足俱善道察納雅言深追先帝
濟曰謀事曰咨咨事曰諏察視也言當謀咨政事視納正言深追先帝之意也善曰王
逸楚辭注曰課試也毛詩曰載馳載驅周爰咨諏毛萇曰訪問於善為咨咨事為諏論語
曰子所雅言南都賦曰奉先帝而追孝臣不勝受恩感當遠離
臨表涕泣不知所云良曰言不勝受恩之重內感於懷今當遠別悲
傷失次故不知所云

求自試表一首善曰魏志曰太和二年植還雍丘植常自憤怨

抱利器而無所施上疏求自試
曹子建翰曰試用也植以抱器無所施上疏求自以已為君用
臣植言臣聞士之生世入則事父出則事君
銑曰言內孝於家外忠於國善曰論語子曰出則事公卿入則事父兄事父尚
於榮親事君貴於興國故慈父不能愛無益
之子仁君不能畜無用之臣向曰榮親謂爵祿名譽興國謂
服叛威遠也無如是者父君所不愛畜也善曰墨子曰雖有賢君不愛無功之臣雖有
慈父不愛無益之子夫論德而授官者成功之君也量
能而受爵者畢命之臣也濟曰君授臣之官先觀德優劣量材
能以授與之是以能成功自受所能受君爵賞者是盡命之臣畢盡也善曰史記樂毅

報燕惠王書曰察能而授官者成功之君也孫卿子曰論德而定次量能而授官君子之
所長也尸子曰君子量才而受爵量功而受祿也故君無虛授臣無
虛受虛授謂之謬舉虛受謂之尸祿詩之素
飡所由作也良曰謬誤也尸祿謂善惡都不言而食祿也詩曰彼君子兮不
素飡兮此詩刺素飡也善曰王符潛夫論曰故明王不敢以私授忠臣不敢以虛受也
韓詩曰何謂素飡素者質也人但有質朴而無治民之材名曰素飡尸祿者頗有所知善
惡不言默然不語苟欲得祿而已譬若尸矣昔二號不辭兩國之
任其德厚也旦奭不讓燕魯之封其功大也
翰曰二號虢仲虢叔王季之親俱封於虢而不辭者以有厚德於周也周公旦封於魯召
公奭封於燕而不辭讓者亦以有平殷之功也善曰左氏傳晉侯假道於虞以伐虢宮

之奇諫曰號仲號叔王季之穆也為王卿士勳在盟府孫卿子曰德厚者進廉節者起也
史記曰武王殺紂封周公旦於少昊之墟曲阜是為魯公又曰周武王封召公奭於燕
今臣蒙國重恩三世于今矣正值陛下升平
之際沐浴聖澤潛潤德教可謂厚幸矣銑曰三世
謂武帝文帝明帝也升平太平也潛隱也言已無功於時蔭蒙恩澤可謂幸甚矣善曰
三世謂文武明也陛下明帝也孝經鉤命決曰明王用孝升平致譽也史記太史公成王
作頌沐浴膏澤孝經曰德教加于百姓而竊位東藩善本作位竊二字
爵在上列向曰竊偷也謂無德偷居其位植封鄄城王在國東藩善曰論語
子曰臧文仲其竊位者與漢書中山靖王曰位雖卑也德為東藩身被輕緩
口厭百味向曰輕煖謂衣服鮮厚也百味謂調和百種也善曰孝經援神契

曰甘肥適口輕煖適神墨子曰衣服之法冬則練帛之中足以為輕且煖崔駰七依曰饔
人調膳展選百味目極華靡耳倦絲竹者爵重祿厚
之所致也向曰華靡絲竹謂伎樂也言得如此者祿厚故也　善曰鄭玄禮記
注曰致之言至也退念古之受爵祿者有異於此皆
以功勤濟國輔主惠人善本作民字濟曰言古之受爵祿者皆
以功勤濟國也　善曰爾雅曰濟益也今臣無德可述無功可
紀若此終年無益國朝將挂風人彼已之譏
善曰毛詩彼已之子不稱其服是以上慙玄冕俯愧善本作女朱
紱濟曰挂懸也詩云維鵜在梁不濡其翼彼己之子不稱其服此譏無德而衣玄冕言
我無功德以益國朝而空衣紱冕恐懸此譏是以慙也　善曰周禮曰王之五冕玄冕朱

紱禮記曰諸侯佩山玄玉而朱組綬蒼頡篇曰紱綬也方今天下一統
九州晏如良曰方今魏朝也統理晏安也言天下一理九州之地皆晏然也
善曰尚書大傳曰周公一統天下合和四海然一統謂其統緒也顧西尚有
違命之蜀東有不臣之吳使邊境未得脫甲
謀士未得高枕者誠欲混同宇內以致大和
也翰曰敵國未平故武士不得脫甲冑謀臣不暇安枕席混大也大和則大同也　善
曰爾雅曰稅舍也漢書賈誼曰陛下高枕終統無山東之憂法言曰或問大和曰其在唐
虞成周也李軌曰天下太和故啟滅有扈戶而夏功昭成
啓夏王名也有扈夏之諸侯不供職貢而啓伐之昭克商奄而周德著
明也成王時淮夷徐奄之君皆叛周公誅滅之著明也言二王皆伐叛誅亂而功德著明

善曰尚書序曰啓與有扈戰于甘之野史記曰啓遂滅有扈氏天下咸朝夏也尚書曰武
王崩三監及淮夷叛周公相成王將黜殷命孔安國曰三監管蔡商也淮夷徐奄之屬史
記曰成王東伐淮夷徐奄也今陛下以聖明統世將欲卒
文武之功繼成康之隆向曰言武帝文帝功成也言明帝必能平
吳蜀成祖父之業故云繼成王康王之盛也　善曰餞周之令德以翰魏之先主也臣瓚漢
書注曰統揔覽也毛詩序曰文武之功起於后稷春秋歷序曰成康之隆醴泉涌簡
賢善本作良字授能以方叔邵虎之臣鎮衛四境
為國爪牙者可謂當矣濟曰方叔邵虎皆宣王賢臣言明帝授任
鎮著服爪牙之臣皆如方叔之賢　善曰爾雅曰簡擇也毛詩曰方叔涖止其車三千又
曰江漢之滸王命邵虎又曰祈父予王之爪牙然而高鳥未挂於輕

繳淵魚未懸於鉤餌者恐鉤射之術或未盡
也良曰高鳥喻蜀也淵魚喻吳也繳繒射也鉤釣也鉤射未盡謂吳蜀尚勞征伐也言
我有異術能擒之高鳥淵魚喻吳蜀二主也善曰昔耿弇不俟光武
亟擊張步言不以賊遺於君父善本有也字翰曰耿弇光
武臣也俟待也弇為張步所攻上聞自救之未至陳俊謂弇曰虜盛可閉營休士以待上
來弇曰乘輿至臣子當以牛酒待百官反欲以賊虜遺君父耶遂出擊之及夜而破光武
救始至也　善曰東觀漢記曰耿弇討張步陳俊謂弇曰虜兵盛可且閉營休士以須上
來弇曰乘輿且到臣子當擊牛釃酒以待百官反欲以賊虜遺君父耶及出大戰自旦及
昏大破之弇古含切故車右伏劍於鳴轂雍門刎首於
齊境若此二子豈惡生而尚死哉誠忿其慢

主而陵君也銑曰齊成王出獵忽然車之左轂鳴車右請死王曰工人之罪
也曰臣見轂鳴不見工人遂伏劍而死雍門儁齊烈士也越伐齊寇至齊境雍門儁請死
王曰金鼓未接而死何也對曰昔車右為先君御車轂鳴而車右自殺今越兵寇境甚於
轂鳴也安得不死乎遂伏劍而死越軍聞齊有烈士遂退刎割也慢主謂轂鳴陵君謂越
兵善曰說苑曰越甲至齊雍門狄請死之齊王曰鼓鐸之聲未聞矢石未交長兵未接
子何務死知為人臣之禮邪雍門狄對曰臣聞之昔王田於囿左轂鳴車右請死之王曰
子何為死車右曰為其鳴吾君也王曰左轂鳴此者工師之罪也子何為死車右曰吾不
見工師之乘而見其鳴吾君也遂刎頸而死有之乎齊王曰有之雍門狄曰今越甲至其
鳴吾君豈在轂之下哉車右可以死左轂而臣獨不可以死越甲邪遂刎頸而死是日越
人引甲而退七十里齊王葬雍門子以上卿夫君之寵臣欲以除

文選三十七　十四

患興利臣之事君必殺身靖亂以功報主也向曰寵謂厚其爵祿也殺身謂見危致命以請忌亂善曰尸子曰禹興利除害為萬民
種也昔賈誼弱冠求試屬國請係單于之頸而
制其命終軍以妙年使越欲得長纓纓善本作纓
占字其王羈致北闕濟曰屬國夷狄官名纓繞也迮單于匈奴號越南越也
言羈繞之使至北闕稱臣於漢善曰賈誼終軍已見上文爾雅曰占隱也郭璞曰隱度
之此二臣者善本無者字豈好為夸主而燿善本作燿
字世俗哉志善本無志字或欝結欲逞其善本無其字
才力輸能於明君也良曰謂賈誼終軍也夸大也此豈好大言於主
而燿於俗哉但以志有欝結欲輸誠於君昔漢武為霍去病治第

辭曰匈奴未滅臣無以家為翰曰霍去病漢將也治修也第
宅也善曰漢書文也夫善本夫下有固字憂國忘家捐軀濟
難忠臣之志也銑曰捐棄身軀善曰趙岐孟子章指曰憂國忘家今
臣居外非不厚也而寢不安席食不遑味者
善本有伏字以二方未剋為念銑曰寢臥遑暇也二方吳蜀未剋言
未靜也善曰戰國策曰秦王告蒙驁曰寡人一城圍食不甘味臥不便席也伏見
先帝武臣宿兵年耆即世者有聞矣向曰先帝謂武
帝也武臣將也宿兵謂宿素習練之兵耆老者也即世死也言將士雖死我有聞前事也
善曰左氏傳子朝曰太子壽早夭即世雖賢不乏世宿將舊卒
由習戰也濟曰雖世不乏賢亦由習耳善曰史記王翦宿將始皇師之竊

文選三十七　十五

不自量志在效命庶立毛髮之功以報所受
之恩若使陛下出不世之詔效臣錐刀之用
使得西屬大將軍當一校之隊濟曰效致也毛髮喻小也
所受之恩謂爵祿也不世之詔謂非當代所測度之詔謂許行之詔也效呈錐刀言小用
也西謂蜀也大將軍謂曹真也一校偏師也謙不敢當大將善曰文子曰欲治之主不
世出東觀漢記黃香上疏曰以錐刀小用蒙見宿留也魏志曰太和二年遣大將軍曹真
擊諸葛亮於街亭司馬彪漢書曰大將軍營五部校尉一人也若東屬大司
馬統偏舟善本作師字之任良曰東謂吳也大司馬謂曹休也統理也
偏舟亦偏師也吳水戰故云偏舟善曰魏志曰太和二年大司馬曹休率諸軍至皖臣
瓚漢書注曰統猶總覽也必乘危蹈善本作蹈字險騁舟奮驪

突刃觸鋒爲士卒先雖未能擒善本作禽字權馘
亮庶將虜其雄率殲其醜類翰曰危險謂吳蜀之路驪馬也
擒執也馘斷耳也虜獲也殲盡雄大醜惡也善曰禮記曰夏后尚黑戎事乘驪鄭玄云馬
黑色曰驪漢書伍被曰大將軍當敵勇常爲士卒先也鄭玄毛詩箋曰馘所獲之左耳也
爾雅曰殲盡也又曰醜衆也必效須臾之捷以滅終身之
愧使名挂史筆事列朝榮雖身分蜀境首懸
吳闕猶生之年也銑曰效致也須臾少時也捷勝也愧謂虛食祿之愧
言我以尅勝之功滅虛祿之愧名書史筆爲朝廷所榮雖身遭吳蜀所分斬亦猶生也
善曰杜預左氏傳注曰捷獲也北征賦曰首身分而不寤漢武帝遣使者告單于曰南越
王頭已懸於漢北闕傳武仲與荊文姜書曰雖死之日猶生之年也如微才弗

文選三十七　十六

善本作不字試沒世無聞徒榮其軀而豐其體生
無益於事死無損於數虛荷上位而忝重祿
禽息鳥視終於白首此徒圈牢之養物非臣
之所志也向曰沒盡忝辱也禽息鳥視謂如鳥獸之視息但求食畏人而已無
餘志度白首謂老也言受爵祿無益於時亦何異爲牢圈以養畜也如此非我本志善
曰論語曰君子疾沒世而名不稱鄭玄周禮注曰凡鳥獸未孕曰禽說文曰圈養獸閑
玄周禮注曰牢閑也流聞東軍失備師徒小衄女六反濟曰流
傳衄縮也東軍謂伐吳之軍失守備也時曹休爲陸遜所敗故云此也善曰漢書任音
曰失行流聞魏志曰休至皖吳將陸遜戰於石亭敗績衄猶挫折也轂食棄
餐奮袂攘袵撫劒東顧而心已馳於吳會矣

良曰輟止也奮袂舉袖也攘袵褰襟也撫按也按劒東顧馳吳會思報怨也善曰鄭玄
周禮注曰攘却也謂却扱袵也臣昔從先武皇帝南極赤岸
東臨滄海西望玉門北出玄塞翰曰先武皇帝謂操也極
盡也赤岸謂朱崖郡也玉門西域關名玄塞謂黑山善曰七發曰發赤岸篲扶桑山謙
之南徐州記曰京江禹貢北江有大濤至乘北激赤岸尤更迅猛漢書燉煌郡龍勒縣
有玉門關玄塞長城也北方色黑故曰玄伏見所以行師用兵之
勢可謂神妙也善本作矣字故兵者不可豫言臨
難而制變者也銑曰言已見先帝用兵之要然兵事慎密不可豫前說之
言此恐有所問也變謂事異也善曰孫子曰兵與敵變化而取勝者謂之神孫卿曰水
因地而制行兵因敵而制勝志欲自效於明時立功於聖

文選三十七　十七

世每覽史籍觀古忠臣義士出於一朝之命
以徇善本作殉字國家之難向曰一朝不久也以身從國曰徇言觀史
書見古忠義之士皆持不久之命以徇國家之急也善曰司馬遷書曰李陵奮不顧身
以殉國家之急也身雖屠裂而功銘著於景鐘名績
善本作播字垂於竹帛未嘗不撫善本作拊字心而歎
息也濟曰屠裂謂剡斬也景大也古無紙史書皆竹帛也言見古義士身雖爲敵國
剡斬而功勳銘於大鐘名記史典則推心息思與之同撫推也善曰國語晉悼公曰
昔克路之役秦來圖敗晉功魏顆以其身却退秦師于輔氏親止杜回其勳銘於景鐘韋
昭曰景公鐘也墨子曰以其功書於竹帛傳遺後子孫也臣聞明主使
臣不廢有罪故奔北敗軍之將用秦魯以成

其功良曰秦將孟明視爲晉所敗左右曰敗
軍請繇之秦伯曰是孤罪也復使爲政
辛敗晉也魯將曹沫與齊戰三敗魯懼割遂
邑之地以和後齊桓與魯會于柯桓公登壇
沫執七首劫桓公曰子將何欲沫曰大國
侵魯亦已甚矣君其圖之桓公乃盡還侵魯
之地善曰史記曰秦繆公使百里奚子孟
明視蹇叔子西乞術及白乙丙將兵襲鄭晉
發兵遮秦兵於殽虜秦三將以歸後還秦三
將穆公復三人官秩復使將兵伐晉大敗晉
人以報殽之役又曰曹沫者魯人也以勇力
事魯莊公爲魯將與齊戰三敗三北魯莊公
懼乃獻遂邑之地以和猶復以爲將齊桓公
許與魯會于柯而盟桓公與莊公既盟於壇
上曹沫執七首劫齊桓公問曰子將何欲
曹沫曰齊強魯弱而大國侵魯亦已甚矣今
魯城壞即壓境君其圖之桓公乃許盡
魯之侵地曹沫三戰所亡盡復于魯矣絕
纓盜馬之臣赦而善本無而字楚趙以濟其難翰曰

楚莊王與羣臣夜宴燭滅有引王美人衣者
人乃挽絕其纓以告王曰飲人以酒如何責
人以禮乃命羣臣皆絕纓然後舉火楚與晉
戰有人常力戰斬首以退問之曰乃絕纓者
穆公失馬野人取之公自求之見野人方食
之公曰食駿馬肉不飲酒恐傷汝偏飲而去
後晉人與穆公戰公爲晉環之野人率三百
餘人畢力殊鬬遂大剋晉及獲惠公以歸此
秦事也言趙者植之誤也植時遭讒爲侯
故有是引也善曰說苑曰楚莊王賜羣臣
酒日暮華燭滅有引美人衣者美人援絕冠
纓告王知之王曰賜人酒醉欲顯婦人之節
吾不取也乃命左右勿上火與寡人飲不絕
纓者不懽也羣臣纓皆絕盡懽而去後與晉
戰引義人衣者五合五獲以報莊王呂氏春
秋曰昔者秦繆公乘馬右服失之野人取之
繆公自往求之見野人方將食之於岐山之
陽繆公笑曰食駿馬之肉不飲酒余恐傷汝
也徧飲而去之韓原之戰晉人已環繆公之
車矣晉梁繇靡已扣公左驂矣野人嘗食馬於

岐山之陽者三百有餘人畢力爲繆公疾鬭
於車下遂大克晉及獲惠公以歸此秦而謂
之趙者史記曰趙氏之先與秦
共祖然則以其同祖故曰趙馬臣竊感先帝
早崩威王棄世善本作代字銑曰先帝武帝也威王任城威王章也去
世謂死也善曰先帝謂文帝也魏志曰任城王彰甍謚曰威臣獨何人以
堪長久常恐先朝露填溝壑墳土未乾而身
名並滅向曰朝露前不可久也壑坑也恐已不久而死填於溝坑無功勳而名易
滅也善曰漢書李陵謂蘇武曰人如朝露列女傳梁寡婦曰妾之夫先犬馬填溝壑
書霍禹曰將軍墳土未乾李宏武功歌曰身非金不名俱滅焉臣聞騏驥長
鳴伯樂昭其能濟曰昔騏驥駕鹽車上吳坂適遇伯樂仰而鳴知伯樂識
其能也善曰戰國策楚客謂春申君曰昔騏驥駕車吳城坂遷延負轅而不能進遭伯

樂知己也今僕危厄日久君獨無意使僕爲君長鳴也盧狗悲號韓國
知其才良曰盧黑也謂黑狗也齊人韓國捐狗於市遂有狗號鳴而國知其善
善曰戰國策曰齊欲伐魏淳于髡謂齊王曰韓子盧者天下之壯犬也東郭逡者海內之
狡兔也韓子盧逐東郭逡環山者三騰山者五兔極於前犬斃於後犬兔俱罷各死其處
田父見之而擅其功今齊魏相持臣恐強秦大楚承其後有田父之功高誘曰韓國之盧
犬古之名狗也然悲號之義未聞也是以效之齊秦善本作齊楚之
路以逞千里之任試之狡兔之捷以驗搏噬
之用翰曰效至逞見也狡兔東郭之兔捷疾噬咬也言狡兔之疾盧狗能搏而咬之
善曰齊楚言遠也孫卿子曰夫驥一日而千里也今臣志狗馬之微
功竊自惟度終無伯樂韓國之舉是以於邑

而竊自痛者也銑曰惟思也於悒猶歎息也言已有志欲立犬馬之功自思無知已舉用是以歎息而自傷也善曰楚辭曰長呼吸以於悒王逸曰於悒啼貌也

夫臨博而企竦聞樂而竊抃者或有賞音而識道也向曰博棊也企竦驚立貌抃擊節者識棊之道知樂之音明已識兵家之要術也善曰說文曰博局戲也六箸十二棊又曰企舉踵也竦猶立也說文曰抃拊也

昔毛遂趙之陪隸猶假錐囊之喻以寤主立功濟曰趙平原君選客將求救於楚毛遂請備員而行平原曰夫賢士處世譬如錐之處囊其末立見遂曰使遂早處囊中當穎脫而出非特末見而已因與行至楚盟約卒由遂成也善曰史記曰秦之圍邯鄲趙使平原君求救合從於楚約與食客門下有勇力武備具者二十人偕得十九人餘無可取者毛遂前自讚於平原君君曰先生處勝之門

下幾年於此矣遂曰三年于此矣平原君曰夫賢士之處世譬若錐之處囊中其末立見今先生處勝之門下三年勝未有所聞毛遂曰臣乃今日請處囊中耳使遂蚤得處囊中乃穎脫而出非特其末見而已也平原君竟與毛遂偕十九人平原君與楚合從日出而言日中不決毛遂按劍歷階而上曰合從者為楚非為趙也楚王曰唯唯謹奉社稷以從

何況巍巍大魏多士之朝而無慷慨死難之臣乎夫自衒玄徧自媒者士女之醜行也良曰巍巍盛貌衒露也媒達也士自露其能女自達其容皆可醜也善曰越絕書曰范蠡其始居楚之越越王與言盡日大夫石賈進曰衒女不貞衒士不信客歷諸侯度河津無因自致殆不真賢也干時求進者道家之明忌也翰曰忌畏也時不可進而求進者必有恥辱故有道者所畏也善曰莊子曰功成者隳名成者虧孰能

去功與名而還與衆人而臣敢陳聞於陛下者誠與國分形同氣憂患共之者也銑曰分形同氣謂與文帝兄弟也憂愁患害也善曰呂氏春秋曰父母之於子也子之於父母也一體而分形同氣而異息痛疾相救憂思相感生則相驩死則相哀此之謂骨肉之親也冀以塵霧善本作露之微補益山海螢燭末光增暉日月向曰言已如塵霧之微螢燭之光也山海日月喻國也願效末能增其國也善曰謝承後漢書楊喬曰猶塵附泰山露集滄海雖無補益欽誠至情猶不敢嘿嘿也淮南子曰人主之居也如日月之明也是以敢冒其醜而獻其忠知必善本作少知為朝士所笑聖主不以人廢言濟曰冒覆也醜謂自媒衒也笑謂笑其所謂也言聖人不以人輕而廢其言也善曰論語子曰君子不以

以人廢言伏惟陛下少垂神聽臣則幸矣良曰垂聽謂顧聽自試之意

求通親親表一首

銑曰植以文帝不聽諸王入朝故上表求存問親戚也善曰魏志曰太和五年植上疏求存問親戚自致其意也

曹子建

臣植言臣聞天稱其高者以無不覆地稱其廣者以無不載日月稱其明者以無不照善曰禮記子夏問曰何謂三無私孔子曰天無私覆地無私載日月無私照此之謂三無私江海稱其大者以無不容善曰管子曰海不辭水故能成其大墨子曰江河不惡小谷之滿已也故能大故孔子曰大哉堯之為

君惟天為大惟堯則之翰曰大哉歎美之辭則法也善曰論語文也夫天德善本有之字於萬物可謂弘廣矣蓋堯之為教先親後踈自近及遠其傳曰克明俊善本作駿字德以親九族九族既睦平章百姓銑曰聖人與天地合德故曰天德克能俊深也九族謂玄孫之親也睦親也　善曰孔安國曰能明駿德之士任用之以睦高祖玄孫之親也又曰既已也百姓百官也言化九族而平和章明也及周善本有之字文王亦崇厥化其詩曰刑于寡妻至于兄弟以御于家邦向曰化謂和睦親族之化寡妻嫡妻也御理也言文王以禮接其妻至於宗族以為此政又能理於家邦　善曰鄭玄禮記注曰崇猶尊也毛萇曰刑法也鄭玄云御治也寡妻寡有之妻文王以禮接其妻

至於宗族又能為政治於家邦也是以雍雍穆穆風人詠之濟曰雍和穆美也風人詩人也謂歌其和美也　善曰毛詩曰有來雍雍又曰天子穆穆昔周公吊管蔡之不咸廣封懿親以藩屏王室良曰管叔蔡叔周公之弟咸和也言周公以二弟不和故廣封樹親戚以為王室之蕃屏　善曰左氏傳富辰曰周公吊二叔之不咸故封建親戚以蕃屏周室馬融曰二叔管蔡也傳曰周之宗盟異姓為後翰曰周之為盟會列其次位皆以同姓居先異姓為後言此以勸親善曰左氏傳曰滕侯薛侯來朝爭長公使羽父請於薛侯曰周之宗盟異姓為後誠骨肉之恩爽而不離銑曰骨肉謂兄弟也爽差也言雖有差舛不至離隔也　善曰漢書宣帝詔曰蓋聞象有罪舜封之骨肉之親粲而不殊如淳曰粲或為散爾雅曰爽差也親親之義寔

在敦固向曰親親骨肉之義寔在厚固善曰禮記曰君子賢其賢而親其親未有義而後其君仁而遺其親者也濟曰言義士不後君主仁者不棄親戚未有遺此道而行仁義者也　善曰孟子曰未有仁而遺其親者也未有義而後其君者也伏惟陛下咨帝唐欽明之德體文王翼翼之仁惠洽椒房恩昭九族善本作親字良曰帝唐堯也欽敬也謂聽明之德翼翼恭敬貌惠恩也皇后稱椒房者美其繁與也善曰尚書曰放勳欽明毛詩曰維此文王小心翼翼漢書儀曰皇后稱椒房詩椒聊之實蕃衍盈升義其繁與　九親猶九族羣臣百寮番休遞上翰曰寮官遞迭也言眾臣百官宿衛當番以次休息遞為上下　善曰列子曰臣聾迭為三番江偉上便宜曰上下郎吏計作四五番休執政不廢於公朝下情得

展於私室親理之路通慶吊之情展誠可謂恕已治人推惠施恩者矣銑曰言我願迭居宿衛則所持政事亦不廢於公朝展舒也在下民情亦得展於私室賀喜曰慶問哀曰吊恕已謂以已身度人言如此可謂推恩惠於親也　善曰論語子貢問曰一言可以終身行之者乎子曰其恕乎已所不欲勿施於人三略曰良將恕已而治人又曰推惠施恩士力日新至於臣者人道絕緒禁固明時臣竊自傷也向曰謂兄弟之親人之常道而今絕其緒禁固謂不許朝拜也　善曰左氏傳曰申公巫臣奔晉子反請以重幣錮之杜預曰禁固勿仕也錮與固通用不敢乃望交氣類修人事敘人倫向曰氣類僚友也倫道也善曰毛詩序曰成孝敬序人倫近且婚媾不通兄弟永絕吉凶之問塞慶

吊之禮廢恩紀之違甚於路人隔閡之異殊
於胡越濟曰婚媾婚姻也不通謂不得相見也恩紀謂應有恩情相紀錄慶皆如
路人也閡亦隔也胡在北越在南言親戚乖隔亦猶是也　善曰蘇子卿詩曰誰為行路
人淮南子曰自其異者視之肝膽胡越許慎曰胡在北方越在南方今臣以一
切之制永無朝覲之望至於注心皇極結情
紫闥神明知之矣良曰一切猶一槩也春見曰朝秋見曰覲皇極紫闥
天子所居也言我一槩被制長無朝覲之望注心情於天子之居神明知我心也　善
曰漢書音義曰一切權時也尚書考靈耀曰建用皇極宋均曰建立也皇大極天也崔駰
達旨曰攀台階闚紫闥也然天實為之謂之何哉濟曰言此實天
子為之也　善曰毛詩國風文退惟善本作省字諸王常有戚戚

文選三十七　二十四

具爾之心願陛下沛然垂詔使諸國慶問四
節得展銑曰惟思也戚戚憂思貌具爾謂具憂思於身也沛然喻恩澤也四節謂
四時之節得展禮於君也　善曰毛詩曰戚戚兄弟莫遠具爾孟子曰油然作雲沛然下
雨以叙骨肉之歡恩全怡怡之篤義向曰怡怡兄弟
和樂貌篤厚也　善曰論語子曰兄弟怡怡如也妃妾之家膏沐之
遺歲得再通齊義於貴宗等惠於百司濟曰膏脂
也沐甘漿之屬貴宗謂外戚及諸公也惠恩也恩同百司之官　善曰毛詩曰豈無膏沐
如此則古人之所歎風雅之所詠復存於聖
世矣良曰古人謂大哉堯之為君親九族風雅謂鹿鳴棠棣之詩也臣伏
自惟省無錐刀之用善曰錐刀之用已見上文及觀陛下

之所拔授若以臣為異姓竊自料度不後於
朝士矣翰曰拔授謂簡賢授事料度商量也言己之材用不在朝士之後也若
得辭遠游戴武弁銑曰辭辭國遠游謂出征也武弁武士之冠　善曰
蔡邕獨斷曰遠遊冠者王侯所服傅子曰侍中冠武弁解朱組佩青紱
向曰組紱皆綬也言解諸侯朱紱佩將軍青綬也　善曰朱組綬已見上注漢書曰凡二
千石以上銀印青綬駙馬奉車趣得一號濟曰駙馬謂都尉也奉車
掌御之官趣疾也言將立功績疾取一勳號也　善曰漢書曰奉車都尉掌御乘輿車駙
馬都尉掌駙馬說文曰附近也安宅京室執鞭珥筆良曰珥插也插
筆謂侍中職　善曰論語子曰富而可求雖執鞭之士吾亦為之范曄後漢書贊謂朱
鮪曰彭往者得執鞭侍從珥筆戴筆也漢書趙卬曰張安世持橐簪筆張晏曰近臣負橐

文選三十七　二十五

簪筆侍從出從華蓋入侍輦轂良曰華蓋輦轂天子車飾也侍謂侍
從　善曰劉歆遂初賦曰奉華蓋於帝側胡廣漢官解詁注曰轂下諭在輦轂之下京兆
之中承答聖問拾遺左右良曰荅謂應荅君命拾遺謂拾其遺闕於
君之左右　善曰漢書曰議郎掌顧問應對又曰蕭望之劉更生並拾遺左右乃臣
丹情之至願不離於夢想者也遠慕鹿鳴君
臣之宴中詠棠棣匪他之誡翰曰鹿鳴詩篇名美君臣喜宴
也棠棣詩篇名刺兄弟不睦也　善曰毛詩序曰鹿鳴宴羣臣嘉賓也又毛詩序曰棠棣
燕兄弟也毛詩曰豈伊異人兄弟匪他下思伐木友生之義終
懷蓼莪罔極之哀銑曰伐木詩篇名宴朋友故舊也詩曰蓼蓼者莪又
曰欲報之德昊天罔極　善曰毛詩序曰伐木燕朋友故舊也詩曰矧伊人矣不求友生

毛詩蓼莪曰父兮生我母兮鞠我欲報之德昊天罔極每四節之會塊然獨處左右唯僕隸所對唯妻子高談無所與陳發義無所與展未嘗不聞樂而拊心臨觴而歎息也翰曰僕隸下士言所對非賢難可與陳說中展故拊心歎息也善曰漢書曰中山靖王勝來朝天子置酒勝聞樂聲而泣對曰臣聞悲者不可為累欷思者不可為歎息今臣心結日久每聞幼妙之聲不知涕泣之橫集臣伏以為犬馬之誠不能動人譬人之誠不能動天崩城隕霜臣初信之以臣心況徒虛語爾濟曰犬馬植自喻也言人之誠不能動天若能動天天子應知我也杞梁妻其夫戰死於莒城妻哭之城為之崩鄒衍盡忠於燕惠王信讒而繫之鄒子仰天而哭正夏而天降霜令我愍

文選三十七　二十六

誠過於前人不見報應故曰徒虛語爾善曰列女傳曰杞梁妻者齊杞梁殖之妻也齊莊公襲莒殖戰死杞梁之妻無子內外皆無五屬之親既無所歸乃就其夫屍於城下而哭之內誠動人道路過者莫不為之揮涕十日而城為之崩淮南子曰鄒衍盡忠於燕惠王燕惠王信譖而繫之鄒子仰天而哭正夏而天為之降霜也若葵藿之傾葉太陽雖不為善本有之字迴光然善本有終字向之者誠也良曰葵藿草也傾葉於日然日雖不為迴光終是向日者誠心也善曰淮南子曰聖人之於道猶葵之與日雖不能終始哉其鄉之者誠也臣竊自比葵藿若降天地之施垂三光之明者寔在陛下臣聞文子曰不為福始不為禍先翰曰三光日月星葵藿但向日此言二光文家連言以屬於君也福始禍先謂諸王皆不上表植獨先表故云然善曰文子曰與道為際與德為隣不為福始不為禍先范子曰文子者姓辛葵丘濮上人也稱曰計然南遊於越范蠡師事今之否隔友于同憂而臣獨唱言者善本有何也二字銑曰否隔不通也獨唱謂先陳表也善曰廣雅曰否隔也尚書曰友于兄弟竊不願於聖世善本作代字使有不蒙施之物有不蒙施之物善本無有不蒙施之物六字必有慘毒之懷故柏舟有天只之怨谷風有棄予之歎向曰慘毒猶憂怨也施惠言物不蒙恩惠則憂怨也濟曰詩柏舟曰母也天只不諒人只諒信也只辭也又谷風詩曰將安將樂汝轉棄予善曰毛詩柏舟曰母也天只不諒人只毛萇曰諒信也母也天也尚不信我也又谷風曰將安將樂汝轉棄予伊尹恥其君不為堯舜良曰伊尹殷賢臣也

文選三十七　二十七

自云我不能使其君如堯舜其心愧恥若撻于市善曰尚書曰昔先正保衡作我先王乃曰予弗克俾厥后惟堯舜其心愧恥若撻于市孟子曰不以舜之所以事堯事其君者不敬其君善本有者字也翰曰言舜有聖德能盡忠以事於堯豈事君得不敬其君者也臣之愚蔽固非虞伊至於欲使陛下崇光被時雍之美宣緝熙章明之德者銑曰蔽闇也言我固不如虞舜伊尹然欲其光大被時和之美雍和也緝熙光明也善曰尚書曰允恭克讓光被四表協和萬邦黎民於變時雍毛詩曰維清緝熙文王之典章已見上文尚書曰百姓昭明也是臣慺慺慺之誠竊所獨守寔懷鶴立企佇之心敢復陳聞者向曰慺慺敬也鶴立不轉申也企舉踵也佇久也敢冒昧辭也言獨守本

國㦸立舉踵以望恩澤也善曰尚書曰婁慺謹慎也戰國策曰吳入郢樊冒勃蘇潛行十日而薄秦鶴立不轉冀陛下儻發天聰而垂神聽也濟曰自上下聽曰垂聽善曰尚書曰天聰明神聽已見上文

讓開府表一首

羊叔子良曰臧榮緒晉書云羊祜字叔子太山人也能屬文為中書郎及晉受魏禪為車騎將軍開府儀同三司祜以此表讓不受讓推也善曰臧榮緒晉書曰羊祜字叔子太山人也能屬文為中書郎陳留王立封鉅平子世祖受禪加散騎常侍後以祜都督荊州諸軍事又為車騎將軍開府儀同三司祜表讓後以祜為征南大將軍開府辟召儀同三司蘂

臣祜言臣昨善本有出字伏聞恩詔拔臣使同台司臣自出身以來適十數年受任外內每極顯重之地翰曰台司儀同三司儀式與三公同也重謂爵尊祿厚也善曰昨出為沐浴而出在外台司三公也為台司故言儀同三司威儀石物使同三司也王隱晉書曰太祖引祜為從事中郎遷中領軍事兼內外常以智力不可彊進恩寵不可久謬夙夜戰慄以榮為憂銑曰言智少力弱雖被榮寵早夜戰懼者自量不堪故以榮為憂善曰中謝裴氏新語曰若薦其君將其所乞請中謝言臣誠惶誠恐頓首死罪臣聞古人之言德未為衆所服而受高爵則使才臣不進功未為衆所歸而荷厚祿則使勞臣不勸今臣身託外戚事遭運會向曰祜同產姊配景帝為弘訓太后言因外戚遭運會而蒙尊寵非有才德也善曰管子曰國有德義未明於朝而處尊位者則良臣不進有功未見於國而有重祿者則勞臣不勸王隱晉書曰祜同產姊配景帝為弘訓太后誠善本作誠字在過寵不患見遺而猥超然降發中之詔加非次之榮濟曰猥頓也超然越過之貌中詔謂授儀同三司詔也非次謂不依班次善曰猥猶曲也孔融答曹公書曰來書懇切訓誨發中臣有何功可以堪之何心可以安之以身誤陛下辱高位傾覆亦尋而至願復守先人之善本無之字敝善本作弊廬豈可得哉良曰誤有累所授之職傾覆言敗禍也復反也先人敝廬謂祖父舊居善曰國語單襄公曰高位寔疾顛左氏傳呂相曰傾覆我社

稷莊子曰顏闔守陋閭左氏傳齊侯遇杞梁之妻于郊使吊之辭曰有先人之弊廬在下妾不得與郊吊違命誠忤天威曲從即復若此翰曰忤逆也曲從謂受開府也即復若此言禍敗也善曰左氏傳齊侯對宰孔曰天威不違顏咫尺蓋聞古人申於見知銑曰古人申於知已屈於不知已善曰晏子春秋越石父謂晏子曰臣聞之士者屈於不知已而申乎知已大臣之節不可則止向曰大臣以道事君不可則止善曰論語子曰周任有言曰陳力就列不能者止臣雖輕小善本作小人字敢緣所蒙念存斯義今天下自服化已來方漸八年雖側席求賢不遺幽賤濟曰緣因也所蒙開府之職斯義謂不可則止之義服化謂服晉化側席謂虛其正位以待賢也善曰列子曰子產相鄭三年善者服其化也國語曰

越王夫人側席而坐韋昭曰側猶特也禮憂者側席而坐也然臣等不能
推有德進有功使聖聽知勝臣者多而未達
者不少假令有遺德善本有於字版築之下有隱
才善本有於字屠釣之間良曰板築傅說也屠釣太公也言或有如此之
人遺才德於卑賤之役善曰尚書序曰高宗夢得說說築傅巖之野孟子曰傅說舉於
版築之間郭璞三蒼解詁曰板牆上下板築杵頭鐵沓也尉繚子曰太公屠牛朝歌史記
曰太公望呂尚以漁釣奸周西伯而善本有令字朝議用臣不以
為非臣處之不以為愧所失豈不大哉翰曰雖朝
議用我以為得人而我處之不愧讜有如賢者遺才德於卑賤其失豈不大哉善曰遺
賢不薦而謬處崇班非直身殃抑為朝累今乃朝議用臣不以為非已累朝矣處之又不

文選三十七　三十

以為愧已殃身矣此失豈不大哉言甚大也且臣忝竊雖久未若
今日兼文武之極寵等宰輔之高位也銑曰兼文
武謂為將軍兼儀同也儀同同於三公故云等宰輔高位也善曰文武謂車騎及開府
等宰輔謂儀同三司臣所見雖狹據今光祿大夫李喜
秉節高亮正身在朝向曰秉執亮明也善曰晉諸公贊曰喜字季
和上黨人少有高行為僕射年老遜位拜光祿大夫光祿大夫魯芝絜
身寡欲和而不同濟曰言代事與和而貞節不同善曰臧榮緒晉書
曰魯芝字世英扶風人也耽思墳籍為鎮東將軍徵光祿大夫四子講德論曰絜身修德
老子曰少私寡欲論語曰和而不同光祿大夫李胤蒞政弘簡
在公正色良曰正色不阿諂也善曰王隱晉書曰李胤字宣伯遼東人也稍

遷至尚書僕射轉光祿大夫允安國尚書傳曰簡大也尚書曰正色率下皆伏善本
作服字事華髮以禮始終翰曰服事謂衣冠以事君也華髮白髮也
善曰周禮曰大司徒職曰服事鄭司農曰服謂公家之事也新序閭丘卬曰士之華髮
隨領而後用耳雖歷內外之寵不異寒賤之家翰曰內謂
相外謂將不異寒賤言不奢侈而猶未蒙此選臣更越之何
以塞天下之望少益日月是以誓心守節無
苟進之志銑曰此選謂儀同三司也越過三人也塞滿也言已偏蒙此選是不
蕭天下望也日月喻天子也所以退讓者望益天子之明是以守節不苟進也善曰聖
主得賢臣頌曰不足以塞厚望日月喻君已見上文左傳季札曰曹宣公之卒也諸侯與
曹人不義曹君將立子臧子臧去之遂弗為也以成曹君君子曰能守節今道路

文選三十七　三十一

未清善本作通方隅多事乞留前恩使臣得速還
屯向曰盜賊通行邊隅未靜留止前恩謂止儀同也勤兵而聚曰屯善曰王隱晉書
曰太始五年出為都督荊州諸軍事不爾留連必於外虞有闕
臣不勝憂懼謹觸冒拜表惟陛下察匹夫之
志不可以奪濟曰留連謂令作儀同則於外恐寇至虞度之事有闕也良
曰觸聖情冒上之顏也匹夫獨夫也言獨夫執志亦不可奪善曰論語子曰匹夫不可
奪志

陳情表一首

李令伯

翰曰蜀志云李密字令伯犍為武陽人父早亡母何氏更
適人密見養於祖母以孝聞侍疾日夜未嘗解帶蜀平後晉帝徵為

太子洗馬詔書累下郡縣逼迫密
上疏武帝覽其表嘉其誠款賜奴
婢二人使郡縣供祖母奉膳服還
漢中太守也　善曰華陽國志曰
李密字令伯父早亡母更適人密
見養於祖母事祖母以孝聞蜀平
後晉武帝徵為太子洗馬詔書累
下郡縣逼密密上疏武帝覽其表
曰密不空有名者也嘉其誠款賜
奴婢二人下郡縣供其祖母奉膳
祖母卒服終從尚書郎為河內溫
令左遷漢中太守一年去官卒密
一名虔

臣密言臣以險釁夙遭閔凶銑曰險釁艱難禍罪也閔憂也
憂謂父憂也　善曰賈逵國語注曰釁兆也左氏傳楚少宰曰寡君少遭閔凶生孩
六月慈父見背銑曰背死也　善曰孟子曰孩提之童趙岐曰知孩笑可

提抱也文子曰慈父之愛子非求報行年四歲舅奪母志銑曰奪志
謂舅嫁其母不得守節　善曰莊子田開之曰單豹行年七十毛詩序曰衛世子蚤死其
妻守義父母欲奪而嫁祖母劉愍臣孤弱躬親善本作見撫
養銑曰愍痛也撫弄憐也　善曰毛詩曰父兮生我母兮鞠我撫我畜我長我育我毛
萇曰鞠養也臣少善本無少字多疾病九歲不行零丁
孤苦至于成立銑曰零丁危弱貌成立謂二十成人也　善曰李陵贈蘇
武詩曰遠處天一隅苦困獨伶丁國語曰晉趙氏冠韓獻子戒之曰此之謂成人論語曰
三十而立既無叔伯終鮮兄弟善曰毛詩曰終鮮兄弟維予與汝
門衰祚薄晚有兒息向曰衰微祚福也　善曰字書曰祚福也外
無朞功彊近之親內無應門五尺之僮向曰朞功

謂大功小功之親彊盛也僮僕也　善曰孫卿子曰仲尼之門五尺豎子羞言五伯煢
煢孑立善本作煢煢獨立形影相吊濟曰煢單也吊問也　善曰曹
植責躬表曰形影相吊五情愧赧而劉夙嬰疾病常在牀蓐
臣侍湯藥未曾廢離逮奉聖朝沐浴清化前
太守臣逵察臣孝廉後刺史臣榮舉臣秀才
以臣供養無主辭不赴會詔書特下拜臣郎
中尋蒙國恩除臣洗馬猥以微賤當侍東宮
非臣隕首所能上報良曰聖朝謂晉朝也逵榮並刺史字也無主謂
無人主奉供養之事猥頓也微賤自謙也隕落也言自斷落其首不能報此恩　善曰朱
浮書曰同被國恩如淳漢書注曰凡言除者除故官就新官也漢書曰太子屬官有洗馬

如淳曰前驅也洗或作先廣雅曰猥頓也漢書谷永上書王鳳曰齊客隕首公門以報恩
施史記曰孟嘗君相齊使其舍人魏子收邑三反而不致孟嘗君問其故對曰有賢竊假
之數年或毀孟嘗孟嘗乃奔魏子所與粟賢者聞之乃上書言孟嘗不作亂請身盟遂自
剄宮門以明孟嘗臣具以表聞辭不就職詔書切峻
責臣逋慢郡縣逼迫催臣上道州司臨門急
於星火臣欲奉詔奔馳則以善本無以字劉病日
篤欲苟順私情則告訴不許臣之進退實為
狼狽音貝翰曰前除洗馬時以有表辭逋緩慢倨也篤病甚也許謂許於州司也
進謂欲去退謂欲住也狼狽猶悽惶也　善曰孔叢子孔子曰吾於狼狽見聖人之志荀
悅漢紀論曰周勃狼狽失據塊然囚執也伏惟聖朝以孝治天下

凡在故老猶蒙矜育善曰爾雅曰矜憐也況臣孤苦特
為尤甚且臣少仕偽朝歷職郎署本圖宦達
不矜名節今臣亡國賤俘至微至陋銑曰偽朝謂蜀
朝也郎署謂尚書郎言我本謀為官職非隱逸以名節自矜也軍所虜獲曰俘蜀為晉滅
故云此善曰鄭玄禮記注曰矜謂自尊大也賈逵國語注曰伐國取入曰俘過蒙
拔擢寵命優渥豈敢盤桓有所希冀但以劉
日薄西山氣息奄奄向曰拔擢謂郎中洗馬也優饒渥厚也盤桓不
進貌有所希望言但為侍養非敢至高官也日迫西山喻劉年老暮也奄奄將絕也善
曰毛詩曰既優既渥周易曰初九盤桓利居貞楊雄反騷曰臨汨羅而自隕兮恐日薄於
西山廣雅曰奄困迫也人命危淺朝不慮夕濟曰危易落淺易拔

慮謀也言朝不謀至夕之生也善曰左氏傳趙孟曰朝不謀夕何其長也臣無
祖母無以至今日祖母無臣無以終餘年良曰
餘年殘年也善曰鵩鳥賦曰匪餘年之足惜母孫二人更相為命
是以區區不能廢遠良曰區區猶勤勤也廢遠謂棄養而遠離祖母
臣密今年四十有四祖母劉今年九十有六
是臣盡節於陛下之日長報善本有養字劉之日
短也烏鳥私情願乞終養翰曰烏鳥反哺其母言我有此烏鳥
之私情乞畢祖母之養也善曰葛龔喪伯父還傳記曰烏鳥之情誠竊傷痛毛詩曰蓼
莪孝子不得終養也臣之辛苦非徒善本作獨字蜀之人士
及二州牧伯所見明知皇天后土實所共鑒

銑曰二州謂梁州益州也牧伯謂榮逵也言非但人知我辛苦天地亦知也善曰左氏
傳晉大夫曰皇天后土實聞君之言願陛下矜愍愚誠聽臣微
志庶劉僥倖保卒餘年向曰庶冀保安卒終也冀祖母蒙僥倖之
恩安終殘年也善曰禮記曰子曰小人行險以徼倖僥與徼同古堯切臣生當
隕首死當結草濟曰魏武子有嬖妾無子武子疾命子顆曰吾死嫁之及武
子困又曰殺以殉顆乃從初言嫁之後與秦將杜回戰顆見老人結草以抗杜回回躓為顆
所獲中夜夢結草老人曰予妾父也報君不殺之恩善曰隕首已見上文左氏傳曰晉
魏顆敗秦師于輔氏獲杜回秦之力人也初魏武子有嬖妾無子武子疾命顆必嫁之
病曰必為殉顆嫁之曰疾病則亂吾從其治也及輔氏之役魏顆見老人結草以亢杜回
杜回躓而顛故獲之夜夢之曰余乃所嫁婦人之父也臣不勝犬馬怖

懼之情謹拜表以聞善曰史記丞相翟青曰臣不勝犬馬心

謝平原內史表一首善曰臧榮緒晉書曰成都王表理機
起為平原內史到官上表謝恩

陸士衡良曰成都王表理機起為平原內史到官上表謝

陪臣陸機言銑曰諸侯之臣於天子稱陪臣此及姓也機前任吳王郎中
令故稱此善曰蔡邕獨斷曰諸侯境內自相以下皆為諸侯稱臣於朝皆稱陪臣今
月九日魏郡太守遣兼丞張含齎板詔書印
綬假臣為平原內史善曰凡王封拜謂之板官時成都攝政故稱板
詔拜受祗竦不知所裁翰曰舍太守下丞齎持也板冊文假言假
借不久也祗竦敬懼貌裁制也臣本吳人出自敵國銑曰敵國謂仇

敵之國也善曰漢書蒯通說韓信曰敵國破謀臣亡也世無先臣宣力之效才非丘園耿介之秀銑曰先臣謂父祖也宣用效勤也言非有功於國耿絜介獨也言負才德清絜獨居丘園不仕之人也善曰尚書舜曰予欲宣力四方汝為易曰賁于丘園束帛戔戔王肅曰隱處丘園道德彌明必有束帛之聘楚辭曰獨耿介而不隨皇澤廣被惠濟無遠善曰四子講德論曰皇澤豐沛尚書曰無遠弗屆擢自羣萃累蒙榮進向曰萃聚也言拔於羣聚之中善曰國語曰羣萃而同處賈逵曰萃亦處也入朝九載歷官有六身登三閣官成兩宮向曰入朝謂入晉朝也歷官六為楊駿祭酒太子洗馬吳王郎中尚書郎中殿中郎又為著作郎三閣謂秘書郎掌內外三閣經書也兩宮東宮及上臺也善曰臧榮緒晉書曰太熙末太傅楊駿辟機為祭酒駿誅

文選三十七　三十六

徵為太子洗馬吳王出鎮淮南以機為郎中令遷尚書中郎又轉殿中郎又為著作郎晉令曰秘書郎掌中外三閣經書服冕乘軒仰齒貴游濟曰冕冠也軒車也齒列也貴游謂與公子同游也善曰左傳衛太子謂渾良夫曰服冕乘軒三死無與杜預傳注曰齒列也周禮曰師氏以三德教國子凡國之貴遊子弟學焉振景拔迹顧邈同列濟曰言振其光景拔迹越眾迴顧自省遠然同列善曰臣瓚漢書注曰邈遠也施重山岳義足灰沒濟曰蒙恩施之重我於事義足為灰沒以報恩德善曰葛龔讓州辟文曰恩重山岳言君之義我身如灰之滅不足報也遭國顛沛無節可紀雖蒙曠盪臣獨何顏俛首頓膝憂愧若厲良曰遭國顛沛謂趙王倫篡位遷帝金墉無節謂不能見危授命曠盪謂蒙寬宥何顏謂自慙也頓膝謂拜跪也厲危也善

曰中謝周易曰夕惕若厲而橫為故齊王冏九永所見枉陷誣臣與眾人共作禪文翰曰枉曲誣加也禪文謂禪位之文善曰王隱晉書曰齊王冏字景治趙王倫篡位冏舉兵討倫臨陳斬之禪文倫受禪之文幽執囹圄當為誅始臣之微誠不負天地倉卒之際慮有逼迫銑曰幽隱執繫也囹圄獄名誅始謂先合誅也言我幽微之信不欺天地但恐急卒之間不得申說善曰司馬遷書曰深幽囹圄之中乃與弟雲及散騎侍郎袁瑜中書侍郎馮熊尚書右丞崔基廷尉正顧榮汝陰太守曹武思所以獲免向曰言此六人初皆同共思所以獲免之計也善曰王隱晉書曰袁瑜字世都馮熊字文羆顧榮字彥先晉百官名曰曹武字道淵陰蒙避迴

文選三十七　三十七

崎善本作歧嶇自列濟曰陰蒙避迴謀發妹衰不預倫事崎嶇傾側也自列謂自分雪也善曰言密自蒙蔽避迴冏黨歧嶇艱阻得自申列也廣雅曰列陳也片言隻字不關其間事蹤筆跡皆可推校濟曰片言隻字皆不關趙王倫事也善曰王隱晉書曰機與吳王晏表曰禪文本草今見在中書一字一迹自可分別蔡邕書曰一惟是筆迹可以當面也而一朝翻然更以為罪釁爾之生尚不忝良曰翻反釁爾小貌善曰左傳子產曰諺云蕞爾之國杜預曰蕞小貌也說文曰尚曾也孔安國尚書傳曰忝惜也區區本懷實有可悲良曰區區勤勤也可悲謂遭枉横實可悲痛也善曰李陵書曰區區之心切慕此爾畏逼天威即罪惟謹良曰逼迫天威言逼天威之怒而就罪也善曰天威己見上文公羊傳曰不即罪爾何休曰不就

罪也漢書曰終軍詰徐偃請下御史徵偃即罪論語曰子在宗廟朝廷便便言唯謹爾
鉗口結舌不敢上訴所天翰曰鉗以鐵爲劫束也結繫也束口繫舌言不敢語善曰莊子曰鉗墨翟之口慎子曰臣下閉口左右結舌潛夫論曰臣鉗口結舌而不敢言左傳箴尹克黃曰君天也何休墨守曰君者臣之天也莫大之釁日經聖聽銑曰釁罪也人之罪莫大不忠不孝日經聖聽謂日日經天子聽察也善曰孝經曰五刑之屬三千而罪莫大於不孝肝血之誠終不一聞所以臨難抗善本作慷字慨而不能不恨恨善本作恨恨二字者唯此而已銑曰肝血謂赤心誠實也抗慨失志也恨恨悲也志無所申但悲而已重蒙陛下愷悌之宥迴霜收電使不隕越向曰宥寬也霜電喻威隕越死也蒙天子寬迴收其威使至不

文選三十七　三十八

死也善曰陛下謂成都也毛詩曰愷悌君子杜預左傳注曰宥赦也威如霜已見西征賦荀悅申鑒曰人主威如雷電之震左傳齊侯對宰孔曰小白恐隕越于下也復得扶老攜幼生出獄户懷金拖徒我紫退就散輩濟曰散輩謂不除名爵散官之輩善曰戰國策曰薛人扶老攜幼迎孟嘗君道中揚子法言曰使我紆朱懷金其樂不可量也解嘲曰紆青拖紫感恩惟咎五情震悼跼局天蹐精亦地若無所容良曰震悼驚也跼曲也蹐累足行也思前得罪五情震驚心自懼責於天地若無所容也善曰文子曰昔中黃子曰色有五章人有五情毛詩曰謂天蓋高不敢不跼謂地蓋厚不敢不蹐史記曰魏公子自責似若無所容也不悟日月之明遂垂曲照雲雨之澤播及朽瘁翰曰日月喻君也播布朽腐瘁病也善曰尚書武王曰

惟我文考若日月之照臨光畢後漢書鄧騭上疏曰被雲雨之渥澤也忘臣弱才身無足采哀臣零落罪有可察苟削丹書得夷平民翰曰削除也丹書罪之書夷亦平也平民凡民也言蒙天子照察除其罪書為凡民也善曰左傳曰斐豹隸也著於丹書書曰延及平民則塵洗銑曰塵喻罪也天波謗絕衆口臣之始望尚未至是天波喻天子恩澤謗枉也言初所尚未至天恩洗罪猥辱大命顯授符虎向曰猥頓也大命天子命也符虎謂金虎符也謂授內史也善曰漢書文紀曰初與郡守為銅虎符竹使符使春枯之條更與秋蘭垂芳陸沉之羽復與翔鴻撫翼向曰陸沉謂無水而沉喻已也翔鴻喻朝士也言我頓蒙天恩再得與朝士齊列也善曰莊子曰孔子之楚其鄰有夫妻臣妾登

文選三十七　三十九

極者仲尼曰是陸沉者也班固漢書張陳述曰攜手遂秦撫翼俱起雖安國免徒起紆青組張敞亡命坐致朱軒濟曰韓安國事梁孝王為中大夫有罪在徒中漢使張羽拜安國為內史張敞為京兆尹殺人被罪遂逃走後冀州有賊天子賜敞使治之敞隨詣拜為冀州刺史青組朱軒並二千石之車飾善曰漢書曰韓安國事梁孝王為中大夫其後安國坐法抵罪梁內史缺漢使使者拜安國為梁內史起徒中為二千石也漢書曰張敞為京兆尹坐與楊惲厚善不宜處位免為庶人數月冀州部中有大賊天子思敞功使使敞即裝隨使者詣公車上書天子引敞見拜為冀州刺史敞起亡命復奉使典州命名也謂所犯罪名已定而逃亡避之謂之亡命方臣所荷未足為泰豈臣蒙垢含吝所宜忝竊良曰垢濁也吝恨惜也忝辱言我含此污濁豈能辱竊此位也善曰范曄後漢書

陳蕃曰鄙吝之萌復存于心方言曰貪而不施謂之吝非臣毀宗夷族所能上報喜懼參并悲慙哽結拘守常憲當便道之官良曰喜謂喜得內史懼不勝任也參并言雜半也憲法也當時之法擾官者便之任也善曰如淳漢書注曰律二千石以上告歸寧不過行在所者便道之官無問也不得束身奔走稽顙城闕瞻係天衢馳心輦轂臣不勝屏營延仰謹拜表以聞翰曰稽顙拜也言為奉法赴任不得奔走謝城闕也視天子街衢不得往故馳心也輦天子車轂屏營迴惶也善曰天衢輦轂已見上文國語申胥曰昔楚靈王獨行屏營

勸進表一首善曰何法盛晉書曰劉琨連名勸進中宗嘉之晉紀曰劉琨作勸進表無所黜竄封印既畢對使者流涕而遣之

劉越石銑曰閔帝為劉曜所殺琅邪王睿在江南時劉琨在并州段匹磾在冀州此表勸睿為天子是為元帝琨作此表無所黜竄封印既畢對使者流涕而遣之

建興五年善曰晉書曰建興閔帝年號三月癸未朔十八日辛丑使持節散騎常侍都督河北并冀幽三州諸軍事領護善本有軍字匈奴中郎將司空并州刺史廣武侯臣琨使持節侍中都督冀州諸軍事撫軍大將軍冀州刺史左賢王渤海公臣磾頓首死罪上尚善本無尚字書臣琨臣磾頓首頓首死罪死罪臣聞天生蒸民善本作人字樹之以君所以對越天地司牧黎元向曰蒸衆樹立對配越揚司主牧養也言衆人須立君長配揚天地以主養之善曰左傳邾文公曰天生人而樹之君以利之也典引曰發祥流慶對越天地左傳師曠曰天生人而立之君使司牧之勿使失性孝經鈎命決曰天有顧盼之義授圖予黎元聖帝明王鑒其若此善曰易緯曰聖帝明王所以致太平知天地不可以乏饗故屈其身以奉之濟曰饗獻也天地神明依人而行故聖人屈身以奉祭祀善曰范曄後漢書袁紹上疏曰洛邑之祀苟悅申鑒曰聖王屈己以申天下之樂知黎元不可以無主故不得已而臨之善曰東觀漢記馮異曰更始敗天下無主莊子曰君子不得已而臨蒞天下也社稷時難則戚藩定其傾郊廟或替則宗哲纂

其祀濟曰難屯難也替廢也言社稷屯難郊廟禮廢當取親戚藩王之英哲以繼祀宗廟也所以弘振遐風式固萬代善本作世字良曰弘大式用言使宗子繼者將以大振遠風堅固萬代善曰韋秀衞公誄曰仰睎遐風重輝冠世毛詩曰式周爾猶三五以降靡不由之臣琨臣磾頓首頓首死罪死罪伏惟高祖宣皇帝肇基景命良曰三五謂三皇五帝也靡無由從也自此以下無不從其繼絕之道也肇始景大也善曰史記楚子西曰孔丘述三五之法明周召之業王隱晉書曰宣皇帝河內溫人今上受禪追上尊號曰宣皇帝尚書武王曰至于大王肇基王跡詩曰景命有僕毛萇曰僕附也鄭玄曰天之大命又附著於汝也世祖武皇帝遂造區夏三葉重光四聖繼軌翰曰三葉謂宣景文帝也各有文明之德故云重光

四聖謂武帝惠懷也軌迹也善曰世祖武帝廟號書曰惟丕顯考文王用肇造我區
夏二世謂宣景文四聖謂武帝也書曰昔我文王武王宣重光廣雅曰軌跡也惠澤
侔於有虞卜年過於周氏銑曰侔齊也周公卜年七百言晉過
之善曰左傳王孫滿曰成王定鼎於郟鄏卜世三十卜年七百自元康以
善本作以字來禍難善本作艱禍字繁興永嘉之際氛厲
彌昏向曰元康惠帝年號永嘉懷帝年號禍謂趙王倫作亂氛惡氣厲危也謂劉聰
石勒等昏亂王室也善曰晉書曰惠帝即位改元曰元康宸極失御登
遐醜裔國家之危有若綴旒濟曰宸極喻君也失御謂失御
人之道天子崩曰登遐醜惡裔遠也謂懷帝死賊庭也旒冕旒上綴珠下垂而危言國家
似之善曰干寶晉書懷紀曰羯賊劉曜破洛皇帝崩於平陽宸極喻帝位荅賓戲曰周
失其御禮曰天王崩告喪曰天王登遐公羊傳曰君若贅旒然贅猶綴也何休曰旒旗旒

文選三十七　四十二

也以譬者言為下所執持東西轉賴先后之德宗廟之靈皇
帝嗣建舊物克甄良曰賴蒙也先后謂上四帝也皇帝謂秦王也洛陽
破後秦王即位長安以晉懷帝使舊禮物能明也善曰王隱晉書懷紀曰洛陽破大司
馬南陽王保於長安立秦王為皇太子懷帝崩皇太子即位左傳伍員曰少康祀夏配天
不失舊物鄭玄尚書緯注曰甄表也誕授欽明服膺聰哲玉質
幼彰金聲夙振翰曰誕大也言天授欽明之德而又聰智幼少夙早也詩
云金玉其相相質也振奮也善曰欽明已見上文禮曰服膺拳拳應劭漢官儀曰太子
太傅琢磨玉質言太子有王之質琢磨以道也孟子曰孔子之謂集大成也集大成也者
金聲而玉振之也冢宰攝其綱百辟輔其治四海想

中興之美羣生懷來蘇之望銑曰冢宰官位掌邦治以佐王
也綱紀也百辟百官也輔佐也言四海眾人皆思想中興懷其蘇息善曰尚書曰冢宰
掌邦治統百官包咸論語注曰攝猶兼也毛詩曰不顯維德百辟其刑毛詩序曰宣王任
賢使能周室中興尚書曰徯我后后來其蘇不圖天不悔禍大災
荐臻向曰不圖不意也荐重臻至也言大災重至謂劉曜破長安也善曰左傳鄭
伯曰天其悔禍于許也國未忘難寇害尋興逆胡劉曜
縱逸西都敢肆犬羊陵虐天邑濟曰肆縱也犬羊喻劉曜
虐害也天邑長安也善曰左傳富辰曰人未忘禍王又興之何法臧晉書胡録曰建興
四年劉聰使劉曜寇長安漢名臣奏曰太尉應劭等議以為鮮卑隔在漠北犬羊為羣尚
書曰肆予敢求爾天邑商臣等奉表使還仍承西朝以去

文選三十七　四十三

年十一月不守主上幽劫復沉虜庭良曰仍因也言
琨等使人奉表詣長安還因知閔帝沒也不守不能守備幽囚劫脅也虜庭謂蒙塵平陽
也善曰干寶晉愍紀曰賊入掠京都劉粲寇于城下天子蒙塵于平陽傅暢諸公讚曰
葛薄傳檄平陽求連和迎上上於是見害神器流離再辱荒逆翰曰
神器天子位也流離崩喪也再辱謂懷帝先沒閔帝又沒也荒逆謂劉曜也善曰再辱謂
懷愍二帝也老子曰天下神器不可為也為者敗之韋昭曰神器天子璽符服御之物也
臣每覽史籍觀之前載厄運之極古今未有
銑曰困厄之運甚於古今善曰小雅曰載事也苟在食土之毛含
血善本作氣之類莫不叩心絕氣行號巷哭向曰毛草
也言聞帝蒙塵食土草及有生之類無不推心氣絕而已善曰左傳芋尹無宇謂楚子

曰食土之毛誰非君臣三略曰含氣之類咸願得志新序子貢曰子產死國人聞之皆叩
心流涕曰子產已死吾將安歸皆巷哭況臣等荷寵三世位則
鼎司濟曰琨家三代俱事晉爲著戚鼎司三公也謂琨爲司空善曰三世謂邁至
琨也王隱晉書曰琨祖邁相國參軍父蕃太子洗馬侍御史鼎司謂司空也謝承後漢書
序曰王龔幹事遂陟鼎司承問震遑善本從心精爽飛越良曰遑恐
爽亡也承問謂聞破亡之事也飛越猶飛揚也善曰謝承後漢書曰竇武上疏曰奉承
詔命精爽隕越且悲且惋五情無主翰曰悲謂悲王之亡惋謂惋賊
之亂善曰五情已見上文莊子業公見龍失其魂魄五情無主興善本作舉字
哀殞垂上下泣血銑曰殞垂謂并州善曰謝承後漢書胡母班書曰
董卓起鄉垂毛詩曰竊思泣血臣琨臣磾頓首頓首死罪死

文選三十七　四十四

罪臣聞昏明迭用否泰相濟向曰否塞泰通言物不可久昏
塞當還明通謂國雖亡亦當通濟也善曰昏明謂晝夜也文子曰春秋之代謝日月之
晝夜孫卿子云日月遞照周易曰泰者通也物不可終通故受之以否一天命未
改歷數有歸濟曰言歷數未改晉當復歸善曰左氏傳王孫滿謂楚子曰
周德雖衰天命未改書曰天之歷數在爾躬或多難以固邦國或
殷憂以啓聖明善曰左氏傳曰楚使椒舉如晉求諸侯晉侯欲勿許司馬
侯曰不可鄰國之難不可虞也或多難以固其國啓其疆土齊有仲孫之難而獲桓公至
今賴之晉有里丕之難而獲文公是以爲盟主也韓詩曰耿耿不寐如有殷憂啓聖見下
注是以善本無是以字齊有無知之禍而小白爲五
伯之長良曰初齊公子無知作亂殺襄公鮑叔牙奉公子小白出奔莒後雍廩殺

無知莒人奉小白歸國是爲桓公彊盛居五伯之先也五伯齊桓晉文秦穆宋襄楚莊公
也善曰左傳曰初齊襄公立無常鮑叔牙曰君使民慢亂將作矣奉公子小白出奔莒
亂作管夷吾召忽奉公子糾來奔雍廩殺無知公伐齊納子糾桓公自莒先入晉有
驪姬之難而重耳善本有以字主諸侯之盟善本無之
盟二字良曰晉獻公以驪姬爲夫人乃譖公子重耳出奔後獻公薨重耳遂國是爲文
公以主諸侯之盟多難謂遭小白之難殷憂謂被驪姬之譖也固邦國謂桓公也啓聖明
謂文公也言此以諭君也善曰左傳曰初晉獻公以驪姬爲夫人夫人譖太子太子縊
于新城遂譖二公子皆知之重耳奔蒲夷吾奔屈漢書路溫舒曰齊有無知之禍而桓公
以興晉有驪姬之難而文公用伯繇是觀之禍亂之作將以開聖人也社稷靡
安必將有以扶其危黔首幾絕必將有以繼

文選三十七　四十五

其緒伏惟陛下玄德通於神明聖姿合於兩
儀翰曰陛下謂元帝也玄德謂潛行道德也兩儀天地也言道德通神明舉動合天地
能扶持社稷之危繼續黔首之命黔首百姓也善曰鹽鐵論曰定傾扶危史記曰秦更
民名曰黔首陛下謂元帝也書曰玄德升聞乃命以位孝經援神契曰十世升平至德通
神明兩儀天地也易曰易有太極是生兩儀應命世之期善本作代字
紹千載之運銑曰紹繼也聖人千載一出言元帝繼此千載之數也善曰
孟子曰五百年必有王者興其間必有命世者也廣雅曰命名也桓子新論曰夫聖人乃
千載一出賢人君子所想思而不可得見也夫善本有夫字符瑞之表善本
天人有徵中興之兆圖讖垂典自京畿殞
作隕字喪九服崩離向曰謂江左有符瑞而興讖文應之畿謂王畿千里

九服侯甸采衛蠻夷鎮蕃服也殞喪墜失也崩離壞散貌　善曰東觀漢紀羣臣上奏世祖曰符瑞之應昭然著聞矣曹子建責躬詩曰得會京畿周書曰乃辯九服之國方千里曰王圻其外曰侯服甸服男服采服衛服蠻服夷服鎮服藩服論語子曰邦分崩離析也天下囂然無所歸懷雖有夏之遘夷羿宗姬之離犬戎蔑以過之濟曰囂然憂傷貌夏太康出畋爲羿所逐夷羿氏也姬周姓幽王爲犬戎所滅遘遇離羅也言此二主遇難無能過於晉也蔑無也　善曰班固漢書贊曰海內囂然喪其樂生之心左氏傳曰魏絳對晉侯曰昔有夏之方衰也后羿自鉏遷于窮石因夏人以代夏政又曰夷羿收之杜預曰夷氏也史記曰幽王嬖愛褒姒竟廢后立褒姒爲后廢后后父申侯乃與西夷犬戎共攻幽王遂殺幽王驪山之下陛下撫寧江左奄有舊吳柔服以德伐叛以

刑良曰元帝本恭王長子居琅邪時加撫揚州諸軍事故云撫寧江左今復歸江南故云奄有舊吳奄布也柔安也言服用刑德以安蕃服叛亂也　善曰王隱晉書曰元帝琅邪恭王之長子永興元年就國二年加揚州諸軍事韋孟諷諫詩曰撫寧遐荒江左江東也春秋命歷序曰東方爲左毛詩曰奄有龜蒙左氏傳晉隨武子曰伐叛刑也柔服德也抗明威以懾善本作懾字不類仗大順以肅宇內翰曰抗舉懾服也不類謂異國也大順謂順天人也　善曰尚書曰我有周佑命將天明威漢書音義曰攝安也禮曰天子以德爲車以樂爲御諸侯以禮相與大夫以法相序天下之肥也是謂大順純化既敷則率土宅心義風既暢則避方企踵翰曰純厚敷布宅居暢通也言布純厚之化通仁義之風遠方之人皆企踵而慕之　善曰尚書曰汝丕遠惟商耉成人宅心知訓劉秦義新曰海外遐

方延頸企踵百揆時序於上四門穆穆於下銑曰揆度也四門四方之門穆穆和悅貌　言度百事有次序於上使四方和悅於下　善曰書曰納于百揆百揆時敘四門穆穆已見上文昔少康之隆夏訓以爲美談向曰少康夏后相之子爲寒浞所殺少康逃出後卒滅浞復禹之功夏訓夏書也美談美其成功談說也　善曰左氏傳伍員謂吳子曰昔有過澆滅夏后相后緡方娠逃出自竇歸于有仍生少康焉爲仍牧正以收夏衆使女艾諜澆遂滅過戈復禹之績澆五叶切公羊傳曰魯人至今以爲美談宣王之興周詩以爲休詠濟曰蒸民尹吉甫美宣王也任賢用能周室中興故詩人詠之　善曰毛詩序曰蒸民尹吉甫美宣王也任賢使能周室中興也況茂勳格于皇天清輝光于四海良曰勳功格至也清輝謂天子之化　善曰尚書曰昔成湯既

受命時則有若伊尹格于皇天孝經曰孝悌之至通于神明光于四海蒼生顒然莫不欣戴濟曰顒然仰德貌戴荷戴也　善曰尹文子曰堯德化布於四海仁惠被於蒼生淮南子曰聖人呼吸陰陽之氣而羣生莫不喁喁然仰其德以和順國語祭公謀父曰商王大惡庶人不忍欣戴武王聲教所加顒爲臣妾者哉銑曰聲謦教化所加被者皆顒臣於君也　善曰尚書曰朔南暨聲教史記張良曰百姓莫不顒爲臣妾乎善且宣皇之胤唯有陛下向曰元帝宣帝之曾孫　善曰王隱晉書曰元皇帝宣帝之曾孫左傳介之推曰獻公之子九人唯君在矣億兆攸歸曾無與二濟曰攸所也言萬姓歸附無二心也善曰尚書曰受有億兆夷人晏子春秋晏子謂魯哀公曰君矯魯國化而爲一心君曾無與二何暇有三乎天祚大晉必將有主主晉祀者非

大又曰諸侯昧死再拜言上尊號陛下而誰良曰祐福也祀祭祀善曰法言曰昔在有熊高辛虞三代咸有顯懿故天因而祐之左傳介之推曰天未絕晉必將有主主晉祀者非君而誰是以通無異言遠無異望翰曰無異望謂遠通皆望於帝善曰漢書曰霍光以內外異言左傳叔向曰我先君文公人從而與之獻無異親民無異望矣謳歌者無不吟詠徽猷獄訟者無不思于聖德銑曰徽美猷道也言人皆吟詠其美道聖德善曰孟子曰堯崩三年之喪畢舜讓避丹朱於南河之南天下朝覲獄訟者不之堯之子而之舜謳歌者不謳歌堯之子而謳歌舜曰天也夫然後歸中國踐天子之位焉詩曰君子有徽猷答賓戲曰用納乎聖德天地之際既交華裔之情允洽向曰裔遠允信也言天地交通華夏遠裔皆與天地信合善曰封禪書曰天人之際已交上下之情允洽左傳孔子曰裔不謀夏夷不亂華一角之獸連理之木以為休徵者濟曰一角獸謂麒麟也連理木異本同末皆王者之美瑞百數言多蓋有百數善曰春秋感精符曰麟一角明海內共一主也王者不刳胎不剖卵則出於郊孝經援神契曰德至草木則木連理尚書有休徵西都賓曰處乎同列者蓋以百數冠帶之倫要荒之衆不謀而同辭者動以萬計良曰冠帶謂四方士人要荒謂要服荒服也言外內士人諸侯同為勸進之辭者萬計也善曰冠帶謂中國也西蜀父老曰封疆之內冠帶之倫尚書曰五百里要服五百里荒服也周書曰不謀同辭會於武王郊下羽獵賦曰杖莫邪而羅者萬計矣是以臣等善本有字敢考天地之心因函夏之趣昧死以上尊號翰曰考度也函夏中國趣向也尊號天子號也善曰漢書揚雄河東賦曰函夏之

大又曰諸侯昧死再拜言上尊號願陛下存舜禹至公之情狹巢由抗矯之節以社稷為務不以小行為先銑曰舜禹皆受禪以濟時故願存之巢父許由皆樂高節不仕願狹小之行推讓也言勸禹至公無為推讓善曰東觀漢記羣臣上奏世祖曰大王社稷為計萬姓為心漢書賈誼上書曰人主之行異布衣布衣飾小行以自託於鄉黨人主惟社稷固爾以黔首為憂不以克讓為事良曰黔首百姓克能也善曰書曰允恭克讓上以慰宗廟乃顧之懷下以釋普善本作溥天傾首之望向曰慰安也謂宗廟神祇乃顧於君言立君當上安神祇之顧下赴天下傾首之望善曰詩曰乃眷西顧又曰溥天之下漢書翟義曰天下傾首服從莫能抗捍國難也則所謂生繁華於枯荑育豐肌於

朽骨神人獲安無不幸甚向曰美者揚之秀萬人得君猶枯木朽骨生其枝葉肌肉也神謂宗廟也獲得也善曰易曰枯楊生稊王弼曰稊者楊之秀稊與荑通左傳蔑子馮曰所謂生死而肉骨書曰帝曰夔命汝典樂神人以和漢書漢王曰以韓信為大將軍蕭何曰幸甚臣琨臣磾頓首頓首死罪死罪臣聞尊位不可久虛萬機不可久曠虛之一日則尊位以殆曠之浹辰則萬機以亂濟曰曠空殆危也浹及辰時也自甲及癸為一時善曰史記李斯曰明主聖皇所能久處尊位東觀漢記諸將上奏世祖曰帝王不可以久曠公羊傳曰緣臣之心不可一日無君左氏傳君子曰莒恃陋不修其城郭浹辰之間而楚剋其二都杜預曰浹辰十二日也方今鍾百王之季當陽九之會濟曰鍾當也季末也九者

陽數之極則有災會謂岠戹揖會也善曰
曹植九詠章句曰鍾當也班固漢書贊曰漢
承百王之弊左傳叔向問晏子曰齊其何如
晏子曰此季世也漢書曰陽九之戹曰初入
百六陽九音義曰易傳所
謂陽九之戹百六之會狡寇窺窬伺國瑕
隙齊民善本作人字波蕩無所繫心安可以廢而
不卹哉良曰狡寇謂劉聰劉曜也窺窬欲伺
候也齊平也波蕩動散也言聰曜欲候
我國家釁隙而平人動散無所託何可闕而
不矜恤善曰左氏傳師服曰民服其上下
無覬覦杜預曰下不冀望上位也覦與覦同
杜預左傳注曰狡猾也說文曰窺小視也又
曰覦欲也毛萇詩傳曰釁猶過也隙謂間隙
也漢書曰富人傳臧亂齊人如淳曰齊民齊
等無有貴賤故謂之齊若今平民也范曄後
漢書李熊說公孫述曰方今四海波蕩匹夫
橫議谷求集曰國家久
無繫翮天下無所繫心陛下雖欲遜巡其若

宗廟何其若百姓何翰曰遜巡猶退讓也
善曰公羊傳曰齊侯遜
巡而謝范曄後漢書馬武謂世祖
曰大王雖執謙退奈宗廟社稷何昔惠公虜
秦晉國震駭呂郤之謀欲立子圉外以絕敵
人之志內以固闔境之情故曰喪君有君羣
臣輯穆好我者勸惡我者懼銑曰晉與秦戰
秦獲晉侯以歸
郤乞呂甥謀立孺子諸侯聞之曰喪君有君
羣臣輯和甲兵益多好我者勸惡我者懼駭
驚也圉孺子名闔合輯和也善曰左傳僖
十五年晉與秦戰于韓原秦伯獲晉侯以歸
呂甥曰將若君何眾皆曰何為而可對曰征
繕以輔孺子諸侯聞之曰喪君有君羣臣輯
睦甲兵益多好我者勸惡我者懼庶有
益乎莊子曰方二千餘里闔四境之內前事
之不忘後世善本作代字之元龜也向曰元大也
大龜可卜知

吉凶但能不忘前晉侯之事亦可為今之大
龜善曰戰國策張孟談謂趙襄子曰前事
之不忘後事之師也吳志魏文帝策
命孫權曰前代之懿事後王之元龜陛下明
並日月無幽不燭深謀遠慮出自胷懷濟曰
幽暗
燭照言謀慮深遠皆在陛下胷臆不假臣等
善曰家語孔子曰所謂聖者明並日月東都
賦曰散皇明以燭幽過秦論曰深謀遠
慮行軍用兵之道不及嚮時之士也不勝
犬馬憂國之情遲覲人神開泰之路良曰遲
久也開
泰平為泰史記丞
相青曰臣不勝犬馬心是以陳其乃誠布
之執事翰曰乃誠勸進之誠執事君之左右
善曰左氏傳晉使呂相絕秦曰敢盡
布之
執事臣等各忝守方任職在遐外不得陪列
闕庭共覩盛禮踊躍之懷南望罔極銑曰盛
禮冊尊

號之禮踊躍歡
喜也罔無也謹上臣琨謹遣善本有
兼字左長
史右司馬善本有
臣字温嶠善曰王隱晉書曰温
嶠字泰真太原人也
劉琨假守左長史西臺除司空
右司馬五年琨使詣江南也主簿臣薛善
本
作辟
字閭訓善曰臧榮緒晉書曰辟閭訓字祖
明樂安人也沒石勒為幽州刺史
臣磾遣散騎常侍征虜將軍清河太守領右
長史高平亭侯臣榮劭善曰晉百官名曰榮
劭字茂世北平人為
清河
太守輕車將軍事善本無
事字關內侯臣郭穆善
曰
百官名曰郭穆
字景通沒胡中奉表臣琨臣磾等頓首頓首
死罪死罪

文選卷第三十七

縮

表下

文選

三十八

共六十

文選卷第三十八

梁昭明太子撰　五臣幷李善注

表下

爲吳令謝詢求爲諸孫置守冢人表一首 善曰孫盛晉陽秋曰謝詢河東人終於吳令

張士然 翰曰孫盛晉陽春秋云張儼字士然吳國人也元康

中吳令謝詢表為孫氏置守冢人㥠為文詔從之　善曰孫盛晉陽秋曰張㥠字士然吳國人也元康中吳令謝詢表為孫氏置守冢人㥠為其文詔從之晉百官名曰㥠為太子庶子

臣聞成湯革夏而封杞武王入殷而建宋銑曰革改也湯伐桀改封夏之後於杞杞國名周滅紂封微子於宋宋國名　善曰尚書王曰乃爾先祖成湯革夏駿命　漢書鄗生曰昔湯伐桀封其後於杞呂氏春秋曰武王入殷立成湯之後於宋也春秋征伐則晉修虞祀燕祭齊廟向曰晉伐虞滅之而立虞廟而祀之樂毅為燕將伐齊燔王出亡常修其廟而祭之　善曰左氏傳曰晉滅虢遂襲虞滅之而修虞祀歸其職貢於王傳子曰樂毅伐齊遂下齊七十餘城置吏屬燕為郡而修齊之宗廟也夫一國為一人興先賢

為後愚廢誠仁聖所哀悼而不忍也故三代敦繼絕之德春秋貴柔服之義濟曰三代夏殷周敦厚也言湯武仁聖不忍絕國乃封杞宋是繼絕也傳云伐叛刑也柔服德也　善曰成湯夏禹賢興國後桀紂無道而失國論語曰繼絕世柔服已見劉琨勸進表昔漢高受命追存六國凡諸絕祚一時普祀良曰六國韓魏燕趙齊楚也高祖定天下皆存其後使為之祀諸絕祀謂諸公子絕祀者皆祀焉　善曰漢書曰高祖撥亂猶修祀六國又詔曰秦皇帝楚隱王魏安釐王齊愍王趙悼襄王皆絕亡後其餘秦始皇帝守冢三十家趙及魏公子無忌各五家令視其冢復亡與他事也親與項羽對爭存亡逮羽之死臨哭其喪翰曰逮及也臨謂俯屍哭也　善曰漢書灌嬰斬羽東城漢王為發喪哭臨而去也將以位

嘗侔尊力嘗均勢雖功奪其成而恩與其敗且暴與疾顛禮之若舊銑曰侔齊也言項羽音與高祖齊尊而勢力均平功奪其成謂破之也恩與其敗謂哭與之也暴與疾顛謂羽卒起卒亡若舊謂禮與六國同　善曰班固漢書項羽贊曰舜重瞳子項羽又重瞳子豈其苗裔邪何其興之暴也國語單襄公曰高位寔疾顛也殘戮之尸乃以公葬向曰殘戮謂分斷其身也公葬謂以魯公葬之　善曰漢書曰初懷王封羽為魯公乃以魯公禮葬羽於穀城若使羽位承前緒世有哲王一朝力屈全身從命則楚廟不墮許規有後可冀濟曰使項羽承諸侯之緒代有智王力屈於漢全身歸命則必楚廟不廢可冀望也伏惟大晉應天順人武成止戈良曰言用文德不用干戈　善曰應天順人已

見上左氏傳楚子謂潘黨曰夫文止戈為武西戎有即序之人京邑開吳蜀之館翰曰西戎遠國也序謂有朝聘之次序吳蜀歸序各築館京邑以館之　善曰書曰織皮崐崘析支渠搜西戎即叙洛陽故宮銘曰馬市在城東吳蜀二主館與相連興滅加乎萬國繼絕接于百世雖三五弘道商周稱仁洋洋之美未足以喻銑曰言國家興滅繼絕雖三皇五帝之行大道湯武之稱仁衆盛之美不足比也　善曰論語子曰興滅國繼絕世已見上文是以孫氏雖家失吳祚而族蒙晉榮子弟量才比肩進取懷金侯服佩青千里向曰孫氏謂皓子弟也祚福也金印也青綬也言孫氏子弟比肩為諸侯佩晉印綬也千里謂諸侯封疆　善曰懷金佩青已見上文毛詩曰侯服于周天命靡常東觀

漢記揚喬曰臣伏念二千石典牧千里也當時受恩多有過望濟曰過望謂恩澤也臣聞春雨潤木自葉流根鴟鴞恤功愛子及室良曰自葉流根謂吳子孫蒙晉官爵榮先祖也鴟鴞鳥也言此鳥憂毀其室故詩云既取我子無毀我室子喻皓也室喻吳國　善曰毛詩曰鴟鴞鴟鴞既取我子無毀我室故天稱罔極之恩聖有綢繆之惠翰曰詩云昊天罔極又云徹彼桑土綢繆牖戶言此恩惠深也　善曰罔極已見上文毛詩曰徹彼桑土綢繆牖戶追惟吳偽武烈皇帝遭漢室之弱值亂臣之彊首唱義兵先眾犯難破董卓於陽人濟神器於甄井銑曰孫堅追諡武烈皇帝也當漢獻之末逢亂臣董卓彊暴堅先舉義兵破之於陽人陽人地名濟得也時於洛城南甄井上見有異氣使漉之得漢傳國璽璽則神器也　善曰吳志孫堅字文臺吳郡人蓋孫武後也權既稱尊號諡堅曰武烈皇帝　吳志曰堅屯梁東為卓軍所攻潰圍而出堅復合戰於陽人大破卓軍漢書音義韋昭曰神器天子璽符也吳書曰初堅入洛軍城南甄官井上每旦有五色氣舉軍驚怪莫敢汲堅令人浚探得漢傳國璽文曰受命于天既壽永昌方圜四寸上紐交五龍龍上一角缺甄音真威震羣狡名顯往朝桓王才武弱冠承業向曰羣狡謂董卓之徒也往朝謂漢朝也堅子策以才武定亂諡曰長沙桓王也承業謂承父堅業　善曰吳志曰孫策字伯符堅子也權稱尊號追諡策曰長沙桓王招百越之士奮鷹揚之勢濟曰招集也百越南越之號也言集彼武士奮舉之勢如鷹鳥飛揚之貌　善曰漢書曰故衡山王芮從百越之兵以佐諸侯誅暴秦詩曰維師尚父時維鷹揚西赴許都將迎幼

文選三十八　四

主雖元勳未終然至忠已著良曰時漢帝都許策陰謀欲襲許以迎漢帝未發為吳郡太守許貴容所殺也大功雖則不終至極之忠亦為著明矣　善曰吳志曰曹公與袁紹相距於官渡策陰謀襲許迎漢帝未發為故吳郡太守許貴容所殺夫家積義勇之基世傳扶危之業進為徇漢之臣退為開吳之主而蒸嘗絕於三葉園陵殘於薪采翰曰義勇謂起義兵也扶危謂扶漢社稷也徇營也開吳謂為吳主也三葉謂堅策權也言陵墓園邑為采薪者殘毀也　善曰為采薪者所踐毀也臣竊悼之伏見吳平之初明詔追錄先賢欲封其墓愚謂二君並宜應書銑曰破吳之時武帝有詔追錄先賢也愚謝詢自稱也二君堅策也言應書其名目中也　善曰二君堅策也故舉勞則力輸先代論德則惠存江南正刑則罪非晉寇從坐則異代善本作世已輕向曰言論功勞則睿效力於漢在德則經存養江南百姓言正刑則漢魏之時征伐不為晉寇也若緣孫皓之坐則是遠祖應輒也若列先賢之數蒙詔書之恩裁加表異以寵亡靈則人望克厭誰不曰宜濟曰裁減表明克能厭足也言減加明異於常人寵貴亡者則百姓意望足皆云合宜也二君私奴多在墓側今為平民乞差五人蠲其徭役使四時修護頹毀掃除塋壟永以為常良曰平民百姓也蠲免也

讓中書令表一首

善曰諸晉書並云讓中書監此云令恐誤

文選三十八　五

也

庾元規　翰曰何法盛晉紀云庾亮字元規爲中書郎肅祖欲使亮爲中書監上䟽讓肅祖納亮言封永昌公監令不同蓋相類也　善曰向法盛潁川庾録曰亮字元規爲中書郎肅祖欲使爲中書監上疏讓祖納亮言封永昌公後遷司馬録尚書事薨

臣善本有亮言臣三字凡庸固陋少無撿操昔以中州多故舊邦喪亂隨侍先臣遠庇有道爰容逃難求食而已　銑曰固陋小也撿操猶節操也中州洛陽舊邦潁川也庾氏所居喪亂謂遭劉聰劉曜破亡也先臣謂亮父琛爲會稽太守庇蔭也有道謂元帝也爰於也言我客遊逃難以求食而已　善曰中州爲洛陽庾氏潁川人近洛陽故云中州舊邦

何法盛晉書曰亮父琛爲會稽太守亮少隨父會稽又曰中宗爲鎮東將軍鎮建鄴論語季康子以說有道孔安國尚書序曰逃難解散不悟邀時之福遭遇嘉運先帝龍興垂異常之顧　向曰時福謂蒙授爵禄也運會也龍興謂先帝中興異常謂眷殊於平人也　善曰先帝謂中宗元帝也尚書序曰漢室龍興顧善本有既字眷同國士又申之婚姻　向曰國士謂令義之士申重也婚姻謂娉亮妹爲太子妃　善曰何法盛晉書曰中宗欽亮名德故申婚姻又曰中宗娉亮妹爲皇太子妃國士婚姻已見懷舊賦遂階親寵累忝非服弱冠濯纓沐浴玄風　濟曰階因累重服任也玄風道教也言因親寵重辱非常之任弱冠二十也濯纓入仕也言小登仕官沐浴天子道教　善曰濯纓及沐浴已見上文頻繁省闥出摠六軍　良曰頻數繁多也省闥謂黄門郎散騎侍郎天子六軍也摠六軍謂爲王敦中領軍也　善曰何法盛晉書曰王敦表亮爲中領軍十餘年間位超先達　翰曰言爵禄越先進之人無勞被遇無與臣比小人禄薄福過災生止足之分臣所宜守　銑曰言無功而被顧遇無有與臣爲比者然無德而居厚禄則災害生止足之分臣將宜守之　善曰老子曰知足不辱知止不殆而偷榮昧進日爾一日謗讟既集上塵聖朝始欲自聞而先帝登遐　向曰謗毀讟誹也塵猶穢也天子死曰登遐言我竊冒榮禄日復一日毀誹既衆是穢明朝以此事聞徹而元帝崩　善曰先帝元帝也登遐已見上文區區微誠竟未上達陛下踐祚聖政惟新　濟曰區區猶勤勤也竟終祚福也言明帝升位政教法令改舊自新也　善曰臧榮

緒晉書曰明帝諱紹字道畿元帝太子也禮曰成王幼不能莅祚周公作相踐祚而治詩曰周雖舊邦其命維新宰輔賢明庶寮咸允康哉之美善本作歌字實存善本作在字至公　良曰庶衆寮官咸皆允信也書曰庶事康哉至公無私也　善曰康哉之歌已見景福殿賦仲長子昌言曰人主臨之以至公行之以至仁也而國恩不已復以臣領中書善本又有臣領中書四字則示天下以私矣何者臣於陛下后之兄也　良曰如國恩於臣不已令臣領中書則非至公之理是示天下私情也何者自設問之辭　善曰王隱晉書曰明穆皇后庾氏字文君琛第二女生成帝孫盛晉陽秋曰庾亮明穆皇帝后兄也姻婭之嫌實與骨肉中表不同雖太上至公聖德無私　翰曰姻婭妻族之親骨肉謂兄弟中表內

外姨舅兄弟也此意言毋姨之親猶可而妻族最談嫌疑也故云不同太上謂天子德也言天子之德無私善曰老子曰太上下知有之河上公曰太上謂太古無名之君也無私已見上文曰然世之喪道有自來矣悠悠六合皆私其姻者也人皆有私則謂天下無公矣是以前後二漢咸以抑后黨安進婚族危向使西京七族東京六姓皆非姻黨各以平進縱不悉全決不盡敗今之盡敗更由姻昵銑曰言大道既率天下之人皆私厚妻族以為更無至公之人咸皆也抑謂抑止后之宗黨不令過寵也如此則宗族黨安若后族進用者則宗族危亡七族謂前漢呂竇衛上官霍許王后也六姓謂後漢鄧馬竇閻梁何后也言此諸黨以才平進者則決少敗而今盡敗者則親

所厚近謂惠懷等后家　善曰西京七族已見西京賦東京六姓章德竇后和熹鄧后安思閻后桓思竇后順列梁后靈思何后臣歷觀庶姓在世無黨於朝無援於時植根之本輕也薄也苟無大瑕猶或見容向曰庶姓謂與國無親者朝無黨援豈非輕薄也然且小過或見寬容瑕猶過也至於外戚憑託天地勢連四時根援扶疎重矣大矣而財居權寵四海側目濟曰憑依也天地喻天子皇后也四時根援喻諸王也財淺也淺居權寵之地則四方側目而懼之　善曰漢書曰列侯宗室見郅都側目而視也事有不允罪不容誅身既招殃國為之弊良曰允信也不容誅謂罪大死刑之中亦不足容受也弊頓仆也其故何耶直由婚媾之私羣情

之所不能免故率其所嫌而嫌之於國翰曰其故何耶自發問故如是言由婚姻咲衆情之嫌故致毀敗於國是以疏附則信姻進則疑疑積於百姓之心則禍成重闈之內矣此皆往代成鑑可為善本作謂字寒心者也銑曰疏附謂異姓用賢也姻進謂外戚用事也重闈宮門也言外戚用則賢臣不進而禍亂之成由於內矣往代謂呂霍等也以此為戒足為寒心戰懼也夫萬物之所不通聖賢因而不奪冒親以求一才之用未若防嫌以明公道向曰言物有不通達者聖人因而任之陛下冒親戚嫌疑求一小才之用不如防備疑慮以明公正之道　善曰韓詩外傳曰公道達而私門塞也今以臣之才兼如此之嫌而使內處

善本作劉字心膂旅外揔兵權濟曰以臣才言薄才也如此嫌謂是后兄也膂脊也言中書令為天子心膂揔兵謂為王敦中領軍也　善曰尚書穆王曰今命汝作股肱心膂　賈逵國語注曰膂脊也膂音呂以此求治未之聞也以此招禍可立待也良曰言用我以求理未聞其可致我以此招禍敗佇立可待也　善曰孫卿子曰亂則危辱滅亡可立而待也雖陛下二相明其愚款翰曰二相左右丞相款義也　晉善曰二相王敦王導也　王隱書曰王敦字處仲中宗時為大將軍謀逆肅祖以為丞相不受又曰王導字茂弘中宗時為侍中肅祖即位敦平進太保不拜後為丞相也朝士百寮頗識其情天下之人何可門到戶說使皆坦然耶銑曰寮官也頗少也坦然明白貌衆不能明無私情故生疑也　善曰孝經曰君子之教以孝

非家至而日見之鄭玄曰非門到戶至而見之楚辭曰衆不可戶說兮孰云察予之中情
尚書序曰坦然明白夫富貴寵榮臣所不能忘也刑罰
貧賤臣所不能甘也今恭命則愈違命則苦
臣雖不達何事背時違上自貽患責耶向曰愈勝
苦憂貽遺也言非惡榮寵甘貧賤知恭君命受職則勝違君命則憂雖無知何事違君命
自遺患責也實善本元實字仰覽殷鑒量已知敝善本作弊
字身不足惜為國取悔濟曰殷厚悔禍也言厚觀前代之戒變已
必敝誠不惜身恐為國禍善曰毛詩曰殷鑒不遠在夏后之世是以悾悾
口貢屢陳丹款而微誠淺薄未垂察諒憂懼善本
作惶字屛營不知所厝翰曰悾悾誠也屢數也察諒見信也懼惶懼也

屛營徘徊也厝置也善曰曹大家蟬賦曰復丹最之未足留滯恨乎天際屛營已見上
文以臣今地不可以進明矣且違命已久臣
之罪又積矣歸骸私門以待刑書銑曰今地謂嫌疑之
地違命謂不受中書令積多也歸骸謂乞骸骨歸家以待罪善曰漢書曰彭宣上書乞
骸骨歸鄉里私門已見上文尚書曰哀矜折獄明啓刑書願陛下垂天地
之鑒察臣之愚誠善本無誠字則雖死之日猶生
之年矣向曰天地鑒察日月之明愚誠款也

薦譙元彥表一首善曰孫盛晉陽秋曰譙秀字元彥巴西人
譙周孫性靜不交於俗李雄盜蜀安車徵秀秀不應躬耕山藪桓溫平蜀
反沒上表薦秀也

桓子元濟曰何法盛晉書云桓溫字子元譙國人為琅邪王文學
後為征西將軍至蜀見譙秀惡李雄之亂逃竄不仕故表薦之善
曰何法盛晉書曰桓溫字子元譙國人為琅邪王文學後進位大司
馬薨

臣聞大朴既虧則高尚之標顯道喪時昏則
忠貞之義彰良曰大朴大道也高尚隱逸也標表也喪亡昏暗彰明也言澆
薄之代則隱逸見昏亂之時則忠貞明善曰易曰不事王侯高尚其事道喪已見江淹
雜體詩忠貞已見上文故有洗耳投淵以振玄邈之風
翰曰洗耳謂許由也湯以天下讓務光務光不受遂自投清泠泉而死邈遠也言此可以
振玄遠之風也善曰洗耳已見上文莊子曰舜以天下讓其友北人無擇北人無擇曰

異哉后之爲人也欲以其辱行慢我吾羞見之因自投清泠之淵亦有秉心
矯跡以敦在三之節銑曰秉執矯擇敦厚也在三謂父生之師教之
君食之言士有執心擇迹厚君父之節善曰國語曰晉武公伐翼殺哀侯止欒子曰苟
無死矣吾令子爲上卿辭曰成聞之人生於三事之如一父生之師教之君食之韋昭曰
三君父師也是以善本作故字上代之君莫不崇重斯
軌所以篤俗訓民靜一流競向曰謂堯讓許由禹禮伯成
迹也皆崇重高尚之迹言重此以厚人俗訓入不爲奔競也善曰魏書文帝令曰樹德
垂聲崇化篤俗伏惟大晉應符御世運無常通時有
屯蹇神州丘墟三方圮平鄙裂濟曰符瑞也言世運無常通之
理時有險難之道圮毀裂分也神州洛陽也丘墟荒殘也諸處皆賊虜所據晉唯有江南

之地故三方分戰善曰應符已見上文論
語比考讖曰聖王御世河龍負卷舒圖神州
已見上文免罝絕響於中林白駒無聞於空谷良曰
兔罝網也詩云肅肅兔罝喻殷紂之賢人退
於山林網禽獸而食之詩云皎皎白駒在彼
空谷此刺宣王不能留賢也絕響無聞謂窜
任之無遺也善曰毛詩曰肅肅兔罝施于
中林鄭玄曰罝兔之人能恭敬則是賢者衆
多也又曰皎皎白駒在彼空谷生芻一束其
人如玉斯五臣本無斯字有識之所悼心大雅之所歎
息者也良曰悼傷雅正也言古之棄賢謂大
雅君子所傷歎也善曰劉歆移書
曰有識之所歎愍阮瑀為曹公與
孫權書曰大雅之人不肯為此也陛下聖德
嗣興方恢天緒善曰何法盛晉書曰孝宗穆
帝諱聃字彭子康帝崩乃即
位臣昔奉役有事西土鯨鯢既懸思宣大化

文選三十八　十二

銑曰奉役謂將軍征蜀也鯨鯢大魚能吞食
小魚喻李勢也既懸謂梟首而平蜀也言思
布大化善曰何法盛晉書曰李勢盜蜀晉
伐勢勢出軍戰于笮橋軍敗面縛請命鯨鯢
喻李勢也鯨鯢已見
上謝朓八公山詩訪諸故老搜揚潛逸庭
武羅於羿浞之墟想王蠋蜀於亡齊之境銑曰
言平蜀之後搜舉逸人武羅夏之賢人羿不
用寒浞殺羿而自立王蠋齊賢人樂毅伐齊
欲封之蠋曰忠臣不仕二主生而無義遂絕
脰而死言庶幾思想此人於亡國之墟善
曰左氏傳魏絳曰昔后羿因夏人以代夏政
棄武羅伯因熊髡尨圉而用寒浞寒浞伯明
氏之讒子弟也虞羿于田以取其國家杜預
曰四子皆羿之良臣也史記曰燕之初入齊
聞畫邑人王蠋賢令軍中曰環畫邑三十里
毋入以王蠋之故已而使人謂蠋曰齊人多
高子之義吾以為將封子萬家蠋固謝燕人
曰子不聽吾引三軍而屠畫邑王蠋曰忠臣

不事二君貞女不更二夫齊王不聽吾諫故
退而耕於野國既破亡吾不能存今又劫之
以兵為君將是助桀為暴也與其生無義固
不如烹遂經頸於樹枝自奮絕脰而死蠋
音蜀竊聞巴西譙秀植操貞固抱德肥遯揚清
渭波濟曰植立操志也肥遯隱逸也揚舉也
渭水濁波喻李勢也言立貞固抱隱逸
之德在李勢之朝能舉清絜之行善曰易
曰貞固足以幹事文子曰養生以經世抱德
以終年可謂體道矣楚辭曰涊
其泥而揚其波渭水已見上文于時皇極遘
道消之會羣黎蹈顛沛之艱良曰皇君也極
宸極也遘遇也
道消謂君子道喪也黎衆顛沛偃仆
艱難也善曰道消顛沛已見上文中華有
顧瞻之哀幽谷無遷喬之望翰曰中華中國
也謂賊所破賢
者顧瞻而哀也詩云出自幽谷遷于喬木幽
谷深谷喬高也此謂賢者相呼召登仕之意

文選三十八　十三

望謂無此望也善曰毛詩曰顧瞻周
道中心怛兮遷喬已見劉琨荅盧諶詩凶命
屢招奸威仍逼銑曰凶命謂李雄李壽也言
此等或以禮招或以威迫而
譙秀終不應命善曰孫盛晉陽秋曰李雄
安車徵秀雄叔父驤驤子壽辟命皆不應也
身寄虎吻粉上危同朝露向曰吻口也虎口朝
露喻危善曰莊子
孔子曰丘幾不免虎
口哉朝露已見上文而能抗節玉立誓不降
辱濟曰抗舉也玉言貞也誓不降辱謂不
仕亂朝善曰琴操莊周歌曰避世佯道不
志絜如玉論語子曰不降其杜門絕跡不面
志不辱其身伯夷叔齊與
儻庭進免龔勝亡身之禍退無薛方詭對之
譏良曰偽庭李雄朝也龔勝王莽時徵不就
因不食而死薛方亦為莽徵因使辭曰堯
舜在上下有巢許莽悅其言遂不追言秀進
不至死退不矯辭善曰漢書曰王莽既簒

遣使者奉璽書太子師及祭酒印授安車駟馬迎龔勝勝自知不見聽即謂門人高暉曰吾受漢室厚恩無以報今老矣旦暮入地豈宜以一身事二姓下見故主哉語畢遂不復開口飲食積十四日死時年七十九矣又曰薛方字子容王莽以安車迎方方因使者辭謝曰堯舜在上下有巢許今明主方隆唐虞之德小臣亦欲守箕山之節也使者以聞之莽說其言不強致之也雖衰善本作園字綺之棲商洛管寧之默遼海翰曰袁公綺里季避秦之亂隱於商洛山管寧漢末避公孫度之亂隱於遼東默隱也　善曰園綺已見上文管寧遼東已見謝眺郡內登望詩博物志虞翻夢人謂己曰余孤竹君之子遼海漂吾棺槨也方之於秀殆無以過寸今西土以為美談銑曰方比殆近也西土蜀也言皆美秀之節善曰西土蜀也夫旌德禮賢化導善本作道字之所先崇

文選三十八　十四

表殊節聖哲善本作喆字之上務方今六合未康豺豕當路遺黎偷薄義聲不聞銑曰言禮賢德表異行是先聖上務康安也豺豕喻亂賊也偷薄澆競也言今賊盜澆競道義之聲無聞　善曰漢書曰偷薄之政自是滋矣魏志崔琰書諫文帝曰勸遊畋侈義聲不聞益宜振起道義之徒以敦流遯之敝良曰言時澆薄流遯不返當須振起道義之人以勸勉敝俗若秀蒙蕭帛之徵濟曰古之徵賢者皆以束帛之禮蒲裹車輪而徵之　善曰漢書曰武帝初即位使使者束帛加璧安車以蒲輪駕駟迎申公也足以鎮靜積風軌訓囂俗濟曰積築軌法囂薄也言以禮徵秀必能鎮其壞風汚教薄俗　善曰魏文帝令曰道薄於當年風頹於百代矣幽遐仰流九服知化也善本作矣字良曰幽遐遠夷也九服謂九服諸侯也言皆仰風流而知淳化　善曰周書曰乃辨九服之國

解尚書表一首

殷仲文翰曰檀道鸞晉陽春秋云桓玄僭位仲文以佐命親貴帝初反正抗表自解　善注同

臣聞洪波振壑川無恬鱗驚飆拂野林無靜柯銑曰振動恬安拂擊也言大波動於壑驚飇擊於林則魚無安而條無靜也　善曰魏略王脩奏記曰消流之水無洪波之勢七發曰橫暴之極魚鼈失勢顛倒偃側也家語吾丘曰樹欲靜而風搖之何者勢弱則受制於巨力質微則莫以自保於理雖可得而言於臣寔所敢喻向曰勢弱謂林魚也巨力謂風波也言已微弱受制於桓玄不能自係也於理則然於臣不敢以此自喻以與玄親也昔桓玄之代善本作世字誠復

文選三十八　十五

驅逼善本作迫字者衆至於愚臣罪實深矣進不能見危授命以善本作忘字身徇善本作殉字國濟曰逼迫也徇營也言桓玄之時衆人皆被驅迫於已有親罪則實深在進不能見君之危以死命而營國也　善曰論語子張問士子曰見危致命見利思義司馬遷荅任少卿書曰李陵常思奮不顧身以殉國家之急退不能辭粟首陽拂衣高謝良曰伯夷叔齊不食周粟死於首陽山言已不能效之拂衣以謝世事　善曰史記曰伯夷叔齊恥武王伐紂義不食周粟隱於首陽山遂乃晏安昏寵叨昧偽封翰曰晏安謂晏然自安昏亂之朝寵貴也叨貪也偽封仲文爲東興公也　善曰安晏已見上文錫文篡事曾無獨固銑曰桓玄進到姑熟羣臣

勸九錫及禪位冊文皆仲文作言曾無獨固者謂拒之也。。善曰曾無固守之節亦從於
衆也晉中興書曰詔加桓玄為楚王備九錫之禮玄到姑熟朝臣勸進玄遂篡位也名
義以之俱淪情節自兹兼撓女教宜其極法以
判忠邪鎮軍臣裕翰曰論沒撓屈判分也言宜加重法以分忠正邪僻
也裕劉裕也善曰鎮軍宋高祖也匡復社稷大弘善貸濟曰匡正
也貸謂假借人性命也裕誅桓玄反正晉之社稷廣為善以假借人命善曰馮衍與田
邑書曰左平山東右匡社稷善貸已見上文抒善本作佇字一戮於微
命申三驅於大信良曰抒滅也三驅之禮去三面網而留一面者言寬
仁也謂用三驅之人滅漏我微命寬縱令人大信順之善曰楚辭曰蜂蛾微命力何固
三驅已見上文既惠之以首領復引之以縶知立維翰曰

文選三十八　十六

惠首領謂不殺也詩云維之縶之謂不解尚書善曰左氏傳宋公曰若以大夫之靈得
保首領以沒縶維已見上文于時皇輿否隔天人未泰用
忘進退唯力是視銑曰言此時天子為臣下閉塞天道人事未得大通
故忘進退之理為尚書以力效軍旅也善曰惟力是視已見東京賦是以偪
俛從事自同令善本作全字人向曰偪俛俯仰也令善也言我屬軍
旅未寧故俯仰從尚書之任自同令善之人也善曰偪俛已見上文呂氏春秋曰任天
下而不強此之謂全人高誘曰全人全德之人無虧闕也今宸極反正唯
新告始憲章既明品物思舊濟曰宸極帝位言天子反正更
新禮法條章皆舊太平之時善曰反正已見謝靈運述祖德詩惟新已見庾元規讓中
書令表禮曰仲尼憲章文武品物已見歎逝賦臣亦胡顏之厚可以

靦居榮次良曰胡何也言何能以此厚愧之顏居尚書之次序善曰尚書曰
予心顏厚有忸怩乞解所職待罪私門翰曰所職尚書私門私家
之門善曰私門已見上文違謝闕庭乃心愧戀謹拜表
以聞善本有臣某云云字

為宋公至洛陽謁五陵表一首

傅季友銑曰晉書云義熙十二年洛陽平裕命修晉五陵置守備
也善注同
臣裕言近振旅河湄揚旍西邁向曰振整揚舉邁行也湄
水涯旍旗類善曰左氏傳季文子曰中國不振旅蠻夷入伐詩曰居河之湄將屆
舊京威懷司雍濟曰屆至也洛陽晉所都發云舊京威懷謂以威德懷人

文選三十八　十七

也司雍二州名善曰威懷已見潘岳關中詩太康地記曰司州司隸校尉治漢武帝初
置其界本西得梁州之地今以三輔為雍州河流遄疾道阻且長
良曰遄速阻險也善曰詩曰遡洄從之道阻且長加以伊洛榛蕪津
塗久廢伐木通逕淹引時月良曰伊洛二水名榛蕪荒穢也
徑道也淹遲也善曰蜀志許靖與曹公書曰袁術方命圮族津塗四塞東觀漢記曰岑
彭伐樹木開道直出黎丘始以今月十二日次故洛水浮
橋山川無改城闕為墟宮廟隳頓鍾虡善本作簴
字空列觀宇之餘鞠為禾黍翰曰晉舊都故隳頓廢壞也
虡鍾格言都邑荒蕪唯有鍾格虡設宮觀之餘盡為田疇而生禾黍也善曰鞠為茂草
已見西征賦毛詩序過故宗廟宮室盡為禾黍廛里蕭條雞犬罕音

感舊永懷痛心在目銑曰屢市廿生居里蕭條空迥貌感舊感昔全盛時而目所見者皆痛心焉善曰蕭條已見上文東觀漢記曰壯夷寇作無雞鳴狗吠之聲劉琨荅盧諶詩曰哀我皇晉痛心在目以其月十五日奉謁

五陵向曰謂拜也五陵謂文帝武帝宣帝景帝惠帝等陵善曰郭緣生述征記曰北邙東則乾脯山山西南晉文帝崇陽陵西武帝峻陽陵邙之東北宣帝高原陵景帝峻平陵邙之南則惠帝陵墳塋幽淪百年荒翳天衢開泰

情禮獲申故老掩涕三軍悽感瞻拜之日憤慨交集濟曰幽暗淪沒也自懷帝至安帝近百年墳陵荒廢也情謂臣子拜謁也禮謂祭物儀也憤慨悲感也行河南太守毛脩之等善曰沈約宋書曰毛脩之字敬文滎陽人也高祖將伐羌為河南河內二郡太守戍洛陽也既

開翦荊棘繕修毀垣職司既備蕃衛如舊良曰繕補也謂修理荒穢備置蕃衛一如舊儀善曰左氏傳戎子駒支曰驅其狐貍翦其荊棘西京賦曰垝毀垣而延衍伏惟聖懷遠慕兼慰翰曰遠慕謂思念父祖謙復慰安陵廟不勝下情謹遣傳詔殿中中郎

臣某奉表以聞

為宋公求加贈劉前軍表一首銑曰劉穆之為將軍卒追贈儀同三司裕表於天子重贈侍中司徒善曰沈約宋書曰劉穆之字道沖東莞人為前將軍卒追贈儀同三司高祖又表於天子於是重贈侍中司徒封南昌縣侯

傅季友

臣聞崇賢旌善王化善本作教字所先念功簡勞

義深追遠向曰崇重旌表簡別也言重賢表善王化所尚也念功績別勤勞義在追思遠事也善曰王隱晉書衛瓘上言曰崇賢舉善而教用彰謝承後漢書曰滕延拜京兆尹旌善為務尚書禹曰惟帝念功論語曾子曰慎終追遠民德歸厚故司

勳秉策在勤必記德之休明沒而彌著濟曰司勳官名主錄公勤也有休義之德者身沒之後終益著明善曰周禮曰凡有功者銘書於王之太常休明已見上文故尚書左僕射前軍善本有將軍字臣

劉善本無劉字穆之爰自布衣協佐義始內竭謀

猷外勤庶政良曰協合也義始謂初起義兵得穆之佐合竭盡猷道也言內盡謀策之道外勤軍旅之事善曰裴子野宋略曰高祖潛謀匡復置穆之主簿委以腹

心尚書王曰爾有嘉謀嘉猷則入告爾后于內又曰庶政惟和萬邦咸寧密勿軍

國心力俱盡良曰密勿僶俛也言於軍旅之中心盡謀慮力盡行陣善曰韓詩曰密勿同心不宜有怒密勿僶俛也及登庸朝右尹司京畿

敷讚百揆翼新大猷銑曰登升庸用也朝右謂僕射尹長也敷布讚奏揆度翼輔猷道也謂為丹陽長布奏以度百事輔新君之大道善曰沈約宋書曰穆之為尚書左僕射又曰加丹陽尹尚書曰若時登庸百揆已見上文毛詩曰匪大猷是經惟邇言是聽頃戎車遠役居中作捍撫寧之勳實

洽朝野識量局致棟幹之器也向曰言宋公出征穆之居中以為捍禦有持安之功以合朝野局曲致至也識度曲至有棟梁貞幹之器善曰沈約宋書曰高祖北伐轉穆之左僕射甲仗五十人入居東城毛詩曰左旋右抽中軍作好

鄭玄曰居軍中爲容好蜀志曰文帝察黄權有局量易曰棟隆之吉不撓于下也方
宣讃盛化緝隆聖世志績未究遠邇悼心皇
恩褒述班同三事濟曰緝光續功究盡悼傷也言未盡其志而死遠近
傷心馬褒褒厚也班同三事謂贈儀同三司善曰蜀志曰偉度姓胡爲諸葛亮主簿故見
褒述尚書曰三事大夫敬爾有官榮哀既備寵靈已泰良曰生榮
死哀人理既備寵其神靈亦以奢泰善曰論語子貢曰夫子其生也榮其死也哀寵靈
已見江淹雜體詩臣伏思尋自羲熈草創艱患未弭
翰曰義熈晉安帝年號草創初始也弭止也艱患謂桓玄作亂善曰王隱晉書曰義熈
安帝年號國語太子曰天禍至于今未弭乎外虞既殷内艱亦荐
時屯世故靡有寧歲銑曰虞度殷衆荐重也外度謂慕容超數爲邊

文選三十八　二十

患言屯難多故無有安寧之年善曰沈約宋書曰義熈五年慕容超數爲邊患公抗表
北伐公之北伐也徐道覆乃有闚闔之志勸盧循承虛而下循從之公羊傳曰君子辟内
難不避外難也周易曰屯剛柔始交而難生又曰屯難也潘正叔迎大駕詩曰世故尚未
夷國語姜氏告於公子曰子之行晉無寧歲也臣以寡劣負荷國重
實賴穆之匡翼之勳豈唯讜言嘉謀溢于民
聽向曰劣弱賴蒙匡正翼佐也讜善言也溢滿也言穆之善言善謀滿於人聽若
乃忠規密謨潛慮帷幕造膝詭辭莫見其際
濟曰密謨猶潛慮謂有帷幄之筭造膝謂近天子納諫言也詭辭謂人問則詭對之莫見其
際謂隱而不見善曰穀梁傳曰士造辟而言詭辭而出范甯曰辟君也詭辭而出不以
實告入也風俗通曰禮諫有五諷爲上故入則造膝出則詭辭禮曰善則稱君過則稱己

王隱晉書曰樂廣任誠保直莫見其際事隔於皇朝功隱於視
聽者不可勝紀善本作記字所以陳力一紀遂克
有成良曰言隔別皇朝其功不爲天子聞見者多也一紀十二年言陳力十二年遂
有成也善曰國語狐偃曰畜力一紀可以遠矣又子犯曰若克有成晉之柔嘉是甘
出征入輔幸不辱命微夫人之左右未有寧
濟其事者善本作矣字翰曰言穆之出將入相皆不辱君命也微無也言無
此人不能安濟軍國之事善曰左氏傳重耳曰微夫人之力不及此爾雅曰左右助也
寧濟已見曹植責躬詩履謙居寡守之彌固銑曰履踐也言踐謙
居寡欲之道守之彌益堅固善曰易曰九三勞謙君子有終吉王弼曰履得其位也
每議及封爵輒深自抑絕所以勳高當年而

文選三十八　二十一

茅土弗及向曰抑絕謂拒封爵也古者天子建諸侯以白茅封五色土賜以爲
社不及言不封善曰三輔決録曰茂陵馬氏代襲茅土撫事永念胡寧
可昧謂宜加贈正司追甄土宇濟曰胡何也言撫此事何
可昧而不言也謂者宋公意也正司謂正爲三公也甄表也謂表其所居土宇俾忠
貞之烈不泯於身後大賚所及永秩於善人
良曰俾使烈業泯滅賴賜也秩祿也言使身沒而不朽長賜祿秩於善人善曰論語曰
周有大賚善人是富臣契闊屯夷旋觀終始金蘭之分
義深情感是以獻其乃懷布之朝聽所啓上
合請付外詳議翰曰契闊勤苦也屯難夷傷也觀終始謂觀穆之終始也
金蘭謂與宋公爲交道其堅如金其臭如蘭言分義既深獻其懷抱布之天聽如合上意

即請付識善曰金蘭已見上文

為齊明皇[善本無皇字]帝作相[善本無作相字]讓宣

城郡公第一表一首[善曰蕭子顯齊書曰明皇帝始]

安貞王道生子初太祖封西昌侯廢鬱林王海陵王封宣城郡公也

任彥升[銑曰齊明皇帝名鸞初立第昭文文以帝錄尚書事封宣]

城郡公固讓不受後廢帝自立

臣公[善本作鸞字]言被臺[善本司字]召以臣為侍中中

書監驃騎大将軍開府儀同三司揚州長史

[善本作剩字]錄尚書事封宣城郡開國公食邑三

千戶加兵五千人臣本庸才智力淺短[善曰毋丘]

文選三十八　二十二

儉表曰禹高之朝不畜庸才東觀漢記李通上疏曰臣經術短淺智能空薄太祖

高皇帝篤猶子之愛降家人之慈[向曰篤厚也猶子謂]

高祖兄子也家人當家之人慈愛也善曰蕭子顯齊書曰太祖高皇帝諱道成道生即

太祖之弟也禮記曰兄弟之子猶子也蓋引而進之漢書曰齊悼惠王肥孝惠二年入朝

帝與齊王燕飲太后前置齊王上坐如家人禮世祖武皇[善本無皇字]帝

情等布衣寄深同氣[濟曰世祖高祖長子布衣猶平人也同氣兄弟]

親之也善曰蕭子顯齊書曰世祖武皇帝諱賾字宣遠太祖長子晉中興書庾亮上疏

曰先帝謬顧情同布衣曹植求自試表曰輿國分形同氣憂患共之武皇大漸

實奉話[戶邁]言[良曰大漸言病進将死也話善言也謂屬後事以輔政也善]

曰尚書王曰嗚呼疾大漸惟毛詩曰其維哲人告之話言幾雖自見之明

庸近所蔽愚夫一至偏[善本作偶字]諱量已[翰曰言自]

見者為明庸入近暗此事愚夫自謂也一至猶偏識也言我偏識之材過量已之分蔽暗

也善曰韓子曰楚莊王欲伐越莊子曰伐越何也王曰以政亂兵弱莊子曰臣患知之

如自見百步之外不能自見其頰故曰自見之謂明劉劭人物志曰一至謂之偏材廣材

小雅之質也爾雅曰偶遇也郭璞曰偶爾值也庾元規表曰仰覽殷鑒量已知弊實

不忍自固於綴衣之辰拒違於王几之側[銑曰]

綴衣王将崩之時命執衣於庭而王憑玉几言不忍固違拒此時受託之言善曰尚書

顧命曰出綴衣於庭越翼日王崩玉几見下句遂荷顧託導揚末命

向曰荷負也導引揚明也末命臨終之命也善曰尚書顧命曰后憑玉几道揚末命

雖嗣君棄常獲罪宣德[濟曰嗣君鬱林王也棄常謂廢常道也得]

文選三十八　二十三

罪於宣德太后善曰嗣君謂鬱林王也為宣太后所廢左傳申繻曰人棄常而妖興漢

書曰太后召昌邑王賀賀曰我安得罪而召我哉王室不造職臣之

由[良曰造成也鸞輔佐天子不成功是我之罪也善曰不造已見嵇康幽憤詩職汝]

之由已見王仲宣贈文叔良詩何者親則東牟任惟博陸徒

懷子孟社稷之對何救昌邑爭臣之譏[翰曰漢東]

牟侯興居惠王子也誅諸呂有功封博陸侯霍光字子孟武帝使輔昭帝帝崩後輔昌邑

王賀無道以太后命廢賀賀曰天子有爭臣不失天下光曰臣寧負王不負社稷也自

發問言何因由我正以我與親任與彼同令空懷此無救王譏之言善曰漢書曰齊悼

惠王子興居為東牟侯又曰武帝遺詔封博陸侯漢書霍光奏曰昌邑王賀不可以承天

緒當廢皇太后詔可王曰聞天子有爭臣人雖無道不失天下光謝曰王亍自絕於天

臣寧負王不負杜稷四海之議於何逃責且陵土未乾
訓誓在耳銑曰言四海聞廢王皆歸咎責於我陵土未乾言帝崩在近約束之
言亦離於耳善曰曹植求自試表曰墳土未乾而身名並滅左傳晉穆嬴曰今君雖終
言猶在耳家國之事一至於斯向曰言家者語其親言國者謂天下
一至於斯謂廢鬱林王也善曰謂鬱林倡蹙顛躓也孫盛晉陽秋曰郤超假還東簡文
帝謂之曰致意尊公家國之事遂至於此也非臣之尤誰任其咎
向曰尤過任當也善曰毛詩曰發言盈庭誰敢執其咎將何以肅拜高
寢虔奉武園悼心失圖泣血待旦濟曰虔皆敬也高
寢高祖寢廟也武園武帝園陵也悼傷也言心之傷痛失所圖謀也無聲而泣下曰血也
善曰寢廟及園陵已見上文左傳楚薳啓疆曰孤與二三臣悼心失圖尚書曰先王昧爽

坐以待旦寧容復徹榮於家恥晏安於國危良曰徹遮
也家恥謂嗣君棄常也晏亦安也國危謂鬱林廢後也善曰晉中興書曰卞壼表曰豈
取于祿位以徼時榮乎晏安已見上驃騎上將之元勳神州儀
刑之列岳銑曰驃騎上將軍漢置位在三司上神州謂揚州也儀刑謂天下儀
師刑表也列岳謂比於諸侯善曰漢書曰霍去病征匈奴有絕漠之勳始置驃騎將軍
位在三公上班固衛青述曰長平桓桓上將之元神州儀刑已見上文尚書古
稱司會中書實管王言向曰今之尚書古稱司會爲主天下之大
計也中書官名掌出納王言此等官當用賢言已不稱也善曰周禮曰司會中大夫二
人鄭玄曰司會主天下之事若今之尚書耳沈約宋書曰置秘書令典尚書奏事文帝黃
初初改爲中書令且虛飾寵章委成禦侮臣知不愜

物誰謂宜濟曰寵章謂封侯也禦侮謂爲驃騎愜可也言自知不可誰以爲得
善曰王隱晉書曰武帝詔山濤曰勿復爲虛飾也詩曰予有禦侮但命輕鴻
毛責重山岳存沒同歸毀譽一貫良曰言命有可輕如
鴻毛可重如山岳言我不能輔主其命如鴻毛矣貫事也言今輕已故存沒毀譽皆歸一
事爾善曰戰國策唐雎謂楚王曰國權輕於鴻毛而積禍重於山岳陽泉養性賦曰況
性命之幾微如鴻毛之漂輕丹丘飲之遼東詩曰憂責重山岳誰能爲我擔莊子曰哀公
曰何謂材全仲尼曰存亡毀譽是事之變志周魴與曹休書曰志行雖微存沒一節
易曰殊途而同歸書曰爲善不同同歸于治莊子老聃曰彼以死生爲一條以可不可爲
一貫也辭一官不減身累增一職已黷朝經便
當自同體國不爲飾讓翰曰黷污經法也同體爲已與國親是同

一體不爲假飾而求讓名也善曰七略曰位累我身賈逵國語注曰黷慢朝經也家語
孔子曰治天下國家有九經其所以行者一也穀梁傳曰大夫國體也何休曰君之卿佐
是謂股肱故曰國體孫皓詔紀陟曰故特任使莫復飾讓至於功均一匡
賞同千室光宅近甸奄有全邦隕善本作殞字越
爲期不敢聞命銑曰均同匡正隕越墜也管仲相桓公一匡天下千室
謂諸侯之封也近甸謂宣城去都近言今使用管仲而爲侯光其所居令大有全國雖即
後墜而死終不敢受也善曰論語孔子曰管仲相桓公一匡天下左傳曰晉侯滅赤狄
潞氏晉侯賞桓子狄臣千室光宅已見吳都賦謝承後漢書曰周勰及守近甸嘉瑞表應
毛詩曰奄有龜蒙漢書淮南王上書曰淮南全國之時殞越已見上文亦願曲
留降鑒即垂順許鉅平之懇誠彌善本作必字固

永昌之丹慊若篳獲申向曰詳謂許所請也晉羊祜封鉅平子武帝受禪加開府儀同三司祜讓不受庾亮破沈充功封永昌縣開國公固讓不受懇信也慊不足也　善曰鉅平羊祜永昌庾亮並見上表乃知君臣之道綽有餘裕濟曰綽寬裕優也君則盡君道欲為臣則盡臣道　善曰孟子曰欲為君則盡君道欲為臣則盡臣道又曰吾聞之也有官守者不得其職則去有言責者不得其言則去我無官守我無言責則吾進退豈不綽綽然有餘裕哉苟曰易昭敢守難奪故可庶心弘議酌已親物者矣不勝荷懼屏營之誠良曰苟且也且以我情淺近易昭察然我匹夫之志難奪也弘大酌度也屏營猶驚惶也謹附其官某甲奉表以聞善本有臣諱誠惶以下六字

為范尚書讓吏部封侯第一表翰曰雲與梁武同事竟陵王情義親密及梁武之即位用為吏部尚書兼封侯以為太重故不敢受　善曰范雲字彥龍與梁武同事齊竟陵王為八友又與雲住處相近更增親密及為天子以為吏部尚書甚敬雲常語其二弟曰我昔與雲情同昆弟汝當為我呼雲為兄

任彥升

臣雲言被尚書召以臣為散騎常侍吏部尚書封宵善本作霄字城縣開國侯食邑千戶奉命震驚心顏無措臣雲中謝五臣李無臣雲二字臣忝門凡流輪翮無取銑曰忝本也輪謂輪運之功翮謂輔翼之用言我無此能　並曰張載贈棗子詩曰輔車運在輪飛骨須六翮進謝中庸退慙狂狷古縣反　向曰中庸謂中常之人狂猶狷佯狂也慙謝皆謂不及也　善曰禮記仲尼曰君子中庸小人反中庸狂狷已見上文固嘗鑽厲求學而一經不治篆刻為文而三冬靡就濟曰鑽先王之道勉厲於學不能精治一經也篆謂篆書刻謂彫刻文章也東方朔學書三冬文史足用靡無就成也　善曰漢書曰韋賢少子玄成復以明經歷位至丞相故鄒魯諺曰遺子黃金滿籯不如一經法言曰童子彫蟲篆刻漢書東方朔上書曰臣朔學書三冬文史足用負書燕魏空殫菽粟躡屩脚齊楚徒失貧賤良曰蘇秦負書游說於燕魏二國也殫盡也菽豆也田子方謂魏太子曰志不得則納履而適楚安往而不得貧賤也躡踏屩履也　善曰戰國策曰蘇秦說秦王書十上而說不納去秦而歸負書擔囊孟子曰聖人治天下使菽粟如水火也史記虞卿躡蹻擔簦說趙孝成王徐

廣曰躡草履也韓詩外傳曰田子方謂魏太子曰貧賤可以驕人矣志不得則受履而適秦楚耳安往而不得吾貧賤乎既而分虎出守以囊被見嗤持斧作牧以薏意苡以興謗翰曰漢儀郡國銅虎符囊衣袱也嗤笑也持斧謂諸侯有功賜以斧鉞得專征伐也王吉為益州刺史好事車馬衣服及去職不過囊衣而已馬援為交趾太守以薏苡可治瘴氣遂取一車將還時人以為南土珍怪因而流謗也此謂雲為始興太守而被解落也　善曰分虎已見上文漢書曰王陽父子皆好車馬衣服其自奉養極為鮮明及遷徙去處所載不過囊衣爾漢書曰暴勝之持斧逐捕盜賊周禮曰八命作牧范曄後漢書曰吳祐父恢為南海太守欲殺青簡以寫經書祐諫曰今大人踰越五嶺遠在海嶺其俗誠陋然舊多珍怪上為國家所疑下為權戚所望此書若成則載之兼兩昔馬援以薏苡興謗王陽以衣囊徼名嫌疑之間誠先賢

所慎也赭衣為虜見獄吏之尊除名為民知井
臼之逸銑曰古得罪之人皆著赭衣虜獲也言為執法者所獲也下獄之時畏其
執法之吏而尊之除名謂除其官爵以為九人也井臼謂操舂汲之事而以為逸樂善
曰漢書賈山上書曰秦赭衣半道羣盜滿山又曰人有上書告周勃欲反下廷尉勃恐不
知致辭勃以千金與獄吏獄吏迺書牘背示之曰以公主為證勃既出曰吾嘗將百萬軍
然安知獄吏之貴也孫盛晉陽秋曰劉弘顧坐除名為民東觀漢記曰馮敬通慶於家娶
北地任氏女為妻忌不得畜媵妾兒女皆自操井臼也百年上壽既曰
徒然如其誠說亦以過半亂離斯瘼莫欲以
安歸向曰徒然空言也誠信也雲以上壽百年為空言纔是信說亦年已過半矣亂
離東昏侯作亂也瘼病也安歸不仕也善曰莊子盜跖謂孔子曰人上壽百歲中壽八

十毛詩曰亂離瘼矣奚其適歸薛君曰瘼散也閉門荒郊再離寒暑
齊曰野外曰郊離經也寒暑冬夏也善曰閉門已見恨賦毛詩曰載離寒暑無以
東皐數畝控帶朝夕闕外一區帳望鍾阜良曰
皐澤也控引也帶繞也朝夕謂海也丹陽齊門外也一區謂雲宅帳望失志貌鍾阜鍾山
善曰秋興賦曰耕東皐之沃壤輸黍稷之餘稅朝夕已見江賦漢書揚雄上書曰恥為闕
外人又曰揚雄有宅一區帳望鍾阜已見上文雖室無趙女而門多
好事翰曰趙女歌舞妓也好事謂甞知者善曰揚惲與孫會宗書曰婦趙女也雅
善鼓琴漢書曰揚雄素貧嗜酒人希至其門時有好事者載酒肴從遊學也祿微
賜金而歡同娛老翰曰疏廣得賜金歸與鄉人曰同歡娛言我祿則微
薄賜金然歡娛同之善曰賜金娛老謂疏廣也已見張景陽詠史詩折芰燔

枯此焉自足翰曰芰菱也可以藉坐也枯乾魚善曰謝承後漢書曰鄭敬
字次都釣魚大澤折芰而坐以蒲薦肉瓢歛盈酒琴書自樂焚枯已見應璩百一詩陛
下應期萬世接統千祀三千景附八百不謀
銑曰陛下謂梁武也祀年也謂應萬代千年之聖也武王有臣三千惟一心八百諸侯不
謀而同會于孟津也景影也言天下之人如影之附於身亦猶武王矣善曰莊子曰萬
世之後而遇大聖知其解者是旦暮遇之也漢書司馬談曰今天子接千歲之統周書曰
湯放桀而歸於亳三千諸侯大會然後即天子之位又曰武王將渡河中流白魚入于王
舟王俯取出涘以祭不謀同辭不期同時一朝會武王於郟下者八百諸侯臣亹
善本作亹字等離心功懃同德泥首在顏輿櫬未
毀締構草昧敢叨天功向曰亹隙也離心謂如紂臣離心離德也

等謂已為齊臣武王有臣同心同德言不能為梁立功故懃之降者泥首輿櫬以歸命也
顏面也言泥猶在面櫬猶未毀締結構成也
草昧謂初也叨貪也天功天子之功也善
曰尚書武王曰受有億兆夷人離心離德予
有亂臣十人同心同德張溫表曰臨去武昌
齊得泥首闕下輿櫬即輿櫬也已見潘安仁
贈陸機詩締構草昧並已見上文左氏傳介
之推曰竊人之財猶謂之盜況貪天之功以為己力獄訟謳歌示同民
志而隆器大名一朝揔集顧己及躬何以臻
此齊曰獄訟之事與謳謠皆歸於梁武所望亦同一人之例備器謂珪璋也揔集謂集
於身言見任用也躬身臻至也自顧其身不堪至此大官善曰獄訟謳謌已見上文莊
子曰語大功立大名此朝廷之士也左傳仲尼曰惟名與器不可以假人也致當以
接閈白水列宅舊鄷良曰吳漢與光武同居白水鄉畫縮與高祖同

居鄷邑雲與梁武居止相近故云也　善曰
光武居白水已見南都賦東觀漢記曰吳漢
南陽人也爲人質厚少文上以其南陽人故
親之漢書曰盧綰豐人也與高祖同里蕭曹
等特以事見禮至其親幸莫及綰也**忘捨講之尤存諸公之費**
良曰初光武學長安時過朱祐宅祐留上待
講竟乃談話及帝登位駕幸祐第問曰得無
去我講乎祐曰不敢尤過也上初學長安賢
者往來南陽資用乏與同舍生韓子合錢買
驢令從傒以給諸公之費　善曰東觀漢記
曰初上學長安時過朱祐祐嘗留上須講竟
乃談話及車駕幸祐第問主人得無去我講
乎祐曰不敢又曰初上學長安南陽人賢者
往來長安爲之邸閣稽疑資用乏與同舍
生韓子合錢買驢令從者傭以給諸公費**俯**
拾青紫豈待明經翰曰古人明經而取青紫如俯拾地芥言今不待明
經而得也　善曰明經拾青紫已見上文
臣雲謝中**夫銓衡之重關**

文選三十八　　三十

諸隆替遠惟則哲在帝猶難銑曰銓衡所以平輕重關猶存
也替廢也咎繇云知人則哲惟帝其難言吏
部之任難遠思之自知不可也　善曰陸機
顧譚誄曰遷吏部尚書才長於銓衡而綜核
人物也尚書咎繇曰在知人禹曰咸若時惟
帝其難之知人則哲能官人**漢魏以降達識繼軌雅俗所**
歸唯稱許郭向曰繼軌言達識者多矣所稱者惟許劭郭林宗能超拔人士
而用之也　善曰孫綽子或問雅俗曰判風
流正位分涇渭殊流雅鄭異調題帖分明標
牓可觀斯謂之雅俗矣范曄後漢書曰郭泰
字林宗性明知人好獎訓士類其獎拔士人
皆如所鑑又曰許劭字子將少峻名節好覈
人倫多所賞識故天下言拔士者咸稱許郭
也**拔十得五尚曰比肩**濟曰龐統曰拔擢十人而得五人亦可以
有志自勵不亦可乎淳于髡一日薦七士宣
王曰寡人聞千里一士尚曰比肩今一朝見

七士不亦衆乎　善曰習鑿齒襄陽耆舊傳
曰龐統爲郡功曹性好人倫每所稱述多過
其中時人怪問之統曰方欲興長道業不義
其談即聲名不足慕企不足慕企即爲善者
少今拔十失五猶得其半而可以崇邁世教
使有志自厲不亦可乎戰國策曰淳于髡一
日而見七人宣王曰寡人聞千里一士是比
肩而至也今子一朝而見七人不亦衆乎
其餘得失未聞偶察童幼天機蹔善本作暫字**發**
顧無足算良曰其餘謂許郭之外未聞得失也偶有鑒察童幼之異天然自知
無足稱數也　善曰魏志曰王脩識高柔於
弱冠異王基於童幼天機已見文賦論語曰
斗筲之人何足算也**在魏則毛玠公方居晉則山濤識**
量以臣況之一何遼落翰曰毛玠魏尚書典選舉用公方清正之
士山濤晉吏部尚書亦取正直之人以我比
二賢一何遼落而不相及也　善曰魏志曰

文選三十八　　三十一

毛玠字孝先陳留人也爲尚書僕射典選舉
先賢行狀曰玠雅亮公正魏氏春秋曰山濤
爲選曹郎遷尚書也世說袁彥伯
曰江山遼落居然有萬里勢也**齊季陵遲**
官方淆亂銑曰季末也陵遲零落也官方謂王政淆亦亂也　善曰陵遲已見
上文莊子曰是非之塗樊然淆亂**鴻都不綱西園成市**向曰鴻都
學府也不綱謂無綱紀也漢靈帝時太后臨
西園賣官齊亦如此　善曰華嶠後漢書曰
元和元年置鴻都門學其諸生皆勑州郡三
公舉用辟召或出爲刺史太守入爲尚書侍
中乃有封侯賜爵者士君子皆恥與爲列焉
漢記曰靈帝即位太后臨朝於西園賣官自
關內侯以下入錢各有差**金章有盈笥之談華貌深不足**
之歎濟曰金章印也笥謂盛衣器華貌侍臣之服飾也趙王倫爲亂謠曰金章滿箱
尚不可長又曰貂不足狗尾續言小人在位
者衆故云此矣　善曰金章盈笥未詳虞預

晉錄曰趙王倫簒位侍中常侍九十七人每朝小人滿庭貂蟬半座時人謡曰貂不足狗尾續

草創惟始義存改作恭已南面責成斯在

良曰創造言初造國政當存改敝風天子南面恭已而已選任賢能責成於此尚書 善曰論語子曰舜夫何爲哉恭己正南面而已淮南子曰人主之術責成而不勞

豈宜安加寵私以乏王事附蟬之飾空成寵章求

翰曰言不可以私恩而加尊寵闕乏王事侍中之冠飾以黃金附蟬寵章珪璋也無材而蒙此者於公則失授於私則失受 善曰董巴輿服志曰侍中中常侍冠武弁大冠加金鐺附蟬爲文

近世侯者功緒參差或足食關中或成軍河内

銑曰緒業也參差不齊也蕭何留守關中常以食給漢王即位封鄼侯也寇恂守河内收租四百萬石轉給光武軍光武即位封雍奴侯皆言有功而封 善曰漢書曰蕭何以丞相留牧巴蜀使給軍食漢王擊楚何守關中後爲鄼侯范曄後漢書曰上拜寇恂河內太守上謂恂曰河內完富吾將因是而起昔高祖留蕭何鎮關中今吾委公以河内後封雍奴侯

或制勝帷幄或門人加親

向曰高祖云運籌帷幄之中決勝千里之外吾不如子房可封留侯光武即位拜鄧禹爲前將軍詔曰孔子云自吾有回門人益親可封爲鄼侯 善曰漢書高祖曰夫運籌策於帷帳之中決勝千里之外吾不如子房子房封侯已見上文東觀漢記曰拜前將軍鄧禹爲大司徒制曰孔子曰自吾有回也門人日以親封禹爲鄼侯

或與時抑揚或隱若敵國

濟曰漢叔孫通以抑揚禮教拜稷嗣君後漢吳漢爲將帝使入視之方見作攻具帝曰善人意隱若敵國封廣平侯 善曰班固漢書叔孫通衛曰叔孫奉常與時抑揚勝不免胄禮義是創通爲稷嗣君也東觀漢記

曰吳漢自初從征伐兵有不利軍營不如意漢常獨繕檠弓戟上時令人視吳公何爲還言方作攻具上嘗嘆曰強人意隱若一敵國矣封漢廣平侯

或策定禁中或功成野戰

濟曰安帝時鄧騭定策禁中封上蔡侯曹參有野戰之功封平陽侯 善曰東觀漢記曰殤帝崩惟安帝宜承大統車騎將軍鄧騭定策禁中封騭爲上蔡侯漢書鄂千秋曰曹參雖有野戰略地之功此特一時之事又曰賜參爵列侯食邑平陽

或盛德如卓茂或師道如桓榮

濟曰卓茂爲密令蝗蟲不入境光武即位慕盛德封侯桓榮爲明帝師拜尚書 善曰東觀漢記曰卓茂字子容南陽人也漢官儀注曰世祖中興特擢盛德南陽卓茂爲太傅封宣德侯東觀漢記曰桓榮字春卿沛國人也治歐陽尚書事九江朱文剛窮極師道賜爵關內侯

或四姓侍祀已無足紀

濟曰明帝外戚樊氏郭氏馬氏四姓封爲小侯以侍祭祀紀錄也 善曰應劭漢官典職曰四姓侍祠侯顏氏家訓曰漢明帝時外戚有樊氏郭氏陰氏馬氏是爲四姓謂之小侯者或以侍祠非列侯故曰小侯

五侯外戚且非舊章而臣之所附唯在恩澤

良曰漢元后弟王崇譚商鳳根皆以外戚之重而封侯是名五侯言此非漢本約故云非舊章漢有恩澤侯無功勳但以恩澤而封侯言我今封在於此 善曰五侯王氏也已見上文漢書恩澤侯表曰公孫弘自海瀕而登宰相寵以列侯之爵

既義異疇庸實榮乖儒者雖小人貪幸豈獨無心

翰曰疇酬庸功也言我無功可酬又非儒德雖小人之性貪幸爵禄豈獨無愧於心者哉 善曰陸機高祖功臣頌曰帝疇爾庸後嗣是膺

臣本自諸生家承素業門無富貴易農而仕

銑曰諸生書生也素謂朴素之業也仕謂祿以代農故曰易農 善曰

觀漢記曰相者謂班超曰祭酒布衣諸生耳董仲舒不遇賦曰若不反身於素業莫隨世而轉軌東方朔戒子書曰飽食安步以仕易農乃祖玄平道風季世爰在中興儀刑多士位裁元凱任止牧伯向曰玄平范雲高祖之父也道風謂妙達玄理秀出也中興謂東晉也刑法也多士衆士裁淺也元八元八凱皆堯之賢臣也言遠祖之任淺於元凱止及刺史而已牧伯謂刺史善曰晉中興書曰范汪字玄平善言玄理為吏部郎從吏部尚書徐兗二州刺史也中興元帝也尚書即古元凱也刺史即古牧伯也左傳太史克曰昔高陽氏有才子八人蒼舒隤凱檮戭大臨尨降庭堅仲容叔達謂之八凱高辛氏有才子八人伯奮仲堪叔獻季仲伯虎仲熊叔豹季貍謂之八元高祖少連夙秉高尚濟曰秉執也高尚不仕也善曰王僧孺范氏譜曰汪生少連所富者義所之非善本作者字時濟曰富義謂富於道也所之非時言當太平之時善曰富義謂段干木已見魏都賦漢書文帝曰惜李廣不逢時薄宦東朝謝病下邑濟曰東朝謂經任宋太子諮議郎也下邑所居品善曰王僧孺范氏譜曰少連太子舍人餘杭令先志不忘愚臣是庶且去歲冬初國學之老博士爾善本作耳字今茲首夏將亞冢司良曰先志謂先祖隱逸之志將應幾不忘之亞次也善曰劉璠梁典曰齊永元禮雲為廣州刺史因慶家居久之為國子博士梁書曰天監元年雲遷散騎常侍吏部尚書雖千秋之一日九遷苟奕之十旬遠至方之微臣未為速達翰曰車千秋自園寢郎論戾太子事一日超九級至大鴻臚荀奕聞董卓輔政逃避吏持之急不得去行至宛陵徵為光祿勳已而又拜司空從徵時及登台司經九十五日言此二人之達不足比於我也善曰東觀漢記馬援與楊廣書曰車丞相高祖園寢郎一月九遷為丞相者知武帝恨誅衛太子上書訟之然日當為月字之誤也范曄後漢書荀爽字慈明獻帝即位董卓輔政徵爽爽欲遁吏持之急不得去因復就拜平原相行至宛陵復追為光祿勳視事三日進拜司空爽自被徵命及登台司九十五日

臣雖無識唯利是視至於虧名損實為國為身知其不可不敢妄冒銑曰言雖無識好利至於名實不當損國棄身亦知不可故不敢冒而進達也善曰尚書伊尹曰臣為上為國為下為民陛下不棄菅奸蒯苦怪愛同絲麻向曰菅蒯草名可以為索雲倉喻也言不以我下材而棄愛與絲麻同也絲麻喻賢良也善曰左氏傳君子曰詩云雖有絲麻無棄菅蒯雖有姬姜無棄憔悴儻平生之言猶在聽覽

宿心素志無復貳辭濟曰平生言謂與帝相知之時有隱遁之言聽覽猶耳目也無復貳辭謂將不移平生之言也善曰嵇康幽憤詩曰內負宿心王隱晉書甄彬奏曰不宜違人之素志矜臣所乞特迴寵命則彝章載穆微物知免善本作表字臣今在假不容詣省不任荷懼之至謹奉表以聞善本有臣雲誠惶以下六字良曰乞請也言哀我所請迴此尊寵之令於常法則和穆也微物雲自謂也免謂免咎責也

為蕭揚州作薦士表一首銑曰蕭遙光為揚州刺史

齊建武初有詔舉士故以此表薦琅邪王暕及薦王僧孺善曰蕭子顯齊書曰始安王遙光為揚州刺史劉璠梁典曰齊建武初有詔舉始安

王表薦琅琊王
肺及王僧孺
任彥升
臣王言臣聞求賢暫勞垂拱永逸濟曰任昉
爲始安王
作表故本集云王言撰集者因隨舊文而録
之言求賢人雖暫勞得而任之則君上垂衣
拱手永爲逸樂善曰呂氏春秋
曰賢主勞於求人而佚於治事方之疏壤
取類導川向曰疏通導引也通壤引川則溺
者安任賢用能則亂者理善曰
孟子曰舜使禹疏九河禹掘地而注之
海國語太子晉曰伯禹疏川導滯也伏惟
陛下道隱旒纊信充符璽濟曰旒以蔽視纊
以塞聽言天子之
道潛隱而信滿四外如符璽焉充滿也符璽
印也善曰老子曰大象無形道隱無名河
上公注曰道潛隱使入無能指名也大戴禮
曰孔子曰古者絻而前旒所以蔽明也黈纊

塞耳所以掩聽也絻古冕字絖古纊字音義
並同莊子曰聖人治天下爲符璽以信之
六飛同塵五讓高世良曰文帝乘六飛則六
馬也文帝襲王代邸西
向讓者三南向讓者再是爲五讓言今塵迹
與之同善曰漢書爰盎謂文帝曰陛下有
高世之行三陛下從代乘六乘傳馳不測之
淵雖賁育之勇不及陛下至代邸西向
讓天子者三南向讓者再夫許由一讓而陛
下五以天下讓過許由四矣又曰今陛下騁
六飛馳不測　同
塵已見上文
白駒空谷振鷺在庭翰曰白
駒賢者
所乘空谷言賢人出仕而谷空也振衆也鷺
白鳥也以喻絜白之士在庭謂在王庭善
曰白駒已見恒元子薦譙元彥表毛詩曰
振鷺于飛于彼西雍我客戾止亦有斯容猶
懼隱鱗卜祝藏器屠保銑曰隱鱗謂君子如
龍之隱也卜祝謂嚴
君平也藏器謂藏治國之器也屠謂太公屠
牛於朝歌保謂伊尹爲酒家傭保善曰司

馬遷書曰僕之先人文史星歷近乎卜祝之
間易曰君子藏器於身待時而動鶡冠子曰
伊尹酒保太公屠牛
海內荒亂立爲世師物色關下委裘河上向
曰
物色謂關令尹喜望見氣色知老子之至也
委裘河上謂河上公言恐有賢同此隱者故
有詔舉善曰列仙傳曰關令尹喜內學老
子西遊先見其氣知真人當過物色而遮之
果得老子晏子曰治天下若委裘用賢委裘
之實桓公聽管仲而趙襄子信王登此之謂
委裘然委裘謂用賢也神仙傳曰河上公莫
知其姓名也嘗讀老子道德經漢孝文帝駕
從而
諮之非取製於一狐諒求味於兼采濟曰製
裘非一
狐之皮求美必兼采衆味論爲國者信資衆
賢善曰一狐已見上文張璠易注序曰案
蜂以兼采
爲味也而善本無
而字五聲倦響九工是詢良
曰
大禹治天下以五聲聽理工官也詢問也九
工謂九官謂六府三事之官言天子倦以聲

聽故問於九官善曰鬻子曰昔者大禹治
天下以五聲聽治九工已見王元長策秀才
文寢義善本作
議字廟堂借聽輿皁翰曰廟堂謂
貴臣輿皁賤
士也言寢息鄉相之議借聽微賤之言善
曰說苑晉東郭氏曰肉食者失計於廟堂藿
食得不肝腦塗地班固漢書匈奴贊曰漢興
忠言嘉謀之臣相與議事於廟堂之上左氏
傳曰晉侯聽輿人之
誦輿皁已見射雉賦臣位任隆重義兼家邦
實欲使名實不違徼倖路絕銑曰任重謂始
安王揚州刺史
義兼家邦謂與國爲兄弟也言欲所任人皆
取實材而絕徼倖徼倖猶苟且也善曰鄧
析子曰循名責實君之事也奉法宣
令臣之職也徼倖已見李令伯表勢門上
品猶當格以清談向曰勢門謂權勢之門格
舉也言勢門之人有清談
者猶舉之善曰說苑晏子曰陂池之魚入
於勢門謝靈運宋書序曰下品無高門上品

無賤族王隱晉書曰祖約清談平裁老而不倦英俊下僚不可限以
位貌濟曰僚官也言英俊之材居於下職豈可以位卑貌陋而不用善曰左太沖
詠史詩曰世冑躡高位英俊沈下僚竊見秘書丞琅邪臣王暕
年二十一字思晦七葉重光海内冠冕良曰七葉
謂自王祥以下至暕父曇首凡七代冠冕不絶故云重光而爲海内所推美也善曰梁
書曰儉子暕字思晦何之元梁典曰侍中領右驍騎王騫字思晦太尉文憲公長子也左
僕射王暕字思寂文憲公次子也王錫爲騫碑亦云騫字思晦撰此及梁書明梁典及碑
誤也晉中興書曰王祥弟覽覽生導導生洽洽生珣珣生曇首沈約宋書曰王僧綽曇首
長子遇害子儉嗣也尚書曰宣重光晉中興書庾氷疏曰臣因循家寵冠冕當世神
清氣茂允迪中和翰曰迪蹈也言神情俊茂允蹈中和之氣善曰淮

文選三十八　三十八

南子曰神清者嗜欲不能亂蔡洪張錡狀曰錡資氣早茂才幹足任尚書曰允迪厥德禮
曰以樂德教國子中和祗庸孝友叔寶理遣之談彥輔名教
之樂銑曰衛玠字叔寶善談玄理樂廣字彥輔能崇名教言暕俱有之善曰臧榮
緒晉書曰衛玠字叔寶好言玄理拜太子洗馬常以人有不及可以情恕非意相干可以
理遣故終身不見喜慍之容世說曰王平子胡毋彥國諸人皆以任放爲達或去衣裸體
樂廣曰名教中自有樂地何爲乃爾故以暉映先達領袖後進
向曰暉映光明也領袖可爲人之儀則善曰孫盛晉陽秋曰裴秀有風操十餘歲時人
爲之語曰後進領袖有裴秀居無塵雜家有賜書濟曰塵雜謂塵
俗班彪家有賜書此言暕家亦有善曰韋昭吳書曰劉基不妄交遊門無雜賓漢書曰
班彪幼與兄嗣共遊學家有賜書好古之士自遠方至辭賦清新屬言

玄遠室通人曠物疏道親良曰邇近曠遠也言文章清妙屬言
幽玄言心遠居近親道疏也善曰陸機陸雲別傳曰雲亦善屬文清新不及機而口
辯持論過之臧榮緒晉書曰阮籍雖放誕不拘禮教然發言玄遠也毛詩曰其室則邇其
人甚遠尹文子曰處名位雖不肖不患物不親已在貧賤不患物不疏已親疏係乎勢利
不係乎不肖與仁賢也養素丘園台階虛位翰曰素朴也台三
星主三公也言此人守朴丘園則虛三公之位善曰養素已見謝宣遠送孔令詩庠
序公朝萬夫傾首善本作望字銑曰言使此人居庠序立公朝則萬
人皆傾首而欽慕善曰庠序已見上文曹植求親親表曰執政不廢於公朝豈徒
荀令可想李公不亡而已哉向曰荀顗字景清太尉彧之子
高祖輔政見顗曰荀令君之子李固者司徒郃之子究覽墳典京師學者而歎曰是復有

文選三十八　三十九

李公矣言暕繼祖父之德亦如是善曰臧榮緒晉書曰荀顗字景倩潁陽人也魏太尉
彧之第六子黃初末除中郎高祖輔政見顗異之曰顗令君之子也近見袁偘亦曜卿之
子也皆有父風范曄後漢書曰李固字子堅漢中郎南鄭人司徒郃之子少好學四方之
士多慕其風而來學京師咸歎曰是復爲李公矣前晉安郡侯官令
東海王僧孺年三十五善本有字僧孺三字理尚棲約
思致恬敏既筆耕爲養亦傭書成學濟曰理謂意趣
也恬靜敏達也言棲意儉約思至靜達筆耕謂以筆代耕種以取給傭賃善曰劉璠梁
典曰王僧孺字僧孺東海郯人也六歲解屬文梁興除鎮軍記室稍遷蘭陵太守卒於諮
議東觀漢記曰班超家貧爲官傭寫書投筆歎曰丈夫獨不效傅介子立功絶域之地以
封侯安久筆耕乎東觀記耕或爲研范曄漢書曰班超爲官傭書以供養吳志曰闞澤字

德潤會稽人家世農夫至澤好學無以資常為人傭書以供紙筆所寫既畢誦讀亦以編矣

至乃集螢映雪編蒲緝柳良曰車武子勤學貧無燈燭夏則拾螢盛練囊中以為明冬取雪以映之溫舒少貧牧羊澤中常截蒲寫書孫敬貧居太學編柳簡以為經善曰檀道鸞晉陽秋曰車胤字武子學而不倦貧不常得油夏月則練囊盛數十螢火以夜繼日焉孫氏世錄曰孫康家貧常映雪讀書清介交遊不雜漢書曰路溫舒取澤中蒲截為牒編用寫書楚國先賢傳曰孫敬到洛在太學左右一小屋安止母然後入學編楊柳簡以為經

先言往行人物雅俗翰曰言古人言行正俗無不備知善曰易曰君子多識前言往行以畜其德孫綽子或問人物曰察虞實審真偽斷成敗定終始斯可謂之人物矣雅俗已見范雲讓表堅

甘泉遺儀南宮故事銑曰胡廣作天子出行鹵簿帝往甘泉宮則用之名曰甘泉鹵簿鄭弘為尚書令所有補益王政者著之南宮為故事善曰胡廣漢官制度曰天子出車駕次第謂之鹵簿長安時出祠天於甘泉用之名曰甘泉鹵簿范曄後漢書曰鄭弘為尚書令弘前後所陳皆補益著之南宮以為故事

畫地成圖抵掌可述向曰張千秋為中郎擊烏丸還霍光問以戰鬪方略山川形勢千秋口對兵事畫地成圖無所亡失抵掌謂擊手也善曰漢書張安世子千秋為中郎將將兵擊烏桓還謁大將軍霍光問戰鬪方略山川形勢千秋口對兵事畫地成圖無所忘失戰國策曰蘇秦說趙王抵掌而言

豈直鼮鼠有必對之辯竹書無落簡之謬濟曰竇攸舉孝廉為郎光武大會靈臺得鼠如豹以問羣臣莫能知者攸對曰鼮鼠也詔問何以知攸曰見爾雅詔使案之如攸言賜帛百疋又有於嵩山下得簡一枚上兩行科斗書人莫能識司空張華以問束晳曰此明帝顯節陵中策文驗之果然

善曰摯虞三輔決錄注曰竇攸舉孝廉為郎世祖大會靈臺得鼠如豹文熒熒光譯世祖異之以問羣臣莫知攸對曰名鼮鼠詔問何以知之攸對曰見爾雅詔案秘書如攸言賜帛百匹張騭文士傳曰人有嵩山下得竹簡一枚司空張華以問束晳晳曰此明帝顯節陵策文驗校果然朝廷士庶皆服其博識

暕坐鎮雅俗弘益已多僧孺訪對不休質疑斯在良曰言暕進益於俗多僧孺有應對定疑之義質定也善曰班固漢書董仲舒述曰讜言訪對為世純儒太玄經曰爰質所疑宋衷曰質問也

並東序之祕寶瑚璉之茂器翰曰東序講道之處祕寶奇珍也瑚璉黍稷器也言二人可以為宗廟之任善曰書曰大玉夷玉天球河圖在東序典引曰御東序之祕寶論語子貢問曰賜也何如子曰汝器也曰何器也曰瑚璉也

誠言以人廢而才實世資銑曰信有以言而廢人其人之才實可為世之資用善曰不以人廢言已見上文解嘲曰鄒衍頡頏而取世資班固漢書翟方進述曰用合時宜器周世資

臨表悚戰循懼未允不任下情善本有云云字

為褚諮議蓁善本有讓字代兄襲封表一首

向曰蓁南康郡公褚淵嫡子少出外繼有庶兄賁襲爵蓁既長大賁上表請歸封於蓁天子許焉而蓁上此表讓於賁也善曰蕭子顯齊書曰褚蓁字茂緒為義興太守改封巴東郡表讓封賁子霽詔許之官至前將軍卒然此表與集詳略不同疑是蓁本辭多冗長

任彥昇

臣蓁言一善本無一字昨被司徒符仰稱詔旨許

臣兄貴弃所請以臣襲封南康郡公臣門籍
勳蔭光錫土宇臣貴載世善本作世載字以善本作丞字
家允膺長德濟曰司徒官名掌國邦教也勳功錫賜也土宇謂南康郡也鄉
大夫稱家允信膺當也言兄貴信當年長而復有德所以可承家業　善曰蕭子顯齊書
曰褚淵長子貴字蔚先官歷散騎常侍上表稱疾讓封與弟蓁國語曰祭公謀父曰奕世
載德韋昭曰載成也易曰開國承家小人勿用左氏傳王子朝曰王后無嫡則擇立長年
鈞以德德鈞以卜也而深鑒止足脫屣千乘良曰言兄貴有止足
之鑒視所封郡如脫屣屣也　善曰止足已見上文吳都賦曰輕脫屣於千乘遂
乃遠謬推恩近萃庸薄能以國讓弘義有歸
匹夫難奪守以勿貳翰曰謬誤也言推此恩疏遠而誤萃聚也庸薄

文選三十八　四十二

自謂也國讓讓南康也弘大也言大義合歸兄也言已執匹夫之志終無二心　善曰左
氏傳公子魚曰能以國讓仁孰大馬昔武始迫家臣之策陵陽
感鮑生之言張以誠請丁為理屈銑曰張純封武始侯
臨終勅家丞曰我無功於時猥蒙爵土身死之後勿議傳國後光武封其子奮嗣侯以父
遺勅違詔不受有詔書下獄惶懼乃受也丁綝王莽末以為潁陽尉降光武封為陵陽侯
綝卒子鴻當嗣上書讓於弟弟不受遂於東海為佯狂後同門生鮑駿讓之鴻乃感悟因
還就國此理屈也　善曰東觀漢記曰張純字伯仁建武初先詣闕封武始侯子奮字揮
通兄根常被病純病困勅家丞翕司空無功爵不當傳嗣純薨大行移書問嗣翕上書奪
詔封奮奮上書曰根不病哀臣小稱病令翕移臣又曰丁綝為陵陽侯薨長子鴻字季公
讓位於弟盛逃去鴻初與鮑駿友善及鴻亡駿遇於東海陽狂不識駿駿乃止讓之曰今

子以兄弟私恩而絕父不滅之基可謂智乎鴻感悟垂涕乃還就國且先臣以
大宗絕緒命臣出纂傍統稟承在昔理絕終
天永惟情事觸目崩隕向曰先臣謂父也大宗謂伯父宗絕緒謂
無嗣也纂繼承大宗稟父在昔之命則理絕終天之哀長思此情觸目則心摧墜矣　善
曰禮記曰繼別為宗鄭玄曰別子之嫡也族人尊之謂之大宗是宗子也天道無終而云
終天永訣之辭也徐廣赴謝車騎葬還詩曰潜壙既掩扉終天隔幽壤潘岳哀永逝曰今
奈何兮一舉邈終天而子不反也若使貴高延陵之風臣忘
子臧之節濟曰吳季札封延陵有高讓之風曹公子臧諸侯立以為曹公嗣子
臧曰聖達節次守節君義嗣也誰敢奸之　善曰左傳曰吳子諸樊既除喪將立季札辭
曰曹宣公之卒也諸侯與曹人不義曹君將立子臧子臧去之遂不為也以成曹君子

文選三十八　四十三

曰能守節君義嗣也誰敢奸君有國非吾節也札雖不才願附於子臧之節是慶
德舉豈曰能賢良曰宋公疾召大司馬孔父而屬殤公焉對曰羣臣願奉
馮也公曰先君以寡人為賢使主社稷若棄德不讓是廢先君之舉豈曰能賢引此存
讓　善曰左氏傳曰宋公疾召大司馬孔父而屬殤公焉對曰羣臣願奉馮也公曰先君
以寡人為賢使主社稷若棄德不讓是廢先君之舉豈曰能賢陛下察其丹
款特賜停絕不然投身草澤苟遂愚誠爾翰曰
停絕謂不襲封也若不見免當投竄草澤以遂已志　善曰丹款已見庾元規表謝承後
漢書曰朱寵廢身草澤不任善本作勝字丹懇之至謹詣闕
拜表以聞臣誠惶誠恐善本作以下二字

為范始興作求立太宰碑表一首銑曰竟陵

郡王子良薨有詔追贈太宰范雲是故吏上表請爲子良立碑事不行　善曰吳均齊春秋曰竟陵文宣王子良薨西昌侯以天子命假黃鉞太宰　蕭子顯齊書曰建武中故吏范雲上表爲子良立碑事不行

任彦昪

臣雲言原夫存樹風猷沒著徽烈既絶故老之口必資不刊之書向曰猷道徽義烈業刊削也言風教道德死當著其義業故老既沒必資於銘記不可削除故云不刊也　善曰尚書曰彰善癉惡樹之風聲應瑒奐王將軍書曰雀鼠雖愚猶知徽烈西征賦曰兆惟奉明邑號千人訊諸故老造自帝詢杜預傳序曰左丘明受經於仲尼以爲經者不刊之書也而藏諸名山則陵谷遷貿府之延閣則青編落簡濟曰遷移貿易也延閣書府也言著書藏名山則恐山谷移易置諸書府則復編簡殘毀言不如立碑之長久也　善曰司馬遷書曰僕誠以著此書藏諸名山　毛詩曰高岸爲谷深谷爲陵劉歆七略曰孝武皇帝勑丞相公孫弘廣開獻書之路百年之間書積如山故內則延閣廣內祕書之府　又曰尚書有青絲編目錄然則配天之迹存乎泗水之上素王之道紀於沂川之側良曰漢以高祖配天而祀泗水亭有漢高碑孔子稱爲素王沂水之側有孔子碑　善曰漢書平紀曰郊祀高祖以配天酈善長水經注曰泗水南有泗水亭漢高祖廟前有碑延熹十年立　家語南宮敬叔曰孔子生於衰周讀明易道以爲法或者天將欲素王之乎何其盛也　沂水南有孔子舊廟漢魏以來列七碑二碑無字由是崇師之義擬迹於西河翰曰子夏事夫子於洙泗之間是崇師之退居西河西河之人皆疑之以爲夫

文選三十六　四十四

子是擬迹也　善曰禮記曾子謂子夏曰事夫子於洙泗之間退而老西河之上使西河之人疑汝於夫子　七略西河燕趙之間尊主之情致之於堯禹銑曰伊尹恥其君不如堯舜是尊主今言禹者變文也　善曰尊主謂伊尹也恥其君不如堯舜已見曹子建通親親表禹亦聖帝故連言之故精廬妄啓必窮鐫勒之盛君長一城亦盡刊刻之美況乎甄陶周召孕育伊顏向曰精廬謂寺觀也一城謂牧宰言寺觀之開牧宰之美猶尚刊勒碑頌說竟陵王有周公召公之化伊尹顏回之德而不立銘記也　善曰東觀漢記曰王阜年十一辭父母欲出精廬以尚幼不見聽荊州圖曰陰令劉喜魏時宰縣雅好傳古教學立碑陳寔別傳曰寔卒蔡邕爲立碑刻銘然寔爲太丘宰故曰一城也周公召公伊尹顏回也典引曰孕育夏甄殷陶周故太宰竟陵文宣

文選三十八　四十五

王臣某與存與亡則義形社稷嚴天配帝則周公其人濟曰社稷之臣主在共理其事主亡則行其政令言義理形見是社稷臣也嚴尊也然尊主配天則與周公同功也　善曰漢書文帝即位絳侯爲丞相爰盎進曰丞相何如人上曰社稷臣盎曰絳侯所謂功臣非社稷臣社稷臣主存與存主亡與亡如淳曰人主在時與共治在時之事不以主亡而不行其政令也　孝經子曰孝莫大於嚴父嚴父莫大於配天則周公其人也昔者周公郊祀后稷以配天宗祀文王於明堂以配上帝體國端朝出蕃入守進思必告之道退無茍利之專良曰體國謂爲政化之體以正朝廷出蕃謂爲刺史也入守謂爲司徒也進用忠以告君之義道退不苟且於利以專擅其事　善曰尚書曰爾有嘉猷則入告爾后于內公羊傳曰大夫出境有可以安社稷利國家者則專之可也左氏傳曰

子產曰苟利社稷死生以之五教以倫百揆時序翰曰五教謂父
義母慈兄友弟恭子孝倫理揆度也百事皆
有次序　善曰尚書帝曰契汝作司徒敬敷
五教在寬百揆已見上文若夫一言一行盛德之風琴書
藝業述作之義善本作茂字一言一行之善銑曰謂人有者藝道藝也
述作謂著文章以述明聖之義　善曰孟子
曰舜聞一善言見一善行若決江河沛然莫
之能禦也易云日新之謂盛德琴書已見上
文禮記曰作者之謂聖述者之謂明明聖者
述作之謂也道非兼濟事止樂善亦無得善本有而字
稱焉向曰言小才能之人非大道兼濟之事且獨樂一善者亦不得可稱而况大者
乎　善曰周易曰智周萬物而道濟天下東
觀漢記曰上嘗問東平王蒼曰在家何業最
樂者蒼對曰爲善最樂上嗟歎之無得而稱已見上文人之云亡忽移

文選三十八　四十六

歲序善曰詩曰人之云亡邦國殄瘁鴟鴞東徙松檟成行濟曰
周公東征管蔡作鴟鴞詩以遺成王今子良
有代宗之義而帝亦嫌焉故假鴟鴞之東徙
以喻焉松檟木名言成行者明年月深遠
善曰言成王未知周公之意類鬱林之嫌子
良而周公有居攝之情由子良有代宗之議
故假鴟鴞以喻焉吳均齊春秋曰鬱林王即
位子良謝疾不視事帝嫌之又潘敞以仗防
之子良既有代宗議憂懼不敢朝事而子良
薨毛傳序曰鴟鴞周公救亂也成王未知周
公之志乃作詩以遺王名之鴟鴞焉說苑曰
梟與鳩相遇鳩曰子安之梟曰我將東徙鳩
曰何梟曰西方之人皆惡我聲鳩曰子鳴於
是鳴曰子改鳴則可不改子鳴雖東
徙猶惡子也左傳伍子胥曰樹吾墓檟六府
臣僚三藩士女良曰竟陵王前後六爲開府也三藩謂會稽太守徐兗二
州刺史僚官也　善曰蕭子顯齊書曰子良
爲輔國將軍征虜將軍竟陵王鎮北將軍征

北將軍護軍將軍斯謂六府子良又爲會稽
太守南徐州刺史又南兗州刺史斯謂之三
藩也人蓄油素家懷鉛筆翰曰蓄積也油素絹也鉛粉筆也所以理
書也　善曰油素已見吳都賦葛龔與
梁相牋曰曹褒寢懷鉛筆行誦文書瞻彼
景山徒然望慕昔晉氏初禁立碑翰曰景謂景行謂高
山仰止也言藩府士女皆積懷素筆瞻望王
之景行空然慕莫願欲立碑　善曰景山謂
墳也毛詩曰陟彼景山劉楨贈五官中郎將
詩曰望慕結不解晉令曰諸葬者不得作祠
堂碑石獸魏舒之亡亦從班例善本作列字而阮略既
泯故首冒嚴科爲之者竟免刑戮置善本作致之
者反蒙嘉歎銑曰晉時令諸墓者不得作碑而司徒魏舒死特賜之碑阮德
規爲齊國內史風化大行卒於郡郡人欲爲
立碑時官制嚴峻不許立齊人思之因與冒

文選三十八　四十七

禁立碑詣闕請罪朝廷聞之尤歎美其惠泯
滅也爲謂作文者置立也　善曰陳留志曰
阮略字德規爲齊國內史爲政表賢黜惡化
風大行卒於郡齊人欲爲立碑時官制嚴峻
自司徒魏舒已下皆不得立齊人思略不已
遂共冒禁樹碑然後詣闕待罪朝廷聞之尤
歎其惠至於道被如仁功參微管本宜在常均
之外向曰被及也孔子謂管仲曰如其仁又曰微管仲吾其被髮左衽矣言人有大
功如管仲者則宜在尋常均禁之外　善
曰如仁微管並見上傳季友修張良表故
太宰淵丞相嶷親賢並軌即爲成規乞依二
公前例賜許刊立濟曰褚彥回及豫章王宣儼並謂立碑軌迹也言竟
陵王賢與褚同迹親與嶷同規請爲立碑以
依二公之例　善曰褚淵碑即王儉所制蕭
子顯齊書曰豫章文獻王嶷字宣儼薨贈丞
相南陽樂藹爲建立碑第二子恪託沈約及

孔稚珪爲文寧容使長想九原樵蘇罔識其禁駐
蹕畢長陵輤曲軒不知所適良曰九原晉大夫葬地樵蘇采
新人也禁謂不許也駐蹕止行也長陵蕭何曹參陪葬之所和帝詔曰朕望長陵見二臣
之壠每有感焉輤軒使車也使采異方之言無碑使無所問　善曰九原已見上文戰國
策顏斶謂齊王曰秦攻齊令曰敢有去柳下季墓五十步樵採者罪死不赦東觀漢記和
帝詔曰高祖功臣蕭曹爲首朕望長陵東門見二臣之壠感焉臣里閭孤賤
才無可甄值齊網之弘弛賓客之禁策名委
質忽焉二紀翰曰閭里門也孤賤范雲自稱也甄明弘大弛廢也言我逢齊
網之寬慶賓客遊王門之法得委質事太宰已經二十四年　善曰范曄後漢書曰建武
中禁網尚寬諸王既長各招引賓客左氏傳狐突曰策名委質其二乃辟慮先犬

文選三十八　四十八

馬厚恩不答而斃善本作弊字帷毀蓋未薦螻蟻
善曰列女傳曰梁寡高行曰妾之夫不幸早死先犬馬塡溝壑貞節曰人受命於天而
命長犬馬受命於天而命短妾之夫反先犬馬死矣禮記仲尼曰吾聞之弊帷不棄爲埋
馬也弊蓋不棄爲埋狗也戰國策安陵君謂楚王曰犬馬臣願得式黃泉蓐螻蟻延叔堅
戰國策論曰爲王先用塡黃泉爲王作蓐以御螻蟻珠襦玉匣遷飾幽
泉銑曰敝帷不棄用以埋馬敝蓋不棄用以埋犬蓐藉也螻蟻蟲名雲自方犬馬故云
此也漢法侯王葬皆用珠襦玉匣襦衣玉匣笥屬以珠玉飾之言我常恐先死不得報恩
誰知我未藉螻蟻而太宰已在幽泉　善曰西京雜記曰漢帝及諸侯王送死皆珠襦玉
匣匣形如鎧甲連以金縷皆鏤爲交龍鸞鳳龜龍之形所謂交龍玉匣陛下弘
獎名教不隮微物使臣得駿奔南浦長號北

陵良曰弘大獎勸也隮謂蔽塞也微物雲論言也駿大奔走也南浦迎喪處也北陵謂
竟陵王葬處善曰南浦迎喪北陵送葬既曲逢前施實仰覬後
還儻驗杜預出峴善本作山項二字之言庶存馬駿
必拜之感濟曰前施謂先許送葬也覬幸也後澤者謂望許立碑也杜預好立
身後之名作碑叙平吳之功立於峴山扶風王司馬駿都督凉州諸軍事後薨吏人爲立
碑長老者見之無不拜也言其人遺愛如此善曰襄陽記曰杜元凱好爲身後名常自言
百年後必高岸爲谷深谷爲陵作二碑叙其平吳勳一沈萬山下一沈峴山下謂參佐曰
何知後代不在山頭乎臧榮緖晉書曰扶風王駿字子臧宣帝第七子也都督雍涼州諸
軍事後薨民吏樹碑讚述德範長老見碑者無不拜之言其遺愛如此臨表悲
懼言不自宣善本有臣誠惶以下五字

文選三十八　四十九

文選卷第三十八

宿

上書
啓

文選

三十九

書六十

文選卷第三十九

梁昭明太子撰　　五臣并李善注

上書

上書秦始皇一首

李斯 良曰史記云李斯楚上蔡人也西説秦王拜為客卿會韓使鄭國來間秦以作溉渠已而詠覺秦之大臣皆言秦王曰諸侯人來事秦者大抵為其主游間耳請一切逐客斯議在逐中乃上書主乃除逐客之令復斯官後始皇帝以斯為丞相及二斯

世信趙高之讒具斯五刑腰斬咸陽市善本注同
臣聞吏議逐客竊以為過矣銑曰吏百官也昔者善本
無者字穆公求士向曰士謂賢才也西取由余於戎東
得百里奚於宛翰曰戎宛小國名善曰史記曰戎王使由余於秦秦後
歸由余繆公又使人間要由余遂去降秦繆公以容禮禮之史記曰晉獻公以百里奚為
秦穆公夫人媵於秦百里奚亡秦走宛楚之鄙人執之繆公聞百里奚欲重贖之恐楚人
不許以五羖羊皮贖之楚人許與之繆公與議國事大悅授之國政迎蹇叔於
宋來丕豹公孫支於晉善曰史記百里奚謂繆公臣不及臣友
蹇叔賢而世莫知繆公使人厚幣迎蹇叔以為上大夫左氏傳曰晉郤芮丕鄭丕豹奔秦
又曰秦伯謂公孫支曰夷吾其定乎對曰今其言多忌克難哉杜預曰公孫支秦大夫子

文選三十九　二

桑也此五子者不產於秦而善本無而字穆公用之
并國三十遂霸西戎翰曰產生也善曰史記曰秦用由余謀伐戎
王益國十二開地千里遂霸西戎孝公用商鞅於两之法向曰公孫
鞅衛人也號為商君移風易俗民以殷盛國以富彊百
姓樂用諸侯親服善曰史記曰獻公卒子孝公立又曰衛鞅西入秦說
孝公變法修刑內務耕稼外勸戰死之士賞罰三年百姓便之天子致胙諸侯畢賀也賞
獲楚魏之師舉地千里至今治彊翰曰舉猶開也今秦
之治國因此而彊善曰史記曰衛鞅將兵圍魏安邑降之又曰衛鞅擊魏公子卬封鞅
為列侯號商君卬五剛切惠王用張儀之計拔三川之地
西并巴蜀北收上郡南取漢中良曰秦至惠王始稱王張

儀魏人也銑曰拔除也上郡地名漢中蜀地名善曰史記曰孝公卒子惠文君立又
曰惠文君八年張儀復相秦攻韓宜陽降之云孝王十年納魏上郡張儀伐蜀滅之又攻
楚漢中取地六百里置漢中郡史記云孝王納上郡此云惠王發此誤也又曰武王云張
儀死武王謂甘茂曰寡人欲通車三川窺周室使甘茂伐宜陽拔之然通三川是武王張
儀已死此云惠王用張儀之計拔三川疑此誤也三川韓界也包九夷制鄢
偃郢東據成皋之險割膏腴之壤遂散六國
之從子容使之西面事秦功施到今銑曰包兼也九夷蠻
夷通稱鄢郢楚都也成皐地名膏腴良地也壤亦地關東為從關西為衡從者關西六國
合而攻秦用張儀之計散之而不得合也施惠也善曰九夷屬楚夷也鄢郢楚二縣
也蓋秦令人擾之也成皐縣名周之東境六國韓魏燕趙齊楚也漢書音義文頴曰關東

文選三十九　三

為從史記曰惠王卒韓魏齊楚皆賓從昭王得范雎廢穰侯逐
華陽彊公室杜私門蠶食諸侯使秦成帝業
向曰范雎魏人也穰侯魏冉秦相也華陽君芊戎也皆秦之用事者也杜塞也言如蠶之
食葉善曰史記曰孝王卒立異母弟為昭襄王又曰穰侯魏冉者秦昭王母宣太后弟
太后二弟其異父長弟曰穰侯姓魏氏名冉同父弟曰芊戎為華陽君魏冉為相國范雎
說秦昭王言穰侯權重諸侯秦王乃免相國逐華陽君關外春秋保乾圖曰光閽害蠶食
天下高誘淮南子注曰蠶食無餘也此上善本無上字四君皆以客
之功翰曰四君穆公孝公惠王昭王也以用也此數人者皆非秦人故云客也由
此觀之客何負於秦哉善曰負猶累也向使四君却
客而不善本作弗字納疏士而不善本作弗字與是使

國無富利之實而秦無彊大之名也今陛下
致崐山之玉有和氏善本作隨字之寶垂明月之
珠服太阿之劍乘纖息廉離之馬建翠鳳之旗
樹靈鼉徒河之鼓濟曰和氏寶則下和之璧太阿劍名纖離良馬也以翠羽
爲鳳形而飾旗也鼉皮可以冒鼓也善曰新序固桑對晉平公曰夫劍產於越珠產於
江南玉產於昆山此三寶皆無足而致墨子曰和氏之璧隨侯之珠越絕書曰楚王召歐
冶子干將作鐵劍二枚一曰太阿孫卿子曰纖離蒲梢皆馬名鄭玄禮注曰鼉皮可以冒
鼓也此數寶者秦不生一焉而陛下悅之必秦
國之所生然後可善本有可字則夜光之璧不飾朝
廷犀象之器不爲玩好而趙衛之女不充後

庭駿馬駃決騠啼不實外廐良曰犀角象牙也駃騠良馬名
廐馬屋善曰周書曰正北以駃騠爲獻廣雅曰駃馬屬江南金錫不爲
用蜀之丹青不爲采可善本作所字以飾後宮充
下陳銑曰充滿陳列也善曰下陳猶後列也晏子曰有二女願得入身於下陳也
娛心意悅耳目者必出於秦然後可則是宛
於元珠之簪傅璣之珥阿縞古老之衣錦繡之飾
不進於前銑曰以宛珠飾簪璣傳飾珥珥璫也縞繒帛也出阿縣善曰言以
宛珠飾簪以璣傅珥也說文曰珥瑱也徐廣曰齊之東阿縣繒帛所出也此解阿義與子
匿不同各依其說而留之舊注既少不足稱臣以別之佗皆類此而隨俗雅
化佳治窈窕趙女不立於側也向曰雅化閑雅變化也冶

美也窈窕美貌美女出於趙也善曰隨俗雅化謂閑雅變化而能隨俗也夫擊
甕於貢扣善本作叩字缶甫友彈筝搏髀陛而歌嗚嗚
快耳者真秦之聲也翰曰甕瓨瓶也缶瓦器也秦人鼓之以節樂搏
擊也髀腿也嗚嗚聲也善曰說文曰甕瓨瓶也說文曰缶瓦器秦鼓之以節樂鄭
衛桑間韶虞武象者異國之樂也銑曰桑間地名而鄭
衛桑間之樂皆淫樂也韶虞舜樂武象周樂也善曰禮記曰鄭衛之音亂世之音也又
曰桑間濮上亡國之音也樂動聲儀曰舜樂曰簫韶又曰周樂伐時曰武象宋均曰武象
象伐時周干戈也徐廣曰韶一作昭也今棄擊甕而就鄭衛退
彈筝而取韶虞若是善本有者字何也快意之善本
无之字當前適觀而已矣善曰高誘呂氏春秋注曰適中適也今

取人則不然不問可否不論曲直非秦者去
為客者逐然則是所重者在乎色樂而所輕
者在乎民人此非可善本有所字以跨海內制諸
侯之術也濟曰跨據也臣聞地廣者粟多國大者
人衆兵彊者則士勇是以泰山不讓土壤故
能成其大河海不擇細流故能就其深善曰管子
曰海不辭水故能成其大山不辭土石故能成其高王者不卻衆庶故
能明其德善曰文子曰聖人不讓負薪之言以廣其名是以地無
四方人善本作民字無異國四時充美鬼神降福
良曰率土之內皆爲王臣何四方異國之有乎四時交會充美於內鬼神歆饗降福於中

此五帝三王之所以無敵也今乃棄黔首以資敵國却賓客以業諸侯 銑曰黔首民也業事也　善曰郭象莊子注曰資者給齎之謂也 使天下之士退而不敢西裹足不入秦 良曰言雖裹足以欲游秦而不得入 此所謂藉寇兵而齎 資 盜糧者也 翰曰藉借也寇賊齎遺也　善曰戰國策范雎說秦王曰此所謂藉賊兵而齎盜食者也說文曰齎持遺也 夫物不產於秦可寶者多士不產於秦願忠者衆今逐客以資敵國損民以益 善本作益字 讎內自虛而外以樹怨諸侯求國無危不可得也

上書吳王一首

鄒陽 濟曰漢書云鄒陽齊人也仕吳王濞王以太子事陰有邪謀陽奏書諫之其事尚隱故不欲指斥言之故先引秦爲喻因言胡越齊趙淮南之難然後致其意焉　善曰漢書曰鄒陽齊人也陽事吳王濞王以太子事陰有邪謀陽奏書諫爲其事尚隱不欲指斥言故先引秦爲諭因道胡越齊趙之難然後乃致其意

臣聞秦倚曲臺之宮懸衡天下畫地而人不犯兵加胡越 良曰曲臺秦所居宮名懸衡懸法度也畫地不犯教令也胡越南北邊之國也　應劭曰始皇帝所治處也若漢家未央宮也　善曰三輔黃圖曰未央有曲臺殿　如淳曰衡猶稱之衡也言其懸法度於其上　善曰申子曰君必有明法正義若權衡以稱輕重所以一羣臣也 至其晚節末路張耳陳勝連從 子容 兵之據以叩函谷咸陽遂危 銑曰晚節末路謂二世時也扣擊也函谷關名咸陽秦所都也　善曰史記曰陳勝字涉陽城人也勝爲王號爲張楚西擊秦又曰張耳大梁人也陳勝起蘄以耳爲校尉廣雅曰據引也言相引以爲援也 何則 向曰問辭 說 列郡不相親萬室不相救也 翰曰言苦秦之政也 今胡數涉北河之外上覆飛鳥下不見伏兔 濟曰胡即匈奴也　言胡人馬盛揚塵於野不見鳥獸　善曰史記曰秦惠王遊至北河徐廣曰戎地之河上也蘇林曰覆畫也言胡上射飛鳥下畫地之伏兔 鬭城不休救兵不止死者相隨輦車相屬轉粟流輸 去 千里不絕 良曰輦車運輦之車屬及也言轉輸千里不絕於道此皆言吳與諸國并力爲漢以拒胡而實言諸國怨漢與吳連兵北伐於漢耳故說諸國之心不齊必無成矣下文言其所由也　善曰鄭玄禮記注曰流猶行也 何則

彊趙責於河閒 銑曰趙幽王爲高后所幽死文帝立其長子遂爲趙王取趙之河閒立弟辟彊爲河間王至子襄王無嗣國除遂欲求復還河間之地責求也趙大國故云彊也　應劭曰趙幽王爲呂后所幽死文帝立其長子遂爲趙王取趙之河間立弟辟彊爲河間王至子哀王無嗣國除遂欲復還得河間也 六齊望於惠后 向曰惠帝時齊悼惠王入朝呂后欲鴆之獻城陽地尊魯元公主而得免至文帝乃立悼惠王六子於齊將閭爲齊王志爲濟北王賢爲菑川王雄渠爲膠東王卬爲膠西王辟光爲濟南王此六王之心常追怨惠帝及高后　孟康曰高后割齊南郡爲呂王台奉邑又割琅邪郡封營陵侯劉澤爲琅邪王文帝乃立悼惠王六子爲王言六齊不保今日之恩而追怨惠帝與呂后　善曰漢書曰文帝閔濟北逆亂自滅盡封悼惠王諸子爲列侯後

齊文王薨無子於是分齊爲六將閭爲齊王
惠爲濟北王賢爲淄川王雄渠爲膠東王卬
爲膠西王壁光
爲濟南王也城陽顧於盧博翰曰城陽王
喜也喜父章
與弟興居討諸呂有功本約盡以趙地王章
梁地王興居文帝聞其欲立齊王乃以城陽
郡王章濟北王興居章失職歲餘薨興居誅
死盧博濟北王興居所治處喜顧念而思之也孟康
曰城陽王喜也喜父章與弟興居討諸呂有
功本當盡以趙地王章梁地王興居文帝聞
其欲立齊王更以二郡王之章失職歲餘薨
興居誅死盧博濟北王治處故喜顧念而怨
也善曰二郡謂城陽所封濟北興居所
封興居誅死故喜顧念而悵也泰山郡有博
縣濟北
縣也三淮南之心思墳墓濟曰文帝徙淮
南厲王不軌遷
而失國乃立厲王三子於淮南安爲淮南王
勃爲衡山王賜爲廬江王言三子皆望墳墓
思其父見遷殺也張晏曰淮南厲王三子爲
三王念其父見遷殺也善曰漢書曰上憐

淮南王不軌上乃立厲王三子安爲
淮南王勃爲衡山王賜爲廬江王也大王不
憂臣恐救兵之不專良曰言諸國皆有私怨
不爲吳也今大王不憂
吳不可若舉兵伐漢天子來討諸國但有其
意無敢相救蓋不能專一可以明矣此陽之
微言也孟康曰不專救漢也如淳曰皆自私
忿悁不能爲吳也若吳舉兵反天子來討
謂四國但有意不敢相救也善曰以孟康
解其文故言不專救漢如淳解其意故云不專
能爲吳二說相
成義乃可明也胡馬遂進窺於邯鄲越水長
沙還舟青陽銑曰邯鄲趙郡也長沙郡名還
聚也青陽水名蘇林曰青陽水
名也言胡越水陸共伐漢也善曰此同孟
康之義也張晏曰還舟聚舟也言胡爲趙難
越爲吳難不可恃也善曰此微同如淳之
說秦始皇本紀曰荊王獻青陽之田已而背
約得要擊
我南郡雖使梁并淮陽之兵下淮東越廣

陵以過越人之糧漢亦折西河而下北守漳
水以輔大國胡亦益進越亦益深此臣之所
爲大王患也向曰此陽惡指斥其事因雜亂
其言意者欲以沮吳之計使不亂
舉兵而務隱其言詞矣越假比吳也輔猶拒
也胡比趙也言吳趙欲來伐漢漢必使梁并
淮陽之兵以止吳人之糧漢截西河以拒於
趙如此則吳趙各深入不能相濟事則必敗故
爲大王憂也善曰大國謂趙也陽假言吳
思助漢今胡越俱來伐之漢雖復使梁并淮
陽之兵以遏越人之糧漢截西河以下而助
於趙終逾所益越故胡亦益進越亦益深此臣
爲大王患也然其意欲破難吳計雖使當爲
乃使越人當爲吳人輒當爲禦言吳趙欲來
伐漢漢乃使梁并淮陽之兵以止吳人之糧
漢截西河以禦於趙如此則趙不得進吳不
得深陽惡指斥故假胡越錯亂
其辭自此以下乃致其意焉臣聞蛟龍驤

首奮翼則浮雲出流霧雨咸集聖王砥善本作底
字節修德則游談之士歸義思名翰曰言其
自然相感
也驤舉也龍無翼言翼即鱗也砥礪也陽將
致其意也善曰底與砥同也底礪也戰國
策蘇秦說趙王曰外客游談之士無敢自
進於前漢書王莽傳曰遊者爲之談說今
臣盡智畢議易亦精極慮濟曰言變易精思
極盡謀慮也善
曰如淳曰改易
精思以謀慮之則無國而不可干善本作
奸字飾
固陋之心則何王之門不可曳長裾乎濟曰
固陋
陽謙詞也裾衣裾也善曰
爾雅曰奸求也奸與干同然臣善本有
所以字歷
數王之朝背淮千里而自致者非惡臣國而
樂吳民也善本無
也字竊高下風之行尤說大王

之義良曰言乘游於吳已歷數王也自齊至吳度淮千里也下風之行言王之義行
及人如風之馳下也高欲尤甚也善曰新序公孫龍謂平原君曰臣居魯則聞下風高
先生之知悦先生之行也故願大王無忽察聽其至臣聞
鷙至鳥累百不如一鶚向曰忽輕也至謂至情也向曰鷙鳥鷹
之類比諸侯鶚大鳥比天子孟康曰鶚大鵰也如淳曰鷙鳥比諸侯鶚比天子夫全
趙之時武力鼎士袨縣服叢臺之下者一旦
成市不能止幽王之沈患善本作湛患之時翰曰全謂未分之時
鼎士力舉鼎者趙幽王反高后殺之沈沒也服虔曰全趙未分之時應劭曰後分爲三
也袨服大盛玄黃服也臣瓚以爲鼎士舉鼎之士叢臺趙王之臺韋昭曰高帝子幽王反
也呂后殺之曰湛今沈字也善淮南連山東之俠死士盈

文選三十九 十

朝不能還厲王之西也濟曰死士輕義之士盈滿也朝王朝也淮
南厲王長謀反廢遷蜀故云西也善曰漢書曰淮南厲王長謀反廢遷蜀韋昭曰徙蜀
嚴道然則計善本作謀字議不得雖諸賁不能安其
位亦明矣良曰諸專諸賁孟賁皆古勇士也不安其位言無益於事善曰左
氏傳曰吳公子光享王鱄諸寘劍於魚中以進抽劍以刺王也說苑曰勇士孟賁水行不
避蛟龍陸行不避狼虎故願大王審畫而已始孝文皇
帝據關入立寒心銷志不明求衣銑曰畫謂畫策向
曰寒心銷志見國家多難也不明求衣言早起聽朝也臣瓚以爲文帝入關而立以天下
多難故乃寒心戰栗未明而起也自立天子之後使東牟朱
虛東褒儀父之後翰曰天下已定文帝使東牟朱虛侯東喻齊王嘉其

首舉兵欲誅諸呂亦猶春秋褒邾儀父也邾魯國也儀父謚也功與齊相類故引而連之
矣應劭曰天下已定文帝遣朱虛侯章東喻齊王嘉其首舉兵欲誅諸呂猶春秋褒邾儀
父也者深割嬰兒王之濟曰文帝封齊王六子爲王其中有小嬰兒皆
厚割地與之言兒骨肉厚也應劭曰封齊王六子爲王其中有小嬰兒孝文帝於骨肉厚
也壤子王梁代益以淮陽良曰壤子猶愛子也言文帝王其愛
子揖爲梁王參爲代王武淮陽王後梁王揖薨徙武爲梁王也益加也善曰此言文帝
之時梁王揖代王參淮陽王武後梁王揖早薨徙武爲梁王然參揖武少故云壤也晉灼
曰方言梁益之間所愛諱其肥盛曰壤也善曰方言云瑋其肥盛晉書注以瑋爲諱也
卒仆濟北囚弟於雍者豈非象新垣等哉銑曰
仆頓也濟北王興居聞帝之代乃反使將擊之與居自殺故謂頓也淮南王文帝弟也流

文選三十九 十一

徙之蜀至雍不食而死則謂囚也所以然者由二國有奸臣如新垣平等勸王反耳善
曰漢書曰濟北王興居聞帝之代乃反棘蒲侯擊之興居自殺又曰淮南王道死雍應劭
曰二國有姦臣如新垣平等勸王共反也今天子新據先帝之遺
業左規山東右制關中變權易勢大臣難知
向曰今天子景帝也先帝文帝也規猶帶也變易權勢合常道也大臣難知難探測也欲
其戒慎善曰今天子景帝也先帝文帝也大王弗察臣恐周鼎
復起於漢新垣過計於朝則我吳遺嗣不可
期於世矣翰曰新垣平詐言鼎在泗水中云望見東北汾陰有寶氣鼎在中不
迎則不至爲吳計者猶新垣平之言周鼎終不可得前言豈非象新垣平中言恐周鼎後
起下言新垣過計夫國已由邪臣誤故陽引此爲諫言王爲此謀則吳嗣必不在於世

矣過誤也善注周禺復起於漢同服虔曰過誤也高皇帝燒棧道灌
章邯兵不留行濟曰高祖自漢中絕所燒之棧道至雍以灌章邯而破之兵不稽留應劭曰章邯為雍王高祖以水灌其城破之善曰燒棧道言高祖發所燒之棧道也史記曰張良說漢王燒絕棧道也言攻之易故不稽留也收敝善本作薉字
人之倦東馳函谷西楚大破濟曰收秦疲倦之兵出函谷關而破項羽西楚則項羽所稱也張晏曰項羽自號西楚霸王水攻則章
邯以亡其城陸擊則荊王以失其地良曰此疊上文荊則楚也如淳曰荊亦楚謂項王敗走也此皆國家之不幾者也
願大王熟察之銑曰言羽等甚強盛尚見破滅蓋國家者不可不慎其幾微也熟猶深也孟康曰言國家不可庶幾得之也

於獄上書自明一首

鄒陽向曰陽知吳不可說之從梁孝王游陽爲人忼慨不爲苟合介立於羊勝公孫詭之間勝等疾陽惡之於孝王孝王怒陽下獄吏將殺之陽從獄上書孝王立出之善注同

臣聞忠無不報信不見疑臣常以為然徒虛
語耳昔者荊軻慕燕丹之義白虹貫日太子
畏之翰曰燕太子丹使荊軻往刺秦王使拍氣見白虹貫日不徹而畏其事不成如淳曰白虹兵象日為君善曰畏其不成也列士傳曰荊軻發後太子相氣見白虹貫日不徹曰吾事不成矣後聞軻死事太子曰吾知其然也衛先生為秦畫
長平之事太白蝕昴昭王疑之濟曰秦使白起伐趙破長平軍欲遂滅趙遣衛先生說昭王益兵為應侯所害事不成故云昭王疑之是時太白食昴昴趙分也將有兵故蝕焉蝕干歷也蘇林曰白起為秦伐趙破長平軍欲遂滅趙遣衛先生說昭王益兵糧為應侯所害事用不成其精誠上達於天故太白為之食昴昴趙分也將有兵故太白食者干歷之也如淳曰太白天之將軍也夫精誠變天
地而信不諭兩主豈不哀哉良曰變動諭明也兩主燕太子秦昭王也今臣盡忠竭誠畢議願知左右不明卒
從吏訊為世所疑銑曰言左右者不敢斥於王也張晏曰盡其計議顧王知之左右不明不敢斥王也訊考三日問之知與前辭不同也是使荊軻
衛先生復起善本有而字燕秦不悟也願大王熟
察之昔者善本無者字玉人獻寶楚王誅之向曰下和

得璞玉獻之楚武王武王以為非玉刖其右足誅亦刑也善曰韓子曰楚人和氏得璞玉於楚山之下奉而獻之武王王使人相之玉人曰石也王刖和左足武王薨成王即位和又獻之玉人又曰石也刖其右足也李斯竭忠胡亥極刑向曰李斯忠諫於秦二世而具五刑於市胡亥二世名也善曰史記曰始皇以李斯為丞相始皇崩胡亥立斯具五刑也是以箕子佯善本作陽字狂接輿
避世恐遭此患也善本無也字翰曰箕子見紂無道佯狂為奴接輿避世之亂亦佯狂而歌也善曰史記曰紂淫亂不止箕子懼乃佯狂為奴論語曰楚狂接輿歌而過孔子曰鳳兮鳳兮何德之衰願大王察玉人李斯之
意而後楚王胡亥之聽善曰以其計謬故令後之無使臣
為箕子接輿所笑臣聞比干剖心子胥鴟夷

齊曰比干強諫紂剖其心而觀焉子胥諫吳王吳王賜之死取其屍以鴟夷之革沈之於江鴟夷以皮作鴟形善曰史記曰比干強諫紂紂怒曰吾聞聖人心有七竅剖比干觀其心又曰子胥自剄王乃以子胥尸盛以鴟夷之革浮之江中應劭曰取馬革為鴟夷鴟夷榼形臣始不信乃今知之良曰知忠而獲罪也願大王熟察少加憐焉語曰白頭如新傾蓋如故銑曰言人不相見自少至老其猶新知情若相得傾蓋之間有同故交也善曰漢書音義曰或初不相識相知至白頭不相知文穎曰傾蓋猶交蓋駐車也善曰家語曰孔子之郯遭程子於塗傾蓋而語終日甚相悅何則知與不知也故樊於期逃秦之燕藉荊軻首以奉丹之善本無之字事向曰於期為秦將得罪於秦而逃於燕荊軻見於期曰今聞秦購將軍之首金千斤邑萬家今

文選三十九　十四

有一言可以解燕國之患報將軍之仇何如於期曰為之奈何軻曰願得將軍之首以獻於秦王王必喜見臣臣因左手持其袖右手揕其胷於期從之遂自刎藉借也丹即燕太子丹善曰史記曰荊軻見樊於期曰今聞秦購將軍首金千斤邑萬家今一言可以解燕國之患報將軍之仇者何如於期曰為之奈何軻曰得將軍首以獻秦王秦王必喜見臣臣左手把其袖右手揕其胷於期遂自剄徐廣曰揕丁鴆切王奢去齊之魏臨城自剄古郢以卻齊而存魏翰曰王奢自齊亡入魏齊代魏奢登城謂齊將曰今君之來不過以奢故也義不苟生以為魏累遂自剄齊兵遂卻善曰漢書音義曰王奢齊臣也自齊亡之魏齊伐魏奢登城謂齊將曰今君之來不過以奢故也義不苟生以為魏累遂自剄夫王奢樊於期非新於齊秦而故於燕魏也所以去二國而死兩君者

行合於志而慕義無窮也是以蘇秦不信天下為燕尾生翰曰蘇秦於天下則反覆無信於燕則出有尾生之信也服虔曰蘇秦於秦不出其信於燕則出尾生之信也善曰史記蘇秦曰尾生與女子期於梁下女子不來水至不去抱梁柱而死白圭戰亡六城為魏取中山良曰白圭為中山將亡其六城中山君將誅之亡入魏魏文侯厚遇之還拔中山張晏曰白圭為中山將亡六城殆欲誅之亡入魏文侯厚遇之還拔中山何則誠有以相知也善本作成字蘇秦相燕人惡之於燕王燕王按劍而怒食以駃決騠音啼銑曰燕王怒其讒者而轉車蘇秦更烹一駿馬以食秦也駃騠駿馬名善曰惡謂讒也孟康曰鞬有讒惡王更膳以珍奇之味也白圭顯於中山中山善本無一中山字

文選三十九　十五

人惡之於魏文侯善本有二文侯字投以夜光之璧向曰文侯不信讒者而更親白圭贈以寶玉也善曰言白圭拔中山而尊顯人說短於文侯何則兩主二臣剖心析昔肝相信豈移於浮詞哉故女無美惡入宮見妬士無賢不肖入朝見嫉昔者司馬喜臏鼻引腳於宋卒相中山翰曰司馬喜為宋所刖而說中山之君王以為相也臏刖也善曰戰國策曰司馬喜三相中山尚書呂刑曰臏者脫去人之臏郭璞三蒼解詁曰臏膝蓋也范雎摺拉脇折齒於魏卒為應侯濟曰范雎為魏相魏齊之所笞擊折齒摺脇雎得出亡入秦說秦王王以為應侯也善曰史記曰范雎隨魏中大夫須賈使齊齊襄王賜范雎金十斤及牛酒須賈以為持魏國陰事告齊以告魏相魏之諸公子魏

齊遂使舍人笞擊范睢折脅摺齒睢佯死出亡入秦為應侯廣雅曰摺折也此二人者皆信必然之畫捐朋黨之私挾孤獨之交故不能自免於嫉妒之人也是以申徒狄蹈雍平之河徐衍負石入海向曰申徒狄諫殷不聽自投於河水自河出為雍徐衍惡周末之亂負石投於海中服虔曰殷之末世人也如淳曰亦周云申徒狄諫而不聽負石自投河善曰爾雅曰水自河出為雍言狄先蹈雍而後入河也漢書音義曰徐衍周之末人也見列士傳善曰論語讖曰徐衍負石伐子自貍守分亡身握石失軀宋均曰貍猶殺也力之切不容身於世義不苟取比周於朝以移人主善本作主上字之心銑曰比周朋黨也善曰新語曰窮澤之民身不容於世言其義不苟取比周朋黨在朝廷以務主上之心安求合

也六翰曰結連朋黨比周為權杜預曰比近也周密也故百里奚乞食於道善本無道字路繆善本作繆字公委之以政善曰說苑鄒子說梁王曰百里奚乞食於路而穆公委之以政甯戚飯牛於善本無於字車下而桓公任之以國善曰呂氏春秋曰甯戚飯牛車下望桓公而悲擊牛角疾歌鄒子說梁王曰甯戚扣轅而歌桓公任之以國此二人者善本無者字豈素宦於朝借譽於左右然後二主用之哉感於心合於意堅如膠漆昆弟不能離豈惑於衆口哉故偏聽生奸獨任成亂昔魯聽季孫之說逐孔子向曰齊人饋女樂季桓子受之三日不朝孔子去之魯用季氏故云聽其說善曰論語曰齊人饋女樂季桓子受之三日不

朝孔子行宋信子冉之計囚墨翟翰曰宋用子冉而囚繫墨翟善曰文子曰子罕也冉音任未詳夫以孔翟善本作墨字之辯不能自免於讒諛而二國以危濟曰宋魯竟弱故云危也何則衆口鑠金積毀銷骨善曰國語伶州鳩曰衆心成城衆口鑠金賈逵曰鑠消也衆口所惡金為之銷亡積毀消國亦云消骨善曰讒毀之言骨肉之親為之消滅國亦然也是以秦用戎人由余而霸中國齊用越人子臧而彊威宣良曰秦穆公取由余於戎而用之穆公為霸主齊用越人子臧而威王宣王用以彊盛善曰言齊任子臧故威宣二王所以彊盛史記曰齊桓公卒子威王因齊立威王卒子宣王辟彊立張晏曰子臧越人也此二國豈拘於俗牽於世繫奇偏之辭哉公聽並

觀垂名善本作明字當世銑曰奇獨也公聽並觀言無私也善曰公聽無私也並觀無偏也尸子曰論是非者自公心聽之而後可知也故意合則胡越為昆弟由余子臧是也不合則骨肉為讎敵朱象管蔡是矣善本作也字向曰丹朱堯子而不肖也象舜弟常欲殺舜管叔蔡叔皆周公弟也流惡言以疑周公周公誅之言此四人於堯舜周公則為骨肉而不率父兄之德故為讎敵也善曰史記曰舜弟象傲常欲殺舜丹朱堯子讎敵未聞尚書曰周公位冢宰羣叔流言乃致辟管叔于商囚蔡叔于郭鄰今人主誠能用齊秦之明後宋魯之聽則五伯善本作霸字不足侔而善本無而字三王易為比也是以聖王覺悟捐子之之心而不說田常之賢良

呂本無良字　翰曰五伯齊桓秦穆晉文宋襄楚莊也倂比也三王禹湯武也　濟曰捐棄也燕昭王屬國於子之子之南面行王事齊國因伐燕燕國君噲死子之亡信可棄也齊田常弒簡公而立平公以常為相五年齊國政皆歸田常何足恃也　善曰史記曰燕王噲屬國於子之子之南面行王事齊因伐燕燕君噲死子之乃亡又曰齊田常殺簡公而立平公平公即位田常為相五年齊國政皆歸田常

封比干之後修孕婦之墓故功業覆於天下何則欲善無厭也良曰紂剖比干剝懷孕之婦武王封其後而修其墓應劭曰紂刳妊者觀其胎産

夫晉文公親其讐而彊霸諸侯銑曰讐謂寺人勃鞮為晉獻公逐文公斬其袪文公即位用其言而免呂郤之難以彊霸也張晏曰寺人勃鞮也　善曰國語曰初獻公使寺人勃鞮伐文公於蒲城文公踰垣寺人斬其袪及入寺人求見於是呂郤畏偪悔納公謀作亂伯楚知之故求見公公遽見之伯楚以呂郤之謀告公韋昭曰寺人掌內袪袂也勃鞮字伯楚

齊桓公用其仇而一匡天下銑曰仇謂管仲為公子糾射桓公中鉤而桓公以為相一匡天下也　善曰左傳寺人披謂晉侯曰齊桓公置射鉤而使管仲相論語曰管仲相桓公霸諸侯一匡天下此之謂也

何則慈仁殷勤誠加善本作嘉字於心此不可以虛辭借也至夫秦用商鞅之法東弱韓魏立彊天下而卒車裂之善曰商鞅車裂已見西征賦越用大夫種之謀禽勁吳而霸中國遂誅其身善曰史記曰越王勾踐舉國政屬大夫種越平吳以兵北度淮東方諸侯畢賀稱霸王范蠡乃去遺大夫種書種見稱疾不朝人或讒種作亂越王乃賜種劍而自殺矣是以

孫叔敖三去相而不悔於烏陵子仲辭三公為人灌園向曰孫叔敖楚之處士三為相而不喜知其才得之三去相而不悔知其非己罪於陵子仲楚王欲以為相使往迎子仲子仲與其妻逃去為人灌園也　善曰史記曰孫叔敖楚之處士也虞丘相進之三月而相楚三得相而不喜知其才也三去相而不悔知其非己之罪也列女傳曰於陵子終賢楚王欲以為相使使者往聘迎子終使者出與其妻逃乃為人灌園也

今人主誠能去驕傲之心懷可報之意披心腸善本作腹字見情素善曰戰國策曰蔡譯說應侯曰公孫鞅事孝王竭心謀示情素隳肝膽施德厚終與之窮達無變善本作變字於士善曰於士所求無所愛惜也則桀之犬善本作狗字可使吠堯而跖隻之客可使

刺由翰曰驀開跖盜跖由許由也應劭曰由許由跖盜跖也韋昭曰言忠厚無不使　善曰戰國刀鞮謂田單曰跖之狗或吠堯非其主也吠音吠竝同何況因萬乘之權假聖王之資乎濟曰言苟能盡心於人人無有不可使者

然則荊軻沈善本作湛字七族要離燔妻子豈足為大王道哉濟曰荊軻為燕刺秦王不成其七族坐之沈沒也吳王將殺王子慶忌要離詐以罪亡令吳王燔其妻子而揚其灰要離走見慶忌因以劍刺之應劭曰荊軻為燕刺秦王不成而死其七族湛沒張晏曰七族上至高祖下至曾孫　善曰呂氏春秋曰吳王闔閭欲殺王子慶忌要離曰誠助臣請必能吳王曰諾明旦加罪焉執其妻子燔而揚其灰高誘曰吳王偽加要離罪燒妻子揚其灰

臣聞明月之珠夜光之璧以暗投人於道路衆莫不按劍相

眄者何則無因而至前也蟠木根柢帶輪囷
夫倫離奇衣而為萬乘器者何則以左右先為
之容也銑曰眄顧也蟠木曲木也柢本也輪囷離奇盤高下也萬乘天子也張
晏曰柢下本也輪囷離奇委曲盤戾也善曰廣雅曰蟠曲也器謂服玩之屬容謂彫飾
杜預左氏傳注曰容形容也故無因而至前雖出隨侯之
珠夜光之璧秪足結怨而不見德故有人先
談則枯木朽株樹功而不忘向曰德重者人不以為德故也
善曰談或為游今天下布衣窮居之士身在貧賤雖
蒙堯舜之術挾伊管之辯懷龍逢比干之意
翰曰蒙被術法也伊管伊尹管仲也龍逢比干皆忠臣也欲盡忠當世之

文選三十九　二十

君而素無根柢之容雖竭精神欲開忠信輔
人主之治善本作政字則人主必襲按劍相眄之
跡矣善曰小雅曰開達也是使布衣之士不得為枯木
朽株之資也善本無也字翰曰襲因也是以聖王制世御
俗獨化於陶鈞之上良曰陶鈞造瓦器者制方圓大小任其所欲故
比之矣張晏曰陶家名模下圓者為鈞以其能制器為大小比之於天也善曰論語考
比讖曰引五子以避俗遠邪殊域莫不向風而不牽乎卑離之語
不奪乎衆多之口善曰聖人不為卑辭所牽蘇秦曰卑辭以謝君衆口
已見上文故秦皇帝任中庶子蒙嘉之言以善本無以
字信荊軻之說而匕首竊發周文王獵涇渭

載呂尚而歸以王天下銑曰荊軻既至秦持千金之資以遺秦寵
臣中庶子蒙嘉使為先言於秦王曰燕顧舉國為內臣貢職如郡縣謹斬樊於期之首及
燕督亢之地圖秦王聞之喜而見軻軻以匕首擿秦王故謂竊發也周文王獵於謂之陽
載太公以歸其國塗遘卒遇若烏烏之暴集而卒以共成王業也善曰戰國策曰荊軻
既至秦持千金之資幣厚遺秦王寵臣中庶子蒙嘉嘉為先言於秦王曰燕顧舉國為內
臣如郡縣刺秦王已見上文通俗文曰匕首其頭類匕故曰匕首短而便用文王獵於謂
遇太公望呂尚歸為師也秦信左右而亡周用烏集而王
善曰漢書音義曰太公望塗遘卒遇共成王功如烏鳥之暴集也何則以其
能越拘攣之語馳域外之議善本作義字獨觀於
昭曠之道也向曰拘攣淺近昭曠大明也今人主沈於善本

文選三十九　二十一

無沈於字諂諛之詞牽於帷牆之制翰曰沈溺也帷牆妻妾所
居也善曰漢書音義曰言為左右便辟侍帷牆臣妾所見牽制使不羈之
士與牛驥同皁此鮑焦所以忿於世而不留
富貴之樂也濟曰不羈賢才無所拘繫也驥良馬也皁飼牛馬櫪也鮑焦忿
世不用採蔬於道子貢難之曰既非其世而採其蔬乃棄蔬而立枯於河洛之上善曰
不羈謂才行高食牛馬器以木作如槽列士傳曰鮑焦怨世不用已采蔬於道子貢難
曰非其世而采其蔬此焦之有哉棄其蔬乃立枯於洛水之上蔬即古蔬字也臣聞
盛飾入朝者不以私汙義砥止礪名號者不
以利傷行善曰尚書注曰砥磨石也論語曰子罕言利故里名勝
毋曾子不入邑號朝歌墨子迴車良曰惡有勝毋之名

紂作朝歌之音朝歌者不時也朝朝而歌無所用心故醜之晉灼曰史記樂書紂作朝歌之音朝歌者不時也善曰淮南子曰墨子非樂不入朝歌古有未詳令欲使天下恢廓之士誘於威重之權脅於位勢之貴回面汙行以事諂諛之人而求親近於左右則士有伏死堀巖穴善本作穴巖藪之中耳安有盡忠信而趍闕下善本有者字哉銑曰恢廓廣大也誘進脅迫也

上書諫獵一首

司馬長卿 向曰是時天子方自擊熊逐獸相如因上疏諫之

臣聞物有同類而殊能者故力稱烏獲捷言慶忌勇期賁育翰曰孟賁夏育也善曰史記曰秦武王有力士烏獲孟說皆至大官呂氏春秋曰吳王欲殺王子慶忌謂要離曰吾嘗以逐馬之江上而不能及孟賁已見上文戰國策范睢曰夏育之勇焉而死臣之愚竊以為人誠有之獸亦宜然今陛下好陵阻險射猛獸卒然遇軼才之獸駭不存之地犯屬車之清塵濟曰軼才過於衆也駭驚也不存謂勢不可以存也屬車從車言犯清塵不敢指斥之也善曰漢書音義曰大駕屬車八十一乘車塵言清尊之意也輿不及還轅人不暇施功雖有烏獲逢蒙之伎力不得施善本無施字用枯木朽株盡為難矣善曰吳越春秋陳音曰黃帝作弓後有楚孤父以道傳羿羿傳逢蒙也是胡越起於轂下而羌夷接軫也豈不殆哉良曰起轂接軫有如戎狄不遠矣軫車後橫木雖萬全無患然本非天子所宜近也且夫清道而後行中路而馳猶時有銜橛渠月之變銑曰馳行橛勒也張揖曰銜馬勒也橛騑馬口長銜也善曰家語子曰汎掃清路行者必止莊子伯樂曰我善調馬前有飾橛而後有鞭策之威而況乎涉豐草騁丘墟向曰豐茂騁馳也善曰毛詩曰湛湛露斯在彼豐草呂氏春秋吳為丘墟也前有利獸之樂而內無存變之意善曰鄭玄禮記注曰利猶貪也其為害也不亦難矣夫輕萬乘之重不以為安而樂出萬有一危之塗以為娛臣竊為陛下不取也翰曰萬乘天子也蓋聞明者遠見於未萌而智者避危於無形向曰萌始形見也善曰太公金匱曰明者見兆於未萌智者避危於無形禍故善本作固字多藏於隱微而發於人所忽者也銑曰忽輕也故鄙諺曰家累千金坐不垂堂銑曰懼瓦墮而傷之張揖曰畏欄瓦墮中之也此言雖小可以喻大臣願陛下留意幸察

上書諫吳王一首

枚叔 濟曰乘為吳王濞郎中濞初怨望將謀逆乘奏書諫不聽遂之梁善曰漢書曰枚乘字叔淮陽人為吳王濞郎中吳王之初怨望謀為逆也乘奏書諫王不納遂去之從梁孝王遊後景帝拜乘弘農

都尉卒然乘之卒在相如之前而今在後誤也

臣聞得全者昌失全者亡翰曰全謂安全之道善曰史記淳于髡說鄒忌子曰得全全昌失全全亡舜無立錐之地以有天下禹無十戶之聚以王諸侯湯武之士不過百里善曰韓子曰舜無置錐之地於後世而德結史記蘇秦說趙王曰舜無咫尺之地以有天下禹無百人之聚以王諸侯湯武之士不過百里立爲天子誠得其道故也上不絕三光之明下不傷百姓之心者有王術也濟曰三光日月星也不絕其明言舜禹湯武與天合德日月不食五星不亂也善曰不絕其明言合度也高誘淮南子注曰三光日月星也故父子之道天性也善曰父子君臣也孝經曰父子之道天性也忠臣不避

文選三十九　二十四

重誅以善本有置字直諫則事無遺策功流萬世良曰遺失也臣乘願披心腹善本作腹心而效愚忠惟大王少加意念惻怛之心於臣乘言銑曰效進怛傷也夫以一縷之任係千鈞之重上懸之無極之高下垂之不測之淵雖甚愚之人猶知哀其將絕也向曰縷綫也三十斤曰鈞不測言至深不可得知也馬方駭鼓而驚之係方絕又重鎮之係絕於天不可復結墜入深淵難以復出翰曰駭驚也鼓擊鼓也鎮壓結續也善曰孔叢子曰齊東郭亥欲攻田氏子貢曰今子士也位卑圖大殆非子之任也夫以一縷之任繫千鈞之重上懸之於無極之高下垂於不測之深傍人皆畏其絕而造

之者不知其子之謂乎馬方駭鼓而驚之繫方絕重鎮之馬奔車覆六轡不禁繫絕其高墜入于深其危必矣亥曰吾已矣其出不出間不容髮齊曰事之幾微切急其間不容一髮言改其過謀脩其政道不可失於今日也蘇林曰臣改計取福正在今日言其微切甚急善曰曾子曰律歷迭相治也其間不容髮矣能聽忠臣之言百舉必脫良曰言雖百度舉措不失善道是盡脫於禍也善曰孫卿子曰平則慮險安則慮危是百舉不陷也必若所欲為危於累卵難於上天變所以欲為易於反掌安於泰山銑曰欲為謀逆之計變改也善曰說苑曰晉靈公造九層臺荀息聞之求見曰臣能累十二博棊加九雞卵棊上公曰危哉論語曰知天之無階也反掌言易也孟子曰武丁有天下猶反掌也春秋保乾圖曰安於泰山與日合符今欲極天命

文選三十九　二十五

之上壽敝善本作弊字無窮之善本有極字樂究萬乘之勢不出反掌之易居泰山之安向曰極窮究盡也善曰弊猶盡也而欲乘累卵之危走奏上天之難此愚臣之所大惑也顏監曰走趣也人性有畏其景而惡其迹卻背而走迹逾多景逾疾不如就陰而止景滅迹絕善曰莊子漁父曰人有畏景惡迹而去之走者舉足愈數而迹疾而景不離自以為尚遲疾走不休絕力而死不知處陰以休景處靜以息迹愚亦甚矣欲人勿聞莫若勿言欲人勿知莫若勿為欲湯之滄楚諒一人炊之百人揚之無益也不如絕薪止火而已濟曰景影滄寒也漢書音義或曰滄冷也善曰呂

氏春秋曰夫以湯止沸沸愈不止去火則止矣不絶之於彼而救之
於此譬由抱薪而救火也良曰不絶於彼謂逆謀也救之於此
謂以逆求福也善曰文子曰不治其本而救其末無異鑿渠而止水抱薪而救火也
養由基之善射者善本有也字去楊葉百步百
發百中楊葉之大加百中焉可謂善射矣然
其所止乃善本無乃字百步之內耳比於臣乘未
知操弓持矢也銑曰言養由基所得百中者百步內耳言已為謀慮深遠
與人相比則養由未解持弓矢操持也善曰戰國策蘇厲謂周君曰養由基善射去柳
葉百步而射百發百中福生有基禍生有胎向曰基初胎始也服
虔曰基胎皆始也納其基絶其胎禍何自來哉善本無哉

文選三十九　二十六

字泰山之霤力求穿石殫極之綆善本作紖字斷幹
翰曰泰山之水霤久而滴穿其石也殫盡也綆索也幹井上木也言盡極井索用久而刻
斷其木也善曰自從也晉灼曰紖古綆字殫盡也極綆斷幹井上四交之幹常為汲
者所契傷也水非石之鑽索非木之鋸漸靡使之
然也濟曰靡無也夫銖銖而稱之至石必差寸寸
而度之至丈必過銑曰銖權分十累之重也言自銖銖稱之寸寸度之
至石丈必有盈縮差過皆不中也張晏曰乘所轉四萬六千八十銖而至於石合而稱之
必有盈縮也石稱丈量徑而寡失良曰徑疾寡少也若石稱丈量
則疾而且易所失又少矣言事大略斷之則定以小智成之則敗也善曰文子曰夫事
煩難治也法苛難行也多求難贍也寸而度之至丈必差銖而稱之至石必過石稱丈量

徑而寡失故大較易為智曲辨難為慧也徑直也夫十圍之木始生
而櫱足可搔而絶手可擢而拔善本作抓字銑曰三尺曰
圍十圍言大也櫱小也搔撥斷絶擢搖也善曰尸子曰千丈之木始若櫱足易去也莊
子曰櫟樟初生可抓而絶廣雅曰搔抓也字林曰搔先牢切抓壯交切據其未
生先其未形也善本無也字向曰言制事在於未發磨礱砥
礪不見其損有時而盡種樹畜養不見其益
有時而大積德累行不知其善有時而用棄
義背理不知其惡有時而亡翰曰為事不已必見其効此所
以諫王久為逆謀恐一朝見用矣磨礱砥礪皆磨石善曰賈逵國語注曰礱力公切砥
礪已見上文願善本作臣願字大王熟計而身行之此百

文選三十九　二十七

代不易之道也

上書重諫吳王一首濟曰鼂錯為御史大夫定制度削諸
王地吳王與諸國既舉兵反以誅鼂錯為名漢聞之斬錯以謝諸侯乘復
上書說王使罷兵也

枚叔善曰漢書曰吳王舉兵西嚮以誅鼂錯為名漢聞之斬錯以謝
諸侯乘於是復說吳王

昔秦西舉胡戎之難去北備榆中之關南距
羌筰音昨善本作莋字之塞東當六國之從子容反良曰言
秦三面有敵而又能東向以當六國六國韓魏燕趙齊楚也關東連兵曰從距至也羌筰
夷名善曰胡戎為難舉兵而却也漢書金城郡有榆中縣漢書曰南夷自嶲東北君

長十數餘都最大六國已見上文六國秉信陵之藉明蘇秦之約厲荊軻之威銑曰信陵君無忌嘗率五國兵逐秦至函谷關其後六國秉藉其力蘇秦又約六國連兵以排秦燕復使荊軻以刺秦王善曰漢書音義曰無忌嘗揔五國却秦有地資也并力一心以備秦然秦卒禽六國滅其社稷而并天下者善本作是字何也則地利不同而民輕重不等也今漢據全秦之地兼六國之衆修戎狄之義而南朝羌笮此其與秦地相什而民相百大王之所明知也向曰項羽分秦地為三而漢全有之故云全秦而盡有六國之衆又修恩義以撫戎狄而羌夷來朝比之於秦其地十倍其人百倍過之善曰言地多十倍民多百倍今夫

讒諛之臣為大王計者不論骨肉之義民之輕重國之小大以為吳禍此臣所以為大王患也夫舉吳兵以訾於漢譬猶蠅蚋而銳之附羣牛腐輔肉之齒利劒鋒接必無事矣翰曰訾量也蚋蚊也蠅蚊固不能害牛也朽肉獨劒徒自斷耳吳之於漢有類於斯無事言必敗無成事也腐朽也齒猶齧也李奇曰訾量也善曰說文曰秦謂之蚋楚謂之蚊齧猶當也天下聞吳率失職諸侯願責先帝之遺約濟曰失職謂削地也責求先帝約謂本封今漢親誅其三公以謝前過良曰三公謂晁錯也錯為御史大夫而言三公者重其事也前過謂削地也善曰謂誅晁錯也錯為御史大夫故曰三公也是大王之善本無之字威加

於天下而功越於湯武也夫吳有諸侯之位而富實於天子有隱匿之名而居過於中國銑曰隱匿謂僻在東海也居過中國謂勝於京師韋昭曰隱匿謂僻在東海夫漢并二十四郡十七諸侯方輸去錯出運行數千里不絕於郊其珍怪不如山東之府向曰方輸謂貢萬物也錯雜也珍怪寶玩也山東府吳府名也張晏曰漢時有二十四郡十七王也善曰此言貢獻之多方輸四方更輸錯雜而出也如淳曰山東吳王之府藏也善曰錯出張云錯互出攻則謂興軍遠行也軍一為運錯出謂四方更輸交錯出獻之而行也轉粟西向陸行不絕水行滿河不如海陵之倉濟曰海陵縣有吳太倉如淳曰言漢京師仰須山東漕運以自給耳修治上

林離以離宮積聚玩好圈奇免守禽獸不如長洲之苑良曰上林天子苑長洲吳苑名服虔曰吳苑也韋昭曰長洲在吳東也游曲臺臨上路不如朝夕之池銑曰曲臺漢宮臺名臨上路言臺下臨苑路矣朝夕池海也漢宮池小故不如也張晏曰曲臺長安臺臨道上也蘇林曰以海水朝夕為池深壁高壘副以關城不如江淮之險向曰壁壘軍城也副重也關城函谷嶢武等關江淮吳之所以為固也此臣之所為大王樂也今大王還兵疾歸尚得十半翰曰十中有五得免禍王早還與十分之中得半安全善曰言不然漢知吳之有吞天下之心赫然加怒遣羽林黃頭循江而下襲大王之都濟曰羽林黃頭習水戰者也掩

其不備曰襲都謂吳都廣陵也蘚林曰羽林黃頭郎習水戰者魯東海絕吳
之饟失讓道良曰魯東海二郡也使之絕吳人饟饋之道善曰吳饟軍自海入
河故命魯國入東海郡以絕其道也地理志有魯國及東海郡也梁王飾車
騎習戰射積粟固守以備善本作偪字滎陽待吳
之饑大王雖欲反都亦不得已銑曰梁王武也滎陽縣名
夫三淮南之計不負其約向曰三淮南謂淮南王安衡山王賜
廬江王勃也及吳楚反皆守漢約不從吳也晉灼曰吳楚反皆守約不從也齊王
殺身以滅其迹翰曰齊王將閭及吳楚反堅守而不從後欒布聞初與吳
楚有謀欲伐王懼自殺漢書云齊王聞吳楚平乃自發今乘已言之不知孰誤也晉灼曰
齊孝王將閭也吳楚反堅守距三國不從後欒布等聞初與三國有謀欲伐之王懼自殺

文選三十九　三十

善曰漢書曰齊王聞吳楚平乃自殺今乘已言之漢書與此必有一誤也四國不
得出兵其郡趙因邯鄲此不可掩亦已明矣
濟曰四國謂三淮南及齊也言不得出於郡也趙王遂發兵應吳漢將酈寄圍邯鄲故云
因也此事已彰不可掩覆晉灼曰膠東膠西濟北吳楚臨淄王也發兵應此謀應劭曰漢
將酈寄圍趙王於邯鄲與因無異也善曰杜預左氏傳注曰掩匿也今大王
已去千里之國而制於十里之內矣良曰吳地方千
里梁下也兵方十里言王必見制於此地張晏曰吳地方千里梁下地兵方十里言王必
見制於此地也張韓將北地弓高宿左右銑曰張羽韓安國將
北地兵在吳軍之北弓高侯韓穨當宿吳軍之左右如淳曰張張羽韓韓安國也善曰
將北地謂將兵在吳軍之北也服虔曰弓高侯韓穨當也如淳曰宿軍左右兵不

得下壁軍不得太息向曰言吳兵之急壁軍城臣竊哀之
願大王孰察焉

詣建平王上書一首

江文通向曰宋建平王景素好士淹隨至南兗州廣陵令郭彥之
得罪連繫州獄淹既上書景素覽書即日出之詣謁也善注同
昔者賤臣叩心飛霜擊於燕地翰曰賤臣鄒衍也事燕惠
王左右譖之被繫於獄仰天而哭盛夏天為之降霜叩心言恨也善曰淮南子曰鄒衍
盡忠於燕惠王惠王信譖而繫之鄒子仰天而哭正夏而天為之降霜春秋考異郵曰桓
公殺賢吏民痛流涕叩心含庶女告天振風襲於齊堂善本
作臺字濟曰齊庶女少寡無子養姑姑有女欲利母財而殺其母誣告庶女庶女以寃

文選三十九　三十一

告天天為雷電齊景公臺也襲及也善曰淮南子曰庶女告天雷電下擊景公臺隕海
水又出許慎曰庶女齊之少寡無子養姑姑無男有女女利母財而殺母以誣告寡婦婦
不能自解故冤告天司馬彪莊子注曰襲入也下官每讀其書未嘗
不廢卷流涕善曰沈約書曰郡縣為封國者內史相並於國主稱臣去任便
止世祖孝建中始改此制為下官太史公曰始齊之蒯通讀樂毅報燕書未嘗不廢書而
泣也楊雄見屈原作離騷悲其文讀之流涕何者士有一定之論
女有不易之行善曰淮南子文也高誘曰士有同志同德其交接有一會
而分定故曰有一定之論也貞女專一亦無二心雖有偏喪不須更醮故曰有不易之行
信而見疑貞而為戮是以壯夫義士伏死而
不顧者此也良曰伏死不顧冤之深也此謂由此也善曰史記曰屈原言

而見疑忠而被謗能無怨乎法言曰壯夫不為左氏傳曰義士猶或非之又曰君子曰臣
洽頗去惑者也是以伏死而爭李陵與蘇武書曰足下遭時不遇至於伏劍不顧
下官聞仁不可恃善不可依謂徒虛語乃今知
之善曰馬遷悲士不遇賦曰理不可據智不可恃鄒陽書曰臣常以為然徒虛語耳又
曰臣始不信今乃知之
伏願大王蹔停左右少加憐察
銑曰停左右發其靜察下善曰鄒陽書曰左右不明卒從吏訊又曰願王熟察少加憐焉
下官本蓬戶桑樞之人布衣韋帶之士向曰自言
微賤善曰淮南子曰處窮僻之鄉蓬戶甕牖揉桑以為樞北齊人所謂形體黎黑憂悲
而不得志也高誘曰編蓬為戶揉桑為戶樞說苑唐且謂秦王曰大王嘗聞布衣韋帶
之士怒乎伏尸二人流血五步
退不飾詩書以驚愚進不買

名聲於天下善曰淮南子曰古之人同氣于天地與一世而優游及偽之生
飾智以驚愚設詐以巧上又曰周室衰而王道廢儒墨於是博學疑聖飾詩書以買名譽
於天下
日者謬得升降承明之闕出入金華之
殿翰曰日者猶頃者謬得謙詞也升降出入於承明殿金華殿謂嘗官於朝廷也善
曰漢書帝賜嚴助書曰君厭承明之廬又曰班伯少受詩於師丹上方向學鄭寬中張禹
朝夕入說尚書論語於金華殿中詔伯受焉
何嘗不局影凝嚴側
身高禁者也善本作手字濟曰局影側身皆戒懼也凝堅嚴敬也高禁宮
闕之間也善曰詩序曰側身修行班婕妤自傷賦曰應門閉兮禁門高竊慕大
王之義復為門下之賓備鳴盜淺術之餘豫
三五賤伎之末善曰史記曰孟嘗君入秦昭王乃囚孟嘗君謀欲殺之孟

嘗君謀欲使人抵昭王幸姬求解姬曰妾願得君狐白裘此時孟嘗君有一狐白裘入獻
之昭王無他裘孟嘗君患之徧問客莫能對最下為狗盜者曰臣能得狐白裘乃夜為狗
以入秦宮藏中取所獻狐白裘至以獻幸姬姬為言昭王孟嘗君得出馳去至關關法鷄
鳴出客孟嘗君恐追至客之居下坐者能為雞鳴遂得出之如食頃追至關已後孟嘗君
乃還抱朴子軍術曰大將軍當明案九宮視年在宮常就三居五五為死三為生能知三
五橫行天下司馬遷書曰使得奏薄伎良注同大王惠以恩光顧以
顏色實佩荊卿黃金之賜竊感豫讓國士之
分矣銑曰荊軻之燕太子東宮臨池而觀軻拾瓦投鼃太子令人奉盤金軻用抵抵
盡復進軻曰非為太子愛金但臂痛耳佩猶荷也荊卿即軻也豫讓為智伯將刺趙襄子
而不成襄子責之曰子事范中行氏智伯滅之不為報讎臣事智伯智伯死而子獨何以

為之報讎也讓曰范中行氏以眾人遇我我故眾人報之智伯以國士遇我我以國士報
之分分義也善曰鄭玄詩箋曰光言天子恩澤光耀被及已也曹植鼙歌曰長者賜
顏色奉山可動移餘文同善注常欲結纓伏劍少謝萬一向曰
衛太子迫孔悝於廁彊盟之子路曰太子無勇若燔臺半必捨孔叔太子聞之懼而下
石乞盂黶敵子路以戈擊之子路斷纓子路曰君子死冠不免結纓而死晉侯將殺里克
語之曰子弒二君與一大夫為子君者不亦難乎對曰不有廢者君何以興欲加之罪其
無辭乎臣聞命矣伏劍而死淹言願殺身如此萬中有一以補於王也善曰莊子弇堈
子曰今於道秋毫之端萬分未得處一焉剖心摩踵以報所天翰曰
比干不避殺身而忠諫於紂紂剖其心而觀焉墨子兼愛摩頂於踵以利天下放至踵足
也所天謂建平王也善曰鄒陽上書自明曰剖心析肝孟子曰墨子兼愛摩頂致於踵

利天下爲之劉熙曰致至也左氏傳箴 / 尹克黄曰君天也何休曰君者臣之天不圖
小人固陋坐貽謗𧨟濟曰小人固陋淹自讉 / 也貽取也𧨟毀也善
曰楊惲書曰言 / 固陋之愚也迹墜昭憲身限幽圄履影弔
心酸鼻痛骨良曰墜陷也昭憲明法也限隔 / 幽圄謂獄也 善曰陸機謝内
史表曰幽執囹圄當爲詩始詩曰傾聽周道 / 中心弔兮高唐賦曰孤子寡婦寒心酸鼻太
子冊謂麴武曰今秦王 反 / 戾天常每念痛入骨髓下官聞虧名爲辱
虧形次之是以每一念來忽若有遺銑曰虧 / 損遺失
也言如有所失 善曰尸子曰衆以虧形爲 / 辱君子以虧義爲辱李陵荅蘇武書曰每一
念至忽 / 然亡生加以涉旬月迫季秋天光沈陰左右
無色身非木石與獄吏爲伍向曰涉歷也伍 / 對也 善曰司

文選三十九　三十四

馬遷荅任少卿書曰今少卿抱不測之罪涉 / 旬月迫季冬吕氏春秋曰行秋令則天多沈
陰蔡邕月令章句曰陰者密雲也沈雲之重 / 也司馬遷荅任少卿書曰身非木石獨與法
吏爲 / 伍也此少卿所以仰天椎直 / 追心泣盡而繼之
以血者善本無 / 者字也向曰少卿李陵字也陵與 / 蘇武書曰何圖志未立而
怨已成此陵所以仰天椎心而泣血也言已 / 之恨同於李陵 善曰韓子曰卞和乃抱其
璞而哭於楚山三日三 / 夜泣盡繼之以血下官雖乏鄉曲之譽然
嘗聞君子之行矣善曰燕丹子夏扶曰士無 / 鄉曲之譽則未可與論行
其上則隱於簾肆之間卧於巖石之下翰曰 / 蜀有
君平卜筮於成都市日閲數人得百錢則閉 / 肆下簾而受老子谷口有鄭子真耕於巖石
下名震京師 善曰漢書曰谷口有鄭子真 / 蜀有嚴君平君平卜筮於成都市一日裁數

人得百錢足自養則閉肆下簾而授老子論 / 曰谷口鄭子真耕於巖石之下名震京師也
次則結綬金馬之庭高議雲臺之上濟曰蕭 / 朱結綬
謂相薦達也金馬待詔處也高議論政理也 / 漢宮有雲臺 善曰漢書曰蕭育與朱博友也
故長安語曰蕭朱結綬西都賦曰承明金馬 / 著作之庭東觀漢記曰建初元年詔賈逵曰
南宮雲臺使 / 出左氏大義退則虜南越之君係單于之頸
良曰終軍自請長纓必羈南越王而致之闕 / 下賈誼曰行臣之計必係單于之頸而制其
命 善曰漢書曰南越與漢和親乃遣終軍 / 使南越軍自請願受長纓必羈南越王而致
闕下又賈誼曰臣之計請 / 必係單于之頸而制其命也俱啓丹冊並圖
青史銑曰漢論功臣定封爵重以丹書之信 / 也啓開也冊書也又有青史子古史官
善曰漢書曰高祖論功定封以丹書之信重 / 以白馬之盟又有青史子音義曰古史官記

文選三十九　三十五

事
寧當爭分寸之末競錐刀之利哉下官聞
積毀銷金積讒磨骨向曰言毀讒之深能銷 / 磨金石之堅 善曰左
氏傳曰叔向詒子產書曰錐刀之末將盡 / 爭之鄒陽上書曰衆口鑠金積毀銷骨遠
則直生取疑於盗金近則伯魚被名於不義
翰曰直不疑爲郎其同舍告歸誤持其同舍 / 郎金郎已去而同舍郎妄意不疑不疑謝有
之買金償之後告歸者至而歸金亡金郎大 / 慙後漢第五倫字伯魚補淮陽國醫長從王
八朝得會見帝戲倫曰聞卿爲吏篣婦公不 / 過從兄飯寧有之邪對曰臣三娶妻皆無父
少遭飢亂實不妄過人食帝大笑不義謂篣 / 婦公不過兄也 善曰漢書曰直不疑南陽
人爲郎事文帝其同舍有告歸誤持其同舍 / 郎金已而同舍郎覺妄意不疑不疑謝有之
買金償後告歸者至而歸金亡金郎大慙范 / 曄後漢書曰第五倫字伯魚京兆人舉孝廉

補譙國監工長後從王朝京師得會帝戲論謂倫曰聞卿爲吏篣婦公不過從兄飯寧有
之耶倫對曰臣三娶妻皆無父少遣飢亂實不妄過人食帝大笑也彼之二子
猶或如是況在下官焉能自免昔上將之恥
絳侯幽獄名臣之羞史遷下室良曰絳侯周勃持兵北軍
故曰上將後就國有誣告反而下廷尉是謂恥也太史司馬遷爲白李陵而下之蠶室故
云名臣之羞蠶刑人之所　善曰司馬遷荅任少卿書曰絳侯誅諸呂囚於清室又曰
而僕又佴之蠶室至如下官當何信哉夫以善本無以字
魯連之智辭祿而不返接輿之賢行歌而忘
歸銑曰魯仲連爲趙却秦軍趙欲封之不受而去接輿佯狂避世而行歌也　善曰司
馬遷書曰知僕尚何言哉史記曰秦使白起圍趙趙請魯仲連責新垣衍秦軍遂引去平原

君欲封仲連連謝終不肯受也楚狂接輿已見上文子陵閉關於東越
仲蔚尉杜門於西秦亦良可知也向曰嚴光字子陵餘
姚人與光武同游於學光武即位光隱身不見餘姚越地閉關謂不出也張仲蔚扶風人
亦隱身不仕杜門與閉關義同　扶風秦地也良可知言皆恐患難故去於代　善曰范曄
後漢書曰嚴光字子陵會稽人也與世祖同學及即位變姓名隱身不見趙岐三輔決錄
注曰張仲蔚扶風人也少與同郡魏景卿隱身不仕所居蓬蒿沒人若使下官
事非其虛罪得其實亦當鉗口吞舌伏匕首
以殞身翰曰鉗口吞舌不言也匕首劒也殞自發也　善曰莊子曰鉗墨翟之口
燕丹子荊軻曰田光向軻吞舌而死何以見齊魯奇節之人燕
趙悲歌之士乎濟曰齊魯燕趙義俠所出悲歌謂高漸離燕市相和歌趙

大夫悲歌慷慨者也　善曰左氏傳子方曰子事我而有私於其讎可以見魯衛之士漢
書王先生謂鄒陽曰今子欲安之乎陽曰齊楚多辯智韓魏時有奇節吾將歷問之史記
荊軻之燕高漸離擊筑荊軻和而歌於市中又曰趙大夫悲歌慷慨者也方今
聖曆欽明天下樂業良曰聖曆謂天子也曆曆數也欽敬也　善曰
尚書曰放勛欽明管子曰天下有道人樂其業青雲浮洛善本作雒字榮
光塞河銑曰青雲榮光皆河洛之瑞也　善曰尚書中候曰成王觀于洛河沈璧
禮畢王退俟至于日昧榮光並出幕河青雲浮洛青龍臨壇銜玄甲之圖吐之而去也
西洎臨洮土刀狄道北距飛狐陽原向曰皆邊名洎距皆
至也　善曰淮南子曰秦之時丁壯丈夫西至臨洮狄道東至會稽浮石南至豫章桂林
北至飛狐陽原高誘曰臨洮隴西之縣洮水出北狄道漢陽之臨洮也飛狐蓋在代郡飛

狐山陽原蓋在太原莫不浸仁沐義照景飲醴翰曰言傍及四
夷皆浸沐天子之仁義景景星醴醴泉皆瑞也謂昭景星之明飲醴泉之味昭明也　善
曰揚雄覈靈賦曰文王之始起浸仁漸義會賢贊智讚音攢論語摘輔像曰帝率握炤景
飲醴蕡莢爲曆宋均曰炤景爲景星所炤也而下官抱痛圓門含
憤獄戶濟曰負門亦獄門抱痛含憤恨之深　善曰周禮曰以圜土教罷民鄭司農
曰圜土獄城也一物之微有足悲者良曰凡一微物失其所足可以
悲而況人乎　善曰家語孔子謂哀公曰一物失理亂亡之端此思憂則憂可知矣仰
惟大王少垂明白則梧丘之魂不愧於沈首
鵠善本作鴻字亭之鬼無恨於灰骨銑曰齊景公田於梧丘夜
夢五丈夫稱無罪以問晏子晏子曰先君靈公田五丈夫驚獸皆殺之斷其頭而同葬命

曰五大夫丘掘而得之五頭同穴公令厚葬
故云不愧沈首也交州刺史周敞行部至鵲
奔亭夜有婦人來告冤曰妾夫亡妻欲還鄉
行至此爲亭長所殺埋井中敞掘之果然言
冤得明儆使灰粉亦不恨也　善曰晏子春
秋曰景公田於梧丘夜坐睡夢見五丈夫倚
徙稱無罪公問晏子曰昔先公靈公出畋有
五丈夫來驚獸悉斷其頭而葬之命曰丈夫
丘命人掘之五頭　孔公令厚葬之乃恩及
白骨說苑曰景公畋於梧丘謝承後漢書曰
蒼梧廣信女子蘇娥行宿高安鵠巢亭爲亭
長龔壽所殺及婢致富取其財物埋致樓下
交阯刺史周敞行部宿亭覺壽姦
罪奏之發壽列異傳云鵠奔亭
不任肝膽
之切敬因執事以聞

啓

奉答勑示七夕詩啓一首

任彥升　向曰梁武詔昉曰聊爲七夕詩五韻殊不近詠歌卿雖訥於言而辯於才可即制付使者

臣昉啓奉勑并賜示七夕五韻竊惟帝迹多
緒俯同不一託情風什希世罕工　翰曰緒事也俯下也
不一言多也風什謂篇章也罕少也言遠代
以來少有如帝善文如此也　善曰春秋合
誠圖曰黃帝布迹必厝功務法宋均曰迹行
迹謂功績也春秋保乾圖曰帝異緒毛詩題
曰關雎之什魯靈光殿
賦曰邈希世而特出　雖漢在四世魏稱三
祖　濟曰謂武帝雖當漢之四世魏三祖謂武
帝文帝明帝也高貴鄉公詔云昔在三祖
故因言祖也此皆有文之主故昉引之善
曰四世漢武帝也三祖謂魏武文明也魏志
高貴鄉公詔曰昔三祖
神武聖德應天受祚　寧足以繼想南風克

諧調露　良曰舜彈五絃之琴造南風之詩克
能諧和也四節不相違謂之調露之
樂皆謂帝文章音律若此漢魏之主不足以
繼想耳　善曰家語曰昔者舜彈五絃琴造
南風之詩其詩曰南風之薰兮可以解吾民
之慍兮南風之時兮可以阜吾民之財兮王
肅曰薰風至貌也樂動聲儀曰時元氣者受
氣於天布之於地以時出入物者也四時之
節動靜各有分職不得相越謂調露之樂也
宋均曰調露調和致甘露也使物茂長之樂
也　性與天道事絕稱言　銑曰言帝之性合於天道不可得而稱也
善曰論語子貢曰夫子之文章可得而聞
也夫子之言性與天道不可得而聞也　豈
其多幸親逢旦暮　向曰莊子云萬代之後若一遇大聖知其解者若旦
暮遇之也自言多幸而親逢聖人也　善曰
左氏傳羊舌職曰民之多幸國之不幸莊子
曰萬世之後而一遇大聖
知其解者是旦暮遇之也　臣早奉龍潛與貫

馬而入室晚屬天飛比嚴徐而待詔　翰曰易云潛龍
勿用謂帝在齊朝時昉已得奉也法言云
以孔子之門論貫誼升堂相如入室昉自言
彼時已有升堂八室之聲也又易曰飛龍在
天謂帝建梁而登極也漢嚴安徐樂上疏言
世務昉自云此時同此二人而待詔矣　善
曰易曰潛龍勿用法言曰若以孔門論詩賈
誼升堂相知入室易曰飛龍在天利見大人
荅賓戲曰泥蟠天飛者應龍之神也漢書曰
嚴安徐樂上疏言世務上召見乃拜樂安
偕爲郎中又曰東方朔待詔金馬門也　惟
君知臣見於訥言之旨取求不疵表於辯才
之戲　濟曰古人有言知臣莫若君楚文王謂
申侯曰惟我知汝汝余取余求不汝疵瑕
也言帝知我訥言戲云辯才也　善曰左氏
傳君子曰古人有言曰知臣莫若君論語子
曰君子欲訥於言而敏於行也左氏傳曰初
申侯有寵於楚文王曰唯我知汝汝專利而

不敢余取余求不汝疵瑕也裴洗集有辨才論謹輒牽率庸陋式訓
天獎良曰庸陋謙詞也式用訓荅也獎猶慁也拙速鮮效尚鄙已
彰銑曰謂荅詩便成而附使上也拙速尚鄙皆謙詞也效呈也尚輕鄙小彰露也善
曰孫子兵法曰兵聞拙速未睹工久陳琳箴曰尚鄙蓋著闕纘上詩表曰勞者歌其事貴
露尚鄙臨啓慙恧女六罔識啓寘音至恧愧也寘置也謹啓

爲卞彬謝修卞忠貞墓啓一首

翰曰卞彬官至綏建太守彬高祖壼永嘉中除著作蘇峻稱兵爲尚書令
右將軍領右衛峻至東陵口六軍敗績壼乘馬被甲赴賊二子眕盱見之
隨從俱爲賊所害贈侍中開府謚忠貞公　善曰蕭子顯齊書曰卞彬字
士尉官至綏建太守卒濟陰卞錄曰壼字望之永嘉中除著作郎蘇峻稱

文選三十九　四十

兵爲尚書令右將軍領右衛峻至東陵口六軍敗績壼乘馬被甲赴賊二
子眕盱見父去隨從俱爲賊所害贈侍中開府謚忠貞公眕音真忍切盱
休于切

任彥升

臣彬啓伏見詔書并鄭義恭宣勅善本有當賜字修
理臣亡高祖晉故驃騎大將軍建興忠貞公
壼墳塋臣門緒不昌天道所昧忠搆身危孝
積家禍名教同悲隱淪惆悵濟曰緒亂也昧不明也忠謂壼
死王事孝謂眕盱死父難也　良曰名教謂當時士大夫爲之悲傷也隱淪謂徵士翟陽
也睿數曰父爲忠臣子爲孝子忠孝之道萃于一門　善曰王隱晉書述曰壼及二子死

徵士翟陽聞而歎曰父爲忠臣子爲孝子忠孝之道萃于一門可謂賢哉世說樂廣曰名
教中自有樂地桓子新論曰天下神人五二曰隱淪而年世貿遷孤裔
淪塞銑曰貿易裔嗣淪沉也言年代遷易後嗣孤弱而沉塞也　善曰廣雅曰貿易
也遂使碑表蕪滅丘樹荒毀孤兔成穴童牧
哀歌向曰言壼墓摧殘若此也表石表也蕪沒也丘墳也孤兔穴其中童兒牧豎登
其上而歌也　善曰桓子新論曰雍門周以琴見孟嘗君曰竊悲千秋萬歲後墳墓生荊
棘狐兔穴其中樵兒牧豎躑躅而歌其上也感慨自哀日月纏迫
翰曰言彬自傷感纏迫急速也因此而增歎也　善曰劉公幹贈五官中郎詩曰感慨以
長歎陛下弘宣教義非求效於方今濟曰弘大宣示也言
壼是晉臣而梁武大示教義故修理之非求功效於今也　善曰杜預左氏傳序曰弘宣

文選三十九　四十一

祖業仲長子昌言曰引之於教義說苑曰聖王布德施惠非求報於百姓也壼餘
烈不泯固陳力於異世良曰言壼餘德不滅而拔仕梁代也烈業
泯滅也陳力謂入仕也異代謂梁也　善曰春秋元命苞曰文王積善所潤之餘烈論語
子曰周任有言陳力就列不能者止但加等之渥近闕於晉典
良曰渥厚也諸侯薨於朝會葬之加一等死王事加二等言壼爲晉死王事而不加爵賞
故云闕於晉典　善曰左氏傳曰凡諸侯薨于朝會加一等死王事加二等樵蘇
之刑遠流於皇世善本作代字　銑曰秦攻齊令曰敢有柳下季壟樵
採者死此刑久絕今天子修壼之墓是遠流此代　善曰戰國策顏斶謂齊王曰秦攻齊
令曰敢有去柳下季壟五十步樵採者罪死不赦臣亦何人敢謝斯
幸向曰非分而得謂之幸言非身所敢謝也不任悲荷之至謹奉

啓以聞謹啓

蕭太傅固辭奪禮一首 翰曰昉為尚書殿中郎父憂去職居喪不知鹽味冬月單衫廬于墓側齊明作相乃起為建武將軍驃騎記室再三固辭帝見其詞切亦不能奪禮善曰劉璠梁典曰昉為尚書殿中郎父憂去職居喪不知鹽味冬月單衫廬于墓側齊明作相乃起為建武將軍驃騎記室再三固辭帝見其辭切亦不能奪

任彥升

昉啓 濟曰昉家集諱其名但云君撰者因而錄之 近啓歸訴庶諒窮款奉被還旨未垂哀察 良曰諒信也款心也還旨謂不許其辭也 悼心失圖泣血待旦 銑曰言憂感深悼傷也失圖荒迷也善曰左氏傳楚薳啓彊曰孤與二三臣悼心失圖毛詩曰鼠思泣血尚書曰坐以待旦

昉 善本作君字 於品庶示均鎔造 向曰鎔造化所鎔鑄者也言我於衆藪之中纖細示同造化之一物耳善曰服鳥賦曰品庶每生蒼頡篇曰鎔炭爐所以行銷鐵也 干祿祈榮更為自拔虧教廢禮豈關視聽 向曰干祿榮寵自拔擢於衆其虧禮教不堪關於視聽皆論也善曰論語曰子張學干祿 言已之所陳但正虧教而廢禮豈敢關白於視聽哉 所不忍言具陳茲啓 善曰言事迫情切口不忍言故陳此啓公羊傳曰謂之新宫不忍言也

昉 善本作君字 往從末宦祿不代耕 翰曰言祿薄也善曰晉中興書簡文詔曰祿不代耕非經通之制也 飢寒無甘旨之資限役廢晨昏之半 良曰甘旨飲食晨昏定省由飢寒限役廢闕其半善曰禮記曰命士已上父子皆異宮昧爽而朝慈以旨甘鄭玄曰慈愛敬進之也又曰凡為人子之禮冬溫而夏凊昏定而晨省 膝下之歡已同過隙 銑曰言父母生之膝下以養父母此歡有如駟馬過隙之疾也善曰孝經曰故親生之膝下以養父母禮記曰君子三年之喪二十五月而畢若駟之過隙然而遂丞之則是無窮 几筵之慕幾何可憑 向曰言神靈依憑几筵三年內能幾何時也善曰孫卿子孔子謂魯哀公曰君入廟而右登自阼階仰視榱棟俛見几筵其器存其人亡君以此思哀則哀將焉不至矣左氏傳曰人壽幾何 且奠酹外力不親如在安寄晨暮寂寥閴若覔若無主 翰曰奠酹祭祀也言不親祭祀則祭神如神在何所寄也晨暮無人哭臨則寂寥無祭主矣閴空也善曰鄭玄周禮注曰喪所薦饋曰奠聲類曰酹以酒祭地也論語子曰吾不與祭如不祭又曰祭神如

神在也埤蒼曰閴靜也喪服傳曰無主者其無祭主王隱晉書曰傳咸遭繼母憂上書曰咸身無兄弟到官之日哀祭無主 所守既無別理窮咽豈及多喻 濟曰言為服喪無別理也窮咽哀逆也多喻多比喻也善曰呂安答嵇康論曰易了之理不在多喻也 明公功格區宇感通有塗 良曰格至也區宇天地也塗道也善曰尚書曰時則有若伊尹格于皇天東京賦曰區宇乂寧周易曰寂然不動感而遂通 若霈然降臨賜寢嚴命 銑曰言降臨恩澤霈然如雨善曰孟子曰沛然下雨 是知孝治所被爰至無心 向曰如此則是明王孝治天下聖人無常心以百姓心為心也爰於也善曰孝經曰昔者明王之以孝治天下也韓詩外傳曰阿谷之女謂子貢曰吾鄙野之人僻陋無心也 錫類所及匪徒教義 翰曰詩曰孝子不匱永錫爾類言以此及

人非徒以教義爲化也善曰毛詩曰孝子不匱永錫爾類不任崩迫之情謹以善本作奉字啓事陳聞濟曰崩迫切急也謹啓

文選卷第三十九

日本東京大學東洋文化研究所藏

朝鮮活字本六臣注文選

下

〔梁〕蕭統 選編
〔唐〕李善 呂延濟 劉良 張銑 呂向 李周翰 注

鳳凰出版社

彈事
牋
奏記

文選
四十

文選卷第四十

梁昭明太子撰　五臣并李善注

彈事

任彦升奏彈曹景宗一首

奏彈劉整一首

沈休文奏彈王源一首

牋

楊徳祖荅臨淄侯牋一首

繁休伯與魏文帝牋一首

陳孔璋荅東阿王牋一首

文選四十　一

吴季重荅魏太子牋一首

在元城與魏太子牋一首

阮嗣宗為鄭冲勸晉王牋

謝玄暉拜中軍記室辭隋王牋一首

任彦升到大司馬記室牋

勸進今上牋一首

奏記

阮嗣宗奏記詣蔣公一首

彈事

奏彈曹景宗一首　良曰曹景宗爲郢州刺史初司州被

圍詔荊郢二州發兵往救景宗及荊州援軍至三關頓兵不進聞司州没即日退還延頸敵人縱暴緑邊景宗不能禦遂失三關有司奏景宗罪輙去州請闕泥晉待罪帝一无所問

任彦升善曰梁典曰高祖即位昉爲吏部郎遷中丞

御史中丞臣任昉稽首言臣聞將軍死綏咫步無却顧望避敵逗撓奴教有刑銑曰司馬法云將軍死綏有前一尺无却一寸八寸曰咫漢書廷尉王恢逗撓當斬逗曲行避敵也撓者顧望也善曰司馬法曰將軍死綏注云綏却也有前一尺無却一寸杜預左氏傳注曰古名退軍爲綏漢書曰廷尉王恢逗撓當斬音義曰逗曲行避敵也撓顧望也至乃趙母深識之不爲坐魏主著令抵罪已輕向曰趙王使趙括爲將以拒秦軍括母上書曰括不可使之將軍趙王曰毋置之吾已決矣母曰括有不稱妾死坐乎王許諾括果敗而母不坐故云深識魏武令曰自今將征行但賞功不罰罪非國典也諸將出征敗軍者抵罪失利者免官爵已輕言輕於常法善曰史記曰趙王將使趙括爲將其母上書曰括不可使將王曰毋置之吾已決矣母曰王終遣之即有稱妾得無坐乎王許諾也魏志太祖令曰自命將征行但賞功而不罰罪非國典也其諸侯將出征敗軍者抵罪失利者免官也是知敗軍之將身死家戮

爰自古昔明罰在斯善本作斯在字魏志太祖令曰將善曰者軍敗于外而家受罪於內也漢書廣武君曰敗軍之將不可以語勇新序曰侮其主身死妻子爲戮呂氏春秋曰民有逆天之道者罪死家戮也臣昉頓首頓首死罪死罪竊尋獯勳獫險侵軼暫擾疆陲王師

薄伐所向風靡翰曰獯獫匈奴名也謂後魏王也師謂梁軍也善曰獯獫謂後魏也魏收後魏書曰太祖道武諱珪改稱魏王左氏傳曰北戎侵鄭鄭伯曰彼徒我車懼其侵軼我也杜預曰軼突也毛詩曰於鑠王師又曰薄伐玁狁至于太原晉起居注曰擅道濟所向風靡也是以淮徐獻捷河兗凱歸濟曰淮徐河兗皆屬梁地也捷軍所獲也師有功則凱樂而歸善曰尚書曰海岱及淮惟徐州左氏傳曰齊侯來獻戎捷尚書曰濟河惟兗州周禮曰師有功則凱樂東關無一戰之勞涂音途善本作塗字中罕千金之費良曰言破敵之易東關涂中皆地名罕亦无也九起十萬之師日費千金也善曰吳曆曰諸葛恪作東關魏軍距之恪令丁奉等兵便亂斫遂大破北軍歷陽縣郡圖經曰東關歷陽縣西南一百里史記蔡澤曰白起一戰舉鄢郢吳志曰晉命鎮東大將軍司馬伷向塗中伏滔北征記金城西泝曰塗澗魏步道所出也丈子曰起師十萬日費千金張湛曰日有千金之費也而司部懸隔斜臨寇境銑曰司部司州也懸隔去都遠也

善曰沈約宋書曰宋世分郢州為司州也故使狡虜憑陵淹移年善本作歲字月向曰憑陵依據也善曰杜預左氏傳注曰狡猾也左氏傳子產曰今陳介恃楚衆憑陵弊邑也故司州刺史蔡道恭率勵義勇奮不顧命全城守死自冬徂秋猶善本有其字轉戰無窮亟摧醜虜翰曰道恭以勇力聞及病猶自力戰守城數日不能起聞戰鼓聲憤吒而卒衆猶拒守無有二心攻圍二年無有叛者八秋霖雨洪鬪一夜城頹壯士猶戰不降及城陷橫其餘衆求恭屍不能得也亟數也善曰劉璠梁典曰天監三年司州刺史漢壽伯蔡道恭卒於圍道恭少以勇力聞及病猶自力行城數日

不能起聞戰鼓聲憤吒而卒衆猶非守死有二心攻圍二年无有叛者入秋霖雨洪濤一夜城頹壯士猶不降及城陷擒其餘衆求恭屍卒不能得也潘安仁𣲖馬督誄曰率厲有方司馬遷書曰當思奮不顧身𣲖馬督誄大將軍𨁂曰臨危奮節係穀全城論語子曰守死善道也史記曰驃騎將軍轉戰過烏支山毛詩曰鋪敦淮濆仍執醜虜方之居延則陵降而恭守比之疎勤則耿存而蔡亡良曰漢武帝遣都尉李陵將步卒五千人出居延與單于戰陵兵敗降匈奴後漢耿恭爲戊已校尉恭以疎勤城旁有澗水可固乃據之匈奴復來攻恭於城中穿井十五丈不得水恭仰歎曰聞昔貳師將軍拔佩刀刺山飛泉涌出今漢德神明豈有窮哉乃整衣服向井再拜爲吏士禱有飛泉奔出衆皆稱萬歲乃令揚泉示虜虜以爲神明引去言蔡道恭過於李耿之感 善曰漢書曰武帝遣驃騎都尉李陵將兵五千入出居延北與單于戰

文選四十 四

陵兵敗降匈奴范曄後漢書曰耿恭字伯宗爲戊已校尉恭以疏勒城傍有澗水可固乃據之匈奴復來攻恭於城中穿井十五丈不得水恭仰歎曰聞昔貳師將軍取佩刀刺山飛泉涌出今漢德神明豈有窮哉乃整衣服向井再拜爲吏士禱有飛泉奔出衆皆稱萬歲乃令吏士揚水示虜虜以爲神明引去也若使郢部救兵微接聲援則單于之首久懸北闕銑曰單于後魏王也 善曰鄒陽上書曰臣恐救兵之不專英雄記曰袁術敵兵爲呂布作聲援也漢書宣帝詔曰傅介子斬樓蘭王安歸首懸之北闕也豈直受降可築涉安啓土而已哉向曰漢武帝使因杅將軍公孫敖築受降城涉安侯於單于以匈奴太子降是謂開夷狄之士 善曰漢書曰武帝遣因杅將軍公孫敖築塞外受降城杅音盂又曰涉安侯於單于以匈奴單于太子降尚書曰建邦啓土寔由郢州刺史

臣景宗受命致罰善本作討字不時言邁翰曰受命不即行也 善曰晉起居注曰詔檀道濟奉命致討所向風靡言邁已見潘岳金谷集詩故使蝟謂結蟻聚水草有依良曰言景宗縱魏兵使如蝟蟻之結聚而依水草也 善曰漢書賈誼曰高帝王功臣反者蝟毛而起吳志曰戲唐大帥种式爭蟻聚爲寇漢書曰獫狁獯鬻居于邊地逐水草遷徙也方復按甲盤桓緩救資敵銑曰按下也盤桓不進貌資助也 善曰魏志曰司馬文王征諸葛誕六軍案甲而誕自困廣雅曰盤桓不進也李斯上書曰今逐客以資敵遂令孤城窮守力屈匈善本作凶字威向曰孤城謂司州也 善曰謝承後漢書胡奭曰耿恭以甲兵守孤城於絕域史記李左車謂韓信曰今足下情見力屈欲戰不拔左氏傳晉溫季曰逃威也杜預曰凶賊爲害故曰威也雖然猶應固

文選四十 五

守三關更謀進取而退師延頸自貽虧衄貽取衄厚也 善曰劉璠梁典曰宣城王以冠軍將軍曹景宗爲郢州刺史初司州被圍詔荊郢蔡兵往援曹景宗爲都督及荊州援軍至三關頓兵不進聞司州陷即日退還延頸敵人縱暴緣邊景宗不能禦遂失三關請戍有司奏罰罪景宗聞之輒去州伏闕泥首待罪帝一無所問三關延頭二戍名也管子曰民死不可以固守漢書曰諸將曰楚數進取如淳曰進取多所攻也毛詩曰自貽伊戚陳琳檄豫州曰傷夷折衄衄折挫也疆場侵駭職是之由不有嚴刑誅賞安寘景宗即主善本有景宗即主一句 濟曰駭驚寘用地 善曰左氏傳曰齊人侵魯疆場吏來告公疆場之事慎守其一又范宣子數諸戎曰言語漏洩則職汝之由史記曰繁法嚴刑而天下振西征賦曰峻徒御以誅賞毛萇詩傳曰寘置也毛謂爲主首也王隱晉書庾純

自效日醉酒荒迷昏亂儀度旣主謹按河南尹庾純云云然以主為句臣當下讀也臣
謹案使持節都督郢司二州諸軍事左將軍
郢州刺史湘西縣開國侯臣景宗擢自行間
遘茲多幸銑曰言拔自行陣之間也遘遇也非分而得謂之多幸　善曰漢書
衛青曰臣幸得待罪行間左氏傳羊舌職曰民之多幸國之不幸也指蹤非擬
獲獸何勤向曰漢高祖曰獵者追蹤殺獸者狗也而發蹤指示人也言景宗指
蹤非擬蕭何獲獸勤勞不同諸將　善曰漢書曰上先封蕭何為酇侯功臣皆曰蕭何未
有汗馬勞顧居臣等上何也上曰諸君知獵乎曰知之上曰夫獵追殺者狗也而發蹤指
示獸處者人也今諸公徒能走得獸者功狗也如蕭何發蹤指示功人也羣臣莫敢言也
賞茂通侯榮髙列將翰曰茂重也　善曰漢書蘇武謂李陵曰武父

子位列將爵通侯應劭曰通侯舊言其功德通於王室張晏曰後改為列侯列侯見序列
也方言曰列班列也負擔丁濫裁弛式氏鍾鼎遽列濟曰負擔賤役
也裁猶適也弛廢也擊鍾鼎食貴事也遽疾也　善曰左傳曰齊侯使敬仲為御辭曰弛
於負擔君之惠也又曰宋左師每食擊鍾家語曰子路南遊楚列鼎而食廣雅曰列陳也
和戎莫效二八已陳良曰魏絳為晉悼公和戎狄而賜女樂二八景
宗無此功効而亦當此賜也　善曰左氏傳曰鄭人賂晉侯以女樂二八晉侯以樂之半
賜魏絳曰子教寡人和諸戎狄也自頂至踵功歸造化潤草
塗原豈獲自已銑曰踵足也造化喻君也言景宗之身負君之恩也為國
苦戰以膏血塗潤原草豈宜有辭　善曰孟子曰墨子無愛摩頂致於踵趙岐曰致至也
淮南子曰大丈夫恬然無為與造化逍遙也喻巴蜀曰肝腦塗中原膏液潤野草而不辭

也且道恭云逝城守累旬景宗之存一朝棄
甲向曰棄甲退敵也　善曰史記曰沛令閉城守左氏傳曰宋華元為植巡功城者謳
曰睅其目皤其腹棄甲而復生曹死蔡優當善本作劣字若是
惟此人斯有靦面目翰曰人斯謂景宗也靦彊也　善曰毛詩曰彼
何人斯居河之湄又曰有靦面目視人罔極毛萇曰靦姡也鄭玄曰汝姡然有面目也
昔漢光命將坐知千里濟曰劉興將數百騎攻賈覽上狀檄至光
武知其必敗報書曰欲復進兵恐失其頭首詔書到興為覽所殺長史得檄以國家坐知
千里也　善曰東觀漢記曰代郡太守劉興將數百騎攻賈覽上狀檄至光武知其必敗
報書曰欲復進兵恐失其頭首也詔書到興已為覽所殺長史得檄以為國家坐知千里
也魏武置法案以從事良曰太祖自作兵書諸將征伐皆以新書

從事從令者剋違令者敗　善曰魏書曰太祖自作兵書諸將征伐皆以新書從事從令
者剋捷違教者負敗也故能出必以律錙銖無爽銑曰易云
師出以律錙銖輕重也爽差也　善曰周易曰師出以律鄭玄禮記注曰八兩為錙漢書
曰二十四銖為兩也伏惟聖武英挺略不世出向曰挺拔也略
謀也不世出言非世人所能出也　善曰漢書蒯通說韓信曰功無二於天下略不世出
也料敵制變萬里無差奉而行之實弘廟筭
翰曰出征者必察廟筭吉凶而後行　善曰趙充國頌曰料敵制勝威無與伉西征賦曰
彼雖衆其焉用故取制於廟筭孫子曰夫未戰而廟筭勝得筭多惟此庸固
理絕言提濟曰庸固謂景宗也詩云匪面命之言提其耳理絕言提不可與言
也　善曰晉起居注宋公表曰臣寔庸固　毛詩曰匪面命之言提其耳自逆胡

縱逸久患諸夏良曰逆胡後魏也諸夏中國也善曰劉琨勸進表曰逆胡劉曜縱逸西都漢書匈奴傳贊曰久矣夷狄之為患聖朝乃顧將一車書銑曰聖朝謂梁也乃顧謂眷顧天下也一車書謂欲平天下使車同軌書同文善曰沂馬督誄曰聖朝西顧關右震惶禮記曰書同文車同軌愍被司氓累善本作致字辱非所向曰愍傷也司氓司州之人也善曰晉起居注曰大司馬表曰園陵辱於非所也早朝永歎載懷矜惻致茲虧喪何所逃罪翰曰載則矜憐惻惜也宜正刑書肅明典憲良曰肅敬憲法也善曰左氏傳仲尼曰叔向古之遺直也邢侯之獄言其貪也以正刑書臣謹以劾胡代反劾發其罪請以見事免景宗所居官下太常削爵土收付廷尉法獄治罪其

軍佐職僚偏裨脾將帥絓胡卦諸應及咎者別攝治書侍御史隨違續奏銑曰僚官也偏裨皆小將也絓沾也咎罪也攝追也隨違謂隨所犯之事臣謹奉白簡以聞向曰簡略狀也臣昉誠惶誠恐頓首頓首死罪死罪臣昉稽首以聞翰曰稽首首至手謂拜表

奏彈劉整一首善曰沈約齊紀曰整宋吳興太守兄子也歷位持節都督交廣越三州也

任彥昇

御史中丞臣任昉稽首言臣聞馬援奉嫂不冠不入氾毓九育字孤家無常子良曰後漢馬援事寡嫂雖在閨內必衣冠然後入見晉氾毓敦睦九族充上號其家兒無常母衣無常主善曰東觀漢記曰馬援事寡嫂雖在閨內必衣冠然後見王隱晉書曰氾毓字稚春濟北人也敦睦九族青土號其家兒無常母衣無常主也義善本義上有是以二字士節夫聞之有立銑曰有立謂立志也善曰左氏傳臧哀伯曰武王克商遷九鼎於洛邑義士猶或非之東京賦曰貞夫懷節班固漢書贊曰孟子亦曰聞伯夷之風懦夫有立志千載美談斯為稱去首善曰公羊傳曰魯人至今以為美談封禪書曰永保鴻名而常為稱首也臣昉頓首頓首死罪死罪謹案齊故西陽內史劉寅妻范詣臺訴列稱出適劉氏二十許年劉氏喪亡撫養孤弱叔郎整恒善本作常字欲傷害侵奪分前奴教

子當百並已入眾又以錢婢姊妹弟溫仍留奴自使善本有伯字又奪寅息逡婢綠草私貨得錢並不分逡寅第二庶息師利去歲十月往整田上經十二日整便責范米六斗哺食米未展送忽至戶前隔箔善本無隔箔字攘拳大罵突進屋善本作房字中屛風上取車帷准米去二月九日夜婢采音偷車欄夾杖龍牽范問失善本有物字之意整便打息逡整善本有及字母并奴婢等六人來共善本無共字至范屋中高聲大罵婢采音舉手查范臂求攝撿如訴狀輒攝整善本

[有亡字]父舊使奴海蛤到臺辯問列稱整亡父興道先為零陵郡得奴婢四人分財[善本作賦字]以奴教子乞大息寅寅亡[善本作亡寅]後第二弟整仍奪教子云應入衆整便留自使婢姊及弟各准錢五千文不分逡其奴當百先是衆奴[善本有整字]兄弟未[善本無未字]分財之前整兄寅以當百貼錢七千共衆作田寅罷西陽郡還雖未別火食寅以私錢七千贖當百仍使上廣州去後寅喪亡整兄弟後分奴婢唯餘婢綠草入衆整復云寅未分財贖當百又應屬

文選四十　十

衆整意貪得當百推綠草與逡整規當百行[善本无行字]還擬欲自取當百遂經七年不返整疑已死亡不迴更奪取婢綠草貨得錢七千整兄弟及姊共分此錢又不分逡寅妻范云當百是亡夫私贖應屬息逡當百天監二年六月從廣州還至整復奪取云應充衆准雇借上廣州四年夫直今在整處使進責整婢采音劉[善本有整字]兄[善本有寅字]弟二息師利去年十月十二日忽往整墅停住十二日整就兄妻范求米六斗哺食范未得還整怒仍自進

范所住屛風上取車帷為質范送米六斗整則納受范今年二月九日夜云失車欄子夾杖龍牽等范及息逡道是采音所偷整聞聲仍打逡范喚[善本无喚字]問何意打我兒整母子爾時便同出中庭隔箔與范相罵婢[善本无婢字]采音及奴教子楚玉法忠[善本作志字]等四人于時在整子母[善本作毋字]左右整語采音其道汝偷車校具汝何不進裹罵之既進争口舉手誤查范臂車欄夾杖龍牽實非采音所偷進責寅妻范奴苟奴[善本无苟奴字]列稱[善本无稱字]

文選四十　十一

娘去二月九日夜失車欄夾杖龍牽疑是整婢采音所偷奴與郎逡往津陽門糴米遇[善本作過]見采音在津陽門賣車欄龍牽苟奴登[善本有時字]欲捉取逡語苟奴已爾不須復取苟奴隱僻少時伺視人買龍牽售五千錢苟奴仍隨逡歸宅不見度錢並如采音苟奴等列狀粗與范訴相應重覈當百教子列稱[善本作孃子]被奪今在整處使悉與海蛤列不異以事訴法令史潘僧尚議整若輒略兄子逡分前婢貨賣及奴教子等私使若無官令輒收

付近獄測治諸所連逮繼善本作絓應洗之源委善曰
昭明刪此文太略故詳引之令與彈相應也臣謹案新除中軍參
軍臣劉整閭閻闒士合茸而勇名教所絕向曰閭閻里巷
也闒茸小人也名教謂士君子也絕棄也善曰史記太史公曰李斯自閭閻歷諸侯吊
屈原曰闒茸尊顯讒諛得志世說曰王平子胡毋彥國諸人皆任放為達或有裸體樂廣
曰名教中自有樂地何為乃爾直以前代外戚仕因紈袴翰曰
前代外戚謂是齊朝后妃之親也綺襦紈袴謂外戚驕奢之服也善曰漢書曰班伯出
與王許子弟為羣在綺襦紈袴之間非其好也惡積釁稔親舊側目
濟曰釁罪也稔熟也側目言惡之甚也善曰左氏傳萇弘曰毛得必亡是昆吾稔之日

文選四十　十二

也杜預曰稔熟也惡積與衆同誅漢書音義曰列侯宗室見郅都側目也理絕通
問而安肆醜辭良曰禮嫂叔不通問故云理絕肆陳也醜辭謂罵言善
曰謂大罵也禮記曰嫂叔不通問諸毋不敎裳包咸論語注曰肆極意敢言也詩曰好言
自口莠言自口毛萇曰莠醜也終夕不寐而謬加大杖銑曰或問
第五倫曰公有私乎對曰吾兄子嘗病一夜十徃退而安寢吾子有病雖不省視竟夕不
眠豈謂無私乎舜之事父瞽叟小杖則受大杖則走言整私其子則竟夕不寐惡其姪則
妄加大杖善曰謂打逐也謝承後漢書曰或問第五倫曰公有私乎倫曰吾兄弟子嘗
病一夜十徃退而安寢吾子有病雖不省視而竟夕不眠若是者豈可謂無私乎也家語
曰孔子謂曾子曰汝不聞乎昔瞽叟有子曰舜舜事瞽叟也小箠則待過大杖則逃走故
瞽叟不犯不父之罪而舜不失蒸蒸之孝薛包善本作苞字分財取其

老弱向曰後漢薛包好學篤行弟子求異居不能止及中分財奴婢取其老弱者曰
我共事久矣汝不能使田廬取其荒頓者曰吾少時所理意所戀矣器物取其朽敗者曰
我素所服習所安也善曰范曄後漢書曰汝南薛苞字孟嘗好學篤行弟子求分異居
苞不能止乃中分其財奴婢引其老者曰與我共事久若不能使也田廬取其荒頓者曰
吾少時所治意所戀也器物取朽敗者曰我素所服食身口所安後徵拜侍中高鳳
自穢争訟寡嫂翰曰後漢高鳳南陽人聲名著聞太守連召請恐不得免
自言本巫家不應為吏又詐與寡嫂爭訟遂不仕善曰東觀漢書曰高鳳字文通南陽
人也鳳年老名聲著聞太守連召請恐不得免自言鳳本巫家不應為吏又與寡嫂訟
田遂不仕也未見孟嘗之深心唯傚文通之偽迹
向曰孟嘗薛包字文通高鳳字善曰顏延年詠向秀曰深心託豪素袁彥伯名臣頌曰

文選四十　十三

迹濟必爲昔人睦親衣無常主良曰衣無常主則汜毓也善曰顏
延年陶徵士誄曰睦親之行衣無常主已見上文
整之撫姪食有故
人良曰公孫弘為漢丞相故人高賀從之食以脫粟飯整之撫姪其薄如此善曰謂
責米也西京雜記曰公孫弘起家徒步為丞相故人齊高賀從之弘食以脫粟飯覆以布
被賀怨曰何用故人富貴為脫粟布被我自有之弘大慙賀乃告人曰公孫弘內厨五鼎
外膳一看豈可以臨天下於是朝右疑其矯焉弘數曰寧逢惡賓不逢故人何其
不能折契鍾庾而襜昌占帷交質徵二反翰曰漢高帝貰
酒家折券棄債六斛四斗為鍾十六斗為庾言嫂雖負鍾庾之多亦宜折券不論而襜
為六斗米而取嫂車帷為質言整之罪深襜帷裳也善曰謂取車帷也漢書曰高祖每
貰酒歲更而酒家常折券棄債左氏傳晏子曰釜十則鍾杜預曰六斛四斗也包咸論語

注曰十六年爲庾詩曰漸車帷裳毛萇曰帷裳婦人車飾鄭玄曰帷裳童容也方言曰江淮謂襜褕爲童容也左氏傳曰鄭伯怨王王曰死之故周鄭交質人之無情一何至此實教義所不容紳冕所共棄向曰紳冕衣冠也善曰莊子惠子謂莊子曰人故無情乎莊子曰然惠子曰人而無情何謂之人仲長子昌言曰引之於教義所不容秕康絶交書曰世教所不容臣等參議請以見事免整新善本作所字除官輒勒外善本有收字付廷尉法獄治罪諸所連逮應洗之源委之獄官悉以付善本作法字制從事婢采音不款偷車欄善本无欄字龍牽請付獄測實善本有其字宗長及地界職司初無糾舉及諸連逮請不足申盡臣昉誠惶誠恐頓首頓首死罪死罪稽首以聞

文選四十　十四

奏彈王源一首

沈休文　吳均齊春秋曰永平八年沈約爲中丞　善注同上

給事黃門侍郎兼御史中丞吳興邑中正臣沈約稽首言臣聞齊大非偶著乎前誥辭霍不婚垂稱往烈良曰左傳云齊侯欲以文姜妻鄭太子忽忽辭之人問其故太子曰人各有偶齊大非吾偶也漢儁不疑爲京兆尹霍光欲以女妻之不疑畏其盛大而辭不肯諾書烈業也　善曰左氏傳曰齊侯欲以文姜妻鄭太子忽忽辭人問故太子曰人各有偶齊大非吾偶也漢書曰雋不疑爲京兆尹大將軍霍光欲以女妻之不疑固辭不肯當班固不疑述曰不疑膚敏應變當理辭霍不婚逡巡致仕若乃交二族之和辨伉苦浪合之義升降窊烏瓜切善本作窳隆誠非一揆銑曰二族夫妻二姓也伉合相敵而合也窊下隆高揆度也善曰禮記曰婚禮者將合二姓之好上以事宗廟下以繼後代也左氏傳施氏之婦怒施氏曰已不能庇其伉儷尚書曰道有升降政俗華吳都賦曰窊隆異等孟子曰先聖後聖其揆一也固宜本其門素不相奪倫向曰使有倫理次第善曰尚書曰八音克諧無相奪倫使秦晉有匹涇渭無舛昌兖反翰曰懷嬴謂晉文公曰秦晉匹也何以卑我涇水清渭水濁舛雜也　善曰左氏傳曰晉公子重耳至於秦秦伯納女五人懷嬴與焉奉匜沃盥既而揮之怒曰秦晉匹也何以卑我孫綽子曰或問雅俗曰涇渭分流雅鄭異調自宋氏失御禮教

文選四十　十五

彫衰善曰荅賓戲曰周失其御衣冠之族日失其序善曰范曄後漢書霍諝奏記曰宋光衣冠子孫正書曰古者命士已上皆有冠冕故謂之冠族左氏傳鄭莊公曰周之子孫日失其序斯姻婭亞淪雜罔計廝庶濟曰淪混也罔無也廝庶皆賤人也　善曰毛詩曰瑣瑣姻婭則無膴仕毛萇曰兩壻相謂曰婭漢書曰有斯養卒如淳曰廝賤也販鬻祖曾以為賈古道良曰以祖曾之高門嫁子女而取財利有如商賈之道　善曰鄭玄周禮注曰居賣物曰賈明目腆他典顏曾無愧畏銑曰明目張目腆厚也　善曰丁德禮厲志賦曰苟神祇之我昭求明目而無怍孔安國尚書傳曰腆厚也毛詩曰不愧于人不畏於天若夫盛德之胤世業可懷向曰胤嗣也世業謂上代德業也後嗣子孫宜常安之不可改也善曰左氏傳史趙曰盛德必百世祀幽通賦

曰違世業之可懷欒郤之家前徽未遠翰曰欒郤皆晉大夫其家
以比當時公卿之族微美也善曰左氏傳叔向曰欒郤胥原降在皁隸杜預曰晉舊臣
之族也既壯而室竊皆莫非皁隸濟曰禮三十壯有室室妻
也皁隸賤者也言嫁娶之家貴賤雜偶以相竊其貴也善曰禮記曰三十壯有室鄭玄
曰有室有妻妻稱室也解嘲曰司馬長卿竊貲卓氏左氏傳曰人有十等士臣皁又曰輿
臣隸結褵離以行箕帚之誚咸失其所良曰女將嫁母為結
其褵褵帶也婦人適於人而執箕帚也今則非其匹偶是以失所善曰詩曰親結其褵
九十其宜毛萇曰褵婦人之褘也毋戒女施衿結褵國語曰越王勾踐行成於吳曰一介
適女執箕箒於王宮也志士聞而傷心舊老為之歎息
自宸歷御寓弘華典憲銑曰宸歷天子歷數也御寓謂統御天下

文選四十　十六

也弘大華改憲法也善曰論語子曰志士仁人無求生以害仁也雖除舊布
新而斯風未殄向曰殄滅也善曰左氏傳曰有星孛于大辰申須曰彗
所以除舊布新也尚書曰商俗靡靡利口惟賢餘風未殄公其念哉陛下所以
負扆於紀興言思清敝俗者也翰曰扆屏風也天子所居後有
屏風故言負扆敝俗謂雜婚姻也善曰禮曰天子負斧扆南向而立鄭玄曰負之言背
也斧依為斧文屏風扆與依同詩曰與言蚩宿尚書曰弊俗奢麗萬世同流臣實
懦奴亂品謬掌天憲濟曰懦弱也御史主天子法自謙己謬妄而在此司
善曰范曄後漢書劉陶上疏曰今權臣口含天憲雖埋輪之志無屈
權右而孤鼠微物亦蠹大猷良曰後漢御史張綱為御史順
帝遣八使行風俗綱埋其車輪於洛陽都亭曰豺狼當路焉問狐狸遂奏大將軍梁冀權

勢也右用事也賈誼曰城狐不掘社鼠不燻蠹敗也猷道也言已雖有張綱埋輪之志未
能屈服權勢用事者而王源事同狐鼠猶有承藉一失綱紀亦敗大道也善曰范曄後
漢書曰張綱字文紀為侍御史順帝遣八使詢風俗餘人受命之部綱獨埋其車輪於洛
陽都亭曰豺狼當路安問狐狸遂奏大將軍梁冀東觀漢記曰皇甫嵩上言四姓權右咸
各斂手也應璩詩曰城狐不可掘社鼠不可熏晏子春秋景公問晏子曰治國亦有常乎
對曰讒佞之人隱在君側猶社鼠不熏也去此乃治矣范曄後漢書虞延謂馬城曰爾民
之巨蠹久依城社不畏熏燒毛詩曰秩秩大猷也風聞東海王源嫁
女與富陽滿氏銑曰源東海人滿璋之富陽人善曰漢書尉佗曰風聞
老夫父母墳墓已壞削賈逵國語注曰風采也采聽商旅之言也源雖人品庸
陋胄實參華向曰胄代也華榮華也曾祖雅位登八命

文選四十　十七

翰曰雅為右僕射周禮八命作牧王者之三公亦八命善曰檀道鸞晉陽秋曰王雅字
茂德東海郯人為右僕射周禮曰八命作牧鄭司農曰一州之牧也王之三公亦八命也
祖少卿內侍帷幄濟曰少卿為侍中常侍帷幄謂在天子左右也父
璿升采儲闈亦居清顯良曰璿為東宮官事也儲闈東宮也采
善曰尚書曰亮采惠疇孔安國注曰采事也何法盛陳郡錄曰謝石以有大勳遂居清顯
源頻叨諸府戎禁預班通徹銑曰諸府諸禁府也通徹通侯
也源預列此官善曰應劭漢書注曰舊曰徹侯避武帝諱曰通侯也而託姻
好善本作結字唯利是求善曰左氏傳晉侯使呂相絕秦曰秦與晉出入
參唯利是視玷辱流輩莫斯為甚善曰孝經鉤命決曰名毀行廢
玷辱先人源人身在遠向曰在遠謂在南郡丞輒攝媒人劉

嗣之到臺辨問嗣之列稱吳郡滿璋之相承
云是高平舊族寵奮胤胄善曰魏志曰滿寵字伯寧景初二年爲太尉寵子偉嗣世說曰偉弟子奮元康中至司隷校尉荀綽冀州記曰奮高平人也
家計温足見託爲息鸞覓婚善曰漢書董仲舒對策曰家温而食厚禄
王源見告窮盡即索璋之簿閥音伐善曰漢書朱傳曰王卿憂公齋閥閱詣府音義曰明其等曰閥積功曰閱也見璋之任
王國侍郎鸞又爲王慈吳郡正閤主簿善曰吳均齊春秋曰王慈字伯寶早有令譽稍歷侍中吳郡太守源父子因共詳
議判與善本有爲字璋之下錢五萬以爲聘禮善曰娶妻及納徵皆曰聘周禮曰穀圭以聘女源先喪婦又以所聘

文選四十　十八

餘直納妾如其所列則與風聞符同竊尋璋
之姓族士庶莫辨滿奮身殞西朝胤嗣殄沒
武秋之後無聞東晉翰曰滿奮爲司隷爲苗願所殺故云殞身西朝謂晉初都洛陽也胤嗣子孫也殄死也滿奮字武秋言奮後不聞子孫在東晉善曰晉初都洛陽故曰西朝後在江東故曰東晉臧榮緒晉書陳晷有譽西朝于寶晉紀曰苗願殺司隷校尉滿奮荀綽冀州記曰滿奮字武秋公羊傳曰紀子伯者何無聞焉爾其
爲虛託不言自顯王滿連姻寔駭物聽潘楊
之睦有異於此濟曰駭驚也潘岳楊仲武誄曰潘楊之睦有自來矣言王滿與此異也善曰漢書音義曰連親姻也大傳曰文王施政而物皆聽也潘岳楊仲武誄曰潘楊之睦有自來矣曹子建求自試表曰古之受爵祿者有異於此且買妾

納媵因聘爲資施衿之費化充牀第良曰媵從婦者也儀禮云女嫁毋施衿結帨帨帶也牀第帳之間也言買妾納媵本因聘婦之資而取之今源以嫁女之財而納妾成帷房之私罪甚也善曰左氏傳鄭子産曰故志曰買妾不知其姓則卜之儀禮曰女嫁毋施衿結帨鄭玄曰帨佩巾也左氏傳曰趙武適鄭伯有賦鶉之賁賁趙孟曰牀第之言不踰閾杜預曰第簀也鄙情贅之銳切行造
次以之糾慝湯得繩違允茲簡裁銑曰贅惡也言源情行鄙惡造次用之爲事慝亦惡也允信也簡裁即略狀奏聽裁制之善曰蜀志諸葛亮表李平曰臣知平鄙情欲因行止之際逼臣取利也老子曰自伐無功自矜不長其在道曰餘食贅行王弼曰更爲疣贅也言其違慝信當此蔚之所敗裁也尚書曰王繩愆糾謬格其非心
源即罪善本無罪字主臣謹案南郡丞王源忝

文選四十　十九

藉世資得參纓冕向曰世資祖父之業也參謂入仕也善曰漢書音義曰無忌却秦有地資也同人者貌異人者心以彼行媒
同之抱布翰曰禮男女非有行媒不相知名詩云氓之蚩蚩抱布貿絲匪來貿絲來即我謀言源以行媒之禮同抱布之事善曰列子曰夏桀殷紂魯桓齊穆狀貌七竅皆同於人而有禽獸之心也禮記曰男女非有行媒不相知名詩曰氓之蚩蚩抱布貿絲匪來貿絲來即我謀且非我族類往哲格言薰不猶善本作薰蕕不
雜聞之前典濟曰季文子曰非我族類其心必異哲智也往智即同文子也格至也家語云顏回曰聞薰蕕不同器而藏薰香草蕕臭草也前典即家語也善曰左氏傳曰公欲求成于楚而叛晉季文子曰史佚之志有之非我族類其心必異論語考北讖曰格言成法家語顏回曰回聞薰蕕不同器而藏衍馬督誄曰聞之前典豈

有六卿之胄納女於管庫之人良曰周禮有六卿言源祖父之貴也胄嗣也管掌庫賤人　善曰尚書曰六卿分職禮記曰晉文謂趙文子知人所舉晉國管庫之士七十有餘家鄭玄曰管管鍵也宋子河魴同穴於輿臺之鬼銑曰詩云豈其食魚必河之魴豈其娶妻必齊之姜豈其娶妻必宋之子姜姓也言源如此等家之子孫而使其女嫁於輿臺之賤同穴為鬼也　善曰毛詩曰豈其食魚必河之魴豈其娶妻必齊之姜豈其食魚必河之鯉豈其娶妻必宋之子又曰穀則異室死則同穴左氏傳曰皁臣輿又曰僕臣臺高門降衛雖自已作蕞祖辱親於事為甚向曰衛橫木為門凡庶之家也言以已高門自降與凡庶連親乃是輕祖考辱親蕞也蕞無也　善曰陸雲答兄書曰高門降衡脩庭樹蓬說文曰懱輕易也蔑與懱古字同此風弗翦其源遂開

點世塵家將被比屋翰曰翦除源本塵汚也聖明之代比屋可封恐此風被及也　善曰尚書大傳曰周民可比屋而封宜寘以明科黜之流伍使已污之族永愧於昔宸方婣之黨革心於來日濟曰伍等也已汚謂王氏也方婣謂後如此婚姻華改也　善曰賈子曰宋昭公華心易行臣等參議請以見事免源所居官禁錮終身輒下禁止視事如故良曰言禁止視事使如昔無官之時也　善曰言禁止其視事之法當如故事也源官品應黃紙臣輒奉白簡以聞臣約誠惶誠恐云云

牋

答臨淄侯牋一首

楊德祖銑曰典略曰楊脩字德祖謙恭才博舉孝廉除郎中丞相府主簿是時軍國多事揔知外內事皆稱意自魏太子以下爭與交好是時臨淄侯才捷愛幸數與脩書脩荅牋後曹公以脩前後漏泄言教交關諸侯乃收殺之曹植時為臨淄侯　善曰典略曰楊脩字德祖太尉彪子謙恭材博自魏太子以下並爭與交好又是時臨淄侯以才捷愛幸秉意投脩數與脩書脩荅牋後曹公以脩前後漏諜言教交關諸侯乃殺之

脩死罪不侍數日若彌年載豈由愛顧之隆使係仰之情深邪向曰彌終也豈由言豈不由也隆重也　善曰毛萇詩傳曰彌終也損辱嘉命蔚矣其文翰曰蔚盛也嘉命植書也辱汚

也　善曰易曰君子豹變其文蔚也誦讀反覆雖諷雅頌不復過此濟曰諷猶詠也詩有大雅小雅商頌魯頌　善曰說文曰諷誦也若仲宣之擅漢表陳氏之跨異域徐劉之顯青豫應生之發魏國斯皆然矣良曰仲宣王粲字也寓於楚之壤故云漢表陳琳屬於袁氏故云異域徐幹昌於高密故云青劉楨游於許京故云顯於豫應瑒特居於汝潁太祖食邑故云魏此疊植書　善曰仲宣投劉表寓流楚壤故云漢表孔璋竄身袁氏故云異域偉長淹留高密故云青也公幹綸飄許京故云蹤德璉時居汝潁汝潁太祖食邑故云魏也至於脩者聽采風聲仰德不暇目周章於省覽何遑高視哉銑曰周章馳逐也遑暇也植書云足下高視於上京故有此荅　善曰尚書曰樹之風聲家語曰孔子出乎四門周章遠

望曹植書曰足下高視於上京也伏惟君侯少長貴盛體發
旦之資有聖善之教向曰體同也發武王名旦周公名質用也聖善
謂植父武帝也善曰發武王名也旦周公名也毛詩曰凱風自南吹彼棘心母氏聖善
我無令人遠近觀者徒謂能宣昭懿德光贊大業
懿美也贊佐也大業父業也善曰毛詩曰宣昭義問又曰人之秉彝好是懿德周易曰
而已不復謂能兼覽傳記留思文章翰曰宣布昭明
富有之謂大業也今乃含王超陳度越數子矣善曰漢書
桓譚曰揚子之書文義至深而度越諸子矣觀者駭視而拭目聽
者傾首而竦耳非夫體通性達受之自然其
孰能至於此乎濟曰竦耳傾聽善曰老子曰天法道道法自然鍾會曰

文選四十　二十二

莫如所出故曰自然又嘗親見執事握牘持筆有所造
作若成誦在心借即書於手曾不斯須少留
思慮仲尼日月無得踰焉脩之仰望殆如此
矣良曰執事謂植也尊敬之故不指斥而託左右執事也牘書板也斯須須臾也子貢
曰仲尼日月無得而踰焉比植文章不可及也善曰論語子貢曰仲尼不可毀也仲尼
日月也無得而踰焉是以對鶡曷而辭作暑賦彌日而
不獻見西施之容歸憎其貌者也銑曰植曾作鶡鳥賦
命脩作脩辭不爲也又命作暑賦脩雖造成終不敢獻亦由見西施之美自憎其惡
善曰植爲鶡鳥賦亦命脩爲之而脩辭讓植又作大暑賦而脩亦作之竟日不敢獻越絕
書曰越王乃飾美女西施鄭巴使大夫種獻之於吳王伏想執事不知

其然猥受顧錫教使刊定向曰植書云後誰復相知定吾文耶
是使脩刊定也脩以无能頓受眷顧賜命矣猥頓錫賜也善曰鄭玄禮記注曰刊削也
春秋之成莫能損益呂氏淮南字直千金善本
有然而字弟子拑口市人拱手者賢聖卓犖固所
以殊絕凡庸也翰曰孔子在位聽文辭有可與共也不獨有也至於為春
秋筆則筆削則削子夏之徒不能贊一辭秦相呂不韋聚智略之士作呂氏春秋漢淮南
王聘天下辯通之士以著篇章書成皆布之都市懸千金以延示衆士而莫能有變易者
此皆聖賢用心高大以殊於凡庸之所由致也卓犖高大之貌善曰史記曰孔子在位
聽訟文辭有可與共者弗獨有也至於為春秋筆則筆削則削子夏之徒不能贊一辭桓
子新論曰秦呂不韋請迎高妙作呂氏春秋漢之淮南王聘天下辯通以著篇章書成皆

文選四十　二十三

布之都市懸置千金以延示衆士而莫能有變易者乃其事約豔體具而言微也今
之賦頌古詩之流不更孔公風雅無別耳濟曰
植書云今往僕少小所著詞賦一通相與經也脩言今植之賦頌乃與古詩相類雖不更
經孔子刪定與詩之風雅無異焉善曰兩都賦序曰賦者古詩之流也文雖出此而意
微殊脩家子雲老不曉事彊上著一書悔其少
失照作良曰植書云楊雄猶云壯夫不爲雄法言曰或問吾子少好賦曰然童子彫虫
篆刻俄而曰壯夫不爲是悔其少作也子雲雄字也與脩同姓故云脩家著一書即法言
也善曰曹植書曰楊雄猶稱壯夫不爲楊子法言或問吾子少好賦曰然童子彫虫篆
刻俄而曰壯夫不爲若此仲山周旦之疇為皆有諐耶
銑曰仲山甫作周頌周公作鴟鴞詩言如雄言則此二人皆有過也善曰毛詩序曰七

月周公遭變陳王業之艱難然詩無仲山甫作者而吉父美仲山甫之德未詳德祖何以言之君侯忘聖賢之顯迹述鄙宗之過言竊以為未之思也向曰鄙宗過言謂壯夫不為也善曰楚辭曰吾聞作忠以造怨忽謂之過言論語曰未之思也若乃不忘經國之大美流千載之英聲銘功景鍾書名竹帛斯自雅量素所蓄也豈與文章相妨害哉翰曰魏顆追秦於輔氏其勳銘于景鍾景公鍾也書名竹帛謂史書也雅量謂植之度量素常也植書云吾雖薄德位為蕃侯猶庶幾戮力上國流惠下人建永世之業流金石之功豈以翰墨為勳績詞賦為君子哉故脩以此言荅也善曰曹植書曰采庶官之實錄成一家之言東京賦曰忘經國之長基封禪書曰飛英聲國語晉悼公曰昔克路之役豢來圖敗功晉魏顆以其身却退

文選四十　二十四

秦師于輔氏親止杜回其勳銘于景鍾韋昭曰景鍾景公鍾也墨子曰以其所獲書於竹帛傳遺後世子孫也輒受所惠竊備矇蒙瞍叟誦詠而已濟曰所惠謂賜文章也言已備誦詠之人而已矇瞍昏耄脩謙詞也善曰詩曰矇瞍奏工敢望惠施以忝莊氏良曰植書云其言不慙恃惠子之知我也脩言已豈敢望比惠施之德以忝辱於莊周之相知乎莊周喻植也惠施莊周相知者也故引之善曰曹植書曰其言之不慙恃惠子之知我也季緒璅璅何足以云銑曰植書云劉季緒好詆訶文章脩云何足以云云璅璅小器也善曰曹植書曰劉季緒好詆訶文章魏志曰劉季緒名脩劉表子官至樂安太守反答造次不能宣備脩死罪死罪

與魏文帝牋一首

繁休伯向曰文章志云繁欽字休伯潁川人少以辯知為丞相主簿文章集序云上西征余守譙繁欽從還牋與余其文甚麗繁步何反善曰文章志曰繁欽字休伯潁川人少以文辯知名以豫州從事稍遷至丞相主簿病卒文帝集序云上西征余守譙繁欽從時薛訪車子能喉囀與笳同音欽牋還與余盛歎之雖過其實而其文甚麗

正月八日壬寅領主簿繁欽死罪死罪近屢奉牋不足自宣須諸鼓吹廣求異伎時都尉薛訪車子年始十四翰曰鼓吹音樂也伎能也都尉官名薛訪車子姓名善曰左氏傳曰叔孫氏之車子鉏商獲麟能喉囀引聲與笳

文選四十　二十五

同音濟曰笳簫也白上呈見果如其言良曰上主上也文帝時未受禪善曰許慎淮南子注曰果成也即日故共觀試乃知天壤之所生誠有自然之妙物也濟曰壤地也潛氣內轉哀聲善本作音外激大不抗越細不幽散聲悲舊笳曲美常均銑曰抗高越過也幽散絕也笳簫也均曲也善曰廣雅曰抗高也樂汁圖徵曰聖人往承天以立五均均者亦律調五聲之均也宋均曰長八尺施絃也及與黃門鼓吹溫胡迭唱迭和喉所發音無不響應曲折沈浮尋變入節向曰黃門樂官名溫胡姓名也迭更也變曲會也善曰漢書曰鼓聲屯集黃門集樂之所已見長笛賦桓譚雜論曰漢之三主內置黃門工倡也自初呈試中間二旬

胡欲傲其所不知尚之以一曲巧竭意匱既已不能翰曰傲欺尚勝竭盡匱乏也言竟不能勝善曰左氏傳曰韓宣子如楚叔向為介王欲傲叔向以其所不知而不能也而此孺子遺聲抑揚不可勝窮優游變善本作轉字化餘弄未盡良曰化變弄曲也暨其清激悲吟雜以怨慕善曰暨及也詠北狄之遐征奏胡馬之長思悽入肝脾哀感頑豔濟曰北狄征胡馬思皆古歌曲皆能侯轉為之悽傷也頑鈍豔美者皆感之善曰古詩曰胡馬依北風是時日在西隅涼風拂衽背山臨谿流泉東逝同坐仰歎觀者俯聽莫不泫泣隕涕悲懷慷慨銑曰衽衣衿泫流貌隕墜也慷慨歎息貌善曰說文曰

文選四十　二十六

衽衣衿也自左騏都弁史妠奴紺謇姐名倡向曰左騏史妠謇姐皆樂人名倡樂也善曰魏志曰文帝令杜夔與左騏等於賓客之中吹笙鼓琴然其史妠謇姐蓋亦當時之樂人說文曰字或作姐古字假借也姐子也切嫿能識以來耳目所見僉曰詭異未之聞也翰曰詭奇也善曰李陵與蘇武書曰陵自有識以來士之之操未有如子卿者也說文曰詭變也竊惟聖體兼愛好奇濟曰兼愛多所愛也善曰莊子仲尼謂老聃曰兼愛无私也是以因牋先白委曲伏想御聞必含餘懽異事速訖旋侍光塵寓目階庭與聽斯調宴喜之樂蓋亦無量銑曰御進也事謂西征也訖竟也光塵美言之與及也斯調喉囀也善曰左氏傳曰得臣寓目焉詩曰吉甫宴喜欽死罪死罪

答東阿王牋一首

陳孔璋向曰文章志曰陳琳字孔璋廣陵人避亂冀州袁紹辟之使典密事紹死太祖辟為軍謀祭酒典記室東阿王曹植也善注同

琳死罪死罪昨加恩辱命并示龜賦披覽粲然君侯體高俗之材秉青蓱干將之器翰曰辱命謂得植書粲然明白貌也濟曰王即諸侯也故云君侯高俗言才高過一代青蓱干將皆劒名也善曰漢書爰盎諫文帝曰陛下有高世之行三呂氏春秋曰趙襄子遊於囿中至於梁馬却不肯進青蓱為參乘青蓱進視下豫讓却寢佯為死人叱青蓱曰去長者且有事青蓱曰少而與子為友子今日為大事而我言之失相與之道子賊吾君而我不言失為人臣之道如我者唯死之可也退而自殺青蓱豫讓之友也張叔及論曰青蓱砥礪

文選四十　二十七

於鍔庖丁剖犧於用一刀越絕書曰楚令歐冶子干將為鐵劒二枚一曰干將二曰莫邪拂鍾無聲應機立斷良曰西門過謂船人曰干將莫耶之劒拂鍾不錚試物不知然以之綴屨曾不如兩錢之錐今子持檝乘舟子所能也若試與我東說諸侯子蒙蒙然無異於未視之狗也錚聲也夫所以貴於干將莫耶者貴於立斷截也皆謂植之才藝同於此矣善曰說苑曰匠問過東渡河中流而溺船人接而出之問曰子何之過曰欲說東諸侯船人曰子渡河而溺安能說諸侯乎過曰獨不聞干將莫耶拂鍾不錚試物不知然以之綴屨曾不如兩錢之錐今子持檝乘扁舟子所能也若試與子東說諸侯王見一國之主子之蒙蒙然無異於未視狗也又曰淳于髡三稱鄒忌三知之髡等辭屈而去故所以尚干將莫耶者貴於立斷此乃天然異稟非鑽仰者所庶幾也銑曰顏回曰鑽之彌堅仰之彌高言植之文堅而且高鑽

仰者終不可近而致之善曰言天性自然受於異氣也孔安國尚書傳曰稟受也論語
顏淵曰仰之彌高鑽之彌堅音義既遠清辭妙句焱鹽念絕
煥炳也向曰焱絕煥炳言文詞光明也善曰說文曰焱火華也譬猶飛兔
流星超山越海龍驥所不敢追況於駑馬可
得齊足翰曰飛兔流星神駿也馬八尺以上為龍驥良馬名可得言不可得也
善曰呂氏春秋曰飛兔驟褭古之駿馬也流星言疾也李尤七歎曰神奔電驅星流矢騖
則莫若孟野騰駒楚辭曰驪騾偃蹇而齊足夫聽白雪之音觀綠
水之節然後東野巴人蚩鄙益著濟曰白雪綠水楚之
上曲也比植文也東野巴人楚之下曲琳自比其文見植文之美而覺己文之惡矣善
曰宋玉諷賦曰臣援琴而鼓之為幽蘭白雪之曲淮南子曰手會綠水之趨高誘曰綠水

文選四十　二十八

古詩也東野下里之音也宋玉對問曰客有歌於郢中者其始曰下里巴人也戴懽
載笑欲罷不能謹韞櫝玩耽以為吟頌良曰載則
也懽言美之也韞藏櫝匱玩珍耽好也為吟頌者愛之深也善曰詩曰既見復關載笑
載言論語顏淵曰夫子博我以文約我以禮欲罷不能也論語子貢曰有美玉於斯韞櫝
而藏諸吟頌謂謳吟歌誦琳死罪死罪

答魏太子牋一首善曰魏略曰魏郡大疫故太子與質書質報之

吳季重銑曰魏志云吳質字季重濟陰人以為文帝所善為朝歌
長官至振威將軍文帝為太子時重答此牋也善曰魏志吳質濟
陰人以文才為文帝所善官至振威將軍魏略曰質字季重為朝歌
長也

二月八日庚寅臣質言奉讀手命追亡慮存
恩哀之降善本作隆字形於文墨向曰手命謂太子與質書也其
書云二三諸友零落略盡此追亡慮存者也形見也日月冉冉歲不與
我翰曰冉冉疾行貌不與我言不留也善曰楚辭曰老冉冉而逾施論語陽貨曰歲
不與我昔侍左右厠坐衆賢出有微行之游入
有管絃之歡置酒樂飲賦詩稱壽良曰謂在太子所時
也厠列也衆賢謂陳徐之流也微行謂微服而行也善曰漢書曰武帝微行私出張晏
曰騎出入市里若微賤之所為故曰微行漢書曰陳平厚具樂飲太尉史記曰武安君起
為壽如淳曰上酒為稱壽也自謂可終始相報善本作保字並

文選四十　二十九

騁材力效節明主何意數年之間死喪略盡
臣獨何德以堪久長陳徐劉應才學所著誠
善本作誠字如來命惜其不遂可為痛切銑曰陳琳徐幹
劉楨應瑒也來命謂來書之言不遂謂皆死不遂其才志凡此數子於雍
容侍從實其人也若乃邊境有虞羣下鼎沸
軍書輻至羽檄交馳於彼諸賢非其任也向曰
雍容和貌虞度也有度謂寇至也輻至言衆如車輻之湊於轂也羽檄徵兵之書善
曰西京賦序曰雍容揄揚漢書曰嚴助侍從從容漢書田延年曰羣下鼎沸社稷將傾又
息夫躬上疏曰軍書交馳而輻湊羽檄重積而押至往者孝武之世文
章為盛若東方朔枚皐之徒不能持論即阮

陳之儔也（翰曰孝武漢帝也阮瑀陳琳也儔類也　善曰漢書東方朔枚皋不根持論上頗能優畜之）其唯嚴助壽王與聞政事然皆不慎其身善謀於國卒以敗亡臣竊恥之（濟曰嚴助吾丘壽王見任用後淮南王反與助等相連皆棄市　善曰漢書曰唯嚴助與吾丘壽王甚見任用後淮南王朝賂遺助竟坐棄市壽王後坐事誅論語曰冉子退朝子曰何晏也對曰有政子曰其事也如有政雖不吾以其與聞之也）至於司馬長卿稱疾避事以著書為務則徐生庶幾焉（良曰言徐幹比之相如頗復近也　善曰漢書司馬相如常稱疾避事又長卿妻曰長卿時時著書人又取去文帝書曰偉長著中論二十餘篇爾雅曰尚庶幾也）而今各逝已為異物矣後來君子實可畏也（銑曰謂後俊者也孔子云後生可畏　善曰服鳥賦曰化為異物又何足患文帝書曰後生可畏來者難誣）

文選四十　三十

伏惟所天（善本無伏惟所天字）優游典籍之場休息篇章之圃（善本作圃字　向曰所天謂君屬太子也言以文章典籍為場圃而優游休息於其間也　善曰荅賓戲曰真婆娑乎術藝之場休息乎篇籍之圃項代曰場圃講藝之處也）發言抗論窮理盡微摛藻下筆鸞龍之文奮矣（向曰抗高也摛亦發也藻文也鸞龍有五色文章也奮振也　善曰周易窮理盡性孔安國尚書傳曰微妙也鸞龍鱗羽之有五彩故以喻焉荅賓戲曰摛藻如春華班固與弟超書曰傳武仲下筆不休）雖年齊蕭王才實百之（向曰更始封漢光武為蕭王光武曰吾三十時在軍中太子書云吾德不及蕭王年與之齊矣故質以此荅之百謂勝百倍也　善曰文帝書曰吾德不及蕭王年與之齊矣東觀漢記曰更始遣使者立光武為蕭王漢書劉向上疏曰陳湯比於貳師功德百之也）此衆議可以歸高遠近所以同聲也（向曰同聲言俱謂然也　善曰周易曰同聲相應）然年歲若墜今質（善本有已字）四十二矣白髮生鬢所慮日深實不復若平生（善本作日字）之時也但欲保身勅行不蹈有過之地以為知己之累耳（翰曰墜失勅正蹈履也　善曰莊子曰可以保身孔安國尚書傳曰勅正也慎子曰久處無過之地則世俗輕矣）游宴之歡難可再遇盛年一遇實不可追臣幸得下愚之才值風雲之會（濟曰易云雲從龍風從虎聖人作而萬物覩言己與太子幸得同此際會也　善曰論語子曰唯上智下愚不移周易曰雲從龍風從虎）

文選四十　三十一

時邁齒載（猶結）猶欲觸胃奮首展其割裂之用也（良曰邁往齒年載大也觸冒奮首割裂謂冒鋒刃甘死而效其用以報德焉　善曰尚書曰日月逾邁左氏傳穿孔謂齊侯曰伯舅耋老杜預曰七十曰耋也）不勝慺慺（音婁　銑曰慺慺敬貌　善曰尚書曰慺慺謹敬也）以來命備悉故略陳至情質死罪死罪

在元城與魏太子牋一首（向曰質遷為元城令之官遷鄴辭太子）

吳季重（善曰魏略曰質遷元城令之官過鄴辭太子到縣與太子牋）

臣質言前蒙延納侍宴終日曜靈匿景繼以

華燈翰曰謂辭太子時罷靈日月匿藏也善曰鄭玄禮記注曰延進也楚辭曰角
宿未旦耀靈藏廣雅曰耀靈日也楚辭曰蘭膏明燭華燈錯雖虞卿適趙
平原入秦受贈千金浮觴旬日無以過也濟曰
虞卿說趙孝成王一見賜黃金百鎰秦昭王遺平原書曰寡人聞君高義願為布衣之交
君幸過寡人願與君十日之歡平原君遂入秦也千金言多也浮沉也觴酒器也言此不
能過已受太子之賜及宴樂之事善曰史記曰虞卿者遊說之士也說趙孝成王一見
賜金百鎰再見為趙上卿故號為虞卿又曰秦昭王為書遺平原君曰寡人聞君之高義
願與君為布衣之交君幸過寡人願與為十日之飲平原君遂入秦見昭王小器
易盈先取沈頓醒寤之後不識所言良曰沈頓酒困
也不記辭時所言恐有虧失善曰孔安國尚書傳曰沈謂醉冥也頓猶弊也即以

文選四十　三十二

五月到官初至承前未知深淺銑曰謂前人之教化善
曰言每事承前無所改易也深淺猶善惡也然觀地形察土宜西
帶恒山連岡平代向曰岡山脊也平代二郡善曰左氏傳賓媚人曰先
王疆理天下物土之宜漢書有常山郡張晏曰恒山在西漢書代郡有平邑及代二縣
北鄰柏人乃高帝之所忌也翰曰鄰近柏人縣名漢高擊韓
信餘寇東垣還過趙趙相貫高等陰謀欲殺高祖高祖欲宿心動問縣名曰柏人高祖曰
柏人者迫於人也去不宿故云所忌善曰漢書曰上東擊韓信餘寇東垣還過趙趙相
貫高等恥上不禮其王陰謀欲殺上上欲宿心動問縣名何曰柏人上曰柏人者迫於人
也去弗宿重以泜泜祗水漸漬疆宇喟然歎息思淮
陰之奇譎亮成安之失策濟曰漸漬浸也疆界宇居也漢使韓

信擊趙信使窺之知趙拔成安君陳餘不用李左車之計乃引兵來至井陘口選輕騎二
千持赤幟從間道箄山而望趙軍又使萬人先行背水陣平旦信建大將旗鼓出井陘口
大戰良久信棄旗鼓走水上復疾戰趙軍空壁爭信旗鼓箄山二千人入趙壁拔趙幟立
漢赤幟趙軍望之大驚乃亂敗遂斬成安泜水上信後為淮陰侯喟然歎聲亮信也不用
左車之言而敗故云失策也善曰漢書常山郡元氏縣有泜水首受中丘西山窮泉谷
入黃河泜音脂漢書成安君陳餘背漢之趙遣張耳與韓信擊破趙井陘斬陳餘泜水上
奇譎謂拔趙幟立漢幟失策謂不用李左車之言也南望邯鄲想廉藺
之風良曰廉頗藺相如趙國之賢將也故想其風邯鄲趙所都也善曰廉頗藺相
如俱趙將也東接鉅鹿想善本作存字李齊之流良曰漢文
帝問馮唐曰吾居代時吾尚食監高祛數為我言趙將李齊之賢戰於鉅鹿下吾每食飯

文選四十　三十三

未嘗不思之鉅鹿縣名也善曰漢書文帝問馮唐曰吾居代時吾尚食監高祛數為我
言趙將李齊之賢戰於鉅鹿下吾每飲食意未嘗不在鉅鹿也都人士女服
習禮教皆懷慷慨之節包左車之計向曰慷慨謂貞
廉也左車即李左車善曰西京賦曰都人士女殊異乎五方漢書廣武君李左車說成
安君曰聞漢將韓信議欲以下趙願假臣奇兵三萬人絕其輜重足下深溝高壘堅壁勿
與戰吾奇兵絕其後兩將之首可致戲下成安君不聽也而質闇弱無以
莅之翰曰闇弱也莅臨也善曰毛萇詩傳曰莅臨也若乃邁德種
恩樹之風聲使農夫逸豫於疆畔女工吟詠
於機杼固非質之能也濟曰邁行豫樂也善曰尚書曰咎繇邁
種德風聲已見上文詩曰亦公亦侯逸豫無期漢書酈食其曰農夫釋耒紅女下機工與

紅同毛詩序曰吟咏情性至於奉遵科教班揚明令下無威福之吏邑無豪俠之桀善本作傑字曰爾雅曰科條也善尚書曰臣无有作福作威賦事行刑資於故實抑亦懍懍有庶幾之心良曰賦布也威福擅作威福於人者懍懍敬貌庶幾慕近也善曰國語樊穆仲曰魯侯賦事行刑必問於遺訓而咨於故實孔安國尚書傳曰懍懍危懼貌往者嚴助釋承明之歡受會稽之位壽王去侍從之娛統東郡之任其後皆克復舊職追尋前軌今獨不然不亦異乎銑曰漢嚴助為中大夫得侍從從容上問所欲對曰願為會稽太守數年賜詔曰君厭承明之廬出為郡吏久不聞問助恐上書謝願奉三年計最詔許因留拜侍中也故云皆克復舊任軌迹也今不然者

文選四十　三十四

質自言未得重入侍與彼異也善曰漢書曰嚴助為中大夫上問所欲對曰願為會稽太守數年賜書曰制詔會稽太守君厭承明之廬出為郡吏久不聞問助恐上書謝願奉三年計最詔許因留侍中又曰吾丘壽王善格五召待詔拜侍中後為東郡尉復徵入為光祿大夫侍中張敞在外自謂無奇陳咸憤積思入京城向曰漢張敞為膠東相與朱邑書曰值敞遠守劇郡馭於繩墨胷臆結而无奇矣陳咸為南陽太守數賂遺陳湯與書曰即蒙子公力得入帝城死不恨矣故云憤積是也善曰漢書曰張敞為膠東相與朱邑書曰值敞遠守劇郡馭於繩墨胷臆約結固無奇矣又曰陳咸字子康為南陽太守咸數賂遺陳湯與書曰即蒙子公力得入帝城死不恨矣後竟入為少府又曰陳湯字子公也彼豈虛談夸論誑曜世俗哉斯實薄郡守之榮願善本作顯字左右之勤也翰曰彼謂張敞陳咸薄輕也輕居郡守願在左右亦質之心古今一揆先後不貿莫構焉知來者之不如今濟曰揆發貿易也焉知來者不如今謂已情亦與張敞陳咸相類也善曰爾雅曰貿易也論語曰後生可畏焉知来者之不如今聊以當覲不敢多云良曰覲見也質死罪死罪

為鄭沖勸晉王牋一首

阮嗣宗良曰鄭沖為太傅魏帝封晉公太原等十郡為邑進位相國備禮九錫太祖讓不受公卿將相皆詣府勸進籍為辭善曰臧榮緒晉書曰鄭沖字文和榮陽人也位至太傅又曰魏帝封晉太祖為晉公太原等十郡為邑進位相國備禮九錫太祖讓不受公卿將

文選四十　三十五

校皆詣府勸進阮籍為其辭

沖等死罪死罪伏見嘉命顯至銑曰嘉命即魏冊命竊聞明公固讓沖等眷眷實有愚心以為聖王作制百代同風褒德賞功有自來矣向曰自從也善曰漢書武帝詔曰古者賞有功褒有德左氏傳叔孫曰叔出季處有自來矣昔伊尹有莘氏之媵由證臣耳一佐成湯遂荷阿衡之號翰曰伊尹欲干湯乃為有莘氏媵臣佐湯伐桀以為阿衡善曰說苑鄒子說梁王曰伊尹有莘之媵臣湯立以為三公史記曰伊尹欲干湯乃為有莘氏媵臣毛詩曰實維阿衡左右商王毛萇曰阿衡伊尹也周公籍已成之勢據既安之業光宅曲阜奄有龜蒙翰曰武王既成王業天下既安而封周公

之子伯禽爲魯侯治曲阜有龜蒙龜蒙魯之山名光大宅居也善曰尚書曰光宅天下
又曰魯侯伯禽宅曲阜毛詩曰奄有龜蒙遂荒大東毛萇曰龜山蒙山也呂尚磻
溪之漁者一朝指麾乃封營丘翰曰呂尚釣於磻溪故云
漁者文王用以爲師武王伐殷用其計左杖黃鉞右秉白旄以誓而滅殷故云指麾武王
封於齊都營丘善曰尚書中候曰王即迴雞水畔至磻溪之水呂尚釣於崖史記曰西
伯以呂尚爲太師武王東伐師尚父左杖黃鉞右把白旄以誓武王已平商封尚父於齊
營丘魏書荀彧勸進曰昔周公承文武之跡受已成之業呂望暫把旄鉞一時指麾皆大
啓土宇跨州兼國自是以來功薄而賞厚者不可勝
數善曰東觀漢記曹節上書曰功薄賞厚誠有踰踖也然賢哲之士猶
以爲美談善曰美談已見上文況自先相國以來世有

文選四十　三十六

明德濟曰先相謂宣帝爲魏丞相也世有言不絕也善曰王隱晉書宣記曰天子
策命上爲相國又景記曰天子策上爲相國毛詩曰世有哲王尚書曰明德惟馨翼
輔魏室以綏天下朝無闕政人善本作民無謗言
良曰綏安也善曰南郡賦曰朝無闕政風烈昭宣左氏傳曰晉悼公即位民無謗言所
以復霸也前者明公西征靈川北臨沙漠榆中以
西望風震服羌戎東馳迴首內向銑曰姜維隴右上帥
輕兵到靈州擊大破之沙漠榆中皆邊地名震驚也東馳內向皆來朝服善曰王隱晉
書文紀曰姜維出隴右上帥輕兵到靈州大破之諸虜震服漢書北地郡有靈州縣金城
郡榆中縣李陵書曰遠聽之臣望風馳命爾雅曰震懼也長楊賦曰靡節西征羌僰東馳
封禪文曰昆蟲闓澤迴首面內劇秦美新曰迴首內嚮喁喁如也東誅叛逆

全軍獨尅禽闔閭之將斬輕銳之卒以萬萬
計威加南海名懾之涉三越向曰叛逆謂諸葛誕反上親臨圍之
四面並攻誕閉城自守遣小子靚至吳請救吳遣唐咨王祚來應誕唐咨等皆降吳兵萬
衆器仗軍實山積兵法全軍爲上尅勝也闔閭吳王也以比孫氏將則唐咨等輕銳勁利
之兵也萬萬計言多也加陵也南海吳界懾服也三越謂越及南越閩越也善曰王隱
晉書文紀曰諸葛誕反上親臨西園四面並攻須臾陷潰斬送誕首魏志曰誕閉城自守
遣小子靚至吳請救吳遣唐咨王祚來應誕及斬誕唐咨王祚皆降吳兵萬衆器仗軍實
山積孫子兵法曰用兵之法全軍爲上破軍次之闔閭吳王也以比孫權爾雅曰慴懼也
郭璞曰即懼字也漢書有三越謂吳越及南越閩越也宇內康寧奇慝
不作翰曰寧安作起也苛慝繁惡之政善曰過秦論曰苞舉宇內尚書五福三曰

文選四十　三十七

康寧左氏傳晉叔向曰有楚國者其棄疾乎君居陳蔡苛慝不作盜賊伏隱也是以
殊俗畏威東夷獻舞濟曰殊俗遠方東夷東方之夷也獻舞獻樂舞
善曰范曄後漢書曰東夷自少康以後世服王化獻其樂舞故聖上覽乃
昔以來禮典舊制開國光宅顯茲大原良曰謂封
爲晉公善曰毛詩曰率由舊章周易曰大君有命開國承家明公宜承聖
旨受茲介福允當天人銑曰旨意也聖意謂魏帝之意也介大允
信也天人謂天意人事也善曰易曰受茲介福以中正也左氏傳楚子曰軍志云允當
則歸元功盛勳光光如彼國土嘉祚巍巍如此
向曰元大也光光明貌如彼謂破姜維之類國土嘉祚如此謂晉原之地巍巍高貌內
外協同靡愆靡違翰曰協合靡无愆失也內外其心合同無相違矣也

由斯征伐則可善本朝有服濟江掃除吳會銑曰由從斯此也吳會吳地名掃除謂滅吳也善曰國語曰齊教大成定三革隱五刃朝服以濟河而无怵惕馬文事勝矣西塞江源望祀岷山向曰岷山江所在蜀也西塞言滅蜀也望祀謂祭此山馬善曰漢書曰江水祠蜀塞特牲赤牛犢塞謂報神恩也禮記曰東巡狩望祀山川漢書曰秦弁天下令祠官祠瀆山瀆山蜀之岷山也迴戈弭節以麾天下翰曰弭按也麾天下謂平一也善曰長楊賦曰迴戈邪指南越相夷靡節西征羌僰東馳今以靡爲弭誤也遠無不服邇無不肅濟曰邇近也善曰國語蔡公謀父曰近無不聽遠無不服也今大魏之德光于唐虞明公盛勳超于桓文良曰唐虞堯舜也桓文齊桓公晉文公皆輔翼周室而公超越之然後臨滄洲而

謝支伯登箕山以揖許由豈不盛乎濟曰言公宜受封爵後立功如此然後退身豈不盛也舜於上讓天下於子州支伯曰余有幽憂之疾未暇理天下也堯朝許由於沛澤曰請屬天下於夫子許由遂之箕山揖謝肯讓也善曰莊子曰舜讓天下於子州支伯子州支伯曰予有幽憂之病方且治之未暇治天下也或爲交呂氏春秋曰昔堯朝許由於沛澤之中請屬天下於夫子許由遂之箕山之下也至公至平誰與爲隣何必勤勤小讓也哉向曰隣比也善曰神長子昌言曰人主臨之以至公莊子魯侯曰其道幽遠而无人吾誰與爲隣沖等不通大體敢以陳聞翰曰不通謙詞也

文選四十　三十八

拜中軍記室辭隨王牋一首

謝玄暉濟曰朓爲隨王府文學世祖勑朓可還都遷新安王記室

牋辭隨王也善曰蕭子顯齊書曰謝朓爲隨王子隆府文學世祖勑朓可還都遷新安王中軍記室牋辭子隆世祖武皇帝一

故吏文學謝朓死罪死罪即日被尚書召以朓補中軍新安王記室參軍朓聞潢汙上黃下烏之水願朝宗而每竭駑蹇之乘希沃若而中疲良曰潢汙雨水也蹇跛也沃若良馬行貌言此水雖欲朝宗于海此馬欲希良馬之行必見竭涸疲殆无由致也自喻策鄙才強小智願事於王不由於已所以終莫遂也善曰左氏傳曰潢汙行潦之水尚書曰江漢朝宗于海班固王命論曰駑蹇之乘不騁千里之塗王逸楚辭注曰蹇跛也法言曰希驥之馬亦驥之乘也李軌曰希望也詩曰我馬維駱六轡沃若沃若調柔也何則皐壤搖落對之惆悵歧

文選四十　三十九

路西東或以嗚善本作歍唈烏合反銑曰皐壤搖落謂秋也歧路東西謂別也惆悵嗚咽皆悲傷也皐壤川原歧路行道也善曰莊子仲尼謂顏回曰山林與皐壤使我欣欣而樂樂未畢也哀又繼之楚辭曰草木搖落而變衰又曰惆悵兮私自憐淮南子曰楊子見歧路而哭之爲其可以南可以北又曰雍門哭見於孟嘗孟嘗君爲之嗚唈流涕歔與嗚同恐善本作況字乃服義徒擁歸志莫從向曰言服習王之道義但以擁塞使我歸王之志莫從也善曰楚辭曰身服義而未沬鄭玄儀禮注曰擁抱也孟子曰予浩然有歸志曹植應詔詩曰朝覲莫從邈若墜雨翩似秋帶音帝翰曰墜雨離於雲秋蔕去於樹喻已別王也邈遠翩落也善曰潘岳楊氏七哀詩曰漼如葉落樹邈然雨絕天論衡曰雲散水墜成爲雨矣郭璞遊仙詩曰在世无千月命如秋葉蔕朓實庸流行能無筭

濟曰皆謙詞也言不足數善曰鄭玄論語注曰算數也屬天地休明山
川受納良曰川澤納汚山藪藏疾言遇休明之代容受我不肖之人同於山川之
納藏也善曰天地喻帝山川喻王左氏傳王孫滿曰德之休明又伯宗曰川澤納汚山
藪疾藏褒采一介抽揚小善善曰尚書秦穆公曰如有一介臣周
書陰符太公曰好用小善不得真賢也蔡邕玄表賦曰庶小善之有益故捨耒
靈對場圃奉筆兔園銑曰捨耒耜耕也場圃田園也奉筆兔園謂事於王
也梁孝王有兔園善曰詩曰九月築場圃西京雜記曰梁孝王好宮室苑圃之樂築兔園
園也東亂三江西游善本作浮字七澤向曰王為東中郎將會稽
太守後遷西將軍荊州刺史三江會稽越境也七澤荊州楚境也越東楚西絕流曰亂浮
游也善曰言常從子隆也蕭子顯齊書曰隋王子隆為東中郎將會稽太守後遷西將

文選四十　四十

軍荊州刺史三江越境也七澤楚境也孔安國尚書傳曰正絕流曰亂尚書曰三江既入
震澤底定楚辭曰過夏首而西浮子虛賦曰臣聞楚有七澤契闊戎旃從
容讌語翰曰謂從行也契闊勤苦也戎兵也旃旌也善曰毛詩曰死生契闊周
禮九旗通帛曰旃劉向七言曰讌處從容觀詩書毛詩曰燕笑語兮是以有譽處兮長
裾日曳後乘載脂濟曰鄒陽書曰何王之門不可曳長裾乎裾冠衣之
裾也日曳謂朝夕遊王門也魏文帝書云文學託乘於後車詩曰載脂載轄善曰鄒陽
上書曰何王之門不可曳長裾乎魏文帝與吳質書曰文學託乘於後車毛詩曰載脂載
舝還車言邁榮立府庭恩加顏色沐髮晞陽未測
涯涘良曰言沐王之德深故不測崖際也楚辭云朝濯髮於湯谷晞余髮乎九陽晞
乾也善曰曹植豔歌行曰長者賜顏色撫楚辭曰朝濯髮於陽谷兮夕晞余身乎九陽

臆論報早逝善本作誓字肌骨銑曰言撫持曾臆論報恩澤將徂銘
鏤肌骨而不忘逝往也善曰演連珠曰撫臆論心陳思王責躬表曰抱釁歸藩刻肌刻
骨也不寤滄溟未運波臣自蕩向曰寤覺也滄溟海也莊子云
鯤化為鵬海運將徙於南溟又謂監河侯曰周視車有鮒魚曰我東海之波臣也滄溟未
運王未遷轉也波臣自喻也蕩失也善曰莊子曰鯤化而為鳥其名為鵬海運則將徙
於南溟司馬彪曰轉運也又曰莊周謂監河侯曰周顧視車轍中有鮒魚焉曰我東海之
波臣也君豈有升斗之水而活我哉渤澥方春旅翮先謝翰曰解潮
云若渤澥之鳥也渤澥海名方春鳥鴈時也喻王左右居也旅翮先謝自喻去王也謝去
也翮鳥羽也善曰滄溟渤澥皆以喻王波臣旅翮自喻也解嘲曰若江湖之魚渤澥
之鳥清切藩房寂寥舊蓽濟曰藩房藩國也房謂王府也蓽柴門也

文選四十　四十二

謂眺舊所居也清切悽傷也寂寥無人也善曰藩房王府舊蓽眺舍也劉楨贈徐幹詩
曰拘限清切禁中情無由宣左氏傳曰蓽門圭竇之人皆陵其上也輕舟反溯
素吊影獨留良曰別王乘輕舟反而望心已馳於王左右矣而形影相吊
則留彼矣善曰言舟反而已留也洛神賦曰浮輕舟而上溯曹子建責躬表曰形影相
吊五情愧赧也白雲在天龍門不見去德滋永思德
滋深銑曰西王母為穆天子謠曰白雲在天山陵自出道路悠遠山川間之將子無
死尚能復來楚辭云過夏首以西浮顧龍門而不見言已想望於王猶白雲在天既與王
隔猶龍門不見善曰王逸曰龍門楚東門也莊子徐无鬼謂女商曰子不聞夫越之流
人乎去國數日見其所知而喜去國旬月見所嘗見於國中而喜及朞年也見似人者而
喜矣不亦去人滋久者思人滋深乎唯待青江可望候歸艎於

春諸翰曰言已不可得往唯待王還京都也青江亦春晚也艫舟名王乘也善曰巽王入朝而已候於江渚也杜預左氏傳注曰艅艎舟名也朱郎方開效蓬心於秋實濟曰朱郎謂王在京之邸朱其户也蓬心非特達眺自謙也樹桃李秋取其實也眺顧因得效已同於此而以報王　善曰史記曰諸侯朝天子於天子之所立舍曰邸諸侯朱户故曰朱邸莊子謂惠子曰夫子拙於用大則夫子猶蓬之心也夫韓詩外傳簡王曰夫春樹桃李秋得食其實也如其簪履或存衽席無改良曰言王如或能存故情於我也少原之野有婦人刈蓍薪而失簪哭甚哀言不忘於舊也楚昭王亡其履已行三十步而還之左右曰何惜此王曰吾悲與之俱出不俱反自是楚國無相棄者晉文公至河令席蓐捐之舅犯哭曰席蓐所卧也而君棄之臣不勝哀衽席單席也　善曰韓詩外傳曰少原之野婦人刈蓍薪而亡簪哭甚哀

賈子曰楚昭王亡其屨已行三十步後還取之衽席棄席也韓子曰文公至河命席褥捐之舅犯聞之曰席褥所卧也而君棄之臣不勝其哀鄭玄周禮注曰衽席單席也雖復身塡溝壑猶望妻子知歸攬涕告辭悲來横集銑曰横交也妾夫不幸早死　善曰列女傳梁高行曰先狗馬塡溝壑東觀漢記張湛謂朱暉曰顧以妻子託朱生楚辭曰思美人兮攬涕而竚眙又曰涕横集而成行漢書中山靖王曰不知涕泣之横集不任犬馬之誠善曰史記丞相青翟曰臣不勝犬馬心

到大司馬記室牋一首

任彥升向曰齊宣德皇后令以梁高祖武帝為大司馬録尚書事以昉為司馬下記室昉到官而謝之　善曰劉璠梁典曰宣德太后

以公為大司馬録尚書事以任昉為記室用舊也

記室參軍事任昉死罪死罪伏承以今月令辰肅膺善本作膺字典冊翰曰令善辰時肅敬當也典冊謂受大司馬善曰劉歆甘泉賦曰擇吉日之令辰德顯功高光副四海濟曰被也　善曰東觀漢記明帝冊曰剖符封侯或以德顯朱浮與彭寵書曰伯通自伐以為功高天下含生之倫庇身有地良曰含生有生之類庇託也　善曰曹植對酒行曰含生蒙澤草木茂延左氏傳子反曰信以守禮禮以庇身況昉受教君子將二十年銑曰君子謂高祖與昉有舊也　善曰魏文帝令曰況吾託士人之末列曾受教君子者咳古唾為恩眄睞力代成飾向曰睞視也恩飾謂光益於己也　善曰莊子孔子謂漁父曰丘幸聞咳唾之音古詩曰

眄睞以適意小人懷惠顧知死所翰曰言懷惠自顧知以身命報德也　善曰論語子曰小人懷惠左氏傳其友謂狼瞫曰盍死瞫曰吾未獲死所昔承嘉宴屬有緒言提契苦結切善本作挈字之旨形乎善謔豈謂多幸斯言善本作其字不渝濟曰始高祖遇昉于竟陵王於西邸從容曰我登三府當以卿為記室昉亦戲高祖曰我登三事當以卿為騎兵以高祖善射也至是故引昉符昔言也嘉宴乃謂於竟陵王席也緒未也提挈謂許以為記室也旨意也形是謔戲渝變也　善曰梁史曰始高祖遇昉於竟陵王西邸從容謂昉曰我登三府當以卿為記室昉亦戲高祖曰我若登三事當以卿為騎兵高祖善騎射也至是故引昉符昔言也莊子孔子謂漁父曰曩者先生有緒言而去漢書廝養卒曰兩人左提右挈滅燕易矣詩曰善戲謔兮多幸已見上文詩曰寔命不渝毛萇曰渝變也

雖情謬先覺而迹淪驕餌良曰言誤謬不能先覺高祖之必貴而仕齊是淪沒於驕君之餌餌食也善曰知梁武之必貴爲謬謬先覺也猶仕齊邦是淪驕餌也論語子曰抑亦先覺者是賢乎漢書桓生欲借書班嗣報曰不絓聖人之網不齅驕君之餌也湯沐具而非吊大廈構而相歡善本作賀字銑曰淮南子曰湯沐具而蟣虱相吊大廈成而燕雀相賀此高祖發東昏侯殆見死非復相吊也高祖既成大業而得相歡也善曰淮南子曰湯沐具而蟣虱相吊大廈成而燕雀相賀憂樂別也明公道冠二儀勳超遂古向曰明公謂高祖也冠猶高也二儀天地也勳功也遂古往古也善曰易曰易有太極是生兩儀楚辭曰遂古之初誰傳道也將使伊周奉轡桓文扶轂翰曰伊尹周公輔佐殷周也桓文謂齊桓晉文翼戴周室也使之奉轡扶轂謂高祖之功過之

文選四十　四十四

善曰上林賦曰孫叔奉轡羽獵賦曰齊桓曾不足使扶轂神功無紀作物何稱濟曰謂高祖如神妙之功無能紀述造化萬物何以稱之作造也善曰言聖德幽玄同夫二者既無功而可紀亦何名而可稱莊子曰神人無功言脩自然不立功也聖人死名不立名莊子曰造物者爲人司馬彪曰造物謂道也府朝初建俊賢翹首良曰府謂司馬府也建立翹舉也善曰阮籍奏記曰羣英翹首俊賢抗足維此魚目唐突璵璠扶元反銑曰魚目似珠自喻也璵璠美玉也喻高祖唐突猶抵觸也善曰魚目似珠璵璠魯玉也雜書曰秦失金鏡魚目八珠韓詩外傳曰白骨類象魚目似珠左氏傳曰季平子卒陽虎將以璵璠斂孔融汝潁優劣論陳羣曰頗有蕪菁唐突人參也顧已循涯寔知塵忝千載一逢再造難答向曰涯分寔是塵忝辱也翰曰言千載一逢聖人不誅

已罪又與之官是再成於已其恩難以答也造成也善曰東觀漢記太史官曰耿況千載而一遇者也易曰天造草昧言王者之恩同於上帝故云再造也雖則隕越且知非報濟曰言雖致命非所能報也隕喪越墜也善曰左氏傳齊侯曰小白恐隕越于下毛詩曰匪報也永以為好也不勝荷戴屏營之至善本作情字善曰國語申胥曰昔楚靈王獨行屏營謹詣聽奉白牋

謝聞昉死罪死罪

百辟勸進今上牋一首

良曰今上謂梁高祖武皇帝也初齊詔授高祖梁公加九錫高祖辭之於是左史王瑩等勸進高祖猶讓讓未許瑩等又牋並昉之辭

任彥升善曰何之元梁典曰高祖武皇帝諱衍字叔達姓蕭氏本

文選四十　四十五

蘭陵郡縣中都里人也劉璠梁典曰帝詔授公梁公加公九錫公辭於是左長史王瑩等勸進公猶讓讓未之許瑩等又牋並任昉之辭也帝謂寶融也史記曰司馬遷自序作今上本紀然遷以漢武見在故云今上也

近以朝命蘊策冒奏丹誠銑曰朝命天子之命也蘊稱策書奏進也丹誠赤心也冒進赤心謂授梁也善曰方言曰蘊崇也謂尊崇而加策命也蘊與韞同奉被還命未蒙虛受向曰言高祖還讓帝命不虛心而受之善曰易曰君子以虛受人搢紳顒顒愚恭深所未達翰曰搢紳謂百官也顒顒敬仰貌未達言不知高祖之意善曰司馬相如封禪書曰因雜搢紳先生之略術李奇曰搢插笏於紳紳大帶薛君韓詩章句曰萬人顒顒仰天告愬論語子曰丘未

逵也蓋聞受金於府通人之弘致濟曰魯國之法為人臣妾
於諸侯有能贖之者取金於府子貢贖魯人於諸侯來辭不取其金孔子曰賜也失之
矣自今已往魯不贖人矣皆此言者言高祖不可復讓弘大也　善曰呂氏春秋曰魯國
之法魯人為人臣妾於諸侯有能贖之者取其金於府子貢贖魯人於諸侯來而辭不取
其金孔子曰賜失之矣自今以往魯人不贖人矣鄭玄禮記注曰致之言至也高蹈
海隅匹夫之小節良曰舜以天下讓其友石戶農夫石戶農夫負妻戴
攜子以入海終身不反謂此者言高祖不可如斯也匹獨也　善曰莊子曰舜以天下讓
其友石戶之農石戶之農以舜之德為未至於是負妻攜子以入于海終身不反魏書荀
攸勸進曰信匹夫細行攸等所大懼是以履乘石而周公不以
為疑增玉璜而太公不以為讓向曰武王崩成王小周公

踐東宮履乘石為假天子七年而不疑者蓋為天下非為已也乘石天子所登之石也太
公即磻溪之水釣其涯得玉璜刻曰姬受命呂信之報在齊及佐周剋殷遂封於齊而不
讓者既功得之又天命也　善曰尸子曰昔者武王崩成王小周公旦踐東宮履乘石假
為天子十年周禮曰王行洗乘石鄭司農曰乘石王所登上車之石也尚書中候曰王至
磻溪之水呂尚釣於崖王下拜曰望公七年乃今見光景于斯尚立變名答曰望釣得
玉璜刻曰姬受命呂佐旌德合昌來提撰爾雒鈐報在齊宋均曰旌理也況世哲
繼軌先德在民翰曰言況高祖之家代有聖哲有遺德在人也謂高祖父
順齊侍中兄懿監郢州　善曰毛詩曰世有哲王晉中興書曰王綏八世德名繼軌左
氏傳晉士鞅謂秦伯曰欒武子之德在人如周人思召公焉經綸草昧歎
深微管濟曰綸理也言經理草創在冥昧之特比孔子之歎微管仲吾其被髮左
衽矣此又深也微無也　善曰易曰雲雷屯君子以經綸又曰天造草昧論語子曰管仲
相桓公霸諸侯一匡天下民到于今受其賜微管仲吾其被髮左衽矣加以朱
方之役荊河是依良曰高祖兄懿為豫州刺史鎮歷陽護軍將軍崔惠
景反破左興盛十萬衆於鍾山宮城拒守懿聞難投袂而起戰於越城破之惠景走丹徒
追斬之除侍中遷尚書令朱方丹徒也荊河豫州也言齊所以破惠景實依高祖之兄
懿之功也　善曰劉璠梁典曰蕭順之生高帝及兄懿懿為豫州刺史鎮歷陽護軍將軍
崔惠景反破左興衆十萬於鍾山宮城非守豫州聞難投袂而起戰於越城破慧景走追
斬之除侍中遷尚書令左氏傳曰冬吳伐楚以報朱方之役杜預曰朱方吳邑也尚書禹
貢曰荊河惟豫州班師振旅大造王室銑曰班還也師入曰振旅
造成也王室齊室也　善曰尚書曰班師振旅孔安國曰班還也兵入曰振旅言整衆

也左氏傳呂相曰我有大造于西雖累繭救宋重胝竹尼切存
楚善曰戰國策曰公輸般為楚設機械將以攻宋墨子聞之百舍重繭往見公輸般
般服焉請見之王王曰善哉請無攻宋高誘曰公輸般魯班之子百舍百里一舍也重繭
累胝也淮南子曰申包胥累繭重胝七日七夜至于秦庭以見秦王曰使下臣告急秦王
乃發軍擊吳果大破之存楚國五臣與善本同以善本作居字今觀古
曾何足云翰曰以懿觀之墨翟申包不足云也而惑甚盜鍾功
疑不賞濟曰言東昏侯欲掩已言无德也而不能賞懿之功歸政閹豎而鴆殺懿
也有偷鍾者將推毀之恐人聞之自掩其耳踰東昏侯欲自掩過也書曰功疑惟重漢蒯
通曰功高天下者不賞踰懿有惟重不賞之高功矣　善曰呂氏春秋曰范氏亡有得其
鍾者欲負而走則大鍾不可負以推毀之怳然有音恐人聞之而奪已遽掩其耳惡聞

其過亦由此也漢書蒯通謂韓信曰臣
聞勇略震主者身危功蓋天下者不賞皇天
后土不勝其酷是以玉馬駿奔表微子之去
金版出地告龍逢之怨銑曰酷當痛也紂惑
妲己玉馬夫宋宋謂
微子開於宋也玉馬前賢人也以前東昏無
道賢人歸於高祖矣桀殺龍逢於庚子之日
有金版出於庭中地曰族王禽龍逢與夏同
姓故稱族王禽言桀並見禽也謂東昏殺懿
懿與齊同姓其怨咎有如此也　善曰左氏
傳晉大夫謂秦伯曰君履后土而戴皇天也
劉璠梁典曰東昏荒淫歸政閹豎尚書令懿
於中書省飲鴆薨論語比考讖曰殷惑妲己
玉馬走宋均曰安妲己有美色也玉馬賢
臣奔去也論語陰嬉讖曰庚子之旦金版克
書出地庭中曰臣族虐王禽宋均曰謂殺開
龍之後庚子旦庭中地有此版異也龍同姓
稱族王虐殺
我必見禽也明公據鞍輟哭厲三軍之志獨

文選四十　四十八

居淹涕激義士之心向曰孫權兄策為許貢
客所殺權悲感未視事
張昭謂權曰方今天下鼎沸何得伏哀戚乃
扶權上馬陳兵而出讓光武兄伯升為更始
所害光武獨居不御酒肉卧枕席有涕泣處
言高祖於兄如此二主三軍義士為之激厲
也輟止也　善曰劉璠梁典曰高祖告難於
荊州行事蕭穎曹建牙陳伐吳志曰孫策亡
權悲感未視事張昭謂權曰方今天下鼎沸
何得寢伏哀戚乃扶上馬陳兵而出范曄後
漢書曰馬援擊顧聘三國名臣頌曰輟哭
止哀東觀漢記曰光武兄齊武王以讒遇害
上獨居不御酒肉坐卧枕席有涕泣處晉中
書劉瓛謂邵續曰莫若亢大順以激義士之
心奉忠正以
屬軍民之志故能使海若登祗罄圖效祉翰曰
楚辭云使湘靈鼓琴兮海若舞海若海神也
齊桓公北伐見一小兒在馬前走管仲曰登
山之神曰俞兒霸王之君興則見祗神也山
海之神罄盡而效其福祉　善曰王逸曰海

若海神名也管子曰登山之神有俞兒者長
尺人物具焉霸王之君興登山之神見且走
馬前走導也爾
雅曰罄盡也山戎孤竹束馬景從伐罪弔
民一匡靖亂良曰齊桓公曰寡人北伐山戎
過孤竹束馬懸車上碑耳之山
景從天下如日景之從人也湯伐葛伯殺其
君弔其民一匡天下靖亂謂除逆也言高祖
征伐之事而類於此　善曰西都賦曰天官
景從尚書曰奉辭伐罪孟子曰湯始征自葛
誅其君弔其民論語子曰管仲相桓公一匡
天下左氏傳宰孔謂晉侯曰君務靜亂无勤
於行匪叨天功實勤濡足銑曰介子推曰竊
也人之財猶謂之盜
况貪天之功以為己力申屠狄非其世將投
于河崔嘉聞而止之曰聖人人之父母今
濡足故不救人可乎言高祖實同天功非
竊叨而得為天下父母濡足以救於人也且
明公本自諸生取樂名教向曰言高祖起自
諸生取樂於名教

文選四十　四十九

之間善曰鍾離意別傳曰嚴遵與
光武皇帝俱為諸生名教已見上文道風素
論坐鎮雅俗翰曰雅俗謂正風俗善曰王
隱晉書劉琨表曰李術以素論
門望不可與樵采同
日也雅俗已見上文不習孫吳遘茲神武良曰
孫子吳子皆兵法也遘成也　善曰曹植上
疏曰不取孫吳而闇與之會周易曰古之聰
明聖智神武
而不殺者也驅盡誅之氓善本作
萌字濟必封之
俗銑曰桀紂之人比屋可誅堯舜之人比屋
可封言變風俗若此　善曰史記周公曰
後嗣王紂其民皆可誅尚書大傳曰周民可
比屋而封也孔安國尚書傳曰齊成也王充
論衡曰堯舜之民比屋可封
桀紂之民比屋可誅也龜玉不毀誰之功
歟向曰季氏將伐顓臾冉有季路見於孔子
曰虎兕出於匣龜玉毀於櫝中誰之過也
今則不然誰之功也
歟言高祖之功也兕善本作獨字為君子善本有
將字

使伊周何地翰曰言爲君子將使伊尹周公何地而立也善曰謝承後漢書王暢諫劉表曰蘧伯恥獨爲君子何地謂何地自處也其等不違通變實有愚誠善曰周易曰通其變使民不倦不任悾款悉心重謁善曰論語注曰悾悾誠懿也廣雅曰款誠也伏願時膺典冊式副民望善曰左氏傳師曠謂晉侯曰夫君神之主而民之望也

奏記

奏記詣蔣公一首

阮嗣宗濟曰晉太尉蔣濟聞籍有俊才而志倜儻問王默欲後辟之籍詣都亭奏記初濟恐不至得記欣然遣吏卒迎而籍已去濟大怒恚王默默懼與籍書鄉親共喻乃就後謝病歸善注同

籍死罪死罪伏惟明公以含一之德據上台之位良曰書云伊尹作咸有一德也三台星三公位也濟爲太尉即三公咸言上台重之也善曰尚書曰伊尹作咸有一德泰階六符經曰中階上星謂諸侯三公漢書音義曰泰階三台羣英翹首俊賢抗足善曰易通驗卦曰萬人聞雞鳴皆翹首開府之日人人自以為掾以縮屬辟書始下下走為首善曰辟猶召也司馬遷書曰太史公牛馬走應劭漢書注曰走僕也子夏處西河之上而文侯擁篲自歲反銑曰子夏卜商字也魏文侯師之於西河魏地名擁篲申恭敬之禮篲帚也善曰史記曰卜商字子夏禮記曾子謂子夏曰事夫子於洙泗之間退而老於西河之上呂氏春秋白圭曰魏文侯師子夏李奇漢書注曰擁篲為恭也如今卒持篲也鄒子居於黍谷之陰而昭王陪乘善本無於字向曰鄒子鄒衍也燕有谷寒不生五穀鄒衍吹律而溫氣至生黍稷衍時居焉燕昭王敬其德而陪乘也善曰劉向別錄曰鄒衍在燕有谷寒不生五穀鄒子吹律而溫生黍七略曰方士傳言鄒子在燕其遊諸侯畏之皆郊迎擁篲鄭玄周禮注曰陪乘參乘也夫布衣窮居韋帶之士王公大人所以屈體而下之者為道存也翰曰布衣韋帶皆賤服韋布也善曰鄒陽上書曰布衣窮居之士身在貧賤說苑唐且謂秦王曰大王嘗聞布衣韋帶之士怒乎呂氏春秋曰王公大人從而化之此得之於學也莊子曰若夫人者目擊而道存焉籍無鄒卜之德而有其陋猥煩大禮何以當之濟曰陋鄙也良曰猥頓也大禮謂辟命方將耕於東皐之陽輸黍稷之稅以避當塗者之路銑曰東皐籍之所居之東也澤畔曰皐稅國稅也當塗謂事貴人也善曰漢書武帝制曰守文之君當塗之士欲則先王之法以翼藏其世主者甚眾也負薪疲病足力不彊向曰孟子有疾王使問之孟子曰昔者有王命時有負薪之憂籍言力不可彊不勝王事善曰孟子曰孟子有疾王使人問疾孟仲子對曰昔者有王命有負薪之憂不能造朝列子曰非足力之所及也補吏之日非所克堪乞迴謬恩以光清舉翰曰克能也稱已充德則辟命為謬恩迴以聘賢則庶光於所舉矣

文選卷第四十

宿

書上

文選　四十一

文選卷第四十一

梁昭明太子撰　　五臣并李善注

書上

李少卿荅蘇武書一首

司馬子長報任少卿書一首

楊子幼報孫會宗書一首

孔文舉論盛孝章書一首

朱叔元善本有爲幽州牧四字與彭寵書一首

陳孔璋爲曹洪與魏文帝書一首

荅蘇武書一首

文選四十一　一

李少卿翰曰漢書云李陵字少卿天漢二年陵率步卒五千人出塞與單于戰力屈乃降匈奴中與蘇武相見武得歸爲書與陵令歸漢陵作此書荅之

子卿足下良曰子卿蘇武字古人貴呼其字者字所以表德也善曰蔡邕獨斷曰陛下者羣臣與至尊言不敢指斥天子故呼在陛下者而告之因卑達尊之意也及羣臣庶士相與言殿下閤下足下侍者執事之屬皆此類也勤宣令德策名清時榮問休暢幸甚幸甚向曰令善也銑曰策立休美暢通也清時謂清平之時保榮令問之德美通時君之道遇之甚也再言之者美之甚也幸遇也善曰左氏傳僖公二十三年狐突對晉惠公曰策名委質貳乃辟也策名謂君簡書臣之名清時謂昭帝之時小雅曰非分而得謂之幸遠託異國昔人

所悲濟曰昔人謂雍門子謂孟嘗君云臣之所能令悲者遠赴異國無相見期善
曰桓子新論雍門周鼓琴見孟嘗君曰先生鼓琴亦能令悲乎對曰所能令悲者遠赴絕
國無相見期若此人者但聞飛鳥之號秋風蕭條則心傷矣望風懷想能
不依依翰曰望風謂遠望也依依愁思也昔者不遺遠辱還
荅良曰不遺舊情也陵前與蘇武書武有還荅今陵又荅慰誨勤勤有
踰骨肉向曰慰誨謂慰勞誨教也踰過也陵雖不敏能不慨
然濟曰敏達也言雖不達事理豈不慨然歎其情深於人致此耶　善曰孝經曰參不敏
自從初降以至今日身之窮困獨坐愁苦終
日無覩但見異類翰曰異類不同類於己者　善曰家語孔子曰舜之為
君暢於異類王肅曰異類四方夷狄也韋韝古豆毳川芮幕莫以禦

風雨銑曰韋皮也韝衣袖毳氈也唯以皮為袖以氈為幕也戎狄之服也　善曰說
文曰韝臂衣也漢書董君緑幘傳曰韝形如射韝以縛左右手於事便也毳幪氈帳也
羶肉酪漿以充飢渴善曰烏孫公主歌曰肉為食酪為漿舉目
言笑誰與為歡胡地玄冰邊土慘裂良曰氷厚故色
玄土地也慘裂寒之甚也　善曰說文曰慘毒也廣雅曰裂分也但聞悲風
蕭條之聲涼秋九月塞外草衰夜不能寐側
耳遠聽胡笳互動牧馬悲鳴翰曰笳笛之類胡人吹之為曲
善曰杜摯笳賦序曰笳者李伯陽入西戎所作也傅玄笳賦序曰吹葉為聲說文作葭毛
詩曰駟騏牡馬吟嘯成羣邊聲四起向曰笳曲馬鳴鼓吹之屬晨
坐聽之不覺淚下嗟乎子卿陵獨何心能不

悲哉銑曰自嗟而遠呼子卿也聞此等聲陵獨何以為心而不悲也與子別
後益復無聊善曰賈逵國語注曰聊賴也上念老母臨年
被戮妻子無辜並為鯨鯢濟曰武帝以陵降匈奴殺其母妻也
鯨鯢魚名喻不義以務吞食也　善曰左氏傳楚子曰古者明王伐不敬取其鯨鯢而封
之以為大戮杜預曰鯨鯢大魚名以喻不義之人吞食小國身負國恩為
世所悲善曰背恩不報為負恩也鄭玄禮記注曰負背也子歸受榮
我留受辱命也如何身出禮義之鄉而入無
知之俗良曰禮義中國也無知謂匈奴違棄君親之恩長為
蠻夷之域良曰域國也傷己令先君之嗣更成戎
狄之族又自悲矣翰曰陵自傷令為祖父後嗣令乃成戎狄之族又成

悲也　善曰先君謂其父當户也即廣之子功大罪小不蒙明察
向曰陵有戰功甚大為罪小不蒙天子明察孤負陵心區區之意
銑曰國家孤負其心不知區區之意見誅母妻每一念至忽然忘生
濟曰每念國家不明察陵心忽然不知生之有生陵不難刺七亦心以
自明刎亡粉頸以見何見志良曰難懼也刎以刀自斷顧國家
於我已矣翰曰顧念已止也言我雖欲自明念國家於我恩情止也　善曰王
逸注離騷曰已矣絕望之辭也殺身無益適足即喻增羞故每
善本無每字攘臂忍辱輒復苟活向曰攘奮也忍恥辱在匈奴中
苟求於活　善曰孟子曰馮婦善攘虎攘臂下車衆皆悅之左右之人見
陵如此以為不入耳之歡來相勸勉異方之

樂秖音支令人悲增忉怛耳銑曰在陵左右之人見陵憂情如此
乃以音樂相勸勉也不入耳則不樂也秖辭也忉怛內悲也　善曰爾雅曰忉憂也方言
曰怛痛也嗟乎子卿人之相知貴相知心前書倉
卒七忽未盡所懷故復略而言之濟曰略言之則下事也
昔先帝授陵步卒五千出征絕域翰曰作書時是漢昭
帝時　而言先謂武帝也絕域遠國也　善曰先帝謂武帝也五將失道陵
獨遇戰良曰五將謂軍將有五與陵有期期不至故稱失道獨遇匈奴與之合戰
善曰漢書武紀曰天漢二年將軍李廣利出酒泉公孫敖出西河騎都尉李陵將步卒五
千出居延時無五將未審陵書之誤而武紀略之集表云臣以天漢二年到塞外尋被詔
書責臣不進臣輒引師前到浚稽山五將失道詳此亦不云其名而裹萬里

文選四十一　四

之糧帥徒步之師向曰帥率也出大漠善本作天漢字之
外入彊胡之域善曰漢書蕭何曰語曰天漢其稱甚美臣瓚按流俗語曰天
漢其言常以漢配天此美名也以五千之衆對十萬之軍銑曰
匈奴軍有十萬也策疲乏之兵當新羈之馬濟曰疲勞倦也
新羈之馬謂胡人驅散馬以被之羈以皮絡馬頭也　善曰說文曰羈馬絡頭也然
猶斬將搴旗居展切追奔逐北濟曰斬賊之將取賊之旗軍敗
曰北賊敗走而陵軍逐之善曰史記曰斬將搴旗之士臣瓚按拔取曰搴商君書曰戰
勝逐北服虔漢書注曰師敗曰北滅跡掃塵斬其梟帥良曰殺敵
之易如滅行跡埽塵則無跡矣梟帥謂賊之勇將而陵軍逐之　善曰張晏漢書注曰驍
勇也若六博之梟使三軍之士視死如歸向曰謂得人心　善

曰呂氏春秋管仲謂齊侯曰平原廣域車不結軌士不旋踵鼓之使三軍之士視死如歸
臣不如王子成父陵也不才希當大任銑曰希少也　善曰呂氏春
秋淳于髡曰臣不肖不足以當大任意謂此時功難堪矣濟曰堪勝
也言此時功大難可勝比　善曰說文作戡戡勝也此堪是地名今傳俗用匈奴
既敗舉國興師翰曰匈奴既為陵所敗遂退盡其國中吏起大軍以敵陵
善曰劉兆穀梁注曰舉盡也更練精兵彊踰十萬單于臨
陣親自合圍客主之形既不相如而去反步馬
之勢又甚懸絕良曰陵入匈奴之境則匈奴為主陵為客客且不如主矣
陵步卒匈奴馬騎其勢又相懸絕遠也疲兵再戰一以當千然
猶扶乘創初良痛決命爭首向曰扶其創乘其痛以少敵衆見傷

文選四十一　五

者多然士卒用命皆扶其創痛爭為先首而戰也　善曰漢書曰陵與單于連戰士
卒矢傷二創者載輦兩創者將車一創者持兵死傷積野餘不滿百
銑曰餘兵不滿百人而皆扶病不任干戈濟曰百人之中扶持創痛
不堪戰也然陵振臂一呼創病皆起舉刃指虜胡
馬奔走翰曰虜謂匈奴奔走猶懼威也兵盡矢窮人無尺鐵
猶復徒首奮呼火故爭為先登良曰窮亦盡也尺鐵兵器　向
曰徒空也言無兵器空首奮迅叫呼猶將先登而戰也　善曰徒空也言空首奮擊無復
甲胄當此時也天地為陵震怒戰士為陵飲血
濟曰飲血謂歠泣也　善曰血即淚也燕丹子曰太子歠欷飲淚單于謂陵
不可復得便欲引還而賊臣教之遂便復戰

故陵不得善本無得字免耳濟曰單于將爲與陵戰不復可得欲引兵
還　銑曰賊臣謂陵軍候管敢得罪亡入匈奴　而單于恐漢有伏兵欲引兵還管敢乃言
曰必無伏兵唯大將爾匈奴便復與戰陵急乃降遂不免難　善曰賊臣謂管敢也李陵
傳云軍候管敢爲軍旅候被校尉笞之五十乃亡入匈奴于時匈奴與陵戰至塞恐漢有
伏兵欲引還敢曰漢無伏兵匈奴因大進兵陵戰于蘭山漢軍敗引矢並盡陵於是遂
降昔高皇帝以三十萬衆困於平城當此之
時猛將如雲謀臣如雨然猶七日不食僅其斬
乃得免翰曰高祖將三十萬衆伐韓王信於平城爲匈奴所圍七日不得食用陳
平奇計得免如雲如雨言多也　善曰史記曰高祖自將擊韓王信遂至平城爲匈奴所圍
七日不得食用陳平秘計始得免毛詩曰齊子歸止其從如雲又曰其從如雨何休公羊

文選四十一　六

注曰僅纔也況當陵者豈易爲力哉而執事者云
云良曰高祖尚如此況當陵者豈容易而致力也向曰云云謂多言也　善曰謂漢
朝執事之人也苟怨陵以不死然陵不死罪也向曰以不
死謂不以死力爲國也陵之不死亦是罪也亦有所以　濟曰言子卿視陵
豈偷生之士而惜死之人哉寧有背君親捐
妻子而反爲利者乎然陵不死有善本有所字爲
也故欲如前書之言報恩於國主耳翰曰陵前書云
若將不死功成事立則將上報厚恩下明祖考之志也　善曰李陵前與蘇子卿書云陵
前爲子卿死之計所以然者冀其驅醜虜翦然南馳故且屈以求伸若將不死功成事立
則將上報厚恩下顯祖考之明也誠以虛死不如立節滅名

不如報德也善曰琴操曰重耳將自殺子曰申生死子復隨之昔范
蠡不殉會稽之恥曹沫上貝不死三敗之辱卒
子律復勾踐之讎報魯國之羞區區之心竊慕
此耳銑曰范蠡越之賢臣吳王伐越越敗王走於會稽山後七年用蠡計遂破吳是
復勾踐之讎也殉死也勾踐越王名曹沫與齊三戰三敗失其境土後魯與齊盟曹沫以
七首劫桓公於壇上曰反所侵地桓公許之於是遂得其地是報魯國之羞陵遂心慕此
欲爲漢報功　善曰史記曰吳王夫差精卒擊越敗之越王乃以餘兵五千人保棲於會稽
勾踐令大夫種行成於吳吳王赦越勾踐自會稽七年撫循其士民吳王北會諸侯於黃
池范蠡曰可矣乃發兵伐吳吳師敗乃請成於越後四年越復伐吳吳師敗吳王遂自殺
又曰曹沫者魯人以勇力事魯莊公爲魯將與齊戰三戰三北莊公懼乃獻遂邑之地以

文選四十一　七

和猶復以爲將齊桓公許與魯會于柯桓公與莊公旣盟于壇上曹沫執七首劫齊桓公
桓公問曰子將何欲曹沫曰齊強魯弱而大國侵魯亦已甚矣今魯城壞壓境君其圖之
桓公乃許盡還魯之侵地何圖志未立而怨已成計未從
而骨肉受刑濟曰骨肉謂母與子　善曰漢書曰公孫敖捕得生口言陵教
單于爲兵以備漢於是族陵家母弟妻子皆伏誅此陵所以仰天椎
直追心而泣血也足下又云漢與功臣不薄子
爲漢臣安得不云爾乎翰曰武與陵書云漢與功臣不薄武爲漢
臣何得不云　如此其實薄也昔蕭樊囚縶韓彭葅醢良曰蕭何
樊噲韓信彭越皆高祖功臣而蕭樊囚縶韓信見誅而彭越爲醢徧賜諸侯　善曰史記
曰相國蕭何爲民請曰長安地狹上林中多空棄地願令民得入田收藁爲獸食上大怒

曰相國多受賈人財物乃請吾苑遂下廷尉
械繫之又曰高祖病有人惡樊噲黨於呂氏
即曰上一日宮車晏駕則噲欲以兵盡誅戚
氏趙王如意之屬高祖大怒乃使陳平載絳
侯代將而即軍中斬噲陳平畏呂氏執噲詣
長安又曰陳豨反韓信在長安欲應之事覺
呂后使武士縛信斬於長安鍾室又曰彭越
反高祖赦之遷處蜀道著青衣行至鄭逢呂
后從長安來越泣曰願處故昌邑后許諾旣
至白上曰彭越壯士也今徙蜀自遺患不如
誅之令其舍人告越反遂夷三族黥布傳薛
公曰前年臨彭越往年殺韓信説文曰葅肉
醬也晁善本作鼂字錯受戮周魏見辜向曰景帝時袁盎譖言誅
晁錯也周勃免相國人告其反下獄魏其侯竇嬰坐為灌夫田蚡事棄市棄罪也善曰
鼂錯已見西征賦漢書曰周勃爲丞相十餘月上乃免丞相就國歲餘每河東守尉行縣
至絳絳侯勃自畏恐誅常被甲令家人持兵以自衛其後人有上書告勃欲反下廷尉捕

文選四十一　八

治之又曰竇嬰景帝時吳楚反拜爲大將軍七國破封嬰爲魏其侯坐灌夫罵丞相田蚡
不敬遂論嬰棄市其餘佐命立功之士賈誼亞夫之
徒皆信命世之才抱將相之具銑曰佐命謂佐王命也亞
夫周亞夫翰曰命名也言其名流播於時代善曰左氏傳曰太上有立德其次有立
功賈誼已見鵩鳥賦漢書曰周亞夫諫上不用因謝病免相亞夫子爲父買官尚方甲楯
五百被召詣廷尉責問曰君侯欲反乎亞夫曰所買乃葬器也何謂反乎吏侵之益怒遂
入廷尉不食五日歐血而死孟子曰千年一聖五百年一賢賢聖未出其中有命世者
而受小人之讒並受禍敗之辱卒子律使懷才
受謗能不善本有得字展彼二子之遐舉誰不爲
之痛心哉向曰文帝欲以賈誼任公卿之位絳灌東陽侯馮敬之屬盡害之乃

毀之曰洛陽之人年少初學專欲擅權於是
天子疏之不用後爲長沙王太傅梁孝王與
周亞夫有隙孝王每朝常言其短景帝欲封
皇后兄王信亞夫曰高祖約非有功不得
侯今信雖皇后兄無功侯之非約也後謝病
免竟下獄歐血而死是不展周賈二子遠舉
之才以行君代誰不爲痛心哉善曰二子
謂范蠡曹沫也言諸侯才能者被因戮不如
二子之能雪恥報功也陵先將軍功略蓋天地義勇冠
三軍徒失貴臣之意剄古令身絕域之表良曰先將
軍廣也功績謀略甚大可蓋於天地義勇冠出於三軍之上也翰曰貴臣謂衛青也廣
與青出征匈奴責廣失道廣曰結髮與匈奴大小七十戰而今失道豈非天哉且廣年六
十餘終不能復對刀筆之吏遂引刀自剄也剄割也絕域遠國表外也善曰先將軍謂
李廣也貴臣謂衛青也漢書曰元狩四年大將軍衛青擊匈奴廣爲前將軍出塞捕虜知

文選四十一　九

單于所居處青乃自部精兵而令廣出東道東道迴遠廣辭曰臣結髮與匈奴戰願居前
大將軍不聽廣意色慍怒引兵出東道惑失道後大將軍因問失道狀欲上書報
天子廣未對大將軍長史急責廣廣謂其麾下曰結髮與匈奴大小七十餘戰今幸從大
將軍出接單于兵而大將軍令廣部行迴遠又迷失道豈非天哉且廣年六十餘終不復
對刀筆之吏遂引刀自剄音義鄭德曰以刀割頸爲剄姑鼎切此善本無此字功
臣義士所以負戟而善本有長字歎者也銑曰功臣義士
見有功者誅有才者死故負戟而長歎何謂不薄哉翰曰此國家於功臣
才子甚薄而武何謂云不薄哉且足下昔以單車之使適萬
乘之虜遭時不遇至於伏劍不顧流離辛苦
幾死朔北之野濟曰武奉使入匈奴單車謂衆少萬乘謂兵甲多也

虜則匈奴號也　良曰武奉使入匈奴中匈
奴有變武曰屈節辱命雖生何面目以歸漢
乃引劒自刺氣絶半日復息匈奴徙武於北
海上無人處幾近也　善曰漢書曰漢遣蘇
武以中郎將持節送匈奴使留在漢者匈奴
方欲使送武會匈奴維王長水虞常反匈奴
中常以告武副使張勝許以貨物與常一
人夜亡告之維王等死虞常生得匈奴使衛
律治其事張勝以告武武曰事如此必及我
衛律召武受辭武謂惠等屈節辱命雖生何
面目以歸漢引佩刀以自刺衛律驚自抱持
武武氣絶半日復息乃徙武北海上無人處
丁年奉使皓首而歸向曰丁壯皓白也武在匈奴中十九年及還白
首　善曰丁年謂丁壯之年也漢書曰武留匈奴凡十九歲始以強壯出及還鬚髮盡白
老母終堂生妻去室善本作帷字　濟曰武奉使既久母死妻嫁去
室謂嫁也終堂謂母亡也　善曰漢書陵謂武曰陵來時太夫人已不幸陵送至陽陵子

文選四十一　十

卿婦年少聞已更嫁此天下所希聞古今所未有也蠻
貊亡百之人尚猶嘉子之節況為天下之主乎
銑曰言匈奴善武志節後得還漢況天子為天下之主而不知乎陵謂足下
當享茅土之薦受千乘之賞翰曰茅土千乘皆謂封諸侯之
事也享受也薦進也　善曰尚書緯曰天子社東方青南方赤西方白北方黑上冒以黃
土將封諸侯各取方土苴以白茅以為社論語曰道千乘之國漢書曰兵車千乘諸侯之
大者聞子之歸賜不過二百萬位不過典屬國
向曰武自匈奴還賜錢二百萬今之二千貫屬國今鴻臚卿　善曰漢書曰元始六年武
至京師拜為典屬國秩中二千石賜錢二百萬無尺土之封加子之
勤良曰勤勞也而妨功害能之臣盡為萬戶侯親

戚貪佞之類悉為廊廟宰濟曰謂帝室親戚及貪財巧佞之臣
廊廟貴士居處宰官也子尚如此陵善本有復字何望哉且
漢厚誅陵以不死銑曰厚謂誅母也不死謂不為國家盡死節薄
賞子以守節欲使遠聽之臣望風馳命此實
難矣翰曰謂歸於漢也向曰聽聞也所以每顧而不悔者
也良曰每內顧雖身辱甚矣而不為悔陵雖孤恩漢亦負德濟曰
力屈而降則孤恩也漢誅陵母亦負德也善曰言陵無功以報漢為孤恩漢戮陵母為
負德論語曰德不孤必有鄰昔人有言雖忠不烈視死如
歸陵誠能安而主豈復能眷眷乎銑曰昔人雖有忠心
不能烈勇者尚能感節義視死如歸陵志誠儻能安於此事主上豈能眷眷念陵也　善

文選四十一　十一

曰言陵忠誠能安於死事男兒生以不成名死則葬蠻夷
中誰善本有復字能屈身稽顙還向北闕翰曰稽顙拜也
北闕天子所居也使刀筆之吏弄其文墨耶向曰刀筆之吏
獄吏也安能使其弄文墨於我為辯對之事恥　善曰史記張釋之曰秦任刀筆之吏又
功臣曰蕭何徒持文墨顧居臣上顧足下勿復望陵良曰勿復望陵
歸於漢嗟乎子卿夫復何言濟曰作嘆而呼子卿也夫復何言謂
不復可言此畢竟之辭相去萬里人絶路殊生為別世
之人死為異域之鬼長與足下生死辭矣幸
謝故人銑曰幸猶厚也言永別故人厚謝勤勤之辭也　善曰故人謂任立政大
將軍霍光上官桀等勉事聖君足下胤子無恙勿以為

念銑曰勉勵以事聖君扭勸戒義　翰曰亂子武之子也武在匈奴中胡婦産一子勿
以為念言勿憂之　善曰漢書曰武在匈奴時胡婦生子名通國楚辭曰賴皇天之厚德
兮還及君　努力自受善本作愛字　善曰時之無恙老子曰聖人自愛
因北風復惠德音良曰上云人絶路殊故云北風以惠德音謂使我聞
道德之聲北風謂南風向北也　李陵頓首

報任少卿書一首

司馬子長向曰漢書云司馬遷字子長河内人也有良史才武
帝將誅李陵毋妻遷盛言李陵才器不可誅之後有譏遷與陵善故
為遊説遂下獄受刑後為中書令修史記益州刺史任安字少卿
與遷書責以進賢之義遷以此書報也　善曰漢書曰遷既被刑之

文選四十一　十二

後為中書令尊寵任職故人益州刺史任安乃與書責以進賢之義
遷報之遷死後其書稍出史記曰任安滎陽人為衛將軍後為益州
刺史

太史公牛馬走濟曰太史公遷之父走猶僕也言已爲太史公牛馬之僕
蓋自卑之辭　善曰太史公遷父談也走猶僕也言已爲太史公掌牛馬之僕自謙之辭
也　司馬遷再拜言少卿足下善曰如淳曰少卿任安字也
曩者辱書賜善作賜書教以順於接物推賢進士
為務翰曰曩昔教示也言教示接於人物推讓賢才以進用士子爲務謂遷爲中書
令　善曰禮記曰儒有推賢而進　意氣勤懇勤懇善本作懃懇懃懇字
苦本反　良曰情切之辭　善曰懃懃懇懇忠款之貌也　若望僕不相師
而用善作用而流俗人之言僕非敢如此也銑曰而如
也言少卿書若怨望我不相師用以少卿勸戒之辭如流俗之人所言我非敢如此　善
曰蘇林曰而猶如也禮記曰不從流俗鄭玄曰流俗失俗也　僕雖疲善本作罷
字　駑奴亦嘗側聞長者之遺風矣向曰疲極駑鈍馬自
比之銑馬謙也亦嘗耳聞長者之遺風謂古賢人也　善曰側聞謙辭也列子曰吾側聞
之禮記曰與長者坐必異席　顧自以為身殘處穢濟曰殘謂被刑
穢謂惡名也　動而見尤善曰言舉動必為人之所尤過也　欲益反
損是以善本有字　獨鬱悒邑　而誰與善本作與誰語　翰曰
身為殘刑動見猜過本於益而反損既不得志則與誰語此事　善曰鬱悒不通也楚辭
曰獨鬱結其誰語　諺曰銑曰諺言也古今相傳之言曰諺　誰為去聲為

文選四十一　十三

之孰令聽之良曰少卿書教遷推賢進士遷意云君非聖明動則有過為誰
為之又令誰聽用我也孰誰也　善曰誰為猶為誰也言已假欲為善當為誰為之乎復
欲誰聽之乎　蓋鍾子期死伯牙終身不復鼓琴銑曰
蓋辭也鍾子期古之知音者伯牙善鼓琴子期知其妙理期既死則無人知音故不復鼓
琴矣令君不明察是無知音使我何為　善曰呂氏春秋曰伯牙鼓琴意在太山鍾子期
曰善哉巍巍若太山俄而志在流水子期曰善哉湯湯乎若流水子期死伯牙破琴絶絃
終身不復鼓琴以為世無賞音者　何則士為知已者用女為
悅已者容向曰何則謂自發問上事何則如此也士為知於已心者必罄誠而
為之用女子為愛於已貌者而飾其容令人不知我心不悅我道亦何所為　善曰戰國
策曰晉陽之孫豫讓事知伯知伯寵之及趙襄子殺知伯豫讓逃山中曰嗟乎士為知已

者用女爲悅己者容吾其報知氏矣若僕大質已虧缺矣雖才
懷隨和行若由夷終不可以爲榮適足以見
笑而自點耳翰曰大質身也虧缺爲被刑也雖才如懷隨侯之珠卞和之玉
行若許由伯夷之貞絜何以爲榮足以見天下所笑自取點污耳　善曰隨隨侯珠也和
和氏璧也由許由也夷伯夷也點辱也書辭宜答會東從才用上
來又迫賤事濟曰得少卿書詞宜即答爲東從天子來故未也東東游上天
子也良曰從天子來且復答書又迫於職掌事卑各在一方　善曰往前與我書書宜
應答但有事故不獲答服虔曰從武帝還孟康曰卑賤之事若煩務也如淳曰還爲中書
令任職常知中書時偶有賊盜之事晉灼曰賤事家之私事也相見日淺卒
卒七忽無須臾之閒閑得竭志意良曰少卿相見時近卒卒

無暇不得與書述志意也日淺謂時少也竭盡也　善曰文穎曰卒卒促遽之意也閒隙
也今少卿抱不測之罪涉旬善本有月字迫季冬
向曰安爲戾太子事因於獄不測謂生死不可知　銑曰近季冬將刑也　善曰如淳曰
平居時不肯報其書今安有不測之罪在獄故報往日書欲使其恕以度已僕又
薄傅從上上市丈雍紆共反恐卒然不可爲諱翰曰薄迫
也上天子也言又迫從天子將祠祭於雍雍祠神所　濟曰卒然言速也不可爲諱謂死
也　善曰韋昭曰薄迫也迫當從行　難言其死故云不可諱是僕終已不
得舒憤懣門本以曉左右銑曰恐安死未答書是我終身不得申憤
懣以曉明少卿左右猶足下也　善曰廣雅曰懣悶也楚辭曰惟煩懣以盈胷則長
逝者魂魄私恨無窮良曰長逝者死也言不答書而少卿死私心之

恨無窮也　善曰謂任安恨不見報也請略陳固陋闕然久不
報幸勿爲過向曰固陋鄙也言今答書略陳固陋之志幸勿以爲過僕
聞之修身者智之府善本作符也翰曰府聚也善曰符信也愛
施者仁之端也銑曰端首也取與者義之表也翰曰
取謂受惠與謂行德也恥辱者勇之決也向曰受恥辱者是勇者之
決性　善曰勇士當於此而果決之立名者行之極也善曰九人能立
志者行中也之最極也士有此五者然後可以託於世而
列於君子之林也善本作矣字　濟曰言君子之德如林林之茂盛故
禍莫憯慘於欲利悲莫痛於傷心良曰多欲而求利者
禍必至憯痛也　善曰所可憯者唯欲之與利爲禍之極也所可痛者唯傷心之事而可

爲悲也行莫醜於辱先詬火茸莫大於宮刑銑曰辱先
代祖考謂遷被刑　濟曰詬恥也言入之恥者宮刑爲大也　善曰醜穢也先謂祖也詬
音垢應劭曰詬恥也說文詬或作詢火逅切禮記儒行曰妄常以儒相詬病左氏傳宋元
公曰余不忍其詬此二書其訓頗同刑餘之人無所比數濟曰
遷自謂也非一世也所從來遠矣翰曰刑餘之人不足比數非此
一代然所從來慶乃遠言自古已來有之謂下丈也昔者善本無者字衛靈
公與雍渠同載孔子適陳向曰雍渠閹人謂同車而行靈公載
與此閹人同車孔子爲次車孔子恥之去衛之陳也　善曰家語曰孔子居衛月餘靈公
與夫人同車出令宦者雍渠參乘使孔子爲次乘遊過市孔子曰吾未見好德如好色者
於是恥之去衛過曹此言孔子商陳未詳商鞅因景監見趙良寒

心良曰商鞅秦相也初因閹豎景監見穆公既得用之後為趙良之說以為恥事寒心謂愧恥也 善曰史記商君謂趙良曰我化秦孰與五羖大夫賢趙良曰五羖大夫荊之鄙人也繆公知其賢舉之牛口之下加之百姓之上今君之見秦王也因嬖人景監以為主非所以為名也又趙高請李斯曰釋此不從禍及子孫是為寒心也同子參乘袁絲變色自古而恥之向曰同子者謂宦者趙談也與遷父同名故易言同子景帝與之同車袁盎變色伏諫曰臣聞天子所共六尺輿者皆天下英俊今漢雖乏人奈何與刀鋸之人同載也絲盎之字也此則自古恥之也 善曰蘇林曰趙談與遷父同諱故曰同子漢書曰上朝東宮趙談參乘袁盎伏車前曰臣聞天子所與共六尺輿者皆天下豪英今漢雖乏人陛下獨奈何與刀鋸餘同載於是上笑下趙談夫中才之人事有關於宦豎莫不傷氣而況於慷慨之士乎銑曰中才謂常才也事有關於閹人皆且傷其氣類不同況慷慨高節之士乎如今朝廷雖乏人奈何令刀鋸之餘薦天下之善本無之字豪俊哉良曰刀鋸宮割用刀也餘謂餘生遷數與宦豎無異奈何得遣進賢士乎薦進也豪俊賢士也 善曰史記褒貂曰臣刀鋸之餘賊二心不僕賴先人緒業濟曰先人祖考也緒餘也 善曰廣雅曰緒末也司馬彪莊子注曰緒餘也得待罪輦轂下二十餘年矣銑曰常懼不能繼先人之業若待罪譴也所以自惟上之不能納忠效信有奇策才力之譽自結明主翰曰惟思效用譽名也結謂託奉也次之又不能拾遺補闕招賢進能顯巖穴之士向曰拾國家遺失之事補國家闕亂之職巖穴之士

文選四十一　十六

謂隱逸人也外之善本有又字不能備行伍攻城野戰有斬將搴搴旗之功濟曰斬前敵之將拔前敵之旗搴取也下之不能積日累勞取尊官厚祿以為宗族交游光寵向曰交游朋友也光美寵盛也四者無一遂苟合取容無所短長之效可見如此矣銑曰言上所述四者無一遂苟且合時取容執事於國無損益之驗可見之志乃如此也言無所堪矣效驗也 善曰上之四事無一遂假欲苟合取容亦無其所也史記蔡澤曰吳起言不苟合行不苟容鄉許亮者僕亦善本無亦字常廁下大夫之列陪奉善本無奉字外廷末議翰曰鄉者謂前者也謂未刑之時廁間也遷為太史則大夫也列次也 濟曰陪奉羣官朝堂之餘議也外廷謂朝堂也末餘也 善曰臣瓚曰太史令千石故云下大夫外廷即今僕射外朝也不以此時引綱維善本作維綱盡思慮良曰不以下大夫之時舉綱維盡思慮以進賢士也引舉也今已善本作以字虧形為埽除之隸在闒吐臘茸闒勇之中向曰虧形被刑也埽除除道也隸僕隸也闒茸小人不肖之類 善曰闒茸猥賤也茸細毛也張揖訓詁以為闒儜劣也呂忱字林曰闒茸不肖也乃欲仰首伸眉論列是非不亦輕朝廷羞當代善本作世字之士邪翰曰伸舉也言我所遭刑餘在小人之中乃欲仰首舉眉論列是非意亦羞之當代之士謂天下之人嗟乎嗟乎如僕尚何言哉尚何言哉銑曰痛恨之甚且事本末未易明也濟曰本末謂終始也言凡事始終之理甚難預明僕少負不羈之行長無

文選四十一　十七

鄉曲之譽良曰遷自言性行不羈不可繫也向曰時無知音故不知其才乃無
善譽善曰不羈言才質高遠不可羈繫也燕丹子夏扶曰士無鄉曲之譽未可以論行
也主上幸以先人之故使得奏薄伎出入周
衛之中翰曰先人謂遷父也故事奏進伎才也周衛謂朝廷也言天子幸以遷父
之事繼為太史得進薄才出入朝廷之中善曰服虔曰薄伎薄才也周衛言宿衛周密
也韋昭曰天子有宿衛之官僕以為戴盆何以望天向曰戴盆
則不見天既為太史欲兼諸事恐墮先人之業故欲絕諸事以專其職位善曰言人戴
盆則不得望天天則不得戴盆事不可無施言已方一心營職不假修人事也故
絕賓客之知亡室家之業日夜思竭其不肖
之才力銑曰竭盡也不肖謂不才也言欲盡不才之力以成先人之業也善曰

文選四十一　十八

禮記曰某之子不肖應劭風俗通曰生子不似父母曰不肖務一心營職
以求親媚於主上濟曰言務一心專營其職求親愛於天子也媚愛也
善曰毛詩曰藹藹多士媚于天子而事乃有大謬不然者夫
良曰主上不知此心有信謬言卒覩刑剹事之始終難明不然者也夫助句也善曰夫
語助也論語子曰有是夫僕與李陵俱居門下翰曰謂同為侍中官
素非能相善也趨舍捨異路向曰素心非能與陵相善好趨
進退舍各異於路也善曰太公六韜曰夫人皆有性趣舍不同頴曰趣所向也舍所廢
也未嘗銜盃酒接殷勤之餘歡然僕觀其為
人自守奇士銑曰自守奇節之士事親孝與士信臨財
廉取與義良曰廉清也言清不濫取取與必有義也分別有讓恭

儉下人翰曰下謂謙卑不爭常思奮不顧身以徇國家
之急其素所蓄積也濟曰以身從事曰徇其素本也善曰言其
意中舊所蓄積也僕以為有國士之風善曰一國之中推而為士
夫人臣出萬死不顧一生之計赴公家之難
斯以奇矣向曰奉天子命出邊不念計生享赴國家之患難此亦以奇節矣
善曰新序昭奚恤曰使皆赴湯火蹈白刃出萬死不顧一生司馬子反在此今舉
事一不當銑曰謂陵事迫降匈奴一不當者也而全軀保妻子
之臣隨而媒糵魚列切本作孽善其短僕誠私心痛
之翰曰朝臣能全養其身保愛妻子不能立適時之功而陵有此一失乃隨後搆結以
生其短枉加誅戮誠私心所痛也軀身也媒猶搆結也糵生也善曰鄭玄周禮注曰媒

文選四十一　十九

猶行也臣瓚以為媒謂遘合會之蘖謂生其罪釁也且李陵提步卒不
滿五千良曰提執也善曰有五千言不滿者痛之甚也深踐戎馬
之地足歷王庭垂餌虎口銑曰王庭匈奴庭也垂餌猶送食也
善曰胡地出馬故言戎馬單于所居之處號曰王庭橫挑徒鳥彊胡仰億
萬之師濟曰橫橫行挑弄引之欲其戰也仰謂遠望師衆也善曰說文曰挑相
呼也李奇曰挑身獨戰不須衆挑茶吊切瓚曰挑敵求戰也古謂之致師北地高故臣
仰日與單于連戰十有餘日所殺過平聲善本有半字
當去聲向曰言陵軍兵少所殺匈奴倍多故曰過當當敵也善曰顧野王決曰所
殺過半當言陵軍殺已過半虜救死扶傷不給翰曰言胡虜兵傷死
多故其救之扶之不能自濟善曰顧野王決曰給供給也氊裘善本作旃裘二字

之君長咸震怖乃悉徵其左右賢王舉引弓
之人翰曰其君長震驚恐懼乃盡徵其國內之士舉集善射之入也氊裘言所服用
也咸皆怖懼悉畫也左右賢王並匈奴王之號引弓之人善射之人也善曰旃裘謂匈
奴所服也故言旃裘之君漢書曰匈奴至冒頓最強大置左右賢王以其善射故曰引弓
之人一國共攻而圍之良曰匈奴一國之兵共攻陵而圍之轉鬬
千里良曰轉謂相馳逐鬬戰也矢盡道窮救兵不至銑曰救兵
不至謂五將失道也士卒死傷如積子智然李善本無李字陵
一呼勞軍善本無卒字士卒無不起濟曰士卒傷者爲陵撫勞
無不感而復起戰也躬自流涕沫音妹血飲泣善本有更字張
權向曰身謂李陵之身涕淚也血沾面日沬淚入口日飲翰曰張舉也言空拳

文選四十一　二十

矢盡道窮人無尺鐵故猶舉空拳以冒白刃之敵也善曰孟康曰沬音頮古沬字言
流血在面如盥頮也說文曰頮洒面也李登聲類云拳或作捲此言兵已盡但張空拳以
擊耳桓寬鹽鐵論曰陳勝無將帥之兵師旅之衆奮空捲而破百萬之軍何晏白起故事
白起雖坑趙卒向使衆知必死則前驅空捲猶可畏也况三十萬被堅執銳乎顏師古曰
讀爲拳者謬矣拳則屈指不當言張陵時矢盡故弩之空弓非手拳也李奇曰拳弩弓也
冒亡北白刃北嚮許亮爭死敵者翰曰壯嚮謂向賊也爭死敵者
謂爭勇死於首敵謂得於人心也陵未沒時使有來報漢公
卿王侯皆奉觴上市丈壽濟曰言有使報漢謂報剋捷也而羣臣皆
喜陵之功故賀天子奉觴上壽謂喜宴上天子酒也善曰史記曰陵至浚稽山使麾下
騎陳步樂還以聞步樂召見道陵將得士死力上甚悅之後數史挂日陵敗

書聞向曰聞奏於天子也主上爲之食不甘味聽朝不
怡翰曰怡悅也大臣憂懼不知所出銑曰大臣相也僕竊
不自料其卑賤見主上慘愴怛都割悼濟曰憂病也
誠欲效其款款之愚向曰款款勤心貌善曰款款忠實之貌以
爲李陵素與士大夫絕甘分少善曰孝經援神契曰毋之
於子絕少分甘宋均曰少則自絕甘則分之能得人之善本無之字死
力雖古之名將不能過也翰曰味之甘者絕而不食食之少者
必與衆分而共也故得人死力也身雖陷敗彼觀其意且欲
得其當而報於漢良曰彼觀猶觀彼也言其意且欲取得其敵將報漢
恩也當敵也善曰張晏曰欲得捐當也言欲立效以當罪而報漢恩事已無

文選四十一　二十一

可奈何其所摧敗功亦足以暴蒲沃於天下矣
銑曰謂不得已濟曰言其得士卒死力苦戰遏亭屢摧敗匈奴亦可以寄露於天下暴
露也善曰謂摧破匈奴之兵其功足暴露見於天下僕懷欲陳之而
未有路向曰遷心懷此事欲陳於天子而未有便也適會召問即
以此指推言陵之功翰曰此指謂於上所述陵也欲以廣
主上之意塞睚魚懈眦柴懈之辭向曰廣猶開睚眦怒貌也善
曰言欲廣主上之意及羣臣睚眦之辭未能盡明明主不曉以
爲僕沮才呂貳師而爲李陵游說遂下於理良曰
猶未能畫明說之而明主不曉察遷意也初天子遣貳師將軍李廣利爲將助兵及陵遇
戰而貳師無功天子乃以遷誣罔欲沮貳師以成李陵而爲其游說遂下獄理謂獄官

也善曰漢書曰初上遣貳師李廣利出令陵為助兵及陵與單于相值而貳師少功上以遷誣罔欲沮貳師而為陵遊說下遷腐刑鄭玄禮記注曰理治獄官拳拳辨上之忠終不能自列也翰曰拳拳勤誠也列猶分善曰禮記子曰回得一善拳拳不失之矣鄭玄曰拳拳捧持之貌說文曰列分解也因為誣上卒從吏議翰曰有司以遷為誣罔天子終從獄吏之議上謂天子也卒終也善曰言衆吏議以為誣上家貧貨賂不足以自贖向曰法百金贖死罪交游莫救視善本無視字左右親近不為而遷家無之一言身非木石獨與法吏為伍銑曰伍對字深幽囹圄之中誰可告愬者此真少卿所親見僕行事豈不然乎濟曰囹圄獄也李陵既生降頹善本作隤

字其家聲而僕又佴二之蠶室銑曰頹壞也頹壞家聲謂陵祖考皆名將而乃降故也佴次也蠶室漢行剸刑之室使其避風養創者言我又次之於此刑也善曰蘇林曰家世為將有名陵降而隤之顏師古曰隤墜也如淳曰佴次也若人相次也人志切今諸本作葺字蔚林注景紀曰作窋室廣大如蠶室故言下蠶室衛宏漢儀以為置蠶宮令承諸法云詔蠶室與罪人從事主天下室者蜀少府顏監云葺推也人勇切推置蠶室之中重為天下觀笑悲夫悲夫良曰為天下所看而笑事未易一二為俗人言也翰曰言此二事難為俗人委曲而言謂俗人不知也未易謂難也一二謂委曲也僕之先人善本無人字非有剖符丹書之功向曰先人謂遷父也剖符丹書皆漢之符契有功者執之遷言其父無此功也善曰漢書曰漢初功臣剖符世爵又曰論功

而定封誓於是申以丹書之信重以白馬之盟文史星歷近乎卜祝之間固主上所戲弄倡優所畜許六流俗之所輕也銑曰遷父為太史掌知天文律歷卜筮祀祝之事為天子所戲弄如倡優樂所畜以為調戲者故為流俗之所輕善曰說文倡樂也左氏傳曰鮑氏之圉人為優杜預曰俳優也假令僕伏法受誅若九牛亡一毛與螻蟻何以異濟曰遷刑餘雖不死殺令受誅死若九牛亡失一毛不減其少命之輕賤與螻蟻不殊蓋恨俗所輕之善曰螻螻蛄也蟻蚍蜉也皆蟲之微者自喻而世俗善本無俗字又不能與善本作與能死節者次比善本無次比二字良曰言世人輕我見誅死亦不知君之不明枉見罪又與死節王事者相比以哀惜也善曰與如也言特人以我之死又不如能死節者言死

無益也特以為智窮罪極不能自免卒就死耳何也翰曰特獨也免猶脫也卒終也言遷之死代人不知獨以遷為智力窮盡罪累重極不能自脫終就死耳何也者設疑以發下文也素所自樹立使然也翰曰遷自恨之甚故假云皆自樹立使然也人固有一死死善本無下死字或重於太山或輕於鴻毛用之所趣異也銑曰人生必有一死若生不值明君不義以相及則命重於太山若遇明君臨之以義命則輕如鴻毛故死則一也用之所趣殊矣善曰燕丹子荊軻謂太子曰烈士之節死有重於太山有輕於鴻毛者但問用之所在耳太上不辱先其次不辱身濟曰太上謂第一也辱先謂不忠於君是辱先人祖考辱身謂忠於君君不見明察以見刑罰也其次不辱理色良曰理義顏色也善曰理色

理道理也其次不辱辭令翰曰辭文辭令善也善曰辭謂言辭令謂教
令其次屈善本作詘字體受辱善曰詘體謂被縲繫其次易
服良受辱向曰易服謂堯畫衣冠罪人服之是也善曰易服謂著赭衣其次
關木索被皮義箠楚受辱銑曰關木扭械索繩也以拘縛之也箠杖
也楚荆也善曰漢書曰箠長五尺說文曰箠以杖擊也箠與捶同以之笞人謂之箠
楚箠楚皆杖木之名也其次剔他狄毛髮嬰金鐵受辱濟曰
剔毛髮謂髡刑繞金鐵謂鐷也嬰繞也善曰謂髡鉗也其次毀肌膚斷
短支體受辱最下腐刑極矣良曰腐刑還之所刑也極重也
善曰謂肉刑也蘄林宮刑腐臭故曰腐刑曰傳曰刑不上市丈大夫
此言士節不可不勉勵也翰曰傳謂禮也刑不上於大夫之任

文選四十一　二十四

天子必擇賢者使居之為天下儀表萬人法則刑所以禁小人故不上大夫也士君子不
可以不勉勵善曰禮記文也東方朔傳武帝問曰刑不上大夫何朔曰刑者所以止
暴亂誅不義也大夫者天下表儀萬人法則所以共承宗廟而安社稷也猛虎在
深山百獸震恐及在檻穽之中搖尾而求食
積威約之漸也銑曰檻圈也穽穿地為坑以取猛獸也搖尾求食謂求矜
以自免也遷自喻志節之士為刑所加威力屈折也善曰周禮注曰穿地為塹所以御
禽獸其或逞踰則陷焉尚書曰杜乃擭敜乃穽言威為人制約漸積至此故士善本
無字士有畫地為牢勢不可入削木為吏議不
可對定計於鮮平聲也銑曰牢獄也勢不可入者謂形勢不可入也吏
獄官也不可對者不可辨也此惡苛刻也鮮明也言人計自決定之計度於未萌以免於身

不可對語獄吏也善曰臣瓚曰以為患吏刻暴雖以木為吏期於不對此疾苛吏之辭
也文穎曰未遇刑自殺為鮮明也今交手足受木索暴肌膚
受榜薄行箠幽於圜牆之中良曰暴露榜擊也圜牆獄也善曰
廣雅曰榜擊也圜牆獄也周禮曰以圜土教罷民當此之時見獄吏
則頭搶七良地視徒隸則正惕息濟曰徒衆也隸奴也言既
被拘繫見衆奴之類則正容驚惕喘息而以求自免何者積畏約之勢
也翰曰何為如此者是積畏懼制約之勢使然也累及以至是言不
辱者所謂彊顏耳曷足貴乎向曰言人拘繫至此而言不足
為辱者乃謂強為厚顏何足貴也曷何也且西伯伯也拘於羑里
銑曰西伯文王伯長也紂以其賢畏之拘囚於羑里羑里獄名善曰史記曰季歷卒子

文選四十一　二十五

昌立是為西伯西伯文王也崇侯虎譖西伯於殷紂曰西伯積善德諸侯皆嚮之將不利
於帝紂乃囚西伯於羑里王制曰九州之長曰伯注曰伯長也李斯相也具
於善本作于字五刑良曰李斯相秦為趙高譖乃先行劓墨宮割臏等四刑而
後大辟是具五刑也善曰史記曰李斯楚上蔡人也從荀卿學帝王之術入秦秦卒用
其計二十餘年竟并天下以斯為丞相二世立以郎中趙高之譖乃具斯五刑腰斬咸陽
漢書刑法志曰漢興之初其大辟尚有夷三族之令曰當三族者皆先劓斬左右趾笞殺
之梟其首菹其骨肉於市其誹謗詈詛者又斷舌故言具具謂五刑也淮陰王
也受械於陳濟曰淮陰韓信也高祖初定天下封信為楚王後有告信反者
上用陳平計偽游雲夢信謁帝帝乃令武士縛信而械之陳猶徧也言扭械徧於身也
善曰漢書曰韓信為楚王都下邳信因行縣邑陳兵出入人有變告信欲反上聞患之用

陳平謀偽遊雲夢信謂上於陳高祖令武士縛信載後車信曰果若人言狡兎死良狗烹
上曰人告公反遂械信至雒陽赦以為淮陰侯陳楚之西界也械謂桎梏也彭越
張敖南面稱孤繫獄抵罪翰曰彭越梁王高祖將誅陳豨徵兵
於梁越稱病上捕之囚於洛陽張敖嗣父耳為王人告其反上捕繫之南面稱孤者皆言
諸侯也抵罪猶伏罪善曰史記曰高帝立彭越為梁王梁王稱疾上使使掩捕梁王囚
之洛陽漢書曰趙王張耳高祖五年薨子敖嗣立尚高祖長女魯元公主七年高祖從
城過趙趙王旦暮自上食禮甚卑有子壻之禮高祖箕踞罵詈其慢之趙相貫高趙午說
敖曰天下豪傑並起能者先立今王事皇帝甚恭皇帝遇王無禮請為殺之八年上從東
垣過貫高等乃壁人柏人要之置廁上過欲宿心動問縣名為何曰柏人上曰柏人者迫
於人遂去貫高怨家知其謀反告之於是逮捕趙王諸反者趙午十餘人皆自剄貫高獨

文選四十一　二十六

怒罵曰誰令公等為之今王實無謀反檻車與詣長安高下獄曰吾屬為之王不知也
絳侯誅諸呂權傾五伯囚於清七淨切善本作請字室
向曰絳侯周勃也呂后崩諸呂欲危劉氏勃盡誅之立文帝五伯古之齊桓公晉文公之
等言絳侯權勢傾之言盛於彼也後有告絳侯謀反者遂囚於清室清室囚人所也善
曰史記曰絳侯周勃與陳平謀誅諸呂而立孝文後勃被囚已見李陵荅蘇武書漢書音
義如淳曰請室請罪之室若今鍾下也魏其大將也衣赭善本又有
衣字關三木銑曰魏其竇嬰也赭赤色也罪人之服關穿三木謂杻械枷也善
曰三木在項及手足也魏其侯已見李陵荅蘇武書周禮曰上罪梏拲而握應劭漢書注
曰在手曰梏兩手同械曰拲在足曰桎韋昭曰梏兩手合也梏音告拲音拱桎之栗切
季布為朱家鉗奴濟曰季布任俠有名項籍使為將數窘漢王漢王求

之乃匿於濮陽周氏周氏髡鉗之賣於朱家也善曰漢書曰季布楚人也為任俠有名
項籍使將兵數窘漢王項籍滅高祖購求布千金敢舍匿者罪三族布匿於濮陽周氏周
氏曰漢求將軍急臣敢進計布許之迺髡鉗布衣褐置廣柳車中與其家僮數十人之魯
朱家賣之朱家心知季布也買置田舍乃之雒陽見汝陰滕公說曰季布何罪臣各為其
主耳君何不從容為上言之滕公許諾待間果言如朱家事上乃赦布召見謝拜郎中
灌夫受辱於居室濟曰丞相田蚡娶燕王女為夫人太后詔列侯宗室
皆往賀之灌夫為丞相所怒乃縛之以其罵坐不敬繫於居室居室田蚡所居之室也
善曰漢書灌夫字仲孺潁陰人也為大漢時坐與衛尉竇甫飲輕重不得從為燕相及竇
嬰失勢乃人相輕重夫過丞相田蚡蚡曰吾欲與仲孺過魏其侯會仲孺有服夫曰將軍乃
肯幸臨安敢以為辭請語魏其侯張具將軍旦日蚤臨之蚡許諾夫以語嬰嬰益牛酒夜

文選四十一　二十七

灑埽張具自旦候何至日中蚡不來夫不懌夫乃自往迎之蚡尚臥駕往又徐行夫益怒
後以為隙元光四年蚡取燕王女為夫人太后詔曰列侯宗室皆往賀嬰為壽夫行酒至
蚡蚡半膝席曰不能滿觴夫怒乃嘻言曰將軍貴人也畢之時蚡不肯行酒次至臨汝侯
灌賢方與程不識耳語又不避席夫無所發怒乃罵賢曰生毀程不識不直一錢今日長
者為壽迺效兒女曹呫囁耳語蚡謂夫曰今衆辱程將軍仲孺獨不為李將軍地乎夫曰
今日斬頭穴胸何知程李乎乃起蚡遂怒曰此吾驕灌夫罪也籍福起為謝按夫項令謝
夫愈怒不肯謝蚡乃麾騎縛夫置傳舍長史曰今日召宗室有詔劾灌夫罵坐不敬繫於
居室如淳曰百官表居室為保宮今守宮也此人皆身至王侯將
相聲聞鄰國向曰此人謂上從西伯下至灌夫九人也及罪至罔
加不能引決自裁在塵埃之中古今一體安

在其不辱也銑曰罔猶法也言不能引志決列以自裁毀免在於拘執之中此古今一理人亦何在於不辱也塵埃猶拘繫也安何也由此言之勇怯勢也彊弱形也審矣何足怪乎向曰勇怯彊弱皆形勢也勢強則勇形弱則怯此亦人情共所知亦何怪也 善曰孫子兵法曰治亂數也勇怯勢也強弱形也夫人善本有自字不能早自裁繩墨之外銑曰言不能自裁早至亡滅以出獄吏繩墨之外以稍陵遲至於鞭箠之間乃欲引節斯不亦遠乎濟曰不能早自裁以出繩墨而稍遲疑則至鞭杖欲引節槩此不亦遠於知槩古人所以重施刑善本有於字大夫者殆為此也良曰重猶難也言大夫明於事理故難加刑近為此污辱殆近也夫人善本有情字莫不貪生惡死念

父母顧妻子至激於義理者不然乃有所不得已也翰曰至於感激義理者則不貪生念顧者蓋不得已也 善曰言激於義理者則不念父母顧妻子也今僕不幸早失父母無兄弟之親獨身孤立少卿視僕於妻子何如哉向曰言父母兄弟已喪無可念矣視我於妻子如何哉言何足顧也 善曰言已輕妻子故反問之且勇者不必死節銑曰勇者不必知義理故不必為人死節 善曰言勇烈之人不必死於名節也造次自裁耳怯夫慕義何處不勉焉良曰慕分義者雖怯夫必勉力焉 善曰言怯夫慕義以自立名何處不勉於死哉言皆勉勵自殺僕雖怯懦欲苟活亦頗識去就之分矣何至自沈溺縲緤善本作紲字之辱哉濟曰縲緤謂拘

繫也言我亦識去就何至自沈此辱蓋欲成先人之業故未能死也 善曰孔安國曰縲紲墨索也紲攣也所以拘罪人且夫臧獲婢妾猶能引決況僕之不得已乎翰曰荊揚淮海之間呼奴為臧呼婢為獲言此卑賤之流或有引決自殺者況我不得已言當須自殺也 善曰晉灼曰臧獲敗敵所被虜為奴隸韋昭曰善人以婢為妻生子曰獲奴以善人為妻生子曰臧荊揚海岱淮濟之間罵奴曰獲齊之北鄙燕之北郊凡人男而歸婢謂之臧女而歸奴謂之獲皆異方罵奴婢之醜稱也所以隱忍苟活函音含 善本作幽字下有於字糞土之中而不辭者恨私心有所不盡鄙陋向曰不藉於生名者糞土中也言不辭糞土之中者恨於私心有所不盡鄙陋謂修史也沒世而文采善本作彩不表於後世也濟曰沒死也死於此代文章之士不

見於後世采章表見也 善曰論語曰君子疾沒世而名不稱古者富貴而善本有名字磨善本從手滅不可勝記唯倜儻非常之人親焉翰曰遷將述史記云古之富貴名皆磨滅不可勝記而盡述之唯奇才高遠之人乃親之也 善曰廣雅曰俶儻卓異也蓋西伯善本作文王二字拘而演周易良曰西伯文王也拘囚也演廣也周易本八卦而文王廣之成六十四卦 善曰周易曰易之興也當文王與紂之事邪 又曰作易者其有憂患邪 史記本紀曰崇侯譖西伯於殷紂曰西伯積善累德諸侯皆嚮之將有不利於帝紂乃囚西伯於姜里西伯演易之八卦為六十四地理志曰河内湯陰有姜里城西伯所拘韋昭曰姜音酉蒼頡篇曰演引之也仲尼厄而作春秋銑曰孔子厄於陳蔡還作春秋 善曰史記孔子曰吾道不行矣何以自見於後世哉乃約魯史而作春秋屈原放

逐乃賦離騷 良曰原事懷王遭放逐乃作離騷歌以諷之也 善曰史記曰屈原名平楚之同姓為楚懷王左司徒博文強志敏於辭令王甚任之上官大夫與之同列心害其能懷王使原為憲令原草稾未定上官大夫見而欲奪之不與因讒之曰王使屈原為令衆莫不知每令出平伐其功以為非我莫為也王怒而疎之平疾聽之不聦作離騷經 左丘失明厥有國語 良曰左丘左丘明也失明謂無目也 厥其也 善曰漢書曰國語左丘明著失明未詳 孫子臏毗忍脚兵法修烈 濟曰孫臏與龐涓俱學兵法涓既事魏使人召臏臏至恐其賢於己乃刑斷其兩足而黜之刑斷足曰臏也因此時皆呼為臏修作烈義也 善曰史記曰孫臏與龐涓俱學兵法涓事魏惠王自以為能不及臏乃陰使人召臏臏至涓恐其賢於己則以法刑斷其兩足而黥之欲隱勿見齊使者田忌善容待之於是田忌進孫子於威王威王問兵法而師之其後魏伐趙趙急請救於齊齊威王欲將臏臏曰刑餘之人不可於是乃以田忌為將而孫子為師居輜重中主為計謀田忌從之魏果去邯鄲與齊戰於桂陵大破魏軍 不韋遷蜀世傳呂覽 翰曰秦始皇遷呂不韋於蜀於是著書以為八覽六論十二紀名呂氏春秋而代傳讀之言覽者謂八覽 善曰史記曰呂不韋大賈人也莊襄王即位三年薨太子政立為王尊不韋為相國號仲父當是時魏有信陵楚有春申趙有平原齊有孟嘗皆下士喜賓以相傾呂不韋以秦之強大守其厚遇乃致食客三千人是時諸侯多辯士如荀卿之徒著書布於天下不韋乃使其客人人著所聞集論為八覽十二紀三十餘萬言以為備天下之物古今之事號曰呂氏春秋布咸陽市門懸千金其上延諸侯遊士賓客有能增損一字與千金及始皇帝壯太后通不韋恐禍及已私求嫪毐為舍人詐令以腐罪告之遂得侍太后與太后通九年人有告嫪毐實非宦

者下吏治之得情實事連相國秦王恐其為變乃賜不韋書曰君何功於秦秦封君河南食十萬戶君何親於秦號稱仲父後與家屬徙處蜀飲鴆而死 韓非囚秦說難孤憤 翰曰韓非入秦為李斯毀之下獄而非先著孤憤說難十餘萬言秦王悅之此乃言書奏秦王後李斯方毀之下獄非因而後作也遷但取比類以有才不見用而遭刑也 善曰史記曰韓非者韓之公子也見韓猶弱以書諫王王不能用非非心廉直不容於邪枉之臣觀往者得失之變故作孤憤五蠹說難十餘萬言秦王見孤憤五蠹之書曰嗟乎寡人得見此人與游死不恨矣李斯曰此韓非所著秦因急攻韓韓乃遣非使秦秦王悅之未信用李斯姚賈毀之曰韓非韓之諸公子也今王欲并諸侯非終為韓不為秦此人情也今王不用久留而歸之此自遺患也不如以過法誅之秦王為然下吏治非李斯使人遺藥使自殺韓非欲自陳不得見秦王後悔之使人赦而非已死矣說難孤憤韓子之篇名也 詩三百篇大底音指賢聖善作聖賢發憤之所為作也 向曰底致也言詩三百篇此大雅之致而賢聖發憤之所作也 善曰論語曰詩三百篇之大數也孔安國曰爾雅曰底致也 此人皆意有所 善本無所字也 鬱結不得通其道故述往事思來者 翰曰述往古興亡賢愚之事思來者以作戒也 善曰言故述往前行事思今將來人知已之志 及善本作乃字如左丘無目孫子斷丁管足終不可用退而論書策以舒其憤思垂空文以自見 濟曰策即兵法也言身遭刑餘不堪為用是垂空文以自見其志也 善曰空文謂文章也自見已情也 僕竊不遜近自託於無能之辭 濟曰遜順也言我不順於古人志謙也近自託憤思於不才之辭無能猶不才也

善曰論語子曰唯女子與小人為難養也近之則不遜網羅天下放失
舊聞向曰言網羅天下放棄已失之舊文謂先賢所傳而聞之也略考其
行善本有字事綜其終始銑曰考量綜理也言所述史記略量古人行事所
理其終始也稽其成敗興壞之紀翰曰稽考紀記也上
計軒轅下至于茲翰曰軒轅黃帝也于茲漢武也為十表本
紀十二書八章世家三十列傳七十凡百三
十篇亦欲以究天地善本作人字之際通古今之
變成一家之言濟曰史記九一百三十卷向曰究盡也謂人事成敗天
文地理亦可以盡天地之際通古今之變也草創未就會遭此禍
良曰草創制作會逢也言作史記未成遭此刑矣惜其不成是以就

文選四十一　三十二

極刑而無慍色銑曰當被刑時惜所述作未成故就此刑而無恨色不然
亦自裁而死也僕誠已善本作以字著此書藏之善本作諸字
名山良曰言當時無聖人可以示之故深藏之名山傳之其人通邑
大都濟曰其人謂若知音者通邑大邑也言與傳大邑都也善曰其人謂與己
同志者也則僕償前辱之責良曰償還也還恥辱前刑負責於國令史
且成可以還所負也雖萬被戮豈有悔哉向曰雖萬度被刑戮
亦無悔恨矣然此可為智者道難為俗人言也銑曰
俗人不知難為言之且負下未易居下流多謗議銑曰且負
忠義之節而為臣下者其地不易居下流至賤左有邪佞多生謗議君則信也善曰負
累之下未易可居論語曰君子惡居下流而訕上者僕以此語善本作僕以口
語遇遭善本無遭字此禍翰曰此語忠義之謂論李陵功也重
遂用重也戮辱也為鄉黨所戮善本無戮字笑翰曰朝廷以辱笑是一也為鄉黨戮笑是
以汙烏卧辱先人亦何面目復上父母
之善本無之字丘墓乎雖累百世垢彌甚耳銑曰垢穢
也是以腸一日而九迴翰曰憂思迴復於心腸一日至九九數之
極也居則忽忽若有所亡出則不知其所往銑曰
忽忽愁亂貌亡失也不知所往憂而心迷也善曰莊子魯哀公問仲尼曰衛有惡人焉曰
哀駘他去寡人而行寡人恤焉若有亡也庚桑子曰吾聞至人尸居環堵之室不知所如
往每念斯恥汗未嘗不發背霑衣也良曰斯恥謂被
刑也身直為閨閤之臣寧得自引善本有於字深藏

文選四十一　三十三

巖穴邪濟曰閨閤臣閹官引出也故且從俗浮沈與時俯
仰以通其狂惑濟曰隨時吉凶高下以生也浮吉沈凶俯下仰高也狂惑
謂小人也言將順從與之通遊焉善曰鬻子曰吾聞之於政也知善不行者謂之狂知
惡不改者謂之惑夫狂與惑聖人之戒也今少卿乃教以推賢進
士無乃與善本有與字僕私心剌力割切繆本從言善乎
向曰剌戾也繆誤也與我心戾誤不同也今雖欲自彫瑑曼音萬辭
以自飾銑曰曼美也如淳注同善曰戰國策蘇秦曰夫從人飾辯曼辭高生之
節行無益於俗不信銑曰雖欲自飾其美恐益為人俗所不信也秖
善本作適字足取辱耳良曰耳辭也要一召之死日然後
是非乃定翰曰還自言及死後名譽流於千載也要及也書不能悉

意故善本無故字略陳固陋翰曰固猶鄙也謹再拜

報孫會宗書一首

楊子幼濟曰漢書云楊惲字子幼華陰人也爲常侍與太僕戴長樂相失詔免爲庶人惲旣失位以財自娛其友人安定太守孫會宗與惲書諫戒之惲見書內懷不服其後有日蝕之變人告惲驕奢不悔過日蝕之咎此人所致下廷尉按驗又得與會宗書宣帝惡之遂腰斬之　善曰漢書曰楊惲字子幼華陰人以才能稱舉爲常侍散騎與太僕戴長樂相失坐事免爲庶人惲見已失爵位遂即歸家閑居自治產業起室以財自娛歲餘友人安定太守西河孫會宗與惲書誡諫之言大臣廢退當杜門惶懼爲可憐之意不當治產業通賓

客有稱舉惲乃作此書報之

惲材行朽善本作朽行二字穢文質無所底音旨銑曰底致也　善曰論語曰文質彬彬然後君子　包氏曰彬彬文質相半之貌也幸賴先人餘業得備宿衞翰曰先人餘業謂惲父敞爲丞相也常侍散騎宿衞官人也故此言之遭遇時變以獲爵位向曰霍山霍雲謀反惲覺之霍氏伏誅此曰時變也惲以此有功封平通侯　善曰漢書曰霍氏謀反惲先聞知霍氏伏誅惲封爲平通侯終非其任卒與禍會良曰非其任者謙也禍會謂見廢也卒亦終也足下哀其愚矇賜書教督以所不及殷勤甚厚銑曰矇暗督正也所不及謂智所不能及　善曰爾雅曰督正也然竊恨足下善本有不字深惟其終始而猥

隨俗之毀譽也濟曰惟思也猥猶曲也言其深思事之終始乃曲隨俗中相毀譽也　善注同言鄙陋之愚心則若逆指而文過翰曰謂會宗曲隨毀譽有書見責惲故言鄙陋愚心以報荅此理又如逆會宗指意以惲爲文飾其過　善曰言逆會宗之指自文飾已之過論語子曰小人之過也必文孔安國曰文飾其過不言實也默而息乎善本作默而自守恐違孔氏各言爾志之義翰曰若默息不言則違孔子各言爾志之義　善曰論語曰顏淵季路侍子曰盍各言爾志故敢略陳其愚唯君子察焉向曰君子謂會宗惲家方隆盛時乘朱輪者十人銑曰謂父敞爲丞相也朱輪以丹漆塗車轂十人謂宗族十人乘之也　善曰二千石皆得乘朱輪位在列卿爵爲通侯摠領從官與去聲聞

政事良曰通侯諸侯也長與聞國家政事　濟曰摠領羣官之善曰應劭曰舊曰徹侯避武帝諱故爲通言其功德通於王室也從天子侍從官也曾不能以此時有所建明以宣德化翰曰建立也言不能有所立明正之道以宣布天子德化又不能與羣僚同心并力陪輔朝廷之遺忘音望　向曰僚官陪助輔正也言又不與羣官同心并力助朝廷遺忘闕失之事已負竊位素飡之責久矣銑曰竊偷也素猶空也言不能宣化輔道是偷安官位食天子之祿也已負此責久也　善曰論語曰臧文仲其竊位者歟知柳下惠之賢而不與立　毛詩曰彼君子兮不素飡兮懷祿貪勢不能自退善曰曾子曰君子不安貴位不懷厚祿遂遭變故橫被口語身幽北闕妻子滿獄良曰變故口語謂見廢也惲禁

在北闕不在常禁人之所謂帝宮內善曰口語即戴長樂所告也如淳漢書注曰上章者於公車有不如法者以付北軍尉北軍尉以法罰之楊惲上書遂幽北闕公車門所在也當此之時自以夷滅不足以塞責濟曰夷殺塞止也善曰史記司馬欣謂章邯曰趙高欲以法誅將軍塞責豈意善本無意字得全善本有其字首領復奉先人之丘墓乎善曰左氏傳宋公曰若以大夫之靈得保首領以沒于地伏惟聖主之恩不可勝量音良思也惟君子游道樂以忘憂向曰游欲之道無善曰史記曰陳平遊道日廣論語曰樂以忘憂小人全軀悅以忘罪銑曰軀身也忘罪謂悅樂忘昔日之罪善曰楚辭曰與波上下偷以全吾軀兮竊自思善本無思字念過已大矣行已虧矣長為農夫

文選四十一　三十六

以沒世矣良曰沒終也是故身率妻子勠力耕桑善曰國語曰勠力一心灌園治產以給公上濟曰治執作也公君也以給君上之賦稅謂免官為庶人故也善曰蘇林漢書注曰充縣官之賦斂不意當復用此以善本無以字為譏議善本有也字翰曰言不意會宗以治產業起宅室以財自娛為譏謗之議也夫人情所不能止者聖人不善本作弗字禁向曰人之情好不可止者則雖聖人弗可禁也故君父至尊親送其終善本有也字有時而既銑曰既盡也言君父至尊然臣親送其終亦已擴其哀有時而盡也善曰終謂終沒也既盡也張晏漢書注曰喪不過三年臣見放逐降居三月復初臣之得罪已三年矣田家作苦歲時伏臘善曰漢書曰秦繆公作伏祠孟

康曰六月伏日也風俗通禮傳曰夏曰嘉平殷曰清祀周曰大蜡秦改為臘亨羊炰羔斗酒自勞良曰惲自謂也上言觀送其終有時哀盡逐我得罪已三年矣田家之作多所勤勞之苦伏臘歲節以勞宴為樂焉烹煮炰炙也家本秦也能為秦聲翰曰謂作樂也秦聲擊缶也婦趙女也雅善鼓瑟善本作琴字奴婢歌者數人酒後耳熱仰天撫缶而呼嗚嗚濟曰缶樂器陶土為之嗚嗚聲也善曰應劭漢書注曰缶瓦器也秦人擊之以節歌李斯上書曰擊甕扣缶而呼嗚嗚快耳者真秦聲也其詩曰田彼南山蕪穢不治種一頃豆落而為萁向曰田作也南山陽地而膏腴以喻君也良曰喻朝政亂也銑曰一頃百畝也喻百官也萁豆莖也言百官無才若豆零落不實空有莖而無益於時用也善曰張晏漢

文選四十一　三十七

書注曰山高在陽人君之象也蕪穢不治朝廷荒亂也一頃百畝以喻百官也言豆者貞直之物零落在野喻已見放棄也萁曲而不直言朝臣皆諂諛也臣瓚曰田彼南山蕪穢不治言於王朝而遇民亂也種一頃豆落而為萁雖盡忠效節徒勞而無獲也人生行樂耳須富貴何時向曰須待也言國既無道但當行樂豈待富貴職位亦何時也言不可求之是日也拂衣而喜奮袖低卬善本作昂字頓足起舞向曰奮舉也低卬高下也誠淫荒無一善本無一字度不知其不可也銑曰樂之極也不知此事不可為但適性而已惲幸有餘力善本作祿字又有方字糴賤販貴逐什一之利良曰糴其時之賤者乘貴而出之十分中取一分利也販易也善曰什一謂十中之一也尚書大傳曰王者什一而稅此賈豎之事汙烏臥

辱之處惲親行之濟曰賈買賣也豎小人也求利則爲汚辱之處下
流之人衆毀所歸不寒而慄翰曰我在下流之中衆人毀聲
所歸集不寒而懷戰慄言懼也
善曰言處下流爲衆惡毀所舉也雖雅知惲
者猶隨風而靡尚何稱譽之有向曰雅知者謂會宗也言
會宗猶復隨口如風之靡草亦何求稱善之
譽也謂會宗書教其求譽之故乃答之善
曰楚辭曰世從容而
變化隨風靡而成行董生不云乎明明求仁
義常恐不能化人善本作民字者善本有卿字大夫之
意也明明求財利常恐善本有之字困乏者庶人
之事也銑曰董仲舒對策文也求仁義之人以居位常恐不堪化理天下此大夫
之意善曰漢書董仲舒對策曰夫皇皇求
財利常恐匱乏之者庶人之意也皇皇求仁義

文選四十一　三十八

常恐不能化人者大夫之意也故道不同不相為謀翰曰大夫庶人
道不同也我亦與子殊矣今子尚安得以卿大夫之制而
責僕哉濟曰謂復為庶人也道不同不相為謀言今善曰論語曰我親行賈豎
之事安得責我
卿大夫之制乎夫西河魏土文侯所興有段
干木田子方之遺風凜然皆有節槩知去就
之分良曰西河會宗居處也魏文侯所興作段干木田子方皆清素節槩之人言會
宗當得其遺風知去就之分理凜然高遠皃
也善曰史記李克謂翟璜曰魏成子東得
子夏田子方段干木此三人者君皆師之頃者足下離舊土善曰謂去
西河臨安定安定山谷之間昆戎善本作夷字舊壤
子弟貪鄙豈習俗之移人哉向曰昆戎西戎也其人子弟多

貪鄙之性如子有節槩清素之風豈能使鄙
俗習子之風而移其人心乎言我志亦不可
遷也善曰毛詩曰文王西有昆夷之患北
有玁狁之難鄭玄曰昆夷西戎也言豈隨壞
安貪鄙之俗而移人之本性哉於今乃覩善本作睹子之志矣方
當盛漢之隆願勉旃無多談翰曰勉彊旃之也言願子彊爲
國家之事無多談以憂及我也

論盛孝章書一首

孔文舉翰曰是書與魏太祖曹操也會稽典錄云盛憲字孝章會
稽人也漢末為吳郡太守孫策定江東以憲江東首望恐人歸之因
禁錮之故融作書論之使曹公致書於吳以救之書未致已誅
矣初盛憲爲臺郎路逢童子容貌非常憲怪而問之答曰魯國孔融
時年十餘歲憲以為異乃載歸與之言知其奇才便結為兄弟升堂

文選四十一　三十九

見親也善曰與魏太祖虞預會稽典錄曰盛憲字孝章器量雅偉
舉孝廉補尚書郎遷吳郡太守以疾去官孫策平定吳會誅其英豪
憲素有名策深忌之初憲與少府孔融善憂其不免禍乃與曹公書
由是徵為都尉詔命未至果為權所害子匡奔魏位至征東司馬
歲月不居時節如流善曰國語文姜曰日月不居人誰不安傅毅詩曰徂年如流鮮茲暇日五十之年忽焉已至公為始滿
融又過二向曰公曹公也始滿五十過二謂五十二善曰公謂曹操言公年始滿五十融過於二歲也
海內知識零落殆盡銑曰零落死也殆近
惟善本有字會稽盛孝章尚在善本作存字其人

困於孫氏妻孥湮沒也良曰孫氏謂策也孥子也湮沒謂喪亡也善曰孫氏已見上文毛詩曰樂爾妻孥孔安國尚書大傳曰孥子也單子獨立濟曰無右臂曰孑言無援助如無右臂孤危愁苦若使憂能傷人此子不得復善本無復字永年矣春秋傳曰諸侯有相滅亡者桓公不能救則桓公恥之翰曰齊桓公也時桓公為諸侯長故有相滅亡者必救之不救則恥弱也言曹公雖霸比於桓公欲使救盛憲於吳故云此善曰公羊傳曰邢亡孰亡之蓋狄滅也曷為不言狄滅之為桓公諱也曷為為桓公諱上無天子下無方伯天下諸侯有相滅亡者桓公不能救則桓公恥之今孝章實丈夫之雄也天下談士依以揚聲向曰孝章好士故天下談文史之士皆依倚孝章以發揚美聲而身不

免於幽執善本作縶字命不期於旦夕銑曰幽執因也不期朝夕言發將見殺也是善本無是字吾祖不當復論損益之友而朱穆所以絕交也良曰吾祖謂孔子融是二十一代孫孔子所云損者三友朱穆著絕交論譏時人澆薄於交道也言今孝章有此困厄若不救之是無損益之友而有澆薄之譏善曰論語子曰益者三友損者三友吾祖即謂孔子也曩書曰朱穆感世澆薄莫尚敦厚著絕交論以矯之公誠能馳一介之使加咫尺之書濟曰一介謂單使也長八寸曰咫言加短書以言之則可不假多善曰左氏傳晉行人子員對鄭王子伯駢曰君有楚命不使一介行李告於寡君漢書廣武君曰發一乘之使奉咫尺之書則孝章可致友道可弘也善本作矣字向曰可致可至弘大今之少年喜謗前輩

或能譏平皮柄切善本從言孝章翰曰平議也言譏議孝章得失也孝章要召一為有天下大名九牧之人所共稱歎銑曰要盛也九牧九州也孝章雖為少年謗議然盛為有天下大賢之名九州牧伯皆共稱歎善曰九牧九州也左氏傳王孫滿曰貢金九牧孫卿子曰文王鑒於殷紂此其所以伐殷王而受九牧燕君市駿馬之骨非欲以騁道里乃當以招絕足也良曰昔者燕君好千里馬以千金市之三年不得或人曰請以三月得之而駿馬死矣此人以五百金市骨而還君大怒其臣妄費金也其人曰且駿馬之骨君猶市之天下必知君之好馬後必有馬自至者後一年果至此則非欲騁道里蓋欲以招遠近之駿足也言孝章雖非賢良可收天下名望以救之必知公好賢人必至而用之善曰戰國策郭隗謂燕昭王曰臣聞古之人君有市千里

馬者三年不得於是遣使者齎千金之貨將市於他國未至而千里之馬已死使者乃以五百金買死馬之骨以歸其君大怒曰所求者本不市死馬何故損金市死馬乎將誅之使者對曰死馬尚市之況生者乎天下必知君之好也馬將至矣於是朞年而千里馬至者三焉惟公匡復漢室宗社將絕又能正之正之之善本無一之字術實須得賢向曰正猶繼也言漢室危亂宗社將絕公能匡正復其帝位而繼之繼之之術實須得賢人而共佐成之珠玉無脛胡定而自至者以人好之也況賢者之有足乎銑曰脛足也珠玉遠在深山廣海且無足而至者時君好之故也況賢人者有足而君王好之而不來者乎善曰韓詩外傳曰蓋胥謂晉平公曰珠出於海玉出於山無足而至者好之也士有足而不至者君不好也昭王築臺以尊郭隗隗

雖小才而逢大遇竟能發明主之至心故樂
辭厚幣以招賢人郭隗說曰大王必欲得賢
者至先從隗始王乃爲之築臺以師事之是
毅自魏往劇辛自趙往鄒衍自齊往翰曰燕
昭王卑
發明主之至心也於是樂毅劇辛鄒衍爭至
乃破齊國威震諸侯　善曰史記曰燕昭王
於破燕之後卑身厚幣以禮賢者謂郭隗曰
齊因孤之國亂而襲破燕孤知國小力少不
足以報然誠得賢士與共圖以雪先王之醜
也願先生視可者得身事之隗曰王必欲致
士先從隗始況賢於隗者豈遠千里哉於是
昭王爲隗改築宮而師事之樂毅自魏往鄒
衍自齊往劇
辛自趙往
嚮善本作向字使郭隗倒懸而王不
解居蟹臨溺善本作難字而王不拯則士亦將高翔
遠引以刃莫有北首音斅燕路者矣濟曰向若郭
隗動誠雖如

倒懸之急而王不爲解急臨在沈溺又不拯
濟則賢士亦將以遠去無有北向燕路者賴
王賢明好賢之至乃得羣賢也引去首向也
善曰孟子曰當今之時萬乘之國行仁政民
悅而歸之猶解倒懸也又曰今燕虐其人而
王征之人以爲將拯已於水火之中也漢書
廣武君曰牛酒以享
士大夫北首燕路凡所稱引自公所知而
善本有
復字有云者欲公崇篤斯義也善本無也
銑曰稱引
謂稱引古義自曹公所知而我復云欲曹公
崇厚招賢之義也篤厚也斯義招賢之義
因表不悉良曰言因孝章以表見此
志不盡所懷也悉盡也

爲幽州牧與彭寵書一首

朱叔元翰曰范曄後漢書云朱浮字
叔元沛國人也初光武拜爲
太將軍幽州牧而王莽時故吏二
千石皆引置幕府多發倉廩給其
妻子漁陽太守彭寵聞之大怒以
兵攻浮浮作此書責寵後爲大司
空坐事賜死也　善曰范曄後漢
書曰朱浮字叔元沛國蕭人也初
從世祖爲大司馬主簿遷偏將軍
從破邯鄲後乃爲大將軍幽州牧
守薊城浮少有才能頗欲厲風
迹收士心辟召州中涿郡王岑之
屬以爲從事及王莽時故吏二
千石皆引置幕府乃多發諸郡倉
穀贍其妻子漁陽太守以爲天下
未定不宜多置官屬以費軍實不
從其令浮密奏寵遣吏迎妻而不
迎其母又受貨賄殺害友人多聚
兵穀意計難量寵既積怨聞之
遂大怒舉兵攻浮浮以書責之
蓋聞智者愼善本作順字時而謀愚者逆理而動
常竊悲京城太叔以不知足而無賢輔卒自

棄於鄭也向曰京城太叔鄭武公少子也武
公夫人姜氏愛太叔而惡長子莊
公及武公薨莊公即位姜氏請京城使少子
居之謂之京城太叔既而驕奢不知足且無
賢輔乃將欲與姜氏期襲莊公而代之莊公
遂伐之太叔出奔是自棄於鄭也京城地名
太叔號也　善曰左氏傳曰鄭武公生莊公
及共叔段姜氏愛共叔段欲立之亟請於武
公公弗許及莊公即位爲之請制公曰制巖
邑也虢叔死焉他邑唯命請京使居之謂之
京城太叔既而太叔命西鄙北鄙貳於已公
子呂曰國不堪貳君將若之何公曰不義不
暱厚將崩太叔完聚繕甲兵具卒乘將襲鄭
公聞其期曰可矣命子封帥車二百乘以伐
京京叛太叔段段入于鄢公伐諸鄢五月
辛丑太叔出奔共書曰鄭伯克段于鄢伯
通以名字典郡有佐命之功臨人善本作民字親
職愛惜倉庫銑曰伯通彭寵字名字謂聲譽
也典郡謂太守也佐命佐天子

命也善曰名字謂聲譽遠聞也漢書　而浮
曰陳遵劉竦俱著名字佐命已見上文　翰
秉征伐之任欲權時救急二者皆爲國耳曰
秉執也善曰言朱浮所以招
致賓客者此亦權時救急也　即疑浮相譖
何不詣闕自陳而爲族滅善本作滅族之計乎良曰
言寵誘浮以引置王莽故史而有異心欲以
此相譖於主上何不詣天子闕下自陳說所
由起兵作逆
爲誅夷之事　朝廷之於伯通恩亦厚矣委以
大郡任以威武事有柱石之寄情同子孫之
親　翰曰朝廷天子也柱石如屋下柱石然受
重寄之義善曰蔡邕獨斷云朝廷者不
敢指斥君故言朝廷漢書大司農
田延年謂霍光曰將軍爲國柱石　匹夫媵以證
毋尚能致命一飡　向曰匹夫媵毋皆卑賤無
識之人言此無識之人有

感一飡之惠尚能致死命以報惠也善曰
左氏宣公二年傳曰初趙宣子畋于首山見
靈輒餓問其病對曰不食三日矣食之舍其
半問之曰宦三年矣未知母之存否今近矣
請以遺之使盡之而爲之簞食與肉既而與爲
公介靈公比以趙盾驟諫伏甲將攻殺之靈
輒乃倒戟以禦之又戰國策曰楚王伐中山
中山君亡有二人荷戈而從之中山君顧二
人曰子何爲者對曰昔臣之父嘗餓且死君
捨食以餔臣父臣之父且死曰中山君有事
汝必赴之是以今來死君之難中山君曰以
一杯羹而亡國以一飡而獲二死士媵毋未
詳　豈有身帶三綬職典大邦而不顧恩義生
心外叛者乎　銑曰言寵身帶三官綬服飾
也大邦漁陽也良曰言匹夫
之類尚感恩惠而寵受天子厚恩深義心乎
背叛也善曰三綬者古人兼官者一官一
綬也范曄後漢書曰更始使謁者韓鴻持節
徇北州承制得專拜二千石以下鴻至薊以

寵鄉閭故人相見大喜拜寵偏將軍行漁陽
太守世祖又以書招寵寵乃發步騎三千人
歸世祖世祖承制封
建忠侯賜號大將軍　伯通與吏民語何以爲
顏行步拜起何以爲容　濟曰言其不顧恩義
而爲背叛朝夕與人
言辭拜起
不厚顏　坐臥念之何以爲心　翰曰言豈不內愧也　引
鏡窺影善本作景　何施眉目　向曰窺見影也言其
引鏡見影豈不恥哉
舉措善本作厝字　建功何以爲人　銑曰舉措猶進
退也建立言進
退自思受王厚恩乃欲立功自
建何以爲人生於天地間也　惜乎棄休令
之嘉名造梟古堯鴟昌夷之逆謀　良曰休美令善
嘉順也梟鴟不
孝鳥也先食母而
飛以喻逆臣子也　後捐傳葉之慶祚　良曰言光武封
寵爲建忠侯可傳後
子孫慶善祚福也　招破敗之重災　翰曰謂謀逆必

見破
敗也　高論堯舜之道不忍桀紂之性生爲世
笑死爲愚鬼不亦哀乎　向曰言寵爲叛逆常
高論堯舜之義道而
不棄桀紂之惡
性故生死可哀　伯通與耿俠游俱起佐命同
被皮義國恩　銑曰上谷太守耿況字俠游與寵
俱起義心佐光武之命善曰范
曄後漢書曰吳漢說寵從世祖會上谷太守
耿況亦使功曹寇恂詣寵結謀共歸世祖又
曰況字
俠游　俠游謙議善本作讓字　屢有降挹之言而
伯通自伐以爲功高天下　良曰降挹屈伏也
而伯通心懷不義
自矜恃其功以爲高於天下也矜功曰伐
善曰蒼頡篇曰挹損也孔安國尚書傳曰自
功曰
伐　往時遼東有豕生子白頭異而獻之行
至河東見羣豕皆白懷慙而還若以子之功

善本有高字論於朝廷則為遼東豕也向曰遼東入以白頭
豕為奇異獻之天子翰曰言寵自矜伐其功以為天下第一朝廷之人如寵功者不少
亦如遼東之豕自以為異善曰白頭豕未詳今乃愚妄自比六國
向曰時伯通自號國為燕故自比於昔者六國之時善曰張晏漢書注曰齊燕楚韓趙
魏六國之時其勢各盛廓土數千里勝兵將
百萬銑曰廓開也勝彊也將猶近有也故能據國相持多歷
年所良曰所數也今天下幾里列郡幾城濟曰幾者假設
問辭言今天下廣於六國而為一家奈何以區區漁陽而結
怨天子翰曰區區小貌結怨天子謂光武不以故舊禮接之而以羣臣禮待故
怨此而反善曰區區言小也公羊傳曰司馬子反謂楚王曰以區區之宋猶有不欺之

文選四十一　四十六

臣此猶河濵之人善本作民字捧土以塞孟津多
見其不知量也向曰孟津河流也以一捧之土塞之難矣而人多見此人
不知事宜不量其力亦如寵以一小郡欲結怨以敵天下之心也善曰論語曰叔孫武
叔毀仲尼子貢曰仲尼日月也無得而踰焉人雖欲自絕其何傷於日月乎多見其不知
量也方今天下適定海內頗安士無賢不肖皆
樂力各立名於世銑曰不肖愚也皆歡樂而立忠義之名於當時也世謂時
也而伯通獨中風狂走自捐盛時良曰言寵之叛逆如
病者中風而徒狂走無所成事終自棄死不見漢之盛時內聽驕婦之失
計外信讒邪之諛言濟曰寵常與妻謨計軍國事謨蛋也善曰東
觀漢記曰浮密奏寵上微之寵既自疑其妻勸寵無應徵今漁陽大郡兵馬眾多奈何為

人所奏而棄此去寵與所親信吏計議吏皆怨浮勸寵止不應徵長為羣后
惡法永為功臣鑒善本作監字戒豈不誤哉翰曰寵為
叛逆必見誅戮則為同時立功之臣指之以為見惡而戒身也實為誤我鑒見也善曰
或本云永為羣后惡法今檢范曄後漢書有此一句然東觀漢記亦載此書大意雖同辭
旨全別蓋録事者收舍有詳略矣之海內者無私讐勿以前
事自疑向曰言光武不計私讐寵勿以前事有過懼誅疑而不改逆歸順也願
留意顧老母幼善本作少字弟銑曰若叛逆見誅必害老母幼弟顧
留意改節以顧母弟凡舉事無為親厚者所痛良曰不義而死
為親厚者所痛而為見讐者所快濟曰後見誅斬為讐者所快也善
曰漢書曰寵獨在便室薺頭奴子密等三人因寵卧寐共縛著牀又以寵命呼其妻妻入

文選四十一　四十七

大驚呼後解手令作記告城門將軍云今遣子密等至子后蘭卿所速開門出勿稽留
之書成即斷寵及妻頭置囊中便持記馳出城因以詣闕封為不義侯

為曹洪與魏文帝書一首善曰魏志曰曹洪字子廉
太祖從弟也
陳孔璋向曰曹洪字子廉文帝從父琳為之作書報文帝文帝觀
其辭知琳所為善曰陳琳集曰琳為曹洪與文帝箋文帝集序曰
上平定漢中族父都護還書與余盛稱彼方土地形勢觀其辭知陳
琳所叙為也

十一月五日洪白前初破賊情侈善本作奓字意
奢說事頗過古卧其實翰曰破賊情喜故奢後誇事過實賊謂破蜀將

張魯也得九月二十日書善曰得文帝書讀之喜笑把玩無猒亦欲令陳琳作報琳頂多事不能得為良曰言公事多琳念欲遠以為歡故自竭老夫之思銑曰曹洪不工為文辭多令人所歡弄故云自竭其思念使文帝為歡也善曰左氏傳趙孟曰老夫罪戾是懼辭多不可一二粗徂古舉大綱以當談笑濟曰一二委曲也漢中地形實有險固四嶽三塗皆不及也向曰漢中謂蜀也四嶽四方之嶽三塗山名善曰左氏傳司馬侯曰四嶽三塗九州之險也杜預曰東嶽岱南嶽衡西嶽華北嶽恒三塗在河南陸渾縣南彼有精甲數萬臨高守要一夫善本作人字揮戟萬人善本作夫字不得進翰曰彼謂蜀山善曰漢書朱買

臣曰一人守險千人不得上而我軍過之若駭鯨之決細網奔兕之觸魯縞古考未足以喻其易銑曰駭驚也鯨大魚也長千里細網魚網也魯縞細繒也言我軍過彼險固若大魚之破密網奔兕之觸細繒其破甚易猶未足為喻言更易也兕猛獸也善曰漢書韓安國曰強弩之末力不能穿魯縞音義曰縞曲阜之地俗善作之尤為輕細故以喻之爾雅曰繒之細者曰縞雖云王者之師有征無戰濟曰天子之兵有征伐而罪者不敢拒戰也善曰漢書淮南王安上書曰臣聞天子之兵有征無戰言莫之敢校不義而彊其良古今善本作人字常有良曰不義謂逆也言逆臣常有善曰左氏傳叔向謂趙孟曰不義而強其斃必速故唐虞之世蠻夷猾夏翰曰猾亂也夏謂中國善曰尚書舜典曰咎繇蠻夷猾夏寇賊姦宄周宣

之盛亦讐大邦詩書歎載言其難也翰曰言夷狄大國之讐敵也詩云蠢爾蠻荊大邦為讐書云蠻夷猾夏寇賊姦宄此為詩書所歎載也皆謂其難敵也善注同斯皆憑阻恃遠故使其然是以察茲地勢謂為中才處之殆難倉卒銑曰察蜀之地勢言中庸處之近難以急取也殆近也倉卒謂急速也善曰司馬遷報任少卿書曰夫中才之人事有關於宦豎者莫不傷氣來命陳彼妖惑之罪序王師曠蕩之德豈不信然向曰來命謂文帝書陳彼賊妖惑之罪贖蕩大也豈不信然謂豈不如此也善曰文帝荅洪書曰今魯包凶邪之心肆蟲蠍之政天兵神捬師徒無暴樵牧不臨是夏殷所以喪苗扈所以斃婢袂反良曰夏殷桀紂也無道所以喪亡苗有苗不歸舜舜命禹討之扈有扈氏

威侮五行丞為暴亂故以見斃死也善曰尚書帝曰咨禹惟時有苗不率汝徂征又曰啓與有扈戰于甘之野我之所以克彼之所以敗也翰曰有道則勝無道則敗克勝也不然商周何以不敵哉濟曰商紂也周武王也言若非有道伐無道不然則紂與武王何以不敵也蓋為紂無道故然善曰左氏傳鬬廉曰師克在和不在衆商周之不敵君之所聞也昔鬼方聾昧崇虐善本作虎字讒凶殷辛暴虐三者皆下科也然高宗有三年之征文王有退修之軍盟音孟津有再駕之役向曰鬼方匈奴也聾昧言其自不分別是非也崇侯武紂之臣好讒邪也殷辛紂也此三者皆下等也科等也高宗伐於鬼方三年乃克文王伐崇侯武且還修德武王伐紂至于孟津而還歸是再駕役難也善曰三科之中此等為下

拜周易曰高宗之伐鬼方三年克之左氏傳
曰子魚言於宋公曰文王聞崇德亂伐之軍
三旬而不降退而修德復伐之因壘而降尚
書曰惟十有一年武王克殷又曰一日戊午
師渡孟津然後殪音翳戎勝殷有此武功焉善本無焉字
銑曰殪一也言武王既退盟津之師然後一
服戎衣而勝殷紂成此武功也善曰尚書
曰天乃大命文王
殪戎殷誕受厥命未善本作焉字有星流景集飆
奮善本作奪字霆擊長驅山河朝至暮捷若今者
焉善本作也字良曰焉何也星流景集飆
奮霆擊言疾速也古之聖賢皆積年歲以
克敵何有疾速長驅山河之間朝至暮勝若
今日之盛威也景日影飆風奮擊捷勝也
善曰戰國策曰樂毅
輕卒銳兵長驅至齊由此觀之彼固不逮下
愚則中才之守不然明矣翰曰彼謂張魯遠
及也有德則全無

文選四十一　五十

道則滅由此見之張魯固不及下愚之人則
又知中才守險不如此則明矣不然猶不如
此也善曰彼張魯
也下愚指鬼方等在中才則謂不然善曰
若中
才守之則
不可得也而來示乃以為彼之惡稔雖有孫
田墨麄力而猶無所救竊又疑焉向曰來示謂
來書也稔積
也孫孫武田田單墨墨翟麄禽滑麄言來書
乃至以為張魯惡積雖有田單奔斗之智墨
翟妙巧之道禽滑釐之辯無所救之又將疑
此理為不然也善曰文帝答曹洪書曰今
魯罪兼苗桀惡稔厲莽縱使宋翟妙機械之
巧田單騁奔牛之詐孫吳勒八陣之變猶無
益
也何者濟曰自發問上文
所疑將述其理古之用兵敵國雖
亂尚有賢人則不伐也是故三仁未去武王
還師銑曰三人謂殷三人微子箕子比干是
也武王欲伐紂聞比三人在朝武王乃

還兵也善曰論語曰微子去之箕子為之
奴比干諫而死孔子曰殷有三仁焉史記曰
周武王東觀兵於盟津諸侯皆曰紂可伐矣
武王曰未知天命未可也乃還師聞殺王子
比干囚箕子於是曰
殷有重罪不可不伐宮奇在虞晉不加戎銑曰
宮之奇虞之賢臣晉欲伐虞以宮之奇在朝
而不加兵善曰左氏傳曰晉侯假道於虞
以伐虢宮之奇諫曰虢虞之表也虢亡虞必
從之諺所謂輔車相依脣亡齒寒其虢虞之
謂乎弗聽宮之奇以其族行曰
虞不臘矣在此行也不再舉矣季良善本作
梁字
猶在彊楚挫謀銑曰季良隨賢臣楚將伐隨
知季良在而不為伐挫止也
善曰左氏傳曰楚王侵隨使少師董成鬭
伯比言於楚子曰吾不得志於漢東也我則
使然我張吾三軍而被吾甲兵以武臨之漢
東之國隨為大隨張必棄小國小國離楚之
利也請羸師以張之熊率且比曰
季梁在何益注曰季梁隨賢臣也暨至眾賢

文選四十一　五十一

奔紲勑律三國為墟明其無道有人猶可救也
翰曰暨至也眾賢謂上三仁及宮之奇季良
也三國謂殷虞隨也及至此三國不用此眾
賢之謀奔紲於外而三國已亡故無
道有賢人可救也墟謂丘墟無人矣且夫墨
子之守縈帶為垣高不可登折箸為械堅不
可入向曰公輸子為雲梯以攻宋墨翟聞
之乃往解衣帶繞以為城以箸為械公
輸之攻械已盡矣而墨子之守不可入言其
有道而妙也縈繞垣城也械戰器名善
曰墨子曰公輸為雲梯必取宋於是見公輸
九設攻城之機變墨子九距之公輸般之攻
城械盡子墨子之守圉有餘公輸般出而曰
吾知所以距子矣吾不言子墨子亦曰吾知
子之所以距我者吾不言之王問其故子墨
子曰公輸子之意不過欲殺臣殺臣宋莫能
守乃可攻也然臣之弟子禽滑釐三百人已
持守圉之器在宋城上而待楚寇矣雖殺臣

不能絶也已善吾請無攻若乃距陽平據石門向曰陽平古關
石門古鎮名並在蜀善曰周地圖記曰褒谷西有古陽平關劉淵林蜀都賦注曰石
門在漢中之西據八陣之列向曰據布騁馳也八陣謂孫吳兵法善曰雜
兵書曰八陣一曰方陣二曰圓陣三曰牡陣四曰牝陣五曰衝陣六曰輪陣七曰浮沮陣
八曰鴈行陣騁奔牛之權向曰田單守即墨城為燕軍所攻單乃率城牛
千餘頭畫以五色為龍文橫發刃於角束葦草灌油括於牛尾火燒之鑿城為穴夜縱牛
出壯士五千人隨其後牛驚痛而怒奔突燕軍燕人驚亂死傷無數善曰史記曰田單
為將軍破燕城時以千餘牛為絳繒衣畫以五彩龍文束兵刃於角灌脂束葦於尾燒之
鑿城數十穴夜縱牛壯士五千人隨其後牛尾熱怒而奔燕軍夜大驚牛尾炬火光明炫
燿燕軍視之皆龍文所觸盡死傷五千人因銜枚擊之而城中鼓譟從之老弱皆擊銅器

文選四十一　五十二

為聲聲動天地燕軍大駭敗走齊人遂夷殺其將騎劫燕軍大亂奔走齊人追亡逐北所
過城邑叛燕歸田單而齊七十餘城皆復為齊乃迎襄王於莒焉肯土崩
魚爛哉向曰言張魯若距關鎮復用孫吳之法以布行列又用田單之權智何肯
潰敗也土崩魚爛謂潰敗也善曰漢書徐樂上書曰臣聞天下之患在於土崩公羊傳
曰其言梁亡何自亡也魚爛而亡何休注曰魚爛自內發設令守無巧拙
皆可攀附則公輸已陵宋城樂毅已拔即墨
矣濟曰設令擾守之人無有巧拙不由賢愚則其攻城者皆可攀附而上之則公輸已
上於宋城樂毅已拔齊於即墨矣即墨城名墨翟之術何稱田單
之智何貴老夫不敏未之前聞向曰不敏猶不達也文帝
言用賢智不拔無道之國我未之聞於前古也善曰左氏傳趙孟曰老夫罪戾是懼禮

記檀弓曰我未之前聞蓋過高唐者效王豹之謳翰曰
高唐齊邑也善歌者綿駒居是焉而齊右之人皆善為歌書風俗染人王豹亦善歌者居
淇今云過高唐效王豹之謳歌也善曰孟子淳于髡曰昔王豹處淇而河西善謳綿
駒處高唐而齊女善歌按此文當云過高唐者效綿駒之歌但文人用之誤游睢
息惟渙者學藻繢之綵翰曰睢渙二水名其處人能織藻繢錦綺有游
於此者亦將學其風土所為也善曰陳留記曰襄邑渙水出其南睢水經其北傳云睢
渙之間出文章故其黼黻絺繡日月華蟲以奉宗廟御服焉間自入益部
仰司馬揚王之善本無之字遺風有子勝斐然之
志翰曰我近自入益部及爾仰司馬長卿揚雄王褒之遺風將述文辭也間猶近也子
勝猶以子也斐然盛進之貌善曰司馬相如揚雄王褒也墨子曰二三子復於子墨子

文選四十一　五十三

曰告子勝仁子墨子曰未必然也告子為仁猶跂以為長偃以為廣不可久也論語曰吾
黨之小子狂簡斐然成章故頗奮文辭異於他日怪乃輕
其家丘謂為倩七見請人是何言歟銑曰頗少奮發也他日謂
舊日也乃汝也魯人不識孔丘聖人乃云我東家丘者吾知之矣言輕孔丘也言汝輕我
知家丘謂我文辭皆倩人所作是何言歟怪辭也善曰邴原別傳曰原遊學詣孫崧崧
曰君以鄭君而舍之以鄭君為東家丘也原曰君以鄭君為東家丘以僕為西家愚夫邪
夫騄綠驥垂耳於善本有林字坰牧善本無牧字鴻雀
戢翼於汙池音烏良曰騄驥良馬也垂耳謂未效用其力故耳垂也坰牧野
外也鴻雀大鳥也戢斂也汙池小水也善曰吊屈原曰驥垂兩耳服鹽車爾雅曰野外
謂之林林外謂之坰周禮有牧田鴻雀鳥之通稱也毛詩曰鴛鴦在梁戢其左翼列子楊

朱謂梁王曰鴻鴈高飛不集行也褰之者固以為園囿之凡鳥外廏之下乘也濟曰褰輕也廏育馬所善曰穀梁傳晉荀息曰君何不以屈產之乘借道乎公曰此晉國之寶也荀息曰取之中廏置之外廏及其善本無其字整蘭筋揮勁翮向曰蘭筋馬筋節堅者千里足也善曰相馬經云一筋從玄中出謂之蘭筋玄中者目上陷如井字蘭筋豎者千里陵厲清浮顧眄善本作盼字千里豈可謂其借翰於晨風假足於六駁補角哉向曰厲高也陵高清浮鴻也顧眄千里馬也言此亦可謂高飛遠逝豈可借翰於六駁之駿乎晨風鸇也六駁馬名善曰爾雅曰晨風鸇也毛詩曰隰有六駮毛萇曰駮如馬倨牙食虎豹恐猶未信丘言必大噱其略也洪白翰曰丘虛噱笑也善曰孟康漢書注曰丘空也此雖假孔子名而實以空為戲也或無丘言二字漢書曰趙季諸侍中皆談笑大噱說文曰噱大笑也

文選卷第四十一

文選　四十二

書中

文選卷第四十二

梁昭明太子撰　　五臣并李善注

書中

阮元瑜爲曹公作書與孫權一首

魏文帝與朝歌令吳質書一首

又與吳質書一首

又與鍾大理書一首

曹子建與楊德祖書一首

又與吳季重書一首

吳季重答東阿王書一首

文選四十二　　一

應休璉與滿公琰書一首

與侍郎曹長思書一首

與廣川長岑文瑜書一首

與從弟君苗君胄書一首

爲曹公作書與孫權一首善曰吳書曰孫策初與魏武俱事漢靈周瑜魯肅諫權曰將軍承父兄餘資兼六郡之衆兵精糧多何區區而受制於人也權遂據江東西連蜀漢與劉備和親故作書與權望得來同事漢也

阮元瑜良曰魏志云阮瑀字元瑜陳留尉氏人也宏才卓逸不羣於俗曹公爲司空召爲軍謀祭酒轉丞相倉曹屬初孫策

與曹公俱事漢後孫氏割據江東稱吳王曹公與此書說以禍福令歸事漢孫權策之弟善曰魏志曰阮瑀字元瑜宏才卓逸不羣於俗太祖爲司空召爲軍謀祭酒又管記室書檄多瑀所作又轉丞相倉曹屬辛文章志曰陳留人也

離絶以來于今三年無一日而忘前好善本有亦字猶姻媾之義恩情已深違異之恨中間尚淺也銑曰猶如也言姻媾之義亦如舊不移曹公以弟女配策之弟匡又爲子章取孫賁女言所以違異而恨者以中間連事結好相知日淺旅即離絶矣　善曰爾雅曰婚之父曰姻婦之父曰婚毛詩箋曰重婚曰媾吳志曰策并江東曹公力未能逞且欲撫之乃以弟女配策小弟匡又爲子彰取賁女皆禮辟策弟權翊又命揚州刺史嚴象舉茂才

孤懷此心君豈同哉濟曰孤曹公自稱豈同謂豈不同也每覽古今所由改趣向曰言人心所由有改趣向者因緣侵辱或起瑕釁善本作璺字心忿氣善本作意字危用成大變翰曰因事緣情有所侵奪恥辱乃起瑕釁者心有怨忿心氣危勇用成大變變亂也謂下韓信忿恨意不自安　善曰心既若韓信傷心於失楚彭寵積望於無異良曰韓信爲楚王人告信反高祖乃徙爲淮陰侯信因此遂反是傷心失楚也初光武以彭寵爲漁陽太守大將軍恃功高欲帝以殊禮待之及後見上臨之與羣臣無異乃懷怨望遂反叛也善曰漢書曰高祖徙信爲楚王後以爲淮陰侯信知漢畏其能稱疾不朝由此日怨陳豨反高祖自將往信陰使人之豨所而與家臣謀夜詐赦諸官徒奴欲發兵襲呂后太子帝聞後漢書曰光武至薊彭寵上謁自負功高光武接之不能滿以此懷不平光武知之以問幽州牧朱浮浮對曰陛下昔倚爲北道主人寵謂至當延閣握手交歡並坐今既不然所以失望也盧綰嫌畏於已隙英布憂迫於情漏此事之緣也銑曰陳豨反高祖與綰俱擊豨綰乃陰與豨通謀及豨敗事覺高祖召綰綰稱疾不行則是疑畏高祖已有嫌隙故爾淮南王英布聚兵謀反爲中大夫賁赫上書告之事既漏泄布便發兵此皆事之緣情而爲之反也　善曰漢書曰上立盧綰爲燕王初上如邯鄲擊陳豨燕王盧綰亦擊其東北豨使王黃求援於匈奴綰亦使其臣張勝於匈奴勝至胡燕王臧荼子衍亡在胡見勝曰公何不令燕且緩豨而與胡和事寬得長王燕勝以爲然迺令匈奴兵擊燕綰疑勝與胡反上書請族勝勝還報具道所以爲者綰寤迺詐論他人以脫勝家屬使得爲匈奴間而陰使范齊之豨所欲令連兵無決漢既斬豨其裨將降言燕王綰使范齊通謀豨

所上使使召綰綰稱病於是上曰綰果反矣乃遣樊噲伐燕又曰黥布爲淮南王漢誅梁王彭越盛其醢以徧賜諸侯至淮南王王大恐陰令人部聚兵伺旁郡警急賁赫爲布中大夫上變言布謀反有端可先未發誅也淮南王疑其上言國陰事漢使又來頗有所驗遂族赫家發兵反孤與將軍恩如骨肉向曰將軍謂孫權也骨肉兄弟也割授江南不屬本州豈若淮陰捐舊之恨翰曰本州本朝也言權既受江南之地漢又不奪其國令不屬本朝以爲阻絕豈若高祖奪韓信之國捐棄舊情以致怨恨乎蓋自逆臣道也淮陰韓信也　善曰揚州舊屬江南江南之地盡屬焉今魏徙揚州於壽春而孫權全有江南之地故云不屬本州也江都圖經曰江西壽春屬魏魏揚州刺史鎮壽春捐舊或爲捐舊誤也抑遏劉馥相厚益隆寧放方往朱浮顯露之奏濟曰遏絕寧豈

於學也壽州刺史劉馥每請伐吳而曹公常遏絕不許蓋相厚之情崇也漁陽太守彭寵見光武有怨色光武知之以問幽州牧朱浮浮曰寵恃功欲握手交歡今既不然故怨矣曹公自言與權相厚豈學朱浮助露進言於天子以論權非乎奏請進言於天子善曰魏志曰劉馥字元頴沛國人也太祖方有袁紹之難謂馥可任以東南之事遂為揚州刺史後漢書曰朱浮為幽州牧奏漁陽守彭寵多置兵器不迎毋罷遂反無匿張勝貸他改故之變良曰張勝燕王盧綰之臣也高祖與綰擊陳豨陳豨求救於匈奴綰亦使張勝於匈奴求救勝至胡乃為人所說曰公何不令燕緩擊陳豨而與胡和得長有燕國勝以為然乃令匈奴擊燕兵綰疑勝與胡反上書請族殺勝勝還報綰前意綰乃許論他事以脫勝家屬此為匿藏張勝而恩貸之故以為亂變言權無此皆是自為之也善曰張勝有故於胡盧綰匿之而加恩貸也貸或為貳匪有陰搆

文選四十二　四

善本從搆字賁音肥赫之告銑曰淮南王英布陰謀反叛其大夫賁赫告之固非燕王淮南之釁也向曰言非與盧綰英布同事而忽絕王命明棄碩交實為佞人所搆會善本有也字翰曰王命謂天子之命碩交謂朋友也曹公相屬言權所以絕命棄交實為謟佞之人所搆作會合也當非權獨成也善曰史記蘇秦謂齊王曰此棄仇讎而得石交者也石與碩古字通論語子曰遠佞人夫以是之言莫不動聽因形設象易為變觀古亂反濟曰佞人之言皆似是加以辯利故能動聽因形勢以設比象故易改觀心必信而為之者多善曰戰國策曰曾參殺人人有告曾參母毋不善信又有人告之母又不信須臾又有人告之母乃投杼而起示之以禍難激之以恥辱善本有大字丈夫雄心能無發

憤善本作憤發二字濟曰辯佞之人相示以禍難之理動以辱恥之惡則雄心能無發憤善曰吳志曰周瑜云受制於人豈與南面稱孤同哉昔蘇秦說韓蓋以牛後韓王按劒作色而怒雖兵折舌地割猶不為悔人之情也向曰蘇秦說韓王云寧為雞口不為牛後今交臂事秦何異牛後乎以大王之賢有牛後之名竊為大王羞之韓王作色攘臂曰寡人雖死不能事秦當是時韓王雖兵敗地割亦不悔此辯佞巧辯以發怒其情也折猶敗也善曰戰國策蘇秦為楚合從說韓王曰臣聞鄙諺曰寧為雞尸不為牛從今西面交臂而臣事秦何以異於牛從也夫以大王之賢又挾強韓之名臣竊為大王羞之韓王忿然作色攘臂按劒仰天曰寡人雖死其不事秦延叔堅戰國策注曰尸雞中主也從牛子也從或為後非也仁君年壯氣盛緒信所嬖辟計反銑曰仁

文選四十二　五

君權也相敬之辭壯少也氣勇氣也緒順嬖寵也言權年少勇氣方盛順信所寵之臣也善曰楚辭曰竊悲申包胥之氣盛宋均詩緯注曰緒業也既懼患至兼懷忿恨翰曰患謂敵國之患難也忿恨謂恨敵國之未滅也不能復遠度大各孤心近慮事勢濟曰孤心謂曹公之心遂齎子夷見薄之決計秉翻然之成議良曰齎持也秉執也言權持輕薄之決計執翻然高飛之成議謂衆言加劉備相扇揚事結釁連推而行之向曰劉備蜀帝也權與之結好聘問相通以為影援釁罪也相推而行行不臣也善曰周易曰推而行之存乎道想暢本心不顧於此也銑曰暢通也言我想通孫權本心不顧此事劉備扇揚而成孤以善本作之字薄德位高任重幸蒙國朝將泰之運翰曰

徃屬漢朝張亂今幸欲泰平也運會也盪善本作蕩字平天下懷集
異類良曰盪除也言我除天下逆亂四方夷狄懷德而來也異類謂夷狄　善曰家
語注曰異類夷狄也喜得全功長享其福而姻親坐離
厚援生隙向曰姻親厚援皆謂權也援謂相援護也隙釁也　善曰漢書谷永
曰因而生隙常恐海內多以相責以為老夫包善本
作苞字藏禍心陰有鄭武取胡之詐齊曰海內天下也老
夫曹公自謂昔者鄭武公伐胡先以其子妻胡君以定其意其後羣臣言伐胡者殺之曰
胡兄弟之國也何以為伐之胡君於是謂鄭之親於己遂不備鄭鄭於是襲取也曹公與
孫氏親姻恐天下相責望謂我包藏禍心有此謀之詐也　善曰左氏傳趙孟曰老夫罪
戾是懼焉能恤遠又曰楚公子圍聘于鄭鄭使行人子羽與之言曰大國無乃苞藏禍心

文選四十二　六

以圖之韓子曰昔者鄭武公伐胡先以其子
妻胡君以娛其意因而問於羣臣曰吾所用
兵誰可伐者大夫關其思對曰胡可武公怒
而戮之曰胡兄弟之國也子言伐之何胡君
聞之以鄭親已遂不備鄭鄭人襲胡取之也乃使仁君飜然自絶
銑曰言權恐我陰有詐謀飜然高舉遂自與我阻絶以是忿忿懷慙反
側常思除棄小事更申前好翰曰小事謂戰爭　善曰小事
忿恨前好謂婚姻二族俱榮流祚後嗣良曰二族謂曹孫也以
明雅素中誠之効濟曰雅素猶平生也誠心効勤也抱懷數
年未得散意向曰抱此平生之懷三已上曰數昔赤壁之役
遭離疫氣燒舩自還以避惡地非周瑜水軍
所能抑挫善本有也字　銑曰曹公臨荊州權遣周瑜擊之戰於赤壁大破曹

公燒其船士卒飢疫死者太半而曹公此書以避惡地非瑜抑挫者恥言敗也赤壁謂江
岸赤也役難也江陵之守物盡穀殫無所復據徙民
還師又非瑜之所能敗也翰曰曹公北還留曹仁於江陵周瑜
守之歲餘所殺傷甚衆仁棄城而走又云物盡穀殫移人還師非瑜侵敗之亦謬矣物謂
軍資也殫盡徙移侵陵也　善曰赤壁地名在荊州下吳志曰曹公臨荊州權遣周瑜程
普為左右督各領萬人與劉備俱進遇於赤壁大破曹公軍燒其餘船引退士卒飢疫死
者太半備瑜等復追至南郡曹公遂北還留曹仁於江陵瑜仁相守歲餘所殺傷甚衆仁委
城走荊土本非己分我盡與君冀善本有取字其餘
非相侵肌膚有所割損也向曰荊本非吳分謂屬蜀也我與君
謂曹仁棄城而走其地入吳也志望孟權國之地故曰冀其餘也非相侵割者言無傷於

文選四十二　七

孤也冀望也　善曰言荊州之士非我之分今盡以與君實冀取其餘地耳列子孟孫陽
謂禽子曰有侵若肌膚獲萬金者若為之乎曰為之思計此變無傷於
孤何必自遂於此不復還之良曰我思計權此變亂亦無傷
我權何必自遂其志迷於臣子之道不復還海其心　善曰言我尚冀君之餘地何必荊
州之士不復還我哉高帝設爵以延田橫光武指河而
誓朱鮪榮美君之負累力瑞豈如二子是以至情
覲聞德音銑曰高帝即位田橫逃海中帝使謂之曰橫來大者王小者侯以其
設爵以迎引也朱鮪守洛陽光武招之曰來爵位可保吾不食言河水在此故曰指河為
誓言權負罪累何如二人也豈猶何也是以曹公見田朱之事故願教孫權歸漢之言德
音猶美譽　善曰漢書高紀曰初田橫攻彭越項羽已滅橫懼誅與賓客亡入海上恐其

又為亂遣使救横曰横來大者王小者侯謝承後漢書曰光武攻洛陽朱鮪守之上令岑
彭說鮪曰赤眉已得長安更始為胡殷所反害今公誰為守乎鮪曰大司徒公被害鮪與
其謀誠知罪深不敢降耳彭還白上上謂彭復往明曉之夫建大事不忌小怨今降官爵
可保况誅罰乎上指水曰河水在此吾不食言毛詩曰彼美孟姜德音不忘**往年**
在譙新造舟船取足自載以並善本作至字**九江**
貴欲觀善本有湖字**渫**士交反又子小**之形定江濱之民**
耳非有深入攻戰之計也善本無也字濟曰譙國名載乘也
九江漢湖名初曹公恐江濱郡縣為吳所畧會移其人居也故曹公觀其形
而安定之非有攻吳之計善曰魏志曰建安十四年二月軍至譙作輕舟治水軍自渦
入淮出肥水吳志曰初曹公恐江濱郡縣為擢所略徵令內移轉相驚備自廬江九江蘄

文選四十二　八

春廣陵十餘萬皆東渡江江西遂虛合肥以南唯有晥城裴松之吳志注曰渫祖了切
將恐議者大為已榮自謂策得長無西患重
以此故未肯迴情翰曰是時江西戶十餘萬渡江入吳恐權之君臣議
者大為己國之榮以自得長無漢患重以此事當未肯迴情事漢也西患謂漢也善曰
左氏傳楚子曰安人之亂以為已榮**然智者之慮慮於未形達**
者所規規於未兆向曰達謂達理者規度兆見也善曰金匱曰明者
見於未萌智者避危於無形**是故子胥知姑蘇之有麋鹿**
輔果識智伯之為趙禽濟曰吳王不用伍子胥之諫子胥知吳王
之必亡故子胥曰臣恐麋鹿游姑蘇之臺言國已荒麋故為麋鹿所游姑蘇吳臺名智伯
晉卿也專權彊盛請地於趙趙不與之因韓魏共圍晉陽韓魏反之於外趙應於內智伯

弟智果必知其兄為趙所擒乃改姓輔氏而智伯遂亡此乃慮未形度未兆也善曰漢
書伍被謂淮南王曰昔伍子胥諫吳王吳王曰臣今見麋鹿游姑蘇之臺也越絕書曰姑蘇臺
名夫差所造高見三百里戰國策曰智伯與韓魏圍趙於晉陽張孟談見韓魏之君曰
智伯伐趙趙亡則二君為之次二君乃與孟談陰約夜遣人入晉陽智果見二君說智伯
曰二主色動而變必背君矣不如殺之智曰不可智果見言之不聽出便易姓為輔氏
穆生謝病以免楚難鄒陽北游不同吳禍濟曰
穆生者漢楚王戊門下客穆生不嗜酒王常設醴後忘設之穆生曰可逝矣王意怠也穆
生乃謝病而去鄒陽事吳王濞濞謀反僵諫不納乃北游梁孝王後楚王吳王並與七
國連反伏誅穆生鄒陽皆不見禍難此亦慮未形度未兆也善曰漢書曰穆生不嗜酒
楚王戊常設醴後忘設焉穆生退曰可以逝矣遂謝病去後戊乃與吳王通謀遂應吳王

文選四十二　九

反又曰鄒陽仕吳吳王有邪謀陽奏書諫吳王王不納去之梁從孝王遊**此四士**
者豈聖人哉徒通變思深以微知著耳良曰四士
謂子胥輔果穆生鄒陽也此於權通變以歸漢也善曰范子計然曰見微知著**以**
君之明觀孤術數量良**君所據相計土地豈**
勢少力乏不能遠舉割江之表晏安而已哉
甚未然善本有也字翰曰相計土地人力我豈少之不能遠舉兵甲割彼江外
晏然懷毒者哉甚未然者言能取也**若恃水戰臨江塞要欲令**
王師終不得渡亦未必也向曰但論慎逆不在要險故云亦未
必也**夫水戰千里情巧**口孝**萬端**銑曰謂水戰之情巧**越為**
三軍吳曾不禦漢潛夏陽魏豹不意江河雖

廣其長難衛也翰曰越伐吳越爲三軍潛度當吳中軍吳軍大敗禦敵也銑曰漢王使韓信擊魏王豹信爲疑兵陳船欲渡臨晉伏兵從夏陽以木罌引兵浮渡擊魏魏王豹出其不意驚而引兵逆信信虜豹夏陽地名向曰言江河雖闊長遠難爲衛護亦不可恃也廣闊也善曰左氏傳曰越子伐吳吳子禦之笠澤夾水而陳越子爲左右勾卒使夜或左或右鼓譟而進吳師分以禦之越子以三軍潛涉當吳中軍而鼓之吳師大亂遂敗之漢書曰韓信爲左丞相擊魏魏王豹魏王豹盛兵蒲坂塞臨晉信迺益爲疑兵陳船欲渡至於臨晉而伏兵從夏陽以木罌渡軍襲安邑魏王豹驚張兵迎信信遂虜豹而歸凡事有宜不得盡言良曰事有權時逐其所宜爲之此不得盡言也將修舊好而張形勢更似爲善本作無以二字威脅重敵人之心善本無之心二字濟曰曹公言所以致此言者將修舊故之好乃張心事之形勢更似以威相脅重生敵人疑阻之心也敵人謂權也善曰重威重也言以威重迫脅敵人然有所恐恐書無益何則往者軍逼以自引還今日在遠而與慰納辭遜意狹謂其力盡適以增驕善本從心不足相動向曰赤壁自引軍還而吳以爲勝我已有徵志今復在遠而我起慰問之書以納勤誠而辭順意小亦謂盡力恐恃赤壁之後適以增驕不足相動也但明效古當自圖之耳翰曰但明古人之義當自謀之效學圖謀也昔淮南信左吳之策善本有漢字隗囂納王元之言彭寵受親吏之計三夫不寤終爲世笑銑曰漢淮南王劉安謀反信其臣左吳之策後漢隗囂反用王元之言可以一丸泥東封函谷關此萬代一時也光

文選四十二　十

武時彭寵反皆受親近婦人及官吏之計此三人皆不寤事理以見亡滅爲時人所笑也善曰漢書曰淮南王安謀反日夜與左吳等按輿地圖部署兵所從出入范曄後漢書曰隗囂字季孟天水人更始亂囂亡歸天水招聚其衆自稱西州上將軍遣子恂詣闕囂將王元說囂曰天水完富天下士馬最強元請以一丸泥東封函谷此萬世一時也囂心然元計遂反彭寵已見朱浮與彭寵書梁王不受詭勝竇融斥逐張玄二賢既覺福亦隨之願仁善本無仁字君少留意焉翰曰梁孝王怨袁盎遂與公孫詭羊勝陰謀刺殺袁盎天子疑梁有謀使案覆詭勝皆潛王宮韓安國諫王出之詭勝皆自殺上遂怒解也不受謂出之後漢竇融行河西大將軍事聞光武即位心欲歸光武辯士張玄說融不可歸漢宜各據土地可爲六國也融不從其言乃斥逐之決策歸漢光武封爲安豐侯檢校大司空二賢梁王竇融也既覺謂覺其事理也願權留意察前事忠禍福也善曰漢書曰梁孝王怨袁盎迺與羊勝公孫詭之屬陰使人刺殺袁盎天子意梁逐賊果梁使上遣使覆按梁事捕公孫詭羊勝皆匿王後宮韓安國泣諫王王乃令出之勝詭皆自殺梁王使韓安國因長公主謝上怨稍解范曄後漢書曰竇融字周公扶風人也行西河五大郡大將軍事遂聞光武即位心欲東向隗囂使辯士張玄遊說西河曰今各據土宇與隴蜀合從高可爲六國下不失尉佗融召豪傑計議遂決策東向奉書獻馬光武賜融璽綬爲涼州牧封安豐侯後遷大司空若能內取子布外擊劉備良曰張子布吳臣也權委以文武內外之事取謂殺也善曰吳志曰張昭字子布以效赤心用復前好者善本無者字則江表之任長以相付高位重爵坦然可觀濟曰坦然寬也上令聖朝無東顧之

文選四十二　十一

勞下令百姓保安全之福向曰謂興兵甲也不君享其
榮孤受其利豈不快哉向曰謂享榮受利二好俱修也若忽
至誠以處僥倖婉彼二人忍不善本作不忍字加罪
所謂小人之仁大人善本作仁字之賊大雅之人
善本有不字肯為此也銑曰忽迷婉親也二人謂劉備張子布也言孫權親
比二人不忍加罪則為小人也若海內之人以起兵甲是害大道也賊害也大雅謂君子
也善曰婉猶親也二人劉備張昭也韓子曰行小忠則大忠之賊也班固漢書贊曰
大雅卓爾不羣河間獻王近之矣若憐子布願言俱存亦能
傾心去恨順君之情更以善本作與字從事取其
後善翰曰若欲歸漢憐子布不忍加罪願與俱來我亦能傾心除去宿恨順權之情

更以子布從事任用於朝取其後善亦掩前惡善曰史記曰王溫舒徒諸名禍猾吏與
從事廣雅曰從行也但禽劉備亦足為效開設二者審
處一焉向曰效功也開設二者設內取子布外擊劉備一也若憐子布但禽劉備
是二也此二者審詳處置其一計也聞荊楊諸將並得降者良曰
荊楊州漢將得吳降者皆言交州為君所執豫章距命
不承執事濟曰吳交州刺史遣使通曹公權覺之執而囚焉又楊州刺史劉正
禮濟江保豫章以距權命不承吳執事之故也善曰吳志曰孫輔字國儀假節交州刺
史遣使與曹公相聞事覺權幽繫之數歲卒又曰劉繇字正禮避亂淮浦詔遣為楊州刺
史繇不敢之州遂南保豫章疫旱並行人並損減各求進
軍其言云云銑曰謂吳遭疫旱人兵損減萊將各求進軍乘弊擊吳云云謂

辭多略而不能載也孤聞此言未以為悅良曰謂吳人不濟故不悅
然道路既遠降者難信幸人之災君子不為
翰曰未信有降者自謙之意也言吳有旱疫之災若乘遇此敝以襲於人君子所不為也
我亦不許諸將進軍幸猶遇也善曰左氏傳曰秦饑使乞糴于晉晉人弗與慶鄭曰背
施無親幸災不仁且又百姓國家之有加懷區區樂
欲崇和庶幾明德來見昭副不勞而定於孤
益貴良曰言加意區區然以憂百姓庶幾猶冀望明德謂孫權言我冀望君來昭然
為副貳言不勞兵馬而得君來是於孤更益貴也是故案兵守次遣
書致意古者兵交使在其中願仁君及孤虛
心迴意銑曰案止也守次不前也言止兵守道而不前也古者雖兵相交而通使

往還必在中及孤謂忠恩及我也虛心謂寬心能容納衆善之言善曰左氏傳曰晉欒
書伐鄭鄭使伯蠲行成晉人殺之非禮也兵交使在其間可也是善本無是字以
應詩人補袞之歎而慎周易牽復之義濟曰詩云
袞職有闕仲山甫補之袞冕君之上服也仲山甫補之善補過言權若來降是補前過矣
易云牽復吉言相引復歸順道以為善也牽引也善注同濯鱗清流飛
翼天衢良時在茲勗之而已良曰言若去逆歸順宴樂明時
爵祿榮美亦如龍魚濯鱗於清流之水如鳥飛翼於高天之衢路來降之時正在此日勗
勉而已

與梁善本無梁字朝歌令吳質書一首

善曰典畧曰質為朝歌長大軍西征太子南在孟津小城與質書漢書曰魏郡有朝

歌縣

魏文帝翰曰朝歌縣名時文帝為魏王太子在盟津小城與質此書

五月二善本無二字十八日丕白季重無恙向曰丕文帝名季重吳質字也恙憂也言無憂者猶言季重安否　善曰爾雅曰恙憂也塗路雖局官守有限善曰小雅曰局近也孟子曰吾聞有官守者不得其職則去　五臣注同願言之懷良不可任濟曰願言謂相思也良猶實也任堪也　善曰毛詩曰願言思子杜預左氏傳注曰任當也足下所理善本作治字僻左書問致簡益用增勞良曰謂質所理朝歌僻左遠路書問難以致見故增勞簡見也每念昔日南皮之遊誠不

可忘既妙思六經逍遙百氏翰曰南皮縣名文帝嘗與質同游焉六經謂詩書禮樂易春秋百家謂百氏諸子書　善曰漢書渤海郡有南皮縣莊子孔子謂老聃曰丘治詩書禮樂易春秋六經自以為久矣淮南子曰百家異說各有所出彈棊閒設終以博弈善本作六博二子向曰彈棊博弈並戲玩之事　善曰藝經曰棊正彈法二人對局白黑棊各六枚先列棊相當更先控三彈不得各去控一棊先補角世說曰彈棊出魏宮大體以巾角拂棊子也高談娛心哀箏順耳銑曰娛樂也哀箏謂箏聲清也所欲則奏故云順耳馳騁北場旅食南館濟曰旅衆也　善曰儀禮曰尊士旅食于門鄭玄注曰旅衆也士衆謂未得正祿所謂庶人在官者浮甘瓜於清泉沉朱李於寒水白日既匿繼以朗月良曰匿沒也同乘並載以游後園翰曰同乘並載連車騎輿輪徐動賓善本作參字從無聲向曰輿車也徐緩也賓從侍從之人無聲謂嚴濯也清風夜起悲笳微吟樂往哀來愴然傷懷銑曰笳笛類言物極則反樂極則哀故愴然傷懷　善曰列女傳陶荅子妻曰樂極必哀莊子仲尼曰樂未畢哀又繼之余顧而言斯樂難常濟曰我相顧而言此樂難常如此足下之徒咸以為然良曰足下謂質徒謂諸友今果分別各在一方元瑜長逝化為異物翰曰元瑜阮瑀也長逝死也化變也　異物謂生死為物各異　善曰司馬遷荅任少卿書曰則長逝者魂魄私恨無窮鵩鳥賦曰化為異物又何足患莊子曰假於異物託於同體郭象曰今死生聚散變化無方皆異物也每一念至何時可言向曰每一念其死生之事何時與質

言之方今蕤賓紀時景風扇物銑曰仲夏之月律中蕤賓夏至之日景風至也　善曰禮記曰仲夏之月律中蕤賓易通卦驗曰夏至則景風至天氣和暖衆果具繁時善本有駕字而遨善本無遨字遊北遵河曲濟曰時駕車馬為遨遊遵循也從者鳴笳以啓路文學託乘於後車良曰啓路謂引前也文學官名託附也時帝為太子故文學附乘後車以從前也　善曰毛詩曰命彼後車謂之載之節同時異物是人非我勞如何翰曰時異謂此時不同游也時物雖是而友朋非舊我心相思為勞如何　善曰毛詩曰道之云遠我勞如何今遣騎到鄴故使枉道相過平行矣自愛丕白向曰騎使也鄴鄴都也朝歌僻遠故云枉道行矣自愛謂勉行政治自愛聲譽　善曰老子曰聖人自愛

與吳質書一首（濟曰是時魏都疾病諸友多死故與質此書敘情也善曰典略曰初徐幹劉楨應瑒阮瑀陳琳王粲等與質並見友於太子二十二年魏大疫諸人多死故太子與質書）

魏文帝

二月三日丕白歲月易得別來行復四年（銑曰行謂四時運行復謂寒暑往復也　善曰行猶且也）三年不見東山猶歎其遠況乃過旹之思何可支（濟曰詩云我徂東山慆慆不歸自我不見于今三年此歎三年為遠況四年思何支持也過之為過三年　善曰杜預左氏傳注曰不支不能相支持也）雖書疏往反（善本作返字）未足解其勞結（良曰結謂憂心之結）昔年疾疫親故多離其

災徐陳應劉一時俱逝痛可言邪（翰曰離逢也徐幹陳琳應瑒劉楨俱死其痛何可言也）昔日游處行則連輿止則接席何曾須臾相失（向曰輿車騎也止坐也）每至觴酌流行絲竹並奏酒酣耳熱仰而賦詩當此之時忽然不自知樂（善本有也字　銑曰樂極不知所以言故不自知樂　善曰楊惲報孫會宗書曰酒後耳熱仰天撫缶）謂百年已（紀）分（去聲）可長共相保（濟曰百年之歡是已分之有可長相保也）何（善本有圖字）數年之間零落略盡言之傷心（良曰零落死也）頃撰其遺文都為一集（善曰廣雅曰撰定也都凡也）觀其姓名已為鬼錄追思昔遊猶在心目而此諸子化為

糞壤可復道哉（翰曰壤土也可復道哉謂不可復追也）觀古今文人類不護細行鮮皆（善本無皆字）能以名節自立（向曰類例護拘鮮少也言古今文人例不拘細行或負小瑕少能以義名奇節獨立於時也　善曰尚書曰不矜細行終累大德）而偉長獨懷文抱質恬淡（大暫切　善本作惔）寡欲有箕山之志可謂彬彬君子者矣（銑曰許由隱箕山言幹之才文質無備恬淡無欲有隱人之志彬彬文質貌偉長徐幹字　善曰論語子曰文質彬彬然後君子　新論雍門周曰身貴高妙懷質抱真者子曰少私寡欲呂氏春秋曰昔堯朝許由於沛澤之中曰請屬天下於夫子許由遂之箕山之下）著中論二十餘篇成一家之言辭義典雅足傳于後此子為不朽矣（濟曰徐幹著書

二十篇號曰中論典雅足傳後代言此子之文為不朽也　善曰文章志曰徐幹字偉長北海人太祖召以為軍謀祭酒轉太子文學以道德見稱著書二十篇號曰中論司馬遷書曰通古今之變成一家之言）德璉常斐然有述作之意（良曰德璉應瑒字斐然為之辭述作謂作文章也　善曰論語曰斐然成章又曰述而不作）其才學足以著書美志不遂良可痛惜（翰曰言瑒不遂志而死良實也）間（善本有者字）歷覽諸子之文對之抆（亡粉）淚既痛逝者行自念也（向曰間時也痛死者逝去行復自念於已終當如此　善曰楚辭曰孤行吟而抆淚）孔璋章表殊健微為繁富（銑曰孔璋陳琳字也章書也）公幹有逸氣但未遒耳其五言詩之善者妙絕時人（濟曰遒盡也言未盡

義矣妙絶時人謂過於時人也曰言其詩之善者時人不能逮也善元瑜書記翩翩致足樂也良曰元瑜阮瑀字記亦書類翩翩美貌言其文雅之致足為樂也仲宣獨善本作續字自善於辭賦惜其體弱不足起其文至於所善古人無以遠過翰曰仲宣王粲字獨善辭賦其體稍弱不足起其文至於或有所善妙者雖古人無過也善曰言仲宣最少續彼衆賢自善於辭賦也續或為獨典論論文曰文以氣為主氣之清濁有體弱謂體弱也昔伯牙絶絃於鍾期仲尼覆醢於子路痛知音之難遇傷門人之莫逮音代向曰伯牙善鼓琴而鍾子期妙知伯牙琴音故鍾期死而伯牙絶絃不復鼓琴痛知音之難遇也衛人殺子路而醢之仲尼盡覆之傷子路之賢門人莫及也逮及也善曰呂氏春秋曰

子期死而伯牙乃破琴絶絃禮記曰孔子哭子路於中庭有人弔者而夫子拜之既哭進使者而問故使者曰醢之遂命覆醢諸子但為未及古人亦善本作自字一時之儁也銑曰諸子謂徐陳應劉阮王也言雖未及古人亦一時之儁才也今之存者已不逮矣濟曰言今文人存者已不及徐陳諸子也後生可畏來者難誣然善本有恐字吾與足下不及見也良曰言後生文章亦有可畏而難欺安知不如今者恐我與季重老矣不及見來者之文也來者亦後生也善曰論語子曰後生可畏焉知來者之不如今年行已長大所懷萬端翰曰謂為太子所懷者萬事也時有所慮至乃善本無乃字通夜不瞑銘志意何時復類昔日已成老翁但未白頭耳光武有言

年已善本無已字三十餘在兵中十歲所更非一向曰通達也瞑眠也言思慮志意不類昔日已如老翁也向曰光武漢光武也更猶歷也善曰東觀漢記光武賜隗囂書曰吾年已三十餘在兵中十歲所更非一厭浮語虛辭耳吾德不及之年與之齊矣銑曰言德不及光武年與光武齊以犬羊之質服虎豹之文無衆星之明假日月之光濟曰文帝固讓非才實而居太子之位也善曰法言曰或問質曰羊質而虎皮見草而悅見豺而戰文子曰百星之明不如一月之光賈子曰主之與臣若日月之與星也動見瞻觀何時易去乎恐永不復得為昔日遊也良曰言既非材而處重位與動出入顧盼甚難故恐長不得為昔日南皮之遊少壯真當努力年一過往何可攀援

爰古人思秉善本作炳字燭夜遊良有以也翰曰乃思少壯之時真可努力以追宴樂歲月一過而往不可攀援而駐之故秉燭夜遊實有以也善曰古詩曰少壯不努力老大徒傷悲莊子北海若曰年不可攀時不可止消息盈虛終則又始古詩曰晝短苦夜長何不秉燭遊秉或作炳頃何以自娛頗復有所述造否善本作不字東望於邑裁書敘心丕白向曰頃近娛樂頗少也否謂述作文章無於邑謂不得志也裁制也善曰楚辭曰長呼吸以於邑

與鍾大理書一首銑曰鍾繇字元常潁川長社人也為大理時文帝為太子在盟津聞繇有玉玦意頗得而難公密使弟子建因人說之繇即送玦太子作書與之爾善曰魏志曰鍾繇字元常魏國初建為

大理魏略曰後大祖征漢中太子在孟津聞鍾繇有玉玦欲得之而難公密使臨淄侯轉因人說之繇即送之太子與書

魏文帝

丕白良玉比德君子珪璋見美詩人濟曰孔子云君子比德於玉焉顒顒卬卬如珪如璋此蓋美之也珪璋亦玉也善注同晉之垂棘魯之璵余璠附蕃宋之結綠楚之和璞良曰皆美玉名善曰垂棘見下文左氏傳曰季平子卒陽虎將以璵璠斂戰國策應侯謂秦王曰宋有結綠楚有和璞此二者則為天下之名器也價越萬金貴重都城翰曰魏田父耕於野得玉徑尺以獻魏王王召玉工觀之工曰此天下寶也王問其價工曰此價無以當之五城之都可以一觀之王乃賜獻玉者千金此言萬者蓋廣言以

示貴善曰尹文子曰魏田父有耕于野得玉徑尺不知其玉也棄之于野鄰人盜之以獻魏王魏王召玉工相之玉工曰敢賀大王得天下之寶臣所未嘗見王問其價玉工曰此無價以當之五城之都聊可一觀王立賜獻者千金長食上大夫之祿魏有稱疇昔流聲將來向曰疇昔謂古也將來謂自古至今善曰孔子家語曰流聲後裔是以垂棘出晉虞虢雙禽銑曰晉以垂棘之璧假道於虞以伐虢虞公好寶遂許之晉既滅虢還而滅虞以復其璧是雙禽獲也善曰左氏傳曰晉荀息請以屈產之乘與垂棘之璧假道於虞以伐虢虞公許之宮之奇曰虞不臘矣晉滅虢虢公醜奔京師旋師於虞遂襲虞滅之和璧入秦相如抗節趙王濟曰趙王得和氏璧秦王聞之使人求趙王願以十五城易璧趙王使藺相如奉璧於秦王相如視秦無意與城相如乃前曰璧有瑕請指示王王乃以璧卻授相如相如持璧怒髮衝冠曰觀大王無與城意臣復取璧王必欲殺臣臣頭與璧俱碎於柱矣抗立也善曰孝經援神契曰抗節厲義通乎至德竊見玉書稱善本有美字玉白如截肪方黑譬純漆赤擬雞冠黃侔蒸栗良曰截割也肪猪脂也譬比也雞冠雞幘也侔類也栗木實蒸之其色鮮黃言美玉有如此色也善曰王逸正部論曰或問玉符曰赤如雞冠黃如蒸栗白如猪肪黑如純漆玉之符也通俗文曰脂在腰曰肪音方側聞斯語未覩厥狀雖德非君子義無詩人高山景行私所慕仰翰曰景明也言雖德非君子然願觀美玉有如古人思如高山賢明之行私以所慕仰也善曰毛詩曰高山仰止景行行止然四寶邈焉已遠秦漢未聞有良比善本有也字向曰四寶謂上白黑赤黃之寶也邈遠言秦漢已來

無有良玉比此四也求之曠年不遇厥真私願不果飢渴未副銑曰言我求美玉曠年不逢其真果遂也常思見良寶有如飢渴今終未副此情也善曰許慎淮南子注曰果成也孔叢子子思謂魯穆公曰君若飢渴待賢近日南陽宗惠叔稱君侯昔有美玦聞之驚喜笑與抃卞會濟曰君侯謂繇也玦帶飾美玉為之也言聞此寶笑而撫手也會謂笑手同發會合喜心也撫手曰抃善曰說文曰抃拊手也當自白書恐傳言未審善曰未敢作書是以令舍弟子建因荀仲茂時從容喻鄙旨良曰因仲茂時為子建先容以勸喻君心述我所欲之鄙意也旨猶意也善曰荀氏家傳曰荀宏字仲茂為太子文學乃不忽遺厚見周稱翰曰言繇乃不輕遺我所願厚見周至以稱述謂繇有書

也善曰周稱謂縣書也鄴騎既到寶玦初至捧匣跪發向曰謂騎使從鄴都還到盟津銑曰匣以盛玦者跪坐以開發其五內震駭匣喜悅并集故五情震駭善曰縣在鄴城太子在孟津也李陵詩曰行行凡自割無令五內傷繩窮匣開爛然滿目濟曰繩繫匣也言繫繩去盡匣開見玦故爛然光色滿目也窮盡也善曰延篤與李文德書曰吾誦伏犧氏之易煥兮爛兮其滿目猥以蒙鄙之姿得覩希世之寶良曰蒙暗也暗鄙之姿文帝謙也不煩一介之使不損連城之價翰曰一介單使也連城則十五城秦之所易者言亦不損我此價乃得奇寶既有秦昭章臺之觀而無藺生詭奪之誑向曰趙使相如奉璧於秦秦昭王坐章臺相如詭奪即上所述也言羨觀則如昭王而欺奪之事則無矣乃真

惠我也詭猶欺也善曰史記曰趙惠文王得和氏之璧秦昭王聞之使人遺趙王書願以十五城易璧趙王遂使相如奉璧西入秦秦王坐章臺見相如相如奉璧奏王相如視秦王無意償趙城乃前曰璧有瑕請指之王授相如相如持璧倚柱怒髮上衝冠曰觀大王無償趙城色故臣復取璧大王必欲急臣臣頭與璧俱碎於柱矣嘉貺益腆賜典敢不欽承銑曰貺賜腆厚欽敬也謹奉賦一篇以讚揚麗質丕白

與楊德祖書一首善曰典略曰臨淄侯以才捷愛幸秉意投脩數與脩書論諸才人優劣

曹子建

植白數日不見思子為勞想同之也僕少小好為文章迄至于今二十有五年矣然今世作者可略而言也昔仲宣獨步於漢南孔璋鷹揚於河朔翰曰漢南荊州也鷹揚謂文體抑揚如鷹之飛揚也朔北也善曰仲宣在荊州故曰漢南孔璋廣陵人在冀州袁紹記室故曰河朔仲長子昌言曰清如冰碧絜如霜露輕賤世俗高立獨步此士之次也毛詩曰維師尚父時維鷹揚偉長擅名於青土公幹振藻於海隅向曰青土謂青州海隅東平漢文也善曰徐偉長居北海郡禹貢之青州也故云青土公幹東平寧陽人也寧陽邊齊故云海隅呂氏春秋曰東方為海隅青州齊也德璉發跡於此魏足下高視於上京濟曰足下謂脩也其文最高故云高視上京謂帝都也善曰德璉南頓人也近許都故曰北魏脩太尉之子故曰上京當此之

時人人自謂握靈蛇之珠家家自謂抱荊山之玉良曰珠寶也向曰言人皆自以其才如玉也善曰淮南子曰隨侯之珠高誘曰隨侯見大蛇傷斷以藥傅而塗之後蛇於大江中銜珠以報之因曰隨侯之珠韓子曰楚人和氏得玉璞於楚山之中奉而獻之文王使玉人治其璞而得寶吾王於是設天網以該之頓八紘以掩之今悉集茲國矣翰曰該遍頓下悉盡也八紘八方也言此才子我太祖乃設天網下悉於八方遍掩而取之今盡在此京都也善曰吾王謂操也崔寔本論曰舉彌天之網以羅海內之雄淮南子曰九州之外是有八澤八澤之外乃有八紘然此數子猶復不能飛騫許言切善本作軒字絕跡一舉千里也善本無也字銑曰騫高飛貌絕遠也言文章猶不能高遠善曰韓詩外傳蓋胥曰鴻鵠一舉千

里所恃者六翮爾以孔璋之才不閑於辭賦而多自
謂善本有能字與司馬長卿同風譬畫虎不成反
為狗者善本無者字也善曰東觀漢記曰馬援誡子嚴書曰效杜季良而不
成陷為天下輕薄子所謂畫虎不成反類狗也前有書嘲之反作論
力頌盛道僕讚其文翰曰子建前有書與陳琳嘲譏其文琳反以為論其
盛道而讚美其文言其不知書夫鍾期不失聽于今稱之善曰
列子曰伯牙善鼓琴鍾子期善聽吾亦不能妄善本作忘字歎者
畏後世之嗤余也翰曰鍾子期知音聽必不失至今稱之我亦不可妄
數陳琳文義恐後代笑我也嗤笑也世人善本有之字著述不能無
病僕常好人譏彈大旦其文有不善者善本有者字應

文選四十二　二十四

時改定善曰孟子曰有人道我善者是吾賊也道我惡者是吾師也昔丁
敬禮嘗善本作常作小文使僕潤飾之僕自以才
不過古卧若人辭不為也翰曰言我以小才不過此人辭不為潤飾
也若人謂此人善曰論語曰行人子羽修飾之東里子產潤色之若人謂敬禮也論語
子謂子賤君子哉若人包曰若人若此之人也敬禮謂僕卿何所疑
難銑曰語及前人曰卿猶今稱君也言不為我潤飾其文君何所疑難文之佳
麗善本作惡字吾自得之後世誰相知定吾文者
邪向曰佳好也但為我潤飾之後代誰知子建改定吾文也吾常歎此達
言以為美談昔尼父之文辭與人通流至於
制春秋游夏之徒乃不能措一辭過此而言

不病者吾未之善本作之未見也濟曰孔子文辭亦與人通流其
議乃成焉翰曰孔子制春秋之辭義惡則子游子夏之徒莫能置一辭過此已往作者
而言不病者我未所見也善曰公羊傳曰魯人至今以為美談禮記魯哀公曰嗚呼尼
父史記曰孔子文辭有可與共者至于春秋子游子夏之徒不能贊一辭蓋有南
威之容乃可以論於淑媛于戀有龍淵善本作泉字
之利乃可以議於善本作其字斷丁段割向曰南威義女也龍
淵寶劍也淑美也媛姬也美姬君王之後宮也有美女之容可以論後宮之位有寶劍之
利乃可議其斷割此言知音者可得論其文章也善曰爲劉季緒張本戰國策曰晉平
公得南威三日不聽朝遂推而遠之曰後世必有以色亡國者爾雅曰美女為媛戰國策
蘇秦說韓王曰韓之劍戟龍淵太阿陸斷牛馬水擊鵠鴈劉季緒才不能

文選四十二　二十五

逮於作者而好詆丁禮訶呼哥文章掎居綺摭之石利
病銑曰逮及也掎偏摭拾利善病惡也言偏拾人善惡善曰摯虞文章志曰劉表子
官至樂安太守著詩賦頌六篇說文曰訶大言也又曰掎偏引也昔田巴毀
五帝罪三王呰紫五霸於稷下一旦而服千
人魯連一說使終身杜口濟曰齊有稷門談說之士期會於下
者甚眾而田巴毀罪五帝三王五霸而稷下服之者有千人此皆亦毀也五帝謂少昊顓頊
高辛唐虞三王夏殷周五霸秦繆楚莊齊桓晉文宋襄也翰曰魯仲連聞田巴毀五帝
徃見而謂曰今楚軍南趙伐高唐亡在朝夕今臣將罷南陽之師還高唐之兵所貴談說
此之謂也如先生之言有似梟音人皆惡之田巴於是杜口易業終身不談也善曰魯
連子曰齊之辯者曰田巴辯於狙丘而議於稷下毀五帝罪三王一日而服千人有徐劫

弟子曰魯連謂劫曰臣願當田子使不敢復説七略曰齊有稷城門也齊談說之士期會於稷下者甚衆漢書鄧公謂景帝曰內杜忠臣之口劉生之辯未若田氏今之仲連求之不難可無歎善本無歎字息乎翰曰劉季緒詆訶之辯且不如田巴今人談如仲連才過季緒者求之不難豈可不歎息此辯哉善曰毛長詩傳曰息止也人各有好尚蘭茝蓀蕙之芳衆人所好而海畔有逐臭之夫良曰蘭茝蓀蕙皆香草呂氏春秋曰有人身大臭妻親戚無能與居此人自居於海海畔有人悅其臭晝夜隨之亦如文人所鑒各異善曰喩人評文章愛好不同也咸池六莖之發衆人所善本有共字樂而墨翟有非之之論豈可同哉向曰咸池六莖黃帝顓頊樂也而古今所共樂之而墨子著書乃非

文選四十二　二十六

之豈可不可也鑒文好惡類於是也善曰樂動聲儀曰黃帝樂曰咸池漢書曰顓頊作六莖樂墨子有非樂篇今往僕少小所著辭賦一通相與夫街談巷說必有可采擊轅之歌有應風雅匹夫之思未易輕棄也向曰往之也一通猶一卷也擊轅野人歌也植言今之我少小所著及章一卷相與衆人論之雖街談巷說野人匹夫之言我文病必可采於風雅不可輕棄善曰漢書曰小說家者街談巷語道聽塗說之所造也崔駰曰竊作頌一篇以當野人擊轅之歌班固集曰擊轅相杵亦足樂也我此一通同匹夫之忠也辭賦小道固未足以揄揚大義彰善本作彰字示來世也昔揚子雲先朝執戟之臣耳猶稱壯夫不為也銑曰章明也揚雄為郎執戟宿衛著法言云雕蟲篆

刻壯夫不為也善曰漢書曰揚雄奏羽獵賦為郎郎皆執戟而侍也東方朔答客難曰官不過侍郎位不過執戟揚子法言曰彫蟲篆刻壯夫不為也吾雖薄德善本作德薄位為藩侯猶庶幾戮力上國流惠下民書永世之業流善本作留字金石之功濟曰藩侯謂諸侯金石言堅不朽也善曰國語曰戮力一心四子講德論曰質敏以流惠尚書曰王曰與國咸休永世無窮呉越春秋樂師謂越王曰君王德可刻金石豈徒以翰墨為勳績辭賦為君子哉良曰勳績功也若吾志未果吾道不行翰曰果遂也言我若未遂與建功業之志是吾道不行則五臣本無則字將采庶官之實錄辯時俗之得失向曰庶衆也植將著書述百官時俗之事實錄謂不隱其善惡也善曰班固漢書司馬

文選四十二　二十七

遷贊曰有良史之才其文直其事核不虛美不隱惡故謂之實錄應劭曰言其實錄事也定仁義之衷成一家之言銑曰衷心也善曰司馬遷書曰通古今之變成一家之言雖未能藏之於名山將以傳之於同好善曰司馬遷書曰僕誠以著此書藏之名山尚書序曰好古博雅君子與我同志亦非要之所不隱也非要之皓首豈今日之論乎其言之不慙恃惠子之知我也翰曰要約皓白也言著此書非約至於白首尚猶不已豈獨今日之論乎今我有此言而不慙者恃子畏惠之知我也一云惠子施也善曰張平子書曰其言之不慙恃鮑子之知我也明早相迎書不盡懷曹善本無曹字植白

與吳季重書一首善曰典略曰質出為朝歌長臨淄侯與質

書

曹子建

植白季重足下前日雖因常調大吊得為密坐在卧反　向曰常調謂常戲齊坐謂環坐也　善曰曹大家歌器頌曰侍帝王之密坐雖讌善本作燕飲彌日向曰彌終也其於別遠會希善本作稀字猶不盡其勞積也若使善本作夫字觴酌陵波於前簫笳善本作簫笳發音於後足下鷹揚其體鳳觀去聲善本作數字虎視濟曰言酒多如水之波瀾也足下謂季重也鳳觀言有和容也虎視謂有威儀也　善曰鷹揚已見上文足下謂季重也鳳以喻文也虎以喻武也數猶歌也取美壯之意也山海經曰丹穴之山有鳥名曰鳳飲食自歌自舞易曰虎視眈眈謂蕭曹不足儔善本從人衛霍不足侔也良曰侔等也蕭何曹參文吏也衛青霍去病武臣也言吴質文武之道不可以此四子並等左顧右眄謂若無人豈非君善本作吾字子壯志哉過屠門而大嚼慈躍雖不得肉貴且快意翰曰前有文武之道不見用此言我見質容威顏眄若人雖不用於時且快我意亦如過屠者之門而開口大嚼雖不得食其肉亦且快意此植自託也　善曰史記曰荆軻與高漸離歌於市已而相泣傍若無人桓子新論曰人聞長安樂則出門向西而笑知肉味美對屠門而大嚼當斯之時願舉泰山以為肉傾東海以為酒伐雲夢之竹以為笛斬泗濱之梓以為箏向曰雲夢澤名泗水名梓木名　善曰尚書曰雲土夢作乂孔安國曰雲

文選四十二　二十八

夢之澤在江南　尚書曰泗濱浮磬食若填巨壑飲若灌漏巵其樂固難量豈非大丈夫之樂哉銑曰巨壑大坑也言食多巵酒盃也言飲酒速盡如灌漏盃酒不停於盃中　善曰莊子淳芒謂苑風曰夫大壑之為物也注焉而不滿取之而不竭淮南子曰今夫雷水足以溢壺榼而江河不能實漏巵然日不我與曜靈急節濟曰日不我與言不與我等也曜靈日也急節謂遷移速也　善曰楚辭曰角宿未旦曜靈焉藏廣雅曰曜靈日也面有逸景之速別有參商之闊良曰面謂相見日也逸過也參商二星名常不相見也言相見恐過度光景之速別離則如參商之隔闊也　善曰左氏傳子產曰昔高辛氏有二子伯曰閼伯季曰實沈不相能后帝不臧遷閼伯于商丘主辰商人是因故辰為商星遷實沈於大夏主參唐人是因其季葉曰唐叔故參為晉星思善本有欲字抑六龍之首頓羲和之轡翰曰抑止頓下也六龍日車也羲和日御也言借光景之速思抑止六龍頓下其轡使日留而不去　善曰楚辭曰貫鴻濛以東竭兮維六龍於扶桑又曰吾令羲和弭節兮折若木之華閉濛汜之谷天路高邈良無由緣善本作良久無緣四字良曰若木日過處濛汜日入處折若木而執之而不去閉濛汜之谷使日凝而不入然天之高遠實無由緣懷戀於日光反側而志不安也　善曰楚辭曰折若木以拂日兮聊逍遥以相佯王逸曰若木在崐崘言折取若木以拂擊蔽日使之還却也楚辭曰出自陽谷次於濛汜仲長子昌言曰蕩蕩乎若昇天路而不知夫所登也懷戀反側如何如何向曰戀眷也反側謂眠不熟也如何如何猶奈何也得所來訊文采委曲曄若春榮瀏若清風銑曰訊問也曄盛美貌瀏

文選四十二　二十九

清風貌言吳質書如此清義也善曰答賓戲曰摛藻如春華毛詩曰吉甫作頌穆如清
風楚辭曰秋風瀏以蕭蕭兮申詠反覆曠若復面濟曰曠遠也復
面謂若相見也其諸賢所著文章想還所治復申詠
之也良曰還所治為休治公事之職善曰所治謂朝歌也可令憙許記
事小史善本作吏字諷而誦之翰曰憙事謂好事少知文者質為朝
歌令言小史者其佐史也善曰周禮曰諷誦言語鄭玄曰背文曰諷以聲節之曰誦
言善本作夫字文章之難非獨今也古之君子猶
亦病諸向曰病諸猶難之也善曰論語子曰堯舜其猶病諸家有千
里驥而不珍焉人懷盈尺和氏而無貴矣銑曰
人皆有良馬美玉以其常有之則不以為珍貴文亦如然矣不可輕而不申詠善曰言

驥及和氏以希為貴今若家有千里人懷盈尺即驥及和氏寧得珍貴乎呂氏春秋曰所
為貴驥者為其一日千里也淮南子曰聖人不貴尺璧而重寸陰韓子曰楚人和氏得玉
璞於楚山之中遂名曰和氏之璧夫君子而知音樂古之達
論謂之通而蔽五臣本無此三句墨翟不好妓善本從人
下同何為過朝歌而迴車乎足下好妓而正善本
無而正二字值墨氏善本作翟字迴車之縣想足下助
我張目也濟曰墨翟不好樂而朝歌非妓樂何謂過之而迴車也是其有不知
音之蔽也足下正值此縣想亦助我張目怒之心好妓樂知音也又聞足下
在彼自有佳政夫求而不得者日善本無日字有
之矣未有不求而自善本無自字得善本有者字也良曰

佳善也言求而不得善者日日有之未有不求善而自得善者言吳質為政故有善也
善曰法言曰學者所以求為君子求而不得者有矣未有不求而得之者也且改
轍而善本作易字行非良樂之御易民而治非楚
鄭之政顧足下勉之而已矣翰曰王良伯樂善御馬者也以
良馬比吳質言良馬之御車不移改轍跡不變易行步戒吳質善政無速移也易俗移風
而為政理非楚之叔敖鄭之子產也此二子俱不易人而治故顧質勉之也善曰呂氏
春秋曰古之善相馬者若趙之王良秦之伯樂尤盡其妙也左氏傳曰晉趙鞅納衛太子
于戚將戰郵無恤御杜預曰郵無恤王良也戰國策曰趙吿謂趙王曰臣聞之聖人不易
民而教智者不變俗而勸史記曰循吏楚有孫叔敖鄭有子產而二國俱治是不易之民
也適對嘉賓口授不悉往來數相聞曹植白

向曰對客口授使者而制此書殊不盡意往來史數相問也悉盡聞問也善曰植集此
書別題云夫為君子而不知音樂古之達論謂之通而蔽墨翟自不好伎何謂過朝歌而
迴車乎足下好伎而正值墨氏迴車之縣想足下助我張目也今本以墨翟之好伎置和
氏無貴矣之下蓋昭明刪移之與季重之書相應耳

答東阿王書一首

吳季重銑曰東阿王曹植也

質白信到奉所惠貺發函伸紙是何文采之
巨麗所慰喻之綢繆乎濟曰惠貺賜也所奉恩賜謂得前書也發
開仲展也綢繆謂殷勤之意也夫登東岳者然後知衆山之
邐迤也奉至尊者然後知百里之卑微也良曰

邅迍从而相連貌翰曰至尊天子也今借而爲喩百里縣令之任質自謂善曰法言
曰觀書者譬如觀山升東岳而知名山之岃崺也況介丘乎下句蓋季重自況也自
旋之初伏念五六日至于旬時精散思越惘
若有失非敢羨寵光之休慕猗頓之富也善本
無也字誠以身賤犬馬德輕鴻毛向曰自從旋還越失也謂
貧前從朝歌至鄴又從鄴還縣之時也伏念宴樂之事惆然驚懼而非敢羨望寵貴光榮
之美猗頓之富誠以身賤德輕故也惆若驚懼貌猗頓古之巨富人也善曰尚書曰要
因服念五六日至于旬時毛詩曰既見君子爲龍爲光毛萇曰龍寵也孔叢子子産問子
順曰臣匱於財聞猗頓善殖貨欲學之然先生同國也當知其術願以告我荅曰然我知
之猗頓魯之窮士也耕則常飢桑則常寒聞朱公富往之問術焉朱公告之曰子欲速富

文選四十二　三十二

當畜五牸於是乃適河東大畜牛羊于猗氏之南十年之間其滋息不可計貲擬王公馳名
天下以興富於猗氏故曰猗頓戰國策魯連說張相國曰鴻毛之輕也而不能自舉至
乃歷玄闕排金門升玉堂伏檽善本作虛字檻於
前殿臨曲池而行觴銑曰玄北也金門以金飾也玉堂美言之也伏
憑也檻鉤欄也言憑鉤欄於前殿以遊也觴盃也善曰三輔舊事曰未央宮北有玄
武闕解嘲曰歷金門上玉堂有日矣楚辭曰坐堂伏檻臨曲池既威儀虧替
言辭漏渫思列反濟曰替失也言陪遊意樂不知威儀虧替笑談弄言辭過度
渫漏而出雖恃平原養士之懿愧無毛遂燿善本從火
穎之才良曰趙公子平原君趙勝也懿美愧慙也平原君將適楚門下求勇士二
十人得十九人餘無可者毛遂請行平原君曰賢士處俗若錐之處囊其末必見今左右

未有所聞先生者是先生無所有也毛遂曰臣若早處囊中乃穎脫而出及到楚遂爲辯
勇之首餘皆莫當之善曰史記曰秦之圍邯鄲使平原君求救合從於楚約與食客門
下有勇士文武備具者二十人偕得十九人餘無可取者毛遂自讚於平原君平原君曰
夫賢士之處俗譬若錐之處囊中其末立見今在左右未有所稱誦是先生無所有也毛
遂曰臣今日請處囊中耳使遂蚤得處囊中乃穎脫而出非特其末見而已深蒙
薛公折節之禮而無馮諼火爰三窟之效翰曰薛公
孟嘗君田文也封於薛田文謂門下客誰習會計能爲文收債於薛乎馮諼曰臣能及之
文謝之曰先生不羞乃有意爲吾收債乎諼於是約車載券契問曰收債畢何市而反文
曰視文家無者市之諼至于薛乃召諸人當償者盡來合券既合諼矯文命以債賜諸人
券無者乃燒其券人皆悉稱萬歲諼遂還文曰何市而還諼曰臣竊計宮中多珍怪狗馬實

文選四十二　三十三

外廄美人充於內所寡者義耳今臣爲君市義文曰若何諼曰臣矯君命以債賜人而
燒其券人皆稱萬歲此市義也文不悅後齊王免文相人而歸薛未至百里人扶老攜幼迎
文於道文顧謂諼曰所市義者今見之矣諼曰狡兔有三窟以免於死者有三窟今爲君
一窟矣請更爲二窟諼乃西說魏魏王使持黃金千斤車百乘來聘文此二窟也齊王聞之
懼又持黃金千斤文馬二駟以謝文使反國又請先王祭器立宗廟於薛以成三窟還報文曰
三窟已成君可高枕而爲樂文折節禮之善曰漢書曰淮南王折節下士戰國策曰齊
人有馮諼者貧不能自存使人屬孟嘗君願寄食門下孟嘗君曰諾孟嘗君門下諸君
客誰習會計能爲文收債於薛者乎馮諼曰能於是約車治裝載券契而辭問曰收債
畢何市而反孟嘗君曰視吾家所寡有者驅而之薛矯命以債賜諸人因燒其券人稱萬
歲長驅到齊孟嘗君見之曰何市而反曰竊計君家無所不有所乏者義爾爲君市義孟

向曰所天謂所尊敬也言志所尊敬在於子建此古人通言尊敬之意非獨君也善曰
左氏傳箴尹克黃曰君天也思投印釋黻朝夕侍坐銑曰縣令
佩銅印黻冠飾投棄釋夫此職恒侍坐於子建鑽仲父之遺訓覽老
氏之要言濟曰仲父孔子也老氏老子也遺訓謂六經要言謂五千文也善
曰仲父仲尼也老氏老子也對清酤而不酌抑嘉肴而
不享良曰清酤酒也抑止享食也言得侍坐子建雖對酒而不酌止肉不食亦將醉
飽也善曰毛詩曰既載清酤又曰嘉肴脾臄使西施出帷嫫摸母
侍側斯盛德之所蹈明哲之所保也翰曰西施美女
也嫫母醜女也質自言侍子建如美女使醜者為侍也相與覽孔子之遺訓老子之要言
道義相合此可謂盛德所履明智所安也蹈履哲智保安也善曰越絕書曰越王乃飾

美女西施使大夫種獻之於吳王楚辭曰西施婉而不得見兮嫫母勃屑而日侍王逸曰
嫫母醜女也周易曰日新之謂盛德毛詩曰既明且哲以保其身若乃近者
之觀實蕩鄙心向曰近者之觀謂子建所述飲宴之時也蕩動也鄙心質
自謂秦箏發徽二八迭奏銑曰徽美也二八謂舞者十六人迭遞奏
進也善曰楚辭曰挾秦箏而彈徽又曰二八齊容起鄭舞塤簫激於華
屋靈鼓動於座左善本作右濟曰塤簫樂器也激亦動也靈鼓鼓
也善曰舞賦曰燿華屋而熺洞房周禮曰靈鼓靈鼓也耳嘈嘈而善本作於
字無聞情踊躍於鞍馬良曰嘈嘈喧甚也謂歡樂之情極踊躍如
鞍馬也謂可北懾肅慎使貢其楛矢南震百越
使獻其白雉又況權備夫何足視乎翰曰肅慎百越

嘗不悅後有毀孟嘗君於湣王孟嘗君就國于薛未至百里老幼迎於道中孟嘗君顧馮
諼曰先生為文市義乃今見矣馮諼曰狡兔有三窟免其死耳今君有一窟未得高枕而臥
也請為君復鑿二窟孟嘗君乃與車五十乘金五百斤西遊於梁梁惠王聘孟嘗君齊王
聞之君臣恐懼使太傅謝孟嘗君曰願君顧先王之宗廟姑反國統民馮諼誡孟嘗君請
先王之祭器立宗廟於薛廟成還報孟嘗君曰三窟已就君高枕為樂矣屢獲
信陵虛左之德又無侯生可述之美向曰信陵君魏
公子無忌公子方置酒大會賓客公子從車騎虛左位自迎夷門侯嬴上坐不讓欲以
觀公子之德公子愈恭後秦伐趙圍邯鄲平原君使使求救於魏魏王使晉鄙將十萬救
趙秦王聞之使人告曰諸侯救趙者必移兵伐之魏王懼秦遂令止晉鄙軍公子諫救趙
王不從用侯生計盜兵符使朱亥殺晉鄙代之將以救趙邯鄲遂解此美為侯生可述之

意善曰史記曰魏公子置酒大會賓客公子從車騎虛左自迎夷門侯生侯生攝衣冠
直載公子上坐不讓欲以觀公子公子執轡愈恭侯生謂公子曰今日嬴之為公子亦足
矣市人皆以嬴為小人而以公子為長者能下士也凡此數者乃質之
所以憤積於胸臆懷眷而悁一縁邑者也銑曰數者
謂毛遂為讓侯生也質所以憤積懷眷於古人頗致志誠也悁邑憂貌若追前
宴謂之未究欲善本無欲字傾海為酒并山為肴
伐竹雲夢斬梓泗濱然後極雅意盡歡情信
公子之壯觀去非鄙人之所庶幾也濟曰究盡也
翰曰此並疊植書文也肴肉也公子謂植也鄙人質自謂也庶幾近也善曰封禪書曰
天下之壯觀周易曰顏氏之子其殆庶幾乎若質之志實在所天

夷狄名權孫權備劉備言音樂之和盛可令夷狄貢獻於國家也懾震懼也搭矢箭也
善曰家語曰孔子之陳陳惠公賓之有隼集庭而死搭矢貫之惠公使使如孔子之館問
之孔子曰昔武王克商於是肅慎氏貢搭矢石砮其長尺有咫故名其搭曰肅慎氏貢矢
以分太姬配虞胡公而封諸陳王肅曰肅慎北夷國名也搭木名也砮箭鏃也太公金匱
曰武王伐殷四夷聞各以來貢越裳獻白雉重譯而至 還治諷采所著
觀省思邸英瑋實賦頌之宗作者之師表善本表無
字也向曰還治謂休公務之暇乃諷誦子建所賜之文觀省英羨也 善曰漢書曰
司馬相如蔚爲詞宗賦頌之首 衆賢所述亦各有志昔趙武
過平鄭七子賦詩春秋載列以爲美談 銑曰趙武
與諸侯大夫會于宋過鄭鄭伯享之七子從鄭伯武曰請皆賦詩以終君惠亦以觀七子
之志於是各賦詩七子謂子展伯有子西子太叔子產印段公孫段故春秋書之以爲美
談也 善曰左氏傳曰趙武與諸侯大夫會溫鄭鄭伯享趙孟于垂隴七子從趙孟曰七
子從君以寵武也請皆賦詩以卒君貺武亦以觀七子之志子展賦草蟲伯有賦鶉之賁
賁子西賦黍苗之四章子產賦隰桑子太叔賦野有蔓草印段賦蟋蟀公孫段賦桑扈

文選四十二　　三十六

質小人也無以承命濟曰言無文才以承君命又所荅貺
辭醜義陋申之再三赧然汗下良曰貺荅所賜書也
赧然謂慙恥而得汗下曰至于再至于三小雅曰善曰尚書面慙曰赧此邦之
人閑習辭賦三事大夫莫不諷誦何但小史
善本作吏字之有乎翰曰此邦謂朝歌也三事大夫官名蓋休職致仕居朝歌
者謂植之清文三事大夫皆爲諷誦何但小史亦已荅植書文可令憙事小史諷而誦之

者 善曰毛詩曰三事大夫莫肯夙夜 重惠苦言訓以政事惻
隱之恩形乎文墨 向曰政事政理之事也惻隱深也 善曰史記衛鞅
曰苦言藥也甘言疾也謝承後漢書曰甄豐惻隱之恩發於自然 墨子迴車
而質四年雖無德與民式歌且舞 銑曰墨子過朝歌即
日迴車而質四年言久也雖無德以與下人用歌且舞言人歌樂也式用也 善曰淮南
子曰曾子至孝不過勝母里墨子非樂不入朝歌鄒陽上書曰里名勝母曾子不入邑號
朝歌墨子迴車毛詩曰雖無德與女式歌且舞式作或者非 儒墨不同因
善本作固字以久矣 濟曰儒道尚樂墨子非樂不同亦以久也 然一旅
之衆不足以揚名 銑曰五百人曰旅言朝歌縣小不足爲揚名 善曰 步武之間不足
左氏傳伍員曰少康有衆一旅杜預曰一旅伍百人也

文選四十二　　三十七

以騁巧 善本作跡字 翰曰武亦跡也言步跡之間地小何足使良馬馳騁其軌
跡也此言朝歌小邑不足見譽 善曰司馬法曰六尺曰步禮記曰堂上接武鄭玄注
曰武跡也 若不改轍易御將何以效其力哉 向曰此譬
子建書改轍易行言也質託言若不改職大任將何以用之力也 今處此而
求大功猶絆良驥之足而責以千里之任檻
猨猴之勢而望其巧捷之能 善本有者字 也 銑曰絆良
馬之足何以行千里之道 濟曰致猨猴於檻中不可見巧捷之形也 善曰淮南子曰
兩絆騏驥而求其致千里置猨檻中則與豚同非不巧捷也無所肆其能也 不勝見
恤謹附遺白荅不敢繁詞 銑曰恤憂也 吳質白

與滿公琰書一首 善曰賈弼之山公表注曰滿寵子炳字公

琰為別部司馬

應休璉善曰公琰前日曾過休璉至明日欲遣書謝值公琰又使人來召璩別事不得往故為報五臣注同

璩其魚白昨者不遺猥見何見照臨向曰言炳至璩處雖昔侯生納顧於夷門毛公受眷於逆旅無以過也向曰言猥照臨則雖侯嬴納無忌之顧毛遂受趙勝之眷實無以過此夷門侯生所居也逆旅容舍也善曰夷門侯嬴也已見吳季重荅東阿王書史記曰趙有處士毛公藏於博徒薛公藏於賣漿家魏公子欲見之兩人自匿不肯見公子聞所在乃間步往從此兩人遊甚歡左氏傳荀息曰今號為不道保於逆旅外嘉郎君謙下去之德內幸頑才見何見誠知已銑曰嘉善也郎君謂炳也頑才璩自謂也言炳見我志誠以為知己也炳父寵為太尉璩嘗事之故呼曰郎君

歡欣踊躍情有無量音亮濟曰嘉炳相過也是以奔騁僕御善本作御僕字宣命周求良曰騁馳也言奔馳車馬宣我教命周求餼食以給公琰陽書喻於詹何楊倩說於范武翰曰陽書教子賤釣道詹何善約魚也昔人楊倩有酤酒者酒甚美而不售人問曰其狗猛人畏故也范武古之善為酒者此言求酒使陽書曉酤詹何令其釣之楊倩言說范武使其酤之善曰說苑曰宓子賤將適單父陽書謂子賤曰吾少賤無以送子今贈子以釣道夫投綸錯餌迎而叉之者揚鱎也其為魚味薄而美若亡若存若食若不食者魴其為魚味厚子賤至單父冠蓋迎之者交接於道子賤曰陽書所謂揚鱎者也乃請耆老尊賢與之共治列子曰詹何楚人也以獨蠒為綸芒針為鉤荊棘為竿剖粒為餌而引盈車之魚韓子曰

宋人有酤酒者升概甚平遇客甚謹為酒甚美懸幟甚高然而不售酒酸怪其故問其所知閭長者楊倩曰汝狗猛曰狗猛則酒何故而不售曰人畏焉或令孺子懷錢挈壺甕而往酤狗迎而齕之此酒所以酸不售也夫國亦然有道之士懷其術而欲以輔萬乘之主大臣為猛狗迎而齕之人主之所以蔽脅而有道之士所以不用也范武未詳故使鮮魚出自善本作於字潛淵芳旨發自幽巷向曰芳旨義酒也發出也繁俎綺錯羽爵飛騰銑曰俎几也言繁布於几上如文綺錯亂羽爵酒盃也飛騰言盡速也善曰楚辭曰瑤漿蜜勺實羽觴兮漢書音義曰羽觴作生爵形儀禮曰諸媵爵鄭玄曰今文媵多作騰牙曠高徽羲渠哀激濟曰牙伯牙善鼓琴曠師曠樂官也徽調也義渠國名其樂哀也激重也善曰列子曰伯牙善鼓琴左氏傳曰師曠侍於晉侯杜預曰師曠晉樂大師也許慎淮南子

注曰鼓琴循絃謂之徽戰國策曰義渠君之魏高誘曰義渠西戎國名也其樂未聞當此之時仲孺不辭同產之服孟公不顧尚書之期良曰漢灌夫字仲孺有姊服丞相田蚡欲與過魏其侯仲孺不敢辭有姊服而與之行也同產謂姊也陳遵字孟公嘗有所部刺史奏事過孟公值孟公方飲刺史侯孟公醉突入見孟公母叩頭曰當對尚書有期會狀母遂令刺史從後閤而出言今樂醉則不顧尚書之期善曰漢書曰灌夫字仲孺夫嘗有姊服過丞相田蚡蚡從容曰吾欲與仲孺過魏其侯會仲孺有服夫曰將軍乃肯幸臨魏其侯夫安敢以服為辭又曰陳遵字孟公嗜酒好賓客每取客車轄投井中雖有急終不去嘗有部刺史奏事過遵值其方飲刺史候遵霑醉時突入見遵母叩頭白曰當對尚書有期會狀母迺令從後閤出去徒恨宴樂始酣白日傾夕驪駒就駕意不宣

展翰曰驪駒馬也就駕言將行而歸也言日暮言歸樂意猶未宣展　善曰漢書曰諸
傳士共持酒肉勞王式江翁謂歌吹諸生曰歌驪駒王式曰聞之於師客歌驪駒主人歌
客毋庸歸今諸君為主人日尚早未可也服虔曰大戴禮篇客欲去歌之文頴曰其辭
驪駒在門僕夫具存驪駒在路僕夫整駕追惟耿介迄于明發向曰
惟思言宴樂猶未盡情追思不安至于夜曉耿介不安也迄至也明發曉時也　善曰楚
辭曰獨耿介而不隨毛詩曰明發不寐適欲遣書會承來命知
諸君子復有漳渠之會銑曰會遇也來命謂炳有使來也　濟曰
漳水名夫漳渠西有伯陽之館北有曠野之望
良曰伯陽館謂老子廟曠遠也善曰伯陽老子也詩曰率彼曠野高樹翳朝
雲文禽蔽綠水翰曰文綵之鳥也蔽水言多也沙場夷敞清

文選四十二　四十

風肅穆是京臺之樂也得無流而不反乎向曰
夷平敞既也言水畔多沙場平坦而光明也肅穆清風貌京臺高臺也是為楚國觀
望之義亦可謂此中之京臺忘歸之樂也流謂耽樂之情如流水之不反　善曰淮南子
曰令尹子佩請飲莊王許諾子佩具於京臺莊王不往曰吾聞京臺者南望獵山北臨方
皇左江右淮其樂忘歸若吾薄德之人不可以當此樂也恐流而不能自反高誘曰京臺
高臺也方皇大澤也適有事務須自經營善曰何休公羊傳注曰適
遇也不獲侍坐良增悒悒善本作邑邑　銑曰不得往侍坐同樂實
增悒悒也悒悒不得志之貌也　善曰邑邑不樂也因白不悉璩白
與侍郎曹長思書一首濟曰曹長思書傳所不載
應休璉

璩白足下去後甚相思想叔田有無人之歌
闉因闍都有匪存之思風人之作豈虛也哉
良曰詩云大叔于田巷無居人又云出其闉闍有女如荼闉城也下章云匪我思存此皆
璩相思之意風人則詩人也　善注同王肅以宿德顯授何曾以
後進見拔皆鷹揚虎視有萬里之望翰曰宿舊也授
謂授職也拔擢而任用之鷹揚虎視言其雄勇之士也有萬里之望謂望富貴　善曰魏
志曰王肅字子雍黃初中為散騎黃門侍郎臧榮緒晉書曰何曾字穎考陳國人也曾弱
冠累遷散騎侍郎給事黃門郎東觀漢記梁商上書曰猥復超起宿德論語子曰後進於
禮樂君子也薄援助者不能追參於高妙復斂翼
於故枝向曰薄援謂無親朋在朝之貴者高妙謂朝之貴者言不能追參朝貴

文選四十二　四十一

復如鳥之斂翼栖於故林　善曰桓子新論曰昔顏淵有高妙次聖之才聞一知十塊
然獨處有離羣之志銑曰塊然獨居貌　善曰淮南子曰卓然獨立
塊然獨處禮記子夏曰吾離羣索居亦已久矣汲黯樂在郎署何武
恥為宰相千載揆之知其有由也濟曰言千載思度其
事知汲何有所由蓋謂時勢不可處也　善曰漢書曰汲黯字長孺拜淮陽太守伏地謝
不受印綬曰臣願為中郎出入禁闈臣之願也又曰何武字君公為御史司空多所舉奏
號為煩碎不稱賢公恥義未詳德非陳平門無結駟之跡良曰
結駟連騎也　陳平家貧好道所居窮巷而門多長者車轍　善曰漢書曰陳平家貧好讀
書張負隨平至其家家負郭窮巷以席為門然門外多長者車轍學非楊雄
堂無好事之容翰曰楊雄嗜酒而好事者載酒從之游學也　善曰漢書

曰楊雄家素貧嗜酒人稀至其門時有好事者載酒肴從雄遊學才劣仲舒
無下帷之思家貧孟公無置酒之樂向曰董仲舒常
下帷讀書璩自言才劣仲舒銑曰陳孟公好置酒為樂璩言家貧於孟公無此樂善
曰漢書曰董仲舒廣川人以學春秋孝景時為博士下帷講誦又曰陳遵字孟公嗜酒每
大飲賓客滿堂遵過寡婦左阿君置酒歌謳遵起舞跳梁樂之也悲風起於
閨闥紅塵蔽於机榻幸有袁生時步玉趾樵
蘇不爨七亂清談而已有似周黨之過平閔子
濟曰机案也榻床也良曰幸遇也袁生璩友也時來與璩言談趾足也王者君子比也
樵蘇薪草也爨炊也言薪草不炊蓋無食可為也周黨每過閔仲叔共飲水而已故璩有
似此者善曰左氏傳楚子寧遂啓彊謂魯侯曰今君若步玉趾辱見寡君漢書曰廣武君

文選四十二　四十二

李左車說成安君曰樵蘇後爨師不宿飽晉灼曰樵取薪也蘇取草也東觀漢記曰太原
閔貢字仲叔與周黨相遇含菽飲水無菜茹也夫皮朽者毛落川涸
者魚逝翰曰逝謂死也善曰蔡邕正論曰皮朽則毛落水涸則魚逝其勢然也
春生者繁華秋榮者零悴自然之數豈有恨
哉向曰秋物雖榮者沾於霜露則零落枯悴也人之貴賤否泰亦自然之數也豈可悵
恨哉善曰周書陰符太公曰春道生萬物榮秋道成萬物零聊與大弟陳
其苦懷耳濟曰大弟謂曹長思也想還在近故不益言
璩白

與廣川長岑文瑜書一首濟曰岑文瑜為廣川縣令
善曰廣川縣時旱祈雨不得作書以戲之

應休璉

璩白頃者炎旱日更增甚沙礫銷鑠草木焦
卷良曰礫石也善曰呂氏春秋曰湯時大旱七年煎沙爛石山海經曰十日所落草
木焦卷處涼臺而有鬱蒸之煩浴寒水而有
灼爛之慘濟曰雖在涼臺浴寒泉亦有炎熱之氣矣慘憂也宇宙雖
廣無陰以憩雲漢之詩何以過此翰曰憩息也向曰
雲漢詩美宣王側身修行以求雨也言宣王之旱不能過於今日善曰毛詩雲漢曰赫
赫炎炎云我無所鄭玄曰言無所庇蔭而處也土龍矯首於玄寺泥
人鶴立於闕里濟曰土龍泥人並祈雨之物也矯舉也玄寺謂祈雨所也
鬼神之事故云玄寺寺司也鶴立者言如鶴之望也闕天子闕里閭里也善曰淮南子

文選四十二　四十三

曰聖人用物若用朱絲約芻狗若為土龍以求雨芻狗待之而求福土龍待之而得食高
誘曰土龍致雨雨而成穀故待土龍之神而得穀食玄寺道場也風俗通曰尚書御史所
止皆曰寺故後代道場及祠宇皆取其稱焉淮南子曰西施毛嬙猶倛醜也高誘曰倛醜
請雨土人也司馬彪續漢書梅福上書曰仲尼之廟不出闕里修之歷旬靜
無徵效良曰祈雨不降明勸教之術非致雨之備也
銑曰在於精誠知恤下民善本作人字躬自暴露拜起靈
壇勤亦至矣翰曰恤憂也暴露謂身立於日也向曰靈壇祈雨壇也善
曰司馬彪續漢書曰郡國旱各掃除社稷公卿官長以次行雩禮求雨昔夏禹
之解居買陽盱于善本從日殷湯之禱桑林言未發
而水旋流辭未卒而澤滂沛濟曰禹治水以身祈于陽盱之

河禹言未發而水洽矣旋流不息也湯大旱以身禱於桑林湯辭未終而雨已滂沛桑山之林能興雲雨善曰淮南子曰禹為水以身禱於陽盱之河湯苦旱以身禱於桑林之祭高誘曰為治水解禱以身為質解讀解除之解陽盱河蓋在秦地桑山之林能興雲致雨故禱之盱音紆說苑曰湯之時大旱七年使人持三足鼎而祝山川蓋辭未已而天下大雨也今者雲既善本作重字積而復散雨垂落而復收得無賢聖殊品優劣異姿割髮宜及膚翦爪宜侵肌乎銑曰此蓋精誠不至而賢聖殊品優劣異也姿及膚侵肌者言用心苦切也則湯在桑林之禱自割髮翦爪以為犧牲雨乃大至善曰呂氏春秋曰昔殷湯克夏而大旱五年湯乃身禱於桑林於是翦其髮鄜其手自以為犧用祈福於上帝民乃甚悅雨乃大至鄜音酈周征殷而年豐衛伐邢而

致雨善否之應甚於影響未可以為不然也翰曰殷邪無道征伐之而年豐致雨明其善與不善之應如影隨形響應聲也不可以為不如此也善曰左氏傳衛人伐邢於是衛大雨寗莊曰昔周飢克殷而年豐今邢方無道諸侯無伯天其或者欲使衛討邢乎從之師興而雨尚書曰惠迪吉從逆凶惟影響想雅思所未及謹書起予向曰恐其不致至誠不知善否之應故以書起發其章善曰論語子曰起予者商也應璩白

與從弟君苗君胄書一首此書言欲歸田故報二從弟也

應休璉

璩報閒者北游喜歡無量登芒濟河曠若發矇銑曰閒近也濟曰芒山名濟渡也曠然游覽開發矇暗之思以至明達也善曰說文曰芒洛北大阜也禮記曰昭然若發蒙矣如淳漢書注曰以物蒙覆其頭而為蒙去其人欲之耳風伯埽途善本作途字雨師灑道向曰風伯雨師致風雨以埽灑道路也善曰韓子師曠曰黃帝合鬼神於太山之上風伯進埽雨師灑道列仙傳曰赤松子為雨師按轡清路周望山野亦既至止酌彼春酒良曰言至其所止之處則酌春酒善曰詩曰亦既見止又曰至止肅肅又曰為此春酒接武茅茨涼過去大廈善本作夏字翰曰武跡也言相與接行跡於茅茨之室其清涼已過大廈之室也茅茨以草為屋大廈大屋也善曰禮記曰堂上接武鄭玄曰武跡也說文曰屋以草蓋曰茨淮南子曰大夏增加擬於崑崙高誘曰大夏大屋也涼或作椋非也膚善本作扶字寸肴脩

味踰方丈銑曰厚四指曰膚肴肉脩脯言肉脯雖少味過方丈之食踰過也善曰尚書大傳曰扶寸而合不崇朝而雨天下鄭玄曰四指為扶扶音膚墨子曰美食方丈目不能徧視口不能徧味逍遙陂唐之上吟詠菀鬱柳之下濟曰陂唐池水菀猶茂也善曰淮南子曰禹有陂塘之事毛詩曰菀彼柳斯結春芳以崇佩折若華以翳日向曰春芳香華崇充也結此以充佩服美其香比德君子也若華日所過處言折取以翳日使駐其景善曰楚辭曰紉秋蘭以為佩又曰春蘭兮秋菊長無絕兮終古毛萇詩傳曰崇充也若華已見上文弋下高雲之鳥餌二出深淵之魚蒲且子餘讚善便嬛一緣稱妙何其樂哉雖仲尼忘味於虞韶楚人流遁於京臺無以過也翰曰弋射餌釣也蒲且古之善射人也讚

述也便蠑古之善釣者我之所羨雖孔子在齊聞韶三月不知肉味楚王游京臺而忘歸亦無以過我是樂也逍遊也韶舜樂名故云虞韶京臺游觀之處臺名也　善曰列子詹何曰臣聞蒲且子之弋弱弓微繳乘風振之連雙鶬於青雲之上用心專也淮南子曰雖有鈞鍼芳餌加以詹何便嬛之妙猶不能與罔罟爭得也高誘曰便嬛白翁時人也七發曰蜎蠉詹何之倫然便嬛即蜎蠉也論語曰子在齊聞韶三月不知肉味曰不圖為樂之至於斯京臺已見上文**班嗣之書信不虛矣**良曰班嗣報桓譚書云漁釣一壑則萬物不干其慮棲遲一丘則天下不易其樂今此知之信是言不虛也　善曰漢書曰桓生欲借其書班嗣報曰漁釣一壑則萬物不奸其志棲遲一丘則天下不易其樂**來還京都塊然獨處營宅濱洛困於囂塵**濟曰濱近也　善曰晏子春秋曰景公欲更晏子之宅近市湫隘囂塵不可居**思**

樂汝上每善本無每字　發　善本有於字**寤寐**銑曰寤思隱逸不離寤寐也季氏使閔子騫為費宰子騫曰善為我辭焉如有復我者則吾必在汶上矣故寤思此樂也汶水名言度此水不仕也善注同**昔伊尹輟耕郅**質**惲投竿思致君於有虞濟蒸人於塗炭**向曰伊尹耕於有莘之野湯使聘之伊尹曰我處畎畝之間豈若使吾君如堯舜之道乎遂往應命後漢郅惲與鄭次都隱於弋陽山郅惲歎曰天生俊士濟天下人豈可為巢許而去堯舜乎遂舉孝廉為郎塗泥也炭猶火也言人如墜泥火意欲濟之令出其難也　善曰孟子曰伊尹耕於有莘之野以樂堯舜之道湯使人以幣聘之囂囂然曰三使往聘之既而幡然改之曰與我處畎畝之中由是樂堯舜之道吾豈若使是君為堯舜之君哉吾豈若使是民為堯舜之民哉吾豈若於吾身親見之哉東觀漢記曰郅惲字君章汝南人也鄭次都隱

於弋陽山中惲即去從次都止以魚釣甚娛留數十日惲喟然歎曰天生俊士以為民也鳥獸不可與同羣子從我為伊尹乎將為巢許而去堯舜也次都曰吾年耄矣安得從子子勉正性命勿勞神以害生告別而去惲客於江夏郡舉孝廉為郎尚書曰民墜塗炭**而吾方欲秉耒耜於山陽沈釣**善本作鉤字**緡**旻**於丹水知其不如古人遠矣**銑曰秉執也耒耜農器也山陽縣名釣緡並取魚物丹水水名　善曰漢書河內郡有山陽縣又上黨郡高都縣有莞谷丹水所出莞音管**然山父不貪天下**善本作地字**之樂曾參不慕晉楚之富亦其志也**翰曰山父許由也堯大其志欲禪為天子由曰放髮優游所以安不懼也非以貪天下為樂曾參云晉楚之富不可及彼以富我以仁彼以爵我以義吾何憂哉此二人亦其義志也　善曰山父即巢父也譙周古考

史曰許由夏常居巢故一號巢父琴操曰許由夏則巢居冬則穴處飢則仍山而食渴則仍河而飲堯大其志禪為天子由曰放髮優游所以安已不懼非以貪天下也孟子曾子曰晉楚之富不可及也彼以其富我以吾仁彼以其爵我以吾義吾何慊之**前者邑人念弟無已**良曰鄉邑之人念其才行也**欲令**善本無令字**州郡崇禮師官**善本作官師**授邑誠羨意也歷覯前後來入軍府至有皓首猶未遇也徒有飢寒駿奔之勞俟河之清人壽幾何**濟曰欲令州郡崇禮教取弟為衆官之師教授鄉邑誠羨意也言翰曰俟待也黃河千年一清而聖人出焉待聖人出則人壽促何可待也　善曰漢書賈誼上疏曰古者內有公卿大夫外有公侯伯子男然後有官師小吏延及庶人尚書曰駿奔走左氏傳子駟曰周詩有之曰俟河之

清人壽幾何杜預曰言人壽促而河清遲也且官無金張之援游
無子孟之資而圖富貴之榮望殊異之寵是
龍西之游越人之射耳向曰金金日磾張張安世子孟霍光字也
並用勢漢朝淮南子云龍西之游踰躁急也言游者志欲疾而益沈也越人學遠射仰天
而發矢矢在五步之內言求官游無金張子孟之援而謀富貴殊異亦如欲疾而沈射
遂而近也圖謀也善曰漢書金日磾贊曰夷狄亡國羈虜漢庭七葉內侍何其盛也又曰
張湯贊曰張氏子孫相繼自宣元已來爲侍中中常侍者凡十餘人功臣之後唯有金氏
張氏漢書曰霍光字子孟驃騎將軍去病之弟也淮南子曰夫乘舟而惑者不知東西見
斗極則曉然而寤矣性亦人之斗極有自見也則不失物之情無以自見則動而惑譬若
隴西之游愈躁愈沈又曰越人學遠射參天而發適在五步之內不易其儀時已變矣而

文選四十二　四十八

守其發譬猶越之射爾幸賴先君之靈免負擔之勤銑曰
謂賴祖考之餘慶免負擔之勞也勤勞也負善曰左氏傳陳公子完曰免於罪戾弛於負
擔追蹤丈人畜雞種黍良曰子路從夫子之後遇丈人以杖荷篠
子路問曰子見夫子乎丈人曰四體不勤五穀不分孰爲夫子植其杖而耘止子路宿殺
雞爲黍而食之見其二子焉明日子路行以告子曰隱者也言追蹤此丈人乃養雞種黍
以爲田家事善曰漢書鄭朗曰修農圃之疇畜雞種黍潛精墳籍立身
揚名斯爲可矣濟曰精思也墳籍謂典墳也善曰孝經曰立身行道揚名
於後世無成善本作或字游言以增邑邑翰曰游言謂不當言
也邑邑失志貌善曰禮記曰大人不倡游言鄭玄曰游浮也不可用之言郊牧
之田宜以爲意向曰郭外曰郊郊外曰野謂負郭之田也善曰爾雅曰
邑外曰郊周禮有牧田廣開土宇吾將老焉銑曰言不用廣開土
地屋宇吾將老矣何所用也善曰左氏傳曰隱公使營菟裘吾將老焉菟音塗劉
杜二生想數往來朱明之期已復至矣良曰杜劉
璩友人也生者有德之稱也朱明夏節也善曰爾雅曰夏爲朱明相見在近
不復爲言善本作近故不復爲書六字翰曰言劉杜二生相見在近故此不
言慎夏自愛向曰慎夏熱之氣以自保愛也璩報

文選四十二　四十九

文選卷第四十二

書下

文選

四十三

文選卷第四十三

梁昭明太子撰　　五臣并李善注

書下

嵇叔夜與山巨源絶交書一首
孫子荊為石仲容與孫皓書一首
趙景真與嵇茂齊書一首
丘希範與陳伯之書一首
劉孝標重荅劉秣陵沼書一首
劉子駿移書讓太常博士一首
孔德璋北山移文一首

文選四十三　一

與山巨源絶交書一首善曰魏氏春秋曰山濤為選曹郎舉康自代康荅書非絶因自說不堪流俗而非薄湯武大將軍聞而惡焉

嵇叔夜翰曰山濤為吏部郎欲舉康自代康怨不知己故作此書自言不堪流俗而非湯武大將軍聞而惡焉

康白足下昔稱吾於潁川吾嘗善本作常字謂之知言銑曰山嶔為潁川太守時山濤謂嶔云康性行不堪職仕愜康之志故以為知言也善曰稱謂說其情不願仕也愜其素志故謂知言也虞預晉書曰山嶔字潁川嵇康文集錄注曰河內山嶔潁川山公族父莊子曰狂屈聞之以黃帝為知言然經怪此意尚未熟悉於足下何從便得之也向曰

經常尚猶也言常怪足下從何便得吾此心善曰言常怪足下何從而便得吾之此意也

前年從河東還顯宗阿都說足下議以吾自

代濟曰公孫崇字顯宗晉尚書郎阿都呂仲悌小名 善曰晉氏八王故事注曰公孫崇字顯宗譙國人為尚書郎嵇康文集錄注曰阿都呂仲悌東平人也康與呂長悌絕交書曰少知阿都志力閑華每喜足下家復有此弟事雖不行知足下

善本有故字不知之良曰不行謂不許也不知謂不悉我情也 善曰言不知己之情足下旁通多可而少怪翰曰旁通謂博通也多可言多有許可也少怪謂少有怪責於人言寬容也善曰言足下旁通眾藝多有許可少有疑怪言寬容也周易曰六爻發揮旁通情也法言曰或問行曰旁通厥德李軌曰應萬變而不失其正者唯旁通乎

吾直性狹中多所不堪偶與足下

文選四十三　二

相知耳銑曰直性謂不從物狹中謂不能容人也偶然相知非本意也 善曰偶謂偶然非本志也爾雅曰偶遇也郭璞曰偶值也

間聞足下遷惕然

不喜恐足下羞庖人之獨割引尸祝以自助

向曰間頃也遷謂為大司馬也惕懼也庖人割牲體之人也尸主也祝謂祭時讀辭之人也言恐山濤羞為獨割引我以為尸祝之助也 善曰莊子曰庖人雖不治庖尸祝不越樽俎而代之

手薦鸞善本作鸞字刀漫平之羶腥濟曰薦進也鸞刀上鈴也漫汙也羶亦腥也 善曰毛詩曰執其鸞刀以啓其毛莊子北人無擇曰帝欲以辱行漫我高誘呂氏春秋注曰漫汙也

故具為足下陳其可

否吾昔讀書得并介之人或謂無之今乃信

其真有耳良曰并謂兼利天下也介謂孤介自守也言我昔讀書得古人有如此者或謂無之今信有耳謂濤兼利而已自守也 善曰并謂兼善天下也介謂自得無悶也趙岐孟子章句曰伯夷柳下惠介然必偏中和為貴

性有所不堪真

不可強今空語同知有達人無所不堪外不

殊俗而內不失正與一世同其波流而悔吝

不生耳翰曰強勸也空語謂虛說也言己不堪不可勸也虛說共有通達之人於世事無所不堪也內謂心也吝恨也言跡能同俗而心不失正道與時同流而悔恨不生者耳言聞有如是人也 善曰空語猶虛說也共知有通達之人於世事無所不堪言已不能則而行之也太玄經曰君子內正而外馴莊子曰與物委蛇而同其波周易曰悔吝者憂虞之象也

老子莊周吾之師也親居賤職柳

下惠東方朔達人也安乎卑位吾豈敢短之

文選四十三　三

哉銑曰康讀莊老之書故云師也職謂柱下史漆園吏柳下惠為士師東方朔為侍郎是安卑位豈敢短之言不以四人居位下而非短之也 善曰史記曰莊子名周嘗為蒙漆園吏列仙傳曰李耳為周柱下史轉為守藏史論語曰柳下惠為士師漢書曰東方朔著論設客難已位卑以自慰諭孟子曰為貧仕者辭尊居卑又曰位卑而言高罪也

又仲尼兼愛不羞執鞭子文無欲卿相而三

登令尹是乃君子思濟物之意也向曰兼愛謂兼物愛人羞恥也執鞭下士也子文三為令尹無喜色三已之無慍色是皆不欲富貴而居身濟物也 善曰莊子仲尼謂老聃曰兼愛無私仁之情也論語子曰富而可求雖執鞭之士吾亦為之子張問令尹子文三仕為令尹無喜色三已之無慍色舊令尹之政必以告新令尹何如子曰忠矣

所謂達人善本無人字能兼善而不渝

窮則自得而無悶濟曰古人窮則獨善其身達則兼善天下而不變其本志也窮塞不遇亦澹然自得而不以爲憂悶矣諭變也　善曰孟子曰古之人窮則獨善其身達則兼善天下又曰柳下惠遺佚而不怨阨窮而不閔以此觀之故堯舜之君世許由之巖栖善本作棲字　良曰堯舜爲君於世許由隱於箕山　善曰呂氏春秋曰昔堯朝許由於沛澤之中曰請屬天下於夫子許由遂之箕山之下張升反論曰黃綺引身巖棲南岳子房之佐漢接輿之行歌其揆一也翰曰張良字子房佐漢滅秦項接輿隱者行歌不仕言堯舜子房安其兼并之　善許由接輿守其介特之志揆度也所安不同度之一也　善曰漢書曰上封良爲留侯行太子少傅事論語曰楚狂接輿歌而過孔子孟子曰先聖後聖其揆一也仰瞻數君可謂能遂其志者也銑曰數君

堯舜已下也遂志謂遂本情也　善曰賈逵國語注曰遂從也故君子百行殊塗而同致循性而動各附所安向曰百行言多也君子之行所趣各殊而同歸順性俱得其安也循順也　善曰周易子曰天下同歸而殊塗一致而百慮淮南子曰循性而行或害或利論語讖曰貧而無怨循性動也故有處朝廷而不出入山林而不反之論濟曰言仕者不出隱者不仕各有所短也　善曰班固漢書贊曰山林之士往而不能反朝廷之士入而不能出二者各有所短且延陵高子臧之風長卿慕相如之節志氣所託不可奪也良曰吳子諸樊既除喪將立季札札辭曰曹宣公之卒也曹人立公子臧曰聖達節次守節若爲君非吾節也故季子臧慕之而不仕司馬相如字長卿其親名之犬子相如既學慕藺相如之爲人更名相如言此二人志氣所寄亦不可移奪改易也　善曰左氏傳吳子諸樊既除喪將立季札季札辭曰曹宣公之卒也諸侯與曹人不義曹公將立子臧子臧去之遂弗爲也以成曹君子曰能守節君義嗣也誰能奸君有國非吾節也札雖不才願附於子臧以無失節史記曰司馬相如字長卿其親名之犬子相如既學慕藺相如之爲人更名相如每善本每上有吾字讀尚子平臺孝威傳慨然慕之想其爲人翰曰尚長字子平王莽時司徒王邑薦之固辭後遂入山隱也臺終字孝威採藥自業隱於武安山終身不出慨息也康自言隱逸之志故太息想慕此二字爲人也　善曰英雄記曰尚子平有道術爲縣公曹休歸自入山擔薪賣以供食飲范曄後漢書曰向子平隱居不仕性尚中和好通老易尚向不同未詳又曰臺佟字孝威魏郡人隱於武安山鑿穴爲居采藥爲業佟徒冬切史記太史公曰余讀孔氏書想見其爲人少加

孤露毋兄見驕不涉經學性復疎善本作疏字嬾筋駑肉緩銑曰疎慢嬾墮也筋駑謂寬緩若駑馬也頭面常一月十五日不洗不大悶癢不能沐也每常小便而忍不起令胞中略轉乃起耳又縱逸來久情意傲散簡與禮相背嬾與慢相成向曰傲謂不恭言性簡略與禮相違背　善曰孔安國論語注曰簡略也言性簡畧與禮相背也而爲儕類見寬不攻其過又讀莊老重增其放濟曰儕輩寬縱攻擊也莊老忘榮辱齊是非故增放逸也　善曰放謂放蕩故使榮進之心日頽任實之情轉篤此由禽鹿少見馴育則服從教制長而見羈則狂顧頓纓

赴蹈湯火良曰積壓也任實謂用本情也篤固馴擾育養羈縶纓縻赴奔蹈蹋也善曰楚辭曰任顛南行王逸曰狂猶遽也雖飾以金鑣饗以嘉肴愈善本作逾字思長林而志在豐草也翰曰鑣馬銜也肴羞實也愈甚也此康言少自寬縱長見羈東雖有榮祿終思遁逸善曰毛詩曰芾蔽豐草芾甫勿切阮嗣宗口不論人過吾每師之而未能及至性過人與物無傷唯飲酒過差耳銑曰師法至大差失也言每法嗣宗不論人過之事不能及之然嗣宗曠大之性過入而不傷於物唯飲酒之後有過失善曰莊子仲尼謂顏回曰聖人處物不傷物者物不能傷也李充盃銘曰欽無求辭纔以柢娛荒沉過差可不慎與至為禮法之士所繩疾之如讎幸賴大將軍保持之耳向曰禮法

文選四十三　六

之士謂何曾也阮籍在司馬文王坐時居母喪飲酒食肉曾曰御任性放誕敗禮傷教宜投之四裔文王曰此子羸瘵卿其忍之文王時為大將軍言為何曾以禮法糾繩如仇讎也善曰孫盛晉陽秋曰何曾於太祖坐謂阮籍曰卿任性放蕩敗禮教若不革變王憲豈得相容謂太祖宜投之四裔以絜王道太祖曰此賢素羸病君當恕之吾不如嗣宗之賢而有慢弛之闕濟曰弛緩闕失也善曰賢材又不識人情暗善本作闇字於機宜無萬石之量也良曰機者事之微也宜事也石奮有子四人仕皆至慎而有好盡之累二千石父子為萬石父子皆以謹慎著名康言我遇事便發不能忍慎如萬石也好盡謂好盡發人之事機是以為累也善曰漢書曰萬石君石奮長子建為郎中令奏事下建讀之驚恐曰書馬者與尾而五今迺四不足一獲譴死矣其為謹慎雖他皆如是又曰

建奏事於上前即有可言屏人乃言極切至廷見如不能言者好盡謂言則盡情不知避忌以與事接疵釁日興雖欲無患其可得乎又人倫有禮朝廷有法自惟至熟有必不堪者七甚不可者二卧喜晚起而當關呼之不置一不堪也翰曰疵病釁瑕倫理熟審也言我久與人事相接則瑕釁日起豈得無患乎又加禮法自思至審必有不堪也銑曰不堪不可皆不中任用也漢置當關之職欲曉即至門呼人使起言康晚起為吏呼之不放置然也善曰東觀漢記曰汝郁再徵載病詣公車尚書勑郁自力受拜郁乘輦白衣詣止車門臺遣兩當關扶郁入拜郎中抱琴行吟弋釣草野而吏卒守之不得妄動二不堪也危坐一時痺必寐不得搖性復多

文選四十三　七

蝨瑟把蒲巴搔無已而當裹以章服揖拜上官三不堪也向曰弋繳射也痺濕病也裹猶著也章服冠衣也上官尊臣也善曰管子曰少者之事先生出入恭敬如有賓客危坐向師顏色無怍說文曰痺濕病也俾利切素不便書不喜作書而人間多事堆案盈机不相酬答則犯教傷義欲自勉強則不能久四不堪也濟曰堆滿也机亦案也教禮教義名義也不喜弔喪而人道以此為重已為未見恕者所怨至欲見中傷者良曰言不為人所矜但多怨者有欲中傷者善曰言人於己為及未見有矜恕之者而纔有所怨乃至欲見中傷言被疾苦也雖懼久具切善本作瞿字然自責然性不可化翰曰懼然自警策也化謂改變也善曰

班固漢書惠帝贊曰聞叔孫通之諫則矍然晉灼曰矍音句欲降心順俗則詭故不情銑曰詭詐也言欲下意順入則爲詐之道情不願爲　善曰新序卜偃謂晉侯曰天子降心以迎公周書曰飾貌者不情亦終不能獲無咎無譽如此五不堪也向曰咎凶也譽美聲也　善曰周易曰括囊無咎無譽不喜俗人而當與之共事或賓容盈坐鳴聲聒耳囂塵臭處千變百技善本作伎字在人目前六不堪也濟曰言與流俗同事則不奈此喧聒塵臭技巧之物在於前也　善曰杜預左氏傳注曰聒讙也心不耐煩而官事鞅於丙掌機務纏其心世故繁其慮七不堪也良曰鞅掌衆多貌機事纏繞故事也言事繁於思慮也　善曰毛詩曰或棲遲偃仰或王事鞅

文選四十三　八

掌尚書曰一日二日萬機又每非湯武而薄周孔在人間不止此事會顯世教所不容此甚不可一也翰曰湯與武王以臣伐君故非之周公孔子之禮使人澆競故薄之言非薄不止則必會明於世則爲禮教之人不容我也剛腸疾惡輕肆直言遇事便發此甚不可二也銑曰剛腸謂彊志也肆放也言見惡便道不能慎言也以促中小心之性統此九患不有外難當有內病寧可久處人間邪向曰統理也九患謂上七不堪二不可言我以褊狹之心理此數患縱免外禍亦當內病也又聞道士遺言餌朮黃精令人久壽意甚信之濟曰道士謂得道之士也餌食也朮黃精藥名也　善曰蒼頡篇曰餌食也本草經曰朮黃精久服輕身延年

游山澤觀魚鳥心甚樂之一行作吏此事便廢安能捨善本作舍字其所樂而從其所懼哉夫人之相知貴識其天性因而濟之良曰行往也懼謂畏上不喜之事天性本志也禹不偪柏成子高全其節也翰曰伯成子高堯舜時諸侯及禹登位退耕於野禹問曰何也高曰今有賞罰是刑自此始也耕而不顧禹曰難化矣乃不偪之是全節也　善曰莊子曰堯治天下伯成子高立爲諸侯堯授舜舜授禹伯成子高辭爲諸侯而耕禹往見之則耕在野禹趨就下風而問焉子高曰昔堯治天下不賞而民勸不罰而民畏今則賞罰而民且不仁德自此衰刑自此立後世之亂自此始矣耕而不顧仲尼不假蓋於子夏護其短也銑曰孔子將出而天雨門人曰商有蓋請假焉孔子曰商爲人短於財吾聞與人交

文選四十三　九

者推長而違短故久吾非不知商有蓋恐不借而彰其過也護助也　善曰家語曰孔子將行雨無蓋門人曰商也有焉孔子曰商之爲人也甚短於財吾聞與人交者推其長者違其短者故能久也王肅曰短吝嗇甚也近諸葛孔明不偪元直以入蜀向曰徐庶與諸葛亮拒曹公曹公所破徐庶之母見獲於曹公庶乃辭先主指其心曰本與將軍圖霸業者以此方寸之地也今已失老母方寸亂矣無益於事請別以詣曹公焉先主許之言孔明不偪者謂孔明奉先主之命亦不偪留之孔明亮字也元直庶字也　善曰蜀志曰潁川徐庶字元直曹公來征先主在樊聞之率其衆南行亮與徐庶並從爲曹公所追破獲庶母庶辭先主而指其心曰本與將軍共圖王霸之業者以此方寸之地也今已失老母方寸亂矣無益於事請從此別遂詣曹公魏略曰庶名福華子魚不強幼安以卿相濟曰強勸勉也華歆舉管寧寧

遂將家屬浮海還郡詔寧為大中大夫寧辭不受歆字子魚寧字幼安善曰魏志曰華歆字子魚平原人也文帝即位拜相國黃初中詔公卿舉獨行君子歆舉管寧帝以安車徵之又曰管寧字幼安北海人也華歆舉寧寧遂將家屬浮海還郡詔寧為大中大夫固辭不受此可謂能相終始真相知善本有者字也足下見直木必不可以為輪曲者必善本無必字不可以為桷蓋不欲以枉其天才令得其所也故四民有業各以其善本作得字志為樂良曰謂上禹仲尼諸葛亮華歆是識其性而首末相知也天才謂質性直者不可曲任曲者不可直任輪輞也桷椽也四民士農工商也為樂言各樂其得志善曰管子曰士農工商四民者國之石民也唯達者為能通之此似善本無似字足下度

文選四十三　十

內耳不可自見好章甫強越人以文冕也翰曰言人各有所樂惟達者可知故云度內耳章甫殷冠也越國之人斷髮為飾不用文冕豈可以已好而強使著之言此喻不好爵祿也善曰莊子曰宋人資章甫而適越越人斷髮文身無所用之司馬彪曰敎斷也章甫冠名也自以善本無自以有已字嗜臭腐養鴛雛以死鼠也銑曰鴛雛鳳也非竹實不食非醴泉不飲豈可以已嗜臭爛而以死鼠養鴛雛言此譏濤也善曰莊子曰惠子相梁莊子往見之或謂惠子曰莊子來欲代子相於是惠子恐搜於國中三日三夜莊子往見之曰南方有鳥名鵷雛子知之乎夫鵷雛發南海而飛至北海非梧桐不止非竹實不食非醴泉不飲於是鴟得腐鼠鵷雛過之仰天而視之曰嚇今子欲以子國嚇我邪吾頃學養生之術方外榮華去滋味游心於寂漠以無為為貴縱無九患尚不顧足下所好者向曰術法也外跡也滋味美味也寂漠安靜也無為無事也言我好養生跡榮華縱無九患亦不顧足下所好榮華也善曰高誘呂氏春秋傳曰外猶賤也莊子曰夫恬惔寂寞虛無無為此天地之平而道德之篤也又有心悶疾頃轉增篤私意自試必善本無必字不能堪其所不樂濟曰頃時已來疾病增篤自度必不堪己所不樂之事也善曰言已所不樂之事必不能堪而行之自卜已審若道盡塗窮則已耳足下無事寃之令轉於溝壑也良曰言我自決已審定也道盡塗窮謂死也寃猶枉屈也溝壑坑也善曰左氏傳曰侍者謂楚王曰老而無子知擠於溝壑矣吾新失母兄之歡意常悽切女年十三男年八歲未及

文選四十三　十一

成人況復多病顧此悢悢力向如何可言翰曰歡愛也悢悢悲恨也善曰晉諸公讚曰康子劭王隱晉書曰劭字延祖國語曰晉趙武冠見韓獻子獻子曰戒之此謂成人鄭玄禮記注曰女子以許嫁為成人廣雅曰悢悢悲也今但願守陋巷教養子孫時時善本一時字與親舊敘離善本無離字闊陳說平生濁酒一盃彈琴一曲志願畢矣足下若嬲奴了之不置不過欲為官得人以益時用耳足下舊知吾潦倒麤踈不切事情自惟亦皆不如今日之賢能也若以俗人皆喜榮華獨能離之以此為快此最近之可得而善本無而字言耳向曰嬲惱置止也言惱我不止

欲為官求人益國利時也我則踈緩又不如當代賢能矣子言俗人皆喜榮華我獨以離榮爲快此最近我情也可得言耳善曰翾摘媄也音義與媄同言俗人皆喜榮華而已獨能離之以此爲快此最近已之情可得言之耳然使長才廣度無所不淹而能不營乃可貴耳濟曰若取其大度量之人無所不包而又不求富貴乃可重也言我則多病非爲有大才也　善曰鄭玄禮記注曰淹復漬也若吾多病困欲離事自全以保餘年此真所乏耳良曰言我以病困離俗自全真性之所乏短不同長才廣度之士而不營求善曰言己離於俗事以自安全保其餘年此乃真性之所乏耳非如長才廣度之士而不營之豈可見黃門而稱貞哉若趣平欲共登王塗期於相致時爲歡善本作懽字益一旦迫之

文選四十三　十二

必發其狂疾自非重怨不至於此也翰曰黃門閹人也李絕陽道豈是貞哉趣急也王塗天子殿陛也相致謂其職任也是時必以爲歡悅拒盍也迫偪也言煩事偪則發狂病也野人有快炙背而美芹子者欲獻之至尊雖有區區之意亦已疏矣銑曰快喜也宋有田父自暴於日顧謂其妻曰負日之暄人莫知之今吾獻之至尊必蒙厚賞其妻曰昔人有美芹子者獻於鄉豪鄉豪嘗而苦於口慘而怨之斯亦子之類也言雖有愛心而遠於事理區區愛也　善曰列子曰宋國有田父常衣縕黂至春自暴於日當爾時不知有廣廈隩室綿纊狐狢顧謂其妻曰負日之暄人莫知者以獻吾君將有賞也其室告之昔人有甘戎菽甘枲莖芹子對鄉豪稱之鄉豪取嘗之苦於口慘於腹衆哂之李陵書曰孤負陵區區之意願足下勿似之其意如此既以

解足下并以爲別嵇康白向曰解謂解足下舉我之意也

為石仲容與孫皓書一首善曰臧榮緒晉書曰石苞字仲容太祖輔政都督揚州諸軍事進位征東大將軍又曰太祖遣徐劭孫郁至吳吳將軍石苞令孫楚作書與孫皓劭至吳不敢爲通

孫子荊濟曰太祖輔政石苞領都督揚州諸軍事太祖使徐劭至吳苞令參軍孫楚作書與皓也

苞白蓋聞見幾善本從木而作周易所貴小不事大春秋所誅良曰幾者事之微也貴重也易曰君子見幾而作不俟終日左傳曰楚子伐鄭子展曰小所以事大信也小國無信兵亂日至亡無日矣誅討也　善曰周易曰君子見機而作不俟終日左氏傳曰楚子伐鄭子展曰小所以事大信也小國無

文選四十三　十三

信兵亂日至亡無日矣此乃吉凶之萌兆榮辱之所由生善本作興也是故許鄭以銜璧全國曹譚以無禮取滅翰曰兆見也言吉凶榮辱在於見機也楚子伐許許男面縛銜璧楚子受之使復其所楚子圍鄭克之鄭伯肉袒牽羊以逆王曰其君能下人退三十里而許之平楚子許之是全國也晉公子重耳過曹曹共公不禮後復國遂滅曹齊桓公出過譚譚不禮焉至冬齊師滅譚是皆無禮而取滅亡也鄭伯非銜璧然以同降故連用之　善曰左氏傳楚子圍許蔡侯將許僖公見楚子於武城許男面縛銜璧蔡侯問諸逢伯對曰昔武王克殷微子啓如是王親釋其縛禮而命之使復其所楚子從之又曰楚子圍鄭克之鄭伯肉袒牽羊以逆王曰其君能下人又退三十里而許之平又曰晉公子重耳奔狄及曹曹共公聞其駢脅欲觀其裸浴薄而觀之及即位晉侯圍曹又曰齊桓公之出也過譚

譚不禮焉及其入也諸侯皆賀譚又不至冬齊師滅譚譚無禮也載籍既記
其成敗古今又著其愚智矣不復廣引譬類
崇飾浮辭銑曰載籍謂史籍也著明也成智許鄭也敗愚謂曹譚也浮虛也
言史籍所記非飾虛辭也 善曰鄭玄孝經注曰引譬連類尚書序曰翦截浮辭苟
以夸大為名更喪忠告之實也善本無也字今粗
論事勢以相覺悟昔炎精幽昧歷善本作曆字數
將終向曰夸奢喪失粗麤悟明也漢火德故云炎精幽昧謂昏亂無道也歷數錄籍
也終盡也 善曰論語曰忠告而善道之不可則止無自辱焉東觀漢記曰漢以炎精布
燿或幽而光尚書曰天之曆數在爾躬桓靈失德災釁並興豺
狼抗爪牙之毒生人陷塗炭之艱濟曰言桓靈失道災

文選四十三 十四

釁並起也豺狼惡獸喻亂賊也抗張毒害塗泥炭火也言百姓皆如陷於火而難苦也
善曰孝桓孝靈漢二帝也漢書詔策曰大禹能亡失德漢書杜文謂孫寶曰豺狼當路尚
書曰有夏昏德民墜塗炭荼與塗古字通用於是九州絕貫皇綱
解紐良曰貫綱也紐結也言九州之事斷絕而皇王綱紀解其結也 善曰周禮曰四海蕭條非復
職乃辨九州之國使同貫利荅賓戲曰廓帝紘恢皇綱
漢有太祖承運神武應期翰曰四海四方也蕭條空遠貌太祖
魏武帝也言太祖有神武之德而應期代漢運也 善曰春秋緯曰五德之運各象其類
宋均曰運籙運也周易曰古之神武不殺者夫河圖闓苞受曰弟感苗裔出應期征
討暴亂克寧區夏銑曰暴亂謂袁紹董卓之徒克能寧安也 善曰尚
書曰用肇造我區夏協建靈符天命既集向曰協同也靈符謂神靈

之瑞符也集會也言天命與人心相會也善曰曹植大魏篇曰大魏應靈符天錄乃始
毛詩曰有命既集遂廓洪基奄有魏域濟曰廓開洪大域國也
善曰曹植魏德論曰武創洪基剋光厥德毛詩曰奄有四方土則神州中
岳器則九鼎猶存良曰神州洛陽也中岳嵩山也九鼎九州之金鑄鼎
也存在也鼎可烹故云器 善曰河圖括地象曰崑崙東南地方五千里名曰神州中有
五岳地圖帝王居之左氏傳王孫滿曰成王定鼎於郟鄏史記曰秦取周九鼎世載
淑美重光相襲固知四隩郁之攸同天下之
壯觀也翰曰載則淑善也重光謂文帝也襲因也四隩四方也攸所也壯觀謂壯
大觀望也 善曰國語祭公謀父曰奕世載德尚書王曰昔我君文王武王宣重光新序
孔子曰聖人雖生異世祠襲若規矩尚書曰九州攸同四隩既宅封禪書曰此事天下之
壯觀也

文選四十三 十五

公孫淵承籍父兄世居東裔銑曰公孫淵遼東侯
度之子康之弟故云承藉父兄裔遠也 善曰魏志曰公孫度字叔濟本遼東襄平人
度知中國擾攘自立為遼東侯度死子康嗣位康死子晃淵等皆少眾立兄子恭為遼東
太守淵脅奪恭位景初元年徵淵淵遂發兵逆於遼隧自立為燕王也擁帶燕
胡憑陵險遠講武盤桓不供職貢向曰擁持也燕胡
奴也憑依陵乘也盤桓不進貌言恃險遠不修職貢 善曰左氏傳子產曰今陳介恃楚
眾憑陵敝邑國語號文公曰古者三時務農一時講武周禮曰制其職各以其所能制其
貢各以其所有家語孔子曰古者分異姓以遠方之職貢所以無忘服也內傲帝
命外通南國乘桴滄流交酬善本作疇字貨賄葛
越布於朔土貂馬延乎吳會銑曰傲慢也南國吳也編布齊

水曰桴滄流海也酬報也葛越草布也出於吳朔土地方也貂鼠皮也言公孫淵與孫皓
以方物相連結也善曰魏志曰公孫淵遣使南通孫權往來贈遺權使張彌許晏等齎
金玉珍寶立爲燕王論語子曰乘桴浮于海孔安國尚書傳曰草服葛越魏志曰夫餘國
出名馬貂狖
自以爲控弦十萬奔走足用信能右
善本有也
折燕齊左振扶桑陵轢沙漠南面稱王
字良曰控絃引弓之士也燕齊二國在遼西故云右折扶桑在海東故云左振陵乘轢
賤也言淵恃此衆力故稱燕王南面以自尊也善曰漢書匈奴傳曰控弦之士三十餘
萬山海經曰湯谷上有扶木扶木者扶桑也史記曰楚靈王兵強凌轢中原說文曰漠北
方流沙也漢書李陵歌曰經萬里兮度沙漠周易曰聖人南面而聽天下宣王薄
伐猛銳長驅翰曰宣王司馬懿也薄伐用威武也猛健銳利也長驅遠伐也

文選四十三　十六

善曰魏志曰景初三年遣大司馬宣王征淵斬淵傳首洛陽戰國策曰樂毅輕卒銳兵長
驅至齊
師次遼陽而城池不守桴鼓一震而元
凶折首銑曰次至也遼陽縣名不守謂不能監尹也桴打鼓也震動元大凶惡也
折首謂斬首也善曰漢書曰遼東郡有遼陽縣左氏傳曰援桴而鼓周易曰有嘉折首
獲非其醜
然後遠跡疆場亦列郡大荒良曰疆場邊畔也言
魏斬公孫淵乃遠開邊疆置郡邑於大荒也善曰史記樂毅書曰吳王遠迹至郢班固漢
書述曰列郡祁連山海經有大荒
收離聚散咸安其居民庶
悅服殊俗款附濟曰咸皆也殊謂異國也言皆送款誠附我魏國也善
曰毛詩序曰民乃離散不安其居尚書曰萬姓悅服過秦論曰餘威震于殊俗自茲
遂隆九野清泰良曰九野八方中央也言此之威天下清通也善曰淮

南子曰所謂一者上通九天下貫九野高誘曰九野八方中央也東夷獻其
樂器肅愼貢其楛矢曠世不羈應化而至翰曰
樂器謂樂舞之器也肅愼國名楛矢箭也羈遠也言遠代不羈縻者皆應我皇之化而至
也善曰范曄後漢書曰東夷自少康已後世服王化獻其樂舞魏志曰常道鄉公景元
三年肅愼國遣使重譯來貢弓長三尺五寸三十張楛矢長一尺八寸石砮三百枚翟遑
本論曰孝宣帝方外安靜單于稽顙來朝百世不羈之虜也巍巍蕩蕩想
所具聞也善本無也字銑曰巍巍蕩蕩言帝德廣遠也想謂想孫皓當已具
聞也善曰論語子曰大哉堯之爲君蕩蕩乎民無能名焉巍巍乎其有成功吳之
先主起自荊州遭時擾攘播潛江表向曰擾攘亂也
言吳先主權遭時亂播遷於江外表也善曰吳志曰董卓專朝政孫堅亦舉兵荊州

文選四十三　十七

討卓引軍還住魯陽范曄後漢書馮衍上疏曰遭擾攘之時值兵革之際劉備震
懼亦逃巴岷濟曰劉備蜀先主也巴岷蜀二山名善曰蜀志曰益州牧劉
璋迎先主入益州至涪璋勑諸將勿復關通先主大怒進圍成都璋降先主領益州遂
依丘陵積石之固三江五湖浩汗無涯假氣
遊魂迄于四紀良曰積石之固謂蜀多山也三江五湖之水浩大無涯爲
吳之固也言吳蜀恃此山水假借遊魂也迄至十二年曰紀善曰張載劍閣銘曰巖
巖梁山積石峩峩漢書曰吳有三江五湖之利也魏明帝善哉行曰權實堅子備則亡虜
假氣遊魂鳥魚爲伍二邦合從子容東西唱和互相扇動
距捍中國自謂三分鼎足之勢可與泰山共
翰曰二邦吳蜀也言相合扇動併力以禦中國自謂與中國爲鼎足之形
相終始

言持久可與大山齊其終始也　善曰漢書合從連衡力政爭強毛詩曰叔兮伯兮唱予
和汝漢書曰蒯通說韓信曰方今足下三分天下鼎足而居戰國策呂不韋曰其寧泰山
相國晉王輔相帝室文武桓桓志厲秋霜銑曰
輔佐也帝室謂魏室相桓武貌厲嚴也秋霜殺物也　善曰魏志曰咸熙元年進晉公爵
爲王荀悅申鑒曰人主怒如秋霜廟勝之筭應變無窮獨見
之鑒與衆絕慮向曰窮盡鑒明也言謀筭無盡思慮絕於衆人也　善曰
孫子曰夫未戰而廟勝得筭多者也又曰善出奇正者無窮如天地春秋元命苞曰明王
獨見四海歸往主上欽明委以萬機也濟曰萬機萬事善曰魏志
曰陳留王奐字景明封常道鄉公高貴鄉公卒公卿議迎立尚書曰放勳欽明萬機已見
上文長轡遠御妙略潛授偏師同心上下用力

文選四十三　十八

稜威奮伐彌善本作梁字入其阻良曰長轡遠御謂有長遠之策
也潛密奮振彌深也入阻謂入蜀險阻也善曰漢書曰武帝報李廣曰威稜憺乎鄰國
毛詩曰罙入其阻裒荊之旅毛萇曰罙深也音彌并敵一向奪其膽
氣翰曰兵法曰并敵一向千里殺將奪其膽氣言威可奪蜀將士之膽氣也　善曰孫
子兵法曰併敵一向千里殺將又曰三軍可奪氣將軍可奪心小戰江介則
成都自潰曜兵劒閣則善本作而字姜維面縛銑曰
介閒也成都蜀郡也潰謂降魏亂破也曜示也劒閣蜀山姜維蜀將也面縛謂請降魏將
鄧艾也　善曰魏志曰景元四年使征西將軍鄧艾鎮西將軍鍾會伐蜀艾自陰平先登
至江介西蜀衛將軍諸葛瞻列陣待艾艾遣子惠唐亭侯忠等大破之斬瞻進軍到雒劉
禪遣使奉皇帝璽綬為箋詣艾會統十餘萬衆分從斜谷駱谷入平行至漢中姜維守劒

閣距會維等聞瞻已破以其衆東入巴劉禪詣艾降勒維等令降於會維詣會降商君書
曰小戰勝逐北無過五里左氏傳曰凡民逃其上曰潰面縛已見上文開地五
千列郡三十師不踰時梁益肅清向曰平蜀之後置郡
三十梁益二州名肅清謂平定也善曰穀梁傳曰伐不踰時戰不逐奔使竊號
之雄稽顙絳闕濟曰竊號之雄謂劉禪也稽顙謂首至地也絳闕魏闕門
也　善曰禮記曰拜而後稽顙傅玄西都賦曰巍巍絳闕球琳重錦充於
府庫良曰球琳玉名重錦美錦也充滿也言滿我魏之府庫也　善曰左氏傳曰齊
侯歸衛侯夫人重錦三十兩夫虢滅虞亡韓并魏徙此皆
前鑑之驗後事之師也翰曰晉滅虢次及於虞秦并韓而魏徙居
大梁此舉前事可明於後也言蜀滅吳亦為次師法也　善曰左氏傳曰晉滅虢虢公醜

文選四十三　十九

奔京師遂襲虞滅之執虞公史記曰秦始皇十七年攻韓得韓王安二十三年攻魏其王
請降戰國策張孟談謂趙襄子曰前事不忘後事之師又南中呂興深
覩天命蟬蛻稅內附善本作向字願為臣妾銑曰南中
嶺南也交阯郡吏呂興殺太守孫諝使如魏請太守及兵是觀天命也背亂向理如蟬之
蛻皮也　善曰吳志曰交阯郡吏呂興等殺太守孫諝使使如魏請太守及兵淮南子曰
蟬飲而不食三十日而蛻孝經曰治家者不敢失於臣妾外失輔車脣齒
之援內有毛羽零落之漸向曰輔車陪乘也吳蜀相資猶陪乘
之與脣齒也外失謂蜀亡也內漸謂呂興叛吳降魏亦如鳥之毛羽零落也援助也　善
曰左氏傳宮之奇曰諺所謂輔車相依脣亡齒寒而徘徊危國冀延
日月此猶魏武侯却指河山以自彊善本作強字

大殊不知物有興亡則所美非其地也濟曰危國謂吳也魏武侯與吳起浮西河而中流顧謂起曰美哉山河之固此魏之寶也起曰在德不在險若君不修德則舟中之人盡為敵國也武侯曰善此言吳王恃險自彊不知滅亡之將至也善曰史記曰吳起者衛人也魏武侯浮西河而下中流顧而謂吳起曰美哉河山之固此魏之寶也吳起對曰在德不在險若君不修德舟中人盡敵國也武侯曰善方今百僚濟濟儁乂盈朝虎臣武將折衝萬里良曰僚官也折摧衝突也言武盛可以衝突萬里善曰尚書曰百僚師師又曰俊乂在官毛詩曰進厥虎臣如虓虎晏子春秋孔子曰不出罇俎之間而折衝千里之外晏子之謂也國富兵彊善本作強六軍精練思復翰飛飲馬南海翰曰練擇也翰高飛也為將伐吳故云飲馬南海也善曰新序曰

文選四十三　二十

孫叔敖相楚國富兵強毛詩曰翰飛戾天鄭玄曰翰高也李陵與蘇武書曰陵當為單于畜兵養士循先將軍之令將飲馬河洛收珠南海自頃國家整治器械銑曰修兵仗也善曰禮記曰聖人異器械鄭玄曰器械乃兵甲也修造舟楫簡習水戰伐樹北山則太善本作泰字行木盡向曰伐斫也太行山名言斫伐以修舟楫木盡者廣言以脅之善曰高誘呂氏春秋注曰太行山在河內野王縣北濬決河洛則百川流通善本作通流字樓船萬艘蘇勞則善本無則字千里相望濟曰濬深也樓亦船也艘亦船之總名善曰尚書大傳曰百川趨於海漢書曰江淮以南樓船十萬自剡木以來舟車之用未有如今善本有日字萬之盛者也良曰黃帝剡木為舟言我以水陸並進其盛如此也善曰周易曰黃帝

堯舜剡木為舟剡木為檝驍勇百萬畜力待時役不再舉今日之謂也善本無也字翰曰驍健畜養也役不再舉謂一伐必平也善曰六韜太公謂武王曰聖人與兵為天下除患去賊非利之也故役不再籍一舉而畢然主上眷眷未便電邁者以為愛民治國道家所尚也銑曰眷眷迴顧貌邁行也電邁言急愛惜人命不欲害國是至道之所重也善曰老子曰愛人治國能無知乎崇城自善本作遂字畀文王退舍向曰文王聞崇侯德亂而伐之軍三旬而不降退修教而復伐之因壘而降止也善曰左氏傳子魚言於宋公曰文王聞崇德亂而伐之軍三旬而不降退修教而復伐之因壘而降故先開示大信喻以存亡殷勤之旨往使所究若能審識安危自求多福濟曰示見諭曉

文選四十三　二十一

也謂服則存不服則亡往去究盡也言能識安危而稱臣是求多福也善曰毛詩曰求言配命自求多福蹶然改容祗承往告良曰蹶然驚起貌言能驚起改尊倨之容敬承所往之書告也善曰漢書曰陸賈說尉陀陀於是蹶然起坐謝賈稱臣奉漢約追慕南越嬰齊入侍翰曰南越王胡立漢使嚴助往諭因使其子嬰齊入侍宿衛也善曰漢書曰南越王胡立天子使嚴助往諭意南越王胡遣太子嬰齊入宿衛北面稱臣伏聽告策則世祚江表永為藩輔銑曰策書也言能稱臣聽所告之書則永世有福於江外長為諸侯藩輔謂諸侯也善曰禮記曰君之南鄉也荅陽之義也臣之北面也荅君也左氏傳王賜齊侯命曰世祚太師豐報顯賞隆於今日矣若侮慢不式王命然後謀力雲合指麾風從向曰豐多

也言能臣伏則多報明賞盛於常日濟曰式用也命教令也言若輕慢不用我鞮之誅
令謀臣武士當雲合風從而討之善曰范曄後漢書張綱謂張嬰曰大兵雲合豈不危
手
雍益二州順流而東青徐戰士列江而西
荊楊兖豫爭驅八衝征東甲卒虎步秣末陵
翰曰雍益青徐荊楊兖豫並州名征東將軍石苞自謂也秣陵吳郡名此說征討之勢以
賁之也善曰征東即石苞也李陵詩曰幸託不肖軀且當猛虎步漢書丹陽郡有秣陵
縣爾乃皇輿整駕六師徐征羽校燭日旌旗
流星翰曰六師六軍也羽旄也燭日謂亦羽若日也旌亦旗也畫星辰於上故云流
星善曰羽鳥羽也漢書高祖曰吾以羽檄徵天下兵檄或為校游龍曜路歌
吹盈耳銑曰馬高八尺曰龍武王誅商萬國咸喜前歌後舞曜路盈耳言騎樂之

文選四十三　二十二

盛也善曰周禮曰九馬八尺為龍樂稽耀嘉曰武王興師誅于商萬國咸喜前歌後舞
論語子曰洋洋乎盈耳哉士卒奔邁其會如林向曰邁行也如林言
多也善曰尚書曰受率其旅若林煙塵俱起震天駭地渴賞
之士鋒鏑爭先忽焉善本作然字一旦身首橫分
宗祀屠覆取誡萬世引領南望良以寒心濟曰
震動駭驚也渴賞謂貪賞也執兵爭先也屠壞也寒心痛心也善曰左氏傳穆叔謂晉
侯曰引領西望曰庶幾乎高唐賦曰寒心酸鼻夫治膏肓者必進
苦口之藥決狐疑者必告逆耳之言良曰膏心下也
肓膈上也言理此病必須服苦口之藥也決定也狐疑不定也逆耳謂忤已之言也善
曰左氏傳曰晉景公夢疾為二豎子一曰居肓之上一曰居膏之下若我何史記曰沛公
入秦宮樊噲諫沛公不聽張良曰忠言逆耳利於行良藥苦口利於病願公聽樊噲言楚之
辭曰以猶豫而狐疑如其迷謬未知所投恐俞附見其
已困扁鵲知其無功也翰曰謬誤投歸也俞附扁鵲皆古之良醫
也凡病則良醫見其可療及入骨髓則良醫雖理亦無功也言吳國有危亡之疾今用我
言而歸服保全首領是猶可療也若傲慢恃險不即從化則猶疾入骨髓雖欲思療亦無
功也善曰列子曰楊朱之友曰季梁得病七日大漸謁醫俞氏曰汝始則胎氣不
足乳湩有餘疾非一朝一夕之故其所由來漸矣季梁曰良醫也且食之史記虢中庶子
曰上古之時醫有以湯液又曰扁鵲過齊桓侯客之入朝見曰君有疾在腠理不療將
深桓侯曰寡人無疾後五日扁鵲復見曰君有疾在腸胃間不療將深桓侯不應後五日
扁鵲復見望桓侯而走桓侯使人問其故扁鵲曰疾其在骨髓雖司命無奈何今在骨髓

文選四十三　二十三

臣是以無請也後五日桓侯體痛使人召扁鵲扁鵲已逃去桓侯遂死郭璞穆天子傳注
曰湩乳汁也竹用切勉思良圖惟所去就銑曰圖謀也言勉力思其
善謀任爲去就善曰左氏傳令尹子常曰敢弗良圖曾子曰君子慎其所去就石
苞白

與嵇茂齊書一首

趙景真翰曰于寶晉紀云呂安字仲悌東平人也時太祖逐安于
遠郡在路作此書與嵇康康子紹集序云景真與茂齊書且晉紀國
史實有所憑紹之家集未足可據何者時紹以太祖惡安之書又與
父康同誅懼時所疾故移此書於景真考其始末是安所作故以安
為安也善曰嵇紹集曰趙景真與從兄茂齊書而時人誤謂呂仲

惇與先君書故具列本末趙至字景真代郡人州辟遼東從事從兄太子舍人蕃字茂齊與至同年相親至始詣遼東時作此書與茂齊于寶晉紀以爲呂安與嵇康書二說不同故題云景真而書曰安白

安白昔李叟入秦及關而歎梁生適越登岳長謠向曰叟老稱李老子也楊朱南游於沛老子西入秦至梁遇於道中老子仰天而歎曰始以汝爲可教也梁生鴻也岳即邙山也謠歌也梁鴻登北邙山作五噫之歌以傷時肅宗聞而求之因奔走於吳吳則越也善曰列子曰楊朱南之沛老聃西遊於秦邀於郊至梁而遇老子老子中道仰天歎曰始以汝爲可教今不可教也楊朱曰請聞其過老子曰而睢睢而盱盱而誰與居茫睥後漢書曰梁鴻字伯鸞扶風人也東出關過京師作五噫之歌曰陟彼北邙兮噫顧瞻帝京兮噫宮室崔嵬兮噫人之劬勞兮噫遼遼

未央兮噫肅宗聞而非之求鴻不得居齊魯之間又去適吳然老子之歎不爲入秦梁鴻長謠不由適越且復以至郊爲及關升邙爲登岳斯蓋取意而略文也夫以嘉遁之舉猶懷戀恨況乎不得已者哉銑曰嘉遁者隱也謂老子梁鴻也戀恨謂歎及謠也不得已謂被遷也善曰周易曰嘉遯貞吉惟別之後離羣獨逝善本作遊字背榮宴辭倫好經迴路涉沙漠雞鳴善本作鳴雞戒旦則飄爾晨征濟曰逝往倫輩也沙漠安流處所經談也晨征曉行也善曰燕禮曰燕小臣戒盥者燕玄曰警戒告語馬陳琳武軍賦曰啓明戒旦長庚告昏日薄西山則馬首靡託良曰薄近靡無也言日沒車馬之首無所託也善曰漢書楊雄反騷曰恐日薄於西山左氏傳首偃曰唯余馬首是瞻尋歷曲阻則沈思紆

結乘高遠眺則山川悠隔或乃迴飇狂厲白日寢光崎嶇交錯陵隰相望徘徊九臯之內慷慨重阜之巔翰曰飇急風也厲猛也寢隱也崎嶇不平貌九臯九折之澤也慷慨失志貌臯山巔上也善曰毛詩曰鶴鳴九臯進無所依退無所據涉澤求蹊披榛覓路嘯詠溝渠良不可度斯亦行路之艱難然非吾心之所懼也銑曰蹊徑也榛密林也言雖艱難吾所不懼其所懼者謂已下之事也至若蘭茝傾頓桂林移植根萌未樹牙淺絃急常恐風波潛駭危機密發斯所以怵惕於長衢按轡而歎息者也銑曰蘭茝香草也桂林香木也以喻君子傾頓移植自謂也根萌未

樹謂危也牙弩牙弦弓弦言風波急則根易傾牙淺絃急則機易發此喻讒邪爲忠正之風也怵惕驚皃衢道也善曰喻身之危也根萌未樹故恐風波潛駭牙淺弦急故懼危機密發也一本或有於長衢之下云按轡而歎息者非也又壯士之性難以託根投人夜光鮮不按劒濟曰言壯士寒不宜蘭桂也鮮少也夜光良玉也以暗投人不知者必懼而按劒善曰鄒陽上書曰夜光之璧以闇投人於道衆人莫不按劒也今將植橘柚於玄朔帶華藕於脩陵表龍章於裸壤奏韶武善本作舞字於聾俗固難以取貴矣良曰橘柚木名生於南方華藕蓮也生於水龍章袞龍之服也裸壤不衣之國也韶舜樂武武王樂也聾謂耳病之人不貴音也言此四者各失其宜故難以爲美也玄朔北方也脩陵高阜也善曰曹植橘賦曰背江洲之氣煖處玄朔之

蕭清淮南子曰夫以其所脩而遊不用之鄉若樹荊山上畜火井中也龍袞龍之服也章章甫之冠也裸壤文身也莊子曰宋人資章甫適諸越越人斷髮文身無所用之又肩吾曰聾者無以與乎鍾鼓之聲夫物不我貴則莫之與莫之與則傷之者至矣翰曰不我貴猶不貴我也言北土不貴我則當傷我也善曰周易曰無交而求則人不與也莫之與則傷之者至矣飄飄遠游之士託身無人之鄉總轡遐路則有前言之艱懸鞍陋宇則有後慮之戒銑曰飄飄謂羈旅也無人之鄉謂安所徙處也總攬也前言謂經迴路涉沙漠也懸鞍懸車也後慮謂蘭莊頓頓之事戒懼也善曰前言之艱謂經迴路涉沙漠以下也後慮之戒謂北土之性難以託根以也朝霞啓暉則身疲於遄征向曰啓暉謂明也遄速征行也

文選四十三　二十六

善曰蔡琰詩曰遄征曰遐邁太陽戢曜則情劬於夕惕濟曰太陽日也戢斂也斂曜謂夜也劬勞惕驚也善曰正曆曰日太陽也周易曰夕惕若厲肆目平隰則遼廓而無覩極聽脩原則淹寂而無聞吁其悲矣以傷悴矣然後乃知步驟之士不足為貴也若迺顧景善本作影字中原憤氣雲踊哀物悼世激情風烈龍睇大野虎嘯六合猛氣紛紜雄以四據良曰遼廓遠也脩長淹久悴憂也步驟謂驅馳行役之人也言已自經此乃知不足貴也顧景恐時不再來也憤感悼傷激急烈猛睇視也紛紜多也雄心四據謂威德盛也善曰阮元瑜為曹公與孫權書曰大丈夫雄心能無憤發思躡雲梯橫奮八極披艱掃穢蕩

海夷岳翰曰公幹作雲梯以攻宋思躡此者言高也橫奮謂縱橫奮振也八極八方也披散也言將散艱難掃凶惡也蕩滌主平也善曰田邑與馮衍書曰欲搖太山蕩北海蹴崐崙使西倒踢太山令東覆平滌九區恢廓善本作雒字宇宙斯亦吾人善本無人字之鄙願也銑曰崐崙太山喻權臣也滌除也九區九州也恢大廓空也宇宙謂天地也鄙小也善曰劉騊駼郡太守箴曰大漢遵因化洽九區時不我與垂翼遠逝向曰垂翼謂不遂志也逝往也遠往謂徙也善曰周易曰明夷于飛垂其翼君子于行不食有攸往鋒鉅靡加六善本作翅字翮摧屈自非知命誰能不憒悒者哉濟曰鋒鍔也言不加鋒鍔而六翮自摧屈也命天命憒怨也善曰周易曰樂天知命故不憂吾子植根芳苑擢秀清

文選四十三　二十七

流布葉華崖飛藻雲肆良曰植生也生於芳苑猶生於美族也喻嵇康承家世德盛而生也擢出也言康道德如草之出秀清流喻其志絜清也藻文章也肆布也雲布言才廣也俯據潛龍之淵仰蔭游善本作棲字鳳之林榮曜眩其前豔色餌其後良儔交其左聲名馳其右翰曰潛龍游鳳喻君子也亦相感動之意榮曜喻富貴也眩惑豔美餌念儔類也聲名令聞也翺翔倫黨之間弄姿帷房之裏從容顧盼綽有餘裕俯仰吟嘯自以為得志矣銑曰翺翔游樂也倫黨朋黨也姿態綽寬裕優也吟嘯自得志貌豈能與吾同大丈夫之憂樂者哉去矣嵇生永離隔矣煢煢善本作惸惸字飄寄臨沙漠矣悠悠三

千路難涉矣攜手之期邈無日矣思心彌結
誰云釋矣無金玉爾音而有遐心向曰煢煢猶單獨也
濟曰悠悠長貌攸度邈遠彌深釋解遐遠也言我思爾金玉之音無能聞之使我有遠心
相望也善曰毛詩曰無金玉爾音而有遐心身雖胡越意存斷金
良曰胡在北越在南言相去遠也金雖堅剛人同其心則能斷之善曰淮南子曰自其
異者視之肝膽胡越也周易曰二人同心其利斷金各敬爾儀敦履璞
沈翰曰儀善敦厚璞真沈深也謂交道也善曰毛詩曰各敬爾儀繁華流
蕩君子弗欽臨書悵然知復何云銑曰繁多華盛也言
自多其盛而為流蕩者君子之所不敬也悵不平貌何云言事既爾何所言也

與陳伯之書一首善曰劉璠梁典曰帝使呂僧珍寓書於陳

伯之丘遲之辭也伯之歸于魏為通散常侍何之元梁典云天監五年前
平南將軍陳伯之以其衆自壽陽歸降不書伯之前史失之梁史以為丘
遲與伯之書

丘希範向曰梁平南將軍陳伯之初仕齊東昏使遣伯之將兵
非梁武伯之知勢屈乃降梁至是又以衆降魏故遲與此書以諭之

遲頓首陳將軍足下無恙幸甚幸甚將軍勇
冠三軍才為世出濟曰恙憂也言勇可以為三軍首也才謂文武
之才也世出謂應時而出也善曰李陵與蘇武書曰陵先將軍功略蓋天地義勇冠三
軍蘇武荅李陵書曰每念足下才為世生器為時出棄燕雀之小志慕
鴻鵠以高翔良曰燕雀小鳥也鴻鵠大鳥也棄小志謂背齊也慕高翔謂歸
梁也善曰史記曰陳涉嘗為人傭耕輟耕壟上悵恨久之曰苟富貴無相忘傭者笑而
應之若為傭耕何富貴也陳涉太息曰嗟乎燕雀安知鴻鵠之志哉昔因機變
化遭遇明主翰曰機者事之微也化謂背齊歸梁也明主即武帝也善曰
劉璠梁典曰高祖得陳虎牙幢主蘇隆厚加禮賜使致命江州刺史陳伯之伯之虎牙父
也蘇隆還稱伯之許降乃遣鄧元起前驅逼之伯之聞師近以舊義師立功立
事開國稱孤銑曰事職也開國謂為江州刺史也同侯王例故稱孤寡以賤
為稱也善曰延篤與張奐書曰烈士殉名立功立事周易曰大君有命開國承家老子
曰王侯自謂孤寡不穀朱輪華轂擁旄萬里何其壯也
向曰朱輪華轂謂以丹漆飾之也擁持旄幢也萬里言威化遠也善曰史記蒯通說武
信君曰今范陽令乘朱輪華轂班固涿邪山祝文曰杖節擁旄鉦人伐鼓荀悅漢紀曰今

之州牧號為萬里漢書樊噲說高祖曰始陛下定天下何其壯也如何一旦
為奔亡之虜聞鳴鏑而股戰對穹廬以屈膝
又何劣邪濟曰奔亡之虜謂降魏也鳴鏑髀也股髀也穹廬氈帳也屈膝拜也
魏本匈奴人故云穹廬善曰漢書曰冒頓乃作為鳴鏑音義曰箭鏑也如今鳴箭史記
曰魏勃退立股戰漢書烏孫公主歌曰穹廬為室兮旃為牆音義曰穹廬旃帳也喻巴蜀
文曰交臂受事屈膝請和漢書樊噲曰今天下已定又何憊邪尋君去就之
際非有他故直以不能內審諸己外受流言
良曰去謂之魏就謂歸國際謂交會之間也他異審詳也流言反間之言也善曰呂氏
春秋曰君子必審諸己然後任尚書曰管叔乃流言於國沈迷猖獗以至
於此翰曰沈溺迷惑猖狂獗偃也言惑亂佞行至於此也善曰劉公幹雜詩曰沈

述領簿書固自昏亂蜀志先主謂諸葛亮曰孤遂用猖蹶至于今日志猶未已聖朝赦罪責功棄瑕錄用推赤心於天下安反側於萬物銑曰聖朝梁也責求也用謂可施行也言聖朝推赤心於天下不疑端於物也善曰鄒潤甫爲諸葛穆荅晉王令曰高世之君赦罪責功略小收大呉志陸瑁與暨豔書曰此乃漢高棄瑕錄用之時也東觀漢記曰上破銅馬等封降賊渠率諸將未能信賊亦兩心上勑降賊各歸營勒兵待上輕騎入按行賊營賊將曰蕭王推赤心置人腹中安得不効死又曰漢兵破邯鄲誅王郎收文書得吏人謗毀公言可擊者數千章公會諸將燒之曰令反側子自安此善本無此字將軍之所知非善本作不字假僕一二談也善曰長楊賦曰僕嘗倦談不能一二其詳朱鮪涉丁牒血於友于張繡剸刃於愛子漢主

文選四十三　三十

不以爲疑魏君待之若舊銑曰殺人流血曰涉友于兄弟也朱鮪爲更始守洛陽光武令岑彭說鮪使降鮪以嘗謀殺光武兄弟伯叔怕不敢降光武使入謂曰建大事不忌小怨今降官爵可保況誅罰乎魏王曹操與張繡戰於宛長子昂被繡流矢所中繡後降曹公封爲侯剸揃也刃箭鏃也善曰謝沈後漢書曰光武攻洛陽朱鮪守之上令岑彭說鮪曰赤眉已得長安更始爲胡殷所反害今公誰爲守乎鮪曰大司徒公被害鮪與其謀誠知罪深不敢降耳彭還白上上謂彭復往明曉之夫建大事不忌小怨今降官爵可保況誅罰乎春秋合誠圖曰戰龍門之下涉血相創如淳漢書注曰殺血滂沱爲喋血與喋同尚書曰孝乎惟孝友于兄弟魏志曰建安二年公到宛張繡降既而悔之復反公與戰軍敗爲流矢所中長子昂弟子安民遇害四年張繡率衆降封列侯漢書曰蒯通說范陽令曰慈父孝子所不敢剸刃公之腹者畏秦法也李奇曰東方

之人以物揷地中爲剸也況將軍無昔人之罪而勳重於當世夫迷塗知反往哲是與濟曰無昔人之罪謂朱鮪張繡殺兄子之罪哲智也善曰楚辭曰廻朕車而復路及迷塗之未遠不遠而復先典攸高良曰謂迷者不遠而能廻是不迷也易曰不遠復無祇悔攸所也善曰周易曰不遠復無祇悔主上屈法申恩吞舟是漏翰曰謂法網之疏漏於吞舟之魚也言輕法而重恩也善曰范曄後漢書明帝詔曰先帝不忍親親之恩在屈大法鹽鐵論曰明王茂其德教而緩其刑罰網漏吞舟之魚將軍松柏不翦親戚安居銑曰松柏不翦謂不毀其先代墳墓也善曰仲長子昌言曰古之葬松柏梧桐以識其墳高臺未傾愛妾尚在向曰愛幸也言宅宇幸妾皆未追沒也善曰桓子新論雍門周說孟嘗君曰千秋

文選四十三　三十一

萬歲後高臺既已傾曲池又已平悠悠爾心亦何可言良曰悠悠憂傷之貌善曰毛詩曰青青子衿悠悠我心今功臣名將鴈行有序佩紫懷黃贊善本作讚字帷幄之謀乘軺建節奉疆場之任良曰鴈飛成行列有尊卑之序故以比焉金印紫綬列侯飾也幄帳也謀策謀也軺使車也節旌節也疆場邊陲也善曰應劭漢官儀典職揚喬斜羊柔曰丞郎鴈行威儀有序魏書荀彧勸進曰諸將佩紫懷金蓋以數百史記蔡澤曰懷黃金之印結紫綬於腰東觀漢記詔鄧禹曰將軍深執忠孝與朕謀謨帷幄如淳漢書注曰二馬爲軺傳漢書曰終軍爲謁者使行郡國建節東出關左氏傳曰齊人來侵魯疆疆吏來告公曰疆場之事慎守其一並刑馬作誓傳之子孫翰曰刑殺也諸侯會盟取白馬之血飲之以爲誓使太山如礪永傳國於子孫也善曰漢書

曰漢王即皇帝之位論功而封之申以丹書之信重以白馬之盟將軍獨靦
聽典顏借命驅馳氈裘之長寧不哀哉銑曰靦強借假
也謂假借少時之命而爲夷狄驅馳也哀哉傷痛之聲　善曰毛詩曰有靦面目司馬遷
書曰氈裘之君長咸震懼夫以慕容超之彊善本作強字身送
東市姚泓之盛面縛西都向曰慕容超寇河北高祖伐之執超
斬於建康市鎮西將軍與姚泓戰大破之姚泓將妻子請降也　善曰沈約宋書曰慕容
超大掠淮北宋公表請北伐遂居廣固超踰城走高胥獲之送超京師斬于建康市又曰
公以舟師進討至洛陽王鎮惡克長安生禽姚泓姚泓執斬于建康市左氏傳曰楚子圍
許許僖公見楚子於武城面縛銜璧故知霜露所均不育異類
也善本無也字　濟曰均平也謂洛土中也異類匈奴也　善曰禮記曰天之所覆地

文選四十三　三十二

之所載日月所照霜露所墜李陵與蘇武書曰但見異類姬漢舊邦無取
雜種良曰姬周姓也言成王光武皆都洛陽故云舊邦也種類也　善曰姬周姓也
漢書曰匈奴凡二十四長呼衍氏蘭氏後有須卜氏此三姓其貴種也北虜僭
盜中原多歷年所惡積禍盈理至燋爛翰曰北虜
謂拓拔珪僭稱王也中原中國也積多盈滿也言惡既滿理當滅亡也　善曰魏收後魏
書曰太祖道武諱珪改稱魏王都平城孝文皇帝諱宏自平城遷都洛陽東觀漢記曰北
虜遣使和親尚書周公曰故殷禮陟配天多歷年所周易曰惡不積不足以滅身故惡積
而不可掩燋爛見下文況偽孼昏狡自相夷戮銑曰蕭衍廢其
主寶融自立稱曰梁謂宣武偽孼蓋指宣武也狡亂也相夷戮謂廢寶融也　善曰魏收
後魏書曰世宗宣武帝諱恪景元三年蕭衍廢其主寶融自僭立稱梁宣武即位凡一十

六年然梁武之初當宣武之日僞孼蓋指宣武也虜預晉書西陽王羕上書曰朱旗南指
自相夷戮部落攜離酋豪猜貳方當繫頸蠻邸懸
首藁街良曰部落謂種類也攜亦離也酋豪魁帥也猜忌也貳謂貳心也繫頸謂
以繩繫項也蠻邸藁街皆置蠻夷之館也　善曰晉中興書曰胡俗以部落爲種類者各
取豪貴文穎漢書注曰羌胡名大師爲酋國語伯陽父曰國之將亡百姓攜貳韋昭曰攜
離也貳二心也漢書曰沛公至霸上秦王子嬰係頸以組又陳湯上疏曰斬郅支首及名
王以下宜縣頭藁街蠻夷邸間而將軍魚游於沸鼎之中鷰
巢於飛幕之上不亦惑乎濟曰魚游沸鼎鷰巢飛幕言危之甚
言魏朝夕將破而將軍居之亦同魚鷰之危飛幕軍幕也　善曰袁崧後漢書朱穆上疏
曰養魚沸鼎之中棲鳥烈火之上用之不時心也焦爛左氏傳曰吳季札曰天子之在此

文選四十三　三十三

也猶鷰巢于幕之上暮春三月江南草長雜花生樹羣
鶯亂飛見故國之旗鼓感生平於疇日撫絃
登陴陴豈不愴悢良曰北至寒故以江南物色舊鄉之美感動之旗鼓
昔所用也疇日昔日也撫持也絃弓也陴城上女墻也愴悢悲恨也　善曰袁宏漢獻帝
春秋臧洪報袁紹書曰每登城勒兵望主人之旗鼓感故交之綢繆撫弦搦矢不覺涕流
之覆面也左氏傳曰晉邊吏讓鄭曰今執事撊然授兵登陴　陴婢移切所以廉
公之思趙將吳子之泣西河人之情也將軍
獨無情哉翰曰廉頗爲趙將攻魏之繁陽破之後襄王使樂乘代之頗怒攻樂
乘走之而奔魏之大梁後趙數困秦兵趙王思得廉頗頗亦思爲趙用也吳起事魏守西
河後以讒君聽讒乃奔楚顧望西河而左右泣曰君戀西河乎起曰不戀然不忍見秦之

取西河是以泣其後西河果入秦思趙用泣西河皆人情也無情謂不思舊國善曰史記曰廉頗為趙將伐齊大破之拜為上卿趙孝成王卒悼襄王立廉頗遂奔魏之大梁久之魏王不能信用而趙亦數困於秦兵趙王思復得廉頗廉頗亦思復用於趙以為老逐不召呂氏春秋曰吳起治西河王錯譖之魏武侯武侯使人召吳起至岸門止車而休望西河泣數下其僕曰竊觀公之志視天下若舍屣今去西河而泣何也吳起雪泣應曰子弗識也君誠知我而使我畢能秦未必亡西河今君聽讒人之議不知我西河之為秦不久矣起入荊西河果入秦司馬遷與任安書曰夫人情莫不念父母顧妻子莊子惠子曰人故無情乎

想早勵良規自求多福

銑曰勵勉良善規圖也言早勉勵善圖歸梁是多福也善曰魏志明帝報王朗詔曰欽納至言思聞良規多福已見上文

當今皇帝盛明天下安樂

向曰皇帝謂梁武帝也安寧也樂謂樂其德化也善曰皇帝梁武也解嘲曰遭盛明之世漢書曰孝惠高后時天下安樂

白環西獻楛矢東來

濟曰舜時西王母獻白環周時肅慎國貢楛矢也善曰世本曰舜時西王母獻白環及佩家語孔子曰昔武王剋商於是肅慎氏貢楛矢石砮

夜郎顛善本作滇字池解辮請職朝鮮昌海蹶角受化

良曰夜郎顛池皆南夷國名鮮辮謂解其辮髮以就衣冠朝鮮遠國名昌海南海也蹶角謂以額角叩地也善曰漢書曰夜郎滇池皆椎結巂昆明編髮漢拜唐蒙郎中遂見夜郎王多同又曰始楚威王時使將軍莊蹻將兵略巴黔中編至滇池欲歸報會秦奪楚黔中郡道塞不通以其衆王滇池又朝鮮王滿燕人孝惠高后時滿為外臣又曰西域有昌蒲海一名鹽澤去玉門陽關三百餘里孟子曰武王之伐殷也百姓若崩厥角趙岐曰厥角叩頭以額角犀厥地也

唯北狄野心掘

強沙塞之間欲延歲月之命耳

翰曰北狄謂魏也野心謂如野獸之心掘強猶強梁也延引也歲月言不久也善曰左氏傳令尹子文曰諺云狼子野心漢書伍被說淮南王曰東保會稽南通勁越屈強江淮之間可以延歲月之壽耳范曄後漢書匈奴論曰世祖用事諸夏未遑沙塞之事

中軍臨川殿下明德茂親摠茲戎重

銑曰臨川王高祖弟也時為中軍將北討魏殿下者不斥言王也若今言皇太子殿下然也茂親謂帝弟也摠統也戎兵也善曰何之元梁典曰高祖即位以宏為臨川郡王天監三年以宏為中軍將軍劉璠梁典曰天監四年詔臨川王宏北討干寶晉紀河間王顒表曰成都王穎明德茂親功高勳重晉中興書桓溫檄曰幕府不才忝荷戎重

方善本無方字吊民洛汭伐罪秦中

向曰吊慰也洛北曰汭秦中關中也善曰孟子曰湯始征自葛誅其君吊其民尚書曰東至于洛汭又曰奉辭伐罪漢書田肯曰陛下既得韓信又治秦中

若遂不改方思僕言聊布往懷君其詳之丘遲頓首

濟曰僕遲自稱也謂君因此書不改後必困偪方思我言也聊且也往懷謂此書也詳審也善曰顏延之和謝靈運詩曰聊用布所懷

重答劉秣陵沼書一首

善曰劉璠梁典曰劉沼字明信為秣陵令

劉孝標

良曰劉峻自序云峻字孝標平原人也八歲遇桑梓顛覆身充漢圉後逃還京師詔令掌石渠後乞骸骨隱東陽金華山初孝標以仕不得志作辨命論秣陵令劉沼作書難之言不由命由人之行書答往來非一其後沼作書未出而死有人於沼家得書以示孝

標孝標乃作此書荅之故云重也善曰劉峻自序曰峻字孝標平原
人也生於秣陵縣期月歸故鄉八歲遇桑梓顛覆身充僕圉齊永明
四年二月逃還京師後爲崔豫州刑獄參軍梁天監中詔峻掌石渠
閣以病乞骸骨後隱東陽金華山
劉侯既重有斯難值余有天倫之感竟未之
致也翰曰難謂難運命之書也余標自謂難也天倫之感謂兄弟死也致至也謂沼難
書竟未至孝標處也善曰孝標集有沼難辨命論書穀梁傳曰兄弟天倫也何休曰兄
先弟後天之倫次尋而此君長逝化爲異物緒言餘
論蘊善本作蘊字而莫傳也銑曰長逝謂死也緒遺蘊藏也莫無也言沼
之遺言餘論皆蘊藏而不傳於我也善曰魏文帝與吳質書曰元瑜長逝化爲異物莊

子謂漁父曰曩者先生有緒言而去子虛賦曰願聞先生之餘論或有自其
家得而示余者余悲其音徽未沫昧而其人
已亡向曰徽美沫滅也其人謂沼也善曰楚辭曰芳菲菲而難虧兮芳至今猶未
沫王逸曰沫已也亡蓋切孫卿子曰其器存其人亡以此思哀則哀將焉不至青簡
尚新善本有而字宿草將列濟曰青簡竹簡也古無紙用以爲書宿草
陳根也列行列也朋友之墓有宿草則不哭也善曰風俗通曰劉向別錄殺青者直治
青竹作簡書之耳禮記曰朋友之墓有宿草而不哭焉泫然不知涕之
無從也良曰泫然淚流貌善曰禮記門入曰防墓崩孔子泫然流涕又曰孔子
之衛遇舊館人之喪入而哭之遇一哀而出涕曰予惡夫涕之無從也雖隙駟
不留尺波電謝翰曰隙穴也駟馬馳而過穴小喻速也波水波與電光皆

久停言人命亦如之善曰墨子曰人之生乎地上無幾何也譬之由駟而過郤也郤古
隙字也陸機詩曰寸陰無停晷尺波豈徒旋而秋菊春蘭英華靡
絕銑曰言文章之美如蘭菊英妙之華永無絕也善曰楚辭曰春蘭兮秋菊長無絕
兮終古故存其梗槩更酬其旨向曰梗槩粗畧也酬報旨意也
善曰東京賦曰其梗槩如此若使墨翟之言無爽宣室之
談有徵濟曰墨子曰周宣王無罪殺杜伯後宣王出田杜伯持弓射宣王中心折
脊而死漢文帝坐宣室問賈誼鬼神之本賈誼具言所由也爽差徵驗也言誼二人說鬼神
事有實則我可荅書也善曰墨子曰昔周宣王殺其臣杜伯而不辜杜伯曰吾君殺我
而不辜若以死者爲無知則止矣若死而有知不出三年必使吾君知之期三年周宣王
合諸侯而田於圃車數百乘從數千人滿野日中杜伯乘白馬素車朱衣冠執朱弓挾朱

矢追宣王射之車上中心折脊殪車中伏弢而死若以此說觀之則鬼神之有豈可疑哉
漢書曰文帝受釐宣室因感鬼神事問鬼神之本賈誼具道所以然之故冀東平
之樹望咸陽而西靡蓋合山之泉聞絃歌而
赴節良曰宣帝子封東平恒思長安及死葬平冢上樹盡皆向西而靡蓋山有舒姑
泉者昔有舒氏之女伐薪於此忽然坐地牽挽不動其伴還歸告其家比來唯見清泉母
曰吾女性好音樂乃作絃歌於泉上忽有朱鯉一雙躍出而赴節善曰聖賢冢墓記曰
東平思王冢在東平無鹽人傳云思王歸國京師後葬其冢上松柏西靡宣城記曰臨城
縣南四十里蓋山高百許丈有舒姑泉昔有舒氏女與其父析薪此泉處坐牽挽不動乃
還告家比還唯見清泉湛然女母曰吾女本好音樂乃絃歌泉涌迴流有朱鯉一雙今作
樂嬉戲故泉涌出也文賦曰舞者赴節以投袂但懸劒空壠有恨如

何翰曰延陵季子將西聘晉帶寶劍以過徐君徐君不言而色欲之季子知之使還當與及迴徐君已死乃脫劍置墓樹而去言今所荅亦循懸劍於墓樹而已　善曰劉向新序曰延陵季子將西聘晉帶寶劍以過徐君徐君不言色欲之季子爲有上國之事未獻也然心許之矣致使於晉顧反則徐君死於是以劍帶徐君墓樹而去

移書讓太常博士一首　并序

劉子駿銑曰漢書云劉歆字子駿少通詩書能屬文成帝時與父向俱領校書講六藝傳記後王莽篡位爲京兆尹移易也謂以我情移易彼意讓責也太常則周之宗伯也博廣大也謂識用廣大謂之博士　善曰漢書曰劉歆字子駿向少子也少通詩書能屬文爲黃門郎至中壘校尉王莽篡位爲京兆尹卒

文選四十三　三十八

歆親近欲建立左氏春秋及毛詩逸禮古文尚書皆列於學官向曰歆爲光祿大夫故云親近建立也逸失也謂下三十九篇也左氏傳毛詩失禮古文尚書四經漢初已來皆不置博士歆欲立此四經列學官習之而哀帝令歆與五經博士講論其議諸儒博士或不肯置對濟曰言諸博士不肯與歆論議相對也　善曰言諸博士既不肯立左氏又不肯與歆論議相對也而歆因移書太常博士責讓之曰

昔唐虞既衰而三代迭興聖帝明王累起相襲其道甚著良曰言堯舜禪讓道衰至夏殷周更代起也累重襲因著明也道謂帝王之道也周室既微而禮樂不正道之難全也如此翰曰言夫子微弱政教不行故國家之道所以不全也是故孔子憂道不行歷國應聘自衛反魯然後樂正雅頌乃得其所銑曰歷經應受聘問也衛魯二國名雅正也義事曰頌也　善曰論語子曰吾自衛反魯然後樂正雅頌各得其所修易序書制作春秋以記帝王之道向曰修易謂作十翼也序書謂作尚書五十八篇序而兼脩春秋　善曰論語讖曰自衛反魯刪詩書修春秋春秋元命苞孔子曰丘作春秋王道成也及夫子沒而微言絕七十二善本無二字子終善本作卒字而大義乖濟曰夫子孔子也沒死也微言要妙之言也七十二子謂孔子弟子達者之數也大義謂詩書禮樂之義也　善曰論語讖曰子夏六十四人共撰仲尼微言重遭戰國棄籩豆之禮理軍旅

文選四十三　三十九

之陳孔氏之道抑而孫吳之術興良曰遭遇也戰國謂七雄之時也籩豆禮器也二千五百人爲軍五百人爲旅陳謂行列之法孔子之道謂詩書禮樂也抑止也孫子吳起並著兵法術興起也　善曰論語曰衛靈公問陳於孔子孔子對曰俎豆之事則嘗聞之矣軍旅之事未之學也漢書曰孫子兵法八十二篇又曰吳起三十八篇陵夷至于暴秦焚經書殺儒士設挾書之法行是古之罪道術由此遂滅翰曰謂禮教頹毀也秦暴虐百姓故曰暴秦焚燒挾藏也秦法有藏書不燒及以古非今者皆族之賢聖之道由是滅亡　善曰漢書武帝制曰大道微缺陵夷至于桀紂之行作史記李斯曰臣請天下敢有藏詩書百家語者悉詣廷尉雜燒之以古非今者族又盧生爲始皇求仙藥亡去始皇大怒使御史按問諸生諸生犯禁者四百六十八人皆坑之咸陽漢興

去聖帝明王遐遠仲尼之道又絶法度無所
因襲時獨有一叔孫通略定禮儀銑曰聖帝謂堯舜也
明王謂三王也遐亦遠也襲亦因也叔孫通秦二世博士高祖定天下權制禮儀也善
曰漢書叔孫通曰臣願頗采古禮與秦儀雜就之上曰可天下唯有易卜
未有他書至於孝惠之世乃除挾書之律向曰
秦燒詩書惟以易卜筮不禁至漢惠帝除挾書律挾藏律法也善曰漢書曰秦燔書而
易為卜筮之事傳者不絶漢書曰孝惠四年除挾書律然公卿大臣絳
灌之屬咸介冑武夫莫以為意濟曰周勃封絳侯灌嬰
介冑兵器也言漢初公卿皆武夫軍旅之士莫有措意於經術也善曰楚漢春秋曰漢
已定天下論群臣破敵禽將活死不衰絳灌樊噲是也功成名立臣為爪牙世世相屬百
世無邪絳侯周勃是也然絳灌自一人非絳侯與灌嬰至孝文皇帝始
使掌故晁錯從伏生受尚書良曰掌故官名伏生秦博士也
秦伏生於壁中藏得尚書二十篇至漢初教於齊魯之間文帝使晁錯往受之善曰史
記曰伏生者濟南人也故為秦博士孝文聞伏生修尚書年九十餘老不能行詔太常掌
故晁錯往受之尚書初出於屋壁朽折散絶翰曰古書以竹
簡寫用繩連之故云朽折散絶善曰漢書曰秦燔書禁學濟南伏生獨壁藏之漢求已
失得二十九篇今其書見在時師傳讀而已詩始萌
芽天下衆書往往頗出皆諸子傳說猶廣立
於學官為置博士在朝之儒唯賈生而已銑曰
萌芽謂初始也衆書謂禮公羊春秋諸子孔子弟子學官博士也在朝之儒生有賈誼作

左傳訓詁為文帝博士也善曰賈生賈誼也至孝武皇帝然後鄒
魯梁趙頗有詩禮春秋先師皆出於建元之
間向曰鄒魯梁趙四國名鄒人慶忌受詩於浮丘伯梁人戴德受禮於后蒼賈誼為訓
詁授於趙人貫公先師謂前進者建元武帝年號也善曰漢書曰建元孝武皇帝年號
也當此之時一人不能獨盡其經或為雅或
為頌相合而成濟曰雅頌皆詩也雅以正事頌以讚事善曰成一經也
泰誓後得博士集而讀之良曰孝文末人有得泰誓於壁中者
獻之使博士會讀而傳之今泰誓篇也善曰七略曰孝武皇帝末有人得泰誓書於壁
中者獻之與博士使讀說之因傳以教今泰誓篇是也故詔書曰禮壞
樂崩書缺簡脫善本作脫簡字朕甚閔焉翰曰詔武帝詔也缺
斷脫誤閔憂也善曰禮稽命徵曰文王見禮壞樂崩道孤而無主時漢興已
七八十年離於全經固以遠矣銑曰全經謂未焚之時數
足也離此日遠也善曰服虔漢書注曰漢與秦相去七八十歲韋昭曰全經未焚書之
時也及魯恭王壞孔子宅欲以為宮善本有而字得
古文於壞壁之中逸禮有三十九篇書十六
篇天漢之後孔安國獻之遭巫蠱倉卒之難
未及施行向曰魯恭王景帝子也孔安國孔子後悉得壁中書獻之會武帝訊
戾太子巫蠱之事朝廷倉卒不及施行天漢武帝年號善曰漢書曰武帝末魯恭王壞
孔子宅欲以廣宮而得古文尚書及禮論語孝經孔安國者孔子後也悉得其書以考二
十九篇得多十六篇安國獻之遭巫蠱事未列于學官天漢武帝年號也及春秋

左氏丘明所修 良曰左姓也丘明名也善 曰漢書曰仲尼以魯周公之
國史官有法故有左丘 明觀其史記丘明作傳 皆古文舊書多者二
十餘通藏於祕府伏而未發孝成皇 善本無 皇字
帝閔學殘文缺稍離其真乃陳發祕藏校理
舊文得此三事以考學官所傳經或脫簡傳
善本無 傳字 或間 善本 作脫 編 濟曰通卷伏藏稍漸也 言漸缺落頗離真正也
校考也舊文古文也三事即尚書左傳逸禮 也間差也編比次也 善曰漢書曰劉向以
古文校歐陽大小夏侯三家經 文酒誥脫一簡召誥脫二簡 傳問人間則
善本 有字 有魯國桓公趙國貫公膠東庸生之遺
學與此同抑而未施 翰曰桓公貫公庸生皆 先進大儒也考校與此

文選四十三　四十二

古文三事同然抑止之未施行於世 善曰 七略曰禮家先魯有桓生說經頗異論語家
近琅邪王卿不審名及膠東庸生 皆以教然則庸生亦未詳其名也 此乃有識
者之所歎愍士君子之所嗟痛 善本有也字 銑曰歎愍嗟
痛皆惜其 不施行也 往者綴學之士不思廢絕之闕苟
因陋就寡分文析字煩言碎辭學者疲 善本 作罷
字 老且不能究其一藝 向曰綴緝陋隱也言 緝學之士不思闕失
但就隱少之中分析碎 辭使學者不成其才藝 信口說而背傳記是
末師而非往古至於國家將有大事 濟曰口 說末師
即鄒魯梁趙也傳記謂往古 文也大事謂封禪等事也 若立辟廱封禪
巡狩之儀則幽冥而莫知其原 良曰辟廱講 藝之所也封

謂封太山禪謂禪梁甫也巡狩 謂勞賚諸侯也冥暗原本也 猶欲保殘守
缺挾恐見破之私意而亡從善服義之公心
翰曰殘缺非古文也挾謂帶私情也恐立左 氏破其先師文義也亡無服用也言無從善
用義之 正心也 或懷疾妬不考情實雷同相從隨聲
是非 銑曰疾妬謂不欲立左氏也雷同謂雷 之發聲同時而應是非相同不別善惡
也善曰禮 記曰無雷同 抑此三學以尚書為不備謂左
氏不傳春秋豈不哀哉 向曰抑止也三學謂 劉歆欲立者當時學
者尚書唯有三十篇以為備矣不知有百篇 謂左氏傳別行不傳春秋如此豈不哀哉言
可哀也 善曰臣瓚漢書注曰當時學者 謂尚書唯有二十八篇不知本有百篇 今
聖上德通神明繼統揚業亦閔此文教錯亂

文選四十三　四十三

學士若茲雖深照其情猶依違謙讓樂與士
君子同之 濟曰上謂哀帝也統紀揚明也文 教謂經教也學士謂當時博士也
情謂有私意也依違謂不是非也言帝深 知其妬疾私情推讓賢士故因而不違也 故
下明詔試左氏可立否 善本作 不字 遣近臣奉旨
銜命將以輔弱扶微與二三君子比意同力
冀得廢遺今則不然 良曰言下詔令試左氏 可立不可立臣歆自謂
也微弱謂諸經有闕失者二三君子謂諸博 士言可心用功望得廢遺以補闕少今則不
然謂不 肯也 深閉固距而不肯試猥以不誦絕之
欲以杜塞餘道絕滅微學夫可與樂成難與
慮始此乃眾庶之所為耳非所望士君子也

翰曰猥頗也不誦絶之謂諸博士皆云不經習誦以杜塞論試也樂成謂事成則樂而從之慮謀也言如此者乃凡人耳非君子所當然也　善曰太公金匱曰夫人可以樂成難以慮始且此數家之事皆先帝所親論今上所考試善本作視字其善本有為字古文舊書皆有徵驗内外相應豈苟而已哉銑曰數家之事謂敘欲所立者先帝成帝也應當也言古文與時所行者相當豈為苟且而已夫禮失求之於野古文不猶愈於野乎向曰愈猶勝也言禮失其序尚求之於鄙野之人今取古文豈不勝求野人乎言勝也　善曰漢書班固曰仲尼有言禮失而求諸野徃者博士書有歐陽春秋公羊易則施孟濟曰歐陽生字伯和受尚書於伏生施讐孟喜言此二人善於春秋公羊易等　善曰漢書曰

文選四十三　四十四

歐陽生字和伯千乘人也事伏生又曰樂陵侯史高言穀梁子本魯學公羊氏乃齊學又曰施讐字長卿沛人也從田王孫受易又曰孟喜字長卿東海人也從田王孫受易然孝宣善本有皇字帝猶復廣立穀梁春秋梁丘易大小夏侯尚書良曰穀梁子名赤梁丘賀字長翁夏侯勝之先始從張生之受尚書後族子始昌傳勝故書有小大夏侯之學也　善曰漢書曰梁丘字長翁琅邪人也從京房受易又曰夏侯勝從濟南伏生受尚書勝傳從兄子建建又事歐陽高由是尚書有大小夏侯之學義雖相反猶並置之何則與其過而廢之寧與善本無與字過而立之傳曰文武之道未墜於地在人賢者志其大者不賢者志其小者向曰言諸家雖義理相反而並置者寧失於存也墜落也言文武之道未落於地在於人也志記也謂使賢愚各盡其分　善曰論語子貢曰文武之道未墜於地在人賢者識其大者不賢者識其小者今此數家之言所以兼包大小之義豈可偏絶哉若必專已守殘黨同門妬道真違明詔失聖意以陷於文吏之議甚為二三君子不取也銑曰包含也守殘謂諸生守殘缺之業黨助也同門曰朋道真謂古文也陷墜也言違詔書當使刀筆之吏議其罪不取謂不可也

北山移文一首

孔德璋向曰蕭子顯齊書云孔稚珪字德璋會稽人也少涉學有美譽仕至太子詹事鍾山在郡北其先周彦倫隱於此山後應詔出

文選四十三　四十五

為海鹽縣令欲却過此山孔生乃假山靈之意移之使不許得至故云北山移文　善曰蕭子顯齊書曰孔稚珪字德璋會稽人也少涉學有美譽州舉秀才解褐宋安成王車騎法曹行參軍稍遷至太子詹事卒

鍾山之英草堂之靈濟曰蔣子文自謂青骨死當為神後吴王為立祠於鍾山下因改山為蔣山也昔蜀有法師居於草堂寺及東歸至此謂彼林泉之美乃於此山南作草堂以擬焉英靈二神也　善曰梁簡文帝草堂傳曰汝南周顒昔經在蜀以蜀草堂寺林壑可懷乃於鍾嶺雷次宗學館立寺因名草堂亦號山茨馳煙驛路勒移山庭夫以耿介拔俗之標蕭灑出塵之想良曰驛傳也謂山之英靈驅馳煙霧刻移文於山庭也耿介謂執節之士也拔

出也蕭灑脫落也善曰楚辭曰獨耿介而不隨孫盛晉陽秋曰呂安志量開廣有拔俗
風氣莊子曰孔子彷徨塵垢之外逍遙無爲之業度白雲善本作雪字以
方絜千青霄善本作雲字而直上吾方知之矣翰曰
隱者之志清高也絜清干觸也方知之言有如此也善曰孟子曰白雪之白也猶白玉
之白也子虛賦曰上干青雲若其亭亭物表皎皎霞外芥
千金而不盻屣萬乘其如脫銑曰亭亭高聳皃表外也物表
霞外言志高遠也芥草也千金萬乘俗皆貴之此高絜之人視之如草芥脫屣而已言輕
也善曰爾雅曰芥草也史記曰秦軍引去平原君乃置酒酒酣起前以千金爲魯連壽
魯連笑曰所貴於天下之士者爲人排患釋難解紛而不取也即有取者是商賈之事而
連不忍爲也遂辭平原君而去淮南子曰堯年衰志閔舉天下而傳之舜猶却行而脫屣

文選四十三　四十六

也許愼曰言其易也劉熙孟子注曰屣草屨可屨聞鳳吹於洛浦值
薪歌於延瀨固亦有焉向曰周靈王太子晉吹笙作鳳鳴游於伊
洛之間蘇門先生游於延瀨見一人採薪謂之曰子以終此乎薪人曰吾聞聖人無懷以
道德爲心何怪乎而爲哀也遂爲歌二章而去言有堅固如此 善曰列仙傳曰王子喬
周宣王太子晉也好吹笙作鳳鳴遊伊雒之間薪歌延瀨未聞豈有善本作期字
終始參差蒼黃翻覆淚翟子之悲慟朱公之
哭濟曰參差不一也翻覆不定也翟墨翟朱楊朱墨子見練絲而泣之曰可以黃可以
黑楊朱見歧路而哭之曰可以南可以北言周子無一定之志故舉此二人悲哭以譏之
善曰終始參差歧路也蒼黃飜覆素絲也翟墨翟也朱楊朱也淮南子曰楊子見歧路而
哭之爲其可以南可以北墨子見練絲而泣之爲其可以黃可以黑高誘曰閔其別與化

也乍迴跡以心染或先貞而後黷何其謬哉
良曰乍蹔也言周顒迴跡向山中而心猶染於俗也貞正黷垢謬誑也 善曰蕭頡篇
曰黷垢也嗚呼尚生不存仲氏既往山阿寂寥千
載誰賞翰曰嗚呼歎辭尚長字子平男女嫁娶訖便隱而不出仲長統嘗歎曰若
得背山臨水游覽平原此即足矣何爲區區於帝王之門哉言此二人無使山阿空虛千
載已來無人賞樂 善曰尚子平也已見上文范曄後漢書曰仲長統字公理山陽人
也性俶儻默語無常每州郡命召輒稱疾不就世有周子儁俗之士
既文既博亦玄亦史然而學遁東魯習隱南
郭銑曰周子謂彥倫也儁俗中之儁士也愽大通也玄謂莊老之道也史謂文多質
少也東魯謂顏闔也南郭子綦也言顒無本性但習學此二人之隱遁也 善曰蕭子顯

文選四十三　四十七

齊書曰周顒字彥倫汝南人也釋褐海陵國侍郎元徽中出爲剡令建元中爲長沙王後
軍參軍山陰令還國子博士卒於官莊子曰魯君聞顏闔得道人也使人以幣先焉
闔守陋閭使者至曰此顏闔之家與顏闔對曰此闔之家使者致幣顏闔對曰恐聽謬而
遺使者罪不若審之使者反審之復來求之則不得已又曰南郭子綦隱机而坐仰天答
然似喪其偶郭象曰答焉解體若失其配匹也荅土合切竊吹草堂濫巾
北岳向曰竊盜濫僭也南郭處士盜居吹竽之位巾隱者之服也北岳即北山也言
顒盜居草堂僭服幅巾有如南郭濫吹竽也 善曰偶吹即齊竽也偶匹對之名巾隱者之
飾東觀漢記曰江革專心養母幅巾屣屩誘我松桂欺我雲壑雖
假容於江皐乃纓情於好爵濟曰誘謂引誘也欺誑也言雖
假其容貌於江澤然纓情志好於爵祿也 善曰楚辭曰將馳騖兮江皐周易曰我有好

爵吾與爾靡之其始至也將欲排巢父拉許由傲百
氏蔑王侯風情張去日霜氣橫秋或歌善本作歎
字幽人長往或怨王孫不游良曰排推也巢父許由隱者之
最也百氏謂百家諸子也王侯爵之貴也拉折也傲蔑皆輕也張大橫蓋也幽人王孫隱
者之稱慕其長往故歌之疾其不遊故怨之言顯切至如此　善曰周易曰幽人貞吉西
征賦曰悟山潛之逸士卓長往而不反楚辭曰王孫遊兮不歸春草生兮萋萋談空
空於釋部覈胡革玄玄於道流翰曰空空以明空也釋部謂
佛經也覈考也玄玄謂玄之又玄也道流謂老子也　善曰蕭子顯齊書曰顯沉族百家
長於佛理者三宗論無善老易釋部內典也漢書曰道家者流出於史官曆記成敗存亡
禍福古今之道也務光何足比涓子不能儔銑曰務光涓子

文選四十三　四十八

皆古之隱者比方儔匹也　善曰列仙傳曰務光者夏時人之耳長七寸好琴服蒲韭根
殷湯伐桀因光而謀光曰非吾事也湯得天下已而讓光光遂負石沉寥水而自匿列仙
傳曰涓子者齊人也好餌朮隱於宕山能風及其鳴騶入谷鶴書
赴隴向曰騶使乘也鶴書謂鶴頭書古者用之以招隱士也隴山陵也　善曰如淳
漢書注曰騶馬以給騶使乘之臧榮緒晉書曰騶六人蕭子良古今篆隸文體曰鶴頭書
與偃波書俱招板所用在漢則謂之尺一簡髣髴鵠頭故有其稱形馳魄散
志變神動爾乃眉軒席次袂聳筵上焚芰其義
製而裂荷衣抗塵容而走俗狀濟曰言辭書既至則神魂
動散也軒舉也舉眉謂喜也次側也袂衣袖也袂聳謂將臂也芰製荷衣隱者之服言孝
焚裂之舉騁塵俗之容狀抗舉走騁也　善曰楚辭曰製芰荷以為衣集芙蓉而為裳　王

逸曰制衣裁也風雲悽其帶憤石泉咽而下愴望林
巒而有失顧草木而如喪至其紐金章綰墨
綬翰曰悽愴憤咽皆愁怒貌言此等雖無情見山人去亦如有喪失而怨怒也　良曰
紐繫綰貫也金章銅印也銅章墨綬縣令之章飾也　善曰金章銅印也漢書曰萬戶以
上為令秩千石至六百石又曰秩六百石已上皆銅印墨綬跨屬城之雄
冠百里之首張英風於海甸馳妙譽於浙右
銑曰跨越也管州之城為屬城言越眾城而為縣宰之稱首也英風妙譽皆義聲也海甸
言所理邑近海而在浙江之右也　善曰蔡邕陳留太守行縣頌曰府君勸耕桑于屬縣
漢書曰縣大率百里阮籍詠懷詩曰英風截雲霓字書曰江水東至會稽山陰為浙右
道帙長擯善本作殯字法筵久埋敲扑普本諠囂犯

文選四十三　四十九

其慮牒訴倥孔偬摠裝其懷向曰帙書衣也擯棄也敲扑謂
打人聲也牒文牒也訴告也倥偬繁偪貌言道書講席久從棄埋而聽訟通於懷抱也
善曰過秦曰執敲扑以鞭笞天下楚辭曰悲余生之無歡兮愁倥偬於山陸王逸曰倥偬
困苦也琴歌既斷酒賦無續常綢繆於結課每
紛綸於折獄濟曰琴歌酒賦皆逸人之務言今斷絕無續也綢繆親近也紛
綸眾多之貌結課考第也折獄謂審刑書也　善曰董仲舒集七言琴歌二首西京雜記鄒
陽酒賦廣雅曰課第也然今考第為課也尚書王曰哀敬折獄明啓刑書籠張趙
於往圖架卓魯於前籙音錄良曰張敞趙廣漢俱為京兆尹有
名望魯恭卓茂咸善為令言將崇樹風猷以籠架之　善曰漢書曰張敞字子高稍遷至
山陽太守又曰趙廣漢字子都涿郡人也為陽翟以化行尤異遷京輔都尉范曄後漢

書曰卓茂字子康南陽人也遷密令視人如子吏人親愛而不忍欺又曰魯恭字仲康扶風人也拜中牟令螟傷稼犬牙緣界不入中牟希蹤三輔豪馳聲九州牧翰曰渭城以西為右扶風長安以東為京兆長陵以北為左馮翊此謂三輔也秩皆二千石牧長也言希跡以及之馳聲以過之也善曰漢書曰內史武帝更名京兆尹左內史更名左馮翊主爵中尉更名右扶風是為三輔左氏傳王孫滿曰夏之方有德也貢金九牧杜預曰九州之牧貢金也使我高霞孤映明月獨舉銑曰我謂鍾山神所稱也言霞月徒映無人賞玩也善曰成公綏鷹賦曰陵高霞而軒舉青松落蔭白雲誰侶磵户善本作礀石字摧絕無與歸石逕荒涼徒延佇向曰摧絕破壞也荒涼蕪穢也言山人之去松蔭零落白雲無與為偶不復更歸徒為延望也至於還飈入幕

文選四十三　五十

寫霧出楹蕙帳空兮夜鶴善本作鵠字怨山人去兮曉猿善本作猨字驚昔聞投簪逸海岸今見解蘭縛塵纓翰曰飈風窮吐楹柱也蕙香草山人葺以為帳此因山言之故託猿鶴以寄怨驚也投棄也謂疏廣棄官而歸東海也幽人佩蘭故云解蘭縛繫也塵纓世事也善曰投簪疏廣也東海人故曰海岸也摯虞徵士胡昭贊曰投簪卷帶韜聲匿迹蘭蘭佩也於是南岳獻嘲北隴騰笑列壑爭譏攢峰竦誚慨游子之我欺悲無人以赴吊良曰南謂南山也嘲調也隴亦山也騰起竦上誚譏也言皆譏笑此山初容此人也慨歎也游子謂周顒也欺誑弔問也言山為周顒所誑情懷所喪而無人相問也善曰禮記曰凢計於其君之臣曰某死鄭玄曰計或作赴至也故其林慙無盡澗愧

不歇秋桂遣風春蘿罷月騁西山之逸議馳東皋之素謁翰曰託林澗以申其愧也風月所以滋松桂之美言今無人故遣罷之馳騁宣布也逸議謂隱逸之議皋澤也素貧素之交謁告也謂布告於人使知也善曰馳騁猶宣布也逸議也素謂貧素之謁也史記伯夷叔齊詩曰登彼西山兮采其薇矣阮籍奏記曰將耕東皋之陽雜徑集訓張長史詩曰同貧清風館共素白雲室杜預左氏傳注曰謁告也謂告語於人亦談議之流今又促裝下邑浪栧翊制上京雖情投於魏闕或假步於山扃銑曰促迫也下邑謂山陰也浪鼓也栧棹也言山陰秩滿因向京而過山也上京建業也魏闕朝廷也扃山門也言顒情實在朝廷而假跡於此山門善曰楚辭曰漁父鼓栧而去王逸曰船舷也浪猶鼓也韋昭漢書注曰栧檝也呂氏春秋曰中山公子牟謂詹子曰

文選四十三　五十一

身在江湖之上心居魏闕之下高誘曰魏闕象魏也說文曰扃外閉之關也豈可使芳杜厚顔薜荔無恥碧嶺再辱丹崖重滓塵遊躅於蕙路汙淥池於善本作以字洗耳向曰芳杜薜荔皆香草言豈可使芳草懷恥愧以相見崖嶺再被滓穢更以俗跡塵點我蕙草之路汙濁我洗耳之池也善曰皇甫謐高士傳曰巢父聞許由為堯所讓也以為汙乃臨池而洗耳宜扃岫幌掩雲關斂輕霧藏鳴湍截來轅於谷口杜妄轡於郊端濟曰扃閉也岫幌山窻也雲關謂以雲為關鍵斂霧使無聞見也來轅妄轡謂周顒之車乘也谷口郊端山之外也恐其親近故遠杜絕之於是叢條瞋膽疊頴怒魄或飛柯以折輪乍低枝而掃跡請迴俗士駕為君謝

逋容良曰條木枝也穎草穗也言條穗瞋怒掌折顛之輪掃去其跡也俗士逋容謂顛也謝去也又言草木謂爲山靈除去之不許來也 善曰孔安國尚書傳曰逋亡也晉灼漢書注曰以辭相告曰謝

文選卷第四十三

文選四十三　五十二

檄

文選

四十四

文選卷第四十四

梁昭明太子撰　　五臣并李善注

檄

司馬長卿喻巴蜀檄一首

陳孔璋為袁紹檄豫州一首

檄吳將校部曲文一首

鍾士季檄蜀文一首

司馬長卿難蜀父老一首

喻巴蜀檄一首 善曰漢書曰相如為郎數歲會唐蒙使略通夜郎僰中發巴蜀吏卒千人郡又多為發轉漕萬餘人用軍興法誅其渠率巴蜀人大驚恐上聞之乃遣相如責唐蒙等因喻告巴蜀人以非上之意也

文選四十四　一

司馬長卿 翰曰檄皎也喻彼使皎然知我情也此周末時穆王令祭公謀甫為威讓之詞以責狄人之情此檄之始也唐蒙通夜郎發巴蜀吏卒臣軍興法誅其渠帥巴蜀大驚上聞之使相如作此檄以責唐蒙因喻巴蜀人以非上本意之事也

告巴蜀太守蠻夷自擅不討之日久矣時侵犯邊境勞士大夫陛下即位存撫天下安集中國然後興師出兵北征匈奴單于怖駭交臂受事屈膝請和 銑曰蠻夷外國之通名擅專也不討謂不征伐日久

而侵犯邊境勞士大夫征討也陛下謂武帝也存恤撫安也單于匈奴君也怖恐駭驚也交臂拱手也屈膝拜也和謂降服也善曰戰國策張儀曰儀交臂而事齊楚也康居西域重譯納貢稽首善本作顙字來享向曰康居國名重譯傳易其言納貢獻於中國也稽顙首至地也享亦獻也善曰禮記王制曰五方之人言語不通北方曰譯說文曰譯傳也傳四夷之語也漢書西域傳曰康居國去長安萬二千三百里春秋說題辭曰盛德則感越重譯禮記孔子曰拜之而後稽顙毛詩曰自彼氐羌莫不來享爾雅曰享獻也移師東指閩越相誅右弔番禺太子入朝良曰閩越南夷國名也相誅謂自相誅殺而降也弔問罪也番禺南越王遣太子嬰齊入宿衛也善曰文頴曰弔至也番禺南海郡縣治也東越後至番禺故言右也顔師古曰南越為東越所伐漢以兵救之南越蒙天子德惠故遣

太子朝所以云弔也非誅至也太子即嬰齊也閩越地名也越有三此其一也南夷之君西僰蒲北犍善本無犍字之長常效貢職不敢惰怠良曰僰犍謂蠻夷名長君效具墮怠傲慢也善曰言君者大之也文頴曰犍為縣論語撰考讖曰穿胸儋耳莫不貢職延頸舉踵喁喁然皆響風慕義欲為臣妾翰曰踵足也喁喁眾口向上之貌言蠻夷之人皆喁喁然向國家風義願為臣妾善曰呂氏春秋曰聖人南面而立天下皆延頸舉踵矣論語秦王受命讖曰莫不喁喁延頸歸德論語撰考讖曰遠都殊域莫不向風又曰孺悲欲見鄉黨慕義史記張良曰百姓莫不嚮風慕義願為臣妾道里遼遠山川阻深不能自致夫不順者已誅而為善者未賞故遣中郎將往賓之濟曰中郎將謂唐蒙令賓服也善曰鄭

玄禮記注曰致之言至也呂氏春秋曰先王之法為善者賞為不善者罰古之道也中郎將即唐蒙也發巴蜀之士各五百人以奉幣帛衛使者不然良曰幣帛和戎之貨也衛護也不然謂不意之變也善曰張揖曰不然之變也靡有兵革之事戰鬬之患今聞其乃發軍興制翰曰靡無也言其意不許為兵戰之事患也發軍興制謂起軍法誅將帥也善曰張揖曰發三軍之眾也興制謂起軍法制誅將帥也驚懼子弟憂患善本作患字長老郡又擅為轉粟運輸皆非陛下之意也銑曰擅專也言唐蒙自專而為轉運非上本意也當行者或亡逃自賊殺亦非人臣之節也向曰當行者謂巴蜀人唐蒙黜征者也自賊殺自相劫奪也夫邊郡之士聞烽舉

燧燔皆攝寧牒弓而馳荷兵而走濟曰烽燧舉火以警候者也燔燒攝持也兵矛戟之屬善曰張揖曰晝舉烽夜燔燧攝謂張弓注矢而持之也攝奴頰切流汗相屬唯恐居後觸白刃冒流矢議不反顧計不旋踵人懷怒心如報私讎彼豈樂死惡生非編列之民而與巴蜀異主哉良曰言邊郡之士觸刃冒矢不轉足者失志陷陣也讎仇也編列謂編戶齊民也異主哉言與巴蜀人不異主也善曰編列謂編戶也淮南子曰編戶齊民計深慮遠急國家之難而樂盡人臣之道也故有剖符之封析珪而爵翰曰言能急國家之難故得剖符受封生則榮貴死則忠節析分也珪玉也善曰如淳曰析中分也白藏天子青在諸侯位為通侯處

列東第翰曰第次也西為尊東為下言為通侯列在天子之下次　善曰東第甲
宅也居帝城之東故曰東第張揖曰列東第在天子下方終則遺顯號於
後世傳土地於子孫行事甚忠敬居位甚安
逸名聲施於無窮功烈善本作列字著而不滅是
以賢人君子肝腦塗中原膏液潤野草而不
辭也向曰號謂王侯之號也行用也言國家重功臣厚爵賞故賢人君子用命至死
而不辭也腦髓也膏脂也　善曰春秋考異郵曰枯骸收胲血膏潤草胲古才切今
奉幣後至南夷即自賊殺或亡逃抵丁禮誅濟曰
南夷謂夜郎也抵觸言自為賊殺觸我兵之誅也　善曰抵至也亡逃而至於誅也一曰
逃亡被誅而抵拒於誅也如淳曰抵其罪而誅戮之也一曰誅者亡不肯受誅也身

文選四十四　四　一

死無名謚為至愚良曰謚者行之跡言盜賊而死故謚為至愚之人也
善曰無名言無善名也謚猶號也恥及父母為天下笑人之
度量相越豈不遠哉翰曰言巴蜀之人不立忠節身被誅戮恥及父
母也與此立功之人相去遠也　善曰春秋合誠圖曰君殺妻誅為天下笑然此
非獨行者之罪也父兄之教不先子弟之率
不謹寡廉鮮恥而俗不長厚也其被刑戮不
亦宜乎陛下患使者有司之若彼悼不肖愚
民之如此故遣信使銑曰獨行謂逃亡者也言非逃亡者之罪亦父
母之教不至而子弟不修謹又不崇廉厚之風誅戮亦宜矣有司謂唐蒙也悼傷也愚人
謂巴蜀之人也　善曰誠信之使也曉喻百姓以發卒之事因

數之以不忠死亡之罪讓三老孝悌以不教
誨之過向曰曉明喻告也言明告百姓發卒奉幣和戎之事也數讓皆責也景帝
時郡置者年有德者三人以為三老以教人孝悌也　善曰漢書景帝詔曰置三老孝悌
以道民焉方今田時重煩百姓已親見近縣濟曰重慎
煩擾也言農時煩擾百姓已親見此相如自請也近縣近蜀之縣也　善曰重難也不欲
召聚之張揖曰檄以示巴蜀城旁近縣恐遠所谿谷山澤之民
不徧聞檄到亟下縣道善曰亟急也漢書曰縣有蠻夷曰道使
咸喻陛下之意無忽良曰亟急咸皆忽輕也言恐山谷之人不徧聞
可急下檄書告之使皆知非天子之意忽輕也

為袁紹檄豫州一首善曰魏氏春秋曰袁紹伐許乃檄州郡

文選四十四　五

陳孔璋翰曰琳避難冀州袁本初使典文章作此檄以告劉備言
曹公失德不堪依附宜歸本初也後紹敗琳歸曹公曹公曰卿昔為
本初移書但可罪狀孤而已何乃上及父祖邪琳謝罪曰矢在絃上
不可不發曹公愛其才不責之　善曰魏志曰琳避難冀州袁紹使
典文章袁氏敗琳歸太祖太祖曰卿昔為本初移書但可罪狀孤而
已惡惡止其身何乃上及父祖耶琳謝罪太祖愛其才而不咎
左將軍領豫州刺史郡相國善本作國相字守銑曰刺史
劉備也相國謂為侯王相國也守郡守也　善曰蜀志曰先主歸陶謙謙表先主為豫州
刺史後歸曹公曹公表為左將軍蓋聞明王善本作主字圖危以

制變忠臣慮難以立權是以有非常之人然後有非常之事有非常之事然後立非常之功向曰圖度權勢也言古明君皆度其危亡思其險難因事立勢以成其賢聖之功也非常之人謂賢聖也善曰難蜀父老曰世必有非常之人然後有非常之事有非常之事然後有非常之功夫非常者故非常人所擬也曩者彊秦弱主趙高執柄專制朝權威福由己時人迫脅莫敢正言終有望夷之敗濟曰擬度也言非常之事則非常乎之人能度之強暴也弱主二世也趙高秦相也柄國之機要也威福賞罰也迫脅怕懼也言百姓懼高之威皆不敢正言於君也望夷秦宮名趙高使閻樂殺二世於此宮也善曰史記曰秦二世夢白虎嚙其左驂馬殺之問占夢卜涇水為祟二世乃

文選四十四　六

齋望夷宮欲祠涇水使使責讓趙高以盜事高懼乃陰與其女婿咸陽令閻樂數二世二世自殺張華曰望夷宮在長安西北長平觀故臺處是臨涇水作之以望北夷也漢書曰王氏浸盛羣下莫敢正言祖宗焚滅汙辱至今永為世鑒及臻呂后季年產祿專政內兼二軍外統梁趙擅斷萬機決事省禁下陵上替海內寒心良曰緊戒臻至季末也呂產為相國封梁王弟祿拜將軍封趙王擅專萬機皆專斷於己也陵犯替廢也海內國內也寒心謂痛心也善曰漢書曰張辟彊謂丞相陳平請拜呂台呂產為王將兵居南北軍丞相如辟彊計太后臨朝以呂侯子台為呂王台弟產為梁王建成侯釋之子祿為趙王呂后崩將軍祿相國產顓兵秉政韋昭國語注曰季末也左氏傳閔子騫曰下陵上替能無亂乎高誘曰寒心戰鼻於是絳侯朱虛

興兵奮怒誅夷逆暴尊立太宗故能王道興隆光明融顯善本作融字此則大臣立權之明表也銑曰漢道興盛而明長者是周勃等權計之儀表也紹為此言亦將為權道以匡漢室也善曰漢書曰產祿因謀作亂齊悼惠王子朱虛侯章在京師知其謀使人告兄齊王令發兵章欲與太尉勃內應以誅諸呂又曰呂祿呂產欲作亂朱虛侯章與太尉勃等誅之大臣乃謀迎代王代王立是為孝文皇帝明表謂明白之表儀也司空曹操祖父中常侍騰與左悺縮徐璜並作妖孽饕餮放橫傷化虐民向曰曹騰操祖桓帝時位加特進與小黃門左悺中常侍徐璜同作妖妄取媚於君為貪亂之行以殘化害人饕餮貪也善曰司馬彪續漢書曰曹騰字季興少除黃門桓帝即位加特進范曄後漢書曰左悺河南人也為小

文選四十四　七

黃門徐璜下邳人也為中常侍左氏傳史克曰縉雲氏有不才子天下之人謂之饕餮山海經曰鉤吾山有獸羊身人面其口腋下齒人爪其音如嬰兒名曰狍鴞是食人郭璞云為物貪惏食人未盡還害其身像在禹鼎左氏傳所謂饕餮者也狍音咆父嵩乞匄蓋携養因贓假位輿金輦璧輸貨權門濟曰操父嵩本夏侯氏之子騰無子乞養之匄乞也贓賄賂也輿輦車也權勢也靈帝時賣官言嵩以車載貨寶以輸勢門而官至太尉善曰魏志曰曹騰養子嵩官至太尉莫能審其生本末司馬彪續漢書曰嵩字巨高說文曰匄乞也古賴切漢書曰息夫躬交遊貴戚趨走權門為名竊盜鼎司傾覆重器良曰鼎司謂司空非才而居此位故云竊也重器謂天子政教也言傾覆天子政教善曰周易曰鼎金鉉鄭玄尚書注曰鼎三公象也文子老子曰天下之大器也操贅職納閹遺醜本無

令善本作懿字德翰曰贅餘肉著身也閹宦人也令善也贅猶屬也閹謂騰也言
操是如此種類元無善德以及於人也善曰贅謂假相連屬也莊子曰附贅懸肬紆贅
肬假肉也贅之銳切肬音尤僄匹妙狡鋒協好亂樂禍幕府
董統鷹揚掃除凶逆銑曰僄劫狡健也言操性與兵器相合故好樂
禍亂向曰幕府謂紹也董督也鷹鷙鳥也言紹督理鷙鳥掃除閹宦也凶逆即閹宦也
善曰魏志曰大將軍何進與紹謀誅諸閹宦進被殺紹遂勒兵捕諸閹入無少長皆殺之漢
書音義曰衛青征匈奴大克獲帝就拜大將於幕中因曰幕府續遇董卓侵
官暴國濟曰續相連也侵官謂冒官也暴國謂卓遷獻帝於西京善曰董卓已
見西征賦左氏傳欒鍼請欒書曰侵官冒也失官慢也於是提劍揮鼓
發命東夏收羅英雄棄瑕取用良曰提攜鼓奮也初卓命

紹欲襲帝紹因橫刀長揖而出奔冀州卓乃拜紹勃海太守因舉勃海之衆以攻卓東夏
即勃海也收羅謂采訪賢才棄瑕釁而取其能者善曰魏志曰董卓呼紹欲廢帝紹不
應橫刀長揖去遂奔冀州卓因拜紹勃海太守紹遂以勃海起兵將以誅董卓故
遂與操同諮合謀授以裨脾帥善本作師字謂其
鷹犬之才爪牙可任翰曰諮議裨偏也紹表操爲兗州刺史授以偏
師與同議合謀欲匡復漢室者謂其有鷹犬將搏擊之能可爲爪牙之任也言鷹犬以比
操也善曰裨師偏師也漢書衛青傳曰裨將及校尉侯者九人謝承後漢書陳龜表曰
臣累世展鷹犬搏擊之用至乃愚佻短略輕進易退銑曰佻無
略法也言操輕薄少有法度也善曰字書曰佻輕也勅聊切傷夷折衄女六
數喪師徒向曰夷傷衄縮也師徒衆也幕府輒復分兵命

銳修完補輯表行東郡太守善本無太守字領兗州
刺史濟曰輒專銳精完全也言操數喪師旅而紹專以精兵修輯之而又表天子
令操領東郡太守也善曰謝承後漢書曰袁紹以曹操爲東郡太守劉公山爲兗州公
山爲黃巾所殺乃以操爲兗州刺史被以虎文獎蹙子六威柄向曰
獎勸也言操實羊質而被虎文者乃紹蓋勸蹙以成威福之柄善曰被以虎文則羊質
虎文也法言曰或問質曰羊質而虎皮見草而說見豺而戰魏志作獎蹙成也言獎成
其威也柄也冀獲秦師一克之報翰曰秦將孟明氏數敗秦師穆公不
罪遂得敗晉以報秦故云一克之報言操數敗我不以爲罪者亦冀操一克之報善曰
左氏傳曰秦孟明帥師伐晉晉侯禦之秦師敗績又曰秦伯伐晉濟河焚舟取王官及郊
晉人不出遂霸西戎用孟明也而操遂承資跋扈肆行凶忒

銑曰跋扈謂倔強也肆縱忒惡也善曰謝承後漢書曰操得兗州兵衆強盛內懷反紹
意毛詩曰無然畔換鄭玄曰畔換猶跋扈也西京賦曰睢盱跋扈賈逵國語注曰肆恣也
孔安國尚書傳曰忒惡也割剝元元殘賢害善向曰割剝殘害也元
元謂衆人也殘害殺戮也善曰太公金匱曰天道無親常與善人今海內陸沈於殷久
矣何乃急急於元元哉高誘戰國策注曰元元善也張奐與屯留君書曰氣厲流行傷賢
害善故九江太守邊讓英才俊偉天下知名直
言正色論不阿諂身首被梟懸之誅妻孥受
灰滅之咎濟曰偉奇阿曲也斬首懸之曰梟孥子也操爲兗州邊讓言議頗侵
於操操殺讓而族其家故云灰滅也善曰魏書曰太祖在兗州陳留邊讓言議頗侵太
祖太祖殺讓族其家臣瓚漢書注曰懸首於木曰梟尚書曰余則孥戮汝自是士

林憤痛民怨彌重一夫奮臂舉州同聲良曰林言多也憤怒奮舉也言士人怒怨舉手同聲皆欲討之　善曰林喻多也司馬遷書曰列於君子之林孔安國尚書傳曰民咨胥怨史記武臣曰陳王奮臂為天下唱始周易曰同聲相應故躬破於徐方地奪於呂布彷徨東裔蹈據無所翰曰操為徐州刺史陶謙所破又與呂布戰於濮陽為布所敗而走故云地奪也彷徨驚貌蹈踐據依也言無所依踐也　善曰魏志曰陶謙為徐州刺史太祖征謙糧少引軍還又曰太祖與呂布戰於濮陽太祖軍不利幕府推善本作惟字彊幹弱枝之義且不登叛人之黨翰曰幹本喻君也枝喻諸侯也登成也叛人謂呂布也言我欲強君而弱諸侯故不成呂布之強也　善曰叛人謂呂布也漢書曰徙二千石高貲富人豪傑并兼之家於諸陵蓋亦以強幹弱枝非為奉山園也左氏傳曰圍宋彭城非宋地也於是為宋討魚石故稱宋且不登叛人故復援旌擐甲席卷起征金鼓響振布衆奔沮慈與反　向曰援引擐貫金鉦沮壞也言紹聞操敗引軍擊布破之軍衆奔壞也　善曰紹征呂布諸史不載蓋史略也左氏傳曰擐甲執兵杜預曰擐貫也胡慢切春秋握誠圖曰諸侯米散席卷各爭恣妄漢書曰膠西王叩頭漢軍壁弓高侯執金鼓見之拯其死亡之患復其方伯之位則幕府無德於兖土之民而有大造於操也濟曰拯救也死亡之患謂遣呂布之亡破也復反也方伯謂兖州刺史也無德於兖土之人謂已舉操為兖州而操害賢善也造恩也有大恩謂救之　善曰謝承後漢書曰操圍呂布於濮陽為布所破投紹紹哀之乃給兵五千人還取兖州說文曰拯上舉也左氏傳呂相絶秦曰秦師克還無害則是我有

文選四十四　十

大造於西也後會鑾駕反旆羣虜寇攻良曰鑾駕天子車也旆車飾也魏志曰時董卓從天子都長安後揚奉韓暹以天子還洛陽也羣虜則董卓韓暹也寇盜也　善曰都長安後韓暹以天子還雒陽時冀州方有北鄙之警匪遑離局翰曰時公孫瓚出軍屯槃阿遂舉兵攻紹紹時為冀州刺史入衆悉叛紹降瓚大破紹軍鄙邊邑也遑暇也局部分也　善曰魏志曰冀州牧韓馥以冀州讓紹紹遂領冀州謝承後漢書曰公孫瓚非紹立劉伯安歛其衆攻紹禮記曰各司其局鄭玄曰局部分也故使從事中郎徐勛就發遣操使繕修郊廟翊衛幼主操便放志專行脅遷當御省禁銑曰鬼神所居曰廟翊輔衛護也幼主謂獻帝也脅劫遷移也當御謂萬事自當理之不令上知也省亦禁也　善曰魏志曰天子還洛陽太祖遂至洛陽衛京師脅遷謂迫脅天子而遷徙也卑侮王室敗法亂紀坐領三臺專制朝政向曰侮輕紀網也領統領也三臺謂中臺外臺憲臺也制斷也　善曰家語孔子曰是謂壞法亂紀也應劭漢官儀曰尚書為中臺御史為憲臺謁者為外臺爵賞由心刑戮在口所愛光五宗所惡滅三族濟曰由心不論勲賢也在口不依法令也五宗謂上至高祖下至玄孫也三族父族母族妻族言操之暴如此　善曰宗亦族也漢書徐自為曰古有三族而王溫舒罪至同時而五族乎家語曰宰予為臨菑大夫與田常之亂夷三族也羣談者受顯誅腹議者蒙隱戮良曰羣談謂議朝政者腹議謂口不言而心惡之者隱戮謂託別事而誅之　善曰漢書曰上既造白鹿皮幣令下顏異不應反脣張湯奏異腹非論死自是之後有腹非之法百寮鉗口道路以目

文選四十四　十一

翰曰寮官也鉗閉也言百官畏法不敢言時政道路之人但以目相視而已善曰莊子
曰鉗墨翟之口史記曰周厲王行暴虐侈傲國人謗王王怒得衛巫使監謗者以告則殺
之國人莫敢言道路以目鉗其嚴切尚書記朝會公卿充員品
而已銑曰尚書掌朝會之法也諸侯時見曰會言公卿不敢論時政但具員品故
太尉揚善本作揚字彪典歷二司享國極位操因
緣眦柴解睚五解被以非罪楚榜善本作榜楚字參并五
毒備至觸情任忒不顧憲網向曰彪代董卓為司空又代黃
琬為司徒故云歷二司也時袁術作亂操託彪與術婚姻誣以欲圖廢置奏下獄劾以大
逆眦睚目貌楚檟榜笞也參并謂兼也五毒謂五刑備具也忒惡也言用兼五刑觸情
任為毒惡不顧其法律也善曰范曄後漢書曰彪字文先代董卓為司空又代黃琬為

文選四十四　十二

司徒時袁術僭亂操託彪與術婚姻誣以欲圖廢置奏收下獄劾以大逆漢書曰王莽誅
翟義夷滅三族皆至同坑以五毒參并葬之如淳曰野葛狼毒之屬韓詩外傳曰不肯者
觸情縱欲又議郎趙彥忠諫直言義有可納是以
聖朝含聽改容加飾操欲迷奪時明杜絕言
路擅收立殺不俟報聞濟曰迷惑杜塞擅專也言操將惑明時絕
忠諫故立即殺彥不復待奏報聞徹天子也又梁孝王先帝母昆
墳陵尊顯桑梓松柏猶宜肅恭而操帥將吏
士親臨發掘破棺裸胡寡尸掠取金寶至令聖
朝流涕士民傷懷良曰言帝弟塋樹猶合恭敬況使吏士發掘墳墓而
取金玉手裸露掠取也操發梁孝王墓天子聞之哀泣士民謂有識者也善曰漢書曰

孝文皇帝竇皇后生孝景帝梁孝王武曹瞞傳曰曹操破梁孝王棺收金寶天子聞之哀
泣昆弟為弟毛詩曰維桑與梓必恭敬止仲長子昌言曰古之葬者松柏以識其墳操
又特置發丘中郎將摸金校尉所過墯善本作隳
字突無骸不露翰曰墯壞突破也言操置丘中郎摸金校尉之官所過
皆破壞冢墓以取金寶而露其骸骨也身處三公之位而行桀
虜之態汙國虐民毒施人鬼加其細政苛善本
作苛字慘科防互設罾繳充蹊坑穽塞路舉手
挂網羅動足觸機陷是以兗豫有無聊之人
善本作民字帝都有吁嗟之怨銑曰桀虜謂惡人也虐殘毒害施布
也殘毒布人鬼謂殺忠賢露骸骨也苛煩慘毒罾網也繳繫矰繳上以射鳥穽亦坑也吁

文選四十四　十三

以摘發此喻法令煩酷人之舉手動足皆陷刑網兗豫二州名操所領也吁嗟歎聲善
曰戰國策蘇秦曰上下相愁民無所聊家語孔子曰今人之言惡者比之於桀紂民怨其
虐莫不吁嗟歷觀載籍無道之臣貪殘虐善本作酷字
烈於操為甚幕府方詰外姦未及整訓向曰言書
史所載未有毒害如操者酷烈猶毒害也詰問也賊在外曰姦整齊訓教也言詔為問罪
於外未及齊教於操也善曰鄭玄禮記注曰詰謂問其罪也去質切加緒含
覆善本作容字冀可彌縫濟曰緒餘也言紹加含容於操冀可彌縫其餘
過使自改悔也善曰左氏傳展喜對齊侯曰桓公是以糾合諸侯彌縫其闕而匡救其
災而操豺狼野心潛包禍謀良曰言操之野心潛藏禍亂之
謀有同豺狼也善曰劉向列女傳曰羊舌叔姬者叔向之母也長似產男叔姬往觀之

曰其聲狼也狼子野心非是莫戴手舌氏手乃欲摧撓女教棟梁孤
弱漢室翰曰摧折撓曲也棟梁喻大臣也謂操發司空楊彪也孤弱謂除其輔佐
也善曰周易曰棟撓之凶不可以有輔除滅忠正專為梟雄往
者伐鼓北征公孫瓚銑曰除滅忠正謂殺趙彥等也梟惡鳥也雄強
也言操如惡鳥之強也伐擊也謂紹擊鼓往征瓚也善曰魏志曰公孫瓚字伯圭董卓
至洛陽遷瓚奮武將軍封薊侯范曄後漢書曰公孫瓚大破黃巾威震河北紹自將擊之
彊寇桀逆拒圍一年操因其未破陰交書命
外助王師內相掩襲故引兵造河方舟北濟
會其行人發露瓚亦梟夷向曰強寇謂瓚也言瓚桀逆非紹內
將掩襲而圍之操因暗與瓚書云外擁助紹內將掩襲而取之行人使人也謂操使自發

文選四十四　十四

露操與瓚書也殺人懸首曰梟夷滅也善曰左氏傳曰凡師輕曰襲杜預曰掩其不備
也魏志曰紹悉軍圍瓚瓚自知必敗盡殺其妻子乃自殺故使鋒鋭善本作芒
字挫縮厥圖不果良曰鋒鋭兵戈也挫摧也言發露指不果成其謀也
爾善本作耳字乃大軍過蕩西山屠各左校皆束
手奉質爭為前登犬羊殘醜消淪山谷濟曰大軍
紹自謂也蕩洗滌也西山鹿腸山也紹入朝歌自於鹿腸山斬賊于毒等滅之又擊左校
郭太賢及西營屠各屠各匈奴種也束手謂縛也質以物相屬也前登謂爭先而降也犬
羊殘醜謂羌狄雜類也消亡淪沒也言皆畏威亡沒於山谷之中也善曰范曄後漢書
曰黑山賊于毒等覆鄴城紹入朝歌鹿腸山破之斬毒又擊左校郭太賢等遂及西營屠
各戰於常山晉中興書曰胡俗其入居塞者有屠各種最豪貴故得為單于統領諸種

於是操師震慴章攝晨夜逋遁屯據敖倉阻河
為固翰曰震慴驚懼貌逋遁逃也屯聚據依也敖倉地名中有大倉臨黃河言操
懼紹依此地以為固也善曰魏志曰袁紹將進軍攻許公留于禁屯河上公軍官渡漢
書音義曰敖地名在滎陽西北上臨河有太倉欲以螗蜋之斧禦隆
車之隧銑曰螗蜋蟲也前有兩足舉之如執斧之象也隧猶轍也言此蟲舉斧禦
大車之轍亦猶操之拒紹軍也善曰莊子蘧伯玉謂顏闔曰汝不知夫螗蜋乎怒其臂
以當車轍不知其不勝任也幕府奉漢威靈折衝宇宙向曰
折衝突也宇宙謂四方上下也善曰班孟堅與陳文通書曰奉國威靈信志方外晏
子春秋孔子曰不出樽俎之間而折衝千里之外晏子之謂也長戟百萬胡
騎千羣奮中黃育獲之材善本作士字騁良弓勁

文選四十四　十五

弩之勢濟曰戟戈之屬也胡匈奴也百萬千羣言多也中黃伯夏育烏獲皆古之
力士也騁縱良善勁強也言紹士卒之盛以凌操曲部也善曰尸子中黃伯曰余左執
太行之獶而右搏雕虎戰國策范雎說秦王曰烏獲之力焉而死夏育之勇焉而死文子
曰狡兔得而獵犬烹高鳥盡而良弓藏史記蘇秦說韓王曰天下之強弓勁弩皆從韓出
并州越太行青州涉濟漯他荅反良曰紹甥高幹領并州越
逾也紹子譚領青州涉度也濟漯二水也善曰魏志曰袁紹出長子譚為青州外甥高
幹為并州淮南子曰何謂九山曰太行羊腸高誘曰太行直河內野青縣尚書曰浮于濟
漯達于河大軍汎黃河而角善本作角字其前荊州下
宛葉而犄居蟻其後翰曰汎濟捔觸也劉表為荊州刺史與紹相結宛葉
一縣名犄擊也善曰魏志曰劉表為荊州刺史北與袁紹相結左氏傳狄子駒支曰譬

如捕鹿晉人角之諸戎掎之征伐軍有前後猶如捕獸一人捉角一人戾足說文曰掎戾
足也雷震虎步並集虜庭銑曰雷震虎步皆軍士威勢也虜庭謂操
之庭也善曰李陵詩曰幸託不肖軀且當猛虎步若舉炎火以焫而拙
飛蓬覆滄海以沃熛炭有何不消善本無消字滅
者哉向曰焫燒沃灌也熛火飛也舉炎盛之火而燒枯蓬傾海水以灌飛火言紹之
伐操勢亦如此何有不消滅者哉善曰楚辭曰離憂患而迺寤兮若縱火於秋蓬黃石
公三略曰夫以義而誅不義若決江河而溉熒火其克必矣聲類曰焫燒也說文曰熛火
飛也又操軍吏士其可戰者皆出自幽冀或故
營部曲咸怨曠思歸流涕北顧濟曰幽冀二州名故營謂
紹之故營部曲之兵也怨別曠久也言皆怨別鄉之久而北顧思歸也 善曰毛詩序曰

文選四十四　十六

男女怨曠其餘兗豫之民及呂布張湯善本作揚之遺
衆覆亡迫脅權時苟從各被創夷人為讎敵
若迴斾方徂登高岡而擊鼓吹揚素揮以啓
降路必土崩瓦解不俟血刃良曰張湯與呂布善布被曹操
圍張湯將救之其將揚醜殺張湯以應曹操揚醜之將眭固又殺醜欲以衆北合袁紹操
遣史渙破之盡收其衆覆敗也張湯之衆皆敗亡權勢無如之何且從之耳然已被操傷
害皆以操為讎敵也斾旗徂往也紹言若我迴旗方往登高山擊鼓吹角舉白幡以開降
路則操之軍士皆不待血刃而崩離也素白揮幡也土崩瓦解謂崩離俟待也 善曰呂
布張揚已見九錫文尚書曰父師曰召敵讎弗怠廣雅曰徽幡也徽與揮古通用漢書徐
樂上書曰何謂土崩秦之末葉是也人困而主不恤下怨而上不知此之謂土崩何謂瓦

解吳楚齊趙之兵是也當此之時安土樂俗之人衆故諸侯無外境之助此之謂瓦解孫
卿子曰舜伐有苗禹伐共工湯伐有夏文王伐崇武王伐紂遠方慕義兵不血刃方
今漢室陵遲綱維弛絕聖朝無一介之輔股
肱無折衝之勢翰曰陵遲猶漸壞也維紀弛廢也一介謂輕微也言漢室
漸壞綱紀無一介之臣以為輔佐也股髀肱臂也言手足之臣皆無折衝陷陣之權勢
善曰尚書秦穆公曰如有一介臣尚書大傳曰股肱臣也折衝已見上文方畿之
內簡練之臣皆垂頭搨土獵翼莫所憑恃雖有
忠義之佐脅於暴虐之臣焉能展其節銑曰天子
境內千里曰畿內簡練謂選擇也搨斂憑依脅懼也暴虐之臣謂操也言忠義之士懼操
不敢展其誠節又操特善本作持部曲精兵七百人善本無人

文選四十四　十七

字圍守宮闕外託宿衛內實拘執懼其篡逆
之萌因斯而作向曰宮闕天子所居也拘止執持也逆而奪取曰篡萌始
作起也 善曰說文曰逆而奪取曰篡叉患切此乃忠臣肝腦塗地
之秋烈善本作列字士立功之會可不勗哉濟曰言操
之逆亂如此是忠臣用命之時烈士立功之際可不勉力哉 善曰喻巴蜀文曰肝腦塗
中原漢書曰一敗塗地尚書曰勗哉夫子操又矯命稱制遣使發
兵恐邊遠州郡過而聽給與強寇弱主違衆
旅叛良曰矯詐過誤旅助也言操詐稱制發其兵恐州郡誤聽給與是強寇賊而弱
天子也如此則違衆人以助叛逆也 善曰漢書以旅為助舉以喪名為
天下笑則明哲不取也即日幽并青冀四州

並進翰曰舉謂舉兵立忠正之名哲智也言明智不取也幽并紹中子熙所領也善曰魏志曰紹以中子熙爲幽州書到荊州便勤見面胡兵與建忠將軍協同聲勢銑曰張繡爲建忠將軍與劉表相合以攻操勢力也善曰魏志曰張繡以軍功稱遷至建忠將軍屯宛與劉表合州郡各整戎馬羅落境界舉師揚威並匡社稷則非常之功於是乎著向曰羅落布列也匡正也非常謂立大功也著明也其得操首者封五千戶侯賞錢五千萬部曲偏裨音脾將校諸吏降者勿有所問廣宣恩信班揚符賞布告天下咸使知聖朝有拘偪之難如律令濟曰部曲謂將帥也偏裨小將也諸吏謂官屬也勿有所問言不與罪也

文選四十四　十八

廣遠宣通班布揚舉符書也言布舉軍書賞賜也數使天下知天子爲操所拘偪之難如律令謂賞賜一如律令之法善曰風俗通曰謹按律者法也皐陶謨虞云始造律時主所制曰令漢書著甲令夫吏者始也當先自正然後正人故文書下如律令言當履繩墨動不失律令也

檄吳將校部曲文一首良曰此曹公檄江東諸軍將校部曲令背孫權而歸於漢

陳孔璋

年月朔日子尚書令彧翰曰子發檄時也荀彧爲尚書令彧稱者以官高也善曰魏志曰荀彧字文若潁川人也太祖進彧爲漢侍中守尚書令告江東諸將校部曲及孫權宗親中外盖聞禍

福無門唯人所召銑曰孫權吳主也召招也言禍福無有異門但人心所招也善曰左氏傳閔子騫之辭夫見幾善本從木而作不處凶危上聖之明也向曰幾者事之微言見事微者不處凶危之地善曰周易曰君子見幾而作不俟終日臨事制變困而能通智者之慮也濟曰能制變通之理在困窮而能通是智者之思慮也善曰漢書曰江充因變制宜周易曰困而不失其所亨其唯君子乎王弼曰窮必通也漸漬荒沈往而不反下善本無下字愚之蔽也良曰漬浸荒廢也沈謂醉冥也言漸浸廢置不思迴復是下愚之蔽也是以大雅君子於安思危以遠咎悔翰曰大雅詩篇名以美君子言其能居安思危故能遠離咎悔也善曰班固漢書贊曰大雅卓爾不群河間獻王近之矣封禪書曰興必慮衰安

文選四十四　十九

必思危小人臨禍懷佚以待死亡二者之量不亦異善本作殊字乎銑曰佚樂也二者謂君子小人也量度也言度量殊異矣孫權小子未辨菽麥向曰菽豆也未辨菽麥言其無識之甚也善曰左氏傳曰晉周子有兄而無慧不能辨菽麥要領不足以膏齊斧名字不足以洿簡墨濟曰領項膏潤也斧所以整齊軍旅故曰齊斧也簡墨謂刑書也言權之要領不足潤斧鉞名字不足洿刑書也善曰漢書音義服虔注曰易曰喪其齊斧未聞其說張晏曰斧鉞也以整齊天下應劭曰齊利也虞喜志林曰齊側皆切凡師出必齊戒入廟受斧故曰齊斧也譬猶鷇卵始生翰毛而便陸梁放肆顧行吠主良曰鷇卵鳥子也翰羽也陸梁跳躍貌肆縱也此喻權如鳥獸始生而放縱還祖以吠其主不從皇化也戰國策曰

跖之犬可使吠堯也　善曰爾雅曰生而自食曰雛待哺曰鷇郭璞曰鳥子須母食鄭玄
尚書大傳注曰鞹毛毛長大者西京賦曰怪獸陸梁戰國策刀勃謂田單曰跖之狗吠堯
非其主也謂為舟楫足以距皇威江湖可以逃靈
誅不知天網設張以在網目爨鑊之魚期於
消爛也　翰曰皇威天子之威也靈神靈也誅討也言我國家張布天網而權以在
網目之中也爨炊鑊鼎也言游鼎之魚期於消爛不遠也若使水而可恃
則洞庭無三苗之墟子陽無荊門之敗　銑曰三苗
國名左洞庭右彭蠡降禹而滅其國為墟公孫述字子陽據蜀稱帝遣其將任滿守荊門
光武使岑彭攻之蒲大敗言此者欲以摧折山水之固也　善曰尚書帝曰咨禹惟時有
苗弗率女徂征三旬苗氏逆命帝乃誕敷文德七旬有苗格孔安國曰三苗之國左洞庭

文選四十四　二十

右彭蠡范睢後漢書曰公孫述字子陽自立為蜀王遣任滿據荊門帝令征南大將軍岑
彭攻之滿大敗朝鮮之壘不刊南越之旌不拔也　善本
無也字　向曰朝鮮遼東國名壘軍壁也刊除也朝鮮國叛使荀彘擊平之定朝鮮為四
部呂嘉據南越而叛帝使楊僕征之而平旌旗也此亦據險而亡　善曰史記曰天子拜
涉何為遼東部都尉朝鮮襲殺何天子遣左將軍荀彘擊朝鮮朝鮮人殺其王右渠來降
定朝鮮為四郡又曰南越呂嘉反以主爵都尉楊僕為樓船將軍下橫浦咸會番禺南越
以平遂為九郡又曰東越王餘善反遣橫海將軍韓說出句章越建成侯敖殺餘善以其
衆降昔夫差承闔閭之遠跡用申胥之訓兵棲
越會稽可謂彊矣　濟曰吳王夫差承父闔閭遠跡用子胥訓兵之法大
破越棲越王句踐於會稽之山誠為強盛申胥本伍奢之子胥也奔於吳吳封申地故曰申

胥　善曰史記曰吳王闔閭死立太子夫差又樂毅遺燕惠王書曰昔伍子胥說聽於闔
閭而吳王遠迹至郢韋昭國語注曰申胥楚大夫伍奢之子子胥也名員員奔吳吳與地
故曰申胥史記曰吳王夫差伐越敗之越王句踐乃以甲兵五千人棲於會稽及其
抗衡上國與晉爭長都城屠於句踐武卒散
於黃池終於覆滅身罄六　善本作越字　軍　良曰抗衡謂舉
對以爭輕重也夫差北會諸侯於黃池欲霸中國而與晉定公爭長晉人與師擊之大破
吳軍於是越王聞之舉兵襲吳吳王聞之迺去晉而歸與越戰不勝越遂圍吳宮殺夫差
屠壞罄盡也　善曰毛萇詩注曰抗舉鄭玄周禮注曰稱上曰衡抗衡謂對舉以事輕重
也史記陸賈曰以區區之越與天子抗衡為敵國又曰吳王夫差北會諸侯於黃池欲霸
中國吳王與晉定公爭長乃長晉定公吳引兵歸國又曰吳與晉人相遇黃池之上吳晉

文選四十四　二十一

爭強晉人擊之大敗吳師越王聞之襲吳吳王聞之去晉而歸與越戰不勝城門不守遂
圍王宮殺夫差而及吳王濞浦祕驕恣屈掘強猖昌猾
胡刮始亂　翰曰吳王濞高帝兄子也封於吳至景帝時乃舉兵叛於廣陵恣縱也屈
強不順貌猖猾狡貌始亂謂為亂首也　善曰漢書曰吳王濞高帝兄仲之子也立濞
為吳王孝景五年起兵於廣陵左氏傳曰鄭子太叔卒晉趙簡子曰黃父之會夫子語我
九言曰無始亂無怙富自以兵彊國富勢陵京城太尉
帥師甫下滎陽則七國之軍瓦解冰泮　銑曰太尉
周亞夫也甫始也滎陽郡名濞與漢所封七國同叛也瓦解冰泮言破敗之甚也解泮皆
破也　善曰漢書曰七國反書聞天子遣條侯周亞夫往擊楚破之七國吳王濞楚王戊
趙王遂膠西王卬濟南王辟光菑川王賢膠東王渠鄭玄周禮注曰甫始也瓦解已見上

文淮南子曰氷泮而農桑起濞之罵言未絶於口而丹徒之刃以陷其胷向曰罵惡言也濞敗後與麾下將士七千人夜已走丹徒保東越漢使人以利啗東越使誑吳王吳王出勞軍使人鏦殺之陷入也刃入於胷謂鏦殺善曰漢書曰吳王敗乃與麾下壯士千人夜亡渡淮走丹徒保東越漢使人以利啗東越東越即紿吳王吳王出勞軍漢使人鏦殺吳王漢書賈誼上疏曰適啓其口匕首已陷其胷紿音殆何則天威不可當善本有而字悖逆之罪重也且江湖之衆不足恃也濟曰悖亂也言夫差與濞皆為亂逆而誅不足恃也自董卓作亂以迄于善本作於字今將三十載其間豪傑縱横熊據虎跱彊如二袁勇如呂布良曰迄至也豪傑縱横言多也熊虎猛獸也跱止也以比當時英雄也二袁謂紹術呂布驍將故云勇也善曰二袁袁紹袁術也魏志曰呂布便弓馬旅力過人號為飛將跨州連郡有威有名者善本無者字十有餘輩其餘鋒捍特起鸇視狼顧争為梟雄者不可勝數翰曰跨據也其餘謂諸小賊也捍勇特獨也鸇鷙鳥狼惡獸梟惡鳥也雄長也小賊如此鳥獸殘害者不可勝數言其多也善曰淮南子曰鴟視虎顧鹽鐵論曰無鹿駭狼顧之憂然皆伏鈇鑕首腰分離雲散原燎罔有孑遺銑曰鈇椹鉞斧也言亂賊之徒皆從椹斧之誅如火燒燎原草無有餘遺也孑餘也善曰尚書曰若火之燎于原毛詩曰周餘黎民靡有孑遺近者關中諸將復相合聚續為叛亂向曰馬超楊秋叛於關中遣曹公討之超等屯潼關曹公勑諸將因關西兵捍之堅壁勿與戰續次也

文選四十四　二十二

善曰魏志曰張魯據漢中遣鍾繇討之是時關中諸將疑繇欲自襲馬超遂與楊秋李湛宜成等反遣曹仁討之超等屯潼關公勑諸將關西兵精捍堅壁勿與戰阻二華據河渭驅率羌胡齊鋒東向氣高志遠似若無敵丞相秉鉞鷹揚順風烈火元戎啓行未鼓而破濟曰二華大華少華二山名河渭二水名馬超阻依此山河險固驅率羌胡自為無敵矣而曹公討之如順風縱其盛火大兵未及鼓怒而賊以破亡也詩曰時維鷹揚又曰一鼓作氣元大戎兵也善曰魏志曰公西征馬超公自潼關北度未濟超赴船急戰丁斐曰放馬以餌賊賊亂取馬公乃得度循河為甬而南賊追距渭口公乃分兵結營於渭南賊夜攻營伏兵擊破之進軍度渭超等數挑戰不許公乃與剋日會戰先以輕兵挑之戰良久乃縱虎騎夾擊大破之斬宜成李湛等漢書元后詔曰運獨見之明奮無前之威毛詩曰武士載旆有虔秉鉞如火烈烈則莫我敢遏又曰元戎十乘以先啓行伏屍千善本作尸千字萬流血漂櫓魯此皆天下所共知也良曰漂浮也櫓大楯也善曰戰國策秦王謂唐且曰天子之怒伏尸百萬流血千里賈誼過秦曰伏尸百萬流血漂櫓是後大軍所以臨江而不濟者以韓約馬超逋逸迸脫走還涼州復欲鳴吠翰曰逋竄逸失迸散也鳴吠猶叛亂也大軍所以不濟江伐吳者為伐韓約馬超也善曰魏志曰公斬宜成遂超走涼州典畧曰韓遂字文約在涼州阻兵為亂積三十年建安二十年乃死逆賊宋建僭號河首同惡相救並為脣齒銑曰宋建自稱平漢王聚兵犯命與馬超等同惡以相救援如脣齒相副馬善曰魏志曰初隴西宋建自稱河首平漢王聚衆枹罕夏侯淵討之

文選四十四　二十三

屠抱罕斬建涼州平又鎮南將軍張魯負固不恭向曰張魯
以鬼道教人自號師君負倚也倚巴漢之固而不恭帝命　善曰魏志曰張魯字公祺據
漢中以鬼道教人自號師君長雄巴漢垂三十年漢末力不能征遂就寵魯為鎮民中郎
將漢寧侯太祖征之周禮曰負固不服則攻之皆我王誅所當先加
姣且觀兵旋旆濟曰皆謂韓宋等當加意先誅也觀兵旋旆謂先臨江將
伐兵乃引軍西討建約等　善曰魏志曰建安十七年公征孫權攻破江西營乃引軍還
史記曰武王東觀兵至于孟津諸侯皆曰紂可伐武王曰未可乃還師復整六
師長驅西征致天下誅濟曰致天下誅謂奉帝命討罪也　善曰
魏志曰建安二十年公西征張魯偏將涉隴則建約梟夷旌
首萬里良曰偏將謂夏侯淵也涉度也隴謂隴山也殺人懸首曰梟夷滅也旌表

文選四十四　二十四

也首謂建約之首萬里謂自涼州入帝都也善曰魏志曰韓遂在顯親夏侯淵欲襲取之
遂走後淵大破遂軍得其旂麾斬建及遂已見上文軍入散關則羣
氐率服王侯豪帥奔走前驅翰曰散關關名曹公西征張魯
氐王竇茂恃險不服攻而屠之自是氐羌侯王豪帥皆奔走降事天子也　善曰魏志曰
公西征張魯自陳倉出散關至河池氐王竇茂恃險不服攻屠之進臨漢中
則平陽善本作陽平字不守銑曰平陽關名曹公討張魯使弟衛據平陽
關也曹公遣高祚乘險夜襲大破之故云不守善曰魏志曰西征張魯至陽平魯使弟
衛據陽平關公乃遣高祚等乘險夜襲大破之十萬之師土崩魚爛
張魯逋竄走入巴中懷恩悔過委質還降向曰
十萬之師謂張魯之衆也土崩自下魚爛從內遁亦竄也巴中地名也魯初欲走入巴中

曹公遣入慰喻魯魯盡家屬出降也　善曰魏志曰魯弟衛夜遁魯潰走巴中遣人慰喻魯
盡家屬出降土崩已見上文公羊傳曰其言梁亡何自亡也奈何魚爛而亡何休曰魚爛
從內發左氏傳孤曰策名委質巴夷王朴胡賨琮邑侯杜
濩胡郭各帥種落共舉巴郡以奉王職濟曰種類也落
聚落也巴賨地名朴胡杜濩皆夷王姓名也奉職謂奉天子職事　善曰魏志曰建安
二十年七姓巴夷王朴胡賨邑侯杜濩舉巴夷賨民來附於是分巴郡以胡為巴東太守
濩巴西太守孫盛曰杜音浮濩音護鉦鼓一動二方俱定利盡
西海兵不鈍鋒良曰鉦鐃也二方謂蜀與漢中也司馬錯曰今之伐蜀利
盡西海兵不鈍鋒言不用也　善曰戰國策司馬錯曰今伐蜀利盡西海而諸侯不以為
貪漢書淮南王安上疏曰不勞一卒不頓一戟又曰不挫一兵之鋒鈍與頓同若此

文選四十四　二十五

之事皆上天威明社稷神武非徒人力所能
立也翰曰徒空也言皆憑天子之威靈而服羣叛也聖朝寬仁覆載
允信允文銑曰聖朝謂獻帝也言以寬厚之仁覆載萬物著誠信於文德　善
曰春秋考異郵曰赤帝之精寬仁大度禮記曰天無私覆地無私載毛詩曰允文允武昭
假列祖大啓爵命以示四方魯及胡濩皆享萬
戶之封魯之五子各受千室之邑向曰爵謂封侯也命
謂一命受職示見也　善曰魏志曰胡濩皆封列侯又曰封魯及五子皆為列侯濩胡
濩子弟部曲將校為列侯將軍已下千有餘
人百姓安堵四民反業濟曰將校謂其下軍師也皆為列國侯將
軍已下節級小官千餘人堵牆也安於牆堵不失家業也四民士農工商反還也　善曰

漢書曰高祖入關吏民皆安堵如故管子曰士農工商四民者國之石民而建約支善本作之字屬皆為鯨鯢良曰支屬謂親黨也鯨鯢謂大戮也善曰左氏傳楚子曰古者明王伐不敬取其鯨鯢而封以為大戮超之妻孥焚首金城翰曰孥子焚燒也金城郡名善曰魏志曰南安趙衢討超梟其妻子漢書有金城郡父母嬰孩覆尸許市銑曰嬰孩小兒也言皆戮於許都市善曰范曄後漢書曰建安元年遷都于許非國家鍾福善本作禍字於彼降禍善本作福字於此也逆順之分不得不然良曰鍾聚也彼謂魯等此謂建約等逆反順從也善曰漢書消勳曰甚詩作順之理夫鷙善本作摯字鳥之擊善本無之擊字先高攫俱縛鷙之勢也牧野之威孟津之退善本有也字翰曰攫執也

文選四十四　二十六

言鷙鳥擊物必先高飛者取其勢也牧野地名紂率衆於此與武王戰而紂滅是孟津退師之勢也此言前不伐吳之意也善曰此述往年未伐之意尚書序曰武王與受戰於牧野又曰惟十有一年武王伐殷孔安國曰諸侯僉同乃退以示弱今者枳棘翦扞善本作扞字戎夏以清良曰枳棘惡木以喻殘賊也翦齊刈削也言殘賊齊削戎狄與華夏皆清平也善曰枳棘以喻殘賊也翦扞翦除而防衛之也杜預左氏傳注曰扞衛也音捍萬里肅齊六師無事故大舉天師百萬之衆翰曰六師六軍天子之兵也百萬言多也善曰魏志曰建安二十一年治兵遂征孫權也與匈奴南單于呼完廚及六郡烏桓丁令屠各湟中羌僰銑蒲墨反曰並戎狄號也善曰魏志曰建安二十一年匈奴南單于呼廚泉將其名王來朝待以客禮漢書曰

諸羌言願得度湟水沚然湟水左右之所居湟音皇丁令屠各已見上文羌霆奮席卷自壽春而南向曰霆霹靂也奮振也席卷謂盡發其兵也壽春邑名言如霹靂之急自壽春入伐吳也善曰漢書九江郡有壽春邑又使征西將軍夏侯淵等率精甲五萬及武都氐羌巴漢銳卒南臨汝江搤厄據庸蜀濟曰武都氐羌郡名巴漢地名銳利也汝江名搤捉也庸蜀地名言使守捉不令為吳之援也善曰魏志曰夏侯淵字妙才淳族弟也為征西將軍魏志曰建安二十年留夏侯淵屯漢中江夏襄陽諸軍橫截湘沅以臨豫章樓船橫海之師直指吳會良曰江夏襄陽豫章皆郡名湘沅二江名樓船橫海皆將軍號也言以前諸軍期至吳會分為五道而入也善曰漢書曰東越反上遣橫海將軍韓說樓船

文選四十四　二十七

將軍楊僕入軍於越萬里剋期五道並入權之期命於是至矣丞相銜奉國威為人除害元惡大憝必當梟夷翰曰期命謂權命盡之期至也丞相曹公也元大憝惡也梟夷謂誅滅也善曰大舉天師至壽春而南一道也使征西甲卒五萬二道也及武都至庸蜀三道也江夏至豫章四道也樓船至會稽五道也尚書咸王曰元惡大憝至於枝附葉從皆非詔書所特禽疾銑曰枝附葉從謂吳諸將校隊親黨也特獨禽獲疾患也言將帥親黨皆非詔書所獨獲而患之善曰揚雄覈靈賦曰枝附葉從表立景隨故每破滅彊敵未嘗不務在先降後誅拔將取才各盡其用是以立功之士莫不翹足引領望風響應向曰言我以降為先以誅戮為後也拔將

取才謂有文武才皆濟用之也翹舉也言立功之士舉足引望我皇風化如響之應聲而
來也善曰新序趙良謂商君曰君亡可翹足而待也左氏傳穆叔謂晉侯曰引領西望
曰庶幾乎尚書曰惟影響孔安國曰若影之隨形響之應聲 昔袁術僭逆
王誅將加則廬江太守劉勳先舉其郡還歸
國家 濟曰術病死勳舉衆降封為列侯也善曰魏志曰建安四年袁術敗於陳術
病死廬江太守劉勳率衆降封為列侯 呂布作亂師臨下邳張
遼侯成率衆出降 良曰曹公破呂布張遼率衆降拜關內侯下邳縣名
侯成小吏不知其所貴也善曰魏志曰張遼字文遠鴈門人也以兵屬呂布太祖破呂
布於下邳遼將衆降拜中郎將爵為關內侯 還討眭固薛洪摎 音流
善本從木 尚開城就化 翰曰眭固將屬袁紹薛洪摎尚留守射犬曹公擊

文選四十四　二十八

破周斬之濟河圍洪尚於射犬而洪尚降封爲列侯 善曰魏志曰眭固屬袁紹屯射犬
公進軍臨河使史渙曹仁渡河擊之固使張楊故長史薛洪河內太守摎尚留守自將兵
以迎紹求救與渙仁遇交戰大破之斬固公遂濟河圍射犬洪尚率衆降封為列侯摎音
留 官渡 善本作度字 之役則張郃 烏合 高奐舉事立
功 銑曰官渡地名役征也曹公擊袁紹於官渡紹將張郃高覽降曹公今此言高奐當
有二名也 善曰魏志曰公擊淳于瓊留曹洪守紹使張郃高覽攻曹洪郃等聞瓊破遂
來降魏志云高覽此云奐蓋有二名 後討袁尚則尚 善本無尚字 都
督將軍馬延故豫州刺史陰夔射聲校尉郭
昭臨陣來降 向曰曹公圍袁尚尚懼使陳琳陰夔請降公許之尚夜遁保祁
山其將馬延郭昭臨陣降而衆大潰也善曰魏志曰公圍尚營未合尚懼遣故豫州刺
史陰夔及陳琳乞降公不許圍益急尚夜遁保岐山追擊之其將馬延等臨陣降衆大潰
圍守鄴城則將軍蘇游反為內應 濟曰蘇游袁譚將也
譚留使守鄴曹公退譚至洹水而游逆降善曰魏志曰尚攻譚留蘇由守鄴公進軍到
洹水由降游與由同 審配兄子開門入兵 良曰袁譚敗後審配兄子
榮開鄴東門納操軍士以降也 善曰魏志曰袁尚走中山盡獲其輜重印綬節鉞使尚
降人示其家城中崩沮審配兄子榮夜開所守東城門內兵配逆戰敗生禽配斬之 既
誅袁譚則幽州大將焦觸攻逐袁熙舉事來
服 翰曰焦觸叛熙奔烏九觸等舉縣降操善曰魏志曰建安十年袁熙大將焦觸叛
熙尚奔三郡烏丸觸等舉其縣來降 凡此之輩數百人皆忠壯
果烈有智有仁悉與丞相參圖畫策折衝討

文選四十四　二十九

難芟敵搴旗靜安海內豈輕舉措也哉誠乃
天啓其心計深慮遠 銑曰凡此之輩謂摠括前降服之類也剋亂曰
果圖謀芟除搴拔也言此諸將與曹公畫策將靜安海內豈輕為舉措哉言必破也 善
曰西京賦曰天啓其心司馬相如喻巴蜀文曰計深慮遠急國家之難 審邪正
之津明可否之分勇不虛死節不苟立屈伸
變化唯道所存故乃建丘山之功享不訾之
祿朝為仇虜夕為上將所謂臨難知變轉禍
為福者也 向曰勇有可死有不可死節有可立有不可立屈伸變化在道理耳
建立也丘山之功言大也享食訾量也為我國家上將是知變化之理也 善曰訾容難
曰所欲必得功若丘山賈逵國語注曰訾言量也說苑孔子曰聖人轉禍為福報怨以德

若夫說誘甘言懷寶小惠濟曰甘言不利於行小惠不益於世不可懷而寶之　善曰毛詩曰盜言孔甘論語曰好行小惠泥滯苟且沒而不覺隨波漂流與煙善本作熛字俱滅者亦甚衆多吉凶得失豈不哀哉良曰泥溺也言溺滯於苟且之間至沒身而不覺悟言如此之人與煙波俱滅不知吉凶之理故可哀之昔歲軍在漢中東西懸隔合肥遺守不滿五千權親以數萬之衆破敗奔走今乃欲當禦雷霆難以冀矣翰曰漢中地名曹公討張魯於漢中故云懸隔合肥水名也曹公入漢中使張遼守合肥權親率十萬衆圍合肥遼以敢死之士八百人明日大戰殺數千人斬權二將權急登高冢以長戟自衛言當時小軍猶且破敗今欲禦我大軍雷霆之威必難冀存矣

文選四十四　三十

善曰魏志曰太祖使張遼與樂進等將士千餘人屯合肥太祖征張魯俄而權率十萬衆圍合肥於是遼夜募敢死之士得八百人明日大戰平旦遼被甲持戟先登陷陣殺十人斬二將權登高冢以長戟自守遼呼權不敢動權守合肥十餘日城不可拔乃引退夫天道助順人道助信事上之謂義親親之謂仁盛孝章君也而權誅之孫輔兄也而權殺之銑曰言權無順信之道不行仁義也盛孝章為吳郡太守權吳人故云君也孫輔權兄恐權不能守江東遣人將書喚曹公行人以告權權謂輔曰兄厭樂邪何為呼他人輔曰無權因投書示輔輔慙無辭悉斬親近徙輔東吳今言殺者蓋欲非之　善曰周易曰天之所助者順也人之所助者信也吳志曰權殺吳郡太守盛憲會稽典錄曰憲字孝章典略曰孫輔恐權不能守江東因權出行東治乃遣人齎書呼曹公行人以告權乃還僞

若不知與張昭共見輔權謂輔曰兄厭樂耶何為呼他人輔云無是權投書與昭以示輔輔慙無辭乃悉斬輔親近徙輔置東吳賊義殘仁莫斯為甚向曰賊殘害傷也言傷害仁義之道者莫甚於權也　善曰孟子齊王曰臣弒其君可乎孟子曰賊仁者謂之賊賊義者謂之殘殘賊之人謂之一夫聞誅一夫紂矣未聞弒其君也乃神靈之逋罪下人善本作民字所同讐棄讐之人謂之凶賊是故伊摯去夏不為傷德飛廉死紂不可謂賢濟曰逋亡也言權是神靈之中逋亡罪人百姓怨讎而為人之凶賊也伊摯伊尹也去夏仕殷卒為賢臣武王伐紂飛廉惡來與紂同戮不足稱忠也此言感吳臣也　善曰尚書曰伊尹去亳適夏既醜有夏復歸于亳孫子曰殷之興也伊摯在夏魏武曰伊摯伊尹也孟子曰周公相武王誅紂驅飛廉於海隅而戮之何

文選四十四　三十一

者去就之道各有宜也良曰去亂就理是知事宜也丞相深惟江東舊德名臣多在載籍近魏叔英秀出高峙著名海內虞文繡砥礪清節博善本作耽字學好古周泰明當世儁彥德行脩明皆宜膺受多福保乂子孫翰曰丞相謂曹公也惟思也舊德謂先世賢德也載籍國史也膺當乂養也　言先臣舊德當降受多福安養子孫也　善曰尚書曰永膺多福又曰保乂王家而周盛門戶無辜受善本作被字戮遺類流離湮沒林莽言之可為愴然聞魏周榮虞仲翔各紹堂構克善本作能字負析薪銑曰周泰明盛孝章言此兩家皆為權所誅戮遺類謂子孫也流離謂逃散也湮沒林莽謂為庶人也愴

然不平貌魏周榮叔英子也虞仲翔文繡乎
也言皆能繼祖父德業也堂構德業也古人
有言曰其父析薪其子不克負荷善曰吳
志曰虞翻字仲翔尚書曰若考作室既底法
厥子乃弗肯堂矧肯構左氏傳鄭子產曰
古人有言曰其父析薪其子弗克負荷及
吳諸顧陸舊族長者世有高位當報漢德顯
祖揚名又諸將校孫權婚親皆我國家良寶
利器向曰言顧陸並吳之著姓皆累仕漢朝當報漢德而明揚祖考也良寶利器喻
賢臣也善曰尚書曰所寶惟賢則邇人安
聖主得賢臣頌曰夫賢者國家器用也所任
賢則趨舍省而功施普器用
利則用力少而就效眾也而並見驅迮窄
兩絕於天有斧無柯何以自濟濟曰迮迫也兩絕謂兩下
於地無還雲之期也新語曰有斧無柯何以
理之言並被驅迫不得卻還漢也備負利器

文選四十四　三十二

而無處施用之善曰陸賈
新語曰有斧無柯何以治之相隨顛沒不亦
哀乎蓋鳳鳴高岡以遠罻羅聖賢善本作賢聖字之
德也良曰言隨權敗亡是甚也岡山也言賢聖去亂亦猶鳳鳴高山以避網羅也
善曰毛詩曰鳳皇鳴矣于彼
高岡梧桐生矣于彼朝陽鸋寧鴂決之鳥
巢於葦苕苕折子破下愚之惑也翰曰鸋鴂小鳥爲巢
葦草之上猛風一至則葦折卵破所託危也
言不降於漢是鸋鴂之危也苕草莖也善
曰韓詩曰鴟鴞鴟鴞既取我子無毀我室鴟
鴞鴟鴞鳥名也鴟鴞所以愛養其子者適以
病之愛養其子者謂堅固其窠巢病之者謂
不知託於樹茂枝反敷之葦蒿風至苕折
巢覆有子則死有卵則破是其病也字林曰
鸋鴂鴞也上乃丁切下古穴切廣雅曰鸋鴂
工雀也荀卿子曰南方有鳥名蒙鳩爲巢編
之以髮繫之葦苕苕折卵破巢非不牢所繫

之弱也說文曰葦大葭也苕與蒿同今江東之地無異葦苕諸
賢處之信亦危矣聖朝開弘曠蕩重惜民命
誅在一人與眾無忌故設非常之賞以待非
常之功銑曰諸謂權族及將校等也曠蕩寬大貌一賢人謂權也忌惡也言聖朝
但擬誅權不惡眾人故設重賞以待大功
善曰司馬長卿難蜀父老曰有非常之事然
後有非常之功乃霸夫烈士奮命之良時也可不勉
乎若能翻然大舉建立元勳以膺善本作應字顯
祿福之上也良曰霸者把也持把諸侯之權也奮振也翻然迴飛貌大舉謂
殺主而降也元大勳功也言能如此必膺厚祿是福之上也如其未能善曰
未能如上之計筭量大小以存易亡亦其次也濟曰筭計

文選四十四　三十三

量度也大小謂漢大吳小以存易亡謂背吳
歸漢也言若未能殺權則當計度大小歸漢
背吳亦是其次也善曰漢書鄒陽上書曰
昔者鄭祭仲許宋人立公子突以活其君非
其義也春秋記之爲其
以生易死以存易亡夫係蹄在足則猛虎
絕其蹯音煩良曰係蹄禽獸之絆也蹯足也猛虎著絆則怒絕蹯而去也善曰
戰國策魏王謂建信君曰人有置係蹄者而
得虎虎怒跌蹯而去虎之情匪不愛其蹯也
然而不以環寸之蹯害七尺之軀有權也今
國家者非直七尺之軀也而君之身於王非
環寸之蹯也願公早圖之
也延叔堅曰係蹄獸絆也蝮蛇在手則壯士
斷其節翰曰蝮毒蛇也螫人之手則必斬斷其節恐毒及身而死也善曰漢書
曰項梁使使趣齊兵擊章邯田榮曰楚殺田
假趙殺田角田間乃出兵楚不殺假趙亦不
殺角間齊王曰蝮蠚手則斬手蠚足則斬足
何者爲害於身也田假田角田間於楚趙非

手足之戚何故不殺蠡音釋何則以其所全者重善本有以字其所棄者輕若乃樂禍懷寧迷而忘復銑曰重謂身也輕謂手足也言吳爵祿是諸公手足之累亦可絕棄來降也寧安復反也善曰周易曰迷復之凶反君道也闇大雅之所保背先賢之去就向曰大雅云既明且哲以保其身先賢謂上伊尹也去就謂去夏就殷也言諸侯皆闇背此理忽朝陽之安甘折苕之末日忘一日以至覆沒大兵一放玉石俱碎濟曰忽暗也詩曰梧桐生矣于彼高岡言鳳所栖也謂暗上鳥巢葦苕之危日至一日謂苟存朝夕也玉石俱碎謂舉兵則善惡咸見屠戮也善曰尚書曰火炎崑岡玉石俱焚雖欲救之亦無及已良曰已止也言既敗雖救之無能禁止也善曰史記衛平謂宋王曰後雖悔之亦無及已故令往購募爵賞科條如左檄到詳思至言詔如善本作如詔律令良曰購募謂以財求物也科條謂賞罰等級也如左謂列在檄下詳審也至言謂至極之言

檄蜀文一首善曰魏志曰景元四年令鍾會伐蜀會至漢中蜀大將姜維等守劍閣距會會移檄檄蜀將吏

鍾士季翰曰魏志云鍾會字士季潁川長社人繇之少子也少敏惠夙成為秘書郎遷鎮西將軍與鄧艾伐蜀蜀將姜維守劍閣距會會移檄蜀將吏士人後平蜀為司徒謀反於蜀為衆兵所殺善曰魏志曰鍾會字士季潁川人也少敏惠夙成為秘書郎遷鎮西將軍伐蜀平之為司徒謀反於蜀為衆兵所殺

往者漢祚衰微率土分崩生民之命幾於泯滅銑曰祚福也分崩謂離散也幾近泯盡也言人命近於盡滅也太善本作我太祖祖武皇帝神武聖哲撥亂反正向曰太祖魏武也哲智撥除也言有聖智除亂反正也善曰魏志曰有太武皇帝為魏太祖公羊傳曰君子曷為春秋撥亂世反諸正莫近乎春秋拯其將墜造我區夏濟曰拯濟墜落造成也區夏中國也善曰尚書曰文王用肇造我區夏高祖文皇帝應天順民受命踐祚良曰言文帝受天明命踐天子之位福謂受禪於漢也善曰魏志曰文皇帝為魏高祖周易曰湯武革命順乎天而應乎人禮記曰成王幼不能莅祚周公相踐祚而治烈祖明皇帝奕世重光恢拓洪業翰曰烈盛奕重也文帝既明而烈祖又明故曰重光恢拓洪皆大也言廣大其德業善曰魏志曰明皇帝為魏烈祖國語祭公謀父曰奕世載德尚書曰昔我君文王武王宣重光漢書武帝詔曰何行而可以彰先帝之洪業休德然江山之外異政殊俗銑曰江山之外謂吳蜀也言國政異而人俗殊也善曰毛詩序曰國異政家殊俗率土齊民未蒙王化向曰齊民謂無貴賤而齊等之民也蒙被也謂未被大魏之化善曰難蜀父老曰割齊人以附夷狄如淳曰齊人齊等無有貴賤故謂之齊若今言平人也此三祖所以顧懷遺志也濟曰三祖謂太祖高祖烈祖也言三祖眷蜀人有遺言令討之善曰劇秦美新曰后土顧懷今主上聖德欽明紹隆前緒良曰主上則陳留王也紹繼緒業也言有聖明之德而繼先人之業善曰主上陳留王奐也尚書曰放勳欽明宰輔忠肅明允劬勞王室翰曰宰輔謂司馬文王也允信也言有明

信之德也勖勉也王室國家也善曰左氏傳史克對魯侯曰齊聖廣淵明允篤誠忠肅
恭懿宣慈惠和布政垂惠而萬邦協和施德百蠻而
肅慎致貢銑曰協合也萬邦百蠻言向化者衆也肅慎國名致貢謂貢楛矢石
砮也善曰毛詩曰布政優優尚書曰百姓昭明協和萬邦毛詩曰因時百蠻大戴禮孔
子曰昔舜教通于四海之外肅慎北發渠搜氐羌來服悼彼巴蜀獨為
匪民愍此百姓勞役未已向曰悼傷愍痛也言傷痛巴蜀百姓
獨不為魏入而勞役未止也善曰毛詩曰哀我征夫獨為匪民是以命授
六師龔行天罰征西雍州鎮西諸軍五道並
進濟曰六師謂天子六軍也授授師與將也征西將軍鄧艾出甘松沓中二道雍州刺
史諸葛緒出高樓武街二道鎮西將軍鍾會出洛谷一道合成五道也善曰尚書曰予

惟龔行天之罰魏志曰詔使征西將軍鄧艾督諸軍趍甘松沓中雍州刺史諸葛緒督諸
軍趍武街高樓鎮西將軍鍾會由駱谷伐蜀古之行軍以仁為本
以義治之王者之師有征無戰翰曰以仁謂不尚殺也
勳不為己曰義也有征無戰謂能以勢化導而來也善曰司馬法曰古者以仁為本以
義治之之謂正曹操曰古者五帝三王以來仁者生之而不名義者成而不有孫卿子曰王
者有誅無戰漢書淮南王上書曰天子之兵有征無戰莫敢校之故虞舜舞
干戚而服有苗翰曰有苗謂三苗舜伐之不剋舜乃修文德舞干戚七旬
而有苗服干楯戚鉞也善曰尚書曰帝乃誕敷文德舞干羽于兩階七旬有苗格周
武有散財發廩表閭之義翰曰武王伐殷發廩粟府財以賑貧
乏表飾賢人閭里以存其義善曰尚書曰式商容之閭散鹿臺之財發巨橋之粟今

鎮西奉辭銜命攝統戎車向曰鎮西謂鍾會也此檄當時蓋託
言故自稱也命天子之命也統理也戎車兵車也善曰尚書禹曰奉辭伐罪漢書孫
寶曰臣幸得銜命奉使庶弘文告善本有之字訓以濟元元
之命非欲窮武極戰以快一朝之志濟曰弘大也元元
百姓也鎮西庶以文告之令濟百姓之命非欲窮武而快一時之心也善曰國語曰
祭公謀父曰有征罰之備有文告之辭元元見上文新序李克對魏武侯曰好戰窮武
未有不亡者故略陳安危之要其敬聽話言良曰降則
安守則危也話善言也言略為陳說其要當敬聽我善言也為下設端也善曰毛詩曰
告之話言益州先主以命世英才興兵朔善本作新字
野困躓冀徐之郊制命紹布之手太祖拯而

濟之興隆大好中更背違棄同即異翰曰先主謂劉
備也靈帝末討賊有功領徐州呂布襲徐州虜先主妻子後歸曹公以為豫州牧後背曹
公歸袁紹故云困躓冀徐之郊制命紹布之手也興隆大好謂領豫州也中謂中間也言
初與我同而中間更背違是棄同即異也善曰蜀志曰先主姓劉諱備字玄德涿郡人
也靈帝末黃巾起先主率其屬討賊有功除安喜尉後領徐州呂布襲徐州虜先主妻子
乃求和於布後歸曹公曹公厚遇之以為豫州牧後背曹公歸袁紹漢書張良曰湯武伐
桀紂封其後者能制其死命也左氏傳子太叔曰棄同即異是謂離德諸葛孔
明仍規秦川姜伯約屢出隴右銑曰規圖也伯約姜維字
也隴右地名善曰蜀志曰姜維字伯約勞動我邊境侵擾我氐
羌向曰邊境謂葛亮入秦氐羌天水夷名也擾亂也方國家多故未

遑修九伐之征也濟曰故事遑暇也周禮有九伐之法憑弱犯寡則眚
之賊賢害人則伐之暴內陵外則壇之野荒人散則削之負固不服則侵之賊殺其親則
征之放弒其君則殘之犯令陵正則杜之內外亂鳥獸行則滅之也言諸葛亮姜維侵邉
之時當國家多事不暇修九伐之道以征之也此却述前過將誅之意也今邉境
乂清方內無事蓄力待時并善本作併字兵一向
良曰乂安蓄積也言我國家邉境安寧積兵之力一向攻蜀也善曰孫子兵法曰併敵
一向千里殺將而巴蜀一州之衆分張守備難以禦
天下之師段谷侯和沮傷之氣難以敵堂堂
之陣翰曰天下之師謂前五道兵入者也段谷侯和皆地名鄧艾破姜維之所也沮
壞也堂堂盛貌言以壞傷之兵不可敵我全盛之陣善曰魏志曰姜維趣上邽鄧艾與

文選四十四　三十八

戰于段谷大破之又曰姜維寇洮陽鄧艾拒之破維于侯和漢書公乘興尚書曰王尊厲
奔北之吏起沮傷之氣黃帝出軍決曰始立牙之日吉氣來應旗幡指敵或從風而來金
鐸之聲揚以清鼓鞞之音婉而鳴是謂堂堂之陣整整之旗此大勝之徵也比年
已來曾無寧歲征夫勤瘁萃難以當子來之
民此皆諸賢所共親見銑曰比近也無寧歲謂不安也勤勞瘁病
也子來謂如父有事而子自來助之也言以勞病之卒不可敵我子來之兵也諸賢蜀將
吏也親見事宜也善曰國語姜氏告於公子曰自子之行晉無寧歲毛詩曰經始勿
亟庶民子來
蜀侯見擒善本作禽字於秦公孫述授首
於漢向曰秦惠王伐蜀而發蜀侯擒獲也公孫述屢蜀稱帝光武使吳漢伐滅之授
首謂受戮也善曰史記曰秦惠文君八年張儀復相伐蜀滅之公孫述已見吳都賦九

州之險是非一姓此皆諸君所備聞善本有也字
濟曰言險塞之所非一姓常居有德則處之備聞謂揔聞蜀侯公孫述之事也善曰左
氏傳司馬侯曰九州之險是非一姓也明者見危於無形智者
規福於未萌良曰形見規圖也萌初生也善曰太公金匱曰明者見於未
萌智者避危於無形是以微子去商長為周賓陳平背
項立功於漢翰曰微子紂兄去紂歸周封於宋受命朝見故謂之賓陳平背
項羽而歸漢祖立功於漢封曲逆侯善曰毛詩序曰有客微子來見祖廟也鄭玄曰武
王既黜殷命殺武庚微子代殷後既受命來朝而見之於廟史記曰陳平懼項王誅遂至
脩武降漢拜平為都尉豈宴安鴆毒懷祿而不變哉銑曰
宴樂也言宴然安此鴆毒懷爵祿不為變通也鴆毒殺人之藥喻蜀也善曰左氏傳管

文選四十四　三十九

敬仲曰宴安鴆毒不可懷也漢書楊惲曰懷祿貪勢不能自退今國朝隆天
覆之恩宰輔弘寬恕之德先惠後誅好生惡
殺向曰天覆謂如天之覆養也恕猶捨也言以恩惠為先以誅伐為後善曰禮記孔
子曰天無私覆地無私載尚書大傳成王問周公曰舜何以也周公曰其政也好生而惡
殺往者吳將孫壹舉衆內附位為上司寵秩
殊異濟曰江夏太守孫壹以衆歸魏魏以壹為車騎將軍封吳侯寵榮秩祿也殊異
謂異於常人善曰吳志曰孫壹為江夏太守及孫綝誅滕胤呂據據胤皆壹之妹夫也
綝遣朱異潛襲壹壹知其攻已率部曲將胤妻奔魏魏以壹為車騎將軍封吳
侯文欽唐咨為國大害叛主讎賊還為戎首
咨困偪擒善本作禽字獲欽二子還降皆將軍封

佚容豫聞國事良曰文欽與毋丘儉舉兵反司馬宣王擊之大破欽亡入吳吳以欽為鎮北大將軍諸葛誕反遣子入吳請救吳遣唐咨文欽俱来應誕誕疑遂殺欽欽子鴦及虎踰城出歸大將軍表之以為將軍各賜關內侯咨生擒拜安遠將軍叛王請背魏也戎首謂為將伐魏也困偪謂咨見擒也豫聞國事謂為將軍也善曰魏志曰文欽字仲若曹爽之邑人也以毋丘儉舉兵反大將軍司馬文王臨淮討之諸葛誕遂殺欽欽子鴦及虎踰城出自歸大將軍大將軍表鴦為將軍各賜爵關內侯大將軍乃自臨圍四面進兵同時鼓譟登城唐咨面縛降拜咨安遠將軍禮記子思曰無為戎首鄭玄曰為兵主曰戎首壹等窮踧歸命猶加上寵況巴蜀賢智見幾善本幾作機而徃善本徃作作者哉翰曰言孫壹唐咨窮迫歸命尚加寵命況巴蜀父老哉言寵命過之善曰見檄已見上文誠能深鑒

文選四十四　四十

成敗邈然高蹈投跡微子之蹤措身陳平之軌則福同古人慶流來裔百姓士民安堵樂業農不易畝市不迴肆銑曰邈遠措投軌迹也古人謂微子陳平言慶善也來裔謂子孫也堵牆肆市變易也善曰能降則百姓安居而農市俱不變易安堵已見上文呂氏春秋曰桀為無道湯立為天子夏民大悅農不去疇商不變肆去累卵之危就永安之計豈不美歟善本作與字向曰卵為卵重累之其勢危言不降則似累卵之危降則長安也善曰說苑曰晉靈公造九層臺孫息聞之求見曰臣能累十二博棊加九雞子其上公曰作之孫息以棊子置下加九雞子其上公曰危哉若偷安旦夕迷而不反大兵一放玉石俱碎雖欲悔之亦無及也濟曰迷惑謂不降也玉石俱碎謂縱兵破敗之後惡俱見屠戮也善曰並已見上文善各具

宣布咸使知聞

難蜀父老一首善曰漢書曰武帝時相如使蜀長老多言通西南夷不為國用大臣亦以為然相如業已建之不敢諫乃著書假蜀父老為辭而已以語難之以諷天子因宣其使指令百姓知天子意焉

司馬長卿良曰相如使蜀蜀父老言通西南夷不為國用大臣亦以為然也相如以為事行不敢諫天子乃假蜀父老為辭以語難之因宣其使指令百姓知之天子意也

漢興七十有八載德茂存乎六世翰曰茂盛也六世謂自高祖至武帝也善曰六世謂武帝威武紛紜湛沈恩汪濊烏

文選四十四　四十一

羣生霑濡洋溢乎方外銑曰紛紜盛貌湛厚汪廣濊深也羣生百姓也濡潤也洋溢流出貌方外遠方也張揖曰汪濊深貌也善曰汪烏黃切濊烏外切於是乃命使西征隨流而攘風之所被罔不披上靡因朝冉從駹蒙定筰鑿存邛向曰使自謂流行攘却風教罔無也披靡從化貌冉駹邛皆蜀郡西部也朝從定存謂招慰得也善曰服虔曰冉駹筰蜀郡西部邛都也應劭曰蜀郡岷江本冉駹也筰文穎曰邛今為邛都縣今為定筰縣皆屬越嶲略斯榆舉苞蒲鄭玄曰斯音張揖曰斯俞國名也服虔曰苞蒲一夷種也善本無此句結軌還轅東鄉向將報濟曰軌車也還轅謂將還歸以報命善曰楚辭曰結余軫於西山王逸曰結旋至于蜀都耆老大夫搢紳先生之徒二十有

七人儼然造焉辭畢進曰蓋善本有聞字天子之
牧夷狄也其義羈縻勿絕而已良曰搢紳謂衣冠也先生
有德之稱儼然恭肅貌畢竟牧養也羈縻謂似以繩索絆繫而已此皆父老問使之詞
善曰應劭漢官儀曰馬曰羈牛曰縻言四夷如牛馬之受羈縻也今罷皮三
郡之士通夜郎之塗三年於茲而功不竟士
卒勞倦萬民不贍今又接之以西夷百姓力
屈恐不能卒業此亦使者之累也竊為左右
患之翰曰三郡三蜀也夜郎縣名贍足也言通夜郎未竟今又續西夷之事恐百姓
力屈不能終其事業亦使者罪累也左右侍者也相敬之辭也且夫邛筰西
夷之與中國並也歷年茲多不可記也善本作已

文選四十四　四十二

字仁者不以德來強者不以力并意者其殆
不可乎銑曰言西夷與中國並其來久而不可記然前王後帝強者不并仁者不
懷意者老自言也殆近也不可謂不可用也　善曰孟子曰禹之相舜歷年茲多不可
猶不堪也以其不堪為用故棄之也今割齊民以附夷狄敝所
恃以事無用鄙人固陋不識所謂也向曰附近言割中
國之人以事無用夷狄也鄙人耆老自謂也固陋謙辭也所謂所說也　善曰附謂令之
親附也齊民已見上文使者曰烏謂此乎必若所云則
是蜀不變服而巴不化俗也濟曰使者對父老也安謂此乎
言所說非也巴蜀皆推髻左衽若如父老言則不當變易　善曰應劭曰巴蜀皆古蠻夷
推結左衽之人也僕常惡聞若說然斯事體大固非

觀者之所覯也余之行急其詳不可得聞已
請為大夫粗陳其略良曰惡聞若說謂父老說也斯此也此事謂
郎之事言體大固非觀者所見也余拍如自謂也言我行急不得審識為父老粗略而陳
之謂下事也　善曰孟子曰其詳不可得聞嘗聞其略矣韋昭曰粗猶略也徂古切蓋
世必有非常之人然後有非常之事有非常
之事然後有非常之功夫非常者固常人之
所異也故曰非常之原黎民懼焉翰曰非常人聖人也
原本也言立聖人之功本則衆人見而懼揖曰非常之事其本難知衆民懼也　善曰張
尚書曰黎民於變時雍及臻厥成天下晏如也銑曰臻至也及
至其成則天下衆人皆安之也昔者洪水沸出氾汎濫衍溢

文選四十四　四十三

向曰洪大也言昔者大水沸出堯時也氾濫衍溢大水貌張揖曰溢溢也郭璞三蒼解詁
曰溢水聲也字林云匹寸切　善曰古漢書為溢今為衍非也民人升降移
徙崎嶇而不安夏后善本有氏字慼之乃堙洪塞
源決江疏河漉息移切善本作灑字沈澹災濟曰徙崎嶇為避
水不得安居也夏后謂禹也慼憂也堙亦塞也決江疏河謂理水也漉盡也澹水搖動貌
謂盡除沈溺之災也張揖曰疏通也灑分也韋昭曰灑史紙切蘇林曰澹音淡　善
曰言分其沈溺搖動之災也灑或作漉字書曰漉水索也賜移切說文曰澹水搖也徒濫
切顏師古曰沈深也澹安也言分散其深水以安定其災也灑所宜切東歸之
於海而天下永寧當斯之勤豈唯民哉心煩
於慮而身親其勞躬腠奏胝竹尸無胈蒲葛膚不

生毛良曰身ㄊ寧安也豈唯人哉言當理水之時非獨百姓禹亦勞也慮謀勝皮胝
藣也胈股上小毛也言艱苦至使皮膚累藣而不生毛也張晏曰躬體也孟康曰勝勝理
也韋昭曰胈其中小毛也郭璞三蒼解詁曰胝躪也竹施切　善曰莊子曰有两袒女浣
於白水之上者禹過之而趍曰治天下奈何女曰股無胈脛不生毛顏色烈凍手足胼胝
何以至是胼步千切故休烈顯乎無窮聲稱浹乎于兹
且夫賢君之踐位也豈特委瑣齷音渥　善本作喔字
齪楚角拘文牽俗翰曰浹及也言禹之美業德聲及于無窮也應劭曰喔齷
急促之貌也善曰喔音握修誦習傳當世取說云爾哉必
將崇論閎議創業垂統為萬世規銑曰言賢君豈修習
古書傳流舊法取當時悅情而已哉言不如此也　向曰崇高閎大統紀規法也言將高

文選四十四　四十四

論大議創業垂紀為萬世法也　善曰鄧展子曰字詁云吰今宏字孟子曰君子創業垂
統為可繼故馳騖乎兼容并包而勤思乎參天貳
地濟曰兼并謂兼萬國而并四夷也參比也言君德比於天而與天同一能合於地故
云貳地也　善曰已比德於地是貳地也地與已并天是三也且詩不云乎
普天之下莫非王土率土之濱莫非王臣良曰
普徧也　善曰毛詩小雅文濱涯也本或作賓是以六合之內八方
之外浸潯衍溢懷生之物有不浸潤於澤者
賢君恥之翰曰浸潯衍溢言理化遠也懷生之物謂動植之類也言如此等有
不霑德澤者則我君之恥也今封疆之內冠帶之倫咸獲
嘉祉靡有闕遺矣銑曰封疆之內謂國內嘉善祉福靡無也而夷

狄殊俗之國遼絕異黨之域舟車不通人跡
罕至政教未加流風猶微向曰遼遠也加被也言遠國政教未被
被而王之流風尚自微薄也流風謂流化人之風也　善曰孟子曰故家遺俗流風善政
猶有存者內之則善本有時字犯義侵禮於邊境外之
則邪行橫作放殺其上君臣易位尊卑失序
父老不辜幼孤為奴虜係縲號泣內鄉音向善本
作嚮字而怨濟曰內謂通其朝獻也外謂隔絕不通也故逐辜罪也係縲謂束縛
也言巴蜀父老無罪被殺掠取孤幼縛束以為奴僕所以號泣向中國而怨之　善曰張
揖曰為人所係戰國策曰韓魏父子老弱係虜於道路曰蓋聞中國有
至仁焉德洋恩普物靡不得其所今獨曷為

文選四十四　四十五

遺己善本作已字舉踵思慕若枯旱之望雨良曰至仁
謂天子也洋溢普徧靡無曷何遺棄也已謂上號泣者身也踵足也言何為棄我也舉足
思慕天子之化如枯旱之望雨　善曰孟子曰湯始征葛伯民望之若大旱之望雨戾
夫為之垂涕況乎上聖又焉能已故北出師
以討彊胡南馳使以誚勁越四面風德二方
之君鱗集仰流翰曰戾狼惡人也言狼惡之人見係縲者猶且垂涕況天
子能止而不伐乎胡匈奴也誚責勁強也四面四夷也風德謂賜能言語之人使以德諭
諷二方即胡越之君因其討責如魚鱗之相次仰承流風也　善曰論語比考讖曰賜風
德宋均曰賜能言語故可使風諭以德也二方謂西夷南夷也鱗集相次也願得
受號者以億計銑曰號教令也億數之多也故乃關沫昧

若徼斗牂臧牁向曰沫若蜀西水名牂牁遠郡名關門徼道也漢書音義
曰以沫若水爲關也張揖曰沫水出蜀西徼外入于江若水出廣平徼外出旄牛入江
善曰沫音妹張揖曰徼塞也以木柵水爲夷狄之界鏤靈山梁孫原濟曰
鏤靈山言鑿山金華縣鏤之者以紀功也孫水名原本也梁謂作橋於上也張揖曰鑿通
山道置靈道縣屬越巂郡孫水出登縣南至會無縣入若水李奇曰於孫水之本作橋梁
創道德之塗垂仁義之統將博恩廣施遠撫
長駕良曰創始也言天子始以道德爲羣以化之垂仁義以理之將廣大恩信以撫
御之駕謂所善曰張駕者遠使疏逖不閉昒晦爽闇昧得
耀乎光明翰曰疏逖遠也曶爽未明也言天子德化遠及幽國使通不閉如瞑
昧之闇而得光明之耀也韋昭曰曶晦憒切善曰言疏遠之國不被壅閉昒爽闇昧後得

文選四十四　四十六

乎光明言化之所被者遠也郭璞三蒼解詁曰曶旦明也字林音勿尚書曰甲子昧爽孔
安國曰昧早旦也爽明也以偃甲兵於此而息討伐於彼
遐邇一體中外禔支福不亦康乎銑曰偃息也此國家
也討伐征戰也彼夷狄也一體無外內也禔安康樂也善曰說文曰禔安也音支夫
拯人善本作民字於沈溺奉至尊之休德反衰世
之陵夷繼周氏之絕業天子之急善本作亟字務
也向曰休美也陵夷謂政教隤毀也周家典禮遭秦焚之漢滅秦而復修理故云繼周
氏之絕業善曰夌夷即夌遲也史記張釋之曰秦陵遲而至於二世天下土崩漢書作
陵夷至於二世百姓雖勞又惡烏可以已乎哉濟曰惡何
已止也且夫王者固未有不始於憂勤而終於

逸樂者也良曰憂勤謂征伐也言王者皆征伐而後逸樂也善曰毛詩序曰
始於憂勤終於逸樂然則受命之符合在於此翰曰言受命符
瑞合於此時也方將增泰善本作太字山之封加梁父之
事鳴和鸞善本作鸞字揚樂頌上咸五下登三銑曰
王者太平則封增太山禪梁甫鑾鈴也頌雅頌也言漢德之盛上可減五帝之義下可升
三王之上登升也李奇曰五帝之德比漢爲減三王之德漢出其上觀者未觀
旨聽者未聞音猶鷦鵬已翔乎寥聊廓告郭切善
本有之宇字而羅者猶視乎善本無乎字藪澤悲夫向曰
旨美也鷦鵬大鳥也寥廓空也羅者喻上夫先生等也言君之道德已流行深遠而大
夫猶視藪澤悲夫謂悲其不知於德化也善曰樂緯曰鷦鵬狀如鳳皇爾雅曰寥深也

文選四十四　四十七

空廓家寥也於是諸大夫芒善本作茫字然喪其所懷
來失厥所以進濟曰茫然不自得之貌言諸大夫聞天子之德思欲陳也
事昔喪失也喟然並稱曰允哉漢德此鄙人之所
願聞也百姓雖勞請以身先之敝罔靡徙遷
延而辭避善本作退字良曰喟然歎美之辭也鄙人大夫自謙也願聞討西
夷之事也請以身先謂欲以身先士卒也敝罔驚視貌靡徙移足貌遷延卻退貌善曰
尚書大傳曰魏文侯問子夏子夏乃遷延而退

文選卷第四十四

宿

文選

對問 設論 辭 序上

卅五

廿六十

文選卷第四十五

梁昭明太子撰 五臣并李善注

文選四十五　一

對問

對楚王問一首

宋玉

楚襄王問於宋玉曰先生其有遺行與何士
民衆庶不譽之甚也向曰先生謂宋玉也王問宋玉不有遺失之行
於國中之人乎何爲衆庶百姓不談先生聲譽 善曰遺行可遺棄之行也韓詩外傳子
路謂孔子曰夫子尚有遺行乎奚居之隱宋玉對曰唯銑曰唯敬應之辭
然有之良曰然亦有其所以願大王寬其罪使得畢其
辭客有歌於郢中者其始曰下里巴人國中
屬而和者數千人其爲陽阿薤露國中屬而
和者數百人其爲陽春白雪國中屬而和者
善本有不過字數十人而已善本無而已字引商刻羽雜以
流徵國中屬而和者不過數人善本有而已字翰曰下
里巴人下曲名也陽春白雪高曲名也是以善本無以字其曲彌高
其和彌寡故鳥有鳳而魚有鯤濟曰鳳鳥之長鯤魚之長
善曰曾子曰聞諸夫子曰羽蟲之精者曰鳳鱗蟲之精者曰龍淮南子曰孟春之月其蟲
鱗許慎曰鱗龍之屬也鳳皇上擊九千里絶雲霓負蒼
天足亂浮雲善本無足亂浮雲字翺翔乎杳冥之上向曰
杳冥絶遠處夫蕃籬之鷃豈能與之料天地之高
哉銑曰蕃籬蕃草之屬鷃小鳥也言栖於蕃籬之上豈能料計天地之高遠哉言其不
知也玉自喻高才人安能知之乃肯輒有爲聲譽鯤魚朝發崐崘之
墟暴鬐巨夷於碣石良曰崐崘山黄河之源出焉墟山根也暴露也鬐魚
之鬣也碣石海畔之山也善曰爾雅曰河出崐崘墟色白郭璞曰墟山下基也暮

文選四十五 二

宿於孟諸夫尺澤之鯢倪豈能與之量江海
之大哉翰曰孟諸大澤名尺澤小水也鯢小魚名 善曰孔安國尚書傳曰碣石
海畔山尺澤言小也故非獨鳥有鳳而魚有鯤善本作鱗字
也士亦有之翰曰言亦有大才不可識知者夫聖人瑰古回意
琦巨宜行超然獨處向曰瑰大琦美也世善本作夫世字俗之
民又安知臣之所爲哉向曰玉自言其才俗人所不知

設論

答客難一首

東方曼倩銑曰漢書云東方朔字曼倩平原厭次人也武帝時
舉賢良方正之士待以不次之位朔乃上書自云其才上偉之 善
曰漢書曰朔上書陳農戰強國之計推意放蕩終不見用因著論設
客難已用位卑以自慰諭

文選四十五 三

客難東方朔翰曰朔上書陳農戰強國之計然不見用又以位卑故假爲客
難以答之曰蘇秦張儀一善本作壹字當萬乘之主而
身都卿相之位澤及後世翰曰當遇也良曰都居也如淳曰
都居也今子大夫向曰謂朔也修先王之術慕聖人
之義諷誦詩書百家之言不可勝數善本作記字
著於竹帛脣腐齒落服膺而不可釋好學樂
道之無善本無無字效明白甚矣翰曰言張儀蘇秦一遇而爲卿
相而朔好學樂道位且卑微是好學之無一效明白甚矣 善曰禮記曰幽之爲入也得

善則拳拳服膺而不失之矣自以為智能海內無雙則可謂博聞辯智矣然悉力盡忠以事聖帝曠日持久積數十年官不過侍郎位不過執戟意者尚有遺行邪善本作也字銑曰客意者以朔有才而位下恐其有遺失之行也善曰史記韓信曰臣事項王官不過侍郎位不過執戟遺行已見上文也同胞蒲包之徒無所容居其故何也向曰同胞之徒謂兄弟也言其祿薄兄弟亦無所容居其何故如此也蘇林曰音胞胎之胞言親兄弟也東方先生喟然長息仰而應之曰是故非子之所能備也善本無也字濟曰言其不能備知也彼一時也此一時也豈可同哉夫蘇秦張儀之時周室大壞諸侯不朝力政爭權相擒以兵并為十二國未有雌雄翰曰謂爭彊弱未定也善曰孟子謂充虞曰彼一時也此一時也眞子曰昔周室之衰也厲王擾亂天下諸侯力政人欲獨行以相兼張晏曰周千八百國在者十二謂魯衛齊宋楚鄭燕趙韓魏秦中山善曰春秋孔演圖曰天運三百歲雌雄代起得士者彊失士者亡故說得行焉良曰士謂賢士也善曰孔叢子子思謂曾子曰今天下諸侯方欲力爭競招英雄以自輔翼此乃得士則昌失士則亡之秋也身處尊位珍寶充內外有廩倉善本作倉廩善曰蔡邕月令章句曰穀藏曰倉米藏曰廩澤及後世子孫長享今則不然聖帝流德善本作德流字天下震慴向曰慴懼也諸侯賓服威振四夷善本無威振四夷字

文選四十五　四

連四海之外以為帶安於覆盂翰曰言連如衣帶也盂器也言天下無事而人安如在於覆盂之下善曰韓詩外傳曰君子之居也晏如覆杅盂與杅同音于天下均平合為一家動發舉事猶運之掌賢與不肖何以異哉向曰言天下易治國家所舉動事如運於手掌之內亦何用賢人也故不異於不肖也善曰列子曰楊朱見梁惠王言治天下猶運之掌禮記子曰道之不明也我知之矣賢者過之不肖者不及遵天之道順地之理物無不得其所故綏之則安動之則苦尊之則為將卑之則為虜銑曰虜謂寇敵也抗之則在青雲之上抑之則在深淵之下良曰抗舉也用之則為虎不用則為鼠雖欲盡節效情安知前後濟曰言皇德自行故不藉盡節效情者也安知前後謂無所用其才也方今善本無方今有夫字天地之大士民之衆竭精馳說並進輻湊者不可勝數悉力慕之困於衣食或失門戶翰曰言士人盡力以慕天子之德欲效精誠區區之志於下困於衣食或至失道路者門戶謂道路也善曰文字曰羣臣輻湊言上書忤旨或被誅戮使蘇秦張儀與僕並生於今之世曾不得掌故安敢望侍郎乎向曰掌故卑吏也善曰應劭漢書注曰掌故百石吏主故事者傳曰天下無害菑善本無菑字雖有聖人無所施才上下和同雖有賢者無所立功故曰時異事殊善本作異字雖然安可以不務

文選四十五　五

修身乎哉詩曰鼓鍾于宮聲聞于外鶴鳴九
皐聲聞于天銑曰皐澤也言人好學修身中聲譽聞於天下亦如鼓鍾于宮
而聲出於外鶴鳴於澤而聲聞于天也善曰韓子曰文王行仁義而王天下偃王行仁
義而喪其國故曰世異則事異毛詩小雅文也毛萇曰有諸於中必見於外也又曰皐澤
也苟能修身何患不榮太公體行仁義七十
有二乃設用於文武得信厥說音稅濟曰用文武之道
以相周室得信用其說策也封於齊七百歲而不絕此士
所以日夜孳孳孜修學敏行而不敢怠也翰曰
孳孳猶懼懈怠慢也善曰說苑鄒子說梁王曰太公年七十而相周九十而封齊孟子
曰雞鳴而起孳孳爲善者舜之徒也譬若鶺鴒飛且鳴矣向曰鶺鴒

文選四十五　六

鳥飛則必鳴行則搖尾不能自捨亦如人孳孳修身而不懈怠也善曰毛詩曰題彼鶺
鴒載飛載鳴毛萇曰題視也傳曰天不爲人之惡烏故寒而
輟其冬地不爲人之惡險而輟其廣君子不
以善本作爲字小人之匈匈而易其行銑曰匈匈喧頌貌
天有常度地有常形君子有常行君子道其
常小人計其功良曰道行也言君子行善事乃是其常而小人則自矜夸
爭計其功也詩云禮義之不愆何恤人之言濟曰愆失
恤憂也善曰皆孫卿子文水至清則無魚人至察則無
徒翰曰水至清魚無所隱人至明察人所疾畏故孤立而無徒侶黨援矣冕而
前旒所以蔽明黈土斗纊曠蔽善本作充字耳所以

塞聰向曰冕冠也旒冠前垂者以蔽目前之明察示不見下人小過也黈黃玉以綿
裹之於冠兩邊以塞耳所以示不聞下人之過纊細綿也善曰皆大戴禮孔子之辭也
辭綜東京賦注曰黈纊以黃綿爲丸懸冠兩邊當耳不欲聞不急之言也明有所
不見聰有所不聞舉大德赦小過無求備於
一人之義也銑曰不求備才於一人蓋收其片善也善曰論語曰仲弓爲
季氏宰問政子曰先有司赦小過舉賢才尚書曰與人弗求備檢身若不及枉而
直之使自得之良曰枉曲也言曲者申之令直使各自得所也優而
柔之使自求之濟曰優柔寬容使自求所宜也揆而度之使
自索所格之翰曰揆度其才性所爲使不枉奪倫各自求其分也索求也善曰
皆大戴禮孔子之辭也家語亦同王肅曰雖當直枉從容使自得也優寬和柔之使自求
其宜也揆度其法以開視之使自索得也趙岐孟子注曰使自得其本善性也蓋聖

文選四十五　七

人之教化如此欲其自得之自得之則敏且
廣矣向曰欲使其自得所宜者則必有逸志而才有疾速且廣大其事也今世
之處士善本有時雖不用一句塊然無徒廓然獨居銑曰
塊獨貌廓空也上觀許由下察接輿良曰許由接輿並隱者計
同范蠡忠合子胥濟曰范蠡越賢臣也越王用其計滅吳伍子胥吳賢
臣也盡忠於吳王而見殺善曰史記曰勾踐之栖會稽范蠡令卑辭厚禮以遺吳後欲
伐吳勾踐復問蠡蠡曰可矣遂滅之天下和平與義相扶寡偶
少徒固其宜也子何疑於予哉翰曰國家昏亂忠臣用焉
今雖有賢人且屬於天下和平而百姓皆與義相扶是故賢人無用於時少其匹偶徒侶

者固其宜也客何疑於我而有難說也若夫燕之用樂毅秦之任李斯漢用善本無漢用字酈歷食異其肌之下齊說行如流曲從如環所欲必得功若丘山海內定國家安是遇其時善本有者字也子又何怪之邪向曰燕昭王用樂毅而破齊秦始皇用李斯并六國漢用酈食其說齊下七十餘城如流言易也如環謂諸侯從其言如環之繞指也子謂客也善曰史記曰樂毅去趙適魏聞燕昭王好賢樂毅為魏昭王使於燕燕王以禮待之遂委質為臣下又曰秦卒用李斯計謀竟并天下以斯為丞相漢書酈食其謂上曰臣請說齊王使為漢而稱東藩上曰善乃說齊齊王田廣以為然遂罷歷下守戰之備語曰以管窺天以蠡力和測海以筳廷撞江濁鐘豈能通其條貫考

文選四十五　八

其文理發其音聲者善本無者字哉銑曰管竹管也蠡蚌蛤也測量也筳以木枝也撞擊也言以竹管窺天以蚌蛤量於海以木枝擊其鐘其條貫文理聲音終不可通發矣言所荅客之辭不可通發也服虔曰筦音管張晏曰蠡瓠瓢也善曰莊子曰魏牟謂公孫龍曰規規而求之以察索之以辯是直用管窺天用錐指地不亦小乎說苑趙襄子謂子路曰吾嘗問孔子曰先生事七十君無明君乎孔子不對何謂賢邪子路曰建天下之鳴鐘撞之以筳豈能發其音聲哉由是觀之譬由鼱精鼩劬之襲狗孤豚之咋士白虎至則靡亡皮耳何功之有良曰鼱鼩鼠也孤豚小豬也咋齧也靡耳畏服貌謂以耳向後也言今所荅客言不能感發其意亦猶鼠之襲狗豚之齧虎但畏服而已矣所遷言者蓋無功也善曰李巡爾雅注曰鼱鼩一名奚鼠應劭風俗通曰按方言豚豬子也今人相罵曰孤豚之子是也說文曰靡爛也靡與糜古字通也今以下愚而非處士雖欲勿困固不得已濟曰下愚翔自謙也處士謂客也言今所荅以下愚之言以非斥於客雖欲勿困悴固不可得也此適足以明其不知權變而終惑於大道也翰曰翔自謙不知權變而迷惑於大道

解嘲一首 并序

楊子雲 向曰嘲謂戲弄之言

哀帝時丁傅董賢用事銑曰丁明傅晏董賢皆用權勢天下傾附也善曰漢書曰定陶丁姬哀帝母也兄明為大司馬又曰孝哀傅皇后哀帝即位封后父晏為孔鄉侯諸附離之者起家至二千石良曰人有附著

文選四十五　九

其勢者起家拔為二千石之位漢書音義莊子曰附離不以膠漆時雄方草創太玄有以自守泊如也濟曰草創言造作太玄經也泊如謂淡泊無為也謂雄造作大玄經以守淡泊無為之務也人有嘲雄以玄善本有之字尚白翰曰玄道也白喻人俗也化俗歸道亦如染素於黑黑成則道行也言尚白者譏其道未行也服虔曰玄當黑而尚白將無可用而善本無而字雄解之號曰解嘲其辭曰

客嘲楊子曰吾聞上世之士人綱人紀不生則已向曰上世之人為人綱紀若不為則止歸於休也生猶為也已止也善曰尚書曰先王肇修人紀孔安國曰修為人綱紀也孔叢子子魚曰丈夫不生則已生則有云為於世也生必上尊人君下榮父母析先歷人之珪

儋甘都人之爵懷人之符分人之祿銑曰盡忠為尊人君也揚名為榮父母也析分也珪諸侯所執也儋荷也符信也亦貴者所執也言當分人君之珪以為上列之諸侯荷人君之重爵懷人君之符信分人君之祿善曰說文儋荷也應劭曰文帝始與諸王竹使符紆青拖徒可紫朱丹其轂良曰紆帶也拖服也轂車轂也青紫並貴者服飾也朱丹以朱色飾其車轂也　善曰東觀漢記曰印綬漢制公侯紫綬九卿青綬漢書曰吏二千石朱兩轓今吾子幸得遭明盛之世處不諱之朝與羣賢同行歷金門上玉堂有日矣濟曰天子多忌諱而人彌窮貧忌諱法令煩也不諱謂法令不煩苛也金門天子門也玉堂天子殿也有日矣言久也應劭曰待詔金馬門晉灼曰黃圖有大玉堂小玉堂曾不能畫一奇出一策上說人主下談公卿目如燿星舌如電光一從子恭一横論者莫當翰曰電光謂辯辯速如電光之閃也一從一横謂言辯從横而生諸所論說者莫能當矣言雄曾不如此以說人主以談公卿以取重位也　善曰史記秦王曰知一從一横其說何顧默而作太玄五千文枝葉扶疏獨說數十餘萬言向曰言其不能辯說以求高位反顧其靜默而作太玄經五千文太大也太玄經謂廣大於老子玄言而文辭如枝葉四布至於數十餘萬言也扶疏四布皃　善曰以樹喻文也說文曰扶疏四布也深者入黃泉高者出蒼天大者含元氣纖善本作細字者入無倫善本作間字　銑曰太玄經文意有深高大小如此也纖小也　善曰春秋命曆序曰元氣正則天地八卦孳無間言至微也淮南子曰出入無間然而位不

過侍郎擢纔給事黃門良曰言其位不過侍郎且拔擢之纔至於給事黃門郎而已蘇林曰擢之纔纔為給事黃門不長作意者玄得無尚白乎何為官之拓落也濟曰拓落猶排擯也言其何為官見排擯如此也　善曰拓落猶遼落不諧偶也楊子笑而應之曰客徒欲善本無欲字朱丹吾轂不知一跌觀結將赤吾之族也翰曰跌差也且富貴朱丹其轂若一逢差失則族亦見誅　善曰廣雅曰跌差也赤謂誅滅也往者善本作昔字周網解結羣鹿爭逸離為十二合為六七四分五剖並為戰國向曰網謂政教也解結謂政教敗亂也羣鹿喻亂兵也逸走也周末諸侯離叛為十二國後相並合乃為七國然而秦強東制諸侯故別言之則有六并而言之則有七故言六七也　銑曰天下喪亂諸侯各保山河故四瀆五岳各為分剖並為戰爭之國也剖判也服虔曰鹿喻在爵位者　善曰十二國已見上文張晏曰謂齊燕楚韓趙魏為六就秦為七晉灼曰此直道其分離之意耳雜陽傳云濟北四分五裂之國也士無常君國無定臣良曰言君臣數遷易不常定得士者富失士者貧濟曰得賢臣則國強人富失賢士則國弱人貧　善曰春秋保乾圖曰得士則安失士則危矯翼厲翮恣意所存翰曰矯擧厲振也言人擇君而事之如鳥擧翼振翮而恣意飛意所慕者乃下事之存故士或自盛以橐託或鑿坏普回以遁向曰范雎入秦藏於橐中橐袋也昔魯君聞顏闔賢使聘之欲以為相闔乃鑿坏遁焉坏屋後牆也遁逃也服虔曰范雎入秦藏於橐中　善曰史記王稽辭魏去竊載范雎入秦至湖見車騎曰為誰王稽曰穰侯范雎曰此恐辱我我寧匿車中有

頃穰使過淮南子曰顏闔魯君欲相之而不肯使人以幣先焉鑿坏而遁之是故
鄒衍以頡賢挈頏苦浪而取世資銑曰頡頏猶詭異也言鄒衍著
書所言詭異而世人取資以為師學應劭曰齊人著書所言多大事故齊人號談天鄒衍
注齊至御蘇林曰頡音提挈之挈善曰頡頏奇怪之辯也鄒衍著書雖奇怪世尚取以
為貧而已為之師也言資以避下文也孟軻雖連蹇去猶為萬
乘師良曰連蹇謂往來皆難也言孟軻游齊齊不能用適梁梁亦不用然而雖往來
也辭不見任用終齊為齊威王師也蘇林曰連蹇言語不便利也善曰趙岐孟子章指曰
曰滕文公尊敬孟子若弟子之問師今大漢左東海右渠搜濟曰
渠搜西方遠國名也在西故言右應劭曰會稽東海也服虔曰連西戎國也應劭曰禹貢
析支渠搜屬雍州在金城河間之西前番潘禺音愚翰曰南方遠國名也在

南故云前也應劭曰南海郡張晏曰南越王都也後陶善本作椒字塗翰曰
北方遠國名也在北故曰後應劭曰漁陽之北界東南一尉向曰一尉官名也如
淳曰地理志云在會稽西北一候銑曰西北玉門陽關有門候所以伺候遠
國來朝之寶也候亦官也如淳曰地理志曰龍勒玉門陽關有候徽以糾墨
製以鑕質鈇方無反良曰糾墨鑕鈇皆刑法名也徽繫也製裁也服虔曰
徽縛束也應劭曰束以繩徽弩之徽善曰說文曰糾三合繩也又曰墨索也公羊傳曰
不忍加之鈇鑕何休注曰斬腰之刑也散以禮樂風以詩書曠
以歲月結以倚廬濟曰倚廬堊室也執衰之服居之以結其心也此言
修喪制之禮以示於人也應劭曰漢律以為親行三年服不得選舉善曰結為倚廬以
結其心左氏傳曰齊晏桓子卒晏嬰麤斬衰居倚廬是以善本無是以字天下

之士雷動雲合魚鱗雜襲咸營于八區翰曰區方
也善曰史記蒯通曰天下之士雲合霧集魚鱗雜遝遝徒合切家家自以
為稷契人人自以為皋繇善本作陶字向曰稷契皋繇皆古
之賢臣也言家家自言其才能如古人之賢也善曰尚書帝曰俞咨禹汝平水土惟時
懋哉禹讓于稷契暨皋陶戴縰昔由善本作纚字垂纓而談者皆
擬於阿衡銑曰縰冠也纓衣領也言衣冠者所談皆自擬於伊尹之才也阿衡
謂伊尹湯之左相也善曰鄭玄儀禮注曰纚與縰同縰所氏切詩曰實惟阿衡左右商
王毛萇曰阿衡伊尹也五尺童子羞比晏嬰與夷吾良曰
五尺童子謂小兒也羞比於霸世之臣謂巳得帝王道矣晏嬰管仲並霸者之臣也夷吾
管仲字也善曰五尺童子已見李令伯表當途者升青雲失路

者委溝渠旦握權則為卿相夕失勢則為匹
夫譬若江湖之崖渤澥之島乘去鴈集不為
之多雙鳧飛不為之少濟曰江湖渤澥天下之大水喻國朝之大
也四鴈曰乘鳧水鳥也以喻羣臣言朝廷之有臣如江湖大海之中四鴈雙鳧集不為之
多飛去不為之少言國家雖賢臣多集不覺其多去亦不覺其少也崖岸也海中山曰島
也善曰方言曰飛鳥曰雙鴈曰乘昔三仁去而殷墟二老歸
而周熾翰曰三仁比干箕子微子也紂不用忠諫比干死箕子囚微子去而殷遂
巳宗廟為之丘墟也太公歸文王而周業盛是為二老不聞其二老焉李善引伯夷與太
公為二老甚誤矣且伯夷去絕周粟死於首陽奈何得云歸周也楊雄言二老亦用事之
誤也善曰三仁微子箕子比干也孟子曰伯夷避紂居北海之濱聞文王作興曰盍歸

乎來吾聞西伯善養老者二老者天下之大老也子胥死而吳亡種蠡禮在善本作存字而越霸向曰吳王不用伍子胥賜之鐲鏤令自死後亡其國越王用大夫種范蠡二臣之計而為霸主　善曰史記曰吳既誅子胥遂伐齊越王勾踐襲殺吳太子王聞乃歸與越平越王勾踐遂滅吳又曰越王句踐返國奉國政屬大夫種而使范蠡行成為質於吳後越大破吳五羖古入而秦喜樂毅出而燕懼銑曰五羖大夫百里奚也初百里奚說秦穆公穆公與語大喜燕昭王用樂毅破齊國昭王死惠王立乃疑毅毅乃奔趙燕惠王乃懼　善曰史記曰百里奚亡秦走宛楚穆公聞百里奚欲重贖之恐楚不與請以五羖皮贖之楚人許與之繆公與語國事繆公大悅又曰樂毅伐齊破之燕昭王死子立為燕惠王乃使騎劫代將而召毅毅畏誅遂西奔趙惠王恐趙用樂毅以伐燕也范雎以折劦支拉

力荅而危穰侯良曰魏齊荅擊范雎折脅拉齒既而不死後入秦說秦王以穰侯為相秦不忠遂拜雎為相代穰侯也善曰危穰侯已見李斯上書折摺已見鄒陽上書晉灼曰摺古拉字也蔡澤以噤欺禀吟疑甚而笑唐舉濟曰蔡澤就唐舉相舉乃笑之噤吟語而笑皃後乃代范雎為相　善曰史記曰唐舉見蔡澤熟視而笑曰吾聞聖人不相殆先生乎故當其有事也非蕭曹子房平勃樊霍則不能安翰曰言時亂有事則非蕭何曹參張子房陳平周勃樊噲霍光則不能安國家定社稷當其無事也章句之徒相與坐而守之亦無所患向曰章句之徒謂文儒之人也言若當時無事則文儒之士相與守國亦無所患也故世亂則聖哲馳騖而不足世治則庸夫高枕而有餘銑曰聖哲

不能獨濟故云不足馳騖謂奔走也良曰天下無事則庸夫與賢者皆高枕而閑故云有餘也　善曰說苑曰管仲庸夫也桓公得之以為仲父漢書賈誼曰陛下高枕終無山東之憂楚辭曰堯舜皆有舉任兮故高枕而自適夫上世之士或解縛而相或釋褐而傅翰曰齊桓公於魯得管仲解其縛而用之為相殷王高宗得傅說乃去其短褐之服以為師傅　善曰左氏傳曰齊鮑叔帥師來書曰子糾親也請君討之管召讎也請受而甘心焉乃殺子糾于生竇召忽死之管仲請囚鮑叔受之及堂阜而脫之歸而以告曰管夷吾治於高傒使相可也公從之墨子曰傅說被褐帶索傭築傅巖武丁得之舉以為三公或倚夷門而笑濟曰侯嬴賢人也為夷門卒見魏公子無忌乃倚門而笑之應劭曰侯嬴也秦伐趙趙求救魏無忌將百餘人往過嬴嬴無所誡更還見嬴嬴笑之以謀告無忌章昭曰笑人不知已也或橫

江潭而漁翰曰此為漁父也漁捕魚也服虔曰漁父也或七十說而不遇向曰孔子歷說天下七十君竟不一遇應劭曰孔丘也　善曰已見東方朔荅客難或立談閒善本無閒字而封侯銑曰言立談之間乃封侯善曰史記曰虞卿說趙孝成王再見為趙上卿故號為虞卿譙周曰食邑於虞也或枉千乘於陋巷良曰言枉紆千乘之駕至於陋巷之中以就賢人也　善曰呂氏春秋曰齊桓公見小臣稷一日三至弗得見從者曰萬乘之主見布衣之士一日三至而不得見亦可以止矣桓公曰不然士驁爵祿者固輕其主君驁霸王者亦輕其士從夫子驁爵祿吾庸敢驁霸王乎或擁篲而先驅濟曰擁執也篲掃帚也言人主或為賢人執掃與先驅而行也　善曰擁篲鄒衍也七略曰方士傳言鄒子在燕其游諸侯畏之皆郊迎擁篲也是以士頗得信其舌而奮

其筆翰曰謂人主貴而信之故也頗少也窒竹栗隙蹈瑕而無所
屈善本作詘字也向曰窒塞也隙過也瑕亦過也言塞補人君之過過君雖蹈履其
過終無見屈謂賢士用忠故也李奇曰君臣上下有瑕隙乖離之漸則可抵而取之善
曰爾雅曰窒塞也當今縣令不請士郡守不迎師銑曰
言今天下大平無有列國則縣令不求諸賢士郡守不迎致師傅則賢人何用羣卿
不揖客將相不俛眉良曰不低眉下色以求賢人也言奇者
見疑行故庚殊者得辟濟曰奇策也殊謂與常理殊也辟罪也善曰是以欲談者卷舌而
言世尚同而惡異爾雅曰辟罪也行趍步也
同聲欲步者擬足而投跡翰曰同聲謂俟衆言舉而相效也投
跡謂觀事變而隨行之善曰言不敢奇異也故欲談者卷舌不言待彼發而同其聲發
行者擬足不前待彼行而投其迹也周易曰子曰同聲相應莊子曰多物將往投迹者衆

文選四十五 十六

曏使上世之士處乎今世策非甲科行非
孝廉舉非方正獨可抗疏時道是非高得待
詔下觸闟罷又安得青紫向曰策謂對時務之策也抗疏謂舉也疏
書也言非對策甲科孝廉方正之人獨可舉意上書論道是非則是下觸上聞必見罷而
不用又安能得青紫之貴乎待詔謂天子之命善曰史記曰歲課甲科爲郎中乙科爲
太子舍人然甲科爲策一言抗疏其所觸犯者帝報以聞而罷之言不任用也且吾
聞之也善本無也字炎炎者滅隆隆者絕銑曰炎炎隆隆
盛貌滅絕者有盛必衰也觀雷觀火爲盈爲實天收其聲
地藏其熱高明之家鬼瞰其室良曰觀雷聲火光但見其
熱盛莫則其所以矣爲復匿也爲復實也忽然天收其聲地藏其熱則聲熱不聞見矣此
盛必衰之義也是知高明富貴之家鬼神窺望其室將害其滿盈之志矣故知天道惡盈
鬼神害盈瞰望也李奇曰周易云雷雨之動滿盈滿水也雷極則爲水火之光炎炎不可
久久亦消滅爲灰炭之實也李奇曰鬼神害盈而福謙攫九縛切拏女加切
者亡默默者存濟曰攫拏執持也言執權用勢者必亡默默守道者必存
也位極者宗善本作高字危自守者身全是故知
玄知默守道之極爰清爰靜游神之庭惟寂
惟漠守德之宅翰曰清靜寂漠皆無營欲也庭宅謂精神道德之所居處
善曰淮南子曰天道玄默無容無則老子曰知清知靜爲天下正莊子曰恬淡寂漠虛無
無爲此道德之質也世異事變人道不殊彼我易時未

文選四十五 十七

知何如向曰言古人世異事變人道大體不殊若使古人易居今世我又易處昔
時亦未知勝否何如李奇曰或能勝之今子乃以鴟梟而笑鳳
皇執蝘烏典蜓徒典而朝龜龍不亦病乎銑曰鴟梟惡鳥
也蝘蜓蜥蜴之類也善曰孫卿雲賦曰以龜龍爲蝘蜓鴟梟爲鳳皇說文曰在壁曰蝘
蜓在草曰蜥蜴子之笑我玄之尚白吾亦笑子病甚
不遇俞跗附與扁鵲也悲夫良曰俞跗扁鵲善醫者也言病
甚不逢善醫亦可悲也善曰中庶子謂扁鵲曰臣聞上古之時醫有俞跗治病不以湯
液法言曰扁鵲盧人而善醫客曰然則靡玄無所成名乎
范蔡以下何必玄哉濟曰靡無也言無此太玄經豈無所成名乎范
蔡已下何必有太玄而居卿相之位也善曰論語曰君子去仁惡乎成名子楊

曰范雎(善本有雞字)之亡命者(善本無者字)也折脅拉(善本作摺字)髂(口亞切)免於徽索(翰曰髂腰骨也則雎所拉齒齒即骨也徽索刑具也善曰埤蒼曰髂腰骨也)翕肩蹈背扶服入橐(向曰翕肩畏懼貌初入秦道遇穰侯藏於王稽車中恐穰侯知之故懼也書傳無蹈背之事扶服謂使扶持而入於橐中橐無底袋也善曰孟子曰脅肩諂笑劉熙曰脅肩㬺體也入橐已上文)見激卬萬乘之主介涇陽抵(征氏)穰侯而代之當也(銑曰卬怒也介間抵扼也言雎間秦王兄弟扼穰侯之喉說其是非而代之爲相正當其理涇陽君秦昭王母弟也穰侯姓魏名冉爲秦相用事甚盛蔬爲穰侯如淳曰激卬怒也善曰史記曰范雎至秦上書因感怒昭王昭王乃免相國逐涇陽君於關外又曰秦昭王母宣太后太后長弟曰穰侯姓魏名冉昭王同母弟曰涇陽君蘇)

文選四十五　十八

林曰介者間其兄弟使諫也說文曰抵側擊也音紙)蔡澤山東之匹夫也頷(綺險)頤折(支列)頞(於達)涕唾流沫(呼憒)西揖彊秦之相擡(烏華)其咽一十而亢其氣拊其背而奪其位時也(良曰言澤醜貌也頷口向前引也折頞謂無鼻莖隴也鼻口之中常有涕唾流沫然能入秦高揖范雎而說之所言必擡其咽喉亢絕其氣繼其跡而奪其相位此得時也拊背猶隨後繼跡也韋昭曰曲上曰頞欺甚切善曰史記曰蔡澤聞應侯內慚乃西入秦應侯使人召蔡澤蔡澤入則揖應侯應侯延入坐數日言於秦昭王王曰客有從山東來者曰蔡澤其人辯士昭王與語悅之應侯請歸相印遂拜蔡澤爲相說文曰頞鼻莖也沫酒面也廣雅曰咽嗌也嗌音益)天下已定金革已平都於洛陽(濟曰漢高祖既定天下而兵車已平將都於洛陽也金革兵器也善曰禮記子夏曰三年之喪卒金革之事無避也禮與漢書曰高祖西都洛陽)婁敬委輅(胡革)脫輓(亡遠)掉三寸之舌建不拔之策舉中國徙之長安適也(翰曰婁敬本輓車之人也見高祖所都不便乃委棄其車見高祖言便宜高祖即日徙都長安此適時之務也輅謂以木當胷以輓車也不拔之策言其策定不可移也善曰漢書曰婁敬戍隴西過洛陽高帝在焉敬脫輓輅曰臣願見上言便宜又說上曰陛下都洛陽不便不如入關據秦之固是日車駕西都長安應劭曰輅謂以木當胷以輓車也論語摘輔像曰子貢掉三寸之舌動於四海之內)五帝垂典三王傳禮百世不易叔孫通起於枹(夫)鼓之間解甲投戈遂作君臣之儀得也(向曰漢朝承秦餘敝禮儀敗亂而叔孫通擊鼓於行陣之間及天下既定乃解去兵甲投棄戈戟遂

文選四十五　十九

作君臣之儀也謂得所也善曰左氏傳曰援枹而鼓漢書叔孫通曰臣願徵魯諸生弟子共起朝儀)呂刑靡敝秦法酷烈聖漢權制而蕭何造律宜也(銑曰呂刑尚書篇名刑法之事也靡壞也言刑法壞敝秦爲酷暴漢興而蕭何制造律法合其時宜也善曰尚書呂命序曰穆王訓夏贖刑禮記曰國家靡敝鄭展曰靡音糜漢書曰相國蕭何捃摭秦法取其宜於時者作律九章)故有造蕭何(善本有之字)律於唐虞之世則誖(布內切善本作悖字)矣(良曰誖乖也言時宜不同故不用蕭何律法於唐虞之世服虔曰悖猶繆也善曰悖布迷切悖或作繆)有作叔孫通儀於夏殷之時則惑矣(善本有有字)建婁敬之策於成周之世則繆(善本作乖字)矣有談范蔡之說於金張許史之間

則狂矣濟曰並言時異政理不同也前漢金日磾張安世許廣漢史恭高並貴盛同勢若復使談說之士游於其間則必狂亂之事興也善曰左氏傳曰召公糾合宗族于成周金日磾張安世許廣漢史恭史高也夫蕭規曹隨翰曰蕭何作律法之規矩曹參隨而行之不改留侯畫策陳平出奇向曰留侯張良也奇謂計有六奇也功若泰山響若阺氏頹善本作坻隤字應劭曰天水有大坂名曰隴坻其山堆傍著崩落作聲聞數百里故曰坻隤丁禮切韋昭曰坻音若是理之是善曰字書曰巴蜀名山堆落曰坻韓子曰太山之功長立於國家日月之名久著於天地雖其人之贍善本作膽字智哉亦會其時之可為也銑曰阺山石其崩落者聲聞數百里言蕭何之徒功響高若山頹之聲也贍足也故為可為於可為之時則從良曰事本可為而為於明主之時則君臣不相違疑言必從計必用也可為謂適時也為不可為於不可為之時則凶濟曰事本不可為而強為之謂不適時也若夫藺先善本無先字生收功於章臺翰曰趙有和氏璧而秦王欲以十五城易之趙王使藺相如持璧入秦秦王見相如於章臺秦王意欲取璧而不與城也相如乃詐言璧有瑕欲指示秦王王乃復與璧令指瑕相如因不與之秦王竟不得其璧而還歸於趙王趙王以是拜藺生之功也章臺臺名晉灼曰相如獻璧於此臺四皓采榮於南山向曰四皓謂東園公綺里季夏黃公角里先生等四人皆老而有德避秦亂居於長安之南商洛山中高祖時呂后使求之不來後乃來與太子游也榮猶德也言呂后采德於南山也善曰四皓已見上文采榮采取榮名也公孫創業於金馬驃騎發跡於祁連銑曰公孫弘漢

武帝時射策甲科拜為博士待詔金馬門也創業也霍去病為驃騎將軍擊匈奴至祁連山功甚多乃益封五千四百戶祁連地名孟康曰公孫弘對策於金馬門善曰史記曰弘至大常對策為第一拜為博士又曰驃騎將軍霍去病擊匈奴至祁連山捕首虜甚多司馬長卿竊貲於卓氏東方朔割炙於細君良曰長卿至貧乃私富人卓氏之女以用其財也竊私取也貲財也漢武帝將賜群臣肉食之東方朔乃拔劍割肉以歸遺其妻也炙亦肉也細君妻也善曰史記曰文君夜亡奔相如卓王孫不得已分予文君僮百人錢百萬為富人居漢書曰伏日詔賜從官肉太官丞日晏不來東方朔獨拔劍割肉即懷肉去太官奏之上曰先生起自責也朔曰受賜不待詔何無禮也拔劍割肉一何壯也割之不多又何廉也歸遺細君又何仁也上笑曰使先生自責乃反自譽復賜酒一石肉百斤歸遺細君割炙割損其炙也僕誠不能與此數子並故默然獨守吾太玄濟曰並謂比並也默然清靜貌

答賓戲一首并序

班孟堅

永平中為郎典校祕書專篤志於儒學以著述為業或譏以無功翰曰或謂或有人也無功謂官尚卑項岱曰或有譏班固雖篤志博學無功勞於時仕不富貴也又感東方朔楊雄自喻以不遭蘇張范蔡之時曾不折之以正道明君子之所守故聊復應焉其辭曰

賓戲主人曰蓋聞聖人有一定之論烈士有

不易之分亦云名而已矣向曰聖人一定其志烈士不易其心者蓋爲求名於一時以振於後世項岱曰一謂宓羲堯舜文王周公孔子也論論道化也一謂定五經垂之萬世後人不能改也分決也謂許由巢父伯成子高夷齊吳札志自然之外不可變易也善曰淮南子曰士有一定之論女有不易之行如淳曰唯貴得名耳故太上有立德其次有立功銑曰太上謂太古有道之時善曰左氏傳叔孫豹之辭也夫德不得後身而特盛功不得背時而獨章善本作彰字良曰德者仁行之先故不得後於身也特獨也功者時合則立故不違背於時也章見也言德以潤身而功以濟世故德不得後其身而特盛功不得背其時而獨彰言貴及身與時也是以聖哲之治棲棲遑遑孔席不暖乃管墨突不黔巨炎切濟曰棲棲遑遑憂時之不濟也席不暖卧不安也突不黔不暇食也孔謂孔子墨謂墨翟也突竈孔也黔黑也不暇饌食故不黑也善曰言貴及時故不避棲遑之弊也棲遑不安居之意也韋昭曰暖溫也言坐不暖席也善曰文字曰墨子無黔突孔子無煖席非以貪祿慕位欲起天下之利除萬民之害也小雅曰黔黑也由此言之取捨善本作舍字者昔人之上務著作者前烈善本作列字之餘事耳翰曰取捨謂進退觀時以務安人也向曰著作謂述作文史也前烈謂前賢也劉德曰取者施行道德也舍者守靜無爲也今吾子幸游帝王之世躬帶紱冕之服向曰吾子賓謂主人也項岱曰帶大帶也冕服三公卿大夫之服也浮英華沈道德矕莫版龍虎之文舊矣銑曰浮游於盛美之時沈潛於道德之間見朝廷也李煥然其有文章久矣英華猶盛美貌矕見也龍虎喻有文章之盛也舊久也善曰英華草木之美故以喻帝德也浮沈言其洋溢可游泳也禮斗威儀曰帝者德其英華湛古沈字或爲耽於義雖同非古文也孟康曰矕被也蘇林曰謂被龍虎之衣也善曰易曰大人虎變其文炳也言文章之盛久也卒不能攄首尾奮翼鱗良曰卒終也攄舒也奮振也言其終不能如神龍舒其首尾振其翼鱗以遊於高遠也喻求富貴也項岱曰攄舒也善曰翼鱗皆謂飛龍振拔洿烏卧塗跨騰風雲濟曰洿塗淺水而有泥者言當頃去卑賤以升高位亦如龍出於淺水以游於風雲之中也跨行也善曰說文曰洿濁水不流也塗泥也使見之者景善本作影駭聞之者響震翰曰言富貴則使人聞見其影響即驚懼也景影影驚震懼也善曰言見之者雖影而必駭聞之者雖響而必震言驚懼之甚不從形聲也蒼頡篇曰駭驚也爾雅曰震懼也

文選四十五　二十二

徒樂枕經籍書紆體衡門上無所蒂下無所根向曰枕經典而卧鋪詩書而居也紆屈也衡門謂以橫木爲門者貧賤之居也上下無根蒂謂無援助也韋昭曰蒂都計切獨攄意乎宇宙之外銳思於毫芒之內銑曰攄舒也宇宙天地也銳精也毫芒細小也言造制文史則舒意於天地之外精思於細小之内以成其文章也項岱曰毫毛也芒毛之顛抄也潛神默記亘善本作緪字以年歲良曰亘猶終也言常用神思潛默記事以終年歲也如淳曰緪音亘竟之亘善曰方言曰緪竟也古鄧切晉灼曰以亘爲緪然而器不賈古於當己用不效於一世雖馳辨如濤波摛勅施藻如春華猶無益於殿丁見最也濟曰賈賣也效呈也摛發也藻文也殿後也最先也言有器物不賣與當於已

文選四十五　二十三

者亦如積學累行而才用不呈於一世雖辯言如濤波之源發文以春物之華終無益於事之先後也劉德曰貫鏁也如淳曰潮水之激者爲濤波韋昭曰摛布也藻水草之有文者善曰鹽鐵論曰文學繁於春華漢書音義曰上功曰最下功曰殿意者且運朝夕之策定合會之計使存有顯號亡有美謚不亦優乎翰曰賔勸主人且爲權宜之計策以取富貴也主人逌由爾而笑曰向曰逌爾寬閑之貌項岱曰逌寬舒顔色之貌也讀若攸若賔之言所謂見勢善本作世字利之華闇道德之實守突善本作窔字奥之熒燭未仰天庭而覩白日也銑曰突謂幽深之小處也熒燭小光也言其見幽深之小光未仰天見白日之光也應劭曰爾雅曰西南隅謂之奥東南隅謂之窔善曰字林曰窔一吊切熒小光也曩者王塗蕪穢周失其馭良曰曩昔塗道也穢謂亂也馭理也言周家失其理也項岱曰周王失牧御之化也侯伯方軌戰國橫騖音務濟曰言諸侯並軌而行爲戰爭之國也橫騖謂亂走也侯伯諸侯也方並軌跡也項岱曰方并也軌轍也東西交馳謂之騖七國爭強車旣併轍騎復橫騖於是七雄虓乎交闞分裂諸夏龍戰虎爭翰曰七雄秦楚齊趙燕韓魏也虓闞猛烈也諸夏中國也晉灼曰詩云闞如虓虎項岱曰龍以喻人君周易曰龍戰于野其血玄黃虎以喻猛力爭不以任也游說之徒風飑蒲交電激並起而救之向曰飑急風也電激謂其口辯疾急也救之謂救諸侯之危也其餘焱必遥飛景附霅爲輒煜育其間者蓋不可勝載銑曰其餘謂史傳所不記者焱火飛也景影也霅煜強盛貌言游說之人

史傳所不記者有辯如烈火之飛熖不馳逐如影之附形恣爲強盛游於其間者不可勝數韋昭曰飑風之聚猥者也音庖晉灼曰霅音曄爾之曄善曰說文熛火飛也焱與熛古字通霅煜光明之貌也當此之時搦女握朽磨鈍鈆刀皆能一斷良曰朽鈍謂不才之人也搦磨皆自激厲也言當此之時不才者皆亦激厲以求健侔如鈆錫之刀能一斷割蓋亂世易爲才韋昭曰鈍磨之善曰韓詩外傳陳饒謂宋燕曰鈆刀畜之而干將用之不亦難乎是故魯連飛一矢而蹶千金濟曰齊圍燕燕將保聊城魯仲連爲書約之於矢以射燕城中燕將乃得之而自殺又仲連游於趙是時秦伐趙聞魯連在趙爲謀秦軍爲之退五十里趙遂安也趙王以千金爲壽仲連棄而不受蹶棄也善曰魯連已見上文李奇曰蹶蹋也虞卿以顧眄而捐相印翰曰秦昭王遺趙王書索魏齊魏齊亡出見趙相虞卿虞卿度趙王終不可說恐殺魏齊乃解棄相印與魏齊間行言以義相眄之間乃棄相印而去也善曰史記曰秦昭王遺趙王書持魏齊頭來魏齊亡出見趙相虞卿虞卿度趙王終不可說乃解其印與魏齊間行夫啾發投曲感耳之聲合之律度淫鼃烏佳而不可聽者非韶夏之樂也向曰啾衆聲也投合也淫鼃邪音也樂有衆聲相合感於人耳又合音律法度而淫邪不可聽者蓋爲非舜禹之雅樂也韶舜樂名大夏禹樂名項岱曰啾口吟也善曰投曲投合歌曲也李奇曰淫鼃不正也因勢合變偶善本作遇字時之會善本作容字移風易俗善本作移俗易乖迕而不可通者非君子善本有之字法也銑曰言人因乎權勢合於變通遇與時會者雖亦移風易俗且復乖迕於道苟合目前此不可通於政體蓋非賢哲

之長法也項岱曰容宜也或因際會之勢合變譎之事遇時獨擅得容也一本遇多為偶容多為會及至從人合之衡音橫人散之良曰關東為從關西為橫從人謂蘇秦合六國以備秦也橫人謂張儀佐秦散六國之從使棄君事秦也韋昭曰從人合之助六國者衡人散之佐秦者也亡命漂說羈旅騁辭濟曰亡命謂棄君命而外游者也羈旅謂客游不得志也漂說謂浮詭之言騁辭謂馳辯之說皆欲感動於人君也項岱曰委君之徒謂之亡命謂亡其命也善曰左傳陳敬仲曰羈旅之臣杜預曰羈寄也旅客也商鞅挾三術以鑽孝公翰曰三術謂帝道王道霸道而商君說秦孝公用此三術孝公用其霸術也鑽者取必入之義也如以鐵鑽之也服虔曰王霸富國強兵為三術李斯奮時務而要始皇向曰要致也謂致始皇為強暴之法項岱曰奮發也時務謂六國更相攻伐爭為雄伯之務彼皆躡風塵之會履顛沛之勢銑曰風塵顛沛危亂也項岱曰彼謂商鞅李斯輩也風發於天以喻君上塵從下起以喻斯等據徼古堯乘邪以求一日之富貴良曰言據徼倖乘邪險以求富貴也一日言不久計也善曰言據徼倖而乘邪僻也朝為榮華夕而善本作為字顦顇福不盈眥齊細禍溢於世濟曰眥目匡也不盈目匡者言不久也李奇曰當富貴之間視之不滿目凶人且以自悔況吉士而是賴乎且功不可以虛成名不可以偽立韓設辯以激君呂行詐以賈古國翰曰韓非設辯說以激發秦始皇之意也秦昭王子楚為質於趙呂不韋為賈人於邯鄲見子楚不韋以為奇貨乃謂之曰吾能大子之門不韋乃以奇物玩好以遺秦王夫人請立

文選四十五　二十六

子楚為太子昭王薨太子立為莊襄王賈者言如以奇物玩好賈買於國之恩也項岱曰凶人謂商鞅之輩臨死敗皆悔恨之言吉士班固以自託也尚書曰庶惟吉士服虔曰韓非設辯於始皇韋昭曰呂不韋立子楚以市秦利說難既道其身乃囚向曰韓非作說難之書欲以為天下法式上書既終而為李斯所疾乃因而死道終也應劭曰適好也項岱曰韓非作說難之書欲以為天下法式然為李斯所說囚死於秦秦貨既善本作其字貴厥宗亦善本作乃字墜銑曰秦貨謂始皇也不韋以莊襄王為奇貨始皇則莊襄王之子故云秦貨既貴者言為王也始皇初即位尊不韋為相國太后有私於不韋始皇知之免相國不韋飲鴆而死故云厥宗亦墜善曰史記曰秦昭王子子楚質於趙呂不韋賈邯鄲見曰此奇貨可居乃以五百金與子楚復以五百金買奇物玩好而遊秦獻華陽夫人立子楚為嫡嗣秦王薨謚為孝文子楚立為莊襄王以呂不韋為丞相竟飲酖而死尚書曰弗德罔大墜厥宗是以仲尼抗浮雲之志孟軻養浩然之氣良曰抗舉也孔子云不義而富於我如浮雲孟子云吾浩然之氣浩然自放逸也善曰孔叢子子思曰抗志則不愧於道論語子曰不義而富且貴於我如浮雲孟子曰我善養浩然之氣敢問何謂浩然之氣曰難言也其為氣也至大至剛以直養而無害則塞乎天地之間項岱曰皓白也如天之氣皓然也彼豈樂為迂羽夫闊哉道不可以貳也濟曰彼謂孔子孟軻也言孔孟豈樂為遠闊富貴之事蓋為入之道不可貳行項岱曰迂遠也貳二也君子履端於始歸成於終擬聖人之道豈可二術如斯鞅韓非不韋之徒也方今大漢灑所賣埽羣穢夷險芟荒翰曰灑埽羣穢謂剪除暴亂也夷平也言險者平之荒者芟之晉灼曰芟開也今諸本皆作芟字

文選四十五　二十七

善曰埽即今埽字也廓帝紘恢皇綱也向曰廓開也恢大也言開大五帝三
皇之綱紀也項岱曰紘張也皇君也善曰許慎淮南子注曰紘維也基隆於
羲農規廣於黃唐銑曰羲伏羲也農神農也唐規規矩也黃黃帝也唐唐
堯也其君天下也炎之如日威之如神函之含
如海養之如春良曰如海含養萬物納入百川也善曰說文曰炎火也
謂光照也史記曰帝堯其仁如天其智如神就之如日望之如雲晁錯新書曰臣聞帝王
之道包之如是以六合之內莫不同源共流海養之如春
濟曰六合四方上下也同源共流謂同奉天子之化也韋昭曰天地四方也沐浴
玄德稟仰太和翰曰稟受也言受大和平均之道也善曰史記太公曰
沐浴膏澤尚書曰玄德升聞法言曰或問太和曰其在唐虞成周也龢古和字枝附

文選四十五　二十八

葉著善本作著字譬猶草木之殖山林鳥魚之毓
川澤向曰言上下相親附各得其所有如此也得氣者蕃滋失時
者零落銑曰言仕者得大和之氣者則昌盛失道者則去位也蕃滋盛也零落踰
失位也項岱曰蕃盛也零凋也言遇仕者昌盛不遇者凋病如萬物於天地之間也參
天地而施化豈云人事之厚薄哉良曰參三也言天子
之德如天地覆育萬物天地為二兼天子為三故云三天地言其如天地之化豈有人事
而能知其厚薄之德項岱曰參三也言漢家之施化布德周參天地豈人所能論耶今
吾子處皇代而論戰國曜所聞而疑所覿濟曰
吾子謂賓也曜明也言其以遠之所聞為明以今之所見為疑也欲從堥毛
敦都回而度高乎泰山懷氿軌濫而測深乎重

淵亦未至也翰曰埊敦小丘也沇濫小泉也重淵海也瑜賓以小見欲窺我
大道亦如小丘小泉比度測量太山之高滄水之深亦不可至服虔曰敦音頓頓丘也應
劭曰爾雅曰前高後丘如覆敦者敦丘也爾雅曰氿泉穴出穴出仄出也濫泉正出正出
湧出也郭璞爾雅注曰敦盂也賓曰若夫鞅斯之倫衰周之
凶人既聞命矣翰曰鞅商鞅李斯也項岱曰周衰王霸起鞅斯說得
行故言衰周凶人也敢問上古之士處身行道輔世成
名可述於後者默而已乎向曰言上古之士行道成名可述於
後世者豈有默然無所制作而止於一時主人曰何為其然也昔
者咎繇謨虞箕子訪周言通帝王謀合神聖
銑曰言不然也謂亦有所制作也翰曰咎繇為舜謨以致太平武王訪於箕子問以天

文選四十五　二十九

道政理之事言此二臣所謀皆達帝王之至理合於神明無所不通善曰尚書曰咎繇
矢厥謨又曰武王勝殷以箕子歸又曰王訪于箕子殷諮夢發於傅巖
周望兆動於渭濱向曰殷王高宗夢賢臣乃得說於傅巖之野周文王
卜兆遇得太公呂望於渭水之濱也善曰尚書曰高宗夢得說使百工營求諸傅巖史
記曰太公望以魚釣奸周西伯將出之卜曰所獲非龍非虎非熊非羆所獲霸王之輔西
伯果遇太公於渭濱齊甯激聲於康衢漢良受書於邳
蒲眉垠音銀銑曰甯戚有賢才家貧貨車於道側見齊桓公過於路乃為商歌桓公
聞而納用之康衢道路也張良步游下邳圯上有一老父出一編書曰讀是則為王者師圯
良受之後佐漢高祖定天下邳地名有圯水垠岸也善曰說苑陳子說梁王曰甯戚
飯牛康衢擊車輻而歌桓公得之而霸也爾雅曰五達曰康四達曰衢漢書曰張良從容

共游下邳圯上有一老父出一編書曰讀是則為王者師晉灼曰圯根涯也邳水之涯也
皆俟命而神交匪詞言之所信故能建必然
之策展無窮之勳也良曰俟待也言上四人皆待天命是神靈之交
匪詞言游說之所相信也故能立必成之計申其大功也建立也展申也無窮言大也勳
功也近者陸子優游新語以興董生下帷發藻
儒林濟曰近者謂漢時也陸子賈也賈著書十二篇號曰新書興行也董仲舒下帷
講誦三年不窺園井蒙文謂著春秋繁露也儒林謂列於洪儒之林言文儒多如林木故
名林鄭玄曰優游不仕也善曰史記曰高帝拜賈為太中大夫謂賈曰試為我著秦所
以失天下我所以得之者何陸生乃祖述存亡之徵凡著十二篇號其書曰新語又曰董
仲舒以治春秋為博士下帷講誦弟子或莫見其面劉向司籍辯章舊

聞揚雄譚思法言太玄翰曰司籍謂主司典籍也分辨章句之舊
聞而行於世也譚深也揚雄著書十二篇號曰法言又作太玄經萬餘言項岱曰司主也
籍書籍也善曰漢書曰光祿大夫劉向校經傳諸子詩賦每一卷書已向輒條其篇目
撮其旨意錄而奏之又曰揚雄譚思渾天又譔十二卷象論語號曰法言渾天即太玄經
也皆及時君之門闈究先聖之壼苦本奧向曰言陸
賈之徒所著述皆及時君之意臻之於門闈之下而君納而行之闈宮中門也究盡也壼
內奧室也言能盡先聖之大道者如入於先聖所居室中應劭曰爾雅曰宮中巷謂之壼
真善本無真字婆娑乎術藝之場銑曰婆娑縱逸貌也項岱曰婆
娑偃息也場圃講經藝之處也休息乎篇籍之囿以全其質
而發其文良曰言篇籍多如苑囿之育用納物也濟曰言文質相半

乎聖德烈炳乎後人斯非亞歟翰曰烈業也炳光也亞次
也言陸賈之徒進納文章發明天子之聖德業亦乎後世此豈非次於傳說太公之徒歟
項岱曰聖德明君知賢而納用之也烈業也後人著書傳之後世若乃夷善本
作伯夷字抗行於首陽惠善本作柳惠字降志而辱仕向曰
夷謂伯夷也抗立也首陽山名言其立行不食周粟而死於首陽山也惠謂柳下惠也柳
下惠為士師三黜而不去也言其能降志辱身而為仕也項岱曰柳下惠顏潛善本
作淵字樂於簞瓢孔終篇於西狩銑曰顏回潛於陋巷之中
不改其樂一簞食一瓢飲魯哀公西狩於大野叔孫氏車子鉏商獲麕以為不祥孔子見
之曰此麟也孔子遂修春秋上自隱公終於哀公十四年西狩獲麟也善曰論語子
曰賢哉回也一簞食一瓢飲在陋巷人不堪其憂回也不改其樂左氏傳曰哀公十四年

春西狩獲麟春秋元命包孔子曰丘作春秋始於元終於麟王道成也聲盈塞
於天淵真吾徒之師表善本有也字良曰言伯夷等四人聲名
達於天下塞於深淵真吾徒之師以為上也表上也項岱曰言若此之榮名上達皇天下
洞重泉也且吾聞之一陰一陽天地之方善曰周易曰一
陰一陽之謂道孔安國論語注曰方猶常也乃文乃質王道之綱
有同有異聖哲之常濟曰言文質同異各在一時此聖智之道所常
然也哲智也項岱曰或施質道或施大道此王者所以為綱維也善曰春秋元命包曰
一質一文據天地之道天質而地文曰正朔三而改文質再而復項岱曰有同仕遇而進
有異不合而退此聖人之常道故曰慎修所志守爾天符委
命供已味道之腴庾俱反翰曰所謂志之所好也爾汝也天符天性

也向曰供猶全也腴膏腴也言研味道德之膏腴項岱曰符挹命也腴道之美者也善曰文子曰言之師不道之道若或通焉謂之天符桓譚荅楊雄書曰子雲勤味道腴者也神之聽善本作聖字之名其捨諸銑曰以精神聽察時事及有善惡之名皆將捨之勿繫於情也項岱曰有賢智君子之行如此神豈舍之乎將必福祿之善曰毛詩曰神之聽之式穀與汝賓又不聞和氏之璧韞於荊石隨侯之珠藏於蚌蛤乎歷世莫眡示履不知其將含景曜吐英精曠千載而流光也良曰韞藏也言璧藏在石中珠在蚌蛤之內歷世莫能見之及其理而剖之則景曜英精遠千載而有光善曰韓子曰楚人和氏得璞玉於楚山之中奉而獻之成王使玉人理其璞而得寶焉遂名曰和氏之璧淮南子曰隋侯之珠和氏之璧得之者富失之者貧高

文選四十五　三十二

誘曰隋侯見大蛇傷斷以藥傳而塗之後蛇於江中銜大珠以報恩名曰隋侯之珠應善本作應字龍潛於潢汙烏魚黿媟息列之濟曰應龍有翼之龍也潢汙小水也媟謂慢也項岱曰天有九龍應龍有翼服虔曰左氏傳注曰蓄小水謂之潢洩謂之汙不不覩其能奮靈德合風雲超忽荒而躆據皓善本作昊字蒼也翰曰奮起也忽荒謂天下八荒也躆行也皓蒼天也項岱曰忽荒天上也昊蒼皆天名也善曰徐廣史記注躆音戟躆與據同謂之足戟之並京逆切持故夫泥蟠盤而天飛者應善本作應龍之神也先賤而後貴者和隨之珍也銑曰先賤謂在石蚌之時未見光色也後貴謂理而剖之知其寶也和下和隨隨侯也時暗而久章者君子之真也良曰處暗君之時久守明道也章明

也項岱曰時暗未顯用時也久舊也章明也言君子懷德雖初時未見顯用後亦終自明達如應龍蟠屈而升天隋和先賤而後貴也如此是比君子道德之真言屈伸如一無變也善曰淮南子曰君子之道久而章遠而隆也若乃牙曠清耳於管絃離婁眇目於毫介濟曰伯牙師曠皆善樂者離婁目明者言能察秋毫之末百步之外項岱曰牙伯牙也曠師曠也管鍾律之管絃琴瑟之調也毫介秋毫之末介也善曰纏子董無心曰離婁之目察秋毫之末於百步之外可謂明矣逢蒙絕技於弧矢般班輸榷巧於斧斤翰曰逢蒙善射者也絕妙也技能也弧弓也般輸工巧者也榷專也善曰吳越春秋陳音曰黃帝作弓後有楚孤父以其道傳羿羿傳逢蒙項岱曰公輸若之族名班韋昭曰榷猶專也良樂軼能於相馭烏獲抗力於千鈞向曰王良善御者也伯樂善相馬者也軼過也烏獲壯士力舉千鈞也抗舉也三十斤曰鈞也項岱曰良王良晉人也樂伯樂秦穆公時人也軼過也王良善御馬伯樂工相馬抗力抗也三十斤曰鈞千鈞三萬斤也善曰呂氏春秋薄疑說衛嗣君曰烏獲舉千鈞又況一斤乎

文選四十五　三十三

和鵲發精於鍼之林石研桑心計於無垠音銀銑曰和鵲皆善醫者也石藥也研謂范蠡之師也桑桑弘羊也此二人皆妙有心計也垠涯也言計筭無涯畔善曰左氏傳云晉侯求醫於秦秦伯使醫和視之史記曰扁鵲使弟子子陽厲鍼砥石又曰越王勾踐困於會稽之上乃用范蠡計然韋昭曰研范蠡之師計然之名也漢書曰桑弘羊雒陽賈人子以心計為侍中也走亦不任廁技於彼列故密爾自娛於斯文良曰走主人自稱也猶今之言下走然也廁間也彼列謂列牙曠研桑之徒也密爾近也斯文謂文史之業也服虔曰走

孟堅自謂也。善曰：爾雅曰：密，靜也。

辭

秋風辭一首 并序

漢武帝

上行幸河東祠后土，顧視帝京，欣然中流，與羣臣飲燕。上歡甚，乃自作秋風辭曰：

秋風起兮白雲飛，草木黃落兮鴈南歸。蘭有秀兮菊有芳，攜佳人兮不能忘。濟曰：佳人謂羣臣也。善曰：禮記曰：季秋之月，草木黃落，鴻鴈來賓。汎樓船兮濟汾河，橫中流兮揚素波。翰曰：船上起樓，故云樓船也。善曰：應劭漢書注曰：作大船，上施樓，故號曰樓船。列女傳津吏女歌曰：水揚波兮杳冥冥。簫鼓鳴兮發棹歌，善曰：棹歌，引棹而歌。歡樂極兮哀情多，向曰：物極必反，故樂極而哀多也。善曰：列女傳陶荅子妻曰：樂極必哀來。少壯幾時兮柰老何。善曰：古長歌行曰：少壯不努力，老大乃悲傷。

文選四十五　三十四

歸去來一首

陶淵明 銑曰：潛爲彭澤令，是時郡遣督郵至縣，吏白當束帶見督郵。潛乃歎曰：我不能爲五斗米折腰向鄉里小兒。乃自解印綬將歸田園，因而命篇曰歸去來。善曰：歸去來序曰：余家貧，又心憚遠役，彭澤縣去家百里，故便求之。及少日，春然有歸與之情，自免去職，因事順心，命篇曰歸去來。

歸去來兮，田園將蕪胡不歸。良曰：蕪謂草也，胡猶何也。善曰：毛詩曰：式微式微，胡不歸。既自以心爲形役，奚惆悵而獨悲。濟曰：思求於祿，故形屈而驅役，此我自爲，何所惆悵而獨爲悲。善曰：淮南子曰：是皆形神俱役者也。楚辭曰：惆悵兮而私自憐。悟已往之不諫，知來者之可追。翰曰：心悟已往之事亦不可諫，而來事亦可追改，謂雖爲官，今將歸去，是追改也。善曰：論語楚狂接輿歌曰：往者不可諫，來者猶可追。寔迷途其未遠，覺今是而昨非。向曰：言知人行迷失道路，尚猶未遠，可早迴也，謂休仕也。善曰：迷途已見丘遲與陳伯之書。莊子謂惠子曰：孔子行年六十而六十化，始時所是，卒而非之，未知今之所謂是之非五十九年非也。舟遙遙以輕颺，風飄飄而吹衣。銑曰：行舟而歸。問征夫以前路，

文選四十五　三十五

恨晨光之熹許眉微。良曰：問前路遠近也。熹微，日欲暮也。善曰：毛詩曰：駪駪征夫。聲類曰：熹，亦熙字。熙，光明也。乃瞻衡宇，載欣載奔。衡宇謂其所居衡門屋宇也。載，則也。欣則奔喜而至也。善曰：毛詩曰：衡門之下，可以棲遲。僮僕歡迎，稚子候門。濟曰：稚，小也。候門謂於門首伺候到也。善曰：周易曰：得僮僕貞。史記曰：楚懷王稚子子蘭。三徑就荒，松菊猶存。翰曰：昔蔣詡隱居幽深，開三徑，潛亦慕之，言久不行，已就荒蕪也。善曰：三輔決錄曰：蔣詡字元卿，舍中三逕，唯羊仲、求仲從之遊，皆挫廉逃名不出。攜幼入室，有酒盈罇。引壺觴以自酌，眄庭柯以怡顏。向曰：柯，樹枝也。怡悅，言其枝柯相掩覆以爲可悅，故悅也。善曰：戰國策曰：扶老攜幼，迎孟嘗君。嵇康贈秀才詩曰：旨酒盈樽。陸機高祖功臣頌曰：怡顏高覽。倚南窗以寄

傲五到審容膝之易安銑曰北郭先生妻云今結駟列騎所安不過容
膝言審思此事則所須非廣亦可謂易安其身也　善曰韓詩外傳北郭先生妻曰今結
駟列騎所安不過容膝食方丈於前所甘不過一肉園日涉以成趣門
雖設而相關良曰言田園之中日日遊涉自成佳趣　善曰爾雅曰堂上謂
之行堂下謂之步門外謂之趨中庭謂之走郭璞曰此皆人行步趨走之處因以名趨避
聲也七喻切策扶老以流憩時矯首而游善本作遐字
觀濟曰策杖以扶老弱周流而憩息也矯舉也　善曰易林曰鳩杖扶老衣食百口王
逸楚辭注曰矯舉也雲無心以出岫鳥勌善本作倦字飛而
知還翰曰言雲自然之氣無心意以出於山岫之中自喻心不營事自為縱逸言鳥
晝飛勌而暮還故林亦猶人日出而作日入而息也景翳翳以將入撫

文選四十五　三十六

孤松而盤桓向曰撫攀也謂賞其堅貞故盤桓而戀之盤桓行不進貌　善
曰丁儀妻寡婦賦曰時翳翳而稍陰日亹亹以西墜爾雅曰盤桓不進也歸去來
兮請息交以絕游世與我而相遺復駕言兮
焉求銑曰焉何也　善曰列子曰公孫穆屛親昵絕交游桓子新論曰凡人性難極
也難知也故其絕異者常為世俗所遺失焉毛詩曰駕言出遊又曰知我者謂我心憂不
知我者謂我何求悅親戚之情話樂琴書以消憂農
人告余以春及將有事乎西疇良曰有事謂耕作也西疇謂潛
所居之西也疇田也　善曰說文曰話會合為善言也劉歆遂初賦曰玩琴書以滌暢貫
逵國語注曰一井為疇或命巾車或棹孤舟濟曰巾飾也言裝飾
其車或舉棹於孤舟將游行也　善曰孔叢子孔子歌曰巾車命駕將適唐都鄭玄周禮

注曰巾猶衣也既窈窕以尋壑亦崎嶇而經丘翰曰窈窕
長深貌壑澗水也謂行船以尋之也崎嶇險也駕車以涉之也　善曰曹攄贈石荊州詩
曰窈窕山道深埋曰崎嶇不安之貌木欣欣以向榮泉涓涓
而始流向曰欣欣春色貌涓涓泉流貌　善曰毛萇詩傳曰欣欣樂也家語金人
銘曰涓涓不壅為江河善萬物之得時感吾生之行休
銑曰休謂死也言感吾人生行將死也　善曰大戴禮曰君道當則萬物皆得其宜郭璞
遊仙詩曰吾生獨不化莊子曰其生若浮其死若休已矣乎寓形宇內
復幾時曷不委心任去留良曰寓寄也曷何也言何不委棄常
俗之心任性去留也　善曰尸子老萊子曰人生於天地之間寄也琴賦曰委性命兮任
去留胡為遑遑欲何之富貴非吾願帝鄉不可

文選四十五　三十七

期濟曰帝鄉仙都也　善曰孟子曰傳云孔子三月無君則遑遑如也孔叢子曰孔子歌
曰天下如一欲何之大戴禮孔子曰所謂賢人者躬為匹夫而不願富貴莊子華封人謂
堯曰乘彼白雲至于帝鄉懷良辰以孤往或植杖而耘云
耔音茲協韻　翰曰懷安也孤獨也言安此良辰獨往田園以習其性也植杖謂揷其
所執之杖於田以除田中之草也耘耔謂涂草也　善曰東征賦曰撰良辰而將行淮南
子要略曰山谷之人輕天下細萬物而獨往者也司馬彪曰獨往任自然不復顧世論語
曰植其杖而耘毛詩曰或耘或耔登東皋以舒嘯臨清流而
賦詩向曰東皋營田之所也春事起東故云東也皋田也　善曰阮籍奏記曰將耕
東皋之陽毛萇詩傳曰舒緩也琴賦曰臨清流而賦新詩聊乘化以歸盡
樂夫天命復奚疑銑曰聊且也乘化謂乘其運會也歸盡謂死也

也 善曰家語孔子曰化於陰陽象形而發謂之生化窮數盡謂之死莊子曰生有所乎萌死有所乎歸 周易曰樂天知命故不憂

序上

毛詩序一首

卜子夏 翰曰家語云卜商字子夏衛人也孔子弟子爲魏文侯師 善濟同

鄭氏箋

關雎后妃之德也風之始也 良曰關雎篇名美后妃德也 所以風化天下而正夫婦也故用之鄉人焉用之邦國焉風風也 上平下去 教也風以動之教

以化之詩者志之所之也在心爲志發言爲詩情動於中而形於言 向曰中謂心也形見也 言之不足故嗟歎之嗟歎之不足故永 去 歌之永歌之不足不知手之舞之足之蹈之也情發於聲聲成文謂之音 銑曰上下相應曰成文也 善曰發猶見也聲謂宮商角徵羽也聲成文者宮商上下相應也 治世之音安以樂其政和亂世之音怨以怒其政乖亡國之音哀以思其民困 翰曰天下無主兵戈興動故人困也 故正得失動天地感鬼神莫近於詩 濟曰近猶過也 先王以是經夫婦成孝敬 良曰經俗也 厚 善本作序字 人倫美教化移風俗 翰曰厚謂使其淳厚 故詩有六義焉一曰風二曰賦三曰比四曰興五曰雅六曰頌上以風化下下以風刺上主文而譎 決 諫 向曰主文謂詞文雅也譎詭也言誘人君之意微以爲諫也 言之者無罪聞之者足以自戒故曰風 銑曰言者謂諷諫也 善曰風化風刺皆謂譬喻不斥言也主文王與樂宮商相應也譎諫詠歌依違不直諫也 至于王道衰禮義廢政教失國異政家殊俗而變風變雅作矣 翰曰變其風雅以至夸麗 國史明乎失得 善本作得失 之跡傷人倫之廢哀刑政之苛 良曰苛煩也 吟詠情性以風其上達於事變而懷其舊俗者也故變風

發乎情止乎禮義發乎情民之性也止乎禮義先王之澤也是以一國之事繫一人之本謂之風 濟曰一人君也 言天下之事形四方之風謂之雅雅者正也 向曰形見也 言王政之所由廢興也 翰曰政則正也言正天下之事 政有小大故有小雅焉有大雅焉頌者美盛德之形容以其成功告於神明者也是謂四始詩之至 善本作志字 也 翰曰四始風也小雅也大雅也頌也始者王道興衰之始也 善曰始者謂王道興衰之所由也 然則關雎麟趾之化王者之風故繫之周公南言化自北而南也 向曰周南篇名自從也從北而南 善曰謂其

化從岐周被江漢之域鵲巢騶虞之德諸侯之風也先王之所以教故繫之召公周南召南正始之道王化之基良曰鵲巢騶虞周南召南皆篇名也正始之道謂正王道之始也基本也善曰先王所大王王季文王也是以關雎樂得淑女以配君子憂在進賢不謠其色哀窈窕思賢才翰曰哀念也善曰哀蓋字之誤也哀當爲衷衷謂中心念恕之也而無傷善之心焉是關雎之義也善曰無傷善之心謂好仇也

尚書序一首

孔安國向曰漢書云孔安國以述尚書爲武帝博士又爲臨淮太守善注同

古者伏羲氏之王天下也始畫八卦造書契以代結繩之政由是文籍生焉向曰書契謂符信印璽也伏羲神農黃帝之書謂之三墳言大道也少昊顓頊高辛唐虞之書謂之五典言常道也至于夏商周之書雖設教不倫雅誥奧義其歸一揆濟曰倫次也誥言也奧深也揆致也是故歷代寶之以為大訓八卦之說謂之八索求其義也良曰求天地萬物之義也九州之志謂之九丘丘聚也翰曰志記也言書記之也言九州所有土地所生風氣所宜皆聚此書也春秋左氏傳曰楚左史倚相能讀三

墳五典八索九丘即謂上世帝王遺書也先若孔子向曰孔子即安國十一代祖故云先君生於周末覩史籍之煩文懼覽之者不一良曰言見史籍之文煩多恐覽讀者不能一編之也遂乃定禮樂明舊章刪詩為三百篇約史記而修春秋翰曰刪謂刪略也約謂依約也讚易道以黜八索良曰讚述也黜退也言退而不收也述職方以除九丘向曰職方書名也討論墳典斷自唐虞以下訖于周翰曰討尋也墳典即三墳五典也訖至也芟夷煩亂翦截浮辭舉其宏綱撮其機要足以垂世立教向曰芟除草也夷平也言墳典之辭有煩亂雜錯者皆除之如芟荒草而平之也有浮豔之辭如刀翦而截之宏大也垂世謂行於後世典謨訓誥誓命之文凡百篇銑曰典謂堯典舜典也謨皋陶謨也訓伊訓也誥康誥之類也誓泰誓等也命顧命之類皆篇名如此之類有百篇此略舉之總所以恢弘至道示人主以軌範也良曰恢大範法也帝王之制坦然明白可舉而行三千之徒並受其義翰曰孔子弟子三千人也徒衆也及秦始皇滅先代典籍焚書坑儒天下學士逃難解散濟曰逃避也我先人用藏其家書于屋壁向曰先人孔子也藏書於壁中也漢室龍興開設學校旁求儒雅以闡大猷銑曰闡開猷道也濟南伏生年過九十失其本經口以傳授裁二十餘篇以

其上古之書謂之尚書百篇之義世莫得聞至魯共王翰曰魯共王漢景帝子名餘爲魯王謚曰共也好治宮室壞孔子舊宅以廣其居於壁中得先人所藏古文虞夏商周之書及傳論語孝經皆科斗文字向曰科斗古文字也王又升孔子堂濟曰王即共王也聞金石絲竹之音乃不壞宅悉以書還孔氏科斗書廢已久時人無能知者翰曰言時人無能識科斗之字以所聞伏生之書考論文義定其可知者爲隸古定良曰言隸古者削古文之字以書今文乃得定更以竹簡寫之翰曰前漢時猶未有紙故以竹簡寫書增多伏生二十五篇

伏生又以舜典合於堯典益稷合於皐陶謨盤庚三篇合爲一康王之誥合於顧命復出此篇并序凡五十九篇爲四十六卷其餘錯亂摩滅弗可復知悉上送官濟曰悉盡也送官謂進於天子也藏之書府以待能者承詔爲五十九篇作傳良曰承天子之詔以爲訓傳於是遂研精覃思博考經籍向曰於是安國乃研精深思爲之訓解也覃深也采摭羣言以立訓傳約文申義敷暢厥旨庶幾有補於將來翰曰摭拾傳解也約依約也敷布暢通厥其旨意也將來謂後之學者書序序所以爲作者之意昭然義見宜相附近故引之各冠其篇首定五十八篇向曰冠正也言正其篇首以次序也既畢濟曰言定篇已畢也既已也會國有巫蠱事經籍道息用不復以聞銑曰巫蠱謂時江充誣戾太子厭蠱故不復聞奏天子傳之子孫以貽後世翰曰言既不復聞奏天子乃欲自傳子孫以遺後世也貽遺也若好古博雅君子與我同志亦所不隱也

春秋左氏傳序一首

杜元凱翰曰臧榮緒晉書云杜預字元凱京兆人也起家拜尚書郎平吳有功加特進善曰臧榮緒晉書曰杜預字元凱京兆人也起家拜尚書郎稍遷至鎮南大將軍都督荊州諸軍事平吳加位特進薨

春秋者魯史記之名也記事者以事繫日以日繫月以月繫時以時繫年所以紀遠近別同異也故史之所記必表年以首事年有四時故錯舉以爲所記之名也良曰錯雜也年有四時但舉其春秋以立名不必兼言冬夏也周禮有史官掌邦國四方之事達四方之志諸侯亦各有國史大事書之於策小事簡牘而已向曰大竹曰策小竹爲簡木版爲牘孟子曰楚謂之檮杌晉謂之乘去而魯謂之春秋其實一也銑曰檮杌乘皆春秋之別名韓宣子適魯見易

象與魯春秋曰周禮盡在魯矣吾乃今知周公之德與周之所以王善本有也字濟曰言知周室爲王之所由韓子所見蓋周之舊典禮經也周德既衰官失其守上之人不能使春秋昭明赴告策書翰曰上之人謂自孔子以上之人也赴告謂有事則來告於魯乃爲策簡而書之諸所記注多違舊章仲尼因魯史策書成文考其真偽而志其典禮銑曰志記也上以遵周公之遺制下以明將來之法其教之所存文之所害則刊而正之以示勸戒濟曰害亂也刊削也其餘則皆即用舊史史有文質辭有詳略不必改

文選四十五　四十四

也故傳曰其善志又曰非聖人孰能脩之蓋周公之志仲尼從而明之左丘明受經於仲尼以為經者不刊之書也故傳或先經以始事或後經以終義或依經以辨理或錯經以合異隨義而發其例之所重舊史遺文略不盡舉非聖人所修之要故也良曰略不盡舉謂略之不能盡爲舉說也身為國史躬覽載籍必廣記而備言之其文緩其旨遠向曰緩約旨意也將令學者原始要終尋其枝葉究其所窮銑曰究盡也優而柔之使自求之饜而飫之使自趨之翰曰使學者優柔尋之自求義理既得若能而饜飫其自趨進道業而不患不知也饜飫猶食飽也若江海之浸膏澤之潤渙然氷釋怡然理順然後為得也其發凡以言例皆經國之常制向曰凡猶條目也周公之垂法史書之舊章仲尼從而修之以成一經之通體其微顯闡幽裁成義類者銑曰其理微暗者使明之其道幽隱者使開之闡開也皆據舊例而發義指行事以正襃貶良曰善者襃之惡者貶之諸稱書不書先書故書不言不稱書曰之類皆所以起新舊發大義謂之變例然亦有史所不書即以為義者此蓋春秋新意故傳不言凡曲而暢

文選四十五　四十五

之也濟曰暢通也其經無義例因行事而言則傳直言其歸趣而已非例也故發傳之體有三而為例之情有五一曰微而顯文見於此而起義在善本作義起於彼稱族尊君命舍族尊夫人梁亡城緣陵之類是也二曰志而晦約言示制推以知例參會不地與謀曰及之類是也三曰婉而成章曲從義訓以示大順諸所諱辟善本作避諱璧假許田之類是也四曰盡而不汙直書其事具文見意丹楹刻桷天王求車齊侯獻捷之類是也翰曰楹屋柱也桷椽也五曰懲

惡而勸善求名而亡欲蓋而章書齊豹盜三叛人名之類是也推此五體以尋經傳觸類而長之（向曰逢事如此類者生其義矣觸逢也長生也）附于二百四十二年行事王道之正人倫之紀備矣或曰（濟曰假設或有人問將發復荅重明其義）春秋以錯文見義（銑曰錯雜也）若如（善本作此字）所論則經當有事同文異而無其義也先儒所傳皆不其然（翰曰然猶如此也）荅曰春秋雖以一字為褒貶然皆須數句以成言非如八卦之爻可錯綜為六十四也固當依傳以為斷古今言左氏春秋者多矣今其

遺文可見者十數家大體轉相祖述進不成為錯綜經文以盡其變退不守丘明之傳於丘明之傳有（善本作其字）所不通皆沒而不說（翰曰謂十數家所言者如此也）而更膚引公羊穀梁適足自亂（良曰膚淺也言諸家乃更淺引公穀以訓解春秋是足以自亂終無益也）預今所以為異（濟曰言預今所作異於諸家）專修丘明之傳以釋經經之條貫必出於傳傳之義例揔歸諸凡推變例以正褒貶簡二傳而去異端蓋丘明之志也其有疑錯則備論而闕之以俟後賢（向曰俟待也言有疑錯之事則備論闕而不斷以待後賢而補之）然劉子駿

創通大義賈景伯父子許惠卿皆先儒之美者也末有頴子嚴者雖淺近亦復名家故特舉劉賈許頴之違以見同異（銑曰違謂與理相乖）分經之年與傳之年相附比其義類各隨而解之名曰經傳集解又別集諸例及地名譜第歷數相與為部凡四十部十五卷皆顯其異同從而釋之名曰釋例將令學者觀其所聚異同之說釋例詳之也（良曰詳論也）或曰春秋之作左傳及穀梁無明文說者以為仲尼自衛反魯修春秋立素王丘明為素臣（銑曰孔子卒後而或為人所謗云孔子自立為素王以丘明為素臣）

言公羊者亦云黜周而王魯危行言遜以辟（善本作避字）當時之害故微其文隱其義公羊經止獲麟（翰曰至獲麟之特以為終篇也）而左氏經終孔丘卒（向曰至孔子卒時為終篇）敢問所安（銑曰安何也言敢問所以何為也）荅曰異乎余所聞（翰曰言與我所聞異）仲尼曰文王既沒文不在茲乎此制作之本意也歎曰鳳鳥不至河不出圖吾已矣夫蓋傷時王之政也麟鳳五靈王者之嘉瑞也今麟出非其時虛其應而失其歸此聖人所以為感也絕筆於（善本作于字）獲麟之一句者（善本

無字者所感而起固所以為終也曰然則善本無則字春秋何始於魯隱公荅曰周平王東周之始王也隱公讓國之賢君也考乎其時則相接言乎其位則列國本乎其始則周公之祚胤也良曰言隱公是周公之祚胤也若平王能祈天永命紹開中興濟曰祈求也紹繼也言平王能求天之福以永天命繼先王之業開中興之道隱公能弘宣祖業光啓王室向曰弘大也啓開也則西周之美可尋文武之迹不墜翰曰西周謂平王未東遷之時是故因其歷數附其行事采周之舊以會成王義垂法將來銑曰會合也所書之王即平王

也所用之曆則周正也所稱之公則善本作即字魯隱也安在其黜周而王魯乎濟曰荅上或問之云言公羊者亦云黜周而王魯此所以分別不黜周王魯之意也子曰如有用我者吾其為東周乎此其義也若夫制作之文所以章善本作彰字往考來情見乎辭言高則旨遠辭約則義微良曰旨意也此理之常非隱之也聖人包周身之防濟曰言以忠信禮樂周徧其身以防其患既作之後方復隱諱以辟善本作避字患非所聞也翰曰言既作忠信方復隱諱其事欲以避當時之患非我所聞也荅上危行言遜以避當時之害也子路欲善本無欲字使門人為臣孔子以為欺

天向曰欲使門人弟子為臣禮於孔子孔子以為欺天也天即君也言此所以欺於君為亂逆之道而孔子不為而云仲尼素王丘明素臣又非通論也銑曰此亦荅上文也先儒以為制作三年文成致麟既以妖妄又引經以至仲尼卒亦又近誣向曰誣虛也據公羊經止獲麟而左氏小邾知途射亦不在三叛之數故余以為感麟而作作起獲麟則文止於所起為得其實翰曰言作春秋起獲麟之時則文之終篇亦止於所起之歲也可謂得其實事也至於反袂拭面稱吾道窮亦無取焉銑曰或有言孔子獲麟感之而泣以袂拭面曰吾道窮矣言此事虛說亦不可取之為實也

三都賦序一首善曰臧榮緒晉書曰左思作三都賦世人未重皇甫謐有高名於世思乃造而示之謐稱善為其賦序也

皇甫士安良曰晉書云皇甫謐字士安安定人也年出二十始讀書常患風痺疾循手不輟卷至忘寢食舉孝廉不行又辟著作不應左思三都賦成謐見之為之作序以稱其善也善注同

玄晏先生曰濟曰謐有高尚之志以著述為務號曰玄晏先生也玄道晏安也善曰謐自序曰始志乎學而自號玄晏先生玄靜也晏安也先生學人之通稱也古人稱不歌而頌謂之賦然則賦也者所以因物造端敷弘體理欲人不能加也翰曰敷布也言布弘體物以合物理使人不能加益之善曰漢書曰傳云不歌而頌謂之賦漢書曰、登高能賦可以為大夫言感物造端材智深美可以列為大夫也釋名曰賦敷也敷布其義謂之賦引而申之故文必極美觸類而長之故辭必盡麗善曰周易曰引而伸之觸類而長之天下之能事畢矣然則美麗之文賦之作也善曰法言曰詩人之賦麗以則昔之為文者非苟尚辭而已善曰法言曰或曰君子尚辭乎曰君子事之為尚將以貫善本作紐字之王教本乎勸戒也善曰說文曰紐系也女九切自夏殷以前其文隱沒靡得而詳焉周監二代文質之體百世可知向曰言周兼於夏殷二代文質無備也監兼也善曰夏有五子之歌殷有湯頌論語子曰周監於二代郁郁乎文哉吾從周又子曰其或繼周者雖百世可知也故孔子采萬國之風正雅頌之名集而謂之詩善曰漢書曰古有采詩之官王者所以觀風俗知得失自考正也孔子純取周詩詩人之作雜有賦體子夏序詩善本作曰字一曰風二曰賦故知賦者古詩之流也善曰兩都賦序曰賦者古詩之流也至于戰國王道陵遲風雅寖頓銑曰頓壞也於是賢人失之詞賦作焉善曰漢書曰春秋之後周道寖壞而賢人失志之賦作矣是以孫卿屈原之屬遺文炳然辭義可觀良曰炳明也善曰西都賦序曰文章炳焉論語曰必有可觀者焉存其所感咸有古詩之意皆因文以寄其心託理以全其制賦之首也善曰漢書曰大儒孫卿及楚臣屈原離讒憂國皆作賦以風喻咸有惻隱

文選四十五　五十

古詩之義班固漢書述曰賦為辭宗賦頌之首及宋玉之徒淫文放發言過于實誇競之興體失之漸翰曰言後世因宋玉言過其實故有誇麗爭競之文自此而起風雅體失自此漸長風雅之則於是乎乖善曰漢書曰其後宋玉唐勒麗宏廣之語沒其風諭之義法言曰辭人之賦麗以淫逮漢賈誼頗節之以禮自時厥後綴文之士不率典言並務恢張其文博誕空類濟曰恢誕皆大也空類謂言不附實但為空大善曰孔安國尚書大傳曰誕大也大者罩天地之表細者入毫纖之內雖充車聯駟不足以載廣廈善本作夏字接榱不容以居翰曰充滿也廣廈大屋也榱椽也皆謂說事過實也其中高者至如相如上林揚雄甘泉班固兩都張衡二京馬融廣成王生靈光向曰馬融作廣成頌王生謂王文考也靈光謂靈光殿賦也善曰范曄後漢書曰馬融為校書郎時鄧太后臨朝遂寢蒐狩之禮故猾賊縱橫融以為文武之道聖賢不墜上廣成頌以諷諫初極宏侈之辭終以約簡之制銑曰宏大侈麗也煥乎有文蔚爾鱗集皆近代辭賦之偉也良曰蔚爾文盛皃鱗集言次序也偉美也善曰論語子曰大哉堯之為君煥乎其有文章也周易曰君子豹變其文蔚難蜀父老曰鱗集仰流若夫土有常產俗有舊風濟曰常產謂土地所常出之物方以類聚物以群分善曰周易曰方以類聚物以群分吉凶生矣而長卿之儔過以非方之物寄以中域翰曰

文選四十五　五十一

司馬長卿揚雄之儔所述物色非本所出也中城謂中國也長卿賦上林而言盧橘夏熟揚雄賦甘泉而言玉樹青葱是也虛張異類託有於無祖構之士雷同景善本作影字附流宕忘反非一時也向曰祖法也構合也言後世士人法學相如以合其文章者如雷聲發而衆蟄同啓若影之附於形如水流一過不復反矣如此亦久也景影也宕過也非一時言久也善曰徐廣史記注曰祖者宗習之謂也蔡邕郭有道碑曰望形表而景附謝沉後漢書序曰士庶流宕他州異境曩者漢室內潰四海圮平彼裂銑曰曩昔也潰亂也圮毀也裂謂三國各據守一方也孫劉二氏割有交益魏武撥亂擁據函含夏良曰孫劉謂孫權劉備也交益吳蜀地名函夏中國也善曰公羊傳曰撥亂反正函夏已見赭白馬賦故作者先為吳

蜀二客盛稱其本土險阻瓌琦可以偏王良曰作者謂左思也瓌義琦大也善曰埤蒼曰瓌瑋珍琦也而却為魏主述其都畿弘敞豐麗奄有諸華之意言吳蜀以禽善本作擒字滅比亡國而魏氏善本無氏字以交禪比唐虞既以善本作已字著逆順且以為鑒戒善曰漢書曰甚誘逆之理西京賦曰鑒戒唐詩蓋蜀包梁岷之資吳割荊南之富魏跨中區之衍濟曰梁岷二山名荊南地名中區中國也衍大也考分去聲次之多少計殖物之衆寡翰曰分次謂星之分野也牽牛婺女翼軫星皆揚荊之分屬吳也觜參益州分餘皆屬蜀魏分也殖物謂土地所出之物也善曰星之分次物之生殖也周禮曰以星土辨九州之地所

封域又曰動物宜毛植物宜阜物比風俗之清濁課士人之優劣亦不可同年而語矣向曰言二國不可與魏同年而語矣謂魏都義也善曰過秦曰鄙不可同年而語矣二國之士各沐浴所聞銑曰二國吳蜀也沐浴洗滌也所聞謂其義也謂其所習識濁一聞義事若洗滌其耳也善曰史記曰太史公曰臣作頌沐浴膏澤家自以為我土樂人自以為我民良皆非通方之論也良曰各自謂本土為樂其人皆善矣良善也作者又因容善本有主字之辭正之以魏都折之以王道其物土所出可得披圖而校濟曰披開校比也言可開圖畫者以比之言土物皆以實說也善曰左氏傳賓媚人曰疆理天下物土之宜杜預曰播殖之物各從土宜也體國經

制可得按記而驗豈誣也哉銑曰按憑也誣虛也善曰周禮曰惟王建國體國經野鄭玄曰體猶分也

思歸引序一首

石季倫向曰思歸引古曲名崇為太僕御有思歸之意故有此作

今集者但收其序而不錄其詞

余少有大志夸邁流俗弱冠登朝銑曰大志謂高尚之志也夸猶極也邁遠也言極遠於流俗之事與世不羣也弱冠謂年二十時也善曰臧榮緒晉書曰崇早有智慧年二十餘為修武令有能名范曄後漢書馬援曰吾從弟少游哀吾慷慨多大志禮記曰不從流俗班固漢書述曰矯矯賈生弱冠登朝歷位二十五年五十以事去官善曰臧榮緒晉書曰崇為大司農坐未被

書擅去官免　晚節更樂放逸篤好林藪善曰魏太祖祭喬玄文曰非至親之篤好胡肯為此辭哉遂肥遁於河陽別業良曰肥猶美也言美其隱遁之事而居於河陽也河陽縣名別業別居也　善曰周易曰肥遁無不利其制宅也却阻長隄前臨清渠柏木幾於萬株流水周於舍下濟曰幾近也舍謂屋也　善曰楚辭曰水周兮堂下有觀閣池沼多養鳥魚翰曰觀臺也家素習技頗有秦趙之聲向曰技樂也　善曰楊惲報孫會宗書曰家本秦人能為秦聲婦趙女也雅善鼓瑟出則以游目弋釣為事入則有琴書之娛銑曰出謂出游也弋取鳥也釣取魚也入謂歸入室也　善曰楚辭曰忽反顧以遊目劉歆遂初賦曰玩琴書以滌暢又好服食咽伊練

文選四十五　五十四

氣志在不朽傲然有陵善本作凌字雲之操向曰服食咽氣志在不朽謂求長生也操猶志也　善曰古詩曰服食求神仙漢書曰司馬相如既奏大人賦天子曰飄飄有凌雲之氣仲長子昌言曰節操凌高雲歘許勿復見牽羈婆娑於九列濟曰謂仕官如以物牽引而羈繫也婆娑游處也九列九卿也時崇為太僕卿　善曰臧榮緒晉書曰崇後為太僕困於人間煩黷常思歸而永歎翰曰黷汙也　善曰賈逵國語注曰黷媟也毛詩曰發之求歎尋覽樂篇有思歸引善曰琴操思歸者衛女之所作也欲歸不得心悲憂傷援琴而歌作思歸引儻古人之情有同於今故制此曲向曰儻疑辭也此曲有弦無歌今為作樂善本作歌字辭以述余懷恨時無知音者令造新

聲而播善本有於字絲竹也銑曰播布也　善曰周禮曰播之以入音

文選卷第四十五

文選四十五　五十五

文選 四十六

序 下

文選卷第四十六

梁昭明太子撰　五臣并李善注

序下

陸士衡豪士賦序一首

顏延年三月三日曲水詩序一首

王元長三月三日曲水詩序一首

任彦昇王文憲集序一首

豪士賦序一首

陸士衡 翰曰豪士謂智勇人也機惡見齊王冏自矜其功有簒位之心作此賦以諷之終不寤矣文選但録其序不載其賦 善曰臧榮緒晉書曰機惡齊王冏矜功自伐受爵不讓及齊已作豪士賦吕氏春秋曰老聃孔子墨翟關尹子列子陳駢楊朱孫臏王廖倪良此十人者皆天下之豪士也然機假美號以名賦也

夫立德之基有常而建功之路不一 向曰建立也言立功者逐事為宜故云不一也 善曰左氏傳穆叔曰太上有立德其次有立功 何則修心以為量者存乎我 銑曰立德是因之於心而潤其身進退是非故德聲常存是以存乎我也 善曰言立德必循於心故存乎我 因物以成務者繫乎彼 良曰立功於人以成其事是以心常繫於彼也 善曰言建功必因於物故繫乎彼 存夫我者隆殺止乎其域繫乎物者豐約唯所遭遇 濟曰域謂身也豐約大本也 善曰言德有恒

量至域便止功無常則因遇乃成域謂身也落葉俟微飈善本作風字以隕而風之力蓋寡孟嘗遭雍門以泣而琴之感以末翰曰雍門周以琴見孟嘗君孟嘗君曰先生鼓琴亦能令人悲乎對曰臣竊為足下有所悲千秋萬歲之後墳墓生荊棘游童牧豎歌其上曰孟嘗君之尊貴亦如此乎於是孟嘗君喟然而歎涕出承之睫而下也雍門周為之鼓琴遂感而泣是琴之感以末也善曰漢書王恢謂韓安國曰夫草木遭霜者不可以遇風桓子新論曰雍門周以琴見孟嘗君孟嘗君曰先生鼓琴亦能令人悲乎對曰臣竊為足下有所悲千秋萬歲後墳墓生荊棘游童牧豎躑躅其足而歌其上曰孟嘗君之尊貴亦猶若是乎於是孟嘗喟然太息涕承睫而未下雍門周引琴而鼓之徐動宮徵揮角羽初終而成曲孟嘗君遂歔欷而就之何者欲隕之葉無所假烈風將墜之

文選四十六　二

泣不足繁哀響也是故苟時啓於天理盡於民庸夫可以濟聖賢之功斗筲可以定烈士之業言遇時也善本無言遇時也一句向曰斗筲小器也善曰時既啓之於天理又盡於人事言立功易也說苑曰管仲庸夫也桓公得之以為仲父論語子貢曰今之從政者何如子曰噫斗筲之人何足筭也故曰才不半古而功已倍之蓋得之於時勢善本有也字銑曰言才不及古之半而立功已倍於古人者蓋得時遇勢也民善曰孟子曰當今之時萬乘之國行仁政民悅之猶解倒懸也故事半古之人功必倍之惟此時為然歷觀古今徼一時之功而居伊周之位者有矣良曰歷徧也徼取也伊周謂伊尹周公也善曰孟子曰彼一時此一時夫我之自我智士猶

嬰其累物之相物昆蟲皆有此情濟曰自我謂自說已是拘物謂物皆相輕此雖智士猶嬰綍以為敢累昆蟲之徒亦有此情也善曰孟子曰爾為爾我為我文子曰譬吾處於天下亦為一物也然則我亦物也而物亦物也物之與我也有何以相物也禮記曰昆蟲未蟄鄭玄曰昆明也明蟲者陽而生陰而藏夫以自我之量而挾非常之勳神器暉其顧眄萬物隨其俯仰翰曰挾帶也勳功也神器天子也稱其光暉承其顧眄故萬物隨其心意以為俯仰善曰老子曰天下神器不可為也為者敗之心玩居常之安耳飽從諛之說豈識乎功在身外任出才表者哉善本有字向曰心玩其所欲以為常安耳飽其諂諛之說以為貴然也功在身外不可自矜也任出才表言位重才輕也善曰史記汲黯曰上置公卿寧令

文選四十六　三

從諛承意陷主於不義乎且好榮惡辱有生之所大期銑曰期猶同也言生人所大同此意也善曰孫卿子曰好榮惡辱好利惡害是君子小人之所同忌盈害上鬼神猶且不免良曰忌人盈滿而下之陵上者則鬼神害之也不免謂不免於鬼神之誅也善曰周易曰鬼神害盈而福謙左氏傳狼瞫曰周志有之勇則害上不登於明堂人主操其常柄天下服其大節濟曰操執也言人主執生殺之常柄而天下之臣任其大節佐安社稷也善曰韓子曰操生殺之柄此人主之勢也左氏傳仲尼曰唯器與名不可以假人君之所司也政之大節也故曰天可讎乎而時有袨服荷戟立乎善本作于字廟門之下援于元旗誓衆奮於阡陌之上翰曰袨服黑衣也荷執援引奮起也君命天也而天命可讐之乎而欲有

大逆之事也漢宣帝時代郡太守任宣謀反及誅後任宣之子章因帝欲祠廟遂衣黑服執戟立于廟門之下以待天子欲報父讐乃發覺伏誅楚將項燕爲秦所殺項梁與諸侯引旗誓衆約將滅秦以報父讐也所陌道路也　善曰左氏傳曰楚子入于雲中郎公辛之弟懷將殺王辛曰君討臣誰敢讐之君命天也若死天命將誰讐乎漢書曰宣帝祠孝昭廟旌頭劍挺墮地首垂泥中刃鄉乘輿車馬驚於是召梁立賀筮之有兵謀不吉上還使是時霍氏外孫代郡太守任宣坐謀反誅宣子章爲公車丞亡在渭城界中夜玄服入廟居郎間執戟立廟門待上至欲爲逆發覺伏誅蘇林曰玄服黑服也過秦論曰陳涉躡足行伍之間而倔起阡陌之中斬木爲兵揭竿爲旗況乎代主制命自下裁物者哉　向曰異世所聞將讐於君者尚以爲大逆之道況乎今者代天子之政以行制命自臣下而裁成於物此爲臣陵其君非臣下之道　善曰后以財成而臣爲之故云自下尸子曰天生萬物聖人財之廣樹恩不足以敵怨勤興利不足以補害故曰代大匠斲者必傷其手　銑曰大匠爲斲固其宜也天子在上同所尊也故人有代匠斲者非眞所宜故爲斤斧傷也臣代君制非其所傾必爲天下所誅也　善曰老子曰夫代大匠斲希有不傷其手　且夫政由甯氏忠臣所爲慷慨祭則寡人所主所不久堪　良曰衛獻公之時政由大夫甯氏不由公族但祭祀宗廟則公主之而已此忠臣所之慷慨發憤人主當之不能久堪其敝也　善曰左氏傳曰衛獻公使與甯喜言曰茍反國政由甯氏祭則寡人　是以君奭怏於亮切善本作鞅鞅不悅公旦之舉也　濟曰君奭邵公怏怏不悅貌公旦周公也邵公爲保周公爲師相成王邵公不悅疑周公有異志於成上也　高平

文選四十六　四

師師側目博陸之勢　翰曰漢丞相魏相封高平侯師師謂相法也側目言懼也博陸侯霍光也　善曰尚書序曰召公爲保周公爲師相成王爲左右召公不悅漢書景帝目送周亞夫曰此怏怏非少主臣也又曰魏相字弱翁遷御史以歲代韋賢爲丞相封高平侯班固述魏相曰高平師師惟辟作威圖黜凶害天子是毗韋昭曰師師相尊法也漢書曰列侯宗室見郅都側目又曰霍光爲博陸侯　而成王不遺嫌吝於懷宣帝若負芒刺於背非其然善本作者字與　向曰言周公霍光所以使其疑懼之者豈不爲臣勢彊而行君之制使之然歟　昔者周成王不能遺羣臣之謗疑恨周公於懷嫌疑吝恨也漢宣帝初立謁見高廟霍光從參乘上內嚴懼之若有芒刺在背也負則背也芒亦刺也　善曰尚書曰武王既喪管叔及羣弟流言於國曰公將不利於孺子孔安國曰成王信流言而疑周公漢書曰宣帝始立謁見高廟太將軍霍光從驂乘上內嚴憚之若有芒刺在背　嗟乎光于四表德莫富焉王曰叔父親莫暱善本作昵字焉　銑曰周公之志光于四外其德富也成王之叔父其親近也暱近也　善曰尚書曰光被四表毛詩曰王曰叔父毛萇曰叔父謂周公也　登帝天善本作大字位功莫厚焉守節沒齒忠莫至焉　良曰周霍二人登帝王於大位其功厚也至死不易其節忠之至也沒齒至死也　善曰漢書昭帝崩霍光上奏曰孝昭皇帝太宗亡嗣孝武皇帝曾孫病已可以嗣孝昭皇帝太后詔可尚書伊尹曰天位艱哉李陵與蘇武書曰薄賞子以守節論語或問管仲曰奪伯氏駢邑三百飯疏食沒齒無怨言　而傾側顛沛僅而自全　濟曰周公爲羣叔流言霍光有芒刺之懼故皆時危勢劣方而得自全也傾側顛沛言危也僅劣也　則伊生抱明允

文選四十六　五

以嬰戮文子懷忠敬而齒劍固其所也翰曰伊生伊尹也文子越大夫文種也伊尹放太甲於桐宮七年太甲潛來殺伊尹也伊尹允信也言其匪信之心以嬰誅戮也越大夫文種爲越王滅吳功大或人告其爲亂越王乃賜種劍自殺齒及也言明信忠敬之道人之本也以此而死周爲人臣所疑也善曰尚書曰太甲既立弗明伊尹放諸桐左氏傳曰高陽氏有才子明允篤誠紀年曰太甲潛出自桐殺伊尹吳越春秋曰文種者本楚南郢人也姓文字少禽禮記孔子曰儒有懷忠信以待舉史記曰句踐平吳人或讒大夫種且作亂越王乃賜種劍曰子教寡人伐吳七術寡人用其三而敗吳其四在子子爲我從先王試之種遂自殺枚叔上書諫吳王曰腐肉之齒利劍也因斯以言夫以篤聖穆親如彼之懿向曰篤厚也穆和也懿美也言厚聖利親周公之美也善曰謂周公也大德至忠如

此之盛也銑曰謂伊尹文種霍光善曰謂霍光也尚不能取信於人主之懷止謗於衆多之口過此以徃惡烏覩其可安危之理斷可識矣銑曰言聖賢盡忠尚不免讒言過此以往中庸之人何有見其可存者也是以安危之理斷然可知也惡何也識知也善曰鄒陽於獄上書曰不奪乎衆多之口又況乎饕土高大名以冒道家之忌運短才而易去聖哲所難平者哉良曰饕貪也易輕也道家所忌富貴而驕聖哲所難其志不易善曰穀梁傳曰君不尸小事臣不專大名老子曰富貴而驕自遺其咎莊子曰功成者墮名成者虧孰能去功與名而還與衆人身危由於勢過而不知去勢以求安濟曰權勢過甚則身危之本也夫遠勢利則求安之先也禍積起

於寵盛而不知辭寵以招福翰曰不知此理則喪亡其身也見百姓之謀己則申宮警守以崇不畜之威向曰言見百姓謀害其己身則申令於宮寢嚴自警守以崇不積之威畜積也言無積德也善曰左氏傳曰公待於壞隤申宮懼警備設守而後行杜預曰申整宮備也萬民之不服則嚴刑峻制以賈古傷心之怨銑曰行嚴刑峻法必取怨傷亦如以財買物也賈買也善曰新序曰商鞅爲嚴刑峻法易古三代之制杜預左氏傳注曰賈賣也尚書曰民罔不盡傷心然後威窮乎震主而怨行乎上下良曰震懼也言使人主懼也善曰漢書蒯通說韓信曰臣聞勇略震主者身危功蓋天下者不賞衆心日陊直氏危機將發而善本有方字偃仰瞪直孕眄謂足以夸世

濟曰陊壞也偃仰驕傲貌瞪眄視自尊貌夸世謂夸其功能於時世也善曰毛詩曰或棲遲偃仰魯靈光殿賦曰齊首目以瞪眄埤蒼曰瞪直視也笑古人之未工忘善本作亡字己事之已拙翰曰笑古人之道未盡善也而不知己事拙之甚工善也知曩勳之可矜暗成敗之有會向曰徒知前日之功可以自矜暗成敗之理必有運會也是以事窮運盡必於顛仆音赴銑曰顛仆謂傾倒也風起塵合而禍至常酷善本有也字酷言禍速應也良曰風起則塵飛而合酷猶法也善曰荅賓戲曰彼皆躡風塵之會履顛沛之勢項岱曰彼謂李斯輩也風發於天以諭君上塵從下起以諭斯等聖人忌功名之過己惡寵祿之踰量去蓋爲此也濟曰過己謂虛有大名而才不足也踰亦過也量才量也蓋謂

此也者謂顔什禍酷之事夫惡欲之大端賢愚所共有翰曰
人情有所惡心有所欲此入之大端則賢愚所共然 善曰禮記曰飲食男女人之大欲
存焉死亡貧苦人之大惡存焉故惡欲者心之大端也而游子徇善本作殉
字高位於生前志士思垂名於身後受生之
分唯此而已向曰游子謂游宦之子也徇求也夫蓋世之業
名莫大焉震主之勢位莫盛焉率意無違欲
莫順焉借使伊人頗覽天道知盡不可益盈
難久持超然自引高揖而退銑曰借假也伊人謂有功之人
也言假使功成之後少覽天道知運盡不可更益也盈滿不可久持也故超然自引而去
高揖時人以從退靜可謂義矣 善曰漢書曰項羽歌曰力拔山兮氣蓋世震主已見上

文選四十六　八

文周易曰天道虧盈而益謙毛詩序曰太平之君子能持盈守成司馬遷報任少卿書曰
寧得自引深藏巖穴邪則巍巍之盛仰邈前賢洋洋之
風俯冠來籍良曰巍巍高大貌洋洋美譽也俯冠來籍謂爲將來史籍之首濟曰大欲
也冠首也而大欲不乏於身至樂無愆乎舊
謂好道德也愆失也節彌效而德彌廣身愈善本作逾字逸
而名愈劭翰曰劭謂不絶也愈益也善曰小雅曰劭美也此之不
為彼之必昧向曰此謂退身也彼謂貪榮也然後河海之跡
堙為窮流一簣之釁善本作亹字積成山岳銑曰河海
之大跡塞之成小流喻功大而為一罪所蔽矣堙塞也窮小也一簣一籠土也釁罪也言
若長惡不改如一簣之土漸積以成山岳之大 善曰論語曰譬如為山未成一簣止吾

止也名編凶頑之條身猒荼毒之痛豈不謬哉
良曰編次也凶頑之條謂書於史籍有凶頑之名也荼毒之痛謂受刑網也 善曰毛詩
曰人之貪亂寧為荼毒故聊賦焉庶使百世少有寤云

三月三日曲水詩序一首善曰風俗通曰周禮女巫
掌歲時祓除疾病禊者絜也於水上盥絜也巳者祉也邪疾已去祈介祉
也韓詩曰三月桃花水之時鄭國之俗三月上巳於溱洧兩水之上執蘭
招魂祓除不祥也續齊諧記曰晉武帝問尚書摯虞曰三月曲水其義何
答曰漢章帝時平原徐肇以三月初生三女至三日而俱亡一村以為怪
乃招攜至水濱盥洗遂因水以泛觴曲水之義起於此帝曰若所談非好
事尚書郎束皙曰仲治小生不足以知臣請說其始昔周公成洛邑因流

文選四十六　九

水以泛酒故逸詩曰羽觴隨波又秦昭王三日置酒河曲見有金人出
奉水心劍曰令君制有西夏乃因其處立為曲水二漢相沿皆為盛集帝
曰善賜金五十斤左遷仲治為陽城令裴子野宋略曰文帝元嘉十一年
三月丙申禊飲於樂遊苑且祖道江夏王義恭衡陽王義季有詔會者咸
作詩詔太子中庶子顔延年作序

顔延年翰曰鄭國之俗三月上巳之日於溱洧二水之上執蘭招
魂祓除不祥上巳即三日也曲水者引水環曲為渠以流酒盃而行
焉是時宋文帝元嘉十一年三月三日飲于樂遊苑且祖道江夏王
義恭衡陽王義季命延之為序也

夫方策既載皇王之迹已殊鐘石畢陳舞詠

之情不一向曰方策今之史書也鐘石樂器也畢陳謂奏之也舞謂手舞詠歌
詠也皆帝王宴樂也善曰禮記哀公問政子曰文武之道布在方策春秋說題辭曰尚
書者二帝之迹三王之義所推期運明受命之際郭象莊子注曰皇王殊迹隨世爲名漢
書曰石曰磬金曰鐘毛詩序曰歌詠之不足不知手之舞之
雖淵流遂往詳略異聞銑曰淵流本源也詳略論說也言帝王之道皆有音樂宴會雖因時
權變源流遂往而論說其道者所聞不同善曰上林賦曰恐後代靡麗遂往而不反春
秋序曰史有文質辭有詳略
然其宅天衷立民極莫不崇尚其道神明其位良曰宅居衷心也極本也言天子居天心立人本莫
不崇高宴樂之道以敬守其位也神明敬也善曰東京賦曰豈如宅中而圖大呂氏春秋
曰古之王者擇天之中而立國擇國之中而立宮周禮曰設官分職以爲民極周易曰聖

文選四十六　十

人以神明其德
拓洛世貽統固萬葉而爲量者善本有也
濟曰拓廣也貽遺統緒也葉代也量大也言廣世業以遺後緒使堅萬代而成乎大
道也善曰魏志高堂隆上疏曰拓跡垂統必俟聖賢晉中興書詔桓玄曰著衛王家垂
固萬葉
有宋函夏帝圖弘遠翰曰函夏中國也言有宋奄居中國
也弘大也善曰楊雄河東賦曰函夏之大漢書服虔曰函夏諸夏也孝經鉤命決曰丘
乃授帝圖授祕文
高祖以聖武定鼎規同造物向曰定鼎
循定天下也大道造化萬物以得其所者言高祖規矩同於大道也善曰宋高祖也左
氏傳王孫滿謂楚子曰成王定鼎于郟鄏莊子孔子曰失造物者爲人司馬彪曰造物者
爲道
皇上以叡文承歷景屬宸居銑曰皇上謂文帝也叡聖
景明屬繼也宸帝位也言文帝以聖文之德以承歷數明繼先帝位也善曰皇上宋

文帝也尚書曰叡哲文明又曰天之歷數在爾躬景光景屬運也典引曰高宗二聖宸居
其域蔡邕曰如北辰居其所而衆星拱之
隆周之卜既永宗漢之兆在焉良曰周室既興卜年七百漢丞相陳平等共誅諸呂使迎代王立之王卜
得大橫占曰大橫庚庚余爲天王遂即位爲文帝也宋爲漢後故云宗漢言宋祚將與周
漢同也善曰楊雄河東賦曰瞻隆周之大寧左氏傳王孫滿曰成王定鼎於郟鄏卜世
三十卜年七百漢書文紀曰兆得大橫占曰大橫庚庚余爲天王
正體毓德於少陽王宰宣哲於元輔濟曰正體謂太子承繼天子之體以
育德於東宮也東宮曰少陽也王宰宰相也哲智也元君也言宰相之臣宣智力於君以
爲輔佐也善曰正體太子也喪服傳曰父爲長子三年傳曰何以三年長子正體於上
周易曰蠱君子以振民毓德少陽東宮也鄭玄禮記注曰東郊少陽諸侯象也王宰已見

文選四十六　十一

曲水詩毛詩曰宣哲維人文武維后班固涿邪山文曰號號將軍大漢元輔
晷緯昭應山瀆效靈翰曰晷日緯星也昭應謂明而不錯亂也山謂五岳瀆謂
四瀆也效呈也言五岳四瀆呈其神靈以示我福也善曰說文曰晷日影也緯五星也
易乾鑿度曰五緯順軌四時和粟山五嶽也瀆四瀆也效靈山出器車瀆出圖書之類
五方雜遝徒合四隩於六來暨向曰五方四方中國也雜遝人物殷
衆也四隩四方蠻夷也暨至也善曰漢書曰京師五方雜錯尚書曰九州攸同四隩既
宅吳都賦曰都輦殷而四隩來暨
選賢建戚則擇之於茂典
施命發號必酌之於故實銑曰建立戚親從義典則也言選賢
才以居職立親戚以爲公侯則擇其義行可法則者施命謂行命也酌取也故實先王之
道也善曰左氏傳士會曰楚君之舉也內姓選於親外姓選於舊又曰蔿敖爲宰擇楚

國之令典尚書武王曰發號施令罔有不臧 / 毛詩序曰能酌先祖之道以養天下國語楚

穆仲謂宣王曰魯侯賦事行 / 刑必問於遺訓而資於故實 大予協樂上庠

肆教 良曰大予樂名協和也上庠儒學也肆 / 行也善曰東觀漢記孝明詔曰正大

樂官曰大予樂官禮記 / 有虞氏養國老於上庠 曰 章程明密品式周

備 濟曰品秩也式猶法也善曰漢書曰高 / 祖命張倉定章程謝承後漢書曰魏朗為

河內太守明密法令漢書曰 / 宣帝樞機周密品式備具 國容眂令而動

軍政象物而具 翰曰國容百官上下之儀也 / 眂令謂觀號令也象物謂象

熊羆虎豹之威猛也善曰司馬法曰國容 / 不入軍軍容不入國左氏傳曰士會曰蒍敖

為宰百官象物而 / 動軍政不戒而備 箴闕記言校文講藝之官

采遺於內戒 向曰箴戒也言太史之官作戒以 / 天子百官之闕失也天子所言

文選四十六 十二

則左史書記之校文講藝之官謂 / 儒學之職采遺謂采拾遺闕之事 輶車朱軒

懷荒振遠之使論德于外 銑曰輶車朱軒使 / 者之車也言使臣

能柔遠荒之國以為王臣振起王化於遠方 / 之八也論德論天子之德也善曰左氏傳

魏絳曰昔周辛甲之為太史也命百官箴王 / 闕禮記曰言則右史書之西都賓曰啓發篇

章校理秘文講論于六藝稽古於同異揚雄 / 荅劉歆書曰常聞先代輶軒之使風俗通曰

周秦常以八月輶軒使采異代方言譔論 / 曰輶軒聘於南荒尚書大傳曰未命為士不

得朱軒西征賦曰銜命則 / 辭蠻夷雲遠則張博望 蒱萐素毳并柯

共穗之瑞史不絕書 良曰蒱萐朱草也素毳 / 白虎也并柯連理木也

共穗嘉禾也皆太平之瑞也言 / 於國史上書之不絕言常有之 棧山航海踰

沙軼 余 / 曰 漠之貢府無虛月 濟曰言遠方之國 / 山行棧道海濟舟

航 踰度沙漠來貢上於府庫之內每月無絕 / 也善曰蒱萐朱草也素毳白虎也并柯連

理也共穗嘉禾也左氏傳晉司馬叔侯曰魯 / 之於晉也職貢不乏史不絕書府無虛月如

是可矣揚雄交州箴曰 / 航海三萬來享其犀 烈燧千城通驛萬里

翰曰燧烽火也千 / 城言郡縣多也 穹居之君內首禀朔卉服

之酋迴面受吏 向曰穹居之君匈奴也卉服 / 之酋南蠻也內首迴面皆賓

服為臣也禀朔也受吏謂受郡縣之 / 化善曰穹居匈奴也魏都賦曰思禀正朔

尚書曰島夷卉服劉荼義新曰海外遐方迴 / 首內嚮漢書曰邛筰之君長欲願爲內臣妾

請吏 / 北面 是以異人慕嚮俊民間出 銑曰嚮慕德 / 音也善曰

班固漢書贊曰羣士慕嚮異人並出尚書 / 曰俊民用康漢書曰漢興詩書往往間出 警

蹕清夷表裏悅穆 良曰天子出入曰警蹕夷 / 平也表裏內外也穆和也

文選四十六 十三

善曰仲長子昌言曰 / 姦慝既殫警蹕清夷 將徙縣中宇張樂岱郊

濟曰宋居江東故將欲移都於中國也縣都 / 也中宇中國也張用也岱山也郊南郊也將

欲用樂祭岱山南郊也善曰言將徙都 / 洛邑封禪泰山也莊子曰北門成問於黃帝

曰帝張咸池之樂於洞庭之野 增類帝之壇 善本作 / 宮字 飭禮神

之館塗歌邑誦以望屬車之塵者久矣 翰曰天子

行有屬車三十六乘以從於後也望屬車者 / 望天子來也塵者車行之塵也善曰禮記

曰天子將出征類于上帝類祭也西都賦曰 / 禮神祇懷百靈司馬相如諫獵曰犯屬車之

清 / 塵 日躔 直 / 連 胃維月軌青陸 向曰此始謂三月 / 之時也此躔次也胃

星名維畔也月令云季春之月日在胃也言 / 月次胃星之軌行畔也青陸東道也立春

春 分月從東道也言月行於此也善曰漢 / 書曰日月初躔星之紀韋昭曰躔處也禮記

曰季春之月日在胃王作宣思征賦曰左建
安之二八星步次於箕維漢書天文志曰月
順入軌道河圖帝覽嬉曰立春春分月
從東青道杜預左氏傳注曰陸道也皇祇
發生之始后王布和之辰銑曰皇祇天地也言春時是天地發
生萬物之時君王布政惠和之日也后君也辰日也善曰皇天神也祇地神也周禮曰
大宗伯掌天神地祇之禮曹植九詠曰皇祇降兮潛靈舞爾雅曰春為發生禮記曰后王
命冢宰降德于衆兆人又曰孟春之月命相布德和令思對上靈之心
以惠庶甿善本作萌字之願加以二王于邁出餞
戒告良曰言天子思答上天之心以惠衆人之望乃加以江夏衡陽二王于行出蕃
使布化行惠於百姓也天子乃與羣臣出餞戒告以勸職業也上靈上天也庶甿衆人也
顒望也邁行也善曰二王已見上文毛詩曰從公于邁韓詩章句曰送行飲酒曰餞燕

文選四十六　十四

禮曰小臣戒盥者鄭玄曰君以宴禮勞使臣則警戒告語焉有詔掌故爰
命司歷濟曰掌故掌知故事者司歷知持歷之官也善曰封禪書曰宜命掌故
左氏傳仲尼曰今火猶西流司歷過也
獻洛飲之禮具上巳之
儀翰曰昔者周公禊飲于洛善曰洛飲上巳並已見上文南除輦道北
清禁林向曰除埽除也輦道天子行之道也禁林苑也左關巖隥都鄙
右梁潮源銑曰關擬也隥阪也梁橋也言潮水之上作橋略亭皐跨
芝廛苑太液懷曾山良曰亭皐謂野作亭也上林賦云亭皐千里言
此所游之處略於上林之大也芝廛芝田也洛陽地名言亦將跨越之也漢武帝太液
池中有高山言我今以彼池為苑包懷其高山也善曰上林賦曰輦道纚屬西都賓曰
集禁林而屯聚難西蜀父老曰關沫若梁孫原穆天子傳曰天子東升于三道隥郭璞曰

隥阪也上林賦曰亭皐千里靡不被築洛神賦曰稅駕乎衡皐秣駟乎芝田漢書有太液
池松石峻垝古毀蔥翠陰煙濟曰峻垝高峻也蔥翠青色也陰煙
山中氣也游泳之所攢在官萃翔驟之所往還翰曰游詠
魚龍也攢萃集聚也翔驟鳥獸也於是離宮設衛別殿周徼
音叫向曰離宮天子出游之宮設衛宿衛也徼循也言周循於山水之間也善曰西
都賓曰離宮別觀三十六所周以鉤陳之位衛以嚴更之署周廬千列徼道綺錯旌
門洞立延帷接枑善本作柘字音牙枑以旗為門洞通也銑曰言
各相對迴行而立之延帷謂列帷使相接而迴枑也枑即牙也善曰周禮曰王之會同
為帷宮設旌門揚雄蜀都賦曰延帷揚幕接帳連岡又周禮曰王之會同之舍設梐枑再
重杜子春曰梐枑行馬也閬水環階引池分席良曰閬流也環繞也

文選四十六　十五

分席謂水分流各至席坐之所謂流杯也善曰歎逝賦曰閱水以成川春官聯
事蒼靈奉塗濟曰春官掌禮之官聯事謂上下聯事出游之禮也蒼靈謂春
初勾芒也奉塗謂前驅而清道然後升秘駕胤緹徒兮騎摇玉
鑾發流吹翰曰秘駕天子馬也胤引也緹騎金吾騎兵也玉鑾天子法駕也流
吹茄簫之類也善曰言春官聯事以供蒼靈奉塗以衛行也周禮有春官宗伯又曰
以官府之六聯合邦化二曰賓客之聯事蒼靈青帝也尚書帝命驗曰帝者承天立五府
蒼曰靈府鄭玄曰蒼帝靈威仰之府續漢書曰緹騎二百人屬執金吾楚辭曰鳴玉鸞之
啾啾兮淮南子曰龍舟鷁首浮吹以虞天動神移淵放善本作旋字
雲披以降于行所禮也向曰此皆衆士百官行從多貌行所即將
所也善曰羽獵賦曰天動地岌淮南子曰藏志九旋之淵蔡邕獨斷曰天子以天下為

家自謂所居爲行在所既而帝暉臨幄百司定列鳳蓋
俄軫虹旗委旆銑曰帝暉天子也臨幄坐於帳也軫停也委安也善曰
俄軫委旆不行也東都主人曰鳳蓋棽纚楚辭曰回朕車俾西引搴虹旗於玉門肴
蔌速芬藉觴醳亦泛浮良曰魚肉曰肴菜蔬曰蔌芬香也藉多也
觴醳酒也泛浮言多也善曰毛詩曰其肴維何炰鼈及魚其蔌維何維筍及蒲鄭玄禮
記注曰醳旨酒也妍歌妙舞之容銜組樹羽之器翰曰
鐃磬之格兩頭並刻爲龍頭以銜緣組又樹以羽毛爲幢者皆樂器也善曰古妍歌篇
曰妍歌展妙聲發曲吐令辭邊讓章華賦曰妙舞麗於陽阿沉湛三禮圖曰筍虡兩頭並
爲龍以銜組曹植九詠曰雲龍兮銜組羽兮交橫毛詩曰設業設虡崇牙樹羽疏三
奏四上之調六莖九成之曲競氣繁聲合變

文選四十六　十六

爭節向曰師曠清徵之曲一奏有玄鶴集焉再奏爲行列三奏而延頸鳴也四上六
莖九成並曲名善曰韓子曰師曠奏清徵一奏有玄鶴二八來集再奏而列三奏延頸
而鳴擴翼而舞馬融琴賦曰師曠三奏而神物下楚辭曰四上競氣極聲變王逸曰四上
謂代奏鄭衛也漢書曰顓頊作六莖尚書曰簫韶九成鳳凰來儀龍文飾轡
青翰侍御濟曰龍文馬名青翰船名御泛也善曰班固西域傳贊曰蒲梢龍文
魚目汗血之馬也說苑莊辛謂襄城君曰鄂君乘青翰之舟沉新波之中華裔殷
至觀聽驚集揚袂風山舉袖陰澤靚靜裝藻
野袪服縟川銑曰華裔內外也殷盛也驚奔也言侍從衆揚其衣袂動山上
草木如風吹山也舉袖則蔽川澤乃成其陰矣靚裝美人粉之色袪服美麗之衣也言
美人裝服映其川野成其文藻雜色也縟雜色也善曰藉田賦曰居靡都鄙民無華裔

蜀都賦曰觀聽之所踊躍法言曰雷震于天風薄于山上林賦曰靚莊刻飾鄒陽上書曰
袨服叢臺之下者一旦成市說文曰縟繁彩色也故以殷隱賑軫外
區煥衍都會善本作內字者矣良曰殷賑富有貌區方也煥衍多溢
貌善曰西京賦曰鄉邑殷賑張載劒閣銘曰劒茲狹隘王之外區王粲羽獵賦曰蕤華
雜沓煥然陸離上膺萬壽下禔祇百福翰曰膺當也而筵
稟和闔堂依德良曰筵席也稟受也闔滿也言群臣而席滿堂皆受天子
和平之樂依天子仁惠之德也善曰毛詩曰報以介福萬壽無疆司馬相如難蜀文曰
中外禔福毛詩曰介爾百福情盤景遽歡洽日斜銑曰盤樂也景
亦日也遽疾也洽合也金駕總駟聖儀載佇向曰金駕天子車也
總駟謂聚其駟馬將駕而行也聖儀天子也佇謂盤桓未去尚惜此宴也帳鈞

文選四十六　十七

臺之未臨慨酆宮之不縣濟曰帳慨並歎也鈞臺夏啓會饗諸
侯之所也在洛陽酆宮周康王朝諸侯之宮也在長安縣謂懸鍾磬之格朝諸侯則設以
樂也縣懸也此蓋歎未至中國之兩京也善曰左氏傳曰楚子合諸侯於申椒舉言於
楚子曰夏啓有鈞臺之享康王有酆宮之朝方且排鳳闕以高游
開爵園而廣宴翰曰鳳闕闕名爵園鄴都園名言志欲平中原以爲鄴宴也
善曰關中記曰連章圓闕臨北道銅鳳在上故號鳳闕鄴中記曰銅爵臺西有爵園並
命在位展詩登善本作發字志則夫誦美有章陳
信無愧者歟向曰楚子問孟子云范武子德何如對曰其祝史陳信於鬼神
無愧辭也言其敬鬼神而不匱也言今天子仁明頌美德亦無愧也善曰楚辭曰展詩
兮會舞王逸曰展舒也周易曰有孚發若信以發志也毛詩序曰頌者美盛德之形容

傳曰楚子木問趙孟曰范武子之德何如對曰祝史陳信於鬼神無愧辭

三月三日曲水詩序一首

王元長　銑曰齊武帝永明九年三月三日幸芳林園宴會羣臣勑融為序　善曰蕭子顯齊書曰武帝永明九年三月三日幸芳林園禊飲朝臣勑王融為序文藻富麗當代稱之

臣聞出豫為象鈞天之樂張焉良曰易豫卦云先王以作樂崇德象則易象也鈞天乃天帝樂也時乘既位御氣之駕翔焉濟曰易乾卦云時乘六龍以御天也既位謂飛龍喻天子得位也御氣則御行於元氣中也駕則龍也　善曰周易豫卦曰先王作樂殷薦上帝史記曰趙簡子病二日而悟曰我之帝所甚樂與百神遊於鈞天廣樂九奏萬舞張樂已見上文周易曰時乘六龍以

御天莊子曰乘天地之正而御六氣之辯穆天子傳曰天子命駕八駿之乘遂東南翔行馳千里郭璞曰行如飛翔也是以得一奉宸逍遙襄城之域翰曰宸天也言得純一之正道以奉天謂黃帝也言黃帝問道至于襄城之野也逍遙游貌域野也體元則大帳望姑射亦之阿向曰元善也體善則大謂堯也堯出遊見四子於姑射之山窅然喪其天下謂得道也阿山也然窅深遠處無蓋其自善者也非與天下同之也窅眇深遠也寂寥虛無也適善也　善曰老烏鳥妙寂寥其獨適者也善本作己字言黃帝及堯皆　銑曰求道子曰王侯得一而天下正尚書曰惟辟奉天宸與辰同已見上文莊子曰黃帝將見大隗于具茨之山至襄城之野東都主人曰體元立制繼天而作論語子曰唯天為大惟堯則之莊子曰堯治天下之民平海內之政往見四子藐姑射之山汾水之陽窅然喪其天下

焉家語孔子曰聖人舉事可施於百姓非獨適一身之行至如夏后兩龍載驅璿臺之上穆滿八駿如舞瑤水之陰亦有饗云固不與萬人善本作民字共也良曰夏后帝啓也有馬號為兩龍乘遊於璿臺之上以饗諸侯百官也璿臺臺名穆滿周穆王也言乘八駿之馬以遊行天下也如舞謂馬行貌瑤水瑤池也言穆王遊於崑崙山見西王母與宴于瑤池之上也言此二主有宴饗則又不與天下萬人共樂也　善曰山海經曰大樂之野夏后啓於此舞九代馬乘兩龍毛詩曰載馳載驅周爰咨諏易歸藏曰昔者夏后啓筮享神於晉之墟作為璿臺於水之陽穆滿八駿已見江賦又穆天子傳曰天子北升太山之上以望四野乙丑天子觴西王母於瑤池之上毛詩曰鑾聲如組兩驂如舞孟子曰今王田獵於此百姓聞王輿馬之音與羽毛之美父子不相見兄弟妻子離散此無他不與民同

樂也我大齊之握機創曆誕命建家濟曰握機執天下之柄也創曆改正朔也誕大建立也接禮貳宮考庸太室翰曰貳宮天子接禮賢人之所也庸用也太室明堂也言考用才能於明堂之宮也　善曰蕭子顯齊書曰齊太祖高皇帝諱道成字紹伯受宋禪尚書曰我文考文王誕膺天命又曰永建乃家孟子曰舜尚見帝帝館甥於貳室亦饗舜迭為賓主是天子而友匹夫也趙岐曰尚上也舜在畎畝之時堯友禮之舜上見堯堯舍之於副宮堯亦就饗舜之所設更為賓主尚書大傳曰維十月五祀舜為賓客禹為主人樂正進贊曰尚考太室之義唐為虞賓鄭玄曰舜既使禹攝天下之事於祭祀避之居賓客之位獻酒則為亞獻尚考猶言往時也太室明室之中央室也義當為儀儀禮儀也謂祭太室之禮堯為舜賓也幽明獻期雷風通饗向曰幽明獻期祥瑞見也雷風通饗陰陽和也昭華之

珍既徙延喜之玉攸歸銑曰舜時西王母獻昭華玉天錫禹玄珪
刻曰延喜之字言此二寶從歸于齊也攸所也善曰曾子夫子曰天道曰圓地道曰方
方曰幽圓曰明禮記曰幽則有鬼神太公伏符陰謀曰武王伐紂四海神河伯皆曰天伐
殷亡周謹來受命願獻時雨論語讖曰仲尼云吾聞堯率舜等遊首山觀河渚一老曰河
圖將來告帝期尚書曰納于大麓烈風雷雨不迷尚書大傳曰舜將禪禹八風循通又曰
堯得舜推而尊之贈以昭華之玉尚書璇璣玉鈐曰玄圭出刻曰延喜之玉書革宋
受天保生萬國良曰齊改宋曆數而受天命以為天子也度徒洛邑
靜鹿丘之歎遷鼎息大坰古熒之慙濟曰度邑謂卜度邑
都也言武王克殷將度邑自鹿丘而歎恥者以臣伐君之名也成湯即天子位還遷九鼎
于亳都至大坰而有慙德亦謂以臣代君也鹿丘大坰並地名言齊受宋禪讓之位而無

文選四十六　二十

慙歎之事靜息皆猶無也善曰周書武王曰齊受大命革殷受天明命又曰我聞古商
先王成湯保生商入又度邑篇曰維王克殷乃永歎曰鳴呼不淑充天之對自鹿至于丘
中具明不寢帝王世記曰湯即天子位遂遷九鼎于亳至大坰而有慙德周書丘或為苑
紹清和於帝猷聯顯懿於王表翰曰紹繼也猷道也懿美
也表外也言能繼清和之德於五帝之道連明美之理於三王之外駿發開其
遠祥定爾固其洪業向曰駿疾也言齊帝之德疾發聞於天下故能
開遠方之祥瑞也詩云天保定爾亦孔之固謂安定之道堅固其大業也善曰言以清
和之德繼於大道楊子雲劇秦美新曰鏡淳粹之至精聆清和之正聲蔡邕月令論曰出
北闔視帝猷法言曰昔在有熊高辛有虞三代咸有顯懿故天因而瑞之為神明主河圖
曰成帝德者堯開王表者禹毛詩曰濬哲維商長發其祥又曰駿發爾私又曰天保定爾

亦孔之固劇秦美新曰制作六經洪業皇帝銑曰齊武帝也體膺上聖
運鍾下武良曰膺當也鍾聚也下武謂文王之下武王繼之言武帝能繼先業
亦如武王繼文王之道故云運聚下武冠五行之秀氣邁三代
之英風濟曰五行水火金木土也邁過也三代夏殷周也昭章雲漢
暉麗日月翰曰昭章雲漢文德也日月喻明也牢籠天地彈
壓山川向曰彈壓猶蹤躡也設神理以景俗敷文化以
柔遠銑曰景光敷布柔安也澤普汜善本作汜字而無私法
含弘而不殺翰曰聖人好生惡殺也善曰蕭子顯齊書曰世祖武皇帝諱
賾字宣遠以太子即位墨子曰上聖立為天子其次立為三公毛詩序曰下武嗣文也禮
記曰人者五行之秀又孔子曰大道之行也三代之英丘未之逮而有志焉毛詩曰倬彼

文選四十六　二十一

雲漢為章于天箋猶天子為法度於天下也周易曰聖人與日月合其明淮南子曰帝者
體太一牢籠天地彈壓山川神理猶神道也周易曰聖人以神道設教而天下服劉義恭
丹徒宮集曰昭化景俗玄教凝神廣雅曰景炤也尚書曰帝乃誕敷文德録圖曰女聞偃
兵建文化尚書曰柔遠能邇淮南子曰覆露昭遠普氾而無私周易曰含弘光大品物咸
亨又曰古之聰明睿智神武而不殺者夫潛夫論曰簡刑薄威不殺不誅此德之上也
猶且具明廢寢昃晷忘餐濟曰具及也言自夜及明不寢以憂
國政念負重於春冰懷御奔於秋駕翰曰明君之治人若
負重而履氷恐不勝其重懼見陷於氷若御奔馬於秋恐有覆敗也秋駕天子法駕也
善曰具明已見上尚書曰文王自朝至于日中昃弗皇暇食鄧析子曰明君之御民若乘
奔而無轡履氷而負重也尚書曰若蹈虎尾涉於春氷莊子曰尹儒學御三年而無所

夜夢受秋駕明日往朝師師曰今將教子以秋駕司馬彪曰秋駕法駕也可謂巍巍弗與蕩蕩誰名良曰巍巍高大之貌蕩蕩廣遠之稱言高大廣遠之德人不可興之比也人誰能名焉秉靈圖而非泰涉孟門其何險向曰秉執也靈圖天子位也言不以天子之位為泰者蓋憂天下也言濟天下之難雖如孟門之行亦不以為險志憂人也孟門山名也　善曰論語子曰巍巍乎舜禹之有天下而不與焉又曰大哉堯之為君蕩蕩乎民無能名焉春秋漢含孳曰天子南面秉圖書成公綏大河賦曰靈圖授錄於羲皇孟子曰以其道舜受堯之天下不以為泰呂氏春秋曰舜修德而苗服孔子聞之曰通乎德之情則孟門太行不為嶮矣儲后睿哲在躬妙善居質銑曰儲后太子也睿聖哲智也質體也內積和順外發英華斧藻至德琢磨令範良曰斧藻

文選四十六　二十二

謂修飾也令善範法也言炳丹青道潤金璧濟曰言炳丹青文也道潤金璧善也出龍樓而問豎入虎闈而齒冑翰曰龍樓漢太子門名也問豎謂文王為太子至門外朝於王季問於內豎人曰今日安否如何虎闈教國子之學所也公卿之子為冑子言太子入學以年大小為次不以天子之子為上故云齒冑齒年也愛敬盡於一人光耀究於四海向曰一人天子也究盡也　善曰蕭子顯齊書曰世祖立皇太子長楙漢書䟽廣曰太子國儲副君尚書曰睿作聖明作哲禮記曰清明在躬桓子新論曰聖賢之材不世而妙善之技不傳禮記曰和順積中而英華外發法言曰吾未見斧藻其德若斧藻其楶者　應劭漢官儀曰太子太傅日就月將琢磨玉質言太子有玉之質琢磨以道也法言或問聖人之言炳若丹青有諸曰丹青初則炳久則渝渝乎哉淮南子曰夫道潤乎草木浸乎金石毛詩曰

如金如錫如珪如璧漢書成紀曰上召太子出龍樓門禮記曰文王之為太子朝於王季日三雞初鳴至寢門外問內豎曰今日安不如何周禮曰師氏以三德教國子居虎門之左蔡邕明堂月令論曰周官有門闈之學禮記曰行一物而三善皆得者唯世子而已其齒於學之謂也尚書曰夔典樂教冑子孝經曰愛敬盡於事親毛詩曰夙夜匪懈以事一人呂氏春秋曰愛敬盡於事親光耀加於百姓究於四海此天子之孝也若夫旌茂麟趾宗固磐石跨躡女曶昌姬韜軼炎漢銑曰茂盛也麟趾詩篇名美公族之盛也磐石大石也言宗族堅固如大石不可轉易也跨越也昌姬文王也韜藏軼過也言齊帝之德踰越跨躡於文王懷藏超過於炎漢也漢火德故稱炎也　善曰毛詩曰麟之趾振振公子漢書宋昌曰帝王子弟犬牙相制所謂磐石之宗春秋錄圖曰蒼精萌姬[illegible]之後昌東觀漢記序曰漢以炎精布耀或幽而光

文選四十六　二十三

元宰比肩於尚父中鉉繼踵乎周南分陝流勿翦之歡來仕允克施之譽良曰元宰謂宰相也言宰相之德與太公比肩也鉉鼎耳也以黃金為之黃色為中故言中此三公位也踵跡也周南周公也濟曰周公召公分陝界而治人皆歡悅故詩云蔽芾甘棠勿翦勿伐召伯所茇也允信也克能也言來仕官信能當施惠之譽矣言皆用人得賢才也　善曰元宰冢宰也中鉉司徒也說苑晏子謂楚王曰齊之臨菑比肩繼踵毛詩曰維師尚父周易曰鼎金鉉鄭玄曰金鉉喻明道能舉君之官職也鄭玄尚書注曰三公象也毛詩序曰周南言化自北而南故繫之周公公羊傳曰自陝以西召公主之毛詩曰蔽芾甘棠勿翦勿伐召伯所茇國語曰秦后太子來仕其車千乘韋昭曰王仕於晉也班固漢書貢禹贊曰禹既黃髮以德來仕尚書曰君陳克施有政莫不如珪如璋令問令望

朱蕃方勿斯皇室家君王者也翰曰珪璋玉名踰賢才也令善
也朱蕃官之服飾也皇大也室家猶親密也
言為臣皆親密於君一心盡忠也善曰毛
詩曰如珪如璋令問令望又曰朱蕃斯皇室家君王本枝之盛如此稽
古之政如彼向曰本枝謂宗族也善曰毛詩曰文王孫子本枝百世尚書
曰若稽古帝堯用能免羣生於湯火納百姓於休和
草萊樂業守屏稱事銑曰湯火謂禍亂也休和謂禍亂已平兵戈不
用故致之使休息和平也草萊謂山野樵
之人也守屏謂州牧也善曰史記曰文帝
時會天下新去湯火人人樂業左氏傳君子
曰一人刑善百姓休和莊子曰農夫無草萊
之事則不比禮記諸侯曰某土之守臣某
在邊邑曰某屏尸子曰能官者必稱事引
鏡皆明目臨池無洗耳良曰公孫述僭稱帝於蜀蜀人任永乃託

文選四十六　二十四

目盲後述既伏誅永乃引鏡自照曰時清目
則明也言今時清故人皆明目也許由巢父
皆隱者堯以天下讓許由而以為汙其沈冥
聽乃臨池洗耳言今太平野無逸人也
之恐既缺薖苦和軸之疾已消濟曰沈冥薖軸皆疾病也缺消
謂疾病盡除也善曰譙周考史曰公孫述
竊位於蜀蜀人任永託清盲及述誅永澡盥
引鏡自照曰時清則目明皇甫謐高士傳曰
堯致天下讓許由巢父聞之以為汙乃臨池
水而洗耳漢書曰蜀嚴沈冥侯巴曰嚴君平
常病不事沈冥而死亦絜矣毛詩曰考槃在
陸碩人之軸考槃在阿碩人之薖毛萇
曰軸病也謂賢人隱居而離困病也
舉孝歲貢善本作時於外府署行去議年日夕于
中甸翰曰言舉孝廉賢才每歲貢自州郡也
外府州郡也署考也考吏行之殿最議
年數之豐儉而奏於天子使朝夕盈于畿甸
之中也善曰漢書曰詔執事與廉舉孝又

詔曰有懿稱明德者遣詣相國府署行議年
蘇林曰行狀年紀也尚書曰五百里甸服
協律總章之司序倫正俗向曰協律樂官總章禮官也倫次也
言各有次序以正風俗也善曰漢書曰李
延年為協律都尉魏志曰明帝立總章觀荀
氏傳曰勗為光祿大夫公以為魏杜夔所制
律呂撿校大樂總章鼓吹八音與律呂乖毛
詩序曰先王以是厚人倫美教化移風俗
風俗通曰為政之要辯風正俗最其上也崇
文成均之職導德齊禮銑曰崇文成均文學官也言理道德之本
齊禮樂之先善曰魏志曰明帝置崇文觀
徵善文者以充之周禮曰大司樂掌成均之
法以教建國之學校而合國之子弟
焉論語子曰導之以德齊之以禮挈壺宣
夜辨氣朔於靈臺書笏珥彤紀言事於仙室
良曰挈壺氏掌刻漏之官知晝夜日月氣候
之事朔月初也靈臺觀懸象之所也笏者所

文選四十六　二十五

以書記事也珥執也彤赤管筆也皆史臣所
以書記君言也仙室館名也善曰周禮夏
官曰挈壺氏掌懸壺蔡邕天文志曰言天體
者有三家其一曰宣夜鄭玄毛詩箋曰天子
有靈臺者所以觀祲象察氣之妖祥左氏傳
曰公既視朔遂登觀臺以望而書雲物禮記
曰造受命於君則書於笏潘岳賈武公誄曰
惟帝以公通揚祖宗延登東序服袞珥彤史
記曰秦文公初有史以紀事禮記曰動則左
史書之華嶠後漢書曰以學者稱東觀為老氏
藏室道家蓬萊
令故言仙室褰帷斷裳危冠空履之吏銑曰
後漢賈琮為冀州刺史車垂赤帷而行及至
州言曰刺史當遠視廣聽何反垂帷於車
以自掩蔽乃命張者褰去其帷朱傳為琅邪
太守俗多舒緩衣長不中節度皆斷其衣裳
令去地三寸以便於事危冠壞冠也空履敝
履也言其吏皆廉而貧也善曰范曄後漢
書曰賈琮為冀州刺史琮之部升車言曰刺
史當遠視廣聽糾察美惡何有反垂帷裳以

自掩塞乎乃令御者褰之百城聞風倉然震慄漢書曰蓋寬饒初拜為司馬未出殿斷其
單衣令短離地說苑曰楚人長劍危冠而有子西漢書曰唐尊以明經飾行顯名於世衣
弊履穿彯搖武猛扛鼎揭列臬旗之士良曰彯搖輕便貌扛
揭皆舉也善曰漢書曰霍去病再從大將軍受詔與壯士為嫖姚校尉華嶠後漢書曰
丁白為武猛校尉法言曰或問力能扛鼎揭華旗知德亦有之乎曰百人也勤恤
民隱糾逖土力王慝土德反翰曰恤憂隱痛逖遠王大慝惡也言憂勤
天下人之所痛糾察風俗遠大惡也善曰國語祭公謀父曰勤恤民隱而除其害左氏
傳曰王謂晉文侯曰以綏四方糾逖王慝射集隼於高墉繳之若大
風於長隧不仁者遠惟道斯行濟曰隼鷙鳥也以喻凶入
也墉牆也喻入所居也言射此鳥於高牆之上喻除凶人於平人之間也堯時大風為害

文選四十六　二十六

堯使羿繳之於青丘之澤大風風伯也隧隧道也善曰周易曰公用射隼于高墉
之上淮南子曰堯之時大風為害堯命羿繳大風於青丘之澤許慎曰大風風伯也毛詩
曰大風有隧論語子夏曰舜有天下選於衆舉皐陶不仁者遠矣禮記曰大道之行也
讒莠蔑聞攘爭掩息翰曰讒譖之人在朝如苗之有莠言此事於齊
朝亦無聞也蔑無也攘爭謂攘臂而爭訟也掩息言無也、善曰毛詩曰好言自口莠言
自口尚書曰無或攘敓稀鳴桴伏流於砥路鞠茂草於圓
扉向曰桴擊鼓杖也鼓所以鳴於路者蓋為盜發而擊之也今稀鳴謂少盜賊也砥平
也鞠養也茂盛也圓扉獄也言時無犯罪者獄皆久空故養盛草於獄中善曰說文曰
桴鼓柄也漢書曰張敞為京兆尹桴鼓稀鳴市無偷盜毛詩曰周道如砥其直如矢又曰
踧踧周道鞠為茂草周禮曰以圜土教罷民耆年闕市井之游銑曰

耆年老人也漢孝文之治至和平老人不狩市井也善曰史記太史公曰文帝時百姓
遂安自年六七十翁未嘗至市井遊遨嬉戲如小兒狀稚齒豐車馬之
好宮隣昭泰荒憬九永切清夷濟曰稚齒小子也年五歲有雉
車之樂七歲有竹馬之歡皆謂得其所性也翰曰宮居隣近憬遠夷平也言天子之道居
近昭泰之治荒遠之國感盛德而清平也善曰閑居賦曰昆弟斑白兒童稚齒應劭漢
官儀曰不制之臣相與比周比周者宮隣金虎宮隣金虎者言小人在位比周相進與君
為隣堅若金讒害人惡若虎毛詩曰憬彼淮夷來獻其琛仲長子昌言曰聾瞽清夷侮
食來王左言入侍向曰侮食左言蠻夷國也離身反踵之
君髽側麻首貫胷之長屈膝厥角請受纓縻銑曰
離身反踵髽首貫胷四海國名屈膝拜也厥角叩頭也纓縻皆係也言請受國家拘係以

文選四十六　二十七

輸貢賦也善曰漢書匈奴傳曰壯者食肥美老者食其餘貴壯健賤老弱也古本作侮
食周書曰東越海食尚書曰四夷來王楊雄蜀王本紀曰蜀之先名曰蠶叢柏濩魚鳧開
明是時人民推髻左言漢書曰南越王子嬰齊入侍周書曰離身染齒之國以龍角神
乖為鳳爾雅曰北方有比肩人焉迭食而迭望郭璞曰此即半體之人各有一目一鼻孔
一臂一脚亦猶魚鳥之相合爾呂氏春秋曰舜至為天子大人反踵皆被其澤高誘淮南
子注曰反踵國名其人南行迹北向也淮南子曰三苗髽首山海經曰有貫胷國其人胷
有竅括地圖曰禹平天下會于會稽之野又南經防風之神神射之有迅雷二神恐以刃
自貫其心禹哀之乃拔刃療以不死之草皆生是為貫胷之民諭巴蜀文曰交臂受事屈
膝請和孟子曰武王之伐殷百姓若崩厥角趙岐曰厥角叩頭以額角犀擬地也漢書終
軍曰願受長纓必羈南越王致之闕下難蜀父老曰蓋聞天子之牧夷狄也其義羈縻勿

絶而已文鈚碧砮之琛奇翰善本作幹善芳之賦良曰
善芳遠國異鳥名餘皆遠方物之寶也善曰文鈚未詳一曰鈚當爲越杜篤展武論曰
文越水震御風仰流徐廣晉紀曰鮮卑以碧石爲寶王沉魏書曰東夷矢用楛青石爲鏃
孔安國尚書傳曰砮中矢鏃也家語孔子曰昔武王克商於是肅愼氏貢楛矢石砮其長
尺有咫周書曰成王時貢奇幹善芳者頭若雄雞佩之令人不昧孔晁曰奇幹亦北狄善
芳者鳥名不昧不忘也紈牛露犬之玩乘黃茲白之駟四
翰曰皆遠方奇獸也玩羨也茲白似馬故云駟也善曰周書曰卜盧國獻紈牛紈牛小
牛也又曰渠搜獻鼩犬鼩犬露犬也能飛食虎豹又曰白民乘黃乘黃者似狐其背有兩
角又曰西方正北曰義渠獻茲白茲白者若馬鋸齒食虎豹盈衍儲邸充
牣郊虞向曰盈衍溢滿也儲邸猶府藏也言遠方之物溢滿於府藏也充牣滿也

文選四十六　二十八

郊四郊也虞掌山澤之官言遠方所獻奇禽獸蕃滿於四郊山澤也善曰儲邸猶府藏
也郊虞掌山澤之官也軌躅直緑切本匵讀善相尋鞮丁兮譯無
曠銑曰軌躅行跡也言萬物貢獻行跡相尋不絶也周官鞮鞻氏掌四夷之樂也譯傳
四夷之語而宣之者也言四夷獻樂譯言歲時不曠也善曰尚書曰苞匭菁茅匭音軌
聘禮曰賈人啓櫝取圭垂繅而受宰晉中興書王禹上言曰貢篚相尋連舟載路禮記曰
西方曰狄鞮北方曰譯尚書大傳曰成王時越裳氏重九譯而獻白雉一尉候
於西東合車書於南北暢轂埋轔轔鄰之轍
綏而惟旌卷悠悠之旆良曰暢長也長轂兵車也轔轔衆車聲也綏車
上垂繩也旌旗也悠悠旌旆垂貌埋卷言皆不用也善曰楊雄解嘲曰東南一尉西北
一候禮記曰書同文車同軌毛詩曰文茵暢轂箋暢後漢書曰張綱埋其車輪於洛陽都亭

毛詩曰有車轔轔禮記曰武車綏旌魏都賦曰虹旌攝麾以就卷毛詩曰悠悠旆旌四
方無拂扶勿五戎不距偃革辭軒銷金罷刃濟曰
拂亂也四方之戎有五種不距謂不捍王命也偃息革甲也辭軒去兵車也金刃兵器
也皆銷毀罷去之示不復用也善曰周書曰四方無拂奄有天下又曰五戎不距加用
師旅漢書張良曰昔武王伐殷紂事已畢偃革爲軒陳琳應機曰治刃銷鋒偃武行德
天瑞降地符升翰曰天瑞謂甘露也地符謂慶雲也善曰詩緯曰天下
和同天瑞降地符升澤馬來向曰澤馬瑞馬也善曰孝經援神契曰德至山陵
則澤出神馬器車出銑曰器車瑞車也善曰禮記曰山出器車紫脫
華朱英秀向曰並瑞草也華秀皆花也善曰禮斗威儀曰人君乘土而王其
政太平則遠方神獻其朱英紫脫宋均注曰紫脫北方之物上値紫宮凡言常生者不死

文選四十六　二十九

也死則主當之尚書大傳曰德先地序則朱草生瑞應圖曰朱草亦曰朱英侒枝
植濟曰黃帝有屈軼草出於階若佞人入朝則屈而指之故曰佞枝植生也善同濟注
曆草滋翰曰堯時有蓂莢一草生於階有十五葉從月一日日生一葉至十五日日
落一葉若月小則餘一葉見此以知日曆故云曆草也滋茂也善曰田俅子曰堯爲天
子蓂莢生於庭爲帝成曆尚書帝命驗曰舜受命蓂莢孳雲潤星暉風揚
月至良曰暉明也風揚謂和風也月至謂月行不失度也善曰京房易飛候曰青
雲潤澤蔽日在西北爲舉賢良禮斗威儀曰君乘土其政平則鎮星黃而多暉禮含文嘉
曰朋友有舊內外有差則箕爲之直月至風揚宋均曰月至月行以度至也江海
呈象龜龍載文善曰禮斗威儀曰其君乘水而王江海著其象龜龍被文
而見宋均曰龜龍水物也文青黃白赤黑也具有此色見於水故曰被方握河

沉璧封山紀號善本作石字邁三五而不追踐八
九之遥迹濟曰堯與羣臣沉璧於河乃為握河記也封山紀石謂封太山刻石
記功也紀記也邁遠也三五謂三皇五帝八九謂封禪七十二君也 善曰帝王世紀曰
堯與羣臣沉璧於河乃為握河記今尚書筴是也孝經鉤命決曰封于太山考績燔柴禪
于梁父刻石紀號禮記逸禮曰三皇禪云云五帝禪亭亭史記楚子西曰孔丘述三五之
法明周召之業八九謂七十二君也曹植魏德論曰越八九於往素踵黃帝之靈矩功
既成矣世既貞矣信可以優游暇豫作樂崇
德者歟善曰禮記曰王者功成作樂老子曰王侯得一而天下貞曹植魏德論曰
帝猷成矣股肱貞矣尚書大典曰周公作樂優遊三年孫子兵法曰人効死而上能用之
雖優遊暇豫令猶行也豫猶豫古字通周易曰先王作樂崇德于時青鳥司

開條風發歲粤上斯巳惟暮之春翰曰青鳥春鳥也司
開謂主生也言春氣主生萬物也條風春風也粤上斯巳謂於此上巳也惟詞也 善曰
左氏傳郯子曰青鳥氏司啓者也易通卦驗曰立春條風至楚辭曰獻歲發春汨吾南行
上巳已見上文毛詩曰嗟嗟保介維暮之春同律克和樹草自樂
向曰太史掌六同之律以合陰陽之聲同謂和六律也 善曰周禮曰太師掌六律六同
以合陰陽之聲鄭玄曰同陰律也尚書曰八音克諧孔安國曰諧和也漢書文帝詔曰方
春和時草木羣生之物皆有以自樂禊飲之日在兹風舞之情
咸蕩去肅表乎時訓行慶動於天矚銑曰禊絜也言
祓不祥以獲清絜也風舞謂歌詠先王之道也咸皆也蕩動也肅威也表法也言天子春
行仁惠之令助時養物故去其威嚴之法也時訓語先王之教也行慶於人動於天子之

眷矚也 善曰禮記曰禊者絜也仲春之時於水上釁絜也論語曰風乎舞雩詠而歸蔡
邕月令章句曰秋冬肅急之後故布生德和政令去肅急禮記曰孟春之月命相布德和
令行慶施惠載懷平圃乃睠芳林芳林園者福地
奥區之湊丹陵若水之舊良曰載則也平圃芳林園名 濟曰
丹陵地名堯所生處也若水水名帝顓頊所生處也皆非江東之地此美而比之也 善
曰山海經曰槐江之山實惟帝之平圃南望崐崘十洲記曰芳林園在青溪菰首橋東齊
高帝舊宅齊有天下為舊宮宮東築山鑿池號曰芳林苑遁甲開山圖曰驪山之西原有
阜名曰風京雍州之福地西京賦曰寔惟地之奥區神皋帝王世紀曰堯生於丹陵殷
殷上均乎姚澤膴膴無禹尚於周原良曰殷殷盛貌姚澤
舜生地膴膴美也均者言所游地盛同於姚澤也尚者言此處之美加於周原也 善曰

呂氏春秋曰顓頊生於若水乃登為帝又曰舜陶於河濱釣於雷澤登為天子賢士歸之
萬人譽之陳陳殷殷無不戴悅高誘曰殷盛也呂氏春秋曰舜為天子轉轉殷殷莫不戴
悅高誘曰殷殷動而喜貌也殷或為殷故兩引之輒知葉切殷仕勤切帝王世紀曰
瞽叟之妻曰握登生舜于姚墟故姓姚氏堯求賢而四嶽薦舜堯乃命于順澤之陽毛詩
曰周原膴膴堇荼如飴狹豐邑之未宏陋譙居之猶褊
卑緬反翰曰豐邑漢高故里也宏大也譙居魏武帝故里也褊小也言皆以豐譙為狹
陋 善曰漢高祖豐人魏太祖譙人求中和而經處揆景緯以
裁基飛觀神行虛檐臨雲構向曰言於園中作宮也將造作
必求中和也經處猶造作也周禮以土圭之法正日影日至影尺有五寸謂之地中陰陽
之所和故曰中和也揆度也景日緯星也言度日星以正東西南北之位飛觀高臺[illegible]神

行言高若鬼神所作也行挺作也雲構言高與雲齊也善曰毛詩曰定之方中作爲楚宮揆之以日作爲楚室東京賦曰飛閣神行莫我能形劉公幹詩曰大夏雲構**離房**

乍設層樓閒起負朝陽而抗殿跨靈沼而浮

榮銑曰離房側室也層高也向曰負向也抗立也跨道也榮屋檐也言近池水構屋檐於水上也善曰蜀都賦曰百室離房李尤平樂館銘曰層樓通閣禁闥洞房爾雅曰山東曰朝陽西京賦曰疏龍首以抗殿狀巍峩以鬱岌毛詩曰王在靈沼鄭玄禮記注曰榮屋翼也

鏡文虹於綺疏浸蘭泉於玉砌翰曰鏡飾也文虹謂飾虹蜺之文於窗也綺疏窗也渠中生蘭木繞於階故云浸蘭泉於玉砌也玉者美言之也砌階也善曰傅玄陽春賦曰丹霞播景文虹竟天李尤東觀銘曰房闥內布綺疏外陳張衡七辯曰迴飇拂其寮蘭泉注幽其庭劉楨魯都賦曰金陛玉砌玄柘雲阿

文選四十六　三十二

幽叢薄秩秩斯干善本作清干**曲拂邅迴潺湲徑**

復良曰幽深貌草木叢生曰薄秩秩水流貌斯干澗水也曲拂邅迴謂水曲折流也潺湲石中水流貌徑復謂出入山谷也善曰楚辭曰叢蕁深林人上標毛詩曰秩秩斯干幽幽南山淮南子曰曲拂邅迴以像偶語高誘曰拂戾邅迴水流也楚辭曰川谷徑復流潺湲

新萍泛沚華桐發岫雜夭平**采于柔荑**

帝**亂嚶聲於錦**善本作綿字**羽**向曰沚池也岫山也謂季春之月萍始生桐始華銑曰夭采桃花也柔荑初生木葉也錦文也善曰禮記月令曰季春之月桐始華萍始生爾雅曰小洲曰沚山有穴爲岫毛詩曰桃之夭夭灼灼其華又曰手如柔荑又曰鳥鳴嚶嚶又曰綿蠻黃鳥薛君注曰綿蠻文貌**禁軒承幸清宮**

侯宴濟曰禁軒天子車也天子所御曰幸清宮天子所游宮侯侍也善曰如淳漢

書注曰省中本爲禁中非乘輿之物通呼曰禁漢書曰太僕先清宮**緹**帝**帷宿**

置帟幕宵懸翰曰緹丹黃色也天子帷帳用之也帟平帳也幕帳帷也宿置宵懸皆謂夜預設之至明也善曰南都賦曰朱帷連綱鄭司農周禮注曰在旁曰帷在上曰幕鄭玄曰帟在幕若幄中坐上承塵也皆以繒爲之**既而滅宿澄霞**

登光辨色向曰滅宿澄霞謂天曉而無雲也登光辨色謂日光初上始辨曉而也善曰宿列宿也張平子東京賦曰以須消啓明掃朝霞登天光於扶桑禮記曰朝辨色始入

戒善本作式字**道執殳展軨**零**效駕**銑曰戒道謂清淨其路也殳兵器也軨車也效命也善曰漢書曰式道左右中候也毛詩曰伯也執殳禮記曰君車已駕則僕展軨效駕鄭玄曰展軨具視也效駕白已駕也**徐鑾警**

節明鍾暢音良曰鑾鈴也馬徐行以警動其節知君之行止也天子出則撞

文選四十六　三十三

左鐘明謂初曉時也暢通也善曰淳于髡斗酒說曰明鐘擊磬調歌紼舞**七萃**

連鑣九斿由**齊軌**濟曰七萃壯勇士也鑣馬銜也九斿謂從天子之車九乘名曰九斿車軌車跡也善曰周穆王傳曰天子賜七萃之士郭璞曰萃聚也猶傳有七俥大夫張景陽七命曰驅馬連鑣文穎曰甘泉鹵簿天子出道車五乘斿車九乘秦邕釋誨曰羣車方奔險路安能與之齊軌

干**建旗拂蜺揚旆振木**翰曰建立也拂蜺謂旗高也旆簫管屬言其聲象振山木而動也善曰東京賦曰龍輅充庭雲旗拂霓列子曰秦青撫節悲歌聲振林木

魚甲煙聚貝胄星

離善本作羅字**重英曲瑵**側絞**之飾絕景追**善本作遣字

風之騎向曰魚甲以鮫皮爲甲貝胄以貝珠爲胄也胄兜鍪也煙聚星離言多也銑曰重英矛也曲瑵車蓋玉也絕景追風之騎良馬也善曰孫卿子曰楚鮫革

犀兕以為甲堅如金石毛詩曰公徒三萬貝冑朱綅又曰二矛重英西京賦曰葩瑵曲莖魏書曰上所乘馬名絶景為矢所中呂氏春秋曰故須青龍之匹遺風之乘昭灼

甄部驅祖朗駭函列虎視龍超雷駭電逝良曰昭灼光明也甄部長陣也驅駭良馬也函列行列也濟曰虎視龍超雷駭電逝並言奔走疾速之甚善曰孫子兵法曰長陣為甄魏都賦曰冀馬填廄而驅駿周易曰虎視眈眈南都賦曰馬鹿超而龍驤潘岳閑居賦曰礟石雷駭嵇康贈秀才詩曰風馳電逝轟轟

隱隱紛紛軫軫羌難得而稱計翰曰車轉轟轟隱隱聲也紛紛軫軫多也羌數辭也善曰說文曰轟羣車聲也羽獵賦曰隱隱軫軫被陵緣坂莫莫紛紛山谷為之風飈左思吳都賦曰羌難得而覼縷爾乃廻輿駐罕岳

鎮淵渟音亭向曰輿天子車也罕獵車名孫子兵法云其鎮如岳其渟如渊也

善曰東觀漢記曰天子行有罼罕石崇楚妃歎曰嶠嶠莊王淵渟嶽峙睟遂容

有穆賓儀式序授几肆筵因流波而成次蕙容之儀用有次序也良曰几玉几天子所憑也肆陳也因循也言循環流波坐而成次

肴芳醴任激水而推移銑曰睟潤澤之貌也穆和也式用也言實肴酒皆用激水而循行也蕙芳皆言香也肴內也任用也推移猶循行也善曰孟子曰君子所性仁義禮智根於心其生色也睟然見於面趙岐曰睟潤澤貌毛詩曰天子穆穆又曰序賓以賢又曰式序在位又曰或肆之筵或授之几古逸詩云羽觴隨流波楚辭曰蕙肴蒸兮蘭籍子虛賦曰涌泉清池激水推移蓀保佾陳階金匏在

席戚奏翿舞籥動邠豳詩向曰蓀所以障舞人也佾舞名金匏皆樂器也戚斧也舞者所執也翿舞名也籥樂器也邠詩所以迎暑節也謂將至于夏也

善曰張晏漢書注曰以翠羽為葆也佾舞行列也毛詩曰我姑酌彼金罍禮記曰器用陶匏司馬彪續漢書曰執干戚舞雲翹周禮曰籥章掌土鼓豳籥又曰仲春擊土鼓歌豳詩以迎暑也召鳴鳥于弇奄州追伶倫於嶰谷發參

差於王子傳妙靡於帝江翰曰弇州之山有五色鳥名曰鳴鳥其聲皆有曲度伶倫樂人也黃帝使伶倫取竹嶰谷吹之以為黃鍾之音也參差笙曲名王子仙人王子喬也天山有鳥狀赤如丹是識歌舞至於妙靡名帝江善曰楚辭曰望夫君兮未來吹參差兮誰思列仙傳曰王子喬好吹笙作鳳鳴山海經曰天山有神鳥其狀如黃囊其文丹六足四翼渾沌無面目是識歌舞寔惟帝江清善本作正字歌

有闋缺羽觴無算上陳景福之賜下獻南山

之壽向曰闋終也下謂羣臣也銑曰上天子也景大也善曰儀禮曰工告于樂

正曰正歌備禮記曰有司告以樂闋鄭玄曰闋終也楚辭曰瑤漿蜜勺實羽觴燕禮曰無算之爵毛詩曰君子萬年介爾景福又曰如南山之壽不騫不崩信凱讌之

在藻知和樂於食苹桑榆之陰不居草露之

滋方渥良曰凱歡也詩云魚在在藻凱樂飲酒愉羣臣依明君如魚在於水藻之中以樂也食苹鹿鳴之詩也宴羣臣嘉賓之義也濟曰在桑榆之間言景不留也草露之滋方渥猶君恩已被露矣居留也滋潤也渥厚也善曰毛詩序曰鹿鳴廢則和樂缺詩曰呦呦鹿鳴食野之苹桑榆日所入也東觀漢記光武曰失之東隅收之桑榆毛詩曰湛湛露斯在彼豐草有詔曰今日嘉會咸可賦詩善曰周易曰嘉會足以合禮揚雄蜀都賦曰吉日嘉會凡四十有五人其

辭云爾

王文憲集序一首

任彥升翰曰文憲者齊尚書令王儉也諡曰文憲集者錄其文章序者述集之所由

公諱儉字仲寶琅邪臨沂魚依人也善曰蕭子顯齊書曰王儉字仲寶其先向曰其先謂始祖也自秦至宋國史家諜徒協詳焉善曰琅邪王氏錄曰其先出自周王子晉秦有王翦王離世為名將七略曰子雲家諜言甘露元年生也以晉中興以來六世名德為善本無為字海內冠冕善曰晉中興書曰王祥弟覽生導導生洽洽生珣珣生曇首沈約宋書曰僧綽曇首長子遇害子儉嗣晉中興書庾冰疏曰臣因家寵冠冕當世古語云仁人之利天道運行銑曰利者利萬物也天道運行言行仁道者世祚長遠如天運之不絕也善曰左氏傳君子曰仁人之言其利博哉莊子曰天道運而無所積故萬物成故呂虔歸其佩刀郭璞誓以淮水良曰魏徐州刺史呂虔有所佩刀工人相之為三公可服此刀虔乃以刀歸遺別駕王祥而謂之曰苟非其人刀或為害卿有公輔之才量故以相與也誓告也晉時王導渡淮使郭璞筮之曰吉無不利淮水絕王氏滅善同良注若離翦之止殺吉駿之誠感蓋有助焉向曰離王離也翦王翦也並為秦將行伐故云止殺書云以殺止殺終無犯者漢朝王吉為諫議大夫吉子駿亦為諫議大夫俱著誠信蓋仁道所助也善曰史記曰王翦者頻陽人也事秦始皇使翦將兵而攻趙閼與破之後遂拔趙陳勝之反秦秦使王翦之孫王離擊趙漢書曰王吉字子陽琅邪人也為諫大夫子駿亦為諫議大夫超遷御史大夫吉居長安其東家

有大棗樹垂吉庭中吉婦取棗以啖吉吉後知之乃去婦東家聞而欲伐其樹鄰里周請吉令還婦子駿元帝時為御史大夫妻死不復娶漢書張賀贊曰賀之陰德亦有助云

公之生也誕授命世體三才之茂典善本無典字踐得二之庶善本無庶字幾善本從木翰曰誕大也千年一生聖人五百年一生賢人其中聖賢未生有命世之才也三才天地人道也茂美也善曰周易曰有天道焉有地道焉兼三才而兩之又曰知幾其神乎顏氏之子其殆庶幾乎有不善未嘗不知知而未嘗復行韓康伯曰在理則昧造形則悟顏子之分也失之於幾故有不善得之於二不遠而復故知之未嘗復行也信乃昴宿垂芒德精降祉有一于此蔚為帝師銑曰漢相蕭何昴星之精垂芒謂發秀也精星也陳仲弓詣潁川荀季父子德星為之聚此皆賢人之應也言得此一精則蔚然而起為帝王之師也善曰漢書曰張良從容步游下邳圯上有一老父出一編書曰讀是則為王者師況乃淵角殊祥山庭異表望衢罕窺其術觀海莫際其瀾良曰淵角山庭賢人之相也祥善也表出也衢術皆道也言人雖欲望其道幽遠常不能見者如觀海水莫能至其波瀾深淺者也際至也善曰論語撰考讖曰顏回有角額似月形淵水也月是水精故名淵㨿輔像曰子貢山庭斗繞口謂面有三庭言山在中鼻高有異相也故子貢至孝顏回至仁孟子曰觀海有術必觀其瀾趙岐曰瀾水中大波也宏覽載籍博游才義濟曰宏大也載籍經典也博廣也若乃金版玉匱之書海上名山之旨翰曰金版玉匱書名也荀爽隱海上著書百篇名山即司馬遷所述史記也旨義也善曰七略曰太公金版玉匱雖近世之文然多善者抱朴子曰鄭君有

玉匱記金版經范曄後漢書曰荀爽遭黨錮隱於海上又遁漢濱以著述爲事題爲新書九百餘篇司馬遷書曰僕誠著此書藏諸名山沈鬱澹雅之思離堅合異之談向曰離堅合異之談言能辯辭也離其堅者使不堅辯其白者使不白合其異者使同離其同者使其異也善曰揚雄爲方言劉歆與雄書曰非子雲澹雅之才沈鬱之志不能成此書莊子公孫龍問於魏牟曰龍少學先王之道長明仁義之行合同異離堅白呂氏春秋曰相劒者曰白所以爲堅也黃所以爲紉也黃白雜則堅且紉良劒也難者曰黃白雜則不堅且不紉又柔則錈堅則折劒折且錈焉得爲利劒也莫不揔制清衷遞爲心極斯固通人之所包非虛明之絕境不可窮者其唯神用者乎銑曰揔聚衷思也言諸道術莫不聚其制度運於清忠遞互爲用於心中也極中也良曰虛明心

文選四十六　三十八

也絕遠也言此道術固乃通人君子所能兼包固非其致心絕遠之境也然其不可窮究者其唯神明之用者乎非此所能論之善曰言金版玉匱之書無不制在情衷爲心之極斯故通人君子或能兼而包之故非王公之絕境也然其不可窮而盡者其唯有神用乎言難測也衷中心也虛明亦心也然檢鏡所歸人倫異善本作以字表雲屋天構匠者何工善本無工字自函善本作咸字洛不守憲章中輟濟曰函函關謂長安也洛洛陽也言自西晉喪亂不守二京之都而憲章經籍皆中道而壞也善曰劉琨勸進表曰仍承西朝不守禮記曰仲尼憲章文武賀生達禮之宗蔡公儒林之亞闕典未補大備茲日翰曰晉朝賀循明三禮爲江東儒宗又有蔡謨亦儒林之次也言賀蔡二儒尚有闕典未補者而公乃能備修發此日也善曰晉中興書曰

賀循字彥先博覽群書尤明三禮爲江東儒宗欲拜博士又曰諸葛恢字道明時穎川荀顗字道明陳留蔡謨字道明俱有名譽號曰中興三明時人爲之歌曰京都三明各有名蔡氏儒雅荀葛清劇蔡美新曰帝典闕而不補至若齒危髮秀之老含經味道之生向曰齒危謂老者齒將落也髮秀謂髮白也生者入有德之稱善曰鄭玄禮記注曰危高也然齒危謂高年也髮秀猶秀眉也東觀漢記杜詩謂功曹郭丹曰今功曹稽古含經可謂至德拒讓答揚雄書曰子雲勤味道腴莫不北面人宗自同資敬銑曰言上老生之徒莫不北面申弟子之禮也人宗謂爲人所尊也自同資敬謂師事之如君父之敬也善曰漢書曰于定國爲廷尉乃迎學春秋身執經北面備弟子禮孝經曰資於事父以事君而敬同性託夷遠少屏塵雜自非可以弘獎風流增益標勝

文選四十六　三十九

未嘗留心也善本無也字良曰夷易也弘大也標高也言公性託簡易志在高遠少小屏棄塵雜之事自非大勸風俗增益高勝之道者未嘗留心言志在大不在小也善曰習鑿齒晉陽春秋曰王夷甫樂廣俱以宅心事外名重於時故天下之言風流者稱王樂焉期歲而孤叔父司空簡穆公早所器異濟曰期歲一歲也言公一歲喪父故云孤也叔父僧虔爲司空謚曰簡穆也早所器異者叔父早以公爲賢也善曰蕭子顯齊書曰王僧虔兄僧綽之子儉又曰世祖即位遷僧虔爲侍中贈司空侍中如故謚簡穆公年始志學家門禮訓皆折衷於公翰曰志學年十五時也折衷者言皆取公所爲以合制度也善曰論語子曰吾十有五而志于學羽獵賦序曰不折中于泉臺孝友之性豈伊橋梓夷雅之體無待韋弦向曰伯禽康叔

朝於成王見乎周公三見而三笞之二子有駭色乃問於商子曰吾二見於周公三見而三笞之何也商子曰南山之陽有木名橋南山之陰有木名梓二子何不往觀也於是二子往觀之見橋木高而仰見梓木實而俯二子還告商子商子曰橋者父道也梓者子道也言王公有孝友之性自天而成豈惟橋梓而知也夷平也體性也韋皮繩喻緩也弦弓弦喻急也西門豹性急故佩韋以自緩董安于性緩故佩弦以自急言王公平雅之性也無待此韋弦以成也蓋自天性得中善曰毛詩曰張仲孝友餘同向注汝郁之幼挺淳至黃琬之早標聰察曾何足尚銑曰後漢汝郁年五歲母病不能飲食常抱持啼泣亦不肯飲食母憐之彊爲餐飯詐言之已愈郁察母顏色未愈復不食宗親異之挺拔也淳至謂淳孝之甚至也又黃琬七歲失父祖父瓊育之是時屬日食京師不見瓊以狀奏聞梁太后問所食多少瓊思其對未知所

出琬在傍曰何不言日食之餘如月之初瓊太驚即以其言對太后也標立也言此二子淳孝聰察比之王公則曾何足尚也善同銑注二年六歲襲封豫寧侯拜日家人以公尚幼弗之先告既襲珪組對揚王命因便感咽若不自勝良曰言王公六歲而襲父祖之業爲侯珪諸侯所執也組綬所以繫印者也感咽謂悲甚不能言也善曰蕭子顯齊書曰儉數歲襲爵豫寧侯拜受茅土流涕嗚咽江表傳曰潘濬見孫權涕泣交橫哀咽不能自勝初宋明帝居藩與公母武康公主素不協及即位有詔毀發善本作廢字舊塋投棄棺柩公以死固請誓不遵奉表啓酸切義感人神太宗聞而悲之遂無以奪也濟曰誓不遵奉毀塋棄棺之詔

也翰曰太宗則明帝也無以奪謂依其所請也善曰蕭子顯齊書曰宋明帝以儉嫡母武康公主同太初巫蠱事不可以爲婦姑欲開冢離葬儉因人自陳密以死請故事不行初拜祕書郎遷太子舍人以選善本作遷字尚公主拜駙馬都尉元徽初遷祕書丞向曰尚配也元徽年號也初謂元年也善曰吳均齊春秋曰宋明帝太始中儉尚陽羨公主拜駙馬都尉爲祕書郎太子舍人沈約宋書曰蒼梧王改年曰元徽吳均齊春秋曰儉超遷祕書丞於是采公曾之中經刊弘度之四部依劉歆七略更撰七志銑曰言其修書史也晉朝荀勗字公曾爲祕書監與張華依劉向別錄整治書籍亂者以爲中經又李充字弘度爲著作郎是時典籍混亂刪除煩穢以類相從分作四部言儉采削之依前漢劉歆九流七畧之書又爲七志之書采拾也

刊削也善曰蕭子顯齊書曰儉又撰定元徽四部書目王隱晉書曰荀勗字公曾領祕書監與中書令張華依劉向別錄整理錯亂又得汲冢竹書身自撰次以爲中經臧榮緒晉書曰李充字弘度爲著作郎于時典籍混亂刪除煩重以類相從分爲四部甚有條貫祕閣以爲永制五經爲甲部史記爲乙部諸子爲丙部詩賦爲丁部蕭子顯齊書曰祕書丞上表求校墳籍撰七志四十卷上表獻之漢書曰劉歆總羣書而奏其七略故有輯略有六藝略有諸子略有詩賦略有兵書略有術數略有方技略蓋嘗賦詩云稷契匡虞夏伊呂翼商周自是始有應務之迹生民屬心矣良曰伊伊尹也呂太公也翼佐也言此四臣皆有至德以佐君故有應合時務之迹而百姓皆有屬望之心時司徒袁粲有高世之度脫落風塵善本作塵俗善曰沈約宋書曰袁粲字景倩順帝

即位遷中書監司徒侍中袁喬與褚左軍解交書曰雖欲靨詠豪肆縱落儀制其能得乎見公弱齡便望風推服歎曰衣冠禮樂盡善本無畫字在是矣善曰吳均齊春秋曰儉精神秀徹禮識聰異司徒袁粲見之歎曰宰相之門也栝柏豫章雖小已有棟梁之氣矣時粲位亞台司公年始弱冠年勢不侔公與之抗禮向曰年謂老少勢謂貴賤也侔齊抗平也善曰春秋漢含孳曰三公象五嶽在天法三能台與能同禮記曰人生二十曰弱冠漢書婁敬曰今欲比隆成康之時臣竊以不侔矣又曰將軍衛青位既益尊然汲黯與抗禮因贈粲詩要以歲暮之期申以止足之戒善本從言翰曰要約也歲暮之期謂約以歲寒之志也止足之戒謂戒其滿盈也善曰韓詩曰蟋蟀在堂歲聿其暮薛君曰暮晚也言君之年歲已晚也老子

文選四十六　四十二

曰知足不辱知止不殆粲答詩云善本作曰字老夫亦何寄之子照清襟向曰老父袁粲自謂也之子猶夫子也即謂儉也亦何猶無也照見襟心也言老夫無所寄託賴夫子見我而清心也服闋拜司徒右長史銑曰儉遭所生母憂服闋也司徒即袁粲也善本注同出為義興太守風化之美奏課為最良曰課考也最第一也善曰漢書曰倪寬為司農都尉大司農奏課聯最韋昭曰聯得第一也還除給事黃門侍郎旬日遷尚書吏部郎參選昔毛玠之清公善本作公清字李重之識會兼之者公也翰曰參掌也魏毛玠為典選舉晉李重為吏部郎識會詮識鑒也言公清識鑒之理並於古人者儉也善曰魏志曰毛玠字孝先陳留人也少為縣吏以公清稱魏國初建以玠為尚書僕

射復典選舉傅暢晉諸公讚曰王戎為選官時李重李毅二人操異俱處要職戎以識會待之各得其所玠音介俄遷侍中以愍侯始終之職固辭不拜向曰愍侯即儉父言父始終經任此職固辭此官而不拜也善曰蕭子顯齊書曰升明二年儉遷長史兼侍中以父終此職固讓沈約宋書曰王僧綽遷侍中二凶巫蠱事泄上召僧綽具言之劭於宮夜饗將士僧綽密以啟聞與之劭亂儉太祖巾箱得僧綽所啟饗士并廢諸王事乃收害焉世祖贈散騎常侍金紫謚愍侯補太尉右長史時聖武定業肇基王命銑曰聖武謂齊高祖也定業謂征伐定亂也肇始基立也言始將立王命之初然未即帝位也善曰蕭子顯齊書曰進太祖太尉聖武謂齊高帝也干寶晉武革命論曰高光爭伐定功業也尚書曰至于太王肇基王迹寤寐風雲寔資人傑銑曰寤寐風雲謂朝夕思其相

文選四十六　四十三

感應以成其大業者實資人傑也智倍萬人曰傑善曰毛詩曰寤寐思服毛萇曰服思之也周易曰雲從龍風從虎聖人作而萬物覩漢書高祖曰夫運籌於帷幄之中決勝於千里之外吾不如子房鎮國家撫百姓給餉饋不絕糧道吾不如蕭何連百萬之衆戰必勝攻必取吾不如韓信三者皆人傑吾能用之是以宸居膺列宿之表圖緯著王佐之符俄遷左長史齊臺既善本作初字建良曰宸居天子宮也膺當也列宿帝座星也圖讖也緯謂織也著明也王佐謂賢才可以佐輔天子者符應也善曰若漢高祖之膺五星李通之著赤伏宸居已見上文班固漢書贊曰劉向稱董仲舒有王佐之才蕭子顯齊書曰進太祖位相國為齊公以公為尚書右僕射領吏部時年二十八齊曰宋帝以齊高帝為齊公為立百司臺署故云齊臺也宋末艱虞百王

澆季禮紊舊宗樂傾恒軌翰曰艱虞猶荒亂也澆季謂末世也澆薄紊亂軌跡也善曰班固漢書贊曰漢承百王之弊自朝章國紀典彝備物奏議符策文辭表記素意所不蓄前古所未行皆取定俄傾善本作頃字神無滯用太祖受命以佐命之功封南昌縣開國公食邑二千戶向曰章程紀綱紀也彝常也典常備物朝廷威儀也符策也蓄積也神無滯用謂神用不滯而必決也銑曰太祖謂齊高帝也受宋禪故云受命也建元二年遷尚書左僕射領選如故自營役瓊部烏答分司盧欽兼掌譽望所歸允集茲日良曰言知吏部選事如故謂前領吏部也濟曰漢獻帝始置左右僕射以營部為左僕射分司謂分主司也晉朝盧欽為尚書僕射領吏部時稱清平言自營部盧欽二人以至於今其聲譽德望所歸者信在於儉也允信也善注同尋表解選翰曰言尋上表請解吏部選事也詔加侍中又授太子詹事侍中僕射如故固解侍中改授散騎常侍餘如故太祖崩遺詔以公為侍中尚書令鎮軍善本作國字將軍永明元年進號衛將軍二年以本官領丹陽尹翰曰丹陽帝都郡名也善曰本官謂侍中尚書令六輔殊風五方異俗向曰六輔謂傍有六郡相近也五方者謂四方及帝都也善曰漢書曰倪寬遷左內史表奏開六輔渠韋昭注曰六輔謂京兆馮翊扶風河東河南河內五方已見上文公不謀聲訓而楚夏移情銑曰訓教也言不作聲譽教示

文選四十六　四十四

而下人感其道德已移情於善道矣楚謂遠也夏謂近也善曰揚雄與桓譚書曰望風景附聲訓自結史記曰淮南沛陳汝南郡此西楚也潁川南陽夏人之居也故至今謂之夏故能使解劍拜仇歸田息訟良曰後漢許荊兄子世嘗殺人其讐操兵將殺世荊乃跪曰今願殺我以代世死仇讎者曰許掾郡中稱賢君何敢相侵遂解劍而去跪即拜也前漢韓延壽為東郡太守有兄弟相與訟田延壽乃自悔責閉閤不出視事於是訟者自相責讓終不敢爭田也歸田謂不爭也善同良注前郡尹溫太真劉真長或功銘鼎彝或德標素尚濟曰前郡謂前丹陽尹溫嶠字太真劉惔字真長也鼎彝皆器也有大功者銘之於上以示後世也素尚謂高尚也善曰王隱晉書曰溫嶠字太真太原人也為郡尹後平蘇峻之亂藏榮緒晉書曰劉惔字真長沛國人也為丹陽尹性重莊老禮記曰鼎有銘銘者論譔其先祖之德美功烈勳勞而酌之祭器左氏傳臧武仲曰大伐小取其所得以作彝器銘其功以示子孫孔伋猛虎行曰飢不食邪蒿菜倦不息無終里邪蒿乖素尚無終喪若始臭味風雲千載無爽翰曰臭香也言儉繼溫劉之迹而為尹丹陽聞其餘德如有馨香慕其遺化如有滋味風虎雲龍同氣相感雖千載亦無差爽也善曰言其感應千載不差也左氏傳季武子謂晉范宣子曰今譬於草木寡君之臭味也楚辭曰虎嘯而谷風至龍舉而景雲往言物類之相感也王逸曰虎陽物也谷風陽氣也言虎悲嘯而吟則谷風至而應其類介蟲陰物也景雲亦陰也言神龍將舉升天則景雲覆而扶之輔其類也親加弔祭表薦孤遺遠協神期用彰世祀向曰言儉親自弔祭溫劉二尹上表奏薦其孤遺子孫遠合於鬼神之間用明代祠祀之禮也善曰左氏傳史趙曰盛德必百世祀時簡穆

文選四十六　四十五

公爰以撫養之恩特深恒慕表求解職有詔不許銑曰簡穆公儉叔父僧虔也儉少失父毋所養故特深於常哀表求解職服斬衰有勅不許慕謂哀慕也善曰蕭子顯齊書曰儉父僧綽遇害爲叔父僧虔所養國學初興華夷慕義經師人表允茲望實良曰華夷謂華夏四夷慕國家道義經典之師爲人表法允茲其才望美實也善曰漢書平帝曰詔校書置經師一人任昉雜傳魏德公謂郭林宗曰經師易獲人師難遭何法盛晉中興書曰王安期爲東海王越記室參軍子毗曰王參軍人倫之表汝其師之勅復官善本作復以本官濟曰謂居叔父之服今却居官故云復官領國子祭酒三年解丹陽尹領太子少傅餘悉如故挂服捐駒前良取則卧轍棄子後予胥怨翰曰魏裴潛爲

兗州刺史嘗作一胡牀及去留挂於官第九所用物必皆呼爲服也王遜爲上洛太守家有私馬生駒留以付郡謂所產故也捐棄也言前代賢良取之以爲法則後漢侯霸爲淮陽太守帝使徵詣都百姓號哭遮使車卧於轍中乞留霸君一年百姓乃戒其乳婦棄其孩子侯君當去必不能全也初成湯征自葛百姓皆曰何後予人皆以此相怨怨陽不早來爲我除害也胥相也言儉解丹陽尹百姓亦如此戀之善曰挂服未詳餘同翰注皇太子不矜天姿俯同人範師友之義穆若金蘭向曰皇太子武帝太子也名昭業言太子不矜夸天子之姿俯同常人之法以尊訓學也穆美也金喻堅也蘭喻香也善曰蜀志曰諸葛亮與杜微書曰朝廷年十八天姿仁敏愛德下士說苑曰燕昭王問於郭隗曰寡人地狹人寡齊人削取八城宗廟恐危社稷存之有道乎郭隗曰帝者之臣其實師也王者之臣其實友也王誠能與隗請爲

天下之士開路周易曰二人同心其利斷金同心之言其臭如蘭又領本州太中正頃之解職銑曰頃之言不久也四年以本號開府儀同三司餘悉如故良曰本號謂衛將軍也善注同讓光愈遠大典未申濟曰愈益也大典重位也善曰謂辭儀同三司也周易曰謙尊而光卑而不可踰君子之終也六年又申前命翰曰前命謂故官悉如故善曰儀同三司之命七年固辭選任帝所重違向曰固辭知吏部選任之事也重違頻不許辭讓之請也善曰選任尚書令也謝承後漢書曰楊賜讓還侯爵朝廷重違其志也詔加中書監猶參掌選事長輿追專車之恨公曾甘鳳池之失銑曰晉和嶠爲中書令荀勗爲監監令合同車而行嶠子禮勗常以意氣加之每專車而坐專獨也

勗遷爲尚書令人皆賀之勗不悅謂人曰奪我鳳皇池何所賀也長輿嶠字也公曾勗字也言昔者任不得才故有專車而坐或不悅於遷奪今儉有德故專車者慙而追恨怨奪者愧而甘失也善同銑注夫奔競之塗有自來矣良曰奔競權勢之道有之自古來也塗道也善曰晉諸公讚曰傅宣定九品未訖劉疇代之悉改宣法於是人人望品求者奔競以難知之性協易失之情濟曰人性賢愚深厚難知欲合前人之情故宜易失也協和也善曰桓子新論曰九人性難極也難知也故其絕異者常爲世俗所遺失焉必使無訟事深弘誘翰曰若使前人無訟其事深在善誘之道也弘善也善曰論語子曰聽訟吾猶人也必也使無訟乎公提衡惟允一紀于茲向曰提衡也允當也一紀十二年也善曰漢書曰衡平也所以平輕重也言選曹以材授官似衡之平物故取以喻焉

韓子曰貴賤不相踰愚智提衡而立孫綽王濛誄曰提衡左府舉直閑邪拔善本作括
字奇取異興微繼絕銑曰拔用奇異之才使居其職諸侯公卿有祚
微者與之緒絕者繼之善曰王隱晉書羊祜曰吾不能取異於屠釣拔奇於版築豈不
悅知入之難哉興微即興滅也論語子曰興滅國繼絕世望側階而容賢
候景風而式典良曰側階下階也言其禮賢欲容納之於朝也景風東風
也淮南子云景風至則施爵祿賞有功也式法也言發法此事以為帝典也善曰燕丹
太子曰田光見太子側階而逆家語孔子謂魯哀公曰衛有士曰慶足者國有大事
則必赴而治之國無事則退而容賢靈公悅而敬之王肅曰言其所以退欲以容賢於朝
也春秋三十有八七年五月三日薨于建康
官舍皇朝軫慟儲鉉傷情濟曰皇朝謂天子也軫痛也儲謂太

文選四十六　四十八

子也鉉鼎耳也謂三公也善曰漢書疏廣曰太子國儲副君周易曰鼎金鉉鄭玄尚書
注曰鼎三公象也有識銜悲行路掩泣豈直舂者不
相功善本作工字女寢機而已哉翰曰秦大夫百里奚卒國人哀
之春者不相杵杵聲也鄭子產卒人思之功女為之輟機言儉之甍也豈直如此而已哉
蓋君臣所共痛傷也善曰說苑雍門周說孟嘗君曰有識之士莫不為足下寒心酸鼻
論衡曰行路之人皆能論之史記趙良謂商鞅曰五穀大夫死秦國男女流涕童子不歌
謠舂者不相杵劉絹聖賢本記曰子產治鄭二十年卒國人哭於巷婦人哭於機故
善本有以字痛深衣冠悲纏教義豈非功深砥礪
道邁舟航沒世遺愛古之益友向曰以其修衣冠之禮故
衣冠之士痛深也以其明教義之道故教義之子悲纏悲纏謂纏繞于心也邁越也砥礪

石也所以磨利其器以喻利人舟航船也所以濟乎大川喻濟人也沒世遺愛言死後而
人思之也益友謂益於朋友之道也善曰尚書高宗曰若金用汝作礪若濟巨川用汝
作舟檝左氏傳曰子產卒仲尼聞之出涕曰古之遺愛也班固漢書贊曰劉向指明梓柱
以推廢興豈非直諒多聞古之益友與追贈太尉侍中中書監
如故給節加羽葆保鼓吹增班劍為善本無為字
六十人謚曰文憲禮也銑曰羽葆斑劍並蘂之儀衛增於常儀為
六十八也善曰漢官儀曰斑劍者以虎皮飾之謚法曰忠信接禮曰文博聞多能曰憲
公在物斯尊居身以約良曰利物不利己也善曰齊春秋曰儉不
好聲色未嘗遊宴衣裘服用自周而已玩好絕於耳目布素表
於造次濟曰布素貧素人也表出也造次急遽也言有貧素之人必出財以賑其

文選四十六　四十九

急遽也善曰周禮曰九式頒之餘財以供玩好之用尚書曰弗役耳目則百度惟貞論
語子曰造次必於是室無姬姜門多長者翰曰室無姬姜謂不好色
也門多長者重賢也姬姜女也善曰漢左氏傳君子曰詩曰雖有姬姜無棄蕉萃
書曰陳平少時家貧然門外多長者車轍立言必雅未嘗顯其所
長向曰不說已長也善曰孝經援神契曰矜莊嚴栗出言必雅孫資別傳曰朝臣會
議資奏是非擇善者推而戎之終不顯己之德持論從容未嘗言人
所短濟曰持論謂論政事得失也從容柔和貌也善曰風俗通曰太尉范滂辨於
持論謝承後漢書曰夏勤從容論議吳志曰是儀時時有所進未嘗言人之短弘長
風流許與氣類良曰弘大也風流謂風化流於天下也許與謂招引也氣
類謂同氣相求方以類聚也言招引道義之士與已同也善曰檀道鸞晉陽春秋曰謝

安爲桓溫司馬不存小察盡弘長之風流已見上文謝承後漢書曰桓礱所營氣類經緯人士
雖單門後進必加善誘濟曰單謂寒也言雖寒門後進必加善誘之道使修行其業也善曰三輔決錄曰王豹出自單門論語曰夫子善誘人
勗以丹霄之價弘以青冥之期翰曰勗勉也丹霄天也青冥雲也價義也期契也言勗勉學者使其道業高遠如天雲也善曰鍾會集言程盛曰丹霄之鳳青冥之龍
公銓品人倫各盡其用向曰各各隨才擢用之書曰廣雅曰稱謂之銓聲類曰銓所以稱物也
居厚者不矜其多
處薄者不怨其少銑曰言知分節也善曰老子曰前識者道之華而愚之始是以大丈夫處厚不處薄
窮涯而反盈量知歸良曰言其知止知行窮涯則反也知滿如以器求物盈於器乃歸也量器也善曰莊子市南子

文選四十六　五十

曰君涉於江南而浮於四海望之而不見其涯愈往而不知其所窮送君者皆自涯而反
皇朝以治定制禮功成改善本作作字樂思我民
譽緝熙帝圖濟曰民譽謂謳謌義德也緝熙光明也善曰禮記曰王者功成作樂治定制禮左氏傳曰晉悼公即位六官之長皆民譽也毛詩曰惟清緝熙文王之典帝圖已見上文
雖張曹爭論於漢朝荀摯至競爽
於晉世無以仰模淵旨取則後昆翰曰張曹謂張酺曹褒也二人爭論禮義之事也荀摯謂荀顗摯虞也二人競奏國家禮制宜有差降言雖此四人論競禮義亦不可以仰模儉之深意而欲取法則於後世奕差淵深也善曰東觀漢記曰張酺拜太尉章帝詔射聲校尉曹褒案漢舊儀制漢禮酺以爲褒制禮非禎祥之特達有似異端之術上疏曰褒不被刑誅無以絕毀實亂道之路臧榮緒晉書曰太尉荀

蕤先受太祖勑述新禮太康初尚書僕射朱整奏付尚書郎摯虞討論之虞表所宜增損條目改正禮新昔異狀凡十五事左氏傳晏子曰二惠競爽猶可之尚書曰以義制事以禮制心垂裕後昆
每荒服請罪遠夷慕義宣威授指
寔寄宏略向曰荒服遠國也宣國之威授指謂授指揮也寔實宏大也
理
積則神無忤往事感則悅情斯來銑曰義理積於心所爲必決則神思無忤往也前事感其義理則皆以書悅之情而來歸德也
無是已
之心事隔於容諂罕愛憎之情理絕於毀譽良曰隔絕也容諂謂諂媚之容也人無愛憎均平如一則毀譽從何而生也
若造
理常可于善本作造理常若可干
臨事每不可奪濟曰造至也于犯也言至於大體之理性多寬和故若可犯言而臨事必定故不可奪移也
約

文選四十六　五十一

已不以廉物弘量不以容非翰曰不以廉謂廣施於物也弘大也不以容非謂不容人爲非也善曰魏文帝典論曰君子謹乎約已弘乎接物魏志孟康薦崔林曰體高雅之弘量謝承後漢書郎顗章曰陛下寬不容非
攻乎異
端歸之正義向曰異端謂非常之事爲人害者故攻而伐之使歸正義善曰論語曰攻乎異端斯害也已
公生自華宗世務簡隔銑曰言生於富貴之宗而時務簡略隔絕素所不習也善曰魏志曹植上疏曰華宗貴族必應斯舉漢書曰嚴安徐樂上書言世務
至於軍國遠圖刑政大典既
道在廊廟則理擅民宗良曰理擅民宗謂政理之事獨爲人所尊
重擅獨也
若乃明練庶務鑒達治體懸然天得不
謀成心濟曰懸遠也言遠然得之於天不謀議於人已暗成於心也善曰潘尼

潞岳碣曰君深達治體垂化三宰求之載籍翰牘所未紀訊之遺老耳目所不接翰曰載籍前代史也翰筆也牘版所以書記事也紀記訊問也言儉之道德古今希有也至若文案自環主者百數皆深文為吏積習成姦向曰文案多而自環繞其坐也主者百數謂訟久不定主司易百數人者此事皆積習以成姦僞矣　善曰漢書曰張湯務在深文拘守職之吏應劭風俗通曰積習而成不敢獨否畜筆削之刑懷輕重之意銑曰畜積也筆削謂遷易其文不定也輕重之意謂妄有加減之狀善曰漢書曰今有司請定法削即削筆即筆服虔曰言隨君意也又曰嚴延年為涿郡太守操趙繡按高氏即為兩劾欲先白其輕者觀延年意怒乃出其重劾公秉理照物動必研幾善本從木　濟曰研幾謂研窮其幾微之理　善曰晉中

文選四十六　五十二

興書謝安石上疏曰王恭超登清任當匪心秉理周易曰夫易所以極深研幾當時嗟服若有神道翰曰言既研幾而為斷決則當時之人嗟歎而服之若有神明之道也　善曰周易曰聖人以神道設教而天下服矣豈非希世之儁民瑚璉之宏器向曰瑚璉盛黍稷器也宏大也　善曰汝南先賢傳曰謝子微高才遠見許劭年十八時乃歎息曰此希世之偉人也論語子貢問曰賜也何如子曰女器也曰何器也曰瑚璉也昉行無異操才無異能得奉名節迄將一紀銑曰此任昉自序情也得奉名節謂昉與儉交遊也迄盡也十二年曰一紀也　善曰魏志董昭謂太祖曰明公樂保名節而無大責一言之譽東陵侔於西山一面善本作昉字之榮鄭璞踰於周寶良曰東陵謂盜跖也侔齊也西山謂伯夷也昉自謙不才濫見

推譽為義亦如一言譽盜跖乃齊於伯夷也盜跖賊也伯夷貞節人也鄭人謂玉未理者為璞周人謂鼠未腊為璞周人懷璞過鄭賈曰欲買璞乎鄭賈曰欲之出其璞示之乃鼠也周寶周之美玉也言濫叨以顧昉則榮過於才亦猶鄭璞過於周寶也　善曰路粹為曹公與孔融書曰邀一言之譽者計有餘矣莊子曰伯夷死名於首陽之下盜跖死利於東陵之上彼所殉仁義也則俗謂之君子其所殉貨財也則俗謂之小人其所殉一也司馬彪曰東陵陵名今屬濟南也法言曰夷齊無仲尼則西山餓夫列子曰吾師老商氏三年之後始得夫子一眄而已戰國策應侯曰鄭人謂玉之未理者為璞周人謂鼠之未腊者為璞周人懷璞過鄭問賈曰欲買璞乎鄭賈曰欲之出其璞示之乃鼠也因謝而不取高誘曰理治也鼠未爍腊者謂之為璞尚書曰弘璧琬琰在西序孔安國曰皆歷代傳寶士感知己懷此何極善曰曹植祭橋玄文曰士死知己懷此無忘

文選四十六　五十三

出入禮闈朝夕舊館銑曰禮闈尚書省也善曰十洲記曰崇禮闈即尚書上省門崇禮東建禮門即尚書下舍門然尚書省二門名禮故曰禮闈也瞻棟宇而興慕撫身名而悼恩善曰孫卿子孔子謂哀公曰吾入廟仰視榱棟俛見几筵君以此思哀則哀將焉而不至矣公自幼及長述作不倦翰曰述作文史詩賦也　善曰仲長子昌言曰子長班固述作之士固以理窮言行事該軍國豈直彫章縟采而已哉濟曰該及也所有述作言行軍國大事豈直為彫飾文章以為縟采乎縟采雜色也　善曰說文曰縟繁也彩色也若乃統體必善綴賞無地向曰統序也綴賞追賞也無地謂不擇地遇之則為勝也　善曰王彪之詠賦曰於是乎統體而詠之雖楚朝羣才漢魏衆作曾何足云善本

又有曾何足云一句善曰楚有屈原趙有荀卿漢則司馬楊雄魏則陳思王削纂昉嘗以筆札見知以善本以字上有思字薄技效德善曰陸機表諸吳王曰臣本以筆札見知淮南子曰齊伐楚市南僚進謂楚將子發曰臣有薄技願以行之是用綴緝遺文永貽世範銑曰貽遺範法也善曰袁宏三國名臣贊序曰風軌德音為世作範為如干卷善本如干卷上有如干秩一句所撰古今集記今書七志為一家之善本無字之言不列于集集錄如左

文選四十六　五十四

文選卷第四十六

頌　贊

文選

四十七

廿六十

文選卷第四十七

梁昭明太子撰　　五臣并李善注

頌

王子淵聖主得賢臣頌一首

楊子雲趙充國頌一首

史孝山出師頌一首

劉伯倫酒德頌一首

陸士衡漢高祖功臣頌一首

贊

夏侯孝若東方朔畫贊一首

袁彥伯三國名臣序贊一首

文選四十七

頌

聖主得賢臣頌一首　善曰漢書曰王襃既為益州刺史王襄作中和樂職宣布詩王襄因奏言襃有軼才上乃徵襃既至詔為聖主得賢臣頌

王子淵　向曰王襄為益州刺史奏襃有逸才宣帝乃徵之既至帝令作此頌

夫荷旃被毳者難與道純綿之麗密　良曰荷負也旃氈也被服也純綿縉帛也言夷狄負氈服毛者難與論縉帛之麗密也應劭曰不知純綿之麗密也贊以為純絲　羹藜含　善本作唅字　糗　去久　者不足與

論太牢之滋味翰曰藜野菜含食也糗麥飯也太牢牛也言人食藜藿糗飯者不足與說太牢之滋味也服虔曰喀音含糗乾食也今臣僻在西蜀生於窮巷之中長於蓬茨之下銑曰蓬茨草所以覆屋者善曰戰國策張儀曰蜀西僻之國而戎翟之長也風賦曰起於窮巷之間列子曰北宫子庇其蓬室若廣廈之蔭廣雅曰茨覆也無有游觀廣覽之知顧有至愚極陋之累不足以塞厚望應明旨雖然敢不略陳其愚心而抒情素濟曰王襃奏襃有逸才帝微之故讓云不充厚望明旨謂宣帝命也言雖不足充厚望敢不述愚心而申情素也塞充抒申也善曰戰國策蔡澤說應侯曰公孫鞅事孝公竭知謀示情素記曰翰曰則爲此頌之記也上爲謙辭此立文者也恭惟春秋法五始之要

文選四十七　二

在乎審已正統而已向曰恭敬惟思也言思春秋也五始謂元年春王正月公即位也元者氣之始春者四時之始王者受命之始正月者正令之始公即位者一國之始也此五者在乎君王審已而行之正位以統理天下而已服虔曰恭恭敬也善曰漢官解故胡廣曰五始一曰元二曰春三曰王四曰正月五曰公即位夫賢者國家之器用也所任賢則趨舍省而功施普銑曰國家所任官得賢人則進退所作者省而太平之功畢施聖人之德廣矣趨進舍退普廣也器用利則用力少而就效衆濟曰亦如任賢人於國則不費人多而成功多也就成效功衆力也故工人之用鈍器也勞筋苦骨終日矻矻苦骨反人匠人也翰曰工矻矻勤作也亦如國之用愚人如淳曰矻矻健作貌及至巧冶鑄干將之

樸清水淬子會其鋒越砥斂其鍔良曰巧冶善鑄劍人也干將劍名樸劍未理者淬謂燒刃令熱漬於水中也鋒刃也越砥磨石名也斂謂磨也鍔亦刃也應劭曰傳曰得一寶劍不如一歐冶冶即巧冶也善曰越絕書曰楚王召風胡子而問之曰寡人聞吳有干將越有歐冶請此二人為鐵劍吳越春秋曰干將者吳人造劍二枚一曰干將二曰莫耶郭璞三蒼解詁曰淬作刀鑒也淬子妹切鑒工練切說文云鍔劍刃也晉灼曰砥石出南昌故曰越砥水斷蛟龍陸剸章兗犀革忽若彗氾畫塗銑曰剸斬也犀獸名革皮也彗帚也氾謂灑地也塗泥也言以利劍斬斷蛟犀忽若以帚掃氾灑之地以刀畫泥中言其易也若國用賢臣化惡反善有如此也善曰胡非子曰負長劍赴榛薄折兕豹赴深淵斷蛟龍字林曰剸截也如淳曰若以彗掃於氾灑之處也彗音遂善曰塗路也如此則使離

文選四十七　三

婁督繩公輸削墨雖崇臺五層延袤茂百丈而不溷者工用相得也翰曰離婁古之明目人也督正也公輸古之巧工人也削度也延長也袤廣也溷亂也言巧拙之理且如上之所述則更使明目者正繩巧工者度墨雖高臺五層長廣百丈而規矩不亂者工用之相得故也國不亂者得賢之效也善曰孟子曰離婁之明趙岐曰古之明目者也黃帝時人鄭玄禮記注曰公輸若匠師也般若之族多伎巧者也史記曰蒙恬築長城延袤萬餘里王逸楚辭注曰溷亂也胡困切庸人之御駑馬亦傷吻敝策而不進於行胷喘膚汗人極馬倦向曰御駕也駑劣馬也吻口敝勞策鞭也言人駕劣馬則傷馬口勞鞭策而不進行胷喘而膚汗人亦困極馬亦疲倦不肯之人理國則勞下人繁刑法國既亂矣身亦危矣及至駕齧膝驂乘去

旦王良執靶（霸）韓哀附輿（銑曰齧膝乘旦王良馬名驂亦駕也　良韓哀古善御者也靶轡也輿車也齧膝勁曰馬怒有餘氣常齧膝而行也張晏曰齧膝乘旦皆良馬名也駕則旦至故以為名王良郵無卹也世本云韓哀作御也時已有御此復言之加其精巧也音義或曰靶音霸謂轡也）縱騁馳騖忽如景靡（良曰靡沒也言上良馬良御驂奔馳忽如日景之疾沒也）過都越國蹶如歷塊（濟曰越過也疾也言過都國疾如行歷一小塊之間）追奔電逐遺風（翰曰電風皆謂疾者也　善曰遺風風之疾者也）周流八極萬里一息何其遼哉人馬相得也（向曰八極八方也遼遠也言此良馬良御何其遠哉此人馬相得之勢也使聖主得賢臣而用之亦如此也）故服絺綌之涼者不苦盛暑之鬱燠襲狐貉之煖者不憂至寒之悽愴何則有其具者易其備（翰曰絺綌葛也鬱燠熱也襲衣也狐貉裘也悽愴寒之甚也夫服葛衣之涼不苦盛暑之熱衣狐裘之煖不憂至寒之甚者蓋有具而易為備也故國有賢臣亦無憂也　善曰論語曰當暑絺綌孔安國曰絺綌葛也論語曰狐貉之厚以居）賢人君子亦聖王之所以易海內（善本有也字　向曰易謂海內易理）是以嘔（呼）喻（俞）受之開寬裕之路以延天下之英俊也（銑曰嘔喻喜悅貌受謂用賢臣也延接也應劭曰嘔喻和悅貌嘔一侯切）夫竭智附賢者必建仁策索人求士者必樹伯迹（良曰為人君當竭盡智力託附賢臣必立仁惠之策故賢臣歸之擇人求士必樹霸王之迹也　索擇伯霸也）昔周公躬吐握之勞故有圄空

之隆（濟曰周公一食三吐餐一沐三捉髮以禮賢士故能致太平之化囹圄空虛以成盛業握捉隆盛也　善曰韓詩外傳曰成王封伯禽於魯周公誡之曰無以魯國驕士吾一沐三握髮一飯三吐哺猶恐失天下之士也文子曰法寬刑緩囹圄空虛）齊桓設庭燎之禮故有匡合之功（翰曰齊桓公好賢賢人將見公必夙興設庭燎之火以禮見之故能匡輔周室會合諸侯以為盟主　善曰韓詩外傳曰齊桓公設庭燎為士之欲造見者朞年而士不至於是東野人有以九九見者桓公使戚之曰九九足以見乎鄙人曰臣不以九九足以見也臣聞君設庭燎以待士朞年而士不至夫士之所以不至者君天下之賢君也四方之士皆自以為不及君故不至也夫九九薄能而君猶禮之況賢於九九者乎桓公曰善乃禮之朞月四方之士相選而並至矣　論語子曰管仲相桓公一匡天下民到于今受其賜又子曰桓公九合諸侯不以兵車管仲之力也）由此觀之君人者勤於求賢而逸於得人人臣亦然（銑曰逸樂也言君王勤於求賢必樂得其賢人也為人臣亦助君勤求賢良是以忠矣　善曰呂氏春秋曰賢主勞於求賢而逸於治事）昔賢者之未遭遇也圖事揆策則君不用其謀陳見悃（苦本切）誠則上不然其信（向曰揆度也悃至也　善曰郭璞三蒼解詁曰悃誠信也）進仕不得施效斥逐又非其愆（良曰賢臣不見信用雖進仕於朝不得施用其功效而為邪臣讒疾已遭斥逐又非其過）是故伊尹勤於鼎俎太公困於鼓刀百里自鬻甯子飯牛離此患也（濟曰伊尹未遇湯為桀庖廚之人勤勞於調鼎俎以具其膳太公未遇文王而困於屠牛鼓動其刀百里奚為晉虜而賣之秦以五羖皮贖之

穆公用以爲相鬻賣也寗戚未逢桓公而於齊門飯牛此四賢皆罹此不遇之患也離猶罹也　善曰魯連子曰伊尹負鼎佩刀以干湯得意故尊宰舍厨僚子曰太公屠牛朝歌文子曰伊尹負鼎而干湯呂望鼓刀而入周孟子萬章問曰或曰百里奚自鬻於秦以要秦穆公信乎孟子曰不然好事者爲之也寗戚飯牛已見鄒陽上書及其遇明君遭聖主也運籌合上意諫諍則見聽進退得關其忠任職得行其術翰曰關猶用也去卑辱奧於六切渫辟而升本朝離蔬釋蹻脚而享膏粱向曰奧幽渫汙也蔬菜食也蹻庶人之屨也享食也膏肉也粱精米也言賢人既遇聖主榮以職位惠以祿食故去平生卑辱幽汙之事以升用於朝離去蔬食釋棄蹻屨而食粱味以衣朝服也張晏曰奧幽也渫狎也辱汙也如淳曰奧音郁應劭曰離此蔬食釋此木

屩資条屩以繩爲屨也　善曰國語欒伯請公族大夫膏粱之性難正也賈逵曰膏肉之肥者粱食之精者言其食肥美者率驕放其性難正也剖符錫壤而光祖考傳之子孫以資說悅士銑曰剖分也符者所以諸侯與天子分之各執一契舉動所爲必合於契然後奉命而行之錫賜壤土也言賢人能立太平之功天子乃分符賜土以爲諸侯先其祖考傳業子孫此則使賢士有所資藉而喜悅勸其將來也故世必有聖智之君而後有賢明之臣故善本無故字虎嘯而善本有谷字風冽龍興而致雲善本有氣字　翰曰君聖然後可見賢臣君暗則賢人皆隱如虎嘯感風而清龍起感雲而躋也冽清也　善曰周易曰雲從龍風從虎管輅別傳曰龍者陽精以潛于陰幽靈上通和氣感神二物相扶故能興雲虎者陰精而居于陽依木長嘯動於巽林二獸相

感故運風能蟋蟀俟秋吟蜉浮蝣由出以陰向曰蟋蟀蜉蝣皆蟲也俟時而鳴知陰以出言如賢人待明君而仕知明時而見也　善曰易通卦驗曰立秋蜻蛚鳴蔡邕月令章句曰蟋蟀蟲名世謂之蜻蛚也毛詩傳曰蜉蝣渠略也又蟲魚疏曰渠略甲下有翅能飛夏月陰時出地中易曰飛龍在天利見大人銑曰初九潛龍勿用今飛在天則時以通泰故大人起治萬物而萬物利而見之大人則天子也　善曰乾卦之辭也龍以喻大人言龍飛在天喻聖人之德顯故天下萬物利見之王肅曰大人在位之臣也詩曰思皇多士生此王國良曰皇美也多士謂衆賢也言思美衆賢生於此國　善曰毛詩大雅文也毛萇曰皇天也鄭玄曰思願也願天多生賢人於邦故世平主聖俊乂將自至若堯舜禹湯文武之君濟曰文武文王武王也

獲稷契臯陶伊尹呂望之臣明明在朝穆穆布列翰曰明明穆穆皆美也布列謂分布職位也尚書曰厥后惟明明又曰則以穆穆在乃位聚精會神相得益章雖伯牙操遞善本作遞鐘逢門子彎烏號猶未足以喻其意也良曰聚其精爽會其神理君臣道合加以相明上下不疑德義諧和則雖伯牙操琴逢門子彎弓其音韻合和弓矢必中亦未足以喻此君臣之意也伯牙善鼓琴者逢門子善射者號鐘琴名烏號弓名也晉灼曰遞音迭遞之二十四鐘各有節奏聲之不常故曰遞鍾贊以爲楚辭曰奏伯牙之號鐘馬融長笛賦曰號鐘高調號鐘琴名也謂伯牙以善鼓琴不說能擊鍾也且漢書多借假或以遞爲號不得便以迭遞判其音也　善曰孫卿子曰羿逢門善服射者也吳越春秋陳音曰黃帝作弓後有楚孤父以其道傳羿羿傳逢蒙漢書曰黃

帝鼎成龍迎黃帝黃帝上騎小臣持龍髯龍髯拔墮墮黃帝之弓百姓仰望黃帝龍髯號
故名其弓曰烏號故聖主必待賢臣而弘功業俊士
亦俟明主以顯其德良曰俟待也上下俱欲懽然
交欣翰曰上下謂君臣也言君臣相欲也千載一會論說無疑
向曰君臣之道不疑雖左右論說其非者不信也翼乎如鴻毛遇順
風沛乎若巨魚縱大壑銑曰言君臣道合如鴻鵠遇風一舉千里
如大魚游縱於大川得其性也翼飛疾貌沛大水貌春秋保乾圖曰神明之應疾於倍風
吹鴻毛其得意如此則胡禁不止曷令不行濟曰
胡曷皆何也化溢四表橫被無窮遐夷貢獻萬祥
必臻良曰化滿四方被于無窮而遠方蠻夷歸我君德以貢獻土物而萬善必至也

文選四十七　八

是以聖主不偏窺望而視已明不殫傾耳而
聽已聰翰曰言賢臣爲君耳目故君不偏盡視聽已聰明矣殫盡也恩從
祥風翾德與和氣游太平之責塞優游之望
得向曰天子恩德與祥風和氣翾游於四方則太平之理求充於天下人人乃得優游
之望也責求也塞充也善曰爲君之道與太平而優遊今已太平是責塞也今已優遊
是望得也史記公曰今王已出吾責塞尚書大傳曰周公作樂優遊三年遵游
自然之勢恬淡無爲之場銑曰遵法場境也言法自然之道致
心恬淡之義游於無爲之境以治其身而天下正也善曰莊子曰夫恬淡寂寞虛無無
爲此天地之平而道德之篤休徵自至壽考無疆雍容垂
拱永永萬年濟曰雍容閑和貌言天子靜思乃閑和垂衣拱手天下自治

福萬年也永長也善曰尚書曰垂拱而天下治何必偃仰屈申善本
作詘信字若彭祖呴吁噓虛呼吸如喬松眇然絕
俗離世哉翰曰言我化理天下人歸大道壽考無疆永永萬年何必謝於彭祖
八百之壽喬松千年之仙而已眇然絕於俗離於人世哉言不足尚也善曰莊子曰吹
呴呼吸吐故納新熊經鳥伸爲壽而已矣彭祖壽考者之所好也列仙傳曰王子喬好吹
笙道人浮丘公接以上嵩山又曰赤松子者神農時雨師也至崐崘山上常止西王母石
室中詩曰濟濟多士文王以寧蓋信乎其以寧
也向曰濟濟盛貌多士衆賢也寧安也言此衆賢文王得之以安今信此言可以安也

趙充國頌一首

善曰漢書曰成帝時西羌嘗有警上思將帥之
臣追美充國乃召黃門郎楊雄即充國圖畫而頌之

文選四十七　九

楊子雲銑曰趙充國爲將屢有大功畫形於未央宮成帝時以西
羌有寇上思將帥之臣追美充國乃召雄爲充國圖畫之頌
明靈惟宣戎有先零怜先零猖狂侵漢西疆
翰曰聖明神靈惟我宣帝也能廣大其德奄有諸羌而猖狂背叛侵於西疆也戎大也先
零羌名也善曰漢書曰諸羌先零豪然先零羌別號漢書宣紀曰元鳳元年西羌反
漢命虎臣惟後將軍整我六師是討是震音真
協韻良曰虎臣即充國也言其猛如虎也充國爲後軍將軍故曰後將軍惟辭也六師
六軍也震懼也言羌人懼之善曰毛詩曰進厥虎臣闞如虓虎漢書曰昭帝時擢充國
爲後將軍漢書曰遣後將軍趙充國擊西羌毛詩曰整我六師以修我戎又曰徐方震驚
既臨其域諭以威德濟曰臨羌人之域宣喻天子威德以示之欲令

其降也欲以威信善曰漢書曰充國至西部都尉府招降罕开乃上疏曰因田致穀威德兼行有守矜功謂之弗克翰曰有守謂酒泉太守辛武賢也奏宣帝請擊罕开帝使與充國共討之充國踰之使降賢謂充國曰踰其使降不勝擊之國哉云弗克克勝也矜功自說有能也應劭曰酒泉太守辛武賢言充國屯田之便不如擊之論語讖曰重耳反誦伐德矜功請奮其旅于罕之羌向曰辛武賢請震其兵眾以擊之奮震旅眾也罕羌名韋昭曰罕羌名也蘇林曰在金城南　善曰武賢言但擊罕羌先零自降也天子命我從之鮮陽銑曰擊罕开於鮮陽之水應劭曰宣帝使充國共討罕开於鮮水陽營平守節屢奏封章良曰充國封營平侯也守節謂守忠勇也屢奏封章謂頻進表言勝捷之事也　善曰漢書曰充國封營平侯屢奏封章言也田之便不從武賢之策料敵制勝威謀靡亢音剛　濟曰料計靡無亢拒也言計其前敵制度勝否其兵威深謀不可拒當也　善曰制勝已見張景陽雜詩遂克西戎還師于京翰曰克勝也　善曰漢書曰充國奏言凡斬首七千六百級降者三萬一千二百請罷屯兵奏可充國振旅而還鬼方賓服罔有不庭向曰鬼方謂遠方也罔無也言無有不臣伏於帝庭也　善曰毛詩曰內奰于中國覃及鬼方毛萇曰鬼方遠方也世本注曰鬼方於漢則先零戎是也尚書曰惟周王四征弗庭昔周之宣有方有虎詩人歌功乃列于雅銑曰宣謂周宣王也方謂周卿士方叔也虎召穆公名詩小雅云方叔涖止其車三千大雅云王命召虎式辟四方美其賢有中興之功可以爲天下儀則也　善曰詩小雅曰方叔涖止其車三千又大雅曰江漢之滸王命召虎在漢中興充國作武赳赳桓桓亦

文選四十七　十

紹厥緒善本作後字　良曰時漢室稍陵遲及宣帝即位時稱中興也赳赳桓桓武貌也班固贊義宣帝比德殷宗周宣之主故充國亦可以紹周宣之臣也　善曰毛詩曰赳赳武夫公侯干城尚書曰武王曰勗哉夫子尚桓桓

出師頌一首

善曰范曄後漢書曰鄧騭字昭伯文弟爲和熹皇后安帝立騭爲虎賁中郎將封上蔡侯涼部叛羌搖蕩西州詔騭將兵擊之車駕幸平樂觀餞送騭西屯漢陽征西校尉任尚與羌戰大敗之遣中郎將迎拜騭爲大將軍既至大會群臣賜以東帛乘馬

史孝山

翰曰文章志及今書七志並云史岑字孝山出師頌史籍無傳此頌蓋後漢安帝舅鄧騭出征西羌之頌　善曰范曄後漢書曰王莽末沛國史岑字孝山以文章顯文章志及集林今書七志並同皆載岑出師頌而流別集及集林又載岑和熹鄧后頌并序計莽之末以訖和熹百有餘年又東觀漢記東平王蒼上光武中興頌明帝問校書郎此與誰等對云前世史岑之比斯則莽末之史岑明帝之時已云前世不得爲和熹之頌明矣然蓋有二史岑字子孝者仕王莽之末字孝山者當和熹之際但書典散亡未詳孝山爵里諸家遂以孝山之文載於子孝之集非也騭則鄧后之兄元舅鄧騭也

茫茫上天降祚有漢向曰茫茫廣大貌祚福也兆基開業人神依讚銑曰兆始也依所也五曜宵映素靈夜歎善本有皇運來授萬寶增煥二句　濟曰五曜五星也宵夜也漢高祖初入關五星聚於東井初高祖爲泗水亭長送徒於驪山夜行澤中遇一大蛇於路拔劍斬之後人至蛇所有見

文選四十七　十一

有一老嫗哭之人問其故嫗曰吾子白帝子也化爲蛇爲赤帝子所殺也白帝則秦也赤帝則高祖也故曰素靈夜歎歎則哭也善曰漢書曰元年冬十月五星聚于東井沛公至霸上應劭曰五星所在其下以義取天下也又曰高祖夜經澤中有大蛇當徑拔劍斬蛇蛇分爲兩後人至蛇所有一嫗夜哭人問嫗嫗曰吾子白帝子化爲蛇當道今者赤帝子斬之也

歷紀十二天命中易良曰自高祖至平帝凡十二帝爲王莽篡位故曰天命中易　善曰漢書曰漢起元高祖終于孝平王莽之誅十有二世也

西零不順東夷搆逆濟曰西零西羌也搆作也善曰西零則先零也

乃命上將授以雄戟向曰上將鄧騭也授謂天子授與之也雄戟兵器也　善曰子虛賦曰建干將之雄戟

桓桓上將寔天所啓銑曰桓桓武貌寔實啓開也言實天所開其忠勇也　善曰桓桓已見上文左氏傳晉侯賜畢萬魏卜偃曰畢萬之後必大是始賞天啓之矣

允文允武明詩悅禮良曰允信也　善曰毛詩曰允文允武昭格烈祖左氏傳趙衰曰郤縠悅禮樂而敦詩書

憲章百揆爲世作楷向曰揆度楷則也　善曰禮記曰仲尼憲章文武尚書曰納于百揆禮記曰今世行之後世以爲楷

昔在盟津惟師尚父向曰武王伐紂次盟津太公爲師盟津河也尚父太公也　善曰尚書曰武王代殷師度孟津毛詩曰維師尚父時惟鷹揚諒彼武王

素旄一麾渾一區宇翰曰素旄旗類　太公執之一麾軍士而破紂軍天下以定　善曰鬻子曰武王伐紂乃命太公把旄以麾之紂軍反走尚書曰王右秉白旄以麾

蒼生更始朔風變楚良曰蒼生百姓也更始謂新立法制以便利下人去紂暴虐之理也朔北也楚南也謂天子居南面而稱尊故北風以變化於南楚也言王風廣也　善曰蒼生猶黔首也尚書曰至于海隅蒼生朔北方也楚南方也史記子貢問樂曰舜彈五絃之琴歌南風之詩而天下治紂爲朝歌北鄙之音身死國亡何也夫南風之詩者生長之音舜樂好之故天下治也夫北者敗也鄙者陋也紂樂好之故身死國亡

薄伐獫狁至于太原向曰獫狁北狄也薄伐言不殺戮之於邊而已太原地名　善曰毛詩小雅文也鄭玄曰薄伐言逐出之而已

詩人歌之猶歎其艱況我將軍窮域善本作城字極邊鼓無停響旗不蹔褰澤罷避荒功銘鼎鉉音玄協韻　銑曰言太公薄伐詩人尚以爲艱難而況乎鄧騭至遠邊鼓旗不捨宣帝澤罷遠荒而功銘於鼎鉉鼎杠也乃著述人通言之　善曰禮記曰夫鼎者有銘銘者論譔其先祖之德義功烈勳勞而酌之祭器自成其名焉周易曰鼎金鉉

我出我師于彼西疆向曰我出謂鄧騭出也我師謂天子之軍也西疆西戎也　善曰毛詩曰我出我車于彼牧矣

天子餞我路車乘黃言念伯舅恩深渭陽翰曰天子餞送鄧騭也伯長也鄧騭安帝長舅也詩云我送舅氏曰至渭陽何以贈之路車乘黃路車駟馬車也乘黃馬色也言天子之恩於舅氏深也　善曰毛詩序曰渭陽康公念母也我見舅氏如母存焉又曰我送舅氏至於渭陽何以贈之路車乘黃

介珪既削列壤酬勳向曰介珪諸侯所執長尺二寸剖也言將封騭爲諸侯也列壤謂分土也勳功也　善曰毛詩曰錫爾介珪以作爾寶

今我將軍啓土上郡銑曰啓開也上郡謂騭所封也　善曰尚書曰建邦啓土也

傳子傳孫顯顯令問翰曰令善也人有積善則天下相問者皆稱其善故曰令問也　善曰毛詩曰假樂君子顯顯令德又曰令問令望

酒德頌一首

劉伯倫 向曰臧榮緒晉書云劉伶字伯倫沛國人也貌甚醜悴而志氣放曠以宇宙爲狹性好酒常攜酒以自隨使人荷鍤從之云死便埋我故著此頌　頌酒德之美也仕爲建威將軍　善曰臧榮緒晉書曰劉伶字伯倫沛國人也志氣曠放以宇宙爲狹著酒德頌爲建威參軍卒以壽終

有大人先生 向曰假爲辭也 以天地爲一朝萬期爲須臾日月爲扃牖八荒爲庭衢 銑曰言志廣大也以天地開闢已來爲一日也萬歲之期爲少時也扃牖門也八荒八方也 行無轍跡居無室廬 翰曰潛隱守愚時人不見其行跡又不知其所居室故云無也　善曰老子曰善行無轍迹馬融琴賦曰遊閑公子中道失志居無室廬罔所自置 幕天席地縱意所如 良曰如往也 止則操卮執觚 姑 動則挈榼提壺 濟曰操挈皆執也卮觚榼壺皆酒器也　善曰說文曰榼酒器也苦闔切 唯酒是務焉知其餘 翰曰專於飲酒不知其餘事也 有貴介公子搢紳處士 向曰介大也搢紳服飾也處士有德之稱　善曰左氏傳曰伯州犂謂鄭皇頡曰夫子爲王子圍寡君之貴介弟也司馬相如封禪書曰因雜搢紳先生之略術臣瓚曰縉赤白色紳大帶應劭風俗通曰處士者隱居放言 聞吾風聲議其所以 銑曰吾則先生自稱也言公子處士風聞我好酒之聲議論我所以得失也 乃奮袂攘衿怒目切齒 良曰此公子處士怒先生好酒　善曰北征賦曰遂奮袂而北征戰國策張儀謂魏王曰天下遊士莫不

瞋目切齒 陳說禮法是非鋒起 濟曰說禮經法制以示先生言其是非如劍戟之鋒刃相競逐而起　善曰春秋感精符曰禍亂鋒起君若贅旒 先生於是方捧甖 鸎 承糟 善本從木 銜盃漱醪 翰曰先生不聽二人之說欲酒自若也醪濁酒也劉熙孟子注曰槽者齊俗名之如酒槽也　善曰 奮髯踑 舉其 踞 據 枕麴藉糟 銑曰奮動髯鬚也踑踞展足倚據而坐也藉鋪也言動髯展足倚據而坐旋復枕麴鋪糟而臥也　善曰漢書曰朱博遷琅邪齊部舒緩博奮髯抵几曰觀齊兒欲以爲俗耶又曰尉佗魋結箕踞 無思無慮其樂陶陶兀然而醉怳 善本作悋字 爾而醒靜聽不聞雷霆之聲熟視不見 善本作覩 泰山之形不覺寒暑之切肌嗜 善本作肌利字 欲之感情 向曰陶陶和樂貌

善曰莊子曰知反於帝宮見黃帝而問焉曰何思何慮則知道黃帝曰無思無慮始知道毛詩曰　君子陶陶 俯觀萬物擾擾焉如江漢之載 善本有浮 萍 向曰言見萬物如水中萍草隨其風波善曰廣雅曰擾擾亂也焉如猶何如也 二豪侍側焉如蜾 果 蠃 力果 之與螟 名 蛉 音靈 向曰二豪謂公子處士也蜾蠃螟蛉微小蟲也言此二人侍我之側何如此蟲言見之微小也焉何也　善曰二豪公子處士也隨已而化類蜾蠃之變螟蛉也法言曰螟蛉之子蜾蠃祝曰類我類我久則肖之矣速哉二三子之化仲尼也李軌曰螟蛉桑蟲也蜾蠃蜂蟲也肖類也蜂蟲無子取桑蟲蔽而殪之幽而養之祝曰類我久則化而成蜂蟲矣速疾哉二三子受學仲尼之化疾也

漢高祖功臣頌一首

陸士衡

相國鄭文終侯沛蕭何相國平陽懿侯沛曹參太子少傅留文成侯韓張良丞相曲逆獻侯陽武陳平楚王淮陰韓信梁王昌邑彭越淮南王六縣布趙景王大梁張耳韓王韓信燕王豐盧綰長沙文王吳芮荊王沛劉賈太傅安國懿侯王陵左丞相絳武侯沛周勃相國舞陽侯沛樊噲右丞相曲周景侯高陽酈商太僕汝陰文侯沛夏侯嬰丞相潁陰懿侯睢陽灌嬰代丞相陽陵景侯魏傅寬車騎將

軍信武肅侯靳歙大行廣野君高陽酈食其中郎建信侯齊劉敬太中大夫楚陸賈太子太傅稷嗣君薛叔孫通魏無知護軍中尉隨何新成三老董公轅生將軍紀信御史大夫沛周苛平國君侯公右三十一人與定天下安社稷者也頌曰

茫茫宇宙上墋楚錦下黷波振四海塵飛五岳九服徘徊三靈改卜翰曰茫茫廣遠皃墋垢黷濁也並言天下昏亂垢濁也波振塵飛謂兵戈不息四海五岳九服皆謂天下也徘徊謂人無主不知所從也三靈天地人也言天將惡秦濁亂改卜清平之君也　善曰天以清為常地以靜為本今

上墋下黷言亂常也墋不清澄之貌也國語觀射父曰民神異業敬而不黷賈逵曰黷媟也波振塵飛以喻亂也周書曰乃辯九服之國春秋元命苞曰造起天地鑄演人君通三靈之貺交錯同端

赫矣高祖肇載天祿向曰赫盛肇始載運也　善曰尚書曰天祿永終沉跡中鄉飛名帝錄向曰高祖中陽里人故云中鄉也飛名帝錄謂預應圖讖如預飛名在其中　善曰中鄉即中陽里也漢書曰高祖中陽里人尚書璇璣鈐孔子曰五帝出受錄圖慶雲應燿皇階授木銑曰慶雲瑞雲也皇階謂天位之次也古者黃帝化八百歲運極而授與木德言高祖將授天命亦然也　善曰漢書范增謂項羽曰吾使人望沛公其氣皆為龍成五色此天子氣急擊之勿失春秋孔演圖曰天子皆五帝精必有諸神扶助使開階立遂宋均曰遂道也春秋保乾圖曰黑帝治八百歲運極而授木蒼帝七百二十歲而授火言漢之歷

運為周木德所授也龍興泗濱虎嘯豐谷濟曰龍興如龍飛於天言得高位也虎嘯謂天下英雄皆相應如虎嘯風生也泗濱謂高祖嘗為泗水亭長也豐谷豐邑高祖所居邑也泗上　善曰尚書序曰漢室龍興漢書曰高祖為泗上亭長淮南子曰虎嘯而谷風至漢書曰高在居沛豐彤雲晝聚素靈夜哭良曰彤丹紫色高祖在芒碭山常有紫雲為蓋隨之素靈謂夜有老嫗哭所殺白蛇與前文並同　善曰漢書曰高祖隱於芒碭山澤間呂后求常得之高祖怪問呂后后曰季所居上常有雲氣故從往常求得季彤丹色也素靈夜哭已見上文金精仍顏朱光以渥向曰金精秦也朱光漢也渥流也　善曰漢書郊祀志曰秦襄公自以居西主少昊之神作西畤祠白帝至獻公時櫟陽雨金以為瑞又作畦畤祠白帝少昊金德也朱光謂漢也殺之者明漢當滅秦也萬邦宅心駿人善本作民字效

足翰曰宅居也言天下之人懷高祖寬仁之德常居於心故羣賢如駿馬足以效其用
也善曰尚書曰宅心知訓又曰俊民用康曹植與陳琳書曰驥騄不常一步應良御而
效足
堂堂蕭公王跡是因向曰此蕭何也堂堂盛貌言高祖因之而
升帝位也王者天子之通稱善曰蕭何為丞相故曰公論語曾子曰堂堂乎張也難與
並為仁矣
綢繆叡后無競惟人銑曰綢繆親密貌叡聖后君也聖君
則高祖也惟思也言其無侵競於人能安而悅之也謂留在秦善曰毛詩曰無競惟人
四方其訓之
外濟六師內撫三秦濟曰六師六軍也高祖留何守
關中聚糧以給關外軍也內則撫安百姓也高祖封秦三將為王王秦中故謂之三秦
善曰漢書曰漢王與諸侯擊楚何守關中漢王數失軍何常興關中卒輒補缺應劭曰章
邯為雍王司馬欣為塞王董翳為翟王分王秦地故曰三秦
拔奇夷難邁

德振民良曰何拔韓信為將遂平天下行其德惠振給於下人夷平邁行也善
曰漢書曰何進韓信漢王以為大將軍縣布反上自將擊之使使問相國何為曰為上在
軍拊循百姓尚書曰咎繇邁種德周易曰君子以振民毓德
體國垂制上
穆下親翰曰能體國家輕重以約法三章使君臣上下和穆而相親也垂下也制
法也善曰周禮曰惟王建國體國經野班固蕭何述曰營都立宮定制循文然重威則
上穆刑約則下親
名蓋羣后是謂宗臣向曰羣后謂諸立功者高
祖論何功第一故曰名蓋也何為羣臣之尊故曰宗臣宗尊也善曰班固漢書贊曰蕭
何曹參位冠羣后聲施後世為一代之宗臣張晏曰宗臣國所宗也
平陽樂道
在變則通銑曰此謂曹參也好黃老之術故曰樂道臨事能變通而合於理也
善曰論語曰貧而樂周易曰易窮則變變則通
爰淵爰嘿有此武功

濟曰爰於淵爰嘿也言於事好沈靜而為理也善曰莊子曰君子淵默而雷聲毛詩
曰文王受命有此武功
長驅河朔電擊壤東良曰朔北也電擊言
如雷電之威以擊秦將章邯於好時取壤鄉入破秦軍於壤東也善曰漢書曰秦將王
離圍鉅鹿參擊王離軍成陽南大破之又擊三秦軍壤東破之文穎曰壤東地名也班固
漢書述曰長驅大舉雷擊雷震
協策淮陰亞跡蕭公翰曰協合也淮
陰謂韓信也參與信合謀策擊魏王豹大破之亞次也參功次蕭何之下也善曰漢書
曰魏王豹反參以假丞相別與韓信東攻魏將孫遬大破之又從韓信擊趙大破之又從
韓信擊龍且大破之又曰謂者鄂千秋曰位次蕭何第一曹參次之
文成作師
通幽洞冥向曰此謂張良也凡不言姓名皆所封邑名及號謚也餘皆類此良
自言以三寸舌為帝者師幽冥謂受兵法於黃石公也善曰漢書張良終謚曰文成侯

又曰張良從容步游下邳圯上有老父出一編書曰讀是則為王者師
永言配
命因心則靈銑曰言配合天命籌策因心而出則如神靈無不必中也言
曰毛詩曰永言配命自求多福又曰惟此王季因心則友
窮神觀化望景
揣情鬼無隱謀物無遁形良曰言其觀察事變見其形影已能
揣度其情無不知耳故雖鬼神亦不能隱謀萬物亦莫能逃形也善曰周易曰窮神知
化德之盛也史記太史公曰虞卿斷事揣情為趙畫策鬼谷子曰測深揣情
武關
是闢鴻門是寧翰曰初高祖將西入武關高祖欲以二萬人擊嶢下秦軍
良曰秦兵尚強未可輕也秦將好利可令持重寶啗之秦軍果欲連和高祖欲聽之良曰
此獨其將欲叛也士卒恐不從不如因擊之遂大破秦軍入至咸陽此謂武關是闢闢
也項羽至鴻門欲背約擊高祖良與羽叔父項伯善伯乃來見良言羽意良因引伯見高

祖遂令伯具言於羽高祖不敢背項王羽意乃解良之力也寧安也善曰漢書曰漢王
與良西入武關良曰臣聞秦將屠者賈豎易動以利令持重寶啗秦將秦將果欲連和沛
公欲聽之良曰此其將欲叛士卒恐不從不如因其懈之擊之沛公乃擊秦軍大破之又曰
項羽至鴻門欲擊沛公良因要項伯見沛公沛公令伯具言沛公不敢背項王項羽然後
解周易曰人謀鬼謀百姓與能隨難滎陽即謀下邑向曰酈食其勸
封六國良隨後難之下文備矣高祖兵敗還至下邑高祖曰吾欲捐關以東誰可共功者
良謀曰黥布韓信彭越可以破楚必矣滎陽下邑並是地名善曰隨難滎陽見下文漢
書曰漢王兵還至下邑漢王曰吾欲捐關以東誰可與共功者良曰九江王英布楚梟將
彭越與梁地此兩人可急使韓信可屬大事當一面即欲捐之捐之此三人楚可破銷
印惎忌廢推齊勸立銑曰項羽數侵奪漢軍於滎陽漢軍乏食酈食

其謀立六國之後以助高祖從其計令鑄印良乃發八難教高祖令罷遂用良計急令銷
印惎教也韓信破齊使使請於高祖欲假封齊王高祖欲不聽良與陳平俱說高祖請立
信為齊王使乃使良授信齊王印此為勸也善曰漢書曰項羽急圍漢王滎陽酈食其曰
誠復立六國後楚必斂衽而朝漢王曰善趣刻印先生行佩之良曰誰為陛下畫此計者
陛下大事去矣且楚唯無強六國復撓而從之陛下焉得而臣之漢王曰趣銷印後韓信
破齊欲自立為齊王漢王怒良勸漢王因封之班固漢書述張良曰推齊銷印驅致越信
運籌固陵定策東襲三王從風五侯允集濟曰
固陵地名高祖追項羽戰不利壁固陵諸侯期不至良說高祖高祖用其策諸侯皆至遂
東襲項羽破之三王謂韓信彭越黥布也皆會垓下共破項羽故曰從風羽死烏江而董
翳楊喜馬童呂勝楊武等五人各得其一體高祖乃封五人為列侯是謂五侯允信集至

也善曰漢書曰漢王與齊王信魏相國彭越期會擊楚至固陵不會漢王謂張良曰諸
侯不從奈何良曰今能取睢陽以北至穀城以王彭越從陳以東傅海與齊王信則楚易
破也於是韓信彭越皆引兵來黥布隨劉賈皆會項羽敗自刎淮南子曰施于寡妻至于
兄弟天下從風漢書曰漢王用良計諸侯皆至史記曰漢部五諸侯兵東伐楚又蘇秦曰
梁從風而動霸楚寔喪皇漢凱入良曰霸楚謂項羽也寔實也來
亡也皇大也凱入謂戰勝凱歌而還其國言漢勝而入其國也善曰周禮曰師有功則
愷樂怡顏高覽弭善本作彌字翼鳳戢託跡黃老辭
世却粒翰曰謂功成名遂身退也怡和弭止戢藏也言良和顏高覽神仙之事
歸靜理如鳳之止羽翼不見也良時託跡黃帝老子之術却粒謂絕穀也善曰史記良
曰願棄人間事從赤松子游耳乃學辟穀導引輕身曲區句逆還宏達好

謀能深向曰此謂陳平也宏大達通也善曰西京賦曰大雅宏達論語子曰好
謀而成游精杳漠神跡是尋銑曰平常好道術玄理也重玄
匪奧九地匪沉濟曰重玄天也匪非奧深也言平妙知天道地理則天地
非爲深沈也善曰重玄天也鄧析子曰九地之下重天之巔伐謀先兆擠
濟響于音良曰言將伐敵其謀策已先見其始事九響出於音故須音響相濟
也亦如君臣相得也則平與高祖亦如之也善曰言將伐其謀先其未兆欲堅其響在於
爲音然兆爲謀始響爲音初也孫子曰上兵伐謀其次伐交鶡冠子曰音者所以調聲也
未聞音出而響之過其聲者也奇謀六奮嘉聲善本作慝字四迴
向曰平自定天下九六出奇計奮出也四迴謂迴轉於天下四方也善曰漢書曰陳平
凡六出奇計或頗秘之世莫得聞宋仲子法言注曰張良爲高祖畫策陳平六出奇策四

皆權謀非正也然機之此言有符仵于之說未詳相承而誤或別有所憑也覘主
以足離項于懷格人乃謝楚翼宴摧向曰規諫也韓
信破齊信欲立為齊王使使請於高祖高祖怒平乃躡高祖足諫令封信為王又平以金
離間項羽君臣羽遂疑范增是其離懷也銑曰格至也謂范增謝病去楚而楚羽翼實
已摧折善曰漢書曰淮陰侯破齊王使使來言漢王漢王怒而罵平躡漢王漢王寤乃
厚遇齊使音義曰躡謂手躡漢王足也漢書陳平曰項羽骨鯁之臣亞父鍾離眛龍且周
殷之屬不過數人大王捐數萬金行反間間其君臣破楚必矣漢王以為然反間既行羽
果疑亞父亞父去發病死尚書曰格人元龜罔敢知吉韓王窘執胡馬
洞開濟曰韓信反平謀令高祖偽游雲夢信必郊迎因執之高祖用其計而禽信也
高祖至平城為匈奴所圍用平計遂得解圍胡馬即匈奴也洞通也善曰漢書曰人有

文選四十七　二十二

上書告楚王韓信反陳平曰陛下第出偽游雲夢信聞天子以好遊出其勢必郊迎謁陛
下因禽之此特萬世之事也高祖以為然信果郊迎即執縛之毛萇詩傳曰窘困也漢書
曰上至平城為匈奴所圍高祖用平奇計使單于閼氏解圍以得出迎文以謀
送善本作哭字高以哀良曰呂太后崩諸呂為亂平誅之謀迎代王代王立
是為文帝也高祖崩平馳至宮哭甚哀也善曰漢書曰呂太后崩平與太尉勃合謀誅
諸呂立文帝平本謀也又曰高帝崩平馳至宮哭殊悲灼灼淮陰靈武
冠世翰曰此為韓信也灼灼盛烈貌冠首也言其靈武為世之首策出無
方思入神契也向曰謀策所出無極思與神合入猶與也契合也善曰孔
安國尚書傳曰神妙無方蔡邕季咸碑曰明略無洞與神合契奮臂雲興騰
跡虎噬銑曰奮振也言其心勇疾如雲起猛烈若虎之噬噬齧也陵善本作迹

字險必夷摧堅善本作剛字則脆濟曰言其雖陵敵險難必以平
也摧敗堅陳則如脆矣夷平也呂氏春秋曰凡兵之用也攻亂則脆善曰肇謀
漢濱還定渭表良曰肇始也漢濱謂項羽封高祖為漢王高祖就國漢中
蕭何曰必欲爭天下非信不可與計事高祖乃與謀事用其計遂自漢中還定秦地渭水
名在秦故也濱表謂水畔也善曰漢書蕭何謂高祖曰必長王漢中無所事信必欲爭
天下非信無可與計事者漢王乃拜信大將軍信說漢王曰今王舉兵而東三秦可傳檄
而定也漢王喜遂聽信計舉兵出陳倉定三秦京索各名既扼引師北
討翰曰高祖與項羽戰漢兵敗散信復發兵與高祖會於滎陽破楚軍於京索之間京
索二水名扼謂扼楚軍也北討謂伐魏也善曰漢書曰漢擊楚彭城漢兵敗散而還信
復發兵與漢王會滎陽復擊破楚京索間齊趙魏皆反與楚和以信為左丞相擊魏濟

文選四十七　二十三

河夷魏登山滅趙向曰信渡河擊魏虜魏王豹遂平魏地夷平也信又
進擊趙選二千人持赤幟登山望趙軍戒曰趙必空壁逐我汝疾入趙壁拔趙幟立漢
赤幟於是果如其言趙軍見其壁皆漢幟乃亂遂因而滅之善曰漢書曰信遂進擊魏
魏盛兵蒲坂塞臨晉信乃益為疑兵陳船欲渡臨晉而伏兵從夏陽以木罌缻渡軍襲安
邑虜魏王豹信請北舉燕趙選輕騎二千人人持一赤幟從間道登山而望趙軍戒曰趙
見我走必空壁逐我若疾入拔趙幟立漢幟後趙空壁爭漢鼓旗奔兵馳入趙壁皆拔旗
立漢赤幟趙卒見之大驚遂亂走禽趙王歇威亮火烈善本作列字勢
踰風埽銑曰亮信踰過也言其威武信猛烈破敵之勢過於風埽言易也善
曰孫子曰兵以詐立以利動合而為變也故其疾如風侵掠如火則彼三軍可奪氣將軍
可奪心此用兵之法也拾代如遺偃齊猶草濟曰破代齊二國如

拾遺於地如草偃於風也善曰漢書曰信進擊代禽夏說閼與李奇曰代相也孟康曰音焉預邑名也漢書曰信發趙兵未發者擊齊信引兵東遂渡河襲齊歷下軍至臨菑齊王走高密又梅福上書曰高祖取楚如拾遺論語曰草上之風必偃二州肅清四邦咸舉良曰魏趙代皆冀州分齊青州分故曰二州言皆已平定故云肅清四邦則此四國咸皆也言皆舉者謂盡勝也善曰據禹貢九州之屬魏趙屬冀州齊代屬青州四邦魏代趙齊也乃眷北燕遂表東海翰曰眷向也信既破趙將北伐燕李左車勸按甲休兵然後可也遂表東海謂立爲齊王也東海齊地也表猶立也善曰漢書曰信用廣武君策發使使燕燕從風而靡又曰信平齊使人言于漢王齊夸詐多變反覆之國不爲假王以鎮之其勢不定請自立爲假王漢王乃遣張良立信爲齊王表東海已見九錫文克滅龍且子余爰取其旅向曰

文選四十七　二十四

龍且項羽將也信既勝滅之於是盡取其衆爰於也旅衆也善曰漢書曰齊王走高密使使于楚楚使龍且救齊與信夾濰水陣信乃夜令人爲萬餘囊盛沙以壅水上流引軍半渡擊龍且佯不勝還走龍且果喜曰固知信怯遂追渡水信使人決壅囊水大至龍且軍太半不得渡即急擊殺龍且楚卒皆降焉劉項懸命人謀是與念功推善本作惟字德辭通絕楚銑曰蒯通知天下權在信乃說信曰當今時兩主懸命於足下足下爲漢則漢勝爲楚則楚勝故云劉項懸命也人謀謂蒯通說信反漢爲楚王三分天下信曰我辛得事項王數年官不過執戟故歸漢漢授我上將軍言聽計用背之不祥此則念已之功推高祖之德辭蒯通所說絕楚王之望善曰漢書蒯通說韓信曰當今之時兩主懸命足下爲漢則漢勝爲楚則楚勝人謀已見上文漢書曰項王使盱台人武涉往說信曰足下何不與楚連和三分天下而王齊信辭曰

人親信我背之不祥蒯通知天下權在信深說以三分天下之計信自以功大漢不奪我齊遂不聽尚書曰惟帝念功彭越觀時韜善本作弢字跡匿光人具爾瞻翼爾鷹揚濟曰韜藏匿隱也陳涉初起或人謂越曰豪傑相立叛秦公可效之越曰兩龍方鬪且待之此謂觀時藏跡隱光也後高祖擊昌邑越乃助之言其有英雄之才天下所瞻望翼爾鷹揚言其勇之疾速如鳥翼之飛若鷹之擊揚善曰杜預左氏傳注曰韜藏弢與韜古字通也毛詩曰赫赫師尹人具爾瞻又曰維師尚父時維鷹揚威陵善本作凌字楚域質委漢王良曰楚域謂項王也靖難河濟即宮舊梁翰曰即就宮居也項氏既滅高祖封越爲梁王初爲相國將兵略定梁地後封之故云舊梁也言如舊之有也善曰漢書曰漢使入賜越將軍印使下濟陰以擊楚大敗楚軍拜越爲魏相國漢敗彭城越皆亡其所下城

文選四十七　二十五

獨將其兵北居河上往來爲漢王游兵擊楚絕其糧於梁地項籍死封越爲梁王都定陶禮記孔悝爲鼎銘曰即宮於宗周烈烈黥布眈眈眈其眄音麪向曰九有姓名則注不重言也或唯言其名則注重說餘類此烈烈猛也眈眈虎視貌比於虎言猛也眄視也善曰漢書曰黥布姓英氏項梁定會稽布以兵屬之周易曰虎視眈眈名冠彊楚鋒猶駭電銑曰初布爲項羽將功冠諸侯其鋒銳勇急如雷電之驚也彊楚謂項羽也善曰漢書曰楚兵常勝功冠諸侯者以布數以少敗衆覩幾善本從木蟬蛻稅悟主革面濟曰言布見幾去楚歸漢亦如蟬蛻去其殼也覺漢主仁明故改操而來北面事之悟覺也革改也善曰漢書曰漢王使蕭何說布布間行與何歸漢淮南子曰蟬飲不食三十日而蛻周易曰小人革面以從君子肇彼梟風翻爲我扇良曰肇始也彼謂項羽也梟惡鳥也

我謂漢也言始在項羽處沐梟鳥之風後乃翻飛而來爲漢助也扇助也　善曰漢書曰
上立布爲淮南王與擊項籍　天命方輯王在東夏　翰曰輯運也王
在東夏謂布爲淮南王　善曰東夏即陽夏也漢書曰漢王追項羽至陽夏南　矯矯
三雄至于垓下　向曰矯矯雄勇貌三雄謂韓信彭越與布也同會高祖於
垓下遂滅羽垓下地名　善曰三雄韓信彭越英布漢書曰漢王發使使韓信彭越至皆
引兵來黥布隨劉賈皆會劉羽垓下毛詩曰矯矯武臣也　元凶既夷寵禄
來假　銑曰元凶則項羽也夷平也假至也　善曰元凶謂項羽班固漢書張湯述曰
既成寵禄亦羅然匿　保大全祚非德孰可謀之不臧舍
福取禍　濟曰安於大位而能全福者非德不可也言布謀及不善之道卒見其禍
矣保安祚福孰誰臧善也　善曰左氏傳楚子曰保大定功班固漢書張湯述曰子孫遵

文選四十七　　二十六

業全祚保國毛詩曰謀之不臧則具是依左氏傳劉子曰能者養之以福不能者敗以取
禍　張耳之賢有聲梁魏　良曰聲譽也謂高祖微時素聞其賢　善
曰漢書曰張耳大梁人也少時及魏公子毋忌爲客毛詩曰文王有聲　士也罔
極自貽　善本從言　伊媿　善本從心　翰曰此言陳餘交不固也罔無極窮也
言士之結交當堅踰金石至於無窮豈可二三其德終易其初以相誅伐此所以自遺其
媿也貽遺伊其也　善曰漢書曰張耳陳餘相與爲刎頸交耳與趙王歇走入鉅鹿王離
圍之餘自度兵少不敢前後耳得出鉅鹿責餘餘怒脫印綬與耳耳佩其印綬後餘以兵
襲耳耳敗走毛詩曰士也罔極二三其德又曰心之憂矣自詒伊慼詒音怡　俯思
舊恩仰察五緯　向曰耳與陳餘戰敗走曰漢王與我有故遂歸漢比思舊
恩也五緯五星也高祖入關五星聚東井東井秦分野言耳望此而歸漢也　善曰漢書

耳曰漢王與我有故而項王強立我我欲之楚耳公曰漢王之入關五星聚東井先至必
王耳走漢易乾鑿度曰五緯順軌四時和栗　脫跡違難披榛來洎
改策西秦報辱北冀　銑曰脫遺也遺跡違難謂與陳餘戰敗歸漢也
榛草木叢生也洎至也言耳奔馳披冒叢榛之路來至秦中高祖遣耳與韓信擊趙是爲
改策矣與韓信破趙斬陳餘於泜水上是報辱也趙冀州分野故曰北冀　善曰漢書曰
漢定三秦方圍章邯發兵耳謁漢王又曰漢遣張耳與韓信擊破趙井陘斬餘泜水上追
殺趙王歇於襄國泜音祇　悴葉更耀枯條以肄　濟曰謂敗走已如
悴葉枯條矣而高祖厚遇之是謂更有耀光而復生也木斬而復生曰肄也　善曰以樹
爲喻也漢書曰漢立耳爲趙王毛萇詩傳曰斬而復生曰肄　王信韓孽宅
土開疆我圖爾才越遷晉陽　良曰此謂韓王信也故韓襄王

文選四十七　　二十七

孽孫也宅居也　翰曰我謂高祖謀以信壯武之才乃更以太原郡爲韓國以備北胡遂
遷信使都晉陽也圖謀越於也　善曰漢書曰韓王信故韓襄王孽孫也漢立信爲韓王
上以信壯武乃更以太原郡爲韓國徙信以備胡都晉陽毛萇詩曰我圖爾居　盧綰
自微婉變我皇　向曰綰與高祖同日生微時相愛及貴綰出入帝卧內婉
變相親貌我皇高祖也　善曰漢書曰高祖與綰壯學書又相愛也班固漢書述哀紀曰
婉變董公惟亮天工　跨功踰德祚爾輝章　銑曰跨度踰過祚福爾汝
也言其功則所封土爵已過其德蓋上心所惠故福汝輝榮之寵章　善曰漢書曰羣臣
知上欲王綰皆曰綰可王　上乃立綰爲燕王章印章也　人之貪禍寧爲
亂亡　濟曰言人之貪禍乃爲亂亡之道謂綰爲叛亡入匈奴　善曰漢書曰高祖崩綰
綰遂將其衆亡入匈奴死胡中毛詩曰民之貪亂寧爲荼毒鄭玄曰天下之民苦王之政

欲其亂亡也吳芮之王祚由梅鋗呼玄反功微勢弱
世載忠賢良曰初項羽立芮為衡山王其將梅鋗功多封十萬戶為列侯項羽
死高祖以鋗功故徙芮為長沙王故云祚由梅鋗　善曰漢書曰天下之初叛秦吳芮率
越人舉兵以應諸侯沛公攻南陽遇芮之將梅鋗與偕攻析酈上以鋗有功武關故德芮
從為長沙王高祖賢之詔御史長沙王忠其着之甲令音義曰酈持益功肅肅荊
王董我王善本作三軍翰曰此謂劉賈也肅肅嚴整貌董正也　善曰漢書
劉賈將二萬人騎數百擊楚孔安國尚書傳曰董督也我圖四方殷薦
其勳向曰殷多薦進勳功也　善曰漢書曰漢王追項籍至固陵賈使人間招楚大
司馬周殷周殷反楚佐賈庸親祚善本作作字勞舊楚是分往
踐荊宇大啟淮濆銑曰庸用祚福也賈則高祖從兄故云用親祚勞者

謂加福於功勞之臣分楚地而為荊國也濟曰啟其宇居也言往踐其荊國之居也啓
開也淮水名在荊地濆水濱也　善曰漢書曰高祖子弟弱昆弟少欲王同姓以鎮天下
詔立賈為荊王王淮東毛詩曰鋪敦淮濆安國違親悠悠我思依
依哲母既明且慈引身伏劍永言固之良曰此謂
王陵也違親謂辭親事漢悠悠遠思貌依依猶勤勤也哲智也伏劍自殺也永長也言陵
去項羽歸漢羽乃取陵母置軍中陵使到則坐陵母欲以招陵陵母私送使者泣謂使
者曰為我語陵善事漢王無以我而二心我以死送使者遂對使者伏劍而死也此則恐
其子事主懷二心故自殺可謂明且慈也　善曰漢書曰王陵以兵屬漢項羽取陵母寘
軍中陵使至則東鄉坐陵母欲以招陵陵母私送使者泣曰為老妾語陵善事漢王漢王
長者也無以老妾故持二心妾以死送使者遂伏劍而死毛詩曰青青子佩悠悠我思

淑人君子善本作實字邦之基翰曰淑義寔實邦國基本也言
陵才器可謂義人君子實為邦國之本也　善曰毛詩曰淑人君子其儀不忒又曰樂只君子
邦家之基義形於色憤發於善本作于字辭主亡與亡
末命是期向曰高祖既崩呂后欲廢絕漢祚將封呂氏王陵曰昔高祖云非劉
氏不王也呂氏不忱此則義形於色憤發於辭也言其一心事主志節不移故曰主亡與
亡也守其遺命不封呂氏可謂末命是期也　善曰漢書曰陵為人少文任氣好直言高后
欲立諸呂為王問陵陵曰高皇帝刑白馬而盟曰非劉氏而王者天下共擊之今王呂氏
非約也公羊傳曰孔父可謂義形於色矣主亡與亡已見任昉為范雲立太宰碑表絳
侯質木多略寡言銑曰此謂周勃也木素寡少也　善曰漢書曰周勃
為人木強敦厚論語摘輔曰子然公頎多畧曾是忠勇惟帝攸歎

平聲　濟曰曾則攸所也高祖每所歎曰勃為人有智勇安劉氏者必勃也　善曰漢書
曰始呂后問宰相高祖曰安劉氏者必勃也雲驚靈丘景逸上蘭
平代禽豨奄有燕韓良曰驚馳逸疾也雲馳景疾者言其用兵之疾
速也靈丘上蘭地名也代燕韓皆國名豨謂陳豨也勃禽殺陳豨於靈丘破燕王盧綰軍
於上蘭轉擊韓王信攻得雲中定鴈門此皆代地故曰平代也雲驚靈丘則禽豨是也景
逸上蘭與有燕同平代則與有韓不異也述三事而分為六是作者之詞重也　善曰
漢書曰陳豨反勃復擊豨靈丘破之斬豨定代郡九縣燕王盧綰反勃破綰軍上蘭定上
谷右北平遼西遼東寧亂以武斃呂以權滌穢紫宮徽
帝太原翰曰呂后崩呂祿呂產等欲危劉氏勃以權變之謀遂誅殺諸呂也滌穢
謂殺呂氏於帝宮若洗滌穢惡也太原謂代郡也勃既誅諸呂乃迎代王而立之寔為文

帝也 善曰漢書曰高后崩呂產秉權欲危劉氏勃與丞相平誅諸呂左傳欒桓子謂范宣子曰夫亂本權漢書曰勃已滅諸呂遂共迎立代王是為孝文皇帝勃曰臣無功請得除宮乃與太僕滕公入宮載少帝出乃奉天子法駕迎皇帝代邸張衡羽獵賦曰開閶闔兮紫宮

實惟太尉劉宗以安向曰惟是也勃為太尉時劉宗漢也 善曰漢書曰惠帝以勃為太尉安劉氏已見上文

挾功震主自古所難銑曰挾懷也言其挾定社稷之功震動君主自古所難為也 善曰漢書蒯通說韓信曰功略震主者身危

勳耀上代身終下藩濟曰勳功也言勃免相國出於下藩而薨也諸侯之國曰下藩即所封絳是也 善曰漢書上曰丞相朕所重其為朕率列侯之國乃免丞相就國薨

舞陽道迎延帝幽藪良曰此謂樊噲也初噲在沛蕭何使迎高祖立為沛公高祖嘗在澤中游故云迎帝幽藪也澤無水曰藪也 善曰漢書曰陳勝初起蕭何曹參使噲求迎高祖立為沛公范曄後漢書順帝詔曰張揖竄迹幽藪

宣力王室匪惟厥武摠干鴻門披闥帝宇聳顏誚項掩淚寤善本作悟字主翰曰摠猶執也干楯也言其非獨有武亦有善謀則高祖在鴻門獨與張良入羽營留飲范增欲謀殺高祖噲聞之事急執楯突入羽營是謂摠干鴻門也高祖病惡見人卧禁中詔門者無令羣臣入莫敢入者十餘日噲乃排闥直入見高祖是謂披闥帝宇也披則排也闥門也 向曰聳顏謂勇壯之色噲既執楯入項羽營而謂羽曰沛公先入定咸陽軍於霸上以待大王大王乃聽小人之言與沛公有隙臣恐天下解心疑大王也故云聳顏誚項誚責也項謂項羽也噲既排闥見高祖噲流涕曰始陛下與臣定天下何壯也今天下已定又何憊也且陛下病甚大臣震恐不與臣等計事陛下不見趙高之事乎帝乃笑而起故云掩淚寤主也寤謂覺其事也 善曰漢書曰項羽在鴻門亞父謀欲殺沛公樊噲聞事急乃持楯入曰沛公先入定咸陽以待大王大王聽小人之言與沛公有隙臣恐天下解心疑大王也項羽默然高祖嘗病惡見人卧禁中詔戶者無得入羣臣噲乃排闥直入流涕曰始陛下與臣等起豐沛定天下何其壯也今天下已定又何憊也高帝笑而起尚書帝曰余欲宣力禮記子曰揔干而山立武王事也班固漢書贊曰金日磾以篤敬悟主忠信自著

曲周之進于其哲兄俾率爾徒從王于征銑曰此謂酈商也兄謂食其言其因食其乃進用於高祖也初陳勝起兵商以數千衆屬高祖畧地故云俾率爾徒從王于征也俾使爾汝徒衆也 善曰漢書曰酈食其進其弟商使將數千人從沛公略地漢書谷永謝王鳳曰察父哲兄覆育子弟識無以加

振威龍脫善本作蛻字攄武墉善本作庸字城六

師寔因克荼禽黥濟曰龍脫地名墉城垣牆也燕王臧荼反商擊之於龍脫破之是謂振威又擊黥布攻其前垣破之是謂攄武攄猶用也寔是克勝禽殺也荼臧荼黥黥布也 善曰漢書曰燕王荼反商以將軍從擊荼戰龍蛻破荼軍音義或曰龍脫地名也漢書曰商又從擊黥布西陳以破布軍又曰布軍與上兵遇蕲西上乃壁庸城

酈展曰地名也

猗歟汝陰綽綽有裕良曰此謂夏侯嬰也猗美也綽裕言其才器寬也 善曰毛詩曰猗歟那歟又曰此令兄弟綽綽有裕

戎軒肇跡荷策來附翰曰戎軒兵車也肇始荷負也謂高祖初起時以嬰為太僕嘗奉車故云始跡也負策謂負鞭策以奉事也來附謂附高祖也 善曰漢書曰上降沛為沛公以嬰為太僕常奉車

馬煩轡殆不釋擁樹皇儲時乂平城有謀去聲協韻 向曰馬煩謂馬疲也乂懷也擇捨也京師人謂兒小兒

爲擁樹皇儲太子也則孝惠帝也持是又安也平城地名嬰從高祖擊項羽漢軍不利馳
去高祖馬疲羸棄孝惠與魯元公主嬰收載行高祖怒嬰嬰抱之不捨故云太子是安匈
奴圍高祖於平城嬰請徐行弩皆持滿外向高祖乃得脫是謂平城有謀也善曰漢書
曰嬰從擊項籍漢王不利馳去見孝惠魯元載之漢王急馬罷虜在兩兒棄之嬰常收載行
而擁樹晉灼曰今京師諺謂抱小兒爲擁樹漢書曰平城之難冒頓乃開一角高帝出欲馳
嬰固請徐行弩皆持滿外鄉卒以得脫潁陰鋭敏屢爲軍鋒奮
戈東城禽項定功良曰此謂灌嬰也銳精敏達也鋒謂爲先鋒也銑
曰項羽敗於垓下嬰追羽至東城共禽而殺之乃封侯定功也東城地名善曰漢書曰
項籍敗垓下去嬰追項籍至東城破之所將卒斬籍乘風藉響高步長
江收吳引淮光啓于東濟曰言嬰乘其風勢假藉聲譽乃渡江破

文選四十七　三十二

吳都定豫章會稽還定淮北遂大開東土也光大啓開也善曰漢書曰嬰渡江定吳還
定淮北呂氏春秋曰順風而呼聲乃加疾所因便也左氏傳宋向戌曰先啓寡君羣臣安
矣陽陵之勳元帥是承翰曰此謂傅寬也勳功也元大也大帥謂
曹參也言承奉大帥之令以定齊地遂封勳爵善曰漢書曰傅寬屬淮陰擊破齊歷下
軍屬丞相參殘博信武薄伐揚節江陵夷王殄國俾
亂作懲向曰此謂靳歙也從高祖擊項羽別定江陵也江陵郡名薄伐謂以義伐
敵克之易也銑曰夷平殄盡俾使懲止也言平定江陵禽其王盡得其國使亂者止也
善曰漢書曰靳歙別定江陵身得江陵王致雒陽上林賦曰揚節上浮毛詩曰戎狄是膺
荊舒是懲恢恢廣野誕節令圖進謁嘉謀退宮善本作守字
名都東規善本作窺字白馬北距飛狐即倉

敖庾據險三塗翰曰此謂酈食其也恢恢大也誕大節度令善圖謀也
向曰名都謂滎陽也食其勸高祖急收滎陽是也濟曰食其勸高祖守白馬之津距飛
狐之口據敖庾之粟也白馬津河也飛狐塞名也敖庾倉名三塗山名規守即誰也善
曰漢書曰漢王數困滎陽成皐計欲捐成皐以東屯鞏雒以距楚酈食其曰願足下急進
兵收取滎陽據敖庾之粟塞成皐之險杜太行之道距飛狐之口守白馬之津以示諸侯
形制之勢則天下歸矣老子曰天網恢恢班固漢書述曰陳陽誕節援在三哲尚書曰爾
有嘉謀嘉猷杜預左氏傳注曰三塗在河南陸渾縣南輶軒東踐漢風
載徂身死于齊非說之辜銑曰輶軒輕車也東踐謂東行向齊
也載則徂往也言漢之威風則往矣食其謂高祖曰方今唯齊未下臣請說齊王爲漢稱
東藩食其至齊齊王乃聽食其言不爲戰備韓信聞食其憑軾下齊七十城乃夜度兵襲

文選四十七　三十三

齊齊王以爲食其詐之乃烹之雖身死于齊非說辭不善之罪也善曰漢書曰燕趙已
定唯齊未下上使酈食其說齊王田廣以爲然罷歷下兵守備漢書曰韓信聞食下
齊乃襲齊王齊王田廣聞漢兵至以爲食其賣己乃烹食其我皇寔念言
祚爾孤翰曰我皇謂高祖也寔實祚福爾汝也言高祖實念其功封子疥爲高梁
侯此蓋福及其孤也善曰漢書曰高祖擧功臣思食其其子疥爲高梁侯建信
委輅胡格被褐獻寶良曰此謂婁敬也委棄輅庶車也婁敬本爲輓車
者乃棄車被褐衣以見高祖獻說令都長安可謂大寶也善曰漢書婁敬脫輅見虞將
軍曰臣願見上言便宜虞將軍欲與鮮衣敬曰臣衣帛衣帛見衣褐衣褐見不敢易衣虞
將軍入言於上上召見指明周漢銓時論道移帝伊洛
定都酆鎬向曰敬說高祖云周以積德於天下漢以兵取天下今欲都洛陽比

於周臣竊以為不當矣此則指明其事銓擇其道也高祖乃用敬策幸長安是謂移帝伊洛定都鄷鎬也伊洛東都二水名鄷鎬西京二水名也　善曰漢書婁敬謂上曰陛下取天下與周異而都雒陽不便不如入關據秦之固是日車駕西都長安班固漢書婁敬述曰發跡戍役夫還京定都聲類曰銓所以稱物也

柔遠鎮邇寔敬攸考濟曰安鎮遠近寔敬之所考安也　善曰毛詩曰柔遠能邇以定我王爾雅曰考成也

抑抑陸生知言之貫銑曰此謂陸賈也抑抑昂藏貌言賈善為言說也貫通也　善曰毛詩曰抑抑威儀維德之隅漢書武詔曰詩云九變復貫知言之選應劭曰言變政復禮合於先王舊貫選善也

往制勁越來訪皇漢翰曰制約也勁彊也皇大也高祖使賈往約南越王尉佗而賜之印初尉佗見賈頗有驕傲賈與之言尉佗蹶然而起謝賈稱臣受漢約而來歸漢之德也訪歸也　善曰漢書曰中國

初定尉佗平南越因王之高祖使賈賜佗印為南越王賈卒拜佗為南越王令稱臣奉漢約歸報高帝大悅爾雅曰訪謀也

附會平勃夷凶翦亂良曰平謂陳平勃謂周勃會猶接也謂其能安國家定社稷可以附接於陳周之間矣夷平翦伐也謂與陳周誅呂氏也　善曰漢書曰諸呂欲危劉氏陳平患之賈說平曰天下安注意於相危注意於將將相和天下雖有變權不分君何不交權太尉深相結平乃以五百金為絳侯壽太尉勃亦報如之則呂氏謀益壞及誅呂氏賈頗有力焉

所謂伊人邦家之彥向曰伊辭也伊人猶言此人也彥美也　善曰毛詩曰所謂伊人於焉逍遙又曰彼其之子邦之彥兮班固漢書王遵贊曰遵遵實封赴邦家之彥

百王之極舊章靡存銑曰此謂叔孫通也言漢承百王敝極之時而禮儀舊章皆無存者通乃復修之　善曰班固漢書曰漢承百王之敝典引曰彝倫斁而舊章缺

漢德雖朗朝儀則昏稷嗣制禮下肅上尊穆穆帝典煥其盈門風睎三代憲流後昆濟曰朗明昏暗也　翰曰漢拜通為博士號為稷嗣君也言其制禮儀下敬而上尊各有分也肅敬也　向曰穆穆美也煥盛也　良曰睎望也憲法也三代謂夏殷周也言所制禮儀之風睎望與三代同盛而法流於後嗣昆猶嗣也　善曰漢書叔孫通曰臣願徵魯諸生與臣弟子共起朝儀高帝曰得無難乎通曰臣願采古禮與秦儀雜就之上曰可其儀就皇帝輦出房諸侯王以下莫不震恐肅敬高帝曰今日知為皇帝之貴也劉秦義新曰帝典闕而不補毛詩曰韓侯顧之爛其盈門包咸論語注云三代夏殷周也尚書曰垂裕後昆

無知叡敏獨照善本作昭字**奇跡察侔蕭相貺同師錫**向曰此謂魏無知也叡明敏達侔比也貺猶慶也師猶衆也錫舉也言其明達獨有

奇跡謂薦陳平於高祖則亦比蕭何進用韓信而天下定慶同堯時衆舉舜而洪水理書云師錫帝曰有鰥在下曰虞舜　善曰蕭何進韓信無知進陳平故曰侔也漢書曰陳平降漢因魏無知求見漢王後上封平平曰非魏無知臣安得進上乃賞魏無知尚書師錫帝曰有鰥在下曰虞舜

隨何辯達因資於敵舒善本作紓字**漢披楚唯生之績**銑曰黥布本屬項羽則漢之敵也而何說之背項羽而歸漢乃定天下是因資於敵也舒成也披毀也楚則項羽也唯生之績謂唯何之功也生者有德之稱　善曰漢書曰漢王曰孰為我使淮南使之發兵背楚項王必留數月漢之取天下可萬全隨何曰臣請使之往說布布歸漢毛詩曰豐水東注維禹之績

皤音婆**董叟謀我平陰三軍縞素天下歸心**向曰此謂新成三老董公也皤皤老貌叟老也高祖度平陰津至洛陽董公遮道說高祖曰項

王無道放殺義帝天下之賊也大王三軍之士爲之縞素以此東伐因海莫不仰德也高祖善之遂爲義帝發喪軍士皆縞素素帛也言以素帛爲凶服也平陰津名　善曰漢書曰漢王南渡平陰津至洛陽新城三老董公遮說漢王曰項王無道放殺其主三軍之衆爲之素服東伐四海之內莫不仰德此三王之舉也漢王曰善於是爲義帝發喪兵皆縞素擊楚之殺義帝者論語素王受命讖曰河受圖天下歸心

袁生秀朗沈心善照漢旆南振楚威自撓奴教反大略淵回元功響效邈哉惟人何識之妙

良曰秀朗謂賢明也沈深也言其深心照見事理也向曰袁生謂高祖曰分諸將引入楚地而使自分兵相救而楚威權自然撓也撓亂也大旆旗也南振謂南入楚向曰言其大謀略如淵回之深大功如響應之速效猶應也邈遠也惟人猶此人也　善曰漢書曰袁生說漢王曰願君

文選四十七　三十六

出武關項王必引兵南走王深壁令滎陽成皋間且得休王乃復走滎陽如此則楚所備者多力分漢得休復與之戰破楚必矣漢王從其計出軍宛葉間羽聞漢王在宛果引兵南　漢書司馬遷述曰大略孔明史記太史公曰淮祖元功輔臣股肱

紀信誑項軺以焦軒是乘攝齋即夷赴節用死孰懲身與煙消名與風興

翰曰項羽急攻滎陽漢計無所出紀信曰事急矣臣請誑楚可以間出信乃乘王車服王衣詐爲高祖降項羽以此高祖得與數十騎出矣項羽遂燒殺信軺輕車也攝齋摳衣也謂高祖所服衣也懲恐也言其忠勇是用死節誰復恐懼雖身隨煙而滅忠烈之名與風興也　善曰漢書曰項羽圍漢王滎陽將軍紀信曰事急矣臣請誑楚可以間出紀信乃乘王車黃屋左纛曰食盡漢王降楚皆之城東觀以故漢王得遯羽見紀信問漢王安在曰已出去矣羽燒殺信語論曰攝齋升堂

周苛慷慨善本作慷字心若懷冰形善本作刑字可以暴志不可陵善本作陵字

壯良曰暴露也言其壯志見於外也陵欺也高祖令苛守滎陽城項羽破之苛罵羽曰若不趍降漢今爲虜矣羽怒烹苛也　善曰應劭風俗通曰言清高如氷之絜漢書曰楚圍漢王滎陽急漢王出去而使苛守滎陽楚破滎陽欲令苛降苛罵曰若趣降漢王不然今爲虜矣項王怒烹苛

貞軌偕沒亮跡雙升帝疇爾庸後嗣是膺

向曰軌跡亮信升高疇誰庸用膺當也言紀信周苛忠貞之節俱沒於項羽勇壯之迹雙高也高祖念此二人已死誰可封後乃後嗣以當也謂高祖封紀信子通爲襄平侯周苛子成爲高平侯　善曰謝承後漢書黃向對策曰雷陳義重出則雙升漢書曰苛子成以父死王事封爲高景侯又曰襄平侯紀通尚符節張晏曰紀信子也晉灼曰紀信焚死不見其後功臣表曰襄平侯紀通父成以

文選四十七　三十七

將軍從定三秦死王事子侯然則通非信子也檥之此言與晏同誤也

天命善本作地守

雖順王心有違懷親望楚永言長悲侯公伏軾皇媼烏老來歸是謂平國寵命有輝

銑曰王心有違謂高祖父母並爲項羽軍所執也高祖懷思長悲侯公爲高祖往說羽父母皆得歸漢封侯公爲平國君云寵命有輝也伏軾謂乘車而往也皇謂高祖父也高祖即位爲太上皇媼謂高祖母也女老曰媼此上三十一人頌畢此下摠述其事也　善曰毛詩曰行道遲遲中心有違漢書曰漢遣陸賈說羽請太公羽弗聽漢復使侯公說羽羽歸太公媼漢書項羽傳曰歸漢王父母妻子漢書音義曰媼母別名也楚漢春秋曰上欲封侯公匿不肯復見曰此天下之辯士所居傾國故號平國君

震風過物清濁效響

翰曰言風動過於萬物之中無清濁皆應聲響亦如功臣各效其才以成

大業善曰文子曰昔堯之治天下也舜為司徒契為司馬禹為司空后稷為田疇奚仲為工師是以離叛者寡聽從者衆若風之過蕭忽然感之各以精濁應物也大人于興利在攸往濟曰大人君子也利在攸往言君臣相應所往則利也善曰周易曰巽小亨利有攸往利見大人弘海者川崇山惟壤向曰弘大崇高壤土也海所以大者衆川成之山所以高者積土成之言帝王成功亦須衆賢成之也善曰管子曰海不辭水故能成其大山不辭土故能成其高明主不厭人故能成其衆韶濩錯音袞龍比象良曰韶舜樂名濩湯樂名錯雜也天下既平功成作樂之義也袞龍謂王者之服也比象者謂色備也謂高祖居尊位備禮儀也善曰漢書曰舜作韶湯作濩周禮王之吉服享先王即袞龍衣也左傳曰臧哀伯曰五色比象昭其物也明明衆哲同濟天綱向曰哲智也同濟天綱謂

文選四十七　三十八

同濟天下離亂若整綱紀網羅也善曰毛詩曰明明魯侯崔寔本論曰舉彌天之網以羅海內之雄劒宣其利鑒獻其朗翰曰宣用也鑒鏡朗明也言羣臣如用劒之利以斷割事務如獻鏡之明以照察事理也善曰廣雅曰鑒照也鑑之謂之鏡文武四充漢祚克廣向曰衆賢文武之道四方充滿故漢祚能廣也克能也善曰尚書曰光被四表孔安國曰光充也充溢四外也毛詩曰克廣德心悠悠遐風千載是仰

贊

東方朔畫贊一首并序

夏侯孝若銑曰臧榮緒晉書云夏侯湛字孝若譙國人也美容儀才華富盛早有名譽與潘岳友善時人謂之連璧為散騎常侍此贊為當時所重善曰臧榮緒晉書曰夏侯湛字孝若譙國人才華富盛早有名譽為散騎常侍卒

大夫諱朔字曼倩平原厭琰次人也良曰朔為太中大夫善曰漢書曰朔為太中大夫又曰字曼倩平原厭次人漢書地理志無厭次縣而功臣表有厭次侯爰類疑地理誤也魏建安中翰曰建安年號也善曰范曄後漢書曰獻帝改興平三年為建安元年今云魏疑誤也分厭次以為樂陵郡故又為郡人焉向曰又為樂陵郡人也善曰漢書平原郡有樂陵縣也事漢武帝漢書具載其事先生瓌瑋博達思周變通以為濁世不可以富樂善本作貴也故薄游以取位銑曰濁世謂武帝奢侈無度故薄游以取下位

文選四十七　三十九

善曰家語孔子曰老聃博古而達今王肅曰博達古今而好道向易曰化而裁之謂之變推而行之謂之通又曰變通者趣時者也王逸楚辭序曰不忍以清白久居濁世苟出不可以直道也故頡頏以傲善本從心世向曰苟出謂且隨其事勢亦不可以直道言非用直時也頡頏自縱貌傲慢也善曰論語曰直道而事人解嘲曰鄒衍以頡頏而取世資傲善本從心世不可以垂訓也故正諫以明節良曰又以傲慢理不可垂教後人故直諫武帝以明其大臣節也善曰家語南宮叔曰孔子作春秋垂訓後嗣班固漢書贊曰朔正諫似直明節不可以久安也故詼苦回諧以取容翰曰正諫恐禍及身故不可久為也詼諧取容謂戲弄以悅主上之容也善曰班固漢書贊曰朔詼諧逢占其事浮淺字書曰詼啁也孔安國尚書傳曰諧和也史記太史公曰王前

偷合取容絜其道而穢其跡向曰言志清而為穢跡以混於俗使人不
知也善曰班固漢書贊曰朔穢德似隱清其質而濁其文銑曰質謂
天性文謂外飾亦所以亂俗而隱也弛張而不為邪進退而不
離羣向曰弛張猶褰榮也羣道也善曰禮記孔子曰一張一弛文武之道鄭玄曰
張弛以弓弩喻人也班固漢書東方朔述曰弛張沈浮周易曰上下無常非為邪也進退
無常非離群也若乃遠心曠度贍智宏材良曰曠寬贍多宏大
也善曰揚子雲解嘲曰雖其人之贍智倜天力儻博物觸類多能
翰曰倜儻謂奇才也善曰史記曰魯仲連好奇偉俶儻之畫策左氏傳晉侯聞子產之
言曰博物君子也周易曰觸類而長之論語太宰曰夫子聖者與何其多能也合變
以明筭善本作筭字幽贊以知來向曰合道通變在於妙筭幽通

文選四十七　四十

神明知其來事贊猶通也善曰周易曰夫爻者何也言爭變者也又曰幽贊於神明而
生蓍又曰神以知來智以藏往自三墳五典八索九丘陰陽
圖緯之學百家衆流之論銑曰圖緯謂圖讖天文也善曰左
氏傳曰左史倚相趍過王曰是良史也能讀三墳五典八索九丘漢書曰陰陽家流者蓋
出於羲和之官圖河圖也緯五緯也謝承後漢書曰尨明圖緯百家衆流已見任昉策秀
才文周給敏捷之辯支離覆逆之數濟曰又有疾慧之辯
支離卜也覆謂射覆逆謂逆剌豫知前事以數術也善曰莊子曰支離疏鼓策播精足
以食十人糈音所漢書曰上嘗使諸數家射覆不能中朔射之連中輒賜帛逆逆剌也
經脉藥石之藝射御書計之術向曰計數也善曰漢書
醫經者原人血脉經絡而用度箴石湯火之所施調百藥齊和之所宜周禮曰六藝禮樂

射御書數也乃不善本無不字研精而究其理不習而
盡其功良曰究盡也言皆不常習而自盡其妙理謂天性而知也善曰孔安國
尚書傳序曰研精覃思周易曰不習無不利經目而諷於口過耳
而闇於心翰曰言諸術皆纔經於目則諷誦不忘近過於耳而闇藏於心謂明
惠也善曰孔融薦禰衡表曰目所一見輒誦於口耳所暫聞不忘於心夫其明
濟開劃呼括包含弘大陵善本作夌字轢歷卿相嘲
善本從言哂豪傑向曰陵犯轢踐也嘲哂謂戲弄也籠罩靡前跆
臺藉貴勢銑曰謂豪傑之人所懼憚無敢前輿之通言者朔皆籠罩在於心曾
也跆籍猶踐暴也言不畏貴勢之士也靡無也善曰漢書曰張楚並興兵相跆籍蘇林
曰跆音臺鄧展曰蹋也出不休顯賤不憂慼善本作慼字濟曰

文選四十七　四十一

出進也言進入於仕不求其榮貧賤亦不憂也慼亦憂也戲萬乘若寮友
視儔列如草芥良曰萬乘天子也儔列謂同類者草芥賤之物也善
曰十洲記曰朔弄萬乘傲王公孟子曰天下大悅而將歸己視之如草芥雄節邁
倫高氣蓋世翰曰言英雄之節過人蓋世謂最高也邁過也善曰漢書項
羽歌曰力拔山兮氣蓋世可謂拔乎其萃游方之外者也
善本作已向曰言其才器超拔群類遊於常俗之外也萃類也方常也善曰孟子曰
聖人之於民亦類也出於其類拔於其萃自生民以來未有盛於孔子也莊子曰子桑戶
孟子反子琴張三人相與友子桑戶死未葬孔子聞之使子貢往待事焉或編曲或鼓琴
相和而歌子貢趍而進曰敢問臨尸而歌禮乎二人相視而笑曰是惡乎知禮意子貢反
以告孔子孔子曰彼遊方之外者也而丘也遊方之內者也司馬彪曰方常也言彼遊心

於常教之外也談者又以先生嘘虛居吸許急沖和吐故納新蟬蛻龍變棄俗登仙銑曰嘘吸謂吹欲也沖和謂真氣也吐故謂吐其濁氣納新謂得其清氣皆言養形存神也濟曰蟬蛻謂脫殼出其身龍變謂解其骨而騰形棄俗登仙有如此者善曰莊子曰吹呴呼吸吐故納新此導引之士養形之人也淮南子曰至人蟬蛻蛇遊忽然入冥史記趙高曰聖人龍變而從之列仙傳曰東方朔武帝時爲郎宣帝時棄去後見會稽神變善本作交造化靈爲星辰向曰俗謂朔爲太白星精善曰淮南子曰大丈夫恬然無爲與化道遙高誘曰造化天地也應劭風俗通曰東方朔是太白星精黃帝時爲風后堯時爲務成子周時爲老聃在越爲范蠡在齊爲鴟夷子言其變化無常也此又奇怪惚怳不可備論者也良曰惚怳謂幽微也大人來守此國向曰大人

謂湛父爲樂陵郡守善曰此國謂樂陵也其父爲樂陵郡守史傳不載難得而知也僕自京都言歸定省翰曰謂湛覲省於父善曰京都洛陽也毛詩曰言告言歸禮記曰凡爲人子之禮昏定而晨省覩先生之縣邑想先生之高風徘徊路寢見先生之遺象善作像字濟曰路寢謂廟也遺象謂所畫形象也善曰楚辭曰馮翼遺像何以識之逍遥城郭觀先生之祠宇銑曰逍遥謂徘徊也祠宇亦廟也慨然有懷乃作頌焉翰曰慨然猶悵然也其辭曰

矯矯先生肥遁居貞向曰矯矯高貌肥猶樂也遁隱貞正也言其樂隱於俗而居其正道善曰矯矯輕舉之貌也毛詩曰矯矯武臣周易曰肥遯無不利又曰居貞之吉順以從上也退不終否進不善本作亦字避榮銑曰

退無慍色故不終否謂志不通也善曰周易曰物不可以終否故受之以同人臨世濯足希古振纓良曰臨世而隱如古之漁父濯足振纓也言隨時清濁以隱於俗也振亦濯也希望濯洗也善曰楚辭曰漁父歌曰滄浪之水清可以濯我纓滄浪之水濁可以濯我足涅而無滓既濁能清翰曰涅黑泥也滓穢也言其在俗混道自高如在涅中而無穢汙外行則濁中志能清也善曰論語子曰涅而不緇老子曰孰能濁以靜之徐清淮南子曰濁而徐清冲而徐盈無滓伊何高明克柔濟曰伊惟克能也疊上句以自問無滓穢惟何也則高明能爲柔道善曰尚書曰沉潛剛克高明柔克能清伊何視汙若浮銑曰此亦疊上辭也言其視汙濁之理若清也謂不以爲恥也絲猶清也善曰班固東方朔述曰懷肉汙殿弛張沉浮在樂善本作樂在必行處淪善本作儉字

罔憂銑曰處樂時必行樂在沉淪時則無憂言知其時也罔無也善曰周易曰樂則行之憂則違之跨世陵善本作淩字時遠蹈獨游向曰跨越也蹈步也瞻望往代爰想遐蹤良曰言湛思往代之事於是想朔遠跡也爰於也蹤跡也邈邈先生其道猶龍向曰邈邈遠也猶龍謂如龍變化屈伸小大不常也善曰莊子曰孔子見老聃而弟子問曰夫子見老聃亦何規哉孔子曰吾乃於是乎見龍合而成體散而成章乘乎雲氣而養乎陰陽余口張而不能嗋予有何規於老聃哉染跡朝隱和而不同良曰染近於俗塵跡於朝與俗和光而不同其道也善曰史記東方朔曰如朔所謂避俗於朝廷間也論語子曰君子和而不同棲遲下位聊以從容濟曰下位謂朔爲太中大夫也善曰毛詩曰或棲遲偃仰孟子曰居下位而不獲於上不可得而治也尚書曰寬

而有制容以和從我來自東言適茲邑銑曰湛自言從東來也茲邑謂樂陵郡也善曰茲邑謂樂陵也毛詩曰我來自東零雨其濛爾雅曰適往也敬問墟墳企佇原隰向曰企佇謂望立也高平曰原下濕曰隰也謂朔故居丘墓之處善曰王仲宣贈蔡子篤詩曰允企伊佇墟墓徒存精靈永戢良曰戢藏也民思其軌祠宇斯立翰曰下人思其軌則立祠廟於此也徘徊寺寢遺象善本作像字在圖向曰寺司也言其有官司主其寢廟也圖畫也周遊善本作旋字祠宇庭序荒蕪銑曰東西廂曰序善曰爾雅曰東西牆謂之序榱棟傾落草萊弗除良曰榱椽也萊蒿也善曰呂氏春秋曰農夫弗除肅肅先生豈焉是居濟曰肅肅清貌言其豈於此居是居弗形悠悠我精善本從心翰曰言不見朔真形使我悠悠遠思也精猶思也善曰悠悠已見上文昔在有德罔不遺靈向曰自古有德之人無不遺其神靈以示後代天秩善本作袟字有禮神監孔明銑曰秩次也言天下之次序有祀祭之禮則神監其忠信甚可明也善曰尚書咎繇曰天秩有禮自我五禮五庸哉毛詩曰祀事孔明髣髴善本作彷彿風塵用垂頌聲良曰言髣髴聞其高風清塵故此用垂頌聲也

文選四十七　四十四

三國名臣序贊一首

袁彥伯濟曰檀道鸞晉陽秋云袁宏字彥伯陳郡人也為東郡守

三國魏吳蜀也名臣謂有賢才立功業垂名於後代者也序贊者言并序也善曰檀道鸞晉陽秋曰袁宏字彥伯陳郡人為大司馬府記室參軍稍遷至吏部郎出為東陽郡守卒

夫百姓不能自治故立君以治之善曰漢書成帝詔曰天生衆民不能相治為之立君以統理之明君不能獨治則為臣以佐之善曰墨子曰王者同天之義是故選擇賢者立為天子天子以其知力為未足獨治天下是以選擇其次立為三公然則三五迭隆歷世承基翰曰三皇五帝更遞興盛雖歷代而後帝王必繼其道也善曰史記楚子西曰孔丘述三五之法明周邵之業西京賦曰若歷世而長存又曰繼體承基揖讓之與干戈文德之與武功向曰舜禹揖讓文從以興湯武干戈武功以取言各異道也善曰孔叢子曾子謂子思曰舜禹揖讓湯武用師非相詭乃時也尚書武王曰稱爾戈比爾干宋均樂動聲儀注曰武象象伐時用干戈也莫不宗

文選四十七　四十五

匠陶鈞而羣才緝熙銑曰宗本也匠制也陶鈞造化也緝明熙廣也善曰鄧析子曰聖人逍遙一世間宰匠萬物之形漢書鄒陽上書曰聖王制世御俗獨化於陶鈞之上音義曰陶家名模下圓轉為鈞毛詩曰維清緝熙元首經略而股肱肆力向曰元首君也經略營也股肱臣也肆陳也善曰尚書咎繇歌曰元首明哉股肱良哉雖善本無雖字遭離不同且善本無且字跡有優劣良曰遭離猶逢遇也言揖讓干戈所遇時亦不同而跡有優劣也善曰王命論曰遭遇異時禪代不同孝經鉤命決曰但在隆平優劣殊跡至於體分冥固道契不墜風靡所扇訓革千載其揆一也翰曰至於為君之體為臣之分宜應之理堅固道合之義不墜皆風靡振於後代雖訓教改於千載其理天下一也契合扇振革改揆理也善曰言至於君臣之體分

（既固於寘兆上下之契亦存而不墜蒼頡篇曰華戒也孟子曰先聖後聖其揆一也）故二八升而唐堯（善本作朝字）盛伊呂用而湯武寧（銑曰舜舉八元八愷用之於堯時也成湯得伊尹武王得呂望而社稷安也　善曰二八謂八元八凱也伊伊尹也呂呂望也）三賢進而小白興五臣顯而重耳霸（向曰三賢謂管仲鮑叔隰朋也小白齊桓公名良曰五臣謂趙衰先軫魏武子賈佗狐偃也重耳晉文公名也善曰三賢管仲鮑叔牙隰朋也五臣狐偃趙衰顛頡魏武子司空季子）中古陵（善本作凌字）遲斯道替矣（翰曰替廢也）居上者不以至公理物為下者必以私路期榮（向曰謂私行請託以求其官榮）御圓（善本作員字）者不以信誠率衆執方者必以權謀自顯（翰曰圓天也謂君也）

文選四十七　四十六

（言君御下不信於中誠也率理也向曰方地也謂臣也言臣事上必弄威權以為詐謀而求榮也　善曰呂氏春秋曰天道圓地道方聖人之所以立上下主執圓臣處方方圓不易國乃昌高誘曰上君也下臣也）於是君臣離而名教薄世多亂而時不治故蘧寗以之卷舒柳下以之三黜（銑曰蘧伯玉邦有道則仕無道則隱寗武子邦有道則智無道則愚此則卷舒也卷謂退舒謂進也時　濟曰柳下惠為士師三黜而無慍色知其時不可也黜退也　善曰論語子曰君子哉蘧伯玉邦有道則仕邦無道則卷而懷之又曰寗武子邦有道則智邦無道則愚　又曰柳下惠為士師三黜之）接輿以之行歌魯連以之赴海（良曰楚狂接輿不仕於時常行歌云鳳兮鳳兮何德之衰則知其時無明君也田單欲與魯連爵連乃辭隱於海上為時之無道也　善曰論語楚狂接輿歌而過孔子史記曰魯連子下聊城田單歸而欲爵之魯連逃隱於海上）衰世之中保持明（善本作名字）節君臣相體若合符契則燕昭樂毅古之流也（向曰燕昭王與樂毅相得上下不疑故立大功　善曰魏志董昭謂太祖曰明公樂保名節論語比兮識曰君子上達與天合符劇秦美新曰迪合靈契史記曰樂毅賢好兵燕昭王使於燕燕昭王以客禮待之樂毅遂委質為臣燕王以為亞卿）夫未遇伯樂則千載無一驥（向曰伯樂善相馬者驥良馬也言不遇相馬者千年不得一良馬不遇明主而賢亦無人知也　善曰戰國策楚客謂春申君曰昔者騏驥駕鹽車上吳坂遷延負轅而不能進見伯樂仰而鳴之知伯樂知己也）時值龍顏則當年控三傑漢之得材於斯為貴（銑曰龍顏漢高祖也言時逢漢祖則當年周其三傑也張良蕭何韓

文選四十七　四十七

信謂之三傑高祖自言此三人者皆人傑也吾能用之控猶用也　善曰漢書曰高祖隆準而龍顏應劭曰顏額顙也漢書上曰夫運策於帷帳之中決勝於千里之外吾不如子房鎮國家撫百姓給饋餉不絶糧道吾不如蕭何連百萬之軍戰必勝攻必取吾不如韓信此三者皆人傑也）高祖雖不以道勝御物羣下得盡其忠（向曰道勝謂以道御物勝征伐也羣下盡忠謂言必用計必從也）蕭曹雖不以三代事主百姓不失其業（良曰蕭曹謂蕭何曹參也三代夏殷周也言雖才不及三代之臣而百姓不失其業）靜亂庇人抑亦其次（翰曰言蕭曹佐高祖靜息禍亂庇育生人抑亦次三代之君臣也　善曰左氏傳宰孔謂晉侯曰君務靜亂無勤於行又劉子謂趙孟曰盍遠續禹功而大庇民論語子曰抑亦可以為次也）夫時方顛沛則顯不如隱（向曰顛沛

謂亂也君子當亂代見身則不如隱也恐遇害也萬物思治則黙不
如語向曰理萬物當作法教垂其禮制故尚語不尚黙也善曰毛詩序曰下象思
治也周易曰君子或黙或語是以古之君子不患弘道難
遭時難遭時不善本作匪字難遇君難向曰不患廣道爲難
遭平時爲難也銑曰遭平時亦不足爲難逢遇明君是爲難也善曰論語子曰人能
弘道非道弘人莊子謂魏王曰士有道德而衣弊履穿此所謂非遭時者也文子老子曰
欲治之主不世出可與之臣不萬一以不世出求不萬一此至化所以千載不一也故
有道無時孟子所以咨嗟有時無君賈生所
以垂泣濟曰言有佐君之道無其時者謂無明君也孟子云雖有鎡基不如待時
此謂咨嗟良曰有時無君謂承平之代無明上也賈誼上書云臣竊爲事勢可流涕故

文選四十七　四十八

云垂泣善曰孟子曰齊人有言雖有智慧不如乘勢雖有鎡基不如待時漢書賈誼上
疏曰臣竊惟事勢可爲流涕者二夫萬歲一期有生之通塗
翰曰有生謂生人也善曰桓子新論曰夫聖人乃千載一出然此文云萬歲一期蓋甚
言之以避下文也莊子曰萬世之後而一遇大聖知其解者是旦暮遇之也千載
一遇賢智之嘉會向曰嘉善也善曰東觀漢記太史官曰耿況彭寵
俱遭際會順時承風列爲藩輔忠孝之策千載一遇也傅奕論曰誠千載之嘉會百世之
良遇也周易曰亨者嘉之會也遇之不能無欣喪之何能無
慨銑曰慨數也慨古人之言信有情哉余以暇日常
覽國志濟曰志謂三國志也考其君臣比其行事雖道
謝先代亦異世一時善本有也各得一時之宜良曰文若

懷獨見之明而有救世之心向曰魏臣荀或字文若也善
曰文子曰必有獨見之明然後能擅道而行左氏傳子産曰吾以救世論時則
民方塗炭計能則莫出魏武向曰天下禍亂人如在塗泥炭
火之中言文若所能則不過魏武帝也善曰尚書曰有夏昏德民墜塗炭故委
面霸朝豫議世事銑曰委質北面以事魏朝舉才不以標
鑒故久之而後顯濟曰言或舉賢良用之於朝不自出標眩爲已明鑒
故久而蓋明也籌畫不以要功故事至而後定良曰要功
謂貪功也言畫籌策不貪爲己功故有事至其所主而後定也雖亡身明順
識亦高矣向曰或有直言於太祖太祖恨之飲藥而死是亡身也欲匡漢室故
云明順也董卓之亂神器遷偪善本作逼神器帝位也向曰時卓

文選四十七　四十九

偪遷獻帝於長安也善曰老子曰天下神器不可爲也爲者敗之公達慨然
志在致命銑曰荀攸字公達慨然壯勇貌言公達見獻帝危故志在致其命以
匡漢室也善曰論語子張曰士見危致命由斯而談故以大存
名節向曰言荀攸存其名節也至如身爲漢隷而跡入魏
幕濟曰隷官也軍府曰幕源流取善本作趣字舍其亦文若
之謂良曰源流謂本也取舍謂進退也言攸之本志匡漢亦與荀或同也所以
存亡殊致始終不同將以文若既明且哲善本
無且哲名教有寄乎翰曰謂其與或志同或則死矣而攸則存焉是爲殊
致而不同也哲智也言名教忠貞寄在此二子之身善曰言文若殉身既明仁義之道
且寄迹於名教之地也夫仁義不可以善本無以字不明則

時宗舉其致向曰宗尊也致理也言仁義既明則時人尊舉其妙理篡而行之謂荀彧善曰莊子曰仁義已明而分守次之生理不可以善本無以字不全故達識攝其契銑曰攝行契義也言全生以匡時難故達識君子行其義事也善曰鵩鶡賦曰生生之理足矣相與弘道豈不遠哉良曰言二荀相與廣此匡道豈不深遠哉弘廣也善曰弘道已見上文崔生高朗折而不撓向曰崔琰也亦魏臣也朗明折勇撓曲也善曰管子曰夫玉溫潤以澤仁也折而不撓勇也所以策名魏武執笏霸朝者蓋以漢主當陽魏后北面者哉濟曰言琰有高明勇直之志義心匡漢所以策名入仕蓋為漢主當位魏君北面為臣不然則不苟求於魏氏也霸朝謂漢也陽君位也后謂君也善曰鍾會與吳主書曰執笏之心載在名策左氏

傳武子曰諸侯朝正於王王宴樂之於是乎賦湛露則天子當陽諸侯用命也禮記曰君之南鄉荅陽之義也臣之北面荅君也若乃一旦進璽君臣易位則崔子所以善本無以字不與魏武所以善本無以字不容良曰璽謂國璽也君臣易位謂魏武欲取漢位也崔子不與謂琰不許也太祖以琰有怨謗之詞遂賜死此則崔子不許而魏武所不含容者也與許也善曰漢書曰羣臣謹奉天子璽符紱王遂即天子位夫江湖所以濟舟亦所以覆舟仁義所以全身亦所以亡身銑曰仁義人之本故曰全身今琰以義見禍是所以亡身也如江湖濟舟亦所以覆舟也善曰孫卿子孔子曰君者舟也人者水也水則載舟亦能覆舟然而先賢玉摧於前來哲攘袂於後豈非天懷發中而名教

束拘善本作物字者乎翰曰言先賢謂古者忠義之士言以義見亡如玉之摧碎也來哲謂後智也亦以仁義舉袂而怒又以亡矣豈非自出天性之懷發於中心而名教拘束使至於此也善曰仁義已見上文漢書公孫玃曰攘袂而正議者獨大王耳孔明盤桓俟時而動遐想管樂遠明風流向曰蜀相諸葛亮字孔明也盤桓未進時也俟待也亮未見用之時每自比才如管仲樂毅故遠知此二人高風流於前代可師而行善曰蜀志曰諸葛亮每自比於管仲樂毅時人莫之許也唯博陵崔叔平潁川徐元直與亮友善謂為信然周易曰君子藏器於身待時而動琴賦曰體制風流莫不相襲治國以禮民無怨聲刑罰不濫沒有餘泣銑曰謂亮死國人皆泣也沒死也善曰論語曰為國以禮孝經援神契曰得萬國之懽心人說喜無怨聲蜀志曰廖立為長水校尉誹謗先帝於

是廢立為庶人徙汶山郡聞諸葛亮卒垂泣曰吾終為左衽矣左氏傳聲子曰善為國者賞不僭而刑不濫雖古之遺愛何以加茲善曰左氏傳曰子產卒仲尼聞之出涕曰古之遺愛也及其臨終顧命善本作託字受遺作相劉后授之無疑心武侯受善本作慶字之無懼色繼體納之無貳情百姓信之無異辭君臣之際良可詠矣翰曰先主臨終顧託後事於亮亮受遺詔輔佐後主先主授之不疑於亮亮受之又無懼色此君臣不猜疑阻也劉后先主武侯亮也向曰先主勅後主云汝與丞相從事如事父後主納亮之義無猜貳之情繼體謂後主言此君臣之間實可讚詠也際間良實也善曰蜀志曰先主於永安病篤召亮成都屬以後事謂亮曰若嗣子可輔輔之如其不才君可自取亮涕泣曰臣不敢竭股肱之力繼之

以死又勅後主汝與丞相從事事之如父尚書曰成王將崩作顧命班固漢書述曰博陸堂堂受遺武皇春秋元命苞曰繼體守文之君不害聖人之王公瑾卓爾逸志不羣銑曰吳將周瑜字公瑾卓爾高貌揔善本作總字角料主則素契於伯符良曰揔角謂童子之髻也料度也孫策與瑜同年少小揔角之時常友善升堂拜母相度以義心合於策也伯符策字素循心也契合也善曰吳志曰孫策字伯符江表傳策令曰周公瑾與孤有總角之好骨肉之分毛詩曰總角丱兮晚節曜奇則參分於赤壁翰曰晚節謂壯年也曜奇謂用兵奇策也參分謂參與分職於軍事事赤壁江陵江口山名謂瑜將兵破曹公軍於赤壁善曰吳志曰曹公入荆州權遂遣周瑜與備幷力逆曹公遇於赤壁初一交戰曹軍敗退惜其齡促志未可量濟曰言瑜早卒故惜其年促其志深遠未可測

文選四十七　五十二

量也善曰吳志曰瑜還江於道疾卒時年三十六子布佐策致延譽之美良曰張昭字子布亦吳臣也佐策謂輔佐立計策也善曰國語曰使張老延君譽于四方輟哭止哀有翼戴之功向曰孫策臨終以弟權託於昭昭率羣臣立而輔之權悲哭未視事昭謂權曰方今天下鼎沸何得伏哀感以肆匹夫之情乎權乃止陳兵而出翼戴謂輔佐也善曰吳志曰策薨以事授權權哭未及息張昭謂權曰孝廉此寧哭時耶乃扶權上馬使出巡軍士左氏傳叔向謂宣子曰文之伯也翼戴天子神精所涉豈徒謇善本作蹇字愕五各而已哉銑曰謇正愕直也善曰周易曰王臣蹇蹇匪躬之故史記趙良謂商君曰千人之諾不如一士之諤諤東觀漢記戴憑謝上曰臣無蹇諤之節而有狂瞽之言字書曰諤直言也然而杜門不用登壇受譏向曰昭以諫權不許稱尊號權不聽

遂稱疾不朝權恨之以土塞其門昭又於內以土封之及權登壇即尊位會百官昭舉笏欲贊功德昭未及言權曰如用張公計今已乞食矣昭大慙伏地流汗此謂受譏也杜塞也善曰吳志曰權以公孫淵稱藩遣張彌至遼東拜淵爲燕王昭諫權不聽昭忿言不用稱疾不朝權恨之土塞其門昭又於內土封之江表傳曰權既即尊位請會百官歸以功周瑜昭舉笏欲褒贊功德未及言權曰如張公計今已乞食矣昭大慙伏地流汗然而登壇即位之時也夫一人之身所昭善本作照字未異而用捨善本作舍字之間俄有不同況沈跡溝壑遇與不遇者乎向曰初昭之用也委以內外文武之事及其不用有此譏辱此則一人之身好惡所明亦未異也而用之則延譽捨之則譏辱須臾之間何其不同況沈棄於溝壑遇時與不遇也善曰論語子曰用之則行舍之則藏漢書高祖功臣頌曰沈

文選四十七　五十三

跡中鄉孟子曰志士不忘在溝壑漢書曰揚雄以爲遇不遇命也夫詩頌之作有自來矣向曰有自古來也善曰家語孔子曰諸侯之有冠禮有自來矣或以吟詠情性或以述德顯功雖大旨同歸所託或乖銑曰雖詩頌大意同歸其理所託之事或有乖異善曰子夏毛詩序曰國史明乎得失之迹以吟詠情性以風其上頌者美盛德之形容以其成功告於神明者也若夫出處有道名體不滯良曰君子或出或處各得其道出則進忠於君處則固節自守故曰名體不滯也風軌德音爲世作範不可廢也濟曰言古人善風高跡著其德音爲天下作法度者不可廢而不述故復撰序所懷善本有以字爲之贊云魏志九人蜀志四人吳志七人荀彧字文若諸葛亮字孔明周瑜字公瑾荀攸字公達龐統字士元

張昭字子布袁煥字曜卿蔣琬字公琰魯肅字子敬崔琰字季珪黃權字公衡諸葛瑾字
子瑜徐邈字景山陸遜字伯言陳羣字長文顧雍字元歎夏侯玄字泰初虞翻字仲翔王
經字承宗陳泰字玄伯

火德既微，運纏大過。平聲協韻向曰火德漢也易大過卦云大者
過也本末弱也言漢德既微本末復弱善曰火德謂漢也班固漢書高紀贊曰旗幟尚
赤協于火德周易曰大過大者過也

洪飈扇海，二溟揚波。銑曰洪大
飈風扇動也二溟謂南溟北溟皆海也揚波以諭大亂也善曰揚波喻亂也

虬善本作蚪字虎雖驚，風雲未和。向曰虬龍也雲從龍風從虎言未和者君
臣未相應合也言驚者動而求應也善曰周易曰雲從龍風從虎

潛魚擇淵，高鳥候柯。翰曰言臣之求君如游魚之擇淵飛鳥之求柯條者也潛游也高飛
也候求也善曰周書曰美士者飛鳥歸之藪於天魚鼈歸之沸於淵左氏傳曰仲尼
曰鳥則擇木木豈能擇鳥

赫赫三雄，並迴乾軸。良曰赫赫盛貌三雄
謂三國之主也乾天也言其競天下若運轉天軸萬物震動也善曰潘岳為賈謐贈陸
機詩曰三雄鼎足

競收杞梓，爭采松竹。向曰杞梓木之良材也松
竹貞堅也並比於賢人也言三國之君競收采賢士也善曰國語聲子謂子木曰若杞
梓皮革楚實有之韋昭曰杞良才也孫子曰真人在冬則松竹也

鳳不及棲，龍不暇伏。谷無幽蘭，嶺無亭菊。銑曰鳳龍蘭菊並比德英
雄君子也言其在山谷之間思濟時難故不暇栖伏也亭秀也言無者皆出見於時也
善曰香草善鳥皆諭賢也

英英文若，靈鑒洞照。向曰此謂荀彧也文
若字也英英鮮明貌洞通照明也

應變知微，賾奇善本作探賾賞要。翰曰賾求賞探也探求奇要之道也曰周易曰君子知微知章又曰探賾索隱善
鉤深致遠

日月在躬，隱之彌曜。良曰言其明也彌益也善曰莊子
曰孔子圍於陳蔡之間太公任弔之曰子甚者修身以明汙昭昭乎如揭日月而行故不
免也

文明映心，鑽之愈妙。向曰言其有文也文明識理映於中心鑽
而研之愈至於精妙善曰孫卿子曰君子通則文而明窮則約而詳論語顏淵曰鑽之
彌堅

滄海橫流，玉石同碎。銑曰滄海橫流言天下逆亂也玉石同碎
謂善人凶人俱見危難也善曰孟子曰當堯之時洪水橫流尚書曰火炎崐岡玉石俱
焚

達人兼善，廢已存愛。良曰古人君子達則兼善天下皆稱其善
也廢已謂存謙讓也存愛謂愛育下人也善曰孟子曰古人窮則獨善其身達則兼善
天下

謀解時紛，功濟宇內。濟曰紛亂也善曰老子曰解其紛

始救生人，終明風槩。古代反翰曰風槩節槩也謂不順太祖取漢位也
善曰魏志曰太祖進爵或為漢侍中守尚書令董昭等謂太祖宜進爵國公九錫備物以彰
殊勳密以咨彧彧以為太祖本興義兵以匡朝寧國君子愛人以德不宜如此太祖軍至
濡須彧病留壽春魏氏春秋曰太祖饋彧食發之乃空器也於是飲藥而卒

公達潛朗，思同蓍蔡。良曰此謂荀攸也公達字也朗明也蔡龜也蓍以筮龜以
卜言思慮潛明有如卜筮預見其事也善曰法言曰樗里之智也使知國若蔡吾以疾
為蓍蔡也

運用無方，動攝羣會。爰初發跡，遘此顛沛。神情玄定，處之彌泰。向曰言思慮運用而無極也動攝羣會謂
統攝衆事也濟曰遘遇也顛沛亂也銑曰言其雖遇亂代神情玄遠而有所定處之
此時蓋如通泰言其器量勇大也善曰魏志曰荀攸與議郎何顒等謀殺卓垂就而覺

收顒攸繫獄顒憂懼自殺攸言語飲食自若會卓死得免班固漢書述曰子明光光發迹
西疆蔡邕楊復碑曰景命不延遘此顛沛悟悟幕裏筭善本作筭字無
不經翰曰悟悟安靜貌幕裏謂軍中也言在軍中籌筭事理無所不經也善曰魏
志荀攸自從太祖征伐常謀謨帷幄時人及子弟莫知其所言左氏傳右尹華曰祈招之
愔愔亹亹通韻跡不蹔善本作暫字停向曰亹亹淮也言善謀所
進如音樂聲韻通和而事跡不暫停滯世雖懷尺璧顧哂連城銑曰
尺璧謂趙得和氏之璧秦欲以十五城易之言攸之才可寶過於十五城之價故顧而哂
之哂笑也善曰史記趙惠文王得和氏璧秦昭王聞之使人遺趙王書願以十五城易
璧智善本作知字能極善本作拯字物愚足全生向曰言
內智能極於物而外貌似愚能遠害全身乡則其智可及其愚不可及也善曰魏志

文選四十七　五十六

曰魏國初建攸為尚書令從征孫權薨太祖每稱公達外愚內智外怯內勇外弱內強不
伐善無施勞知可及愚不可及新序溫斯子曰古者有愚以全身莊子曰可以全生郎
中溫雅識器純素向曰此讀袁煥也郎中官也純素謂與衆不雜善
曰魏志曰魏國初建煥為郎中令莊子曰聖人貴純素之道唯神是守素也者謂其無所
雜也純也者謂其不虧其神也能體純素謂之真人貞而不諒通而能
固恂恂德心汪汪軌度銑曰貞正也諒信也言其能行正道邪言
不信通達物理而能堅固恂恂敬也汪汪大也軌則法度也善曰論語子曰君子貞而
不諒論語曰孔子於鄉黨恂恂如也毛詩曰濟濟多士克廣德心范曄後漢書郭林宗曰
黃叔度汪汪若萬頃之波志成弱冠道敷歲暮良曰弱冠二十歲也
敷布也歲暮謂年老也善曰禮記曰人生二十曰弱冠韓詩曰蟋蟀在堂歲聿其暮薛

君曰言君之年歲已晚也仁者必勇德亦有言濟曰言煥仁而能勇
也太上立德其次立言謂煥言詞忠正也善曰論語子曰有德者必有言仁者必有勇
雖遇履虎神氣恬然翰曰履虎尾喻危懼也言其雖遇危懼之時神
氣不易也恬然謂安也善曰魏志曰呂布擊袁術於阜陵煥往從之遂復為布所拘留
布初與劉備和親後離隙布欲使煥作書罵辱備煥不可再三強之不許布大怒以兵脅
煥曰為之則生不為則死煥顏色不變笑而應之曰煥聞唯德可以辱人不聞以罵使彼
固君子耶且不恥將軍之言彼誠小人耶將有復將軍之意則辱在此不在彼且煥他日
之事劉將軍猶今日之事將軍也如一旦一去此復罵將軍可乎布慙而止周易曰履虎
尾不咥人亨莊子曰至人者神氣不變行不修飾名跡無愆向曰
德行天性故不待修而名跡無其愆失善曰班固漢書贊曰雋不疑遂立名迹終始可

文選四十七　五十七

述稱操不激切素風逾善本作愈字鮮良曰志操不待激勸切磋
自有純素之風雖在濁世愈鮮明也邈哉崔生體正心直天骨
疎朗牆宇高嶷魚力反翰曰此謂崔琰也天性疎通而明朗若牆宇高
不可窺見其內也嶷高貌善曰蔡邕度侯碑曰朗鑒出於自然英風發於天骨論語子
貢曰夫子之牆數仞忠存軌跡義形風色銑曰謂曹公每欲窺奪漢
位琰每折之義見於風神顏色也見也善曰義形於色已見上文形思樹芳
蘭翦除荊棘向曰芳蘭謂忠賢之士也樹立也荊棘謂逆亂人也翦除言殺
也善曰芳蘭以喻君子荊棘以喻小人人惡其上時不容哲翰曰
人才在於人上者人必惡之特有姦雄不容智士言琰才智過人曹公憚之善曰左氏
傳曰伯宗之妻曰盜憎主人民惡其上琅琅先生雅杖名節良曰

琅琊珠玉貌先生琰也言琰才如珠玉也杖持也**雖遇塵霧猶振霜雪**向曰塵霧謂恥辱也謂曹公怒琰罰爲徒隸是恥辱也曹公視之琰詞色無屈是振霜雪也　善曰孔融薦禰衡表曰忠果正直志懷霜雪**運極道消碎此明月**濟曰天運窮極君子道消而曹公忌琰乃殺之如碎明月珠也　善曰魏志曰琰爲中尉太祖爲魏王楊訓發表褒述盛德琰取訓表草視之與訓書有曰琰此書傲世怨謗者太祖怒於是罰琰爲徒隸使人視之辭色無撓太祖遂賜琰死周易曰小人道長君子道消**景山恢誕韻與道合**良曰此謂徐邈也大景山字也恢誕大也其思如音韻和理與道相合也　善曰桓子新語曰老子其心玄遠而與道合**形器不存方寸海納**翰曰形器不存謂心存萬物不專一理方寸之心如海之納百川也言其包含廣也　善曰周易曰形乃謂之器王輔嗣曰成形曰器列子文摯謂叔龍曰吾見子之心矣方寸之地虛矣**和而不同通而不雜**良曰與時和光其道不同理通於衆其心不雜　善曰和而不同已見上文莊子曰純粹而不雜**遇醉忘辭在醒貽荅**向曰邈常私飲酒至沈醉授事者問以曹事邈曰中聖人也曹公知之甚怒鮮于輔曰醉客以清酒爲聖人此邈醉言竟得免刑此則遇醉而忘其言辭也及文帝踐祚帝問曰頗復中聖人否對曰昔子反斃於穀陽御叔罰於飲酒臣嗜同二子不能自懲時復中之帝大笑顧左右曰名不虛立也此則在醒貽荅矣貽猶遺也　善曰魏志曰時朝廷大科酒禁而徐邈私飲至於沈醉校尉趙達問以曹事邈曰中聖人達白太祖太祖甚怒將軍鮮于輔進曰平日醉客謂酒清者爲聖人濁者爲賢人邈性脩愼偶醉言耳竟坐免刑文帝踐祚歷潁川典農中郎將車駕幸許昌問邈曰頗復中聖人不邈對曰昔子反斃於穀陽御叔罰於飲酒臣嗜同二子不能自懲時復中之然宿醒以醉見傳臣以醉見識帝大笑顧左右曰名不虛立後爲光祿大夫

文選四十七　五十八

羣**長文通雅義格終始**銑曰此謂陳羣也長文字也格至也言其義心終始不移**思戴元首擬伊同恥**濟曰戴輔也元首謂文帝也言其志比擬伊尹佐湯愧恥不能致君如堯舜之德　善曰尚書曰昔先正保衡作我先王乃曰予弗克俾厥后惟堯舜其心愧恥若撻于市**民未知德懼若在己**翰曰言天下之人有未知聞君德者是輔臣之過故懼若在己**嘉謀肆庭讜言盈耳**良曰嘉善也肆用也讜直也盈滿也言善謀用於帝庭直言滿於帝耳　善曰魏書曰羣前後數陳得失羣爲司空尚書事羣尚書曰爾有嘉謀漢書成帝曰久不見班生今日復聞讜言論語子曰洋洋乎盈耳哉**玉生雖麗光不踰把德積雖微道映天下**向曰此謂夏侯玄也言玉雖美麗光色不過一把之內雖積德微薄天下所知也踰過也　善曰言德踰玉**淵哉泰初宇量高雅器範自然標準無假全身由直跡洿**烏**必偽處死匪難理存則易**銑曰泰初夏侯玄字濟曰器量法度出於自然爲人標望準的無所假借也範法也　良曰全立也由欲也洿濁也匪非也言人之立身皆欲正直及至履跡濁世必從僞而玄終始不變衆姦所疾身臨誅義辭色自若義心所切以爲處死非難但正直理存死則易矣玄竟以此被誅　善曰魏志曰曹爽見誅夏侯玄爲大鴻臚數年徙太常中書令李豐誅欲以玄輔政誅大將軍以玄代之大將軍微聞事下廷尉玄臨斬東市顏色不變舉動自若班固漢書楊雄述曰淵哉若人實好斯文史記太史公曰非死者難處死者難**萬物波蕩孰任其累六合徒廣容身靡寄**翰曰萬物波蕩謂天下亂如波

文選四十七　五十九

浪之沸蕩也勳任其累誰堪其敗也言人共苦也向曰六合謂天下也靡無也言天下大亂姦邪且衆故求明君以容其身竟無所寄託卒見誅戮　善曰范曄後漢書李熊說公孫述曰方今四海波蕩匹夫橫議荀悅漢紀論曰以六合之大一身之微而匹夫無所容豈不哀哉**君親自然匪由名教敬愛**善本作授字**既同情禮兼到**銑曰此謂王經也言君親至尊非由名教所束以爲浮僞發愛其君與父同也言經下之事上自天性之道非由名教所束以爲浮僞發愛其君與父同也言經盡臣下之節情禮不失　善曰孝經曰資於事父以事母而愛同資於事父以事君而敬同**烈烈王生知死不撓**女教**求仁不遠期在忠孝**翰曰烈烈謂威勇貌王生謂經也撓曲也言求其仁不遠者必在忠孝之中得之矣言經忠孝仁道具於身也　善曰魏晉春秋曰魏帝見威權日去不勝其忿乃召侍中王沉尚書王經散騎常侍王業謂曰司馬昭之心

路人所知也吾不能坐受廢辱今日當與卿自出討之世語曰王沉王業馳告文王尚書王經以正直不出遂被文王殺之魏志曰清河王經甘露中爲尚書坐高貴鄉公事誅裴松之曰經字彥緯今云承宗蓋有二字也班固漢書述曰樂昌篤實不撓不詘論語子曰仁遠乎哉我欲仁斯仁至矣**玄伯剛簡大存名體**向曰此謂陳泰也玄伯字也剛斷簡大也言能斷割大事**志在高構增堂及陛**濟曰言其立志將欲大成帝功也高大構成增尊也堂喻君也陛喻羣臣也言泰志在尊崇其君及整飭羣臣使有等差　善曰漢書賈誼上書曰人主之尊譬如堂羣臣如陛故陛九級上廉遠地則堂高陛無級廉近地則堂卑高者難攀卑者易凌理勢然也**端委虎門正言彌啓臨危致命盡其心禮**良曰虎門軍門也言其端身委質於虎門之下正直之言翰開也謂泰請誅賈充以謝天下也銑曰臨

危難之間必致命盡死以存臣心盡禮臣救於君難也自荀彧至此並魏臣九人　善曰干寶晉紀曰高貴鄉公之弒司馬文王會朝臣謀其故太常陳泰垂涕入文王待之曲室謂曰玄伯卿何以處我對曰誅賈充以謝天下文王曰爲吾更思其次泰言唯有進於此不知其次文王乃久不言爲侍中轉左僕射薨左氏傳曰晏平仲端委立於虎門之外見危致命已見上文**堂堂孔明基宇宏邈**濟曰此謂諸葛亮也孔明字也堂堂盛貌基宇猶器度也宏大邈遠也　善曰堂堂已見上文**器同生民獨稟先覺**向曰言形與生人同而獨稟先覺之理知帝王之道可以爲也器形也覺寤也　善曰孟子曰伊尹曰天之生斯人使先覺覺後覺也予天民之先覺者也**標牓風流遠明管樂**翰曰標牓謂亮見古人之風流遠明管仲樂毅之才以自比也　善曰孫綽子曰聖賢極其標牓有大加矣管樂已見序也**初九**

龍盤雅志彌確苦角反　向曰易乾卦初九爻辭云潛龍勿用謂亮未見用之時潛隱於野雅志益堅確乎其不拔也　善曰周易曰初九潛龍勿用何謂也子曰龍德而隱者也確乎其不可拔潛龍也方言曰未升天之龍謂之蟠龍**百六道喪干戈迭用**濟曰四千六百一十七歲爲一元一百六歲曰陽九之厄言漢道喪亂遭此之厄迭遞也干戈遞用言亂也　善曰漢書陽九厄曰初八百六陽九音義曰易傳所謂陽九之厄百六之會者也**苟非命世孰埽**善本作掃字**雺雺**莫貢反賢人　良曰千年一聖人出五百年一賢人生聖賢未出其中有命世者謂亞於賢也孰誰也雺霧昏濁氣也以喻亂也言若非命世之賢豈能埽除天下之亂　善曰亮孟子曰五百年必有王者興其間必有名世者廣雅曰命名也爾雅曰天氣下地氣不應曰雺孔安國尚書傳曰雺陰氣也武功切今協韻音夢**宗子思寧薄言**

解控翰曰宗子謂先主也寧安也控急也言先主思安天下故薄言求於亮以解海內懸急之災先主漢之孫故稱宗子善曰蜀志曰劉備漢景帝子中山靖王後也故曰宗子也解控謂彼有急而控告於已已能解之也左氏傳王子伯騈曰無所控告杜預曰控引也釋褐中林鬱為時棟向曰釋去也褐衣庶人之服言去褐衣棄林野鬱然而起為棟梁之臣也鬱盛貌言其為國之要如屋之有棟　善曰亮為丞相故曰時棟袁崧後漢書郭林宗與陳留盛仲明書曰足下諸人為時棟梁士元弘長雅性內融翰曰此謂龐統也士元字也弘大長遠也言其思慮大遠也融明也善曰謝承後漢書曰嚴尊雅性高厲崇善愛物觀始知終善曰孟子曰親親而仁民仁民而愛物六韜曰聖人見其所始則知其所終周易曰終以知始始以知終喪亂備矣勝塗未隆先生標之振

起清風銑曰備多塗道標立也言天下喪亂多時而勝殘去殺之道未能有成者統之為政乃立此道振古人之清風善曰胡廣書曰建洪德流清風綢繆哲后無妄惟時良曰綢繆恩密貌哲后謂先主也無妄惟時謂當窮災之時也易無妄卦云無妄之行窮之災也善曰毛詩曰綢繆束薪毛萇曰綢繆猶纏綿也周易曰無妄之行窮之災也夙夜匪懈義在緝熙濟曰夙早匪非懈墮緝和熙明也言其早夜非敢怠墮義在和明政治以平天下　善曰毛詩曰夙夜匪懈以事一人緝熙已見上文三略既陳霸業已基向曰先主與統謀襲劉璋統曰陰選精兵晝夜兼道徑襲成都一舉便定此上計也楊懷高沛璋之名將各有強兵據守關頭聞數有牋諫璋使發遣將軍還荊州將軍未至遣與相聞說荊州有急欲還救之此二子既服將軍英名又喜將軍之去必乘輕騎來見將軍因此執之進取其兵

乃向成都此中計也退還白帝連引荊州徐還圖之此下計也先主用中計果執二將還定成都此謂三畧陳而霸業成也善曰蜀志曰劉璋既還成都先主嘗為璋北征漢中統說曰陰選精兵晝夜兼道徑襲成都璋既不武素無備豫大軍卒至一舉便定此上計也楊懷高沛璋之名將各杖強兵據守關頭聞數有牋諫璋使發遣將軍還荊州將軍未去遣與相聞說荊州有急欲還救之並使裝束外作歸形此二子既服將軍英名又喜將軍之去必乘輕騎來見將軍因此執之進取其兵乃向城都此中計也退還白帝連引荊州徐還圖之此下計也若沈吟不去將致大困不可久矣先主然其中計即斬懷沛還向成都所過輒克為軍中郎將卒公琰植善本作殖字根不忘忠善本作中字正豈曰謨善本作摸字擬實在雅性翰曰此謂蔣琬也公琰字也植立根本謨學擬比也言琬立性之本不忘忠正之道豈曰學此於古人實

在雅性自然而有也亦既羈勒負荷時命推賢恭已久而可敬銑曰羈馬絡頭也勒控也言琬既受錄秩以為驅策如良馬之有絡控奉君主之命善曰蜀志曰琬為大將軍錄尚書事卒司馬遷書曰推賢進士為務論語子曰君子其行已也恭又曰晏平仲善與人交久而敬之公衡沖善本從人達秉心淵塞媚茲一人臨難不惑向曰此謂黃權也公衡字也沖幽秉執淵深塞實媚愛也一人天子也言權用情幽達執心深實愛於天子臨危難之事行而不惑善曰毛詩曰秉心塞淵毛詩曰媚茲一人應侯順德疇昔不造假翽鄰國進能徽音退不失德濟曰不造謂伐吳軍敗也假翽鄰國謂降魏魏拜為將軍蓋假備朝夕而已非其欲也徽美也進能美音若謂常諫先主也退不失德者謂不得已降魏而志常在蜀也自諸葛亮至此並蜀臣

四人善曰蜀志先主將東伐吳權諫曰吳人悍戰又水戰順流進易退難臣請為先驅
以當寇陛下宜為後鎮先主不從以權為鎮北將軍督江北軍先主自在江南吳將陸議
乘流斷圍南軍敗績先主引退而道隔權不得還故率將所領降于魏魏拜鎮南將軍蜀志
曰魏文帝謂權曰君舍逆效順欲追蹤陳韓耶權對曰臣過受劉氏殊遇降吳不可還蜀
無路是以歸命且敗軍之將獲免為幸何古人之可慕先主凶問至魏羣臣咸賀權獨否
後為車騎將軍卒六合紛紜民心將變鳥擇高梧臣
須顧眄翰曰此謂周瑜也紛紜亂也鳥謂鳳鳥也鳳擇梧桐而栖言為人君者擇
地而都而賢臣須君顧眄乃為用也善曰鳥擇木已見上文公瑾英達朗
心獨見披草求君定交一面良曰公瑾瑜之字也朗明也獨
見猶獨斷也銑曰披草謂出自草澤而求明君也定交一面言一見不疑乃委而任之

文選四十七　六十四

善曰崔寔本論曰且觀世人之相論也徒以一面之交定臧否之决桓桓魏武
外託霸跡志掩衡霍恃戰忘敵向曰桓桓武貌霸跡謂漢
朝也言其外託事漢以示天下而志欲掩取吳國恃其戰勇輕忘吳敵也此所述魏武者
欲明周瑜赤壁破魏軍之功也衡霍吳二山名善曰衡霍二山在吳之境卓卓
若人曜奇赤壁三光參分宇宙暫隔銑曰若人猶此
人也言瑜破魏於赤壁也曜奇謂曜明奇策也赤壁江口也參三也三光謂日月星三分
者言三國也宇宙天下也隔謂各據一方善曰淮南子曰夫道紘宇宙而章三光高誘
曰三光日月星也子布擅名遭世方擾撫翼桑梓息
肩江表翰曰此謂張昭也子布字也擾亂也良曰撫猶斂也言其如鳥斂翼於鄉
閭且不見其才能及避難於江東遜投孫策也息肩謂安志也表外也善曰吳志曰張
昭彭城人也漢末大亂徐方士民多避難楊土昭南渡江孫策創業命昭為長史撫軍中
郎將升堂拜母如比肩之舊文武之事一以委昭班固漢書述曰攜手遯秦撫翼俱起毛
詩曰惟桑與梓必恭敬止左氏傳鄭成公子卿曰請息肩于晉王略威夷吳
魏同寶遂贊善本作獻字宏謨匡此霸道濟曰略道也威
夷險阻也吳魏先同起兵以平天下故云同寶也資助宏大也霸道謂吳也善曰應瑒
釋寶曰九有威夷始失其政史記商鞅曰吾說孝公以霸道其意欲之桓王之
薨大業未純把臂託孤惟賢與親翰曰孫權即位追謚
孫策為長沙桓王言策之薨時帝業未安而策把臂託昭以權為後也言以昭為親矣大
業帝業也純安也善曰吳志曰孫策臨亡以弟權託昭昭率羣寮立而輔之東觀漢記
張堪把朱暉臂曰欲以妻子託朱生輟哭止哀臨難忘身成此

文選四十七　六十五

南面寔由老臣良曰南面天子也寔實也老臣謂昭也善曰吳志張昭
謂權曰昔太后桓王不以老臣屬陛下而以陛下屬老臣才為世生善本作出
字世亦須才翰曰賢才為亂世而生亂世亦須賢才而靜言君臣相須乃成
其業也善曰蘇武荅李陵書曰每念足下才為世生器為時出得而能任
貴在無猜向曰君不可猜於臣也昂昂子敬拔跡草萊
荷擔吐奇乃構雲臺銑曰此謂魯肅也子敬字也昂昂出羣貌肅本
以富於財好施與周瑜詣肅求資糧肅以米三千斛與瑜瑜奇之因薦於權宜以佐時肅
見權說曰為將軍計者唯有鼎足江東以觀天下之釁然後建號帝王此謂吐奇策也構
立也雲臺喻帝業之高也荷擔謂賤者之事善曰吳志曰初肅見權說權曰為將軍計惟
有鼎足江東以觀天下之釁然後建號帝王以圖天下陸機謝平原表曰振影拔迹莊子

曰農夫無草萊之事淮南子曰雲臺之高高誘曰高際於雲故曰雲臺**子瑜都長體性純懿諫而不犯正而不毅**濟曰此謂諸葛瑾也子瑜字也都美長善也良曰毅剛也言其能諫而不犯逆顏色正直而不剛善曰者長謂體貌都閑而雅性長厚也謝承後漢書曰朱皓德行純懿禮記曰事親有隱而無犯鄭玄曰無犯顏色諫也論語曰事父母幾諫**將命公庭退忘私位**翰曰將命謂奉命之蜀與弟亮但公庭相見退**豈無鶺鴒固慎名器**無私面豈無急難之情蓋以奉君命不失名器也此大丈夫矣私位謂兄弟之次也善曰吳志曰建安二十年權遣使蜀通好劉備與弟亮但公會相見無私面論語曰將命者出毛詩曰公庭萬舞毛詩曰鶺鴒在原兄弟急難左氏傳仲尼曰唯器與名不可以假人**伯言謇謇**善本作謇字**以道佐世出能勤功入亦**

獻替善本作能字向曰此謂陸遜也伯言字也謇謇直也出為將帥勤事而有功入則獻替其可否獻進也替廢也謂事有可者進之否者替之善曰蹇蹇已見上文國語史黯謂趙簡子曰夫事君者諫過而賞善薦可而替不獻能而進賢**謀寧社稷解紛挫銳正以招疑忠而獲戾**銑曰寧安挫折也言折挫前敵之鋒銳也然卒以正直招君主之疑以忠鯁而得其罪戾善曰老子曰挫其銳解其紛吳志曰遜為丞相太子有不安之議遜上疏陳太子正統宜有盤石之固魯王藩臣當使寵秩有差彼此得所上下獲安謹叩頭流血以聞書三四上太傅吾粲坐數與遜交書下獄死權累遣中使責讓遜遜憤恚致卒**元歎穆遠神和形檢如彼白珪質無塵玷**良曰此謂顧雍也元歎字也穆美也檢整也言其志思美遠神理清和形貌嚴整如珪玉無玷缺善曰毛詩曰白圭之玷尚可磨也斯言之玷不可為也東觀漢記杜詩薦伏湛曰自行束脩訖無毀玷**立行**善本作上守**以恒匡上以漸**翰曰言其德行有恒也以匡正也正其君上必以漸諫不為彊也善曰吳志曰雍於及政職所宜輒密以聞若見納用則歸之上不用終不宣洩周易曰君子以言有物而行有恒**清不增潔不加染**向曰清不增潔者謂心清而不自恃故不潔也濁不加染者謂時濁而不隨邪故不染也善曰言得清濁之宜也清濁已見上文**仲翔貞亮性不和物**銑曰此謂虞翻也仲翔字也亮明也不和物謂不隨俗而易性善曰吳志曰翻性不協俗多見毀謗**好是不群折而不屈屢摧逆鱗直道受黜歎過孫陽放同賈屈**濟曰性不容非故好是志多正直故曰折而不屈翰曰屢摧逆鱗謂犯顏直諫也黜謂遭棄逐也良曰馬比於賢人也孫陽古之善相

馬者言賢臣不為君主所知乃遭遷逐則歎過於良馬之不遇孫陽也是同乎賈誼屈原身沒於荒裔也上自周瑜至此並吳臣凡七人善曰吳志曰翻數犯顏諫爭權不能悅權與張昭論及神仙翻指昭曰彼皆死人而語神仙世豈有仙人也權積怒非一遂徙翻交州班固漢書贊曰大雅卓爾不群韓子曰龍之為蟲也擾柔可狎而騎然其喉下有逆鱗徑寸之處若嬰之則殺人人主亦有逆鱗說者嬰之則不幾矣論語柳下惠曰直道而事人焉往而不三黜楚辭曰騏驥躊躇於弊輦兮遇孫陽而得代王逸曰孫陽伯樂姓名也孔叢子子高對魏王曰驥驥同轅伯樂為之咨嗟玉石相糅和氏為之歎息漢書曰天子以賈誼任公卿之位絳灌之屬害之乃毀誼天子亦疏之以誼為長沙王太傅誼既適去意不自得及度湘水為賦以弔屈原屈原楚賢臣也被讒放逐作離騷誼追傷之因以自諭**詵詵衆賢千載一遇**向曰此總述三國之美也詵詵衆美也善曰

毛萇詩傳曰詵詵衆多也使陳切千載一遇已見上文整轡高衢驤首
天路良曰良臣遇君如龍之整轡以騁天路也高衢亦天路也驤舉也　善曰鸚鵡
賦曰整轡登樓賦曰假高衢而騁力鄒陽上書曰蛟龍驤首奮翼教乘樂府詩曰天
路儁無期仰挹玄流俯弘時務向曰玄天也臣仰君之澤流也俯下
也弘安也　善曰毛萇詩傳曰挹㪺也名節殊途善本作塗字雅致
同趣銑曰人之名節雖則殊道事君之義亦同趣理　善曰周易曰殊塗而同歸嵇
康贈秀才詩曰仰慕同趣日月麗天瞻之不墜仁義在躬
用之不匱翰曰日月著天下人瞻之不落仁義在人用之終身不匱也麗著墜
落也　善曰周易曰日月麗乎天禮記曰夫日月星辰所以瞻仰也非此族也不在祀典
呂氏春秋曰德行昭美比於日月不可息也論語比考讖曰仁義在身行之可強毛詩曰

文選四十七　六十八

孝子不匱毛萇曰匱竭也尚想遐風遐風善作重暉載挹載味後
生擊節懦夫增氣向曰庶幾想衆賢之遠風也則挹其德味其道乃
使後生之賢擊其節操懦弱之夫亦增其壯氣也　善曰羊秀衛公誄曰仰睎遐風重暉
冠世魏略王郎答太祖曰承宗之日撫掌擊節孟子曰聞伯夷之風者貪夫廉懦夫有立
志

文選卷四十七

符命

文選

四十八

共六十

文選卷第四十八

梁昭明太子撰　五臣并李善注

符命

司馬長卿封禪文一首

楊子雲劇秦美新一首

班孟堅典引一首

封禪文一首

司馬長卿 濟曰封者封泰山禪者禪梁父皆築土爲壇因高ゝ事天告王者之功成銘於金石以示後代知其盛德也相如睿著此文將勸武帝封禪相如死後武帝方見帝異之 善曰史記曰長卿病甚武帝使所忠往求其書及至長卿已卒其妻曰長卿未死時爲一卷書曰有使来求書奏之其遺札書言封禪事所忠奏言

文選四十八　一

伊上古之初肇自昊穹 善本無之字 生民 銑曰伊惟肇始也昊穹天也張揖曰昊穹春夏尹名也郭璞爾雅注曰伊發語辭也 歷選列辟以迄于 善本作於字 秦 向曰辟君也迄至也文頟曰選數也辟君也 率邇者踵武逖聽者風聲 良曰率循邇近踵繼武跡逖遠也言歷選列代之君則循其近者繼跡可知遠者但聞風聲善惡而已 善曰漢書音義曰率循也邇近也踵躡也武跡也逖遠也近者躡其跡遠者聽其風聲 紛綸威蕤湮滅而不稱者不可勝數也 善本無也字 翰曰紛綸威蕤言衆多也言自古之君衆多其道湮沒磨滅不稱紀於載籍者不可勝計張揖曰紛綸亂貌

善曰湮沒也勝盡也 繼昭 善本作韶字 夏崇號謚略可道者七十有二君 向曰昭明夏大也言自古之君有繼明大追崇其號謚歷世可稱道者七十二君有封禪之事 文穎曰部明也夏大也德明大相繼封禪於太山者七十有二人也 善曰管子曰封太山禪梁父者七十有二家 罔若淑而不昌疇逆失而能存 翰曰罔無若順淑善疇誰也言為君之道無有順義而不昌盛者誰復有逆失之道而求其存爭皆以有道乃可為也 應劭曰罔無也若順也淑善也疇誰也 服虔曰無有始善而後不昌者又無逆失而能存之者罔與同同 軒轅之前遐哉邈乎其詳不可 善本有可字 得而 善本無而字 聞已 銑曰軒轅黃帝也邈邈遠也詳求也 五三六經載籍之傳維見 善本作風字 可觀也 良曰五帝三皇之道六經典籍之所傳述善惡亦可見也維語辭也 漢書音義曰五五帝也三三王也經籍所載善惡可知也 書曰元首明哉股肱良哉 翰曰元首君也股肱臣也 善曰尚書益稷之文也 因斯以談君莫盛於唐 善本有唐字 堯臣莫賢於后稷后稷創業於唐 向曰后稷堯臣周之始祖 銑曰創始也 善曰漢書音義曰唐堯之世播植百穀 公劉發跡於西戎 濟曰公劉后稷之孫也居於西戎人咸歸其德 漢書音義曰公劉后稷曾孫 文王改制爰周郅 質 隆大行越成 翰曰爰於郅大越逾也言文王改制遂為西伯於周大盛大道遂行仁化愈成其功也 文穎曰郅至也行道也文王始開王業改正朔易服色大平之道於是成也 如淳曰越於也 而後陵遲衰微千載無聲豈不善始善終哉 善本作亡字 銑曰言周室後雖衰微而無惡

聲者蓋負積仁之德善終始之道使之然也 鄭氏曰無聲無有惡聲也 漢書音義曰義周家終始相副若一也 善曰莊子曰善始善終人猶效之 然無異端慎所由於前謹遺教於後耳 良曰言周所以無惡者亦更無異端蓋慎守先王之遺教 善曰言周之先王創制垂業既慎其規模又謹其遺教也 故軌跡夷易易遵也 向曰夷平遵法也言周軌跡平易而易為法則 善曰夷易皆平也言周之軌迹平易易可遵奉也二易並盈豉切 湛恩厖 麥江 鴻易豐也 濟曰湛深也厖鴻大也豐備也言深恩大而備用也 善曰湛深也厖鴻皆大也言湛恩厖大易可豐厚也湛音沉厖莫江切 憲度著明易則也垂統理順易繼也 翰曰憲法也 張揖曰垂懸也統緒也理通也 文王重易六爻窮理盡性懸於後世其道和順易續而明 孔子得錯其象而彖其辭 是以業

隆於繈褓 善本從系 而崇冠於二后揆厥所元終都攸卒 翰曰繈褓嬰兒衣也言成王之位在於繈褓而周公攝政以致太平崇盛之功出於文武二君也受其發始之理終見美德盡歸於周矣冠出后君揆度元始都美攸所卒盡也 孟康曰繈綠謂成王也二后謂文武也周公輔成王以致太平功德冠於文武者遵法易也 張揖曰都於也卒終也 善曰爾雅曰元始也 未有殊尤絕跡可考於今者也 良曰尤甚也言周德雖已盡美未有殊甚絕遠之跡可考量於今者也今謂漢也 然猶躡梁父登太山建顯號施尊名 向曰言周猶有封禪之事建明聖號施行尊上之名漢亦宜然 善曰顯號尊名謂封禪也 大漢之德逢 蜂 善本作逢字 湧原泉沕 勿 潏 聿 曼羨 胡竊反 向曰逢火也言漢之盛德若火原泉之涌出流潤不絕也

沕潏泉流貌曼羡長多貌張揖曰逢遇也喻其德盛若遇原泉之涌出也服虔曰潏泉貌
徐廣曰沕沒也已筆切音義或曰曼羡廣散也旁魄莫蒲四塞雲布霧
散善曰旁魄通達也言德澤通達於四方如雲霧布散無所不至張揖曰旁魄布衍也
善曰魄音薄上暢九垓古來下泝八埏音延垓重泝流也銑曰
八埏謂八方也言聖化上達九重之天下流八方之極孟康曰暢達也垓重也泝流也埏地
若延地之八際也言其德上達於九重之天流於地之八際懷生之類霑
濡浸潤濟曰萬物皆霑天子之德澤善曰懷生氣之類皆被恩澤協氣橫
流武節猋逝濟曰協和也威武之節如疾風之逝也猋疾風也善曰協氣
和氣也橫流多也猋逝遠也邇陝善本作陿字游原迥闊泳詠
沫音末向曰邇狹近也迥闊遠也泳浮波也言天子惠澤近者遊其原流遠者浮

其波也孟康曰邇近也原本也迥遠也闊廣也泳浮也恩德比之於水近者游其原遠者
浮沫沫其首惡鬱沒闇善本作晻字昧昭晰支列反翰曰天下
沫仁惠之積澤則大惡之積者皆自流沒闇沫之人皆變而為明也首大鬱積也昭晰明
也孟康曰始為惡者皆湮滅晻昧踰夷狄皆化之也善曰穀梁傳曰諸侯不首惡昆
蟲闓苦改懌善本作懌字回首面內濟曰闓樂也首面內皆謂懷
天子之仁德也文穎曰闓懌皆樂也韋昭曰面向也善曰闓音愷懌音亦然後
囿騶虞之珍群徼工遙麋鹿之怪獸良曰囿養獸處也騶
虞瑞獸也徼遮也麋麟也天子有德祥瑞畢見善曰言騶虞之群在於苑囿之中毛
萇詩傳曰騶虞義獸有至信之德則應也漢書音義曰徼遮也應麋鹿得其奇怪者謂獲
白麟也導一莖六穗於庖犧雙觡格共抵丁禮之

獸銑曰導擇也一莖六穗謂嘉禾也犧牲供祭祀者觡角也抵根也武帝時得白麟其角用
共為一根言澤嘉禾之米用之於庖廚用麟以供祭祀明至德所感有此瑞也鄭玄曰導
擇也一莖六穗謂嘉禾之米用於庖廚以供祭祀服虔曰犧牲也觡角也抵本也武帝獲
白麟角共一本自以為牲獲周餘善本有珍字放龜于岐向曰周時
畜神龜於池沼之中至漢武之世得之於岐山之下獲得也放畜也文穎曰周放畜龜
於池沼之中至漢得之於岐山之旁龜能吐故納新千歲不死招翠黃乘龍
於沼翰曰翠黃乘龍仙駕也黃帝乘之而仙言將招之於沼水之中漢書音義曰翠
黃乘黃也龍翼馬身黃帝乘之而仙言見乘黃而招呼之也禮樂志曰訾黃其何不來下
余吾渥洼水中出神馬故言乘龍於沼鬼神接靈圉語賓於閒
館濟曰靈圉猶所居之處也是時武帝求神仙禱鬼神之事於鬼神接於所居而

方士巫人之輩賓禮之於閒館之內也文穎曰是時上求神仙之人得上郡之巫長陵女
子能與鬼神交接療病輒愈置於上林苑中號曰神君有似於古靈圉禮待之於閒館舍
中奇物譎詭俶惕儻窮變良曰譎詭謂非常也俶儻謂奇異也
漢書音義或曰俶儻卓異也奇偉之物譎詭非常卓然絕異窮極事變欽哉符
瑞臻茲猶以為德薄不敢道封禪向曰欽義臻至也言
武帝美此眾瑞至此尚謙德薄不敢述封禪之事蓋周躍魚隕航休
之以燎力照微夫斯善本作此字之為符也以登介
丘不亦恧女六乎進讓之道何其爽歟翰曰隕落航舟
也休美也燎謂祭天也微無也介丘泰山也恧慚爽差也言周武之伐紂濟河有魚躍落
王舟王以為瑞乃以祭天且無如我漢家諸瑞以為符應乃登泰山不亦慚恧乎進讓之道

又亦差矣謂武帝時群臣請封泰山帝讓之應劭曰航舟也休美也尚書璇璣鈐曰武得兵鈐謀東觀曰魚入舟俯取魚以燎也服虔曰介大丘也言周以白魚爲瑞登泰山封禪不以慙乎善曰小雅曰心慙曰愳女六切張揖曰進周也讓漢也爽差也言周未可封禪爲進漢可封禪而不爲爲讓於是大司馬進曰陛下仁育羣生義征不譓音惠向曰大司馬官號也相如假立之以發後辭銑曰譓順也文穎曰大司馬上公也故先進譓順也善曰譓音惠諸夏樂貢百蠻執贄銑曰諸夏中國也言中國之人樂輸貢賦蠻夷執貨而進也贄貨名德侔往初功無與二齊曰言德齊上古之君功義無雙休烈善本作列字浹洽符瑞衆變應期善本期應字紹至不特創見良曰休美烈盛浹及洽編紹續特獨創初也言美盛之德乃編紹天下符瑞衆變如應期而續至不獨初見而已蓋常有也文穎曰不獨一物造見也善曰創初創也意者善本無者字泰山梁父善本作甫字設壇場望幸蓋號以況榮翰曰望天子幸于太山以修封禪之禮紀聖號以爲萬代之善義也蓋者辭也況善也榮美也漢書音義曰意者言太山梁甫設壇場望帝封禪紀號以表榮名也善曰望幸望帝之臨幸也蓋者發語之辭也上帝垂恩儲祉將以慶成善本無此二句向曰帝天儲多祉福慶善也陛下謙讓而弗發也善本無也字銑曰弗發封禪之制讓而不爲文穎曰弗發往意契挈三神之歡缺王道之儀齊曰契絕也三神天地人也缺闕也言不封禪絕三神之意應劭曰挈絕也李奇曰缺闕也韋昭曰三神上帝太山梁父也羣臣恧焉良曰恧恥也或謂善本作曰字且天

文選四十八 六

爲質闇示珍符固不可辭翰曰天道闇昧而不言故以珍符之異瑞以示王者使知至化之道此天命固不可辭也孟康曰天道質昧以符瑞見意不可辭讓若然辭之是泰山靡記而梁父罔幾也向曰自古帝王若知此辭之則是太山無七十二人之記而梁父之禮亦無幾何之跡漢書音義曰泰山之上無所表郭梁父壇場無所庶幾亦各並時而榮咸濟厥世而屈說者尚可善本作何字稱於後而云七十二君哉翰曰言自昔之君若辭天命不崇封禪之道亦當各取一時之榮皆虔其世則屈指而說者尚可得稱有七十二君矣言武帝不可讓也應劭曰屈絕也言古帝王若但作一時之榮畢世而絕者則說無從顯稱於後世也夫修德以錫符奉符善本作命字以行事不爲進越也向曰錫賜符應

文選四十八 七

越踰也言天子修德則天賜以瑞應也天子乃奉瑞應以行封禪之事不爲苟進以踰禮也文穎曰越踰也不爲苟進而踰禮也故聖王不替而修禮地祇謁款天神勒功中嶽向曰替廢謂申款誠也言聖王之德不廢則修禮於天地神祇以中其誠也將有事於泰山必先禮於中嶽以其處中而尊也漢書音義曰謁告也款誠也善曰言不廢修禮地祇告誠天神之義也張揖曰蓋先禮中嶽而幸泰山以章至尊舒盛德發號榮受厚福以浸黎元齊曰章明也至尊天子也浸潤也黎元百姓也善曰黎元已見上皇皇哉斯事善本斯作此字無事字天下之壯觀王者之丕業不可貶也善本作卒字願陛下全之翰曰皇皇大也丕亦大也貶輕也善曰皇皇美也卒終也貶損也卒或爲本張揖曰願以封禪全其終而

後因雜搢紳先生之略術使獲曜善本從火日月之末光絕炎爓以展寀錯措事銑曰搢紳先生謂經儒之人也畧教絕遠炎照展申寀官錯致也言雜用經儒之士行其教術使得天子之惠如日月之光遠照也以展其官司以致其事業漢書音義曰寀官也使諸儒記功著業得覲日月末光殊絕之明以展其官職說錯事業也　善曰錯千故切猶兼正列其義被夫勿飾厥文作春秋一藝將襲舊六為七攄之無善本作亡字窮翰曰春秋之義正天時列人義故將欲被飾文辭作述此理以為一經將繼舊六經以為七經行之於終古謂漢欲使諸儒著書也藝經也襲繼也攄猶行也無窮謂終古也孟康曰猶因也春秋者正天時別人事諸儒既得展事業因無正天時別人事敘述大義為一經也服虔曰舊為六經漢欲為七經　善曰孔安國尚書傳曰襲因也

俾萬世得激清流揚微波飛善本作蜚字英聲騰茂實良曰俾使騰傳也言萬世之後激揚大漢之餘波傳茂實之德也　善曰蜚古飛字也前聖所以永保鴻名而常為稱首者用此向曰永長也鴻大也言古先聖帝明王所以長保大名為王者之首者用此道也宜命掌故悉奏其儀而覽焉向曰掌故謂掌禮樂之故事者也漢書音義曰掌故太史官屬主故事者也於是天子沛普蓋切善本作沛字然改容曰俞乎朕其誠善本作試字哉銑曰沛然溫潤貌俞然也朕我也言我誠徃我將然封禪之議張揖曰俙感動之意也許皆切俙或為沛　善曰乃遷思迴慮揔公卿之議詢封禪之事向曰揔納詢謀也詩大澤之博廣符瑞之富翰曰詩者歌詠美德也大澤謂天子之惠澤漢書音義曰詩歌詠功德下四章之頌也大澤之博謂自我天覆雲之油油廣博也符瑞之富謂班班之獸以下三章言符應廣大之富也銑遂作頌曰

自我天覆雲之油油向曰天子之德如天覆萬物雲行天下也油油雲行貌漢書音義曰油油雲貌孟子曰油然作雲甘露時雨厥壤可游濟曰壤土也游作也謂風雨時可行其農作也　善曰遊遨也言祥瑞屢臻故可遊遨也滋液滲所禁漉何生不育良曰雨露滋液潤澤滲下於土何物之生者不養也　善曰說文曰滲下漉也又曰漉水下貌韋昭曰漉音鹿嘉穀六穗我穡曷蓄翰曰言我之稼穡既豈何所不蓄積也曷何也李奇曰我之稼穗何等不蓄積非唯雨之又潤澤之銑曰此非唯雨也則君之惠化所為潤澤也

非唯徧之我氾似布護之向曰潤澤非唯徧我下人而已蓋君化分散萬物皆霑也記猶君也布護分散貌萬物熙熙懷而慕之善本作思字名山顯位望君之來濟曰名山泰山也言此山禮明神之位望天子之來幸也　善曰周書王子晉曰萬物熙熙非舜而誰韋昭曰名山泰山也顯位封禪之事也君乎君乎侯不邁哉良曰侯何邁往也李奇曰侯何也言君何不行封禪般般班之獸樂我君囿翰曰般般雜色貌樂游也是時善本作囿字白質黑章其儀可嘉有瑞獸見名曰騶虞身被白黑文也章文也　善曰謂騶虞也春秋考異郵曰虎班文者陰陽雜也　善曰毛萇詩傳曰騶虞白虎黑文旼旼旻穆穆君子之態蓋聞其聲今親其來去聲協韻　向曰旼旼明貌穆穆美也態

貌也言瑞獸之形明義如君子之貌蓋魯閔
有之今乃親見其來也黃書音義曰貌昧昧和
也穆穆敬也言容態和且敬有似君
子也態他代切　善曰親見其來　厥塗靡
從天瑞之徵
銑曰言其來見之道無從地集
蓋天瑞以示明君之徵也文穎
曰其道何從乎
此乃天瑞之應　茲爾　善本作字　於舜虞氏以興
濟曰言此獸於舜亦見也文穎
曰百獸率舞則騶虞在其中　濯濯之麟游
彼靈畤孟冬十月君祖郊祀馳我君輿　善本作輿
字　帝用享祉
良曰濯濯游貌武帝元狩元年
十月往五畤祭祀有白麟見馳
於帝車之側此乃上帝享君福也祖往輿車
祉福也漢書音義曰武帝祠五畤獲白麟故
言遊靈畤也　善曰毛詩曰麀鹿濯濯文穎
曰馳我車之前也　善曰帝天帝也白麟馳
我君車之前因取燎祭於天
天用歆享之荅以祉福也　三代之前蓋未

文選四十八　十

曾　善本作嘗字　有　向曰三代謂夏殷周也　宛宛黃龍興德而
升　向曰時有黃龍見也宛宛龍貌文穎曰起
至德而見也　善曰楚辭曰駕八龍之宛
宛　采色炫燿　縣　善本從火　煥炳煇　胡本　煌　向曰光也　龍　正
陽顯見覺悟黎蒸於傳載之云受命所乘　銑曰
陽龍也言龍見乃覺悟下人知天子之德也
又於書傳所載黃龍土德也漢本火也今黃
龍見當改爲土故云受命所乘也文穎曰陽
明也如淳曰書傳援其比類或以漢土德則
宜有黃龍之應於成紀
是也故言受命者所乘　厥之有章不必諄諄
之純反　濟曰厥其章明也言天以其有德
示之祥瑞不必衆言以美其道也諄諄衆言
也漢書音義曰天之所命表以符瑞章明其
德不必諄諄然有語言也　善曰孟子萬章
曰舜之有天下也孰與之孟子曰天與
之曰天與之者諄諄然命之乎曰不　依類

託寓喻以封巒　翰曰言依祥瑞之類託寓其
事當諫喻以封山之事託巒山
也漢書音義曰寓寄也巒山
也言依事類託寄以喻封禪　披藝觀之天人
之際已交上下相發允荅聖王之德兢兢翼
翼　向曰披覽藝文圖書以觀國家之事天意
人事已相交會　銑曰上下謂百姓百官
也言其相起發信欲荅天子之德而天子
猶兢兢而懼翼翼而恭恐天下未致和平
善曰尚書曰兢兢業業毛詩曰
小心翼翼爾雅曰翼翼敬也　故曰於音烏
鑠良曰
歎美之　興必慮衰安必思危　向曰此言天子
也　能致和平之化
尚猶恭懼此興而慮衰安而思危也　善曰
太公陰謀机之書曰安不忘危存不忘亡
是以湯武至尊嚴不失肅祇舜在假　格　典顧
省闕遺此之謂也　向曰祇敬也　濟曰假大
也大典謂重位也言舜居
重位常自顧省察恐政治有所闕遺言武帝
亦然也徐廣曰假大也　善曰湯武雖居至
尊嚴之位而猶不失肅祇之道舜所以在於
大典猶能顧省其遺失言漢亦當不失恭敬
而自省也祭天是不忘敬也不封禪是
遺失也毛詩曰湯降不遲上帝是祇

文選四十八　十一

劇秦美新一首　并序　李充翰林論曰楊
子論秦之劇稱新之美
此乃計其勝負比其優劣之義漢書
王莽下書曰定有天下之號曰新
楊子雲　翰曰劇甚也王莽篡漢位自
立爲皇帝國號新室是時雄
仕莽朝見莽數害正直之臣恐已
見害故著此文以秦酷暴之甚以
新室爲美將悅莽意求免於禍非
本情也　善曰王莽潛移龜鼎子
雲進不能辟戟丹墀亢辭鯁議退
不能草玄虛室頤性全真而反露
才以耽寵詭情以懷祿素餐所刺
何以加焉抱朴方之仲尼斯爲過

矣
諸吏良曰謂諸官也此雄自稱善曰漢書曰左右曹諸吏皆加官所加或列侯將
軍卿大夫中散大夫臣雄稽首再拜上封事皇帝
陛下銑曰謂莽也臣雄經術淺薄行能無異數蒙
渥惠善本作恩字拔擢倫比與羣賢並位善本無位字
愧無以稱職濟曰渥澤惠恩比類也言蒙澤恩拔於倫類與羣臣並位自愧
無才以當職事也稱當也臣伏惟陛下善本有以字至聖之德
龍興登庸欽明尚古翰曰庸用也欽敬也尚庶幾也言敬明之德庶
幾於古道善曰登庸欽明已見上文作民父母為天下主善曰
尚書曰天子作民父母又曰為天下君執粹精善本作精字之道鏡

照四海聽聆風俗博覽廣包參天貳地兼並
神明良曰參合也言明德方於天厚德比於地如更有一地故云貳地也善曰難
蜀父老曰勤思乎參天貳地神明已見顏延年曲水詩序配五帝冠三王
開闢已來未之聞也善曰開闢已見西征賦臣誠樂昭
著新德光之罔極向曰新德謂莽之德也罔無也往時司馬
相如作封禪文善本無文字一篇以彰漢氏之休
臣嘗善本作常字有顛眴縣病恐一旦先犬馬填
溝壑銑曰顛眴謂風疾也犬馬雄自謙賤比於莽所乘玩之犬馬也言有疾病恐一
朝先於犬馬而死填於溝壑善曰賈逵國語注曰眩惑也眴與眩古字通先犬馬已見
曹子建責躬詩所懷不章長恨黃泉濟曰章見也善曰左氏傳鄭

伯曰不及黃泉無相見也服虔曰天玄地黃泉在地中故言黃泉敢竭肝膽
寫腹心作劇秦美新一篇雖未究萬分之一
亦臣之極思也向曰究盡也善曰萬分虞一已見江文通詣建平王上
書臣雄稽首再拜以聞曰
權輿天地未祛睢睢許惟盱盱音吁翰曰權輿始也祛開也
睢睢盱盱視不分明貌言始天地形未開之時混沌不分也善曰言混沌之始天地未
開萬物睢盱而不定也爾雅曰權輿始也睢盱已見景福殿賦或玄而萌或
黃而牙良曰玄天也黃地也言其色蒙籠始生萌牙善曰言天地方開故玄黃
異色而生萌牙也易曰玄黃者天地之雜色也玄黃剖判上下相嘔
音吁向曰剖判分也上下天地也言天地之氣相蒸而生萬物也嘔蒸也善曰言天

地既開玄黃分判故天地上下相與嘔養萬物也易曰天玄而地黃禮記曰煦嫗覆育萬
物鄭玄曰以氣曰煦煦與嘔同況俱切爰初生民帝王始存銑曰
天地既分是育萬物乃生其人則有帝王存焉蓋將治也善曰言初有生民之時帝王
之義始存也易曰有天地然後有萬物有萬物然後有男女有男女然後有父子有父子
然後有君臣在乎混茫混茫善本作混混茫茫之時靉善本
作靉字闇罕漫而不照善本作昭字
也翰曰混茫混沌之氣也靉闇罕漫不明貌言當此時事物不得明察後世之人不可
得言其實善曰混混茫茫天地未分疊闇罕漫不明之貌也言天地肇開君臣始封善
惡罕而不昭察故世莫得而言之也莊子曰古之人在混茫之中與一時而得澹漠焉
厥有云者善本無此一句上罔顯於犧善本作羲字皇向曰

其也有可云者無有明於伏羲之皇者也罔無善曰罔無也顯明也伏羲為三皇故曰無
羲皇中莫盛於唐虞邇靡著於成周銑曰邇近靡無著盛
也曰善曰左氏傳召公糾合宗族于成周仲尼不遭用春秋因
斯發翰曰孔子不見用於時故修春秋因而發思也善曰司馬遷書曰仲尼厄而
作春秋言神明所祚兆民所託罔不云道德仁
義禮智良曰孔子作春秋皆言神明所以垂福兆民所以依託者無不云道德仁
義禮智之君唯秦皆棄此而暴虐言脩斯四德乃為神明所祚兆民所託善曰獨
秦崛求勿切善本作屈字起西戎邠域荒岐雍之疆濟曰
邠岐雍皆地名荒外也疆界也善曰史記曰秦自非子為附庸邑之秦號曰秦嬴因
襄文宣靈之僭跡良曰襄文宣靈並秦公謚也言始皇因此跡而起

善曰史記曰秦莊公卒襄公立卒文公立卒德公立卒宣公立又曰懷公卒懷公太子靈
公立基善本作立基孝公茂惠文奮昭莊翰曰秦至孝公始稱
王惠文昭莊並秦王謚也茂盛奮起也言秦或起本從此諸王為首也善曰孝公惠文
王襄王並已見李斯上書史記曰文王卒子莊襄王立至政破從子容切善
本作縱字擅衡音横并吞六國遂稱乎皇帝善本作始皇字
盛從鞅於仲儀韋斯之邪政良曰鞅始皇名關東為從關西為横
皆諸侯連為援助之名始皇皆破之自專擅其威也向曰始皇盛從商鞅張儀呂不韋
李斯之計以邪為政善曰史記曰莊襄卒子政立初并天下號始皇帝從横已見上商
鞅張儀呂不韋李斯皆秦相馳騖起翦恬賁奔之用兵翰曰
馳驅曰起王翦蒙恬王賁以為將故云用兵也善曰史記曰白起攻楚之拔鄢郢又曰王

翦攻趙拔之翦子賁破定燕齊地又曰蒙恬攻齊大破之剗楚簡滅古文刮
古八語燒書向曰剗削也刮除也言除百家之言善曰史記李斯曰請非博士
官所職天下敢有藏書詩百家語者詣守尉雜燒之弛禮崩樂塗民耳
目銑曰弛廢塗塞也欲使人愚也善曰崩樂已見劉歆移太常博士書六藝曰先塗
民耳目遂欲流唐漂虞滌殷蕩周濟曰流漂滌蕩並謂除去
其禮法也善曰流漂滌蕩謂除之也燀然除仲尼之篇籍自
勒功善本作公字業翰曰燀燒也勒記也善曰燀古然字改制度
軌量咸稽之於秦紀向曰稽述紀記也言述之於秦史以記其事
善曰稽考也紀本紀也言考校而著之秦紀是以耆儒碩老抱其
書而遠遜良曰耆舊碩大也大老謂老儒也遜逃也禮官博士卷

其舌而不談來儀之鳥肉角之獸狙七余獷古猛
而不臻銑曰鳳皇麒麟皆以秦如惡狗不至也狙獷犬齧人者也善曰來儀
鳳也肉角麟也說文曰狙犬齧人也又曰獷犬不可親附也古猛切甘露嘉醴
景曜浸侵潭淫之瑞潛濟曰此瑞潛而不出善曰嘉醴醴泉也景
曜景星有光曜也浸潭謂滋液浸潤能生萬物也潛藏也大茀浦後經貫隕
巨狄鬼信之妖發向曰茀妖星也貫落也始皇時彗星見又有星落於
東郡巨狄大人也言有大人長五丈夷狄之服見於臨洮鬼信之妖謂華陰之野有鬼持
璧與鄭使曰明年祖龍死是也善曰茀彗星也穀梁傳曰星孛入北斗孛之為言猶茀
也茀內切史記始皇本紀曰彗星先見東方北方漢書音義曰經謂星出東入西出西入
東也史記始皇本紀曰有墜星下東郡至地為石漢書曰秦始皇時有大人身長五丈夷

狄服出於臨洮䍐信謂告祖黿死己見西征賦神歇靈淢善本作緈字海
水羣飛二世而亡何其劇與平聲良曰天地神祇以秦無
道之甚故歇其靈潤滋液不降福祥海水羣飛喻天下亂也　善曰緈猶緒也言神靈歇
其舊緒不福祐之繹或爲液海水喻萬民羣飛言亂二世胡亥也爲趙高所弑劇甚也言
訖也甚帝王之道競競乎不可離已銑曰競競懼也言爲
君之道競競恐懼不可離於身也　善曰尚書曰競競業業夫能貞而明
之者窮祥瑞回而昧之者極妖愆濟曰窮極皆多也回
邪也言帝王貞明者多祥瑞邪而昧者多妖愆也　善曰貞正也言既正且明故祥瑞
咸務回邪也言既邪且闇故妖愆競集也昧或爲蔑上覽古在昔有憑
應而尚缺焉壞徹而能全向曰覽古者有憑仁義而感應瑞尚

文選四十八　十六

聞有喪缺之理何有爲壞廢之道而能全守言必無全者也徹猶廢也此亦微有意言漢
有仁義之德尚缺矣　善曰言古帝王之興有憑依瑞應而尚毀缺焉有行壞徹之道而
全立者乎言無也故若古者稱堯舜威侮者陷桀紂
翰曰若順也翰曰有談人君威暴侮亂者則必比跡於桀紂之王　善曰尚書曰若稽
古帝堯又云若稽古帝舜夏桀殷紂也尚書曰威侮五行況盡訊信善本作汛字
埽前聖數千載功業專用己之私而能享祐
者乎良曰言除埽前聖之書專用己之私以爲酷暴安能享福久遠者乎訊除也
善曰況況始皇也私所爲也而能享祐言不能也毛詩曰洒埽庭內毛萇曰洒灑也洒
與汎同所買切會漢祖龍騰豐沛奮迅宛葉音攝向曰
奮迅成武功也宛葉地名　善曰漢高祖發迹在於豐沛咸秦道自宛葉自武關

與項善本有羽字劉力咸陽銑曰項項羽也言與項羽勠力攻秦也
善曰武關已見陸機高祖功臣頌漢書沛公謝羽曰與將軍勠力攻秦不自意先入關
創業蜀漢發跡三秦善曰漢書曰項羽立沛公爲漢王王巴蜀漢中
又曰韓信因陳三秦易并之計漢王聽信策克項山東而帝天下
善曰漢書曰灌嬰追斬羽東城漢王即皇帝位于氾水之陽擿秦政慘酷
尨煩者應時而蠲古玄反濟曰尨甚蠲除也　善曰蠲除也漢書沛
公召秦豪傑曰父老苦秦苛法久矣與父老約法三章餘悉除秦法始善本作如字
儒林形善本作刑字辟歷紀圖典之用稍增焉向曰
辟法也言始開學校定形法也歷紀謂歷代之紀及圖書經典稍益興焉　善曰歷紀歷
數綱紀也秦餘制度項氏爵號雖違古而猶襲之

文選四十八　十七

良曰言漢繼秦餘近項羽爵起之號雖知其違於古道不便於人而猶因而襲之未能盡
除絕也　善曰其秦政制度及項羽爵號雖知違古而猶襲之也孔安國尚書傳曰襲猶
因也是以帝典闕而不補王綱弛而未張濟曰典則
弛廢也　善曰爲襲秦項故闕者不補弛者未張也道極數殫闇忽不
還銑曰漢道已極歷數窮盡闇昧忽亂道散不還　善曰言天道既極曆數又殫故闇
忽而滅不能自還也逮至大新受命上帝還資后土顧
懷向曰上帝天也后土地也言秦爲酷暴漢興稍寬其猶未能至治道極數盡朴散不
還故大新受命上天還祥以爲資助地祇眷顧而懷之　善曰大新王莽也已見西征賦
言上帝迴還而資助后土顧眷而懷歸言天地福祐之也玄符靈契黃瑞
涌出翰曰玄天黃地也言天地符契祥瑞皆見於是也　善曰玄符天符也靈契地

契也黃瑞謂王莽承黃虞之後黃氣之瑞也漢書王莽曰予前在攝黃氣薰蒸以著黃虞
之列爲涌出而瑞之滭必浡善本作浡字沕勿潏聿川流海
渟音庭、良曰言祥瑞多如川流海水之渟貯也餘皆水流貌雲動風偃
霧集雨散善曰言衆瑞之多也誕彌八圻善本作圻字上陳
天庭濟曰誕大彌廣也八圻八方也言雲行雨施萬國從化如風偃草霧露潤集布
散天下大廣於八方之境德聲上陳於天庭善曰八圻猶八埏言下終八圻上列天庭
震聲日景炎光飛響盈塞天淵之間必有不
可辭讓云爾向曰震動明德之聲天下所仰如日景在天炎盛之光萬國歌
謠響飛滿於天淵之間故受命於漢必不可辭讓也　善曰言威聲如雷光景若日也揚
曰震爲雷炎光日景也飛響震聲也塞乎天淵所及遠也天淵已見答賓戲不可辭讓言

文選四十八　十八

難辭也於是乃奉若天命窮寵極崇向曰若順也窮寵極
崇謂至尊之位也　善曰尚書曰明王奉若天道與天剖神符地合
靈契創億兆規萬世銑曰剖分也言創治下人規萬世也　善曰分
天之符合地之契言應錄而王也創業經乎億兆規摸至於萬世也奇偉倜天歷
儻譎詭天祭地事翰曰奇大卓異變化之應天地之間亦屢出焉偉大其
也倜儻謂卓異也譎詭謂變化之速也善曰言衆瑞所以咸臻者由能祭天事地
異物殊怪存乎五威將帥班乎天下者四十
有八章向曰莽遣五威將軍王奇等班示符瑞異物殊怪之事於天下四十八章
謂錄之爲書如篇章然也　善曰漢書曰莽遣五威將王奇等班符命四十八篇於天下
登假格皇穹鋪衍下土非新室善本作家字其疇

離之良曰登上格至穹天鋪布衍廣疇誰離治也言義聲上至皇天徧布天下非新
室其誰能治之若此　善曰假至也言衆瑞升至於皇天鋪衍於下土離應也卓哉
煌煌真天子之表善本有也字煌明表儀也濟曰卓大善曰表儀
也若夫白鳩丹烏素魚斷虵方斯蔑矣銑曰湯有
白鳩丹烏之瑞武王有白魚之祥高祖有斬虵之應比之於此爲輕蔑也　善曰吳錄
曰孫策使張紘與袁紹書曰殷湯有白鳩之祥然古者此事未詳其本尚書帝驗曰太子
發渡河中流大流爲烏其色赤素魚白魚也已見封禪書漢書曰高祖夜經澤中有大虵
當徑高祖拔劍斬虵分爲兩首也受命甚易格來甚勤翰曰格至
勤多也言祥瑞來現甚多也　善曰格至也言莽德盛故受天命甚易令衆瑞咸至甚勤
也昔帝纘祖管皇王善本又有纘帝二字隨前踵古或無

文選四十八　十九

爲而治或損益而已善本作亡字豈如善本作知字新
室委心積意儲思垂務向曰纘繼也踵追也昔者五帝繼跡三皇
三王繼跡五帝皆隨前事追於古道而舜則無爲而治殷因於夏禮法有所損益其後紂
乃亡之豈如新室委積意思垂拱治事也　善曰論語子曰無爲而治者其舜也與　又曰
殷因於夏禮所損益可知也委亦積也旁作穆穆明亦善本作旦字
不寐勤勤懇懇者非秦之爲與平聲銑曰穆穆美也言
莽勤勤懇懇整治非秦皇自用心驕逸　善曰言新室所以旁作穆穆勤勤懇懇者以
之所爲爲非故欲勤修德政也尚書曰勤施於四方旁作穆穆司馬遷書曰勤勤懇懇
夫不勤勤則前人不當不懇懇則覺德不愷
良曰前人謂先王也若不勤勤則前王不當天心矣不懇懇則悟大德不和其化也覺悟

也愷和也善曰言不勤勤則不能當先王之意不懇懇則覺德不和也尚書曰篤前人
成烈毛詩曰有覺德行左氏傳注曰愷和也是以發秘府覽書林
遥集乎文雅之囿翺翔乎禮樂之場胤殷周
之失業紹唐虞之絕風翰曰胤嗣紹繼也良曰府書之祕言禮
樂法制有所失絕者皆繼之以文雅爲園囿以禮樂爲場圃胤續也紹繼也善曰言以文
懿律嘉量金科玉條神卦靈兆古文畢發焕
炳善本作焕焕炳照耀靡不宣臻翰曰懿美也律謂正時月之節者也
量斗斛也金科玉條法令也神卦靈兆卜筮也言此諸事於國政之要皆美而正之均而
平之崇而行之古文前典盡發而明之炳焕照耀明德也言如此明德宣之無所不至臻
至也善曰律六律也嘉量斗斛也金科玉條謂法令言金玉貴之也蓍曰卦龜曰兆神

罡尊之也古文先王之典籍也宣徧也臻至也式軨軒旂旗以示之
向曰式用也軨軒車也旂旗旗名也車服有差以示百官有節善曰式用也漢書曰莽
立大夫御車服黻冕各有差軨軒皆車也尚書大傳曰未命爲士車不得有飛軨鄭玄曰
如今窻車也周禮曰交龍爲旂熊虎爲旗揚和鸞肆夏以節之銑曰
揚動也和鸞金鈴以節車行也肆夏樂名步則歌之以中節也善曰大戴禮曰行以和
鸞趣中肆夏鄭玄周禮注曰鸞和皆金軨也漢書音義曰肆夏詩樂也步則歌之以中節
施黼黻袞冕以昭之濟曰以衣服昭其等差善曰言制服有差亦明
貴賤也尚書曰黼黻絺繡周禮曰公之服自袞冕而下正嫁娶送終以
尊之良曰正天下吉凶之禮以知人之次序善曰漢書曰莽請考論五經定娶禮
親九族淑賢以穆之翰曰淑美穆和也善曰漢書莽詔曰姚嬀陳

田王子之同族也尚書曰惇序九族五姓世世復無有所與夫改定神祇
上儀也良曰改定祭神祇之禮使得其中善曰漢書曰王莽奏定南郊欽
修百祀咸秩也銑曰欽敬咸皆秩序也謂敬修百祀皆得次序也善曰
漢書曰莽奏定羣神之禮尚書召誥曰祀于新邑咸秩無文明堂辟廱善本
作明堂雍臺壯觀也向曰明堂布政之室辟廱講藝之所善曰漢書曰莽奏起
明堂辟雍九廟長壽極孝也銑曰天子七廟莽加黃帝虞舜二廟是爲
九廟又置長壽宮以爲父母養食之堂善曰九廟已見西征賦漢書曰王莽懷孝元
廟獨置孝元廟故殿以爲父母養食堂既成名曰長壽宮制成六經洪業
也翰曰洪大也善曰漢書莽奏立樂經然經有五而又立樂云六經也北懷
單于廣德也濟曰懷來也單于匈奴也善曰漢書曰莽重賂匈奴使上書

慕從聖制以誑曜太后若復五爵度三壤向曰若順也五爵公侯伯
子男也壤田也言民田有三等之給善曰晉灼漢書注曰若頒及之辭漢書曰莽奏曰
周爵五等地四等臣請受爵者爵五等地四等尚書曰列爵惟五分土惟三經井
田良曰經營也井謂田之畝數營而均之善曰漢書曰莽令天下公田口井其男口
不盈八而田過一井者分餘田與九族周禮曰九夫爲井免人役善曰漢書曰莽
令更名天下奴婢曰私屬皆不得賣之方甫刑良曰方比也甫刑尚書篇名也言
制刑法以比之善曰漢書曰參分移律令儀法尚書曰穆王作呂刑孔安國曰後爲甫
后匡馬法良曰匡正也司馬法兵革之事將正而行之善曰馬法司馬穰苴
之法也謂成出華軒一乘教戒比也穰苴已見左太冲詠史詩恢崇祗庸爍
德懿和之風翰曰恢大祗敬庸用爍盛懿美也崇賢良敬而用之此盛德美

和之風也 善曰周禮曰以樂德教國子中和祇庸孝友爾雅曰懿懋美也 廣彼搢紳講習言諫箴誦之塗 向曰搢紳儒生也言廣用儒生講習經義以爲箴規諷誦之道也塗道也 善曰搢紳已見封禪書漢書賈山上疏曰古者工誦箴諫鼓誦詩士傳言諫過也 振鷺之聲充庭鴻鸞之黨漸階 銑曰振鷺鴻鸞皆喻賢人也充庭漸階言多也漸進也 善曰振鷺鴻鸞喻賢人也 毛詩曰振鷺于飛于彼西雍我客戾止亦有斯容 易曰鴻漸于陸 俾前聖之緒布濩流衍而不韞櫝 善本作緒字 翰曰俾使緒業也布濩分散貌衍廣也韞櫝藏也言使前古聖帝之業分散流廣興行於時而不藏也 善曰韞匵已見上櫝與匵古字通音讀 郁郁乎煥哉 濟曰郁郁乎煥哉盛美之言也 善曰論語曰郁郁乎文哉又曰煥乎其有文章 天人之事盛矣鬼神

之望允塞 濟曰允信塞滿也 善曰言有聖德信能允塞鬼神之望 羣公先正罔不夷儀 良曰百官羣公之治既正無不端平有其等差也周無夷平也 善曰尚書曰羣公既皆聽命又曰彝惟先正夷儀言有常儀也 姦宄寇賊罔不振威 向曰無不振懼威德 善曰尚書曰蠻夷猾夏寇賊姦宄 紹少典之苗著黃虞之裔 向曰黃帝少典之子也著盛也黃帝虞舜莽之先祖 善曰史記曰黃帝者少典之子姓公孫河圖著命曰握登見大虹意生黃帝 漢書曰予惟黃帝舜帝咸有聖德營求其後將祚厥祀於是封姚恂爲初睦侯奉黃帝後嬀昌爲始睦侯奉虞帝後 帝典闕者以 善本作已字 補王綱弛者既 善本作已字 張炳炳煒煒 煒善本作韡韡二字 豈不懿哉 翰曰炳炳煒煒盛明也懿美也 善曰韡韡光明也韡與煒古字通用 厥被

風濡化者京師沈潛甸內而洽侯衛厲揭 綏例 要荒濯沐 銑曰被及仁風霑濡淳化者則帝都且深矣沈潛深也 良曰甸內謂近都邑也而洽謂被霑風也侯衛要荒遠服也厲深霑也揭淺霑也濯沐微霑也近者深遠者漸淺也 善曰言風化所被近者逾深遠者稍淺故京師沈潛而要荒濯沐也厲揭已見上文 而述 善本作術字 前典巡四民迄四嶽 翰曰術法也四民四方之民也迄至也言法前代帝王之典禮巡省四方之人問百年考農務至于四嶽中宗祀之儀 善曰言法術前典而巡四民至於四嶽也 管子曰士農工商四民者國之石民也 尚書曰二月東巡狩至于岱宗五月南巡狩至于南嶽八月西巡狩至于西嶽十有一月朔巡狩至于北嶽 增封泰山廣 善本無廣字 禪梁甫斯受命者之典業也 向曰典常也 善曰典常也言封禪之事

王者常業也 管子曰昔封太山禪梁甫者七十有二家 漢書音義項岱曰梁父者太山下小山也 蓋受命日不暇給或不受命然猶有事矣 向曰言自古有受命爲君者四方未寧營營不暇惜日不足亦不及有事於封禪則漢高也或不受天命祥瑞之應猶或登山有禮者則始皇也 善曰受命謂高祖也言高祖受命而不封禪始皇不受命猶有事乎太山言俱失也 史記曰始皇之上太山中阪遇暴風雨 況堂堂有新正丁厥時崇嶽渟 庭 海通瀆之神咸設壇場望 善本有受字 命之臻焉 向曰堂堂盛貌丁當厥其也 銑曰高山深海四瀆之神皆設壇場以祭之而聖新君之至渟深也 受命謂莽也臻至也 善曰言莽既受命於岳瀆之神皆設壇場而望來祭也堂堂盛也 晏子齊景公曰將去此堂堂國而死乎 海外遐方信延頸企踵

回回內向善本作嚮字喁喁魚恭如也翰曰企擧踵也回回內向謂順服於君喁喁衆口喜悅貌善曰呂氏春秋曰聖人南面而立天下延頸擧踵矣論語素王受命讖曰莫不喁喁延頸歸德帝者雖勤讓善本無讓字惡烏可以已乎翰曰帝者謙也惡辭也已止也言天下傾心帝者雖欲勤為辭讓不事封禪之禮可以止乎言不可止也善曰何休公羊傳注惡猶於何也宜命賢哲作善本有帝字典一篇舊善本作舊字三為一襲以示來人摛之罔極良曰宜作帝典一篇述至德令振堯舜之典合三篇以為一書襲行於時以示來世舒於臣下之心使無極也摛舒奮振罔無也善曰言宜命賢智作帝典一篇足舊二典而成三典也謂堯典舜典令萬世常戴巍巍履栗栗濟曰令萬世之後常戴荷巍巍高大之德履其謹敬之道也栗栗謹敬也善曰巍巍高大也已見上尚書曰栗栗危懼臭許又馨香含甘實向曰令天下常臭聞馨香之譽含甘美之實德善曰言明德比於馨香甘實故臭含之鏡純粹之至精聆清和之正聲翰曰鏡鑒也聆聽也言天下謌謠清和之正聲善曰易曰剛健中正純粹精也則百工伊凝庶績越熙善本作庶績咸喜官伊惟凝成庶衆績銑曰工功越逾熙廣也善曰尚書曰允釐百工庶績咸熙又曰庶績其凝喜與古熙字通荷天衢提地釐向曰天下之士皆欣荷天道之亨通統其地理以助君之安人也地為臣道提統也釐理也善曰孔安國尚書傳曰釐理也上荷天道而下提地理言則效之斯天下之上則已庶可試哉良曰言封禪盛事此天下之上則也近可試為之

文選四十八　二十四

典引一首并序蔡邕曰典引者篇名也典者常也法也引者伸也長也尚書疏堯之常法謂之堯典漢紹其緒伸而長之也

班孟堅翰曰典者堯典也漢為堯後故班生將引堯事以述漢德

是命曰典引

蔡邕注

臣固言永平十七年臣與賈逵傅毅杜矩展隆郗善本作郄字萌等召詣雲龍門翰曰謂帝召固等六人詣此門善曰范曄後漢書曰賈逵字景伯為侍中七略曰尚書郎北海展隆然七略之作雖在哀平之際展隆壽或至永平之中小黃門趙宣向曰小黃門宦者持秦始皇帝本紀問臣等曰太史遷下贊語中寧有非邪銑曰天子令問固等云史司馬遷贊始皇語中何處有非也寧猶何也臣等對曰善本無等字曰字此贊賈誼過秦篇向曰司馬遷秦始皇贊中全述賈誼此篇以明秦事言善本作云字向使子嬰有庸主之才僅得中佐翰曰僅劣也言若劣得中庸之人以為輔佐秦亦未滅謂是時無賢佐秦之社稷未宜絕也此言非是翰曰固對此贊以過秦篇為非是也即召臣入問本聞此論非邪將見問意開寤耶善本无將見問意開寤耶七字臣具對素聞知狀銑曰固既有此對天子召入更問之固終秦聞此論為非也固又具對本所聞知事非之狀於帝矣素本也詔因曰司馬遷著書成一家言揚名後世善曰司馬遷書曰通古今之變成一家之

文選四十八　二十五

言孝經曰揚名於後世 至以身陷刑之故反微文刺譏
貶損當世非誼士也 良曰帝言司馬遷以陷刑故乃反微其文譏刺
褒廷貶損漢世非義士也 司馬相如洿行無節 濟曰謂私於卓氏女
但有浮華之詞不周於用 向曰周備也 至於疾病
而遺忠 翰曰謂將死之時述天子之德遺其忠跡而死 主上求取其
書竟得頌述功德言封禪事忠臣效也至是
賢遷遠矣 銑曰言相如以此賢於遷相去遠也 臣固常伏刻誦
聖論昭明好惡不遺細微 善本作微細 緣事斷誼
動有規矩雖仲尼之因史見意亦無以加 良曰
刻誦也聖論云司馬遷非義士之論也因史見意謂修春秋褒貶之事 臣固被

文選四十八　二十六

學最舊受恩浸深誠思畢力竭情昊天罔極 翰曰被學謂為學官也最舊言久也浸深也畢盡也言報天子之恩如天之無極
臣固頓首 善本又有頓首二字 伏惟相如封禪靡而不
典揚雄美新典而無 善本作亡字 實 向曰惟思然靡美也
皆游揚後世垂為舊式臣固才朽不及前人
蓋詠雲門者難為音觀隋和者難為珍 自才朽不及前人至觀隋和者難為珍善本無此一段 不勝區區竊作典引
一篇雖不足雍容明盛萬分之一 濟曰雍容義也言不延以言天子美明之盛德所冀萬分而得其一分也 猶樂 善本無樂字 啓發
憤懣 善本作懣字 覺悟童蒙 銑曰樂謂樂為其事也 光揚大

漢軼聲前世 善本作代字良曰軼過也言光揚大漢之義過聲於前世也帝明王也 然後退入溝壑死而不朽臣固愚戇頓
首頓首曰
太極之元兩儀始分煙煙 因 煴煴 於云反 翰曰太極混沌氣之初也元始也兩儀天地也煙煴天地之氣 蔡邕曰易曰太極是生兩儀煙煙煴煴陰陽和一相扶貌也 有沈而奧有浮而清 向曰奧深也言混沌氣有重濁而沈深為地有浮輕而清明為天也 蔡邕曰奧濁也言兩儀始分之時其氣和同沈而濁者為地浮而清者為天 沈浮交錯庶類混成 銑曰沈浮之氣相交雜衆類混合而成其形 蔡邕曰地體沈而氣升天道浮而氣降升降交錯則衆類同矣 善曰國語曰夏禹能平水土以品處庶類者也老子曰有物混成先天地生

文選四十八　二十七

肇命民主五德初起 銑曰肇始也五德謂五行也言帝王以五行相承乃初起是法也 蔡邕曰民主天子也尚書曰成湯伐夏閒作民主五德五行之德自伏羲已下帝王相代各據其一行始於木終於水則復始也 同于草昧玄
混之中 翰曰天地初開至理無名之天則同經小草創冥昧玄混之中 蔡邕曰易曰天造草昧混循圂濁 踰繩越契寂寥而亡 無 詔者系
不得而綴也 翰曰踰越常理寂寥無言而後世之君系之不連綴也詔言也 蔡邕曰言結繩書契已往其道寂漠亡聲莫能以相告故易系不得綴連也 綴知銳切
厥有氏號紹天闡繹 亦 莫不開元於太昊皇
初之首上哉敻乎其書猶可 善本無可字 得而修
也 向曰其有名氏號令之君紹繼天下開治萬物者莫不始於太昊之主以為帝皇之

首上古遠乎其書尚可得修治也闡開也繹治也夏遠也蔡邕曰所依爲氏也號功之表也號太昊曰伏羲炎帝曰神農黃帝曰軒轅少昊曰金天顓頊曰高陽帝嚳曰高辛堯曰陶唐舜曰有虞紹天闡繹宗紹天地開道人事亞斯之世善本作代字通變神化函含光而未曜翰曰亞次也言次此太昊已上變通神化其光不見則難可知也若夫上稽乾則降承龍翼而炳諸典謨以冠德卓綽善本作絶字者莫崇乎陶唐銑曰稽考乾天降下也龍翼謂龍飛也炳明卓高綽寬冠首也陶唐堯也言上考天道下承龍飛利物之道則明著於典謨以爲百王之首而高大寬遠者莫崇於堯也善曰翼法也言陶唐上能考天之則下能承龍之法也龍法龍圖也春秋合誠圖曰黃帝德冠帝位陶唐舍胤而禪有虞虞善本作有虞有虞亦命

文選四十八　二十八

夏啓稷契熙載越成湯武股肱既周天迺歸功元首將授漢劉翰曰堯位不授其子禪舜舜亦不授其子而讓禹稷契佐治能廣堯事夏氏之後遠成湯之業湯後遠成武王之祚夏殷周悉有至德股肱備也則堯之道廣知舜禹賢聖之資以至於此而天乃歸功於堯將授漢命以爲天子也熙廣載事越遠也元首謂堯也蔡邕曰天奉五行之序堯與四臣各據其一行而堯爲之王四臣已徧故歸功元首之子孫而授漢劉也高祖始於沛公起兵入關後爲漢王以即尊位故遂曰漢也春秋左氏傳曰陶唐氏既衰其後劉累者在夏爲御龍氏在商爲豕韋氏在周爲唐杜氏成王滅唐宣王殺杜伯杜伯之子隰叔奔晉其後士會奔秦而復歸其子留秦者爲劉氏以是明之漢爲堯後善曰尚書曰熙帝之載元首股肱已見上文俾其承三季之荒末值亢龍之災孽懸象闇

而恒文乖彝倫斁而舊章缺向曰俾使也三季謂夏殷周之末也言使漢承三代荒亂之末值亢龍悔窮之災日月晻昧星辰乖錯常理敗壞古書缺缺聖教喪矣而漢能修之易曰亢龍有悔窮之災也孽亦災也懸象恒文日月星辰也彝常倫理斁敗也舊章古書也善曰國語郭偃曰夫三季王之亡宜也韋昭曰季末也三季王桀紂幽王也易曰亢龍有悔窮之災也善曰易曰懸象著明莫大乎日月尚書曰帝乃震怒弗畀洪範九疇彝倫攸斁左氏傳曰季桓子命藏象魏曰舊章不可忘也故先命玄聖使綴學立制銑曰言漢室既興先命習玄聖之教者使綴於學斆立其制度補其缺治其亂玄聖謂孔子也善曰玄聖孔子也莊子曰夫虛靜恬漢玄聖素王之道也春秋孔演圖曰玄丘制命帝卯行也宏亮洪業表相祖宗贊揚迪哲善本作喆向曰宏大亮舉表立相劭迪蹈哲智也

文選四十八　二十九

言大舉洪業立助祖宗贊揚前古以蹈聖哲之跡謂聖王之道蔡邕曰祖助也始受命爲祖繼中爲宗皆不毀廟之稱也言仲尼之作亦顯助祖宗揚明其蹈喆之德備哉粲爛真聖善本作神字明之式善本有也字向曰古道既備粲爛然其有文章也式法也雖皐夔衡旦密勿之輔比茲善本無茲字褊矣銑曰皐陶夔堯臣也衡謂伊尹也旦謂周公也密勿黽俛也褊小也言古道之興皆由孔子神明之法式雖皐陶之徒黽俛同心爲之輔佐功成德廣比此亦小也蔡邕曰茲孔子也善曰謂皐陶后夔阿衡周旦也密勿已見傅季友求贈劉前軍表是以高光二聖辰善本作宸字居其域翰曰高祖光武二君如北辰居其所而衆星拱之言有德也域所也蔡邕曰言高祖光武如北辰居其所而衆星共之時至氣動乃龍見淵躍向曰天命既至則候時而

動其出也如龍潛而見天下文明而人利見之似龍躍於淵自試欲飛之意也易乾卦九
四云或躍在淵自試也善曰易曰見龍在田或躍在淵拊翼而未舉則
威靈紛紜銑曰拊翼未舉欲飛也紛紜盛多貌海內雲蒸雷動
電熛必搖反德振動也良曰威熛飛也胡縊一智莽分上善本作尚
字不莅其誅向曰高光二聖威靈之盛故胡亥死而王莽誅分散謂身首相
離也言天子亦不臨而殺之者皆已自縊而死莅臨也蔡邕曰言二祖即位胡亥王
莽皆先已誅天之所爲先除也善曰史記始皇崩趙高立子胡亥爲太子襲位爲二世
皇帝後陳勝等反趙高乃使閻樂誅二世二世自殺漢書曰王莽地黃四年十月漢兵從
宣平城門入城中少年朱弟等恐見虜掠私燒其室門呼曰虜王莽何不出來降莽避火
之漸臺衆兵上臺商人杜吳殺莽軍人裂莽尸然後欽若上下恭輯

文選四十八　三十

善本作揖字羣后正位度宗向曰欽敬若順也敬順天地之義集其諸
侯正位而就其尊號也謂即天子位也羣后諸侯也度就宗尊也蔡邕曰度居也宗尊
也言二主既除亂諸侯推而尊之然後敬順天地恭揖諸侯正位居尊也善曰易曰君
子正位凝命有于德不怠嗣善本怠作台字無嗣字淵穆之
讓翰曰二聖既除暴亂諸侯推而尊之乃辭讓于有德者自謙不能嗣於古先聖帝明
王之列此深美之讓也淵深穆美也蔡邕曰淵穆深美之辭也善曰尚書曰舜讓于
德不嗣漢書音義韋昭曰古文台爲嗣字靡號師矢敦奮撝之容
銑曰靡無師衆矢陳敦勉也言二聖取天下無號令兵衆陳列勉勞奮擊指撝之容也蓋
以威德自定也撝與麾同蔡邕曰矢陳也敦勉也毛詩曰矢於牧野善曰言漢取天
下無名號師衆陳兵誥誓勸勉秉旄奮麾之容撝與麾音義同蓋以膺當天

之正統受克讓之歸運向曰言當天心之正理以膺天命授堯堯
能讓歸功之運也言堯允恭克讓漢受其福也善曰尚書曰誕膺天命又曰允恭克讓
蓄炎上之烈精蘊孔佐之弘陳云爾翰曰蓄蘊皆積
也言漢德之盛如火炎上有其光明孔子垂詩書禮樂以助相於時大陳王道亦如輔佐
漢室矣禮樂旣盛故云蘊也蔡邕曰謂火漢之德也蓄聚也善曰尚書曰火曰炎上
孔佐即孔子也能表相祖宗故曰佐洋洋乎若德良曰洋洋美也若順也
帝者之上儀誥誓所不及已濟曰誥誓謂尚書也言漢帝之
儀則尚書所載亦不及也蔡邕曰本事曰誥戒事曰誓鋪觀二代洪纖
之度其賾可探也銑曰捕布也言布觀殷周二代大小之度其幽
深之跡亦可探究也洪大纖細也賾幽深也蔡邕曰洪大也纖細也善曰探賾見文賦

文選四十八　三十一

並開迹於一簣善本作匱字同受侯甸之所善本無所
字服奕世勤民以方伯統牧翰曰湯及文王累世開迹自於
卑微如起一簣之土以成其山漸爲諸侯奕世勤勞以撫下人爲一方之長統養百姓也
簣土籠也侯甸諸侯之國也伯長牧養也善曰言殷周二代初皆微開迹於一匱並受
夏殷侯甸之服勤勞治人或爲方伯或爲統牧也論語曰雖覆一匱桓子新論曰湯武則
久居諸侯方伯之位德惠加於百姓紀年曰武乙即位周王季命爲殷牧師也乘其
命賜彤弧黃鉞之威用討韋顧黎崇之不恪
向曰湯文二王皆承夏殷之威用討不敬也弧弓也黃鉞金飾鉞也韋顧黎崇皆國名也
皆不敬天子之命湯文奉命征之恪敬也蔡邕曰韋豕韋顧已姓之國皆夏諸侯也黎
崇殷諸侯也四國爲不敬湯文王誅之毛詩曰韋顧既伐又曰既伐于崇作邑於豐書曰

西伯既戡黎善曰乘因也言因其命賜以彤弓黃鉞乃始征伐也至于參三
五華夏京遷鎬皓亳良曰周后稷至公劉遭夏亂去邰之豳一也至
太王爲戎狄所偪遷于岐二也又居鎬三也殷湯至盤庚凡五遷都故曰三五也天子所
居曰華夏京大也鎬亳地名善曰參五謂參五分之也言殷周參五而分華夏之地然
後乃始京遷於鎬亳也論語曰參分天下有其二以服事殷解嘲曰四分五割並爲戰國
毛詩曰考卜維王宅是鎬京毛萇曰武王作邑於鎬京尚書湯誥曰王歸自夏至于亳孔
安國傳曰湯遷於亳遂自北面虎螭其師革滅天邑濟曰
武王自北面臣位用虎龍之兵攻滅桀紂以升天子之位也螭龍也言其兵猛如虎威
如龍也師兵也革改也天邑天子之邑也蔡邕曰天邑天子邑也善曰北面臣位也
虎螭如虎如螭也史記武王曰勉哉夫子如羆如豺如離徐廣曰此音義訓並與螭

字同尚書曰肆予敢求爾于天邑商是故誼士華而不敦武稱
未盡護有慙德不其然與銑曰湯以臣伐君故古今義士以爲
華薄之事不爲敦厚之道也孔子聽武王樂曰武盡美矣未盡善也延陵季子聘魯觀湯
樂見舞大護曰聖人之弘也而猶有慙德皆以臣伐君也不其然與猶豈不如此蔡
邕曰武周樂也護殷樂也孔子曰韶盡美矣又盡善也謂武盡美矣未盡善也舜禪而周
代故未盡善也延陵季子聘魯觀樂見舞大護者曰聖人之弘也而猶有慙德恥於始伐
也豈不然乎善曰左氏傳臧哀伯曰武王克商遷九鼎于雒邑義士猶或非之然亦
猶於烏穆猗那翕純皦皎繹亦翰曰此商頌周頌義殷周
用於宗廟之中也商頌云猗與那與周頌云於穆清廟孔子曰始作翕如也縱之純如
也皦如也繹如也於穆猗那皆美也翕純皦繹盛明之貌皆謂大也蔡邕曰周頌曰於

穆清廟商頌曰猗與那與孔子曰始作翕如也縱之純如也皦如也繹如也以崇
嚴祖考殷薦宗配帝向曰嚴敬殷厚薦進宗尊帝天也言所以崇敬
祖考厚進馨香尊配享於上天也善曰易曰先王作樂崇德殷薦於上帝以配祖考
發祥流慶對越天地者濟曰越於也蔡邕曰對答也善曰毛
詩曰對越在天鄭玄曰越於也舄奕乎千載豈不克自神明
哉向曰舄奕盛克能也自猶事也言所以長盛千載者豈不由能事鬼神哉蔡邕
曰舄奕光曜流行貌善曰言二代以臣伐君尚能作樂配天豈不能自神明其道哉周
易曰聖人以此齋戒以神明其德誕略有常審言行於篇籍
光藻朗而不渝善本有耳字銑曰誕大朗明渝變也言大略有古之常
道審言行於禮樂篇籍光其文藻明而不變善曰言二代神明其道大略有常但審言行

於篇籍光藻明而不變言無殊功也矧夫赫赫聖漢巍巍唐基
泝測其源乃先孕虞育夏甄殷陶周向曰矧況也泝
上也況我大漢以堯爲基上測源流以至深遠乃孕育舜禹而作爲殷周矣謂舜禹堯臣
也契湯之先祖亦事堯也稷周之祖亦堯臣也故知孕而生之育而長之甄陶而成也甄
陶謂以土燒器也蔡邕曰言則度漢本至唐乃任舜育禹化契成稷皆爲之父母摸範
也善曰甄陶已見上然後宣二祖之重光襲四宗之
緝熙良曰二祖謂高祖光武也重光謂明德相繼四宗謂文帝爲太宗武帝世宗宣
帝中宗明帝顯宗也緝熙明也蔡邕曰宣徧也襲因也高祖光武爲二祖孝文曰太宗
孝武曰世宗孝宣曰中宗孝明曰顯宗二祖重光天下四宗盛美相因而起也善曰尚
書王曰昔我君文王武王宣重光緝熙已見上文神靈日照光被六

幽向曰天子神靈如日照天下也六幽謂天地四方幽遠之處蔡邕曰六幽謂上下
四方也尚書曰光被四表格于上下仁風翔于善本作乎字海表威
靈行乎鬼區銑曰區方也鬼方蠻夷遠國也蔡邕曰鬼區絕遠之區也善
曰尚書曰方行天下至于海表鬼區即鬼方也毛詩曰覃及鬼方毛萇傳曰鬼方遠方也
慝善本作匿字亡無回而不泯微胡瓚善本作瑣字而
不顧濟曰邪惡者無不絕而發之微細者無不安而養之匿惡即邪瑣細傾養也
善曰顧養也何細而不養言皆養也故夫顯定三才昭登之績
匪堯不興良曰三才天地人也昭明登成績功也言明定三才明成其功非堯
不能與也蔡邕曰言明定天地人之道明登天之功非堯莫能興也尚書曰昭登于上
善曰周易曰易有天道焉有地道焉兼三才而兩之鋪聞遺策在下之

文選四十八　三十四

訓匪漢不弘厥道翰曰鋪布也遺策謂古之典策有所闕遺者也在下
之訓謂政教流訓於下也言布修古者闕遺之策使聞於天下政教流訓於時則非漢德
不弘其道也善曰言布聞古之遺策聖德在下之訓非漢不能弘道毛詩曰明明在下
毛萇傳曰文王之德明明在天下謂天之下也至於經緯乾坤出入
三光向曰經緯猶政治也三光日月星也使其出入躔次不失其道蔡邕曰言使
日月星辰出以其節入以其期亡朓側慝盈縮之異也善曰言漢之道能經緯天地
出入三光也淮南子曰覆天載地紘宇宙而章三光也外運渾元內霑
毫善本作豪字芒濟曰外則運行造化之氣內則渥恩霑於微細也渾元造化之
氣毫芒物之微細也善曰言漢道外則運行於渾元內則沾潤於豪芒言巨細咸被也
性類修善本作循字理品物咸亨其已久矣銑曰性生
也品物謂萬物也亨通也言物得所其已久矣善曰易曰品物咸亨盛哉皇
家帝世德臣列辟功君百王榮鏡宇宙尊亡
與亢良曰帝世謂與堯繼世也翰曰德臣謂有德之臣也列辟謂百官也功君謂
有功之君也百王謂諸侯王也皆得其才能榮名鏡照于宇宙則天子之道尊榮自古帝
王無與敵者亢敵也善曰言漢之德能古之列辟其功又為百王之君也四表曰宇
往古來今曰宙乃始虔鞏勞謙兢兢業業貶成抑定
不敢論制作向曰虔敬也鞏勞也言漢有此盛德乃猶謹敬勞謙戒慎自貶
其成功之議自抑其安定之理不敢論制作封禪之事言至謙也蔡邕曰鞏亦勞也
善曰易曰勞謙君子有終吉尚書曰兢兢業業一日二日萬機禮記曰王者功成作樂治
定制禮至於遷正黜色賓監平去之事渙揚㝢內

文選四十八　三十五

銑曰遷正改正朔也黜色易服色也賓監謂光武封殷後曰紹嘉公周後曰承休公以賓
客禮之所以敬視此二代之禮樂也則禮樂渙然盛揚於天下也監視也㝢內天下也
蔡邕曰漢承周後當就夏正以十二月為年首而秦以十月為年首高祖又以十月至霸
上因而不改至武帝太初始改焉賈誼公孫臣等議以漢土德服色尚黃至光武中乃黜
黃而尚赤立殷後曰紹嘉公周後曰承休公以賓而監二代矣於四者宣揚海內制作之
事猶未章也善曰禮記曰聖人南面而治天下也改正朔易服色而禮官儒
林屯用篤誨之士不傳祖宗之髣髴雖云優
慎無乃葸死與於是三事岳牧之寮僉人善本
作爾字而進曰向曰言禮官既不能傳述帝道三公岳牧之官皆欲進言於帝
也三事三公也寮官僉皆也蔡邕曰慎而無禮則葸善曰優謂優游也尚書大傳曰

周公作樂優游三年善曰三事岳牧已見上陛下仰監唐典中述
祖則向曰高祖之則也俯蹈宗軌銑曰俯下也世宗武帝封禪之軌則
也躬奉天經良曰孝者天地之經言天子身行孝道善曰孝經曰夫孝天
也也經惇敦睦辨章之化洽翰曰惇厚九族和睦上下辨折章服
其化已洽矣九族既睦善曰尚書曰惇叙九族平章百姓辨與平古字通也巡靖
黎蒸懷保鰥寡之惠浹祖頰反濟曰巡謀天下衆庶之人懷安
鰥寡之徒其惠浹也浹洽也蔡邕曰懷安也保養也善曰巡靖巡狩而安之也毛詩
曰日靖四方尚書周公曰懷保小民惠鮮鰥寡燔元扶瘞懸善本作縣字沈
肅祇羣神之禮備向曰此言祭天地山川也祭天曰燔柴祭地曰瘞埋
祭山曰庪懸祭川曰浮沈也肅祇皆敬也善曰爾雅曰祭天曰燔柴祭地曰瘞埋祭山

文選四十八　三十六

曰庪懸祭川曰浮沈是以來儀集羽族於觀魏銑曰來儀鳳也
言感天子之德乃與常鳥之族集於闕下觀魏皆闕也蔡邕曰貌恭體仁則鳳皇來儀
善曰尚書曰鳳皇來儀家語子夏曰商聞山書曰羽蟲三百有六十而鳳爲之長肉
角馴毛宗於外囿良曰肉角麟也乃與常獸之類順於外囿之中馴順
也毛謂獸也養獸之處曰囿蔡邕曰視明禮修則麒麟來應善曰廣雅曰麒麟狼題
肉角家語子夏曰毛蟲三百有六十而麟爲之長擾緇文皓質於郊
翰曰擾潔緇黑皓白也郭外曰郊此謂騶虞瑞獸黑文白質也蔡邕曰惠睿信立則白
虎擾善曰騶虞也升黃輝采鱗於沼濟曰此謂黃龍也天子有至德
則黃龍見蔡邕曰聽德知正則黃龍見善曰禮記曰龜龍在宮沼甘露宵
零於豐草銑曰宵夜豐盛也蔡邕曰德至天則甘露降善曰毛詩曰湛湛

露斯在彼豐草三足軒翥於茂樹向曰三足烏也軒飛貌翥飛也蔡
邕曰烏反哺之烏至孝之應也善曰楚辭曰鸞鳥軒翥而翔飛若乃嘉穀靈
草奇獸神禽應圖合諜窮祥極瑞者朝夕坰
牧良曰圖諜皆圖書之類也言祥瑞朝夕見於坰牧也林外曰坰郊外曰牧蔡邕曰
天子內也懷日月邦畿卓犖方州洋溢乎要荒翰曰
日月之下邦畿之內奇異卓犖之瑞生於帝都洋溢於遠國也方州帝都也洋溢言多也
要荒國也遠昔周善本無周字姬有素雉朱烏玄秬黃
麰之事耳向曰昔周成之時有白雉赤烏之瑞黑黍黃麥之秀皆爲瑞也
秬黍麰麥也善曰素雉白雉也已見東都主人朱烏火流爲烏也已見上毛詩曰誕降
嘉種維秬維秠爾雅曰秬黑黍也韓詩外傳曰貽我嘉麰薛君曰麰大麥也君臣

文選四十八　三十七

動色左右相趨銑曰謂周之君臣喜悅其嘉瑞故動色而相趨也濟
濟翼翼峩峩如也向曰皆盛多貌也善曰濟濟翼翼已見上毛詩曰
奉璋峩峩蓋用昭明寅畏承聿懷之福濟曰寅敬聿修懷安
也言此瑞者蓋用昭明鬼神之感敬畏上天之命奉修先王之美安於兆人以成多福
故作封禪也蔡邕曰毛詩曰昭事上帝聿懷多福善曰尚書曰嚴恭寅畏亦以
寵靈文武貽宴後昆覆以懿鑠善本作燕字良曰又益
神靈於文武二王遺安後嗣覆以美盛之德也寵益貽遺宴安昆嗣懿美鑠盛也善曰
左氏傳遂啓疆曰辱見寡君寵靈楚國毛詩曰貽厥孫謀以燕翼子尚書曰垂裕後昆
豈其爲身專辭也善本專字上有而有二字向曰成王所以封禪者豈
爲其身而爲專擅之辭也蓋以光祖考之德若然受之亦宜勤恁

而深旅力以充厥道向曰若如此受命之事漢亦宜勤思陳力以受封禪
之事以充義祖考之道也恁思旅陳也蔡邕曰恁思也旅陳也啓恭館之
金縢御東序之祕寶以流其占向曰啓開也恭館置金縢
之所也金縢周公請命之書藏之於匱緘之以金書云天球河圖在東序東序東廂也祕
寶則河圖也此二物皆可以占驗受命之事故開而進之以流傳其占也蔡邕曰恭館
宗廟金縢之所在東序牆也尚書曰天球河圖在東序流演也雒書所載九疇之事也覽
之以演禍福之驗也夫圖書亮章天哲也翰曰亮信章明哲智
也言圖書者所以示信天命以明賢哲之道也蔡邕曰亮信也章明也言河圖洛書至
信至明而出天賜之使視而行之孔繇先命聖孚也濟曰孔子之道
先王教命聖人信而行之也孔謂孔子也繇道乎信也蔡邕曰繇道也言孔子先定道

文選四十八　三十八

誠至信也體行德本正性也蔡邕曰體行正性習堯所履今天子復蹈
之逢吉丁辰景命也良曰丁當也景明也言逢其吉瑞當於嘉辰此
王者之明命也蔡邕曰言逢此吉當此時者皇天之大命也順命以創制
銑曰順天命以創立封禪之制蔡邕曰易曰湯武革命順乎天應乎人因定以
和神向曰因天下治定以和鬼神以事封禪蔡邕曰治定作樂以和人神荅
三靈之蕃煩祉展放唐之文明翰曰封禪者所以荅天地
人之多福廣帝堯之明德矣三靈天地人也蕃多祉福展廣也放唐謂堯也善曰三靈
天地人也已見陸機高祖功臣頌尚書旋璣鈐曰平制禮樂放唐之文兹事體
大而允寤寐次於聖心向曰此事體大而信寤寐之間次在天子
之聖心也善曰允信也次止也言此事體大式弘大信能寤寐常止於聖上之心也大

戴禮曰神明得聖心備矣自瞻前顧後豈蔑清廟憚勑天
善本有命字乎翰曰言天子可以瞻前顧後封禪之事皆以光揚宗廟以開洪業以
示萬代豈復輕相而難告天者乎蔑輕也清廟祖考廟也憚難勑告也蔡邕曰蔑輕也
善曰前謂前代帝王後謂子孫也毛詩序曰清廟祀文王也尚書曰勑天之命伊考
自遂古乃降戾爰茲作者七十有四人向曰伊惟
也遂古上古也降下戾至爰於也此謂漢也自古作封禪者七十二君今漢有二是七十
四人也蔡邕曰戾至也善曰楚辭曰遂古之初誰傳道之古封禪者七十二君今又
加之二漢有不俾而假素罔光慶善本作度字而遺章
銑曰言自古君王有天命不使封禪而毀勒素牒無大慶之瑞亦妄還跡於書傳俾使罔
無光大也章謂書傳也善曰言前封禪之君有天下使之而尚假竹素未有告之以光

文選四十八　三十九

明之度而遺其篇章今有善本作其字如台貽而獨闕也良曰
自封禪之君豈有如我天子之德者我安可獨闕於此禮也善曰尚書曰夏罪其如台
孔安國傳曰台我也是時聖上固已善本作以字垂精游神
苞舉藝文濟曰將修封禪也屢訪羣儒俞善本作諭字咨
故老翰曰訪問也俞然也咨謀也言天子然納封禪之事謀於故老問以可否與
之斟酌道德之淵源餚善本作肴字覈胡革仁義善本
作誼字之林藪以望元符之臻焉向曰斟酌飲也餚覈食也
言與羣儒故老求道德之深源尋仁義之林藪以望符瑞之至亦如飲食以求其醉飽也
餚肉也覈木實也臻至也蔡邕曰斟酌飲也肴覈食也肉曰肴骨曰覈水深曰淵水本
曰源叢木曰林澤無水曰藪言六藝者道德之深本而仁誼之藂藪也天子與羣儒故老

斟酌希覈而行以天應之至也詩曰洞酌彼行潦又曰看覈惟旅既感羣后之讜辭又悉善本經字有五繇宙之碩慮矣銑曰群后百官也讜正也悉盡也五繇卜辭也碩大也言感百官之正辭知其可以也又盡卜者之大慮以知吉也蔡邕曰讜直言也經常也繇占也王者巡狩預卜五年歲習其祥習則行不則修德而改卜言天下已舉五卜之占而習吉也將伻蒲萌切善本作絣字萬嗣揚洪輝奮景炎翰曰伻使洪大輝光奮振景明炎盛也言將使萬世揚漢德之大光振大漢之明盛也蔡邕曰揚奮皆振布之意也善曰絣使也絣與拼古字通也扇遺風播芳烈良曰扇動播布烈業也久而逾善本作愈字新用而不竭翰曰德利於人而人不厭故雖久而逾新也其德廣遠不竭也故汪汪乎丕天之大律其疇能亘之

文選四十八　四十

哉唐哉皇哉皇哉唐哉濟曰汪汪深廣貌丕大律法疇誰亘竟也言其德深如水道大如天又立大法其誰能知其深極之理言不可測也良曰唐堯皇大也再言之美之甚也蔡邕曰言誰能竟此道惟唐堯與漢漢與唐堯而已

文選卷第四十八

宿

史論上

文選

四十九

共六十

文選卷第四十九

梁昭明太子撰　五臣并李善注

史論上

班孟堅公孫弘傳贊一首

于令升晉武帝革命論一首

晉紀揔論一首

范蔚宗後漢書皇后紀論一首

公孫弘傳贊一首

班孟堅翰曰凢史傳之末作一贊以重論傳內人之善惡命曰史論

贊曰良曰贊亦論之通稱公孫弘卜式倪寬皆以鴻漸之翼困於鷰雀銑曰此三人進趣相類故連言之鴻水鳥也漸進也言鴻鳥能進千里者羽翼之材也此三人皆有大材如鴻鳥之羽翼然皆初困俗人所薄鷰雀小鳥俗人也善曰李奇漢書注云漸進也鴻一舉而進千里者羽翼之材也言弘等皆以大材初困爲俗所薄若鷰雀不知鴻鵠之志也遠迹羊豕之間非遇其時焉能致此位乎向曰公孫弘牧豕海上徵賢良對策擢第拜博士遷丞相卜式牧羊以家財助邊上拜中郎遷御史大夫言皆居高遠之跡以牧羊豕也時謂此位則丞相大夫也善曰漢書曰公孫弘少時家貧牧豕海上年四十餘乃學春秋武帝初即位召賢良文學之士是時弘年六十徵賢良文學對策拜博士遷丞相又曰卜式以田畜爲事入山牧羊十餘年羊致千餘頭上拜爲中郎遷御史

大夫韋昭漢書注曰遠迹謂耕牧在遠方也是時漢興六十餘載海內乂安府庫充實而四夷未賓制度多闕上方欲用文武求之如弗及始以蒲輪迎枚生見主父而歎息濟曰是時武帝時也四夷四方之夷也賓服也制度禮法也闕缺也弗及如前人不能及也蒲輪徵隱之車枚生枚乘也主父偃上書闕下引見嘆息曰何相見之晚善曰漢書曰武帝為太子聞枚乘名及即位乘已年老乃以安車蒲輪徵乘又曰主父偃齊國臨菑人武帝時言九事其八事為律令上書闕下朝奏暮召入見謂曰公安在何相見之晚也羣士慕嚮異人並出卜式拔於芻牧弘羊擢於賈豎良曰芻牧謂牧羊也拔擢皆舉用也桑弘羊洛陽賈豎子也以善心計為侍中善曰漢書曰桑弘羊洛陽賈人子衛青奮於奴僕日磾出於降虜翰曰衛青父鄭季與陽信公主家僮衛媼通生青後擢為侍中是奮起於奴僕也衛青者取母之姓也金日磾本匈奴休屠王太子降漢後入官輸黃門養馬肥上拜為馬監虜獲也善曰漢書曰衛青其父鄭季與陽信長公主家僮衛媼通生青青姊子夫入宮幸上召青為建章監侍中又曰金日磾本匈奴休屠王子王降漢後悔昆邪王殺之將其衆降日磾以父不降後入官輸黃門養馬馬肥好上拜為馬監斯亦曩時板築飯牛之朋已銑曰曩昔也傳說代胥靡板築殷王高宗求而得之以為相甯戚飯牛於齊門桓公見而用之言此數君之遇亦同之朋已辭也善曰尚書序曰高宗夢得說使百工營求諸野得諸傳巖孟子曰傳說舉於版築之間呂氏春秋曰甯戚飯牛居車下望桓公悲擊牛角而疾歌漢之得人於茲為盛儒雅則公孫弘董仲

舒倪寬善曰漢書曰倪寬治尚書為侍御史上問尚書一篇擢為中大夫篤行則石建石慶良曰篤厚也厚行謂孝謹也此二子皆以孝謹官至二千石善曰漢書曰石奮長子建次子慶皆以馴行孝謹官至二千不質直則汲黯卜式濟曰質正也直謂汲黯謂武帝曰陛下內多慾卜式數言郡國不便帝皆重之善曰及黯已見西征賦漢書曰卜式言郡國不便鹽鐵船有筭可罷推賢則韓安國鄭當時翰曰推舉也安國所推舉皆當時能士鄭當時常以四郊置驛以迎天下賢士善曰漢書曰韓安國所推舉皆廉士賢於己者於梁舉壺遂臧固至他皆天下名士鄭當時已見西征賦定令則趙禹張湯銑曰二人共定諸律令善曰漢書曰張湯遷太中大夫與趙禹共定諸律令又曰趙禹斄人至中大夫斄音邰文章則司馬遷相如滑稽則東方朔枚皋向曰相如與史遷同姓也滑稽猶能諧也善曰楚辭曰突梯滑稽如脂如韋王逸曰轉免隨俗也漢書曰枚皐字少孺不通經術詼笑類俳倡以故得媟黷應對則嚴助朱買臣濟曰應對謂抗荅君上善曰漢書曰嚴助為中大夫與朱買臣並在左右歷數則唐都落下閎良曰漢令此二人修太初歷善曰漢書曰造漢太初歷方士唐都巴郡落下閎與焉孟部者舊傳曰閎字長公巴郡閬中人也明曉天文地理隱於落亭武帝時友人同縣譙隆薦閎待詔太史更作太初歷拜侍中辭不受風俗通曰姓有落下漢有落下閎協律則李延年運籌則桑弘羊濟曰李延年善歌新聲為協律都尉運籌則心計也善曰漢書曰李延年中山人坐法腐刑善歌新聲為協律都尉漢書曰桑弘羊以心計為侍中奉使則張騫蘇武銑曰張騫使西域蘇武使匈奴並著誠節也

善曰張騫蘇武已見西征賦將帥則衛青霍去病向曰此二人俱
爲漢將破匈奴有功者也善曰衛青霍去病事已見長楊賦受遺則霍光
金日磾濟曰武帝病甚霍光曰如有不諱誰當嗣者上曰立鉤弋子君行周公之
事光讓曰臣不如光遂並受遺詔輔少主也善曰漢書曰武帝病篤霍光曰
如有不諱誰當嗣者上曰立少子君行周公之事光讓日磾日磾亦曰臣不如光並受遺
詔輔少主其餘不可勝紀是以興造功業制度遺
文後世莫及孝宣承統纂修洪業良曰其餘謂諸道術
者勝盡也興起也言起作功業制度後代無能及武帝也統紀纂繼洪大也繼修大業謂
修武帝故事善曰國語曰祭公謀父曰時序其德纂修其緒亦講論六藝
招選茂異翰曰六藝禮樂射御書數也招引選擇也茂異謂茂才異等善曰

文選四十九　四

六藝六經也漢書武帝詔曰察吏民茂才異等而蕭望之梁丘賀夏銑曰蕭望
侯勝韋玄成嚴彭祖尹更始以儒術進
之修齊書梁丘賀善易夏侯勝理尚書韋玄成修詩嚴彭祖善春秋尹更始理穀梁並以
儒術進爲著職也善曰漢書曰蕭望之修齊詩事同縣后倉又曰梁丘賀字長公從京
房受易賀入說上善之以賀爲郎至少府又曰夏侯勝從濟南伏生受尚書至長信少府
又曰韋賢修詩傳子玄成至丞相又曰嚴彭祖字次公與顏安樂俱事睦孟公羊春秋有
顏嚴之學爲太子太傅又曰穀梁學尹更始爲諫議大夫劉向王褒以
文章顯向曰王褒劉向以文章諫諍見幸於帝將相則張安世
趙充國魏相邴吉于定國杜延年濟曰張安世爲車騎
將軍趙充國討西羌有功封營平侯魏相邴吉于定國皆丞相杜延年爲給事中有名稱

善曰漢書曰張安世字子孺宣帝即位爲太司馬車騎將軍又曰杜延年字幼公爲太僕
給事中宣帝在信之即奉駕入事中趙充國于定國已見西征賦治民則黃
霸王成龔遂鄭弘召信臣韓延壽尹翁歸趙
廣漢嚴延年張敞之屬良曰黃霸爲楊州刺史王成爲膠東相龔
遂爲渤海太守鄭弘爲淮陽相召信臣爲南陽太守韓延壽爲東郡太守尹翁歸爲東海
相趙廣漢爲京兆尹嚴延年爲涿郡太守張敞爲京兆尹言此數人皆在職平直而有聲
譽善曰漢書曰黃霸字次公爲揚州刺史宣帝以爲潁川太守又曰王成爲膠東相政
甚有聲宣帝最先褒之又曰龔遂字少卿宣帝以爲渤海太守人皆富實獄訟止息又曰
鄭弘字穉卿爲淮陽相以高第入爲右扶風又曰召信臣字翁卿爲南陽太守吏民親愛
號之曰召父又曰韓延壽字長公爲東郡太守吏民敬畏趨嚮之斷獄大減爲天下最又

文選四十九　五

曰尹翁歸字子況拜東海太守東海大治又曰嚴延年字次卿爲涿郡太守道不拾遺趙
張已見西征賦皆有功迹見述於後世參其名臣亦
其次也翰曰次謂次於武帝時也

晉紀論晉武革命一首

干令升銑曰何法盛晉書云干寶字令升新蔡人始以尚書郎領
國史遷散騎常侍晉紀論者論革魏命之事革改也言改魏命歸於
晉故史官作此論以論之善曰何法盛晉書曰干寶字令升新蔡
人始以尚書郎領國史遷散騎常侍卒撰晉紀起宣帝迄愍五十三
年評論切中咸稱之善

史臣曰帝王之興必俟天命苟有代謝非人

事也 向曰俟待謝序也言帝王必待天命而後興且有代序興廢皆非人事所能致之 善曰尚書曰俟天休命淮南子曰二者代謝舛馳高誘曰代更也謝次也 文質異時興建不同 濟曰帝王之興或以文或以質其立不同也尚書大傳曰文質再而復 善曰春秋元命苞曰王者一質一文據天地之道也天質而地文又曰正朔三而改文質再而復 故古之有天下者柏皇栗陸以前為而不有應而不求執大象也 良曰柏皇栗陸上古帝王號為理而不自有其功應謂應德而不求其報謂為法也言如此之君但執淳素之大法 善曰莊子曰獨不知至德之時乎昔者柏皇氏栗陸氏若此之時則至治也淮南子曰天地大矣成而弗有老子曰執大象天下往 鴻黃世及以壹 善本依一字 民也 翰曰鴻黃帝也世及謂父子相承也言如此以一人之心不令有二人也 善曰父子相承以一民之心也左氏傳史克曰昔帝鴻氏有不材子杜預曰帝鴻黃帝也禮記曰大人世及以為禮 堯舜內禪體文德也漢魏外禪順大名也 銑曰內禪不舉兵戈之事故曰文德也外禪謂行殘殺以順大名 善曰謝靈運晉書禪位表曰夫唐虞內禪無兵戈之事故曰文德漢晉外禪有翦伐之事故曰順名以名而言安得不僭稱以為禪代邪靈運之言似出于此文既詳悉故具引之 湯武革命應天人也 向曰湯伐桀武王伐紂以啓其昏暴天人厭之故應而伐 善曰周易曰湯武革命順乎天而應乎人 高光爭伐定功業也 濟曰高祖光武伐滅項羽王莽克定功業 善曰漢高祖及光武也仲長子昌言曰高光二祖之神武遇際會而不能得管子曰禹平治天下及桀而亂之湯放桀以定禹功也湯平治天下及紂而亂之武王伐紂以定湯功也 各因其運

文選四十九　六

而天下隨 善本有時字 隨時之義大矣哉 良曰言各逐運數而天下之隨大矣哉言此義廣大不可得言也 善曰周易曰隨元亨隨時之義大矣哉 古者敬其事命 善本命有則字 上以始今帝王受命而用其終 翰曰古者謂堯也事謂萬機之事也始初也今謂陳留王也終謂終帝之事而禪位於晉也 善曰尚書曰月正元日舜格于文祖孔安國曰將即政故至文祖廟告也魏志曰陳留王咸熙二年十二月禪位于晉嗣王左氏傳曰晉侯使太子申生伐東山皋落氏狐突歎曰時事之徵也故敬其事則命以始命今以時卒閔其事也 豈人事乎其天意乎 銑曰言終始不同豈惟人事邪乃天意也

晉紀摠論一首 名摠論 向曰此論自宣帝至愍帝合其善惡而論之是

文選四十九　七

干令昇

史臣曰昔高祖宣皇帝以雄才碩量應運而仕 銑曰雄才謂英雄也碩大也應運謂應聖人之期運也仕謂魏武為漢丞相時辟任為文學掾 善曰范曄後漢書曰陶謙奏記於朱攜曰將軍既文且武應運而出 值魏太祖創基之初籌畫軍國嘉謀屢中 良曰籌謂計策也嘉善屢數也 善曰干寶晉紀曰魏武帝為丞相命高祖為文學掾每與謀策畫多中 遂服輿軫驅馳三世 翰曰輿軫車也謂乘輿也三代謂文帝時為丞相明帝即位遷驃騎大將軍兼武帝文學掾也 善曰干寶晉紀曰魏文帝即王位為丞相長史明帝即位遷驃騎大將軍 性深阻有如城府而能寬綽以容納行任數以御物而知人善采拔

銑曰言宣帝志性深阻如城府之深固也又能寬綽容納於物數術也御使也言任數術之人使之知其善者必取擢而用矣采取拔擢也　善曰管子曰聖君任法不任智任數不任說尚書禹曰知人則哲能官人**故賢愚咸懷小大畢力**向曰懷來畢盡也　善曰尚書穆王曰小大之臣咸懷忠良東觀漢記太史官曰明主勞神忠臣畢力**爾乃取鄧艾於農隙引州泰於行役委以文武各善其事**濟曰鄧艾爲典農宣王見而奇之辟以爲掾遷尚書郎隙畢細貌州泰先任荊州刺史裴潛從事潛每使泰詣宣王由此爲宣王所知歷兗豫二州刺史艾善試而泰善文言宣王能委任之各盡其事也　善曰魏志曰鄧艾字士林義陽人也典農綱紀上計吏因使見太尉司馬宣王宣王奇之辟以爲掾遷尚書郎郭頒世語曰初荊州刺史裴潛以州泰爲從事司馬宣王鎮宛潛數遣詣宣王由此爲宣王所

文選四十九　八

知歷兗豫二州刺史**故能西擒**善本不從手**孟達東舉公孫淵**良曰孟達爲金城太守公孫淵爲遼東太守並據兵反俱爲宣王討而平之擒執也　善曰干寶晉紀曰新城太守孟達反高祖親征之屠其城斬達魏志曰公孫淵爲遼東太守景初元年徵淵遂發兵逆於遼隧自立爲燕王二年遣司馬宣王征淵斬淵傳首洛陽**內夷曹爽外襲王陵**翰曰夷滅也曹爽與宣王俱受遺詔輔政爽橫恣日甚宣王奏廢之後有反狀夷三族太尉王陵謀立楚王彪宣王舉兵襲於壽春陵乃面縛所降　善曰干寶晉紀曰高祖與曹爽俱受遺輔政爽橫恣日甚高祖乃奏事永寧宮廢爽兄弟以侯歸第有司奏黃門張當辭連爽反狀遂夷三族又曰高祖東襲太尉王陵于壽春初陵以魏主非明帝親生且不明也謀更立楚王彪陵聞軍至面縛請降高祖祥縛反服見之送之京都飲藥而死**神略獨斷征伐四克**銑曰神略

言智如神斷決也法言云湯武桓桓征伐四克四克謂克於四方　善曰楊雄連珠曰兼聽獨斷聖王之法也法言曰湯武桓桓征伐四克**維御羣后大權在己**向曰維持御使也羣后衆官也權柄言國柄在己謂高祖也　善曰春秋孔演圖曰天子執圖諸侯得之大權成**屢拒諸葛亮節制之兵而東支吳人輔車之勢**濟曰諸葛亮蜀將也節制言亮軍士有節度制法也支亦拒也輔車之勢謂吳與蜀爲援助而宣王能拒之　善曰漢書曰齊桓晉文之兵可謂入其城而有節制矣左氏傳宮之奇曰諺所謂輔車相依脣亡齒寒**軍旅屢動邊鄙無虧於是百姓與能大象始構矣世宗承基太祖繼業**良曰屢數也鄙亦邊也虧闕象法也言晉之興盛大法從此始立也　翰曰世宗景帝也宣王薨以撫軍大將軍輔政太祖文帝也世宗薨爲

文選四十九　九

大將軍錄尚書事輔政繼業謂相繼以成帝業者也　善曰干寶晉紀曰世宗景皇高祖崩以撫軍大將軍輔政又曰太祖文皇帝母弟也世宗崩進位大將軍錄尚書事輔周易曰人謀鬼謀百姓與能大象已見上文李善序世宗承基太祖繼業在軍旅屢動文上**玄豐亂內欽誕寇外**銑曰玄夏侯玄豐李豐作亂景帝誅殺之夷三族欽文欽誕諸葛誕此二人俱爲亂欽則景帝將誅而奔吳誕則太祖斬之夷三族也　善曰干寶晉紀曰中書令李豐推太常夏侯玄謀廢大將軍世宗聞之乃遣王羨迎豐至世宗責之豐知禍及遂放惡言勇士築殺之夷玄三族又曰揚州刺史文欽自曹爽死後陰懷異志乃脅太后令罪狀世宗世宗自帥中軍討之欽敗得入吳又曰鎮東大將軍諸葛誕貳于我太祖親率六軍東征拔之斬誕首夷三族**潛謀雖密而在幾必兆**向曰潛謀玄豐也幾微兆見也**淮浦再擾而許洛不**

震咸黜異圖用融前烈 濟曰淮浦許洛謂欽誕也震動咸皆也言
皆黜異心圖謀之人以明前帝之業也善曰左氏傳曰咸黜不端尚書王曰公劉克篤
前烈 然後推轂鍾鄧長驅庸蜀 良曰天子遣將推轂而送鍾會
鄧艾爲將征蜀破之庸蜀地名 善曰丁寶晉紀曰景元四年大舉伐蜀太祖部分諸軍
指授方畧使征西將軍鄧艾自狄道攻姜維於沓中使鎮西將軍鍾會由駱谷襲漢中漢
書馮唐曰上古王者遣將也跪而推轂曰閫以內寡人制之閫以外將軍制之戰國策曰
樂毅輕卒銳兵長驅至齊尚書曰及庸蜀人 三關電掃劉禪入臣
翰曰三關謂蜀有陽平關江關白水關也電掃言疾也劉禪蜀主也入臣謂降也善曰
吳志賀邵曰劉氏據三關之險守重山之固張瑩漢南紀曰蜀有陽平關白水關此爲三
關于寶晉紀曰鄧艾進軍城北蜀主劉禪面縛輿櫬詣壘門范曄後漢書閻忠說車騎將

文選四十九　十

軍皇甫嵩曰旬月之間神兵電掃 天符 善本作府字 人事於是信
矣 善曰東觀漢紀耿純說上曰天時人事已可知矣 始當非常之禮
終受備物之錫 銑曰非常之禮謂加九錫也備物謂祭器之物 善曰于
寶晉紀曰天子命太祖爲晉公九錫之禮又進公爵爲王左氏傳子魚曰備物典策 名
器崇於周公權制嚴於伊尹 向曰崇高也周公代成王攝政
伊尹商賢臣輔太甲放於桐宮故云權制嚴也言文帝爲魏輔亦如周公伊尹也 至
於世祖遂享皇極 濟曰享當也皇極天子位也言武帝受禪遂當天子
之位 善曰世祖武帝也尚書考靈耀曰建用皇極宋均曰建立也皇極大中也 正
位居體重言慎法 良曰正位天子位也體謂得中正之體而重其言語
慎其法令 善曰周易曰君子正位居體也法言曰卑言重行言重則有法行重則有德

仁以厚下儉以足用 善曰周易曰山附於地剝上厚下安宅毛詩序
曰儉以足用寬以愛民 和而不弛寬而能斷 翰曰弛緩也斷決也
善曰論語曰君子和而不同韋昭國語注曰弛廢也尚書曰寬而栗斷猶決也 故民
詠惟新四海悅勸矣 銑曰言人皆歌詠思其新君也四方之國俱喜
悅相勸勉而從之新君武帝也初受魏禪故云新君 善曰毛詩曰周雖舊邦其命惟新
周易曰說以先人人忘其勞說以犯難人忘其死悅之大民勸矣哉 聿修祖宗
之志思輯戰國之苦 向曰聿循修治也言武帝修先祖欲伐吳之志
思和戰國之艱苦輯和也 善曰毛詩曰無念爾祖聿修厥德 腹心不同公
卿異議 濟曰腹心謂近臣也異議謂張華王濬言伐吳便荀勗賈充以爲不便也
納 善本納上有而獨字 羊祜之策以善 善本善上有從字 爲衆

文選四十九　十一

良曰征南將軍羊祜上疏請伐吳上納其策以從衆人之所善 善曰于寶晉紀曰征南
大將軍羊祜來朝上疏云以國家之盛強臨吳之危弊軍不踰時剋可必也上納之而未
宣左氏傳欒武子曰善均從衆夫善衆之主也從之不亦可乎 故至於咸寧
之末遂排 善本作非字 羣議而杖王杜之決 翰曰咸寧
武帝年號排推也言排去荀勗賈充之議也杖持也言持任王濬杜預之決 善曰于寶
晉紀曰咸寧五年龍驤將軍王濬上疏曰吳王荒淫且觀時運宜征伐上將許之賈充荀
勗等畢諫以爲不可張華固執之杜預亦上疏上先納羊祜之謀重以濬預之決乃發詔
諸方大舉 況舟三峽介馬桂陽 銑曰三峽山名桂陽郡名 善曰左
氏傳晉飢秦輸之粟命之曰汎舟之役劉淵林蜀都賦注曰三峽巴東永安縣有高山相
對民謂之峽左氏傳曰晉郤克與齊侯戰于鞍齊侯不侯介馬而馳之漢書曰有桂陽郡

高帝置之役不二時江湖善本作湘字來同向曰役謂舉師役也
三月一時江湖吳險固也來同謂並歸晉善曰干寶晉紀曰咸寧五年十一月命安東
將軍王渾龍驤將軍王濬師巴蜀之卒浮江而下太康元年四月王濬鼓譟入于石頭吳
主孫皓面縛輿櫬降于濬毛詩曰淮夷來同夷吳蜀之壘垣通二
方之險塞掩唐虞之舊域班正朔於八荒濟曰
夷平也壘垣軍壘也吳蜀俱帶江山故云險塞唐堯也虞舜也舊域謂舜禹太平之域也
班布也正朔謂曆數也八荒八方也善曰漢書曰賈捐之曰堯舜之盛地方不過數
千里論語比考讖曰正朔所加莫不歸義甘泉賦曰八荒協兮萬國諧太康之
中天下書同文車同軌良曰太康武帝年號也吳蜀平故云同文
同軌也善曰禮記曰今天下書同文車同軌牛馬被野餘糧棲畝

行旅草舍外閭不閉翰曰餘糧棲畝謂禾稼穗於田畝之中而不收
如鳥之棲宿耳舍宿也行旅草宿閭門不閉言無盜賊也善曰東觀漢記曰建武十七
年商賈重寶單車露宿牛馬放牧道無拾遺淮南子曰昔容成之時置餘糧於畝首蔡邕
胡廣碑曰餘糧棲畝毛詩曰召伯所茇毛萇曰茇草舍也禮記曰外戶不閉謂之大
同民相遇如善本如上有者字親其匱乏者取資於
道路銑曰言禮義大行也資給也善曰禮記孔子曰昔者大道之行也人不獨親
其親不獨子其子故于時有天下無窮人之諺向曰諺傳
言也天下無窮人謂百姓盡富善曰莊子曰當堯舜而天下無窮人非知得也當桀
紂而天下無通人非知失也雖太平未洽亦足以明吏奉
其法民樂其生百世善本作代之一時矣濟曰言雖未洽

上古太平之風然亦足以辨明時矣吏平民安可謂百代而有一時也善曰東觀漢記
詔曰吏安其職民樂其業孝經援神契曰天下歸往人人樂生論語曰百世可知言踰遠
也武皇既崩山陵未乾楊駿被誅母后廢黜
良曰山陵未乾言時近也太傅作亂被誅還太后楊氏于永寧宮黜爲庶人母爲惠帝母
善曰漢書崔禹曰將軍墳墓未乾干寶晉紀曰永平元年誅太傅楊駿遷太后楊氏于永
寧宮策廢爲庶人居於金墉城朝士舊臣夷滅者數十族尋
以二公楚王之變翰曰夷誅也族門也太子太傅孟觀譖二公欲爲廢
立之事楚王瑋殺汝南王亮太保衛瓘張華以二公既亡楚王必專權勢使董猛使言於
太后太后遣謁者李雲收瑋付廷尉伏誅善曰干寶晉記曰太子太傅孟觀知中宮旨
因譖二公欲行廢立之事楚王瑋殺太宰汝南王亮太保衛瓘張華以二公既亡楚必專

權使董猛言於后遣謁者李雲宣詔免瑋付廷尉瑋以矯詔伏誅宗子無維
城之助而閼伯實沉之郤歲構銑曰維連也言宗子連城
封之以助京室也高辛氏有二子長曰閼伯季曰實沉不相穆以干戈相討言諸王兄弟
歲構郤如閼伯善曰毛詩曰懷德維寧宗子維城左氏傳子産曰昔高辛氏有二子伯
曰閼伯季曰實沉居曠林不相能日尋干戈以相征討閼伯實沉則參商也師尹
無具瞻之貴而顛墜戮辱之禍日有向曰師尹大臣
也使萬人具瞻之以成其貴顛仆墜落戮殺辱污也言惠帝朝廷日有此禍善曰詩曰
赫赫師尹民具爾瞻至乃易天子以太上之號而有免
官之謠濟曰趙王倫篡位遷惠帝於金墉城易其號爲太上皇時中書令繆播云
太史星變當有免官天子也徒歌曰謠善曰臧榮緒晉書曰惠帝永康二年禪位于趙

王倫以兵留守衛上號曰太上皇改金墉曰永安宮中書令繆播云太史案星變事當
有免官天子民不見德唯亂是聞良曰人不見為德但聞為亂
善曰左氏傳卜偃曰民不見德唯戮是聞朝為伊周夕為桀跖翰曰
言朝居貴如伊尹周公之賢夕見屠戮則為惡如桀跖之惡善曰莊子曰施不及三王
天下大駭矣下有盜跖上有曾史善惡陷於成敗毀譽脅於
勢利於是輕薄干紀之士役姦智以投之如
夜蟲之赴火銑曰成者為善敗者為惡實理無能明之者欲為忠直論其毀
譽則見脅於勢利之人干紀謂干犯國之綱紀言輕薄小人役姦惡之智與時政相投如
夜蟲之赴火矣善曰范曄後漢書曰李寶勸劉嘉且觀成敗光武聞告鄧禹曰當是長
安輕薄兒誤之耳左氏傳季孫盟臧氏曰無或如臧孫紇干國之紀呂氏春秋曰人主有
文選四十九 十四
能明其德者天下之士歸之若蟬之赴明火也內外混淆庶官失才
向曰混同淆亂庶眾也失才賢才失也善曰尚鄭玄毛詩箋曰內謂諸夏也外謂夷狄也
書曰推賢讓能庶官乃和名實反錯天綱解紐善本作網濟曰
為惡者反獲善名是實反錯也網維也紐東也解東謂失綱紀也善曰管子曰維網也名
而案實案實而定名名實相為情國政迭移於亂人禁兵外
散於四方方岳無鈞石之鎮關門無結草之
固良曰迭更也三十斤曰鈞四鈞曰石言亂人迭更執國政天子禁兵不得自專言
岳牧輕薄不堪重任關塞之禁不如結草以為固人善曰漢書曰十六兩為斤三十斤為
鈞四鈞為石左氏傳曰晉魏顆之役魏顆見老人結草以亢杜回杜回躓而顛仆李辰
石冰傾之於荊揚翰曰李辰石冰二人晉末為叛將揚州刺史陳徽起兵

亂李流攻益州武勇以西赴益州兵不樂西征李辰因之善曰干寶晉紀曰蜀賊
詐惑百姓以山都為主石冰應之羅石冰略揚州揚州刺史蘇峻降劉淵王
彌撓之於青冀銑曰劉淵以離石起兵王彌以青州起兵卒攻破諸郡縣自稱王
東莞復攻青州撓亂也善曰干寶晉紀曰劉淵遷離石遂謀亂淵在西河離石攻破諸
郡縣自稱漢王又曰王彌攻青州東莞東安二郡復攻青州二十餘年而河洛
為墟戎羯稱制二帝失尊山陵無所向曰河洛之都
皆為劉曜劉聚所破化為丘墟戎羯謂也二帝謂懷帝愍帝也懷帝為劉聚所虜
帝為劉曜所虜山陵無所善曰干寶晉紀曰劉聚破平陽死於虜庭故云
入京都百官失守天子蒙塵於平陽又愍曰劉曜寇長安劉聚寇於城下天子蒙塵於
平陽矣何哉樹立失權託付非才四維不張而
文選四十九 十五
苟且之政多也濟曰失權謂為樹立繼嗣失權宜也非才謂不得人也四維
謂禮義廉恥也苟且猶曲從以為政也言晉亡在於此也善曰管子曰不供祖舊則孝
悌不備四維不張國乃滅亡四維一曰禮二曰義三曰廉四曰恥漢書王嘉上疏曰上下
相望莫有固志苟且之意夫作法於治其弊猶亂作法於亂
誰能救之也良曰弊衰也誰能救言不可救善曰左氏傳曰渾罕曰君子
作法於涼其弊猶貪作法於貪弊將若之何故于時天下非暫弱
也軍旅非無素也彼劉淵者離石之將兵都
尉王彌者青州之散吏也翰曰離石縣名都尉官也散
吏謂無所主當也善曰干寶晉紀曰劉淵領北部都尉武記曰太康年詔淵領北部都尉蓋皆弓馬
之士驅走之人凡庸之才非有吳先主諸葛

孔明之能也新起之寇烏合之衆非吳蜀之
敵也銑曰引馬士諸劉淵也驅走人謂王彌也先主孫權寇賊也烏合之衆謂無部
分也言劉淵王彌不如吳蜀之敵遠矣善曰曾子曰烏合之衆初雖相歡後必相咋
脫耒為兵裂裳為旗非戰國之器也向曰耒農器也
裳衣裳也言脫農器為下戈裂衣裳為旗幡皆非戰器也善曰賈誼過秦論曰斬木為
兵揭竿為旗自下逆上非隣國之勢也然而成敗
異效擾天下如驅羣羊舉二都如拾遺芥善本
無芥字濟曰自下逆上謂臣伐君也非隣國謂不如吳蜀之勢也效象也擾亂也驅群
羊言易也二都洛陽長安也拾遺謂如拾遺草於地善曰孔安國尚書傳曰擾亂也淮
南子曰兵畧者乘勢以為資清淨以為常避實就虛若驅羣羊此所以言兵者也漢書梅

文選四十九　十六

福上書曰高祖舉秦如鴻毛取楚如拾遺將相侯王連頭受戮乞
為奴僕而猶不獲良曰劉曜入洛陽殺吳王晏敬陵王楙其餘官僚僵
尸塗路不可勝數善曰干寶晉紀曰劉曜入京都殺大將軍吳王晏光祿大夫竟陵王
其餘官僚僵尸塗地百不遺一后嬪妃主虜辱於戎卒豈不
哀哉翰曰虜獲也辱謂遭戎卒所亂者也六善曰孫盛晉陽秋曰劉曜入于京都六
宮幽辱征西將軍南陽王模出降以橫妃劉氏賜胡張平為妻夫天下大器
也羣生重畜也愛惡相攻利害相奪其勢常
也銑曰大器天子之器也羣生萬人也畜養也攻害也言愛惡利害相傾是其常勢
善曰文子老子曰天下大器也不可執也不可為也為者敗之執者失之漢名臣奏陳風
對問曰民如六畜在牧養者耳周易曰愛惡相攻而吉凶生情偽相感而利害生六韜曰

利害相臻猶循環之無端若積水于防燎火于善本作於字原
未常暫靜也向曰防堤也燎燒也靜息也善曰周禮曰以防止水鄭玄曰
堰瀦畜流水之陂尚書曰若火之燎于原器大者不可以小道治
勢動者不可以爭競擾濟曰言治天下之器者當用大道也言天
下勢動不可以爭競安也擾安也古先哲王知其然也是以
扞其大患而不有其功御其大災而不尸其
利良曰言智王知不可爭競安也扞亦禦也尸主也言禦災患為人已不自主利者也
善曰禮記曰聖王之制祭祀也能禦大災則祀之能扞大患則祀之也百姓皆
知上德之生已而不謂浚已以生也翰曰上德謂古
之賢王也生養浚取也言聖王布德養百姓九主取人以自養善曰左氏傳子產寓書

文選四十九　十七

於子西以告宣子曰毋寧使人謂子子實生我而謂子浚我以生乎杜預曰浚取也是
以感而應之悅而歸之如晨風之鬱北林龍
魚之趣淵澤也銑曰感而應之謂聖德之于人皆歸之也晨風鳥也林淵
鳥歸之淵深魚趣之君有德則人附之此皆相感也善曰毛詩曰鴪彼晨風鬱彼北林
孫卿子曰川淵深而魚鼈歸之政刑平而百姓歸之川淵者龍魚之居也國家者士人之
居也順乎天而享其運應乎人而和其義向曰聖人
應天順人隨運以和其義然後設禮文以治之斷刑罰以
威之濟曰設禮文以防君子著刑書以威小人善曰孝經曰安上治民莫善於禮
毛詩引曰君臣上下動無禮文焉左氏傳叔向詒子產書曰嚴斷刑罰以威其淫謹
好惡以示之審禍福以喻之良曰喻曉也言敬示善惡以曉

百姓也　善曰孝經曰示之以好惡而民知禁謝承後漢書曰朱雋宣國威靈審示禍福求明察以官之篤慈愛以固之故衆知向方翰曰求明察之人以爲官人君厚慈愛之惠以堅固其心然後人知向正道矣方道也　善曰左氏傳叔向曰擂求聖哲之主明察之官忠信之長慈惠之師禮記曰樂行而入向之方皆樂其生而哀其死善曰鶡冠子所謂仁者惡死樂生悅其教而安其俗君子勤禮小人盡力銑曰言悅教安俗故君子小人各得其分　善曰孟子曰萬乘之國行仁政民悅之猶解倒懸也老子曰安其居樂其俗趙岐孟子章指曰治身勤禮君子所能家語曰子路治蒲孔子曰此其恭敬以信故其人盡力廉恥篤於家閭邪僻銷於胷懷向曰篤厚也閭里門銷除也胷懷心府也　善曰廉恥已見上注禮記曰惰慢邪僻之氣不設於身體故其民有見危以授命而不求生以害義翰曰言人被君之化見有危難則授命而死終不求生害義也　善曰論語子張曰士見危致命又子曰志士仁人無求生以害仁又況可奮臂大呼聚之以干紀作亂之事乎良曰干犯也紀綱也秦末之時陳勝奮臂天下響應而亂言人各守節義安可呼之以犯綱紀而爲亂乎言不可也　善曰漢書淮南王安上疏曰陳勝吳廣奮臂大呼天下響應基廣則難傾根深則難拔理節則不亂膠結則不遷翰曰傾崩也理節謂政教有條理節度也膠固也言君布仁惠之基根深廣又不失理節則人心固結而不可遷也　善曰文子曰人主之有民猶城之有基木之有根根深則本固基厚則上安是以昔之有天下者所以長久也夫豈無僻主賴

道德典刑以維持之也銑曰人心不遷故長久向曰言昔之累代有天下者中間豈無邪僻之主哉而不亡者蒙先人道德以維持也　善曰左氏傳韓厥曰三代之令王皆數百年保天之祿夫豈無僻主賴前哲以免也毛詩曰雖無老成人尚有典刑故延陵季子聽樂以知諸侯存亡之數短長之期者蓋民情風教國家安危之本也濟曰吳公子季札封於延陵子者男子之美稱今連封而美言之故曰延陵季子也善知樂入其國聞樂聲則知存亡長短之期也然樂則體人之情故聽之所以識安危也　善曰左氏傳曰吳公子札來聘請觀於周樂使工爲之歌鄭曰其細已甚民不堪也是其先亡乎爲之歌齊曰表東海者其太公乎國未可量也昔周之興也后稷生於姜嫄而天下善本作命字昭顯文武之功起於后稷良曰姜姓也嫄后稷母名也后稷居之先祖播植百穀以養人而天下皆蒙之而文王武王承至仁之後故能成功而王也　善曰毛詩序曰后稷生於姜嫄文武之功起於后稷也故其詩曰思文后稷克配彼天又曰立我蒸民莫匪爾極翰曰克能也言后稷有功能配天而食蒸衆也極中也言衆民蒙播植之教皆於后稷而得中　善曰毛詩周頌文也鄭玄曰周公思先祖之有文德者后稷之功能配天又播殖百穀蒸民乃粒天下無不於汝得其中者言反其性又曰實穎實栗即有邰胎家室銑曰實是也栗急成也言后稷教人播黍稷是穎茂之盛而大成熟也邰后稷舊居堯以有功封之於邰使無變改家室　善曰毛詩大雅文也毛萇曰穎垂穎也鄭玄曰栗成熟也后稷教世種黍稷堯改封於邰就其家室無變更也至于公劉遭狄人之亂

去邠之豳身服厥勞故其詩曰乃裹餱糧于橐託于囊向曰公劉后稷曾孫也狄人侵邠不忍民使與鬬乃棄邠至豳狄地名大曰橐小曰囊皆盛糧食之器也善曰毛詩大雅文毛萇曰小曰橐曰囊鄭玄曰為狄人所迫逐不忍鬬其民裹糧食橐囊之中棄其餘而去陟則在巘復降在原以處其民也濟曰陟升也巘小山也降下言人從公劉居者或升山或下原反覆重苦也善曰毛詩大雅文也毛萇曰巘小山別於大山者也鄭玄曰由原而升巘復下在原言反覆之重民居以至于大王為戎狄所逼而不忍百姓之命杖策而去之良曰大王王季父也逼迫也不忍謂不能使百姓與戎狄鬬也杖策猶拄杖也善曰莊子曰太王亶父居豳狄人攻之太王曰與人之兄居而殺其弟與人之父居而殺其子吾不忍也子皆勉居矣因杖策而去故其詩曰來朝走馬率善本作帥字西水滸至于岐下翰曰來朝走馬言避惡早且疾也率循也滸水涯岐下岐山之下善曰毛詩大雅文鄭玄曰來朝走馬言其避惡早且疾也循西水涯漆沮側也謂亶父避狄循漆沮之水而至岐下周民從而思之曰仁人不可失也故從之如歸市銑曰周人謂公劉所居豳人也皆曰仁人之君不可失也從之於岐如歸市善曰毛萇詩傳曰古公處豳狄人侵之乃屬其耆老而告之曰吾聞之君子不以其養人者而害人二三子何患無君去之踰梁山邑於岐山之下豳人曰仁人之君不可失也從之如歸市居之一年成邑二年成都三年五倍其初向曰言所從者漸多善曰新序曰太王亶父止於岐下百姓扶老攜幼隨而歸之一年成邑二年成都三年五倍其初每勞來而安

文選四十九　二十

集之濟曰言以仁惠撫養所從之人而人安而集之勞來撫養也善曰毛詩序曰萬人離散不安其居而能勞來安集之故其詩曰乃慰乃止乃左乃右乃疆乃理乃宣乃畝良曰慰安止居也言安其居左右處之疆理界畔也時耕曰宣畝壠也言各安其業善曰毛詩大雅文也毛萇曰慰安也人心定乃安穩其居乃左右而處之乃疆理其經界乃時耕其田畝也鄭玄曰時耕曰宣以至于王季能貊其德音翰曰王季太王子也貊猶靜也言能繼太王德政之音善曰毛詩曰維此王季帝度其心貊其德音毛萇曰心能制義曰度貊靜也鄭玄曰德政應和曰貊故其詩曰克明克類克長克君載錫之光善本有也字銑曰克能類善也言能明善為君長始賜光大之德於子孫也載始錫賜也善曰毛詩曰勤施無私曰類教誨不倦曰長慶賞刑罰曰君毛萇曰光大也鄭玄曰載始也始使之顯著也至于文王備修舊德而惟新其命向曰備具也舊德謂王季之德也言文王修王季之德而受命惟新者義也善曰毛詩曰周雖舊邦其命惟新鄭玄曰太王國於周至文王而受命言新者美之也故其詩曰惟此文王小心翼翼昭事上帝聿懷多福向曰翼翼恭敬貌昭明也聿遂懷來也言能恭敬遂來此多福善曰毛詩大雅文也鄭玄曰小心翼翼恭順之貌也昭明也聿述也懷思也謂能明事上天又能述思多福由此觀之周家世積忠厚仁及草木內睦九族外尊事黃耇養老之言以成其福祿善本有者字也良曰由此觀之謂已上事也仁及草木謂澤及行葦也睦親也黃耇黃髮老人也言能親九族用黃髮之言以成福祿善曰

文選四十九　二十一

毛詩行章序文而其后妃善本作妃后躬行四教翰曰四教一曰婦德二曰婦言三曰婦容四曰婦功是也善曰禮記曰古婦人教以婦德婦言婦容婦功鄭玄毛詩箋曰法度莫大於四教尊敬師傅服澣濯之衣修煩辱之事化天下以婦道銑曰師傅女師傅母也澣濯洗浣之衣也煩辱謂修女功之事以教天下爲婦人之道使恭儉勤勞也善曰毛詩葛覃序也詩曰葛之覃兮毛萇曰葛所以爲絺綌女功之事煩辱者也故其詩曰刑于寡妻至于兄弟以御于家邦善本有也字向曰刑法也寡妻嫡妻也言文王以禮法接其妻至于宗族又能正理於國家善曰毛詩大雅文也毛萇曰刑法也鄭玄曰御治也文王以禮法接其妻至于宗族又能正治於家邦是以漢濱之女守絜白之志中林之士有純一

之德濟曰詩曰漢有游女不可求思又肅肅兔罝施于中林赳赳武夫公侯腹心言能化之使有絜白純一之德善曰毛詩曰漢有游女不可求思鄭玄曰女雖出游漢水之上人無敢求犯禮者亦猶貞絜使之然也毛詩曰肅肅兔罝施于中林赳赳武夫公侯腹心鄭玄曰亦言賢故曰文武自天保以上治內采薇以下治外始於憂勤終於逸樂良曰天保詩篇名以上下諸詩也內謂諸侯也言並以禮化中國采薇詩名外謂夷狄善曰毛詩六月序也鄭玄曰內謂諸夏也外謂夷狄也善本有於是字天下三分有二猶以服事殷諸侯不期而會者八百猶曰天命未至翰曰文王爲西伯三分天下二分屬文王文王猶事紂武王伐紂八百諸侯不期而至武王曰天命未可也言能以謙退之道而入歸焉善曰論語孔子曰三分天下

有其二以服事殷周之德其可謂至德已矣周書曰武王將渡河不期同時一朝會於武王郊祀下者八百諸侯史記曰武王至於孟津諸侯皆曰帝紂可伐武王曰天命未至也以三聖之智伐獨夫之紂猶正其名教曰逆取順守保大定功安民和衆銑曰三聖謂文王武王周公也天下之人皆心離於紂故曰獨夫也名教謂號令也保安也謂安定大功以和衆也善曰琴操曰崇侯譖文王於紂曰西伯昌聖人也長子發中子旦皆聖三聖合謀將不利於君尚書武王曰獨夫受洪惟作威孔安國尚書傳曰湯順天應人逆取順守左氏傳楚子曰夫武禁暴戢兵保大定功安民和衆豐財猶著大武之容曰未盡善也向曰著明也大武武王樂也容盛也雖有大武之功孔子猶曰未盡善也善曰論語孔子曰謂武盡美矣未盡善也及周公遭變陳后稷先

公風化之所由致王業之艱難者則皆農夫女工衣食之事也濟曰遭變謂管蔡流言也陳列也謂列先祖之德於詩也農謂播殖之事女工謂澣濯煩辱也善曰毛詩七月序也故自后稷之始基靜民十五王而文始平之十六王而武始居之十八王而康克安之良曰靜安也自后稷之本始於安民九十五王世修德業至于文王始平之以受命也十六王至武王也始居王位也十八王康王也克明也言積仁至此始能安理天下也善曰國語曰靈王二十年穀洛鬭王欲壅之太子晉諫曰后稷始基靜民十五王而文王始平之十八王而康克安之其難也如是韋昭曰基始也靜安也自后稷播百穀以始安民凡十五王世修其德至文王乃平民受命也十五王謂后稷不窋鞠陶公劉慶節皇僕差弗毀隃公非高圉亞圉公

組太王王季文王也十八老加武王成王康王并上十五王也故其積基樹本經緯禮俗節理人情恤隱民事如此之纏綿也善本有也字翰曰節理謂以節度理人恤憂隱微也纏綿遠也言文王結基本根之遠善曰潘元茂九錫文曰經緯禮律王肅家語注曰經緯猶織以成之也國語祭公謀父曰勤恤民隱爰及上代雖文質異時功業不同及其安人善本作民字立政者其揆一也銑曰言周上代有文有質雖其不同安人爲政度之一致也揆度也善曰文質已見上文安人已見上文尚書有立政篇孟子曰先聖後聖其揆一也今晉之興也功烈於百王事捷於三代蓋有為以為之矣向曰烈盛也百王謂先代之帝王捷急也三代夏殷周也盛急如此蓋取天下為己而不為人也善曰

禮記孔子曰昔者魯公伯禽有為爲之宣景遭多難之時務伐英雄誅庶桀以便事不及修公劉大王之仁也濟曰多難謂四方未靜也桀傲也言務在用兵伐其英雄誅其傲慢以便當時是不及公劉修仁恩也善曰左氏傳司馬侯曰或乃多難尸子曰便事以立官也以固其國受遺輔政屢遇廢置故齊王不明不獲思庸於亳良曰齊王芳明帝崩即皇帝位大將軍司馬景王廢帝遣歸藩于齊太甲立伊尹放諸桐宮三年復歸于亳思庸言齊王不明不得如太甲反位於亳也亳太甲都也善曰魏志曰齊王芳字蘭卿明帝崩即皇帝位太將軍司馬景王廢帝以太后令遣芳歸藩于齊尚書曰太甲既立弗明伊尹放諸桐宮三年復歸于亳思庸也高貴沖人不得復子明辟翰曰齊王廢立高貴鄉公髦後舉兵相府誅文王不

克舍人成成濟以戈中帝崩於車也沖童也昔周公攝成王政後復子明辟而高貴童昏不得如成王反明君之位善曰魏志曰高貴鄉公諱髦字士彥齊王廢即皇帝位魏氏春秋曰帝自出討文王擊戰鼓出雲龍門賈充自外入帝師潰騎督成倅弟濟以矛進帝崩于師尚書曰惟予沖人弗及知又周公曰朕復子明辟二祖逼禪代之期不暇待三善本作參字分八百之會也銑曰二祖謂太祖文皇帝世祖武皇帝并言二者但取其逼近也禪傳也既傳而取不暇如武王興兵而會諸侯也善曰二祖景文是其創基立本異於先代者也又加之以朝寡純德之士鄉乏不二之老向曰立根本急速不如先代武王寡少也純厚也不二謂不二心之臣也善曰景福殿賦曰武創元基尚書曰昔君文武則有不二心之臣風俗淫僻恥尚失

所學者以莊老為宗而黜六經濟曰淫過僻邪也言風俗過以高尚爲恥厚而人失所良曰黜退也莊老放誕為德六經以莊敬為本言學者皆尊放誕而退莊敬善曰于寶晉紀劉弘教曰太康以來天下共尚無為貴談莊老少有談事談者虛薄為辯而賤名檢善本作儉字銑曰虛薄虛談也名檢法度也善曰王隱晉書曰王衍不治經史唯以莊老虛談惑衆劉謙晉紀應贍表曰元康以來以儒術清儉為群俗行身者以放濁為通而狹節信翰曰時以放情濁行者為通而以節信為褊狹也善曰劉謙晉紀應贍表曰以容放為夷達王隱晉書曰貴游子弟多祖述於阮籍同禽獸為通又傳玄上疏曰魏文慕通達而天下賤守節也進仕者以苟得為貴而鄙居正向曰苟且之容而進仕者則貴之居正直則見鄙惡善曰鄭玄毛詩箋曰祿仕者

者衍錄而已公羊傳曰君子大居正當官者以望空為高而笑
勤恪濟曰望空謂不識是非但望空署白而已恪謹也善曰劉謙晉紀應詹表曰
元康以來望白署空顯以台衡之量尋文謹案目以蘭薰之器是以目三公
以蕭杌之稱標上議以虛談之名良曰言特名曰三公
皆蕭然自放杌爾無為名稱標著上議以正朝廷者則蒙虛談之名善曰干寶晉紀云
言君上之議虛談也蕭杌未詳劉頌屢言治道傅咸每糾邪
正皆謂之俗吏翰曰屢數也治道謂治人之道糾彈也言此二人論治道
彈邪正時皆謂之俗吏善曰干寶晉紀曰劉頌在朝忠正才經政事武帝重之訪以治
道悉心陳奏多所施行又曰尚書郭啓出赴妹葬疾病不辭左丞傅咸糾之尚書弗過王
隱晉書傅玄曰論經禮者謂之俗生說法理者名為俗吏其倚杖虛曠依

文選四十九　二十六

阿無心者皆名重海內銑曰倚依也杖持曠大也謂虛談惑衆者
依阿無心謂曲從不容言此之人皆負海內重名也如若夫文王日昃
不暇食仲山甫夙夜匪懈者蓋共嗤黜善本作黜
字以為灰塵而相詬火候病矣向曰嗤笑黜辱詬恥也言文王
仲山甫之勤人皆共笑辱輕之如灰塵恥之以為病也善曰尚書曰文王自朝至于日
中昃弗皇暇食毛詩曰肅肅王命仲山甫將之夙夜匪懈以事一人鄭玄毛詩箋曰言時
人骨肉無相詬病也說文曰詬恥也嗤笑也黜退也由是毀譽亂於善
惡之實情慝奔於貨欲善本慾之塗選者為人
擇官官者為身擇利濟曰言毀譽善惡皆不知其實也匿邪心欲貪
也選者不復為官擇賢為官者但擇所利而趣善曰謝承後漢書呂強上疏曰司書所

愛私擢所幸不復為官擇人反為人擇官也而秉鈞當軸之士身
兼官以十數良曰秉執鈞平軸重也言執權平國家重事則更兼領十餘職
善曰毛詩曰秉國之均四方是維桓寬鹽鐵論曰車丞相當軸處中括囊不言大極
其尊小錄其要機事之失十恒八九也善本無也
翰曰要善也言大任者極其尊重皆少能錄人善政故機微之事失也善曰漢書解故
曰機事所總號令攸發胡廣曰機密之事而世族貴戚之子弟陵
邁超越不拘資次銑曰言貴戚子弟不拘資次而超進善曰崇讓論
曰非勢家之子率多因資次而進之悠悠風塵皆奔競之善本有士
字向曰悠悠遠貌風塵喻俗言久遠以來悉皆奔競勢利善曰孔安國論語注曰
悠悠周流貌風塵以喻汚辱晉諸公讚曰人人望品求者奔競列官千百無

文選四十九　二十七

讓賢之舉也銑曰言官雖多無有能讓舉賢人善曰孫卿子曰天子千官諸
侯百官史記曰司馬季主曰試官不讓賢子真著崇讓而莫之
省良曰劉寔字子真疾時貪競著崇讓論而時君不能省察善曰干寶晉紀曰時禮
讓未與賢者壅滯少府劉寔著崇讓論孫盛晉陽秋曰劉寔字子真平原人子雅
制九班而不得用翰曰劉頌為吏部尚書作九班之制以別尊卑為裴
頠所駮事不見行善曰王隱晉書曰劉頌字子雅轉吏部尚書為九班之制裴頠有所
駮長虞數直筆而不能糾銑曰傅長虞為司隸校尉前後執正
彈糾百僚多不見從善曰孫盛晉陽秋曰司隸校尉傅咸勁直正厲果於從政先後彈
奏百僚王戎多不見從其婦女莊櫛織紝女金皆取成於
婢僕向曰櫛梳也織紝理繒帛也言皆委婢僕而為之善曰禮記曰婦事舅姑如

事父母雞初鳴咸盥漱擲縱笄纚紐見下句未嘗知女工絲枲胥里
之業中饋酒食之事也濟曰絲治繭也枲麻也謂緝績也中饋謂
祭祀之具言食祿之家婦人皆不知此事矣善曰禮記曰女子十年不出執麻枲治絲繭
織紝組紃周易曰在中饋無攸遂毛詩曰乃生女子無非無儀維酒食是議先時
而婚任情而動故皆不耻淫逸之過不拘妬
忌之惡有逆于舅姑有反易剛柔有殺戮妾
媵有黷亂上下良曰禮男三十而婚女二十而嫁先時不依禮而早婚娶
也夫父曰舅夫母曰姑反易剛柔謂陵夫之正媵亦妾類黷亂上下謂不恭也善曰爾
雅曰婦稱夫之父曰舅稱夫之母曰姑禮記曰婦將有事大小必請於舅姑又曰男子親
迎男先於女剛柔之義也公羊傳曰媵者何諸侯娶一國則二國往媵之以姪娣禮記曰

文選四十九　二十八

婚禮者上以事宗廟而下以繼後世也尚書說命曰黷于祭祀時謂弗欽父兄不
善本作弗字之罪也天下莫之非也又況責之聞
四教於古修貞順於今以輔佐君子者哉翰曰
不罪不非俗以爲是也四教四德也貞順者婦人之志行也言爲淫逸妬忌天下且不以
爲非禮況責修德行以輔佐君子者乎善曰四教已見上文列女傳宋鮑女宗曰貞順
婦人之至行也毛詩序曰后妃又當輔佐君子求賢審官禮法刑政於此
大壞如室斯構而去其鑿契如水斯積而決
其隄防如火期畜而離其薪燎也銑曰鑿契築也言禮
法刑政既壞欲望爲理其猶構室而去鑿契積水而決隄防畜火而離薪燎也善曰呂
氏春秋曰若積大水而失其壅隄矣國之將亡本必先顛其此

之謂乎向曰謂禮法刑政也顛墜也善曰左氏傳齊仲孫謂齊侯曰臣聞國之
將亡本必先顛而後枝葉從之故觀阮籍之行而覺禮教崩
弛之所由也善本無也字濟曰阮籍放蕩不依禮法代以爲達人則知禮
教崩弛也弛廢也善曰于寶晉紀曰阮籍宏逸曠達居喪不帥常檢察庾純
賈充之爭善作事字而見師尹之多僻良曰賈充饗衆官庾
純後至充曰君行常居人前今何以在後純曰有小市井事不了故後也俗傳純祖先爲
五伯充之先爲市魁故以此言相荅也師尹大臣也僻不正也善曰于寶晉紀曰賈充
饗衆官庾純後至充曰君行常居人前今何以在後純曰有小市井事不了是以後至俗
言純乃祖爲五伯又曰充之先爲市魁故以戲荅考平吳之功而善本
知將帥之不讓翰曰考校也王渾與王濬平吳爭功更相表奏
無而字

文選四十九　二十九

則知將帥不讓也善曰于寶晉紀曰王渾愧久造江而王濬先之乃表濬違詔不受已
節度濬上書自陳曰惡直醜正實繁有徒欲構南箕成此貝錦思郭欽之謀
而悟戎狄之有釁銑曰悟覺也御史大夫郭欽上書言戎狄彊獷歷世
爲患今西北方戎狄雜居恐百代之後爲患宜及平吳之功以復上郡帝不許言思此謀
則晉戎狄爲釁善曰于寶晉紀御史大夫郭欽上書曰戎狄強獷歷古爲患今西北郡
皆與戎居若百年之後有風塵之警胡騎自平陽上黨不三日至盟津及平吳之盛出北
地西河安定復上郡實馮翊平陽帝弗聽覽傅玄劉毅之言而得
百官之邪向曰傅玄上書云使天下無復謀議而亡秦之病復發於今日也上
嘗顧謂劉毅曰朕方漢之何如主對曰桓靈也曰朕克己爲理方之桓靈不亦甚乎對曰
桓靈賣官錢入公府陛下賣官入私門以此言則知百官邪僻也善曰于寶晉紀傅玄

上書曰昔魏氏虛無放誕之論盈於朝野使
天下無復譜議而亡秦之病復發於今又上
顧謂劉毅曰朕於漢何主對曰桓靈帝曰吾
雖不及古賢猶克己以爲治方之桓靈不亦
甚乎對曰桓靈賣官錢入於官府陛
下賣官錢入私門以此言之殆不若也核傳咸
之奏錢神之論而覩寵賂之彰濟曰核考也
傳咸奏曰臣
以貨賂流行良宜深絕魯褒又作錢神論言
考此則知貨賂之行明也善曰于寶晉紀
司隸校尉傅咸上書曰臣以貨賂流行所宜
深絕又曰魯褒字元道南陽人作錢神論左
氏傳曰取郜大鼎于宋臧哀
伯諫曰官之失德寵賂章也民風國勢如此
雖以中庸之才守文之主治之良曰中庸謂
非賢非愚之
才守文謂守常平理代之主也善曰賈誼
過秦篇曰陳涉材能不及中庸論語曰中庸
之爲德也其至矣乎民鮮久矣何晏曰庸常
也中和可常行之德也公羊傳曰繼文王之

體守文王之法度何休曰引
文王者文王始受命制度也辛有必見之於
祭祀季札必得之於聲樂翰曰平王之時辛
有適伊川見被髮
而祭於野者曰不及百年此其戎乎吴季札
來聘請觀樂使工人歌陳曰國無主其能久
乎善曰左氏傳曰初平王之東遷也辛有
適伊川見被髮而祭於野者曰不及百年此
其戎乎其禮先亡矣又曰季札來聘請觀
樂使工爲之歌陳曰國無主其能久乎范
燮必爲之請死賈誼必爲之痛哭銑曰范燮
以君剋
無禮乃使祝宗祈死賈誼上疏云國家之事
可爲痛哭者一也善曰左氏傳曰范燮反
自鄢陵之役其使祝宗祈死曰君無禮而剋
敵天益其疾矣愛我者唯祝使我速死無及
於難范氏之福也漢書賈誼
上疏曰可爲痛哭者一也又況我惠帝以
放善本作蕩字蕩之德臨之哉向曰晉室禮樂崩
壞賄賂公行庸之

守之且猶不濟況我惠帝以放蕩之德而臨
之乎善曰惠帝已見西征賦毛詩曰蕩蕩
上帝下
民之辟故賈后肆虐於六宮韓午助亂於外
內其所由來者漸矣豈特繫一婦人之惡乎
濟曰賈后惠帝后肆縱虐殘也六宮中宮也
言六者取象坤數也韓午壽妻賈后妹也相
助爲妬忌淫亂事也言晉室不道而致敗壞
豈獨繫賈后一婦人也善曰于寶晉紀曰
賈庶人賜死初武帝爲太子取后在宮不恭
遊而甚妬忌有孕者輒發之或以手擲之
子隨刃墮又曰韓壽
妻賈午實始助亂懷帝承亂之善本有
後字得位
羇於彊臣良曰承亂謂繼惠帝之亂也羇東
也彊臣謂東海王越也善曰丁
寶晉紀曰太傅東
海王越總兵輔政愍帝奔播之後徒廁其
虛名翰曰洛陽傾覆秦王業避難於許豫州
刺史閻鼎立以爲主後遷於長安迭言

從廁天子之名而無天下之重也善曰于
寶晉紀曰洛京傾覆秦王業避難密南趨許
潁豫州刺史閻鼎以天
下無主有輔立之計天下之政既已去矣
非命世之雄不能取之矣銑曰去謂去晉室
也雄謂有威之稱
善曰孟子曰五百年必有王者興
其間必有名世者廣雅曰命名也然懷帝初
載嘉禾生于南昌向曰載年也嘉禾謂瑞穀
也南昌郡名善曰徐廣
晉紀曰太康五年八月嘉禾生南昌九月懷
帝生毛詩曰文王初載天作之合載猶生也
望氣者又云豫章有天子之氣濟曰望氣者
謂占候之人
也豫章郡名善曰于寶晉紀曰初
望氣者言豫章廣陵有天子之氣及國家
多難宗室迭興良曰宗室諸王也迭更興起
世善曰毛詩曰維予小子
未堪家多難史記太史公
曰遞興遞廢能者用事以愍懷之正淮南

之壯成都之功長沙之權皆卒於傾覆翰曰惠帝立愍懷爲太子賈后無子廢太子矯詔而殺之武帝子欽度封淮南王領中護軍章度封成都王拜屯騎校尉趙王倫篡逆章度謀舉義兵迎天子士度封長沙王拜步兵校尉齊王冏驕矜士度攻冏縛於帝前河間王顒欲廢天子立成都王士度與戰遂爲顒所誅言此數王俱有權勢而卒見誅戮豈非命也善曰王隱晉書曰愍懷太子適立爲皇太子賈后無子妒害滋甚廢太子爲庶人送太子于許昌宮之別坊矯詔使小黃門孫慮害太子趙王倫酖殺賈后帝詔謚適爲愍懷皇太子又曰武皇帝男允字欽度封淮南王領中護軍孫秀既害石崇等以懼允允遂進圍相府相國趙王倫閉門允兵四勝陷破無前倫息虔僞云有詔勒淮南王王下車受詔遂害允也又曰穎字章度封成都王拜屯騎校尉趙王倫篡位穎謀舉義兵迎天子倫死後廢太子覃立穎爲皇太弟張方廢穎歸藩遣田

文選四十九　三十二

徽殺之於鄴又曰乂字士度封長沙王拜步兵校尉齊王冏相攻冏敗縛至上前乂叱左右與河間王顒欲廢太子立成都王發先誅乂出征連戰敗走遂誅之而懷帝以豫章王登天位善曰于寶晉惠紀曰詔豫章王熾爲皇太弟皇帝崩太弟即位崩謚曰孝懷皇帝尚書曰天位艱哉劉向文善本作之字讖云滅亡之後有少而善本作如字水名者得之起事者據秦川西南乃得善本得下有其字朋按愍帝蓋秦王之子善本有也字得位於長安一善本又有長安字固秦地也銑曰讖驗也謂驗於前事也易曰西南得朋蓋時以南陽王爲右丞相是得朋也善曰于寶晉懷紀曰關中建秦王業爲皇太子不吳孝王之子出爲秦獻王後皇帝崩太子即位于長安崩謚曰愍皇帝而西以南陽王爲右丞

相東以琅邪王爲左丞相善曰于寶晉紀愍帝詔琅邪王睿曰今以王爲侍中左丞相督陝東諸軍事右丞相南陽王督陝右諸軍事臧榮緒晉書曰南陽王保字景度太尉模世子或以南陽王爲秦王非也上諱業故改鄴爲臨漳漳水名也由此推之亦有徵祥而皇極不建禍辱及身向曰徵祥謂讖與嘉禾也皇極謂大中之道建立也禍辱及身謂被劉聰所虜也善曰皇極已見上文豈上帝臨我而貳其心將由人能弘道非道弘人者也善本作乎字濟曰帝天也言豈天於我懷貳有二心乎何其先降祥瑞而速滅亡哉應由人不能弘道善曰毛詩曰上帝臨汝無貳爾心淳耀之烈未渝故大命重集于中宗元皇帝良曰黎爲高辛氏火正有淳耀之德故其子孫

文選四十九　三十三

昌盛也烈業也渝變也晉承黎之後故云然言天子業未變故大命再集於東晉也善曰晉中興書曰中宗元皇帝諱睿字景文嗣琅邪王愍帝崩于平陽陟皇帝位國語史伯曰黎爲高辛氏火正以淳耀敦大光照四海夫成天地之大功者其子孫未嘗不章韋昭曰淳大也耀明也

後漢書皇后紀論一首

范蔚宗翰曰配至尊名爲皇后后君也明爲海內小君也

夏殷以上后妃之制其文略矣周禮王者立后三夫人九嬪二十七世婦八十一御女善本作女御以備內職焉后正位宮闈同體天王夫人坐論婦禮九嬪掌教四德世婦主知喪祭

賓客女御序于王之燕寢頒官分務各有典司銑曰夏殷以上略其禮制不載此文向曰閨宮中門也四教謂婦德婦言婦容婦功序理也言此百二十員布官分事各有典掌須布務事也善曰禮記曰舜葬於蒼梧之野蓋二妃未之從也鄭玄曰帝嚳立四妃象后妃四星其一明者為正妃餘三小者次妃也帝堯因焉至舜不告而娶不立正妃但立二妃而已夏后氏增以三三而九合十二人春秋說云天子娶十二即夏制也以虞夏及周制差之則殷人又增以三九二十七合三十九人周人上法帝嚳立正九妃又三九二十七人為八十一以增之合百二十一人其位后也夫人也婦也嬪也女御也五者相參以定尊卑周禮曰九嬪掌婦學之法以教九御婦德婦言婦容婦功各帥其屬而以時御序于王所世婦掌賓客祭祀喪紀之事女御書敘于王之燕寢以歲時獻功事女史掌王后之禮職掌內治之貳以詔后治內政也

文選四十九　三十四

女史彤管記功書過濟曰皇后有女史之官彤管赤管筆善曰毛詩曰靜女其孌貽我彤管毛萇曰古者后夫人必有女史彤管之法女史不記其過其罪殺之居有保阿之訓動有環珮之響良曰保養也阿倚也所謂養母及倚之以為法則者而教訓之環珮玉為之以節行步善曰列女傳曰魯孝孟姬者華氏之長女齊孝公之夫人也孝公遊於琅邪華姬從後車奔姬墮車碎孝公使駟馬載姬以歸姬曰妾聞后妃踰閾必乘安車輜軿下堂必從傅母保阿進退則鳴玉珮環今立車無軿非敢受命也曹大家曰玉環珮珮玉有環進賢才以輔佐君子哀窈窕而不淫其色翰曰后妃之德當輔佐君子求賢審官哀思也思得淑女以配君子使不淫其色也善曰毛詩序曰關雎樂得淑女以配君子憂在進賢不淫其色哀窈窕思賢才所以能述宣陰化修成內則銑曰皇后主陰教也內則禮記篇名主教婦人法則善曰魏文帝典論曰欲納二女充備六宮佐宣陰教聿修古義又禮記有內則篇閨房肅雍險詖善本作險謁字不行者也向曰肅敬雍和也險詖不行謂不行險詖私謁之心善曰毛詩序曰王姬猶執婦道以成肅雍之德又曰后妃內有進賢之志而無險詖私謁之心故康王晚朝關雎作諷宣后晏起姜氏請諐濟曰關雎詩國風之首諷刺后君愆也康王晚朝內人誦關雎詩以刺王宣王晚起姜后待罪永巷曰妾不才使君王失禮晏朝以見君王樂色忘德也善曰列女傳曰曲沃負謂其子如耳曰周之康王晏出朝關雎預見虞貞節曰其夫人晏出故作關雎之歌以感誨之列女傳曰姜后者齊侯之女宣王之后也宣王嘗夜卧而晏起后夫人不出於房姜后既出乃脫簪珥待罪於永巷曰妾不才妾之淫心見矣至使君王失禮而晏朝

文選四十九　三十五

及周室東遷禮序凋缺諸侯僭縱軌制無章良曰東遷謂平王東遷洛邑也言王室微弱諸侯無尊卑之別章別也善曰史記曰平王東徙洛邑周室微諸侯以強并弱齊桓有如夫人者六人翰曰齊侯好內嬖如夫人者六人也善曰左氏傳曰齊侯之夫人三王姬徐嬴蔡姬皆無子齊侯好內多內寵內嬖如夫人者六人長衛姬生武孟少衛姬生惠公鄭姬生孝公葛嬴生昭公密姬生懿公宋華子生公子雍公與管仲屬孝公於宋襄公以為太子雍巫有寵於衛恭姬因寺人貂以薦羞於公亦有寵也公許之立武孟管仲卒五公子皆求立齊桓公卒易牙入與貂因寵以殺羣吏而立公子無虧孝公奔宋晉獻升戎女為元妃銑曰晉侯欲以驪姬為夫人驪姬戎人之女元大也善曰左氏傳曰初晉侯欲以驪姬為夫人卜之不吉筮之吉公曰從筮立之生奚齊其娣生卓子及將立奚齊既

與中大夫成謀姬謂太子曰君夢齊姜必速
祭之太子祭於曲沃歸胙于公公田姬寘諸
宮六日公至毒而獻之公祭之地地墳與犬
犬斃與小臣小臣亦斃姬泣曰賊由太子太
子奔新城自縊而死終於五子作亂，冢嗣遘屯向曰五子齊桓
公五子也桓公死五子爭立為亂冢嗣晉驪
姬譖太子申生奔於新城自縊也冢長遘遇
屯難也善曰五子齊武孟等冢嗣晉大子也爰逮戰國風憲逾薄
適情任欲顛倒衣裳濟曰爰於逮及也戰國謂周秦之間也憲法愈
蓋也詩曰東方未明顛倒衣裳刺為淫亂失
明暗之節善曰毛詩曰綠兮衣兮綠衣黃
裳鄭玄曰今衣黑而黃裳喻亂嫡妾之禮也以至破國亡身不可
勝數斯固輕禮弛防先色後德者也秦并天
下多自驕大官備七國爵列八品良曰以亂寵愛妾破

文選四十九　三十六

國亡身者不可勝數也弛發也防備也言皆
輕禮廢備重色之所由秦之時并六國兼秦
七也多自驕大備置內職之數八品謂皇
妾美人良人八子七子長使少使之號善
曰當秦之時凡有七國秦并其六國故內職
皆備置之而爵列八品焉漢書曰漢興因秦
之稱號正嫡稱皇后妾皆稱夫人又
有美人良人八子長使少使之號焉漢興因
循其號而婦制莫釐力之切翰曰漢因秦號內制皆循釐理也
善曰孔安國尚書傳曰釐理也高祖帷薄不修孝文衽席無
辨銑曰帷薄謂閨房也謂幸戚姬而輕高后也文帝慎夫人與皇后同席是尊卑無辨
衽席臥席也善曰漢書曰高祖得戚姬愛
幸常從呂后年長常留守希見大戴禮曰古
者大臣坐污穢淫亂男女亡別者不曰污穢
曰帷薄不修漢書孝文竇皇后景帝母也上
幸上林皇后慎夫人從其在禁中常同坐桓
子新論曰文帝慎夫人與皇后同席以亂尊

卑鄭玄周禮注曰衽席單席然而選納尚簡飾玩少華善本
作飾玩華少自武元之後世增淫費至乃掖庭三
千增級十四向曰簡少也武武帝也元元帝也言至二帝更增淫逸之費掖
庭宮名三千宮人數也武帝置婕妤娙娥容
華充衣各有爵位而元帝加昭儀通前八品
為十四善曰班固漢書曰漢興因秦之
稱號至武帝制婕妤元帝加昭儀之號凡
十四等妖倖毀政之符外姻亂邦之迹前史載
之詳矣濟曰言妖麗取倖毀敗王政符亂國之迹者前漢史詳悉矣及光
武中興斲雕為朴良曰言斲斫雕鏤卻為朴素也善曰漢書班固曰
漢興破觚而為圜斲雕而為朴六宮稱號唯皇后貴人金印紫
綬俸不過粟數十斛又置美人宮人彩女三

文選四十九　三十七

等並無爵秩歲時賞賜充給而已漢法常因
八月筭民遣中大夫與掖庭丞及相工於洛
陽鄉中閱視良家童女年十三已善本作以字上
二十以下姿色端麗合法相者載還後宮擇
視可否乃用登御所以明慎聘納詳求淑哲
翰曰筭計也謂計人口多少聘問納取也詳審淑善哲智也善曰應劭風俗通曰采女
案采者擇也以歲八月雒陽民遣中大夫與掖庭丞相工閱視童女年十三以上二十以
下長壯妖潔有法相者載入後宮明帝聿遵先旨宮教頗修
登建嬪后必先令德內無出閫之言權無私
溺之授可謂矯其弊矣銑曰令善閫門限也言后妃之權無沉溺

正教而授與者矯正也可謂正前後之弊化善曰禮記曰外言不入於閫內言不出於閫

向使因說外戚之禁編著甲令向曰謂因明帝之法編爲甲令善曰如淳漢書注曰甲令者前帝第一令改正后妃之制貽厥方來豈不休哉濟曰制法貽遺厥其休美也言作后妃儉約之法以遺後世豈不美哉善曰毛詩曰貽厥孫謀之雖御已有度而防閑未篤良曰篤固也言明帝御已雖有節度爲防禁不固故使後代變奢麗也善曰毛詩序曰魯桓公不能防閑文姜故孝章以下漸用色授翰曰授與也言章帝之時漸以色與寵幸也善曰范曄後漢書曰肅宗孝章皇帝諱炟顯宗第五子也炟丁達切恩隆好合遂忘淄蠹自古雖主幼時難善本作艱字王家多釁委成冢宰簡求忠貞

文選四十九　三十八

未有專任婦人斷割重器銑曰好合謂志意合也淄穢蠹蟲冢宰大臣也重器天子位也善曰重器神器也唯秦羋名爾太后始攝政事故穰侯權重於昭王家富於嬴國向曰羋太后襄王母穰侯秦相魏冉也嬴秦姓善曰史記曰秦武王取魏女爲后無子立異母弟爲昭襄王昭襄王母楚人姓羋氏號宣太后又曰穰侯之富富於王家魏人范雎說秦昭王言穰侯擅權於諸侯漢仍其謬知患莫改東京皇統屢絕權歸女主外立者四帝臨朝者六后濟曰仍因謬誤也外立謂非正嫡也四帝謂安帝桓帝靈帝和帝也六后謂鄧太后閻太后竇太后章德竇太后梁太后何太后此六后皆執權勢之闇弱之主臨朝稱詔卒見亡滅善曰范曄後漢書曰孝安皇帝諱祐父清河孝王慶子殤帝崩鄧太后與兄騭定策禁中立之

又曰安帝崩閻太后與兄顯立濟北惠王子北鄉侯懿又曰桓帝諱志父蠡吾侯質帝崩梁太后與兄冀立之又曰靈帝諱宏父解瀆亭侯桓帝崩竇太后與父武立之又曰章德竇皇后和帝即位太后臨朝和熹鄧皇后立殤帝太后臨朝安思閻皇后立少帝太后臨朝順烈梁皇后立沖帝太后臨朝桓思靈皇后立靈帝太后臨朝曹節等遷太后於南宮雲臺家屬徙比地又曰靈思何皇后帝崩皇子辯即位太后臨朝董卓遷於永安宮

莫不定策帷帟委事父兄貪孩童以久其政抑明賢以專其威任重道悠利深禍速身犯霧露於雲臺之上家纓縲紲於圄犴岸之下良曰帟帳也孩童小兒也言皆貪久長執政故立小兒爲帝抑却也任重謂任國事悠遠也享利之深則禍敗速至謝弼曰竇太后幽隔空宮如有霧露之疾陛下何面目以見天

文選四十九　三十九

下纓繞縲墨索紲攣也圄犴獄名善曰范曄後漢書謝弼上封事曰竇太后幽隔空宮如有霧露之疾陛下何面目以見天下論語子曰公冶長可妻也雖在縲紲之中非其罪也毛詩曰宜犴宜獄湮滅連踵傾輈繼路而赴蹈不息燋爛爲期翰曰踵足也輈車轅也連足繼路以踰享權覆亡者多也赴蹈謂奔競也言奔競勢利不止卒至燋爛也善曰運命論曰前鑒不遠覆車繼軌王隱晉書曰劉胤商貨繼路嵇康與山巨源書曰禽鹿長而見羈則赴蹈湯火袁崧後漢書朱穆上疏曰養魚沸鼎之中棲鳥烈火之上用之不時必見燋爛也終於陵夷大運淪亡神寶銑曰陵夷微也淪已滅也神寶謂國位也善曰漢書張釋之曰秦陵夷至于二世天下土崩史記作陵遲漢書哀帝詔曰尚書曰考終命言大運一終也詩書所歎略同一揆向曰詩云赫赫宗周褒姒滅之書曰牝雞之晨

惟家之索言此嘆與漢略同一琹耳揆理也善曰毛詩曰赫赫宗周褒姒烕之毛萇曰烕滅也尚書曰古人有言牝雞之晨惟家之索故考烈善本作列字行迹以為皇后本紀雖成敗事異而同居正號者並列乎篇濟曰行迹謂所行之事正號謂嫡后其以恩私追尊非當世所奉者則隨他事附出親屬别事各依列傳其餘無所見係善本係上有則之此紀以纘西京外戚云爾良曰追尊謂生非經奉宗廟祭祀而死後追尊者他事謂不隨皇后之事也係繫也言外戚無别事者則繫皇后而追之纘繼也謂繼前漢外戚傳也善曰私恩謂桓順外立即位以私恩尊其母后似此者則隨他事附出不同此篇

文選四十九　四十

文選卷第四十九

宿

史論下
史述賛

文選　五十

文選卷第五十

梁昭明太子撰　五臣并李善注

史論下

范蔚宗後漢二十八將論一首

宦者傳論一首

逸民傳論一首

沈休文宋書謝靈運傳論一首

恩幸傳論一首

史述賛

班孟堅漢書述高紀一首

述成紀賛字善本作一首

述韓彭英盧吳傳賛一首

范蔚宗後漢書光武紀賛一首

文選五十　一

史論下

後漢書二十八將論一首翰曰光武用二十八人同計議以定天下至明帝時思念文武將帥之臣皆畫形於雲臺瞱脩漢書作此論於下

范蔚宗

論曰中興二十八將前世以為上應二十八宿未之詳也銑曰前漢為王莽所簒至光武復之故云中興善曰中興謂

漢有王莽篡位後光武復興爲中興也天有二十八宿將以輔君治化者也然咸
能感會風雲奮其智勇向曰咸皆也言二十八將皆如風雲相感
奮振其智勇　善曰周易曰雲從龍風從虎史記太史公曰相如其處智勇可謂兼之
稱爲佐命亦各志能之士也濟曰稱爲佐命者亦是有志操
才能之士　善曰李陵書曰其如佐命立功之士也議者多非光武不
以功臣任職至使英資茂績委而勿用良曰議論
也言當時有論者非光武不任功臣理事也績功委棄也　善曰謝承後漢書序曰申屠
蟠英姿磊落潘岳楊肇誄曰茂績惟嘉然原夫深圖遠筭固將
有以爲爾翰曰原本圖謀筭計也言光武深謀遠計應爲功臣之材多不兼
備故不用若乃王道既衰降及霸德猶能授受惟

文選五十　二

庸勳賢兼序如管隰之迭升桓世先趙之同
列文朝可謂通善本通上有兼字矣銑曰王道謂周道也衰微庸用
勳功也管仲隰朋俱齊桓之相先軫趙衰俱晉文之輔言此等之臣功賢兼通也　善曰
左氏傳寺人披曰齊桓公置射鉤而使管仲相又曰齊桓衛姬之子有寵於僖公有鮑叔
牙隰朋以爲輔佐又曰晉蒐于被廬命趙衰爲卿讓於先軫杜預曰先軫晉下軍之佐原
軫也降自秦漢世資戰力至於翼扶王室皆武
人崛善本作屈字起亦有鬻繒盜狗輕猾之徒向曰
翼輔崛特也鬻販也繒謂灌嬰也盜狗屠狗謂樊噲也猾狡也　善曰漢書曰灌嬰睢
陽販繒者也高祖爲沛公以中涓從後剖符食潁陰至丞相又曰樊噲沛人也以屠狗爲
事高祖爲沛公以舍人從爰封舞陽侯或崇以連城之賞或任

以阿衡之地濟曰連城之賞謂韓信彭越出阿衡謂倚平天下事也謂丞相
蕭何周勃之屬　善曰班固漢書贊曰藩國大者跨州兼郡連城數十毛詩曰實維阿衡
左右商王毛萇曰阿衡伊尹也故勢疑則隙生力侔則亂起
蕭樊且猶縲紲信越終見葅醢善本作戮字不其
然乎良曰勢疑謂威武強盛見疑於君也侔齊也蕭蕭何樊樊噲也縲紲謂拘繫也
信韓信越彭越也葅醢戮也　善曰李陵書曰昔蕭樊囚執韓彭葅醢自茲以
降迄乎善本作于字孝武宰輔五世莫非公侯遂
使搢紳道塞賢能蔽壅翰曰迄至也降高祖至武帝皆以勳臣爲
宰輔搢紳道塞謂賢才壅塞不得通也　善曰司馬相如封禪書曰因雜搢紳先生之略
術臣贊曰縉赤色紳大帶也朝有世及之私下多抱關之

文選五十　三

怨銑曰世及謂父子相承也漢蕭望之署小苑東門侯王仲翁謂曰不肯碌碌反抱關
爲　善曰禮記曰大人世及以爲禮漢書曰蕭望之署小苑東門侯王仲翁謂望之曰不
肯碌碌反抱關爲其懷道無聞委身草莽者亦何可
勝言向曰言懷道德委棄草澤者多也　善曰論語陽貨謂孔子曰懷其寶而迷其
邦淮南子曰今至人生於亂世含德懷道而死者衆天下莫知貴其不言也故光
武鑒前事之違存矯枉之志濟曰鑒視也矯直也言視前漢
不任賢能存其曲直之意　善曰班固漢書贊曰漢興懲強秦之敗大啓九國可謂矯枉
過其正也雖寇鄧之高勳耿賈之鴻烈分土不過
大縣數四所加不過善本無不過字特進朝請而已
良曰寇恂鄧禹耿弇賈復皆光武功臣也鴻大烈業也言立高功大業所封不過四縣加

位不過特進而已漢法諸侯春見曰朝秋見曰請也　善曰范曄後漢書曰寇恂字子翼
封雍奴侯邑萬戶爲執金吾鄧禹字仲華爲大司徒封高密侯食邑四縣耿弇字伯昭封
好時侯食二縣以列侯奉朝請賈復字君文封膠東侯食六縣以列侯加位特進蔡邕獨
斷曰諸侯功德優盛朝廷所異者賜位特進位在三公下孟康漢書注曰律春曰朝秋曰
請觀其治平臨政課職責咎將所謂導之以
法齊之以刑者乎翰曰言光武政平法明得刑法之中　善曰論語曰
導之以政齊之以刑民免而無恥若格之功臣其傷已甚銑曰
格取也言取功臣而任之其僨政則甚何者良曰蓋自問以明下文直繩
則虧喪恩舊撓善本扌字從情則違廢禁典向曰喪傷
撓曲也言直法於公則傷恩舊曲情於私則廢典憲　善曰范曄後漢書第五倫上疏曰

文選五十　四

臣愚以爲貴戚可封侯以富之不當職事以任之何者繩以法則傷恩私以恩則違憲
選德則功不必厚舉勞則人或非善本作未字賢
參任則羣心難塞並列則其弊未遠濟曰若選有德
則無功若選有功則無德參三也若三分而任則衆意不滿中半並列則其政之弊不遠
矣　善曰言選德棄功參差雜用則怨望必多故云難塞若論功棄德並列於朝則蘊戮
相仍故云未遠不得不校其勝否即事相權濟曰校考否惡
也言誠功臣之中考取勝者相與制其權宜爲恩舊腹心也　善曰言尊功而不尊德此
功權於德任德而不任功此德權於功漢書曰量資弊權輕重於是有母權子而行有子
權母而行韋昭曰重爲母輕爲子故高秩厚禮允荅元功峻
文深憲責成吏職良曰秩祿允信元大也以高祿重禮以荅大功也峻

深憲法言立深法責成吏人之職　善曰漢書曰瞿方進爲相峻文深詆中傷者尤多
建武之世侯者百數若夫數公者則與參國
議分均休咎其餘並優以寬科完其封祿莫
不終以功名延慶于後翰曰建武光武年號也數公謂鄧禹吳漢
等也均同也休咎善惡也其餘鄧吳之外功臣也優饒也寬科謂寬法也完全慶福也後
子孫也　善曰范曄後漢書郎顗上疏曰攘災延慶號令天下昔留侯以爲
高祖悉用蕭曹故人而善本無而字郭伋亦譏善本
作議字南陽多顯鄭興又戒功臣專任銑曰留侯張良
也漢初定天下高祖從複道望見諸將偶語上謂良曰此何語也良曰此人謀反耳上曰
何故而反良曰陛下與此屬取天下所封皆蕭曹故人所誅皆平生仇怨故相聚謀反也

文選五十　五

上曰爲之奈何良曰陛下取素不快意一人封之則定矣於是乃封雍齒衆曰雍齒且侯
吾屬無患矣郭伋謂光武曰選補衆職當簡天下賢俊不宜專用南陽人帝甚納之鄭興
上疏於光武曰道路流言咸曰朝廷欲專任功臣功臣任則位謬也　善曰漢書曰上望
見諸將往往數人偶語上曰此何語張良曰此謀反耳陛下起布衣與此屬取天下已爲
天子而所封皆蕭曹故人所誅者皆平生仇怨故相聚謀反耳范曄後漢書曰光武以郭
伋爲幷州牧過京師謝恩帝即引見伋因言選補衆職當簡天下賢俊不宜專用南陽人
帝納之又曰鄭興字少贛河南人徵爲太中大夫上疏曰道路流言咸曰朝廷欲用功臣
功臣用則入位謬矣夫崇恩偏授易啓私溺之失至公
均被必廣招賢之路意者不其然乎向曰言崇舊恩
偏授其任則易開後溺私情之失至公無私均被天下則賢路廣開也　善曰班固漢書

（引曰崇恩德以撫海内仲長子昌言曰人主臨之以至公）永平中顯宗追感前世功臣乃圖畫二十八將於南宮雲臺（向曰永平明帝年號顯宗明帝廟號　善曰顯宗明帝范曄後漢書曰王常字顏卿潁川人封山桑侯拜爲橫野大將軍位次與諸將絕席又曰李通字次况南陽人封固始侯拜大司空又曰竇融字周公扶風人封安豐侯爲衛尉又曰卓茂字子康南陽人爲密令世祖即位以茂爲太傅）其外又有王常李通竇融卓茂合三十二人故依其（善本無其字）本第係之篇末以志功臣（善本無臣字）之次云爾（濟曰係繫也言以其次第繫此篇之後）

宦者論一首（良曰周以爲閽人今謂之宦者官比郎中古者小臣而後漢用之尊重故集爲傳作其論云）

文選五十　六

范蔚宗（善曰宦者養也養閽人使其官職此是小臣後漢用之尊重故集爲傳論）

易曰天垂象聖人則之宦者四星在皇位之側（翰曰垂象謂宦者星也皇位則帝座也　善曰仲長子昌言曰天文宦者四星在帝座傍而周禮有其官職）故周禮置官亦備其數閽者守中門之禁（銑曰備數也謂周禮云奄十人閽人奄守門者中門用奄人爲之取所宜也　善曰周禮曰閽人掌守王宮中門之禁鄭玄曰中門於外門爲中）寺（侍）人掌女宮之戒（向曰寺人亦奄屬戒令也　善曰周禮曰寺人掌王之內人及女宮之戒命）又云王之正內者五人（濟曰王之正內謂路寢也五人周制之數也　善曰周禮曰寺人王之正內五人鄭玄曰正內路寢也）月令仲冬命（善本無命字）閹尹審門閭謹房室（良曰閹尹閹官也閽亦門也審謹閉之者順冬氣也　善曰禮記文也鄭玄曰閹尹主領閹豎之官也於周爲內宰掌治王之內政宮令戒出入及開閉之屬也重閉外內門）詩之小雅亦有巷伯刺讒之篇（翰曰小雅詩篇名巷伯宮中閹官也幽王聽此人之讒故有此刺之　善曰毛詩小雅曰巷伯刺幽王也寺人傷於讒而作是詩也毛萇曰巷伯內小臣也）然宦人之在王朝者其來舊矣將以其體非全氣情志專良通關中人易以役養乎（銑曰體非全氣謂無陽道也良善也中人謂宮人也養使也　善曰老子曰未知牝牡之合而朘作王弼曰作長也無物以損其身故全長也漢書曰元帝以石顯久典事中人無外黨精專可信任遂委以政應劭漢官儀曰掖庭後宮所處中宮謂之中）

文選五十　七

人然而後世因之才任稍廣其能者則勃貂管蘇有功於楚晉（向曰稍漸也言漸廣材能者而用之勃貂名披晉文公寺人也管蘇楚恭王臣　善曰……）

（公立呂郤畏偪將焚公宮而殺晉侯寺人披以難告晉侯楚恭王有疾告諸大夫曰管蘇犯我以義違我以禮然而有德焉吾死之後爵之於朝　善曰左氏傳曰呂郤畏偪焚公宮而殺晉侯寺人披請見公見之以難告又曰晉侯問原守於寺人勃鞮對曰昔趙衰以壺飧從徑餒而弗食故使處原杜預曰勃鞮披也史記以勃鞮爲履貂上新序曰楚恭王有疾告諸大夫曰管蘇犯我以義違我以禮與處不安不見不思然而有德焉吾死之後爵之於朝申侯順吾所欲行吾所樂與處則安不見則思然未嘗有德焉必速遣之）景監繆賢著庸於秦趙（濟曰景監繆賢皆閹人也監進商鞅於孝公以成霸業繆賢進藺相如於趙惠文王而趙彊盛是著功也庸功也　善曰史記曰商鞅入）

秦因孝公寵臣景監以求見又曰藺相如爲趙宦者令繆賢舍人趙求人使報秦者未得
宦者令繆賢曰臣舍人藺相如可使及其弊也豎刁亂齊伊戾
禍宋良曰弊惡也齊桓公幸奄人豎刁後桓公卒刁乃殺羣吏立公子無虧齊大亂
宋平公遣奄人伊戾傅太子痤無寵太子享楚客于郊戾因譖太子將爲亂太子死後事
發乃烹伊戾　善曰左氏傳曰齊桓公卒易牙入與寺人貂因內寵以殺羣吏而立公子
無虧孝公奔宋杜預曰寺人內閹官豎刁也史記曰豎貂爲豎刁並音凋左氏傳曰楚客
聘於晉過宋太子知之請野享之公使往伊戾請從至則爲坎用牲加書徵之而聘告平
公曰太子將爲亂既與楚客盟矣公使視之則信有焉太子死公徐聞其罪乃烹伊戾
漢興仍襲秦制置中常侍官然亦引用士人
以參其選皆銀璫左貂給事殿省翰曰仍乃襲因也漢

文選五十　八

中常侍或用士大夫建武以後乃悉宦者皆假以貂璫之飾爲天子給使於殿省之上也
善曰范曄後漢書朱穆曰案漢故事中常侍或用士人建武以後乃悉用宦者假貂璫之
飾任常伯之職及高后稱制乃以張卿爲大謁者出
入臥內受宣詔令銑曰謁者官人之官　善曰漢書高后紀曰太后臨
朝稱制蔡邕曰天子命令之別二曰制書然制非皇后所行故曰稱也漢書劉澤傳田生
求事呂后所幸大謁者張釋卿如淳曰奄人也呂后紀云張釋劉澤傳又曰張卿然則張
釋字子卿今漢書或爲釋鄉誤也仲長子昌言曰宦豎傅近房臥之內交錯婦人之間
文帝時有趙談北宮伯子頗見親幸向曰趙談北宮
伯子並是閹人　善曰漢書曰孝文時宦者則趙談北宮伯子至於孝武亦
愛李延年翰曰李延年武帝時宦者　善曰漢書曰孝武時宦者李延年帝

數宴後庭或潛遊離館故請奏機事多以宦
人主之良曰蕭望之以武帝遊宴後庭故用宦官非國舊制也機事謂所總攬令
善曰漢書曰蕭望之以武帝遊燕後庭故用宦者非國舊制仲長子昌言曰至於武皇遊
燕後庭初置中書之官領受軍事僕官解故曰機事所總號令攸發胡廣曰機密之事
元帝之世史游爲黃門令勤心納忠有所補
益翰曰史游宦人爲黃門令著急就一篇故云有所補益　善曰漢書曰急就一篇元
帝黃門令史游作董巴輿服志曰禁門曰黃闥中人主之其後弘恭石顯
以佞險自進卒有蕭周之禍損穢帝德焉銑曰
蕭望之與周堪議罷中尚書宦官以爲古制者不近刑人由是與石顯忤後皆遇譖害望
之自殺堪被廢不見進用是穢損帝德　善曰漢書曰前將軍蕭望之及光祿大夫周堪

文選五十　九

建議以爲宦罷中尚書官應古不近刑人由是大與石顯忤後皆害焉望之自殺堪廢錮
不得復用也中興之初宦官悉用閹人不復雜調
他士向曰調選也他士外人也　善曰如淳漢書注曰調選也至永平中
始置員數中常侍四人小黃門十人和帝即
祚幼弱而竇憲兄弟專總權威濟曰永平明帝年號祚福
也竇憲太后兄也權柄威力也言專總國柄有威力於天下　善曰范曄後漢書曰孝和
皇帝諱肇肅宗子也年十歲竇太后詔曰竇憲朕之元兄當以舊典輔斯職焉內外
臣僚莫由親接所與居者唯閹官而已故鄭
衆得專謀禁中終除大憝徒對反　良曰言和帝幼劣竇憲執
權內外官僚皆不得親近所近者唯閹官而已後憲謀不軌中常侍鄭衆謀誅之憝惡也

大惡則憲也善曰史記曰景帝居禁中知淳漢書注曰省户本為禁中蔡邕曰禁中者
門户有禁非侍御不得入故曰禁中尚書曰元惡大憝遂享分土之封
超登宮卿之位於是中官始盛焉翰曰鄭衆有功遷大
長秋封鄛鄉侯食邑千五百户宮卿則大長秋也善曰范曄後漢書曰鄭衆字季産南
陽人也和帝初竇憲圖作不軌衆遂首謀誅之以功遷大長秋封鄛鄉侯自明帝
以後迄乎延平也銑曰迄至也延平安帝年號善曰范曄後漢書曰安
帝年號延平委用漸大而其員數稍增善本作其資稍增
中常侍至有十人小黄門亦二十人改以金
璫右貂兼領卿署之職向曰璫貂侍中服飾卿九卿署司也言閹
人兼主之鄧后以女主臨政而萬機殷遠濟曰鄧后和帝

母殷衆也善曰和熹鄧后已見皇后紀論朝臣圖議無由參斷
帷幄稱制下令不出房闈之間不得不委用
刑人寄之國命良曰言婦人執政無從與朝臣參斷制令所出不過房闈
故不得不委用閹人以通國命善曰范曄後漢書朱穆曰自和熹太后以女主稱制不
接公卿乃以閹人為常侍小黄門通命兩宮手握王爵口含天憲
翰曰王爵官柄也天憲謂帝王法令也言皆出於黄門善曰范曄後漢書諫議大夫劉
陶上疏訟朱穆曰令權宦傾擅朝室手握王爵口含天憲非所以崇尊顯之高業守和平
之隆秋非復掖庭永巷之役善本作職字閨牖房闥
善本作闈字之任也銑曰宦者本掖庭閨房使役人而今皆執權政故云非復
也掖庭永巷皆宮名善曰漢書曰掖庭八丞又曰永巷官皆取其領事之號或曰永巷

則曰永巷僕射其後孫程定立順之功曹騰參建桓
之策向曰孫程安帝時為黄門時江京等廢皇太子為濟陰侯後程與十八人截衣
為誓斬江京迎濟陰侯立之是為順帝曹騰定策立桓帝遷大長秋善曰范曄後漢書
曰孫程字稚卿涿郡人安帝時為中黄門時江京等廢皇太子為濟陰侯明年帝崩立北
鄉侯為天子十月北鄉侯疾篤程謂濟陰王謁者長典渠曰王以嫡統遂至廢黜若北鄉
不起共斬江京事乃可成渠然之北鄉侯薨程與十八人謀於西樓下皆截衣為誓斬江京
迎濟陰王立之是為順帝封程為浮陽侯又曰順帝諱保安帝之子又曰曹騰遷中常侍
桓帝立騰以定策封費亭侯大長秋續以五侯合謀梁冀受鉞
濟曰大將軍梁冀專國桓帝欲誅之乃命宦官單超徐璜具瑗左悺唐衡與謀誅冀事
成同日俱封侯代謂之五侯鉞斧也善曰范曄後漢書曰單超河南人徐璜下邳人具

瑗魏郡人左悺河南人唐衡潁川人桓帝呼超悺入室謂曰梁將軍兄弟專國今欲誅之
於常侍意如何超等對曰誠國姦賊當誅日久五人遂定其議帝嚙超臂出血為盟於是
詔收冀悉誅之超封新豐侯璜武原侯瑗東武侯悺上蔡侯衡汝陽侯五人同日封故俗
謂之五侯迹因公正恩固主心故中外服從上下
屏氣良曰言內外之官懼閹官之威皆屏氣而恐善曰屏氣言恐懼也論語曰屏
氣似不息者范曄後漢書曰陽球既誅王甫權門聞之莫不屏氣或稱伊霍
之勳無謝於往載或謂良平之畫復興於當
今翰曰伊尹霍光皆先代輔佐之臣陳平張良皆謀畫之臣閹官之屬自稱同也善
曰伊尹霍光張良陳平雖時有忠公而競見排斥舉動
迴山海呼吸變霜露阿旨曲求則光寵善本作寵

光三族直情忤意則參夷五宗漢之綱紀大亂矣銑曰迴山海變霸露言氣勢盛也三族謂父族母族妻族也五宗謂上自曾祖下至玄孫 善曰陳琳檄曰所愛光五宗所惡滅三族若夫高冠長劒紆朱懷金者布滿宮闈向曰高冠長劒武夫服金金印也闈宮門布滿言多也 善曰枚乘兔園賦曰高冠扁焉長劒閑馬法言曰或問使我紆朱懷金其樂不可量也李執曰朱紱也苴茅分虎南面臣民者蓋以十數善曰苴裹也王者以茅裹五色土封諸侯虎謂金虎符也南面謂諸侯南面稱孤也言如此十數人 善曰尚書緯曰天子社東方青南方赤西方白北方黑上冒以黄土封諸侯各取方土苴以白茅以爲社漢舊儀曰郡國銅虎符三府署第館棊善本作基列於都鄙子弟支附過半於州國南金和寶冰紈霧縠之積盈牣刃珍藏良曰第館宅也都鄙皆國也支附謂親屬也天下州國之官過半是閹人親屬統緒也縠紗也冰者如冰之絜霧者如霧之輕牣滿也 善曰毛詩曰元龜象齒大賂南金韓子曰楚人和氏得玉璞於楚山之中奉而獻之王使玉人理其璞而得寶焉漢書曰齊地織作冰紈臣瓚曰紈之細密如堅冰也子虛賦曰纖羅垂霧縠嬙牆媛侍兒歌童舞女之玩充備綺室良曰嬙媛御也侍兒婢也充滿備具也綺室綺帳也 善曰左氏傳子西曰今聞夫差宿有妃嬙嬪御焉杜預曰妃嬙貴者也漢書曰初爰盎爲吳相時從史盜和盎侍兒文穎曰婢也仲長子昌言曰爲音樂則歌兒舞女千曹而迭起 左氏傳晏子謂齊侯曰高臺深池撞鍾舞女狗馬飾彫文土木被緹繡翰曰彫畫也土牆木屋也言皆被以緹繡之文 善曰漢書東方朔

曰土木衣綺繡狗馬被繢罽倭僮傳曰董賢起大第闕下土木之功窮極伎巧柱檻衣以綈錦皆剝割甿黎競恣極善本作萌黎競恣奢欲搆害明賢專樹黨類其有更相援引希附權彊者腐身熏子以自衒達銑曰甿黎庶人也援引謂攀附也權彊謂閹人之黨也言有士人託附閹官以求進者或自腐熏其形體同於閹人以自衒露而求聞達 善曰班固漢書曰司馬遷述曰嗚呼史遷薰骨以行刑韋昭曰古者腐刑必薰合之善本腐上有皆字同弊相濟故其徒有繁向曰弊惡也繁多也 善曰潘元茂九錫文曰同惡相濟尚書曰簡賢附勢寔繁有徒敗國蠹政之事不可殫書所以海內嗟毒志士窮棲寇剽緣閒搖亂區夏濟曰蠹亦敗也殫盡毒病也窮棲謂深隱也寇暴剽甚也言閹官暴之甚緣其閒隙起其譏言動亂於國 善曰韋昭國語注曰山居曰棲劉騊駼與李子堅書曰下車負乘剽賊未擒韓詩曰譏言緣閒而起雖忠良懷憤時或奮發而言出禍從旋見孥戮良曰憤怨也奮發謂出怒言也孥子也謂諫者并子見戮 善曰尚書曰予則孥戮汝因復大考鉤黨轉相誣染翰曰考謂捶繫也鉤黨謂鉤取諫者同類使轉相誣謗而殺之也善曰東觀漢記曰靈帝時故大僕杜密故長樂少府李膺各爲鉤黨尚書曰下本州考治時上年十三問諸常侍曰何謂鉤黨諸常侍對曰鉤黨即黨人也即可其奏凡稱善士莫不離善本作罹被災毒銑曰離逢被加也言朝廷稱爲善士者逢罹黨皆加其災毒也 善曰桓子新論曰居家循理鄉里和順出入恭敬言語謹遜謂之善士竇武何進位崇戚近乘九服之囂怨

協羣英之勢力而以疑留不斷至於殄敗斯
亦運之極乎向曰竇武女立為皇后身為大將軍謀誅宦官者曹節矯
詔誅武何進妹為皇后身為大將軍與袁紹謀誅中官為官者趙忠所殺戚親嚚諱也疑
留謂遲留未斷之間而見滅也言此亦董之運命盡乎極盡也　善曰周書曰乃辯九假
之國謝承後漢書曰黃向對策以為羣英之表范曄後漢書曰竇武字游平扶風人也女
立為皇后武為大將軍謀誅中官曹節等矯詔將兵誅武又曰何進字遂高南陽人也女
弟立為皇后為大將軍靈帝崩袁紹說進誅中官謀泄張讓趙忠等因進入省共殺何
進應劭風俗通曰秦因愚弱之極運雖袁紹龔行芟夷無餘濟曰
龔行謂奉行天子命罰也芟刈也夷殺也無餘言揔盡也初袁紹起義兵誅董卓斬趙忠
捕宦無少長悉斬之　善曰范曄後漢書曰袁紹勒兵斬趙忠捕宦官無少長悉斬之

文選五十　十四

張讓投河而死尚書曰今予恭行天之罰左氏傳君子曰周任有言為國家者見惡如農
夫之務去草焉芟夷蘊崇之絕其本根勿使能殖然以暴易亂亦
何云及良曰袁紹雖誅閹宦之暴而自為亂故云易亂亦何云及謂不可及於政
道也　善曰史記伯夷歌曰登彼西山兮言采其薇以暴易亂兮不知其非自曹
騰說梁冀竟立昏弱翰曰大將軍梁冀欲立清河王為帝宦者曹騰
說冀曰君若立長禍必及身遂立桓帝是昏弱也　善曰曹騰梁冀已見上文昏弱謂桓
帝也魏武因之遂遷龜鼎銑曰龜國寶鼎大器皆喻帝位也遷謂移
禪於魏也　善曰魏武曹操也龜鼎國之守器以喻帝位也尚書曰寧王遺我大寶龜紹
天明命左氏傳王孫滿曰桀有昏德鼎遷於商商紂暴虐鼎遷於周所謂君以
此始必以此終信其然善本作信乎其然矣向曰言始以閹官得

位亦以閹官而失國謂曹操即騰之孫　善曰左氏傳曰晉荀林父及楚子戰於邲楚子
見左廣將從之乘屈蕩尸之曰君以此始必以此終

逸民善本有傳字論一首向曰謂自放逸不為時俗所拘懷道
不見隱居無名王侯不能臣榮利不能動為逸人

范蔚宗善曰何晏論語注曰逸民言節行超逸

易稱遯之時義大矣哉良曰遯逃也喻貪利侵己己能逃避是遯
之時義大也　善曰易曰艮下乾上遯彖曰遯之時義大矣哉孔子曰遯逃也謂去代不
求利是其大也又曰不事王侯高尚其事良曰事謂幽寂之事
也　善曰周易蠱卦上九爻辭是以堯稱則天而不屈潁陽
之高良曰惟天為大惟堯則之蕩蕩乎民無能名焉堯請屬天下於許由許由逃於

文選五十　十五

潁陽而堯不能屈其志也　善曰論語子曰唯天為大唯堯則之呂氏春秋曰昔堯朝許
由於沛澤之中請屬天下於夫子許由遂之潁水之陽武盡美矣終全
孤竹之絜翰曰武周武王也伯夷叔齊孤竹君之二子諫武王伐紂不從因隱
於首陽山武王不能屈其清絜絜也　善曰論語曰子謂武盡美矣未盡善也史記伯
夷叔齊孤竹君之子也武王已平殷亂天下宗周而伯夷叔齊恥之義不食周粟隱於首
陽山自茲以降風流彌繁長往之軌未殊而感
致之數匪一銑曰自茲以降謂許由伯夷以下也風流謂隱居之流也彌繁
言漸多也軌迹也不殊言隱逸同也感致匪一謂以下事　善曰琴賦曰體制風流莫不
相襲西征賦曰悟山潛之逸士卓長往而不返或隱居以求其志或
迴避以全其道向曰謂迴迹避濁代以全至道也　善曰論語孔子曰隱

居以求其志行義以達其道
又曰賢者避世其次避地或靜已以鎮其
躁或去危以圖其安或垢俗以動其槩或疵
物以激其清濟曰鎮壓躁動圖謀垢穢也槩
節槩也疵病激絜也　善曰言
或靜默隱居以鎮心之躁競或去彼危難以
謀已之安全也或垢穢時俗以動其槩或疵
默萬物以發其
清槩猶操也然其甘心畎畒之中憔悴江
海之上濟曰畎畒謂耕稼之事憔悴則枯槁
也　善曰莊子曰舜以天下讓其友
北人無擇北人無擇曰異哉后之為人也居
於畎畒之中而遊堯舜之門不若是而已又
曰就藪澤處閒曠此江海之士
避世之人閒暇者之所好也豈必親魚鳥
樂林草哉亦云介性所至而已良曰言隱者
豈親樂山水
哉言特稟耿介之性也　善曰世說簡文入
華林園顧謂左右曰覺鳥獸禽魚自來親人

文選五十　十六

故蒙耻之賓屢黜不去其國蹈海之節千
乘莫移其情翰曰蒙冒黜退也言柳下惠冒
耻以衣人雖三遭黜而不逃去
其國魯連為齊却燕軍齊欲爵連連乃逃於
海上言雖封千乘之國亦不移其隱逸之情
善曰列女傳曰柳下惠死妻誄之曰蒙恥救
民德彌大兮雖遇三黜終不弊兮史記曰魯
仲連謂新垣衍曰秦即為帝則連蹈東海死
耳又曰魯連下聊城田單歸而欲爵之魯連
逃隱於
海上適使矯易去就則不能相為矣銑曰
適向
也矯直也言直易二賢之性迴其去就彼此
不能相為也　善曰論語曰長沮桀溺耦而
耕孔子過使子路問津焉桀溺曰與從避人
之士豈若從避世之士哉子路行以告夫子
曰天下有道丘不與易也漢書賈誼上書
曰胡越之人雖死不相為者教習然也彼
雖硜硜有類沽名者向曰硜硜堅勁貌沽名
謂沽賣其名聲也　善

曰論語曰子擊磬於衛有荷蕢而過孔氏之
門者曰有心哉擊磬乎既而曰鄙哉硜硜乎
莫已知也已又子貢曰有美玉於斯韞匵而
藏諸求善價而沽諸孔子曰沽之哉沽之哉
我待價
者也然而蟬蛻囂埃之中自致寰區之外
濟曰隱者去塵俗之內致寰區之外有如蟬
之蛻形耳寰區國之封域也　善曰淮南子
曰蟬飲而不食三
十日而蛻音稅異夫飾智巧以逐浮利者
乎良曰浮利榮華也言去囂俗之人異於修
飾智詐以逐榮華之事　善曰淮南子曰
古之人同氣于天地與一世而優遊
及偽之生飾智以驚愚設詐以巧上荀卿有
言曰志意修則驕富貴道義重則輕王公也
翰曰荀卿子隱者也驕輕也言重內者則輕
外物也　善曰荀卿子曰志意修則驕富貴
矣道義重則輕王公
矣內省則外物輕矣漢室中微王莽篡位士

文選五十　十七

之蘊藉義憤甚矣銑曰微弱篡奪也向
曰蘊藉寬和貌憤怨也
言王莽篡漢當時寬和之人皆怨而去之
善曰東觀漢記曰桓榮溫恭有蘊藉明經義
文穎曰謂寬
情有餘也是時裂冠毀冕相携持而去之
者蓋不可勝數濟曰言漢朝高潔之士怨莽
之篡皆毀裂冠冕相携隱遁
善曰范曄後漢書曰胡剛清高有志節值王
莽居攝解其衣冠懸府門而去遂亡命交阯
隱於屠肆之間左氏傳王使詹桓伯辭於晉
侯曰伯父若裂冠毀冕拔本塞原毛詩序曰
百姓莫不相
携而去焉楊雄曰鴻飛冥冥弋者何慕焉
言其違患之遠也良曰鴻水鳥也冥冥高遠
慕取也言鳥飛既高弋射
者何所取喻隱者居深以避禍患矣　善曰
法言曰鴻飛冥冥弋者何慕焉宋衷曰篡取
也鴻高飛冥冥薄天雖有弋人執矰繳何所
施巧而取焉喻賢者深居亦不罹暴亂之害

今纂或爲慕誤也光武側席幽人求之若不及翰曰禮有憂者側席而坐光武側席是憂幽人不至矣善曰國語越王夫人去笄側席而坐韋昭曰旌側猶特也禮憂者側席而坐班固漢書公孫弘贊曰上方欲用文武求之如不及帛蒲車之所徵賁彼義相望於巖中矣銑曰旌招賢之表謂帛東帛蒲車招隱之車也徵求賁飾也相望巖中言多也　善曰言招士或旌以帛也漢書曰武帝以枚乘年老乃以安車蒲輪徵乘周易曰賁于丘園束帛戔戔若薛方逢垓江萌聘而不肯至向曰薛方逢萌前漢去官而隱王莽時徵之俱不就光武即位徵方方於道病卒徵萌萌乃辭以老耄竟以壽終　善曰漢書曰薛方字子容王莽以安車迎方方因使者辭謝曰堯舜在上下有巢許今明主方隆唐虞之德小臣亦欲守箕山之節也使者以聞莽說其言不強致也世祖即位徵方於道病卒范

文選五十　　十八

曄後漢書曰逢萌字子康北海人也王莽殺其子宇萌將家屬入海客於遼東光武即位徵萌託以老耄迷路東西語使者曰朝廷所以徵我者以其有益於政尚不知方面所在安能濟時乎即便駕歸連徵不起以壽終嚴光周黨王霸至而不能屈濟曰嚴光與光武同學光武即位三聘而後至帝車駕就館看光光不起帝撫其腹曰子陵不可相助為政耶良久曰士故有志何相迫乎周黨隱居黽池光武累徵而至著短布單衣以見光武伏而不謁自陳願守所志帝許焉王霸建武中到稱名不稱臣有司問　其故曰天子有所不臣竟以病歸守志不居　善曰范曄後漢書嚴光一名遵會稽人與光武同遊學及光武即位聘之三反而後至舍於北軍車駕即日幸其館光卧不起帝即其卧所撫光腹曰咄咄子陵不可相助為政耶又眼不應良久乃張目熟視曰昔唐堯著德巢父洗耳士故有志何至乖迫乎又曰周黨字伯況太原人建武中徵為議郎

以病去職遂將妻子居于黽池後復徵不得已乃著短布單衣穀皮綃頭巾待見尚書及光武引見黨伏而不謁自陳願守所志帝乃許焉又曰王霸字仲儒太原人建武中徵到尚書拜稱名不稱臣有司問其故霸曰天子有所不臣諸侯有所不友以病歸隱居守志羣方咸遂志士懷仁良曰言光武之時羣方皆遂志士無不懷其仁心焉　善曰郭象莊子注曰一方得而群方失論語子曰志士仁人無求生以害仁禮記曰君子有禮故物無不懷仁斯故所謂舉逸民善本作人字則天下歸心者乎翰曰君舉逸人則天下之人歸心也　善曰論語子曰舉逸人天下之人歸心焉肅宗亦禮鄭均而徵高鳳以成其節銑曰肅宗章帝也以公車特徵鄭均再遷尚書後以疾乞骸骨任隗舉高鳳直言為將作大匠後託病歸隱身漁釣終於家也　善曰范曄後漢書曰肅宗孝章皇帝諱

文選五十　　十九

炟顯宗第五子又曰鄭均字仲虞東平任城人建初六年公車特徵再遷尚書數納忠言肅宗徵重之以疾乞骸骨又曰高鳳字文通南陽人建初中將作大匠任隗舉鳳直言到公車託病逃歸隱身漁釣終於家自後帝德稍衰邪孽當朝處子耿介羞善本無羞字與卿相等列向曰稍漸也邪孽謂閹官之屬也處子謂隱居不仕之人耿介謂執節守度也羞恥也列行列也　善曰東廣微補亡詩曰堂堂處子楚辭曰獨耿介而不隨俗至乃抗憤而不顧多失其中行焉濟曰高抗憤怒而不回顧者亦失其順中之行焉　善曰論語子曰不得中行而與之必也狂狷乎蓋錄其絕塵不反善本作及字同夫作者列之此篇良曰絕塵謂絕塵離俗往而不反者則周末七人列於此篇七人謂長沮桀溺丈人石門荷蕢儀封人楚狂接輿　善曰莊子顏回

問於仲尼曰夫子步亦步夫子趨亦趨夫子馳亦馳夫子奔逸絕塵而瞠乎若後耳司馬彪曰言不可及也論語子曰作者七人包咸曰七人謂長沮桀溺丈人石門荷蕢儀封人楚狂接輿

宋書謝靈運傳論一首

沈休文 翰曰約修宋書至靈運傳嘉其文章因為此傳論於下以敘文章利害是非焉 善曰沈休文修宋書百卷見靈運是文士遂于傳下作此書說之利害辭之是非 文

史臣曰民稟天地之靈含五常之德剛柔迭用喜慍分情 銑曰靈異也言人稟天地而生靈於萬物漢書曰凡人含五常之性而剛柔不同迭更慍恨也 善曰漢書曰夫人肖天地之貌有生之最靈者也又曰

文選五十　二十

凡民函五常之性而剛柔不同史記曰況懷五常含好惡鄭玄禮記注曰五常五行也孔安國尚書傳曰五行之德王者相承以取法禮記曰何謂七情喜怒哀懼愛惡欲 夫志動於中則歌詠外發 向曰在心為志發言為詩詩則歌詠也 善曰毛詩序曰情動於中而形於言嗟歎之不足故詠歌之又曰情發於聲聲成文謂之音 六義所因四始攸繫升降謳謠紛披風什 齊曰六義一曰風二曰賦三曰比四曰興五曰雅六曰頌四始謂國風大雅小雅并頌也攸所也紛披言多也詩之風雅每十篇一同故云什 善曰毛詩序曰詩有六義焉一曰風二曰賦三曰比四曰興五曰雅六曰頌又曰是謂四始詩之至也毛詩題曰鹿鳴之什說者云詩每十篇同卷故曰什也 雖虞夏以前遺文不覩稟氣懷靈理無或 善本作或無 異 良曰虞舜夏禹也覩見也受氣懷靈

謂人也理人理也言人理古今無異也 善曰虞書有帝庸作歌夏書有五子之歌已前不見歌文古猛虎行曰稟氣有豐約受性有短長 然則歌詠所興宜自生民始也周室既衰風流彌著 翰曰歌詠樂也太古已有樂則知歌詠從生人始也周室既衰怨刺之詩隨其風流彌加明著 善曰幽厲之時多有諷刺在下祖習如風之散如水之流故曰彌著 屈平宋玉導清源於前賈誼相如振芳塵於後 銑曰屈原作離騷經宋玉著九辯並楚人也導引源本也賈誼相如並前漢文章之士振舉也芳塵謂美聲 善曰孫卿子曰君子養源源清則流清陸機大暑賦曰播芳塵之馥馥 英辭潤金石高義薄雲天 向曰英美也言美辭可以潤澤金石也薄迫也迫雲天言高也 善曰仲長子昌言曰英辭雨下吳越春秋樂師謂越王曰君王德可以刻之於金

文選五十　二十一

石淮南子曰夫道潤乎草木浸乎金石法言曰或問屈原相如之賦孰愈曰原也過以浮如也過以虛過浮者蹈雲天過虛者華無根然原上援稽古下引鳥獸其著意子雲長卿亮不可及 自茲以降情志愈廣王褒劉向揚班崔蔡之徒 濟曰愈益也揚雄班固崔駰蔡邕此六人並漢朝文章之士 善曰范曄後漢書曰崔駰年十三能通百家言善屬文與班固傅毅同時齊名又曰蔡邕少博學好辭章揚子雲班孟堅 異軌同奔遞相師祖 良曰軌迹奔行師法祖述也言已上六人迹雖異同行於時 善曰禮記曰仲尼祖述堯舜 雖清辭麗曲時發乎篇而蕪音累氣固亦多矣 翰曰言文章清麗之句時時有之蕪穢累重固亦多矣 善曰賈逵國語注曰蕪穢也累猶負也 若夫平子艷發文以情變絕唱高蹤久無嗣

響銑曰艷羨也言張平子文章之羨無能繼其音響 善曰平子張衡字也至于
建安曹氏基命三祖陳王咸蓄盛藻向曰建安獻帝
年號曹氏基命謂太祖始封魏王三祖謂武帝文帝明帝陳王謂武帝子植也咸皆蓄積
也言三祖及陳王皆積盛才於懷也 善曰續晉陽秋曰及至建安而詩章大盛尚書曰
王如不敢及天基命定命建安獻帝年號魏志曰明帝青龍四年有司奏武皇帝為魏太
祖文皇帝為魏高祖明皇帝為魏烈祖也甫乃以情緯物善本無物字
以文被質濟曰甫始也緯猶織也以文被質謂文質相參也 善曰鄭玄周禮
注曰甫始也言始將情意以緯於文自漢至魏四百餘年詞人
才子文體三變相如工為形似之言二班長
於情理之說子建仲宣以氣質為體良曰二班謂固

彪孟堅也情理謂得事之實也氣質謂有力也三變謂形似情理氣質 善曰二班叔皮
孟堅也並標能擅美獨映當時是以一世之士
各相慕習原善本作源字其飆流所始莫不同祖
風騷良曰擅專也映照也原本也漢魏以來才子風流皆同祖述詩騷也風則詩國
風也 善曰續晉陽秋曰自司馬相如王褒揚雄諸賢代尚詩賦皆體則風騷詩總百家
之言飆流即風流已見上文廣雅曰祖法也徒以賞好異情故意
製相詭銑曰徒但詭變也言祖述雖同但以賞好各異故隨制作而變 善曰說
文曰詭變也降及元康潘陸特秀向曰元康晉惠年號潘安仁陸
士衡獨為當代文章之秀特獨也 善曰元康晉惠帝年號也續晉陽秋曰逮乎西朝之
末潘陸之徒有文質而宗師不異律異班賈體變曹王縟旨

星稠繁文綺合濟曰律法也言潘陸文章體班固賈誼曹植王粲也縟繁
飾也星稠綺合喻文章秀媚 善曰論衡曰德彌盛者文彌縟又曰或能陳得失奏便宜
應經傳文如星月若谷子雲唐子高者並為高第漢書宣帝曰辭賦譬如女工有綺縠也
綴平臺之逸響采南皮之高韻良曰梁孝王於睢陽城作
平臺複道三十里招延四方才子逸響謂枚皋司馬相如之文也南皮魏文帝所遊高韻
謂應瑒陳琳之文也綴猶緝也 善曰漢書曰梁孝王廣治睢陽城為複道自宮連屬於
平臺三十餘里招延四方豪傑逸響謂司馬相如之文南皮魏文帝所遊也高韻謂應徐
之文也遺風餘烈事極江右翰曰烈業極盡也江右即西晉 善
曰史記曰宣王法文武遺風春秋元命苞曰文王積善所潤之餘烈江右西晉也在
晉中興玄風獨扇為學窮於柱下博物止乎

七篇馳騁文辭義殫於此善本作乎字銑曰玄道扇盛柱下
謂老子為周柱下史著道德經五千言博大也七篇謂莊周著書內篇有七言中興之後
入承王弼何晏之風學者義理盡於莊老殫盡也 善曰續晉陽秋曰正始中王弼何晏
好莊子玄勝之談而俗遂貴焉老子為柱下史莊子內篇其數有七自建武暨
于義熙歷載將百向曰建武愍帝年號義熙安帝年號載年也 善曰
建武晉閔帝年號義熙晉安帝年號雖比響聯辭波屬雲委濟曰
屬續委積也言文章之多也 善曰答賓戲曰馳辨如濤波仲長統昌言曰妙句雲布孝
經鉤命決曰雲委霧散殊錯沈浮莫不寄言上德託意玄珠
良曰上德謂無為之化也玄珠喻至道也言為文者皆寄託於此 善曰孫綽子曰莊子
多寄言渾沌得宗罔象得珠老子德經曰上德不德是以有德莊子曰黃帝遊乎赤水之

北登乎崑崙之丘而南遠歸遺其玄珠郭象曰此明得真之所由遒麗之辭無聞焉耳善本作爾字翰曰遒猶美也言皆寄道德不爲美辭者也善曰孫綽集序曰綽文藻遒麗公羊傳曰紀子伯者何無聞焉爾仲文始革孫許之風叔源大變太元之氣銑曰仲文殷仲文革改也孫綽許詢以源老爲宗仲文改之太元武帝年號也言叔源變武帝時文章之氣而復舊體謝混字叔源善曰仲文殷仲文也續晉陽秋曰許詢有才藻善屬文詢及太原孫綽轉相祖尚又加以二世之辭而風騷之體盡矣詢綽並爲一時文宗自此作者悉化之至義熙中謝混始改之叔源混字也太元晉武帝年號爰逮宋氏顏謝騰聲靈運之興會標舉延年之體裁明密並方軌前秀垂範後昆向曰顏顏延年也謝謝靈運也標高方並軌迹範法昆嗣也善曰興會情興所會也鄭玄周禮注曰興者託事於物也體裁制也謝承後漢書曰魏朗爲河内太守明密法令也尚書曰垂裕後昆若夫敷衽論心商搉前藻濟曰衽襟也搉略也言布襟論心搉前人文藻之妙善曰楚辭曰跪敷衽以陳辭陸機樂府篇曰商搉爲此歌工拙之數如有可言夫五色相宣八音協暢良曰五色五方之色宣明也八音金石絲竹匏土革木也協合暢通也善曰文賦曰暨音聲之迭代若五色之相宣由乎玄黃律呂各適物宜翰曰言顏色音聲各隨物宜所適也善曰周易曰物象其物宜是故謂之象欲使宮羽相變低昂舛節銑曰宮爲君羽爲事低昂高下也舛背也言宮羽之聲相變則高下背節也若前有浮聲則後須切響一簡之内音韻盡殊兩句之

文選五十　二十四

中輕重悉異向曰一簡謂一行言一行之中音韻輕重悉須相避不可同聲妙達此旨始可言文至於先士茂制善本作製字諷高歷賞濟曰先士謂先代制文之士也茂盛諷誦也歷賞謂歷代共賞好也善曰言諷詠之者咸以爲高歷載詞人所共傳賞子建函京之作仲宣灞岸之篇濟曰函京之作謂曹植詩云從軍度函谷灞岸之篇謂王粲詩云南登灞陵岸善曰曹子建贈丁儀王粲詩曰從軍度函谷驅馬過西京王仲宣七哀詩云南登霸陵岸迴首望長安子荊零雨之章正長朔風之句良曰孫楚字子荊零雨章謂晨風飄路岐零雨被秋草是也王贊字正長朔風句謂朔風動秋草也善曰孫子荊陟陽侯詩曰晨風飄路岐零雨被秋草王正長雜詩曰朔風動秋草邊馬有歸心並直舉胸情非傍詩史正以音律調韻取高前式翰曰式法也言此上四人並以胸臆之詞非附文質但以音律調適取高前法自靈均以來多歷年代銑曰靈均屈原字善曰尚書周公曰殷禮陟配天多歷年所雖文體稍精而此祕未覩銑曰稍漸也此祕謂音韻調適也覩見也至於高言妙句音韻天成皆暗與理合匪由思至向曰天成謂天資而成與文理相合言如此非人思慮所至也張蔡曹王曾無先覺潘陸顏謝去之彌遠濟曰張衡蔡邕曹植王粲潘岳陸機顏延年謝靈運言此數人曾不先覺天成之妙而去之遠也善曰論語曰抑亦先覺者是賢乎世之知音者有以得之此言非謬如曰不然請待來哲良曰知音者蓋約自謂有以得此天成之妙也謬誤也不然謂不如此也善

文選五十　二十五

曰西征賦曰如其禮樂以俟來哲

恩倖傳論一首 翰曰恩愛倖親也謂以親愛而升榮寵也晉宋之代官以雜而非才能故約著此傳以論得失

沈休文 善曰約言當時遇幸會者即得好官又以晉宋之間皆取門戶不任才能故作此論

夫君子小人類物之稱 善本作通稱 蹈道則為君子違之則為小人 銑曰蹈履也言人之所生其類顛同履道德則為君子違之則為小人善曰莊子曰天下盡殉也彼其所殉仁義也則俗謂之君子其所殉貨財也則俗謂之小人也 屠釣卑事也板築賤役也太公起為周師傅說去為殷相 向曰呂望初屠牛於朝歌市後釣魚於渭濱傅說代胥靡刑人板築於傅巖之野言此二賢皆自卑賤之役而相於殷周故知君子小人不常處矣善曰尉繚子曰太公屠牛朝歌史記曰太公望呂尚以漁釣奸周西伯戰國策范睢謂秦王曰呂尚之遇文王立為太師尚書曰高宗夢得說乃審厥象俾以形旁求於天下說築傅巖之野惟肖爰立作相 非論公侯之世鼎食之資 濟曰世胄也鼎食謂三公之家資循後也善曰家語曰子路南遊於楚列鼎而食 明揚 善本作敭字 幽仄唯才是與 良曰揚舉也幽仄謂暗陋也言殷周之主皆明舉暗陋之賢人非公侯之子孫也善曰尚書曰明明敭仄陋 逮乎 善本作于字 二漢茲道未革胡廣累世農夫伯始致位公相黃憲牛醫之子叔度名動京師 翰曰逮及也二漢前後漢也茲道舉賢之道革改也胡廣字伯始安帝時舉孝廉後遷僕射司空黃憲字叔度舉孝廉有大名於京師牛醫乃醫療牛疾之人善曰范曄後漢書曰胡廣字伯始南陽人六世祖剛值王莽居攝亾命交阯莽敗乃歸鄉里廣少孤貧法雄察廣孝廉試以章奏為天下第一旬月拜尚書郎凡一履司空再作司徒三登太尉又曰黃憲字叔度南陽人世貧賤父為牛醫同郡陳蕃臨朝而歎曰叔度若在吾不敢先佩印綬漢書曰鄭子真名震乎京師 且仕 善本作士字 子居朝咸有職業雖七葉珥二貂見崇西漢 銑曰漢金日磾張安世皆七代事漢珥插也貂侍中之服崇重也前漢都長安故曰西漢善曰左太沖詠史詩曰金張藉舊業七葉珥漢貂 而侍中身奉奏事又分掌御服東方朔為黃門侍郎執戟殿下 向曰侍中之官大出則負璽小出則驂乘執戟守衛天子之官善曰應劭漢書注曰入侍天子故曰侍中晉令曰侍中除書表奏皆掌署之應劭漢官儀曰侍中出則佩璽抱劍漢書曰東方朔初為常侍郎後奏泰階之事拜為太中大夫給事中常醉小遺殿上詔免為庶人復為中郎百官表郎中令屬官中有郎比六百石侍郎比四百石又黃門有給事黃門漢官儀云給事黃門侍郎位次侍中給事中故曰給事黃門然侍郎黃門侍郎二官全別流以為同誤也答客難曰官不過侍郎位不過執戟非黃門侍郎明矣 都縣 善本作郡縣 掾吏並出豪家負戈宿衛皆由勢族 濟曰豪勢謂權勢之家言並逐才而用善曰掾吏卑位負戈賤役豪家世族咸亦為之言無貴賤之異也子虛賦曰幸得宿衛十有餘年三 非若晚代分為二塗者也 良曰晚代謂魏晉也士與人異品雜用故云二塗善曰二塗謂士庶也言仕子不居賤職庶族不涉清階 漢末喪亂魏武始基軍中倉卒權立九

品蓋以論人才優劣非謂世族高卑翰曰魏武帝曹操也倉卒事急迫也魏人陳羣始立九品之制以平人才高下而不直取承藉之子孫也善曰國語曰后稷始基靖民尚書曰太王肇基王迹列子曰子華之門徒皆世族也因此相沿遂為成法自魏至晉莫之能改州都郡正以才品人銑曰沿循也言本立九品以取人才後人相循遂為代首魏晉之主無能改易也州都郡正魏置之以選人才之優劣善曰言魏晉二朝咸遵魏武之法傅子曰魏司空陳羣始立九品之制郡置中正平人才之高下各為輩目州置州都而揔其義而舉世人才升降蓋寡徒以憑藉世資用相陵駕向曰言舉人蓋少知高下者但憑藉世族取相侵陵以成駕御也善曰人才不甚懸殊故因世貲以成貴也都正俗士斟酌時宜

品目少多隨事俯仰濟曰言州都郡正皆俗士不能甄別好惡但斟酌門族時宜品錄聲望之事而高下也善曰言法壞之漸也都正既皆俗士不能校其材藝乃隨時斟酌定其品差劉毅所云下品無高門上品無賤族者也濟曰劉毅上疏論九品之弊曰今下品無高門上品無賤族者也此言世族不居下品寒門不入上班也言如此則失才實矣善曰臧榮緒晉書曰劉毅為尚書左僕射上疏陳九品之弊曰上品無寒門下品無勢族言勢族之人不居下品寒門之子不居上班歲月遷訛斯風漸篤凡厥衣冠莫非二品良曰訛偽也斯風謂用勢族之風二品謂豪家勢族善曰言衣冠之族皆居二品之中自此以還遂成卑庶翰曰自此之外相遂排之以為卑庶也善曰衣冠以外皆同下科周漢之道以智役愚

臺隸參差用成等級翰曰左傳曰僕臣臺臣隸皆人賤品也參差不齊貌言高下人不齊而為等級善曰左氏傳曰人有十等輿臣隸隸臣僚僚臣僕僕臣臺魏晉以來以貴役賤士庶之科較古學然有辨銑曰較明辨別也善曰太玄經曰君子之道較然見矣夫人君南面九重奧絕向曰九重天子之門奧深絕遠也善曰楚詞曰豈不鬱陶而思君兮君之門以九重陪奉朝夕義隔卿士階闥之任宜有司存銑曰陪奉朝夕謂近侍之臣也闥謂輿卿士道殊也階陛閨門也任謂用閹官為之善曰論語曾子曰籩豆之事則有司存既而恩以狎生信由恩固無可憚之姿有易親之色孝建泰始主威獨運良曰狎君憚難也言與天子習近所以有恩澤生而無畏

難之色言為媚諛之色則易親孝建宋武帝年號泰始明帝年號也運用也善曰爾雅曰狎習也沈約宋書曰孝建武帝年號太始明帝年號空置百司權不外假而刑政糾雜理難徧通耳目所寄事歸近習翰曰宋武帝明帝事每獨用權柄不外假藉於卿士也為刑政既多不能徧覽故寄於近習之臣糾雜言多也善曰禮記月令曰仲冬省婦事無得淫雖有貴戚近習毋有不禁鄭玄曰貴戚姑姊妹也近習天子所親幸也賞罰之要是謂國權出納王命由其掌握於是方塗結軌輻湊同奔銑曰言國權及王命出納並在近臣掌握故百官皆方軌輻湊而奔之也輻湊言如車輻之湊車轂矣善曰莊子曰車軌結乎千里之外文子曰群臣輻湊張湛曰如衆輻之集於轂人主謂其身卑位薄以為權不得

重兮不知鼠憑社貴狐藉虎威向曰言天子但見近臣之職位卑薄不知已權在於彼矣如鼠之賤矣爲穴於社則人不敢掘之是憑社以貴也楚宣王謂羣臣曰北方畏昭奚恤何也江乙對曰昔有虎求百獸而食得狐狐曰天帝命我長諸百獸今子食我是逆天帝若不信我我爲子先行子隨我後觀之虎乃與俱百獸見之皆走虎不知畏已以爲畏狐今百僚畏近臣之盛天之威在於彼也善曰晏子春秋景公問晏子曰理國亦有常乎對曰讒佞之人讒在君側猶社鼠不熏也去此乃治矣戰國策荊宣王問羣臣曰吾聞北方之畏昭奚恤也何如羣臣莫對江乙對曰虎求百獸而食之得狐狐曰子無敢食我天帝令我長百獸今子食我是逆天命子以我爲不信吾爲子先行子隨我後觀百獸之見我不知獸之畏已而走也以爲畏狐也今王之地方五千里帶甲百萬而專屬之於昭奚恤故北方之畏昭奚恤其實畏王之甲兵也猶百獸之

文選五十　三十

畏虎外無逼主之嫌內有專用之功勢傾天下未之或寤善本作悟字挾朋樹黨政以賄成濟曰嫌疑專擅也寤覺也挾謂相扶挾也賄謂財貨以成政者也善曰左氏傳曰襄十年王朝卿士王叔陳生與伯輿爭之大夫瑕禽曰今自王叔之相出政以賄成鈇鉞瘡痏構於牀笫之曲仄里良曰鈇砧鉞斧也瘡痏喻讒譖成瑕疵也笫簀也言倖臣構瑕於宮典牀簀之間使公卿伏鈇鉞於外也善曰西京賦曰所惡成創痏左氏傳趙孟曰牀笫之言不踰閾杜預曰笫簀也服冕乘軒出於言笑之下翰曰言有趨附與言笑同即得軒冕之榮也善曰左氏傳衛太子謂渾良夫曰服冕乘軒三死無與南金北毳來悉方艚組刀素縑丹珀善本作魄字至皆兼兩音亮善曰金瑚揚所貢故云南金毳衣

北方所出故云北毳也艚舟也縑繒也琥珀也兩車也言趨勢之人賂遺近臣者皆以舟車載貨而與之善曰北毳獮貂之屬艚船也丹魄虎魄也色赤故曰丹孔安國尚書傳曰車稱兩西京許史蓋不足云晉朝王石未或能比向曰漢有許皇后史良娣之家皆勢傾天下晉朝王愷石崇皆富擬王者然比今日倖臣則不能及善曰漢書孝宣許皇后元帝母元帝封外祖父廣漢爲平恩侯又曰史良娣宣帝祖母也兄恭宣帝立恭已死封恭長子高爲樂陵侯王隱晉書曰王愷字君夫世祖舅自以外戚晉氏政寬又性至豪險又曰石崇貪而好利富擬王者及太宗晚運慮經盛衰濟曰太宗明帝也法言曰聖人之法未曾不關於盛衰言善曰沈約宋書曰明帝廟號太宗法言曰聖人之法未嘗不關於盛衰權倖之徒慴之涉憚丁達宗戚良曰言諸王親屬皆畏懼佞倖之臣欲使

文選五十　三十一

幼主孤立永竊國權構造同異興樹禍隙帝弟宗王相繼屠剸子小反翰曰幼主謂明帝孤獨也言佞倖之臣構造同異起立禍隙讒譖宗王使相繼被戮而至絕滅剸絕也善曰六代論曰君孤立於上臣弄權於下尚書曰天用勦絕其命孔安國曰勦截截絕謂滅之也民忘宋德雖非一塗寶祚夙傾實由於此銑曰忘厭也言人厭宋德非一事也寶祚謂國命也夙早也實由於此言傾覆之由實從佞倖而起善曰寶作猶寶命也嗚呼漢書有恩澤侯表又有佞倖傳今采其名列以爲恩倖篇云向曰嗚呼嘆辭言佞倖之徒毀敗王政損穢帝道挾主行威傾覆國家是亦可哀故歎之

史述贊三首

班孟堅　濟曰固修漢書自作叙傳而重述其旨

述高紀第一　善本如此五臣本列在後翰曰列題於後者

亦猶毛詩之趣也

皇矣漢祖纂堯之緒　良曰皇大纂繼緒業也言高祖承堯之後故云

大漢繼堯之德業也善曰漢書曰劉向頌高祖云漢帝本系出自唐帝降及于周在秦

作劉爾雅曰纂繼也寔天生德聰明神武　翰曰寔實也機謀猶合曰

神武無不剋曰武項岱曰聽於無聞曰聰照臨四方曰明以內知外曰神剋定禍亂闢土

斥壘曰武善曰論語子曰天生德於予周易曰古之聰明叡智神武而不殺者夫秦

人不綱網漏于楚　銑曰綱謂綱紀也言秦人無綱紀楚謂陳涉也謂陳

涉反而秦不能誅之是網漏也高祖因之而起也項岱曰秦重斂殘人天下叛之故眂而

言人綱以喻網網無綱無所成故漏也善曰言秦入不能整其綱維令綱目漏於楚謂

陳涉反而不能誅故高祖因之而起

爰茲發迹斷蛇奮旅神母

告符朱旗乃舉　向曰爰於也高祖初送徒經豐澤奮振旅衆也神母謂所

斬蛇遇見老母哭云我子白帝子為赤帝子所斬馬漢火德尚赤故舉朱旗善曰漢書曰高

祖夜徑澤中有大蛇當徑拔劍斬蛇蛇分為兩後人來至蛇所有一嫗夜哭曰吾子白帝

子化為蛇今者赤帝子斬之又曰高祖立為沛公旗幟皆赤粵蹈秦郊

嬰來稽首　濟曰粵始蹈履也嬰謂秦王子嬰也稽首謂降於漢也善曰元年

冬十月沛公至霸上秦王子嬰素車白馬降于軹道革命創制三章是

紀　良曰革改創始也三章謂高祖破秦改秦苛法殺人者死傷人及盜者抵罪紀綱紀

也善曰周易曰湯武革命順乎天而應手人漢書曰高祖謂秦父老曰與父老約法三

章耳殺人者死傷人及盜抵罪應劭曰抵至也除秦酷政但至於罪應天順民

五星合晷　善本作同字　翰曰高祖西入關五星聚於東井東井秦分是應天

也晷光景也善曰晷光景也應劭曰東井秦之分野五星所生其下以義取天下之象

也項氏畔換黜我巴漢　銑曰項氏項羽也畔換反易也言羽初與

高祖約先入關者王關中後羽反易背約黜高祖於巴漢之地善曰漢書曰項羽背約

更立沛公為漢王王巴蜀漢中韋昭曰畔換跋扈也西土宅心戰士憤

怨　向曰西土謂蜀也宅居也言蜀人皆居心於高祖征戰之士皆憤怨於羽也善曰

尚書曰逷矣西土之人又曰惟宅厥心郭璞三蒼解詁曰西土謂長安也乘釁善本

作釁字而運席卷三秦　濟曰釁隙也言高祖乘戰士之怨隙舉兵自蜀

漢而來破三秦如席卷也羽封章邯為雍王司馬欣為塞王董翳為翟王俱封秦中故謂

之三秦善曰左氏傳士會謂晉侯曰會聞用師觀釁而動春秋握誠圖曰諸侯氷散席

卷各爭忿志漢書曰韓信陳三秦易并之計應劭曰章邯為雍王司馬欣為塞王董翳為

翟王故曰三秦割據河山保此懷民　良曰秦地帶河阻山高祖割據

於此保守懷思之人善曰保安也懷歸也言漢據河山之固民懷歸者能保乂之漢書

田肯賀上曰秦帶河阻山懸隔千里尚書曰黎民懷之股肱蕭曹社稷

是經　翰曰股肱臂也言蕭何曹參為高祖手足之臣經理也善曰蕭何曹參也

禮記衛獻公曰有柳莊者非寡人之臣社稷之臣爪牙信布腹心良

平　銑曰韓信英布皆武臣也高祖有韓英如戰之有爪牙矣張良陳平為高祖腹心之

臣也善曰韓信英布張良陳平也毛詩曰予王之爪牙又曰赳赳武夫公侯腹心恭

行天罰赫赫明明　向曰天罰言順天罰惡也赫赫盛貌善曰恭行

見上文毛詩曰赫赫明明王命卿士

述成紀第十

孝成皇皇臨朝有光 濟曰皇皇華色盛也有光光明也項岱曰皇皇
華色盛也 威儀之盛如珪如璋 良曰珪璋玉名項岱曰珪璋玉之妙
好郎鏤者曰顒顒卬卬 善曰毛詩如珪如璋 閫闈恣趙朝政在王
翰曰閫闈宮中門也邇謂趙飛鷰王謂帝舅王鳳 善曰閫闈閨門之內也門內恣趙昭
倢妤妹以元舅侍中陽平侯王鳳為大將軍領尚書事 炎炎燎火亦 善本
作光字 允不陽 銑曰天子之盛當如燎火之陽今內蔽飛鷰外委王鳳信不得
陽也陽明也項岱曰允信也內損於飛鷰外壅於王鳳等信不得陽也張晏曰天子之盛
盛若燎火之陽今委政王氏不亦熾乎

文選五十　三十四

述韓英彭盧吳傳第四

信惟餓隸布實黥徒 向曰隸賤徒侶韓信本家貧常寄食下鄉亭長
故云餓隸英布少時有相者謂之曰當刑而王及壯被黥布欣然曰我當刑而王幾是乎
黥墨刑 善曰漢書曰韓信家貧從下鄉南昌亭長寄食亭長苦之乃晨炊蓐食食時往
不為具食信知之自絕去又曰黥布姓英少時客相之曰當刑而王及坐法黥欣然笑曰
人相我當刑而王幾是乎 越亦苟 善作狗字 盜芮尹江湖 濟曰彭越
匿鉅野澤中苟且為盜吳芮秦時為鄱陽令甚得江湖間人心尹正也 善曰漢書曰彭
越常漁鉅野澤中為盜沛公攻昌邑越助之說苑曰管仲故城陰之狗盜漢書曰吳芮秦
時鄱陽令也甚得江湖間心號曰鄱君音義曰尹正也 雲起龍驤化為
侯王割有齊楚跨制淮梁 良曰驤騰也雲起龍騰言與高祖感
而為侯王也齊楚韓信所封也英布封淮南王彭越封梁王 善曰韓信初為齊王後為
楚王黥為淮南王彭越為梁王 綰自同閈 朝旦 鎮我北疆 翰曰盧綰
與高祖同里高祖封綰為燕王北疆謂燕也應劭曰閈音扞南楚汝沛名里門曰閈 善
曰綰為燕王故曰北疆 德薄位尊非祚惟殃 銑曰祚福言綰德
薄而居尊位非為福乃與殃咎也謂與陳豨有反狀亡入匈奴也 善曰周易曰德薄而
位尊智小而謀大左氏傳舟之僑曰無德而祿殃也 吳克忠信胤嗣乃
長 向曰克能也言吳芮能為忠信之行故五代嗣位長沙王也 善曰漢書曰芮為長
沙王薨子忠嗣自芮後傳位五世無子國除

後漢書光武紀贊一首

范蔚宗 銑曰光武皇帝名秀曄脩漢書作此贊以美之

文選五十　三十五

贊曰炎政中微大盜移國 濟曰炎火也大漢火德也中微謂遭
王莽篡也大盜則莽也移國謂兼國而盜也 善曰東觀漢記序曰漢以炎精布曜魯靈光
殿賦序曰遭漢中微盜賊奔突 九縣飆迴三精霧塞 良曰九縣九州
三精日月星也飆迴謂振動不安霧塞謂昏暗不明 善曰三精日月星也孝經援神契曰
天地至貴精不兩明宋均曰天精為日地精為月河圖曰以德布精上為衆星 民猒
淫詐神思反德大 善本作世字 祖誕命靈貺自甄
翰曰言民厭王莽謠詐而思復漢室誕大貺賜也言光武大受寶命神靈賜福祚而自成
甄成也 善曰尚書曰我文考誕膺天命春秋元命苞曰通三靈之貺交錯同瑞鄭玄尚
書緯注曰甄表也 沈機先 善本作生字 物深略緯天 銑曰沉深
機謀略法言謀策先於萬物智略能經緯天地 善曰說文曰機主發之機也周書曰經

緯天地曰文尋邑百萬貔虎爲羣長轂雷野高旗彗蔚沒雲向曰劉聖公以光武爲偏將軍保昆陽王莽遣大司徒王尋司空王邑將兵百萬驅虎豹犀象之屬圍光武十重光武擊之斬首數千級遂殺王尋長轂謂兵車也雷謂如雷之聲於野也彗拂也此言尋邑之盛也善曰漢書曰劉聖公爲天子以光武爲偏將軍徇昆陽光武令王常留守光武出收兵王莽遣大司徒王尋大司空王邑將兵百萬旌旗輜車千里不絕又驅諸猛獸虎豹犀象之屬以助威武圍城數重光武遂進尋邑亦遣兵合戰光武奔之斬首數千級光武乃與敢死士三千人衝中堅尋邑陣亂遂殺王尋鬻子曰紂虎旅百萬穀梁傳曰長轂五百乘范寧曰長轂兵車也東都主人曰戈鋋彗雲英威既振新都自焚濟曰王莽漢初封新都侯英威謂漢之兵威振聲也言漢兵入宮縱火焚宮室莽避火火輒隨之故云自焚善曰漢書曰莽封爲

文選五十　三十六

新都侯又曰更始兵到城中少年子弟自燒作室門呼曰反虜王莽何不出降莽避火宣室火輒隨之虔劉庸代紛紜梁趙良曰虔劉殺也庸蜀也謂公孫述也代燕謂彭寵也梁王劉永擅命睢陽自稱天子卜者王郎稱天王於邯鄲紛紜謂亂也善曰范曄後漢書曰梁王劉永擅命睢陽又曰公孫述稱王巴蜀又曰卜者王郎爲天子都邯鄲又曰彭寵自立爲燕王代即燕也三河未澄四關重擾翰曰三河三川也謂洛陽也四關謂長安也澄定擾亂也謂朱鮪據洛陽赤眉據長安也善曰范曄後漢書曰赤眉賊入函谷關敗更始光武乃遣鄧禹引兵西乘更始赤眉之亂時更始大司馬朱鮪等屯洛陽光武令馮異守孟津以拒之神旌乃顧遞行天討銑曰旌旗也遞更也言光武神旗所顧遞行天討於四方也金湯失險車書共道向曰言賊之金城湯池皆失險固而破也車同軌書同文謂天下太平善曰鹽鐵論曰秦金城千里汜勝之書曰神農之教雖石城湯池無粟者不能守也禮記子曰今天下車同軌書同文靈慶既啓人謀咸贊濟曰靈神慶福啓開咸皆贊助也言人神皆共助成帝業也善曰靈慶謂天符也易繫辭曰人謀鬼謀百姓與能王粥曰人謀謂衆議西都賓曰天啓之心人惎之謀明明廟謀赳赳雄斷於烏赫有命系我隆善本作皇字漢良曰廟謀謂廟筭也赳赳武貌於歎美辭也赫盛貌言武略雄斷之盛能斷前漢也善曰廟謀廟筭也揚雄連珠曰兼聰獨斷聖王之法也毛詩曰有命自天蔡邕獨斷曰光武以冊命復漢之祚

文選五十　三十七

文選卷第五十

宿

論一二

文選

五十ノ二

廿六十

文選卷第五十一　梁昭明太子撰　五臣并李善注

論一

賈誼過秦論一首

東方曼倩非有先生論一首

王子淵四子講德論一首

過秦論一首

賈誼 翰曰誼有過秦一篇論秦之過此第一篇也應劭曰賈誼書第一篇名也善曰言秦之過

秦孝公據崤善本作殽字函之固擁雍州之地濟曰秦至孝公益彊盛故昔述之崤山秦塞也函谷關名擁據也韋昭曰崤謂二殽函函谷關也善曰史記張良曰關中左殽函右隴蜀君臣固守以窺周室有席卷天下包舉宇内囊括四海之意并吞八荒之心良曰周室天子之國也括盛也猶囊盛而結之八荒八方也言皆盡欲取之善曰春秋握誠圖曰諸侯氷散席卷各爭恣妄張晏曰括結囊也言能苞含天下也善曰周易曰括囊无咎无譽當是時也商君佐之内立法度務耕織修守戰之具外連衡而鬭諸侯銑曰商君衛鞅也說孝公而封於商號為商君關西連兵曰衡諸侯謂關東六國善曰戰國策蘇秦說秦王曰始將連横高誘曰合關東從通之於秦故曰連横文穎曰關西為横衡音横於是秦人拱手而取西河之外向曰拱手取言

文選五十一　一

易也四河魏地名　善曰李斯上書曰孝
公用商鞅之法獲楚魏之師舉地千里孝
公既沒惠文武昭濟曰沒死也惠王文王武王昭王也　善曰史記曰
孝公卒子惠文王立卒子武王立卒立異母弟是昭襄王也蒙故業因遺
策南取漢中西舉巴蜀東割膏腴之地收要
害之郡濟曰漢中巴蜀皆地名舉破也膏腴上田良沃也要害山川險阻也　善
曰李斯上書曰惠王用張儀之計西并巴蜀南取漢中東據成皐之險割膏腴之壤諸
侯恐懼會盟而謀弱秦不愛珍器重寶肥饒
之地以致天下之士合從締交相與為一良曰
盟誓約也　銑曰締結也文頴曰關東為從張晏曰締連結也徒帝切當此之
時齊有孟嘗趙有平原楚有春申魏有信陵

文選五十一　二

善曰史記曰平原君趙勝者趙之諸公子也又曰孟嘗君者名文姓田氏又曰春申君者
楚人也名歇姓黄氏又曰魏公子無忌者魏安釐王弟也為信陵君此四君者
皆明智而忠信寬厚而愛人尊賢而重士約
從離横向曰關東連兵曰從言關東諸侯為約離散秦之衡也　善曰言諸侯約
結為從欲以分離秦横也兼韓魏燕趙宋衛中山之衆於
是六國之士有寗越徐尚蘇秦杜赫之屬為
之謀向曰韓魏燕趙宋衛中山皆國名翰曰六國韓魏燕趙齊楚也　善曰吕氏
春秋曰齊攻廪丘趙使孔青將而救之與齊入戰大敗齊人書尸三萬以為二京寗越謂
孔青曰苦矣不如歸尸以內攻之彼得尸而府庫盡於葬此之謂内攻之然寗越趙人也
徐尚未詳蘇秦已見上文吕氏春秋曰杜赫以安天下說周昭文君昭文君謂杜赫曰願

學所以安周高誘曰杜赫周人也齊明周最陳軫召紹滑樓
緩翟亭的景蘇厲樂毅之徒通其意善曰戰國策齊明謂
東周君曰臣恐西周之與楚韓齊令之為已求地於東周也高誘曰齊明東周臣也戰國
策曰齊令周最使鄭立韓擾而廢公叔周最患之高誘曰周最周君之子也仕於齊故齊
使之也字林曰最才勾切戰國策秦王謂陳軫曰吾聞子欲去秦而之楚信乎軫曰然高
誘曰陳軫夏人仕秦亦仕楚也韓子于象謂楚王曰前時王使召滑之越五年而能成之
史記范蠡對楚王曰王前嘗用召滑而郡江東召音劭滑音依字戰國策曰秦王伐楚趙
三不欲樓緩謂魏王曰不與秦攻楚楚且與秦攻王王不如令秦楚戰王交制之高誘曰
樓緩魏相也翟景未詳史記曰蘇秦之弟厲因燕子而求見齊王齊王怨蘇秦欲囚蘇厲
燕子為謝遂委質為齊臣又曰樂毅賢而好兵為魏昭王使於燕燕昭王以客禮待之樂

文選五十一　三

毅遂委質為臣燕昭王以為亞卿也吳起孫臏帶佗駝兒良王
廖留田忌廉頗趙奢之倫制其兵善曰史記曰吳起衛
人也聞魏文侯賢事魏文侯以為將又曰孫臏生阿甄之間臏亦孫武之後也田忌進孫
子於齊威王帶他未詳吕氏春秋曰王廖貴先兒良貴後此二人者皆天下之豪士也兒
五兮切戰國策曰韓魏之君朝田侯鄒忌為齊相田忌為將使田忌伐魏三戰三勝高誘
曰田侯宣王也史記曰廉頗趙之良將也趙惠文王以廉頗為趙將伐齊大破之又曰趙
者趙之田部吏也秦伐韓趙王令趙奢將而救之嘗以什倍之地百
萬之衆仰關而攻秦善本作叩字蘊良曰言諸侯地與兵於秦什倍
百萬仰關函谷關高故云仰攻也　善曰孔安國論語注曰叩擊也叩或為仰言秦地高
故曰仰攻之秦人開關而延敵九國之師遁逃而

不敢進銑曰九國謂六國及中山宋衛也善曰九國謂齊楚韓魏燕趙宋衛中山也遁逃史記作逡巡秦無亡矢遺鏃之費而天下諸侯已困矣善曰李巡爾雅注曰鏃以金為箭鏑也於是從散約解爭割地而賂秦秦有餘力而制其弊追亡逐北伏尸百萬流血漂櫓音魯濟曰軍敗曰北百萬言多也善櫓大楯言流血漂之韋昭曰大楯曰櫓曰左氏傳曰狄虎彌建大車之輪以為櫓因利乘便宰割天下分裂河山彊國請伏弱國入朝施及孝文王莊襄王享國之日淺國家善本無家字無事善曰史記曰昭襄王卒子孝文王立卒子莊襄王立公羊傳曰桓公之享國也長何休曰享食也及至始皇奮六世之餘

烈翰曰自孝公至始皇六世矣烈業也張晏曰孝公惠文王武王昭王孝文王莊襄王振長策而御宇內吞二周而亡諸侯濟曰時周分為二稱東周西周始皇吞之而并滅諸侯善曰以馬諭也說文曰振舉也史記曰始皇滅二周置三川郡履至尊而制六合執敲苦交扑浦木以鞭笞天下良曰履至尊謂稱始皇帝也敲扑擊捶也臣瓚以為短曰敲長曰扑善曰說文曰敲擊也威振四海南取百越之地以為桂林象郡銑曰言破南越分為此二郡也音義曰百越非一種若今言百蠻也史記曰始皇略取陸梁地為桂林象郡韋昭曰桂林今鬱林象郡今日南也百越之君俛首係計頸善本作頭字委命下吏向曰俛低也係頭自係其頭委命下吏言任性命於獄官也乃使蒙恬北築長城而

守藩籬却匈奴七百餘里胡人不敢南下而牧馬士不敢彎弓而報怨於是廢先王之道燔百家之言以愚黔首銑曰百家言經史之類也秦命民曰黔首善曰史記李斯曰請廢博士官所職天下敢有藏詩書百家語者詣守尉雜燒之又曰秦更名民曰黔首墮善本作隳字名城殺豪俊向曰墮壞也應劭曰壞城恐復阻以為己害收天下之兵聚之咸陽銷鋒鍉的鑄善本作鑄鍉以為金人十二以弱天下之民翰曰兵戰具也咸陽秦所都也鋒鍉兵刃也弱天下民謂去其兵器也如淳曰鍉箭足也鄧展曰鍉是折頭鐵也善曰史記曰始皇收天下兵聚之咸陽以銷鋒鍉為鍾鐻金人十二重各千石置宮庭中鍉或為鐻音巨然後踐華為城因河為池

濟曰登踐華山以為城因河水以為池取其高深廣大而言也服虔曰斷華山為城義大之也晉灼曰踐登也據億丈之城臨不測之谿以為固良曰億上文也十萬曰億不測言不可量測也良將勁弩守要害之處信臣精卒陳利兵而誰何銑曰何問也言誰敢問善曰誰何問之也漢書有誰何卒如淳曰何謂何官也廣雅曰何問也天下已定始皇之心自以為關中之固金城千里善曰金城言堅也史記張良曰關中所謂金城千里天府之國也子孫帝王萬世之業也善本無也字向曰金城千里取其堅固而廣大也善曰史記秦始皇曰朕為始皇帝後世以計數二世三世至于萬世傳之無窮始皇既沒餘威震于殊俗濟曰沒死也殊俗遠方也然而陳涉甕牖繩

樞之子甿善本作甿字隸之人而遷徙之徒也良曰
樞戶樞也謂以甕為牖以繩繫戶甿隸賤稱
遷徙之徒謂涉為戍漁陽之徒也言涉至微
賤也善曰陳涉已見上書禮記曰儒
有蓬戶甕牖韋昭曰繩樞以繩為戶為樞也
如淳曰甿古
文甿甿人也
材能不及中庸銑曰庸常也言
不及中常之人
善曰方言曰庸賤稱也
言不及中等庸人也
非有仲尼墨翟之賢
向曰陶朱公猗頓皆富人也
言涉不賢又不富善曰史
記曰范蠡之陶為朱公以為陶天下之中皆
諸侯四通貨物所交易也乃治產積十九年
之中三致千金孔叢子曰猗頓魯之窮士也
耕則常飢桑則常寒聞朱公富往而問術焉
公告之曰子欲速富當畜五牸乃適河東大
畜牛羊于猗氏之南其滋息不可計以興富
猗氏故曰
猗頓也
躡足行伍之間俛起阡陌之中翰曰

文選五十一　六

言在兵行伍而起於道路謂涉行至蘄遇兩
不得已而舉事也躡足驅馳也俛下也阡陌
道路也如淳曰躡音疊音義曰俛音
免如淳曰時皆罪居在阡陌之中
率罷散
善本作罷
弊二字
之卒將數百之衆轉而攻秦濟曰
時兵
皆疲於行役而逃
散也數百言少也
斬木為兵揭竿為旗良曰
斬木
為兵器而無鋒刃揭舉竿為旗而無旌旙也
善曰埤蒼曰揭高舉也巨列切莊子曰揭竿
求諸
海也
天下雲會而響應贏糧而景從銑曰如
雲之會
如響之應贏糧擔軍糧也景從如影之隨形
也善曰莊子曰今使民曰某所有賢者贏
糧而趣之方言
曰贏擔也音盈
山東豪俊遂並起而亡秦族
矣
向曰自涉之起封建諸侯高
祖入關破秦竟始於涉也
且夫天下非
小弱也雍州之地崤善本作
殽字
函之固自若也

翰曰秦兼有天下所以
非小弱也自若自然也
陳涉之位不尊於齊
楚燕趙韓魏宋衛中山之君也鉏耰憂
棘矜
濟曰耰鉏柄也
棘矜戟也以鉏
巨巾
不銛息鹽於鉤戟長鎩所介也
柄為之銛利也鉤戟鎩皆兵名謂九國時兵
器也孟康曰耰鉏柄也善曰爾雅曰棘戟
也言鉏柄及戟槿也耰音憂槿巨巾切如淳
曰鉤戟似矛刃下有鐵橫上鉤曲也說文曰
鎩鈹有
鐔也
讁戍之衆非抗善本有
於字
九國之師也
良曰讁戍謂涉戍漁陽也抗敵也
善曰通俗文曰罰罪曰讁丈厄切
深謀遠慮
行軍用兵之道非及曩時之士也銑曰謂不
及六國之
將相善曰史記曰賢人深謀於
廊廟論語曰人無遠慮必有近憂
然而成敗
異變功業相反試使山東之國與陳涉度長

文選五十一　七

絜大比權量力則不可同年而語矣向曰謂
六國減
而涉盛也翰曰山東國謂六國也絜圍也
善曰莊子曰大樹其絜百圍司馬彪曰絜帀
也下
結切
然秦以區區之地致萬乘之權招八州
而朝同列百有餘年矣良曰招舉也九州之
數秦有雍州餘八州
皆諸侯之地朝同列謂六國諸侯嘗與秦
列國皆使朝服也鄭展曰招猶舉也蘇林曰
招音
翹
然後以六合為家崤善本作
殽字
函為宮一
夫作難而七廟墮善本作
隳字
身死人手為天下
濟曰一夫謂涉為首唱也天子七
廟墮壞也死人手謂秦王子嬰為
笑者何也
項羽所殺也善曰春秋考
異郵曰君殺妻誅為天下笑
仁義不施而攻
守之勢異也

非有先生論一首

東方曼倩　善本作蒨字　良曰非有謂無有也言無有此先生而假立之以仕吳之事而明君臣之義以諷焉　善曰漢書曰朔又設非有先生論

非有先生仕於吳進不能稱往古以廣主意退不能揚君美以顯其功默然無言者三年矣吳王怪而問之曰寡人獲先人之功寄于衆賢之上夙興夜寐未嘗敢怠也　銑曰先人先相也衆賢群臣也夙早也興起也怠惰也　今先生率然高舉遠集吳地　向曰率然猶忽然也高舉者敬之也　善曰率然輕舉之貌　將以輔治

寡人誠竊嘉之體不安席食不甘味目不視靡曼之色耳不聽鐘鼓之音虛心定志欲聞流議者三年於茲矣　翰曰嘉善也靡曼好貌流議猶餘論也　善曰呂氏春秋曰越王欲致必死於吳身不安枕席口不甘厚味目不視靡曼耳不聽鐘鼓三年苦身勞力高誘曰靡曼好色也流議猶餘論也　今先生進無以輔治退不揚主譽竊不爲先生取也蓋懷能而不見臣不忠也見而不行主不明也意者寡人殆不明乎　濟曰殆近也　非有先生伏而唯唯　良曰唯唯敬聽之辭也　吳王曰可以談矣寡人將竦意而覽焉先生曰於戲可乎哉可乎哉談何容易

文選五十一　八

銑曰諫正也於戲歎也可乎言不可也再言之者所以言談之難何得輕易而爲之　善曰於戲歎辭也於音烏戲音呼可乎哉言不可也言談說之道何容輕易乎　夫談者有悖　蒲忽切　於目而佛於耳謬於心而便於身者　銑曰悖逆佛違謬反也　善曰韓子曰聖人之救危國以忠拂耳字書曰佛違也佛扶勿切　或有悅於目而順於耳快於心而毀於行者非有明王聖主孰能聽之矣吳王曰何爲其然也中人以上可以語上也　善曰論語孔子曰中人以上可以語上中人以下不可以語上也　先生試言寡人將覽干直焉先生對曰昔關龍逢深諫於桀而王子比干直言於紂　善曰尸子曰義必利雖桀殺關龍逢紂殺王子

文選五十一　九

比干猶謂之必利也　此二臣者皆極慮盡忠愍主澤不下流而萬民騷動故直言其失切諫其邪者將以爲君之榮除主之禍也　翰曰愍傷也騷動不安也　今則不然反以爲誹　方未　謗君之行無人臣之禮　善曰如淳曰漢書注曰誹非上所行也　果紛然傷於身蒙不辜之名戮及於人爲天下笑故曰談何容易　濟曰紛然多貌蒙被無罪見殺之名也戮辱也　善曰鄭玄曰禮記注曰戮猶辱也　是以輔弼之臣瓦解而邪諂之人並進　善曰春秋考異郵曰瓦解土崩　遂及飛廉惡來革等　良曰飛廉善走者也其子惡來革多力俱事於紂也　善曰史記曰中潏生蜚廉蜚廉生惡來惡來父子俱以材力事殷紂

苑子石曰費仲惡來革長鼻決目崇侯虎順紂之心欲以合於意武王伐紂四子身死牧之野二人皆詐偽巧言利口以進其身善曰論語子曰巧言令色鮮矣仁又曰惡利口之覆邦家陰奉彫琢刻鏤之好以納其心務快耳目之欲以苟容為度遂往不戒身沒被戮宗廟崩弛國家為墟殺戮賢臣親近讒夫銑曰弛廢也言國滅為墟也詩不云乎讒人罔極交亂四國此之謂也善曰毛詩小雅文也鄭玄曰極猶已也故卑身賤體說色微辭愉愉逾喣喣于況終無益於主上之治善本作理字即志士仁人不忍為也向曰愉愉喣喣進諂之貌善曰愉愉喣喣和悅之貌也孝經鉤命決曰驩忻慎懼

文選五十一　十

嘔嘔喻喻喣喣與嘔同論語子曰志士仁人無求生以害仁也儼善本作將儼二字然作矜莊之色深言直諫上以拂人主之邪下以損百姓之害翰曰儼然矜莊貌拂違也善曰拂與弼同則忤於邪主之心歷於衰世之法故養壽命之士莫肯進也遂居深山之間積土為室編蓬為戶彈琴其中以詠先王之風亦可以樂而忘死矣善曰尚書大傳曰子夏曰弟子所書於夫子者不敢忘雖退而窮居河濟之間深山之中作壤室編蓬戶尚彈琴其中以歌先王之風則可以發憤矣是以伯夷叔齊避周餓于首陽之下後世稱其仁善曰論語子曰伯夷叔齊餓於首陽之下人到于今稱之故知是邪之

行固足畏也故曰談何容易於是吳王懼句善本作懼然易容揖薦去几危坐而聽濟曰懼然驚視貌揖薦去几自貶損也揖棄薦席几案也危坐敬之也善曰懼發貌也揖薦去几自貶損也管子曰少者之事先生危坐向師顏色無怍先生曰接輿避世箕子被髮佯狂此二子者皆避濁世以全其身者也良曰接輿避世佯在而歌者也箕子避紂淶身佯狂也善曰論語曰楚狂接輿歌而過孔子尸子曰箕子胥餘漆體而為厲被髮佯狂以此免也使遇明王聖主得賜清讌之間寬和之色發憤畢誠圖畫安危揆度得失上以安主體下以便萬民則五帝三王之道可幾而見也故伊尹蒙恥

文選五十一　十一

辱負鼎俎和五味以干湯太公釣於渭水善本無水字之陽以見文王銑曰負鼎俎是恥辱也善曰魯連子曰伊尹負鼎佩刀以干湯得意故尊宰舍六翰曰文王卜田史扁為卜曰于渭之陽將大得焉非熊非羆非虎非狼光得公侯天遺女師文王齋戒三日田于渭陽卒見呂尚坐茅以漁心合意同謀無不成計無不從誠得其君也深念遠慮引義以正其身推恩以廣其下善曰孟子曰推恩足以保四海本仁祖義善本作誼字褒有德祿賢能誅惡亂摠遠方一統類美風俗此帝王所由昌也向曰本祖皆以仁義為先摠集也類法昌盛也善曰戰國策蘇代說齊王曰祖仁者王立義者霸上不變天性下不奪人倫則天地

和洽遠方懷之故號聖王翰曰應天順人故謂不變奪也倫理
也臣子之職既加矣於是列善本作裂字地定封
爵為公侯傳國子孫名顯後世民到于今稱
之以遇湯與文王也太公伊尹以如此龍逢
比干獨如彼豈不哀哉故曰談何容易於是
吳王穆然俛而深惟仰而泣下交頤濟曰穆然默然
也俛下也惟思也善曰穆猶默靜思貌孫子兵法曰令發之日士寢者涕交頤曰
嗟乎余國之不亡也綿綿連連殆哉世之不
絕也良曰綿連將絕之貌殆危也善曰說文曰綿聯微也爾雅曰殆危也於
是正明堂之朝齊君臣之位舉賢才布德惠

文選五十一　十二

施仁義賞有功躬善本有親字節儉減後宮之費
損車馬之用放鄭聲遠佞人善曰論語顏回問為邦子曰放
鄭聲遠佞人鄭聲淫佞人殆省庖廚去侈靡卑宮館壞苑
囿填池塹以與貧民無產業者開內藏振貧
窮存者老恤孤獨薄賦斂省刑罰銑曰明堂布政之宮
鄭聲淫謠也行此三年海內晏然天下大治陰陽
和調萬物咸得其宜向曰晏安和洽也善曰孫卿子曰萬物得宜
事變得應國無災害之變民無饑寒之色家給人
足畜積有餘囹圄空虛善本作囹圄空虛向曰囹圄獄也虛空
謂無囚人善曰文子曰法寬刑緩囹圄空虛鳳皇來集騏麟在郊

甘露既降朱草萌芽翰曰言祥瑞並至也郭外曰郊萌芽草初生也
善曰禮記曰鳳皇麒麟皆在郊藪又曰天降膏露鄭玄曰膏猶甘也尚書大傳曰德光地
序則朱草生遠方異俗之人鄉風慕義各奉其職
而來朝賀故治亂之道存亡之端若此易見
善曰呂氏春秋曰治亂存亡如可見如不可見而君人者莫肯為也
臣愚竊以為過故詩曰王國克生維周之楨
善本作貞字濟濟多士文王以寧此之謂也善曰毛詩
小雅文也

四子講德論一首并序

王子淵濟曰四子謂微斯文學虛儀夫子浮游先生陳丘子也褒

文選五十一　十三

當假立以為論端也
褒既為益州刺史王襄作中和樂職宣布之
詩又作傳善曰漢書曰益州刺史王襄欲宣風化於衆庶聞王褒有俊才使褒
作中和樂職宣布詩選好事者令依鹿鳴之聲習而歌之褒既為刺史作頌又作傳如淳
曰言王政中和在官者樂其職風語所謂宣布哲人之令德也名曰四子講
德以明其意焉
微斯文學問於虛儀夫子曰蓋聞國有道貧
且賤焉恥也善曰論語子曰邦有道貧且賤焉恥也今夫子閉
門距躍專精趨學有日矣良曰距止也躍行也趨進也有日謂
多日也善曰距躍不行也應劭風俗通曰步始於足足蹈長十寸十寸則尺一躍三尺

法天地人再躍則渉幸遭聖主平世而久懷寶銑曰懷寶謂懷德也　善曰論語陽貨謂孔子曰懷其寶而迷其邦可謂仁乎是伯牙去鍾期而舜禹遁帝堯也向曰伯牙善鼓琴鍾期聽其音而知其意遂相與交也舜禹之賢遇帝堯有道而事之也言夫子遇平代而不出有如鍾期去知音之友舜禹逃有道之君遁逃也　善曰廣雅曰遁避也於是欲顯名號建功業不亦難乎夫子曰然有是言也夫蚊䖟終日經營不能越階序附驥尾則涉千里攀鴻翮則翔四海翰曰越過也東西廂曰序驥良馬也　善曰說文曰蟁齧人飛蟲也莊子曰蚊䖟噆膚云切䖟莫衡切爾雅曰東西牆謂之序文子曰䖟與驥致千里而不飛僕雖頑嚚善本作嚚頑字願從足下雖然何

文選五十一　十四

由而自達哉濟曰嚚愚也達通也文學曰陳懿誠善本作懿誠字於本朝之上行話談於公卿之門良曰懿義誠信也話善言也　善曰春秋說題辭曰秉懿誠之義思至忠之功高誘淮南子注曰本朝國朝也夫子曰無介紹之道安從行乎公卿銑曰介紹傳命也　善曰禮記曰介紹而傳命文學曰何為其然也昔甯戚商歌以干齊桓向曰甯戚飯牛望桓公而為商歌於車下桓公乃召以為政故云干商秋聲也　善曰呂氏春秋曰甯戚飯牛車下望桓公而悲擊牛角疾歌淮南子曰甯越商歌車下而桓公慨然而悟許慎曰商秋聲也越石負芻而寤晏嬰向曰晏嬰之晉至中牟見弊冠反裘負芻息於塗側者嬰問曰吾子何為者對曰我越石父者為人臣僕於中牟見使將歸嬰曰何為僕對曰吾身不免凍餓之地

吾是以為僕也嬰曰可得而贖乎對曰可遂解左驂而贖之因載而與之俱歸至舍不辭而入越石父請絕晏嬰使人應之曰子何絕我之暴也越石父曰臣聞士者屈於不知己而申於知己吾三年為臣僕人莫知吾也今子贖我吾以子為知己矣今不辭而入是與臣我者同矣晏子出見之曰向也見客之容今也見客之意遂以為上客故云寤也非有積素累舊之歡皆塗覯卒遇而以為親者善本有也字翰曰覯見也故毛嬙西施善毀者不能蔽其好嫫暮姆母倭於為傀古回善譽者不能掩其醜濟曰毛嬙西施皆古婦人也嫫姆倭傀皆醜婦人也　善曰慎子曰毛嬙先施天下之姣也衣之以皮倛則見之者皆走易之玄錫則行者皆止先施西施一也孫卿子曰閭娵子奢莫之媒也嫫姆力父是之喜也倭傀醜女未詳所見苟有至道何

文選五十一　十五

必介紹夫子曰咨夫特達而相知者千載之一遇也招賢而處友者眾士之常路也良曰咨數辭也特獨也是以空柯無刃公輸不能以斷善本作斷字但懸曼矰蒲苴不能以射銑曰公輸班至巧者也與斧柯不與其刃則不能有所制斷也蒲苴子善弋射者也與曼矰不與其弓則不能射也言事必相須而成也曼長也結射於矢謂之矰也　善曰聲類曰但徒也薛君韓詩章句曰矰長也鄭玄周禮注曰結繳於矢謂之矰高也列子曰蒲苴子弋弱弓纖繳乘風而振之連雙鶬於青雲故膺騰撇波而濟水不如乘舟之逸也衝蒙涉田而善本有能字致遠未若遵塗之疾也向曰浮水而擊波不如乘舟之繳逸渉田而行不如依道之捷疾者言履仁義

之行求賢良之友則功業易立聲名易致也臍曾騰躍撽擊也衝蒙謂衝突蒙籠也善曰說文曰擊擊也擊與撽同也匹設切才毅於無人行衰於寡黨此古今之患唯文學慮之文學曰唯唯敬聞命矣翰曰敬聞求友之命於是相與結侶攜手俱游求賢索友歷于西州濟曰索亦求也蜀在西故云西州也有二人焉乘輅而歌倚輗五雞而聽之良曰輅車也輗轅端木也善曰輅車也白虎通曰各車為輅者何言所以步之於路也包咸論語注曰輗者轅端橫木以縛軛也詠歎中雅轉運中律嘽闡緩舒繹曲折不失節良曰中合也雅大小雅也轉運聲之飄颻也律六律也嘽緩舒繹柔和之聲也善曰禮記曰緩諧慢易繁文簡節之音作而民康樂問歌者為

誰則所謂浮游先生陳丘子者也於是以士相見之禮友焉銑曰儀禮士相見之禮贄冬用雉夏用腒善注同又曰左頭奉之禮文既集向曰謂禮畢也善曰韓子曰禮有文禮者義之文學夫子降席而稱曰俚力紀人不識寡見鮮善本作鄙字聞翰曰俚人鄙俚之人謙辭也寡鮮皆少也善曰劉德漢書注曰俚鄙也曩從末路望聽玉音竊動心焉善曰尚書大傳曰天下諸侯莫不玉音金聲敢問所歌何詩請聞其說浮游先生陳丘子曰所謂中和樂職宣布之詩益州刺史之所作也刺史見太上聖明股肱竭力德澤洪茂黎庶和睦天人並應屢降瑞福濟曰

太上謂主也股肱謂臣也洪大也善曰如淳漢書注曰太上天子也尚書大傳曰股肱臣也故作三篇之詩以歌詠之也文學曰君子動作有應從容得度南容三復白珪孔子睹其慎戒太子擊誦晨風文侯諭其指意良曰白珪之玷尚可磨斯言之玷不可為南容三復白珪之詩孔子以為戒慎之至以兄子妻之魏文侯有子曰擊封於中山三年其傳倉唐使於君文侯見之曰中山之君亦何好唐曰好誦詩文侯曰於詩何好曰晨風文侯曰晨風謂何曰鴥彼晨風鬱彼北林未見君子憂心欽欽如何如何忘我實多此自以為忘我者手文侯大悅曰欲知其君視其所使中山君有賢傳遂廢太子訢召中山君以為嗣睹也善曰論語曰南容三復白珪孔子以其兄之子妻之韓詩外傳曰魏文侯有子曰擊次曰訢訢少而立之以為嗣封擊中山三

年莫往來其傅趙倉唐諫曰何不遣使乎則臣請使擊曰諾於是遂求北犬晨鴈齎行倉唐至曰北藩中山之君再拜獻之文侯曰嘻擊知吾好北犬嗜晨鴈也即見使者文侯曰中山之君亦何好乎對曰好詩文侯曰於詩何好曰好晨風文侯曰晨風謂何對曰詩云鴥彼晨風鬱彼北林未見君子憂心欽欽如何如何忘我實多此自以忘我者也於是文侯大悅曰欲知其君視其所使中山君不賢惡能得賢傅遂廢太子訢召中山君以為嗣今吾子何樂此詩而詠之也銑曰言古人詠詩皆有所適今子所歌復何尚也先生曰夫樂者感人心善本作密字深而風移俗易吾所以詠歌之者美其君術明而臣道得也善曰禮記曰樂者聖人所作也其感人深又曰樂者所以移風易俗也君者中心臣者外體外體作然後知心

之好惡臣下動然後知君之節趨向曰節止趨進也
善曰子思子曰民以君為心君以民為體心正則體修心肅則身敬也好惡不
刑善本作形字則是非不分節趨不立則功名不
宣故羲玉蘊於碔武砆夫凡人視之怏他没焉
良工砥之然後知其和寶也翰曰蘊積也碔砆石而次於玉
怏不辨貌良工理玉之工也和寶謂如卞和所獻寶善曰馬融論語注曰蘊藏也戰國
策曰白骨疑象武夫類玉張揖漢書注曰武夫石之次玉者廣蒼曰怏忽忘也精鍊
練字善本作藏於鑛璞善本作朴字庸人視之忽焉巧
冶鑄之然後知其幹也翰曰精鍊金也百鍊不耗故曰精鍊鑛璞
謂金石相和未理者也忽焉不識貌巧治理金之工也幹體也善曰精練金也金百練

文選五十一　十八

不耗故曰精練也說文曰鑛銅鐵璞也鑛與礦同古猛切況乎聖德巍巍
蕩蕩黎善本作民字民所不能命哉良曰言勿尚如此況天子
之德不詠歌其何以知之巍巍高貌蕩蕩大貌命名也善曰論語子曰大哉堯之為君
也蕩蕩乎民無能名焉巍巍乎其有成功廣雅曰命名也是以刺史推而
詠之揚君美德善本作德美字深乎洋洋罔不覆載
紛紜天地寂寥善本作聊字宇宙銑曰洋洋盛貌周無也紛紜衆貌
多貌寂寥曠遠貌言君德之多而及於遠善曰言所覆者廣也紛紜衆多之貌也寂寥
曠遠之貌也明君之惠顯忠臣之節究皇唐之世
何以加茲向曰究盡也皇唐謂帝堯也善爾雅曰究窮也郭璞曰謂窮盡
也是以每歌之不知老之將至也翰曰言歌樂之而忘

其老也善曰論語子曰發憤忘食樂以忘憂不知老之將至也文學曰書
云迪一人使四方若卜筮濟曰迪道也一人天子也言道天子
行德化使四方之人信順如卜筮善曰尚書曰故一人有事四方若卜筮無不是孚孔
安國曰迪道也孚信也夫忠賢之臣導主志承君惠攄
盛德而化洪天下安瀾比屋可封何必歌詠
詩賦可以揚君哉愚竊惑焉良曰攄舒也洪大也瀾波也安
瀾言靜也比屋可封謂太平之人也愚謙辭惑疑也善曰瀾水波安瀾以喻太平也尚
書大傳曰周民可比屋而封浮游先生色勃眥溢銑曰勃怒也眥
溢怒目精出於目眶也善曰論語子曰君召使擯色勃如也曰是何言與
向曰怪其言不當也善曰孝經子曰是何言與昔周公詠文王之

文選五十一　十九

德而作清廟建為頌首吉甫歎宣王穆如清
風列于大雅翰曰周公清廟之詩為周頌之首吉甫尹吉甫也大雅詩篇名
善曰毛詩周頌曰清廟祀文王也周公既成雒邑朝諸侯率以祀文王焉毛詩大雅序曰
烝民尹吉甫美宣王也詩曰吉甫作誦穆如清風夫世衰道微偽臣
虛稱者殆也世平道明臣子不宣者鄙也鄙
殆之累傷乎王道濟曰偽詐也殆過也鄙恥也累辱也故自刺
史之來也宣布詔書勞來不怠令百姓徧曉
聖德莫不霑濡庬邈江眉耆耇苟之老良曰濡潤也良
曰庬眉耆耇皆老稱庬白黑毛相雜也善曰庬雜也謂眉有白黑雜色咸愛惜
朝夕願濟須臾觀大化之淳流良曰淳厚流行也於

是皇澤豐沛主恩滿溢百姓歡欣中和感發
是以作歌而詠之也銑曰皇澤天子惠澤也豐沛言多也善曰感
發謂情感於中發言爲詩也傳曰詩人感而後思思而後
積積而後滿滿而後作言之不足故嗟歎之
嗟歎之不足故詠歌之詠歌之不足善本作厭字
不知手之舞之足之蹈之也善曰樂動聲儀文也此臣
子於君父之常義古今一也今子執分寸而
罔億度處把握而却寥廓乃欲圖大人之樞
機道方伯之失得不亦遠乎向曰罔無也億度尺丈也把握
言把握之狹也寥廓廣大也大人天子也樞機權要也方伯諸侯也善曰億度之言無

文選五十一　二十

限也韓子曰有尺寸而無意度又曰前識無緣而妄億度也馬融論語注曰罔誣也大人
謂天子也周易曰利見大人又曰言行君子之樞機陳丘子見先生言
切恐二客慭膝步而前曰先生詳之翰曰詳審也
善曰戰國策曰荊軻見太子太子再拜而跽膝行流涕行潦老暴集江
海不以爲多鰌秋鱓善並逃九罭域不以爲
虛也濟曰言江海網罟之大不爲一物而虧盈行潦雨水也鰌鱓魚名九罭大網也
善曰左氏傳曰君子曰潢汙行潦之水杜預曰行潦流潦也莊子海若曰天下之水莫大
於海而百川歸之而不盈爾雅曰鰌鱓郭璞曰今泥鰌也鰌似立切郭璞山海經注曰鱓
魚似蛇毛詩曰九罭之魚鱒魴爾雅曰九罭魚網也是以許由匿堯而
深隱唐氏不以衰夷齊恥周而遠餓文武不
以卑良曰言帝王之德不爲一人而屈也許由避堯而隱於箕山伯夷叔齊恥周而
自餓于首陽山也文武謂文王武王也善曰呂氏春秋曰昔堯朝許由於沛澤之中請
屬天下於夫子許由遂之箕山之下夷齊已見上文夫青蠅不能穢垂
棘邪論不能惑孔墨銑曰青蠅能變白黑也而不能汙其寶玉邪可
亂於衆人也而不可亂聖賢垂棘璧名孔丘墨翟皆賢聖也善曰毛詩曰營營青
蠅止於樊鄭玄曰蠅之爲蟲汙白使黑汙黑使白左氏傳曰晉荀息請以垂棘之璧假道
於虞以伐虢今剌史質敏以流惠舒化以揚名向曰
質正敏達舒布也采詩以顯至德歌詠以董其文受
命如絲明之如緡翰曰董篤也禮記云王言如絲其出如綸綸即緡釣
魚繳也王言之出雖小而大也善曰爾雅曰董正也禮記曰王言如絲其出如綸

文選五十一　二十一

王言如綸其出如綍音弗鄭玄曰言出彌大也甘棠之風可倚而俟
也翰曰詩甘棠美邵伯也倚立也善曰毛詩序曰甘棠美召伯也召伯之教明於南
國二客雖室計沮慈與議何傷濟曰二客謂文學與夫子也室
塞也沮敗也何傷言無傷於理也善曰言二客雖於計窒塞於議沮敗何傷於理乎言
未傷也爾雅曰窒塞也顧謂文學夫子曰先生微矜於
談道又不讓乎當仁亦未巨過也願二子措
意善本有焉字良曰微少巨大措致也善曰論語子曰當仁不讓於師夫子
曰否銑曰否不然也夫雷霆必發而潛底震動善曰呂氏
春秋曰開春始雷則蟄蟲動矣枹音桴鼓鏗苦耕鏘七羊而介士奮
竦向曰霆霹靂也潛底幽隱處也枹擊也鏗鏘聲也介士甲士也竦躍也善曰左氏

傳曰郤克裁拕而鼓鄭玄周禮注曰介被甲也故物不震不發士不激不勇今文學之言欲以議愚感敵啓先生之憤願二生亦勿疑也善本無也字翰曰文學先議愚事欲感勤前敵之心耳二生謂先生與陳丘子也善曰言議前敵之愚以感動之於是文繹復集乃始講德濟曰繹理也善曰馬融論語注曰繹尋繹也文學夫子曰昔成康之世君之德歟善本作與字臣之力也濟曰問周成王康王也善曰韓子曰晉平公問叔向曰齊桓公九合諸侯臣之力耶君之力耶與音余先生曰非有聖智之君惡有甘棠之臣烏故虎嘯而風寥戾龍起而致雲氣良曰聖智謂成康也甘棠謂邵伯也銑曰雲從龍風從虎皆相感而生也寥戾風聲善曰周易曰雲從龍風從虎聖人作而萬物覩蟋蟀俟秋吟蜉蝣由浮出以陰向曰皆感事而至矣寥戾風聲蟋蟀蟲名候待也蜉蝣亦蟲名陰則出也善曰易通卦驗曰立秋蜻蛚鳴蔡邕月令章句曰蟋蟀蟲也謂之蜻蛚也易曰飛龍在天利見大人鳴聲相應仇偶相從翰曰仇匹也善曰周易曰同聲相應同氣相求水流濕火就燥人由意合物以類同是以聖主不徧窺望而視以明不彈傾耳而聽以聰何則淑人君子人就者衆也濟曰彈盡也淑善也善曰毛詩曰淑人君子其儀不忒故千金之裘非一狐之腋亦大厦善本作夏字之材非一丘之木太平之功非一人之略善本有也字良曰狐白裘

〈文選五十一　二十二〉

以狐腋下毛爲之而價千金也大廈屋也丘山也略智也善曰愼子曰廊廟之材蓋非一木之枝狐白之裘非一狐之皮也治國安危存亡榮辱之施非一人之力也蓋君爲元首臣爲股肱明其一體相待而成有君而無臣春秋刺焉銑曰元首頭也股肱手足也善曰公羊傳曰宋公與楚人期戰于泓之陽宋師大敗故君子大其不鼓不成列臨大事而不忘大禮有君而無臣以爲雖文王之戰亦不過此也何休曰惜其有王德而無王佐也三代以上皆有師傅五伯以下各自取友向曰三代夏殷周也五伯齊桓公晉文公秦穆公楚莊公宋襄公是也善曰說苑郭隗曰帝者之臣其名臣也其實師也王者之臣其名臣也其實友也霸者之臣其名臣也其實僕也齊桓有管鮑隰甯九合諸侯一匡天下翰曰管仲鮑叔牙隰朋甯戚也匡正也善曰左氏傳曰鮑叔牙奉公子小白又曰齊桓衞姬之子有鮑叔牙隰朋以爲輔佐說苑鄒子曰甯戚叩轅行歌桓公任之以國政論語子曰桓公九合諸侯不以兵車管仲之力也又曰管仲相桓公一匡天下民到于今受其賜晉文有舅善本作咎字犯趙衰楚危取威定霸以尊天子善曰左氏傳曰晉公子重耳奔狄從者狐偃趙衰顚頡魏武子司空季子杜預曰狐偃子犯也司空季子胥臣白季也左氏傳曰先軫謂晉侯曰報施救患取威定霸於是乎在矣秦穆有王由五羖攘却西戎始開帝緒濟曰王繆由由余五羖百里奚也緒業也善曰韓詩外傳曰昔戎將由余使秦秦繆公問之得失之要對曰古之有國者未嘗不以恭儉也失國者未嘗不以驕奢也繆公然之於是告內史王廖曰隣國有聖人敵國之憂也由余聖人也將奈之何王廖曰君其遺之女樂以淫其

〈文選五十一　二十三〉

志然後可圖繆公曰善乃使王廖以其女樂
二列遺戎王史記曰百里奚亡秦走宛秦穆
公聞百里奚賢欲重贖之恐楚不予請以五羖
羊皮贖之楚人許予之繆公與語國事大悅
又曰秦用由余謀伐戎王并國十二遂霸西
戎春秋保乾圖曰五帝異緒宋衷曰緒業也
楚莊有孫叔子反兼定江淮威震諸夏良曰孫叔
敖也諸夏中國也善曰韓詩外傳曰沈令
尹進孫叔敖於莊王叔敖治楚三年而楚國
霸左氏傳曰楚子圍鄭子反將右晉師救
鄭及楚師戰于邲晉師敗績邲步必切勾
踐有種蠡禮泄善本作蠡諜二字庸剋滅彊吳雪會
稽之恥銑曰勾踐越王名種文種蠡范蠡吳
嘗伐越越棲於會稽山竟以滅吳故
云雪恥也善曰漢書曰江都王問董仲舒
曰越王勾踐與大夫諜庸種蠡謀伐吳遂滅
之孔子稱殷有三仁寡人亦以為越有三仁
史記曰吳王夫差伐越敗之越王勾踐乃以

甲兵五千人棲於會稽又曰勾踐自會稽
歸拊循其士民伐吳兵大破之吳王自殺也魏
文有段干田翟秦人寢兵折衝萬里向曰段
干木田
子方翟璜皆魏臣也龍也善曰呂氏春
秋曰孟嘗君問白圭曰魏文侯名過桓公而
功不及五伯何也白圭對曰文侯師子夏友
田子方敬段干木此名之所以過桓公也而
名號顯榮者三士羽翼之也史記魏文侯謂
李克曰寡人之相非成則璜璜翟璜也成魏
文侯弟名也呂氏春秋曰段干木者魏文敬
之過其廬而軾秦欲攻魏而司馬庚諫曰段
干木賢者而魏禮之天下皆聞無
乃不可加兵乎秦君以為然乃止燕昭有郭
隗樂毅夷破彊齊困閔於莒翰曰夷平也燕
破齊齊閔王走
保莒邑故云困也善曰史記曰燕昭王以
子之之亂而齊大敗燕燕昭王怨齊於是詘
身下士先禮郭隗以招賢者樂毅為魏使於
燕燕昭王以為亞卿使樂毅伐齊破之追至

于臨菑齊緡王走
保於莒緡與閔同夫以諸侯之細功名猶尚
若此而況帝王選於四海羽翼百姓哉濟曰羽
翼
謂任賢以輔佐百姓也善曰高
誘呂氏春秋注曰羽翼輔佐也故有賢聖
之君必有明智之臣欲以積德則天下不足
平也欲以立威則百蠻不足攘也善曰毛萇
詩傳曰攘
除也
今聖主冠道德履純仁被六藝佩禮文良曰
純深也六藝禮樂射御書數
也言皆以義事喻衣服也屢下明詔舉賢
良求術士招異倫拔駿茂銑曰倫
等也是以海內
勸慕善本作
歡字莫不風馳雨集襲雜並至填庭
溢闕含淳詠德之聲盈耳登降揖讓之禮極

目向曰風馳雨集言疾
至溢填闕庭言多也進者樂其條暢怠者
欲罷不能翰曰條暢猶通達也言進者樂之
疲怠者亦不能罷善曰條猶理
也漢書音義
曰暢通也偃息善本有匍
匐二字乎詩書之門游
觀乎道德之域濟曰言以詩書道德為門
域而游息焉域閫也咸
絜身修德善本作
思字吐情素而披心腹各悉精
銳以貢忠誠允願推主上弘風俗而騁太平
濟濟乎多士文王所以寧也良曰貢獻允信
弘大也濟濟盛
貌多士善曰濟濟
已見上文若乃羲政所施洪恩所潤不
可究陳舉孝以篤行崇能以招賢去煩蠲苛
以綏百姓祿勤增俸善本作
奉字以厲貞廉銑曰
究盡

蠲除苛細綏安也善曰漢書宣紀曰律令有可蠲除以安百姓條奏又曰吏不廉平則
治道衰今小吏皆勤事祿薄其益吏奉什五也減膳食卑宮觀善曰宣紀
曰令太官損膳省宰又曰郡國宮觀務復修理省田官損諸苑踈繇
役振乏困善曰宣紀曰池籞未御幸者假與貧人又曰流人還歸勿筭繇事又
曰遣使者振貸乏困恤民災害不遑游宴向曰恤憂遑暇也　善曰
宣紀曰今天下頗被疾疫之災朕甚愍之閔耆老之逢辜憐縗經
之服事翰曰閔憐辜罪也縗經居喪之人也服事謂服役事　善曰宣紀曰朕惟
耆老之人髮齒墮落亦無暴虐之心諸年八十以上非誣告人殺傷人他皆勿坐又曰百
姓遭縗經凶災而吏繇事傷孝子之心自今有大父母父母喪者勿繇事惻隱身
死之腐人悽愴子弟之縲匿濟曰惻隱傷痛也悽愴悲歎也

文選五十一　二十六

身死腐人謂經搒掠或飢寒死獄中者子弟縲匿父兄之罪而見縲繫者也　善曰宣紀
曰令繫者或以掠辜若飢寒死獄中朕甚痛之又曰自今子首匿父母孫匿大父母皆勿
坐恩及飛鳥惠加走獸胎卵得以成育草木
遂其零茂良曰育養也零落茂盛皆遂其理不夭伐也　善曰尸子曰湯之德
及鳥獸矣莊子曰至德之世禽獸成群草木遂長愷悌君子民之父
母豈不然哉濟曰愷悌大順也善曰毛詩大雅文先生獨不聞
秦之時邪違三王背五帝滅詩書壞禮義信
任羣小憎惡仁智詐偽者進達佞諂者容入
宰相刻削善本作峭字大理峻法良曰刻削謂損害也峻深也
善曰廣雅曰峭急也謂嚴急也峻與峭同處位而任政者皆短於

仁義長於酷虐狼摯虎攫懷殘秉賊皆翰曰言皆如虎
狼之暴也摯持也攫亦持也　善曰孟子曰賊仁者謂之賊賊義者謂之殘其所
臨涖善本作蒞字莫不肌慄善本作栗二字飢慴伏吹毛
求疵並施螫毒百姓怔忪周容切善本作征彸無所措
其手足濟曰慄戰也言如虵虺之螫毒於人者怔忪惶懼貌措置也　善曰韓子
曰古之全大體者不吹毛而求小疵不洗垢而察難知方言曰征彸惶遽也論語子曰
刑罰不中則民無所措手足嗷嗷愁怨遂亡秦族良曰嗷嗷眾聲
是以養雞者不畜狸牧獸者不育豺樹木者
憂其蠹保人善本作民字者除其賊良曰狸能害雞豺能食獸
蠹以傷木賊以亂人　善曰文子曰乳犬之噬虎伏雞搏狸又曰所爲立君者以禁暴亂也

文選五十一　二十七

夫養禽獸者必除豺狼又況牧民乎又曰木林生蠹還自食人生事因自賊故大
漢之爲政也崇簡易上善本作尚字寬柔進淳仁
舉賢才上下無怨民用和睦銑曰淳深也睦親也　善曰孝
經曰民用和睦上下無怨今四海善本作海內字樂業朝廷淑清
天符既章人瑞又明品物咸亨山川降靈向曰
天符人瑞以下自分也亨通也善曰周易曰雲行雨施品物咸亨神光耀善本
從火暉洪洞朗天翰曰神天地之神也洪洞相通也朗明也　善曰宣紀曰
鸞鳳之夕神光交錯或降于天或登于地鳳皇來儀翼翼邑邑羣
鳥並從舞德垂容神雀仍集麒麟自至甘露
滋液嘉禾櫛比良曰鳳皇神雀瑞鳥麒麟瑞獸名甘露瑞露也嘉禾瑞穀

也翼翼飛貌邕邕聲也垂容有容儀也滋液津潤櫛比連接也　善曰宣紀曰鳳皇集魯羣鳥從之尚書曰鳳皇來儀爾雅曰翼翼恭也邕邕和也又曰邕邕者聲和也山海經曰鳳首文曰德宣紀神雀仍集九真獻奇獸宣紀曰甘露降未央宮又曰嘉穀玄稷降于郡國大化隆洽男女條暢家給年豐咸則三壤豈不盛哉銑曰隆盛洽和給足也咸則三壤謂上中下田皆有法則也　善曰尚書曰咸則三壤成賦中邦　昔文王應九尾狐善本有而字東夷歸周武王獲白魚而諸侯同辭向曰謂白魚入于王舟諸侯同辭而伐紂也　善曰春秋元命苞曰天命文王以九尾狐尚書旋璣鈐曰武王得兵鈐謀東觀白魚入舟俯取以燎八百諸侯觀同不謀魚者視用無足翼從欲紂如魚乃誅周公受秬鬯而鬼方臣翰曰秬黑黍瑞黍也鬯香草也鬼方

遠國名　善曰周公受秬鬯未詳鄭玄詩箋曰鬼方遠方也宣王得白狼而夷狄賓善曰史記曰穆王征犬戎得四白狼以歸今云宣王未詳夫名自正而事自定也善曰論語曰名不正則言不順言不順則事不成今南郡獲白虎亦偃武興文之應也獲之者張武武張而猛服也是以北狄賓洽善本作合字邊不恤寇甲士寢而旌善本作旍字旗仆也濟曰張武南郡太守也賓服洽會恤憂寇賊寢息仆偃也文學夫子曰天符既聞命矣敢問人瑞先生曰夫善本作先生夫子曰匈奴者百蠻之最彊者也良曰百蠻夷狄之通名　善曰毛詩曰因時百蠻天性驕善本從心蹇習俗桀善本從人暴銑曰蹇逆桀悖也　善曰

左氏傳曰彼皆偃蹇杜預曰偃蹇憍傲也賤老貴壯氣力相高善曰史記曰匈奴貴壯健賤老弱也業在攻伐事在獵射善曰史記曰匈奴因射獵為生業習戰攻以侵伐兒能騎羊走箭飛鏃善曰史記曰匈奴兒能騎羊引弓射鳥鼠也逐水隨畜都無常處鳥集獸散往來馳騖周流曠野以濟嗜欲向曰畜居也如鳥獸之集散濟遂也　善曰史記曰匈奴逐水草遷徙無城郭常處其耒耜則弓矢鞍馬播種則扞胡爛弦掌拊收秋則奔狐馳兔獲胡郭刈則顛倒殪伊計仆翰曰以此知中國之務農也耒耜耕器也播布也扞弦掌拊用之藏手以持弓者也奔馳皆追逐也殪仆皆發傷也　善曰禮記曰左佩決扞鄭玄曰扞拾也言所以拾弦也何但切鄭玄禮記注曰拊弓把也音

夫史記曰匈奴射狐兔用為食追之則奔遁釋之則為寇良曰遁逃寇賊也　善曰史記曰匈奴利則進不利則退不羞遁走是以三王不能懷五伯不能綏驚邊杌士屢犯匈蕘詩人所歌自古患之銑曰懷來綏安也杌動也犯匈蕘言入塞而食漢草也詩云玁狁孔熾我是用急　善曰毛詩曰六月棲棲戎車既飭四牡騤騤載是常服玁狁孔熾我是用急今聖德隆盛威靈外覆日逐舉國而歸德單于稱臣而朝善本有賀字　向曰靈神也日逐單于皆匈奴名　善曰宣紀曰日逐王先賢撣將人衆來降鄭氏曰撣音纏束之纏又曰單于稱臣使弟奉珍朝賀正月乾坤之所開陰陽之所接編蒲典結計涅顙燋齒鼻瞯閑翦髮黥首文身裸力果袒

徒曰之國翰曰皆蠻夷種類也編髮也涅顏刻面也黑齒也梟鸖眼白也
黥首雕額也文身鏤身也裸袒不衣也善曰編結即編髮也漢書終軍曰解辮髮削左
衽又曰匈奴有罪小者軋音義曰刀刻其面蓋涅顏也燋齒未詳又曰大苑深目多鬚髯
梟鸖也黥首蓋雕題也山海經曰雕題國在鬱林南靡不奔走貢獻懽
忻來附婆娑嘔吟鼓腋善本作掖字而笑濟曰靡無也婆
娑舞貌鼓腋鼓腋之類也夫鴻均之世何物不樂飛鳥翕
翼淵善本作泉字魚奮躍良曰鴻大均平也翕翼奮躍樂和氣也一善曰
孔安國尚書傳曰洪大也鴻與洪古字通毛萇詩傳曰均平也毛詩曰鸑鷟在梁戢其左
翼鄭玄曰明王之時人不驚駭也韓詩曰鳥飛戾天魚躍于淵薛君曰魚喜樂則踴躍於
淵中是以刺史感懣莫本舒音而詠至德鄙人黯

文選五十一　三十

於感淺不能究識敬遵所聞未克善本作剋字殫焉
銑曰懣積也一向曰鄙人先生謙辭也黯不明也殫盡也善注同於是二客
醉于仁義飽于盛德善曰毛詩曰既醉以酒既飽以德終日
仰歎怡懌而悅服

文選卷第五十一

文選卷第五十二

梁昭明太子撰　五臣并李善注

論二

班叔皮王命論一首
魏文帝典論論文一首
曹元首六代論一首
韋弘嗣博奕論一首

王命論一首善曰王命帝王受命也漢書曰彪遭王莽敗光武即
位於冀州時隗囂擁衆問彪曰往者周亡戰國并爭天下分裂意
者從横之事復起於今乎

文選五十二　一

班叔皮向曰此論帝王所以興者必有天命是時屬王莽初敗天
武即位而隗囂擁衆有分割土宇之意彪時在隗囂以所
興必見禍亂故著此論以明天命所歸冀有其悟也
昔在帝堯之禪曰咨爾舜天之曆數在爾躬
舜亦以命禹翰曰舜亦以堯命已之辭以命禹而禪之善曰論語文也尚
書帝曰來禹予懋乃德嘉乃丕績天之曆數在汝躬汝終陟元后孔安國曰曆數謂天道
也元后天子也爾雅曰命告也暨于稷契咸佐唐虞光濟四
海奕世載德至于湯武而有天下良曰暨及載行也此
言有大下者必資積德累行不可以造次之間而得之也稷者周之先契者殷之祖也皆
以佐堯舜有至美之德奕世而升故至成湯武王而有天下善曰稷武王之祖也契成

湯之祖也杜預左氏傳注曰暨至也國語祭公謀父曰奕世載德孔安國尚書傳曰載行
也雖其遭遇異世善本作時字禪代不同至于應
天順民善本作人字其一揆善本作揆一焉銑曰揆理也善曰
周易曰湯武革命順乎天應乎人孟子曰先聖後聖其揆一也是故劉氏承
堯之祚氏族之世著于春秋唐據火德而漢
紹之翰曰堯漢之先祖祚福紹繼也善曰漢書贊曰春秋晉史蔡墨有言陶唐氏
既衰其後有劉累范氏其後也范氏為晉士師會文公世出奔秦後歸于晉其處者為劉
氏帝系曰帝堯封于虞為火德漢書贊曰漢承堯運德祚已盛斷蛇著符旗幟尚赤協于
大德自然之應得天統矣始起沛澤則神母夜號以彰赤
帝之符翰曰高祖夜行澤中見白蛇斬之乃有神母號哭曰赤帝子殺吾白帝子

文選五十二　二

符應也善曰漢書曰高祖夜經澤中有大蛇當徑高祖乃拔劍斬蛇後人來至蛇所有
一老嫗夜哭曰吾子白帝子也化為蛇當道今者赤帝子斬之又曰高祖立為沛公旗幟
皆赤白是知所殺蛇白帝子發者赤帝子故也由是言之帝王之祚
必有明聖顯懿之德向曰懿美也善曰春秋河圖揆命篇曰倉羲
農黃三陽翼天德聖明法言曰昔在有熊高陽高辛唐虞五代咸有顯懿故天因而祚之
豐功厚利積累之業良曰言必有大功厚利以利於天下積德累行
之業也善曰史記崇侯虎曰西伯積善累德諸侯皆嚮之然後精誠通
于神明流澤加於生民善曰孝經子曰孝悌之至通於神明尚書
周公曰道洽政治澤潤生民故能為鬼神所福饗天下所
歸往善曰孟子萬章曰堯薦舜如何曰使之主祭而百神享之使之主事事治而百姓

安之易乾鑿度曰王者天下所歸韓詩外傳曰王者往也天下往之謂之王也未見
運世無本功德不紀而得倔起在此位者也
濟曰倔起謂平起於匹夫也善曰世運五行更運相次之世也不紀不為人所記也春
秋元命苞曰五德之運應錄次相代興蒼曰倔特起也倔與倔同世俗見高
祖興於布衣不達其故銑曰言人不達高祖起於布衣所由也
善曰漢書曰高祖曰吾以布衣取天下家語孔子曰舜起布衣而終以帝也以為
適遭暴亂得奮其劍善曰適猶過也漢書高祖曰吾提三尺劍取天
下游說之士至比天下於逐鹿幸捷而得之
翰曰言游說之人務以口辯乃比爭取天下勢如逐鹿於野幸有捷急者則先得之善
曰漢書隗囂曰秦失其鹿劉季逐而掎之時人復知漢乎太公六韜曰取天下若逐野鹿
得鹿天下共分其肉不知神器有命不可以智力求悲

文選五十二　三

夫此世之所以多亂臣賊子者也向曰神器帝位也言
悲世人以為高祖自布衣亦欲效之以捷急之勢取之所以天下多為亂臣賊子欲懷惡
逆之意也韋昭曰神器天子璽符服御之物善曰老子曰天之神器不可為也為者敗之
也孟子曰孔子成春秋亂臣賊子懼若然者豈徒闇於天道哉
又不覩之於人事矣夫餓饉流隸饑寒道路
良曰無菜曰饉無穀曰饑流隸謂逃流賊隸之人善曰說文曰餓飢也穀梁傳曰五穀
不升謂之饉流隸流移賤隸也左氏傳曰人有千等僕臣隸也饉或為殣荀悅曰道瘞謂
之殣也思有短褐之襲擔石之蓄銑曰短褐衣也襲重衣
也擔謂一擔之重石謂一斛之數蓄積也言思有擔石之糧以積也韋昭曰短為裋裋襦

迍毛布曰褐善曰裋丁管切說文曰襲重衣也字林曰襲大篋也晋灼曰𥿋一擔與一
解餘之所願不過一金終於轉死溝壑濟曰一一金謂一
斤之金也韋昭曰一斤為一金善曰孟子謂滕文公曰為人父母使老稚轉乎溝壑惡
在為人父母也何則貧窮亦有命也善曰墨子曰貧富治亂固有天
命不可損益也況乎天子之貴四海之富神明之祚
可得而妄處哉翰曰言不可妄處也善曰禮記孔子曰舜其大孝也與
尊為天子富有四海之內宗廟饗之子孫保之誌言曰天因祚之為神明主也故雖
遭羅厄會竊其權柄勇如信布彊如梁籍成
如王莽然卒潤鑊伏鑕質烹醢海分裂向曰信韓
信也布黥布也梁項梁也籍項籍也卒終也潤鑊伏鑕烹醢分裂皆殺也鑊煮也鑕砧也

文選五十二 四

醢肉醬也分裂謂斷其支體也善曰史記曰項籍其季父項梁陳勝等起梁為楚上柱
國軍下邳自號武信君比至定陶再破秦軍後秦大破之項梁死又況幺烏堯
麽不及數子而欲闇干天位者乎善本作也字良曰
幺麽小也數子謂信布梁籍干求也鶡冠子曰無道之君任用幺麽動則煩濁善曰有
道之君任用俊雄動則明白通俗文曰不長曰幺細小曰麽莫可切爾雅曰干求也是
故駑蹇之乘不騁千里之塗鷰雀之疇不奮
六翮之用翰曰六翮謂鴻鵠之翼也善曰廣雅曰駑駘也今謂馬之下者為
駑王逸楚辭注曰蹇跛也呂氏春秋曰所為貴驥者為其一日千里也史記陳涉曰燕雀
安知鴻鵠之志哉韓詩外傳蓋胥曰鴻鵠一舉千里所恃者六翮耳楶梲之材
不荷棟梁之任銑曰栭謂之楶梁上楹謂之梲蓋小材也荷負也應劭曰

爾雅曰栭謂之楶梲朱儒柱善曰說文曰栭枅上梁周易曰棟隆之吉不撓乎下也楶
音節梲之劣切斗筲之子不秉帝王之重向曰斗筲小器也秉
執也音義曰筲竹器也受一斗曰論語子曰斗筲之人何足算也善易曰鼎
折足覆公餗速不勝其任也良曰鼎大器也以喻重任餗鼎
中之珍饌喻王位也孟鼎折足則覆鼎中之物言非其材而處其任則如此也善曰周
易鼎卦之辭也說文曰鬻鼎實也鬻與餗同當秦之時善本作末字豪
傑並起善本無並起二字共推陳嬰而王之嬰母止
之曰自吾為子家婦而世貧賤今善本無今字卒
富貴不祥不如以兵屬人事成少受其利不
成禍有所歸嬰從其言而陳氏以寧善曰史記文也

文選五十二 五

王陵之母亦見項氏之必亡而劉氏之將興
也是時陵為漢將而母獲於楚有漢使來陵
母見之謂曰願告吾子翰曰陵母為項羽所擒獲也良曰陵母
見漢使傳言與陵也漢王長者必得天下子謹事之無
有二心遂對漢使伏劍而死以固勉善本有陵字
翰曰陵母恐陵為母在楚有二心於漢遂對漢使者以劍自殺以絕陵望使固心於漢也
其後果定於漢陵為漢善本作宰字相封侯善曰史記
文夫以匹婦之明猶能推事理之致探禍福
之幾善本作機字善曰白虎通曰庶人稱匹夫何言其夫妻為偶也鄭玄周禮注
曰致猶會也全宗祀於無窮垂策書於春秋而況

大丈夫之事乎向曰春秋史書之通名也張晏曰冊書史記也晉灼曰至周名春秋考紀也善曰孟子曰富貴不能淫貧賤不能移此之謂大丈夫也是故窮達有命吉凶由人善曰呂氏春秋曰道德於此窮達一也左氏傳周內史叔興曰吉凶由人嬰母知廢陵母知興審此二者帝王之分決矣蓋在高祖其興也有五一曰帝堯之苗裔二曰體貌多奇異善曰漢書曰高祖爲人隆準而龍顏美鬚髯左股有七十二黑子三曰神武有徵應善曰徵應謂下衆瑞也四曰寬明而仁恕善曰漢書曰高祖寬仁愛人意豁如也五曰知人善任使善曰高祖任張良以運籌委蕭何以關內是也加之以信誠好謀達於聽受見善如不及用

文選五十二　六

人如用善本作由字已濟曰達於聽受謂不信讒譖也善曰論語子曰見善如不及從諫如順流趣時如響起翰曰趣時謂見時利也響起言疾如響應聲也善曰左氏傳叔向曰齊桓公從善如流周易曰變通者趣時者也當食吐哺納子房之策良曰初酈食其欲立六國高祖問張良良發八難而高祖輟食曰豎儒幾敗我公事善曰漢書酈食其欲立六國後漢王以問張良發八難漢王輟食吐哺曰豎儒幾敗乃公事拔足揮洗揖酈歷生之說銑曰酈食其初見高祖高祖方洗足酈生曰足下必欲誅無道秦不宜踞見長者高祖乃輟洗起謝之納其說扐拔足揮洗謂止洗足也揖從也善曰漢書曰酈食其求見沛公方踞牀使兩女子洗足酈生不拜長揖曰足下必欲誅無道秦不宜踞見長者沛公起攝衣謝之延上坐食其說沛公襲陳留悟戍卒之言斷

懷土之情翰曰高祖既定天下以家在關東意欲都洛陽納戍卒婁敬說遂還都長安故言斷懷土之情也善曰漢書曰高祖欲都洛陽戍卒婁敬說上曰陛下都洛陽不便不如入關據秦之固是日車駕西都長安高四皓之名割肌膚之愛良曰高祖愛趙王如意欲廢太子立如意是時商山有四皓者賢人抗高祖召之久不至後乃來與太子游太子入朝高祖而四皓爲侍高祖遂以太子爲賢而不廢也以不去趙王故云割肌膚之愛也善曰漢書曰上欲廢太子立戚夫人子趙王如意呂后不知所爲張良曰顧上有所不能致者四人令太子爲書卑辭安車請以爲客令上見之則一助也於是太子迎四人至上破黥布歸愈欲易太子及置酒太子侍四人者從上乃驚曰吾求公公逃避我今公何自從吾兒遊乎公幸卒調護太子竟不易太子者良本招此四人之力也舉韓信於行陣收陳平於亡命

文選五十二　七

濟曰行陣謂軍旅之間也亡命謂自楚逃歸於高祖也善曰漢書曰蕭何薦韓信於漢王於是漢王齋戒設壇場拜信爲大將軍又曰陳平亡楚來降漢王與語說之使驂乘監諸將英雄陳力羣策畢舉此高祖之大略所以成帝業也善曰莊子許由曰我爲汝其言大略黃雅曰略法也若乃靈瑞符應又可略聞矣初劉媼烏老妊而鴆高祖而夢與神遇震電晦瞑有龍虵之怪向曰劉媼謂高祖母初妊謂有娠也言高祖母初妊高祖夢與神合雷電晦暝父太公往視則蛟龍在於上遂生高祖善曰略音略也漢書曰高祖母媼嘗息大澤之陂夢與神遇是時雷電晦冥父太公往視則見蛟龍攫其上已而有娠遂產高祖說文曰妊孕也如蔭切及長而多靈有異於衆是以王武感物而折契呂公覩

形而進女翰曰高祖微時常從王媼武負二人貰酒既醉臥二人見其上有怪異此兩家遂毀契券不收其財也沛令客呂公見高祖奇貌乃妻以女則呂后也善曰漢書曰高祖常從王媼武負貰酒時飲醉臥武負王媼見其上常有怪歲竟此兩家常折券棄債貰食夜切又曰呂公見高祖曰臣少好相人相人多矣無如季相臣有息女願為箕箒妾也秦皇東游以厭其氣呂后望雲而知其善本作所字處良曰秦始皇帝曰東南有天子氣於是東游以厭之高祖隱於芒碭山每獨行所至處常有雲氣呂后望雲乃知高祖在中趣求而得之善曰漢書秦始皇帝曰東南有天子氣於是東游以厭當之高祖隱於芒碭山澤間呂后與人俱求常得之高祖怪問呂后曰季所居上常有雲氣故從往常得季說文曰厭塞也於冉切始受命則白虵分西入關則五星聚銑曰分斷也高祖初入關

五星聚於東井高祖受命之應也東井星名善曰白虵分已見上文漢書曰元年冬十月五星聚于東井沛公至霸上也故淮陰留侯謂之天授非人力也濟曰淮陰侯韓信留侯張良並言高祖得天之授也非人力之致也善曰漢書韓信謂高祖曰且陛下天授非人力也又曰張良數以太公兵法說沛公沛公喜常用其策為他人言皆不省良曰沛公殆天授故遂從之歷古今之得失驗行事之成敗稽帝王之世運考五者之所謂翰曰五者謂五行相承也取捨善本作舍字不厭斯位符瑞不周善本作同字斯度向曰厭合周備度數也韋昭曰厭合也善曰一豔切而苟昧權利越次妄據外不量力內不知命善曰左氏傳曰息侯伐鄭君子曰不量力論語孔子曰不知命無以為君子則必

喪保家之主失天年之壽善曰左氏傳曰趙孟遇鄭印段賦蟋蟀趙孟曰保家之主也莊子弟子問於莊子曰山中之木以不材得終其天年也遇折足之凶伏斧鉞之誅銑曰折足之凶則上所述鼎折足也英雄誠知覺寤畏若禍戒超然遠覽淵然深識收陵嬰之明分絕信布之覬冀覦逾善曰左氏傳師服曰下無覬覦杜預曰下不冀望上位也說文曰覬幸也覦欲也距逐鹿之瞽古說審神器之有授貪不可冀無為二母之所笑則福祚流于子孫天祿其永終矣翰曰英雄謂隗囂也言誠能知其天命覺寤人事畏如此斧鉞之禍以自警戒超然遠見淵然深識收王陵陳嬰之事以為助鑒之分絕韓信黥布之逆無為窺覦之心也距絕也逐鹿

謂上述游說士所比也瞽說謂無知之說也神器帝位也貪不可冀謂勿貪帝位終不可冀望徒為二母所笑也二母則陵嬰母也韋昭曰幾望也今本作冀善曰尚書曰四海困窮天祿永終

典論論文一首

魏文帝向曰文帝典論二十篇兼論古者經典文事有此篇論文章之體也

文人相輕自古而然傅毅之於班固伯仲之間耳而固小之與弟超書曰武仲以能屬文為蘭臺令史下筆不能自休良曰伯仲言相次也銑曰小之謂以其為小才也超班超也武仲傅毅字也休息也言其文義不能自息也善曰伯

仲翁兄弟之次也言勝負在兄弟之間不甚相踰也范曄後漢書曰班超字仲升徐令彪之少子也夫人善於自見而文非一體鮮能備善是以各以所長相輕所短濟曰言文人各自見所長輕人所短也里語曰家有弊帚享之千金斯不自見之患也翰曰帚謂除地之帚也言家有弊破之帚自以為寶重者乃通比於千金此則不自見之甚患也　善曰東觀漢記曰吳漢入蜀都縱兵大掠上詔讓漢曰城降孩兒老母口萬數一旦放兵縱火聞之可為酸鼻家有弊帚享之千金禹宗室子孫故嘗更職何忍行此杜預左氏傳注曰享通也享或為亨今之文人魯國孔融文舉廣陵陳琳孔璋山陽王粲仲宣北海徐幹偉長陳留阮瑀元瑜汝南應瑒德璉東平劉楨公幹斯七子者於學無所遺於辭無所假咸以自騁驥騄於千里仰齊足而並馳以此相服亦良難矣良曰驥騄良馬也以比賢才之俊逸也　善曰千里已見上文毛萇詩傳曰田獵齊足尚疾也蓋君子審己以度人故能免於斯累銑曰審己之才以度前人則無不相服之累也　善曰呂氏春秋曰君子必審諸己然後任人楚辭曰羌內恕己以量人王逸曰量度也而作論文王粲長於辭賦徐幹時有齊氣然粲之匹也翰曰齊俗文體舒緩言徐幹文章時有緩氣然亦是粲之儔也　善曰言齊俗文體舒緩而徐幹亦有斯累漢書地理志曰故齊詩曰子之營兮遭我乎嶩之間兮此亦其舒緩之體也如粲之初征登樓槐賦征思幹之玄猿

文選五十二　十

漏卮貟扇橘賦雖張蔡不過也然於他文未能稱是濟曰初征登樓槐賦征思玄猿漏卮員扇橘並賦名也玄猿黑猿也漏卮酒器也言此諸文雖張蔡亦不過之如作諸文未勝於此者也稱勝也琳瑀之章表書記今之儁也向曰陳琳阮瑀也應瑒和而不壯劉楨壯而不密孔融體氣高妙有過人者然不能持論理不勝辭也銑曰言文美理弱　善曰漢書東方朔校皐不根持論孔叢子平原君謂公孫龍曰公無復與孔子高辯事也其人理勝於辭公辭勝於理至於雜以嘲戲及其所善揚班儔也良曰揚雄班固之儔也常人貴遠賤近向聲背實又患闇於自見謂己為賢翰曰貴遠者謂其不分別文章傳聞遠者為善

文選五十二　十一

乃則貴之也向聲謂向其聲譽而為美也夫文本同而末異蓋奏議宜雅書論宜理銘誄尚實詩賦欲麗向曰銘誄述人德行故不可虛也麗美也此四科不同故能之者偏也唯通才能備翰曰四科謂奏議書論銘誄詩賦也通才謂諸事皆能通備也其體文以氣為主氣之清濁有體不可力彊而致譬諸音樂曲度雖均節奏同檢濟曰檢法也　善曰蒼頡篇曰檢法度也至於引氣不齊巧拙有素雖在父兄不能以移子弟良曰譬如簫管之類者言其用氣吹之各不同也素本也言其巧妙者雖父兄親於子弟亦不能教而移之也　善曰桓子新論曰惟人心之所獨曉父不能以禪子兄不能以教弟也蓋文章經國之大業

不朽之盛事。年壽有時而盡，榮樂止乎其身，二者必至之常期，未若文章之無窮。（向曰：年壽有盡，榮樂有時，此二者必至之期。）是以古之作者，寄身於翰墨，見意於篇籍，不假良史之辭，不託飛馳之勢，而聲名自傳於後。（善本無不字。銑曰：飛馳言疾速，以喻馬也。走者言不假託於物，而聲名自至於遠。）故西伯幽而演易，周旦顯而制禮。（善曰：司馬遷書曰：西伯拘而演周易。）不以隱約而弗務，不以康樂而加思。（善本作弗字。濟曰：隱約，窮也。康，安也。加，移也。）夫然，則（也。言文章之道，不以窮塞而廢其思也。善曰：周易曰：隱約者，不懾懼也。）古人賤尺璧而重寸陰，懼乎時之過已。（良曰：已，助句也。善曰：淮南子曰：聖人不貴尺之璧而重寸之陰，時難得而易失。孔叢子孔子曰：不讀易則不知聖人之心，必不使時過已也。）而人多不彊力，貧賤則懾於飢寒，富貴則流於逸樂，（善本作懾字。善本有字。鄭玄禮記注曰：懾，恐懼也。善曰：國語注曰：流，放也。）遂營目前之務，而遺千載之功。日月逝於上，（善本作遊字。）體貌衰於下，忽然與萬物遷化，斯亦（善本無亦字。）志士（善本有之字。）大痛也。（善曰：古詩曰：奄忽隨物化，榮名以為寶。）融等已逝，唯幹著論，成一家言。（翰曰：融，孔融也。徐幹著中論二十篇，著論謂。）

六代論一首（善曰：論夏殷周秦漢魏也。）

曹元首（銑曰：魏氏春秋云：曹冏字元首，少帝族祖也。時屬天子幼稚，遂著此論，冀感悟曹爽也。六代者，夏殷周秦漢魏也。善曰：魏氏春秋曰：曹冏字元首，少帝族祖也。是時天子幼稚，冏冀以此論感悟曹爽，爽不能納。為弘農太守。少帝，齊王芳也。）

昔夏殷周（善本有之字。）歷世數十，而秦二世而亡。何則？（良曰：設疑問之辭也。善曰：紀年曰：夏自禹以至于桀十七王，殷自成湯滅夏以至于受二十九王。大戴禮曰：殷為天子三十餘世而周受之，周為天子三十餘世而秦受之，秦為天子二世而亡。）三代之君與天下共其民，故天下同其憂；（濟曰：三代有道而長，秦無道而暴也。）秦王獨制其民，故傾危而莫救。（與天下共民者，謂建立諸侯與之共理，天下有難則諸侯同憂。翰曰：秦不封諸侯，故莫有救者。）夫與人共其樂者，人必憂其憂；與人同其安者，人必拯其危。先王知獨治之不能久也，故與

人共治之；（善曰：班固漢書贊曰：孝宣帝稱曰：與我共此者，其唯良二千石乎。）知獨守之不能固也，故與人共守之。（善曰：班固漢書贊曰：昔周盛則周召相其治，致刑錯；衰則五伯扶其弱，與共守之。）兼親疏而兩用，參同異而並進。（向曰：親疏者，謂天子之姓、異姓。宗屬曰親，異謂疏也。言並封為諸侯，兼而用之，合而進之，共治天下也。參，合也。）是以輕重足以相鎮，親疏足以相衛，并兼路塞，逆節不生。（翰曰：輕重謂大小之國也。并兼路塞，謂不相侵奪也。逆節，謂不遵王命也。善曰：賈誼過秦曰：秦并兼諸侯山東三十郡。漢書主父偃說上曰：今以法割削諸侯，則逆節萌起。）及

其衰也桓文帥禮向曰及周室衰微有齊桓公晉文公帥禮以伐不義奉於周室也善曰齊桓晉文苞茅不貢齊師伐楚宋不城周晉戮其宰銑曰苞茅祭藉之草也楚人不貢苞茅不遵王命而齊桓公帥師伐之定王時晉帥諸侯築王城宋宰仲幾不受命晉定公戮之也善曰左氏傳曰齊侯伐楚楚子使與師言曰不虞君之涉吾地何故管仲對曰爾貢苞茅不入王祭不共無以縮酒寡人是徵又曰晉魏舒合諸侯之大夫于翟泉將以城成周宋仲幾不受功曰滕薛郳吾役也為宋役亦職也士伯怒曰必以仲幾為戮乃執仲幾歸諸京師王綱弛而復張諸侯傲而復肅良曰弛廢也肅敬也言齊桓晉文匡輔王室使紀綱廢而更張諸侯傲反復得敬懼也二霸之後浸善本作寖字以陵遲濟曰二霸即桓文二君也言二君歿後益復陵遲敗亂也善曰漢

文選五十二　十四

書曰二伯之後寖以陵遲吳楚憑江負固方城雖心希九鼎而畏迫宗姬翰曰負恃也方城山名定王使王孫滿勞楚子楚子問鼎之大小輕重焉言其欲有篡周之心而猶畏懼同姓之國宗姬同姓國也善曰左氏傳屈完對齊侯曰楚國方城以為城漢水以為池又曰楚子觀兵于周疆問鼎之大小輕重焉王孫滿對曰周德雖衰天命未改鼎之輕重未可問也姦情散於胷懷逆謀消於脣吻吻匹粉反向曰散消皆懼其同姓之國不敢為姦逆也斯豈非信重親戚任用賢能枝葉碩茂本根賴之與銑曰碩大也言枝葉大茂能蔭本根故云賴也善曰班固漢書述曰公族蕃滋枝葉碩茂自此之後轉相攻伐吳并於越晉分為三魯滅於楚鄭兼於韓良曰吳王闔閭為越王勾踐所并也

魏武侯韓哀侯趙敬侯共滅晉三分其地魯為楚考烈王所滅鄭為韓哀侯滅之并取其地善曰史記曰越王勾踐自會稽歸拊循其士民伐吳大破之吳王自殺又曰魏武侯韓哀侯趙敬侯滅晉後而三分其地又曰楚考烈王伐滅魯又曰韓哀侯滅鄭并其國暨乎戰國諸姬微矣濟曰暨及也唯燕衛獨存然皆弱小翰曰燕衛周同姓也西迫強秦南畏齊楚救於滅亡匪遑相恤向曰言自救滅亡不暇相憂也至於王赧乃簡降為庶人猶枝幹相待得居虛位海內無主四十餘年銑曰王赧謂周王赧王也善曰班固漢書贊曰暨于王赧降為庶人用天年終號位已絕於天下尚猶枝葉相持得居其虛位海內無主四十餘年也秦擅勢勝之地騁善本作騁字譎詐之術征伐關東蠶

文選五十二　十五

食九國良曰譎欺也蠶食者言如蠶之食葉漸至於盡也九國謂韓魏燕趙齊楚宋衛中山也善曰班固漢書贊曰秦據勢勝之地騁狙詐之兵蠶食山東一切取勝賈誼過秦曰九國之師遁逃而不敢進至于善本作於字始皇乃定天位曠日若彼用力若此濟曰曠日謂積德而祚長也若彼謂周世用力若此謂秦也言秦雖欲彊取周室殊為枝葉廣大難以為拔至始皇方定天位也善曰尚書曰天位艱哉班固漢書贊曰至始皇乃并天下以德若彼用力如此其艱難也豈非深根固蔕不拔之道乎易曰其亡其亡繫于苞桑周德其可謂當之矣翰曰苞桑謂叢生之桑也謂根深而相連取其固也免亡者繫之於上取其難拔之義也言周之積德深遠有似於此者故云當也善曰老子曰有國之母可以長久是謂深根固蔕長生久視之道班固

漢書贊曰所以親親賢賢褒表功得深根固本為不可拔者也周易否卦之辭也鄭玄曰苞植也否世之人不知聖人有命咸云其將亡矣其將亡矣而聖乃自繫於植桑不亡也王弼曰心存將危乃得固也秦觀周之弊善本有將字以為小弱善本作以弱字見奪於是廢五等之爵立郡縣之官向曰秦皇觀周所以為弊者乃以勢弱而諸侯奪其國也遂廢五等諸侯之爵置郡縣之吏也善曰班固漢書贊曰秦既稱帝患周之敗以為諸侯力爭四夷交侵以弱見奪於是削去五等史記李斯奏曰置諸侯不便始皇於是分天下以為三十六郡郡置守尉監也棄禮樂之教任苛刻之政子弟無尺寸之封功臣無立錐之土內無宗子以自毗輔外無諸侯以為藩衛銑曰毗佐也善曰班固漢書贊曰秦竊自號

謂皇帝而子弟為匹夫內無骨肉本根之輔外無尺土藩翼之衛莊子曰堯舜有天下子孫無置錐之地仁心不加於親戚惠澤不流於枝葉良曰枝葉謂子弟也譬猶芟所咸刈股肱獨任胷腹浮舟江海捐棄楫櫂觀者為之寒心而始皇晏然自以為關中之固金城千里子孫帝王萬世之業也豈不勃善本作悖字哉濟曰芟刈猶以刀斷之也股肱手足也捐棄也金城者言其堅如金也勃逆也善曰法言曰灝灝于海濟樓抗之力也抗人無楫如抗何通俗文櫂謂檝也過秦曰天下已定始皇之心以為關中之固金城千里子孫帝王萬世之業也是時淳于越諫曰臣聞殷周之王封子弟功臣千有餘人善本作歲字今陛下君有海

內而子弟為匹夫卒有田常六卿之臣而無輔弼何以相救事不師古而能長久者非所聞也翰曰齊田常殺簡公專政割齊安平以東為田氏封邑至常曾孫和遷康公於海濱康公卒呂氏因此絕祀晉昭公卒六卿專征盡滅晉族而分其地為十縣越言不封子弟終恐有此禍亂無人輔弼帝室何以救其敗亂也善曰史記曰齊簡公立田常監止為左右相田氏殺監止簡公出奔田氏執簡公于徐州遂殺之又曰晉昭公卒六卿強公室卑六卿謂范氏中行氏智氏及趙韓魏也論語讖曰陳滅齊六卿分晉尚書曰事不師古以克永代匪說攸聞始皇聽李斯偏說而黜善本作絀字其義至於善本無於字身死之日無所寄付委天下之重於凡夫之手託廢立之命於奸

臣之口向曰黜退也言退淳于之義也銑曰始皇遺詔使太子扶蘇與喪會於咸陽趙高遂矯詔賜太子死而立胡亥此謂託廢立之命於奸臣之口也託猶假也善曰史記曰始皇崩趙高乃與胡亥丞相李斯陰破去始皇所封書賜公子扶蘇者而更詐為丞相受始皇遺詔立子胡亥為太子更為書賜公子扶蘇死至命善本作令字趙高之徒誅鉏宗室胡亥少習刻善本作剋字薄之教長遵凶父之業不能改制易法寵任兄弟而乃師謨申商諮謀趙高自幽深宮委政讒賊良曰申謂申不害商謂商鞅也皆專為刑法之術而二世復師謨其前法也自幽深宮謂為趙高所惑常居於宮中不親視事事皆決於高故云委政讒賊也善曰史記曰二世尊用趙高申法令乃行誅大臣及諸公子春秋合誠圖曰誅鉏民害史記曰趙

高故常教胡亥書及獄律令法事史記太史
公曰商君其天資刻薄人也史記李斯上書
二世曰能明申韓之術而修商君之法法修
術明而天下亂者未之聞也應劭漢書注曰
申不害韓昭侯相衛公孫鞅秦孝公相李奇
曰法皆深刻無恩史記曰二世常居禁中與
趙高決事事無大小輒決
於高蒼頡篇曰委任之也身殘望夷求為黔
首豈可得哉濟曰時關東諸侯起兵爭欲亡
秦趙高匿之二世不知二世以
此責讓高高懼誅乃陰謀使咸陽令閻樂帥
千餘人殺二世二世曰乞為王樂不許又願
與妻子為黔首終不許遂自殺於望夷宮也
殘殺也善曰史記曰二世齋望夷宮欲祠
涇使使責讓趙高以盜事高懼乃陰與其女
婿咸陽令閻樂謀易上樂前即謂二世曰足
下其自為計二世曰願得妻子為
黔首閻樂麾其兵進二世自殺也遂乃郡國
離心衆庶潰叛翰曰潰亂也善曰尚書曰
受有億兆夷人離心離德左

文選五十二　十八

氏傳曰人逃
其上曰潰勝廣唱之於前劉項斃之於後
向曰陳勝吳廣先舉兵叛秦其後高祖項羽
起兵羽殺秦王子嬰也善曰史記曰吳
廣為假王擊秦班固漢書贊曰秦竊自號謂
皇帝而子弟為匹夫吳陳奮其白梃劉項隨
而斃之向使始皇納淳于之策抑李斯之論割
裂州國分王子弟銑曰裂分也封三代之後報功
臣之勞良曰三代夏殷周也士有常君民有定主枝葉
相扶首尾為用濟曰常君定主謂五等諸侯
代代相繼也枝葉相扶則諸侯
侯之於帝室也如木枝葉相扶持覆蔭也首
尾為用謂首有難則尾救之尾有禍則首救
之雖使子孫有失道之行時人無湯武之賢
姦謀未發而身已屠戮何區區之陳項而復

得措其手足哉翰曰言封子弟為諸侯鎮使
子孫失道人且無湯武王
之賢者雖姦雄有謀逆之事謀未發而身已
殺戮矣何得有陳勝項羽復得置手足以為
亂君區
區小貌故漢祖奮三尺之劍驅烏集之衆向曰
烏集言如烏之集或聚或散也善曰
晉子曰烏合之衆初雖相歡後必相吐也五
年之中而成帝業善曰漢書曰高祖五年斬
羽東城即皇帝位於氾水
之陽自開闢以來其興功立勳未有若漢祖之
易者也夫伐深根者難為功摧枯朽者易為
力理勢然也善曰班固漢書贊曰漢無尺土
之階繇一劍之任五載而成帝
業書傳所未嘗有焉何則古代相革皆承聖
王之烈今漢獨收孤秦之弊鐫金石者難為
功摧枯朽者易
為力其勢然也漢鑒秦之失封植子弟及諸

文選五十二　十九

呂擅權圖危劉氏善曰漢書曰太后崩上將
軍呂祿相國呂產專兵秉
政謀作亂賈逵國語
注曰秉即柄字也而天下所以不善本有
能字
傾動百姓所以不易心者徒以諸侯彊大磐
石膠固東牟朱虛授命於內齊代吳楚作衛
於外故也銑曰磐石大石膠固言堅固也東
牟侯劉興居朱虛侯劉章與諸侯
共誅諸呂乃迎代王而立之是為文帝此則
諸侯內外之勢彊盛故也善曰漢書宋昌
曰高帝王子弟所謂磐石之宗也莊子曰待
膠漆而固者是侵其德者也范曄後漢書曰
鄭泰曰以膠固之衆當解合之勢漢書宋昌
曰諸呂擅權專制太尉卒以滅之內有朱虛
東牟之親外畏吳楚齊代之強又曰齊悼惠
王肥高祖六年立又曰齊悼惠王子章高后
封為朱虛侯章弟
興居為東牟侯向使高祖踵亡秦之法善曰

王逸楚辭注曰踵繼也忽先王之制則天下已傳非劉氏有也良曰傳謂傳於他人然高祖封建地過古制大者跨州兼域小者連城數十上下無別權侔京室故有吳楚七國之患濟曰跨帶也權侔京室謂權勢之盛同於天子也景帝時吳楚七國反謂吳王濞膠西王卬楚王戊趙王遂濟南王辟光菑川王賢膠東王雄渠善曰班固漢書贊曰漢興懲戒亡秦孤立之敗於是封王子弟大者跨州兼郡小者連城數十宮室百官制同京師賈誼曰諸侯彊盛長亂起奸夫欲天下之治安莫若衆建諸侯而少其力翰曰言多立諸侯少封其地使其力少也令海內之勢若身之使臂臂之使指則下無背叛之心上無

文選五十二　二十

誅伐之事文帝不從向曰不從賈誼計也善曰漢書賈誼上疏之文至於孝景猥用晁善本作朝字錯之計削黜諸侯親者怨恨疏者震怒吳楚唱謀五國從風兆發高祖釁成文景由寬之過制急之不漸故也銑曰猥頓也削黜謂削退其土良曰吳楚先起謀反之意故云唱謀也言七國之反其萌兆發於高祖而釁成於文景謂高祖封地廣文帝能漸削之是寬之過制也景帝黜削過急是不漸也善曰漢書曰朝錯數言吳過可削文帝寬不忍罰及景帝即位錯曰高帝初定天下諸子弱故大封同姓今吳謀作亂逆削之亦反不削亦反於是方議削吳吳王恐因欲發謀舉事諸侯既新削罰震恐多怨錯及吳先起兵膠西膠東菑川濟南楚趙亦皆反猥曲也所謂末大必折尾大難掉尾

同於體猶或不從況乎非體之尾其可掉哉濟曰此諸侯地廣而彊帝室弱而見侵如末大根小必折也尾大身小難掉也且尾在於身者也欲掉之尚猶不從其心況諸侯彊盛且非己體之尾何掉哉謂難以禁止也善曰左氏傳楚子問於申無宇曰國有大城何如對曰末大必折尾大不掉君所知也杜預曰折折其本也武帝從主父之策下推恩之令善本作命字自是之後齊分為七趙分為六淮南三割梁代五分翰曰主父偃上書勸武帝令諸侯推恩分子弟自以其地分之人人喜得所願上以德施實分其國必稍自弱矣天子從其計自此諸侯國果有分割割亦分也善曰漢書主父偃說上曰今諸侯或連城數十願陛下令諸侯得推恩分子弟以地侯之彼人人喜得所願上以德施實分其國必稍自銷弱矣上從其計又班固贊曰武帝

文選五十二　二十一

施主父之策下推恩之令使諸侯得分戶邑以封子弟不行黜陟而國自折自是齊分為七趙分為六梁分為五淮南分為三也遂以陵遲子孫微弱衣食租稅不豫政事向曰言分其土地遂至陵遲貧費薄故租稅不得輸於國家也不豫猶不輸也政事謂國家也善曰班固漢書贊曰景帝遭七國之難抑損諸侯諸侯唯得衣食租稅不與政事或以酎金免削或以無後國除銑曰酎酒也漢諸侯助祭飲酎獻金不如斤兩色惡者王則削縣侯則免國或以無後嗣者除其國也善曰漢書曰列侯坐獻黃金酎祭宗廟不如法奪爵者百六人漢儀注王子為侯侯歲以戶口酎黃金於漢廟皇帝臨受獻金助祭大祀日飲酎飲酎受金小不如斤兩色惡者王削縣侯免國漢書曰趙哀王福薨無子國除至於成帝王氏擅朝良曰成帝舅王鳳為大將軍秉政事擅帝命其兄弟七人皆封

列侯劉向諫曰臣聞公族者國之枝葉枝葉落
則本根無所庇蔭方今同姓踈遠毋黨專政
排擯宗室孤弱公族非所以保守社稷安固
國嗣也濟曰公族天子宗族兄弟也翰曰毋黨即王氏也善曰漢書劉向上
疏之文其言深切多所稱引成帝雖悲傷歎息
而不能用向曰稱引謂稱古今之事善曰漢書曰成帝即位向數上疏言得
失陳法戒書數十上以助觀覽補遺闕上雖不能盡用然嘉其言常嗟歎之至于
善本作于字哀平異姓秉權假周公之事而為田
常之亂高拱而竊天位一朝而臣四海漢宗
室王侯解印釋綬貢奉社稷猶懼不得為臣
文選五十二　二十二
妾或乃為之符命頌莽恩德豈不哀哉銑曰異姓
謂王莽為相鴆殺平帝立中山王子嬰為少
主自比周公攝政實為齊田常殺簡公之亂
也高拱謂拱手而盜取天位一朝稱臣於莽
解印釋綬謂奪其位也貢奉謂以漢社稷上
歸於莽猶懼不得為臣妾者恐殺也廣陵王
嘉獻莽符命封鄉侯此皆懼誅所以苟取
免患而已豈不哀也善曰班固漢書贊曰
至哀平之際王莽知中外殫微因母后之權
假伊周之稱誅既成遂據南面之尊漢諸
侯王厥角稽首奉上璽韍唯恐在後或乃稱
美頌德以求容媚豈不哀哉田常篡齊已見
上文漢書曰王莽篡漢廣陵王嘉獻符
命封扶策侯又曰郚鄉侯閔以莽篡
位獻神書言莽得封列侯郚音吾由斯言
之非宗子獨忠孝於惠文之間而叛善本作畔字
逆於哀平之際也徒善本以字有權輕勢弱不能

有定爾者良曰徒但也所以貢奉社稷於王莽豈為叛逆乎但權勢輕弱不能定
亂也賴光武皇帝挺不世之姿濟曰挺出也不世謂希世也姿
質也善曰杜篤論都賦曰于時聖帝兼不世之姿禽王莽於已成紹
漢嗣於既絶翰曰成謂成逆篡也絶謂絶社稷也斯豈非宗子
之力邪而曾不鑑秦之失策襲周之舊制踵
亡國之法而僥倖無疆之期向曰言光武不封建子弟踵亡
國之法而為僥倖無疆之期亡國謂秦也不封子弟欲居帝位傳於無窮者也則以謂無
疆之期疆猶窮也至于桓靈閹善本作奄字豎執衡善曰范曄
後漢書曰桓帝立曹騰以定策功遷大長秋又曰靈帝時大將軍竇武謀誅中官曹節矯
詔誅武等鄭玄尚書注曰稱上曰衡朝無死難之臣外無同憂
文選五十二　二十三
之國君孤立於上臣弄權於下善曰班固漢書序曰漢興
懲戒亡秦孤立之敗本末不能相御身手不能相使由
是天下鼎沸姦凶並爭銑曰本末謂君臣也御制也身手猶親戚
也鼎沸謂亂也善曰張載曰中外雲擾萬夫鼎沸宗廟焚為灰燼
辭亂宮室變為蓁士孫藪居九州之地而身無善本
有所字安處悲夫良曰謂董卓為逆焚洛陽宮室也蓁藪謂草木荒也善
曰杜預左氏傳注曰燼火餘木也魏太祖武皇帝躬聖明之
資兼神武之略善曰晉灼漢書注曰資材量也恥王綱之廢
絶愍漢室之傾覆龍飛譙沛鳳翔兗豫濟曰譙沛
地名兗豫二州名善曰魏志曰太祖武皇帝沛國譙人為兗州牧後太祖遷都於許

蜀豫州東京賦曰龍飛白水鳳翔參墟掃除凶逆翦滅鯨鯢翰曰鯨鯢大魚吞食小魚者以喻不義人也善曰左氏傳曰楚子曰古者明王伐不敬取其鯨鯢而封之以為大戮杜預曰鯨鯢大魚以喻不義之人也迎帝西京定都潁邑向曰董卓遷獻帝於西京而曹公迎帝都於許昌然許昌屬潁也邑州通而言也善曰魏志曰天子東遷敗於曹陽太祖乃遣曹洪將兵西迎天子還雒董昭勸太祖都許漢書潁川郡有許縣德動天地義感人神漢氏奉天禪位大魏大魏之興于今二十有四年矣觀五代之存亡而不用其長策覩前車之傾覆而不改其轍迹銑曰謂魏亦不封子弟也五代夏殷周秦漢也善曰晏子曰諺曰前車覆後車戒也子弟王空虛之地君有不使

之民宗室竄於閭閻不聞邦國之政良曰空虛謂有其封名寔無其地也奪不使之民謂不使其理人也竄致也閭閻邑里之間也權均匹夫勢齊凡庶內無深根不拔之固外無磐石宗盟之助非所以安社稷為萬世善本作代字之業也濟曰磐石大石也比之堅重不可轉易也宗盟謂同姓諸侯盟會者也善曰左氏傳曰周之宗盟異姓為後且今之州牧郡守古之方伯諸侯皆跨有千里之土兼軍武之任或比國數人或兄弟並據而宗室子弟曾無一人間廁其間與相維持非所以強幹弱枝備萬一之慮也翰曰廁列也維持連接也天子為幹封諸侯為枝所以備萬一危難

今之事以相蔭庇也善曰班固漢書贊曰從吏二千石於諸陵蓋亦強幹弱枝也之用賢或超為名都之主或為偏師之帥向曰名都之主為大州刺史也偏師謂佐於大軍也帥將也而宗室有文者必限小縣之宰有武者必置善本有於字百人之上銑曰言宗室文武位卑也百人之上百夫長也使夫廉高之士畢志於衡軛之內才能之人恥與非類為伍非所以勸進賢能褒異宗族之禮也良曰衡謂車上橫木軛格也喻君命任使也善曰衡軛車之衡軛也言王者之御羣臣猶人之御牛馬故以衡軛喻焉畢志其內未得騁其駿足也夫泉竭則流涸根朽則葉枯枝繁者蔭根條落者本孤濟曰此喻宗室微弱不封

諸侯亦如泉流根枝不得其所也故語曰百足之蟲至死不僵仆善本作扶字之者眾也此言雖小可以譬大翰曰蟲所以喻帝室也足所以喻諸侯也善曰魯連子曰百足之蟲三斷不蹶者持之者眾也司馬相如諫獵書曰此言雖小可以喻大且墉基不可倉卒而成威名不可一朝而立皆為之有漸建之有素向曰墉城墻也建立素本也善曰文子曰人主之有人猶城之有基木之有根根深則本固基厚則上安也譬之種樹久則深固其根本茂盛其枝葉若造次徙於山林之中植於宮闕之下雖壅之以黑墳暖之以春日猶不救於枯槁何暇繁育哉銑曰黑墳肥土也言樹移於本必枯槁不暇繁

育其枝葉以喻天子不封子弟是不優其本雖居尊重之位獨憂天下猶不救目前所見
誰與言於久遠之計也善曰尚書曰厥土惟黒墳孔安國曰色黒而墳起也夫樹
猶親戚土猶士民建置不久則輕下慢上平
居猶懼其離叛危急將如之何是以善本無以字
聖王安而不逸以慮危也存而設備以懼亡
也翰曰逸樂也設備立諸侯也故疾風卒至而無摧拔之
憂天下有變而無傾危之患矣

愽奕論一首善曰系本曰烏曹作愽許慎説文曰愽局戲也六箸
十二棊也揚雄方言曰圍棊自關而東齊魯之間謂之奕
韋弘嗣翰曰吳志云韋曜字弘嗣吳郡雲陽人也少好學能屬文

文選五十二　二十六

為太子中庶子時蔡穎亦在東宮性好愽奕太子和以為無益命曜
論之愽者局戲也奕者圍棊也善曰吳志曰韋曜字弘嗣吳郡人
為太子中庶子時蔡穎亦在東宮性好愽奕太子和以為無益命曜
論之後為中書僕射孫皓誅之裴松之曰曜本名昭史為晉諱改之
也
蓋聞善本無聞字君子恥當年而功不立疾沒世
而名不稱善曰論語子曰君子疾後世而名不稱焉故曰學如不
及猶恐失之向曰好學樂道如奔逐於物志恐不及者猶恐失之況於棄日
乎善曰論語孔子之辭是以古之志士悼年齒之流邁
而懼名稱之不達善本作建字也銑曰悼傷邁過也勉精

厲操晨興夜寐不遑寧息經之以日力善本作經
之以歲月累之以日力良曰操志也日力謂以積日力也若甯越之勤
董生之篤漸漬德義之淵棲遲道藝之域濟曰
甯越常苦耕稼之勞謂其友曰何以免此勞友曰莫如學學三十年可以達矣越曰他人寢
吾不寢他食吾不食積年十五以當三十年足矣後遂為周威王師董生董仲舒也下帷
讀書三年不窺後園篤亦勤也漸漬猶浸潤也棲遲謂優游也善曰呂氏春秋曰甯越
中年人也苦耕稼之勞謂其友曰何為而可以免此苦也耕其友曰莫如學學三十
歲則可達矣甯越曰請以十五歲人將休吾將不休人將卧吾將不敢卧十五歲而周威
王師之漢書曰董仲舒修春秋三年不窺園圃其精如此且以西伯之聖
姬公之才猶有日昃待旦之勞翰曰西伯文王也姬公周

文選五十二　二十七

公也文王自旦至于日昃不遑暇食用修其德以安兆人周公亦夜待曙以憂政事也
善曰尚書周公曰文王自朝至于日中昃弗遑暇食用咸和萬人孟子曰周公思兼三王
其有不合者仰而思之夜以繼日幸而得之坐以待旦故能隆興周道
垂名億載況在臣庶而可以已乎向曰十萬曰億載年
也已止也言勤道之心不可止也歷觀古今功名之士皆有
積累殊異之迹勞神苦體契闊勤思平居不
惰善本作惰字其業窮困不易其素銑曰素猶心也是以
卜式立志於耕牧而黃霸受道於囹圄終有
榮顯之福以成不朽之名良曰卜式以耕作牧羊為業後以勤學
累官榮貴黃霸以罪繫獄是時少府夏侯勝亦下獄霸願受經於勝勝乃授之霸後為丞

相圖圖獄也善曰漢書曰卜式河南人以田畜爲事入山牧羊十餘年羊致千餘頭又以曰黃霸字次公淮陽人遷丞相長史宣帝欲褒先帝夏侯勝曰武帝不宜爲立廟樂勝坐非議詔書霸坐阿縱勝不舉劾皆下獄勝霸既久繫霸欲從勝受經勝辭以罪死霸曰朝聞道夕死可矣勝賢其言遂授之繫更再冬講論不怠故山甫勤於夙夜善本有而字吳漢不離公門豈有游惰善本作情字哉濟曰仲山甫周也夙夜勤政以事一人吳漢後漢光武之臣常勤勤不離公門職事之府也善曰毛詩曰肅肅王命仲山甫將之夙夜匪解以事一人東觀漢記曰吳漢字子顏南陽人鄧禹及諸將多薦舉者再三召見其後勤勤不離公門上亦以其南陽人親之漸今世之人多不務經術好習善本作翫字博奕廢事棄業忘寢與食窮日盡明繼以脂

文選五十二　二十八

燭當其臨局交爭雌雄未決專精銳意神迷體倦人事曠而不修賓旅闕而不接雖有太牢之饌韶夏之樂不暇存也翰曰太牢之饌謂滋味也韶夏雅樂也不暇存者言不暇食而聽也至或賭及衣物徙棊善本作棊字易行善曰埤蒼曰賭賭也賭丁古切賭記被切廉恥之意弛而忿戾之色發向曰棋子也弛慶也戾恨也然其所志不出一枰補萌切善本從木之上所務不過方罫古買之間銑曰枰棋局線道也罫線之間方目也善曰方言曰投博謂之枰皮兵切桓譚新論曰俗有圍棊或言是兵法之類也及爲之上者張置疏遠多得道而爲勝中者務相絕遮要以爭便利下者守邊趨作罫自生於小地猶薛公之言黥布反也上計取吳楚廣道者也

中言塞城阜遮要爭利者也下計據長沙以臨越此守邊隅趨作罫者也更始帝將相不以能防衛而令中死棊皆生罫勝敵無封爵之賞獲地無兼土之實技非六藝用非經國立身者不階其術徵選者不由其道良曰階上也徵選謂選賢良也善曰廣雅曰階因也求之於善本無於字戰陳則非孫吳之倫也濟曰孫吳謂兵法也善曰劉向圍棊賦曰略觀圍棊法於用兵怯者無功貪者先亡漢書曰孫子兵法八十二篇吳起三十八篇考之於道藝則非孔氏之門也翰曰孔氏孔子也以變詐爲務則非忠信之事也以劫殺爲名則非仁者之意也善曰尹文子曰以智力求者喻如奕進退取與攻劫殺舍在我者也而空妨日廢業

文選五十二　二十九

終無補益是何異設木而擊之置石而投之哉向曰擊木投石童子戲也且君子之居室也勤身以致養其在朝也竭命以納忠臨事且猶旰食而何善本有暇字博奕之足耽銑曰致養父母也良曰旰日晚也言勤於王事不暇早食也善曰左氏傳伍奢曰楚君大夫其旰食乎班固漢書述曰婣姦一人日旰忘食夫然故孝友之行立貞純之名彰善本作章字也濟曰夫然猶如此也言能如此養於親納忠孝於君故得孝友之行立於世貞純之名彰著也方今大吳受命海內未平聖朝乾乾務在得人翰曰乾乾勤心也善曰周易曰君子終日乾乾班固公孫弘贊曰漢之得人於茲爲盛勇略之士則受熊虎之任儒雅

之徒則儀龍鳳之署向曰熊虎喻猛也龍鳳喻文章也署謂文學之司也善曰熊虎猛捷故以譬武龍鳳五彩故以喻文尚書曰如虎如貔如熊如羆于商郊蘇武荅李陵書曰其於學人皆如鳳如龍百行無包善本作苞字文武並騖銑曰包納也騖馳也善曰孝經鈎命決曰引興擿暴一字管百行博選良才旌簡髦俊設程試之科垂金爵之賞良曰程試謂呈其才者必見試用也金爵謂金印紫綬以封人爵也善曰賈逵國語注曰旌表也說文曰程品也廣雅曰科條也誠千載之嘉會百世之良遇善本有也字善曰桓子新論曰夫聖人乃千載一出周易曰亨者嘉之會也當世之士宜勉思至道愛功惜力以佐明時善曰廣雅曰惜愛也使名書史籍勳在盟府善本有乃字君

子之上務當今之先急善本有也字濟曰勳功也盟府謂掌諸侯誓盟之官也善曰左氏傳宮之奇曰虢叔為文王卿士勳在王室藏於盟府夫一木之善本有之字枰補萌切善本從木孰與方國之封枯棋善本作碁字三百孰與萬人之將翰曰一方國之封謂一國之界也枯棋棋子也善曰邯鄲淳藝經曰棊局從橫各十七道合二百八十九道白黑棊子各一百五十枚袞龍之服金石之樂足以兼棋局而貿博奕矣向曰袞龍諸侯服飾也金石樂也兼并貿易也善曰周禮曰三公自袞冕而下鄭玄曰袞龍九章衣也東都賦曰修袞龍之法服左氏傳曰晉侯以樂之半賜魏絳始有金石之樂廣雅曰貿易之也假令世士移博奕之力用之於詩書是有顏閔之志也銑曰顏回閔子騫有德行好學也用之於智計是有良平之思也良曰張良陳平有計策也用之於資貨是有猗頓之富也濟曰猗頓古富人也言用以求資貨則富也善曰猗頓已見賈誼過秦論用之於射御是有將帥之備也如此則功名立而鄙賤遠矣翰曰行此者則功名立於後世而鄙賤之困亦遠於身也

文選卷第五十二

宿

論三

文選

五十三

共六十

文選卷第五十三

梁昭明太子撰　五臣并李善注

論三

嵇叔夜養生論一首

李蕭遠運命論一首

陸士衡辨亡論上下二首

養生論一首善曰嵇喜為康傳曰康性好服食常采御上藥以為神仙稟之自然非積學所致至於導養得理以盡性命若安期彭祖之倫可以善求而得也著養生篇

嵇叔夜

文選五十三　一

世或有謂神仙可以學得不死可以力致者善曰王逸楚辭注曰謂說也鄭玄禮記注曰致之猶言至也或云上壽百二十古今所同過此以往莫非夭善本作妖字安者良曰言過神仙上壽以往皆是夭安而死善曰養生經黃帝問天老曰人生上壽一百二十中壽百年下壽八十年不然者皆夭耳此皆兩失其情善本有請字試粗論之向曰兩失謂神仙夭安也言失其論士之情也善曰鄭玄禮記注曰粗麤也夫神仙雖目不善本作不目見則善本作然字記籍所載前史所傳較角而論之其有必矣濟曰較明也其有必矣言必有神仙事也善曰廣雅曰較明也似特受異氣禀之自然非積學所能致也銑曰言神仙非學之所能

成也善曰孔安國尚書傳曰禀受也夫至自然者不知其然而然老子曰道法自然
於導養得理以盡性命上獲千餘歲下可數
百年可有之耳而世皆不精故莫能得之翰曰
導攝也向曰神仙則不可學攝養性命使致長年則有之矣而世人皆不知其精妙不
得長年也善曰天老養生經老子曰人生大期以百二十年爲限節度護之可至千歲
何以言之夫服藥求汗或有弗獲而愧情一
集渙然流離銑曰服藥不得汗也良曰愧懼也言服藥求汗或有不得若
或有人懼情一集乃有渙然而汗出者流離汗流貌善曰漢書曰上問左丞相周勃曰
天下一歲決獄幾何勃謝不知問天下錢穀出入幾何勃又謝不知汗出沾背愧不能對
周易曰渙汗其大號終朝未餐則囂然思食而曾子銜

文選五十三　二

哀七日不飲翰曰囂然飢憂貌善曰毛詩曰終朝采綠終朝謂從旦至食
時囂然飢意也禮記曾子謂子思伋曰吾執親之喪也水漿不入口者七日
而坐則低迷思寢濟曰夜分半夜也內懷殷憂則達
旦不瞑音名良曰閉目曰瞑皆言憂懼損性故不能致長年善曰瞑古眠字
韓子曰衛靈公至濮水之上夜分而聞有新聲者韓詩曰耿耿不寐如有殷憂漢書曰劉
向曰夜觀星宿或不寐達旦勁刷理鬢醇醴發顏僅乃得
之向曰勁刷謂梳也醇醴酒也言以梳理其髮鬢飲酒以發顏色得其鬢髮竪面赤耳
僅少也善曰通俗文曰所以理髮謂之刷也何休公羊傳注曰僅劣也壯士之
怒赫然殊觀植髮衝冠翰曰言其怒色殊觀赫然甚於酒之發色
者竪髮衝冠亦甚於梳理者矣言怒亦損性植竪也善曰淮南子曰荊軻爲燕太子丹

刺秦王高漸離宋如意爲擊筑而歌於易水之上荊軻瞋目裂皆髮植衝冠由此
言之精神之於形骸猶國之有君也向曰形骸無精
神則困國無君則亂也無神躁於中而形喪於外猶君昏
於上國亂於下也銑曰精神急躁於腹中形貌失色於外如君暗而國
亂也喪失也夫爲稼於湯世偏有一溉之功者雖
終歸於善本無於字燋爛必一溉者後枯然則一
溉之益固不可誣也濟曰殷湯大旱七年若種稼於其世偏有一水
之灌者雖終見燋爛然此苗必得一灌之潤而後枯死亦猶今養生雖終歸於死必得一
養之益也溉灌也良曰誣輕也善曰種曰稼言種穀於湯之世值七年之旱終歸是
死而彼一溉之苗則在後枯亦猶人處於俗皆同有死能攝生者則後終也孫卿子曰禹

文選五十三　三

十年水湯七年旱說文曰溉灌之也而世常謂一怒不足以侵
性一哀不足以傷身輕而肆之翰曰侵損肆縱也善曰
淮南子曰大怒破陰大喜墜陽養生要彭祖曰憂恚悲哀傷人喜樂過差傷人賈逵國語
注曰肆恣也是猶不識一溉之益而望嘉穀於旱
苗者也翰曰言世人不識養生之理欲求長年者亦猶不知苗有一灌之益而直
欲望嘉穀熟於旱苗終不可得也善曰國語子餘謂秦伯曰使能成嘉穀君之力也
是以君子知形恃神以立神須形以存悟生
理之易失知一過之害生向曰形無神可恃則死也銑曰神
若無形則何所依存此皆相依憑也濟曰喜怒過甚則害生理之易也善曰淮南子
曰形者生也舍也氣者生之元也神者生之制也一失位則二者傷矣故修性

以保神安心以全身良曰不為彊梁而本於柔謙也愛憎不棲於情憂喜不留於意泊然無感而體氣和平翰曰棲居也謂哀樂不能在懷也銑曰泊然無營欲貌無感善曰老子曰我獨泊然而未兆說文曰泊無為也禮記曰樂行血氣和平也又呼吸吐納服食養身使形神相親表裏俱濟也濟曰呼吸吐納謂服氣也翰曰形在外神在內不以憂喜亂之則相親而濟於長年也善曰莊子曰吹呴呼吸吐故納新為壽而已矣古詩曰服食求神仙夫田種者一畝十斛謂之良田此天下善本有之字通稱也不知區種可百餘斛善本有也字銑曰上農區田謂穿坎為區廣深六寸相去七寸區中種穀一窠秋收每區三升計畝當百斛也善曰氾勝之田農書曰上農區田大區方深各六寸相去七寸一畝三千七百區丁男女治十畝至秋收區三升粟畝得百斛區音鄔侯切一曰謂區隴而種非漫田也田種一也至於樹養不同則功收相懸謂商無十倍之價農無百斛之望此守常而不變者也向曰相懸謂畝十斛畝百斛也商農所以無十倍百斛之利者為守其常見不知變通故也亦如人之在生但見目前所欲不識養生之理可致長年也且豆令人重榆令人瞑音名銑曰豆謂大豆也言食大豆則身重食榆則多睡也瞑睡也善曰經方小品倉公對黃帝曰大豆多食令人身重博物志云食豆三年則身重行止難又曰啖榆則瞑不欲覺也合歡蠲忿萱草忘憂愚智所善本有共字知也翰曰蠲除也合歡萱草藥名也善曰神農本草曰合歡蠲忿萱草忘憂崔豹古今注曰合歡樹似

文選五十三　四

梧桐枝葉繁互相交結每一風來輒自相離了不相牽綴樹之階庭使人不忿也毛詩曰焉得萱草言樹之背毛萇詩傳曰萱草令人忘憂名醫別錄曰萱草是今之鹿蔥也薰辛害目豚魚不養常世所識也善曰養生要曰大蒜多食葷害目又神農曰豬肉虛人不可久食又曰豚肉損人與豬同說文曰蒜葷菜也薰與葷同豚魚無血食之皆不利人蝨處頭而黑麝食柏而香頸處險而癭於斤齒居晉而黃良曰頸項也皆謂所處所食土地所宜而致之也善曰抱朴子曰今頭虱著身皆稍變而白身虱處頭皆漸化而黑則是玄素果無定質移易存乎漸本草名醫云麝香形似麞常食柏葉五月得香又夏月食蛇多至寒香滿入春患急痛以脚剔去著矣溺中覆之皆有常處人有遇得乃勝殺取准南子曰險阻之氣多癭謂人居於山險樹木瘤臨其水上飲此水則患癭齒黃未詳推

文選五十三　五

此而言凡所食之氣蒸性染身莫不相應豈唯善本從心蒸之使重而無使輕害之使闇而無使明翰曰豈唯所食之氣害之使重闇者亦有能變之使輕明者也薰之使黃而無使堅銑曰薰之使黃則必脆亦能變之使堅也芬之使香而無使延哉濟曰芬亦薰也言能薰之使黃使堅使香則亦能使人延長明矣善曰方言曰延年長也故神農曰上藥養命中藥養性者善曰本草曰上藥一百二十種主養命以應天無毒久服不傷人輕身益氣不老延年中藥一百二十種為臣主養性以應人養生經曰上藥養命五石練形六芝延年中藥養性合歡蠲忿萱草忘憂也誠知性命之理因輔養以通也良曰辯助也而世人不察良曰不察服食之理以養性也唯

善本從心五穀是見聲色是耽目惑玄黃耳務淫
哇烏佳反向曰淫哇樂聲也善曰法言曰哇則鄭李軌曰哇邪也周禮鄭玄曰五
穀麻黍稷麥豆也滋味煎其府藏醴醪鬻善本作鬻字其
腸胃翰曰滋味血肉之食也醴醪酒也善曰莊子曰聲色滋味之於人心不待學
而樂之漢書曰五藏六腑周禮曰有齊事鬻鹽以待戒令鄭曰鬻鹽謂練化之鬻今之煮者
字也香芳腐其骨髓喜怒悖其正氣銑曰腐敗悖亂也正
氣謂安樂之情也善曰廣雅曰悖亂也文子曰修理而動者正氣思慮消善本
作銷字其精神哀樂殃其平粹音遂濟曰殃傷也平粹謂純
和之性也善曰文子曰人之性欲平又曰真人純粹應劭漢書注曰粹淳也夫以
蕞在外爾之軀攻之者非一塗良曰蕞爾山貌軀身也非一塗

文選五十三　六

謂聲色玄黃滋味芳香喜怒思慮哀樂之事共攻於人身也善曰左氏傳子產曰蕞爾
小國杜預注曰蕞爾小貌也易竭之身而外內善本作內外受
敵身非木石其能久乎向曰以百年易盡之身而喜怒形於外思
慮攻於內所謂受敵也且非木石之堅必不可久言將死也其自用甚者
濟曰言自用其性不依攝養之術也飲食不節以生百病好色
不勌以致乏絕翰曰謂形神之氣乏絕也善曰素問黃帝曰有病心腹
滿此何病岐伯曰此飲食不節故生病七發曰百病咸生漢書杜欽上疏曰佩玉晏鳴關
雎歎之知好色之伐性短年也風寒所災百毒所傷中道夭
於眾難銑曰眾難謂上哀樂之事善曰莊子曰終天年不中道夭者是智之盛
世皆知笑悼謂之不善持生也向曰人皆笑之傷之謂其

不善持攝生性也悼傷也善曰方言曰悼哀也笑悼謂笑其不善養生而又哀其促齡
也至於措身失理亡之於微良曰有致養其身有失其理者
失於微纖之間也措置亡失也積微成損積損成衰從衰得
白從白得老從老得終悶若無端翰曰白白髮也言終
謂死也言死者悶然不知其端緒之所由也善曰莊子曰藏乎無端之紀中智
以下謂之自然濟曰言中人小智以下謂漸然至死爲自然也善曰穀
梁傳荀息曰中智以上乃能慮之臣料虞君中智以下也縱少覺悟咸歎
恨於所遇之初而不知慎眾險於未兆銑曰中智
之人縱少悟養生之事皆恨逢遇之初不慎眾險於未始之前也眾險則喜怒哀樂之流
也善曰老子曰未兆易謀是猶善本作由字桓侯抱將死之

文選五十三　七

疾而怒扁鵲之先見以覺痛之日而善本無而字
爲受善本無受字病之始也向曰扁鵲見桓侯曰君有疾在腠理不療
將深矣桓侯怒曰寡人無疾以扁鵲爲好利欲醫不病者爲功後桓侯果疾甚使召扁鵲
扁鵲逃之桓侯遂死矣故云怒扁鵲之先見也病甚至於覺病方以爲得病之始則中智
以下皆然豈預知攝養之事也亦如理國先見安危理之於未亂國乃理也善曰韓子
曰扁鵲謂桓侯曰君有疾在腠理猶可湯熨桓侯不信後疾迎扁鵲扁鵲逃之桓侯遂死史
記曰扁鵲療簡子東過齊見桓侯束晳曰齊桓在簡子前且二百歲小白後無齊桓侯田
和子有桓公午去簡子首末相距二百八年史記自爲舛錯韋昭曰魏無桓侯新序曰扁
鵲見晉桓侯然此桓侯竟不知何國也害成於微而救之於著
故有無功之理善本作治字翰曰著盛也夫人之患害成於微少之間

人所不知及將救之疾已盛矣故醫者無功療之也亦如國家當重賢良以理天下而人
和年豐豈可輕棄而不用及國亂乃欲用之則無可施功也馳騁常人之
域故有一切之壽仰觀俯察莫不皆然濟曰馳騁
猶歷覽也域間也一切猶一時也言歷觀當人之間固有一時苟且之壽皆不曉養生長
年之理則府仰觀察莫不皆然言多也以多自證以同自慰謂
天地之理盡此而已矣良曰有疾不先醫者皆以爲疾狀多同遂
相證驗以自寬慰輕於攝養謂言天地之理皆如此也縱聞養生善本作性
字之事則斷以所見謂之不然向曰中智之人縱知養生
之事則自斷於所見苟隨其欲謂養生之理不如此也其次狐疑雖少
庶幾莫知所由銑曰言狐疑之心雖少近不知養生之所由何如亦未定之

也其次自力服藥半年一年勞而未驗志以
厭衰中路復廢翰曰言服藥未至於驗志厭而將歇中路則廢也或
益之以畎古犬澮古外而泄之以尾閭而善本無而字
欲坐望顯報者翰曰畎澮細流也尾閭海水泄處也言人之服藥所益如
細流之進而乃多泄其精如尾閭之泄其求難及而服藥不慎難求長年亦如是矣顯報
謂長年也善曰尚書曰濬畎澮距川孔安國曰一畝之間廣尺深尺曰畎廣二尋深二
仞曰澮深之亦入海也莊子曰海若曰天下之水莫大於海萬川歸之不知何時止而
不盈尾閭泄之不知何時已而不虛司馬彪曰尾閭水之從海水出者也一名沃雉在東
大海之中尾者在百川之下故稱尾閭者聚也水聚族之處故稱閭也在扶桑之東有一
石方圓四萬里厚四萬里海水注者無不燋盡故名沃燋或抑情忍欲割

棄榮願而嗜好常在耳目之前所希在數十
年之後又恐兩失內懷猶豫心戰於內物誘
於外交賖相傾如此復敗者向曰嗜好之物且在目前藥效
事在十年之後欲從其道恐復無驗兩事俱失故猶豫是非未定心爭於內嗜好之物誘
目於外以情欲爲交樂以服食爲賖應二者相傾復有敗攝生之事者戰爭也▼善曰說
文云希望也穀梁傳荀息曰夫人玩好在耳目之前而患在一國之後楚辭曰心猶豫而
孤疑尸子曰五尺大犬爲猶說文云隴西謂犬子爲猶顏師古以爲人將犬行猶在人前
待人不得又來迎候如此往還至于終日斯乃猶豫之所以爲未定也故稱猶豫或以爾雅
云猶如麂善登木猶獸名聞人聲乃猶豫緣木如此上下故稱猶豫
妙可以理知難以自善本作目字識譬猶豫章生

七年然後可覺耳向曰豫章木名其初生與林木同類至七年柯條乃
覺殊也養生之理初與衆人同道道成然後可覺殊矣善曰淮南子曰豫章之生七年
可知延叔堅曰豫章與枕木相似須七年乃可別耳枕音尤今以躁競之
心涉希靜之塗意速而事遲望近而應遠故
莫能相從濟曰躁喧塗道也長生之理漸修而還其應遠矣人意欲速而望近
以此莫能有專志以相終而得之也▼善曰老子曰聽之不聞名曰希王逸楚詞注曰無
聲曰靜夫悠悠者既未效不求而求者以不專
喪業良曰悠悠者謂心遠於此道者效驗也求者謂求養生者喪失道也言不專心
則失業也善曰論語桀溺曰悠悠者天下皆是也偏恃者以不兼無
功良曰人有偏恃一事者必不兼於他事故養生無功也追術者以小

道自溺翰曰追法術苟從名譽者必偏於小道沈溺其心又不能成矣凡若此類故欲之者萬無一能成也向曰此類謂上所述也善養生者則不然矣清虛靜泰少私寡欲善曰莊子曰廣成子謂黃帝曰必清必靜無勞汝形無搖汝精乃可以長生老子曰少私寡欲知名位之傷德故忽而不營非欲而強禁也銑曰不是心中實欲而強自禁止蓋真不欲之故能養生也　善曰左氏傳曰名位不同禮亦異數識厚味之害性故棄而弗顧非貪而後抑也銑曰厚味滋味也　善曰國語單襄公曰厚味實腊毒也外物以累心不存神氣以醇泊善本作白字猶著向曰言外物聲色之類欲以累其心者不存繫之於神氣以醇素淡泊獨明其道著明也　善曰慎子曰夫德精微而不見聰明而不發是故外物不累其內莊子曰外物不可必司馬彪曰物事也忠孝內也而外事咸不信受也淮南子曰人之神氣不蕩乎外莊子曰虛室生白向秀曰虛其心則純白獨著曠然無憂患寂然無思慮又守之以一養之以和和理日濟同乎大順翰曰道生一故守之而不亂其心不亂其心故養和其神和其神理長年可齊故同乎天地之大異也順理也　善曰莊子曰聖人平易恬淡則憂患不能入也邪氣不能襲也故其德全而神不虧矣故曰聖人不思慮不預謀也老子曰聖人抱一為天下式王弼曰一少之極也式猶則也文子曰古之為道者養以和持以適莊子曰古之治道者以恬養知知生而無以知為也謂之以知養恬知與恬交相養而和理出其性老子曰玄德深矣遠矣與物反矣乃至大順鍾會曰反俗以入道然後乃至於大順然後蒸以靈芝潤以

文選五十三　十

醴泉善曰白虎通曰醴泉者美泉也狀如醴酒也晞以朝陽綏以五絃翰曰晞乾綏安也晞於朝陽所以養和於物也安以五絃之琴以歌南風所以養羣生也此皆謂得生性之理也　善曰毛萇詩傳曰晞乾也無為自得體妙心玄善曰莊子曰天無為以之清地無為以之寧故兩無為相合萬物皆化之也孰能得無為哉老子曰玄之又玄衆妙之門忘歡而後樂足遺生而後身存向曰忘其歡則形不勞故樂足不勞形則遺生故身存也　善曰莊子曰天下有至樂無有哉曰至樂無樂郭象曰忘歡而後樂足樂足而後身存莊子曰棄事則形不勞遺生則精不虧夫形全精復與天為一者也若此以往恕可與羨門比壽王喬爭年何為其無有哉向曰羨門王喬皆仙人也言將與仙人比年爭壽則何為其無有長年也　善曰聲類曰恕人心度物也史記曰始皇之碣石使燕人盧生求羨門韋昭曰羨門古仙人也列仙傳曰王子喬者周靈王太子晉也道人浮丘公接以上嵩高山

運命論一首善曰運謂五德更運帝王所稟以生也春秋元命苞曰五德之運各象其類興亡之名應籙以次相代宋均曰運籙運也春秋元命苞曰命者天下之命也

李蕭遠銑曰集林云李康字蕭遠中山人也性介立不和俗善文辭起家為潯陽令有美政也　善曰集林曰李康字蕭遠中山人也性介立不能和俗著遊山九吟魏明帝異其文遂起家為潯陽長政有美績病卒

夫治亂運也窮達命也貴賤時也善曰墨子曰貧富治

文選五十三　十一

亂固有天命不可爭蓋王命論曰窮達有命吉凶由人莊子北海若曰貴賤有時未可以為常也故運之所隆必生聖明之君善曰聖明已見王命論聖明之君必有忠賢之臣其所以相遇也不求而自合其所以相親也不介而自親翰曰謂不因媒而相親蓋道合也介媒也善曰介紹也禮記曰介紹而傳命唱之而必和謀之而必從良曰唱和相從君臣和也道德玄同曲折合符濟曰委曲相合有如符契善曰老子曰知者不言言者不知是為玄同論語比考讖曰君子上達與天合符得失不能疑其志讒構不能離其交然後得成功也向曰不相疑故不信讒不信讒故君臣道成矣其所以得然者豈徒人事哉授之者天

也告之者神也成之者運也銑曰所以能成君臣道者以此也夫黃河清而聖人生里社鳴而聖人出翰曰黃河千年一清清則聖人生於時也良甲社神祠也春秋潛潭記云里社鳴聖人出曰也善曰易乾鑿度曰聖人受命瑞應先見於河河水先清清變白白變赤赤變黑黑變黃各三日春秋潛潭記曰里社明此里有聖入出其旬百姓歸天辟亡宋均曰里社之君鳴則教令行教令明惟聖人之能也响鳴之怒者聖人怒則天辟亡矣湯起放桀時蓋此祥也明與鳴古字通羣龍見而聖人用濟曰龍潛之時道不用也喻君未升位也龍既見矣故用於時喻君功成於天下也■善曰易曰見羣龍無首吉又曰聖人作而萬物覩故伊尹有莘所巾氏之媵臣也而阿衡於商向曰莘氏國名也媵臣小臣也阿倚衡平也商殷也言殷有伊尹倚以萬事平

於天下也善曰說苑鄒子說梁王曰伊尹有莘氏之媵臣湯立以為三公毛詩曰實維阿衡左右商王毛萇傳曰阿衡伊尹也太公渭濱之賤老也而尚父於周銑曰太公呂望也周尊太公故號為尚父善曰史記曰太公望以漁釣于周西伯六翰曰文王卜田史扁為卜曰于謂之陽將大得焉非熊非羆非虎非狼兆得公侯天遺汝師王乃齋戒三日田于渭之陽卒見呂尚坐茅以漁毛詩大雅曰維師尚父時維鷹揚諒彼武王肆伐大商百里奚在虞而虞亡在秦而秦霸非不才於虞而才於秦也翰曰百里奚賢人也初仕於虞虞國君不用其言乃滅六乃之秦秦用其謀而為彊霸蓋一人之身也用之國呂不用則國亡非在虞則不才在秦則賢也善曰呂氏春秋曰凡亂也者必始乎近而後及遠始乎本而後及末亦然故百里奚處乎虞而虞亡處乎秦而秦霸百里奚之處乎虞

知非遇也其處於秦非加益也有其本也其本也者定分之謂也張良受黃石之符誦三略之說向曰張良漢臣也黃石三略兵法也善曰黃石公記序曰黃石者神人也有上略中略下略河圖曰黃石公謂張良曰讀此為劉帝師以游於羣雄向曰羣雄諸侯也其言也如以水投石莫之受也銑曰石堅水柔以柔投堅必不可入也言道不合亦猶是也及其遭漢祖也其言也如以石投水莫之逆也翰曰以堅投柔其勢必入故不逆也自以游於群雄至莫之逆也善本無此一段非張良之拙說於陳項而巧言於沛公也良曰非拙巧之異也蓋識與不識用與不用耳陳謂涉也項謂羽也沛公謂漢高祖也善曰漢書張良乃說項梁立韓成為韓王而漢書張良無說陳涉今此言之未詳其本也然則

張良之言一也不識其所以合離合離之由神明之道也濟曰張良之說前後一也蓋前人不識離合之道也離合之道若神明之相應合也故彼四賢者名載於籙圖事應乎天人其可格之賢愚哉向曰四賢謂伊尹太公百里奚張良也言此君臣之道應乎天事合於人心其可測至於賢愚之間哉言不可至也格至也善曰春秋考異郵曰稽之籙圖參於古易坤靈圖曰湯臣伊尹振鳥陵春秋命曆序曰文王受丹書呂望佐昌發春秋保乾圖曰漢之一師爲張良生韓之陵漢以與春秋感精記曰西秦東闕謀襲鄭伯晉戎同心逝之穀谷反呼宪人百里子哭語之不知泣血何益蒼頡篇曰格量也度之也孔子曰清明在躬氣志如神嗜欲善本作慾字將至有開必先翰曰入之清明其志如神意之所欲事有

開通者應必先達君臣相合運命所當者亦如之也善曰禮記文也鄭玄曰淸明在躬氣志如神謂聖人也嗜慾將至謂其王天下之期將至也神有以開之必先爲之生賢智之輔佐天降時雨山川出雲銑曰天之將雨必先出雲君臣相感亦如此善曰若天將降時雨山川爲之出雲也詩云惟岳善本作嶽字降神生甫及申惟申及甫惟周之翰運命之謂也良曰惟嶽也岳中岳也言中岳降其神靈生申伯甫侯作藩周室以佐國家也申伯甫侯周之諸侯銑曰言爲周之羽翰以佐王室也善曰詩大雅文也箋云申申伯甫甫侯也毛萇傳曰翰幹也言周道將興五嶽爲之生佐仲山甫及申伯爲周之幹臣也豈唯善本從心興主亂亡者亦如之焉幽王之惑褒女也妖善本作祅字始於夏庭翰曰亂亡之國亦運命也

餘注與李善同善曰呂氏春秋曰世有輿主之士也史記曰昔夏后氏之衰也有神二龍止於夏帝之庭而言曰余褒之二君也夏帝卜殺之與去之與止之莫吉卜請其漦而藏之乃吉於是布幣而策告之龍亡而漦在櫝而去之比三代莫之敢發至厲王之末發而觀之漦流於庭不可除厲王使婦人裸而譟之漦化爲玄黿以入王後宮後宮童妾既齔而遭之既笄而孕無夫而生一女子懼而棄之宣王之時童謠曰檿弧箕服寔亡周國於是宣王聞之有夫婦賣是器者宣王使執而戮之於道而鄉者後宮妾所棄妖子出於路者聞其夜啼哀而收之夫婦遂奔於褒褒人有罪請入棄子以贖罪棄子出於褒是爲褒姒幽王廢申后立褒姒爲后后父申侯怒攻幽王遂殺幽王驪山下蔡仕淄切曹伯陽之獲公孫彊也徵發於社宮向曰曹人或夢衆君子立於社宮而謀亡曹曹伯陽即位好田弋有曹鄙人公孫彊好弋說伯陽田弋之事伯陽悅

之乃以爲政事焉於是背晉而姦宋宋人伐之晉人不救遂殺伯陽此則亡曹之徵已發於社宮也社宮猶社稷也善曰左氏傳曰初曹人或夢衆君子立於社宮而謀以亡曹叔振鐸請待公孫彊許之旦而求之曹無之戒其子曰我死介聞公孫彊爲政必去之及曹伯陽即位好田弋曹鄙人公孫彊好弋言田弋之說說之因訪政事說於曹伯從之乃背晉而奸宋宋人伐之晉人不救之執曹伯陽以歸殺之叔孫豹之暱豎牛也禍成於庚宗翰曰魯太夫叔孫豹入齊過庚宗婦人宿遂有子在齊夢天壓己有人深目而豭喙命之曰牛助余乃勝之後還晉過庚宗婦人見所有之子狀如夢中者豹以夢中命爲牛因呼曰牛乃曰唯豹將歸魯寵而親之使爲豎後豹病豎牛將爲亂群臣有進食者豎牛皆不進覆之以返空器叔孫遂餓死此則禍成於庚宗矣暱親也豎官號也善曰左氏傳曰初穆子去叔孫氏及庚宗遇婦人使私爲食而宿焉魯入召

之所宿庚宗之婦人獻以雉問其姓對余子長矣召而見之遂使爲豎有寵長使爲政田於蒲丘遂遇疾焉豎牛曰夫子疾病不欲見人使寘饋于介而退弗進則置虛器命徹叔孫不食卒**吉凶成敗各以數至**良謂運數至也善曰春秋考異郵曰吉凶有効存亡出象王命論曰驗行事之成敗數曆數也孔安國尚書傳曰曆數謂天之道也**咸皆不求而自合不介而自親矣**銑曰介媒也**昔者聖人受命河洛曰以文命者七九而衰以武興者六八而謀**翰曰河圖洛書聖人將興之應也文王受命九十七而終武王伐紂時年八十六衰謂文王後也謀謂武王謀伐紂也九十七當言九七而言七九八十六當言八六而言六八蓋言之倒也善曰河洛謂河圖洛書也文謂文銑即文王也武謂武功即武王也言以文德受命者或七世九世而漸衰微以武功而興起者或六世八世而謀也**及成王定鼎于**善本作於字**郟鄏卜世三十卜年七百天所命也**善曰左氏傳王孫滿之辭也其世之多少年之短長皆天所命也七九六八即卜世數也杜預注曰郟鄏今河南也武王遷之成王定之**故自幽厲之間周道大壞**向曰幽王厲王無道不恤國事故大壞也善曰言自成王至于厲王凡有八世即應七而衰也毛詩序曰召穆公傷周室大壞也**二霸之後禮樂陵遲**銑曰二霸齊桓公晉文公也善曰二霸齊桓晉文也自厲王至于二霸之卒凡有九世即應九而衰也毛詩序曰禮義陵遲男女淫奔**文薄之弊漸於靈景**翰曰文德之澆薄其弊漸生於靈王景王之時也善曰自二霸之卒至于景王凡有六世即應六而謀也尚書大傳曰周人之教以文上教以文君子其失也小人薄鄭玄曰文謂尊卑之差制也君

文法無悃誠也靈景謂周末之王者也**辯詐之偽成於七國**良曰七國謂齊楚燕趙韓魏秦也辯詐謂游說之士也善曰言文薄既弊詐偽乃成也七國謂韓魏燕趙齊楚秦也自景王至于七國凡有八世即應八而謀也**酷烈之極積於亡秦**濟曰前述七國則秦在其中今此重言者謂吞滅六國獨擅酷暴於天下也漢已之故云已秦也善曰言詐偽既成故加之以酷烈也解嘲曰呂刑靡弊秦法酷烈**文章之貴棄於漢祖**向曰漢朝初雖重文章之士而高祖以武定天下本意輕棄儒士之言也善曰言周人之教以文故漢承之以貴也漢書曰陸賈爲太中大夫賈時時前說稱詩書高帝罵之曰迺公以馬上得之安事詩書也仲長子昌言曰漢祖輕文學而簡禮義**雖仲尼至聖顏冉大賢**翰曰顏回冉有孔子弟子也善曰家語冉有曰孔子者大聖兼該文武並通又曰顏回字淵以德行著名孔子稱其賢又曰冉求字子有以政事著名性多謙退**揖讓於規矩之內誾誾**銀**於洙泗之上不能遏其端**良曰道之不行雖聖賢揖讓規矩亦不能遏絕流浮之端訢誾誾和樂貌洙泗二水名孔子講道之所也善曰論語曰孔子朝與上大夫言誾誾如也孔安國曰誾誾中正之貌禮記曾子謂子夏曰吾與汝事夫子於洙泗之間鄭玄曰洙泗魯水名也史記曰甚哉魯之衰也洙泗之間誾誾如也桓子新論曰遏絕其端其命在天也**孟軻孫卿體二希聖從容正道不能維其末**銑曰孟孫二子體法顏冉故曰體二志望孔子之道故云希聖當衰弊之世雖體望聖賢之義不能綴繫其末也從容安樂之貌維繫也善曰周易子曰君子知幾其神乎顏氏之子其殆庶幾乎有不善未嘗不知知之未嘗復行韓康伯曰在理則昧造形而悟顏氏子之分也失之於幾故有

不善得之於二不遠而復故知之未嘗復行也法言曰希驥之馬亦驥之乘希顏之人亦
顏之徒也顏嘗希夫子矣李軌曰希望也言顏回嘗望孔子也禮含文嘉曰從容中道顏
陽度行也天下卒至於善本作于字溺而不可援也善本
無也字夫以仲尼之才也而器不周於魯衛良曰
卒終也溺謂大道沈溺也援助也翰曰道子運會而見輕也善曰言小人之失在薄
故孔孟所不能援也孟子曰天下溺則援之以道以仲尼之辯也而
言不行於定哀善曰史記曰魯定公以孔子爲司寇季桓子受齊女樂不
聽政孔子遂行適衛衛靈公置粟六萬居頃之或譖孔子於靈公孔子恐獲罪去衛也
以仲尼之謙也而見忌於子西向曰孔子之楚昭王將以
七百里地封之令尹子西曰使孔子得土壤而賢弟子佐之必非楚之福也善曰史記

文選五十三　十八

楚昭王興師迎孔子將以書社地七百里封孔子楚令尹子西曰王之使使諸侯有如子
貢者乎曰無有王之將帥有如子路者乎曰無有王之官尹有如宰予者乎曰無有且楚
之祖封於周爲子男五十里今孔丘述三五之法明周召之業王若用之則楚國安得世
世土方數千里乎文王在豐武王在鎬卒王天下今孔丘得據土壤賢弟子爲佐非楚之
福也昭王乃止以仲尼之仁也而取讎於桓魋音頹翰曰
桓魋宋司馬也欲殺孔子故云取讎也善曰史記曰孔子適宋與弟子習禮大樹下宋
司馬桓魋欲殺孔子拔其樹孔子弟子曰可以速行矣孔子曰天生德於予桓魋其如予
何以仲尼之智也而受善本無受字屈善本有厄字於
陳蔡善曰家語曰楚昭王聘孔子孔子往拜禮焉路出于陳蔡陳蔡大夫相與謀曰孔子
賢聖其刺譏皆中諸侯之病若用於楚則陳蔡危矣遂使徒兵距孔子孔子不得行絕糧

七日外無所通藜羹不充以仲尼之行也而招毀於叔孫
銑曰叔孫武叔毀仲尼子貢曰夫子不可毀也他人之賢者丘陵也夫子之賢者日月也
善曰論語曰叔孫武叔毀仲尼子貢曰無以爲也仲尼不可毀也他人之賢者丘陵也猶
可踰也仲尼日月也無得而踰焉人雖自絕也其何傷於日月乎多見其不知量也夫
道足以濟天下而不得貴於人善曰周易曰智周萬物而
道濟天下言足以經萬世而不見信於時善曰文子曰養
生以經世莊子曰未嘗聞任氏之風俗其不可與經於世亦遠矣行足以應
神明而不能彌綸於俗濟曰彌廣綸理也言時君不能用之使廣
理於俗也善曰孝經曰孝悌之志通於神明周易曰故能彌綸天地之道也應聘
七十國而不一獲其主向曰經歷天下應聘七十國君竟不見用

文選五十三　十九

是不得其主而運不合也善曰說苑趙襄子謂子路曰吾嘗問孔子曰先生事七十君
無明君乎孔子不對何謂賢也驅驟於蠻夏之域屈辱於公
卿之門翰曰孔子道不行欲居九夷夷即蠻也夏謂中國也屈謂受屈於季氏辱
謂見辱於陽虎並魯之公卿也善曰蠻謂蔡楚也毛詩曰蠢爾蠻荊夏謂宋衛也公
魯侯也卿謂季氏也列子楊朱曰孔子逐於季氏見辱於陽虎也其不遇也
如此及其孫子思希聖備體而未之至封已
銑曰子思孔子之孫也言子思望先聖之道欲先聖之體養高勢動人主
然而未至聖道但爲厚已養其高名能以權勢動於時君也言其道不如孔子而持君友
信之孔子有聖德而時君不用此運命也希望也封厚也善曰史記曰伯魚生伋字子
思孟子曰子夏子游子張皆有聖人之一體冉伯牛閔子顏回則具體而微劉熙曰體者

四支股脚也具體者皆微也言皆具聖人之體微小耳體以喻德也國語叔向曰引黨以封己韋昭曰封厚也魏志曰高柔上疏曰三事假息養高者也其所游歷諸侯莫不結駟而造門善本有雖造門三字猶有不得賓者焉翰曰言子思游歷天下而諸侯皆結車馬至子思之門而諸侯尚或有不得預賓客之位者造至也善曰或無雖造門三字其徒子夏升堂而未入善本有於字室者也退老於家魏文侯師之良曰子夏之道雖近習孔子而猶淺也故升於堂上而未入深室言其末得夫子之深道也濟曰孔子卒後子夏告老而歸魏文侯以師事也善曰論語子曰由也升堂矣未入於室也家語曰卜子夏孔子卒後教於西河之上魏文侯師事之而咨問國政焉西河之人肅然歸德比之於夫子而莫敢間其

言向曰西河地名也肅然間非也言西河之人敬子夏而歸附其德比道於孔子而人不敢非其言謂其道不如孔子而人乃信之蓋運命使之然也善曰禮記曾子謂子夏曰吾與汝事夫子於洙泗之間退而老於西河之上使西河之人疑汝於夫子陳羣論語注曰不得有非間之言者也故曰治亂運也窮達命也貴賤時也而後世善本作之字君子區區於一主歎息於一朝直喬屈原以之沈湘賈誼以之發憤不亦過乎銑曰言此二人不達運命之理所爲太過也善曰楚辭曰臨沅湘之玄淵兮遂自忍而沈流漢書曰天子以賈誼任公卿之位絳灌之屬盡害之乃毀誼於是天意亦疎之以誼爲長沙王太傅誼既以謫去不自得及渡湘水爲賦以吊屈原原楚賢臣也被讒遂投江而死誼追傷之因以自喻楊雄反騷曰欽吊楚之湘纍音義曰屈

原赴湘死故曰湘纍然則聖人所以爲聖者蓋在乎樂天知命矣故遇之而不怨居之而不疑也翰曰遇窮厄之時其心不怨居重任之地其心不疑也善曰周易曰樂天知命故不憂其身可抑而道不可屈濟曰抑辱屈撓也言身可以受辱者推於運命也道不可損者以待其時也則屈原沈湘賈誼發憤適足以彰君之過而自損是不知運命之理也善曰漢書孫寶曰道不可詘身詘何傷也其位可排而名不可奪翰曰失位則可以排運命而忠義之名守之如一不可失也奪失也譬如水也通之斯爲川焉塞之斯爲淵焉銑曰水流曰川水深曰淵善曰管子曰水有大小出於溝流入大水及海者命之曰川出於地而不流命之曰淵也升之於雲則雨施沈之於地則

土潤善曰淮南子曰夫水者大不可極深不可測上天爲雨露下地爲潤澤無公無私水之德也周易文言曰雲行雨施天下平也禮記月令曰季夏之月土潤溽暑鄭玄云土潤謂塗濕也體清以洗物不辭善本作亂字於濁受濁以濟物不傷其善本作於字清善曰晏子春秋景公問晏子曰廉正而長久其行何也晏子對曰其行水也美哉水乎清清其濁無不寀塗其清無不灑除是以長久也管子曰夫水淖溺以清好灑人之惡仁也寀式甚切是以聖人處窮達如一也夫忠直之迕於主獨立之負於俗理勢然也翰曰忠直之言必迕逆人主之意獨立清正則背於俗類此事理之勢所宜皆然矣負背也迕觸也善曰呂氏春秋曰古人得道者窮亦樂達亦樂所樂非窮達也道得於此則窮達一也小雅曰迕犯也鄭玄禮記注曰負背也故木

秀於林風必摧之堆出於岸流必湍之良曰木高
出於林上者故風吹而先折也濟曰岸側有堆阜而出於岸侵入於水者故水流必先
衝之也湍衝也善曰廣雅曰秀出也論衡曰風衝之物不得育水湍之岸不得峭行
高於人衆必非之向曰德行高遠出乎羣俗故衆人嫉妬共為非斥亦
如木秀先折堆出流衝也善曰史記曰商君說秦孝公曰夫有高人之行固見非於世
也前鑒善本作監字不遠覆車繼軌然善本有而字志
士仁人猶蹈之而弗悔操之而弗失何哉將
以遂志而成名也良曰前鑒謂行高忠直之心皆見非斥以成罪累如
車之既覆後來者復繼其跡而志士蹈忠而不悔孰直而不失者何為哉非所以好其死
而惡其生蓋將以遂其所志而成君王之名也善曰毛詩曰殷鑒不遠晏子春秋諫曰

文選五十三　二十二

前車覆後車戒也史記司馬遷曰詩書隱約者欲遂其志也班固漢書贊曰雖其陷於刑
辟自與殺身成仁者也求遂其志而冒風波於險塗銑曰
言衝君之威以進忠直如淡風波之險道恐墜落而死矣冒衝也塗道也善曰家語曰
不觀巨海何以知風波之患也求成其名而歷謗議善本作誹謗字
於當時彼所以處之蓋有筭矣翰曰言忠直之人冒險道
歷謗議於當時所以甘處危亡之地蓋有善計而進於君矣筭計也善曰司馬遷書曰
下流多謗議蒼頡篇曰筭計也子夏曰死生有命富貴在天
故道之將行也命之將貴也則伊尹呂尚之
興於殷周百里子房之用於秦漢不求而自
得不邀而自遇矣翰曰言道之將行命與貴合伊尹用於殷湯呂望用

於周文百里奚用於秦穆公張子房用於漢高祖也善曰論語子夏曰商聞之死生有
命富貴在天論語子曰道之將行也與命也論衡曰命吉不求自得富貴之命西京賦曰
不徼自遇道之將廢也命之將賤也豈獨君子恥
之而弗為乎蓋亦知為之而弗得矣向曰道廢命賤
豈獨君子羞恥之而不為乎蓋亦知為之而必不得也善曰論語子曰道之將廢也
與命也凡希世苟合之士蘧蒢戚施之人銑曰希望
也蘧蒢口柔也戚施面柔也言人有所作得時世苟且求合則其心懷輕薄鄙惡之性
而語則詐偽口面柔和以求取於人意也善曰莊子曰原憲謂子貢曰夫希世而行比
周而友憲不忍為也司馬遷報任安書曰苟合取容毛詩云燕婉之求蘧蒢不鮮又曰燕
婉之求得此戚施俛仰尊貴之顏逶迤勢利之間銑曰

文選五十三　二十三

對尊貴之人則俛仰取其顏色而進行於勢利之中也逶迤行貌善曰杜預左氏傳
注曰俛仰也鄭玄毛詩箋曰蘧蒢觀人顏色而為辭故不能俯又曰戚施下人以色故
不能仰史記曰蘇秦嫂逶迤而謝曰見季子位高金多也意無是非讚之
如流言無可否應之如響濟曰貴人之意所為者無是非好惡
皆順而讚美之其如流之順也貴人之言無可否得失而應對之如響之應聲也善曰
毛詩曰巧言如流史記淳于髡曰鄒忌其應我若響之應聲也以闚看為精
神以向背為變通良曰闚看盛衰以為精神之明盛者向而附之衰者
背而去之以此為見變通之妙善曰周易曰變通者趣時者也勢之所集從
之如歸市勢之所去棄之如脫遺翰曰言其遂勢所集
如人歸市以求利也失勢者則棄之如人脫屣而遺之也善曰孟子曰大王居邠狄人

食之乃蹄兮山邑于岐山之下從者如歸市馬廣雅曰脫誤也毛詩曰棄予如遺鄭玄曰
如人遺忘忽也然不省存也其言曰名與身孰親也得與失
孰賢也榮與辱孰珍也向曰其言謂逐勢利之人有言也言立忠
直之名而身致危亡困辱失其官爵者也而我苟順人情以取悅媚且全其身以存其榮
則谷與身孰親言身可親也忠直之名不可近也得失誰賢言得者賢也榮與辱誰重言
榮者重也孰誰也珍重也善曰老子曰名與身孰親得與亡孰病也家語子貢曰與其
俱失二者孰賢鄭玄儀禮注曰賢猶勝也故遂絜其衣服矜其車
徒冒其貨賄淫其聲也善曰李作色字其良曰絜謂裝飾使其鮮絜
車徒謂車馬侍從也翰曰冒貪也善曰杜預左氏傳注曰冒貪也脈脈善曰爾白模
然自以為得矣銑曰脈脈驕詐貌善曰爾雅曰脈相視也郭璞曰脈脈

文選五十三　二十四

謂相視貌也蓋見龍逢比干之亡其身而不惟飛
廉惡來之滅其族也翰曰言其但見龍逢比干忠諫而死以為不如
逐勢變通以全其身則不思飛廉惡來之諂佞競以誅滅矣族謂家族皆誅也關龍逢諫
桀殺之比干諫紂殺之飛廉惡來逆紂之左右讒佞人也而武王皆誅滅之也善曰尸
子曰我必利雖桀殺關龍逢紂殺王子比干猶謂義之必利也史記曰中潏生蜚廉蜚廉
生惡來父子俱以材力事殷紂說苑子石曰費仲惡來革去鼻決目崇侯虎順紂之心欲
以合於意武王伐紂四子死牧之野蓋知伍子胥之屬鏤力俱
於吳而不戒費無忌之誅夷於楚也向曰伍子胥吳
之賢臣以忠諫而吳王賜劍而死費無忌楚之讒佞人也屢害賢良昭王誅之夷滅也言
邪佞之人但知子胥忠孔以為不如諂佞以全乃不戒慎無忌諂媚必見殺也善曰左

氏傳曰吳伐齊趙子帥其屬以朝馬吳人皆喜惟子胥懼曰是豢吳也夫使於齊屬其子
於鮑氏為王孫氏王聞之賜之屬鏤以死杜預曰屬鏤劍名也左氏傳沈尹戌言於子常
曰夫無極楚之讒人也去朝吳出蔡侯朱喪太子建殺連尹邪子而弗圖將馬用之子常
曰是瓦之罪也乃殺費無極鄢將師盡滅其族以說其國也蓋譏汲黯之
白首於主爵而不懲張湯牛車之禍也銑曰汲黯
為東海太守東海大理天子召為主爵都尉而邪佞之人譏笑其髮白而守此位不作邪
佞以求大榮也漢武帝時邪佞之徒上書言張湯陰事張湯自殺湯昆弟欲厚葬湯毋曰
湯為天子大臣被惡人言而死何厚葬之為也遂載以牛車天子聞之曰非此毋不生此
子乃盡誅邪佞之徒言後之佞臣不懲戒此牛車以發禍善曰漢書曰汲黯為東海太
守東海大治召為主爵都尉又曰上以張湯為懷詐面欺使使薄湯湯自殺諸子欲厚葬

文選五十三　二十五

湯母曰湯為天子大臣被惡言而死何厚葬為載以牛車有棺而無槨蓋笑蕭
望之跋蒲末躓竹利於前而不懼石顯之絞縊於
後也良曰跋躓謂挫折也絞以繩自繫而死也蕭望之為太子太傅元帝即位望
之以師傅見重遭石顯譖言急令車騎圍望之第乃數曰吾任將相年踰六十矣入牢
獄苟求生活不亦鄙乎竟飲鴆自死天子聞之大驚曰殺吾賢傅此為拆挫於前也而後
邪佞笑之後成帝立以石顯舊惡免官徙歸故郡憂懣不食在道而死後之邪臣又不懼
見前事皆復為之也石顯病死而言絞縊者誤也善曰漢書前將軍蕭望之及光祿大
夫周堪建白以為宜罷中書官官應古不近刑人由是大與石顯忤後皆害焉望之自殺
毛詩曰狼跋其胡載躓其尾餘注與王臣同故夫達者之算也亦
各有盡矣曰凡人之所以奔競於富貴何為

者哉若夫立德必須貴乎則幽厲之為天子不如仲尼之為陪臣也翰曰言人立身在於有道不在富貴也周幽王厲王之無道雖為天子不如仲尼有道而為陪臣也諸侯之臣入朝天子則稱陪臣善曰左氏傳王饗管仲管仲曰陪臣敢辭杜預注曰諸侯之臣曰陪臣也必須勢乎則王莽董賢之為三公不如楊雄仲舒之閴其門也向曰王莽董賢皆漢朝竊弄權勢者也仲舒謂董仲舒也楊董皆儒學才藝之士也言其守靜其門閴然不喧雜也善曰漢書曰拜王莽為大司馬又曰董賢代丁明為大司馬楊雄自序曰雄家代素貧嗜酒人希至其門又曰董仲舒為博士下帷講誦弟子傳以久次相受業或莫見其面也必須富乎則齊景之千駟不如顏回原憲之約其身也向曰齊景公有馬千

文選五十三　二十六

駟而無道也顏回原憲孔子弟子皆清約守節貧而樂道者也四馬曰駟也善曰論語子曰齊景公有馬千駟死之日民無得而稱焉又曰顏淵問仁子曰克己復禮為仁馬融曰克己約身也家語曰原憲宋人字子思清約守節貧而樂道也其為實乎則執杓而飲河水善本無水字者不過滿腹棄室而灑雨者不過濡身過此以往弗能受也濟曰入之為實理者則執杓飲水於河中則河水雖多所飲不過滿腹棄室而灑於雨中則雨水雖廣不過濕身而已此各知分守理者也過此已外必不取矣濡濕也受取也善曰桓公新論曰子貢對齊景公曰臣事仲尼譬如渴而操杯器就江海飲滿腹而去又焉知江海之深也其為名乎則善惡書於善本作于字史策毀譽流於千載災善本作賞字罰懸乎天道吉凶

灼乎鬼神固可畏也良曰灼明也善曰淮南子曰三代之善千歲之積譽也桀紂之惡千載之積毀也廣雅曰灼明也將以娛耳目樂心意乎翰曰言人之善惡流於千載豈可苟從一時耳目之爲娛乎言不可也善曰南都賦曰遊觀之好耳目之娛譬命駕而游五都之市則天下之貨畢陳矣向曰五都謂洛陽邯鄲臨淄宛成都也此五都天下所湊會之處善曰孔叢子孔子歌曰巾車命駕漢書曰王莽於五都立均官更名雒陽邯鄲臨淄宛成都市長皆為五均司市師也褰裳而涉汶陽之丘則天下之稼如雲矣銑曰褰舉也涉渡也汶水名水北曰陽丘山也言汶水北山之下田壤良沃此則知天下禾稼如雲之多善曰毛詩曰子惠思我褰裳涉溱公羊傳曰莊公會諸侯盟于柯曹子曰願請汶陽之田如雲言多也推髻

文選五十三　二十七

善本作紒字而守敖庾海陵之倉則山坻之積在前矣翰曰推髻以髮向後爲髻蓋南人爲之也此且賤隸而使其守倉但見倉粟積多如山坻在前矣終非其有也敖庾海陵並倉名坻小渚也善曰漢書曰尉佗魋結服虔曰魋音推今兵士椎頭結張揖上林賦注曰紒髻後垂也紒即髻字也于子正文引此而爲髻字漢書曰蘇角道蜀河以取敖倉粟又枚乘上書曰夫漢轉粟西向不知海陵之倉毛詩曰曾孫之庾如坻如京毛萇傳曰京丘也鄭玄曰庾露積穀也插楚甲切善本作扱衽而登鍾山藍田之上則夜光璵余璠煩之珍可觀矣向曰衽衣襟也言插衣襟以登山也鍾山藍田並山名皆出美玉也夜光璵璠美玉名也善曰爾雅曰扱衽曰攝廣雅曰扱插也並初洽切淮南子曰鍾山之玉范子計然曰玉英出藍田許慎淮南子注曰夜光之珠有似明月故曰明

月也左氏傳曰季平子卒陽虎將以璵璠斂杜預曰璵璠美玉也夫如是也
為物甚衆矣巳甚寡不愛其身而嗇其神風
驚塵起散而不止銑曰夫如是五都之貨議陽之祿倉廩之積珍寶之
義甚為衆多也而為已之所得者甚少豈可為志且苟貪於榮祿賄貨者乎蓋須盡於主
而利於人也翰曰夫人立身之本在孝與忠而行其道德去其邪惡是愛身也蓋其君
務諂邪於不義則是不愛其身而愛其神也且有身然後安神既不愛其身空愛其命有
如風驚塵起一散而塵不復止矣嗇愛也善曰呂氏春秋曰凡事之本必理身嗇其大
寶高誘曰嗇愛也寶身也風驚塵起喻惡積而豐生塵散而不止喻豐生而不滅也六
疾待善本作侍字其前五刑隨其後良曰六疾謂人稟陰陽風
雨晦明六氣而生失度則為疾矣為人臣者失道亦如之五刑謂劓墨宮割臏大辟也言

文選五十三　二十八

其為邪諂而五刑常隨後也善曰左氏傳曰昭元年晉侯求醫於秦秦使醫和視之和
曰是謂近女室公曰女不可近乎對曰天生六氣淫生六疾六氣曰陰陽風雨晦明過則
為災陰淫寒疾陽淫熱疾風淫手疾雨淫腹疾晦淫惑疾明淫心疾今君不節能無及此
乎書曰惟斂五刑以成三德也利害生其左攻奪出其右而
自以為見身名之親疎分榮辱之客主哉濟曰
言邪佞逐利之人其利害攻劫奪取之事常在其左右豈可自以為能見親疎分別其容
主哉言非也客主榮辱也以榮為主以辱為容也善曰言奔競之倫禍敗若此而乃尚
自以為審見身名親疎之理妙紛榮辱客主之義哉言惑之甚也天地之大
德曰生聖人之大寶曰位何以守位曰仁何
以正人曰義善曰周易曰天地之大德曰生聖人之大寶曰位何以守位曰

仁何以聚人曰財理財正辭禁人為非曰義故古之王者蓋以一
人治天下不以天下奉一人也善曰淮南子曰古之立帝
王者非以奉養其欲也為天下掩衆暴寡故立天子以齊一之也古之仕者
蓋以官行其義不以利冒其官也翰曰古人所以入仕
者以官為行義之本不以祿為利已冒其官位也冒貪也善曰論語子曰君子之仕行
其義也古之君子蓋恥得之而弗能治也不恥
能治而弗得也向曰得謂得官位也原乎天人之性核
胡華乎邪正之分銑曰原本也核考也善曰呂氏春秋曰衆正之所積其
福無不及衆邪之所積其禍無不逮也權乎禍福之門終乎榮
辱之筭其昭然矣良曰言自上至此論而筭之則天人邪正禍福榮辱

文選五十三　二十九

之事皆昭然明白可以知也善曰爾雅曰權輿始也尸子曰聖人權福則取重權禍則
取輕呂氏春秋曰少多治亂不可不察此禍福之門也管子曰為善者有福為不善者有禍
禍孟子曰仁則榮不仁則辱孫卿子曰先義後利者榮先利後義者辱也故君子
舍彼取此濟曰捨彼邪佞之道取此忠正之理善曰言舍欲利而取仁義也
老子曰故去彼取此也若夫出處不違其時默語不失
其人翰曰邦有道則出而仕邦無道則隱而處也言必不違此時矣道不合則不與
之言故曰默道合則與之言故曰語不可失其知人之鑒也善曰周易曰君子之道或
出或處或默或語天動星迴而辰極猶居其所璣琁
輪轉而衡軸猶執其中向曰天之轉動衆星遂移而北斗恒居其
所而不動也璣琁謂北斗柄也遂四時以指四方而衡星在七星之中不遷其處也有如

車軸不轉而輪動焉故云執其中也以喻賢
聖之人雖遇時各異而志節不改 善曰言
君子之性語默出處雖從其時而中心常不
改其操似天動星迴而北辰常居其所而不
改也論語子曰爲政以德譬如北辰居其所
而衆星拱之鄭玄曰北極謂之北辰也尚書
曰旋璣玉衡以齊七政孔安國曰璣衡王者
正天文之器可運轉者馬融曰旋璣渾天儀
可轉旋鄭玄曰轉運者爲機持正者
爲衡莊子曰軸不運而輪致千里也既明且
哲以保其身貽厥孫謀以燕翼子者昔吾先
友嘗從事於斯矣銑曰言明智安身遺其遠謀以安敬其子孫者則孔
五嘗爲此事也哲智保安貽遺厥其燕安翼敬也老子康之先也與孔子同志爲友故云
吾先友也 善曰既明且哲以保其身貽厥孫謀以燕翼子者毛詩大雅文也毛萇傳曰
燕安也翼敬也箋云貽猶傳也孫順也言傳其所順以天下之謀以安其敬事之子孫謂

使行之也論語曾子曰以能問於不能昔者吾友嘗從事於斯矣

辨亡論上下二首 善曰孫盛曰陸機著辨亡論言吳之所以
亡也

陸士衡 翰曰辨亡者所以辨吳興亡之事也

昔漢氏失御姦臣竊命 良曰御理也善曰姦臣謂董卓也答賓
戲曰王塗蕪穢周失其御法言曰上失其政姦臣竊國命也禍基京畿毒
徧宇內皇綱弛紊王室遂卑 濟曰弛廢紊亂善曰也答賓
戲曰廓帝紘恢皇綱劉泰義新曰皇綱弛而末張尚書傳曰紊亂也新序曰及定王王室
遂卑矣於是群雄鋒 善本作蜂字 駭義兵四合 善曰廣雅
曰駭起也漢書高祖曰吾以義兵誅殘賊又魏相曰救亂誅暴謂之義兵吳武烈

皇帝慷慨下國電發荊南 銑曰武烈皇帝孫堅也則權之父也
慷慨壯志也下國諸侯之國也電發言威如雷電也堅起兵於荊州故云荊南也及權即
皇帝位追謚爲武烈皇帝 善曰吳志曰漢以孫堅爲長沙太守董卓專權諸州郡並興
義兵欲以討卓堅亦舉兵荊州刺史王叡素遇堅無禮堅過殺之比至南陽衆數萬人楚
辭曰雷動電發權略紛紜忠勇伯世威稜則夷羿五計
震盪朗達兵交則醜虜授馘 古獲反向曰言孫堅權變之略爲
當世雄伯也紛紜言多也夷羿古之善射者也醜衆也虜服也言其威稜則雖善射者必
震盪而慷懼出兵交戰則賊衆咸服而授馘協謂殺而割取其耳以計功數也 善曰
公羊傳曰權者反於經而後有善者也漢書曰蘇武報李陵書曰威稜憺乎鄰國李奇曰
神靈之威曰稜左氏傳魏莊子謂晉侯曰寒浞伯明氏之讒子弟夷羿收之以爲已相

預曰夷氏也羿善射也左氏傳曰兵交使在其間毛詩曰仍執醜虜箋云馘所格者之左
耳也遂掃清宗祊 補盲 蒸禋 因 皇祖 翰曰堅入洛掃灑霽清漢
氏之宗廟以致祭祀皇祖謂漢祖也宗祊宗廟也蒸禋祭祀也 善曰毛詩曰祝祭于祊
毛萇傳曰祊廟門內之祭也爾雅曰冬祭曰蒸尚書孔氏傳曰精意以饗謂之禋皇祖謂
漢祖也吳書曰堅入洛掃除漢宗廟祠以太牢于時雲興之將帶州
飆起之師跨邑 良曰雲興飆起言多而勇也師兵也帶州跨邑言天下
皆是哮呼交闞呼斬之羣風驅熊羆之衆霧集 翰曰哮闞
虎振聲也言兵勇叫之勢若虎之振聲如風之驅走熊羆亦猛毅霧集言多也 善曰毛
詩曰進厥武臣闞如虓虎尚書武王曰勗哉夫子尚桓桓如虎如貔如熊如羆雖兵
以義合同盟勠力然皆苞藏禍心阻兵怙亂

濟曰羣雄舉義以舉兵同爲盟誓勠力以匡帝室將除暴亂然皆苞藏禍心欲行篡逆阻守還兵恃託除亂也怙恃也善曰左氏傳曰諸侯同盟於亳國語曰勠力一心賈逵曰勠力幷力也左氏傳曰楚公子圍聘于鄭鄭使行人子羽與之言曰大國無乃苞藏禍心以圖之又象仲曰夫州可阻兵而安忍杜預曰阻恃也又君子曰史佚所謂無怙亂也或師無謀律喪威稔寇向曰言羣雄之兵或無謀策之法喪失兵威於成熟可取之適也稔熟寇敵也也善曰言出師之法必以律齊之令則不然各恃兵怙亂而出師無律也稔寇言喪其威權令貸熟於寇也周易曰師出以律否臧凶左氏傳萇弘曰毛其必亾是昆吾稔之曰杜預曰稔熟也忠規武節未見善本作字有如此其著者也銑曰言羣雄忠規武節未有如孫堅之盛也著盛也善曰漢書武帝詔曰躬秉武節武烈既沒長沙桓王逸

文選五十三　三十二

才命世弱冠秀發良曰沒死也長沙桓王謂孫策也權即位追謚曰長沙桓王也年二十曰弱冠善曰吳志曰權稱尊號追謚策曰長沙王言桓王英逸之才命世而出也禮記曰人生二十曰弱冠招攬遺老與之述業神兵東驅奮寡犯衆翰曰招攬謂收集也遺老謂堅之老臣也述業謂述父業也向曰謂以少兵犯衆敵也善曰范曄後漢書陳忠曰旬月之間神兵電掃攻無堅城之將戰無交鋒之虜誅叛柔服而江外底定濟曰言前敵雖有守堅城之將亦攻而破之前敵不敢交鋒刃而與闘戰也銑曰柔安底致也言叛者誅之服者安之而江外發定也善曰左氏傳隨武子曰君討鄭怒其貳而哀其卑叛而伐之服而赦之伐叛刑也柔服德也二者立矣書曰震澤底定飭法修師則威德翕赫良曰修師謂理兵也翕赫

盛貌也善曰周易曰先王明罰飭法趙充國贊曰諭以威德也賓禮名賢而張昭為之雄交御豪俊而周瑜為之傑翰曰交雜也御用也善曰吳志曰策以彭城張昭為謀主班固漢書曰班伯請所賓禮皆名豪又述曰賓禮故老吳志曰策從居舒與周瑜相友收合士大夫江淮間人咸向之彼二君子皆弘敏而多奇雅達而聰哲向曰彼二君子謂張昭周瑜也哲智也故同方者以類附等契者以氣集善本江上有而字江東蓋多士矣銑曰言張昭周瑜來附孫策蓋以類聚等於符契相合而同氣相求也用此二賢親而信之則江東多賢士而來也善曰周易曰方以類聚物以羣分又曰同聲相應同氣相求將北伐諸華誅鉏干紀旋皇輿於夷庚反帝座乎紫闥翰曰鉏除

文選五十三　三十三

也干亂也紀謂綱紀也濟曰皇輿帝車也夷平庚道也紫闥帝宮也言欲襲迎漢獻帝以平王道反其帝座也善曰左氏傳曰吳周之冑裔也今而始大比于諸華又季孫盟臧氏曰無或如臧孫紇干國之紀犯門斬關春秋合誠圖曰誅鉏民害也吳志曰曹公使袁紹相拒於官渡策陰謀襲許迎漢帝繁欽辨惑曰吳人者以船檝為輿以巨海為夷庚臧榮緒晉書司徒王謐議曰夷庚未入乘輿旅館然夷庚者藏車之所崔駰達旨曰攀台階闚紫闥也挾天子以令諸侯清天步而歸舊物向曰挾持天子以號令諸侯欲清其帝室天步謂帝室也歸舊物除亂反正也善曰戰國策張儀謂秦惠王曰挾天子以令天下此王業也毛詩曰天步艱難之子不猶左氏傳伍員曰少康祀夏配天不失舊物戎車既次羣凶側目大業未就中世而殞向曰戎車兵車也次謂次於路也側目言懼其威也中世

而殞言孫策不成大業而死也 善曰漢書
曰列侯宗室見郅都側目范曄後漢書陳蕃
上疏曰羣臣側目禍不旋踵
周易曰富有之謂大業也
用集我大皇帝
以奇蹤襲於逸軌睿心因乎 善本作於字 令圖從
政咨於故實播憲稽乎遺風 良曰大皇帝謂孫權也言天用
集會其命於大皇帝也 向曰言孫權以
奇異英雄之蹤繼父兄超逸之迹聖智之心
因成善謀也軌跡睿聖令善圖謀也 翰曰
咨謀播布憲法稽考也遺風謂父兄之遺風
也 善曰吳志曰權薨諡曰大皇帝國語楚
穆仲謂宣王曰魯侯賦事行刑必問於遺訓
而諮於故實史記曰宣王即位修政
法文武成康遺風諸侯復宗周室也 而加之
以篤固申之以節儉疇咨俊茂好謀善斷 銑曰
篤厚也言其志敦厚而堅固也申重也 濟
曰疇咨謀議也俊茂謂賢人也善斷謂所作

文選五十三　三十四

不疑而必成也 善曰尚書帝曰疇咨
若時登庸班固王命論曰信誠好謀達 束帛
旅於丘園旌命交乎 善本作於字 塗巷 翰曰旅次也丘園謂
賢人隱逸之處也言以束帛旌命招之將用
於朝而使者交乎道路閭巷也旌旗類也求
賢使者執之爲君信也塗道也 善曰周易
賁于丘園束帛戔戔孟子曰夫招士以旃大
夫以旌謝承後漢書 曰
爵道不應州郡旌命
故豪彥尋聲而響臻 至
志士希光而景騖異人輻湊猛士如林 銑曰天下
豪彥志士賢人聞吳用賢之聲皆尋響而至
如應於聲也望其光輝如影馳於形也故奇
異之人如車輻攢湊於轂也猛士之徒如林
木之多也臻至希望景影騖馳也 善曰班
固公孫弘贊曰異人並出文子曰羣臣輻湊
張湛曰如衆輻之集轂也漢高祖歌曰安得
猛士守四方毛
詩曰其會如林 於是張昭爲師傅周瑜陸公
魯肅呂蒙之疇入爲腹心出作股肱 翰曰周瑜將也
陸公謂陸遜也爲丞相機之祖也故不言名
呂蒙將也疇類也 善曰吳志曰權待張昭
以師傅之禮吳志曰呂蒙字子明汝南入也
爲武威將軍南郡太守餘並已見三國名臣
頌毛詩曰赳赳武夫公侯腹心
尚書曰命汝予翼作股肱心膂 甘寧陵統程
普賀齊朱桓朱然之徒奮其威韓當潘璋黃
蓋蔣欽周泰之屬宣其力 翰曰甘寧等十一人皆吳名將也
善曰吳志曰甘寧字興霸巴郡臨江人也少
有氣力好游俠拜西陵太守又曰陵統字公
續吳郡人也拜偏將軍又曰程普字德謀右
北平人也領江夏太守盪寇將軍又曰賀
齊字公苗會稽人也爲蘄春太守又曰朱桓
字休穆吳郡人也拜前將軍領青州牧又曰
朱然字義封朱治姊子也姓施氏初治未有
子然年十三乃啓策乞以爲嗣爲左大司馬

文選五十三　三十五

右軍帥吳志曰韓當字義公遼西人也遷昭
武將軍又加都督之號又曰潘璋字文珪東
郡人也拜平北將軍襄陽太守又曰黃蓋字
公覆零陵入也拜武鋒中郎將加偏將軍又
曰蔣欽字公奕九江人也拜右護軍又曰周
泰字幼平九江人也拜漢中太守奮武將軍
尚書曰予欲
宣力四方 風雅則諸葛瑾張承步騭 之日 以
名聲光國 善曰諸葛瑾已見三國名臣頌吳
志曰張昭長子承字仲嗣少以才
學知名爲濡須督奮威將軍又曰步騭字子
山臨淮入也孫權爲討虜將軍召騭爲主記
權稱尊號代陸遜爲丞相謗門生手不釋
卷蔡邕陳太丘碑曰紆佩金紫光祿書勳 政
事則顧雍潘濬呂範呂岱以器任幹職奇偉
則虞翻陸績張温張惇以諷議舉正 向曰器才器也
幹舉也諷議謀議以舉正國家之事也 善
曰吳志曰顧雍代孫劭爲丞相平尚書事其

所選用文武將吏隨能所任心無適莫又曰
潘濬字承明武陵人也弱冠從宋仲子受學
權稱尊號拜爲少府遷太常又曰呂範字子
衡汝南人也權拜裨將軍亮即位輸揚州牧
又遷大司馬又曰呂岱字定公廣陵人也權
拜上將軍亮即位拜大司馬岱清身奉公所
在可述許慎淮南子注曰幹靈也虞翻已見
三國名臣頌吳志曰虞翻數犯顏諫爭又曰
陸績字公紀吳郡人也孫權統事辟爲曹掾
又曰張溫字惠恕吳郡人也權拜議郎徙太
子太傅甚見信重吳錄曰張惇字叔方吳郡
人也德量淵懿清虛淡泊又善文辭孫權以
爲車騎將軍出補海鹽
令毛詩曰出入諷諫奉使則趙咨沈珩衡
以敏達延譽善曰吳志曰權遣都尉趙咨
使魏魏帝問吳王何等主也咨對
曰聰明仁智雄略之主也帝問其狀對曰納
魯肅於凡品是其聰也拔呂蒙於行陣是其
明也獲于禁而不害是其仁也取荊州兵不
血刃是其智也據三州虎視於天下是其雄

文選五十三　三十六

也屈身於陛下是其略也吳書曰咨字德度
南陽人拜騎都尉又曰沈珩字仲山吳郡人
也權以珩有智謀能專對乃使至魏魏文帝
問曰吳嫌魏東向手珩曰不嫌也曰何以知
曰信恃舊盟言歸于好是以不嫌若魏渝盟
自有備豫文帝善之以奉使有稱封永安鄉
侯官至少府國語曰使
張老延君譽于四方術數則吳範趙達以
禨善本作機字祥協德濟曰此二人以天文術數
知其禨密災祥之事以合
其德也協合也善曰韋昭漢書注曰曆數
占術也吳志曰吳範字文則會稽人也以修
曆數知風氣聞於郡中權以範爲騎都尉領
太史令又曰趙達河南人也修九宮一筭之
術究其微旨孫權行師征伐每令達有所推
步皆如其言呂忱字林曰禨祆祥也居衣切
天文志曰臣主共憂患其察禨祥如淳曰呂
氏春秋曰荊人鬼而越人禨今之巫祝禱祀
之比也晉灼曰
禨音珠璣之璣董襲陳武殺身以衛主銑曰二

人皆死於王命將軍善曰吳志曰董襲字元世
會稽人也爲偏將軍曹公出濡須口襲從權
赴之襲督五樓船往濡須口夜卒暴風樓船
傾覆左右散走遠舸乞使襲出怒曰受將軍
任在此備賊何敢委去也敢復言此者斬於
是莫敢干其夜船敗襲死權改服臨殯又曰
陳武字子烈廬江人也累有功勞進位偏將
軍建安二十年從擊合肥奮命戰死權哀之
自臨其喪駱統劉基彊諫以補過也向曰補君之過善曰吳志
曰駱統字公緒會稽人也權召爲功曹志在
補察苟所聞見多不待旦又曰劉繇長子基
字敬輿權爲吳王基爲大司農權嘗宴飲騎
都尉虞翻醉酒犯忤權欲殺之威怒甚盛由
基諫爭翻以得免左氏傳士季謂晉侯曰詩
云袞職有闕惟仲山甫補之能補過也謀
無遺諝思與舉不失策良曰諝智也善曰廣
雅曰諝智也東觀漢記
魯恭上疏曰舉無遺策動不失其中故遂割據山川跨制荊吳

文選五十三　三十七

而與天下爭衡矣翰曰衡平也言與天下英
雄爭平其功業善曰爭
衡謂角其輕重也漢書公孫獲曰吳楚之王
西與天子爭衡鄭玄周禮注曰稱上曰衡
魏氏嘗善本作常字藉戰勝之威率百萬之師濟曰
魏氏曹操也善曰漢書鼂
錯曰戰勝之威氣百倍也浮鄧塞法之舟
下漢陰之衆銑曰鄧塞山名言浮舟於下漢
水名也水南曰陰衆聚也善
曰孔安國尚書傳曰順流曰浮酈元水經注
曰鄧塞者即鄧城東北小山也先後因之以
爲鄧塞漢陰漢水之南也莊子
曰子貢南遊於楚過漢陰也羽楫萬計龍
躍順流翰曰言羽楫者謂其疾也龍躍順流
言船行速也善曰羽檝言疾也羽
獵曰枚鏌邪而羅者以萬計
周易曰見龍在田或躍在淵銳騎千旅虎步
原隰向曰銳利也五百人爲一旅虎步言猛
也高平曰原下濕曰隰言布兵陳於此

處也善曰李陵詩曰幸託不肯軀且當猛虎步謨臣盈室武將連衡良曰衡車軛也言連車軛者多也善曰包咸論語注曰衡軛也戎車武將所駕故以連衡諭多也喟然有吞江滸忽古之志一宇宙之氣而周瑜驅我偏師黜之赤壁翰曰言曹操喟然而嘆有并吞吳國平一天下之勇氣而周瑜為偏將擊之大敗走退也滸浦也宇宙天下也黜退也赤壁江口戰處也善曰毛萇詩傳曰水涯曰滸也吳志曰曹公入荊州權遂遣瑜與備并力逆曹公遇於赤壁初一交戰公軍被退喪旗亂轍僅而獲免收跡遠遁向曰喪失也轍車跡也言軍敗人多遂失旌旗車行跡亂也收跡謂收其敗餘之兵遁逃也善曰左氏傳曹劌曰吾視其轍亂望其旗靡鄭玄禮記注曰遁逃也漢王亦憑帝王之號帥巴漢之民乘危騁變

文選五十三　三十八

結壘千里志報關羽之敗圖收湘西之地而陸公亦挫之西陵覆師敗績困而後濟絕命永安向曰漢王謂劉備也備是漢景帝之後故依憑先代帝王之號也巴漢蜀中也壘軍營壁也蜀將關羽守荊州孫權襲破之取荊州虜關羽劉備怨之遂伐吳備至馬鞍山吳將陸遜促諸軍四面蹙之土崩瓦解圖謀也湘西則荊州地也陸公即遜也西陵馬鞍山之東也大崩曰敗績劉備軍既敗遂濟于永安宮而殂故云絕命善曰蜀志曰孫權襲殺關羽取荊州先主忿孫權之襲關羽將乃伐吳吳將陸遜大破先主軍先主遂棄船還魚復改縣曰永安先主徂于永安宮吳志曰備登馬鞍山陸遜促諸軍四面蹙之土崩瓦解馬鞍山在西陵之西續以濡須之寇臨川摧銳良曰後又續敗曹公軍於濡須濡須水也寇敵也摧銳謂摧其鋒銳也曹公懼而退走也善

曰吳曆曰曹公出濡須作油船夜渡洲上權以水軍圍取得三千餘人其沒溺者數千人蓬籠籠之戰孑輪不反向曰吳將韓當又敗魏軍於蓬籠之山孑隻也輪車輪也言大敗隻車不還善曰魏志曰張遼之討陳蘭別遣臧霸至皖討吳吳將韓當逆戰于蓬籠楚辭曰登蓬籠而下隕兮王逸曰蓬籠山名也公羊傳曰晉敗秦於殽匹馬隻輪無反者由是二邦之將喪氣挫鋒勢衂奴六財匱濟曰衂縮也匱乏也而吳莞然善本作莧字坐乘其敝故魏人請好漢氏乞盟向曰莞然笑貌亦寬樂也請好諸和也漢氏謂蜀也乞盟謂乞請誓信不相伐也謂魏蜀畏懼也善曰論語曰子之武城聞絃歌之聲莞爾而笑何晏曰莞爾小笑之貌左氏傳曰隱公攝位而欲求好於邾又曰鄭伯乞盟請服遂躋天號鼎跱而立西屠庸益之郊北

文選五十三　三十九

裂淮漢之涘銑曰孫權遂從天命升為尊而與魏蜀三分鼎足而立也跱足也屠裂也庸益蜀都也裂分也言吳北以淮漢二水為界涘水涯也善曰方言曰跱登也漢書蒯通說韓信曰今為天下之計莫若三分天下鼎跱而立其勢莫敢先動也王逸楚辭注曰屠裂也東包百越之地南括羣蠻之表翰曰百越地名括通也表外也蓋言其土地廣遠也善曰賈誼過秦曰南取百越之地薛君韓詩章句曰括約束也於是講八代之禮蒐所愁三王之樂銑曰八代之禮謂三皇五帝也蒐閱也三王謂夏殷周也宇內既平講說禮樂以見成功也善曰八代三皇五帝也杜預左氏傳注曰蒐閱也蒐與搜古字通三王夏殷周也告類上帝拱揖羣后向曰告類祭祀也帝天也拱揖羣后謂拱手以揖諸侯示無事也善曰尚書曰肆類于上帝孔安國曰類謂攝位事類遂以攝告

天子五帝也尚書曰頒瑞於羣后典引曰欽若上下恭揖羣后虎臣毅卒循江而守良曰虎臣言猛也毅卒言勇也循依也　善曰毛詩曰進厥虎臣左氏傳君子曰殺敵為果致果為毅漢書伍被曰彊弩臨江而守之長棘勁鎩殺望颷必遙而奮翰曰棘戟也鎩刀類颷風也奮振動也望風而動者勇於鬬也　善曰爾雅曰棘戟也說文曰鎩鈹有鐔也亦曰長刃矛刀之類也山列切庶尹盡覲於上四民展業于下濟曰庶尹百官也四民士農工商也　善曰尚書曰庶尹克諧孔安國傳曰尹正也衆官之長國語召康公曰天子聽政近臣盡規又曰內史過曰庶人工商各守其業以供其上化協殊裔風衍遐圻巨衣反　翰曰協合也裔夷狄之國也衍行遐遠圻界也　善曰左氏傳曰天子之地一圻杜預曰一圻方千里圻界也言風教及遠也乃俾一介行人撫巡

文選五十三　四十

外域向曰俾使也一介行人獨使也域方也言宇內清平不用戎馬獨使而撫巡於方也　善曰左氏傳曰晉人使子貢對鄭使曰君有楚命亦不使一介行李告于寡君杜預曰一介獨使也巨象逸駿擾於外閑銑曰巨大也象獸名也逸駿良馬也言皆馴順育之於外閑也擾順也閑謂育獸坊　善曰周禮曰天子有十二閑馬六種鄭玄曰每廐為一閑也明珠瑋寶輝善本作耀字於內府良曰瑋美也府庫也　善曰周禮曰玉府掌王之金玉玩好珍瑰重跡而至奇玩應響而赴濟曰珍瑰奇玩皆寶物也重跡謂遠方貢獻多而車馬之跡重疊也應響言歸君命速也　善曰漢書息夫躬曰羽檄重迹而狎至輶由軒騁於南荒衝輣蒲萌息於朔野翰曰輶軒輕車也騁行也荒遠國也言使輕車行使安撫遠國也衝輣兵車也息於此野謂不用兵戈也　善曰揚

雄荅劉歆書曰嘗聞先代輶軒之使班固漢書述曰戎車七征衝輣閑閑字畧依幢樓也音義曰輣兵車也薄萌切齊民免干戈之患戎馬無晨服之虞而帝業固矣向曰齊民百姓也晨服謂晨朝裝整戎服以備不虞今則無之此乃帝業之堅固也　善曰難蜀父老曰今割齊民以附夷狄如淳曰齊等無有貴賤故謂之齊民老子曰天下無道戎馬生郊爾雅曰虞度也大皇既歿幼主涖朝姦回肆虐景皇聿興銑曰大皇權也幼主謂孫亮也涖臨回邪肆縱也言幼主臨朝姦邪縱虐乃廢亮為會稽王立權弟孫休為景帝也　善曰幼主孫亮也吳志曰孫亮字子明權少子也立為太子權薨即尊號尚書曰崇信姦回南都賦曰豺狼肆虐吳志曰孫休字子羽權第六子也亮廢孫綝使宗正孫楷迎休即位薨謚曰景帝毛萇詩傳曰聿遂也虔修遺憲政無大闕

文選五十三　四十一

守文之良主也翰曰虔敬憲法也守文良主謂孫休也　善曰南都賦曰朝無闕政公羊傳曰繼文王之體守文王之法度也降及歸命之初典刑未滅故老猶存良曰歸命之初謂孫皓即位之初也故老謂老臣也皓即位十六年晉武帝伐吳皓乃降晉晉封為歸命侯　善曰吳志曰孫皓降晉晉賜號歸命侯尚書曰尚有典刑毛詩曰召彼故老大司馬陸公以文武熙朝左丞相陸凱以謇諤盡規濟曰陸公謂陸抗也陸機之父故不言名熙興也　向曰謇諤正直也　善曰吳志曰孫皓即位拜陸抗大司馬荊州牧又曰陸凱字敬風吳郡人也孫皓遷為左丞相凱上表疏皆指事不飾忠懇孔安國尚書傳曰熙廣也周易曰王臣謇謇匪躬之故史記趙簡子曰大夫在朝徒聞唯唯不聞周舍之謇謇諤諤盡規已見上文而施績范慎以威重顯銑曰

施姓也績名也善曰吳志曰施績字公緒遷將軍督領盜賊事持法不傾拜左大司馬
吳錄曰范慎字孝敬廣陵人也竭忠知己之君纏綿三益之友時人榮之孫皓以為太尉
丁奉鍾善本鍾字無離斐以武毅稱善曰吳志曰丁奉字承淵
廬江人也少以驍勇為小將亮即位為冠軍將軍魏將諸葛誕據壽春降魏人圍之使奉
與黎斐解圍奉為先登黎斐力戰有功拜左將軍黎與離音相近是一人但字不同孟
宗丁固之徒為公卿善曰吳志曰孫皓以左右御史大夫丁固孟仁
為司徒司空吳錄曰初固為尚書夢松樹生腹上謂人曰松字十八公也後十八歲當為
三公卒如夢焉又曰孟仁字恭武江夏人也本名宗避皓字易焉楚國先賢傳曰累遷
光祿勳遂至三公婁善本從木玄賀邵之屬掌機事善曰吳志
曰樓玄字承光沛郡人也孫皓用玄為宮下鎮禁中候主殿中事又曰賀邵字興伯會

文選五十三　四十二

稽人也皓時為中書令漢官解詁曰機事所揔號令依發也元首雖病股
肱猶良善本作存字皓股肱臣也謂上所述者也翰曰元首君也謂孫善曰
尚書太傅曰元首君也股肱臣也晏及末葉羣公既喪然後
黔首有瓦解之患善本作志字皇家有土崩之釁
良曰秦代也黔首百姓也瓦解土崩謂敗亂也釁憂也善曰黔首已見過秦論漢書徐
樂上書曰何謂瓦解吳楚齊趙之兵是也當此之時安上樂從之人眾故諸侯無境外助
此之謂瓦解又曰何謂土崩秦之末葉是也人困而至不恤下怨而上不知此之謂土崩
也歷善本從日命應化而微王師蹶運而發言句曰歷
數天命應其政化同為微弱也王師謂晉軍善也言晉亦乃踐蹶運祚發兵而伐吳也
曰曆命曆數天命也王師謂晉師也言蹶其運數而發也干寶晉紀曰咸寧五年十一月

命安東將軍王渾向揚州龍驤將軍王濬帥巴蜀之卒浮江而下卒散於陣
民奔于邑善本無此二句城池無藩籬之固山川無
溝阜之勢銑曰吳有堅地高山大川之固阻為晉所破若無藩籬溝阜之勢言
易取也溝小渠水也阜小山也善曰過秦論曰楚師深入鴻門曾無藩籬之難非
有工輸雲梯之械濟曰工輸班古之巧智伯灌激之害
智人也作雲梯以攻宋城將必取也械具也晉大夫智伯作攻趙襄子濯走保晉陽城
智伯乃引汾水灌之城不沒者三版城中懸釜而炊也激射也言吳非有此事而自亡者
蓋為君不明而有疑臣下之心故也善曰墨子曰公輸班為雲梯必取宋史記曰晉智
伯攻晉陽歲餘引汾水灌其城城不沒者三版城中懸釜而炊易子而食楚子築
室之圍燕人濟西之隊向曰楚子圍宋九月不剋遂築室反耕以

文選五十三　四十三

守之宋乃降燕昭王使樂毅將兵及與韓魏楚趙之兵以伐齊破齊於濟西也隊謂兵之
部伍言吳亦非有此患也善曰左氏傳曰楚子圍宋將去之申叔時曰築室反耕者宋
必聽命王從之宋人懼乃及楚平史記曰燕昭王使樂毅為上將軍伐齊破之濟西
軍未浹辰而社稷夷矣翰曰浹辰十二日也夷滅也言晉軍之至
不經十二日而吳之社稷已滅善曰左氏傳君子曰莒恃其陋浹辰之間而楚克其三
都杜預曰浹辰十二日也浹祖牒切干寶晉紀曰太康元年四月王濬鼓入石頭吳主孫
皓面縛輿櫬降于濬雖忠臣孤憤烈士死節將奚救哉
善曰襄陽記張悌字巨先襄陽人晉伐吳悌逆之吳軍大敗諸葛靚退走使過迎悌悌不
肯去靚自牽之悌垂泣曰今日是我死日也靚遂放之為晉軍所殺韓子有孤憤篇司馬
遷書曰世又不與能死節者也夫曹劉之將非一世所選向

時之師無曩日之衆良曰曹劉謂曹操劉備也言其將皆有雄略固非晉一世所能選及也言晉不如曹劉也銑曰向時之師謂晉軍也曩日之衆謂曹劉也言晉之師不如昔日曹劉之衆善曰向時謂太康之役也曩日謂昔日之曹劉也戰守之道抑有前符阻險善本作險阻字之利俄然未改而成敗貿理古今詭趣何哉彼此之化向曰符法貿易詭變趣事也戰守之道自有古法且殊授任之才異也吳阻險之間尚亦未改然昔者曹劉之衆勝於晉兵而吳終成帝業今晉師不如曹劉而反敗吳國成敗易理古今事變何也則彼此政化有殊而授任群臣有疑心故也彼謂孫權時此謂孫皓時言孫權任人不疑皓用人有貳也善曰符猶法也廣雅曰貿易也說文曰詭變也詭與恑同

辨亡論下

昔三方之王也魏人據中夏漢氏有岷益吳制荊楊而奄善本作奄字交廣翰曰漢氏謂劉備也銑曰交廣郡名善曰西都賦曰目中夏而布德毛萇詩傳曰奄覆也曹氏雖功濟諸華虐亦深矣其民怨善本有矣字良曰曹操好殺戮故云虐深民怨善曰諸華已見上文毛詩序曰亡國之音哀以思其民困劉公因險善本有以字以飾智功已薄矣其俗陋善本有矣字濟曰劉公即備也言因其險阻得增飾其智也可謂功少而風俗𢿦陋也善曰淮南子曰姦偽之生飾智以警愚菲薄後漢書吳祜曰遠在海濱其俗誠陋夫吳桓王基之以武太祖成之以德聰明睿達懿度深善本作弘字遠矣向曰太祖謂孫策也銑曰懿厚也言權有厚度量也善曰周易曰古之聰明叡智神武而不殺者夫其求賢如不及恤民如稚子翰曰如不及者謂志慕之也恤憂也稚子小兒也善曰論語曰子曰見善如不及謝承後漢書曰延篤遷京兆尹卹民如子接士盡盛德之容親仁馨丹府之愛拔呂蒙於戎行識潘濬於係虜良曰盛德之容謂禮節也馨亦盡也丹府謂赤心也濟曰戎行謂兵行伍之間也初呂蒙十六隨鄧當擊賊孫策奇之列置左右其後張昭薦之於孫權遂拜爲別部司馬此所謂拔之於戎行也孫權破荊州得潘濬識其賢即以荊州軍事以諮之係虜者言遭破敗爲孫權所係獲也虜獲也善曰吳志曰呂蒙年十五六隨鄧當擊賊策見而奇之引置左右張昭薦蒙拜別部司馬又曰潘濬字承明武陵人也江表傳曰權剋荊州將吏悉皆歸附而濬

獨稱疾不見權遣人以牀就家輿致之濬伏面着牀席不起涕泣交橫哀哽不能自勝權慰勞與語呼其字曰承明昔觀丁父鄀俘也武王以爲軍帥彭仲爽申俘也文王以爲令尹此二人卿荊國之先賢也初雖見囚後皆擢楚名臣卿獨不然未肯降意將以孤無古人之量邪使親以巾拭其面濬起下地拜謝即以爲治中荊州諸軍事一以諮之毛萇詩傳曰識用也推誠信士不恤人之我欺量能授器不患權之我偪執鞭鞠躬以重陸公之威悉委武衛以濟周瑜之師向曰誠心恤憂也我欺謂欺我也言權推腹心信於人士不憂前人有欺也銑曰不患難貴臣權勢所偪也翰曰魏大司馬曹休侵吳陸遜權乃遣陸公征之權執鞭鞠躬以送是則重陸公之威也陸公謂遜也良曰時曹公入荊州權盡委武衛之兵以濟孟周瑜之軍也悉盡也武衛謂權之親近宿衛之兵

也善曰吳志陸機爲遜銘曰魏大司馬曹休侵我𨛦鄙乃假公黃鉞統御六師及中軍禁衛而攝行王事主上執鞭百司屈膝江表傳曰曹公入荊州周瑜夜請見權曰諸人徒見操書言水步八十萬而各恐懼不復斷其事實今以實較之不過十五六萬軍已久疲得精兵五萬自足制之權曰五萬兵難卒合已選三萬人船載糧具促辦卿與子敬便在前發孤當續發人衆多載資糧爲軍後援也卑宮菲食善本有以字豐功臣之賞披懷虛已納謨士之筭濟曰卑其宮室薄其飲食也菲薄也向曰披張也虛己者亦猶盧器將容受其物也言權開張其懷虛己受納謀臣之計也善曰論語曰禹菲飲食而致孝乎鬼神卑宮室而盡力乎溝洫馬融曰菲薄也漢書曰李尋傳曰王根輔政數虛己問尋故魯肅一面而自託士燮蒙險而效善本作致字命翰曰周瑜薦魯肅才宜佐時權與語甚悅之衆賓皆退獨與肅對飲故云一面自託也士燮爲左將軍常蒙險阻以致其命也效致也善曰吳志曰魯肅字子敬臨淮人也周瑜薦肅才宜佐時當廣求其比以成功業不可令去也權即召肅與語甚說之衆賓罷退獨引肅還合榻對飲又曰士燮字威彥蒼梧人也漢時燮爲綏南中郎將董督七郡領交趾太守孫權遣步騭爲交州刺史燮率兄弟奉承節度權加燮爲左將軍燮遣子廞入質高張公之德而省游田之娛向曰張公謂昭也善曰吳志曰張昭爲軍師權每田獵常乘馬射虎虎嘗突前攀持馬鞍昭變色而前曰將軍何有當爾夫爲人君者謂能駕御英雄驅使羣賢豈謂馳逐於原野校勇於猛獸者乎如有一旦之患奈天下笑何權謝昭曰年少慮事不遠慙君然猶不能已賢諸葛之言而割情欲之歡銑曰諸葛諸葛瑾也情欲女子之歡也善曰諸葛瑾事未詳也感陸公之

規而除刑法之煩翰曰陸公謂遜也陸遜諫權緩刑而權從其言即除刑法之煩者善曰吳志陸遜陳便宜勸以施德緩刑寬賦息調權報曰君以爲太重孤亦何利焉但不得已而爲之耳於是令有司盡寫科條使郎中褚逢齎以就遜意所不安令損益之奇劉基之議而作三爵之誓良曰權會羣臣自行酒虞翻陽醉而伏權欲殺之劉基諫而止乃勑左右曰自今已後醉後言殺者勿殺議亦諫也三爵謂醉後也誓戒也善曰權既爲吳王歡宴之末自起行酒虞翻伏地陽醉不持權去翻起坐權於是大怒手劒欲擊之侍坐者莫不惶遽惟大司農劉基起抱權諫曰大王以三爵後殺善士雖翻有罪天下孰知之翻由是得免權因勑左右自今酒後言殺皆不得殺之屛氣跼局蹐脊以伺子明之疾分滋損甘以育凌統之孤濟曰子明呂蒙字也呂蒙有疾權欲數見其顏復恐勞其起動常穿壁瞻視之見其下食則喜不然則夜寢不安也屏氣跼蹐謂窺壁之時恐其知聞而使其勞也屏息也跼蹐㣲行也伺謂伺候也向曰將軍凌統卒權聞之哀不自止統有二子權內養於宮中與權子同分滋味減其甘美之食以育養也善曰論語曰屛氣似不息者毛詩曰謂天蓋高不敢不跼謂地蓋厚不敢不蹐吳志曰呂子明疾發權時在公安迎置內殿所以療護者萬方募邦內有愈蒙者賜金千斤欲數見顏色又恐其勞動常穿鑿壁瞻之見其小能下食則喜顧左右言笑不然則咄唶夜不能寐病小瘳爲下赦令羣臣畢賀後更增篤自親臨視陵統卒權爲之數日減膳言及流涕而乃列封統二子年各數歲權內養於宮愛待與諸子同賓客進見呼示之曰此吾虎子也登壇慷慨歸魯子之功削投惡言信子瑜之節銑曰登壇謂權即帝位也慷慨雄壯之貌言即位之時顧謂羣臣歸功於魯肅

也魯子謂韓也濟曰諸葛瑾使蜀或人謂瑾與劉備相通權曰吾與子瑜有死生不易
之誓子瑜之不負吾猶吾之不負子瑜矣此則棄人惡言信其忠節削投謂棄也子瑜瑾
字也善曰吳志曰權既稱尊號臨壇顧謂公卿曰昔魯子敬嘗道此可謂明於事勢矣
時或言諸葛瑾別遣親人與備相聞權曰孤與子瑜有死生不易之誓子瑜之不負吾猶
吾不負子瑜也是以忠臣競盡其謀善本作謨字志士咸
得肆力翰曰肆用也善曰孔安國尚書傳曰謨謀也又曰肆陳也洪規
遠略固不厭壹鹽夫區區者也良曰厭安也區區小也言權大
規遠略固不安此區區小國者將欲一統天下故也善曰言其規略宏遠不安茲小國
也左氏傳曰初楚靈王卜曰余尚得天下不吉投龜詬天而呼曰是區區者而不余畀方
言曰厭安也於鹽切故百官苟合庶務未遑也向曰遑暇善曰

文選五十三　四十八

論語曰子謂衛公子荊善居室始有曰苟合矣少有曰苟完矣初都建業羣
臣請備禮秩天子辭而不許曰天下其謂朕
何宮室輿服蓋慊若簟如也銑曰建業郡名天子謂權也初都建
業群臣請備禮即天子位而權不許也謂我何者言天下以我無心存漢矣雖居宮室車
服蓋如不足甚也慊不足也善曰漢書文帝曰豫建太子謂天下何劉兆穀梁傳注曰
慊不足也口簟切爰及中業天人之分既定百度之
缺粗精善本作徂修字濟曰中業謂權中年之時天道人事既定謂三國各據
一方也則百法禮儀有所缺失者粗得增修善曰徂古祖字也韋昭漢書注曰粗略
也才古切雖醲化懿綱未齒乎上代抑其體國經
民之具亦足以為政矣翰曰言雖醇醲之化美政之理以網羅天

下則未列齒於上代帝王之跡然至其體國理人之事亦足以為政化也善曰杜預左
氏傳注曰齒列也周禮曰惟王建國體國經野地方幾萬里帶甲將
百萬其野沃其民練向曰言吳地廣兵衆也帶甲謂兵也銑曰練
謂習戰事也善曰杜預左氏傳注曰幾音其近也韋昭國語注曰沃肥善也其器
利其財豐東負蒼海西阻險塞良曰器謂兵器也濟曰
恃負也長江制其區宇峻山帶其封域翰曰封域謂疆
界也國家之利未巨有弘於茲者矣借使中才
守之以道善人御之有術向曰御理也善曰陳琳為曹洪與
文帝書曰謂為中才處之殆難倉卒論語子張問善人之道子曰不踐跡亦不入於室也
敦率遺典勤民謹政銑曰敦勉率循典法也言借使中才之人勉循

文選五十三　四十九

孫權遺法也循定策守常險則可善本有以字長世永
年未有危亡之患善本有也字善曰左氏傳北宮文子曰有其國家
令問長世尚書曰降年有永有不永或曰吳蜀脣齒之國蜀滅
則吳亡理則然矣夫蜀蓋藩援之與國而非
吳人之存亡也良曰援助也與黨也言蜀雖為藩籬之助為吳國之朋黨
然吳之存亡不由蜀也善曰左氏傳宮之奇曰諺所謂輔車相依脣亡齒寒也漢書項
梁曰田假與國之王也如淳曰相與友善為與國黨與也何則其郊境之
接重山積險陸無長轂之徑濟曰其險狹無行車之路也長
轂兵車也善曰穀梁傳曰長轂五百乘范寗曰長轂兵車也川阸流迅水
有驚波之艱雖有鋭師百萬啓行不過千夫

向曰開行不過千人亦言地狹雖人衆無施用也　善曰詩曰元戎十乘以先啓行
舳逐艫盧千里前驅不過百艦胡減反翰曰舳艫船也
艦戰船也不過百艦言水狹也　善曰漢書曰自尋陽浮江舳艫千里李斐曰舳船後持
柂處舳也艫船前頭刺櫂處也言其船多前後相銜千里不絕也故劉氏之伐
陸公喻之長蛇其勢然也良曰劉氏謂備也陸公謂遜也孫子
兵法曰善用兵者如常山之蛇擊其首則尾至言劉氏伐吳之時陸遜比蜀兵爲長蛇者
言其地狹首尾不得相救其勢合然也　善曰蛇鬪以首尾救故銳師百萬而無所施也
昔蜀之初亡朝臣異謀或欲積石以險其流
或欲機械以禦其變翰曰謂吳朝臣見蜀亡恐禍將及吳或謀欲積
石以遏江水令流迅以爲險阻機械兵器之總名也　善曰戰國策曰公輸班爲攻宋之械

文選五十三　五十

械
天子摠羣議善本作諮字而咨之大司馬陸公
善本更有一公字以四瀆天地之所以節宣其氣固
無可遏之理銑曰天子謂權也摠集也咨問也濟曰陸公謂抗也抗言江
水四瀆也無遏絕之理謂不可積石以險流矣四瀆江河淮濟也宣通也　善曰國語太
子晉曰夫天地成而聚於高歸物於下疏爲川谷以道其氣韋昭曰聚聚物也高山陵也
下藪澤也疏通也而機械則彼我之所共彼若棄長
技以就所屈即荆揚而爭舟楫之用是天贊
我也將謹守峽口以待禽耳向曰言彼此皆有機械也
曰言晉人所長巧於陸戰若棄其所長以就水戰是屈其力也晉人又即於荆揚二州而
爭舟楫之用其不善用舟必速覆敗是天助我吳也則當守峽山之口以待禽耳　善

日漢書鼂錯曰匈奴之長技三中國之長技五左氏傳子魚曰勍敵之人隘而不成列天
贊我也逮步闡之亂憑寶城以延彊寇重資幣
以誘羣蠻翰曰西陵督步闡叛吳降晉憑據堅城以招延晉軍也又重以幣帛
招誘羣蠻同爲背叛也寶猶堅也　善曰國語單穆公曰量資幣　戰國策曰荆軻至秦持
千金之幣厚遺中庶子蒙嘉于時大邦之衆雲翔電發懸
旌江介築壘遵渚襟帶要害以止吳人之西
而巴漢舟師沿江東下向曰大邦謂晉也作此論之時吳已亡機
仕於晉故云大邦也介間也築壘謂作軍營壁也遵繞也言晉兵守吳要害如襟帶束於
身也又以蜀中兵沿江而東下至於吳頓流而下曰沿　善曰雲翔言衆也戰國策頓子
說秦王曰今楚魏之兵雲翔而不敢拔然此雲翔與戰國微異不以文害意也毛詩曰鴻

文選五十三　五十一

飛遵渚毛萇傳曰遵循也陸公以偏師三萬北據東坑苦衡
反　良曰陸公謂抗也東坑謂海也　濟曰東坑在西陵步闡城東北長十餘里陸抗所
築之城在東坑上而當闡城之北其遺迹並存深溝高壘按甲養威
反虜踠於遠切跡待戮而不敢北窺生路彊寇
敗績宵遁喪師太半分命銳師五千西禦水
軍東西同捷獻俘萬計濟曰反虜謂步闡也踠跡謂俯伏也北窺
謂投晉也　翰曰宵夜遁逃也喪失師衆也太半言彊半也　銑曰伐國取人曰俘獻謂
獻生虜於君　善曰吳志曰西陵督步闡據城以叛遣使降晉陸抗聞之因部分諸軍吳
彥等徑赴西陵勑軍營更築嚴圍自赤谿至故市內以圍闡外以禦寇圍備始合晉巴東
監軍徐胤率水軍詣建平荆州刺史楊肇至西陵抗令張咸固守其城公安督留慮距胤

身率三軍憑圍對肇肇攻至月餘計屈夜遁抗使輕騎躡之肇大破歸亂等引還抗遂陷西陵城誅夷闡族左氏傳曰僖二十年晉侯敗楚師于城濮遂師歸周獻俘授馘杜預曰獻楚俘于廟俘即囚也信哉賢人之謀豈欺我哉向曰言陸抗之謀豈欺詐於君也善曰孟子公明儀曰文王我師也周公豈欺我哉自是烽燧罕警封域寡虞翰曰自陸公一捷則烽火之候希有警動而彊界少其虞備也善曰言少有虞度之事也陸公沒而潛謀兆吳釁深而六師駭良曰言陸抗亡沒之後而晉謀伐吳自此而始孫皓無道釁深而六軍於是驚駭也兆始也善曰倉頡篇曰駭驚也夫太康之役衆未盛乎曩日之師濟曰晉太康年滅吳言太康時兵衆未能盛於曩日魏蜀之師且魏蜀兵盛而吳敗之今晉兵不如魏蜀而吳滅者由陸公亡沒後

文選五十三　五十二

無良將也廣州之亂禍有愈乎向時之難翰曰孫皓天紀三年郭馬反殺廣州刺史當時禍患亦少於魏蜀之難而廣州遭亂豈不由無良臣明主也愈少也向時謂蜀魏也廣州善曰吳志曰孫皓天紀三年郭馬反攻沒廣州都督虞授馬自號都督交廣二州諸軍事安南將軍曩日向時皆謂曹劉之世而邦家顛覆宗廟為墟嗚呼人之云亡邦國殄瘁不其然與銑曰人之云亡謂陸公亡也殄盡瘁病也言邦家顛覆宗廟為丘墟者蓋以陸公亡而邦國之人盡病矣不其然與謂豈不如此也善曰詩大雅文也易曰湯武革命順乎天玄曰亂不極則治不形向曰玄謂太玄經也言世亂之極則有理世而見善曰周易革卦之辭也太玄經曰陰不極則陽不生亂不極則德不形言帝王之因天時也古人有言

曰天時不如地利善曰孟子曰天時不如地利地利不如人和趙岐曰天時五行王相孤虛之屬易曰王侯設險以守其國言為國之恃險也向曰恃險則地利也善曰周易坎卦之辭也又曰地利不如人和在德不在險言守險之由人也善曰史記魏武侯曰山河之固此魏國之寶也吳起對曰在德不在險吳之興也參三而由焉孫卿所謂合其參者也翰曰言吳之興也天時地利人和三者並用也參三也由用也孫卿孫卿子也合其三者謂道合於天地人也善曰孫卿子曰天有其時地有其財人有其治夫是之謂能參舍所以參而願其所參則惑矣及其亡也恃險而已又孫卿所謂捨善本作舍字其參者也良曰捨其天地人三者之理也夫四州

文選五十三　五十三

之氓善本作萌字非無衆也大江之南非乏俊也濟曰四州荊揚交廣皆吳地也氓謂百姓也俊謂賢俊人也山川之險易守也勁利之器易用也翰曰勁利之器兵器也先政之策易循也功不興而禍遘善本有者字何哉所以用之者失也向曰先政謂權之政化也遘及也用之者失謂任羣臣有疑貳之心故禍及也是故先王達經國之長規銑曰先王謂古先帝王也審存亡之至數謙已以安百姓敦惠以致人和寬冲以誘俊乂善本作人字之謀慈和以結士民之愛銑曰誘進也俊乂謂賢人也士人謂百姓也是以其安也則黎元與之同慶及其危也則兆庶與之

共患安與衆同慶則其危不可得也危與下共患則其難不足恤也翰曰上行其惠而及其下下效其節以匡於上上下和而君臣之道悦則雖危亡患難之事蓋不足憂也善曰孝經鉤命決曰天有顧昕之義授圖子黎元也夫然故能保其社稷而固其土宇麥秀無悲殷之思黍離無愍周之感矣向曰言人君能使上下和而君臣不疑者故能安社稷固土宇則長無喪亡之患也微子將朝周過殷故都見麥秀蔪蔪曰父母之國宗廟社稷無所立也乃志動心悲周大夫行過故宗廟宮室盡為禾黍故歌黍離之詩若殷周長有正道則無此悲痛之事也愍痛也善曰尚書大傳曰微子將朝周過殷之故墟見麥秀之蔪蔪曰此父母之國宗廟社稷之所立也志動心悲欲哭則朝國俯泣則婦人推而廣之作雅聲毛詩序曰黍離閔宗周也

周大夫行役過故宗廟宮室盡為禾黍故為黍離之詩

文選卷第五十三

宿

論四

文選

五十四

芸六十

文選卷第五十四

梁昭明太子撰　　五臣并李善注

論四

陸士衡五等諸侯論一首

劉孝標辨命論一首

五等諸侯論一首　翰曰公侯伯子男五等諸侯之爵號也蓋論其興廢利害之辭也　善曰五等公侯伯子男也言古者聖王立五等以治天下漢封樹不依古制乃作此論

陸士衡

夫體國營治先王所慎　善曰周禮曰惟王建國體國經野鄭玄曰體猶分也漢書王嘉曰王者代天爵人尤宜慎之　創制垂基思隆後葉　善曰典引曰慎命以創制論語比考讖曰以俟後聖垂基也　然而經略不同長世異術　善曰左氏傳楚芋尹無宇曰天子有經略古之制也又曰宮文子曰有其國家令聞長世　五等之制始於黃唐郡縣之治創自秦漢　銑曰黃謂黃帝也唐謂堯也五等之制自黃帝至于周室尚不改易至秦無道并吞天下列置郡縣而漢因秦之敝行而不改也　善曰漢書曰周爵五等蓋千八百國而大昊黃帝後唐虞侯伯猶存至秦遂并四海分天下為郡縣前聖苗裔靡有子遺者矣漢興因秦制度以撫海內班固漢書述曰自昔黃唐經略萬國三代損益降及秦漢革剗五等製立郡縣　得失成敗備在典謨　善曰王命論曰歷古今之得失驗行事之成敗書序曰典謨訓誥　是以其詳可得而

言向曰詳議也夫先王知帝業至重天下至曠曠
不可以偏制重不可以獨任翰曰曠遠也善曰長楊賦曰
恢恢帝業孫卿子曰國者天下之大器也重任也廣雅曰曠遠也任重必於
借且力制曠終乎因人故設官分職所以輕
其任也濟曰天子任重必假借衆賢之力因羣賢之才所以分重而輕焉庶事乃
齊也善曰周禮曰設官分職以為民極竝建五長所以弘其制
也良曰五長即五等也善曰尚書曰外薄四海咸建五長於是乎立其
封疆之典財其親疏之宜使萬國相維以成
盤石之固銑曰維連也磐石大石也言萬國相連以固王室如大石之不可轉
動也善曰賈逵國語注曰裁制也裁與財古字通周禮曰凡邦國小大相維漢書宋昌

曰此所謂盤石之宗也宗庶雜居而定維城之業向曰宗謂
同姓者庶謂異姓者言二者皆能定此連城磐石之業善曰毛詩曰宗子維城無俾城
壞而獨斯畏又有以見綏世之長御識人情之大
方翰曰綏安御理也善曰大方法也呂氏春秋曰凡耕之大方力者欲柔知其
為人不如厚己利物不如圖身濟曰是人之情皆欲如此
其為人君即不然也善曰周易曰利物足以和義莊子曰愛人利物之謂仁左氏傳稱
武子曰季孫圖其身不忘其君也安上在乎善本作於字悅下為
己在乎利人良曰安上謂安居於人上者謂君王也善曰孝經曰安上治
民莫善於禮左氏傳郭子曰天生民而樹之君以利之也民既利矣孤必與焉故易
曰悅以使人人善本作二民字忘其勞孫卿曰不利

而利之不如利而後利之利也善本作利之之利無也字
銑曰入己失利而後利之不如在利之時因更利之則其利廣矣可謂惠而不費也善
曰周易兌封之辭也孫卿子曰不利而利之不如利而後利之之利也不愛而用之不如
愛而後用之之功也利而後利不如利而不利之者利也愛而後用之不如愛而弗用者
之功也利而不利愛而不用也者取天下矣利而后利之愛而后用之者保社稷者也不
利而利之不愛而用之者危國家者也是以分天下以厚樂而
已得與之同憂饗天下以豐利而我得與之
共害向曰厚樂之事豐利之資與天下共分饗則國之不理與諸侯同憂乃理矣危
害與諸侯共除乃安也然而善曰孟子謂齊王曰樂以天下憂以天下然而不王者未之有
也趙岐曰古賢君樂則以己之樂天下同之憂則以天下之憂與己共之如是未有不王

者也鄭玄儀禮注曰饗勸強之也利博則恩篤樂遠則憂深
翰曰博廣篤厚遠長也憂深謂憂天下之深也善曰呂氏春秋曰衆封建非以私賢也
所以博利博義也利博義博則無敵也毛詩曰憂深思遠也故諸侯饗善本
作享字食土之實萬國受世及之祚善本有字向曰
子孫相承不絶曰世及祚福也善曰杜預左氏傳注曰享受也禮記曰大人世及以為
禮鄭玄曰大人諸侯之謂也夫然則南面之君各務其治
銑曰南面之君謂諸侯也善曰論語子曰雍也可使南面也包氏曰可使南面言王諸
侯治之也九服之民知有定主良曰九服天下也善曰周禮曰乃辯
九服之國也上之子愛於是乎生下之體信於是
乎結濟曰上之視人如愛己子下之信上情相連結善曰周書文王曰周視民如

子愛也禮記曰子庶民則百姓勸鄭玄曰子猶愛也禮記曰先王能修禮以達義體信以達順鄭玄注曰體猶親也世治足以敎風道衰足以禦暴翰曰立諸侯君國理則足以共敎風化也王室道衰則足以相援以禦彊暴也故彊毅之國不能擅一時之勢雄俊之民善本作士字無所寄霸王之志也向曰言分理名定人無爭善曰孟子曰彼一時也此一時也漢書宣帝曰漢家本以霸王道雜也然後國安由萬邦之思治銑曰言天子國安由萬邦諸侯思共治之謂各盡治於其國天下皆安也善曰毛詩序曰下泉思治也主尊賴羣后之圖身良曰諸侯謹敬以事天子則圖身之本羣后諸侯也譬猶衆目營方則天網自袒濟曰言諸侯理萬邦則國安圖身則主尊譬猶衆網之目經營於四方開而張之天下網編故網通矣善曰目網目也以喻諸侯天網以喻王室也營布居也老子曰天網恢恢疏而不失呂氏春秋一引其網万目皆張廣雅曰細通也四體辭難而心膂力與獲乂翰曰四體四支以喻諸侯也辭去也膂背也心背以喻天子也乂安也言諸侯能安四方以去其難而天子之國獲安也善曰四體亦喻諸侯心膂亦喻王室也論語丈人曰四體不勤尚書穆王曰作股肱心膂盖善本無盖字三代所以直道四王所以垂業也向曰三代夏殷周也但有三不聞有四今云四者誤也善曰論語子曰三代之所以直道而行也包氏曰三代夏殷周也禮記曰三王四代唯其師鄭玄曰四代謂虞夏商周也漢書武帝策詔曰屬統垂業廢興何如夫盛衰隆敝善本從大理所固有教之廢興繫乎其人銑曰上教寬仁下人懷惠其化則興行上政急下人怨其化則廢故

云繫於人也善曰漢書韓安國曰夫盛之有衰猶朝之必暮禮記哀公問政子曰文武之政布在方策其人存則其政舉其人亡則其政息也愿法期於必諒明道有時而闇良曰愿謹也諒明也言事明猶不常善曰言法不可常愿故期在於必薄道不可常明故有時而或闇以諭盛衰廢興抑唯常理也孔安國尚書傳曰愿慤也娛萬切左氏傳渾罕曰君子作法於涼其弊猶貪杜預曰涼薄也故世及之制敝善本從大字於彊禦厚下之典漏於末折濟曰諸侯傳世之法於彊禦而難制謂其益盛而天子患之也厚封土地則失於末大而本折也言天子爲本諸侯爲末亦猶木大而本小則本必折也漏失也善曰言諸侯世及而盛彊其弊在於彊禦而難制也毛詩曰曾是彊禦言封建諭禮所爲害其漏在於末大而本折也周易曰剝上厚下安宅左氏傳楚子問申無宇曰國有大城何如對曰鄭京櫟實殺曼伯宋蕭亳實殺子游由是觀之則害於國末大必折尾大不掉杜預曰折折其本也侵弱之釁善本作釁字遘自三季翰曰遘起也三季謂夏殷周之末年天子無道則諸侯彊者侵弱此釁起於夏殷周之末年也善曰言諸侯秉權而王室侵弱斯乃遘自三季也班固異姓諸侯王表序曰秦患周之敗以爲四夷交侵以弱見奪於是削去五等杜預左氏傳注曰釁瑕隙也國語郤偃曰三季王之亡宜也韋昭曰季末也三季桀紂幽王也陵夷之禍終于七雄翰曰陵夷謂頹毀也七雄謂齊燕楚趙韓魏秦七也言諸侯之道頹毀終於此時也善曰言雄力攻而王道因之陵夷漢書張釋之曰秦陵夷至于二世天下土崩東京賦曰七雄並爭昔者成湯親照夏后之鑒公旦目涉商人之戒良曰成湯周公親見夏商封建之事以爲鑒戒也照見也涉歷也善曰夏后

之鑒即殷鑒也毛詩曰殷鑑不遠在夏后之世尚書曰爾惟舊人爾丕克遠省爾知寧王
若勤哉孔安國曰目所親見法之又明之也文質相濟損益有物
濟曰文質損益各以取其宜也物事也善曰春秋元命苞曰王者一質一文據天地之
道天質而地文論語子曰殷因於夏禮所損益可知也周因於殷禮所損益可知也物禮
物也故五等之體善本作禮字不革于時封畛之制
有隆爲爾者銑曰革改也畛疆也爾者謂夏殷周也言成湯周公不改五等
之體而立封疆之制有盛於夏殷也善曰呂氏春秋曰筭步畝封畛所以一之也小雅
曰封畛界畺也豈玩二王之禍而闇經世之筭乎向曰
言成湯周公豈好夏殷二王之禍不改五等之法而乃暗於理世之計乎蓋聖王之道所
宜然也玩好經理計筭也善曰二王謂夏殷也經世已見李蕭遠運命論固知

文選五十四　六

百世非可懸御善制不能無敝善本作弊字而侵
弱之辱愈於殄祀土崩之困痛於陵夷也翰曰
懸遠也御循禁止也愈差也殄絕也言周崇五等非暗經世之計固知百世非可遠爲禁
止而雖善制必有衰敝蓋否泰之數也且三代之末雖有侵弱之辱猶差於覆宗絕祀也
而秦去五等之制有土崩之困亦痛於周夫陵夷之特也善曰漢書徐樂上書曰何謂
土崩秦之末葉是也入困而主不恤下怨而上不知此之謂土崩家語孔子曰文武之祀
無乃殄乎是以經始權其多福慮終取其少禍非
謂侯伯無可亂之符郡縣非致治之具善本有也
字良曰是以理國之初者權宜之制其在多福思慮其終蓋取少禍豈謂立諸侯則不
可亂置郡縣則非致理哉蓋取適於遠圖以安天下使守其分人知其主也經治始初也

善曰毛詩曰經始靈臺吳越春秋曰大夫種善圖始范蠡善慮終賈逵國語注曰權秉也
尸子曰聖人權福則取重權禍則取輕故國憂賴其釋位主弱
憑其翼戴銑曰天子有難則諸侯去位以謀王室使其安也主弱則憑諸侯以
爲輔佐使不失其位也釋去也翼戴猶輔佐也善曰左氏傳王子朝告于諸侯釋位以
間王政又叔向語宣子曰文之伯也翼戴天子加之以恭及承善本有徽字[illegible]積
其敝善本敝上無其字又敝從大王室遂卑善曰新序曰及定王王室
遂卑猶保名位祚垂後嗣良曰祚福也善曰左氏傳曰侈位不同
班固漢書敘曰後嗣承序以廣親親皇統幽而不輟神器否而
必存者豈非置勢使之然歟濟曰言諸侯翼佐天子則雖王
室道卑且使皇家之緒繼而不止天子雖遭否塞其政必存豈非諸侯置盤石之勢使之

文選五十四　七

緒也統緒輟止也神器天子位也善曰東京賦曰總皇統之見替鄭玄論語注曰輟止
也老子曰天下神器不可爲也爲者敗也降及亡秦棄道任術善曰
史記曰商鞅見秦孝公謂景監曰吾說君以帝王之道君曰吾不能待吾以彊國之術說
君大說懲周之失自矜其得善曰言懲周以弱見奪自矜以力滅
周也尋斧始於所庇制國昧於弱下翰曰尋用也左傳云
宋昭公將去群公子樂豫諫曰不可公子者公室之枝葉也若去之則本根無所庇蔭也
葛藟猶能庇其本根故君子以爲比況其國乎此所謂庇焉而縱尋斧焉秦不封子弟
亦如用斧斷其所庇蔭也秦所以不封諸侯將以弱其下此制國之道實爲昭昧也善
曰弱下之術前王所棄秦以爲是故謂之闇焉左氏傳宋昭公將去群公子樂豫曰不可
公族公室之枝葉也若去之則本無所庇蔭矣葛藟猶能庇其本根故君子以爲比況國

君乎此所謂庇焉而縱尋斧也賈逵國語注曰尋用也國慶獨善本作猶字饗其利主憂莫與共害良曰言秦獨饗天下之利不封建子弟故國有憂難無人與之共除害也善曰國語曰晉國有慶未嘗不怡史記范睢曰主憂臣辱雖速亡趣亂不必一道顛沛之釁實由孤立向曰不必一道謂不必由奢侈暴虐則顛沛之釁實由不封立所致也善曰毛萇詩傳曰遝召也毛詩曰人亦有言顛沛之揭毛萇曰顛仆也沛拔也揭見根貌也漢書仁漢與鐵戒亾秦孤立之敗也是蓋思五等之小怨忘經善本作菑字國之大德知陵夷之可患闇土崩之為痛也銑曰言秦徒知五等有陵夷之患而闇於土崩瓦解之勢莫有助援可為痛也善曰毛詩曰忘我大德思我小怨周之不競有自來矣濟曰競彊

文選五十四　八

也善曰左氏傳鄭石癸謂子囊曰今楚實不競行人何罪又叔孫曰必出季處有自來矣國之令主十有餘世善曰左氏傳治區夫曰爲之令主揚雄連珠曰古之令主所以統天下有一言者不遠焉爾雅曰令善也然片言勤王諸侯必應翰曰周室雖不彊然天下有一言勤於王事將欲匡正者諸侯應之善曰論語子曰片言可以折獄左氏傳狐偃言於晉侯曰求諸侯莫如勤王也一朝振矜遠國先叛向曰公羊傳云葵丘之會齊桓公振而矜之遠國叛者有九叛矜謂自美也言齊桓公自美已盛也善曰公羊傳曰葵丘會齊桓公震而矜之叛者九國震之者何猶曰振振然也矜之者何莫若我也何休曰震矜色自美之貌也猶故疆晉收其請隧之圖暴楚頓其觀鼎之志銑曰晉侯朝王請隧不許謂請掘地通遂為王葬之禮也收用也圖謀也定王使王孫滿勞楚子去

子問鼎之大小輕重焉頓猶廢也此二君示盛欲偪周而取天下善曰左氏傳晉侯朝王王享醴命之宥請隧弗許曰王章也未有代德而有二王亦叔父之所惡也又曰楚子伐陸渾之戎遂至于雒定王使王孫滿勞楚子問鼎之大小輕重焉對曰示欲逼周取天下也豈劉項之能闚關勝廣之敢號澤哉濟曰言周室雖弱諸侯雖彊然豈有如秦之大崩壞漢高祖項羽之徒能闚視關中而陳勝吳廣之輩敢發號於野澤哉言周無此事也善曰漢書沛公自武關入秦又曰羽至函谷關使當陽君擊關羽入至戲又曰勝廣為都長行至蘄西大澤鄉勝自立為將軍廣為都尉借使秦人因循周制雖則無道有與共敝而善本無而字覆滅之禍豈在曩日翰曰假使秦能用五等之制雖其無道且有諸侯共理其敝亦不見覆滅之禍在於昔日也善曰曩日謂古

文選五十四　九

崩之禍也漢矯秦枉大啓侯王向曰矯舉枉邪也言漢室既興舉秦之敝法大開侯王之國以封子弟也善曰班固漢書贊曰藩國大者跨州兼郡可謂矯枉過其正矣毛詩曰大啓爾宇為周室輔境土踰溢不遵舊典善曰東京賦曰規摹踰溢尚書曰舊典時式也故賈生憂其危晁錯痛其亂銑曰賈誼上書云諸侯彊盛長亂起奸此所以危國也晁錯又恐諸侯彊盛為亂乃勸景帝削諸侯土地善曰漢書賈誼曰樹國固有必相疑之勢下數被其殃上數爽其憂甚非所以安上而全下也又晁錯曰諸侯之罪過削其支郡不如此宗廟不安也是以諸侯阻其國家之富憑其士民之力良曰阻恃也善注同勢足者反疾土狹者逆遲六臣犯其弱綱七子衝其漏網翰曰勢足者謂地廣兵足故爲叛疾也土狹者

逆遷謂雖懷逆心爲其主獲勢不足故爲逆遲也向曰六臣謂燕王臧荼韓王信淮陰侯韓信梁王彭越淮南王黥布燕王盧綰等皆反及七子謂吳王濞膠東王卬楚王戊趙王遂濟南王辟光淄川王賢膠東王雄渠等亦謀反弱綱謂漢初綱紀尚弱漏網謂孝景時法網疏寬也　善曰漢書賈誼曰大抵彊者先反及淮陰王楚最彊則先反韓信倚胡則又反貫高因趙資則又反陳豨兵精則又反彭越用梁則又反黥布用淮南則又反盧綰最弱最後反然誼言八而數六者貫高非王五等盧綰以匈奴故不數之漢書曰景帝即位晁錯說上令削吳及書至吳王起兵誅漢吏二千石以下膠西膠東淄川濟南楚趙亦皆反也

皇祖夷於黥徒西京病於東帝

濟曰皇祖謂高祖也夷傷也黥徒黥布也西京謂景帝都西京也東帝吳王濞也言高祖擊黥布爲流矢所傷故云夷於黥徒也吳楚反景帝使袁盎使於吳吳王知其欲說笑而應曰我已爲東帝孝景帝病之　善曰皇祖高祖也南都賦曰皇上焉史記曰淮南王黥布反高祖自往擊之布走高祖時爲流矢所中行道病杜預左氏傳注曰夷傷也楚漢春秋曰下蔡亭長詈淮南王曰封汝爵爲千乘東南盡日所出尚未足黥徒羣盜所邪而反何也然黥當爲黥漢書曰吳王濞反削吳會稽豫章郡書至起兵反以袁盎爲太常使吳吳王聞盎來知其欲說笑而應曰我已爲東帝尚誰拜不肯見盎也

是蓋過正之災而非建侯之累也

良曰言漢所以諸侯爲亂者境土廣大過於正典所以爲災非是建立諸侯以成累也　善曰矯枉過其正已見上文周易曰利用建侯行師也

然呂氏之難朝士外顧宋昌策漢必稱諸侯

翰曰呂后背高祖約而分封呂氏爲侯而呂氏將起禍難朝士大臣皆外顧迎代王立之代王疑欲不從宋昌畫策曰內有朱虛東牟之親外畏吳楚淮南琅邪齊代之彊令大臣以王賢聖仁孝故迎大王王勿疑也代王乃之長安即皇帝位社稷是安此則諸侯所以爲帝室之援也一　善曰漢書曰呂產呂祿自知背高皇帝約因作亂朱虛侯使人告兄齊王令發兵西太尉勃丞相平爲內應以誅諸呂齊王遂發兵又曰呂后崩大臣迎立代王郎中令張武曰以迎大王爲名實不可徙宋昌曰羣臣議非也內有朱虛東牟之親外畏吳楚淮南琅邪齊代之彊故迎大王大王勿疑也

逮至中葉忌其失節割削宗子有名無實天下曠然復襲亡秦之軌矣

向曰逮及也有名無實謂有王侯之名實無其國矣　善曰漢書曰諸侯小者淫荒越法大者睽孤橫逆以害身喪國故文帝采賈生之議分齊趙景帝用晁錯之計削吳楚

是以五侯作威不忌萬邦新都襲漢易於拾遺也

銑曰漢既割削宗子不封其土而使王氏作威萬邦無諸侯之忌故王莽襲逆易於拾遺物也五侯謂成帝舅五人同日封侯新都謂王莽封爲新都侯也　善曰五侯已見鮑明遠數詩尚書曰臣作福作威害于而家凶于而國漢書曰封王莽爲新都侯襲猶取也漢書攙福上書曰昔高祖舉秦如鴻毛取楚如拾遺

光武中興纂隆皇統而猶遵覆車之遺轍養喪家之宿疾

善本作疾字　良曰遵法也言光武即位又不封建子弟是遵覆車之遺轍也覆車之跡既遵其必喪也故比之喪家宿疾不亦宜乎　善曰言光武猶遵師前漢之失也晏子春秋諺曰前車覆後車戒也尚書曰御士有一于身家必喪也

僅及數世姦宄充斥

濟曰僅劣也言光武中興劣然至於數世而姦宄之賊內外充斥充斥言多也　善曰尚書曰寇賊姦宄軌與宄古字通左氏傳士文伯讓子產曰以政刑之不修寇盜充斥也

卒有彊臣專朝則天下風靡

善曰彊臣謂蕃之屬也楚辭曰世從俗而變化隨風靡而成行一夫從橫
則城池自夷豈不危哉翰曰從橫謂亂也夷平也言一夫爲亂而
城池已爲寇賊所平豈不危哉爲無諸侯之援故也　善曰一夫謂董卓也漢書曰縱恣
意衡古橫字也在周之衰難興王室放命者七臣干
位者三子向曰放命謂棄叛王命爲逆也干亂也七臣一曰蔿國二曰邊伯三
曰石速四曰詹父五曰子禽六曰祝跪七曰蘇子三子一曰子頹二曰叔帶三曰子朝是
皆爲亂王室者也　善曰左氏傳曰初王姚嬖于莊王生子頹有寵蔿國爲之師及惠王
即位取蔿國之圃以爲囿邊伯之宮近於王宮王取之王奪子禽祝跪與詹父田而收膳
夫之秩故蔿國邊伯石速詹父子禽祝跪作亂因蘇氏秋五大夫奉子頹以伐王不克出
奔溫蘇子奉子頹以奔衛衛師燕師伐周冬立子頹杜預曰石速士也不在五大夫之數

文選五十四　十二

左氏傳曰初甘昭公有寵於惠后惠后將立之未及而卒昭公奔齊襄王復之又通於隗
氏王替隗氏頹叔桃子曰我實使狄狄遂奉太叔以狄師伐周大敗周師王出適鄭處于
氾杜預曰甘昭公王子太叔帶也又曰王子朝賓起有寵於景王王崩子朝因舊官百工
之喪職秩者與靈景之族以作亂單子逆悼王于莊宮以歸杜預曰子朝景王之長庶子
悼王子猛也班固漢書述曰孝景之胄諸侯方命韋昭曰方放命不承天子之制七臣蔿
國邊伯詹父子禽祝跪及頹叔桃子賓起王命論曰闇于天位爾雅曰干求也三子子頹
叔帶子朝嗣王委其九鼎凶族據其天邑銑曰嗣王謂惠
王襄王以三子之亂棄國出奔也委棄也凶族即三子也皆爲悖逆僭即王位以據王城
也天邑謂王城也　善曰嗣王惠襄悼也凶族三子也史記曰秦取周九鼎寶器尚書曰
肆予敢求爾于天邑商鉦征鼙震於閫宇鋒鏑流乎絳

闕濟曰鉦金聲也鼙鼓也閫宇謂四方也鏑兵鋒也絳闕天子宮闕也言王室微弱諸
侯戰爭故令金鼓震動於四方而鋒鏑亂流于天子之宮室也　善曰傅玄正都賦曰巍
巍絳闕然禍止畿甸害不覃及天下晏然以治
待亂良曰言周雖衰弱禍難至於近國患害不能及於君也畿甸近國也覃延也
晏安也言天下安然以理世而待危賴諸侯之扶持尚未至亡也謂惠襄之時也　善曰
毛詩曰覃及鬼方毛萇曰覃延也難蜀父老曰及臻厥成天下晏如也淮南子曰靜以合
躁治以待亂是以厲宣善曰本作宣王興於共和襄惠振
於晉鄭翰曰厲王無道出奔而厲王太子匿於召公家也召公周公二相行政號
曰共和後厲王崩于奔所二相立太子是爲宣王此則諸侯之援也襄王避子穨之難奔
鄭鄭伯納之二王皆復位此亦諸侯之功也振起也　善曰史記曰周人相與畔襲厲王

文選五十四　十三

王出奔于彘召公周公二相行政號曰共和共和十四年厲王死於彘二相乃共立宣王
又曰惠王即位衛師燕師伐周立子穨鄭伯見虢叔曰蓋納王乎虢公曰寡人之願也同
伐王城殺王子穨及五大夫又曰天王出居于鄭避母弟之難也晉侯辭秦師而下右師
圍溫左師逆王王入於王城取太叔于溫殺之杜預曰叔帶襄王同母弟也豈若
二漢階闥蹔擾而四海已沸向曰言周封立諸侯故王室雖
弱不至覆滅豈若二漢宮城之內蹔亂而四海已沸也階闥宮城內也擾亂也　善曰階
闥蹔擾謂王莽也孽臣朝入而九服夕亂哉銑曰九服天下
也所以朝入夕亂者言速也蓋無所援助也　善曰孽臣董卓也范曄後漢書曰何進私呼
卓入朝以資太后卓至遂廢少帝爲弘農王遠惟王莽篡逆之事
近覽董卓擅權之際億兆悼心愚智同痛良曰

億兆謂天下人也悼亦猶痛也善曰左氏傳蘧啓彊曰孤與二三臣悼心失圖然
周以之存漢以之亡夫何故哉豈世之曩時
之臣士無匡合之志歟濟曰曩時謂周時也匡正也合謂合諸侯
之衆以正天子之位也言漢朝豈無此人哉善曰聖主得賢臣頌曰齊侯設庭燎之禮故
有匡合之功論語子曰管仲相桓公一匡天下又曰桓公九合諸侯蓋遠績屈
於時異雄心挫於卑勢耳故烈士扼腕終委
寇讎之手翰曰言漢所以亡者豈無同時之臣匡合之志蓋遠大之功屈於時
異謂時無諸侯可以共為援矣雖有雄壯之心欲正王室所見折挫者迫於位賤而勢卑
人不威服耳扼腕謂怒而捉手也委死也言烈士雖怒篡逆之人而終死於讎敵手也
善曰左氏傳劉子謂趙孟曰子蓋亦遠績禹功而大庇民焉阮瑀與孫權書曰大丈夫雄

文選五十四　十四

心能無憤發者也漢書曰燕齊之間萬士瞋目扼腕中人變節以助虐
國之桀向曰中庸之人不能堅守忠義或有變節以助暴虐之人矣謂其人暴虐
比於夏桀也善曰漢書張博書曰公卿變節史記王歜謂燕將曰今為君將是助桀為
暴也雖復時有鳩合同志以謀王室銑曰鳩聚也善曰
漢書曰王莽居攝翟義心惡之遂與劉横結謀舉義兵范曄後漢書曰董卓以尚書葛馥
為冀州刺史侍中劉岱為兗州刺史馥等到官各舉義兵討卓然上非奧主
下皆市人也向曰奧深也言非深沈知人之主善曰漢書曰翟義立劉信為
天子左氏傳曰蔡公召子干子皙將納之于歸韓宣子問於叔向曰子干其濟乎對曰
難恭有寵國有奧主呂氏春秋曰驅市人而戰之可以勝人之教卒也師旅無
先定之班君臣無相保之志翰曰師旅兵衆也班次也言下

皆市人故兵衆悉散則無闘心何能有先定之次也先定謂争勇於戰而先定其亂、善
曰范曄後漢書曰卓聞劉馥等兵起乃鴆殺弘農王是以義兵雲合無
救劫殺善本作弒字之禍也向曰謂逆徒劫發帝族善曰文子曰用兵
有五誅暴救弱謂之義漢書班彪曰假號雲合民望未改而已見大
漢之滅矣濟曰人望謂望漢復安之心未改也善曰漢書曰莽聞翟義起兵
乃拜王邑為虎牙將軍以擊義破之於是莽自謂大得天人之助遂即真矣漢書陳湯詠
稱公子扶蘇從民望也或以諸侯世位不必常全銑曰世位
謂子孫相傳也言其子孫不必常有安全之勢也善曰公羊傳曰諸侯世位故國君為
一體也今或為全非也昏主暴君有時比跡善本作迹字故
五等所以多亂善曰唐子曰昏主暴君不可生救范曄後漢書孔融薦謝

文選五十四　十五

該比該實卓然曰迹前列今之牧守皆以官方庸能良曰庸用
也雖或失之其得固多故郡縣易以為治夫
德之休明黜陟日用良曰言天子有休明之德能中黜陟之理日用
於時也善曰左氏傳王孫滿曰德之休明尚書曰三載考績三考黜陟幽明長率
連屬咸述其職翰曰千里之外設方伯五國以為屬屬有長十國為連連
有率言天子休明之德以述其職也善曰禮記曰千里之外設方伯五國以為屬
屬有長十國以為連連有帥尚書傳曰古者諸侯之於天子五年一朝朝見其身述其職
者述其所職也而淫昏之君無所容過向曰君謂諸侯也言雖淫
昏遞相防制故無所容過也善曰左氏傳宋子魚曰又用諸淫昏之鬼何則其
不治哉故先代有以之興矣銑曰遞相防制既無容過何則

不為理也故先代帝王有立諸侯而祚興也苟或衰陵百度自勃善本從心翰曰言天子且或衰微陵遲則百姓自亂法也苟且度法勃亂也善曰尚書曰弗役耳目百度惟貞鬻官之吏以貨准才向曰鬻賣也貨多者則高官少者下位故云以貨准才則貪殘之氓善本作萌字皆如羣后也銑曰氓謂百姓言百姓貪殘富盛皆如羣后諸侯也后君也安在其不亂哉故後王有以之廢矣良曰後之帝王見其鬻官貪殘之事或者廢封五等者且要而言之五等之君為已思治濟曰謂其為長久子孫計故謂必思理善曰民安己受其利故曰為己郡縣之長為利圖物翰曰謂其知不久居官故為利而圖於百姓之財也善曰物能利己乃始圖之故云為利何以徵之蓋企及進取仕

文選五十四　十六

子之常志向曰企羨也言羨及厚祿進而取之乃常志也善曰企及進取奔競以招譽禮記曰不至焉者企而及之史記蘇秦說燕王曰忠信者所以自為進取者所以為人也修已安民良士之所希及銑曰希少也言少能及此事也善曰修已安民積德以厚下論語子曰修已以安百姓尚書咎繇曰在安民孔安國論語注曰希少也夫進取之情銳而安民之譽遲良曰銳利也善曰鄭玄禮記注曰情實也銳猶疾也是故侵百姓以利已者在位所不憚濟曰憚懼也言衆皆為之故不懼也善曰安民譽遲不善良之以利已鄭玄論語注曰憚難也損實事以養名者官長所夙夜善本有也字翰曰實謂政化之義日以損之名謂虛譽之名日以養之此事皆夙夜為之而不止也善曰進取名速故損實事以求之列子曰范氏有子曰子華善養私名也君無卒歲之圖臣挾一時之志五等則不然知國為已土衆皆我民民安已受其利國傷家嬰其病向曰此郡縣長所為如此五等諸侯則不然也善曰說文曰嬰繞也故前人欲以垂後後嗣思其堂構銑曰後嗣思繼嗣於先君如先記其堂上構以木則成大廈之屋善曰尚書曰若考作室若子乃弗肯堂矧肯構為上無苟且之心羣下知膠固之義翰曰謂其知長久之計也膠固謂如膠漆之堅固也善曰漢書王嘉上疏曰孝文時吏居官者或長子孫然後上下相望莫有苟且之意莊子曰待膠漆而固者是侵其德者也范曄後漢書鄭泰曰以膠固之衆當解合之勢使其並賢居治則功有厚薄兩愚處亂則過有深淺向曰言使諸侯

文選五十四　十七

與郡縣立賢而理則諸侯以長久而功多郡縣長以數易而功少若遇亂則諸侯以累世流惠過乃淺矣郡縣長以侵人利已過則深焉善曰言八代同建五等而廢興殊迹者譬並賢居治而功有優劣也言秦漢同立郡縣而脩短異期者譬兩愚居亂而過有輕重也然則探善本無探字八代之制幾可以一理貫良曰八代五帝三王也一理謂合典則也善曰八代謂五帝三王也然此八代異於辯亡各觀文立義也崔寔政論曰今既不能純法八代故宜參以霸政論語曰吾道一以貫之秦漢之典殆可以一言蔽矣濟曰秦棄先王之政道業封土地之太廣皆可一言以蔽之也善曰論語子曰詩三百一言以蔽之曰思無邪孔安國尚書傳曰蔽斷也

辨命論一首并序　孝標

善曰劉璠梁典曰孝標辨命論蓋以自喻云

劉孝標也 翰曰辨人死生窮通必有命故因管輅以發此論 善曰孝標植根淄右流寓魏庭冒履艱危僅至江左負材矜地自謂坐致雲霄豈圖淩遲十稔而榮慚一命因茲著論故辯多憤激雖義越典謨而足杜浮競也

主上嘗與諸名賢言及管輅 向曰主上謂梁武帝也管輅字公明平原人也 善曰主上謂梁武帝也魏志曰管輅字公明平原人也舉秀才弟辰謂輅曰大將軍待君意厚冀當富貴乎輅長歎曰然天與我才明不與我年壽恐四十七八間不見女嫁兒娶婦是歲八月爲少府丞明年二月卒年四十八 歎其有奇才而位不達時有在赤墀之下豫聞斯議歸以告余 銑曰赤墀天子所居 善曰漢書梅福上書曰願陟赤墀之塗說文曰墀塗地也禮天子赤墀也

文選五十四　十八

余謂士之窮通無非命也 善曰莊子曰孔子謂子路曰聖人知窮之有命知通之有時臨大難而不懼聖人之勇也 故謹述天旨因言其致云爾 善本無爾字翰曰天旨謂天子意也 善曰鄭玄禮記注曰致之言至也

臣觀管輅天才英瑋珪璋特秀 善曰郭璞曰孫子荊上品狀王武子曰天才英博亮拔不羣抱朴子曰故侍郎周生恭遠英瑋名儒禮記曰珪璋特達抱朴子曰陸士龍士衡曠世特秀超古邈今 實海內之名傑豈日者卜祝之流乎 濟曰日者謂掌日月曆數之任者卜祝謂主卜筮祭祝之辯也言輅之才器豈獨此者之流乎 善曰墨子曰墨子北之齊過日者日者曰帝今日殺黑龍於北方先生之色黑不可以北墨子不聽史記有日者列傳然則占候時日謂之日者司馬遷書曰僕之先人文史星歷近乎卜祝之間也 而官止少府丞年終四十八天之報施何其寡歟 善曰史記曰司馬遷曰天之報施善人何如哉 然 善本有則字 高才而無貴仕饕餮而居大位自古所歎焉獨公明而已哉 善曰左氏傳楚叔伯曰夫有大功而無貴仕其人能靖者與有幾又曰縉雲氏有不才子貪于飲食冒于貨賄天下之人以比三凶謂之饕餮

故性命之道窮通之數夭閼 烏葛 紛綸莫知其辯 良曰夭謂年壽不長也閼止也言年壽止住而不逝也紛綸言多也言人所論之者甚多也 善曰家語魯哀公問於孔子曰人之命與性何謂孔子對曰分於道謂之命形於一謂之性王肅曰分於道始得爲人也人各受陰陽剛柔之性故曰形於一也莊子曰風之積也不厚則其負大翼也無力故九萬里

文選五十四　十九

則風斯在下矣而後乃今培風背負青天而莫之夭閼者司馬彪曰夭折閼止也言無有折止使不通者也封禪書曰紛綸葳蕤鄭玄儀禮注曰辨別也 仲任蔽其源子長闡其惑 翰曰王充字仲任司馬遷字子長王言貧賤富貴夭壽皆有命不在賢愚也源本也謂一言可以蔽其本也闡開也謂開入心之所惑也 善曰范曄後漢書曰王充字仲任鄭玄論語注曰蔽塞也論衡曰凡人有生死壽夭之命亦有貴賤貧富之命命當貧賤雖富貴之猶涉患禍失其富貴命當富貴雖貧賤之猶逢福善離其貧賤今言隨操行而至此命在末不在本也司馬遷字子長著論篇曰闡開也史記或曰天道無親常與善人伯夷叔齊可謂善人而餓死七十子之徒仲尼獨稱顏淵爲好學然蚤夭盜跖日殺不辜肝人之肉竟以壽終此其大彰較者也余甚惑焉也 至於褐冠甕牖必以懸天有期鼎貴高門則曰唯人

所召向曰褐冠貧賤之服也羆臝貧賤之居也此言貧賤之命懸繫於天必有其運
鼎貴高門謂富貴也善曰七略鶡冠子者蓋楚人也常居深山以褐冠故曰鶡冠禮記
孔子曰儒者蓬戶甕牖論衡曰夫命懸於天吉凶在乎時矣都賦曰高門鼎貴漢書賈捐
之曰石顯方鼎貴又于公曰少高大門閭令容駟馬高蓋車左傳閔子騫曰禍福無門惟
人所召譊譊女交讙喧善本作譊字咋阻格異端斯起銑曰譊譊
喧也謂言語喧繁不定貌善曰蜀志曰孟光好公羊春秋而譏呵左氏每與來敏爭此
二義常譊譊讙咋讙音諠表切咋音祖格切論語子曰攻乎異端蕭遠論其
本而不暢其流子玄語其流而未詳其本濟曰
李蕭遠作運命論述其本根而不通其條流也良曰郭子玄作致命論言吉凶由已故
云未詳其本善曰李蕭遠作運命論言合亂在天故曰論其本郭子玄作致命由已論

言吉凶由已故曰語其流嘗試言之曰翰曰事在冥昧理不可定故云試言
之、善曰莊子曰請嘗試言之天無為以之清地無為以之寧杜預左氏傳曰嘗試之
夫道善本作通字生萬物則謂之道生而無主謂
之自然向曰任其生性故無主以生善曰老子曰大道氾兮萬物恃之以生而不辭
功成而不有愛養萬物而不為主王弼曰萬物皆待道而生老子曰天法道道法自然
自然者物見其然不知所以然同焉皆得不
知所以得銑曰物之生也任夫自然但見其形則不知其何以如此是由不見
所生不知所至濟曰萬物所生皆得其所亦不知何為得所也善曰莊子曰孔子觀
於呂梁見一丈夫謂孔子曰吾長於水而安於水性也不知吾所以然命也張湛曰固然
之理不可以智知知其不可知謂之命也莊子曰天下誘然皆生而不知其所以生同

焉皆得而不知其所以得也鼓動陶鑄而不為功庶類混
成而非其力良曰道之無形則陶鑄萬物而成之則不求功於萬物既不混
是道形亦非以道為力矣善曰周易曰鼓天下之動者存乎辭韓康伯曰爻辭也爻以
鼓動天下之動也莊子肩吾謂連叔曰藐姑射之山有神人居焉將猶陶鑄堯舜也孰
肯以物為事典引曰沉浮交錯庶類混成生之無亭毒之心死之
豈虔劉之志翰曰亭毒均養也虔劉殺也皆任自然也善曰老子曰亭之
毒之蓋之覆之王弼曰亭謂品其形毒謂成其質左氏傳呂相曰芟夷我農功虔劉我邊
陲墜之深淵善本作泉字無深字非其怒升之霄漢非
其悅翰曰墜謂鱗介之屬升霄謂羽翼之類皆亦任自然所為非道之有怒悅也
善曰墜之淵泉鱗屬也升之霄漢羽族也言各稟性不同非天之有悅怒也淮南子曰鳥

魚生於陰屬於陽故魚遊於水鳥飛於雲夫鳥排虛而飛獸蹠實而走蛟龍水居虎豹山
處天地之性也蕩乎大乎萬寶以之化確乎純乎一
作而不易銑曰蕩蕩廣也寶物也確堅也純厚也言道廣大萬物以之化生其理
堅厚一作其化終不改易之也善曰莊子曰形非道不生生非德不明蕩蕩乎忽然出
勃然動萬物從之乎又曰夫道覆載萬物者也洋洋乎大哉庚桑楚曰夫春氣發而百草
生正得秋而萬寶成又楚狂接輿謂育吾曰夫聖人之治也治外乎正而後行確乎能其
事者而已矣司馬彪曰確乎不移易又曰道流而不明純純常常乃比於狂又曰吾愛其
一成形而不化以待盡之也又曰性不可易命不可變化而不易則謂
之命命也者自天之命也善曰呂氏春秋曰若命之不可易春
秋元命苞曰命者天之命也所受于帝行正不過得壽命也定於冥兆終

然不變良曰冥昧也兆始也言命定之於冥昧之始不可變易也善曰祖台之
論命曰存亡壽夭咸定冥初魏文帝典論曰夫生之必死天地所不能變也鬼神
莫能預聖哲不能謀善曰西征賦曰生有脩短之命位有通塞之遇
鬼神莫之要聖哲弗能預觸山之力無以抗倒日之誠弗
能感翰曰共工氏有力觸不周之山天維絕地柱折言命運若來雖有此力無能抗
捍魯陽公與韓搆戰日將暮不勝魯陽公至誠麾戈日為之退三舍言命將去雖此至誠
不能感留之倒謂卻行也善曰淮南子曰昔共工之力怒觸不周之山使地東南傾與
高辛爭為帝許慎曰昔共工古諸侯之強者也不周之山西北之山也陸機吊魏武文曰
夫以迴天倒日之力而不能振形骸之內短則不可緩之於寸陰
長則不可急之於箭漏向曰言人命短者不可緩運於寸陰之間

長者又不可令急刻於箭漏之內也皆盡於自然箭謂水中置竹幹水漏至刻以知其數
也善曰淮南子曰聖人不貴尺之璧而重寸之陰漢書曰漏刻以百二十為度韋昭曰
舊漏晝夜共百刻哀帝有短祚之期故欲增之也至德未能踰上智
所不免善曰孝經曰先王有至德要道論語曰惟上智與下愚不移魏文帝典論
曰夫生之必死賢聖所不能免也是以放勛之世浩浩襄陵
天乙之時焦金流石銑曰放勛堯也浩浩襄陵謂洪水也天乙湯也
焦金流石謂大旱也言堯之大水九年湯之大旱七歲豈其不聖明乎蓋天命也善曰
尚書堯典曰放勛欽明文帝曰湯湯懷山襄陵浩浩滔天史記曰天乙立是為成湯呂氏
春秋曰成湯之旱煎沙爛石楚辭曰十日並出流金鑠石文公嚏徵二切其
尾宣尼絕其糧良曰文公周公也詩云狼跋其胡載嚏其尾嚏跲也

言進退有難亦命也宣尼孔子也孔子在陳絕糧亦命也善曰傳子曰周文王子公旦
有聖德謚曰文毛詩曰狼跋義周公也狼跋其胡載疐其尾毛萇曰疐跲也疐音致漢書
平紀曰追謚孔子曰宣尼公論語曰子在陳絕糧從者病莫能興也顏回敗其
叢蘭冉耕歌其芣浮苢音以二濟曰顏回年二十九而髮白三十
二而早死文子曰日月欲明浮雲蓋之叢蘭欲茂秋風敗之冉耕謂伯牛也有德行而有
惡疾韓詩曰芣苢傷夫有惡疾也詩云采采芣苢薄言采之芣苢臭惡草傷君子有惡疾
道不通也善曰薛君曰芣苢澤寫也芣苢臭惡之菜詩人傷其君子有惡疾人道不通
求已不得發憤而作以事興芣苢雖臭惡乎我猶采采而不已者以興君子雖有惡疾我
猶守而不離去也夷叔斃淑媛之言子輿困臧倉之
訴翰曰夷謂伯夷也叔謂叔齊也斃死也淑媛婦人也伯夷叔齊隱於首陽山不食周

粟採薇而食有婦人謂之曰子不食周粟何食周之草木遂餓而死子輿孟軻字也魯平
公欲造孟子之所平公嬖人臧倉毀之或人來告孟子孟子曰吾之不遇魯侯天也臧氏
之子何能使吾不遇乎詐毀也善曰崔琦七觸曰三王行化夷叔隱己古史考曰伯夷
叔齊者殷之末世孤竹君之二子也隱於首陽山采薇而食之野有婦人謂之曰子義不
食周粟此亦周之草木也於是餓死曹植與楊脩書曰有南威之容乃可以論於淑媛傳
子曰昔仲尼既歿仲弓之徒追論夫子之言謂之論語其後鄒之君子孟子輿擬其體著
七篇謂之孟子然子與孟子之字也孟子曰魯平公將出嬖人臧倉曰有司未知所之敢
請公曰將之孟子曰何哉孟子之後喪踰前喪君無見焉公曰諾樂正子春見孟子曰剋
告君君將來見也嬖人有臧倉者沮君是以不果來孟子曰吾之不遇魯侯天也臧氏之
子焉能使予不遇哉聖賢且猶若此而況庸庸者乎善曰

大戴禮孔子曰所謂庸人者口不能道善言而志不邑邑此可謂庸人也馮衍顯志賦曰獨慷慨以遠覽兮非庸庸之所識至乃伍貟浮屍於江流三閭沈骸於湘渚向曰伍貟吳賢臣也吳王不用其言乃賜死以鴟夷之革浮其屍於江中三閭大夫謂屈原也善曰史記曰子胥自剄王乃取子胥尸盛以鴟夷之革浮之於江中楚辭漁父見屈原曰子非三閭大夫與漢書曰賈誼渡湘水為賦以弔屈原揚雄反騷曰欽弔楚之湘纍音義曰諸不以罪死曰纍屈原赴湘死故曰纍也賈大夫沮志於長沙馮都尉皓髮於郎署銑曰賈大夫賈誼也沮喪也長沙地名誼見逐為長沙王傅也馮都尉馮唐也皓髮白首也善曰漢書曰賈誼為長沙王太傅誼既以適去意不自得又曰馮唐以孝著為郎中署長事文帝輦過問曰父老何自為郎也君山鴻漸鎩殺羽儀於高

文選五十四　二十四

雲向曰桓譚字君山仕後漢世祖為議郎天子使其決讖書譚曰臣不讀讖書上怒欲斬之譚叩頭流血出補六安太守在道病而死鴻漸言鴻之飛自陸漸高以喻仕子也鎩殘也言其為帝所放而死如殘折羽翼於高雲之中　善曰東觀漢記曰桓譚字君山少好學徧治五經光武即位拜議郎詔會議靈臺上問譚曰吾以讖決之何如譚不應良久對曰臣生不讀讖問其故譚頗有所非是上怒曰桓譚非法將去斬之譚叩頭流血乃貫由是失旨遂不復轉遷出補六安太守丞之官意不樂道病卒周易曰鴻漸于陸許慎淮南子注曰鎩殘羽也應璩與從弟書曰弋下高雲之鳥敬通鳳起摧迅翮於風穴翰曰衛敬通少有倜儻之志漢明帝以為才過其實抑而不用鳳起喻賢德也摧迅翮謂帝不用也鳳鳥濯羽弱水暮宿風穴　善曰東觀漢記曰馮衍字敬通少有倜儻之志明帝以為衍材過其實抑而不用遂埳壈失志以壽終於家淮南子曰鳳皇之翔至德也濯羽弱水暮宿風穴許慎曰風穴風所從出此豈才不足而行有遺哉濟曰上之所述聖賢遭其時難或有不達而死豈是才不足而行有遺蓋天命也　善曰韓詩外傳曰子路謂孔子曰夫子尚有遺行乎奚居之隱也近世有沛國劉瓛桓瓛弟璡津並一時秀士也良曰近世謂齊朝也　善曰蕭子顯齊書曰劉瓛字子珪沛國人宋大明四年舉秀才少篤學博通五經為安成王撫軍行參軍為公事免自此不復仕永明初遇疾卒瓛弟璡字子璥方軌正直文惠太子召璡入侍東宮每上事輒削草尋署射聲校尉卒官呂氏春秋曰舜耕於歷山秀上從之璥君影切瓛則關西孔子通涉六經循循善誘服膺儒行向曰楊震明經博覽無不窮究故時之諸儒謂之為關西孔子言劉瓛與震同故言關西孔子誘進也　善曰范曄後漢書曰楊震字伯

文選五十四　二十五

起經明博覽無不窮究諸儒為之語曰關西孔子楊伯起論語顏淵曰夫子循循然善誘人禮記曰回之為人也得一善則拳拳服膺不失之矣又禮記有儒行篇璡則志烈秋霜心貞崐玉亭亭高竦不雜風塵銑曰崑山名出美玉亭亭高貌也　善曰范曄後漢書孔融論曰懍懍焉皜皜焉其與秋霜比質可也西京賦曰狀亭亭以岧岧郭璞遊仙詩曰高蹈風塵外皆毓德於衡門並馳聲於天地翰曰衡門橫木為門蓋貧賤之居也　善曰周易曰君子以振民毓德毛詩曰衡門之下可以棲遲而官有微於侍郎位不登於執戟相次殂落宗祀無饗因斯兩賢以言古則向曰殂落死也兩賢則瓛璡也言因此兩賢不達故言古之典則也善曰答客難曰官不過侍郎位不過執戟尚書曰帝乃殂落孔安國曰殂落死也昔

之王質金相英旄秀達皆擯斥於當年韞奇
才而莫用銑曰玉金所以比美君子質相言其形貌也擯斥猶棄置也韞謂懷
藏也 善曰毛詩曰追琢其章金玉其相毛萇曰相質也又曰髦俊也司馬彪莊子注曰
擯棄也馬融論語注曰韞藏也候草木以共彫與麋鹿而同
死膏塗平原骨填川谷堙滅而無聞者豈可
勝道哉翰曰言骨肉脂膏塗於平原填於川谷也向曰言古者賢人遭擯斥死
以沈滅而無聞於今豈可勝說哉何獨載於典籍也 善曰楚辭曰願徼幸而有待兮宿
莽與壄草同死王逸曰埜與百草俱殂落也論衡曰身與草木俱朽楚辭曰死日將至兮
與麋鹿同坑檄蜀文曰肝腦塗中原膏液潤野草封禪書曰堙滅而不稱者不可勝數也
此則宰衡之與皁隸容彭之與殤子良曰宰衡伊尹

文選五十四　二十六

也言其貴也皁隸賤也容成公彭祖並長壽者殤子夭者也 善曰尚書曰冢宰掌邦治
毛詩曰實維阿衡左右商王左氏傳曰人有十等士臣皁皁臣輿輿臣隸列仙傳曰容成
公者自稱黃帝師見於周穆王能善補導之士髮白復黑齒落復生壽與老子同亦云老
子師又曰彭祖殷賢大夫歷夏至商末號年七百莊子南郭子綦曰天下莫大於秋毫之
末而太山為之小莫壽乎殤子而彭祖為之夭也猗頓之與黔婁陽
文之與敦洽濟曰猗頓富者黔婁貧者陽文美女敦洽醜女 善曰猗頓已
見過秦論皇甫謐高士傳曰黔婁先生修清節不求進於諸侯及終曾參來弔曰何以為
謚妻曰以康為謚曾子曰先生存時食不充虛衣不蓋形死則手足不斂傍無酒肉何樂
於此而謚為康哉淮南子曰不待脂粉西施陽文也許慎曰楚之好人也呂氏春秋曰陳
有惡人焉曰敦洽讎麋推顙廣顏色如漆赭垂眼臨鼻長肘而盭服陳侯見而甚悅之高

誋口醜有德也而咸得之於自然不假道於才智翰曰
言上之所述貴賤壽夭富貧美醜之士皆得於自然豈假道於才智之理 善曰抱朴子
曰聖人體天皆得之於自然莊子曰古之至人假道於仁託宿於義也故曰死
生有命富貴在天斯善本作其斯之謂矣善曰論語子夏
曰死生有命富貴在天然體命善本作命體周流變化非一
或先號而善本無而字後笑或始吉而善本無而字終
凶或不召自來或因人以濟良曰言人之運命亦有因人成
者也 善曰周易曰同人先號咷後笑老子曰不召而自來傳子曰昔人知下相接之易
故因人以致人交錯糾紛迴還倚伏非可以一理徵
非可以一途驗而其道微密善本作密微寂寥忽

文選五十四　二十七

慌忽廣無形可以見無聲可以聞銑曰忽慌不明貌言運命
出於無窮動於幽暗不可以一理一途以為徵驗又不可以形聲所聞見也 善曰子虛
賦曰交錯糾紛鵾冠子曰禍兮福之所倚福兮禍之所伏幽通賦曰北叟頗識其倚伏抱
朴子曰鴛銳不可以一塗驗爭琴不可以膠柱調也鬼谷子曰即欲闔之貴密密之貴微
西征賦曰寥廓忽恍文子曰道以無有為體視之不見其形聽之不聞其聲謂之幽冥管
子曰視之不見其形聽之不聞其聲而序其成謂之道也必御物以效靈
亦憑人而成象譬天王之冕旒任百官以司
職良曰言人若託以運命而不求於物不為於人則運命或不相符也若垂拱憑人或
亦呈其靈象也御猶乘也 向曰冕旒天子服也言天子之命居旒冕之尊須任百官以
為主司之職乃成其命 言人之運命或有相資而成象者亦如此焉 善曰言性命之道

雖係于天，然其爽也必憑人而御物。譬如天王冕旒而執契，必因百官司職以立政。文子曰：德仁義禮四者，聖人之所以御萬物也。而或者觀湯武之龍躍，謂戡善本作龕字亂在神功；聞孔墨之挺生，謂英睿擅奇響也。銑曰：龍躍謂欲升天子位也。戡，勝也。言或有人不達運命，見成湯武王征伐以取天子之位，以為能勝亂敵者在於神武之功，不由命也。又以孔子墨翟有道德挺生，謂其英智自擅其聲，亦非千年五百之運命也。善曰：龍，湯武王也。周易曰：見龍在田。又曰：或躍在淵。墨子曰：夏桀時，天乃命湯於鑣宮，有神來告曰：夏德大亂，往攻之，予必使汝大戡之。商王紂時，周武王見三神曰：予既沉漬殷紂于酒德矣，攻之，予必使汝大戡之。孔，孔子。墨，墨翟也。蔡邕陳太丘碑曰：元方、季方，皆命世挺生，膺期特授。視彭韓之豹變，謂鷙猛致人爵；見張桓之朱紱，謂

明經拾青紫。翰曰：彭，彭越；韓，韓信。豹變者，言其猛而有文也。鷙，執也。言有不達運命者，見彭韓二人豹變為列土之王，謂其執勇猛之道以征伐得之也。人爵則封王是也。良曰：張禹、桓榮以傳學而至貴仕，故不知命者見之，謂明經青紫可俯拾而得也。青紫，貴服也。善曰：周易曰：君子豹變，其文蔚。禮記曰：鷙蟲攫搏，不程其勇者。鄭玄曰：鷙蟲，猛獸也。孟子曰：有天爵，有人爵。仁義忠信，樂善不倦，此天爵也；公卿大夫，此人爵也。漢書曰：張禹字子文，禹善論語，令禹授太子，遷光祿大夫，後賜關內侯[illegible]。後漢書曰：桓榮洽歐陽尚書，授太子，為太子少傅，封關內侯。禮記曰：諸侯佩山玄玉而朱組綬。倉頡篇曰：綬，紱也。漢書：夏侯勝曰：士病不明經術，經術苟明，其取青紫如俛拾地芥。豈知有力者運之而趍乎！濟曰：莊子云：藏山於澤，藏舟於壑，謂之固矣。然而有力者負之而走，昧者不知也。言皆是所稟受天道運轉，非必已能所致。言湯武孔墨彭韓

張桓子天命運轉所為，不必由己也。善曰：莊子曰：夫藏舟於壑，藏山於澤，謂之固矣。然而夜半有力者負之而走，昧者不知也。故言而非命者善本無者字，有六蔽焉爾。善曰：論語子曰：由，汝聞六言六蔽矣乎？然文雖出此蔽，義則殊。也。請陳其梗槩。古代切。善曰：東京賦曰：其梗槩如此。夫靡顏膩理，哆昌者切噅許為顣子六頞烏割，形之異也。銑曰：靡顏膩理，好貌也。哆噅，張口不正也。顣頞，鼻高貌也。乃入形之異也。善曰：楚辭曰：靡顏膩理，遺視矊些。王逸曰：靡，緻也。膩，滑也。淮南子曰：哆噅蘧蒢，戚施醜也。說文曰：哆，張口也。音侈。通俗文曰：噅，口不正也。去皮切。史記：唐舉見蔡澤曰：先生魋顏蹙齃。朝秀晨終，龜鵠千歲，年之殊也。向曰：朝謂日未出時，晨謂日出時也。言朝秀之華至日出乃死，龜鵠壽乃千歲，故云年之殊也。善曰：淮南子曰：朝秀不知晦朔。許慎曰：朝生

暮死蟲也，生水上，似蠶蛾。養生要曰：龜鵠壽千百之數，性壽之物也。聞言如響，智昏菽麥，神之辨也。良曰：聞言如響，謂耳聽也。菽，豆也。辨，別也。善曰：史記曰：淳于髡說鄒忌，趍出曰：是人者，吾語之微言五，其應我若響之應聲，是人必封不久矣。左氏傳曰：程滑殺厲公，荀罃、士魴逆周子于京師而立之。周子有兄而無惠，不能辨菽麥，故不可立。杜預曰：菽，大豆也。豆麥殊形易別，故以之為癡者之候也。同知三者，定乎造化；榮辱之境，獨曰由人。是知二五而未識於十，其蔽一也。銑曰：三者謂形異、年殊、神辨也。且人皆同知此三者定之于造化，而榮辱之間獨云由人所得者，是知兩五之數，未識其數十也。善曰：淮南子曰：大丈夫恬然無為，與造化逍遙。高誘曰：造化，天地也。莊子曰：定乎內外之分，辯乎榮辱之境。左氏傳：叔興曰：吉凶由人。史記：齊威王使人說越曰：晉楚闘越

兵不起知二而不知十也五龍犀日角帝王之表向曰額有龍犀
入髮左角有日右角有月帝王之相也善注同河目龜文公侯之
相翰曰目上下正平曰河目龜文謂足有龜文也善曰孔叢子曰夫子適周見萇弘
萇弘語劉文公曰孔子仲尼有聖人之表河目而隆顙是黃帝之形貌也王肅家語注曰
河目上下匡平而長也范曄後漢書曰李固貌狀有奇表鼎角匿犀足履龜文後為太尉
撫鏡知其將刑壓紐顯其膺籙銑曰張裕善相術每窺鏡
視面自知刑死濟曰楚恭王有子五人無嫡以立之乃祈神請擇於五人使主社稷乃
密以璧埋致於祭所之庭令諸子當璧而拜者神所以立也而諸子皆遠之乎王弱抱入
而拜之拜處皆壓於璧之紐紐璧上鼻也善曰蜀志曰蜀郡張裕曉相術每舉鏡視面
自知刑死未嘗不撲之于地左氏傳曰初楚恭王無冢適有寵子五人無適立焉乃大有

事於羣望而祈曰請神擇五人主社稷乃徧以璧見於羣望曰當璧而拜者神所立也誰
巴姬密埋璧於太室之庭使五人入拜康王跨之靈王肘加焉子干子皙皆遠之平王弱抱
而入再拜皆壓紐也星虹樞電昭聖德之符夜哭聚雲
鬱興王之瑞翰曰大星如虹下流華渚而生少昊帝舜母感樞星之精而生
舜北斗第一星也電光也向曰漢高祖時送徒驪山斬大澤之蛇有老嫗夜哭曰吾子
白帝子為赤帝子所殺白帝子秦也赤帝子漢也漢高祖隱於芒碭山有聚雲氣如蓋
也鬱氣盛貌善曰春秋元命苞曰大星如虹下流華渚女節夢意感生朱宣宋均曰華
渚名也朱宣少昊氏詩含神務曰大電繞樞照郊野感符寶生黃帝漢高祖功臣頌曰
彤雲晝聚素靈夜哭國語曰興王賞諫臣皆兆發於前期渙汗於
後葉銑曰兆跡也言帝王之跡發於前期渙汗流布貌善曰周易曰渙汗其大號

若謂驅貔虎類虎奮尺劍入紫微升帝道則未
達窅冥之情未測神明之數其蔽二也翰曰言自
古帝王所興皆應天命符瑞若謂威猛之道可以取之乃入紫微升帝道是則未達窅冥
神明之數矣紫微帝宮也帝道帝位也善曰尚書武王曰如虎如貔如熊如羆于商郊
孔安國曰貔執夷虎屬也史記高祖曰吾提三尺劍取天下此非天命乎薛綜西京賦注
曰天有紫微宮王者象之曰紫微宮淮南子曰源道者測窅冥之深呂氏春秋曰窅乎冥
莫知其情王命論曰神明之祚可得而妄處哉空桑之里變成洪川
歷陽之都化為魚鼈良曰有侁氏女子得嬰兒於空桑之中獻之於
其君令烰人養之察其所以然曰其居伊水之上乃夢有神告之曰臼出水而東走無
顧明日視臼水出告其鄰東走十里而顧其邑盡為水身因化為空桑故命之曰伊尹淮

南子曰歷陽地名也有老嫗常行仁義有兩書生過之謂曰此國當沒為湖後卒沒為湖
人悉化為魚鼈故言化為魚鼈也善本注同楚師屠漢卒睢息惟河
鯁其流秦人坑趙士沸聲如善本作若字雷震濟曰
楚師謂項羽也鯁塡也言項羽殺漢兵於睢水之上睢水為之不流蓋死者塡之也翰
曰秦將白起坑趙降兵四十餘萬流血成川沸聲如雷善曰漢書曰項羽晨擊漢大戰
彭城靈璧東睢水上大破漢軍多殺士卒睢水為之不流戰國策蔡澤謂應侯曰白起率
數萬之師越韓魏而敗彊趙北坑馬服署四十餘萬衆流血成川沸聲如雷使秦業帝白
起之勢也論衡曰言有命者曰夫天下之大人萌之衆一歷陽之都一長平之坑同命俱
死未可怪也命當溺死故相聚於歷陽命當壓死故相積於長平火炎崐岳
礫石與琬琰俱焚嚴霜夜零蕭艾與芝蘭共

盡雖游夏之英才伊顔之殆庶焉能亢善本作抗
字之哉其蔽三也向曰礫瓦也琓琰玉也零落也蕭艾臭草也芝蘭香
草也游子游夏子夏有文學伊伊尹顔顔回也謂其知幾也言運命所遭雖文學之子知
幾之人亦何亢禦也善曰尚書曰火炎崑岡玉石俱焚又曰弘璧琬琰在西序傅玄鷹
兔賦曰秋霜一下蘭艾俱落毛萇詩傳曰蕭蒿也史記曰言偃吳人字子游孟子曰得天
下之英才而教育之易曰顔氏之子其殆庶幾乎王弼曰庶幾於知幾者也或曰
明月之殊不能無纇夏后之璜不能無考銑曰
纇瑕也璜美玉也考猶不平也善曰淮南子曰夏后之璜不能無考明月之珠不能無
纇高誘曰考不平也纇前也故崔駰因死善本作亭伯死於縣長
長卿善本作相如卒於園令翰曰崔駰爲長岑令司馬長卿爲文園令

文選五十四　二十二

善曰范曄後漢書曰崔駰字亭伯竇憲爲車騎將軍辟駰爲掾察駰高第出爲長岑長駰
自以遠去不得意遂不至官而歸卒于家漢書曰相如拜爲孝文園令既病免家居茂陵
而死才非不傑也主非不明也而碎結緑之鴻
輝殘懸黎之夜色抑尺之量有短哉向曰懸黎結緑
美玉也鴻潤也善曰戰國策應侯謂秦王曰梁有懸黎宋有結緑而爲天下名器楚辭
曰詹尹曰尺有所短寸有所長若然者主父偃公孫弘對策
不升第歷説而不入牧豕淄原見棄州部設
令忽如過隙謚苦合死霜露其爲詬呼豆恥豈崔
馬之流乎及至開東閤列五鼎良曰牧養也淄原地名
銑曰詬病也翰曰主父偃後爲齊相公孫弘後爲御史大夫貴士開東閤所以待客禮

也列五鼎之食言貴也善曰漢書曰主父偃齊國臨淄人也學長短從横術家貧假貸
無所得北遊燕趙中山皆莫能厚客甚困乃上書闕下拜爲郎至中大夫偃曰大丈夫生
不五鼎食死則五鼎烹耳又曰公孫弘淄川人也家貧牧豕海上太常上對諸儒太常奏
弘第居下策天子擢弘對爲第一後至丞相於是起客館開東閤以延賢士莊子曰實於
於鄉里逐於州部又曰人生天地之間若白駒之過隙楚辭曰寧溘死以流亡兮余不忍
爲此態也漢書詔曰公孫弘不幸羅霜露之疾説文曰詬恥也電照風行聲
馳海外寧前愚而後智先非而終是善曰范曄後漢
書吳漢謂臧宮曰將軍經虜城下震揚威靈風行電照九州春秋閻忠説皇甫嵩
曰今將軍威德震本朝風聲馳海外將榮悴有定數天命有至
極而謬生妍蚩其蔽四也善曰應璩與曹元長書曰春生者繁

文選五十四　二十三

華秋榮者零悴自然之數豈有恨哉孫子荆陂陽侯詩曰三命皆有極夫虎嘯
風馳龍興雲屬翰曰雲從龍風從虎相感應也善曰淮南子曰虎嘯而
谷風至龍擧而景雲屬四子講德論曰風馳雨集故重華立而元凱
升辛受生而飛廉進銑曰言善惡各從類而見也重華舜也元凱八
元八凱也辛受紂也飛廉紂之讒臣也善曰史記曰虞舜名曰重華左氏傳季孫行父
曰昔高陽氏有材子八人蒼舒隤敳檮戭大臨尨降庭堅仲容叔達天下之民謂之八愷
高辛氏有材子八人伯奮仲堪叔獻季仲伯虎伯熊叔豹季貍天下之民謂之八元舜臣
堯擧八愷使主后土擧八元使布五教于四方史記曰帝乙崩子辛立是爲帝辛天下謂
之紂尚書曰祖伊奔告于受孔安國曰受紂也音相亂史記曰仲裔生蜚廉蜚廉生惡來
父子俱以材力事殷紂然則天下善人少惡人多闇主

衆明君寡而薰蕕不同器梟鸞不接翼濟曰薰香草也蕕臭草也梟惡鳥也鸞神鳥也鳳皇之類也善曰莊子曰天下之善人少而不善人多法言曰聖君少庸君多杜篤吊比干文曰閭主之在上豈忠諫之是謀家語顏回曰薰蕕不同器而藏堯桀不共國而化以其類異也孫盛晉陽秋王夷甫論曰夫芝蘭之不與茨棘俱植鸞鳳之不與梟鴟同棲天理固然易在曉晤西都賓曰接翼側足是使渾胡本敦徒本檮桃杌兀踵種武於雲臺之上仲容庭堅耕耘於巖石之下良曰渾敦檮杌不才子也踵武謂繼跡也雲臺書府閣也言不才之子繼跡於書府之上也仲容庭堅賢人也耕耘謂營農也善曰左氏傳太史克曰昔帝鴻氏有不才子掩義隱賊好行凶德醜類惡物頑嚚不友是與比周天下之人謂之渾敦顓頊氏有不才子不可教訓不知話言告之則頑舍之則嚚傲很明德以亂天常天下之人謂之檮杌楚辭曰忽奔走以先後及前王之踵武東觀漢記曰賈逵入講南宮雲臺使出左氏大義作容庭堅八愷之二已見上注法言曰谷口鄭子真不詘其節耕於巖石之下横去謂廢興在我無繫於

天其蔽五也善曰漢書董仲舒對策曰治亂廢興在於己非天降命不可得反也彼戎狄者人面獸心宴安鴆毒良曰言懷惡心善曰戎狄謂魏也班固漢書贊曰夷狄之人被髮左衽人面獸心左氏傳管敬仲曰宴安酖毒不可懷也以誅殺為道德以蒸報為仁義向曰上淫曰蒸下淫曰報善曰漢書曰匈奴其俗寬則射獵禽獸為生業急則人習戰攻以侵伐其天性也父死妻其後母兄弟死皆取其妻妻之小雅曰上淫曰蒸下淫曰報雖大風立於青丘鑿齒奮於華野比於狼戾曾何

足喻翰曰大風國名青丘地名鑿齒國名華野地名昔者堯使羿繳大風於青丘之野誅鑿齒於疇華之澤言今戎狄比於昔日其狼戾惡逆曾何可喻善曰淮南子曰堯之時窫窳九嬰大風封豕鑿齒脩蛇皆為害堯乃使羿誅鑿齒於疇華之澤殺九嬰於凶水之上繳大風於青丘之野上射十日而下殺窫窳斷脩蛇於洞庭禽封豕於桑林高誘曰疇華南方地九嬰水火為大害者北狄之地有凶水大風鷙鳥青丘東方封豕大彘桑林湯禱旱地戰國策張儀曰趙王狼戾無親自金行不競天地版蕩左帶沸脣乘間電發銑曰金行晉也不競循微弱也版蕩亂也左帶戎狄之服也沸脣戎狄之語也言戎狄自晉微弱天地有亂乃乘此間隙如電之疾以為叛逆也謂劉聰之徒也善曰金行謂晉也于寶搜神記程猗説石圖曰金者晉之行也左氏傳師曠曰吾驟歌北風歌南風不競毛詩曰上帝版版毛萇曰杯晚切又曰蕩

蕩上帝鄭玄曰蕩蕩法度廢壞之貌也左帶左衽也尚書曰四夷左衽罔弗咸賴王元長勸給事書啓曰息沸脣於桑壢然齊梁之間通以虜為沸脣也魏志記曰劉備孫權乘間作禍辨亡論曰電發荊南遂覆瀍洛傾五都善曰東京賦曰泝洛背河左伊右瀍于寶晉紀愍帝詔曰羣邪作逆傾盪五都居先王之桑梓竊名號於中縣濟曰先王桑梓謂夏殷周之所居也竊名號謂為帝號也中縣謂中國也善曰毛詩曰維桑與梓必恭敬止漢書高紀詔曰秦徙中縣之人南方三郡與三皇競其氓善本作萌字黎五帝角其區宇善曰韋昭漢書注曰萌民也孔安國尚書傳曰黎衆也西京賦曰區宇乂寧種落繁熾充牣刃神州良曰牣滿也神州中國也善曰范曄後漢書曰梁商上表曰匈奴種類繁熾不可殫書子虛賦曰充牣其中者不可勝記河圖曰崑崙東南地方

千里名曰神州也
嗚呼福善禍淫徒虛言耳豈非否
泰相傾盈縮遞運而汨骨之以人其𣪎六也
向曰古人云爲善則福爲亂則禍蓋虛言矣是皆否泰之理盈縮之運以及於此也汨亂
也善曰尚書湯曰天道福善禍淫降災于夏以彰厥罪周易曰泰者通也物不可以終
通故受之以否老子曰高下相傾淮南子曰孟春始嬴孟秋始縮高誘曰嬴長也縮短也
孔安國尚書傳曰汨亂也
然所謂命者死生焉貴賤焉貧
富焉治亂焉禍福焉此十者天之所賦也
銑曰賦布也善曰死生有命已見上文論衡曰凡人有死生夭壽之命亦有貴賤貧富之命
墨子曰貧富治亂固有天命不可損益呂氏春秋曰禍福之所自來衆人以爲命焉知其
所由之也
愚智善惡此四者人之所行
善本有也字善曰
桓範世要論曰遇不遇命也善不善人也
夫神非舜禹心異朱均
才絓卦中庸在於所習
翰曰舜禹聖帝明王也丹朱堯子商均舜
子皆愚瞢人也言人有神非聖明又心不愚瞢絓及中庸之性者事皆在於習而成也
善曰舜禹二帝也淮南子曰性命可說不待學問而合於道堯舜文王也不可教以道不
可喻以德者丹朱商均也夫上不及堯舜下不若商均此教訓之所喻也高誘曰丹朱弃
子也商均舜子也廣雅曰絓止也胡卦切賈誼過秦曰陳涉材能不及中庸論衡曰中人
之性在所習習善爲善習惡爲惡善
是以素絲無恒玄黃代起
鮑魚芳蘭入而自變
向曰言中庸之人逐物遷性有如素絲無有恒
色或玄或黃相間代而作或見臭好臭遇香好香隨時而變鮑魚臭也芳蘭香也善曰
言在所習也淮南子曰墨子見練絲而泣之爲其可以黃可以黑高誘曰閔其化也入戴

禮曰與君子游苾乎如入蘭芷之室久而不聞則與之化矣與小人游臭乎如入鮑魚之
次久而不聞則與之化矣是故君子慎其所去就者也
故季路學於仲
尼厲風霜之節
善曰尸子曰子路東鄙之野人孔子教之皆爲賢士王隱
晉書曰應詹爲太守人歌之曰威若風霜恩如父母
楚穆謀於潘崇成
弒善本作教字
逆之禍
良曰楚穆王成王子也初成王欲黜之乃告其師潘
崇崇請以宮甲圍成王成王縊死穆王乃立善曰左氏傳曰楚子欲立王子職而黜太子
商臣商臣聞之告其師潘崇曰能事諸乎曰不能能行大事乎曰能以宮甲圍成王王縊
穆王立潘崇太子師
而商臣之惡盛業光於後嗣仲由
之善不能息其結纓
銑曰商臣則穆王名也仲由子路也衛太子蒯
聵以戈擊子路子路曰君子死冠不脫於地乃結纓而死結纓繫冠也言惡者乃盛善者
乃死也善曰楚之後葉皆商臣之子孫周易曰盛德大業至矣哉尚書曰在今後嗣王
左氏傳曰衛渾良夫與太子入舍於孔氏之外圃欲劫孔悝而納太子季子曰太子無勇
若燔臺半必舍孔叔太子聞之懼下石乞孟黶敵子路以戈擊之斷纓子路曰君子死冠
不免結纓而死杜預曰季子子路是也
斯則邪正由於人吉凶
在乎命也善本無也字
或以鬼神害盈皇天輔德
善曰周易曰鬼神害盈而福謙尚書曰皇天無親惟德是輔
故宋公一言
法星三徙
濟曰宋景公有疾熒惑守心熒惑災星心宋之分野朝臣謂公曰可
移禍於相公曰相股肱除心腹之疾置於股肱不可也曰可移於人公曰國無人何以爲
君可移於歲公曰歲所以養人歲不登何以畜人是時熒惑乃退三舍延祚二十一年由
景公之善言也熒惑謂執法之星故云法星也善注同
殷帝自翦千里

來雲翰曰殷時天下大旱湯乃以身禱而翦其髮磨其手自以為犧而四海雲來千里雨至善曰呂氏春秋曰湯克夏四年天大旱湯乃以身禱於桑林於是翦其髮磨其手自以為犧用祈福於上帝雨乃大至淮南子曰湯之時旱七年以身禱於桑林之祭而四海之雲湊千里之雨至也若使善本作若善善惡無徵未洽斯義向曰謂宋公殷帝若為善無徵則未合此義此義謂星退雨至也洽合也善曰因此而言則害盈輔德其由影響若以善惡之理為無徵未洽乎斯義毛萇詩傳曰洽合也且于公高門善本作門高以待封嚴母掃墓以望喪銑曰于定國父于公其門閭壞父老方共修之于公曰少令門高大令得駟馬高蓋出入焉我理獄多陰德未嘗有冤子孫必有興者果至定國為丞相封侯此所謂待封也嚴延年為河南太守其母見其刑罰多乃謂延年曰不聞仁愛專以立威此豈為人

父母意哉我當老矣不忍見汝被戮東歸掃除墓地遂去歸郡後歲餘延年果敗而被誅也善曰漢書曰嚴延年遷河南太守其母從東海來欲從延年臘到雒陽適見報囚母大驚畢正臘已謂延年曰天道神明人不可獨殺我不自意當老見壯子被刑戮也行矣去汝歸東海掃除墓地耳後歲餘果敗此君子所以自彊不息也善曰言善惡有徵故君子庶幾自彊而不息也周易象曰天行健君子以自彊不息若使善本作如使仁而無報奚為修善立名乎斯徑廷定之辭也良曰仁道陰德必有所報若使無之則何為修善立名者乎此乃激過之辭矣徑廷激過也善曰若必為仁而無報何故修善而立名乎是不由命明矣或為茲論者斯乃徑廷之言耳莊子肩吾問于連叔曰大有徑廷不近人情焉司馬彪曰徑廷激過之辭也夫聖人之言顯而晦微而婉幽

遠而難聞河漢而不測翰曰婉柔也濟曰河漢之水深廣善曰此釋聖人之言顯晦難測也左氏傳君子曰春秋之稱微而顯志而晦婉而成章莊子市南宜僚見魯侯曰南越有邑焉名建德之國君曰彼其道幽遠而無人又肩吾問于連叔曰吾聞言於接輿大而無當往而不反吾驚怖其言猶河漢而無極司馬彪曰極崖也無廣若河漢無有崖也或立教以進庸怠或言命以窮性靈向曰聖人立教有詩書禮樂以進中庸懶惰之人或言運命以至其性靈也怠懶窮至也善曰此釋不同之所由也積善餘慶立教也向曰古人所謂積善必有餘慶則有為善而見殃者此蓋是先聖立教教人為善其實在命也善曰周易曰積善之家必有餘慶徐幹中論曰北海孫翺云積善餘慶誘民於善路耳鳳鳥不至言命也銑曰孔子曰鳳鳥不至河不出圖吾已矣夫此蓋歎不遇

聖君亦天命也善曰論語子曰鳳鳥不至河不出圖吾已矣夫今以善本有其字片言辯其要趣何異乎夕死之類而論春秋之變哉向曰理之冥昧其或難知是非反覆紛綸莫定今若以片言辯之亦如朝生夕死之蟲而論春秋寒暑之變其可及乎善曰毛萇詩傳曰蜉蝣渠略也朝生夕死莊子曰蟪蛄不知春秋也且荊昭德音丹雲不卷濟曰荊昭楚昭王也昭王時有雲如衆赤鳥夾日以飛此妖異也楚人請移於令尹王曰除腹心之疾而置之股肱何益也是則昭德音而氣三日不滅也丹雲則此赤氣也宋景公熒惑之災則退三舍此則草應何事同而福異善曰左氏傳曰有雲如衆赤鳥夾日飛三日楚子使問周太史曰其當王身乎若禜之可移於令尹司馬王曰除腹心之疾而寘諸股肱何益不穀不有大過天其夭諸有罪受罰又焉移之遂弗禜周宣祈雨珪

璧斯罄良曰周宣王大旱祈雨罄盡珪璧於神明而雨不至豈不精誠渴則有千里之雲雨同爲明君事則有異也善曰毛詩序曰雲漢仍叔美宣王也詩曰圭璧既卒寧莫我聽于叟種德不逮勛華之高翰曰于叟于公也種猶立也勛堯也華舜也言于公立德不及堯舜而有後嗣至國賢而爲丞相而堯則有愚子丹朱舜則有不肖子商均也善曰勛華已見上文延年殘獷古猛未甚東陵之酷暴善本無暴字向曰獷惡也嚴延年殘惡亦未甚於盜跖之酷暴而延年先敗也而盜跖壽終東陵東陵謂泰山盜跖所居也善曰說文曰獷不可附也莊子曰伯夷死名於首陽之下盜跖死利於東陵之上也爲善一爲惡均而禍福異其流廢興殊其跡蕩蕩上帝豈如是乎銑曰蕩蕩寬廣貌帝天也善曰毛詩曰蕩蕩上帝下民之辟詩云

文選五十四　四十

風雨如晦雞鳴不已翰曰雞鳴不失其時雖風雨晦暝亦鳴不改猶君子雖居暗亂之世其善不改也善曰此釋君子所以自強也毛詩鄭風也鄭玄曰猶君子雖居亂世不變改其節度也故善人爲善焉有息哉善曰尚書曰吉人爲善惟日不足家語孔子曰事君之難也焉可以息哉夫食稻粱進芻楚孫豢患衣狐貉鶴襲冰紈向曰粱米也牛馬食曰芻犬食曰豢狐貉謂以狐毛爲裘冰紈素綺也善曰論語子曰食夫稻韓詩外傳田饒謂魯哀公曰黃鵠啄君稻粱國語曰芻豢幾何論語子曰狐貉之厚以居漢書曰齊地織作冰紈觀窮眇之奇舞聽雲和之琴瑟此小人善本作此生人之所急非有求而爲也銑曰非求其榮利而後爲之皆人情所必須也善曰長楊賦曰憎聞鄭衛窈眇之聲阮籍詠懷詩曰北里多奇舞周禮曰孤竹之管雲和之琴瑟修道德習仁義敦孝悌立忠貞漸禮樂之腴潤蹈先王之盛則此君子之所急非有求而爲也然則君子居正體道樂天知命善曰公羊傳曰君子大居正莊子弇堈弔曰夫體道者天下之君子也郭象曰言體道者人之宗主也周易曰樂天知命故不憂也明其無可奈何識其不由智力翰曰識窮達之理不由智力所致乃在於命也善曰莊子曰知無可奈何而安之若命唯有德者能之王命論曰不知神器有命不可以智力求也逝而不召來而不距生而不喜死而不感善曰莊子曰予惡乎知悅生之或非邪予惡乎知惡死之或是邪王瑤臺夏屋不能悅其神向曰夏大屋也善曰尸子曰人之言居天下者瑤臺九累而堯白

文選五十四　四十一

屋楚辭曰冬有大夏王逸曰夏大屋也毛詩曰於我乎夏屋渠渠土室編蓬未足憂其慮善曰土室編蓬已見非有先生論不充屈善本作詘字於富貴不遑遑於所欲善曰禮記孔子曰儒有不隕穫於貧賤不充詘於富貴皇甫謐高士傳黔婁先生妻謂曾子曰先生不慼慼於貧賤不遑遑於富貴論語曰富與貴是人之所欲也豈有史公董相不遇之文乎翰曰史公司馬遷也董相董仲舒也二人皆作不遇之賦以述其志然人之貧賤富貴皆在天命豈假有此文乎善曰司馬遷爲太史公故曰史公遷集有悲不遇賦法言曰災異董相李軌曰董相江都相董仲舒也仲舒集有士不遇賦

文選卷第五十四

朝鮮活字本六臣注文選　卷第五十五　論五　劉孝標

論五

文選

五十五

共六十

文選卷第五十五　梁昭明太子撰　五臣并李善注

論

劉孝標廣絶交論一首

連珠

陸士衡演連珠五十首

廣絶交論一首

劉孝標翰曰劉峻見任昉諸子西華兄弟等流離不能自振生平舊交莫有收恤西華冬月著葛布被練裙路逢峻峻泫然矜之乃廣朱公叔絶交論到溉見其論抵几於地終身恨之　善注同

客問主人曰朱公叔絶交論為是乎為非乎銑曰朱穆感時澆薄著絶交論以矯之今假設客主以相問以明為論之是非　善曰此假言也為是為非疑而問之也范曄後漢書曰朱穆字公叔為侍御史感俗澆薄莫尚敦篤著絶交論以矯之稍遷至尚書辛贈益州刺史主人曰客奚此之問向曰奚何也　善曰奚何也何故有此問也末詳其意故審覆之也客曰夫濟曰草蟲草蟲鳴則阜螽終躍雕虎嘯而清風起鳴阜螽超躍而從之雕虎嘯則谷風起言此四物相感以喻交不可絶也雕虎虎文如雕畫　善曰欲明交道不可絶故陳四事以喻之毛詩曰喓喓草蟲趯趯阜螽鄭玄曰草蟲鳴則阜螽跳躍而從之異類相應也雕虎已見思玄賦淮南子曰虎嘯而谷風至龍舉而景雲屬許慎曰虎陰中陽獸與風同類也故絪因縕於云相感霧涌

雲蒸嚶鳴相召星流電激良曰絪縕天地之氣也霧涌雲蒸以
相應嚶鳴聲也言鳥鳴相召也星流電激言相應之速也　善曰元氣相感霧涌雲蒸以
相應鳥鳴相召星流電激以相從言感應之速也周易曰天地絪縕萬物化醇淮南子曰
山雲蒸而柱礎潤毛詩曰伐木丁丁鳥鳴嚶嚶鄭玄云其鳴之志似於友道然曹植辯問
曰辯說之士星流電耀答賓戲曰游說之徒風颺電激是以王陽登則
貢公喜罕生逝而國子悲翰曰王陽登朝友人貢禹聞之而喜
罕生子皮也逝死也國子子產也悲為無知已也此明良朋之道休戚共之　善曰此明
良朋也良朋之道情同休戚故貢禹喜王陽之登朝子產悲子皮之永逝也漢書曰王吉
與貢禹為友世稱王陽在位貢公彈冠言其趣舍同也罕生子皮國子子產也左氏傳曰
子產聞子皮卒哭且曰吾以無為為善唯夫子知我也且心同琴瑟言

鬱郁於蘭茝道協善本作叶膠漆志婉孌力轉於塤
篪秩移切　銑曰琴瑟塤篪皆樂器其聲相和也蘭茝香草膠漆堅固之物鬱郁茂盛
貌婉孌相從好貌言友道相合其和如琴瑟之塤篪其芬如蘭茝其堅如膠漆謂以茂盛
道相從　善曰心和琴瑟則言香蘭茝道合膠漆則志順塤篪言和順之甚也毛詩曰妻
子好合如鼓琴瑟曹子建王仲宣誄曰好和琴瑟鬱郁香也上林賦曰芳香漚鬱酷烈淑
郁楚辭曰蘭茝幽而獨芳周易曰同心之言其臭如蘭茫曄後漢書曰陳重字景公雷義
字仲預重少與義友鄉里為之語曰膠漆自謂堅不如雷與陳班固漢書贊曰婉孌董公
塤篪已見鸎鵡賦聖賢以此鏤金版而鐫盤盂書玉
諜牒而刻鍾鼎向曰聖賢以良朋之道鏤於金版盤盂玉諜鍾鼎之上也
金版金匱之書盤盂器也衡山有玉璧禹所刻文名玉諜古人有善事則銘鏤於其上以

記之也　善曰聖賢以良朋之道故著簡策而傳之太公金匱曰屈一人之下申萬人之
上武王曰請著金版墨子曰琢之盤盂銘於鍾鼎傳於後世玉牒已見上若乃匠
人輟成風之妙巧伯子息流波之雅引濟曰匠石
見巧漫者鼻上有泥匠石運斤成風聲以斷之堊盡而鼻不傷後巧漫者死匠石為之
輟斤矣伯牙鼓琴意在於水鍾子期聽之曰湯湯乎其若流波也後鍾期死伯牙終身不
復鼓琴喻交無相知則絕也雅正引曲也　善曰此言良朋之難遇也莊子曰莊子送葬
過惠子之墓謂從者曰郢人堊漫其鼻端若蠅翼使匠石斷之匠石運斤成風斷之盡堊
而鼻不傷郢人立不失容宋元君聞之召匠石曰嘗試為寡人為之匠石曰臣則嘗能斷
之雖然臣質死久矣自夫子之死也吾無以為質矣吾無與言也伯牙及雅引已見上文
范張款款於下泉尹班陶陶於永夕良曰范式與張

邵為友邵卒乃夢式曰吾以某日死子豈能相及式乃服友服而以赴之將窆而柩不
進母撫之曰元伯豈有望耶遂停柩乃見素車白馬號哭而來母曰必范巨卿既至叩喪
日行矣元伯死生各異永從此訣遂自執紼引柩車乃前款誠也尹敏與班彪友善每
相見晝即至暝夜即達曙陶陶和樂貌　善曰范曄後漢書曰范式字巨卿少與張劭為
友劭字元伯元伯卒式忽夢見元伯呼曰巨卿吾以某日死當以某時葬永歸黃泉子未
我忘豈能相及式怳然覺悟便服朋友之服數其葬日馳往赴之既至壙將窆而柩不進
其母撫之曰元伯豈有望耶遂停柩移時乃見素車白馬號哭而來其母望之曰必范巨卿
既至叩喪言曰行矣元伯死生各異永從此辭式執引柩乃前式遂畱家次脩墳樹然
後乃去司馬遷書曰試欲效其款款之愚仲宣七哀詩曰悟彼下泉人東觀漢記曰尹
敏與班彪相厚每相與談常晏暮不食晝即至暝夜徹旦彪曰相與久語為俗人所怪然

鍾子期死伯牙破琴昌爲陶陶哉駱驛縱橫煙霏雨散巧曆
所不知心計莫能測翰曰駱驛縱橫不絕貌煙霏雨散衆多貌言交
道多塗雖巧於曆數及心算之人無能知測其委趣也善曰駱驛縱橫不絕煙霏雨散
衆多也魯靈光殿賦曰縱橫駱驛各有所趣陸機列仙賦曰騰煙霧之霏霏亂泰羲新曰
霧集雨散莊子曰巧曆不能得而況凡乎漢書曰桑弘羊雒陽賈人子以心計得中也
而朱益州汨骨彝叙粤謨訓捶支靡直切絕交
游比黔首以鷹鸇媲人靈於豺虎蒙有猜焉
請辨其惑銑曰汨亂彝常也粵當爲越捶杖也黔首人也鷹鸇鷙鳥豺虎攫戮
喻貪而無親媲比也猜疑也言公叔著絕交論是亂常叙越謨訓蒙容自謂也客疑此理
故請主人辨昏惑也善曰言朋友之義備在典謨公叔齊常道而絕之故以爲疑也尚

文選五十五　四

書曰彝倫攸叙又曰聖有謨訓家語孔子曰祁奚對平公云羊舌大夫信而好直其切也
王肅曰言其切直也爾雅曰丁丁嚶嚶相切直也列子曰公孫穆屏親昵絕交游司馬遷
書曰交游莫救視鷹鸇豺虎貪殘而無親也黔首已見過秦論左氏傳太史克曰見無禮
於其君者誅之如鷹鸇之逐鳥雀爾雅曰媲妃也尚書曰惟人萬物之靈杜夷幽求子曰
不仁之人心懷豺虎長楊賦曰蒙竊惑焉已見七命論語子張曰敢問崇德辨惑主
人听魚謹然而笑曰客所謂撫絃徽音未達燥
濕變響張羅沮將預澤不覩鴻鴈雲飛向曰听笑貌循
絃曰徽澤有草曰沮言朋友之道隨時盛衰今以絕交之理爲惑是不知隨時之義亦猶
撫琴循絃不達燥濕之聲變張網草澤而不覩鳥之高飛乃惑之甚也善曰言朋友之
道隨時盛衰醇則志叶斷金醨則昌言交絕今以絕交爲惑是未達隨時之義猶撫絃者

未知變響張羅者不覩雲飛謬之甚也上林賦曰亡是公听然而笑鄭玄禮記注曰撫以
手按之也許慎淮南子注曰鼓琴循絃謂之徽也韓詩外傳曰趙遣使於楚臨去趙王謂
之曰必如吾言辭時趙王方鼓琴使者因跪曰大王鼓琴未有如今日之悲也請記其處
後將法焉王曰不可夫時有燥濕絃有緩急徽柱推移不可記也使者曰臣愚請借此以
譬之何者楚之去趙二千餘里變政萬端亦猶絃不可記也難蜀父老曰鵾鵬已翔乎寥
廓之宇而羅者猶視乎藪澤悲夫沮澤已見蜀都賦吳都賦曰雲飛水宿蓋聖人
握金鏡闡風烈龍驤蠖屈從道汙烏隆濟曰握持
也金鏡喻明道闡開驤騰也蠖蟲名言聖人持明道開風業騰之如龍屈之如蠖亦隨時
降發也而况交道乎善曰言聖人懷明道而闡風化如龍蠖之驤屈蓋從道之汙隆也
春秋孔演圖曰有人卯金刀握天鏡雒書曰秦失金鏡鄭玄曰金鏡喻明道也春秋考異

文選五十五　五

郵曰後雖殊世風烈循合於持方宋均曰持方受命者名也班固漢書韓彭述曰雲起龍
驤化爲侯王蠖屈已見潘正叔贈王元況詩禮記子思曰道隆則從而隆道汙則從而汙
鄭玄曰汙猶殺也日月聯璧贊亹亹亡尾之弘致雲飛
電善本作雷薄顯棣華之微旨若五音之變化濟
九成之妙曲此朱生得玄珠於赤水謨神睿
而爲言良曰日月聯璧謂太平時亹亹微妙也弘大也雲飛雷薄謂喪亂也棣華
反而後合喻權而至順也旨意也九成韶樂也聖人處明時則行微妙大智之理處於喪
亂則爲權宜合順之意亦猶五音變化以成韶樂之義也玄珠喻道赤水假名睿聖也言
公叔窮妙理之極謨法神聖爲言以絕交論得矯時之理也善曰日月聯璧謂太平
也雲飛電薄謂喪亂也王者設教從道汙隆太平則明亹亹微妙之弘致道喪則顯棣華

權道之微旨然則隨時之義理非一塗若五音之變化乃齊九成之妙曲合朱公叔絕交
是得矯時之義此猶得玄珠於赤水謨神睿而為言謂窮妙理之極也易坤靈圖曰至德
之萌日月若璧周易曰定天下之吉凶成天下之亹亹者莫善於蓍龜王弼曰亹亹微
妙之意也鄭玄周禮注曰致至也漢書高祖歌曰大風起兮雲飛揚淮南子曰陰陽相薄
為雷激而為電論語曰棠棣之華偏其反而何晏曰逸詩也棠棣之華反而後合賦此詩
以言權反而後至於大順也長笛賦曰五音代轉尚書曰簫韶九成鳳皇來儀莊子曰黃
帝游于赤水之北遺其玄珠乃使罔象求而得之司馬彪曰赤水水假名玄珠喻道也孔
安國尚書傳曰謨謀也睿聖也至夫組織仁義琢磨道德歡
善本作驩字其愉樂恤其陵夷翰曰組綬類也織謂編之以成也言
良友以仁義道德相成亦猶組織琢磨然後為器物也愉樂也恤憂也陵夷猶彫零也

文選五十五　六

歡感同也善曰此言良友每事相成道德資以琢磨仁義因之組織居憂共感樂同
驩仲長統昌言曰道德仁義天性也織之以成其物練之以成其情禮記曰如切如磋
學也如琢如磨自脩也白虎通曰朋友之交樂則思之患則死之陵夷已見五等論寄
通靈臺之下遺跡江湖之上風雨急而不輟
其音霜雪零而不渝其色斯賢達之素交歷
萬古而一遇銑曰靈臺心也遺跡謂心相知而跡相忘也莊子曰魚相忘於
江湖詩云風雨如晦雞鳴不已渝變也素稱也言有心相知而跡相忘臨危難之時而不
變節者乃天下之雅交也歷萬古而一遇謂不可逢也善曰良朋款誠始終若一故寄
通神於心府之下遺跡相忘於江湖之上也莊子曰萬惡不可內於靈臺司馬彪曰心為
神靈之臺也李陵書曰人之相知貴相知心莊子曰魚相忘於江湖人相忘於道術郭象

曰各自足故相忘也今引江湖唯取相忘之義也不輟其音已見辯命論莊子曰天寒既
至霜雪既降吾是以知松柏之茂也素雅素也萬古一遇難逢之甚也逮叔世
民訛狙七余詐飆起谿谷不能踰其險鬼神無
以究其變競毛羽之輕趨錐刀之末向曰逮及也叔
世謂末年也訛偽也狙詐謂伺人之間隙也飆起喻疾也毛羽謂小利也錐刀小事也言
末年之交多詭偽險惡雖鬼神之靈不能究盡其變也而競其小事趨其小利此陳損友
之道也善曰上明良明此明損友也左氏傳叔向曰三辟之興皆叔世也毛詩曰民之
訛言鄭玄曰訛偽也漢書曰狙詐之兵音義曰狙伺人之間隙也荅賓戲曰游說之徒風
颺電激並起而救之莊子孔子曰凡人之心險於山川難知於天董仲舒士不遇賦曰生
不丁三代之盛隆兮于三季之末俗鬼神不能正人士之變戾聖賢亦不能開愚夫之違

文選五十五　七

惑葛龔集曰龔以毛羽之身載五山之施左氏傳叔向曰錐刀之末將盡爭之於是
素交盡利交興天下蚩蚩鳥驚雷駭濟曰蚩猶擾
擾也鳥驚雷駭言聲勢盛不如素交如水之淡也善曰毛詩曰氓之蚩蚩廣雅曰蚩亂
也崔寔正論曰秦時赭衣塞路百姓鳥驚無所歸淮南子曰日月行日動電奔雷駭也然
善本有則字利交同源派流則異較角言其略有
五術焉良曰源本也派別流也較明略要術法也言趨利則同其勢則異明其要端
要有此五法謂下事也善曰廣雅曰較明也韓詩曰報我不術薛君曰術法也若
其寵鈞董石權壓梁竇翰曰董賢石顯梁冀竇憲並漢朝寵臣威
權振於當時鈞壓猶重也言利交之中有重於此者善曰董賢石顯已見西京賦梁
猶勢也范曄後漢書曰梁冀字伯卓為大將軍專擅威柄凶恣日積竇憲已見節聽官者

論雕刻百工鑪捶朱靡萬物吐漱興雲雨呼噏
吸下霜露九域聳其風塵四海疊其燻灼鈔曰
雕刻鑪捶喻造化也興雲雨謂恩澤也下霜
露謂能爲威刑也九域九州也言吐漱呼吸
之間使九州之人四海之士皆懼其威風之
盛也聳疊謂懼燻灼猶威也善曰覆載天
地刻彫衆形而不爲巧尚書曰百工惟時莊
子曰黃帝之忘其智皆在鑪捶之間聲類曰
鑪火所居也李顒莊子音義曰捶排口鐵以
灼火也之瑞切范曄後漢書曰舉動迴山海
呼吸變霜露九域已見潘元茂九錫文爾雅
曰聳懼也夏侯湛東方朔畫贊曰彷彿風塵
周垂頌聲毛萇詩傳曰疊懼也西征賦曰靡
當恭顯之任勢也燻灼四方震耀都鄙
不望影星奔藉響川鶩雞人始唱鶴蓋成陰
高門旦開流水接軫
向曰靡然也言逐勢利
之人如星奔川鶩望影

文選五十五　八

聽響而赴於豪貴也雞人告人明時取象於
雞也鶴蓋謂蓋如飛鶴流水車也戍陰接軫
言多也軫車後之橫木也一善曰蔡伯喈郭
林宗碑曰于時紳佩之士望形表而影附聆
嘉聲而響和者猶百川之歸巨海鱗介之宗
龜龍也周禮曰雞人凡國事爲期則告之時
鄭玄曰象雞知時也劉楨魯都賦曰蓋如飛
鶴馬似游魚高門已見辯命論范曄後漢書
明德馬后曰前過濯龍門上見外
家問起居者車如流水馬如龍也
至踵墮許惟切善本作隳字膽抽腸約同要離焚妻子
誓佝善本作殉字荊卿湛沈宗族善本作七族是曰勢
交其流一也
濟曰頂頭也踵足也墮毀抽拔
也言盡心也要離爲吳王僚殺
慶忌先焚其妻子誓盟言也以身從物曰殉
湛自殺也謂荊軻爲燕君刺秦王也言此皆
附吳王燕君之勢利而至於殺身覆族也
善曰孟子曰墨子兼愛摩頂放於踵趙岐曰

放至也鄒陽上書曰見情素墮肝膽李顒詩
曰焦脾枯肝抽腸裂膈鄒陽上書曰荊軻沈
七族要離焚妻子
豈足爲大王道哉
富將善本作埒字陶白貲巨程
羅山擅銅陵家藏金穴出平原而聯騎居里
閈汗而鳴鍾
良曰將等擅專也陶朱公白圭
程鄭羅襃皆貲至巨萬鄧通
文帝寵之賜銅山令得鑄錢鄧氏之錢布於
天下郭況家多金寶時人謂之金穴漢時蜀
氏以賣脯連騎張氏以馬醫鳴鍾閈里門也
善曰陶朱已見過秦論程鄭已見蜀都賦
漢書曰白圭周人也樂觀時變天下言治生
者祖白圭又曰成都羅襃貲至鉅萬又曰鄧
通蜀郡人也文帝賜通蜀嚴道銅山得鑄錢
鄧氏錢布天下揚雄蜀都賦曰西有鹽泉鐵
冶橘林銅陵范曄後漢書曰光武帝郭皇后
弟況爲大鴻臚數賞賜金錢京師號況爲金
穴連騎鳴鍾已見西京賦
應劭漢書注曰里門曰閈
則有窮巷之賓繩

文選五十五　九

樞之子善本作士字異宵燭之末光邀潤屋之
微澤魚貫鳧躍颯沓鱗萃分鴈鶩之稻粱
玉斝之餘瀝
翰曰繩樞以繩爲戶樞者貧
也甘茂謂蘇代曰昔有貧女與
富女會績曰我無以買燭子之燭可分我餘
光禮記曰富潤屋言邀幸富者末光微澤也
魚貫謂貧者駢頭相次於富者之門如貫魚
也鳧水鳥也魯連子曰君鴈鶩有餘粟斝爵
也謂富家之門如鳧之踊躍颯沓鱗萃言多
也求其養鴈之粟殘餘之瀝者言少也善
曰漢書曰陳平家貧負郭窮巷以席爲門過
秦論曰陳涉甕牖繩樞之子戰國策曰甘茂
去秦且之齊出關遇蘇子曰君聞夫江上之
夜女乎夫江上之夜女有家貧而無燭者
夜女相與欲去之家貧無燭者將去矣謂
女曰妾以無燭之故當先掃室布席何愛餘
明之照四壁者幸女相與留之今臣棄逐於
秦出關願爲足下掃室布席幸無我逐也甘

達國語注曰邀求也禮記曰富潤屋德潤身貫魚已見鮑昭出自薊北門行潘岳哀辭曰登歸聲見鳧藻踴躍張衡羽獵賦曰輕車颯沓西京賦曰鳥集鱗萃魯連子曰君鴈鶩有餘粟韓詩外傳曰髡謂魯哀公曰黃鵠止君園池冢君稻粱說文曰學王爵也史記淳于髡曰親有嚴客持酒於前時賜餘瀝**銜恩遇進款誠援青松以示心指白水而旌信是曰賄交其流二也**銑曰言貧者銜其恩遇以進款誠也援引旌表也言引青松以示堅貞指白水以表情信也晉公子曰若不與舅氏同心者有如白水賄謂財貨也善曰陸士龍為顧彥先贈婦詩曰銜恩遇謂以恩相接也秦嘉婦詩曰何用叙我心遺思致款誠禮記曰其在人也如松柏之有心周松執友論曰推誠歲寒功標松竹左氏傳晉公子曰所不與舅氏同心者有如白水**陸大夫讌**善本作宴字**喜西都郭有道人**

倫東國公卿貴其籍甚搢紳羨其登仙向曰陸賈拜太中大夫讌喜謂酬樂也西都長安也漢時公卿貴其名聲籍甚猶名聲也郭泰傳通墳籍游於東都人倫欽之後將歸搢紳士子送之與李膺同舟而濟衆賓望之以為登仙矣羨願也 善曰漢書曰高祖拜陸賈為太中大夫陳平以錢五百萬遺賈為食飲費賈以此公卿間名聲籍甚音義曰狼籍甚盛也西征賦曰陸賈之優游宴喜范曄後漢書曰郭泰字林宗博通墳籍善談論游洛陽後歸鄉諸儒送之與李膺同舟而濟衆賓望之以為神仙舉有道不應林宗雖善人倫不為危言覈論東國洛陽也**加以頌**羌錦**頥蹙**將六**頞**遏**涕唾流沫騁黃馬之劇談縱碧雞之雄辯**濟曰蔡澤頗顣頞涕唾流沫西揖彊秦之相而奪其位時也頞醜貌頥頞蹙促也頞鼻莖也莊子曰惠施云黃馬驪牛三謂黃驪色為三也言辯者以此為

劇談也王褒為碧雞頌盛辯辭之謂也善曰解嘲曰蔡澤頷頤折頞涕唾流沫西揖彊秦之相而奪其位時也莊子曰惠施其言黃馬驪牛三辯者以此與惠施相應終身無窮司馬彪曰牛馬以二為三無與別也曰馬曰牛形之三也曰黃曰驪色之三也曰黃馬曰驪牛形與色之三也蜀都賦曰劉淵林扼腕抵掌為衍與鄧禹書曰衍以為寫神輸意則聊城之說碧雞之辯不足難也王褒碧雞頌曰持節使者敬移金精神馬剽剽碧雞歸來歸來漢德無疆黃龍見兮白虎仁歸來歸來可以為倫歸來翔兮何事南荒也**叙濕燠**善本作郁字**則寒谷成暄論嚴苦則春叢零葉飛沈出其顧指榮辱定其一言**良曰溫燠也嚴苦歲急也飛沈喻高下也昔鄒衍在燕有寒谷不生草木衍吹律溫氣至而生黍今名黍谷也言高下榮辱在於辯者迴顧言談也善曰毛萇詩傳曰燠煖也郁與燠古字通也寒

谷已見顏延年秋胡詩王逸楚辭注曰嚴壯也風霜壯謂之嚴說文曰苦急也張外反論語曰噓枯則冬榮吹生則夏落荀爽與李膺書曰任其飛沈與時抑揚莊子曰手撓顧指四方之民莫不俱至周易曰樞機之發榮辱之主**於是有弱冠王孫綺紈公子道不挂於通人聲未遒於雲閣攀其鱗翼丐**哥賴**其餘論附駔**子郎**驥之旄端軼歸鴻於碣石是曰談交其流三也**翰曰王孫公子相推擬辭也綺紈謂衣羅綺之士也通人謂博達古今也通美也鱗龍也翼鳳也喻攀附也丐乞也驥良馬也軼至也碣石海畔山言不能自傳通附辯者乞餘論亦猶蠅附驥旄以過歸鴻之飛而及碣石謂因此託附而聲名遠也是曰談交言利其談說而為交也 善曰弱冠已見辯士論漢書漂母謂韓信曰吾哀王孫而進食又班伯與王許子弟為羣在於綺

襦繞袴之間論衡曰夫能該一經者爲儒生
博覽古今者爲通人應劭漢書注曰通好也
應瑒釋賓曰子猶不能騰雲閣攀天衢揚子
法言曰攀龍鱗附鳳翼子虛賦曰顧聞先生
之餘論說文曰駔良馬也張敞集曰蒼蠅之
飛不過十步託驥之旄乃騰千里之路何休
公羊傳注曰軼過也淮南子曰鉗
且大丙之御也過歸鴈於碣石也陽舒陰慘
生民大情憂合歡善本作驩字離品物恒性故魚
以泉涸而呴沫鳥因將死而哀鳴善本作鳴哀向曰
涸枯也言水枯則魚相呴以沫似相親也及
游江湖則以相忘矣是憂合歡離之理也論
語曰鳥之將死其鳴也哀善曰西京賦曰
人在陽時則舒在陰時則慘莊子曰藏天下
於天下而不得所遯是恒物之大情也相呴
以沫憂合也相忘江湖驩離也周易曰品物
成身莊子曰泉涸魚相與處
於陸相呴以濕相濡以沫
同病相憐綴河

文選五十五　十二

上之悲曲恐懼寘懷昭谷風之盛典濟曰太宰嚭奔
吳子胥請以爲大夫吳大夫被離承宴問子
胥曰何見而信嚭乎子胥曰嚭與吾同怨子
不聞河上之歌乎同病相憐谷風詩刺
明支道云將恐將懼寘予于懷寘致也
善曰吳越春秋曰伯嚭來奔於吳子胥請以
爲大夫吳大夫被離承宴問子胥曰何見而
信伯嚭乎子胥曰吾之怨與嚭同子聞河上
之歌者乎同病相憐同憂相救驚翔之鳥相
隨而集瀨下之水回復俱流誰
不愛其所近悲其所鄉者乎斯則斷金由
於湫子小隘刎頸起於苫蓋胡臘切良曰朋友之心同金雖堅
剛利能斷之也刎割也刎頸之交言其重也
湫隘苫蓋謂貧賤言交結之重在貧賤也
善曰周易曰二人同心其利斷金左氏傳曰
景公欲更晏子之宅曰子之宅湫隘囂塵漢
書曰張耳陳餘相與爲刎頸交左氏傳范
宣子數戎子駒支曰乃祖吾離被苫蓋蒙

以伍員濯溉於宰嚭匹几張王撫翼於陳相是
曰窮交其流四也翰曰伍員子胥也濯溉洗濯也宰嚭因子胥洗濯而
榮貴張耳封常山王故云張王陳餘爲趙相
故云陳相撫翼謂相撫持翼佐而致榮貴窮
交言窮迫則交謂宰嚭厄楚奔吳
立趙也善曰言宰嚭由伍員濯溉而榮顯
嚭既貴而諂負陳餘因張耳撫翼而奮飛餘
既尊而襲耳故曰窮交也毛詩曰可以濯溉
說文曰濯浣也毛萇詩曰溉灌也在於貧賤
類乎泥滓縻之好爵同於濯溉史記曰伍子
胥者楚人也名員楚王誅員父奢子胥往吳闔
廬既立得志以子胥爲行人楚又誅大臣伯
州犂之孫亡奔吳吳亦以嚭爲大夫吳越
春秋曰帛否來奔於吳王闔廬問伍子胥帛
否何如人也伍子胥對曰帛否者楚州犂孫
平王誅州犂否因懼出奔聞臣在吳而來吳
王因子胥請帛否以爲大夫與之謀於國事
史記曰闔閭死夫差既立以伯嚭爲太宰吳

文選五十五　十三

敗越於會稽大夫種厚幣遺吳太宰請和將
許之子胥諫不聽太宰既與子胥有隙因讒
子胥王乃使賜子胥屬鏤之劍乃自剄左氏
傳曰哀公會吳吳子使太宰嚭請尋盟
然本或作伯喜或作帛否或作太宰嚭字雖
不同其人一也班固漢書述曰張陳之交好
如父子攜手遯
眷撫翼俱起馳騖之倫善本作俗字澆薄之俗
善本作倫字無不操權衡秉纖纊衡所以揣初委其
輕重纊所以屬其鼻息若衡不能舉纊不能
飛雖顏冉龍翰鳳雛曾史蘭薰雪白銑曰馳騖謂趨
走也倫輩操執衡秤纊綿揣量也言趨走之
人澆薄之輩皆執衡秤勢之輕重持綿量氣
之麤細若勢輕氣微雖行如顏回冉耕德如
曾參史魚終不云重也龍翰鳳雛喻君子蘭
薰雪白喻芳潔善曰阮子政論曰交遊之
黨爲馳騖之所處淮南子曰澆天下之淳許

慎曰澆薄也漢書曰衡平也權重也衡所以任權而均物平輕重也鄭衆考工注曰稱錘曰權鄭玄尚書注曰稱上曰衡尚書曰厥貢纖纊說文曰揣量也儀禮曰屬纊以候氣運命論曰顏冉大賢魏志崔琰曰邴原張範所謂龍翰鳳翼習鑿齒襄陽記曰舊目諸葛孔號爲臥龍龐士元爲鳳雛曾參史魚也莊子曰削曾史之行錯楊墨之口魏都賦曰信陵之名蘭芬也葛龔薦郝彥文曰雪白氷折皎然曜世也舒向金玉淵海卿雲黼黻河漢向曰董仲舒劉向文章如金玉之珍淵海之深司馬長卿揚子雲文章如黼黻之麗河漢之廣黼黻錦繡之屬　善曰言舒向之辭同於淵海也論衡曰儒世之金玉又曰劉子駿漢朝之智囊筆墨之淵海言卿雲之文類於河漢也論衡曰繡之未剌錦之未織恒絲庸帛何以異哉加五采之巧施針縷之飾文章之耀黼黻華蟲學士有文章猶絲帛之有五色之巧也又曰漢諸儒作書者以司馬長卿揚子雲

爲河漢也其餘涇渭也視若游塵遇同土梗莫肯費其半菽罕有落其一毛濟曰雖有顏冉曾史之行舒向卿雲之文權勢之輕氣息之薄澆薄之人見之如游塵土梗莫肯以半豆一毛而濟之土梗謂解所土入木人也菽豆也　善曰游塵土梗喻輕賤也左太沖詠史詩曰視之若埃塵蓋含司馬謀曰命危朝露身輕游塵莊子魏文侯曰吾所以學真土梗耳司馬彪曰梗土之隸梗也漢書項羽曰歲飢人貧卒食半菽孟子曰楊子爲我拔一毛而利天下不爲之也若衡重錙銖纊微影飄撇減匹雖共工之蒐慝驩兜之掩義南荊之跋扈東陵之巨猾良曰錙銖輕也影撇纊飛貌翰微有氣勢之人蒐隱慝惡也共工少昊氏之子有隱惡之行驩兜帝鴻氏之子爲掩義隱賊之行荊楚也莊蹻爲盜跋扈於南楚巨大猾亂也盜跖爲亂於東陵東陵地名

善曰錙銖已見沈約彈曹景宗文侯瑾箏賦曰微風影撆合氣輕浮左氏傳季孫行父曰少昊氏有子靖譖庸回伏讒蒐慝杜預曰謂共工也蒐隱慝惡也左氏傳季孫行父曰帝鴻氏有子掩義隱賊好行凶德杜預曰謂驩兜也南荊謂楚也演連珠曰南荊有寡和之歌韓子莊周子謂楚莊王曰莊蹻爲盜於境內吏不能禁西京賦曰睢盱跋扈東陵盜跖也已見任昉王儉集序東京賦曰巨猾閒釁其略切皆爲匍匐逶迤折枝舐痔金膏翠羽將其意脂韋便辟婢亦導其誠翰曰匍匐伏行逶迤邪行皆謂恭也折枝按摩手足也痔後病也宜入舐之言趍勢之人見有威力者雖共工驩兜莊蹻盜跖之徒亦爲之盡敬按摩手足舐其痔病金膏金冊也將意謂以寶幣申厚意也脂韋柔弱貌便辟曲謟貌導引也謂作柔弱之貌引誠心於勢人也　善曰說文曰逶迤邪行去也史記曰蘇秦笑謂嫂何前踞而後恭嫂遶

逶蒲服而謝曰見季子位高金多也孟子曰爲長者折枝語人曰吾不能是不爲也非不能也趙岐曰折枝案摩折手節解罷枝也莊子謂宋人曹商曰秦王有病召醫破癰潰痤者得車一乘舐痔者得車五乘子豈舐其痔邪金膏已見江賦漢書曰繇王閩侯亦遺江都王建辟甲翠羽毛詩序曰又實幣帛以將其厚意鄭玄曰將助也楚詞曰如脂如韋王逸曰柔弱曲也論語孔子曰損者三友友便辟損矣故輪蓋所游必非夷惠之室苞苴所入實行張霍之家謀而將余後動毫芒寡忒是曰量交其流五也銑曰輪蓋謂軒冕之人夷伯夷惠柳下惠苞苴簞笥以東魚肉也張張安世霍霍光也言從勢之人皆於豪貴之門謀其勢力輕重毫芒不差也或差也量度也謂度其輕重而交也　善曰禮記日苞苴簞笥問人者鄭玄曰苞苴裹魚肉者也或以葦或以茅荅賓戲曰銳思毫芒之内

也
亢斯五交義同賈古鬻故桓譚譬之於闤
闤林回諭之於甘醴向曰五交謂上五交也鬻賣也譚拾子曰人富
貴則就之貧賤則去之請以市諭夫市朝則滿夕則虛非朝愛而夕憎也存故往亡故去
其勢然也闤市垣也林田曰君子之交淡若水小人之交甘如醴醴甘故速壞也今言
桓譚無以市諭交之文疑誤也善曰鬻杜預左氏傳注曰買也鄭衆周禮注曰鬻賣
也譚集及新論並無以市喻交之文戰國策譚拾子謂孟嘗君曰得無怨齊士大夫乎孟
嘗君曰然譚拾子曰富貴則就之貧賤則去之請以市諭市朝則滿夕則虛非朝愛而夕
憎之也求存故往亡故去願君勿怨然此以市諭交疑拾誤為桓遂居譚上耳莊子林田
曰君子之交淡若水小人之交甘如醴司馬彪曰林田人姓名也夫寒暑遞
進盛衰相襲或前榮而後悴或始富而終貧

文選五十五　十六

或初存而末亡或古約而今泰循環飜覆迅
若波瀾濟曰遞迭襲仍約儉泰奢也言人事不恒道塞之理如循環無際飜覆迅
疾若波瀾相從也善曰周易曰寒往則暑來暑往則寒來盛衰已見琴賦說文曰襲因
也說苑雍門周對孟嘗君曰臣之能令悲者先貴而後賤故富而今貧窮賦曰有始泰終
約前榮後悴尚書大傳曰三王之統若循連環周則復始窮則反李陸機樂府詩曰休咎
相乘躡翻覆若波瀾此則徇善本作殉字利之情未嘗異變
化之道不得一由是觀之張陳所以凶終
朱所以隙末斷焉可知也善本作矣字良曰徇求也言求利
情同謫詐則異變化謂貧富貴賤不恒也從此道觀之故張耳陳餘蕭育朱博所以為凶
隙於末也善曰言貪利情同謫詐殊道也范曄後漢書王丹曰交道之難未易言也張

陳凶其終蕭朱隙其末故知全者鮮矣漢書曰蕭育字次君朱博字子元育少與博為友
故長安語曰蕭朱結綬王貢彈冠言相薦達也後育為九卿博先至丞相與博有隙也
而翟公方規規然勤門以箴客何所見之晚
善本有乎字翰曰規規小貌也箴刺也言人之從勢盛衰與來久矣謂翟公署門譏客
見事晚也善曰莊子曰規規然自失也漢書曰下邽翟公為廷尉賓客亦復填門及廢
門外可設爵羅後為廷尉賓客欲往翟公大署其門曰一死一生乃知交情一貧一富乃
知交態一貴一賤交情乃見穀梁傳曰王城下然後知何知之晚也然善本無然字
因此五交是生三釁敗德殄義禽獸相若一
釁也銑曰殄絕釁罪也言隨勢之人必敗德絕義與禽獸同也善曰杜預左氏傳
注曰釁瑕隙也尚書曰侮慢自賢反道敗德史記衛平曰天有五色以辯白黑人民莫知

文選五十五　十七

辯也與禽獸相若也難固易攜讎訟所聚二釁也向曰攜離
訟諍也善曰杜預左氏傳注曰攜離也名陷饕餮貞介所羞三
釁也濟曰陷没也饕餮貪財食也言趨利設名聲於貪鄙為貞介之士所羞也善
曰饕餮已見上漢書贊曰勢利之交古人羞之古人知三釁之為梗
懼五交之速尤故王丹威子以檟古雅楚朱穆
昌言而示絕有旨哉有旨哉良曰梗病尤過也王丹子有同
門生喪親白丹將慰之丹怒撻之令寄縑以祠馬檟楚也昌當也旨美也美哉美丹穆
之情遠也善曰毛萇詩傳曰速召也有梁之初淳風已喪俗多馳競人尚浮華故叙
世之交情刺當時之輕薄朱生示絕良會其宜重言之者歎美之至范曄後漢書曰王丹
字仲回其子有同門生喪親家在中山白丹欲奔慰丹怒而撻之令寄縑以祠焉禮記曰

夏楚二物以收其威鄭玄曰夏稲也楚荊也夏與檟古今字也昌言已見王元長策秀才文孫綽子曰莊多寄言渾沌得宗罔象得珠吉哉言乎近世有樂安任昉海內髦傑早綰銀黃夙昭民譽翰曰樂安郡名髦傑喻英彥也綰貫也銀黃謂銀印黃綬也夙早也言早為人所稱譽也善曰漢書上以書勑責揚僕曰懷銀黃垂三組夸鄉里左氏傳曰晉悼公即位六官之長皆名譽也遒文麗藻方駕曹王英特善本作時字俊邁聯橫許郭類田文之愛客同鄭莊之好賢銑曰遒義也麗藻喻文章之義也方並也曹曹植王王粲俊邁猶俊異也聯橫連衡也謂與許邵郭林宗齊衡也孟嘗君姓田名文好養賓客鄭莊置驛長安諸郊請客以夜繼日是好賢人也善曰孫綽集序曰綽文藻遒麗文驚已見西京賦曹王子建仲宣也魏志曰崔琰謂司馬朗子

之弟剛斷英時裴松之案時或作特竊謂英特為是辯亡論曰或將連衡范曄後漢書曰許劭少俊名節好人倫多所賞識故天下言拔士者咸稱許郭史記曰孟嘗君名文姓田氏在薛招致諸侯賓客食客數千人漢書曰鄭當時字莊為大司農每朝候上問說未嘗不言天下長者班固贊曰鄭當時之推賢也見一善則盱衡扼腕烏半遇一才則揚眉抵掌雌黃出其脣吻無粉朱紫由其月旦向曰盱衡驚視貌扼捉揚舉也抵掌側手擊掌也雌黃美惡也吻口也朱紫品藻也許劭與從兄靖共品藻鄉黨人物每月輒更品題故汝南有月旦評焉善曰孟子曰舜聞一善言見一善行若決江河沛然莫之能禦盱衡已見魏都賦搤腕已見蜀都賦大戴禮曰孔子慨然揚眉戰國策曰蘇秦說趙王抵掌而言孫盛晉陽秋曰王衍字夷甫能言於意有不安者輒更易之時號口中雌黃東觀漢記曰汝南

守宗資等任用善士朱紫區別范曄後漢書曰許子將與從兄靖具有高名好共覈論鄉黨人物月旦輒更品題故汝南俗有月旦評焉於是冠蓋輻湊衣裳雲合輜側眉軿蒲眠擊轊為歲坐客恒滿蹈其閫閾若升闕里之堂入其隩隅謂登龍門之阪濟曰輜軿華車也轊車軸頭也閫域門限也闕里孔子里名西南隅謂之隩後漢時人有登李膺之門者謂之龍門言當時衣冠士人得踐任昉門限及隩隅者如昔人得升孔子之堂李膺之門耳善曰西都賓曰冠蓋如雲漢書曰郡國輻湊浮食者多解嘲曰天下之士雷動雲合范曄後漢書曰袁紹賓客所歸輜軿比轂填接街陌說文曰軿車前衣車後為輜史記蘇秦曰臨菑之塗車轂相擊說文曰轊車軸端范曄後漢書孔融曰坐上客恒滿鄭玄禮記注曰閫閾皆門限也闕里孔子所居也升堂入隩已見孔融薦禰衡表范曄後

漢書曰李膺字元禮獨持風裁士有被其容接者名為登龍門至於顧盼增其倍價翦拂使其長鳴彰組雲臺者摩肩趨走丹墀者疊跡良曰盼視也人有賣良馬者立於市三日人莫能問伯樂乃旋視之來去顧之一朝而馬價十倍伯樂遇驥驥駕鹽車於吳阪驥乃俛而長鳴以伯樂知己也言士人因昉顧盼翦拂而升臺省者摩肩疊跡言其多也彰亦飄也組綬也雲臺臺名漢儀以丹漆塗地故曰丹墀之庭也善曰戰國策蘇代說淳于髡曰客有謂伯樂曰臣有駿馬欲賣之比三旦立於市人莫與言願子還而視之去而顧之臣請獻一朝之費伯樂乃旋視之去而顧之一旦而馬價十倍又汗明說春申君曰夫驥之服鹽車上大行中坂遷延負轅不能上伯樂遭之下車攀而哭之驥於是俛而鳴者何也彼見伯樂之知己今僕居鄙俗之日久矣君獨無湔祓僕也湔祓翦拂音義同也長鳴已見劉琨答盧

謎詩臺已見辯命論史記蘇秦說齊王曰臨菑之塗人肩相摩漢典舊儀曰以丹漆地故稱丹墀吳都賦曰躍馬疊迹莫不締恩狎結綢繆想莊惠善本作惠莊之清塵庶羊左之徽烈翰曰綢締結也綢繆親密貌言當時負任昉交者皆想慕莊周惠子羊角哀左伯桃之義業也徽美烈業也角哀伯桃爲死友同之於楚路逢雨雪計不俱全乃併衣糧與角哀餓死於樹中矣善曰過秦論曰合從締交禮記曰賢者狎而敬之鄭玄曰狎習也近也李陵詩曰獨有盈觴酒與子結綢繆淮南子曰惠施死而莊子寢說言世莫可爲語也楚詞曰聞赤松之清塵列士傳曰羊角哀左伯桃爲死友聞楚王賢往尋之道遇雨雪計不俱全乃并衣糧與角哀入樹中死應璩與王將軍書曰雀鼠雖愚猶知徽烈及瞑目東粵歸骸洛浦繐帳猶懸門罕漬酒之彥墳未宿草野絕

文選五十五　二十

動輪之賓銑曰瞑目死也粵當爲越任昉死於新安葬於揚州揚州則梁之洛陽也繐素罕希也宿草墓根也徐孺子聞友死喪者每以一兩綿漬酒中常赴弔萬里至家乃以水漬綿使有酒氣置前祭畢即去不見喪主彥義士也禮記云朋友之墓宿草不哭絕動輪之賓謂墓無車馬之謁也善曰東粵謂新安昉死所也洛浦謂歸葬揚州也莊子曰夫差瞑目東粵楚詞曰歸骸舊邦莫誰語魏武遺令曰於臺堂上施六尺牀繐帳謝承後漢書曰徐稺字孺子前後州郡選舉諸公所辟雖不就有死喪赴弔萬里常於家預炙雞一隻一兩綿漬酒日中曝乾以裹雞徑到所赴冢隧外以水漬之使有酒氣升米飯白茅藉以雞置前醊酒畢留謁而去不見喪主動輪范式也已見上文藐爾諸孤朝不謀夕流離大海之南寄命鄣癘之地向曰藐小貌諸孤謂昉子也流離行散也大海南海也鄣山癘惡氣也言流離遠惡之處

善曰劉璠梁典曰昉有子東里西華南客北叟並無術學墮其家業左氏傳晉獻公曰以是藐諸孤又趙孟曰朝不謀夕何可長也李陵與蘇武書曰流離辛苦幾死朔北之野范曄後漢書朱勃上書曰士人飢困寄命漏刻蔣子萬機論曰許文休東渡江乃在瘴氣之南梁典不言昉子遠之交桂今言大海之南者蓋言流離之甚也自昔把臂之英金蘭之友曾無羊舌下泣之仁寧慕郈成分宅之德濟曰羊舌氏叔向也叔向見司馬侯之子撫而泣之郈成子自魯聘晉過於衛右宰穀臣止而觴之酬畢而送以璧成子不辭而退後衛亂穀臣死成子於是迎其妻子還其璧隔宅而居之自晉謂平生也金蘭喻交道其堅如金其芳如蘭言到洽兄弟平生與昉親善如金蘭及其死也使孤幼離流而不問是無叔向下泣之仁郈氏分宅之德善曰此謂到洽兄弟也劉孝標與諸弟書曰任既假以吹噓各登清貫

文選五十五　二十一

任云亡未幾子姪漂流溝渠洽等視之悠然不相存贍平原劉峻疾其苟且乃廣朱公叔絕交論焉東觀漢記曰朱暉同縣張堪有名德每與相見常接以友道暉以堪宿成名德未敢安也堪至把暉臂曰欲以妻子託朱生甚後物故南陽饑暉聞堪妻子貧窮乃自往候視見其困厄分所有以賑給之歲送穀五十斛帛五匹以爲常羊舌氏叔向也春秋外傳曰叔向見司馬侯之子撫而泣之曰自此父之死也吾蔑與比事君也昔者此其父始之我終之我始之夫子終之孔叢子曰郈成子自魯聘晉過于衛右宰穀臣止而觴之陳樂而不作酣畢而送以璧成子不辭其僕曰不辭何也成子曰夫止而觴我親我也陳樂不作告我哀也送我以璧託我也由此觀之衛其亂矣行三十里而聞衛亂作右宰穀臣死之成子於是迎其妻子還其璧隔宅而居之嗚呼世路嶮巇許宜一至於此太行孟門豈曰嶄絕良曰嗚呼歎辭嶮巇薄也言到

洽何至此嶮薄也太行孟門二山名嶄絕危斷貌言此二山不足比此人之懷抱也
善曰盧諶詩曰山居是所樂世路非我欲楚詞曰何周道之平易兮然蕪穢而嶮巇王逸
曰嶮巇猶顛危也孟門太行二山名也史記曰殷紂之國左孟門右太行也是以
耿介之士疾其若斯裂裳裹足棄之長騖獨
立高山之頂歡與麋鹿同羣皦然絕其雰
濁誠恥之也誠畏之也翰曰耿介之士峻自謂也騖走也言裂裳
裹足棄之而走立於高山之頂以遠之皦絜白貌雰濁諭穢俗也言穢俗之人如到谷
者信可恥畏也善曰耿介之士峻自謂也韓子曰耿介之士寡而商賈之人多墨子曰
公輸欲以楚攻宋墨子聞之自魯往裂裳裹足十日至郢曹植應詔詩曰彌節長騖郭象
莊子注曰亢然獨立高山之頂楚辭曰高山崔巍兮水湯湯死日將至兮與麋鹿同坑論
文選五十五　二十二
語子曰鳥獸不可與同羣孔安國曰隱居山林是同羣也范曄後漢書曰皦皦者易汙楚
詞曰吸精氣而吐雰濁兮說文曰雰亦氣字
連珠善曰傅玄叙連珠曰所謂連珠者興於漢章之世班固賈逵傅毅三
子受詔作之其文體辭麗而言約不指說事情必假喻以達其旨而覽者
微悟合於古詩諷興之義欲使歷歷如貫珠易看而可悅故謂之連珠
演連珠五十首
陸士衡銑曰連珠者假託眾物陳義以通諷諭之道連貫也
言穿貫情理如珠之在貫焉漢章帝時班固賈逵已有此作機
復引舊儀以廣之演引也
劉孝標注

臣聞日薄星迴穹天所以紀物山盈川沖后
土所以播氣向曰此章諭君象天地運動之節而任賢能也薄迫沖虛也日
君德星臣德日迴迫於天以紀寒暑之節亦猶君臣相助以成太平之功山盈滿君之象也
以含養萬物川沖虛臣體也以達不通后土地也播布也言布氣以成生物劉曰天地
所以施生日薄於天星迴於漢穹蒼所以紀陰陽之節在山則實在地則化所以散剛柔
之氣也善曰禮記曰季冬之月日窮于次月窮於紀星迴於天數將幾終歲且更始國
語太子晉曰山土之聚也川氣之通也夫天地成而聚於高歸物於下疏為川谷以通氣
也字書曰沖虛也鄭玄考工記注曰播散也
五行錯而致用四時
違而成歲濟曰五行水火金木土錯雜也違諧也言五行雜運四時相諧以成
其歲亦猶文武雜任可否相攻以成其理也劉曰夫五行四時佐天地造物者也然水火
文選五十五　二十三
相戕金木相代而共成陶鈞之致春秋異候寒暑繼節而俱濟一歲之功也善曰莊子
曰四時殊氣天不私故歲成五官殊職君不私故國治也是以百官恪居
以赴八音之離明君執契以要克諧之會良曰
恪勤也赴會也八音金石絲竹匏土革木離猶節也契信克能諧和會合也言百官勤居
其職君執信以任之則事無不理奏樂者會八音之節則聲和而韻合也劉曰三才理
通趣舍不異天地既然人理符不效之哉所以臣敬其職脣金石之別響君執契居中
納鏗鏘之合散善曰左氏傳閔子騫曰敬恭朝夕恪居官次老子曰聖人執左契而不
責於人有德司契無德司徹尚書曰八音克諧呂氏春秋曰宮徵商羽角各處其處音皆
調均而不可以相為此所以無不受也賢主之立官有似於此百官各處其職治其事以
待主主無不安矣

臣聞任重於力才盡則困用廣其器應博則
凶是以物勝權而衡殆形過鏡則照窮翰曰此章
明君當度才受任臣當度德受官適才亦力也器能也銓曰權秤曰衡殆危也言大小任
重力盡則困用廣能寡能盡則凶所秤之物重於銓衡必折所鑒之形大於鏡照必窮皆
不稱任也劉曰夫錙銖之衡懸千斤之重徑尺之鏡照尋尺之形用過其力傷其本性
故在衡則衡危於鏡則照暗也善曰勝或為稱廣雅曰稱擧也一曰稱亦勝也吴録子
胥曰越未能與我爭日稱負也故明主程才以效業貞臣底
力而辭豐銑曰程品效考業事底致豐大也言明君任人必能品藻才能考其
事業而後受職貞臣致力佐主常辭爵祿豐大故能安國存身而無叨濫也劉曰日衡
危鏡凶哲人所以為戒故主則程其才而授官臣則辭其豐而致功此唐虞所以緝熙覆

文選五十五　二十四

契所以垂美也善曰說文曰程品也廣雅曰效驗也王肅尚書注曰底致也
臣聞髦俊之才世所希之丘園之秀因時則
揚是以大人基命不擢才於后土明主聿興
不降佐於昊倉善本作蒼向曰此章明世有賢人但齊時而用耳髦俊
俊人也秀美也大人天子也言俊人世皆有丘園之美亦逢時而出故聖主明王之興
賢臣亦相應而起豈拔之於地下降之於天上擢拔也昊天也劉曰此章言賢人雖希
而無世不有故亡殷三仁辭職隆周十亂入朝故明主之興非天地特為生賢才在引而
用之爲貴爾善曰毛萇詩傳曰髦俊也周易曰六五賁于丘園束帛戔戔王肅曰失位
無應隱處丘園蓋象衡門之人道德彌明必有束帛之聘戔戔委積之貌也鄭玄曰秀士
有德行道藝者也尚書曰王如不敢及天基命定命

臣聞世之所遺未為非賢主之所珍不必適
治是以俊乂之藪希蒙翹車之招金碧之巖
必辱鳳擧之使濟曰此章明昏主棄賢良親邪媚藪澤也翹車使車也金
馬碧雞神名鳳擧使者如鳳鳥之擧也言昏主所遺者未爲非賢所重者不必適理何者
俊乂之人隱於藪澤則不蒙招引精怪之神處於山巖則發使徵求之也漢使王褒迎金
馬碧雞神於蜀是也善曰言末代闇主神棄賢故俊乂無翹車之徵金碧有鳳擧之
使也毛萇詩傳曰適之也毛詩曰翹翹車乘招我以弓豈不欲往畏我友朋漢書曰或言
益州有金馬碧雞之神可醮祭而致於是遣諫大夫王褒使持節而求之班固功德論曰朱
軒之使鳳擧於龍堆之表
臣聞祿施善本作放字於寵非隆家之舉官私於

文選五十五　二十五

親非興邦之選是以三卿世及東國多衰敝
善本作弊字之政五侯並軌西京有陵夷之運良曰
此章明權在寵臣則國危矣隆盛也言卿大夫稱家三卿謂孟孫叔孫季孫世世及也謂相承
不絕也五侯謂王商王鳳王譚王逢王根也軌跡也陵夷謂積毀也言權盛於寵臣祿厚
於私親非家國擧選之道魯君之奔漢林中缺蓋由是也劉曰寵謂五侯親謂三卿言
三桓專魯而哀公見逐五侯用權而漢氏以亡善曰孔安國論語注曰放依也論語孔
子曰政逮大夫四世矣三桓子孫微矣孔安國曰三桓謂仲孫叔孫季孫也東國謂魯也
法言曰夷惠無仲尼西山之餓夫東國之黜臣五侯已見鮑明遠數詩廣雅曰軌迹也陵
夷已見上文春秋命歷叙曰五德之運應錄次相代也
臣聞靈輝朝覯稱物納照時風夕灑程形賦

音是以至道之行萬類取足於世大化既洽百姓無匱於心翰曰此章明聖人以百姓心爲心則萬物各得其所矣靈輝日也覿見也灑猶散也程量也夫日之朝見隨隙穴大小而納照風之夕散因形物巨細而賦音亦猶至德之君化及萬物各盡其分故百姓無匱之也　善曰至道均被萬物取而同足淳化普洽百姓用而不匱猶靈輝靆而品物納光清風流而百籟含響也淮南子曰猶條風之時灑許慎曰灑猶汎也

臣聞頓網探淵不能招龍振網羅雲不必招鳳是以巢箕之叟不眄丘園之幣洗渭之民不發傅巖之夢銑曰此章明大賢不可以禮法而致能以至道招之則無不至矣頓致網網也巢巢父也箕山名眄顧也幣帛也洗渭或云許由洗耳於渭水傅傅說也隱於傅氏之巖見夢於高宗高宗徵之爲相龍鳳喻賢人也言下網振網不可致之亦由巢父不顧束帛之聘許由不感時君之夢也　劉曰古之隱人結巢以居或曰巢父或言即許由也洗耳一說巢父也記籍不同未能詳孰是又傅說築於傅巖而精通武丁言巢許冥心長往故無發夢之符而劉善曰頓猶整也說文曰振舉也陸云洗渭而劉之意云洗耳據劉之意則以洗謂爲洗耳乎呂氏春秋曰昔者堯朝許由於沛澤之中曰請屬天下於夫子許由遂之箕山之下潁水之陽琴操曰堯大許由之志禪爲天子由以其言不善乃臨河而洗耳李陵詩曰許由不洗耳後世有何徵魏子曰昔者許由之立身也恬然守志存已不甘祿位洗耳不受帝堯之讓謙退之高也益部耆舊傳秦宓對王商曰昔堯優許由非不弘也洗其兩耳皇甫謐逸士傳曰巢父者堯時隱人也及堯讓位乎許由也由以告巢父巢父責由曰汝何不隱汝光何故見若身揚若名令聞若汝非友也乃擊其膺而下之由悵然不自得乃過清泠之水洗其耳皇甫謐高士傳云巢父聞許由之爲堯所讓也以爲汚乃臨池水而洗耳譙周古史考曰許由堯時人也隱箕山恬泊養性無欲於世堯禮待之終不肯就時人高其無欲遂崇大之曰堯將以天下讓許由由恥聞之乃洗其耳或曰又有巢父與許由同志或曰許由夏常居巢故一號巢父不可知也凡書傳言許由則多言巢父者少矣范曄後漢書嚴子陵謂光武曰昔唐堯著德巢父洗耳士故有志何至相迫乎然書傳之說洗耳參差不同陸既以巢箕爲許由洗耳爲巢父且復水名不一或亦洗於渭乎

文選五十五　二十六

臣聞鑒之積也無厚而照有重淵之深目之察也有畔而眡視周天壤之際何則應事以精不以形造物以神不以器是以萬邦凱樂非悅鐘鼓之娛天下歸仁非感玉帛之惠向曰此章明聖人化物當以道德不以威儀也鑒鏡也精謂鏡器謂目也凱大也鐘鼓樂也玉帛禮也失鏡之質薄目之形小所以能照深視遠者以有精明之德聖人能體此精明之德則不假禮樂之化而天下自樂也　劉曰鏡質薄而能照目形小而能視以其精明也故聖人以至精感人至神應物爲樂不假鐘鼓之音爲禮不待玉帛之物此所感之至也善曰廣雅曰鑑謂之鏡莊子曰千金之珠在九重之淵又曰壺子曰吾示之以天壤司馬彪曰壤地也論語子曰禮云禮云玉帛云乎哉樂云樂云鍾鼓云乎哉

文選五十五　二十七

臣聞積實雖微必動於物崇虛雖廣不能移心是以都人冶容不悅西施之景善本作影字乘馬班如不輟太山之陰濟曰此章明積實而小勝名虛而大劣都

義也景謂畫象也班如馬不進貌轂止也大
山東岳也陰影也言積微實必感動於物崇
廣麗不能移於心雖義士荒媱不恍西施之美
畫象東岳陰影不能止難進之馬劉曰
女之影不惑荒媱之人高山之陰不止不進
之馬虛實之驗在茲也善曰冶容已見陸
機樂府詩潛夫論曰夫圖西施毛嬙可說於
心而不若醜妻陋妾而可御於前也周易曰
乘馬班如玉篇曰班如槃桓不進也呂氏春
秋曰審堂下之陰而知日月之行高誘曰陰
晷影也

臣聞應物有方居難則易藏器在身所乏者
時是以充堂之芳非幽蘭所難繞梁之音實
縈絃所思良曰此章明應物有方則無難矣充滿也幽蘭香草也韓娥善歌餘
聲繞梁言應物有法居難亦易畜才於身者能時而行求滿堂之香非幽蘭則難致歌聲

繞梁者彈絃之人思與合曲亦由明王將理
非賢不可賢人在世亦明主所思與之共理
也劉曰此章言賢明有才不遇知者所以
自古爲難芬芳之氣罕有而幽蘭豈其氣才
明之術所希而賢人懷其術然則縈曲之絃
無繞梁以畫妙不世之姿寡明時以取節
善曰劉云縈曲之絃謂絃被縈曲而不申者
也言縈曲之絃思繞梁以畫妙以喻藏器之
士顯明時以效績鄭玄論語注曰方常也何
休公羊傳曰充滿也周易曰君子藏器於身
繞梁已見張景七命

臣聞智周通塞不爲時窮才經夷險不爲世
屈是以陵飈之羽不求反風曜夜之目不思
倒日翰曰此章明賢人遇時則通故無窮屈也飈急風也曜夜之目謂能夜視也倒
日迴日也賢者隨時應變故無窮屈也言有
陵飈之翮者不求反風之力也夜見於物者

不思迴日爲明翰賢人居常闇之時情與
太平之世同也劉曰鳥龍能飛不假風力
鵾鶵夜見豈藉還曜此與聖人通塞而不窮
夷險而不屈何以異哉善曰莊子曰鵲巢
於高榆之顛巢折陵風而起淮南子曰鴟鵂
夜撮蚤察毫末晝出瞋目而不見丘山言殊
性也高誘曰鵂鶹謂之
老菟鵂音休蚤音爪

臣聞忠臣率志不謀其報貞士發憤期在明
賢是以柳莊黜殯非貪瓜衍之賞禽息碎首
豈要先茅之田銑曰此章明貞義之臣諫君舉賢皆發自深衷而不求於
封賞也瓜衍晉侯賞士伯縣名先茅襄公賞
胥臣縣名也昔晉大夫史魚病將死謂其子
曰我不能進蘧伯玉之賢退彌子瑕死諂
當殯我於側室足矣是黜尸於側室以進賢
也今言柳莊則無黜尸進賢之道是陸生之
誤也今禽息薦百里奚於繆公繆公不用乃碎

首以進之言此二人碎首黜尸並發於忠貞之志以進賢明豈有求於爵賞也劉曰夫
黜尸以明諫車以進賢並發之於忠誠豈有求而然觸善曰韓詩外傳曰衛大夫
史魚病且死謂其子曰我數言蘧伯玉之賢而不能進彌子瑕不肖而不能退死不當居
喪正堂殯我於室足矣衛君問其故子以父言聞君召蘧伯玉而貴之彌子瑕退之徙殯
於正堂成禮而後去生以身諫死以尸諫然經籍[illegible]有史魚黜殯非是柳莊豈爲書典散
之而或陸氏謬也左氏傳曰晉侯賞桓子狄臣千室亦賞士伯以瓜衍之縣曰吾獲狄士
子之功微子吾喪伯氏矣韓詩外傳曰禽息秦人知百里奚之賢薦之繆公爲私而加刑
焉公後知百里之賢乃召禽息謝之禽息對曰臣聞忠臣進賢不私顯烈士憂國不喪志
奚陷刑臣之罪也乃對使者以首觸楹而死以上卿之禮奚之論衡曰傳書言禽息薦百里
奚繆公出當門仆頭碎首以達其友應劭漢書注曰繆公出當車以頭擊門而劉云觸車

未詳其旨左氏傳曰襄公以再命命先茅之縣賞胥臣曰舉郤缺子之功也杜預曰先茅絶後故取其縣以賞胥臣

臣聞利眼臨雲不能垂照朗璞蒙垢不能吐暉是以明哲之君時有蔽壅之累俊乂之臣屢抱後時之悲向曰此章明讒臣在朝蔽明君故令賢者不得用也利眼目也天有日月如人有眼故以日爲利眼比喻君也雲喻讒臣也璞玉也以喻君子蒙垢謂讒言汙之也夫雲翳於日則不能照垢汙於玉則不能光亦猶明主賢臣遭讒邪壅蔽不能申聖明之德故數有失時之悲後失也善曰言讒入在朝君臣否隔明君時有蔽壅俊乂臨雲而息照俊又後時而屢歎喻朗玉蒙垢而掩輝論衡曰日月猶人之有目任子云日月天下眼目而人不知德抱朴子云日月之蝕乃至於晝天何爲當故壞其眼目以行讒人乎尸子曰鄭人謂玉未理者爲璞

臣聞郁烈之芳出於委灰繁會之音主善本作生字於絶絃是以貞女要名於沒世烈士赴節於當年濟曰此章明烈士貞女身死而後名彰言香委火而香芳音以絃急而後繁亦猶烈士貞女沒身知節於當年而後成其名善曰香以播質而發芳絃以絶而流響翁貞女沒身而譽立烈士效節而名彰上林賦曰酷烈芬郁王逸楚辭注曰委棄也楚辭曰五音紛其繁會

臣聞良宰謀朝不必借威貞臣衛主脩身則足是以三晉之彊屈於齊堂之俎千乘之勢弱於揚善本作陽門之哭良曰此章明忠良在朝不假威力而服敵國也晉平公使范昭觀齊國之政景公觴之昭起曰願得君之樽爲壽公令酌樽以獻晏子命徹去之范昭歸謂平公曰齊未可并也孔子聞之曰善不出樽俎之間而折衝千里之外晏子之謂也後魏武侯韓哀侯趙敬侯三分晉國故云三晉也晉人覘宋反報晉侯曰宋揚門介夫死而子罕哭之哀而人悅殆不可伐也孔子聞之曰善覘哉言此二人脩身不衛主執禮節於樽俎哭介夫於揚門雖三晉之彊千乘之勢不敢加兵於齊宋也劉曰晏嬰立威於樽俎子罕慟哭於介夫故使晉人寢謀齊宋不挑良宰貞臣有效於斯者也善曰齊堂之俎已見張景陽雜詩禮記曰晉人之覘宋者反報於晉侯曰陽門之介夫死而子罕哭之哀而人說殆不可伐也孔子聞之曰善哉覘國乎史記曰韓哀侯魏武侯趙敬侯共滅晉參分其地故曰三晉陸氏從後通言爾非謂平公之日已有三晉之名也

臣聞赴曲之音洪細入韻蹈節之容俯仰依

詠是以言苟適事精麤可施士苟適道脩短可命翰曰此章明取人之才隨其所長不待備具而後任也洪大韻調詠歌也言樂音大小雖異俱合於調舞容俯仰殊體必依於歌士有言適於事德合於道才雖精麤長短不同皆可命而用之也劉曰此言取其正事而已豈復係門閥乎婁敬一言漢以遷都醜女暫說齊以爲后亦猶鼓在而會時搖頭而韻曲也善曰高誘呂氏春秋注曰適中適也

臣聞因雲灑潤則芬澤易流乘風載響則音徽自遠是以德教俟物而濟榮名緣時而顯銑曰此章明賢人有德當際會而成也徽美俟待也言雨之灑潤聲之音響必資風雲而後芬美流遠也亦猶德教待賢而後濟賢人用時而後彰也劉曰此言物有因而易彰也

善曰乘猶因也孔安國尚書傳曰載行也孫卿曰吾嘗順風而呼聲非加疾而聞者彰君子生非異也善假於物也

臣聞覽影偶質不能解獨指跡慕遠無救於遲是以循虛器者非應物之具翫空言者非致治之機向曰此章明有言而無行者不可用也虛器謂畫器也言循畫器者不堪應盛受賞空言者不足理機務也劉曰此言爲事非虛立功須實故三章設而漢隆玄言流而晉滅此其驗也

臣聞鑽燧吐火以續暘谷善本作陽谷之晷揮翮生風而繼飛廉之功是以物有微而毗著事有瑣而助洪濟曰此章明人有小能者亦可助成大功也燧鑽火木也暘谷

日出處晷日影也飛廉風師也毗贊瑣小也言鑽燧取火揮翮生風亦能續日晷之明繼飛廉之吹是明小能之人亦可贊助大業劉曰物有小而益大不可忽也若緹縈獻書而除肉刑此其例也善曰論語宰予曰鑽燧改火楚辭曰後飛廉使奔屬王逸曰飛廉風伯也

臣聞春風朝煦蕭艾蒙其溫秋霜宵墜芝蕙被其涼善本作故字是以威以齊物爲肅德以普濟爲弘良曰此章明人君賞罰不以貴賤而易常也煦蒸也蕭艾惡草墜落也芝蕙香草言春秋生殺不以善惡而易寒燠聖之理人不以貴賤而殊威德也肅嚴普徧洪大也善曰春秋不以善惡殊其彫榮人君不以貴賤革其賞罰故詩云柔亦不茹剛亦不吐也薛君韓詩章句曰煦暖也

臣聞巧盡於器習數則慣善本作貫字道繫於神人亡則滅是以輪匠肆目不乏奚仲之妙瞽史清耳而無伶倫之察翰曰此章明工巧可以習致妙道難以力求也慣猶習也輪匠輪扁也肆信也奚仲造車者瞽無目人也史樂官也伶倫黃帝樂師也言奚仲造車輪扁繼之不乏其妙瞽史靜耳不能得伶倫之妙是由工妙外物易善也聽聲繫神難成也人亡則滅明妙道則難傳也劉曰此言事在外則易致妙在內則難精奚仲巧見於器故輪工能繼其致也伶倫妙在其神故樂人不傳其術也善曰杜預左氏傳注曰肆極也世本曰奚仲作車尸子曰造車者奚仲也伶倫已見上文

臣聞性之所期貴賤同量理之所極卑高一歸是以準月稟水不能加涼晞日引火不必

增輝銑曰此章明貴賤雖異理極則同也言物雖貴賤殊流高卑異級理至其極則同歸矣亦猶方諸取水於月陽燧取火於日其來雖高原輝之性不加於尋常水火善曰言物雖貴賤殊流高卑異級至其極也殊塗共歸雖方諸稟水於月而不加於水之涼陽燧取火於日不加於火之輝也周禮曰司烜氏掌以夫遂取明火於日以鑒取明水於月以共祭祀之明齍明燭共明水鄭玄曰夫遂陽燧也鑒鏡屬也取水者世謂之方諸鄭司農曰夫發聲也明齍謂以明水滫瀡粢盛黍稷烜音燬

臣聞絕節高唱非凡耳所悲肆義芳訊非庸聽所善是以南荊有寡和之歌東野有不釋之辯向曰此章明事至於妙非常人所知也肆陳訊言釋解也南荊南楚也寡和之歌謂幽蘭白雪也孔子行於東野馬逸食人稼野人留其馬子貢往說而請之野人不

聽鄙人馬圉往說曰子耕東海至於西海吾馬何得不食子苗邪野人大悅解而還之言楚人其唱雅曲乃耳所不聽子貢雖陳其芳義野人所不善是事不適時也　劉曰高軼言帝王之術而孝公以之睡此其義也曰孔安國尚書傳曰肆陳也宋玉集楚襄王問於宋玉曰先生有遺行與宋玉對曰唯然有之客有歌於郢中者其始曰下俚巴人國中屬而和者數千人既而陽春白雪含商吐角絕節赴曲國中唱而和之者彌寡後注同

臣聞尋煙染芬薰息猶芳徵音錄響操終則絕何則垂於世者可繼止乎身者難結是以玄晏之風恒存動神之化已滅濟曰此章明教跡垂世者可尋妙道在身者難繼也薰煙嚴驗操曲也玄晏禮教也動神至道也言尋煙染氣煙息猶香喻周孔雖死禮教之風尚在驗音錄響曲終即絕喻堯舜去世至道之化乃滅也

文選五十五　三十四

劉曰周孔以禮樂訓世故其迹可尋倪惠以堅白為辯故其辯難繼是以唐虞遠而淳風流存蘇張近而辭環易絕也　善曰字書曰薰火煙上出也曹植魏德論曰玄晏之化豐洽之政尚書益曰至誠感神

臣聞託闇藏形不為巧密倚智隱情不足自匿是以重光發藻尋虛捕景大人貞觀探心昭忒良曰此章明人不可以託闇潛形以智隱詐也匿藏也重光日也貞正昭明忒差也夫人藏形於闇自以為密日發光藻而照之隱情於智自以為匿聖人垂正觀而明之然日非尋捕聖非探賾但以無私之照無情之觀故物不能逃也　善曰日月叢擇既尋虛而捕影欲藏形託闇豈得施其巧密乎以喻聖人正見既探心而明惑欲隱情而倚智豈足自匿其事乎鄧析子曰藏形匿影思谷子曰藏形其有欲也不能隱其情重光日也尚書五行傳曰明王踐位則日儷其精光以見吉祥說文曰捕取也思玄賦曰朝貞觀而夕化應劭曰貞正也易曰天地之道貞觀者也仲長子昌言曰探心測意世加甚焉

臣聞披雲看霄則天文清澄風觀水則川流平是以四族放而唐劭二臣誅而楚寧善曰此章明誅暴亂則主聖明矣霄天澄淨也四族謂共工驩兜三苗鯀也二臣謂費無極鄢將師也天水喻君也風雲喻亂臣也言去風雲則天清而水平誅暴亂則君聖而時泰也劭繼世故舜能繼唐因放四凶楚之載理由戮二臣也　劉曰凶邪亂正亦言浮雲蔽天疾風激水故舜流四凶而朝穆楚戮費鄢而王道洽也　善曰尚書舜流共工于幽州放驩兜于崇山竄三苗于三危殛鯀于羽山四罪而天下咸服小雅曰劭美也二臣費無極鄢鄢將帥也已見李蕭遠運命論

文選五十五　三十五

臣聞音以比耳為美色以悅目為歡是以衆聽所傾非假北善本作百字里之操萬夫婉孌非俟西子之顏故聖人隨世以擢佐明主因時而命官銑曰此章明君當隨時擢賢不假空慕古人也北里樂名操曲婉孌順好俟待也西子西施也夫悅耳目者以適時而為美何必假北里之曲待西施之容而後樂者言聖人亦當隨世擢用賢良豈必遠思稷契而後成理也　劉曰物之企競由乎不足政之不治才不合時故也必苟自足不假美女之麗用會其朝不勞稷契之賢矣　善曰楊雄答客難曰工聲調於比耳張衡舞賦曰既娛心以悅目孟子曰西子蒙不潔則人皆掩鼻而過之趙岐曰西子古好女西施也

臣聞出乎身者非假物所隆牽乎時者非克

己所勗是以利盡萬物不能叡童昏之心德
表善本有生字民倫善本無倫字不能救棲遑之辱向曰
此章明性愚不可以教變俗敝不可以力移也勗勉叡明也童昏癡也表上也夫至愚之
人非假物而能致其明至敝之時非克己勉力而能正故唐堯能理天下不能化子之敝
尼德上入倫不能免已之辱也善曰下愚由性非假物所移弊俗係時非克已能正
是以放勳化被四表不革丹朱之心仲尼德祐生人不救棲遑之辱劉向上疏曰雖有
堯舜之聖不能化丹朱答賓戲曰聖喆治之棲棲遑遑孔席不煖墨突不黔
臣聞動循定檢天有可察應無常節身或難
照善本作照字是以望景揆日盈數可期撫臆論
心有時而謬濟曰此章明人事深遠不可測知也循轉也檢循分也揆度也

文選五十五　三十六

盈數長短之數也臆心謬誤也言天之運轉有定分故可察人之變易無常故難明何者
天道有定晷刻不差無恒之人心口相誤是明人心難知於天也劉曰檢謂定檢不瀾
漫也此言晷景有節尺圭可以知其數深情難則淵識不能知其心故光武嚴於龐萌魏
武失之張邈善曰趙岐孟子章指曰言循性守故天道可知妄改常心乖性命之指蒼
頡篇曰檢法度也
臣聞傾耳求音眡優聽苦澄心徇物形逸神
勞是以天殊其數雖同方不能分其感理塞
其通則並質不能共其休良曰此章明量才任人事雖勞不可
以殊能兼逆優樂澄定徇營感憂塞隔也夫傾聽求聲者則耳苦而目樂定心營物者則
神勞而形安然司在一身之上而休感異者是天理殊宜造化自藺劉曰耳目之與司同
在於身而苦樂有殊不能相救良由造化所其通七竅理其用也善曰莊子曰棄生以
徇物又曰譬如耳目鼻口皆有所明不能相通猶百官衆技皆有所長時有所用也
臣聞遁世之士非受匏瓜之性幽居之女非
無懷春之情是以名勝欲故偶影之操矜窮
愈達故陵善本作凌字霄之節厲翰曰此章明遁世不仕非樂幽
隱貞烈之女豈樂獨居知時不可仕知欲不勝名也言隱者豈性如匏瓜繫在一處貞女
豈不知懷春而好偶影以時不可動故厲節不可違故執操也劉曰名則傳之不朽窮
則身居萬全故謂之勝所以烈士貞女棄彼而取此也善曰周易曰遯世無悶王逸楚
辭注曰避隱也論語子曰吾豈匏瓜也哉焉能繫而不食禮記曰幽居而不淫漢書蒯通
曰婦人有幽居守寡者毛詩曰有女懷春吉士誘之廣雅曰矜急也厲高也

文選五十五　三十七

臣聞聽極於音不慕鈞天之樂身足於蔭無
假垂天之雲是以蒲密之黎遺時雍之世豐
沛之士忘桓撥之君銑曰此章明令長政和人得其足矣鈞天中天
也昔趙簡子夢游鈞天天帝廣樂也垂天雲謂大雲也蒲子路所理邑密卓茂所理
邑也黎衆也時雍太平化也豐沛謂漢高祖也桓撥謂殷湯也夫聽足於音不思廣樂身
有所庇不假大雲亦循蒲密之衆人被子路卓茂之化而忘太平之風漢朝之士不思啟德
也劉曰搖頭鼓缶秦之樂也秦人樂之此故不願天帝之音故子路之惠政卓茂之仁
恕豐沛之甿後三者自足其樂矣豈復思時雍桓撥之治哉善曰身蔭既足故無假垂
天之雲垂天言雲之大也莊子曰北溟有魚名之鯤化爲鵬怒而飛翼若垂天之雲家語
曰子路爲蒲宰夫子入其境而歎子貢執轡而問曰夫子未見由而三稱善何也曰吾入

其境田疇甚易草萊甚辟此恭敬以信故其人盡力也入其邑墟屋其嚴樹木甚茂此忠
信以寬故其民不偷也至其庭甚閒此明察以斷其民不擾也客令卓茂已見孔德璋北
山移文尚書堯典曰黎民於變時雍豐沛謂漢也桓撥謂撥也毛詩曰玄王桓撥毛萇曰
玄王契也或者以密為密子賤但子賤為政雖則有聞以邑對姓恐文非體也
臣聞飛轡西頓則離朱與矇莫同瞍蘇苟收察懸
景東秀則夜光與珷玞善本作武夫匿耀是以才
換世則俱困功偶時而並劭向曰此章明君暗而權臣任事
則賢與愚同類矣飛轡謂日也日有御故云日為君也離朱明目人喻賢也矇瞍謂盲人
喻愚也懸景月也月象權臣也秀出也夜光璧名喻賢也珷玞石名喻愚也換易也困溼
也夫日闇則明目與盲瞽同為無察月出則夜光與珷玞咸歸匿耀亦猶世昏則賢愚俱

文選五十五　三十八

困逢特則貧者揖繼而起劭繼也劉一曰運若時來則賢名易與數逢洗李則愚聖一揆
故堯在朝而舜登庸哀公居位而仲尼遜也善曰飛轡懸景皆謂日也日有御故云轡也
頓猶舍也西頓謂已久也東秀謂旦明也廣雅曰秀出也慎子曰離朱之明韓詩曰矇瞍
奏功薛君曰無珠子曰矇珠子具而無見曰瞍大戴禮云日歸于西起明于東月歸于東
起明于西鄒陽上書曰夜光之璧武夫已見上文
臣聞示應於近遠有可察託驗於顯微或可
包是以寸管下儀素天地不能以氣欺尺表
逆立日月不能以形逃濟曰此章明用人不假臨事而後知也但
察志氣之近可驗心迹之遠也管律管也儀向也謂揷向地中候氣也欺誑也表以測日
影言以寸管測天地之氣尺表候日月之形則天地不能誑日月不能逃而況人情能逃

臣乎天地劉曰寸管黃鍾九寸之律以灰飛所以辨天地之數即示近之義也以至夏立弍
二表於陽城表觀其晷影以知日月之度斯所謂託驗於顯者也善曰司馬彪續漢書
曰候氣之法為室三重戶閉塗釁必周密布緹幔室中以木為按每律各一內庳外高從
其方位加律其上以葭灰抑其內端案歷而候之氣至者灰去其氣所動者其灰散人及風
所動者其灰聚鄭玄禮記注曰儀猶向也周禮曰土圭之法測土深正日景以求地中日
至之景尺有五寸謂之地中四時之所交也風雨之所會也陰陽之所和也
臣聞絃有常音故曲終則改鏡無畜影故觸
形則照是以虛己應物必究千變之容挾情
適事[illegible]觀萬殊之妙良曰此章明聖人以道御物不私其情故無不
應也畜積也究盡也絃有常音曲終則異以挾改易之情故不能見其妙鏡無積影觸形以

文選五十五　三十九

則照以合應物之體故能盡其容言聖人處已應人亦猶鏡也劉曰常音謂君臣宮商
之音失絃節有恒清濁之聲難越對物有恒則應化之功不廣無明鏡無心物來期照聖
人玄同感至皆應是以滯有之與道難得而校也善曰文子曰事循琴瑟每終改
調淮南子曰鏡不設形故能形形也高誘曰鏡不豫設人形貌清明以待人形形見則見之
鵾鳥賦曰千變萬化未始有極淮南子曰隋而不通分為萬殊也
臣聞祝圉善本作敔字希聲以諧金石之和鼙鼓
踈擊以節繁絃之契是以經治必宣其通圖
物恒審其會翰曰此章明道雖少而合理者亦不可棄也祝圉止樂之物鼙
小鼓也夫祝圉鼙鼓音雖希踈皆和金石節序繁絃也言經營政化圖謀事物亦資合理
之士以審要會也劉曰夫道上環中理貴特會希發而節樂者繫一祝之功也一契而

御衆者聖人之能也善曰廣雅曰跡遷也

臣聞目無常善本作常音之察耳無照景之神故在乎我者不誅之於己存乎物者不求備於人銑曰此章明人無用材不可以責備也言目不堪聽耳不堪視所存在於一人之身猶不責其通塞之故豈可求諸備於一人善曰言爲政之恕己及物也耳目在身施之異務不以通塞之故而誅之於己是以存乎物者豈求其備哉杜預左氏傳注曰嘗試也論語周公曰無求備於一人孔安國尚書傳曰誅責也

臣聞放身而居體逸則安肆口而食屬厭則充是以王鮪登俎不假吞波之魚蘭膏停室不思銜燭之龍向曰此章明物各得所則無傾慕之心多肆恣厭飽充足也王鮪魚名俎槃也吞波大魚也此方有無日之處有龍銜燭而照之夫故身而居恣口而食在於安飽爲足亦猶俎登王鮪者不得待吞波之魚也室照蘭燈者無假燭龍之光劉曰此欲令各當其所而無企羨之心抑之在鵬鷃之義也善曰杜預左氏傳注曰肆放也左氏傳閻沒汝寬曰及饋之畢願以小人之腹爲君子之心屬厭而已鄭玄周禮注曰充猶足也周禮曰春獻王鮪劉邵趙都賦曰巨鼇冠山陵魚吞舟吸潦吐波氣成雲霧楚辭曰蘭膏明燭華容備王逸曰以蘭香練膏也楚辭曰日不到燭龍何照王逸曰言天西北有幽冥無日之國有龍銜燭而照之也

文選五十五　四十

臣聞衝波安流則龍舟不能以漂翰曰此章明人性隨化遷易聖人爲理不可不慎風化也龍舟畫龍於舟也漂蕩也善曰楚辭曰衝風起兮橫波王逸曰衝隧也言遇隧風大波涌起楚辭曰使江水兮安流淮南子曰龍舟鷁首天子之乘廣雅曰漂激也

震風洞發則夏屋有時而傾良曰震風大風也洞疾夏大傾側也善曰法言曰吾不見震風能動聾聵也洞疾貌也楚辭曰夏屋廣大沙堂秀莊子云風謂蛇曰折大木飛大屋唯我也何則牽乎動則靜凝翰曰凝止也舟牽水是動也以波安而反靜止也劉曰言舟牽乎水波靜而舟定故曰靜凝也善曰屋雖靜而爲動之所牽則靜止而爲動也鄭玄儀禮注曰凝止也定之貌自係乎靜則動貞銑曰貞正也屋係於地是靜也風震而動正也劉曰言屋係乎地風動而屋傾是動貞也善曰舟雖動而爲靜之所係則動止而爲靜也周易曰貞正也然此文勢與上句稍殊不可以文而害意也

是以淫風大行貞女蒙冶容之悔淳化殷流盜跖挾曾史之情向曰殷盛也盜跖東陵大盜也曾參史魚廉絜之士也言人無常性善惡在於化也水本漂蕩風靜則安屋本堅正風漂則側猶貞女之心因淫風而倡蕩大盜之性遇淳化而廉絜也劉曰此謂物無常性唯化所珍故水本驚蕩風靜則安屋本貞堅風來則傾亦由貞專之女值淫奔之俗或有桑中之心凶虐之人被淳風之化當挾賢士之義善曰言舟本搖蕩流靜則安流爲水及風誤也海當爲誨曾參史魚已見上文

文選五十五　四十一

臣聞達之所服貴有或遺窮之所接賤而必尋是以江漢之君悲其墜屨少原之婦哭其亡簪濟曰此章明故舊不可忘也服用遺棄也昔楚昭王與吳戰楚軍敗走王忘其屨已行三十步王返取之左右怪而問之王曰楚國雖貧豈無一屨哉吾悲與之俱出而不與之俱返矣於是楚俗無相棄者孔子游於少原之野聞有婦人哭於澤中甚哀孔

于使弟子問之對曰向刈蓍薪亡吾蓍簪是以哀孔子曰刈蓍薪亡蓍簪有何悲乎對曰非傷亡簪吾所以悲不忘故也言人達時所用或有可棄貧賤之交在於貴難忘故楚王之悲少原流慟蓋欲激厲澆俗也善曰言人居窮則志篤處達則思輕是以楚君旋轡激三軍之澆俗少原流慟諸輕薄之頹風後注同

臣聞觸非其類雖疾不善本作弗字應感以其方雖微則順是以商飇漂山不興盈尺之雲谷風乘條必降彌天之潤故闇於治者唱繁而和寡審乎物者力約而功峻良曰此章明君行暴急之政則不能懷百姓也商飇秋風也谷風東風也彌猶徧也峻高也夫秋飇吹山不能與雲疾不應也東風動條則必降雨微而順也亦猶闇者法繁而人不從明者事約而功高大也

文選五十五　四十二

劉曰商風漂蕩本無興雲之候暗君政亂不能懷百姓之心至谷風君習必陰必雨明主在上則天下自安也善曰毛詩曰習習谷風維風及雨毛萇詩傳曰乘升也洪範五行傳曰雲起於山而彌於天鄭玄周禮注曰彌徧也

臣聞煙出於火非火之和情生於性非性之適故火壯則煙微性充則情約是以殷墟有感物之悲周京無佇立之跡翰曰此章明情欲縱則必喪身亡國也殷謂紂周謂幽王也微子過殷墟而見麥秀於舊居而悲周大夫過周京感黍苗而歎夫煙能生火性能生欲火盛則煙滅欲深則性亡亦猶殷周之君縱欲隕身喪國使二賢感歎也宮室盡為禾黍故無佇立之跡劉曰殷墟謂紂也周京幽王也弃性遂欲遂令身死國家為墟故微子視麥秀而悲殷周大夫見禾黍而悲感者也善曰夫性者生之質情者性之欲故性充則國興情侈則國亂二王皆棄性而縱欲所以滅亡也詩序云彷徨不忍去而疑佇立之跡然序又云盡為禾黍豈得佇立哉

臣聞適物之技俯仰異用應事之器通塞異任是以鳥棲雲而繳飛魚藏淵而網沈貢鼓密而含響朗笛疏而吐音銑曰此章明聖人不在物從己故所適必通也繳射也網網也大鼓曰貢朗明疏通也夫鼓笛為器有通有塞故使任各異而聖人用心俯仰順物升於雲則為繳沈於淵則為網故物不能逃而無不通也劉曰賢聖之道動合物宜適俗洚用行其正取其濟物而尸由求鳥必高其繳須魚必沈其網道善曰爾雅曰大鼓謂之鼓貢與鼖古字同鄭玄禮記注曰容之言閉也說文曰疎通也

文選五十五　四十三

臣聞理之所守勢所常奪道之所閉權所必開是以生重於利故據圖無揮劍之痛義重善本作貴字於身故臨川有投跡之哀向曰此章明賢者重義而輕身也文子曰左手據天下圖右手刎其喉愚者不為也舜讓天下於友人無擇無擇曰欲以辱汚漫我因自投清泠之泉夫理有可守者為勢力所奪道有可閉者為威權所開是以據圖之人揮劍不痛以利輕身也投川之士死而可哀者輕身徇義也善曰性命之道含靈所借以利方生則生重利不以利喪生是理之所守道之所閉也以身方義則義貴身而以義棄身是勢之所奪權所必開也是以據圖無揮劍之痛以利輕於生臨川有投跡之哀以身輕於義文子曰左手據天下之圖而右手刎其喉愚者不為身貴乎天下也死君之難者視死若歸義重於身故也天下大利也比身則小身所重也比

義則輕臨川自投謂北人無擇也已見桓溫薦譙元彥表

臣聞圖形於影未盡纖麗之容察火於灰不覩洪赫之烈是以問道存乎其人觀物必造其質良曰此章明棄虛收實也圖畫也言人圖形於影不得容媚察火於灰無見赫烈若信虛言不能存道亦猶畫形於影不至其質也造至也　劉曰此言令人尋本而棄末也善曰法言曰或問經難易曰其人存則易亡則難

臣聞通於變者用約而利博明其要者器淺而應玄是以天地之賾該於六位萬殊之曲窮於五絃濟曰此章明事能通變者雖小可以窮大也器用玄遠賾深該備也夫事有變要所用淺約通乎玄遠者亦猶易著六爻備於萬象琴張五絃摠於衆聲　劉曰事得其要雖寡而用博易之六爻該綜萬象琴之五絃備括衆聲　善曰廣雅曰玄遠

也小雅曰賾深也周易曰大明終始六位時成五絃琴也已見上文　善本此一段在圖形於影一段前

臣聞情見於物雖遠猶疎神藏於形雖近則密是以儀天步晷而脩短可量臨淵揆水而淺深難察翰曰此章明事遠者不必難知近者不必易察也儀法也推晷影脩長揆度也言天體雖遠可以法推者跡而易知神機至近非能理契者察而難測故聖人用心不重其大不輕其小劉曰天布列象物所以知其度此即遠猶疎淵之積水人所不能測此即藏於器也　善曰儀猶法象也鄭玄尚書大傳注曰步推也說文曰晷日景也慎子曰離朱之明察毫末於百步之外下於水尺而不能見淺深非目不明也其勢難

致也

臣聞虐暑熏天不減堅冰之寒涸陰凝地無累陵火之熱是以吞縱之彊不能反蹈海之志漂櫓之威不能降西山之節銑曰此章明士有執節者不可以威力移也虐毒也陵原也闕東諸侯合縱拒秦而秦吞併之蹈海謂魯連隱於海也櫓大楯也武王伐紂流血漂櫓西山首陽山也夫冰之性寒毒暑不能減火之性熱凝陰不能累亦猶秦皇之彊不能回魯連之志周武之威不能屈伯夷之節也善曰言勢有極也虐暑涸陰之盛不能易火冰之性吞縱漂鹵之威不能移貞介之節淮南子曰夫寒之與煖相反寒地坼水凝火弗爲衰其勢暴也見下文吞縱謂秦也六國爲縱而秦滅之故曰吞縱過秦曰秦有并吞八荒之心史記曰魏將軍新垣衍說趙尊秦

爲帝魯連曰彼秦者棄禮義而上首功之國也即肆然而爲帝則連有蹈東海而死耳吾不忍爲之民尚書序曰武王伐殷尚書曰前徒倒戈攻于後以北血流漂杵過秦曰伏尸百萬流血漂櫓說文曰漂浮也史記曰武王伐紂伯夷叔齊叩馬諫曰以臣伐君可謂仁乎左右欲兵之太公曰此義人也扶而去之武王以平殷亂伯夷叔齊恥之隱於首陽山又餓且死作歌其詩曰登彼西山兮採其薇

臣聞理之所開力所常達數之所塞威有必窮是以烈火流金不能焚景涼寒凝海不能結風向曰此章明理有定分不可越也言火之流金寒之凝海乃理開常達之道是以能之至於焚景結風則數塞必窮之義由是不及也　劉曰金爲火所流海爲寒所凝此是理開而常達也然則能流金而不能焚景能凝海而不能結風此理閉而所窮也

善曰高誘呂氏春秋注曰數術也

臣聞足於性者天損不能入貞於期者時累不能淫是以迅風陵雨不謬晨禽之察勁陰殺節不凋寒木之心翰曰此章明貞操之士時亂不能易其節也足於性謂松柏也天損謂霜雪也貞於期謂雞鳴也時累謂風雨也喻君子邪亂不能侵其明節亦猶風雨不能誤雞鳴霜雪不能凋松栢也淫侵也　劉曰夫冒霜雪而松栢不凋此由是堅實之性也天雖損無害也雞善伺晨雖陰晦而不輟其鳴此謂時累不能淫也善曰莊子孔子謂顏回曰無受天損易無受人益難淫猶侵也法言曰震風陵雨然後知廈屋帡幪李軌曰陵雨暴雨也帡莫經切幪莫公切

文選卷第五十五

朝鮮活字本六臣注文選　卷第五十六　箴　張茂先

宿

箴
銘
誄上

文選

五十六

共六十

文選卷第五十六

梁昭明太子撰　五臣并李善注

箴

張茂先女史箴一首

銘

班孟堅封燕然山銘一首

崔子玉座右銘一首

張孟陽劒閣銘一首

陸佐公石闕銘一首

新刻漏銘一首

文選五十六　一

誄上

曹子建王仲宣誄一首

潘安仁楊荊州誄一首

楊仲武誄一首

箴

女史箴一首 善曰曹嘉之晉紀曰張華懼后族之盛作女史箴也

張茂先 良曰女史女人之官執彤管書后妃之事華懼后族之盛故假女史作箴以戒後宮也

芒芒造化二儀始善本作既字分散氣流形既陶

既甄翰曰茫茫廣大貌二儀天地也陶甄謂陶人爲瓦器也言天地散氣流而爲形有似陶人爲器也善曰淮南子曰大丈夫恬然無爲與造化逍遙高誘曰造化天地周易曰易有太極是生兩儀家語孔子曰地載神氣流形庶物無非教也漢書董仲舒曰泥之在鈞唯甄者之所爲如淳曰陶人作瓦器謂之甄也在帝庖犧肇經天人爰始夫婦以及君臣銑曰庖犧伏羲也肇始經治爰於也謂伏羲始治天下於是立夫婦君臣之道也善曰周易曰庖犧氏之王天下也始作八卦以通神明之德以類萬物之情也又曰有天地然後有萬物有萬物然後有男女有男女然後有夫婦有夫婦然後有父子有父子然後有君臣家道以正善本有而字王猷有倫向曰猷道倫治也言家道正而天下定善曰周易毛詩曰王猶允塞猶與猷古字通婦德尚柔含章貞吉濟曰言婦德尚柔順也易曰含章貞吉也善曰周易曰坤至柔而動也剛妻道也又曰含章貞吉以時發也

婉嫕翳淑慎正位居室良曰婉順嫕靜淑善也正位謂皇后也善曰漢書曰孝平王皇后爲人婉嫕有節操服虔曰嫕音翳桑之翳曹大家列女傳注婉柔和嫕深邃也毛詩曰淑慎閑止周易曰女正位乎內施衿結褵离虔恭中饋翰曰褵纓也虔敬也中饋酒食之事也女嫁母施衿結帨曰勉之敬之也善曰儀禮曰女嫁母施衿結帨曰勉之敬之夙夜無違父母之誡毛詩曰親結其褵九十其儀毛萇曰褵婦人之幃也褵與縭古字通也周易曰無攸遂在中饋肅慎爾儀式瞻清懿銑曰肅敬儀法式用懿美也善曰毛詩曰敬慎威儀又曰各敬爾儀樊姬感莊不食鮮禽衛女矯桓耳忘和音志厲義高而二主易心向曰樊姬楚莊王夫人王好獵姬諫不止乃不食禽獸之肉三年王感之而勤於政事齊侯衛姬以桓公好淫樂衛姬爲不聽鄭衛之聲矯直厲勸也二主楚莊齊桓也善曰列女傳曰楚莊樊姬者楚莊王之夫人莊王初即位好狩獵畢弋樊姬諫不止乃不食禽獸之肉三年王改又曰齊侯衛姬者衛侯之女齊桓公之夫人桓公好淫樂衛姬爲不聽鄭衛之聲曹大家曰衛國作淫泆之音衛姬疾桓公之好也是故不聽以厲桓公也玄熊攀檻馮媛趍進夫豈無畏知死不吝濟曰熊猛獸也義女曰媛漢元帝幸虎圈熊逸出攀檻欲上殿左右皆走而馮婕好以身當之言此人豈不懼爲君致命知死不惜也吝惜也善曰漢書曰孝元馮昭儀上幸虎圈鬭獸佚出圈攀檻欲上殿左右貴人傅昭儀皆走熊馮婕好直前當熊而立左右格殺熊上問故當熊婕好曰猛獸得人而止妾恐至御座故身當之帝嗟歎以此倍敬重焉班妾有辭割歡同輦夫豈

不懷防微慮遠良曰成帝嘗欲與班婕好同輦婕好辭曰觀古圖畫賢聖之君皆有賢臣在側三代末主乃有嬖妾今欲同輦得無近似乎言此豈無思念於懷所割歡者防慮微遠也善注同道罔隆而不殺物無盛而不衰日中則昃月滿則微翰曰殺減昃偏也善曰長揚賦曰事周隆而不殺物靡盛而不虧周易曰日中則昃月盈則蝕毛詩曰彼月而微此日而微鄭玄曰謂不明也崇猶塵積替若駭機人咸知飾其容而莫知飾其性銑曰替廢也塵積成山喻積小善而成高德也言興德如爲山之難廢似發機之易也向曰飾容謂理裝梳也飾性謂脩德行也善曰蔡邕女誡曰夫心猶首面一旦不修飾則塵垢穢之人心不思善則邪惡入之人盛飾其面而莫修其心惑矣家語孔子曰容不以不飾也性之不飾或愆禮正

之藻之克念作聖濟曰愆失也良曰斧藻謂修飾也克能也言修飾道德則爲聖人善曰法言曰吾未見斧藻其德若斧藻其𢶍者尚書曰惟狂克念作聖出其言善千里應之苟違斯義則同衾以疑翰曰言善則遠亦應背義則夫婦亦相疑同衾謂夫婦也善曰周易子曰君子居其室出其言善則千里之外應之況其邇者乎居其室出其言不善則千里之外違之況其邇者乎同衾夫婦也徐幹中論曰苟失其心同衾爲遠夫出言如微而榮辱由茲銑曰言榮辱在出言善惡也善曰周易曰言行君子之樞機樞機之發榮辱之主勿謂幽昧靈鑒善本作監字無象勿謂玄漠神聽無響向曰幽昧闇也玄漠靜也勿以爲於闇靜之處而以爲無知者神靈鑒聽不在響象而知也無矜爾榮天道惡盈濟曰矜大盈滿也言

無以榮自大天道惡滿也善曰周易曰鬼神害盈而福謙無恃爾貴隆者墜良曰隆盛也墜落也善曰揚雄解嘲曰炎炎者滅隆隆者絕也鑒于小星善本作戒字彼依遂翰曰詩云嘒彼小星三五在東喻羣妾隨夫人以次序進御於君也易曰無依遂在中饋貞吉言盡婦人之道善曰毛詩序曰小星惠及下也詩曰嘒彼小星三五在東周易曰無攸遂王弼曰盡婦人之正義無所必遂也比心螽斯則繁爾類銑曰螽斯蚣蝑也言無妬忌故種類繁多而詩人引之以義后妃也善曰毛詩曰螽斯羽詵詵兮宜爾子孫振振兮歡不可以黷寵不可以專向曰過分曰黷言歡不可過分寵不可專擅善曰國語司空季子謂文公曰男女不相及畏黷敬也黷則生怨怨亂毓災災毓滅性韋昭曰畏褻黷其類也漢書曰孝成趙皇后入宮寵少衰而女弟絕幸娣弟專寵十餘年卒皆無子也專實生慢愛極則遷致盈必損理有固然濟曰慢因專擅生損因盈滿至此理之固然也善曰文子老子曰天道極即反盈即損月是也魯連子子曰物之必至理固然者也譔美者自美翩以取尤良曰翩經也言美者人各自爲美懷輕薄之行者則自取尤過善曰列子曰揚朱過宋東之於逆旅逆旅人有妾二人其一美其一惡惡者貴而美者賤楊子問其故逆旅小子對曰其美者自美吾不知其美也其惡者自惡吾不知其惡也冶容求好君子所讎結恩而絕職此之由翰曰言妖冶之容而求好者是君子之讎也結恩而中絕者皆主在於此職主也善曰周易曰慢藏誨盜冶容誨淫漢書曰王立與諸劉結恩左氏傳范宣子數諸戎曰言語漏洩職汝之由故曰翼翼矜矜福所以興銑曰翼翼矜矜小心貌興盛也善

曰太公金匱師尚父謂武王曰舜之居人上矜矜乎如履薄冰湯之居人上翼翼乎懼不敢息也靖恭自思榮顯所期女史斯善本作司字箴敢告庶姬向曰言宇靖恭敬則榮望自期於汝身司主也庶姬眾妾也善曰毛詩曰靖恭爾位好是正直毛萇詩傳曰古者后夫人必有女史彤管之法女史不記其過其罪殺

封燕然山銘一首

并序　善曰范曄後漢書曰齊殤王子都鄉侯暢來弔國憂竇憲遣客刺殺暢發覺憲懼誅自求擊匈奴以贖死會南單于請兵北伐乃拜憲車騎將軍以執金吾耿秉爲副大破單于遂登燕然山刻石勒功紀漢威德令班固作銘

班孟堅濟曰封者增高也燕然山名也銘名也述其功美使可稱

名也時固隨竇憲行遂作此銘也

維永元元年秋七月有漢元舅善本有曰字車騎將軍竇憲良曰元長也憲和帝長舅也善曰范曄後漢書曰孝和皇帝母梁貴人為竇皇后所譖憂卒竇后養帝以為己子即位改年曰永元又曰竇憲字伯度女弟立為皇后竇憲稍遷侍中和帝即位太后臨朝寅亮聖皇登翼王室翰曰寅敬亮信登升翼輔也言見敬信於君故升為三公使輔王室善曰尚書曰三孤寅亮天地弼予一人登翼謂登用輔翼也納于大麓惟清緝熙銑曰麓錄也言使大錄萬幾之事也緝熙光明也善曰尚書曰納于大麓烈風雷雨弗迷毛詩曰維清緝熙文王之典乃與執金吾耿秉述職巡禦治兵于朔方向曰耿秉為執金吾禦禁也朔方北方也善曰范曄後漢書曰耿秉字伯初為執金吾與竇憲北擊匈奴大破之左氏傳臧僖伯曰三年而治兵杜預曰三年而大習出曰治兵鷹揚之校螭虎之士爰該六師濟曰鷹揚螭虎言士卒驍勇也爰於該備也六師六軍也善曰毛詩曰惟師尚父時惟鷹揚史記曰武王乃作大誓曰勗哉夫子尚桓桓如虎如貔如熊如羆徐廣曰此音訓並與上同也毛詩曰整我六師曁南單于東胡烏桓西戎氐羌侯王君長之羣驍騎十萬良曰曁與也與戎羌君長合擊匈奴驍俠也善曰范曄後漢書曰南單于休蘭尸逐侯鞮單于屯屠何立時北虜大亂南單于將討并北庭上言願發國中諸部胡會虜北竇太后從之元戎輕武長轂四分翰曰元大戎兵也長轂兵車也四分謂布於四面也善曰毛詩曰元戎十乘以先啓行司馬彪續漢書曰輕車古之戰車也孫吳兵法曰有巾有蓋謂之武剛車者

先驅穀梁傳曰長轂五百乘雷輜蔽路萬有三千餘乘銑曰輜車也言兵車之衆如雷聲也蔽塞也善曰漢書揚雄河東賦曰奮電鞭驂雷輜勒以八陣蒞以威神向曰八陣一曰方二曰圓三曰牝四曰牡五曰衝六曰輪七曰浮沮八曰鴈行蒞臨也謂勒八陣之勢以威神臨之善注同玄甲耀日朱旗絳天濟曰玄黑色絳赤色耀日絳天言其盛也善曰漢書曰裴屬玄甲李陵與蘇武書曰雷鼓動天朱旗翳日遂陵高闕下雞鹿善本作鹿字良曰陵上也高闕雞鹿皆山名善曰漢書曰遣將軍衛青出雲中至高闕臣瓚曰山名也范曄後漢書曰竇憲與南匈奴萬騎出朔方雞鹿塞經磧鹵絕大漠翰曰磧石地鹵鹹地也大漠沙漠也善曰說文曰鹵西方鹹地也漢書曰衛青復將六將軍絕漠臣瓚曰沙土曰漠直度曰絕也斬溫禺以釁鼓血尸逐以染鍔銑曰溫禺尸逐皆匈奴君長名號殺人以血塗軍鼓曰釁鍔劍鋒也善曰范曄後漢書曰匈奴其大臣次左右日逐王次左右溫禺鞮王皆單于子弟次第當為單于者也其異姓大臣左右骨都侯次左右尸逐都侯左氏傳智罃曰不以釁鼓也然後四校橫徂善本作徂非星流彗掃向曰校隊也徂行也星流言疾也彗掃言除也此並威武之盛矣蕭條萬里野無遺寇濟曰蕭條萬里空遠之貌言寇賊無餘也於是域滅區殫反旆而旋考傳驗圖窮覽其山川良曰區亦域也殫盡也旆旗也言既平匈奴考書傳驗圖牒覽匈奴中山川也遂踰涿邪跨安侯乘燕然翰曰踰跨皆越也乘上也涿邪山名安侯河名燕然山名善曰范曄後漢書曰度遼將軍鄧鴻與後諸軍皆會涿邪山又下南單于上言北單于創刈南兵遁逃遠去依安

侯河西蹋冒墨頓之區落焚老上之龍庭銑曰蹋戲焚燒也冒頓老上匈奴君長號也區落部落也龍庭單于祭天所也善曰漢書曰頭曼單于有太子曰冒頓冒頓以鳴鏑射殺頭曼遂自立為單于冒頓死子稽粥立號曰老上單于又曰匈奴正月諸長小會單于庭祠五月大會龍城祭其先天地鬼神龍音籠將上以攄高文之宿憤光祖宗之玄靈向曰攄舒也高祖為匈奴圍於平城文帝時匈奴殺北地都尉卬言今誅之是舒高祖文帝之宿怨光祖宗之神靈也憤怨玄神也善曰祖高祖也宗太宗文帝也史記曰高祖自將擊韓王信遂至平城為匈奴所圍七日又文紀曰匈奴攻朝那塞殺北地都尉孫卬徐廣曰姓孫也下以安固後嗣恢拓境宇振大漢之天聲濟曰恢大拓開也言下固子孫大開境宇振我天子之聲也善曰甘泉賦曰天聲起兮勇士厲

文選五十六　八

茲所善本作可字謂一勞而久逸暫費而永寧也乃遂封山刊石昭銘盛德其辭曰良曰咨嗟義也刊削也善曰漢書揚雄上疏曰以為不一勞者不久佚不暫費者不永寧刊石削石即謂立銘也鑠式灼王師兮征荒裔勦凶虐兮截豚結海外翰曰鑠美勦絕也言美我王師征伐荒裔絕於凶虐也善曰毛詩曰於鑠王師遵養時晦又曰相土烈烈海外有截夐其邈兮亘地界封神丘兮銑曰夐邈皆遠也亘徧也神丘燕然山也建立隆高嵑碑也善曰說文曰碣立石也嵑與碣同音義曰渠列切建隆嵑熙帝載兮振萬世向曰熙廣也言廣帝之年威振萬世善曰尚書曰有能熙帝之載

座右銘一首

崔子玉濟曰范曄後漢書云崔瑗字子玉涿郡人也早孤好學舉茂才為汲令兄璋為人所殺瑗遂手刃其仇亡命蒙赦而出作此銘以自戒常置座右故曰座右銘也善曰范曄後漢書曰崔瑗字子玉涿郡人也早孤銳志好學盡能傳其父業舉茂才為汲令遷濟北相

疾辛

無道人之短無說己之長施人慎勿念受施慎勿忘善曰戰國策唐雎謂信陵君曰人之有德於我不可忘也吾有德於人不可不忘也世譽不足慕唯仁為紀綱良曰譽聲譽也隱心而後動謗議庸何傷翰曰隱度庸常也言能度心而動謗議常理何能傷人乎善曰劉熙孟子注曰隱度也易曰君子安其身而後動易其心而後語呂氏春秋曰內反於心不慚然後動也

文選五十六　九

無使名過實守愚聖所臧銑曰臧善也善曰越絕書范子曰名過實者滅聖人不使名過實家語孔子曰聰明叡智守之以愚功被天下守之以讓在涅貴不淄曖曖內含光向曰涅黑泥也淄黑色曖曖闇昧貌言在俗不染外如闇昧內含光明也善曰論語子曰不曰堅乎磨而不磷不曰白乎涅而不淄晏子春秋仲尼曰星之昭昭不如月之曖曖周易曰含弘光大品物咸亨柔弱生之徒老氏誡剛彊濟曰老子云柔弱者生之徒剛彊者死之徒言以此誡世人也善曰老子曰人生也柔弱其死也堅強萬物草木生也柔脆其死也枯槁故堅強者死之徒柔弱者生之徒也又曰柔弱勝剛強河上公曰柔弱者久長剛強者先亡也行行鄙夫志悠悠故難量良曰行行剛彊貌鄙夫謂庸鄙之人也言庸人為剛彊之志悠悠然

其禍故重也悠悠長遠之貌也善曰論語曰閔子侍側闇闇如也子路行行如也子曰若由也不得其死然鄭玄曰行行剛強貌論語曰長沮桀溺耦而耕孔子使子路問津焉桀溺曰滔滔者天下皆是也而誰與易之慎言節飲食知足勝不祥翰曰君子慎言語節飲食祥善也知足不辱故曰不善也善曰周易曰君子以慎言語節飲食老子曰知足不辱行之苟有恒久久自芬芳銑曰苟且恒常也善曰三蒼曰苟誠也

劍閣銘一首

張孟陽向曰載隨父任蜀郡太守作劍閣銘益州刺史張敏見而奇之乃表上其文晉帝使鐫而記焉善曰臧榮緒晉書曰張載父收為蜀郡太守載隨父入蜀作劍閣銘益州刺史張敏見而奇之乃表上其文世祖遣使鐫石記焉

文選五十六　十

巖巖梁山積石峩峩濟曰巖巖積石貌梁山梁州山也峩峩高貌善曰楊雄益州箴曰巖巖岷山古曰梁州毛萇詩傳曰巖巖積石貌也遠屬荊衡近綴岷嶓嶓音波岷嶓皆山名良曰屬綴皆連也荊衡善曰尚書曰荊及衡陽惟荊州孔安國曰北據荊山南及衡山之陽也尚書曰岷嶓既藝孔安國曰岷山嶓冢皆山名也南通邛僰北達褒斜翰曰邛山名僰蠻夷國名也達亦通也褒斜谷名也善曰漢書音義服虔曰邛蜀都西部地僰夷名也梁州記曰萬石城泝漢上七里有褒谷口南口曰褒北口曰斜也狹過彭碣高踰嵩華銑曰彭門碣石二山險故以狹比之嵩華二山名踰越也善曰劉淵林蜀都賦注曰岷山都安縣有兩山相對立如闕號曰彭門孔安國尚書注曰碣石海畔山也

惟蜀之門作固作鎮向曰大可為鎮險可為固也是曰劍閣壁立千仞濟曰劍閣言其峯如劍其勢如閣壁立之謂峻也千仞言高也善曰酈元水經注曰小劍戍北去大劍三十里連山絕險飛閣相通故謂之劍閣也窮地之險極路之峻良曰言窮盡地之險極道路之峻也善曰周易曰地險山川丘陵也西都賦曰臨峻路而啓扉世濁則逆道清斯順閉由往漢開自有晉翰曰蜀人負此險固故遇濁世則逆而拒之違清時則順而歸之閉謂漢末劉備據而叛之開謂晉使鍾會平蜀而開之善曰閉由劉備故曰往漢開自鍾會故曰有晉也鍾會之伐蜀雖在魏朝政由晉王故歸功於晉也秦得百二并吞諸侯齊得十二田生獻籌銑曰秦地險以二萬之衆可敵百萬故能吞諸侯也齊亦負海之險以二萬敵十萬故能強大

文選五十六　十一

也田生謂田肯也獻籌謂獻策於漢高言齊秦形勢之險也善曰漢書田肯賀上曰陛下得韓信又治秦中持戟百萬齊得十二此所謂東西秦也矧茲狹隘土之外區向曰矧況茲此也狹隘阻也區域也言其土地自在區域之外也一人荷戟萬夫趑七夷趄七余反濟曰趑趄不進貌言負其險阻一人荷戈萬夫不能進也善曰陳琳為曹洪答文帝書曰一夫揮戟萬人不得進廣雅曰趑趄難行也形勝之地匪親勿居良曰匪非也言非國親不可令居此險也善曰漢書田肯曰秦形勝之國也齊有琅邪之饒非親子弟莫可使王齊也昔在武侯中流而喜山河之固見屈吳起興實在德險亦難恃洞庭孟門二國不祀翰曰喜歎也魏武侯浮西河而下中流而顧謂吳起曰美哉山河之固魏之寶也吳起對曰在德不在險昔三

苗之國右洞庭德義不修禹滅之殷紂之國左孟門爲政不道武王殺之由此言之若君
不修德則舟中之人盡敵國也武侯曰善洞庭湖名孟門山名不祀謂不得祀其先人也
善曰史記曰魏武侯浮西河而下中流顧而謂吳起曰美哉乎河山此魏國之寶也吳
起對曰在德不在險昔三苗氏左洞庭而右彭蠡恃此險也德義不修禹滅之夏桀之居
左河濟右太華伊闕在其南羊腸在其北修政不仁湯放之殷紂之國左孟門右太行常
山在其北大河經其南修政不德武王殺之由此觀之在德不在險若君不修德舟中之
入盡爲敵國武侯曰善 自古迄今天命匪易憑阻作昏
鮮不敗績銑曰迄至昏暴鮮少績功也言天命不易憑險難而作暴亂少不敗
其功也 善曰尚書曰爾亦弗知天命弗易左氏傳曰凡師大崩曰敗績杜預曰喪其功
績也 公孫既滅劉氏銜璧向曰公孫述據蜀稱帝光武使吳漢伐滅

之劉禪王蜀魏使鄧艾伐之禪乃面縛銜璧而降也 善曰范曄後漢書曰公孫述爲導
江卒正假稱蜀郡太守自立爲天子漢使吳漢伐之述死吳漢盡滅公孫氏蜀志曰後主
諱禪先主子也魏使鄧艾伐之後主輿櫬自縛詣壘門左氏傳曰楚子圍許僖公面縛銜
璧 覆車之軌無或重跡勒銘山阿敢告梁益
濟曰言公孫述劉禪是覆車之跡無或重履之以此言告梁益二州以爲誡也 善曰晏
子春秋諺曰前車覆後車戒范曄後漢書陳忠上疏曰覆車之軌其迹不遠

石闕銘一首 并序

陸佐公 良曰劉璠梁典云陸倕字佐公吳郡人也少篤學善屬文
仕至太常卿詔使爲漏刻石闕二銘冠絕當時賜以束帛朝野榮之
此石闕在端門外夾道而置之其上隱起奇獸異禽之狀 善曰劉
璠梁典曰陸倕字佐公吳郡人也少篤學善屬文起家議曹從事遷
太子中舍人後仕至太常卿詔使爲漏刻石闕二銘冠絕當世賜以
束帛朝野榮之

昔者善本作在字 舜格文祖禹至神宗周變商俗
湯黜夏政 翰曰格至也文祖神宗皆舜禹受命之所也周武王也商紂也湯天
乙也黜退也夏桀也 善曰尚書帝曰舜汝陟帝位正月上日受終于文祖又帝曰禹惟
汝諧正月朔旦受命于神宗墨子曰紂之亂武王理之當此之時不渝而入不易上變
政而人改俗尚書曰湯既黜夏命復歸于亳 雖革命殊乎因襲揖
讓異於干戈而晷緯冥合天人啓基吏巨克明
俊德大庇生民其揆一也 銑曰革改也襲循繼也晷影也緯星

也謂日月五星皆有祥瑞之色也啓開庇覆也言舜禹揖讓而禪湯武干戈而伐其道雖
殊至於應天地之運用人神之謀用賢才庇覆兆庶其揆一也 善曰舜禹揖讓也賢陽
武干戈也言揖讓干戈之道雖殊而用賢愛人之義爲一也周易曰湯武革命順乎天而
應乎人論衡曰漢力勝周多矣舜以司徒受堯禪文王曰里爲西伯武王襲文王皆有因
緣力易爲也孔叢子曾子謂子思曰舜禹揖讓湯武用師非相詭也乃時也三國名臣序
贊曰揖讓之與干戈說文曰晷日影也緯五星也易乾鑿度曰五緯順軌四時和粟西都
賦曰天啓其心人惎之謀尚書曰克明俊德以親九族左氏傳鄭子駟曰以待強者而庇
民焉孟子曰先聖後聖其揆一也 在齊之季昏虐君臨威侮
五行怠棄三正 向曰季末也昏闇虐暴也謂齊東昏侯爲君臨人不道專
爲暴虐也書曰威侮五行怠棄三正也 善曰吳均齊春秋曰東昏侯蕭寶卷高宗第二

子也高宗崩太子即位左氏傳曰子囊曰赫赫楚國而君臨之刑酷然炭暴
踰膏柱民怨神怒衆叛親離蹐地無歸瞻烏
靡託濟曰紂爲銅柱以膏塗之加於炭之上東昏侯之酷暴甚於銅柱使人神怨
怒親人離叛也蹐累足行也人皆怕懼累足而行恐陷刑網也詩云瞻烏爰止于誰之屋
言烏歸富人之屋亦猶人望明君而歸之也靡無也怨歎而無所託也　善曰六韜曰紂
患刑輕乃更爲銅柱以膏塗之加於炭之上使有罪者緣焉滑跌墮火中紂與妲己笑
以爲樂名曰炮烙之刑鄭玄尚書五行傳注曰民怨神怒左氏傳衆仲曰州吁阻兵而安
忍衆叛親離難以濟矣毛詩曰謂天蓋高不敢不蹐謂地蓋厚不敢不蹐又曰瞻烏爰止
于誰之屋於是我皇帝拯之乃操斗極把鈎陳翼
百神禔是支萬福良曰我皇謂梁武也拯拔操執也斗極之星天下取則鈎

陳星名兵衛之象王者當執把焉翼敬也禔福也言敬神祇以取多福也　善曰袁皇
梁武帝也斗極天下之所取法鈎陳兵衛之象故王者把操焉長楊賦曰高祖順斗極運
天關樂汁圖曰鈎陳後宮也服虔漢書音義曰紫宮外營陳星毛萇詩傳曰翼敬也禮記
曰禮行於郊百神受職焉漢書曰司馬相如難蜀父老曰遐邇一體中外禔福毛詩曰樂
只君子萬福攸同於是善本無於是字龍飛黑水虎步西河
雷動風驅天行地止翰曰龍飛虎步喻聖人之起也黑水西河惟雍
州梁武自雍州刺史舉兵故云雷動風驅盛疾貌天行地止謂法天地行止也善曰謂
舉義旗以伐齊也何之元梁典曰齊明帝崩遺詔授高祖雍州刺史永元二年十一月高
祖擁南康王寶融以主號令以高祖督前鋒三年十二月義旗發自襄陽巳酉撥京師東
部賦曰龍飛白水陳孔璋爲袁紹檄豫州曰雷震虎步並集虜庭尚書曰黑水西河惟雍

州沈約宋書曰元嘉中割荊州之襄陽爲雍州西京賦曰千乘雷動萬騎龍趍楊脩許昌
宮賦曰晻曖低佪天行地止命旅致屯雲之應登壇有降
火之祥龜筮協從人祇響附銑曰旅衆也高祖斬白虵也黑
雲登壇祭天也武王濟河火流爲烏此並聖人之祥瑞也龜筮謂卜也祇神也響附謂如
響應聲也　善曰命旅誓衆也登壇祭天已杜篤論都賦曰大漢開基高祖有勳斬白蛇
屯黑雲尚書帝命驗曰太子發渡河中流火流爲烏其色赤鄭玄曰以魚燎於天有火自
上復于下至于王屋流爲烏尚書曰詢謀僉同鬼神其依龜筮協從吳質魏都賦曰英雄
響附穿胸露頂之豪箕坐椎髻之長莫不援旗
請奮執銳爭先向曰穿胸露頂西南夷之風也箕坐椎髻南越之俗也援
引奮振銳利也言遠夷君長皆引旗執利請振擊無道也　善曰博物志曰昔禹平天下

會諸侯於會稽之野防風後至殺之盛德二龍降之使范成光御之以行域外既周而
經防風之神見禹使怒而射之有迅雷二龍升去二臣恐以刃自貫其心死禹哀之乃拔
其刃療以不死之草皆生是爲穿胸人去會稽萬五千二百里後漢書西域傳論曰自兵
威之所肅服財賂之所懷誘莫不露頂肘行東向而朝漢書曰高祖使陸賈賜尉佗印爲
南越王賈至尉佗推髻箕踞見賈豪士賦序曰援旗誓衆奮於阡陌之上趙充國頌曰奮
其旅于罕之羌漢書陳餘說陳涉曰將軍被堅執銳以誅暴秦楚辭曰矢交墜兮士爭先
夏首憑固庸岷負阻協彼離心抗茲同德濟曰
夏首水口也謂薛天嗣守郢州庸岷謂蜀也協合抗舉也離心謂東昏侯也同德謂梁武
也　善曰楚辭曰過夏首而西浮王逸曰夏首水口也孔安國尚書傳曰庸國名也岷山
名也尚書曰受有億兆夷人離心離德予有亂臣十人同心同德帝赫斯怒

秣馬訓兵嚴鼓未通凶渠泥首良曰赫盛貌秣養訓教也
言帝怒庸蜀將討之嚴鼓未通而凶惡之渠皆泥其頭面以降也　善曰毛詩曰王赫斯
怒爰整其旅左氏傳子重曰秣馬利兵又趙宣子曰訓卒利兵軍戰令日嚴鼓一通步騎
士悉嚴然鼓一曲爲一通尚書曰殲厥渠魁張溫表曰臨去武昌庶得泥首闕下也
舸連軸巨艦接艫盧鐵馬千羣朱旗萬里翰曰
弘巨皆大也舸舳艫皆船也鐵甲也言水陸並軍也　善曰吳都賦曰弘舸連軸巨艦
接艫鐵馬鐵甲之馬范曄後漢書公孫瓚與子書曰鷰五千鐵騎於北隰之中陳琳爲袁
紹檄豫州曰胡馬之千羣朱旗已見上文折簡而禽盧九傳檄以
下湘羅兵不血刃士無餘善本作遺字鏃善本有而字
樊鄧威懷巴黔底定銑曰折簡謂箋書檄軍書盧江九江二郡名湘

羅二水名兵不血刃言不交戰也無遺鏃言不放箭也樊鄧巴黔皆郡名懷來底致也言
以威來之而致定也　善曰魏略曰王陵密欲立楚王彪司馬宣王自討之陵自縛歸罪
遂謂太傅曰卿直以折簡召我我不當至耶太傅曰以卿非肯逐折簡者也盧江九
江二郡名也伏滔正淮曰盧九之間溺兵死者十而七八焉漢書韓信曰三秦可傳檄
而定湘羅二水名也孫卿子曰舜伐有苗禹伐共工湯伐有夏文王伐崇武王伐紂遠方
慕義兵不血刃過秦論曰秦無亡矢遺鏃之費而天下諸侯已困矣尚書曰大邦畏其力
小邦懷其德尚書曰震澤底定於是流湯之黨握炭之徒守
以藩籬戰同枯朽向曰紂之卒握炭流湯者十八人藩籬言皆踈薄不
固也枯朽言其易摧折也　善曰六韜曰紂之卒握炭流湯者十八人以牛爲禮過秦論
曰蒙恬北築長城而守藩籬班固漢書贊曰漢獨收孤秦之弊鏤金石者難爲功摧枯朽
者易爲力其勢然也華車近次師營商牧華夷士女冠
蓋相望扶老攜幼一旦雲集壺漿塞野簞食
盈塗濟曰華車兵車也次比也商商郊牧牧野武王誓衆之地壺瓶屬簞笥也言師
至齊境士女當以瓶笥盛其漿食迎我師於路歧也　善曰鄭玄周禮注曰兵車華路也
左氏傳曰凡師過信爲次尚書曰王至于商郊牧野左氏傳曰孔子曰夷不亂華尚書曰
惟其士女篚厥玄黃昭我周王漢書曰天子遣使冠蓋相望於道覆案梁事又淮南王上
書曰越必攜幼扶老以歸聖德西都賦曰雲集霧散孟子曰葛伯不祀湯往征之其君子
實玄黃于篚以迎君子小人簞食壺漿以迎小人也似夏民之附成湯
殷士之窺周武安老懷少伐罪吊民善本作人字
農不遷業市無易價善本作賈字良曰夏桀之時人皆附湯殷紂

之時人皆慕周令齊思梁德亦猶是也吊問也言安撫老少伐其罪惡問人勞苦使農市
之人各復其業也　善曰尚書中候曰天乙在亳夏桀迷惑諸隣國繼貢歸湯帝王世紀
曰商容及殷人觀周軍之入見武王至殷人曰是吾新君也容曰然聖人爲海內討惡見
惡不怒見利不喜顏色相副是以知之論語曰老者安之少者懷之尚書曰奉辭伐罪孟
子曰湯始征自葛誅其君吊其民呂氏春秋曰桀爲無道湯立爲天子夏人大悅農不去
疇商不變肆也八方入計四隩奉圖羽檄交馳軍書
狎至一日二日非止萬幾翰曰四隩四方也羽檄亦軍書也狎
更也言天下皆入會而奉圖諜軍書更至也書曰一日二日萬幾也　善曰河圖龍文曰
鎮星光明八方歸德漢書曰張蒼領主郡國上計者又曰嚴助願奉三年計如淳曰助自
欲入奉之也尚書曰四隩既宅范曄後漢書曰光武平河北吳漢與諸將奉圖書上尊號

漢書息夫躬曰軍書交馳而輻湊羽檄重迹而押至尚書曰兢兢業業一日二日萬幾

而尊嚴之度不愆於師旅淵默之容無改於行陣計如投水思若轉規策定帷幄謀成几案胷未浹辰獨夫授首向曰尊嚴淵默天子容儀也愆失也言梁武雖居軍旅行陣之間不失天子容儀也張良之策如以石投水莫之逆也規圓也思若轉圓言易也張良運籌策於帷幄仲長統曰進籌策於几案十二日曰浹辰獨夫謂齊東昏侯也授首謂引頸受斬也　善曰班固漢書贊曰成帝臨朝淵默尊嚴若神可謂穆穆天子之容貌矣運命論曰張良及其遭漢祖其言也如以石投水莫之逆也范曄後漢書曰朱勃上疏訴馬援冤曰謀如涌泉勢如轉規又光武詔曰將軍鄧禹與朕謨謀帷幄決勝千里仲長子昌言曰運籌於几案之前而所制者乃百代之後左氏傳君子曰莒恃其

陋不修其城郭浹辰之間而楚克其三都杜預曰浹辰十二日也梁典曰永元三年十二月丙寅張齊殺東昏于含德殿其夜以黃油裹首縋而下尚書曰獨夫受洪惟作威鍾士季撒蜀文曰蜀侯見禽於秦公孫述授首於漢乃焚其綺席棄彼寶衣歸琁臺之珠反諸侯之玉向曰焚棄綺寶謂崇儉也帝王紀曰王命歸琁臺之珠玉於諸侯人咸喜也善曰六韜曰紂時婦人以文綺爲席衣以綾統者三千人又曰武王伐紂蒙寶衣投火而死帝王世紀曰王命歸琁臺之珠玉說苑曰武王大敗人發上堂見玉曰誰之玉曰諸侯之玉即取而歸於諸侯天下聞之曰王廉於財

指麾而四海隆平下車而天下大定拯茲塗炭救此橫流功均天地明並日月濟曰塗泥炭火橫流大水也言齊朝之人皆如陷泥墜火設溺大水而武帝救之也均齊也　善曰新序

劉向曰先王之所以指麾而四海賓服者誠德之至也孝經鉤命決曰俱在隆平優劣殊流禮記曰下車而封夏后之後於杞封殷之後於宋尚書曰一戎衣天下大定尚書曰有夏昏德民墜塗炭孟子曰當堯之時洪水橫流氾濫於天下漢書曰德配天地明並日月

於是仰協三靈府善本從人從億兆受昭華之玉納龍敘之圖良曰協合也三靈天地人也堯得舜而尊之贈昭華之玉赤龍負圖以瑞堯也　書曰天球河圖在東序受納者言升爲天子　善曰春秋元命苞曰造起天地鑴演人君通靈之貺交錯同瑞劉瓛進表曰億兆攸歸曾無與二尚書大傳曰堯得舜推而尊之贈以昭華之玉春秋元命苞曰堯游河渚赤龍負圖以出圖赤如綈狀龍設圖在楊雄覈靈賦曰大易之始河序龍馬雒貢龜書類帝禋宗堯有神器升中以祀羣望攝袂而朝諸夏翰曰類禋皆祭

名也明也神器天子器也升中謂登中岳也祭祀羣望星辰山川也攝袂袖也諸夏中國也　善曰尚書曰肆類于上帝又曰禋于六宗國語富辰謂王曰光有天下而和寧百姓老子曰天下神器不可爲也爲者敗之禮記曰升中于天而鳳皇降左氏傳曰乃大有事于羣望漢書徐樂上書曰南面負扆攝袂而揖王公陛下之所服也論語子曰夷狄之有君不如諸夏之亡也

布教都畿班政方外謀協上策銑曰班布也政法也方外四夷也協合也上策謂降敵也刑平國用刑從中典中典　善曰周禮曰正月之吉始和布教于邦國都鄙袁淑謝中丞章曰懸法象闕班政甸衛東觀漢記段熲上疏曰先零東羌討之難破降爲上策戰爲下計周禮曰大司寇掌三典以佐王二曰刑平國用中典也南服緩耳西羈反舌劒騎穹廬之國同川共穴之民善本作入字同曰羈縻也餘皆遠

國名善曰杜篤論都賦曰連緩耳鎖鄖題
呂氏春秋曰善為君者蠻夷反舌皆服德厚
也高誘曰夷狄語言與中國相反因謂反舌
一說南方有反舌國本在前末到向喉故曰
反舌也漢書曰匈奴力能彎弓盡為甲騎其
長兵則弓矢短兵則刀鋋漢書烏孫公主歌
曰穹廬為室兮旃為牆杜篤論都賦
曰桐穴裘褐之域共川鼻飲之國莫不屈
膝交臂厥角稽顙鑿空萬里攘地千都漢南
羅鄣河西無警濟曰交臂屈膝謂臣服也厥
角叩頭也稽顙拜也鑿空謂
鑿山以通道也攘却也千都千城也羅鄣無
警言晏靖也　善曰喻巴蜀文曰交臂受事
屈膝請和孟子曰武王之伐殷也百姓若崩
厥角稽顙曰厥角叩頭以額角犀厥地禮記孔
子曰拜而後稽顙漢書曰通西北國張騫鑿
空蘇林曰鑿開通也戰國策蔡澤謂應侯曰
孫公鞅為秦攘地千里漢書曰驃騎封狼
居胥山匈奴遠逃而漠南無王庭漢書武帝

文選五十六　二十

謂狄山曰使居一障間蒼頡曰障小城也漢
書晉文公攘戎狄居於西河圁洛之間音銀
謝承後漢書曰祝良為
梁州刺史歷年無警於是治定功成邇安
遠肅忘茲鹿駭息此狼顧良曰邇近肅清也
鹿駭狼顧喻賊警
擾也忘息言無逆　善曰禮記曰王者功成
作樂治定制禮尚書曰柔遠能邇鹽鐵論曰
以賢人為兵聖人為守則中國無狗
吠之警而邊境無鹿駭狼顧之憂也乃正六
樂治五禮改章程創法律翰曰六樂六代之
樂也五禮吉凶賓
軍嘉也程權量之平法也創制也　善曰周
禮曰保氏掌諫王而養國子以道乃教之六
樂鄭玄曰六樂雲門大咸大韶大夏大濩大
武尚書曰修五禮孔安國曰五禮吉凶賓軍
嘉也漢書曰高祖令張蒼定章程
又曰蕭何次律令韓信申軍法置博士之
職而著錄之生若雲開集雅之館而款關之

學如市銑曰博士學官也詩有大雅小雅集
雅之館則教詩之所也款叩也言叩
門請見者如人之趍市也　善曰漢書曰武
帝初置五經博士范曄後漢書曰張興稍遷
至博士弟子自遠至者著錄且萬人司馬彪
續漢書曰負書來學雲集京師劉秦美新曰
遥集乎文雅之囿翱翔乎禮樂之場史記曰
由余數闚請見三輔黃圖曰元始中起明堂
列槐樹數百行朔望諸生持經書
及當郡所出物於此賣買號槐市與建庠序
啓設郊丘一介之才必記無文之典咸秩向曰
建立也庠序學名啓開也郊南郊丘圜丘皆
祭天地之名也一介謂小才也錄記典法秩
叙也言未有文記之法皆次叙也　善曰漢
書曰平帝立學官鄉曰庠聚曰序禮記曰立
春之日天子迎春於東郊周禮曰冬至於地
上之圜丘若樂六變天神皆降尚書秦穆公
曰如有一介臣又曰
稱秩元祀咸秩無文於是天下學士靡然向

文選五十六　二十一

風人識廉隅家知禮讓濟曰言庠序之興故
學者如順風而靡皆
歸之於梁也　善曰班固漢書贊曰公孫弘
以治春秋為丞相封侯天下學士靡然鄉風
矣禮記曰儒有砥礪廉隅論語
子曰能以禮讓為國乎何有教臻侍子化
洽期門區宇乂安方面靜息役休務簡歲阜
民和良曰臻至也侍子謂諸蕃質子奉侍天
子故云侍子期門守衛之官言皆蒙學
教之化也乂理方面四方之面也靜息謂無
備也簡略也阜厚也　善曰漢書曰呼韓邪
遣子右賢王銖婁渠堂入侍漢書曰武帝與
北地良家子期諸殿門故有期門之號范曄
後漢書曰樊準上疏曰明帝即位自期門羽
林介冑之士悉令通孝經句奴遣伊秩訾王
來入就學東京賦曰區宇乂寧思和求中方
面四方面也仲長子昌言曰五位以正方面
孫楚客主言曰晉主聖明方面割地長楊賦
曰休力役賈逵國語注曰阜厚也左氏傳季

梁曰民和神降之福而歷代規摹前王典故莫不芟夷翦截允執厥中翰曰規法摹則也故事也夷平允信厥其也言前代法則故事有煩亂者皆芟平翦截使信執其中也善曰史記曰高祖雖日不暇給規摹弘遠矣東觀漢記東平王蒼上疏曰事過典故孔安國尚書序曰芟夷煩亂翦截浮辭尚書帝曰允執厥中以為象闕之制其來已遠春秋設舊章之教經禮垂布憲之文銑曰哀公三年大季桓子命書藏象魏曰舊章不可忘也經禮謂周禮也周禮大宰以正月懸理象之法於象魏使萬人觀理象焉憲法也言布法以示人也善曰左氏傳曰司鐸火季桓子命藏象魏曰舊章不可忘也禮記曰經禮三百曲禮三千鄭玄曰禮經謂周禮也周禮曰太宰以正月之吉懸治象之法于象魏使萬人觀治象鄭玄曰吉朔日也象魏闕也周禮曰布憲中士二人戴

文選五十六　二十二

記顯游觀之言周史書樹闕之夢向曰禮記戴聖所傳故曰戴記仲尼與於蜡事畢出游觀之上則闕也文王自商至程太姒夢見商之庭生棘太子發取周庭之梓樹於闕間化為松柏也善注同北荒明月西極流精海岳黃金河庭紫貝濟曰西北荒有二闕高百丈上有明月珠徑三丈崑崙山有流精闕海岳蓬萊山也有白銀闕紫貝闕名河伯所居善曰神異經曰西北荒中有二金闕高百丈金闕銀盤圓五十丈二闕相去百丈上有明月珠徑三丈光照千里十洲記曰崑崙山有三角一正東有墉城有流精之闕西王母所治也史記曰三神山傳在海中黃金白銀為宮闕楚辭曰魚鱗屋兮龍堂紫貝闕兮珠宮王逸曰言河伯所居紫貝作闕也以蒼龍玄武之制銅爵鐵鳳之工良曰皆闕名也善曰三輔舊事曰未央宮東有蒼龍闕北有玄武闕魏文帝歌曰

長安城西有雙圓闕上有一雙銅爵一鳴五穀生再鳴五穀熟薛綜西京賦注曰圓闕上作鐵鳳皇令張兩翼舉頭敷尾或以聽窮省冤或以布治懸法翰曰李尤闕銘曰悉理聽省乃無冤寃布理謂前太宰懸法也善注同或以表正王居或以光崇帝里銑曰表飾也光榮崇重也言為闕者以帥帝王之居里而榮重也善曰尚書曰表正萬邦周易曰王居無咎正位也新論曰昔周公光崇周道澤被四表蜀都賦曰崤函有帝皇之宅河洛為王者之里也晉氏浸弱宋歷威夷禮經舊典寂寥無記鴻規盛烈湮沒罕稱乃假天闕於牛頭託遠圖於博望有欺耳目無補憲章向曰浸漸也威夷微弱也寂寥空靜貌鴻大烈業湮沈罕希也晉以牛頭山兩峯以為大闕宋立雙闕於博望梁山也言

文選五十六　二十三

晉宋微弱經籍無記大業沈沒皆假為觀闕是欺誑耳目無益章程也善曰漢書曰浸弱誠也韓詩曰周道威夷左氏傳曰以繼好息民謂之禮經東都主人曰唯子頗識舊典司馬相如義人賦曰宮闕寂寥至虛封禪書曰湮滅而不稱不可勝數山謙之丹陽記曰大興中議者皆言漢司徒義興許彧墓二闕高壯可從施之王茂弘弗欲後陪乘出宣陽門南望牛頭山兩峯即曰此天闕也豈煩改作帝從之今出宣陽望此山良似闕沈約宋書曰孝武太明七年博望梁山立雙闕禮記曰仲尼祖述堯舜憲章文武乃命審曲直善本無直字之官選明中之士陳圭置臬瞻星揆地輿復表門草創華闕濟曰審察也謂察曲直之官也明中謂昏明各有中星也主以測日影也臬以平水也瞻其中正揆度也謂度地形勢也草創謂初始也言始起華闕以飾國門也善曰周禮曰或審曲面勢明

中謂四時昏明各有中星也尚書考靈耀曰冬至日月在牽牛一度求昏中者取六頃加三旁蠡順除之鄭玄曰晝行十二頃中正而分之左右各六頃也蠡猶羅也昏中在日前故言順數也明中在日後故言却也周禮曰土圭之法測土深正日景以求地中又曰匠人建國求地中置槷以懸視其影鄭玄曰槷古文臬假借字也周禮曰晝參諸日中之景夜考之極星以正朝夕東觀漢記博士等議曰陛下除殘去賊興復祖宗西京賦曰正紫宮於未央表嶢闕於閶闔論語曰裨諶草創之西都賦曰樹中天之華闕豐冠山之朱堂於是歲次天紀月旅太簇良曰天紀星紀也太簇乃正月律也善曰天紀星紀也左氏傳梓慎曰歲在星紀而淫於玄枵杜預曰歲星也星紀斗牛之次也漢書曰太簇位於寅在正月也皇帝御天下之七載也搆茲盛則興此崇麗方且趨以表敬觀而知法

翰曰盛則崇麗謂闕也且復也趨急步言過闕者使急步而行以表敬也　善曰劉璠梁典曰天監七年正月戊戌詔曰昔晉氏青蓋南移日不暇給而雨觀莫築懸法無所今禮盛化光役務簡便可營建象闕以表舊章於是選匠量功鐫石為闕窮極壯麗冠絕古今奇禽異羽莫不畢備漢書曰萬石君過宮門闕必下車趨列女傳衛靈公夫人曰妾聞禮下公門式路馬所以廣敬也物覩雙碣之容民善本作人字識百重之典銑曰言立此雙碣使百姓觀之以知百代之常法也重代典法也善曰周易曰聖人作而萬物覩西京賦曰圓闕竦以造天若雙碣之相望徐幹七喻曰豐屋廣夏闕百重綜作範垂訓赫矣壯乎向曰範法訓教也赫壯皆盛貌　善曰鄭玄釋義曰創制作範匪時不立家語南宮敬叔曰孔子作春秋垂訓後嗣曹府君陳寔誄曰赫矣陳君爰命下臣式銘盤石濟曰下臣倕自謂式用也磐石大石也其辭曰

惟帝建國正位辨方周營洛涘漢啓岐梁良曰建立也洛水名涘水涯岐梁謂雍州也言古之帝王辨方正位立都不恒故雍洛咸為帝宅也　善曰此言建國立都不恒一所故洛涘岐梁咸為帝宅也周禮曰惟王建國辨方正位周周成王也尚書序曰召公既相宅周公往營成周作洛誥蔡邕祝禊文曰自求多福在洛之涘漢高祖也西京賦曰岐梁汧雍陳寶鳴雞在焉居因業盛文以化光爰有象闕是惟舊章翰曰業事也化光謂德化光大也象闕則舊章也　善曰帝王所居因功業而後盛禮文之德由政化而益光也周易曰後得主而有常含萬物而化光青蓋南泊黃旗東指懸法無閒藏書弗紀銑曰青蓋謂晉也黃旗謂吳也言此二君雖都江南皆無闕故

使法無所懸書無所藏也　善曰言帝祚南遷王綱弛紊懸法藏書咸皆廢紀青蓋晉也虞預晉書王導上言曰迴青蓋以反上京司馬彪續漢書曰皇子皆朱班輪青蓋黃旗謂吳也司馬徽與劉恭嗣書曰黃旗紫氣恒見東南終成天下者揚州之君乎臧榮緒晉書曰孫氏無闕大晉南都亦不暇立門闕遂廢矣藏書則決日斂而藏之見下句大人造物龍德休否建此百常興茲雙起向曰大人君也造物謂造萬物也龍德君德也言君以德休息否亂之道也百常觀名雙起雙闕也　善曰周易曰飛龍在天大人造也莊子曰夫造物者為人司馬彪曰造物謂道也周易曰龍德而正中者也又否卦曰九五休否王弼曰居尊位能休否道者也張景陽七命曰表以百常之闕雙起猶雙立也魯靈光殿賦曰崇墉岡連以嶺屬朱闕巖巖而雙立偉哉偃蹇壯矣巍巍旁眏重疊上連翠微濟曰

偃蹇巍巍壯大貌重疊謂宮觀多也翠微天邊氣也善曰王逸楚辭注曰偃蹇高貌也何晏論語注曰巍巍者高大之稱也重疊宮觀之多者也七命曰重殿疊起交綺對幌蜀都賦曰鬱葐蒕以翠微布教方顯浹日初輝懸書有附良曰周禮懸法教於闕浹日而斂之委篋謂藏書也善曰布教已見上文周禮曰正月乃懸治象之法于象魏使萬人觀治象浹日而斂之懸書則懸法也委篋則藏書也重用之故變文耳委篋知歸鬱崛勿象重軒穹隆反宇形翰曰鬱崛穹隆壯大貌飛棟浮柱謂漢甘泉宮之大也此闕形勢之高而超越焉善曰甘泉賦曰洪臺崛其獨出西都賓曰重軒三階穹隆見下句西京賦曰反宇業業何禎許都賦曰景福抗以雲起飛棟鳥企而翼訏甘泉賦曰抗浮柱之飛榱兮神莫莫而扶傾聳飛棟勢超浮柱色法上圓制善本作製二字負撲下矩周望原隰俛臨煙雨銑曰上圓天也下矩地也謂取撲法於天地也俛俯也周望原隰俯臨煙雨言其高也善曰繁欽建章鳳闕賦曰上規圓以穹隆下矩地而繩直望原隰臨煙雲言其高也前竇四會却背九房向曰竇列也四會道也九房明堂也周禮曰應門二轍漢書曰秦地五方雜錯此五方謂吳之五方也湊至也善曰王逸楚辭注曰竇列也陸機洛陽記曰有銅駝二枚在宮之南四會道頭鄭玄禮記注曰却返也東京賦曰復廟重屋八達九房則明堂之制也鄭玄禮記注曰天子廟及路寢皆如明堂制也然路寢在門北故云却背也後注同北通二轍南湊五方暑來寒往地久天長神哉華觀永配無疆濟曰言此闕同天地長久配國家之無窮也疆窮也善曰周易曰寒往則暑來暑往則寒來老子曰天長地久毛詩曰申錫無疆集云盤石鬱崛重軒

穹隆色法上負製撰十四字是至尊所改也

新漏刻銘一首并序

良曰武帝以舊漏刻乖舛乃令祖恒更理之故曰新漏刻也

陸佐公

善曰劉璠梁典曰天監六年帝以舊漏乖舛乃勑負外郎祖暅治之漏刻成太子中舍人陸倕為文司馬彪續漢書曰孔壺為漏浮箭為刻下漏數刻以考中星昏明星焉

夫自天觀象昏旦之刻未分治歷明時盈縮之度無准翰曰言觀象於天未分明闇之節理歷候時不悉長短之度此明須漏刻之義也准法也善曰周易曰古者庖犧氏之王天下也仰則觀象於天俯則觀法於地五經要義曰昏闇也旦明也日入後漏二刻為昏日出前漏三刻為明周易曰君子以治歷明時淮南子曰孟春始嬴孟秋始縮高誘曰嬴長也縮短也挈壺命氏遠哉義用銑曰周禮置挈壺氏掌漏刻哉數此義之用遠也善曰周禮曰挈壺氏下士六人鄭玄曰壺盛水器也挈壺水以為漏也揆景測辰徽叫宮戒井守以水火分茲日夜向曰揆度景晷辰時也徽巡宮也戒井謂宮中穿井成則挈壺氏以壺懸井上以表井成也以水守壺者為沃漏以火守壺者為夜視刻數分日夜者為晝夜異刻也言以漏刻日晷及時晝漏晝夜漏起則守衛者巡於宮中也善曰揆景則辰謂晝夜也徽巡宮謂徼巡其宮也衛宏漢舊儀曰晝漏盡夜漏起宮中衛宮城門擊刁斗周廬擊木析周禮曰挈壺氏掌壺以令軍井九喪事懸壺以哭皆以水火守之分以日夜鄭司農曰挈壺以令軍井謂為軍穿井井成挈壺懸其上令軍中衆皆望見知此下有井也壺所以盛飲故以壺表井也所司歷亡

官疇人廢業盃陬子侯珍滅攝提無紀濟曰司曆主曆
之官從父學者為疇人也正月為盃陬大歲
在寅為攝提珍滅無紀言閏餘乖錯不與正
歲相値也善曰左氏傳仲尼曰今火猶西
流司曆過也漢書曰三代既後五霸之末史
官忘記疇人子弟分散如淳曰家業世世相
傳為疇漢書曰盃陬珍滅攝提失方音義曰
正月為盃陬曆紀廢絕閏餘乖錯不與正歲
相値謂之珍滅攝提星名隨斗杓所指建十
二月若曆誤春三月當指辰而乃指巳是為失方衛宏載傳呼之節
較而未詳霍融叙分至之差詳而不密良曰衛宏
著漢儀使夜漏起宮衛傳呼以為備也較考
詳審也霍融漢太史令上言時日差失二刻
半不如夏曆密也善曰衛宏漢舊儀曰夜
漏起宮中宮城門傳伍伯官直符行衛士周
廬擊木析傳呼備火司馬彪續漢書曰太史
令霍融上言漏刻率九日增減一等不與天

文選五十六　二十八

相應或時差至二刻半不如夏曆密也陸機之賦虛握靈珠孫
綽之銘空擅崐玉翰曰陸機作漏刻賦孫綽作漏刻銘靈珠崐玉喻文
章美也言此二人虛擅其文而無益也善
曰陸機孫綽皆有漏刻銘曹子建與楊德祖
書曰人人自謂握靈蛇之珠家家自謂抱
荊山之玉新序曰珠產江漢玉產崐山弘
度遺篇承天垂旨銑曰李弘度何承天二人並為漏刻之法旨意也
善曰王隱晉書曰李充字弘度集有漏刻銘
沈約宋書曰宋太祖頗好曆數太子率更令
何承天私撰新法元嘉二十年上表詔
付外詳之有司奏承天曆術令施行有布
方冊善本作布在方冊無彰器用向曰方冊史書也言雖有法竟未成
器用也善曰禮記哀公問政子曰文武之
道布在方策左氏傳臧僖伯曰山林川澤之
實器用之資也譬彼春華同夫海棗濟曰春華言不實也景公謂晏
子曰東海之中有水赤有棗華而不實何也
晏子對曰昔秦穆公乘龍理天下黃布裹蒸
棗至海而捐其布故水赤蒸棗故花不實也公
曰吾佯問晏子對曰亦佯對之言何李法亦
無實也善曰春華言其文麗海棗譬其無
實答實臧曰攡藻如春華晏子春秋曰齊景
公謂晏子曰東海之中有棗華而不實何也
晏子曰昔者秦穆公乘舟理天下黃布裹蒸
棗至海而捐其布破黃布故水赤蒸棗故華
不實公曰吾佯問子對曰嬰聞佯問者佯對
也寧可以軌物字民作範垂訓者乎良曰寧安軌法
言為法無實安可以字人垂教也善曰
左氏傳曰隱公將如棠觀魚臧僖伯諫曰君
將納民於軌物者也講事以度軌量謂之
取材以章物采謂之物不軌不物謂之亂政
周書成王曰朕不知字民之道
敬問伯父作範垂訓已見上文且今之官漏
出自會稽翰曰舊漏本山陰令魏丕所造故云出自會稽會稽郡名善曰蕭

文選五十六　二十九

子雲東宮雜記曰天監六年上造新漏以臺
舊漏給官漏銘云咸和七年會稽山陰令魏
丕造即會稽內史王舒所獻漏也積水違方導流乖則銑曰積聚
導引也言聚水引流皆違正法善曰陸機
漏刻賦曰積水不過一鍾導流不過一管
六日無辨五行不分向曰夏至加二日冬至加三日歲加六日終而
復始漢舊儀中黃門持五夜之法謂甲乙丙
丁戊也無辨不分謂失常也善曰淮南子
曰冬至子午夏至卯酉冬至加三日則夏至
之日也歲還六日終而復始高誘曰還六日
今年以子冬至後年以午冬至衛宏漢舊儀
曰晝夜漏起省中用火中黃門持五夜甲夜
乙夜丙夜丁夜戊夜也歲躔閹於檢茂月次姑洗濟曰大歲在戌
曰閹茂季春之月律中姑洗善注同皇帝有天下之五載也樂
良曰夏諺曰吾王不游吾何以休書曰商俗靡靡利
遷夏諺禮變商俗

口惟賢變易也言易齊政也臣尚書曰商俗靡靡利口惟賢善業類補天功均柱地翰曰女媧鍊石補天共工與顓爭帝觸不周山天柱折地維絕言項齊天地壞絕而梁武能補柱也善曰列子曰昔文媧氏鍊五色之石以補其闕割鼇之足以立四極其後共工氏與顓項爭為帝怒而觸不周之山折天柱絕地維也河海夷晏風雲律呂銑曰夷平晏清也言河海不彼浪也東風八律青雲于呂至道之應也善曰禮斗威儀曰君乘土而王其政太平則河海夷晏十洲記曰天漢三年西國王使獻靈膠四兩吉光毛裘受以付庫使者曰常占東風入律十旬不休青雲于呂連月不散意者閻浮有好道之君我故搜奇蘊而貢神香猛獸乘毛車以濟弱水于今十三年矣坐朝晏罷每旦晨興向曰晏晚晨早興起也言天子勤政理也善曰呂氏春秋曰上稱三皇五帝之業以諭其意蚤朝晏罷以告制兵者也尚書

文選五十六　三十

大傳曰帝猶反側晨興辟四門來仁賢屬傳漏之音聽雞人之響濟曰傳漏唱漏也周禮雞人掌祭祀夜呼曉以悟百官使早起屬繫也言君繫於此善曰集云雞人二字是沈約所改作也以為星火謬中金水違用良曰星火心星也中則方退壺用金漏用水以陰陽之象謬誤也言違誤失常善山左氏傳張趯曰火中寒暑乃退鄭玄毛詩箋曰火星中寒暑退陸機漏刻銘曰寤蟾蜍之栖月識水之相緣金時乖啓閉箭異錙銖翰曰啓閉以箭漏水也八兩曰錙二十四銖曰兩言舊漏壺箭失開閉長短之節善曰左氏傳曰凡分至啓閉必書雲物為備故也鄭玄禮記注曰八兩為錙漢書曰二十四銖為兩也爰命日官草創新器銑曰天子有日官草創始制也新器則新漏刻也善曰左氏傳曰天子有日官諸侯有日御草創已見上文於是俯察旁羅登

臺升庫向曰易云俯則觀法於地旁羅日月星辰臺謂觀祲之臺也梓慎登大庭之庫庫亦臺屬善曰周易曰仰則觀於天文俯以察於地理史記曰黃帝順天地之紀旁羅日月星辰左氏傳曰公既視朔遂登觀臺以望而書禮也又曰宋衛陳鄭皆火梓慎登大庭之庫以望之曰宋衛陳鄭也則于地四參以天一濟曰則法也地以四生金以一生水故壺用金漏用水相參而用之也善曰言壺用金而漏用水也漢書曰天以得一生水地以得四生金也建武遺蠹咸和餘舛良曰建武光武年號咸和晉帝年號蠹朽爛也舛差也善曰司馬彪續漢書霍融曰四分施於建武咸和漏刻即上魏丕所造也金箭方圓善本作金筒方負之制飛流吐納之規翰曰金謂壺壺形方箭引水其形圓飛箭也流水也吐謂箭納於壺也善曰金則壺也而形方筒則引水者而形負孫綽漏刻銘曰乃制妙

文選五十六　三十一

器李尤氏銘罍筒三階積水成川陸機漏刻銘曰口納胷吐水無滯咽變律改經一皆懲革銑曰律法經常懲定革改也言變其常法一皆定改善曰蔡邕律曆志曰凡曆所革以變律呂相生至六十也天監六年大歲丁亥十月丁亥朔十六日壬寅漏成進御以考辰正晷測表候陰向曰進御謂進天子也考時晷日也言可測時日考表影候陰氣也善曰陸機集志議曰考正三辰審其所司是謂天紀綱也測表候陰謂土圭也已見上文不謬圭撮無乖黍累濟曰謬誤也六粟曰圭十抄曰撮十黍曰累言新漏刻無乖誤也善曰漢書曰夫推曆生律制器量多少者不失圭撮權輕重者不失黍累應劭曰圭自然之形陰陽之始也四圭曰撮十黍一累十累一銖撮麤括切又可以校運算之睽合辨分天之邪

正良曰校考運移聯離也分天謂分其晝夜言可考知移算之數離合晝夜長短之數
善曰漢書曰造漢太初曆者方士唐都落下閎與焉都分天部而閎運筭轉曆也
察四氣之盈虛課六曆之疎密翰曰四氣四時之氣也盈
虛損也六曆謂黃帝顓頊夏殷周及魯曆也張蒼用顓頊曆比於六曆疎闊之中最爲
微近也陵渠覆太初曆晦朔最密也善曰爾雅曰春爲發生夏爲長嬴秋爲收成冬爲
安寧四氣和爲通正後注同永世貽則傳之無窮赫矣煥
乎無得善本作德字而稱也銑曰貽遺也無一得而稱言成功非昔
嘉量微物盤盂小器猶其昭德記功載在銘
典向曰周禮栗氏爲量銘曰嘉量既成以觀四國盤盂者黃帝之史書盤盂以爲戒以昭
明也言此小物猶明德紀功以爲銘典於上也善曰周禮栗氏爲量其銘曰嘉量既成

文選五十六　三十二

以觀四國永啓厥後茲器惟則七畧曰盤盂書者其傳言孔甲爲之孔甲黃帝之史也書
盤盂中爲誡法或於鼎名曰銘蔡邕銘論曰德非此族不在銘典究入神之
制與造化合符成物之能與坤元等契濟曰入神
之制謂漏刻也造化謂陰陽也符同也易曰妙作成物又曰至哉坤元萬物資生等齊契
信也善曰孫綽子曰藝妙者以入神造化已見上文論語比考讖曰君子上達與天合
符周易曰乾知太始坤作成物又曰至哉乾元萬物資生勳倍楹席事百
巾机良曰勳功也楹柱机案也太公有楹席過巾机之銘言漏刻之功倍多楹席事
巾机之百倍也善曰蔡邕銘論曰武王踐阼咨于太師而作席机楹杖雜銘又曰黃帝
有巾机之法孔甲有盤盂之戒言也寧可使多謝曾水有陋昆
吾翰曰曾水名漢得鼎於其中昆吾山名夏啓鑄鼎之所皆勒銘於上言安可使漏

刻不及於彼乎善曰郭象莊子注曰不可多謝堯舜而推之爲兄也蔡邕銘論曰昔召
公作誥先王賜朕鼎出于武當曾水呂尚作周太師而封于齊其功銘于昆吾之野西都
賓序曰有陋洛邑之義金字不傳銀書未勒者哉銑曰金字
銀書謂碑銘之書也善曰崔玄山瀨鄉記曰老子母碑老子把持仙籙玉簡金字編以
白銀紐善綴惡劉人本觀書賦曰玉牒石記銀書金字煥矣不窮邈乎昭備乃詔
小臣爲其銘曰向曰此銘字初爲辭帝改爲銘也善曰集曰銘一字至
尊所改勅書辭曰故當云銘
一暑一寒有明有晦神道無跡天工罕代向日
晦闇也神之與道其來無跡工官罕希也言神妙之道天官希能代也善曰周易曰日
月運行一寒一暑莊子曰消息盈虛一晦一明日改月化也莊子老聃謂孔子曰夫神生

文選五十六　三十三

於道其來無迹其去無方尚書曰無曠庶官天工人其代之乃置挈壺是
惟熙載氣均衡石晷正權槩濟曰熙廣事也衡石稱也權
槩斗槩也言置挈壺以廣事夜氣平晷正也善曰熙載已見上文呂氏春秋曰仲春日夜
分鈞衡石角升桶正權槩高誘曰角平升桶權槩皆令均等也世道交喪禮
術銷亡良曰時道交錯喪亂故禮教法術銷散亡滅也善曰莊子曰世喪道矣
道喪世世與道交相喪也毛詩序曰齊宣公之時禮義消亡遽遷水火爭
倒衣裳翰曰遽急也詩曰東方未明顛倒衣裳刺失明暗之時節也善曰水火
已見上文後注同擊刀舛次叢木乖方銑曰漢儀晝漏盡則擊刀
斗自衛叢木謂打更木也舛次乖方言失常也善曰漢書曰李廣行無部曲不擊刀斗
自衛孟康曰以銅作鐎受一斗晝炊飯食擊持行夜周禮挈壺氏曰凡軍事懸壺以序聚

檽鄭玄曰謂擊檽兩木相敲行夜時也爰究爰度時惟我皇向曰言武帝於此窮究而度也善曰毛詩曰維彼四國爰究爰度方壺外次圓流內襲濟曰次叙襲重也壺體也圓箭體也方洪殺殊等高卑異級良曰洪大殺小也言漏刻之體大小高卑各異次也善曰陸機漏刻賦曰擬洪殺於漏鍾順卑高而為級靈虬承注陰蟲吐噏翰曰虬龍也陰蟲謂蝦蟇也言漏刻之體以龍承之作蝦蟇銜承蓋而吐噏之善曰孫綽漏刻銘曰靈虬吐注陰蟲承瀉倏往忽來鬼出神入銑曰言微妙也善曰呂氏春秋曰倏忽往來而莫知其方淮南子曰迷應無窮鬼出神入微若抽繭逝如激電向曰言水下之微如繭之抽絲機發之疾如激電也善曰陸機漏刻賦曰形微獨繭之絲逝若垂天之電耳不輟音眼無留眄銅

史司刻金徒抱箭濟曰輟止也耳不止音謂聽漏聲眼不留眄謂伺機發也渾儀制曰鑄金銅人為胥徒居壺之左右以左手把箭右手指刻以別天時之早晚也善曰張衡漏水轉渾天儀制曰蓋上又鑄金銅仙人居左壺為胥徒居右壺皆以左手抱箭右手指刻以別天時早晚履薄非兢臨深罔戰良曰言掌壺人恐有差失甚於履冰臨深也善曰毛詩曰戰戰兢兢如臨深淵如履薄氷授受靡諐登降弗爽翰曰言時之授受無諐也則升降之節不差也善曰漢書儀曰夜漏起中黃門持五夜相傳授籍田賦曰挈壺掌升降之節惟精惟一可法可象銑曰言事精之人可為之法象善曰尚書曰惟精惟一允執厥中孝經曰作事可法左氏傳北宮文子謂衛侯曰有儀可象謂之儀也月不逌善本作知字来日不善本作無字截生分似符契至

猶影響向曰逌隱也言置漏刻知日月度數故不能藏隱也符契喻信也影響言與時節相應如影響隨於形聲善曰周易曰月往則日來杜預左氏傳注曰分春秋分也至冬夏至也袁彥伯三國名臣序贊曰合若合符契尚書曰惠迪吉從逆凶惟影響合昏暮卷莢晨生濟曰合昏槿也其葉夜合而明舒莢英瑞草也每晨生一葉至十五日後則日落一葉善曰司𡌸風土記曰合昏槿也葉晨舒而昏合田俅子曰堯為天子蓂莢生於庭為帝成曆也尚辯天意猶測地情翰曰言合昏蓂莢猶能辯天地明暗之情詩汜歷樞曰靈臺參天意周易曰聖人善曰觀其所感而天地萬物之情可見矣況我神造通幽洞靈銑曰洞通靈神也神造謂漏刻也善曰陸機漏刻賦曰來象神造猶鬼之變配皇等極為世作程向曰皇天也極謂北極星也言配皇天齊極星之運為世之法也程謂法也善曰呂氏春秋曰後世以為法程高誘曰程度也曹植列女傳頌曰尚卑貴禮永世作程

王仲宣誄一首并序

曹子建濟曰誄者累也言人死後累其德行也

建安二十二年正月二十四日戊申魏故侍中關內侯王君卒嗚呼哀哉皇穹神察喆人是恃如何靈祇殲我吉士良曰穹天也言皇天之神不察視我明喆之人奈何天神地祇而殲滅之吉謂善也善曰毛詩曰彼蒼者天殲我良人誰謂不痛善本作庸字早世即冥誰謂不傷華繁中零翰曰傷亦痛也零落也言痛其早死也善曰范曄後漢書桓帝詔曰少遺不造先

帝早世史記華陽夫人姊說夫人曰不以繁華時樹本存亡分流夭遂同期銑曰夭少死遂終也言存亡雖且殊途天與壽終同期於死也善曰莊子曰雖有壽夭相去幾何又曰聖也者遂於命也朝聞夕沒先民所思向曰朝聞道夕死可矣先人古人也思聞道而死也善曰毛詩曰先民有作何用誄德表之素旂何以贈終哀以送之濟曰素旂雜帛爲之即今之銘旌幡也善曰鄭司農周禮注曰誄謂積累生時德行儀禮士喪禮曰爲銘各以其物鄭玄曰銘明也旌雜帛爲物大夫士之所建也以死者不可別故以其旌旗識之楊雄元后誄曰著德太常注諸旒旌孝經曰哀以送之遂作誄曰

猗歟侍中遠祖彌芳公高建業佐武伐商良曰猗歟歎辭侍中粲官也遠祖畢公高也本與周同姓佐武王伐紂有功封於畢是謂畢公

也善曰史記曰魏之先畢公高與周同姓武王伐紂而高封於畢也爵同齊魯邦祀絕亡流裔畢萬勳績惟光晉獻賜封于魏之疆天開之祚末冑稱王翰曰齊太公之封魯周公之封言畢公高之封同於齊魯而後代絕已流裔至畢萬始事晉獻公獻公滅魏封畢萬於魏是天開其祚也後十代文侯盛至孫稱惠王因以王爲氏焉善曰史記曰公高苗裔曰畢萬事晉獻公滅魏封畢萬爲大夫卜偃曰萬滿數也魏大名也以是始賞天開之矣閔稱陳留風俗記曰浚儀縣魏之都也晉獻公以魏封大夫畢萬後世文侯初盛至子孫稱王是爲惠王然以稱王因氏焉楚辭曰伊伯庸之末冑也厥姓斯氏條分葉散銑曰斯氏王氏也條枝葉謂子孫也世滋芳烈揚聲秦漢向曰滋繁烈業也秦有王離王翦之貴也漢有五侯之盛是揚聲也會遭陽

九炎光中曚濟曰百六之會陽九之厄也炎光謂漢也曚暗也中暗謂王莽簒位善曰漢書曰陽九厄日初入百六陽九音義曰易稱所謂陽九之厄百六之會者也典引曰蓄炎上之烈精蔡邕曰謂大漢之盛德也中曚謂遭王莽之亂也說文曰曚不明也世祖撥亂爰建時雍良曰世祖謂光武也撥亂謂平王莽也建立也時雍太平也善曰世祖謂光武皇帝也公羊傳曰撥亂反正莫近於春秋尚書曰黎民於變時雍三台樹位履道是鍾向曰三台星名三公之象也樹立鍾聚也言履道於光武代也善曰春秋漢含孳曰三公象五岳在天法三能台能同周易曰履道坦坦寵爵之加匪惠惟恭銑曰謚法慈仁好與曰惠恭敬事上曰恭自君二祖爲光爲龍向曰粲曾祖龔祖暢皆爲漢三公詩曰既見君子爲龍爲光善曰張璠漢紀曰王龔字伯宗有高名於天下順帝時爲

太尉暢字叔茂名在八俊靈帝時爲司空毛萇曰龍寵也僉曰休哉宜翼漢邦或掌善本作統字太尉或掌司空百揆惟敘濟曰僉皆翼輔統領也太尉謂龔司空暢也揆度也言皆度百事使五典克從五常之典能順從而行也善曰尚書曰納于百揆百揆時敘又曰愼徽五典五典克從天靜民善本作人字和皇教遐通良曰言能使天下安和皇王之教遠通也伊君顯考奕世善本作葉字佐時翰曰伊惟考父也奕不絕之稱也謂粲父謙爲大將軍何進長史也善注同入管機密朝政以治銑曰機密謂軍謀之事也善曰張衡四愁詩序曰久處機密出臨朔岱庶績咸熙向曰粲父出爲岱郡太守也庶衆績功也咸熙皆廣也善曰粲父無傳其官未詳尚書曰庶績咸熙君以淑懿繼此洪基既

有令德材技廣宣彊記洽聞幽讚微言濟曰叔善
懿美洪大也言粲有善美能繼祖父大業也洽徧幽深讚明也謂材藝廣達而深明微言
也微言爲先聖之書也善曰孔叢子萇弘曰仲尼洽聞強記博物不窮周易曰幽讚於
神明而生蓍論語讖曰子夏六十人共撰仲尼微言也文若春華思若
涌泉良曰春華喻繁茂也思才思也泉涌言不絕也善曰春華已見上文東觀漢
記朱勃理馬援曰謀如涌泉勢如轉圜發言可詠下筆成篇何
道不洽何藝不閑翰曰洽通也藝材藝也閑明也善曰魏志粲善屬
文舉筆便成無所改定時人常以爲宿構棋局逞巧博奕惟賢銑曰
棋局逞巧謂粲能覆局及善博奕之術也善曰魏志曰粲觀人圍碁局壞粲爲復之碁
者不信以帊蓋局使更以他局爲之用相比不誤一道其強記默識如此論語子曰不有
文選五十六　三十八
博奕者乎爲之猶賢乎己皇家不造京室隕顛宰臣專制
帝用西遷向曰皇家漢室也造成也京室洛陽也隕顛謂墜落也宰臣謂董卓
也言卓專制遷帝於長安善曰毛詩曰閔予小子遭家不造宰臣董卓也帝獻帝也魏
志曰董卓以山東豪傑並起恐懼不寧初平元年二月乃徙天子都長安君乃羇
旅離此阻艱翕然鳳舉遠竄荊蠻濟曰阻艱謂遭董卓
作難也翕然鳳飛貌君子比德於鳳故以此喻粲也竄逃也荊蠻則荊州也善曰魏志
曰粲以西京擾亂乃之荊州依劉表左氏春秋陳敬仲曰羇旅之臣杜預注曰羇寄也旅
客也崔瑗七蠶曰纖然鳳舉軒爾龍騰毛詩曰蠢爾蠻荊身窮志達居鄙
行鮮振冠南嶽濯纓清川良曰身窮謂羇旅也志達謂得去亂
朝也鄙陋鮮明也南嶽衡山也清川江也此江山皆在荊州故也善曰盛弘之荊州記

曰襄陽城西南有徐元直宅其西北八里方山山北際河水山下有王仲宣宅故東阿王
誄云振冠南岳濯纓清川集本清或爲清誤也潛處蓬室不干勢權
翰曰干求也勢權執政之人也善曰列子曰北宮子庇其蓬室若廣廈之蔭也我
公奮鉞耀威南楚銑曰我公謂曹操也奮振也鉞斧也威兵威也南楚
荊州也善曰我公魏太祖也荊人或違陳戎講武向曰或違亂也
戎兵也講武謂將討亂也善曰禮記曰乃命將帥講武習射御君乃義發
算我師旅濟曰義發謂勸劉表子琮降曹公算謂籌度知其強盛也善曰魏
志曰劉表卒粲勸表子琮令降太祖高尚霸功投身帝宇良曰高尚
太祖有霸功也帝宇謂漢室也善曰桓譚陳便宜曰所謂霸功者法度明正百官修治
威令流行者也傳幹後漢王命敘曰世祖撥亂復帝宇斯言既發謀夫
文選五十六　三十九
是與翰曰斯言謂勸降之言也與用也善曰斯言謂琮降也毛詩曰謀夫孔多
是用不集是與伊何響我明德投戈編鄀若稽顙
漢北銑曰奉上曰響編鄀二縣名言奉上投兵戈於此二縣稽顙從漢而北歸善
曰漢書南郡有編縣音義曰編音鞭鄀音若我公寔嘉表揚京國
金龜紫綬以彰勳則向曰寔實嘉善揚明也言曹公實善粲之功名
舉京國也金龜紫綬謂辟粲爲祿爵關內侯也彰明勳功也善曰魏志曰太祖辟粲爲
丞相掾賜爵關內侯漢舊儀曰列侯黃金龜鈕又曰金印紫綬勳則伊何勞
謙靡已憂世忘家殊略卓峙濟曰靡無卓高峙立也言勞謙
無已憂國政理而忘於家殊異之略高之於時也善曰周易曰勞謙君子有終吉史記
穰苴曰將受命之日則忘其家趙岐孟子章指曰憂國忘家乃署祭酒與

軍行止良曰曹公署粲為軍謀祭酒與之軍中行止也　善曰魏志曰後遷軍謀祭酒周易曰時止則止時行則行筭無遺策畫無失理翰曰言計策必中也　善曰孟子曰計及下者無遺策東觀漢記魯恭上疏曰舉無遺策動不失其中我王建國百司俊乂銑曰天子進曹公爵為魏王使置百官乂理也謂俊理之人也　善曰周禮曰惟王建國尚書曰俊乂在官君以顯舉秉機省闥音太協韻戴蟬珥貂朱衣皓帶向曰秉執機微也省闥宮門謂粲為侍中執機微之事於此也蟬貂朱衣皆侍中服也珥插皓素也　善曰魏志曰魏國建拜粲侍中蔡邕獨斷曰侍中常侍皆冠惠文加貂附蟬也入侍帷幄出擁華蓋榮耀當世芳風晻藹濟曰言出入侍從魏王而榮華光於當世也晻藹盛貌　善曰劉歆遂初賦曰奉華蓋於帝側漢書曰韋

文選五十六　四十

玄成繼父相位封侯榮當世焉禰衡顏子碑曰秀不實振芳風嗟彼東夷憑江阻湖騷擾邊境勞我師徒洸洸戎輅善本作路字霆駭風徂君侍華轂光光善本作輝輝字王塗良曰東夷吳也憑依阻恃騷動擾亂也洸洸武貌戎輅兵車也言吳國恃險動亂邊境魏王征之而粲為侍中驂乘故云侍華轂輝耀王塗已　善曰漢書劉向上封事曰今王氏一姓乘朱輪華轂者二十三人蔡邕劉寬碑曰銑乂三事以清王塗思榮懷附望彼來威翰曰懷歸也彼謂吳也威德也言粲思酬其榮故來附魏王伐吳亦望彼吳歸向王德也　善曰言仲宣思念寵榮志在懷附異類望彼吳國畏威而來也漢書曰王尊懷來徼外蠻夷歸附其威信也如何不濟運極命衰寢疾彌留吉往凶歸嗚呼哀哉銑曰言如何不能成濟當是運命衰盡也彌終也吉往凶歸謂粲從操伐吳路病而卒也　善曰魏志曰建安二十一年從征吳二十二年春道病卒尚書王曰病日臻既彌留翩翩孤嗣號慟崩摧向曰翩翩孤貌孤嗣粲子也　善曰蔡邕奉成碑曰呱呱孤嗣含哀長慟發軫北魏遠迄南淮經歷山河泣涕如積向曰軫車也迄至也謂粲自魏至南淮迎喪也積壘也　善曰楚辭曰登山長望中心悲怨青青泣如顏哀風興感行雲徘徊游魚失浪歸鳥忘棲嗚呼哀哉良曰魚失水鳥忘棲言哀感之深也吾與夫子義貫丹青翰曰貫過也植自言與粲親密義過丹青之分明也　善曰丹青二色名言不渝也好和琴瑟分過友生良曰友生謂朋友也　善曰毛詩曰妻子好合如鼓瑟琴又曰矧伊人矣不求友生庶幾遐年携手同征向曰遐遠征行也

文選五十六　四十一

如何奄忽棄我夙零濟曰奄遽夙早零落也感昔宴會志各高厲予戲夫子金石難敝善本作弊字人命靡常吉凶異制良曰厲遠也予植自謂也戲謂初與粲有戲言敝踣靡無也異制粲先死也　善曰毛詩曰天命靡常春秋保乾圖曰利害同門言凶異域此歡之人孰先隕越翰曰此歡則前宴會也孰誰也誰先隕越者謂前戲言此會之中誰當先沒也　善曰左氏傳齊侯曰小白恐隕越于上何寤夫子果乃先逝又論死生存亡數度子猶懷疑求之明據儻獨有靈游魂泰素銑曰言何寤粲乃先逝也向曰言與粲論存亡生死之數而粲懷疑求書以訪明據也泰素天也儻獨有神靈當游於天蓋粲有求仙之言也　善曰春秋考異郵曰言有數存亡有象列

子曰太素者質之始也我將假翼飄颻高舉超登景雲要子天路濟曰植言子之魂神將於天我將假借羽翼超於景雲之上要子於天路也 善曰孝經援神契曰德至山陵則景雲出西京賦曰羨往昔之喬松要羨門乎天路喪柩既臻將及善本作反字魏京靈轜迴軌白驥悲鳴良曰臻至也魏京魏都也靈轜喪車也軌轍也白驥白馬也謂臣鄉所乘以哭元伯 善曰說文曰轜喪車也李陵詩曰轅馬顧悲鳴五步一彷徨虛廊無見藏景蔽形孰云仲宣不聞其聲翰曰廊空也藏景蔽形言不見也 善曰梁商誄曰孰云忠侯不聞其音延首歎息雨泣交頸居盈反 銑曰延引也雨泣言泣下如雨而交頸也嗟乎夫子永安幽冥人誰不沒達士徇名向曰安止也幽冥地下也徇求也言人皆死而達士死於求名也 善曰莊子曰達士之徇名小人之徇財天下皆然不獨一人也生榮死哀亦孔之榮嗚呼哀哉濟曰孔甚也言生爲時榮死爲人哀亦爲甚榮也 善曰論語子貢曰夫子其生也榮其死也哀

文選五十六 四十二

楊荊州誄一首并序

潘安仁良曰楊肇爲荊州刺史是岳妻父故言官不書名

維咸寧元年夏四月乙丑晉故折衝將軍荊州刺史東武戴侯滎陽楊使君薨嗚呼哀哉翰曰滎陽郡名戴謚也諸侯死曰薨也 善曰王隱晉書咸寧武帝年號楊肇已見懷舊賦夫天子建國諸侯立家選賢與能政是以和銑曰諸侯稱家言能選任賢才是以政教和也 善曰左氏傳師服曰吾聞國家之立也天子建國諸侯立家是以人服事其上而下無覬覦也禮記曰選賢與能講信脩睦周賴尚父殷憑太阿向曰憑依也尚父太公也佐於周而周賴之以治太阿伊尹也相於殷而殷依之以致和平也 善曰太阿阿衡謂伊尹也毛詩曰惟師尚父時惟鷹揚又曰實維阿衡左右商王矯矯楊侯晉之爪牙濟曰矯矯武貌爪牙謂爲將軍也 善曰毛詩曰矯矯虎臣又曰予王之爪牙忠節克明茂績惟嘉良曰克能績功嘉善也 善曰尚書曰予懋乃德嘉乃丕績將宏王略肅清荒遐降年不永玄首未華翰曰宏大略道遐遠華白也言將大佐王道肅清遠荒降年不長玄首未白而至卒也 善曰尚書曰降年有永有不永范曄後漢書樊准上疏曰故朝多皤皤之良華首之老銜恨沒世命也奈何嗚呼哀哉銑曰銜恨恨功未著也 善曰范曄後漢書東海王彊上疏曰銜恨黃泉論語子曰君子疾沒世而名不稱焉自古在昔有生必死善曰法言曰有生者必有死有始者必有終自然之道也身沒名垂先哲所韙向曰哲智韙是也言身死名垂先哲以爲是也 善曰東征賦曰唯令德爲不朽身既沒而名不亡也行以號彰德以述美濟曰謚者行之跡號者功之表述美則誄也 善曰周禮曰謚者行之迹號者功之表也蔡邕郭有道碑曰德音猶存亦賴之見述也敢託旒旗爰作斯誄良曰旒旗謂銘旌旛也古人用以書德行爰於也 善曰旒旗已見上文其辭

曰

邈矣遠祖系自有周昭穆繁昌枝庶分流族始伯喬氏出楊侯翰曰邈遠系繼也周有伯喬者以枝庶初食菜於晉

文選五十六 四十三

之陽因氏焉後更在河汾之間周衰揚氏或稱侯號曰揚侯肇則其後也善曰漢書曰揚雄其先出自有周伯僑者以支庶食菜於晉之揚因氏焉不知伯僑周何別也揚在河汾之間周衰而揚氏或稱侯號曰揚侯也奕世丕顯允迪大猷銑曰奕世相連不絕也丕大迪蹈猷道也言奕世大明信蹈大道也善曰尚書曰公稱丕顯德毛詩曰秩秩大猷聖人莫之天覆善本作嚴字漢德龍戰未分向曰龍戰謂羣雄相爭也未分猶未定也善曰左氏傳曰天而既厭周德矣周易曰龍戰于野其血玄黃伊君祖考方事之殷濟曰伊惟殷盛也言伊方以征伐之事而歸於盛也善曰左氏傳曰鄢陵之戰楚子使工尹襄問郤至以弓曰方事之殷有韎韋而跗注者君子也杜預云殷盛也鳥則擇木臣亦簡君投心魏善本作外字朝策名委身良曰言肇之祖父漢末仕於魏

文選五十六　四十四

朝也善曰左氏傳仲尼曰鳥則擇木家語孔子曰君擇臣而任之臣亦擇君而事之左氏傳孤突曰策名委質貳乃辟也奮躍淵塗跨騰風雲翰曰塗泥跨躍也言肇父恪遭魏之任用如龍之奮躍淵泥躍騰風雲善曰答賓戲曰振拔泥塗跨騰風雲或統驍騎或據領軍銑曰統領也驍騎肇祖也領軍肇父也善曰潘岳楊肇碑序曰肇驍騎府君之孫領軍蕭侯之嗣子貫鄉之山公表注曰揚恪字仲義驍騎將軍生暨字休先領軍將軍篤生戴侯茂德繼期纂戎洪緒克構堂基向曰篤厚纂承也戎猶汝也緒業也言厚生茂盛之德繼百年之期承汝祖父大業也能構立基本也善曰毛詩曰纘戎祖考尚書曰若考作室子弗肯堂矧肯構弱冠味道無競惟時孝實蒸蒸友亦怡怡濟曰二十曰弱冠味道曰好道言好道靜默不競名利於時人

也蒸蒸進也言為孝日進怡怡和順貌善曰弱冠已見上文桓譚答楊雄書曰子雲勤味道腴毛詩曰無競惟烈尚書曰克諧以孝蒸蒸乂弗格姦怡怡已見上文多才豐藝彊記洽聞良曰豐多也洽徧也善曰尚書周公曰不若旦多才多藝洽聞強記已見上文目睇毫末心筭無垠草隸兼善尺牘必珍翰曰睇視也毫末微也垠限也言草隸之書皆善也與人尺牘皆珍貴之以為榮也尺牘尺書也善曰慎子曰離朱之明察秋毫之末答賓戲曰研桑心計於無垠漢書曰陳遵善書與人尺牘主皆藏去以為榮也足不輟行手不釋文翰動若飛紙落如雲銑曰輟止翰筆也紙落如雲言書疾也學優則仕乃從王政散璞發輝臨軹作令向曰優長也言人出仕猶開散玉璞發其光輝也軹縣名也肇為此縣令善曰論

文選五十六　四十五

語子夏曰仕而優則學學而優則仕左氏傳子產謂子皮曰僑聞學而後入政未聞以政學者也肇碑曰嘉平初除軹令漢書河內郡有軹縣化行邑里惠洽百姓越登司官肅我朝命濟曰化風化也惠愛洽徧也良曰越度也司官為理書侍御史言肇自軹令越登此官而肅朝命也善曰肇碑曰肇遷治書侍御史惟此大理國之憲章君涖其任視民如傷翰曰肇時兼大理之任憲法也涖臨也視人如傷言重人命也善曰肇碑曰肇兼統大理之任漢書曰廷尉秦官掌刑辟景帝中六年更名大理左氏傳逢滑曰國之興也視人如傷庶獄明慎刑辟端詳銑曰庶眾辟法端正詳審也善曰尚書周公曰庶獄庶慎聽參皐呂稱侔于張向曰皐陶舜士師呂侯周穆王法官也侔齊也于定國張釋之並漢法官也言肇之參聽與之齊也善曰尚書帝

曰咎陶蠻夷猾夏寇賊姦宄汝作士惟明克
允又序曰呂命穆王訓夏贖刑作呂刑漢書
曰于定國為廷尉其決疑平法務在哀鰥寡
罪從輕朝廷稱之又曰張釋之為廷尉周亞
夫見釋之持議平反結
為親友繇此天下稱之改授農政于彼野王
濟曰肇為野王典農中郎將野王縣名也
善曰肇碑曰除野王典農中郎將魏略曰典
農中郎將大祖置秩比二
千石漢書河內郡野王縣倉盈庾億國富兵
彊良曰盈滿也庾亦倉屬十萬曰億倉廩實
故兵彊也善曰毛詩曰我倉既盈我庾
惟億新序曰孫叔
敖相楚國富兵強煌煌文后鴻漸晉室君以
兼資參戎作弼翰曰煌煌明也文后晉文帝
也言文帝如鴻鳥之漸高而
成晉室兼并資取也言肇以文武之才文帝
取為參軍以作輔弼也善曰肇碑曰文后
歷數在躬為參軍周易曰鴻漸于陸其羽可
用為儀漢書華陰守丞嘉上疏曰榮雲兼資

文選五十六　四十六

文
武用錫土宇膺茲顯秩青社白茅亦朱其紱
銑曰錫賜也土宇謂封東武也膺當也秩謂
東武子也王者封五色土於白茅以賜諸侯
朱紱公侯之服飾也善曰肇碑曰五等初
建封東武子毛詩曰錫爾土宇歸章尚書緯
曰天子社東方青南方赤西方白北方黑上
冒以黃土將封諸侯各取方土苴以白茅以
為社毛萇詩傳曰諸侯
赤黻蔽膝與紱古今字同魏氏順天聖王善本
作皇
陳留王奉皇帝璽綬策禪位于晉嗣王周易
曰湯武革命順乎天尚書曰正月上日受終
守受終向曰魏陳留王順天禪位於晉嗣王
而晉王受其終命也善曰魏志曰王
于文祖烈烈揚侯實統禁戎濟曰烈烈盛貌統
領也禁戎禁兵也
善曰肇碑曰皇祖
之始典戎武衛司管閶闔清我帝宮良曰
司主
管籥也閶闔洛陽城門言主門籥清淨帝宮
以備非常也善曰晉宮閣銘曰洛陽城閶

闔門漢書曰東牟侯興居先清宮應劭曰天
子行幸所至先案行清淨殿中以虞非常
苛慝不作穆如和風翰曰苛慝謂亂惡也作
起也不作言亂惡不起
穆然如清風也善曰國語內史過
曰神人觀其苛慝毛詩曰穆如清風謂督勳
勞班命彌崇銑曰謂言督察崇高也以言
之功進封東武伯故云班命彌
言也善曰肇碑曰以清宮勳
勞進封東武伯詔文曰督察也茫茫海岱玄
化未周滔滔江漢疆埸分流向曰茫茫滔滔
廣遠貌海岱謂
青州江漢謂荊州玄化道化也周被也疆埸
分流言未同也疆埸謂疆界也善曰毛詩
曰洪水茫茫尚書曰海岱及淮惟徐州蔡邕
陳留太守碑曰玄化洽矣毛詩曰滔滔江漢
南國之紀尚書曰江漢朝宗于海
孔安國曰二水經此州而入海也秉文兼武
時惟揚侯既守東莞官乃牧荊州濟曰秉執
也言兼文

文選五十六　四十七

武之職者此時惟揚肇所已東莞縣名肇時
為東莞相及荊州刺史也善曰肇碑曰領
東莞相荊州刺史漢書琅
邪郡有東莞縣徐州也折衝萬里對揚王
休良曰折推衝突也言可以推突萬里也對
荅休美也謂荅天子之美命也善曰肇
碑曰加折衝將軍晏子春秋孔子曰不出樽
俎之間而折衝千里之外晏子之謂也毛詩
曰虎拜稽首
對揚王休聞善若驚疾惡如讎示威示德
以伐以柔翰曰若驚恐不及柔安也言威以
伐叛德以安人也善曰國語楚
藍尹亹謂子西曰夫闔廬聞一善言若驚得
一士若賞謝承後漢書曰張儉清絜中正疾
惡若讎左氏傳倉葛曰德以柔中國刑以威
四夷又曰伐叛刑也柔服德也二者立矣
吳夷凶侈僞師畏逼將乘讎釁席卷南極銑曰
吳夷凶侈謂孫皓也僞師畏逼謂吳將步闡
降晉陸抗攻之甚急詔令迎闡羊祜遣荊州

剌史揚肇攻抗不克闡爲抗所擒也　肇　善曰庶
入言肇初秉闡之降伜席卷於吳也
班固高祖紀曰秉釁而運帝卷三秦繼褰糧盡神謀不忒向曰褰縮
也言當爲糧繼不續而敗非肇神謀之差也善曰揚肇伐吳而敗已見辨亡論下君
子之過引曲推直如彼日月有時則食濟曰君子
引曲於己推直於人言肇不推糧盡之過乃引罪於己也子貢曰君子之過如日月之食
言不損於明也　善曰左氏傳曰晉師歸桓子請死晉侯欲許之士貞子諫曰桓子其敗
如日月之食焉何損於明也負執其咎功讓其力亦既旋
旆爲法受黜良曰咎罪也讓責也言負持其罪爲責不盡力也旆旗也旋旗
謂還國也黜退也言以罪退也　善曰毛詩曰誰敢執其咎左氏傳孔子曰趙宣子古之
良大夫也爲法受惡退守丘塋杜門不出翰曰丘龍塋墓也杜閉也

文選五十六　四十八

善曰漢書曰王陵杜門不朝請游目典墳縱心儒術祁祁搢
紳升堂入室靡事不咨無疑不質銑曰祁祁衆多貌搢
紳衣冠之類也靡無咨問質定也　善曰毛詩曰采蘩祁祁封禪書曰雜搢紳先王之畧
術論語子曰由也升堂矣未入於室也毛萇詩傳曰詢問於善爲咨咨事爲諏漢書曰張
竦居貧好事者從之質疑問事也位貶道行身窮志逸向曰貶黜
也言肇爵位貶黜退而道行身雖窮而志樂也逸樂也　善曰毛詩曰戎位孔貶毛萇傳
曰貶墜也論語子曰道之將行也與命也弗慮弗圖乃寢乃疾昊
天不吊景命其卒嗚呼哀哉濟曰慮思圖謀也不思不謀而
有此寢臥之疾也吊傷景大也言昊天不傷愍而使大命終也　善曰毛詩曰昊天疾威
弗慮弗圖楚詞曰寢疾而日愁毛詩曰不吊昊天蔡邕揚公誄曰功成化洽景命有頎

子囊佐楚遺言城郢史魚諫衛以尸顯政良曰
楚子囊還自伐吳病將死遺言謂子庚曰必城於郢史魚衛大夫也臨死謂其子曰我不
能進蘧伯玉之賢退彌子瑕之不肖死不當居正堂殯我於側室足矣言此二人死且不
忘忠諫之道也　善曰左氏傳曰楚子囊還自吳卒將死遺言謂子庚必城郢君子謂子
囊忠君薨不忘增其名將死不忘衛社稷可不謂忠乎韓詩外傳曰昔衛大夫史魚病且
死謂其子曰我數言蘧伯玉之賢而不能進彌子瑕不肖而不能退死不當居喪正堂殯
我於室足矣衛君問其故子以父言聞君召蘧伯玉而貴之子瑕退之徙殯於正堂也
伊君臨終不忘忠敬寢伏牀蓐念在朝廷翰曰
蓐席也朝廷謂天子也朝建善本作逵字厥辭夕隕其命銑曰
言朝有思君之言而夕亡也聖主善本作王字嗟悼寵贈衾襚

文選五十六　四十九

誄德策勳考終定謚向曰悼傷也衾單被襚衣服也　濟曰肇薨天
子追其功祭以少牢謚曰戴侯也　善曰章碑曰肇薨天子愍焉遣謁者祠以少牢謚曰
戴侯漢書曰列侯薨大行奏謚誄策應劭曰賜與謚及哀策誄文也羣辟慟懷
邦族揮淚良曰諸君也邦族謂國家及同姓也言為國惜賢也孤嗣在
疚寮屬含悴翰曰孤嗣肇子也疚病寮官悴憂也　善曰毛詩曰煢煢在疚
赴者同哀路人增欷嗚呼哀哉銑曰欷泣之餘聲也余
以頑蔽覆露重陰向曰余岳自謂也頑蔽猶愚魯也露潤也言岳父與
戴侯為友故云覆潤重陰也　善曰國語張老謂趙文子曰先王覆露子也韋昭曰露潤
也仰追先考執友之心濟曰考則岳父言我追思父之執友更增
痛切之心　善曰禮記曰見父之執不謂之進不敢進不謂之退不敢退也俯感

知己識達之深良曰知己言戴侯知我之心而我亦識達其深也善曰晏子春秋越石父曰士者申乎知己也承諱忉怛涕淚霑襟翰曰諱死也岳時在遠聞之故云承諱忉怛悲傷也善曰楚辭曰泣歔欷而霑襟豈忘載奔憂病是沈在疾不省於亡不臨舉聲增慟哀有餘音嗚呼哀哉銑曰載則沈深省視也言我聞死豈忘其奔走時屬病深故在疾病不得視省於死不得臨送也

楊仲武誄一首并序

潘安仁

楊經字仲武滎陽宛陵人也中領軍肅侯之曾孫荊州刺史戴侯之孫東武康侯之子也

向曰肅侯名暨康侯名譚也善曰肅侯楊暨也戴侯楊肇也並已見上文康侯楊譚也八歲喪父其母曰善本無曰字鄭氏光祿勳密陵成侯之元女也濟曰密陵成侯名默元女長女也善曰賈弼之山公表注曰鄭袤為司空密陵元侯生默為光祿勳密陵成侯默女適滎陽譚譚生仲武成或為元侯詔也漢書音義服虔曰元長也操行甚高恤養幼孤以保乂夫家而免諸艱難良曰保安乂理也艱難謂辛苦也善曰尚書周公曰巫咸乂王家戴侯康侯多所論著又善草隸之藝子以妙年之秀固能綜覽義旨而軌式模範矣翰曰妙少秀美也綜總也旨美也言其軌跡皆用模法於祖父也善曰曹子建自試表曰終軍以妙年使越雖舅氏隆盛而孤貧守約心安陋巷體服菲薄余甚奇之銑曰舅氏謂鄭袤家也言能約儉菲薄岳甚以為奇善曰論語子曰回也在陋巷人不堪其憂又曰禹菲飲食馬翰曰菲薄也若乃清才儁茂盛德日新也向曰茂美日新謂盛德日加新麗也善曰周易曰日新之謂盛德吾見其進未見其已也濟曰已止也善曰論語子謂顏淵曰吾見其進未見其退也既藉三葉世親之恩而子之姑余之伉儷焉良曰三葉謂曾祖領軍及祖肅侯父康侯也伉敵儷偶也謂夫婦相敵偶也善曰左氏傳曰己不能庇其伉儷而亡之又不能字人之孤而殺之不徃歲卒于善本作於字德宮里翰曰德宮里名善注同喪服同善本作周字次綢繆累月銑曰次位也綢繆親密貌言時與仲武喪服其妻親密累月苟人必有

心此亦款誠之志善本作至字也不幸短命向曰苟且也凡人有心於親密亦款至也短命謂死也善曰論語孔子對哀公曰有顏回者不幸短命死矣春秋二十九元康九年善本有夏字五月己亥善本有辛字嗚呼哀哉乃作誄曰

伊子之先奕世善本作葉字熙隆也濟曰奕累熙興言累世興盛惟祖惟曾載揚休風顯考康侯無祿早終良曰載則揚舉休美也考父也終卒也善曰左氏傳子產曰公孫段無祿早世不獲久享君德名器雖光勳業未融篤生吾子誕茂淑姿翰曰篤厚誕大茂美淑善也克岐克嶷知章知微銑曰幼而有知曰岐嶷易曰君子知章知微也章明微幽也善曰毛詩曰克岐克嶷以就口食周

易曰君子知微知章鉤深探賾味道研機向曰賾幽也言深幽之理
皆能鉤探而知之味義研窮機微也謂義其道而窮其微也善曰周易曰探賾索隱鉤
深致遠又曰大易聖人之所以極深而研機也匪直也人邦家之輝
翰曰詩云匪直也人秉心塞淵樂只君子邦家之光善注同子之遘閔曾
未齓髫良曰遘遇閔病曾則也齓齒也髫總髮也善曰鄭玄周禮注曰齓毀
齒也埤蒼曰髫髦也如彼危根當此衝飆善本作猋字德之
休明靡幽不喬向曰飆急風也危根而衝急風喻仲武抱疾而蜀亂朝也
靡無喬高也言德之休明無有處幽而不高也善曰言德之休明無有處幽而不遷喬
也左氏傳王孫滿曰德之休明毛詩曰出自幽谷遷于喬木弱冠流芳儁
聲清劭劭音韶銑曰二十曰弱冠儁美劭繼也言美聲清遠明繼不絕也

文選五十六　五十二

爾舅惟榮爾宗惟瘁幼秉殊操違豐安匱撰
録先訓俾無隕墜舊文新藝罔不必肄向曰違避
豐盛匱乏也先訓祖父舊作之文也藝法制也罔無肄習潘楊之穆有自
來矣矧乃今日慎終如始濟曰穆和矧況也謂岳父與仲武祖
舊相知好況今日我與仲武順祖父之好如始也善曰老子曰慎終如始則無敗事也
爾休爾慼如實在己良曰言憂樂之事皆同於己也善曰新序曰
晉襄公之孫周為晉國休戚不倍本也視予猶父不得猶子善曰
論語曰顏回死門人欲厚葬之子曰回也視予猶父也予不得視猶子也
篤愛亦既深雖殊其年實同厥心日昃景西
望子朝陰翰曰日昃景西岳自喻將老也朝陰喻仲武盛年也如何短

折背世湮沈嗚呼哀哉銑曰死未六十曰短未三十曰折湮沈謂
死也善曰尚書曰六極一曰凶短折孔安國曰短未六十折未三十也寢疾彌
留守茲孝友臨命忘身顧戀慈母向曰彌久也善父母
為孝善兄弟為友臨命謂將死也言將死忘身之苦而乃顧戀慈母也善曰彌留已見
上文毛詩傳曰善父母為孝善兄弟為友哀哀慈母痛心疾首濟曰
哀哀哭聲也疾首謂頭痛也善曰毛詩曰哀哀父母生我劬勞左氏傳呂相絕秦曰諸
侯痛心疾首暱就寡人嗷嗷吁同生悽悽諸舅良曰嗷嗷哭聲
同生謂兄弟也悽悽悲傷也善曰莊子曰我嗷嗷隨而哭之春蘭擢莖方
茂其華荊寶挺璞將剖于和含芳委輝毀璧
摧柯翰曰挺出剖破也和卞和也含芳謂蘭也委輝謂璧也皆喻正盛而摧毀言死

文選五十六　五十三

也善曰言德業之美類於蘭玉始含芳而精耀遽毀璧而摧柯言早夭也太玄經曰破
璧毀珪逢不幸也嗚呼仲武痛哉奈何德宮之艱同
次外寢惟我與爾對筵接枕自時迄今曾未
盈稔銑曰德宮仲武所居里也艱苦也謂妻死於此也次位也迄至稔年也言不
滿年一姑姪繼隕何痛斯甚嗚呼哀哉向曰姑謂岳妻
謂仲武姑也隕死也未滿一年姑姪相繼而死是痛之甚也披帙散書屢
覩遺文有造有寫或草或真執玩周復想見
其人紙勞于手涕霑于巾濟曰遺文仲武所作及所寫者玩習
也周終也涕淚也巾衣襟也善曰張衡四愁詩曰側身北望涕沾巾龜筮既
襲埏隧既開良曰龜筮謂卜也襲因也言因其吉而殯也埏隧墓道已善

曰尚書曰乃卜三龜一習吉又曰卜不襲吉孔安國曰襲因也聲類曰埏墓隧也痛哉揚子與世長乖朝濟洛川夕次山隈歸烏頡頏行雲徘徊臨穴長訣撫櫬盡哀翰曰隈曲也頡頏徘徊雲鳥不進貌哀感也穴墓門也訣死別也櫬棺也　善曰毛詩曰燕燕于飛頡之頏之又曰臨其穴惴惴其慄杜預左氏傳注曰櫬棺也遺形莫紹增慟余懷魂兮往矣梁木實摧嗚呼哀哉銑曰遺形莫紹謂無嗣也梁木屋之梁棟也摧折也　善曰往矣已見上文禮記曰孔子早作負手曳杖逍遥於門歌曰泰山其頹乎梁木其壞乎鄭玄曰太山衆山所仰梁木衆木所放也

文選卷第五十六

誄下
哀上

文選

五十七

文選卷第五十七

梁昭明太子撰　五臣并李善注

誄下

潘安仁夏侯常侍誄一首

顏延年陽給事誄一首

馬汧督誄一首

陶徵士誄一首

謝希逸宋孝武宣貴妃誄一首

哀上

潘安仁哀永逝文一首

文選五十七　一

夏侯常侍誄一首并序

潘安仁翰曰岳早有名譽與岳友善時人號為連璧惠帝時為散騎常侍卒

夏侯湛字孝若譙國譙人也少知名弱冠辟太尉府善曰臧榮緒晉書曰湛早有名譽為太尉掾掾善本無掾字賢良方正徵為太子舍人尚書郎野王令向曰野王縣令也善曰臧榮緒晉書曰湛舉賢良對策拜郎中進補太子舍人轉尚書郎出宰野王令漢書曰何武賢良方正徵也中書郎南陽相濟曰武帝子東出為南陽王除湛為相也善曰臧榮緒晉書曰湛除中書侍郎出補南陽相又曰秦王東武帝第三子也初封南陽王後徙封秦王家艱乞還良曰家艱謂父母憂也

善曰毛詩曰未堪家多難予又集于蓼頃之選為太子僕未就命而世祖崩翰曰僕太子官世祖武帝也善曰世祖武皇帝也穀梁傳曰高曰崩厚曰崩尊曰崩天子之崩以尊也其崩何以在入上故曰崩天子以為散騎常侍從班列也銑曰天子惠帝也班次也言以次而任非擢材也善曰天子惠帝也春秋四十有九元康元年夏五月壬辰寢疾卒于延喜里第嗚呼哀哉乃作誄曰向曰延喜里名潘所居處

禹錫玄珪實曰文命濟曰堯賜禹玄珪以彰成功文命禹名玄黑也善曰尚書曰禹錫玄珪告厥成功又曰文命敷于四海史記曰夏禹名曰文命克明克聖光啓夏政良曰啓開光大也言禹有明聖之功大開夏之政教禹初封夏為侯遂為氏也善曰尚書曰居上克明又曰克齊聖廣淵左氏傳宋向戌曰以偏陽光啓寡君其在于漢邁勳惟嬰思弘儒業小大雙名翰曰邁猶立也漢朝立功則有夏侯嬰思廣儒術則夏侯勝及姪子始昌拔時稱大小夏侯之書也善曰漢書曰夏侯嬰為太僕常奉車從擊項籍班固漢書述曰世宗曄曄思弘祖業漢書曰夏侯勝字長公少好學從夏侯始昌受尚書又曰勝從父兄子建字長卿自師事勝又曰由是尚書有大小夏侯之學顯祖曜德牧究及荊父守淮岱治亦有聲銑曰湛祖威歷荊究二州刺史父莊淮南太守有聲謂名譽也淮水名岱山名丞在淮南之分也善曰王隱晉書曰夏侯威字季權歷荊究二州刺史史記祭公謀父曰先王耀德不觀兵王隱晉書曰威次子莊淮南太守毛詩曰文王有聲英英夫子灼灼其儁飛辯摛藻

華繁玉振向曰英英美也灼灼盛貌辯美辭也摛舒也藻水草有文言文詞如華之繁如玉之振也善曰孔融薦禰衡表曰飛辯騁辭班固答賓戲曰摛藻如春華孟子曰集大成也者金聲而玉振如彼隨和發彩流潤如彼錦繢列素點絢濟曰隨隨侯珠和卞和玉繢繡也絢文彩也言湛文章如珠玉錦繡也善曰淮南子曰隨侯之珠和氏之璧得之而富失之而貧禮記孔子曰夫玉溫潤而澤仁也論語子夏問曰巧笑倩兮美目盼兮素以為絢兮何謂也子曰繪事後素鄭玄曰繪畫文也人見其表莫測其裏良曰威儀表也德行裏也測度也善曰尚書大傳孔子謂子夏曰子見其表未見其裏法言曰或問聖人表裏曰威儀文辭表也德行忠信裏也徒謂吾生文勝則史翰曰徒空也吾生謂湛也論語曰文勝質則史也善曰論語子曰文勝質則史心照神交唯我與子銑曰言湛與岳心神相照也善曰莊子綦曰其寐也魂交論語子謂顏回曰唯我與爾有是夫且歷少長逮觀終始向曰逮及也善曰孝經曰夫孝始於事親中於事君終於立身子之承親孝齊閔參濟曰承事也閔子騫參曾參孔子弟子有孝行善曰漢書武帝詔曰孝子順孫願自竭以承其親論語子曰孝哉閔子騫禮記公明儀問曾子曰夫子可以為孝乎曾子曰君子之所謂孝者先意承志諭父母於道參直養者安能為孝乎子之友悌和如瑟琴良曰友悌兄弟也琴瑟言聲相和也善曰毛詩曰妻子好合如鼓瑟琴事君直道與朋信心雖實唱高猶賞爾音翰曰言德高不可為偶如曲高難為唱和矣然我終復慕賞爾德音也善曰論語柳下惠曰直道而事人又子夏曰與朋友交言而有信宋玉對問曰曲彌高者其和彌寡曹植求自試表

曰或有賞音而識道弱冠厲翼羽儀初升公弓既招皇
輿乃徵銑曰厲整也言整翼以爲羽儀也初升爲太尉掾古之招士以弓輿車也
徵爲太子舍人也　善曰呂氏春秋曰征鳥厲疾周易曰鴻漸于陸其羽可用爲儀左氏
傳陳敬仲曰詩云翹翹車乘招我以弓范曄後漢書曰侯瑾州郡累召公車有道徵也
內贊兩宮外宰黎蒸向曰贊助也兩宮謂從太子舍人轉爲尚書郎
外宰謂爲府王令黎蒸皆衆也　善曰典引曰巡靖黎蒸忠節允著清風
載興濟曰允信著明載起也清風謂內外有義化也　善曰胡廣書曰建鴻德流
清風泱央彼樂都寵子惟王良曰泱大也樂都南陽也寵光也
善曰左氏傳延陵季子曰泱泱乎大風也　南都賦曰於顯樂都誕宮建輔
妙簡邦良用取喉舌相爾南陽翰曰簡選良善也喉舌納

文選五十七　四

言之官也相爾南陽謂爲南陽王相　善曰尚書帝曰龍命汝作納言孔安國曰納言喉
舌之官毛詩曰出納王命王之喉舌惠訓不倦視人如傷銑曰惠愛
訓教也不倦不辭勞也視人如傷恐失所也　善曰左氏傳祁奚曰惠訓不倦叔向有焉又
逢滑曰國之興也視之如傷乃眷北顧辭祿延喜向曰自南陽辭
祿故去北顧也　善曰孟子曰德厚受祿德薄辭祿余亦偃息無事明
時疇昔之游二紀于茲濟曰余自謂也事職也十二年曰紀言湛
與岳俱不仕至湛死時二紀於此也　善曰呂氏春秋牛贊曰偃息之義則未之識　左氏
傳羊斟曰疇昔之羊子爲政　孔安國尚書傳曰十二年曰紀班白攜手何
歡如之良曰言二人俱鬢髮班白相攜爲歡也　善曰禮記曰班白者不提挈毛
詩曰惠而好我攜手同行居吾語汝衆實勝寡人惡儁異

俗疵文雅良曰寡少惡惜疵病也言小人衆賢者少是衆勝少也特俗憎病儁
異文雅之人也　善曰論語子曰由居吾語汝愼子曰衆之勝寡必也　孔安國尚書傳曰
疵病也大戴禮曰天子不知文雅之辭少師之任執戟疲楊長沙投
賈銑曰楊子雲才高位下爲執戟賈誼博達投於長沙此皆時俗憎疾之驗　善曰曹
子建與楊德祖書曰楊子雲先朝執戟之臣漢書曰賈誼爲長沙王太傅誼既以謫去意
不自得無謂爾高恥居物下向曰勿以自爲高恥居人下也自居
吾已下皆岳誡湛之辭也子乃洗然變色易容慨然歎曰
道固不同濟曰洗然迴情貌言承岳之誡迴情易容歎息而對云已道與時固
不同也　善曰史記曰觀范雎之見王者羣臣莫不洒然變色易容　論語子曰道不同
不相爲謀爲仁由己匪我求蒙誰毀誰譽何去何

文選五十七　五

從良曰蒙不知貌言爲仁者之行由己不曲求無知之人則誰爲毀譽而何有去從矣
善曰論語顏淵問仁孔子曰克己復禮爲仁爲仁由己而由人乎哉周易曰童蒙求我匪
我求童蒙又曰孔子曰吾之於人誰毀誰譽楚辭曰此孰吉孰凶何去何從莫涅
匪緇莫磨匪磷子獨正色居屈志申翰曰緇黑磷薄
也言萬物染者皆黑磨者皆薄子獨不變常節於屈而能申志也　善曰論語子曰不曰
堅乎磨而不磷不曰白乎涅而不緇尚書曰正色率下雖不爾以猶致
其身獻替盡規媚茲一人銑曰以用替廢規法媚愛也言雖不
見用猶致身極諫獻可廢否盡規法以愛天子也　善曰論語周公謂魯公曰不使大臣
怨乎不以又子夏曰事君能致其身國語史黯謂趙簡子曰夫事君者諫過而賞善薦可
而替否獻能而進賢毛詩曰媚茲一人應侯順德讜言忠謀世祖是

嘉將僕儲皇奉纘承華向曰讜正也嘉善也太僕太子官也儲皇太子也承華東宮門名協善曰漢書成帝曰久不見班生今日復聞讜言聲類曰讜善言也漢書曰太子家有僕上林賦曰孫叔奉轡漢舊儀有承華廄先朝末命聖烈顯加入侍帝闈出光厥家濟曰先朝武帝也末命臨終之命也烈明也加謂加為常侍也闈門也卿大夫稱家出光其家謂為南陽相也善曰尚書曰導揚末命我聞積善神降之吉善曰周易曰積善之家必有餘慶左氏傳季梁曰於是乎民和而神降之福宜享遐紀長保天秩良曰享受紀歲也天秩天子祿秩也善曰尚書曰天秩有禮自我五禮有庸哉善如何斯人而有斯疾善曰論語曰伯牛有疾子曰斯人也而有斯疾也曾未知命中年隕卒嗚呼哀哉翰曰五十知命湛四十九

卒年未至知命也善曰論語子曰五十而知天命中年猶中身也尚書曰文王受命惟中身也惟爾之存匪爵而貴善曰孫卿子曰君子無爵而貴無祿而富甘食美服重珍兼味臨終遺誓永錫爾類斂以時襲殯不簡器銑曰湛平生頗豪侈甘食美服必極精妙及臨終遺言令棺小薄斂也錫賜類善也言湛以薄葬之禮賜其子以為善也襲衣簡選也器棺槨也善曰臧榮緒晉書曰湛族為盛門世頗豪侈甘食美服窮滋極珍毛詩曰孝子不匱永錫爾類臧榮緒晉書曰湛將沒遺命小棺薄斂不修封樹禮記曰延陵季子適齊長子死其斂以時服漢書曰衣襌複為襲誰能拔俗生盡其養歿是養生而薄其葬向曰拔出也言誰能出俗盡滋味為養復誰能如是養生而能崇薄葬者言湛達死生之分也善曰漢書曰楊王孫家業千金厚自奉養生已所不致及病且終曰吾欲蠃葬淮南子曰節財薄葬簡服亡焉淵哉若人縱心條暢傑操明達困而彌亮濟曰條暢通達也傑立操志困疾彌益亮明也善曰班固楊雄述曰淵哉若人實好斯文柩輅既祖容體長歸存亡永訣逝者不追良曰柩輅車也祖送也言容儀體質長歸泉壤也訣永別也逝往也言此往不可追而及也善曰周禮小喪供柩輅鄭玄曰柩車也周禮曰喪祝掌大喪祖飾棺乃載鄭玄曰祖為行始也家語曰顏孫帥有容體姿質鄭玄毛詩箋云往矣訣別之辭論語子在川上曰逝者如斯望子舊車覽爾遺衣幅被偪抑失聲迸涕交揮翰曰望湛所乘之車所服之衣幅抑哀憤也迸散涕淚揮下也善曰禮記曰內人行哭失聲家語公父文伯卒敬姜曰二三婦無揮涕蔡邕陳仲弓碑曰巖藪知名失聲揮涕非

子為慟而慟為誰嗚呼哀哉銑曰慟變容貌言我不為湛慟當使誰為之也善曰論語曰顏淵死子哭之慟從者曰子慟矣子曰非夫人之為慟而誰為慟乎日往月來暑退寒襲零露凝結勁風淒急慘爾其傷念我良執向曰襲及凝結勁緊也言感時遷變慘然傷於湛也良執良朋也善曰周易云日往則月來月往則日來寒往則暑來暑往則寒來左氏傳張趯曰火中寒暑乃退孔安國尚書傳曰襲因也禮記曰見父之執不謂之進不敢進不謂之退不敢退適子素館撫孤相泣濟曰素故也孤湛子也言適湛故館撫湛之子與之同泣也善曰毛詩曰適子之館兮撫孤羊舌氏叔向也已見廣絕交論前思未弭後感仍集積悲滿懷逝矣安及嗚呼哀哉良曰前思謂平生所思也弭止也後感謂其孤子也乃直

也逝往也言我徒積悲懷往者何能追及也　善曰賈逵國語注曰弭忘也

馬汧督誄一首　并序　翰曰馬敦爲汧督爲氐羌所攻執節苦戰而存所城爲州司所嫉發憤死於獄中　善曰臧榮緒晉書曰汧督馬敦立功孤城爲州司所枉死於囹圄岳誄之

潘安仁

惟元康七年秋九月十五日晉故督守關中侯扶風馬君卒嗚呼哀哉初雍部之内屬羌反未弭而編戶之氐又肆逆焉　銑曰元康惠帝年號弭息也編戶謂附晉爲百姓之氐也肆縱逆言縱暴爲逆也　善曰傅暢晉諸公讚曰惠帝元康五年武庫火北地盧水胡蘭羌因此爲亂推齊萬年爲主杜預左氏傳注曰弭息也漢

書呂后曰諸將與帝爲編戶人　雖王旅致討終於殄滅而蜂蠆勅邁有毒驟失小利　向曰王旅王師也蜂蠆謂蟲之有毒者喻羌氐爲患也驟數也言雖爲國家絕滅然數失小利也　善曰毛詩曰王旅嘽嘽左氏傳臧文仲曰君無謂邾小蜂蠆有毒況國乎　俾百姓流亡頓於塗炭　濟曰俾使也使百姓流喪墜塗炭也　善曰毛詩曰人卒流亡尚書曰有夏昏德民墜塗炭　建威喪元於好畤州伯宵遯乎大谿　良曰周爲建威將軍元首爲氐羌賊齊萬年所殺好畤縣名解系爲雍州刺史爲氐羌賊麻元所破夜走大谿宵夜也大谿地名　善曰王隱晉書解系爲雍州刺史又曰朝廷以周處忠烈欲遣討氐乃拜爲建威將軍又曰周處解系與賊戰于六陌軍敗周處死之孟子曰勇士不忘喪其元左氏傳曰秦師夜遯　若夫偏師裨毗將之隕首覆

車　善本作覆軍　者蓋以十數　翰曰裨亦偏也言偏將爲賊所敗殺者數十人也　善曰左氏傳韓子曰彘以偏師陷子罪大矣漢書曰六將軍霍去病裨將侯者九人漢書谷永上書曰齊客殞首公門以報恩施史記齊使人說越曰韓之攻楚覆其軍殺其將　剖符專城紆青拕紫　善本作墨字　之司奔走失其守者相望於境　銑曰剖符謂剖竹分符猶今之印也專謂專擅也謂擅一城也謂守宰之屬也青紫綬色也言賊奔走失守者相望於境言多也　善曰東觀漢記韋彪上議曰二千石皆以選出京師剖符典千里古樂府曰出東南隅曰三十侍中郎四十專城居解嘲曰紆青拖紫朱丹其轂漢書六百石以上銅印墨綬云剖符守城則青墨是也墨或爲紫非　秦隴之僭鞏更爲魁　向曰鞏更羌賊率魁主也擾秦州隴西郡僭稱王也　善曰鞏姓也更名也漢書曰羌煎鞏降東觀漢記曰羌

什長鞏便然更蓋其種也尚書曰殲厥渠魁　既已襲汧而館其縣　濟曰掩其不備曰襲館客舍也　善曰左氏傳曰凡師輕曰襲杜預曰掩其不備　子以眇爾之身介乎重圍之裏　良曰眇爾微弱貌也介隔也　率寡弱之衆據十雉之城　翰曰據依也長三丈曰雉十雉言小也　善注同　郡羌　善本作氐字　如蝟毛而起四面雨射城中城中鑿穴而處負戶而汲　銑曰蝟蟲名其毛如大針言氐羌鋒起似之也鑿穴負戶避矢之中已也　善曰漢書賈誼曰高帝功臣反者如蝟毛而起東觀漢記曰上入昆陽一公環昆陽城積弩射城矢如雨下城中負戶而汲　木石將盡樵蘇乏竭芻蕘罄絕　向曰樵蘇柴薪也芻蕘蒿草也竭絕亦盡也　善曰漢書李左車曰樵蘇後爨師不宿飽晉灼曰樵取薪也蘇取草也毛詩曰

詢于芻蕘毛萇曰芻蕘采薪者也於是乎發梁棟而用之罗
的以鐵鎖機關既縱礧盧會切善本作礧字而又升焉
濟曰發出也言發出屋宇之梁棟而用也罗繫也言以鐵繫也既縱下礧賊而又以機關
却升上也善曰言以鐵鎖繫木爲機關既縱之以礧敵而又收上焉漢書曰匈奴乘隅
下礧石又曰高城深塹具藺石如淳曰藺城上礧石也杜篤論都賦曰一卒舉礧千夫
沈滯然礧鎮並同力對切礧爨陳焦之麥柹廢浮梠呂桷角
之松良曰爨炊陳久焦黑也柹木札也梠屋桷也桷屋椽也善曰說文曰柹削柹
也乎廢切又曰梠楣也又曰桷椽也用能薪芻不匱人畜取給
青煙傍起櫪善本作歷字馬長鳴翰曰言資梠桷之給故得人馬
不乏也青煙起言有薪也馬長鳴言壯也善曰古詩曰朱火然其中青煙颺其間司馬

文選五十二　十

彪莊子注曰皀歷也凶醜駭而疑懼乃闞掘地而攻子
命穴浚壍七念壷善本作寘壷鐳雷瓶甁武以偵恥令
銑曰駭驚也掘地作地道攻城也子謂毅之也浚深穴坑也壷鐳瓶甁並器名言以此
器置深坑聽之器中則知穴處偵覘也善曰墨子曰若城外穿地來攻者宜於城內掘
井以薄城使聽耳者伏罌而聽審知穴處鑿內迎之東觀漢記曰使先登偵之言虜欲去
然偵廳視也言曰甁罌也方將穿城善本無城字響作因焚積
古猛火薰潛善本作薰之潛氐殲焉向曰積大麥潛氐謂穴中者殲殺也
言氐將穿城則器中響起因焚麥薰殺穴中之氐也善曰崔寔四人月令曰四月可糴
穬注云大麥之無皮毛者曰穬潛氐攻之氐也久之安西之救至竟
免虎口之厄濟曰安西將軍夏侯駿西討也氐羌兵散而竟免虎口之厄也

善曰王隱晉書曰齊萬年帥羌戎圍涇陽遣安西將軍夏侯駿西討氐羌孔子曰丘
幾不免虎口共全數百萬石之積文契書於幕府良曰
契書部錄糧儲之數也幕府謂大將軍府也善曰漢書音義曰衛青征匈奴大克獲帝就
拜大將軍於幕中因曰幕府聖朝疇咨進以顯秩殊以幢
蓋之制翰曰聖朝惠帝朝也疇誰也咨謀也言惠帝稱誰謀進以顯秩兼幢蓋之
制幢蓋刺史儀制也善曰幢蓋將軍刺史之儀也兵書曰軍主長服赤幢東觀漢記曰
假讀爲并州刺史曲蓋朱旗而州之有司乃以私隸數口
穀數善本無數字十斛考訊吏兵以攢貫楚之辭
連之銑曰州雍州有司謂法官也隸奴也訊問也攢楚杖也言考問軍吏兵士辭連
馬穀也善曰禮記曰夏楚二物以收其威鄭玄曰夏稻也楚荊也夏與攢古字通用

文選五十七　十一

大將軍屢抗其疏向曰大將軍謂梁王彤也屢數抗舉也疏謂表也言
數舉表論馬敦之功也此下彤表敦辭也善曰干寶晉記曰梁王彤爲征西大將軍曰
敦固守孤城獨當羣寇以少禦衆載離寒暑
臨危奮節保穀全城而雍州從事忌敦勳效
推極善本作極推小疵濟曰從事理中也極窮過也言忌其功效推窮小疵
過也管子曰民無恥不可以固守莊子曰晉之善戰者牛丑以寡擊衆周易曰悔
吝者言乎其小疵也非所以褒獎元功宜解敦禁劾假
授良曰言推窮小過非褒獎之道也劾推也謂舉其有罪也請解其罪假授其官也
善曰言請解禁劾而假授之以官也說文曰劾法有罪也何戴切詔書遽許
而子固已下獄發憤而卒也翰曰遽急也許謂許彤所請也

子謂馬敦也朝廷聞而傷之策書曰皇帝咨故督守關中侯馬敦忠勇果毅率勵善本作厲字有方固守孤城危偪善本作逼字獲濟寵秩未加不幸喪亡朕用悼焉今追贈牙門將軍印綬祠以少牢銑曰悼傷也帝賜敦印綬以表生時之功也善曰王隱晉書贈馬敦詔曰今追贈牙門將軍印綬祠以少牢魂而有靈嘉茲寵榮向曰嘉善也寵榮謂贈將軍也善曰范曄後漢書曰和帝追謚梁竦詔曰魂而有靈嘉斯寵榮然潔士之聞識其庸致思乎濟曰庸用也言清潔之士聞己有識行其用能致思慮乎必自縊也善曰言潔士之聞己識其庸致思以求生乎家語曰孔子登於豊山之上曰於斯致思無不至矣若乃下吏之肆其噤蔭

害則皆妬之徒也嗟乎妬之欺善抑亦貿莫搆首之讎也良曰肆縱噤毒貿易也言怨害者皆嫉妬之徒也嗟乎岳數也言嫉妬之人欺其善行當以己首易人之首為讎也善曰楚辭曰口噤閉而不言然則口不言心害之為噤害也廣雅曰妬害也言嫉妬之徒欺此善士抑亦同彼貿首之讎也戰國策曰甘茂與樗里疾貿首之讎也語曰或戒其子慎無為善言固可以若是悲夫翰曰語古人之言也慎無為善言數為善而見嫉妬也悲夫痛傷之辭善曰淮南子曰人有嫁其子而教之曰爾行矣慎無為善曰不為善將為不善邪應之曰善且由弗為況不善乎此全其天器者也高誘曰器猶性也昔乘丘之戰縣玄賁奔父甫御魯莊公馬驚敗績賁父曰他日未嘗敗績而今敗績是無

勇也遂死之圉人浴馬有流矢在白肉公曰非其罪也乃誄之銑曰魯與宋戰乘丘地名也縣姓賁父名也敗毀績功也他日昔日也遂死之謂賁父以敗績赴敵而死圉人養馬者矢箭也白肉股裏也非其罪言敗績因流矢中馬非賁父之罪乃誄其赴敵之功士有誄自此始也善曰禮記曰魯莊公及宋人戰于乘丘縣賁父御馬驚敗績公墜縣賁父曰他日不敗績而今敗績是無勇也遂死之圉人浴馬有流矢在白肉公曰非其罪也遂誄之士之有誄自此始也鄭玄曰白肉股裏漢明帝時有司馬叔持者白日於都市手劒父讎視死如歸亦命史臣班固而為誄之善本作之誄向曰手劒持殺之也善曰公羊傳曰仇牧聞宋萬殺君手劒而叱之何休曰手劒持拔劒也呂氏春秋管子曰三軍之士視死如歸然則忠

孝義烈之流慷慨非命而死者綴辭之士未之或遺善本有也字濟曰忠謂縣賁父也孝謂司馬叔持也慷慨失志貌綴辭之士謂史臣也遺棄也善曰班固漢書贊曰自孔子後綴文之士衆矣天子既策善本作既己而贈之微臣託乎舊史之末敢闕其文哉乃作誄曰良曰策贈謂牙門將軍微臣岳自謂也託寄也岳時為著作郎不敢不正當史官故云吾也敢闕言不敢闕也知人不易人不易知善本作知人未易人未易知翰曰言人不易知也善曰史記曰侯嬴曰人固未易知知人亦未易嗟茲馬生位末名卑西戎猾夏乃奮其奇銑曰西戎白羌也猾亂奮振也奇謂妙策中之也善曰尚書曰蠻夷猾夏孔安國曰猾亂也保此汧城救我邊危彼邊奚危

城小粟富子以眇身而裁其守兵無加衛墉不增築婁婁魯舍羣狄豺虎競逐貯向曰城小多粟為賊所竊故危也栽制也婁婁貪盛貌言能以眇身制守其城不加防衛城不增高遺此貪婁之狄如豺虎之競奔逐也善曰左氏傳富辰諫王曰狄固貪惏王又啓之說文曰杜林說上黨相詐驗為婁力庳切漢書張耳陳餘過曰據國爭權還為豺虎又曰魏其武安之屬競逐於京師犨更恣睢許季潛跱官寺濟曰恣睢大視貌跱正也官寺客舍也善曰呂氏春秋曰在上無道倨傲荒怠恣睢自用也楚辭曰意恣睢以指摘史記李斯曰獨行恣睢之心漢書曰任橫攻官寺東觀漢記曰象林蠻夷攻燔官寺齊萬虓呼交闞呼檻震驚台司良曰虓闞怒盛貌台司三公職司也善曰毛詩曰進厥虎臣闞如虓虎又曰震驚徐方春秋漢含孳曰三公在天法三台聲

勢沸騰種落煽扇熾翰曰沸騰交亂起貌種落部落也煽熾盛貌也善曰謝承後漢書曰匈奴詣張奐降聲勢猛烈毛詩曰百川沸騰風俗通曰諸羌種落熾盛大為邊害旌旗電舒戈矛林植形珠星流飛矢雨集銑曰電舒林植言賊旗之盛形珠賊為鑪銷鐵灌城中散如流星也飛矢雨集言多也善曰形珠星流謂治鐵以灌敵司馬兵法曰火攻有五斯為一焉漢書曰鑪中鐵銷散如星矢如雨已見上文惴惴之睡士女號天以泣向曰惴惴懼貌號呼叫也善曰爾雅曰惴惴懼也尚書曰號泣於昊天曰爨麥而炊負戶以汲累卵之危倒縣之急濟曰言城之危如累卵人之急如倒縣也善曰說苑曰晉靈公造九層臺孫息聞之求見曰臣能累十二博碁加九雞子其上公曰子作之孫息以碁子置下加九雞子其上公曰危哉孟子曰當今之時萬乘

之國行仁政人悅之猶解倒懸也馬生㚃發在險彌亮良曰㚃謂發其智謀彌益明亮也善曰毛詩曰賊政于外四方爰發精貫白日猛烈秋霜夫聲協韻向曰白日喻精誠明皎也秋霜喻威嚴肅物也善曰戰國策唐睢曰聶政之刺韓累也白虹貫日申鑒曰人主怒如秋霜稜威可厲懦夫克壯霑恩撫循寒士挾纊銑曰厲勸懦弱也言以威稜勸之弱夫皆能壯也楚子伐蕭師人多寒楚子巡而撫之三軍皆如挾纊綿衣也數之撫循亦如之也善曰漢書武帝報李廣曰威稜憺乎鄰國孟子曰聞伯夷之風者懦夫有立志毛詩曰克壯其猶左氏傳曰楚子伐蕭申公巫臣曰師人多寒王巡三軍拊而勉之三軍之士皆如挾纊蠢蠢犬羊阻眾陵寡潛隧竊攻九地之下向曰蠢蠢眾多貌犬羊謂賊也阻恃陵欺寡少也潛隧謂賊鑿地道以攻

城也兵法曰善守者藏於九地之下善曰漢名臣奏曰太尉應劭等議以為鮮卑隅在漢壯犬羊為羣韓詩外傳曰強不凌弱眾不暴寡司馬兵法曰善守者藏於九地之下善攻者動於九天之上愜愜苦頰窮城氣若無假昔命懸天今也惟馬濟曰愜愜小息貌言汧城之人皆懼而小息若氣不可假借火時之命也皆言昔時之命由於天今日之命惟馬敦計策而存也善曰王逸楚辭曰愜愜小息畏罹患禍者也魏明帝善哉行曰假氣游魂烏魚為伍論衡曰夫命懸於天吉凶存於時也惟此馬生才博智贍偵恥命以瓶壺剔鑒結以長塹良曰博廣也贍足偵覘剔掘也言賊為地道攻城數乃掘塹置瓶壺以覘之皆知所在也善曰解嘲曰雖其人之贍智哉字書曰贍足也徐爰射雉賦注曰剔割也說文曰塹坑也七豔切鍤楚甲未見鋒火以起焰薰尸滿窟

掊蒲構穴以斂翰曰鍤鍬也鋒鍬刃也言賊為地道鍬刃以火薰殺之於穴
中因掊穴以埋之也掊猶掊也善曰廣雅曰掊掘也蒲溝切木石匱竭萁
其稈幹空虛瞯下版然馬生傲若有餘銑曰未石戰鬪
之物拋石礧木也其稈薪葉供炊爨之事也瞯然自得貌儼若有餘言不急權也善曰
左氏傳晉邊吏讓鄭曰今執事瞯然授兵登埤杜預曰瞯然勁忿貌也今瞯與瞯同孔獻薦
禰衡表曰臨敵有餘罥的梁為礧盧會切善本作礧字柿廢松為
薪守不乏械有鳴駒也向曰罥繫也柿木札械戎器礧木之屬
也哀哀建威身伏斧鑕悠悠烈將覆軍喪器
戎釋我徒顯誅我師以生易死疇克不二濟曰
周處為建威將軍與賊苦戰不利身沒於戰場攢椹也悠悠衆貌言烈將喪敗衆也釋

文選五十七　十六

放缺將也言放其寧而誅其將以生易死謂執節不降也言誰能無二心者教無之疇誰
也善曰鄭玄周禮注曰攢木椹也漢書公孫獲說梁王曰昔宋人立公子突以活其君
非義也春秋記之為其以生易死以存易亡也聖朝西顧關右震惶
分我汧庾化為寇糧實賴夫子思謩彌長咸
使有勇致命知方良曰關右西也惶懼也言天子分汧城倉庾為寇
賊之糧也賴蒙也夫子謂敦也彌久咸皆也言敦能謀長久之道汧人有勇知致命之所
故得存方所也善曰蔡邕趙歷碑曰加以思謀深長達於從政孔安國尚書傳曰謩
謀也音模論語子路曰千乘之國攝乎大國之間加之以師旅因之以饑饉由也為之比
及三年可使有勇且知方也又子張曰士見危致命我雖末學聞之前
典十世宥能表墓旌善翰曰我岳自謂也典經也范宣子因叔向

祁奚謂宣子曰謀而鮮過勸叔向有馬社稷之固也猶將十世宥之以勸能者今一不免
其身以棄社稷不亦惑乎宥赦也燕人表臣蠲墓是旌表也善曰莊子曰未學古之人
有之東京賦曰所謂末學膚受左氏傳曰宣子因叔向祁奚聞之而見宣子曰夫謀而鮮
過叔向有焉社稷之固也猶將十世宥之以勸能者今一不免其身以棄社稷不亦惑乎
尚書曰封比干之墓賈逵國語注曰旌表也思人愛樹甘棠勿善本
作字不翦銑曰甘棠木名邵伯為政百姓慕之所舍之樹皆不翦伐也善曰左氏
傳君子曰詩云蔽芾甘棠勿翦勿伐召伯所茇思其人猶愛其樹也剗乃吾子
功深疑淺兩造未具儲隸蓋鮮善本作鮮字孰是
勳庸而不獲免向曰剗汧也言孰有存汧之深功疑犯之淺罪兩造謂兩
囚相證也儲隸私隸也鮮少也孰誰也善曰尚書曰兩造具備師聽五辭孔安國曰

文選五十七　十七

兩謂囚證也造至也兩至具備衆聽其人五刑之辭猾哉部司其心反
側斷善害能醜正惡直濟曰猾亂也部司謂雍州從事也反側偏
曲也醜惡斷削也言削其善功惡其正直也善曰鄭玄毛詩箋曰惡直醜正牧人
逶迤善本作迤字自公退食聞臧鷹揚曾不戢翼
良曰國語云君以牧人而正邪逶迤委曲自得貌退食臧膳也臧惡也言聞有惡必損膳
若鷹飛揚曾不戢翼而少息也善曰國語呈華曰且夫君也者將牧人而正其邪毛詩
曰逶迤自公退食毛萇傳曰逶迤行可蹤迹也言逶迤聞臧必殞若鷹之揚若不戢翼而
以留也毛詩曰惟師尚父時惟鷹揚又曰鴛鴦在梁戢其左翼忘爾大勞猜
爾小利苟莫開懷于何不至向曰勞功也大功謂存汧也小
利謂穀數十斛也開懷恕小過也言有司不苟恕小過而深劾其罪狀于何不至有也

善曰方言曰猜恨也言人不開懷以相容則瑕釁于何而不至慨慨馬生碌
碌郎高致發憤囹圄善本作圄字沒而猶眡食至嗚
呼哀哉銑曰慷慨也碌碌堅也囹圄獄眡憾也言慷慨此憤怨死而猶憾。善也
曰說文曰慷慨壯士不得志也廣雅曰碌碌堅也力唐切左氏傳曰荀偃伐齊卒視不可
含懷曰主苟終所不嗣事丁齊有如何乃瞑受含安平出奇破齊克
完向曰燕攻齊田單保即墨後為奇計却全齊國襄王封為安平君克能完全也善
曰史記曰田單齊諸田疏屬也燕破齊田單東保即墨燕引兵圍即墨田單乃收城中
得千餘牛為絳繒衣畫以五采龍文束兵刃其角而灌脂束葦於尾燒其端鑿城數十穴
夜縱牛壯士五千人隨其後牛尾熱怒而奔燕燕軍夜大驚牛尾炬火光明炫燿燕軍視之
皆龍文所觸盡死傷五千人因銜枚擊之燕軍大敗駭走齊人遂夷殺其將騎劫而齊七

文選五十七　十八

十餘城皆復為齊襄王封田單號曰安平君太史公曰兵善者出奇無窮張孟運
籌危趙獲安濟曰張孟談者趙襄子臣也智伯引水灌趙城朝夕將陷談乃
與韓魏之君謀殺智伯而趙獲安也善曰戰國策曰智伯從韓魏兵以攻趙晉陽決晉
水以灌之襄子謂張孟談曰士大夫病吾不能守矣孟談於是陰見韓魏之君曰今智伯
率二君而伐趙趙亡則二君次之二君曰我知其然即與張孟談陰約三軍與之期日夜遣
入晉陽趙氏殺守隄之吏而決水灌智伯智伯軍救水而亂韓魏翼而擊之襄子將卒
犯其前大敗智氏軍而擒智伯智伯身死國亡地分為三漢書高祖曰運籌策於帷幄之
中沂人賴子猶彼談單如何吝嫉搖之筆端
良曰沂城之人蒙子之謀亦猶齊趙因田單張孟而安也吝恨也害賢曰嫉搖弄也謂吏
弄文墨問其小過也善曰吝嫉謂有司貪吝嫉妬也論衡曰文吏搖筆考跡民事韓詩

外傳曰避文士之筆端傾倉可賞矧云私粟狄隷可頒
況曰家僕翰曰頒賜也言可傾倉及所虜狄以賜況用家粟私僕以賞有功兵
士乎善曰周禮有蠻隷夷隷鄭玄曰征蠻夷所獲也頒賦也頒與班古字通剔子
雙龜貫以三木銑曰剔奪龜印也沂督及闕中侯故雙龜也三木謂杻械
枷也善曰為督守及闕中侯故雙龜也司馬遷荅任少卿書曰魏其大將也衣赭關三
木功存沂城身死沂獄凡爾同圍心焉摧割
善本作剔字扶老携幼巷號街哭善本作衖號巷哭嗚呼
哀哉向曰摧割傷也言同圍者聞哀死老幼相扶哭於街巷善曰戰國策曰薛
人扶老携幼迎孟嘗君劉縉聖賢本紀曰子產卒國人哭於巷婦人泣於機明明
天子旌以殊恩光光寵贈乃牙其門司勳班

文選五十七　十九

爵亦兆後昆死而有靈庶慰冤魂嗚呼哀哉
濟曰旌表也殊恩謂贈牙門將軍良曰兆問也後昆敦後嗣也言司勳班爵亦問其後
嗣庶以慰勞冤死之魂也善曰毛詩曰明明天子令問不已周禮曰九有功者祭於大
烝司勳詔之尚書曰垂裕後昆

陽給事誄一首并序

善曰沈約宋書曰永初三年索虜嗣自
率衆至方城虜悉力攻滑臺城東北崩壞王景度司馬陽瓚堅守不動衆
潰抗節不降為虜所殺少帝追贈給事中尚書令傅亮議瓚家在彭城宜
即以入臺絹一百匹粟三百斛賜給文士顏延之為之誄焉

顏延年

翰曰索虜嗣率衆攻滑臺城東北崩壞王景度出奔景度
司馬陽瓚堅守不潰抗節不降為虜嗣所殺少帝追贈給事中尚書

（公傳亮議瓚家在彭城宜即以入臺絹一百匹粟二百斛賜給後文帝立命文士顏延年爲之誄）

惟永初三年十一月十一日宋故寧遠司馬濮陽太守彭城陽君卒嗚呼哀哉瓚少稟志節資性忠果奉上以誠率下有方朝嘉其能故授以邊事永初之末佐守滑臺（銑曰果烈也邊事軍旅之事滑臺城名也善曰沈約宋書曰高祖即位改元曰永初郡國記有東郡濮陽郡東郡圖經曰滑臺城即鄭之廩延）值國禍荐臻王略中否獯虜間釁摩（善本作劘字）剥司兗（向曰荐重也臻至也否隔也獯虜即索虜嗣也間伺釁隙也摩剥傷害也司兗二州名也善曰潘岳楊肇誄曰將宏王略沈約宋書曰司州漢之司隸校尉也武帝北平關洛置司州居虎牢又曰兗州後漢居山陽武帝平河南居滑臺劘與摩音義同）幽并騎弩屯偪（善本作逼字）鞏洛列營緣戍相望屠潰（濟曰弩射也言索虜騎射聚偪鞏洛鞏洛地名言雖列營緣守賊盛不免屠潰也屠殺潰亂也善曰物理論曰幽州之騎冀州之引勁悍之上關中詩曰列營基時屠謂誅殺其人也漢書曰攻潁川屠之左氏傳曰凡民逃其上曰潰）瓚奮其猛銳志不違難立乎將率（善本作卒字）之間以緝華裔之衆（良曰銳利違避也將率謂諸軍率也緝穆也華謂中國也裔謂邊遠也善曰緝會聚也左氏傳孔子曰裔不謀夏夷不亂華）疲（善本作罷字）困相保堅守四旬上下力屈受陷勍寇（翰曰疲極勍彊也旬十日也言力屈乃陷後彊寇也善曰史記李左車謂韓

信曰情見力屈欲戰不拔左氏傳公子魚曰勍敵之人隘而不成列杜預曰勍強也）士師奔擾棄軍爭免而瓚誓命沈城佻（遼彫）身飛鏃兵盡器竭斃于旗下（銑曰師衆奔亂棄軍爭免其死向曰誓約言也佻輕也言瓚自終命沈城下輕出射賊兵器俱盡死于旗下器兵器也竭盡也斃死也善曰毛詩曰佻佻公子毛萇傳曰獨行貌也）非夫貞壯之氣勇烈之志豈能臨敵引義以死徇節者哉（良曰以身從物曰徇也善曰非有先生論曰引義以正身）而傷之（濟曰景平少帝年號）景平之元朝廷聞而傷之有詔曰故寧遠司馬濮陽太守陽瓚滑臺之偪（善本作逼字）厲誠固守投命徇節在危無撓古之列士無以加之（翰曰撓曲也言雖臨危不曲節以求全也加過也善曰左氏傳曰師徒撓敗杜預曰撓敗也）可贈給事中振卹孤遺（善本作遺孤）以慰存亡追寵既彰人知慕節河汴之間有義風矣（銑曰振卹收也孤謂瓚子也義風節義之風也善曰鄭玄禮記注曰振收也）逮元嘉廓祚聖神紀物光昭茂緒旌錄舊勳苟有槩於貞孝者實事感於仁明（向曰逮及也元嘉文帝年號廓開祚福紀理茂美緒業也言文帝以聖德理物明其美業而旌錄舊功槩節槩也言有節槩貞孝者皆動天子仁明之心善曰東觀漢記曰章帝壯而仁明）末臣蒙固側聞至訓敢詢諸前典而為之誄其辭曰（濟曰末臣延年自謂也我蒙闇固隨訓教也至教謂制諡也詢諮謀也謂諮謀前典紀行之法也）

貞不常祜義存必甄處父勤君怨在登賢良曰
祜福甄明也陽處父以趙盾之賢謂於晉君
使代狐射姑將中軍曰以其能國之利後賈季
使續鞠殺陽處父比則貞正之道亦不常爲
福也　善曰鄭玄尚書緯注曰甄表也穀梁
傳曰晉將與狄戰使狐夜姑爲中軍將趙盾
佐之陽處父曰不可古者君之使臣也使仁
者佐賢者不使賢者佐仁者今盾賢夜姑仁
其不可乎襄公曰諾公謂夜姑曰吾使汝佐盾
矣處父主竟上之
事夜姑使人殺之苦夷致果題子行間翰曰苦夷
魯季氏臣名致果爲毅題名也苦初生子
將待事而爲名及陽州之役獲馬名之曰陽
州行間謂行陣之間也　善曰左氏傳曰苦
越生子將待事而名之陽州之役獲焉名之
曰陽州杜預曰苦越苦夷也說文曰題忠壯
名也漢書衛青曰非臣結髮行間之意
之烈宜自爾先舊勳雖廢善本作蔽字邑氏遂傳

文選五十七　二十二

銑曰忠謂處父也壯謂苦夷也爾瓚也舊勳
即上忠壯之功也廢毀也邑氏謂先代所封
氏也　善曰左氏傳呂相絕秦曰我襄公未
忘君之舊勳又衆仲曰胙之以土而命之氏
邑亦如之杜預曰取其舊邑之稱以唯邑及
爲族也公羊傳曰其稱劉何以邑氏
氏胄溫祖陽狐續既降晉族弗昌向曰晉封處父於溫
狐改封陽及處父被狐續所殺而晉陽氏
不昌盛也　善曰左氏傳劉子單子謂晉郤
至曰襄王勞文公而賜之溫狐氏陽氏先處
之言狐射姑續鞠居誅處父之後在晉之族
不復昌盛也左氏傳曰賈季使續鞠
居殺陽處父杜預曰狐射姑賈季也之子之
生立續宋皇拳猛沈毅溫敏肅良濟曰之子謂瓚也績
功也拳力沈深毅決溫和敏達肅敬良善也
言其立功於宋皇之世猛而能決和平而達
理至敬而能事上也　善曰毛詩曰之子于
征管子曰子之鄉有拳勇秀出者毛萇詩傳

日拳力也戰國策鞠武曰
田光先生者其勇沈也如彼竹柏負雪懷
霜如彼騑駟配服驂衡良曰竹柏喻堅貞也
騑駟喻能當國家衡
扼之任　善曰孫子曰貞人在冬則松竹在
火則玉英言翼贊宋朝如彼騑之爲駟乃配
服而參衡也服謂中央兩馬夾轅者
在服之左曰驂右曰騑四馬曰駟邊兵喪
律王略未恢翰曰律軍法也略道也恢大也
善曰周易曰師出以律失律凶
也廣雅曰
略法也函陝堙阻瀍洛蒿萊朔馬東鶩胡
風南埃銑曰函函谷關陝虢國瀍洛二水名
堙塞也蒿萊謂亂不通也東鶩南埃
謂索虜亂中國也　善曰毋丘儉在
幽州詩曰芒山邈悠悠但見胡地埃路無歸
轊衛野有委骸翰曰轊小棺也言道路之上
無有以棺盛骸而歸者田野
之內多委棄之骨　善曰漢書王恢曰轊車
相望又高祖令曰士卒從軍死者爲櫝歸其

文選五十七　二十三

縣應劭曰櫝小棺也服虔曰櫝與櫝古字通
司馬彪續漢書順帝詔曰死則委尸原野
帝圖斯難善本作艱字簡兵授才寔命陽子佐師
危臺濟曰圖謀也　危
臺謂滑臺也慄彼危臺在滑之垌周
衛是交鄭翟是爭良曰慄遠也滑國名也林
外曰垌周衛鄭翟四國名
言古者已有戰爭於此也　善曰交黨與也
毛詩曰慄彼淮夷史記鄭入滑滑聽命已而
反與衛於是鄭伐滑周襄王使伯服請滑鄭
文公不聽襄王請而囚伯服王怒與翟伐鄭
不刻昔惟華國今實邊亭憑巘結關負河縈城
金柝夜擊和門晝扃翰曰言滑國昔是中夏
今謂當時元魏所據故
云邊亭巘山也言憑山爲關負河縈繞爲衛
也金謂刀也柝打更木也和門軍門也扃閉
也　善曰金謂刀斗也衛宏漢舊儀曰晝漏
盡夜漏起城門擊刀斗周廬擊木柝周禮曰

大閼以旌為左右和之門范曄後漢書章帝詔曰永平之末城門晝閉說文曰扃外閉之關料敵壓難善本作嚴難時惟陽生銑曰料量也壓難循定亂也善曰揚子雲趙充國頌曰料敵制勝唐子曰將要於折衝戢難決勝而已嚴冬器勁善本作涼冬氣勁塞外草衰向曰器弓弩也勁堅也善曰李陵荅蘇武書云涼秋九月塞外草衰逿矣獯虜乘障犯威濟曰逿遠也獯虜謂索虜嗣也障邊也威國威也善曰尚書王曰逿矣西土之人漢書曰上遣狄山乘障蒼頡曰障小城也鳴驥橫厲霜鏑高翬軼我河縣俘我洛畿良曰鷹鷙鏑鏃翬飛軼過俘取也言過我河縣虜取我洛畿也善曰漢書曰息夫躬絕命辭曰鷹隼橫厲又曰冒頓乃作為鳴鏑音義曰鳴鏑箭也西京賦曰犇鶚高翬薛綜曰翬猶飛也左氏傳呂相曰迭我殽地入我河縣俘我王官迭與軼古字

通攢鋒成林投鞍為圍翰曰攢聚也鋒謂劍戟成林言多也投鞍言兵多相投鞍以成圍也善曰東京賦曰戈矛若林漢書韓安國曰高皇帝圍於平城匈奴至者投鞍高如城者數所也翳翳窮壘嗷嗷羣悲師老變形地孤援闊卒無半菽馬實拑萁銑曰翳蔽也言滑臺為寇兵所蔽也嗷嗷悲愁也向曰老久也變形言被圍既久援救闊遠而形勢變也菽豆也無半菽謂乏糧也寡粟於櫪以木橫口中不使食曰拑秣也此示無有蓄積也善曰左氏傳晉軍吏曰楚師老矣漢書項羽曰歲飢民貧卒食半菽公羊傳曰楚莊王圍宋子反窺宋城見華元華元曰易子而食折骸而炊子反曰吾聞圍者拑馬而秣之使肥者應客何子之情何休曰以木銜其口拑巨炎切守未焚衝攻已濡褐烈烈陽子在困彌達濟曰衝戰車也褐馬衣也言守者未焚敵車而攻者已濡馬衣也烈烈盛也彌益也善曰左氏傳曰公侵齊攻廩丘之郛主人焚衝或濡馬褐以救之周易曰困窮而通勉慰痍傷拊巡饑渴良曰勉勸也痍創也言勸視被傷及饑渴之人力雖可窮氣不可奪使其用命力雖窮竭勇猛之氣不可傾奪也善曰左氏傳曰子反令軍吏察夷傷杜預曰夷亦傷也禮記曰儒者身可危也而志不可奪也孫子兵法曰三軍可奪氣將軍可奪心義立邊疆身終鋒栝嗚呼哀哉翰曰鋒刃也栝矢也善曰劉熙釋名曰矢末曰栝賁父隕善本作殞字節魯人是志汧督效貞晉策攸記銑曰賁父為莊公御敗績死於敵公命誄之汧城督馬敦效節全城晉命誄也善曰賁父汧督已見上文皇上嘉悼息善本作思字存寵異于以贈之言登給事向曰悼傷登升也善曰

毛詩曰何以贈之路車乘黃疏爵紀庸恤孤表嗣嗟爾義士沒有餘喜濟曰疏分紀錄庸功也謂分爵錄功以表殊節也恤孤謂賚子也喜悅也善曰漢書滕公謂楚令尹曰縣有上疏爵而貴之嗚呼哀哉

陶徵士誄一首并序

顏延年銑曰陶潛隱居有詔禮徵為著作郎不就故謂徵士延年為始安郡道從潯陽飲酒潛舍自晨達昏及潛卒延之為誄極其思致也善曰何法盛晉中興書曰延之為始安郡道經潯陽常飲淵明舍自晨達昏及淵明卒延之為誄極其思致

夫璿玉致美不為池隍之寶向曰璿美玉也隍城池也善曰山海經曰升山黃酸之水出焉其中多璇玉說文曰璇亦璿字桂椒信芳

而非園林之實善曰春秋運斗樞曰椒桂連名士起宋均曰桂椒芬香叢
物也山海經曰招搖之山多桂又曰琴鼓之山多椒豈期善本作其深而好
遠哉蓋云殊性而已故無足而至者物之藉
也隨踵而立者人之薄也翰曰言人以難得為貴易致為賤也
晉平公游於河曰安得賢士與之樂此船人蓋胥跪而對曰夫珠出於江海玉出於崑山
無足而至者由君之好也士有足而不至者蓋君之不好也淳于髡一日獻七士於齊宣
王曰百世一聖若隨踵而至今一何士之多乎藉資踵跡薄輕也善曰言物以希為貴
也藉資也韓詩外傳曰晉平公游於河而樂曰安得賢士與之樂此也船人蓋胥跪而
對曰夫珠出於江海玉出於崑山無足而至者由主君之好也士有足而不至者蓋君主
無好上之意耳何患無士乎言人以衆為賤也薄賤薄也戰國策齊宣王曰百代一聖若

文選五十七　二十六

隨踵而生也此亦不以文而害意若乃巢高之抗行夷皓之
峻節良曰巢父堯時隱者伯成子高禹時隱者伯夷周時隱者四皓漢時隱者善
曰皇甫謐逸士傳曰巢父者堯時隱人也莊子曰堯治天下伯成子高立為諸侯堯授舜
舜授禹伯成子高棄為諸侯而耕史記曰伯夷長齊孤竹君之子也隱於首陽山三輔三
代舊事曰四皓秦時為博士辟於上洛熊耳山西禰衡書曰訓夷皓之風故已父
老堯禹錙銖周漢濟曰言此數人秉行守節以其身輕細堯禹周漢如
平居之父老錙銖猶輕細也善曰范曄後漢書曰郅惲謂鄭敬曰子從我為伊呂乎將
為巢許乎而父老堯舜也禮記孔子曰儒有上不臣天子下不事諸侯雖分國如錙銖有
如此者鄭玄曰雖分國以祿之視之輕如錙銖矣而綿世浸遠光靈
不屬良曰綿歷浸漸也言歷代漸遠此人光景神靈不相連屬也善曰東觀漢記

曰上賜東平王蒼書曰歲月鶩過山陵浸遠今魯國孔氏尚有仲尼車輿冠履明德盛者
光靈遠也至使菁華隱沒芳流歇絕不其惜乎銑曰
菁英也雖今之作者善曰論語子曰作者七人人自為量而
道路同塵輟塗殊軌者多矣豈所以昭末景
汎善本作汎字餘波向曰言今之作為此道者人人自以為大量觀其道路可
與古人同其清塵及其中塗輟止使其跡殊變者多矣豈所以照明古人末景從浮餘波
也善曰老子曰和其光而同其塵陸機邪行曰蔣遂殊塗軌要子同歸津陸機詩曰俠
惆悵懷平素豈樂同宴樓末景游豫躍餘蹤尚書曰餘波入于流沙有晉
徵士尋陽陶淵明南岳之幽居者也翰曰尋陽郡名
也淵明潛字也善曰禮記曰儒有幽居而不淫弱不好弄長實素

文選五十七　二十七

心濟曰弱少也素無飾也善曰左氏傳郤芮對秦伯曰夷吾弱不好弄長亦不改禮
記曰有哀素之心鄭玄曰凡物無飾曰素學非稱師文取指達良曰
學雖可為人師終不稱其德文章但取指適為達不以浮華為務也在衆不失
其寡處言逾善本作愈字見其默銑曰亦在於事心出於物故雖
同於人而不失清寡肅默之道也逾益也少而貧病居無僕妾善曰
范曄後漢書曰黃香家貧內無僕妾井臼不任藜菽不給向曰汲井
舂臼不任其勞採藜取菽不給其食藜草菽豆皆貧之食也善曰列女傳曰周南大夫
之妻謂其夫曰親操井臼不擇妻而娶母老子幼就養勤匱翰曰
勤苦匱乏也善曰禮記曰事親左右就養無方遠惟田生致親之
議追悟毛子捧檄之懷濟曰惟思也田過謂齊宣王曰非君之地

死以處吾親非君之爵祿無以養吾親非君之爵位死以尊吾親受之於君致之於親凡事君者以爲親也後漢毛義貧以孝稱張奉慕其名往候之坐定而辟義檄適到義受命奉檄而入喜動顔色奉心賤之自恨來固辭而去及義母死去官後擧賢良公車徵遂不至奉聞之歎曰賢者固不測往日之喜爲親屈也 善曰韓詩外傳曰齊宣王謂田過曰吾聞儒者親喪三年君之與父孰重田過對曰殆不如父重王忿曰則曷爲去親而事君田對曰非君之土地無以處吾親非君之祿無以養吾親非君之爵無以尊顯吾親受之於君致之於親凡事君者爲親也宣王悒然無以應之范曄後漢書曰廬江毛義字少卿家貧以孝稱南陽人張奉慕其名往候之坐定而府檄適到以義守令義捧檄而入喜動顔色奉者志尚之士心賤之自恨來固辭而去及義母死去官行服數辟公府爲縣令進退必以禮後擧賢良公車徵遂不至張奉歎曰賢者固不可測往日之喜爲親屈也

文選五十七　二十八

初辭州府三命後爲彭澤令道不偶物棄官從好良曰偶諧善曰孫盛晉陽秋曰嵇康性不偶俗論語子曰從吾所好遂乃解體世紛結志外區善本作外區定跡深棲於是乎遠銑曰不與俗諧也善曰左氏傳季文子曰四方諸侯其誰不解體嵇康翰曰世務紛紜以祭伯喈郭林宗碑曰翔區外以舒翼灌畦鬻蔬爲供魚菽之祭向曰畦園也鬻賣也齊大夫陳乞曰常之母有魚菽之祭祭用魚豆示儉也菽豆也善曰閑居賦曰灌園鬻蔬供朝夕之膳公羊傳齊大夫陳乞曰常之母有魚菽之祭織絇衛緯蕭以充粮粒之費翰曰衛侯之弟鱄織絇於邯鄲終身不言衛事絇履也莊子曰河上有家貧恃緯蕭蕭蒿也織蒿爲薄緯織也善曰穀梁傳曰甯喜出奔晉織絇邯鄲終身不言衛鄭玄儀禮注曰絇狀如刀衣屨頭也

音劬莊子曰河上有家貧恃緯蕭而食者司馬彪曰蕭蒿也織蒿爲薄心好異書性樂酒德善曰劉劭集有酒德頌也簡棄煩禮善本作促字就成省曠善曰張茂先答何劭詩曰恬曠苦不足煩促每有餘殆所謂國爵屛貴家人忘貧者歟濟曰莊子云至貴者國爵屛焉至富者國財屛焉屛除也又云聖人其窮也使家人忘其貧其達也使王公忘爵祿而化卑也善曰莊子曰夫孝悌仁義忠信貞廉此皆自勉以役其德者也不足多也故曰至貴國爵屛焉至富國財屛焉是以道不渝郭象曰屛者除棄之謂也夫貴在其身猶忘之況國爵乎斯貴之至也莊子曰故聖人其窮也使家人忘其貧其達也使王公忘爵祿而化卑郭象曰淡然無欲家人不識貧可苦有詔徵著作郎稱疾不到春秋若干元嘉四年月日卒于潯陽縣之某里

文選五十七　二十九

近識悲悼遠士傷情冥默福應嗚呼淑貞良曰言雖冥默無象固應神也嗚呼歎詞淑善貞正也善曰張衡靈圖注曰寂寞冥默不可爲象夫實以誄華名由謚高苟允德義貴賤何筭焉銑曰苟且允信筭異也若其寬樂令終之美好廉克己之操有合謚典無愆前志故詢諸友好宜謚曰靖節徵士向曰愆違也前志前書記也善曰謚法曰寬樂令終曰靖好廉自克曰節其詞曰

物尚特生善本作孤生人固介立濟曰特獨也善曰漢書音義臣贊曰介特也豈伊時遘曷云世及銑曰言非遇時而爲此行亦非世世相及繼作其事矣伊惟也遘遇也曷何也嗟呼若士望古遙集

向曰若士謂潛也望古邈入遠與相集也韜此洪族蔑彼名級翰曰
韜藏洪大也大族謂祖爲大司馬蔑輕也名級策名階級也　善曰葛龔遂初賦曰承卷
龍之洪族既高陽之休基史記曰賜爵一級說文曰級次第也睦親之行至
自非敦濟曰睦敬敦勉也言敬親之行至自天生非勉勸爲之也　善曰周禮二
曰六行孝友睦婣任恤鄭玄曰睦親於九族然諾之信重於布言
良曰始楚語云得黃金百兩不如得季布一諾此入重之也廉深簡絜貞
夷粹溫銑曰絜清貞正言平也粹不雜也等注同和而能峻博而
不繁向曰峻高繁多也　善曰論語子曰和而不同家語子貢曰博而不舉是曾參
之行依世尚同詭時則異有一於此而善本無而字
兩善本有非字默置豈若夫子因心達善本作違事向曰

文選五十七　三十

詭反置捨也凡人依於世者必務與世同反於時者必務與時異皆非默捨與道之俱也
翰曰能和而不同夫子謂潛也　善曰言爲人之道依俗而行必識之以尚同詭違於時
必識之以好異有一於身必被譏論非爲默置豈若夫子因心而能違於世事乎言不同
不異也莊子曰列士壞植散羣則尚同也郭象曰所謂和其光同其塵班固漢書贊曰東
方朔戒其子以上容首陽爲拙柱下爲工飽食安步以仕易農依隱玩世詭時不逢毛詩
曰因心則友畏勞善本作榮字好古薄身厚志良曰薄身謂
儉約厚志謂敦道德也　善曰論語子曰信而好古世霸虛禮州壤推
濟曰霸謂當時霸君也處心禮之州壤州風上也言見辟命也　善曰世霸謂當世所
霸者也蔡伯喈郭有道碑曰州郡聞德虛已備禮推風推挹其風也孝惟義養
道必懷邦良曰惟思義善也懷邦不忘於國也言潛爲養親而就彭澤令也

善曰范曄後漢書曰論言以義養則仲由之菽甘於東隣之牲論語比考讖曰文德以懷
邦人之秉彝不隘不恭銑曰人亦謂潛也彝常也孟子曰伯夷隘
柳下惠不恭隘與不恭君子不由也今潛亦不隘而不恭也　善曰毛詩曰民之秉彝好
是懿德蔡邕曰隘謂惡太甚無所容也不恭謂禽獸畜人是不敬然此不爲偏隘不爲
不恭爵同下士祿等上農向曰同下士言位卑等上農言祿薄也爵
位也　善曰禮記曰諸侯之下士視上農夫祿足以代其耕度量難鈞進
退可限翰曰鈞猶及也言不測其深德也可限者知不出於至道　善曰孝經曰
容止可觀進退可度長卿棄官稚賓自免濟曰長卿病免官游梁郎
稚賓州舉茂才病去官也　善曰漢書曰司馬長卿病免客遊梁得與諸侯游士居又曰
清居之士太原則郇相字稚賓舉州郡茂才數病去官子之悟之何悟

文選五十七　三十一

之辨濟曰悟知也辨明也言潛所知之明也賦詩歸來高蹈獨
善濟曰謂潛作歸去來詞也高蹈猶高步也謂去彭澤令也　善曰歸來歸去來也左
氏傳齊入歌曰魯人之皋使我高蹈孟子曰古之人窮則獨善其身達則兼善天下亦
既超曠無適非心銑曰超遠曠明適往也言既遠明事理無往不合其
心也　善曰呂氏春秋曰夫樂有道心亦適莊子曰知忘是非心之適也汲流舊
巘葺宇家林向曰巘山也葺修宇室也善曰廣雅曰葺覆也晨煙
暮靄春煦秋陰翰曰煙靄皆山氣也煦陽氣也陳書輟卷置
酒絃琴居備勤儉躬兼貧病人否其憂子然
其命濟曰躬身也否不堪也然知也　善曰尚書曰克勤于邦克儉于家史記原憲
曰若憲貧也非病也論語子曰賢哉回也一簞食一瓢飲在陋巷人不堪其憂回也不改

其樂墨子曰貧富固有天命不可損益固隱約就閑遷延辭聘非
直也明是惟道性銑曰謂潛辭徵著作郎隱約儉素也遷延退避也言
如此非直能明是率道之性也善曰周書曰隱約者觀其不得懼登徒子好色賦曰因
遷延而辭避毛詩曰匪直也人秉心塞淵高誘淮南子注曰道性無欲糾墨斡
流冥漠報施銑曰糾墨三合繩也斡轉也內翻覆轉流有似繩縷相纏次
也冥漠報施謂神靈報寂寞冥昧不能施善人之善不能明也善曰鵬鳥賦曰斡流而
遷或推而還夫禍之與福何異糾纆弔魏武文曰悼繐帷之冥漠史記司馬遷曰天之報
施善人何如哉孰云與仁實疑明智向曰誰云天道與仁於潛不驗
使復疑之孰誰也明智謂潛也善曰言誰云天道常與仁人而我聞之實疑於明智此
說明智謂老子也老子曰天道無親常與善人楚詞曰招賢良與明智謂天蓋

文選五十七　三十二

高胡諐斯義翰曰常謂天高聽卑何爲諐此仁義也斯此也善曰言天高
聽卑而報施無爽何故爽於斷義而不與仁乎毛詩曰謂天蓋高不敢不跼史記子韋曰
天高聽卑履信曷憑思順何寘濟曰曷何寘置也善曰周易曰履信
思乎順毛萇詩傳曰寘置也年在中身疢維痁疾良曰傷闕上壽
百二十年中則六十也痁瘧疾也善曰尚書曰文王受命惟中身左氏傳曰齊侯疥遂
痁杜預曰痁瘧疾也視死如歸臨凶若吉銑曰達天命也善曰呂
氏春秋曰遺生行義視死如歸藥劑弗嘗禱祀非恤善本作祀向曰
劑和也恤憂也言不以死爲憂而禱祠求福世善曰魏都賦曰藥劑有司論語子曰丘
之禱久矣傃幽告終懷和長畢嗚呼哀哉翰曰傃向
也幽冥也懷和平生之志也終畢皆死也善曰傃向也禮記曰幽則有鬼神孫卿子曰

死人之終也敬述清善本作靖字節式遵遺占去聲濟曰式
用也遺占遺書也占者口隱度其事令人書之也善曰漢書曰陳遵口占作書占謂口
隱度其事令人書之也存不願豐沒無求贍省訃赴卻
賻輕哀薄斂良曰訃至也薄謂喪之不足言潛戒令送喪者少至其墓所也
賻者皆使卻而不受哭者不至極哀斂以時服務從儉約也善曰禮記曰凡訃於其君
云某臣死鄭玄曰訃或皆作赴至也臣死使人至君所告之也周禮曰喪則令賻補之鄭
玄曰謂賻喪家補助不足也遭壤以穿旋葬而窆必驗反嗚
呼哀哉銑曰使逢地即穿疾葬而下棺也遭逢也壤地也窆葬下棺也善曰河
圖考鈞曰有壤者可穿禮記孔子曰斂首足形還葬而無椁稱其財斯之謂禮說文曰窆
葬下棺也深心追往遠情逐化向曰追往之自言追念往日游遠情隨

文選五十七　三十三

逐於潛變化也善曰莊子曰既化而生又化而死自爾介居及我多
暇翰曰爾謂潛我延之自稱也暇閑也善曰漢書陳餘說武臣曰將軍獨介居河北
孫卿子曰其爲人也多暇日者其出入不遠伊好之洽接閻鄰舍
宵盤晝憩非舟非駕濟曰伊惟洽合也閭門也良曰盤樂憩息也
不用舟車而攜手扶隨也善曰毛萇詩傳曰憩息也念昔宴私舉觴相
誨獨正者危至方則閡向曰誨教也言爲正方之道者以見忠於
時俗夫物方則止圓則行此延之誡於潛也善曰毛詩曰諸父兄弟備言燕私孫卿子曰
方則止圓則行哲人卷舒布在前載取鑒不遠吾規
子佩翰曰哲人卷舒謂蘧伯玉邦有道則仕邦無道則卷而懷之此事布在於前代
載籍取鑒不遠故凡所規諫子皆佩服也善曰西征賦曰蘧瑗與國而舒卷西京賦曰多

識前世之載毛詩曰殷鑒不遠爾實愀然中言而發濟曰潛復躑延
之以言也愀正色貌中言發中之言也善曰禮記曰孔子愀然作色而對違衆
速尤迕風先蹙良曰尤責迕過蹙倒也善曰班固漢書述曰毅殆匪躬
違衆忤世淺爲郤悔深作孽害韓詩外傳曰草木根荄淺未必撅也飄風與暴雨墜則撅
必矣先身才非實榮聲有歇銑曰身與才非至實之具而榮聲必
有消歇也善曰言身及才不足爲實榮華聲名有時而滅恐已恃才以傲物憑寵以陵
人故以相誡也徽音永矣誰箴余闕嗚呼哀哉向曰言潛
既沒智音永遠誰復箴我之闕失也善曰爾雅曰永遠也左氏傳魏絳曰百官箴王闕
仁焉而終智焉而斃翰曰斃自古仁智之入皆不免於死斃亦死也
善曰應劭風俗通曰傳云五帝聖焉死三王仁焉死五伯智焉死黔婁既沒

文選五十七　三十四

展禽亦逝濟曰黔婁先生死曾子弔而問曰先生終何諡妻曰康曾子曰先
生存而不免飢寒死而手足不斂何樂於此而諡爲康哉妻曰常辭國不爲是有餘貴也
常辭君賜之粟是有餘富矣甘天下之淡味樂天下之卑位其諡爲康不亦宜也展禽死
門人將誄之妻曰將誄其德則二三子不如妾之知夫子也乃誄之而諡諡曰惠善曰
皇甫謐高士傳曰黔婁先生死曾參與門人來弔曾參曰先生終何以爲諡妻曰以康爲
諡曾子曰先生存時食不充虛衣不蓋形死則手足不斂傍無酒肉生不得其美死不得
其榮何樂於此而諡爲康哉妻曰昔先生君嘗欲授之國相辭而不爲是所以有餘貴也
君嘗賜之粟三十鍾先生辭不受是其有餘富也彼先生者甘天下之淡味安天下之卑
位不戚戚於貧賤不遑遑於富貴求仁而得仁求義而得義其諡爲康不亦宜乎也展禽
柳下惠也論語柳下惠爲士師鄭玄曰柳下惠魯大夫也展禽食菜柳下諡曰惠甚

在先生同塵往世善曰同塵己見上文旌此靖節加彼
康惠嗚呼哀哉良曰旌表也加過也善曰康黔婁惠柳下惠

宋孝武宣貴妃誄一首　并序

謝希逸銑曰孝武殷淑儀薨追進亞皇后諡曰宣謝莊爲誄善注同

惟大明六年夏四月壬子宣貴妃薨律谷罷
煖龍鄉輟曉照車去魏聯城辭趙向曰燕有寒谷鄒子
吹律暖之而生黍龍鄉有伺晨雞獻之考驗而與潛合魏有徑寸之珠照車前後十二乘
趙王得和氏璧秦王求以十五城易之故謂連城璧言此數者罷輟去辭皆喻貴妃薨
而離於帝也善曰律谷黍谷也吹律以暖之故曰律谷劉向別錄曰鄒衍在燕有谷寒

文選五十七　三十五

不生五穀鄒衍吹律而溫之至生黍陳留風俗傳曰允吾縣者宋陳楚之地故梁國寧陵種
龍鄉也出鳴雞史記曰齊威王與魏惠王會田于郊魏王問曰王亦有寶乎威王曰無
魏王曰若寡人小國也尚有徑寸之珠照車前後十二乘者十枚奈何以萬乘之國而無
寶乎又曰趙惠文王得和氏璧秦王聞之使遺趙王書曰願以十五城易璧趙王遂使相
如奉璧西入秦魏文帝與鍾大理書曰不損連城之價皇帝痛掖殿之
既閟悼泉途之已宮向曰掖庭之殿妃之居者也閟空悼傷貴
也泉途謂葬於泉下也已宮謂玄宮天子后妃所葬墓皆曰玄宮也善曰埤蒼曰閟閉
也風俗通曰梓宮者存時所居緣生事亡因以爲名也巡步檐而臨蕙
路集重陽而望椒風嗚呼哀哉翰曰步檐砌也蕙路
草宮也楚詞云集重陽入帝宮漢董賢女弟爲昭儀居舍號曰椒風也善曰上林賦曰

步檐周流長途中宿西都賦曰後宮則有蘭林蕙草楚詞曰集重陽入帝宮兮造旬始而觀清都桓子新論曰董賢女弟爲昭儀居舍號曰椒風

天寵方隆王姬下姻濟曰貴妃生第二皇女言帝方寵貴妃以妃女下降於諸侯詩云王姬亦下嫁於諸侯也故太子文通言王姬曰善曰沈約宋書曰淑儀生第二皇女周易曰在師中吉承天寵也毛詩序曰王姬亦下嫁於諸侯

肅雍揆景陂屺爰臻良曰言王姬將擇日出降而貴妃遷薨也肅敬雍和也揆景擇日也詩云曷不肅雍王姬之車又云陟彼屺兮瞻望母兮臻至也善曰言王姬將降至而貴妃遷靈毛詩曰曷不肅雍王姬之車又曰陟彼屺兮瞻望母兮

國軫喪淑之傷家嬰陟妣善本作實庇之怨銑曰軫痛淑善嬰或也陟亦喪也妣母也家謂皇女也禮曰母死曰妣善曰穆天子傳曰天子爲盛姬謚曰哀淑人潘岳秦氏從姊誄曰家失慈覆世喪母儀鄭玄禮記注曰庇覆也庇爲或妣非也

敢撰德於旂旐庶圖芳於鐘萬向曰撰集也言敍集貴妃之德書之於旌旐之上圖美於景鐘流芳於萬舞也國語云魏顆親止杜回銘勳於景鐘傳云九月考仲子之宮將萬焉謂傳盛德於萬舞中也善曰周易曰雜物撰德揚雄元后誄曰著德太常注諸旂旐曹植卞太后誄曰敢揚后德表之旐旌國語晉悼公曰昔克路之役秦來圖敗晉功魏顆以其身卻退秦師于輔氏親止杜回其勳銘于景鐘左氏傳曰九月考仲子之宮將萬焉公問羽數於衆仲對曰天子用八諸侯用六公從之於是初獻六羽始用六佾

其辭曰

玄丘煙因熅瑤臺降芬翰曰煙熅美氣也芬香也善曰列女傳曰契母簡狄者有娀氏之長女也當堯之時與其妹娣浴於玄丘之水有玄鳥銜卵過而墜之五色甚好簡狄得含之誤而吞之遂生契焉楚辭曰望瑤臺之偃蹇兮見有娀之佚女五臣注與李善同

高唐渫雨巫山鬱雲翰曰高唐賦云昔先王游高唐夢見一婦人曰妾在巫山之陽高丘之岨旦爲朝雲暮爲行雨渫出鬱盛也善注同

誕發蘭儀光啓玉度濟曰言此神女之義盡積於貴妃矣誕大光明也蘭芳草玉重寶貴容儀淑美也善曰揚脩荀爽述贊曰其德克明誕發幼齡左九嬪武帝納皇后頌曰如蘭之茂如玉之瑩光啓已見上文

望月方娥瞻星比婺良曰昔常娥以不死之藥奔月婺女星名方亦比也善曰易歸藏曰昔常娥以不死之藥奔月漢書曰北宮有婺女星占曰婺女爲既嫁之女也

纖德素里棲景宸軒銑曰纖養素舊也棲託景影也宸軒天子所居之宮也善曰周易曰君子以振民毓德劉梁季南碑曰栖景曜於衡門

廢麗絺綌善本作紘字

出懋蘋蘩向曰詩云爲絺爲綌服之無斁謂女未知將所適故習絺綌之事能無厭倦是其性貞專也處謂在室也麗比也言貴妃在室可比於此又云于以采蘋南澗之濱于以采蘩于沼于沚蘋藻蘩蒿也謂公侯夫人執此以助祭也懋勉也言貴妃勉行此事也善曰毛詩曰葛之覃兮施于中谷是刈是濩爲絺爲綌又曰于以采蘋南澗之濱又曰于以采蘩于沼于沚

以脩詩貢道傳圖照言翰曰脩君貢義也傳舉也圖圖書也照見也言善言也既習詩義道舉以圖書見其善言也善曰廣雅曰貢美也世本曰史皇作圖宋忠曰史皇黃帝臣也圖謂畫物象也

翼訓姒幄贊軌堯門濟曰翼輔贊佐也姒姓也軌跡也禹娶塗山氏女故姒幄堯母懷堯十四月而生矣堯門母門也善曰列女傳曰塗山氏之女夏禹娶以爲妃既生啓塗山獨明教訓而致其化焉史記曰禹爲姒姓漢書曰孝武鉤弋趙婕妤昭帝母也妊身十四月乃生上曰昔聞堯十四月而生今鉤弋亦然乃命所生門曰堯母門

絅緆

史館容與經闈良曰言貴妃有善於經史之學闈門也言以經史爲門館
也綢繆容與逸豫貌善曰史三史經六經陳風緝藻臨彖分微銑曰
風詩國風也緝綴也藻文章也彖易彖詞也分微分其精微善曰風國風彖易彖游
藝彈數撫律窮幾善本作木銑曰藝六藝律六律彈盡也幾微也善
注同躊躇冬愛怊悵秋暉翰曰冬愛冬日秋暉月也躊躇行止貌
怊悵相望貌言於此時著箭華矣傳云冬日可愛善曰楚辭曰蹇淹留而躊躇左氏傳
曰酆舒問於賈季曰趙衰趙盾孰賢對曰趙衰冬日之日趙盾夏日之日杜預曰冬日可
愛夏日可畏楚辭曰心怊悵以永思展如之華寔邦之援善本從女
濟曰展誠華美援助也國人所倚以爲援助詩云展如之人邦之媛也善注同敬
懃顯陽肅恭崇憲濟曰宋文帝路淑媛生孝武帝既即位奉尊號曰崇

文選五十七　三十八

憲皇后居顯殿言貴妃敬勤肅恭於此善曰沈約宋書曰文帝路淑媛生孝武皇帝即
位奉尊號皇太后宮曰崇憲太后居顯陽殿奉榮維約承慈以遜
良曰榮寵維約儉慈愛遜順也逮下延和臨朋違怨翰曰延長
朋衆違避也詩云樛木后妃逮下也前后妃能以一意逮下則衆妾上事之無怨也祚
靈集祉慶鵠迎祥銑曰祚報靈善祉福也鵠盛貌善曰毛詩曰既受
帝祉施于孫子鄭玄禮記注曰高辛氏之世玄鳥遺卵娀女簡狄吞而生契後王以爲媒
官嘉祥而立其祠馬瀆尾上巳日會大淵池詩曰外迎休祥內和天人皇胤璿
式帝女金相向曰貴妃生皇子始平王陵晉陵王王子雲及第二皇女也言
似璿金皆貴也式法質用也善曰式法也言皇之胤嗣如玉之有法也沈約宋書曰淑
儀生始平王子鸞晉陵王子雲帝女已見上文左氏傳祈招之詩云式如玉式如金毛詩

曰追琢其章金玉其相毛萇曰相質也其聯跗齊顏接萼均芳濟曰
跗足顏秀也萼承華者芳香氣也聯接齊均言皇子兄弟之美有如此也善曰毛詩曰
常棣之華萼不韡韡鄭玄曰承華者萼不當作跗跗萼足也以藩善本作蕃字以
牧燭代輝梁良曰漢文以子武爲代王以參爲梁王言皇子出爲藩牧照耀
於彼也燭照也輝耀也言注同眡善本作視字朔書氛善本作氛字觀
臺告祲銑曰謂貴妃覩之微也眡朔望氣之職也觀臺觀災祥氣之臺也氛氣祲皆
惡氣也善曰左氏傳曰公既視朔遂登觀臺以望而書禮也周禮曰眡祲掌十煇之法
鄭玄曰陰陽氣相侵漸以成災也八頌扃和六祈綴滲疏禁反
向曰言懲戒既生卜筮不吉祈禱不享也扃關閉也和吉祥也滲盡也周禮云占人掌龜
以卜筮八頌以八卦占筮之故以視吉凶又云太祝掌六祈以同鬼神也善曰周禮曰

文選五十七　三十九

占人掌占龜以八筮占八頌以視吉凶鄭玄曰以八筮占八頌謂將卜八事先以筮筮之
言頌者同於龜占周禮曰太祝掌六祈以同鬼神示一曰類二曰造三曰禬四曰禜五曰
攻六曰說滲謂滲灑瑜祉福也衞總滅容翬暉翟毀禕翰曰周禮
云王后之首服有衡以玉爲之垂于副之兩旁當耳其下以紞懸瑱又云內則曰御縰笄
總總結束也垂後爲飾又云王后之六服禕衣揄翟禕衣畫翬也社衣襟言毀滅者謂貴
紞也善曰包咸論語注曰衡軛也周禮曰王后之五路重翟鍚面朱總厭翟勒面繢
總安車彫面鷖總皆有容蓋鄭司農曰總著馬勒直兩耳與兩鑣容謂幨車也周禮曰司
服掌王后之六服禕衣揄狄闕狄鞠衣展衣祿衣鄭玄曰狄當爲翟翟雉名也禕衣畫翬
者也說文曰社衣衿也掩綵瑤光收華紫禁嗚呼哀哉
濟曰瑤光卽貴妃所居殿名紫禁卽紫宮天子所居也掩綵收華言無光色也善曰宋

孝武傷宣貴妃擬漢武李夫人賦曰閟瑶光之密陛宮虛梁之餘陰又袁伯文美人賦曰居瑶光之巖奧御象席之瓊珍並以瑶光殿名蓋貴妃之所處也王者之宮以象紫微故謂宮尸爲紫密是又謂之巖奧禁帷軒夕改輧田蕭輅晨遷良曰帷軒常所居之處夕改謂異舊居也軒輅本車也晨遷謂將葬善曰劉熙釋名曰容車婦人所載小車也其蓋施帷所以隱蔽其形容也列女傳齊孝孟姬曰妾聞妃后踰閾必乘安車輜輧蒼頡篇曰輧衣車也離宮天邃，別殿雲懸銑曰離宮別殿天子后妃所居天邃雲懸言與之長隔矣離絕邃深也善曰西都賦曰徇以離宮靈衣虛襲，組帳空煙向曰靈衣靈筵之衣襲重也組綬類以繫帳也空煙謂室虛無人似有煙也善曰寡婦賦曰瞻靈衣之披披鄭玄禮記注曰襲重衣也長門賦曰張羅綺之幔帷垂楚組之連綱巾見餘軸，匣有遺絃

文選五十七　四十

嗚呼哀哉翰曰巾匣箱器也軸謂書也絃琴絃也善曰巾巾箱也匣琴匣也移氣朔兮變羅紈，白露凝兮歲將闌濟曰二十四氣朔月一日也闌晚也言貴妃夏薨綺羅輕薄至秋則變也善注同庭樹驚兮中帷響，金釭曖兮玉座寒良曰驚謂風驚也金釭謂金釭置燈也曖不明貌玉座謂靈座也善曰夏侯湛有金釭燈賦曖不明也易是類謀曰餕威出座玉牀純孝擗其俱毀，共氣摧其同欒。仰昊天之莫報，怨凱風之徒攀銑曰純孝謂皇子也純至擗踊也俱毀謂痛傷也共氣謂貴妃兄弟也摧割也欒羸瘦貌詩云庶見素冠棘人欒欒又云欲報之德昊天罔極又曰凱風自南吹彼棘心凱風喻寬仁父母言既毀不可攀也善曰純孝共氣謂皇子也左氏傳君子曰頴考叔純孝也孝經曰擗踊哭泣哀以送之鄭玄孝經注曰

毀瘠羸瘦孝子有之呂氏春秋曰父母之於子也子之於父母也一體而分形同血氣而異息毛詩曰庶見素冠兮棘人欒欒兮又曰欲報之德昊天罔極又曰凱風美孝子也茫昧與善，寂寥餘慶向曰常言天與善仁積善餘慶今於貴妃如此乃幽暗虛無而不驗也茫茫昧昧幽暗寂寥虛無也善曰淮南子曰茫茫昧昧從天之道與善已見上文周易曰積善之家必有餘慶喪過乎哀，棘實滅性翰曰謂貴妃薨皇子子雲不勝哀而毀又薨也棘急也善曰喪過見上文孝經曰毀不滅性世覆沖華，國虛淵令。嗚呼哀哉濟曰沖華至令義也淵深善也覆亡也沖華絕秀四言詩曰坤德尚沖毛詩曰秉心塞淵題湊既肅，龜筮既辰良曰題湊柞木內向也龜蓍也言棺椁既其嚴敬於內以龜筮擇葬日復用斯辰也善曰呂氏春秋曰題湊之室棺椁數襲漢書音義韋昭曰題頭也頭

文選五十七　四十一

湊以頭內向所以爲固階撤兩奠，庭引雙輴褚倫反銑曰撤去也奠祭也引將行也輴殯車也言兩奠者貴妃與子雲同時葬也善曰儀禮曰屬引撤奠乃祖鄭玄曰屬著也引所以引柩車也在輴曰紼又禮記注曰輴殯車也維慕維愛，曰子曰身向曰維與曰皆詞也慕思愛惜也子謂子雲身謂貴妃也善曰沈約宋書曰孝武大明六年淑儀薨又曰大明六年子雲薨潘岳哀辭曰庭祖兩柩路引雙轜爾身爾子永與世辭慟皇情於容物，崩列辟於上旻翰曰言天子視喪禮容儀衣物而哀慟也允列辟崩毀而告天子子雲爲晉陵王故云列辟列辟則諸侯也善曰司馬彪續漢書曰根車旋載容衣崇徽章而出，寂照殊策而去城闉。嗚呼哀哉濟曰崇樹也徵旌旗也章旒也寂炘也照明也殊策謂特加策書而誄其德闉城曲重門也善曰鄭玄

禮記注曰徽旌旗也又曰旌喪車所建也毛萇詩傳曰章旒也蔡邕獨斷曰以策書誄其行而賜之也穀梁傳曰寰內諸侯非天子之命不得出會尚書曰五百里甸服孔安國曰規方千里之內謂之甸服說文曰闉城曲重門也

經建春而右轉循閶闔而逕度善本從水良曰建春閶闔皆國城門名逕邪也善曰河南郡境界簿曰洛陽縣東城第一建春門楚辭曰歷太皓以右轉晉宮閣銘曰洛陽城閶闔門楚辭曰凌天池而徑渡

旌委鬱於飛飛龍逶遲於步步銑曰旌謂銘旌也龍駕也委鬱飄揚貌逶遲徐行貌善曰毛詩曰周道逶遲

鏘楚挽於槐風唱邊簫於松霧向曰鏘唱皆鳴也楚酸楚也挽挽歌也邊簫邊陲之簫也善曰鏘鳴聲也楚辛楚也廣雅曰唱斯唱也邊簫簫聲遠也

涉姑繇而環迴望樂池而顧慕鳴呼哀哉翰曰穆天子西征至于玄池是曰樂池盛姬亡乃葬于樂池之南天子乃用姑繇之水以圜喪車故比之善曰穆天子傳曰天子西征至玄池之上乃奏樂三日終是曰樂池盛姬亡天子乃殯姬於穀丘之廟葬於樂池之南天子乃用姑繇之水以圜喪車郭璞曰繇音姚

晨輼溫解鳳曉蓋俄金濟曰輼輬喪車也解鳳謂鳳羽飾蓋以金爲爪也言欲去故解其鳳而斜其蓋也善曰奠訖故車解鳳飾蓋斜金爪也漢書曰載霍光尸以輼輬車如淳曰輼輬車形廣大有羽飾甘泉賦曰乃登夫鳳皇然羽飾則鳳皇也杜延年奏曰載霍光柩以輼輬車爲倅也臣瓚曰秦始皇崩秘其喪載以輼輬車百官奏事如故此不得是轜車類也然輼車吉儀瓚說是也輬力強切桓譚新論曰乘輿鳳皇蓋飾以金玉蔡邕獨斷曰凡乘輿皆羽蓋金華爪鄭玄詩箋曰俄傾也

山庭寢日隧路抽陰良曰言山陵之庭及大隧之道寢伏日景抽引爲陰於中也善曰黃圖曰陵冢爲山鄭玄周禮注曰隧墓道也

重扃閟兮燈已黯中泉寂兮此夜深銑曰重扃謂墓門重閉也燈謂墓中置燈黯黯不明貌夜深謂墓中無曉時也善曰哀永逝曰户闔兮燈滅夜何時兮復曉

銷神躬于壤末散靈魄於天潯向曰神躬靈魄謂貴妃神靈也壤土潯畔也善曰許慎淮南子注曰潯涯也

響乘氣兮蘭馭風德有遠兮聲無窮鳴呼哀哉翰曰言貴妃德響若蘭氣馭風遠去而芳香無窮也善曰言惠問乘四氣而靡窮其芳馨馭六風而彌遠

哀永逝文一首

潘安仁濟曰此岳傷妻之詞

啓夕兮宵興悲絕緒兮莫承良曰啓夕謂啓殯之夕也宵興夜起也絕緒失次序莫承莫能相承善曰啓夕將啓殯之前夕也儀禮曰既夕哭請啓期告于殯宿興緒亂緒也思玄賦山下肆後於漢庭辛銜邺而絕緒

俄龍轜而兮門側嗟俟時兮將升銑曰俄邪也龍轜喪車也嗟歎詞也待時待所用之時升上也善曰儀禮曰遷于祖用軸鄭玄曰軸輁軸也天子畫之以龍說文曰轜喪車也

嫂姪田結兮憧惶善本作章偟慈姑兮垂矜向曰憧惶忙遽以助喪事慈姑即岳母也矜憫也善曰爾雅曰婦稱夫之母曰姑

聞鳴雞兮戒朝咸驚號兮撫膺翰曰戒驚也膺胷也善曰陳琳武軍賦曰啓明戒旦長庚告昏列子曰撫膺而恨

逝日長兮生年淺憂患衆兮歡樂尠彼遙思兮離居歎河廣兮宋遠濟曰謂岳妻初嫁之時常思父母之居也詩序云宋襄公母歸于衛思而

不止故作詩云誰謂河廣一葦抗之誰謂宋遠跂予望之善曰毛詩序曰河廣宋襄公母歸于衛思而不能止故作此詩也詩曰誰謂河廣一葦杭之誰謂宋遠跂予望之今奈何兮一舉邈終天兮不反良曰舉去也終天謂終竟天地善曰天地之道理無終極今云終天不反長逝之辭盡余哀兮祖之晨揚明燎兮援靈輴丑倫反銑曰祖祭也儀禮云宵設燎于門內之右援持也輴殯車也善曰祖及輴車並已見上文儀禮曰宵爲燎于門內之右鄭玄曰爲哭者爲明撤房帷兮席庭筵舉酹觴兮告永遷向曰撤去也酹謂以酒沃地也善曰禮記曰士殯帷之儀禮曰商祝御柩乃祖布席乃奠禮記曰相於庭說文曰酹餟祭也字林曰以酒沃地悽切兮增欷俯仰兮揮淚想孤魂兮眷舊宇視倐忽兮若髣髴

文選五十七　四十四

翰曰悽切哀貌歔欷悲聲揮灑也濟曰眷顧宇室也倐忽卒疾也髣髴謂似乎生時也徒髣髴兮在慮靡耳目兮一遇良曰靡猶無也無一遇妻魂也停駕兮淹留徘徊兮故處周求兮何獲引身兮當去銑曰徘徊旋行也何獲謂無所見也去華輦兮初邁馬迴首兮旋旆向曰言初去也華輦謂畫衣車也風泠泠兮入帷雲霏霏兮承蓋良曰帷車帷也善曰班婕妤自傷賦曰廣室陰兮帷幄暗兮房櫳虛兮風泠泠楚辭曰雲霏霏以承宇鳥俛翼兮忘林魚仰沫兮失瀨翰曰言魚鳥感傷俛低也瀨波也悵悵兮遲遲遵吉路兮凶歸濟曰悵悵恨貌遲遲行貌遵循也言平常吉路今以凶歸也思其人兮已滅覽餘跡兮未夷銑曰夷亦滅也

善曰毛萇詩傳曰夷滅也昔同塗兮今異世憶舊歡兮增新悲謂原隰兮無畔謂川流兮無岸望山兮寥廓臨水兮浩汗視天日兮蒼茫面邑里兮蕭散匪外物兮或改固歡哀兮情換銑曰寥廓空虛也浩汗廣大貌蒼茫無色也蕭散無人貌也嗟潛隧兮既敞將送形兮長往翰曰潛隧埏道也敞開也送形謂妻從入墓也善曰隧已見上文委蘭房兮繁華襲窮泉兮朽壤濟曰委棄也蘭房妻嘗所居室也繁華盛貌襲入也窮泉墓戶也壤土也善曰賈逵國語注曰襲還也中慕呌兮擗摽驃之子降兮宅兆良曰慕哀也擗摽拊心也之子謂妻也宅葬地兆吉兆也善曰擗摽已見上文孝經曰卜其宅兆而安厝之撫靈

文選五十七　四十五

櫬兮訣幽房棺冥冥兮埏窈窈銑曰櫬棺也訣別也幽房墓中便房也冥冥窈窈闇深貌善曰杜預左氏傳注曰櫬親身之棺聲類曰埏墓隧也戶闔兮燈滅夜何時兮復曉向曰戶墓門也闔閉也燈墓中之燈善曰司馬彪續漢書張奐遺令曰地底冥冥長無曉期歸反哭兮殯宮聲有止兮哀無終善曰左氏傳曰不反哭于寢故不曰薨杜預注曰自墓反虞于正寢所謂反哭于寢也釋名曰於西壁下塗之曰殯儀禮曰遂適殯宮是乎非乎何遑趣一遇兮目中翰曰遑暇趣求遇逢也言愁望其儀形何分其是非但求一逢目中也善曰漢書曰孝武李夫人卒悲感作詩曰是邪非邪立而望之偏何姍姍其來遲鄭玄毛詩箋曰皇之言暀也又曰暀往也東觀漢記世祖曰虜在吾目中既遇目兮無兆曾寤寐兮弗夢

乎聲濟曰兆形也逢於目者
皆宛形非而寤寐間亦不夢也既顧瞻兮家
道長寄心兮爾躬良曰家道謂岳居家之道
也爾躬謂妻之身也善
曰周易曰夫夫
婦婦而家道正重曰已矣此蓋新哀之情然
銑曰妃往也然
耳耳謂妃此也渠懷之其幾何庶無愧兮
莊子向曰渠蓋聲也懷思也我之相思情能
幾何亦欲斷之於大道無愧於莊子也
莊子妻死惠子吊之則鼓盆而歌也善曰
莊子曰莊子妻死惠子吊之則方箕踞鼓盆
而歌惠子曰與人居長子老身死不哭亦足
矣又鼓盆而歌不已甚乎莊子曰不然是其
始死也我獨何能無槩察其始而本無生非
徒無生而本無形非徒無形而本無氣人且
偃然寢於巨室而我噭噭而
哭之自以為不通乎命故止

文選五十七　四十六

文選卷第五十七

宿

哀下
碑文上

文選

五十八

文選卷第五十八

梁昭明太子撰　五臣并李善注

哀下

顔延年宋文皇帝元皇后哀策文一首

謝玄暉齊敬皇后哀策文一首

碑文上

蔡伯喈郭林宗碑文一首并序

陳仲弓碑文一首并序

王仲寶褚淵碑文一首并序

哀下

宋文皇帝元皇后哀策文一首 善曰沈約宋書曰文帝元皇后諱齊嬀陳郡人左光祿大夫敬公湛之庶女也適太祖生太子劭上待后禮甚篤及崩于顯陽殿詔前永嘉太守顔延之誄哀策文

顔延年 翰曰文帝元皇后諱齊嬀左光祿敬公湛之庶女也適太祖生太子劭上待后禮甚篤及崩詔延之作哀策文

惟元嘉十七年七月二十八日大行皇后崩于顯陽殿 濟曰天子崩未及有定謚摠名曰大行皇后亦同此義也善曰周書曰謚者行之迹是以大行受大名細行受細名風俗通曰皇帝新崩未有定謚故摠

其名曰大行皇帝行下孟切粤九月二十七日將瘞于長
寧陵禮也良曰長寧卽皇后陵號也龍輴渠恭纚離綍甫勿容
翟結驂銑曰龍輴凶飾容翟吉制雖爲喪事而同生儀也禮記云天子殯叢塗龍
輴儀禮云夫牀軸饌于西階纚繫也引棺在輴車曰綍周禮王后之五路重翟錫面朱總
厭翟勤面繢總皆有容結連也驂兩騑也言將行之威儀也善曰龍輴凶飾也容翟吉
儀也禮曰遷于祖用軸鄭玄曰遷徙於祖廟也軸輁軸也狀如轉轔刻兩頭為軹輁狀
如長牀穿程前後著金而關軸焉天子畫之以龍也輁音卬程餘征切韓詩曰纚繫也音
離鄭玄儀禮注曰引棺在輴車曰綍甫物切周禮曰王后之五路重翟錫面朱總厭翟勤
面繢總皆有容蓋鄭司農云容謂擔車也鄭玄曰蓋如今小車蓋也王逸楚詞注曰結連
也連驂言將行也鄭玄詩箋曰驂兩騑也皇塗照烈神路幽嚴向

文選五十八　二

皇塗吉制也照烈光明也神路凶飾也幽嚴深敬也善曰皇塗吉制故曰照烈神路凶
飾故曰幽嚴皇帝親臨祖饋躬瞻宵載翰曰祖始行也饋祭
也宵夜也載謂始載於庭也善曰周禮曰喪祝掌大喪祖飾棺乃載鄭玄曰祖為行始
也其序載而后飾白虎通曰始載於庭轜車辭祖禰也飾遺儀於組旒
論徂音乎珩珮濟曰言皇后組旒之飾有其餘儀珩珮之音盡沈滅矣遺
餘論沈徂往也凡后妃皆鳴玉珮后既崩則與其音俱絕也善曰毛詩曰素絲組之鄭
玄曰以素絲為縷縫之旌旗以為文飾楊雄元后誄曰著德太常注諸旒旌尚書大傳曰
太師奏雞鳴后夫人鳴珮玉于房中告去毛萇詩傳曰珮有珩璜琚瑀珩音行琚音居瑀
音禹悲蘠筵之移御痛翬暉褕搖之重晦良曰筵席
晦闇也書云數重篾席黼純移御謂改常所也周禮司服掌王后之六服褘衣褕狄闕狄

鞠衣展衣褖衣畫翬者褕翟畫雉者重晦謂將入墓也重幽闇也善曰周禮天朝覲王
設次廣黼純又曰司服掌王后之六服褘衣褕狄鄭玄曰褘衣畫翬者褕畫鷂者也褕
與鷂並以招切降輿客位撤奠賓階銑曰降下也輿載柩車也客位
西也撤去也奠祭也周人殯柩於西階之上猶賓禮也善曰降輿謂祖載之時柩降於
車也儀禮曰主人入祖乃載鄭玄曰舉柩卻下而載之禮記曰殯於客位祖於庭儀禮曰
屬引徹奠乃祖鄭玄曰屬著也引柩車也禮記曰周人殯於西階之上則猶賓之乃
命史臣累德述懷向曰累德后之德也述懷帝之懷也善曰鄭司農
禮注曰誄謂積累生時德行賜之命為其辭也其辭曰
倫昭儷升有物有憑翰曰言天地未分之前明人倫之義升伉儷之
道自是物理可得憑據也善曰言天地未分之前已明倫匹之義又昇伉儷之道皆有

文選五十八　三

物象有所依憑毛詩曰天生蒸民有物有則鄭玄曰有物象也劇秦美新曰上覽古在昔
有憑應而尚缺圓精初爍方祇始凝濟曰圓精謂天也方祇謂地也
爍明凝成也言天地分也善曰言天地始分也呂氏春秋說天道之圓也精氣一上一
下圓周復雜無所稽留故曰天道圓何以說地之方也萬物殊類形皆有分職不能相為
故曰地道方郭璞方言注云爍光明也淮南子曰清陽薄靡而為天重濁凝滯而為地
昭哉世族祥發慶曆良曰欽皇后族之明盛而有其善福也祥善慶
福曆當也善曰祥發猶發祥也毛詩曰長發其祥慶曆猶曆慶也幽通賦曰王者曆慶
於所感之秘儀景冑圖光玉繩翰曰秘閉景大冑胤也言后在室時
閉藏儀形於大族之家及配於帝圖發容光於玉繩之內宋有玉繩殿善曰祕其令儀
而生景胄圖其容光而升玉繩也廣雅曰圖度也沈約宋書曰宋有玉繩殿昌暉

莅陰柔明將進濟曰昌盛暉光也陰妻位也妻者法地柔道也將進謂皇
后行此德進於天下也善曰尚書曰邦乃其昌孔安國曰昌盛也周易曰坤陰物也
又曰坤妻道也又曰順而罷乎大明柔進而上行率禮蹈和稱詩納
順良曰率循蹈履稱擧納受也善曰南都賦曰率禮無違論語曰禮之用和爲貴史
記曰陸賈時稱詩書鄭玄毛詩箋云婦人之行尚柔順自絜清禮記曰婦順者順於舅姑
和於室人而后當於夫也爰自待年金聲夙振銑曰傳云叔姬歸于
紀至是歸者待年於父母國金聲美言也夙早也善曰左氏傳曰叔姬歸于紀杜預曰
至是歸者待年於父母國也孟子曰孔子之謂集大成也者金聲而玉振亦既有
行素章增絢向曰詩云女子有行遠父母兄弟子夏曰巧笑倩兮美目盼兮
素以爲絢兮子曰繪事後素絢文也善曰毛詩曰女子有行遠父母兄弟論語曰子夏

文選五十八　四

問曰巧笑倩兮美目盼兮素以爲絢兮何謂也子曰繪事後素曰禮後乎馬融曰絢文貌
也象服是加言觀維則翰曰詩云象服是宜又曰言觀其旂服又云
柔嘉維則者也善曰毛詩曰象服是宜又曰言觀其旂又曰柔嘉維則俾我王
風始基嬪德濟曰俾使也詩序云周南召正始之道王化之基又云關雎
后妃之德也嬪婦也善曰毛詩曰覆俾我悖又序曰周南召南正始之道王化之基尚
書曰釐降二女子嬀汭嬪于虞惠問川流芳猷淵塞良曰惠問芳猷
皆美稱也川流淵塞言廣深也善曰蔡邕來公夫人碑曰義方之訓如川之流毛詩曰
仲氏任只其心塞淵方江泳漢動謠南國銑曰詩序云文王之道被
于南國江漢之域無思犯禮詩云漢之廣矣不可泳思江之永矣不可方思方觀相也謠
歌也善曰毛詩序曰文王之道被于南國江漢之域無思犯禮毛詩曰漢之廣矣不可

泳思江之永矣不可方思毛萇曰方桴也伊昔不造鴻化中微向曰
少帝之時也伊惟造成鴻大也善曰謂少帝之時陸機詩曰伊昔有皇毛詩曰閔予小
子遭家不造東都賦曰主人曰惟神會靈光殿賦曰遭漢中微用集寶命仰
陟天璣翰曰謂文帝即位也寶命即大命天璣即璿璣玉衡善曰謂文帝即位
也尚書曰用集大命又曰無墜天之降寶命天璣帝位也尚書考靈耀曰璿璣玉衡以
齊七政書爲此璣曹植秋胡行曰歌以永言大魏承天璣與璣同也釋位公
宮登曜紫闈濟曰謂帝自宜都王升爲天子則皇后是釋諸侯之夫人於公子
宮而爲天子之后登光輝於紫微宮也古者婦人先嫁三月祖廟未毀教于公宮也善
曰左氏傳子朝曰諸侯釋位以間王室禮記曰古者婦人先嫁三月祖廟未毀教于公宮
魏明帝苦寒行曰脩德乎紫闈八月自懷柔欽若皇姑允迪前徽

文選五十八　五

良曰欽若敬順也皇姑謂皇太后也允信迪蹈徽美也言能敬順信蹈太后之美也善
曰尚書曰欽若昊天爾雅曰婦稱夫之母曰姑尚書曰允迪厥德孝達寧親
敬行宗祀銑曰寧親謂歸寧父母也宗祀謂祭祀也善曰毛詩曰歸寧父
母毛萇曰父母在則有時歸寧耳詩序曰夫人可以奉祭祀則不失職進思才
淑旁綜圖史向曰才能淑善綜理也圖史史籍也善曰毛詩序曰關
雎樂得淑女思進賢才王肅周易注曰綜理事也班婕妤自傷賦曰陳列國史以鑑鏡也
聲音在詠動容成紀翰曰合於詩禮也善曰國語泠州鳩曰詠之
以中音孟子曰動容周旋中禮者盛德之至也成紀見下注壼苔本政穆宣
房樂韶理濟曰壼政穆宣謂宮中之政明也儀禮有房中樂后夫人諷誦以事
君子穆和宣明也善曰爾雅曰宮中巷謂之壼禮記曰古者天子后立於宮以聽天下

之內㳂方言曰穆信也儀禮曰有房中之樂
鄭玄曰絃歌周南召南之詩房中者后夫人
諷誦以事君子禮記曰韶繼也如淳漢
書注曰今樂家五日一習樂爲理樂也坤則
順成星軒潤飾良曰謂能法則坤德而成柔
順之道又得軒轅星之光彩
而潤飾焉軒轅星女主之象也善曰韓詩
曰敘女奉順坤德成其紀綱周易曰坤順也
漢書曰軒轅黃龍體
前大星女主象也德之所屆惟深必測銑曰
尻至測度也言后德無遠而不至惟深而必
度也善曰尚書曰惟德動天無遠弗屆卞
蘭太子頌表曰道無深
而不測術無細而不數下節震騰上清朓土鳥
向日下節謂水也上清謂月也皆陰德故
側比於后也震騰朓側謂皇后將崩之徵也
周幽王時三川皆震詩云百川沸騰晦而月
見西方謂之朓朔而月見東方謂之側匿側匿
也善曰言后道得宜即地安靜而月合度
也漢書李尋曰月者衆陰之長妃后之象泰

文選五十八　六

秋感精符曰月者陰之精地之理也國語曰
幽王二年三川皆震毛詩曰百川沸騰山冢
崒崩尚書五行傳曰晦日而月見西方謂之
朓朔而月見東方謂之側匿鄭玄曰朓猶條
達也倏達行疾貌側
匿猶縮縮行遲貌有來斯雍無思不極翰曰
雍和極中也言后所思之事必盡柔和
之理而合大中之道也善曰毛詩曰有來
雍雍又曰無思不服孔
安國尚書傳曰極中也謂道輔仁司造莫晰
晰音制濟曰晰明也常言天道輔仁何主司
造化者不明而使皇后至於斯也善曰牽
秀四言詩曰乾道輔仁坤道尚沖思玄賦曰
死生錯而不齊雖司命其不晰說文曰昭晰
明也之逝切象物方臻眡祲告沴
靈細反良曰
臻至也象物有
象在天所謂四靈也非德之和則不至也眡
祲主視祲氣者氣相陽曰沴也言今至德之
代象物方至后崩之徵沴氣斯發也善曰
周禮曰凡樂六變而致象物鄭玄曰象物有

象在天所謂四靈也非德之和則不至也周
禮曰眡祲鄭玄曰祲陰陽氣相侵漸成祥也
眡音視沴零細切漢書曰氣
相傷謂之沴臨菑不和意也大和既融收華
委世銑曰大和天下和平也融明也奈何當
如此之時而皇后收光華棄世上而崩
委棄也善曰太和謂太平也法言曰或問
太和曰其在唐虞成周也李軌曰天下太和
蔡邕釋誨曰皇道惟融帝猷不一
顯實雅曰融朗也委世棄世也蘭殿長陰椒
塗弛衛嗚呼哀哉向曰蘭殿椒塗后妃所居
也言蘭殿取其香椒塗
以椒塗室也長陰謂長閉之而中幽闇也弛
廢也衛侍衛也善曰漢武故事曰帝以七
月七日生於猗蘭殿漢書儀曰皇后
稱椒房椒塗室亦取溫煖除惡氣也戒涼
在律弋二杪秋即穸音夕翰曰戒涼秋將也
杪秋末秋也穸瘗也儀禮
云筮三日而塟也穸長夜也言將葬墓中就
長夜也善曰國語單襄公曰火見而清風

文選五十八　七

戒寒賈逵曰戒入爲寒涼也儀禮曰死三日
而肂三月而葬說文曰肂瘞也弋二切楚詞
曰靚秋之遙夜左氏傳楚子曰唯是春秋
窀穸之事杜預曰窀厚也穸夜也厚夜長夜
謂窆埋也窀之
倫切穸音夕霜夜流唱曉月升魄濟曰流
唱挽歌
流轉也升魄神靈升天也善曰流唱挽歌
升謂相載也禮記子曰氣也者神之盛也
魄也者鬼
之盛也八神警引五輅遷迹良曰八神八
方神也警策
而引哀車也周禮巾車氏掌王后之五輅遷
跡謂發行也善曰甘泉賦曰八神奔而警
蹕兮振殷轔而軍裝周禮
曰巾車掌王后之五輅廿噭噭古弔儲嗣哀哀
列辟銑曰噭噭哀哀皆哭音也儲嗣太子列
辟諸王也善曰噭噭已見上文毛詩
曰哀哀父母
生我劬勞灑零玉墀雨泗丹掖向曰灑零
兩泗皆淚
落也玉墀丹掖皆宮殿之階也而以玉丹飾
廿善曰劉騊駼玄根賦曰致毒棘以爲墉

撫存悼亡感今懷昔嗚呼哀哉翰曰哀策既奏帝自益此
八字以致其意焉悼傷也善曰沈約宋書曰哀策既奏上自益此八字以致其意焉潘
岳祭庾新婦文曰伏膺飲淚感今惟昔
南背國門北首山園濟曰
謂山陵在北也首向也園即山陵也善曰楚辭曰出國門而軫懷廣雅曰首向也漢書
曰後從吏二千石之家於諸陵非獨為奉園
僕人按節服馬顧轅良曰按住也服馬駕馬也善曰楚辭曰僕人悲悴蔽若流兮予歷賦曰按節未舒兮玄
毛詩箋曰服中央夾轅也李陵詩曰轅馬顧悲鳴五步一彷徨
遥酸紫蓋眇
泣素軒銑曰紫蓋生儀素車四飾酸悲眇遠軒車也善曰傅玄乘輿馬賦曰紫
蓋漢以連翩素軒循素車也
滅綵清都夷體壽原向曰清都謂生
所居也壽原謂葬山陵也滅綵絕其光彩也夷體毀其支體也夷毀也善曰楚辭曰造

文選五十八　八

旬始觀清都漢書曰作陽陵邑張晏曰景帝作壽陵起邑漢書音義曰天子未死呼壽原
邑野淪藹戎夏悲讙音喧翰曰邑野都邑郊野也淪藹謂失其茂
盛之色也夷狄諸夏皆號泣相喧也善曰京邑朝野淪其明盛戎夏悲以譊譊廣
雅曰譪譪盛也國語史蘇曰戎夏交捽也
來芳可述往駕弗援嗚
呼哀哉濟曰芳譽將來有足紀述靈駕既往不可攀援也

齊敬皇后哀策文一首善曰蕭子顯齊書明帝敬劉后
后諱端惠彭城人光祿大夫弘道女太祖高皇帝為高宗納之武帝永明
七年卒葬江乘縣張山高宗即位追尊為皇后高宗崩改葬祔于興安陵
高宗即明帝也

謝玄暉良曰明敬劉皇后諱端惠光祿大夫弘道孫也太祖初為
高宗納之卒葬相承縣張山高宗即位追尊為敬皇后高宗崩東昏
侯寶卷立改葬祔與安陵

惟永泰元年善曰蕭子顯齊書明帝改年為永泰其年七月帝崩東昏即位
秋九月朔日敬皇后梓宮啓自先塋將祔于
其陵銑曰以梓木為棺因遂名其陵曰梓宮先塋則張山舊陵也孔子曰魯人祔也
祔謂合葬也善曰風俗通曰梓宮者禮天子斂以梓器宮者存時所居緣生事亡因以
為名凡人呼棺亦為宮也說文曰塋墓地禮記孔子曰魯人之祔也合之鄭玄曰祔謂合
葬也
其日至尊親奉奠其皇帝同曰至尊謂昏侯也高宗
宅謚故曰某皇帝薦饋曰奠善曰至尊東昏也鄭玄周禮注曰奠獻也饋奠明帝崩未
謚故口某
乃使兼太尉某設祖於行宮禮也向曰祖謂

文選五十八　九

將行之祭行宮謂過之宮也善曰司馬彪續漢書太尉公一人凡大喪則告謚南郊祖
乙丹上文
翠帟舒阜玄堂啓扉濟曰翠帟翠帳也舒布阜山也玄堂
謂墓中也啓開扉戶也善曰張協禊賦曰翠幕蜿蜒張衡呂司徒誄曰去此寧宮歸于
幽堂玄室冥冥脩夜彌長
俎撤三獻筵卷六衣良曰謂祭畢也俎几
也撤去也三獻初獻亞獻終獻也筵席也卷去也六衣六服褘衣褕狄闕狄鞠衣展衣椽衣
善曰杜預左氏傳注曰撤去也禮祭必三獻周禮曰司服掌王后之六服褘衣褕狄闕狄
鞠衣展衣彖衣
哀子嗣皇帝懷蜃衛而延首想鸞轝計
輅而撫心銑曰蜃衛蜃車也周禮云安車彫面鸞總皆載棺柩車也延首謂望
之也撫心哀甚也善曰周禮曰遂人大喪使帥其屬以蜃車之役衛鄭玄曰蜃車柩路
柩載柳四輪迫地而行有似蜃因取名焉阮瑀止欲賦曰行延首以極視周禮曰安車彫

面鷺總列子曰師襄乃撫心高蹈痛椒塗之先廓哀長信之
莫臨向曰椒塗謂后妃所居以椒塗壁也長信宮漢太后之所居處謂皇后早崩故
云先廟莫臨也善曰椒塗已見上文應劭漢官儀曰帝祖母爲太皇太后其所居曰長
信宮也身隅兩赴時無二展良曰展視省也言一身不得於兩處
赴喪一時不獲於二所省視也善曰爾雅曰赴至也禮記顏淵謂子路曰反其國不哭
展墓而入鄭玄曰展省視也旋詔左言光數聖善銑曰左謂左史
記言也數布也光布聖善謂述皇后之德也善曰鄭玄禮記注曰旋便也漢書曰左史記
言右史記事于寶晉紀魏帝詔曰三后咸用光數聖悉毛詩曰母氏聖善我無令人其
辭曰
帝唐遠冑御龍遙緒向曰劉姓自虞以上爲陶唐氏在夏爲御龍氏

故云帝唐御龍冑亂緒末也善曰班固漢書贊曰范宣子曰祖自虞已上爲陶唐氏在
夏爲御龍氏晉主夏盟爲范氏在秦作劉在漢開楚翰曰後居秦始
爲劉氏及漢高外爲天子以其弟交爲楚王皇后則其后也善曰班固漢書贊曰范氏
爲晉士師魯文公世奔秦後歸于晉其處者爲劉氏漢書曰楚元王交高祖同父少弟也
爲楚王沈約宋書曰祖楚元王交之後也高肇惟淑聖克柔克令
濟曰肇始淑善克能也善曰克柔已見上文毛詩曰令妻壽母清漢表靈
曾沙膺慶良曰清漢有游女漢水神也曾沙謂春秋時沙麓山崩晉史卜之曰
後六百四十五年宜有聖女興其齊田乎及漢元后之宗正居其地年數後與之相符也
言皇后神靈表異慶福膺當有類於此曾高也善曰韓詩曰漢有游女薛君曰游女謂
漢神也謝靈運登江中孤嶼詩曰表靈物莫賞漢書元后傳元城建公曰昔春秋沙麓崩

晉史卜之曰後六百四十五年宜有聖女興其齊田乎今王翁孺徙正直其地日月當
之元城東有五鹿之虛即沙鹿地後八十年當有貴女興天下膺慶已見上文爰定
厥祥徽音允穆銑曰厥其徽義允信穆和也善曰毛詩曰文定厥祥又曰
太姒嗣徽音則百斯男先華沼沚榮耀中谷向曰詩序云采蘩夫
人不失職也詩云于以采蘩于沼于沚又云葛覃后妃之德也詩云葛之覃兮施于中谷
言皇后之德光華榮曜於此也善注同敬始紘綖教先種稑直龍
音陸翰曰古者后妃親織玄紞公侯夫人加之以紘綖冕上覆垂者也周禮上春詔
王后帥六宮之人而生種稑之種而獻之於王言此爲敬之始教之先也善曰列女傳
敬姜曰皇后親織玄紞公侯夫人加之以紘綖周禮曰上春詔王后帥六宮之人出種稑
之種而獻於王睿問川流神襟蘭郁濟曰睿聖也聖問謂天下相問

聖德也襟懷也川流言廣大也蘭郁言芳盛也善曰川流已見上文揚雄書曰賢女
馨香芬于蘭蓀光德韜光君臨善本道字作方被良曰韜藏被及
也謂高宗未即帝位時藏光於下而爲君之道及於人者而皇后內助也善曰先德
謂明帝也韜光謂封西昌侯之時也廣雅曰韜藏也吳志賀劭上疏曰陛下昔韜神光
潛德東夏于寶晉紀文帝貽吳主言曰韜神光福德久勞于外于佐求賢所
謁無詖銑曰詩序云卷耳后妃之志也又當輔佐君子求賢審官內有進賢之志
而無險詖私謁之心言皇后之德佐於此也謁請詖諂也善曰毛詩序曰卷耳后妃之
志也又當輔佐君子求賢審官內有有進賢之志而無險詖私謁之心顧史弘式
陳詩展義向曰顧視也女史也弘廣式法陳布展申也善曰班婕妤自傷
賦曰顧女史而陳詩厚下曰仁藏往伊智翰曰豐厚在下之人自不

取功是曰仁藏己過往之善協不得知是惟智也言皇后兼有此德也善曰周易曰山
附於地剥上以厚下安宅干寶晉紀總論曰仁以厚下易曰蓍之德圓而神卦之德方以
智神以知來智以藏往十亂斯佚四教罔忒良曰武王有亂臣十
人文母居其一斯此俟待也今世亦待皇后而成其數也四教謂婦德婦容婦功婦言也
周無或亞也善曰論語武王曰予有亂臣十人孔子曰才難不其然乎唐虞之際於斯
為盛有婦人焉九人而已馬融曰其一人謂文母也禮記曰古者婦人教以婦德婦容婦
言婦功鄭玄詩箋云法度莫大於四教廣雅曰忒差也思媚諸姑貽我
嬪則銑曰媚愛也諸姑謂先太后也貽遺也嬪則爲婦之法則也善曰毛詩曰思
媚周姜又曰問我諸姑又曰貽我來牟孔安國傳曰嬪婦也毛詩序曰后妃化天下以婦
道少自公宮遠被南國向曰化教也禮婦人先嫁三月祖廟未毀

教于公宮詩序云文王之道被于南國言皇后先學而後配於高宗也善曰公宮南國
並已見上文軒曜懷光素舒佇德翰曰軒曜謂軒轅星主女子也
素舒謂月亦比后妃也懷光佇德言如星月含懷光彩延道德也善曰光德皆謂后也
言軒雖思大明以增燿素舒佇聖德而分彩也軒轅星名已見上文曜星也劉歆有曜曆
楚辭曰前望舒使先驅王逸曰望舒月御也閔予不祐茲訓早違
濟曰閔予東昬自傷之詞也不祐言天不祐助我也慈訓謂皇后也早違謂早棄我而崩
善曰毛詩曰閔予小子周易曰天命不祐晉中興書曰肅祖太妃荀氏薨顯宗詔曰朕少
遭閔凶慈訓無稟廣雅曰違背也方年沖藐懷袖靡依良曰沖幼
藐小靡無也言方年幼小而皇后遂崩何不得依懷袖之恩也善曰尚書曰肆予沖人
弗及知左氏傳晉獻公曰以是藐諸孤毛詩曰母兮鞠我出入腹我鄭玄曰腹懷抱也

家臻寶業身嗣昌暉銑曰高宗既至天子之位而已得嗣盛明之時
也臻至也寶業天子位也昌盛暉明也善曰周易曰聖人之大寶曰位元皇后哀策文
曰昌暉在陰壽宮寂遠清廟虛歸嗚呼哀哉向曰壽宮
清廟皆祠祭處也寂遠虛空也不可見其神靈也善曰楚辭曰蹇將憺兮壽宮王逸曰
壽宮供神之處也毛詩曰清廟祀文王也帝遷明命民神胥悅翰曰
高宗升皇帝位應天眼命合神人之心矣胥相也善曰謂明帝即位也毛詩曰帝遷明
德串夷載路國語祭公謀父曰至于文武事神保民莫不欣喜又王孫圉曰又能上下悅
于鬼神乾景外臨陰儀內缺濟曰乾景謂高宗也陰儀謂皇后也
內缺謂后崩也善曰周易曰乾為君為父禮記曰后治陰德也空悲故劒
徒嗟金穴良曰漢宣帝初即位以許皇后為婕妤是日公卿議欲更立后帝乃

詔求微時故劍大臣知旨立許婕妤為皇后也漢光武郭皇后弟況為大鴻臚數賜金錢
京師號其家為金穴言皇后早崩高宗獨事悲嗟而已善曰漢書曰宣帝許皇后元帝
母也字平君曾孫立為帝平君為婕妤是時公卿議更立皇后亦未有言上乃詔求微時
故劍大臣知旨白立許婕妤為皇后范曄後漢書曰光武郭皇后弟況為大鴻臚數賞賜
金錢京師號況為金穴也璋瓚奚獻禕褕罔設嗚呼哀哉
銑曰璋瓚后夫人以致齊也禕褕皆后服也言皇后既崩以此何獻盡無所設奚何罔無
也善曰禮記曰君致齊於外夫人致齊於內君執圭瓚祼尸大宗執璋瓚亞祼鄭玄曰
大宗亞祼容夫人有故攝焉又周禮注曰祼謂以圭瓚酌鬱鬯始獻尸也后於是以璋瓚
酌亞祼禕褕已見上文馮相告祲宸駕長往向曰周禮馮相
登高臺視天文告祲言高宗崩之徵祲妖氣也宸駕天子駕也長往謂高宗崩也善

曰謂明帝崩也周禮曰馮相氏中士鄭玄曰
馮乘也相視也東京賦曰馮相觀祲典引曰
宸居其城蔡邕曰
如北辰居其所也
貽厥遠圖末命是獎
翰曰
貽遺
圖謀也末命臨終之命獎厲也高宗遺我遠
謀臨崩有所戒厲於己也善曰謂顧命令
祐也毛詩曰貽厥孫謀左氏傳欒成伯曰遠
圖者忠也尚書曰道揚末命方言曰晉秦之
間相勸獎也
曰獎
懷豐沛之綢繆兮背神京之弘敞
濟曰
豐沛漢高祖鄉以喻安陵也綢繆猶視貌神
京謂京都弘大敞明也善曰豐沛喻帝鄉
也漢書曰高祖沛豐邑毛詩曰綢繆束薪毛
萇曰綢繆猶纏綿也風俗通曰秦政并呑六
國苞宇宙
之弘敞
陋蒼梧之不從兮遵鮒隅以同
壤嗚呼哀哉
良曰舜葬蒼梧二妃不從故陋
之帝顓頊與九嬪葬于大荒之
中河水之間鮒隅之山故遵之善曰禮記
曰舜葬于蒼梧之野蓋二妃不從山海經曰

丿荒之中河水之間附禺
之山帝顓頊與九嬪葬焉
肤輿鋑於松楸陳象設於園寢兮
銑曰園寢陵廟也言陳列
生時象設於廟中輿車也鋑
馬飾也松楸謂陵上所栽也善曰楚辭曰
象設君室靜閑安漢書曰自高祖下至宣帝
各自居陵傍立廟又園中各有寢蔡邕獨
斷曰金鋑者馬冠也如玉華形在馬髦前
望
承明而不入兮度清洛而南游
向曰謂靈駕
出赴於陵也
承明門與洛水皆在東京今宋都擬而稱之
善曰陸機洛陽記曰承明門後宮出入之門
藉田賦曰
清洛濁渠
繼池綍之
善本作於
通軌兮接龍帷於
翰曰繼接也禮記曰飾棺君龍帷三池
玄池於荒之爪若承霤形也綍引輴車
造舟
又云飾棺君龍帷振龍黼荒通軌謂廣路
造舟浮橋也言靈駕威儀繼接於廣路浮
橋之上也善曰禮記曰飾棺君三池鄭玄
曰懸池於荒之爪端若今承霤然又禮記曰

飾棺君龍帷振容黼荒鄭玄曰荒蒙也在旁
曰帷在上曰荒皆所以依棺毛詩曰造舟爲
梁
迴塘寂其已暮兮東川澹而不流嗚呼哀
哉
濟曰言景物助其哀也迴塘曲隄也寂空
也東川東流也澹水止貌善曰南都賦
日分背迴唐呂氏春秋曰水
泉東流說文曰澹水搖也
藉閟宮之遠烈
兮聞纘女之遐慶
良曰藉承也詩云閟宮
有侐赫赫姜嫄其德不
回姜嫄稷母也業也又云纘女維莘長子
惟行遐遠也慶善也言嘗承此者遠之比
業同善也善曰毛詩曰閟宮曰赫赫姜嫄其
德不回是生后稷降之百福又曰纘女維莘
長子
維行
始協德之作
善本作於
蘋蘩兮終配祀而表命
翰曰詩序云采蘋大夫妻能循法度又云采
蘩夫人不失職也言皇后終加尊謚而爲先
妣是表明天命也善曰晉中興書策明穆
皇后曰正位閨房以著協德之義辨亡論曰

趙逵以勝祥協德采蘋采蘩以見上文漢書
曰天地合祭先祖配天先妣配地命爵號也
慕方纏於賜衣兮哀日隆於撫鏡
銑曰東觀
漢記云上
賜東平王蒼書曰今以光烈皇后假帛巾各
一衣一篋遺王可時視以慰凱風寒泉之
思西京雜記云漢宣帝被繫時猶有史良娣
身毒國鏡一枚及即位持此鏡感咽移辰言
是東觀皇后舊物悲摧若此也慕思纏結
隆盛撫持也善曰東觀漢記上賜東平王
蒼書曰鄉衛南宮皇太后因過按行閱視舊
時衣物今以光烈皇后假結帛巾各一衣一
篋遺王可視瞻以慰凱風寒泉之思西京雜
記曰宣帝被收繫郡邸獄臂上猶帶史良娣
合綵婉轉絲繩係身毒寶鏡一枚舊傳此鏡
照見妖魅得佩之者爲天神所福故宣帝從
危獲濟及即大位每持此鏡感
咽移辰宣帝崩後不知所在
思寒泉之罔
極兮託形管於遺詠嗚呼哀哉
向曰詩序云
凱風美孝子

也詩云爰有寒泉在浚之下有子七人母氏
勞苦又曰欲報之德昊天罔極又云靜女其
變貽我彤管古者后夫人有女史彤管之法
言東晳𧖟慕詒此遺詠而增其哀　善曰毛
詩曰爰有寒泉在浚之下有子七人母氏勞
苦又曰欲報之德昊天罔極毛詩曰靜女其
變貽我彤管毛萇曰古者后
夫人必有女史彤管之法

郭有道碑文一首并序

蔡伯喈 善曰范曄後漢書曰蔡邕字
伯喈陳留人也辟橋玄府稍
遷至郎中後董卓辟邕遷尚書及
卓被誅王允收邕付廷尉遂死獄
中　五臣
注同

先生諱泰字林宗太原界休人也翰曰先生
有德之稱
善曰漢書太原
郡有界休縣
其先出自有周王季之穆有

文選五十八　十六

虢叔者寔有懿德文王咨焉建國命氏或謂
之郭即其後也良曰王季文王父也穆親亨
實懿美也及文王即位咨于
二虢咨謂謀事也而虢叔之後因國命氏或
謂郭焉即林宗是其後也　善曰左氏傳曰
晉侯假道於虞以伐虢宮之奇諫曰虢亡虞
必從之公曰晉吾宗也豈害我哉對曰虢叔
王季之穆為文王卿士將虢是滅何愛於虞
毛詩曰我求懿德國語胥臣曰文王即位而
咨于二虢韋昭曰咨謀也左氏傳師服曰天
子建國又衆仲曰天子建德因生以賜姓胙
之土而命之氏公羊傳晉獻公謂荀息曰吾
欲攻郭則虞救之攻虞則郭救之如何高誘
戰國策注曰郭
古文虢字也
先生誕應天衷聰叡明哲孝銑曰誕大叡聖
悊智篤厚也
友溫恭仁篤慈惠夫其器量
弘深姿度廣大浩浩焉汪汪焉奥乎不可測

已濟曰奥深也已至也言不可測量其所至
書曰黃石公記序曰張良慮若淵泉深不
可
則
若乃砥節礪行直道正辭貞固足以幹事
隱括足以矯時也向曰砥節礪行謂磨礪節行
隱占括度矯直也言占度
事理足可以貞正行於時也　善曰孔叢子
曰魯人有譏公潛者砥節礪行樂道好古中
長子昌言曰直道正辭貞亮之節周易曰貞
固足以幹事韓詩外傳曰設於隱括之中直
已不直入蘧伯玉之行也孫卿子曰枸木必
將待隱括然後直劉熙孟子注曰隱括也
猶量也蒼頡
篇曰矯正也
遂考覽六經探綜圖緯周流華
夏隨集帝學收文武之將墜拯微言之未絕
翰曰探求綜集也圖圖書也周流謂行也華
夏中國也帝學猶國學也緯天之文也言考
覽六經永集圖緯行之於中國隨集於國學
也文武之道將墜失者收之也拯猶備也微

文選五十八　十七

言謂幽微大道之言也　善曰六經五經及
樂經也圖河圖也緯六經及孝經皆有緯也
論語子貢曰文武之道未墜於地論語
讖曰子夏六十四人共撰仲尼微言
于時
纓緌之徒紳佩之士望形表而景附聆嘉聲
而響和者猶百川之歸巨海鱗介之宗龜龍
也良曰纓緌衣冠之飾也紳大帶也佩玉珮
也皆謂在朝百官及儒學諸生所朝服也
表所謂立木而有影也景影聆聽也介甲
也宗尊也言在朝百官及儒學之士望林宗
之德有如人形表而影所附之聽其聲
如響應和和者亦猶百川以海爲尊而歸赴
之鱗介之物以龜龍爲長也　善曰禮記曰
子事父母冠緌纓鄭玄曰緌纓飾也孔安國
論語注曰紳大帶也禮記曰凡帶必有佩玉
揚雄羽獵賦曰支附葉從表立景隨莊子曰
大人之教若形之於影聲之於響也尚書曰
傳曰百川赴於東海曾子曰介蟲之精者曰

龜鱗蟲之精者曰龍爾乃潛隱衡門收朋勤誨濟曰衡門以柴
木為門收朋謂事其友朋也勤誨謂勤行訓教於人也　善曰毛萇詩傳曰衡門橫木為
門言淺陋也論語子曰誨人不倦何有於我哉童蒙賴焉用祛其蔽
銑曰童蒙謂暗於義理也賴利祛去也言童蒙之人利其開教以去蔽惑皆知禮義也
善曰周易曰匪我求童蒙祛猶去也州郡聞德虛己備禮莫之
能致羣公休之遂辟司徒掾又舉有道皆以
疾辭向曰休美也言不應辟皆辭之以疾也善曰漢書李尋傳曰王根輔政數虛己
問尋辟猶召也將蹈鴻涯之遐跡紹巢許之絕軌翰曰
鴻涯仙人也紹繼也巢巢父許許由皆隱逸人也絕遠也軌亦跡也　善曰西京賦曰洪
涯立而指麾神仙傳曰衛叔卿與數人博其子度曰向與博者為誰叔卿曰是洪涯先生

皇甫謐逸士傳曰巢父者堯時隱人也及堯之讓位于許由也由以告巢父巢父責由曰汝何
不隱汝形何故見若身也翔區外以舒翼超天衢以高峙
良曰區方峙立也　善曰李陵書曰冊名於天衢稟命不融享年四
十有二以建寧二年正月乙亥卒濟曰稟受融長也建
寧靈帝年號也　善曰毛萇詩傳曰融長也范曄後漢書建寧靈帝年號也凡我
四方同好之人永懷哀悼靡所寘念銑曰靡無寘置
也言無所置念者念之不可及也　善曰毛詩曰終其永懷毛萇詩傳曰寘置也乃
相與惟先生之德以謀不朽之事翰曰惟思也不朽之
事謂將謀立碑也　善曰左氏傳穆叔曰太上有立德此之謂不朽僉以為先
民既沒而德音猶存者亦賴之於見述也今

其如何而闕斯禮向曰存德音者亦賴於述碑文言不可廢闕此禮也
善曰毛詩曰先民有作又曰德音不忘於是樹碑表墓昭銘景
行善曰毛詩曰高山仰止景行行止俾芳烈奮于百世令聞
善本作問字顯於無窮善曰典引曰扇遺風播芳烈孟子曰聞伯夷之風者
貪夫廉懦夫有立志奮乎百世之上百世之下莫不興起毛詩曰顯顯令德其辭
曰
於烏休先生明德通玄銑曰於休歎美也善曰言其明德而通
於玄廣雅曰玄道也純懿淑靈受之自天濟曰純大懿美淑善也　善
曰毛詩曰有命自天崇壯幽浚如山如淵向曰崇壯高也幽浚深也
善曰家語齊大夫子與適魯見孔子曰乃今而後知泰山之為高海淵之為大禮樂

是悅詩書是敦翰曰敦重也　善曰左氏傳曰晉謀元帥趙衰曰郤縠可
臣亟聞其言矣悅禮樂而敦詩書匪惟摭華乃尋厥根良曰摭拾
也言禮樂詩書之事非惟拾其英華乃亦尋其根本也　善曰法言或曰亦有疾乎曰摭
我華而不食我實也宮牆重仞允得其門銑曰孔子之宮牆數仞鮮
自官之富得其門者寡矣此謂夫子道高人不可及言顏生得先聖之道可謂得入聖門
也　善曰論語子貢謂叔孫武叔曰夫子之牆數仞不得其門而入不見宗廟之美百官
之富得其門者或寡矣懿乎其純確乎其操翰曰懿美純質確堅
操志也　善曰周易曰龍德而隱者也確乎其不可拔潛龍也洋洋搢紳言
觀而善本作其字高音告協韻　良曰洋洋盛貌搢紳謂百官儒生之衣服言
百官皆仰其高德也　善曰封禪書曰因雜搢紳先生之略術棲遲泌丘

善誘能教善曰毛詩曰衡門之下可以棲遲泌之洋洋可以樂飢論語顏淵曰夫子循循然善誘人也赫赫三事幾行其招之部反協韻向曰赫赫盛貌三事謂三公之任也謂上司徒辟大尉辟爲掾也幾數招辟也善曰毛詩曰三事大夫莫肯夙夜招猶召也委辭召貢保此清妙銑曰委累也召貢謂舉也謂上舉有道累辭疾不應自保清妙隱居之理善曰言有召貢者委棄而辭之范曄後漢書曰司徒黃瓊辟泰太常趙典舉泰有道並不應召或爲太台降年不永民斯悲悼翰曰言令人於此悲傷也善曰尚書祖己曰降年有永有不永爰勒茲銘摛其光曜濟曰摛發也善曰韋昭漢書注曰摛布也嗟爾來世是則是效善曰尚書曰予恐來世班固刑法志述曰五刑之作是則是效

陳太丘碑文一首并序

蔡伯喈翰曰陳寔字仲弓謂太丘令也

先生諱寔字仲弓潁川許昌人也善本無昌字善曰范曄後漢書曰寔潁川許人漢書潁川郡有許縣魏志曰文帝黃初二年改許縣爲許昌縣然蔡邕之時惟有許縣或云許昌非也含元精之和應期運之數向曰元精大道也期運之數謂應五百年而生賢之數也善曰易通卦驗曰大皇之先與權合元精論衡曰天稟元氣人受元精孟子謂充虞曰五百年必有王者與其間必有名世者由周而來七百有餘歲矣今之世舍我而誰兼資九德揔脩百行銑曰咎繇有九德君子有百行善曰尚書皋陶曰亦行有九德禹曰何皋陶曰寬而栗柔而立愿而恭亂而敬擾而毅直而溫簡而廉剛而塞彊而義孔臧與從第書曰學者所以飾百行也於鄉黨則恂恂焉斌斌焉善本作彬彬焉善誘善導仁而愛人良曰恂恂和樂貌斌斌文質貌善曰論語曰孔子於鄉黨恂恂如也又曰文質彬彬然後君子善誘已見上文論語曰樊遲問仁子曰愛人也使夫少長咸安懷之善曰論語曰老者安之少者懷之其爲道也用行捨藏進退可度濟曰言其道德於時用之則行捨之則藏其進退之禮可爲法度也善曰論語子謂顏淵曰用之則行舍之則藏孝經曰進退可度不徼訐舉謁反以干時不遷怒善本作貳字以臨下翰曰徼徼名許訐發人罪也亂也遷怒謂移怒於人也善曰論語子貢曰惡徼以爲智者惡訐以爲直者又哀公問弟子孰爲好學孔子對曰有顏回者好學不遷怒不貳過四爲郡功曹五辟豫州六辟三

府再辟大將軍宰聞喜半歲太丘一年向曰宰聞喜謂爲聞喜令又爲太丘令也德務中庸教敦不肅銑曰庸用也言其行大中之道用之於人其教敦厚不行感肅善曰論語子曰中庸之爲德其至矣乎民鮮久矣孝經曰其教不肅而成政以禮成化行有謚良曰謚靜也善曰左氏傳晉郤至謂子反曰政以禮成民是以息爾雅曰謚靜也會遭黨事禁錮善本作固字二十年樂天知命澹然自逸濟曰遭黨犯罪而因於獄竟不憂悔寬意自樂善曰周易曰樂天知命故不憂莊子曰澹然無極衆美從之此天地之道聖人之德也毛詩曰我不敢傚我友自逸交不諂上愛不黷善本作瀆字下翰曰不諂諛順顏以取上意寬惠愛則托不以其下而慢之善曰周易曰君子上交不諂下交不瀆見幾善本從木而

作不俟終日向曰俟待也言事必見幾不待終日而隨事變通也　善曰周易曰君子見機而作不俟終日及文書赦宥時年已七十遂隱丘山懸車告老銑曰文書赦宥謂天子詔赦罪人也懸車謂其所乘之車懸而不復乘也　善曰漢書曰薛廣德乞骸骨賜安車駟馬懸其車傳子孫左氏傳曰晉韓獻子告老預曰告老致仕者也四門備禮閑心靜居良曰四門四方門也閑閑也言當時在位者皆欲徵聘於四方而備脩束帛之禮聘先生先生閑心靜居終不復應也　善曰尚書曰賓于四門四門穆穆大將軍何公司徒袁公濟曰何進袁隗也　善曰范曄後漢書大將軍何進司徒袁隗遣人報寔欲特授以不次之位寔謝使者前後招辟使人曉諭云欲特表便可入踐常伯超補三事紆佩金紫光

文選五十八　二十二

國垂勳翰曰特表謂獨出常調擢用之也常伯今之侍中也三事三公也三公比帶金印紫綬言此可以光國家大功也勳也　善曰應劭漢官儀曰侍中周宮號曰常伯選於諸伯言其道德可常尊也環濟要略曰侍中古官或曰風后爲皇帝侍中周時號曰常伯秦始復故三事已見上文漢書曰大司徒大司馬大司空皆金印紫綬先生曰絕望已久飾巾待期而已皆遂不至向曰不就所辟而謂使者云絕仕官之望已久今但整飾衣服待期而終也至甚也　善曰列子林類曰吾老無妻子死期將至弘農楊公東海陳公每在袞職羣寮賀之皆舉手曰頴川郡陳君絕世超倫大位未躋慚於文仲竊位之負銑曰太尉楊賜司徒陳耽皆拜三公羣寮賀之賜耽皆歎先生大位未登也袞職三公也舉手謂指麾百

官也躋登也臧文仲爲大夫知柳下惠賢而不舉之孔子以爲竊位楊陳二公慚負此名也　善曰范曄後漢書曰太尉楊賜司徒陳耽每拜公卿羣寮畢賀賜等常歎寔大位未登擢於先之也周禮曰三公自袞冕而下方言曰躋登也論語曰臧文仲其竊位者與知柳下惠之賢也而不與立也故時人高其德重乎公相之位也年八十有三中平三年八月丙午遭疾而終臨沒顧命留葬所卒良曰顧命謂遺令也留葬所卒謂遺令葬於所卒之地不歸本屬故也　善曰范曄後漢書中平靈帝年號也孔安國尚書傳曰臨終之命曰顧命時服素棺椁財周櫬喪事唯約用過乎儉濟曰財纔也櫬棺也　善曰周易曰用過乎儉羣公百寮莫不咨嗟嚴藪知名失聲揮涕善曰禮記曰爲人行哭失聲家語曰

文選五十八　二十三

公父文伯卒敬姜曰無揮涕齋曰揮涕流以手揮之也王將善本將上有大字軍吊祠錫以嘉謚曰徵士陳君稟岳瀆之精苞靈曜之純天不慭魚靳遺老俾屏我王梁崩哲萎于時靡憲搢紳儒林論德謀跡謚曰文範先生翰曰將軍即何進孝經援神契曰五岳之精雄聖四瀆之精仁明故以比之也靈曜謂天地也純和也慭傷也俾使也遣老老臣也言上天不傷惜此老臣使屏我天子而死也孔子將卒而歌曰梁木其壞乎哲人其萎乎壞則崩也哲智萎死靡無憲法也言智人既死于今時無可以爲法則也　善曰范曄後漢書曰何進遣使吊祭又勑命決曰五嶽吐精宋均曰吐精生聖人也靈曜謂天也尚書緯有考靈曜左氏傳孔丘卒公誄之曰昊天不吊不慭遺一老俾屛予一人以在位禮記曰孔子早作負手曳杖逍遙於

門歌曰泰山其頹乎梁木其壞乎漢書有儒林傳傳曰郁郁乎文哉
善曰論語文也洪範善本作書曰洪範九疇彝倫攸叙善曰尚書
箕子謂武王曰天乃錫禹洪範九疇彝倫攸叙文為德表範為士則
存誨沒號不亦宜乎向曰言存亦以文範教訓於人而沒後以為謚
亦為宜也三公遣令史祭以中牢銑曰中牢羊也刺史敬
弔太守南陽曹府君命官作誄曰赫矣陳君
命世是生銑曰赫盛也善曰廣雅曰命名也李陵書曰信命世之才含
光醇德為士作程良曰醇厚也程法也善曰孔安國書傳曰醇粹也
毛萇詩傳曰程法也資始既正守終有令善本作又令平聲協韻
濟曰令善也言始資正道終有善名也善曰周易曰萬物資始史記祭公謀父曰天戒

率舊德而守終純固奉禮終沒休矣清聲翰曰奉禮終沒謂奉先聖
禮教存約儉而葬也休義也遣官屬掾吏前後赴會刊石
作銘向曰刊刻也府丞與比縣會葬荀慈明韓元
長等五百餘人善曰范曄後漢書曰荀爽字慈明獻帝拜為司空又曰韓
融字元長獻帝初官至太僕緦麻設位哀以送之善曰喪服傳曰
緦麻十五升布鄭玄曰謂之緦者細如絲也音思孝經曰哀以送之遠近會
葬千人已上河南尹种蟲府君臨郡銑曰河南尹种
拂也善曰謝承後漢書曰劉翊潁川人河南尹种拂嘗來臨郡翊為主簿迎之到官深
敬待之然种府君卽拂也追歎功德述錄高行以為遠近
鮮能及之良曰遠近古今也鮮少也重部大掾以成時銘

濟曰言重使部內大掾為銘也善曰重直用切斯可謂存榮沒哀
死而不朽者也善本作已字善曰論語子貢曰夫子其生也榮其死也哀
不朽已見上文乃作銘曰
峩峩崇嶽吐符降神翰曰言五岳之精吐其符應降其神靈乃先
生也善曰上林賦曰南山峩峩毛詩曰維嶽降神生甫及申於皇先生抱
寶懷珍向曰於皇美之辭也寶珍喻道德也如何昊穹既喪
斯文銑曰昊穹天也斯文謂先生也謂其有文德故也善曰論語子曰文王既沒
文不在茲乎天之將喪斯文也後死者不得與於斯文也微言圯絕來
者曷聞良曰微言道也圯毀也來者謂後人也曷何也善曰微言已見上文幽
通賦曰將圯絕而罔階論語曰焉知來者之不如今交交黃鳥爰集于

棘濟曰交交小貌黃鳥詩篇名哀三良也言其貌小集於棘林得其所也喻人以壽終
亦得其所也善曰毛詩國風文喻仕於亂時也命不可贖哀何有
極翰曰言人命有分一死不可以重寶財贖取生人者何有窮盡也善曰毛詩
曰如可贖兮人百其身

褚淵碑文一首并序

王仲寶向曰蕭子顯齊書云王儉字仲寶琅邪人也幼好學手不
釋卷為中書監薨善注同

夫太上有立德其次有立功此之謂不朽銑曰
太上謂上古有道之君也善曰左氏傳曰穆叔如晉范宣子逆之問焉曰古人有言曰
死而不朽何謂也穆叔對曰豹聞之太上有立德其次有立功其次有立言雖久不廢此

之謂祈也不所以子產云亡宣尼泣其遺愛隨武
既沒趙文懷其餘風於文簡公見之矣良曰鄭子
產卒國人皆泣孔子聞之數曰子產古之遺愛也孔子但數之不泣也文云泣者增飾也
隨武子趙文子並晉大夫也隨武子卒葬於九原之上而諸大夫卒者皆同葬於此原趙
文子與叔譽游於九原文子曰死者可起吾誰與歸者叔譽曰陽處父乎文子曰我則與
隨武子且武子利於君不忘其身謀其身不遺其友此則趙文子懷其餘風也言於彥回
之德亦比二人故云見之也善曰左氏傳曰子產卒仲尼聞之出涕曰古之遺愛也毛
詩曰人之云亡禮記曰趙文子與叔譽觀乎九原文子曰死者如可作也吾誰與歸叔譽
曰其陽處父乎文子曰我則隨武子乎利君不忘其身謀身不遺其友鄭玄曰武子士會
也食邑於隨蔡邕郭林宗碑曰先生既沒魏志太祖曰孤到此州嘉其餘風也公諱

文選五十八　二十六

淵字彥回河南陽翟人也微子以至仁開基
宋段以功高命氏濟曰微子殷紂兄也有至仁之德武王既滅紂至成
王封微子於宋以為殷後也宋殷共公子為褚師以功高因官命氏遂為褚氏也褚師
掌市之官也善曰史記曰微子開者殷帝乙之首子紂之庶兄武王崩成王少武庚作
亂成王命誅武庚乃命微子開代殷國于宋微子以故而仁賢及代武庚故殷餘民甚欣
戴之而愛焉左氏傳曰魯季武子如宋褚師段逆之杜預曰段共公子子石也褚師官也
命氏已見上文爰逮兩漢儒雅繼及翰曰爰於逮及也前漢褚大通
五經為博士後漢褚禧聰明智達亦為儒官五經及謂相繼不絕也善曰漢書曰褚大通
五經為博士謝承後漢書曰褚禧字叔齊陳留尉氏人博聞廣見聰明智達也魏晉
以降奕世重暉乃祖太傅元穆公向曰晉褚裒為侍中

衛將軍薨贈太傅謚曰元穆公魏之大臣無褚氏蓋有者職位稍卑故史傳不載矣善
曰魏代褚氏未聞晉中興書曰褚裒字季野侍中衛將軍薨贈太傅元穆侯德合
當時行比州壤銑曰言其德行高比之州壤之間為最也善曰魏書曰
陳寔德冠當時子曰行比一鄉深識臧否不以毀譽形言
良曰臧善否惡也毀者以惡言談人譽者以善事說人言穆公則以此事不見於言形見
也善曰王命論曰淵然深識毛詩曰於乎小子未知臧否論語曰吾之於人誰毀誰譽
如有所譽者其有所試矣毛詩序曰情動於中而形於言亮采王室每懷
沖虛之道濟曰亮信采事也沖虛謂虛懷接士也善曰尚書曰亮采惠疇老
子曰大滿若沖字林曰沖猶虛也可謂婉而善本有成字章志而
晦者矣翰曰婉曲章明言屈曲行物而能見其政事布其明志而不自矜故云晦

文選五十八　二十七

也善曰左氏傳君子曰春秋之稱微而顯志而晦婉而成章自茲厥後無
替前規建官惟賢軒冕相襲公稟川嶽之靈
暉含珪璋而挺曜向曰川岳皆聖靈之精也珪璋美玉也挺出曜光也
善曰尚書曰建官惟賢管子曰先生制軒冕足以著貴賤劉歆移太常博士曰聖帝明王
累起相襲川嶽之靈已見上文禮記曰珪璋特達廣雅曰挺出也和順內凝
英華外發銑曰凝止也內謂心思也外謂言語形貌也善曰禮記曰和順積
中而英華外發神茂初學業隆弱冠良曰言公神氣俊茂在於初學
之年學業至盛在於弱冠初學謂年十歲也弱冠謂年二十歲善曰弱冠已見上文
是以仁經義緯敦穆於閨善本作闈字庭濟曰言其以仁
義為經緯也裒重親睦於閨庭之間也善曰張叶白鵠頌曰經仁緯義王隱晉書曰紀

勝之穆敦九族蔡邕何休碑曰孝友盡於閨庭金聲玉振寥亮於區
宇翰曰金玉聲喻名譽高也寥亮聲高貌區宇天下也　善曰金聲玉振已見上文鄭
玄禮記注曰振猶動也東京賦曰區寓乂寧孝敬淳深率由斯至
盡歡朝夕人無間言向曰言父子兄弟和穆以相盡歡人之讒言難以
間也　善曰毛詩序曰成孝敬　袁宏竹林名士傳曰山濤淳深慎嘿　尚書曰率由典常　禮
記孔子曰啜菽飲水盡其歡斯之謂孝　論語子曰孝哉閔子騫人不間於其父母昆弟之
言逍遙乎文雅之囿翱翔乎禮樂之圃善本作場
字　善曰劇秦美新曰逍遙乎文雅之囿翱翔乎禮樂之場風儀與秋月
齊明音徽與春雲等潤銑曰徽美也言德音既善以潤於物故比
之春雲也　善曰音徽即徽音也毛詩曰太姒嗣徽音韻宇弘深喜慍

莫見其際良曰韻宇猶器量也慍怒也際涯畔也　善曰晉中興書曰衛玠終
身不見其慍喜袁宏竹林名士傳曰山濤莫見其際心明通亮用善本人
字言必猶於己濟曰亮信也用人之言若用己言也　善曰王命論曰見
善如不及用人如用己汪汪焉洋洋焉可謂澄之不清
撓之不濁翰曰汪汪洋洋水深大貌以比其德深廣撓攪也　善曰范曄後漢
書曰郭林宗少遊汝南先過袁宏不宿而退往從黃憲累日方還或問林宗林宗曰奉高
之器譬諸氿濫雖清而易挹叔度汪汪若萬頃波澄之不清撓之不濁不可量也袁
陽源才氣高奇綜覈胡隔精裁去聲向曰袁陽源時為吏部
郎言其主司理考人士才器精麤體裁言將選公為駙馬以尚公主也　善曰沈約宋書
曰袁淑字陽源少有風氣還尚書吏部郎臧榮緒晉書曰呂安才氣高奇又曰荀顗綜覈

名實風俗澄一范曄後漢書左朱零曰范滂精裁猶以利刃斷腐朽宋文帝端
明臨朝覽善本作鑒字賞無昧善曰鶡冠子曰所謂命者靡不在君
也君也者端神明者也神明者以入為本者也班固成帝贊曰臨朝淵默袁既延
譽於遐邇文亦定婚於皇家銑曰言文帝定婚欲以公主妻
公也　善曰國語曰使張老延君譽于四方　蔡邕述行賦曰皇家赫而天居選尚
餘姚公主拜駙馬都尉漢結叔高晉姻武子
方斯蔑如也良曰漢有韋叔高以明經為郡上計吏朝會數百人而叔高儀
貌絕衆天子愛之以公主妻焉晉有王武子少知名有俊才武帝嫁以常山公主言二人
方之諸公蔑如也　善曰蕭子顯齊書曰淵少有世譽復尚公主三輔決錄曰平陵竇叔
高以經術擧賢良曰叔高名玄以明經為郡上計吏朝會數百人叔高儀狀絕衆天子異

其貌以公主妻之出朝同輦朝笑焉叔高時以自有妻不聚以聞方欲迎妻與決未發而
詔叔高就第成婚　王隱晉書曰王武子少知名有俊才尚武帝姊常山公主　毛萇詩傳曰
蔑無也釋褐著作佐郎轉太子舍人濯纓登朝
冠冕當世濟曰濯纓洗濯其冠纓以清絜登朝而事天子冠冕在首者喻其以
道德為世之首　善曰楚辭曰滄浪之水清可以濯我纓　晉中興書庾冰䟽曰臣因循家
寵冠冕當世升降兩宮實惟時寶翰曰升降上下也兩宮謂天子
太子入天子宮則為上入太子宮則為下也　善曰陸機謝內史表曰官成兩宮尚書曰所
寶惟賢具瞻之範既著台衡之望斯集向曰具瞻台衡
宰相之位也範法著盛也　善曰毛詩曰赫赫師尹民具爾瞻春秋漢含孳曰三公在
天法三能台與能同　毛詩曰實惟阿衡左右商王出參太宰軍事入

為太子洗馬伐遷祕書丞贊道槐庭司文天閣銑曰贊佐也槐庭三公位也謂為太宰參軍是為佐道也司主也言主文史之任於天祿之閣也天祿書閣名謂祕書丞也善曰周禮曰面三槐三公位焉晉令曰祕書郎掌三閣經三輔故事曰天祿閣在大殿北以藏祕書光照善本作昭字諸侯風流藉甚良曰言其風美之聲流布天下甚多也藉甚言多也善曰韓詩外傳曰為人君者則願以為臣名昭諸侯天下願焉習鑿齒晉陽秋曰王夷甫樂廣俱宅心事外言風流者稱王樂焉漢書曰陸賈遊漢庭公卿間名聲藉甚以父憂去職善曰蕭子顯齊書曰淵父湛之驃騎將軍喪過乎哀幾居依將毀滅有識留感行路傷情濟曰幾近也留感謂多感也善曰周易曰喪過乎哀孝經曰毀不滅性說文雍門周說孟嘗君曰有識之士莫不為足下寒心酸鼻論衡曰行路之人皆能論之家語曰子游見行路之人云魯司鐸火服闋除中書侍郎王言如絲其出如綸善曰鄭玄禮記注曰闋終也禮記曰王言如絲其出如綸恪居官次智效惟穆翰曰中書侍郎掌知天子詔令宣之於外言王言初出如絲之細皆布於外如綸之大綸麤線也善曰左氏傳曰閔子騫曰敬恭朝夕恪居官次莊子曰智效一官于時新安王寵冠列藩越敷邦教毗佐之選妙盡國華向曰寵冠拜也列藩謂諸王也越將敷布邦國毗輔也國華謂英賢也善曰沈約宋書曰始平孝敬王子鸞字孝羽孝武帝第八子也初封新安王母殷淑儀寵傾後宮子鸞愛冠諸子乃為上所眄遇者莫不入子鸞府國子鸞兼司徒進號撫軍將軍尚書曰司徒掌邦教敷五典國語季文子曰吾以德榮為國華韋昭曰以德榮顯者可以為國之光華也出

為司徒右長史轉尚書吏部郎執銓以平善曰韋昭漢書注曰銓衡聲類曰銓所以稱物晉起居注曰太康四年詔曰選曹銓管人材御煩以簡裴楷清通王戎簡要復存於茲銑曰晉朝裴楷王戎並為吏部郎清而能通簡而能要言二君義跡復存於此善曰臧榮緒晉書曰裴楷字叔則河東人也為尚書郎吏部郎缺太祖問其人於鍾會會曰裴楷清通王戎簡要皆其選也是以楷為吏部郎泰始之初入為侍中曾不移朔遷吏部尚書是時天旋初夷王途尚阻元戎啟行衣冠未緝良曰太始宋明帝年號也不移朔謂不經一月也濟曰天旋謂天下也夷平途道也元戎兵車也啟行戰也衣冠朝儀也緝理也善曰裴子野宋略曰壽寂之前刃少帝延湘東王升御坐立為明帝又曰明皇帝年號泰始天步初夷謂殺少帝也裴子野宋略曰江州刺史晉安王子勛作亂蕭子顯齊書曰建安王休仁南討賊也鶡尾洲遣淵指軍選將帥以下勳階毛詩曰天步艱難蔡邕劉寬碑曰統又三軍以清三塗答賓戲曰王塗蕪穢周失其馭元戎啟行謂建安出征也毛詩曰元戎十乘以先啟行衣冠謂朝士也范曄後漢書崔駰奏記曰宋光衣冠子孫爾雅曰輯和也緝與輯同內贊謀莫浮謨莫胡外康流品制勝既遠經渭斯明翰曰贊助也謀謨謂謀議國事也康安也流品百姓百官也制勝既遠謂平天下亂也涇渭猶分別也言分別功勳厚薄於此也善曰東觀漢記世祖策曰前將鄧禹與朕謀謨帷幄李重集曰為選部尚書其箴曰銓管人流品藻清濁孫子兵法曰水因地而制行兵因敵而制勝孫綽子曰或問雅俗曰涇渭殊流雅鄭異調賞不失勞舉無失德向曰有勞必賞有功必舉也善曰左氏傳隨武子

曰楚君舉不失德賞不失勞績簡帝心聲敷物聽銑曰績功也數
布也善曰崔駰武賦曰假皇天乎簡帝心尚書大傳曰文王施政而物皆聽事寧
良曰謂兵戈之事寧也領太子右衛率固讓不拜尋領
驍騎將軍以帷幄之功膺庸祗之秩封雩都
縣開國伯食邑五百戶濟曰帷幄謂為謀策也膺當庸用祗敬秩
序也言當用敬其大功有此次序故封以雩都縣伯也善曰帷幄已見上文尚書王曰
惟乃文考庸庸祗祗畏畏顯民孔安國曰用可用敬可敬漢書預章郡雩都縣既秉
辭梁之介善本作分字又懷寢丘之志所受田邑
不盈百井翰曰楚惠王初封魯陽文子於梁文子辭以國險恐子孫有貳也遂
封魯陽孫叔敖疾亟戒其子曰王將封我我已不受我死王必封汝汝必無受地利將亾

文選五十八　三十二

故也可長久者有寢丘其地人皆以為惡故能長久也叔敖卒王果欲封其子美地其子
辭而不受乃封寢丘久而不失也介謂孤介之節也言褚公能秉懷此孤介之志屋三蓋
井百井今之九百頃也善曰國語曰惠王以梁予魯陽文子辭曰梁險而在遠懼子孫
之有貳者縱臣而得全其首領以歿懼子孫之以梁為臣之祀也乃與魯陽賈逵曰惠王
楚昭王子梁楚北境魯陽文子楚平王之孫司馬子期之子魯陽公列子曰孫叔敖疾將
死戒其子曰王亟封我矣吾不受也我死王則封汝汝必無受利地吳楚之間有寢丘者
此地不利而名甚惡楚人鬼之越人禨之可長有惟此也孫叔敖死王果以美地封其子
辭而不受請寢丘與之至今不失周禮曰畝百為夫夫三為屋屋三為井漢書曰井方一
里久之重為侍中領右衛將軍晝規獻替均
山甫之庸緝熙王旅兼方叔之望向曰獻替謂獻其可

行之理廢其不可為之事也均同也庸用也仲山甫周之賢臣能補闕王事言褚公同仲
山甫之功也緝熙光明也王旅天子之衆也方叔亦賢臣也言光明天子之衆兼同方叔
之美望也善曰國語召康公曰天子聽政近臣盡規又史黯謂趙簡子曰夫事君者諫
過而薦可替否獻能而進賢毛詩曰衮職有闕維仲山甫補之毛詩曰維清緝
熙文王之典又曰王旅嘽嘽如飛如翰又曰方叔蒞止其車三千丹陽京輔
遠近依則濟曰丹陽郡京輔言近帝都也依所也善曰漢書曰右內史武
帝更名京兆尹左內史更名左馮翊主爵中都尉更名右扶風是為三輔又百官表有京
輔都尉毛詩曰商邑翼翼四方之極鄭玄曰商邑之禮俗翼翼然可則效乃四方之中正
也吳興襟帶實惟股肱良曰吳興郡名言在都之東如人衣之衿
帶也股肱謂手足言此郡要害如人之手足也善曰李尤函谷關銘曰襟帶咽喉漢書

文選五十八　三十三

曰季布為河東守上召布曰河東吾股肱郡故特召君耳頻作二守並加
蟬冕濟曰頻作丹陽吳興二郡太守蟬冕侍中冕也言作任二郡皆入加侍中也
善曰蕭子顯齊書曰尋遷散騎常侍丹陽尹出為吳興太守常侍如故蔡邕獨斷曰侍中
中常侍加貂附蟬政以禮成民是以息翰曰人皆導禮義之政安
息無競也善曰左氏傳郤至之辭已見上文明皇不豫儲后幼沖
貽厥之寄允屬時望向曰明皇宋明帝也不豫言有疾也貽厥謂後
嗣也寄託允信屬在也言明帝有疾太子幼小而後嗣之託信在時望欲使公輔少帝政
也善曰沈約宋書曰太宗明皇帝諱彧又曰後廢帝昱字德融明帝長子也泰始七年
立為皇太子太宗崩太子即位尚書曰武王有疾弗豫謝承後漢書曰孝靈帝崩皇太子
即位主上幼沖毛詩曰貽厥孫謀以燕翼子徵為吏部尚書領衛

尉固讓不拜改授尚書右僕射端流平衡外寬內直銑曰理有不正者端其條流事有不平者施以權衡權衡稱也言於事平如稱焉外謂言詞威儀內謂心慮也善曰賈子曰視有四則朝廷之視端流平衡韓詩外傳曰外寬內直蘧伯玉之行也弘二八之高譽宣由庚而垂詠良曰二八謂舜舉八元八凱也譽議也由庚詩篇名也言萬物皆由其道而得其性也善曰二八八元八凱也毛詩序曰由庚萬物得由其道也太宗即世翰曰太宗即明帝也即世崩也遺命以公爲散騎常侍中書令護軍將軍送往事居忠貞允亮秉國之均四方是維翰曰往謂明帝也居謂少主也允合亮信也秉執均政維繫也善曰左氏傳荀息謂晉獻公曰公家之利知無不爲忠也送往事居偶俱無猜貞也毛詩小雅文也

文選五十八　三十四

百官象物而動軍政不戒而備向曰象物禮也善曰左氏傳曰隨武子曰蔿敖爲宰百官象物而動軍政不戒而備太公之登太階而尹天下君子以爲美談亦猶孟軻致欣於樂正羊職悅賞於士伯者也銑曰太階星三公位也尹正也言公爲政於天下而君子美之亦知魯欲使樂正子爲政孟軻喜而不寐言其好善而進賢也晉侯賞士伯瓜衍之縣羊舌職悅之以爲當也善曰孔叢張儉碑曰惜乎不登太階以尹天下致皇代於隆熙公羊傳曰魯人至今以爲美談孟軻曰魯欲使樂正子爲政孟子喜而不寐公孫丑曰奚喜其爲人也好善劉熙曰樂正姓也子通稱也者克左氏傳曰晉侯賞桓子狄臣千室亦賞士伯以瓜衍之縣羊舌職悅之以爲當也丁所生毋憂謝職毀疾之重因心則至善曰蕭子顯齊書曰淵遭庶母郭氏喪舉起爲中軍將軍本官如故毛詩曰因心則友朝議以有爲去爲平之魯侯垂式存公忘私方進明准良曰魯侯伯禽遭喪有徐戎作難卒哭而征之急王事也此蓋有所爲爲之也式法也漢丞相翟方進遭喪既葬三十六日除服起視事憂國家也作法也朝臣之議欲使褚公從此准法也善曰禮記子夏問曰三年之喪卒哭金革之事無避也禮與孔子曰吾聞諸老聃曰昔有魯伯禽有爲爲之今以三年之喪從利者吾弗知也漢書曰翟方進字子威汝南人也爲丞相及母既終葬三十六日除服起視事以爲身備漢相不敢踰國家之制也爰降詔書敦還攝任固請移歲表奏相望事不我與屈已弘化濟曰褒勸也事不我與謂固辭不免也屈已謂屈禮也弘化謂弘天子之化也善曰沈約宋書曰褚淵以母憂去職詔攝本

文選五十八　三十五

任介曰敦勉也嵇康幽憤詩曰時不我與荀悅申鑒曰聖王屈已以申天下之樂尚書曰三孤三公弘化屬值三季在辰感藩善本作蕃字內侮翰曰三季謂夏殷周之末世也辰時也言少帝之世禍亂如三季之時也感藩謂諸王也侮猶亂也善曰國語郭偃曰三季王之亡也宜哉韋昭曰三季桀紂幽王也潘元茂九錫文曰稱兵內侮桂陽失圖窺窬神器向曰桂陽王文帝子也圖謀也窺窬謂欲有篡逆之心也神器帝位也善曰沈約宋書曰桂陽王休範文帝子也封爲桂陽王後爲江州刺史及太宗晏駕主幼時屯遂舉兵反休範已至新林朝廷震動平南將軍齊王出次新亭中軍將軍褚淵入衛殿省休範自於新林步上越騎校尉張苟兒直前斬休範首持還遂休範自新林分遣同黨杜墨蠡等直入朱雀門休範雖死不相知聞墨蠡至杜姥宅宮省怖擾於是城內分遣諸軍東西奮擊諸賊一時奔散斬墨蠡等劉琨

勸進表曰狄寇窺窬左氏傳師服曰民服其上下無覬覦杜預曰下不冀望上位也窬與
覦同鼓棹則滄波振蕩建旗則日月蔽虧銑曰言將
軍出征桂陽王也鼓棹謂行舟也振蕩搖動也蔽虧言旌旗多而蔽障日月之光也善
曰湛方生詩曰鼓棹行遊矚吳都賦曰振蕩汪流曹子建責躬詩曰建旗東岳子虛賦曰
岑崟參差日月蔽虧出江派而風翔入京師而雷動良曰
分流曰派風翔言行疾如飛也雷動言威猛也善曰派典引曰仁風翔于海表曹植任城
王誄曰矯矯元戎雷動雲徂楚辭曰雷動電發鳴控弦於宗稷流鋒
鏑於象魏濟曰鳴控弦謂用弓也宗稷謂宗廟社稷也鋒劍戟之屬也鏃矢也
象魏天子闕也言賊徒至宗廟社稷闕下也善曰班固漢書李廣述曰控弦貫石威動北
鄭宗宗社也蔡邕獨斷曰天子立宗社曰泰社稷宗社之稷周禮曰太宰懸治象之法于

象魏五等論曰鋒鏑流乎絳闕雖英宰臨戎元渠時殄而餘
黨宦繁宮廟憂偪善本作逼翰曰英宰謂褚公也戎兵也元渠謂惡
逆之首也殄滅也言雖惡首已滅而餘黨尚多在於帝城劫宮廟猶有憂懼偪迫也
善曰英宰謂齊王也元渠謂休範也晉中興書穆帝詔曰賓賴英宰淵謀尚書曰殲厥渠
魁餘黨謂社鼠蠹也公乃捻熊羆之士善本無率率不貳心
之臣戮力盡規克寧禍亂向曰熊羆言猛烈也克能也寧安也
善曰尚書曰先君文武則亦有熊羆之士不二心之臣國語曰戮力一心賈逵曰戮力并
力也盡規巳見上文康國祚於綴旒拯王維於已墜銑曰
康安也綴旒冠上垂珠以喻危也拯救也維綱維也墜壞也善曰公羊傳曰君若贅旒
然贅猶綴也何休曰旒旗旒也誠由太祖之威風抑亦仁公

之翼佐銑曰太祖高皇帝裕也仁公即褚公也翼輔也善曰太祖齊王也可
謂德刑詳禮義信戰之器也銑曰詳審也言有賞德有刑罪
必審而後行禮義為人所信此可謂戰之器用必勝之道也善曰左氏傳曰楚子救鄭
軍過申子反入見申叔時曰師其何如對曰德刑詳禮義信戰之器也杜預曰器由用也
以靜難之功進爵為侯兼授尚書令中軍將
軍給班劍二十人功成弗有固秉撝挹良曰班劍
謂執劍而從行者也弗有謂不受此賜而堅固其志以執撝謙退讓之道也秉執挹讓也
善曰老子曰功成而弗居周易曰無不利撝謙韓詩外傳曰孔子曰持滿之道挹而損之
晉起居注安帝詔曰灑落咸勳固秉謙挹改授侍中中書監護軍
如故又以居母艱去官濟曰此褚公嫡母吳郡公主也善曰蕭

子顯齊書曰淵後嫡母吳郡公主薨毀瘠如初雖事緣義感而情均
天屬翰曰義感謂非所生也天屬猶天性也善曰莊子桑雩謂孔子曰子獨不聞假
之亡與林回棄千金之璧負赤子而趨何與林回曰彼以利合此以天屬者也司馬彪曰
假國名也屬連也顏丁之合禮二連之善喪亦曷以
踰向曰魯人顏丁居喪合禮又有大連少連善居喪劇三日不怠三月不懈也曷何也
踰過也善曰禮記曰顏丁善居喪始死皇皇焉如有求而弗得及殯望望焉如有從而
弗及鄭玄曰顏丁魯人也居喪合禮禮記孔子曰少連大連善居喪三日不怠三月不懈
天厭宋德水運告謝嗣主荒怠於天位彊臣
憑陵於荊楚銑曰天厭宋德言大亂也宋水德王故云水運謝盡也言水運
皆盡者謂宋祚盡彊臣逆亂之臣也憑陵勇暴貌也荊楚謂荊州刺史沈攸之起兵反也

楚荊州也善曰左氏傳鄭伯曰天而既厭周德矣水運宋也射雉賦曰青陽告謝王逸
楚詞注曰謝去也沈約宋書曰後廢帝明帝長子諱昱即位淫亂尚書曰商王受荒怠弗
敬又伊尹曰天位艱哉沈約宋書曰荊州刺史沈攸之便有異志左氏傳鄭王子伯駢曰
今楚之憑陵我城郭廢昏繼統之功戡善本作龕字亂寧民
之德良曰廢昏廢少帝也繼統謂立順帝也戡勝寧安也善曰廢昏謂廢帝為蒼
梧王也繼統謂立順帝也蕭子顯齊書曰蒼梧暴虐猶甚及廢羣公集議袁粲劉秉既不
受渭曰非蕭公無以了此手取事授太祖太祖曰相與不肯我安得辭事乃定順帝立徵
太常曰繼統揚業墨子曰夏桀時天乃命湯於鑣宮有神來告曰夏德大亂往攻之予必
使汝大戡之崔寔正論曰及其出也足以濟世寧民也公實仰贊宏規
參聞神筭濟曰贊佐宏大規摸筭計也言有神祕之計策也善曰潘岳賈充

文選五十八　三十八

誄曰使夫疑廟定於神筭雖無受脤慎出車之庸亦有甘
寢秉羽之績翰曰左傳云國之大事在祀與戎祀有執膰戎有受脤脤祭肉
也言天子遺賜其胙肉也言其雖無此受脤之功亦有甘寢秉羽之功楚孫叔敖甘
寢秉羽而郢人投兵也羽舞羽也言其但安寢以修禮樂而有折衝千里之勝善曰左
氏傳劉子曰國之大事在祀與戎祀有執膰戎有受脤毛詩曰我出我車于彼牧矣莊子
仲尼謂楚王曰孫叔敖甘寢秉羽而郢人投兵愼子注曰甘寢安寢也乃作司
空山川依序無授衛將善本無將字軍戎政輯集
睦向曰司空以度山川居其人也彼所也言其有所次序也戎政軍陣之法也輯集也
睦和也善曰禮記曰司空執度度地居民山川沮澤也牽秀皇甫陶碑曰帝命既允戎
政以閑左氏傳隨武子曰楚之卒乘輯睦事不奸矣既而齊德龍興順

皇高禪向曰齊太祖蕭諱道成受宋禪即皇帝位順皇宋順帝禪讓位與齊也
善曰沈約宋書曰順帝諱準字仲謀明帝第三子廢帝殞奉迎入居朝堂即位後四年禪
位于齊帝遜位于東邸孔安國尚書序曰漢室龍興深達先天之運匡
贊奉時之業良曰易云先天而天弗違後天而奉天時臣正贊佐也善曰
周易曰大人者與天地合其德先天而天弗違後天而奉天時弼諧允正徽
猷弘遠濟曰弼輔諧和允信徽美猷道弘大也善曰尚書曰允迪厥德謨明弼
諧毛詩曰君子徽猷小人與屬樹之風聲著之話言翰曰話言
善言也善曰左氏傳君子曰古之王者旣建聖哲樹之風聲著之話言亦猶稷
契之臣虞夏荀裴之奉魏晉向曰稷契二臣名佐舜禹以致
和平之化也魏臣荀攸為尚書令晉臣裴秀爲左光祿大夫並有大功於國善曰魏志

文選五十八　三十九

曰太祖封荀攸亭侯轉為中軍師魏國初建爲尚書令臧榮緒晉書曰裴秀字季彥河東
人也常道鄉公立與議定策遷尚書僕射及世祖受禪進左光祿大夫自非坦
懷至公永監崇替銑曰坦平監視崇興替廢也善曰國語藍尹亹謂
子西曰吾聞君子惟獨居思念前世之崇替於是乎有歎韋昭曰崇終也替廢也孰
能光輔五君寅亮二代者哉銑曰五君謂宋文帝明帝順帝
齊高帝武帝也寅敬亮信也二代謂齊宋也善曰左氏傳曰楚屈建語康王晉范會之德
康王曰神人無怨宜夫子之光輔五君以為諸侯主也五君宋文明順齊高武然此武猶
未立蓋終言之寅亮已見班孟堅封燕然山銘大啓南康爰登中鉉
時膺土宇固辭邦教良曰齊建元中改封南康郡公進位司徒故云
大啓南康中鉉則司徒之位也膺受也時受土宇謂封南康公也固辭邦教謂再讓司徒

也司徒掌邦教故云周禮邦教也善曰蕭子顯齊書曰建元元年進位司徒侍中中書
監如故改封南康郡公邑三千戶澗固讓司徒毛詩曰大啓爾宇毛萇曰宇居也東京賦
曰廣啓土宇周易曰鼎金鉉鄭玄曰金鉉喻明道能舉君之官職也鄭玄尚書注曰鼎三
公象也今之尚書令古之冢宰雖秩輕於衮司
而任隆於百辟濟曰此又加授尚書令也周官冢宰掌邦治之理也則與
今尚書令同也雖品序輕於三公而任已盛於百官也秩序也衮司三公也百辟百官也
善曰蕭子顯齊書曰淵尋加尚書令本官如故周禮曰乃立天官冢宰而掌邦治鄭玄曰
爾雅曰冢大也冢宰大宰衮司三公也毛詩曰百辟其形之蹔遂沖旨改
授朝端翰曰沖深意也言受尚書令蹔遂天子深意旋改授司徒以為朝臣之
首也端首也善曰晉起居注曰帝詔曰若不以順沖旨降損盛制晉中興書謝石上疏

文選五十八　四十

曰尸素朝端忽焉五載邇無異言遠無異望向曰愜衆心故也
善曰劉瓛勸進表曰是以邇無異言遠無異望帝嘉茂庸重申前冊
銑曰嘉善茂盛庸功也重申前冊謂復將授司徒也善曰蕭子顯齊書曰二年重申前
命為司徒執五禮以正民簡八刑而罕用良曰五禮吉凶
軍賓嘉也八刑一曰不孝之刑二曰不義之刑三曰不姻之刑四曰不悌之刑五曰不任之
刑六曰不恤之刑七曰造言之刑八曰亂人之刑罕希也言希用者寬而中也善曰
周禮曰掌邦禮以佐王和邦國鄭玄曰禮謂典禮五吉凶軍賓嘉也孔安國尚書傳曰簡
畧也故能騁績康衢延慈哲后義在資敬情同
布衣出陪鑾蹕入奉帷殿濟曰績功也康衢道路也延招哲智
后君資用也能騁功於道路慈愛於聖君義在用謹敬之心與君相親如布衣之交也出

則陪帝車入則奉帷殿也鑾天子法駕也蹕跡也善曰登樓賦曰假高衢而騁力鄭眈
郊祀賦曰伊皇母以慈孝經曰資於事父以事君而敬同晉中興書庾亮上疏曰先帝
諺顗情同布衣仰南風之高詠餐東野之祕寶翰曰舜彈
五絃琴以韻南風之詩言其仰奉明君如舜德故也餐猶義也顧命云天球河圖在東
序此寶器帝王之美瑞故致在東序美聖明之時故託義此寶野當爲序此云野者當書
寫之誤也善曰家語曰舜彈五絃之琴造南風之詩王隱晉書庾峻曰知足如跡廣在
列位而居東野東皙未詳一曰雜書零唯聽曰顧命云天球河圖在東序天球寶器也河
圖今紀圖帝王終始存亡之期典引曰御東序之祕寶然野當爲杼古序字也以是圖緯
故曰餐餐義也雅議於聽政之晨披文於宴私之夕
向曰雅正也披文謂與天子作文章宴私謂去君臣之禮善曰禮記曰君日出視朝退

文選五十八　四十一

適路寢聽政王廙思遠民賦曰左披文以遊話講六藝之宏數毛詩曰諸父兄弟備言燕
私、參以酒德間以琴心銑曰參雜也善曰劉伶有酒德頌列仙
傳曰涓子作琴心三篇曖有餘暉遥然留想良曰曖光也餘暉天
子恩光及之遥遠也留想謂遠想安危之理君臣相戒也善曰曖溫貌莊子曰曖然似
春遥然流想也所慮者深也君垂冬日之溫臣盡秋霜之戒
良曰冬日之溫謂君恩及之柔和而緩也秋霜蒙寵彌加畏懼如對秋霜凜然也善曰
言君垂恩宥如冬日而臣戒懼常若秋霜鄧析子曰爲君者若冬日之陽夏日之陰荀悅
申鑒曰主怒如秋霜肅肅焉穆穆焉於是見君親之同
致知在三之如一濟曰肅肅敬也穆穆義也言臣敬其君君美其臣也
於是見其人事君事親愛敬同如一謂親生之師教之君食之非食不生非教不成雖在

三如一也善曰爾雅曰穆穆肅肅敬也國語武公伐翼殺哀侯止欒共子曰苟無死吾
以子見之令子爲上卿辭曰成聞之入生於三事之如一父生之師教之君食之非食不長
非教不智生之族也故事之唯其所在則致死矣一太祖升遐綢繆遺
寄翰曰升遐天子崩也避言其死故言升遐若升仙而遠游者也綢繆密意也遺寄謂
詔託公後事以輔帝室也善曰蕭子顯齊書曰太祖崩遺詔以褚錄尚書事禮記曰天
子崩告喪曰天王登遐西征鄭曰武皇忽其升遐也以侍中司徒錄尚
書善本作尚書事稟玉几之顧奉綴衣之禮向曰周成王將
崩命召公畢公將顧託後事王憑玉几以告命焉綴衣幄帳也言諸公羣后既退徹出幄
帳于廷也亦奉此禮以輔少帝也稟受也善曰尚書顧命曰皇后憑玉几道揚末命又
曰出綴衣於庭越翼日王崩擇皇齊之令典致聲化於雍

文選五十八　四十二

熙銑曰皇大雍和熙廣也善曰左氏傳隨武子曰蒍敖爲太宰擇楚國之令典東京
賦曰上下共其雍熙內平外成實昭舊識善曰左氏傳太史克曰舜
舉八元布五教于四方內平外成又展禽曰桓公糾合諸侯實昭舊職增給班
劒三十人良曰內執權衡以平外則奉成其政實所謂不贖其官昭明舊職也
善曰晉公卿禮秩曰諸公給虎賁二十人持班劒焉物有其容徽章斯
允位尊而禮卑居高而思降濟曰徽美章明也言其能備行
禮物皆有容故義道明德於此信矣又位尊志滿而能卑禮於人居高慮危心思退下謂
欲告病而歸也善曰左氏傳膳夫屠蒯曰事有其物物有其容禮記曰殊徽號鄭玄曰
徽旌旗之名也又曰以爲旗章以別貴賤鄭玄曰章幟也自夏徂秋以疾
陳退朝廷重違謙光之旨用申超世之尚翰曰

陳請也言疾病請退歸也朝廷謂天子重難也旨意也言公請退位而天子難違謙光
之意故用申超世高尚之事遂其所請也善曰周易曰謙尊而光卑而不可踰晉起居
注安帝詔曰令權順所請以申超世之美也改授司空領驃騎大
將軍侍中錄尚書如故向曰言以此官退歸也善曰蕭子顯齊
善曰淵寢疾上相星連有變淵憂之表遜位乃改授司空領驃騎將軍侍中錄尚書如故
景命不永大漸彌留銑曰景大永長也善曰彌留謂病甚也
蔡邕楊公誄曰功成化洽景命有僕尚書曰降年有永有不永又曰疾大漸惟幾病日臻
既彌留建元四年八月二十一日薨于私第春
秋四十有八昔柳莊疾棘衛君當祭而禮
善本作禮字晏嬰既往齊侯超車善本作齊君超車而行

文選五十八　四十三

哭良曰棘戚也衛有太史柳莊疾盛衛公當祭於廟聞之輟祭而視之齊有晏嬰死齊
侯外遊而聞之下車行哭也善曰禮記曰衛有太史曰柳莊寢疾公曰若疾革雖當祭
必告也公再拜稽首請於尸曰臣有柳莊也非寡人之臣社稷之臣聞之死請往不釋服
而往遂以襚之晏子曰齊景公遊於菑聞晏子死公繫駟而驅之自以為遲下車而趨知不如
車之駃則又乘之比至國四下而趨至則伏尸而哭曰臣又誰復告我惡邪韓詩外傳曰
趨車驅馬也公之云亡聖朝震悼於上羣臣善本作后
字恇臣慟於下豈惟哀纏一國痛深一主而
已哉濟曰聖朝天子也震動也羣后謂百官諸侯也恇恐也言諸公亡天子驚悼於
上百官及天下諸侯皆恐動於下豈如柳莊晏嬰哀纏一國痛深一主而已哉善曰鄭
玄禮記注曰恇恐也言萬國同感豈如柳莊晏嬰事止一國一主而已哉李蕭遠運命論

曰區區於一主數息於一朝追贈太宰侍中錄尚書如故
給節羽葆鼓吹增善本無增字班劍為六十人謚
曰文簡禮也翰曰節信也貴臣行者以執之羽葆以鳥毛為幢隨柩之儀飾
也班劍木劍無刃假作劍形畫之以文故曰班也夫秉德而處方物
不能害其身善本作貞字向曰秉據也言人據守其德以處於時萬物不
能害其貞正之心也善曰莊子曰夫乘道德而浮遊則不然無譽無訾浮游乎萬物之
祖物物而不物於物則胡可得而累邪虛己以游當世不能擾
其度銑曰虛己謂自下其身而游方世當世之人何能亂其度量矣擾亂也善曰
莊子曰方舟而濟於河有虛舟來觸舟雖有惼心之人不怒人能虛己以遊於世其孰能
害之均貴賤於條風忘榮辱於彼我然後可以

文選五十八　四十四

善本無以字無善天下聊以卒歲良曰條風東北風也淮南子云
貴賤之於身也猶條風時過言不常也心忘其榮辱者則不以彼辱為辱不以我榮為榮
言齊也卒終也善曰淮南子曰夫貴賤之於身也猶條風之時麗也毀譽之於己猶蚊
蝱之一過也莊子肩吾問於孫叔敖曰子三為令尹而不榮華三去之而無憂色何也孫
叔敖曰不知其在彼乎其在我乎其在彼邪亡乎我其在我邪亡乎彼何暇至乎人貴人
賤哉孟子曰古之人窮則獨善其身達則兼善天下者也家語孔子歌曰優哉游哉聊以
卒歲經始圖終式免祗悔誰云克備公實有焉
濟曰經理圖謀式用祗大克能也言理事於始謀身於終用免大悔者誰云能備此事褚
公實有之善曰潘岳家風詩曰經始復圖終葺宇營丘園周易曰無祗悔是以
義結君子惠霑庶類言象所未刑善本作形字述

詠所不盡向曰庶眾也公之美德言而狀之者非所能見也述而詠之者非所
能盡也善曰國語曰夏禹能平水土以品處庶類者也謝慶緒荅郗敬書曰至理深玄
非言象所筌也故吏其甲等感逝川之無捨哀清輝
之眇默銑曰感流川日夜不捨亦如人命一盡不生也清輝儀形也眇默言永從
幽冥不復見也善曰論語子在川上曰逝者如斯夫不捨晝夜傅咸贈何劭王濟詩曰
二離揚清暉眇默遠貌也楚辭曰路眇眇兮默默餐輿誦於丘里瞻
雅詠於京國之良曰餐聽也輿誦謂輿臺賤者言也丘里田里之間也春秋
云鄭子產為政輿人誦之子產若死其誰嗣之雅詠謂韻其德音之聲也善曰左氏傳
曰子產為政輿人誦之曰子產若死其誰嗣之思衛鼎之垂文想晉
鐘之遺則濟曰衛大夫孔悝有大功銘之於鼎垂文則銘之字也晉大夫魏顆

文選五十八　四十五

死銘功於景鐘則法也方高山而仰止刊玄石以表德
翰曰言故吏仰公之德比之高山而仰之刊刻也玄者石之色也表見也其辭曰
辰精感運昂靈發祥向曰辰星主水也感運謂齊水德也蕭何稟昴
星而生齊帝則蕭何後也先言齊帝者欲明君臣相合之義元首惟明股
肱惟良銑曰元首君也股肱即褚公也良善也天監璿曜踵武
前王良曰尚書云在璿璣玉衡以齊七政七政七曜也踵繼武跡也前王謂先代明
王言齊能監七政之道繼跡前代之王也欽若元輔體微知章濟曰
欽敬若順也元輔即褚公也言其體幾微之事以見其明也章明也永言必孝
因心則友翰曰孝友之道因心而生不在於外也仁洽兼濟愛
深善誘向曰誘進也觀海齊量登嶽均厚銑曰言其道德

深高如觀海登岳齊均其器量厚德也五臣兼六八元斯九良曰
周有五賢臣兼褚公此爲六也堯有八元亦賢臣也兼褚公此爲九也內謩帷
幄外曜台階濟曰謩筭策也台階星名三公位也曜星光也遠無不
肅邇無不懷翰曰肅成也懷來也如風之偃如樂之諧
向曰諧和也光我帝典緝彼民黎銑曰緝理也善曰劇秦美新
曰帝典闕而不補率禮蹈謙諒實身幹良曰蹈履也諒信也幹用
也言信實之行用之於身率禮無違周易曰履道坦坦幽人貞吉善曰南郊賦曰王弼
曰履道尚謙而二以陽處陰履於謙也左氏傳曰晉侯使郤錡來乞師將事不敬孟獻子
曰郤氏其亡乎禮身之幹也敬身之基也跡屈朱軒志隆衡館濟曰
言其道尚幽閑而屈跡來仕也朱軒貴士之車也衡館衡門也謂隱逸處橫木爲門也善

文選五十八　四十六

曰尚書大傳曰未命爲士不得乘朱軒衡館衡門之館也眇眇玄宗萋萋
辭翰義既川流文亦霧散翰曰眇眇深遠貌玄宗道也萋萋草
盛貌言辭翰盛如草華也言好道義如川流也文章之盛又若霧散言多也善曰蔡邕
符休碑曰辭逑川流文章雲浮孝經鉤命決曰雲委霧散嵩搆云頹梁陰
載缺向曰嵩山岳也梁木也載則缺之壞也言褚公亡如高山之頹墜梁木之
推折善曰並見上文德猷靡嗣儀形長逝善本作遰宇成列反
協韻銑曰猷風也靡無逝往也猷令德徽猷也儀形容儀形體也善曰德鄭玄春秋
緯注曰逝去也音逝怊悵餘徽鏘洋遺烈良曰怊悵悲恨貌徽美
鏘洋德音也烈盛也善曰楚辭曰怊悵以永思久而彌新用而不
竭翰曰彌益也竭盡也言其美德遺聲久而益新用之者不可窮盡也善曰典引曰

扇遺風播芳烈久而愈新用而不竭

文選卷第五十八

文選五十八　四十七

宿

碑文
墓誌

文選

五十九

共六十

文選卷第五十九

梁昭明太子撰　　五臣并李善注

碑文下

王簡栖頭陀寺碑文一首

沈休文齊安陸昭王碑文一首

墓誌

任彥升劉先生夫人墓誌一首

碑文下

頭陀寺碑文一首善曰天竺言頭陀此言抖擻斗藪煩惱故曰頭陀

文選五十九　一

王簡栖濟曰姓氏英賢録云王巾字簡栖琅邪臨沂人也齊朝起家郢州從事後為輔國録事參軍　善曰姓氏英賢録曰王巾字簡栖琅邪臨沂人也有學業為頭陀寺碑文詞巧麗為世所重起家郢州從事征南記室天監四年卒碑在郢州題云齊國録事參軍琅邪王巾製

盖聞挹朝夕之池者無以測其淺深仰蒼蒼之色者不足知其遠近翰曰挹酌也朝夕池海也蒼蒼之色天也善曰家語曰孔子觀於魯桓公之廟有欹器焉使弟子挹之水毛萇詩傳曰挹斞也救乘上書吳王曰游曲臺臨上路不如挹朝夕之池桓子新論子貢謂齊景公曰臣之事仲尼譬如渴而操杯就江海飲飲滿而去又焉知江海之深乎挹於入切斞勾愚切莊子曰天

之蒼蒼其正色耶其遠而無所至極耶韓詩外傳子貢謂景公曰臣終身戴天不能知其高況視聽之外若存若亡心行之表不生不滅者我向曰目無所見故若存若亡心無所繫故不生不滅也　善曰僧肇涅槃論曰視聽之所不暨四空之所昏昧管子曰聖人之道若存若亡援而用之沒代不忘之道生曰心行心所行之行也維摩經曰畢竟不生不滅是無常義也是以掩室摩竭用啓息言之津也良曰掩室謂斂心入靜華嚴經云佛在摩竭提國處寂滅道場此言斂心於摩竭之國用開不言之道也　善曰華嚴經曰佛在摩竭提國寂滅道場始成正覺法華經曰寂滅無言也僧肇論曰釋迦掩室於摩竭鄭玄論語注曰津濟渡水之處杜口毗耶以通得意之路銑曰杜口謂不言也維摩經云佛在毗耶離城佛告文殊師利曰汝行詣維摩詰問疾文殊師利既至謂

文選五十九　二

維摩詰曰何等是不二法門維摩詰默然無言文殊師利曰善哉乃至無有文字言語是真入不二法門也得意謂忘言也　善曰至理幽微非言說之所及掩室摩竭示寂滅以息言杜口毗耶現默然而得意維摩經曰佛在毗耶離菴羅樹園佛告文殊師利汝行詣維摩詰問疾文殊師利問維摩詰何等是菩薩入不二法門時維摩詰默然無言文殊師利嘆曰善哉善哉乃至無有文字語言是真入不二法門僧肇論曰淨名杜口於毗耶莊子曰言者所以在意得意而忘言也然語彝倫者必求宗於九疇談陰陽者亦研幾於六位濟曰彝常倫理也言欲語理人之常理者必求事於九疇疇類也九一曰五行二曰五事三曰八政四曰五紀五曰皇極六曰三德七曰稽疑八曰庶徵九曰五福　翰曰六位易卦之六爻也　善曰真諦無言俗諦借言以明理故此明言之用也尚書武王訪于箕子曰我不知彝倫攸敘周

易曰夫易所以極深研幾也又曰分陰分陽迭用柔剛故易六位而成章王弼曰六位爻之文也是故三才既辨識妙物之功萬象已陳悟太極之致向曰三才天地人也翰曰太極天地之始　善曰此顯言之功也周易曰易有天道焉有人道焉有地道焉兼三才而兩之故六又曰神者妙萬物而爲言者也孝經鉤命決曰地以舒形萬物咸載聲類曰悟心曰解周易曰易有太極是生兩儀言之不可以已其在茲乎良曰已止也言廣大無窮故不可止　善曰言所以識物悟太極者皆藉言明之不可止者其在此乎左氏傳叔向謂鬷蔑曰子若無言吾幾失子矣言之不可以已也如是然爻繫所筌窮於此域銑曰繫辭也筌期也此域謂道也　善曰爻六爻也繫繫辭也周爻以立辭亦因辭以明理也故爻繫之所明窮生死於此域也莊子曰筌所以得魚得魚而忘筌筌

文選五十九　三

捕魚之筌莊子以之喻言大智度論曰二乘以生死爲此岸則稱去謂所絕形乎彼岸矣翰曰稱謂名號也言天道無名故名稱絕彼岸謂覺悟也　善曰至知涅盤妙旨非言說之所能明故稱謂所絕現於涅盤之彼岸矣僧肇論曰玄極無名稱謂絕焉鄭玄禮記注曰稱猶言也王逸楚辭注曰說謂也涅盤經曰心無退轉即便前進已得到彼岸登大高山離諸恐怖多受安樂彼岸山者喻於如來受安樂者喻於常住大高山者喻大涅盤也大智度論曰亦以涅盤爲彼岸也彼岸者引之於有則高謝四流推之於無則俯弘六度向曰謝去也四流謂欲流有流無明流見流六度者布施以廣仁義也持戒以守信也忍辱以爲謙也精進以思敬也禪定以守靜也智惠以通其理也　善曰彼岸絕乎稱謂者若引之而入有則去四流而現無若推之入無則弘六度以明有僧擇肇維摩經注曰不可得

而有不可得而無者其唯大乘乎何則欲言其有無相無名欲言其無方德斯行故雖無
而有無相無名故雖有而無然則言有不乖無言無不乖有也魏都賦曰高謝萬邦大智
度論曰欲流有流無明流見流三國名臣頌曰循弘時無瑞應經曰行六度無極布施
持戒忍辱精進一心智慧諸經以一心爲禪也名言不得其性相隨
迎不見其終始良曰其道廣大名之言之亦不得知其體性質相者也隨
而求之迎而望之又不可見其終始之所由也善曰法離有無豈名言之所得法無形
象豈隨迎之可見維摩經維摩詰曰法無名字言語斷故法無形相如虛空故法同法性
入諸法故法相如是豈可說乎竺道生曰法性者法之本分也法相者事之貌也老子曰
隨之不見其後迎之不迎其首不可以識智善本作學地字知不可
以意生及其涅槃之蘊乎善本作也字齊曰言不可以識智

文選五十九　四

廣博而逆其理不可以習意所生以及其事者寂滅之道積之也涅槃寂滅也蘊積也翰
善曰妙法蓮華經曰昔任學地佛常教化言我法能離生老病死究竟涅盤勝鬘經曰音
生身無漏業生依無明任學地謂三果意生謂菩薩言能變化生死隨意往生法華經曰
諸佛弟子衆皆如舍利弗盡思共度量不能測佛智不退諸菩薩亦復如是不能知周易
曰乾坤其易之蘊邪康伯注曰蘊淵奧也夫幽谷無私有至斯
響洪鍾虛受無來不應翰曰幽深之谷本無情有聲至則必荅之
以響大鍾虛其體以受扣扣來無不應之以聲佛道於物亦如是無私也善曰周易曰
入于幽谷幽不明也尚書大傳孔子曰夫山生材用而無私爲焉四方皆伐無私與焉論
衡曰呼於坑谷之中響立應禮記曰善待問其如撞鍾叩之以小者則小鳴叩之以大者
則大鳴劉熙釋名曰鍾空也內空受氣多故聲大也文子曰虛無不受靜無不持牽秀相

風賦曰故無來而不應兮何適莫之足與況法身圓對規矩冥立
銑曰阿毗達摩二義一名無比法一名對法也圓對蓋謂無滯閡也冥立謂與冥昧之道
相會而立也善曰圓對謂有感斯對而無不周也勝鬘經曰涅盤界者即是如來法身
僧肇論曰法身無像應物以形千難殊對而不干其慮禮記曰古之君子周旋中規折旋
中矩僧肇維摩經序曰冥權無謀而動與事會一音稱物宮商潛運
良曰言道合萬物善曰維摩經曰佛以一音演說法衆生隨類各得解脫周易曰稱物
平施漢書曰聲者宮商角徵羽也是以如來利見迦維託生
王室向曰菩薩下當作佛託生天竺迦維羅衛國王爲子也善曰如來佛號謝靈
運金剛般若經注曰諸法性空理無乖異謂之爲如會如解故名如來竺道生維摩經注
曰如者謂如與如冥無復有如之理從此中來故曰如來瑞應經曰菩薩下當世作佛託
生天竺迦維羅衛國父王名曰靜夫人曰妙迦維羅衛者天地之中央周易曰利見大人
左氏傳曰會于洮謀王室也憑五衍之軾拯溺逝川銑曰如来
乘五衍之安車五衍五乘也一人二天三聲聞四辟支佛五菩薩也軾車上橫木也拯救
也言人爲不善有如逝川之流日夜不止而如來化救之使濟矣善曰僧肇論曰騁六
通之神驥乘五衍之安車五衍五乘天竺言衍此言乘五乘一人二天三聲聞四辟支佛
五菩薩今碑本以爲憑四獨之軾蓋梁代諱衍故改馬左氏傳曰楚子玉使鬭勃謂晉侯
曰請與君之士戲君憑軾而觀之說文曰出溺爲拯論語曰子在川上曰逝者如斯開
八正之門大庇交喪翰曰一正見二思惟三正語四正業五正命六
精進七正念八正定言如來開此八者大蔭其人交喪失於道者也善曰維摩經曰雖
行八正道而樂行無量佛道是菩薩行僧肇論曰涅八正之平路坦衆聖之夷塗大品經

文選五十九　五

說八正曰正見正思惟正語正業正命正精進正念正定正爾雅曰庇廕也莊子曰世喪道矣道喪世矣世與道相交也於是玄關幽鍵善本從才感而遂通遥源浚善本作濬字波酌而不竭銑曰玄幽謂道之深邃也關鍵皆所以閉拒於門者言如來說諭微妙道門遂通如長源深水酌取不竭也浚深也善曰玄關幽揵諭法藏也謝靈運金剛般若經注曰玄關難啓善揵易開戴逵棲林賦曰幽關忽其離揵玄風暖以雲頹字林曰揵門距周易曰寂然不動感而遂通天下之故非天下之至神孰能與於此遥源濬波諭法海也文子曰取焉而不損酌焉而不竭莫知其所由也行不捨之檀而施洽羣有良曰捨止也檀惠也洽徧也羣有謂萬物善曰夫心愛衆生而行捨者捨則增愛非爲實捨故大士之捨見不施之捨者及於衆生斯爲不捨以慈而施故羣有俱洽大品經曰不施不慳是名檀波羅蜜

文選五十九　六

僧肇論曰賢劫稱無捨之檀成其義不爲之爲也天竺言檀此言布施波羅蜜此言到彼岸也羣有謂有色無色有想無想以其不一故曰羣有僧肇維摩經注曰鏡羣有以通玄而物我俱一唱無緣之慈而譯周萬物向曰大事之慈空中而行空中行慈故爲無緣之慈善曰夫行慈者以衆生爲緣衆生爲緣則慈無所寄故大士之慈離於衆相離相行慈名爲無緣無緣生慈是爲真實以斯而唱則物無不周涅槃經曰得諸菩薩無緣之慈僧肇論曰禪典唱無緣之慈思益演不知之知泥洹經曰無緣者不住法相反衆生相釋道安曰解從緣散周易曰智周萬物而道濟天下演勿照之明而鑑窮沙界濟曰演廣勿無也大聖無私萬品無有不盡照者故以無私照之明而鑒極於沙數之界善曰夫以明照物明盡則照窮而勿照之明猶無得之得無得而得斯爲真得故勿照之明斯爲真明矣演真明而廣照何止鑑窮沙

界乎僧肇論曰至人虛心實照理無不統而靈鑒有餘金剛般若經曰諸恒河所由沙數佛世界如寧爲多不提導亡機之權而功濟塵劫翰曰導引也亡無也若聖人以有機之權人以機應則多惑矣引以無機故不亂焉功濟於微塵衆劫矣劫猶世也善曰機謂機心也權方便也夫以機心導物物所以機心應之物有機心則結累斯起故誘以無機之智何止功濟塵劫乎僧肇論曰至人无心滅智内無機照之勤辯亡論曰魏氏功濟諸華法華經曰如人以力磨三千大千土復盡末爲塵一塵爲一劫此諸微塵數其劫復過是時義遠矣能事畢矣善曰周易曰天下隨時隨時之義大矣哉又曰四營而成易十有八變而成卦天下之能事畢矣然後拂衣雙樹脫屣金沙銑曰言如來演行聖化功濟微塵拂衣於娑羅樹間脫屣於金沙池中將歸乎涅槃示有所終也樹謂娑羅樹也屣履也善

文選五十九　七

曰左氏傳曰叔向拂衣從之涅槃經曰佛在拘尸那國力士生地阿利羅拔提河邊娑羅雙樹間尒時世尊臨涅槃史記武帝曰嗟乎吾誠得如黃帝吾視去妻子如脫屣耳拔河一名金沙河也惟恍惟忽善本從心不皦不昧莫繫於去來復歸於無物向曰恍忽不明貌言如來之道不明不昧無所從來亦無所去身歸涅槃復無質也物質也善曰老子曰道之爲物惟恍惟惚王弼曰恍惚無形不繫之貌也又曰一者其上不皦其下不昧繩繩不可名復歸於無物鍾會曰光而不耀濁而不昧繩繩兮其無繫汜汜乎其無薄也微妙難名終歸於無物維摩經曰法無去來常不住故僧肇曰法若住則從未到現在從現在未過去遥三世則有去來也以法不留住故也因斯而談則棲遑大千無爲之寂不撓焚燎堅林不盡之靈無歇大矣哉良曰棲遑謂遊處也

撓亂也如来游處於三千大千世界雖行其
化而無爲之心寂然不動終無亂也
焚燎火也堅林謂衆木也佛以千張白疊纏
身積衆香木以火焚之其質雖盡其聖靈䖏
空不可盡歇也　善曰荅賓戲曰聖哲治之
棲遑　大千者謂一二千界下至阿毗地獄上
非想天爲一世界三千界爲小千世界千小
世界爲中千世界至千中千世界爲大千世
界維摩經曰夫出家者爲無爲法瑞應經曰
吾䖏心樂靜無爲無欲僧肇維摩經注曰寂
謂寂滅常静之道廣雅曰撓亂也乃飽切涅
槃經曰佛以千疊纏裹其身積衆香木以大
焚之僧祇律曰如大涅槃經說世尊向熙連
禪河力士生地堅固林雙樹間般涅槃於天
冠塔邊闍維僧肇維摩經注曰無實相無法
常住故盡法華經曰方便見涅槃而實不滅
度常住此說法也　**正法既沒象教陵夷**　翰曰正法既沒謂如来也
入涅槃也象教謂爲形象以教人也陵夷積
壞也　善曰曇無羅讖曰釋迦佛正法住世

五百年像法一千年末法一萬年論語曰文王既沒陵夷已見上文　**穿鑿異端**
者以違方爲得一　向曰正法既沒入多穿鑿異端競起違於大法以邑
揖執理以音聲求真自以爲得道矣方法也一道也　善曰孔安國論語注曰妄作穿鑿
以成文章不知所以裁製論語子曰攻乎異端斯害也已謝宣遠贈靈運詩曰違方往有
柔杜預左氏傳注曰方法也云得一者鍾會曰一亦道也　**順非辯僞者比**
微言於目論　銑曰意順於非法以爲是口辯其僞理以爲真者則比微妙之
聖言於目前狹論也　善曰禮記曰言僞而辯順非而澤維摩經曰於衆言中微妙第一
僧肇論曰釆微言於聽表史記曰齊威王使說越王齊使曰幸也越之不亡也吾不貴其
用知之如目見毫毛而不自見其睫今知王晉之失計不自知越之過是目論也　**於**
是馬鳴幽讚龍樹虛求並振穨綱俱維絕紐

翰曰正法衰微六百歲九十六種諸外道邪見競興破滅佛法有一比丘名曰馬鳴說其
要法皆伏其心自此七百歲又有比丘名龍樹華說法要法復大行也幽讚謂遠助佛化
虛求謂虛心以求道言此二比丘能整穨壞之綱紀繫絕毀之紐帶振整也言大法之要
如人衣有紐帶也　善曰摩訶摩耶經曰正法衰微六百歲已九十六種諸外道等邪見
競興破滅佛法有一比丘名曰馬鳴善說法要降伏一切諸外道輩七百歲已有一比丘
名曰龍樹善說法要滅邪見幢燃正法炬周易曰幽贊於神明而生蓍王弼曰幽深贊明
也陸機大將軍宴會詩曰穨綱既振謝莊爲沈慶之荅劉義宣書曰皇綱絕而復紐區夏
墜而更維說文曰紐系也　**蔭法雲於真際則火宅晨涼**　向曰
華嚴經云不壞法雲徧覆一切法華經云三界無安猶如火宅衆苦所燒也言馬鳴龍樹
二比丘能行正法以濟衆物如雲蔭真境火宅之難乃涼也際境也　善曰華嚴經曰不

壞法雲徧覆一切劉虯法華經注曰雲譬之應身則殊形並現順機不徧此則彌布徧覆之
義也維摩經曰同真際等法性不可量肇師曰真際實際法華經曰三界無安猶如火宅
衆苦所燒我皆拔濟之　**曜慧日於康衢則重昏夜曉**　翰曰
法華經云慧日大聖尊久乃說是法康衢道也言二比丘演說佛法萬物見明如日照於
道重深昏暗之處夜中亦曉　善曰法華經曰慧日大聖尊久乃說是法劉虯曰菩薩負
淨照均朗故曰慧日又曰諸子安穩得出皆於四衢露坐爾雅曰四達謂之衢五達謂
之康頭陀經心王菩薩曰我見覆蔽斂雜毒酒重昏長寢云何得悟慈心示語使得開解
故能使三十七品有樽俎之師　銑曰大品經三十七品四
念處四勤四如意足五根五力七覺分八正道分言此諸品爲佛法之要而二比丘興行
此法以伏外道亦猶晏子於樽俎之間而折晉軍也晉欲伐齊使覘之齊饗使者使晉侍

亂齊樂而晏子太師知之使還報曰齊不可伐也孔子聞之曰不出樽俎之間折衝千里之外者晏子之謂也 善曰言義旋精銳有樽俎之深謀維摩經曰於諸見不動而修行三十七品是爲宴坐僧肇曰諸見六十二諸見妄也竺道生曰正觀則三十七品也羅什曰三十七品二乘通大品經說三十七道品曰四念處四正勤四如意足五根五力七覺分八正道分樽俎之師已見上文

九十六種無藩籬之固

良曰九十六種謂外道破滅佛法也一爲說喻其心皆伏悉無障閡若無草木藩籬之固豁然以通 善曰邪黨分崩無藩籬以自固羅什維摩經注曰摩訶秦言大亦言勝大能勝九十六種論義辯亡論曰城池無藩籬之固

既而方廣東被教肄南移

濟曰方廣佛號也教肄謂教人習法也肄習也 善曰華嚴經題云大方廣佛華嚴經孔安國尚書傳曰被及也周易曰君子以教肄無窮

周魯二莊親昭夜

文選五十九　十

景之鑒漢晉兩明並勒丹青之飾

向曰周莊王魯莊公時夜恒星不見謂夜明也乃佛生之月也銑曰漢明帝晉明帝故稱兩明皆圖畫佛像以崇其法也 善曰顧微吳縣記曰佛法詳其始而典籍亦無聞焉魯莊七年夜明佛生之日也左氏傳曰莊公七年四月辛卯夜恒星不見夜明也史記曰周桓王崩子莊王佗立十五年莊王崩左氏傳莊公三年葬桓王然則周莊王魯莊公爲同時也瑞應經曰到四月八日夜明星出時佛從右脅墮地即行七步牟子曰漢明帝夢見神人身有日光飛在殿前以問群臣傅毅對曰天竺有佛將其神也後得其形像佛法盛晉書曰彭城王紘以肅祖明皇帝好佛手畫佛像經歷寇難而此堂猶在宜戍作頌蔡謨云今發王命稱非帝好佛於義有疑張綱集曰盡功金石圖形丹青

然後遺文間出列剎相望

翰曰遺文謂經也列剎佛香也 善曰遺文謂經也史記曰天下迎文靡

不畢集太史公曰漢興詩書往往間出孔安國尚書傳曰三山言相望也

澄什結轍於山西林遠肩隨乎江左矣

向曰佛圖澄羅什法師並高道之僧也結轍謂教迹多也惠遠二僧名並有高道皆游於吳 銑曰道林善曰高僧傳曰天竺佛圖澄西域人本姓帛少出家西域咸得道以晉懷帝永嘉四年來適洛陽以麻油雜胭支塗掌千里外事皆徹見掌中如對面焉後澄死之月人見在流沙又曰鳩摩羅什天竺人七歲出家什既道流西域名被東川符堅遣呂光西伐破龜茲乃將什至涼州姚萇已殺符堅光遂王彼至萇子興破涼州始將什至長安後卒長安漢書文帝詔曰使者冠蓋相望結轍於道班固漢書贊曰秦漢以來山東出相山西出將高僧傳曰支遯字道林本姓關陳留人初至京師王濛甚重之年二十五出家師釋道安符丕後還吳入剡王羲之遂與披衿解帶留連不能已又曰釋惠遠本姓賈氏鴈門人遊許洛出家師

文選五十九　十一

釋道安符丕後還吳入襄陽南達荊州欲往羅浮居尋陽見廬峯遂居焉三十餘年影不出山迹不入俗晉義熙十二年終禮記曰十年以長則兄事之五年以長則肩隨之晉中興書元帝詔曰朕應天符創基江左春秋命歷序曰東方爲左西方爲右

頭陀寺者沙門釋慧宗之所立也南則大川浩汗雲霞之所沃蕩

良曰沃流也蕩動也 善曰瑞應經曰太子出北城門天帝復化作沙門太子曰何謂沙門對曰沙門之爲道舍妻子捐棄愛欲也釋僧肇維摩經注曰沙門秦言義訓勤行趣涅槃也周易曰利涉大川海賦曰瀰漫浩汗又曰灌沛濩蕩雲沃日

北則層峯削成日月之所迴薄

濟曰迴照也薄迫也 善曰山海經曰秦華之山削成而四方蜀都賦曰陽烏迴翼於高標揚雄反騷曰將恐日薄於西山

西眺城邑百雉紆餘

翰曰三版曰一雉紆餘曲直貌 善

曰左氏傳祭仲曰都城過百雉國之害也鍾會懷土賦曰望東城之紆餘東望平皐千里超忽向曰超忽遠貌善曰楚辭曰出不入兮往不返平原忽兮路超遠信楚都之勝地也宗法師行絜珪璧擁錫來游銑曰珪璧比有德也擁執也錫錫杖也善曰毛詩曰有斐君子如珪如璧東觀漢記馮衍說鮑永曰德踰其行東脩其心錫杖也大智論曰菩薩常用錫杖經傳佛像莊子曰神農擁杖而起以為宅生者緣業空則緣廢良曰宅居也言知緣業皆空虛則存緣之心廢也善曰言身從緣生緣亦斯發也維摩經曰如影從身業緣生見僧肇曰身衆緣所成緣合則起緣散則離金光明經曰所謂無明緣行行緣識識緣名色名色緣六入六入緣觸觸緣受受緣愛愛緣取取緣有有緣生生緣老死憂悲苦惱滅裂釋僧肇維摩經注曰諸法之生本乎三業既無三業誰作諸法存軀者惑理勝則惑亡濟曰軀身也言人志欲存其身者皆為迷惑至道若知理存道道勝則迷惑無也亡無也善曰惑煩惱也言萬法雖廣解惑則起相受生解者身心寂滅涅槃經曰要因煩惱而得有身然道生維摩經注曰戀生者愛身情也苟曰無常豈可愛戀若能悟不惑而惑自已矣惑者無復存身也遂欲捨百齡於中身徇肌膚於猛鷙翰曰言欲中捨百年之身志救萬物也徇猶施也肌膚肉也猛鷙鷹也稜伽經云自在天王化身為鴿釋提桓因是諸天王化身作鷹逐此鴿鴿來投我我擁已身肉與鷹代鴿也善曰禮記曰古者謂年為齡齡亦齒也田巴報燕衍書曰百齡之期未有能至尚書曰文王受命惟中身列子曰藐姑射之山有神人居焉肌膚若冰雪漢書臣瓚注曰之身從物曰徇李尤七難曰猛鷙陸嬉龍鼉水處班荊蔭松者久之向曰班荊蔭松謂山野之居班布也善曰左

文選五十九　十二

氏傳曰伍舉奔晉聲子將如晉遇之於鄭郊班荊相與食楚辭曰山中人兮芳杜若飲石泉兮蔭松栢宋大明五年始立方丈茅茨以庇經象銑曰宋孝武皇帝時也言立方丈之室覆以茅茨之草以置經象也善曰沈約宋書孝武皇帝即位改元曰大明淮南子曰聖人處環堵之室茨之以生茅高誘曰堵長一丈高一丈面環一堵為方丈故曰環堵言其小也說文曰茨蓋也爾雅曰庇蔭也後軍長史江夏內史會稽孔府君諱覬音冀濟曰江夏郡名守職處也會稽郡孔君本屬也諱名也善曰沈約宋書曰孔覬字思遠會稽人也初舉揚州秀才補主簿後除冠軍長史江夏內史隨府轉後軍長史為之薙草開林置經行之室翰曰薙芟也經行謂經歷行息之處善曰周禮曰薙草下士二人鄭玄曰薙翦草也法華經曰經行林中勤求佛道安西將軍郢州刺史江安伯濟陽蔡使君諱善本有興宗善曰沈約宋書曰蔡興宗濟陽人也為使持節都督郢州諸軍事安西將軍郢州刺史復為崇基表剎立禪誦之堂焉良曰剎塔也善曰維摩經曰佛言吾佛滅後以全身舍利起七寶塔表剎莊嚴而供養也以法師景行大迦葉故以頭陀為稱首向曰大迦葉佛大弟子也言法師景行如迦葉故以頭陀為寺之稱首頭陀斗藪也言斗藪煩惱以歸正真也善曰毛詩曰高山仰止景行行止彌勒成佛經曰彌勒佛讚言大迦葉比丘是釋迦牟尼佛大弟子釋迦牟尼佛於大衆中常所讚歎頭陀第一通達禪定解脫三昧封禪書曰前聖所以永保鴻名而常為稱首者用此者也後有僧勤法師貞節苦心求仁養志善曰楚辭曰原生受命于貞節曹植擬九詠曰徒勤躬兮苦心論語子曰

文選五十九　十三

求仁而得仁莊子曰養志者忘形也纂脩堂宇未就而沒銑曰纂繼
後死也善曰國語祭公謀父曰時序其德纂脩其緒高軌難追藏舟
易遠翰曰軌跡也莊子曰藏舟於壑人以爲固不知有力者負之而趨喻人性命爲
造化所運忽焉而終言歲月速也善曰魏太祖祭橋玄文曰懿德高軌汎愛博容莊子
曰夫藏舟於壑藏山於澤謂之固矣然而夜半有力者負之而趨昧者不知郭象曰方言
死生變化之不可逃僧徒閒其無人榱衰棟毀而莫構
可為長太息矣銑曰榱棟也構起也善曰周易曰闚其戶闃其無人高
誘淮南子注曰榱橑也榱棟也漢書賈誼曰可太息者此也惟齊繼五帝
洪名紐三王絕業濟曰洪大也紐猶綴也善曰蕭子顯齊書曰高帝
太祖諱道成字紹伯蕭何二十四世孫受宋禪史記曰惟漢繼五帝末流接三代絕業封

文選五十九　十四

禪善曰前聖所以永保鴻名祖武宗文之德照升嚴配良曰
言祖襲武王尊嚴其父文王以之配天而昭明升舉此道而復行之善曰禮記曰周人
祖文王而宗武王尚書曰丕顯文武昭升于上孝經曰嚴父莫大於配天格天光
表之功弘啓興復向曰格至光充表外弘大啓開也言至宋聖德上至于
天傍開四外又大開惠澤興復積壞之理也善曰尚書曰成湯時則有若伊尹格于皇天
又曰光被四表格于上下毛詩曰建爾元子俾侯于魯大啓爾宇為周室輔東觀漢記博
士議曰除殘去賊興復祖宗是以惟新舊物康濟多難翰曰
帝命惟新而萬物不改故曰舊物也安其下人濟其多難為君之道也康安也善曰毛
詩曰周雖舊邦其命惟新左氏傳伍負曰不失舊物尚書曰康濟小民禮記晉太子申生
使人辭於狐突曰君老矣國家多難步中雅頌驟合韶頀向曰韶舜

樂頀湯樂言國家作規矩中於雅頌而合其正樂也善曰禮記曰步中武象驟中韶頀
所以養耳鄭玄曰舜樂也頀湯樂也炎區九譯沙場一候銑曰
炎區南方之蠻九重譯語而來朝天子也一沙場亦邊方也一候者以伺候非常之事也
候者言邊患也善曰十洲記曰炎洲南海中萬二千里韓詩外傳曰成王之時越裳
氏重九譯而獻白雉於周公尚書曰西被于流沙解嘲曰東南一尉西北一候粵在
於建武焉良曰粵辭也建武宋帝年號也善曰蕭子顯齊書曰明皇帝即位
改為建武乃詔西中郎將郢州刺史江夏王觀政
藩維樹風江漢濟曰江夏王蕭寶玄明帝子也藩謂諸侯也維隅也言使
觀政作藩衛彼一隅於江漢即郢州也善曰蕭子顯齊書曰江夏王寶玄字智深明帝
第三子也封江夏郡王仍為持節都督郢司二州諸軍事西中郎將郢州刺史尚書曰以

文選五十九　十五

厥友邦冢君觀政于商又曰彰善癉惡樹之風聲擇方城之令典酌
龜蒙之故實銑曰方城楚也龜蒙魯也若爲宰擇楚國之令典於魯侯賦事
行刑必問遺訓而咨於故實言江夏王為郢州亦有此事也善曰方城謂楚龜蒙謂魯
左氏傳屈完曰楚國方城以為城又隨武子曰蔿敖為宰擇楚國之令典毛詩曰奄有龜
蒙遂荒大東國語樊穆仲問魯侯孝王曰何以知之對曰賦事行刑而咨於故實也政
肅刑清於是乎在寧遠將軍長史江夏內史
行事彭城劉府君諱諠翰曰諠為江夏內史為王幼內史代行刑
事故曰行事善曰孝經曰其教不肅而成周易曰聖人以順動則刑罰清左氏傳先軫
日取威定霸於是乎在蕭子顯齊書劉諠字士穆為江夏王郢州行事者謂王年幼內史
代之以行州府事故稱行事也智刃所由善本作遊日新月故向曰

明智之理斷割之道如刃刃之利善政來若為日新去而過者為月故善曰莊子曰庖
丁為文惠君解牛曰今臣之刀十九年矣所解千牛而刀刃若新發於硎彼節者有間而
刀刃者無厚以無厚入有間恢恢乎其於遊刃必有餘地矣論語子夏曰日知其所亡月
無忘其所能也道勝之韻虛往實歸銑曰虛心求物得道既勝實自
歸之善曰瑞應經曰迦葉二弟問迦葉曰今乃捨梵志道學沙門法豈獨其道勝乎
迦葉荅曰言佛道最勝莊子曰常季問於仲尼曰王駘兀者也與夫子中分魯立不教坐
不議虛而往實而歸以此寺業廢於幾巨衣
立慨深覆簣悲同棄井也翰曰慨恨也簣土籠有以籠盛土覆而
為山少一簣之土仞不成山者有掘井雖深將及泉而棄者皆喻此寺廢於已安墜於幾
立也善曰論語曰譬如為山雖覆一簣進吾往也孟子曰有為者譬若掘井掘井九仞

文選五十九　十六

而不及泉猶棄井也因百姓之有餘間天下之無事向曰
問何也善曰孫卿子曰春耕夏耘秋收冬藏四者不失時故五穀不絕而百姓有餘食
斬伐養長不失時故山林不童而百姓有餘材西都賦序曰海內清平朝廷無事庀
匹耳徒揆日各有司存銑曰庀具徒眾揆度也善曰左氏傳宋災使華
閱討右官官庀其司社預注曰庀具也西切毛詩曰揆之以日作為楚室論語曾子曰
籩豆之事則有司存於是民以悅來工以心競善曰易曰悅
以使民民忘其勞莊子曰舜之治天下使民心競王隱晉書荀勗議曰君子心競而不力
爭亘丘被陵因高就遠翰曰亘徧也因高丘起高樓故曰就遠也
層軒延袤上出雲霓向曰層軒廊也長也南北曰袤也善曰楚
辭曰高堂邃宇檻層軒王逸曰軒樓板也聖主得賢臣頌曰雖崇臺五層延袤百丈說文

曰南北曰袤東西曰廣司馬紹贈山濤詩曰上陵青雲霓飛閣逶迤下臨
無地銑曰逶迤相連貌言閣高下臨見地若無也善曰西都賦曰脩塗飛閣楚辭
曰載雲旗兮逶迤王逸曰逶移長貌與迤音義同楚辭曰下崢嶸而無地上寥廓而無
天夕露為珠網朝霞為丹臒濟曰夕露朝霞不假於物自
然也珠網以珠為網苑於殿屋諸丹臒以赤飾殿也九衢之草千計四
照之花萬品良曰九衢草其枝交錯相重九出也四照即若木花其光四照
也千計萬品言多也善曰山海經曰少室之山其上有木焉名曰帝休葉狀如楊其
枝五衢黃花黑實服者不怒郭璞曰言樹枝交錯相重五出有象衢路也故離騷云靡華
九衢仲長子昌言曰百夫之豪州以千計山海經曰南山之首曰鵲山有木焉其狀如
穀而黑其華四照其名曰迷穀佩之不迷郭璞曰言有光炎若木華赤其光照下地亦此

文選五十九　十七

類也仲長子昌言曰以一入之好惡栽萬品之不同崖谷共清風泉相
渙金姿寶相永藉閑安濟曰渙亦清也金姿寶相言佛之靈象也
此處可以長藉幽閑安樂之事善曰周易曰風行水上渙金光明經曰如來之身金色
微妙其明照曜如金山王又曰光明熾盛無量無邊猶如無數珍寶大聚楚辭曰像設居
室靜閑安息心了義終焉游集向曰了覺也善曰大灌頂經曰息
心達本源是故名沙門勝鬘經曰是故世尊依於了義一向記說班固終南山賦曰固仙
靈之所遊集法師釋曇珍業行淳脩理懷淵遠今
屈知寺任永奉神居夫民勞事功既鏤文於
鍾鼎向曰事功謂成也言有成功者必鏤功於鍾鼎之上以示後世也善曰周禮
曰民功曰庸事功曰勞凡有功者銘書於王之太常國語曰昔克路之役秦來圖敗晉功

魏顆以其身却退秦師于輔氏親止杜回其勳銘于景鍾韋昭曰景公鍾禮記曰夫鼎有
銘銘者論譔其先祖之德美功烈勳勞而酌之祭器自成其名焉　言時稱代
善本作我字　亦樹碑於宗廟。世彌積而功宣，身逾
遠而名紹。銑曰言鏤文樹碑則年代彌多而功德宣於身大逾遠而其聲名紹
繼而不絕積多也　善曰左氏傳曰季武子以所得齊之兵作林鍾而銘魯功焉臧武仲
謂季孫曰非禮也夫銘天子令德諸侯言時計功大夫稱伐蔡邕銘論曰碑在宗廟兩階
之間近代以來咸銘于碑協法言曰年彌高而德彌劭者孔子之徒與小雅曰劭美也
敢寓言於彫篆，髣髴乎衆妙。翰曰寓寄也彫篆謂文字
也庶近也髣髴不分明貌言我敢寄言於文字者近亦不明乎衆妙之門　善曰法言曰
吾子少好賦曰然童子彫蟲篆刻老子曰玄之又玄衆妙之門　其辭曰：

文選五十九　十八

質判玄黃，氣分清濁。向曰天地初分之時也　善曰周易曰玄黃天地之雜也天玄而地黃列子曰清輕者上為天濁重者下為地　涉器千名，含
靈萬族。銑曰器物也　善曰周易曰形而下者謂之器器謂品物也南都賦曰百
品千名春秋元命苞曰蚑行喙息蠕動蜎蜚根生浮著含靈盛壯陸機鼈賦曰揔美惡而
獻會播萬旋爭一區　淳源上派，澆風下黷。濟曰淳和之源自上流派
而澆薄之風垢濁於下黷垢濁也　善曰莊子曰德又下衰及唐虞澆淳散朴淮南子以
澆天下之淳澆音義同說文曰派水別流也守林曰黷狎垢也杜木切　愛流成海，情
塵為岳。向曰愛欲至多若流水成海情想澈積若塵飛爲岳　善曰瑞應經曰感
傷世間後於愛欲之海百法論曰情塵之意合故知生也言人皆沉於愛河則妻子財帛
也言積之多如海情塵之積為岳爲　善曰積亦見多爲惡曰積亦多也　皇矣能

仁，撫期命世。翰曰皇大也撫期謂千年期世言佛之大道能爲仁聖撫應千
年之期而命跡於世也　善曰毛詩曰皇矣上帝臨下有赫天竺言釋迦牟尼此言能仁
不退轉法輪他方菩薩曰能仁如來無此三道之教法華經曰我釋迦牟尼劉虯曰能仁
哀此忍土附來拯拔故曰能仁瑞應經曰期運之至當下作佛孟子曰五百年必有王者
興其間必有名世者廣雅曰命名也　乃睠中土，聿來迦衛。良曰言佛
之將見於世乃睠顧中土疾來生迦衛之國也迦衛之國在天地之中故言中土聿疾也
善曰毛詩曰乃睠西顧又曰聿來胥宇迦衛已見上文　奄有大千，遂荒
三界。良曰奄同荒理也　善曰毛詩曰奄有龜蒙遂荒大東法華經曰其佛以恒河
沙等三千大千世界為一佛土又曰如來以智慧方便於三界火宅救濟衆生　啟鑒
四門，幽求六歲。向曰瑞應經云太子年十四出遊東城門天帝化爲病

文選五十九　十九

兒乃迴車而還悲念生人有此患又出南門天帝化爲老人復愍念生人丁壯不久又
出西門天帝化爲死人復念天下有此三苦又出北門天帝化爲沙門太子曰善哉唯是
爲快乃念道清淨不欲在家故云啟鑒四門也後太子居於深山不飲不食箕坐叉手閉
目一心不成道終不起端坐六年故云幽求六歲　善曰毛詩曰殷鑒不遠瑞應經曰太
子至十四啟王出遊始出城東門天帝化作病人即迴車悲念人生俱有此患太子出城
南門天帝化作老人迴車而還愍念人生丁壯不久太子出城西門天帝化爲死人迴車
而還愍念天下有此三苦太子出城北門天帝化作沙門太子曰善哉唯是爲快即迴車
還念道清淨不宜在家又曰佛既歷深山幽閑處菩薩即拾藁草以布地正箕坐日食
一麻一麥端坐六年　亦既成德，妙盡無為。濟曰既已也　善曰勝鬘經
曰唯有如來化就一切功德無為已見上文注　帝獻方石，天開淥池

翰曰瑞應經云佛成道見敝衣取欲浣之天帝知佛意即取四方成治之石置池邊白佛言可以浣衣是爲帝釋方石又云佛食訖欲澡漱天帝以手指地水出成池令佛得用是爲天開澡池也善曰瑞應經曰佛還樹下道見棄衣取欲浣之天帝知佛意即頞那山上取四方成理澤好石來置池邊白佛言可用浣衣又曰明日食時佛持鉢到迦葉家受飯而還於屛處食已欲澡漱天帝知佛意即下以手指地水出成池令佛得用名爲指地池**祥河輟水寶樹低枝**銑曰瑞應經云時尼連河水長流甚疾佛以自然神通斷水令輟流又佛於池浴了欲出無所攀池上有寶樹其枝自低下佛因攀出也善曰瑞應經曰時尼連河水流甚疾佛以自然神通斷水涌起高出人頭令底揚塵佛在其中法華經曰諸雜寶樹華葉光茂瑞應經曰佛後日入指地池澡浴畢欲出無所攀池上素有樹名迦和絕大脩好其樹自然曲枝下就佛佛牽而出**通莊九**

文選五十九　二十

折安步三危良曰九折三危並山名言佛之神通不以山爲阻險皆通安步而行也莊道也善曰爾雅曰六達謂之莊漢書曰王陽爲益州刺史行部至邛𨻶九折阪歎曰奉先人遺體奈何數乘此險漢書東方朔誡子曰飽食安步以仕易農尚書曰竄三苗於三危**川靜波澄龍翔雲起**翰曰波澄謂心靜雲起謂其應感也善曰頭陀經曰令身調善震大法鼓摧伏異學外道邪師入佛性海煩惱風息波浪不生周易曰雲從龍風從虎聖人作而萬物覩**耆山廣運給園多士**向曰耆山謂耆闍崛山給園謂給孤獨園多士謂衆比丘也善曰法華經曰佛住王舍城耆闍崛山中與大比丘衆萬二千人俱尚書曰帝德廣運金剛般若經曰佛在舍衛國祇樹給孤獨園與大比丘衆千二百五十人俱毛詩曰濟濟多士**金粟來儀文殊戾止**銑曰金粟佛名也來儀謂見於世文殊師利佛弟子也戾至也

善曰發迹經曰淨名大士是往古金粟如來尚書曰鳳皇來儀文殊已見上文毛詩曰魯侯戾止**應乾動寂順民終始**良曰乾天也天動而地安佛應之以順人性終始不已善曰春秋元命苞曰乾動川靜周易曰湯武革命應乎天順乎民孫卿子曰生人之始也死人之終也**法本不然今則無滅**齊曰不然猶無形也無滅謂不生不滅也善曰維摩經曰法本不然今則無是寂滅之義僧肇曰小乘以三界熾然故滅之以求無爲大乘觀法本自不然今何以滅乃眞寂滅**象正雖闡希夷未缺**翰曰象正謂正法也闡識也希夷謂無聲色也言如來正法幾微然其無爲之道未缺虧也善曰象法正法已見上文史記曰涃闡漢書音義文穎曰闡言希也老子曰視之不見名之曰夷聽之不聞名之曰希王弼曰無象無聲無響無所不通無所不往**於昭有齊式**善本作戒字**揚洪烈釋網**

文選五十九　二十一

更維玄津重紲翊洩反協韻向曰於歎羨之辭也昭明揚舉洪大烈業也言齊有美明之德用舉大業循其壞法將銑曰釋網玄律並佛法也紲棹也言佛法壞而齊乃能維持使之復存又如舟之濟川而得其棹也善曰毛詩曰文王在上於昭于天班固漢書述曰美著目錄略序洪烈揚雄解嘲曰不是次揚洪烈僧叡十二法門亭曰奏希聲於宇宙齊溺喪於玄律漢書音義韋昭曰紲繫也音薛翊泄切叶韻**惟此名區禪慧依託**良曰名區謂置寺之所也禪靜慧智依所也言此處靜智之人所託居也善曰禪慧禪定智慧也即六度之一行也**傍**善本作倚字**據崇巖臨睨通壑**濟曰睨視壑川也善曰楚辭曰忽臨睨夫舊鄉說文曰睨邪視也**溝池湘漢堆阜衡霍**翰曰言此通川崇巖自得奇趣則以湘漢如溝池之小衡霍如堆阜之小湘漢江也衡霍山名善曰言崇巖之高通臺

之大故以湘漢爲溝池衡霍爲堆阜也史記曰屈完曰方城以爲城江漢以爲池臕
臕武亭皐幽幽林薄向曰臕臕草貌亭皐平澤也草木叢生曰薄也
善曰毛詩曰周原臕臕董荼如飴上林賦曰亭皐千里靡不被築毛詩曰秩秩斯干幽幽
南山鄭玄周禮注曰竹木曰林高誘淮南子注曰深草曰薄媚兹邦后法
流是挹銑曰媚愛也邦后謂江夏王也法流言江夏王本此佛法而挹酌也善
曰毛詩曰媚兹一人氣茂三明情超六入翰曰茂盛也三明謂天眼
明宿命明漏盡明言江夏王感此真氣盛也六入謂眼入色耳入聲鼻入香舌入味身入
觸意入法也言其情超越於此六者善曰維摩經曰佛身即法身也從六通生從三明
生僧肇曰天眼宿命漏盡爲三明維摩經曰六入無積眼耳鼻舌身心已過眷言
靈宇載懷興葺良曰靈宇寺也葺脩也善曰毛詩曰眷言顧之楚辭曰

文選五十九　二十二

葺之兮荷蓋王逸注曰葺蓋屋也丹刻翬飛輪奐離立濟曰
丹刻謂殿宇丹色而刻鏤之輪囷高大也奐文章貌翬雉也離鳳也言丹青文彩似之
善曰左氏傳曰丹桓宮楹又曰刻桓宮桷杜預曰刻鏤也毛詩曰如翬斯飛君子攸躋鄭
玄曰翬者鳥之奇異者也禮記曰晉獻文子成室晉大夫發焉張老曰美哉輪焉美哉奐
焉潘岳關中記曰未央殿東有鳳皇殿春秋元命苞曰火離爲鳳劉魏文帝誄曰鳳皇
立嘉象設既闢睟容已安向曰象謂佛之形也闢開也睟容潤澤
之貌言佛像既已開設而有潤澤之容常安於此也善曰楚辭曰象設居室靜閑安孟
子曰仁義禮智根於心其生色也睟然見於面趙岐曰睟潤澤之貌也桂深冬燠
於六松踈夏寒銑曰深謂叢密也燠暖也桂辛而冬暖也善曰楚辭曰何
所冬燠何所夏寒爾雅曰燠暖也神足游息靈心徃還善曰瑞應

經曰佛已神足適禪日界勝幡西振貞石南刊良曰勝幡幡名
西謂佛教來自西也振舉也貞堅也南謂在國南也刊刻也善曰維摩經曰降服四種
魔勝幡建道場禰衡顏子碑曰乃刊玄石而旌之

齊故安陸昭王碑文一首

沈休文向曰安陸郡名昭謚也

公諱緬字景業南蘭陵郡善本無郡字人也翰曰晉分
東海郡爲東蘭陵爲南蘭陵也善曰蕭子顯齊書曰安陸昭王緬字景業又曰蕭氏之先蕭
何居沛至孫侍中彪居東海蘭陵縣東都鄉中都里晉分東海爲東蘭陵郡中朝亂淮陰
令懋遇江居晉陵武進縣僑置本土加以南名於是爲南蘭陵人稷契身佐
唐虞有大功於天地商武姬文所以膺圖受

文選五十九　二十三

籙向曰稷后稷也周之始祖有至德佐堯故周文王爲天子也契殷之始祖有至德佐
啓成湯起爲天子商武湯也圖籙並天子將興之符應善曰王命論曰暨于稷契咸
佐虞唐光濟四海奕世載德至于湯武而有天下國語史伯曰夫成天地之大功者其子
孫未嘗不章毛詩商頌曰武王載旆毛萇曰武王湯也春秋命歷序曰五德之運同徵符
合膺籙次相代尚書璇璣鈐孔子曰五帝出受籙圖蕭曹扶翼漢祖滅
秦項以寧亂魏氏時乘善本作乘時字於前皇齊握
符於後銑曰蕭何曹參有大功於漢垂仁德於下故魏主乘天時而爲天子齊帝
又握天符而爲人主魏曹參後也齊蕭何後也善曰國語太子晉曰自后稷以來寧亂
及文武康僅克安民周易曰時乘六龍以御天孝經鉤命決曰帝受命握符出也靈
源與積石爭流神基與極天比峻良曰靈源神基謂蕭

何之祚也言其祚長如河之流高如山岳極至于天以比其峻也積石山也言河水流於
積石山下因言積石流也善曰尚書曰道河積石于龍門毛詩曰崧高維嶽峻極于天
祖宣皇帝雄才盛烈名蓋當時翰曰宣皇帝安陸王之祖
也高帝即位追尊也善曰蕭子顯齊書曰太祖考皇諱承之字嗣伯少有大志才力過
人為冠軍將軍大祖即位追尊曰宣皇帝班固漢書贊曰武帝雄才大略晉中興書曰諸
葛誕名蓋海內又曰鄧颺氣蓋當時考景皇帝含道居貞卷懷
前代濟曰考父也言含道居正可卷懷前代帝王也善曰蕭子顯齊書曰高
帝即位追封兄道生為始安貞王明帝即位追尊始安貞王為景皇帝周易曰居貞之吉
順以從上也論語讖曰仲尼居鄉黨卷懷道義宋均曰懷藏也公含辰象之
秀德體河岳之上靈向曰謂緬也辰象日月星也河岳之精靈雄聖

文選五十九　二十四

而仁明故體此而生也善曰周易曰在天成象王弼曰象況日月星辰孝經援神契曰
五嶽之精雄聖四瀆之精仁明氣蘊紆粉風雲身負日月翰曰蘊積
也身負日月言其明也善曰論衡曰谷子雲唐子高章奏百上筆有餘力然則賢者有
風雲之智故吐文萬牒莊子曰孔子圍於陳蔡之間太公任弔之曰子其意者脩身以明
汙昭昭若揭日月而行司馬彪曰揭擔也立身善本作行可摸善本從次置
言成範英華外發清明內照善本作昭曰範法也向銑
日外謂貌也內謂心也善曰仲長子昌言曰規矩可摸者師傅之德也曹植學官頌曰
言為世範行為時矩禮記曰和順積中而英華外發又曰清明在躬氣志如神天經
地義之德因心必盡翰曰此言行孝道也孝者因於心也善曰孝
經曰夫孝天之經地之義民之行也毛詩曰因心則友簡久遠大之方

率由斯至良曰言有可大之道自用於此而能盡至其理也方道率自由用也
善曰周易曰乾以易知坤以簡能易則易知簡則易從易知則有親易從則有功有親則
可久有功則可大可久則賢人之德可大則賢人之業毛詩曰率由舊章挹其源
者游泳而莫測懷其道者日用而不知翰曰言挹
酌其道德之源者游泳其淺深不可測也言行於水曰泳也向曰懷其歸也日用而不知者
者言歸其道者其人還善由日用其道而不知之善曰毛詩曰泳之游之周易曰百姓
日用而不知昭昭若三辰之麗于天滔滔猶四瀆
之紀于地銑曰三辰日月星也四瀆江河淮濟也善曰傅子曰三漢之臣爛
如三辰之附長天又曰道教者昭昭然猶日月麗乎天春秋漢含孳曰九卿法河海毛詩
曰滔滔江漢南國之紀六幽允洽一德無爽翰曰六幽天地四方

文選五十九　二十五

也允信洽合也一德謂法令畫一也爽差也善曰典引曰神靈日照光被六幽尚書曰德
惟一動罔不吉萬物仰之而彌高千里不言而斯應
向曰言歸其德而自來此應蓋不言而治善曰論語顏回曰仰之彌高周易黙然而成
不言而信存乎德行又子曰君子居其室出其言善則千里之外應之況其邇者乎若
夫彈冠出仕之日登庸治事之年銑曰庸用也治臨
善曰漢書曰王陽與貢禹為友世稱王陽在位貢公彈冠言其取舍同也尚書帝曰疇咨
若時登庸又曰若事惟能軍麾命服之序監督方部之數
斯固國史之所詳今可得而略也善本無而字良曰
軍麾以毛為之以指麾也命謂天子之命也言天子命之以受其戎旂之服序次序也監
督謂監督軍事也方部謂官方部統也數術也濟曰言國史具述其事此文可畧而不

言也善曰周禮曰建大麾以田熊麾旌旗之名州將之所執也命服爵命之服也方部
四方州部也漢書武帝南置交趾北置朔方之州凡十三部置刺史數謂等差也賈逵國
語注曰略簡也水德方衰天命未改翰曰水德謂宋也未改謂宋祚
未終善曰左氏傳王孫滿曰今周德雖衰天命未改太祖龍躍侯時
作鎮淮泗向曰太祖高皇帝龍躍謂升為天子也侯待也宋明帝以太祖為冠
軍將軍鎮淮陰也淮泗二水名善曰蕭子顯齊書曰宋明帝以淮南孤弱以太祖假冠
軍將軍鎮淮陰周易曰見龍在田時舍也或躍在淵自試也孫卿子曰君子博學深謀脩
身端行以俟其時潘岳金谷如會詩曰遂擁朱旄作鎮淮泗仁夕惕之志
中夜九迴銑曰如仁謂有仁和之心思濟世亂夕驚不安之志至於中夜九迴
思慮也惕驚也善曰論語子曰桓公九合諸侯不以兵車管仲之力也如其仁如其仁

文選五十九　二十六

周易曰君子夕惕若厲司馬遷書曰腸一日而九迴龕堪世拯亂之情
獨用懷抱向曰龕勝也拯善曰廣雅曰龕取也枯耽切深圖密慮
衆莫能窺公陪奉朝夕從容左右濟曰言細陪奉太祖
左右善曰漢書劉向上疏曰知不可不深圖也蓋同王子洛濱之
歲實惟辟彊內侍之年向曰王子晉初游洛濱年十五張辟彊為
侍中年十五言安陸之見委任同此年也善曰周書曰晉平公使叔譽於周見太子與
之言五稱而三窮歸告公曰太子晉行年十五而臣不能與言列仙傳曰王子喬者周靈
王太子晉也好吹笙作鳳鳴遊伊雒之間漢書留侯子張辟強為侍中年十五也起
予聖懷叢言中旨善曰晉中興書王敦上疏曰導動靜顧問起予聖懷
始以文學游梁俄而入掌綸誥翰曰漢梁孝王好文學之

士司馬相如枚乘之徒游王門為言緬初為宋劭陵王文學如游於梁王門也入掌綸誥
謂為中書郎也綸誥謂天子制勑之言使其掌之也善曰蕭子顯齊書曰緬為宋劭陵
王文學中書郎游梁詣相如也漢書曰梁孝王來朝從遊說之士相如見而說之客遊梁
禮記曰王言如絲其出如綸蘭桂有芬清暉自遠銑曰芬香也言
其德如蘭桂之有香也又清明光暉其心自遠善曰魏都賦曰信㛮之名若蘭芬也楚
辭曰掇桂櫂以顛覆王逸注曰言已見先賢若椒桂之人劉琨勸進表曰茂勳格于皇天
清暉光于四海帝子出善本作出于宇震日衣青光良曰震東方木
也言齊爲木德將登帝位故云帝出于震日比君也衣青光者亦取其木色也善曰言
齊之鎭也周易曰帝出于震震東方春秋元命苞孔子曰扶桑者日所出房所立其耀盛
蒼神用事精感姜公卦得震震者動而光故知周蒼代殷者爲姬昌入形龍顏長大精翼

文選五十九　二十七

衣方青光宋衰曰爲日精所羽翼故以爲名木神以其方色衣之方軌茅社
俾侯安陸向曰太祖即位乃封為王方軌猶並跡也言與古諸侯並跡
而封土地受其茅土以立其社也俾使也善曰蕭子顯齊書曰齊受禪緬封安陸侯漢
書曰江夏郡有安陸縣尚書緯曰天子社東方青南方赤西方白北方黑上冒以黃土將
封諸侯各取方土苴以白茅以爲社毛詩曰俾侯于魯受瑞析珪遂荒
雲野濟曰瑞猶福也析分也珪諸侯所執猶符信然與天子各執一故云分荒理也
雲野即雲夢澤屬安陸故言之善曰周禮曰典瑞掌玉瑞鄭玄曰人執曰瑞瑞猶符信
也揚子雲解嘲曰析人之珪儋人之爵遂荒已見上文雲野雲夢之野式掌儲
命帝難其人翰曰式用也緬時入爲太子中庶子故云用掌儲命也儲謂儲
君太子也帝難其人謂帝重之如此人難有也善曰漢書疏廣曰太子國儲副君也尚

書禹曰惟帝其難之孔安國曰言帝堯亦以知之爲難公以宗室羽儀
允膺嘉選向曰允信也膺當也善曰蕭子顯齊書曰緬轉太子中庶子周易
曰鴻漸于陸其羽可用爲儀協隆三善仰數四德銑曰協合隆盛
數布也三善謂事君事父事長也易曰君子體仁足以長人嘉會足以合禮利物足以和
義貞固足以幹事君子行此四德以布天下也　善曰晉中興書烈宗詔曰桓沖協隆
治道禮記曰行一物而三善皆得者惟世子而已其齒於學之謂也故世子齒於學其一
曰而衆知父子之道矣其二曰而衆知君臣之義矣其三曰而衆知長幼之節矣周易曰
君子體仁足以長人嘉會足以合禮利物足以和義貞固足以幹事君子行此四德者故
曰乾元亨利貞博望之苑載暉龍樓之門以峻良曰漢武
帝爲戾太子置博望苑使通賓客從其所好言緬贊助太子是博望苑之載有光暉也龍

樓太子門名峻高也　善曰漢書曰武帝戾太子及冠就宮上爲立博望苑使通賓客從
其所好故多異端進者漢書成紀曰上嘗召太子出龍樓門獻替帷扆實
掌喉脣濟曰言緬侍太子獻其事可者廢其事不可者掌於帷扆之間匡諫
不已喉脣謂出納言辭也扆戶牖間也替廢也　善曰國語史黯謂趙簡子曰夫事君者
諫過而賞善薦可而替否獻能而進賢帷扆帝坐也禮記曰天子負斧扆南嚮張儉碑曰
聖皇克亮命作喉脣奉待漏之書銜如絲之旨翰曰奏事上書
皆晨起駐車待其刻漏銜謂宣太子之言出於外也禮云王言如絲也旨意也　善曰東
觀漢記曰樊梵字文高每當直事常晨駐車待漏如絲已見上注前暉後光
非止恒授善本作受向曰言前後所任皆有光暉非止與恒常百官所授同
也　善曰周書孔子曰文王得四臣丘亦得四友自吾得師也前有光後有暉是非先後

邪公以寗戚上賢俄而奉職銑曰欲遷爲天子之近職　善
曰蕭子顯齊書曰緬遷侍中越絕書曰吳王書闔閭始得子胥以爲上賢無異乎聖人也
出納惟允劒璽增華良曰緬遷侍中出納天子之言也允信也侍中
出則陪乘佩璽把劒增華謂自庶子而蒞其榮華也　善曰尚書帝曰龍命女作納言夙
夜出納朕命惟允應劭漢官儀曰侍中殷上稱制出則陪乘佩璽把劒增華謂自庶子而
孟其榮華也伊昔帝唐九官咸事熊豹臨戭翊善納
言是司濟曰伊惟也帝唐堯也九官禹作司空棄爲后稷契爲司徒皐陶作士師
垂爲共工益爲虞伯夷掌秩宗夔典樂龍納言也高辛氏才子仲熊叔豹高陽氏才子太
臨檮戭此四人皆主納言之官　善曰漢書劉向上疏曰舜命九官濟濟相讓應劭曰尚
書曰禹作司空棄后稷契司徒咎繇作士師垂共工益朕虞伯夷秩宗夔典樂龍納言凡

九官左氏傳曰昔高陽氏有才子八人檮戭大臨高辛氏有才子八人仲熊叔豹自
此迄今其任無爽爰自近侍式贊權衡翰曰自此
謂自九官熊豹臨戭迄今謂至齊也其任謂上九官等諸任職也爽差也式用也贊助也
權衡謂政理也　善曰蕭子顯齊書曰世祖即位緬遷五兵尚書淮南子曰唯繩連體權
衡合德百工繇焉以定法式輔弼執玉以翼天子也而皇情眷眷慮深
求瘼向曰瘼病也言求下人所病者將爲除之謂欲使緬爲吳郡太守也　善曰毛
詩曰皇矣上帝臨下有赫監觀四方求民之瘼班固漢書引詩而爲此瘼爾雅曰瘼病也
姑蘇奧壤任切關河銑曰姑蘇地名切重也善曰奧壤猶奧區也韓
康伯王述碑曰述遷會稽太守淮海惟揚皇基刊記此蓋關河之重泱泱大邦都會
殷阜隄善本作貿提字封百萬良曰都會謂人皆都會於此郡也殷大阜

盛也堤封謂地之頃畝都稱也百萬言多也善曰史記曰夫吳有海鹽之饒章山之銅三江五湖之利亦江東一都會也西京賦曰百物殷阜薛綜注曰殷盛阜大也今為此負[illegible]書曰天子畿方千里提封百萬井臣瓚案舊說云提最凡言大舉頃畝也李奇曰提舉也舉四方為內也韋昭曰積土為封限全趙之袪服叢臺方此為劣濟曰全趙謂趙國也袪服謂義人服也叢臺趙王臺名也言趙雖盛比之吳郡其為劣也善曰鄒陽上書曰夫全趙之時武力鼎士袪服叢臺之下者一旦成市也臨淄之揮汗成雨曾何足稱翰曰臨淄齊國人衆多故揮汗成雨比之吳都亦何足稱盛也善曰戰國策蘇秦說齊王曰臨淄之塗人肩相摩舉袂成幕揮汗成雨高誘曰揮振也乃鴻騫舊吳作守東楚向曰騫飛也京楚亦吳也謂緬吞吳并楚故也善曰蕭子顯齊書曰緬出為吳郡太守吳質魏都賦曰

我太公鴻飛兖豫劉琨勸進表曰奄有吳牽秀祖孫楚詩曰受茲明命作守西疆漢書音義孟康曰舊名吳為東楚也弘義讓以勗君子振平慧以字小人撫善本作同用上德綏用中典銑曰綏安典法也善曰論語讖曰伯夷叔齊義讓龍舉于寶晉紀曰丁固弋覽以義讓稱尚書武王曰勗哉夫子周書成王曰朕不知字民之道敬問伯父尚書王曰無或敢伏小人之攸箴老子曰上德不德是以有德鍾會曰體神妙以存化者上德也周禮曰刑平國用中典疑獄得情而弗喜良曰哀其有罪善曰漢書曰張湯以倪寬為獄掾以古法義決疑獄論語曾子曰上失其道民散久矣如得其情則哀矜而勿喜宿訟兩讓而同歸濟曰宿有爭訟不決者皆沐細化兩讓而歸也善曰東觀漢記曰魯恭為中牟令宿訟許伯等爭陂澤田積年州郡不決恭平理曲直各退自相責讓雖

春申之大啓封疆鄧攸之緝熙氓庶不能尚也翰曰春申君黃歇封江東十二縣鄧攸為吳郡守吳人飢乃發倉賑貸不取俸祿唯飲吳水一郡皆濟也封疆界也緝和熙養也氓庶百姓也善曰史記曰楚考烈王立以黃歇為相號春申君請封於江東王許之因城吳故墟以自為都也國語史伯謂鄭桓公曰加之以德可以大啓王隱晉書曰鄧攸字伯道為吳郡太守吳人饑死攸到表賑貸臺下時聽攸乃輒出倉米一郡蒙濟不受俸祿唯飲吳水毛詩曰緝熙文王之典夏首藩要任重推轂向曰夏首水口名也言此處為國家藩援之要也謂將出為荊州牧也古之遣將而天子皆親為推轂送之鎮荊州并有軍故也善曰楚辭曰過夏首而西浮王逸注曰夏首水口也漢書馮唐曰臣聞上古王者遣將也跪而推轂曰閫以內寡人制之閫以外將軍制之衿帶中流地殷江漢銑曰殷正

言荊州以江流為之衿帶其州正當江之阻也善曰李尤函谷關銘曰函谷險要衿帶咽喉尚書曰九江孔殷南接衡巫風雲之路千里良曰衡巫二山名善曰衡巫三江名吳都賦曰徑路絕風雲通西通鄢憂鄧水陸之塗三七濟曰鄢鄧邑名三七謂二十一百里善曰左氏傳曰鄧南鄙令杜預曰鄢今鄢縣南江水之北也鄧今潁川邵陵縣西南有鄧城蜀都賦曰水陸所湊是惟形勝閫外莫先翰曰閫門限也邦畿之內如門限之內邦畿之外如門限之外也莫先言天下無先也善曰漢書田肯曰秦形勝之國也史記馮唐曰上古王者遣將也閫以內寡人制之閫以外將軍制之鄭玄禮記注曰閾門限也苦本切建麾作牧明德攸在向曰麾旗類也以毛為之善曰蕭子顯齊書曰緬轉郢州刺史周禮曰建大麾以封藩國又曰入命作牧尚書王曰文王克明德

慎罰乃暴以秋陽威以夏日銑曰暴曬也陽日如也言思育下人如
秋日之和人覽其光愛其溫也其威明又如夏日之盛人皆畏其猛也　善曰孟子曰江
漢以濯之秋陽以暴之綦毋邃曰周之秋於夏爲盛陽也左氏傳曰酆舒問於賈季曰趙
衰趙盾孰賢對曰趙衰冬之日趙盾夏之日杜預曰夏日可畏澤無不漸子膽
螻蟻之穴靡遺良曰漸入靡無也　善曰西征賦曰澤靡不漸悉無不逮
尸子曰舜之德其猶河海乎千仞之漢亦滿之螻蟻之穴亦滿之明無不察
容光之微必照濟曰容光小隙　善曰孟子日月有明容光必照焉趙
岐曰容光小隙也言大明照幽微由近而被遠自己而及物
翰曰其政令以近及遠先行於己而及於人也　善曰史記皐陶曰近可遠在己鄭玄曰
言政由近可以及遠惠與八風俱翔德與五材並善本作才

運向曰八風八方風也五材水火金木土也運行也　善曰聖主得賢臣頌曰恩從祥
風翔淮南子曰天有八風典引曰仁風翔于海表左氏傳子罕曰天生五才民並用之廢
一不可遠無不懷邇無不肅善曰阮嗣宗勸晉王牋曰遠無不服
邇無不肅邑居不閉夜吠之犬牧人不覿晨飲之
羊善曰司馬彪續漢書曰劉寵字祖榮遷會稽太守徵入爲將作大匠山陰縣民去郡
數十里有若耶山中有五六老公年皆七八十聞寵遷相率共送寵人齎百錢寵見勞來
曰父老何乃自若遠來皆對曰山谷鄙老生未嘗到郡縣他時吏發不去民間或夜不
絕狗吠竟夕民不得安自明府下車以來狗不夜吠吏希至民間年老遭值聖化聞當棄
去故戮力來送寵謝之爲選受一大錢故寵在會稽號爲一錢其清如是家語曰孔子爲
大司寇初魯之販羊者沈猶氏常朝飲其羊以詐市人及孔子之爲政也則沈猶氏不敢

朝飲其羊也五臣注同譽表六條功景萬里良曰刺史所察有六
條一曰察民疾苦冤失職者二曰察墨綬長吏居官之理者三曰察盜賊四曰察犯由
律五曰察人有孝悌廉絜六曰察吏不簿入錢穀放散者功最萬里言風化遠也　善曰
漢書音義曰舊刺史所察有六條察民疾苦冤失職者察墨綬長吏以上居官政狀察盜
賊爲民之害及大姦猾者察犯田律四時禁者察民有孝悌廉絜行脩正茂才異等者察
吏不簿入錢穀放散者所察不得過此漢書曰倪寬爲郡內史課殿當免民恐失之輸租
繈屬不絕課更以最揚雄爲益州刺史作節度曰刺史居深門之中總萬里之統者也
還居近侍兼饗戎秩濟曰謂入爲侍中兼驍騎將軍也饗當也戎秩
謂武職也　善曰蕭子顯齊書曰緬遷爲侍中領驍騎將軍俟府寄隆儲
端任顯翰曰俟府宿衛之官也儲端任謂緬爲太子詹事也　善曰魏畧曰中

領軍延康置漢北軍中候之官也漢書曰詹事秦官掌皇太子家東西兩晉
茲選特難向曰謂此官晉朝選人任之特難也羊琇願言而匪
獲謝琰功高而後至銑曰晉羊琇以與武帝同年相愛嘗謂武帝曰
若得天下用我爲領護軍太子詹事武帝許之後武帝即位琇但爲左衛將軍不得詹
事故云願言匪獲也又謝琰征羌有功爲輔國將軍領太子詹事故云後至也　善曰晉
諸公贊曰羊琇字稚舒泰山人通濟才術與世祖同年相善謂世祖曰後富貴時見用作
領護軍太子詹事世祖即位累遷左將軍中護軍特進何法盛晉中興書陳郡謝錄曰琰
字瑗度安少子也爲輔國將軍跓氏進號征虜左僕射領詹事升降二君善本
作宮字令績斯俟良曰言其政善之功可待成於此時也令善績功斯見俟
待也　善曰蕭子顯齊書曰緬遷中領軍太子詹事禁旅尊嚴主器彌

固濟曰旅兵也尊謂天子之命嚴謂整守其所職也主器謂太子也緬爲詹事以奉太子而勤誠益固矣彌益也　善曰蔡邕表逢碑曰乃撫京邑揔齊禁旅周易曰主器者莫若長子禹穴神皋地埒分陝翰曰此緬出爲會稽太守也禹穴會稽山有孔穴人傳禹入此穴中皋地也其地肥沃故云神皋分陝謂陝以東周公主之陝以西召公主之今緬爲會稽太守其地亦可異分陝之事相校埒其美也陝地名也　善曰漢書曰司馬遷南游江淮上會稽探禹穴西京賦曰寔惟地之奧區神皋褒斜與書植書曰召公與周公受分陝之任也江左以來常遞斯任向曰謂天子都江左以來遞求此任也東渚巨海南望秦稽善本從金銑曰巨大也言會稽東渚有大海也秦望山會稽山二山之名　善曰子虛賦曰齊東諸鉅海南有琅耶孔皋會稽記曰秦望山在州城正南史記曰始皇登之以望南海越絕書曰秉

文選五十九　三十四

敕水到大越上茅山大會計吏更名茅山曰會稽淵藪胥萃雚蒲桓攸在良曰言會稽郡舊多盜賊淵藪大澤也胥相萃聚也昔者鄭國多盜聚人雚蒲之澤也雚蒲草也攸所也言會稽有盜亦如在於雚蒲也　善曰尚書曰今商王受爲天下逋逃主萃淵藪左氏傳曰子叔爲政不忍猛而寬鄭國多盜聚人於雚蒲之澤貨殖之民千金比室善本作屋字濟曰言家家皆有千金之貨也　善曰漢書曰千乘之國必有千金之賈者利有所并也郭壥之內雲屋萬家翰曰郭壥猶郭邑也雲屋謂高樓上及雲也　善曰徐幹陳情詩曰踟躕雲屋下羃歌倚華檻屋或爲甍刑政繁舛舊難詳一向曰言此郡多姦盜皆豪富雖刑政繁倍於常而舊上所然難以詳正使其一也南山群盜未足云多銑曰漢王遵洽京兆功效日著往者南山盜賊阻山橫行剽劫良人遵爲治二

句之間賊亂盡除言南山之盜比會稽未足云多也　善曰漢書曰王遵爲高陵令會南山群盜傰宗數百人爲吏民害於是王鳳薦遵御爲諫議大夫守京兆都尉行京兆尹事句月間盜賊蕭清蘇林曰傰音朋渤海亂繩方斯易理良曰漢宣帝時渤海郡歲饑盜賊並起帝問龔遂曰何以息之遂曰臣聞理亂人猶理亂繩不可急也唯緩之然後繩理也　善曰漢書曰上以龔遂爲渤海太守問曰渤海廢亂朕甚憂之卿欲何以息其盜賊遂曰臣聞治亂民猶治亂繩不可急也唯緩之然後可理臣願一切以便宜從事上許焉公下車敷化風動神行濟曰下車初至也敷化也風動神行言化無所不至也　善曰蕭子顯齊書曰緬出爲會稽太守漢書曰班伯爲定襄太守其下車作威吏民悚息謝承後漢書曰陰脩數化二郡威教克平太玄經曰風動雷興謝承後漢書曰威令神行征艾朔土誠恕既孚鉤距靡用

文選五十九　三十五

翰曰趙廣漢爲京兆尹尤善鉤距以得事情也孚信鉤致距閉靡無也言其刑罰以閉姦路而緬爲會稽誠心恕物爲人所信則鉤距無用　善曰杜預左氏傳注曰孚大信也漢書曰趙廣漢守京兆尹廣漢善爲鉤距以得事情鉤距者設欲知馬價則先問狗已問羊又問牛然後及馬參伍其價以類相推則知馬之賤貴不失實矣晉灼曰鉤致也距閉也設欲知馬價先問狗又問羊然後及馬使對者無疑以知馬價示若不問而自知以閉其術爲距也不待赭汙之權而姦渠必翦向曰漢宣帝時長安市偷盜尤多百賈苦之乃使張敞爲京兆尹敞問長安父老偷盜酋長數人敞捨其罪令捕諸賊以自贖其偷長曰今忽召詣府恐諸賊驚駭願受一署敞乃以偷長爲吏遣歸休置酒其餘賊悉來賀飲醉偷長以赭色汙其衣吏乃坐里門出有赤色汙衣者收縛之得百人皆罪之由是清治也言緬爲政不待此詠而姦惡之長必見誅翦也　善曰漢書曰

張敞守京兆尹召見諸偷酋長數人因貰其罪把宿召令致諸偷以自贖偷長曰今一旦召詣府恐諸偷驚駭願一切受署敞皆以為吏遣歸休置酒小偷悉來賀飲醉偷長以赭汙其衣吏坐里閭出者汙赭輒收縛之一日捕得數百人盡行法罰尚書曰殲厥渠魁孔安國曰渠大也無假黑善本作里字端之籍而惡子咸誅銑曰歌錄鴈門太守行云外行猛政內懷慈仁移惡子性偏著里端此云黑者蓋後人書寫之誤里端謂以法令著於里閭也籍居出惡子賊也言編之有德不假致法令於里端賊皆已誅也善注同被以哀矜乎以信順良曰乎發也善曰哀矜已見上文南陽葦杖未或善本作足字比其仁濟曰韓詩外傳云老蒲爲葦也葦杖即蒲鞭也後漢劉寬爲南陽太守吏人有過以蒲鞭撻之示辱而已言此蒲鞭未可比編之仁政也善曰范曄後漢書曰劉寬字文饒弘農人也遷南

文選五十九　三十六

陽太守吏民有過但用蒲鞭罰之示辱而已然終不加苦韓詩外傳孔子曰水之精爲土老蒲爲葦願無怪之曹植對酒歌曰蒲鞭葦杖示有刑潁川時雨無以豐其澤翰曰郭伋爲潁川郡守恩如時雨下人利之言編之爲政難潁川之惠無以豐也善曰趙岐三輔決錄曰茂陵郭伋爲潁川化如時雨摯虞曰伋字細侯光武拜潁川太守公攬轡升車牧川善本作州字典郡善曰范曄後漢書曰范滂爲詔使登車攬轡有澄清天下之志蔡邕橋玄碑曰牧一州典五郡也感達民祇非待期月向曰祇神也善曰論語子曰苟有用我者朞月而已可也三年有成老安少懷塗歌里詠銑曰歌詠其德也善曰論語子曰老者安之少者懷之莫不歡若親戚芬若椒蘭銑曰若如也人好其德音如椒蘭也善曰孫卿子曰夫暴國之君將誰與至哉其所與至必

其民也而其民之親我若父母其好我芬若椒蘭漢書刑法志曰鄰國望我驩若親戚芬若椒蘭麾旆每反行悲道泣攀車卧轍之戀争塗忘遠良曰麾旆旗之類也古者刺史行皆執物以行反謂去官也行悲道泣謂百姓戀也濟曰後漢第五倫爲會稽太守倫將去官百姓攀車啼呼又侯霸爲臨淮太守帝遣使徵之百姓皆遮使車或當道卧言編之去官人有此戀皆爭道而前以請其留忘其遠路不知疲也塗道也善曰東觀漢記曰秦彭字國平爲開陽城門侯後拜潁川太守老弱攀車啼號填道又曰侯霸字君房王莽敗霸保守臨淮更始元年遣謁者侯盛齎璽書徵霸百姓號呼哭泣遮使者或當道卧皆曰願復留霸朞年去思一借之情愈久彌結翰曰後漢寇恂爲潁川太守又拜汝南太守後潁川盜賊百姓遮天子道願從陛下復借寇君一年上許之故云一借之情愈濃也善曰漢

文選五十九　三十七

書曰何武爲兗州刺史徙京兆尹其所居亦無異名去後常見思東觀漢記曰寇恂爲河內太守徵入爲金吾潁川盜賊羣起車駕南征恂從到潁川盜賊悉降百姓遮道曰願從陛下復借寇君一年上乃留恂方城漢池南顧莫過善本作莫重千里善本無千里字善曰左氏傳屈完曰方城以爲城漢水以爲池北指崤潼平塗不過七百銑曰崤山名潼水名也言山川險阻平道不過七百里也善曰崤二崤也雍州圖經曰潼水華陰縣界伏滔正淮論曰壽春北接梁宋平塗不過七百西接崤武關路曾不盈千良曰崤武二關名不盈千里也善曰漢書音義應劭曰崤山之關也李奇曰在上洛北文穎曰武關在析西王隱晉書庾翼表曰襄陽北去河洛不盈千里蠻陬子侯夷徼古吊重山萬里濟曰陬聚徼居也善曰魏都賦曰蠻陬夷落張揖漢書注曰徼塞也以木柵

水蜀夷狄界也魏都熙曰由重山之東阨小則俘民略畜大則攻
城剽匹妙邑翰曰蠻夷聚居時為人患俘謂生得人也畜牛馬之類剽劫也善
曰賈逵國語注曰伐國取入曰俘漢書晁錯上疏曰胡虜小入則小利大入則大利攻
城屠邑驅略畜產史記曰盜賊滋起大群至數千人攻城剽邑小群盜以百數掠鹵鄉里
方言曰略強取也晉宋迄今有切民患烽鼓相望歲
時不息向曰鼓烽皆所以驚候邊賊也推埋穿掘之黨阡陌
成羣銑曰推埋謂劫發人而埋之穿掘謂發冢取物阡陌道路也善曰史記曰攻
剽推埋掘冢皆為財用耳徐廣曰推殺人而埋之或謂發冢也傲法侮吏之
人曾莫禁禦良曰傲慢侮欺禦止也累藩咸受其敝歷
政所不能裁濟曰藩國也歷任為政於此者亦不能裁制也善曰賈逵國

文選五十九　三十八

語注曰裁制也加以戎羯居謁窺窬伺我邊隙翰曰戎羯並夷
狄名也窺窬覘也伺我邊隙謂伺候其邊疆也此謂後魏元氏時都洛陽也善曰朱鳳
晉書曰前後從河北諸郡縣居山間謂之北羯胡劉琨勸進表曰戎寇窺窬伺國候隙
風未起馬首便以南向塞草未衰嚴城於焉
早閉向曰並謂秋時備守邊疆善曰魏志臧洪荅陳琳書曰秋風揚塵伯珪馬首
南向李陵與蘇武書曰涼秋九月塞外草衰抱朴子鮑生曰人君恐姦謀之不虞故嚴城
以備之戰國策子楚謂秦王曰臣恐邊境早閉晚開也永明八載疆場
大駭銑曰永明武帝年號疆場界也駭驚也言羣賊所驚亂也善曰吳均齊春秋
曰永明八年匈奴寇胸山左氏傳沈尹戍曰吳新有疆場之駭國語曰晉師大駭揚雄集
上書曰候騎至甘泉京師大駭天子乃心北眷聽朝不怡良曰

怡悅也善曰司馬遷書曰主上食不甘味聽朝不怡揚旆漢南非公
莫可濟曰揚舉也旆旌旗之屬善曰蕭子顯齊書曰緬遷雍州刺史藉田賦曰九
旗揚旆呂氏春秋曰漢南之國聞湯之德歸之於是驅馬原隰卷甲
遄征翰曰遄速也善曰毛詩曰驅馬悠悠又曰于彼原隰孫兵法曰卷甲趨利
日夜不處曹植詩曰指日遄征威令首塗仁風載路向曰令號令也
載行行也善曰李尤武功歌曰恩洽威令首塗猶首路也謝承後漢書序曰徐[illegible]戎
車首路續晉陽秋曰謝安賞袁宏為機對辯速宏為東部安取一扇授之聊以贈行宏應
聲曰輒當奉揚仁風慰彼黎庶毛詩曰厥聲載路軌躅清晏車徒不
擾銑曰軌躅車馬跡也清安謂道路清肅而安擾亂也善曰漢書音義曰躅跡也
牛酒日至壺漿塞陌良曰韓信破趙欲北擊燕廣武君曰當今之計

文選五十九　三十九

不如案甲休兵百里之內牛酒日至以饗士大夫也此言燕必懼而來降獻以牛酒也昔
葛伯不祀湯往征之其君子以玄黃篚以迎其君子小人以壺漿迎其小人也言葛伯
之民喜湯來征也塞陌言多而滿道也謂緬行征伐而人服悅亦如此也善注同失
義犬羊其來久矣濟曰言夷狄如犬羊之畜善曰漢書名臣奏曰大尉
掾應劭等議以為鮮卑隔在漢北犬羊為群徵賦嚴切唯利是求
翰曰謂後魏主歛賦百姓嚴切也善曰左氏傳晉呂相告秦曰秦與晉出入秦唯利
是視又曰唯好是求首鼠疆界災蠹彌廣向曰首鼠謂或前或後也
蠹害也善曰漢書田蚡謂韓安國曰與長孺共一禿翁何為首鼠兩端音義曰首鼠一
前一卻說文曰蠹木蟲也以喻殘賊公扇以廉風孚以誠德
銑曰扇舉也孚信也言行忠信之德也盡任棠置水之情弘郭

伋待期之信善曰東觀漢記曰龐參字仲達拜漢陽太守郡民任棠者有奇節參到先候之棠不與言但以薤一本水一杯置戶屏前自抱孫兒伏於戶下參思其微意良久曰棠是欲曉太守也水者欲吾清也拔大本薤欲吾擊強宗也抱兒當戶欲吾開門恤孤也於是歎息而還參在職果能抑豪助弱以惠政得民司馬彪續漢書曰郭伋拜并州牧行部西河到美稷數百小兒各騎竹馬逢迎伋問曰兒曹何自遠來對曰聞使君到喜故來迎伋謝之辛苦諸童諸小兒復送至郭門外問使君何日當還伋謂別駕計日告之行部還入美稷先期一日伋念負諸兒即止野亭須期乃往伋重信得人心皆此類也五臣注同金如粟而弗覩馬如羊而靡入濟曰後漢袁安為安定屬國都尉有羌戎豪帥酋長感其恩德遂遺負馬二十匹金鐻八枚負乃召主簿於羌戎之前以酒酹地曰馬如羊不以入廐金如粟不以入懷悉還之言雖賤如羊粟亦不用也而況於貴乎靡無也善曰范曄後漢書曰張奐字然明燉煌人也遷安定屬國都尉羌戎豪帥感奐恩德上馬二十匹先零酋長又遺金鐻八枚奐並受之而召主簿於諸羌前以酒酹地曰使馬如羊不以入廐使金如粟不以入懷悉以金馬還之以雛

雉必懷豚魚不爽翰曰雛雉謂後漢魯恭為中牟令蝗蟲不入境河南尹袁安使所親往觀之與親俱坐桑下有雉過傍有童兒親曰兒何不捕之兒曰雉方將雛不可取也恭之仁政所致言細之仁政雛雉必懷其德也爽差也言其有信於豚魚亦不差失也善曰東觀漢記曰魯恭為中牟令時郡國螟傷稼犬牙緣界不入中牟河南尹袁安聞之疑其不實使仁恕掾肥親往察之恭隨行阡陌俱坐桑下有雉過止其傍傍有童兒親曰兒何不捕之兒言雉方將雛親曰所以來者欲察君之化迹耳蟲不犯境此一異也化及鳥獸此二異也豎子有仁心此三異也具以狀言安周易曰信及豚魚

由是傾巢舉落望德如歸向曰蠻夷感其仁惠皆傾其巢居部落望德而來也善曰廣雅曰落謂村居也左氏傳曰衛遷邢于夷儀邢遷如歸也推直追髻髮側瓜首日拜門闕銑曰推髻髮首蠻夷結髮之形善曰漢書曰尉佗魋髻箕踞淮南子曰三苗髽首卉服滿塗夷歌成韻良曰蠻夷以草為服行滿於道也各以其方樂為歌謠成其音韻也善曰尚書曰島夷卉服蜀都賦曰東歌成章范曄後漢書曰益州刺史朱輔上疏曰白狼王唐菆等慕化歸義作詩三章也禮義既敷威刑具舉濟曰敷布也善曰公羊傳曰既者何盡也毛萇詩傳曰具俱也彊民獷古猛俗反志遷情強暴之人獷惡之俗皆沐其仁化反其本志遷情歸善也善曰韓詩曰獷彼淮夷薛君曰獷覺寤之貌劉騊駼與李子堅書曰吏民強獷悅屋為賊獷古猛切風塵不

起囹圄善本作圄字寂寞向曰囹圄獄也寂寞言空虛也善曰東觀漢記曰蔡彤為遼東太守野無風塵魏都賦曰囹圄寂寥富商野次宿秉停菑側眉反銑曰次舍也野舍言不遇盜秉禾束也菑一歲田也言豐熟宿積禾束停之於田也善曰國語叔向曰絳之富商韋藩以過於朝范曄後漢書曰王渙子推廣陵人除溫令境內清夷商人露宿於道毛詩曰彼有遺秉此有滯穗又曰于彼菑毛萇曰田一歲曰菑蝝緣蝗弗起豺虎遠跡良曰蝝蝗蟲之食苗者豺虎獸之害人者感仁德故不起為患遠跡避境也善曰范曄後漢書曰宋均字叔平南陽人也遷九江太守郡多虎暴數為民患常設陷穽而猶多傷害均到下記屬縣可一去檻穽除削課制其後傳言虎相與東渡江後山陽楚沛多蝗其飛至九江界者四散去北狄懼威關塞謐靜濟曰北狄謂魏也謐清也偵

謀不敢東窺駝馬不敢南牧翰曰偵問也謀夷狄急言也言
夷狄恐懼相問之言不敢有東窺之意不敢南牧謂齊在南畏齊德也　善曰偵伺也鄭
玄周禮注曰諜賊反間爲國賊者徒頰切諜後漢書曰鮮卑寇遼東祭肜擊之大破
不敢復窺塞過秦論曰胡人不敢南下而牧馬方欲振策燕趙席卷
秦代向曰振舉策謀也席卷謂取之如卷席之易也燕趙秦代並國名也　善曰過
秦論曰振長策而御宇內又曰有席卷天下之意陪龍駕於伊洛侍
紫蓋於咸陽銑曰龍駕紫蓋並天子行也言將陪侍天子從魏也洛陽咸陽
並爲魏所都也　善曰楚辭曰龍駕兮帝服聯翩翔兮周章傅玄乘輿馬賦曰紫蓋漂以
連翩而遘疾彌留欲馬大漸良曰遘遇也彌留謂疾病不去其身
也大漸謂疾漸重將死也　善曰尚書曰疾大漸惟幾病日臻既彌留耕夫釋

文選五十九　四十二

耒桑婦不善本作下字作機濟曰耒耕具言耕夫桑婦感緬之仁惠怨其將
薨皆釋去作具以相驚惜　善曰曹植荀侯誄曰機女投杼農夫輟耕也參請門
衢並走羣望翰曰參請謂問疾也羣望謂山川所有祈祭之所也人皆並走
往祈祀之以求其福望緬之疾瘳也　善曰左氏傳曰乃大有事于群望維永明
九年夏五月三十日辛酉薨春秋三十有七
城府颯然庭僚如實向曰颯然謂空而無人也庭衆僚官也實零落
也言衆官如零落有所失也　善曰颯然吹木葉落貌也男女老幼大臨
去及街衢接響傳聲不踰時而達于四境銑曰言舉
國男女老幼哭臨於街衢其聲響相傳接而至于四境也　善曰潘勗荀彧碑曰男女老
幼里號巷哭臧榮緒晉書曰羊祜薨於是衢衢悉巷傅哭接音邑里相連夷羣戎
落幽遠必至向曰落謂聚居部落也望城拊膺震動郭
邑並求入奉靈櫬楚吝藩司抑而弗許良曰櫬棺也藩
司齊官屬也雖鄧訓致劈面之哀羊公深罷市之
慕對而爲言遠有慙德翰曰後漢鄧訓爲護烏桓校尉病卒吏人
羌胡哭者數千人或以刀劈面者劈破也晉羊祜爲都督荊州諸軍事抑攜以禮來遠以
德屬病死吏人聞喪罷市悲號追慕無已言緬之初薨有過於此二君故對而言之二君
遠有慙德也　善注同善曰尚書曰惟有慙德神駕東還號送踰境
濟曰神駕謂喪車自東還謂自荊州還江東也吏民哭送之出境也　善曰蕭子顯齊書
曰緬喪還百姓緣沂水悲泣奉觴奠以望靈仰蒼天而自
訴震響成雷盈塗咽水向曰人吏申祭號哭滿道悲泣之聲哽咽

文選五十九　四十三

如水之不通流也　善曰蕭子顯齊書曰百姓設祭於峴山鄭玄周禮注曰奠所薦饋曰
奠韓詩曰萬人顒顒仰天告訴周易曰震動也漢中山靖王曰衆蚊成雷江衛與荀仲茂
箋曰舉國顒顒歎慕盈塗公臨危審正載貽話言銑曰臨危謂臨
終之時審正其意不迷亂則遺於話言也　善曰說文曰話會合善言也楚囊
之情雖善本作惟字幾而彌固良曰楚子囊伐吳還將死而遺言謂
子庚必城郢謂必使楚作城於郢也君子謂子囊忠矣將死不忘衛社稷幾謂危殆也謂
緬忠於國雖至危殆其情固也　善曰左氏傳曰楚子囊還自吳卒將死遺言謂子庚必
城郢君子謂子囊忠君薨不忘增其名將死不忘衛社稷可不謂忠乎尚書曰疾大漸惟
幾孔安國曰幾危殆衛魚之心身亡而意結翰曰衛大夫史魚病
將死謂其子曰我數言蘧伯玉賢而不能進知彌子瑕不肖而不能退爲臣不能進賢退

惡死有餘罪殯我勿在正堂於室足矣言緬亦有是心雖身亡而意惟帶結也善曰韓
詩外傳曰昔衛大夫史魚病且死謂其子曰我數言蘧伯玉之賢而不能進彌子瑕不肖
而不能退死不當居喪正堂殯我於室足矣衛君問其故子以父言聞君召伯玉而貴之
彌子瑕退之徙殯於正堂二宮軫動善本作慟遐邇同哀向曰二宮
天子太子也謂常幸二宮也軫隱也言則隱而哀慟追贈侍中善本有領字
衛將軍給鼓吹一部謚曰昭侯時皇上納麓
在辰登庸伊始銑曰皇上謂明帝未即位時也麓錄庸用伊惟也言明帝
納政事之辰登用惟始也謂將欲登用為天子先試用也善曰皇上明帝也尚書曰納
于大麓烈風雷雨不迷孔安國曰麓錄也堯納舜使大錄萬機之政尚書曰若時登庸
允副朝端兼掌屯衛良曰允信也明帝初為右僕射加領衛尉故云

文選五十九　四十四

兼掌屯衛也善曰蕭子顯齊書曰明帝初為右僕射加領衛尉省中與書謝安石上疏
曰尸素朝端忽焉五載漢書曰城門校尉掌京師城門屯兵聞凶哀震感
絶移時濟曰移時謂良久也因遘沈痾綿留氣序翰曰遘逆
也綿留謂不絶於身也氣序謂經時也世祖日夜憂懷備盡寬
譬向曰寬喻其意使節去悲情也善曰世祖武帝臧嶷緒晉書賀循臧曰月夜憂懷
慷慨發憤寬譬見下文勉膳禁哭中使相望銑曰勉強也膳食也
禁止也言世祖使勸明帝強食止哭中使相望不絶也天子私使曰中使善曰東觀漢
記曰樊脩至孝母終上遣中黃門朝暮餐食吳志曰朱然寢疾孫權夜為不寢中使醫藥
口食之物相望於道上雖外順皇旨內殷私痛獨居不
御酒肉坐臥泣涕霑衣良曰上謂明帝也皇旨謂世祖意勸喻也

濟曰御食也善曰毛萇詩傳曰殷憂也東觀漢記曰齊武王以譖愬遇害上與衆會飲
食笑語如平常馮異侍從親近見上獨居不御酒肉坐臥枕席有泣涕處異獨入叩頭寬
解上意若此移年癯求俱瘠改貌翰曰癯病瘠瘦也善曰爾雅
曰臞瘠也與癯同渠俱切天倫之愛振古莫儔向曰兄弟天倫之次
也昭侯與明帝兄弟也振自儔匹也善曰穀梁傳曰兄弟天倫也何休曰弟兄先後天
倫之次也毛詩曰匪今斯今振古如茲毛萇曰振自也及俯膺天眷入
纂絶業銑曰謂即天子位也膺當也纂繼也言繼太祖之業而立也善曰蕭子
顯齊書明記曰太后慶海陵王以上入纂太祖爾雅曰纂繼也漢書司馬遷曰惟漢接三
代絶業分命懿親台牧並建良曰言明帝分命近親在於台輔及
方牧之任並立善曰尚書曰分命羲叔左氏傳富辰曰兄弟雖有小忿不廢懿親春秋

文選五十九　四十五

漢含孳曰三公在天法三能狀見上文對繁弱以流涕望曲阜
而含悲濟曰繁弱弓名謂世祖崩今對弓而流涕也昔黃帝升仙遺其弓而羣臣
對之流涕也曲阜周公所封國名也言思昭侯如望周公而含其悲善曰左氏傳子魚
曰周公相王室以尹天下於周為睦分魯公以大路大旂夏后氏之璜封父之繁弱尚書
曰魯侯伯禽宅曲阜改贈司徒因謚為郡王禮也惟公
少而英明長而弘潤風摽秀擧清暉映世學
徧書部特善玄言翰曰玄言談道也鞶帨之麗篆籀
直又之則向曰鞶帶也帨巾也喻禮樂衣冠之美麗也篆籀皆古文之書善曰法
言曰今之學者非獨為之華藻也又從而繡其鞶帨李軌曰鞶帶帨巾也喻今之文字煩
多非獨華藻也巾帶皆文之如繡也漢書史籀音義曰周宣王太史作大篆窮六

義於懷抱究八體於毫端銑曰詩有六義字書有八體也善
曰毛詩序曰詩有六義焉一曰風二曰賦三曰比四曰興五曰雅六曰頌漢書八體六技
韋昭曰一曰大篆二曰小篆三曰刻符四曰蟲書五曰摹印六曰署書七曰殳書八曰隸
書奕思之微秋儲無以競巧也良曰博奕之事儲謂蓄精思
也奕秋天下之善奕也言王之奕思雖奕秋之儲思無以競其巧妙也善曰孟子曰奕
秋遍國之善奕者也儲謂儲蓄精思也馬融廣成頌曰儲積山藪廣思河澤取睽
之妙流睇未足稱奇濟曰取睽射也養由基射流睇而猿號也睇邪
視也善曰周易曰弦木為弧剡木為矢弧矢之利以威天下蓋取諸睽幽通賦曰養流
睇而猿號李虎發而石開至公以奉上鳴謙以接下撫僚
寀盡盛德之容交士林忘公侯之貴善曰周易曰鳴

文選五十九　四十六

謙貞吉中心得也尚書曰奉先思孝接下思恭辨亡論曰接士盡盛德之容吳志魯肅曰
不失下曹從事交遊士林虛懷博納善本作約幽關洞開翰曰道體
幽微本於附也人皆難曉而王洞然開通至其妙理也善曰鄧潤甫為諸葛穆晉王
命曰雖曰博納處懷下問幽關已昇上文西征賦曰胷中豁其洞開宴語談笑
情瀾不竭向曰其情如波瀾不可竭盡也善曰毛詩曰宴笑語兮是以有譽
處兮世說曰王太尉云郭子玄語議如懸河寫水注而不竭譽滿天下德
冠生民銑曰冠首也言其德為生人之首也善曰孝經曰言滿天下無口過干寶
晉紀武帝詔曰蓋德冠生民必饗不泯之榮蓋百世善本作代字之儀
表千載善本作年字之領袖曾不慭魚靳留梁摧奄
及良曰慭惜也梁摧謂如屋之梁棟摧折也奄及言速及也善曰荀氏家傳曰荀彧

德行周備名重天下莫不以為儀表王隱晉書曰魏舒為相國參軍晉王特加恭敬每朝
會罷坐而目送之曰魏舒堂堂實人之領袖也左氏傳孔子卒公誄之曰旻天不吊不
憖遺一老禮記曰孔子早起負手曳杖逍遙於門歌曰太山其頹乎梁木其壞乎豈
唯僑終蹇謝興謠輟相而已哉濟曰僑謂子產也蹇謂蹇
叔也終謝皆死也子產死鄭人興歌曰我有子弟子產誨之我有田疇子產植之子產而
死誰其嗣之此則興謠也秦相蹇叔死秦人皆輟舂而思憶之相送杵聲也善曰僑子
產也左氏傳曰產從政一年輿人誦之曰取我衣冠而褚之取我田疇而伍之孰殺子產
吾其與之及三年又誦之曰我有子弟子產誨之我有田疇子產植之子產而死誰其嗣
之潘岳賈充誄曰秦亡蹇叔舂者不相杵史記趙良曰五羖大夫死舂者不相杵以
為五羖而云蹇叔未詳潘沈之旨亢我僚舊均哀共戚翰曰戚憂

文選五十九　四十七

也怨天德之無厚痛棠陰之不留向曰落棠山名也日
所入也言其光陰不復留也善曰周易曰用九天德不可為首也鄧析子曰天於人無
厚也何足以言之天不能令夭折之人更生為善之民必壽此於民無厚也淮南子曰日
朝發扶桑入于落棠高誘曰扶桑日所出落棠山日所入也思所以克播
遺塵斂之穹壤銑曰播布穹天壤地也言使遺塵之聲與天地同斂善
曰魏都賦曰列聖之遺塵曹植露盤頌曰蔽之天壤以顯元功乃刊石圖徽
寄情銘頌翰曰刊刻也徽美也其辭曰
天命玄鳥降而生商翰曰有娀氏女吞鷰卵而生契契殷之先祖也
商則殷也蕭氏殷後故述也善曰毛詩商頌文也是開金運祚始玉
筐濟曰殷以金德王故曰金運也初有娀氏女取鷰覆之玉筐之中少選發而視鷰生

卵而飛焉乃吞之故云祚始玉筐也善曰金謂殷郊子曰五德從所不勝虞土夏木殷
金周火呂氏春秋曰有娀氏有二佚女爲九成之臺飲食以鼓帝令燕往視之鳴若謚謚
二女愛而爭搏之覆以玉筐少選發而視之鷰遺卵而北飛遂不反高誘曰帝天也天命
燕降卵於有娀氏女吞之生契三仁去國五曜入房向曰殷紂無道
暴虐故比干箕子微子三仁去國故周武王滅之五星聚於房房星蒼神之精則周室休
德而興馬善曰論語曰微子去之箕子爲之奴比干諫而死孔子曰殷有三仁焉春秋
元命苞曰殷紂之時五星聚房房者蒼神之精周據而興亦白其馬侯服
周王銑曰武王勝殷紂微子封於宋以奉殷金德故白其馬侯服謂爲諸侯以奉周
王也善曰毛詩序曰有客微子來見祖廟詩云有客有客亦白其馬又曰侯服于周天
命靡常本枝派別因萊命氏良曰本枝謂與殷同根枝如木之生

焉後乃分族如水同源而分流王畿二百里地曰萊其蕭氏之先蕭叔大心因食萊於蕭
命爲蕭氏焉水分流曰派也善曰微子之後食邑於蕭因氏焉毛詩曰文王孫子本枝
百世吴都賦曰百川派別漢書曰楊雄之先初食菜於晉之楊因氏焉左氏傳羽父曰胙
之土而命之氏涉徐而東義均梁徙翰曰蕭氏本從殷涉於徐州東
居於蘭陵縣則蕭氏之地均同也言遷居之義與劉氏從大梁移居於豐同也漢氏隨魏
從大梁移在豐居中楊里梁地也善曰謂從蘭陵也王隱晉書曰徐州部東海郡蘭
陵縣班固高紀贊劉向曰戰國時劉氏自秦獲於魏秦滅魏遷大梁都豐故周市說雍齒
曰豐故梁徙也頌高祖云涉魏而東遂爲豐公自茲以降懷青拖紫
向曰懷拖皆衣之也青紫貴服飾也善曰解嘲曰紆青拖紫朱丹其轂崇基巖
巖長瀾瀰瀰密爾反銑曰巖巖高貌瀰瀰流長貌言其祖宗德高而祚長

也善曰毛詩曰節彼南山維石巖巖又曰新臺有泚河水瀰瀰惟聖造物
龍飛天步良曰造物謂萬物也龍飛謂升帝位天步謂遊於高遠至難也
善曰莊子孔子曰夫造物者爲人司馬彪曰造物謂道也周易曰飛龍在天利見大人毛
詩曰天步艱難之子不猶載鼎載革有除有布翰曰載則也鼎革易
卦也鼎者取新之義革改舊之理也除其故事以有新制也善曰易鼎革二卦名也周易
曰井道不可不革故受之以革革物者莫若鼎故受之以鼎漢書音義文頴曰孛星多爲
除舊布新改易君上也高皇赫矣仰膺乾顧翰曰赫盛也膺當乾
天也善曰曹府君陳寔誄曰赫矣陳君毛詩曰乃眷西顧此維與宅景皇烝
哉實啓洪祚向曰烝君啓開洪大祚福也善曰毛詩曰文王烝哉潘岳羊
夫人誄文曰光啓洪祚慶流萬國喬嶽峻峙命世興賢銑曰喬高

也善曰毛詩曰崧高維嶽峻極于天維嶽降神生甫及申鄭玄曰福祚興於子孫命世
已見上文應期誕德絕後光前良曰謂應五百年之期而誕生賢德
後世當更無如此賢者故云絕後其賢德光於祖考故云光也善曰應五百歲之期也
曹植上文帝誄表曰階青雲而誕德晉起居注安帝詔曰元功盛德超前絕後幾以
成務覺啓民先銑曰謂先覺事幾也善曰周易曰夫幾者動之微又曰
夫易開物成務孟子伊尹曰天之生斯民也使先覺覺後覺予天民之先覺者也位非
大寶爵乃上天翰曰聖人之大寶曰位仁義忠信樂善不倦此天爵也
善曰周易曰天地之大德曰生聖人之大寶曰位孟子有天爵有人爵仁義忠信樂善不
倦此天爵也公卿大夫此人爵也爰始濯纓清猷濬發向曰於始
濯纓謂緬初入仕時也纓衣領也猷謀濬深也善曰楚辭曰滄浪之水清可以濯吾纓

毛詩曰濬哲維商長發其祥升降文陛逶迤魏闕銑曰文陛天子殿階也以文石砌之逶迤行貌魏闕天子之闕。善曰漢書梅福上疏曰願一登文石之陛陵赤墀之塗見俠雅景福殿賦曰乃陵乎文陛次登華殿呂氏春秋中山公子牟謂詹子曰身在江海之上心居乎魏闕之下高誘曰魏闕象魏之闕也惠露霑吳仁風扇越翰曰恩惠仁德如露之霑潤風之扇動也吳越二國名緬為吳郡會稽二太守故也善曰陸機謝成都王牋曰慶雲惠露止於落葉涉夏踰漢政成期月濟曰夏謂荊州漢謂襄陽緬皆曾理也。善曰楚辭曰江與夏之不可涉夏水名也尚書曰逾于漢朞月已見上文居簡必從日新為盛翰曰用事簡下人必易從而理日新其德是為盛義之道善曰周易曰簡則易從又曰日新之謂盛德在上哀矜臨下莊敬向曰爲上則哀矜下人所不逮

文選五十九　五十

也莊敬恭儉禮敬也善曰哀矜已見上文論語曰季康子問使民敬如之何子曰臨之以莊則敬草木不夭昆蟲得性銑曰草木不以時不伐之禽獸不以時殺之故不夭而得性也善曰毛詩序曰周家忠厚仁及草木又曰民樂其有靈德以及鳥獸昆蟲焉我有芳蘭民胥攸詠良曰芳蘭喻其德盛馨香胥相攸所也言人歌謠所以詠其德也善曰芳蘭即上芳若振蘭也詩羣夷蠢蠢巖別嶂分向曰蠢蠢動貌巖嶂山也言各分別四居於山也善曰爾雅曰蠢動也傾山盡落其從如雲濟曰落謂蠻夷所聚居處也言其皆歸緬德傾盡山居而來其徒相從如雲之多也善曰毛詩曰齊子歸止其從如雲挈妻荷子負戴成羣銑曰挈維也負戴謂負擔生資之物而來成羣言人多也善曰莊子邠人謂邠王曰挈吾妻子以從王乎此又曰石戶之農夫負妻戴

子入海也迴首請吏曾何足云翰曰漢朝南夷及邛笮之君長皆迴首請吏比之於齊則漢何足云也迴首請吏謂願歸帝命以爲臣也善曰封禪書曰昆蟲闓澤迴首面內漢書曰邛笮之君長聞南夷與漢通請吏比南夷昔聞天道仁罔不遂良曰罔無也遂猶輔也善曰老子曰天道無親常與善人論語子曰仁者壽莊子曰聖也者遂於命者也彼蒼如何與山止簣向曰彼蒼天也興山止簣謂起土爲山而未成少一簣之土而止作也言緬有開國成務之志未遂而死亦如興山止於一簣也簣土籠也善曰毛詩曰彼蒼者天殲我良人止簣已見上文四牡方馳六龍頓轡翰曰四牡謂駟馬也言將乘四馬之爲國家馳使四方安靜人難而日御不駐頓下其轡光陰已沒謂緬死矣六龍日御也善曰毛詩曰駕彼四牡四牡項領轡踰死楚辭曰貫鴻濛以東朅兮維六龍

文選五十九　五十一

於扶桑王逸注曰結我車轡於扶桑以留日升卒得延年壽也頓猶舍也斯民曷仰邦國殄瘁向曰緬既死此下人何所仰馬珍盡瘁病也言邦國之人盡如病也善曰毛詩曰人之云亡邦國殄瘁齊隕晏平行哭致禮銑曰齊景公出游聞晏子死奔赴其屍哭而往也晏子名平故云晏平也善曰晏子曰齊景公遊於淄聞晏子死公繁驅而馳自以爲遲下車而趨知不如車之駛則又乘之比至國四下而趨至則伏尸而哭曰百姓誰復告我惡邪趙殂昌國列邦揮涕濟曰樂毅爲燕破齊有功號爲昌國燕昭王卒惠王疑毅毅乃歸趙遂卒於君趙列國聞之皆悲泣揮涕也善曰史記曰樂毅爲燕伐齊破之封樂毅於昌國昭王卒燕惠王疑樂毅降趙號曰望諸君而卒於趙潘岳太宰魯公碑曰趙喪望諸列國同傷家語敬姜曰無揮涕揮涕以手揮之也況我君斯皇之介弟良曰君斯

猶此君也。此君謂絕也。皇謂明帝也。介，大也。善曰：左氏傳伯州犁謂皇頡曰：夫子為王子圍，寡君之貴介弟也。哀感徒庶，慟與雲陛。翰曰：徒庶，下人也。雲陛，天子殿階也。不言天子而云陛者，不指斥言也。亦言陛下也。善曰：左思七略曰：闔甲第之廣，襄建雲陛之嵯峨。階毀留攢，川況歸軸。向曰：攢謂堂中權殯之名也。其毀者，謂啓發其殯將歸于國也。留謂留其殯處餘跡也。川況歸軸，謂船載其柩以歸也。以船比車，故云軸也。善曰：禮記曰：君殯用輴，攢至于上。鄭玄曰：攢猶叢也。殯君椊以龍輴，叢不題湊象槨。儀禮曰：遷于祖用軸。鄭玄曰：軸，輁也。競蓋野奠，爭攀去轂。銑曰：言下人皆競進於野以申奠祭之禮，爭攀去轂，謂船去而攀留。遵渚號追，臨波望哭。濟曰：循其洲渚號泣而追送之也。遵，循也。善曰：毛詩曰：鴻飛遵渚。范曄後漢書曰：祭遵喪至河南，車駕臨之，望哭哀慟。無絕終古，惟

文選　五十九　五十二

蘭與菊。良曰：蘭菊皆草名也。喻人德如此之香，不絕至于終古也。善曰：楚辭曰：春蘭兮秋菊，長無絕兮終古。塗由帝渚，朱軒靡駕。翰曰：帝渚謂湘江也。帝堯之女娥皇、女英沒於此，故云。緬柩路由此水而過也。言平生車之榮，今則無此駕。善曰：楚辭曰：帝子降兮北渚。尚書大傳曰：未命為士，不得乘朱軒。東首塋園，即宮長夜。向曰：東首，謂向東葬也。即，就也。宮，居也。長夜，謂墓中也。善曰：廣雅曰：首，向也。漢書音義如淳曰：塋，冢田也。禮記曰：孔悝鼎銘曰：即宮于宗周。李陵詩曰：嚴父潛長夜，慈母去中堂。逝川無待，黃金難化。銑曰：待猶停也。黃金難可化為神丹以致神仙長生也。言逝者如川不停，又不能化金以為長生，故至死也。善曰：逝川已見上文。史記，少君言上曰：祠竈則致物，而丹砂可為黃金，黃金成以為飲食器則益壽。鍾石徒刊，芳猷永謝。翰曰：百官有德者刻之於石，言已死矣，徒為之也。永，長。謝，去也。鍾即金也。刊，刻也。善曰：吳越春秋，樂師謂越王曰：君王德可刻之金石。王逸楚辭注曰：謝，去也。

墓誌　善曰：吳均齊春秋，王儉曰：石誌不出禮典，起宋元嘉，顏延之為王琳石誌。

劉先生夫人墓誌一首　善曰：蕭子顯齊書曰：太祖為劉瓛取王氏女。瓛卒，天監元年帝下詔為瓛立碑，號曰貞簡先生。王僧孺劉氏譜曰：瓛取王法施女也。

任彥升　向曰：先生名瓛，齊太祖高皇帝為瓛娶王氏女。瓛卒，下詔為立碑，號為貞簡先生。瓛平生與其妻道義相得，終身不改志也。

既稱萊婦，亦曰鴻妻。復有令德，一與之齊。銑曰：老萊子婦、梁鴻妻，並古之賢婦人也。言夫人復有善德，一與二婦人齊德也。善曰：列女傳曰：老萊子逃世，耕於蒙山之陽。或言之楚王，楚王遂駕車至老萊之門。楚王曰：守國之孤，願變先生。老萊曰：諾。妻曰：妾聞之，居亂世為人所制，此能免於患乎？妾不能為人所制者。投其畚而去，老萊乃隨之。又曰：梁鴻妻者，同郡孟氏之女也。德行甚脩，鴻納之，共遯逃霸陵山中。後復相將至會稽，賃舂為事，雖雜傭保之中，妻每進食，常舉案齊眉，不敢正視。以禮脩身，所在敬而慕之。曹植王仲宣誄曰：既有令德，材技廣宣。禮記曰：信，婦德也。一與之齊，終身不改。實佐君子，簪蒿杖藜。翰曰：簪，首飾也。以蒿為簪，以藜為杖，儉也。藜，蒿類也。善曰：毛詩序曰：又當輔佐君子，求賢審官。東觀漢記曰：梁統與杜林書曰：君非隴器，不降志辱身，至簪蒿席草，不食其粟。莊子曰：子貢見原憲，原憲杖藜應

文選　五十九　五十三

門欣欣負載在冀之畦良曰言夫妻相與負載營業之物以相隨
也白季從過冀見冀缺耨其妻饁之相待如
賓冀地名畦田麓也 善曰漢書曰朱買臣
常刈樵其妻亦負載相隨左氏傳曰初臼季
過冀見冀缺耨其妻饁之敬相待如賓畦音
攜居室有行亟聞善本作闡字義讓濟曰亟數也善曰言初居
室及於有行與聞義讓故曰亟也列女傳鮑蘇妻曰如不教吾以居室之行毛詩曰女子
有行左氏傳趙襄曰臣亟聞其言矣禀訓丹陽弘風丞相向曰禀受
世晉丹尹劉惔是爾六代祖也故爾禀受其
訓焉晉丞相王導是夫人先祖故弘其風教
也 善曰蕭子顯齊書曰爾晉丹陽尹惔六葉孫也然其妻王氏丞相導之後也籍
甚二門風流遠尚銑曰二門謂劉王也善曰漢書曰陸賈遊漢庭公
卿間名聲藉甚晉陽秋曰王衍肅樂廣俱宅心事外言風流者稱王樂焉肇

允才淑閭德斯諒翰曰肇始也允信也淑羨也諒善也言夫人始信才
羨之盛而閫內之德此為善也禮云內言不
出於閫閫門限也 善曰毛詩曰肇允彼挑蟲
又曰窈窕淑女禮記曰內言不出於閫
鄭玄曰閫門限也毛萇詩傳曰諒信也蕪沒
鄭鄉寂寥楊冢良曰孔融為北海相為鄭玄特立一鄉號曰鄭公鄉揚雄
卒其弟子為其起冢故云楊冢蕪沒寂寥言
人死而荒凉也言劉先生之德如鄭楊二君
善曰范曄後漢書曰鄭玄字康成北海人也
國相孔融深敬玄屣履造門告高密縣為玄
特立一鄉曰齊置士鄉越有君子軍皆異賢
之意也今鄭君鄉宜曰鄭公鄉七略曰楊雄
卒弟子侯芭負土作墳號曰玄冢參差孔樹毫末成拱濟曰孔子
卒葬於魯城北弟子各以其國樹種之於塋
本毫末之小而至於合拱合手也參差不
不齊貌謂先生卒而墓樹已合拱也 善曰
皇覽聖賢冢墓誌注曰孔子冢在魯城北泗

水南冢塋中樹以百數皆異種人傳言孔子
弟子異國人各持其國樹來種之其樹柞枌
雒離五味欃檀之樹魯人莫之識老子曰合
花之木生於毫末公羊傳曰秦伯謂蹇叔曰
爾之年老冢上之木拱矣暫啟荒埏長扃幽隴向曰言夫人將開先
生墓而入焉則長閉於幽隴之中矣荒埏墓
中道也扃閉也 善曰蕭子顯齊書曰王氏
被出今云合葬蓋藏卒之後王氏宗合之夫貴妻尊匪爵而重翰曰
其夫以道德見貴於時其妻亦因道德而尊
非為爵祿重也匪非也 善曰喪服傳曰夫
尊於朝妻貴於室 番岳夏侯
湛誄曰惟爾之存匪爵而貴

文選卷第五十九

行狀
吊文
祭文

文選

六十

共六十

文選卷第六十

梁昭明太子撰　五臣并李善注

行狀

任彥升齊竟陵文宣王行狀一首

吊文

賈誼吊屈原文一首

陸士衡吊魏武帝文一首并序

祭文

謝惠連祭古冢文一首并序

顔延之祭屈原文一首

王僧達祭顔光祿文一首

行狀

齊竟陵文宣王行狀一首良曰述其德行之狀

祖太祖高皇帝　父世祖武皇帝

任彥升

南徐州南蘭陵郡縣都鄉中都里蕭公年三十五行狀公道亞生知照隣庶幾善本作幾庶向曰生而知之者上也學而知之者次也亞次也言道次於生知之性也照明隣近也言明近於庶幾之道也善曰傳季友脩張良廟教曰道亞黄中照隣殆庶孝始人倫忠為令德公實禮善本作體字之非毁譽所至銑曰

非人言辭所能毀譽以至於此善曰毛詩序曰成孝敬厚人倫左氏傳君子曰忠為令
德論語子曰吾之於人誰毀誰譽如有所譽高誘呂氏春秋注曰體行也莊子曰舉世譽
之而不加勸舉世非之而不加沮**天才博贍學綜該明**濟曰綜理
該通也善曰郭子曰孫子荊上品狀王武子曰天才英博亮拔不羣潘岳任府君書讚
曰學綜羣籍智度萬物**至乃**善本作若字**曲臺之禮九師之**
易翰曰曲臺行射禮之所也漢淮南王安有明易者九人號九師也善曰七略曰
宣皇帝時行射禮博士后倉為之辭至今記之曰曲臺記又曰易傳淮南九師道訓者淮
南王安所造也漢書音義曰淮南王安聘明易者九人號九師說**樂分龍趙**
詩析先歷**齊韓**良曰雅琴龍氏有九十九篇趙氏七篇韓齊二家作詩而能析
理也善曰漢書曰雅琴趙氏七篇名定渤海人宣帝時丞相魏相所表又曰雅琴龍氏

文選六十　二

九十篇名德梁人也又曰詩魯齊韓三家應劭曰申公作魯詩韓嬰作韓詩臣瓚曰韓固
作齊詩也**陳農所未究河間所未輯**向曰漢成帝時以書頗亡
散使謁者陳農求遺失之書於天下漢河間王好脩學古事而四方賢士皆集其門言竟
陵王及其所未窮盡者未來集者皆復重與其事也善曰漢書曰成帝時以書頗散亡
使謁者陳農求遺書於天下又曰河間獻王德從人得善書必為好寫與之留其真加金
帛賜以招之由是或有先祖舊書多奉以奏獻王者故得書多與漢朝等**有一於**
此罔不兼綜者歟向曰謂上諸學技之事有一人善者無不兼理而學
之也善曰謝承後漢書曰劉靚方策所載靡不必綜**昔沛獻訪對於**
雲臺東平齊聲於揚史銑曰漢明帝時大旱御雲臺之上筮得蹇
卦帝不解以問沛獻王輔輔上書曰蹇者坎上艮下坎山有水雨即至矣果如其言又

東平王蒼上書天子甚善之以問左右賢臣左右皆曰其才如揚雄史岑也、善曰東觀
漢記曰沛獻王輔永平五年秋京師少雨上御雲臺召尚席取卦具自卦以周易卦林占
之其繇曰蟻封穴戶大雨將集明日大雨上即以詔書問輔曰道豈有是耶輔上書曰案
易卦震之蹇蟻封穴戶大雨將集蹇艮下坎上艮為山坎為水出雲為雨蟻穴居而知雨
將雲雨蟻封穴者故以蟻為興文詔報曰善又王次序之又曰上以所自作光武皇帝本
紀示東平王蒼蒼因上世祖受命中興頌上甚善之以問校書郎此與誰等皆言類相
如揚雄前代史岑比之**淮南取貴於食時陳思見稱於**
七步方斯蔑如也良曰漢淮南王安好書天子使為離騷傳朝受詔至
食時進之魏陳思王植有奇才文帝令作詩七步而成比之於王彼則蔑如也善曰漢
書曰淮南王安上使為離騷傳旦受詔至食時上世說曰魏文帝令陳思王七步成詩

文選六十　三

曰萁在竈下然豆居釜中泣本是同根生相煎何太急**初沈攸之跋扈**
上流稱亂陝服向曰跋扈叛也上流荊州也時攸之為荊州刺史宋順
帝即位起兵作亂時以荊州比陝州為令陝之望也如侯甸之服故云陝服也善曰沈
約宋書曰沈攸之字仲達為荊州刺史順帝即位攸之師武義至夏口反毛詩傳曰無畔
渙猶跋扈也西京賦曰睢盱跋扈尚書曰非台小子敢行稱亂臧榮緒晉書曰武陵王令
曰荊州勢據上流將軍休之委以分陝之重**宋鎮西晉熙王南中**
郎邵陵王並鎮盆口翰曰宋明帝第六子燮封為晉熙王進號鎮西
弟七子友為南中郎將江州刺史邵陵郡王二王并以攸之之亂鎮盆口盆口江州也
善曰沈約宋書曰明帝第六子燮字仲綏晉熙王進號鎮西沈攸之舉兵鎮尋陽之
城又曰邵陵殤王友字仲賢明帝第七子也年五歲出為南中郎將江州刺史邵陵王

世祖毗贊兩藩而任捴西伐向曰時齊世祖為齊王太子輔贊二王之政西伐沈攸之亂也兩藩二王也善曰沈約宋書曰齊王太子奉晉熙王燮鎮尋陽之盆城公時從在軍銑曰世祖在軍也鎮西府版寧朔將軍銑曰以版封授為寧朔將軍非眞署之補也軍主南中郎版補行參軍署法曹翰曰軍主謂軍中之長也署主也言為君守王法之官也善曰沈約宋書曰除拜則為參軍事府版則為行參軍于時景燭雲火風馳羽檄良曰雲火烽火也羽檄徵兵書也言烽火照天下如日景之照也軍書之急如風馳羽飛也善曰言雲火之多如景之照羽檄之疾若風之馳太公六韜曰雲火萬炬以防夜四子講德論曰風馳雨集漢書高祖曰以羽檄徵天下兵謀出股肱任切書記向曰股肱猶左右也記謂文學之士也善曰

文選六十　四

曰魏文帝與吳質書曰元瑜書記翩翩還軍善本作還左車邵陵王主簿記室參軍向曰掌書記文學之任也既允焚林之求實無儀形之寄刀筆不足宣功風體所以弘益銑曰魏武帝雅聞阮瑀名辟之不應逃入山中武帝使人焚山林乃得瑀以為記室故竟陵令為記室允焚林之求也晉東海王越以王承為記室雅相敬重勅其子曰王參軍人倫之表汝其師之瞻其儀形故竟陵所任實無此託也濟曰言其有大才故刀筆不足以宣其功蓋以為技也風儀體氣所以大益於人倫也善曰文士傳曰太祖雅聞阮瑀名辟之不應連見逼促乃逃入山中太祖使人焚山得瑀送至召入太祖時在長安大延賓客怒不與語使就技人列瑀善解音能鼓琴遂撫絃而歌因造歌曲曰奕奕天門開大魏應期運青蓋巡九州在西東人怨士為知已死女為悅己玩思以苟潛暢他人焉能亂為曲既捷音聲殊妙當時冠坐太祖大悅署為記室何法盛晉中興書曰王承字安期司空東海王越以為記室參軍雅相敬重勅子毗曰夫學之所益者淺體之所安者深閑習禮度不如式瞻儀形諷味遺言不如親承音旨王參軍人倫之表汝其師之史記張釋之曰秦任刀筆之吏除邵陵王友又為安南邵陵王長史東夏形勝關河重復銑曰東夏會稽郡也復阻也善曰尚書王曰庸建爾于上公尹茲東夏漢書田肯曰秦形勝之國也蔡邕陳留王述碑曰述遷會稽太守此蓋關河之重復決決大邦選衆而舉享悅斯在良曰選於衆官舉之為會稽太守重德悅才其在於竟陵王世敦重也善曰論語子夏曰舜有天下選於衆舉皐陶不仁者遠矣左氏傳曰晉蒐於被廬謀元帥趙衰曰郤縠可臣亟聞其言矣說禮樂而敦詩書君其試之除使持節都督會稽東陽

文選六十　五

臨海永嘉新安五郡諸軍事輔國將軍會稽太守太祖受命廣樹藩屏濟曰太祖高皇帝受宋順帝禪位而為天子也廣樹藩屏謂封子弟為諸侯王善曰左氏傳富辰曰昔周公故封建親戚以藩屏周室公以高昭詔武穆惟戚惟賢向曰竟陵王於高祖為昭於武帝為穆惟親也戚親也言其為昭穆親賢也善曰漢書韋玄成曰父為昭子為穆孫復為昭音韶漢書文帝詔曰右賢左戚封聞喜縣開國公食邑千戶又以奏課連最進號冠軍將軍銑曰言其為太守奏功課與諸郡相連而比其考為第一故曰連最也最第一也善曰漢書曰倪寬為農都尉大司農奏課最連韋昭曰最連得第一也越人之巫覡正風而化俗翰曰事鬼神曰巫言越人好為淫祀以事鬼神而竟陵王理之

都邑正風而入俗化一也善曰范曄後漢
書曰第五倫字伯魚京兆人也拜會稽太守
會稽俗多淫祀好卜筮民常以牛祭神百姓
財產以之困匱倫到官移書屬縣曉告百姓
其巫祝有依託鬼神詐怖愚民皆案論之
有妄屠吏輒行罰於後遂斷絕百姓以安篁
竹之酋感義讓而失險良曰南越之谷處
谿谷篁竹之中常恃於
其險而竟陵王理之其酋長之徒皆感義讓
之風而棄其險阻以歸其德也竹叢曰篁失
棄也善曰漢書淮南王上書曰臣聞越處
谿谷之間篁竹之中范曄光武紀贊曰金湯
失險邪叟忘於西景善本作忘其西吳游龍丘狹其東皋
向曰邪谿若邪谿也後漢劉寵為會稽太守
帝徵拜將作大匠谿有老叟五六人出自若邪
谿人齎百錢送寵眷戀寵德義忘夕而不反
西景謂日夕也任延為會稽都尉有龍丘長
者隱居累辟不至延乃遣功曹奉謁脩書記
致醫藥相望於道一歲長者乃乘輦詣府門

文選六十 六

延辭讓再三言說慕德化而狹其耕農故出
仕也東皋則耕農之所也 善曰華嶠漢書
曰劉寵拜會稽太守徵為將作大匠山陰有
五六老叟自若邪山谷出送寵曰聞當見棄
故自扶奉送潘安仁楊經誄云日旻景西望
子朝陰范曄後漢書曰任延字長孫南陽人
拜會稽都尉年十九吳有龍丘長者隱居志
不降辱四輔三公連辟不到掾吏白請召之
延曰龍丘先生躬德履義有原憲伯夷之節
都尉洒掃其門猶懼辱焉召之不可使功曹
奉謁修書記致醫藥吏使相望於道積一歲
長乃乘輦詣府門願得先死備錄延辭讓再
三遂署議曹祭酒阮籍奏記曰
將耕東皐之陽輸黍稷之稅會武穆皇后
崩公星言奔波泣血千里銑曰星言謂早行
侵星也 善曰蕭
子顯齊書曰武穆裴皇后諱惠昭河東人父
璣之后生子良禮記曰惟父母之喪見星而
行夜見星而舍毛詩曰星言夙駕仲長子昌
言曰救患赴急淡然奔之者憂樂之盡也禮

記曰高子皐執親之喪泣血
三年未嘗見齒君子以爲難水漿不入於口
者至自禹穴濟曰禹穴在會稽山言其從會
稽而至於都也 善曰禮記曾
子謂子思伋曰吾執親之喪水漿不入於口
七日漢書曰司馬遷南遊江淮上會稽探禹
穴逮衣裳外除心哀內疚翰曰逮及也疚病
也謂除脫衰服也
善曰禮記曰親喪外除鄭玄曰日月已竟哀
不忘也嵇康幽憤詩曰心焉內疚爾雅曰疚
病也禮屈於厭烏甲降事迫於權奪良曰禮父在爲
母喪服期
尊在屈厭而降之事理又迫於權宜而奪哀
情使入仕也謂將授征虜將軍也 善曰禮
記曰有從有服而無服公子於其妻之父母
鄭玄曰凡公子厭於君降其私親女君之子
不降也晉起居注宋
公表曰情由權奪也而茹感肌膚沈痛瘡鉅
向曰言茹食憂苦損其肌膚沈於痛毒如瘡
痛之至傷感憂悲至也 善曰廣雅曰茹食

文選六十 七

也禮記曰瘡鉅者其日久痛甚者其愈
遲三年者稱情而立文所以爲至痛極故知
鍾鼓非樂云之本縗麤非降善本作隆字殺所戒之
要翰曰樂之與禮本要在於中情豈以鍾鼓
之聲縗麤之服外降以爲禮樂乎隆升殺
降善曰論語子曰樂云樂云鍾鼓云乎哉
馬融曰樂之所貴者移風易俗也非謂鍾鼓
而已左氏傳曰齊晏桓子卒晏嬰麤衰斬寢
苫枕草孫卿子曰喪三年何也曰加隆焉爾
三年以爲隆緦小功以爲殺鄭玄禮記注曰
有隆有殺進退如禮莊子曰本在於上末在
於下要在於主詳在於臣鍾鼓之音羽旄
之容樂之末哭泣縗絰隆殺之服哀之末改
授征虜將軍丹陽尹良家入從戚里內屬砇
非一軌俗備五方良曰漢宣帝爲杜陵徙良
家五千戶居於陵天子有
親姻者居之名曰戚里言齊亦倣漢有此事
內屬當族親也言政亦一法使風俗必備五

方作則也善曰三輔黃圖曰宣帝爲杜陵
徙良家五千戶居於陵漢書曰萬石君傳曰
徙其家長安中戚里以姊爲美 / 人故也漢書曰禁地五方雜錯公內樹寬明
外馳善本作 / 施字簡惠善曰馮衍說鮑永曰幸逢 / 危言之世遭寬明之時臧
榮緒晉書曰吳隱之爲 / 晉陵太守布政簡惠神皐載穆轂下以清
翰曰神皐良田也謂都畿之內也載事也穆 / 和也言都畿之內政事以和輦轂之下其化
之清也轂下帝都也 善曰西京賦曰寔惟 / 地之奧區神皐漢書谷永上疏曰薛宣爲御
史中丞執憲轂下胡廣漢官解故注曰轂下 / 喻在輦轂之下京城之中也范曄後漢書曰
揚璉爲零陵太 / 守郡境以清武皇善本有 / 帝字嗣位進封竟陵
郡王食邑如千戶濟曰如千戶猶若干也 / 蓋食邑無定戶故也復
授使持節都督南徐兗二州諸軍事鎮北將

文選六十　八

軍南徐州刺史翰曰是時有後魏在北而齊 / 在江南北地皆非其所有志
思北土故江南別置徐 / 兗等州以爲南州也遷使持節侍中都督
南兗徐北兗青冀五州諸軍事征北將軍南
兗州刺史向曰兗青冀並在北不 / 得至其州蓋遙授也兗徐接壤
綦漸河潤向曰秦本漸及也 善曰漢書武 / 帝詔曰淮南衡山兩國接壤東藩
漢記曰拜郭伋潁川太守召見辭謁帝勞之 / 曰賢能太守去帝城不遠河潤九里冀京師
并蒙 / 福也未及下車仁聲先洽銑曰下車謂初至 / 也洽徧也 善曰
漢書曰班伯爲定襄太守 / 其下車作威吏民竦息玉關靖柝北門寢
扃濟曰玉關塞北關名也柝謂夜擊守更木 / 也此言後魏在北故比之匈奴玉關也靖
柝謂疆界無守備也北門謂潤州爲國之北 / 門也寢扃謂除其關守也 善曰漢書曰龍

勒有玉門關周禮曰凡軍事聚欜鄭玄曰擊 / 欜兩木相敲行夜時也欜與柝同史記曰齊
威王曰吾吏有黔夫者使守徐州則燕人祭 / 北門裴駰曰齊之北門說文曰扃外關門之
關朝旨以董司岳牧敷興邦教翰曰朝旨天 / 子意也董正
也司主也岳牧太守也敷布興起邦國也言 / 天子之意以正百官之主司者以太守之任
爲重將布起國家之政教也 善曰晉起居 / 注宋公表曰董司垂方過寔引罰孔安國尚
書傳曰董督也 潘岳關中詩曰岳牧慮殊禮 / 記司徒明七教以興民德尚書曰司徒掌邦
教方任雖重比此爲輕銑曰方任謂太守也 / 言太守雖重比此司
徒侍中之職太守爲輕也 善曰 / 山濤啓事曰方任雖重比此爲輕徵護軍將
軍兼司徒侍中如故又授車騎將軍兼司徒
侍中如故即授司徒侍中又如故良曰謂前 / 兼司徒今

文選六十　九

即正授司徒 / 即侍中如故上穆三台善本作 / 能字下敷五典銑曰
穆和也三台星名主三公位也三台星色齊 / 則君臣和也敷布也五典五常之教父義母
慈兄友弟恭子孝也 善曰漢書曰三能色 / 齊君臣和蘇林曰能音台尚書帝曰契女作
司徒敬敷五教在寬又曰五典 / 克從孔安國曰五典五常之教闢玄闈以闡
化寢鳴鐘以體國翰曰闢開也闈門也言開 / 政道之門以闡揚天子化
也謂其雖貴而息其擊鐘鼎食之盛以尚節 / 儉之道以體國家之理也寢息也 善曰玄
謂一道也太玄經曰玄門混也難知孫叔敖詩 / 曰一往從神懷僑跡步玄闈范曄後漢書曰
桓榮爲五更贊曰 / 問待應若鳴鍾翼亮孝治緝熙中教向曰翼佐
也亮猶行也緝和也熙廣也言佐天子行其 / 孝理使天下大和廣布中平之教 善曰孝
經曰昔者明王之以孝治天下也 / 不敢遺小國之臣司徒故曰中教奪金恥訟

蹊田自嘿銑曰齊入有欲得金者清朝衣冠入市見執金者乃奪之詰吏吏縛
所問之言竟陵王鞠政入皆不為爭訟蓋德化之所及也有牽牛以蹊人之田而奪之牛
得奪牛之罪重於蹊田之罪也言今牛蹊過於田者乃懷其義讓亦嘿然不相爭奪牛蹊道
也言牛行於田以成道也善曰呂氏春秋曰齊人有欲得金者清旦衣冠之鬻金者之
所見人操金攫而奪之吏捕而束縛之問曰人皆在焉子攫人之金何故對吏曰殊不見
人徒見金耳左氏傳申叔時謂楚子曰牽牛以蹊人之田而奪之牛牽牛以蹊者信有罪
矣而奪之牛罰以重矣不雕其朴用晦其明聲化之有
倫繄公是賴翰曰物皆任其質朴不作雕鏤外貌如晦其內則明也倫次也
繄語之聲也繄公是賴謂政理賴得此公也善曰呂氏春秋曰賢不肖各反其質行
其情不雕其素高誘曰素樸也周易曰入地明夷君子以莅衆用晦而明王弼曰藏明
於內乃得明潘元茂九錫文曰故周室之不壞繄二國是賴庠序肇興儀

文選六十　十

形國胄師氏之選允歸善本作師字人範向曰謂欲以為
國子祭酒也庠序國學也肇始也胄子也謂百官之子皆學於中也故曰國子也師氏周
官掌教國子也允信範法也信師氏之選信歸於竟陵王以為合法則也善曰禮記曰
有虞氏養國老於上庠夏后氏養國老於東序鄭玄曰皆學名也毛詩曰儀刑文王袁山
松後漢書曰李膺風格儀刑皆可師範尚書曰夔命汝典樂教胄子周禮曰師氏中大夫
以三德教國子法言曰務學不如務求師師者人之模範也以本官領國
子祭酒固辭不拜八座初啓以公補尚書令
銑曰八座謂六尚書二僕射善曰陳壽魏志評曰八座尚書即古六卿之任也晉百官
名曰尚書令尚書僕射六尚書古為八座尚書式是敷奏百揆時序

良曰式用也言用是忠良之德敷奏天庭則百事於是有次序揆事時是也善曰尚書
曰敷奏以言又曰納于百揆百揆時敘王隱晉書詔曰今之尚書令皆古之百揆之任也
夫國家之道互為公私君親之義遞為隱犯
翰曰事親有隱而無犯事君有犯而無隱謂不稱揚其過犯謂犯顏色而諫也善注同
公二極一致愛敬同歸向曰公謂竟陵王也二極謂君親一致謂
忠孝同為一也愛敬之道同歸君親也善曰國語欒共子曰成聞之人生於三事之如
一父生之師教之君食之非父不生非食不長非教不智生之族也故一事之唯其所在則致
死焉孝經曰資於事父以事母而愛同資於事父以事君而敬同亮誠盡規
謀猷弘遠矣濟曰亮信猷謀弘大也善曰國語古諫公曰天子聽政近臣
盡規晉中興書冊陶侃曰公經德秉哲謀猷弘遠又授使持節都督

文選六十　十一

楊州諸軍事楊州刺史本官悉如故舊淮
海今則神牧銑曰楊州近淮海二水神牧謂竟陵王治之如神明矣牧則刺
史也善曰尚書曰淮海惟楊州地理書曰崑崙東海地方五千里名曰神州編戶
殷阜氓善本作萌俗滋繁良曰編戶萌俗皆百姓也殷衆阜盛也滋繁言
多也善曰漢書呂后曰諸將故與帝為編戶不言之化若門到戶
說矣善曰周易曰不言而信存乎德行孝經曰君子之教以孝非家至而日見之鄭
玄曰非門到戶至而日見也楚辭曰衆不可戶說兮孰云察余之中情項之解
尚書令改授中書監餘悉如故獻納樞機絲
綸允緝翰曰樞機言語也絲綸天子之言允信緝和也善曰兩都賦序曰
日月獻納周易曰言行君子之樞機禮記曰王言如絲其出如綸武皇晏駕寄

深負圖向曰晏駕謂天子崩寄深負圖謂命輔少帝也負圖者負託帝圖以朝百
辟也　善曰應劭風俗通曰宮車晏駕謹按史記曰王稽謂范雎曰夫事有不可知者有
不可奈何者一日宮車晏駕是事一不可知也君雖恨於臣是無可奈何謂秦昭王以天下
終也昔周康王一旦晏起侍入以爲深刺天子當夜寢早作身省萬幾如今崩殞則爲晏
駕矣家語孔子觀於明堂覩四門之墉有周公相成王抱之負斧扆南面以朝諸侯之圖
焉
公仰惟國典俛遵遺託俯擗天倫踊絕于
地居處之節復如居武穆之憂濟曰擗撫心哭也天倫兄
弟也言撫心哭其兄弟號踊隕絕于地也銑曰居喪之節如前武穆皇后之憂水漿不
入口而哀心內疚　善曰穀梁傳曰兄弟天倫也何休曰兄先弟後天之倫次也禮記
曰婦人擊心爵踊鄭玄曰爵踊足不絕地也
聖主嗣興地居旦奭良曰

鬱林王昭業文惠太子長子武帝崩太孫即位故云嗣興地居旦奭謂如周公召公輔相
成王之事　善曰蕭子顯齊書曰鬱林王昭業文惠太子長子世祖崩太孫即位
有
詔崇善本作策授太傅領司徒餘悉如故坐而論
道動以觀德翰曰坐而論道三公之職也其貴重人尊敬之故坐而論道也與
百官異也舉動所爲官天下所觀其德也　善曰周禮曰坐而論道謂之三公禮記曰樂
行而民向方可以觀德矣
地尊禮絕親賢莫二向曰位居尊重之地
與百官禮儀隔絕則親戚賢臣皆無有二心也　善曰晉中興書曰恭帝詔曰大司馬地隆
任重親賢莫二班固諸侯王表序曰親親賢賢褒功表德
又詔加公入朝
不趨讚拜不名劍履上殿銑曰天子敬重其德有詔使入天子
之朝不趨走讚言也不名謂不稱名百官皆不得帶劍履上殿而竟陵一人天子獨許之
敬之甚也
蕭傅之賢曹馬之親兼之者公矣善本作也
濟曰蕭傅謂蕭何傅說也曹真魏太祖族子也明帝即位遷大司馬入朝不趨司馬宣王
得矣與上殿今言竟陵賢則如蕭傅親則如曹馬二者公實兼之　善曰漢書曰上賜蕭
何帶劍履上殿入朝不趨又曰上欲自行擊陳豨周緤泣曰始秦攻破天下未曾自行今
上常自行是無人可使者乎上以爲愛我賜入殿門不趨而緤與傅寬同傳寬無不趨之
言疑任公誤也魏志曰曹真字子丹太祖族子也明帝即位遷大司馬賜劍履上殿入朝
不趨晉公卿禮秩曰汝南王亮秦王柬吳王晏梁王肜皆劍履上殿入朝不趨
復以
申威重道增崇德統良曰統紀也言更欲益崇其德之紀
進督
南徐州諸軍事餘悉如故並表跪累上身殁
讓存翰曰跪表也身死而讓辭不已謂讓徐州諸軍事　善曰王隱晉書曰武帝贈

羊祜詔曰身殁讓存遺言益厲
天不慭魚靳遺梁岳頹峻翰曰慭且
也言天不且遺其福而見亡此人如太岳頹其峻峯也梁山太山也　善曰左氏傳曰孔
子卒公誄之曰旻天不弔不慭遺一老禮記曰孔子蚤作負手曳杖逍遥於門歌曰太山其
頹乎梁木其壞乎
其年善本有其字
月日薨春秋三十有
五詔給溫明祕器斂以衮章備九命之禮遣
大鴻臚監護喪事朝夕奠祭太官供給禮也
向曰溫明祕器皆凶器也衮章龍服也九命謂一命受職再命受服三命受位四命受器
五命受則六命錫官七命賜國八命作牧九命作伯言將備此禮也　銑曰大鴻臚官名
也監謂監護事也護助也太官掌食之官　善曰漢書曰大將軍霍光薨賜東園溫明祕
器服虔曰東園處此器象如桶開一端漆畫懸鏡其中置尸上斂并蓋之周禮曰三公自

衮冕而下又曰上公九命故以慟極津門感究長樂向曰後漢
東海王彊死肅宗皇帝從太后出律門亭於長樂宮發哀哭臨悲感無已也善曰東觀
漢記曰東海王彊薨上發魯相所上檄下牀伏地舉聲盡哀至長樂宮白太后因出幸津
門亭發喪豈徒舂人不相傾壥罷肆而已哉翰曰相舂
人送杵聲也壥郊野也肆市也秦五羖大夫百里奚卒秦人流涕舂者不相杵也鄭子産
相鄭二十年卒國人哭於巷農夫傾郊野市哭商人罷市而哀善曰史記曰趙良謂商
鞅曰五羖大夫死秦國男女莫不流涕童子不歌謠舂者不相杵乃下詔曰
褒崇庸德前王之令典追遠尊感沿情之所
隆濟曰庸功也前王謂古先帝王之善法也追遠已老尊其親戚蓋因情所感也令善
典法沿因也善曰禮記曰禮樂之情同故明王相沿也鄭玄注曰沿猶因述也故

文選六十　十四

使持節都督揚州諸軍事中書監太傅領司
徒揚州刺史竟陵王新除進督南徐州良曰謂督
察諸軍之事體睿履正神鑒善本作監字淵邈首善本作道
字冠民宗具瞻惟允翰曰睿聖也履正謂履其正道也淵深邈遠也
向曰首冠謂道德高也人宗謂天下所仰也具瞻望其義可謂當矣允當也善曰毛詩
曰民具爾瞻肇自弱齡孝友光備銑曰肇始也弱齡謂幼年也光
大也善曰毛詩曰張仲孝友爰及贊契協升景業燮和台
曜五教克宣翰曰贊助天子令升大業也契謂王者所執也景大也良曰
燮理也台曜三台星光也主三公之位也五教五常之教也克能也善曰台曜及五教
並已見上注敷奏朝端百揆惟穆濟曰揆事穆美也善曰尚書

曰敷奏以言晉中興書謝石上疏曰尸素朝端忽焉五載尚書曰百揆時敘寄重
先顧任均負圖翰曰謂先帝顧命輔少君也漢武帝畫周公輔成王圖以
賜霍光令昭帝故竟陵之奉顧命任與此同也善曰先顧則顧命也尚書曰成王將
崩命召公畢公相康王作顧命負扆已見上文諒以齊徽二南同規
往哲向曰諒信徽美也二南謂周召公也往哲則二南也謂周召輔成王故與之
齊美善曰毛詩序曰關雎麟趾之化王者之風也故繫之周公鵲巢騶虞之德諸侯之
風也故繫之召公周南召南正始之道王化之基方憑保祐永翼雍
熙銑曰保安祐福翼佐雍和熙廣也言國家啓憑竟陵之德安福社稷長佐天下致和
平以廣政化也善曰東京賦曰上下共其雍熙天不慭魚遺奄見
薨落良曰慭且也薨落死也善曰慭遺已見上文方言曰奄遽也尚書曰帝乃殂

文選六十　十五

落哀慕抽割震動于厥心今先遠戒期龜謀
襲吉濟曰先遠戒期謂葬日也龜謀謂卜也襲吉謂得吉日也善曰禮記曰喪事
先遠日尚書曰謀及卜筮孔安國曰龜曰卜又曰乃卜三龜一習吉襲與習通茂崇
嘉制式弘風猷向曰式用也可追崇假黃鉞翰曰假之
與名非真得也黃鉞以金飾斧天子賜諸侯乃得專征伐功德高故也善曰尚書曰王
左杖黃鉞孔安國曰鉞以黃金飾斧侍中都督中外諸軍事太
宰領大將軍揚州牧綠綟麗綬具九錫服命
之禮銑曰緌綵也綬丞相之服飾也九錫一曰車馬二曰衣服三曰樂則四曰朱戶
五曰納陛六曰虎賁七曰斧鉞八曰弓矢九曰秬鬯也錫賜也古者諸侯有大功必有此
賜以示重賢也善曰魏晉官品曰相國丞相綠綟綬九錫已見潘勗九錫文使持

節中書監王如故給九旒鑾輅濟曰九旒旗也鑾輅車也
善曰甘泉鹵簿曰車九乘禮記曰乘鑾輅駕蒼龍輅音路黃屋左纛徒到
轀温輬涼車良曰此上皆天子服用之具以給之者示親重也黃屋者以黃
繒爲車蓋也左纛以旄牛尾爲之在駕車之馬騣上致之轀輬車天子喪車名也善曰
漢書曰紀信乘王車黃屋左纛李斐曰黃屋天子車以黃繒爲蓋裏纛毛羽幢在乘輿衡
左方上注之纛音導漢書曰載霍光尸以轀輬車文穎曰如今喪轜車前後部
羽葆音保鼓吹挽歌二部虎賁班劒百人翰曰以鳥
毛爲幢幡者謂之羽葆也向曰虎賁勇士名也班列也言使勇士行列持劒以爲儀仗
也善曰漢書韓延壽給羽葆鼓車歌車張晏曰羽葆幢也服虔曰如今鼓吹歌車也晉
公卿禮秩曰諸公及開府位從公者給虎賁二十人持班劒馬葬禮一依晉

文選六十　十六

安平獻王孚故事翰曰晉宣帝弟名孚封安平王薨謚曰獻竟陵葬禮
一依孚故事善曰王隱晉書曰孚字叔達宣帝次弟也封安平王薨謚曰獻詔喪事一
依漢東平獻王蒼故事公道識虛遠表裏融通淵然萬
頃直上千仞善曰范曄後漢書郭林宗曰黃叔度汪汪如萬頃之波魯連子
曰東山有松千仞無枝非爲正直無枉自然僕妾不覩其喜慍近
侍莫見其傾弛銑曰慍怒也言其道應遐遠故喜怒之色不可覩焉
謹奉禮去故傾廢之事莫能見之協善曰晉中興書曰衛玠終身不見其慍喜于隱晉
書曰王邵爲丹陽尹善禮儀操人所習未嘗見其墮替他人之善若已
有之善曰尚書穆公曰人之有技若已有之民之不臧實公善本
作公實貽恥向曰臧善也貽猶有也子曰見人有過則如己有善曰尸過虞氏

文選六十

之盛德也誘接恂恂降以顏色濟曰進納賢良則和悅而下其顏色
也誘進也恂恂和悅貌降下也善曰論語曰孔子於鄉黨恂恂如也似不能言者王肅
曰恂恂溫恭之貌方於事上好下規已翰曰方正也言以正道卑
上也每所爲事不善者好下人作規諫於己善曰魏志劉寔曰王肅方亭上而好
下接已此一反也而廉於植財施人不倦向曰植貨也植猶善
曰左傳叔向曰齊桓施舍不倦求善不厭帝子儲季令行禁止銑曰
竟陵王武帝子故曰帝子皇太子弟故曰儲季善曰文子曰夫抱順效誠者令行禁止
國網天憲寘諸掌握良曰寘致也善曰范曄後漢書劉陶曰今權
宦手握王爵口含天憲淮南子曰執節於掌握之間未嘗鞠人於輕刑
錮人於重議向曰鞠問也錮執也言人有輕刑者寬而不問謗人罪名不執

文選六十　十七

其重科蓋仁人也善曰東觀漢記曰袁安爲尹十餘年政令公平未嘗以贓罪鞠人常
歎曰凡士之學高欲望宰相下及牧守錮人於聖代尹不忍爲也人有不及
内恕諸已非意相干每爲理屈翰曰以辭早屈之則非意
不能相干也善曰晉中興書曰衛玠常以人有不及可以情恕非意相干可以理遣
任天下之重體生民之俊善曰孟子曰伊尹其自任以天下之
重也如此東觀漢記鄧惲曰天生俊士以爲民也華袞與縕緒同張呂
歸山藻與蓬茨俱逸銑曰言齊其貴賤好惡也華袞三公服也縕緒
貧賤服也山藻華屋也蓬茨草屋也逸樂也俱皆也善曰潘岳密陵侯鄭公碑曰公雖
達華袞猶朱其紱韓詩子路曰曾子褐衣縕緒未嘗完論語曰臧文仲山節藻梲包咸曰
節者栭刻鏤爲山梲者梁上楹畫以藻文聖主得賢臣頌曰長於蓬茨之下良田

廣宅符仲長之言向曰後漢仲長統嘗論曰使有良田廣宅臨州溝水
足以息四體之役也言竟陵王志願此事嘗有此言故云符仲長之言也　善曰范曄後
漢書曰仲長統字公理山陽人也少好書博涉書記每州郡召命輒稱疾不就欲卜居清
曠以樂其志嘗論之曰使居有良田廣宅背山臨流溝池環匝竹木周布是以息四體之
役邛山洛水協應叟之性善本作志字曰叟老也應老謂
魏應璩與程文信書云南臨洛水北據邛山託崇岫以爲宅因茂林以爲蔭言竟陵王亦
合此性也協合也　善曰應璩與程文信書日故求遠田在關之西南臨洛水北據邛山
託崇岫以爲宅因茂林以爲蔭丘園東國錙銖軒冕良曰東國魯也
謂周公所封以之爲大也八兩爲錙十累爲銖皆言輕也見東國如丘園之小視軒冕若
錙銖之輕欲退靜山居爲重也　善曰以東國若丘園軒軒冕猶錙銖者鄭玄曰言君分

文選六十　十八

國以祿之視之輕如錙銖矣仍依善本作乃依林構宇傍巖拓
架翰曰拓闢險隘之處以架屋也清猿與壺人爭旦緹題幙
與素瀨交輝銑曰清猿謂猨鳴聲清也壺人挈壺刻漏人也夜作聲以催曉也
言山中猨與刻漏之人俱有聲若相爭而催其曉也緹赤繒以爲幙裏者言張設於水與
素波交映爲光輝也瀨波也　善曰劉公幹贈五官中郎將詩曰明月照緹幕楚辭曰戲
疾瀨之素水置之虛室人野何辨向曰置此小山中虛室則貴人
與野人何所分辨蓋一理也　善曰莊子曰虛室生白孟子曰舜之居深山之中所以異
於深山之野人者幾希劉熙曰當此之時舜與野人相去豈遠哉殷仲文入剡詩曰野人
雖云隔超恨必有此高人何點躡屩於鍾阿徵士劉虬
獻書於衡岳贈以古人之服弘以度外之禮

濟曰何點皆當時賢人隱居者躡步也屩草鞋也鍾阿鍾山也竟陵王遺何點䘵叔夜酒
杯徐景之酒鎗故云古人之服謂服用之物也豫章王爲荊州牧辟劉虬虬以書答不應
辟故云獻書也衡山虬所居也自衡山作書以獻於王後豫章王命竟陵王作書與虬致
以殊禮徵士謂德高徵而不就者曰徵士也　善曰蕭子顯齊書曰何點字子晳廬江人也
隱居東離門下望之墓側豫章王命駕造門點後門逃去竟陵王子良聞之曰豫章王命
尚不屈非吾所議遺點䘵叔夜酒杯徐景山酒鎗以通意虞孝敬高士傳曰何點常躡草
屩時乘柴車蕭子顯齊書又曰劉虬字靈預南陽人也豫章王爲荊州牧辟虬爲別駕遺
書禮請虬脩牋答不應命子良致書通意虬答書後以江陵沙洲人遠乃徙居之魏志曰
太祖賜毛玠素屏風素憑几曰君有古人之風故賜以古人之服于寶晉紀何曾謂太祖
曰阮籍如此何以訓世太祖曰度外人也宜共容之屈以好士之風申

文選六十　十九

其趨王之意善曰戰國策曰先生王叔造門欲見於齊宣王宣王使謁者迎
入王叔曰叔趨見王爲好勢王趨見叔爲好士於王何如使者復還報宣王曰先生徐入
寡人請從宣王因趨而迎之於門乃知大春屈已五王君大
降節善本有於字憲后致之有由善本有也字大良曰後漢井丹
春隱者也是時沛王輔等五王盛好賓客皆賢良屢徵大春不至乃使人劫取之故云屈
已也又荀君大亦隱者也爲東平獻王強所之爲祭酒故云降節憲后即顯王也致之
有由言雖隱逸致而用之必有所由也善曰范曄後漢書井丹字大春扶風人建武末
沛王輔等五王居北宮皆好賓客更遣請丹不能致信陽侯陰就光烈皇后弟也以外戚
貴盛乃詭五王求錢千萬約能致丹別使人要劫之丹不得已既至就故爲設麥飯葱菜
之食丹推去之曰以君侯能供甘旨故來相過何其薄乎更致盛饌乃食東觀漢記曰

倢字君大鷹門人也永平中驃騎將軍東平
憲王蒼辟倢署祭酒敬禮焉後朝會上戲之
曰先帝徵君不奉驃騎辟反來何也對曰先
帝秉德惠下臣故不來驃騎將軍執法檢下
臣故不敢不來其卉木之奇泉石之美公所製山居
四時序言之已詳向曰言山居四時有所序述之文文皇帝
養德東朝同符作者銑曰謂文帝未即位時養德於東宮也同符契
於作者之列有所述焉善曰蕭子顯齊書
曰文惠太子懋字雲喬世祖長子昭業即皇
帝位追尊為文皇帝山濤啟事曰保傅不可
不高天下之選宜得秉德義克己復禮東宮
少宰養德而已論衡曰治國之道一曰養德
養德者養名高上之人亦能敬賢禮記曰作
者之謂聖述者之謂明明聖者述作之謂也爰造九言實該百行
翰曰文皇帝著九言之書一曰言德二曰言
親三曰言賢四曰言生五曰言真六曰言靜

文選六十　二十

七曰言昭八曰言節九曰言義此書實可以
通人之百行也該通也善曰竟陵王集有
皇太子九言言德言賢言親言生言淨言昭
言真言節言義孔藏與從弟書曰學者所以
飾百行也導善本作導字衿褵离於未萌申炯古永戒於
茲日向曰遵法也褵帶也炯明也言書之可為法則佩於衿帶以慎未萌又可申戒
明戒行於今世也善曰衿褵於衿結褵也
儀禮曰女嫁母施衿結帨曰勉之敬之毛詩
曰親結其褵九十其儀毛萇曰褵婦人之幃
也幽通賦曰既訊爾以吉象又申之以炯戒
非直旦暮千載故乃萬世一時也命公注解
號曰謂九言非但朝暮見之如千載之遇亦
萬世已去有此一時之義故命竟陵王注解
善曰莊子曰萬世之後而一遇大聖知其解
者是旦暮遇之也竟陵王集有皇太子九言
注解衛將軍王儉綴而序之翰曰謂作九言之序善曰竟陵王

集云衛將軍王儉為九言序贊山宇初構超然獨往濟曰謂上依林
九言之序也傍巖所構宇屋也善曰淮南
王莊子畧要曰江海之士山谷之人也輕天
下細萬物而獨往者也司馬彪注曰獨往自然不復顧世顧而言曰死者
可歸誰與入室尚想前良俾若神對良曰顧山中屋
宇而言也死者可歸謂自古賢聖既死矣可
復生乎言不可也誰與入室謂無賢聖與共
入說室則想前賢良之人欲畫之於室使若
魂神與我相對也善曰國語曰趙文子與
叔譽觀乎九原曰死者若可作吾誰與歸
玄賦曰尚前良之遺風王隱晉書劉琨曰神
爽忽然若已之侍對也乃命畫工圖之軒牖既而緬屬
賢英傍思才淑翰曰緬遠也淑美也善曰賈逵國語注曰緬思貌匹
婦之操亦有取焉向曰列女亦圖畫也有客游梁朝者

文選六十　二十一

從容而進銑曰梁朝謂梁孝王好賢令假設有客游梁朝者以發後詞曰
未見好德愚竊惑哉善本作焉字即命刊削投杖
不暇濟曰言畫列女似好色不好德而辭梁之客譏之云愚竊惑焉竟陵聞過將遂
即命使除削列女之圖也曾子言子夏之過
子夏投杖而拜之吾過也言竟陵王知過投
杖不暇言急而忘投也投棄也杖謂所柱之
杖善曰論語孔子曰吾未見好德如好色
者禮記曰子夏喪其子而喪其明弟子弔之
子夏曰天乎予之無罪曾子怒曰喪爾親使
入未有聞喪爾子喪爾明汝何無罪子夏投其杖而拜之公以為出言自
口驥騄不追聽受一謬差以千里翰曰驥騄良馬也聽
受人言恐有一失差於千里謂去所言遠
也善曰鄧析書曰一言而非駟馬不能追
一言而急駟馬不能及易乾鑿度曰正
其本而萬物理失之毫釐差之千里乃善本

作字所造箴銘積成卷軸門階户席寓物垂訓
向曰謂門階户籍言作箴寄情於物垂示於人以訓戒也　善曰李充集序曰充好爲銘
讚門階户席莫不有述家語南宮敬叔曰孔子作春秋垂訓後嗣先是震于
外寢匠者以爲不祥將加治葺公曰此天譴
也無所改脩以記吾過且令誡善本作戒字懼不
急翰曰震謂霹靂也外寢外屋也匠者謂占禍福人也治葺謂脩治也譴謂遣告其有
罪也怠慢也言人勸脩所震之室公將記過且爲誡懼也　善曰左氏傳曰震夷伯廟罪
之弔屈原曰逢時不祥杜預左氏傳注曰葺覆也左氏傳曰晉侯求介子推不獲以綿上
爲之田曰以志吾過且旌善從諫如順流虛已若不足良曰
虛其己心以受人言常受之不足也　善曰王命論曰從諫如順流莊子曰人能虛己以
文選六十　二十二
遊於世其孰能害之老子曰大白若辱廣德若不足至於言窮藥石若
味滋旨銑曰受人藥石之言若味滋美之味也藥石謂忠言益於人如藥石之除
疾　善曰左氏傳曰孟孫卒臧孫入哭甚哀曰孟孫之惡我藥石也信必由中
貌無外悅濟曰中謂中心也言信人忠言實由中心也凡受人忠言者則外貌
雖悅而中心實怨故此無外悅者真性悅也　善曰左氏傳曰周鄭交惡君子曰信不由中
貧無益也貴而好禮怡寄典墳向曰怡樂也　善曰論語子曰未若
貧而樂富而好禮者也左氏傳楚子曰左史倚相能讀三墳五典雖牽以物
役孜孜無怠翰曰物役謂從王事也孜孜勤貌謂雖役從王事勤而好道無
懈怠也　善曰孫卿子曰是謂以己爲物役矣尚書曰禹曰予思日孜孜又曰無怠無荒
乃撰四部要略淨住子向曰又撰集四部書以甲乙丙丁次之述

略佛教以爲子史之書淨住子謂佛教也　善曰淨住序云遺教經云波羅提木叉是汝
大師若住於世無異我也又云波羅提木叉住則我法住波羅提木叉滅則我法滅是故
求僧於望晦再說禁戒講之布薩外國云布薩此云淨住亦名長養亦名增進所謂淨住
身口意身絜意如戒而住故曰淨住子者紹繼爲義以沙門淨身口七支不起諸惡長養
也進菩提善根如是修習如佛無差則能紹續三世佛種是佛之子故云淨住子並
勅成一家懸諸日月銑曰言此書傳之後世如日月懸於天永不朽
也　善曰漢書曰太史公書序略以拾遺補闕藝成一家言楊雄方言曰雄以此篇目煩
示其成者張伯松曰是懸諸日月不刊之書也弘洙泗之風闡迦維
之化良曰洙泗水名孔子講教之處迦維佛國名言能弘大孔子之風開闡釋迦之
化也　善曰禮記曾子謂子夏曰吾與汝事夫子於洙泗之間鄭玄曰洙泗魯水名也瑞
文選六十　二十三
應經曰菩薩下當作佛託生天竺迦維羅衛國大漸彌留話言盈耳
黜殯之請亡誠懇惻翰曰衛大夫史魚病將卒謂其子曰我數言蘧
伯玉賢而不能進彌子瑕不肖而不能退是吾事君之不忠矣我死勿以我殯於正堂
殯於側室足矣是爲黜殯也言竟陵將死此請亦勤懇而惻痛　善曰尚書曰疾大漸
惟幾病日臻既彌留說文曰話會合善言也論語子曰師摯之始關雎之亂洋洋乎盈耳
黜殯已見演連珠注豈古人所謂立言於世沒而不
朽者歟易名之典請遵前烈謹狀濟曰言豈古人所謂
立言不朽者歟蓋易名立謚典請遵奉古人之盛烈　善曰左氏傳曰穆叔如晉范宣子
逆之問焉曰古人有言曰死而不朽何謂也穆叔對曰豹聞之太上有立德其次有立功
其次有立言雖久不廢此之謂不朽也禮記曰公叔文子卒其子戍請謚於君曰日月有

將葬敍謂所以彰其名者

弔屈原文一首 并序

賈誼

誼為長沙王太傅善本有既字以謫去意不自得良曰謫責也言誼非罪被責出於長沙遠國也意不自得謂不得志也韋昭曰謫譴也字林曰丈厄切及渡湘水為賦以弔屈原屈原楚賢臣也被讒放逐作離騷賦其終篇曰已矣哉國無人兮莫我知也遂自投汨羅而死向曰汨羅水名誼追傷之因以善本無以字自喻其辭曰應劭風俗通曰賈誼與鄧通俱侍中同位數廷譏之因是文帝遷為長沙太傅及渡湘水投弔書曰

闒茸尊顯讒諛得志以哀屈原離讒邪之咎亦因自傷為鄧通等所愬也

恭承嘉惠兮俟罪長沙翰曰恭承嘉惠謂承天子命也俟待也張晏曰恭敬也善曰越絕書曰恭承嘉惠述暢往事琴操伍子胥歌曰俟罪斯國志願得兮側聞屈原兮自沉汨羅造託湘流兮敬弔先生銑曰造就也湘水名汨羅水流入湘川故就記此水而弔之先生即屈原也韋昭曰皆水名羅今為縣屬長沙汨水在羅音覓善曰列子曰吾側聞之言至湘水記流而弔遭世罔極兮乃隕厥身濟曰言遭當世讒邪之人無極乃喪隕其身罔猶無也張晏曰讒言罔極善曰罔極言無中正周書文王曰惟世罔極汝尚助弔嗚呼哀哉逢時不祥鸞鳳伏竄兮鴟梟翱翔闒士如合勇茸尊顯兮讒諛得志翰曰鸞鳳喻賢人也

鴟梟惡鳥也喻讒人也竄藏也良曰闒茸皆小人也言小人為尊重之位讒邪諂諛之人皆得志在朝也胡廣曰闒茸不才之人無六翮翱翔之用而反尊顯為諂諛得志於世也善曰字林曰闒茸不肖也賢聖逆曳兮方正倒植銑曰逆曳謂不得其正道也賢良正之士皆在草澤小人在位故云倒植也胡廣曰逆曳不得順道而行也倒植者賢不肖顛倒易位也植史記音值世謂隨夷為溷胡本兮謂跖之石蹻居畧為廉向曰卞隨伯夷皆古之貞介士也盜跖亦蹻皆盜賊之人也言人皆反以貞介為溷濁盜賊為廉潔者喻棄賢用不肖服虔曰殷之賢士卞隨也韋昭曰夷伯夷也溷濁也史記隨字作伯李奇曰跖魯之盜跖蹻楚之莊蹻莫邪為鈍兮鉛刀為銛息廉反翰曰莫邪神劍名也鉛錫也銛利也言君賤賢用不肖以神劍為鈍以鉛刀為利也善曰吳越春秋曰干將者與歐冶

同師俱作劍闔閭得而寶之以故使干將造劍二枚一曰干將二曰莫邪莫邪干將妻之名也漢書音義曰銛謂纖利也于嗟默默生之無故兮濟曰默默失意貌生謂屈生也屈生無故有此禍也應劭曰默默不得意也臣瓚曰先生謂屈原也鄧展曰言屈原無故遇此禍也善曰毛詩曰吁嗟鳩兮斡棄周鼎寶康瓠兮翰曰斡轉也周有九州之鼎言大鼎也康瓠瓜也言時君棄鼎用不肖亦有轉也棄大鼎之器而貴其瓠如淳曰斡轉也史記音烏活切爾雅曰康瓠謂之甈李巡曰大瓠也甈丘列切騰駕罷善本作羆牛驂蹇驢兮驥垂兩耳服鹽車兮良曰騰奔也言御車者但奔駕其疲敝之牛乘其蹇跛之驢使良馬駕鹽車亦猶賢人在野小人在位驥良馬也善曰戰國策汗明曰夫驥服鹽車上太行中坂遷延負轅不能上章甫薦屨漸不可久兮銑曰章甫

冠也薦藉也冠之在上履之在下章甫薦履
者謂以冠踐藉於足以履之也喻賢在下此
爲亂之漸也其國不可久居之　善曰冠當
加首而以薦履倒上爲下故漸不可久也儀
禮曰士冠章甫殷道也　嗟苦先生獨離此咎兮誶信曰
已矣　向曰誶告也此總告前意亦如亂曰之類也已止也言止矣不可咨嗟之意也
應劭曰嗟咨嗟苦勞也屈原遇此難也張晏曰誶離騷下竟亂辭也　國其莫我
知善本有兮　獨壹鬱其誰語　濟曰國謂君也言君既不知我心獨聚憂
思誰與語事者也壹鬱謂聚憂也　鳳漂漂其高逝兮固自引
而遠去　翰曰漂漂高飛貌逝猶往也張晏曰史記音漂匹遙切　襲九淵
之神龍兮沕昧　深潛以自珍　向曰襲猶察也千金之珠必在
九重之淵𪚥頷下也言察於神龍則知藏於深淵之處可以自珍寶也言君子在亂世可

文選六十　二十六

以隱也　張晏曰音義曰襲覆也猶言察也善曰莊子曰千金之珠必九重之淵而驪龍
頷下張晏曰沕潛藏也　偭面蟂古堯獺他葛以隱處兮夫豈
從蝦與蛭質螾音引　銑曰偭背也蟂獺水蟲食魚者蝦蟆也蛭螾皆
水蟲也言神龍之德且殊於蟂獺以隱處於深淵之中豈復隨從其小蟲也君子但避亂於
世以隱居不可以小人從仕　應劭曰蟂獺水蟲害魚者偭背也韋昭曰蝦蟆蟇蛭水蟲食
入者也螾丘螾也偭然自絕於蟂獺況從蝦與蛭螾也　善曰蝦音遐　所貴聖
人之神德兮遠濁世而自藏使騏驥可得係
而羈兮豈云異夫犬羊　翰曰騏驥良馬也言君子之德遠避濁世
則如良馬見係絆而羈束也及其用之乃騁千里之道其不用與犬羊之才無異也　善
曰莊子曰宣尼見蛾丘之將是聖人僕也是自埋於民自藏於畔郭象曰進不榮華退不

拮摀也　盤善本作般字　紛紛其離此尤兮亦夫子之
故也　良曰言屈生盤桓於亂時不能避去遂及此罪亦屈生自爲之故也盤桓不進
貌紛亂離及尤罪也夫子謂屈生也李奇曰般久也紛亂也應劭曰般音班或曰般桓不
去紛紛構讒意也難爲舍人爾雅注曰尤人也李奇曰亦夫子不如麟鳳翔逝之故罹
此咎　善曰言般桓不去離此怨尤亦夫子自爲之故不可尤人也　歷九州而
相善本有其字君兮何必懷此都也　向曰言天下之君皆可輔
相何必懷思此楚都　善曰言知時之亂當歷九州相賢君而事之何必思此都而遯於
遯　鳳皇翔于千仞兮覽德輝而下之見細德
之險徵兮遙增擊而去之　善本作遙曾擊而去之　銑曰鳳皇
喻賢人也言鳳皇高飛下覽有聖人之德者乃下而見於時也賢人亦擇明君乃事也千

文選六十　二十七

仞言高也　翰曰細德猶無德也言見時君無德左右奸險徵爲微祥則搖舉羽翩而去
故增擊也如淳曰鳳皇曾擊九千里絕雲氣遙遠也曾高高上飛意也鄭玄曰擊攻擊
之擊李奇曰遙遠也曾益也史記擊字作翻　善曰文子曰鳳皇飛千仞莫之能致也禮記
曰德輝動手內驗徵謂輕爲徵祥也　彼尋常之汙烏瀆兮豈能
容夫吞舟之巨魚　良曰汙瀆謂小池水也吞舟巨魚謂大魚腹中可容
船也言小池水之中不能容吞舟之魚暗君亦不能用賢也應劭曰八尺曰尋倍尋曰常
善曰莊子謂庚桑楚曰夫尋常之溝巨魚無所還其體而鯢鰍爲之制也　橫
江湖之鱣　鯨善本作鱣鯨　兮故善本作固字　將制於
螻蟻　善本作螻蟻　向曰鱣鯨亦大魚也以喻賢人蟻螻小蟲以喻讒佞人也言大
魚橫於江湖之中一朝失勢止於平陸而螻蟻所制蓋賢者失位遭讒佞之所害晉灼曰

小水不容〃魚而横鱣鯨於洿瀆必為螻蟻所見制以況小朝主闇不容受忠迕之言亦為讒賊小人所見害也鱣或作鱏史記鱣張連切　善曰莊子庚桑楚謂弟子曰吞舟之魚蕩而失水則螻蟻皆苦之戰國策齊人說靖郭君曰君不聞海大魚乎蕩而失水則螻蟻得意焉鱏音尋

吊魏武帝文一首　并序

陸士衡

元康八年機始以臺郎出補著作游乎秘閣而見魏武帝遺令愾然歎息傷懷者久之客曰翰曰假設客言以發意也　善曰毛詩曰嘯歌傷懷夫始終者萬物之大歸死生者性命之區域是以臨喪殯而

文選六十　二十八

後悲覩陳根而絶哭向曰臨見其喪殯之所則必悲哀也禮云朋友之墓有宿草而不哭焉謂特遠也宿草即陳根也　善曰家語孔子曰命者性之始也死者生之終也有始必有終矣尸子老萊子曰人生於天地之間寄也寄者同歸也國語曰楚子西歎於朝藍尹亹曰吾聞君子思前世之崇替與哀殯喪於是有數其餘則否禮記曰朋友之墓有宿草而不哭焉鄭玄曰宿草謂陳根也今善本有乃字傷心百年之際興哀無情之地銑曰以為世異時遠不可致情今之傷心是興哀於無情之地矣自魏武至機方百年故言也意者無乃知哀之可有而未識情之可無乎良曰言機空知事未識人情亦可無之機荅之曰五臣本無此一句夫日蝕由乎交分山崩起於朽壤亦云數而已矣向曰日日歲九十二交會

而後分當此交會之際日月相掩故蝕也銑曰山之崩倒謂年代積遠其土朽故也濟曰言日蝕山崩亦自然運數而已　善曰左氏傳曰秋七月壬午朔日有蝕之公問於梓慎曰是何物也禍福何為對曰二至二分日有蝕之不為災日月之行也分同道至相過也其他月則為災陽不克也國語曰梁山崩伯宗問絳人曰若何對曰山有朽壤而崩將若何然百姓怪焉者豈不以資高明之質而不免卑濁之累良曰日月在天故高明不免卑濁之累謂蝕也　善曰尚書曰高明柔克高明謂日月也居常安之勢而終嬰傾離之患故乎翰曰山止於地而不動故常安也終嬰傾離之患謂崩也　善曰穀梁傳曰沙麓崩林屬於山為麓沙山名無崩壞之道而云崩故志之也夫以迴天倒日之力而不能振形骸之內向曰形骸內性命也言壯

文選六十　二十九

力亦不能起死者之命也迴天倒日力壯也　善曰范曄後漢書曰左迴天唐獨坐謂中官左悺唐衡也淮南子曰魯陽公與韓遘戰酣日暮援戈而麾之日為之反三舍莊子曰申徒嘉謂子產曰今子與我遊於形骸之內而子索我於形骸之外濟世夷難之智而受困魏闕之下銑曰夷平也魏闕天子闕也　善曰崔寔正論曰其出也足以濟世寧民呂氏春秋公子牟曰身居魏闕之下許慎淮南子注曰魏闕王之闕也已而格乎上下者藏於區區之木濟曰上下謂天地言功雖至于天地者其死則藏之於小木之中也區區小也木棺也　善曰尚書曰格于上下左氏傳楚靈王曰是區區者而不畀余也光于四表者翳乎蕞爾之土良曰言德聲雖光明徧於四外者死則掩翳乎狹小之土也表外也蕞爾小貌也　善曰尚書曰光被四表左氏傳子產曰諺曰蕞爾之

臨杜預注曰蘽爾小貌也雄心摧於弱情壯圖終於哀志翰曰弱情謂疾病也哀志謂將死也長筭屈於短日遠跡頓於促路向曰長筭遠跡謂平生謀長遠之事也短日促路生命窮盡也善曰筭計謀也迹功業也思玄賦曰盡遠迹以飛聲嗚呼豈特瞽史之異闕景黔黎之怪頹岸乎銑曰特獨也瞽史掌日蝕之官黔黎百姓也言豈獨日蝕山崩可為變異之怪乎則人命亦可傷也觀其所以顧命冢嗣貽謀四子良曰謂觀武帝臨終顧命於太子使其嗣位遺謀於四子也冢嗣長子也貽遺也四子謂丕植彪章也善曰顧命已見上文爾雅曰冢大也左氏傳里克曰太子奉冢祀社稷之粢盛故曰冢子謂文帝也毛詩曰貽厥孫謀經國之略既遠隆家之訓亦弘又云吾在軍中持法

文選六十　三十

是也至於小忿怒大過失不當效也翰曰武帝自謂四子云吾在軍中所持法皆是也當依而行之至於有小忿怒及大過失汝等勿學我也善乎達人之讜言矣濟曰讜正也善曰聲類曰讜善言也持姬女而指季豹以示四子曰以累汝因泣下向曰持執也姬眾妾之總名也女武帝有小女後為高城公主豹武帝小男名豹時年五歲後封沛王武帝臨死時執此孩幼以示四子云此以累重汝輩因下泣善曰魏略曰太祖杜夫人生沛王豹及高城公主四子即文帝已下四王也太祖崩文帝受禪封毋弟彰為中牟王植為雍丘王彪為白馬王又封支弟豹為侯然太祖子在者尚有十一人今唯四子者蓋太祖崩時四子在側史記不言難以定其名位矣傷哉曩以天下自任今以愛子託人銑曰愛子則豹也託人謂託於四子

善曰自任已見上文列子相室謂東門吾曰公之子也同乎盡者無餘而得乎亡者無存翰曰生命同歸乎盡滅者則無餘勢也而得乎亡沒者無有存其威神者謂武帝平生威勢一朝已盡而無威也善曰言人命盡而神無餘亡而識無存今太祖同而得之故可然而悲傷也鄭玄禮記注曰死言精神盡也婉孌力婉房闥之內綢繆家人之務則幾乎密與銑曰婉孌順貌綢繆親貌幾近也密猶細也言遺令於房闥家人則近於細碎也善曰班固漢書哀紀述曰婉孌董公力婉切毛詩曰綢繆束薪毛萇曰綢繆猶纏綿也杜預左氏傳注曰幾近也又曰吾婕妤妓人善本有皆字著陟略銅雀善本作爵字臺良曰著置也武帝又有遺令云使妓人置歌樂於臺上銅雀臺名善曰魏志曰建安十五年冬作銅雀臺於臺堂上施六

文選六十　三十一

尺牀善本作八尺牀張善本無張字繐歲帳向曰繐細布而疎者以為靈帳之裙善曰鄭玄禮記注曰凡布細而疎者謂之繐朝晡設善本作上字脯糒之屬濟曰晡晚時也糒乾飯也皆著於靈帳之前以祭焉善曰漢書東方朔曰乾肉為脯方武切說文曰糒乾飯也蒲秘切月朝十五日善本無日字輒向帳作妓翰曰月朝一日也十五謂十五日也妓樂也汝等時時登銅雀臺望吾西陵墓田向曰汝等謂四子也又云餘香可分與諸夫人諸舍中無所為學作履組賣也銑曰諸舍中諸眾妾無所為令學作履賣之組者以絲色飾之也善曰舍中謂眾妾眾妾既無所為學作履組賣之晏子春秋曰景公為履黃金之綦飾以組連以珠吾歷官所得綬皆著陟畧藏中良曰綬綵

爲之以貫玉佩也藏猶櫝中藏物也吾餘衣裘可別爲一藏不
能者兄弟可共分之既而竟分焉亡者可以
勿求存者可以勿違求與違不其兩傷乎翰曰
既而武帝崩兄弟盡分其物也向曰言亡
人本可以勿求謂不可衣裳別爲一藏也既
有求則存者可以勿違令也今武帝有求是
一傷也而四子違而竟分是兩傷也善曰
令衣裘別爲一藏是亡者有求也既而竟分
爲是存者有違也求爲亡者而虧廉違爲貪而
害義故曰兩傷悲夫愛有大而必失惡去有甚而必
得智惠不能去其惡威力不能全其愛翰曰人所
愛者生也人理有死故必失生銑曰人所
惡者死也人生有淮故必得死矣翰曰雖
智惠所能去死雖平生有威力身從後化安
能固全其愛乎·善曰言愛是情之所厚故

文選六十　三十二

雖大而必失之惡是行之所疾故雖甚而必
得之故智惠不能去其惡威力不能用其愛
故可悲也尸子曰父母愛之喜而不忘
父母惡之懼而無怨然則愛與惡其於成孝
也無擇令人雖得愛不得惡矣未
故前識所不用心而聖人
罕言焉良曰前識謂達人也罕希也言愛惡之事難保則達人不用心謀之聖人
希能言及也善曰老子曰前識者道之華
論語子曰飽食終日無所用心又曰子罕言
利若乃繫情累於外物留曲念於閨房亦賢
俊之所宜廢乎翰曰皆賢俊所不宜行之故可廢之也善曰慎子曰德
精微而不見是故物不累於內於是遂憤懣而獻弔云爾善曰
白虎通曰天子崩臣子哀痛憤懣
接皇漢之末緒值王塗之多違向曰緒業也塗道也善

曰東都賦曰系唐統接漢緒答賓戲曰王塗
蕪穢周失其馭蔡邕釋誨曰王途壞人極弛
漢書元帝詔曰政令多違佇重淵以育鱗撫慶雲而遐飛
銑曰佇待重深也育鱗謂潛龍也慶雲瑞雲
也遐遠也言魏武待時育德乃撫拂於雲天
而遠飛也言天命相感有如龍雲也善曰
以龍喻太祖也重淵九重之淵也楊雄釋愁
曰懿神龍之淵潛慶雲而將舉史記曰若
煙非煙若雲非雲郁郁紛紛蕭索輪囷是謂
慶雲運神道以載德乘靈風而扇威翰曰載行也善曰
周易曰聖人以神道設教國語曰
祭公謀父曰奕世載德載猶行也摧群雄而
電擊舉勍敵其如遺向曰電擊言如電之威也勍彊也如遺謂擊之強
敵如拾遺於地言易也善曰左氏傳子魚
曰君未知戰勍敵之人也隘而不成列天贊我
也杜預曰勍強也漢書楊福
上書曰高祖取楚如拾遺指八極以遠略

文選六十　三十三

必翦焉而後綏良曰八極天下也略取也翦
謂除翦暴亂也綏安也言天
下可手指而遠取之除翦暴亂而後安百
姓善曰淮南子曰八紘之外乃有八極也
釐三才之闕典啓天地之禁闈翰曰釐理也三才天地人
事也禁闈謂天地之闈元氣閉塞如禁門之
不通而武帝皆開之啓開闈門也善曰三
才已見頭陀寺碑文范曄後漢書曰梁
太后詔曰周擧在禁闈有密靜之風一擧脩
網之絕紀紐大音之解徽濟曰漢末政大亂禮樂崩壞而武帝
擧脩紀網將絕復理其國家之政猶音聲也
若音之失謂則絕亂也故武帝又繼大音之樂
調者復致太平紀理紐繼解失徽調也善
曰老子曰大音希聲許慎淮南子注曰鼓琴
循紘謂之徽掃雲物以貞觀要萬塗而來歸銑曰言掃
除群凶以致天下清平之理使天下殊塗而
來歸其德焉雲物喻群凶貞觀猶清平也要

猶使也萬塗猶殊塗也善曰雲物喻羣凶也左氏傳曰今至啓閉必書雲物周易曰天
地之道貞觀者也来歸歸之於己也丕大德以宏覆援日月而
齊暉向曰宏普也善曰周易曰天地之大德曰生禮記曰天無私覆淮南子曰爲
帝異道而德覆天下楚辭曰與天地兮比壽與日月兮齊光宏普也濟元功於
九有固舉世之所推翰曰濟成元大也九有謂天下也言能成功於
天下則舉一世所推其高德也善曰史記太史公曰惟祖元功輔臣股肱毛詩曰奄有
九有老子曰天下樂推而不厭彼人事之大造夫何往而不
綦向曰造成臻至也善曰左氏傳呂相至曰我有大造于西也杜預注曰造成也將
覆簣於浚谷擠子計爲山乎九天銑曰將覆簣爲山於深谷
之中謂立大業也爲山將至九天忽山顏謂大功既成而死矣覆簣謂盛士以覆之將爲

文選六十　三十四

山也浚深也擠墜也善曰論語孔子曰譬如平地雖覆一簣進吾往也孔安國尚書傳
曰擠墜也司馬兵法曰善攻者動於九天之上苟理窮而性盡豈長
筭之所研良曰凡事至於窮理盡性則非長計所能研精而知也謂死生事在
其中而無定也善曰周易曰窮理盡性以至於命鄭玄曰言窮其義理盡人之情性以
至於命言凶所定也又曰研幾思慮所定也悟臨川之有悲固梁木其
必顛濟曰臨川有悲謂逝者不息如流是可悲乎良材之人於國如屋有梁今死矣
如梁木之頹壓也善曰論語子在川上曰逝者如斯梁木已見上文當建安
之三八實大命之所艱翰曰言漢獻帝建安二十四年得病是大
命之患也三八謂二十四也艱猶患也善曰大命謂天命也尚書曰天監厥德用集大命
雖光昭於曩載將稅駕於此年向曰稅捨也捨駕言

死也善曰史記李斯曰當今可謂富貴極矣吾未知所稅駕也法言曰仲尼之駕稅矣
李範曰稅舍也惟降神之綿邈眇千載而遠期銑曰降神
謂天生聖智也綿邈遠也言聖智生自幽遠也千載遠期謂千年一聖即武帝應之善
曰降神謂生聖智也千載一出故曰遠期也毛詩曰惟嶽降神柜子新論曰夫聖人乃千
載一出賢人君子所想思而不可得見者也信斯武之未喪膺靈
良曰信此神武之道未喪故武帝當靈應之符在此也膺當也善
符而在茲
曰茲此也論語曰子畏於匡曰文王既沒文不在茲乎天之未喪斯文也匡人
其如予何曹植大魏篇曰大魏膺靈符天祿方茲於春秋孔演圖曰靈符滋液以類相感
雖龍飛於文昌非王心之所怡濟曰文昌殿名言受王位
於文昌殿故云龍飛也當受命時非武帝心所悅欲之蓋天命也善曰周易曰飛龍在

文選六十　三十五

天大人造也東京賦曰龍飛白水漢書曰文昌宮一曰上將二曰次將三曰貴相憤
西夏以鞠旅泝秦川而舉旗翰曰西夏謂備也鞠養也劉
衆也泝度也舉旗謂戰也言憤見劉備練兵養衆圖中國乃度秦川而與戰也善曰魏
志曰建安二十四年三月王自長安出斜谷劉備固險距守五月引軍還長安陳思王述
行賦曰恨西夏之不綱毛詩曰陳師鞠旅魏明帝自惜祐行曰出身秦川爰居伊陽
喻鎬京而不豫臨渭濱而有疑冀翌日之云
瘳彌四旬而成災向曰踰過也鎬京長安也不豫謂有疾也渭濱亦長
安也疑謂病甚也言伐劉備過長安乃得疾卻至長安城而病甚重也銑曰翌明也
成災謂疾甚也言過之時冀明日乃瘳何至四十日而甚重也彌甚也善曰毛詩
日宅是鎬京答賓戲曰周望兆勳於渭濱尚書曰既克商二年王有疾不豫公乃告大王

王季文王公歸王璽日乃寥孔安國曰璽日明日也寥差也詠歸塗以反旆登崤澠而朅去謁來翰曰言疾既言尋歸塗以反旆也崤澠二山名朅來言歸去來也旆旗之屬也善曰魏志曰建安二十四年十月還洛陽東京賦曰乃反旆而迴復漢書曰王莽冊命王寄曰崤澠之險東向鄭衛新序大臣曰洛陽西有崤澠思玄賦曰迴志朅來從玄諆次洛汭而大漸指六軍曰念哉翰曰次至也洛汭東都也大漸謂病甚將死也念哉戒令也臨終留顧六軍之士戒誓無有二心也善曰魏志曰建安二十五年正月至洛陽庚子王崩尚書曰東至於洛汭大漸已見上文尚書曰帝念哉伊君王之赫奕寔終古之所難向曰伊惟也赫奕盛貌寔實也言實終古所難有也善曰楚辭曰長無絕兮終古威先天而蓋世力盪海而拔山銑曰先天謂感

文選六十　三十六

勢為天下所先而才德蓋徧於當世盪動也言勇氣一鼓動海拔山也善曰周易曰先天而天弗違漢書項羽歌曰力拔山兮氣蓋世時不利兮騅不逝因巴與馬術書曰欲盪太山而越北海厄奚險而弗濟敵何彊而不殘良曰奚何也殘殺也言雖險必濟也雖彊必殺也每因禍以提善本作禔福亦踐危而必安濟曰提猶致也言行征伐則為禍也誅暴亂以安百姓是為致福也雖陂戕危險其志如安憂國之深也善曰難蜀父老曰遐邇一體中外禔福說文曰禔安也時移切迄在茲而蒙昧慮噤閉而無端翰曰迄至也蒙昧謂疾重不曉事也噤閉謂不聞口也言至此疾重之時慮其閉口則無遺令之端也善曰楚辭曰口噤閉而不言噤巨蔭切委軀命以待難痛沒世而永言向曰委棄身命以待死終痛沒此世而永言後事有所悲泣也

善曰鶡冠子曰從初委命鵩鳥賦曰縱軀委命論語子曰君子疾沒世而名不稱撫四子以深念循膚體而頹歎平聲銑曰頹歎謂悲思隕絕也迨營魄之未離假餘息乎音翰平聲良曰迨及也營魄也音翰謂作遺令也言及魂既未離形體假借餘息之氣以作遺令也善曰楚辭曰載營魄而登遐老子曰抱一能無離乎鍾會曰經護為營形氣為魄執姬女以嚬瘁指季豹而漼千賄焉濟曰姬女小女也季豹小男也嚬瘁謂蹙眉而憂也漼深悲貌謂遺囑於子也善曰孟子曰顰蹙而言顰蹙謂人顰眉蹙額憂貌漼涕泣垂貌氣衝襟以嗚呼善本作嗚咽字涕垂睫而汍瀾翰曰嗚呼謂悲多不得言也汍瀾淚疾流貌善曰蔡琰詩曰行路亦嗚咽桓子新論曰雍門周以琴見孟嘗君孟嘗君淚承睫出漢書息夫躬絕命辭曰涕泣流兮

文選六十　三十七

雚瀾臣瓚曰雚瀾涕泣闌干也雚與汍古今字同違率土以靜善本作靖字寐戢彌天以善本作乎字一棺向曰言其違棄天下以死也乃戢斂彌天之大德於棺之中也率土猶天下也靜寐死也善曰毛詩曰率土之濱古詩曰潛寐黃泉下毛萇詩傳曰戢聚也彌天志高遠也尚書五行傳曰雲起於山彌於天淮南子曰吾死也苟有一棺之土咨宏度之峻邈壯大業之允昌銑曰咨嗟宏大峻高邈遠允信也善曰周易曰富有之謂大業思居終而恤始命臨沒而肇揚良曰恤憂也肇初言臨死始有發揚之氣善曰穀梁傳曰先君有正終後君有正始也援貞吝善本作咎字以惎渠記悔雖在我而不臧濟曰援引也貞正也惎教也臧善也言引其正道吝悔之事以教其四子不善者則可改悔雖已身亦為不善也謂上事所云

吾小忿入過不當如是也 善曰言爾可履組及分香令藏衣裘是引貞吝之道教為可
悔之行也周易曰自邑告命貞吝毛詩曰何用不臧惜內顧之纏綿恨
末命之微詳翰曰內顧家事也纏綿親密之微細也詳悉也此機言武帝之
行甚高但惜其臨終下節乃於姬妾親密遺令細碎詳述之甚也 善曰西京賦曰屑內
顧之所觀張堅與任彥升書曰纏綿惠好廣躅高蹤尚書曰道揚末命紆家人
善本作廣念二字於履組向曰謂遺令云學作履組賣之也塵清慮
於餘香銑曰謂遺令云餘香分與諸夫人結遺情於善本作之字
婉孌何命促而意長陳法服於帷座陪窈窕
於玉房良曰法服謂平生衣服也窈窕美人貌玉房即銅雀臺上以玉飾也 善
曰孝經曰非先王之法服不敢服毛詩曰窈窕淑女漢書郊祀歌曰神之出排玉房宣

備物於虛器發哀音於舊倡濟曰宣布也備物謂平生所用
物也虛器言虛設終不見用也倡女樂也即向帳作妓是也 善曰禮記曰孔子謂盟器
者備物而不可用說文曰倡樂也謂作伎人也矯慼善本作戚字容以赴
節掩零淚而薦觴翰曰此謂衆妓妾奏樂不見君王故憂悲也矯舉也
慼憂也赴節謂曲之節會也薦進也 善曰家語曰子貢問居父母之喪子曰慼容稱其
服楚辭曰長太息以掩涕物無微而不存體無惠而不亡
向曰言物之雖微必有長存者人體雖有思惠無不亡也 善曰言服玩雖微而必存儀
形無善而必逝言物在而人已也家語孔子謂哀公曰君八廟所視榱桷俯察机筵其器
皆存而不覩人君以此思哀則意可知矣庶聖靈之響像想幽神
之復光善曰響像音影之異名魯靈光殿賦曰忽縹緲以響像孫卿子曰下和上

譬響之應聲影之像形苟形聲之翳沒雖音景其必藏
銑曰形翳則影滅聲沒則音藏音響景影也善曰音以應聲景以隨形形聲咸已翳沒影
響故亦必藏也鶡冠子曰景則隨形響則應聲也徽清絃而獨奏進
脯糒而誰嘗良曰徽調也糒乾飯也言雖進脯糒誰復嘗而食之悼繐
帳之冥漠怨西陵之茫茫濟曰悼痛也茫茫草木貌 善曰毛
詩曰殷土茫茫登雀善本作爵字臺而羣悲眝直呂美目其
何望平聲翰曰張目視曰眝言美人張目遠視終不見君王是亦何望也 善曰
字林曰眝長眙也博雅曰眝視也眝與盼同毛詩曰美目盼兮既睎古以遺
累信簡禮而薄葬平聲協韻向曰撫言我望古人奢華以為遺累信
可以簡略於禮而尚薄葬也 善曰禮繁則易亂厚葬則傷生能遵簡薄所以遺累詩緯

曰齊數好道義簡禮宋均曰簡猶略也漢書劉向曰賢臣孝子亦命順意而薄葬史記
曰因其俗簡其禮也彼裘紱於何有貽塵謗於後王銑曰
謂遺令云吾衣裘別為一藏後為四子所分終亦何有也乃遺塵黷之謗於後世帝王也
善曰言裘紱輕微何所有而空遺塵謗而及後王嗟大戀之所存故
雖哲而不忘良曰嗟其大戀愛所在心者雖賢哲之士不能忘情也 善曰
言情苟存乎大戀雖復上聖亦不能忘故可嗟也覽遺籍以慷慨
茲文而悽傷

祭文

祭古冢文一首并序

謝惠連濟曰惠連為彭城王義康法曹參軍義康修於東府城塹

中得古冢義康為之改葬命惠連作文祭之　善曰沈約宋書曰元嘉七年惠連為司徒彭城王義康法曹參軍義康修東府城城塹中得古冢為之改葬使惠連為祭文留信待成也

東府掘城北壍入丈餘善曰丹陽記曰東府城西則簡文會稽王時第東則孝文王道子府道子錄揚州仍住先舍後稱東府得古冢上無封域不用塼甓步覓反　翰曰封界也域墻也甓亦塼也　善曰毛萇詩傳曰甓瓴甋也今謂之塼以木為槨中有二棺正方兩頭無和向曰棺題曰和　善曰呂氏春秋惠公說魏太子曰昔王季歷葬渦山之尾欒水齧其墓見棺之前和明器之屬材瓦銅漆有數十種善曰禮記曰孔子曰明器者神明之器也多異形不可盡識刻木

文選六十　四十

為人長三尺可有二十餘頭初開見悉是人形以物棖撥之應手灰滅銑曰應手即破如灰滅也　善曰說文曰棖杖也宅庚切南人以物觸物為棖也廣雅曰撥除也補達切棺上有五銖錢百餘枚良曰五銖謂上有五銖字蓋漢朝所用也　善曰漢書曰武帝罷半兩錢行五銖錢也水中有甘蔗節及梅李核胡甜瓜瓣皆浮出不甚爛壞濟曰瓜瓣謂瓜中子與肉心也　翰曰浮出散在棺外也　善曰爾雅曰瓠棲瓣說文曰瓣瓜中實也白莧切一作辯字音練辯與練字通銘誌不存世代不可得而知也公命城者改埋於東岡向曰公謂彭城王也城者謂築城人也祭之以豚酒既不知其名字遠近故假為之號曰冥

漢君云爾

元嘉七年九月十四日司徒御屬領直兵令史統作城録事臨漳令亭侯朱林具豚醪之祭敬薦冥漢君之靈忝揔徒旅版築是司銑曰旅衆也版築謂牆版築杵也司主也窮泉為壍聚壤成基良曰窮泉言深也壤熟土也一槨既啟雙棺在茲捨畚本悽愴縱鍤漣而善本作而　濟曰畚土籠也鍤鍬也漣而流淚貌　善曰左氏傳曰宋災陳畚挶杜預曰畚簣籠也挶居局切爾雅曰鍬謂之鍤周易曰泣血漣如杜預左注曰而語助也芻靈已毀塗車既摧翰曰芻草也言束草為人馬也塗車以塗為車即明器也　善曰禮記曰塗車芻靈自古有之也几筵糜腐

文選六十　四十一

俎豆傾低盤或梅李盎或醢醯烏浪　向曰几筵墓中所設簋座也糜爛府杉也俎豆皆食器也盎瓦器也醢肉醬也醯醋也　善曰爾雅曰盎謂之缶又曰肉謂之醢郭璞曰肉醬也音海說文曰醯酸也呼蹄切蔗傳餘節瓜表餘善本作遺字犀銑曰犀瓜瓣也　善曰犀已見上文追惟夫子生自何代曜質幾年潛靈幾載為壽為夭寧顯寧晦銘誌堙滅姓字不傳今誰子後曩誰子先良曰今時入誰為子後嗣曩古之人誰為子之先祖　善曰寡婦賦曰潛靈邈其不反不功名美惡如何蔑然百堵皆作十仞斯齊濟曰七尺曰仞五版曰堵皆謂牆高下長短　善曰毛詩曰百堵皆興墉不可轉壍不可迴翰曰墉墻也言墻壍既作不可曲轉以迴避此冢也黃

腸既毀便房已積𥡴題興念撫櫬善本作僃字增哀向曰以栢木黃心累在棺外謂之黃腸也房墓中室也題棺兩頭也櫬棺也　善曰漢書曰霍光薨賜便房黃腸題湊各一具蘇林曰以栢木黃心致累棺外故曰黃腸木頭皆內向故曰題湊如淳曰便房塚壙中室也埤蒼曰偁木送人葬也餘腫切偁或為偶偶劉以木偶人形五苟切射聲垂仁廣漢流渥銑曰後漢曹褒為射聲校尉營舍有停棺而不葬者百餘所褒皆買空地悉與葬此為垂仁也又陳寵為廣漢太守時喪亂初平百姓死者骸骨不葬寵皆盡收葬之故云廣漢流渥渥恩澤也　善曰范曄後漢書曰曹褒遷射聲校尉射聲營舍有停棺不葬百餘所褒親履行問其意故吏對曰此等多是建武以來絕無後者不得掩褒為買空地悉葬其無主者設祭以祀之東觀漢記曰陳寵字昭公沛國人也轉廣漢太守先是雒陽城南每陰常有哭聲聞於

府中寵使案行昔歲倉卒時骸骨不葬者多寵乃勑縣葬埋由是即絕也祠骸府阿掩骼掐城曲良曰祠祭也府東府也阿亦曲也骸骼歪骨也掩藏也善曰禮記曰孟春之月掩骼埋胔鄭玄曰骨枯曰骼仰羨古風為君改卜濟曰禮記月令孟春之月掩骼埋胔止為古風也謂卜改葬也　善曰孝經曰卜其宅兆而安厝之輪移北隍窀穸善本作穸二字東麓濟曰輪葬車之輪也隍城池也穸窆墓中埏道山足曰麓　善曰說文曰城池無水曰隍音皇左氏傳楚子曰窀穸之事杜預曰窀厚也穸夜也厚夜長夜葬為埋也說文曰窆葬下棺也穀梁傳曰林屬於山為麓壙即新營棺仍舊木向曰壙墓也　善曰鄭玄周禮注曰壙謂冢中也棺或為遂非也合葬非古周公所存銑曰言夫婦合葬非古有也自周公以來存此禮也　善曰禮記武子曰合葬非古自周

公已來未之有也敬遵昔義還祔雙魂良曰祔合也本有二棺今還合雙瑰而葬也　善曰禮記孔子曰魯人之祔也合之鄭玄曰祔謂合葬也酒以兩壺牲以特豚濟曰特一也幽靈髣髴歆我犧樽嗚呼哀哉善本有此一句翰曰晝牛於樽故云犧樽也　善曰魏太祖祭橋玄文曰幽靈潛翳李康髑髏賦曰幽魂髣髴忽有人形禮記曰祀周公於大廟牲用白牲尊用犧象也許宜切

祭屈原文一首

顏延年向曰宋帝即位出延之為始安太守道經汨羅潭為湘州刺史張邵作祭屈原　善注同文

維有宋五年月日銑曰少帝即位之五年湘州刺史吳

郡張邵善曰沈約宋書曰張邵字茂宗吳郡人恭承帝命建旟舊楚良曰旟旗幡之流也以鳥毛為之剌史則建之行則引之於前湘州蓋舊楚地也　善曰賈誼弔屈原曰恭承嘉惠兮俟罪長沙周禮曰州里建旟鄭玄毛詩箋曰謂州長之屬陸機高祖功臣頌曰舊楚是分訪懷沙之淵得捐珮之浦濟曰屈生懷沙石自沈於汨羅之水離騷經云遺余珮兮澧浦遺即棄捐也　善曰楚詞曰懷沙礫而自沈兮不忍見之蔽雍又曰捐余玦兮江中遺余珮兮澧浦弭節羅潭艤魚几舟汨渚翰曰弭節謂止駕也艤舟謂船附岸羅潭汨渚屈生自沈處也　善曰楚詞曰路漫漫其悠遠夕弭節而高厲漢書曰烏江亭長艤船待如淳曰南方人謂整船向岸曰艤乃遣戶曹掾某敬祭故楚三閭大夫屈君之靈向曰戶曹掾三閭大夫並官名　善曰王逸楚詞序

曰屈原與楚同姓仕於懷王爲三閭大夫蘭薰而摧玉貞善本作縝字
則折銑曰蘭以香入好而採故多摧也玉以貞白入皆寶而琢故有折者人有才識
亦比身之本善曰語林曰毛伯成負其才氣常稱寧為蘭摧玉折不作蕭芬艾榮管子
曰夫玉折而不撓勇也禮記孔子曰君子比德於玉焉縝密以栗智也鄭玄曰縝緻也
物忌堅芳人諱明潔良曰明潔謂忠直也善曰堅芳即玉及蘭劉
熙孟子注曰白玉之性堅蔡邕度尚碑曰明潔鮮白珪曰若先生逢辰
之鈌濟曰先生謂屈原也辰時也謂逢時君之道鈌也善曰賈誼弔屈原曰嗟苦
先生獨離此咎楚辭曰悼余生之不辰逢此世之抯攘溫風怠時飛霜
急節翰曰溫風所以養萬物而及於時也喻君以養人及時也飛霜之積至於堅氷
讒言積乃見棄逐急節謂溫風忽然已變至於飛霜之時言政令苛急也善曰溫風
文選六十　四十四
長物飛霜殺也周書曰小暑之日溫風至京房占曰三月建辰風衰急相鮮七說曰飛
霜厲其末風激其崖一作姦羸芊弭違紛昭懷不端向曰羸秦也芊
楚也是時秦昭王楚懷王遘紛亂君道不正棄逐賢能也紛亂端正也善曰羸秦姓
芊楚姓王逸楚辭序曰是時秦昭王使張儀譎詐懷王令絕齊交又使誘懷王請與俱會
武關遂脅與俱歸拘留不遣卒客死於秦大戴禮曰太子處位不端受業不敬此竊太保
之任也謀折儀尚貞蔑椒蘭銑曰儀張儀也尚靳尚也是時楚諂
臾寄為讒以備秦兵乃為張儀靳尚等折之逐絕齊交也貞正也蔑輕易也椒楚大夫椒
蘭懷王少弟子蘭也言屈生懷貞正之節而爲輕易者蓋爲椒蘭所譖也善曰史記曰
楚懷王既絀屈平秦乃令張儀事楚秦昭王欲與懷王會欲行屈平曰秦不可信王聞子
蘭勸王行秦因留懷王王逸楚詞序曰同列大夫上官靳尚妬害其能共譖毀之楚辭

曰椒專佞以慢慆兮椴又欲充夫佩幃王逸曰椒大夫子椒也楚詞曰余以蘭為可恃兮
羌無實而容長身絕郢闕跡徧湘干良曰絕遠也郢即楚也湘即水
名干間也言其逝如湘江故跡徧其間也善曰郢楚都也毛萇詩傳曰干崖也比
物荃蓀連類龍鸞濟曰荃蓀香草也屈生作離騷以香草龍鳳喻君子
鸞鳳瑞鳥也善曰韓子曰連類比物見者以爲虛而無用王逸楚詞序曰善鳥香草以
配忠貞虯龍鸞鳳以託君子聲溢金石志華日月翰曰金石言不
朽也日月言光明也善曰金石榮也金曰鍾石曰磬吳越春秋樂師曰君王之德可刻
之於金石史記太史公曰屈原蟬蛻於濁穢以浮游塵埃之外推此志也與日月爭光可
也如彼樹芬善本作芳實穎實發翰曰芳香也穎禾秀也言屈生
猶如樹芬香之草也實秀發於時也善曰毛詩曰實發實秀實穎實栗望汨心
文選六十　四十五
欷詩歔瞻羅思越良曰欷悲也越遠也言懷思古人故思遠也善曰吳質
答東阿王書曰精散思越藉用可塵昭忠難闕向曰塵久也者藉順
謂諫用於時其可久矣蓋昭其忠信雖死難以闕也善曰周易曰藉用白茅何咎之
有夫茅之爲物薄而用可重也左氏傳君子曰風有采蘩采蘋雅有行葦泂酌昭忠信也

祭顏光祿文一首

王僧達銑曰顏光祿即延年也善注同

維宋孝建三年九月癸丑朔十九日辛未王
君以山羞野酌敬祭顏君之靈嗚呼哀哉夫
德以道樹禮以仁清良曰道之尊德之貴相須而成焉禮者以仁義
清其本也善曰沈約宋書曰孝建孝武年號尚書曰樹德務滋孔安國曰樹立也清明

也惟君之懿早歲飛聲濟曰懿美也善曰思玄賦曰盍遠迹以
飛聲義窮幾彖文蔽班揚音盈協韻翰曰幾彖易道也班班固揚
揚雄言顏君之文蔽此二人也善注同性婞幸剛潔志度淵英
向曰婞直淵深英智也善曰楚詞曰鯀婞直以亡身兮婞猶直也登朝光國
實宋之華銑曰言實爲宋國之華美善曰班固漢書述曰弱冠登朝蔡邕
太丘碑曰紆珮金紫光國垂勳國語季文子曰吾聞以德榮爲國華韋昭曰爲國光華
才通漢魏譽浹龜沙濟曰漢魏之時多賢才故言顏君才通於前代
也浹及也龜茲流沙遠國名言其聲譽遠也善曰漢書曰龜茲國王治延城去長安七千四
百八十里尚書曰被於流沙漢李陵歌曰經萬里渡沙漠說文曰女方流沙服爵
帝典棲志雲阿翰曰言服爵命雖奉帝典而棲志實在雲山之曲阿猶

文選六十　四十六

曲也善曰言服爵雖依帝典而棲志實在雲阿言高遠也管子曰將立朝廷者則爵服
不可貴也張華勵志詩曰棲志浮雲清交素友比景共波向曰言交
友清潔而我接比光景共游波也善曰共波猶連波以喻多僚氣高叔夜
方嚴仲舉善本作嚴方銑曰叔夜嵇康也仲舉陳仲舉也爲豫章太守性嚴
峻不接賓客時人畏之言顏君嚴明也方比也善注同逸翮獨翔孤風
絕侶良曰言孤介不群也善曰郭璞遊仙詩曰逸翮思拂霄廣雅曰風聲也流
連酒德嘯歌琴緒濟曰流連言好也緒猶遠也善曰漢書班伯曰式
乎式乎大雅所流連劉伶有酒德頌毛詩曰嘯歌傷懷琴緒緒引緒也游顧移
年契闊宴處翰曰曾達與顏君交游顧盼常歷年歲雖契闊爲苦嘗同宴語
居處也善曰何劭祖雜詩曰惆悵出游顧毛詩曰死生契闊春風首時爰

談爰賦秋露未凝歸神太素向曰言春與游談賦詠至秋乃
死太素無形也言人死後歸於無形也善曰列子曰太素者質之始明發晨
駕瞻廬望路銑曰明發謂從夕而至明也晨駕謂靈車早出也瞻廬謂視平
生所居也望路謂凶儀在路也善曰毛詩曰明發不寐心悽目泫情條
雲互良曰泫謂下淚條理也言情理忽失次而亂如雲之互更變也善曰李陵詩
曰仰視浮雲馳紛紛互相踰涼陰掩軒娥月寢曜濟曰言涼陰之
氣掩蔽門軒也寢曜謂無光也善曰姮娥掩月或曰娥月周易歸藏曰昔常娥以西王
母不死之藥服之遂奔月爲月精微燈動光几牘誰炤翰曰几牘
謂平生披讀典籍之處也雖有燈光誰用其炤曜也衾袵長塵絲竹罷
調向曰長生者也驛悲蘭宇肩滯松嶠銑曰宇室也肩下也松嶠

文選六十　四十七

謂墓所也善曰楚辭曰涕漸漸其如屑古來共盡牛山有淚善曰
晏子春秋曰景公遊於牛山北臨其國流涕曰若何去此而死乎艾孔梁丘據皆泣唯晏
子獨笑公收涕而問之晏子曰使賢者常守之則太公桓公有之使勇者常守則莊公有之
吾君安得此泣而爲流涕是曰不仁也見不仁之君一諂諛之臣二所以獨笑也五臣注
同非獨昊天殲我明懿濟曰言古來皆有一死非獨昊天喪我明
美之懿也殲喪懿美也毛詩曰彼蒼者天殲我良人善曰以此忍哀敬
奠予饋善本作敬陳奠饋善曰蒼頡篇曰饋祭名也申酌長懷顧
我善本作望字歔欷嗚呼哀哉翰曰歔欷悲也善曰范曄後漢書
曰劉陶上疏曰謂爾長懷中篇而歎

文選卷第六十

五臣本後序

文選之行其來舊矣若夫變文之華實匠意之工拙梁昭明序之詳矣製作之端倪引用之典故唐五臣注之審矣可以垂吾徒之憲則須時文之𢮦摭是爲益也不其博歟雖有拉拾纖缺衙爲已能者（蕭明書之類是也）所謂忘我大德而修我小怨君子之所不取焉二川兩浙先有印本模字大而部帙重較本粗而舛脫㣲舛脫㣲則轉迷豕亥誤後生之記誦部帙重則難寘巾箱勞游學之負挈斯爲用也

得盡善乎今平昌孟氏好事者也訪精當之本命博洽之士極加考覈彌用刋正（舊本或脫一聯或差一句若成公綏嘯賦云走胡馬之長嘶迴寒風乎北朔又若屈原漁父云新沐者必彈冠如此之類及文注中或脫誤一二字者不可備舉咸較史傳以續之字有訛錯不協今用者皆考五經宋韻以正之）小字楷書深鏤濃印俾其帙輕可以致遠字明可以經久其爲利也良可多矣且

國家於國子監彫印書籍周鬻天下豈所以規錐刀之末爲市井之事乎蓋以防傳寫之草率懼儒學之因循耳苟或書肆悉如孟氏之用心則五經子史皆可得而流布

國家亦何所藉焉孟氏之本新行尚慮市之者未諒請後序以誌之庶讀者詳焉則識僕之言不爲誣矣時天聖四年九月二十七日前進士沈嚴序

李善本

天聖三年五月校勘了畢

校勘官將仕郎守許州司法參軍國學說書臣公孫覺

校勘官將仕郎守常州晉陵縣主簿國學說書臣賈昌朝

校勘官文林郎守宣州寧國縣主簿國學說書臣張逵

校勘官承務郎守彭州司錄事參軍國學說書臣王式

校勘官文林郎守泗州錄事參軍國學說書臣王植

校勘官將仕郎守信州貴溪縣令國學說書臣王畋

校勘官宣德郎守饒州軍事判官國學說書臣黃鑑

天聖七年十一月　日雕造了畢

校勘印板承奉郎守大理寺丞充國子監直講兼北宅故河州觀察院教授臣公孫覺

校勘印板朝奉郎守祕書丞騎都尉臣黃鑑

天聖九年　月　日進呈

管勾雕造供備庫副使銀青光祿大夫檢校太子賓客兼御史大夫同管勾景霈

宫公事兼奉真殿兼同勾當三館秘閣
公事翰林司上騎都尉中山縣開國子
食邑五百戶臣盧元用
管勾雕造供備庫副使帶御器械銀青光
祿大夫檢校工部尚書兼御史大夫同
勾當三館秘閣公事等兼管勾起居院
兵吏部官告院提舉國子監書籍庫兼
同勾當御前忠佐軍頭引見司上輕車
都尉保定郡開國侯食邑一千五百戶
臣皇甫繼明
金紫光祿大夫行尚書工部侍郎參知政
事上護軍太原郡開國侯食邑一千六
百戶食實封四百戶臣王曙
正奉大夫給事中參知政事柱國河東郡
開國公食邑二千五百戶食實封八百
戶賜紫金魚袋臣薛奎
金紫光祿大夫行給事中參知政事柱國
潁川郡開國公食邑二千五百戶食實
封一千戶臣陳堯佐
推忠協謀同德佐理功臣光祿大夫行尚

文選後序　三

書吏部侍郎同中書門下平章事昭文
館大學士監修國史上柱國東平郡開
國公食邑五千戶食實封一千九百戶
臣呂夷簡
秀州州學今將監本文選逐段詮次編入
李善并五臣注其引用經史及五家之書並
檢元本出處對勘寫入凡改正舛錯脫剩約
二萬餘處二家注無詳略文意稍不同者皆
備錄無遺其間文意重疊相同者輒省去留
一家總計六十卷元祐九年二月　日

鑄字之設可印群書以傳永世誠為無
窮之利矣然其始鑄字樣有未盡善者
印書者病其功不易就永樂庚子冬十
有一月我
殿下發於宸衷命工曹參判臣李蕆新鑄字
樣極為精緻命知申事臣金益精左代
言臣鄭招等監掌其事七閱月而功訖
印者便之而一日所印多至二十餘紙
矣恭惟我
恭定大王作之於前今我

文選跋　一

主上殿下述之於後而條理之密又有加焉
者由是而無書不印無人不學文教之
興當日進而世道之隆當益盛矣視彼
漢唐人主規規於財利兵革以為國家
之先務者不啻霄壤矣實我
朝鮮萬世無疆之福也
宣德三年閏四月　日崇政大夫判右
軍都摠制府事集賢殿大提學知經筵
春秋館事兼成均大司成　世子貳師
臣卞季良拜手稽首敬跋

著者及其著作篇名索引

【説　明】

一、著者名按音序排列，同姓者則按第二字音序排列，以此類推。

二、著者名下臚列著作篇名，按其在書中出現的先後次序編排；篇名依照正文，與書前總目和卷首目録有同有異，有興趣的讀者可細校。

三、著作篇名後標明其在上中下三册中的頁碼，以“上·二三”、“中·六七五”、“下·一一一七”等表示。

D

F

L

T

W

Z